रणजीत देसाई

जन्म : 8 अप्रैल, 1928, कोल्हापुर (महाराष्ट्र)।

शिक्षा : इंटरमीडिएट (राजाराम कॉलेज, कोल्हापुर)।

प्रकाशित रचनाएँ— *उपन्यास :* *बारी, माझा गाँव, स्वामी, श्रीमान योगी, राधेय, लक्ष्य वेध, समिधा, पावन खिंड, राजा रवि वर्मा।*

कहानी : *रूप महल, मधुमती, जाण, कणव, गंधाली, आलेख, कमोदिनी, कातक, मोरपंखी परछाइयाँ।*

नाटक : *कांचनमृण, उत्तराधिकार, अधूरा धन, पांगुलगाड़ा, ये बन्धन रेशमी, गरुड़ उड़ान, स्वामी, रामशास्त्री, तुम्हारा रास्ता अलग है, धूप की परछाईं।*

फिल्म : *रातें ऐसी रँगीं, सुनो मेरा सवाल, संगोली रायाण्णा* (कन्नड़ में), *नागिन।*

मराठी साहित्य सम्मेलनों के कई बार अध्यक्ष चुने गए।

सम्मान : 'स्वामी' उपन्यास को सन् 1962 में महाराष्ट्र शासन पुरस्कार, सन् 1963 में हरिनारायण आप्टे पुरस्कार तथा सन् 1964 में साहित्य अकादमी पुरस्कार प्राप्त हुए। भारत सरकार ने सन् 1973 में 'पद्मश्री' से विभूषित किया।

आजीवन लेखन और कृषि-कार्य से जुड़े रहे।

निधन : 6 मार्च, 1998।

अंगणवेदी वसुधा कुल्या जलधिः स्थली च पातालम् ।
वल्मीकश्च सुमेरू कृतप्रतिज्ञस्य वीरस्य॥

—भर्तृहरिः

॥ श्री ॥

चरणों से लगी दृष्टि की डोर टूट न पाए, इस हेतु
शिवाजीराजा के पादत्राणों को हृदय से लगाए
श्रीमन्त सकल सौभाग्य सम्पन्न
पुतलाबाई रानीसाहिबा सती हो गईं।
उनकी स्मृति के रूप में
यह चरित-कहानी।

—**रणजीत देसाई**

प्रतिपच्चन्द्रलेखेव वर्धिष्णुर्विश्ववन्दिता।
शाहसूनोः शिवस्यैषा मुद्रा भद्राय राजते॥

(श्री छत्रपति शिवाजी की राजमुद्रा)

—प्रतिपदा के चन्द्रमा की भाँति वृद्धि को प्राप्त होनेवाली एवं विश्व के लिए वन्दनीया, शाहजी के पुत्र शिवाजी की यह मुद्रा कल्याणार्थ सुशोभित है।

भाग : एक

शिवनेरी दुर्ग की तलहटी में बसा हुआ जुन्नर गाँव पश्चिम दिशा की ओर बढ़ते सूर्य की तिरछी किरणों में सबसे अलग साफ दिखाई दे रहा था। जुन्नर से थोड़ी दूरी पर स्थित अमराई में शहाजीराजा का घुड़सवार-दल विश्राम कर रहा था। एक छतनार डौलदार आम्रवृक्ष के तले शहाजीराजा अपने नन्हे राजकुमार सम्भाजी के साथ खड़े थे। दुपहरी ढल चुकी थी, फिर भी हवा का बहना अभी शुरू नहीं हुआ था। पत्ता तक नहीं हिल रहा था। रात की शीतलता के आने में अभी बहुत देर थी। पिता-पुत्र दोनों की दृष्टि अमराई में से दिखाई दे रहे रास्ते की ओर लगी हुई थी, पर रास्ता सूना था, कोई भी आता हुआ दिखाई नहीं पड़ता था। ज्यों-ज्यों समय बीतता जा रहा था, शहाजीराजा की बेचैनी क्षण-प्रतिक्षण बढ़ती जा रही थी। वे अपनी पत्नी की प्रतीक्षा कर रहे थे, जो काफी पीछे रह गई थीं।

''आबासाहब, वो देखिए, माँसाहिबा आ रही हैं।''

''कहाँ?'' शहाजीराजा ने उत्कंठित होकर पूछा।

नन्हे शम्भू ने जिस ओर संकेत किया था, शहाजीराजा ने उस ओर देखा। देखा कि सूर्य की आड़ी किरणों के बीच धूल उड़ाती हुई घुड़सवारों की एक टोली दौड़ी आ रही है। धीरे-धीरे घोड़ों की टापों की आवाज साफ सुनाई देने लगी। अमराई के निकट पहुँचते ही घुड़सवार-दल की गति धीमी पड़ गई। घोड़े रुके। उनमें से तीन घोड़े मन्द गति से आगे बढ़ आए।

लम्बी घुड़दौड़ के कारण जीजाबाई के मुख पर छाई हुई थकावट नन्हे बेटे सम्भाजी को देखते ही मन्द हँसी में बदल गई। एक दासी के हाथ का सहारा लेकर रानी जीजाबाई घोड़े पर से उतरीं। दौड़-धूप के कारण उनका मुख तमतमा उठा था। आँखें लाल हो आई थीं।

तीन महीने की गर्भवती जीजाबाई ने पसीना पोंछा। आँचल सँवारकर वे अपने पति शहाजीराजा के सामने आईं। ''इस तरह चप्पे-चप्पे पर ठहरते हुए अगर दौड़ते रहे हम, तो समझ लो कि तुम्हारे बाप की पकड़ में आ ही गए।''

''यही तो मैं भी कहना चाहती थी।''

''क्या मतलब?'' शहाजीराजा ने पूछा।

''मेरा कहना है कि आप आगे निकल जाएँ।''

''और तुम?''

''मुझे नहीं लगता कि मैं अब आगे यात्रा कर पाऊँगी।''

''तो ऐसी उजाड़ जगह में तुम्हें छोड़कर...।''

"यहीं निकट ही आपके समधी विश्वासराव रहते हैं, मैं उनके यहाँ रह लूँगी। आप सुरक्षित रहे, तो समझिए हम भी सुरक्षित हैं। अब समय नष्ट न करें, एक-एक पल भी अब बहुत मूल्यवान है...।"

शहाजीराजा एकदम भड़क उठे, "यह सब तुम्हारे पूज्य पिताजी के पराक्रम का ही परिणाम है...भला हम इसमें क्या करें? अपने पिता जाधवराव से कह देना तुम कि आप जाधववंशी हैं, तो हम भी भोसले वंश की सन्तान हैं। जाधव और भोसले का यह वैर पीढ़ी-दर-पीढ़ी निभाए जाने की हिम्मत है हममें...।"

"मैं भला इस बात का क्या उत्तर दूँ?" जीजाबाई ने जैसे ही कुछ कह पाने का अवसर पाया, कह बैठीं। "तो ठीक है, जैसा तुम कहती हो, वही करेंगे हम। तुम्हारे बाप को अगर कुछ लाज-शरम होगी अपने खून की, तो वह तुम्हें छोड़ देगा, नहीं तो तुम्हें भगा ले जाएगा। अब तुम्हारी किस्मत जाने या तुम जानो। हमें अब अधिक सोच-विचार करने की फुरसत नहीं है। तो कहो, यही तय हुआ न!" जीजाबाई कुछ कह नहीं पाईं। आँखों में आए आँसू उन्होंने बड़ी कठिनाई से पोंछे और वे अपने घोड़े की ओर बढ़ गईं।

समाचार जुन्नर भेजा गया। शहाजी के समधी विजयजी सिंधोजी विश्वासराव स्वयं अगवानी करने आए। बड़े सम्मानपूर्वक वे शहाजीराजा और जीजाबाई को अपनी हवेली में ले गए। हवेली की बैठक में पहुँचते ही शहाजीराजा कहने लगे, "विश्वासराव, हम विवश होकर तुम्हें कष्ट दे रहे हैं। तुम्हें हमारे कारण जो कष्ट हो रहा है, इसके लिए हमें खेद है।"

"ऐसा क्यों कहते हैं, राजे? हम तो इसे अपना सौभाग्य समझते हैं कि इसी रूप में हम आपके किसी काम आए। आप निश्चिन्त रहें, हम अपने प्राणों की बाजी लगाकर भी रानीसाहिबा का आतिथ्य-सत्कार करेंगे।"

"हमें तुमसे यही आशा थी। ऐसी उम्मीद न होती तो हम यहाँ आते ही क्यों? पर अब हम यहाँ और अधिक देर नहीं ठहर सकेंगे। क्यों शम्भूराजा, हमारे साथ चलोगे न! या यहीं रहने का इरादा है?" जीजाऊ से आँखें बचाते हुए बालक शम्भू कह उठा, "हम आपके साथ जाएँगे।"

"बहुत अच्छे, शाबाश।"

"क्या यह ठीक नहीं होगा कि बच्चा कुछ दिन यहीं रह जाए और सब ठीक-ठाक होने के बाद हम उसे आपके पास भेज दें?" जीजाऊ ने कहा।

"सुन लिया विश्वासराव। बच्चे को खतरा है, पर हमें नहीं।"

"नहीं, नहीं, मेरे कहने का यह मतलब नहीं था।" जीजाबाई हड़बड़ी से कह उठीं।

"सुनो, हम बालक शम्भू को अपने साथ ही ले जाएँगे। हम उनसे बड़ी-बड़ी आकांक्षाएँ पूरी कराना चाहते हैं। रानीसाहिबा, आपके पास हम बालकृष्ण हनुमन्ते, संक्रोजी नीलकंठ, सोनोजी पन्त और कोरडे, इन लोगों को छोड़े जाते हैं। हमारा एक छोटा सैनिक-दल भी यहीं तुम्हारे पास रहेगा। ज्योंही कहीं हमारे पाँव जमे कि हम आकर तुम्हें लिवा ले जाएँगे। अपनी तबीयत का खयाल रखा करो।" शम्भूबाल जैसे ही जीजाऊ के पाँव छूने को झुका कि जीजाऊ ने उसे गले से लगा लिया। शम्भूबाल बड़ी कठिनाई से अपने को ममता के उस आलिंगन से अलग कर सके। जीजाऊ का कंठ गद्‌गद हो आया था—वाणी मूक हो गई थी, पर आँखें बालक शम्भू के सौन्दर्य को पी डालने का प्रयत्न कर रही थीं। परन्तु ज्योंही आँखें डबडबाईं,

आँखों को प्यासा रह जाना पड़ा। जब उन्होंने आँसू पोंछे, तो देखा बालक शम्भू शहाजीराजा के साथ हवेली से बाहर जा रहा है–कैसा बच्चा है! एक बार भी उसने पीछे मुड़कर नहीं देखा। जीजाऊ जहाँ खड़ी थीं, वहीं आँखों पर आँचल रखकर रो पड़ीं। विश्वासराव की पत्नी लक्ष्मीबाई बैठक में आईं और जीजाऊ का हाथ पकड़कर घर के भीतर ले जाने लगीं।

जीजाऊ भीतर जा रही थीं, पर कान थे कि बाहर से आनेवाली टापों की आवाज सुनने में खोए हुए थे।

2

जुन्नर गाँव पर रात का साम्राज्य छा गया था। घर-घर में समई, दीया-बत्ती जल उठे। गाँव की पहरे-चौकी पर जल रही मशाल हवा से फरफरा रही थी। अभी गाँव की आँखों में नींद की खुमारी कुछ-कुछ छाई ही थी कि अचानक जुन्नर की चारों दिशाओं में घोड़ों की टापों की आवाजें गूँजने लगीं। सारा गाँव भय से थर्रा उठा। सबकी नींद जाने कहाँ भाग गई।

विश्वासराव भोजन करके अभी-अभी बैठकवाले हिंडोले पर बैठे थे। बैठक की दीवारों पर लटक रहे हथियार मशालों के प्रकाश में चमचमा रहे थे। टापों की आवाजें कान में पड़ते ही विश्वासराव सहसा खड़े हो गए। उनका ध्यान बड़े दरवाजे की ओर गया और ठीक इसी समय एक हरकारा दौड़ता हुआ भीतर आया, ''मुसीबत आ गई, मालिक! लखूजी जाधव ने पूरा गाँव घेर लिया है। वे इधर ही आ रहे हैं।''

''चलो, अच्छे मुहूर्त पर आए हैं, ठीक है।'' कहते हुए विश्वासराव ने बैठक में लटक रही तलवार उठा ली। दो-चार कदम लपकते हुए वे दरवाजे तक पहुँचे ही थे कि सामने लखूजी जाधवराव आ खड़े हुए। उनके हाथ में नंगी तलवार थी। चेहरा रोष से दमक रहा था।

''कहाँ है वो भोसले का बच्चा?'' लखूजी गरजे।

''पहले आप तलवार म्यान में रखें और भीतर पधारें।'' विश्वासराव ने कहा।

''चल हट, बेकार ही मेरे रास्ते में आड़े मत आओ।'' लखूजी फिर कड़ककर बोले।

विश्वासराव ने शान्तभाव से उत्तर दिया, ''सज्जनों के घर में इस प्रकार नंगी तलवार लेकर प्रवेश नहीं किया जाता।''

लखूजी वहीं रुक गए। क्रोध के कारण उनके सफेद गलमुच्छे थरथरा रहे थे। उन्होंने फिर वही सवाल दुहराया, ''मैं पूछता हूँ, कहाँ है वो भोसला?''

''वे यहाँ नहीं हैं।''

''यहीं कहीं छिपा बैठा होगा।''

''भोसले वंश के जाए अभी इतने नपुंसक नहीं हुए हैं, जो कहीं डरकर छिप जाएँ।''

व्यंग्यभरी हँसी हँसते हुए लखूजी बोले, ''हाँ, छिप बैठने लायक न हों, पर भाग खड़े होने लायक अवश्य हो गए हैं।'' अब विश्वासराव का संयम टूट गया। वे कह उठे, ''खबरदार, जाधवराव! बहुत सुन लिया आपका कहा, सुन लीजिए कि ये घर भोसले के समधी का घर है। यहाँ भोसले का उपहास सहन नहीं किया जाता।''

''हँ-हँ! तुझसे विनती नहीं कर रहा हूँ मैं,'' क्रोध से तलवार उठाते हुए लखूजी कहने लगे, ''मेरे हाथ में शमशीर है–दिखाई पड़ती है या नहीं? चल हट, दूर हो जा।''

पलक झपकते ही विश्वासराव ने भी तलवार हाथ में थाम ली। झटके से तलवार को म्यान से बाहर खींचा। म्यान हवेली के चौक में जा गिरी और नंगी तलवार उनके हाथ में चमक रही थी। "तेरी ये मजाल!" कहते हुए लखूजीराव ने तलवार उठाई ही थी कि आवाज आई, "आबा!"

आवाज सुनते ही लखूजी की दृष्टि उस ओर मुड़ी। बैठक की पौरी में जीजाबाई खड़ी थीं। मशाल का उजाला उनके आधे मुख पर पड़ रहा था। लखूजी का उठा हाथ नीचे की ओर झुक गया। यद्यपि विश्वासराव ने लखूजी को पौरी की ओर जाने का रास्ता दे दिया था, फिर भी लखूजी के लिए कदम उठा पाना दूभर हो रहा था। "जीजा! जीऊ!" कितनी ही मधुर स्मृतियाँ इस लाडले नाम के साथ जुड़ी हुई हैं। जीजा-जीऊ यानी लखूजी की लाडली बेटी—जाधवराव के घर की साक्षात् शोभा। यह लक्ष्मी जिस दिन से भोसले के घर गई कि इधर जाधवों पर, इस लक्ष्मी के मायके पर बुरे दिनों की मार पड़ने लगी। लखूजी के हाथ से तलवार छूट गई। बौराए हुए कुछ बड़बड़ाते हुए वे आगे बढ़े जा रहे थे, फिर अपनी सारी शक्ति समेटकर वे कह उठे, "जीऊऽऽ।"

"आबाऽऽ" कहती हुई जीजाबाई झट से सीढ़ियाँ उतरीं और सहन के बीच आकर अपने पिता लखूजी से लिपट गईं। दोनों की उँगलियाँ एक-दूसरे की पीठ को सहलाकर शायद एक-दूसरे को बहुत कुछ समझा रही थीं। दोनों बैठक में आए। लखूजीराव बैठक की चौकी पर बैठ गए। विश्वासराव आगे बढ़कर उनके पैर छूते हुए कहने लगे, "मामाजी, हमें क्षमा करें।"

"रहने दो विश्वासराव! क्षमा किस बात की? उलटे हम तो तुम्हारा जोश देखकर बहुत प्रसन्न हुए हैं। हमें यह देखकर आज खुशी हुई कि भोसले वंश में न सही, पर भोसलों के रिश्तेदारों में तो शेर-शूरमा हैं।" अपनी ही बात पर खुश होकर लखूजीराव ठहाका मारकर हँस पड़े, परन्तु जब उनकी समझ में आया कि वे अकेले ही हँस रहे हैं, वे हँसते-हँसते रुक गए। जीजाबाई को अंग लगाते हुए वे कहने लगे, "क्यों बेटी, तू तो अच्छी है न!"

"अच्छी? यह भी क्या पूछ रहे हैं आबा, आप?" जीजाबाई कहते-कहते रुक गईं। लखूजीराव कहने लगे, "हाँ—कह, कह ना बेटी। रुक क्यों गई?"

जीजाबाई ने पिता की आँखों से आँखें मिलाईं। मन के भीतर का कोई गहरा दुख अकस्मात् उभर आया। अपनी बात का आशय समझने से पहले ही उनके मुख से बात निकल पड़ी, "लड़की की जात क्या और हल्दी-रोली की बुकनी क्या? चाहे कोई उठाए और चाहे किसी के माथे मढ़ दे। एक दिन रंगपंचमी के दिन अपने दरबार में तुमने अपनी इस जीऊ बेटी के ब्याह की हल्दी-रोली उछाली थी, सो आज भी वह रोली उसी तरह हवा में छितराई फिर रही है।"

"क्यों? हवा में क्यों?" लखूजी गरजकर बोले, "इस लखूजी जाधव की गोद अभी इतनी उजाड़ नहीं हुई है। उस भोसले को अपनी लुगाई बोझ लगती होगी, पर मुझे मेरी बच्ची वैसी ही प्यारी है।"

"बच्ची इतनी प्यारी है, तो ये वैर कैसा आबा? और ये दुश्मनी भी किससे ठानी है आपने? अपने दामाद से? इस दुश्मनी में समझ लीजिए कि आप जीत गए और आपकी बेटी की माँग उजड़ गई, तो क्या आपको खुशी होगी? आबा, तुम्हें अपनी इस लाड़ली बेटी की कसम...।"

लखूजीराव ने जीजाबाई को अपनी ओर खींच लिया। उनके मुख पर हाथ रखते हुए वे भर्राए गले से कहने लगे, "ना-ना बेटी, ऐसी बात न कह। अपनी कसम से मुझे क्यों बाँधती है? जैसे इस शरीर का तुझसे खून का नाता है, उसी तरह यह शरीर जाधवराव वंश की डोर से भी तो बँधा हुआ है। रही बात वैर की, सो बेटी, वह तो अब मेरे टाले टलनेवाला नहीं है। अन्तिम साँस तक यह मेरा साथी बना रहेगा, यही शायद भाग्य में बदा है। इसे निभाए जाना ही मेरे बस में है। बिटिया, तेरे ऊपर मेरा आशीर्वाद है, सदा सुहागन रहे तू। इस पिता की चिन्ता मत कर, यह बूढ़ा चल बसा तो भी तू दुख न मनाना।" जीजाबाई की आँखें छलछला आईं। आँसुओं को पोंछते हुए लखूजीराव बोले, "रो मत बेटी, मेरी बात मान। तनिक इस इलाके के चारों ओर नजर डाल, अकाल फैला हुआ है। आदमी से आदमी कतराता है—किसी भी बादशाहत के पैर टिके नहीं हैं—हर ओर विद्रोह और गद्दारी भड़क उठी है। ऐसी स्थिति में तू अकेली कैसे रहेगी? मेरा कहा मान, मेरे साथ सिंदखेड चल, सिंदखेड तेरा ही मायका है। अमन-चैन हो जाने पर तेरी जहाँ इच्छा हो, रह लेना।"

सिर हिलाकर अस्वीकृति दर्शाते हुए जीजाऊ कहने लगीं, "नहीं आबा, जाधव कुल मेरा मायका है, पर मैं भोसले वंश की बहू हूँ। मुझे मायके का मोह छोड़ना ही होगा। इन बुरे दिनों में यदि मैं पीहर चली गई, तो यह भोसलों के घराने से बेईमानी होगी।" एक उसाँस छोड़कर लखूजी ने कहा, "कैसी मुश्किल है! एक गुत्थी सुलझाओ, तो दूसरी उलझ जाती है। तू मेरे जी का टुकड़ा है—एक तो गर्भ के बोझ से मजबूर है, इस पर भी पति मँझधार में छोड़कर चला गया है और यह तेरा पिता है लखूजी जाधवराव, जो केवल देखते रहने के सिवाय कुछ भी करने में असमर्थ है।"

"ऐसा न कहिए आबा, आप बहुत कुछ कर सकते हैं।"

"बता बेटी, क्या करूँ?"

"आबा, जाने से पहले मुझे शिवनेरी दुर्ग में पहुँचवा दें। वहाँ मेरी तबीयत ठीक रहेगी।"

"हाँ, हाँ, मैं समझ गया, तू क्या कहना चाहती है—विश्वासराव!"

विश्वासराव बैठक में आए। बोले, "कहिए!"

"कल ही डोली का प्रबन्ध करो। ऐसे गड़बड़-झमेले में किले के नीचे के इलाके में रहने की बजाय हमारी जीऊ का पहाड़ी दुर्ग शिवनेरी में रहना ही अच्छा रहेगा।"

"मैं भी ऐसा करने की ही सोच रहा था। वह दुर्ग भी तो आपका ही है। अब केवल एक ही विनती है।"

"विनती क्यों कहते हो विश्वासराव? तुम छोटे हो, फिर भी हमें आदेश दे सकते हो। हमारी कन्या, जाधव वंश की आन आज तुम्हारे हाथ है, कहो!"

"मेरी बात शायद छोटे मुँह बड़ी बात होगी। आपका वैर आपको क्रोधित करता होगा, परन्तु मेरे लिए तो जाधवों और भोसलों का यह वैर भगवान का वरदान ही है।"

"क्या कह रहे हो तुम?" लखूजी पूछ उठे।

"आप दोनों के बीच यह शत्रुता न होती, तो भला आपके पाँवों से हमारा घर क्योंकर पावन होता? भोसले कुल की लक्ष्मी की चरणधूलि हमारे घर को क्योंकर मिल पाती?"

"वाह, वाह विश्वासराव, शाही रिवाजों-रस्मों में पले-ढले हम लोग तुम्हारे अदब को देख-सुनकर हक्के-बक्के रह गए हैं।"

"पर मेरी विनती के बारे में क्या फैसला हुआ?"

"कैसी विनती?"

"आप और आपकी घुड़सवार सेना आज यहीं भोजन पाकर जाए, बस इतनी ही विनती है।"

"हमारी सेना ने तो पिछले पड़ाव पर ही खा-पी लिया है। शायद सारी रात घुड़दौड़ करनी होगी, ऐसा सोचकर हमने घोड़े पर जीन कसी थी। अब हम बूढ़े हुए, केवल एक समय खाना खाते हैं हम। तुम अगर चाहते हो तो घोड़ों के लिए दाना-सानी का इन्तजाम...।"

"मैं वह इन्तजाम करके ही आया हूँ। पर आपके ये चरण, जो शायद कभी हमारे घर न पधारते, आज अचानक आ ही गए हैं तो...रानीसाहिबा, आप कहिए न इनसे!"

जीजाबाई संकोचवश बोलीं, "अब आप दोनों ही मेरे लिए बड़े हैं...आबा!"

"अच्छी बात है, विश्वासराव! अब रात काफी हो गई है। व्यर्थ ही अधिक कष्ट मत उठाना तुम। हम बस थोड़ा-सा दूध-भात खा लेंगे।"

भीतरी भोजनकक्ष में चाँदी के फूलों से जड़ा एक पीढ़ा रखा हुआ था। उसके आगे चाँदी के ऊँचे दीवट जल रहे थे। विश्वासराव लखूजीराव को उस पीढ़े के पास ले गए।

"यह क्या, एक ही पीढ़ा? और तुम! तुम नहीं बैठोगे क्या?"

"मैं भोजन कर चुका हूँ—अभी आपके आने से कुछ ही देर पहले...?"

"नहीं, यह ठीक नहीं। तुम्हें भी हमारे साथ खाने पर बैठना होगा। जाने फिर ऐसा सुयोग आए न आए...।" और पीढ़े लाकर रखे गए। विश्वासराव के घर के लोग अतीव तुष्ट होकर देखने में मग्न थे। पुलाव भरा थाल सामने आते ही लखूजीराव कह उठे, "ना, ना, अब नहीं। काफी हो गया अब।"

विश्वासराव बोले, "रानीसाहिबा, यह घर भी तो आपका ही है। अब आप ही परोसें अपने आबासाहब को।" जीजाऊ ने आँचल खोंसा। जैसे ही उन्होंने पुलाव का थाल हाथ में लिया, लखूजी के हाथ जो अब तक थाली पर फैले हुए थे, अपने आप दूर हो गए। लखूजी कहने लगे, "तुम भोसलों के घर के लोग दाँव लगाने में बहुत होशियार होते हो।" सब इस बात पर हँस पड़े। पुलाव परोसते समय लखूजी के हाथ परोसा रोकने के लिए आगे नहीं बढ़ रहे थे, तो जीजाबाई ने ऊपर देखा। ज्यों ही उनकी दृष्टि आबासाहब के चेहरे पर पड़ी, उनकी मुस्कराहट क्षण में जाने कहाँ खो गई। लखूजी की आँखें डबडबाई हुई थीं। जीजाऊ ने कहा, "आबाऽऽ!" आँखें पोंछते हुए लखूजी कहने लगे, "परोस बेटी, परोस। आज सारी भूख मिट जाने दे। इस राजनीति की भाग दौड़ में ऐसा स्नेह-भरा भोजन कई दिनों से नसीब नहीं हुआ।" और सारी पंगत पर एक नया ही रंग छा गया।

3

अगले दिन सुबह जाधवराव का अश्वारोही-दल हवेली के सामने खड़ा था। भोसलों की एक छोटी सैनिक टुकड़ी भी एक ओर खड़ी थी। भोसले पक्ष के सरदार बालकृष्ण पन्त हनुमन्ते, शामराव नीलकंठ, रघुनाथ बल्लाल, कोरडे, ये सब हवेली के द्वार के निकट उपस्थित थे। हवेली के पहले भीतरी चौक में एक शाही पालकी रखी थी। पालकी ढोनेवाले कहार अपना

पहनावा कसे हुए चौक के एक कोने में तैनात खड़े थे। विश्वासराव के परिवार की महिलाएँ चोली-नारियल से जीजाऊ की गोद भर रही थीं। आँचल में चोली-नारियल की भेंट समेटे हुए, रोली से रँगा माथा लिये जीजाऊ बैठक में आई। लखूजी तथा विश्वासराव को प्रणाम करके वे डोले में जा बैठीं। उनके साथ डोले में विश्वासराव के घर की कुछ महिलाएँ भी बैठ गईं। कहारों ने डोला उठाया और डोला जुन्नर गाँव के पथरीले, पठारी भू-भाग से होता हुआ शिवनेरी गढ़ की ओर चल पड़ा। पालकी के आगे-पीछे घुड़सवार चल रहे थे। लखूजी और विश्वासराव पालकी के दाएँ-बाएँ रहकर आगे बढ़ रहे थे। गढ़ की तलहटी तक पहुँचकर घोड़े रुक गए। लखूजी घोड़े से उतर पड़े। विश्वासराव ने कहा, ''घोड़े किला चढ़ सकते हैं।''

''ठीक है, पर यह पहाड़ी रास्ता तो सीढ़ियोंवाला है। डोले का विशेष ध्यान रखना होगा न। यहाँ काफी ऊँचे-नीचे डौले हैं।''

डोला दुर्ग के पहाड़ी रास्ते पर चढ़ रहा था। डोले पर हाथ टेककर अपनी साठ साल की उम्र भूलकर लखूजीराव चढ़ाई चढ़ रहे थे। गढ़ का पहला दरवाजा पार कर डोला आगे निकल गया। हाथी-दरवाजा पार करके आरोहियों ने चढ़ते-चढ़ते पीछे मुड़कर देखा। सारी जुन्नर घाटी एक विशाल मोड़ लिये सामने फैली दिखाई दे रही थी। किले के पीर-दरवाजे तक पहुँचने के बाद खड़ी चढ़ाई शुरू हो गई थी। कहार बड़ी सावधानी से डोला उठाए चढ़ रहे थे। लखूजी रह-रहकर, 'धीरे चलो—सँभाल के भाई' कहते हुए साथ-साथ चल रहे थे। डोले की चूँ-चूँ चरऽ-मरऽ आवाज-भर सुनाई दे रही थी। शिवाबाई का दरवाजा पार करके डोला शिवाबाई देवी के मन्दिर की ओर मुड़ गया। मन्दिर के पास आकर डोला नीचे रख दिया गया। डोला भूमि पर ज्यों ही रखा गया, पालकी का पर्दा एक ओर हटा। जीजाबाई ने पूछा, ''गढ़ आ गया क्या?''

''जीऊ,'' लखूजीराव बोले, ''पहले तू शिवाबाई देवी का दर्शन कर ले, फिर सब गढ़ की ओर जाएँगे।''

जीजाबाई डोले से बाहर आईं। उन्होंने मन्दिर की ओर देखा। सीधी, पहाड़ी चट्टान के बीच बसे हुए उस मन्दिर को आँख-भर निहारकर जीजाबाई आगे बढ़ने लगीं। पूजा की सामग्री लिये हुए दासियाँ पहले ही आगे जा चुकी थीं। लखूजीराव, विश्वासराव जीजाबाई के पीछे-पीछे चल रहे थे।

मन्दिर पहुँचते ही विश्वासराव ने कहा, ''रानीसाहिबा, यह अत्यन्त जाग्रत तेजस्वी देवस्थान है। यहाँ की गई प्रार्थना कभी व्यर्थ नहीं होती।''

जीजाबाई ने देवी का प्रसाद पाया। लखूजी देवी के सम्मुख दंडवत् प्रणाम कर रहे थे। उठकर कहने लगे, ''बेटी, एक काम करेगी क्या?'' फिर मन में आए विचार को टालकर वे कहने लगे, ''अच्छा, रहने दे। बाद में बताऊँगा।''

जब सब लोग किले पर पहुँचे, तब तक सूरज काफी चढ़ आया था। किले का अम्बारखाना पीछे रह गया और जैसे ही सारा दल गढ़ के ऊपरी कोट तक पहुँचा कि सामने स्थित ऊँचा महल नजर आया। महल के सामने आकर डोला रुक गया। जीजाबाई चारों ओर फैला गढ़ देखने में मग्न थीं। लखूजी उन्हें अपने साथ दुर्ग के उस कोने में ले गए, जो कोना पुणे शहर की दिशा में है। वहाँ से दिखाई दे रहे एक पहाड़ की ओर संकेत करते हुए वे कहने लगे, ''जीऊ बेटी, कभी यह मत समझना कि तू यहाँ अकेली है। देख, सामने ही शेषाद्रि है। जानती

है, इस पर्वत में कई गुफाएँ हैं, जिनमें कई देवी-देवताओं का वास है। जब तक यह शेषाद्रि तेरा रक्षक है, तुझे भय कैसा?'' जीजाऊ ने उस दिशा में हाथ जोड़कर नमस्कार किया।

जीजाऊ को महल पहुँचाकर जाधवराव निकल पड़े। जीजाऊ जैसे ही उनके पाँवों में झुकीं, लखूजी के आँसुओं का बाँध फूट पड़ा। जीजाऊ को गले लगाते हुए उन्होंने जैसे-तैसे अपने आँसू पोंछे, ''बेटी, पगली हो गई है क्या? अरी, तेरा पति चाहे मुझे न बुलाए, पर अपने नाती का मुँह देखने मैं तो आऊँगा ही।...अरे हाँ, अच्छा याद आया।'' कहते हुए लखूजीराव ने कमर में बँधी टाँची निकालकर जीजाऊ के हाथ में दे दी। बोले, ''ये एक सौ एक होन हैं। मैंने मन्दिर में कहा था न कि बाद में बताऊँगा। सच बात यह है कि वहाँ मैंने देवी के सामने एक मनौती मानी थी। अगर तुझे लड़का हुआ, तो सोने के एक सौ एक होन देवी को भेंट चढ़ा देना, बेटी। मेरा आशीर्वाद है तुझे, देवी की कृपा से तेरी गोद में ऐसा बच्चा खेलेगा, जो तेरी जनम-जनम की चाह पूरी करेगा। उसकी ओर देखकर तेरा सिर हमेशा शान से ऊँचा रहेगा। दुख-क्लेश तेरे पास नहीं फटक सकेंगे। चिन्ता न कर बेटी। अच्छा, मैं जाता हूँ।''

जब लखूजी महल से बाहर आए, नारो त्रिमल, हनुमन्ते, गोमाजी नाईक, पानसम्बल आदि सरदारों ने उन्हें सिजदे किए। लखूजी कहने लगे, ''तुम सरीखे कर्तव्यनिष्ठ लोग रानीसाहिबा के आसपास हैं, तब हमें क्या चिन्ता हो सकती है? अच्छा, उनका खयाल रखना।''

''जी,'' नाईक ने कहा, तभी लखूजी की नजर विश्वासराव की ओर गई।

''विश्वासराव, तुम्हारे उपकारों का बोझ हमसे कभी नहीं उतरेगा। फिर भी कहे बिना रहा नहीं जाता, इसलिए...।''

''नहीं, नहीं, मामासाहब, ऐसा कुछ न कहें। मुझ पर भरोसा रखें, बिलकुल निश्चिन्त रहें आप।''

''भला तुम पर नहीं रखेंगे, तो और किस पर भरोसा रखेंगे? कभी किसी तरह की कोई कठिनाई आ पड़े, तो हमारी लाग-डाँट का तनिक भी खयाल न करते हुए अवश्य सन्देशा भिजवाना। हम तुरन्त गढ़ पहुँच जाएँगे, अच्छा राम-राम...।''

फिर से सिजदों की झड़ी लगी। विश्वासराव लखूजी को पहुँचाने चार कदम दूर तक साथ गए। घुड़सवार-सेना के सिपाही उस शिवनेरी दुर्ग को देखते-दिखाते इधर-उधर घूम रहे थे। दुपहरी का सूरज सिर के ऊपर चमक रहा था।

4

दिनों, पखवाड़ों, महीनों में समय बीतता गया।

जीजाबाई बड़े सबेरे उठ जाती थीं। स्नान, पूजा-अर्चनादि सम्पन्न होते-होते सूर्योदय हो जाता था। उसके बाद रसोईघर में जाकर लक्ष्मीबाई के साथ रसोई के लिए आवश्यक सीधा निकालकर देने में उनका कुछ समय बीतता था। फिर धार्मिक ग्रन्थों के पाठ के पश्चात् वे भोजन करती थीं और फिर थोड़ी-सी नींद। सायंकाल वे थोड़ा घूम-फिर आती थीं। एक-दो दिनों में कभी-कभार ऊपरी गढ़ से नीचे उतरकर शिवाबाई देवी के दर्शन कर आती थीं। देवदर्शन करने वे पैदल ही जाती थीं। विश्वासराव ने उनसे कई बार कहा कि शिवाबाई का

मन्दिर गढ़ के काफी निचले स्थान पर स्थित है, वहाँ तक डोली में बैठकर ही जाया करें, पर जीजाबाई ने उनकी बात कभी नहीं मानी। जीजाबाई को शिवनेरी दुर्ग में आए चार मास बीत चुके थे।

दोपहर में जीजाबाई अपने महल में सो रही थीं। वहीं पर नीचे बिछी शतरंजी पर बैठकर लक्ष्मीबाई कुछ सीने-पिरोने में लगी हुई थीं। एक दासी जीजाबाई के पाँव दबा रही थी। लक्ष्मीबाई यूँ ही पूछ बैठीं, ''रानीसाहिबा!''

''लक्ष्मीबाई, तुम पराए की तरह हमें रानीसाहिबा क्यों कहती हो? हम-तुम उम्र में एक-सी हैं। तुम मुझे जीजाबाई कहकर पुकारा करो न!''

''घनिष्ठता बढ़ गई तो क्या हुआ, हमारे लिए अपनी मर्यादा से आगे बढ़ना ठीक नहीं है।''

''तुम मेरा कहा मानोगी थोड़े ही, अच्छा, क्या कहना चाहती थीं?''

''बताओगी क्या आप?''

''हाँ, क्यों नहीं, अवश्य बताऊँगी।''

''कुछ नई, अनोखी, कुछ निराली चीज खाने को तुम्हारा जी मचलता है या नहीं? मैं देख रही हूँ, तुम कुछ खास खाने-पीने की इच्छा जाहिर नहीं कर रही हो।''

जीजाबाई मुस्कराने लगीं, ''सच कहूँ लक्ष्मीबाई, खाने-पीने के कुछ दोहद हैं ही नहीं। हाँ, पहले इच्छा होती थी कि घोड़े पर बैठकर घोड़ा दौड़ाऊँ, कमर में तलवार लटकती हो, किले की खुली हवा को एक घूँट में पी डालूँ, ऊँचे पहाड़ी कगार पर खड़े होकर नीचे बसे घरों की मिट्टी की छतें देखा करूँ—भाग्य ने मेरी ये सारी लालसाएँ पूरी कर दी हैं।''

लक्ष्मीबाई हँस दीं। सीने-पिरोने का सामान बटोरकर वे उठने लगीं। जीजाबाई ने पूछा, ''क्यों, उठ क्यों पड़ीं?''

''आप कुछ विश्राम कर लें। थोड़ी नींद आ जाएगी, तो अच्छा लगेगा।''

''सच बताऊँ?'' जीजाबाई कह उठीं, ''आजकल दोपहर में मुझे नींद नहीं आती।''

''क्यों?''

जीजाबाई लजा उठीं। पेट की ओर इशारा करते हुए कहने लगीं, ''ये जो खेल-कूद रहा है न भीतर!''

लक्ष्मीबाई झट से उठीं। उनसे रहा नहीं गया। गर्भवती जीजाऊ के कान्तिमय मुख को प्यार से दुलारकर, सिर के दोनों ओर हथेलियाँ फिराकर उँगलियाँ चटकाते हुए वे बोलीं, ''तुझे किसी की नजर न लगे, मेरी मैया। ऐसी बातें मत कहा कर। जा, जाकर जरा सो ले।'' कहते-कहते लक्ष्मीबाई उठकर बाहर चली गईं।

सन्ध्या के समय जीजाबाई, लक्ष्मीबाई दासियों के साथ घूमने निकली थीं कि सेवक विठू भीतर आया।

''क्यों विठू, क्या बात है?'' जीजाबाई ने पूछा।

''रानी सरकार, आप किले के पहाड़ी ऊँचे कोने की ओर घूमने जा रही हैं क्या?''

''हाँ।''

''अर्ज है कि आप आज उधर न जाएँ। पश्चिमी कोने की ओर जाएँ।''

''क्यों?''

"एक गुनाहगार को आज मौत की सजा दी गई है। टकमक नामक पहाड़ी के ऊँचे कगार से सीधा गहरी घाटी में धकेलने की उसे सजा दी गई है। आज उस सजा की तामील की जा रही है।"

"कौन है वो अभागा?"

"रानी सरकार, यह तो मैं जानता नहीं। टकमक कोने की ओर जानेवाले सारे रास्ते बन्द कर दिए गए हैं, इसीलिए मैंने यह कहने की ढिठाई की।"

"विठू, तुरन्त दौड़ता जा और विश्वासराव से कहना, हमने याद किया है।"

"जी," कहता हुआ विठू दौड़ पड़ा। विश्वासराव जब आए तो उनके साथ वयोवृद्ध हनुमन्ते भी थे। दोनों ने रानीसाहिबा को सिजदे किए।

जीजाबाई ने पूछा, "विश्वासराव, आज पहाड़ी कगार से किसे धकेला जा रहा है?"

"आपसे किसने कहा?"

"समझो, पता लग गया। पर यह सच है क्या?"

"हाँ, रानीसाहिबा, किले की तलहटीवाले छोटे गाँव के एक आदमी ने कल चोरी की थी। उसने एक मन अनाज लूटा था।"

"तो इतने से अपराध के लिए खड़ी चट्टान से नीचे धकेलने का दंड?"

"रानीसाहिबा, ये अकाल के दिन हैं। अगर ऐसी ही चोरियाँ होने लगीं, तो पहले से ही अस्त-व्यस्त अपने इस इलाके में गड़बड़ मचते कितनी देर लगेगी?"

"तुम्हारा राज है यहाँ, तुम्हारे बीच आना हमारे लिए उचित तो नहीं है। परन्तु विश्वासराव, प्रजा खाने के लिए तरसती है, क्या इस दोष के भागी हम नहीं हैं? चोरी करने का क्या किसी को शौक होता है?"

"आपकी आज्ञा क्या है?"

"आज्ञा कैसी? प्रार्थना है हमारी, जब तक हम यहाँ गढ़ में हैं, किसी को भी कगार-धकेल की खाई-फेंक सजा न दी जाए।"

हनुमन्ते बोले, "माँसाहिबा, आप थीं, इसीलिए बेचारे के प्राण बच गए। इसका सारा श्रेय विठू को है।"

जीजाऊ ने विठू की ओर देखा। विठू सकुचाते हुए बोला, "ऐसी बात नहीं है, रानी सरकार, सच बात तो यह है कि इन्होंने ही मुझसे यह बात कही थी। आज दोपहर को उसे गढ़ में लाया गया था, तब बहुत रो-धो रहा था बेचारा। हनुमन्ते मुझसे कहने लगे, यह घटना अगर कोई रानी सरकार को बता दे, तो इसकी जान बच सकती है।" जीजाऊ हँस पड़ीं। कहने लगीं, "और इसीलिए तूने हमें बताया, है न? देख लिया लक्ष्मीबाई, हमारे आदमी कैसे-कैसे दाँव-पेंच जानते हैं?" दोनों हँस दीं। जीजाऊ ने कहा, "चलो, हनुमन्ते काका, थोड़ा घूम आएँ।"

किले के परकोटे से नीचे बसा जुन्नर गाँव दिखाई दे रहा था। नदी की धारा दिखाई पड़ रही थी। उस प्रदेश को देखते-निरखते हुए जीजाबाई बढ़ी जा रही थीं कि एक जगह आकर वे ठिठक गईं। नीचे की तलभूमि की ओर उँगली से इशारा करते हुए वे लक्ष्मीबाई से कहने लगीं, "लक्ष्मीबाई, वह जो नीचे जमीन पर हरा-हरा घेरा-सा दिखाई दे रहा है, वही जुन्नर के पठारवाली अमराई है न!"

"जी हाँ।"

जीजाबाई के मुख से उसाँस निकल गई। वे पीछे लौट पड़ीं और तालाब के पास आकर वे उसके तट पर बैठ गईं। उनके पीछे की ओर महल का ऊँचा छज्जा आकाश को छूता-सा प्रतीत होता था। अस्त हो रहे सूर्य को नमस्कार करके वे महल की ओर लौट पड़ीं।

वे महल के द्वार तक पहुँची ही थीं कि एक आदमी तीर की तेजी से लपकता हुआ आगे आ गया। इसके पहले कि कोई कुछ समझे-सँभले, वह आदमी जीजाबाई के पैरों में लोट गया। विठू दौड़ा और उसने उस आदमी को खड़ा किया। बाल लम्बे-लम्बे, आँखें गड्ढों में धँसी हुईं, सूखे-उदास चेहरेवाला वह मनुष्य लकड़ी की मूरत-सा बना हुआ था। वह रो अवश्य रहा था, पर मुँह से कह कुछ नहीं पा रहा था। विठू ने बताया, "यही है वो आदमी, जिसे पहाड़ से धकेले जाने की सजा हुई थी।" जीजाबाई कहने लगीं, "अब कभी चोरी मत करना भैया, जा, भगवान के पाँव छू आ।"

इतना कहकर वे भीतर चली गईं। महल में विश्वासराव खड़े थे। जीजाबाई हँसकर कहने लगीं, "विश्वासराव, तुमने उस आदमी को छोड़ दिया, बहुत अच्छा किया। गरीब, बेचारा! खुशी के मारे उसके आँसू निकल रहे थे।"

"जी," विश्वासराव ने कहा।

परन्तु विश्वासराव के मुख पर असमय ही गम्भीरता देखकर जीजाबाई का कलेजा काँप उठा। वे पूछ बैठीं, "क्यों विश्वासराव, क्या बात है?"

"रानीसाहिबा, खबर तो अच्छी नहीं है।"

"कहो, कहो, देर मत करो।"

"राजासाहब ने बीजापुर के बादशाह का इलाका जीतकर विद्रोह का झंडा खड़ा कर दिया था, इसलिए बादशाह ने अपने सेनापति मुरार जगदेव को पुणे पर हमला करने भेजा। मुरार जगदेव ने सारे पुणे शहर की होली जला डाली, हवेली-बाड़े मटियामेट कर डाले। इतना ही नहीं, उसने गधों को हल में जोतकर दिन-दहाड़े पुणे शहर की चप्पा-चप्पा जमीन खुदवा डाली। गाँव का नामोनिशान तक बाकी नहीं छोड़ा उसने। पुणे शहर, वही पुणे शहर जो शहाजीराजा की जागीर है, उस शहर के बीचोबीच उसने रम्भा ठोक मारा है। वह गड़ा हुआ रम्भा बरबादी का सबूत है।"

"और हमारे 'श्रीमानजी'?" जीजाबाई ने खुसफुसाकर पूछा, उनका गला सूख गया था।

"राजासाहब कुशल से हैं, ऐसी खबर मिली है। वे इस समय फलटण की ओर गए हुए हैं। दो दिन पहले ही यह समाचार मिला है। हम राजासाहब के क्षेम-कुशलता की ही प्रतीक्षा कर रहे थे।"

जीजाबाई ने पसीना पोंछा। कहने लगीं, "जब भाग्य ने ही पलटा खाया हो, तो तुम्हारा ही क्या वश है? हमारे ये सकुशल हैं, यही बहुत है। बुरे में भी इतना अच्छा तो है।"

विश्वासराव सिजदा करके चले गए और जीजाबाई के अब तक रुके हुए आँसू अनायास बह निकले। लक्ष्मीबाई उन्हें धीरज बँधाने का प्रयत्न कर रही थीं।

कभी-कभी ऐसा समय भी आता है कि बुरे समाचार अकेले नहीं आते। सुने हुए अमंगल समाचार का आघात सहन करने के लिए जीजाबाई अपना मन कठोर कर ही रही थीं कि एक दूसरी बुरी खबर बरसी। खबर थी कि शहाजीराजा के चचेरे भाई यानी खेलोजी भोसले

की पत्नी को अर्थात् जीजाबाई की देवरानी को महावतखान भगा ले गया। वे गोदावरी स्नान के लिए नासिक गई थीं, वहीं से उन्हें भगाया गया। इस समाचार से तो जीजाबाई के प्राण तिलमिला उठे। उस दिन से उनकी देह में इतना भी बल न रहा कि नीचे उतरकर देवदर्शन के लिए जा सकें।

विश्वासराव, नारो त्रिमल, गोमाजी पानसम्बल, हनुमन्ते आदि जीजाबाई के निकट रहनेवाले ये लोग कुछ दिनों से चिन्तित दिखाई दे रहे थे। गोमाजी पानसम्बल जीजाबाई के मायके का अपना निजी आदमी था। वह इतना बुजुर्ग था कि बड़ा होने के नाते वही जीजाबाई को कुछ कह सकता था। परन्तु उसकी बातों से भी जीजाबाई का दिल बहल नहीं पाता था। उधर लक्ष्मीबाई भी जीजाबाई के दिल-बहलाव के लिए प्रतिदिन कोई न कोई नया साधन जुटाती रहती थीं। अपने सारे धैर्य के बावजूद जीजाबाई के दुख को कम करने का यत्न करनेवाले उनके आत्मीय जन एक दिन जब अचानक खामोश हो गए तब लक्ष्मीबाई, जो किसी न किसी बहाने पास आकर उन्हें हँसती-हँसाती रहती थीं, वे भी जीजाबाई से आँखें चुराने लगीं। दासियों की चाल में धीमापन आ गया। विश्वासराव, पानसम्बल, हनुमन्ते आदि जो बड़े-बूढ़े पहले आते थे, जो अकारण ही बातें बढ़ाकर समय गँवाते थे, ये लोग भी अब पूछी गई बात का अधूरा-सा उत्तर देकर कतराने लगे थे। जीजाऊ यह सब अनुभव कर रही थीं, पर इस रूखेपन का कोई कारण उनकी समझ में नहीं आ रहा था। जब यह चुप्पी उन्हें असहय हो उठी, तो उन्होंने विश्वासराव को बुला भेजा, "विश्वासराव!"

"जीऽऽ रानीसाहिबा!"

"हम यहाँ हैं तो केवल तुम्हारे सम्बन्धी होने के कारण हैं या यहाँ हमारा अपना भी कुछ हक है? तुम तो हमारे छोटे भाई जैसे हो। इस कारण हमने तुम्हारे यहाँ रहने में सम्मति दी है।"

"मैं क्या जानता नहीं यह?"

"जानते हो, तो फिर हमसे क्या छिपाकर रखना चाहते हो?"

"कुछ नहीं, रानीसाहिबा," विश्वासराव हड़बड़ाकर कह उठे। "आपसे किसने कहा?"

"कहना ही पड़ता है क्या? आज दो दिन हो गए, कोई हमसे सीधी बात तक नहीं करता। हमें देखते ही जैसे सबकी जबान को लकवा मार जाता है।"

"आप गलत समझ रही हैं, रानीसाहिबा।"

"विश्वासराव, हमने भी काफी दुनिया देखी है, बहुत से आघात सहन किए हैं। अगर तुम हमसे सच-सच नहीं कहोगे, तो हमारे लिए यहाँ दो पल बिताना भी कठिन होगा, समझ लो।"

"परन्तु, माँसाहिबाऽऽ!"

"घबराओ मत, विश्वासराव। इस जीजाबाई ने आज तक बहुत कुछ सहा है। तुम कुछ भी बताओगे, सहन करने की शक्ति है हममें, पर इस भय-आशंकाओं के वातावरण में हमारा दम घुटा जा रहा है, कहो...।"

"माँसाहिबाऽऽ...!"

"कहो।"

विश्वासराव फूटकर रो पड़े।

"विश्वासराव, यह रोना-धोना बन्द करो।" बेचैन जीजाबाई ने दीवार का सहारा लेकर आदेश दिया, "बोलो, बताओ...।" विश्वासराव ने आँखें मूँद लीं। वे झट से कह बैठे, "अपने आबासाहब...लखूजी जाधवराव का खून हो गया।"

"खून? मेरे आबा का खून हो गया? कौन है हत्यारा?" जीजाबाई शून्य दृष्टि गड़ाकर विश्वासराव को देख रही थीं। विश्वासराव को कहने के लिए शब्द ढूँढ़ने पड़ रहे थे। सूखे होंठों पर जीभ फिराते हुए वे आगे बताने लगे, "दौलताबाद के सुलतान से मिलने लखूजीराव उसके दरबार में गए थे। उन्हें पता नहीं था कि उनके विरुद्ध पहले से ही कोई कुचक्र रचा गया है। अपने तीन बेटे अचलोजी, रघोजी और यशवन्तराव के साथ वे सुलतान के सामने हाजिर हुए। जैसे ही उन्होंने सिजदे किए, सुलतान भरे दरबार से उठकर चल दिए। सुलतान का यह आचरण लखूजीराव के लिए एकदम नया और अजीब था। ऐसे रूखेपन का कोई मतलब उनकी समझ में नहीं आ रहा था कि इतने में...।"

"कहो विश्वासराव, पूरी बात कह डालो, पल-भर भी देर मत करो।"

"अगले ही क्षण तलवारें म्यान से बाहर आ गईं। लखूजीराव को मुकाबला करने का तनिक भी मौका नहीं मिल पाया। केवल एक कटार से वे क्या सामना करते? माँसाहिबा, सुलतान की चाकरी में रहते हुए जाधव कुल के चार वीरों को यह इनाम मिला। लखूजी का एक बेटा बहादुरजी अपनी माँ के पास था, सो वही एक बच पाया। आपके देवर जगदेवराव भी उस दिन किले के नीचे थे, इस कारण मौत से बच गए।"

विश्वासराव ने सिर उठाकर ऊपर देखा। जीजाबाई पुतली-सी बनी हुई दीवार से टिककर खड़ी थीं। वे सूने में एकटक लगाए देखे जा रही थीं। उनके चेहरे पर विचित्र-सी भीषण हँसी खेल रही थी। विश्वासराव के कानों ने ये रूखे शब्द सुने, "आबा चल दिए! मेरे लिए मायका भी अब परदेश हो गया। हमारी जागीर में परायों की खातिर पुणे नगर पर, अपनों ने गधे जोतकर हल चलाए। हम जिस दरबार के चाकर हैं, वे शासक ही हमारी लड़कियाँ भगा ले जाते हैं और जिस शूरमा के बल पर शाहों-सुलतानों ने अपने राज खड़े किए, उसी सुलतान के दरबार में उन्हीं जाधवराव का कत्ल किया जाता है!" जीजाबाई अकस्मात् चीख उठीं। चिल्लाकर कहने लगीं, "विश्वासराव, इस दुनिया में भगवान कहीं है क्या?" दीवार का सहारा लिये जीजाबाई खड़ी थीं, ढलान की ओर गिरने को हुईं ही कि विश्वासराव ने दौड़कर उन्हें सँभाला। देखा कि जीजाबाई बेहोश हो चुकी थीं। सारे महल में भगदड़ मच गई।...आधी रात के समय महल में फिर एक बार रोने-धोने का कोलाहल मचा हुआ था।

5

लखूजीराव की हत्या के समाचार से जीजाबाई बुरी तरह टूट चुकी थीं। इस धक्के से वे जल्दी सँभल नहीं पाईं। रात-बेरात वे चौंक उठती थीं। सारा शरीर पसीने से नहा उठता था। घर में अनजाने ही बरतन गिरने की आवाज हो तो भी वे थर्रा उठती थीं। महल के बारजे में से दिखाई देनेवाले शेषाद्रि पर्वत की ओर वे घंटों देखा करतीं। कोई कुछ कहे तो उनकी आँखों से आँसुओं की धारा फूट निकलती। बोलनेवाला भी खामोश रह जाता था। आखिर कहे तो क्या कहे! जीजाबाई का मन बहलाने के लिए लक्ष्मीबाई जो भी उपाय करती थीं, सब

निष्फल हो रहे थे। एक दिन लक्ष्मीबाई कह ही बैठीं, "रानीसाहिबा, ये सब क्या है? जो कुछ हुआ, उसका क्या मुझे दुख नहीं है? सभी तो उस दुख से दुखी हैं। मुझे आपकी उतनी चिन्ता नहीं है, जितनी आपके बच्चे की है। कम-से-कम आप अपने पेट में खेल रहे बच्चे की ओर तो ध्यान दें। सोचिए तो सही, आपके इस शोक का प्रभाव गर्भ के बालक पर नहीं पड़ेगा क्या?" जीजाबाई का सारा शरीर भय के कारण काँप उठा। पिता के वियोग में वे अपने पेट के बच्चे को ही भूल बैठी थीं। जीजाबाई बोलीं, "नहीं, नहीं लक्ष्मीबाई, ऐसी बात मत कहो। ये लो, मैंने पोंछ डाले आँसू। अब मैं कभी नहीं रोऊँगी। अपना दुख मैं खुद ही झेलूँगी।"

"सच कहती हैं?"

"बिलकुल सच। शिवाबाई देवी की शपथ! अब जैसा तुम कहोगी, वही करूँगी मैं।"

"शपथ क्यों खा बैठीं?"

"मुझे तुम्हारे कहे पर भरोसा है। चलो, शपथ उतार दी मैंने तुम्हारी।" अगले ही दिन से हवेली में जीजाबाई की दिनचर्या पूर्ववत् हो गई।

नौ महीने पूरे हुए। लक्ष्मीबाई को नित नए काम सूझते थे। विश्वासराव देवताओं का निरन्तर अभिषेक करा रहे थे। धार्मिक अनुष्ठान के लिए ब्राह्मण नियुक्त किए गए थे। अनुभवी सेविकाएँ जीजाबाई की परिचर्या में तत्पर थीं। अनुभवी, सगुनी दाइयाँ तथा कुशल वैद्य गढ़ में आ चुके थे।

चूने की लिपाई से जगमगा रहे प्रसूति-कक्ष की दीवारों पर स्वस्तिक के चिह्न अंकित किए गए थे। छत से मोतियों की झालरें लटक रही थीं। कक्ष में अँधेरा न रहे, इसलिए चाँदी के दीवट रात-दिन प्रज्वलित रहते थे। ताजे जल से परिपूर्ण स्वर्णघट मंच पर रखे रहते थे। भवन पर भूत-पिशाच की छाया न पड़े, इस कारण सर्वत्र सफेद राई बिखेरी गई थी। बहुमूल्य ऊद की सुगन्धि से सारा वातावरण सुवासित हो उठता था। सारा दुर्ग जैसे नए अतिथि के आगमन की प्रतीक्षा में साँस रोके था।

दोपहर का सूरज पश्चिम की ओर झुकने लगा था। ठंडी हवा बहनी शुरू हो चुकी थी। विश्वासराव, गोमाजी नाईक, वैद्यराज आदि सब जन बैठक में थे। सब पान खाने, लगाने में मस्त थे। पान पर चूना लगाते हुए नाईक विश्वासराव से बोले, "क्यों सरकार, आज चुप हैं आप?"

"क्या कहूँ गोमाजीपन्त? तुम्हें याद है, माँसाहिबा ने कुछ दिन पहले एक आदमी की कगार-फेंकवाली सजा माफ कर दी थी।"

"हाँ, माँसाहिबा का हृदय बहुत कोमल है।"

"वह तो ठीक, पर दिन पर दिन ऐसी कोमलता बढ़ रही है। अगर कहीं इस वर्ष भी बरसात ठीक समय पर न हुई, तो अगला साल तो घोर संकट ही समझो।"

"मैं कुछ कहूँ क्या?" ज्योतिषीजी ने पूछा।

"कहिए न!"

"मुझे तो अगले कुछ वर्ष अशुभ ही दिखाई देते हैं। ग्रहों की स्थिति कुछ ऐसी है कि अकाल-सूखे के वर्ष साफ-साफ दिखाई दे रहे हैं।"

"वाह, क्या भली बात कही है। ऐसा अनिष्ट बताने से अच्छा हो, यदि आप रानीसाहिबा के बारे में कुछ शुभवार्ता सुनाएँ।"

"उसकी चर्चा छोड़िए। उस विषय में मुझे कोई चिन्ता नहीं है।" ज्योतिषीजी बोले।

"हाँ, आज ही हमने रानीसाहिबा की नाड़ी देखी है, अब अधिक समय नहीं लगेगा। किसी भी समय... ।" वैद्यजी ने अपनी बात जोड़ दी। इसी समय सेविका बैठक की सीढ़ियाँ चढ़कर आई। विनम्रता से कहने लगी, "सरकार, आईसाहिबा ने कहला भेजा है कि रानीसाहिबा के पेट में दर्द है।"

"मेरा अनुमान कभी गलत नहीं होता," वैद्यजी बुदबुदाकर कह गए।

"हाँ, मैं भी यही कह रहा था।" ज्योतिषीजी ने सन्तोष की साँस भरी।

सब तुरत उठ खड़े हुए, परन्तु जैसे ही ध्यान आया कि उठकर भी क्या होगा, वे फिर बैठ गए।

समय चींटी के पैरों सरक रहा था। पहर बीता, दो पहर, फिर तीन पहर बीते, सायंकाल हो आई। दीया-बत्ती का समय आ गया, पर कोई समाचार नहीं आया। हर बीतता पल बेचैनी बढ़ा रहा था। इतना-भर दीख पड़ता था कि दाइयाँ और दासियाँ भागती-दौड़ती फिर रही हैं। नारोपन्त तो बहुत पहले ही देवी के मन्दिर की ओर चले गए थे।

दीया-बत्ती जल उठीं। रात बढ़ रही थी। विश्वासराव बैठक में चिन्ताग्रस्त होकर टहल रहे थे। मशालें हवा से फड़क रही थीं। दीवारों पर परछाइयाँ आ-जा रही थीं। क्या कहा जाए, कोई नहीं समझ पा रहा था। इतने में दासी दौड़ती हुई आई। उसके चेहरे से खुशी टपक रही थी। कहने लगी, "सरकार, लड़का हुआ है।"

विश्वासराव अपनी प्रसन्नता छिपा न सके। कमर से बँधी टाँची खोलकर उन्होंने दासी की ओर उछालकर फेंकी। ज्योतिषी महाराज, घटिका, पल की गणना करते हुए पुत्रजन्म के समय का निश्चय करने में मग्न हुए। विश्वसराव बोले, "देवी की कृपा हुई।"

विश्वासराव को अकस्मात् याद आया कि नारोपन्त देवी के मन्दिर गए हुए हैं। उन्होंने यह शुभ समाचार उन्हें सुनाने एक सेवक मन्दिर की ओर दौड़ाया।

प्रसूता तथा शिशु को सुहागिनों ने गरम पानो से स्नान कराया। वैदिक पंडितों ने शिशु को आशीर्वाद दिया। स्वस्ति मन्त्रों का पाठ किया गया। दासियों-दाइयों के मुख पर तृप्ति का भाव छाया हुआ था। वे असीम स्नेह तथा सच्ची श्रद्धा से जीजाबाई की सुश्रूषा में मग्न थीं।

विश्वासराव ज्योतिषीजी को साथ लेकर जीजाबाई के पास गए। बालक पर सोने की मुहरें निछावर करके विश्वासराव जीजाबाई से बोले, "रानीसाहिबा, ज्योतिष शास्त्रीजी पधारे हैं।"

जीजाऊ ने लेटे-लेटे ही कठिनाई से उन्हें नमस्कार किया।

ज्योतिषीजी के लिए मृगचर्म का आसन बिछाया गया था। आशीर्वाद वचनों का उच्चारण करते हुए शास्त्री महोदय उस आसन पर विराजमान हुए। एक चाँदी का पीढ़ा सामने रखा गया। उसके दोनों ओर चाँदी के पूजा-दीप जल रहे थे। ज्योतिषीजी ने पंचांग खोला। प्रसूति-गृह के द्वार पर सब पारिवारिक जनों की भीड़ एकत्रित थी। नवजात बालक का भविष्य जानने के लिए सब आतुर थे। "श्री गणेशाय नमः। शुभं भवतु।" ज्योतिषीजी ने उँगलियों के पोरों पर कुछ गिना। फिर घड़ी-पल के गणित का जोड़ किया। जन्म-कुंडली के स्थानों में ग्रहों के नाम लिखे जाने लगे। जब कुंडली बनकर पूरी हुई, ज्योतिषीजी ने जीजाबाई की ओर

देखा। जीजाबाई कहने लगीं, "पंडितजी, संकोच त्यागकर सब कुछ स्पष्ट कहिएगा। यह बच्चा गर्भ में आया और तभी से घर-बार के तीन-तेरह हो गए। कोई किसी की बात न पूछे, न सुने। अपने ही खून के नातेदारों ने दुश्मनी ठान ली। अपनी जागीर पर गधों के हल चले। इस बच्चे के नाना परलोक सिधारे। आज का दिन भी ऐसा कि इस बालक के पिता शत्रु का पीछा करते, भागते-दौड़ते फिर रहे हैं। इसका बड़ा भाई अभी नन्हा है—वह भी उनके साथ मारा-मारा फिर रहा है। सारे प्रदेश में सूखे का राज है। प्रजा दाने-दाने को तरस रही है। और ऐसे अभागे समय मैंने इसे जन्म दिया है, न अपने मायके में, न ससुराल में। जब यह पेट में था, तब तो ये गुल खिले हैं, अब इसके घर में पाँव धरते ही कौन-सी धज्जियाँ उड़नेवाली हैं, यह भी कह डालिए।"

बातें सुनकर सबके मन दुखी हो उठे, परन्तु ज्योतिषीजी के मुख पर छाया खुशी का रंग नहीं बदला। उनके स्मित मुख पर तनिक भी गम्भीरता नहीं आ पाई थी। होंठों पर हास्य लिये वे कहने लगे, "रानीसाहिबा, ऐसे अमंगल विचार मन में न लाएँ। अशुभ को हृदय से निकाल दीजिए। रानीसाहिबा, आज से आपका दुर्भाग्य अस्त हुआ, सौभाग्य का दिन उदित हुआ। साक्षात् सूर्यदेव ही आपकी गोद में अवतरित हुए हैं।"

जीजाबाई फीकी हँसी हँसकर कहने लगीं, "बालक की जन्मपत्री बनाते समय हर ज्योतिषी यही कहता है।" शास्त्रीजी गम्भीर हो गए। स्थिर, स्पष्ट तथा गुरुगम्भीर वाणी में वे बोल उठे, "रानीसाहिबा, मेरे कहे पर अविश्वास न करें। आज तक इस दैवज्ञ का भविष्य वचन कभी खोटा नहीं हुआ। यह न समझिए कि द्रव्य के लोभवश मैं ऐसी भविष्यवाणी कर रहा हूँ। ज्ञान, अनुभव और आत्मविश्वास के बल पर मैं यह भविष्य बता रहा हूँ। तीनों कालों में भी यह असत्य नहीं हो सकता। यह बालक आपके जन्म-जन्मान्तरों की अभिलाषा पूर्ण करेगा। रानीसाहिबा, जब भूमि पर पाप का भार बढ़ गया था, सारी धरती त्रस्त हो उठी थी, वासुदेव-देवकी जब कंस के कारागृह में बन्द थे, उसी समय श्रीकृष्ण का अवतार हुआ था? कृपा करके यह भूलिए नहीं।"

"आपके मुँह में घी-शक्कर," जीजाबाई सन्तुष्ट होकर बोलीं। उनकी दृष्टि शिशु की ओर गई। वह अँगूठा चूसता हुआ कभी का नींद की गोद में जा पहुँचा था।

6

जीजाबाई की प्रसूति के बाद से सारे गढ़ में एक नया उत्साह भर आया था। शहाजीराजा को यह शुभ समाचार सुनाने के लिए एक घुड़सवार तुरन्त ही रवाना हो चुका था। देव-पूजा, दान-धर्म, अभिषेकादि की दुर्ग में कमी न थी। पाँचवें दिन प्रसूति-कक्ष में शस्त्र-पूजा की गई। हल की पूजा सम्पन्न हुई। पाँचवें, छठे और आठवें दिन भी इसी प्रकार पूजन की विधियाँ सम्पन्न होती रहीं।

लक्ष्मीबाई दिन-रात बरही की तैयारी में जुटी हुई थीं। नए-नए आभूषण शीघ्र बनवाए जा रहे थे, नवीन वस्त्रादि प्रतिदिन दुर्ग में लाए जा रहे थे। अंजीरी रंग की, जरतारी बूटों सजी रेशमी साड़ी की तह खोलकर दिखाते हुए लक्ष्मीबाई कहने लगीं, "रानीसाहिबा, यह रंग अच्छा है न?"

"हाँ।"

"तो बरही के दिन के लिए यही साड़ी रखी जाए।"

"लक्ष्मीबाई!" जीजाबाई का कंठ गद्गद हो आया था। "मेरे लिए कितना कुछ कर रही हो तुम?"

"लो, तो हम पराए के पराए ही रहे," लक्ष्मीबाई हँसकर बोलीं।

"मैंने कब कहा कि परायी हो?"

"तुम भूल चुकी होगी, पर मैं नहीं भूली हूँ। बच्चे का भविष्य जतलाने जब ज्योतिषीजी आए थे, तो तुमने दस जनों के बीच कहा था, न मायके में...न ससुराल में।"

"अरे, मेरी बात का बुरा मत मानना, बहन! सगी बहन ने भी इतना सब नहीं किया होता। फिर भी मन में आता है...।"

"क्या?"

"बरही के उत्सव में इस बच्चे के घर का कोई तो आता।"

"तो सीधे-सीधे कहो न कि राजासाहब आने चाहिए।" जीजाबाई लजा उठीं।

अगले दिन खबर आई कि एक शाही पालकी गढ़ में आ रही है। विश्वासराव अगवानी करने गए। वे वहाँ से सूचना लेकर आए कि शहाजीराजा की मातुश्री, जीजाबाई की सास उमाबाईसाहिबा गढ़ में पधार रही हैं।

उमाबाई साठ की उम्र पार कर चुकी थीं। वे हवेली के द्वार पर उतरीं। यात्रा की थकावट उनके चेहरे पर साफ दिखाई दे रही थी। वे हवेली के भीतर प्रविष्ट हुईं। विश्वासराव ने उन्हें सिजदा किया। जब वे प्रसूता-कक्ष में आईं, तो जीजाबाई ने उन्हें प्रणाम किया। लक्ष्मीबाई ने भी उनके चरणों में नमस्कार किया। उमाबाई बोलीं, "बेटी, खाट से क्यों उठ आई? मैं आ जाती न वहाँ तक।"

नन्हा शिशु पालने में सो रहा था। उड़ती नजरों से बच्चे को देखकर और उसके सदके उतारकर उमाबाई कह उठीं, "अरी, तेरे ऊपर ही गया है यह तो! अच्छा, बरही कब की है?" लक्ष्मीबाई बोलीं, "कल ही है। कल ही रानीसाहिबा कह रही थीं कि काश! बच्चे के घर से कोई आया होता!"

"क्यों न हो, बच्ची को लगेगा ही ऐसा। जीऊ बेटी, बड़ा प्यारा है री तेरा नन्हा। तू जो चाहेगी, सब पूरा करेगा, देख लेना।" फिर अचानक गम्भीर होकर उमाबाई पूछने लगीं, "और इसके पिता को सूचना भेज दी है या नहीं?"

"हाँ।"

"वह क्या खाक आएगा? अपने घर में मिट्टी उड़ा करे, वह तो दूसरों का घर लीपता फिरेगा। आग लगे ऐसे राजापने को।" दोनों हँसती हुई उमाबाई की बातें सुन रही थीं। इस तरह कुछ समय बीता और उमाबाई पूछने लगीं, "अरी, कब उठेगा यह लाल?" जीजाबाई हँसी नहीं रोक पाईं। कहने लगीं, "सासजी, आप उठा लीजिए न उसे। अगर जाग भी गया, तो क्या हुआ? फिर गोदी में सो जाएगा।"

"ना री ना। मैं थोड़ी देर ठहर जाती हूँ। बच्चे की नींद क्यों खराब करूँ? और बड़ा बेटा कहाँ है री?"

"वह तो इनके साथ...।"

निश्चय का जो है सुमेरु, है बहुतों का जो है आधार।
दृढ़ संकल्प, धैर्य की प्रतिमा, है वह श्रीमन योगी॥
है यशवान्, कीर्तिमय राजा, वीरोत्तम, वरदाता।
है वह पुण्यशील, जयशाली। चतुर, सूज्ञ, फलवाता॥

स्मरण करो शिवराय भूप को, स्मरण करो उसके प्रभाव को।
स्मरण करो उसके प्रताप को, फैल रहा जो जग में।
कैसी थी उसकी गुरुवाणी, गौरव-गति थी कैसी!
कैसी थी उसकी दृढ़ मैत्री, करो स्मरण नित मन में।
स्मरण करो कि त्याग सकल सुख, तक्ष्य सिद्धि सम्मुख रख।
राज्य स्थापना हेतु जो की थी, दिव्य साधना उसने॥

—समर्थ रामदास

(समर्थगुरु रामदास के मराठी श्लोक का हिन्दी पद्यानुवाद)

"वाह, वाह! वह शहाजी एक मूर्ख और बच्चे को उसके साथ भेजनेवाली तू दस मूर्ख! भला कहीं कोई बच्चे को इस तरह ठोकरें खाने भेजता है। मैं यहाँ होती, तो उससे जरूर कहती..." फिर लम्बी साँस लेकर वे कहने लगीं, "पर वह मेरा कहा भी कब मानता है?"

उमाबाई इसी तरह छोटी-बड़ी बातों की पूछताछ कर रही थीं। उनकी बातों का उत्तर उन दोनों को भी नहीं सूझ पड़ता था। इतने में बच्चा रो उठा। उमाबाई झट से उठीं। उन्होंने बच्चे को गोद में उठा लिया और लगातार चूमने लगीं। बच्चे को गोद में लेकर, 'हाँ रे मेरे लाल, चुप हो जा रे लाल,' कहने लगीं। जीजाबाई प्रसन्न थीं कि बच्चे के रोने ने उस पर पड़ रही प्रश्नों की बौछार से तो छुटकारा दिलाया।

पौ फटते ही सारे गढ़ की नींद खुली, तो शहनाई-डुगडुगी की ध्वनियों के बीच राजभवन के द्वार बन्दनवारों से सजे थे। सेविकाओं ने गोबर-पानी का छिड़काव करके उस पर रंगोली की मोहक आकृतियाँ बनाई थीं। पाकगृह के लिए गंगा-यमुना नामक जलाशय से जल भर-भरकर लाया जाने लगा।

बालक के लिए बनाई गई जरदोजीवाली चौतनी, गहने, कपड़े आदि देखकर उमाबाई बहुत प्रसन्न थीं। ज्योतिषीजी को बुलाकर उन्होंने शुभ मुहूर्त का फिर एक बार निश्चय कर लिया। बड़े सवेरे से सारे दुर्ग में लोगों की भीड़भाड़ बढ़ने लगी। जुन्नर गाँव के सम्भ्रान्त परिवारों की महिलाएँ डोली-पालकियों में बैठकर गढ़ में पहुँच रही थीं। निचले प्रदेश के दीन-दरिद्र लोग अन्न पाने की आशा से ऊपर गढ़ में आ चुके थे। उमाबाई इस सारे वातावरण को देखकर मन-ही-मन प्रसन्न हो रही थीं।

भोजन समाप्त हुआ। कुछ स्त्रियाँ पालना सजाने में लगी थीं, तो कुछ शिशु को सजा-सँवार रही थीं। गीतों के मधुर स्वर गूँज रहे थे। नामकरण का मुहूर्त हो आया। जीजाऊ ने उमाबाई से हलके से पूछा, "बच्चे का नाम क्या रखा जाए?"

"तूने क्या सोचा है?"

"शिवाबाई देवी की मनौती मानी थी। सोचती हूँ, शिवाजी नाम रखा जाए।"

"हाँ, यही रख। अच्छा नाम है।"

सुहागिनों ने बालक की तथा जीजाऊ की आरती उतारी। लक्ष्मीबाई ने बच्चे को हाथों में उठाया। अन्य महिलाओं ने बारी-बारी बालक को हाथ में लेकर, "कोई गोविन्द लो री, गोपाल लो री, ले लो री दामोदर प्यारा," गाकर आवश्यक रस्म पूरी की। इसके पश्चात् जीजाऊ पालने में झुकीं और बालक के कान में उन्होंने धीरे से कहा, "शिवाजी।"

इसके तुरन्त बाद दूसरी विधि सम्पन्न हुई, उपस्थित महिलाओं ने जीजाऊ की पीठ पर हलके मुक्कों की प्यारी-प्यारी चोट की। तुरही-नगाड़ों की आवाज से दुर्ग का कोना-कोना गूँज उठा। बालक का नाम शिवाजी रखा गया है, यह समाचार सारे गढ़ में फैलते देर नहीं लगी।

भवन के बाहर डोली तैयार थी। नन्हा शिवाजी अब देवदर्शन के लिए जा रहा है। जीजाबाई शिशु को लेकर डोली में जा बैठीं। लक्ष्मीबाई तथा दासी-समूह डोली के साथ-साथ चल रहा था। विश्वासराव, ज्योतिषीजी, वैद्यराज, नारोपन्त, गोमाजी नाईक आदि भद्रजन डोली के आगे-आगे चल रहे थे। सबसे आगे वाद्य-वृन्द जो मांगलिक धुनें बजा रहा था।

बालक को देवी के सम्मुख लाया गया। देवी की भस्म बच्चे को लगाई गई। पुरोहित महोदय ने आशीर्वाद दिए। विश्वासराव को अँधेरा होने से पहले ही गढ़ के ऊपरी कोट में

पहुँचने की जल्दी थी। इसी समय जीजाबाई ने एक मखमली थैली विश्वासराव को दी। विश्वासराव कुछ समझ नहीं सके। पूछने लगे, "यह क्या है?" जीजाबाई की आँखें भर आईं। वे कहने लगीं, "आबा जब गढ़ से विदा हो रहे थे, उन्होंने मनौती मानी थी कि यदि लड़का हुआ, तो देवी के चरणों में ये सौ मुहरें भेंट चढ़ाना। ये वही सौ मुहरें हैं। मनौती माननेवाला तो जाता रहा, उसकी मनौती अधूरी न रहने पाए।"

जीजाबाई आगे कुछ कह नहीं पाईं। वे आँसुओं को आँचल से पोंछने का प्रयत्न करने लगीं।

विश्वासराव ने काँपते हाथों से टाँची खोली। मुट्ठी भर-भरकर वे मुहरें देवी पर निछावर कर रहे थे। नन्हे शिवाजी के सिर तथा पैरों के पास सोने की मुहरों का ढेर लग रहा था।

7

बाल शिवाजी दादी की गोदी में, माँ के अंक में, दास-दासियों के कन्धे पर पलता-खेलता हुआ बड़ा हो रहा था। कोई भी फेरीवाली, खिलौनेवाली दरवाजे पर आकर झुनझुना दिखाए और विश्वासराव वह न खरीदें, ऐसा कभी नहीं होता था। ज्योतिषीजी जब जुन्नर जाते थे, आते समय वे पीतल की पैजनी साथ ले आते थे। जब सब लोग उनके पीतल की पैजनी देखकर हँसते थे तो वे कहते थे, "सरकार, चाँदी के तोड़े से चाँदी की पैजनी पहनाने से बच्चा भरा-पूरा नहीं बढ़ता, उसे पुष्ट बनाने के लिए ये पंचधातु से बनी पैजनी ही प्रभाव दिखाती है।"

इस बात पर उमाबाई सिर हिलाकर कहती थीं, "सच ही तो है, यह इतनी-सी बात किसी के भी ध्यान में नहीं आई। लाओ पंडितजी, लाओ वह पैजनी मुझे दो।" और बाल शिवाजी के पैर की सोने की पैजनी उतारकर पंचधातु की पैजनी पहना दी जाती थी।

बालक की लीलाओं के हास्य-विनोद में, घर के लोग दिन का चढ़ना-डूबना भी भूल बैठे थे। बाल शिवाजी प्रतिपदा के चाँद की भाँति दिन-दिन नए रूप धारण कर रहा था। आज अपने लोगों को पहचानकर वह मुस्कराने लगा, तो कल कोशिश करके करवटें बदलना सीख गया। वह उलटा होकर पेट के बल सरकता हुआ दो हाथ दूर रखे झुनझुने को पकड़ने के लिए आगे बढ़ता था और इसी तरह उसे हाथों-घुटनों के बल बैयाँ-बैयाँ चलना भी आ गया। फिर एक दिन उसके हाथ आया गड़ोलना, जिसे हाथों से धकेलकर वह पाँव-पाँव चलना सीख गया। फिर एक दिन वह भी आया कि जब घरवालों को यह सावधानी बरतनी पड़ी कि बालक के आस-पास की चीजें इतनी ऊपर रखें कि चीजों पर बच्चे के हाथ न लग सकें।

मृगनक्षत्र का उदय हुआ। पछवा बहने लगी। धीरे-धीरे बादल आने लगे और सिर के ऊपर से उड़ने लगे। परन्तु शायद उन्हें नीचे की धरती का ध्यान नहीं था। वैशाख मास की तपती धरती उसी प्रकार गरम साँसें छोड़ती रही। विश्वासराव ने प्रकृति के रंग-ढंग देखे और गढ़ में चारे-पुआल के अट्टाल खड़े करने शुरू कर दिए। गढ़ की तलहटी से लाकर अनाज अम्बारखानों में जमा किया जाने लगा।

एक दिन सायंकाल को विश्वासराव अकस्मात् ही जीजाबाई की बैठक में आए। जीजाबाई को भीतर सूचना भेजी गई। विश्वासराव ने देखा, जीजाबाई कसीदा काढ़ने बैठी थीं और

वहीं नन्हा शिवाजी खिलौनों में मगन था। जैसे ही उसका ध्यान विश्वासराव की ओर गया कि वह विश्वासराव की ओर झपटकर आया। शिवाजी को उठाते हुए विश्वासराव कहने लगे, ''रानीसाहिबा, समाचार आया है कि राजासाहब की सवारी गढ़ की ओर आ रही है।''

''कब?'' जीजाबाई ने आनन्द से बौराकर पूछा।

''अब किसी भी क्षण वे गढ़ में आ सकते हैं। मैं आपसे यही कहने आया था।''

विश्वासराव शिवाजी को लेकर बाहर जाने को मुड़े। जीजाबाई ने कहा, ''उसे मेरे पास दो। कपड़े बदल देती हूँ।''

विश्वासराव शिवाजी को वहीं छोड़कर चले गए। महल के भीतरी चौक में बैठक के नीचे की ओर चाँदी का गंगाल जल से भरा रखा था। बैठक में साफ बिछावन बिछाई गई। महल के दूसरे विशेष कक्ष में विशेष सजावट से बैठक सजाई गई थी। गलीचे, तकिए, मसनद, पानदान आदि से सारा कक्ष सुशोभित हो उठा था।

जीजाबाई ने झटपट कपड़े बदले। गहने पहने। उधर लक्ष्मीबाई शिवाजी को सजाने-सँवारने में खोई हुई थीं। शिवाजी को तैयार करके वे जीजाबाई को खोजने लगीं, पर उनका कहीं अता-पता नहीं था। वे जैसे ही महल के पिछले दरवाजे से बाहर निकलीं कि उनके कदम ठिठक गए।

जीजाबाई परकोटे के किनारे खड़ी हुई देख रही थीं। उनकी पीठ पर पड़ रही सूर्य-किरणों में उनके जरतारी-वस्त्र चमक रहे थे। आँचल हवा में उड़ रहा था। उनकी दृष्टि बँधी हुई थी नीचे की तलभूमि की ओर। लक्ष्मीबाई दबे-पाँव प्राचीर तक जा पहुँचीं। उनके आने की तनिक भी आहट जीजाबाई नहीं जान सकीं। लक्ष्मीबाई के एकदम निकट आने पर जीजाबाई बुरी तरह चौंक उठीं। मुड़कर कहने लगीं, ''तुम हो क्या? बाप रे, मैं कितना डर गई थी!''

''मैंने तुम्हें बहुत खोजा। कहीं तुम दिखाई ही नहीं दीं।''

''मैं तो यूँ ही इधर चली आई थी, बस खड़ी हो गई। चलो, अब चलें।''

''ना-ना, यूँ ही यहीं खड़ी रहें, तो ही ठीक है।'' लक्ष्मीबाई हँसकर बोलीं, ''इतनी जल्दी महल में जाकर भी क्या फायदा?''

''अरी माई, बहुत सताती हो तुम भी।'' परकोटे की दीवार पर बैठते हुए जीजाबाई कहने लगीं।

दोनों किले की चहारदीवारी के नीचे का प्रदेश देखने लगीं। अनावृष्टि के कारण सारा भू-भाग सूखा-उजाड़ बना हुआ था। यूँ ही थोड़ा समय बीता था कि अचानक जीजाबाई आँचल सँवारती हुई खड़ी हो गईं। ''क्यों? उठती क्यों हो?'' पूछने पर उन्होंने एक ओर उँगली दिखाई। कुछ दूर पर धूल उड़ रही थी। धूल का वह गुबार हर पल निकट बढ़ता आ रहा था। कुछ और देर में घोड़े भी दिखाई देने लगे। घुड़सवारों की टोली साफ दिखाई दे रही थी। पहाड़ी किले का एक चक्कर लगाकर घुड़सवार सेना दुर्ग की पश्चिम दिशा में बसे जुन्नर गाँव की ओर तेजी से जा रही थी। टापों की आवाज दुर्ग की ऊँचाई तक सुनाई दे रही थी।

''लक्ष्मीबाई!''

''क्या?''

''नहीं, नहीं, कुछ नहीं।...तुम बेकार चिढ़ाओगी!''

''तुम बताओ न! मैं बिलकुल नहीं चिढ़ाऊँगी। तुम्हारी सौगन्ध!''

“चलो, हम पश्चिम की ओर जाएँ।”

“समझ गई मैं! हाँ, हाँ, जरूर चलो पश्चिम की ओर। चलो, उस ओरवाले तालाब के परले किनारे तक जाएँ।”

महल के सामने जो तालाब था, दोनों उस ओर चल दीं। जीजाबाई ने देखा, घोड़ों का समूह जुन्नर गाँव में प्रवेश कर रहा था। देखते ही देखते घोड़े जुन्नर पार कर गए और गढ़ की ओर बढ़ने लगे। लक्ष्मीबाई ने पूछा, “क्यों रानीसाहिबा, स्वागत के लिए आप गढ़ के नीचे जाना चाहेंगी या महल में ही रहकर अगवानी करना पसन्द करेंगी?”

“अब बस भी करो...! चलो।” दोनों राजमहल लौट आईं।

गढ़ के पहले दरवाजे का नगाड़ा बजने लगा विश्वासराव पगड़ी पहनकर बैठक में खड़े थे। नारो त्रिमल, पन्त आदि भद्रजन विशिष्ट वेशभूषा धारण कर विनम्रतापूर्वक खड़े थे। कुछ ही देर में दूसरे दरवाजे की नौबत बज उठी और विश्वासराव सब लोगों के साथ शहाजीराजा की अगवानी करने निकल पड़े। गंगा-जमुना जलाशय के निकट शहाजीराजा से उनकी भेंट हुई। सिजदा करने के लिए सब कमर तक झुक पड़े। शहाजीराजा मुस्कराते हुए आगे बढ़े और उन्होंने विश्वासराव को अपनी बाँहों में भर लिया। विश्वासराव बोले, “आपके आने की उड़ती-उड़ती खबर सुनी थी, इसलिए गढ़ के नीचे हम नहीं आ सके। क्षमा करें...!”

“अरे, अरे, हमारे समधी हमसे ऐसी परायों की-सी बातें करें, यह हमें पसन्द नहीं . ..क्यों नाईक! सब क्षेम-कुशल है न?”

“जी हाँ।”

सब लोग महल में आए। सारे सेवकों में भागमभाग मच गई। शहाजीराजा ने हाथ-मुँह धोए। उनके साथ के विशिष्ट जनों ने भी हाथ-पाँव धोए। फिर सब बैठककक्ष में आ बैठे। विश्वासराव ने पूछा, “रास्ते में कुछ कष्ट तो नहीं हुआ न?”

राजासाहब खुलकर हँस दिए। बोले, “विश्वासराव, घुड़दौड़ और दौड़-धूप की अब हमें इतनी आदत हो गई है कि रात को भी हम घोड़े पर ही चढ़े होते हैं।”

इस बात पर सब हँस पड़े। कुछ देर में यह हँसी रुक गई। भीतरी दरवाजे में से शिवाजी सरकता हुआ आ रहा था। सबकी दृष्टि उस प्यारे बच्चे की ओर मुड़ गई थी। शिवाजी की ओर देखते हुए राजासाहब कहने लगे, “छोटे राजाजी, आओ। हम तुम्हें देखने ही आए हैं।” शिवाजी ने एक बार सबकी ओर देखा। उसके चेहरे पर हँसी खिल उठी और वह लपकता हुआ शहाजीराजा की ओर जाने लगा। पंडितजी बोले, “अपना रक्त अपने रक्त को पहचानेगा ही।”

शहाजीराजा ने बड़े प्यार से शिवाजी को उठाया। उसके चुम्बन लेकर उसे अपनी गोद में बिठा लिया। छोटा शिवाजी पिता की दाढ़ी से खेलने लगा। विश्वासराव हँसकर बोले, “आपकी दाढ़ी से शरारत करनेवाला हमने यह पहला बहादुर देखा है।”

“पहला नहीं, दूसरा है यह। परन्तु हम समझते हैं कि छोटे राजा आए हैं सो आज्ञापत्र लेकर ही आए हैं।”

“आज्ञापत्र?”

“हाँ, हम जरा भीतर हो आते हैं।”

शहाजीराजा उठ खड़े हुए। शिवाजी को लेकर भीतरी आँगन में गए। जीजाबाई की ओर देखकर वे बोले, “हमें देखते ही हमारी ओर लपका यह बच्चा।”

"हाँ, बहुत ढीठ है। एक बार किसी को पहचान लिया कि उसकी ओर झपटकर जाता है।"

शहाजीराजा बैठक की ओर जाने लगे। जीजाबाई ने मुस्कराते हुए कहा, "सासजी राह देख रही हैं आपकी।"

"अरे, सचमुच हमसे बहुत बड़ी भूल हो रही थी, कहाँ हैं वे? रास्ता दिखाओ।"

शहाजीराजा ने उमाबाई को प्रणाम किया। इसके पश्चात् जब जीजाबाई की और शहाजीराजा की एकान्त में भेंट हुई तब शहाजीराजा ने पूछा, "सब ठीक तो है ना?"

जीजाबाई की आँखों में आँसू भर आए। उन्हें एकदम रुलाई आ गई। अपने स्थान से उठकर शहाजीराजा उनके निकट आकर कहने लगे, "रानीसाहिबा, हमने भी वह समाचार सुना था। मामासाहब का ऐसा अन्त हुआ, इसका हमें भी बहुत दुख है। इस खबर ने हमारा कलेजा चीरकर रख दिया। हमारी उनसे लाग-डपट जरूर थी, पर वह हमारे आपस की बात थी। कोई बाहरी दुश्मन यदि उसमें हस्तक्षेप करता तो उसका हस्तक्षेप हम क्योंकर सहन करते? इसी कारण हमारा खून खौल उठा। उसी दिन हमने फैसला कर लिया कि ऐसे निजामशाह की चाकरी हम नहीं करेंगे और हमने मुगल आदिलशाह का सरदार बनना पसन्द किया।"

"पर ये छोड़-पकड़ कब तक चलेगी?"

"इसका हमें कोई शौक नहीं है। बाल-बच्चों के बीच दिन गुजारें, ऐसा क्या हमारा जी नहीं चाहता? परन्तु रानीसाहिबा, हमारे इस नन्हे शिवबा के अवतार के शकुन से हमारे ये दिन भी अवश्य समाप्त होंगे। आशा है कि हम कहीं न कहीं टिककर रह पाएँगे।"

इसके बाद शहाजीराजा शिवनेरी गढ़ में आठ-दस दिन रहे। उनके गढ़ के मुकाम में गुप्त मन्त्रणाएँ होती रहीं। बालक शिवबा के प्यार-प्रेम में हँसी के फव्वारे छूटा करते। दावतों पर दावतें हुआ करतीं। शहाजीराजा ने सारे गढ़ की व्यवस्था का निरीक्षण स्वयं किया। अनाज से भरे गोदाम और चारे-घास के अट्टालों को देखकर वे कहने लगे, "ये कितने बरसों का इन्तजाम कर रखा है?"

"सूखे के आसार नजर आते हैं, पहले से ही सावधान रहना ठीक है।"

"हाँ, ठीक ही है, विश्वासराव तुम यहाँ गढ़ में...?"

"रानीसाहिबा के साथ हम भी गढ़ में आ गए हैं।"

"हमें तुमसे यही आशा थी। खजाने में हमारी लाई रकम जमा करा ली है या नहीं?"

"पर इस पैसे-मुहरों का क्या...?"

"विश्वासराव, तुम जितना कुछ कर रहे हो, यही क्या कम है? तुम घर की देखभाल करते हो? कम-से-कम हमें देश जीत-जीतकर लाए पैसे से घर तो भरने दो।"

एक दिन अचानक शहाजीराजा के नाम एक मुगली खलीता आया। शहाजीराजा ने वह खलीता खोला। उनकी नजर खलीते पर घूम रही थी। खलीता पढ़ते ही एक लम्बी साँस भरकर वे बोले, "विश्वासराव, अब हमारे विश्रान्ति के दिन समाप्त हुए।"

"क्यों? क्या हुआ?"

"बादशाह दक्खिन की मुहिम पर आ रहे हैं। बुरहानपुर में उनकी छावनी है। मालिक के आ पहुँचने की सूचना है, तो सेवक को तुरन्त जाना ही होगा न। हम कल ही निकल पड़ेंगे।"

''आप और चार दिन यहाँ रहकर चले जाएँगे तो क्या काम नहीं चल सकता?''

''क्यों नहीं चल सकता?'' शहाजीराजा बोले, ''मगर ये बात हमारे खून में नहीं है। हम जहाँ चाकरी करते हैं, वहाँ हमसे बेगार करते नहीं बनती।''

अगले दिन शहाजीराजा प्रस्थान की तैयारी में थे। उन्होंने जब उमाबाई को सिजदा किया, तो वे बोलीं, ''और कुछ दिन रह लेता तू, तो अच्छा होता। खैर, होशियारी से रहा कर।''

''आप तो अभी यहाँ ठहरेंगी न?''

''अरे नहीं रे बेटा, यह कैसे हो सकेगा? मेरा धर्म-कर्म सब वैसा ही पड़ा है। अपने कुलदेवता, घृष्णेश्वर तक आई थी। वहाँ समाचार सुना कि जीजाऊ बेटी यहाँ शिवनेरी में है। मिलने चली आई, सो देख ले, यहीं फँस गई।''

''तो उन्हें भी अपने साथ ले जाइए न?''

''ना रे बाबा ना, मैं बूढ़ी, कहीं भी दिन काट लूँगी। सारे प्रदेश में अकाल फैला हुआ है। यही ठीक है कि यह जीजाऊ यहीं रहे।''

शहाजीराजा ने जीजाबाई से विदाई ली। शिवाजी को प्यार से बार-बार चूमा और शहाजीराजा विश्वासराव पर सारी जिम्मेदारी सौंपकर बादशाह शाहजहाँ की खिदमत में हाजिर होने बुरहानपुर चल दिए।

8

बाल शिवाजी एक बरस का हो गया। उस काल सारे इलाके में अकाल जोरों पर था। गाँव के गाँव उजड़ चुके थे। पशुओं का पालन करना असम्भव हो गया था। लोगों ने ढोर-डाँगर यूँ ही छोड़ दिए थे। वे स्वामिहीन पशु उजाड़ प्रदेश में भटकते फिर रहे थे। लोगों के झुंड के झुंड अपने गाँव को वीरान छोड़कर काम-धन्धों और दो कौर रोटी की आस में परदेस में मारे-मारे फिर रहे थे। अनाज सोना बन गया था, और सोने को कोई फूटी आँखों नहीं देखता था। जिधर देखो उधर, भूखों-दरिद्रों की टोलियाँ रास्ता रोके बैठी दिखाई देती थीं। जीवन की आशा छोड़कर मृत्यु का आलिंगन करने को तैयार भूखे लोग, मुट्ठी-भर अनाज के लिए कैसा भी कुकर्म करने में हिचकिचाते नहीं थे। सारा प्रदेश असुरक्षित था। पक्षी भी प्रदेश छोड़कर कब के जा चुके थे। रह गए थे केवल चीलें और गिद्ध। जगह-जगह उनके झुंड आकाश में उड़ते हुए दिखाई देते थे। पूरे इलाके में केवल चीलें और गिद्ध ही थे। मरे हुए पशुओं की और मुर्दों की कोई कमी नहीं थी। इस दुर्भिक्ष के साथ ही शाहजहाँ की दक्खिन देश की मुहिम मरे हुओं को और मार रही थी। जो थोड़ी-बहुत बस्तियाँ अकाल की मार में जैसे-तैसे साँस रोके बची हुई थीं, वे भी मुगलिया फौज की मुहिम में पैरों तले दम तोड़ रही थीं। पूरा प्रदेश पिछले दो वर्षों में तहस-नहस हो चुका था।

विश्वासराव ने गढ़ का प्रबन्ध चौकस कर लिया था। गढ़ के दरवाजे हमेशा बन्द रहते थे। आनेवाले हर आदमी की पूरी छानबीन करके ही उसे भीतर प्रवेश दिया जाता था। गढ़ में पानी के जितने तालाब थे, वे तो कब के सूख चुके थे। केवल गंगा-जमुना जलाशय में आधे तक पानी रह गया था। पानी का उपयोग बहुत सोच-समझकर किया जा रहा था। अम्बारखाने और चारे के अट्टालों की रखवाली पूरी मुस्तैदी से की जा रही थी।

शिवाजी दो बरस का हुआ। उसका दूसरा जन्मदिन जब मनाया गया, तब गढ़ में सर्दी थी। सर्दी हटी और गरमी का मौसम आ गया। सब लोग वर्षा के आगमन की प्रतीक्षा कर रहे थे। मन-ही-मन देवी-देवताओं की मनौती कर रहे थे...।

एक दिन, दिन के दूसरे पहर पूर्व दिशा की ओर बादलों की चादर फैल गई। हवा धीरे बहती हुई फिर एकदम रुक गई। बादलों की वह चादर अब ऊपर आकाश की ओर चढ़ रही थी। काले-काले बादलों की चादर...। फिर बिजली कड़की और एक धीमी गड़गड़ाहट चारों ओर गूँज उठी। बाल शिवाजी और सभी गढ़वासी परकोटे पर खड़े होकर बादलों की ओर देख रहे थे। अचानक एक बवंडर उठा और मिट्टी का भँवर बनाता हुआ महल की छत को पार कर गया। पूरब की ठंडी हवा बहने लगी। शिवाजी पूछने लगा, "वर्षा आ गई क्या?"

"हाँ रे राजा, आ ही रही है।"

बिजली चमकी। चारों दिशाएँ गर्जनाओं से गूँज उठीं। शिवाजी घबराकर माँ से लिपट गया। जीजाबाई उसे लेकर भीतर चली गईं। वर्षा रह-रहकर धीरे-धीरे बढ़ती आ रही थी। अकस्मात् ओले गिरने लगे। परकोटे के नीचे खड़े हुए सभी लोग आसरा पाने महल की ओर दौड़ पड़े। ओले गिर रहे थे और आँगन में शिवाजी उन्हें जमा करने के लिए दौड़ता फिर रहा था। ओलों के बाद जोरों की बरसात आ गई। सारी नालियाँ भर-भरकर बहने लगीं। भवन में कई जगहों से छत चू रही थी, पर उसका दुख किसे था? मिट्टी की नई सोंधी बास से सारा वायुमंडल मदमत्त हो उठा था।

ज्यों ही वर्षा रुकी, सब भवन से बाहर आ गए। एक ही बरसात ने धरती का रूप बदल डाला था। पूर्व दिशा में इन्द्रधनुष अपनी छटा दिखा रहा था। शिवाजी उस ओर उँगली दिखाते हुए माँ से कहने लगा, "माँ, वो देख।"

"बेटा, उसे इन्द्रधनुष कहते हैं।"

शिवाजी ने उस शब्द को दुहराने का प्रयत्न किया, पर होंठ लड़खड़ा गए। शिवाजी शरमा गया।

बरसाती मौसम से पहले बे-मौसमी बरसात देखकर एक दिन जीजाबाई विश्वासराव से कहने लगीं, "दुर्भाग्य दूर हुआ। इस साल शायद वर्षा अच्छी होगी।"

"हाँ, लगता तो ऐसा ही है।"

"वर्षा नहीं हो रही थी, सो वर्षा भी आ गई। अब कठिनाई किस बात की?"

"रानीसाहिबा, बरसात तो आ गई, पर गाँव-बस्तियाँ वीरान पड़ी हैं। खेती कौन करेगा?"

"कौन का क्या मतलब? जो लोग अभी हैं, वे करेंगे।"

"मगर जुन्नर की आधी बस्ती तो गढ़ में ही आ बसी है।"

"तो चलो, गढ़ खाली करें।"

"ऐंऽऽ?"

"ऐंऽऽ की क्या बात है? अपना देश छोड़कर चले गए लोग जब तक अपने घर वापस नहीं लौटते, तब तक उनकी जमीन, घर-द्वार के जिम्मेदार तुम ही तो हो। चलो, हम सब नीचे चलें, जितनी जमीन में खेती की जा सके, करें।"

सारे दुर्ग में उत्साह का संचार हो उठा। शाही पालकियाँ किले से नीचे उतरने लगीं। जुन्नर की वीरान हवेली में फिर से चहल-पहल शुरू हो गई। गाँव के घरों की छतों पर उगी

हुई घास और जगह-जगह सूखी घास फैली देखकर जीजाबाई की आँखें भर-भर आती थीं। खेती के काम आने योग्य जितने भी पशु थे, जमा किए गए। दुर्ग के लुहार, जो आज तक एक से एक बढ़िया हथियार बनाते थे, अब हलों के फल बनाने लगे। बढ़ईखाने में हेंगे, पटेले तैयार होने लगे और यों एक दिन शुभ मुहूर्त देखकर भूमि-पूजा करके हल चलाना शुरू कर दिया गया। धूप से तपी मिट्टी फूलकर ऊपर आ गई। नुकड़ी नदी वर्षा के जल से भरकर बहने लगी।

गाँव के दूर-पास की भूमि पर हरियाली झलकने लगी। पहाड़ों के जंगल फिर से हरे पत्तों से सज उठे। शेषाद्रि पर्वत तथा उसके आस-पास के पहाड़ी कगारों-टीलों पर जैसे दूध के झरने बहने लगे।

अकाल पड़ने से देश छोड़कर परदेश में दर-दर भटकती जनता नई आस लेकर गाँवों की ओर लौट पड़ी थी। खेतों में खड़ी फसलों को देखकर खुश होती थी और फिर मेहनत के कामों में खुद हाथ बँटाने लगती थी।

विश्वासराव जब-जब हवेली से बाहर निकलते थे, शिवाजी उनके साथ आने का हठ करता था। धूप में, वर्षा में, वह बालक विश्वासराव के साथ उनके घोड़े पर उनके आगे बैठा करता था। बढ़ती फसलों को देखकर वह बहुत खुश होता था। जीजाबाई कहती थीं, "ये बच्चा तो कुनबी बनेगा, देख लेना।"

"तो क्या हुआ? हमारे जैसे मालिक सबको मिल जाते हैं, पर खेतिहर-मालिक मिलना कठिन है।"

जीजाबाई प्रसन्न होकर हँसने लगीं।

जब सारे प्रदेश में शान्ति-स्थिरता आ गई, तो एक दिन उमाबाई अपने गाँव जाने को तैयार हुईं। उन्होंने जीजाऊ से अपने साथ चलने का बहुत आग्रह किया, परन्तु जीजाबाई राजी नहीं हुईं। कहने लगीं, "सासजी, मुझे यहाँ रहने की चाह नहीं है। परन्तु जब तक इनकी आज्ञा न मिले, मैं यह जगह कैसे छोड़ सकती हूँ?"

इस पर उमाबाई चुप रह गईं। जीजाऊ तथा शिवाजी को जी-भर आशीष देकर उमाबाई एक दिन वेरूल* चली गईं।

एक साल के बाद जीजाबाई फिर दुर्ग में आ गईं। इस बीच शहाजीराजा ने मुगल बादशाह की नौकरी छोड़ दी थी और निजाम शाह की बादशाहत खड़ी करने में सहयोग दिया था। मुगल फौज ने दौलताबाद जीत लिया फिर भी शहाजीराजा निराश नहीं हुए। उन्होंने छोटे निजाम शाह को माहुली के किले में ले जाकर सुरक्षित रखा। उधर बीजापुर के आदिलशाह और मुगल बादशाह के बीच समझौता हो गया। इन दो शक्तिशाली बादशाहों से टक्कर लेना आसान काम नहीं था। फलस्वरूप निजाम की बादशाहत टकराकर बिखर गई। तब शहाजी ने अपनी निजी सेना खड़ी कर ली और मुगलों के साथ भिड़ते रहे। एक मामूली जागीरदार नया विद्रोह करके विशाल मुगल साम्राज्य से टकरा रहा हो, ऐसा उदाहरण ढूँढ़कर नहीं मिलता था। परन्तु यह बेमेल भिड़न्त कब तक चलती? मुगलों ने अपनी प्रचंड शक्ति के बल पर शहाजीराजा की बगावत शान्त कर दी थी। तब शहाजीराजा के पास इसके सिवाय और कोई चारा न रहा कि वे बीजापुर के आदिलशाह की चाकरी करें। इस सारी भागमभाग में छह

* एलोरा, औरंगाबाद के निकट घृष्णेश्वर तीर्थ स्थान तथा गुफाओं के लिए प्रसिद्ध पर्यटक-स्थल।

वर्ष का समय बीत गया। आखिर छह वर्ष की लम्बी अवधि के बाद शहाजीराजा को शान्ति तथा स्थिरता प्राप्त हो सकी।

इस बीच शिवाजी शिवनेरी दुर्ग में दिनोदिन बड़ा हो रहा था। किले की चहारदीवारी पर चक्कर लगाया करता था। वह शेषाद्रि के पहाड़ी प्रदेश को और आस-पास के इलाके को देखभाल रहा था। पंडितजी ने उसे 'ओनामासी' सिखानी शुरू कर दी थी।

इसी तरह सात साल बीत गए और एक दिन शहाजीराजा द्वारा बीजापुर से भेजा गया एक खलीता आया। खलीते के साथ घुड़सवार सेना भी आई थी। कुछ शाही पालकियाँ थीं। सामान-बोझा ढोनेवाले बैल भी थे।

जीजाबाई ने खलीता खोला। सूचना थी कि बीजापुर के बादशाह ने शहाजीराजा को पुणे की जागीर दी है। अपना एक अति विश्वासपात्र, सचेत और बुद्धिमान मनुष्य दादोजी कोंडदेव को भी शहाजीराजा ने साथ भेजा था। खलीते में लिखा था कि दादोजी के साथ सब लोग पुणे चले जाएँ।

जीजाबाई ने दादोजी को बुलवा भेजा। दादोजी ने बैठक में आकर सिजदा किया। कान्तिमय गौरवर्ण दादोजी सामने खड़े थे। अधेड़ आयु, जो बुढ़ापे की ओर झुकी हुई थी। उनके सिर पर थी पगड़ी, बदन में अँगरखा और पैरों में वे महीन मुलायम धोती पहने हुए थे। विशाल भाल और तीक्ष्ण दृष्टि उनका रोब-दाब जाहिर कर रही थी। जीजाबाई ने उन्हें झुककर नमस्कार किया।

वे शिवबा से कहने लगीं, "राजे, दादोजी को सिजदा करो।" शिवाजीराजा ने सिजदा किया कि दादोजी बोले, "रानीसाहिबा, सिजदा करना हमारा काम है, राजा का नहीं।"

"दूसरों में और आपमें बहुत अन्तर है। क्या हम इतना भी नहीं समझतीं? हमारी देख-रेख के लिए हमारे श्रीमानजी ने जिस व्यक्ति को भेजा है, वे क्या कम विश्वासपात्र होंगे?"

"रानीसाहिबा, तो पुणे जाने के लिए कब निकलना होगा?"

"जब आप कहें। इस समय ये कहाँ हैं?"

"राजासाहब कर्नाटक की मुहिम में उलझे हुए हैं। यदि उनके पास समय होता, तो वे स्वयं आते।"

"जिस शाह ने कभी हमारी जागीर जलाकर खाक कर डाली थी, आखिर उसी के आश्रय में नौकरी करने की नौबत आई न!"

"रानीसाहिबा, राजनीति कभी एक-सी नहीं रहती। उसके कई रूप होते हैं। राजनीति तो आनेवाली हर घटना के साथ अपना रूप बदला करती है। अब देखिए न, जिस मुरार जगदेव ने कभी हमारे पुणे नगर को आग लगाई थी, उसी मुरार जगदेव के साथ राजासाहब की घनिष्ठता इतनी बढ़ी कि नाँगर गाँव में महाराज जगदेव का तुलादान समारोह शहाजीराजा की देख-रेख में सम्पन्न हुआ। उस नाँगर गाँव का नाम बदलकर तुलापुर रख दिया गया। परन्तु राजनीति ने फिर पलटा खाया। इस बार दाँव उलटे पड़े और मुरार जगदेव बीजापुर के आदिलशाह के क्रोध के शिकार बन गए। उन्हें आखिर कुत्ते की मौत मारा गया।"

"और हमारे श्रीमानजी?"

"आज आदिलशाह के राज में राजासाहब का जितना महत्त्व है, उतना किसी का भी नहीं है। राजासाहब को बारहहजारी की मनसब मिली है। राजा का खिताब मिला है उन्हें।

पुणे और सुपे की जागीर उनके नाम हैं ही। ऐश्वर्य तथा अधिकार से सम्पन्न राजासाहब आज बंगलौर में सुख-चैन के दिन बिता रहे हैं। उनकी वीरता का बोलबाला पूरे कर्नाटक में है।''

दो ही दिनों में जीजाबाई ने जाने की तैयारी कर ली। छह बरसों के निवास में परिचय इतना बढ़ चुका था कि गढ़ का हर आदमी उनके अपने घर का-सा बन चुका था। विश्वासराव और लक्ष्मीबाई जैसे आत्मीय जनों से विदा होने में जी बैठा जाता था। जीजाबाई ने शिवाजी के हाथ से गढ़ के प्रत्येक निवासी को दान दिया। एक शुभ मुहूर्त में लक्ष्मीबाई ने जीजाबाई की गोद भरी। जीजाबाई ने अति व्यथित हृदय से शिवाजी के साथ शिवाबाई देवी के दर्शन किए और उतने ही खिन्न मन से विश्वासराव-लक्ष्मीबाई ने उन्हें विदा किया।

9

दोपहर ढल जाने के बाद शिवबा ने ध्वस्त नगरी पुणे में प्रवेश किया। ऐसा प्रतीत होता था कि जैसे पुरातन काल में यहाँ कभी कोई नगर रहा होगा। परकोटे के ढहे हुए बुर्ज पुरानी अमीरी की कहानी कह रहे थे। जहाँ-तहाँ गिरे हुए भवनों के ढूह दिखलाई पड़ते थे। उन ढूहों पर कँटीली झाड़ियाँ उग आई थीं। उन पर खिले हुए पीले फूल जीवन की स्मृतियाँ ताजा कर रहे थे। हवेली के ध्वंसावशेष आज भी बीते समय के आतंक की कहानी कह रहे थे।

गाँव की नदी के किनारों पर जो कुछ लोग झोंपड़ियाँ बनाकर रह रहे थे, उन्होंने जब इस सारे दल-बल को देखा, तो भय के मारे स्तब्ध रह गए। वे दूर खड़े भयपूर्ण दृष्टि से इस काफिले को देख रहे थे। जब काफिला एक खुली जगह पर पहुँचा तो पन्त ने हाथ से संकेत किया। काफिला रुक गया। जीजाबाई पालकी से उतरीं। दासी-समूह उनके चारों ओर एकत्रित हो गया। भारवाहक बैलों की पीठ पर से सामान उतारा जाने लगा। बालक शिवबा चारों ओर फैले हुए उजाड़ प्रदेश और ध्वस्त भवनादि को देख रहा था। वह पूछ बैठा, ''माँसाहिबा, क्या यही है पुणे?''

''हाँ बेटा, यही है।''

''यहाँ तो हमारे सिवाय और कोई भी दिखाई नहीं देता।''

''बुलाने पर सब आ जाएँगे, बेटा।''

''हम रहेंगे कहाँ? महल कहाँ है?''

''बेटे, जो बड़े लोग होते हैं न, दूसरों का बँधा-बँधाया महल खोजकर उसमें रहा नहीं करते। वे स्वयं महल बनाकर रहते हैं।''

शामियाना खड़ा किया गया। उसके चारों ओर रावटियाँ बनाई गईं। मुला और मुठा नदियों के संगम का जल अस्ताचल की ओर जा रहे सूर्य की किरणों से झिलमिला रहा था। जागीर की उजड़ी हुई इमारत में आज उसका उत्तराधिकारी रात्रि का पहला दीपक जला रहा था।

दादोजी कोंडदेव की आँखें कल के पुणे की ओर देख रही थीं। शिवाजी दादोजी पन्त के साथ घूमता-फिरता था। ठिठके-घबराए लोग धीरे-धीरे इकट्ठे हो रहे थे। एक दिन शिवबा दौड़ता-दौड़ता आया, ''माँसाहिबा, पन्त को देवता की मूर्ति मिली है।''

''कहाँ?''

“नदी के पास।”

जीजाबाई उठ खड़ी हुईं। वे दासियों सहित जा रही थीं, शिवबा रास्ता दिखा रहा था। जीजाबाई को आता देख सब लोग विनम्र भाव से खड़े हो गए। एक ओर हट गए। पन्त के मुख पर आश्चर्य चित्रित था। ईंटों के ढेर के नीचे दबी हुई गणेश मूर्ति अब ऊपर निकल आई थी। मूर्ति अतीव मोहक थी–अखंडित थी। जीजाऊ ने हाथ जोड़कर नमस्कार किया। पन्त कहने लगे, “माँसाहिबा, प्रारम्भ तो बहुत अच्छा हुआ।”

“हाँ, हाँ! पन्त, इसी स्थान पर एक सुन्दर मन्दिर बनवाओ।”

पन्त ने आदेश स्वीकार किया। वे कहने लगे, “परन्तु माँसाहिबा, अभी महल की जगह निश्चित नहीं हुई है।”

“महल की जगह भी इसी मन्दिर के निकट ही रहने दो।”

महल के भूमि की नाप-जोख हुई। भूमि की पूजा की गई और महल के लिए निश्चित स्थान पर दादोजी कोंडदेव ने पहली कुदाल मारी। राज्य के स्वामी के लिए एक ही महल हो, यह विचार दादोजी को जँच नहीं रहा था। फिर एक ही महल का होना सुरक्षा की दृष्टि से भी उचित नहीं था। इसलिए उन्होंने पहाड़ी घाटी–खेडबारे में एक दूसरी बस्ती बसाने की योजना बनाई। वहाँ महल के लिए स्थान चुना, गाँव की निवासीय भूमि की सीमा निश्चित कर दी और खेडबारे घाटी में एक नया राजभवन बनने लगा। खेडबारे परगने के हवलदार के रूप में उन्होंने बापूजी मुद्गल नरेकर को नियुक्त किया।

जब वर्षा ऋतु निकट आई तो पन्त को शिवाजी और जीजाबाई के निवास की चिन्ता सताने लगी। परन्तु वह चिन्ता नरेकर ने दूर कर दी। खेडबारे में उनकी हवेली थी, वह उन्होंने निवास के लिए दे दी। शिवबा जीजाऊ के साथ खेडबारे में रहने लगा। पन्त के साथ खेडबारे से पुणे तक उसका आना-जाना शुरू हो गया। वह देखा करता था–नए बन रहे मकान, नई बस्तियाँ। प्रातः-सायं पंडितजी के पास जाकर पढ़ता-लिखता था। समय मिला तो अपनी माता को रामायण-महाभारत पढ़कर सुनाता था।

हवेलियाँ बन रही थीं, पानी की खोज में कुएँ गहरे होते जा रहे थे। पुणे और खेडबारे में सैकड़ों आदमी इन कामों से जूझ रहे थे। दूर-दूर के राज, बढ़ई, नाई, धोबी, चमार आदि बारह धन्धों के लोग जब इस निर्माण की खबर सुनते थे, तो पुणे-खेडबारे की ओर दौड़े चले आते थे। काम-धन्धा पाने की आशा लेकर और भी कई तरह के लोग नित आ रहे थे।

खेड और पुणे के महल बनकर तैयार हुए। कुओं में भरपूर पानी निकल आया। पुणे का महल खेड के महल से भी ऊँचा, विशाल और सुन्दर था। बीचोबीच दो लम्बे-चौड़े चौक थे, जिनके साथ ही दीवानखाना था। दीवानेखास भी था। रनिवास था, रसोईघर से लगा वस्तु-भंडार था। प्यारा-सा छोटा देवालय भी था। इसके अतिरिक्त अलग से घुड़साल और गौशाला भी थी। महल के आस-पास की ग्राम-भूमि में अन्य भवन भी बन रहे थे। दादोजी ने पुणे के नए महल का नाम रखा लालमहल। लालमहल के साथ ही स्थित था श्री गजानन मन्दिर।

शिवाजीराजा पुणे के महल में आए। दादोजी राजकार्यालय के काम-काज के लिए विशेष योग्य अधिकारी चुन लिये गए थे। घुड़साल घोड़ों से सज उठी। परन्तु इस नए पुणे गाँव के ईनामदार, और अधिकारी, सब बाहर से आए हुए थे, पुराने गाँव छोड़कर जा चुके थे।

दादोजी ने इन नए ईनामदार अधिकारियों को बुला भेजा। सब आ गए। दादोजी ने उनसे कहा कि इस नए गाँव में बस जाएँ। एक पटेल बोल उठा, ''पन्त, तुम कहते हो, सो ठीक। पर यह कितनी बार गाँव उजाड़ते-बसाते रहें? हमें क्या माफी के जमीन की आशा नहीं है? मगर अब किसके बलबूते पर गाँव बसाएँ हम?''

''हमने नहीं बसा लिया नया गाँव?'' बैठक-कक्ष के उच्चासन पर बैठते हुए शिवाजीराजा ने कहा।

''तुम्हारे पास लोगबाग हैं, नौकर-चाकर हैं, मालिक।''

पन्त कहने लगे, ''एक बार तितर-बितर हुई बाजी की सेना या मराठा आदमी फिर से लड़ने में कभी पीछे हटा है? ऐसा तो मैंने कभी देखा नहीं। पाटील, सच बात कहो...छिपाओ मत।''

''सच कह दूँ क्या?'' पाटील अपने गलमुच्छों पर उलटी मुट्ठी फिराते हुए कहने लगा, ''हम अपनी इस हालत पर खुश हैं क्या? अगर गाँव बस जाए, तो वह भी हम सबके फायदे की ही बात है। पर मन घबराता है...।''

''किस बात से?''

''गाँव की देवी के सामनेवाले चौक में रम्भा ठोक रखा है न? वहाँ घर बनाने की हिम्मत किसमें है? जो वहाँ घर बनाएगा उस पर देवी का कोप न हो जाएगा?''

पन्त असमंजस में डूब गए। फिर उन्होंने सबको विदा किया। अगले चार दिन वे बहुत व्यस्त रहे। फिर एक दिन उन्होंने सबको फिर से बुलाया। सैकड़ों लोग जमा हो गए। महल के दरवाजे के आगे बाजे-गाजेवाले खड़े थे। जीजाऊ ने घर के देवालय में सोने के हल की पूजा की। देवता को प्रणाम कर वह हल उठाया गया। हल के साथ-साथ पन्त और शिवबा चल रहे थे। जरी-बूटों का टोप, अँगरखा, पाँव में जूतियाँ पहने हुए थे शिवबा। कमर में लटकती छोटी-सी तलवार, और पीठ पर कसी हुई ढाल, इस रूप में शोभायमान उस बाल राजा की मोहिनी मूरत को सब बड़े प्यार से निहार रहे थे।

महल के बाहर सुन्दर बैलों की जोड़ी खड़ी थी। कलाबत्तू से कढ़ी झूल उनकी पीठ पर डाली हुई थी। हल महल से बाहर आया। देखनेवालों के समूह में सभी दर्जे के लोग थे, पटेल थे, ईनामदार थे, कुनबी थे, बारह व्यवसायों के कारीगर थे। हल के साथ यह समारोह-यात्रा गाते-बजाते देवी के मन्दिर के प्रांगण में आई। प्रांगण में दिखाई दे रहा था गड़ा हुआ ऊँचा-बड़ा एक रम्भा। जैसे ही पन्त ने कुदाल चलाने के लिए ऊपर उठाई, पाटील आगे बढ़ आए। उन्होंने रम्भे को हिला-हिलाकर ढीला किया। पन्त ने एक बार सबकी ओर दृष्टि घुमाई और 'हर हर महादेव' का जयघोष कर उन्होंने वह रम्भा उखाड़ डाला। सैकड़ों मुखों से 'हर हर महादेव' की गर्जना निकल पड़ी। बैलों को सोने के हल में जोता गया और इस तरह शिवाजीराजा के हाथों पुणे नगर के अस्त-ध्वस्त भवनों के ढेर पर हल चलाया गया। सोने के फाल ने भूमि को छू लिया।

अगले दिन से लोग निडर, निश्चिन्त होकर गाँव बसाने में जुट गए। उजाड़-सूने खेतों में हलवाहे जाने लगे।

वर्षा के दिन थे। एक दिन पन्त जीजाऊ से बोले, ''माँसाहिबा, आज राजा को शिवापुर ले जाता हूँ।''

''क्यों?''

"शिवापुर के महल के निकट आम का एक बगीचा बनवाना निश्चित हुआ है। छोटे राजा के हाथों से बाग में वृक्षारोपण कराऊँगा। कल रात ही सूचना मिली है कि पौधे आ गए हैं, इसलिए आपको मैं बतला नहीं सका।"

"तुम सब बातें हमें बताते भी कहाँ हो?"

चौंकते हुए दादोजी बोले, "ऐसा भला कैसे होगा? मैंने आज तक आपसे कौन-सी बात छिपाई है?"

जीजाबाई मुस्कराकर बोलीं, "हमारे श्रीमानजी दूसरी छोटी रानी ले आए हैं, यह बात तुमने हमें बताई है क्या?"

"आपसे किसने कहा?"

"अब तो हमारी बात सच हुई या नहीं? हमें लक्ष्मीबाई ने शिवनेरी में यह खबर सुनाई थी। यही नहीं, उन्होंने यह समाचार भी हमें बता दिया था कि नई रानी तुकाबाईसाहिबा के लड़का हुआ है।"

"हाँ, यह बात तो हम काम-काज की हड़बड़ी में बताना ही भूल गए।" दादोजी धीरे से कह गए।

10

शहाजीराजा की पुणे जागीर में शिवाजीराजा के साथ आने के बाद से दादोजी कोंडदेव ने जागीर की ओर ध्यान देना शुरू किया। इमारतें बनाने के परवाने दिए, बस्ती के लिए उपयुक्त स्थान चुने, शिवापुर, शहापुर जैसे नए गाँव आकार ग्रहण करने लगे। अमराइयाँ लगाई गईं। फिर बसने की इच्छा रखनेवाले परिवारों को सहायता दी जाने लगी। महल तो हमेशा लोगों की भीड़भाड़ से भरा रहता था। दीन-दुखी स्त्रियाँ जीजाबाई के पास आती थीं। उनकी राम-कहानी सुन-सुनकर जीजाबाई की आँखें भर आती थीं।

बाल शिवाजी यह सब देखा करते थे। वे देख रहे थे कि जागीर का रूप-रंग बदल रहा है। महल में जो मामले फैसले के लिए आते थे, उनकी सुनवाई और निर्णय के समय वे उपस्थित रहते थे। इस सबके साथ-साथ पंडितजी की देख-रेख में पढ़ाई-लिखाई भी चल ही रही थी। दादोजी ने निपुण पटेबाजों को, माहिर ढलैतों को बुला लिया था।

प्रतिदिन सायंकाल महल के बीचवाले आँगन में मर्दाना खेल सिखाए जाते थे। मावले सैनिकों के बालक शिवाजी के साथ इन खेलों में बढ़-चढ़कर हिस्सा लेते थे।

एक दिन पन्त ने आकर सूचना दी कि मुधोजी राव निम्बालकर पधारे हैं। मुधोजी निम्बालकर शहाजीराजा के पुराने सम्बन्धी थे। जीजाबाई ने यह समाचार सुन रखा था कि बीजापुर के बादशाह ने मुधोजी की जागीर जब्त कर ली थी और उन्हें सतारा में कैद कर रखा था। जीजाबाई ने उनसे मुलाकात की। मुधोजी के साथ उनका लड़का बजाजी और लड़की सईबाई भी आए हुए थे।

मुधोजी ने सिजदा किया, तो बालक बजाजी भी सिजदा करने को झुक गया। सईबाई ने निकट आकर जीजाबाई को प्रणाम किया। उसे अपने पास खींचते हुए जीजाबाई कहने लगीं, "आप कब पधारे?"

''शहाजीराजा की कृपा से हम कैद से छूट गए। उन्हीं के अनुग्रह से हमारी फलटण की जागीर भी वापस मिल गई। सारे प्रदेश की व्यवस्था ठीक-ठाक करके आपके दर्शनों के लिए आया हूँ।''

''अच्छा हुआ, जो आप आए। यहाँ तो सब कुछ नया है। आप जैसे पुराने अनुभवी लोगों का साथ बना रहे, तो बहुत बल मिलता है।''

''माँसाहिबा, आपने ढहे हुए पुणे को फिर से खड़ा कर दिया है। सारा वीरान मावल खंड* नर-नारियों की चहल-पहल से फिर एक बार सज उठा है, यही क्या कम है?''

''मैं अकेली भला क्या कर सकती थी? दादोजी जैसे लोग साथ हैं, इसीलिए यह सब सम्भव हो सका।''

''करनेवाले करते ही हैं, पर देवी की दया भी होनी चाहिए न!''

सईबाई की ओर संकेत करके माँसाहिबा ने बात को मोड़ देते हुए पूछा, ''नाम क्या है इसका?''

''सईबाई। और ये लड़का है—बजाजी।''

सात-आठ बरस की बच्ची सई अपनी बड़ी-बड़ी आँखों से माँसाहिबा की ओर देख रही थी। गेहुँआ रंग था उसका, परन्तु उसके सौन्दर्य की मधुरता आँखों में समा नहीं पाती थी। धारदार नाक, पतले-से होंठ, सुघड़ काले-कजरारे नैन तथा लम्बी गर्दन उसके सौन्दर्य को और निखार रहे थे।

माँसाहिबा ने निम्बालकर से कुछ दिन ठहरने का अनुरोध किया। मुधोजी पुणे में रहे। सई माँसाहिबा की छाया बनकर घूमा करती और बजाजी शिवाजी के साथ रहा करता था।

सायंकाल को महल के सामनेवाले चौक में मर्दाना खेल खेले जा रहे थे। पन्त उन खेलों को देख रहे थे। पहले लाठी-बनेठी भाँजी गई और उसके बाद शिवबा ने हाथ में तलवार थाम ली। उस्ताद भी तलवार हाथ में लेकर मैदान नें आ गए। दाँव-पेंच शुरू हुए। झनझनाहट होने लगी। अब तक बैठक के खम्भे का टेका लगाए ये करतब देख रही सई झपटकर भीतर दौड़ी। भीतर माँसाहिबा उच्चासन पर बैठी थीं। मुधोजी निम्बालकर वहीं नीचे बैठे हुए थे। सईबाई मुधोजी के कान में कुछ कहने लगी। मुधोजी ने कहा, ''हाँ, हाँ, बाद में...।''

''चलिए ना आबा!'' सई मुँह फुलाकर बोली।

''कह दिया न कि बीच में मत बोल।''

''क्या कहती है सई?'' जीजाऊ ने पूछा।

सईबाई झट से दौड़कर माँसाहिबा के पास आई। कहने लगी। ''देखिए न, माँसाहिबा, बाहर कितने मजेदार खेल हो रहे हैं। आबा देखने नहीं चलते।''

''बड़ी नटखट है ये बच्ची भी!'' मुधोजी बोले। ''चलो, मुधोजी, हम भी खेल देखने चलेंगे। कई दिनों से हमें भी फुरसत नहीं मिली।''

माँसाहिबा उठ खड़ी हुईं, तो मुधोजी को उठना ही पड़ा। माँसाहिबा का हाथ पकड़कर सई बाहर आई। माँसाहिबा को आता देखकर दादोजी उठ खड़े हुए। उच्च अधिकारी आदि भी सिजदा करके एक ओर हट गए। माँसाहिब बैठक में बैठ गईं। दादोजी और मुधोजी

* पुणे के आस-पास का भू-भाग। मावले लोगों की बस्ती के कारण उस प्रदेश को मावल खंड कहते हैं। पुणे के आस-पास ऐसे बारह मावल खंड हैं।

भी विनयपूर्वक एक ओर बैठ गए। सामने तलवार के चार जोड़ मैदान में उतरे हुए थे। उस्ताद ने एक पैंतरा लिया। माँसाहिबा पूछने लगीं, ''नानू उस्ताद, हमारे बाल राजा को नया क्या कुछ सिखाया है?'' नानू बूढ़ा था, फिर भी उसकी सूखी हड्डियों में बहुत दम था। बोला, ''माँसाहिबा, सामने ही दिखाता हूँ आपको।'' नानू ने कुछ हिदायतें दीं। सारा चौक खाली हो गया। नानू उस्ताद बोला, ''राजे, चलो, लाठी लो हाथ में।''

छोटे राजा ने लाठी पकड़ी और उसे घुमाना शुरू किया। सीधी, बगली, चक्करदार सारे ढंग कर दिखाए। चक्करदार लाठी घुमाते समय लाठी की सनसनाहट सुनाई दे रही थी। तीन दाँव पूरे होने पर नानू ने लाठी उठाई। राजे के सामने आते हुए बोला, ''जरा सँभाल के खेलना, राजे! नहीं तो पिछली बार की तरह लाठी का हत्था उचटकर गिरा दोगे।''

सब लोग हँस पड़े। नानू ने पहले नमन किया, फिर हथेली पर थूककर लाठी उठाई। बाल राजा ने भी उसका अनुकरण किया।

''हाँ, राजे, लो पैंतराऽऽ।''

बाल राजा ने लाठी उठाई और लाठी से वार करने लगे। नानू उन वारों को अपनी लाठी पर झेल रहा था। पीछे को हटता जाता था। खटाखट आवाजें हो रही थीं। सब देख-देखकर खुश हो रहे थे। थोड़ी देर बाद नानू उस्ताद चिल्लाकर बोला, ''राजे, लो सँभलो अब।'' और नानू ने पैंतरा लिया। अब नानू की लाठी के वारों को राजा अपनी लाठी से रोक रहे थे। जीजाऊ की आँखें डर से फैल गई थीं। नानू उस्ताद बड़ी तेजी से वार कर रहा था। राजा पीछे-पीछे हट रहे थे, इतने में उनके हाथ से लाठी छूट गई। नानू ने माँसाहिबा की ओर देखा। लम्बी साँस छोड़कर माँसाहिबा बोलीं, ''नानू, अरे जरा धीरे-धीरे। भूल गया क्या कि एक बच्चे के साथ खेल रहा है?''

''नहीं माँसाहिबा, इस खेल में छोटा-बड़ा कौन है? जो पहले चाल चल गया, बाजी उसी की। अभी हमारे छोटे राजा के हाथ मजबूत नहीं हुए हैं, इसलिए लाठी हाथ से छूट गई। इसी तरह छूटते-गिरते ही तो सीखा जाता है।''

इसके बाद केले के पौधे लाए गए। चौक के बीचोबीच एक खूँटी गड़ी हुई थी। उस खूँटी में पौधा गाड़ दिया गया और बाल राजा के हाथ में भाला दिया गया। भाला राजा से भी डेढ़ हाथ ऊँचा था। उसके फल के नीचे बँधा चाँदी का झुनझुना बज रहा था। भाले के दूसरे छोर पर एक बड़ा-सा फुँदना था। भाले की नोक पर रेशमी डोरी लपेटी हुई थी। राजा केले से दूर-दूर पीछे हटते गए और आँगन के दूसरे छोर तक चले गए। फिर डोर खोलकर उन्होंने अपनी भुजा में लपेट ली और पैंतरा लेकर वे खड़े हो गए। नानू चिल्लाया, ''राजे, हमला करो।''

झूमते हुए, मस्ती भरी कूद-फाँद के दाँव दिखाते हुए राजा तेजी से लपके। केले से आठ हाथ दूरी तक पहुँचने पर उन्होंने भाला फेंका। भाला झपाक-से छूटा और आठ हाथ की दूरी पर रखे केले में घुस गया। पीछे खींचते ही एक पल में भाला राजा के हाथ में वापस आ गया। मुधोजी से रहा न गया। चिल्लाकर बोले, ''वाह, राजे वाह!''

सईबाई माँसाहिबा के पास बैठकर अचरज भरी दृष्टि से यह सब देख रही थी।

चौक से केले का पौधा हटाया गया। माँसाहिबा की बैठक के सामने ही केले के दो पौधे दोनों के बीच आठ हाथ की दूरी पर खड़े किए गए। शिवाजीराजा ने अपने दोनों हाथों में पटा चढ़ाए। बीच चौक में आकर उन्होंने पटा भाँजने का पैंतरा लिया। बाल शिवाजी कठोर

मुख-मुद्रा धारण कर ये कसरतें दिखा रहे थे, तथापि उनके होंठों का किंचित् स्मितभाव छिप नहीं पा रहा था। एक बार तीक्ष्ण दृष्टि फेरकर उन्होंने भद्रजनों के समुदाय को देखा। एक बार अपने हाथों के बल का अनुमान लगाया। उस चौकोर चौक का एक चक्कर लगाकर उन्होंने दाहिना घुटना टेका। उनका रूप यों था कि दाहिना घुटना झुका हुआ, दाएँ हाथ का पटा सीधा सामने की ओर तना हुआ, बाएँ हाथ का पटा चौड़ाई में बाईं ओर फैला हुआ, सिर झुका हुआ। शस्त्राभ्यासी शिवाजीराजा माँसाहिबा को इस वीर मुद्रा से सिजदा कर रहे थे। जब उन्होंने दृष्टि ऊपर उठाई, तो देखा कि माँ जीजाबाई ने सिर के संकेत से, हँसते हुए उनका सिजदा स्वीकार किया है। फिर शिवबा ने दादोजी की ओर देखा, उन्होंने भी सिर हिलाकर सिजदा स्वीकार किया। बाल राजा उठे। हाथ घुमाने लगे, हाथ घुमाते-फिराते हुए वे दो केलों के बीच आ खड़े हुए। दोनों केलों के पेड़ों की दूरी आदि का अंदाज लगाया और पलक झपकने से पहले ही उन्होंने बिजली की तेजी से दोनों ओर पटा के वार किए। फिर एक बार वे सिजदा करने के लिए झुके।

केले के दोनों पेड़ पहले की तरह ही खड़े थे। सईबाई के होंठों पर एक शरारत-भरी हँसी तैर आई। माँसाहिबा ने सईबाई की ओर देखा। वे बोलीं, ‘‘नानू उस्ताद, हमारे बाल राजा ने क्या कमाल किया है, जरा हमारी सईबाई को दिखा दो।’’

नानू उस्ताद आगे बढ़ा। उसने केले को जरा-सा धक्का दिया कि दोनों पेड़ बीचोबीच से कटकर गिर पड़े। दोनों पेड़ एक समान दूरी पर कट गए थे। कटे हुए केले के पेड़ गिरते देखकर सईबाई की आँखें फैल गईं। उसके मुख से निकला, ‘‘अरी मैया!’’ और मुख को आँचल से बन्द कर वह अपनी झेंप छिपाने का प्रयत्न करने लगी।

सब लोग हँस दिए। झेंपती हुई सईबाई को निकट खींचते हुए माँसाहिबा कहने लगीं, ‘‘सई, क्यों री, यह दूल्हा पसन्द है तुझे?’’

सईबाई ने एक बार माँसाहिबा की ओर देखा। अगले झण पटे उतार रहे शिवबा की ओर देखकर वह जोर से कह उठी, ‘‘हाँ, पसन्द है।’’

माँसाहिबा सकपका गईं। सई को अंग लगाते हुए बोलीं, ‘‘दुत पगली, कहीं इस तरह हाँ कहा जाता है?’’

माँसाहिबा की उपस्थिति में भी सब लोग अपनी हँसी नहीं रोक पाए। सारा आँगन खिलखिलाहट से भर गया। जब यह हँसी बन्द हुई, तो दादोजी शान्त स्वर में कहने लगे, ‘‘माँसाहिबा, एक प्रार्थना है।’’

‘‘कैसी प्रार्थना, दादोजी?’’

‘‘बात चल ही पड़ी है—यदि कोई आक्षेप न हो, तो यह सम्बन्ध पक्का ही कर लिया जाए। हमारे राजे भी अब दस वर्ष के हो गए। जोड़ी खूब फबेगी।’’

‘‘नानू उस्ताद, सुना तुमने, दादोजी क्या कह रहे हैं?’’

नानू बोला, ‘‘ठीक ही तो कह रहे हैं। हो जाने दीजिए धूम-धड़ाका। सब पूरा तो हो गया है—महल बन गया, चौक की कसरतें पूरी हुईं, पढ़ना-लिखना भी हो गया। बहू के बिना भी कहीं घर घर कहलाता है? ब्याह इसी बरस हो जाने दीजिए।’’

‘‘अरे, परन्तु निम्बालकर मामा का क्या कहना है, यह उनसे तो पूछो, लड़की तो उनकी है।’’

"ऐसी बातें न कहिए माँसाहिबा, लड़की आपकी है। महाराज की दया से हमारे प्राण बच गए, जागीर वापस मिली, दो जून आराम से खा-पी लेते हैं हम। इस बच्ची को भी आप अपना लें, तो आज तक के आपके उपकारों की, जन्म-जन्म के सुख-सम्बन्धों की साध पूरी हो जाएगी।"

"जगदम्बा के मन में होगा, तो यह कार्य भी पूर्ण हो जाएगा। पहले से अपना जो रिश्ता चला आ रहा है, वह और आगे बढ़ जाएगा, दादोजी!"

"जी?"

"शुभ घड़ी देखकर बंगलौर की ओर एक खलीता रवाना करो। हमारी इस इच्छा की सूचना सबको भिजवाओ। उस ओर से स्वीकृति प्राप्त होते ही हम यह मंगल-कार्य सम्पन्न करा देंगी। माँसाहिबा उठ खड़ी हुईं। सईं कहने लगी, "माँसाहिबा, इतनी जल्दी जाना है क्या?"

माँसाहिबा मुस्करा दीं। प्यार से उसके गालों पर गुलचा मारते हुए कहने लगीं, "अरी, एक ही बैठक में तूने जितना कुछ कर दिखाया है, वही क्या कम है? अब चल भी, बहुत से काम पड़े हैं।"

सबने सिजदे किए। माँसाहिबा सईंबाई के साथ भीतर गईं। मुधोजीराव पुनः बैठक में बैठ गए, आँखें भीगी थीं, मन खिल-खिल उठता था।

अगले दिन सूरज की किरणें महल की छत तक पहुँची न थीं कि दो घुड़सवार बंगलौर जाने के लिए लालमहल से निकल पड़े। इसके बाद दो दिन वहाँ और रहकर मुधोजीराव, सईं और बजाजी के साथ फलटण चले गए।

दिन बीत रहे थे। बंगलौर से सब सन्देश आने की प्रतीक्षा में थे।

और एक दिन बंगलौर से पत्र की थैली आई। दादोजी ने उसे माथे से लगाया और खोला। पत्र पढ़ते समय उनके मुख पर छाई प्रसन्नता की चमक धीरे-धीरे उजली होती जा रही थी। माँसाहिबा ने उतावलेपन से पूछा "क्या आज्ञा है?"

"महाराजसाहब को यह सम्बन्ध स्वीकार है। यही नहीं, लिखा है कि विवाह के अवसर पर दिल खोलकर खर्च किया जाए। यह भी लिखा है कि विवाह की तिथि निश्चित होते ही उन्हें सूचित किया जाए। महाराजसाहब स्वयं विवाह के अवसर पर उपस्थित रहेंगे।"

"पन्त, मुधोजीराव को तुरन्त सूचना भिजवाओ। दिन कम हैं, सारा आयोजन सुव्यवस्थित होना चाहिए।"

अगले ही दिन से काम-काज पूरे जोर-शोर से शुरू हो गया। मुधोजीराव फलटण से सपरिवार आ चुके थे। मन में एक आशंका थी—कहीं वर-वधू की कुण्डली न मिल पाई तो? परन्तु वह सन्देह दूर हुआ। शिवाजी और सईंबाई की कुण्डली ग्रहों की दृष्टि से समुचित पाई गई। एक दिन टीका लगाने की विधि सम्पन्न हुई। जोशी पंडित शुभ मुहूर्त खोजने बैठे। सबके मतानुसार वैशाख शुद्ध पंचमी शक संवत् 1562 का शुभ-दिन निश्चित किया गया। शहाजीराजा को इस मुहूर्त की सूचना भिजवाई गई।

पन्त को तो अब एक पल का चैन नहीं था। कलाबत्तू काढ़नेवाले कलाकारों को कोंकण प्रदेश से विशेष रूप से बुलाया गया था। अनाज के भंडार, वस्त्रागृह, दिन-दिन भरते जा रहे थे। राजकार्यालय के लेखक-मुंशी आनेवाले हर सामान को बही में दर्ज कर रहे थे। पन्त के इस सारे आयोजन को देखकर जीजाबाई उनसे कहने लगीं, "पन्त, कितना फैलाव कर बैठे हो? विवाह का खर्च तनिक कम करवाते, तो कोई हर्ज नहीं था।"

पन्त ने माँसाहिबा की ओर देखा। बोले, ''माँसाहिबा, इस विवाह में खर्च का घटा-जोड़ करने से काम नहीं चलेगा। अपनी नई जागीर खड़ी हो रही है। केवल लोगों से सहयोग लेकर ही लोग अपने नहीं बनते, उनसे अपनापन जोड़ना पड़ता है। अपनापन जोड़ने का ऐसा अवसर भला हाथ से क्यों निकलने दिया जाए? इसी बहाने सब पास आएँगे–उनके मन का प्यार पनपेगा, जागीर की नींव मजबूत होगी।''

दादोजी की बात जीजाऊ को जँच गई। उन्होंने फिर इस विषय में कोई आनाकानी नहीं की। मुधोजी भी अपनी जागीर में आकर हाल ही में बसे थे। उन्हें चिन्ता सता रही थी कि इतनी बड़ी सगाई-ब्याह की बात उनसे कैसे निभेगी? वे फलटण जाकर शादी की प्रारम्भिक तैयारियाँ कर आए और जीजाऊ से मिलने फिर पुणे वापस लौट आए।

''माँसाहिबा, लड़की का विवाह तो वधू के पिता के घर में ही होता है, यही रीत है। यह शादी फलटण में हो, ऐसी हमारी प्रार्थना है।'' मुधोजी ने विनम्रता से कहा।

माँसाहिबा ने उत्तर दिया, ''मामासाहब, आप अब तक भी हमें पराया ही समझते हैं क्या? कहिए तो, यह घर किसका है? हमारी बड़ी सास दीपाबाई फलटण के घराने की ही हैं न? राजे ने पुणे को फिर से बसाया है, उनकी इच्छा है कि विवाह यहीं हो।''

''जैसी आपकी इच्छा। पर माँसाहिबा, आप बुरा न मानें, तो एक बात पूछूँ?''

''हाँ, पूछो।''

''सगाई हो गई, विवाह का मुहूर्त भी निश्चित हो गया, पर लेने-देने की कुछ बात हुई ही नहीं।''

''लेन-देन तो व्यापार में होता है, मामासाहब। ये तो खून का नाता है। आप अपनी बेटी दे रहे हैं, इससे बड़ा और क्या दान होगा? हाँ, तुम्हें थोड़ा-सा कुछ देना बाकी है, तुमने इतना हमें दे दिया, अब कुछ देने-कहने के लिए रहा ही क्या?''

''कहिए न माँसाहिबा?''

माँसाहिबा हँसकर कहने लगीं, ''बाकी जो तुम्हें देना है, वह है आशीर्वाद। इसी के बल पर पर गृहस्थाश्रम सदा सुखी बना रहता है। बस, तुम इतना और दे दो तो समझो हमें सब कुछ मिल गया।''

''परन्तु महाराजसाहब क्या कहेंगे?''

''उनकी ओर से तुम निश्चिन्त रहो। वे कोई आपत्ति नहीं उठाएँगे। अगर उन्होंने कुछ पूछा भी, तो बेझिझक हमारा नाम ले लेना।''

मुधोजीराव आगे कुछ कह नहीं सके। रुँधे गले से बोले, ''माँसाहिबा, बेटी को आँचल तले ले लिया, हमारे सात जन्मों का उद्धार कर दिया है आपने। हमें भी लगे कि हमने भी विवाह में कुछ हाथ बँटाया है, कम-से-कम हमारे लिए भी कुछ सेवा तो कहिए।''

''हाँ-हाँ, क्यों नहीं? अवश्य कहेंगी। मामासाहब, बरात लाएँगे ना आप, तब गिने-चुने लोग मत लाना। तुम्हारे परिवार के सभी लोग...प्रजाजनों को भी अवश्य निमन्त्रण देना। जब हम पाएँगी कि पूरा फलटण नगर यहाँ आ पधारा है, हमें बहुत प्रसन्नता होगी।''

जीजाबाई के कहे हुए के अनुसार ही सब हो रहा था। विवाह की तैयारियाँ सचमुच ही बड़े पैमाने पर हो रही थीं। महल मोहक रंगों से रँगे जा रहे थे। रसोईघर अब बाहर के मंडप में ले आया गया था। खाने-पीने के, उपहार के विविध व्यंजन बन रहे थे। रावटियाँ

खड़ी की जा रही थीं। जनवासे के लिए पटेल ने अपनी पूरी हवेली दे दी थी। विवाह मंडप के लिए बल्ले और बाँसों के ढेर लग रहे थे। मंडप के लिए रंग-बिरंगे कपड़े, कनातें, परदों और आड़-ओट के परदों के साथ-साथ झाड़-फानूस, शीशे आदि की सजावटी चीजों से काँचघर भरे जा रहे थे। स्वर्णकार-शाला में कुशल स्वर्णकार दादोजी की विशेष देख-रेख में लुभावने आभूषण बना रहे थे। हीरे, मोती, लाल-पुखराज आदि रत्नों की भरमार थी। केवल कम था तो समय। जब जीजाऊ की सहायता के लिए उमाबाई और लक्ष्मीबाई भी आ गईं, तो घर का रूप-रंग ही बदल गया। जीजाऊ के मन का बोझ एकदम हलका हो गया।

अकस्मात् एक दिन बीजापुर से पत्रों की थैली आई, पत्र से सूचित किया गया था शहाजीराजा विवाह के अवसर पर उपस्थित नहीं रह पाएँगे। वे किसी मुहिम में उलझे हुए थे। दादोजी को आज्ञा दी गई थी कि वे विवाह का सारा आयोजन करें। शहाजीराजा के न आने के समाचार से सभी को बहुत बुरा लगा। जीजाबाई की निराशा की तो सीमा न रही। उमाबाई उनसे कहने लगीं, ''मैंने सोचा ही था कि ऐसा कुछ होगा। इस मेरे पूत का हमेशा से यही हाल है। खुद अपने विवाह के लिए वो मेरी पकड़ में आ सका, जानती है क्यों? उस समय छोटा था, इसलिए।...पर तू चिन्ता मत कर। वह अब नहीं आ रहा पर कुछ दिनों बाद तो आएगा ही।''

शहाजीराजा नहीं आएँगे, इससे यह भी प्रकट था कि ज्येष्ठ पुत्र सम्भाजी भी नहीं आएगा। सम्भाजी से मिले बहुत दिन हो चुके थे; ग्यारह वर्ष बीत गए थे। जीजाऊ ने बेटे सम्भाजी के लिए नए कपड़े तैयार करवाए थे, आभूषण बनवाए थे, सब यूँ ही धरे रह गए। मन की टीस मन ही में दबाकर जीजाबाई फिर से विवाहोत्सव की भागमभाग में शामिल हो गईं।

पंचदेवों की पूजा करके मुहूर्त की खँभिया गाड़कर श्रीगणेश किया गया। सब ओर मंडप सज उठे, खम्भे खड़े किए जाने लगे, बाँसों पर कपड़े लपेटे जाने लगे। उन पर छतें तानी जाने लगीं। पर्दे, आड़-ओट के पर्दे हवा में लहराने लगे।

मुधोजीराव गाने-बजाने के बीच बरातियों के साथ पुणे में प्रविष्ट हुए। खेडबारे से पुणे की ओर आनेवाली बैलगाड़ियों का तो ताँता बँध गया था। सब अपने घर के ही लोग थे, सो पीछे कौन रहता? बैलगाड़ियों और घोड़ों की टापों के कोलाहल से पुणे शहर भर उठा था। डेरों की सारी जगहें जब भीड़-भाड़ से भर गईं, तो आनेवालों ने गाड़ी-मैदान में गाड़ियों के तले ही अपने डेरे बना लिये। हर रोज हजारों लोग भोजन पा रहे थे।

लक्ष्मीबाई को साँस लेने की फुरसत नहीं थी। निरन्तर भागती-फिरती थीं। यदि कभी जीजाबाई कुछ कहें तो कह देती थीं, ''तुम बस विश्राम करो। हमसे कुछ आधा-अधूरा रह जाए, तो बता जरूर देना।''

शुभ मुहूर्त का दिन भी आ पहुँचा। लालमहल के अहाते में लोग ही लोग दिखाई पड़ रहे थे। विवाह-संस्कार पर गाए जानेवाले मंगलाष्टक श्लोक गाए जाने लगे और गोधूलिवेला के शुभ मुहूर्त में हजारों हाथों ने वर-वधू के मस्तक पर अक्षत फेंककर उन्हें मंगल आशीर्वाद दिए। वाद्यों की तेज ध्वनि से सारा वातावरण गूँज उठा।

विवाह-मंडप में वर रूपधारी शिवाजी भवन में आए। सिर पर जरी-टोप, माथे पर शिव-तिलक अंकित था, शरीर पर जरीतारी बूटोंवाला अँगरखा था। कमर में तलवार लटक रही थी। पीछे-पीछे सईबाई आ रही थी। दोनों के शरीर नाना प्रकार के अलंकारों से अलंकृत

थे। दोनों के कन्धों पर पड़ी हुईं शॉलों में जो गाँठ बाँधी गई थी, वह दोनों के बीच झूल-सी रही थी। वर-वधू भीतर आए। दोनों ने उमाबाई को प्रणाम किया। उमाबाई ने दोनों की बलैयाँ लीं। उन पर सोने की मुहरें निछावर कीं। फिर जीजाऊ का आशीष लेकर वर-वधू बैठक की पौरी में आए। शिवाजी ने दादोजी के पैरों में सिर नवाया। दादोजी गद्गद हो उठे थे। उनका सारा जिस्म थरथरा रहा था। वे कुछ कह न सके। उन्होंने शिवबा को प्यार से गले लगा लिया था।

इसके बाद बरात निकलनी थी। आभूषणों से अलंकृत एक घोड़ा सामने आया। सईंबाई कह उठी, "मैं बैठूँगी घोड़े पर।"

"हाँ, हाँ, तुम्हारे लिए ही तो लाया गया है।"

"न-न, मुझे दूसरा घोड़ा चाहिए। मुझे घोड़े पर बैठना आता है।"

पहले तो सब स्तब्ध रह गए, फिर कोई भी अपनी हँसी नहीं रोक पाया।

जीजाबाई ने कहा, "यह घुड़सवारी का मौका है क्या? अरी, ये बरात है, बरात! तुझे घोड़ा चाहिए न! बाद में दूसरा घोड़ा मँगवा दूँगी।"

बरात निकल पड़ी। बरात सैकड़ों मशालों के उजाले में आगे बढ़ रही थी। आगे-आगे दादोजी, मुधोजी, हनुमन्ते, शास्त्रीजी, कोरडे आदि विशिष्ट जन थे। उनके आगे गतका-फरी, लेजिम और तलवार के खेल-करतब दिखाए जा रहे थे। उनसे आगे थी बाजेवालों की टोली। बरात धीरे-धीरे चींटी की चाल से चल रही थी। बीच-बीच में छूटनेवाले पटाखों के धमाके से बालिका-वधू सईं चौंककर जाग उठती थी। उसे नींद के झोंके आ रहे थे। कहीं दूल्हेराम भी सो न जाएँ, इसलिए कभी-कभार शिवबा की आँखों पर भी पानी के छींटे मारे जा रहे थे। जोगेश्वरी देवी के मन्दिर से वापस राजभवन आने तक बरात को सुबह हो आई। सईंबाई को ठीक से जगाया गया। भवन की देहली पर धान्य से भरा एक मापक रखा गया था। सईंबाई ने उस मापक को अपने पैर से भीतर की ओर धकेला। भोसले कुल की नूतन गृहलक्ष्मी ने इस तरह घर में प्रवेश किया। द्वार पर रखे मापक के सारे धान्य घर के भीतर की ओर बिखर गए।

11

वर्षा ऋतु समाप्त हुई। फसल काटने के दिन निकट आ गए थे कि दादोजी कोंडदेव को शहाजीराजा का एक आज्ञापत्र मिला। आज्ञा थी कि जीजाबाई और शिवाजी को बंगलौर भेज दिया जाए।

प्रस्थान की तैयारी होने लगी। प्रस्थान दूर का था, इसलिए सईंबाई को फलटण में रहना निश्चित किया गया। अश्वदल तैयार हुए—पालकियाँ सजाई गईं। मार्ग में विश्राम की व्यवस्था के उद्देश्य से कुछ घुड़सवार आगे रवाना कर दिए गए। डेरे-तम्बू भी भेज दिए गए।

पिता से भेंट होगी, उनके दर्शन होंगे, इस विचार से बालक शिवबा बहुत आनन्दित था। जीजाबाई के उत्साह का तो आर-पार न था। पतिदेव के दर्शनों के साथ-साथ पुत्र सम्भाजी की भी मुलाकात जो होनेवाली थी। इधर पन्त को जागीर के इन्तजाम की चिन्ता सता रही थी। वे यह जिम्मेदारी नरेकर जैसे विश्वासपात्र व्यक्ति को सौंप रहे थे। शहाजीराजा का खजाना दादोजी ने अपने साथ ले जाना तय किया था।

पूरे जोर-शोर से यह काफिला एक दिन बंगलौर की ओर चल पड़ा। बंगलौर की लम्बी यात्रा में शिवबा तरह-तरह के लोग देख रहा था। दूरी के साथ-साथ लोगों की वेशभूषा, बोलियाँ भी बदल रही थीं। भाँति-भाँति के पक्षी दिखाई दे जाते थे। जंगलों के बीच से गुजरते समय विविध प्रकार के वन्य-पशु दिखाई पड़ते थे। विशाल, ऊँची शिलाओं से सुशोभित कर्नाटक प्रदेश के पर्वत देख-देखकर बाल शिवाजी स्तम्भित हो रहे थे। हवा का कष्ट भूलकर वे यह सब देखने में व्यस्त हो गए थे। बाल-मन पर नए प्रदेश के नूतन संस्कार हो रहे थे।

बंगलौर के निकटवाले एक मुकाम से माँसाहिबा के आगमन की सूचना बंगलौर भेजी गई।

अगले दिन प्रातःकाल बंगलौर के प्रवेश-द्वार से शिवाजी ने नगर में प्रवेश किया। मजबूत चहारदीवारी से सुरक्षित उस नगरी के प्रवेश-द्वार पर बीजापुर के आदिलशाह का झंडा फहरा रहा था। दरवाजे के दोनों ओर स्थित ऊँचे बुर्जों पर दूर की मार करनेवाली दो तोपें रखी हुई थीं। द्वार पर सम्भाजीराजा अपनी माँसाहिबा के स्वागत के लिए स्वयं उपस्थित थे। दादोजी ने उन्हें दूर से ही देख लिया और इशारा किया। दोनों भाई घोड़े से उतर पड़े। शिवबा ने आगे बढ़कर सम्भाजी को सिजदा किया। बड़े प्यार से आलिंगन करते हुए सम्भाजीराजा कहने लगे, ''शिवबा, हम तुम्हारी ही प्रतीक्षा कर रहे थे। महाराजासाहब भी दो दिनों से तुम्हें देखने को बेचैन हैं।''

फिर एक पालकी आगे आई। शम्भूराजा आगे बढ़े। पालकी का परदा एक ओर हटाया गया। जीजाबाई आश्चर्यचकित होकर शम्भूराजा को देख रही थीं। सिर पर पगड़ी, बदन में अँगरखा और पैरों में चुन्नटदार पाजामा, ऐसा वेश था सम्भाजी का। कमर में तलवार लटकी थी। सम्भाजी का चेहरा बिलकुल अपने पिता के चेहरे से मिलता-जुलता था। कोमल मसें भीग आई थीं। गोरे माथे पर आड़ा शिव-तिलक था। सम्भाजी ने झुककर माँ के चरणों में प्रणाम किया। विवश-सी होकर माँसाहिबा ने सम्भाजी को खींचकर छाती से लगा लिया और प्यार से उसे चूम लिया। माँ के प्यार-भरे आलिंगन से अपना छुटकारा करते हुए सम्भाजी बोला, ''महाराजासाहब प्रतीक्षा कर रहे हैं।''

सम्भाजी, शिवाजी, दादोजी फिर से घोड़ों पर सवार हो गए और बंगलौर के बीच से यह सवारी चल पड़ी। रास्ते के दोनों ओर की ऊँची-ऊँची हवेलियाँ और नक्काशीदार अटारियों को शिवाजी अचरज-भरी दृष्टि से देख रहा था। भिन्न वेशभूषा, भिन्न भाषा, सब कुछ अलग–आश्चर्यचकित कर देनेवाला था।

अता-पता न होने पर भी राजमहल साफ पहचाना जा रहा था। तराशे हुए पत्थरों से बने उस महल पर नजर पड़ते ही शिवाजी की नजर कहीं बँधकर रह गई। घोड़े धीमी चाल से आगे बढ़ रहे थे। महल के आगे विशाल मैदान था। महल के दरवाजे के आगे लाल वर्दी में सिपाही अदब के साथ खड़े थे। उनके हाथ में नंगी तेगें चमचमा रही थीं। सम्भाजी के साथ शिवाजी महल के दरवाजे तक आए। शिवाजी ने जीन के एक ओर अपने दोनों पाँव रखे, घोड़े की पीठ पर बायाँ हाथ रखा और बड़ी सफाई से भूमि पर कूदकर खड़े हो गए। फिर शिवाजी सीढ़ियों के पास आए और उन्होंने ऊपर देखा। भवन के प्रवेश-द्वार पर एक ऊँचे डील-डौलवाला, तेजस्वी व्यक्ति खड़ा था। उसके बाल कन्धों तक बिखरे हुए थे। रोबदार दाढ़ी थी। सम्भाजी ने शिवाजी को हलका-सा टहोका मारा और शिवाजी ने तुरन्त सिजदा

किया। परन्तु शिवाजी सिजदा करते समय झुक नहीं पाए, वे तो पिता का रूप निहारते हुए सीढ़ियाँ चढ़ रहे थे। महल के दरवाजे पर आते ही शिवाजी पर मुट्ठी-भर भात न्योछावर किया गया। उनके पैर पानी से धोए गए और आँखों पर पानी लगाया गया। सम्भाजी आश्चर्यचकित दृष्टि से शिवाजी को देख रहे थे। शहाजीराजा कहने लगे, ''आओ, राजे!''

शिवाजीराजा आगे बढ़े। पिता के पास पहुँचते ही वे घुटनों के बल बैठ गए। दोनों हाथ भूमि पर टेककर उन्होंने शहाजीराजा के चरणों में सिर नवाया। अतीव स्नेहपूर्वक शहाजीराजा ने उन्हें उठाया। प्यार से सिर पर हाथ फेरा और कहा, ''दादोजी, हमारे छोटे राजा को अभी सिजदा करना नहीं आता शायद?''

''हमें सिजदा करना आता है, आबासाहब, परन्तु माँसाहिबा ने कहा था कि पाँव पड़कर प्रणाम करना।''

''अच्छा, तो ये बात है! और राजे, इस बड़े घोड़े पर बैठकर आए हो? टट्टू क्यों नहीं लिया? बड़े घोड़े पर बैठना बहुत कठिन होता है।'' उतनी ही निडरता के साथ शिवाजीराजा ने कहा, ''कहाँ कठिन है, आबासाहब? बस घोड़े पर बैठने के लिए जाँघों की पकड़ मजबूत होनी चाहिए।''

''वाह राजे, वाह!'' इतने ही में पालकी दरवाजे तक आ पहुँची। सब लोग पालकी आई देखकर रास्ता छोड़कर खड़े हो गए। कुछ स्त्रियाँ आगे बढ़ीं। जीजाबाई महल के भीतर प्रविष्ट हुईं। महल, बाहर से जितना विशाल दिखाई देता था, भीतर उससे कहीं अधिक बड़ा था। जीजाबाई भीतरी चौक में आईं कि तुकाबाई ने आगे बढ़कर, उनके पैर छू लिये।

''छोटी रानीजी, भला पाँव छूने की क्या आवश्यकता थी?''

''नहीं, नहीं, आपका सम्मान बहुत ऊँचा है! आपने मुझे कैसे पहचान लिया?''

''वाह, घर की लक्ष्मी को कोई न पहचाने, भला ऐसा कैसे हो सकता है? पर...वे छोटे राजा कहाँ हैं? उन्हें देखने की बड़ी इच्छा है।''

तभी सम्भाजी और शिवाजी के साथ बालक एकोजीराजा वहाँ आ गए। एकोजी ने आते ही जीजाबाई को प्रणाम किया। तुकाबाई बोलीं, ''कितने बरसों बाद घर के अपने सब एक जगह आ पाए हैं, है न!''

''हाँ, बारह बरस का बनवास समाप्त हो गया है, ऐसा लगता है।'' जीजाबाई ने हँसकर कहा।

प्रारम्भ के दो-तीन दिनों तक तो शिवाजी को यही समझना कठिन हो रहा था कि वे कहाँ आ गए हैं। कई बैठकखाने, अनेक सभागृह, कई महल थे उस विशाल राजभवन में। मेहराबें, खम्भे, छज्जे—सब साल और शीशम की लकड़ी की सुन्दर खुदाई के कामों से सजे-धजे थे। उस महल में सैकड़ों लोगों के आने-जाने का ताँता-सा लगा रहता था। परन्तु जैसे सब कुछ खामोशी और चुप्पी से ढँका हुआ था। महल के पिछवाड़े ठीक आमने-सामने मांसाहारी और शाकाहारी भोजन बनाने की दो भिन्न पाकशालाएँ थीं—एक पाकशाला में रेशमी, श्वेत वस्त्र पहनकर मन्त्र जपते हुए इधर-उधर घूमनेवाले ब्राह्मण दिखाई देते थे, तो दूसरी पाकशाला में रसोइयों की रेलपेल रहती थी। रात को समय-असमय गहरी नींद खुलती, तो सामनेवाले आँगन की अटारी में उठ रही घुँघरुओं की छुन-छुन और गाने के सुर सुनाई देते थे। शिवाजीराजा उस विशाल राजभवन में ऐसे विचर रहे थे, मानो किसी सपनों की नगरी में आ बसे हों।

एक दिन दोपहरी में शिवाजीराजा शहाजीराजा के महल में गए। शहाजीराजा बैठक में बैठे थे। शिवाजी को देखते ही बोल उठे, ''आओ राजे, आओ।''

शिवाजीराजा उनके पास गए। झट से कह बैठे, ''आबासाहब!'' शब्द के मुँह से निकलते ही अपनी भूल उनके ध्यान में आई। हड़बड़ाकर कह उठे, ''महाराजासाहब!'' शहाजीराजा ने उन्हें एकदम पास खींच लिया। कहने लगे, ''राजे, दूसरे लोग हमें महाराजासाहब कहा करें, परन्तु तुम हमें आबासाहब ही कहा करो।''

बालक शिवाजी मुस्करा दिया। महाराज ने पूछा, ''क्यों आए थे राजे? बोलो!''

''महाराज, हम बंगलौर देखने जाएँ?''

''साथ कौन जाएगा?''

''सम्भाजी दादा साथ हैं। छोटे राजा एकोजी भी हैं।''

''और बीचवाले राजे इसी बात की सिफारिश लेकर आए हैं। ठीक है न! अच्छा, जाओ। साथ कुछ सवार लेते जाओ। पन्त, इन्हें भेजने का प्रबन्ध करो। और देखो, दिन छिपने से पहले ही लौट आना।''

शिवाजी उस निराले नए नगर को घूम-फिरकर देख रहे थे। नाना प्रकार के कपड़ों और बर्तनों से सजी-धजी दुकानें और बाजार देख रहे थे। यूँ ही रास्ता चलते-चलते शिवाजीराजा की दृष्टि अकस्मात् ठिठक गई। वे अपने निकट खड़े हुए सम्भाजी से कहने लगे, ''दादा, उधर देखो।''

दो गौरवर्णीय हट्टे-कट्टे आदमी रास्ते से जा रहे थे। उनके सिर पर फरलों के टोप थे। पैरों में उनके बन्द जूतों की एड़ियाँ काफी ऊँची थीं। सम्भाजीराजा ने कहा, ''राजे, ये फिरंगी व्यापारी हैं।''

''कहाँ रहते हैं ये लोग?''

''ये सात समुद्र पार देश के निवासी हैं।''

''तो यहाँ क्यों आए हैं?''

''व्यापार करने।''

''क्यों? यहाँ आकर व्यापार क्यों करते हैं ये? इनका अपना देश नहीं है क्या?''

सम्भाजीराजा को इस बात का उत्तर नहीं सूझा। वे सुनी-अनसुनी करके आगे बढ़ गए।

परन्तु इसके चार दिनों बाद ही शिवाजी को उन्हीं व्यापारियों को फिर से देखने का अवसर मिला। वह ऐसे कि एक दिन सायंकाल शिवबा को शहाजीराजा का बुलावा आया। शिवाजी जब बैठक में गए, तो देखा कि वे दोनों गोरे साहब वहीं खड़े थे। शहाजीराजा के सामने हथियार फैले पड़े थे। शिवाजी के बैठक में आते ही शहाजीराजा ने हथियारों की ओर इशारा करते हुए कहा, ''राजे, देखो तो, तुम्हें इनमें से कोई फिरंगी हथियार पसन्द है क्या?''

शिवबा ने सारे शस्त्रों पर नजर दौड़ाई और उनकी दौड़ती नजर आखिर वहाँ रखी हुई बन्दूकों पर जाकर टिक गई। शहाजीराजा ने पूछा, ''तुम्हें बन्दूक चलानी आती है क्या?''

''हम सीख लेंगे।''

''शाबाश, हम तुम्हारे लिए बन्दूक ही खरीद देंगे।''

व्यापारियों ने झट से बन्दूकें आगे ला रखीं। ये बन्दूकें लम्बी नलीवाली बन्दूकें थीं, दूर की मार करती थीं, फिर भी कुछ खास भारी नहीं थीं। उन पर की गई कारीगरी बहुत आकर्षक थी। शहाजीराजा ने एक बन्दूक चुन ली। फिर शिवाजी के साथ वे महल के बाहर आए। गोरा व्यापारी बन्दूक भरने लगा। उधर एक नारियल लाकर आँगन में रखा गया। शहाजीराजा भरी हुई बन्दूक लेकर चौक में घुटनों के बल बैठ गए और उन्होंने बन्दूक चला दी।

नारियल के टुकड़े-टुकड़े उड़ गए। शहाजीराजा बोले, ''राजे, यह हथियार बहुत अच्छा है। इससे धक्का नहीं लगता। लो, यह बन्दूक तुम्हारी हुई। इसे हमारी याद समझकर अपने पास रखना। कल शिकार का आयोजन किया जाएगा। हम हवालदार को कह देंगे, वह तुम्हें बन्दूक चलाना सिखा देगा।''

महाराज के शिवबा को बन्दूक देने का समाचार तुरन्त महल भर में फैल गया। शहाजीराजा को लाड़ले शिवबा का साथ बहुत भाता था। जो भी प्रतिष्ठित सामन्त-सरदार उनके घर आते थे, उनसे वे शिवबा का परिचय कराते थे। कहते थे, ''ये पैदा हुआ और सब भला ही भला हो गया। जीवन की सारी भागदौड़ खत्म हुई।''

शहाजीराजा बाहर जाते थे, तो शिवबा को साथ ले जाते थे। शिवबा के पूछे सवालों का जवाब देते-देते वे तंग आ जाते थे।

उस दिन तुकाबाई और जीजाबाई महल में थीं कि अचानक शहाजीराजा वहाँ आ पहुँचे। दोनों रानियाँ हड़बड़ाकर खड़ी हो गईं। जीजाऊ की ओर देखते हुए शहाजीराजा ने कहा, ''दादोजी हमें हिसाब बता रहे थे। कह रहे थे कि तुमने शिवबा का विवाह बड़ी धूमधाम से किया है।''

जीजाबाई घबराकर कहने लगीं, ''खर्च अधिक हो गया क्या?''

''इससे भी अधिक क्यों न किया, शिकायत तो ये है। हमें कहलवाया होता, हम बरात के लिए हाथी भेज देते।''

''सब तो आपके आने की प्रतीक्षा कर रहे थे।''

''क्या करें? बड़ी इच्छा थी, पर आना हमसे हो नहीं सका। हमारे लाड़ले शिवबा का विवाह देखने की लालसा बहुत थी।''

''तो फिर और एक ब्याह रचा डाला जाए,'' तुकाबाई ने कहा।

''हाँ, सही तो है। जिस विवाहोत्सव में हम न थे, वह विवाह कैसा? मगर दुलहन कौन होगी?''

''दुलहन मैंने खोज रखी है। अपने मोहितेजी की लड़की सोयरा है ना! चाँद का टुकड़ा है, बस!''

''तो फिर ठीक है। यह रिश्ता पक्का कर डालो।'' कहते हुए शहाजीराजा प्रसन्न होकर बाहर चले गए।

जीजाबाई को इस तरह झटपट की शादी कुछ अच्छी नहीं लगी। वे कहने लगीं, ''अभी-अभी तो एक विवाह हुआ है...अभी और...''

''राजाओं को तो कई शादियाँ करना ही जँचता है। पहली जो लड़की घर लाए हैं, वह निम्बालकर घराने की है न!''

''हाँ।''

''पर मोहिते का घराना कहीं अधिक ऊँचा है।''

तुकाबाई की ओर दृष्टि गड़ाते हुए जीजाबाई ने कहा, "मालोजीराव की दीपाबाई भी निम्बालकर घराने की है न!"

"हाँ, मगर उस समय बड़े ससुरजी सिर्फ एक घुड़सवार सैनिक थे, राजा नहीं थे, यह क्यों भूलती हो?"

"हाँ, हाँ, ठीक है, पर घुड़सवार सिपाही से बढ़ते-बढ़ते राजा बन गए थे न! वन में ठोकरें खानेवाला चन्द्रहास पहले सेना की नौकरी में रहा था, फिर सम्राट् बन गया। सो छोटी रानीजी, किसी का श्रेष्ठ वंश उसके श्रेष्ठ पराक्रम से परखा जाता है, समझीं!"

"तो ये रिश्ता मंजूर नहीं है–ऐसा 'इन्हें' कहलवा दूँ क्या?"

"मैंने कब ऐसा कहा? मैंने तो यूँ ही बात कह दी है।"

तुकाबाई के होंठों पर मन्द हँसी फैल गई।

'राजा बोले–सेना चले' इस कहावत के अनुसार देखते ही देखते यह सम्बन्ध पक्का हो गया। बड़े ठाठ-बाट से विवाहोत्सव मनाया गया। सोने की अम्बारी में बिठाकर दूल्हा-दुलहन की बरात निकाली गई। तोपों और बन्दूकों की आवाजें सारे बंगलौर शहर में गूँज उठीं। शहाजीराजा की अभिलाषा पूरी हुई।

शहाजीराजा की सारी समृद्धि और ठाठ-बाट के क्या कहने!

स्नान, पूजा-पाठ, काव्य-चर्चा, शस्त्रागार का निरीक्षण, फौज का मुआयना, बाग-बगीचों में भ्रमण आदि में, रात को नृत्य और गाने की महफिलों में, शृंगार रस की रंगीनियों में उनके दिन बीतते थे। प्रातःकाल चारणों के गीतों से जागनेवाला राजमहल, आधी रात को शृंगार रस ओढ़कर सो जाता था। युद्ध के अभियान तथा शिकार के अवसरों को छोड़कर यही दिनचर्या रहती थी। शिवाजी के लिए यहाँ की हर बात नई-निराली थी। महल में जो लोग आते थे, प्रायः सरदार, प्रतिष्ठित जन अथवा कोई पंडित-शास्त्री ही होते थे। कोई घोड़े पर बैठकर आता था, तो कोई अपनी प्रतिष्ठा के अनुरूप पालकी में बैठकर आता था। किसी के आगमन की सूचना देने के लिए नगाड़े बजते थे तो किसी के आने की सूचना रणसिंगे की आवाज से मिलती थी।

एक दोपहर शिवाजी जीजाऊ के निकट बैठे थे। तुकाबाई भी वहीं थीं। शिवाजी सहसा पूछने लगे, "माँ, वहाँ पुणे में हमसे मिलने जैसे लोग आते हैं, वैसे यहाँ क्यों नहीं आते?"

दोनों शिवाजी की ओर देखने लगीं। जीजाऊ ने कहा, "क्या कह रहा है तू? अरे यहाँ तो कितने सरदार, अमीर-उमराव आते हैं।"

"वे नहीं, माँ। हमारे यहाँ गाँव-गाँव के पटेल, नम्बरदार आते हैं, नानू उस्ताद आता है, मावले सैनिक आते हैं। ऐसे लोग यहाँ क्यों नहीं आते?"

तुकाबाई व्यंग्य-भरी हँसी हँसते हुए बोलीं, "शिवाजीराजा, ये महाराज का महल है। यहाँ उस ढंग के लोग कैसे आएँगे? राजा के घर तो राजा ही आएँगे।"

"राजा? किसके राजा?"

"प्रजा के राजा।"

"तब जिस राजा के घर आने से प्रजा डरती हो, वो कैसा राजा? मैंने रामायण में सुना है कि राम वनगमन के लिए निकले तो सारे प्रजाजन उन्हें विदा करने नगर के बाहर तक गए थे। निषादराज नाविक गुह को रामचन्द्रजी ने अपनी बाँहों में भर लिया था। वो रामचन्द्रजी सच्चे राजा थे–है न माँ?"

तुकाबाई के चेहरे पर एकदम गम्भीरता छा गई। जीजाबाई ने कहा, ''जा, तू बाहर जाकर खेल। देख तो, सम्भाजीदादा, एकोजीराजा कहाँ हैं?''

शिवबा बाहर चला गया। मन की शंका मन ही में दबी रह गई।

शिवाजी इतने दिन बंगलौर में रहे, पर वहाँ उनका मन नहीं लग रहा था। नई-नवेली कई बातें थीं वहाँ, फिर भी इन सबसे उनका जी ऊब उठता था। शिवाजीराजा को याद आता था—पुणे। शिवापुर के भवन में आनेवाले मावलखंड के मावले लोग उनकी आँखों के आगे रह-रहकर आते-जाते थे। पर ये मन की बातें वह कहते भी तो किससे?

सुबह स्नान करके शिवाजी अपने पिता को प्रणाम करने गए। शहाजीराजा महल में नहीं थे। पूछने पर पता लगा कि वे महल के बाहर गए हैं। शिवाजी बाहर दौड़े, पर महल के दरवाजे में ही उनके पाँव ठिठक गए।

बाहर के प्रांगण में दो घोड़े खड़े थे। महाराज उन घोड़ों को देख-जाँच रहे थे। उनके आस-पास दादोजी, सम्भाजी आदि लोग खड़े थे। शिवाजी को देखते ही महाराज बोले, ''आओ, राजे!''

शिवबा उनके निकट गए। उन्हें झुककर प्रणाम किया। पन्त की ओर देखते हुए शहाजीराजा ने कहा, ''अब ये छोटे राजा ही तय करें। शिवबा, कहो तो, इनमें से बढ़िया घोड़ा कौन-सा है?''

दोनों घोड़े एक सरीखे थे। ऊँचाई में समान, रंग में दोनों साफ-सफेद। शिवाजीराजा एक जानकार की भाँति घोड़ों के चारों ओर निरीक्षण करते हुए घूम रहे थे। सब लोग कौतुक-भरी दृष्टि से उन्हें देख रहे थे। उनकी शान को निहार रहे थे। शिवाजी दाहिनी ओर खड़े घोड़े के पास आए। उन्होंने घोड़े की लगाम को पकड़ा ही था कि शहाजीराजा चिल्लाकर बोले, ''देखना राजे, कहीं काट न खाए!''

''यह नहीं काटेगा। यह घोड़ा अच्छा है।''

घोड़ों की जाँच-परख के लिए वहाँ लाया गया जानकार मुहम्मद अचरज से हक्का-बक्का रह गया। कह उठा, ''अलहमदुल्लिल्लाह! उम्र छोटी है, मगर समझ कितनी बड़ी है!''

''क्यों राजे, वो दूसरा घोड़ा क्या बुरा है?''

''उसके पाँव में बेड़ी है, माथे पर उतार है। यह घोड़ा कब बिदक पड़े इसका क्या भरोसा?'' शिवाजीराजा ने उत्तर दिया।

''पन्त, हमारे छोटे राजा को इस बारे में इतनी जानकारी कैसे हुई?''

''ये तो हमेशा घुड़साल में ही रहते हैं। घोड़ों से बड़ा प्यार है हमारे राजा को!''

''यह बहुत अच्छा लक्षण है। अब हमारे इन शम्भूराजा को ही लो। संस्कृत के अच्छे विद्वान् हैं, संस्कृत में कविता लिखते हैं, काव्यशास्त्र की चर्चा में भाग लेते हैं, परन्तु इनके पास ऐसे गुण नहीं हैं। शास्त्री-पंडितों के बीच रहने से इनके सारे रंग-ढंग ब्राह्मणों जैसे हो गए हैं।''

सम्भाजीराजा इस बात से लजा गए। शिवाजीराजा को निकट खींचते हुए कहने लगे, ''राजे, हम तुम्हारी अश्वपरीक्षा पर बहुत प्रसन्न हैं। तुम्हें यह घोड़ा पसन्द है न! तो यह तुम्हीं ले लो। हम जब-जब घुड़साल में जाते हैं, तब एक श्लोक हमेशा कहा करते हैं। तुम्हें संस्कृत भाषा आती है न?''

"हाँ, थोड़ी-थोड़ी आती है।"

"ठीक है। हम जो श्लोक बतला रहे हैं, उसे याद रखना–

यस्याश्वाः तस्य राज्यं च यस्याश्वाः तस्य मेदिनी।
यस्याश्वाः तस्य सौख्यं हि यस्याश्वाः तस्य सौष्ठवम्॥

याद रहेगा क्या? न याद रहे, तो कंठस्थ कर लेना। राजे, जिसके पास यह सम्पत्ति होती है, उसका राज्य अजेय बना रहता है, यह कभी मत भूलना।" फिर पन्त की ओर मुड़कर वे कहने लगे, "पन्त, आज सायंकाल को हमारे शिवाजीराजा पर से राई-नोन उतार देना। कहीं हमारी ही नजर न लग जाए इन्हें!"

उस रात को एकोजी भी अपनी माता तुकाबाई के सामने घोड़ा पाने का हठ ठान बैठे। एकोजी को पास लेते हुए और जीजाबाई की ओर देखते हुए तुकाबाई कहने लगीं, "राजा बेटे, तुम्हें कैसे मिलेगा घोड़ा? शिवाजीराजा बड़े हैं, लाड़ले हैं, और तुम सबसे छोटे हो। तुम्हारे भाग्य में घोड़ा कहाँ?"

ये शब्द हृदय चीरते हुए उनके भीतर समा गए, पर जीजाबाई कुछ बोलीं नहीं।

रात का भोजन समाप्त हुआ। जीजाबाई महल में आईं। देखा कि सम्भाजी और शिवाजी दोनों के पलंग खाली थे। रात काफी बीत चुकी थी। इतनी रात गए खा-पीकर ये बच्चे कहाँ चले गए? यह बात जीजाबाई की समझ में नहीं आ रही थी। जीजाऊ ने सेवकों को भेजा कि दोनों को खोज लाएँ। जब दोनों आए, तो माँ ने पाया, शिवाजी नजर बचा रहा है। उन्होंने पूछा, "कहाँ मिले ये दोनों?"

"नाचमहल में गाना-बजाना हो रहा है न! वहीं थे ये दोनों श्रीमान।"

"क्या कहा? नाचमहल में?" जीजाबाई जोर से पूछ बैठीं।

"महल के भीतर नहीं, बाहर ही थे। बाहर से ही चोरी-चोरी देख रहे थे।"

"अच्छा, तू जा।"

सेवक चला गया। जीजाबाई ने दोनों पर नजर घुमाई। उनकी आवाज में कठोरता आ गई थी। "राजे, क्या यह सच है?" शिवबा चुप रहा।

"किससे पूछकर गए थे, राजे? कहा नहीं था कि रात को बाहरवाले आँगन में मत जाना?"

शिवाजी का चेहरा फक पड़ गया। रुआँसे स्वर में कहने लगे, "दादामहाराज ने कहा था, चल तमाशा देखेंगे।"

"और तुम चल दिए, नाच-गाना देखने? और वो भी चोरी-छिपे? शरम नहीं आई?"

ऊँची आवाज सुनकर तुकाबाई भीतर आईं। शिवाजी रो रहे थे। उन्हें पास लेकर वे कहने लगीं, "रानीसाहिबा, नाच-गाना देख लिया, तो क्या हो गया? राजाओं के बेटे यह सब नहीं देखेंगे, तो और कौन देखेगा?"

"बाई, तू छोटी है, फिर भी तेरे आगे हाथ जोड़ती हूँ। तू इस मामले के बीच में मत आ।"

और जीजाबाई ने शिवाजी को अपनी ओर खींच लिया।

"क्यों बेकार ही छोटी-मोटी बातों पर गुस्सा होती हो? यह सब तो चलता रहता है।"

"तुम्हें भाता होगा यह सब, हमारे लिए यह महँगा सौदा है। बच्चों का आचरण इस तरह ढल जाएगा।"

तुकाबाई को भी गुस्सा आ गया। बोलीं, ''हाँ, हाँ, मैं तुम्हारी बात अच्छी तरह समझ रही हूँ। रानीसाहिबा, इतनी ही चिन्ता है तो बच्चों को मारने-पीटने की बजाय 'श्रीमानजी' से ही क्यों नहीं कह देतीं?''

''हाँ, सचमुच उन्हें भी कहना ही होगा।'' जीजाबाई ने दृढ़ता से कहा, ''जिस घर में बढ़ती उमर का बच्चा है, वहाँ अपना बर्ताव कैसा रहे, इसका ध्यान बड़ों को रखना चाहिए।''

तुकाबाई जैसे आई थीं, उसी तेजी से झल्लाती हुई चली गईं। शिवाजीराजा सिसकियाँ भरते-भरते सो गए। परन्तु उस रात जीजाबाई उनके आँसू पोंछने नहीं आईं।

अगले पूरे दिन तुकाबाई मौका ढूँढ़ रही थीं। शाम को अनुकूल अवसर हाथ लगा। शहाजीराजा महल में आए। जीजाबाई, तुकाबाई, शिवाजी, एकोजी सब वहीं थे। बात-बात में शहाजीराजा ने पूछा, ''हम पूछना भूल ही गए। कल किसी ने शिवबा की दीठ जलाई थी या नहीं?''

''खुद बड़ी रानीजी ने ही राई-नोन उतारा था उन पर से।''

''हम बात समझ नहीं पाए,'' शहाजीराजा ने हँसकर कहा।

''रानीसाहिबा को यहाँ का वातावरण पसन्द नहीं है। उन्हें डर है कहीं बच्चे इस परिस्थिति में बिगड़ न जाएँ।''

''ऐसा किसने कहा?''

''स्वयं रानीसाहिबा का कहना है यह। वे कहती हैं, शिवाजीराजा को यहाँ रहना हो, तो आपको भी अपनी आदतें बदलनी होंगी।''

''क्या मतलब?'' महाराज संजीदा हो गए थे।

''कल शिवाजीराजा नाचमहल में गाना सुन रहे थे।''

''तो फिर?''

''यह नाच-गाना बन्द होना चाहिए, ऐसा रानीसाहिबा का आग्रह है।''

''क्या ये सच है?'' जीजाबाई की ओर घूरते हुए शहाजीराजा ने कहा।

जीजाबाई कुछ बोलीं नहीं। तुकाबाई विजय-भाव से देख रही थीं। शहाजीराजा एकदम आसन से उठ खड़े हुए। बाहर जाते-जाते कहने लगे, ''अब हमारी आदतें बदलनी मुश्किल हैं। अब वह उम्र भी नहीं रही हमारी। रानीसाहिबा अगर सोचती हों कि शिवाजीराजा हमारी संगत में बिगड़ जाएँगे तो वे उन्हें राजी-खुशी ले जा सकती हैं।''

महाराज चले गए। जीजाबाई आँचल से आँख के आँसू पोंछने लगीं। तुकाबाई ने कहा, ''देखो जी बाईसाहिबा, तुमने ही कहा था कि 'कह देना उनसे'। सो मैंने कह दिया!''

जीजाबाई ने काफी सोच-विचार किया। तुकाबाई के बर्ताव की बढ़ती जा रही कड़वाहट उन्हें साफ दिखाई दे रही थी। जीजाबाई ने सोचा–किसी दिन एक बड़ा झमेला हो बैठे, इससे भला तो यही है कि अभी कोई निर्णय कर लिया जाए। सो एक दिन दिल कड़ा करके उन्होंने अपना फैसला शहाजीराजा को बतला दिया।

तुरन्त सारे महल में बात फैल गई कि शिवाजी पुणे जा रहे हैं। बीते बरस-डेढ़ बरस में शहाजीराजा को शिवाजी से बड़ा लगाव हो गया था। शिवाजी को यथासम्भव अपने साथ रखते थे। अगले दिन सुबह शिवाजी जब नमस्कार करने आए, तो महाराज ने कहा, ''तो राजे, अब तुम पुणे जाओगे? हमारी याद आएगी न?''

"आबासाहब!" कहते हुए शिवाजी महाराज से लिपट गए।

"न, न, राजे! पुरुष कहीं रोते हैं क्या?" गला रुँध जाने के कारण शहाजीराजा की आवाज भी भर्राई हुई थी। निकट ही दादोजी यह सब देखते खड़े थे। शहाजीराजा ने कहा, "दादोजी, हम भी जल्दी ही पुणे आएँगे।"

"सच आबासाहब! आओगे न!"

"हाँ, बिलकुल सच। अब तुम जागीरदार हो। तुमने आदेश दिया कि समझो हम हाजिर हुए।"

"हमारी जागीर? हमारी जागीर कहाँ है?" शिवबा ने पूछा।

"तो जो जागीर है, वह किसकी है?"

"वो तो आपकी है।"

"राजे!" दादोजी ने डपटते हुए कहा। शिवाजी हक्का-बक्का हो गए थे।

उन्हें समझ नहीं आ रहा था कि उनसे क्या भूल हुई। शिवाजी को अपने गले से लगाते हुए शहाजीराजा बोले, "दादोजी, राजे का कहा भी सच ही है। जब तक किसी को अपना न कहो, प्रेम कैसे उत्पन्न होगा? पन्त, हम बच्चों को बैठने के लिए घोड़ा देते हैं, बन्दूक देते हैं, तलवार देते हैं। क्यों देते हैं? इसीलिए न कि वे इन्हें दौड़ाना-चलाना सीखें। तो फिर अगर एक जागीरदार तैयार करना हो तो क्या उसके लिए जागीर नहीं चाहिए? पन्त, हमारी जागीर के छत्तीस गाँवों की माफीदारी हमने पहले ही शिवाजीराजा के नाम कर दी है। वह माफीदारी केवल नाम-भर की न रहे, उसे पूरी तरह लागू भी होने दें। कागजात पर शिवाजीराजा के नाम की ही मुहर लगाई जाए। राजे, तुमने इस जागीर का रखरखाव ठीक किया तो समझो पुणे की जागीर तुम्हारी हुई।"

पन्त बोले, "राजे, चरण छुओ पिता के। बड़े भाग्य हैं, जो ऐसा पिता मिला। हम भी बहुत भाग्यशाली हैं, तभी तो यह देखने को मिला।"

शिवाजी ने शहाजीराजा के चरणों में सिर नवाया। उन्हें छाती से लगाते हुए शहाजीराजा पन्त से कहने लगे, "पन्त, इस बच्चे ने हमें मोह लिया है। कल यह चला जाएगा, तो हमारा दिल नहीं लगेगा। हमारे बेटे का तुमने अच्छा लालन-पालन किया है, हमारे बुढ़ापे की एक चिन्ता दूर कर दी तुमने।" पन्त की आँखें भर आईं। उपरने से उन्होंने आँसू पोंछ लिये।

अगले दिन जागीर का सारा विवरण तैयार हो गया। महाराज ने कागजात अपने विशेष विश्वासपात्र अधिकारी शिवाजीराजा को दिए। पेशवा के रूप में शामराव नीलकंठ थे, तो नारो पन्त दीक्षित के चचेरे भाई बालकृष्णपन्त को अमात्य बनाकर भेजा जाना निश्चित हुआ। इसके अतिरिक्त जागीर के प्रबन्धक—मुतालिक के रूप में अलग से दादोजी पन्त की नियुक्ति की गई थी।

शिवाजीराजा की वापसी की तैयारी हो रही थी। थोड़ा साहस करके जीजाबाई ने शहाजीराजा से पूछा, "कुछ दिनों के लिए सम्भाजी को साथ ले जाऊँ क्या?"

"नहीं, रानीसाहिबा, सम्भाजी हमारे वातावरण में पले-बढ़े हैं। उनका दिल बहलता है। उन्हें यहीं रहने दो।"

"क्या आपका गुस्सा उतरेगा ही नहीं? मैं क्रोध के आवेग में...कुछ का कुछ...!"

"नहीं, हम गुस्से से नहीं कह रहे हैं। हमें भी तुम्हारी बात सही लगी। इसीलिए हम शिवाजीराजा को भेज रहे हैं। उन्हें यहाँ देखकर हमें बहुत प्रसन्नता हुई है। हम शम्भूराजा को पाल-पोसकर बड़ा करेंगे, तुम शिवाजीराजा को बड़ा करो।" फिर मुस्कराते हुए वे जीजाऊ की ओर देखते हुए कहने लगे, "और देखते हैं कि कौन बाजी मारता है?" प्रस्थान का दिन भी आ गया। जीजाबाई ने आँसू भरे नयनों से सबसे विदा ली। शिवाजी जब शहाजीराजा को प्रणाम करने लगे, तो शहाजीराजा ने उन्हें अंग लगा लिया। प्यार से उनका माथा चूम लिया। फिर वे दादोजी से बोले, "पन्त, शिवाजीराजा का खयाल रखना। उन्हें बड़ा करो। हम अपनी यह अमानत तुम्हारे भरोसे तुम्हारे हवाले कर रहे हैं, अपने प्राण समझकर इसकी रखवाली करना।"

सम्भाजीराजा शहर से बाहर के पहले पड़ाव तक जीजाबाई को विदा करने आए थे। अगले दिन पौ फटने के साथ ही जीजाबाई काफिले के साथ पुणे की ओर चल पड़ीं। सम्भाजी अपनी घुड़सवार सेना के साथ बंगलौर वापस लौट गए।

12

शिवाजी बंगलौर से पुणे आ पहुँचे। सारे मावल प्रदेश में यह समाचार फैल गया। हर कोई शिवाजीराजा से मिलने आ रहा था। पटेल, कुलकर्णी (पटवारी), देसाई, देशपांडे, देशमुख, गाँवों और जागीर के छोटे-बड़े अधिकारी देख रहे थे कि राजा तो वही हैं, हाँ, उम्र में थोड़े बड़े हो गए हैं। राजकार्यालय में काफी बदलाव आ गया था। पहले जहाँ केवल मुंशी-मुहर्रिर दिखाई देते थे अब वहाँ पेशवा (प्रधानमन्त्री), अमात्य, डबीर (लिपिक) आदि दिखाई देने लगे हैं। राजकार्यालय में भव्यता-विनम्रता और राज शिष्टाचार बढ़ गया था।

दादोजी पूरे डेढ़ बरस बाद पुणे लौटे थे। इस कालावधि में जो कुछ घटनाएँ घटी थीं, दादोजी उनका वृत्तान्त नरेकर से सुन रहे थे। अब पूरी तरह कार्यालय की छानबीन में खो गए थे। बाहर के काम-काज के साथ ही दादोजी शिवाजी को राजकार्यालय के काम में भी व्यस्त रखते थे। पत्र-व्यवहार और लिखित काम-काज भी उन्हें दे दिया गया था।

राजे स्नान और देवपूजा से निवृत्त होकर आए। जीजाबाई उनकी प्रतीक्षा कर रही थीं। माँसाहिबा के पाँव छूकर शिवाजी पीढ़े पर बैठ गए और उन्होंने दूध का प्याला मुँह से लगा लिया। दूध पीना खत्म होते ही जीजाबाई कहने लगीं, "राजे, अब उठो। नहीं तो कार्यालय में विलम्ब से आने के कारण दादोजी गुस्सा करेंगे।"

इतने में नौकर आ गया। उसने सूचना दी, "मुधोजीराव निम्बालकर आए हैं।"

शिवाजी शीघ्रता से उठ बैठे। बाहर जाने को हुए कि जीजाबाई ने कहा, "राजे, मुधोजीराव तुम्हारे ससुर हैं। तुम्हारा उनके सामने नंगे सिर जाना ठीक नहीं।"

अपने महल में जाकर शिवाजी ने पगड़ी पहनी और बाहर चले गए। "आओ राजे! बंगलौर के क्या हालचाल हैं?" मुधोजीराव ने पूछा।

राजे मुस्करा दिए, तभी जीजाबाई दरवाजे तक आईं। उनके आते ही मुधोजीराव उठ खड़े हुए। उन्होंने सिजदा किया। जीजाऊ ने पूछा, "मामासाहब, आप तो आए, हमारी बहूरानी को लाए या नहीं?"

''हाँ, लाए क्यों नहीं? न लाते, तो राजे गुस्सा हो जाते न!'' मुधोजीराव बोले, ''रानीसाहिबा, वो देखिए, डोली आ ही पहुँची।''

महल के सामने डोली के पहुँचते ही दासियाँ दौड़ पड़ीं। दादोजी अपनी पगड़ी, उपरना सँभालते हुए सीढ़ियाँ उतर आए। पाँव धोकर सईंबाई महल में प्रविष्ट हुईं। कल की छोटी बच्ची ने आज साड़ी पहनी हुई थी और इस साड़ी ने उनका सारा रूप-रंग ही बदल डाला था। आयु छोटी थी, फिर भी वे बड़ी शान से चली आ रही थीं। सबकी ओर नजर फेंकते हुए चल रही थीं। निरन्तर किए जा रहे सिजदों को स्वीकार करती हुई वे आगे बढ़ रही थीं। दादोजी ने जब उन्हें सिजदा किया तो उसे भी उन्होंने हँसकर स्वीकार किया। वे महल के पहले सभाभवन तक आईं। द्वार पर खड़ी जीजाऊ को झुककर प्रणाम किया। जहाँ दादोजी खड़े थे, वहाँ तक जाकर उन्होंने उन्हें तीन बार प्रणाम किया और वे वापस जीजाबाई के पास आकर खड़ी हो गईं। जीजाबाई उनके गालों पर चिकोटी भरकर बोलीं, ''बहुत सयानी हो गई है री! और...पति के पाँव कौन पड़ेगा री?''

सईंबाई की अब तक की सहेजी हुई गम्भीरता उड़ गई। वे बरबस हँस पड़ीं और जाकर जीजाबाई से लिपट गईं। जीजाऊ उन्हें प्यार से सहलाते हुए बोलीं, ''अब आई न सही रास्ते पर। पर ज्यादा शान मत बघार, पता है, राजे ने बंगलौर में दूसरी शादी कर ली है।''

''कर ली है, तो करने दो।''

''तुझसे कहीं अच्छी है री, गोरी-चिट्टी है वह।''

''है तो होने दो, मेरे साथ खेला करेगी वो भी।''

इस बात पर सब हँस पड़े। जीजाबाई मुधोजीराव से कहने लगीं, ''सच, ये सचमुच बड़ी रानी बनकर दिखाएगी।''

दो दिन वहाँ रहकर मुधोजीराव सईंबाई को छोड़कर चले गए। महल में सईंबाई का दिल बहलने लगा। पुणे नगर की बहुत-सी लड़कियाँ उनके पास इकट्ठा हो जाती थीं। महल में सईंबाई का खेल चलता रहता था।

दोपहर बीत चुकी थी। सईंबाई माँसाहिबा के पास आईं। माँसाहिबा ने जैसे ही ऊपर देखा, सईंबाई बोलीं, ''मामीसाहिबा* !''

''मुँह तोड़ दूँगी, अगर फिर कभी मुझे मामीसाहिबा कहा तो।''

सईंबाई हँस पड़ीं। बोलीं, ''माँ, माँसाहिबा!''

आई हँसी छिपाते हुए जीजाबाई ने कहा, ''हाँ, अब बता, क्या चाहिए? सईं, अरी बेटी, जरा जल्दी बड़ी हो न। तू और तेरी ये सहेलियाँ सारा घर सिर पर उठाए रहती हैं। ससुराल में तेरा ऐसा व्यवहार ठीक नहीं।''

सईंबाई उदास होकर मुड़ पड़ीं। जीजाबाई ने पुकारकर कहा, ''इधर आ री! पीछे मुड़।''

सईंबाई मुड़कर पास आईं। जीजाबाई ने पूछा, ''क्यों आई थी, बता!''

''आज शुक्रवार है। जोगेश्वरी हो आऊँ क्या...यह पूछने...।''

''तो जा न! पन्त से कह दे, जा।''

सईंबाई दौड़ पड़ीं। दादोजी बैठे कुछ लिख रहे थे। सईंबाई को आया देखकर पूछ बैठे, ''रानीसाहिबा! कहिए क्या आज्ञा है?''

---

* महाराष्ट्र में ससुर को मामाजी तथा सास को मामी कहकर पुकारने की प्रथा है।

“ऐसा कहेंगे, तो हम नहीं बोलेंगे आपसे, जाइए।” सईबाई ने कहा।

“नहीं, नहीं, मैं सच ही कहता हूँ। अब वो हैं माँसाहिबा और तुम हो रानीसाहिबा।”

“पन्त, हम मन्दिर जाएँ क्या?”

“अवश्य जाओ, मैं अभी डोली का प्रबन्ध कराता हूँ।”

“सायंकाल सईबाई सेविकाओं-सहेलियों के साथ जोगेश्वरी देवी के मन्दिर हो आईं।

आश्विन शुक्ल प्रतिपदा से नवमी तक का नवरात्र उत्सव निकट आ रहा था। प्रतिपदा के दिन घटस्थापना की गई। महल के आँगन में हर दिन बकरों की बलि दी जा रही थी। नवरात्र उत्सव के ये नौ दिन भी कितनी धूमधाम के होते हैं। शिवाजी को सब देवी-देवताओं के दर्शन करके आना पड़ता था। प्रतिदिन प्रातःकाल स्नान करने के पश्चात् शिवाजी सजे हुए घोड़े पर सवार होकर गणपति, जोगेश्वरी, महादेव आदि देवों के मन्दिर हो आते थे। महल की चहल-पहल के तो कहने क्या! नवरात्रोत्सव निकट आए कि सारे शस्त्रों को धो-पोंछकर उन्हें चमकाया जाता था। नमक और इमली के पोते लेकर पटा, तलवार और छुरे साफ किए जाते थे। घटस्थापना के दिन विशेष राजसभागृह में सारे शस्त्र पूजा के लिए पंक्ति में रख दिए जाते थे। एक स्थान पर इकट्ठे किए गए इन विविध अस्त्र-शस्त्रों को देखने में शिवाजी को बहुत आनन्द आता था। इन शस्त्रों में विभिन्न प्रकार की तलवारें, फिरंगी तलवारें, पटे, भाले, ढालें, छुरे, कटारें तथा बिछावे थे। इनके साथ-साथ बरछे, खाँडे जैसे हथियार भी बैठक में लाए जाते थे। शिवाजी पूछ-पूछकर उन शस्त्रों के लुभावनेपन की, उनके महत्त्व की जानकारी पा लेते थे।

राजभवन के देवगृह में सोने के बने ऊँचे बड़े दीपक निरन्तर जलते रहते थे। उनके मन्द कोमल उजाले में देवी की अष्टभुजा मूर्ति प्रकाशित होती रहती थी। देवी के सम्मुख दाहिनी ओर घट की स्थापना की गई होती थी। नवरात्र के प्रत्येक दिन पान के पत्तों की बनी नई माला ऊपर बँधी रहती थी। प्रजा-घट के चारों ओर के मिट्टी के ढेर में प्रतिपदा के दिन गेहूँ के जो बीज बोए गए थे, उनके अंकुर हर दिन बढ़ते जा रहे थे। नवरात्र के अन्तिम दिन तक तो वे अंकुर काफी बड़े हो जाते थे।

नवरात्रोत्सव में प्रतिदिन रात्रि के समय महल के आँगन में अम्बा-जगदम्बा देवी के सम्मुख ‘कीर्तन-नृत्य’ कार्यक्रम आयोजित किया जाता था। ‘उदेग अम्बे उदे’ के जयघोष से सारा वातावरण भर उठता था। इस कीर्तन-नृत्य को देखने के लिए बड़ी भीड़-भाड़ मचती थी। गले में कौड़ियों की माला डाले, कपड़ों पर तेल लगाए हुए भुत्येदेवी के विशिष्ट उपासक अपनी पगड़ियाँ सँभालते हाथ में दुक्कड़ बाजा लेकर खड़े हो जाते थे। ये भुत्ये (देवी-भक्त) पहले हाथों में कपड़ों की बटदार मशालें लेकर नाचते थे। शिवाजीराजा को यह मशाल-नृत्य बहुत अच्छा लगता था। जलती मशाल हाथ में लेकर सारे लोग इस मशाल-नृत्य में उतर पड़ते थे। मशालों के घूमने से उठनेवाली लपटों की फर-फर ध्वनि सुनने में शिवाजीराजा इतने खो जाते थे कि अपने को भी भुला बैठते थे।

खाँडा नवमी के दिन सुबह ही बाजे-गाजों के साथ एक घोड़ा दरवाजे पर लाया जाता था। द्वार की देहली पर बकरे की बलि दी जाती थी। फिर उस बहते खून को लाँघकर घोड़ा बड़ी शान से महल में प्रवेश करता था। नौ दिनों तक जो तलवार पूजा में रखी रहती थी, अपनी उस छोटी-सी तलवार को बाहर निकालकर शिवाजी माथे से लगाते थे।

शाम को सज-धजवाले कपड़े पहनकर शिवाजी जीजाबाई के पास गए। शिवाजी के गाल पर दिठौना लगाते हुए जीजाबाई ने कहा, ''राजे, अब ये इस तरह की झूठ-मूठ की रीति निभानेवाला सीमा-उल्लंघन अधिक दिन तक नहीं चलना चाहिए।''

''तो फिर हमें क्या करना चाहिए?''

''विजयदशमी के दिन सचमुच अपनी शूरता की धाक जमाने के लिए अब तुम्हें घर से बाहर प्रयाण करना पड़ेगा। शत्रु की कमर तोड़नी होगी। यश से अपना घर सम्पन्न करना होगा। पीठ पर लादकर समृद्धि घर लानी होगी।''

''हम ऐसा ही करेंगे माँ!''

इसके बाद सोना लूटने का अर्थात् वन से शमीवृक्ष के पत्ते लाने की प्रथा की बारी आई। शिवाजी सोना लूटने, शमीपत्र लूटने-कमाने निकल पड़े। शहनाई बज उठी थी। द्वार पर अलंकारों से सजा घोड़ा खड़ा था। शिवाजीराजा घोड़े पर सवार हुए। दादोजी भी उनके साथ-साथ चल रहे थे। दोनों के आगे-पीछे घुड़सवार चल रहे थे। शमीवृक्षोंवाली जंगली पहाड़ी पर आकर घोड़े रुक गए। पुजारीजी वहाँ पहले से उपस्थित थे। शिवाजीराजा ने शमीवृक्ष की पूजा की। अपनी तलवार से पत्ते तोड़कर जमा किए और बाजे-गाजे के साथ वे घर वापस लौटे। भवन के द्वार पर सईबाई ने उनकी आरती उतारी। शिवाजीराजा राजभवन में प्रविष्ट हुए।

शिवाजी देवमन्दिर में गए। देवमन्दिर की देहली पर जीजाबाई ने उन्हें खड़ा किया। शिवाजी की पीठ देहली की ओर थी। देहली को एक पगड़ी से ढँका हुआ था। जीजाबाई ने कहा, ''राजे, अब पीछे न देखते हुए देहली पर तलवार चलाओ।''

शिवाजी ने तलवार म्यान से बाहर निकाली और पीछे न देखते हुए देहली पर प्रहार किया। राजे ने पूछा, ''बस? हो गया क्या?''

''हाँ, हो गया।''

शिवाजी मुड़े। जीजाबाई ने पगड़ी उठाई। पगड़ी के नीचे देहली पर चावल फैलाए हुए थे। उन चावलों में रखी हुई सोने की अँगूठी जीजाबाई ने उठा ली और उसे शिवाजीराजा के माथे से छुवाया। शिवाजी ने पूछा, ''माँसाहिबा, ये अँगूठी क्यों रखी थी?''

''राजे, ये अँगूठी नहीं है, यह लक्ष्मी है। तुम शमीवृक्ष से सोना लूटकर लाए हो न, तुम्हारे पीछे-पीछे ही लक्ष्मी भी आती होगी! परन्तु उस घर आती लक्ष्मी को देखना नहीं चाहिए। उसे पीछे न देखते हुए ही घर के भीतर ले आना होता है। जब लक्ष्मी घर में आ जाती है तो उसका पाँव काट देते हैं।''

''पाँव काट देते हैं?'' शिवाजी ने पूछा।

''हाँ, एक बार उसे लँगड़ी बना दिया तो फिर कैसे बाहर जाएगी?'' शिवाजीराजा को इस बात पर हँसी आ गई।

जीजाबाई कहने लगीं, ''राजे, अब तुम छोटे नहीं हो। सदा ध्यान रखो, धन की देवी लक्ष्मी के पीछे भागने से वह कभी प्रसन्न नहीं होती। वह तो पुरुषार्थी, कर्तृत्वशाली लोगों के पीछे अपने आप चली आती है। लक्ष्मी को सदा अपने पीठ पीछे रखना और संकटों को आगे देखना। हमारी यह बात भूलना नहीं...अच्छा, दादोजी तुम्हारी प्रतीक्षा करते होंगे। जाओ, राजसभागृह में जाओ।''

शिवाजी ने माता को प्रणाम किया और वे राजसभागृह में पहुँचे। आज राजसभागृह बहुत सजा हुआ था। उच्चासन के दाईं ओर वस्त्र से ढँके हुए थाल रखे हुए थे। राजे बैठक में बैठे। सबसे पहले ब्राह्मणगण पधारे। शिवाजीराजा ने खड़े होकर उनके दिए शमीपत्रों को स्वीकार किया। दादोजी शिवाजीराजा के हाथ में सिक्के देते जाते और राजे उन सिक्कों को बाँटते जा रहे थे। इस प्रकार राजकार्यालय के मुंशी-दफ्तरी भी त्योहार का अपना इनाम ले गए। इसके बाद आए पटेल-पटवारी और ईनामदार। फिर अश्वशाला के अधिकारी, सेवकादि आए। फिर घर के नौकरों की बारी आई। यह विधि समाप्त होने पर शिवाजीराजा ने उठकर दादोजी के चरणों में मस्तक नवाया। दादोजी ने उन्हें गले से लगा लिया।

जीजाबाई बोलीं, ''राजे, दादोजी को मुहरें नहीं दीं तुमने?''

दादोजी ने शिवाजी को अपने से लगाते हुए कहा, ''माँसाहिबा, यह मुहर मेरी ही तो है। इससे बढ़कर मेरा सौभाग्य और क्या होगा!''

13

शिवाजी दादोजी के साथ मावलखंड का दौरा कर रहे थे। महल में आकर पत्र-व्यवहार, राज-काज देखते थे। राजासन के सम्मुख न्याय-निर्णय के लिए आए मामलों को जीजाबाई पंचों की सहायता से किस प्रकार हल करती हैं, यह भी वे देख रहे थे। राजभवन में कीर्तनकार अतिथि, भजन-गायक आते थे। भजन-कीर्तनादि में शिवाजी का मन रम जाता था। जब वे किसी कड़खैत से वीररस का पँवाड़ा सुनते थे, तो उनकी नसों में वीररस दौड़ने लगता था। बस, उनका जी यदि ऊबता था, तो दादोजी के साथ मावल-प्रदेश घूमने-फिरने में। बड़े लोगों के साथ जागीर के दौरे, निरीक्षण आदि काम उनके मन को बिलकुल नहीं भाते थे।

सुबह दादोजी ने शिवाजी को बताया, ''राजे, आज नाणे मावलखंड में जाना होगा।''

''वापस कब तक लौटेंगे?'' जीजाबाई ने पूछा।

''पाँच-छह दिन तो लग ही जाएँगे। बहुत-सा हिसाब देखना बाकी पड़ा है वहाँ।''

शिवाजी बड़ी नाराजी से दादोजी की ओर देखने लगे। उनकी नाराजगी दादोजी से छिपी नहीं रही। वे बोले, ''देख लो राजे। यह जागीर तुम्हारी है। यह जागीर बड़े शौक से माँगी है तुमने बड़े महाराज से। पहले ही यहाँ टंटे-बखेड़ों की भरमार है, मालिक के बिना ये कैसे सुलझेंगे? तुम्हारा जी न करता हो, तो बता दो, मैं महाराजसाहब को कहलवा भेजता हूँ।''

यह बात शिवाजी को असर कर गई थी। शिवाजी अपने घोड़े पर सवार हो जाते थे। मावलखंड का दौरा करते समय शिवाजी का ध्यान उस भू-प्रदेश में सिर ऊँचा किए, आकाश को चूमते ऊँचे दुर्गों की ओर चला जाता था। वे पन्त से पूछते, ''पन्त, ये किले किसके हैं?''

''बीजापुर के आदिलशाह के।''

''जागीर हमारी और किले उनके? यह कैसे?''

''राजे, जागीर का मतलब यह नहीं कि तुम इसके मालिक हो। केवल इसका वसूली करने का अधिकार तुम्हारा है। पर सत्ता आदिलशाही राज्य की ही है।''

मावलखंड में शिवाजी का बहुत दबदबा था। उनके नाम का लोगों में आदर था। दादोजी के साथ आए शहाजीराजा के राजकुमार पुत्र को देखते ही सबकी गर्दनें सम्मान में झुक जाती थीं। देशमुख (परगनेदार) प्रेम-प्यार से अपने बन रहे थे। प्रजा अपना राजा देख पा रही थी, अपना सुख-दुख कहकर जता सकती थी। शिवाजी देख रहे थे कि दादोजी सामनीति के साथ-साथ आवश्यक होने पर दंडनीति का भी सहारा लेते थे। बांदल नामक देशमुख की गुंडागर्दी और अत्याचार के कारण दादोजी ने उसे कठोर दंड दिया था। इस घटना से सारे इलाके में दादोजी का आदर बढ़ चुका है, शिवाजी यह भी जान गए थे।

महल के सामनेवाले भाग की पहली बैठक में शिवाजी अकेले बैठे थे। पीछे माँसाहिबा खड़ी थीं। वे वहाँ कब आ खड़ी हुईं, शिवाजी को यह भी पता न था। जीजाबाई ने पूछा, ‘‘राजे, इस तरह एकटक क्या देख रहे हो?’’

दृष्टि न हटाते हुए शिवाजी ने कहा, ‘‘माँसाहिबा, चींटियाँ एक कीड़े को पकड़े ले जा रही हैं, वही देख रहा हूँ।’’

‘‘इसमें इतनी क्या खास बात है?’’

‘‘माँसाहिबा, देखिए न, कितना बड़ा कीड़ा है। मैं बड़ी देर से देख रहा हूँ—कीड़ा जिन्दा है, छूटने के लिए जी-जान से कोशिश कर रहा है। पर इन नन्ही-नन्ही चींटियों के सामने उसकी एक नहीं चल रही। उसे चींटियों ने चारों ओर से जकड़ रखा है।’’

जीजाबाई ने कोई उत्तर नहीं दिया। शिवाजी ने मुड़कर देखा तो जीजाबाई भीतर जा चुकी थीं। इतने में शिवाजी की नजर दरवाजे की ओर गई। उन्होंने देखा साँवले रंग और ऊँचे डील-डौल का एक आदमी चला आ रहा है। उसके चेहरे पर चमक थी। आँखों से मुस्कराहट टपक रही थी। छाती ऐसी मजबूत कि रस्सियों से बाँध दी जाए, तो साँस लेते ही रस्सियाँ टूटकर गिर पड़ें। घुटनों तक की धोती पहने उसके बदन में गाढ़े कपड़े की बगलबंदी थी। बगलबंदी का बायाँ कन्धा फटकर चिथड़ा हो गया था। उसके कन्धे पर जख्म थे। खून की धार हाथ से बहती हुई पंजे तक पहुँच गई थी। फिर भी उस आदमी के चेहरे पर पीड़ा का कोई चिह्न नहीं था। हाथ में मोटा-सा लट्ठ थामे वह गँवई आदमी भीतर चला आया। उसने महल के चौक में चारों ओर नजर दौड़ाई। शिवाजी को देखते ही वह सिजदा करके बोला, ‘‘राम-राम! क्या शिवाजीराजा का महल यही है?’’

‘‘हाँ, क्यों? क्या बात है?’’

‘‘एक काम था।’’

‘‘ऊपर आ,’’ शिवाजी ने कहा।

‘‘ऐं? ऊपर?’’

शान्त भाव से शिवाजी ने कहा, ‘‘हाँ, हाँ, ऊपर आ।’’

सकुचाते-बिचकते हुए वह आदमी महल की ऊँची बैठक में चढ़ आया।

‘‘बैठ।’’

‘‘पर, मैं...!’’

‘‘कहा न, बैठ जा।’’

शिवाजी की नजरें देखते ही वह आदमी नीचे बैठ गया। शिवाजीराजा उठे। बिना कुछ बोले उन्होंने खामोशी से उसका दायाँ हाथ देखा और वे चीखे, ‘‘अरे, कोई है?’’

चारों ओर से सेवक दौड़ पड़े। जो पहले आया था, उससे शिवाजी ने पूछा, ''महल की पहरे चौकीवाले कहाँ गए? जा, तुरन्त वैद्यजी को बुला ला।'' नौकर गया। शिवाजीराजा ने पूछा, ''नाम क्या है तेरा?''

''मेरा नाम भीमा है जी। जात का लुहार हूँ जीऽऽ,'' फिर अपनी भूल सुधारते हुए वह बोला, ''सरकार!''

इतनी देर में दादोजी भी उठकर बाहर आ चुके थे। राजे ने भीमा से पूछा, ''यहाँ क्यों आया है तू?''

''बताऊँ? मैं इस देस का नहीं हूँ, हमारा देस दूर है, उधर सतारा की तरफ। देस में सूखा पड़ गया था, तब देस छोड़कर मुगलाई राज में गया था। वापस लौट रहा था रास्ते से, जंगल का रास्ता था और जी वो चढ़ दौड़ा मेरे ऊपर।''

''कौन?'' शिवाजी ने पूछा।

''वो भेड़िया जीऽऽऽ। गलती हो गई, 'जीऽऽ' नहीं सरकार कहना चाहिए था।''

''तो फिर क्या हुआ?''

''भेड़िए थे तीन, सुनसान जंगल में मैं इकला आदमी, हाथ में बस एक लाठी। और क्या करता? लिया बजरंगबली का नाम और जैसे ही एक भेड़िया आगे बढ़ा कि तानकर एक लट्ठ जमा दिया। वो मुटियाया जानवर पीछे उलटा जा गिरा। बाकी भेड़िए पीछे हट गए, पर वो था भारी जानवर, फिर उठा और मारा मुझ पर झपट्टा। मैं उसे बाएँ हाथ से धकेले जाऊँ, पर फिर भी साले ने कन्धे की खाल खींच डाली। फिर क्या था? मेरा सिर फिर गया, उसका सिर जो देखा, तो एक लाठी कसकर जमाई, बस्स फिर जो ढेर हुआ, सो उठा नहीं।''

''और दूसरे भेड़ियों का क्या हुआ?''

''अगुआ ढेर हो गया, तो पीछे के क्यों खड़े रहते?''

शिवाजी उसकी कहानी बड़े कौतूहल से सुन रहे थे। उन्हें बड़ा मजा आ रहा था। ''पर तू इधर क्यों आया, यह तो बता?'' शिवाजी ने पूछा

''ये लो, कमाल है मेरा भी! यह बताना तो रह ही गया। तो सरकार, वहाँ से चला मैं। रस्ते-रस्ते आ रहा था, दो आदमी मिले। जैसे तुमने पूछा, वैसे उन्होंने भी पूछा, 'कन्धे को क्या हुआ?' मैंने बता दिया, तो वो कहने लगे, 'अरे, अरे, भेड़िए की पूँछ क्यों नहीं काट लाया तू?' मैंने कहा, 'पूँछ का क्या करता?' तो वे कहने लगे, 'अरे मूरख, कोई भेड़िया मारे और उसकी दुम दिखाए तो शिवाजी के महल का बाम्हन है न वो, वो इनाम देता है उसे'।''

सबकी दृष्टि अचानक ब्राह्मण दादोजी की ओर गई। वे हँस रहे थे। भीमा कहता जा रहा था, ''मैं पराए मुलक का, मुझे क्या पता था इस बात का? उलटे पैरों गया और दुम ले आया, ये लो।'' कहते हुए उसने कमर में खोंसी हुई झब्बेदार दुम सामने फेंक दी।

उन दिनों मावलखंड में भेड़ियों ने बड़ा उत्पात मचा रखा था। उनका आतंक समाप्त करने के लिए दादोजी ने इनाम देने की प्रथा शुरू की थी। सारा मावलप्रदेश यह जानता था। वैद्यजी आए। वे भीमा के घावों पर दवाई लगाने लगे। दवाई लगाते समय भीमा पूछने लगा, ''जिसे शिवाजीराजा कहते हैं, वो तुम्हीं हो क्या?''

''हाँ, मैं ही हूँ, क्यों?''

“कुछ नहीं। बड़ा नाम सुना था, मैंने सोचा था, कोई सयाना आदमी होगा...।”

इस बात पर पूरा महल हँस पड़ा। दादोजी ने कहा, “कुलकर्णी, इसे कार्यालय ले जाओ और इनाम दे दो।”

“ठहरो!” शिवाजी ने कहा। फिर वे महल के भीतर गए। जब वे बाहर आए, तो हाथ में एक तलवार थी। वह तलवार भीमा को देते हुए शिवाजी ने कहा, “भीमा, तेरी किस्मत अच्छी थी, इसलिए इस बार लाठी से काम चल गया। ले, यह तलवार अपने पास रखा कर।”

भीमा ने तलवार हाथ में ली। तलवार का फल देखते हुए कहने लगा, “रामपुरी लगती है।”

“हथियारों की तुझे परख है?” शिवाजी ने पूछा।

“वाह? यह तो मेरा धन्धा है। यही तो करता आया हूँ।”

“अब कहाँ जाएगा तू?”

“जहाँ दो जून की रोटी पा सकूँ।”

“यहाँ रहेगा क्या?”

“हाँ, रहूँगा क्यों नहीं? काम बताओ, क्या करना होगा?”

“तुझे लुहारखाने का काम सौंपता हूँ। करेगा?”

भीमा ने शिवाजी के पैर पकड़ लिये, “बड़ी किरपा होगी, सरकार।”

“सोनोपन्त!” शिवाजी सोनोपन्त की ओर मुड़कर कहने लगे, “इसके लिए एक लुहारखाना बनवा दो।”

सोनोपन्त ने दादोजी की ओर देखा। दादोजी बोले, “सोनोपन्त, राजाज्ञा सुन ली न तुमने? अब क्यों ठहरे हुए हो?”

“जो आज्ञा।” कहते हुए सोनोपन्त भीमा को साथ ले गए। सभी लोग धीरे-धीरे वहाँ से चले गए। शिवाजी को अकेला पाकर दादोजी ने कहा, “राजे, इतनी जल्दबाजी से लोग नौकरी में नहीं रखे जाते। वह भीमा अनजाना आदमी है—कौन है, कहाँ का है, कुछ पता नहीं।”

“पन्त, अवसर दिया जाए, तभी तो पता लगेगा न! उसके हाथ मजबूत हैं, मेहनती है, छाती में हिम्मत भरी है—फौलाद तो सहज ही पहचाना जा सकता है। बस, इतना ही काफी है। और चाहिए भी क्या? मौका दिया है उसे, योग्यता अपने आप प्रकट हो जाएगी।”

दादोजी बड़े कौतुक भाव से उन्हें देख रहे थे। सायंकाल जब वे जीजाऊ को नमस्कार करने गए तो उनसे बोले, “माँसाहिबा, शिवाजीराजा की चुनाव करने की समझ धीरे-धीरे बढ़ रही है। देखिए न, भीमा की परख कैसे तुरन्त कर डाली।”

“हाँ, मुझे भी अचरज होता है। हमारा कुमार बहुत जल्दी आदमी पहचान लेता है।”

“यह भी तो राजा के लक्षणों में से एक है। कहा जाता है कि देख-समझकर जितना सयानापन आता है, उतना पढ़ने-सीखने से नहीं आता। बिलकुल सच है यह।”

ऐसी सराहना-भरी बातें सुनकर जीजाबाई को अतीव प्रसन्नता हो रही थी। दादोजी के मुख से ऐसी मुक्त प्रशंसा कभी-कभार ही सुनने को मिलती थी। दादोजी ने कहा, “माँसाहिबा, सोलापुर से एक चारण आया है। आज्ञा हो तो महल में उसके पँवाड़े के गायन का आयोजन किया जाए।”

"अवश्य। हमारे शिवाजी को पँवाड़ा सुनने का बड़ा शौक है। रात हम भी पँवाड़ा सुनेंगे।"

रात में मशालों के प्रकाश से महल का पहला आँगन-चौक प्रकाशमान हो उठा था। लोगों की भारी भीड़ चौक में इकट्ठी हो गई थी। राजसभागृह में आज विशेष बिछावन की गई थी। चारण महल की धूनी के पास बैठकर अपनी डफली गरम कर रहा था। उसके साथी-वादक इकतारा, डफ और मँजीरों का सुर मिला रहे थे। विशिष्ट राजवंशीय जन बैठक में पधारे। उनके आते ही सिजदों की झड़ी-सी लग गई। उच्चासन के दाईं ओर दादोजी, अमात्य तथा डबीर बैठे थे। बैठक के दाएँ हाथ पर दादोजी की पत्नी, ब्राह्मण-महिलाएँ बैठी हुई थीं। उनके बाद मराठा वंश की स्त्रियाँ बैठी थीं।

चारण बड़े आँगन के बीच आया। उसने तथा उसके साथियों ने सिजदा किया। डफली पर थाप लगी, इकतारा लय में बज उठा, मँजीरे झनझना उठे, जो थोड़ी-बहुत खुसफुसाहट सुनाई दे रही थी, वह भी अब बन्द हो गई। चारण ने सिजदा करके नमन-गीत के साथ पँवाड़े का श्रीगणेश किया।

प्रथम नमन गणपती, देवी भवानी को
करूँ सिजदा जीजाऊ माता को, बाल शिवाजी को।
मर्दों के गाए पँवाड़े अब तलक कई लोगों ने
अब सुनो शौर्य की गाथा, एक महिला की।
थी राजपूत रमणी रानी पद्‌मिनी,
चित्तौड़गढ़ में थी कीर्ति था महान नाम और काम।
था राजा चित्तौड़गढ़ का, लक्ष्मणसिंह बलशाली
था भीमसिंह उसका, चाचा रिश्ते का।
ज्यों शोभै उमा शंकर को, जानकी रामचन्द्र को
त्यों ज्यों रम्भा सोहे सुरवर को रानी चित्तौड़ की, सुहाती थी पद्‌मिनी।
शान थी राजपूत वंश की, थी धन्य उसकी करनी ॥1॥

चारण नमन-गीत के बाद पँवाड़ा गा रहा था। विषय था रानी पद्‌मिनी का। चित्तौड़ की यह रूपवती रानी जन्मतः स्वाभिमान का धन साथ लाई थी। उसके राज्य में कोई भूखा-नंगा न था, कोई दुखी नहीं था। राणा भीमसिंह और रानी पद्‌मिनी का जोड़ा चित्तौड़ राज्य में विष्णु-लक्ष्मी युगल के समान आदरणीय था।

ज्यों शुक्र तारा उजला गगन में,
त्यों भी रानी पद्‌मिनी रूप की मूर्ति
सौन्दर्य की कीर्ति, फैली थी जग भर में।
था अलाउद्‌दीन खिलजी बादशाह, बड़ा उदंड, बड़ा घमंडी
सुन्दरता की गाथा पहुँची उसके कानों तक।
बोला, "सुन्दरता का अजीब खजाना जरूर देखूँगा।"
मन के लड्डू खाता–चढ़ दौड़ा गढ़ चित्तौड़ पर।

पद्‌मिनी के सौन्दर्य की कीर्ति अलाउद्‌दीन खिलजी के कानों तक पहुँची। उसका जी उस दिव्य-स्वर्गीय सुन्दरता को देखने के लिए मचल उठा। मन में पाप-वासना की आँधी उठी और अलाउद्‌दीन ने चित्तौड़ पर हमला कर दिया। अब तक शान्ति और सन्तोष की

छाया में सोई हुई चित्तौड़ की धरती खून की होली से रँग उठी। राणा भीमसिंह ने चित्तौड़ की रक्षा के लिए जी-जान एक कर दिया। परन्तु भाग्य में सफलता नहीं लिखी थी। राणा भीमसिंह अलाउद्दीन का कैदी बन गया—पद्मिनी के सुहाग पर संकट के बादल मँडराने लगे। अलाउद्दीन ने शर्त रखी—पद्मिनी को एक बार देखूँगा। रानी पद्मिनी ने अपने पति के प्राण बचाने के लिए यह शर्त भी मान ली। अलाउद्दीन महल में आया, उसकी वासना-भरी आँखें अधीर हो उठी थीं। परदा एक ओर को हटा और अलाउद्दीन की नजर परदे के पीछे रखे हुए आईने पर पड़ी। ओफ! मानो आसमान का कोई सपना धरती पर उतर आया हो! उस असाधारण रूप को देखकर अलाउद्दीन का मन डोल गया। वह अपना दिया हुआ वचन भूल गया। भीमसिंह को कैद से मुक्त करना रहा दूर, रानी पद्मिनी को माँग बैठा वह। ऐसी माँग कौन पूरी करता? बौखलाकर अलाउद्दीन ने हमला कर दिया उस पर, परन्तु उसे राजपूतों के स्वाभिमान की जानकारी कहाँ थी!

भड़क उठा खिलजी सिर से पाँवों तक
टूट पड़ा चित्तौड़गढ़ पर लेकर तलवार-तीर।
किए कत्ल, मारे-काटे बेहद, बुर्ज-बुर्ज पर लाशों के ढेर
बह उठा गढ़ रक्त से, मांस से ॥जीऽर जीऽ॥
हुई विजय उस क्रूर म्लेच्छ की
दुष्ट खिलजी की—नीच वासना की
पराजित हुआ पतिव्रत धर्म
पुण्य को धमकाने लगा पाप।
सत्य को निगल गया असत् ॥जीऽर जीऽ॥
पद्मिनी ने जाना, आया बुरा समय
हुई पराजय समर में—ठीक सही
पर राजपूती आन को जीत सकेगा कौन?
खिलजी न पा सकेगा उसकी झलक भी—
हुई तैयार रानी पद्मिनी करने को जौहर ॥जीऽर जीऽ॥

पँवाड़ा सुनते हुए शिवाजी की आँखें छलछला आई थीं। दम घुट रहा था। चारण कहे जा रहा था :

सौन्दर्य ने पा ली सीमा अन्तिम शौर्य की
धधकती आग में झोंक दी देह पद्मिनी ने।
साथ उसके कूद पड़ीं चिता में
हजारों राजपूत रमणियाँ।
सद्धर्म की हुई विजय—खिलजी की हार
आज भी सैकड़ों पद्मिनियाँ, बलि पशु-सी काटी जातीं
म्लेच्छ का राज हुआ—धरती रोए सौ-सौ आँसू।
पुरुषार्थ आज गया समा पाताल में
गरीबों अनाथों का, माँ बहनों का
नहीं कोई रखैय्या, कष्ट हरैय्या आज।

हे भगवान्! आँखें बन्द हैं क्या तेरी?
चित्तौड़ का जौहर—क्या हुआ व्यर्थ?
गुलाम बनकर जीना—यह नहीं जीवित देह-प्रेत है यह
पराक्रम नहीं रोष आज पुरुषों में—
क्या गाऊँ मैं पँवाड़ा आगे?॥2॥

इसके आगे कुछ सुन पाना शिवाजी के लिए असहय हो उठा। वे उठकर भीतर चल दिए। उनके पीछे-पीछे जीजाबाई भी भीतर चली गईं। शिवाजी की पीठ जीजाबाई की ओर थी। राजे आँखें पोंछ रहे थे। पीछे से आवाज आई, "क्यों राजे? क्यों चले आए?"

शिवाजी मुड़े। उनका मुख तमतमाया हुआ था। आँखें डबडबाई हुई थीं। मुट्ठियाँ भिंची जा रही थीं।

"माँसाहिबा, हमसे ऐसे पँवाड़े नहीं सुने जाते। पत्थर के कलेजेवाला मनुष्य भी इसे सुन नहीं सकेगा, सहन नहीं कर पाएगा।"

"सब सह लेते हैं बेटे! स्वयं रानी पद्मिनी ने क्या नहीं सहा? मनुष्य से बढ़कर निर्लज्ज जाति इस धरती पर दूसरी न होगी। चित्तौड़ की राजकन्या की कहानी तुमने सुनी। याहीर की राजकुमारी को जब खलीफा बालदी ने अपने जनानखाने में ठूँस दिया तो उसे कौन रोक पाया? पद्मिनी जौहर कर जल मरी, झंझट से छूटी बेचारी! परन्तु इस जैसी हजारों पद्मिनियाँ आज नरक में पड़ी सड़ रही हैं। अपने धर्म से, अपने भगवान् से दूर पड़ी हैं। औरों की बात रहने दो, स्वयं मेरी जेठानी गोदावरी में नहाने गई थी, उसे महावतखान दिन-दहाड़े भगा ले गया। क्या कर लिया हमने?"

"तो लोगों की बड़ी मुड़ी मूँछें क्या दिखाने भर की हैं?"

"कहना बहुत सरल है, राजे! ऐसे मूँछों पर ताव देनेवाले लोग, ऐसे स्वाभिमानी गाँव और शहर आज हैं कहाँ? तनिक आँख खोलकर देखो तो सही।"

"पर यह सब कब रुकेगा?"

"जब कोई रोकनेवाला आएगा! आज स्थिति यह है कि जो बलशाली हैं, वे शाहों की कृपा पाकर सन्तुष्ट हैं। प्रजा को अत्याचार सहने की आदत हो गई है। जोर-जुल्म उनकी हड्डियों में बस गए हैं। वह तो समझो कि तुम्हारा-हमारा सौभाग्य है कि हम एक ऐसी पद्मिनी की कहानी सुन पाते हैं। यदि ऐसी सारी घटनाएँ एक साथ सुननी पड़ें, तो...?"

"माँसाहिबा, हम इसे रोकेंगे। इसे अवश्य बन्द कराएँगे।"

"राजे, स्वप्नों के महल भूतल पर आ सकते, तो फिर यह सब काहे को होता? चलो, पोंछ डालो ये आँसू और चलो राजसभागृह में। सभा के बीच से उठ आना उचित नहीं लगता। चारण का जी टूट जाता है। पँवाड़ा समाप्त होने तक तो तुम्हें बैठना ही होगा।"

शिवाजी जीजाबाई के साथ पुनः बैठक की ओर चल पड़े।

14

अगले कितने ही दिनों तक पद्मिनी की व्यथा-कथा शिवाजी के मन से निकल नहीं पाई। उनके आस-पास अब साथी इकट्ठे होने लगे थे। मित्रों की संख्या बढ़ती जा रही थी। इन

साथियों में गुंजवणे गाँव के येसाजी कंक थे। मोसे घाटी के बाजी फासलकर और नरेकर के बालाजी चिमणाजी थे। कावजी कोंढालकर, शिवा महाला, वाघोजी तुपे, सूर्याजीराव काकडे जैसे छोटे-बड़े लोग थे। बाजी फासलकर तो साठ के ऊपर की आयु के थे, परन्तु शिवाजी से उनकी मित्रता बहुत घनिष्ठ हो गई थी। इन सहयोगियों के साथ अब शिवाजी अकेले ही दूर-दराज के दौरे कर आते थे। पहले हालत यह थी कि घोड़ों की टापों की आवाज सुनते ही लोग 'मुगल आ गए' समझकर गाँव छोड़कर जंगल में जा छिपते थे और अब यह कि टापों की आवाज से शिवाजीराजा का आगमन जानकर लोग दौड़कर सामने आ जाते थे। बाल राजा को आँख भरकर निहारते थे।

उस दिन राजे रांजण गाँव के पास से गुजर रहे थे। सर्दी के दिन थे। टापों की आवाज पहाड़ियों के कगारों-घाटियों में गूँज रही थी। शिवाजी के कानों में हलकी-सी पुकार सुनाई दी, "राजेऽऽ"

घोड़ों की लगामें खींच ली गईं। फिर कुछ देर बाद वही आवाज आई। सब चारों ओर देख रहे थे। येसाजी ने कहा, "राजे, वह देखो।"

दूर सीमान्त से एक आदमी दौड़ता हुआ आ रहा था। शिवाजी घोड़े से उतर पड़े। दौड़कर आ रहा आदमी बार-बार लड़खड़ा रहा था। एक बार तो वह नीचे गिर पड़ा, परन्तु फिर उठ खड़ा हुआ और राजे की ओर दौड़ता हुआ आने लगा। वह आदमी निकट आ गया। उसका सिर गंजा था—सिर के दोनों ओर सफेद बाल, सफेद गलमुच्छे, झुर्रियों की भरमार थी उसके चेहरे पर। वह आदमी हाँफता-हाँफता आया। आते ही सीधे शिवाजीराजा के पैरों में जा गिरा। हँफनी और सिसकियों से उसका शरीर झटके खा रहा था। येसाजी ने उसे उठाने का प्रयत्न किया, पर उसके पैरों की पकड़ ढीली नहीं पड़ती थी। शिवाजी ने येसाजी को संकेत से रोका। शिवाजी के पैरों पर उसकी पकड़ धीरे-धीरे ढीली होने लगी। राजे ने कहा, "उठो भाई।" वह आदमी आहिस्ता से उठ खड़ा हुआ।

"क्या बात है? बताओ—रोओ नहीं, क्या हुआ है, बोलो।"

"राजे, क्या नहीं हुआ यह कहो।" उसकी आँखों में फिर आँसू भर आए। आँसू पोंछते हुए वह बोला, "राजे, मैं बरबाद हो गया। मेरी बिटिया नदी पर पानी भरने गई थी। वह उसे भगा ले गया, उसकी इज्जत लूट ली। मेरी बेटी ने जान दे दी, महाराज! मैं बच्ची को खोकर बेसहारा हो गया...।"

"किसने किया यह कुकर्म, पता है तुम्हें?" शिवाजी ने पूछा।

"पता क्यों नहीं है? पनघट पर सारे लोगों ने देखा है। पर कहे कौन? पूछे कौन?"

"कौन है वो? बोलो।"

"बाड़ ही खेत को खा गई, राजे! गाँव के पटेल की है यह करतूत।"

"हूँ, तुम यहीं ठहरो। येसाजी! हम भी यहीं ठहरे हैं—तुम गाँव में जाओ और पटेल को यहाँ ले आओ।"

येसाजी घोड़े पर सवार होकर सरपट राँझा-गाँव की ओर दौड़ पड़ा। उधर शिवाजी उस अभागे व्यक्ति को धीरज बँधा रहे थे। उससे पूछकर सच्चाई का पता लगा रहे थे। काफी देर बाद येसाजी अकेला ही लौटा। उसका चेहरा उदास था।

"क्या हुआ? पटेल नहीं मिला क्या?"

“मिला था।”

“तो आया क्यों नहीं?”

येसाजी का मानो कंठ सूख गया था। सकपकाते हुए बोला, “पटेल घमंडी है। मैंने उसे हुक्म सुनाया तो कहने लगा, ‘जा, जाकर कह दे अपने राजा से, वह नाम भर का राजा है, वैसे मैं नाम भर का पटेल नहीं हूँ। गाँव मेरा है, लौंडी समझता हूँ अपनी’।”

“क्या ऐसा कहा पटेल ने? वाह!” राजे के मुख पर हँसी फैली हुई थी। पर बाजी संयम नहीं रख पाया। भड़ककर बोला, “येसाजी, और तू ऐसा जवाब बताने यहाँ लौट आया? कमर में बँधी तलवार क्या खूबसूरती के लिए लटका रखी है?”

“नहीं बाजी, येसाजी ने जो किया है, वही ठीक है। वरना हममें और मुगलों में फर्क ही क्या रह जाता?”

“राजे!” वह आदमी हताश होकर पुकार उठा।

“तुम्हारा नाम क्या है?” राजे ने नजर घुमाकर पूछा।

“रामजी खोडे, इसी गाँव का हूँ मैं।”

“चिन्ता मत करो–येसाजी, एक सवार को पैदल चलने दो। रामजी को उस घोड़े पर बिठाकर साथ ले चलो।”

रामजी के साथ सब पुणे नगर आए। परन्तु आज शिवाजी महल में नहीं गए, सीधा अस्तबल में गए। शिवाजीराजा को अकस्मात् आया देखकर सवार, आदरपूर्वक इकट्ठे हो गए।

“येसाजी, तुम पचास सवार लेकर राँझा-गाँव जाओ। उस पटेल की मुश्कें कसकर उसे कल सुबह हमारे सामने हाजिर करो।”

येसाजी का चेहरा खिल उठा। येसाजी रामजी को तथा एक घुड़सवार सेना को साथ लेकर राँझा की ओर चल पड़ा।

प्रातःकाल शिवाजी प्रतिदिन की भाँति उठे। स्नान किया। आज शिवाजीराजा अपने महल में विशेष अवसरवाले कपड़े पहन रहे थे। चुन्नटदार पाजामा, शरीर पर जरदोजी अँगरखा था। कमरबन्द में बिछुवा खोंसा हुआ था। कमर में तलवार लटक रही थी। फिर दर्पण में देखकर उन्होंने अपना जरीटोप सिर पर धारण किया। मस्तक पर लगाए हुए शिवगन्ध पर उनकी नजर गई और वे हँस पड़े। महल में ही जोजाबाई खड़ी थीं। शिवाजी ने उनके चरण छुए। आशीर्वाद देते हुए जीजाबाई ने पूछा, “आज ये क्या झमेला है, राजे? दादोजी को भी कुछ खबर नहीं। महल के आँगन-चौक में लोग जमा हैं। और आज तुमने ये त्योहारवाले कपड़े क्यों पहने हुए हैं?”

“नाम भर के क्यों न हों, हैं तो ये राजा के कपड़े। चलिए, माँसाहिबा, आज का झमेला बहुत बड़ा है।”

सचमुच पूरा आँगन लोगों से भरा हुआ था। शिवाजीराजा के वहाँ पहुँचते ही सिजदे किए गए। राजकार्यालय के सभी लोग–दादोजी पन्त भी वहाँ पहुँच गए थे। राजे ने एक बार चारों ओर दृष्टि फेरी और वे बैठक पर वीरासन लगाकर बैठ गए।

“येसाजी, पटेल को हाजिर करो।”

मुश्कें कसकर लाया गया पटेल आँगन-चौक के सामने धकेलकर लाया गया।

“रामजी, यही हैं न पटेल?”

“हाँ, महाराज, यही है वह हरामखोर।”

“राजे!” पटेल ने डरते-डरते आवाज लगाई।

राजे हँस पड़े। बोले, “पटेलजी, हम नाम भर के राजा हैं और तुम गाँव के सच्चे असली पटेल हो। परन्तु हम इस धरती के पुत्र हैं। परायी स्त्री को हम माँ-बहन मानते हैं। प्रजा को हम अपनी लौंडिया नहीं समझते।” फिर येसाजी की ओर मुड़कर उन्होंने पूछा, “येसाजी, जो अपराध हुआ है, वह सच है क्या?”

“हाँ महाराज!”

“पटेल, प्रजा सन्तान के समान होती है। उस प्रजा की रक्षा के लिए तुम्हें पटेल बनाया गया और तुमने प्रजा पर ही बलात्कार किया? मुसलमानी रियासत के रिवाज हमारे मावलखंड में ले आए तुम? पटेल, बोलो! जवाब दो!”

पटेल आगे बढ़ा। उसने पन्त के पाँव पकड़ लिये। बोला, “पन्त, मुझे इन्साफ चाहिए। मुझे पंचों के मुख से न्याय मिलना चाहिए।”

“राजे!” पन्त ने कहा।

पन्त की ओर न देखते हुए ही शिवाजी ने कहा, “पन्त, तुम इस मामले में मत पड़ो। पटेल, तुम पंचों की बात कहते हो न? तुम्हें पंचायत के द्वारा अवश्य निर्णय मिलेगा, परन्तु एक शर्त पर।”

“कैसी शर्त?” पटेल के मन में आशा अंकुरित हो उठी थी।

“कैसी शर्त, पूछते हो? रामजी की लड़की को भी यहाँ लाकर हाजिर करो। पंचों के सामने उसे भी तो कुछ कहना होगा।”

“यह तो जुल्म की बात है!” पटेल चिल्लाकर बोला, “मरा आदमी कभी उठ सकता है क्या?”

“बस, बात साफ हो गई।” शिवाजी ने दृष्टि गड़ाते हुए कहा, “पटेल, पंचायत का फैसला छोटे-साधारण जनों के लिए होता है। तुम जैसे घोर अपराधी के लिए नहीं होता, समझे?”

“पन्त, मुझसे गलती हो गई। एक बार माफी मिल जाए।”

“खामोश!” शिवाजी गुस्से से काँपते हुए खड़े हो गए। “वह लड़की जब चीखी-चिल्लाई होगी, तब क्या कान बहरे हो गए थे? येसाजी, इस पापी के हाथ और पैर काट डालो। इसे गधे पर बिठाकर राँझा-गाँव ले जाकर छोड़ दो। गाँव के पटेल हैं न ये! इन्हें इज्जत के साथ गाँव भेजना चाहिए। ले जाओ इसे। इस सजा की तामील की गई है, यह बताने के लिए जल्दी लौटकर आओ।”

रोते-चिल्लाते पटेल को वहाँ से ले जाया गया। शिवाजी अपने महल में आए—पीछे-पीछे जीजाबाई और दादोजी भी आ गए। जीजाऊ का सारा शरीर कम्पायमान था। पन्त ने कहा, “राजे, इतना कठोर दंड?”

शिवाजी तुरन्त मुड़े। बोले, “पन्त, कुछ देर पहले आपको कुछ कहा गया था। क्षमा कीजिएगा, बांदल देशमुख हमारा शासन नहीं मानते थे, तो उनके हाथ-पैर तुमने कटवा डाले थे। दंड यदि कम दिया जा सकता था, तो वही मौका ठीक था, यह नहीं।”

"परन्तु शिवबा..."

"माँसाहिबा, आपको पद्मिनी की याद है? आपकी जेठानी के साथ क्या हुआ था, याद है? नहीं, नहीं, माँ—अब यह सब रोकना ही होगा। हम मजबूर हैं, यह रोकना ही होगा। हमसे यदि यह रोका न जा सके, तो हमें जागीर नहीं चाहिए, राजापना नहीं चाहिए। कुछ नहीं चाहिए हमें, हमें किसी बात का शौक नहीं, चाह नहीं।" शिवाजीराजा क्रोध के आवेग में वहाँ से चल दिए।

जीजाबाई अत्यन्त घबड़ा उठी थीं। कहने लगीं, "बहुत भड़क उठता है कभी-कभी।"

आँखों में छलक आईं बूँदें पोंछते हुए दादोजी कहने लगे, "माँसाहिबा, आज मेरे मन की चाह पूरी हुई। आज का दृश्य देखने के लिए बड़े महाराज को यहाँ रहना चाहिए था। आज हमारे शिवबा राजा बने हैं। मैं जाकर गजानन के चरणों में दंडवत् कर आता हूँ।"

पटेल के हाथ-पैर कटने की खबर सारे मावलखंड में फूस की आग की तरह फैल गई। सब लोग राजा को धन्यवाद दे रहे थे। पटेल और देशमुखों के मुँह सूख चले थे।

...अब शिवाजीराजा की छोटी आयु की बात कोई मन में नहीं लाता था।

15

"माँसाहिबा," शिवाजी महल में प्रवेश करते हुए कहने लगे, "हम कल भोर होते ही रोहिडेश्वर के दर्शन करने जाएँगे।"

उस समय शाम हो आई थी। जीजाबाई बोलीं, "राजे, अब शाम हुई जाती है। अपने जाने की बात सुबह कह देते! अब नाश्ते की तैयारी कैसे हो पाएगी?"

"पर, माँसाहिबा, जाने की योजना दोपहर को बनी है।"

"दादोजी साथ जा रहे हैं क्या?"

"नहीं।"

"तो फिर?"

"बाजी, येसाजी, चिमणाजी, बालाजी ये सब साथ हैं।"

"पन्त से पूछ लिया है क्या?"

"हाँ, पूछ लिया है। उन्होंने कहा है, 'जाओ'।"

"तो ठीक है। लौटोगे कब तक?"

"परसों लौट आएँगे।"

"मुकाम कहाँ रहेगा?"

"नाचणी गाँव में रहेंगे। बाजी का घर है उस गाँव में।"

"उसके घर रहोगे?"

"तो क्या बुरा है?"

"नहीं, नहीं, मैं उस दृष्टि से नहीं कह रही हूँ। पर सोचो राजे, वह गरीब आदमी का घर है। राजा घर में आया, तो गरीब के घर में झाड़ू फिर जाती है। फिर तुम्हारे साथी, तुम्हारा अश्वदल...?"

"तो क्या घुड़सवारों को नाचणी गाँव में छोड़ दें? फिर बाजी को सूचना भिजवा देंगे।"

"पर इस तरह भी तो गाँव को बेकार का जुर्माना ही भरना पड़ेगा।"

"तो फिर क्या करें?"

"अच्छा, चिन्ता मत करो, राजे। तुम बाजी के घर ही ठहरो, पर सवारों के खाने-पीने की रसद अभी से आगे भिजवा दो। मैं रसद निकलवा देती हूँ–सवारों से कहना, गूँध-पकाकर खा लें।"

शिवबा खुश होकर बाहर चले गए। आलदी, जेजुरी जैसे तीर्थक्षेत्रों में घूमने में शिवाजी को बहुत रुचि थी। इसी रुचि में अब रोहिडेश्वर के मन्दिर का नाम और जुड़ गया था। पर्वत के ऊँचे शिखर पर घनघोर जंगल के बीच स्थित यह शंकरजी का एक मन्दिर था। प्रकृति के सौन्दर्य से सजी-धजी इस भूमि ने शिवाजी के मन को लुभा लिया था। वे कई बार रोहिडेश्वर हो आए थे और इन दर्शन-यात्राओं के कारण दादाजी नरसप्रभु, गुप्ते आदि लोग उनके अतिआत्मीय बन गए थे।

ऐन दोपहर का समय था, फिर भी रोहिडेश्वर का पर्वत अति शान्त था। शीतल वायु शरीर में स्फूर्ति ला रही थी। नीचे सामने फैला हुआ मावल प्रदेश का लुभावना दृश्य था। शम्भु महादेव के दर्शन करके सब जन मन्दिर के सामने बैठे हुए थे। शिवाजीराजा एकदम मौन बैठे थे। चिमणाजी नरेकर ने कहा, "राजे, आज आप इतने चुप क्यों हैं?"

"क्या बोलूँ, चिमणाजी, केवल नाम का राजापन ढोते फिरनेवाले बोलें तो क्या बोलें? करें तो क्या करें?"

"कौन है नाम का राजा?"

"हम! और कौन? देखो गुप्ते, नीचे का सारा भू-प्रदेश कैसा बेहोश लेटा हुआ लगता है। पहले यहाँ निजामशाह का राज था, अब बीजापुर के आदिलशाह का राज है, मगर इस धरती में क्या फर्क पड़ा? शाही फौजें आती हैं, सारा इलाका लूट ले जाती हैं, अपना घर भरती हैं। जो किलेदार हैं, वे इस लूट में उनका हाथ बँटाते हैं। और लोग भी कितने निर्लज्ज हैं। ये सारा जोर-जुल्म चुपचाप सह लेते हैं। बरबाद और उजाड़े गए गाँवों को उसी जगह फिर से बना लेते हैं। इनकी औरतें-लड़कियाँ भगाई गईं, फिर भी कोई हलचल नहीं।"

"राजे, इसका क्या किसी को शौक है?" येसाजी बोला, "प्रजा तो समझो भेड़ है–गड़रिया है नहीं, तब इसी तरह जंगल-ऊसर में मारी-मारी फिरेगी ही।"

"येसाजी, मैं मावलों की भुजाओं का दम जानता हूँ। एक लाठी भर से भेड़िया ढेर करनेवाले ये मावले अगर एक हो जाएँ, तो..."

"तो? तो क्या होगा राजे?"

"तो क्या होगा? बताऊँ?" राजे की छाती फूल उठी, "तो ये होगा, येसाजी कि हमारे देवी-देवताओं को इस तरह कगारों-घाटियों में छिपना नहीं पड़ेगा। माँ-बहनों को दिन-दहाड़े घूमने-फिरने में भय नहीं लगेगा। कौन हैं ये लोग, कौन है इनका राजा? बोलो।"

"पर यह बनेगा कैसे?"

"क्यों नहीं बनेगा? ये जागीरदार, पटेल, देशमुख, कुलकर्णी अगर एक हो जाएँ, तो सोचो कितनी बड़ी शक्ति बन जाएगी?"

''पर बीजापुर की ताकत कम है क्या?'' बालाजी ने मन की शंका कह दी।

''है ना उनकी ताकत! हम देख आए हैं उनकी ताकत! ऊँट पर बैठकर बकरी चराता है बीजापुर का बादशाह! मैं पूछता हूँ—रामचन्द्रजी के पास कौन-सी सेना थी? रावण तपस्वी था, योगसिद्धि जानता था, परन्तु उसकी हार हुई। क्यों हुई हार? वानरों की सहायता से राक्षसों की हार? यह हार बल की सहायता से नहीं हुई थी! निष्ठा के बल से हुई थी—बालाजी! हमारे पास कमी है तो केवल निष्ठा की—बल की क्या कमी है?''

''बोल, बोलता रह, अरे राजा,'' देहाती सुभाना कह उठा, ''तेरी बातें कानों को बड़ी प्यारी लग रही हैं।''

''हँ।'' राजे हँस पड़े, ''सुभाना, अरे सारे कीर्तनकार कथा-कीर्तन में भगवान् का पता-ठिकाना बताते हैं, तो इससे किसी को भगवान् मिला है क्या? अरे, कीर्तन सुनने भर से भगवान् नहीं मिलता।''

''पर हमें मिल गया है।''

''कहाँ है?''

''हमारा भगवान् तो तू है।'' सुभाना अपनी गँवारू बोली में कह गया।

''बावला है तू सुभाना, अरे, कहने से कोई भगवान् बन जाता है क्या?''

''तो क्या करें, बता। अरे, तू हाँक मारेगा, तो सारा मावल देस जाग उठेगा। तेरा नाम तो आज मावल देस की माँ-बेटियों की जबान पर है। देसाई, देशपांडे, देशमुख, जागीरदार आ-आकर तेरे महल के चक्कर लगाते हैं, वह क्या ऐसे ही? तुझे प्यार न करती होती प्रजा, तो क्या तब चुप रहती जब तूने राँझा के पटेल के हाथ-पैर कटवा दिए थे? अरे राजा, आज सारा राँझा गाँव तेरी राह में आँखें बिछाकर बैठा है।''

शिवाजी उठते हुए कहने लगे, ''चल सुभाना, चल। सोच-सोचकर सिर चकराने लगा है। चल, शम्भु महादेव के आगे दंडवत् करें। उससे ही कह दें सब कुछ। उसके जी में होगा, तो सब ठीक हो जाएगा। चलो, नाचणी में येसाजी हमारी प्रतीक्षा करते होंगे।''

नाचणी डेढ़-दो सौ लोगों की नन्ही-सी बस्ती थी, पहाड़ की गोदी में बसी हुई। सारा गाँव राजे की बाट जोह रहा था। घोड़ों की टापों की आवाजों से वह इत्ता-सा गाँव डूब गया। येसाजी की छाती गर्व से फूल उठी। गाँव के पटेल ने कहा, ''राजे, येसाजी की पुण्याई थी, जो आपके पाँवों ने गाँव की इस धरती को छुआ है। घर चलिए न!''

''क्यों? येसाजी हमें अपने घर से बाहर रखना चाहता है क्या?''

''ऐसा कैसे होगा?''

''पटेल, इस बार तो हम येसाजी के पाहुने बनकर आए हैं। अगली बार तुम्हारे घर आएँगे।''

एक छोटे-से घर के सामनेवाले चबूतरे पर ऊनी कम्बल बिछे हुए थे। राजे ने पैर धोए। वे चबूतरे पर बैठ गए। येसाजी की माता और पत्नी बाहर आईं। शिवाजी उठ खड़े हुए और उन्हें उन्होंने हाथ जोड़कर नमस्कार किया। येसाजी की माता जैसे ही शिवाजी के पाँव छूने को झुकने लगीं कि शिवाजी तुरन्त झुक गए। वृद्धा माता को उठाते हुए वे कहने लगे, ''माँजी, येसाजी मुझसे बड़ा है। तुम उसकी माँ हो। जैसा येसाजी तुम्हारा बेटा है, वैसा ही मैं हूँ। तुम तो हमें आशीर्वाद दो।''

राजे फिर बैठ गए। सारा गाँव अब तक वहाँ इकट्ठा हो चुका था। खेती-बाड़ी बरखा-पानी और दूसरी कठिनाइयों की बातें कही जा रही थीं। राजे की अपने येसाजी से कितनी घनिष्ठता है, यह देखकर अब गाँववालों की हिचक दूर हो गई थी। वे उसी अपनेपन से राजे से मिल रहे थे। उसी समय एक हवालदार आया और सिजदा करके खड़ा हो गया। राजे ने पूछा, ''हवालदार, सब इन्तजाम हो गया न?''

''जी महाराज।''

''देखो, घास-चारे का, दाना-सानी का–किसी तरह का भी बोझा गाँव पर नहीं पड़ना चाहिए। अगर इस बारे में कोई शिकायत आई, तो किसी को माफ नहीं किया जाएगा।''

''राजे, गाँव तुम्हारा है फिर भी भोजन, रसद तक साथ ले आए! गाँव के लिए तुम्हारे भोजन का इन्तजाम कौन-सा बड़ा बोझ होता?''

''पटेल, ऐसी बात नहीं है। हम येसाजी के पाहुने हैं, इसलिए हमारे घुड़सवार दल का भार येसाजी को उठाना पड़े, यह ठीक नहीं है। माँसाहिबा ने हमसे कहा है, 'राजा को चाहिए कि रास्ते की तुलसी का पत्ता भी न तोड़े। अगर राजा पत्ता तोड़ ले, तो सबसे पीछेवाली टुकड़ी को तो तुलसी का पौधा भी देखने को नहीं मिलता'।''

''हाँ, अच्छा याद आया...अरे कौन खड़ा है रे उधर? जरा मनू को तो बुला।''

राजे देख रहे थे। तभी एक बारह-तेरह बरस की सुड़ौल सुन्दर कोकण* के सौन्दर्य की प्रतिमा-सी एक लड़की ने आकर राजे को प्रणाम किया।

''कौन है यह?''

''इसका नाम है मनोहारी, महाराज।''

''मनोहारी? यह तो कुछ अजीब-सा नाम लगता है।''

''यह मनोहर मनसन्तोषगढ़ की रहनेवाली है। गढ़ के नाम पर ही इसका नाम भी रख दिया है। कल ही यहाँ आई है।''

''क्यों आई है?''

''किलेदार मुसलमान है–इस पर नजर पड़ी उसकी। अनाथ बच्ची है–किलेदार ने हुक्म दिया, इसे जनानखाने में भेज दो। पर गाँववालों ने रात ही रात में इसे इधर भेज दिया। मैंने सोचा–राजा यहाँ आ ही रहा है, उस पर ही इसकी जिम्मेदारी सौंपी जाए।''

राजे हँस पड़े। कहने लगे, ''पटेल, इसका फैसला हम नहीं कर सकते। तुम इसे माँसाहिबा के पास ले जाओ। माँसाहिबा सब तय कर देंगी। हिन्दू की लड़की अनाथ हो गई और भेज दी गई किलेदार के जनानखाने में, अब से ऐसा नहीं हो पाएगा।''

''अच्छा, तुमने जैसा कहा, वैसा ही करता हूँ।'' पटेल बोला।

रात भोजन के बाद सब लोग बाहर के चबूतरे पर इकट्ठे हो गए। रात अँधेरी थी। गाँव की दाईं ओर घुड़सवार-दल ने अलाव जलाए हुए थे। हवा में ठंडक थी। रात काफी देर तक शिवाजीराजा बिस्तर पर पड़े रहे, पर उन्हें नींद नहीं आ रही थी।

भोर होते ही शिवाजी नाचणी गाँव से विदा हुए। घोड़े पुणे की तरफ दौड़ पड़े। पक्षियों के झुंडों की चहचहाहट के बीच शिवाजी के घुड़सवार-दल के टापों की आवाज आगे बढ़ती

---

* महाराष्ट्र का समुद्रतटवर्ती प्रदेश, जो गोवा से लेकर बम्बई तक फैला हुआ है। वर्तमान सिन्धु दुर्ग, रत्नागिरी जिला।

जा रही थी। बड़े सबेरे चरने के लिए जंगल से निकलकर रास्ते पर आए हुए जंगली मुर्ग-मुर्गियाँ सवारों को आता देखकर पंख फड़फड़ाकर उड़ जाती थीं। बीच ही में एकाध हिरन तीर की तेजी से रास्ता काटकर निकल जाता था। शिवाजी बड़े अचरज से इस सारे प्रकृति-सौन्दर्य को निहारते चले जा रहे थे। कुछ देर में सूर्य उदित हुआ। धूप पहाड़ों पर पड़ने लगी। पहाड़ के मोड़ पर रास्ते से कुछ हटकर एक गाँव बसा हुआ था। गाँव क्या था—झोंपड़ियों से सजा-धजा सह्याद्रि पर्वत की कोख में एक घोंसला था। गाँव के ऊपरी ओर पहाड़ के किनारे लोगों की भीड़ जमा थी। राजे ने हाथ ऊपर उठाया और अश्वदल रुक गया।

"बाजी, गाँववाले सुबह के समय पहाड़ी के किनारे क्यों इकट्ठा हुए हैं?"

बाजी ने उधर देखा। कहने लगा, "कोई मर गया दिखता है।"

"नहीं, मुझे ऐसा नहीं लगता। देखो कई जने नंगे सिर हैं, चलो देखें, क्या बात है!"

वे लोग टापों की आवाज से पहले ही चौकन्ने हो गए थे, अब जो उन्होंने घुड़सवार-दल अपनी ओर आता हुआ देखा, तो भयभीत हो उठे। कुछ इधर-उधर हट गए। गाँव का चक्कर लगाकर घोड़े निकट पहुँचे। राजे घोड़े पर से उतर पड़े। लोग उनके पैर पड़ रहे थे, उन्हें आगे बढ़ने के लिए रास्ता दे रहे थे। लोगों के बीच एक गाय पड़ी हुई थी। उसके चारों ओर ही लोग जमा थे। राजे ने पूछा, "क्या हुआ?"

जो बूढ़ा आदमी मरी हुई गाय पर प्यार से हाथ फेर रहा था, उसने ऊपर देखा। आँसू पोंछते हुए कहने लगा, "राजा, मेरी गाय मार डाली बाघ ने। कल रात मेरी गाय मैया जंगल से घर नहीं लौटी। आज सुबह ढूँढ़कर लाया हूँ। ये देख लो!"

"और बाघ कहाँ है?"

"वो तो जंगल में है। जंगल का राजा है वो, उसे कौन बाहर निकाले? हमारा जनम ही बेकार है...अरे राजा, बादशाह के लोग आते हैं, तो फसल ले जाते हैं और जंगल का बादशाह आता है तो हमारे ढोर-डंगर ले जाता है। अब आदमी गुजर-बसर कैसे करे, बताओ! इस महीने में ये तीसरी गाय मारी है बाघ ने।"

"बाघ कहाँ है?"

"पहाड़ी-दरार में है। कभी-कभी सबको दिखता है। कम्बख्त को जानवर मारने का चसका लग गया है। यह जंगल छोड़ के क्यों जाएगा?"

"बाजी, येसाजी!" दोनों आगे बढ़ आए।

"हाँका लगवाकर शिकार किया जाए—हमारी बन्दूक है ही। क्या इरादा है?"

"हाँ, क्यों नहीं, जरूर करेंगे शिकार।"

"गौ माता को मारनेवाले बाघ को यूँ ही छोड़ देना क्षत्रिय का धर्म नहीं है।" बालाजी नरेकर ने अपनी बात जोड़ दी।

शिवाजीराजा शिकार करेंगे, यह समाचार सुनते ही उस छोटे-से गाँव में उत्साह फैल गया। इसके अलावा घुड़सवार-दल सैनिक भी साथ थे ही। सबने अपने घोड़े बाँध दिए। बाघ के छिपने की जगह की जानकारी ली गई। उस जगह के घुमाव-मोड़ों को जान लिया गया। उस जंगल के जानकार लोग हँकवैयों के साथ कर दिए गए। जहाँ बाघ रहता था, वहाँ से एक पहाड़ी ढलान नीचे की ओर चली गई थी, उसके बाद जो जंगल था, वह अधिक घना नहीं था फिर उससे आगे ऊसर पठारी मैदान था। उस छितराए जंगल को ही शिकारियों

के बैठने के लिए उचित समझा गया। शिवाजी ने सबसे कहा, "बन्दूक का धमाका होते ही हँकवैये झाड़ पर चढ़ जाएँ। तुरही बजेगी, तभी सब पेड़ पर से उतरेंगे।"

हँकवैये जंगल में गए। शिवाजी ने अपना भाला, तलवार, कटार सब हथियार जाँच-परख लिये और वे शिकार की जगह की ओर निकल पड़े। साथ बाजी, येसाजी, बालाजी, चिमणाजी आदि साथी थे। सब शिकार के निश्चित स्थान पर पहुँचे। वहाँ के जंगल, भूमि का निरीक्षण करने के बाद एक झाड़ी की आड़ में बैठना तय हुआ। बन्दूक में बारूद ठूँस-ठूँसकर भरी जा रही थी। बन्दूक भरे जाने के बाद सब लोग हँकवा होने की बाट देखने लगे।

सारा जंगल एकदम सुनसान था। कहीं किसी तरह की आवाज न थी। धूप तेज होती जा रही थी। इतने ही में ऊपर की पहाड़ी पर हाँका शुरू हुआ। बरतनों का शोरगुल मचाते हुए, पुकारते-चिल्लाते हुए हाँका पहाड़ से नीचे की ओर बढ़ रहा था। हँकवैये बड़ी सावधानी से आगे बढ़ रहे थे। पक्षियों के झुंड आकाश की ओर लपके। बन्दरों ने चीखना-चिल्लाना शुरू कर दिया। अभी हाँका शुरू हुए थोड़ी ही देर हुई थी कि चीतलों का एक समूह हवा की रफ्तार से नीचे की ओर दौड़ता आया और राजे के बाएँ होकर भागता हुआ दूर ओझल हो गया। राजे के मुख पर प्रसन्नता खिल उठी। बाजी की मुट्ठी लम्बे भाले पर मजबूती से कसी हुई थी। सब शिकारी अपने भाले रखकर ऊपर के जंगल की ओर देख रहे थे।

और एकदम जंगल के ऊपरी छोर पर खुसफुसाहट हुई। बाजी ने इशारा किया। राजे ने झुरमुट में से देखा, सब साँस रोककर बैठ गए। सामने के जंगल में से बनैले सूअरों की टोली बाहर निकली। उनके शरीर के बाल सीधे तने हुए थे। अपने तेज धारदार खाँगों के कारण भीषण दिखाई देनेवाले वे प्राणी हुंकारते हुए पास से निकल गए।

शिकार के बाद आराम से सोया हुआ बाघ अचानक हुए शोरगुल से जाग उठा। ऊपर से पत्थर लुढ़कते आ रहे थे, शोर बढ़ रहा था। गुस्से से गुर्राकर उसने पूँछ को ऐंठाया और तेजी के साथ गुफा से बाहर निकल आया। धीरे-धीरे कदम रखता हुआ और कोलाहल की दिशा में देखते हुए वह ढलान उतरने लगा।

अगले ही क्षण हँकवैयों की आवाज एकदम बन्द हो गई। और दूसरे क्षण पहले से अधिक शोरगुल होने लगा। बरतनों की आवाज से सारा जंगल घनघना उठा था। बन्दरों की टोलियाँ पहाड़ के शिखर से पेड़ों की चोटियों से होती हुई, चिंचियाती हुई निचले जंगल को फाँदती जा रही थीं। पेड़ों की चोटियों से कूदनेवाले बन्दरों को देखते ही राजे ने कहा, "बाजी, बाघ आ रहा है।"

दृष्टि जमाए हुए राजे सारा जंगल देख रहे थे। हाँका निकट आता जा रहा था कि अगले ही पल राजे को बाघ दिखाई पड़ा। वह विशालकाय प्राणी क्रोध से पूँछ पटकते हुए, पंजे दृढ़ता से रखते हुए आगे बढ़ रहा था। हर बढ़ते कदम के साथ ही उसके बदन के पट्टे चमक रहे थे। बाघ ठीक सामने से आ रहा था। राजे ने घुटने पर हाथ रखकर बन्दूक थाम ली। झाड़ी में से बन्दूक की नली का सिरा आगे-आगे बढ़ रहा था। शिवाजीराजा ने निशाना साधा और ज्यों ही बाघ बन्दूक की मार के भीतर आया, घोड़ा दबा दिया।

धमाके के साथ ही बाघ की दहाड़ से सारा जंगल दहल उठा। बन्दूक के बारूद के धुएँ से सारी झाड़ी भर गई। सब चुपचाप बैठे थे। धमाके की आवाज सुनते ही हँकवैये पेड़ों पर जा चढ़े। राजे ने देखा, बाघ दहाड़ें मारता हुआ जमीन पर लोट रहा था। लोट-लोटकर थक जाता, तो हाँफने लगता था। चलने की कोशिश करता, परन्तु उसकी रीढ़ की हड्डी टूट

गई थी। जब पाता था कि हिलना असम्भव है, तो सारी ताकत समेटकर गुस्से से उछाल मारता था। मुँह में पत्थर-लकड़ी जो भी आ जाए, उसे चबा डालता था। बाघ की गर्जना से सारा वन थर्रा उठा था।

"गोली लगी क्या?" बाजी ने पूछा।

"हुश्शऽऽऽ...।" राजे ने डाँटकर कहा।

कुछ देर बाद बाघ की गुर्राहट बन्द हो गई पर उसका काले किनारोंवाला सफेद पेट ऊपर-नीचे हो रहा था। शिवाजी धीरे-से झाड़ी के बाहर आए। उनके पीछे-पीछे सब बाहर आ गए।

"मेरा भाला दो।"

"पर राजे...।" येसाजी ने खुसफुसाकर कहा।

"मैं भाला फेंकूँगा, उसके बाद अगर जरूरत हुई, तभी भाला फेंकना, चलो आगे।"

राजे ने भाला हाथ में थाम लिया। सभी लोग झाड़ी के बाहर आ चुके थे।

बाघ ने लेटे-लेटे ही आँखें खोलीं। उसकी मौत का कारण, उसका शत्रु उसकी ही ओर बढ़ा आ रहा था। बाघ गरजकर उठा और उसी पल शिवाजी के भाले का फल उसकी छाती में झपाक-से घुस गया। भाले की काठी उसके मुँह तक आ गई, उसने उसे ही दाँतों से पकड़कर चबाना शुरू किया ही था कि उसकी गर्दन एक ओर लटक गई। बाजी ने अपना भाला उठाया, पर राजे ने उसे रोक दिया। बाघ मर चुका था। सब लोग पास गए। उस भारी-भरकम जानवर को देखते हुए येसाजी बोला, "बाघिन है।"

खुशी से पागल होकर येसाजी ने तुरही उठाई। तुरही की आवाज ने सारे जंगल को शिकार की सूचना दे डाली।

उत्साह-आनन्द से बावले-से हो रहे गाँववाले हो-हल्ला मचाते हुए दौड़ते आते थे। फिर बाघ की विशाल देह को देखते ही पहले तो भय से ठिठक जाते थे, पर अगले ही क्षण हाथ उठाकर नाचने लगते थे। कई लोग तो सुध-बुध भूलकर शिवाजीराजा से लिपट गए और उन्होंने उन्हें ऊपर उठा लिया।

हँकवैये धीरे-धीरे वहाँ इकट्ठा हो रहे थे। एक हँकवैया बाघ के दो छावे ले आया और उन्हें उसने राजे के आगे छोड़ दिया। राजे ने एक छावे को उठाने के लिए हाथ बढ़ाया ही था कि उस नन्हे-से छावे ने पंजा उठा लिया। 'हिस्स' करके वह दाँत दिखाने लगा। जबरदस्ती उसे उठाकर दुलारते हुए शिवाजी कहने लगे, "तो बाघिन इन बच्चों के कारण एक जगह ठहरी हुई थी। हवलदार, इन बच्चों को साथ ले लो। ये अपने शिकारखाने की शोभा बढ़ाएँगे।"

एक बूढ़े ने आगे बढ़कर बाघ की मूँछें उखाड़ लीं और चकमक पत्थर रगड़कर मूँछें जलाईं। बाघ की मूँछें बहुत विषैली होती हैं, ऐसा विश्वास है लोगों का। बूढ़े बाबा का हृदय प्रसन्नता से छलछला रहा था। उसने बाघ पर पच्च से थूका और कहने लगा, "हाँ, एक न एक दिन सेर को सवा सेर मिलता ही है।"

बूढ़े ने राजे को वहाँ से जाने नहीं दिया, वहीं रोक रखा। कुछ ही देर में गाँव से लेजम की टोली आई। बाघ को पैरों से बाँधकर बाँसों पर लटका लिया गया। उस भारी जानवर को उठाने दस जनों को जुटना पड़ा। सबने मिलकर जैकारा लगाया, "बोलो शिवाजी महाराज की–जय।"

इसी के साथ कुछ लोगों ने अपने महाराज को भी उठा लिया। लोगों के कन्धों पर महाराज की विजय-यात्रा यों निकली। राजे सकुचाए हुए उस दृश्य को देख रहे थे।

गाँववालों से विदा होते हुए राजे ने पूछा, ''इस गाँव का नाम क्या है?''

बूढ़े ने उत्तर दिया, ''कहाँ का नाम? अभी इस बस्ती को बसे बरस भी तो नहीं हुआ।''

''तो फिर इसका नाम 'बाघमार' रख दो। क्यों, ठीक है न!''

16

शिवाजी का अश्वरोही-दल पुणे पहुँचा। शिवाजीराजा का मारा हुआ बाघ देखने सारा पुणे शहर महल में आ इकट्ठा हो गया था। बीच आँगन में बाघ रखा हुआ था। सईबाई भी जीजाबाई के साथ आकर बाघ देख गई थीं। राजे अपने महल जा चुके थे। सन्ध्या समय होने को था। उसी समय दादोजी पन्त माँसाहिबा के भवन में आए।

''कितना बड़ा शेर है! कहते हैं, हमारे शिवबा ने अकेले मारा है।''

''हाँ।''

''बड़ा साहसी लड़का है।'' जीजाबाई प्रशंसाभाव से कह उठीं।

''यही कहने आया था मैं। समय रहते ही राजे को रोकना आवश्यक है।''

''हम समझती थीं कि तुम भी राजे की सराहना करोगे।''

''सराहेंगे क्यों नहीं, माँसाहिबा! परन्तु इस कारण अपनी जिम्मेदारी को कैसे भुला दें? माँसाहिबा, मैंने राजे के शिकार के बारे में पड़ताल कर ली है। राजे कह गए थे रोहिडेश्वर भगवान् के दर्शन करने जा रहे हैं। इसीलिए मैंने उन्हें अनुमति दी थी। साथ में शिकारी हवालदार नहीं था, ऐसी स्थिति में मैं उन्हें शिकार करने की अनुमति क्योंकर देता?''

''तुम्हें गलतफहमी हुई है, पन्त। हमने भी इस बारे में पूछताछ की है। घरेलू जानवरों के मारे जाने के कारण सारा गाँव परेशान हो गया था। सुनकर राजे का मन बेचैन हो उठा। उन्होंने बाघ का शिकार करके प्रजा को संकट से उबारा। इस शूरता का हमारी तरह तुम्हें भी अभिमान होना चाहिए।''

''क्यों न होगा अभिमान हमें? राजे ने शिकार में जो साहस दिखाया है, उस पर हमें अवश्य ही गर्व है।''

''तो तुम कहना क्या चाहते हो?'' जीजाबाई कुछ समझ नहीं पाईं, इसलिए पूछने लगीं।

''मुझे केवल इतना ही कहना है माँसाहिबा, कि राजे अभी ऐसा साहस करने के अधिकारी नहीं हैं।''

''क्यों? क्या कारण है?''

''कारण पूछती हैं आप? माँसाहिबा, राजे ने शेर पर गोली चलाई। शेर घायल हो गया था, राजे भाला लेकर आगे बढ़े। तनिक आँखों के आगे वह दृश्य लाइए, माँसाहिबा! यदि बाघ कम घायल होता तो वह छलाँग लगाकर राजे की छाती पर अपने पंजों से झपट्टा मारता... ।''

''पन्त!'' माँसाहिबा जोर से चिल्लाईं। उनका मुख पसीने से सराबोर हो गया था।

"विवश होकर कहना पड़ रहा है, माँसाहिबा! छोटी उम्र है, पागलोंवाली हिम्मत है। मैंने तो जब शिकार की घटना का वर्णन सुना, मेरा सारा शरीर ठंडा पड़ गया। पैरों पर खड़े होने की शक्ति नहीं रही। माँसाहिबा, जीवन में जो सुख-दुख आते हैं, उन्हें मनुष्य सहन करता ही है। आप भी सहन कर लेतीं, परन्तु हम जैसों का क्या होता? एक राजे ही तो हैं जिनके आसरे माँसाहिबा, आज हजारों लोग दो कौर खा लेते हैं। ऐसे लाखों के सहारे को इस तरह खुली छूट दे दी जाए, तो क्या ठीक होगा?"

दादोजी आगे बोल नहीं पाए। उन्होंने आँसू पोंछे, फिर कहने लगे, "माँसाहिबा, ये बातें आप ही राजे से कह सकती हैं। समय पर यदि डाँटा न गया, तो बाद में फिर कुछ लाभ नहीं होगा। अब आगे आप जैसा चाहें!"

पन्त थके-माँदे वहाँ से चले गए। माँसाहिबा के सामने पन्त कभी इतनी दो-टूक बातें नहीं कर पाए थे। दादोजी ने जो कुछ कहा था, उसमें झूठ ही क्या था! माँसाहिबा का क्रोध भड़क उठा। उसी आवेश में वे शिवाजी के महल में पहुँचीं। माँसाहिबा को आया देखकर शिवाजी तुरन्त खड़े हो गए। माँसाहिबा ने अचानक पूछा, "राजे, किससे पूछकर गए थे शिकार करने?"

"माँसाहिबा, हम...!"

"वे गप्पें मैंने बाहर सुन ली हैं। उन्हें मत सुनाओ। अगर निशाना चूक जाता तो...?"

"माँसाहिबा, आबासाहब ने हमें बड़े भरोसे से बन्दूक दी है। हमारा निशाना कभी नहीं चूकता, यह आप भी जानती हैं। हमें पता है...वे पन्त यों ही कह देते हैं, आप उनकी बात..."

"शिवबा," माँसाहिबा की वाणी कठोर हो गई थी, "जानते हो किसके बारे में बोल रहे हो यह? क्षमा माँगो।"

राजे अवाक् हो गए थे फिर भी कहने लगे, "पर हमारी..."

"कुछ नहीं, क्षमा माँगने से पहले तुम एक भी शब्द नहीं बोलोगे, सुना?"

शिवाजी की आँखों में आँसू आ गए। वे जैसे-तैसे कह पाए, "हमसे भूल हुई। हमें क्षमा करें।"

"जाओ, दादोजी से क्षमा माँगो। उन्हें वचन दो कि फिर ऐसी भूल न होगी।"

"जैसी आज्ञा।"

क्रोध से सन्तप्त, आँसूभरी आँखें लिये सामने खड़े शिवाजीराजा का वह रूप निहारकर माँ का मन द्रवित हो उठा। उन्होंने शिवाजी को छाती से लगा लिया। परन्तु राजे आलिंगन से छूटकर जाने लगे।

"कहाँ जा रहे हो?"

पीछे न देखते हुए राजे ने कहा, "पन्त के पास।"

पन्त अपने कमरे में बैठे थे। राजे को आया देखकर उन्होंने कहा, "राजे!"

शिवाजी चुप रहकर उनके पैरों की ओर झुके। उन्होंने पन्त के चरण छुए।

पन्त ने आशीर्वाद देते हुए कहा, "यह प्रणाम क्यों?"

"हम फिर कभी ऐसा नहीं करेंगे। हमें क्षमा करें...।"

"क्षमा तो कभी की कर दी, राजे। भूल किससे नहीं होती? परन्तु एक बार हुई अपनी भूल समझ आ गई और फिर वह भूल आगे कभी नहीं की तो फिर मनुष्य को सही होने में देर नहीं लगती।"

पन्त की बात समाप्त होते ही राजे मुड़े और अपने महल में पहुँचे। महल खाली था। रोके हुए आँसू टप-टप टपक रहे थे। सन्ध्या समय के दीपक जल उठे, तो भी राजे अपने महल में ही लेटे हुए थे। किसी के आने की आहट पाकर उन्होंने आँखें खोलीं। सईबाई खड़ी थीं।

''क्या चाहिए?''

''खाने पर बुलाया है।''

''किसने?''

''माँसाहिबा ने।''

''कह दो, हमें नहीं खाना है।''

''ऐसा क्यों..?''

''कह दिया न एक बार, जाओ।''

मुँह फुलाकर सईबाई बोलीं, ''तो फिर हम भी नहीं खाएँगी।''

''मत खाओ। तुम न खाओगी तो दुनिया कोई भूखी नहीं मर जाएगी, जाओ।''

सईबाई तेजी से महल से बाहर चली गईं। रात हो गई थी। काफी रात बीत गई, परन्तु राजे को बुलाने फिर कोई नहीं आया।

प्रातःकाल शिवाजी का स्नान समाप्त हुआ। देवदर्शन भी हुआ। महल में ही उन्होंने दूध पिया। यह सब नित्यकर्म आज माँसाहिबा को टालकर, उनसे बचते-बचाते हो रहे थे। पलंग पर ही बाघ के दो छावे सो रहे थे। सईबाई उन्हें देख रही थीं। बाहर किसी के पाँवों की आहट सुनकर शिवाजी ने देखा, दरवाजे में से माँसाहिबा भीतर आ रही थीं।

माँसाहिबा को देखते ही शिवाजी पीठ फेरकर खड़े हो गए। सईबाई पलंग के पास इस तरह खड़ी हो गईं कि छावे दिखाई न दें। राजे के कानों ने यह शब्द सुने, ''राजे, माँ को देखकर पीठ कब से फिराने लगे? अच्छा, हमें देखकर तुम्हें इतना कष्ट होता हो, तो हम जाती हैं। तुम्हें आज भी भूख न लगे, तो कहलवा देना। हम भी आज भोजन नहीं करेंगी। यही पूछने आई थीं हम।''

माँ ने भोजन नहीं किया। वे भूखी रहीं। राजे को यह विचार असहय हो उठा। वे मुड़े। माँ को देखते ही उनकी आँखें छलछला आईं। वे लपककर माँ से लिपट गए। माँसाहिबा हँसते हुए बोलीं, ''राजे, ये आँखें पोंछ डालो। राजा भी कहीं रोता है क्या? और पत्नी के सामने तो कभी नहीं रोता। कल तुमने हमें शिकार की बात बताई, पर बाघ के छावों की बात छिपा रखी। हम देखना चाहती हैं उन्हें, कहाँ हैं वे?''

राजा की दृष्टि पलंग की ओर गई। वहाँ सईबाई सकपकाई-सी खड़ी थीं। कोशिश कर रही थीं कि छावे दिखाई न दें। वे एक ओर हटीं। माँसाहिबा आगे आईं, देखा कि दो छावे एक-दूसरे से लिपटकर सोए हुए थे।

''बड़े प्यारे बच्चे हैं!'' सईबाई की ओर देखकर उन्होंने कहा, ''इनकी देख-रेख का काम हमारी बहूरानी को सौंपा गया है शायद। क्यों री, तो तू भी इस खेल की खिलाड़ी है! ये छावे दूध पीते हैं क्या?''

''चिन्दी से पिलाना पड़ता है। सुबह ही दूध पिलाया है इन्हें।''

''अच्छा किया। पर तूने कुछ खाया-पिया या नहीं?''

गुस्से से शिवाजी की ओर घूरते हुए सईबाई कहने लगीं, "एक दिन खाना नहीं खाया, तो दुनिया भूखी नहीं मर जाएगी।"

सईबाई गुस्से से लजाती हुई बाहर चली गईं। इधर शिवाजी के होंठों पर हँसी फूट पड़ी।

17

गरमी का मौसम आया और लालमहल का राजपरिवार खेडेबारे में आकर रहने लगा। शिवाजीराजा, जीजाबाई, दादोजी आदि के निवास के कारण खेडेबारे गाँव में चहल-पहल बढ़ गई थी। महल में लोगों का आना-जाना शुरू हो गया था। दादोजी ने शिवापुर में जो आम के बाग लगवाए थे, वे अब छतनार बन गए थे। शिवाजी दादोजी के साथ कई बार उन बागों को देखने जाया करते थे।

चैत्र मास की पूनम निकट आ रही थी। घर में त्योहार से पहले की सफाई, झाड़-पोंछ का काम शुरू हो चुका था। चैत्र पूर्णिमा के दिन प्रातःकाल ही महल के आगेवाले होली चौक में सफाई की गई थी। एरंड का एक बड़ा-सा पेड़ गाते-बजाते लाया गया था। यही समाचार सुनाने राजे दौड़कर महल में गए। भीतरी पौरी में सईबाई खड़ी थीं। राजे ने पूछा, "माँसाहिबा कहाँ हैं?"

"अपने महल में हैं। रो रही हैं।"

"क्यों? क्या हुआ?"

"मैंने पूछा तो कुछ बताती ही नहीं। कहा, जा तू खेल।"

राजे जीजाबाई के पास गए। शिवाजी को देखते ही जीजाबाई ने हड़बड़ाकर आँसू पोंछ डाले। शिवाजी उनके पास गए। माँ के गले से लिपटकर पूछने लगे, "माँसाहिबा, क्या बात हुई?"

इस एक ही वाक्य से थमे हुए आँसू फिर बह चले। शिवाजीराजा को अंग लगाकर माँसाहिबा रो रही थीं। शिवाजी ने बड़ी कठिनाई से अपने को माँ के आलिंगन से अलग किया। माँ के आँसू पोंछते हुए वे बोले, "माँसाहिबा, हमारी सौगन्ध है आपको।"

"न, न राजे! अरे सौगन्ध क्यों चढ़ा दी तुमने? कहो कि सौगन्ध उतार दी।"

"अच्छा कहता हूँ, पर रोती क्यों हो, बताओ।"

"बताती हूँ, पर पहले कहो कि सौगन्ध उतार दी।"

"अच्छा, लो सौगन्ध छोड़ दी।"

जीजाबाई ने आँखें पोंछीं। राजे को दुलारते हुए कहने लगीं, "राजे, तुम्हारे दादामहाराज की, हमारे शम्भू बेटे की याद आ गई।"

"क्यों?"

"अरे, आज उनका जन्मदिन है। तुम्हारा जन्मदिन हम मनाते हैं, परन्तु उनका जन्मदिन कौन मनाता होगा?"

"माँसाहिबा, फिर दादामहाराज को यहाँ बुला क्यों नहीं लेतीं?"

जीजाबाई की आँखें फिर छलछला आईं। आँसू रोकते हुए कहने लगीं, "यही अपने बस की बात होती, तो शम्भू बेटा दूर ही क्यों रहता?"

फिर जल्दी से उठती हुई कहने लगीं, ''राजे, चलो, आज होली है। बहुत से काम पड़े हैं।''

दोपहर का समय था। दादोजी अमराई में घूम रहे थे। आमों के छतनार वृक्षों से सारा बाग सुशोभित था। किसी पेड़ पर कहीं-कहीं कुछ आम लटके हुए थे। पाँच-छह वर्ष का परिश्रम सफल होता दिखाई दे रहा था। पेड़ों के नीचे बनाए हुए नए-नए थालों को सन्तोषपूर्वक देखते हुए दादोजी जा रहे थे। उनके पीछे कृष्णाजीपन्त थे। दादोजी ने कहा, ''कृष्णाजी, पेड़ों पर फल काफी जल्दी निकल आए।''

''पन्त, इसका श्रेय तो तुमको ही है। शिवापुर में, शहापुर में, जीजापुर में तुमने अच्छे-अच्छे बगीचे लगवाए। तुमने ऊसर-बंजर मैदान को नन्दनवन बना दिया है।''

''बड़े महाराज को आम बहुत पसन्द हैं। जब वे आएँगे, तब और चाहे किसी बात के लिए हो न हो, पर इन बागों के लिए वे मेरी पीठ अवश्य थपथपाएँगे।''

''पन्त, धूप बहुत कड़ी है। हमें यहाँ आए समय भी बहुत हो गया है।''

''हाँ, सही है। चलो, वापस चलें।''

पन्त जाने के लिए मुड़े। अमराई के बाहर घोड़े खड़े थे। बाग में से गुजरते समय अकस्मात् पन्त के कदम ठिठक गए। आम के वृक्ष पर, हाथ की ऊँचाई पर एक प्यारा-सा आम डोल रहा था। कुछ-कुछ पीली-सी छटा उस आम पर छिटकी हुई थी। अनजाने ही पन्त का हाथ ऊपर की ओर उठा। और उन्होंने वह आम तोड़ लिया। वे उसकी सुगन्ध सूँघने लगे। अकस्मात् आम देखते-देखते उनके मुख की प्रसन्नता अस्त हो गई। मुख पर गम्भीरता छा गई। शरीर काँपने लगा।

''क्या हो गया पन्त?'' कृष्णाजी ने पूछा।

क्रोध से उस आम को दूर फेंकते हुए पन्त कहने लगे, ''मैं भी कितना असंयमी हूँ। कितना पापी हूँ मैं! धिक्कार है मुझे...।''

पन्त मुँह ही मुँह में कुछ बोलते हुए तेज कदमों से चले जा रहे थे। कृष्णाजीपन्त की कुछ समझ में नहीं आ रहा था। कृष्णाजीपन्त की ओर न देखते हुए दादोजी घोड़े पर सवार हुए। एड़ लगाते ही घोड़ा सरपट दौड़ने लगा। महल में जाते समय भी पन्त ने किसी से बात नहीं की। वे सीधे अपने निवासस्थान की ओर चले गए।

जीजाबाई अपने भवन में सो रही थीं। पास ही सईबाई बैठी हुई थीं। पैरों की आहट से जीजाबाई की नींद खुल गई। घबराई हुई गंगाबाई ने भीतर प्रवेश किया। जीजाबाई से कहने लगीं, ''रानीसाहिबा, जल्दी चलिए। हमारे इनको जाने क्या हो गया है। विचित्र स्थिति है।'' ''क्यों, क्या हो गया?'' हड़बड़ाकर उठते हुए जीजाबाई ने पूछा, ''जाने कैसा पागलपन सवार हो गया है! शिवापुरवाले बगीचे में गए थे। वहाँ से लौटे, तो तलवार खींचकर उससे अपना हाथ काटने पर उतारू हो गए। समय रहते ही रोक लिया, सो ठीक हुआ। अपने आपसे ही भला-बुरा कह रहे हैं। किसी से कुछ कहते नहीं हैं, रोना-पीटना शुरू कर दिया है।''

गंगाबाई के साथ जीजाबाई भी दौड़ पड़ीं। पीछे-पीछे सईबाई भी थीं। इतने में शिवाजीराजा भी आ गए। सब मिलकर पन्त के घर पहुँचे। कमरा लोगों से ठसाठस भरा हुआ था। जीजाबाई और शिवाजीराजा को आया देखकर सब लोग कमरे से बाहर आ गए। जीजाबाई अन्दर

गईं। भीतर का नजारा कुछ और ही था। पन्त की भुजाओं को दो लोगों ने पकड़ा हुआ था। कोने में एक तलवार पड़ी थी। पन्त बुरी तरह हाँफ रहे थे। पन्त ने आँख उठाकर देखा और माँसाहिबा को देखते ही कह उठे, ''माँसाहिबा!'' आगे वे कुछ बोल कह नहीं पाए। बस रोने लगे।

माँसाहिबा ने पीछे मुड़कर देखा। शिवाजी और सईबाई भय से स्तब्ध खड़े थे। माँसाहिबा ने कहा, ''राजे, सईं, तुम महल में जाओ। सब लोग यहाँ से जाओ, कोई यहाँ न रहे।''

पल भर में सब बाहर चले गए। पन्त को जिन दो लोगों ने पकड़ा हुआ था, जीजाबाई ने उनसे कहा, ''पन्त को छोड़ दो और तुम भी बाहर जाओ।''

वे दोनों उठकर चले गए। गंगाबाई पन्त के निकट बैठ गईं। जीजाबाई पन्त के पास जाती हुई कहने लगीं, ''पन्त, क्या हुआ? यह कुहराम, यह झुँझलाहट कैसी?''

''क्या हुआ?'' हाथ के पंजे आगे को करते हुए पन्त ने कहा, ''माँसाहिबा, इन हाथों से पूछिए।'' और पन्त ने अपने दाएँ हाथ से अपना सिर पीट लिया।

''पन्त!'' जीजाबाई चिल्लाईं।

''माँसाहिबा, ये दादोजी चांडाल है। आज इसने चोरी की है।''

''चोरी?''

''हाँ, माँसाहिबा! इस चौरकर्म का दंड इस हाथ को मिलना ही चाहिए। इसकी मति मारी गई, जिस पत्तल में खाता है, उसी में छेद करता है।'' कहते हुए दादोजी तलवार की ओर मुड़े।

''दादोजी, ठहरो। हुआ क्या है, यह बताए बिना एक पग भी आगे मत बढ़ाना।''

''क्या बताऊँ, माँसाहिबा! किस मुँह से बात कहूँ? बड़े महाराज की अनुमति के बिना आज इस दादोजी ने राजा की वाटिका का एक आम तोड़ लिया।''

''तो क्या हुआ?'' जीजाबाई ने कहा।

''क्या हुआ? माँसाहिबा, कौन-सा मुँह लेकर मैं बड़े महाराज से कुछ कह पाऊँगा? छोटी हो या बड़ी, चोरी तो आखिर चोरी ही है। इसका प्रायश्चित मुझे करना ही होगा।''

दादोजी तुरन्त तलवार की ओर लपके। माँसाहिबा चिल्लाईं, ''न दादोजी, तुम इतनी स्वामिभक्ति से, इतनी निष्ठा से जिन महाराज की सेवा करते हो, उनकी, मेरी और शिवबा की शपथ है तुम्हें। फेंक दो यह तलवार।''

दादोजी के हाथ से तलवार छूट गई और वे उपरने में मुँह छिपाकर रोने लगे। इतने वयोवृद्ध, तपस्वी व्यक्ति को रोता देखकर जीजाबाई के प्राण विह्वल हो उठे।

''पन्त, जो हुआ है, अनजाने में हुआ है। जो हुआ, सो हुआ। तुम्हारे भरोसे तो हमें यहाँ भेजा गया है। कहीं बिना सोचे-विचारे कुछ उलटा-सीधा कर बैठते, तो क्या करते हम? तुम उम्र में बड़े हो, आदर के योग्य हो। तुम्हें कुछ समझाने-बुझाने का हमें अधिकार नहीं है। परन्तु रहा नहीं जाता, इस कारण कहती हूँ। कुछ भी हो जाए, हमें मत भुलाना।''

अगले दिन दादोजी राजकार्यालय में गए, तो सब उनकी ओर ताकते ही रह गए। शामराव नीलकंठ ने पूछा, ''दादोजी, यह क्या?''

''क्यों, क्या हुआ?''

''तुम्हारे अँगरखे में एक बाँह नहीं है।''

“हाँ, काट दी है।” दादोजी बैठक पर बैठते हुए हँसकर कहने लगे, “कल राजा के बाग में गया था। वहाँ एक आम दिखाई दिया। माली की अनुमति के बिना तोड़ लिया। चोरी की, उसी का दंड है यह।”

“तो ऐसा अँगरखा कितने दिन पहनोगे?”

“कितने दिन तक? जब तक सब लोगों को मेरा एक बाँहवाला अँगरखा देखने की आदत न पड़ जाए, तब तक। अपराध करने में लज्जा नहीं आई, फल भुगतने में कैसी लाज?”

पन्त हँस पड़े, परन्तु दूसरा कोई हँस नहीं सका।

18

खेडेबारे से मुकाम जल्दी ही पुणे ले आया गया। शिवाजीराजा पुणे चलने के लिए बहुत उतावले हो गए थे। इधर कुछ दिनों से शिवाजी का व्यवहार जीजाबाई की समझ में नहीं आ रहा था। राँझा के पटेल की घटना के बाद से शिवाजी के स्वभाव में गम्भीरता आ गई थी। वे घर में ही अकेले बैठे रहते या फिर अधिकतर दौरे करते रहते थे। पुणे आते ही वे फिर से रोहिडेश्वर गए। उस समय पन्त किसी काम से जुन्नर गए हुए थे। जुन्नर से वापस आते ही उन्होंने पूछताछ की। पता चला कि राजे रोहिडेश्वर गए हैं। पन्त चिन्ता में डूब गए। जीजाऊ से कहने लगे, “माँसाहिबा, राजे अचानक रोहिडेश्वर क्यों गए भला? आठ दिन पहले खेडेबारे से भी तो गए थे रोहिडेश्वर!”

“हाँ, उन्हें वह स्थान बहुत भाता है। उन्हें देव-पूजा, धर्म-कर्म में बहुत रुचि है।”

“ऐसी रुचि होना कुछ बुरा नहीं है, परन्तु मुझे तो कुछ और ही रंग बदलता दीखता है।”

“कैसा रंग?”

“आपने आजकल राजे को घेरकर बैठनेवाले लोग देखे हैं? नेताजी, येसाजी, तानाजी, बाजी, बालाजी, चिमणाजी...कितने ही नाम लिये जा सकते हैं। हर बार एक और नया साथी शामिल हो जाता है। वह दादाजी नरसप्रभु तो इधर कुछ समय से राजे की छाँह बनकर घूमा करता है।” “तुम कहना क्या चाहते हो?”

“मैं कुछ ठीक-ठीक समझ नहीं पा रहा हूँ, माँसाहिबा। राजे की आयु के लोग यदि उनके साथी बनते, तब तो ठीक भी था। पर यहाँ तो छोटे-बड़े भी संग लगे रहते हैं। ब्राह्मण हैं, मराठे हैं, महार और रामोशी हैं, प्रभु हैं...जात-जात के लोग जमा हो गए हैं। इनमें देखमुख, देशपांडे हैं, मावले भी हैं। राजे के मन की बात भाँपना कठिन है।”

“तुम अकारण ही कल्पना के भवन बनाया करते हो, दादोजी। इस सबका अर्थ इतना ही है कि राजे सबको प्यारे हैं। यह भी कोई बुरी बात है क्या?”

दादोजी कुछ उत्तर नहीं दे सके। वे बिना कुछ बोले बाहर चले गए।

परन्तु दादोजी को जो आशंका थी, वह एकदम झूठी नहीं थी। शिवापुर का पूरा महल सुबह से मावलों से भर गया था। महल की घुड़साल में घोड़े-टट्टू सजे खड़े थे। राजे जब बाहर आए, तो उनके साथ दादाजी नरसप्रभु गुप्ते, येसाजी, तानाजी, बालाजी, चिमणाजी आदि लोग थे। भीमा लुहार सिजदा करके खड़ा हो गया।

"भीमा, तेरा काम कहाँ तक पूरा हुआ है?"

"पचास तलवारें और सौ के लगभग भाले तैयार हो चुके हैं।"

"शाबाश! और दूसरे लोगों ने कितने बनाए हैं।"

"उनके हथियार भी इतने ही होंगे।"

"अच्छा, चलो, चला जाए।"

सब रोहिडेश्वर जाने के लिए चल दिए। ऐन दुपहरी में सब रोहिडेश्वर पहुँचे। शिवाजी के मुख पर आज निराला तेज चमक रहा था। झरने पर हाथ-पैर धोकर वे रोहिडेश्वर के मन्दिर में गए। दादाजी नरसप्रभु तथा पुजारी ने पूजा की। बेलपत्रों से आच्छादित शिवलिंग के आगे राजे ने साष्टांग दण्डवत् प्रणाम किया। राजे ने कहा, "दादाजी, फिर एक बार सोच लो।"

"हमारा निश्चय तो पहले ही दृढ़ है।" दादाजी बोले, "अब जिन्दा रहेंगे, तो शेर की तरह ही। बकरी बनकर जिन्दा रहना हमें मंजूर नहीं।"

"तो आगे बढ़ो।"

शिवाजी ने नरसप्रभु का हाथ अपने हाथ में लिया। पिंडी पर हाथ रखते हुए शिवाजी ने कहा, "हे शम्भो, हर-हर महादेव! आज तुझसे प्रेरणा लेकर हम हिंदवी स्वराज्य की शपथ ले रहे हैं। हमारे संकल्प को लक्ष्य तक पहुँचाने में तू समर्थ है। जब तक स्वराज्य की स्थापना नहीं होती, तब तक मित्रता के लिए पकड़ा हुआ एक-दूसरे का हाथ हम कभी नहीं छोड़ेंगे। जो वचन दिया है, उसे कभी नहीं तोड़ेंगे।"

ऐसा कहकर शिवाजी ने पिंडी पर से एक बेलपत्र उठाया और माथे से लगाया। दादोजी ने भी शिवाजी का अनुकरण किया। नारियल तोड़ा गया। प्रसाद की थाली लेकर पुजारी बाहर आया। मन्दिर के बाहर एकत्र सौ-सवा सौ साथी हर्ष-भरे नयनों से उन्हें देख रहे थे।

शिवाजी मन्दिर की सीढ़ी पर बैठ गए। पूजा का प्रसाद सबको बाँटा जा रहा था। येसाजी, बाजी, तानाजी सबका ध्यान इसी ओर लगा था कि अब शिवाजीराजा क्या कहते हैं। राजे ने कहा, "येसाजी, आज हम प्रतिज्ञा कर बैठे हैं। रोन्द्री के निकटवर्ती ये रोहिडेश्वर देवता स्वयंभू देवता हैं। उन्हीं ने आज तक हमें सफलता दी है। तुम जैसों से मिलाया है। अब अगली अभिलाषा है हिंदवी स्वराज्य की—देवता उसे भी अवश्य पूर्ण करेंगे। इस कार्य के लिए हम सबकी जिम्मेदारी बहुत बड़ी है।"

नेताजी शिवाजी के सम्बन्धी थे। आयु से भी बहुत बड़े थे। वे कहने लगे, "तो डर काहे का?"

"डर नहीं, पहला पग कौन-सा उठाया जाए, कहाँ से कूच किया जाए, हम यह सोच रहे हैं।"

"इसमें सोचना क्या है?" तानाजी बोल उठा, "इस देवता के आगे शपथ ली है, यही हमारा पहला कदम होगा।"

"क्या मतलब?"

"मतलब यह कि रोहिडेश्वर का किला जीतकर देवस्थान पर कब्जा कर लिया जाए। क्या खयाल है?"

"खयाल तो बहुत अच्छा है, पर किले की हालत कैसी है?"

बाजी बोला, ''मैं देख आया हूँ गढ़। बहुत हुए, तो दो सौ सिपाही होंगे। गढ़ पक्का नहीं है, चहारदीवारी जगह-जगह से ढही हुई है।''

''तो क्या कहते हो, दादाजी?''

''बात पक्की। रोहिडेश्वर पर पहला आक्रमण किया जाएगा।''

''ठीक है।'' शिवाजी ने कहा, ''कल रोहिडेश्वर दुर्ग जीतकर देवता से ही स्वराज्य का आदेश लेंगे।''

'हर-हर महादेव' की गर्जना से वातावरण गूँज उठा। राजे ने येसाजी को बुलाकर कहा, ''येसाजी, बाजी, तानाजी, तुम सबके आदमी तैयार हैं ना?''

''जी हाँ।''

''रोहिडा पर्वत की तलहटी में रात को ही सब लोगों को इकट्ठा होना है। हम सुबह वहाँ आएँगे। किसी तरह की आवाज या शोर नहीं होना चाहिए। सब कुछ बिलकुल चुपचाप होना चाहिए।''

सब लोग रोहिडेश्वर की पहाड़ी से वापस उतरने लगे। शिवाजीराजा उतरते समय सामने दिखाई दे रहे किले को देख रहे थे।

आधी रात तक शिवाजी अपने महल में जागे हुए थे। लुहारों द्वारा तैयार किए गए भालों-तलवारों का ढेर लगा हुआ था। चार लुहारों ने रात-दिन एक करके पन्द्रह दिनों में इतने हथियार बनाए थे। भीमा कहने लगा, ''राजे, जरा पहले बता देते! बर्छियाँ भी तैयार हो जातीं।''

राजे हँस दिए। बोले, ''अरे भीमा, तूने इतना सारा बना डाला है, यही क्या कम है?'' अपने हाथ में पहना हुआ सोने का कड़ा उन्होंने भीमा को दे दिया। कहने लगे, ''इसे चारों में बाँट लेना।''

''वाह राजे! तुम्हारे हाथ का कड़ा हम तोड़ेंगे क्या? इसकी तो पूजा किया करेंगे हम।''

राजे महल में गए। उनके पीछे-पीछे भीमा भी चला आया। राजे ने मुड़कर देखा और पूछा, ''क्यों भीमा, क्या है?''

भीमा ने उनके पाँव पकड़ लिये। कहने लगा, ''एक विनती है।''

''कैसी विनती? बोल।''

''पहले कहो कि मानोगे।''

''अरे, तुझे भी कभी ना कही है क्या? बोल, क्या बात है?''

''कल तुम जहाँ जा रहे हो, मुझे भी साथ ले चलो।''

''क्या कह रहा है तू भीमा? अरे!...''

''राजे, मैं तलवार चलाना जानता हूँ, भाला चलाना जानता हूँ। मैं यों ही यह धन्धा नहीं करता हूँ। मुझे तो तलवार तुमने ही दी है, उससे क्या सिर्फ भेड़िए मारा करूँ!''

राजे का कंठ गद्‌गद हो उठा। भीमा को उठाकर उसकी पीठ थपथपाते हुए वे कहने लगे, ''भीमा, मैं तेरे जैसे आदमियों को ही खोजा करता हूँ। अच्छा, सुबह तू भी साथ चलना।''

भीमा खुश होता हुआ चला गया। उस रात भीमा अकेला ही बैठा लुहारखाने में तलवार की धार तेज करता रहा था।

बड़े सवेरे शिवाजी स्नानादि से निवृत्त होकर बाहर आए। आँगन में भालाधारी सैनिक खड़े थे। राजे पूर्व की ओर मुँह करके खड़े हुए घोड़े पर सवार हो गए। उनके पीछे सब सवार भी घोड़ों पर बैठ गए। इन सवारों में भीमा भी एक था। शिवाजीराजा ने मन में भगवान् का स्मरण किया और घोड़े को एड़ लगाई। ऊपर आकाश में तारे टिमटिमा रहे थे। पूर्व दिशा में अभी प्रकाश की सफेद किनारी भी दिखाई नहीं दे रही थी। रात और सुबह की धुँधलाई के बीच राजे रोहिडेश्वर की तलभूमि जा पहुँचे। वहाँ सब लोग उनकी प्रतीक्षा कर रहे थे।

राजे ने घोड़े से उतरते ही पूछा, ''तानाजी, कितने लोग जमा हुए?''

''एक हजार पचास।''

''ठीक है। जिनके पास हथियार न हो, उन्हें हथियार दो।''

शस्त्र बाँटे गए। पूर्व दिशा में ललाई फूट चली थी। सारे वन में पक्षियों की चहचहाहट बढ़ चली थी। राजे ने येसाजी से पूछा, ''येसाजी।''

''जी?''

''घास के कितने गट्ठे तैयार हैं?''

''पचास गट्ठे हैं।''

''काफी होंगे क्या?''

''भरपूर होंगे–जितने हथियारबन्द थे, वे गढ़ के चारों ओर फैला दिए हैं। इशारा मिलते ही ऊपर गढ़ में आ जाएँगे।''

''और तू?''

''मैं और तानाजी आपके साथ रहेंगे। इशारे की सूचना मिली कि जंगल की घाटी में से ऊपर गढ़ में पहुँच जाएँगे। मैं जगह-जगह आदमी तैनात कर आया हूँ।''

''और गढ़ के बारे में क्या खबर है?''

''गढ़ शान्त है, पूरा असावधान है। कल से अपना सुभाना गढ़ में रह रहा है। वहाँ उसकी मामी रहती है।''

सबके चेहरों पर मुस्कराहट फैल गई। राजे ने दादाजी से कहा, ''दादाजी, तुम यहीं नीचे रहो। गढ़ पर कब्जा होते ही ऊपर आ जाना।''

''यह कभी नहीं होगा।'' शूरमा दादाजी बोले, ''रोहिडेश्वर में ऐसी शपथ खाई थी क्या कि तुम ऊपर गढ़ में और मैं नीचे तलहटी में?''

''बाम्हन तो बिगड़ बैठा रे भैया!'' नेताजी ने कहा।

सुबह किले का दरवाजा खुलने की सूचना बजते हुए नगाड़े ने सब तक पहुँचा दी। राजे शान्त खड़े थे। एक गट्ठेवाला उठा। राजे को सिजदा करके सिर पर घास का गट्ठा उठाकर वह चल पड़ा। थोड़ी देर बाद और दो गट्ठेवाले निकल पड़े। भीमा अधीर हो रहा था, पूछ बैठा, ''राजे, मैं जाऊँ?''

''जा, सँभलकर जाना। इशारा होने से पहले कुछ नहीं करना। समझा?''

''इसकी फिक्र मत करो जी।''

इसी तरह कुछ और गट्ठे रवाना हुए। और भीमा ने अपना गट्ठा उठाया।

राजे ने पूछा, ''तलवार ले ली है न?''

भीमा ने हँसकर गट्ठे की ओर इशारा किया।

सूर्योदय के समय तक जंगल में केवल राजे, दादाजी, येसाजी और पचास मावले रह गए। जंगल में सूर्य की किरणें फैल रही थीं। नए पत्तों से सजे हुए वृक्षों के विविध रंग जंगल में जहाँ-तहाँ झलक रहे थे। येसाजी ने राजे को संकेत किया। शिवाजी ने तलवार म्यान से खींचकर माथे से लगाई और वे गढ़ की ओर चल पड़े। एक-एक कदम बड़ी सावधानी से रखा जा रहा था।

किले के दरवाजे के पहरेवाली चौकी में पहरेदार वहीं ड्योढ़ी में चिलम फूँकते बैठे हुए थे। घास के गट्ठे भीतर जा रहे थे। बरसात आनेवाली थी, इसलिए उन दिनों किले के खिड़की-ओसारों पर घास-फूस के सायबान लगाने का काम चल रहा था। गट्ठेवाले सीधे किले में चले जा रहे थे, पर जब गट्ठों की संख्या अधिक बढ़ने लगी, तब एक ड्योढ़ीवाले पहरेदार का ध्यान उस ओर गया। बोला, ''इनकी माँ को...आज तक सो रहे थे क्या ये भड़ुए? कितने गट्ठे गढ़ में जा रहे हैं?''

इतने ही में एक और बोझेवाला आया। पहरेदार ने टोका, ''कहाँ का है ये गट्ठा?''

''यहीं का है जी।'' गट्ठेवाला बोला।

''कौन गाँव?''

''मवाल है जी।''

बोझेवाला भीतर गया। उसके पीछे-पीछे पगड़ी बाँधे हुए, शानदार कपड़े पहने हुए, कमर में तलवार रखे हुए और हाथ में भाला धारण किए हुए तीन लोग गढ़ के दरवाजे से घुसे। तीनों पहरेदार की ओर बिना देखे आगे जाने लगे कि पहरेदार ने आवाज लगाई, ''अरे ओ पाहुने!''

''क्या कहते हो भाई?'' एक ने मुड़कर कहा।

''कहना-वहना क्या है? घुसे जा रहे हो भीतर जैसे तुम्हारा घर हो। कौन हो, कहाँ के हो, कुछ गाँव-ठिकाना बताओगे या नहीं? कहाँ जा रहे हो?''

''कहीं नहीं—यहीं शादी तय करने निकले हैं हम।''

''वो तो ठीक है, पर किसकी शादी?''

''इस गढ़ की शादी!''

''ऐंऽऽ?''

''अरे, इस गढ़ का लड़का है, सो उसकी शादी गढ़ की शादी हुई या नहीं?''

पहरेदार हँसने लगे। एक बोला, ''हमें जरूर बुलाना।''

''वाह, क्यों नहीं? तुम्हें बुलाए बिना शादी कैसे होगी?'' कहते हुए वे तीनों मूँछों पर ताव देते हुए गढ़ में चले गए।

मगर एक चौकीदार के दिमाग में खटका पैदा हो गया था। जरूर कोई गड़बड़-घोटाला है। ये इतने सारे बोझेवाले—रिश्ता तय करने निकले हुए हथियारबन्द आदमी! वह इसी उधेड़बुन में था कि इतने में एक बोझेवाला और आ पहुँचा। चौकीदार ने ड्योढ़ी पर से कूद लगाई। डपटकर बोला, ''अरे, रुक।''

बोझेवाला रुक गया। ''कहाँ निकला है ये बोझा लेकर?''

''अन्दर जा रहा हूँ जी!''

"सो तो दीख रहा है मुझे। पर किसके घर जा रहा है तू?"

"हवेली में जा रहा हूँ जी।"

"किलेदार की हवेली में?"

"हाँ जी।"

"कल हवालदार ने लाने का हुक्म दिया था, वही गट्ठा है क्या?"

"हाँ जी।" बोझेवाला बोला।

"गट्ठा नीचे उतार।"

गट्ठा नीचे रख दिया गया। पहरेदार चिल्लाया, "खोल गट्ठा।"

ड्योढ़ी पर बैठे बाकी चौकीदार हँस रहे थे। एक बोला, "रामू, क्यों बेकार उसे सता रहा है? जाने दे।"

पर उसके कहे पर ध्यान न देते हुए रामजी ने फिर कहा, "चल, खोल गट्ठा।"

बोझेवाले ने ऊपर देखा। सूरज काफी ऊपर आ पहुँचा था।

वह थोड़ा-सा झुका और मुँह में उँगलियाँ फँसाकर उसने जोर से सीटी बजाई।

"इसकी माँ कोऽऽ! अबे, नट-नचनिया है क्या रेऽऽ?" पहरेदार बोला।

इतने ही में गट्ठे में से तलवार बाहर खींच ली गई। पहरेदार की भौंहें एकदम तन गईं। अगले पल वह ड्योढ़ी की तरफ दौड़ा—पर उसने दो-तीन पग बढ़ाए होंगे कि उसकी पिंडली पर तलवार का जोरदार वार हुआ। वह चीखकर नीचे गिर पड़ा।

ड्योढ़ीवाले के हाथ से चिलम तो कभी की छूट चुकी थी। अपने पैर पर पड़ा अंगारा झटकते हुए वह खड़ा हो गया। दूसरे दोनों ने भी उसका अनुकरण किया और सब मिलकर उधर लपके, जिधर तलवार-भाले रखे हुए थे।

सीटी की गूँज सुनते ही पीछे आ रहा बोझेवाला सावधान हो गया। भीमा ने गट्ठा नीचे फेंका और वह तलवार निकालकर दौड़ पड़ा। एक पहरेदार नक्कारखाने तक पहुँच गया था। नीचे मुठभेड़ शुरू हो चुकी थी और ऊपर नगाड़े की आवाज सारे किले में गूँजने लगी थी। गढ़ की चारों दिशाओं से 'हर हर महादेव' की ललकारें सुनाई दे रही थीं। छोटी-मोटी भिड़ंत यहाँ-वहाँ हो रही थी। देखते ही देखते किले के चारों बुर्जों पर स्थित सैनिक चौकियों पर कब्जा कर लिया गया।

किले के किलेदार की नींद की खुमारी अभी उतरी नहीं थी। उसी खुमारी में वह हड़बड़ाता हुआ बाहर निकला। किले में सब ओर हो-हल्ला मचा हुआ था, 'शिवाजी आ गया' की चिल्लाहट सब तरफ फैली हुई थी। किलेदार अभी तलवार लेने के लिए मुड़ा ही था कि उसी समय चारों ओर से शिवाजी के सैनिक आगे बढ़ आए। किलेदार बन्दी बना लिया गया।

शिवाजीराजा यह सब नजारा एक बुर्ज के ऊपर खड़े देख रहे थे। गढ़ में चारों ओर शान्ति छा गई थी। राजे धीरे-धीरे पग रखते हुए बुर्ज की सीढ़ियाँ उतरे। सबने उन्हें सिजदे किए। अभिमान और प्रशंसा से सबके मुख प्रफुल्लित दिखाई दे रहे थे। भीमा की पीठ पर घाव हो गया था। राजे ने कहा, "भीमा, शरीर पर चोट खाए बिना क्या जी नहीं लगता?"

"राजे, करूँ क्या? नामर्दों की जात है ये, कमबख्तों ने पीठ पर वार कर दिया।"

"पीठ दिखाकर भागा होगा!" तानाजी ने चिढ़ाने के लिए कहा।

"अरे, छोड़ ये बात। वहाँ दरवाजे पर जाकर देख जरा। दो मुर्दे पड़े हैं।"

किलेदार को राजे के सामने लाया गया। वह सिर से पैर तक काँप रहा था, फिर भी दिखावे की नकली हिम्मत बटोरकर कहने लगा, ''ठीक नहीं है यह, कहे देता हूँ। ज्यादा दिन ये चोंचले नहीं चलेंगे।''

''येसाजी, किले में तोप है क्या?''

''जी है।''

''इसे तोप से उड़ा दो।'' राजे ने आज्ञा दी।

किलेदार तुरन्त राजे के पैरों में गिर पड़ा।

''राजे, इसमें मेरा कोई कसूर नहीं है। गढ़ तुम्हारा है। जो तुम कहोगे, वही नौकरी कर लूँगा मैं।''

राजे को हँसी आ गई। दादाजी की ओर मुड़कर बोले, ''दादाजी, देख लिया? ये हैं आदिलशाह के ईमानदार सेवक! इस किलेदार को नजरबन्द कर दो। येसाजी, अगली सारी व्यवस्था होने तक तुम गढ़ में ही रहो। बालाजी, चिमणाजी, तुम दोनों इस गढ़ की धन-दौलत, अनाज, सैनिक आदि का हिसाब तैयार करो। हम पुणे जाकर तुरन्त वापस आते हैं।''

किले की बस्ती की स्त्रियाँ आ-आकर राजे के पाँव छूकर नमस्कार कर रही थीं। शिवाजीराजा सबको धीरज बँधा रहे थे—आश्वासन दे रहे थे। गढ़ में जितनी भी सैनिक टुकड़ियाँ थीं, सबने शिवाजी की अधीनता स्वीकार कर ली। जख्मी लोगों को तुरन्त पालकी में बैठाकर शिवापुर के महल में भेज दिया गया। दुर्ग के पहले मुख्य द्वार पर पहुँचते ही शिवाजी का ध्यान उस द्वार के ऊपर स्थित नक्कारखाने की ओर गया। उसके ऊपर हरे रंग का झंडा फहरा रहा था। उन्होंने पूछा, ''दादाजी, अपना ध्वज लाए हो ना?''

''जी हाँ,'' कहते हुए दादाजी ने ध्वज आगे किया। भगवा ध्वज देखते हुए शिवाजी कहने लगे, ''दादाजी, भगवान् की इच्छा से स्वराज्य का यह पहला पग बढ़ाया है। उसी भगवान् के ध्वज का हम अब से प्रयोग किया करेंगे। ईश्वरीय राज्य का निर्माण करेंगे।''

शिवाजी मुख्य द्वार के नक्कारखाने पर चढ़े। आदिलशाही झंडा उतार दिया गया और नीले आकाश की पृष्ठभूमि पर भगवा ध्वज लहराने लगा।

19

दादोजी को आज कार्यालय आने में बहुत विलम्ब हो गया था। जैसे ही वे कार्यालय में आए, शामराव नीलकंठ, सोनोपन्त डबीर, बल्लाल सबनीस उठकर खड़े हो गए। दादोजी बैठक में बैठते हुए कहने लगे, ''आज पूजा करने में तनिक देर हो गई। शामराव, अपने वैद्यजी कहाँ हैं? कल हमें औषधि नहीं मिल पाई।''

शामराव नीलकंठ ने उत्तर दिया, ''वैद्यजी तो चार दिन पहले ही शिवापुर गए हैं।''

''किस कारण से?''

''शिवाजीराजा ने उन्हें भेजा था।''

''शिवापुर?'' दादोजी आगे कुछ नहीं बोले।

महल के बाहर पहरेदार सुबह की धूप में गपशप करते बैठे थे। इतने में टापों की आवाज कानों पर पड़ी। वे भाले तानकर झटपट उठ बैठे। एक घुड़सवार बेतहाशा घोड़ा दौड़ाता हुआ

चला आ रहा था। महल के दरवाजे पर आकर वह नीचे उतर पड़ा। उसने घोड़ा पहरेदार के हवाले किया और कपड़ों पर जमी धूल को बिना झाड़े वह भीतर लपका। कार्यालय की सीढ़ियाँ चढ़कर वह भीतर गया और उसने दादोजी को सिजदा किया।

''क्या है?''

सवार ने एक बार सब पर नजर फेरी। वह असमंजस में था। बोला, ''पन्त, जरा बाहर आओगे क्या?''

पन्त खीजकर बोले, ''अरे, यहीं बता दे ना, यहाँ कौन पराया है?'' सवार एकदम निकट आ गया और उसने पन्त के कान में कुछ कहा। पन्त चीख उठे, ''क्या कह रहा है?'' फिर कुछ सँभलकर वे कहने लगे, ''कहीं पीकर तो नहीं आया तू?''

''नहीं, नहीं, पन्त! भगवान् की सौगन्ध, शिवापुर के महल में घायलों की...''

''चल, चल, बाहर चल। यहाँ मत बता।'' पन्त उठ खड़े हुए। वे पगलाए-से होकर कार्यालय से बाहर जा रहे थे। उन्हें यह भी ध्यान नहीं था कि उपरना कन्धे से नीचे सरक गया है।

माँसाहिबा पाकगृह में सीधा निकलवा रही थीं। पन्त का बुलावा आते ही वे महल में आईं।

''क्यों? क्या बात है पन्त?''

''मैं तो पहले से कह रहा था, माँसाहिबा! पिछले कुछ दिनों से राजे के लक्षण कुछ ठीक नहीं लगते थे। इसीलिए वे शिवापुर का पड़ाव हटाना चाहते थे। उन्हें वहाँ की हवेली खाली चाहिए थी ना!''

''पन्त, कुछ ठीक-ठीक कहोगे या नहीं?''

''कुछ ठीक हुआ हो, तो ठीक कहूँगा।'' पन्त उँगलियाँ उलझाते हुए कहने लगे, ''सुनिए माँसाहिबा, राजे की पराक्रम गाथा सुनिए। राजे ने रोहिडेश्वर पर कब्जा कर लिया है।''

''रोहिडेश्वर?'' शंकित होकर माँसाहिबा ने पूछा, ''तुम्हारी तबीयत तो ठीक है ना?''

''ठीक थी माँसाहिबा, परन्तु अब तबीयत का क्या होगा, यह नहीं जानता। शिवाजीराजा के रोहिडेश्वर के कई-कई चक्कर, दादाजी नरसप्रभु की बढ़ती हुई संगत, मावलों का जमघट...इन सब बातों का रहस्य अब खुला।''

''किसने कहा? झूठ होगी यह खबर।''

''झूठ होगी? माँसाहिबा, शिवापुर का महल घायलों से भरा पड़ा है।''

''और राजे?''

''भगवान् की दया है। राजे सकुशल हैं।''

जीजाबाई की सन्तोष-भरी लम्बी साँस निकल गई। वे हँसकर कहने लगीं, ''परन्तु ये सब हुआ कैसे?''

''माँसाहिबा, बारह सौ सवार लेकर राजे ने रोहिडेश्वर पर आक्रमण कर दिया, किलेदार को कैद कर लिया। आज उस गढ़ पर आदिलशाही झंडा नहीं है।''

''शिवबा के आने पर सब पता लग जाएगा।''

''अब पता चलने से लाभ भी क्या? जो नहीं होना चाहिए था, वह तो हो गया।''

''राजे कब आ रहे हैं?''

''सुना है, वे शिवापुर से कूच करनेवाले थे। मुझसे खड़ा नहीं रहा जाता, मैं जरा बाहर जाकर बैठता हूँ।''

दादोजी बाहर चले गए। जीजाऊ को एक ओर तो अपने शिवबा का शौर्य सुनकर आश्चर्य और गर्व का अनुभव हो रहा था, परन्तु साथ ही मन के गहरे में कहीं एक विचित्र-सी खलबली भी मची हुई थी। जीजाबाई पाकशाला में गईं। सईंबाई वहाँ बैठी बादाम खा रही थीं। माँसाहिबा को आया देखकर वह खड़ी हो गईं। उनके पास ही मनोहारी खड़ी हुई थी। माँसाहिबा ने कहा, ''सईं, जल्दी अच्छे कपड़े पहन ले और आरती की थाली तैयार कर।''

''किसकी आरती उतारनी है?''

''अब मेरी ही आरती उतार तू! अरी पगली, तेरा पति पराक्रम दिखाकर घर लौट रहा है, उसकी आरती उतारनी है। राजे ने रोहिडेश्वर दुर्ग जीत लिया है।''

सईंबाई त्योहारोंवाले वस्त्र पहनकर तैयार हो गईं। मनोहारी सईंबाई के अंगों में एक-एक कर गहने पहना रही थी। सईंबाई ने पूछा, ''मनोहारी, तूने 'इन्हें' देखा है क्या?''

''अब सुनो रानीजी की बात। अजी, राजा ने मुझे देखा न होता, तो आपके चरणों के दर्शन मैं कैसे कर पाती?''

''बड़े भागवाली है तू। हमें तो घर में रहकर भी 'इनके' दर्शन दूभर हैं।''

''अब आ ही रहे हैं न।''

''यह भी कोई आना हुआ? इधर से आए, उधर गए।''

''अब राजे आएँ तो उन्हें छोड़ना नहीं। कहते हैं, पति को मुट्ठी में बाँधकर रखना चाहिए।''

सईंबाई हँस पड़ीं। राजे को मुट्ठी में रखने की कल्पना से ही उनकी हँसी फूट पड़ी। कहने लगीं, ''मैं मुट्ठी में बन्द करके रखती रही, पर...।''

''पर क्या?''

''ये मुट्ठी ही छोटी है, देख न।'' सईंबाई खिलखिलाकर हँस पड़ीं।

''कैसी खिलखिलाहट लगा रखी है?''

जीजाबाई की आवाज सुनाई दी।

दोनों खड़ी हो गईं। जीजाबाई ने कहा, ''हमारी तो तैयारी हो गई।''

''हाँ, वो तो दिखाई ही दे रहा है। पर आरती का थाल कौन सजाएगा?'' दोनों दाँतों में जीभ दबाकर बाहर दौड़ गईं।

शिवाजी की रोहिडेश्वर-विजय की शौर्य-गाथा सारे महल में चर्चा का विषय थी। कोने-कोने में यही कानाफूसी चल रही थी। घोड़ों की टापों की आवाज सुनाई दी कि हर कोई अपना काम अधूरा छोड़कर दौड़ पड़ा। घुड़सवार-दल महल के बाहर आकर रुक गया। टापों की आवाज से बाहर का सारा मैदान दनदना उठा था। राजे घोड़े से उतरे। राजभवन के द्वार पर सुहागिन नारियों ने राजे के पाँव धोए। उन पर दही-भात न्योछावर किया। शिवाजीराजा ने आगे की ओर पाँव बढ़ाया ही था कि उन्होंने पीले जरीदार वस्त्र पहनकर आ रही सईंबाई को देखा। उनके बढ़ते पाँव वापस मुड़ गए। सईंबाई आगे बढ़ीं, उन्होंने राजे के मस्तक पर टीका लगाने के लिए हाथ ऊपर उठाया। राजे ने अपनी गर्दन झुका दी। पसीने की बूँदों से भरा माथा, धारदार नाक, कानों में डोल रहे कर्णकुंडल, क्षण भर में कितना मोहक रूप दिखाई

दे गया। सईबाई लजा गईं। राजे की दृष्टि सईबाई की ओर एकटक लगी हुई थी। सईबाई ने उतावलेपन से पान का बीड़ा उनके हाथ में दिया और उनकी आरती उतारी। बीड़ा थाल में रखते समय शिवाजी के होंठों पर हँसी छाई हुई थी। राजे ने भीतर प्रवेश किया। माँसाहिबा के चरणों में झुककर उन्होंने प्रणाम किया। माँसाहिबा ने कहा, ''आयुष्मान रहो। विजयी बनो।''

राजे का ध्यान माँसाहिबा के निकट खड़ी हुई मनोहारी की ओर गया। राजे ठहर गए। जीजाबाई ने पूछा, ''क्यों ठहर गए, राजे?''

मनोहारी की ओर उँगली दिखाते हुए राजे ने कहा, ''जरूर इसे कहीं देखा है!''

जीजाबाई हँस दीं। बोलीं, ''वाह राजे, इतनी जल्दी भूल गए? नाचणी गाँव में वहाँ के पटेल ने तुम्हारे सामने...।''

''हाँ, याद आया। ये मनोहारी है न?''

''हाँ, बड़ी अच्छी लड़की है। तुम न मिलते, तो न जाने इस बच्ची का क्या होता?''

राजे राजसभा भवन में आए। वहाँ तानाजी, दादाजी नरसप्रभु खड़े थे। राजे ने पेशवा से पूछा, ''दादोजी कहाँ हैं?''

''राजकार्यालय में हैं।''

राजे ने दादाजी की ओर देखा। दादाजी उनके पीछे-पीछे चलने लगे। वे ज्यों ही कार्यालय में पहुँचे, दादोजी उठकर खड़े हो गए। कार्यालय में दादोजी अकेले ही थे। राजे ने उन्हें प्रणाम किया। दादोजी राजे की ओर देख रहे थे, ''राजे, यह करना था, तो पहले ही क्यों न बता दिया?''

राजे मौन रहे।

''हम पर विश्वास नहीं था क्या?''

''आप गलत समझ रहे हैं, दादोजी।''

''गलत नहीं, ठीक ही समझ रहा हूँ मैं। भावनाओं के उबाल में आकर कुछ का कुछ कर बैठे हो। पता है, परिणाम क्या होगा?''

''वह सहर्ष सहन कर लेंगे।'' राजे सहजभाव से कह गए।

''हूँ, यह कहना बहुत सरल है। आज रोहिडेश्वर हथिया बैठे हो, आदिलशाही राज का एक किला जीत बैठे हो। बादशाह के राज में रहकर बादशाह से वैर ठान बैठे हो।''

''कैसी बादशाहत, दादोजी? किसकी बादशाहत?'' राजे का जोश उमड़ पड़ा, ''जहाँ धर्म सुरक्षित नहीं, देवी-देवता सुरक्षित नहीं, स्थायी नौकरी का भी भरोसा नहीं...।''

''कैसी नौकरी?''

''आपने बताया नहीं तो क्या हमें पता नहीं चलेगा? शहाजीराजा पर और उनके साथ आप पर भी आरोप लगाकर बीजापुर के दरबार में जाँच-पड़ताल कराई गई थी, वह किस कारण थी?''

''वह तो गलतफहमी का मामला था।''

''गलतफहमी? शाहों की गलतफहमियों के नतीजे जानते हैं हम। इसी तरह की गलतफहमी से मुरार जगदेव को कुत्तों की मौत मारा गया था। इसी तरह की गलतफहमी से ही हमारे नाना लखूजी जाधवराव की भरे दरबार में बोटी-बोटी काट डाली गई थी, वही जाधवराव, जो शाही दरबार के प्रतिष्ठित सरदार थे। ऐसी गलतफहमियाँ अब हम अधिक दिन तक सहन नहीं कर सकेंगे।''

"तो तुम्हारे कारनामों से ये सब रुक जाएँगे?"

" 'श्री' के मन में होगा, तो अवश्य बन्द हो जाएँगे।"

दादोजी, नरसप्रभु की ओर देखकर भड़क उठे, "और तू? तूने तो कुछ अक्ल लड़ाई होती। अरे तू जेधे सरदार का नियुक्त प्रबन्धक है, शाही दरबार का वतनदार है, तू रोहिड़ा-घाटी का देशपांडे है, तू भी बच्चों के इस खेल में शामिल हो गया?"

राजे ने शान्ति से कहा, "पन्त, यह बच्चों का खेल नहीं है।"

"राजे, अभी तुम छोटे हो, इन सफेद बालों ने कई गरमी-सर्दी के मौसम देखे हैं। कम-से-कम राजनीति तो मुझे मत सिखाओ तुम। बड़े महाराज ने भी इसी तरह विद्रोह किया था, साथ छह हजार की सेना थी। सारा मावलखंड महाराज के पीछे था, क्या नतीजा हुआ उस विद्रोह का? मिट्टी में मिल गया वह सपना। जहाँ उन जैसों की ये हालत हुई, वहाँ...।"

"एक असफलता शायद आगामी सफलता का प्रारम्भ होती है...।"

"राजे, अधिक बोलना नहीं आता मुझे, मगर जो कह रहा हूँ, उसका ध्यान रखो। आगे जाकर मेरी बात याद आएगी। तुमने जो दाँव लगाया है, वह शायद...।"

शिवाजी चिल्लाकर बोल उठे, "ठहरो पन्त, भाग्य में लिखे को कौन टाल सका है! हमारे इस ध्येय को आशीर्वाद न दे सको, तो मत दो, परन्तु आज जब हम ईश्वरीय राज्य की स्थापना करने निकले हैं, तो कम-से-कम शाप तो मत दो। अच्छा हम चलते हैं...।"

और भावावेग के कारण राजे कार्यालय से बाहर चले गए।

सब मावलों के खाना खाने और हाथ धोने तक शाम हो गई। राजे जीजाऊ के महल में बहुत देर से बैठे थे। जीजाऊ ने कहा, "राजे, दादोजी बहुत बुरा मान गए हैं। अब कुछ दिन जरा धीरज से काम लो तो उचित होगा।"

"माँसाहिबा, अब शान्ति और धीरज से काम करना सम्भव हो सकेगा, ऐसा नहीं लगता।"

"क्यों?"

"साफ बात है। हमने एक किला जीता या कई किले जीत लिये, क्या फर्क पड़ता है? अब जान-बूझकर साँप की पूँछ पर पाँव रख ही दिया है। अब दूसरे किले सावधान हों, इससे पहले ही अपनी सत्ता दृढ़ बना लेनी होगी।"

"और बीजापुर का बादशाह चढ़ दौड़ा तो?"

"हमने उस बारे में भी सोच लिया है। धीमी चाल इन शाहों-बादशाहों की प्रवृत्ति है। कागजी घोड़े दौड़ाकर चाहे जितना समय बिताया जा सकता है।"

जीजाबाई उसाँस छोड़कर कहने लगीं, "तुम्हें क्या करना है, यह तुम भली-भाँति समझ सकते हो। बस इतना याद रहे कि तुम ही हमारा एकमात्र सहारा हो। जो कुछ करो, पूरी तरह सोच-विचारकर और पूरी निष्ठा से करो।"

राजे खड़े होते हुए कहने लगे, "माँसाहिबा, हम चलते हैं। सुबह ही गढ़ की ओर जाना है, वहाँ का सारा प्रबन्ध अभी होना है।"

"ठहरो।" जीजाबाई ने कहा। उन्होंने अपना सन्दूक खोला। उसमें से एक थैली निकालकर शिवाजी को देते हुए उन्होंने कहा, "ये एक हजार होन* हैं। मेरा निजी धन है। रखे-रखे भी इनमें कौन-से अंकुर फूटेंगे? तुम ले लो, तुम्हारे किसी काम आएँगे।"

---

* एक स्वर्णमुद्रा।

शिवाजी अपने आँसू रोक नहीं पाए। कहने लगे, ''माँसाहिबा, ये एक हजार होन नहीं हैं। इनका मूल्य कोई क्या आँकेगा? स्वराज्य पर आनेवाले हर संकट को दूर करने की शक्ति है इस महाधन में।''

राजे ने माँसाहिबा के चरण छुए। राजे की पीठ को ममता-भरे एक हाथ ने सहलाया और राजे अपने भवन की ओर चले गए।

प्रातःकाल राजे स्नान करके महल में आए। सईबाई वहाँ खड़ी थीं। पहनने के कपड़े पलंग पर सलीके से रखे हुए थे। जरीटोप, तलवार, बिछुवा भी ठीक ढंग से रखे हुए थे।

''चलो, आखिर चैन के दिन आ ही गए!'' राजे ने कहा।

''वाह जी वाह, जैसे अब तक बड़ी दुर्दशा थी।''

''पुरुषों की हालत तुम कैसे समझोगी? कितना ही शूरवीर पुरुष हो, उसे आवश्यक वस्त्र और अस्त्र-शस्त्र समय पर मिलने कठिन होते हैं। न मिलने पर नौकरों पर गुस्सा करो, हो-हल्ला मचाओ और अन्त में जब तैयार होओ, तो तय किए हुए सारे इरादे तब तक गल चुके होते हैं। यही होता है हर बार।''

राजे ने कपड़े पहने। सईबाई ने उन्हें बारी-बारी से एक-एक कर हथियार दिए। अन्त में जरीटोप दिया। राजे ने कहा, ''आज शिरस्त्राण होता तो ठीक रहता...।''

''अब कौन-सी लड़ाई है?''

''न-न, अब लड़ाई कहाँ? अब तो पीछे हटना है। हम दादोजी से मिलने जा रहे हैं न।''

''परन्तु पन्त नाराज नहीं हैं।''

''तुमसे किसने कहा?''

''कोई कहेगा क्यों? आप माँसाहिबा के महल से चले आए, उसके बाद दादोजी और माँसाहिबा की बातचीत मैंने बाहर से सुनी थी।''

''क्या बातें हो रही थीं?''

''दादोजी कह रहे थे, 'किसी को तो यह करना ही था, समय ही ऐसा आ पड़ा था। परन्तु यह काम राजे कर रहे हैं, इसी बात से डर लगता है'।''

सईबाई अनजाने ही दादोजी की नकल करती हुई ये बातें कह रही थीं। राजे को इस ढंग पर हँसी आ गई। कहने लगे, ''रानीसाहिबा, हमने स्वराज्य की स्थापना तो की ही है, अब हमें जासूस भी रखने पड़ेंगे। महल की खबरें खोज निकालने के लिए आपकी नियुक्ति करने में हमें खुशी होगी। इतना विश्वसनीय और जागरूक गुप्तचर हमें और कहाँ मिलेगा?''

सईबाई शरमा गईं और राजे दादोजी से मिलने हँसमुख होकर पहुँचे। उनका भय कुछ कम हो गया था।

राजे ने पन्त को प्रणाम किया। पन्त चुप रहे। राजे ने कहा, ''पन्त, हम रोहिडेश्वर हो आते हैं।''

''ठीक है।''

''साथ में पेशवा[1], डबीर[2], और अमात्य[3] को भी ले जाना चाहते हैं।''

''राजे, तुम इन्हें ले जा सकते हो। आपकी ही जागीर के लिए महाराज ने उन्हें भेजा है।''

''अच्छा, हम चलते हैं।'' कहते हुए राजे मुड़े। तभी पन्त ने आवाज दी, ''राजे!''

---

1. प्रधानमन्त्री, 2. लिपिक और 3. सचिव।

राजे रुक गए। पीछे से आवाज आई, ''राजे, गढ़ नया है—अभी-अभी जीता है, ऐसे समय धोखाधड़ी या तोड़-फोड़ की सम्भावना होती है। सावधान रहना।''

अगले दिन प्रातःकाल दो सवार तुरन्त कहीं को रवाना किए गए।

जीजाबाई ने पूछा, ''इतनी जल्दबाजी में ये सवार कहाँ भेजे गए हैं?''

''बंगलौर को।''

'किस कारण से?''

''माँसाहिबा, यहाँ जो कुछ हो रहा है, उसे रोकना चाहे मेरे वश की बात न हो, फिर भी बड़े महाराज को घटना के वृत्तान्त से अवगत कराना तो मेरा कर्तव्य है। यही कर्तव्य मैंने पूरा किया है।''

20

शिवाजी ने रोहिडेश्वर का निर्माण तेजी से प्रारम्भ कर दिया। चहारदीवारी लगभग मजबूत करा दी गई थी। पुणेवाले महल के कार्यालय में स्वराज्य के नाम से एक नया खाता खोल दिया गया। बारह मावलखंडों के मावले आ रहे थे। उनके नाम-पते आदि की सूचियाँ बन रही थीं। मावलों की संख्या तीन हजार तक पहुँच चुकी थी। पन्त इन सारी गतिविधियों को देख रहे थे। जैसे इन कामों का वे विरोध नहीं करते थे, उसी तरह समर्थन भी नहीं करते थे। वे केवल जागीर के प्रबन्ध-कार्यों में ध्यान देते थे और प्रायः चिन्तित बैठे रहते थे।

एक दिन पन्त ने राजे से कहा, ''राजे, ये तुम्हारे मावले बहादुर किस बल पर लड़ेंगे?''

''इसमें निष्ठा की आवश्यकता होती है और वह उनके पास अवश्य है।''

''परन्तु यह निष्ठा कितने दिन काम आएगी? राजे, सेना केवल निष्ठा के बल पर युद्ध नहीं करती। क्यों भूलते हो कि सैनिकों के पेट भी होता है।''

''पन्त, मैं आपका आशय समझ रहा हूँ। आप चिन्ता न करें। हम पैसा माँगने आपके पास नहीं आएँगे।''

''बुरा मत मानो, राजे। परन्तु थोड़ा सोचो-विचारो। गढ़ का पुनर्निर्माण, मावलों के वेतन, ये सब काम छत्तीस गाँवों की माफीदारी से कैसे निभ पाएँगे?''

''जिसने हमें प्रेरणा दी है, वही यह सब निभाने में समर्थ है। वह तो पंगु को भी गिरि लाँघने की शक्ति दे सकता है। हमने इस श्रद्धा, इस विश्वास के बारे में सन्त तुकाराम महाराज के मुख से सुना है।''

शिवाजी ने यह उत्तर दे तो दिया, परन्तु पन्त के कथन में जो सच्चाई छिपी थी, उसे वे मन-ही-मन अनुभव अवश्य कर रहे थे। सच ही तो है, पैसे के बिना कैसे काम चलेगा? मावले एक सीमा तक भूखे-प्यासे रह लेंगे, पर उसके बाद? राजे को कुछ सूझता नहीं था। वे व्यथित हो उठे थे।

उनकी यह बेचैनी जीजाबाई से छिपी न रही। उन्होंने राजे से पूछा, ''राजे, रोहिडेश्वर का निर्माण-कार्य हो रहा है, अन्य सब काम भी हो रहे हैं, फिर तुम उदास क्यों हो? कैसा संकट आ पड़ा है?''

''ऐसी तो कोई बात नहीं, माँसाहिबा! ये रोज-रोज की भागदौड़ हो रही है न, इसीलिए आपको ऐसा लगता होगा।''

"शिवबा, माँ की नजर कभी धोखा नहीं खाती। माता और गुरु से कुछ भी छिपाकर नहीं रखा जा सकता, रखना भी नहीं चाहिए।"

राजे ने एक आह भरी। पन्त से उनकी जो बातचीत हुई थी, वह बतला दी। जीजाबाई ने कहा, "अब तो चिन्ता नहीं है न? फिर कल्पित भय से मनुष्य भयभीत क्यों हो? देखो बेटे, मनुष्य दो प्रकार के होते हैं—कुछ का स्वभाव ऐसा होता है कि वे आगे-पीछे की सोचा करते हैं, सावधानी उनके स्वभाव की विशेषता होती है। ऐसे लोग सदा असफलता-पराजय से डरा करते हैं, उनका मन सदा ऐसी सम्भावित विफलता के अवसरों को ही खोजने में डूबा रहता है। ऐसे लोगों के जीवन में स्थिरता-निश्चिन्तता होती है, परन्तु इन लोगों से कुछ भी उल्लेखनीय काम नहीं बन पाता। दूसरे प्रकार के लोग वे हैं—जो उनके मन को उचित लगे, वह कर गुजरते हैं। ये परिणाम की बात नहीं सोचा करते। हमारे 'श्रीमानजी' को ही देख लो न, झपट्टा मारना उनका स्वभाव है। वे परिणाम की ओर से बेफिक्र रहते हैं। स्वभाव, वही साहस तुममें उतर आया है।"

"परन्तु यह पागलोंवाला साहस सिद्ध हुआ तो?"

"यह निश्चित कौन करेगा? तुम्हारे पिता ने विद्रोह किया, मुगलिया राज और आदिलशाही राज दोनों से अकेले ही भिड़ पड़े। परन्तु विद्रोह कुचल डाला गया, तो क्या उन्हें पराजित मान लें? सन्त ज्ञानेश्वर ने भगवद्गीता मराठी में लिखी, लोगों ने उन्हें जाति से बहिष्कृत कर दिया। क्या सन्त ज्ञानेश्वर पराजित थे? नहीं, अन्ततः लोगों ने ही ज्ञानेश्वर के समाधि-स्थल पर आलन्दी ग्राम में मन्दिर बनवाया। समझ लो, शिवबा, भय की आशंका करते बैठने से मनुष्य के हाथों से कुछ नहीं हो सकता।"

"माँसाहिबा!"

"राजे, ईश्वर और धर्म पर श्रद्धा रखकर तुमने इस कार्य का श्रीगणेश किया है, इसे पार लगाने का सामर्थ्य उस भगवान में अवश्य ही है। इस विषय में तनिक-सा भी सन्देह मन में मत लाओ। जो ठान लोगे, वही कर दिखाने की हिम्मत है तुममें। तुम्हारी जन्म-कुंडली में यही योग लिखा है। जैसे मन्दिर के गर्भगृह में देवता का निवास होता है, इसी प्रकार मन में निष्ठा और साहस का वास शोभा देता है। मन में ऐसे कल्पित भय मत घुसने दो।"

जीजाबाई के वचनों से शिवाजी का थका-माँदा मन पुनः चेतनामय हो उठा। मन में बसे भय को उन्होंने झटके से दूर कर दिया।

अब शिवाजी का ध्यान तोरणा दुर्ग की ओर गया। तोरणा दुर्ग गगनचुम्बी और चढ़ने में अति दुर्गम, परन्तु बादशाह द्वारा पूर्णतः उपेक्षित दुर्ग था। वहाँ का किलेदार असावधान था। शिवाजी सीधे तोरणा से जा टकराए। गढ़ असावधान था ही, कब्जा करते देर नहीं लगी। तोरणा विजय के बाद दुर्ग की आग्नेय दिशा में दुर्जादेवी नामक पर्वत था, वह भी शिवाजी ने काबू में कर लिया। दोनों किलों के परकोटे बाँधने का काम तुरन्त होना था। साहस जुटाकर शिवाजी ने दोनों किलों की किलेबन्दी शुरू कर दी।

घर का भेद पूरे गाँव में फैलते देर नहीं लगती, फिर सह्याद्रि पर्वत-शृंखला के शिखर पर खुले आकाश में फहरानेवाली स्वराज्य की घोषणा-पताका भला कैसे छिपी रहती? राजे के क्रोध का शिकार बने बांदल देशमुख ने और उस जैसे दूसरे कुछ देशमुखों ने इस विद्रोह की जानकारी शिखल नगर के निकट स्थित सुभान मंगल किले के थानेदार अमीन तक पहुँचा

दी। अमीन नींद से जाग उठा। उसने शिवाजी के बगावत की खबर तुरन्त बीजापुर भिजवा दी। यह भी शिकायत भिजवा दी गई कि बाबाजी नरसप्रभु गुप्ते शिवाजी से जा मिला है।

इधर सरकारी दंड घूम रहा था और उधर तोरणागढ़ पर चूने की भट्ठी और चक्की भी धीरे-धीरे चल रही थी। परकोटा बाँधा जा रहा था। गढ़ जीतते समय वहाँ जो थोड़ा-बहुत खजाना और अनाज का जो छोटा-सा भंडार हाथ लगा था, उससे इतना बड़ा आयोजन कैसे हो पाएगा? खजाना तेजी से खाली होता जा रहा था। राजे सोच में डूब गए। कोई मार्ग दिखाई नहीं दे रहा था। वे पुणे में चिन्तित बैठे थे। माँसाहिबा से कहने लगे, ''माँसाहिबा, किले का निर्माण-कार्य रोक देना पड़ेगा।'' माँसाहिबा चुप रहीं। राजे ने फिर कहा, ''क्या किया जाए, कुछ सूझता नहीं।''

''जो होना होगा, वह टल थोड़े ही जाएगा? अपना वश ही क्या है?''

माँसाहिबा भी व्याकुल हो उठीं। इतने उत्साह-उमंग से बिछाई हुई बाजी अधूरी छोड़कर उठ जाना पड़ेगा, यह विचार उन्हें असहय हो उठा था। विवश-सी होकर वे कहने लगीं, ''राजे, कपड़े-गहने बेच दिए जाएँ।''

''यदि उससे काम चल जाता, तो हमें ऐसा करने में भी कोई हिचकिचाहट नहीं होती। परन्तु तोरणा जैसा उम्दा किला मजबूत बनाने के लिए उतने ही धन की ताकत चाहिए। देवी पर्वत पर तो तीन गरगज बनाने हैं, तभी वह सुन्दर और दृढ़ बन पाएगा। हम कल निर्माण-कार्य बन्द कर देने का आदेश भिजवाते हैं।''

भारी कदमों से राजे उठे और अपने शयनगृह की ओर चले गए। रात भर वे बेचैनी से करवटें बदलते रहे। सुबह उन्हें जगाया गया। सूचना थी कि तानाजी आया है। ''तानाजी इतने बड़े सबेरे?''

राजे उसी दशा में बाहर गए। तानाजी के मुख पर रात भर की घुड़दौड़ की थकावट बिलकुल नहीं दिखाई दे रही थी। राजे ने उतावलेपन से पूछा, ''तानाजी, यह अचानक आना कैसे?''

तानाजी ने राजे के कान में कुछ कहा। सुनते ही राजे का चेहरा खिल उठा। वे कहने लगे, ''भगवान् की दया है! तानाजी, तू यहीं ठहर। हम माँसाहिबा को यह समाचार बताकर आते हैं। वे परेशान हो रही होंगी।''

माँसाहिबा जाग चुकी थीं। सन्त एकनाथ लिखित 'भावार्थ रामायण' का पाठ कर रही थीं। शिवाजी महल के द्वार पर रुक गए, भीतर का दृश्य देखकर वे मुग्ध हो उठे। माँसाहिबा के दाएँ हाथ की ओर समई (दीपक) जल रही थी। समई की बाती पर आई हुई कलौंछ को सईंबाई हलके हाथों झटक रही थीं। जीजाबाई की दृष्टि हाथ में पकड़ी हुई पोथी के पृष्ठों पर घूम रही थी। शब्द सुनाई दे रहे थे–

सच्चे अवतार की शक्ति यही हो संसारी, परमार्थी भी।
निज हों सुखी, सुखी जन-जन हों, यह लक्षण अवतारों का॥
तोड़े वह नवग्रह की बेड़ी, मुक्त करे देवी-देवों को।
रामराज्य की करे स्थापना, आज्ञा मानें तीनों लोक॥
छोड़ समाधि योग की भ्रान्ति, तीर-धनुष लेकर वह कर में।
राम-नाम का यश फैलाए, कर उद्धार तीन लोकों का॥

‘भावार्थ रामायण’ का एक अध्याय समाप्त हुआ। जीजाबाई ने पोथी को माथे से लगाया और सईबाई से कहने लगीं, “क्यों इतना मुँह-सबेरे उठती है तू?”

राजे ने पुकारा, “माँसाहिबा!”

“कौन? शिवबा!” कहते हुए वे खड़ी होने लगीं, “शिवबा, क्या कहूँ, रात भर नींद नहीं आई।”

फिर उनकी दृष्टि राजे के हास्यमय मुख की ओर गई। वे आश्चर्य से कहने लगीं, “हमेशा क्यों हँसा करता है इस तरह? तेरे जी की बात जानना तो बहुत कठिन है।”

राजे जीजाबाई के निकट आए। फिर सईबाई की ओर देखकर कहने लगे, “बात पचेगी क्या?”

सईबाई बोलीं, “नहीं पचेगी। मैं जाती हूँ।” और इतना कहकर वे लपककर बाहर हो गईं। माँसाहिबा ने कहा, “क्यों बेकार चिढ़ाया करता है उसे?”

“छोड़िए यह बात। माँसाहिबा, एक शुभवार्ता है।”

“कैसी सुवार्ता? शिवबा, अब इतनी दूर का जाल जब तक बस में न आ जाए, तब तक तू चुप बैठा रह।”

“वह तो अब चुटकी बजाते ही बस में हो जाएगा।”

“वह कैसे?”

“माँसाहिबा, आपने जो कहा था, वही सच है। मन में भक्ति हो, साहस हो, तो देह से ही देवता प्रकट होते देर नहीं लगती।” फिर धीमी आवाज में वे बोले, “तानाजी समाचार लेकर आया है। कहता है, ‘कल परकोटे के बाँधकाम के समय खजाना निकला है। धन का विशाल भंडार मिला है–मोहरों से भरे घड़े हैं।”

“भगवान् ने लाज रख ली।”

राजे तानाजी के पास गए। तानाजी से बात कहते ही वह कह उठा, “न, न, राजे! जिम्मेदारी का काम है, आप ही चलिए।”

“वाह, तुम्हारे मन में कोई खोट होता, तो तुम खजाने की बात बताने यहाँ तक आते ही क्यों? जा, सेना साथ ले जा और खजाना यहाँ ले आ। वहाँ मेरी क्या आवश्यकता है?”

राजे स्नान करके महल में आए, परन्तु सईबाई वहाँ नहीं दिखाई दीं। इतने ही में मनोहारी दूध लेकर आई। राजे ने पूछा, “रानीसाहिबा कहाँ हैं?”

“रसोईघर में हैं।”

“उन्हें इधर भेज दे।”

राजे पलंग पर बैठे थे। सईबाई अन्दर आईं। आँखों के कोरों पर ललाई छाई हुई थी। आते ही पूछने लगीं, “क्या है?”

“तुम दिखाई नहीं दीं, इसलिए बुला लिया।”

सईबाई बोलीं, “कोई कहे ‘चले जाओ’, इससे पहले ही जाना अच्छा होता है।”

“अच्छा! तो अभी गुस्सा ठंडा नहीं हुआ।” कहते हुए राजे पलंग से उठ खड़े हुए। उन्हें उठता देखकर सईबाई पीठ फिराकर खड़ी हो गईं। राजे मनुहार करते हुए कहने लगे, “सुनो तो सही...”

“कुछ मत कहो–मेरे पेट में बात पचती नहीं है न!”

“लेकिन हम अब जो तुम्हें बता रहे हैं, वह सरेआम बताने में कोई हर्ज नहीं। हमने जो किले जीते हैं—तोरणा, दुरजादेवी और यहाँ तक कि रोहिडेश्वर भी—ये सब किले हम खाली कर रहे हैं, हम आदिलशाही राज के सामने हथियार डाल रहे हैं...?”

“क्याऽऽ?” कहते हुए सईबाई तुरन्त मुड़ीं। मुख पर भय की व्याकुलता, छलछलाई आँखें, दाहिना हाथ हिलाती हुई काँपते होंठों से वे 'न-न' कहना चाह रही थीं, पर शब्द होंठों पर ही अटक गए थे। राजे को अब अपनी बात पर पछतावा होने लगा। उन्होंने तुरन्त उन्हें अपने पास खींच लिया। उनके मुख को अपने हाथों में लेकर वे कहने लगे, “पगली कहीं की, मजाक भी नहीं समझ पाती। भला हम कभी किसी की शरण में जा सकते हैं?” राजे ने सईबाई के आँसू पोंछे। नीचे की ओर देखते हुए सईबाई ने नाक चढ़ाई और वे एकदम हँस पड़ीं।

“सईं, ऊपर देख।”

सईबाई ने नजरें ऊपर कीं। राजे के गालों पर नए-कोमल बालोंवाली दाढ़ी शोभायमान थी। पतले-पतले होंठों पर वही मुस्कराहट बिखरी हुई। सईं की आँखों से आँखें मिलाते हुए राजे कहने लगे, “सईं, तोरणा में खजाना मिला है, मुहरों से भरे घड़े मिले हैं। अब गढ़ का बाँध-कार्य पलक झपकते पूरा हो जाएगा।”

“सच?”

“हाँ, बिलकुल सच।”

“यही बात थी! फिर अगर मैं माँसाहिबा के पास खड़ी रहती, तो क्या बिगड़ जाता?”

“भला ऐसी खबर क्या माँसाहिबा के सामने बताई जाए? कल ही हमने तुझे जासूस के रूप में नियुक्त किया है। ऐसा उतावलापन क्या जासूस को शोभा देता है?”

राजे की फैली हुई आँखों की ओर देखते हुए सईबाई जोर से हँस पड़ीं। राजे ने उन्हें एकदम सीने से लगाते हुए कहा, “सईं, ये तेरा खिलखिलाकर हँसना मुझे बहुत प्यारा लगता है।”

“छोड़ो न, कोई आ जाएगा।”

“क्या मजाल है किसी की? राजा-रानी अपने महल में हैं, यह बात मनोहारी जानती है कि कब महल में कौन आ सकता है?” राजे से दूर जाती हुई सईबाई बोलीं, “ऐसा है तो छोड़ा क्यों...?”

इससे पहले कि राजे को उनके कहने का अर्थ समझ आए, सईबाई भवन से बाहर जा चुकी थीं।

21

पूरी सुरक्षा के बीच खजाना महल में लाया गया। मुहरों और सोने के सिक्कों की गिनती की गई। दादोजी ने जब यह समाचार सुना, वे राजे से बोले, “बहुत अच्छा हुआ। कठिन घड़ी में लक्ष्मी मैया तुम पर प्रसन्न हुईं। भगवान् ने तुम्हें यह निधि दी, इसे खर्च करने का अधिकार भी तुम्हें ही है, परन्तु पूरे सोच-विचार और योजनापूर्वक कामों को हाथ में लेना।”

दादोजी की इतनी अनुमति से ही राजे प्रसन्न हुए। तीनों दुर्गों का निर्माण-कार्य प्रारम्भ कर दिया गया। मिले खजाने से ही शिवाजीराजा ने अस्त्र-शस्त्र खरीदे। बन्दूकें खरीदीं। देवीगढ़

के सुवेगा-बुर्ज का बाँधकार्य आकार ग्रहण करने लगा। अब शिवाजी के पाँव पुणे में नहीं जमते थे–अब वे हमेशा तीनों दुर्गों के चक्कर लगाने लगे।

उस दिन राजे शिवापुर के राजभवन में थे कि उन्हें पुणे से तुरन्त बुलावा आया। दादाजी नरसप्रभु और उनके पिता बाबाजी नरसप्रभु राजभवन में आए हुए थे। राजसभागृह में बाबाजी, दादाजी, दादोजी सब सिर झुकाए बैठे हुए थे। राजे उन तीनों को लेकर भीतरी महल में गए। जीजाबाई ने कहा, ''बाबाजी बहुत घबराए हुए हैं, उन्हें कुछ सूझता ही नहीं।''

''इतनी घबराहट का कारण क्या है? केवल एक खलीता आया है, इसलिए इतना घबराने की क्या जरूरत है?'' राजे ने कहा।

दादोजी ने बीजापुर से आया बादशाही खलीता सामने फेंक दिया। बोले, ''राजे, सब बातों को हलका-फुलका समझने से काम नहीं चलेगा। तनिक पढ़ो वह खलीता, तब समझोगे कि हम क्यों चिन्ता में डूबे हैं।''

शिवाजीराजा ने वह खलीता खोला। आँखें उस खलीते को पढ़ रही थीं। दादोजी कहने लगे, ''जरा जोर से पढ़ो न! माँसाहिबा भी जान सकेंगी।''

''ठीक है।'' कहते हुए राजे पढ़ने लगे। लिखा था, ''बादशाह को पता लगा है कि शिवाजीराजा फर्जन्द शहाजीराजा ने बादशाह से बेईमानी करके, तुम्हारे इलाके में रोहिडेश्वर के पहाड़ का आसरा लेकर बगावत की, मावले लोग जमा किए और वहाँ से शाही किले का फौजी थाना हटवाकर खुद उस किले में घुस बैठा है...अगर ऐसा हुआ तो खुदावन्त बादशाह तुम्हें पकड़वाकर बीजापुर ले आएँगे, तुम्हारी गर्दन कटवा देंगे और तुम्हारे जमींदारी हक खत्म कर दिए जाएँगे। यह अच्छी तरह जान लो और दरबार में जल्द से जल्द हाजिर हो...''

राजे ने पत्र पूरा पढ़ा और बाबाजी से कहने लगे, ''तो बाबाजी, मतलब यह कि अब तुम्हारी खैर नहीं। लगता है, तुम्हारी गर्दन कटकर ही रहेगी।''

बाबाजी बोले, ''राजे, शाही फरमान को क्या मजाक समझ रहे हो? कल जब घर-महल सब मटियामेट कर दिए जाएँगे और उन पर गधों से हल चलेंगे...''

''बाबाजी, जैसा दादाजी तुम्हारा बेटा है, वैसा ही मैं भी हूँ। जब गधों के हल खँडहरों पर चलेंगे, तब जानिए हम जीवित नहीं होंगे। हम भी रोहिडेश्वर के सम्मुख तुम्हारे साथ-साथ प्रतिज्ञा में बँध चुके हैं, यह प्रतिज्ञा अब कदापि टूटेगी नहीं।''

बाबाजी कहने लगे, ''मैं बूढ़ा आदमी! अब मेरी साँसें ही कितनी बाकी हैं!...पर चिन्ता सताती है तो तुम जैसे बच्चों की...''

''तुम जैसे बड़े-बूढ़ों के आशीर्वाद के होते चिन्ता कैसी? उसमें हिन्दवी स्वराज्य के मनोरथ पूर्ण करने की शक्ति है। यह स्वराज्य बने, यह तो उस 'श्री' की इच्छा है। हमारी इस पर अटूट श्रद्धा है।''

''राजे, तुम्हारी श्रद्धा किस काम की? आदिलशाही से टक्कर लेना क्या आसान काम समझ रहे हो? अभी तो तुम्हारी मसें भीग रही हैं। और हमारे बाल राजनीति के खेल में ही सफेद हुए हैं।''

''हमारी आयु? मैं आयु, छोटी आयु की बात कई बार सुन चुका हूँ। बाबाजी, श्रीकृष्ण जब गोकुल से मथुरा गए थे, तो उनकी आयु क्या थी? श्रीराम जब यज्ञ की रक्षा के लिए गए थे, तब उनकी आयु क्या थी? ज्ञानेश्वर ने 'ज्ञानेश्वरी' लिखी, तब उनकी आयु कितनी थी?''

“राजे, ये तो देवताओं की बातें हैं! सामान्य मनुष्यों के लिए ये...।”

“कौन सामान्य? अपने को सामान्य समझना भूल है—हम ईश्वर के साम्राज्य की स्थापना करने निकले हैं। ऐसे राज्य में देवताओं का ही अनुकरण करना उचित है। अपने आपको दीन-हीन, निर्बल-निम्न समझनेवालों के हाथों यह कार्य कैसे पूर्ण हो पाएगा?”

बाबाजी कह उठे, “राजे, बताओ, मैं क्या करूँ?”

राजे ने उत्तर दिया, “यह कैसे कहूँ? तुम पर कोई जोर-जबरदस्ती तो है नहीं। यदि यह सब ठीक न लगता हो, तो बादशाह से माफी माँग लो और छुट्टी पाओ।”

बाबाजी सिर से पैर तक सिहर उठे। कहने लगे, “माफी माँगूँ? और वह भी इन प्राणों के लिए?...राजे, ये बूढ़ी हड्डियाँ भी मावलखंड में ही जनमी हैं। अब तो तुम्हारे साथ ही हमारा भी जो होना होगा, हो लेने दो।”

दादाजी बड़े गर्व से अपने पिता की ओर देख रहे थे। दादाजी ने एक आह भरी। कहने लगे, “मैं जानता था, यही होगा। बालाजी, मैंने सोचा था—तू राजे को समझाए-बुझाएगा। सारा पढ़ाया-सिखाया बेकार गया।”

“पन्त, ऐसा क्यों कहते हो? राजे जो कहते हैं, उसमें कौन-सी बात गलत है? शिवाजीराजे की पीठ पर भगवान् है। मैं ही कहता हूँ यह, ऐसी बात नहीं। सब लोग यही कहते हैं। वे जिस काम को हाथ में लें, वही सफल होता है। अब इस खजाने की ही बात लो—वह क्या आकाश से टपक पड़ा है?”

“बस, बस, रहने दो बाबाजी। ये अकेले राजे मुझे बातें सुनाते हैं, वही काफी हैं। अब तू भी उपदेश मत बघार।” दादोजी बोले।

“दादोजी, तुम चिन्ता मत करो। हमने अपने पेशवा के द्वारा बीजापुर दरबार को एक पत्र भिजवा दिया है।”

“कैसा पत्र भेजा है?” दादोजी हड़बड़ाकर पूछने लगे।

“दादोजी, हमारे साथ रहकर भी आप इतना नहीं समझ सकते? हमने लिखा है, ‘इस इलाके के किले सोए पड़े हैं, सारे प्रदेश में अंधेरगर्दी मची हुई है। बादशाह ने हमें जागीर का जितना इलाका दिया है, उतने में उसका बन्दोबस्त करना मुश्किल है। इसलिए हमने ये किले हथियाकर इस इलाके का इच्छा बन्दोबस्त किया है। हम शाही नौकरी में कभी बेईमान नहीं होंगे...’ इस आशय का पत्र हमने भेजा है। बादशाह इतने से ही सन्तुष्ट रहेगा।”

“कब तक?” दादोजी ने पूछा।

“जब तक सम्भव होगा, तब तक।” राजे ने उत्तर दिया।

“और महाराजसाहब को मालूम हो जाएगा, तब?”

“उन्हें मालूम होना क्या बाकी है? तुम्हीं से तो उन्हें मालूम हुआ है, न! आबासाहब की ओर से अभी उत्तर नहीं आया। कितनी महत्त्वपूर्ण घटना है यह। आबासाहब के मन में यदि कोई अनिश्चय होता, तो उन्होंने अवश्य पत्र भेजा होता। उनका कोई पत्र नहीं आया, इसका अर्थ हम यही लेते हैं कि इसमें उनकी सम्मति है।”

“तुम जो चाहो वही अर्थ लगा लो, परन्तु महाराजसाहब के पत्र न आने का अर्थ हमें तो कुछ और ही समझ आता है।” दादोजी बोले।

“कैसा अर्थ?”

"आपके इन कारनामों से, शाही फरमानों से उधर महाराजसाहब किसी आफत में तो न फँसे होंगे, हमारे मन को तो यह भी भय सताए जा रहा है।"

"उस भय को मन से निकाल फेंको। जब हमारा पत्र गया था, उसी समय हमने इस पर सोच-विचार कर लिया था। हमने यह पता लगवा लिया है कि महाराजसाहब बंगलौर में सकुशल हैं, वे बीजापुर में नहीं हैं।"

दादोजी अब तक चुप बैठे हुए थे। पूछने लगे, "परन्तु राजे, यह तो कहो कि अब बाबाजी रहें कहाँ?"

"क्यों?"

"अब शिखल फौजी थाने का अमीन चुप थोड़े ही बैठेगा? वह बाबाजी को कब कैद करा देगा, इसका क्या भरोसा?"

"बाबाजी को अगर वहाँ डर लगता है, तो यह घर क्या पराया है? वे यहाँ निस्संकोच रह सकते हैं। उनका जैसे तुम पर अधिकार है, वैसे ही हम पर भी तो उनका अधिकार है। हमें भी खुशी होगी कि हमारे सिर पर साया रखनेवाला एक और बुजुर्ग हमें मिल गया।"

22

राजे के अचानक पुणे आने का समाचार सुनकर जीजाबाई को बहुत आश्चर्य हुआ। रोहिडेश्वर विजय के बाद से राजे का मुकाम अधिकतर शिवापुर में ही होता था। वे कभी-कभी बीच-बीच में पुणे आते अवश्य थे, परन्तु मिलकर वापस लौट जाते थे। माँसाहिबा का अनुमान था कि वे अब कई दिनों तक पुणे नहीं आएँगे, परन्तु अचानक ही उन्हें आया देखकर माँसाहिबा का मन चिन्ताग्रस्त हो उठा। शिवाजीराजा आते ही जीजाबाई को एकान्त में ले गए। आज वे चिन्तित दिखाई दे रहे थे। कुछ देर ठहरकर कहने लगे, "माँसाहिबा, लगता है, परायों से लड़ने से पहले अपनों से ही जूझना पड़ेगा।"

"कौन अपने?"

"स्वयं हमारे ससुर—मामासाहब।"

"कौन? मुधोजीराव निम्बालकर?" जीजाबाई लगभग चीख उठीं।

"हाँ, हमने रोहिडेश्वर में जो स्वराज्य की स्थापना की है, वह उनकी आँख में खटकने लगी है। क्यों न हो? वे ईमानदार चाकर हैं न शाह के! उन्होंने मावलखंड में घूम-घूमकर लोगों को भड़काना शुरू कर दिया है। वे ही हमारे विरुद्ध शत्रु बनकर खड़े हो रहे हैं।"

"तो फिर?"

"तो हम और क्या कर सकते हैं? हमने उनके नगर फलटण की ओर सवार भेजे हैं, हम भी उधर ही जा रहे हैं। भोसले क्या चीज हैं, यह भी एक बार उन्हें पता लग जाएगा।"

जीजाबाई खड़ी हो गईं। काँपती आवाज में कहने लगीं, "शिवबा, हाथ जोड़ती हूँ, तनिक धीरज से काम ले, बेटा। बेकार मत भड़क। भोसलेवंश और जाधववंश के बीच वैर ठन गया था, परिणाम क्या हुआ? दोनों घराने बरबाद हो गए। हमने जो नाता जोड़ा है, वह अपने आधार के लिए, दुश्मनी बढ़ाने के लिए नहीं।"

"हम कहाँ वैर बढ़ा रहे हैं? बखेड़ा तो उन्होंने खड़ा किया है।"

"उसे मिटाया नहीं जा सकता, यह बात नहीं है? शत्रुता बढ़ा लेना तो सबको आता है, पर उसे निभाने की ताकत बहुत कम लोगों में होती है। वैर बनाए रखने के लिए भी असाधारण शक्ति की आवश्यकता होती है।"

"तो हम क्या करें? घर बैठे रहें और जो हुआ करे सो देखा करें!" शिवाजी ने पूछा।

"बिलकुल नहीं। कहना इतना ही है कि ध्यान रखो—तुम वैर मिटाने जा रहे हो। इस काम में तुम सफल होकर लौटो। यह भी ध्यान रखना कि मुधोजीराव सईबाई के पिता हैं।"

"आपका आज्ञा हमारे सिर-माथे है। विश्वास रखिए—हम पूरा प्रयत्न करेंगे। अच्छा, हम चलते हैं।"

शिवाजीराजा ने माँसाहिबा को प्रणाम किया और वे सेनासहित फलटण की दिशा में चल पड़े। राजे फलटण के नगरद्वार पर पहुँचे। नगरद्वार पर उनके कुछ घुड़सवार खड़े थे, सारा नगर शान्त था। राजे की घुड़सवार सेना कहीं भी दिखाई नहीं दे रही थी। राजे ने पूछा, "कहाँ गए सब?"

"पूरे शहर की नाकेबन्दी कर ली गई है।" सवार सिजदा करते हुए कहने लगा, "हवेली के बाहर पहरे की चौकियाँ बिठा दी गई हैं।"

"और निम्बालकर कहाँ हैं?"

"उन्होंने सेना के आने की आहट पाई कि भाग खड़े हुए। हमारा घुड़सवार-दल उनका पीछा कर रहा है।"

"ठीक है।" राजे ने ऊपर पहाड़ी की ओर देखा। वहाँ खुले उजाड़ मैदान पर नीम के पेड़ थे। उधर संकेत करते हुए राजे ने कहा, "हम वहाँ खड़े हैं। तू शहर में जा, हवेली पर बैठाई गई चौकियाँ हटवा दे और उन चौकीदारों को इधर भेज दे। कैसे अजीब लोग हैं? क्या कहा था, क्या कर बैठे!"

सवार चला गया। कुछ देर बाद सारे चौकीदार नीम के वृक्षों की दिशा में आते दिखाई दिए। हवा में गरमी थी, लूएँ चल रही थीं। गरमी की तीव्रता में फलटण शहर खामोश था। नगर के बाहर का रास्ता टेढ़े-मेढ़े चक्कर खाता हुआ जैसे सारे शहर को घेरकर खड़ा था। ऐसे में नगर के दरवाजे के भीतर से कुछ स्त्रियों को आते देखकर शिवाजीराजा सावधान होकर खड़े हो गए। वह स्त्री-समूह जैसे ही दृष्टि की पहुँच में आया, शिवाजी ने उन्हें पहचान लिया।

जूते उतारकर शिवाजी उस तपती धूल पर चलते हुए उनकी अगवानी करने गए। निकट जाकर उन्होंने सिजदा किया।

"मामीसाहिबा (सासजी) मैं सिजदा करता हूँ आपको।"

निम्बालकर मामीसाहिबा को अपनी आँखों पर भरोसा नहीं हो रहा था। सामने राजे हाथ जोड़कर खड़े थे। वे कहने लगे, "छाँह में चलिए न!"

वृक्ष की छाया में पहुँचकर राजे ने कहा, "आपने व्यर्थ ही धूप में चलकर आने का कष्ट किया। आज्ञा की होती, तो हम ही आ जाते।"

"वाह राजे! हमारे माथे का सिन्दूर पोंछने आए थे तुम! भला हम आज्ञा करनेवाली कौन होती हैं?"

"आप गलत समझ रही हैं, मामीसाहिबा। आप माँसाहिबा समान हैं हमारे लिए। आप चिन्ता न करें, हमारी ओर से किसी की तनिक भी हानि नहीं होगी।"

“सच? तो फिर हवेली पर चौकियाँ क्यों बिठा दी गईं? हमारे ‘ये’ क्यों चले गए?”

“इसे हमारा दुर्भाग्य कह सकते हैं, और क्या? हम तो मामासाहब (ससुरजी) को समझाने-बुझाने आए थे और वे समझ बैठे कि हम हमला करने आए हैं, भाग खड़े हुए। हम उनके आने की ही प्रतीक्षा कर रहे हैं।”

“हवेली में चलिए न!”

“अवश्य चलेंगे, परन्तु अभी नहीं। मालिक के न होते हम अगर हवेली में गए, तो समझा जाएगा कि हम जबरदस्ती घुस बैठे हैं। हम इसी कारण यहाँ खड़े हैं। मामासाहब के आते ही हम उनके साथ आ जाएँगे।”

निम्बालकर सासजी सन्तोष-भरे मन से वापस लौट गईं। राजे को अधिक देर प्रतीक्षा नहीं करनी पड़ी। ऊँची उड़ती हुई धूल ने बता दिया कि अश्वदल आ रहा है। अश्वदल के आगे दो घोड़े थे। एक घोड़े पर मुधोजीराव थे, दूसरे पर येसाजी। कुछ आगे आकर घोड़े रुक गए। मुधोजीराव आगे आ रहे थे। पास आते ही उन्होंने शिवाजीराजे को सिजदा किया। मुधोजीराव क्रोध से भरे दिखाई दे रहे थे। येसाजी से राजे ने पूछा, “कहाँ मिले मामासाहब?”

“तीन कोस की दूरी पर।”

“भिड़न्त हुई क्या?”

“जी नहीं, चारों ओर से घेर लिया था। खुद ही हाथ लग गए।”

“मामासाहब, इतनी जल्दबाजी में कहाँ जा रहे थे?”

“बीजापुर को, और कहाँ जाएँगे हम?”

“हमारी शिकायत करने ही जाना था, तो बीजापुर से पुणे अधिक पास था।”

“पुणे पास होगा, पर अपने होने चाहिए न वहाँ!”

“मामासाहब!” राजे की आवाज कुछ कठोर हो गई थी। “भावना के आवेग में बहकर किसी का अपमान मत कीजिए। हमारी अपेक्षा बीजापुर आपका क्या अधिक अपना है? शायद भूल गए हैं आप, मामासाहब कि इन्हीं बीजापुर के बादशाह की मेहरबानी से आप सतारा के कैदखाने में बन्द थे। महाराजसाहब के कारण ही आप कैद से छूट पाए और आपको जागीर आपको वापस मिल गई। यह भी भूल गए क्या? पुणे के महल में माँसाहिबा हैं, स्वयं आपको कन्या है वहाँ। ये सब क्या पराए हैं?”

“तुम्हारे विद्रोह की आँच हमें जलाए बिना रहेगी क्या? राजे, जीवन भर साँसत सहन करते-करते अब थक चुके हैं हम।”

“और इस कारण इस रास्ते पर चल पड़े? हम मराठे भाग में लिखे इस शाप से क्या कभी छूटेंगे ही नहीं? जाधवराव ने भोसलों से वैर ठाना। दोनों अगर एक हो जाते तो..., मामासाहब आपको हमें आशीर्वाद देना चाहिए था। वह तो दूर, आप हम पर ही चढ़ दौड़े। अब से कभी भी किसी निरपराध को कैद में सड़ना न पड़े, ये मुगलाई राज नष्ट हो, इसके लिए हमने कमर कसी...।”

“राजे, हमारे आशीर्वाद की जरूरत थी न तुम्हें? पर रोहिडेश्वर पर कब्जा करते समय हमारी याद नहीं आई? दो बोल भी नहीं पूछे तुमने! सोचा होगा, हम क्या लगते हैं तुम्हारे?”

"यह हम मराठों का दूसरा 'गुण' है! जिसने बिना अपराध ही हाथों में हथकड़ियाँ पहनाईं, उसके तलवे चाटने में हमें लज्जा नहीं आती, मगर छोटी-छोटी बातों में अपनों से मान-अपमान के बखेड़े खड़े कर लेते हैं, जनम भर का वैर ठान लेते हैं, मामासाहब! रोहिडेश्वर की योजना का जैसे आपको पता नहीं था, उसी तरह माँसाहिबा को भी कुछ पता नहीं था। दादोजी भी इससे पूरे अनजान थे। जब तक सफलता और जीत हाथ न आए, तब तक हम किसी को बताते, तो क्या बताते?"

मुधोजीराव की नजर नीचे भूमि की ओर थी। राजे भर्राए हुए कंठ से कहने लगे, "मामासाहब, हमने आपको बन्दी नहीं बनाया है। आपको अगर बादशाह की नाराजी का भय सताता हो, तो हम नहीं कहेंगे कि आप हमसे आ मिलें। आप अलग ही रहें, मगर हमारे काम में रोड़ा तो मत बनिए। मैं आपसे इतनी ही विनती करने आया था।"

मुधोजीराव लज्जा से गड़े जा रहे थे, "राजे, अब और कुछ कहकर हमें शर्मिन्दा न करो। हमें यह सोचकर खेद होता है कि इस छोटी उम्र में जो प्रौढ़ता तुममें है, वह हम इस उम्र में भी नहीं पा सके हैं। मैं वचन देता हूँ, तुम्हारे काम में मैं बाधक नहीं बनूँगा।"

राजे हँस पड़े। "हम इसे ही आपका आशीर्वाद मानते हैं।"

मुधोजीराव राजे के साथ हवेली में गए। बजाजी राजे से आकर मिला।

राजे ने कहा, "बजाजी, तुम हमारे साले हो। तुम्हें हमारे कान उमेठने का अधिकार है। कम-से-कम तुम तो मामासाहब से कह देते कि ठहरिए, मैं शिवाजी के कान उमेठकर आता हूँ।"

इस वाक्य से हवेली में फैला हुआ तनाव कम हो गया। शिवाजी ने कहा, "शाम हो रही है, हम चलते हैं।"

"नहीं राजे, नहीं, रात को कहाँ जाओगे? सुबह चले जाना, नहीं तो हम समझेंगे, तुम अभी तक नाराज हो।"

"मामासाहब, उधर माँसाहिबा हमारी राह में आँखें गड़ाए बैठी होंगी। खाना-पीना छोड़ इन्तजार कर रही होंगी। अच्छा तो यह होगा कि आप ही हमारे साथ चले चलें। माँसाहिबा आपको आया..." राजे कहने में सकुचा रहे थे, "हमारी बात पर आपको भरोसा नहीं होगा।"

"नहीं, तुम ठीक ही कहते हो। मैं जाऊँगा तुम्हारे साथ।" मुधोजीराव बोले। निम्बालकर मामीजी दरवाजे के पास आकर कहने लगीं, "राजे, 'इन्हें' साथ ले जाओगे क्या?"

राजे मुस्करा दिए। कहने लगे, "मामीसाहिबा, चिन्ता न करें। कुछ दगाबाजी होनी होती तो यहीं हो जाती। मामासाहब का आशीर्वाद पाने के लिए मैं उन्हें साथ ले जा रहा हूँ।"

आधी रात के लगभग राजे पुणे पहुँचे। दादोजी राजसभागृह में बैठे हुए थे। मशालें जल रही थीं। राजे ने जैसे ही आँगन में प्रवेश किया, माँसाहिबा भीतर से बाहर आती हुई दिखाई पड़ीं। राजे के साथ मुधोजीराव को आया देखकर जीजाबाई के मुख पर प्रसन्नता खिल उठी। शिवाजी मुधोजीराव से कहने लगे, "मामासाहब, हमने जो कहा था, वह सच है न? देख लीजिए, माँसाहिबा हमारे रास्ते पर आँखें गड़ाए बैठी हैं।"

मुधोजी मौन ही रहे। वे ऊपर पौरी में गए और उन्होंने माँसाहिबा के पैर छुए। माँसाहिबा पीछे को हटते हुए कहने लगीं, "यह क्या मामासाहब? आप तो बड़ेऽऽ..."

"नहीं, नहीं, बहुत छोटा आदमी हूँ मैं, रानीसाहिबा! आज इस छोटेपन का अनुभव मुझे बहुत तीव्रता के साथ हुआ है। राजे मुझसे छोटे हैं, इसलिए उनके पैर नहीं छुए मैंने, अपने कमजोर मन को मैं जीत नहीं पाया।"

सईबाई वहाँ आईं। पिता को आया देखते ही उनकी ओर दौड़ पड़ीं और जाकर उनसे लिपट गईं। माँसाहिबा ने कहा, "रो-रोकर आफत मचा दी इस बच्ची ने, समझाते-समझाते थक गई मैं। राजे, तुमने बहुत अच्छा किया जो मामासाहब को साथ ले आए, नहीं तो इस लड़की को भरोसा ही न होता। भीतर चलिए न!"

सब लोग अन्दर गए। दादोजी बड़ी कौतुक-भरी दृष्टि से यह सब देख रहे थे। राजे उनके सामने गए और उनके चरण-स्पर्श कर प्रणाम करने लगे।

"राजे, आज का तुम्हारा पराक्रम रोहिडेश्वरवाले पराक्रम से भी बढ़कर था। हमारे मन को तुमने परम सन्तोष दिया है।"

परन्तु यह सन्तोष अधिक काल तक बना नहीं रहा। मुधोजीराव वापस गए और उसके कुछ ही दिनों बाद बीजापुर के आदिलशाह का कोप उन पर हुआ। विद्रोह का आरोप लगाकर आदिलशाही सरदार अम्बरखान ने अचानक फलटण पर हमला कर दिया। इस लड़ाई में मुधोजीराव मारे गए। उनके पुत्र बजाजी को पकड़कर बीजापुर ले जाया गया। आघात को सहन करते-करते कुछ दिन बीते थे कि एक और भयानक खबर पुणे के महल से आ टकराई। खबर थी कि बजाजी को जबरदस्ती मुसलमान बना लिया गया है। बादशाह बहुत खुश था कि जिसकी बहन शहाजीराजा जैसे सरदार के लड़के से ब्याही गई है, उसी सरदार का उसने धर्म बदल डाला। इसी खुशी में बादशाह ने अपनी लड़की की शादी बजाजी के साथ रचा दी।

राजे महल में गए, उस समय सईबाई लेटी हुई थीं। माँसाहिबा निकट ही बैठी थीं। माँसाहिबा आँसू पोंछते हुए महल से बाहर चली गईं। राजे पलंग के पास गए। सईबाई राजे की ओर ही देख रही थीं, फिर भी उन्हें उठ बैठने की सुध नहीं थी। चेहरा बेचैनी से भरा था, होंठ काँप रहे थे। देखते-देखते ही सईबाई की आँखें डबडबा उठीं और उन्होंने मुँह फेर लिया। रोने की सिसकी फूट पड़ी। राजे पलंग पर बैठ गए और सईबाई की पीठ पर हाथ फिराने लगे। सिसकियाँ बढ़ती जा रही थीं। इसी तरह कुछ समय बीता। राजे ने धीरे से पुकारा, "सई, जरा मेरी बात तो सुन।"

सईबाई ने आँखें पोंछीं। राजे ने उनका चेहरा अपनी ओर किया। गद्गद कंठ से वे कहने लगे, "सई, तू बिलकुल जी भारी मत कर। बजाजी मुसलमान हो गए, तो क्या हुआ? वे हमारे ही हैं। हम उन्हें अपने से अलग कभी न होने देंगे।"

"यह कैसे हो सकेगा अब?"

उसाँस छोड़कर राजे कहने लगे, "हिन्दू अगर मुसलमान बनाए जा सकते हैं, तो मुसलमान हिन्दू क्यों नहीं बन सकते? आज हमारी आँखें खुल गई हैं। किसी अपने आदमी का धर्म-परिवर्तन हो जाना कितना वेदनामय होता है, इस दुख को हम आज जान पाए हैं। हजारों लोग इस यातना को भोग चुके होंगे, भोग रहे होंगे। परन्तु हमें इसका अनुभव नहीं हुआ था। सई, हम तुम्हें आज वचन देते हैं, बजाजी को अपने धर्म में वापस लौटाए बिना हमें चैन नहीं मिलेगा। अब तो आराम से खाना खाना भी हमें हराम है।"

सईंबाई शिवाजी के दृढ़ निश्चयपूर्ण मुख की ओर देख रही थीं। कृतज्ञता भाव के कारण उनका शरीर काँप रहा था। वे कुछ भी बोल नहीं पाईं, बस अपना हाथ उन्होंने राजे के हाथ पर रख दिया। बहुत देर तक उनका हाथ उसी तरह रहा...।

23

बाबाजी नरसप्रभु बन्दी बना लिये जाने के भय से पुणे के लालमहल में चले आए। उनके नाम आए शाही फरमान के कारण दादोजी को बहुत चिन्ता सता रही थी। दादोजी को साफ दिखाई दे रहा था कि आज हो या कल, शिवाजीराजा को आदिलशाही से टक्कर लेनी होगी। उनके मन में निराशा उभर चली थी, वे थक जाते थे। शिवाजीराजे के किलों का बाँधकार्य लगभग पूरा हो चुका था। रोहिडेश्वर और तोरणा किलों की चहारदीवारी मजबूत हो गई थी। किले के बुर्ज तोपों से सुसज्जित थे। किले के रास्ते काट-छाँटकर साफ कर दिए गए थे। राजे की सेना भी अब बड़ी हो चली थी। रोहिडेश्वर में मावलों की संख्या जो एक हजार या बारह सौ तक थी, वही अब बढ़कर पाँच-छह हजार तक पहुँच गई थी। काम-काज बहुत फैल गया था, उसके साथ राजे की चिन्ताएँ भी दूनी हो चली थीं।

राजे को जो चिन्ता सबसे अधिक उद्विग्न बनाए थी, वह थी दादोजी के बारे में। दादोजी अब बूढ़े हो चले थे–राजे के विद्रोह के कारण तो वे पूरी तरह टूट गए थे। राजे से भी यह सब छिपा न था, पर वे विवश थे। राजे पुणे जाते थे तो दादोजी के साथ देर तक बातें करते थे, उन्हें सारी घटनाओं का वृत्तान्त बताते थे। दादोजी बस सुन भर लेते थे। आजकल तो उन्होंने सलाह देना भी बन्द कर दिया था। बैठे-बैठे जितना भी बन सके, जागीर का प्रबन्धन वे किया करते थे और शेष समय वे ईश-भजन में बिताते थे।

राजे तोरणा से आए थे। उनके हाथ में एक छड़ी थी। दादोजी को छड़ी देते हुए वे बोले, ''पन्त, ये पांढरी की छड़ी है–एकदम सीधी है। अक्सर पांढरी की छड़ी सीधी नहीं मिलती।''

पन्त ने छड़ी देखी, ''हाँ राजे, छड़ी तो अच्छी है, परन्तु...।''

''परन्तु क्या, पन्त?''

''बुढ़ापे में लकड़ी की अपेक्षा सन्तान का ही अधिक सहारा होता है। हमें सहारा चाहिए, वह भी तुम्हारा राजे! इस छड़ी का नहीं।''

''पन्त, ऐसी बात क्यों कहते हो?'' राजे ने पूछा।

पन्त सँभलकर कहने लगे, ''कुछ नहीं, राजे। यों ही कुछ कहा गया। आजकल मन अस्थिर-सा रहता है। अब उम्र हो चली है न हमारी।''

''पन्त, वैद्यराज हैं यहाँ। उनसे औषधि तो...''

''राजे, चिन्ता मत करो। मुझे कुछ नहीं हुआ। अब तो यदि हाथ में है...'' आकाश की ओर उँगली करते हुए पन्त बोले, ''बस, उस वैद्यराज के हाथ में है।''

पन्त की ऐसी बातों से राजे दुखी हो जाते थे। परन्तु घर की बातों को सोचने-समझने के लिए राजे को फुरसत ही नहीं थी। स्वराज्य-स्थापना के कामों का बोझ बढ़ता जा रहा था। अब राजा के मन में वही एक विचार सदा उठता-उभरता था। कुछ ही दिनों में दादाजी

नरसप्रभु की सम्मति लेकर राजे ने रोहिडा किला भी स्वराज्य में शामिल कर लिया। सह्याद्रि पर्वतमाला के एक और शिखर पर भगवा झंडा फहराने लगा।

रोहिडा की खबर दादोजी तक पहुँची। पहले रोहिडेश्वर, फिर तोरणा और अब रोहिडा। राजे की घुड़दौड़ सरपट आगे बढ़ती जा रही थी। जीजाबाई का समर्थन उन्हें प्राप्त था। शहाजीराजा की ओर से कोई उत्तर नहीं आ रहा था। पन्त ने उनके नाम कई खलीते भेजे, उनके उत्तर भी आए, पर उनमें इतना ही लिखा था, "शिवाजीराजा को सँभालो, उनकी ओर ध्यान रखो।" दादोजी को पूरा सन्देह था कि हो न हो, राजे ने भी अपने इरादों से शहाजीराजा को सूचित कर दिया हो।

पहले उन्हें थोड़ी नींद आती थी, पर अब तो वह नींद भी दादोजी के लिए बेगानी हो गई थी। दिन तो जैसे-तैसे बीत जाता था, परन्तु रात काटने को दौड़ती थी। सारी रात वे यों ही करवटें बदलते रहते थे। झरोखों में से ठंडी हवा आ रही थी, गंगाबाई गहरी नींद में सोई हुई थीं, परन्तु पन्त आँखें फैलाए सोच में डूबे हुए थे। दादोजी पाटस परगने के मलठाण गाँव के हिसाबदार थे। शहाजीराजा उन्हें वहाँ से अपने दरबारी काम-काज के लिए ले आए थे। धीरे-धीरे महाराजसाहब का उन पर भरोसा बढ़ता गया था, उन्होंने दादोजी को अधिकार दिया था कि दादोजी उनके नाम से पुणे जागीर का प्रबन्ध किया करें।

शहाजीराजा के भरोसे का ही परिणाम था कि आदिलशाही दरबार का भी दादोजी पर पूरा यकीन था। उस दरबार ने भी दादोजी को कई अधिकार सौंप रखे थे।

दादोजी के मुख पर मुस्कराहट फैल गई, 'बड़े महाराज ने हम पर कितना भरोसा किया! जीजाबाई और शिवाजी की पूरी जिम्मेदारी हमें सौंप दी, यह क्या कम बात है?' दादोजी ने भी इस विश्वास को पूरी निष्ठा से निभाया।

जीजाबाई और शिवाजी सहित दादोजी पुणे आए थे। कितनी ही कठिनाइयाँ उनके सामने मुँह बाए खड़ी थीं। ईंट-ईंट बिखरा हुआ लापता राजभवन, उजड़ी हुई बस्ती फिर से बसाने की शुरुआत होनी थी। बसने के लिए तैयार लोग खोजने थे, इलाका ऐसा था कि जिससे अकाल की छाया अभी तक दूर नहीं हो पाई थी। सब ओर विद्रोह-बगावत के झंडे गड़े हुए थे, ऐसे इलाके पर काबू पाना था। महल बनाने से कार्य का प्रारम्भ करना था, पर साथ निभाने के लिए कौन था? आस-पास कोई था तो घने जंगल, पहाड़ों-डोंगरों के घाटी-दर्रे, कोई मिलता भी था तो मिलते थे चोर-लुटेरे, परन्तु श्री गजानन की कृपा से सब ठीक होता गया। महल खड़े हो गए, बस्तियाँ बस गईं, बाग लग गए, खेती-बाड़ी होने लगी, पहले जहाँ नागफनी-सेहुँड़ उगा करते थे, वही धरती भरपूर अनाज उगलने लगी थी। टंटे-बखेड़ों से बिखरे हुए बारह मावलखंड कब्जे में आ गए। जागीर का कारोबार व्यवस्थित रूप से चलने लगा। ऐसा असीम कष्ट सहन कर प्राप्त की गई, बनाई गई जागीर का अब क्या होगा? कहीं यह जागीर विद्रोह के परिणामस्वरूप फिर से मटियामेट तो नहीं कर दी जाएगी? राजे...।

दादोजी ने करवट बदली, परन्तु विचारों का प्रवाह नहीं बदला।

राजे...बाल शिवाजी पुणे आया था, तब पूरे छह बरस का भी तो नहीं था। राजे की लिखाई-पढ़ाई के लिए पंडितों की नियुक्ति की। उम्र बढ़ने के साथ-साथ खास उस्ताद रखकर उन्हें शस्त्र-विद्या में निपुण बनाया। कारोबार सिखाया—प्रदेश का परिचय कराया, ऐसा गुणवान

बच्चा खोजे नहीं मिलेगा—जो सिखाया गया, राजे ने वह तुरन्त सीख लिया। राजे आग से खिलवाड़ न कर बैठते, तो एक आदर्श जागीरदार के रूप में कितना नाम कमा लेते! हँऽऽ, ऐसा खयाल भी हम जैसा कारोबारी ही करता है, पर जो परशुराम बिजली को हाथ से पकड़ने चला हो, उसे कौन रोके? शिवबा ने पुराण पढ़े-सुने, बस निकल पड़े उन देवताओं का अनुकरण करने। शस्त्र विद्या तो सीखी, पर मन की दौड़ शिकार तक ही नहीं थम पाई, हिन्दवी स्वराज्य के सपने जागने लगे। उन्हें जागीर का इलाका दिखाया पर जागीर तक ही दृष्टि नहीं रुक पाई, देखने लगी स्वतन्त्र राज्य का सपना...राजे की खुली आँखों ने साफ-साफ देखा... अपना स्वराज्य। पर इसका परिणाम...?

परिणाम और क्या होगा? शहाजीराजा ने बगावत की थी, उसका क्या हुआ? हेपी के राज्य का, देवगिरि के साम्राज्य का क्या बना? इतने शक्तिशाली राज्य भी जब मुगलिया हमलों के आगे टिक नहीं सके, वहाँ यह कोमल स्वप्न कैसे जीवित रह पाएगा? और दुर्भाग्य से यदि ऐसा हो ही गया, तो...बड़े महाराज को क्या उत्तर दिया जाएगा? उनके साथ विश्वासघात ही तो होगा यह? किसने किया यह विश्वासघात? दादोजी, इस अनर्थ के लिए तेरे सिवाय और कौन उत्तरदायी है?

''मैं नहींऽऽ, मैं नहींऽऽ,'' दादोजी जोर से चिल्ला उठे। उनका सारा शरीर पसीने से तर-बतर था। व्याकुल दादोजी छटपटाकर बिस्तर पर उठ बैठे। गंगाबाई जाग उठीं। घबराकर पूछने लगीं, ''क्या हुआ?''

''कुछ नहीं, तुम सो जाओ,'' दादोजी बोले। उन्होंने अँगोछे से पसीना पोंछा। लोटे में रखा पानी पिया। फिर उनका ध्यान देवगृह की ओर गया, दीपक की जोत छोटी हो चली थी। पन्त ने उठकर बत्ती की कजली झटक दी। बत्ती फड़ाफड़ाकर फिर बड़ी हो गई। देवगृह में स्थापित गणेश की मूर्ति उस शान्त प्रकाश में चमक उठी। पन्त ने हाथ जोड़कर नमस्कार किया और वे पुनः बिस्तर पर आकर लेट गए। काफी देर तक उन्हें नींद नहीं आई...।

अकस्मात् पन्त चौंककर जाग उठे। गंगाबाई उन्हें हिला-हिलाकर जगा रही थीं। पन्त ने जैसे ही आँखें खोलीं, गंगाबाई ने पूछा, ''सपना देखा क्या?''

पसीना पोंछते हुए पन्त ने कहा, ''हाँ, इतना बुरा सपना कभी नहीं देखा था।''

''कैसा सपना था?''

''राजे शिकार करने गए हैं, साथ कोई नहीं है। अचानक एक बड़ा विशालकाय भालू उन पर झपटा। राजे ने बन्दूक चलाई, फिर भी वह हँसता हुआ आगे बढ़ता आ रहा था। दो पैरों पर खड़ा हुआ वह भालू, बाप रे, कितना बड़ा था! उसने आखिर राजे को पकड़ ही लिया, उनके अँगरखे पर मुझे खून दिखाई पड़ा...''

''खून दिखाई दिया था न? सो तो बहुत शुभ होता है।''

बात बदलते हुए पन्त ने पूछा, ''भोर हो गई क्या?''

''हाँ, अभी हुई है। मैं उठी ही थी कि तुम्हारी आवाज सुनी। तुम्हें जगा दिया।''

''ठीक है, अब मैं भी उठता हूँ।''

पन्त प्रातःकाल स्नान-ध्यानादि से निवृत्त होकर कस्बा मुहल्ले में स्थित गणपति के दर्शन कर आए। फिर वस्त्र बदलकर वे जीजाबाई से मिलने गए। पन्त ने पूछा, ''राजे कहाँ गए हैं?''

"शिवापुर गए हैं।"

"कब तक लौटेंगे?"

"सन्देश ऐसा है कि भोजन के लिए यहीं आएँगे।"

"क्यों, क्या बात है?"

"कुछ नहीं, सहज ही पूछा था।"

"तुम्हारा भाग्य बड़ा है, जो तुम्हें राजे के समान सुपुत्र मिले।"

जीजाबाई आश्चर्य से पन्त की ओर देख रही थीं। आज जाने कितने दिनों बाद पन्त के मुख पर वही पहलेवाला हास्य दिखाई दे रहा था। पन्त ने फिर कहा, "सच कहता हूँ, माँसाहिबा, राजे कितनी दौड़-धूप करते हैं! वे भी यदि दूसरे जागीरदारों के बेटों के समान बन जाते तो हम क्या कर लेते?"

"इसका श्रेय आपको ही है, दादोजी," जीजाबाई ने कहा।

"हमारा श्रेय कैसा? आपके पुण्यों का प्रताप है, यही समझना ठीक है।"

दादोजी राजकार्यालय गए। जीजाबाई को तसल्ली हुई। दादोजी अपने अलग कमरे में बैठकर काम करने लगे। कार्यालय के बहुत सारे बहीखाते मँगाकर हिसाब जाँचने लगे।

शिवाजीराजे अपने अश्वारोही दल के साथ लौटे, तब कड़ी धूप थी। साईस ने घोड़ा पकड़ लिया। राजे उतर पड़े। ऐन धूप में लम्बी घुड़दौड़ के कारण घोड़े पसीने से नहा उठे थे। लगामें झाग से भरी हुई थीं। राजे ने साईस से कहा, "घुड़साल में ले जाकर अच्छी तरह पसीना पोंछ दो और देखो—फूलती साँस थम न जाए, तब तक चारा मत देना।"

"जी, अच्छा।" साईस बोला।

महाराज महल के पहले चौक में आए थे कि बालकृष्ण सामने आ गए। हाथ जोड़कर कहने लगे, "राजे, पन्त ने आपको याद किया है।"

"हमें याद किया है? और इस समय! और कौन-कौन हैं वहाँ?" राजे ने पूछा।

"कोई नहीं है। अकेले ही हैं।"

"चलो, हम अभी आते हैं।"

राजे पन्त के कमरे की ओर जा रहे थे। पन्त ने इतनी जल्दी क्यों बुलाया होगा, इसका वे कुछ अनुमान नहीं कर पा रहे थे। पन्त अपने कमरे में आसन पर बैठे थे। कुछ लिख रहे थे। ऊपर न देखते हुए ही कहने लगे, "आओ, राजे! हम तुम्हारी ही प्रतीक्षा कर रहे थे। आओ, बैठो।"

आज पन्त का सारा बर्ताव विचित्र-सा था। राजे बैठना भी भूल गए। इसी तरह कुछ समय बीता। पन्त ने लिखे हुए कागज पर चुटकी भर बालू बिखेरी। कागज को झटका। नरकट की कलम ठीक से रख दी। दवात बन्द कर दी। फिर ऊपर देखते हुए पन्त कहने लगे, "राजे, खड़े क्यों हो? बैठो न। अभी आए हो क्या?"

"हाँ, शिवापुर गया था!"

"वह पता है मुझे। तोड़ा हुआ जंगल देख आए क्या?"

"कौन-सा जंगल?"

"राजे, अब तुम छोटे नहीं हो। कुछ दिन पहले अकालग्रस्त सौ लोगों को तुमने ही तो नया गाँव बसाने की इजाजत दी थी। भूल गए शायद..."

''हम कुछ समझे नहीं।''

पन्त हँस पड़े, ''इधर कुछ दिनों से जागीर के कारोबार की ओर खयाल ही नहीं है तुम्हारा। याद कैसे आएगा? हमें शामराव नीलकंठ ने बताया कि राजे ने शिवापुर का जंगल कटवाकर वहाँ उन लोगों को बाग-बगीचे बनाने की अनुमति दी है। वे बता रहे थे कि अब वह बाग तैयार हो गया है।''

अब राजे को याद आया। उनकी नजर नीची हो गई। वे कहने लगे, ''यह बात हमारे ध्यान से उतर गई थी।''

पन्त कहने लगे, ''राजे, हमारा कोई आग्रह नहीं, पर कहना अवश्य चाहते हैं कि स्वराज्य का शिखर कच्ची नींव पर खड़ा नहीं किया जा सकता। जान की बाजी लगानेवाले साथी ढूँढ़ने से पहले, उन साथियों के घरबार की सुरक्षा कर लेनी होती है। इतना काम हुआ कि लोग स्वयं ही इकट्ठा हो जाते हैं। तुम रोहिडेश्वर गए थे न!''

राजे सोच रहे थे, 'शिवापुर में रहते समय हम रोहिडेश्वर गए थे, यह बात दादोजी को किसने बताई? हमने गिनती करने के लिए अपने सभी मावलों को एक जगह इकट्ठा किया था। दादोजी को कहीं यह बात भी पता न लग गई हो!'

दादोजी मुस्कराकर बोले, ''राजे, तुम्हारी आवाज पर रोहिडेश्वर में कितने मावले जमा हुए थे?''

राजे ने लम्बी साँस छोड़ी। कहने लगे, ''सात हजार।''

''इनमें से टिकनेवाले कितने हैं?''

राजे ने एकदम गरदन ऊपर की। आँखों में किंचित् क्रोध का भाव उतर आया। वे कहने लगे, ''पन्त, निष्ठा-भरे मन से इकट्ठा हुए लोगों का ऐसा उपहास हमें बिलकुल अच्छा नहीं लगता।''

''मैं उपहास नहीं कर रहा हूँ,'' दादोजी दृढ़ता से कहने लगे, ''बड़े-बड़े, भारी-भरकम शब्दों का प्रयोग करने से बड़े काम बनते नहीं हैं। राजे, रोहिडेश्वर में जो लोग जमा हुए, वे क्या केवल तुम्हारी पुकार पर आए हैं?''

''तो फिर और किसकी पुकार पर आए हैं?''

''बड़े महाराज की पुकार पर।''

''पन्त।''

''सुनो राजे, अपनी जागीर के पाँव अभी जम नहीं पाए हैं और फिर इस भूमि में अभी आदिलशाही के विरुद्ध विद्रोह करने योग्य शक्ति नहीं आ पाई है। इतनी बड़ी सेना को पालना-पोसना तुम्हारे बस की बात नहीं। विपुल धन के बिना कोई राज्य खड़ा नहीं हो सकता।''

''तो फिर जो लोग इकट्ठा हुए हैं, वे क्यों हुए हैं? कहिए तो।''

''जो तुम्हारे आस-पास इकट्ठा हुए हैं, वे हुए हैं शहाजीराजा के पुत्र के लिए, वे शिवाजी के लिए नहीं आए हैं। इस नाम में इतनी शक्ति आने में अभी काफी देर है।''

''तो क्या हम तब तक प्रतीक्षा करें?''

''तुम अवश्य प्रतीक्षा करोगे, पर क्या आदिलशाही तब तक इन्तजार करेगी? राजे, अब तुम्हारी अगली योजना क्या है? कहो तो सही। कम-से-कम हम सुन तो लें।''

थोड़ा ठहरकर राजे बोले, ''कोंढाणा दुर्ग।''

''कोंढाणा दुर्ग?'' दादोजी की आँखें फैल गईं। कोंढाणा किला मानो आदिलशाही राज की इज्जत, मावलखंड में आदिलशाह की नाक का बाल है।

''कोंढाणा किला जीतना क्या हँसी-खेल समझ रहे हो?''

''शक्ति से नहीं, साम-उपाय से वह दुर्ग हथियाने का इरादा है।''

''हाँ, यह ठीक है, ऐसा ही करो।'' दादोजी बोले।

राजे को अपने कानों पर भरोसा नहीं हो रहा था। उनका मुख प्रफुल्लित हो उठा। दादोजी कह रहे थे, ''राजे, हमें विश्वास है, तुम जो भी करोगे, पूरा सोच-समझकर करोगे। हमने जो तुम्हें बुलाया है, वह यह एक कागज देखने के लिए। इसे जरा एक बार देख डालो।''

पन्त ने वह कागज राजे के हाथ में दिया।

''क्या है यह?'' राजे ने पूछा।

''अपनी जागीर में जो बारह मावलखंड हैं, उनका वसूल, लगान, उसकी बाकी रकम आदि का पूरा विवरण लिखा है इसमें।''

उस कागज सहित राजे का हाथ अचानक काँपने लगा। वे बोले, ''पन्त, हमने आज तक कभी आप पर सन्देह नहीं किया, यह पाप हमसे...।''

''मैं ऐसा नहीं कह रहा हूँ। मेरी बात का उलटा अर्थ मत लआगो। राज्य की स्थापना के लिए पैसा भी महत्त्वपूर्ण वस्तु है। इसके लिए तुम्हें एक बार यह आय-व्यय का सारा विवरण समझ लेना आवश्यक है।''

''दादोजी!''

''राजे, मन में सन्देह मत लाओ। जीवन में कभी झूठ नहीं बोला हूँ, अब भला क्योंकर बोलूँगा? तुम पर पुत्रवत् स्नेह किया है मैंने। इससे बढ़कर मैं और कुछ नहीं कर पाया हूँ। मेरी इस स्नेहभावना को ठेस पहुँचानेवाला आचरण भी तुमने कभी नहीं किया।''

पन्त का गला भर आया था। लम्बी साँस लेकर वे कहने लगे, ''राजे, झाड़ के पीले पत्ते हैं हम अब, हमारा भरोसा ही क्या? आज हैं, कल रहें न रहें। यों तो आदमी का ही भरोसा क्या है, तिस पर हम बूढ़े हुए। अब थक गए हैं हम। यही कहना है, जिन लोगों को साथी बनाओगे, उन्हें जाँच-परखकर साथ लेना। सुनो सबकी, पर करो वही, जो मन कहे। तुम्हारे साथ पुणे आया था, तब तुम नन्हे-से थे। सारे प्रदेश में अव्यवस्था ही अव्यवस्था थी। यथासम्भव शक्ति से उस अव्यवस्था पर विजय पाई। तुम्हें साथ लेकर सारे प्रदेश का दौरा किया। हर गाँव, हर बस्ती में घूमा, बारह मावलखंडों का चप्पा-चप्पा छान मारा। यहाँ के हर झाड़-झंखाड़ से भी तुम्हारा परिचय कराया। यह सब फलीभूत हो रहा है आज। मुझे इसी की प्रसन्नता है। देवी जगदम्बा तुम्हें सदा सफल बनाए, बस! अब इस बूढ़े की कोई इच्छा शेष नहीं रही है...तुम थक गए होगे। माँसाहिबा तुम्हारी राह देखती होंगी, अब जाओ।''

राजे ने दादोजी के चरण छुए। उनका मन भर आया था। दादोजी ने कहा, ''शतायु होओ। विजयी बनो।''

राजे का मन भारी हो गया था, पाँव उठते नहीं थे। दादोजी ने आज तक कभी इस प्रकार आचरण नहीं किया था, ऐसी बातें कभी नहीं कही थीं। अपने ही विचारों में खोए

हुए राजे महल में पहुँचे। वे जाकर पलंग पर बैठ गए। सईंबाई कब पीछे आकर खड़ी हो गईं, इसका भी उन्हें ध्यान नहीं था।

"कपड़े बदल लीजिए न।"

"अँऽऽ?" कहते हुए राजे ने पीछे मुड़कर देखा। बिना कुछ बोले ही उन्होंने सईंबाई के हाथ में पगड़ी थमा दी। तलवार उतारी और कमरबन्द उतारकर वे बैठे रहे।

"महल आने में आपको देर हो गई। क्या माँसाहिबा के यहाँ..."

"नहीं, सईं। दादोजी के पास गया था, उन्होंने बुलाया था।"

सईंबाई हँस पड़ीं।

"क्यों हँसीं तुम?" राजे ने पूछा।

"इसीलिए 'श्रीमानजी' इतने गम्भीर बने हुए हैं। क्यों, हुआ क्या है?"

राजे भी हँस दिए। बोले, "तुम्हारा आज का अनुमान तो गलत निकला। आज हर दिन की तरह कुछ नहीं हुआ। दादोजी को पता लग गया था कि रोहिडेश्वर में मावले इकट्ठा हुए थे, फिर भी उन्होंने हमसे कुछ नहीं कहा।"

"तो फिर क्या कहा उन्होंने?"

"उसी बात का सोच-विचार कर रहे हैं हम।"

"वह बाद में कीजिएगा। उधर माँसाहिबा भोजन के लिए आपकी प्रतीक्षा कर रही हैं।"

राजे भोजन करके महल में आए। पलंग पर लेटे, परन्तु शरीर भारी-सा था, नींद नहीं आ रही थी। सईंबाई आईं, तो राजे ने उनसे पूछा, "भोजन हो गया क्या?"

"हाँ।"

"आज भोजन जल्दी खतम हो गया क्या?"

"जल्दी कहाँ? उलटे खूब डटकर खाया है। आज तो पेट ही नहीं भर रहा था।"

सईंबाई पैताने बैठ गईं। राजे कुछ कहना ही चाहते थे कि इतने में आवाज आई, "शिवबाऽऽ।"

सईंबाई झट खड़ी हो गईं। राजे भी खड़े हो गए। माँसाहिबा अन्दर आ रही थीं। उनके चेहरे पर उदासी छाई हुई थी। अजीब-सी घबराहट मुख पर फैली हुई थी। जीजाबाई कहने लगीं, "राजे, दादोजी को जाने कैसी घबराहट-सी हो रही है, चल, जल्दी चल।"

कहकर माँसाहिबा मुड़ पड़ीं। राजे महल से बाहर लपके। उनके पीछे-पीछे माँसाहिबा और सईंबाई भी तेजी से जाने लगीं। दादोजी के निवासस्थान के बाहर मनोहारी, अमात्य, डबीर आदि खड़े हुए थे। राजे भीतर गए।

दादोजी पलंग पर लेटे हुए थे। गंगाबाई उनके निकट ही आँसू बहाती हुई बैठी थीं। महाराज दौड़कर निकट पहुँचे। दादोजी की छाती पर हाथ रखकर कहने लगे, "पन्त, क्या हो गया तुम्हें?" और फिर राजे चिल्लाए, "अरे, कोई जाके वैद्यराज को बुला लाओ।"

हाथ से मना करते हुए पन्त कहने लगे, "रहने दो, अब उससे कोई लाभ नहीं होनेवाला।"

माँसाहिबा के मन में बिजली-सी कौंध गई। कह उठीं, "हाय राम, कहीं पन्त ने कुछ खा तो नहीं लिया?"

राजे ने एकदम चौंककर माँसाहिबा की ओर देखा। अगले ही क्षण उनके शरीर में सिर से पैर तक झुनझुनी फैल गई। पन्त की ओर देखकर वे चिल्लाए, "पन्त, यह सच है क्या?"

दादोजी अत्यन्त शान्ति के साथ बोले, ''हाँ, सच है। अब वैद्यराज कुछ नहीं कर पाएँगे।''

उपस्थित स्त्रियों के मुख से दुखभरी हाय निकल गई। गंगाबाई बैठे ही बैठे मूर्च्छित हो गईं। कुछ स्त्रियों ने उन्हें सँभाल लिया। राजे भी अपना रोने का आवेग रोक नहीं पाए।

''दादोजी, ये क्या कर बैठे तुम? कौन-से अपराध का इतना कठोर दंड दिया है हमें?'' कहते हुए राजे ने सिर ऊपर उठाया। दादोजी की आँखों से आँखें मिलाकर राजे कहने लगे, ''पन्त, हमारे स्वराज्य के अभियान से ऐसा जी ऊब गया था, तो कह दिया होता हमसे। हम अपने हाथों बाँधा हुआ स्वराज्य का यह बन्दनवार स्वयं अपने हाथों से उतारकर रख देते...''

रोते-रोते शिवाजीराजे ने दादोजी की छाती पर माथा रख दिया। पन्त का कँपकँपाता हाथ राजे के बालों पर फिरने लगा। पन्त कहने लगे, ''रोओ मत, राजे। ऐसे अशुभ वचन मत कहो। अब अधिक समय नहीं है—कहना बहुत-सा है, सुनो।''

राजे ने सिर ऊपर उठाया। पन्त कह रहे थे, ''...मैं तुमसे नाराज नहीं हूँ। मैं तंग आकर नहीं जा रहा हूँ, परन्तु राजे, हम ठहरे पुरानी पीढ़ी के आदमी। तुम युवकों का-सा साहस हममें कहाँ? पर्वत की गुहा-कन्दराओं में जन्म लेनेवाला नन्हा-सा स्रोत, साथ देनेवाले हर नाले, हर प्रवाह से हाथ मिलाता हुआ नदी बनकर सागर से मिलने चला जा रहा है। उस जलप्रवाह का मन्द गति से कैसा परिचय? पत्थरों-शिलाओं से टकराहट का, प्रपातों का उसे भय कहाँ? परन्तु हम पुराने आदमी? तलैया से हैं, धूप के भय से सूखते जाना, बस यही जानते हैं हम। तुम जैसी उछाल हमारे पास कहाँ? राजे...''

''पन्तऽऽ!''

''सुनो राजे। तुमने जो बाजी लगाई है, वह सीधी बैठी तो संसार तुम्हारा जी भर कौतुक करेगा। परन्तु यदि दुर्भाग्यवश असफलता हाथ आई, तो...? राजे, सफलता मिलने पर सभी पीठ ठोंकते हैं, परन्तु असफल हो जाने पर बोल कुछ के माथे ही मारा जाता है। स्वतन्त्र राज्य का संस्थापक एक ही पल में लुटेरा, विद्रोही कहलाने लगता है। हमने जीवन भर बड़े महाराज की पूरी ईमानदारी से सेवा की, कभी उलटे बोल नहीं सुनने पड़े। पर अब इस बुढ़ापे में असफलता पाने के भय से मन काँप-काँप उठता है। राजे, रंगीन कपड़े मैल छिपा लेते हैं, परन्तु श्वेत वस्त्र थोड़े-से मैल को भी समा नहीं सकता है। सबकी नजर रह-रहकर उसी पर जाती है...।''

राजे की आँखों से निरन्तर अश्रुधारा बह रही थी। वे कहने लगे, ''पन्त, कैसा भय ले बैठे तुम? याद नहीं, तुमने ही तो कहा था, 'विफलता-निराशा हाथ लगे, तो उसे भी हँसी-खुशी सहन करना चाहिए'।''

बायाँ हाथ हिलाते हुए पन्त कहने लगे, ''नहीं राजे, उस विफलता से नहीं डरता हूँ मैं। बड़े महाराज ने तुम्हें और माँसाहिबा को बंगलौर से यहाँ मेरी जिम्मेदारी पर भेजा था। तब उन्होंने कहा था, 'दादोजी, यह अपनी धरोहर तुम्हें सौंप रहे हैं, जी-जान लगाकर इसकी रखवाली करना। तुम हो, इस कारण मैं बिलकुल निश्चिन्त हूँ'। मुझे भय सता रहा था तो केवल उनकी बात का, उनके बोलों का...। राजे, पानी...।''

राजे ने पानी पिलाया। दादोजी ने पसीना पोंछा। कहने लगे, ''माँसाहिबा, देवगृह में गंगाजल रखा है, तुलसीपत्र भी रखे हैं। राजे, हमारा सिर अपनी गोदी में ले लो।''

राजे की पलकें बन्द हो गईं। उन्होंने पन्त का सिर गोद में रख लिया। दादोजी जीजाबाई से कहने लगे, ''माँसाहिबा, मेरा अहोभाग्य जो इस अन्तिम घड़ी में तुम्हारे राजे की आँख के आँसू देखने का मुझे सौभाग्य प्राप्त हो रहा है। देवता भी इस भाग्य से ईर्ष्या करते होंगे।''

पन्त के मुख में गंगाजल डाला गया, जिह्वा पर तुलसीपत्र रखा गया। सिसकियों की आवाजें बढ़ रही थीं। राजे दादोजी का सिर हाथों में थामे बैठे थे। फिर जैसे सारी शक्ति समेटकर दादोजी भारी आवाज में कहने लगे, ''माँसाहिबा, राजे का ध्यान रखना...वे अब बड़े हो गए...कुछ करके दिखाने लगे हैं...उनके उत्तुंग यश को देखिए, माँसाहिबा आप...। हम जैसे निर्बल-मन मत बनना आप। राजेऽऽऽ...!''

राजे सुनने के लिए झुके। आँसू दादोजी के माथे पर टपक रहे थे। दादोजी के होंठ कुछ कहना चाह रहे थे, ज्यों-त्यों शब्द निकले, ''रोओ नहीं...अच्छा हम चलते हैं...''

राजे के आँसू पोंछने के लिए पन्त का बायाँ हाथ ऊपर उठा। उनके अन्तिम शब्द निकले, ''राजेऽऽ!'' और वह ऊँचा उठा हुआ हाथ झटके से नीचे झुक पड़ा।

भाग : दो

दादोजी की मृत्यु से शिवाजी को बहुत दुख हुआ। दादोजी का उपदेश, उनका बोलना-कहना, उनका गुस्सा, उनकी शाबाशी सभी कुछ बार-बार याद आते थे। दादोजी के सान्निध्य में शिवाजीराजा को कभी पिता के स्नेह की याद नहीं आ पाई थी। उन्हें खोकर अब राजे का मन रीता-रीता-सा हो गया था। बैठक में बैठकर संस्कृत का पाठ करनेवाली दादोजी की वह वृद्ध आकृति अब फिर कभी नहीं दिखाई देगी। लालमहल में दादोजी कहाँ-कहाँ न थे, पर अब कहाँ गए वे? राजकार्यालय के अपने कक्ष मे एक छोटी मेज सामने रखकर बैठनेवाले, अपने कठोर अस्तित्व से ही कार्यालय को हिला देनेवाले दादोजी अब आसन खाली छोड़कर जा चुके थे। दादोजी का नाम सुनते ही राजे की तथा माँसाहिबा की आँखें भर-भर आती थीं। लालमहल में रहना भी अब राजे को दूभर, दुःसह प्रतीत होने लगा था।

परन्तु उन्हें अब अपने दुख से दुखी होने की भी फुरसत कहाँ थी! इससे पहले कि बीजापुर के बादशाह का ध्यान इधर मुड़े, राजे के लिए आवश्यक था कि वे अपने राज्य की जड़ें जमा लें। यही सोचकर राजे ने अपने दुख को अपने से दूर हटा दिया था। शहाजीराजा की जागीर का वसूल खजाना पच्चीस हजार था। राजे ने शहाजीराजा को दादोजी की मृत्यु का समाचार भिजवाने के साथ-साथ वह खजाना अपने बढ़ते जा रहे खर्च के लिए प्रयोग करने की अनुमति माँगी। शहाजीराजा ने तुरन्त स्वीकृति भेज दी। शहाजीराजा की अनुमति से शिवाजीराजे का उत्साह दूना हो आया। शान्ति से, साम-उपाय से कोंढाणा दुर्ग को कैसे फतह किया जाए, इसके उपाय वे सोचने लगे। खेडेबारे के निवासी बापूजी नरेकर की, जो राजे के पुणे के हवालदार थे, तथा कोंढाणा के किलेदार सिद्दी अम्बर की गाढ़ी मित्रता थी। उस मित्रता के बल पर राजे ने सिद्दी अम्बर को अपनी ओर मिला लिया। एक शुभ मुहूर्त पर कोंढाणा किला स्वराज्य का हिस्सा बन गया। सिद्दी अम्बर अब शिवाजीराजा का किलेदार बनकर कोंढाणा किले का प्रबन्ध करने लगा।

इसके बाद राजे ने राज्य-विस्तार की दिशा में एक और पग बढ़ाया। राजे ने अपना मुकाम पुणे से हटाया और खेडेबारे में आकर रहने लगे। शिवापुर से उनके दौरे रोहिडेश्वर और चाकण तक होने लगे। इन दौरों के समय राजे का ध्यान पुरन्धर की ओर था। बारामती, सुपे और इन्दापुर ये शिवाजीराजा के जागीर के परगने थे। इनका प्रबन्ध करने के लिए पुरन्धर दुर्ग पर अधिकार होना आवश्यक था। पुरन्धर दुर्ग में शहाजीराजा के तथा दादोजी के आत्मीयजन नीलकंठराव दुर्गपति थे, इस कारण राजे अब तक पुरन्धर को छू नहीं सके थे। नीलकंठराव का देहान्त हो गया। उनके तीन पुत्र थे—निलोजी, संक्राजी और पिलाजी। पिता के बाद निलोजी दुर्ग का स्वामी बन बैठा, परन्तु वह अपने दोनों भाइयों को हिस्सा देने को

तैयार नहीं था। राजे के खेडेबारे आने का समाचार सुनते ही पिलाजी और संक्राजी शिवाजीराजा के पास आने-जाने लगे। निलोजी शिवाजीराजा का आदर करता था। उन दो भाइयों का हेतु यह था कि राजे की मध्यस्थता से सम्पत्ति का हिस्सा उन्हें मिल जाए। राजे ने उन दोनों भाइयों को आश्वासन दिया।

राजे ने उनसे कहा, ''पिलाजी, हम अवश्य तुम्हारी सहायता करेंगे, परन्तु हम तो ठहरे तिसरैत। तुम यदि किसी हेतुवश हमें किले में बुलाओ, तो हम अवश्य निलोजी से तुम्हारी सिफारिश करेंगे।''

पिलाजी ने कहा, ''राजे, दीवाली आ रही है। उसी बहाने हम तुम्हें बुलाएँगे।''

''तो ठीक है। हम दीवाली को गढ़ की तलहटी में बसे नारायण मन्दिर में दर्शनों के लिए आएँगे। हमारे आगमन की सूचना निलोजीराव को भिजवाएँगे। दीवाली के पाँच दिन तुम्हारे घर ही त्योहार मनाएँगे।''

बात पक्की ठहरी। दीवाली के पहलेवाले दिन राजे निश्चित कार्यक्रम के अनुसार नारायण के दर्शनों को पधारे। वहाँ मन्दिर के सामने ही तीनों भाई उनकी बाट देख रहे थे। राजे के साथ थोड़ी सेना थी, येसाजी, तानाजी, शिवा महाला, सम्भाजी, कावजी आदि लोग भी साथ थे। राजे ने मन्दिर में जाकर भगवान के दर्शन किए। मन्दिर में ही जो बैठक बनाई गई थी, उस पर राजे बैठ गए। राजे कहने लगे, ''निलोजी, हम खेडेबारे में आए, मगर तुमसे भेंट नहीं हो पाई। नीलकंठराव जीवित होते, तो ऐसा न होता।''

''राजे, क्षमा करना। आजकल के ये दिन दौड़-धूप के हैं, छल-फरेब के हैं।'' दोनों भाइयों की ओर देखते हुए निलोजी बोले, ''इसलिए किला छोड़कर कहीं जाने की हिम्मत नहीं होती।''

''तो हमें बुला लिया होता। हम आ सकते थे।''

''आप गढ़ की तलहटी में पधारे हैं, यह सुना। इसीलिए यहाँ आया हूँ। दीपावली निकट आ गई है–आप यह पर्व ऊपर गढ़ में मनाएँ, यह हमारी प्रार्थना है।''

''हाँ, क्यों नहीं? अवश्य आएँगे हम। परन्तु तीज-त्योहार पर हम अकेले कैसे आ पाएँगे? ये हमारे लोग साथ हैं न।''

''हमारे गढ़ के लिए आपकी यह सेना कोई बोझ थोड़े ही होगी! आप तनिक भी संकोच न करें।'' निलोजी ने कहा।

शिवाजीराजा ने निमन्त्रण स्वीकार कर लिया और वे वापस खेडेबारे लौट गए। दीवाली के पहले दिन राजे ने तेल-उबटन आदि से पर्व-स्नान किया, जलपान किया। भोजन करके माँसाहिबा को प्रणाम करके उनका आशीर्वाद प्राप्त करके राजे पुरन्धर के लिए रवाना हुए। उनके साथ डेढ़ सौ घुड़सवार थे, विश्वासपात्र साथी थे। निलोजीराव राजे की अगवानी करने आए हुए थे। राजे किले में पहुँचे। वह पहाड़ी किला चढ़ते समय शिवाजी की दृष्टि किले को चारों ओर से देख रही थी। किला बहुत ऊँचा था, मजबूत था। परकोटे के सुरक्षा-बुर्ज बड़े-बड़े और विशाल थे। किले के महादरवाजे में से राजे गढ़ के भीतर प्रविष्ट हुए। किले के सबसे ऊपर जो बाला-ए-किला (ऊपरीकोट) था, वहाँ निलोजी की विशाल हवेली थी। तीन पहाड़ियों से घिरा वह ऊपरीकोट अतीव मनमोहक दिखाई दे रहा था। राजे उस ऊपरीकोट को देखकर अचरज में डूब गए थे। किले का प्रबन्ध और सुरक्षा-व्यवस्था उत्तम थी। प्रत्येक बुर्ज पर तोपें थीं, परन्तु गढ़ की दृष्टि से सैनिकों की संख्या वहाँ थोड़ी थी।

निलोजी के साथ घूमकर शिवाजीराजा ने सारे गढ़ का निरीक्षण किया। रात को दावत से पहले निलोजी ने राजे से सकुचाते हुए पूछा, ''राजे, थोड़ी-सी शराब...आज तो त्योहार का दिन है।''

''निलोजी, तुम संकोच मत करो, तुम पियो। हमें ऐसी आदतें नहीं हैं। हम बस शरबत पी लेंगे।''

निलोजी मद्यपान कर रहे थे। पिलाजी, संक्राजी राजे की ओर देख रहे थे। निलोजी कहने लगे, ''राजे, तुमने इतने गढ़ जीते, पर पुरन्धर के जैसा गढ़ देखा है क्या?''

''इतना ऊँचा-विशाल, इतना मजबूत गढ़ भला हमारे पास कहाँ? परन्तु ऐसा अवसर ही आ पड़ा, तो तुम कोई पराए थोड़े ही हो? हम कभी भी आसरे के लिए तुम्हारे पास दौड़े चले आएँगे।''

''न, न, ऐसी बात मत कहो, राजे। अपनी मित्रता और राजनीति ये दो अलग-अलग बातें हैं। हम आदिलशाह के ईमानदार सेवक हैं। इस मामले में कभी छिपाव-अलगाव नहीं हो सकता।''

राजे हँस पड़े। कहने लगे, ''ठीक है, ठीक है, हमारा कोई हठ नहीं है। रहने दो, पर निलोजी, अपनों को तो आश्रय दोगे या नहीं?''

निलोजी पर थोड़ा नशा चढ़ चुका था। बोले, ''राजे, बँटवारा कैसा? हम बड़े हैं, गद्दी पर बैठने के अधिकारी हैं। ये हमारे आश्रित हैं, यहाँ रहना चाहें, तो रह लें, अन्यथा...।''

''परन्तु ये जाएँ कहाँ?''

''जिधर राह सूझे, उधर। राजे, यह मत समझना कि ये दोनों बड़े भोले-भाले हैं। पिता की मृत्यु हुई और उधर इन दोनों की मुझसे छिपकर बीजापुर दरबार से बातचीत चल रही थी।''

''पर अब हम खाएँ क्या?''

राजे ने कहा, ''ठहरो, आज त्योहार है। आज के दिन कड़वाहट क्यों बढ़ाते हो?''

राजे ने कलह बढ़ने नहीं दिया। उस रात जोरदार दावत हुई। राजे रात को गढ़ में ही रहे। अगले दिन जब राजे गढ़ देखते हुए घूम रहे थे, पिलाजी उन तक जा पहुँचा। वह बहुत निराश दिखाई दे रहा था। पिलाजी कहने लगा, ''राजे, अब आगे क्या हो?''

''तुमने देख ही लिया है। निलोजीराव कुछ समझदारी दिखाएँगे, ऐसा नहीं लगता।''

''राजे, अब तुम भी ऐसी बातें...।''

''पिलाजीराव, अब एक ही रास्ता है। यदि तुम साम, दंड, भेद इन उपायों से काम लेने को तैयार हो, तो सुनो—रात को ही निलोजीराव को कैद कर लो। मेरे आदमी हैं ही, वे तुम्हारी सहायता करेंगे। अच्छी तरह सोच लो और जो कुछ तय करो, मुझे बतला दो।''

पिलाजीराव तुरन्त राजी हो गया। रात को ढेर सारी शराब पीकर निलोजीराव झूमते-झूमते सोने गया। राजे भी अपने शैया-गृह की ओर चले गए। पिलाजी-संक्राजी ने राजे के आदमियों को हवेली में रख लिया और नींद में खोए हुए निलोजी को गिरफ्तार कर लिया गया। राजे को जगाया गया। जब राजे वहाँ आए, तब हाथ-पैर बँधे हुए निलोजी को खम्भे से बाँधा हुआ था। उनकी आँखों से अंगारे बरस रहे थे। निलोजी भड़ककर बोला, ''राजे, यह विश्वासघात है। दगाबाजी है।''

“नहीं निलोजी, दगा हमने नहीं किया। तुम अगर बात मान लेते तो यह गुनाह तुम्हारे भाइयों को न करना पड़ता। पिलाजी, संक्राजी! निलोजी को ले जाओ और सुरक्षापूर्वक रखो। त्योहार समाप्त होते ही सब बातें तय की जाएँगी।”

पिलाजी और संक्राजी आनन्द से बेसुध हुए जा रहे थे। समझ रहे थे–अब स्वर्ग हाथ लगा। अगले दिन राजे ने कहा, “पिलाजी, संक्राजी!”

“जी?”

“आज परिवा का त्योहार है। हमारी इच्छा है–आज इस कार्तिक शुक्ल प्रतिपदा के पवित्र दिन तुम दोनों हमारे अतिथि बनो। कल हम सब फिर वापस यहीं लौट आएँगे।”

“जैसी आपकी आज्ञा।”

शाम को राजे पिलाजी-संक्राजी के साथ शिवापुर के राजभवन में आए। आने की सूचना पहले ही भेज दी गई थी। जीजाबाई को भी राजे के आगमन से प्रसन्नता हुई। हँसते-हँसाते, गप्पें लगाते, हँसी-विनोद में भोजन समाप्त हुआ। पिलाजी, संक्राजी सोने चले गए। राजे अपने महल में पहुँचे।

सईबाई वहाँ खड़ी हुई थीं। चाँदी का पीढ़ा रखा था। आरती की थाली सजाई हुई रखी थी। राजे ने कहा, “यह क्या है?”

“घर की कुछ सुध भी है आपको? भूल गए क्या, आज कार्तिक परिवा है!”

“तो फिर?”

“आज आरती उतारी जाती है।”

“वाह, बड़े भाग हमारे!” कहते हुए राजे पीढ़े पर बैठ गए। सईबाई ने उनकी आरती उतारी। राजे ने पूछा, “आरती के बदले थाली में उपहार क्या डालूँ?”

“जो जी में आए।”

राजे ने उँगली में पहनी हुई अपनी मूँगे की अँगूठी निकाली। सईबाई ने थाली नीचे पीढ़े पर रख दी। राजे ने वह अँगूठी अपने हाथों सईबाई को पहना दी। फिर राजे ने कहा, “सईं, यह अँगूठी बहुत शुभदायी है। रोहिडेश्वर की घटनावाले दिन हमने इसे हाथ में पहना था, वह गढ़ हमारे हाथ आ गया। अब ये अँगूठी तुम्हें क्या-क्या देती है, देखती रहो।”

सईबाई शरमा गईं। बात बदलते हुए कहने लगीं, “पिलाजीराव और संक्राजीराव ने परिवे के शुभ मुहूर्त पर पुरन्धर दुर्ग में जो भोजन किया था, वह उनका पुरन्धर का अन्तिम भोजन था शायद!”

“क्या मतलब?”

“यदि ऐसा न होना होता, तो वे यहाँ क्यों आते?”

राजे खिलखिलाकर हँस पड़े। “सईं, हम तुमसे बहुत खुश हुए। जो जी चाहे, माँग लो।”

“माँग लूँ? देखना, फिर मुकर जाओगे?”

“बिलकुल नहीं। तुम माँगो तो सही।”

“आज परिवा है न। बहुत दिनों से हम-आप शतरंज नहीं खेले हैं। चलो, आज खेलेंगे न!”

“बस! इतनी-सी बात! तो बिछा बिसात।”

जब तक राजे कपड़े बदलते, सईबाई ने गलीचे पर बिसात बिछा दी। चाँदी की समई जलाई गई। दोनों ओर दो मसनदें रखी गईं। राजे आकर बैठ गए। बिसात पर मोहरे रखे गए। सईबाई बोलीं, ''मुझे काले मोहरे नहीं चाहिए। हाथी दाँतवाले सफेद मोहरे चाहिए।''

''लो, शुरू में ही रोना-धोना होने लगा न!''

''हाँ, हो गया।''

बाजी शुरू हुई। रात जैसे-जैसे बीतती जाती थी, सईबाई का जी ऊबने लगा। एक लम्बी जम्हाई लेकर उन्होंने अँगड़ाई ली और बोलीं, ''अब खतम करो ये खेल।''

''क्यों? बीच में ही क्यों?''

''तुम जीते तो क्या, और मैं जीती तो क्या? एक ही बात है। बिना कारण जागकर परेशानी ही होनी है।''

''वाह, ये अच्छी बात है, तुमने कहा था, इसीलिए तो मैं खेलने बैठा। परन्तु देख सई, तेरी यह आदत अच्छी नहीं है—तू हमेशा इसी तरह बाजी अधूरी छोड़कर चल देती है।''

''और क्या? रानी जो हूँ मैं!''

राजे ने उनकी ओर प्यार से देखा और सईबाई की मुक्त हँसी से सारा महल भर गया।

अगले दिन प्रातःकाल माँसाहिबा से विदा होकर राजे पिलाजी-संक्राजी सहित पुरन्धर की ओर कूच कर गए। हवा में सर्दी के मौसम की ठंडक थी। भोर की ओस से रास्ता कत्थई रंग का हो गया था। हलके कुहरे के बीच पुरन्धर दुर्ग दूर से दिखाई दे रहा था। कुहरे के पट्टे पहाड़ की कन्दराओं में, चट्टानों के कटावों से सटे हुए थे। राजे गढ़ की पहली माची (परकोटे का सुरक्षा बुर्ज) पर उतर गए। पिलाजी-संक्राजी के साथ आनन्दपूर्वक मुक्त रूप से बातें करते हुए राजे पहाड़ी गढ़ पर चढ़ते जा रहे थे। गढ़ का मुख्य द्वार आ गया। उस दरवाजे की ओर ध्यान जाते ही पिलाजी-संक्राजी हक्के-बक्के हो उठे। उस दरवाजे पर चाँद-तारेवाला आदिलशाही झंडा नहीं था, उसकी जगह भगवा झंडा लहरा रहा था। सोच में डूबते-उतराते हुए दोनों भाई दरवाजे के पास आए। इतने ही में राजे के आगमन की सूचना देनेवाला नगाड़ा बज उठा। तानाजी, नेताजी सामने आ उपस्थित हुए। राजे को सिजदे किए गए। राजे ने कहा, ''सब ठीक-ठाक है न?''

''जी हाँ। सब कुछ आदेश के अनुसार पूरा हुआ है।'' मुरारजी ने कहा।

''शाबाश! और येसाजी कहाँ हैं?''

''वे बारूद के कोठार की ओर पहरे की चौकसी पर हैं।''

''ठीक है। चलो।''

''राजे, ये पहरे किसके हैं?'' संक्राजी चिल्लाया।

शान्ति के साथ राजे ने उत्तर दिया, ''हमारे हैं।''

''इसका क्या मतलब?'' पिलाजी ने पूछा।

''इतने अनाड़ी हो क्या, पिलाजी? देखते नहीं, महाद्वार पर हमारा झंडा है, चौकियों पर पहरे हमने बैठाए हुए हैं। इसका अर्थ स्पष्ट है कि यह गढ़ हमारा है।''

''तो तुमने विश्वासघात किया है!'' पिलाजी बोला।

“नहीं पिलाजी, विश्वासघात तो तुमने निलोजी से किया है। हमने तो केवल राजनीति खेली है। राजनीति और मित्रता में अन्तर साफ समझ लो, इन्हें मिलाओ मत।”

राजे ने ताली बजाई। पहरेदार दौड़कर आए। पिलाजी-संक्राजी की ओर इशारा करते हुए राजे ने कहा, “इन्हें गिरफ्तार कर लो।”

दोनों भाई कैद कर लिये गए। अपनी नीति की चाल के सामने बाजी हार जानेवालों पर राजे को हमेशा तरस आता था।

राजे ने गढ़ का भली-भाँति निरीक्षण किया। पाया कि गढ़ बहुत सुरक्षित था, तोपों, बन्दूकों और हथियारों की कमी नहीं थी गढ़ में। बारूद के कोठार भरे पड़े थे, खजाना भी कम नहीं था। आश्विन शुक्ल प्रतिपदा का वह दिन, परिवा का वह पर्व शिवाजी के लिए वास्तव में प्रभूत सफलता लेकर आया था।

दोपहर को शिवाजीराजा के सामने तीनों भाइयों को लाया गया। राजे ने निलोजी से कहा, “निलोजी, अब तो तीनों मेल-मिलाप से रहोगे या नहीं?”

“अब तो ऐसा कभी भी सम्भव नहीं है।” निलोजी बौखला उठे।

राजे ने येसाजी की ओर मुड़कर कहा, “येसाजी, इन तीनों को एक कमरे में बन्द कर दो। शाम तक अगर इनका झगड़ा खतम नहीं हुआ, तो गढ़ तो इनके हाथ से चला ही गया है, इनकी जागीरें भी जब्त करके इन्हें दंडित किया जाएगा।”

घंटे भर के भीतर बालाजी आए। बोले, “निलोजी का आपसी टंटा मिट गया है। वे कहते हैं, आप जैसा कहेंगे, वैसा ही मान लेंगे।”

फिर से उन तीनों भाइयों को राजे के सामने लाया गया। राजे ने कहा, “निलोजी, घबराओ नहीं। गृहकलह कितना विनाशकारी होता है, यह तो तुम जान ही गए हो। हमारी जगह अगर कोई मुसलमान सरदार होता, तो उसने तुम्हारे आपसी झगड़े का फायदा उठाकर तुम्हें देशनिकाला दे दिया होता। हम तुम्हारी जागीरें तुम्हें वापस देते हैं, उसी में सन्तुष्ट रहो। यह गढ़ हमारा होगा और गढ़ के नीचे की जागीर तुम्हारी रहेगी। हमारे साथ ईमानदार बने रहोगे, तो हम तुम्हें अपने से कभी दूर नहीं करेंगे...”

तीनों भाइयों ने कसमें खाईं। उन तीनों की आय का प्रबन्ध करके राजे ने माँसाहिबा को लाने के लिए सवार रवाना कर दिए।

माँसाहिबा और सईबाई गढ़ में आईं। शिवाजीराजा ने माँसाहिबा को सारा दुर्ग घूम-फिरकर दिखाया। सईबाई ने तो किला जीवन में पहली बार देखा था। उन्हें गढ़ देख-देखकर बहुत अचम्भा हो रहा था। बुर्ज पर खड़े होकर वे टूटे हुए पहाड़ी कगारों को देख रही थीं। तेज हवा के कारण आँचल सँभालना कठिन हो रहा था। उनके माथे पर लहराते बाल और मुख पर छाई प्रसन्नता देखकर राजे दिल ही दिल में बहुत सन्तुष्ट हो रहे थे। माँसाहिबा उनसे कुछ दूरी पर नेताजी और तानाजी के साथ बातें करती हुई घूम रही थीं। सईबाई बुर्ज की ओर जा रही थीं। कहीं वे उस पहाड़ी किले के बुर्ज पर अधिक आगे तक न बढ़ जाएँ, इस भय से राजे आगे बढ़े। सईबाई से कहने लगे, “अरे, अरे! इस तरह इतना आगे मत जाओ।”

“मुझे बहुत आनन्द आ रहा है, जी करता है...”

“क्या?”

“घोड़े पर बैठकर सारा किला देखा जाए...तुम्हारे साथ...”

‘‘वाह, बहुत खूब! पर लोग क्या कहेंगे?’’

‘‘क्यों, क्या कहेंगे? अग्निदेवता के, ब्राह्मणों के सामने, इतने सारे लोगों के देखते हुए हाथ हाथ में लिया है। घोड़े पर बैठकर घूम लेंगे, तो क्या हो जाएगा?’’

‘‘वह बात अलग थी।’’

‘‘क्यों? कैसे अलग थी?’’

‘‘तब हम छोटे थे न!’’

सईंबाई रूठ गई। राजे को हँसी आ गई। इतने ही में पीछे से माँसाहिबा आ गईं। बुर्ज पर रखी तोप देखते हुए राजे ने कहा, ‘‘माँसाहिबा, गढ़ बहुत अच्छा है। पूरी तरह सुव्यवस्थित है, हर तरह से लैस है।’’

‘‘बहुत अच्छा हुआ।’’

अभी सूर्यास्त होने में काफी देर थी। माँसाहिबा बुर्ज पर बैठती हुई कहने लगीं, ‘‘राजे, अब पाँव थक गए।’’

‘‘तो पालकी मँगाऊँ?’’

‘‘पालकी क्यों?...येसाजी, घोड़े ही मँगवा लो न! मुझे भी घोड़े पर बैठे बहुत दिन हो गए।’’

राजे बुरी तरह लजा गए। सईंबाई भी शरमा गई थीं। दोनों बात करते समय भूल गए थे कि हवा उनकी ओर से माँसाहिबा की ओर बह रही है।

घोड़े लाए गए। राजपरिवार के लोग घोड़ों पर बैठ गए। उनके पीछे-पीछे तानाजी, येसाजी, नेताजी आदि लोग थे। धीरे-धीरे गढ़ देखते हुए सब आगे बढ़ रहे थे। तभी माँसाहिबा ने कहा, ‘‘सई, घोड़े को जरा एड़ लगा, देखूँ तो सही।’’

सईंबाई का एड़ लगाना था कि घोड़ा सरपट दौड़ने लगा। माँसाहिबा कहने लगीं, ‘‘राजे, जरा सँभालो—देखो, रानीसाहिबा गिर न जाएँ।’’

राजे शरमाकर एक पल ठिठक गए। परन्तु परकोटे की चौड़ी माची पर दौड़ रहे घोड़े को देखकर उन्होंने भी अपने घोड़े को एड़ लगाई। वे सईंबाई तक जा पहुँचे। फिर पीछे की ओर एक बार देखकर राजे ने कहा, ‘‘रानीसाहिबा, देख लिया तुम्हारे कहने का नतीजा?’’

‘‘हाँ, तुम ही देखो न! जो बात माँसाहिबा के ध्यान में आ गई, वह तुम्हें नहीं सूझी।’’

‘‘क्या कहने हैं? माँसाहिबा तो बड़ा लाड़-प्यार लड़ा रही हैं।’’

‘‘तो और क्या? मैं उनकी लाड़ली जो हूँ।’’

‘‘इस लाड़-प्यार का कोई विशेष कारण तो नहीं है न?’’

‘‘हटो, तुम भी कैसे हो!’’ सईंबाई लजा गई थीं।

दोनों चुप रहकर चलते जा रहे थे। सईंबाई ने सिर घुमाकर देखा और राजे से कहने लगीं, ‘‘एक बात कहूँ क्या?’’

‘‘कहो न!’’

‘‘पुणे में या शिवापुर में रहने की बजाय हम गढ़ में ही रहें, तो?’’

‘‘तुम्हें अच्छा लगेगा? बरसात में बहुत कष्ट होगा।’’

‘‘कुछ नहीं होगा।’’

''सईं! कई बार हम दोनों का सोचना एक-सा ही होता है। हम जब गढ़ में आए थे, तो हमारे मन में भी यही विचार उठा था।''

सायंकाल सब लोग हवेली में लौट आए। माँसाहिबा उच्चासन पर बैठी थीं। सईंबाई वहीं कुछ दूरी पर संयत भाव से बैठी हुई थीं। राजे माँसाहिबा के सामने आए कि सईंबाई उठकर खड़ी हो गईं। माँसाहिबा से पूछा, ''माँसाहिबा, गढ़ पसन्द आया क्या?''

''बहुत अच्छा है गढ़। पर राजे, जैसे तुम राजनीति में ध्यान दिया करते हो, उसी तरह जरा घर की ओर भी देख लिया करो।''

राजे आश्चर्य से पूछने लगे, ''हमसे कुछ भूल हुई क्या?''

जीजाबाई हँस पड़ीं। कहने लगीं, ''हमने कब कहा कि भूल हुई। हमने तो इतना ही कहा कि घर की ओर भी देख लिया करो।''

''घर की कौन-सी उपेक्षा हो गई हमसे?''

जीजाबाई ने सईंबाई की ओर देखा। कहने लगीं, ''इस हमारी लाड़ली के पाँव भारी हैं। इसकी हौंस कौन पूरी करेगा?''

राजे अचरज से सईंबाई की ओर देखने लगे। सईंबाई शरमाकर महल से चली गईं। जीजाबाई की हँसी से राजे को सुध आई। लज्जा के कारण मुख लाल हो उठा था। बात टालते हुए वे कहने लगे, ''तनिक राजसभा भवन में चलिए न!''

हँसी रोककर जीजाबाई खड़ी हुईं। राजे के साथ वे राजसभा भवन में आईं। सभागृह की बैठक पर बैठते ही राजे ने इशारा किया। येसाजी एक थाल लेकर आया। माँसाहिबा के सामने वह थाल रख दिया गया। थाल में एक कमरबन्द था, तलवार थी। माँसाहिबा के पूछने पर राजे ने बतलाया, ''माँसाहिबा, पुरन्धर दुर्ग कब्जे में आ चुका है, अब चाकण दुर्ग और आ जाए, तो सच ही पूरे बारह मावलखंड अपने कब्जे में आ जाएँगे। नेताजी, येसाजी, तानाजी के समान वीर अपने साथी न होते, तो यह हमारी अभिलाषा क्या पूरी हो पाती?...नेताजीऽऽ।''

नेताजी आगे बढ़ा और सिजदा करके खड़ा हो गया।

''माँसाहिबा, आज हम आपके हाथों से नेताजी को इस दुर्ग का सेनापति बनाने जा रहे हैं। नेताजी नाते से तो अपने हैं ही, उनकी निष्ठा भी अनमोल है।''

माँसाहिबा ने नेताजी को सम्मानवस्त्र भेंट किए, तलवार दी। नेताजी गद्गद हो उठे थे।

''नेताजी, राजे का विश्वास जीत लेना अति कठिन कार्य है। उसे तुमने पा लिया है। अब उसे सँभालकर रखना, टूटने मत देना।''

राजे ने कहा, ''नेताजी, किले को मजबूत बना लो। हम चाहते हैं, पुरन्धर में ही रहें। ऊपरी कोट की राजगादी पहाड़ी पर महल बनवा लो।''

''राजे!'' माँसाहिबा ने कहा।

''माँसाहिबा, अब राज्य का विस्तार बहुत बढ़ गया है। रोहिडेश्वर, तोरणा, कोंढाणा, पुरन्धर–इन किलों के साथ-साथ इतना विस्तृत भू-भाग फैला पड़ा है। अब मैदान में रहना ठीक नहीं है। आदिलशाह कब हमला कर बैठे, इसका कोई भरोसा नहीं। कोई न कोई सुरक्षित स्थान चुनना ही होगा।''

सब इस विचार से सहमत हो गए। अगले चार दिन वहाँ रहकर और गढ़ की सारी व्यवस्था कराकर राजे शिवापुर लौट गए। वहाँ अधिक दिन न रहकर वे पुणे आ पहुँचे।

अब उनकी आँखों के सामने चाकण दुर्ग घूम रहा था।

2

शिवाजीराजे राजसभावाले भवन में थे। बैठक के नीचे बालाजी, चिमणाजी, तानाजी, येसाजी आदि लोग हाथ बाँधे खड़े थे। राजे ने पूछा, ''तानाजी, अपने घुड़सवार तीन हजार हो गए। पैदल सिपाही भी पाँच हजार तक हैं ही परन्तु गढ़ों की और भू-प्रदेश की रक्षा के लिए इतनी सेना काफी नहीं है। अपने घुड़सवारों की संख्या बढ़नी चाहिए।''

''धीरे-धीरे बढ़ ही रहे हैं न!'' तानाजी ने कहा।

'' 'धीरे-धीरे' शब्द का मूल्य ही क्या है? जिसकी घुड़सवार-सेना छोटी है, उसका राज्य असुरक्षित...'' फिर एकदम विषय बदलते हुए राजे ने कहा, ''तानाजी, हमें कल चलना होगा। येसाजी, बाजी, चिमणाजी, बालाजी, तुम सब भी साथ आओगे।''

''कितने सवार साथ लेने होंगे।''

''दो-तीन सौ सवार साथ रहने दो।''

''रोहिडेश्वर जाना है क्या?'' चिमणाजी ने पूछा।

राजे ने कहा, ''देखेंगे! जगदम्बा जैसी प्रेरणा देगी, उधर ही जाएँगे।''

अगले दिन राजे चाकण की दिशा में निकल पड़े। येसाजी, तानाजी आश्चर्यचकित हो रहे थे। राजे ने मन में क्या ठान रखा है, उन्हें अनुमान नहीं हो पा रहा था। पूछने का साहस नहीं था। घुड़दौड़ लगाते हुए राजे चाकण जा पहुँचे। इतनी छोटी-सी सेना के साथ शिवाजीराजा गढ़ी तक आएँगे, ऐसा किसी ने भी नहीं सोचा था। चाकण के चौकीदार को भरोसा ही नहीं हो रहा था। दरवाजे के चौकीदारों में हड़बड़ी मच गई। शिवाजीराजे को गढ़ी के भीतर आने दिया जाए या नहीं, पहरेदार इस असमंजस में डूब गए थे। परन्तु राजे जैसे ही दरवाजे तक आए, दरवाजा खोल दिया गया। राजे को सबने सिजदे किए।

राजे गढ़ के भीतर नहीं गए। घोड़े दरवाजे पर ही रुक गए। राजे घोड़े से उतर पड़े। हवालदार अदब के साथ आगे बढ़ा। राजे ने कहा, ''फिरंगोजी को सूचना दो कि हम आए हैं।''

''जी,'' कहते हुए हवालदार दौड़ पड़े। राजे गढ़ी का निरीक्षण करते हुए वहीं रुके रहे। थोड़ी देर बाद हवालदार लौटा। किलेदार ने राजे को बुलाया था। राजे फिर घोड़े पर सवार हो गए।

अपनी हवेली में फिरंगोजी नरसाला बेचैन होकर कमरे में ही इधर-उधर घूम रहे थे। शिवाजी का अचानक गढ़ी में आना उनकी कल्पना से भी बाहर की बात थी। क्यों आए होंगे राजे? आदिलशाह को उनकी इस भेंट का पता लग गया, तो?

इतने में टापों की आवाज उनके कानों में पड़ी। फिरंगोजी खिड़की के पास गए। शिवाजीराजे सामने से चले आ रहे थे। उजला-सफेद घोड़ा बड़ी मस्त चाल से कदम बढ़ाता चला आ रहा था। उसकी लगाम में बँधी रेशमी लाल बागडोर बहुत फब रही थी। राजे सिर

पर जरीटोप पहने थे। सिर हिलने के साथ-साथ जरीटोप की मोतियों की लड़ी झूल रही थी। गरदन और सीना ताने राजे धीरे-धीरे आ रहे थे। मुख पर उग रही कोमल, नई-नई दाढ़ी उनके सुन्दर व्यक्तित्व की शोभा को दुगुना कर रही थी। राजे किलेदार की हवेली के सामने आकर उतर पड़े। सेवकों ने घोड़ा पकड़ लिया। फिरंगोजी अपनी पगड़ी सँभालते हुए अगवानी करने हड़बड़ाकर सीढ़ियाँ उतरने लगे।

राजे को देखते ही फिरंगोजी ने उन्हें हाथ जोड़कर नमस्कार किया। राजे ने भी हाथ जोड़कर नमस्कार किया। राजे हाथ-पाँव धोकर भीतर आए। फिरंगोजी राजे को लेकर अटारी में आए। राजे उच्चासन पर बैठ गए। बालाजी, चिमणाजी, येसाजी, तानाजी भी उनके पीछे-पीछे ऊपर आ गए। फिरंगोजी ने खिड़की में से देखा। नीचे शिवाजी के सवार घोड़े पकड़कर खड़े हुए थे। फिरंगोजी असमंजस में पड़े हुए थे, सोच रहे थे—क्या बात की जाय!

राजे ने कहा, ''बालाजी, लगता है, फिरंगोजी को हमारी यह भेंट कुछ रुची नहीं।''

फिरंगोजी बोले, ''नहीं राजे, ऐसी बात तो नहीं है। पर मैं सोच रहा हूँ।''

''क्या सोच रहे हैं?''

''ये गंगू तेली के घर राजा भोज कैसे आ पधारे?'' फिरंगोजी नरसाला राजे की आँखों में देखते हुए कहने लगे, ''क्यों राजे, बोलो, इरादे क्या हैं?''

राजे फिरंगोजी को ध्यान से देख रहे थे। फिरंगोजी अधेड़ आयु के बलिष्ठ शरीर के व्यक्ति थे। उनके झुब्बेदार गलमुच्छों के कोने आँखों की दिशा में मुड़े हुए थे। चेहरे पर करारापन था—ऐसा करारापन कि जिसमें कभी रत्ती भर कमी नहीं होती थी। राजे ने पहले की भाँति निस्संकोच होकर कहा, ''तुमसे मिलने आए हैं।''

''एकदम झूठ! मुझसे मिलने का कारण ही क्या है? राजे, मैं चाकण में रहता हूँ, फिर भी कान और आँखें नीचे मावलखंड में घूमा करती हैं। तुमने तोरणा, रोहिडा, पुरन्धर किले कैसे हजम किए हैं, सो क्या मैं जानता नहीं? राजे, पर पहले से ही समझ रक्खो—यहाँ छल-कपट की दाल नहीं गलेगी।''

राजे ने येसाजी-तानाजी के कान में कुछ कहा। दोनों उठकर बाहर चले गए। बालाजी, चिमणाजी वहीं बैठे रहे। बाहर घोड़ों की टापों की आवाज आते ही फिरंगोजी खिड़की की ओर लपके। देखा तो घोड़े गढ़ी के बाहर जा रहे थे। फिरंगोजी सकपकाकर पीछे मुड़े। राजे पहले की-सी हँसी हँसते हुए आराम से मसनद का टेका लगाए बैठे थे। फिरंगोजी ने पूछा, ''घोड़े कहाँ गए?''

''परकोटे के बाहर गए हैं। तुम्हारी आज्ञा से घोड़े गढ़ी में आए थे। अब तुम्हारे मन में सन्देह पैदा हो गया है, इसलिए वापस बाहर भिजवा दिए हैं।''

इतने ही में 'धड़ाक्ऽऽ' आवाज गूँजी। फिरंगोजी फिर खिड़की की ओर दौड़े। गढ़ का बड़ा दरवाजा बन्द किया जा रहा था। राजे के सब सवार गढ़ के बाहर चले गए थे। फिरंगोजी ने कहा, ''दरवाजा बन्द करने को किसने कहा?''

''हमने। अब गढ़ में हम तीनों हैं। तुम्हारे आदेश के बिना हम गढ़ के बाहर नहीं निकल सकते।''

फिरंगोजी पूरी तरह चकरा गए थे। राजे ने जो कहा था, उसकी हर बात सच थी। फिरंगोजी जी में ठान लें, तो वे मजे से धोखा-फरेब कर सकते थे। फिरंगोजी कहने लगे, ''और जो हम अब धोखाधड़ी कर बैठे तो?''

"करके देख ही लो न!" राजे ने कहा।

फिरंगोजी चौंक उठे। मन में उठा सन्देह दूर करने के लिए पूछने लगे, "हमें रोकेगा कौन?"

"तुम ही रोकोगे।" राजे ने शान्त भाव से उत्तर दिया।

"क्या? मैं रोकूँगा?" फिरंगोजी लगभग चीख उठे।

"फिरंगोजी, तुम पर इतना भरोसा न होता, तो हम कोई दूधपीते बच्चे थे क्या, जो यहाँ भीतर आते? हम आदमी परखते हैं, जानते हैं कि सज्जन मनुष्य कभी छल-कपट से काम नहीं लेता।"

"और तुमने छल-कपट किया था, सो क्या था?"

"वह छल-कपट नहीं था, फिरंगोजी। वह तो जिन्हें छल-कपट करने का चस्का लग गया था, ऐसे कपटी लोगों को प्रायश्चित कराया था हमने।"

"राजे, ये टेढ़े-मेढ़े रास्तों पर मत घुमाओ। बेकार ही और उलझन में मत डालो। साफ-साफ कहो।"

"क्या कहूँ?"

"ये तुमने क्या बखेड़ा शुरू कर रखा है आजकल?"

"स्वराज्य की स्थापना करने निकले हैं हम।"

"किसलिए?"

"इस भूमि में हमारा राज हो इसलिए। यह 'श्री' की इच्छा है, इसलिए।"

"सुना है कि तुम्हें गढ़ में ढेर सारा धन मिला है। सच है क्या यह?"

"हाँ, सच है। वह न मिलता, तो हममें इतनी शक्ति कहाँ से आ पाती?"

"पर ये ताकत बादशाह के सामने टिक पाएगी क्या?"

"कोशिश की जाए, तो टिक जाएगी।"

"कौन कोशिश करेगा?"

"तुम्हारे जैसे लोग करेंगे।"

"हम?" फिरंगोजी व्यग्र होकर बोले।

"फिरंगोजी, तुम्हारी जात क्या है?"

व्याकुल फिरंगोजी ने उत्तर दिया, "हिन्दू।"

"तुम्हारे मन्दिर ठीक-ठिकाने पर हैं क्या? तुम्हारे देवी-देवता सुरक्षित हैं क्या?"

"राजेऽऽ।"

"किलेदार, इससे अच्छा यह होता कि तुम मुसलमान बन जाते। अपनी एक-आध लड़की अगर शाही जनानखाने में पहुँचा दो, तो शायद सूबेदार बन जाओ।"

"खबरदार, राजे! शहाजीराजा की बात तो कहो। वे मुसलमान बन गए थे क्या?"

"नहीं।" उसी ठंडेपन से राजे ने कहा, "परन्तु मत भूलो कि उन्हें इसी कारण तीन बादशाहों के दरबारों की खाक छाननी पड़ी। उन्हें भी कैद भुगतनी पड़ी। यहाँ महाराज मुरार जगदेव के हाथ-पैर कटवाए जाते हैं, किसी मुगल सरदार के नहीं कटवाए जाते। स्वयं तुम्हारे विरुद्ध भी अमीन ने आदिलशाही दरबार में शिकायत की। क्या इरादा था उसका? क्या अपराध था तुम्हारा? तुम नहीं जानते तो बताता हूँ। सुनो, तुम्हारा अपराध एक ही था, वह यह कि तुम हिन्दू हो और ये राज मुसलमानों का है।"

"मगर राजे, यह भी सोचा है क्या कि ये राज कितना बड़ा है! उसकी ताकत कितनी तगड़ी है।"

"हँऽ!" राजे अनमनी हँसी हँसकर कहने लगे, "फिरंगोजी, कहाँ से आए ये मुगल! अपने देश से भागकर आया हुआ बाबर यहाँ आकर बादशाह बन बैठा। किसके बल पर? किसने बनाया उसे शहंशाह? तुमने-हमने ही तो न? पराए लोग यह चमत्कार कर दिखा सकते हैं, तो हम और तुम क्यों नहीं कर सकते?"

"ठीक है, पर तुम्हारे इस खेल-तमाशे में शहाजीमहाराज पर बीजापुर में क्या गुजरेगी? कुछ सोचा है?"

"यह वे भी जानते हैं, अन्यथा उन्होंने हमें आगे बढ़ने ही न दिया होता।"

फिरंगोजी मौन बैठे रहे।

"फिरंगोजी, हम जानते हैं कि अगर हम केवल अपनी जागीर भर सँभालकर बैठे रहें, तो हमें कोई कमी नहीं सताएगी, परन्तु ये इस तरह मुर्दा बनकर जीना, ऐसा अपवित्र खाना हमें विष लगता है। मन चाहता है कि यहाँ ऐसा राज्य हो, जहाँ सबका धर्म सुरक्षित रहे, जहाँ बहू-बेटियों को राह चलते-घूमते भय न लगे, दीन-दरिद्र अपने को अनाथ न समझें। इस भूमि में ईश्वर का, धर्म का राज्य हो, यह ईश्वरीय इच्छा है। सम्भव हुआ, तो ऐसे ही राज्य में साँस लेंगे हम, अन्यथा मृत्यु का भी आलिंगन करेंगे। हमें उसमें भी प्रसन्नता होगी। जिसमें हिम्मत हो, वही अपने घर-बार की होली जलाकर हमारे पीछे-पीछे आए।"

"बस, अब बस करो ये बातें। चलो उठो, चलें।"

"कहाँ चलें!"

"बेकार सिर में धूल भर रखने की आदत नहीं है मेरी। चलो, पुणे जाएँगे, तुम्हारी मैया से जाकर मिलता हूँ। उसने हमारी भरी तो तुम जो कहोगे, वही करूँगा।"

राजे के आनन्द की सीमा न रही। बिना कुछ बोले उन्होंने फिरंगोजी को गले लगा लिया।

राजे फिरंगोजी के साथ पुणे की ओर निकल पड़े। किले के बड़े दरवाजे की अर्गला एक ओर सरकाई गई। दरवाजा खुला, दरवाजे के हवालदार की ओर इशारा करके फिरंगोजी ने कहा, "इस हवालदार की मुश्कें बाँध दो। मैं वापस लौटकर इसकी जाँच-पड़ताल करूँगा।"

आज्ञा का पालन तुरन्त किया गया। राजे ने पूछा, "इस बेचारे पर गुस्सा क्यों?"

"राजे, गढ़ की जिम्मेदारी मेरी है। ये लोग किसी के भी कहने से गढ़ के दरवाजे बन्द करने या खुले रखने लगे, तो गढ़ सही-सलामत रहेगा क्या?"

राजे के चेहरे पर एक हलकी-सी हँसी झलक उठी। उन्होंने इस बात का कोई उत्तर नहीं दिया।

पुणे आकर फिरंगोजी जीजाबाई से मिले। जीजाबाई ने कहा, "हम तो कई दिनों से तुम्हारी प्रतीक्षा कर रही थीं। तुम्हारे बिना तो शिवाजीराजे का यह राज्य अधूरा है।"

पहली बात से ही फिरंगोजी स्तब्ध रह गए। उन्होंने पूछा, "रानीसाहिबा, आपकी इस बारे में सम्मति है?"

"माँ के बिना कहीं बालक बड़ा होता है क्या?"

"तो अब मुझे कुछ नहीं कहना। राजे, लो, चाकण गढ़ तुम्हारा है। तुम चाहे जिसके हवाले करो। जो तुम्हारा होना होगा, वही हमारा भी होगा। आज मैंने छुट्टी पाई।"

“न, न फिरंगोजी, हमें गढ़ नहीं चाहिए। हम तो तुम्हें पाने आए थे। बलवान लोग साथ आ मिलें, तभी बलवान गढ़ की शोभा है। तुम जाते समय अपना झंडा और सेना साथ लेते जाओ। स्वराज्य के पहले गढ़पति तुम हो। चाकण गढ़ तुम्हारे ही अधिकार में रहेगा।”

फिरंगोजी ने राजे के तथा माँसाहिबा के पाँव छू लिये। सम्मानवस्त्रों को स्वीकार कर फिरंगोजी चाकण चले गए। चाकण गढ़ पर भगवा ध्वज लहराने लगा...।

3

सबेरे राजे की नींद खुली। बाहर दिन का काफी प्रकाश फैला हुआ था। महल में सुगन्धि महक रही थी। राजे पलंग के निकट खड़ी हुई सईबाई की ओर देख रहे थे। सईबाई ने अपने आँचल में भरकर लाए हुए मोगरे के फूलों को पलंग पर रखना शुरू किया। राजे उठ बैठे। सईबाई ने कहा, “नींद टूट गई क्या?”

“नहीं, उलटे ऐसा जागरण पाया है कि माँगे से भी न मिले। इतने फूल किसने लाकर दिए हैं?”

“लाकर कौन देगा? अपने ही बगीचे के हैं।”

“इतने सारे?”

“केशव माली ने कितना प्यारा बाग लगाया है। पर तुम्हें देखने की फुरसत हो, तब तो न!”

“तुम कहो, तो चले चलें।”

“सच, चलो न।”

राजे उठते हुए कहने लगे, “चलो चलें।”

सईबाई हक्की-बक्की रह गई। उन्हें भरोसा ही नहीं हो रहा था, वे एकटक देखने लगीं। राजे ने पूछा, “क्यों? क्या बात है?”

“मुझे तो सच नहीं लगता। कोई सोचेगा कि मानो मेरी हर बात मान लेते हैं आप।”

“माननी ही पड़ेगी। और करें भी क्या?”

“क्यों भला?”

“माँसाहिबा की आज्ञा जो है कि तुम्हारा अधिक खयाल रखना चाहिए।”

सईबाई लजा उठीं।

राजे ने मुँह धोया और वे बाग की ओर चल पड़े। मोगरे की फुलवारी देखकर राजे आह्लादित हो उठे। स्वयं राजे को आया देखकर केशव माली दौड़ता हुआ आया। सिजदा करके खड़ा हो गया। राजे बाग देख रहे थे। बेबस होकर वे कह उठे, “केशव, बाग तो बहुत अच्छा बनाया है तूने।”

“जी।”

चम्पा के पौधों को देखकर राजे ने पूछा, “ये चम्पा के पौधे कहाँ से लाया है?”

“कोंकण से आए हैं—पन्त ने ही मँगाए थे।”

“केशव, और भी जो पौधे-पेड़ जरूरी हों, मँगा लिया कर। मैं कचहरी में कहे देता हूँ। तू रहता कहाँ है?”

“मन्दिर के पास ही रहता हूँ, महल के पीछे।”

“रानीसाहिबा, बगीचा तो इतना सुन्दर बन पड़ा है कि कहीं नजर न लग जाए। परन्तु...।”

“परन्तु क्या?”

“तुम्हें फूलों का जितना जोरदार शौक है, उसे देखकर चिन्ता होती है कि अब माँसाहिबा को पूजा के लिए फूल कैसे मिल पाएँगे।”

सईबाई हँस पड़ीं। राजे ने कहा, “चलो, वापस लौट चलें। अभी स्नानादि से निवृत्त होना है, बहुत से काम हैं।”

स्नान करके, माँसाहिबा से मिलकर राजे राजकार्यालय में गए। वहाँ वे पुरन्धर के परकोटे के बाँधकाम का हिसाब देखने लगे। काफी समय बीत गया और शामराव नीलकंठ ने आकर सूचना दी, “बाजी पासलकर आए हैं।”

“बाजी?” कहते हुए राजे उठ खड़े हुए। वे समझ नहीं पा रहे थे कि बाजी के अचानक आने का क्या कारण हो सकता है। यही सोचते-सोचते राजे बाहर आए। राजसभागृह में बाजी खड़े हुए थे।

“बाजी, बैठो न!” राजे ने कहा।

परन्तु बाजी बैठे नहीं। उनका मुख चिन्ताग्रस्त दिखाई दे रहा था। राजे को देखते ही उनके चेहरे पर उभरनेवाली प्रसन्नता आज गायब थी। बाजी ने कहा, “राजे, माँसाहिबा को हमारे आने की सूचना दो।”

माँसाहिबा की ओर से भीतर आने की आज्ञा पाते ही बाजी राजे के साथ भीतर गए। माँसाहिबा ने पूछा, “बाजी, इतना अकस्मात् सन्देश भिजवाया तुमने, क्या बात है?”

“कष्ट के लिए क्षमा चाहता हूँ।” बाजी बोले, “परन्तु बात भी एकदम जरूरी थी। राजे ने चाकण का किला जीत लिया, तो शिखल के अमीन ने शिकायत कर दी। आज तक खामोश बैठा हुआ बादशाह बेचैन हो उठा। महाराजसाहब भी उधर दक्खिन में हैं। दरबार की सनक को रोके कौन? आदिलशाह ने हमें काबू में करने के लिए फतहखान को इधर भेजा है। वह बीजापुर से चल पड़ा है। मुझे जैसे ही खबर मिली, झट इधर दौड़ा चला आया हूँ।”

राजे ने उसाँस छोड़ी। हँसते हुए कहने लगे, “बाजी, हम कितने डर गए थे, सोच रहा था–जाने कैसा डरावना समाचार लेकर आए हैं, बाजी? हमें तो इस बात की आशा ही थी और वास्तव में तो हमारी आशा के प्रतिकूल यह घटना बहुत विलम्ब से घट रही है। हम खान का मुकाबला करने को तैयार हैं।”

“राजे, तुम जैसे नए गरम खूनवालों के लिए ऐसी बातें ठीक लगती हैं, पर हमारे ये सफेद बाल हमें सोचने-विचारने की सलाह दे रहे हैं।”

“बाजी, हमें भी तुम्हारी चिन्ता है। माँसाहिबा, आप केवल आशीर्वाद दें, हमारे लिए वही पर्याप्त है।” राजे पलकें झपकाते हुए माँसाहिबा की ओर देखकर कहने लगे।

बाजी के गलमुच्छे थरथराने लगे। गलमुच्छों पर उलटी मुट्ठी घुमाते हुए वे कहने लगे, “राजे, इन भुजाओं में भी दम है। पीछे खड़े-खड़े लड़ाई देखने की आदत नहीं है मुझे।”

“तो फिर उठो, बाजी। सबको इकट्ठा करो। हम पुरन्धर में पहली लड़ाई बदेंगे और उसका उत्तरदायित्व तुम पर होगा।”

बाजी सिज़दा करके उठ खड़े हुए। आगामी तैयारी करने के लिए पुरन्धर की ओर चले गए।

राजे को अब एक पल की भी फुरसत नहीं थी। तानाजी, फिरंगोजी आदि की ओर तुरन्त सवार रवाना कर दिए गए। पुणे का खजाना तोरणा दुर्ग में भिजवा दिया गया। माँसाहिबा ने कहा, ''राजे, हम भी तुम्हारे साथ पुरन्धर आती हैं।''

''न माँसाहिबा, आपके पास हम फिरंगोजी को छोड़े जाते हैं। हमारा खयाल है—खान कात्रज घाट पार करके आ नहीं पाएगा, यदि वह घाट पार कर ही आया, तो हम आपको सन्देश भिजवाएँगे। आप चाकण चली जाइएगा। हमारी चिन्ता न करें। हम इस लड़ाई में मैदान मारकर ही रहेंगे, इसमें हमें तनिक भी सन्देह नहीं। उलटे हम यह पहली मुठभेड़ देखने बहुत अधीर हो रहे हैं।''

''राजे, तुम अवश्य विजयी होओगे। परन्तु ध्यान रखो—भीड़-भाड़ से दूर ही रहना।''

''माँसाहिबा, हर घड़ी अपनी जान खतरे में डालना हमारे लिए सम्भव नहीं है। हमारी महत्त्वाकांक्षाएँ बहुत बड़ी हैं, इसे बखूबी जानते हैं हम।''

एक शुभ दिन देखकर राजे ने बाजी पासलकर के साथ पुणे से कूच किया और ये पुरन्धर आ पहुँचे। उनके आदेशानुसार सब लोग गढ़ में हाजिर हो चुके थे। सारे दुर्ग में उत्साह का ज्वार-सा उमड़ रहा था। बारूदखाना भरा-पूरा था। महत्त्वपूर्ण स्थानों का चुनाव करके उन पर तोपों के मोरचे लगाए गए थे। परकोटे के किनारे गोफन के ढेलों और छोटे-बड़े पत्थरों के ढेर लगे थे। सैकड़ों प्रहरी प्राचीर पर पहरा देते घूम रहे थे। यह सारा सुरक्षा-प्रबन्ध कावजी मल्हार ने किया था।

उसने यह जिम्मेदारी स्वयं माँगी थी। नेताजी ने उसकी सहायता की थी। गोदाजी जगताप, भिमाजी बाघ, सम्भाजी काटे, शिवाजी इंगळे, भिकाजी चोर, भैरोजी चोर, पोल, घाटगे आदि जैसे अनेक शूरवीर उत्साह में यहाँ-वहाँ घूम रहे थे। राजे दुर्ग की व्यवस्था देखकर बहुत सन्तुष्ट हुए। दो ही दिनों में रामोशी* खान के बारे में खबरें लाने लगे।

खान ने खलत-बेलसर में पड़ाव डाला और अपने एक प्रमुख सरदार बालाजी हैबतराव को फौज के साथ आगे भेजा। शिखल में आदिलशाही सरकार के अमीन का सैनिक थाना था ही। बालाजी हैबतराव वहाँ तक अपनी फौज के साथ बढ़ गया। उसने सुभानमंगल की गढ़ी में डेरा डाला। राजे को इसका पता चल गया। गोदाजी जगताप ने कहा, ''राजे, अब आने दो उस बालाजी हैबतराव को। जब जी चाहे, आ जाए।''

राजे ने कहा, ''नहीं जगताप, इस तरह बाट जोहने से कैसे काम चलेगा? खान का सरदार एक कदम आगे आया है, हमें भी दो कदम आगे बढ़ना चाहिए।'' कावजी मल्हार ने कहा, ''राजे, तुमने एकदम सही कहा। शिखल के किले की पूरी जानकारी है मुझे, मैं वहाँ जाता हूँ।''

''शाबाश, कावजी! स्वराज्य की पहली जिम्मेदारी माँग ली है तुमने। वह अधिकार भी तुम्हारा ही है। इससे पहले कि बालाजी के पैर जमें, तुम जाकर उससे भिड़ पड़ो। जाओ, आज ही दुर्ग से कूच कर दो।''

बाजी पासलकर वयोवृद्ध व्यक्ति थे। आयु में सबसे बड़े थे। वे कहने लगे, ''राजे, आज तो अमावस्या है। कल कूच किया जाए, तो ठीक रहेगा।'' राजे ने कहा, ''आज अमावस्या तो है, परन्तु कल प्रतिपदा तिथि है। प्रतिपदा को प्राप्त की गई विजय हर तिथि के समान बढ़नेवाली होती है। वही विजय हमें घर लानी है। उसे कल पाना हो, तो आज अमावस को ही प्रस्थान करना चाहिए।''

---

* गुप्तचर और ग्राम-प्रहरी का कार्य करनेवाली जाति के लोग।

प्रस्थान का मुहूर्त निश्चित हुआ। गढ़ पर रात छा गई। मशालों की तिपाइयाँ सारे दुर्ग में जलती दिखाई दे रही थीं। घनी अँधियारी रात के घुप्प अँधेरे में जब आकाश में नक्षत्रगण टिमटिमा रहे थे, कावजी मल्हार गढ़ से नीचे उतर पड़े। उन्हें विदा करते समय राजे ने कहा, ''कावजी, यह अपनी पहली मुहिम है। मैं विजय चाहता हूँ, ऐसी विजय, जो आनन्दपूर्ण हो। विजयी होकर सकुशल घर लौटो। हम तुम्हारी प्रतीक्षा करेंगे।''

पर्वतीय दुर्ग की तलहटी में कावजी मल्हार की सेना इकट्ठी हो रही थी। सुबह होने तक पूरी सेना इकट्ठे ही छह कोस की दूरी पर बसी सुभानमंगल गढ़ी की ओर चल पड़ी। शिखल की आदिलशाही फौज ने जब मराठों को आते देखा, तो वह सुभानमंगल के किले में आश्रय पाने को भागी। शिखल को खाली पाकर कावजी मल्हार का उत्साह दूना हो उठा। वह अपनी सेना और साथियों सहित सुभानमंगल के किले पर टूट पड़ा। किला क्या था, गढ़ी जैसा था। चारों ओर जो खाई थी, उसे नाला कहना ही ठीक होगा। गढ़ी की चहारदीवारी मिट्टी की थी। कावजी सीधा चहारदीवारी से जा टकराया। दीवार देखकर भिमाजी बाघ बोला, ''कावजी, दीवार से सीढ़ियाँ...।''

''अरे, तू तो बाघ है! ऐसी दीवार पर भी कहीं सीढ़ियाँ लगाई जाती हैं? यह गढ़ी भी कोई रावण की लंका है क्या? चलो, दीवार गिरा दो।''

ऊपर गढ़ी से जो सैनिक नीचे देखने का प्रयत्न करते थे, उनके सिर बाणों से बिंध जाते थे। सुभानमंगल की चहारदीवारी को लोहे के कुदाली, फावड़ों से खोदा जा रहा था। चहारदीवारी के दरवाजे से स्वयं कावजी जा भिड़ा था। ऊपर से शिलाएँ गिराई जा रही थीं, जलते पलीतों की बारिश-सी हो रही थी। घबराए हुए सिपाही, गाड़ी के पहिए, मूसल, बेलन जो हाथ लगे, फेंक रहे थे। बालाजी हैबतराव के साथी सरदार फजलशाह, आसिफशाह के हौसले टूट चुके थे। वे तीनों बदहवास होकर किले में इधर-उधर भागदौड़ कर रहे थे। इतने में गढ़ी का दरवाजा टूट गया। टूटी दीवारों के बीच से, सीढ़ियों पर से 'हर हर महादेव' की जयध्वनि गूँज रही थी। किले में बेहिसाब मारकाट मच गई। गढ़ी के घर आग में जल रहे थे, उनसे उठ रहे धुएँ के बादल सुभानमंगल पर छा रहे थे। सब ओर कुहराम मच गया था। भिमा बाघ, भिकाजी चोर, घाटगे आदि बहादुर लड़ाके पूरे जोश से मारकाट मचाते हुए आगे बढ़ रहे थे। हर पल मुकाबला कमजोर होता जा रहा था। अचानक कावजी को बालाजी हैबतराव दिखाई पड़ा। कावजी को देखते ही बालाजी भागने लगा। कावजी ने भाला ताना और वह उसके पीछे दौड़ा। बालाजी बुर्ज पर चढ़ना ही चाहता था कि भाला छूटा। बालाजी मारा गया। इस समाचार से भगदड़ शुरू हो गई और कुछ ही देर में गढ़ी कब्जे में आ गई। शाम होते-होते सुभानमंगल पर मराठों का झंडा लहराने लगा। राजे ने यह समाचार सुना। सुभानमंगल गढ़ी में खुदाई-उखड़ाई शुरू हुई, जो रात भर चलती रही। लूट का सारा माल लेकर कावजी सुबह पुरन्धर की तरफ चल पड़ा। इस लूट में बहुत से घोड़े, हाथी, बहुमूल्य आभूषण, महँगे कपड़े-बिछौने, पालकियाँ, अस्त्र-शस्त्र आदि वस्तुएँ थीं। राजे के आगे सारा माल रखकर वीरगण खड़े थे। राजे की खुशी का ठिकाना न था, ''बहुत अच्छे, कावजी। स्वराज्य का पहला युद्ध जीत लाए तुम। अब फतहखान खलत-बेलसर की छावनी छोड़कर पुरन्धर की ओर इस तरह बढ़ेगा, जैसे काला गुस्सैल नाग बाँबी से बाहर निकलता है। अब हमारी भूखी भुजाएँ फतहखान से दो-दो हाथ करने को फड़क रही हैं।''

राजे का अंदाज बिलकुल सही था। शिखल की खबर पाते ही फतहखान खलत-बेलसर से निकला और पुरन्धर दुर्ग की तलहटी तक आ गया। फतहखान की सेना गढ़ चढ़ने लगी—सेना के पीछे फतहखान था। उसकी बाईं ओर निम्बालकर थे, दाहिनी ओर घाटगे थे। राजे एक गरगज पर खड़े हुए यह सब कुछ देख रहे थे। बाजी पासलकर परकोटे के किनारे-किनारे घूम रहे थे। वे सारे मोर्चों का निरीक्षण कर रहे थे। जैसे ही शत्रु के सिपाही तीरों की मार के भीतर आए कि तोप गरज उठी। 'हर हर महादेव' की ललकार करते हुए मराठा सेना गढ़ के बाहर झपट पड़ी। जो शत्रु-सैनिक परकोटे की दीवार पर चढ़ने का प्रयत्न कर रहे थे, उन पर बन्दूकों की गोलियाँ और गोफनों के अगणित पत्थर बरसने लगे। बड़ी-बड़ी शिलाएँ ऊपर से लुढ़कती आ रही थीं, शत्रुओं पर गिर रही थीं।

फतहखान की फौज बुरी तरह तितर-बितर हो गई। जो ऊपर गढ़ तक पहुँच गए थे, वे तलवार के घाट उतारे गए। जो बचे, वे जान बचाकर भागने लगे। घोड़ों की टापों की आवाज सुनकर राजे मुड़े, देखा तो बाजी घोड़े पर सवार हो गए थे।

"बाजी, क्यों सवार हुए हो घोड़े पर?"

"राजे, पूरी उम्र लड़ने में बिताई है। स्वराज्य का यह पहला युद्ध क्या खड़े-खड़े देखा करूँ? तनिक ठहरिए, पूरी विजय प्राप्त करके लौटता हूँ।"

इससे पूर्व कि राजे कुछ कहते, बाजी ने घोड़े को एड़ लगा दी थी। बाजी की साथी सेना की कुमुक आई देखकर मराठों का जोश उबल उठा। इधर फतहखान अपनी भागती हुई फौज को रोक-रोककर नए मोर्चे लगाने की कोशिश में था कि बाजी पासलकर आदिलशाही फौज पर जा टूटे। सब पूरे जी-जान से लड़ रहे थे। फतहखान का दाहिना हाथ मुसेरखान बहादुरी से लड़ रहा था। इसे देखते ही गोदाजी जगताप मुसेरखान पर झपटा। गोदाजी का फेंका हुआ भाला मुसेरखान की जाँघ में जा घुसा। गुस्से में आगबबूला होकर मुसेरखान ने वह भाला खींच निकाला और उसके दो टुकड़े करके फेंक दिए। तलवार खींचकर वह गोदाजी की ओर लपका। गोदाजी ने जमकर मुकाबला किया। मौका मिलते ही गोदाजी ने ऐसा वार किया कि तलवार खान के कन्धे को चीरती हुई निकल गई। खान खून से लथपथ होकर नीचे गिर पड़ा। मुसेरखान को गिरा देखकर फतहखान की रही-सही हिम्मत भी जाती रही और वह भागने लगा।

बाजी पासलकर ने जो भागते हुए शत्रु को देखा तो वे चिल्लाए, "किसी को मत छोड़ना। इन्हें पता लगने दो कि मावलखंड में घुसा हुआ दुश्मन कभी सही-सलामत नहीं लौटता।"

जीत की खुशी से पागल हुए मराठे खान के पीछे दौड़े। बेलसर की छावनी तक शत्रु का पीछा किया गया—जो पकड़ा गया, वह मारा गया। मराठे सीधे छावनी में जा टकराए।

ऊपर पुरन्धर गढ़ से खान का पीछा करनेवाली मराठी सेना दिखाई दे रही थी। जब सेना ओझल हो गई, तो राजे सुखी मन से वापस आए। गढ़ में सर्वत्र आनन्द ही आनन्द छाया हुआ था। राजे बाजी पासलकर, जगताप, काटे, इंगळे आदि वीरों के स्वागत की तैयारी में लगे थे। अगले दिन सूर्योदय के समय शिवाजीराजे की सेना खलत-बेलसर की लड़ाई जीतकर गढ़ की तलहटी में आ पहुँची। राजे एक बुर्ज पर से आनेवाली सैनिक-टुकड़ियों को देख रहे थे। राजे आगे बढ़े, तो सबसे पहले गोदाजी जगताप सामने आया।

"गोदाजी, लड़ाई का मैदान मार लिया न?"

"हाँ," गोदाजी ने उत्तर दिया।

किसी के भी चेहरे पर प्रसन्नता नहीं थी। राजे ने पूछा, ''क्या हुआ?''

''बाजी घायल हो गए।''

राजे का ध्यान पीछे से आ रही पालकी की ओर गया। पालकी जमीन पर रखी गई। राजे आगे को दौड़ पड़े।

बाजी की आँखें बन्द थीं। सारा अँगरखा खून से सना हुआ था। सिर के बाल बिखरे हुए थे। माथे पर जो एक छोटा-सा घाव था, उसमें से खून की धार बहकर जम गई थी। सफेद मूँछों के झुब्बे होंठ हिलने के साथ-साथ हिल उठते थे। राजे ने पुकारा, ''बाजी!''

बाजी ने आँखें खोलीं। शिवाजीराजे को देखते ही उनके मुख पर खुशी दौड़ गई। राजे का हाथ पकड़कर वे कहने लगे, ''राजे, हमने बाजी जीत ली।''

राजे ने बाजी का हाथ अपने हाथों में लिया। कहने लगे, ''बाजी, ये क्या किया तुमने? अपनी जीत तो हो ही गई थी। फतहखान कहाँ भागा जाता था? क्यों बेकार अपने प्राण संकट में फँसाए तुमने?''

राजे आँसू रोक नहीं पा रहे थे। बाजी ने कहा, ''राजे, विजय मिली–बस। बुरा क्या हुआ? मैं बूढ़ा आदमी, ऐसी मृत्यु तो माँगे से भी नहीं मिलती। हँसो, राजे, हँस दो एक बार। तुम्हारी हँसी देखने को ही ये प्राण तन में अटके हुए हैं। बस, यही एक इच्छा शेष है।''

राजे मुस्कराने लगे। उस हँसी को देखकर सन्तुष्ट हुए वीर बाजी का सिर हँसते-हँसते एक ओर लुढ़क गया। राजे ने बाजी के शरीर पर एक दुशाला ओढ़ा दिया। आँसू पोंछते हुए राजे कहने लगे, ''गोदाजी, प्रतिपदा के दिन विजय तो पाई, परन्तु जिस एक चन्द्रलेखा को हम आज खो बैठे हैं, उसके फिर कहाँ दर्शन होंगे? एक दिन पूर्णिमा भी आ जाएगी, परन्तु उस दिन भी इस चन्द्रलेखा का अभाव खटकता ही रहेगा।''

4

पुरन्धर से लौट आने के बाद सारा दिन बड़ी चहल-पहल में बीता था। सारे महल में पुरन्धर युद्ध के बहादुरों की भीड़भाड़ थी। आनन्द और उत्साह मन में समा नहीं पा रहे थे। सभी चाहते थे कि राजे दो बात कहें-सुनें। लगभग आधी रात को राजे को फुरसत मिली। राजे अपने महल में आए। सईबाई जब महल में आईं, तब राजे कपड़े बदलकर पलंग पर बैठे थे। सईबाई ने कहा, ''कितनी भीड़-भाड़ रही आज! माँसाहिबा की खुशी का तो पूछना ही क्या!''

''स्वाभाविक ही है। ऐसा वात्सल्य पाकर हमें अनुभव होता है, मानो जीवन सफल-सार्थक हो गया।''

सईबाई एक-एक आभूषण उतारकर मंचक पर रखती जा रही थीं। मंचक पर जमा हुए अलंकार देखकर राजे ने कहा, ''सच, तुम औरतों को गहनों का कितना शौक होता है!''

''हाँ-हाँ, रहने दो! तुम जो गले में कंठा, कलाई में पहुँची, कानों में चौकड़ा, उँगलियों में अँगूठियाँ पहना करते हो–सो क्या है? पुरुषों को भी गहनों का कोई कम चाव नहीं होता है।''

''अच्छा, जी अच्छा। हमने हार मानी। अब तो खुश हो।''

''ऐसे हार मानने भर से काम नहीं चलेगा। आज तो आप विजय पाकर लौटे हैं, कम-से-कम आज तो आरती की थाली में कुछ रखते।''

राजे गम्भीर हो गए। बोले, "हाँ, यह बात तो भूल ही गए हम।"

"यहाँ भी फिर हार हो गई न!"

"हार तो हुई, पर हमारी नहीं, तुम्हारी।" कहते हुए राजे उठे। मंचक का दराज खोलकर उन्होंने सोने की कमरपट्टी निकाली। सईबाई की ओर देखते हुए वे कहने लगे, "अब तुम्हीं बताओ, यह कमरपट्टी तुम्हारी आरती की थाली में डाली जा सकती थी क्या? और वह भी चार लोगों के देखते?"

सईबाई उल्लसित होकर कमरपट्टी देख रही थीं। राजे ने पूछा, "पसन्द आई क्या?"

"हाँ।"

"यही नहीं, और भी एक भेंट हम अपनी रानीजी के चरणों के लिए लाए हैं।"

"क्या लाए हैं?"

"वो उधर देखो, हमारे जरीटोप के नीचे।"

सईबाई ने जरीटोप उठाया। उसके नीचे दो मनमोहक चाँदी की पायलें थीं।

"आहा! कितनी सुन्दर हैं ये!" पायलों को उठाते हुए सईबाई ने कहा।

पायलों की मीठी-सी रुनझुन हुई। राजे ने कहा, "सई, अगर मैं बताऊँगा, तो तू हँस देगी।"

"क्या हुआ ऐसा?"

"क्या हुआ? हुआ यह कि सुभानमंगल में मिले खजाने की गिनती की जा रही थी। एक-एक गहना गिन-गिनकर अलग रखा जा रहा था। इन पायलों को गिनती के बाद ढेर पर रखा गया था कि अचानक हमारी आँखों के आगे तुम आ खड़ी हुईं। सबसे नजर बचाते हुए हम कह गए, 'ये पायलें हमारे नाम हमारे खर्च के मद में लिख दो और निकालकर अलग रख दो'।"

सईबाई गद्‌गद होकर राजे की बातें सुन रही थीं। राजे ने कहा, "इतनी बहादुरी दिखाई हमने। अब ऐसे ही खड़ी मत रहो, तुम्हारे पैरों में पायलें पहनी हुई देखना चाहते हैं हम।"

सईबाई ने पायलें पहन लीं। राजे ने कहा, "तुम्हारे पैरों में पायलें बड़ी लुभावनी दिखती हैं।"

सईबाई चार कदम चलीं कि ठिठक गईं। कहने लगीं, "ना री मैया ना, मैं नहीं पहनूँगी ये पायलें।"

"क्यों?"

"क्यों क्या? आवाज होती है ना! माँसाहिबा क्या कहेंगी?"

"कुछ नहीं कहेंगी, उलटे हमारी प्रशंसा करेंगी।"

"प्रशंसा! प्रशंसा किसलिए?"

सईबाई की आँखों में आँखें डालकर राजे बोले, "उनकी लाड़ली बहूरानी का हम कितना खयाल रखते हैं, इसलिए।"

सईबाई पास आ गईं। कहने लगीं, "मैं भी कैसी मूरख हूँ। पहले ही तुम थके हुए हो, रात भी काफी हो चुकी है। अब सो जाओ।"

सईबाई का हाथ पकड़कर राजे कहने लगे, "सई, कुछ दिन ऐसे सुख भरे आते हैं कि उन दिनों दिन-रात का ध्यान ही नहीं रहता। आज का दिन भी ऐसा ही दिन है।"

सईबाई ने हजारी समई की एक-एक ज्योत बुझाना शुरू किया। केवल एक लौ जल रही थी। हवा में ठंडक बढ़ रही थी, समई का मन्द प्रकाश महल में फैल रहा था।

जिन वीरों ने पुरन्धर युद्ध में वीरता दिखलाई थी, उनका शिवाजीराजा ने यथोचित सम्मान किया। जो मैदान में खेत रहे थे, उनके परिवार को भरपूर धन-दौलत दी। खलत-बेलसर विजय से सारा मावलखंड आनन्दित हो उठा था।

परन्तु यह आनन्द चिरस्थायी बननेवाला नहीं था। बंगलौर से एक जरूरी खलीता आया। खलीता पढ़कर राजे भड़क उठे, व्याकुल भी हो उठे। एक पल को उन्हें आभास हुआ, मानो उनके पाँव तले की धरती खिसकती जा रही है। राजे जीजाबाई से कहने लगे, ''माँसाहिबा, बंगलौर से दादामहाराज का खलीता आया है।''

''अच्छा, क्या लिखा है हमारे सम्भाजी बेटे ने?''

''लगता है, आदिलशाही दरबार ने भोसले परिवार के विरुद्ध संघर्ष छेड़ दिया है। जैसे हमारी ओर फतहखान और बालाजी हैबतराव दौड़े थे, उसी तरह फरहादखान और तानाजी डुरे इन दो आदिलशाही सरदारों को बंगलौर पर कब्जा करने के लिए भेजा गया था। परन्तु दादामहाराज ने उनकी कमर तोड़ दी। फरहादखान हार खाकर लौट गया।''

''भगवान् की दया है, तुम दोनों संकट से पार उतर गए।''

राजे आह भरकर कहने लगे, ''अभी नहीं माँसाहिबा। लगता है—आदिलशाही के विरुद्ध शुरू की हुई यह मुठभेड़ हमें बहुत महँगी पड़ेगी। जब इधर हम विजय की ओर बढ़ रहे थे, तब उधर दक्षिण में जंजीरे के निकट महाराजसाहब आदिलशाही जाल में फँस रहे थे। मुस्तफाखान ने धोखे से महाराजसाहब को कैद कर लिया।''

''शिवबा, अरे क्या कह रहा है तू?'' माँसाहिबा ने कहा।

''सुनिए, माँसाहिबा, दुर्भाग्य की कहानी अभी और आगे सुनिए। हमारे आबासाहब जब असावधान होकर छावनी में सो रहे थे, मुधोल का बाजी घोरपडे छावनी में घुस गया। घोरपडे और आबासाहब के बीच लड़ाई ठन गई। इसमें हमारे आबासाहब शहाजीराजा बन्दी बना लिये गए। जो शहाजीराजा हाथी पर चढ़कर दरबार जाते थे और जिनके ऐश्वर्य के सामने आदिलशाही भी पानी भरती थी, उन्हीं शहाजीराजा को पाँवों में बेड़ी पहनाकर बीजापुर लाया गया। अफजलखान ने नौरांज त्योहार के दिन इसी हालत में उन्हें दरबार में पेश किया।''

माँसाहिबा की आँखें डबडबा आईं। उन्होंने काँपती आवाज में पूछा, ''फिरऽऽ?''

''फिर क्या? इस समय महाराजसाहब आदिलशाही कैद में हैं। माँसाहिबा, एक न एक दिन ऐसा आएगा, जब इस अफजलखान को और बाजी घोरपडे को अपने किए का पश्चात्ताप भोगना पड़ेगा। उन्हें अच्छी तरह समझ आ जाएगा कि शिवाजी के पिता के हाथों में हथकड़ी पहनाना कोई हँसी-खेल नहीं है।''

''वह तो जब होगा, तब होगा। पर अब क्या करोगे?''

''हम वही सोच रहे हैं पर कुछ सूझता नहीं। आदिलशाही के साथ छेड़खानी कर बैठे हैं हम। फतहखान और बंगलौर से मार खाकर लौटा हुआ फरहादखान बादशाह के तख्त के सामने हमारा नाम ले-लेकर छाती पीट रहे होंगे। अब तो लगता है—पूरी तरह आत्मसमर्पण किए बिना महाराजसाहब का छुटकारा नहीं होगा।'' राजे क्रोध से उबलते हुए मुट्ठियाँ भींचकर कहने लगे, ''आदिलशाही ने बहुत बुरा दाँव लगाया। मन करता है कि दादामहाराज को सूचना दी जाए और सीधे बीजापुर पर हमला कर दिया जाए।''

अमात्य बोले, ''ऐसा करना तो जान-बूझकर आग में कूदना होगा।''

"क्या किया जाए, कुछ सूझता नहीं।"

पेशवा बोले, "राजे, जब तक बीजापुरवालों की ओर से कोई खबर-सन्देसा नहीं आता, तब तक हम भी क्या कर सकते हैं? थोड़ा समय बीतने दीजिए, अपने आप कोई न कोई रास्ता सूझ ही जाएगा।"

"मगर तब तक आदिलशाह चुप बैठा रहेगा?"

"आदिलशाह इतनी जल्दबाजी से कोई फैसला नहीं कर सकता। अगर शहाजीराजा का बाल भी बाँका हुआ, तो आदिलशाही हिन्दू सरदार और स्वयं हम इसे सहन नहीं करेंगे। हम समझते हैं कि आदिलशाही में इतनी सोच-समझ अवश्य है!" राजे ने कहा।

शिवाजीराजे ने जीजाबाई को धीरज अवश्य बँधाया, परन्तु वे अपने मन को दिलासा नहीं दे पाए। हर आनेवाला दिन बढ़ती चिन्ता लेकर आता था। माँसाहिबा के चिन्ता और भय से उद्विग्न मुख की ओर देखना भी शिवाजी के लिए कठिन हो रहा था। राजे को याद आती थी मुरार जगदेव की। मुरार जगदेव भी एक हिन्दू 'महाराज' ही था, अतीव शूरवीर था, ऐश्वर्यवान था, परन्तु आदिलशाही राज में उसके भी टुकड़े-टुकड़े काट डाले गए। पुरन्धर को जीतकर तो शिवाजी ने एक तरह से, आदिलशाह को खुली चुनौती दे डाली थी।

राजे इसी सोच में डूबे हुए अपनी शैया पर लेटे हुए थे। नींद आँखों से गायब थी। सईबाई हलके पाँव महल में आईं। राजे ने बुलाया, "सई!"

"सोए नहीं क्या?" सईबाई ने आश्चर्य से पूछा।

बिस्तर पर उठकर बैठते हुए राजे बोले, "नींद ही नहीं आ रही। आँखों के आगे हरदम महाराजसाहब खड़े हैं। माँसाहिबा के मन पर क्या बीतती होगी, इसका तो अनुमान करना भी कठिन है। हर रोज चोटी करने के बाद जब माँसाहिबा माथे पर रोली की सुहाग-बिन्दी लगाने को सिंधोरे में हाथ डालती होंगी, तो अवश्य उनका हाथ ठिठक जाता होगा। जाने कैसी-कैसी अशुभ बातें मन में उठती होंगी उनके!"

"माँसाहिबा ने धार्मिक अनुष्ठानों के लिए ब्राह्मणों को नियुक्त किया है, गणपति का अभिषेक किया जा रहा है। मैं भी मनौती मान बैठी हूँ।"

"प्रयत्न द्वारा ही परमेश्वर तक पहुँचा जाता है, सई! केवल अनुष्ठान कराने से वह नहीं मिलता। उसके साथ कर्म का..."

"आपने क्या करने की सोची है?"

"यहाँ निठल्ले बैठकर क्या किया जा सकता है। जी में आता है—आत्मसमर्पण करने से तो अच्छा है कि बीजापुर पर हमला बोल दिया जाए।"

"इस तरह सफलता हाथ लगेगी?"

"फल की सम्भावना कम ही है, परन्तु अपमानित जीवन तो नहीं बिताना पड़ेगा। तुम क्या सोचती हो?"

सईबाई कुछ देर सोचती रहीं। फिर बोलीं, "राजनीति की बातें हम क्या बूझें? परन्तु लगता है... ।"

"क्या लगता है? बताओ न।"

"न जी न। तुम हँसी उड़ाओगे।"

"नहीं हँसेंगे, बताओ तो सही।"

''राजनीति के खेल से हम एकदम अनजान हैं, खेलना भी नहीं जानतीं हम। हमें तो समझ आता है यह शतरंज का खेल जो तुम्हारी संगत में हमने सीख लिया है, जिस चाल में जीत का निश्चय न हो, वह चाल नहीं चलनी चाहिए। हाथी को शह देने के लिए वजीर को ही दाँव पर लगाना कोई जरूरी थोड़े ही है। अगर मौका मिले, तो यह शह देने का काम तो ऊँट या घोड़ा भी कर सकता है।''

राजे अचम्भे से सईबाई की ओर देख रहे थे। वे खड़े हो गए। मानो अपने-आपसे ही बात करते हुए कहने लगे, ''हाथी को शह देने के लिए ऊँट-घोड़ा भी काफी है...''

''क्या कह रहे हो?''

''ठहरो, बोलो मत।'' राजे कुछ देर स्थिर खड़े रहे। फिर एकदम जोर से हँसने लगे। जब वे मुड़े, तो उनका चेहरा खुशी से खिल उठा था। राजे ने कहा, ''सईं, कई बार बड़े-बड़े संकट भी कितनी सरलता से टल जाते हैं। रानीसाहिबा, हम तुमसे बहुत खुश हैं।''

''मैं कुछ समझी नहीं।''

''तुम इतनी अबोध हो, इसीलिए साक्षात् परमेश्वर तुम्हारी वाणी से बोला है।''

राजे ने चट्टी पहनीं। सईबाई से कहने लगे, ''सईं, माँसाहिबा को उठाओ। हम सबको बुलाते हैं। शुभ घड़ी में जो बात मन में उठी है, उसे सबको बताना ही ठीक होता है।''

महल में कई समई-दीपक जलाए गए। डबीर, अमात्य, पेशवा सभी आ गए। सभी अचरज में डूबे सोच रहे थे–इतना तुरन्त क्यों बुलाया होगा! माँसाहिबा ने पूछा, ''राजे, सबको इतनी जल्दी क्यों बुलाया है। क्या बात है?''

सबकी ओर एक नजर फिराकर राजे ने कहा, ''हमने सोचा है कि बीजापुर पर आक्रमण कर दिया जाए।''

''यह तो आत्महत्या के समान होगा।''

''यदि सन्धि कर ली जाए, तो?'' राजे ने पूछा।

''आज तक का सारा किया-कराया व्यर्थ हो जाएगा। फिर वह अवसर हाथ नहीं आएगा।'' अमात्य ने कहा।

निलोजीपन्त की ओर देखते हुए राजे ने पूछा, ''शाहजादा मुराद इस समय कहाँ हैं?''

निलोजीराव ने उत्तर दिया, ''शहजादा अहमदाबाद में हैं।''

''निलोजीपन्त, शाहजादे के नाम एक खलीता भेजो। उन्हें लिखो कि आपकी चाकरी करने में हम अपने को धन्य समझेंगे। यह भी लिखो कि आदिलशाह ने हमारे पिता को बिना कारण कैद कर लिया है। और इसी कारण हम मुसीबत में फँसे हैं, वरना हम स्वयं आपके दरबार में पेश होते। लिखो कि आपकी ओर से यकीन दिलाए जाने पर हम आपके आगे हाजिर होंगे।''

''वाह राजे, राजनीति में आपने कमाल कर दिया,'' अमात्य ने कहा।

उसी रात खलीता लिखा गया और तुरन्त अहमदाबाद की ओर रवाना भी कर दिया गया।

5

राजे को बड़े सबेरे महल में आया देखकर जीजाबाई को आश्चर्य हुआ, ''राजे, आज इतनी जल्दी आ गए? क्या स्नान-पूजा से इतनी शीघ्र निबट गए?''

"जी हाँ।"

"रात नींद नहीं आई क्या?"

"माँसाहिबा, हम रात भर व्याकुल थे। आज भोर के समय जाने कैसा सपना आया, हम नींद से जाग उठे।"

"देख बेटे, चिन्ता से बढ़कर मनुष्य का और कोई शत्रु नहीं है।" जीजाबाई ने उसाँस लेकर कहा।

राजे अपनी चिन्ता छिपा नहीं सके, कह गए, "माँसाहिबा, अहमदाबाद को खलीता भेजे बहुत दिन हो गए, परन्तु अभी तक कोई उत्तर नहीं आया। प्रत्येक दिन निरन्तर चिन्ता सताती रहती है। बीजापुर की बात सोचकर मन और चिन्तित हो उठता है। वह अफजलखान और वह बाजी घोरपडे कौन-सी चाल चलें, इसका कोई भरोसा नहीं।"

राजे की ऐसी बातों से जीजाबाई की व्याकुलता दूनी हो गई। उनकी आँखों में पानी भर आया, "शिवबा बेटे, और कोई रास्ता नहीं है क्या रे?"

राजे एकदम हड़बड़ी से कहने लगे, "नहीं माँसाहिबा, आप बिलकुल चिन्तित न हों। हमें पूरा विश्वास है, महाराजसाहब का बाल भी बाँका नहीं होगा। हमने जो चाल चली है, वह सफल होकर रहेगी। निश्चित जानिए—महाराजसाहब कैद से पूरे सम्मानसहित छुटकारा पाएँगे।"

"तेरे मुँह में घी-शक्कर! क्या बताऊँ शिवबा! जब सुनती हूँ कि कोई सन्देशवाहक सवार आया, तो जान आँखों में आ जाती है। कोई जोर से पुकारे, तो कँपकँपी छूट जाती है। जब से यह अशुभ वार्ता सुनी है, देवी-देवताओं का अभिषेक करा रही हूँ। मनौतियाँ कितनी ही मान बैठी हूँ। उस भगवान् के मन में कब दया जागेगी, पता नहीं।"

"यही बात मेरे भी मन में आई है।"

"क्या?"

"आज प्रातःकाल से ही मन में इच्छा उठ रही है कि आलन्दी जाऊँ, भगवान् के दर्शन करूँ। आज सुबह नींद खुली, तो सबसे पहले धर्मक्षेत्र आलन्दी की ही याद आई।"

"अवश्य जा, बेटे। संकट से मुक्ति दिलानेवाला तो वही है।"

जीजाबाई की अनुमति पाकर शिवाजीराजे का आलन्दी जाने का कार्यक्रम निश्चित हुआ। राजे का अश्वारोही-दल तैयार हो गया। येसाजी, तानाजी, नेताजी आदि लोगों को साथ लेकर राजे आलन्दी की दिशा में चल पड़े।

ग्रीष्म ऋतु की वह सुबह बहुत आह्लाददायक थी। छोटी-बड़ी पहाड़ियाँ लाँघते हुए राजे का घुड़सवार-दल तेजी से दौड़ता जा रहा था। जब राजे इन्द्रायणी नदी के तट पर पहुँचे, तब सूर्य काफी ऊपर चढ़ चुका था। गरमी के दिनों के कारण इन्द्रायणी की जलधारा क्षीण हो गई थी। नीचे की चट्टानें कई जगह ऊपर निकली दिखाई दे रही थीं। सन्त ज्ञानेश्वर की समाधि के मन्दिर का शिखर जैसे ही दिखाई दिया, राजे ने हाथ जोड़कर नमस्कार किया। नदी पार करके राजे ने गाँव में प्रवेश किया। टापों की आवाज से भयभीत हुए नागरिक राजे को आया देखकर आनन्द से आगे आने लगे। उन्हें सिजदे करने लगे। मन्दिर के सामने पहुँचकर राजे घोड़े से उतर पड़े। मन्दिर के बाहर उनके सौ-सवा सौ घोड़े खड़े थे। राजे अपने विशिष्ट साथियों के साथ मन्दिर की सीढ़ियाँ चढ़ने लगे। महाद्वार की देहली का स्पर्श करके राजे भीतरी प्रांगण में आए। यह विशाल प्रांगण चारों ओर बड़े-बड़े कमानदार ओसारों से सुशोभित

था। इसके दाहिनी ओर पीपल-वृक्ष का चबूतरा था। इसके सामने ही सन्त ज्ञानदेव की समाधिवाला मन्दिर था।

राजे ने मन्दिर में प्रवेश किया। पुजारी ने जो थाल आगे थाम रखा था, उसमें से एक हार उठाकर ज्ञानेश्वर की समाधि पर चढ़ाया। फिर अतीव विनम्र होकर उन्होंने देवता के चरणों में सिर नवाया।

राजे सन्तुष्ट मन से कहने लगे, "अब जब हमारा चित्त विह्वल-व्यथित हो उठता है, हम यहाँ आते हैं। यहाँ आते ही सन्तोष मिलता है, मन शान्त हो जाता है। हमें यह स्थान बहुत अच्छा लगता है।"

पुजारी की पूजा-थाली में राजे ने मोहरों की पूरी थैली खाली कर दी। भगवान् के दर्शन करके वे वापस लौटने लगे। इतने ही में महाद्वार से भीतर आती हुई लोगों की भीड़ ने उनका ध्यान खींचा। उस भीड़ में से निकलकर येसाजी आगे आ रहा था। राजे के पास आकर उसने सिजदा किया और बोला, "तुकोबा राय (सन्त तुकाराम महाराज) पधार रहे हैं।"

"आज का दिन सचमुच बहुत भाग्यशाली है," कहते हुए राजे मन्दिर के गर्भगृह के आगे से हटकर एक ओर को खड़े हो गए। मँजीरों की, मृदंगों की ध्वनि के साथ भजन के स्वर सुनाई दे रहे थे। "जय जय राम-कृष्ण हरीऽऽ जय...जयऽऽ"

राजे ने देखा, सामने से भजन-मंडली आ रही थी। सागर की लहरों के समान आगे-पीछे झूमती हुई वह भजन-मंडली गाती-बजाती आगे बढ़ती आ रही थी। इस कीर्तन-मंडली के आगे थे सन्त तुकाराम महाराज, जो हाथ में करताल बजा-बजाकर नाच रहे थे। उनकी पलकें बन्द थीं, माथे पर अबीर रमाया हुआ था, नंगे पाँव, घुटनों तक की कसकर बाँधी हुई धोती, बदन पर छोटी बाँहोंवाली फतूही, सिर पर दबा हुआ मुँडासा ऐसा वेश था उनका। कानों की लोलकी पर और माथे पर अंकित चंदनी-मुद्रा के कारण उनके मुख से भक्तिभाव फूटा पड़ता था। अबीर-गुलाल उड़ाते-बिखेरते हुए यह कीर्तन-मंडली मन्दिर के सामने आई। मंडली के भजनीगण दो-दो पंक्तियों में खड़े हो गए। बीच में जाति का बनिया पर भजन-कीर्तन में स्वयं को भूला हुआ यह विट्ठल भक्त, सन्त तुकाराम थे।

आज भक्तिभाव में तल्लीन होकर करताल बजा-बजाकर नाच रहा था। नृत्य रुक गया। भगवतप्रेम के प्रेमी तुकाराम ने मूर्ति की ओर दृष्टि लगाई। मँजीरों की ध्वनि धीमी होने लगी। मृदंग की थाप मन्द-मन्द बजने लगी। करताल के छन्न-छन्न नाद के साथ भक्तिरस में, भाव-सागर में डुबकियाँ लगाकर तुकाराम महाराज गा रहे थे—

जग में होवे पिता कैसा, वंश पाए मुक्ति, ऐसा।
लेकर जन्म नसाए पाप, ज्ञानदेव माई-बाप॥
पाया हमने पिता ज्ञानी, इसीलिए बन गए ध्यानी।
कहे तुका मैं शिशु तुम्हारा, मुझसे मिला दो ब्रह्म हमारा॥

तुकाराम महाराज ने भगवान् के आगे दंडवत् प्रणाम किया। फिर वे खड़े हो गए। उन्हें प्रणाम करने के लिए होड़-सी मच गई। राजे आगे बढ़े। राजे को देखते ही सबने रास्ता बना दिया। शिवाजीराजा ने तुकाराम महाराज के चरण छूकर उनके चरणों पर सिर नवाया। तुकारामजी ने एकदम उन्हें ऊपर उठा लिया, "राजे, राजे! हमने कितनी बार कहा है, ऐसा न किया करो। तुम्हारे समान राजा हम दरिद्रों के पाँव छुएँ, यह क्या उचित है?"

''महाराज!''

''महाराज हम नहीं हैं,'' सन्त ज्ञानेश्वर की मूर्ति की ओर संकेत करते हुए सन्त तुकाराम ने कहा, ''महाराज तो वे हैं।''

राजे सकुचा गए। तुकाराम महाराज राजे का मुख बड़े हर्षभाव से देख रहे थे। मन उमड़-उमड़ आता था।

''अहा! कितना मोहक रूप है! तुम्हें देखकर हमें ज्ञानेश्वरजी के दर्शनों का भ्रम होता है। उनकी भी आयु, उनका भी रूप ऐसा ही सुकोमल था। उन्होंने ज्ञान के द्वार खोले, तुमने उसमें चैतन्य भरकर उन्हें साकार बनाया।''

राजे का हाथ हाथ में लेकर तुकाराम महाराज रास्ता बनाते हुए आगे बढ़ रहे थे। राजे का मन ऐसा सम्मान पाकर गद्गद हो उठा था। तुकार मर्जी सहित राजे ओसारे में आए। किसी ने वहाँ कम्बल बिछा दिया। महाराज ने राजे को आग्रहपूर्वक अपने निकट ही बिठा लिया। राजे ने उनके कुशल-क्षेम की बात पूछी। फिर उन्होंने कहा, ''महाराज, एक प्रार्थना है।''

''कहो, राजे।''

''इच्छा है कि एक बार आपकी चरण-धूलि से हमारा आँगन पावन बने। जब आप आज्ञा करेंगे, हम आपके लिए पालकी आदि सारा प्रबन्ध करा देंगे।''

तुकाराम महाराज खिलखिलाकर हँस पड़े। आँखों के कोरों में छलक आई बूँदों को बाएँ हाथ की उँगलियों से पोंछते हुए और प्रेम से शिवाजी की पीठ थपथपाते हुए वे बोले, ''यह सब कष्ट क्यों किया चाहते हो?''

''आपके दर्शन हों, आपकी संगति में समय बिता पाएँ, इसलिए।''

''राजे, हमारे दर्शनों की बात कही तुमने! भला उसमें कैसा आनन्द? अधूरे वस्त्रों के कारण मैली बनी यह हमारी काया, उपवास के कारण सूखे हुए ये हाथ-पाँव, भला ऐसे दर्शनों का क्या लाभ?''

इस उत्तर से राजे का मन उदास हो गया। महाराज से यह उदासी छिपी न रही, ''राजे, उदास मत बनो। कहो तो सही कि हम तुम्हारे पास आकर क्या माँगेंगे? भोजन माँगें, तो हमारे लिए भिक्षा में मिला अन्न ही बहुत है। जहाँ शरीर पर लटक रहे चीथड़े भी हमें भार लगते हैं, वहाँ हम वस्त्र माँगें, तो क्योंकर? भूमि को शैया बनाकर, आकाश को ओढ़ना बनाकर हम लोग मस्ती में मग्न रहनेवाले हैं। राजा के पास जाते हैं लोग सम्मान पाने के लिए, परन्तु हमारा मन मान-सम्मान से कोसों दूर भागता है। तुम्हारे घर में तो भाग्यशाली ही आदर पाता है, सामान्य जनों का वहाँ क्या स्थान है?''

तुकाराम के अन्तिम वाक्य से राजे का मन व्यथित हो उठा। उनकी आँखें भर आईं। डबडबाए नेत्रों को देखकर तुकारामजी भी विह्वल हो गए। दबी-घुटती-सी आवाज में वे कहने लगे, ''राजे, ये आँखें क्यों गीली हो गईं? हमने जो कहा, वह तुम्हारा जी दुखाने को नहीं कहा था। हमारे कहने का आशय तुम समझ नहीं पाए।''

राजे ने ऊपर देखा। उनके मुखमंडल पर पीड़ा छाई हुई थी। उधर उस भोले महात्मा की उँगलियाँ भी काँप रही थीं। काँपती उँगलियाँ राजे के कन्धे पर रखकर महाराज कहने लगे, ''राजे, तुम श्रीमन्त हो, श्रीमान योगी हो; जन्म से ही ज्ञानी हो। ज्ञानदेव के समान तुम्हारा रूप है। तुम्हारे घर कोई साधारणजन आएगा ही क्योंकर? वहाँ तो भाग्यवंत ही आएँगे।

तुम अपने वास्तविक स्वरूप को जान सको, इस कारण मैंने कहा था। तुम व्यर्थ ही जी दुखा बैठे।"

शिवाजी ने झट झुककर महाराज के पाँव छू लिये।

"राजे, यह क्या करते हो?"

"महाराज, आपका गुरु-उपदेश मिले हमें। अनुग्रह बना रहे आपका।"

तुकाराम महाराज ने अतीव स्नेहपूर्वक राजे को उठाया। राजे की आँखों में देखते हुए महाराज ने पूछा, "हम जो कहेंगे, उस पर विश्वास करोगे?"

"जी, अवश्य।"

"गुरु-उपदेश की चिन्ता न करो। तुम पर अनुग्रह बहुत होगा, परन्तु वह योग्य समय पर सुयोग्य समर्थ व्यक्ति द्वारा होगा। उसी में तुम्हारा कल्याण है। राजे, मृदंग पर मँजीरा पीटने से कहीं बोल निकलते हैं क्या? ताल के बोल निकालने के लिए मृदंग पर हाथ से थाप ही लगानी पड़ती है। मँजीरे पर हाथ मारने से नाद होगा क्या? नाद के लिए दूसरा मँजीरा ही चाहिए। गुरु तथा शिष्य की भी ऐसी ही जोड़ी होती है। तुम्हें तुम्हारा सद्गुरु अवश्य मिलेगा, उससे दीक्षा अवश्य प्राप्त होगी। उसके लिए इतने उतावले मत बनो।"

उस वैरागी, ज्ञानसम्पन्न महात्मा के दर्शन पाकर राजे आश्चर्य से स्तब्ध हो गए थे। परन्तु उनका मन यों पराजित होना नहीं चाहता था। उन्होंने इच्छा प्रकट की, "महाराज, इच्छा है कि आपके लिए कुछ न कुछ किया जाए। कृपया इतनी अभिलाषा पूरी करें।"

"तुमने तो बहुत बड़े संकट में उलझा दिया हमें।" महाराज सोच में डूब गए।

"धन-सम्पत्ति माँगकर हमें क्या करना है? हाँ, राजे, एक याचना अवश्य है।"

"आज्ञा कीजिए, महाराज!"

तुकाराम महाराज ने ओसारे में मन्दिर की ओर दृष्टि दौड़ाई। मन्दिर की ओर दृष्टि गड़ाकर वे कहने लगे, "राजे, थोड़ी देर के लिए मन्दिर में हो आओ। हमारे लिए इतना करो तुम।"

"मन्दिर में?" राजे के मुख से निकला।

"हाँ।" महाराज के होंठों पर मुस्कराहट फैली हुई थी। "राजे, तुम हमारे पास बैठे हो, इस कारण हमसे मिलने आए हुए लोग रुके खड़े हैं। तुम हो राजा, तुम्हारे सामने वे हमारे निकट कैसे आ सकते हैं? तुम मन्दिर में जाओगे, तो वे लोग हमसे मिल सकेंगे। हमसे मिलकर वे आनन्द पा सकेंगे।"

राजे के मुख पर भी स्मित भाव झलक उठा। वे उठते हुए कहने लगे, "जैसी आपकी आज्ञा।"

राजे को जाते हुए देखकर महाराज ने उन्हें पुकारा, "राजे, आज यहाँ भगवान् का प्रसाद पाकर जाओ।"

"परन्तु हमारी इतनी सेना...।" राजे सकपकाते हुए कह गए।

"राजे, हमारे राज्य का क्षेत्र बहुत विशाल है। इन्द्रायणी मैया जीवनदायिनी है, सन्त ज्ञानेश्वर का आशीष हमारे शीश पर है, तुम कोई चिन्ता न करो।"

राजे उठकर मन्दिर में गए। मन्दिर में से वे देख रहे थे, तुकाराम महाराज के ओसारे के सामने बड़ी भीड़ लग गई थी। कुछ देर बाद भीड़ कम हो गई। सारे आलन्दी ग्राम में समाचार फैल गया कि शिवाजीराजे तुकाराम महाराज के साथ मन्दिर का प्रसाद पा रहे हैं।

आलन्दी ग्राम के घर-घर से लाए गए रोटी और साग-पात के ढेर मन्दिर के एक ओसारे में इकट्ठा होने लगे। राजे जब ओसारे में गए, तो महाराज ने कहा, ''राजे, लो, देख लो। सैकड़ों हाथों से देनेवाली हमारी ज्ञानदेव मैया की प्रसादी।''

शिवाजीराजे के हाथों पर ज्वार की रोटी और साग रख दिया गया। सब कौतुक-भरी दृष्टि से देख रहे थे। राजे सबके साथ स्वाद ले-लेकर प्रसादी पा रहे थे।

दोपहर ढल जाने के बाद राजे ने तुकाराम महाराज से विदा ली। राजे को प्यार से आलिंगन करते हुए महाराज बोले, ''राजे, वह भवानी माता तुम्हारी पीठ पर है। किसी प्रकार की चिन्ता न करो तुम। सब कुशलमंगल होगा। तुम्हारा ध्येय पूर्ण करने में वह भवानी मैया समर्थ है।''

उस सन्ध्याकाल को शिवाजीराजे अतीव सन्तुष्ट मन से पुणे की ओर लौट रहे थे।

6

राजे आलन्दी से पुणे आए। दीया-बत्ती का समय हो चुका था। लालमहल में प्रवेश करते समय उनकी दृष्टि महल के पहले चौक में द्वार पर ही खड़ी जीजाबाई की ओर गई। पाँव धोकर राजे राजसभागृह की सीढ़ियाँ चढ़कर पौरी में आए। उन्होंने जीजाबाई को नमस्कार किया। आशीष देते हुए जीजाबाई कहने लगीं, ''राजे, तुम्हारे आने से कुछ ही देर पहले अहमदाबाद से खलीता आया है।''

''सच?'' राजे हर्षित होकर बोले, ''तो आशीर्वाद व्यर्थ नहीं गया।''

''किसका आशीर्वाद?''

''माँसाहिबा, आप आलन्दी आतीं, तो बहुत अच्छा होता। आज आलन्दी में हमें तुकाराम महाराज के दर्शनों का सौभाग्य प्राप्त हुआ।''

''सच कहते हो?'' जीजाबाई हाथ जोड़कर कह उठीं।

''हाँ, बिलकुल सच। उनके थोड़े से संसर्ग में भी हम बहुत कुछ सीख पाए। हमारा अहंकार जाता रहा। क्या कहें, उनकी महानता ऐसी है कि उसके सामने सम्राट् भी तुच्छ है।''

''सुबह से तुम भूखे होगे, चलो थोड़ा...।''

''नहीं माँसाहिबा, हम पेट भर खा आए हैं। हमें तुकाराम महाराज ने रोक लिया। आज सबने आलन्दी के घर-घर से लाई गई रोटी-साग की प्रसादी पाई। इतना स्वादिष्ट भोजन हमने आज तक नहीं किया।''

''बड़े भाग्यशाली हो।''

''माँसाहिबा, हमें महाराज ने अपने पास बैठा लिया। आशीर्वाद देते हुए उन्होंने कहा, 'सब संकट दूर होंगे।'...हम राजकार्यालय में हो आते हैं, खलीता पढ़ना है।''

राजे ने दो पग बढ़ाए थे कि वे एकदम लौट पड़े। उनका मुख लज्जित-सा था। जीजाबाई के पास जाते हुए वे कहने लगे, ''क्षमा कीजिएगा, माँसाहिबा। हम भूल गए, हमने भोजन नहीं किया, यह सोचकर आप भी भूखी रही होंगी। चलिए, पहले खा लें।'' जीजाबाई हँस दीं।

''शिवबा, तुम राजकार्यालय में हो आओ। रात हो गई है। थोड़ी देर बाद भोजन कर लिया, तो कुछ बिगड़ेगा नहीं। तुम पहले जाओ।''

राजे कार्यालय में गए। राजे के हाथ में शाही खलीता दिया गया। उतावलेपन से उन्होंने उसे खोला। राजे खलीता पढ़ रहे थे, पढ़ते-पढ़ते उनके मुख पर सन्तोषभाव झलक रहा था। मुराद ने लिखा था, ''तुमने लिखा है कि यकीन दिलाए जाने पर तुम खुद मिलने आओगे। इसके लिए तुम पहले अपना दूत भेजो। तब यकीन का पत्र हाथोंहाथ भेज दिया जाएगा।''

राजे और मुराद के बीच पत्र-व्यवहार शुरू हो गया। आदिलशाही में जब यह खबर पहुँची तो लकवे का बीमार बादशाह चिन्तातुर हो उठा। मुगलों से वैर मोल लेना आदिलशाही राज के लिए सम्भव नहीं था। इसी बीच शहजादा मुराद ने शहाजी को भी एक पत्र भेजा। इस पत्र को छिपाना या दबा देना बीजापुर के बादशाह के लिए असम्भव था, क्योंकि पत्र शहजादे का था। मुराद ने लिखा था, ''हुजूर-दरबार में पेश होने के बारे में शिवाजी द्वारा भेजा गया तुम्हारा पत्र मिला। पेश होने की बातों का खयाल न करके हमने तुम्हें आजाद करने के बारे में लिख दिया है...तुम्हारे लिए पोशाक भेजी है। इसे कबूल करो और जान लो कि तुम पर हमारा प्यार है...।''

बीजापुर का सुलतान दहल उठा। मुराद ने शहाजी को सम्मान-वस्त्र भेजे, इसका मतलब यह था कि शहाजी अब दिल्ली-दरबार के प्रतिष्ठित सरदार बन गए थे। और यह भी कि शहाजी की सुरक्षा की सारी जिम्मेदारी बीजापुर सरकार की थी। आदिलशाही उलझन में फँस गई। बीजापुर के सुलतान ने शहाजीराजा को 'खिलअत' भेंट दिया और उन्हें पूरे आदर-सम्मान सहित दरबार में वापस लाया गया। अपनी रही-सही आन बचाने के लिए और अपने दरबार की इज्जत रखने के लिए बीजापुर के सुलतान ने एक ही शर्त रखी। बंगलौर शहर को तो सम्भाजी ने आदिलशाही हमले से बचाया था और कन्दर्पी किला भी सम्भाजी के अधिकार में था। आदिलशाही ने शर्त रखी कि यह शहर और किला बीजापुर को लौटा दिया जाए। इसी प्रकार शिवाजी ने जो कोंढाणा किला हथिया लिया था, वह किला भी आदिलशाही को वापस लौटा दिया जाए। शहाजीराजा ने इन शर्तों के बारे में अधिक खींचातानी नहीं की। उन्होंने ये दोनों शर्तें मान लीं और इस आशय के पत्र सम्भाजी और शिवाजी के नाम रवाना कर दिए। जंजी में उनकी गिरफ्तारी के लगभग दस महीने बाद शहाजीराजा को कैद से छुटकारा मिला था। शहाजीराजा के दिल में अपमान का जो काँटा खटकता था, उसकी वेदना को कम करने की दृष्टि से आदिलशाह ने उनके दरवाजे पर हाथी-घोड़े बँधवा दिए और उन्हें 'फरजन्द' खिताब दिया। परन्तु शहाजीराजा ने इस बीच जैसा कुछ अनुभव किया था, उसके कारण उनका मन शाही नौकरी से उचट-सा गया।

राजे के नाम बीजापुर से पत्र आया। शहाजीराजा की स्वतन्त्रता का समाचार सुनकर पूरे लालमहल में खुशी का पारावार न रहा। हाँ, राजे को यह विचार अवश्य खलता था कि कोंढाणा हाथ से जाता रहा। कोंढाणा स्वराज्य की दृष्टि से सर्वाधिक महत्त्वपूर्ण स्थान था। परन्तु जो आई बला टल गई थी, वह कई गुना बड़ी थी। राजे जीजाबाई, सईबाई, अमात्य, डबीर और पेशवा के साथ श्री गजानन के दर्शनार्थ गए। गणेशजी की मूर्ति के आगे माथा झुकाकर राजे खड़े हो गए। कहने लगे, ''भगवान् ने लाज रख ली। उसी की कृपा से यह संकट दूर हुआ।''

''राजे, खालिस सुख कभी मिलता ही नहीं है, उसमें सदा दुख की छटा क्यों छिपी रहती है?'' सोरोपन्त बोले।

राजे ने कहा, ''यह निरा सुख ही तो है। कोंढाणा का दुख भी कोई दुख है क्या? स्वराज्य के लिए यदि अभी और दो सौ दुर्ग जीतने होंगे, तो उसमें एक और गढ़ जीत लेना कौन-सा कठिन कार्य है? यह कोंढाणा फिर से जीत लेंगे हम। यदि ऐसे बीसियों कोंढाणा दुर्ग भी हमें महाराजसाहब पर निछावर करने पड़े, तो भी हमें तनिक रंज नहीं होगा।''

देवदर्शन करके जब सब राजभवन लौट आए, तो जीजाबाई ने आज्ञा दी, ''अमात्य, आज श्री गजानन मन्दिर में दीपोत्सव कराओ। हमने यह मनौती मानी थी।''

रात हुई और गजानन मन्दिर का कलश सहस्रों दीपों से जगमगाने लगा।

रात को सोने से पहले राजे जीजाबाई को नमस्कार करने गए। जीजाबाई ने कहा, ''राजे, उस घटना से बहुत कष्ट सहने पड़े। सबको बहुत क्लेश हुआ। अब जाओ, विश्राम करो। तुम्हें ऐन समय पर उपाय सूझ गया, सो ठीक हुआ।''

''माँसाहिबा, यह श्रेय हमें नहीं है।'' सईबाई की ओर देखते हुए राजे कहने लगे, ''आपको शाबाशी देनी ही हो, तो अपनी बहू को दीजिए। यह सुझाव तो उन्हीं का था।''

''तो और क्या? मेरी बहूरानी है ही बहुत बुद्धिमती।'' माँसाहिबा बोलीं।

''हाँ, हाँ, जरूर बहुत अकल पाई है इन्होंने!'' राजे सईबाई को एकटक देखते हुए कहने लगे, ''परन्तु बस अभी इतना समझना भर बाकी है कि शह राजा को दी जाती है, हाथी को नहीं दी जाती।''

सईबाई हड़बड़ाकर वहाँ से चली गईं। जीजाबाई ने कहा, ''राजे, उसे अब खिझाया मत करो। पेट गदराया हुआ है बच्ची का, अब दिन पूरे होने को आए। सकुशल प्रसूता हो गई, तो लाखों पाए। तुम भी इतने बड़े हो गए, पर अभी बचपना भूले नहीं हो। अच्छा ही है बेटा, ऐसे ही बने रहो।''

सईबाई रात को महल में गईं, तब राजे पीठ करके सोए हुए थे। गम्भीर हो सईबाई पलंग के पास जाते हुए कहने लगीं, ''पता है हमें, जाग रहे हो तुम। बेकार ढोंग मत करो।''

राजे मुड़े। दृष्टि गड़ाकर देखती हुई सईबाई से कहने लगे, ''पर इसे चाल मत समझना...यह सच्ची-सच्ची शह है।''

इन शब्दों को सुनते ही सईबाई की गम्भीरता जाने कहाँ खो गई। उन्हें एकदम हँसी आ गई, राजे की खिलखिलाहट भी उसी हँसी में शामिल हो गई।

7

शहाजीराजा के आदेशानुसार शिवाजीराजा ने कोंढाणा दुर्ग आदिलशाही को दे दिया था, इसलिए शिवाजी के खिलाफ अब उस राज्य की ओर से निकट भविष्य में किसी कार्रवाई की आशंका नहीं थी। एक लम्बे अरसे के बाद राजे ने शान्ति के दिन देखे थे। आज तक उनका सारा ध्यान किले, गढ़ी के निर्माण में या हथियारों की खरीदारी में लगा हुआ था। अब उन्होंने अपना ध्यान राज्य के सुप्रबन्ध की ओर लगाया। दादोजी कोंडदेव ने भूमि-राजस्व की नई प्रणाली चलाई थी। उस कायदे को प्रभावशाली रूप से लागू किया जाने लगा। पुणे नगर में पानी का अभाव न होने पाए, इस दृष्टि से कोंढवे गाँव में नदी पर बाँध बनवाने का काम जोर-शोर से शुरू हो गया। शिवापुर के बाग-बगीचों के लिए एक दूसरे बाँध का निर्माण किया

जाने लगा। इन सब कामों पर राजे स्वयं व्यक्तिगत रूप से निगरानी रखते थे। दादोजी के अभाव की पूर्ति जीजामाता पूरी कर रही थीं। राजभवन में आए हुए मामलों का निर्णय वे ही करती थीं।

राजे को जैसे ही फुरसत मिलती थी, वे पुरन्धर का निर्माण-कार्य देख आते थे। खलत-बेलसर में मिली विजय के कारण सारा मावलखंड अब सुरक्षित हो गया था। मावल की भूमि देख रही थी कि एक न्यायशील राजा आ पहुँचा है। फसल के आधार पर लगान लिया जाता था। नई खेती के लिए नई जमीनें दी जा रही थीं। ढोर-डंगर, खेती के औजार खरीदने के लिए गरीब किसानों को धन की सहायता दी जा रही थी। कर्ज भी मिल रहा था। प्रजाजनों में किसी अधिकारी के विरुद्ध शिकायत करने का हौसला बढ़ रहा था। राजे ऐसी शिकायतों की ओर स्वयं ध्यान देते थे। अन्यायी अधिकारी कठोर दंड के भागी होते थे।

शिवाजीराजा ने जिस प्रकार प्रजा-पालन के नियम बनाए थे, उसी प्रकार सेना को भी नियमों में बाँधा था। सेना का निरीक्षण सदा होता था। घोड़ा ही राज्य का सच्चा ऐश्वर्य था, इसलिए उसका स्वामित्व किसी भी व्यक्ति को नहीं होता था। जितने भी घोड़े थे, सब सरकार के, राज्य के स्वामित्व में थे। सेना में रहते समय पत्नी, रखैल या वेश्या साथ रखना मना था। राजकीय आदेश था कि इस नियम का उल्लंघन करनेवाले की गरदन उड़ा दी जाए।

एक दिन राजे पुरन्धर से पुणे आए। वहाँ हर कोई खुश दिखाई देता था। महल में बड़ी चहल-पहल थी। मनोहारी बड़ी तेजी से लपकती हुई राजसभा भवन के निकट से महल में जा रही थी। राजे ने उसे पुकारा, ''मनोहारी, आज ये कैसी गड़बड़ है?''

मनोहारी ने अपने हाथ की कलसी को ठीक से सँभाला और वह हँसती हुई बिना कुछ उत्तर दिए महल में चली गई। राजे उसके इस आचरण का कुछ अर्थ नहीं समझ पाए। वे माँसाहिबा के महल में गए। वहाँ कोई नहीं था। थोड़ी ही देर में माँसाहिबा वहाँ आईं। ''माँसाहिबा, महल में आज ये कैसी भागदौड़ है?'' राजे ने पूछा।

''राजे,'' माँसाहिबा हँसकर कहने लगीं, ''कल रात से ही यह हड़बड़ी मची है। इसीलिए मैंने तुमसे कहा था कि दो-चार दिन कहीं मत जाओ।''

''क्यों? ऐसी क्या बात हुई?''

''क्या बात हुई? अरे तुम, 'आबासाहब' बन गए, राजे। आज सुबह ही लड़की पैदा हुई है। अच्छा हुआ, तुम ठीक समय पर आ गए। भगवान् के मन्दिर में शक्कर की थैली भिजवानी पड़ेगी, शक्कर बाँटनी पड़ेगी।''

राजे का मुख खिल उठा। जब वे सईबाई से मिलने गए, तब शिशु पालने में सो रहा था। राजे ने सोई हुई बच्ची को देखा और वे सईबाई की ओर मुड़े। सईबाई के मुख पर फीकी-सी हँसी थी। राजे ने पूछा, ''लड़की किस पर गई है?''

''बिलकुल आपके जैसी है।''

राजे मुस्करा दिए। बोले, ''मैंने ठीक ही सोचा था, इतने नन्हे-से बच्चे का जहाँ चेहरा पहचानना भी कठिन होता है, तुम औरतें उसका स्वभाव भी बता दिया करती हो। कैसे, सो तो भगवान् जाने।''

राजे की हताश मुखमुद्रा की ओर देखकर सईबाई अपनी हँसी नहीं रोक पाईं। वे जोर से हँस पड़ीं। वे हँसते-हँसते बीच ही में रुक गईं, उनके मुख से निकला, ''अरी मैया री!''

राजे एकदम दौड़े, "क्या हुआ?"

"कुछ नहीं, हँसना भी कठिन लगता है।"

"तुम आराम करो।" राजे ने कहा।

"जरा कुछ देर ठहरिए न।"

"क्या है?"

"एक बात पूछूँ? सच-सच बताओगे?"

"हम तुमसे कभी झूठ बोले हैं क्या?"

"लड़की जनमी है, तुम्हें इस कारण बुरा तो नहीं लगा?"

"बिलकुल नहीं। माँसाहिबा कहती थीं, 'पहली बेटी, जानो घी-रोटी'। परन्तु रानीसाहिबा, इस बच्ची को बिलकुल अपनी जैसी बनाना।"

"मतलब कैसी?"

राजे ने दो पल सईबाई को टक लगाकर देखा और कहने लगे, "अपने दुख को भूलकर दूसरों के सुख में सुखी होनेवाली।" और इतना कहकर राजे महल के बाहर चले गए। सईबाई के मुख पर एक अनोखा-सा सन्तोष छाया हुआ था।

सब मन्दिरों में, ब्राह्मणों को और सगे-सम्बन्धियों को पुत्री-जन्म के निमित्त शक्कर बाँटी गई। लालमहल में बड़े धूमधाम से बरही मनाई गई। लड़की का नाम 'सखुबाई' रखा गया।

सखुबाई जनमी, मानो घर के लिए सगुन लेकर आई। शहाजीराजा के छुटकारे के बाद उसका जन्म हुआ था। वह पैदा हुई, तब घर-बार पर सुख-शान्ति छाई हुई थी। शिवाजीराजे नन्ही बच्ची की लीलाओं को देख-देखकर बहुत प्रसन्न होते थे। इधर राज्य का काम-काज बढ़ रहा था, उधर पिता के प्यार-दुलार के बीच सखु बड़ी हो रही थी। धीरे-धीरे नन्ही बालिका घुटनों के बल चलने लगी—तोतले बोल बोलने लगो। घर के सभी लोगों की कभी गोद में तो कभी कन्धे पर सवार रहने लगी।

एक दिन लालमहल में समाचार पहुँचा कि कान्होजी जेधे पुणे आ रहे हैं। कान्होजी जेधे शहाजीराजा के विशिष्ट विश्वासपात्र सरदार थे। जब शहाजीराजा को कैद किया गया था, उसी समय कान्होजी जेधे को भी गिरफ्तार कर लिया गया था। उन्हें कनकगिरि में बन्द कर दिया गया था। बाद में जब शहाजीराजा को आजाद कर दिया गया, तब कान्होजी को भी छोड़ दिया गया। शहाजीराजा को बहुत दुख हुआ था कि उनके कारण कान्होजी को निष्कारण ही बन्दीगृह में रहना पड़ा। कान्होजी का भी मन बादशाही चाकरी से उचट गया था। शहाजीराजा का मन बार-बार कहता था कि कान्होजी के समान निष्ठावान और शूरमा सरदार एक सनकी बादशाह के राज में रहे, यह उचित नहीं। उन्होंने कान्होजी को अपनी जागीर की ओर भेज दिया। उन्हें विदा करते समय शहाजीराजा ने कहा था, "कान्होजी, हमारा तुम पर पूरा भरोसा है। वहाँ हमारे पुत्र शिवाजीराजा हैं, उनकी पूरी ईमानदारी से और जी-जान से सेवा करो। यह समझना कि वे शिवाजी नहीं, स्वयं हम हैं। प्राण देकर भी उनकी रक्षा करना। आदिलशाही फौज सामने आए, तो भी बिना झिझके शिवाजीराजा की ओर से उसका सामना करना।"

कान्होजी ने उनकी आज्ञा सिरमाथे मानी। शहाजीराजा के सामने उन्होंने हाथ में बेलपत्र और रोटी का टुकड़ा लेकर ईमानदारी की शपथ ली और वे बीजापुर से रवाना हो गए। वे

बीजापुर की बादशाहत से तंग आ चुके थे और अब पुणे की ओर कूच कर रहे थे। कान्होजी के आगमन का समाचार सुनकर राजे को बहुत प्रसन्नता हुई।

रात को राजे सखुबाई को पास लेकर सोए हुए थे। सखु की पलकों पर नींद छा रही थी, राजे उसे थपकियाँ दे रहे थे। यों ही कुछ बड़बड़ाते हुए सखु सो गई। अपनी बगल में सोई हुई सखु को प्यार से निहारते हुए राजे की पलकें भी झँपकने लगी थीं। इतने में सईंबाई भीतर आईं। उन्होंने राजे और सोई हुई सखु की ओर देखा। उनके मुख पर सन्तोष-भरी मुस्कराहट छा गई। वे समई-दीपक की ओर मुड़ी ही थीं कि आवाज आई, ''सईंऽऽ।''

सईंबाई ने चौंककर देखा। शिवाजीराजे उनकी ओर देख रहे थे। ''सोए नहीं क्या? कहीं आपकी नींद न टूट जाए, इसलिए मैं धीरे-धीरे पाँव रखती हुई आई थी।''

''तुम्हारे आने की खबर तो हम तक पहले ही पहुँच जाती है।''

''वह कैसे?'' सईंबाई ने आश्चर्य से पूछा।

धीरे से उठते हुए राजे ने कहा, ''हमें वह खबरें बता देती है।''

''वह कौन?''

''है एक बतानेवाली।''

''तो आप उसके साथ ही बातें करते रहें, मैं जाती हूँ।''

राजे ने सईंबाई को जल्दी जाते हुए देखा, तो कहने लगे, ''जाना है, तो जाओ, पर उसका नाम तो सुनती जाओ।''

सईंबाई ठिठक गईं। कानों में आवाज आई, ''तुम्हारे आने की खबर पहुँचानेवाली, जानती हो कौन है? वह है तुम्हारे पैरों की पायल।''

सईंबाई हक्की-बक्की होकर देख रही थीं। झूठ-मूठ का गुस्सा दिखाते हुए वे कहने लगीं, ''इन पायलों की इतनी आवाज है क्या, जो रसोईघर से यहाँ तक सुनाई दे?''

''आवाज कैसे आती है, यह तुम नहीं समझ सकती, सईं। वह तो हम ही जानें। एक आतुर पति के कानों तक पत्नी की पायलों की ध्वनि जल्दी पहुँच जाती है।''

सईंबाई लजा उठीं। वे समई तक गईं, धीरे-धीरे चुपचाप समई की एक-एक लौ बुझाने लगीं...

कान्होजी जेधे पुणे आए। उनके साथ एक विशेष डोली भी आई थी। शहाजीराजा ने बीजापुर से सोयराबाई को भी कान्होजी के साथ भेजा था। छोटी रानीजी ने बड़े सम्मानपूर्वक महल में पाँव रखा। कान्होजी ने जीजाबाई को सिजदा किया। राजे ने उनसे बीजापुर के क्षेम-कुशल के समाचार जाने। जीजाबाई ने महाराजसाहब और बड़े बेटे सम्भाजी के समाचार जाने-बूझे। राजे ने कान्होजी से कहा, ''कान्होजी, तुम आए, हमें बहुत ढाढ़स बँधा, हमारा बल दूना हो गया।''

''राजे, तुम्हारे पराक्रम की कथा सुनकर महाराजसाहब बहुत सन्तुष्ट होते हैं, अन्यथा उन्होंने मुझे आपकी सेवा के लिए न भेजा होता।''

''तुम्हारी स्वामिनिष्ठा हम भली-भाँति जानते हैं।'' कान्होजी के साथ आए हुए बाजी जेधे की ओर संकेत करते हुए राजे बोले, ''तुम्हारे आने से पहले ये तुम्हारे बाजी जेधे हमारी तरफ से फतहखान के खिलाफ लड़े हैं। सचमुच बड़ी बहादुरी दिखाई है इन्होंने। हम सब इन्हें 'सवाई बाजी' कहते हैं।''

''अनुकूल स्वामी मिले, तभी पराक्रम दिखाने का अवसर मिलता है। इसीलिए राजे, मैं अपने कुछ खास विश्वासपात्र वीर साथी भी साथ लाया हूँ। ये सभी विश्वसनीय तो हैं ही, जान पर खेल जानेवाले साथी भी हैं।''

इतने में येसाजी अन्दर आया। राजे की दृष्टि उसी पर टिकी हुई थी। येसाजी की आँखों में आँसू देखकर राजे ने पूछा, ''क्या हुआ, येसाजी?''

''महाराज, एक बुरा समाचार है।''

''क्या?''

''तुकाराम महाराज ने देह त्याग दी।''

समाचार सुनकर राजे को गहरा आघात लगा। मन में सारी स्मृतियाँ जाग उठीं। उनकी आँखें एकदम भर आईं। रुँधे हुए कंठ से वे कह उठे, ''अरे, अरे! आज हमने एक महान आत्मा को खो दिया है। व्रत, उपवास आदि से क्षीण हुई वह काया, मुख पर फैली हुई भोली-भाली हँसी। पक्षियों के समूह के निकट से गुजरते हुए यदि पक्षी उड़ पड़ें, तो भी दुखी होनेवाली आत्मा थी वह। हमारी दृष्टि में वह मूर्ति बस-सी गई है। सच ही हमारी इस भूमि पर इन सन्त-महात्माओं के महान उपकार हैं। हम राजा लोग सत्ता के बल पर राज करते हैं, पर ये सन्त! उनके पास सत्ता नहीं थी, परन्तु उन्होंने मुगलिया राज में अपना धर्म डूबने नहीं दिया। निवृत्ती नाथ, ज्ञानेश्वर, सोपानदेव, मुक्ताबाई, नामदेव, जनाबाई, एकनाथ, चोखा, बंका...कितने ही तो नाम हैं। अपनों का और परधर्मीय जनों का प्रबल विरोध सहन करते हुए इन्होंने स्वधर्म की ज्योति सदा जलाए रखी। धर्म को सामान्यजनों तक पहुँचाया, उन्हें धर्म बतलाया। कान्होजी, हम अपना राज्य बना रहे हैं, इसमें सन्त-महात्माओं की ओर हमें विशेष ध्यान देना होगा। इनकी सेवा करते-करते ही राज्य का विस्तार करना होगा। इसी में हमारे राज्य की शोभा है।'' राजे कहते जा रहे थे। आँखों से निरन्तर बह रही अश्रुधारा की उन्हें सुध न थी।

कान्होजी कुछ दिन पुणे में रहे, फिर राजे से अनुमति लेकर वे रोहिडखोरे (घाटी) की ओर चले गए।

दिन-ब-दिन राजे की सैनिक-शक्ति बढ़ रही थी। काल सुख-शान्ति का था, इसलिए राजे सब कामों में ध्यान देने के लिए समय दे पाते थे। एक दिन माँसाहिबा ने शिवाजी से कहा, ''राजे, हमारी एक इच्छा कई दिनों से अधूरी है।''

''कौन-सी माँसाहिबा?''

''बीजापुर में जब हमारे 'श्रीमानजी' को कैद कर लिया गया था, तब हमने मन में संकल्प किया था कि महाबलेश्वर में अनुष्ठान करेंगे। वहाँ जाकर साधु पुरुष गोपालभट के दर्शन पावें, यह कामना कई दिनों से है। परन्तु इन बीच के हलचलवाले दिनों में मैं तुमसे कह नहीं सकी।''

''माँसाहिबा, हम अवश्य शीघ्र ही महाबलेश्वर जाएँगे। हमें भी बहुत प्रसन्नता होगी।''

राजे ने महाबलेश्वर जाने की तैयारी की। वे माँसाहिबा के साथ महाबलेश्वर गए। वहाँ जाकर दोनों ने सत्पुरुष गोपालभट के दर्शन किए। गुरुमन्त्र लिया और अनुष्ठान किया। उस देवस्थान के नाम वर्षासन दिया तथा वहाँ के सत्पुरुष को वार्षिक वृत्ति प्रदान की।

महाबलेश्वर के निवासकाल में शिवाजीराजा की दृष्टि महाबलेश्वर के निकट बसे हुए

जावली घाटी, कोयना घाटी और आस-पास के भू-प्रदेश पर फिर रही थी। ये पहाड़ी घाटियाँ महाबलेश्वर मकरंदगढ़, मंगलगढ़ आदि गढ़ों से सुरक्षित थीं। ये घाटियाँ परले पार की पहाड़ी शृंखला की विशाल दीवार से पीठ सटाकर जमी हुई थीं। शिवाजी के मन को इन घाटियों ने पूरी तरह मोह लिया था। इस जावली घाटी का आतंक तो बीजापुर के आदिलशाह को भी सताता था। ऊँचे-ऊँचे पहाड़ों-दर्रों से घिरी उस घाटी में घनघोर जंगल थे। इसे जीतना लगभग असम्भव था। उस प्रदेश की स्थिति ही कुछ ऐसी थी जिसके हाथ में जावली घाटी हो, उसका राज्य स्वयमेव सुरक्षित हो जाता था। इस प्रदेश पर मोरे का राज्य था। यहाँ के राजा के वंश का नाम मोरे था, परन्तु कई पीढ़ियों से इन्हें चन्द्रराव खिताब मिला हुआ था। उस काल का चन्द्रराव था यशवन्त मोरे। यह यशवन्त मोरे राजे की कृपा से ही जावली में आ बसा था, परन्तु राजे को उस पर भरोसा नहीं था।

राजे महाबलेश्वर से वापस लौट आए, परन्तु जावली घाटी उनके मन में उलझी रही।

8

लालमहल में शाम के दीपक जलने लगे थे। राजे छज्जे पर खड़े थे। उनके पीछेवाले महल में कोई नहीं था। महल के आगेवाली पहरे की चौकियाँ, सामने का खुला मैदान यहाँ से साफ दिखाई दे रहा था। हवा में काफी उमस थी। राजे ने मुड़कर देखा, कोई हजारी समई (दीपक) जला रहा था। राजे ने पूछा, ''कौन है?''

''मैं हूँ।''

''मैं कौन? मनोहारी है क्या?''

''जी।''

मनोहारी ने महल के समई-दीपक जलाए। फिर उसने राजे को तीन बार नमस्कार किया। राजे ने भी दीप-ज्योति के आगे हाथ जोड़े। कहने लगे, ''आज क्या सबने हमारा बहिष्कार करने की ठानी है? हमारी सखु बेटी भी नहीं दिखाई दी आज।''

''उन्हें येसाजीराव एक शादी में ले गए हैं।''

''और रानीसाहिबा कहाँ हैं?''

''नीचे माँसाहिबा के पास बैठी हैं। भेजूँ क्या?''

''नहीं, रहने दे।''

बाजों की आवाज सुनकर राजे छज्जे की ओर बढ़ गए। उनके पीछे-पीछे मनोहारी थी। मशालों की पंक्तियाँ महल की दिशा में आगे बढ़ती आ रही थीं। राजे ने कहा, ''बरात आ गई है शायद?''

''जी!''

''तू जा। माँसाहिबा को जाकर कह दे। तब तक हम नीचे आ जाते हैं।''

दूल्हा-दुलहन घोड़े पर बैठे थे। आगे शहनाई-ताशा बज रहे थे। राजे छज्जे से यह बरात देख रहे थे। बरात महल के प्रांगण में आई। मशालचियों ने एक गोल घेरा बना लिया और इस घेरे के बीच उतरा–जीऊ महाला। डफ की ताल पर जीऊ तलवार की करामातें दिखा रहा था। एक पैंतरा लेकर वह घुटने के बल बैठ गया। उससे नौ हाथ दूर एक नारियल रखा

गया। जीऊ ने घुटने के बल बैठे-बैठे एक वार किया और नारियल के टुकड़े-टुकड़े बिखर गए। देखनेवाले चिल्लाए, ''बहुत अच्छे, शाबाश!'' जीऊ ने इसी तरह चार नारियल फोड़कर दिखाए। फिर एक दूसरा सैनिक घेरे के बीच आया और वह पटे के करतब दिखलाने लगा।

दूल्हा-दुलहन घोड़े से उतरे। उनके साथ सब लोग महल में आते हुए दिखाई दिए। राजे कुछ देर उसी तरह खड़े-खड़े देखते रहे। फिर वे महल में गए और पगड़ी पहनकर जीने से उतरकर नीचे अपने राजसभाभवन में चले आए।

सभाभवन की पौरी में दूल्हा-दुलहन बैठे थे। माँसाहिबा सईबाई सहित उनके दाईं ओर खड़ी थीं। शेष लोग विनम्रतापूर्वक एक ओर खड़े थे। राजे के वहाँ आते ही सबने उन्हें सिजदा किया। वर-वधू ने राजे को प्रणाम किया। येसाजी वहीं सखुबाई को गोद में लिये खड़ा था। वह कहने लगा, ''महाराज, ये दूल्हा अपने रामू काका का लड़का भीमा है और ये दुलहन अपने सर्जेराव की लड़की है, नाम है गंगा।''

''अरे वाह! ये तो अपने घर का ही ब्याह है।'' सर्जेराव की ओर देखते हुए राजे ने कहा, ''सर्जेराव, हम तुमसे नाराज हैं।''

सर्जेराव पगड़ी सँभालते हुए आगे आए। पूछने लगे, ''गुस्सा क्यों महाराज?''

''अरे, तुम्हारी बेटी की शादी थी। हमें बस एक निमन्त्रण दे दिया तुमने, हमें आग्रहपूर्वक साथ नहीं ले गए तुम।''

सर्जेराव कहने लगे, ''महाराज, गरीबों के घर का ब्याह! चूहे के बिल में हाथी कैसे समाएगा?''

येसाजी की गोद में बैठी हुई सखुबाई की ओर उँगली दिखाते हुए राजे कहने लगे, ''इसीलिए शायद ये छोटा चूहा साथ ले गए थे!''

सब ओर हँसी का फव्वारा फूट पड़ा। जीऊ की ओर मुड़कर राजे ने कहा, ''जीऊ, तेरा ये करतब हमें मालूम नहीं था अब तक।''

येसाजी आगे बढ़ आया, ''महाराज, इसके करतब सब जानते हैं। पुणे में किसी के भी घर ब्याह हो, जीऊ के बिना बरात नहीं निकलती। नौ हाथ दूर रखा नारियल बैठे पैंतरे से फोड़ देने का कमाल तो बस जीऊ ही दिखा सकता है।''

जीऊ शरमा गया। हिचकिचाते हुए कहने लगा, ''महाराज, मुझे बस इतना ही आता है।''

फिर एक बार हँसी से सारा आँगन गूँजने लगा। हँसी रुकते ही राजे ने कहा, ''जीऊ, आदमी को चाहे थोड़ा ही आता हो, पर वह बेमिसाल हो।''

दूल्हे की ओर देखकर राजे ने कहा, ''क्यों भीमराव, हमारी नई मुहिम में साथ आएगा क्या? पर है तू बड़ा किस्मतवाला! इतनी उम्र हुई तेरी, फिर भी दुलहन मिल ही गई।''

सर्जेराव बोले, ''ऐसी बात नहीं है महाराज। इनकी सगाई हुई कई बरस हो गए थे।''

''तो शादी में देरी क्यों हुई?''

इस पर सब ओर चुप्पी छा गई। जीजाबाई ने कहा, ''राजे, देरी का कारण तुम्हीं हो।''

''हम?'' राजे कह गए।

सर्जेराव बीच में ही बोल उठे, ''ऐसी बात नहीं, महाराज। रामू काका की तैनाती पुरन्धर में हो गई, हम रह गए राजगढ़ में। कल-आज, आज-कल करते-करते दिन निकल गए। इस साल माँसाहिबा ने ध्यान दिया। जो जरूरी था, सब दे दिया, बस इस तरह ब्याह रचा डाला।''

“तो ये बात है! हमें पता ही नहीं था।” फिर भीमराव की तरफ देखते हुए राजे ने कहा, “तो क्यों भीमराव, क्या सोचा है?...पर अब तुम मुहिम में आ भी कैसे सकोगे?”

“मैं आऊँगा, महाराज!” भीमराव हिम्मत करके कह गया।

“तुम आओगे, भाई, पर ये हमारी बहूरानी हमें क्या कहेंगी?” राजे ने कहा।

सर्जेराव मूँछों पर ताव देते हुए बोले, “महाराज, वह कुछ नहीं कहेगी। इस सर्जेराव की बेटी है वह। उसने आदमी से शादी नहीं की है, तलवार से शादी की है। वह सब जानती है। माथे का सिन्दूर...”

“ठहरो, ठहरो, सर्जेराव, कुछ मत बोलो।” राजे ने उसे टोका, “यह सिपाहीवाली भाषा घर-गृहस्थी में ठीक नहीं होती। बेटी, आयुष्मती हो। सुहाग बना रहे तेरा, सदा माँग भरी रहे।”

दूल्हा-दुलहन को राजा की ओर से उपहार दिए गए। बरात जैसे गाजे-बाजे के साथ आई थी, उसी तरह वापस लौट गई। राजे अपने महल की ओर जाने लगे कि आवाज आई, “आबाऽऽ।”

राजे ने मुड़कर देखा। मनोहारी सखु को लिये खड़ी थी। मनोहारी जैसे ही राजे के पास आई, सखु राजे की ओर लपकी। राजे ने उसे गोद में लिया और वे महल की ओर चल पड़े।

इसके कुछ दिनों बाद राजे ने जीजाऊ से कहा, “माँसाहिबा, अपना कुलदेवता शिखर शिंगणापुर में है। कई दिनों से तीव्र इच्छा हो रही है कि दर्शन कर आएँ।”

“तो हो आओ न!”

“आपको भी हमारे साथ आना होगा।”

“अच्छा, तो चार-पाँच दिनों में जाएँगे।”

“अच्छा।”

राजे ने शिखर शिंगणापुर जाने की तैयारी कर ली। फलटण शहर से थोड़ी ही दूरी पर एक ऊँचे पर्वत-शिखर पर शंकरजी का मन्दिर है–शिखर शिंगणापुर। अतिजाग्रत देवता हैं यह। यह भोसले वंश का कुलदेवता है। राजे ने शिखर शिंगणापुर जाने की तैयारी जोर-शोर से शुरू की थी। घुड़सवार, सामान आदि पहले ही भेज दिया गया था। डोली, पालकियाँ तैयार की जा रही थीं। सब ओर आदेश भिजवा दिए गए थे। सईबाई ने पूछा, “मैं आऊँ?”

“शिंगणापुर?”

“हाँ!”

“सखु अभी छोटी है। हम दर्शन पाकर जल्दी ही लौट आएँगे।”

“यह यात्रा कुछ दिनों के बाद निश्चित करते, तो क्या काम नहीं बन सकता था?” सईबाई कुछ नाराज-सी होकर बोलीं। राजे उनके पास गए। कहने लगे, “हाँ, इसे कुछ दिनों बाद तय करने से बात बिगड़ जाती, इसीलिए तो हम जा रहे हैं। पर देखो, तुम्हें चाहे साथ न ले जा रहे हों मगर जब हम लौटेंगे, तुम्हारे लिए एक अलौकिक भेंट साथ लाएँगे।”

“कैसी भेंट?”

“ईश्वर चाहेगा, तो तुम्हें आने के बाद ही भेंट का पता लगेगा।”

शुभ मुहूर्त देखकर राजे ने पुणे से प्रस्थान किया। डोलियाँ चली जा रही थीं। उनके आगे-पीछे घुड़सवार सैनिक चल रहे थे। जीजाऊ की पालकी के पीछे एक-दो पालकियाँ थीं।

इनमें मावले सरदारों के स्त्री-परिवार थे। राजे अश्वारोही दल के साथ आगे-आगे दौड़ते चले जा रहे थे। उनके साथ येसाजी, तानाजी, शिवा बालाजी, चिमणाजी आदि लोग भी थे।

शिवाजीराजे ने शिंगणापुर में जो आवास व्यवस्था कराई थी, वह शिंगणापुर की तलहटी में दिखाई दे रही थी। ऊँचे शिंगणापुर पर्वत-शिखर के नीचे फैला हुआ ऊसर पठारी मैदान एक फौजी छावनी जैसा दिखाई दे रहा था। पूरे पठारी मैदान में जहाँ-तहाँ पाल डेरे और रावटियाँ दिखाई दे रही थीं। जगह-जगह पहरे की चौकियाँ थीं। इस सैनिक छावनी को देखकर जीजाबाई आश्चर्यचकित हो उठीं। उन्होंने राजे से पूछा, ''राजे, इतनी तैयारी क्यों?''

''तैयारी कहाँ की?'' राजे ने उत्तर दिया, ''सोचा कि आपके साथ सबको भी दर्शनों का पुण्य मिल जाएगा। सबके चार दिन सुख-चैन से बीतेंगे।''

जो लोग जीजाबाई की अगवानी करने आए थे, उनमें कई पुरोहित थे। यही नहीं, पुणे के वेद-वेदांगों के ज्ञाता वयोवृद्ध दशग्रन्थी ब्राह्मण भी थे। राजे के विशिष्ट सरदार भी थे। जीजाबाई की समझ में नहीं आ रहा था कि राजे के मन में क्या है!

अगले दिन देवमन्दिर में मूर्ति का अभिषेक किया गया। सबको भगवान् की प्रसादी बाँटी गई और इतने में एक पुजारी ने आकर सूचना दी, ''बजाजी निम्बालकर माँसाहिबा के दर्शन करने आए हैं।''

माँसाहिबा ने पूछा, ''कहाँ हैं?''

''नीचे तलहटी में हैं।''

जीजाबाई ने राजे की ओर देखकर कहा, ''राजे, उन्हें कहलवाओ कि रुके रहें। हम दर्शन करके अभी आ रही हैं।''

बजाजी निम्बालकर को जब जबरदस्ती मुसलमान बना लिया गया था, तब से वे बीजापुर में ही थे। वहीं बजाजी की मुसलमान पत्नी की मृत्यु हो गई। बजाजी बादशाह की आँखों से उतर गए। धर्म से उपेक्षित और शाही गुस्से के शिकार बजाजी वापस अपने नगर फलटण आ गए। उनकी पहली हिन्दू पत्नी ने जब पति के धर्म-परिवर्तन का समाचार सुना था तो वह उस आघात को सहन नहीं कर सकी। फलटण में उसका देहान्त हो चुका था। उस पत्नी के पुत्र महादजी को साथ लेकर बजाजी राजे का निमन्त्रण पाकर शिखर शिंगणापुर आए थे।

महादेव के दर्शन करके राजे जीजाबाई के साथ मन्दिर के बाहर आए। वहाँ पालकियाँ खड़ी थीं। दोनों पालकी में बैठ गए। पालकियाँ सेना के साथ पहाड़ से उतरने लगीं। उस दोपहर की धूप में नीचे फैली हुई छावनी सबका ध्यान खींच रही थी।

छावनी के बाहर बजाजी का घुड़सवार-दल खड़ा था। पालकियाँ वहाँ आकर रुक गईं। जीजाबाई पालकी से उतरीं। उतरकर देखा, बजाजी हाथ बाँधे खड़े थे। मुसलमानी पगड़ी, ठोढ़ी पर कटी-छँटी दाढ़ी, पैरों तक का लम्बा अँगरखा पहने बजाजी सामने खड़े थे। इस रूप को देखकर जीजाबाई अति उद्विग्न हो उठीं। ज्यों-त्यों अपने को सँभालते हुए उन्होंने कहा, ''बजाजी, आज हमारी याद आई क्या?''

बजाजी ने एकदम जीजाबाई के पाँव पकड़ लिये। बजाजी के आँसुओं से जीजाबाई के पैर भीग रहे थे।

''उठो, बजाजी। जो होना था, हुआ। तुम वापस आ गए हो, हमें यही प्रसन्नता है।''

बजाजी कहने लगे, ''माँसाहिबा, एक भीख माँगता हूँ आपसे। भीख मेरी झोली में डाल दीजिए, तभी उठूँगा मैं।''

''यह क्या करते हो बजाजी? सब लोग देख रहे हैं, तुम उठो। कहो, क्या चाहते हो?''

बजाजी उठ खड़े हुए। आँसू पोंछते हुए कहने लगे, ''माँसाहिबा, हजारों आदमियों के सामने आपके पाँव पड़ने में लज्जा कैसी? और लाज है भी कहाँ हमारे पास? माँसाहिबा, शरीर भ्रष्ट हो गया मेरा, पर मन नहीं मरा अभी। मैं मुसलमान रहकर मरना नहीं चाहता। आपकी सई का भाई हूँ मैं, माँसाहिबा।'' पाँच बरस के बालक महादजी को अपने से लगाते हुए बजाजी बोले, ''मैं इस अबोध बालक का पिता हूँ, मैं क्या करूँ?''

बजाजी सिसकियाँ भर-भरकर रोने लगे। केवल जीजाबाई की ही नहीं, सभी देखनेवालों की आँखें छलछला आईं। बजाजी की पीठ पर हाथ फिराते हुए माँसाहिबा ने कहा, ''शान्त होओ, बजाजी। तुम हमारे ही हो। हमें अपने लोग कभी बोझ नहीं लगे। अपनों की प्रतिष्ठा की यदि हम रक्षा न कर पाए, तो हमारी उस प्रतिष्ठा का मूल्य ही क्या है! तुम मुसलमान हो गए, इसमें तुम्हारा क्या दोष है? शिवबा राजे की कसौटी परखने के लिए ही शायद यह घटना हुई हो। चलो, बजाजी। चिन्ता न करो, हम कोई न कोई मार्ग ढूँढ़ निकालेंगी।''

जीजाबाई के वचन सुनकर राजे का हृदय भर आया। वे मन्त्रमुग्ध-से होकर जीजाबाई के साथ डेरे की ओर चले जा रहे थे।

एकान्त पाते ही जीजाबाई ने राजे से कहा, ''राजे, तो इसी कारण यह तीर्थयात्रा कराई है तुमने? हमें तो कुछ भी अता-पता नहीं लगने दिया तुमने।''

राजे आँखें बचाते हुए कहने लगे, ''माँसाहिबा, बजाजी को खबर भिजवाई थी, परन्तु मन में थोड़ा सन्देह था कि जाने वे आएँ न आएँ। इसीलिए आपको बताया नहीं।''

''राजे, मैंने ऐसे ही मजाक किया था। सच तो यह है कि यह काँटा तो मेरे मन में भी चुभ रहा था।''

9

सायंकाल शिवाजीराजा के डेरे में सब सरदार और पंडित-ब्राह्मण एकत्रित थे। सबके अपने-अपने स्थान पर बैठने या खड़े होने के पश्चात् राजे ने कहा, ''हमारे साले बजाजी निम्बालकर को बलात् मुसलमान बना लिया गया है। हम चाहते हैं कि उन्हें पुनः हिन्दू धर्म में दीक्षित कर लिया जाए। यहाँ उपस्थित पंडित, शास्त्राचार्य शान्त मन से इस विषय में निर्णय करें और हमें कल प्रातःकाल अपना मत बताएँ।''

शास्त्री-पंडितों के बीच खुसर-फुसर हुई। उपस्थित सरदार भी हक्के-बक्के होकर राजे की ओर देख रहे थे। एक बार मुसलमान हुआ आदमी फिर से हिन्दू बना लिया गया हो, ऐसी बात उन्होंने कभी न सुनी थी, न गुनी थी।

अगले दिन प्रातःकाल राजे स्नान करके जीजाबाई के साथ मन्दिर में भगवान् के दर्शन कर आए। सभा के लिए शामियाना सुसज्जित किया गया था। राजे ने शामियाने में प्रवेश किया। सबके सिजदों को स्वीकार करते हुए वे उच्चासन पर जा बैठे। उनके दाहिनी ओर धर्माचार्य-पंडितगण खड़े थे। बाएँ हाथ की ओर सामन्त सरदार खड़े थे। इन्हीं के बीच बजाजी

भी खड़े हुए थे। सभा में कुछ हलचल-सी हुई। राजे ने देखा, शामियाने के पीछेवाले दरवाजे से माँसाहिबा आ रही थीं। राजे उठ खड़े हुए। वे जीजाबाई को साथ लेकर उच्चासन तक आए। राजे और जीजाबाई के स्थान ग्रहण करने के बाद सब सभासद अपनी-अपनी जगह बैठ गए। राजे ने कहा, "कल हमने अपने मन का हेतु प्रकट किया था। आज हम आपका निर्णय सुनने के लिए उत्सुक हैं, कहिए।"

पंडितों के बीच कुछ कानाफूसी हुई। प्रधान पंडितजी आगे बढ़े। कहने लगे, "महाराज, बजाजी मुसलमान हो चुके हैं। उन्होंने अपना धर्म बदल दिया है। ऐसे मनुष्य को स्वधर्म में पुनः प्रवेश देना असम्भव चाहे न हो, परन्तु धार्मिक परम्परा के विपरीत अवश्य है। और जो बात परम्परा के विरुद्ध हो, उसे करना उचित नहीं। यही हमने सर्वसम्मति से निर्णय लिया है।"

इस निर्णय से सारी सभा चकित हो उठी। जीजाबाई विकल हो उठीं, केवल राजे पूर्ववत् शान्त बैठे थे। उनके मुख पर जो स्मित भाव सदैव झलकता था, उसमें किंचित् भी परिवर्तन नहीं हुआ था। वे बोले, "हमें तुमसे यही आशा थी।"

शास्त्री, पंडितों के मुखमंडल हर्षित हो उठे, परन्तु यह सन्तोष अधिक देर टिकनेवाला नहीं था। राजे मन्द स्वर से कह रहे थे, "हम यह नहीं कहते कि धर्म द्वारा दिया गया निर्णय अयोग्य है, परन्तु यह अवश्य कहना चाहेंगे कि आज तक जिस धर्महीनता का आचरण किया जाता रहा है, उसे त्याग देने का समय आ पहुँचा है।"

वृद्ध शास्त्रीजी बोले, "धर्महीन? और हम?"

"तुम धर्महीन नहीं हो, हमारा संकेत तुम्हारे भाव की ओर है। धर्म की सीमा में हस्तक्षेप करने की हमारी बिलकुल इच्छा नहीं है। परन्तु यह अवश्य कहना चाहेंगे कि काल के अनुसार, मनुष्य-समाज के परिवर्तन के साथ-साथ धर्म को भी आगे बढ़ना चाहिए। आज यवनों के अत्याचार से हजारों लोग न चाहते हुए भी धर्मभ्रष्ट किए जा रहे हैं। एक पावरोटी का टुकड़ा कुएँ में फेंककर आज लोग धर्म से पतित बना लिये जाते हैं। हमारा प्रदेश बारदेस बन जाता है। परन्तु हमारे हिन्दू धर्म की क्या दशा है? उसके द्वार जानेवालों के लिए सदा खुले हैं, आनेवालों के लिए बन्द हैं। ऐसा कितने दिन चलेगा? यही स्थिति रही, तो कोई हिन्दू बचेगा क्या?"

एक पंडित उठ खड़े हुए, "महाराज, आप राज्य की सीमाएँ बदल सकते हैं, परन्तु धर्म की मर्यादाएँ बदलना इतना सरल नहीं है।"

"उन्हें सरल करना होगा।" महाराज की आवाज जरा ऊँची हो गई थी, "धर्म मूलतः सरल ही है, वह विशाल है। जो सच्चे ज्ञानी हैं, उन्हें अज्ञान से द्वेष होता है, उन्हें मोह होता है सच्चे धर्म का। इसीलिए तो सन्त ज्ञानेश्वर ने भागवत् धर्म का सत्य स्वरूप प्रकट करने का प्रयत्न किया–

तिमिर पाप का छिन्न-भिन्न हो। जगत स्वधर्म सूर्य को देखे।
सब कोई वांछित फल पाए। प्राणिमात्र हो सुखी विश्व में।

–'ज्ञानेश्वरी'

उनके हृदय से ऐसी प्रार्थना निकली, क्यों? क्योंकि वे मानवता के पुजारी थे। ज्ञानेश्वर और उनके भाई-बहनों को धर्माचार्यों ने धर्म में स्थान नहीं दिया था–कहा था, ये भाई-बहन संन्यासी की सन्तान हैं। एकनाथ महाराज ने विश्व को बन्धु माना था, लोगों ने उनका बहिष्कार

कर डाला। जीवन भर उनको घोर यातनाएँ दीं। परन्तु जब वे संसार से विदा हो गए, तो वे ही उनके मन्दिर बनाकर पूजने लगे। उनकी त्याग-तपस्या को यों मन्दिर में बन्दी बना दिया। जो मनुष्य को दूर भगाता हो, वह कैसा धर्म?''

''राजे, यह इस धर्मसभा का अपमान है। हमने धर्मनिर्णय बता दिया है। धर्म का स्थान आपसे ऊँचा है, इसे भूलिए नहीं। धर्म की निन्दा सुनना भी हम पाप समझते हैं।''

राजे ने कहा, ''शास्त्री महोदय, हमें विवश होकर कहना पड़ रहा है। कहते हुए हमें खेद है कि जो लोग धर्म को अपनी बपौती समझते हैं, उनके पास चाहे बुद्धि की तीक्ष्णता हो, परन्तु विवेक की पूँजी नहीं है। आज का धर्म अन्धे हाथी के समान घूम रहा है। धर्म से तो विकास, उन्नति होनी चाहिए, परन्तु आज उसके पाँव-तले अपने लोग ही कुचले जा रहे हैं। तनिक शान्त मस्तिष्क से सोचकर देखिए–जब हिन्दुओं के मन्दिर भ्रष्ट किए गए, मूर्तियाँ तोड़ डाली गईं, तब था कोई धर्म-अभिमानी शूरमा, जो द्वार पर खड़ा रहा हो? मैं पूछता हूँ–तब यह धर्म का अधिकार कहाँ गया था?''

''प्रभुत्व के आगे बुद्धिमानी की एक नहीं चलती, राजे,'' शास्त्रीजी बोले।

''शास्त्री महाराज, यह आप कह रहे हैं? इससे बढ़कर धर्म का अपमान और क्या होगा? शहंशाह अकबर के हाथ में हाथ देकर काशी के पंडितों ने दीने-इलाही धर्म को जन्म दिया था, तब हिन्दू धर्म की प्रतिष्ठा कहाँ गई थी? किसी म्लेच्छ का दिया हुआ सोने का सिक्का पानी से धो लेने पर शुद्ध हो जाता है, परन्तु सौ जन्मों के पाप एक स्नान में धो डालनेवाली गंगा पश्चात्ताप से दग्ध मन को पुनः धर्म में नहीं ला सकती! कैसा विरोधाभास है यह? नहीं, नहीं, शास्त्री महाराज, इसमें अवश्य ही कोई बड़ी भूल है।''

''आप जैसा चाहते हैं, हमने उसके अनुरूप धर्माज्ञा न दी, तो?''

''तो...? धर्माज्ञा से इस बात का निर्णय न होता हो, तो मानवता पर आधारित राजाज्ञा से हमें यह कार्य पूर्ण कराना होगा।''

''बलपूर्वक?''

''हाँ, आवश्यक हुआ, तो बल से भी। जो धर्म सब धर्मों को सहिष्णुता की दृष्टि से देखता हो, वही धर्म अपने लोगों की उपेक्षा करता हो, यह बात हमारी समझ से बाहर है। मानवता को भुला देनेवाला धर्म-धर्म कहलाने का अधिकारी नहीं है। हम राजधर्म के साथ जुड़े हुए हैं–प्रजा की उपेक्षा करना हमारे लिए असम्भव है।''

शास्त्री-पंडितगण एक-दूसरे की ओर देखने लगे। जीजाबाई को भी कुछ सूझता नहीं था। एक पंडितजी धैर्यपूर्वक आगे आए। बोले, ''राजे, यदि बजाजी प्रायश्चित करने के लिए तैयार हों, तो उन्हें पुनः धर्म में लाया जा सकता है।''

''वे अवश्य प्रायश्चित करेंगे। उन्होंने इससे मना ही कब किया है?'' उसाँस छोड़कर राजे कहने लगे, ''आप शास्त्री हैं, पंडित हैं, आपका अधिकार महान् है। परन्तु समाज से अलग-थलग पड़ा हुआ पांडित्य कोई ढोता फिरे, तो वह पांडित्य होकर भी किस काम का? धर्म तो बहती निर्मल जलधारा के समान होना चाहिए, उसमें समाज के दोष-कलंक धो डालने की सामर्थ्य होनी चाहिए। मानवता के धर्म को ज्ञान की बेड़ियाँ पहनाना चाहोगे तो यह कदापि सम्भव नहीं होगा। धर्म को अधर्म में बदलते देर नहीं लगेगी। देवराज इन्द्र के ध्वज को भगवत्-झर्झर कहते हैं। वही पवित्र ध्वज ज्ञानेश्वर, एकनाथ ने उठाए रखा। उसी

पताका को हमने अपने राज्य के लिए चुना है। मानवता-धर्म का महत्त्व जतानेवाली इस पताका की प्रतिष्ठा तुम्हें बनाए रखनी चाहिए। युग की पुकार है यह, इसे तुम्हें स्वीकार करना ही चाहिए।''

शिवाजी सारी सभा पर विजय पा चुके थे। शास्त्रियों-पंडितों में कानाफूसी, चर्चा जोरों से चल रही थी। सरदारों के मुख पर हास्य खिल उठा था। जीजाबाई के नेत्रों में जल भर आया था। प्रधान पंडितजी आगे बढ़े, कहने लगे, ''महाराज, हम बजाजी को धर्म में पुनः दीक्षित करने को तैयार हैं।''

सबने लम्बी साँस छोड़ी। राजे अतीव हर्षित हुए। कहने लगे, ''शास्त्री महोदय, आपने हमारे कार्य में जो सहयोग दिया है, उसे हम कभी न भुला पाएँगे। बजाजी के समान अन्य भी कई अभागे जन होंगे। वे जब कभी आपके पास भागे आएँ, आप उन्हें अपना लें। श्रद्धा के बिना धर्म, धर्म नहीं और धर्म के बिना मनुष्य मनुष्य नहीं।''

राजे ने पंडितों का अभिवादन किया। माँसाहिबा उठ खड़ी हुईं। उनके साथ राजे भी उठ खड़े हुए। सबके मुख पर एक अलौकिक पराक्रम का आनन्द छा रहा था।

बजाजी की शुद्धि का आयोजन सोत्साह प्रारम्भ किया गया। पंचक्रोशी के समस्त ब्राह्मणों को, शास्त्री, धर्मपंडितों को, आमन्त्रण दिया गया। बजाजी ने अतीव सन्तुष्ट मन से प्रायश्चित की विधियाँ पूरी कीं। ग्रहों की शान्ति की गई, यज्ञ होमादि किए गए और अन्ततः बजाजी समारोह से धूमधाम के बीच शुद्ध किए गए। 'सुन्नती' मुसल्ले बजाजी पूर्ववत् हिन्दू धर्म में आ गए। अत्यन्त सन्तुष्ट तथा आनन्दित चित्त से जीजाबाई और शिवाजी पुणे लौट आए। राजे अश्वारूढ़ होकर सायंकाल के समय पुणे पहुँचे। उनके साथ थे बजाजी निम्बालकर। दोनों के पीछे-पीछे अश्वारोही-दल मन्द चाल से चला आ रहा था। उनके पीछे राजसी डोली थी।

राजे ने राजभवन में प्रवेश किया। सखुबाई दौड़ती हुई द्वार तक आ गई थी। राजे ने उसे उठा लिया और महल में आए। सईंबाई महल में खड़ी थीं। राजे ने कहा, ''हमने जाते समय कहा था न, तुम्हारे लिए एक अनमोल उपहार लाएँगे। लो, ले आए हैं वह उपहार, बजाजी! अन्दर आओ।''

बजाजी अन्दर आए। सईंबाई दौड़कर भाई से लिपट गईं। दोनों ही रो रहे थे। राजे ने कहा, ''बजाजी, ऐसे प्यार-दुलारवाले लोगों को छोड़कर अब कभी जंगलों-मैदानों में ठोकरें खाते मत घूमना। और रानीसाहिबा, आपकी ममता से ही बजाजी का पेट नहीं भरनेवाला। पिछले चार दिनों के शुद्धि और प्रायश्चित के काल में काफी साँसत भोगी है उन्होंने। अब जरा जोरदार दावत हो जाए।''

रात को जो भोजन की पंक्तियाँ लगाई गई थीं, उनकी शोभा का कहना ही क्या! रंगोली से पीढ़े सजाए गए थे। अगर-धूप की सुगन्धि से सारा कक्ष महक उठा था। बजाजी, महादजी, नेताजी एक पंक्ति में क्रम से बैठे थे। आगेवाली पंक्ति में बालाजी, चिमणाजी आदि ब्राह्मण बैठे थे। दोनों ओर परोसा जानेवाला भोजन शाकाहारी था, तथापि अलग-अलग बनाया गया था। दोनों पंक्तियों के बीच में एक ओर की दीवार के सहारे एक चाँदी का पीढ़ा रखा था। जीजाबाई उस पीढ़े पर बैठकर सबको खाने का और अधिक खाने का आग्रह कर रही थीं। वातावरण में मुक्तता थी। बोलते-हँसते भोजन समाप्त हुआ।

रात को राजे अपने महल में गए। काफी रात हो गई थी। सईंबाई गलीचे पर बैठी हुई थीं। राजे के आते ही वे उठ खड़ी हुईं।

''जाग क्यों रही हो अब तक, सो जातीं!''

सईंबाई मौन ही रहीं। वे राजे के निकट आईं और उन्होंने एकदम शिवाजीराजे के चरणों में सिर रख दिया। राजे एकदम पीछे हटे। सईंबाई को जल्दी से उठाते हुए कहने लगे, ''यह क्या करती हो?''

आँसू-भरी आँखों से राजे की ओर देखती हुई सईंबाई कह उठीं, ''इतना अमूल्य उपहार मुझे किसी ने नहीं दिया था।''

आगे वे कुछ कह नहीं सकीं। राजे ने उन्हें एकदम बाँहों में भर लिया। आलिंगन में बँधकर भी सईंबाई की पीठ थपथपाते हुए और उन्हें अपने आगे लाते हुए राजे ने कहा, ''तुम स्त्रियों की बात हमारी समझ नहीं आती। तुम दुख में तो रोती ही हो, खुशी में भी रोया करती हो। कमाल है?''

राजे के इस रूप को देखते ही सईंबाई हँसी रोक न सकीं। राजे उस तृप्त सौन्दर्य को अपने हृदय में भर लेने के प्रयत्न में मग्न थे...।

10

सर्दियों के दिन थे। राजे को पुणे आए कुछ ही दिन हुए थे। अकस्मात् एक दिन समाचार मिला कि दादाजी नरसप्रभु के साथ कान्होजी जेधे आए हैं। कान्होजी आए। राजे से कहने लगे, ''राजे, हमें बीजापुर दरबार के सरदार अफजलखान का हुक्म मिला है कि हम जावली से या तो मेल-जोल बढ़ा लें, या फिर जावली घाटी पर कब्जा कर लें।''

''कारण क्या है?''

''कारण तो तुम्हीं हो, राजे। जावली जागीर का कोई वारिस नहीं था। तुमने ही उस जागीर पर यशवन्तराव मोरे को दत्तक बनाकर बैठाया। जो काम आदिलशाही राज में अर्ज-मिन्नतें करने के बाद होता है, वही काम तुमने अपनी आज्ञा से करा दिया। आदिलशाह इसमें अपना अपमान समझ बैठा है।''

''तो फिर?''

''इसीलिए आदिलशाह ने यह जावली की मुहिम अफजलखान को सौंपी थी। परन्तु खान पूरा चालाक है, धूर्त है। वह जावली के जंगलों में जाने से डरता है। आदिलशाह के दफ्तर के खत-किताबों में अभी तक हमारा नाम आदिलशाही नौकर के रूप में ही दर्ज है। बस, अफजलखान ने यह मुहिम हमारे सिर मढ़ दी और छुट्टी पा ली।''

''तो क्या जावली पर हमला करोगे?''

''यही सोच रहा हूँ। खान बहुत द्वेषी है, पूरा हत्यारा है।''

''हम अच्छी तरह जानते हैं। इसी अफजलखान ने महाराजसाहब के हाथों में हथकड़ियाँ पहनाई थीं, यह बात हम भूले नहीं हैं। कभी भूल भी नहीं सकेंगे।''

''राजे, मैं खान के साथ बातचीत का सिलसिला शुरू करके किसी तरह समय बिताता हूँ, परन्तु इससे पहले कि जावली के चन्द्रराव की और खान की मिलीभगत हो, ये जवाली का खूँटा उखाड़कर फेंकना होगा।''

"जावली पर हमारी भी नजर है, पर जावली जागीर घनघोर जंगलों के बीच बसी है। आदिलशाही फौजों ने भी वहाँ मुँह की खाई है।"

"आदिलशाही फौज दूसरे इलाके से आई थी। आपके लिए वह कोई कठिन काम नहीं है। तुमने ही यशवन्तराव मोरे को दत्तक उत्तराधिकारी बनाकर गद्दी पर बैठाया था। आज वह चन्द्रराव बनकर मुँहजोर बन गया है, किसी को कुछ समझता ही नहीं।"

"पहले साम-उपाय से काम लेंगे। उससे काम नहीं बना तो फिर कुछ न कुछ तो करना ही पड़ेगा।"

कान्होजी राजे का सन्देश पाकर वापस लौट गए और उधर शिवाजी के 'रामोशी' जासूस जावली घाटी में फैल गए। मोरे के अत्याचारी शासन की खबरें राजे तक पहुँच रही थीं। इसके साथ ही राजे का ध्यान पुरन्धर की ओर भी था। वहाँ का निर्माण-कार्य पूरा होने को आया था।

सुबह राजे अपने महल में बैठे थे। घोड़ों की टापों की आवाज आते ही वे छज्जे में गए। बजाजी निम्बालकर अपनी सैनिक टुकड़ी के साथ आ रहे थे। बजाजी महल में आए। राजे उनकी प्रतीक्षा कर रहे थे। शुद्धि-समारोह के बाद ने बजाजी अपने पुत्र महादजी का विवाह निश्चित करने के काम में व्यस्त थे। राजे ने इतना सुना था कि बजाजी अपने बेटे के लिए लड़की देखने जुन्नर गए हैं। काफी देर बीतने के बाद बजाजी राजे के पास आए, "आओ, बजाजी। हमने पहले ही देख लिया था कि तुम आए हो।"

"माँसाहिबा के दर्शन करने गया था।"

"तुम तो माँसाहिबा के खास आदमी हो, भाई। हम भला तुम पर गुस्सा कैसे कर सकेंगे?"

बजाजी इस दिल्लगी से भी छटपटा-से उठे।

"ऐसा न कहें, राजे। हमारे लिए तो आप दोनों के चरण एक-से पूजनीय हैं। तुम्हारे कारण मेरा उद्धार हुआ है, फिर से मनुष्य बन गया हूँ मैं।"

"तुम बेटे की सगाई के लिए रिश्ता खोजने गए थे न?" राजे ने विषय बदल दिया।

"जी हाँ।"

"तो क्या हुआ? महादजी की सगाई तय हो गई?"

"जी नहीं।"

"क्यों? लड़की पसन्द नहीं आई?"

"ऐसी बात नहीं, महाराज! लड़की तो हमें पसन्द थी, पर उन्होंने ही सगाई करने से मना कर दिया।"

राजे गम्भीर हो गए। पूछने लगे, "क्यों?"

बजाजी सिर झुकाए खड़े थे। आँखों के आँसू गालों पर से बह रहे थे। राजे तुरन्त उठे। बजाजी के कन्धे पर हाथ रखकर बोले, "यह क्या, बजाजी? एक सगाई टूट गई इसलिए लड़के के बाप की आँखों में आँसू? आँखें पोंछ डालो, बजाजी। ऐसी बीसियों दुलहनें मिलेंगी बजाजी को।"

आँसू पोंछते हुए बजाजी बोले, "नहीं राजे! यह बात इतनी सरल मत समझिए। आपने मुझे धर्म में तो जगह दी, परन्तु मुझसे रिश्ता तय करने को कोई तैयार नहीं होता।"

राजे सोच-विचार में डूब गए। उन्हें कुछ सूझ नहीं रहा था। इसी समय जीने में किसी

के पैरों की आहट सुनाई दी। बजाजी मर्यादापूर्वक खड़े हो गए। दरवाजे में से सखुबाई 'आबासाहब' कहती हुई दौड़ी चली आ रही थी। हरे रंग का लहँगा, हरी चोली पहनी हुई बालिका सखु बजाजी को देखते ही दरवाजे में ही ठिठक गई। राजे हँस पड़े। कहने लगे, "कौन है? अच्छा, हमारी सखु रानी है क्या? आओ बेटी, आओ। शरमाओ नहीं। अपने निम्बालकर मामाजी को पायलागुन की या नहीं?"

सखु अन्दर आई। मामाजी को उसने उतावलेपन से प्रणाम किया और झट दौड़कर राजे से लिपट गई। बोली, "आबासाहब!"

"क्या कहती हैं हमारी आक्कासाहिबा।"

"जाइए, ऐसा कहेंगे, तो मैं नहीं बोलूँगी आपसे।"

उसे मनाते हुए राजे कहने लगे, "तुम हमसे बात नहीं करोगी, तो और कौन बात करेगा? अच्छा, कहो तो कि हमारी आक्कासाहिबा को क्या चाहिए?"

सखु ने एक बार बजाजी की ओर देखा। फिर एकदम राजे की ओर दृष्टि करके कह उठी, "हमें एक गुड़िया चाहिए।"

"गुड़िया? बिलकुल नहीं मिलेगी तुम्हें गुड़िया।" राजे ने कहा।

सखु ने राजे की गोद में सिर छिपा लिया। उसके मुख को हाथ से ऊपर उठाकर उसकी ओर देखते हुए राजे ने कहा, "अब तो तुम्हारे लिए हम गुड़िया नहीं, गुड्डा लाएँगे। हमें यही चिन्ता सता रही है। बजाजी, इस हमारी सखु को अपनी बहू बनाओगे क्या?"

बजाजी भौचक रह गए। उनकी आँखें फट-सी गईं। कहने लगे, "महाराज!"

"हम सच-सच पूछते हैं? कहो, इसे बहू बनाओगे?"

बजाजी का सारा शरीर काँपने लगा था। भावावेग रुदन बनकर फूट पड़ा। वे लपककर आगे बढ़े और राजे के पैरों में गिरने को थे कि राजे ने उन्हें एकदम अपने से लगा लिया। उनका आलिंगन करते हुए राजे कहने लगे, "यह क्या करते हो, बजाजी। अब तो तुम हमारे समधी हुए।"

सखुबाई ने जैसे ही ये बातें सुनीं, वह शरमाकर भाग खड़ी हुई। महाराज की हँसी में बजाजी की हँसी भी मिल गई। आँसू पोंछकर बजाजी ने कहा, "राजे, आपका हृदय बहुत विशाल है।"

"ठहरो बजाजी, तुम नीचे राजसभागृह में जाओ। नीचे जा ही रहे हो, तो तनिक अपनी बहन को यहाँ ऊपर भेज देना।"

बजाजी आशय समझ गए। वे नीचे गए। थोड़ी ही देर में सईबाई महल में आईं। आते ही पूछने लगीं, "इतना झटपट क्यों बुलाया है भला?"

"उतना ही जरूरी काम था।"

"अब कौन-सी नई मुहिम की योजना बनाई है?" सईबाई ने पूछा।

"एक लड़की के बाप के लिए अपनी लड़की के विवाह से बढ़कर कठिन मुहिम और क्या होगी भला?"

"किसका विवाह?"

"अपनी सखु का। ऐसा सुन्दर रिश्ता आया है कि लाख खोजे भी नहीं मिलेगा।"

"तो फिर रिश्ता तय कर दिया होता। मुझसे क्या पूछना है?"

"सोच लो। फिर शिकायत करोगी!"

"बिलकुल नहीं करूँगी।"

"अच्छी बात है, तो रिश्ता पक्का किए देते हैं।"

सईबाई पास आती हुई कहने लगीं, "पर यह तो बताओ कि रिश्ता कहाँ से आया है?"

"देखा! अटक गईं न शुरू में ही।"

"कतई नहीं!" सईबाई ने दृढ़ता से कहा, "इसका अर्थ यह थोड़े ही है कि रिश्ते के लोग कौन हैं, यह भी न पूछा जाए?"

"बहुत अच्छा रिश्ता है, बजाजी के बेटे महादजी से हम सखुबाई का ब्याह कराना चाहते हैं।"

सईबाई राजे की ओर एकटक देखती ही रह गईं। वाणी मानो मूक हो गई थी। राजे ने पूछा, "क्यों, क्या रिश्ता पसन्द नहीं?"

"एक बात पूछूँ?"

"पूछो ना!"

"तुम यह सब मेरे लिए ही कर रहे हो न?"

"सई, तेरे लिए नहीं करता हूँ, हाँ, तेरे कारण करने का साहस अवश्य होता है। तो क्या कहती हो? रिश्ता तय कर डालें?"

"आप जो कुछ करेंगे, सोच-समझकर ही करेंगे। मुझे आप पर पूरा भरोसा है। आपके किए से मैं भी कुन्दन बन जाऊँगी। सखु का भी कल्याण होगा।"

"सई, मुझे तुमसे यही अपेक्षा थी।"

राजे को अपने निकट बढ़ता आता देखकर सईबाई कहने लगीं, "मैं जाती हूँ, माँसाहिबा ने पुलाव बनाने का काम हम दोनों को सौंपा है। छोटी रानीजी वहाँ अकेली हैं।"

सईबाई चली गईं। राजे सन्तुष्ट होकर पीछे की ओर मुड़ गए।

बजाजी का आनन्द हृदय में नहीं समा पा रहा था। जो भी मिले, उसे वह यह समाचार बता रहे थे। देखते ही देखते यह खबर आँधी की तरह सारे महल में फैल गई।

दोपहर को जीजाबाई सो रही थीं। पलंग के निकट ही छोटी रानी सोयराबाई बैठी थीं। सोयराबाई ने यह समाचार जीजाबाई को बताया। जीजाबाई को भरोसा ही नहीं हो रहा था। उन्होंने सोयराबाई से पूछा, "परन्तु बहूरानी, तुझे यह किसने बताया?"

"पूरे महल में फैली हुई है यह खबर।"

जीजाबाई उठते हुए कहने लगीं, "अब इस शिवबा को क्या कहूँ मैं? कई बार तो हद कर देता है। छिः...ऐसा कभी सम्भव नहीं।" जीजाबाई उठ बैठीं। उन्होंने सेवक के हाथों राजे के महल में अपने आने की सूचना भिजवाई। जीजाबाई महल में पहुँचीं। राजे उनकी प्रतीक्षा कर रहे थे। पीछे सईबाई खड़ी हुई थीं। जीजाबाई के आते ही राजे ने कहा, "माँसाहिबा, आपने आज्ञा की होती, तो हम स्वयं आ जाते।"

राजे की ओर दृष्टि गड़ाकर जीजाबाई कहने लगीं, "राजे, हम सोचती थीं कि इस महल में होनेवाली हर बात हमें बताकर की जाती है।"

"आपका सोचना बिलकुल सही है।" राजे ने कहा।

"अगर ऐसा ही था, तो हमसे पूछे बिना सखुबाई की सगाई तुम निश्चित न करते।"

''माँसाहिबा, आपकी आज्ञा से ही बजाजी अपने धर्म में वापस आए हैं। हमने सोचा था–आपको यह समाचार सुनकर भी प्रसन्नता होगी।'' जीजाबाई को इस बात का कोई उत्तर नहीं सूझा। वे कहने लगीं, ''महादजी के विवाह की ही बात थी, तो अपने आश्रय में कई सम्मानित सरदार थे। कहीं भी, किसी से भी उसका रिश्ता तय किया जा सकता था।''

''कहीं भी तय किया जा सकता था, तो अपनी सखु के साथ क्यों नहीं हो सकता? कहिए तो माँसाहिबा?'' राजे ने पूछा।

''परन्तु तनिक सोच-विचार...।''

''कैसा सोच-विचार?''

सईबाई की ओर मुड़कर जीजाबाई ने पूछा, ''और तुझे यह पसन्द है?''

सईबाई नीचे देखने लगीं। माँसाहिबा सब समझ गईं। राजे जीजाबाई की ओर देख रहे थे। जीजाबाई मौन बैठी हुई थीं। प्रतिदिन यही होता था कि जीजाबाई की आँखों से आँखें मिलते ही शिवाजीराजे की नजर नीचे झुक जाती थी, पर वही राजे आज एकटक जीजाबाई की आँखों में देख रहे थे। जीजाबाई की आँखें आज कहीं दूसरी ओर देख रही थीं। राजे ने कहा, ''बोलिए न, माँसाहिबा! कहिए कि बजाजी धर्मभ्रष्ट हैं, अपनी लड़की हम उनके घर कैसे ब्याहें? यही न?''

''तो क्या इसीलिए सखु को उनसे ब्याह दिया?'' जीजाबाई ने पूछा, ''उसका ही चुनाव क्यों किया तुमने? सोचा होगा–कौन पूछनेवाला है?''

''कौन पूछनेवाला है, यह सोचकर नहीं किया ऐसा। वह आपकी लाड़ली है, इसलिए इस महत्त्वपूर्ण पद के लिए उसे चुना है हमने। सोचा था कि ऐसा ऊँचा घराना ढूँढ़े भी नहीं मिलेगा।''

''शिवबाऽऽ।''

राजे भरे हुए हृदय से कहे जा रहे थे, ''माँसाहिबा, केवल धर्म में ले आने भर से ही लोग अपने नहीं हुआ करते, उन्हें अपना कहना पड़ता है। अपना बनाना पड़ता है। उन्हें विश्वास की छाया में लाना पड़ता है। बजाजी अपने सगे-सम्बन्धी थे, अत्याचारवश दूसरे धर्म में चले गए। आपको उससे चोट लगी, आपने उन्हें वापस धर्म में दीक्षित कर लिया। पर इतने से ही क्या हुआ? महादजी को कहीं वधू नहीं मिल रही थी। लड़के का पिता होकर भी निश्चित हुई सगाई टूट गई। ये बातें हमें बताते हुए बजाजी की क्या दशा हुई थी, माँसाहिबा, आपने वह देखी नहीं। उस व्यक्ति को आप धर्म में वापस ले आए हैं, अब उसे बेसहारा हवा में उड़ता पत्ता बनाकर छोड़ देना ठीक नहीं। ऐसा व्यवहार मनुष्यता के लिए अशोभनीय है। माँसाहिबा, आपको यह काम भी करना ही होगा।''

जीजाबाई ने एक दीर्घ साँस छोड़ी। फिर वे मुस्कराती हुई कहने लगीं, ''राजे, कुछ देर के लिए अवश्य बहक गई थीं हम। तुमने जो कुछ कहा वह सच है।''

''माँसाहिबा, हम जानते थे यह।'' राजे हर्षित होकर कहने लगे, ''राजा जो पगडंडी बनाता है, उसको राजमार्ग बनते देर नहीं लगती। कहीं कोने में थोड़ी कानाफूसी होगी, कुछ वाद-विवाद होगा, परन्तु इस मार्ग पर लोग अपने आप चल पड़ेंगे। हमारा मत है कि महादजी अच्छा लड़का है, अपनी बराबरी का है, उसका भी अपने जैसी मान-प्रतिष्ठा का घराना है।''

जीजाबाई कहने लगीं, "शिवबा, कई बार तो ऐसा जी करता है कि तेरी दीठ उतार दूँ। मन में उठी सारी शंकाओं-कुशंकाओं का तेरे दो बोलों से समाधान हो जाता है।"

"तो फिर शुभ काम में देर कैसी? माँसाहिबा, हम वधू पक्ष के हैं। आपकी बहूरानी की इच्छा है कि पूरे ठाठ-बाट से अपनी लाड़ली सखुबाई का विवाह होना चाहिए...।"

अगले ही दिन से सखुबाई के विवाह की तैयारियाँ पूरी धूमधाम से शुरू हो गईं। सबको निमन्त्रण दिया गया। शिवाजीराजे के सारे सरदार, मावले सैनिक पुणे में एकत्रित हो गए और सखुबाई का विवाह बड़े समारोहपूर्वक सम्पन्न हुआ।

11

बजाजी निम्बालकर राजे से विदा होकर फलटण चले गए। सखुबाई छोटी थी इसलिए वह पुणे में ही रह गई। सुबह राजे सखुबाई के साथ अस्तबल में आए थे। कुछ नए खरीदे गए घोड़े अस्तबल के बीचवाले चौक में खड़े थे। घुड़साल की भट्ठी में घोड़ों पर छाप मारने के काम आनेवाले सिक्के गरम किए जा रहे थे। एक-एक घोड़े को आगे लाया जाता और बड़ी सावधानी से उसके पुट्ठे पर सिक्का मारा जाता। गरम सिक्के के लगते ही घोड़े की उछल-कूद को, चमड़ी से निकलनेवाले धुएँ को सखुबाई आँखें फाड़-फाड़कर देख रही थी। उसके लिए यह नजारा एकदम नया था। राजे की उँगली पकड़कर खड़ी बालिका पूछने लगी, "आबा, घोड़े को जलाते क्यों हैं?"

"जलाते नहीं हैं," राजे ने उत्तर दिया, "आक्कासाहिबा, ये अपने घोड़े हैं न! फिर इन्हें पहचाना किस तरह जाएगा? बस, इसीलिए गरम सिक्का मारते हैं।"

राजे ने सेवक को एक घोड़ा लाने के लिए कहा। घोड़ा लाया गया। राजे ने सखुबाई को पीठ पर छपा हुआ सिक्का दिखाया। सखुबाई की उत्सुकता शान्त हो गई। एक साईस अभी-अभी सिक्का मारे हुए घोड़े को पुचकार रहा था। पुट्ठे पर चरका लगते ही वह घोड़ा बिदक गया था। उसने जोर से दुलत्ती झाड़ी। सखुबाई हँस पड़ी।

सिक्के मारने के बाद वे नए घोड़े तबेले में ले जाए गए। राजे और सखुबाई जब इस प्रकार नए घोड़ों को देखते हुए खड़े थे, तभी तानाजी तबेले में आया। राजे को सिजदा करके कहने लगा, "कान्होजी जेधे महल में आए हैं।"

"तू चल, हम आते हैं।"

राजे घोड़े पर सवार हुए। सखुबाई एक ऊँचे चबूतरे पर खड़ी थी। एक टट्टू को उसके पास ले जाया गया। वह उस पर सवार हुई। एक रक्षक-सवार भी दूसरे घोड़े पर बैठ गया और राजे सखुबाई सहित महल की ओर चल पड़े।

राजसभागृह में कान्होजी जेधे, येसाजी कंक, बाजी जेधे, दादाजी नरसप्रभु, बजाजी, चिमणाजी आदि लोग उपस्थित थे। इतने सब जनों को उपस्थित देखकर राजे बोले, "अरे वाह! लगता है—आज तो खास बैठक होगी।"

सबने राजे को सिजदे किए। राजे सबके साथ महल में गए। जीजाबाई भी वहाँ आ गईं। सबके अपने-अपने स्थान पर बैठ जाने के बाद जेधे ने कहा, "राजे, हमें मजबूर होकर आना ही पड़ा। चन्द्रराव का हौसला इतना बढ़ गया है कि वह हमसे ही छेड़खानी कर रहा है।"

"क्या किया है उसने?"

"शिखल के देशमुख का अधिकार तो उसने छीन ही लिया है। अब अपनी रोहिडा घाटी में हमला करके उसने चिखली गाँव के पटेल को और उसके बेटे को मार डाला है। हर आए दिन चन्द्रराव का उपद्रव बढ़ता जा रहा है। वह किसी की परवाह नहीं करता। रंगोत्रिमल वाकडा इस नाम के कुलकर्णी* ने एक विधवा स्त्री पर अत्याचार किया था। आपने उसे हाजिर होने के लिए कहा था, पर जानते हैं, कहाँ गया?"

राजे ने शान्ति से उत्तर दिया, "वह जावली के चन्द्रराव के आसरे में जा छिपा होगा।"

जेधे आश्चर्यचकित हो गए। बोले, "आप जानते थे इस बात को?"

"हाँ, हमें बहुत-सी बातें मालूम हैं। हमें पता है कि बिरबडी के पटेल की सम्पत्ति चन्द्रराव ने हड़प ली है। यही नहीं, हमें यह भी पूरी तरह मालूम है कि बीजापुरवालों ने हमें मारने के लिए जिस गुप्त-घातक को भेजा है, वह इस समय चन्द्रराव के आश्रय में रहता है।"

"पर यह सब कितने दिन सहन किया जाए?"

"गुस्सा न होना, कान्होजी! परन्तु तुम इस सबको सहन ही क्यों करते हो? तुमने जावली पर हमला क्यों नहीं किया? अवश्य ही हम इस कारण तुम्हें दोषी न मानते, पर..."

कान्होजी ने होंठों पर जीभ फिराई। कहने लगे, "राजे, हम चाहे भीतर से तुम्हारे हैं, पर हैं तो चाकर आदिलशाह के ही।"

"अब तुम्हें अधिक दिन वह चाकरी करने की जरूरत नहीं है। कान्होजी, हम योग्य अवसर की प्रतीक्षा कर रहे हैं। समय आते ही हम चन्द्रराव का बन्दोबस्त अवश्य करेंगे।"

"तब तक क्या किया जाए?"

"तब तक तो यह सब सहना ही होगा। भगवान् कृष्ण को भी शिशुपाल के प्रसंग में अवसर की प्रतीक्षा करनी पड़ी थी। अभी एक सौ एक अपराध पूरे नहीं हो पाए हैं।"

जीजाबाई बोलीं, "हमारा शिवबा कभी मन की बात बताएगा थोड़े ही।"

राजे ने कहा, "ऐसी बात नहीं, माँसाहिबा। हम समय का इन्तजार कर रहे हैं। मतलब यह कि चन्द्रराव मोरे की उम्र पूरी हो चुकी है, पर मौत की घड़ी अभी नहीं आई है। कान्होजी, अफजलखान की ओर से जो भी सूचना मिला करे, हमें बताते रहना। खान जहाँ डेरा डाले बैठा है, उस वाई नगर में होनेवाली हर गतिविधि की ओर हमारा पूरा-पूरा ध्यान है।"

कान्होजी हँसने लगे। बोले, "राजे, उसकी फिक्र मत करो। मैं नहीं समझता कि खान निकट भविष्य में हम पर हमला करेगा।"

"वह हमला नहीं करेगा, यह कोई हम पर उसका उपकार नहीं है।" राजे ने कहा, "हम जानते हैं कि बीजापुर के दरबार में आपसी मनमुटाव फैला हुआ है। इस कारण उस दरबार में महाराजसाहब का प्रभाव बढ़ रहा है। जिस दरबार में महाराजसाहब शहाजीराजा हैं, उनके बेटे के साथ बखेड़ा मोल लेने की खान कभी हिम्मत नहीं करेगा। बड़ा धूर्त है वह। धूर्तता यदि कम है तो हमारे अपने लोगों में ही कम है, तुममें कम है।"

"हममें?" कान्होजी बोले।

"और क्या? अब इस यशवन्तराव मोरे की ही बात लो। बीजापुर के बादशाह ने उन्हें खिताब दिया, 'चन्द्रराव', उन्हें मोरछल, पालकी का अधिकार दिया। इस ऐश्वर्य को पाकर

* गाँव का पटवारी।

उनका दिमाग आसमान पर जा चढ़ा। इसकी मस्ती में वे अपने को सर्वोच्च समझ बैठे हैं। उनके जैसे घमंडी और भी कितने ही हैं—शृंगारपुर के शिर्के और सुर्वे, वाडी के सावन्त, कोंकण के दलवी, मृसवड के माने, कितने नाम लिये जाएँ? और इनका काम क्या है? बादशाह के ऐश्वर्य को बनाए रखना, मुसलमान राज्यसत्ता चाहे जितने अत्याचार करे, ये अपनी आँखें मूँदकर सोए रहते हैं। न कोई अफसोस है इन्हें, न कोई गुस्सा। मुसलमानों का-सा तन का जोर हिन्दुओं के बदन में कभी पैदा नहीं हुआ। इनके मन्दिर ढहाए गए, मूर्तियाँ तोड़ी गईं, बादशाह के लोग इनकी औरतें भगा ले गए। इनके घर-खेत लूट लिये गए, यही नहीं, सरकारी लोग इनके मुँह पर थूकने लगे। मौत की हिचकियाँ आने की घड़ी आ पहुँचे, फिर भी हिन्दुओं का जोश कभी बल नहीं खाएगा। ऐसी स्थिति में उधार लिया हुआ उत्साह कितने दिन टिकेगा?''

राजे की बातों से कान्होजी नाराज हो गए। दोपहर को राजे को अकेला पाकर जीजाबाई ने कहा, ''राजे, कान्होजी तुम्हारी बातों से बहुत उदास हो गए हैं। यही हालत रही तो जावली के मोरे का घमंड थोड़े ही दिनों में आकाश छूने लगेगा।''

राजे हँसकर कहने लगे, ''माँसाहिबा, वहाँ दस लोगों के बीच यह बात कही नहीं जा सकती थी। पुरन्धर की जीत के बाद से आज दो वर्षों तक हम जो चुप बैठे हैं, वह कोई शौक से नहीं। बीजापुरवालों ने अफजलखान को वाई का सूबेदार बनाया है। खान हमारे मराठे लोगों को बहका-फुसलाकर अपनी ओर लाने का प्रयत्न कर रहा है। हम पर हमला करने का कोई बहाना मिले, वह इसी ताक में है। वाई में उसने एक अच्छे सूबेदार के रूप में ख्याति कमा ली है। हमारे ही उपायों से काम लेकर वह हमें शह दे रहा है। वतनदारों को पुचकार रहा है, अन्याय-पीड़ितों को सहायता कर रहा है। मोरे आज बहुत नाच-कूद रहे हैं। पर वह तो कठपुतली है, उसके डोरे खान के हाथों में हैं। हम यदि जावली पर आक्रमण कर बैठे, तो इसी को कारण बनाकर वाई घाटी का सूबेदार अफजलखान हम पर हमला करने में आगा-पीछा नहीं देखेगा। जब तक यह खान की शह नहीं हटती तब तक तो हमें चुपचाप बैठना ही पड़ेगा।''

''पर ऐसा कितने दिन चलेगा?'' जीजाबाई ने पूछा।

''अधिक दिनों तक नहीं। हमने सुना है कि बीजापुर में बादशाह बीमार है। इतना ही नहीं, हमने यह भी सुना है कि कल ही खान की तैनाती कनकगिरि में कर दी गई है। खान वाई छोड़कर दूर चला गया तो फिर आगे सब हमारा अपना मनचाहा होगा।''

अगले दिन राजे जेधे के साथ पुरन्धर गए। गढ़ का निर्माण-कार्य लगभग पूरा हो चला था। राजे ने निश्चय किया कि अब निवास-व्यवस्था पुणे से हटाकर पुरन्धर दुर्ग में की जाए। शुभ मुहूर्त देखकर राजे परिवार सहित पुरन्धर आ गए। इस प्रकार राजे ने अपना परिवार सुरक्षित स्थान में रख दिया। वहीं पुरन्धर में ही खबर मिली कि अफजलखान बीजापुर वापस चला गया है। उसकी तैनाती कनकगिरि में की गई थी। शिवाजी जिस अवसर की ताक में थे, वह अवसर अब आ पहुँचा था।

राजे ने चिटनीस (लिपिक) को बुलाया। चिटनीस राजे के कहे अनुसार एक पत्र लिख रहे थे। राजे मोरे के नाम पत्र लिखा रहे थे, ''तुन अपने आपको राजा कहते हो। राजा हम हैं। हमें श्री शम्भु महादेव ने राज्य दिया है। इसलिए तुम अपने को राजा मत कहा करो। हमारे सेवक बनकर, जागीर की आय पर गुजर-बसर करके सीधे-सीधे हमारी चाकरी किया

करो। जावली को खाली करो, अपने को राजा मत कहलवाओ, मोरछल दूर हटाओ, हाथों को साफे से बाँधकर हमारे सामने आओ और नौकरी करो। इतने पर भी कहा न मानकर गड़बड़ी मचाओगे, तो मारे जाओगे...।''

राजे का यह पत्र तुरन्त जावली रवाना कर दिया गया। सबका ध्यान इसी ओर लगा था कि मोरे क्या उत्तर देते हैं। मोरे का उत्तर आया। सब सरदार राजसभाभवन में ही थे। राजे ने चिटनीस को आदेश दिया कि पत्र पढ़ा जाए। चिटनीस पढ़ने लगे, '' 'चन्द्रराव' हमारा खिताब है। हम पीढ़ी-दर-पीढ़ी राजा हैं, तुम तो कल राजा बने हो। तुम्हें राज्य किसने दिया है? अपने मुँह अपने को राजा कह लेने से तुम्हें कौन राजा मानेगा? आओगे जावली, तो जाओगे नहीं...।'' पन्त पढ़ते-पढ़ते रुक गए। तानाजी-येसाजी की भौंहें क्रोध के कारण तन गई थीं। अपनी मूँछों पर उलटी मुट्ठी फिरा रहे थे। राजे ने कहा, ''पन्त, रुक क्यों गए? पढ़ो।''

''...एक भी आदमी बचकर नहीं जाएगा। तुममें कुछ दमखम हो तो कल के आते आज आ जाओ। यहाँ गोला-बारूद काफी है। तुमने कई बातें बहुत गैर-जिम्मेदारी से लिखी हैं। ऐसी बातें क्यों लिखी हैं? श्री समर्थ महान् हैं...।''

पत्र समाप्त हुआ। सबका क्रोध काबू से बाहर हो रहा था, परन्तु राजे हँस रहे थे, ''ठीक है। मोरे ने पत्र बड़ा प्यारा लिखा है। वे बुला रहे हैं, तो जाना ही होगा।''

राजे ने तुरन्त सब ओर खलीते भेज दिए। पुरन्धर में चुनी हुई सेना इकट्ठी होने लगी।

सब राजे के आदेश की प्रतीक्षा कर रहे थे।

राजसभागृह में सिलीमकर, बांदल, कान्होजी जेधे, रघुनाथ बल्लाल, सम्भाजी कावजी आदि सरदार बातचीत करते हुए बैठे थे। इसी समय राजे उधर ही आते हुए दिखाई दिए। सब खड़े हो गए। सबने सिजदे किए। सिजदों को स्वीकार कर राजे कहने लगे, ''सारे मावलखंड के भाई-बन्धु इकट्ठा हो गए हैं। लगता है–अब चन्द्रराव की खैर नहीं।''

''मगर वो भी कुछ कम नहीं है, राजे।'' कान्होजी जेधे कह उठे, ''उसके पक्ष में भी बड़े-बड़े देशमुख हैं, रिश्तेदार और बिरादरी उसकी पीठ पर है। फिर ऊँचे-ऊँचे पर्वत उसकी रखवाली कर रहे हैं।''

''तो हम कोई कम हैं क्या, कान्होजी? बारह मावलखंडों के बारह भाई आ गए, तो चन्द्रराव का चन्द्राई राज डूबने में कितनी देर लगेगी? अब वह समय आ पहुँचा है।''

कुछ विश्वासपात्र और अधिकारी साथियों को साथ लेकर राजे पुरन्धर से निकल पड़े।

12

महाबलेश्वर में शिवजी के दर्शन करके राजे अपने सरदारों के साथ विचार-विनिमय कर रहे थे। तानाजी, येसाजी आदि वीरों का सुझाव था कि जावली पर हमला बोल दिया जाए।

जावली घाटी घनघोर जंगलों से घिरी हुई थी। यह घाटी काँटेदार झाड़ियों, झाड़-झंखाड़, बाँसों के झुरमुटों से भरी, अजीब-अजीब आवाजों से रात-दिन गूँजती, घहराती रहती थी। दिन के उजाले में भी आदमी इन घाटियों में घुसने की हिम्मत नहीं कर पाता था। पहले जो मोरे वंश के राजा हुए थे, उन्होंने इन्हीं बियाबान जंगलों में खिलजी, बहमनी और आदिलशाही फौजों के धुर्रे उड़ा दिए थे। जावली पर सीधा हमला करना असम्भव था। जावली की स्थिति

कुछ ऐसी दुर्गम थी कि वहाँ का एक सिपाही बाहर के सौ आदमियों पर भारी पड़ता था। महाबलेश्वर में राजे के साथ सिलीमकर, बांदल, कान्होजी जेधे आदि बड़े-बड़े सरदार थे। साथ ही तानाजी, येसाजी, रघुनाथ बल्लाल, सुरराव काकडे आदि जान पर खेल जानेवाले साहसी वीर थे। राजे ने मन में कुछ ठान लिया और उन्होंने रघुनाथ बल्लाल कोरडे को बुलाया। राजे ने उनसे कहा, ''चन्द्रराव मोरे को खत्म किए बिना राज्य का काम पूरा होनेवाला नहीं। स्थिति ही कुछ ऐसी है कि जो जावली का मालिक होगा, पूरे वाई प्रान्त पर उसका राज रहेगा। अब तुम्हें हम ऐसा काम सौंपना चाहते हैं, जो दूसरा कोई नहीं कर सकता। तुम उसके पास हमारे दूत बनकर जाओ।''

रघुनाथपन्त ने इसे स्वीकार कर लिया। वे चन्द्रराव की रियासत जावली में बातचीत करने के बहाने घुस जाने के लिए तैयार हो गए। राजे ने सौ-सवा सौ चुनिन्दा सशस्त्र सैनिक उनके साथ कर दिए। उनसे विदा होते समय रघुनाथपन्त बोले, ''मैं मोरे की गढ़ी में जाऊँगा, वहाँ के गुप्त समाचार बाहर भिजवाता रहूँगा। सब तय होते ही आप जावली पर आक्रमण कर दीजिए।''

सारी योजना निश्चित होने के बाद रघुनाथपन्त जावली की पहाड़ी घाटी में उतरे। उन्होंने सम्भाजी कावजी, कोंढालकर के समान शूरमा अपने साथ लिये। शेष सैनिकों को जावली के चारों ओर आवश्यक ठिकानों पर तैनात करके रघुनाथपन्त ने जावली में प्रवेश किया। जावली में उस समय हनुमन्तराव मोरे दीवान थे और उस काल के 'चन्द्रराव' यशवन्तराव मोरे थे।

शिवाजी की ओर से आए रघुनाथपन्त मुलाकात करना चाहते हैं, यह सुनते ही यशवन्तराव घमंड से ऐंठ गया, कहाँ तो शिवाजी ने आज्ञा लिख भेजी थी कि साफे से हाथ बाँधकर हाजिर हो और कहाँ अब वही शिवाजी अपना दूत भेज रहा है। कहला भेजा है कि सगावत करना चाहता है। यशवन्तराव ने अपने दीवान हनुमन्तराव के हाथ कहलवा भेजा कि रघुनाथपन्त अगले दिन रात को मुलाकात के लिए आएँ। उस दिन रघुनाथपन्त जावली में ही रहे। रघुनाथपन्त के साथी जावली घाटी का निरीक्षण कर रहे थे। गुप्तचरों के माध्यम से राजा तक यह सन्देश पहुँचा दिया गया कि अगले दिन रात की योजना तय की गई है।

अगले दिन रात को रघुनाथपन्त सम्भाजी कावजी के साथ चन्द्रराव की हवेली में गए। चन्द्रराव बैठक में बैठा हुआ था। मशालों का उजाला सारे आँगन में फैला हुआ था। चन्द्रराव ऊँचे तख्त पर बैठा शराब पी रहा था। उसके दाहिने हाथ की ओरएक लम्बा-तगड़ा, रोबदार सैनिक खड़ा था। उस वीर सैनिक के सिर पर पगड़ी थी, मस्तक पर गन्धद्रव्य का तिलक था, बड़े-बड़े तेजस्वी नेत्र थे, झुब्बेदार मूँछें थीं। अपनी तलवार को दाहिनी मुट्ठी से पकड़कर खड़ा हुआ वह वीर आँगन में चले आ रहे रघुनाथपन्त की ओर देख रहा था। नशे से चूर आँखों से देखते हुए यशवन्तराव ने पूछा, ''बाजी, कौन आ रहा है ये?''

''शिवाजी का दूत आ रहा है, महाराज!''

हनुमन्तराव मोरे के पीछे-पीछे रघुनाथपन्त, सम्भाजो कावजी, रक्षक-सिपाहियों के साथ हवेली के आँगन में आए। सबने यशवन्तराव मोरे को सिजदे किए। हनुमन्तराव बैठक की सीढ़ियों पर ही खड़े रहे।

शराब का प्याला होंठों से लगाते हुए यशवन्तराव रघुनाथपन्त को घूरते हुए बोला, ''कौन है तू?''

हनुमन्तराव ने विनम्रतापूर्वक कहा, ''महाराज...!''

''तू चुप रह।'' यशवन्तराव गुर्राया, ''उसे बोलने दे।''

रघुनाथपन्त ने गला साफ किया। बोले, ''मैं रघुनाथ बल्लाल कोरडे हूँ...शिवाजीराजा का चिटनीस हूँ...राजा के...।''

''कौन राजा?'' यशवन्तराव कहने लगा, ''यहाँ राजा सिर्फ एक है–हम हैं राजा–हम।''

''आप चाहे ऐसा कह लें, हम नहीं कह सकते। शिवाजीराजा की दया से ही आप आज मोरे वंश की गद्दी पर दत्तक-उत्तराधिकारी बनकर आए हैं। कृपया यह न भूलें कि शिवाजीराजा की कृपा से ही आपको 'चन्द्रराव' खिताब मिला है।''

यशवन्तराव ठठाकर हँस पड़ा। हँसी रुकने के बाद कहने लगा, ''यह तो शिवाजी का बड़ा उपकार हुआ हम पर। अगर शिवाजी में ऐसी ही शक्ति थी तो वही क्यों नहीं बैठ गया इस गद्दी पर?''

इस बात पर सब हँस पड़े। सम्भाजी कावजी का हाथ तलवार की मूठ की ओर बढ़ गया। रघुनाथपन्त ने उसे रोका। रघुनाथपन्त कहने लगे, ''जो हुआ, सो हुआ। अब शिवाजीराजा की इच्छा है कि समझौता कर लिया जाए। इसी में उन्हें खुशी होगी।''

''उसे होगी खुशी, हमें नहीं। जाओ, जाके कह दो अपने राजा से, जावली में एक कदम भी रखेगा, तो जिन्दा नहीं लौट पाएगा। हनुमन्तराव।''

''जीऽऽ,'' हनुमन्तराव आगे बढ़ आए।

चन्द्रराव उठने लगा। रघुनाथपन्त की बेचैनी बढ़ गई। वे जल्दी से कहने लगे, ''और सगाई के बारे में क्या कहना है?''

यशवन्तराव फिर से बैठक में बैठ गया। फिर एक बार जोर से हँस पड़ा। कहने लगा, ''हमारे कुल की सगाई उस भोसले के छोकरे के साथ? वाह ऽ! क्या बात है!'' फिर अचानक ही यशवन्तराव का चेहरा कठोर हो गया। चिल्लाकर बोल उठा, ''जा, कह दे अपने शिवाजी से। ये मोरे घराना चन्द्रगुप्त का घराना है। कह देना, हम आज के राजा नहीं हैं, कई पीढ़ियों से राजा हैं।''

चन्द्रराव फिर हँस पड़ा। कहने लगा, ''ठहरो, एक रास्ता है। तुम्हारी बराबरी का एक रिश्ता सूझ रहा है हमें। हमारे दूसरे दीवानजी हैं न यशवन्तराव, उनकी एक लड़की है। उनके साथ रिश्ता करोगे क्या? वो रिश्ता होगा भी बराबरी का।''

सब ओर स्तब्धता छाई हुई थी। उसी समय कहीं पर उल्लू बोल उठा। कुछ देर बाद फिर वही आवाज आई। यशवन्तराव मोरे कहने लगा, ''सुन लो, यह उल्लू भी 'हाँ' भर रहा है। सुझाव पसन्द है या नहीं?''

''कहते हैं, उल्लू बोलता है, तो मौत आती है।'' रघुनाथपन्त बोले।

''शायद ठीक भी हो! पर मौत तुम्हारी भी तो आ सकती है! हनुमन्तराव, गिरफ्तार कर लो इन्हें। सिर उड़ा दो इनका।''

''यह काम इतना आसान नहीं है।'' रघुनाथपन्त गरजकर बोले। सब चौंक गए। रघुनाथपन्त क्रोधावेश से कहने लगे, ''बहुत सुन लीं तेरी बातें, चन्द्रराव। अब कान खोलकर सुन ले। तुझे एक मौका दिया था, तूने उसे गँवा दिया। जानता है–इस समय जावली के चारों ओर राजे का घेरा है। तूने उल्लू की बोली सुनी थी न, वह तेरी मौत की घंटी थी।''

हनुमन्तराव मोरे तलवार खींचकर रघुनाथपन्त की ओर झपटा, पर उसी समय रघुनाथपन्त के पीछे खड़े हुए सम्भाजी कावजी ने उस पर वार किया। हनुमन्तराव चीख मारकर पीछे की ओर गिर पड़ा। सम्भाजी कावजी और रघुनाथपन्त बिना एक पल गँवाए मार-काट मचाते हुए हवेली के बाहर निकल गए। इसी समय एक धमाके की आवाज आई और जावली के चारों ओर से 'हर हर महादेव' की पुकारें सुनाई देने लगीं।

जावली में सब ओर लड़ाई छिड़ गई थी। चन्द्रराव मोरे की हवेली के दरवाजे पर मोरे का एक बहादुर सिपाही तलवार चला रहा था। वह बड़ी वीरता से दरवाजा रोके खड़ा था। उसके आगे किसी की एक नहीं चल रही थी, सब हार मान बैठे थे। जब शिवाजी के सैनिकों को हवेली के पिछले दरवाजे से घुसने का रास्ता मिला, तब जाकर उस बहादुर को आगे-पीछे से घेरकर पकड़ा जा सका। इस वीर का नाम था—मुरारबाजी देशपांडे।

जावली पर तो कब्जा हो गया, परन्तु इस धमाचौकड़ी में यशवन्तराव अपने बीवी-बच्चों के साथ भागने में सफल हो गया। वह भागकर सीधे रायरी पहुँचा।

राजे जावली में आए। जावली में मोरे की मशहूर घुड़साल और बहुत बड़ी सम्पत्ति राजे के हाथ लगी। राजे जब मोरे की हवेली में आए, तो मुरारबाजी देशपांडे को उनके सामने लाया गया। मुरारबाजी को रस्सियों से बाँधा गया देखकर राजे ने उनके बन्धन खोलने का आदेश दिया। राजे ने कहा, "मुरारबाजी, हमने तुम्हारी शूरता देखी है। हमें तुम जैसे गुणवान लोगों की ही आवश्यकता है।"

राजे ने मुरारबाजी को समझाया-बुझाया। मुरारबाजी राजे के पक्ष से आ मिले। जावली घाटी में जो सबसे मूल्यवान पूँजी मिली थी, वह थी—मुरारबाजी देशपांडे।

जावली घाटी पर पूरी तरह नियन्त्रण पाने में राजे को पन्द्रह दिन लगे। मोरे-पक्ष के जिन लोगों ने राजे की ओर आकर सेवा करना पसन्द की, राजे ने उन्हें आश्रय दिया। राजे ने कृष्णाजी बाबाजी नामक एक अनुभवी जानकार व्यक्ति को जावली का सूबेदार नियुक्त किया। विरोराम को मजूमदार के रूप में नियुक्त किया। जावली के जितने पुराने हकदार थे, सूची बनाकर उनके अधिकार ज्यों के त्यों कायम कर दिए गए।

शिवाजीराजे की दीर्घकाल की अभिलाषा यों पूर्ण हुई थी। राजे जावली के विशाल प्रदेश का निरीक्षण कर रहे थे, उन्होंने देखा कि चाम्भारगढ़, सोनगढ़, चन्द्रगढ़, मकरन्दगढ़—ये चार किले चारों दिशाओं में मानो प्राचीर बनकर जावली प्रदेश की रखवाली कर रहे थे। घनघोर जंगलों के कारण यह भू-प्रदेश और भी सुरक्षित बना हुआ था। इसके पीछे रक्षा के लिए सदैव सन्नद्ध महाबलेश्वर था। इसी भू-प्रदेश में जावली के निकट स्थित भोरप्या नामक पर्वत ने राजे का ध्यान विशेष रूप से आकर्षित किया। उन्होंने मोरोपन्त पिंगले को बुलाया। राजे ने उनसे कहा, "मोरोपन्त, हमने सुना है कि तुम्हें दुर्गों के विषय में अच्छी जानकारी है। इस भोरप्या पहाड़ पर तुम एक किला बनाओ। यह किला ऐसा होना चाहिए कि किसी भी कठिन समय में हमें उसकी ही याद आए। यह काम हम तुम्हें सौंपते हैं।"

मोरोपन्त ने सौंपी गई इस पहली जिम्मेदारी को पूरी निष्ठा के साथ स्वीकार किया। उन्होंने कहा, "अवश्य, महाराज। हम आपके आदेश के अनुसार इस गढ़ का निर्माण करेंगे। महाराज की दूरदृष्टि सचमुच ही प्रशंसनीय है।"

"इसकी कैसी प्रशंसा?"

"महाराज, और किसी ने जावली पर अधिकार किया होता, तो उसे यह विचार न सूझता। जब मकरन्दगढ़, चाम्भारगढ़, कांगोरीगढ़, सोनगढ़ जैसे दृढ़ तथा टोह-रखवाली के लिए उपयुक्त किले जावली के चारों ओर खड़े हैं, तब यह नया किला बनवाने की आवश्यकता ही क्या है?"

"कहो, कहो पन्त!" राजे सराहते हुए कहने लगे।

"...और कोई होता, तो इसी तरह की बात सोचता। परन्तु आपने यह प्रदेश देखा, इस प्रदेश की अजेयता को भाँप लिया और चारों ओर चार रक्षक-दुर्गों को स्थित जानकर बीच में खड़े इस भोरप्या पहाड़ को आपने चुना है। खजाना रखने के लिए और किसी भी बलवान शत्रु का सामना करने के लिए इससे अधिक सुयोग्य स्थान तो ढूँढ़ने से भी नहीं मिलेगा।"

राजे प्रसन्न हो उठे, "वाह, पन्त। तुमने हमारे मन की बात सही-सही खोज निकाली। यही बात ध्यान में रखकर इस नए गढ़ का निर्माण करना। तुलजापुर जाकर अपनी कुलदेवी भवानीमाता के दर्शन पाना हमारे लिए असम्भव-सा है, कई कठिनाइयाँ आ खड़ी होती हैं। हम सोचते हैं—इस सुरक्षित स्थान में देवी की स्थापना करें।"

जावली का प्रबन्ध-कार्य पूर्ण करके राजे यशवन्तराव मोरे को पराजित करने निकल पड़े। यशवन्तराव मोरे पत्नी, बाल-बच्चों सहित रायरी में जा छिपा था।

राजे जावली से रवाना होकर सेना सहित रायरी आ पहुँचे। रायरी दुर्ग इतना ऊँचा था कि आसमान से बातें करता था। इस पर्वत के चारों तरफ राजे की सेना ने घेरा डाल दिया। यशवन्तराव मोरे कभी-कभी ऊँचे किले से नीचे की ओर हमला करता था। वह दुर्ग में दिन बिता रहा था। वैसे वह किला बहुत मजबूत, बहुत ऊँचा, परन्तु अव्यवस्थित था। उसकी व्यवस्था की ओर पहले किसी ने ध्यान देना जरूरी नहीं समझा था और ऐसे उपेक्षित दुर्ग में मोरे अचानक ही जा पहुँचे थे। उन्हें इतनी भी फुरसत नहीं मिल पाई थी कि आवश्यक अनाज जमा कर लें। जब इस बात का खयाल आया, तब तक राजे की सेना का घेरा लग गया था। तीन महीने होने को आए, पर घेरा टूटने या हटने की कोई निशानी नजर नहीं आ रही थी। नीचे पर्वतीय दुर्ग की तलहटी में राजे के मन में भी खलबली मची हुई थी। वैशाख मास की तेज धूप में वे घेरा डाले बैठे थे। कुछ ही दिनों में बरसात आनेवाली थी। बरसात का मौसम शुरू होते ही धुआँधार बारिश के बीच ऐसे खुले आकाश के नीचे सेना का जमे रहना भी कठिन था। राजे की सेना के सरदार थे सिलीमकर। मोरे के सम्बन्धी थे। राजे ने उन्हें गढ़ में भेजा।

यशवन्तराव वैसे भी तंग आ चुका था और किसी अवसर की बाट जोह रहा था। गढ़ का धान्य भंडार तथा बाकी सामान लगभग खत्म हो चला था और अधिक दिनों तक गढ़ की सुरक्षा के लिए लड़ते रहना सम्भव नहीं था। यशवन्तराव अपने परिवार सहित नीचे तलहटी में आ गया।

शिवाजीराजा ने यशवन्तराव का स्वागत किया। उनका आदर-सम्मान किया। उन्हें घोड़े तथा सिरोपाव दिया। यशवन्तराव इस सम्मान का गलत अर्थ लगा बैठे। उन्होंने आदरपूर्वक दी गई पगड़ी नहीं ली। शिवाजीराजा ने भी यशवन्तराव से मोरछल का प्राप्त अधिकार छीन लिया। यशवन्तराव को नीचे तलहटी में छोड़कर राजे गढ़ देखने ऊपर गए।

राजे ने आज तक इस रायरी गढ़ के बारे में बहुत कुछ सुना था। इस गढ़ को उन्होंने दूर से देखा भी था, परन्तु स्वयं इस गढ़ का आज निरीक्षण करके वे चकित हो रहे थे। वैसे

रायरी कोई बहुत भीतरी रास्ते पर नहीं था, वह राजमार्ग पर ही बसा हुआ था। वहाँ से रत्नागिरि की ओर या दक्षिण देश की ओर जाना सरल था। समुद्र वहाँ से निकट ही था। जो रायरी का स्वामी हो, समझो अनेक पहाड़ी घाटों और यातायात-मार्गों पर उसका ही राज रहेगा। रायरी एक तो बहुत ऊँचा गढ़ था, दूसरे उस पर चढ़ना भी अति कठिन था। राजे ने सारा गढ़ देखा। देखा कि वह उत्तम पहाड़ी दुर्ग है, उसके चारों ओर के पहाड़ी कगार ऐसे सीधे थे, मानो किसी कारीगर ने काट-काटकर खड़े किए हों। डेढ़ गाँव लम्बाई के सीधे खड़े शिलामय कगार, जिन पर बरसात में भी घास का तिनका तक न उगे। सारा पहाड़ जैसे एक ही शिलाखंड था, साफ-चिकना। दौलताबाद इस धरती का बढ़िया दुर्ग कहा जाता है, परन्तु उसकी ऊँचाई अधिक नहीं है। यह रायरी तो दौलताबाद से दस गुना ऊँचा है। रायरी को देखकर राजे अति प्रसन्न हो उठे और अनजाने में ही उनके मुख से निकल गया, ''राजधानी के लिए तो यही दुर्ग उचित होगा।''

राजे ने रायरी का नाम 'रायगढ़' रख दिया।

गढ़ के नीचे राजे की छावनी थी। राजे वहाँ से प्रायः ही गढ़ में जाते थे। आबाजी महादेव, हिरोजी इन्दलकर के समान वास्तु-शिल्पी उनके साथ रहते थे। राजे उन्हें अपनी योजनाएँ बताते रहते थे। उनके मन में गढ़ का भावी स्वरूप धीरे-धीरे आकार ग्रहण कर रहा था।

एक दिन राजे गढ़ से छावनी में आए। कान्होजी जेधे सिजदा करके खड़े हो गए।

''क्यों कान्होजी, क्या समाचार हैं?''

''समाचार तो कुछ अप्रिय ही हैं, महाराज। आपने यशवन्तराव और प्रतापराव को अभयदान दिया था, आज वे भाग निकले।''

''कैसे?''

''आप ऊपर गढ़ में गए, इधर मोरे ने कुछ लोगों को बहका-फुसलाकर अपना बना लिया। उन लोगों ने मोरे को घोड़े दे दिए। हमने उनका पीछा किया, यशवन्तराव पकड़े गए, पर प्रतापराव हाथ नहीं आ सके।''

राजे अति क्रोधित हो उठे। उन्होंने तो मन में सोच रखा था कि यशवन्तराव को समझा-बुझाकर अपनी ओर कर लिया जाए और उन्हें ही जावली में नियुक्त कर दिया जाए। राजे ने कहा, ''यशवन्तराव को हमारे सामने हाजिर करो।''

मुश्कें कसे हुए यशवन्तराव को राजे के सामने उपस्थित किया गया। यशवन्तराव की ओर तुच्छता-भरी दृष्टि से देखते हुए शिवाजीराजा ने कहा, ''यशवन्तराव, कहाँ भाग जाने का इरादा था?''

यशवन्तराव हँस पड़ा। बोला, ''जहाँ तू न हो, ऐसी किसी भी जगह जाना पसन्द करूँगा मैं।''

''यशवन्तराव, भूलो मत कि तुम कैदी हो। अब भी अगर तुम ईमानदारी से रहने के लिए तैयार हो...।''

''ईमानदारी? और वह भी तेरे साथ? लड़ाई में हार गया, फिर भी मैं भूला नहीं हूँ कि मैं कौन हूँ? शेर कितना भी भूखा क्यों न हो, कभी घास नहीं खाएगा। पीढ़ियों से 'चन्द्रराव' उपाधि धारण करते रहे हैं हम—हम मोरे भीख में मिला खाना नहीं खाया करते। और तेरे जैसे बाहरी आदमी का दिया तो बिलकुल नहीं।''

राजे के होंठों की हँसी कुछ कम हो गई। आँखों में एक निराला तेज चमकने लगा। यशवन्तराव को तीखी नजर से देखते हुए राजे कड़ककर बोले, "केवल चन्द्रगुप्त मौर्य के कुल का गौरव गाने से कोई बड़ा नहीं बन जाता, मोरे! शराब के नशे में हमेशा चूर रहनेवाला तू! तू उन परम पराक्रमी मौर्य पूर्वजों की याद क्यों करता है? प्रजा पर निरन्तर अत्याचार करना, जोर-जबरदस्ती करना, निरपराधों को बोरे में बाँधकर पीटकर उनसे चाहे जो कहलवा लेना, अपना मनचाहा करवा लेना, यही सब तो पुरुषार्थ है न तुम जैसे राजाओं का? उन महान् पूर्वजों का नाम लेने की भी योग्यता नहीं है तुम्हारी। हमने तुम्हें मौका दिया था, पर तुम उससे लाभ नहीं उठा पाए।" फिर जेधे की ओर मुड़कर राजे ने कहा, "ये नरमाई से मान जाएँगे, ऐसा नहीं लगता। ऐसा शत्रु हमको बहुत महँगा पड़ेगा। जेधे, इस नासमझ आदमी को ले जाओ और इसका सिर काट डालो।"

अगले दिन यशवन्तराव को मौत के घाट उतार दिया गया। उसके पत्नी-बच्चों को पूरी व्यवस्था के साथ पुणे भेज दिया गया। जावली और रायरी का प्रबन्ध पूरा कराके राजे भी कुछ ही दिनों बाद पुणे आ गए।

13

राजपरिवार के सभी लोग पुरन्धर में रह रहे थे, इसलिए लालमहल खाली पड़ा था। चन्द्रराव मोरे के बन्दी बनाए गए दोनों लड़के कृष्णाजी और बाजी को चन्द्रराव के स्त्री-परिवार सहित लालमहल में ही रखा गया था। वर्षा ऋतु के आने पर राजे पुरन्धर चले गए। जावली पर विजय प्राप्त होने का समाचार सुनकर जीजाबाई को बहुत प्रसन्नता हुई थी। जावली घाटी पर राजे का शासन हो जाने से शिवाजीराजा की शक्ति और दृढ़ हो गई थी।

वर्षा ऋतु की झड़ी का समय बीत चुका था। श्रावण का महीना आ गया था। कोमल धूप बादलों के बीच से झाँकने लगी थी। सारे प्रदेश में हरा सौन्दर्य बिखरा पड़ा था। इसी समय पुणे से राजे के नाम एक त्वरित सन्देश आया। उन्हें पुणे बुलाया गया था।

राजे पुणे पहुँचे। चिटनीस सिर झुकाए खड़े थे। राजे ने पूछा, "क्या बात है, पन्त?"

"राजे, क्षमा करें। बाजी मोरे भाग निकले।"

राजे एकदम तैश में आ गए, "कैसे भाग गए?"

पन्त हत्बुद्धि-से हो गए थे। उनका सारा शरीर काँपने लगा था। वे बोले, "राजे, पहरे मजबूत थे, चौकियाँ भी जागरूक थीं। आपके आदेशानुसार दोनों मोरे बालकों के साथ आदरपूर्वक व्यवहार किया जाता था। परन्तु किसी के ध्यान में यह बात न आ सकी कि हमारे कुछ आदमियों को फुसलाकर कृष्णराव मोरे, मुधोल के घोरपडे के साथ मेल-जोल बढ़ा रहे हैं।"

"फिर क्या हुआ? बोलोऽऽ।"

"परसों दोनों लड़के मन्दिर गए थे और अचानक गायब हो गए। तुरन्त खोज कराई गई। कृष्णाजी पकड़ लिया गया, परन्तु बाजी भागने में सफल हुआ, उसका पता नहीं लगा।"

कृष्णराव मोरे को राजे के सामने हाजिर किया गया। जवानी की देहली पर पाँव रख रहा सोलह-सत्रह बरस का वह युवक निर्भय दृष्टि से राजे की ओर देख रहा था। उसके मुख पर मुस्कराहट थी। राजे ने पूछा, "बाजी कहाँ है?"

कृष्णराव हँस पड़ा। बोला, "वह तो निकल भागा। अब तुम्हारे हाथ नहीं आनेवाला।"

"किधर निकल भागा?"

"जिस रास्ते से आप कई बार गए हैं, उसी रास्ते से गया होगा।"

"अच्छे-खासे ईमानदार हो।" राजे क्रोधित होकर बोले, "अरे, खाए नमक का तो खयाल किया होता?"

"तुमने भी तो हमारा नमक खाया था ना? तुम क्यों नमकहराम बन गए? जावली में जो खाना खाते थे, वह नमक और किसका था?"

"खामोश! क्या कहने, कृष्णाजी! बच्चा समझकर तुझ पर दया की, तो तूने नाखूनों से हमें ही खरोंचना शुरू कर दिया? जानता है कि नहीं तेरा बाप कौन-सी राह गया है?"

"जानता हूँ, जानता हूँ। हमारे पिता जिस राह गए हैं, उस राह जाने में हमें लज्जा कैसी? कैसा भय? सुन लो—हम कभी दुश्मनी भुलाते नहीं हैं।"

"पन्त! इस घमंडी मोरे को ले जाओ। निमगज में ले जाकर इसकी गर्दन उड़ा दो। ये साँप की औलाद दूध पिलाने से सुधरनेवाली नहीं है।"

"राजे!" पन्त ने कहा।

पन्त की ओर तीखी नजर से देखते हुए राजे ने कहा, "पन्त, हमारी आज्ञा सुन ली न तुमने? जाओ, उसका पालन करो और इस षड्यन्त्र में जो भी शामिल थे, उनके हाथ-पैर कटवा डालो।"

कृष्णराव को वहाँ से ले जाया गया। रोने-पीटने की आवाजों से दोपहर में राजे की नींद खुली। महल की पिछली ड्योढ़ी में से ये आवाजें आ रही थीं। कृष्णराव का सिर काट दिया गया था।

कृष्णराव के प्राणदंड की घटना के बाद से राजे अति उद्विग्न रहते थे। लोग राजे के सामने जाने से भी घबराते थे। जरा-जरा-सी बातों पर भी राजे संतप्त हो उठते थे।

दोपहर को राजे सो रहे थे। सेवक ने आकर उनको जगाया, "क्या है?" राजे ने पूछा।

"पुरन्धर से माँसाहिबा आ रही हैं।"

"माँसाहिबा?" राजे ने चकित होकर पूछा, "कहाँ हैं वे?"

"अभी थोड़ी ही देर में महल के दरवाजे तक आ पहुँचेंगी।"

राजे जल्दी से उठे। वे कपड़े पहनकर तैयार हुए ही थे कि महल के द्वार पर भीड़-भाड़ बढ़ती दिखाई दी। राजे तुरन्त नीचे पहुँचे। महल के द्वार पर पालकी खड़ी थी। जीजाबाई उसमें से बाहर आ रही थीं। राजे आगे बढ़े। उन्होंने जीजाबाई के चरण छुए, परन्तु जीजाबाई के मुख पर न तो सदा की भाँति मुस्कराहट दिखाई दी, न ही उन्होंने प्यार से पीठ पर हाथ फेरा। सबके सिजदों को स्वीकार करते हुए जीजाबाई ने महल में प्रवेश किया। उनके पीछे-पीछे राजे भी महल में प्रविष्ट हुए। राजभवन में आते ही राजे ने पूछा, "माँसाहिबा, अकस्मात् आना हुआ?"

"आना ही पड़ा।"

"क्यों? कारण क्या है?"

"यहाँ नहीं बताया जा सकता, ऊपर चलो।"

राजे ऊपर महल में गए। जीजाबाई हाथ-पैर धोकर महल में गईं। राजे समझ नहीं पा रहे थे कि माँसाहिबा के इतनी जल्दी आने का क्या कारण होगा?

महल में आते ही राजे ने पूछा, ''माँसाहिबा, आप इतनी शीघ्र क्यों आई हैं, तुरन्त कह डालिए। हमारे मन में जाने कैसी-कैसी आशंकाएँ उठ रही हैं।''

''राजे, हमें पिछले दो दिनों से एक पल भी चैन नहीं मिल सका। तुमने मोरे के लड़के को मरवा डाला, इस समाचार को सुनकर हमारे प्राण तिलमिला उठे।''

''माँसाहिबा, आपने इतना ही सुना होगा कि हमने कृष्णाजीराव का सिर कटवा डाला। पर यह नहीं सुना होगा कि ऐसा क्यों करना पड़ा?''

''वही सुनने आई हैं हम, कहो।''

''माँसाहिबा, उस लड़के को यहाँ लाए, उसे भाई समझकर यहाँ रखा। परन्तु उन्होंने यहाँ रहकर घोरपडे के साथ मिलीभगत कर ली। हमारे लोगों को बहकाया। इतना ही नहीं, बाजी मोरे तो भाग निकला।''

''बस, यही कारण था?''

''यही नहीं, माँसाहिबा। हमने कृष्णाजी से पूछताछ करनी चाही, तो किए का पछतावा तो दूर, वह उलटा हमसे ही अकड़कर बातें कहने लगा। कोई और होता, तो शायद माफी माँग लेता, पाँव पकड़कर दया की याचना करता। आप अगर हमारे स्थान पर होतीं न, माँसाहिबा, तो आप भी यही करतीं।''

माँसाहिबा फीकेपन से हँस दीं। कहने लगीं, ''राजे, हम तुम्हारी जगह होतीं, तो ऐसा न करतीं—हमने कृष्णाराव को छोड़ दिया होता।''

''माँसाहिबा?'' राजे के मुख से निकला।

''राजे, तुम्हें क्रोध आया। तुम चाहते थे कि कृष्णाराव तुम्हारे पैर पड़ता, तुमसे दया की भीख माँगता। क्यों? क्या इसलिए कि तुमने उसकी जावली रियासत पर कब्जा कर लिया? क्या इसलिए कि उसके पिता का तुमने सिर धड़ से अलग करवा दिया? राजे, मनुष्य पराजय सह सकता है, परन्तु विजय को सह पाना उतना आसान नहीं है। हमें इसी बात का दुख है कि सफलता का यश तुम्हें बहा ले गया। तुम भूल गए कि सफलता के पीछे-पीछे अहंकार भी पग रखता हुआ आया करता है। हमें यही सोचकर खेद होता है।''

माँसाहिबा के रोष से भी बढ़कर उनकी व्याकुलता हृदय विदीर्ण किए डालती थी। राजे का कंठ सूखने लगा—मुख से बोल नहीं निकल पाए। जीजाबाई की आँखों की ओर देखने का भी वे साहस नहीं कर पा रहे थे। ठंडी साँस लेकर जीजाबाई कहने लगीं, ''राजे, जावली के मोरे प्रेम से समझ नहीं पाए। जावली जीते बिना तुम्हारा राज्य सुरक्षित नहीं था। इससे पहले कि मोरे अफजलखान से जा मिलते, तुम्हें जावली को कब्जे में करना आवश्यक था। तुमने जावली को जीत लिया, इतना सब हम भी समझ-बूझ सकती हैं। तुमने भगोड़े यशवन्तराव की गरदन कटवा डाली, यह भी हमें पता है। यशवन्तराव ने तुम्हारा अपमान किया था, तुमसे युद्ध का आह्वान किया था, प्रजा पर अत्याचार किए थे—इन सब कुकर्मों का फल उसे भोगना पड़ा। पर ये बच्चे? इन्होंने क्या किया था? तुम उन्हें समझा-बुझाकर अपनी ओर करते...।''

''माँसाहिबा, यह असम्भव था। वह साँप का बच्चा था, कभी न कभी पलटकर काट ही लेता?''

''हाँ-हाँ, तुम उन्हें साँप कहो, कुत्ता कहो, कुछ भी कह सकते हो, वे पराजित जो हैं। परन्तु उन्हें यदि तुम सिंह की सन्तान कहो, तो उन्हें स्वाभिमान, शक्ति और साहस का

प्रतीक बनते देर नहीं लगती। राजे, तुम्हें याद है? तुम शिकार करने गए थे। बाघिन मारी थी तुमने, उसके दो छावे थे, उन्हें तुम घर ले आए थे। उन छावों को तुमने दूध पिलाया, उन्हें प्यार से थपकियाँ दीं, तुम जानते थे, एक न एक दिन वे पंजा मारे बिना नहीं रहेंगे। फिर भी तुमने उन्हें पाला-पोसा। याद है न? तो राजे, पशुओं को तुम प्यार दे सकते हो, वही प्यार आदमी को क्यों नहीं दे सकते? प्रभुता यदि तुम्हारे मस्तिष्क में इसी तरह आँधी उठाती रहेगी, तो तुम्हारा राज्य व्यर्थ हुआ समझो। यही समझा जाएगा कि देश में जो अनेक सुल्तान-बादशाह हैं, उनमें एक राजा और जुड़ गया। राजे, हमें तुमसे इस प्रकार के आचरण की आशा नहीं थी।''

जीजाबाई का प्रत्येक शब्द मानो कोड़े का प्रहार था। उन वचनों से राजे का जी छटपटा उठा। आँखों में आँसू आ गए।

जीजाबाई कहने लगीं, ''राजे, मोरे की उन विधवाओं को मैं अब क्या मुँह दिखाऊँ? उन्होंने अगर पूछा, तो क्या उत्तर दूँ? राजे, तुमने इतना कर डाला है, अब उन रँडुआ औरतों की भी हत्या करवा दो। उन्हें जीवन भर की यातना से मुक्ति दिलाने का पुण्य तो कम-से-कम कमा लो।''

आगे कुछ सुन पाना राजे के लिए असहय हो उठा। वे चीखकर बोले, ''बस, बस कीजिए, माँसाहिबा। अब मरे हुए को और मत मारिए।'' राजे ने झट से माँसाहिबा के पाँव पकड़ लिये। कहने लगे, ''माँसाहिबा, हमसे भूल हुई। हमने प्रभुता पाकर मर्यादा छोड़ दी। हमें क्षमा कीजिए। हम आपके चरणों की सौगन्ध खाकर कहते हैं, माँसाहिबा, फिर कभी हमारे हाथों ऐसा आचरण नहीं होगा।''

जीजाबाई ने शिवाजी को प्यार से उठाया। उन्हें छाती से लगा लिया। दोनों के नयनों से अश्रुधारा बह रही थी।

14

राजे जीजाबाई सहित पुरन्धर आ गए। जावली-प्रसंग में लगभग छह मास का समय बड़े कष्ट में गुजरा था। पुरन्धर दुर्ग में आते ही राजे ने राज्य के भीतरी मामलों की ओर ध्यान देना शुरू किया। जावली घाटी के स्वराज्य में सम्मिलित हो जाने के कारण शिवाजीराजे का भू-प्रदेश दुगुना हो गया था। उस राज्य की सीमाएँ समुद्र को छूने लगी थीं। इस वर्धमान राज्य को भीतर तथा बाहर से सुरक्षित करना आवश्यक था। नई-नई घुड़सालें बन रही थीं, नए अधिकारी नियुक्त किए जा रहे थे। स्वयं शिवाजीराजा की 'प्रतिपच्चन्द्रलेखेव वर्धिष्णुर्विश्ववन्दिता। शाहसूनो, शिवस्यैषा मुद्रा भद्राय राजते।' यह राजमुद्रा तो प्रचलित थी ही, साथ ही साथ पेशवा साम्राज्य की 'शिवनरपति हर्ष-निधान सामराज मतिमताधान' नामांकित मुद्रा भी राज्य-व्यवहार में काम लाई जा रही थी। इसके अतिरिक्त पेशवा (प्रधानमन्त्री), मजूमदार (राजस्व, आय-व्यय सचिव), डबीर (परराज्य पत्र-व्यवहार), सुरनीस (कार्यालयाध्यक्ष), सरनौबात (सेनाध्यक्ष) अष्टप्रधानों में से ये पाँच सचिव-अधिकारी शिवाजीराजा ने नियुक्त किए थे। इसी प्रकार पैदल सेना के सरनौबत (सेनाध्यक्ष), पैदल-सेना के सबनीस, गुप्तचर-दल का अध्यक्ष, इन अधिकारियों की भी नियुक्त की थी। राज्य के प्रबन्ध का व्यय

बढ़ता जा रहा था। भोरप्या पर्वत पर बन रहे नए किले का और रायगढ़ का निर्माण-कार्य एक साथ शुरू था। राजे पुरन्धर में रहकर ये सब काम पूरे करा रहे थे। राजकार्यालय राजगढ़ ले जाया गया था।

एक दिन राजे पुरन्धर दुर्ग की तलहटी में स्थित नारायण मन्दिर में गए। जीजाबाई तथा सईबाई एक पालकी में थीं। सईबाई गर्भवती थीं, इस कारण उनकी ओर विशेष ध्यान दिया जा रहा था। एक दूसरी डोली में सोयराबाई बैठी हुई थीं। नारायण के दर्शन करके राजे मन्दिर से बाहर आए। शामराव नीलकंठ ने राजे से प्रार्थना की, ''महाराज, सुपे के तिमाजी कुलकर्णी आए हैं।''

''हमसे मिलने आए हैं?''

''जी हाँ।''

तिमाजी कुलकर्णी सुपे प्रान्त का ईनामदार था। उसकी ईनाम की जमीन सम्भाजी मोहिते ने बलात् छीन ली थी। बिसाजीराव और रायजी पणदकर नामक दो भाइयों ने सम्भाजी मोहिते को एक घोड़ा और एक सौ सत्तावन रुपए रिश्वत दी थी। उसके बदले सम्भाजी मोहिते ने कुलकर्णी को सताना शुरू किया। धमकाकर उससे एक वचन पत्र लिखवा लिया और कुलकर्णी की माफी की जमीन उन पणदकर भाइयों को दे डाली। कुलकर्णी इस अन्याय के विरुद्ध शिकायत करने बंगलौर गया। शहाजीराजा ने उसे शिवाजीराजा के पास भेज दिया। इसी अन्याय के विरुद्ध शिकायत करने कुलकर्णी राजे के पास आया था।

सम्भाजी मोहिते शहाजीराजा के साले थे अर्थात् शिवाजी के सौतेले मामा थे। सुपे परगना शहाजीराजा की जागीर का एक हिस्सा था। उन्होंने यह परगना अपनी छोटी रानी तुकाबाई के भाई सम्भाजी मोहिते को दे दिया था। मोहिते सुपे की गढ़ी में रहकर अनियन्त्रित शासन कर रहे थे। उनके बारे में कई शिकायतें आई थीं, परन्तु मोहिते शिवाजीराजे की बात मानते नहीं थे। शिवाजी आज तक मोहिते की इन कार्रवाइयों की उपेक्षा कर रहे थे। सोचते थे कि मोहिते को नाराज किया, तो अकारण घर में गलतफहमी बढ़ जाएगी। राजे ने कुलकर्णी को न्याय देने का आश्वासन दिया और वे पुरन्धर गढ़ में चले गए।

अगले दिन प्रातःकाल राजे रघुनाथ बल्लाल, अत्रे, सोनोपन्त डबीर आदि के साथ बातचीत कर रहे थे। बातें करते-करते राजे बीच में रुक गए। वे उठे और खिड़की के पास गए। नीचे के प्रांगण में भगवे वस्त्र धारण किया हुआ एक संन्यासी उच्च स्वर से श्लोक गा रहा था—

मन, लोचन से देखे हरि को।
भक्त सुजान कहें सब जिसको॥
गुण में प्रीति, प्रेम साधन का।
धन्य दास वह सर्वोत्तम का॥
देवकार्य हित सदा मग्न हो।
रामनाम जिसके मुख पर हो॥
हो स्वधर्म का, पथिक मर्म का।
धन्य दास वह सर्वोत्तम का॥

''वाह!'' राजे के मुख से हठात् निकल पड़ा। ''कितनी सहज, शान्त वाणी है! कौन है यह संन्यासी?''

अत्रे और डबीर खिड़की के पास आए। संन्यासी गाता जा रहा था–

मद-मत्सर को, छोड़ स्वार्थ को।
कर प्रपंच पाए उपाधि को॥
वाणी मधु, हो रूप विनय का।
धन्य दास वह सर्वोत्तम का॥

अत्रे ने कहा, "यह कोई रामदासी साधु प्रतीत होता है। ऐसे कितने ही भिक्षुक आया करते हैं, वैरागी, दरवेश आदि का ताँता लगा रहता है।"

"नहीं, अत्रे। सामान्य भिक्षुक और रामदासपन्थी साधु में बहुत अन्तर होता है। ये रामदासपन्थी साधु केवल भिक्षा ही नहीं माँगते, ये भिक्षा के साथ-साथ कोई प्रेरक सद्‌विचार भी समाज को दिया करते हैं। समाज को सत्प्रवृत्तियों की ओर ले जाया करते हैं। यदि ऐसा न होता, तो हम इनके पदों के प्रति आकर्षित न होते।"

"ये रामदासी सम्पूर्ण प्रदेश में फैले पड़े हैं।"

"यह हम जानते हैं। उस साधु-पुरुष का उपदेश श्रवण कर कई लोग हमसे आ मिले हैं। हम इस रामदासी साधु से मिलना चाहते हैं।"

"जो आज्ञा।" सोनोपन्त ने कहा, "अभी बुला लाता हूँ उसे।"

उन्हें रोकते हुए शिवाजीराजे ने कहा, "न, न, ऐसा न करो। श्री समर्थगुरु रामदास के शिष्य को बुलाने के अधिकारी हम नहीं हैं। हम स्वयं उसके पास जाएँगे।"

राजे के पीछे-पीछे अत्रे तथा सोनोपन्त थे। राजे को भवन के भीतर से बाहर आया देखकर रामदासी साधु चकित हो उठा। आश्चर्य का आवेग कुछ कम होने पर उसने हाथ जोड़े। राजे ने उसे झुककर नमस्कार किया। उन्होंने पूछा, "महाराज, आपका परिचय?"

"हम रामदासी संन्यासी हैं। इस सेवक को 'कल्याण' कहते हैं। यहाँ भिक्षा के लिए आए हैं।"

"आप अभी कौन-सा पद गा रहे थे?"

"राजन्, यह पद नहीं है, यह श्लोक है। हमारे गुरुदेव समर्थ रामदास महाराज इस समय शिवथर की गुहा में बैठकर एक ग्रन्थ की रचना करने में मग्न हैं। उन्होंने निश्चय किया है कि ग्रन्थ पूर्ण होने तक वे वहीं रहेंगे, अन्यत्र कहीं नहीं जाएँगे। हम जिसका गान कर रहे थे, वह उन्हीं के लिखे, 'मन के श्लोक' नामक ग्रन्थ के अंश हैं।"

"हमें प्रसन्नता होगी यदि उस ग्रन्थ के कुछ और अंश भी आप हमें कृपया सुनाएँ।"

संन्यासी ने कहा, "अवश्य, राजन्! यह तो हमारे गुरु की आज्ञा ही है।"

ज्ञान-ध्यान में समय बिताए।
दम्भ, विवाद जिसे ना भाए।
हो प्रेमी उस परम तत्त्व का।
धन्य दास वह सर्वोत्तम का।
सदा नम्र हो, सबका प्रिय हो।
सत्य वचन हो, सत् विवेक हो।
रिपु हो जो मिथ्या वाणी का।
धन्य दास वह सर्वोत्तम का॥

राजे सन्तुष्ट होकर बोले, "देखा, पन्त। सब महान् विचारों की दिशा एक ही होती है, चाहे उसे किसी ने भी कहा हो। ठीक इसी आशय का विचार सन्त तुकाराम महाराज ने भी प्रकट किया है।

नर न करे करनी कोई ऐसी, जिससे सिर नीचा झुक जाए।
ऐसे को ही सभी पूजते, पाए मान, जहाँ वह जाए।
जैसा कहे, आचरण वैसा जिसका हो, वह आदर पाए॥

पन्त, ऐसी वाणी सुनकर इच्छा होती है कि दौड़कर जाएँ और उसके चरणों में जा गिरें कि जिसके मुख से ऐसी अमृतधारा बरसती है।...रामदासीजी, कहिए समर्थगुरु कुशल से तो हैं?"

"श्रीरामचन्द्रजी की कृपा से वे क्षेमसहित हैं। समर्थगुरु सदा ही कहते हैं...।"

"क्या कहते हैं?" राजे ने पूछा।

रामदासी साधु कल्याण कहने लगे, "समर्थगुरु कहते हैं, 'अब मठ के कुशलक्षेम की चिन्ता न करो। अब मुगलों का राज डूब गया, स्वराज्य का उदय हुआ है। शिवबा के राज्य में धर्म, न्याय, श्रद्धा सब सुरक्षित हैं'।"

इन वचनों को सुनकर राजे को रोमांच हो आया। वे कहने लगे, "पन्त, सुनो—समर्थगुरु ने हमें कितना बड़ा उत्तरदायित्व सौंपा है। साधु महाराज, समर्थगुरुजी को हमारा दंडवत् प्रणाम कहना। उनसे कहना कि स्वराज्य का स्वप्न अभी सत्य नहीं हो पाया है। उसके लिए आपके आशीर्वाद की आवश्यकता है। समर्थगुरुजी के दर्शनों के लिए हमारा हृदय लालायित है। हम जब रायगढ़ आएँगे, तब अवश्य ही उनके दर्शन पाने आएँगे। रामदासीजी, यदि कभी किसी प्रकार का अभाव अनुभव हो, तो हमें सूचित करने में तनिक भी संकोच मत करना। समर्थगुरु की सेवा यदि हम कर पाए, तो यह हमारा परम सौभाग्य होगा।"

फिर राजे शामरावपन्त की ओर मुड़े और कहने लगे, "पन्त, समर्थगुरु एक श्रेष्ठ कार्य में मग्न हैं। उनके द्वारा स्थापित चाफल के मठ में प्रतिवर्ष जो उत्सव होता है, उसके लिए राजकीय कोष से वार्षिक 200 होन दान देने का आदेश प्रसारित करो। इन रामदासपन्थी साधु पुरुष की समुचित व्यवस्था करो और इन्हें पूरे आदर-सम्मान सहित विदा करो।"

राजे राजभवन में आए। राजसभागृह में दो मराठे सरदार विचारे और गायकवाड़ खड़े थे। उनके सिजदों को स्वीकार करके राजे भीतर गए। राजे अपने महल की ओर जा रहे थे कि सईबाई सामने आ गईं। कहने लगीं, "आपको ही ढूँढ़ रही थी।"

"क्यों?"

"माँसाहिबा ने आपको याद किया है।"

'क्यों भला? कोई विशेष बात है क्या?"

सईबाई हँसी छिपाती हुई कहने लगीं, "मुझे क्या पता?"

सईबाई के साथ-साथ राजे जीजाबाई के पास गए।

"माँसाहिबा, क्या आज्ञा है?" राजे ने पूछा।

"अरे, आज्ञा कैसी? तू नाराज न हो, तो बताती हूँ।"

"माँसाहिबा, हम आपसे कभी नाराज हुए हैं क्या? आप जो कहेंगी, हम खुशी-खुशी मान लेंगे।"

''सोच लो राजे, फिर मुकर जाओगे।''

''आपके चरणों की सौगन्ध! लीजिए अब तो भरोसा हुआ?'' राजे ने खुश होकर कहा।

''देख बेटा, बाहर वे विचारे और गायकवाड़ आए बैठे हैं। उनकी इच्छा है कि उनकी लड़कियाँ इस घर में ब्याही जाएँ। यहाँ से उनका सम्बन्ध जुड़े।''

''पर यहाँ दूल्हा है ही कौन? किसका ब्याह होना है यहाँ?'' राजे ने आश्चर्यचकित होकर पूछा।

''अरे, तुम्हारे बारे में कह रहे हैं वे।''

''माँसाहिबा, तीन शादियाँ तो हो गईं। यही क्या काफी नहीं हैं?''

''राजे, इसे भी राजनीति का एक काम समझो। एक घराने से रिश्ता जुड़ता है, तो दसियों नए लोग सहारे के लिए और मिल जाते हैं। फिर यह भी तो है कि कई शादियाँ करना तो राजाओं की प्रथा ही है।''

राजे उदासी-भरी हँसी हँस पड़े। कहने लगे, ''ना, ना, माँसाहिबा। यह दूसरी बात बिलकुल झूठ है। हमने यदि कई विवाह नहीं किए, तो इससे हमारी कीर्ति में कोई कमी नहीं आएगी। हम तो प्रभु रामचन्द्रजी को अपना आदर्श मानते हैं। माँसाहिबा, वे प्रथाएँ तो मुगल सल्तनत की देन हैं। राज्यकर्ताओं के साथ रहते-रहते ये रिवाज हमारे भी खून में समा गए हैं। उन्हीं रिवाजों को हम ढोए चले जा रहे हैं।''

''राजे, परन्तु हम गायकवाड़ और विचारे को वचन दे बैठी हैं। हमने सगाई करना स्वीकार कर लिया है।''

राजे हताश होकर कहने लगे, ''फिर हमारे कहने के लिए रहा ही क्या? आप सम्बन्ध निश्चित कर लें।''

इसके बाद तीन-चार महीनों के भीतर ही गायकवाड़, जाधव, इंगले इन तीन घरानों से राजे की सगाई हो गई। सईबाई, सोयराबाई और पुतलाबाई इन तीन रानियों के साथ-साथ सकवारबाई, काशीबाई और गुणवन्ताबाई भी शिवाजीराजा के रनिवास में प्रविष्ट हो गईं।

दशहरा बीत गया था, दीवाली निकट आ रही थी। अभी दीवाली आने में पन्द्रह दिन थे कि राजे अपनी घुड़सवार सेना के साथ गढ़ से निकल पड़े। वेकरे के पठारों पर जा रहे थे। अभी भोर की ठंडक कम नहीं हुई थी, कुहरा छाया हुआ था और इस कुहरे के बीच ही राजे सुपे जा पहुँचे। धुन्ध के बीच सुपे की गढ़ी किसी स्वप्ननगरी के समान दिखाई दे रही थी। राजे सीधे गढ़ी के प्रवेशद्वार तक पहुँच गए। शिवाजीराजा को आया देखते ही पहरेदारों की कमरें सिजदा करने के लिए झुक गईं। शहाजी का पुत्र, जागीर का मालिक स्वयं गढ़ी में आ रहा था, उसे कौन रोकता? शिवाजीराजा के मावले सैनिकों ने गढ़ी को घेर लिया। दरवाजे पर और गढ़ी के चारों दिशाओं में पहरे की चौकियाँ बैठा दी गईं। राजे हवेली के आगे गए।

शिवाजीराजा के आगमन का समाचार सुनकर सम्भाजी मोहिते मामा होने की ऐंठ में ऐंठकर बैठक में आए। राजे ने उन्हें सिजदा किया। मामा मोहिते राजे से पूछने लगे, ''क्यों राजे, आज अचानक आ गए?''

''हाँ मामाजी, दीवाली आ रही है। तीज-त्योहार को बड़े-बूढ़ों का आशीर्वाद पाने, उनसे त्योहार का उपहार पाने आए हैं हम।''

“चलो, देर से ही क्यों न सही—तुम्हें बड़े-बूढ़ों की याद तो आई। यही क्या कम है?” मामासाहब व्यंग्यभाव से कह गए।

“मामासाहब, भला हम आपकी याद कैसे भुला सकेंगे?”

“अच्छा! लगता है—बंगलौर में बैठे हुए शहाजीराजा ने शायद तुम्हारे कान उमेठे हैं?” सम्भाजी मोहिते अपनी अकड़ में कहे जा रहे थे। राजे को मन-ही-मन हँसी आ रही थी। हँसते हुए वे कहने लगे, “हाँ, आपने ठीक-ठीक पहचाना, मामाजी। पर कान हमारे नहीं उमेठे गए हैं, आपके उमेठे गए हैं।”

“राजे, अदब से बात करो। हमें डाँटने-डपटने का कारण क्या है?”

“तिमाजी कुलकर्णी ने अपनी शिकायत महाराजसाहब के सामने पेश की है। हमारे पास भी वह शिकायत आई है। आपसे प्रार्थना है कि उसकी छीनी हुई जागीर आप वापस कर दें।”

“तुम उस बाम्हन की सिफारिश कर रहे हो? सुपे परगने में महाराजसाहब ने हमें नियुक्त किया है। तुम्हें कौन पूछता है? सुपे परगना उनकी जागीर है, समझे!”

“ठीक है, और यह भी ठीक है कि हम उनके सुपुत्र हैं। महाराजसाहब की जागीर में अन्याय न हो, यह देखना भी हमारा कर्तव्य है। हम चाहते हैं कि कटुता न बढ़े, सब मामले शान्ति से निपटाएँ जाएँ।”

“तुम चाहते हो? कौन हो तुम? राजे, दीवाली की भेंट माँगने आए हो। वह लो और अपना रास्ता नापो।”

“इसका मतलब यह है मामासाहब कि आपसे त्योहार की भेंट माँगनी ही पड़ेगी।”

“हाँ, हाँ, माँगो ना। बोलो, कितने होन चाहिए?”

“होन नहीं, उपहार चाहिए कि तुम सुपे परगना हमारे हवाले कर दो और तुम भी हमसे आ मिलो।” सम्भाजी मोहिते ठठाकर हँस पड़े। फिर गम्भीर होकर राजे को घूरते हुए कहने लगे, “राजे, तुम छोटे हो। हमारे भानजे हो, यह सोचकर हमने तुम्हारी बात का कुछ खयाल नहीं किया। वरना कोई और होता, तो सिर कटवा दिया होता।”

राजे का चेहरा तमतमा उठा। मुख पर रुक्षता, कठोरता छा गई। उनकी तेज आवाज दिल को चीर देनेवाली थी।

“मामासाहब, आपसे यह काम नहीं बनेगा। हाँ, हम ये काम कर सकते हैं, यह बात आपके ध्यान में नहीं आ रही।”

“क्या मतलब?”

“मामासाहब, आज इस समय गढ़ी के चारों ओर हमारे पहरे लगे हुए हैं। यह गढ़ी और आप इस समय हमारे कब्जे में हैं।”

“राजे,” मोहिते की आँखें फैल गईं। वे दीवार पर लटक रही तलवार की ओर दौड़े ही थे कि राजे के मावलों ने उन्हें गिरफ्तार कर लिया। अब मामाजी का नशा उतरा। जैसे-तैसे हिम्मत बटोरकर वे कहने लगे, “राजे, इसका नतीजा अच्छा नहीं होगा। महाराजसाहब को...।”

“मामाजी, आप अवश्य उनसे कह दें। हम महाराजसाहब को अच्छी तरह जानते हैं। आपके अत्याचारों की कहानी महाराजसाहब के कानों तक पहुँच चुकी है। अब भी आप अपना बर्ताव ठीक कर लें और हमारे आश्रय में...।”

"हाँ! भानजे की सेवा? और वह भी मोहिते के द्वारा?"

"तो ठीक है। आप बंगलौर जा सकते हैं।"

"मेरा साज-सामान?"

"वह सब हमने जब्त कर लिया है। आपको सम्बन्धी जानकर अगर आपके साथ हम नरमी बरतें, तो दूसरों को कैसे दंड दे सकेंगे? जान सलामत लेकर जा रहे हैं, इसे ही अपनी खुशकिस्मती समझिए।"

सुपे की गढ़ी हाथ आ गई। इसके साथ ही मोहिते के अधिकारवाला जागीर का हिस्सा भी राजे के कब्जे में आ गया। मोहिते की घुड़साल के तीन सौ घोड़े और गढ़ी की सम्पत्ति भी राजे को मिल गई। सुपे का प्रबन्ध करके राजे दीवाली मनाने पुरन्धर गढ़ की ओर चल पड़े।

सुपे पर विजय प्राप्त करके राजे प्रसन्नतापूर्वक गढ़ लौटे, परन्तु उधर गढ़ पर दुख की छाया फैली हुई थी। बंगलौर से समाचार आया था कि शिवाजीराजा के बड़े भाई, जीजाबाई के ज्येष्ठ पुत्र सम्भाजीराजा एक युद्ध में काम आए। कर्नाटक में सम्भाजीराजा और अफजलखान कनकगिरि का घेरा डाले हुए थे। अफजलखान ने सम्भाजीराजा को हमला करने की सलाह दी। सम्भाजी ने किले पर हमला बोल दिया। मन में सोचे बैठे थे कि अफजलखान पीछे से कुमुक लेकर आएगा ही। इस प्रकार अफजलखान ने भोसले-परिवार से मन में छिपी दुश्मनी पूरी करने का मौका पा लिया। उसने सम्भाजीराजा को कुनुक नहीं भेजी। इस तरह सम्भाजीराजा अकेले रह गए। उस घमासान लड़ाई में लड़ते समय अचानक उन्हें एक जम्बूरी गोला आकर लगा और वे खेत रहे।

राजे जीजाबाई के महल में गए। अब तक प्रयत्नपूर्वक रोका हुआ रुदन-आवेग द्वार पर पहुँचते ही फूट निकला। माता के गले लगकर राजे अपने अश्रुओं से माता का दुख सिंचित कर रहे थे।

जीजाबाई की आँखों के आगे से सम्भाजी की मूरत हट ही नहीं पाती थी। बंगलौर से विदा होते समय महाराजसाहब ने कहा था, "तुम शिवाजीराजा को तैयार करो, हम सम्भाजीराजा को तैयार करते हैं। चलो देखते हैं, कौन आगे निकलता है।"

सम्भाजी बाल्यकाल में जो पाँच-छह वर्ष साथ रहा था, बस वही था उसका साथ। जुन्नर ने विदा होकर बंगलौर जाते समय वह छोटा-सा बालक अपने पिता के पीछे-पीछे जा रहा था, यह छोटी-सी आकृति आज भी जीजाबाई को स्पष्ट दिखाई दे रही थी। बंगलौर में हमारी प्रतीक्षा करने के लिए नगरद्वार पर ही खड़ा हुआ सम्भाजी। बंगलौर से वापस लौटते समय विदाई देने पहले पड़ाव तक साथ चला आया था, वह सम्भाजी! विदाई के समय आँखों में आँसू भरकर खड़ा हुआ सम्भाजी, बस यही था उसका अन्तिम दर्शन!

दो ही बरस पहले सम्भाजी को लड़का होने का समाचार मिला था। पोते का मुख देखने के बहाने ही यदि बंगलौर जाना हो पाता, तो सम्भाजी को और एक बार निहार लिया होता।

सम्भाजी एक ऐसा स्वप्न था, जो कहने के लिए दृष्टि के सम्मुख था, पर वह कभी आँखों में नहीं समा पाया था। सम्भाजी सदा स्वप्न ही बना रहा। वह धीरे-धीरे सपने की तरह बड़ा हुआ। जीवन की भोर वेला में हाथ से छूने से पहले ही वह ओस की बूँद बिखर गई।

शेष रहा केवल सम्भाजी का स्वप्न! हमारे बाल शम्भूजी इस तरह महाराजसाहब के शब्दों को सच कर दिखाएँगे—यह तो जीजाबाई ने कभी स्वप्न में भी नहीं सोचा था। परन्तु हृदय विदीर्ण करनेवाला भीषण सत्य का प्रहार यदि पहले दिखाई नहीं दिया, तो क्या? वह प्रहार टलेगा थोड़े ही!

सम्भाजीराजा की मृत्यु के समाचार से जीजाबाई का जी बैठ गया था। माता की दशा देखते हुए राजे के लिए गढ़ छोड़कर कहीं जाना सम्भव नहीं था। वे गढ़ में ही रह रहे थे। हर आनेवाला दिन दुख पर हलका-सा ओढ़ना डाल जाता था। अन्तरतम तक घुसे हुए उस दुख का काँटा केवल जीजाबाई के मन में चुभन देता रहता था। फिर भी जीजाबाई ने धैर्यपूर्वक उस दुख को सहन किया। नहीं, यह कहना ही उचित होगा कि अपने व्यवहार से जैसे वे उस दुख को पी चुकी थीं।...और राजे पुनः राजनीति के कर्म-क्षेत्र में कूद पड़े।

15

राजे शम्भुमहादेव के दर्शन करके गढ़ के ऊपरीकोट* में आए। ऊपरीकोट का बाँधकाम अब लगभग पूरा हो चुका था। ऊपरीकोट बन जाने के कारण पुरन्धरगढ़ अब अति शोभावान् दिखाई दे रहा था। ऊपरीकोट के द्वार पर ही नेताजी पालकर आए। कहने लगे, ''महाराज, तोपखाने की इमारत का निर्माण भी पूरा होने को है।''

''चलो, देख आएँ। अब तुम हो किलेदार। सो नेताजी काका, तुम्हारी आज्ञा भला कौन टाल सकता है?''

नेताजी के साथ येसाजी, तानाजी, शिवा, शिवा महाला आदि लोग भी चल पड़े। तोपखाने की इमारत गढ़ के एक ओर को थी। पिघले लोहे की नालियाँ, लोहा पिघलाने की भट्ठियाँ—ये काम बहुत अच्छी तरह पूरी मजबूती से किए गए थे। राजे ने जब जावली पर विजय पाई थी, उस समय उन्होंने अम्बाजी मोरे को और उसके दो भाइयों को आश्रय दिया था। ये दोनों भाई तोप बनाने के कुशल कारीगर थे। इस काम के फलस्वरूप राजे ने उन्हें तीनहजारी मनसब दिया था। तोपखाना देखकर राजे कहने लगे, ''अम्बाजीराव, केवल यह इमारत देखकर भला हम क्या समझ पाएँगे? तुम्हारे इस तोपखाने में तैयार की गई तोपें जब शत्रु के किलों के परकोटे ढहाएँगी, तभी हम तुम्हारी कारीगरी का कमाल देख पाएँगे। येसाजी, अम्बाजीराव को जो कुछ चाहिए, वह सब दिया करो। हम यहाँ तैयार की गई तोपें देखने के लिए बहुत उत्सुक हैं।''

तोपखाना देखकर राजे जब ऊपरीकोट में आए, तब सूरज आकाश में काफी ऊपर चढ़ आया था। राजे महल में जा रहे थे कि भीतर से फिरंगोजी बाहर निकले। राजे ने उन्हें सिजदा किया।

''फिरंगोजी, आप कब आए?'' राजे ने पूछा।

''अभी थोड़ी देर पहले आया हूँ। राजे, तुमने तुरन्त बुलावा भेजा था न इसलिए...।''

''बहुत दिन हो गए थे। तुम जैसे लोग दिखाई नहीं दें, तो कुछ खोया-खोया-सा लगता है। माँसाहिबा से मिल आए क्या?''

---

* बाला-ए-किला। पहाड़ी किले का वह ऊपरी भाग, जिसमें महल आदि मुख्य भवन होते हैं।

“हाँ।”

“चलो, अन्दर चलें।”

सब लोग विशेष सभागृह में आए। कोई भी अनुमान नहीं कर पा रहा था कि राजे के मन के इरादे क्या हैं? इस बैठक में तानाजी, येसाजी, फिरंगोजी के साथ-साथ रघुनाथ बल्लाल, अत्रे, दादाजी राँझेकर, रामचन्द्रपन्त बहुतकर आदि विशेष व्यक्ति भी उपस्थित थे। इनके अतिरिक्त सोनोपन्त डबीर, शामराव नीलकंठ, ये कार्याधिकारी लोग भी थे। राजे ने सबको एक नजर से देखा। फिर वे कहने लगे, “आज हमने विशेष रूप से आप सबको बुलाया है। करेपठार का इलाका अपनी ओर आ जाने के कारण अब अपने राज्य का बहुत बड़ा भाग सुरक्षित हो गया है। जावली घाटी कब्जे में आ जाने से अब अपने राज्य की सीमाएँ समुद्र को छूने लगी हैं। बीजापुर के आदिलशाह की मृत्यु के कारण बीजापुर में अंधेरगर्दी है। शहजादा औरंगजेब अपने पिता की बीमारी के समाचार से बेचैन है, पर दक्खिन में ही अटका पड़ा है। अपने राज्य के ये दो विरोधी जब तक असावधान हैं, तब तक हमें कुछ लाभ उठाना होगा। यह अवसर यदि हाथ से निकल गया, तो... ।”

इसी समय त्र्यम्बकपन्त डबीर भीतर आए। राजे ने जैसे ही उनकी ओर देखा, बोले, “महाराज, बाहर कोई वैरागी खड़ा है। आपसे मिलना चाहता है।”

“नाम क्या है उसका?”

“अपना नाम ‘निरंजन’ बताता है।”

“ठीक है। हम अभी आते हैं।”

राजे उठ खड़े हुए। वे तुरन्त बाहर गए। दरवाजे के बाहर जो वैरागी खड़ा था, उसे साथ लेकर राजे अपने महल में गए।

राजसभाभवन में बैठे हुए लोग आश्चर्यचकित हो रहे थे। तानाजी कहने लगे, “राजे साधु-महात्माओं का कितना ध्यान रखते हैं! कोई भी साधु द्वार पर आया कि सारे काम छोड़ राजे उससे मिलते हैं।”

काफी देर हो गई, राजे लौटे नहीं। सोनोपन्त डबीर को महाराज ने बुला भेजा। सोनोपन्त राजे के महल में गए। राजे ने कहा, “सोनोपन्त, ये निरंजन वैरागी हैं। इन्हें पाँच सौ होन दो।”

“पाँच सौ?”

“हाँ। ये तीर्थयात्रा करने जा रहे हैं। ये जब कभी भी आएँ, तब चाहे हम सोए हुए हों, हमें उठाना और इनके दर्शन अवश्य करवाना।”

वैरागी सोनोपन्त के साथ चला गया। राजे अपने महल की सीढ़ियाँ उतरकर नीचे आए। वे राजसभागृह की ओर जाने के लिए मुड़े ही थे कि मनोहारी वहाँ आ गई। कहने लगी, “माँसाहिबा ने आपको याद किया है।”

“चल, हम अभी आते हैं।”

मनोहारी के पीछे-पीछे राजे माँसाहिबा के महल में गए। महल में सईबाई, पुतलाबाई, सोयराबाई खड़ी थीं। माँसाहिबा गावतकिए का सहारा लिये बैठी हुई थीं। उनके निकट सखुबाई खड़ी थी। माँसाहिबा से थोड़ी दूरी पर महादजी बैठे थे। राजे ने जाकर माँसाहिबा के चरणों में प्रणाम किया।

‘‘आयुष्मान् होओ। राजे, सखु आज जाने की बात कह रही है।’’

‘‘वह क्यों कहती होगी? ये हमारे दामाद साहब कहते होंगे।’’

‘‘हाँ, इसीलिए तुम्हें बुला भेजा। आज सुबह से तुम दिखाई नहीं दिए। हाँ, फिरंगोजी हमसे मिले थे। आज सब लोगों को इकट्ठा किया हुआ है, क्या बात है? राजे, यदि ऐसी कोई आवश्यकता आ पड़ा करे तो जरा भीतर महल में सूचना भिजवा दिया करो। कुछ मीठा-पकवान बनवाया जा सकता है। ऐन समय पर कहलवाओगे, तो...।’’

‘‘माँसाहिबा, हमने सूचना भिजवाना जरूरी नहीं समझा। अब आपकी कोई एक बहू तो है नहीं। इतनी बहुएँ तो हैं! क्या वे जरूरी प्रबन्ध करने का अन्दाजा नहीं लगा पातीं? हम यहाँ घर बैठे-बैठे पूरे राज्य की खबरें जान लेते हैं, और घर की बहुएँ राजसभाभवन की बातों का भी पता न लगा पाएँ? अजीब बात है!’’

सब हँस पड़े। जीजाबाई ने कहा, ‘‘राजे! तुम्हें तो हमेशा हँसी सूझती है। हम तुम्हें बहुत देर पहले ही बुलानेवाली थीं, पर सुना कि कोई वैरागी तुमसे मिलने आया था।’’

‘‘हाँ, यह सच है।’’

सोयराबाई कहने लगीं, ‘‘वैरागी से मिलने के लिए फुरसत है, परन्तु, सासजी, घरवालों की तरफ ध्यान देने के लिए...।’’

‘‘ठहरो, ठहरो, बहू...।’’ जीजाबाई ने कहा।

सोयराबाई कहते-कहते रुक गईं। राजे हँस पड़े। कहने लगे, ‘‘माँसाहिबा, हम उस वैरागी से मिले थे। यही नहीं, हमने उसे पाँच सौ होन भी दे डाले।’’

जीजाबाई के होंठों पर मुस्कान फैल गई। वे कहने लगीं, ‘‘सईं, अरी देखो, ये तो बड़ी फिजूलखर्ची करने लगा है।’’

सईबाई ने कहा, ‘‘वैरागी को कोई यूँ ही बैठे-ठाले पाँच सौ होन नहीं दे दिया करता।’’

‘‘चलो, रहने दो। अब हमारे दातृत्व पर भी किसी को भरोसा न हो, तो क्या करें!’’ राजे उठते हुए कहने लगे, ‘‘माँसाहिबा, राजसभाभवन में सब हमारा इन्तजार कर रहे हैं। हम जाते हैं।’’

‘‘ठीक है, जाओ। पर यह तो बता दो कि आज सखु को भेजा जाए या नहीं? विदाई का मुहूर्त निकलवा लिया है।’’

‘‘क्यों महादजी, आज विदाई दी जाए न?’’

‘‘जी।’’

‘‘तुम्हें याद है? तुम्हारा विवाह होने के बाद तुम्हें और सखु को साथ लेकर हम जेजुरी तीर्थक्षेत्र में खंडोबा देवता के दर्शनों को गए थे। रास्ते में एक गाँव आया था—वाल्हेगाँव। तुम्हें वह गाँव बहुत पसन्द आया था। वह गाँव हमने हमारी प्यारी बिटिया सखु को चोली-साड़ी की भेंट के रूप में दे दिया है। वह गाँव अब से तुम्हारा है। अच्छा, हम चलते हैं।’’

राजे सभागृह में गए। जैसे बीच में कुछ हुआ ही न हो, इस प्रकार उन्होंने फिर से कहना शुरू किया, ‘‘...इस अवसर से लाभ उठाने की दृष्टि से अब हमें कुछ गतिशीलता लानी होगी। हमारी इच्छा है कि इन अभियानों का उत्तरदायित्व हमारे वीर स्वयं ही माँगें।’’

रघुनाथ बल्लाल अत्रे कह उठे, ‘‘राजे, आपके कहने भर की देर है। आपकी इच्छा पूरी न कर दिखाई, तब कहना।’’

“हमें तुमसे यही उम्मीद थी। अत्रे, तुम्हें याद है—हमने तुम्हें दाभोल प्रान्त में भेजा था?”

“हाँ, महाराज, अच्छी तरह याद है।”

“तो तुम मुस्तफाबाद बन्दरगाह और उसके आस-पास के प्रदेश पर विजय पाकर लौटो। हम तुम्हें यह जिम्मेदारी सौंपते हैं।”

अत्रे आनन्दित होकर खड़े हो गए। शेष लोग बड़े उतावलेपन से राजे की ओर देख रहे थे। राजे ने फिरंगोजी से कहा, “फिरंगोजी, तुम अपनी सारी सेना को तैयार करके चाकण में ही ठहरे रहो। शायद हम भी उस ओर आएँगे। येसाजी, तानाजी, तुम लोग अपने सब मावलों को, घुड़साल को, पूरी तरह तैयार कर लो। जैसे ही आदेश मिले, बिना एक पल खोए कूच कर देना।”

सब समझ रहे थे कि कोई बड़ी घटना घटनेवाली है। सबकी भुजाएँ उस अवसर के लिए फड़क रही थीं। फिरंगोजी कहने लगे, “राजे, तो फिर मुझे आज जाने की आज्ञा दो।”

“फिरंगोजी, तुम तो अपने घर के आदमी हो। चार-आठ दिन यहीं रहो न।”

“नहीं, राजे। ऐसे दिनों में अपने गढ़ से अधिक दिन दूर रहना ठीक नहीं है।”

“तो फिर एक काम करो। अब तुम तो आज जाना ही चाहते हो। हम इस किले को छोड़कर जा सकेंगे, ऐसा नहीं लगता। हमारी सखुबाई आज ससुराल जाना चाहती है। देखा जाए, तो हमें उसे विदा करने जाना चाहिए, परन्तु यदि तुम जाओ, तो सखुबाई को हमारा अभाव अखरेगा नहीं।”

“जैसी आपकी आज्ञा।”

सबका भोजन हुआ। कुछ देर बाद सखुबाई महादजी के साथ ससुराल जाने को तैयार हो गईं। सखुबाई की गोद भरी गई। उन्होंने राजे को प्रणाम किया। सखुबाई को प्यार से निकट खींचते हुए राजे कहने लगे, “सखु, सुखी रहो, बेटी। अपना खयाल रखना।”

राजे पुरन्धरगढ़ की तलहटी तक सखुबाई को विदा करने गए। फिरंगोजी के अश्वारोही-दल के साथ जा रहा महादजी का अश्वारोही-दल जब तक दिखाई देता रहा, राजे उसी दिशा में एकटक देखते रहे।

राजे के आदेशानुसार रघुनाथ अत्रे ने दाभोल (मुस्तफाबाद) पर धावा बोल दिया। इसमें अत्रे की जीत हुई। मुस्तफाबाद बन्दरगाह और आस-पास के किलों पर भगवे झंडे फहरते दिखाई देने लगे। इस विजय की खबर पाते ही शिवाजीराजा ने राजनीति का एक नया दाँव लगाया। उन्होंने डबीर सोनोपन्त को औरंगाबाद भेजा। उस समय शहजादा बीदर में था। राजे ने सोचा था कि वे बीजापुर की आदिलशाही का जो-जो हिस्सा जीत बैठे हैं, उसके लिए मुगल सल्तनत की अनुकूलता प्राप्त कर लें। शहाजीराजा के कैद होने के समय शिवाजी ने शहजादा मुराद से जुन्नर और अहमदनगर के इलाके का देशमुख पद माँगा था। राजे ने सोचा था कि वह देशमुखी* अधिकार भी प्राप्त कर लिया जाए। परन्तु शहजादा औरंगजेब ने सोनोपन्त को कोई निश्चित फरमान नहीं दिया, केवल शिवाजी द्वारा विजित दाभोल पट्टी को स्वीकृति दी। जुन्नर और अहमदनगर के देशमुखी अधिकार के बारे में उसने कुछ भी नहीं लिखा। शिवाजीराजा इस व्यवहार को देखकर बहुत क्रोधित हुए। उन्होंने एक ऐसा साहसपूर्ण कदम उठाया कि जिससे औरंगजेब की अकल ठिकाने आ जाए।

---

* परगने का राजस्व-अधिकारी।

जासूसों के द्वारा निरन्तर गुप्तवार्ताएँ प्राप्त हो रही थीं। गुप्तचर बहिर्जी नाईक और उसके चतुर रामोशी गुप्तचर कल्याण और भिवंडी के इलाके में भिन्न-भिन्न वेश धारण कर घूमते फिर रहे थे। जुन्नर और अहमदनगर की ओर राजे के गुप्तचर फकीर, वैरागी और संन्यासी बनकर घूम रहे थे।

गरमियों के दिन थे। एक दिन राजे ने जीजाबाई से आशीर्वाद प्राप्त कर पुरन्धर से प्रस्थान किया। आदेशानुसार उनकी फौजी कुमुक पुणे के लालमहल में जमा हो चुकी थी। घुड़सवार सेना बड़े सबेरे पुणे से निकली। चाकण पहुँचकर सेना ने मुकाम किया। वहाँ फिरंगोजी ने अपनी घुड़सवार सेना तैयार रखी थी। इन दो सेनाओं सहित राजे ने जुन्नर पर चढ़ाई कर दी। उन्हें जुन्नर के बारे में हर छोटी-बड़ी जानकारी पहले से ही मिल चुकी थी। जुन्नर शहर एकदम असावधान था। जुन्नर नगर क्या था, दक्खिन में मुगलों की एक समृद्ध व्यापारिक मंडी थी। उसका परकोटा मजबूत था। किसी ने यह सपने में नहीं सोचा था कि शिवाजी इस नगर पर हमला करने की हिम्मत करेगा। सब सोचते थे कि जब इस शहर को बीजापुरवाले भी कभी टेढ़ी नजर से नहीं देख सके, तो शिवाजी की तो बात ही क्या! जुन्नर चारों ओर से घेर लिया गया। जहाँ पहरे की चौकियाँ नहीं थीं, वहाँ परकोटे से सीढ़ियाँ लगा दी गईं। थोड़ी-सी मुठभेड़ हुई और जुन्नर का दरवाजा खुल गया। इस तरह राजे अपने घुड़सवारों सहित आधी रात के समय जुन्नर में प्रविष्ट हुए। बड़ी मारकाट मच गई। जुन्नर की घुड़साल बहुत मशहूर थी। उस घुड़साल में बढ़िया नस्ल के सैकड़ों घोड़े थे। ये सभी घोड़े उस समय अस्तबल में ही बँधे हुए थे। यह समृद्ध अश्वशाला शिवाजी के हाथ लगी। तीन लाख होनों की सम्पत्ति राजे को मिली। इसके अतिरिक्त उन्हें बहुमूल्य कपड़े, वस्तुएँ और हीरे-मोती मिले। देखते ही देखते राजे की सेना ने जुन्नर नगर को लूट लिया और वे चाकण आ गए। जो जुन्नर मंडी अपने ऐश्वर्य पर इतराती थी, वह एक ही रात में कंगाल बन गई। सारी सम्पत्ति को चाकण में सुरक्षित रखकर राजे पुणे वापस आ गए।

जुन्नर की मुहिम के कुछ दिनों बाद राजे ने अहमदनगर पर चढ़ाई की। अहमदनगर मुगलों का खास ठिकाना था। शिवाजीराजा ने उस पर हमला बोल दिया। परन्तु अहमदनगर असावधान नहीं था। राजे ने अहमदनगर में प्रवेश किया। शिवाजी के आने की खबर पाते ही नगर के किले का मुगल सरदार नौशेरखान राजे के मुकाबले के लिए आगे आया। राजे ने उसका पराभव किया और वे वापस लौट पड़े। इस लड़ाई में राजे के अनेक सैनिक मारे गए। अहमदनगर की चढ़ाई में लूट भी कुछ अधिक नहीं मिल पाई। फिर भी मुगलों के फौजी थाने पर हमला करने का पराक्रम स्वराज्य के नाम अवश्य लिखा गया।

औरंगजेब को बीदर में जब यह समाचार ज्ञात हुआ, तो वह गुस्से से लाल हो उठा। जुन्नर और अहमदनगर का किया गया आक्रमण एक तरह दक्षिण की मुगलिया सल्तनत को आह्वान ही था। औरंगजेब ने मुल्तफखान, नौशेरखान, मीर जुगल आदि सब सरदारों को खीजकर पत्र लिखे कि शिवाजी को तुरन्त काबू में लाया जाए। औरंगजेब ने आदेश दिया था कि शिवाजी के इलाके को नेस्तनाबूद करके शिवाजी के सिपाहियों को बेखटके कत्ल कर दिया जाए। तब तक शिवाजीराजे पुणे आ पहुँचे थे।

राजे औरंगजेब का गुस्सा बखूबी जानते थे। जब उन्होंने सुना कि औरंगजेब ने करतलबखान, होशदारखान, रायकरणसिंह, शाइस्ताखान जैसे सरदारों को उनके राज्य की

सीमाओं की ओर रवाना करा दिया है, तो उन्होंने दूसरा पैंतरा बदला। उन्होंने अपना एक दूत औरंगजेब से मिलने के लिए बुरहानपुर भेजा। दूत ने अर्ज किया कि शिवाजीराजा को जुन्नर-अहमदनगर पर हमला करने का बड़ा पछतावा है। जो हो गुजरा, उसके लिए उन्हें सख्त अफसोस है। परन्तु शिवाजी ने लूटी हुई सम्पत्ति वापस करने के बारे में पूरी चुप्पी साध रखी थी। औरंगजेब ने भी ऐसा दिखावा किया, मानो उसने सब बातों को भुला दिया हो। वास्तव में बात यह थी कि उस समय उसका ध्यान बँटा हुआ था। उसकी नजर आगरा की ओर लगी हुई थी। विश्वसनीय समाचार था कि आगरा में बादशाह शाहजहाँ बीमार हैं। मूर्तिपूजकों का मित्र दाराशिकोह वहाँ बादशाहत का कारोबार चला रहा था। औरंगजेब का विश्वास था कि अल्लाहताला ने और उसके रसूल ने उसको जो जिम्मेदारी सौंपी है, उसे पूरा करने का वक्त आ पहुँचा है। वह जान गया कि अगर बादशाहत पानी है, तो बगावत करना जरूरी है। आलमगीर औरंगजेब की दृष्टि से खुदाई हुक्म और इन्सानी मनसूबे पूरा करने की घड़ी अब आ पहुँची थी। उसके सामने इसके सिवाय और कोई चारा नहीं था कि वह शिवाजी के सब किए-दिए को भुलाने का ढोंग करे।

16

जुन्नर-अहमदनगर पर धावा बोलकर राजे पुणे आए। पुणे आते ही राजे को तुरन्त पुरन्धरगढ़ जाना पड़ा। पुरन्धर में चारों ओर खुशी छाई हुई थी। गढ़ में तोपों के धमाके हो रहे थे। सईबाई प्रसूता हुई थीं और उन्होंने एक पुत्र को जन्म दिया था। वह उनका पहला और वही ज्येष्ठ पुत्र था। राजगद्दी का उत्तराधिकारी था।

बरही के, नामकरण-विधि के निमन्त्रण-पत्र सब ओर भेजे गए। बरही के दिन सब लोग जीजाबाई के पास यह पूछने गए कि शिशु का नाम क्या रखा जाए। एक पल के लिए जीजाबाई की आँखें गीली हो गईं—वे कहने लगीं, "उधर कनकगिरि में जब मेरे बड़े बेटे के साथ दुर्घटना हुई थी, तभी यह माँ की कोख में आया था। शिवबा, इस बच्चे का नाम वही रखो, जो तुम्हारे दादामहाराज का था।"

शिशु का नाम रखा गया 'सम्भाजी'। जीजाबाई ने बच्चे को गले से लगा लिया। उन्हें लगा—उनका खोया हुआ सम्भाजी उन्हें वापस मिल गया।

सम्भाजी का जन्म सगुनी सिद्ध हुआ। वर्षा ऋतु समाप्त होने से पहले ही कोंढाणा दुर्ग स्वराज्य में सम्मिलित कर लिया गया। जिस दुर्ग को शहाजीराजा के छुटकारे के बदले में वापस देना पड़ा था, वह फिर से पा लिया गया। शिवाजीराजा के दिल में खटक रहा काँटा इस तरह दूर हुआ।

सईबाई बहुत कमजोर हो गई थीं। सम्भाजी को दूध पूरा नहीं पड़ता था, इसलिए जीजाबाई ने नरसापुर के निकटवर्ती गाँव कापूरबहाल की एक स्त्री को दुर्ग में बुला लिया। गाडे वंश की यह स्त्री एक ऊँचे मराठा कुल की थी—नाम था धाराई। यह धाराई सम्भाजी की 'धाय-माँ' बन गई।

सम्भाजी कभी एक करवट पर, कभी पेट के बल लेटने लगा। धीरे-धीरे सरकने लगा। इन दिनों राजे भी स्वराज्य का यथासम्भव विस्तार करने में व्यस्त थे। कई अभियान आयोजित

किए गए। सेना की विजय के समाचार प्रायः ही दुर्ग में पहुँचते रहते थे। अत्रे ने दंडराजपुरी को जीतकर जंजिरा के चारों ओर घेरा डाल दिया था।

उधर नई-नई मुहिमों का खर्च बढ़ रहा था। इसके साथ इधर रायगढ़ और प्रतापगढ़ इन दो किलों का बाँधकाम भी हो रहा था। जितना भी पैसा भेजा जाए, सब कम पड़ता था। ये सब निर्माण कार्य थे ही खर्चीले। राजे इस बारे में सदा जागरूक रहते थे कि इन दुर्गों का निर्माण बन्द न होने पाए। मोरोपन्त पिंगले इस विषय में पूरी जानकारी देने के लिए स्वयं पुरन्धर आए हुए थे। उन्होंने राजे को सब हाल सुनाए। राजे उसाँस छोड़कर कहने लगे, "मोरोपन्त, हम इतना सारा धन लूटकर लाते हैं, पर तुम देखते ही देखते हमारा दर्प चूर-चूर कर देते हो।"

"महाराज, अब इतने विशाल निर्माण-कार्य शुरू किए हैं, इनमें खर्च तो होगा ही। अब किले का काम लगभग पूरा हो चुका है, बस महल और राजसभागृह बन गए कि समझिए दुर्ग तैयार हो गया।"

"पन्त, हमारी प्रबल चाह थी कि तुम्हारे काम में बाधा न आए, पर अब लगता है कि कुछ दिनों के लिए निर्माण-कार्य बन्द ही करना पड़ेगा।"

"जैसी आपकी आज्ञा।" मोरोपन्त निराश होकर कह उठे।

"मोरोपन्त, दुखी मत होओ। हम प्रतापगढ़ का काम अवश्य पूरा कराएँगे और वह भी तुम्हारे द्वारा ही।"

राजे ने उन्हें ढाढ़स तो बँधाया, परन्तु स्वयं उनके मन में भीतर ही भीतर खलबली मची हुई थी। वे झट उठे और बाहर आए। बाहर आते ही उनके पैर ठिठक गए। महल के आँगन में एक संन्यासी खड़ा था। राजे ने कहा, "कौन है? रामशरण?"

"जी," संन्यासी सिजदा करके बोला।

राजे ने उसको इशारा किया। संन्यासी राजे के साथ-साथ चलने लगा। राजे उस संन्यासी से काफी देर तक बातें करते रहे। जब वे नीचे राजसभागृह में आए, तो उन्होंने मोरोपन्त को आवाज दी। राजे खुश होकर कहने लगे, "मोरोपन्त, हमने अभी-अभी जो कहा था न, वह भूल जाओ। गढ़ का बाँधकाम चालू रखो। उसके लिए आवश्यक धन अपने आप तुम्हारे पास पहुँच जाएगा।"

मोरोपन्त प्रसन्नचित्त होकर, नया उत्साह हृदय में भरकर प्रतापगढ़ चले गए। पुरन्धर से कुछ आदेश कई स्थानों की ओर रवाना किए गए। अगले दिन प्रातःकाल राजे जीजाबाई को नमस्कार करने गए। वे कहने लगे, "माँसाहिबा, खबर मिली है कि कल्याण से शाही खजाना बीजापुर की ओर रवाना किया जा रहा है। यह खजाना स्वराज्य के लिए मानो आशीर्वाद ही सिद्ध होगा। इसके साथ ही यदि सम्भव हुआ तो हम कल्याण और भिवंडी पर भी हमला करके ही लौटेंगे।"

सईबाई तथा शम्भूबाल (सम्भाजी) से विदा होकर राजे पुरन्धरगढ़ से नीचे उतरने लगे।

राजे के दो सरदार, दादाजी कृष्ण तथा सखो कृष्ण लोहोकरे, आबाजी महादेव के नेतृत्व में सेना सहित आगे चले गए थे। राजे अपनी घुड़सवार सेना सहित कल्याण की दिशा में घुड़दौड़ लगा रहे थे।

कल्याण का सूबेदार मुल्ला अहमद कल्याण नें बेफिक्र बैठा था। उसने बीजापुर-दरबार के लिए जमा किया हुआ खजाना बहुत से हथियारबन्द घुड़सवारों के साथ बीजापुर को रवाना कर दिया और वह निश्चिन्त हो बैठा। इस खजाने के साथ स्वयं उसका बेटा मुल्ला याहूया अपनी बीवी को साथ लिये जा रहा था।

दिन के उजाले में खजाने का रक्षक फौजी काफिला पहाड़ी घाट से धीरे-धीरे आगे बढ़ रहा था। बैलगाड़ियों के पहियों की खड़बड़ाहट घाट में दूर-दूर तक सुनाई दे रही थी। खजाने के काफिले के आगे-आगे जवान मुल्ला याहूया एक उम्दे घोड़े पर बैठा हुआ चल रहा था। वह बीच-बीच में मुड़कर पीछे आ रहे घुड़सवारों को एक नजर देख लेता था। पहाड़ी रास्ते में आगे की ओर मोड़ आता दिखाई देता तो घुड़सवारों की टुकड़ी आगे जाकर यह तय कर लेती थी कि आगे रास्ते में कोई खतरा तो नहीं है। पालकी में बैठकर सफर कर रही कल्याण के सूबेदार की बहू कभी-कभी पालकी का परदा हटाकर पहाड़ी घाट का प्राकृतिक सौन्दर्य निहार लेती थी। इनमें से किसी को भी पता नहीं था कि दोनों तरफ फैले हुए बियाबान जंगल में सैकड़ों आँखें छिपकर उन्हें ताक रही हैं।

घाट में चढ़ाई शुरू हो गई। भारी बोझ से लदी हुई बैलागड़ियों को बैल बड़ी मुश्किल से खींच पा रहे थे। गाड़ीवानों के चाबुक की मार से बैलों की पीठ पर रेखाएँ उभर रही थीं। बैलों को हाँकने की आवाजों से सारा जंगल घनघना उठा था। वे बेचारे गूँगे पशु मार सहन करते हुए, पाँव जमाते हुए बड़ी कठिनता से कदम बढ़ा पा रहे थे। गाड़ियाँ चींटियों की चाल से आगे बढ़ रही थीं। जब खजाने की गाड़ियाँ खड़ी चढ़ाईवाली जगह पर आईं, तब तो मानो हो-हल्ला मच गया। घुड़सवार उतर पड़े—सिपाहियों ने गाड़ियों के दोनों ओर के पहियों को पकड़कर धकेलना शुरू किया। सर्दी के दिन थे, फिर भी सब पसीने से नहा उठे। सबके चेहरे यही कह रहे थे—जैसे भी बने, यह पहाड़ी घाट पार हो जाए।

इतने में चारों ओर से 'हर हर महादेव' की गर्जना गूँज उठी। सब ओर कुहराम मच गया। सिपाहियों ने हथियार खींच लिये। थोड़ी-बहुत मुठभेड़ हुई और कुछ ही देर में कल्याण का खजाना ज्यों का त्यों हाथ आ गया। अब बैलगाड़ियों के मुँह पलट गए। खजाने का यह काफिला फिर से कल्याण की दिशा में लौट पड़ा।

कल्याण नगर में दोपहर के समय शान्ति छाई हुई थी। बाजार भी खाली था। ऐसे सुनसान में मराठे घुड़सवारों का एक दल कल्याण के प्रवेशद्वार पर आया। दरवाजे के पहरेदारों में भगदड़-सी मच गई। उन्हें दरवाजा बन्द करने का भी मौका नहीं मिला। घुड़सवारों की जो टोलियाँ कल्याण के चारों ओर घात लगाए बैठी थीं, उन्होंने जब देखा कि दरवाजा कब्जे में आ गया है, तो वे तेजी से उस ओर लपके। कुछ ही पलों में सारे कल्याण शहर की गलियाँ, सड़कें घोड़ों की टापों की आवाजों से भर उठीं। वहाँ का सूबेदार मुल्ला अहमद गिरफ्तार कर लिया गया। कल्याण के नक्कारखाने पर भगवा झंडा पूरी शान से लहराने लगा।

इधर कल्याण नगर जीत लिया गया, उधर उसी समय भिवंडी शहर पर भी कब्जा कर लिया गया। राजे उस समय कल्याण की ओर बढ़ रहे थे। उन्हें यह विजय की सूचना देने के लिए घुड़सवारों की एक टोली उस ओर दौड़ पड़ी।

अगले दिन शिवाजीराजा के स्वागत की जोर-शोर से तैयारियाँ होने लगीं। आबाजी महादेव ने कल्याण नगर के बाहरवाले मैदान में एक सुन्दर शामियाना लगवाया था। मूलतः

कल्याण के सूबेदार का वह खास शामियाना अब शिवाजीराजा के आगमन की प्रतीक्षा कर रहा था।

अगले दिन सूरज बीच आसमान तक आ पहुँचा था कि दो घुड़सवार शिवाजीराजा के आने का समाचार लेकर आए। आबाजी महादेव अपनी पगड़ी सँवारते हुए झटपट शामियाने के सामने आ खड़े हुए। उनके साथ दादाजी कृष्ण तथा सखो कृष्ण लोहोकरे भी उपस्थित थे। सबके चेहरे से खुशी टपकी पड़ती थी। इतने में राजे का घुड़सवार-दल आता हुआ दिखाई दिया।

अश्वारोही-दल धीमी गति से बढ़ता आ रहा था। राजे का ध्यान कल्याण के नगरद्वार पर लहरा रहे भगवे ध्वज की ओर गया। उनके मुख पर हर्ष विलसित हो उठा। घोड़ों के निकट आते ही सबने सिजदे किए। तुरहियाँ बज उठीं। कल्याण के नक्कारखाने में बज रहे नगाड़ों ने राजे के आगमन की सूचना दूर-दूर तक पहुँचा दी। आबाजी महादेव ने आगे बढ़कर राजे के घोड़े की लगाम पकड़ ली। राजे नीचे उतरे। राजे आबाजी की पीठ पर हाथ रखते हुए कहने लगे, ''आबाजी, घोड़ा पकड़कर खड़े होना अब तुम्हारे लिए उचित प्रतीत नहीं होता।''

''क्यों महाराज?''

''पूछते हो कि क्यों? कल्याण के सूबेदार कहीं लगाम पकड़ने का काम करते हैं क्या?''

''आपकी कृपा है, महाराज। एक तो क्या, आप ऐसे दस सूबे भी हमें दे डालें, तो भी आपका घोड़ा पकड़ने का अवसर हमें आनन्दित ही करता है। वह आनन्द कुछ और ही है।''

''आबाजी, तुमने और लोहोकरे भाइयों ने जो शूरता दिखलाई है, उसका वर्णन हमने सुना है। सुनकर हमें बहुत सन्तोष हुआ। अपने कितने बहादुर काम आए?''

''अधिक नहीं, केवल पन्द्रह।''

''केवल पन्द्रह?'' राजे उदास-सी हँसी हँसते हुए कहने लगे, ''आबाजी, हमारे लिए एक-एक प्राण भी अनमोल है। रक्त से अभिषेक किए बिना क्या वह रणक्षेत्र प्रसन्न ही नहीं होता? अस्तु, चलो, आबाजी। जैसी उस जगदम्बा की इच्छा।''

राजे शामियाने में आए। थोड़ी देर विश्राम करके उन्होंने कल्याण में प्रवेश किया। कल्याण के नगरवासी भय-आश्चर्य मिश्रित दृष्टि से उनकी ओर देख रहे थे। राजे के दोनों ओर सशस्त्र सवार चल रहे थे। शिवाजीराजा उस ऐश्वर्य-समृद्ध नगरी को देखते हुए आगे बढ़ रहे थे। पश्चिमी तट की ओर सागर की लहरें दहाड़ें मार रही थीं। सागर की पृष्ठभूमि पर कल्याण शहर की शोभा कुछ और ही थी। ऊँचे-ऊँचे भवन, शानदार मस्जिदों की मीनारें मानो आकाश को छूना चाहती थीं। शहर सचमुच ही बहुत लुभावना और प्यारा लग रहा था।

शहर का दौरा करके राजे शामियाने में आए। शामियाना और डेरा बहुत विशाल तथा सुन्दर था। वहाँ एक ऊँची चौकी पर खूबसूरत बैठक सजाई गई थी। राजे रंग-बिरंगे परदों से, ओट-परदों से सजाया गया वह डेरा देख रहे थे। गद्देदार गलीचे सारे फर्श पर बिछे हुए थे। धूपदानों से उठनेवाली सुगन्धि सारे डेरे को महका रही थी। राजे ने कहा, ''आबाजी, हमारा स्वागत तो एकदम बादशाही लगता है। ऐसे डेरे-शामियाने में कोई अधिक दिन रह ले, तो उसका दिमाग आसमान पर चढ़ते देर नहीं लगेगी।''

राजे उच्चासन पर बैठ गए। उनके सामने कल्याण का खजाना लाया गया। सोने-चाँदी के सिक्कों, विविध आभूषणों, हीरे-जवाहरात के ढेरों की राजे के सम्मुख गिनती की गई।

जो कल्याण की मुहिम में घायल हो गए थे, उनके परिवारजनों को भरपूर धन दिया गया। जिन्होंने उस युद्ध में वीरता दिखाई थी, उनका सम्मान किया गया। आबाजी महादेव को कल्याण का सूबेदार बनाया गया। दादाजी कृष्ण तथा सखो कृष्ण लोहोकरे को कल्याण तथा भिवंडी का कार्याधिकारी बनाया गया। सबसे अन्त में कैदी बनाए गए कल्याण के मुगलिया सूबेदार को और उसके बेटे को हाजिर किया गया। बाप-बेटा, दोनों अरब थे। उस कद्दावर जोड़े को देखकर राजे अचरज से भर उठे। दोनों एकदम गोरे-चिट्टे, ऊँचे डील-डौलवाले और रूपवान् थे। दोनों आहत दृष्टि से राजे की ओर देख रहे थे। राजे ने उन्हें छोड़ देने का हुक्म दिया और बाइज्जत बीजापुर जाने की इजाजत दी। वे दोनों तो प्राणों की आशा खोकर आए थे, परन्तु इस आज्ञा से हक्के-बक्के रह गए।

आबाजी महादेव आगे बढ़ गए। उन्होंने राजे को सिजदा किया। राजे ने पूछा, ''आबाजी, क्या है?''

''महाराज और एक कैदी हाजिर किया जाना है।''

''कौन है?''

''कल्याण के सूबेदार की बहू।''

राजे क्रोधित हो उठे। कह उठे, ''आबाजी!''

आबाजी का गला सूख गया। वे थूक निगलते हुए कहने लगे, ''महाराज, आप गलत समझ रहे हैं। कल्याण खजाने की लूट के समय वह बहू भी अपने खाविंद के साथ बीजापुर जा रही थी। जब सबको गिरफ्तार किया गया, तो सबके साथ यह भी पकड़ ली गई। आपकी आज्ञा के बिना इसके बारे में निर्णय कौन करता?''

राजे का क्रोध शान्त हो गया। वे बोले, ''आबाजी, चाहते, तो तुम भी इस बारे में फैसला कर सकते थे। इस कारण हम तुम पर नाराज नहीं होते। पर हमें यह बेगम कुछ अनोखी दिखाई देती है।''

''हाँ, महाराज। इसका सौन्दर्य सारी पृथ्वी में खोजने पर नहीं मिलेगा? फूल से भी कोमल। दृष्टि से छूते ही इसकी सुन्दरता इत्र की सुगन्धि के समान फैल जाती है।''

''वाह, आबाजी। अब तुम कविता भी करने लगे। जिस स्त्री के सौन्दर्य में ऐसी शक्ति है कि तुम्हें भी कवि बना सके, उस सूबेदार-वधू को हमारे सामने उपस्थित करो।''

सारे दरबार में शान्ति फैल गई। आबाजी महादेव ने ताली बजाई। इसके साथ ही शामियाने के बाईं ओर की चिक उठाई गई। सूबेदार की बहू ने दो दासियों के साथ डेरे में प्रवेश किया। मुस्लिम वेशभूषा पहनी हुई वह युवती राजे के सम्मुख लाई गई। उसके मुख पर झीना-झीना-सा घूँघट था। मेहँदी से रँगे उसके कोमल हाथ काँप रहे थे। सुकोमल गोरे-गोरे अँगूठे गलीचे में धँसे जा रहे थे। राजे ने एक लम्बी साँस भरी। पल भर के लिए उन्होंने आँखें बन्द कीं और अगले ही पल आँखें खोल दीं। उस युवती को एकटक निहारते हुए राजे उच्चासन से उठे। उच्चासन से उतरकर वे धीरे-धीरे कदम बढ़ाते हुए उस युवती के निकट गए। युवती सिर नीचे झुकाए खड़ी थी और उसे केवल राजे के पाँव दीख रहे थे, जो लाल गद्देदार गलीचे पर से चलकर उसके पास तक आ पहुँचे थे। राजे ने सूबेदार की ओर देखा, उसकी आँखों से गुस्सा बरसने लगा था। राजे ने अपने हाथों से उस सुन्दरी का घूँघट उठाया और घूँघट सिर के पीछे की ओर फेंक दिया। उस अतुलनीय रूप-राशि को देखकर सारे दरबार की साँस

थम-सी गई। राजे शान्त दृष्टि से उस सौन्दर्य को आँखों में भर लेना चाहते थे। नतमस्तक युवती की आँखों से आँसू निकले और फर्श पर टपक पड़े। व्यथित होकर राजे फिर से बैठक की ओर मुड़ पड़े।

राजे के इस आचरण से भौचक उस युवती ने आँखें ऊपर उठाईं। देखा कि राजे शान्त दृष्टि से उसकी ओर देख रहे थे। पूर्ण यौवन का धनी वह राजा केसरी रंग का जरीटोप पहने, माथे पर शिव-गन्ध लगाए सामने बैठा था। उस युवक राजा के तेजस्वी नेत्र उसे ही घूर रहे थे। उस दृष्टि को देखकर वह युवती चकित हो उठी थी। जिन आँखों से आँखें मिलाने का साहस कोई पुरुष भी नहीं कर पाता था, उन्हीं आँखों की ओर वह तरुणी एकटक देख रही थी। सामने बैठे उस प्रशान्त रूप को देखकर उस पर से दृष्टि हटा पाना उसके वश की बात नहीं रही थी।

आबाजी की ओर देखते हुए शिवाजीराजे कहने लगे, ‘‘आबाजी, यह लड़की सचमुच सौन्दर्य का खजाना है। तुमने इसे हमारे सामने पेश किया है। तुम क्या सोचते हो? हम इस बारे में क्या करें?’’

‘‘महाराज।’’

‘‘कहो, कहो, आबाजी! स्पष्ट रूप से कहो।’’

‘‘महाराज, जहाँ तक रस्म-रिवाज की बात है, आप अगर इसे अपनी नाट्यशाला में रख दें, तो यह भी इस लड़की का सम्मान ही होगा। हमारे शत्रुओं की यही प्रथा है। पद्मिनी पर किसी ने दया नहीं की। कमलकुमारी की इसी प्रकार बलि चढ़ा दी गई थी। अकबर ने रानी दुर्गावती की बहन को अपने जनानखाने में बन्द कर दिया था। यही नहीं, ऐसी स्त्रियों से ही बादशाहों के मीना-बाजार सजाए जाते रहे हैं।...उसी शत्रु की यह कन्या है। आपने क्रोध में आकर यदि इसे अपने किसी सरदार की रखैल भी बनवा दिया तो भी कोई आपको बुरा नहीं कहेगा। ऐसा आचरण प्रचलित प्रथा के विरुद्ध भी नहीं है।’’

‘‘बस करो, आबाजी। पाप का समर्थन पाप से करना उचित नहीं। लोकप्रथा की अपेक्षा हम मनुष्यता के धर्म को अधिक अपना समझते हैं...हमारा ध्वज भगवे रंग का है। यह पवित्रता का प्रतीक है। इस लड़की का रूप निहारकर हम सचमुच आश्चर्यचकित हो उठे हैं। हृदय को परम सन्तोष मिला है, मानो कोई स्वर्गीय दृश्य देखा हो।’’ फिर उस युवती की ओर संकेत करते हुए राजे कहने लगे, ‘‘इन्हें देखकर लगा...’’ राजे कहते-कहते रुक गए। उनका गला भर आया।

‘‘क्या लगा, महाराज?’’

‘‘क्या लगा...? मन ने कहा—हमारी माँसाहिबा यदि इतनी सुन्दर होतीं, तो हम भी सुन्दर हुए होते! आबाजी, इस सूबेदार की पुत्रवधू ने हमें हमारी माँ की याद दिलाई है। इसे सम्मानसहित उपहार दो। हमारी माँसाहिबा को विदा करते समय जिस आदर-सम्मान की व्यवस्था की जाती है, उसी सम्मानपूर्वक इस युवती को इसके पति के साथ विदा करो।’’

राजे के मुख पर एक विरले सन्तोष का भाव झलक रहा था। सूबेदार बाप और उसका बेटा भौचक दृष्टि से सब देख रहे थे। राजे का आदेश सुनकर उस कन्या का कंठ गद्गद हो आया था। नेत्रों में आनन्द के आँसू छलक आए थे। उसने गहन भक्तिभाव से कोर्निश किया। उत्तर में राजे ने दोनों हाथ जोड़कर नमस्कार किया। वे उठ खड़े हुए। सबने उन्हें सिजदे किए, इनमें दो सिजदे सूबेदार बाप-बेटे के भी थे।

कल्याण-भिवंडी का शासन-प्रबन्ध कराकर राजे वापस लौट पड़े। दूर से पुरन्धरगढ़ दिखाई देने लगा। राजे अपने सहयोगियों के साथ गढ़ चढ़ने लगे। परकोटे की माची का महाद्वार दिखाई दिया। वे जैसे ही महाद्वार के निकट पहुँचे, उन्होंने देखा कि जीजाबाई वहाँ खड़ी हैं। जीजाबाई को आज गढ़ के पहले द्वार तक आया देखकर राजे को बहुत अचरज हो रहा था। वे महाद्वार तक पहुँचे। सुहागिन नारियों ने राजे के चरण धोए। उनकी आँखों पर पानी लगाया। मुट्ठी भर दही-भात उन पर न्योछावर किया और उनकी आरती उतारी।

जीजाबाई भी आरती लेकर सामने आईं। राजे के लुभावने सौन्दर्य को एक बार आँख भर देखकर जीजाबाई ने भी शिवाजीराजा की आरती उतारी।

माँसाहिबा के चरण छूकर राजे ने पूछा, ''माँसाहिबा, आपको गढ़ के पहले दरवाजे तक आया देखकर हमें...।''

''आश्चर्य हुआ, यही ना? राजे, लोकप्रथा त्यागकर तुमने एक अनोखा पराक्रम कर दिखाया है, फिर ऐसे वीर का स्वागत कुछ अनोखी रीति से होना चाहिए या नहीं? राजे, तुम्हारे आज के पराक्रम से हम धन्य-धन्य हो उठी हैं। तुम्हारे पुरुषार्थ से सात पीढ़ियों का उद्धार हो गया। आज तुम एक सच्चे राजा बने हो।''

जीजाबाई आगे कुछ कह नहीं पाईं। उन्होंने राजे को गले से लगा लिया। सब उपस्थित लोग इस दृश्य को देखकर अभिभूत हो उठे थे।

रात को राजे महल में आए। उस समय बालक शम्भू सोया हुआ था। सईबाई भी थकी हुई थीं। राजे ने कहा, ''सई, तबीयत ठीक नहीं है, तो आराम किया होता।''

''तुम कितना पराक्रम दिखलाकर लौटे हो। जब मैंने कल्याण के सूबेदार की बहू की घटना सुनी, तो मुझे क्या लगा, कैसे बताऊँ? मन कहता था...अभी पंख लगाकर उड़ूँ और 'श्रीमानजी' जहाँ कहीं भी हों, उन तक जा पहुँचूँ।''

''और...और क्या करूँ?''

सईबाई लजा उठीं। कहने लगीं, ''हमारी सब बातें आपको मजाक ही लगती हैं। जाइए–हम नहीं बोलतीं।''

राजे हँस पड़े। कहने लगे, ''अरे, नहीं, नहीं, यह नहीं चलेगा। जो बात सुनने के लिए हमारे कान उतावले हैं, वह बात रह ही गई।''

''हटिए भीऽऽ।''

सईबाई को लाज की गठरी बनी देखकर राजे फिर हँस पड़े। अपने को सँभालकर सईबाई ने पूछा, ''एक बात पूछूँ? सच-सच बताओगे?''

''सई, हम तुमसे कभी झूठ बोले हैं क्या?''

''सूबेदार की बहू सुन्दर थी न?''

''हाँ, थी।''

''बहुत सुन्दर थी क्या?''

''हाँ, बहुत सुन्दर थी।'' राजे ने कहा।

''तो फिर?''

''फिर क्या? वह तुम्हारे सरीखी सुन्दर थोड़े ही थी।'' राजे ने कहा।

''जाइए! फिर से ठट्ठा करने लगे! मैं भी सुन्दर हूँ क्या?''

"मैं हँसी नहीं करता, सईं। सच-सच कह रहा हूँ। वह सुन्दरता मैंने देखी, परन्तु वह कम प्रतीत हुई। उसमें मोहित करने की शक्ति कहाँ थी? सईं, सुन्दरता मन के भीतर के स्नेह से उत्पन्न होती है। आत्मीयता से वह प्रकट होती है...। जो सुन्दरता इस प्रकार की होती है न, वह अनुपम होती है।"

राजे की उस भाव विवश दृष्टि को देख पाने की शक्ति सईंबाई में नहीं रही। उन्होंने अपना सिर राजे के कन्धे पर रख दिया। राजे ने कब सईं को अपने बाहुपाश में जकड़ लिया, यह सईंबाई भी जान नहीं पाईं।

17

कल्याण-भिवंडी पर विजय पाकर राजे तुरन्त पुरन्धर आए थे। मकर-संक्रान्ति पर्व निकट आ रहा था। सबके चेहरों पर इस विजय की खुशी छलकी-छलकी पड़ती थी। कल्याण की इस यात्रा में राजे बहुत थक गए थे। वे दोपहर भोजन करके अपने महल में गए। पलंग पर लेटे-लेटे ही सोच-विचार करते-करते उन्हें कब नींद आ गई, यह भी उन्हें पता नहीं लगा।

अचानक उनकी नींद खुल गई। पश्चिम की ओरवाली खिड़की से सूर्य की तिरछी किरणें कक्ष में आ रही थीं। डफ और इकतारे की आवाज सुनाई दे रही थी। कोई पँवाड़ा गा रहा था। उस वीर-गीत के शब्द भी यहाँ तक सुनाई दे रहे थे।

राजे सुन रहे थे। एक कड़खैत कल्याण-खजाने की घटना पर आधारित पँवाड़ा सुना रहा था, "...राजे के आगे अनगिनत दौलत का ढेर लगा था, इतनी सम्पत्ति देखकर सबकी आँखें चौंधिया गई थीं। आबाजी सोनदेव ने राजे को बताया, 'इस दौलत से भी कहीं बढ़कर बेशकीमती एक हीरा मिला है—आज्ञा हो, तो हाजिर करूँ।' राजे ने 'हाँ' कही और सूबेदार की बहू दरबार में आई। उसकी सुन्दरता के आगे तिलोत्तमा, उर्वशी और रम्भा की सुन्दरता भी पानी भरती थी। उस सुन्दरता को निहारकर राजा आश्चर्य से स्तब्ध हो गया। उसका गला रुँध गया। राजा बोला, 'सोनदेव! ये क्या कर बैठे तुम? परस्त्री तो माता समान होती है। उसका अपमान क्यों किया तुमने?' फिर राजा ने कहा, 'हमारी माता इतनी सुन्दर होती, तो हम भी इतने सुन्दर पैदा हुए होते।' राजा ने माता मानकर उस स्त्री का आदर-सम्मान किया। राजा के पराक्रम से मुगल बादशाहत थर्रा उठी। बादशाही काँपने लगी... ।"

शिवाजी के लिए आगे सुन पाना असहय हो उठा। उन्होंने आवाज लगाई, "कौन है?"

एक सेवक भीतर आया। राजे ने कड़ककर पूछा, "ये क्या हो रहा है नीचे?"

"माँसाहिबा पँवाड़ा सुन रही हैं।"

माँसाहिबा का नाम सुनते ही राजे का क्रोध ठंडा हो गया।

वे तेजी से जीना उतरकर नीचे गए। आँगन के प्रवेशद्वार पर पहुँचते ही उनके पाँव ठिठक गए।

दाहिने हाथ में इकतारा लिये और बायाँ हाथ बाएँ कान पर रखे हुए एक कड़खैत बीच आँगन में पँवाड़ा गा रहा था। उसके पीछे खड़ा हुआ आदमी डफ बजा रहा था। चौक के

ओसारे में चिक के परदे के पीछे जीजाबाई, सईंबाई और सोयराबाई वीर-गीत सुनने बैठी थीं। राजे को आया देखकर राजस्त्रियाँ आँचल सँवारकर खड़ी हो गईं। जीजाबाई का ध्यान पीछे की ओर गया। वे उठीं और मसनद लाँघकर राजे के पास गईं। जीजाबाई ने कहा, ''राजे, तुम्हारा पँवाड़ा सुन रही हैं हम।''

''वही सुनकर हम नीचे आए हैं। माँसाहिबा, ऐसे घटिया पँवाड़े क्यों सुन रही हो? इस कड़खैत को नाम भी ठीक से मालूम नहीं है–'आबाजी महादेव' को इसने झटपट 'आबाजी सोनदेव' कर डाला। ऐसे पँवाड़े सुनने में कैसा आनन्द?''

''तुम माँ होते, तो समझ में आता।''

''माँसाहिबा, इस चारण की वीरगाथा सुनकर हमारा सिर लज्जा से झुक गया है।''

''राजे, मैं कुछ समझ नहीं पा रही हूँ। आजकल तो पोथी-पुराण कथा सुनने से भी मेरा जी ऊबने लगा है। तेरा यशगान सुन पाती हूँ, तो आत्मा तृप्त हो जाती है। जी करता है यही सुनती रहूँ।''

''परन्तु माँसाहिबा, आप जो सुनती हैं, वह सब सच नहीं है।''

''किसे पता है? हो सकता है उसके मुख से भविष्य ही प्रकट हो रहा हो।''

राजे निरुत्तर हो गए। वे कहने लगे, ''आपको सुनकर आनन्द आता हो, तो आप सुनिए।''

''तुम नहीं सुनोगे?''

राजे मुस्कराते हुए बोले, ''लगता है, न चाहते हुए भी सुनना ही पड़ेगा। इस कड़खैत की आवाज अच्छी-खासी बुलन्द जो है। हम बाद में आएँगे।''

राजे फिर अपने महल में आ गए। पँवाड़ा समाप्त होने के बाद राजे नीचे आए। उन्हें चौक में आया देखकर चारण ने सिजदा किया। राजे ने कहा, ''शाहीर*, तुम कवि भी कमाल के हो! अभी कल-परसों ही जो घटना हुई, उस पर आज ही कविता भी रच डाली तुमने।''

शाहीर बात का मतलब समझ नहीं सका। राजे ने पूछा, ''शाहीर, बादशाह के राज में भी पँवाड़े सुनाए होंगे न तुमने?''

''जी हाँ, बहुत बार सुनाए हैं, महाराज। वहाँ पचास होन विदाई मिली थी। आपकी कीर्ति सुनकर...।''

''हाँ-हाँ, हम समझ गए।'' राजे ने उसे बीच में ही रोक दिया।

अपने पीछे खड़े हुए पन्त से राजे ने कहा, ''पन्त, इन्हें पचपन होन विदाई दे दो।''

राजे लौट पड़े। माँसाहिबा तथा राजमहिषियाँ अन्दर जाने वाली थीं। राजे के मुख पर मुस्कराहट फैली हुई थी। मुस्कराहट देखकर जीजाबाई ने पूछा, ''क्यों हँस रहे हो?''

''माँसाहिबा, इस चारण की कविता में आज जैसे यहाँ बादशाहत थर्रा उठी है, वैसे ही बादशाहत में शिवाजी का राज्य थर्राया होगा।''

''तेरी तो हमेशा ऐसी ही आदत है।'' जीजाबाई खीजकर बोलीं, ''रहने दे। कुछ भी क्यों न हो, हमें तो पँवाड़ा पसन्द आया है।''

''आप क्रोधित न हों, माँसाहिबा। स्तुति किसे नहीं भाती? पर उस स्तुति को मन स्वीकार करे, तब तो। स्तुति किसी अधिकारी व्यक्ति के मुख से ही शोभा देती है।''

''भाग्य में लिखा होगा, तो वह भी सुनेंगी हम।''

---

* चारण, कड़खैत।

“क्यों नहीं?” राजे ने आत्मविश्वासपूर्वक कहा, “माँसाहिबा, हम आपको वचन देते हैं—एक न एक दिन ऐसा अवश्य ही आएगा और उस दिन वैसी स्तुति सुनकर आपके साथ-साथ हम अपने भी कानों को तृप्त करेंगे।”

इसके चार ही दिन बाद आबाजी महादेव गढ़ में आए। वे राजे से कहने लगे, “राजे, आपकी आज्ञा के अनुसार जहाज बनानेवाले कुशल कारीगर यहाँ आ गए हैं।”

“बहुत अच्छा! कहाँ हैं वे?”

“नीचे की माची पर जो धर्मशाला है, उसमें ठहरे हुए हैं।”

“कितने हैं?”

“चार सौ।”

“ठीक है। उनकी उचित व्यवस्था करो। हम उनसे कल मिलेंगे।”

सारे दुर्ग में यह समाचार आश्चर्य का विषय बनकर फैला हुआ था। एक साथ चार सौ फिरंगी तो किसी ने भी आज तक नहीं देखे थे। सारा किला उन्हें देखने के लिए टूट पड़ा था। जीजाबाई ने पूछा, “राजे, ये इतने फिरंगी-पुर्तगाली क्यों जमा कर लिये हैं?”

“माँसाहिबा, अब हमारे राज्य की सीमा समुद्र तक पहुँच गई है। अपने समुद्र तट की रक्षा करनी हो, तो जहाज बनाए बिना कैसे काम चलेगा? ये फिरंगी इस काम में कुशल हैं। हम इनकी नियुक्ति किया चाहते हैं।”

अगले दिन चार सौ फिरंगी राजभवन में आए। अपनी ऊँची टोपियों को सिर से उतारकर उन्होंने राजे को कोर्निश किया। उनका मुखिया आगे आया। आबाजी ने उसका परिचय कराया, “महाराज, यह है लुई वर्तांव। जहाज बनाने में पूरा माहिर है।”

राजे लुई वर्तांव को देख रहे थे। उससे प्रश्न पूछ रहे थे। दुभाषिया अनुवाद कर रहा था। लुई वर्तांव के उत्तरों से राजे प्रसन्न हुए। राजे ने उन सभी फिरंगी कारीगरों को भरपूर धन दिया और उन्हें अपनी नौकरी में रख लिया। उन्हें कल्याण की ओर जाने की आज्ञा दी। फिरंगी चले गए। राजे आबाजी से कहने लगे, “आबाजी, इन फिरंगियों को जिस सामान की जरूरत हो, वह देते रहो। जितनी जल्दी हो सके, हमारे संगमेश्वरवाले जहाज भी तैयार करा लो। इस काम में कोई कमी या बाधा मत आने देना और हाँ, एक बात का ध्यान रखना—इन फिरंगियों के अधीन तुम जिन सहायकों की नियुक्ति करोगे, वे पूरे चतुर और बहुगुणसम्पन्न लोग होने चाहिए। उनके मातहत एक भी ऐसा आदमी न हो, जो अपने कार्य में साधारण हो।”

वे फिरंगी राजे से विदा होकर अगले दिन कल्याण की दिशा में रवाना हो गए।

कल्याण में जहाज बनाए जाने लगे। खबरें पहुँच रही थीं। इसी बीच एक ऐसी खबर आई, जिसके कारण राजे को तुरन्त कल्याण जाना पड़ा। वहाँ आबाजी महादेव चिन्तामग्न बैठे थे। राजे ने पूछा, “आबाजी, क्या हुआ?”

“महाराज, फिरंगियों को पूरी सुख-सुविधा के बीच रखा था। उनकी सभी जरूरती सामान की भी व्यवस्था करा दी थी। वे बड़ी तन्मयता से काम में जुटे हुए थे। परन्तु एक दिन गोवा से एक फिरंगी आया। उसने जाने उन सबके क्या कान भरे, सारे फिरंगी रातोरात अपना सामान छोड़कर भाग खड़े हुए। खबर मिली है कि वे मुम्बई की ओर गए हैं।”

राजे शान्तचित्त होकर बातें सुन रहे थे। उन्होंने पूछा, ''और जहाजों के काम का क्या हुआ?''

''काम बन्द पड़ा है। इसी कारण आपको कष्ट देना पड़ा।''

''चलो, चलकर देखते हैं।''

राजे आबाजी सहित समुद्री खाड़ी तक गए जहाजों के निर्माण के लिए विशाल आकार का चौकीवाला ढाँचा खड़ा किया गया था। लकड़ी के तख्तों के ढेर लगे हुए थे। जहाजों के जरूरी सामान से सारा किनारा पटा पड़ा था।

''यहाँ कितने लोग काम पर थे?''

''लगभग डेढ़ हजार मजदूर थे।''

''सब के सब जाँच-परखकर तैनात किए थे न?''

''जी।''

''लुई वर्तांव के मातहत सहायक कौन थे? उन्हें बुलाओ।''

लुई के निकटवर्ती जितने कारीगर थे, उन्हें राजे के सामने हाजिर किया गया।

''हम अगर तुमसे इन जहाजों का काम पूरा करने के लिए कहें, तो कर सकोगे?''

मुखिया बोला, ''राजे, आप मौका दें, तो फिरंगियों से भी बढ़कर शानदार जहाज बनाकर दिखाएँगे।''

''तो ठीक है। जहाजों का काम शुरू करो। अगर यह काम अच्छा हुआ तो हम हमारे जंगी बेड़े का काम भी तुम्हें सौंपेंगे।''

आबाजी आश्चर्यचकित होकर देख रहे थे। राजे ने कहा, ''आबाजी, इसमें कैसा आश्चर्य? जब ये फिरंगी आए थे, तभी हमने अनुमान लगा लिया था कि एक दिन ऐसा होके रहेगा। इसीलिए हमने तुमसे कहा था कि चतुर बहुगुणी कारीगरों को उनका सहायक बनाओ।''

''परन्तु राजे, ये फिरंगी भाग क्यों गए?''

''पूछते हो, क्यों भाग गए? आबाजी, फिरंगियों में और हम लोगों में बहुत फर्क है। हरेक फिरंगी अपने देश के प्रति ईमानदार है, तभी तो इतनी दूर आकर राज्य करते हैं। अवश्य ही उनके नाम सन्देश आया होगा। फिरंगी शासक अच्छी तरह जानते हैं कि आज हो या कल, उनसे हमारी मुठभेड़ होकर रहेगी। सो वे अपने कल के शत्रु की सहायता करके मूर्खता थोड़े ही करेंगे। उनके नाम केवल सन्देश आया और अपने भविष्य का सोच-विचार किए बिना ये राजभक्त ईमानदार फिरंगी हमारी नौकरी छोड़कर चल दिए। इसके ठीक उलटी हमारे लोगों की रीत है। हमारे लोग बादशाह के चाकर बनकर हमारे दुश्मन बनकर हम पर ही चढ़े आते हैं। उन्हें शत्रु जानकर हमें उनके साथ लड़ना पड़ता है।...आबाजी, ये जहाज जैसे भी बनें, अवश्य पूरे बनने चाहिए। इस काम में अब रुकावट मत आने देना।''

इस तरह जहाजों के बन्द काम को पुनः शुरू कराकर राजे वापस लौट आए।

राजे गढ़ में आए और उसके कुछ ही दिनों बाद उन्होंने माहुली पर हमला करके उस नगर को जीत लिया। माहुली गोलकुंडा के निजामशाह का वह किला था, जहाँ शहाजीराजा ने निजामशाह के साथ अपनी लड़ाई के समय आखिर तक टक्कर दी थी।

शिवाजीराजा की इन विजयों के कारण उनके राज्य की सीमाएँ अब दूर-दूर तक फैल गई थीं। अब इस राज्य को सुव्यवस्थित करना और सुरक्षित रखना आवश्यक था। राजे ने

शामराव नीलकंठ के स्थान पर मोरोपन्त पिंगले को पेशवा पद पर नियुक्त किया। निलो सोमदेव को मजूमदार बनाया। नेताजी पालकर सरनौबत बनाए गए तथा आबाजी महादेव को सुरनीस के रूप में नियुक्त किया गया।

शिवाजी की अश्वारोही सेना अब दस हजार तक पहुँच गई थी। पैदल सैनिकों की संख्या भी इतनी ही थी। इस सेना का सेनापति येसाजी कंक को बनाया गया था। शिवाजी के अधीन दुर्गों की संख्या चालीस से ऊपर थी। राजे तो सदैव अभियानों में व्यस्त रहते थे, इस कारण राज्य-कारोबार की देख-रेख का कार्य, न्यायदान का कार्य स्वयं जीजाबाई को करना पड़ता था। राज-कार्यालय तो पहले से ही राजगढ़ पहुँचा दिया गया था। अब जीजाबाई भी पुरन्धरगढ़ को छोड़कर राजगढ़ में निवास करने लगीं। इस समय शिवाजीराजे कर्नाटक के दूसरे अभियान में उलझे हुए थे।

राजे जब कर्नाटक से लौटे, तब राजे के बढ़ते शौर्य से बीजापुर दरबार और मुगलाई बादशाहत बुरी तरह बेचैन हो उठे थे।

उत्तर की ओर जाने को बेताब बना हुआ औरंगजेब बुरहानपुर चला गया था। उसके दिल में शिवाजी द्वारा की गई जुन्नर और अहमदनगर की लूटपाट की बात को लेकर बेहद गुस्सा उबल रहा था। राजे ने अपना दूत उसके पास कई बार भेजा और इस तरह शिवाजी औरंगजेब का क्रोध शान्त करने की नीति अपनाते रहे।

उधर बीजापुर में मुहम्मद आदिलशाह की मृत्यु हो गई थी। उसके बाद वहाँ बहुत उलट-पुलट हुआ। बीजापुर की सारी लगामें आदिलशाह की बेगम बड़ी साहिबा के हाथों में आ गईं। उसने बीजापुर दरबार की पहली राजसत्ता से एक-एक कूटनीतिज्ञ को एक-एक करके पछाड़ना शुरू किया। उसने खान मुहम्मद को मरवा डाला। उसके बाद बहलोलखान को खत्म करवाया। जिस फतहखान ने पुरन्धर पर घेरा डाला था, उसे बीजापुर में जहर दे दिया गया। इन सब कारणों से बीजापुर-दरबार का दबदबा कम हो गया। इस परिस्थिति से लाभ उठाने की सोचकर शिवाजीराजा ने कर्नाटक की मुहिमों की योजना बनाई। शिवाजी की इस बगावत से परेशान होकर बीजापुर-दरबार ने शहाजीराजा से कहा कि वे अपने बेटे को समझा-बुझा लें। परन्तु शहाजीराजा ने कहलवा भेजा कि बेटा और पत्नी उनका कहा नहीं मानते। दरबार उनके साथ जो चाहे, सो करे। इस तरह शहाजीराजा ने शिवाजी के कारनामों में से अपना छुटकारा करा लिया। यही नहीं, उन्होंने यह भी सलाह दी कि शिवाजी के प्रदेश में अच्छे सूबेदार नियुक्त किए जाएँ। इस सलाह के अनुसार बड़ी साहिबा ने बीजापुर के एक बहादुर सरदार अफजलखान को फिर से सूबेदार बना दिया। कुडाल नगर के सरदार सावन्त कोंकण प्रदेश में काफी ताकतवर बन गए थे। उनको दबाने के लिए रणदुल्लाखान के लड़के रुस्तमजमाँ को भेजा गया।

कुडाल नगर का लखम सावन्त वैसे आदिलशाही का ही एक वतनदार देसाई था, परन्तु बहुत कुछ आजाद-सा था। इसी तरह शृंगारपुर के सुर्वे, गोवलेकर, सावन्त आदि लोग भी बहुत कुछ स्वतन्त्र-से थे। रुस्तमजमाँ हमला करने आ रहा है, यह समाचार पाते ही कुडाल के लखम सावन्त ने सामना करने की तैयारी करनी शुरू की। रुस्तमजमाँ ने चढ़ाई करके रांगणा किला जीत लिया। कुडाल के खेम सावन्त और लखम सावन्त एक ओर तो हिम्मत से सामना करते रहे, दूसरी ओर उन्होंने अपने दूत पीताम्बर शेणवी को शिवाजीराजा से मिलने

भेजा और उनसे सहायता की माँग की। राजे ने सावंत को अभयदान दिया। राजे की और लखम सावन्त की सम्मिलित सेना ने रुस्तम की फौज का मुँह पलट दिया। इस प्रकार राजे ने सावन्त का सारा खोया हुआ इलाका फिर से वापस दिला दिया। इस सहायता के बदले सावन्त ने राजे को फोंडा किला और उसके आजू-बाजू का सारा इलाका दे दिया और शिवाजी का मांडलिक बनना स्वीकार कर लिया। इस प्रकार कुडाल के सावन्त स्वराज्य के प्रथम मांडलिक राजा हुए। जावली के समान ही दुर्गम और दुर्जेय एक प्रान्त, कुडाल प्रान्त, शिवाजी के अधीन हुआ। कुडाल प्रान्त आदिलशाही राज की सीमा से लगा हुआ था, यह और एक लाभ था।

कुडालकर सावन्त को अभयदान देकर राजे ने तले-घोसाले जीत लिया। जब वे वहाँ से लौट रहे थे, तो गोवलेकर सावन्त उनसे मिलने आए। राजे ने उनका आदर-सत्कार किया और उनकी प्रशंसा करके उन्हें अपनी ओर मिला लिया। गोवले के सावन्त के पास एक प्रसिद्ध तलवार थी। उन्होंने यह लम्बी-सीधी बनावटवाली तलवार शिवाजीराजा को भेंट दी। फिरंगी बनावट की इस अनुपम तलवार को देखकर राजे बहुत खुश हुए। वे बोले, ''सावन्त, यह फिरंगी तलवार देखकर हम बहुत प्रसन्न हुए हैं। परन्तु शस्त्र के बारे में कठिनाई यह है कि शस्त्र को या तो जीतकर पाया जाता है या खरीदकर पाया जाता है। पर यहाँ तो तुम्हारी-हमारी मित्रता का तकाजा बीच में आ अटका है। अब इस उलझन को सुलझाया कैसे जाए?''

शिवाजीराजा ने उस अतुलनीय खड्ग के बदले गोवलेकर सावन्त को तीन सौ होन और सम्मान-वस्त्र दिए। शिवाजी ने इस तलवार का नाम 'भवानी तलवार' रखा।

लगातार होनेवाली मुहिमों के कारण राजे को बहुत परिश्रम-परेशानी उठानी पड़ी थी। वे बीमार हो गए। राजवैद्य ने उन्हें विश्राम करने की सलाह दी। राजे ने विश्राम के लिए हरिहरेश्वर को चुना। वे समुद्रतट के किनारे बसे इस तीर्थक्षेत्र में जाकर रहने लगे। उनका बुखार तो जाता रहा, परन्तु कमजोरी बढ़ती जा रही थी। वे पालकी में बैठकर राजगढ़ आए। उनकी बीमारी की खबर पाकर सारी रानियाँ पुरन्धर से राजगढ़ आ गईं। धीरे-धीरे राजे घूमने-फिरने लायक हो गए। एक दिन शहजादा औरंगजेब का दूत एक फरमान लेकर राजगढ़ आया। औरंगजेब अपने पिता का पराभव करने के लिए दिल्ली जा रहा था। उसने सन्देश भेजा था, ''यह फरमान मिलते ही तुम हमसे आ मिलो। तुम्हें आना मुमकिन न हो, तो अपने दीवान शामराव नीलकंठ को फौज के साथ हमारी कुमुक के लिए भेजो। दिल्ली का तख्त हमारे हाथ आते ही हम तुम्हारे बाप को ऐसी दौलत देंगे, जो उन्होंने कभी न पाई होगी और तुम्हें भी मरातिब बहाल करेंगे।''

राजे के सहयोगियों को यह फरमान एक सम्मान प्रतीत हुआ। कइयों ने सलाह भी दी कि शिवाजीराजे औरंगजेब की मदद करें। राजे हँस पड़े। बोले, ''तुर्क को सहायता देना अनुचित है। हमारी ओर से औरंगजेब को कोई मदद नहीं मिलेगी। हमें खेद है।''

राजे का उत्तर लेकर औरंगजेब का दूत वापस गया और उसने शिवाजी का सन्देश औरंगजेब तक पहुँचा दिया। औरंगजेब जल-भुन उठा, परन्तु शिवाजी से इस अपमान का बदला चुकाने के लिए उसे फुरसत कहाँ थी। उसने इस वैर को दिल में ही दबाए रखा और वह अपने बाप को हराने आगरे की तरफ निकल पड़ा।

औरंगजेब उत्तर दिशा में गया और तीन महीने के भीतर उसने अपने बाप को कैद करके, अपने भाइयों की कमर तोड़कर तख्त पर काबू पा लिया। राजे ने जब समाचार सुना कि

औरंगजेब दिल्लीपति हो गया है, तो उन्होंने औरंगजेब के मन की कड़वाहट को दूर करने और नए बादशाह का सम्मान करने के लिए अपने दूत सोनाजीपन्त को दिल्ली रवाना किया।

जीजाबाई ने जब सुना कि सोनाजीपन्त को उत्तर दिशा की ओर भेजा गया है, तो वे कहने लगीं, "राजे, तुम्हारी एक शह तो हट गई।"

"हटी नहीं, माँसाहिबा, कुछ समय के लिए दूर करा दी है। हमें भरोसा नहीं है कि औरंगजेब हमारे दूत को देखकर वैर भूल जाएगा। पर वह पूरा कूटनीतिज्ञ है, वह अवश्य ऐसा दिखाएगा मानो उसने सब भुला दिया है। यदि वह इतना भी करता है, तो इस समय तो हमारे लिए काफी है। हमें इस समय औरंगजेब से डर नहीं है, परन्तु...।"

"अब और किससे भय है?"

"बीजापुर के दरबार में हमारे विरुद्ध तूफान खड़ा होने का अन्देशा है। बीजापुरवाला काला बादल कब बरस पड़े, इसका कोई भरोसा नहीं। बीजापुर का बलवान सेनापति, जो पहले वाई का सूबेदार था, अब हमारे ऊपर चढ़ाई करने का मौका ढूँढ़ रहा है। हमारा सारा ध्यान उस ओर लगा हुआ है।"

राजे को अफजलखान के खतरे से भी अधिक चिन्ता सता रही थी सईबाई की। सम्भाजी अब डगमगाते पग रखना सीख गया था, परन्तु सईबाई अक्सर बीमार हो जाती थीं। राजे ने उन्हें जलवायु परिवर्तन के लिए नवनिर्मित दुर्ग प्रतापगढ़ भेजना निश्चित किया।

18

बीजापुर के दरबार में खामोशी छाई हुई थी। बादशाह अली आदिलशाह तख्त पर बैठा था। उसकी नजर अपने दाईं ओर जालीदार परदों से ढँके बारजे की ओर लगी हुई थी। उसकी माँ बड़ी साहिबा गुस्से से बौखलाई हुई उस बारजे में खड़ी थीं। "...आखिर उस शिवाजी को कब तक बख्शा जाए? जिस शिवाजी ने आदिलशाही के किलों पर कब्जा किया है, इलाके दबोच लिये हैं, बन्दरगाह कब्जे में कर लिये हैं, इतना ही नहीं, जिसने आदिलशाही बादशाहत के भीतर घुसकर दो-दो चढ़ाइयाँ की हैं, लूटपाट मचाई है, गाँव जला डाले हैं, कल्याण का खजाना लूट लिया है, आखिर उसे कब तक यूँ खुला छोड़ा जाए?" बड़ी साहिबा आपे से बाहर हो रही थीं। दरबार के बीच शिवाजी को हराने के नाम पर बीड़े रखे गए थे। तख्त के सामने एक नक्काशीदार चौकी पर सोने के तबक में रखे हुए बीड़े जैसे सारे दरबारियों को चुनौती दे रहे थे।

दरबार में अंकुशखान, रुस्तमजमाँ, मुसे खाँ, याकूत खाँ, सिद्दी हिलाल जैसे बड़े-बड़े सरदारों के साथ-साथ बीजापुर के ईमानदार सेवक बाजी घोरपडे, मम्बाजी भोसले और सुंजारराव घाटगे भी उपस्थित थे। सब चुपचाप हाथ बाँधे खड़े थे। सबकी नजरें जमीन की ओर झुकी हुई थीं। किसी में हिम्मत न थी कि बीड़ों की ओर देखे। ज्यों-ज्यों पल बीतते जाते थे, बड़ी बेगमसाहिबा का गुस्सा भड़कता जा रहा था। उनकी तीखी आवाज से सारा दरबार गूँज उठा, "उसने अजमते-शाही को ललकारा है। हुकूमत और मजहब की खातिर उसकी बरबादी होनी ही चाहिए। इस चुनौती को जो भी कबूल कर सकता हो, उसके लिए दरबार के बीड़े हाजिर हैं।"

बेगम की नजर सारे दरबार में फिर रही थी। उसने फिर से पुकारकर पूछा, "बोलो, कौन है वह नारा-ए-तदबीर बुलन्द करनेवाला मुजाहिद?"

सब चुपचाप थे। सिर झुकाए खड़े सरदारों ने देखा—अफजलखान के पैर गलीचे को दबाते हुए आगे बढ़ रहे हैं। लोगों की गर्दनें ऊपर उठने लगीं। सारे दरबारियों को बेखौफ नजरों से देखता हुआ अफजलखान तख्त की ओर बढ़ रहा था। अफजलखान, ऊँचे डील-डौलवाला, भारी-भरकम शरीरवाला वह सरदार, चेहरे पर उजड्डपन लिये, आँखों में आत्मविश्वास भरे हुए आगे बढ़ रहा था। पीठ पर ओढ़ा हुआ खिलअत नीचे जमीन तक लटका हुआ था, उसे दाएँ हाथ से एक ओर हटाता हुआ और बायाँ हाथ तलवार के दस्ते पर रखकर अफजलखान जाकर तख्त के सामने खड़ा हो गया। बादशाह को सिजदा करके उसने एक बार सारे दरबारियों को तुच्छता-भरी दृष्टि से देखा और गरजकर बोला, 'जिल्ले-सुबहानी, बन्दा आपके कदमों में हाजिर है। सिर्फ दुश्मन का सिर धड़ से जुदा करने के हुक्म का मुन्तजिर है। हुजूर सिर्फ उस मनहूस का नाचीज नाम जाहिर करें।"

"शिवा, गद्दारे-दक्खन।"

खान हँस पड़ा। कहने लगा, "बस्स? और इतने-से काम के लिए हमारे दरबार में एक भी सरदार नहीं है? शिवा की यह मजाल? बेगम हुजूर, आदिलशाही सल्तनत में काँटे की तरह खटकनेवाले इस नाचीज शिवा को मैं पूरी तरह मटियामेट कर डालूँगा। ये शिवा, शिवा है क्या चीज? मैं घुड़सवार शिवा को उसके घोड़े के साथ पकड़कर इस तख्त के आगे हाजिर करूँगा।"

और देखते ही देखते खान ने अपने फौलादी पंजों से तबक में रखे हुए बीड़े उठा लिये।

सारे दरबार के सिर का बोझ उतर गया। आवाजें आने लगीं, "सुभान-अल्लाहऽऽ, सुभान-अल्लाह!!" सारे सरदार दरबारी रिवाज की बात भूलकर नारे लगाने लगे थे। बादशाह ने अफजलखान को कई बेशकीमती चीजें भेंट दीं। इन चीजों में एक रत्नजटित म्यानवाली पानीदार कटार भी थी। यह खुद बादशाह की अपनी कटार थी।

बीजापुर की हुकूमत ने इस काम के लिए अफजतखान को कई सरदार दिए। सरदार मुसे खाँ, हसन खान, सिद्दी हिलाल और अंकुश खान के साथ पांढरे नाईक, घोरपडे, मम्बाजी भोसले, प्रतापराव मोरे आदि कई हिन्दू सरदार भी थे। अफजलखान का लड़का फजलखान अपने दो भाइयों सहित अपने पिता के साथ जाने के लिए तैयार था।

बीजापुर शहर के बाहर खान की फौजी छावनी बन रही थी। सामन्त सरदार अपनी-अपनी सेनाएँ लेकर शामिल हो रहे थे। ऊँट, हाथी और घोड़ों के झुंड के झुंड जगह-जगह खड़े थे। छावनी जैसे ही तैयार हुई, एक दिन यह फौजी पड़ाव उठा लिया गया। तुरहियाँ, नगाड़े बज उठे। हरावल के हाथी पर चाँद-तारेवाला हरा आदिलशाही झंडा फहरा रहा था। हरावल के हाथी के पीछे हाथियों की कई कतारें थीं, इनमें से एक हाथी पर चाँदी की अम्बारी चमचमा रही थी। इसमें अफजलखान शान के साथ बैठा था। हाथी पर बैठा वह अपने आगे-पीछे फैली हुई विशाल सेना को देख रहा था। सौ हाथियों के गले के घंटों की आवाज में हजारों ऊँटों की साँकलों की आवाज भी शामिल थी। रंग-बिरंगी पालकियों में खान का जनानखाना बैठा हुआ था। इन पालकियों को उठाए कहार हूँकते-हुंकारते हुए दौड़े चले जा रहे थे। हाथी भारी तोपगाड़ियों को खींचते हुए चल रहे थे। छावनी का सामान लादे जो गाड़ियों की कतारें

बढ़ रही थीं, उनको एक नजर में देख पाना मुश्किल था। गरमियों का मौसम खत्म होने को था, फिर भी गरमी की बेचैनी बेहद थी, परन्तु इस सारी उमस-बेचैनी को सहन करते हुए अफजलखान की सुसज्जित सेना कूच कर रही थी। धूल के बवंडर आसमान तक उड़ाती हुई वह फौज शिवाजी को धूल में मिलाने जा रही थी।

बीजापुर से केवल दो-ढाई कोस का सफर करके ही खान ने पहला पड़ाव डाला। रात को अफजलखान ने अपने डेरे में सारे सरदारों को इकट्ठा किया। खान का दूत कृष्णाजी भास्कर उसके पास खड़ा था। खान ने एक बार सबकी ओर देखा और कहने लगा, "हम नजदीकवाले रास्ते से बढ़ते हुए शिवाजी पर हमला नहीं करेंगे। हमारा इरादा है तुलजापुर और पंढरपुर होते हुए हम वाई पहुँचेंगे।"

"बेअदबी का कुसूर माफ हो, अब्बाजान। लेकिन ये नजदीकी रास्ता छोड़कर राहे-दराज की क्या जरूरत है?"

अफजलखान मुस्कराने लगा। दाढ़ी पर हाथ फिराते हुए और कृष्णाजी भास्कर की ओर देखते हुए ख़ान कहने लगा, "बारिश का कोई भरोसा नहीं, जाने कब शुरू हो जाए। हमारा जनानखाना बड़ा है, फौजी छावनी बहुत बड़ी है। बीच रास्ते में अगर बरसात आ जाएगी, तो मुश्किल आ पड़ेगी। तुलजापुर-पंढरपुरवाला रास्ता सूखा है। हम नहीं चाहते कि हम वाई पहुँचने से पहले ही बरसात में फँस जाएँ।"

सबने सिर हिला दिए। अफजलखान के दिल का राज दिल में ही छिपा रह गया। अगले दिन खान अपनी फौज के साथ तुलजापुर की ओर रवाना हो गया।

तुलजापुर दिखाई देने लगा। पहाड़ के कगारों के बीच बसा हुआ छोटा-सा गाँव। तुलजा भवानी देवी के मन्दिर का शिखर दूर से दिखाई दे रहा था। तुलजापुर छोटा-सा गाँव था—खान के आने का समाचार सुनकर तुलजापुर के निवासी जिधर राह सूझी, उधर दौड़ पड़े। खान तुलजापुर आ पहुँचा। हाथी से सीढ़ी लगाई गई, खान नीचे उतरा। तुलजापुर पर नजर फेरते हुए खान पूछने लगा, "इस जगह को हिन्दू लोग बहुत पाक मानते हैं न?"

कृष्णाजी भास्कर खान का इरादा ताड़ चुका था। वह हाथ जोड़कर कहने लगा, "खानसाहब, हम हिन्दुओं के लिए इस जगह से बढ़कर दूसरी कोई पवित्र जगह नहीं है। जैसे आपके लिए मक्का...।"

"खामोश! हमारे मक्केशरीफ की बराबरी काफिरों की तुलजा से करते हो? शिवाजी का देव यही है न?"

"जी हाँ, यही शिवाजी का कुलदेवता है। खानसाहब, अगर इस स्थान का किसी तरह भी नुकसान हुआ, तो अपने हिन्दू सरदार बिगड़ उठेंगे।" कृष्णाजी भास्कर ने दूसरा दाँव लगाया।

खान कड़ककर बोला, "हमारे खिलाफ उठने की ताकत किसमें है? सिर कटवाकर फेंक देंगे हम। कृष्णाजी, हम वाई के सूबेदार थे—हमने किसी मन्दिर की ईंट को भी हाथ नहीं लगाया। बुतशिकन नहीं बने थे हम। नतीजा क्या हुआ? शिवाजी सिर पर सवार हो गया। काफिरों की बन आई। नहीं, नहीं कृष्णाजी, अब कतई लिहाज नहीं किया जाएगा। ये अफजलखान—जान लो कि दीनदार कुफ्रशिकन है, दीनदार बुतशिकन है, कातिले-मुतमर्रिदान है।"

अब अफजलखान का असली रूप जाहिर हो गया था। अफजल याने इस्लाम का बन्दा; काफिरों की खौफनाक मौत! गद्दारों के सिर कत्ल करानेवाला। खान ने तुलजापुर की ओर इशारा किया और चिल्लाया, ''जला डालो ये गाँव, लूट लो इसे!''

इतने बित्त-से गाँव पर खान की फौज 'दीन-दीन' चिल्लाती हुई टूट पड़ी। जैसे किसी खरगोश पर एक साथ दस-बारह कुत्ते टूट पड़ें और वह खरहा पल-दो पल में खत्म हो जाए, इस तरह तुलजापुर की हालत हुई। खान धीरे-धीरे कदम रखता हुआ सीढ़ियाँ उतरने लगा। तुलजा भवानी के मन्दिर के पुजारी 'भोपे' खान के सामने आए, पर अफजलखान ने उन्हें हँकाल दिया। राह में दिखाई दे रही हर मूर्ति को तोड़ते-फोड़ते हुए खान ने मन्दिर में प्रवेश किया। तुलजा भवानी सामने खड़ी थी, अष्टभुजा देवी की मूर्ति—पैरों के नीचे महिषासुर को कुचलनेवाली वह मूर्ति, हाथ में शस्त्र धारण किए महिषासुर को बेधनेवाली वह महिषासुरमर्दिनी...शान्त दृष्टि से अपने सम्मुख खड़े अफजलखान को देख रही थी।

देवी की ओर देखकर खान ठठाकर हँस पड़ा। मन्दिर के गर्भगृह में उसकी आवाज गूँजी। खान चिल्लाया, ''ऐ बुते काफिरान! दिखा तो सही मुझे अपनी करामात? बता तेरी अजमत क्या है?''

खान ने हाथ उठाए। मूर्ति पर चोट पड़ी। तुलजा भवानी एक ओर झुक गई। टुकड़े हुई, टूट गई। हर एक चोट के साथ खान हँसता जा रहा था। देवी की मूर्ति के टुकड़े बिखर रहे थे। देवी का मन्दिर पूरी तरह लूट लिया गया। खान ने देवी के सामने ही एक गाय की हत्या की। खान का गुस्सा यों ठंडा हो गया। अब खान की नजरों के आगे था—पंढरपुर।

19

शिवाजी महाराज का मुकाम राजगढ़ किले की तलहटी में बसे शिवापट्टण गाँव में था। इस गाँव को स्वयं शिवाजी ने बसाया था। सईबाई का स्वास्थ्य दिनोदिन खराब होता जा रहा था। यह देखकर महाराज ने जलवायु-परिवर्तन के लिए उन्हें जीजाबाई सहित प्रतापगढ़ भेज दिया था। परन्तु वहाँ भेजने से भी स्वास्थ्य में सुधार नहीं हुआ, इसलिए राजे ने उन्हें राजगढ़ की तलहटी में बसे शिवापट्टण गाँव की हवेली में ला रखा था। सम्भाजीराजा अब पाँव-पाँव चलने लगे थे—दौड़ना सीख गए थे और सईबाई बिस्तर से जा लगी थीं।

राजे सईबाई की हवेली में थे। दो ही दिनों के बुखार के कारण सईबाई और अधिक कमजोर हो गई थीं। सईबाई के निकट बैठे हुए राजे ने पूछा, ''सई, तेरा जी ऊबता हो, तो चल शतरंज क्यों न खेलें?''

सईबाई बोलीं, ''ना, अब अधिक देर बैठा नहीं जाता। दाँव अधूरा छोड़कर चल देना तुम्हें पसन्द नहीं है न!'

राजे मुस्कराते हुए कहने लगे, ''यह हमारी खुशी-नाराजगी का सवाल थोड़े ही है, सवाल है तुम्हारी तबीयत ठीक होने का।''

सईबाई अजीब-सी उदासी-भरी हँसी हँसकर कहने लगीं, ''मुझे कभी-कभी लगता है—अब मैं अच्छी होने से रही।''

इस बात से राजे व्याकुल हो उठे। बोले, ‘‘सईं, ऐसा न कह। वैद्यराज ने कहा है, तू जल्दी ही ठीक हो जाएगी।’’

राजे का उद्विग्न मुख देखकर सईंबाई कहने लगीं, ‘‘कभी-कभी इस बीमारी से तंग आ जाती हूँ, तो ऐसी बात मुँह से निकल जाती है।’’

राजे को कुछ सूझता नहीं था कि आगे क्या बोला जाए। इसी समय मनोहारी अन्दर आई। राजे ने कहा, ‘‘सईं, आजकल हमारे कपड़ों का खयाल भी इस मनोहारी को ही रखना पड़ता है।’’

सईंबाई हँस दीं। कहने लगीं, ‘‘आप ही इसे यह सब करने को कहते हैं, परन्तु इसी कारण बेचारी को सबकी नाराजी मोल लेनी पड़ती है। आप इससे न कहकर अगर छोटी रानीसाहिबा को कह दिया करें, तो...।’’

‘‘सईं, ऐसे काम कहीं कहने-सुनने से हुआ करते हैं क्या?’’ राजे ने कहा, ‘‘यह मनोहारी तुम्हारे साथ-साथ इस घर में आई है। इसे कुछ बताना ही नहीं पड़ता।’’

मनोहारी चुपचाप खड़ी थी। सईंबाई ने पूछा, ‘‘क्यों आई है री, मनू?’’

‘‘माँसाहिबा इधर आ रही हैं।’’

राजे जल्दी-जल्दी उठ खड़े हुए। उठते-उठते कहने लगे, ‘‘अरी, तो आते ही क्यों नहीं बता दिया? अजीब सयानी है तू भी!’’

सईंबाई के होंठों पर मुस्कराहट फैल गई। इतने ही में जीजाबाई भीतर आईं। उनके पीछे दो दासियाँ खड़ी थीं। दासियाँ सईंबाई के पास आईं और आकर उन्होंने सईंबाई की दीठ उतारी। उन पर नींबू निछावर किए। भभूत माथे पर लगाई। जीजाबाई कहने लगीं, ‘‘शिंगणापुर मन्दिर से शंकरजी की प्रसादी आई थी। उस मन्दिर में सईं के स्वास्थ्य के लिए अभिषेक कराने के लिए कहलवाया था। देखना है, इससे भी मनौती पूरी होती है क्या?’’

राजे कुछ नहीं बोले। जीजाबाई ने कहा, ‘‘खान के बारे में क्या खबर मिली है?’’

‘‘अफजलखान बीजापुर से चल पड़ा है।’’ राजे ने कहा।

‘‘तुमने फिरंगोजी को बुलाया था क्या?’’

‘‘हाँ...आ गए हैं क्या?’’

‘‘हाँ, कुछ देर पहले ही आए हैं। तुम यहाँ थे, वे हमसे मिले थे।’’

राजे जल्दी से उठे। सभाभवन में से हँसी के ठहाके सुनाई दे रहे थे। राजे सभागृह में गए। उन्होंने भीतर की ओर झाँका और उनके पैर वहीं ठिठक गए। भीतर का दृश्य यह था कि फिरंगोजी घुटनों के बल झुके हुए हैं और उनकी पीठ पर बालक शम्भू बैठा हुआ है। शामरावपन्त, अण्णाजी, तानाजी एक ओर को खड़े थे। उन्होंने ज्यों ही राजे को देखा, वे हड़बड़ाकर खड़े हो गए। राजे का आगमन फिरंगोजी भी जान गए थे, परन्तु वे उठते भी तो कैसे? पीठ पर शम्भूराजा जो बैठे थे। राजे को हँसी रोक पाना कठिन हो रहा था। उन्होंने आगे बढ़कर शम्भूराजा को उठा लिया। फिरंगोजी सीधे खड़े हो रहे थे। राजे ने कहा, ‘‘शम्भूराजा, कहीं दादाजी को भी घोड़ा बनाते हैं क्या?’’

बालक सम्भाजी हँस पड़ा और दूर खड़े हुए फिरंगोजी की ओर लपका। फिरंगोजी ने उसे उठा लिया। राजे ने कहा, ‘‘फिरंगोजी, हमारे छोटे राजा तुमसे बड़े परच गए हैं।’’

‘‘देखिए न, दो बरस के तो हैं, पर आदमी को खूब पहचानते हैं।’’ फिरंगोजी ने कहा। फिरंगोजी की गोद से शम्भूबाल नीचे उतरा और दौड़ता हुआ भीतर चला गया।

राजे विशेष राजसभागृह में आए। फिरंगोजी, तानाजी, रघुनाथपन्त आदि लोग उनके पीछे-पीछे चले आए। राजे उच्चासन पर बैठे। फिरंगोजी ने पूछा, ''राजे, हमें क्यों याद किया?''

''फिरंगोजी, माणकोजी—बड़े-बूढ़े लोग हैं। बड़ा सहारा है इनका! संकट के समय तुम्हारी याद नहीं करेंगे तो और किसे याद करेंगे?''

''संकट की भी एक ही कही, राजे। संकट तो अपनी घुट्टी में ही मिले हुए हैं।'' फिरंगोजी बोले।

''यह बात नहीं, फिरंगोजी।'' माणकोजी दहातोंडे कहने लगा, ''बीजापुर का वो अफजलखान है न, जो वाई का सूबेदार था, वो बीजापुर से निकल पड़ा है।''

''काहे को?''

''तुझे शादी का न्योता देने को!'' माणकोजी चिढ़कर बोला।

सब इस बात पर हँस पड़े।

राजे ने कहा, ''माणकोजी, ये हमारे फिरंगोजी एकदम सीधे-सादे आदमी हैं। ये टेढ़ी बात क्या समझें। फिरंगोजी, वह अफजलखान हम पर चढ़ाई करने निकला है। दस हजार की फौज है उसकी—उतने ही घुड़सवार भी हैं।''

''और?'' फिरंगोजी मुँह बाये कह उठे।

''यही नहीं। उसने बीजापुर के भरे दरबार में बोड़ा उठाया है, कहा है कि शिवाजी को घोड़े के साथ पकड़कर लाएगा।''

फिरंगोजी की मूँछें थरथरा उठीं। अपने गलमुच्छों पर उलटी मूठ फिराते हुए फिरंगोजी कहने लगे, ''उससे कहो, अपना रास्ता नाप। शिवाजी को पकड़ने चला है मूर्ख! अरे, शिवाजी तो दूर, उसके घोड़े की नाल भी नहीं मिलेगी उसे।''

''फिरंगोजी, इस तरह बैठे-बैठे गुस्सा करने से आई बला टल थोड़े ही जाती है।''

''तो और क्या करें? बोलो!''

''खान की फौजी ताकत देखकर तो यही लगता है कि खान मेल-मिलाप या समझौते से टलेगा नहीं। खामोशी से लौट जाने का उसका इरादा नहीं है।''

इसी समय एक सेवक ने भीतर आकर सूचना दी कि विश्वासराव आए हैं। विश्वासराव शिवाजीराजा के गुप्तचर विभाग का बहिर्जी के समान पदवाला एक अधिकारी था। विश्वासराव जब बाहरी दरवाजे से अन्दर आए, तभी अन्दर के दरवाजे से जीजाबाई भी आ गईं। विश्वासराव ने सिजदा किया। जीजाबाई ने कहा, ''विश्वासराव, कुछ अच्छी खबर लाए हो न?''

विश्वासराव चुप्पी साधे खड़े रहे। राजे ने पूछा, ''कहो, विश्वासराव, क्या हुआ है?''

''माँसाहिबा, समाचार तो अच्छा नहीं है। अफजलखान सीधा रास्ता छोड़कर लम्बे रास्ते से तुलजापुर गया है।''

''तुलजापुर?'' माँसाहिबा कह उठीं।

''हाँ, तुलजापुर। उसने तुलजापुर को लूटा। गाँव को जलाकर-लूटकर खान मन्दिर में गया। खान ने तुलजापुर में भवानी की मूर्ति तोड़ डाली।''

जीजाबाई की आँखें भर आईं। राजे का शरीर रोमांचित हो उठा। क्रोध के कारण आँखों से आग-सी बरसने लगी। मुट्ठियाँ भींचते हुए वे कहने लगे, ''विश्वासराव, खान ने हमारे

कुलदेवता को तोड़-फोड़ डाला और हम यह समाचार यों शान्ति से सुन रहे हैं। हमने कभी नहीं सोचा था कि खान का हौसला इतना बढ़ जाएगा।''

विश्वासराव आगे बताने लगे, ''राजे, खान तुलजापुर को बरबाद करके अब पंढरपुर की ओर बढ़ रहा है।''

''लगता है, अपने पापों को घड़ा भरकर ही खान यहाँ तक आएगा।''

''हाँ, लगता है अब खान के पापों की और हमारी दुर्बलता की परीक्षा एकसाथ होगी। माँसाहिबा, ये खेल मुकाबले का होकर रहेगा।''

''जिसने हमारी भवानी देवी पर हाथ चलाया है, उसके साथ बातचीत करने की बजाय उसकी धज्जियाँ उड़ाना ही ठीक है।'' फिरंगोजी कह उठे।

''बहुत अच्छे, फिरंगोजी! आपके ऐसे वचन सुनाई दिए, प्राणों में नया जीवन-सा आ गया है। इस बारे में तनिक ठंडे दिमाग से सोचना ही ठीक रहेगा। माँ भवानी जैसी प्रेरणा देगी, वैसा ही करेंगे।'' विश्वासराव की ओर मुड़ते हुए राजे कहने लगे, ''विश्वासराव, तुम जाओ। खान कहीं भी भटकता फिरे, आखिर वह अपना अन्तिम पड़ाव वाई में ही करेगा। वाई ही उसके सूबे का सदर मुकाम है। पंढरपुर से वाई तक अपने भेदियों का जाल बिछा दो। फकीर, संन्यासी आदि नाना वेशधारी अपने लोग उस प्रदेश में फैला दो। खान अपनी फौज बढ़ाने के लिए सिपाहियों की भर्ती कर रहा होगा, उनमें भी अपने लोगों को भर्ती करा दो। देखो, खान की छींक की खबर भी हम तक पहुँचनी चाहिए।

विश्वासराव सिजदा करके चले गए। जीजाबाई को चिन्ताग्रस्त देखकर राजे ने कहा, ''माँसाहिबा, खान असमय ही आ रहा है, यह भी भगवान् की कृपा ही है। खान अगर इससे पहले आता, तब मुश्किल आ पड़ती।''

कोई समझ नहीं पाया कि राजे क्या कहना चाहते हैं। राजे ने ही फिर कहा, ''यह प्रकृति जब तक हमारी राखनहार है, तब तक भय कैसा? खान चाहे जितनी जल्दी आना चाहे, वह वर्षा ऋतु में ही वाई पहुँच सकेगा। बरसात खत्म होने तक वह हिल-डुल नहीं पाएगा। उतनी अवधि भी हमारे लिए पर्याप्त है। फिरंगोजी, तुम चाकण जाओ और गढ़ की सुरक्षा के लिए आवश्यक सेना तैयार रखो। गढ़ की सुरक्षा पक्की कर बाकी सेना के साथ तुम इधर आ जाओ। सोनोपन्त, इसी आशय के आदेश सब किलों को भिजवाओ।''

अगले दिन राजे अपनी निवास-व्यवस्था शिवापट्टण से हटाकर राजगढ़ ले आए। गढ़ के प्रबन्ध और सुरक्षा के काम त्वरित शुरू कर दिए गए। राजगढ़ की तीनों माचियों (सुरक्षा-बुर्ज) को अच्छी तरह तैयार किया गया। खान की गतिविधियों के समाचार राजगढ़ पहुँच ही रहे थे। एक अवांछित समाचार आ टपका—अफजलखान ने पंढरपुर का मन्दिर ध्वस्त कर डाला।

20

सारा गढ़ चिन्ता की छाया में था। जिस तरह कभी-कभी खान के बारे में समाचार आ जाते थे, उसी तरह सुखद समाचार भी आ जाते थे। राजे के सरदार एक-एक कर अपने घुड़सवार-दल के साथ राजगढ़ की दिशा में चले आ रहे थे। बारिश की झड़ियाँ शुरू हो चुकी थीं। कभी पछवा हवा भी घहराती हुई चल रही थी तो कभी बादलों से सीधी बूँदें बरस रही थीं, परन्तु

बारिश की परवाह न करते हुए मराठे सरदार गढ़ की ओर बढ़ते जा रहे थे। ज्यों-ज्यों सेना बढ़ती जातो थी, राजे की शक्ति भी सम्पन्न होती जा रही थी।

दोपहर को एक सेवक ने आकर खबर दी कि कान्होजी जेधे अपने पाँच पुत्रों सहित राजगढ़ आए हैं। राजे को जिन सरदारों के आगमन की आशा थी, उनमें कान्होजी का नाम नहीं था। फिर कान्होजी इतनी जल्दी आए और वह भी अपने पाँचों बेटों के साथ, क्यों? जीजाबाई और राजे, दोनों को ही आश्चर्य हो रहा था।

जैसे ही सूचना मिली कि जेधे राजसभागृह में आ गए हैं, राजे ने उन्हें अन्दर बुला लिया। जेधे अपने पाँचों बेटों के साथ अन्दर आए। सबने जीजाबाई और राजे को सिजदा किया। राजे ने पूछा, "जेधे, शायद भीग गए हो?"

जेधे कहने लगे, "राजे, कपड़े भीग गए, तो बदले जा सकते हैं। मगर मन भीग गया, तो कैसे बदला जाए?"

"क्यों? मन भीगने जैसी क्या बात हुई?"

जेधे ने बादशाह की ओर से आया हुआ फरमान उनके सामने रख दिया और बोले, "जैसे ही यह शाही फरमान आया, मैं बेटों के साथ तुरन्त इधर चला आया।"

राजे ने सचिव को बुलवा भेजा। सचिव आए। राजे ने फरमान की तरफ उँगली से इशारा करते हुए कहा, "पन्त, यह फरमान पढ़ो।"

पन्त पढ़ने लगे–

"सुलतान मुहम्मद बादशाह के बाद, ईश्वर की कृपा से अली आदिलशाह बादशाह ने चाँद और सूरज पर अपने नाम का सिक्का लगा दिया है। मशहुशल अनाम कान्होजी जेधे देशमुख के नाम यह फरमान भेजा जाता है, जो सुहूरसन तिसा खगसैन व लफ। शिवाजी ने अविचार और अज्ञान के कारण निजामशाह के कोंकण इलाके के मुसलमानों को तकलीफ देकर, लूटपाट मचाकर बादशाही मुल्क के कितने ही किलों पर कब्जा कर लिया है। इस वजह से उसे सजा देने के लिए अफजलखान मुहम्मदशाही को उस तरफ की सूबेदारी सौंपकर भेजा गया है। इसलिए तुम्हें चाहिए कि खानसाहब की रजामन्दी और हुक्म के तले रहकर शिवाजी को हराकर पूरी तरह बरबाद कर डालो। शिवाजी की बाजू के लोगों को आसरा नहीं दो, बल्कि उन्हें कत्ल कर डालो और इस आदिलशाही दौलत के कल्याण की कामना करो। अफजलखान तुम्हारे बारे में जो भी सिफारिश करेंगे, उसी तरह तुम्हें बहाल किया जाएगा। उनके हुक्म के मुताबिक चलो वरना नतीजा अच्छा नहीं होगा। यह जान लो और सरकारी हुक्म के मातहत बनकर चलो।"

फरमान पूरा हुआ। सब लोग चुप थे। यह खामोशी सभी को कोंच रही थी। राजे ने उस खामोशी को तोड़ते हुए कहा, "कान्होजी, फरमान बड़ा शानदार है। सचिव, जरा फरमान की ओर ध्यान दो। इतना सुन्दर तर्जुमेवाला फरमान अक्सर देखने को नहीं मिलता।"

"राजे, यहाँ जान पर आ बनी है और तुम्हें फरमान की तारीफ सूझ रही है?" कान्होजी बोले।

राजे जीजाबाई की ओर देखते हुए कहने लगे, "इसमें डरने जैसी बात ही क्या है? यह तो सूरज की रोशनी की तरह साफ है कि खान के सामने हमारी एक नहीं चलेगी। जिस नाव में पानी भर रहा हो, भला उसमें भी कोई सवार होगा?"

"राजे!" कान्होजी कह उठे, "इसका मतलब यह कि हम खान से जा मिलें?"

"इसमें बुरा क्या है? हम तुम जैसे लोगों से कभी नहीं कहेंगे कि खाई में कूद पड़ो। हम मौके की बात समझते-बूझते हैं। अपनी जान बचाना अपराध थोड़े ही है।"

"राजे, ये क्या कह रहे हो तुम?"

"दुनियादारी से अलग कोई बात नहीं कह रहे हम। तुम्हारे पड़ोसी खंडोजी खोपडे, देशमुख, अवलीकर कहाँ हैं? मैसूर के सुलतानजी जगदाले देशमुख कहाँ हैं?"

कान्होजी भौचक हो गए। राजे कहने लगे, "तुम नहीं जानते हो हमसे सुनो। इसी नमूने के शाही फरमान उनके नाम भी गए थे। वे प्राणों के भय से खान से जा मिले। आज हमारे दोनों देशमुख अफजलखान की छावनी में हैं। हम उनका कुछ नहीं बिगाड़ सकते। मगर वे हमारा क्या करेंगे, यह तो फरमान में साफ-साफ लिखा है।"

"राजे, उन्होंने कूड़ा-करकट खा लिया, तो क्या हम भी वही करें? कम-से-कम देवी-देवता, धरम-करम को...।"

"देवता और धरम-करम की परवाह यहाँ किसे है?" राजे तिलमिलाकर कह उठे, "जेधे, अपनी कुलदेवी पर, तुलजापुर की भवानी देवी पर, उस मदान्ध ने प्रहार किए। पंढरपुर के हमारे देवता विठोबा को उसने अपमानित किया। उसे रोकने आया कोई? घोरपडे, नाईकजी पांढरे, कल्याणजी यादव, झुंजारराव घाटगे, काटे, देवकान्ते, प्रतापराव मोरे, जावलीकर और उस पर तुर्रा खुद हमारे चचेरे काका मम्बाजीराजे भोसले, ये सब अपने ही लोग हैं न! धरम-करम की यहाँ चाह ही किसे है? जेधे, हमारी सुनो, हमारे पागलपन से नाता मत जोड़ो। इस फरमान में लिखे अनुसार तुम अफजलखान से जा मिलो। अगर तुमने इस फरमान का अपमान किया, तो तुम्हारी जागीर को खतरा हो सकता है। तुम्हारे प्राणों पर संकट आन पड़ा है—अच्छा है, तुम चले जाओ।"

राजे कहते जा रहे थे, परन्तु उनका एक-एक शब्द जेधे का कलेजा चीरता जा रहा था। कान्होजी जेधे थरथराते हुए कहने लगे, "राजे, ये जेधे वंश की सन्तान है। यह भी बेईमान बन सकती है? हमने आज तक बड़े महाराज की सेवा की, वह क्या बेकार ही की है? बड़े महाराज ने हमें बंगलौर से चलते समय कहा था कि हम तुमसे कभी दूर न हों। राजे, हमने बेलपत्र और रोटी हाथ में लेकर कसम खाई है। हमसे कभी नमकहरामी करते नहीं बनेगा, राजे।"

"जेधे, हम ठहरे लड़कपन की उम्रवाले, तुम तो सयाने हो। बहुत कुछ देखा-भाला है तुमने। हमारे इस बच्चों के खेल में शामिल होकर कहीं परेशान न हो जाओ!"

"मराठे को कब से अपनी जान इतनी प्यारी हो गई? जिस समय फरमान आया, उसी समय मैंने लड़कों से कहा, 'चलो रे बालको, राजे के पास जाएँगे और राजा जो भी काम सौंपेगा, उसे सिर-माथे रखकर वापस आ जाएँगे।' उसी दिन हमने जान का मोह छोड़ दिया।"

"जागीर डूब जाएगी, जेधे।" राजे ने अन्तिम बार कोंचकर देखा।

जेधे ने जीजाबाई की ओर और राजे की ओर एक बार देखा। वे उठे और मंचक पर रखे हुए गड़ए का पानी प्याले में भरते हुए गरजकर बोले, "राजे, सुन लो। हमारी कुलदेवी नागेश्वरी की सौगन्ध खाकर और तुम दोनों के पाँव छूकर कहता हूँ—आज जागीर को पानी में बहा दिया।"

कान्होजी ने अपने दाएँ हाथ में जल लिया। राजे उन्हें रोकने के लिए उठना ही चाहते थे कि जेधे ने अंजलि का जल भूमि पर गिरा दिया। जेधे पाँव छूने के लिए झुक ही रहे थे कि राजे ने उन्हें आलिंगन में भर लिया। राजे का कंठ गद्‌गद हो आया था, "जेधे, तुम धन्य हो। तुम्हारी स्वामिभक्ति धन्य है। कान्होजी, तुमसे कहने में संकोच कैसा? जब वे खंडोजी खोपडे अफजलखान से जा मिले हैं, हमारा दिल फटा जाता था। रह-रहकर तुम्हारी याद आती थी, परन्तु तुम्हें बुला भेजने का साहस नहीं होता था। अब तुम आ गए हो, मन को दिलासा हुई है, शक्ति बढ़ी है हमारी।"

"राजे, तो अब बताओ, क्या करना होगा?"

"हम तुम्हें बहुत बड़ी जिम्मेदारी सौंपना चाहते हैं। तुम जाकर सब देशमुखों को इकट्ठा करो। उनसे बात करो, उन्हें समझाओ-बुझाओ, परन्तु किसी को भी खंडोजी खोपडे के रास्ते पर मत चलने दो।"

"ये जिम्मेदारी मेरी रही। मैं आज ही रवाना होता हूँ।"

"ठहरो जेधे, तुम पहली बार लड़कों के साथ यहाँ आए हो। कुछ दिन यहीं रहकर जाओ।" माँसाहिबा ने कहा।

"माँसाहिबा, ये कोई पराया घर थोड़े ही है? चूहे घर में घुसकर कुतरने लगें, इससे पहले ही सावधान हो जाना अच्छा है। मुझे जाने की आज्ञा दीजिए।"

"अच्छा, हम तुम्हें रोकेंगी नहीं।"

"कान्होजी," राजे ने कहा, "तुम्हारा कुटुम्ब-कबीला है न, उसे ढमढेरे के तलेगाँव भेज दो।"

कान्होजी राजे की ओर देखते हुए पूछने लगे, "राजे, हमने अपने घर-बार के नाम तिलांजलि दे डाली, फिर भी हमारा भरोसा न आया?"

"तुम गलत समझ बैठे, कान्होजी। तुमने अपनी जागीर को धारा में बहा दिया और तुम्हारे घर-बार का भार हम पर आ गया। तुम्हें उसकी चिन्ता हो न हो, हम उससे कैसे बच सकते हैं? तुम्हारे परिवार के लिए अब कारी में रहना असुरक्षित है। उन्हें तलेगाँव भेज दो। यह हमारी आज्ञा है।"

राजे की इस प्रेममयी आज्ञा को पाकर कान्होजी जीवन को धन्य समझने लगे थे। वे राजे के द्वारा सौंपी गई जिम्मेदारी स्वीकार कर अपने गाँव वापस चले गए।

कान्होजी के बर्ताव से राजे हर्षित हो उठे थे, परन्तु जासूस द्वारा लाई गई खबर से वे बेचैन हो उठे। खान ने पंढरपुर से आते समय रास्ते में पड़नेवाले गाँव मलवडी में बजाजी निम्बालकर को कैद कर लिया था। निम्बालकर ने चाकरी में तो कोई चूक नहीं की थी, परन्तु उनके अपराध बड़े थे—मुसलमान होने के बाद वे फिर से हिन्दू बन गए थे। वे शिवाजी के साले थे। बजाजी ने अपने पुत्र महादजी के साथ सखुबाई का ब्याह रचाकर शिवाजी से नया नाता जोड़ा था। खान ने बजाजी को गिरफ्तार करके धमकी दी थी कि वह बजाजी को हाथी के पैरों तले कुचलवा देगा। बजाजी फिर एक बार संकट में फँस गए थे।

एक तो सईबाई की अपनी बीमारी—तिस पर भाई के बारे में बुरी खबर सुनकर सईबाई पूरी तरह टूट गईं। राजे ने जाकर उन्हें ढाढ़स बँधाया। सईबाई कहने लगीं, "आपने उनके लिए क्या कुछ नहीं किया? अब आपसे मैं कुछ कहूँ भी तो कैसे कहूँ?"

"सईं, भला ऐसी बातें भी कही जाती हैं क्या? बजाजी तुम्हारे भाई हैं, तो हमारे कोई नहीं लगते क्या? एक बार बजाजी को भूल जाएँ, पर अपनी लाड़ली सखुबाई को हम कैसे भूल सकेंगे? हम अवश्य बजाजी को छुड़वा लेंगे।"

"सच?"

"हाँ, बिलकुल सच। पर एक शर्त है...।"

"क्या?"

"अब कभी आँखें गीली नहीं करोगी तुम, कभी दुखी मत होना।"

सईंबाई हँसने लगीं। उन्होंने आँसू पोंछ डाले।

राजे ने सईंबाई को वचन तो दे डाला, पर वह पूरा क्योंकर हो?

राजे ने गुप्तचरों द्वारा पांढरे नाईक को पत्र भेजा। उन्हें आग्रह करके विवश कर दिया। सरदार पांढरे पर शहाजीराजा का विशेष अनुग्रह था। उन्होंने शिवाजी की बात मान ली। पांढरे अफजलखान के पास गए और उसके सामने हठ ठान बैठे। खान साठ हजार होन के बदले बजाजी को छोड़ने के लिए राजी हो गया। बजाजी ने कर्ज लेकर साठ हजार होन खान तक पहुँचा दिए और बजाजी मुसीबत से छुटकारा पा गए।

इस तरह राजे ने सईंबाई को दिया वचन निभाया।

21

रायगढ़ के सभागृह में प्रतिदिन आनेवाले सरदारों की संख्या बढ़ती जा रही थी। मन्त्रणागृह में नित नूतन मन्त्रणाएँ की जा रही थीं। राजकार्यालय से नए आदेश सब ओर भेजे जा रहे थे। शिवाजीराजे को एक पल की भी फुरसत नहीं थी। रायगढ़ की किलेबन्दी और मजबूत कर ली गई थी। दुर्ग की तीन माचियों पर तथा ऊपरीकोट पर तोपें शोभायमान थीं। मूसलाधार वर्षा की फिक्र ही किसे थी? बाजीप्रभु देशपांडे गढ़ में आ पधारे। तगड़े डील-डौलवाले बाजीप्रभु राजे को सिजदा करके खड़े हो गए। राजे ने पूछा, "बाजी, मोहनगढ़ पूरी तरह तैयार है न?"

हिरलस मावलखंड में उजाड़ पड़े हुए एक किले को राजे ने 'मोहनगढ़' नाम दिया था। जब यह समाचार मिला था कि अफजलखान बीजापुर से रवाना होने वाला है, तभी से राजे ने बाजीप्रभु को आदेश दिया था कि मोहनगढ़ को दृढ़ बना लिया जाए।

बाजीप्रभु ने कहा, "राजे, गढ़ की सुरक्षा का पूरा प्रबन्ध है। आप कोई चिन्ता न करें।"

"बाजी, तुम्हारे होते चिन्ता कैसी? अपनी टुकड़ी साथ लाए हो?"

"जी हाँ, हमारी टुकड़ी आपके आदेशानुसार शिवापुर में है।"

"ठीक है।"

बरसात अब खुल चुकी थी। इसे देखकर तय किया गया कि रायगढ़ की संजीवनी माची पर तोपें चढ़ाई जाएँ। माची (बुर्ज) की चौड़ाई कम थी, इस कारण राजे बड़ी कठिनाई से आगे बढ़ रहे थे। बरसात के कारण गीली मिट्टी में पहिए धँसे जा रहे थे। राजे स्वयं इस कार्य का निरीक्षण कर रहे थे। इसी तरह एक मध्यम मार की तोप चढ़ाई जा रही थी कि उस तोपगाड़ी का पहिया मोरी में फिसल गया। तोप एक ओर को झुक गई। वह जगह तंग थी इसलिए वहाँ तोप खींचनेवाले पशुओं को लाना कठिन था। लोगों की ताकत से ही तोप ऊपर चढ़ाने का

काम किया जा रहा था। एक तो वह स्थान बहुत कठिनाई भरा, फिर कीचड़ भी भरपूर, तोपगाड़ी जरा भी हिल नहीं पाती थी। राजे के साथ-साथ बाजीप्रभु, तानाजी, सम्भाजी कावजी, पानसम्बल आदि लोग भी इस दृश्य को देख रहे थे। यूँ ही कुछ समय बीता था कि सम्भाजी अपनी आस्तीनें चढ़ाकर नीचे उतर पड़ा। येसाजी ने पूछा, ''क्यों सम्भाजी? क्या इरादा है?''

''अब देखते रहो।'' कहते हुए सम्भाजी कावजी तोपगाड़ी के पास गया। उसने सबको दूर हटाया। वह उस नाली में उतरा। तोपगाड़ी पकड़कर खड़े अगले और पिछले लोगों से सम्भाजी कहने लगा, ''पहिया ऊपर निकला कि गाड़ी खींच लेना।''

सम्भाजी ने फेफड़ों में साँस पूरी भरी। उसकी छाती पूरी कठोरता से तन गई। दोनों हाथों को थूक से गीला करके उसने गाड़ी को पकड़ा। हाथ के डौले तन गए। गले की हर नस छड़ जैसी फूल गई। गाड़ी चूँ चरर-मरर कर उठी। देखनेवालों को अपनी आँखों पर भरोसा नहीं हो रहा था। तोपगाड़ी का पहिया ऊपर उठ रहा था। जैसे ही पहिया ऊपर आया कि गाड़ी को खींचा-धकेला गया। नाली में फँसा हुआ पहिया फिर भूमि पर आ गया। सम्भाजी राजे के पास आया। उसको सराहते हुए राजे कहने लगे, ''सम्भाजी, हम आज तक केवल तुम्हारा हट्टा-कट्टा शरीर देखते थे, पर आज उसकी शक्ति भी देख ली।''

''महाराज, इसे अपने घर खाने के लिए कोई भी नहीं बुलाता। आधा बकरा तो ये अकेला डकार जाता है। ऐसा ताकतवर है यह कि भारी-भरकम घोड़ा भी ये सहज उठा लेता है।''

''तानाजी, अरे कहीं इसे किसी की नजर न लग जाए।''

''पर महाराज, ये किसी की आँखों में समा पाए, तभी तो!''

तानाजी की बात पर सब हँस पड़े। तोपों को ठीक जगह पर रखा हुआ देखकर राजे वापस लौट पड़े।

शिवापट्टण और राजगढ़ में अनेक सरदारों तथा मावलों की भीड़-भाड़ बढ़ गई थी। राजे ने राजगढ़ का प्रबन्ध सुव्यवस्थित किया और उस दुर्ग को फिरंगोजी को सौंप दिया। स्वयं अपने बारे में राजे ने निर्णय किया कि वे जावली जाएँगे। जीजाबाई ने कहा, ''राजे, बरसात जोरों पर है। ऐसे में जावली जाने की बजाय यदि यहीं रहो, तो क्या बुरा है?''

''माँसाहिबा, खान अभी वाई तक नहीं आया है। जैसे ही वह वाई आएगा, अवश्य ही उसका ध्यान उस स्थान की ओर जाएगा, जहाँ हम होंगे। आप, शम्भूराजे और शेष सब लोग यहीं रहिए। हम जावली जाते हैं। इस कारण से राजगढ़ सुरक्षित रहेगा।''

''राजे, तुम संकट में कूद रहे हो! तब हम सुरक्षित रहकर क्या करेंगी?''

''माँसाहिबा, जितनी बड़ी जिम्मेदारी हमारी है, वैसी ही आपकी भी है। हमारे उत्तराधिकारी शम्भूराजा को सकुशल रखना आपकी जिम्मेदारी है। आप जब कभी पुकारेंगी, जब कभी आज्ञा देंगी, हम तुरन्त सेवा में उपस्थित हो जाएँगे।''

जीजाबाई से विदाई की अनुमति पाना सरल था, परन्तु सईबाई से विदाई पाना अति कठिन था। सईबाई बिस्तर से जा लगी थीं। सम्भाजी को गोद में लेकर राजे सईबाई के पास गए। सईबाई ने मुस्कराकर उनका स्वागत किया। राजे ने कहा, ''सई, देख। हमने कहा कि हम जावली जा रहे हैं, सो यह भी मचल उठा है कि तुम्हारे साथ जावली जाऊँगा।''

''ऐसे परदे की ओट से बात कहने की क्या आवश्यकता है? यहाँ सभी तो हैं, आप राजी-खुशी जावली जाएँ।''

राजे आश्चर्यचकित हो उठे। उन्होंने पूछा, ''सईं, तुमसे किसने कहा?''

''वो हमारी मनोहारी है न!''

''तो मतलब यह कि तुम्हारा गुप्तचर विभाग अपना काम कर रहा है। रानीसाहिबा, तुम बीमार हो, इस कारण यहाँ से जाने के लिए कदम ही नहीं उठते।''

''मैं जानती हूँ यह। आप मेरी बिलकुल चिन्ता न करें, आप जाएँ, खान को धूल चटाएँ।''

''यह क्या इतना आसान काम है?''

''हमें तुम पर पूरा भरोसा है।'' सईंबाई बोलीं, ''खान ने जिस दम तुलजा भवानी और विठोवा का अपमान किया है—उसी दम उसने अपनी मौत को बुलावा भेजा है।''

राजे गद्‌गद हो उठे, ''सईं, तू सुननेवाले के मन में कितनी सहजता से आत्मविश्वास पैदा कर जाती है।''

राजे ने सईंबाई से विदाई ली। जीजाबाई को प्रणाम करके वे भरी बरसात में जावली जाने के लिए निकल पड़े। फिरंगोजी बोले, ''राजे, एक विनती है।''

''कहो, फिरंगोजी।''

''मैं भी आपके साथ आता हूँ।''

''फिरंगोजी, हम तुम्हें यहाँ जान-बूझकर छोड़े जा रहे हैं। यहाँ माँसाहिबा हैं, शम्भूराजा हैं। रानीसाहिबा बीमार हैं। प्यार-नेह के इन अपनों को तुम्हारे भरोसे छोड़कर ही तो हम निश्चिन्त मन से जावली जा रहे हैं। तुम्हारी जिम्मेदारी भी बहुत बड़ी है।'' फिरंगोजी ने सिजदा किया। राजे चार कदम आगे बढ़ चुके थे, एकदम पीछे पलटकर फिरंगोजी से कहने लगे, ''रानीसाहिबा बीमार हैं। उनमा क्षेम-समाचार प्रतिदिन भिजवाया करो।''

राजे गढ़ से कूच कर गए। उधर अफजलखान कृष्णा नदी के किनारे-किनारे वाई की ओर बढ़ रहा था।

राजे जावली आए। जावली घाटी अब फौजी छावनी नजर आ रही थी। घाटी के हर गाँव में राजे की सेना फैली पड़ी थी। इधर बरसाती मौसम भी शुरू था, उधर शिवाजीराजे भी अपनी सेना इकट्‌ठी कर रहे थे। मोरोपन्त पिंगले ने प्रतापगढ़ को एकदम सावधान और तैयार रखा हुआ था। कल्याण से भेजी गई दूर की मार करनेवाली तोपों ने प्रतापगढ़ की मोर्चेबन्दी की हुई थी। श्रावण मास की कोमल धूप हर तरफ चमकने लगी थी। निरन्तर बरस रही जलधारा से भीतर आर्द्र बनी हुई प्रकृति उस धूप में अपना शरीर सुखाने लगी। वर्षा ऋतु समाप्त हुई। पगडंडियों पर जो काई-सिवार उग आई थी, वह अब मिटने लगी। रात-बेरात जावली घाटी में घोड़ों की टापों की आवाजें उठने लगीं। दर्रों-कगारों में मशालें घूमती हुई दिखाई देने लगीं।

राजे ने अपना फौजी पड़ाव प्रतापगढ़ में बना लिया था। राजे ने निश्चय कर लिया था खान कहीं भी आए, वे प्रतापगढ़ छोड़कर कहीं नहीं जाएँगे। राजे अच्छी तरह जानते थे कि खान वाई ही आएगा। यूँ प्रतापगढ़ से वाई शहर दूर नहीं था, परन्तु वाई से प्रतापगढ़ तक पहुँच पाना हँसी-खेल नहीं था। घने जंगलों ने तथा चारों दिशाओं में फैली हुई पर्वतमालाओं ने जावली घाटी में स्थित प्रतापगढ़ को पूरी सुरक्षा प्रदान की हुई थी। अफजलखान जैसे बलवान शत्रु का सामना करने के लिए इससे अच्छी अनुकूल जगह दूसरी नहीं थी। राजे अब खान की गतिविधियों पर नजर रखे हुए थे।

एक दिन रायगढ़ से हर्षदायक समाचार आया। औरंगजेब ने अपनी तख्तनशीनी के मौके पर शिवाजीराजा को विशेष सम्मान-वस्त्र तथा हर्ष से भरा पत्र भेजा था। राजे को ऐसी आशा पहले से ही थी। जो व्यक्ति उन्हें सदा पैनी दृष्टि से देखता रहता था, उसका कम-से-कम यह अभिनय तो आत्मीय और मोहक था।

परन्तु राजे का यह तोष अधिक दिन टिका नहीं रह पाया। राजगढ़ से खबर आई कि सईबाई का स्वास्थ्य गिरता जा रहा है। राजे को तुरन्त बुलाया था। राजे चिन्तित होकर प्रतापगढ़ से चल पड़े।

22

राजगढ़ की दिशा में अश्वारोही-दल सरपट दौड़ा चला जा रहा था। अभी दिन ढलने में कुछ देर थी कि राजे राजगढ़ की तलभूमि में स्थित पाली गाँव तक जा पहुँचे। घोड़ों की गति धीमी हो गई। राजे धीरे-धीरे गढ़ चढ़ रहे थे। राजे जैसे ही पद्मावली माची के दूसरे द्वार पर पहुँचे कि दूसरी बार नगाड़ा बज उठा। फिरंगोजी नरसाला राजे के स्वागत के लिए उपस्थित थे। राजे घोड़े से उतर पड़े। फिरंगोजी जैसे ही निकट आए उनकी गोद में बैठा हुआ शम्भूबाल राजे की ओर लपका। राजे ने उसे गोद में लिया और प्यार से उसका मुख चूम लिया।

"फिरंगोजी, रानीसाहिबा की तबीयत कैसी है?"

"पहले जैसी ही है।"

फिरंगोजी के चिन्ताग्रस्त मुख को देखकर राजे यह बात पहले ही ताड़ गए थे। उन्होंने एक आह भरी। देवी के दर्शन किए और वे शम्भूबाल के साथ फिर घोड़े पर सवार हो गए। राजे जब ऊपरीकोट में पहुँचे, तब तक दिन ढल चुका था। महल की ड्योढ़ियों की मशालें जल उठी थीं। राजे जब भी गढ़ में आते थे, सारा दुर्ग जैसे प्राणमय हो उठता था। आज सिजदे तो किए जा रहे थे, परन्तु लोगों के चेहरों से खुशी गायब थी। राजे पाँव धोकर महल के आँगन में आए। राजसभाभवन में पेशवा, अमात्य, सचिव सभी हाथ बाँधे खड़े थे। राजे भीतर गए। जैसे ही उन्होंने जीजाबाई को प्रणाम किया, जीजाबाई अपनी गीली आँखों को आँचल से पोंछने लगीं।

जीजाबाई के निकट जाते हुए राजे कहने लगे, "माँसाहिबा, भगवान् पर भरोसा रखिए।"

"राजे, सब तरह के प्रयत्न किए जा रहे हैं। वैद्य दवाई दे रहे हैं, देवताओं पर अभिषेक किया जा रहा है, अनुष्ठान सम्पन्न किए जा रहे हैं, तन्त्र-मन्त्र, झाड़-फूँक सभी तो हो रहा है, पर फायदा कुछ भी नहीं। बच्ची जैसी पहले दीखती थी, दिन-ब-दिन बिगड़ी हालत दिखाई दे रही है। अरे, अगर कोई मेरे प्राण भी माँग ले, तो इस बच्ची के लिए मैं वह भी दे डालूँगी।"

"माँसाहिबा, धीरज रखिए। ऐसा करने से यदि रानीसाहिबा ठीक होतीं, तो हम भी अपनी उम्र दे डालते।"

राजे सईबाई के महल में गए। ऊद की मन्द सुगन्धि से सारा महल भर उठा था। समई जल रही थीं। राजे ने महल में प्रवेश किया कि रोगिणी की शैया के निकट रखी बैठकी पर

बैठी हुई सभी रानियाँ उठ खड़ी हुईं। मनोहारी सईंबाई की पीठ पर हाथ फिराती हुई बैठी थी। राजे के भीतर प्रवेश करते ही सब लोग बाहर चले गए। राजे को देखकर सईंबाई के होंठों पर फीकी-सी मुस्कान फैल गई। वे कहने लगीं, ''आखिर आ ही गए न! मैंने कहा था न, इतना चिन्तित होने की कोई आवश्यकता नहीं है।''

राजे निकट बैठ गए। उन्होंने सईंबाई के माथे को छूकर देखा। माथा तप रहा था। राजे कहने लगे, ''हम किसी का सन्देशा पाकर नहीं आए हैं। जी को चैन नहीं था, इसलिए आ गए। अब अच्छी है न तुम्हारी तबीयत?''

''बहुत अच्छी है!'' सईंबाई ने उत्तर दिया। राजे ने देखा–नीचे गावतकिए पर आँसू टपक रहे थे। राजे व्यथित होकर नीचे झुके। उन्होंने रोगिणी के आँसू पोंछे। कहने लगे, ''ये क्या सईं, अब हम आ गए हैं न?''

अपने को सँभालते हुए सईंबाई कहने लगीं, ''आप आ गए, दिल को बड़ी तसल्ली मिली। आँखों में पानी आ गया–मैंने नहीं सोचा था कि फिर इन चरणों के दर्शन कर पाऊँगी।''

''अब बिलकुल दुखी मत होना। तुम्हारा स्वास्थ्य ठीक होने तक हम कहीं नहीं जाएँगे। हम जरा कपड़े बदल आते हैं।''

राजे महल के बाहर आए। उन्होंने वैद्यराज को बुलवा भेजा। राजे अपने महल में गए। राजे का महल सजाया हुआ था। नीचे भूमि पर गलीचे बिछाए हुए थे। छज्जे से बहकर आ रही वायु परदों को झोंके दे रही थी। राजे ने कपड़े बदले। किसी के पैरों की आहट पाकर उन्होंने मुड़कर देखा, सोयराबाई आ रही थीं।

''आप आ गए, बड़ा अच्छा हुआ। अब रानीसाहिबा जरूर ठीक हो जाएँगी।''

राजे ने कुछ नहीं कहा।

''रानीसाहिबा किस्मत की धनी हैं, वरना इतना तुरन्त कौन कब आया करता है?''

''भाग्य में लिखा हो, तो वह भी हो जाता है।'' राजे ने कहा।

''तो क्या भगवान् ने हमें दुनिया में भेजते समय हमारे भाल पर कुछ नहीं लिखा?''

राजे उदासी से हँस दिए। कहने लगे, ''गलती पर हो रानीजी। अगर तुम्हारे भाल में कुछ न लिखा होता, तो हम कैसे जिन्दा रह पाते? रानीसाहिबा, रोष समय पर ही अच्छा लगता है।''

राजे की इस बात से सोयराबाई को होश आ गया। गलती तो उनसे हो चुकी थी, अब कहतीं क्या? उन्हें कुछ सूझ नहीं रहा था। इसी समय मनोहारी अन्दर आई।

''क्या है, मनोहारी?''

''वैद्यराज आए हैं।''

सोयराबाई की तरफ देखते हुए राजे ने कहा, ''भेज दे उन्हें।''

मनोहारी के पीठ पीछे सोयराबाई चल दीं। वैद्यराज आए।

''वैद्यराज, रानीसाहिबा का स्वास्थ्य कैसा है?''

''राजे, मैंने अपनी ओर से कोई कसर नहीं उठ रखी, परन्तु लाभ ही नहीं होता। ज्वर हटने का नाम नहीं लेता, एक भी औषधि काम नहीं देती। दिन-प्रतिदिन कमजोरी बढ़ती ही जा रही है।''

''अब इसका इलाज क्या है?''

वैद्यजी कुछ नहीं बोले। वे सिर नीचा झुकाए खड़े थे। राजे ने वैद्यजी को जाने की अनुमति दी। वैद्यराज चले गए। राजे महल में अकेले ही खड़े थे। पर यह अकेलापन उन्हें असहय हो उठा। राजे जीजाबाई के महल की ओर चल पड़े।

ज्योतिषीजी पंचांग खोलकर बैठे थे। राजे के आते ही ज्योतिषीजी उठने लगे। राजे ने उन्हें बैठने का संकेत किया। राजे कहने लगे, ''माँसाहिबा, क्या दिखा रही हैं?''

एक लम्बी साँस छोड़कर जीजाबाई ने कहा, ''और क्या दिखाना है? सईं की जन्मपत्री देखने को कह रही हूँ।''

ज्योतिषीजी बोले, ''वैसे चिन्ता की कोई बात नहीं है। माँसाहिबा, ये अगले दो दिन टल जाएँ, नवरात्र का घटस्थापन हो जाए, फिर कोई भय नहीं।''

रात को राजे सईंबाई के महल में गए। सईंबाई को नींद आ गई थी। राजे को थोड़ी दिलासा मिली। जीजाबाई ने राजे को जाकर सोने के लिए कहा। राजे अपने महल में जाकर लेट गए। परन्तु नींद नहीं आ रही थी। सहसा चौंककर नींद खुल जाती थी। प्रातःकाल के नगाड़े की आवाज से उनकी नींद खुली। वे उठे। फिर जाकर अटारी के बारजे में खड़े हो गए। देखा कि गढ़ के दरवाजे खोले जा रहे है। पूर्व दिशा में ललाई फूट चली थी।

राजे स्नानादि से निवृत्त होकर महल में आए, तब सूर्योदय हो चुका था। जीजाबाई महल में आईं। राजे ने उनके चरण छुए। जीजाबाई बैठ गईं। जागने की थकान उनके मुख पर स्पष्ट दिखाई दे रही थी। ''कैसी है अब तबीयत?''

''तू आ गया, बड़ा अच्छा हुआ। अरे, सईं को रात गाढ़ी नींद आई। अब वह काफी ठीक है।''

इसी समय पुतलाबाई सम्भाजी को लेकर आ गईं। राजे को देखते ही सम्भाजी दौड़ पड़ा। वह पाँव छूने के लिए झुकने लगा कि राजे ने उसे प्यार से उठा लिया। पुतलाबाई की ओर देखकर राजे कहने लगे, ''इसे यह तुमने सिखाया लगता है?''

''ये बालशम्भू या तो बस धाराई के पास रहता है या फिर इस पुतला के पास। अरे शम्भू, हमारे पैर नहीं छुए तूने?''

दो बरस के बालशम्भू ने तिरछी गरदन करके जीजाबाई की ओर देखा और सिर हिलाकर 'ना-ना' करने लगा। फिर वह एकदम दौड़कर जीजाबाई के गले से लिपट गया और उसने जीजाबाई के गाल चूम लिये।

राजे हँस पड़े। बोले, ''अरे वाह! बालशम्भू को प्रणाम करने का यह तरीका भी आता है क्या? हमें भी ऐसा प्रणाम पाकर खुशी होगी।''

पुतलाबाई द्वारा लाया गया दूध पीकर राजे उठ खड़े हुए। बालशम्भू का हाथ पकड़कर राजे सईंबाई के महल में आए। सईंबाई पलंग पर टेका लगाकर बैठी हुई थीं। मनोहारी ने हाथ में दर्पण थाम रखा था। उसमें देखकर सईंबाई कुंकुम का टीका लगा रही थीं। राजे को आता देखकर उन्होंने टीका लगाने का काम झटपट पूरा किया। राजे ने सम्भाजी को उठाकर पलंग पर बैठा दिया। उसे अपने से लगाती हुई सईंबाई कहने लगीं, ''ये कहाँ मिल गया आपको?''

''हमारे महल में आए थे नन्हे राजा।'' राजे ने कहा।

“बड़े लाड़ले बन गए हैं ये सबके! इनसे कोई तनिक भी ऊँचे स्वर से कुछ कह दे तो उसे सबकी डाँट सुननी पड़ती है। फिरंगोजी काका तक गुस्सा करते हैं उस पर।”

सईबाई कमजोर हो गई थीं, फिर भी उनकी आँखों में हँसी की छटा पहले जैसी ही थी, वही पुराना तेज था आँखों में। सईबाई के हँसमुख रूप को देखकर राजे को चैन मिला। उन्होंने पूछा, “बुखार उतर गया क्या?”

“उसकी तो कर्जदार हूँ मैं। वह पूरा कर्ज वसूल किए बिना टलेगा थोड़े ही? मैं तो अब उसकी ओर ध्यान ही नहीं देती।”

राजे ने बालशम्भू को नीचे उतारा। बालशम्भू ने एक बार दोनों की ओर देखा और वह दौड़ता हुआ महल के भीतर चला गया। राजे सईबाई के पास बैठ गए। सईबाई ने कहा, “आज भादों की चौथ है न?”

“हाँ, क्यों पूछती हो?”

“परसों ही घटस्थापन होगा। दशहरा आने को है—तीज-त्योहार के दिन हैं और मैं ऐसी बीमार...।”

“तो झटपट ठीक हो जा न!” राजे ने सईबाई का हाथ अपने हाथों में पकड़ लिया। सूखे, दुर्बल पंजे को सहलाते हुए राजे का ध्यान सईबाई की उँगलियों की ओर गया। राजे ने पूछा, “तेरी मूँगे की अँगूठी कहाँ गई?”

सईबाई बोलीं, “चुभने लगी थी, ढीली हो गई थी। सो निकालकर रख दी।”

सईबाई के लिए बैठना दूभर हो रहा था। राजे ने उनके पीछे रखी मसनदें हटाईं और सईबाई को धीरे से पलंग पर लिटा दिया। सईबाई ने पूछा, “खान आ गया क्या?”

“वह निकला है, तो पहुँचेगा ही।”

“पर मुझे उसका कोई डर नहीं।”

“इतनी बड़ी फौज लेकर आ रहा है खान और तुम्हें डर नहीं लगता?”

“सच कहती हूँ, नहीं लगता।”

“क्यों?”

“इतना सच है कि डर नहीं लगता। क्यों नहीं लगता, इसका कैसे उत्तर दूँ?”

राजे हँस पड़े। कहने लगे, “यह उत्तर बिलकुल सुन्दर है—इससे अच्छा उत्तर और क्या होगा?”

सईबाई के महल से राजे निश्चिन्त मन होकर बाहर आए। राजे राजसभवन में गए। सईबाई का स्वास्थ्य सुधरते देखकर आज उन्हें बड़ी तसल्ली मिल रही थी। सूर्य आकाश में ऊपर उठ रहा था। राजे फिरंगोजी सहित देवीदर्शन के लिए नीचेवाली माची की ओर गए। देवी के दर्शन करके वे फिरंगोजी के साथ बातें करते-करते ऊपरीकोट की ओर आ रहे थे कि एक सेवक दौड़ता हुआ आया, “रानीसाहिबा को बड़ी घबराहट हो रही है।”

आगे की बात सुनने के लिए राजे वहाँ रुके नहीं। वे लपकते हुए ऊपरीकोट में पहुँचे और महल में गए। राजसभागृह में वैद्यजी को खड़ा देखकर राजे को बहुत अचरज हुआ, “वैद्यराज?”

वैद्यजी ने आँखों को उपरने से पोंछा। राजे ने पूछा, “रोइए नहीं, बताइएऽऽ...।”

“क्या बताऊँ? अब मेरे बस की बात नहीं रही।”

राजे सईबाई के महल में पहुँचे कि अन्य सब महल के बाहर चले गए। राजे सईबाई के पास गए। सईबाई के माथे पर आए पसीने को उन्होंने पोंछ डाला। सईबाई ने आँखें खोलीं। राजे ने सईबाई का हाथ अपने हाथों में लिया। हाथ ठंडा लगा। सईबाई ने पूछा, ''वैद्यराज क्या कहते हैं?''

राजे का गला सूख गया था। कहने लगे, ''वे कहते हैं, चिन्ता की कोई बात नहीं है।''

सुनकर सईबाई के मुख पर हलकी-सी मुस्कान दौड़ गई। वे कहने लगीं, ''हाँ, उनकी बात सच है। जो है, चिन्ता तो उसके बारे में की जाती है, जो रवाना होने को है, उसकी कैसी फिकर?''

इस एक बात से राजे की आँखों में रुके हुए आँसू टप-टप टपक पड़े। मुख से निकला, ''सई!''

''मैं सब जान गई हूँ। वरना आपके आते ही सब उठकर चले जाते! देखो, आँखों में आँसू भरकर मुझे विदा न करो।''

''सई, क्या कह रही है तू? ये स्वराज्य की बाजी अब कहीं रंग ला रही है और तू बाजी अधूरी छोड़कर निकल पड़ी?''

सईबाई बोलीं, ''बाजी अधूरी छोड़कर चल देना तो मेरी आदत रही है, तुमने ही तो कहा था एक बार। आज यह बात कितनी सच हो रही है। अब यही देख लो, घर-बार छोड़कर जा रही हूँ, बच्चे की माँ बनी, पर उसे दूध नहीं पिला पाई। कम-से-कम उसकी पीठ पर प्यार से हाथ तो फिरा पाती—वह भी न हुआ। शम्भू बेटा उससे भी वंचित रहा—सब अधूरा ही अधूरा!''

''सई, ऐसी बातें मत कह।'' राजे विह्वल होकर कहने लगे, ''तूने जो भी बाजियाँ बिछाई हैं, हम सब पूरी करेंगे।''

''बस इसी एक बात के लिए प्राण अटके हुए हैं। मेरा सम्भाजी—माँ खोकर, बिना माँ का बेटा हो जाएगा...उसका खयाल रखना। अब तुम ही उसकी माँ हो और तुम ही उसके पिता हो।''

''शम्भू बेटा क्या मेरा कुछ नहीं लगता?''

''नहीं, ऐसा नहीं कहती मैं। पर पुरुष के प्यार में और स्त्री के नेह में बहुत अन्तर होता है। उसे माँ की नजर से देखना होगा तुम्हें।'' राजे को अपने आँसू रोक पाना कठिन हो रहा था। वे बड़ी मुश्किल से कह सके, ''सई, मैं वचन देता हूँ—बालशम्भू को आँख की पुतली की तरह सँभालकर रखूँगा।''

राजे ने अपना चेहरा हाथों में ढँक लिया। उनका दम घुटा-सा जा रहा था। कानों में आवाज आई, ''तनिक इधर को देखिए न!''

आई आवाज में बदलाव आ गया था। राजे ने चौंककर देखा—सईबाई उनकी ओर ही देख रही थीं। उनके होंठों पर एक बार मुस्कराहट कौंध गई और राजे का रूप एकटक निहारते हुए ही सईबाई का सिर एक ओर लुढ़क गया। राजे के आँसू सूख चुके थे। राजे की ओर देख रही उन आँखों की दृष्टि उसी तरह टिकी हुई थी, परन्तु उनके भीतर की चेतना कभी की लुप्त हो चुकी थी। राजे ने धीरे हलके हाथों उन पलकों को बन्द किया। शिवाजीराजे की लाड़ली सईबाई सदा के लिए सो गई थी। इस मुखमुद्रा को देखकर राजे उठे, मानो नींद

में चले जा रहे हों, इस तरह वे कदम रखते हुए महल के बाहर आए। राजे को देखते ही जीजाबाई दौड़ पड़ीं। राजे के अश्रुपूर्ण नेत्रों को देखते ही वे ठिठककर रह गईं। गालों पर बह रही अश्रुधारा की भी राजे को सुध न थी। वे कह उठे, ''माँसाहिबा, रानीसाहिबा हमें छोड़कर चली गईं।''

सब महल की ओर दौड़ पड़े।

महल में रोने-धोने का कुहराम मचा हुआ था।

23

रात बहुत बीत चुकी थी। महल में हजारी-समई जल रही थी। नींद नहीं आ रही थी–राजे बेचैन होकर उठ बैठे और अटारी के बारजे में गए। शीतल वायु का स्पर्श पाकर उन्हें कुछ अच्छा लगा। बारजे के पतले गावदुम नक्काशीदार खम्भे पर दाहिना हाथ रखे वे खड़े थे। आकाश अगणित तारों से सजा हुआ था। राजे के मन में विचार उठा, 'आकाश में करोड़ों ही तो तारे हैं न, पर वे सब मिलकर भी एक चन्द्रमा की बराबरी कहाँ कर पाते हैं!'

ठंडी वायु का एक झोंका उनके शरीर को छूकर आगे निकल गया। समई-दीपक की लौ काँप उठी। राजे निश्चल खड़े हुए आकाश में कहीं देखने में खोए हुए थे। अकस्मात् उन्हें सुध आई, उनके तेज कान सुन रहे थे–उनके पीछे की ओर महल के परदों में सरसराहट हुई। गद्‌देदार गलीचे पर पड़नेवाले कदमों की आहट के साथ-साथ पैजनी की मीठी आवाज सुनाई दे रही थी। आवाज जानी-पहचानी थी। राजे की देह में सिर से पैर तक रोमांच हो आया। वे एकदम मुड़ पड़े।

महल में कोई नहीं था–सुनसान था महल। परदे हवा के झोंकों से हिल रहे थे। समई की बाती काँप-काँप उठती थी। वहाँ किसी की भी आवाज न थी।

एक दुखभरी उसाँस छोड़कर राजे फिर आकाश की ओर देखने लगे। दाहिना हाथ चित्रित खम्भे पर टिकाया हुआ था। बायाँ हाथ बालों पर फिर रहा था। अचानक हाथ की गति रुक गई–फिर कान तीक्ष्ण बन गए, फिर वही आवाज–फिर वही परदों की सरसर–ठीक वैसी ही आहट! तनिक भी सन्देह नहीं। राजे का गला रुँध आया–नयन गीले हो उठे। पीछे मुड़े बिना ही गद्‌गद वाणी से राजे कह उठे, ''सईं, हमारे कहे पर भरोसा न हुआ तुझे? शम्भू बेटे की चिन्ता सता रही है न? ना, ना, सईं! हम तुझे घर-गृहस्थी में नहीं बाँधे रख सके–अब तृष्णा में भी क्यों अटकी हुई है तू? हम वचन दे चुके हैं, सईं। कम-से-कम हम पर तो भरोसा कर।''

हवा रुक गई। परदों की सरसराहट थम गई। पैजनी की ध्वनि बन्द हो गई। एक भयानक सन्नाटा छा गया और दुख का आवेग सहन न हो पाने के कारण राजे ने खम्भे पर सिर रख दिया। मुख से बोल फूट पड़े, ''सईं, तेरे जाने से शम्भू असहाय नहीं हुआ, हम असहाय हो गए हैं, सईं, हम।''

भाग : तीन

नवरात्रोत्सव के नौ दिन रानीसाहिबा के मरणाशौच काल के रूप में बीते। विजयादशमी का दिन उदित हुआ। अफजलखान वाई पहुँच गया था। उसके पड़ाव डालने की खबर पहले ही मिल चुकी थी। कृष्णा नदी के किनारे खान की छावनी बसी हुई थी। राजे के पास अपने निजी दुख को ले बैठने का समय ही कहाँ था। उन्होंने अपने दुख को मन में गहरे दबा दिया और वे पुनः धैर्य बटोरकर उठ खड़े हुए।

सभी किलों में कठोर आदेश भिजवाए गए थे कि सब सावधान रहें। यह सूचना भी दी गई थी कि खान या उसके सरदार अगर अपने प्रदेश में घुस आएँ, तो प्रजा को चाहिए कि किसी भी तरह की रुकावट न बनकर लोग खान से जा मिलें। सोनोपन्त डबीर ने कहा, "राजे, ऐसा आदेश क्यों दिया जा रहा है?"

"प्रजा बचेगी, तभी तो स्वराज्य रहेगा न! अब अफजलखान आ ही पहुँचा है, तो हमारे इलाके में हाथ-पाँव फैलाए बिना चुपचाप थोड़े बैठेगा? प्रजा अगर उसका सामना करेगी, तो खान हमारा प्रदेश मटियामेट कर डालेगा। इससे अच्छा यही होगा कि प्रजा गरदन झुका ले, तब उसे अधिक तकलीफ नहीं सहनी पड़ेगी।"

राजे द्वारा की गई भविष्यवाणी सच होकर रही। खान ने देखते ही देखते शिवाजी का प्रदेश दबोच लिया। खान के सरदार राज्य में घुस पड़े। सरदार जाधव ने सुपे प्रान्त पर कब्जा कर लिया। पांढरे ने शिखल में फौजी थाना बना लिया। खराटे ने सासवड हड़प लिया। सरदार हिलाल ने पुणे में छावनी बना लीं और हब्शी सैफखान कोंकण के निचले भाग में फैल गया। परन्तु उनके सामने कहीं भी अटकाव नहीं आया। कहीं भी मुठभेड़ नहीं हुई। खान ने सोचा था कि वह शिवाजी के इलाके पर हमला कर रहा है, तब शिवाजी कहीं-न-कहीं तो पहाड़ी किले से उतरकर मैदान में आएगा। परन्तु शिवाजी का कहीं अता-पता न था। खान फिक्र में डूब गया।

खान की सेना के फैलाव की खबरें राजे तक पहुँच रही थीं। उनकी चिन्ताएँ बढ़ रही थीं। यद्यपि खान का कहीं किसी प्रकार से विरोध नहीं किया गया था फिर भी खान की फौज सारे इलाके में लूटपाट कर बरबादी मचा रही थी। ऐसे समाचारों को सुनकर राजे का हृदय व्यथित हो उठता था। राजसभाभवन में सब लोग उपस्थित थे। माणकोजी दहातोंडे सबकी सुन रहे थे।

माणकोजी दहातोंडे शिवाजीराजा का अपना पुराना आदमी था। शहाजीराजा ने दादोजी कोंडदेव के साथ अपने जिन विश्वासपात्र लोगों को भेजा था, उनमें से माणकोजी दहातोंडे एक थे। राजे ने जो पहली घुड़सवार-सेना बनाई थी, उनके सेनापति वे ही थे। लोहगढ़ और

विसापुर पर माणकोजी ने ही कब्जा किया था। अब माणकोजी बूढ़े हो चले थे, इसलिए राजे ने नेताजी को सेनापति बना दिया था। उस दिन से माणकोजी में सलाहकार के रूप में काम करने लगे। राजे की राजसभा में माणकोजी का बड़ा मान था। खान के पराक्रम के बारे में सुनकर माणकोजी कहने लगे, ''राजे, ये ऐसी खबरें सुनते बैठने से तो अच्छा है कि दो-चार अनुकूल स्थान पाकर खान को दो-चार धक्के दिए जाएँ। तब शायद खान जरा ढीला हो जाए।''

सब चाहते थे कि यह सुझाव कोई तो रखे। फिरंगोजी, तानाजी, येसाजी आदि सभी लोगों ने माणकोजी की बात का समर्थन किया। राजे ने पहले सबकी बात सुन ली, फिर वे बोले, ''माणकोजी, हमारे मन में क्या कुछ और विचार है? बैठे-ठाले यह बरबादी देखते रहने में क्या हमें आनन्द आता है? परन्तु हमने यह पूरी तरह तय कर लिया है कि इस मौके पर शत्रु के साथ कहीं भी खुले में सामना नहीं करना। खान यही तो चाहता है कि हम मैदान में बाहर निकल आएँ, इसीलिए तो उसकी ये हरकतें हैं। खान हमारे बाहर आने की ताक में बैठा है।''

''तो फिर अब क्या किया जाए?'' येसाजी ने पूछा।

''अब जितना जल्दी हो सके, जावली पहुँचना चाहिए। वहीं बैठे रहना चाहिए।''

''कब तक?''

''जब तक खान जावली घाटी में न घुसे।''

राजे जावली के लिए कूच करने को तैयार हुए। जीजाबाई का दिल बैठा जाता था। वे भली-भाँति जानती थीं कि राजे सईबाई को कितना चाहते थे। अपने दुख को भीतर ही भीतर दबाकर काम-काज में लीन शिवाजी को देख-देखकर जीजाबाई का जी टूट-टूट जाता था। जीजाबाई कहने लगीं, ''राजे और कुछ दिन रह नहीं सकते क्या?''

''नहीं माँसाहिबा, अब हर दिन अनमोल है।''

''अरे, पर सईं को गए अभी...।''

राजे की देह एकदम तन गई। वे कह उठे, ''माँसाहिबा, यह भी भाग में लिखा होना चाहिए। विधाता ने हमारे जीवन में इतने मुक्त क्षण लिखे ही कहाँ हैं, जो हम किसी बात का सुख मना सकें या दुख मना पाएँ।''

सायंकाल को राजसभा आयोजित की गई। जीजाबाई बैठक में विराजमान थीं। नेताजी पालकर, अत्रे, माणकोजी, पानसम्बल, कृष्णाजी नाईक, मोरोपन्त पिंगले आदि विशिष्ट जन उपस्थित थे। राजे ने सभा का उद्देश्य कह बतलाया।

अफजलखान से लड़ाई करने का मतलब था हार का मुँह देखना। सब यह बात जानते थे। खान पूरी तैयारी करके आया था। सब व्याकुल बैठे थे। फिरंगोजी कहने लगे, ''खान से सन्धि कर ली जाए, तो?''

''सन्धि?'' राजे हँस पड़े। ''तुम भूल गए शायद कि खान ने हमें जिन्दा और घुड़चढ़े रूप में पकड़कर लाने की कसम खाई है। उसने जैसे हमारे बड़े भाई सम्भाजीदादा को मारा है, उसी तरह यह हमारा भी कामतमाम कर डालेगा। इसलिए समझौते की बात बेकार है। लड़ते-लड़ते, मारकाट मचाते हुए रण में जो कुछ होना होगा, हो जाने दो।''

माणकोजी कहने लगे, ''यह तो महाकठिन कार्य है। लक्ष्य तक पहुँचे तो ठीक, अन्यथा क्या होगा?''

राजे कहने लगे, ''माणकोजी, अब हमें विश्वास हो आया कि आप सचमुच बूढ़े हुए। वरना ऐसी बात आपके मुख से क्योंकर निकलती?''

जीजाबाई बोलीं, ''राजे, नेह में भीगा हृदय ही ऐसी बात कहता है।''

''यह हम भी समझते हैं। माँसाहिबा, महाभारत की घटना याद कीजिए। भगवान् कृष्ण ने अर्जुन से कहा था, तू विजयी होगा, तो पृथ्वी का राज भोगेगा। यदि तेरी मृत्यु हुई, तो स्वर्ग का अधिकारी बनेगा। हम यदि समझौता करें, तो मृत्यु निश्चित है। इसलिए युद्ध करने से विजय हाथ आई, तो ठीक। परन्तु यदि रण में खेत रहे, तो कम-से-कम कीर्ति तो बनी रहेगी।''

इस प्रकार तय पाया गया कि जावली में बैठकर खान का मुकाबला किया जाए और राजसभा समाप्त हुई।

माँसाहिबा को रात-भर नींद नहीं आई। थोड़ी ऊँघ भी आ जाती थी, तो वे चौंककर उठ जाती थीं। अफजलखान जैसे बलवान् सेनापति के आगे शिवाजीराजे टिक पाएँगे? यही है वह खान, जिसने शहाजीराजा के पैरों में बेड़ियाँ पहनाकर उन्हें बीजापुर के रास्तों में हँसी-ठट्ठा बनाकर घुमाया था। शम्भूराजा को यही निगल गया था। तुलजापुर की भवानी देवी पर हथौड़ा चलानेवाला अफजलखान शिवाजीराजा को क्या समझेगा? जीजाबाई ने आँसू पोंछे। वे उठ बैठीं। मनोहारी भीतर आई। जीजाबाई ने पूछा, ''मनू! राजे उठ गए क्या?''

''जी, उनका तो स्नान भी हो चुका है।''

जीजाबाई खड़ी हो गईं। मुँह धोकर वे राजे के पास गईं। उस समय सामानों से भरे सन्दूक उठाए जा रहे थे। राजे आज प्रसन्नवदन थे। माता को प्रणाम करते हुए वे कहने लगे, ''हम आपके दर्शनों के लिए आ ही रहे थे। माँसाहिबा, आज हमने एक सपना देखा।''

''कैसा सपना?''

''देवी भवानी आकर हमें स्वप्न में भविष्य कह गई। माता भवानी ने हमें अभयदान दिया। कहा, 'मैं तुझ पर प्रसन्न हूँ। सब प्रकार से तेरी सहायिका हूँ। तेरे हाथों मैं अफजलखान को मरवाऊँगी। तू सफल होकर रहेगा, कुछ भी चिन्ता मत कर।' माता ने ऐसा कहा और वह अदृश्य हो गई। हमारी नींद खुल गई, तब भोर हो चुकी थी।''

जीजाबाई बोलीं, ''बहुत अच्छा हुआ। अब वही तो हमारी राखनहार है। शिवबा, हमने भी रात को ठान लिया है कि हम भी तुम्हारे साथ प्रतापगढ़ आएँगी।''

''माँसाहिबा!''

''राजे, जो होना होगा, होने दो। पर अब मन नहीं मानता कि तुम्हें अपनी आँखों से ओझल करूँ।''

''माँसाहिबा, हमें आँखों से ओझल न करने का अर्थ है स्वराज्य को आँखों से दूर हटाना। आप यहाँ हैं—आपके भरोसे ही तो हम यहाँ से जा रहे हैं।''

''हमारा कैसा भरोसा?'' जीजाबाई ने विह्वल होकर कहा।

''आखिर है तो इसका नाम लड़ाई ही! हम खान को मिट्टी में मिला देंगे, यह हमारा विश्वास है, परन्तु यदि दुर्भाग्यवश ऐसा न हो पाया, तो...।''

"शिवबाऽऽ।"

राजे की आवाज में कठोरता आ गई, "माँसाहिबा, आँख भर लाने का यह अवसर नहीं है। सुनिए माँसाहिबा, हमारा कुछ भला-बुरा हो गया, तो बिना हिम्मत हारे शम्भूराजा को साथ रखकर यह राज्य चलाने का उत्तरदायित्व आपके कन्धों पर है। यहाँ माता की ममता को कोई अवकाश नहीं, हम इसी कारणवश बालशम्भू को आपके पास छोड़कर जा रहे हैं।"

माँसाहिबा ने राजे को गले से लगा लिया। राजे की आँखें भी भर आईं, परन्तु वे हँसने का प्रयत्न करते हुए कहने लगे, "माँसाहिबा, अपने को वश में कीजिए–अन्यथा आपके बहते आँसुओं को देखकर दरवाजे पर खड़ी हुई सब रानियाँ आँसू की नदी बहा देंगी। और फिर हमें बाहर पग बढ़ाना भी कठिन हो जाएगा।"

माँसाहिबा ने आँसू पोंछ डाले। राजे जीजाबाई के साथ देवगृह में आए। राजे ने देवता के सामने माथा टेका। सोयराबाई ने आगे बढ़कर राजे के हाथ पर दही का थक्का रखा। राजे ने सबकी ओर एक बार देखा–नाक से सिसकने की आवाजें आ रही थीं। शिवाजीराजे ने जीजाबाई के चरणों में माथा नवाया। जीजाबाई ने राजे को छाती से लगा लिया। आँसू बह निकले। राजे का गला रुँध आया था, वाणी मूक हो गई थी।

"शिवबा, बेटे सावधान रहना–खान पूरा कपटी है। अपने सम्भाजी दादामहाराज की घटना भूलना नहीं–उसका कर्ज़ा चुकाना है। जाओ, विजयी होकर लौटो।"

"हम आएँगे माँसाहिबा, आप कतई चिन्तित न हों। हमें पूरा भरोसा है कि आपके आशीर्वाद से और माँ भवानी की दया से हम इस संकट से अवश्य तर जाएँगे। अफजलखान को ढेर करके, उसको मिट्टी में मिलाकर हम आपके दर्शन करने अवश्य आएँगे।"

सभाभवन में फिरंगोजी, शामरावपन्त, सोनोपन्त आदि लोग उपस्थित थे। सबने सिजदे किए। राजे ने पूछा, "सामानवाली गाड़ियाँ आगे गईं न?"

"जी हाँ!" पेशवा ने कहा।

"फिरंगोजी, सम्भाजीराजा और माँसाहिबा का ध्यान रखना अब तुम्हारी जिम्मेदारी है। अफजलखान को मारकर हमारी जीत हुई, तब तो मैं हूँ ही। परन्तु यदि युद्ध में हम काम आए, तो सम्भाजीराजा हैं ही। उन्हें राज्य सौंपकर तुम सब उनकी आज्ञानुसार चलना। हमने जिस 'महाराष्ट्र राज्य' की स्थापना की है, आप सब उसकी पूरी हिम्मत से रक्षा करें। अच्छा, हम चलते हैं।"

राजे महल के द्वार तक आए। उन्होंने पीछे मुड़कर देखा–उद्विग्न जीजाबाई चौखट का सहारा लेकर खड़ी थीं। राजे ने झट सिर घुमा लिया और वे महल के बाहर आ गए।

साईस राजे का चहेता घोड़ा लिये खड़ा था। अश्वारोही-दल सन्नद्ध खड़ा था। राजे जैसे ही घोड़े पर सवार हुए कि सेवक के कन्धे पर बैठा हुआ बालक सम्भाजी चिल्लाकर बोला, "आबाऽऽ! घोड़ा–टिक्-टिक्, घोड़ा–टिक्-टिक्!!"

उस पल सबके चेहरे पर हँसी दौड़ गई। राजे ने सेवक को संकेत से बुलाया। सेवक के निकट आते ही राजे ने बालशम्भू को उठाकर अपने आगे बैठा लिया। घोड़े को एड़ लगाई और मैदान का एक चक्कर मारकर राजे वापस आ गए। बालशम्भू को एक बार चूमकर

उन्होंने उसे फिरंगोजी को दे दिया और कूच करने का इशारा किया। नौबत बज उठी। राजे घुड़सवार सेना के साथ गढ़ से नीचे उतरने लगे।

2

जावली की घुड़साल और छावनी का निरीक्षण करके प्रतापगढ़ पहुँचने में राजे को शाम हो गई। राजे के साजो-सामान के साथ आगे रवाना हुए माणकोजी दहातोंडे मोरोपन्त पिंगले सहित गढ़ के प्रथम द्वार पर स्वागतार्थ उपस्थित थे। राजे गढ़ के दरवाजे के पास ही उतर पड़े।

वे सबके साथ सीढ़ियाँ चढ़ने लगे। उनकी दृष्टि दुर्ग की ओर लगी थी। जगह-जगह पहरे की चौकियाँ तैनात थीं। खास जगहों पर तोपें रखी हुई थीं। राजे ऊपर गढ़ में प्रविष्ट हुए। प्रतापगढ़ की पहली माची पर खड़े होकर उन्होंने नीचे फैले हुए प्रदेश पर दृष्टि डाली। ढलते सूरज की किरणों में कोयना घाटी चमक रही थी। सामने खड़ा था—महाबलेश्वर पर्वत। राजे ने महाबलेश्वर को हाथ जोड़कर नमस्कार किया और वे ऊपरीकोट की ओर चल पड़े।

ऊपरीकोट में प्रवेश करते ही सामने राजसभागृह दिखाई देने लगा। सभागृह के सम्मुख केदारेश्वर का सुहावना मन्दिर था। राजे जब पहली बार इस पर्वत पर आए थे, तब उन्हें यहाँ यह शिवलिंग मिला था। इसे शुभ शकुन समझकर उन्होंने मन्दिर बनाने का आदेश दिया था। इसका नाम 'केदारेश्वर' रखा था। राजे ने केदारेश्वर के दर्शन किए और वे राजमहल की ओर चल पड़े।

प्रतापगढ़ के सबसे ऊँचे स्थान पर मोरोपन्त ने यह राजमहल बनवाया था। महल बहुत विशाल तो नहीं था, परन्तु बहुत आकर्षक था। सरों की आकृतिवाले स्तम्भों से सामने का दृश्य भाग सुसज्जित बनाया गया था। अगले चौक में अटारी थी। कमानदार खिड़कियों से वह सुशोभित थी।

राजे अपने महल में आए ही थे कि दरवाजे पर उनके पैर ठिठक गए। भीतर मनोहारी सामान बाँध रही थी। महल में दासियों की दौड़-धूप थी। राजे को देखते ही दासियाँ विनम्रतापूर्वक खड़ी हो गईं। बन्दूक में से निकाला हुआ अँगरखा हाथ में थामे मनोहारी भी चुपचाप खड़ी थी। राजे ने कहा, "कौन? मनोहारी? तू यहाँ कैसे?"

मनोहारी ने कहा, "माँसाहिबा ने भेजा है। उन्होंने कहा था—वहाँ आपके कपड़े-लत्तों की फिक्र कौन करेगा...।"

राजे हँसकर बोले, "माँसाहिबा ने कहा है, तब भला हम क्या कह सकते हैं? अच्छा ठीक है, तू सामान ठीक से लगा ले। सब साज-सामान आ गया है या नहीं, यह देख ले। हम नीचे जाते हैं।"

राजे जाने के लिए मुड़े। पीछे से आवाज आई, "जरा ठहरिए।"

राजे रुक गए। हाथ में अँगरखा थामकर मनोहारी आगे बढ़ी। उसका मुख व्यथित दिखलाई दे रहा था। उसने राजे के सामने बन्द मुट्ठी खोल दी। उसके हाथ में थी मूँगे की अँगूठी, जिसे सईबाई पहनती थीं। अँगूठी को देखते ही राजे का हृदय छटपटा उठा। उन्होंने पूछा, "ये अँगूठी तेरे पास कैसे आई?"

मनोहारी की आँखें डबडबा आईं। कहने लगी, "जब रानीसाहिबा की तबीयत अधिक खराब हो गई थी, तब उन्होंने यह सोचकर कि आप आ पाएँ या न आ पाएँ, यह अँगूठी मुझे दी थी। कहा था–ये अँगूठी उन्हें दे देना। राजगढ़ में समय नहीं मिला, आपको अँगूठी नहीं दे सकी मैं।"

मनोहारी ने आँसू पोंछे। एक आह भरकर राजे कहने लगे, "हमने अपनी स्मृति की निशानी समझकर यह अँगूठी रानीसाहिबा को दी थी। उन्होंने तुझ पर भरोसा करके ये तुझे सौंपी है। रानीसाहिबा की याद समझकर अब तू ही इसे अपने हाथ में पहन ले।"

इतना कहकर राजे चले गए। मनोहारी हक्की-बक्की होकर राजे की पीठ को देखती रह गई।

राजे का गढ़ में आगमन सबके लिए स्फूर्ति ले आया। पूरी जावली घाटी में जैसे प्राणों का नवसंचार हो उठा। महाराज के जी-जान के साथी सारे सरदार दुर्ग में इकट्ठा हो रहे थे। और ऐसे ही एक दिन समाचार मिला कि कान्होजी जेधे आ रहे हैं। राजे को इस समाचार से बहुत सन्तोष मिला। कान्होजी गढ़ में आए। कान्होजी ने अपना दिया वचन पूरा कर दिखाया था। वे अकेले नहीं आए, उनके साथ थे शितोले, खोपड़े, गायकवाड, डोहार, मारणे, कोंडे, मरल, शिलमकर आदि कई देशमुख। ईनामदार भी अपनी सहायक-सेना के साथ आए थे। देशमुखों के आने का मतलब था, उनके जागीरदार-जमींदार भी आ गए थे। कान्होजी मानो उत्साह-उमंग बनकर आए थे। यही नहीं, मानो वे साक्षात् प्रेम-राजनिष्ठा, स्वामिभक्ति ही साथ लाए थे। उनके पधारने से राजे का उत्साह दूना हो गया।

सारे सरदारों, देशमुखों और जागीरदारों ने बेलपत्र हाथ में लेकर स्वामिभक्ति की शपथ ली। उस दिन राजे ने सबको एक पंगत में साथ बैठाकर सहभोज किया।

राजे की घुड़सवार-सेना अब सात हजार तक हो गई थी। पैदल सैनिक भी तीन हजार से ऊपर जमा हो चुके थे। कान्होजी ने पूछा, "राजे, लड़ाई की तैयारी तो पूरे जोर-शोर से की गई है। खान की सेना भी बहुत विशाल होगी।"

"कान्होजी, जावली घाटी में घुसनेवाले सौ शत्रु-सैनिकों के लिए हमारा एक सैनिक ही काफी है। हमारी सेना केवल आदमियों की हो, ऐसी बात नहीं है। हमारे पीछे हमारी रक्षा के लिए सह्याद्रि सीना ताने खड़ा है। हमें आशीर्वाद देने के लिए महाबलेश्वर तत्पर है। हमने ठान लिया है कि अब इन दो बातों में से एक होकर रहे, या तो हम अन्यों के समान आत्मसमर्पण करके सदा के लिए सेवक बन जाएँ, अथवा नवीन संस्थापित अपने इस हिन्दवी स्वराज्य के ध्येय की पूर्ति कर एक ही झटके में सब शृंखलाओं को छिन्न-भिन्न कर डालें।"

"मगर अफजलखान वाई छोड़ेगा क्या?"

"उसे छोड़नी ही पड़ेगी। खान के साथ प्रतापराव मोरे जैसे लोग हैं। उनका सपना है कि जावली पर फिर से काबू पा लिया जाए। मोरे जैसे और कई लोग खान साथ लाया है, जिन्हें इस प्रदेश की अच्छी जानकारी है। अपनी इसी ताकत के घमंड में खान उसी ओर बढ़ेगा, जिस ओर हम जाएँगे। अगर वह हमारे पीछे न आया, तो उसे हर कोशिश करके पीछे लाना ही होगा।"

जिस प्रकार प्रतापगढ़ में बैठकर राजे सोच-विचार कर रहे थे, अनुमान-अन्दाजा लगा रहे थे, उसी तरह वाई में बैठा हुआ खान भी राजे की गतिविधियों पर नजर रखे था। खान

की बेचैनी अब बेहद बढ़ गई थी। शिवाजी के इतने इलाके पर कब्जा कर लिया—इतनी लूटपाट मचाई, मगर शिवाजी जावली से बाहर ही नहीं आता—ये माजरा क्या है? खान तक खबर पहुँच चुकी थी कि जावली घाटी में शिवाजी की फौज जमा हो रही है। खान अच्छी तरह जानता था कि शिवाजी को और ज्यादा फुरसत देने का मतलब होगा—नई मुसीबत मोल लेना। खान ने तय किया कि शिवाजी के मन की बात जान ली जाए। उसने शान्तिमय उपायों से काम लेने की ठानी। खान ने अपने दूत कृष्णाजी भास्कर को प्रतापगढ़ भेजने का निश्चय किया।

एक बलशाली शत्रु का दूत अपने आप राजे के दरबार की ओर चला आ रहा था।

3

सबको आश्चर्य हो रहा था कि खान का दूत बिना बुलाए खुद-ब-खुद चला आ रहा है। सूचना मिली कि खान का दूत कृष्णाजी भास्कर अपने घुड़सवार-दल के साथ प्रतापगढ़ की तलहटी में आ पहुँचा है। राजे ने जेधे, पानसम्बल, पन्ताजी गोपीनाथ और अण्णाजीपन्त को भेजा कि वे नीचे जाकर दूत को सम्मानपूर्वक गढ़ में ले आएँ। अब सबका ध्यान उस दूत की ओर था।

पन्ताजी गोपीनाथ गढ़ के दरवाजे पर कृष्णाजी भास्कर की अगवानी करने गए। कृष्णाजी भास्कर इकहरे बदन के, ऊँचे कद के और सुन्दर रूपवान् व्यक्ति थे। उनकी कंजई आँखें सामनेवाले के मन की बात ताड़नेवाली लगती थीं। सिर पर पगड़ी, देह पर पीला अँगरखा और नीचे बारीक मलमली धोती धारण किए हुए कृष्णाजी अपनी तीक्ष्ण दृष्टि से गढ़ और उसके आस-पास के प्रदेश का निरीक्षण कर रहे थे। पन्ताजी गोपीनाथ ने उनका परिचय कराया। पन्ताजी बोले, ''राजे, आपके आगमन की प्रतीक्षा कर रहे हैं।''

''हमारे आने से पहले ही हमारे आगमन की खबर यहाँ पहुँच गई होगी। है ना?''

पन्ताजी हँस दिए। बोले, ''बड़े लोगों का आना-जाना भी कहीं छिपा रह सकता है क्या? आप कृपया चलिए।''

कृष्णाजी दुर्ग को देख रहे थे। दुर्ग में जो सुरक्षा के पूरे प्रबन्ध किए गए थे, वे उनकी सावधान दृष्टि से बच कैसे सकते थे। वे जैसे ही गढ़ के राजसभागृह तक पहुँचे, उन्होंने देखा—गढ़ में दुहरी चहारदीवारी है—दुर्ग मजबूत है, जगह-जगह पहरे की चौकियाँ हैं, बुर्जों पर दूर की मार करनेवाली तोपें हैं, तोप के गोलों के ढेर लगे हैं। यह सब देख-भालकर कृष्णाजी मुस्कराने लगे। वे पन्ताजी से कह उठे, ''पन्त, यहाँ तो लड़ाई की पूरी तैयारी है।''

''आप गलत समझ रहे हैं। राजे के हरेक किले में इस तरह का प्रबन्ध हमेशा ही रहा करता है।...चलिए, देवता के दर्शन कर लीजिए।''

केदारेश्वर के दर्शन पाकर कृष्णाजी भास्कर महल की ओर आने लगे। राजे कपड़े बदलकर अपने महल में तैयार बैठे थे। कृष्णाजी भास्कर राजसभागृह में आए। उपस्थित सरदारों से उनका परिचय कराया गया। इसी समय राजे को बुलावा आया। पन्त कृष्णाजी को साथ लेकर बैठक में गए। वहाँ राजे उच्चासन पर बैठे थे। पन्त ने कृष्णाजी का उनसे परिचय

कराया। राजे ने सिजदा स्वीकार किया और वे कहने लगे, ''यह हमारा सौभाग्य है, जो खानसाहब ने हमें याद फरमाया।''

कृष्णाजी भास्कर बोले, ''राजे, खानसाहब कोई पराए थोड़े ही हैं। उनके मन में आपके प्रति प्रीति का भाव है। यदि ऐसा न होता, तो इतने बलशाली खानसाहब ने हमें आपके पास क्यों भेजा होता?''

''खानसाहब से हमारा धन्यवाद कह देना। जैसे हमारे महाराजसाहब, वैसे ही खानसाहब। हमारे लिए दोनों बुजुर्ग हैं। अगर भेंट हो सके, तो हम अवश्य उनसे मिलना चाहेंगे।''

कृष्णाजी भास्कर ने खान का पत्र आगे बढ़ाया। राजे ने पन्ताजी गोपीनाथ की ओर देखा। पन्ताजी ने पत्र लिया, उसे खोला और पढ़ने लगे, ''तुम्हारी गुस्ताखी से बादशाह नाराज हैं। निजामशाही सल्तनत डूब जाने पर खुद कब्जा किया हुआ इलाका आदिलशाह ने मुगलों को सुलहनामे के समय दिया था। उन पहाड़ी किलों से आबाद इलाके पर अब तुमने कब्जा कर लिया है, इसलिए वहाँ का राजा बड़े गुस्से में है। चन्द्रराव का बड़ा राज्य भी तुमने छीन लिया है। कल्याण-भिवंडी पर हमला करके तुमने अल्लाह-परवरदिगार की मस्जिदों को जमींदोज किया है। कई काजियों और मुल्लाओं को कैद किया है। इसलिए राजा! मेरे कहे मुताबिक तू सुलह कर ले। सारे किले और इलाके वापस कर दे। सिंहगढ़, लोहगढ़, पुरन्धर, चाकण ये किले, नीरा और भीमा नदियों के बीच का प्रदेश खाली कर दे।''

''तो कुल मिलाकर यह हुआ कि हमारी खैर नहीं।''

कृष्णाजी भास्कर कहने लगे, ''राजे, हमारी सलाह मानें, तो हम कहेंगे कि आप खानसाहब का कहा मान लें।''

''और अगर ऐसा न किया, तो?''

''तो खानसाहब की बड़ी फौज आप पर टूट पड़ेगी। खानसाहब की फौजी ताकत कितनी है, इसका अन्दाजा तो आप तक पहुँच ही गया होगा।''

''हाँ, हमें पता है। मगर खानसाहब एक बात भूल रहे हैं, हम शहाजीराजा के बेटे हैं, हमारे एक भाई तो दुर्घटना में मारे गए। परन्तु अब सरदार शहाजीराजा बिलकुल नहीं चाहेंगे कि उनका दूसरा बेटा भी जाता रहे।''

कृष्णाजी भास्कर भौचक हो गए। उनके लिए यह वार ऐसा था, जिसकी उन्हें कतई उम्मीद न थी। अपना पैंतरा बदलकर वे कहने लगे, ''परन्तु बात को इतना खींचने की जरूरत ही क्या है? आप यदि वाई आ जाएँ और सारी बातें खुलकर हो जाएँ, तो सारे सन्देह अपने आप दूर हो जाएँगे।''

''कृष्णाजी, सन्देह हमारे मन में नहीं है! कल्याण में हमने मस्जिदें गिराई हैं या नहीं, इस सचाई और झूठ को, यदि खानसाहब चाहें, तो पल-दो पल में जान सकते हैं। खानसाहब अपने व्यवहार के अनुसार हमें भी तौलते हैं, सारा भ्रम, सन्देह तभी पैदा होता है।''

''ये छोटी-मोटी बातें अब मन में न लाई जाएँ, तभी कुछ अच्छा परिणाम निकल सकता है।''

''हमारे मन में कुछ भी दुराव-छिपाव नहीं है। हम खुले दिल से बातचीत करेंगे। हम चाहते हैं, आप यहाँ आराम करें और हमारा उत्तर लेकर जाएँ।''

“जैसी आपकी आज्ञा।” कृष्णाजी भास्कर ने कहा।

राजे ने कृष्णाजी भास्कर को सम्मान-वस्त्र प्रदान किए और उन्हें विदा किया।

कृष्णाजी भास्कर के निवास की व्यवस्था एक अलग घर में की गई थी। पन्ताजी गोपीनाथ को उस तरफ भेजकर राजे अपने महल में गए। सभागृह में उपस्थित लोग पन्त के चारों ओर इकट्ठा हो गए। प्रत्येक व्यक्ति के मन में कई विचार उठ रहे थे, ‘राजे खान के खत का क्या जवाब देंगे?’

अगले दिन राजे ने अपने विश्वासपात्र जनों को एकत्रित किया। सब एकान्त में बैठकर मन्त्रणागृह में मन्त्रणा करने लगे। खान के पत्र का आशय सबको बतलाया गया। कइयों का मत था कि राजे अफजलखान से अभयदान माँग लें और उससे वाई जाकर मिलें। राजे ने कहा, “खान को इतना सीधा-सादा समझते हो? मित्र के बारे में अपना अनुमान चूक जाए, तो बात निभ जाती है, परन्तु शत्रु के बारे में? शत्रु के बारे में गलत अन्दाजा लगाना महँगा पड़ता है। शत्रु को तो उसकी पूरी ताकत का विचार करके ही तोलना पड़ता है। खान का यह निमन्त्रण सादगी-भरा नहीं है। जिस अफजलखान को बीजापुर दरबार ने हमें जान से मार डालने का हुक्म दिया है, वह खान सीधे-साफ तौर से हमसे क्योंकर मिलेगा? तनिक इस खान की पहली करतूतें तो याद करो। इसी अफजलखान ने शिरे गाँव के कस्तूरी रंगा को बुलावा भेजा था और उसे कत्ल करवा डाला था। खान मुहम्मद का खून इसी ने किया था। यही नहीं, स्वयं हमारे दादामहाराज को इसी ने धोखे से मरवा डाला था। खान से अगर मिलना ही हो, तो उसे यहाँ बुलाना चाहिए।”

“पर क्या खान राजी होगा?”

“देखना है! जगदम्बा ने चाहा, तो वह भी हो जाएगा।”

उसके पश्चात् राजे पन्ताजी गोपीनाथ से एकान्त में मिले। पन्ताजी गोपीनाथ मानो बुद्धि की साक्षात् प्रतिमा थे। पर वे धूर्त भी कम न थे। विशेष अनुभवी थे और राजे के पूर्णतः विश्वसनीय व्यक्ति थे। शिवाजीराजे के परिवार से उनकी इतनी घनिष्ठता थी कि राजपरिवार के सब लोग उन्हें ‘पन्ताजी काका’ कहते थे। पन्ताजी के आते ही राजे ने कहा, “पन्त, खान का दूत आ गया। अब प्रथा के अनुसार हमें भी अपना दूत खान की छावनी में भेजना पड़ेगा। हमने तुम्हें अपना दूत बनाने का निश्चय किया है। हम आज कृष्णाजी भास्कर को विदा करते हैं, बाद में तुम अफजलखान से मिलने जाना।”

“जैसी आपकी आज्ञा।”

“पन्त, तुम्हारी निष्ठा पर हमें पूरा भरोसा है। चाहे जो भी उपाय करो, खान को जावली की ओर मोड़ना ही चाहिए। अब यह तुम्हारी चतुराई की कसौटी है।”

राजे ने कृष्णाजी भास्कर को बुला भेजा। उनके आते ही राजे ने कहा, “कृष्णाजी, हमने खानसाहब के पत्र का उत्तर तैयार कर लिया है, परन्तु वह पत्र हम तुम्हारे हाथ भेजें, यह रीति राजप्रथा के विरुद्ध होगी। इसलिए हम पन्ताजी गोपीनाथ को अपना दूत बनाकर खानसाहब से मिलने भेज रहे हैं। तुम उनकी और खानसाहब की भेंट करा दो।”

“जो आज्ञा।”

खान के दूत को वस्त्रादि भेंट करके सम्मानपूर्वक विदा किया गया। अगले दिन पन्ताजी गोपीनाथ खान से मिलने चल पड़े। राजे ने उन्हें अकेले में बुलाया और कहा, “तुम खान

के साथ बातचीत करो। हमारा मत तुम जानते ही हो। खान से प्रत्येक काम के बारे में शपथ लेने को कहो। अगर वे शपथ लेने को कहें, तो निस्संकोच शपथ ले लो। बिलकुल हिचकिचाहट मत करो। हम तुम्हारे साथ कुछ लोग भेज रहे हैं। ये सभी भेदिए हैं। अच्छी तरह समझ-बूझ लो कि खान का इरादा क्या है? जितना कुछ देख पाओ, जो कुछ सुन सको और जो कुछ समझ-बूझ सको, वह सब पूरी तरह सावधान रहकर करो और वापस लौटो। खान से मिलने जाओ, तो शानदार ढंग से पालकी में बैठकर जाओ। माँ भवानी तुम्हें सफल करे।''

पन्ताजी गोपीनाथ राजे से विदा होकर चल पड़े।

कृष्णाजी भास्कर के लौटने की खबर सुनकर खान ने उन्हें तुरन्त बुला भेजा। वह शिवाजी का जवाब सुनने के लिए बेकरार था। कृष्णाजी भास्कर आया। खान शाही बैठक पर बैठा हुआ हुक्का पी रहा था। कृष्णाजी की ओर देखकर ऊँची आवाज से कहने लगा, ''कहो, कृष्णाजी, कुछ हाले-मुलाकात बयान करो।''

''आपका पत्र शिवाजी को दिया। आपका पत्र पाकर शिवाजी बहुत नाखुश दिखाई दिया।'' खान खुशी से हँस पड़ा, ''आपकी ताकत अच्छी तरह मालूम है शिवाजी को।''

''तो यहाँ आने के लिए तैयार हुआ क्या?''

''नहीं, शिवाजी यहाँ आने से डरता है। मैंने उसे बता दिया कि खानसाहब का गुस्सा बहुत खौफनाक है। खानसाहब अगर हमला कर बैठे, तो शिवाजी को महँगा पड़ेगा।''

''फिर क्या हुआ?''

''शिवाजी कहता है–'खानसाहब से कहो कि फर्जंद शहाजीराजा अपना दूसरा बेटा भी खो देना पसन्द नहीं करेंगे'।''

अफजलखान के हाथ से हुक्के की नली छूट गई। खान ने उसे फिर उठाया और ठठाकर हँस पड़ा। बोला, ''हमारा दुश्मन काफी होशियार और चालाक मालूम होता है।''

कृष्णाजी ने शिवाजी के किले की और सारे इलाके की जानकारी खानसाहब के आगे पेश कर दी। बताया कि शिवाजी का दूत आ रहा है। खान सोच-विचार में डूब गया। शिवाजी के बारे में कुछ अन्दाजा लगाना मुश्किल है–जरूर कुछ न कुछ गड़बड़ है।

अगले दिन पन्ताजी गोपीनाथ अफजलखान की छावनी में आए। कृष्णाजी ने उनकी अगवानी की। गोपीनाथपन्त खान के पड़ाव की तरफ जाने लगे। उनके आगे-पीछे घुड़सवार चल रहे थे। उनके बीच में पन्त की पालकी उठाए कहार चल रहे थे। डंडे के फुँदने को पकड़कर गोपीनाथ पन्त सारी छावनी को देख रहे थे। पालकी बहुत शानदार थी। डंडों के अगले सिरे पर बाघ के मुख की चाँदी की आकृति बनी हुई थी–जिसमें लाल माणिक की आँखें जड़ी थीं। भगवे रेशमी कपड़े से पालकी के डंडे ढँके हुए थे। खान गोपीनाथ का ही इन्तजार कर रहा था। गोपीनाथ ने खान को सिजदा किया। कृष्णाजी ने शिवाजी के दूत का परिचय कराया। गोपीनाथपन्त ने विशेष एकान्त में मुलाकात करने की प्रार्थना की। खान ने सबको बाहर भेज दिया। गोपीनाथपन्त खान से कहने लगे, ''आपका खत पाकर राजे धन्य हो गए। उन्होंने आपके खत का जवाब भेजा है।''

''पढ़ो।''

पन्ताजी गोपीनाथ पढ़ने लगे, "आपका कहा सिर-माथे। आप बहुत मेहरबान हैं, इसीलिए आपने हमारे सारे गुनाहों को माफ करने की इज्जत बख्शी है। आपने जो किले और जावली का इलाका वापस माँगा है, वह सब मैं लौटाने को तैयार हूँ। आप जैसे लोगों के सामने हम जैसों के लिए ऊपर नजर करके देखना भी मुश्किल है। मैं आपके सामने किसी भी दम तलवार-कटार जमीन पर रखने के लिए राजी हूँ।"

खानसाहब की खुशी बाँसों उछलने लगी। परन्तु उस खुशी को छिपाते हुए खान बोला, "हँ, तो राजे कब आ रहे हैं?"

"माफ कीजिएगा, हुजूर, मगर राजे यहाँ आने से डरते हैं। अपने प्यार के नमूनों के तौर पर राजे ने आपके लिए एक तोहफा भेजा है। अगर आज्ञा हो, तो...।"

"हाँ, हाँ, जरूर।"

पन्ताजी गोपीनाथ ने ताली बजाई। कुछ सेवक भीतर आए और एक तबक रखकर वापस चले गए। पन्ताजी ने उस तबक पर बिछाया हुआ कपड़ा उठाया। सोने के तबक में रत्नजटित म्यान में रखी हुई सोने के दस्तेवाली एक नाजुक कटार थी। और साथ ही मखमल की नीली गद्दी पर एक मोती-कंठा भी रखा हुआ था। खान ने बेसुध-सा होकर वे दोनों चीजें उठा लीं। गोपीनाथपन्त ने कहा, "गुस्ताखी माफ हो हुजूर, मगर ये कटार बीजापुर-दरबार की कटार से ज्यादा बढ़िया है।"

"क्या मतलब?"

"आपकी खिदमत में जौहरी हैं ही। वे शायद कटार की कीमत आँक सकें, मगर इस कंठे की कीमत तय करना नामुमकिन है।"

खान कंठे की ओर देख रहा था। कंठे का एक-एक मोती बेर के जितना बड़ा था। खान बड़बड़ाते हुए कहने लगा, "शिवाजी के पास क्या इतनी दौलत है?"

"हुजूर, ये तो आपकी मेहरबानी है। ये कंटा तो उस दौलत की एक बूँद के बराबर है।"

"मगर इतना बेशकीमती तोहफा देने की वजह?"

"आप फर्जंद शहाजीराजा के दोस्त हैं, यानी शिवाजी के लिए पिता समान हैं। अगर आपका आशीर्वाद राजे को मिल गया, तो शिवाजीराजे आप जैसे बुजुर्गों पर सारी दौलत निछावर करने में आगा-पीछा नहीं देखेंगे।"

खान का बायाँ हाथ दाढ़ी सहलाने लगा। आँखें हाथ में रखे कंठे को ही घूर रही थीं।

पन्ताजी गोपीनाथ कहने लगे, "राजे दिल के डरपोक आदमी हैं। वाई आने से डरते हैं। आप अभय वचन दें, तो राजे निर्भय होकर जावली आएँगे। फिर आप जो कुछ कहेंगे, वो देंगे।"

खान ने पन्ताजी गोपीनाथ की ओर देखा। उसकी नजर फिर एक बार कंठे की ओर गई। उसने कहा, "शिवाजीराजा पूरा हरामजादा है—काफिर है। जावली खतरनाक जगह है, हमें वहाँ बुलाकर हमसे दगा तो नहीं करेगा?"

पन्ताजी जोर से हँस पड़े। खान खौल उठा, "क्यों? हँसता क्यों है?"

"सुना था हुजूर, खान की छाती फौलाद से बनी है। हुजूर, एक ही बात कहता हूँ, आप जावली आएँ—अपनी सारी फौज के साथ आएँ। राजे इसे अपनी किस्मत समझेंगे।

भला आपके सामने राजे की हैसियत ही क्या है? उनकी ताकत ही क्या है? चींटी अगर हाथी से मुकाबला किया चाहे, तो क्या ये मुमकिन है? आप अगर राजे को आदिलशाही नाराजगी से छुड़वा सकें, तो राजे बहुत खुश होंगे। वे आप पर करोड़ों होनों की बारिश करेंगे।''

''करोड़ों होन?''

''राजे के लिए सिर्फ लड़ाई करना मुश्किल बात है, ये होन की बात कोई मुश्किल नहीं और फिर आप जैसे मेहरबानों के बारे में तो बिलकुल मुश्किल नहीं है।''

साठ हजार होनों की खातिर बजाजी को कैद से छोड़ देनेवाला खान करोड़ों होनों के फेर में पड़ गया। उसके मन की दुविधा बढ़ने लगी। वह चिल्लाकर बोला, ''तुम बम्मन हो। क्या गवाह बनकर हमें कसम खाकर यकीन दिला सकते हो? हम जरूर राजे से मुलाकात करना चाहेंगे।''

पन्ताजी गोपीनाथ ने कसम खा ली। करोड़ों रुपयों की दौलत खान की आँखों के आगे नाच रही थी। उसे सोच-विचार करने के लिए फुरसत चाहिए थी। उसने पन्ताजी गोपीनाथ को कुछ दिनों के लिए सम्मान सहित वहीं रख लिया।

पन्ताजी गोपीनाथ खान की छावनी में आतिथ्य का आनन्द लूट रहे थे। कृष्णाजी ने शिवाजी के दूत का अनेक सरदारों से परिचय कराया। राजे के आदमी बावलों का ढोंग रचाकर छावनी भर में घूमते फिर रहे थे।

खान ने सलाह-मशविरे की सभा आयोजित की। सबको अपना इरादा बतलाया कि उसने शिवाजी से मिलना तय किया है।

कई वजीरों-सरदारों ने सलाह दी कि शिवाजी से मिलने जावली न जाएँ, शिवाजी दगाबाजी करेगा। खान ने कृष्णाजी भास्कर से पूछा, ''शिवाजी जावली छोड़कर बाहर निकलेगा क्या?''

''हुजूर, मैंने अन्दाजा लगा लिया है। शिवाजी यह तय करके ही प्रतापगढ़ में डेरा जमाए बैठा है, 'चाहे जो हो, जावली से बाहर नहीं निकलूँगा'।''

खान अपनी दाढ़ी पर हाथ फिराते हुए सोचने लगा। आखिर उसने फैसला सुना दिया, ''शिवाजी हरामजादा है। वो कभी भी खुले मैदान में सीधा लड़ने नहीं आएगा। हम फौज लेकर जावली जाएँगे। सीधी तरह काबू में आ गया तो ठीक, वरना पूरा जावली इलाका तहस-नहस करके शिवाजी की लाश यहाँ ले आएँगे।''

सबको ये बात पसन्द आई। खान ने बाकी सब लोगों को जाने की इजाजत दी, केवल कृष्णाजी भास्कर को अपने पास रहने के लिए कहा। खान ने पूछा, ''कृष्णाजी, शिवाजी के पास इतनी दौलत है?''

''हुजूर, शिवाजी तो है ही लुटेरा। उसने जावली को लूटा, कल्याण-खजाना लूट लिया और कल्याण-भिवंडी में लूटपाट मचाई। मुगलों के अमीर शहर जुन्नर को लूटकर उसने अपना घर भर लिया है, उसके पास काहे की कमी? खानसाहब, आपकी बात तो दूर, मैं तो आपका दूत बनकर गया था, पर मुझे भी शिवाजी ने वापस आते समय जरदोजीवाले कपड़े, मोतियों का चौकड़ा, सोने का कड़ा और तमगे, एक अरबी घोड़ा और पाँच हजार होन दिए।'' खान अचरज ने देख रहा था। ''हाँ, सच हुजूर!''

"कृष्णाजी, पहले हम शिवाजी की दौलत हड़प लेंगे, फिर शिवाजी को काबू में कर लेंगे। शिवाजी हमसे बचकर जाएगा कहाँ?"

खान हँसने लगा। उसके हँसने के कारण कृष्णाजी को भी हँसना पड़ा।

अगले दिन पन्ताजी गोपीनाथ को सम्मानसहित विदा किया गया।

4

पन्ताजी दूत का काम पूरा करके गढ़ में लौट आए। सारे सरदार पन्ताजी से समाचार जानने के लिए उतावले होकर राजसभागृह में उपस्थित थे। राजे ने पूछा, "पन्त, खान ने क्या सन्देश भेजा है?"

"राजे, खानसाहब आपका नजराना देखकर बहुत खुश हुए। वे आपकी प्रार्थना के अनुसार जावली आने के लिए तैयार हैं, पर वे आते समय अकेले नहीं आएँगे। उनके साथ उनकी फौज पूरे दल-बल के साथ आएगी।"

"हमें प्रसन्नता हुई यह जानकर—पन्त, तुम थक गए होंगे। जाकर आराम करो।"

पन्त सिजदा करके चले गए।

सायंकाल राजे पूर्व दिशा के गरगज पर अकेले ही खड़े थे। नीचे जावली घाटी में सर्दी धीरे-धीरे बढ़ रही थी। राजे को इस बढ़ती हुई ठंडक का अनुभव हो रहा था। उनके कन्धे पर झूल आए बाल हवा में उड़ रहे थे। राजे की नजर खोई-सी, सामने फैली हुई विस्तृत घाटी में घूम रही थी। मन में विचारों की आँधी उठ रही थी। धीरे-धीरे गढ़ में अन्धकार छाने लगा। पहरे की चौकियों पर मशालें जल उठी थीं। मशालों की लपटें हवा में फरफरा रही थीं। अपने पीछे किसी के पैरों की आहट पाकर राजे की तल्लीनता टूटी—"कौन है?"

"मैं हूँ माणकोजी।"

"काका, इतने अँधेरे में क्यों आए हो?"

"राजे, सर्दी बढ़ रही है। ठंडी हवा चल रही है, ऐसे में केवल अँगरखा पहनकर खड़े रहना ठीक नहीं है। इसलिए यह शाल लाया हूँ।"

"शाल किसने दी?"

"सभाभवन में बैठा था—मनोहारी ने मुझे बुला लिया।"

"रानीसाहिबा ने उसका चुनाव बेकार नहीं किया है।" उन्होंने शाल ओढ़ ली और बोले, "चलो, अब चलें।"

दोनों महल में आए। रात के भोजन के पश्चात् राजे अपने महल में गए। वहाँ अकेले ही मसनद के सहारे बैठे रहे। यूँ ही जाने कितना समय बीत गया था कि मनोहारी ने प्रवेश किया, "क्यों आई है, मनू?" राजे ने पूछा।

समई-दीपक की ओर देखकर मनोहारी कहने लगी, "आपके सोने का समय हो गया है, इसलिए दीया बढ़ाने आई थी।"

"न, रहने दे। और सुन, सभाभवन में कोई हो न, तो उसे यहाँ भेज दे। तू जाकर सो जा।"

राजे ने पन्त को बुला भेजा। पन्त आए। राजे ने तानाजी को आवाज देकर बुलाया और उसे महल के बाहर तैनात कर दिया। फिर राजे ने महल का दरवाजा बन्द कर लिया और पन्ताजी से कहने लगे, ''पन्त, तुम बैठ जाओ। संकोच मत करो। आज बहुत कुछ बातें करनी हैं।''

परन्तु पन्त बैठे नहीं। राजे चहलकदमी कर रहे थे। अचानक वे ठहर गए। पन्ताजी की ओर देखकर कहने लगे, ''पन्त, तुम हमारे विश्वासपात्र व्यक्ति हो। पुराने अनुभवी हो, राजनीति के दाँव-पेंचों के जानकार हो। इसीलिए हमने यह जिम्मेदारी तुम्हें सौंपी है। सब लोगों के सामने राजसभाभवन में हम तुमसे अधिक नहीं पूछ सके। अब सारी देखी-सुनी घटनाओं को हमें पूरा कह सुनाओ।''

पन्त ने प्रतापगढ़ से प्रस्थान से लेकर खान की छावनी में प्रविष्ट होने तक का सारा विवरण बतला दिया। पन्त बोले, ''राजे, खान धूर्त है, चतुर भी है। जैसे उसका शरीर बलिष्ठ है, वैसे ही उसका मन भी दृढ़ है, परन्तु...।''

''परन्तु क्या?''

''आपका अनुमान सत्य सिद्ध हुआ। आपके भेजे उपहार को देखते ही खान तख्त से नीचे उतर आया। दोनों चीजें देखकर उसकी आँखें फटी की फटी रह गईं।''

''खान का लालची स्वभाव पहचान पाना कोई मुश्किल काम नहीं था। खैर, आगे कहो।''

''खान जावली आने को तैयार है।''

''उद्देश्य क्या होगा?''

''मेरे वहाँ जाने के बाद खान ने बैठक बुलाई थी। सबने सलाह दी कि जावली जाना ठीक नहीं, परन्तु खान ने उनकी नहीं सुनी।''

राजे एकटक पन्ताजी की ओर देख रहे थे। राजे कहने लगे, ''पन्ताजी, यह हमारे जीवन-मृत्यु का सवाल है। तुम्हें भवानी की सौगन्ध है—सच-सच कहो, खान के मन में क्या है? यह संकट टल गया, तो हम राज्य का कारोबार तुम जैसे विश्वसनीय व्यक्ति को सौंप देंगे।''

पन्ताजी गोपीनाथ ने शपथ ली। वे कहने लगे, ''राजे, राजनीति में सदा जागरूक रहना पड़ता है, यह उचित ही है। आप विश्वास रखें, हमने आज तक सच्चाई और निष्ठापूर्वक सेवा की है, उस ओर ध्यान दें।''

''उसका हमें पूरा ध्यान है, इसीलिए तो यह उत्तरदायित्व तुम्हें सौंपा है। बताओ पन्त, खान का सही इरादा क्या है? वह हमसे दोस्ती करना चाहता है या...।''

''राजे, अफजलखान के दिल में खोट है। समझौते के बहाने आपको बुलाकर और अनुकूल अवसर मिलते ही आपसे छल करने का उसका इरादा है, ताकि वह आपको कैद करके बीजापुर ले जा सके।''

''तो तुम्हारी सलाह क्या है?''

''खान के जी में लालच समाया हुआ है। उसके इस स्वभाव का लाभ उठाकर, हर कोशिश करके मैं उसे जावली ले आता हूँ। आपमें साहस हो, तो अकेले में उसे मार डालिए। उसकी फौज को लूट लीजिए और राज्य हथिया लीजिए।''

राजे को यह सुझाव पसन्द आया। उन्होंने प्रसन्न होकर पन्ताजी को पाँच हजार होन इनाम दिए। वे कहने लगे, ''पन्त, तुम खान से मिलने जाओ। उससे कहो, 'शिवाजीराजा डरपोक है, आपसे मिलने आने की हिम्मत उसमें कहाँ? आप ही जावली चले जाइए। उसका हाथ थामकर, उसे दिलासा देकर अगर आप उसे बादशाही की खिदमत में हाजिर करें, तो भी यह आपका बड़प्पन ही होगा'।''

अगले दिन पन्ताजी गोपीनाथ राजे का सन्देश लेकर खान से मिलने निकल पड़े।

राजे को विश्वास था कि खान जावली में अवश्य आएगा। अब राजे ने जल्दी-जल्दी कुछ कदम उठाए। उन्होंने नेताजी पालकर को जावली और वाई का मार्ग रोकने का काम सौंपा। यह तय हुआ था कि जैसे ही अफजलखान पहाड़ियों को लाँघकर जावली घाटी में उतरे, सेनापति नेताजी पहाड़ की चोटीवाला रास्ता बन्द कर दें। इसी प्रकार राजे ने अन्य सरदारों के लिए भी इसी तरह के काम निश्चित कर दिए। ऊँचे प्रतापगढ़ से पूरी जावली घाटी की स्थिति स्पष्ट दिखाई दे रही थी। राजे सबको उनकी अपनी-अपनी जगहें दिखा रहे थे। सरदारों की बाँहें भी अब फड़कने लगी थीं। सभी बड़ी आतुरता से लड़ाई शुरू होने की प्रतीक्षा कर रहे थे।

राजे कोयना घाटी का दौरा कर आए। खान के मुकाम के लिए कोयना घाटी ही उचित स्थान था। खान की फौजी छावनी के लिए राजे ने प्रतापगढ़ से कोस भर दूर दक्षिण में स्थित 'पार' गाँव के पासवाली जगह चुनी। रडतोंडी के पहाड़ी घाट से उतरने में अफजलखान की सेना को कष्ट न हो, इसलिए रास्ते के पेड़ कटवाकर रास्ता साफ और चौड़ा बनवा दिया गया।

इसी समय खान के साथ पन्ताजी गोपीनाथ की बातचीत जारी थी। पन्ताजी ने खान को पूरा यकीन दिलाया। उसने जो भी शर्त रखी, पन्ताजी ने मंजूर कर ली। वे बोले, ''राजे कमजोर दिल हैं, इसीलिए आपको जावली आने की तकलीफ देनी पड़ रही है। वे आपसे मिलने वहाँ जरूर आएँगे। आप उन्हें धीरज बँधाकर, समझा-बुझाकर साथ बीजापुर ले जाएँ।''

खान ने यह सब कबूल कर लिया। विदा होने से पहले गोपीनाथ ने अफजलखान से प्रार्थना की, ''आपकी शान-शौकत में कोई कसर न उठा रखी जाएगी, परन्तु शिवाजीराजा की इच्छा है कि मुलाकात के ऐसे मौके पर कुछ खास-खास चीजें खरीदकर आपको भेंट की जाएँ। इसलिए आपकी छावनी के बाजार में जो हीरे-मोती के व्यापारी हैं, उन्हें भी यदि आप साथ लाएँ, तो कुछ जवाहरात खरीदकर, आपको और आपके सरदारों को भेंट देकर आप सबका यथायोग्य आदर-सत्कार किया जा सकेगा।''

''बेशक, बेशक! हमारे साथ हमारे जौहरी-सर्राफ भी जरूर आएँगे।''

खान ने अपने कुछ विश्वासपात्र सरदारों को जावली जाकर प्रबन्ध आदि करने के लिए पन्ताजी के साथ ही रवाना कर दिया।

खान को पूरा भरोसा हो, इस दृष्टि से राजे ने उसके लिए सब प्रकार की सुविधाएँ जुटाने की ठान ली। कोयना नदी के किनारे पर स्थित पार गाँव के निकट फौज के पड़ाव के लिए जगह बन सके, इसलिए झाड़-झंखाड़ तोड़कर काफी बड़ा खुला मैदान बनाया गया। कोयना घाटी के घनघोर जंगलों के बीच यही एक जगह थी, जो साफ और खुली थी। खान की छावनी

से लेकर घाटी तक जगह-जगह सशस्त्र सैनिकों की कई छुपी चौकियाँ बनाई गई थीं तथा कई चौकियाँ खुलेआम बनाई गई थीं। इन चौकियों पर कई लिपिक नियुक्त किए गए थे।

राजे ने खान से मुलाकात के लिए प्रतापगढ़ दुर्ग के नीचे का स्थान चुना। वह जगह माची कोड कहलाती थी। यह स्थान ऐसा था, जहाँ ऊपर दुर्ग से नीचे सब ओर देख-रेख की जा सकती थी। राजे ने अण्णाजी मलकरे को इस स्थान पर एक शानदार बैठक सजाने का आदेश दिया। वे बोले, ''अण्णाजी, बैठक ऐसी सुन्दर सजाओ जैसी ऐश्वर्यपूर्ण बैठक बीजापुर के दरबार की भी न हो।''

पन्ताजी गोपीनाथ के साथ खान के जो लोग आए थे, उन्होंने कोयना छावनी की जगह देखी। उन्हें वह जगह पसन्द आई। उस स्थान से एक तो भेंट का स्थान साफ दिखलाई देता था, दूसरे वह स्थान नदी के किनारे था। यदि अवसर आ ही पड़ा, तो वहाँ से नदी किनारे का सहारा लेकर किले पर हमला कर सकना सरल था। राजे ने अफजलखान के आदमियों को भरपूर धन भेंट दिया और उन्हें सन्तुष्ट करके वापस भेज दिया।

अफजलखान ने अपनी सेना को दो हिस्सों में बाँट दिया। उसने अपने खास आदमी चुने और पड़ाव उठाने का हुक्म दिया। खान की आधी फौज जावली घाटी की ओर चल पड़ी। हाथी तोपगाड़ियाँ खींचने लगे। खुद खान के साथ दस-बारह हजार सवार थे, तोपखाना, पैदल सेना का विशाल लश्कर साथ था। बाणों के गट्ठे लादे ऊँट चल रहे थे। जंगली और पहाड़ी इलाके के उतार-चढ़ाव में विशाल लाव-लश्कर चढ़ाने और जावली घाटी तक उतारने में खान के लोगों के नाकों दम आ गया।

खान अपनी विशाल सेना सहित कोयना घाटी में आ पहुँचा। फौजी पड़ाव की जगह देखकर वह बहुत खुश हुआ। उसकी खुशी थी भी बहुत स्वाभाविक, क्योंकि 'रडतोंडी' घाट चढ़ने-उतरने में सेना को बहुत परेशान होना पड़ा था। उस पहाड़ी घाट का नाम शायद इसीलिए 'रडतोंडी' रखा गया था, जिसे चढ़ने-उतरने में 'तोंड' (मुख) रुआँसा हो आए। मैदान में शाही डेरे खड़े किए गए। हजारों घोड़ों की घुड़सालें बनाई गईं। हाथी जंजीरों से बाँध दिए गए। ऊँटों के काफिलों को पूरब की ओरवाले पठारी मैदान में जगह दी गई थी। बड़ी-बड़ी तोपगाड़ियाँ और छोटी लोपें जहाँ-तहाँ दिखाई दे रही थीं।

खान की फौज की सहायता के लिए शिवाजीराजे ने अपने सैकड़ों बेगार मजदूर उसकी छावनी में भेजे थे। खान के साथ आए हुए हाट-बाजार लगानेवाले व्यापारी छावनी के पास ही बाजार लगाने में जुट गए। उनके पास बिक्री के लिए हर तरह का माल था। हीरे-मोती के व्यापारी अफजलखान की मुलाकात की तरफ आँख गड़ाए बैठे थे। उन्हें पूरा यकीन था कि भेंट होने के बाद खान के प्रतिष्ठित सरदारों को उपहार देने के लिए शिवाजी काफी हीरे-जवाहरात खरीदने वाला है।

ऊपर गढ़ से खान की छावनी साफ दिखाई देती थी। खान की छावनी की हर चीज की जानकारी राजे को मिल रही थी। खान के फौजी पड़ाव का काम जैसे ही पूरा हुआ, राजे ने अपनी कुछ दूरी पर तैनात सेना को निकट लाना शुरू कर दिया। ढबले घाट में स्थित चन्द्रगढ़ में अपने सैनिकों-सरदारों को तैनात कर दिया गया। नेताजी पालकर ने महाबलेश्वरवाला रास्ता रोक लिया था। सरदार शिलमकर को बाची घोली घाटी का दलपति बनाया गया था। जावली की ओर सरदार बांदल पैर जमाए बैठे थे। इस तरह अफजलखान की सेना चारों

ओर से घिर गई थी। परन्तु उधर अफजलखान कुछ और ही बात सोच रहा था। सोच रहा था कि शिवाजी से मुलाकात की जाए, बन सके, तो उसे गिरफ्तार किया जाए। यह नहीं हो सका, तो भेंट के बहाने इतनी बड़ी फौज जावली में घुस ही चुकी है। शिवाजी अगर प्रतापगढ़ में जा घुसा, तो केवल तोपों की मार से वह किला जमोंदोज किया जा सकता है। आखिर शिवाजी बचकर जाएगा कहाँ?

भेंट की शर्तें तय करने के लिए दोनों ओर के नुमाइन्दे आवाजाही कर रहे थे। भेंट की शर्तें निश्चित हो गईं। मुलाकात के समय दोनों सशस्त्र आएँगे। बैठक में कोई भी दो से अधिक अंगरक्षक नहीं लाएगा। पहले खानसाहब मुलाकात की जगह आएँगे और शिवाजीराजा का इन्तजार करेंगे। दोनों की सुरक्षा के लिए दस-दस सैनिक साथ आ सकेंगे। ये दस सैनिक भेंट-स्थल से बाण-फेंक जितनी दूरी पर खड़े रहेंगे। दोनों की भेंट एकान्त में होगी। ये शर्तें दोनों को मंजूर थीं। भेंट का जो दिन निश्चित हुआ था, उसके आने में अभी एक दिन बीच में था।

मुलाकात के पहलेवाले दिन की शाम राजे भेंट-स्थल पर गए। उन्होंने शामियाना देखा। चारों ओर घनघोर जंगल था। ऊपर पहाड़ की चोटी पर गढ़ स्थित था। यही थी वह जगह जहाँ राजे की जय-पराजय का निर्णय होना था। राजे ने सारी स्थिति-परिस्थिति को अच्छी तरह जान-समझ लिया। जीजाबाई को सूचित करने के लिए एक विश्वासपात्र भेदिए को राजगढ़ रवाना किया गया। राजे के साथ उनके चुनिन्दा साथी थे। सभी के मुखों पर आशंकाएँ छाई हुई थीं, जाने कल क्या होगा? सबके मन में सावधानी का भाव भरा था। सब यही चाहते थे कि उनका अपना-अपना काम नितान्त कुशलता और चतुराई से पूरा हो।

चन्द्रमा अपनी छठी कला को चारों ओर फैला रहा था। खान के फौजी पड़ाव में जल रही अनगिनत मशालें देखकर उसकी छावनी के विशाल फैलाव का अन्दाजा लगाया जा सकता था। राजे का एक विशेष गुप्तचर गढ़ में त्वरित आया था। वह राजे के सामने खड़ा था। राजे पीठ पीछे हाथ बाँधे इधर-उधर चहलकदमी कर रहे थे। गुप्तचर बहिर्जी बता रहा था, "...खान देह से भारी-भरकम है। वह डेढ़ गज ऊँचा है और उसके शरीर का घेरा दस हाथ है। उसकी ताकत ऐसी है कि वह लोहे का रम्भा आसानी से मोड़ देता है और फिर उसे सीधा कर देता है। मैंने खुद देखा है कि गिरी हुई तोपगाड़ी उसने अकेले ही उठा ली थी।"

"अच्छा! ठीक है...आगे बता।"

"छावनी में ऐसी बात फैली हुई है कि वह जब बीजापुर से निकला था, तो उसने अपनी साठ बेगमों को मार डाला था। लोग ऐसा भी कहते हैं कि उसके गुरु ने जब उसे देखा तो गुरु को उसका सिर नहीं दिखलाई दिया। शरीर का बल ही उसका हथियार है...।"

"खान के साथ उसका अंगरक्षक कौन है?"

"खान को सैयद बंडा के सिवाय और किसी पर भरोसा नहीं है। छुपी खबर यह है कि वही खान के साथ आएगा।"

"ये सैयद बंडा कौन है?"

"खान के जितना ही ऊँचा है। देह उससे थोड़ी कुछ कम है, फिर भी उसकी हड्डियाँ पूरी फौलादी हैं। पटा भाँजने में मशहूर है।"

"क्या मतलब?"

''लोग बताते हैं कि वह पहले वार में लपककर नौ हाथ दूर खड़े आदमी को ढेर कर देता है और दूसरा वार करने से पहले अपनी पहली जगह पर आ जाता है।''

''और दूसरा कौन साथ है?''

''और कोई नहीं है। खान अपने ही भ्रम में है। उसे अपनी ताकत पर भरोसा है। उसे यकीन है कि इस मुलाकात में सुलह होने वाली है। अपने आदमी खान की छावनी पर नजर रखे हुए हैं।''

''नौ हाथ दूर खड़े आदमी को ढेर कर देता है।'' राजे बुदबुदाकर कह गए।

''जी?'' बहिर्जी पूछ बैठा।

''नहीं, कुछ नहीं, बहिर्जी।'' राजे ने अपने हाथ में पहनी हुई पहुँची उतारी और उसे बहिर्जी को देते हुए वे कहने लगे, ''तेरा करतब सचमुच बड़े कमाल का है। मुलाकात से पहले तक जो भी कुछ विशेष बात पता लगे, हमें तुरन्त उसकी सूचना देना। अच्छा, अब तू जा।''

बहिर्जी सिजदा करके चला गया। राजे दो पल के लिए सोच-विचार में खो गए, परन्तु अगले ही क्षण उनके मुख पर हँसी झलक उठी। वे झटपट राजसभागृह की ओर चल पड़े।

नेताजी, बांदल और जेधे तो कभी के अपने-अपने नियुक्त स्थानों पर पहुँच चुके थे। शेष सब लोग भी आदेश पाने के लिए उतावले थे। अत्रे, माणकोजी, दहातोंडे, राँझेकर, शुभानजी इंगले, येसाजी कंक, तानाजी मालुसरे, सम्भाजी कावजी जैसे कितने ही शूरवीर राजे की ओर देख रहे थे। राजे सभाभवन में आकर उच्चासन पर विराजमान हुए। उन्होंने पूछा, ''माणकोजी, हमारे शूरमा क्या कहना चाहते हैं?''

तानाजी बोल उठे, ''इस तरह बैठे-ठाले जी ऊब गया है। अब तो कुछ कर दिखाने का आदेश मिल जाए, बस।''

''तुम्हें हमने जान-बूझकर ही यहाँ रोक रखा है। तुम्हें और तुम्हारे मावले बहादुरों को कल शामियाने की रखवाली करनी है। दिन निकलने से पहले ही सबको अपनी-अपनी जगह छिपकर बैठना होगा। याद रहे, एक भी आदमी खान को दिखाई न दे। खान का सफाया होते ही तुम्हें यह करना होगा कि ऊपर से शत्रु का एक भी आदमी नीचे न जाने पाए। हिरोजी, तानाजी, येसाजी! तुम सब शामियाने के एक तरफ की झाड़ियों में अपने साथियों सहित छिपकर बैठे रहोगे।''

इस अवसर पर हमारा लक्ष्य केवल खान ही नहीं है। अकेले अफजलखान के मारे जाने से राज्य खड़ा नहीं हो पाएगा। खान अपने साथ जो अपार धन-सम्पत्ति, शामियाने-डेरे, बैठक-बिछायत, सैकड़ों तोपें, हजारों घोड़े, ऊँट, हाथी आदि लाया है, ये सब हमारे हाथ लगने चाहिए। इन्हीं से तो हमारा राज्य समृद्ध होनेवाला है। देखना, कुछ भी छूटकर जाने न पाए।''

राजे का एक-एक शब्द सरदारों के मन में अंकित हो रहा था। राजे ने पूछा, ''हम खान से मिलने किस तरह जाएँ? तुम्हारी क्या सलाह है?''

कृष्णाजी बंककर कहने लगे, ''राजे, हमारा सुझाव तो यह है कि आप शरीर को बख्तर से ढँककर जाएँ।''

''भेंट की शर्त के अनुसार हम केवल दो ही सशस्त्र सैनिक साथ ले जा सकते हैं। हम सोचते हैं–किसे साथ ले जाएँ!''

सब के सब उत्सुक दृष्टि से राजे की ओर देखने लगे।

"हम जानते हैं कि तुममें से हर कोई साथ आना चाहता है। परन्तु हमने अपना चुनाव कर लिया है।"

"कौन हैं वे दो लोग?" माणकोजी उत्सुकतावश पूछ बैठे।

"एक तो है सम्भाजी कावजी। हमारा विचार है कि ताकत में वही अकेला ऐसा है, जो अफजलखान के जोड़ का है।"

सम्भाजी की छाती फूल उठी। राजे बोले, "सम्भाजी, खुशी से बावला मत हो। वहाँ बल का काम तो है ही, पर अक्ल से भी काम लेना है। जो कुछ मैं कहूँगा, उसे ठीक से याद रखना।"

"और दूसरा बहादुर कौन है?"

राजे ने सब पर एक बार निगाह दौड़ाई। फिर पूछा, "हमारा शिवा आज दिखाई नहीं दे रहा।"

"नीचे सभाभवन में होगा वह।"

"उसे बुलाओ।"

शिवा महाला आया। राजे ने पूछा, "शिवा, क्या कल हमारे साथ आएगा?"

सुनकर शिवा भी सबकी तरह भौचक हो गया था। खुश होकर बोला, "ये तो बड़भाग है मेरा।"

"शिवा, सावधानी से रहना। सुबह तुझे सब बातें बताऊँगा।"

राजे ने सबको विदा किया। राजे शयनगृह की ओर गए। रात जब मनोहारी समई बुझाने आई, तब तक राजे गहरी नींद में डूब चुके थे।

5

राजे की नींद खुली। महल में मन्द-मन्द उजाला था। कक्ष के कोने में समई की दो बातियाँ काँपती-हिलती हुई जल रही थीं। प्रभातकालीन शीतलता महल में आ पहुँची थी। राजे ने ओढ़ना हटाया। शैया पर बैठे-बैठे ही उन्होंने नित्यवत् ईशस्मरण किया। हाथ जोड़कर नमस्कार करके वे पलंग से नीचे उतरे। बारजे के निकट जाकर उन्होंने बाहर देखा—सारे गढ़ में अभी तक अँधेरा छाया हुआ था। पूर्व दिशा में प्रभात के चिह्न अभी प्रकट नहीं हुए थे। राजे ने जैसे ही पुकारा, सेवक तुरन्त आ उपस्थित हुए।

मुख-प्रक्षालन, स्नानादि से निवृत्त होकर राजे महल में आए। जिस स्फटिक निर्मित शिवलिंग की वे प्रतिदिन पूजा करते थे, उसकी उन्होंने यथाविधि पूजा की और वे राजसभाभवन में पधारे, उन्होंने अपने साथ आनेवाले दस रक्षकों को चुना तथा शेष लोगों को विविध जिम्मेदारियाँ सौंप दीं। विशेष रूप से सावधान रहने की आज्ञा दी। सब लोगों ने भारी मन से एक बार राजे का रूप निहारा और फिर सिजदा करके सुबह मुँहअँधेरे गढ़ से उतरने लगे।

धीरे-धीरे जावली घाटी की नींद टूटने लगी। पक्षी चहचहाने लगे, पूर्व दिशा में क्षितिज के पास सफेद किनारी दिखाई देने लगी। दिन निकला चाहता था। राजे विशिष्ट जनों के साथ केदारेश्वर के मन्दिर की ओर जा रहे थे। मन्दिर पहुँचकर उन्होंने केदारेश्वर की पूजा

की। तीर्थ और प्रसाद पाकर वे राजसभागृह के पासवाले गरगज पर आए। उनके मस्तक पर शिवगन्ध का तिलक मुद्रित था। माथे से पीछे की ओर सँवारे हुए लम्बे बाल उनके गले के पीछे झूल रहे थे। कानों में चौकड़े सुशोभित थे। राजे बुर्ज पर खड़े हुए नीचे फैला हुआ प्रदेश देख रहे थे। खान की छावनी से हाथियों के चिंघाड़ने की आवाजें सुनाई दे रही थीं। कोयना नदी का पाट अभी कुहासे से ढँका हुआ था। पहाड़ों के कगारों-कंदराओं के चारों ओर कुहरे के झीने पट्टे यों दिखलाई देते थे, जैसे पहाड़ों ने कमरबन्द कस रखा हो। उदित हो रहे सूर्य की किरणों से महाबलेश्वर पर्वत का माथा उजला हो उठा था। राजे ने महाबलेश्वर को नमस्कार किया। उदीयमान भगवान् भास्कर के उन्होंने दर्शन किए और वे वापस लौट पड़े।

किले में पहरे की जितनी चौकियाँ थीं, उन सबका राजे ने स्वयं निरीक्षण किया। उनके आदेश के अनुसार किले के बारूदखाने से गोला-बारूद ला-लाकर हर तोप के पास रखा जा रहा था। तोपों में बारूद भरी जा चुकी थी और हर तोप दागी जाने के लिए तैयार हालत में थी। गढ़ के सुरक्षा-प्रबन्ध की देख-रेख करके राजे महल में आए। राजसभाभवन में वे सब लोग उपस्थित थे, जो राजे के साथ रहने वाले थे। प्रत्येक के मुख से एक निराला वीररस फूट पड़ता था। राजे सभाभवन में पधारने के कुछ देर बाद कहने लगे, ''इसमें सन्देह नहीं कि हम सफल होंगे, परन्तु यदि दुर्भाग्य से वैसा न हुआ, तो...? हम न रहे तो भी तुम लोग धीरज मत खोना। जैसा सबसे कहा है, उन्हीं बातों का तुम ध्यान रखना। आज इस घड़ी हमारी सेना प्रतापगढ़ से लेकर सुपे तक जंगलों-वनान्तरों में घात लगाए बैठी है। तुम्हें अफजलखान सहित उसकी सारी फौज का खात्मा करना है। खान की कमर तोड़कर तुम लोग राजगढ़ पहुँच जाना। माणकोजी, तुम्हारे जैसे वयोवृद्ध व्यक्ति का कर्तव्य होगा—माँसाहिबा को धीरज बँधाना। बालक सम्भाजी को राजगद्दी पर बिठाकर हमारे द्वारा प्रारम्भ किए गए इस कार्य को तुम लोग अवश्य ही सिद्धि तक ले जाना।''

राजे के ऐसे वचन सुनकर सबकी आँखें भर आईं। येसाजी आँखें पोंछते हुए कहने लगे, ''राजे, आपसे ही तो इस राज्य की शोभा है। आपके बिना राज्य कैसा?''

''येसाजी, भूल जाओ इन बातों को। हम सबकी निष्ठा-भक्ति इस राज्य के प्रति है। शिवाजी बचा रहता है या नहीं, यह सोचना व्यर्थ है। राज्य बचा रहा, तो एक नहीं ऐसे दस शिवाजी पैदा हो जाएँगे।''

दोपहर निकट आ रही थी। राजे ने पन्ताजी गोपीनाथ को रवाना किया कि वे जाकर अफजलखान को ले आएँ। जाते समय पन्त से राजे ने कहा, ''पन्ताजी, ध्यान से देखते रहो कि अफजलखान समझौते की शर्तों का पालन करता है या नहीं। जब तक हम उससे न मिलें, एक पल के लिए भी उसे आँखों से ओझल मत होने देना।''

''राजे, आप चिन्ता न करें। मैं बिलकुल अकेला अफजलखान को लाकर आपके सामने खड़ा कर दूँगा। खान धोखेबाज है, विश्वासघात करने में चतुर है। इतना ध्यान अवश्य रखें कि अवसर केवल एक बार आता है। जो कुछ करें, सोच-समझकर करें, इतनी प्रार्थना है। राजे, अब आप जिससे मिलने जा रहे हैं, उसका नाम अफजलखान है। बहुत सावधानी से रहिएगा, राजे!''

''पन्त, चिन्ता न करो।''

राजे ने पन्ताजी को आलिंगन करके विदा किया। फिर राजे शिवा महाला और सम्भाजी कावजी को साथ लेकर अपने महल में गए।

"शिवा, तेरी अगली जिम्मेदारी मैं बाद में बताऊँगा। उससे पहले एक छोटा-सा काम है, जो तेरे नाई के धन्धे से सम्बन्धित है। तेरे पास कैंची तो होगी ही?"

"जी हाँ, है।"

"जा, ले आ।"

शिवा नाई कैंची ले आया। पलंग पर बैठते हुए राजे ने सहज ही कहा, "शिवा, हमारी दाढ़ी इस तरह छाँटकर छोटी कर दे कि मुट्ठी की पकड़ में न आ सके।"

शिवा ने दाढ़ी काट-छाँटकर छोटी कर दी। गालों पर जितनी दाढ़ी बची थी, उस पर हाथ फिराते हुए राजे ने कहा, "हाँ, यह ठीक हो गया। अब ध्यान लगाकर बात सुनो।" राजे कहने लगे, "सम्भाजी, शिवा! तुम दोनों डेरे के हमारे प्रवेशद्वार के पास खड़े रहना। मौका आ ही पड़ा, तो शिवा ठीक से सुन, तू सिर्फ सैयद बंडा की तरफ पूरा ध्यान रखना। मेरी तरफ बिलकुल ध्यान मत देना। समझ गया न?"

"जी हाँ।"

"और सम्भाजी, तू खान की ओर ध्यान देना। मेरे पीछे मेरी छाँह बनकर रहना। किसी भी दशा में मुझे आँख से ओझल मत होने देना।"

"जी।"

इसके पश्चात् राजे ने थोड़ा-सा भोजन कर लिया। केवल इसलिए कि कोई भोजन के लिए कहे, तो मना नहीं करना चाहिए। दिन दोपहर तक आ पहुँचा था। राजे कपड़े बदलने लगे। महल में वे वस्त्र पहले से ही तैयार रखे गए थे, जिनके लिए राजे ने कहा था।

राजे ने सबसे पहले शरीर पर लोहे का बख्तर पहना और उस पर सफेद अँगरखा पहन लिया। सिर पर भी पहले बख्तर पहनकर ऊपर जरीटोप पहन लिया। पैरों में चुन्नटदार घुटन्ना पहनकर काछ कस ली। कमर में जरतारी पटका बाँध लिया। अपनी दाहिनी भुजा के भीतर बिछुवा खोंसकर राजे ने कानों में पहना हुआ चौकड़ा उतारकर रख दिया। फिर भवानी तलवार शिवा के हाथ में देते हुए राजे कहने लगे, "अगर मौका आ पड़ा, तो यह हमें तुरन्त दे देना।"

फिर राजे ने पलंग पर रखा हुआ अन्तिम शेष शस्त्र उठाया। यह हथियार था एक बघनखा। चार तेज नाखूनोंवाले इस हथियार को राजे ने अपने बाएँ हाथ में पहन लिया। बघनखे के गोल छल्ले सोने के बने हुए थे। दो छल्लों के बाहरी सिरे पर दो चमचमाते हीरे जगमगा रहे थे। मुट्ठी बन्द करने पर केवल सुनहरी अँगूठियाँ दिखलाई देती थीं। परन्तु मुट्ठी के भीतर बघनखे के चार नाखून छिपे हुए थे। तुरहियाँ बजने लगीं। नगाड़ों की गूँज सुनाई देने लगी। नगाड़ों, तुरहियों ने बता दिया कि अफजलखान भेंट-स्थल की ओर चल पड़ा है।

राजे राजभवन से बाहर निकल ही रहे थे कि अचानक मनोहारी वहाँ आ गई। उसने कहा कुछ नहीं, चुपचाप राजे के पैरों पर सिर रख दिया। उसके सिर पर हाथ फिराते हुए राजे कहने लगे, "पगली! अरी, ऐसा क्यों करती है? हम वापस आएँगे–निश्चित समझ, हम जरूर आएँगे।"

इतना कहकर राजे जाने लगे कि मनोहारी ने कहा, "महाराज, जरा ठहरिए।"

महाराज वैसे ही खड़े रहे। मनोहारी चाँदी का पंचपात्र लेकर सामने आ गई। राजे ने देखा, उसमें केसरी रंग का पानी था।

"यह क्या है?"

"कहते हैं, एकदम सफेद-उजले कपड़े पहनकर बाहर नहीं जाना चाहिए। ये केसर जल है—कपड़ों पर थोड़ा-सा छिड़क लीजिए।"

"तो तू ही छिड़क दे न!"

मनोहारी ने अपने दाएँ हाथ की पाँचों उँगलियाँ पंचपात्र में डुबाईं और उसने राजे के अँगरखे पर केसरी रंग डाल दिया। राजे एक बार मुस्कराए और फिर वहाँ से चल दिए।

राजे राजभवन से बाहर आए। चौकी-नाकों पर नियुक्त प्रहरी राजे के आगमन के साथ सिजदे करते जा रहे थे। कड़ी धूप में चलकर राजे केदारेश्वर के निकट पहुँचे। देवता के प्रति नमन अर्पित करके राजे बुर्ज पर खड़े होकर नीचे की ओर देखने लगे। अफजलखान छावनी से चल पड़ा था।

खान बहुत खुश था। यही खुशी सारी छावनी में फैली हुई थी। उस दिन दोपहर का खाना भी बड़ी खुशी-खुशी खाया गया था। कुछ लोगों का खाना अभी होना बाकी था। अफजलखान शाही पालकी में आकर बैठ गया। पालकी उठाई गई। खान के साथ-साथ नंगी तेगें ताने हुए पन्द्रह सौ सवार भी चल पड़े। इन सवारों को देखते ही पन्ताजी गोपीनाथ आगे दौड़ा। खान से विनम्रतापूर्वक बोला, "खानसाहब, शर्तों के मुताबिक सारा काम होना चाहिए। आपके इन पन्द्रह सौ सवारों को देखकर गढ़ से नीचे उतरा हुआ शिवाजी डर के मारे किले में वापस लौट जाएगा। फिर मुलाकात नहीं हो सकेगी।"

खान हँस दिया। वह चाहता था कि हो सके तो सवार साथ ले जाए। परन्तु मजबूर होकर बोला, "बिलकुल दुरुस्त कहते हो तुम।"

खान ने कृष्णाजी भास्कर को हुक्म दिया कि डेढ़ हजार सवारों को माची के नीचे रखा जाए। खान की पालकी माचीवाली पहाड़ी की ओर बढ़ने लगी। खान माची (प्राचीर के नीचेवाला सुरक्षा बुर्ज) पर आ पहुँचा। डेरे के आगे पालकी जमीन पर रख दी गई। खान उतर पड़ा। उतरने के बाद कमर पर हाथ रखकर कद्दावर अफजलखान शामियाने और डेरे की ओर देखने लगा—ऊँचे, भारी-भरकम देह का अफजलखान मानो कोई पहाड़ सामने खड़ा था। शामियाने-डेरे का सोने से बना चन्द्राकार शिखर धूप में चमचमा रहा था। शीशम के नाजुक, नक्काशीदार खम्भों पर वह डेरा खड़ा किया गया था। रेशमी रस्सियों से उसे ताना गया था। महँगे कपड़ों के परदे शामियाने में लगाए गए थे। अफजलखान अचरज से हक्का-बक्का होकर यह ऐश्वर्य देख रहा था। जमीन पर पैरों के नीचे मोटा गद्देदार गलीचा बिछा था। चारों ओर की कनात के ऊपर कमख्वाबी झालरें थीं और परदों की किनारी मोतियों की झालरों से सुशोभित थी। ऊपरी छत जरदोजी और कारचोबी की कारीगरी का खूबसूरत नमूना था। डेरे के भीतर बैठक के लिए एक चबूतरा बनाया गया था। उस पर हरे नरम मखमल की चादर बिछाई गई थी। मसनद और तकिए जरतारी कारीगरी से अलंकृत थे। सोने की धूपदानियों से धुएँ के गोल-लम्बे घेरे उठ रहे थे। कस्तूरी की सुगन्धि से वातावरण महक उठा था। मुरादाबादी पीकदानी से लेकर बुरहानपुरी नक्काशीदार सुनहरे हुक्के तक—पूरा खासा इन्तजाम किया गया था।

पन्ताजी गोपीनाथ ने जब बैठने की प्रार्थना की, तब जैसे बेसुध खान होश में आया। कहने लगा, ''ये शिवाजी खुद को क्या समझता है? ऐसी दौलत तो बादशाह के पास भी नहीं है। कितने बड़े-बड़े मोती हैं, दौलत का कितना गरूर है यह?''

पन्ताजी बोले, ''मैंने हुजूर से कहा ही था न! अब आपको यकीन आया। पर हुजूर, ये माल पराया थोड़े ही है। बादशाह का ही माल है—बादशाह की तरफ फिर वापस चला जाएगा।''

खान खुलकर हँस पड़ा। बैठक पर बैठते हुए कहने लगा, ''तुम्हारे राजा को जल्दी बुलाओ।''

पन्ताजी ने तुरन्त दूत भेजा। उधर राजे गढ़ में तैयार बैठे ही थे। राजे ने माणकोजी की ओर देखा। माणकोजी हिम्मत हारे-से बैठे थे। बूढ़े माणकोजी ने राजे को तब देखा था, जब वे केवल छह बरस के थे। उन्होंने राजे को बेटा समझकर प्यार किया था। राजे से आँखें मिलते ही बूढ़े की गरदन काँपने लगी। दिल भर आया। राजे ने माणकोजी के पाँव छुए। वे बोले, ''माणकोजी, महाराजसाहब भी तुम्हारा बड़ा आदर करते हैं। तुम ही हमें आशीर्वाद दो।''

''शिवबा!'' कहते हुए माणकोजी ने राजे को ऊपर उठाया और छाती से लगा लिया। माणकोजी बोले, ''जाओ, राजे! विजयी होकर लौटो।''

राजे ने माणकोजी को सान्त्वना दी। कहने लगे, ''वह माता भवानी अवश्य हमारी रक्षा करेगी। हमारी चिन्ता मत करो। जो कुछ होना हो, होने दो, पर तुम राज्य को मत भूलना।''

राजे ने तोप की ओर देखा। इशारेवाली तोप पूरी तरह तैयार थी। राजे ने शिवा से बघनखा लिया। उसे माथे से लगाकर बाएँ हाथ में पहना और मुट्ठी बन्द कर ली। गढ़ के पहले दरवाजे में राजे का सजा-सजाया घोड़ा खड़ा था। राजे ने शिवा और सम्भाजी से कहा कि वे दोनों अपने और राजे के घोड़ों को शामियाने के पास लाकर खड़ा कर दें। राजे अपने दो अंगरक्षकों तथा दस सशस्त्र रक्षकों के साथ चल पड़े। बढ़ते एक-एक कदम के साथ शामियाना निकट आता जा रहा था—फिर इतना निकट आया कि दिखाई देने लगा। शामियाने के परली ओर खान के दस पहरेदार बाण-फेंक दूरी पर नंगी तेगें ताने खड़े थे। खान की पालकी के बत्तीस कहार एक तरफ विनम्रतापूर्वक खड़े थे। राजे के दस सशस्त्र प्रहरी भी उतनी ही दूरी पर खड़े हो गए। राजे शिवा और सम्भाजी के साथ शामियाने की तरफ बढ़ने लगे। कृष्णाजी भास्कर उनका स्वागत करने आगे बढ़े। राजे ने उनके सिजदे स्वीकार किए। राजे परदे के पास गए। उन्होंने भीतर देखा ही था कि वे झट उलटे पाँव बाहर लौट आए। पन्ताजी गोपीनाथ लपककर बाहर आ गए। राजे ने पूछा, ''पन्त, अन्दर खान के साथ कौन खड़ा है?''

''सैयद बंडा है।''

''उससे कहो कि तय हुए के मुताबिक वह डेरे से बाहर जाए।''

उधर अफजलखान भी बेचैन हो रहा था। गोपीनाथ की प्रार्थना को सुनकर खान के चेहरे पर एक कपटपूर्ण मुस्कराहट फैल गई। उसने सैयद बंडा को बाहर खड़े रहने का हुक्म दिया। दरवाजे पर शिवा और सम्भाजी को खड़ा करके राजे कृष्णाजी के साथ डेरे में प्रविष्ट हुए।

राजे ने अफजलखान के रंग-रूप को एक ही पल में भाँप लिया।

मुगलिया ढंग की पगड़ी पर लगे हुए पीपल-पत्ते की आकृतिवाले आभूषण में जड़ा हुआ गहरा हरा एक पत्ता जगमग-जगमग चमक रहा था। खान के मुख पर हँसी छाई हुई थी। आँखें राजे को घूर रही थीं। खान चबूतरे पर उठ खड़ा हुआ, जैसे धुएँ का ऊँचा बादल उठ खड़ा हुआ हो।

शिवाजीराजे का अंगलेट ठिगना और छरहरा था। अफजलखान के मुकाबले वे एकदम इकहरे दिखलाई दे रहे थे।

पन्ताजी गोपीनाथ ने परिचय कराया, "विजारतमाहब हुजूर अफजलखान मुहम्मदशाही।"

कृष्णाजी भास्कर ने कहा, "महाराज शिवाजीराजे भोसले।"

खान के चेहरे पर हँसी छा गई। वह राजे की ओर उँगली दिखाकर पूछने लगा, "जिसे कहते हैं शिवाजी, वह शिवाजी यही है क्या?"

दोनों दूतों ने सिर हिलाकर हामी भरी।

राजे ने नितान्त निर्भयतापूर्वक खान की ओर देखा और उनकी कड़कती आवाज गूँज उठी, "जिसे कहते हैं खान अफजलखान, वह यही है क्या?"

दोनों दूतों ने भौचक होकर कुछ समझे बिना ही गरदन हिला दी और वे अदब के साथ पीछे हट गए।

अब डेरे के विशेष कक्ष में केवल दो जने थे। अफजलखान ने अपनी दो विशाल बाँहें फैला दीं और कहा, "आओ, राजे!"

राजे आहिस्ते कदम रखते हुए चबूतरे पर चढ़े। उन्होंने मन में जगदम्बा का स्मरण किया और अफजलखान के हाथ राजे की पीठ पर आ गए। शिवाजीराजा ने खान की छाती पर दाहिनी ओर अपना सिर रख दिया। खान की बाहुओं का जोर बढ़ता जा रहा था। खान हँस दिया और उसने राजे का सिर अपनी बाईं तरफ को कर लिया। खान की कोशिश थी कि वह शिवाजीराजा के सिर को बाईं बगल में दबा ले। इस समय खान के चेहरे पर विजयसूचक हँसी छा रही थी कि अगले ही पल वह हँसी गायब हो गई। अचानक हँसी का स्थान कठोरता ने ले लिया। उसकी आँखें चौड़ी होकर तन गईं। कठोरता के साथ-साथ उसका गुस्सा उफन उठा। उसने तेग खींच ली और राजे की पीठ पर वार किया। परन्तु तेग अँगरखा फाड़ती हुई नीचे फिसल गई। राजे ने उसी समय बिछुवा खींच निकाला और खान के शरीर में दाईं ओर घोंप दिया। पूरी ताकत लगाकर उन्होंने बिछुवे को घुमाकर खींचा। इस वार से अफजलखान पीछे की ओर झुक गया। राजे ने इसी दम खान की गिरफ्त से अपने को छुड़वा लिया और वे चबूतरे से नीचे कूद पड़े। इसी पल गुस्से से पागल होकर खान ने राजे के सिर पर दूसरा वार किया। इस दूसरे वार से राजे का जरीटोप फट गया, भीतर पहना हुआ बख्तर टूट गया। इस वार से राजे के सिर के चँदिए पर हलका-सा घाव हो गया। राजे लगभग बेहोशी की-सी दशा में आ चुके थे, फिर भी अपने को सँभालने का प्रयत्न कर रहे थे कि अफजलखान चिल्लाया, "दगाऽऽ! दगाऽऽ!!"

सम्भाजी कावजी और शिवा का सारा ध्यान डेरे के भीतर की तरफ था ही। वे लपककर भीतर घुसे। शिवा ने देखा तो राजे शामियाने में सुन्न खड़े थे। सामनेवाले दरवाजे से सैयद बंडा हाथ में पटा थामकर आगे बढ़ रहा था। बिना एक पल गँवाए शिवा महाला ने नीचे जमीन पर एक बैठा पैंतरा लिया। सैयद बंडा का सारा ध्यान शिवाजी की ओर केन्द्रित था।

वह जान भी नहीं पाया कि शिवा बैठकर बढ़ता हुआ कब उसके हाथ के नीचे आ पहुँचा। जैसे ही सैयद का पटा राजे के शरीर के बिलकुल निकट आया कि शिवा ने वह हाथ अपनी तलवार से काट डाला। सैयद का हाथ पटे के साथ-साथ कटकर दूर जा गिरा। सैयद की चीख गूँज उठी। सैयद अभी देख ही रहा था कि ये वार किधर से हुआ, शिवा ने दूसरा वार किया। सैयद गिरकर ढेर हो गया।

सम्भाजी खान की तरफ देख रहा था। खून से लथपथ अफजलखान कमरबन्द पेट पर लपेटकर खम्भों, परदों का सहारा लेता हुआ, खून बहाता हुआ डेरे के बाहर जा रहा था। डगमगाता-लड़खड़ाता हुआ वह जैसे-तैसे पालकी तक पहुँच गया। कहारों ने पालकी उठाई ही थी कि सम्भाजी उनके पीछे दौड़ा। तनिक आगे-पीछे की न सोचते हुए उसने कहारों के पैर काट डाले। पालकी नीचे गिर पड़ी और उसी समय सम्भाजी ने तलवार खान की छाती में घुसेड़ दी।

अब झाड़ी में छुपे हुए सारे सैनिक एक साथ टूट पड़े। सब ओर मारकाट मच गई। अब तक राजे को होश आ चुका था। वे झटपट शामियाने से बाहर आए। शिवा ने भवानी तलवार उन्हें थमा दी। राजे दौड़कर घोड़े तक पहुँचे। वे अभी सवार हुए ही थे कि कृष्णाजी भास्कर चमचमाती तलवार लिये दौड़ता आया। चिल्लाकर कहने लगे, ''राजे, विश्वासघात किया तुमने।''

कृष्णाजी के वार को राजे ने अपनी तलवार से रोक लिया। यह समय ऐसा था कि जब एक-एक पल बहुमूल्य था। राजे ने पुकारकर कहा, ''पन्त, तुम जाओ यहाँ से।''

परन्तु कृष्णाजी भास्कर गुस्से के कारण बेकाबू हो रहा था। उसने दूसरा वार किया। अब राजे के सामने कोई उपाय न था। उन्होंने विवश होकर घोड़े पर बैठे ही वार किया। कृष्णाजी मरकर गिर पड़े।

चारों ओर मुठभेड़ें हो रही थीं। राजे ने चारों ओर देखा, शिवा तो उनके साथ ही घोड़े पर सवार हो चुका था, परन्तु सम्भाजी का कोई पता न था। इसी समय सम्भाजी कावजी दिखाई दिया। शामियाने की दाईं तरफ से वह चला आ रहा था। उनके हाथ में अफजलखान का कटा हुआ सिर था। जैसे ही सम्भाजी घोड़े पर सवार हुआ, राजे ने घोड़े को एड़ लगाई। तीनों घोड़े सरपट चाल से किले की दिशा में दौड़ पड़े।

ऊपर गढ़ पर खड़े लोग आँखों में प्राण समाए नीचे की घटनाएँ देख रहे थे। राजे किले के पहले दरवाजे तक आकर घोड़े से उतरे और सीढ़ियों पर दौड़ते हुए चढ़ने लगे। पहले दरवाजे पर पहुँचते ही उन्होंने इशारे से भोंपू बजाने का आदेश दिया। सब लोग भौचक आँखों से राजे की ओर देख रहे थे। उनका उजला-सफेद अँगरखा पीठ पर फटा हुआ था और उसकी धज्जियाँ हवा में उड़ रही थीं। अँगरखे का सामने का हिस्सा रँगा हुआ था। सिर के बाल बिखरे हुए थे।

राजे चिल्लाए, ''अरे, इस तरह क्या देख रहे हो? भोंपू बजाओ।''

अगले ही पल दरवाजा बन्द हो गया। भोंपू बज उठा। राजे सीधे सीढ़ियाँ चढ़ते जा रहे थे। जैसे ही वे भीतर आते, एक-एक दरवाजा बन्द होता जाता था। राजे ऊपरी दरवाजे पर पहुँचे कि किले की तोप गरज उठी। सारा आस-पास और दूर-दूर का प्रदेश इस धमाके से दहल उठा।

राजे गढ़ में आए। जावली घाटी में 'हर हर महादेव' की गर्जना गूँजने लगी थी। राजे राजसभाभवन के द्वार तक आ गए। माणकोजी काँपते-हहरते हुए सामने आए। उनका मन विविध शंका-कुशंकाओं से व्यथित हो रहा था। उन्होंने ऊपर गढ़ पर खड़े हुए देखा, राजे का शरीर खून से रँगा हुआ है। वे राजे को सहारा देने के लिए आगे बढ़े।

राजे ने देखा, माणकोजी चिन्ता के मारे बेसुध-से हो गए हैं। उन्होंने झपटकर आगे बढ़कर माणकोजी को बाँहों में भर लिया और बोले, "माणकोजी, हमें कुछ नहीं हुआ। हमारी जीत हुई है; अफजलखान मारा गया।"

राजे सीधा केदारेश्वर के मन्दिर की ओर चल पड़े। उन्होंने मन्दिर में प्रवेश किया। मनोहारी मन्दिर में भगवान् के आगे धरना दिए बैठी थी। तोप की आवाज सुनकर वह बाहर निकली ही थी कि राजे दिखाई दिए। देखा तो राजे के सिर पर पगड़ी नहीं और बाल खून से सने हुए हैं। दोनों हाथों से अपना चेहरा ढँककर वह घूम पड़ी। खड़े-खड़े ही सिसकी भरकर रोने लगी। इसी समय राजे का हाथ उसके कन्धे पर आ पड़ा। उसके कानों ने सुना, "मनू, ये खून हमारा नहीं है, शत्रु का है। हम बिलकुल ठीक हैं।"

इन शब्दों को सुनकर आनन्दित हुई मनोहारी ने घूमकर देखा। मनोहारी की आँखें डबडबाई हुई थीं, पर मुख पर हर्ष छाया हुआ था। होंठों से हँसी छलछला रही थी। राजे ने कहा, "एक ही साथ आँखों में आँसू और होंठों पर हँसी! वाह, ऐसा दृश्य तो ढूँढ़े भी न मिलेगा।"

केदारेश्वर की वन्दना करके राजे परकोटे पर आए। प्रतापगढ़ की तोप की आवाज के बाद आस-पास के हर किले की तोपें दागी जा रही थीं। इस प्रकार शिवाजीराजा के राज्य में दूर-दूर तक संकेत पहुँचता-फैलता जा रहा था।

राजे सब कुछ भूलकर कोयना घाटी की ओर देखने में मग्न थे। वे इसी तरह देखने में खोए हुए थे कि पीछे खड़े माणकोजी कहने लगे, "राजे, अब कैसी चिन्ता? आपके सिर पर घाव है। उसका इलाज किए बिना यदि आप इसी तरह यहाँ खड़े रहे, तो माँसाहिबा मुझ बूढ़े को दोषी ठहराएँगी। अब आप तुरन्त महल में जाइए और कपड़े बदल डालिए।"

राजे ने माणकोजी की ओर देखा और वे बिना कुछ बोले राजभवन की ओर चल पड़े। माणकोजी वहीं खड़े होकर अफजलखान की छावनी की ओर देखने लगे।

खान की फौजी छावनी एकदम असावधान थी। हालाँकि अफजलखान मुलाकात के लिए रवाना हो चुका था, परन्तु खान की छावनी के सिपाहियों ने अभी खाना भी नहीं खाया था। सुबह की सर्दी से छुटकारा पाकर अब कहीं जाकर छावनी दुपहर की गरमी का मजा लूट रही थी। हाथी हथसार में बँधे डोल रहे थे। ऊँटों के झुंडों की तीखी गन्ध फैल रही थी। खान के सरदार दुपहरी के आराम की फिक्र में थे। इसी समय ऊपर किले में तोप गरज उठी। छावनी के सरदारों-फौजियों ने समझा—भेंट के सम्मानपूर्ण क्षण की सूचना देने के निमित्त तोप दागी गई है। सबने चैन की साँस ली ही थी कि चारों तरफ एक निराला ही माहौल बन गया। आस-पास के जंगलों से 'हर हर महादेव' का रणघोष गूँज उठा।

अभी कुछ ही देर पहले जो प्रकृति पक्षियों के कलरव से गूँज रही थी, जो हरे-भरे वर्ण से सजी-सँवरी खड़ी थी, वही प्रकृति काल को धता बतानेवाले वीरों से भर उठी। जिधर देखो, उधर से शिवाजी के सैनिक चले आ रहे थे। हर ओर मारकाट मच गई। बाजी सर्जेराव ने बहादुरी की हद कर दी। भेंट-स्थल की माची के नीचे जो डेढ़ हजार सिपाही खड़े थे, उनका

कभी का सफाया हो चुका था। सरदार जेधे और बांदल ने पार गाँव की ओर वाले पहाड़ी घाट के फौजियों का खात्मा कर डाला था। इस हमले में उन्हें मोरोपन्त ने बहुत सहायता की थी। पूरे जंगल में हो-हल्ला मचा हुआ था। राजे की सेना और गाँव के लोगों के कोलाहल व ललकारों ने कुछ और ही रंग जमा दिया था।

पेड़ गिरा-गिराकर सारे रास्ते रोक दिए गए। दाएँ-बाएँ, ऊपर-नीचे हर तरफ से शिवाजी के सैनिक बढ़ते-दौड़ते चले आ रहे थे। सब ओर दृश्य ऐसा था कि कोई हथियार लूट रहा है, कोई दुश्मन के घोड़े पकड़ रहा है, तो कोई बेशकीमती माल लूट रहा है। दुश्मन के जिस सिपाही ने हथियार उठाया कि वही कत्ल कर दिया गया। अफजलखान का बेटा फजलखान फौजी छावनी में था, वह बड़ी मुश्किल से जैसे-तैसे भाग निकलने में सफल हुआ। इसलिए बच गया। परन्तु अफजलखान के दो बेटे कैद कर लिये गए। अभी पहर-दो पहर पहले जो फौजी छावनी अपनी अमीरी के ठाठ पर इतरा रही थी, वही छावनी अब लाशों के ढेर के नीचे तथा घायलों की चीख-पुकार से दब गई थी। अभी सूरज पश्चिम में दो हाथ ऊपर था। खान की पूरी छावनी तबाह हो चुकी थी। जीत का समाचार लिये एक सवार गढ़ की ओर दौड़ पड़ा।

राजे कपड़े बदलकर राजसभाभवन के पासवाले बुर्ज पर खड़े थे। किले के दरवाजे के पास पहुँचकर एक सवार घोड़े से उतरा। सवार को किले के भीतर आने दिया गया। वह तेजी से सीढ़ियाँ चढ़ता हुआ दौड़ता आ रहा था। अभी सवार सबसे निचली सीढ़ी पर ही था, राजे उतावलेपन से चिल्लाए, ''अरे, बोल-बोल। क्या हुआ?''

सवार खुशी के साथ सिजदा करते हुए जोर से चिल्लाकर बोला, ''अपनी जीत हुई, महाराज।''

राजे हर्षित होकर लौट पड़े। गढ़ में खुशी छाई हुई थी। खुशी परकोटा तोड़कर बाहर निकली जा रही थी। ठीक इसी समय अफजलखान के वाई, सुपे, शिखल, सासवड आदि सभी फौजी ठिकानों पर मराठा सेना ने हमला बोल दिया था।

राजे राजसभाभवन में आए। सब लोग खान का कटा हुआ सिर देख रहे थे। राजे सम्भाजी कावजी से कहने लगे, ''सम्भाजी, अरे तुझसे पहले ही कहा था कि बल की बजाय बुद्धि से काम ले। उतना ही कर, जितना कहा गया हो। अब देख, इस शिवा को जो कहा था, उसने बिलकुल ठीक-ठीक वही किया। खान के वार से हमारे सिर पर घाव हो गया था, हम तनिक असावधान थे, परन्तु शिवा ने हमारी ओर बिलकुल ध्यान नहीं दिया। उसने सिर्फ सैयद बंडा की ओर देखा। शिवा ने अगर अपने कर्तव्य में थोड़ी भी चूक की होती, तो आज हम यहाँ खड़े न दिखाई देते, चाहे हमारी जीत हो जाती। परन्तु तू? तू हमारा ध्यान रखना भूलकर खान के पीछे दौड़ पड़ा। तुझसे कहा भी नहीं गया था, फिर भी तू जोश के पागलपन में दौड़ा गया और खान का सिर काट लाया। सम्भाजी, ऐसे अवसरों पर एक-एक पल बहुत मूल्यवान होता है। अरे, खान बचकर जाता तो कहाँ जाता?''

सभागृह में उपस्थित गोपीनाथ की ओर ध्यान जाते ही राजे के मुख की मुस्कराहट एकदम खो गई। पन्ताजी ने आगे बढ़कर राजे को छाती से लगा लिया। यह वह क्षण था, जिस पल राजा और प्रजा का अन्तर मिट जाता है। दोनों राजनीतिज्ञ एक-दूसरे की बाँहों में थे, परन्तु मौन थे। राजे ने कहा, ''पन्त, तुम दिखाई नहीं दिए, इस कारण हम बहुत घबरा उठे थे।''

"राजे, तुम तो किले की ओर लौट पड़े, पर मेरे पाँव ही नहीं उठते थे। तुम्हारे रवाना होते ही येसाजी ने जान की बाजी लगाकर तुम्हारी तरफ के सब रास्ते रोक लिये। कठपुतली के तमाशे की तरह हमारे बहादुर ऊपर-नीचे, दाएँ-बाएँ, चारों दिशाओं से प्रकट होने लगे। सब ओर मारकाट शुरू हो गई थी। मैं अपनी आँखों देख रहा था, माची पर चढ़कर आया एक भी शत्रु फिर नीचे नहीं जा पाया। इतने में तोप गरज उठी, इस समय माची पर अपना कब्जा हो चुका था। हम येसाजी के साथ नीचे उतरे। राजे, गढ़ के नीचे सब कैदियों को लाया गया है। आप वहाँ चलें।"

राजे सबके साथ किले से नीचे उतरे। अफजलखान के दोनों बेटे बुरी तरह डरे हुए थे। खान के जो सरदार बन्दी बना लिये गए थे, वे अपने प्राणों की आशा छोड़ बैठे थे। येसाजी की पीठ थपथपाते हुए राजे कहने लगे, "येसाजी, युद्ध समाप्त हुआ–साथ ही वैर भी समाप्त हो गया। सब बन्दियों को सम्मानपूर्वक वापस भेज दो, चलो।"

मशालें जलाई गईं। राजे माची तक गए। उन्होंने जख्मी सैनिकों को देखा। जो शूरमा रण में खेत रहे थे, उनकी मृतदेहें साफों से ढँककर लिटाई हुई थीं। यहाँ आते ही राजे के पाँव ठिठक गए। एक लम्बी आह उनके मुख से बेबस निकल गई। वे गढ़ में वापस लौट आए।

अफजलखान की लाश गढ़ में ले आई गई थी। "जिस म्लेच्छ ने हमारी कुलदेवी का अपमान किया, उसका कटा सिर माँसाहिबा को दिखाने के लिए भेज दो। राजगढ़ के प्रवेशद्वार में इस सिर को दफन करो। जिस जगह अफजलखान मरकर गिरा है और जहाँ सैयद बंडा मारा गया है, उन दोनों स्थानों पर बीजापुर के इस सेनापति और सैयद बंडा को पूरे सम्मानसहित दफन करो।"

नींद तो जाने कहाँ खो गई थी। रणभूमि में विजय प्राप्त कर मावले सैनिक गढ़ की ओर चले आ रहे थे। मन में इच्छा थी कि राजे से सराहना के बोल सुन लें। किले के दरवाजे यों हर रोज सूरज छिपने के साथ बन्द हो जाते थे, परन्तु आज ये दरवाजे खुले थे। गढ़ में आज ऐसी भीड़भाड़ थी, जैसी कि किसी धार्मिक मेले के अवसर पर हुआ करती थी। ऊपर आकाश में सप्तमी की हलकी चाँदनी छाई हुई थी। नीचे पार की छावनी से लेकर ऊपर गढ़ तक मशालों की कतारें ही कतारें दिखाई दे रही थीं। प्रतीत होता था, मानो जावली घाटी दीवाली मना रही हो। आधी रात के लगभग खबर आई कि वाई पर भी कब्जा हो चुका है। शिवा महाला जीजाबाई को दिखाने के लिए खान का सिर लेकर राजगढ़ के रास्ते चल पड़ा था।

6

राजगढ़ में समय एक-एक पल, एक-एक घड़ी आगे बढ़ता जा रहा था। धीरे-धीरे पग रखता हुआ एक-एक पहर बीत रहा था। राजगढ़ के आस-पास के प्रदेश में सब कुछ नित्यवत् था, फिर भी एक विचित्र-सी शान्ति सब ओर छाई हुई थी। सारा काम-काज चुपचाप हो रहा था, बस होता जा रहा था। गढ़ के प्रत्येक मन्दिर में देवता की मूर्ति का अभिषेक किया जा रहा था। फिरंगोजी दोपहर से ही गढ़ की उत्तर दिशा में स्थित बुर्ज पर बैठे हुए थे। सबके ध्यान का लक्ष्य था–प्रतापगढ़।

जैसे बाहरी अहाते में चुप्पी फैली हुई थी, वही खामोशी महल के भीतर भी छाई हुई थी। जीजामाता मन्दिर में बैठी हुई थीं। उन्होंने प्रातःकाल से लेकर अब तक अन्न तो दूर, जल की एक बूँद भी छुई नहीं थी। सामने दो स्वर्ण-समइयों के प्रकाश के बीच जो भवानी माता की मूर्ति खड़ी थी, उसी की ओर वे एकटक देखे जा रही थीं। मन्दिर के गर्भगृह में दाईं ओर सोने की मुहरों से भरा थाल रखा था। बाईं ओर रखे उसी तरह के दूसरे थाल में एक तेजोमयी, सोने की मूठवाली, रत्नजटित कटार रखी जगमगा रही थी।

जीजाबाई का ध्यान देवी भवानी की ओर केन्द्रित था। उनके होंठ काँप रहे थे। हृदय के भावों की बाढ़ जब रोके नहीं रुकती थी, तो हरसिंगार के फूलों के समान अश्रुबिन्दु भूमि पर टप-टप टपक पड़ते थे।

उनकी आँखों के आगे से शिवाजी के तीस वर्ष का जीवन-चित्र सरकता जा रहा था, 'इस लड़के की सहायता से क्या-क्या न करने की ठानी थी मैंने! कितने इरादे थे। कितने सपने सँजोए थे। वह सपना अब कहीं कुब्ब आकार ग्रहण कर रहा था कि...ओह! जाने किस पल क्या समाचार आ टपके!'

आँखें भर-भर आती थीं। कभी-कभी अचानक शरीर में कँपकँपी छूटने लगी थी। जीजाबाई देवी भवानी से दया की याचना कर रही थीं। संकट से उबारने के लिए देवी को पुकार रही थीं, जाने कितनी मनौतियाँ मान बैठी थीं, परन्तु वह अष्टभुजा देवी? वह तो मौन थी—उसके मुख पर वही शान्त-सौम्य हास्यभाव था। पैरों तले उसने महिषासुर कुचला हुआ था, परन्तु मुख की शान्तिमयी मुद्रा वही थी। उसके क्रुद्ध रूप में कोई परिवर्तन नहीं था।

मध्याह्नकाल हो आया। सूर्य पश्चिम की ओर ढलने लगा। सायंकाल आ पहुँचा, परन्तु... परन्तु अभी तक कोई भी सन्देश क्योंकर नहीं आया? क्या हुआ होगा? यह विलम्ब क्यों हो रहा है?

इतने ही में किसी के पैरों की आवाज आई। एक दासी 'माँसाहिबा', 'माँसाहिबा' कहती हुई दौड़ती आ रही थी। जीजाबाई की देह थरथरा रही थी, कान सुनने के लिए उतावले हो रहे थे, मन दुर्बल हो चुका था, जीजाबाई देवी की ओर देखती हुई अपने पीछे से आ रही आवाज को सुन रही थीं। पैरों की आहट पास आती गई—दासी की साँस फूल उठी थी।

''माँसाहिबा, खुशखबरी है। राजे प्रतापगढ़ में पहुँचे चुके हैं, अभी-अभी प्रतापगढ़ से तोप की आवाज हुई है।''

इसी समय राजगढ़ की तोप के धमाके ने उसी समाचार की घोषणा कर दी। सारे दुर्ग में खुशी छा गई। जीजाबाई ने देवी के चरणों में माथा टेका और वे उठ बैठीं। शुभ समाचार सुनाने आई दासी से कहने लगीं, ''इधर आ।''

दासी आगे आई। जीजाबाई बोलीं, ''आँचल पसार।''

दासी ने आँचल फैलाया। जीजाबाई ने बड़ी कठिनाई से मुहरों भरा थाल उठाया। थाल की मुहरें दासी के आँचल में गिरती जा रही थीं। उधर आँचल के बढ़ते बोझ से दासी झुकती जा रही थी, इधर जीजाबाई सीधी खड़ी होती जा रही थीं। इसी प्रकार सब मुहरें आँचल में गिर चुकी थीं, थाल खाली हो गया। फिर जीजाबाई ने बाईं ओर रखे हुए थाल में से वह रत्नजटित कटार उठाई, अपने माथे से लगाई और उसे देवी के चरणों में रख दिया।

सारे राजगढ़ में आनन्द की कोई सीमा नहीं रही थी। राजपरिवार की स्त्रियाँ खुशी से बावली हुई जाती थीं। बालक सम्भाजी को छाती से लगा लेती थीं–चुम्बनों से नन्हे सम्भाजी का दम घुटा जा रहा था।

राजगढ़ में प्रभातकाल हो आया। फिरंगोजी ने महल में सूचना भेजी थी कि शिवा महाला आया है। जीजाबाई सभाभवन में आईं कि आते ही उनके पैर ठिठक गए। सभाभवन में शिवा महाला चेहरे पर खुशी लिये खड़ा था। सभागृह के बीच एक थाली रखी हुई थी, जिसे कपड़े से ढँका हुआ था। शिवा सिजदा करके कहने लगा, ''माँसाहिबा, राजे कुशल से हैं। खान का पूरी तरह सफाया हो गया है। राजे अभी पीछे-पीछे आते ही होंगे। आपको पूरा भरोसा हो सके, इसलिए राजे ने यह चीज भेजी है। कहा है कि इसे राजगढ़ के प्रवेशद्वार के आले में रखवा दो।''

शिवा ने ऊपर से कपड़ा हटाया। सबकी साँस थम गई थी। जीजाबाई एकटक उस सिर की ओर देख रही थीं, ''तो ये है वह अफजल...जिसने...हमारे पति के हाथों में हथकड़ी पहनाई थी! यही है वो अफजलखान...जिसने मेरे लाड़ले बेटे सम्भाजी को मार डाला...मेरे शिवबा को मिट्टी में मिलाने यही आया था। इसी ने कई महीनों से सबकी नींद हराम कर रखी थी...यही है वह पापी कि जिसने तुलजा भवानी पर भी चोट करने का दुस्साहस किया था।''

जीजाबाई ने मन में उठे क्रोध का आवेग रोका। वे कहने लगीं, ''फिरंगोजी, जो हो चुका, हुआ। अब राजे की आज्ञा के अनुसार इस सिर को राजगढ़ के सिंहद्वार में दफन करा दो। वह हमारा शत्रु था, फिर भी सेनापति था। चौड़ी छाती में हिम्मत भरी थी इसके। प्रभुत्व के अहंकार और धर्म के घमंड ने इसके प्राण ले लिये। वह चला गया, उसके साथ शत्रुता भी समाप्त हुई।''

खान के सिर को दफनाने का इन्तजाम किया गया और उसके बाद राजे के स्वागत की तैयारियाँ शुरू हो गईं। गढ़ के प्रथम द्वार पर बन्दनवार लगाए गए। वहाँ से ऊपर तक तोरणों की मालाएँ बाँधी गई थीं। सारे गढ़ में स्थान-स्थान पर, घरों पर आनन्दसूचक 'धार्मिक पताकाएँ' फहराई गई थीं।

दोपहर को सूचना मिली कि राजे राजगढ़ पहुँच रहे हैं। सब लोग तीज-त्योहारवाले वस्त्र पहनकर राजे की प्रतीक्षा करने लगे। कुछ दूरी पर धूल का बादल उठता हुआ दिखाई देने लगा। राजे गढ़ की तलहटी तक आकर रुक गए। फिरंगोजी दौड़ते हुए गए और राजे से लिपट गए। राजे ने पाँव धोए और अपने साथ आए हुए डेढ़-दो हजार सैनिकों सहित गढ़ चढ़ने लगे। नगाड़ों पर पड़ रही चोटों ने समूचे गढ़ में यह सूचना पहुँचा दी कि राजे गढ़ में आ गए हैं। देवी के दर्शन करके राजे ऊपरीकोट में आए। महल के द्वार पर राजमहिषियाँ आरती के थाल सजाए उपस्थित थीं। राजे ने आरती स्वीकार की और वे अन्दर पधारे। जीजाबाई को देखते ही राजे उठ खड़े हुए।

जीजाबाई के नेत्रों में आँसू भर आए थे। मुख पर सराहना का भाव था। उन्होंने राजे को गले लगा लिया। पर आँसू थे, जो थमने का नाम नहीं लेते थे। राजे ने कहा, ''माँसाहिबा, हम आ गए। आपके आशीर्वाद से और भवानी देवी की कृपा से हम सकुशल लौट आए। यह अवसर आँसू बहाने का थोड़े ही है?''

जीजाबाई ने आँसू पोंछे। कहने लगीं, ''अरे, किसने कहा कि दुख में ही आँसू आते हैं? आनन्द में भी आँखें रो देती हैं रे!...और हम सौभाग्यशाली हैं कि ऐसे आँसू हमें देखने को मिले।'' इसी समय बालक शम्भू वहाँ आ गया। राजे ने झट उसे छाती से लगा लिया।

राजे के राजगढ़ आते ही सारा दुर्ग लोगों की भीड़ से भर गया था। राजे ने युद्ध के बाद आयोजित होनेवाला 'जख्मी दरबार' लगवाया। इस समारोह में लड़ाई में आहत सैनिकों को धन-सम्पत्ति दी गई। युद्ध में पराक्रम दिखानेवाले वीरों का सम्मान किया गया। जिन्होंने युद्ध में सहायता की थी, उन्हें विविध पदों पर नियुक्त किया गया।

अफजलखान के विरुद्ध हुई इस लड़ाई में राजे को पचहत्तर हाथी, चार हजार घोड़े, बारह सौ ऊँट मिले। साथ ही मिलीं सैकड़ों तोपें, बहुमूल्य वस्त्र, हीरे-मोती और अकूत सम्पत्ति। अफजलखान के तीन हजार लोग मारे गए थे। राजे के भी सैकड़ों वीर युद्ध में काम आए थे। खान ने आकर राजे के जितने प्रदेश पर कब्जा कर लिया था, उस सारे भू-भाग को एक ही दिन में मुक्त करा लिया गया। चारों ओर से विजय के समाचार और विजयी वीर गढ़ में चले आ रहे थे।

जीजाबाई ने कहा, ''राजे, तुम सकुशल लौटो, इसके लिए मैंने जाने कितनी मनौतियाँ मानी हैं! वे सब मुझे याद कहाँ हैं? जितनी मनौतियाँ मुझे याद हैं, सो बताती हूँ। अब उन सबके पूरी होने तक तुम कहीं नहीं जाओगे।''

राजे हँस पड़े। बोले, ''माँसाहिबा, हम कहीं न जा पाते, तो हमें वास्तव में अधिक प्रसन्नता होती। परन्तु ऐसा सुनहरा मौका भला कौन हाथ से जाने देगा? बीजापुर का बलशाली सेनाधिपति अपनी सेना के साथ मिट्टी में मिल गया, यह खबर सुनकर बीजापुर-दरबार की सारी हिम्मत पस्त हो गई होगी। इस स्थिति से लाभ उठाकर हम आज ही मुहिम के लिए रवाना होनेवाले हैं। बीजापुरवालों के बचे-खुचे किलों पर कब्जा करने का यही शानदार मौका है।''

राजे कुछ पल रुके। उनके मन में एक नया ही विचार सूझ आया था।

''माँसाहिबा, यह कोई बहुत बड़ी विजय नहीं है। यह विजय तो हमारी आक्रमण की नीति में हाथ लगा एक शत्रु-सैनिक मात्र है। असली लड़ाई शुरू होने में अभी बहुत देर है। यह अफजलखान तो बीसियों पैरवाले कानखजूरे का केवल एक पैर था। एक पैर तोड़ देने से हमारी काशी सुरक्षित नहीं हो जाएगी। हमारी जीत का वास्तविक सम्बन्ध तो औरंगजेब की हार से है।''

और अगले ही दिन राजे ने सेनासहित मुहिम के लिए कूच कर दिया। अब राजे की आँखों के आगे फिर रहा था—पन्हाला किला।

7

जीजाबाई से जाने की आज्ञा पाकर राजे वाई आए। अफजलखान के विनाश के लिए विशाल प्रदेश में फैली हुई सेना को पहले ही आदेश भेजे जा चुके थे कि सारी सेनाएँ वाई में इकट्ठा हो जाएँ। उस आदेश के अनुसार राजे की विजयी सेना वाई में इकट्ठा हो रही थी। राजे

जब वाई पहुँचे, तो उन्हें अपनी सेना की विशालता के दर्शन हुए। हजारों घुड़सवार और हजारों पैदल सिपाही वहाँ राजे की प्रतीक्षा कर रहे थे। खान की फौजी छावनी से बरामद किया हुआ सारा सामान वाई में ही था। चारों ओर साज-सामान के ढेर ही ढेर थे। छोटे खेमे से लेकर बादशाही शामियाने-डेरे तक छावनी का सारा सामान हाथ लगा था। इस समान में हजारों ऊँट, सैकड़ों हाथी, सामान ढोने के बैल और गाड़ियाँ, पालकियाँ, डोलियाँ, अम्मारी और भी न जाने क्या-क्या सामान था। हथियारों-बन्दूकों की, छोटी-बड़ी तोपों की तो गिनती करना भी मुश्किल हो रहा था। इसी तरह पुणे, सुपे आदि सम्भागों में जो सामान जीत में पाया गया था, वह भी गणना और पंजीयन के लिए वाई लाया जा रहा था। इस सामान की व्यवस्था करने के लिए राजे ने विशेष अधिकारियों की नियुक्ति की।

विजयी सेनापति नेताजी पालकर सिजदा करने उपस्थित हुए। राजे ने सम्मान-वस्त्रादि देकर उनका सत्कार किया। राजे ने कहा, ''काका, तुम्हारी शूरता की कहानी सुनकर हमें बहुत प्रसन्नता हुई। फजलखान भागा, इसका कोई दुख नहीं। परन्तु विद्रोही खंडोजी खोपड़ा बचकर भाग निकला, यह सुनकर हमें बहुत बुरा लगा।''

''पर वह जाएगा कहाँ? एक न एक दिन हमारी पकड़ में आएगा ही। महाराज, आपसे एक विनती है।''

''कहो, क्या है?''

''खान के चार सरदार, जाधवराव, पांढरे, खराटे और सिद्दी हिलाल शरणागत बनकर आए हैं। आपके दर्शन करना चाहते हैं।''

''ठीक है, अवश्य आने दो।''

शरण में आए हुए वे पराजित सरदार राजे के सम्मुख उपस्थित हुए। राजे ने कहा, ''हम तुम्हें अभयदान देते हैं। तुम परायों की सत्ता के लोभ में फँसकर अपनों से लड़ बैठे। हमारी शत्रुता खान के साथ थी, वह समाप्त हो गई। हम तुमसे बिलकुल नाराज नहीं हैं। अपने बारे में निर्णय करने की तुम्हें पूरी आजादी है, जैसा चाहो फैसला कर लो।''

अब चौंकने की बारी सरदारों की थी। उन्हें सुने हुए शब्दों पर भरोसा ही नहीं हो रहा था। जाधवराव आगे बढ़कर कहने लगे, ''राजे, जब तक कोई शासक नहीं था, हमने बादशाह की चाकरी की। अब हमारी हार्दिक कामना है कि हमारी भुजाओं का बल स्वराज्य के काम आए। आपके चरणों में सेवा का सौभाग्य...।''

''स्वराज्य को तो हर एक की सहायता की चाह है। तुम यदि साथ आ मिलो, तो हमें प्रसन्नता होगी। हम समझेंगे, हमारी शक्ति और बढ़ गई।''

जाधव, पांढरे और खराटे सरदार राजे की सेना में सम्मिलित हो गए, परन्तु सिद्दी हिलाल अचकचाया खड़ा रहा। राजे हँस पड़े। सिद्दी हिलाल के पास जाकर कहने लगे, ''हिलाल, तुम्हारे फौलादी हाथ और चीते के-से झपट्टों के बारे में हम सुन चुके हैं। हमारी दुश्मनी किसी भी धर्म से नहीं है। हमारे आश्रय में हिन्दू हैं, तो मुसलमान भी बहुत हैं। तुम भी हमसे आ मिलो, तो इससे बढ़कर खुशी हमें और क्या होगी?''

सिद्दी का दिल भर आया। उसने स्वामिभक्ति के प्रतीक के रूप में अपनी तलवार राजे के चरणों में रख दी। राजे ने तलवार उठाई और अपने हाथों वह तलवार सिद्दी हिलाल के पटके में खोंस दी। राजे ने सरदारों से कहा, ''हम आज मुहिम के लिए कूच कर रहे हैं।

तुम सब लोग जहाँ थे, वहीं रहो। इस इलाके की सुरक्षा करो। हम जब तक मुहिम से लौटकर आएँ, तब तक इस प्रदेश को सुरक्षित रखने की जिम्मेदारी तुम्हारी होगी। तुम अगर ईमानदार बने रहोगे, तो हम तुम्हें कभी दूर नहीं करेंगे। जब हम वापस लौटेंगे, तो तुम्हारा काम-काज देखकर तुम्हें पद और प्रतिष्ठा देंगे।''

अफजलखान की सेना के जिन लोगों ने शरण नें आना चाहा, राजे ने उन्हें आश्रय देकर अपनी सेना में भर्ती कर लिया। राजे ने मोरोपन्त को आदेश दिया, ''पन्त, पुणे, इन्दापुर, चाकण, सुपे और बारामती सम्भागों में हिन्दू या मुसलमानों की जो जागीरें या ईनाम की जमीनें हैं, जो अफजलखान की मृत्यु से पहले से चली आ रही हैं, उनको वैसे ही रहने दो। हम जब अभियान से लौटकर आएँगे, तब हमें इस बारे में याद दिलाना। हम पहली स्थिति को बनाए रखने के बारे में अपने आदेश लौटने के बाद जारी करेंगे।'' फिर नेताजी की तरफ मुड़कर राजे ने कहा, ''नेताजी काका, कूच का डंका बजाने की आज्ञा दो।''

''महाराज, क्षमा करें। मैं कुछ निश्चय नहीं कर पाया कि जाना कहाँ है।''

''हाँ, तुम तो हमारे सेनापति हो। भला सेनापति से निश्चय को क्योंकर छिपाया जा सकता है? अफजलखान ने हमारे प्रदेश में जो तबाही मचाई है, उसकी भरपाई आदिलशाही इलाके से ही की जानी चाहिए। हमारी इच्छा है कि आदिलशाही के इलाके में चौथाई वसूल की जाए। साथ ही उसके जितने भी इलाके पर कब्जा किया जा सके, किया जाए। पन्हाला किला आज बीजापुर के आदिलशाह के कब्जे में है, हमारी आकांक्षा है कि यह किला स्वराज्य में सम्मिलित किया जाना चाहिए। इसलिए अब हम चन्दनगढ़-वन्दनगढ़ से मुहिम शुरू करेंगे, तो पन्हाला जाकर ही रुकेंगे।''

नेताजी ने हर्षित मन से कूच का डंका बजाने का संकेत किया। सारा वाई शहर तुरहियों-नगाड़ों की ध्वनि से भर उठा। शिवाजीराजे को विशाल सेना अभियान के लिए प्रस्थान कर रही थी।

राजे की सेना ने चन्दन-वन्दन किलों की नाकेबन्दी कर ली और सेना वाई प्रदेश में फैल गई। सेना ने दक्षिण दिशा में स्थित खटाव, मायणी, वालवे, कराड आदि प्रदेशों में चौथ वसूल की। वहाँ से राजे सुपे प्रदेश में जा पहुँचे। उरण-कोले तक का पूरा इलाका राजे ने जीत लिया।

अभी अफजलखान की मौत की खबर हर शहर और किले में पहुँची ही थी कि उसके दो पल पीछे दूसरी खबर भी आ धमकी थी–'शिवाजी आ रहा है।' सुननेवालों की रही-सही हिम्मत भी जाती रही थी। फिर एक होड़-सी लगी थी कि राजे की शरण में जाने की कौन पहल करता है।

राजे की सेना बीजापुर के आदिलशाह के राज्य में चारों दिशाओं से घुस पड़ी थी और कर, खंडनी वसूल कर रही थी। एक के बाद एक जीत हासिल करते हुए राजे कोल्हापुर में घुस पड़े। पन्हाला दुर्ग कोल्हापुर से केवल चार कोस था। राजे ने मन में जो सपना सँजोया हुआ था, वह अब केवल चार कोस दूर था। राजे की सेना पन्हाला की दिशा में झपटी। वहाँ पहुँचकर सेना ने पन्हाला किले पर घेरा डाल दिया। पन्हाला का किलेदार अपने छोटे-से सैनिक-दल सहित गढ़ के दरवाजे बन्द करके भीतर जा बैठा था। बड़ी हिम्मत बटोरकर उसने तोपें दागनी शुरू कीं। ऊपर किले से तोप के गोले छूट रहे थे, तो नीचे विजय के उल्लास

में डूबे हुए राजे के सैनिक किले के परकोटे से जा टकराए थे। बाण और बन्दूकें चलाकर ये सैनिक किले के रक्षकों को निशाना बनाने लगे। किलेदार की हिम्मत टूटती जा रही थी।

पन्हाला का घेरा लगाए दूसरी रात भी आ पहुँची और मराठा फौज ने परकोटे से सीढ़ियाँ लगा दीं। चारों ओर ललकारें ही ललकारें सुनाई देने लगीं। जो सैनिक परकोटे की दीवार चढ़कर किले में पहुँच गए थे, उन्होंने जोरदार मारकाट मचाई। इतने में किले के दरवाजे खुल गए और 'हर हर महादेव' के रणघोष के बीच उस रात मराठा सेना ने पन्हाला किले पर कब्जा कर लिया।

राजे छावनी के अपने डेरे में चहलकदमी कर रहे थे। वे समाचार सुनने की प्रतीक्षा कर रहे थे। आधी रात के बाद एक अश्वारोही दल यह प्रिय समाचार लेकर आया, जिसे सुनने के लिए राजे आतुर हो उठे थे। पन्हाला किले पर विजय प्राप्त कर ली गई थी। राजे ने सन्देशवाहक सैनिकों को इनाम दिए। येसाजी हर्षित होकर कहने लगे, "राजे, आप आराम करें। हम आगे पन्हालगढ़ पहुँचते हैं।"

"येसाजी, वह गढ़ देखने की हमें भी उतनी ही उत्सुकता है, जितनी तुम्हें है। हम भी गढ़ देखने चलेंगे।"

"परन्तु महाराज, अभी रात है। आपको विश्राम...।"

"येसाजी, इस समाचार से बढ़कर विश्रान्ति और क्या होगी? हमारी तो सारी थकावट जाती रही। अब तो गढ़ देखने के लिए मन व्याकुल हो उठा है।"

राजे घोड़े पर सवार हुए। सर्दी की ठंडी हवाएँ बदन को चीरती जा रही थीं। भोर का कुहासा शरीर को गीला बनाए देता था। मशालें फड़फड़ाती हुई जल रही थीं। राजे मशालों के उजाले में अपने अश्वारोही दल के साथ पहाड़ी गढ़ पर चढ़ रहे थे। उनके पीछे तानाजी और येसाजी। राजे गढ़ के चार-दरवाजे के पास आए। किसी ने भी नहीं सोचा था कि राजे इतनी रात-गए किले में आएँगे।

राजे को आया देखकर उल्लसित सैनिकों ने दुर्ग के द्वार खोल दिए। सारे किले में पहरे की चौकियाँ बैठाई गई थीं। राजे की थकान जाने कहाँ गायब हो गई थी। वे घूम-घूमकर सारा किला देख रहे थे। प्रत्येक चौकी पर जाकर सैनिकों की सराहना कर रहे थे। पूरा किला घूमने तक सुबह हो गई। राजे पूर्व दिशा में स्थित बुर्ज पर खड़े थे। उनका वह स्वप्न कि पर्णाल पर्वत के शिखर पर खड़े होकर आकाश की छत निहारी जाए, आज पूरा हो रहा था। दुर्ग की इमारतों पर, सज्जा कोठी और चार-दरवाजे पर भगवे झंडे लहरा रहे थे। उदित हो रहे सूर्य की किरणों ने कुहरे का परदा धीरे से सरका दिया और राजे के सामने दिखाई देने लगा नीचे फैला हुआ सारा विस्तृत प्रदेश। उन्होंने उदीयमान सूर्यदेव को हाथ जोड़कर नमस्कार किया और फिर उनकी दृष्टि सारे गढ़ के ऊपर फिरने लगी।

वह दुर्ग अति विशाल था। गढ़ के चार-दरवाजा, तीन-दरवाजा, बाघ-दरवाजा और राजछिंडी नामक दरवाजों ने किले के प्रवेशद्वारों को सुरक्षित बनाया हुआ था। किले में बहुत बड़ा अम्बारखाना था, जिसकी गंगा, यमुना और सिन्धु नामक तीन कोठारों में पच्चीस हजार खंडी अनाज रखा जा सकता था। गढ़ की सुन्दरता में चार चाँद लगानेवाली दो आकर्षक इमारतें थीं–'सज्जा कोठी' और 'कलावती की अटारी'। दुर्ग में कई मन्दिर भी थे। शुद्ध, निर्मल जल पर्याप्त मात्रा में उपलब्ध करानेवाली नागझरी और अन्धारबाब नामक जलाशय तथा बावड़ियाँ

भी थीं। अपनी चहारदीवारी की मजबूत तथा सुन्दर और ऊँचे बुर्जों पर इतरानेवाला यह गढ़ अब स्वराज्य का एक भाग बन चुका था।

राजे ने पन्हाला दुर्ग क्या जीता था, बीजापुर के बादशाह से उन्होंने उसका बेशकीमती हीरा ही छीन लिया था।

8

कहाँ तो बीजापुर का दरबार यह खबर सुनने के लिए उतावला था कि घुड़चढ़ा शिवाजी जिन्दा पकड़कर लाया जा रहा है और कहाँ आ पहुँची यह खबर कि सिपहसालार खान अफजलखान मारे गए और आदिलशाही फौज की बुरी तरह हार हुई। अफजलखान के मारे जाने की खबर से बीजापुर-दरबार होश में आया। खबर क्या थी, सिर पर बिजली टूटी थी। बादशाह तो इतना पस्त हुआ कि तख्त से उठकर चल दिया। बड़ी बेगम के आँसू थमते ही न थे। इस खबर के पीछे-पीछे ये खबरें भी आ धमकती थीं कि शिवाजी की फौजें आदिलशाही इलाकों में घुस गई हैं। आदिलशाह और सारे सरदार-सेनापति इन खबरों से तिलमिला उठे थे। अभी बैठकों में सोच-विचार किया ही जा रहा था कि खबर आ पहुँची, शिवाजी ने पन्हालगढ़ पर कब्जा कर लिया है।

खबरों के बीजापुर तक आने में देर लगती थी, परन्तु शिवाजी को अगले लक्ष्य तक पहुँचने में देर नहीं लगती थी। अफजलखान के विनाश के बाद केवल अट्ठारह दिनों में ही आदिलशाही रियासत को जीतता हुआ शिवाजी पन्हालगढ़ आ पहुँचा था। आदिलशाही राज आज तक इस बारे में सोचा करता था कि शिवाजी को कैसे बस में किया जाए, पर अब उसे फिक्र थी कि शिवाजी से अपनी रियासत को कैसे बचाया जाए।

सब इस घटना से परिचित थे कि औरंगजेब ने अपनी तख्तनशीनी के मौके पर शिवाजीराजा को खास पोशाक भेंट भेजी है। परन्तु ताजी घटनाओं से हड़बड़ाए हुए आदिलशाल ने मुगलिया राज की ओर दौड़ लगाई। सहायता के प्रार्थना विषयक पत्र को लेकर बीजापुर के घुड़सवार दिल्ली की तरफ चल पड़े।

सह्याद्रि पर्वत के पूर्व की ओर स्थित मैदानी प्रदेश में समुद्रतटवर्ती कोंकण प्रदेश और यहाँ तक कि खुद बीजापुर के निकटवर्ती इलाकों में शिवाजी ने जो ऊधम मचा रखा था, उससे आदिलशाही बादशाहत पूरी तरह हिल गई। आदिलशाह ने जल्दबाजी में एक दूसरी फौज को शिवाजी के खिलाफ भेजा। वाई से बचकर भागा हुआ अफजलखान का बेटा फजलखान अपने बाप का बदला लेने का मौका ढूँढ़ रहा था। फजलखान और रुस्तमजमाँ के नेतृत्व में राजे के विरुद्ध दूसरी फौज रवाना की गई। आदिलशाही के बड़े-बड़े सरदार सादत खान, फतहखान, सन्ताजी घोरपडे, सर्जेराव घाटगे भी इस फौज के साथ थे।

राजे को जैसे ही इस नई विपत्ति की सूचना मिली, उन्होंने पुणे सम्भाग के अपने नए सरदारों को त्वरित बुला लिया। राजे ने पन्हाला का पूरा सुरक्षा-प्रबन्ध कर लिया।

राजे ने सेनापति नेताजी पालकर को आदेश भेजे कि वे शिवाजी पर हमला करने आ रही आदिलशाही फौज की नाक में दम कर दें। इस समय राजे के साथ हिरोजी इंगले, भिमाजी बाघ, सिदोजी पवार, गोधाजी जगताप, महाडीक आदि शूर सरदार थे, साथ ही अभी हाल

ही में स्वराज्य के सहयोगी बने हुए सरदार जाधव, पांढरे, सरदार खराटे और उनका पुत्र तथा सिद्दी हिलाल भी थे ही।

शत्रु की चाल का अन्दाजा लगाते हुए सेनापति नेताजी भी राजे से आ मिले। आदिलशाही फौजों से खुले मैदान में मुकाबला करने का यह पहला मौका था। राजे पूरी तरह तैयार होकर कोल्हापुर के निकट आदिलशाही सेना का इन्तजार करने लगे।

राजे ने अपनी सेना को दो हिस्सों में बाँट दिया। एक भाग रुस्तमजमाँ से भिड़ने के लिए और दूसरा फजलखान से लड़ने के लिए। राजे ने फजलखान के खिलाफ लड़ने की जिम्मेदारी नेताजी को सौंपी। राजे ने नेताजी से कहा, "काका, तुम फजलखान पर हमला करो। फजलखान ने हमारी बहादुरी देखी है, वह खौफ खाया हुआ दुश्मन है। पहली टक्कर ही पूरे जोर से, पूरे जोश से मारोगे, तो उसकी बची-खुची हिम्मत भी टूट जाएगी। वह अवश्य ही भाग निकलेगा।"

"और राजे, आप?"

"हम रुस्तमजमाँ पर धावा बोलेंगे। रुस्तमजमाँ और हमारी मित्रता है। जब उसे मालूम होगा कि हम हमला करने आ रहे हैं, तो वह पकड़-छोड़ की ढीली नीति अपनाएगा। हमारा अनुमान है कि फजलखान के हारते ही वह भी उसके पीछे-पीछे हो लेगा। इस बार हमने शत्रु को हरा दिया, तो समझो कि बीजापुर की सारी शक्ति नष्ट हो गई। इस अभियान में हमें विजय पानी ही होगी। हम शत्रु के आने की प्रतीक्षा करते हुए नहीं बैठेंगे। जैसे ही वह हमारी पहुँच के भीतर आया कि हमें ही धावा बोलना होगा।"

राजे प्रतीक्षा कर रहे थे। फजलखान और रुस्तमजमाँ की फौजें फासला तय करते-करते आगे बढ़ रही थीं। फौजें कोल्हापुर के पास तक आई ही थीं कि राजे ने लड़ाई की शुरुआत कर दी। राजे की और नेताजी की सेनाएँ आदिलशाही सेनाओं पर टूट पड़ीं। आदिलशाही सेना ने सोचा भी नहीं था कि मराठा फौजें स्वयं हमला करेंगी। फजलखान ने सोचा था कि राजे किसी किले में घुसकर बैठ जाएँगे, हम उस किले को घेर लेंगे तथा और अधिक सैनिक सहायता मँगवा लेंगे। परन्तु फजलखान ने सामने धूल के बादल उड़ाती हुई मराठा फौजों को जब देखा, तो वह हड़बड़ा गया। इससे पहले कि वह कुछ सोचे-समझे कि माजरा क्या है, टापों की आवाजों से आकाश गुँजाती हुई मराठा सेना फजलखान की सेना पर बेमौसमी तूफान-बारिश की तरह आ टूटी। सब ओर लड़ाई-भिड़ाई और चीख-पुकार मच गई। 'हर हर महादेव' की रणगर्जना के आगे 'दीन दीन' की आवाजें कमजोर होती चली गईं और फजलखान की फौज जिस ओर राह मिली, उधर भाग निकली। राजे की सेना ने उस भागती सेना का कुछ दूरी तक पीछा किया और फिर वह सेना कोल्हापुर लौट आई। इस युद्ध में राजे ने शत्रु के बारह हाथी और दो हजार घोड़े जीत लिये।

पन्हाला किले की विजय के एक महीने के भीतर ही यह युद्ध हुआ था। इस तरह एक महीने में ही आदिलशाही राज को दूसरी बार हार का मुँह देखना पड़ा।

राजे ने पन्हालगढ़ को और मजबूत बना लिया तथा अब उन्होंने अपना ध्यान राज्य-विस्तार की ओर लगाया। अपनी सेना के तीन भाग करके राजे ने तीन मुहिमों की योजना बनाई। राजे भली-भाँति जान चुके थे कि इस समय आदिलशाही राज्य का हौसला टूट चुका है—वे यह भी जानते थे कि आदिलशाही में भीतरी फूट है। तिस पर राजे के इस नए पराक्रम ने तो मानो सारी कसर पूरी कर दी थी। राजे ने नेताजी को आदिलशाही रियासत के खास

इलाके में भेजा। वे स्वयं पूर्व के मैदानी प्रदेश की ओर गए और तीसरी सेना कोंकण प्रदेश की ओर भेजी गई।

नेताजी पालकर ने तीन हजार सैनिक साथ लेकर बीजापुर के आस-पास स्थित तिकोटे में, दक्खिन में स्थित हुक्केरी और गोकाक से लेकर गदग-लक्ष्मीश्वर तक के सारे आदिलशाही प्रदेश में खंडनी वसूल की।

राजे की कोंकण प्रदेशवाली मुहिम दादोजी के नेतृत्व में राजापुर बन्दरगाह की दिशा में बढ़ चली। उस समय रुस्तमजमाँ राजापुर का शासक था। शिवाजीराजे और रुस्तमजमाँ में छिपी दोस्ती थी। इसलिए राजे के सेनापति की इच्छा थी कि बन्दरगाह का विनाश न करके केवल बन्दरगाह में खड़े तीन जहाजों पर कब्जा कर लिया जाए। परन्तु राजापुर में जो अंग्रेज कोठीवाले व्यापारी थे, उन्होंने इस अवसर से लाभ उठाने की सोची। उन्होंने लेन-देन की बातचीत चलाकर तीन में से एक जहाज अपनी झोली में डाल लेना चाहा। मराठा-अधिकारी दादोजी को जब अंग्रेजों के इस धूर्त दाँव का पता लगा, तो उसने क्रोध में आकर गिफर्ड को तथा एक अंग्रेज दलाल को गिरफ्तार कर लिया।

इसी समय राजे अपनी सेना सहित आस-पास के किलों पर कब्जा करने में लगे हुए थे। रायबाग जैसी कई व्यापारी मंडियों को उन्होंने वहाँ के निवासियों से मेल-जोल बढ़ाकर काबू में कर लिया था।

राजे मिरज के निकट थे। तभी अंग्रेजों का एक दूत शेणवी नामक दुभाषिये के साथ गिफर्ड और दलाल की गिरफ्तारी और जहाज की जब्ती की शिकायत लेकर मिरज आ पहुँचा। गंगाधरपन्त ने अंग्रेजों को राजे के सामने पेश किया। राजे ने सारी शिकायत सुनी। राजे समझ गए थे कि अंग्रेज धूर्त हैं। परन्तु उन्हें यह भी ज्ञात था कि रुस्तमजमाँ और अंग्रेजों के बीच दोस्ती है। राजे यह भी जानते थे कि रुस्तमजमाँ फोंडा किले पर कब्जा करके अब आदिलशाही की ओर से कुडाल नगर के सावन्त की खूब खबर ले रहा है। इसी कुडाल के सावन्त ने राजे का भी एक समय विरोध किया था। यह सोचकर राजे ने उदारता दिखलाई तथा गिफर्ड और अंग्रेज दलाल को छोड़ दिया। परन्तु छोड़ने से पूर्व उन्होंने अंग्रेजों से करारनामा लिखा लिया। इस करारनामे में दो शर्तें थीं—एक यह कि अंग्रेज जंजिरा के सिद्दी हब्शी की मदद नहीं करेंगे और दूसरी शर्त थी कि अंग्रेज राजे के खिलाफ लड़ रहे किसी भी शत्रु की सहायता नहीं करेंगे। यह करार तय करके राजे ने दोनों अंग्रेजों को मुक्त करा दिया और उनका लूटा हुआ माल भी वापस करवा दिया।

एक ओर सारी रियासत में मच रही लूटपाट, दूसरी ओर हारे हुए किले, फिर फजलखान की हार, यह कुल मिलाकर आदिलशाही राज की कमर तोड़ने के लिए काफी था। इसी गड़बड़-झमेले के बीच बीजापुर में यह अफवाह भी फैल गई कि शिवाजीराजा अब बीजापुर पर हमला करने वाला है और वह आदिलशाह को राजगद्दी से हटाकर उसकी जगह किसी दूसरे को सुलतान नामजद करने वाला है। बीजापुर का दरबार लगाया गया। सोच-विचार करके योजनाएँ बनाई गईं। अली आदिलशाह ने कुर्नूल के बहादुर सरदार सिद्दी जौहर से सहायता की याचना की।

सिद्दी जौहर एक युद्ध-निपुण, राजनीतिकुशल और जोशीला सरदार था। वह युद्ध-अभियान का संचालन करने में चतुर था। आदिलशाह ने उसका बहुत आदर-सत्कार

किया। उसे सलाबतखान नामक ऊँचा खिताब दिया। बीस हजार घुड़सवार और चालीस हजार की फौज साथ देकर सिद्‌दी जौहर को शिवाजी पर हमला करने भेजा। उसकी सहायता करने के लिए पहली लड़ाई में हार खाए हुए सरदार फजलखान और रुस्तमजमाँ भी साथ थे।

जब सिद्‌दी जौहर बीजापुर से निकला, उस समय राजे मिरज पर घेरा डाले बैठे हुए थे। नेताजी बीजापुर में थे। दादोजी राजापुर के काम से निबटकर और रुस्तमजमाँ के प्रदेश को छोड़कर आचरे, वेंगुर्ले, कुंडाल आदि प्रदेशों की ओर मुड़ गए थे। जबकि राजे की सेना के दो भाग राज्य-विस्तार में जुटे हुए थे, तभी खबर आई कि सिद्‌दी जौहर बीजापुर से निकल पड़ा है।

आदिलशाही की यह चाल एकदम नई थी। राजे इस समाचार से विह्वल हो उठे। उन्होंने जल्दी से मिरज का घेरा हटा लिया और नेताजी तथा दादोजी को तुरन्त आने के आदेश रवाना किए। राजे स्वयं कोल्हापुर की महालक्ष्मी देवी के दर्शन करके चैत्र शुक्ल प्रतिपदा को मनाए जानेवाले त्योहार 'गुढी पाडवा' के दिन पन्हालगढ़ आ गए। गढ़ में घर-घर में आनन्द एवं पर्व की प्रतीक 'गुढी धर्मपताकाएँ' लहरा रही थीं। हर ओर बन्दनवार और झंडे लहराते दिखाई दे रहे थे। स्वराज्य की 'गुढी' अभी प्रकाश में ऊँची उठ ही रही थी कि उसे नीचे उतारने, नष्ट करने के लिए आदिलशाह का भेजा सेनापति जौहर चला आ रहा था। इसी समय दूसरा समाचार भी आया कि मुगल सिपहसालार शाइस्ताखान पचहत्तर हजार की बड़ी फौज लेकर शिवाजीराजे पर हमला करने आ रहा है।

शायद आदिलशाही और मुगलिया सल्तनत ने एक साथ कमर कस ली थी कि शिवाजी को मटियामेट कर दिया जाए। राजे ने अपने सभी किलों की सुरक्षा-व्यवस्था और भी दृढ़ बना ली। दाना-चारे के अट्‌टालों से लेकर अनाज के कोठारों तक सब भरपूर जमा कर लिया गया। राजे को समाचार मिला कि शाइस्ताखान अहमदनगर तक आ पहुँचा है और सिद्‌दी जौहर भी पास ही आ पहुँचा है। नेताजी और दादोजी का अभी तक कोई पता न था।

अब पन्हालगढ़ में पहरेदारों की आवाजें सबको सावधान करने लगी थीं। चौकियों और सैनिक-थानों के सिपाही संकेत जतलानेवाले भोंपू बजाने लगे थे। गढ़ में घी का संग्रह करने के लिए जो विशेष बड़े-बड़े कुंड बनाए हुए थे, उन्हें घी से लबालब भर दिया गया। सब ओर पूरी तैयारी कर ली गई थी। तोपों के लिए गरगज बनाए जा रहे थे। एक दिन पन्हाला के किलेदार त्र्यम्बकराव भास्कर का भेजा हुआ दूत महाराज के पास दौड़ता हुआ आया, "शत्रु की सेना के निकट आ पहुँचने की सूचना मिली है।"

"ठीक है, सबनीस। इसमें इतना घबराने की बात क्या है? हमें तो यही पाटी पढ़ाई गई है कि मनुष्य सदा लक्ष्मी को पीठ पर रखे और सामने खड़े संकटों को...अच्छा, चलो।"

राजे अश्वारूढ़ हुए। उन्होंने एक बार फिर गढ़ का निरीक्षण किया, आवश्यक सूचनाएँ दीं और राजे किले के दक्षिणी बुर्ज पर आए। उन्होंने देखा, कोल्हापुर की दिशा में धूल के बादल उठ रहे हैं। आदेश दिए गए कि किले की हर तोप को बारूद से भरकर पूरी तरह तैयार रखा जाए।

सिद्‌दी की चालीस हजार फौज पन्हाला के निकट आ पहुँची। निकट आते ही सिद्‌दी ने मुहासरा करने का काम शुरू कर दिया। गढ़ की पूर्व दिशा की ओर सिद्‌दी जौहर, फजलखान और रुस्तमजमाँ थे। पश्चिम दिशा में थे सादतखान, मसूद, बाजी घोरपडे और भाई खान।

दक्षिण और उत्तर दिशा में उपयुक्त स्थान देखकर नाकेबन्दी की गई थी। घेरे को पूरब और पच्छिम में अधिक मजबूत बनाया गया था, क्योंकि गढ़ के प्रमुख मार्ग उसी ओर थे। इस तरह सिद्‌दी जौहर ने मुहासरे का काम पूरा कर लिया।

ऊपर गढ़ से नीचे तलभूमि में चारों ओर सैनिकों के पड़ाव ही पड़ाव दिखाई दे रहे थे। जैसे ही घेराव की योजना पूरी हुई, सैनिक आगे-आगे, किले की ओर बढ़ने लगे। ऊँचे पन्हालगढ़ से गढ़ के निकट बढ़ती आ रही तोपगाड़ियाँ साफ दिखाई दे रही थीं। राजे पूर्व दिशा के गरगज पर खड़े होकर शत्रु की गतिविधियाँ देख रहे थे। गरगज पर रखी हुई तोप इशारे का इन्तजार कर रही थी। जैसे ही शत्रुदल मार के भीतर आया, राजे गरगज पर से उतर पड़े। तोप के जितने मोरचे उन्हें दिखाई दे रहे थे, उनकी ओर हाथ उठाकर इशारा भर करने की देर थी कि 'जय भवानी' की रणगर्जना के बीच तोपें गरजने लगीं।

सिद्‌दी जौहर तीन दिनों में जितना आगे आया था, उसे उतना ही पीछे लौटना पड़ा। शत्रु-सेना में भगदड़ मच गई। सेना ने तोपों की मार के बाहर के इलाके में पहुँचकर ही दम लिया। राजे के तोपों की मार जहाँ तक पहुँचती थी, उससे कुछ दूरी का स्थान शत्रु सेना के लिए सीमा-रेखा बन गया। सिद्‌दी जौहर अब भन्ना उठा था—उसने खीजकर मुहासरा और भी मजबूत कर डाला। पूरी सावधानी से जाँच-परख लिया कि घेरे में कहीं कमजोरी न रह जाए।

इस प्रकार सह्याद्रि के वन-पर्वत में विचरण करनेवाला सिंह पूरी तरह घेर लिया गया।

9

उधर राजगढ़ में राजमाता जीजाबाई चिन्ता में डूबी हुई थीं। शाइस्ताखान की बड़ी फौज आने की खबर उन्होंने पहले ही सुन रखी थी। फिरंगोजी नरसाला तुरन्त चाकण चले गए थे। अभी सब इसी सोच-विचार में डूबे हुए थे कि शाइस्ताखान के हमले का सामना कैसे किया जाए इतने ही में समाचार आ पहुँचा कि राजे पन्हालगढ़ में सिद्‌दी जौहर के घेरे में फँस गए हैं। विपत्तियाँ सब ओर से आया चाहती थीं। जीजाबाई ने सबसे पहले यह काम किया कि सब किलों को दृढ़ बने रहने के तथा हर हालत में आखिरी दम तक लड़ते रहने के आदेश भिजवाए।

सेनापति नेताजी पालकर बीजापुर के प्रदेश में तहलका मचाए हुए थे। जब उन्होंने सुना कि सिद्‌दी जौहर ने पन्हालगढ़ को घेर लिया है, तो उन्होंने एक साहसपूर्ण निश्चय किया। उन्होंने बीजापुर के निकट स्थित शहापुर पर चढ़ाई कर दी और उस शहर में खूब लूटपाट मचाई।

नेताजी ने सोचा था कि जब अली आदिलशाह खुद अपनी राजधानी के पास हो रहे हमले को देखेगा, तो अवश्य ही सिद्‌दी को पन्हालगढ़ से वापस बुला लेगा। अली आदिलशाह ने ठीक यही फैसला कर डाला था कि इतने ही में उसके जासूसों ने महत्त्वपूर्ण जानकारी दी। बतलाया कि नेताजी के साथ बहुत बड़ी सेना नहीं है। खबर सुनकर आदिलशाह सावधान हो गया। उसने नेताजी की चतुर चाल को भाँप लिया। उसने सरदार खवासखान को पाँच हजार सिपाही देकर नेताजी का मुकाबला करने भेजा। खवासखान की मदद के लिए गोलकुंडा के निजामशाह की फौज भी आ मिली। नेताजी की छोटी-सी फौज इतनी बड़ी फौज के आगे क्या टिक पाती? नेताजी का दाँव चूक गया। उन्हें लड़ाई में हारकर पीछे लौट जाना पड़ा।

जबकि राजे किले में घिरे हुए हैं, ऐसे कुसमय में सेनापति की पराजय एक जबरदस्त चोट थी।

जो खबर आती थी, जीजाबाई को और निराश बना रही थी। शाइस्ताखान अपनी विशाल सेना सहित शिखल में, स्वयं शिवाजीराजे के राज्य में आ पहुँचा था। उसके साथ कई मराठा सरदार सुरजी गायकवाड, दिनकरराव काकडे, खंडागले बन्धु, रम्भाजी पवार, सर्जेराव घाटगे, कमलाजी गाडे, जसवन्तराव कोकाटे आदि भी थे। यही नहीं, माहूर के उदाराम देशमुख की शूर और साहसी विधवा पत्नी भी शाइस्ताखान से आ मिली थी। यह स्त्री अपनी वीरता और पराक्रम के लिए प्रसिद्ध थी। औरगंजेब ने इसे 'रायबाघिन' अर्थात् 'राज्य व्याघ्री' खिताब दिया था। सबसे बढ़कर आश्चर्य की बात यह थी कि त्र्यम्बकराव भोसले, बाबाजी भोसले, दताजीराव जाधव और स्वयं शिवाजी के मामा रुस्तमजी जाधव भी अपने भानजे के शत्रु बनकर शाइस्ताखान की फौज से आ मिले थे। अपने पराए बन गए थे। शाइस्ताखान की फौज अब समुद्र के समान दिखलाई दे रही थी। यह सब समाचार सुन-सुनकर जीजाबाई के प्राण तिलमिला उठते थे।

यूँ ही दिन बीतते जा रहे थे। जीजाबाई ने राजे के बारे में समाचार लाने के लिए कई गुप्तचर भेजे, पर कोई भी घेरा पार करके राजे तक पहुँच नहीं पाया। जीजाबाई ने धीरज नहीं खोया। उन्होंने अपने अधिकार में प्राप्त सभी सेनाओं को आज्ञा दी कि वे सेनाएँ छापामार लड़ाई लड़ती हुई शाइस्ताखान की सेना को परेशान करती रहें। मावलखंड के देशमुखों को, देशपांडे अधिकारियों को भी इस प्रकार के आज्ञापत्र भेजे गए। मराठा सेना ने लड़ने के लिए फिर एक बार कमर कस ली। जगज-जगह मराठा सेना और खान की फौज के बीच मुठभेड़ें हो रही थीं। खान शिवापुर से हटकर सासवड चला गया। वहाँ से वह पुणे आ गया और लालमहल में स्वयं शिवाजीराजा के निवासभवन में ही डेरा जमाकर बैठ गया। पुणे के पासवाली मुला और मुठा नदियों के किनारों पर शाइस्ताखान की फौज पड़ाव डाले पड़ी थी। लम्बाई-चौड़ाई में यह छावनी डेढ़ कोस से कम नहीं थी।

कई महीने बीत गए। राजे सिद्दी जौहर के घेरे में ही कैद थे। राजगढ़ में इस बारे में कोई समाचार नहीं आ पा रहा था। जासूस जो भी खबरें लाते थे वे जीजाबाई की बेचैनी को और बढ़ा जाती थीं। आनेवाला हरेक दिन अधिक संकट लिये उदित हो रहा था। जीजाबाई ने मन में कुछ ठान लिया। उन्होंने अपने अधिकार में प्राप्त सारी सेना को एकत्रित करना शुरू किया। शस्त्रागार में से अस्त्र-शस्त्र निकालने के आदेश दिए। जीजाबाई ने शिवाजी की मुक्ति के लिए स्वयं जाने का निश्चय कर लिया था। मन्त्रीगण उनके इस निर्णय से असमंजस में पड़ गए। मोरोपन्त ने साहस करके जीजाबाई से प्रार्थना की। जीजाबाई ने कहा, "पन्त, हमें कोई इसका शौक थोड़े ही है? उधर राजे अधूरी सेना सहित पन्हाला में बन्द हैं, इधर शाइस्ताखान की शक्ति दिन दूनी बढ़ती जा रही है। सोचो तो, अगर कल खान भी पन्हाला की ओर चल पड़ा, तो राजे को कौन मुक्त कराएगा?"

"माँसाहिबा, क्षमा करें। परन्तु इतनी-सी सेना लेकर घेरा तोड़ने का प्रयत्न करना विवेकपूर्ण नहीं कहलाएगा।"

"क्या बुरा होगा? यदि हम सफल हुए तो राजे सकुशल लौट आएँगे, अन्यथा हम लड़ाई में काम आएँगी। यही कहना चाहते हो न तुम? सुनो, आज स्वराज्य को शिवाजीराजा की आवश्यकता है, माँसाहिबा की नहीं।"

मोरोपन्त की आँखें भर आईं। वे बोले, "माँसाहिबा, यह बात आप राजे से पूछतीं, तो वे उत्तर देते! हम इसका उत्तर दें, यह तो मर्यादा का उल्लंघन होगा।"

समाचार आया कि नेताजी पालकर राजगढ़ आ रहे हैं। जीजाबाई को इस समाचार से बहुत सान्त्वना मिली। राजे के सेनापति नेताजी पालकर और सरदार सिद्‌दी हिलाल जीजाबाई के सामने सिजदा करने आए। जीजाबाई ने पूछा, "कहो सेनापति, कहाँ मैदान मार आए?"

"आदिलशाही मुल्क में।"

"खंडनी वसूल की या नहीं?"

"भरपूर की है, माँसाहिबा। खंडनी की रकम और लूट का माल राजगढ़ लाया जा रहा है।"

"बहुत अच्छा किया तुमने। और राजे के बारे में क्या समाचार हैं?"

नेताजी की गरदन झुक गई। वे नजर चुराते हुए कहने लगे, "समाचार तो यह सुना है कि सिद्‌दी जौहर ने घेरा बड़ी मजबूती से बाँधा हुआ है। कुछ समझ नहीं आता कि क्या किया जाए?"

"उसमें कठिनाई क्या है?" माँसाहिबा फीकी हँसी हँसती हुई कहने लगीं, "जैसे सुर्वे और सावन्त शत्रु से जा मिले हैं, वैसे ही तुम भी जा मिलो। हम जानती थीं यह, इसलिए हमने निर्णय लिया है कि हम स्वयं जौहर पर धावा बोलने जाएँगी।"

"माँसाहिबा!"

"नेताजी, तुम हमारे सम्बन्धी हो। राजे को तुम पर पूरा-पूरा विश्वास है, इसलिए तुम सेनापति बनाए गए हो और कैसी विडम्बना है कि मराठा राज्य का सेनापति जौहर के घेरे की सराहना कर रहा है!" जीजाबाई का यह क्रोधित रूप आज तक किसी ने नहीं देखा था, "नेताजी, स्वराज्य बचा रहा, तो ही सब कुछ शेष रहेगा। स्वराज्य का निर्माण करना केवल राजे के ही बस की बात है। यह हमारा दुर्भाग्य ही तो है कि बलवान शत्रु से भी निर्भय होकर जा टकराने की शक्ति केवल राजे की ही भुजाओं में है। उन्हीं के सेनापति नेताजी पालकर और विश्वासपात्र सरदार सिद्‌दी हिलाल हमारे आगे केवल हाथ मलते खड़े हैं। नेताजी, तनिक अपनी कमर में बँधी तलवार की और पालकर कुल के गौरव को तो याद रखो।"

जीजाबाई का प्रत्येक शब्द नेताजी और सिद्‌दी हिलाल के मर्मस्थल को भेदता जा रहा था। नेताजी ने कमर से तलवार खींच ली। कहने लगे, "माँसाहिबा, इस तलवार की सौगन्ध खाकर कहता हूँ, राजे को मुक्त कराऊँगा, तभी लौटकर मुँह दिखाऊँगा। इस काम के लिए माँसाहिबा कष्ट न उठाएँ।"

अगले दो दिन अपनी सेना को विश्राम का समय देकर नेताजी पालकर तथा सिद्‌दी हिलाल ने अपनी सेना सहित पन्हाला की ओर कूच कर दिया।

10

राजे जब सोमेश्वर के दर्शन करके मन्दिर से बाहर निकले, तब भगवान् भास्कर की किरणें पूर्व दिशा में पन्हालगढ़ को प्रकाशित कर रही थीं। बाजीप्रभु, गंगाधरपन्त तथा त्र्यम्बक भास्कर उनके साथ थे। राजे अश्वारोही-दल सहित सज्जाकोठी की ओर जा रहे थे। सब मौन बने

हुए थे–कोई कुछ नहीं बोल रहा था। राजे सज्जाकोठी पहुँचकर घोड़े से उतर पड़े। वे सबके साथ प्राचीर पर चढ़े। सामने प्रतिदिन का ही दृश्य था। पूर्व दिशा की ओर से शीतल मन्द वायु बहता आ रहा था। पहाड़ की सीधी कटान के नीचे घना जंगल था। सिद्दी की फौजी छावनी साफ खुले मैदान में फैली पड़ी दिखाई दे रही थी। एक दीर्घ निःश्वास लेते हुए राजे ने कहा, ''त्र्यम्बकराव, लगता है, सिद्दी जौहर बड़े जीवटवाला, हठी आदमी है।''

''जी हाँ, इतने दिन हो गए, परन्तु घेरा कहीं से भी ढीला नहीं पड़ता। ढीले होने की बात तो दूर, दिन-प्रतिदिन घेरा अधिक दृढ़ होता जा रहा है।''

''आज अपने गढ़ में एक हजार लोग हैं। अम्बारखाने की हालत क्या है?''

''जी, उसकी कोई चिन्ता नहीं। कोठारों में मँडुआ और तिन्नी धान भरपूर भरा हुआ है। चाहे जितने दिन किले पर घेरा लगा रहे, अनाज कम नहीं पड़ेगा।''

''परन्तु राजे, नेताजी अभी तक जाने कहाँ हैं? उनका कोई अता-पता नहीं है।'' बाजीप्रभु ने अपने मन की चिन्ता कह डाली।

''बाजी, नेताजी अपने सेनापति हैं। वे जानते हैं कि हम घेरे में अटके हुए हैं। परन्तु उधर यह तो समाचार है कि शाइस्ताखान दक्षिण देश की ओर उतरता आ रहा है। पता नहीं, नेताजी कैसी कठिनाई में फँसे हैं? अब तो केवल दो ओर से सहायता की आशा है।''

''दो ओर से?''

''हाँ, एक तो नेताजी से और दूसरी हमें सदा ही आश्रय देनेवाली यह हमारी सह्याद्रि पर्वत माला से।''

''सह्याद्रि?'' गंगाधरपन्त पूछ बैठे।

''हाँ, सह्याद्रि पर्वत। वही तो हमारा सच्चा सहायक है। अभी कुछ ही दिनों में वर्षा ऋतु आ जाएगी, मूसलाधार पानी बरसेगा। सिद्दी जौहर के लिए इस बरसात का सामना करना बड़ी टेढ़ी खीर होगी। त्र्यम्बकराव, किले में गोला-बारूद तो काफी है न?'' राजे अचानक ही पूछने लगे।

''जी, भरपूर है। गोला-बारूद की कोई कमी नहीं है।''

''फिर हमें घेरे से कोई भय नहीं। जब तक गढ़ की तोपें आग उगलती रहेंगी, तब तक तो सिद्दी जौहर को गढ़ से दूर ही खड़े रहना पड़ेगा।''

इस विषय पर सोचते हुए राजे विश्राम करने सज्जाकोठी में चले गए।

परन्तु राजे का अनुमान गलत निकला। सिद्दी जौहर ने गढ़ पर घेरा डालते ही अपने चार सौ पैदल सैनिकों को और घुड़सवारों की एक छोटी-सी टुकड़ी को राजापुरवाले अंग्रेजों से मिलने रवाना कर दिया था। उसने अंग्रेजों से तोपें चलानेवाले कुशल तोपचियों की और लम्बी मार करनेवाली तोपों की माँग की थी।

जैसे ही सिद्दी का दूत राजापुर पहुँचा, अंग्रेजों ने बड़े उत्साह से उसका स्वागत किया। जौहर द्वारा पन्हालगढ़ दुर्ग घेर लिये जाने की बात उन तक पहले ही पहुँच चुकी थी। इसी प्रकार उन्होंने यह भी सुन लिया था कि शाइस्ताखान की विशाल सेना शिवाजी को मिटा डालने के लिए आ चुकी है। अंग्रेजों ने सोचा था, अब शिवाजी का तो काम तमाम हो ही गया, उलटे अब व्यापार के लिए नई अनुकूल परिस्थितियाँ प्राप्त होंगी। अंग्रेजों के मुँह से लार टपकने लगी। उन्होंने सिद्दी जौहर की माँग पूरी करने का फैसला कर लिया।

वे राजे के साथ मिरज में हुए समझौते को भुला बैठे। जिस गिफर्ड को राजे ने छोड़ दिया था, वही अब मिगहेम, और वेलची जैसे अनुभवी तोपचियों को साथ लेकर पन्हालगढ़ की ओर चल पड़ा। स्वयं रेविंगटन भी एक मशहूर तोप लेकर अपने साथियों सहित अणुस्कुरा के रास्ते पन्हाला आ पहुँचा। राजे, सिद्दी और अंग्रेजों की इस चाल से पूरी तरह बेखबर थे।

एक दिन सुबह के समय राजे सदर महल में थे कि उन्हें बाहर टापों की आवाज सुनाई दी। उस समय राजे की सेवा में शिवा नाई उपस्थित था। उसने आकर सूचना दी, ''किलेदार मिलने आए हैं।''

''किलेदार आए हैं? वे तो अभी-अभी आज्ञा लेकर परकोटे की तरफ गए हैं।''

इसी समय किलेदार त्र्यम्बकराव अन्दर आ गए। राजे ने पूछा, ''क्या बात है?''

''राजे, अंग्रेजों ने हमें धोखा दिया। वे सिद्दी से आ मिले हैं।''

''असम्भव!'' कहते हुए राजे उठ खड़े हुए।

''नहीं, महाराज! बिलकुल सच है यह। टोपीवाले अंग्रेज अपना झंडा उठाए हुए तोपें दाग रहे हैं।''

''चलो, त्र्यम्बकराव। देखें तो सही, मामला क्या है?''

राजे परकोटे पर पहुँचे। त्र्यम्बकराव ने उँगली से इशारा किया। गंगाधरपन्त बोले, ''मालूम होता है राजापुर के अंग्रेज हैं।''

इस बारे में कोई संशय नहीं था कि वे अंग्रेज ही थे। वे अपना झंडा उठाए सिद्दी की सहायता से तोपें आगे बढ़ा रहे थे। राजे एकदम आगबबूले हो उठे। गुस्से के कारण उनकी मुट्ठियाँ भिंच गईं। आँखें लाल हो उठीं। वे कहने लगे, ''कैसी पाजी कौम है ये? हमने जिनका जब्त किया हुआ माल वापस करा दिया था और जिनके साहब को हमने दया कर छोड़ दिया था, वे ही टोपीवाले, अभी तीन महीने भी पूरे नहीं हुए समझौते को, समझौता तोड़कर हम पर ही चढ़ आए हैं।''

फिर राजे जैसे होश में आ गए। उन्होंने गुस्से को ठंडा करके अपने को सँभाला। एक ही पल में वे इतने शान्त हो गए कि पास खड़े हुए लोग भी आश्चर्यचकित हो उठे। राजे हँसकर कहने लगे, ''बाजी, ले-देकर हैं तो ये व्यापारी ही। व्यापार करने का अच्छा मौका पाया है इन्होंने। अगर भाग्य में हुआ, तो जल्दी ही इनकी समझ में आ जाएगा कि यह सौदा कितना महँगा है। त्र्यम्बकराव, तोपें तैयार रखो। गढ़ के हर एक हथियारबन्द सिपाही को परकोटे पर तैनात कर दो। 'श्री' ने चाहा, तो हम इस संकट से भी पार उतर जाएँगे।''

इसी समय अंग्रेजों की तोप से धुआँ निकला। गोला आकर परकोटे के किनारे गिरा। परकोटे के गरगज पर फिरंगी बनावटवाली एक तोप तैयार थी—नाम था 'काली तोप'। राजे ने जोश के साथ कहा, ''त्र्यम्बकराव, इस कालिका का कौशल तो देखें। जरा तोप को पलीता तो दिखाओ।''

'काली' गरज उठी। अंग्रेजों की तोप का ऊँचे गढ़ से इस प्रकार मुँहतोड़ जवाब दिया गया। गढ़ की सभी तोपें आग उगलने लगीं। किला बहुत ऊँचा था, इसलिए नीचे तलहटी से फेंके गए गोले परकोटे तक नहीं पहुँच पाते थे। परकोटे की दीवार तोड़ने के लिए अंग्रेजी तोपों के लिए जो उपयुक्त स्थान था, वह किले की तोपों की मार के भीतर आता था।

अंग्रेज शत्रु के सहायक बन गए थे, इस कारण राजे बहुत चिन्ताग्रस्त हो उठे। ऊँची टोपीवाले अंग्रेज घेरे के बीच से किले के चारों ओर घूम-घूमकर दूरबीनों से किले पर नजर रखे हुए थे। राजे गढ़ से उनकी यह गतिविधियाँ देख सकते थे। जगहें बदल-बदलकर तोपें दागी जा रही थीं। अब राजे केवल बरसात के आगमन की बाट जोह रहे थे।

बरसाती हवाएँ बहने लगीं। हवा में ठंडक आने लगी। बादल आकाश में पूर्व की ओर जाने लगे। पश्चिम से पूर्व की ओर आते-बढ़ते इन बादलों को देखकर राजे अतीव आनन्दित हो उठे।

सिद्दी जौहर भी पक्का खिलाड़ी था। उसने भी बरसाती छप्पर-छाजन बनाने शुरू कर दिए।

ऐसे ही एक दिन जौहर के भेदियों ने खबर ला पहुँचाई कि मराठा सेनापति नेताजी सेना लेकर आगे बढ़ता आ रहा है। सिद्दी जौहर नेताजी की चाल का उद्देश्य जान गया। अवश्य ही नेताजी कहीं से घेरे को तोड़ने की कोशिश करेगा, ताकि शिवाजी उस टूटे हुए हिस्से में से भाग निकले। नेताजी को ऐसा मौका ही क्यों दिया जाए, यह सोचकर सिद्दी जौहर ने अपनी सेना की एक टुकड़ी नेताजी से जा टकराने के लिए आगे रवाना कर दी। वह स्वयं घेरे के स्थान पर डटा रहा और सबको पूरे होशियार रहने की हिदायतें देने लगा।

राजे ऊँचे गढ़ से नीचे हो रही सारी गतिविधियाँ देख पा रहे थे। नेताजी आए। सिद्दी हिलाल और उसका लड़का वाहवाह भी उनके साथ था। नेताजी की और जौहर की सेनाएँ आपस में भिड़ पड़ीं। नेताजी का पराक्रम पराकाष्ठा पर था, परन्तु उसकी एक न चली। इस भिड़न्त में वाहवाह जख्मी होकर गिर पड़ा। सिद्दी हिलाल अपने घायल बेटे को बचाने गया, तो वह भी दुश्मन की गिरफ्त में आ गया। नेताजी को हारकर वापस भाग जाना पड़ा। नेताजी क्या भागा जा रहा था, कि राजे की रही-सही आशा भी दूर होती जा रही थी।

सूर्य अस्त हो रहा था। राजे उदास मन से खड़े हुए थे। एकटक दृष्टि से अस्ताचल की ओर जा रहे सूर्य को देख रहे थे। देखते ही देखते सूर्य क्षितिज-रेखा तक पहुँच गया। राजे ने दोनों हाथ जोड़कर सूर्यदेव को नमस्कार किया। सूर्य शनैः-शनैः क्षितिज के नीचे जा छुपा। पश्चिम दिशा में फैला हुआ लाल गुलाल धीरे-धीरे फीका पड़ने लगा। क्षितिज के निकट एक छोटा-सा लाल रंग का बादल दिखाई दे रहा था, राजे स्थिर दृष्टि से उस नन्हे-से बादल को देख रहे थे—इस बादल को अभी कुछ ही पलों में अँधेरा निगल जाएगा...कुछ ही क्षणों में पश्चिम दिशा में फैली हुई यह मन्द-सी प्रकाश-रेखा भी अन्धकार में विलुप्त हो जाएगी...।

एक लम्बी आह उनके मुख से निकल गई। वे मुड़ पड़े।

राजे उदास हो चुके थे। वर्षा ऋतु की प्रबलता का वेग मन्द हो चुका था, परन्तु सिद्दी का घेरा थोड़ा भी ढीला नहीं हुआ था। बरसात में शत्रु का शिविर भीग रहा था। तम्बू-डेरे उड़े जा रहे थे, तूफानी हवाएँ बह रही थीं, परन्तु सिद्दी जौहर किसी से भी हार मानने को तैयार न था। राजे को अब अपने छुटकारे की कोई आशा दिखाई नहीं दे रही थी।

प्रकृति ने राजे की सहायता की, परन्तु सिद्दी जौहर प्रकृति को भी मात देकर पैर जमाए

खड़ा था। राजे मन-ही-मन सिद्दी के धीरज की प्रशंसा भी कर रहे थे और दूसरी तरफ अपने दुर्भाग्य पर उन्हें तरस आ रहा था। राजे ने एक निर्णय कर डाला। उन्होंने सिद्दी जौहर से समझौते की बातचीत शुरू कर दी। सिद्दी जौहर ने घेरे की ओर तनिक भी लापरवाही नहीं की। साथ ही राजे समझौते की जो भी शर्त सामने रखते थे, उसे सिद्दी जौहर ठुकराता जाता था। सिद्दी जौहर को केवल एक ही तरह का समझौता मंजूर था। राजे उसके सामने हथियार डाल दें, उसके हवाले हो जाएँ।

11

बारिश अबाध रूप से बरस रही थी। वायु सन-सन करता हुआ बह रहा था। पत्तों की सरसराहट, वर्षा की ध्वनि और आँधी का वेग, सबने मिलकर प्रकृति को झकझोर डाला था। रातें शुक्ल पक्ष की थीं, फिर भी एक भी तारा दिखाई नहीं दे रहा था। पहरे के बुर्जों पर नियुक्त प्रहरी चौकन्ने होकर गढ़ की रक्षा करने में सन्नद्ध थे। 'जागते रहो' की पुकारें सुनाई दे रही थीं। सनसनाती हुई हवा में वे आवाजें बहुत ही भयप्रद लग रही थीं। सिदू हवालदार ऐसे बरसाती वातावरण के बीच बरसात की बौछारों से बचता-बचाता उत्तरी परकोटे पर घूम रहा था। उसका पहना हुआ छतना वर्षा में पूरी तरह भीगकर चू रहा था। उसके पीछे-पीछे दो सैनिक चुपचाप चले जा रहे थे। अचानक आवाज आई कि जैसे कुछ गिरा हो। तीनों के कदम रुक गए। कुछ दिखाई नहीं दे रहा था, केवल कान कुछ सुन सकते थे। तेज हवा और टप-टप टपकनेवाली बूँदों की आवाज के अतिरिक्त कुछ भी सुनाई नहीं दे रहा था। सिदू हवालदार ने समझा—वर्षा के कारण पहाड़ी कगार से कोई पत्थर निकलकर लुढ़क पड़ा होगा और वह लौट पड़ा। परन्तु फिर कुछ देर बाद फिर आवाज आई—''होशियारऽऽ।''

यह आवाज परकोटे से नहीं आई थी। नीचे की ओर से आ रही थी। सिदू ने वर्षा की चिन्ता न करके झट अपना छतना हटाया। वह तेज हवा के कारण परकोटे के नीचे की ओर उड़ गया। सिदू के पीछेवाले पहरेदारों ने भी सिदू का अनुकरण किया। सिदू ने तलवार खींच ली। भौंहों-आँखों पर बहते आ रहे पानी को पोंछते हुए सिदू सुनने लगा। वही आवाज अस्पष्ट रूप से फिर सुनाई दी—''होशियारऽऽ।''

अब कोई सन्देह नहीं रहा था। सिदू परकोटे के नीचे की ओर झुका। उसने पुकारकर कहा, ''कौन है?''

कोई उत्तर नहीं आया। उसने फिर पूछा, ''अरे, कौन है?''

''नीचे रस्सी फेंको।'' नीचे से आवाज आई।

भरी बरसात में भी सिदू के रोंगटे खड़े हो गए। उसने एक सैनिक को चौकी पर उपस्थित सभी पहरेदारों को बुला लाने के लिए भेजा। दस-बीस पलों में ही पचास के लगभग सशस्त्र सैनिक वहाँ आ पहुँचे। सिदू ने दूसरे सहायक सैनिक को किलेदार को बुला लाने के लिए भेजा। सैनिक दौड़ पड़ा।

नीचे से फिर आवाज आई, ''रस्सी फेंको, रस्सीऽऽ।''

सिदू ने माथे पर आया पानी पोंछा। परकोटे पर झुककर चिल्लाया, ''फेंकते हैं...ठहरो भैयाऽऽ।''

नीचे से आवाज का आना बन्द हो गया। बरसती धाराओं के बीच सब परकोटे पर खड़े थे। किसी को कुछ सूझता नहीं था। वर्षा की और वायु की ध्वनियों के बीच मन की कल्पना नई-नई विचित्र ध्वनियाँ सुन रही थी। परकोटे पर भीड़-भाड़ हो गई थी। इतने ही में किलेदार वहाँ आए। सिंदू ने सिजदा करके सारी घटना बता दी। त्र्यम्बकराव बोले, ''रस्सी फेंको।''

पहरे की चौकी से रस्सी लाई गई। रस्सी की लपेट नीचे फेंकी गई। सिदू चिल्लाया, ''रस्सी आ रही है रेऽऽ।''

सब रस्सी की ओर देख रहे थे। रस्सी का एक सिरा सिदू के हाथ में था। जैसे ही रस्सी में झटके लगने लगे, सिदू बोला, ''रस्सी पकड़ ली है।''

दो सैनिक आगे बढ़े। उन्होंने और सिदू ने रस्सी को हाथ में अटका लिया और दीवार से पैर जमाकर सबने रस्सी खींची। रस्सी खींची जा रही थी–रस्सी का तनाव बढ़ता जा रहा था। इसी तरह कुछ समय बीता और एक हाथ परकोटे के किनारे पर आया। दो जनों ने उस आदमी को ऊपर खींच लिया। त्र्यम्बकराव ने पूछा, ''और कौन है?''

वह आदमी हाँफते-हाँफते कहने लगा, ''और कोई नहीं है।''

त्र्यम्बकराव ने रस्सी खींच लेने की आज्ञा दी। सब बुर्ज की चौकी पर गए। मशालें निकट लाई गईं, तो देखा–पानी से पूरी तरह भीगा हुआ एक संन्यासी सामने खड़ा था। उसकी चमड़ी कई जगह से कटी-छिली हुई थी। त्र्यम्बकराव ने पूछा, ''कौन है तू?''

''संन्यासी हूँ, महाराज,'' संन्यासी कहने लगा।

''किले में क्यों आया है?''

''भिक्षा पाने के लिए, महाराज।''

''पर तुझे घेरे में से किसने आने दिया?''

''सब समर्थगुरु की कृपा है।''

''ठीक से बताएगा या नहीं?'' त्र्यम्बकराव को क्रोध आ गया।

''क्रोधित मत होओ। मैं निर्धन भिक्षुक हूँ–साधु हूँ। मुझे राजे के पास ले चलो।''

''वाह रे वाह! तू कहाँ का रईस है रे? महाराज इस समय सो रहे हैं।''

''महाराज को उठाओ, अन्यथा...।''

''अन्यथा क्या?''

''राजे कल तुम पर क्रोधित होंगे। मैं बहुत थका हुआ हूँ, मुझे राजे के पास ले चलो।''

संन्यासी के ऐसे शान्त-संयमित बोल सुनकर त्र्यम्बकराव उलझन में पड़ गए। सोचने लगे, क्या किया जाए? वे बोले, ''अच्छी बात है।''

संन्यासी के हाथ पीठ पीछे बाँध दिए गए। सब लोग राजभवन की ओर चल दिए।

राजे को जगाया गया। इतनी रात को उठाए जाने के कारण राजे तुरन्त पलंग से उतर पड़े। उन्होंने पूछा, ''क्या हुआ?''

सेवक बोला, ''किलेदार आए हैं।''

''भेज दे उन्हें।''

किलेदार अन्दर आए। राजे से कहने लगे, ''एक संन्यासी गढ़ में आया है।''

''गढ़ में कैसे आ पाया?'' राजे ने कठोर स्वर से पूछा।

‘‘चहारदीवारी के नीचे से आवाज आ रही थी। पहरेदारों ने आवाज सुनी और नीचे रस्सी फेंककर उसे ऊपर चढ़ा लिया। संन्यासी कुछ बताता ही नहीं है।’’

‘‘कहाँ है?’’

‘‘यहाँ नीचे लाया गया है, आज्ञा हो, तो... ’’

‘‘हाँ, उसे हमारे सामने उपस्थित करो।’’

संन्यासी सामने लाया गया। संन्यासी को देखते ही महाराज की मुखमुद्रा बदल गई। उनके मुख पर सन्तोष का भाव छा गया। वे कहने लगे, ‘‘उसके हाथ खोलो।’’

‘‘परन्तु महाराज...।’’ त्र्यम्बकराव कह उठे

‘‘कहा न, उसके हाथ खोलो। अरे, साधु-सन्तों के हाथ भी कहीं बाँधे जाते हैं क्या?’’

संन्यासी के हाथ खोल दिए। राजे ने कहा, ‘‘त्र्यम्बकराव, अब तुम जाओ। कपड़े बदल लो। हम इससे पूछताछ करते हैं।’’

त्र्यम्बकराव सिजदा करके चले गए। राजे पानी से तरबतर भीगे उस संन्यासी से एकदम लिपट गए। कहने लगे, ‘‘अरे महादेव, तू तो बस भगवान् बनकर यहाँ आ उतरा है। जरा ठहर तो।’’

राजे ने अन्दर जाकर अपना सन्दूक खोला। उसमें से अपने कपड़े निकालकर महादेव को देते हुए उन्होंने कहा, ‘‘ले, पहले कपड़े बदल डाल।’’

‘‘न-न महाराज,’’ वह बोला।

‘‘अरे, तेरा सारा बदन छिल गया है—कपड़े गीले हैं—ठंड के मारे काँप रहा है तू। कम-से-कम तू अच्छी तरह बात तो कर सकेगा। चल, पहन ले ये कपड़े—हमारी आज्ञा है यह। हम अभी आते हैं।’’

राजे बाहर गए। उन्हें आया देखकर ड्योढ़ीवाले पहरेदार हड़बड़ाकर खड़े हो गए। राजे ने कहा, ‘‘ड्योढ़ी के अलाव में आग जलाओ।’’

राजे महल में वापस आ गए। महादेव ने कपड़े पहन लिये थे। महाराज के कपड़े पहनने के कारण वह सकुचाया हुआ खड़ा था। राजे को हँसी आ गई। उसका हाथ पकड़कर वे कहने लगे, ‘‘चल, आ मेरे साथ।’’

राजे उसे लेकर ड्योढ़ी में आए। वहाँ एक जमादार (नाईक) खड़ा था। राजे ने उससे कहा, ‘‘नाईक, अपना कम्बल अलाव के पास बिछाओ। हम जरा आग तापते हैं।’’

नाईक ने अपना कम्बल बिछा दिया। राजे कहने लगे, ‘‘नाईक, बाहर पहरेदारों को खड़ा करो। किसी को भी अन्दर मत आने देना।’’

‘‘जी।’’

नाईक के जाते ही राजे कम्बल पर बैठ गए। अलाव में पड़ी हुई लकड़ी की गाँठ सुलग रही थी। उस पर छोटी-छोटी लकड़ियाँ रखी गई थीं। धुआँ निकल रहा था। राजे ने महादेव का हाथ पकड़कर उसे अपने पास बैठा लिया। ऊपर छत पर पानी बरस रहा था। पनारों का और ओलती का पानी नीचे के चौक में गिर रहा था।

‘‘हाँ, तो महादेव, अब बता।’’ राजे ने कहा।

‘‘महाराज, उधर राजगढ़ में माँसाहिबा बहुत चिन्तित हैं। शाइस्ताखान ने पुणे के हमारे खास लालमहल में ही ठौर जमा लिया है। आस-पास का सारा इलाका लूट रहा है वह।’’

"और अपने किलों का क्या हाल है?"

"किले मजबूत हैं। शाइस्ताखान ने चाकण किले को घेर लिया है। फिरंगोजी उसका मुकाबला करके गढ़ की रखवाली कर रहे हैं। आप इधर घेरे में उलझे पड़े थे—माँसाहिबा को कुछ सूझा नहीं। वे स्वयं ही सेना लेकर निकल पड़ी थीं...। हाँ...। नेताजी आए थे और उन्होंने माँसाहिबा को मुहिम पर आने से रोक लिया था।"

अलाव सुलग रहा था। छोटी-छोटी लकड़ियाँ जल उठी थीं, उनकी लपटें उठ रही थीं। राजे हाथ सेंक रहे थे। वे कहने लगे, "चील आकाश में उड़ती है, परन्तु उसका सारा ध्यान लगा होता है अपने नन्हे-नन्हे बच्चों पर। पर यहाँ तो मामला उलटा हो गया है। हम आकाश में ऊँची उड़ानें ले रहे हैं और माँसाहिबा को हमारी उड़ानें गढ़ में बैठकर देखनी पड़ रही हैं। जाने क्या सोचती होंगी वे अपने मन में?...अच्छा, आगे बता।"

"नेताजी हार गए...।"

"वह तो हमने भी देखा है। उनका कोई बस नहीं चला। पर यह तो बता, तू यहाँ कैसे पहुँचा?"

"माँसाहिबा ने कई भेदियों को इधर भेजा, परन्तु किसी की एक न चली। संन्यासी, वैरागी, फकीर कोई भी हो, सिद्दी जौहर किसी को आने या ठहरने नहीं देता। घेरा पूरी तरह मजबूत है। दिन में कम-से-कम एक बार तो वह स्वयं सारे घेरे का चक्कर जरूर लगाता है, चाहे पानी बरस रहा हो या न बरस रहा हो।"

"पर तू कैसे निकल आया?"

"मैं जब इधर आ रहा था, तब कोंकण प्रदेश के सरदार सुर्वे की एक सैनिक-टुकड़ी पन्हालगढ़ के घेरे में सम्मिलित होने जा रही थी। सतारा के पास मुझे वह टुकड़ी मिली। उन्हें पचास होन देकर मैंने राजी कर लिया। उस सैनिक-दल का एक सैनिक बनकर मैं यहाँ छावनी में आ गया।"

"शाबाश।"

"एक महीने से मैं छावनी में ही हूँ, परन्तु मौका ही नहीं मिल रहा था। सौभाग्य से निकल आने की एक जगह मिली। छावनी में सब ओर यही जिक्र था कि शिवाजीराजा सिद्दी के आगे हथियार डाल रहे हैं। मुझसे रहा नहीं गया। कल रात को मैंने मन में पक्का ठान लिया और हिम्मत करके राह निकल ही पड़ा।"

"और तू संन्यासी कैसे बन गया?"

"राजगढ़ से आते समय यही कपड़े पहनकर निकला था। सतारा आकर एक सैनिक का वेश बना लिया। पर ये साधुओंवाली कफनी साथ थी। सोचा—अगर किसी ने कफनी देख ली, तो बेकार संकट में फँस जाऊँगा। सो फिर से कफनी पहनी और चला आया।"

"वाह, तू धन्य है, महादेव!...तू जिधर से आया है, वह रास्ता कैसा है?"

"उत्तर की ओर जो पहाड़ी ढलान है न, वहाँ पर दो फौजी चौकियों के बीच दूरी अधिक है।"

"दोनों के बीच कितनी दूरी है?"

"कोई डेढ़ सौ कदम तो होगी।"

राजे हँस पड़े। बोले, "तो यह दूरी...?"

"हाँ, महाराज। बाकी पहरे की चौकियाँ तो पचास-पचास कदम पर हैं। यों समझ लो महाराज, कि हाथ से हाथ मिलाकर खड़ा हुआ है घेरा। बस वही एक जगह अपने काम की है। पहरेदार भी, बहुत हुए तो पचास से अधिक नहीं होंगे।"

"ठीक है। कल इस बारे में सोचेंगे। तू थक गया होगा, जा, जाकर सो जा।"

राजे जब उठ खड़े हुए, उस समय तक अलाव जोर-जोर से धधकने लगा था। लपटें जैसे जीभ लपलपाती हुई ऊपर की ओर लपक रही थीं।

12

अगले दिन भोर के नगाड़े की आवाज से राजे की नींद खुली। महालक्ष्मी के मन्दिर में घंटानाद हो रहा था। शायद प्रभातकालीन 'काकड़' आरती समाप्त हो चुकी थी। राजे स्नान-पूजादि से निवृत्त होकर सभाभवन में आए। सारे दुर्ग में केवल इतनी ही खबर फैली हुई थी कि रात कोई रस्सी के सहारे चढ़कर गढ़ में आया है।

राजे जब सभागृह में थे, उसी समय महादेव आया और राजे को सिजदा करके खड़ा हो गया। महादेव को देखकर राजे अपनी हँसी नहीं रोक पा रहे थे। महादेव इकहरे बदन का था, परन्तु था ऊँचे कद का। राजे के कपड़े उसके शरीर पर बेढंगे दिखाई पड़ रहे थे। राजे का चुन्नटदार पाजामा उसकी पिंडलियों तक आ गया था। अँगरखा घुटनों से आ लगा था। पहनी हुई बंडी छाती में ढीली होकर लटक-सी रही थी। इसी समय शिवा नाई सभागृह में आया। राजे ने पूछा, "शिवा, हमारी पोशाक कैसी लगती है?"

शिवा महादेव की ओर ही देख रहा था। वह भी हँसी रोक नहीं पा रहा था। अपनी दाढ़ी पर हाथ फिराते हुए शिवा कहने लगा, "ये तो राजा का पहनावा है, हम जैसों को कैसे जँचेगा?"

"क्यों नहीं जँचेगा? अरे शिवा, तू अगर हमारे कपड़े पहन ले न, तो कोई दूसरा तो तुझे पहचान भी नहीं पाएगा। इस महादेव के और हमारे शरीर के अंगलेट में ही फर्क है, इसी कारण यह पोशाक ऐसी अटपटी दिखाई दे रही है।"

बाजीप्रभु, त्र्यम्बकराव, गंगाधरपन्त आदि सभी लोग आ चुके थे। येसाजी भी आ चुके थे। राजे ने कहा, "त्र्यम्बकराव, हमारे महादेव को पहले उसके अनुरूप कपड़े तो दो। हमारे कपड़े पहनकर बेचारे की बुरी हालत हो रही है।"

त्र्यम्बकराव ने हवालदार को आज्ञा दी। महादेव उसके साथ चला गया। राजे सबके साथ अपने महल में चले गए।

सज्जाकोठी में गुप्त मन्त्रणा होने लगी। राजे ने कहा, "कहो, त्र्यम्बकराव, अब घेरे में से कैसे निकला जाए?"

"राजे, कुछ सूझता नहीं, कुछ समझ नहीं आता। लगता है–सिद्दी जौहर पूर्णतः आत्मसमर्पण के अतिरिक्त और कोई शर्त नहीं मानेगा।"

"तो फिर क्या किया जाए? क्या उसके सिवाय और कोई रास्ता नहीं?" राजे ने लम्बी आह भरकर कहा।

"राजे!"

"क्या बात है, बाजी?"

"राजे, हम निर्बल कहलाए गए। आपको बचा नहीं सके।"

बाजीप्रभु जैसे हृष्ट-पुष्ट और बलिष्ठ शरीर के व्यक्ति को आँसू बहाता देखकर राजे का मन खिन्न हो उठा। वे कहने लगे, "बाजी, भाग्य की कठिन घड़ी आ पड़ी है। परन्तु कैसी भी कठिन घड़ी क्यों न आ पड़े, फिर भी खोजने से मार्ग तो मिल ही जाता है।"

बाजी ने आँसू पोंछ डाले। आशा भरे मन से कहने लगे, "कहिए महाराज, कहिए। रुकिए नहीं।"

"कल महादेव आया है। बताता है कि उत्तर दिशा में दो चौकियाँ काफी दूर-दूर हैं। रात के समय बच निकलने का वही एक रास्ता है।"

त्र्यम्बकराव कहने लगे, "फिर रुकना काहे का? आप इस गढ़ की चिन्ता न करें, जब तक हमारे शरीर में प्राण...।"

"इस पर मुझे पूर्ण विश्वास है। परन्तु भाग निकलने के रास्ते में खतरे कम नहीं हैं। कहीं शत्रु सावधान हो गया, तो...!"

"तो सब पहरेदारों को काटकर फेंक देंगे।" बाजीप्रभु गरज उठे।

"यह भी कर सकेंगे हम सब, परन्तु उसके बाद विशालगढ़ पहुँचने तक एक पल को भी रुक नहीं सकेंगे। लगभग पन्द्रह कोस का फासला है—शत्रु के हाथ लगने से पहले क्या हम इतनी दूरी तय कर पाएँगे?"

"राजे?" बाजी कहने लगे, "बस आप घेरे से बाहर निकलो। आपको विशालगढ़ सुरक्षित रूप से पहुँचाने का जिम्मा हमारा।"

"ठीक है। देखें, 'श्री' की क्या इच्छा है!"

रात में एक विशेष व्यक्ति महादेव के साथ किले के बड़े दरवाजे की दुआरी में से बाहर निकला। अगले दिन सुबह तूफानी बरसात में भीगे हुए कई लोग बाहर जाकर गढ़ में वापस आ गए। वे लोग घेरे के बीच से गुजरकर फिर वापस लौट आए थे। राजे को यह समाचार सुनकर सन्तोष हुआ। अगले दिन गंगाधरपन्त सिद्दी जौहर से मिलने गए और समझौते की प्रार्थना कर आए। सिद्दी जौहर बातचीत करने में काफी सावधानी से काम ले रहा था। उससे बातचीत करके गंगाधरपन्त गढ़ में लौट आए।

उस रात को राजे शान्तचित्त होकर सोए। अगले दिन बड़े सबेरे ही वे उठ बैठे। सुबह सज्जाकोठी में विशेष आत्मीयजन जमा हो गए। पूर्णिमा की तिथि के उस दिन अषाढ़ महीने की आँधी-तूफानवाली बारिश ने बाहर ऊधम मचा रखा था। ऐसी तूफानी हवाओं के बीच राजे अपनी योजनाएँ बना रहे थे। राजे ने कहा, "त्र्यम्बकराव, दो पालकियाँ तैयार रखो। बाजी, तुम अपने साथ अपने खास आदमी चुन लो। गंगाधरपन्त, तुमने पत्र पूरा लिख लिया क्या?"

गंगाधरपन्त ने पत्र तैयार कर लिया था। राजे ने उसे पढ़ा। अपनी मुहर लगाकर वह पत्र उन्होंने गंगाधरपन्त को दे दिया। सिद्दी जौहर और फजलखान के साथ आत्मसमर्पण के विषय में बातचीत करने के लिए गंगाधरपन्त की नियुक्ति की गई। उस पत्र में राजे ने लिखा था, "सलाबतखान बिचवई बनकर अली आदिलशाह के आगे हमारी तरफदारी करें, तो हम उनके कदमों में अपना सब कुछ निछावर करने को तैयार हैं।"

गंगाधरपन्त और अन्य चार जने मिलकर गढ़ के मशहूर चार-दरवाजे के पास आए। किलेदार त्र्यम्बक भास्कर ने गढ़ का यह प्रधान द्वार आज सवा सौ दिनों बाद खोला था।

गंगाधरपन्त आत्मसमर्पण की निशानी—सफेद झंडा लेकर गढ़ से नीचे उतरने लगे। घेरे के सिपाहियों ने उस झंडे को देखा। तुरन्त सिद्दी को सूचना भेजी गई। फजलखान अकड़ता हुआ डेरे से बाहर आया। वह अपनी सफलता को जी भरकर देखने लगा।

गंगाधरपन्त ने अति शालीनतासहित राजे की थैली सिद्दी जौहर के हाथ में दे दी। सिद्दी ने उसे पढ़ा। शिवाजी बुरी तरह परेशान हो चुका था और हथियार डालने के लिए तैयार था। सिद्दी ने पूछा, ''तो राजासाहब कब आ रहे हैं यहाँ?''

''आप यदि उनकी सुरक्षा का वायदा करें, तो वे कल ही यहाँ हाजिर हो जाएँगे।''

''हम जरूर यकीन दिलाते हैं।'' सिद्दी ने कहा।

''इसमें जरूर शिवाजी की कोई चाल है।'' फजलखान बोल उठा, ''हमारे अब्बाजान के मुलाकात के मौके पर भी इस तरह की बातचीत हुई थी।''

सिद्दी जौहर हँसने लगा। बोला, ''फजलखान, अफजलखान के साथ भी इसी तरह बातचीत हुई थी, मगर उस वक्त मुहासरा ऐसा नहीं था। उस वक्त तुम्हारे अब्बाजान शिवाजी से मिलने गए थे। कल शिवाजी यहाँ आ रहा है। उसे आना ही पड़ेगा।''

राजे के प्राणों की सुरक्षा का वचन पाकर तथा शिवाजीराजा के कल हाजिर होने का वायदा करके गंगाधरपन्त पन्हालगढ़ लौट आए।

सारी छावनी में खबर फैल गई। मूसलाधार बारिश से हैरान हुई फौज को इस खबर से बेहद खुशी हुई। घेरे का चौकसपन और तनाव एकदम कम हो गया। फजलखान कल के सपने देख रहा था। सिद्दी जौहर की नजरें बीजापुर में होनेवाले अपने उत्साहपूर्ण स्वागत के नजारे देख रही थीं। बाहर निरन्तर वर्षा हो रही थी।

13

गंगाधरपन्त सिद्दी जौहर की छावनी से गढ़ में वापस आ गए। उन्होंने आते ही सज्जाकोठी में जाकर राजे को सारा वृत्तान्त कह सुनाया। राजे के मुख पर वही प्रसन्नता छाई हुई थी।

''पन्त, यहाँ तक तो सब ठीक-ठाक हो गया। अब सारे किले में भी यही खबर फैला दो कि हम कल सिद्दी जौहर से मिलने जा रहे हैं।'' फिर राजे हँसते हुए कहने लगे, ''सब कुछ निश्चित तरह से होता गया, तब तो ठीक है, अन्यथा सिद्दी जौहर से भेंट का अवसर तो तय है ही।''

दुपहरी बीत रही थी। बाजी ने अपने साथी चुन लिये थे। राजे सज्जाकोठी में चहलकदमी कर रहे थे। गंगाधरपन्त और त्र्यम्बकराव राजे के साथ जानेवाले सैनिक-दल का चुनाव करने में तथा आवश्यक साज-सामान जुटाने के कार्य में व्यस्त थे।

दोपहर को बरसात कुछ कम हो गई थी, परन्तु शाम होते-होते फिर तेज हो गई। राजे ने शिवा नाई को बुलवाया। हँसमुख शिवा सामने आ उपस्थित हुआ। राजे ने कहा, ''शिवा, हम जब गढ़ से बाहर निकलेंगे, तब हमने राजमार्ग से एक पालकी रवाना करने की सोची है। उसमें बैठने के लिए एक और शिवाजी चाहिए।''

''मैं कुछ समझा नहीं, महाराज,'' शिवा बोला।

राजे समझ नहीं पा रहे थे कि शिवा को कैसे समझाएँ। वे कहने लगे, ''शिवा, हम बाहर निकले कि दूसरी पालकी भी बाहर निकलेगी। यह पालकी राजमार्ग से जाएगी और इस तरह जरूर जौहर के हाथ लगेगी। यदि हमारा पता लग गया, तो भी दूसरी पालकी पकड़े जाने के कारण शत्रु को यही भ्रम होगा कि 'शिवाजी पकड़ा गया'।''

''तो फिर कठिनाई क्या है?'' शिवा ने पूछा।

''एक दूसरा शिवाजी चाहिए, जिसका अंगलेट हमारे जैसा ही हो, और जिसका चेहरा हमारे चेहरे से मिलता-जुलता हो।''

अब शिवा के दिमाग में बात आई। वह खुश होकर कहने लगा, ''वाह, ऐसी जिम्मेदारी मिलती हो, तो कोई छोड़ेगा क्या?''

शिवा नाई का कद राजे के कद जितना ही था। देह की गठन भी वैसी ही थी। राजे ने कई बार इस समानता के बारे में कहा भी था। शिवा ने भी शौक समझकर राजे के जैसे ही दाढ़ी बढ़ा ली थी। उसे आता देखकर उसके मित्र भी उसे 'आइए राजे!' कहकर उसका मजाक उड़ाते थे। राजे को पूरा विश्वास था कि शिवा का निर्णय अनुकूल ही होगा। शान्त, संयमपूर्ण वाणी से राजे कहने लगे, ''शिवा, शिवाजी बनना इतना आसान काम नहीं है। तेरे कारण हम बचकर निकल जाएँगे, परन्तु तू? तेरा बचना कठिन है—हम इस बारे में सोच-विचार कर रहे हैं।''

शिवा ने राजे के पाँव छू लिये। कहने लगा, ''महाराज, आपको भवानी माँ की सौगन्ध है, अब इस विचार को बिलकुल बदलें नहीं। आप बचे रहे, तो मुझ जैसे लाखों शिवा पैदा हो जाएँगे। इस शिवा की देह भी कंचन बन जाएगी।''

''अच्छा, चल तो। देखें, शिवाजी कैसा दिखाई देता है।''

राजे ने अपने विशेष वस्त्र शिवा को पहनने के लिए दिए। वस्त्रों को माथे से लगाकर शिवा ने जरतारी बुंदियोंवाला अँगरखा पहन लिया। पैरों में चूड़ीदार पाजामा पहना। राजे ने सन्दूक खोलकर अपना जरीटोप उसे दिया। शिवा उसे सिर पर पहनकर खड़ा था। फिर राजे ने अपने हाथों उसकी कमर में कमरबन्द कस दिया। उसकी कमर में रत्नजटित तलवार खोंस दी। कमरबन्द में ही कटार भी खोंस दी। ज्यों-ज्यों राजे की एक-एक वस्तु और वस्त्र शिवा को पहनाए जा रहे थे, शिवा की बेचैनी बढ़ती जा रही थी। दिल की धड़कन बढ़ने लगी थी। राजे ने मोतियों की लड़वाला गुच्छा उसके जरीटोप में लगाया और जरतारी जूतों की ओर इशारा करते हुए बोले, ''शिवा, जूते पहन ले।''

इन शब्दों को सुनते ही शिवा एक कदम पीछे हट गया। अगले ही पल उसने जूते उठाकर छाती से लगा लिये और कहने लगा, ''महाराज, अब हद हो गई। आज तक आपने मुझ जैसे का बोझ कैसे उठाया, ये तो आप ही जानें। इन जूतों के पास खड़े रहने के बराबर भी तो नहीं हूँ मैं—और ये जूते पैर में पहनूँ?''

राजे की मुद्रा कठोर हो गई, ''शिवा, चल, पहन ये जूते। अरे, शिवाजी भी ऐसी रोनी सूरतवाला है क्या? अरे, इस तरह मुँह बनाकर रोने से हमारी इज्जत मिट्टी में मिलाएगा क्या?''

इस बात को सुनते ही शिवा की छाती फूल उठी। आँखों में हँसी चमकने लगी। उसने पैरों में जूते पहन लिये। तलवार की मूठ पर हाथ रखकर वह कहने लगा, ''कौन कहता है, हम रोनी सूरतवाले हैं?''

राजे हँस पड़े। राजे ने अपने गले में से मोती-कंठा उतारा और शिवा के गले में पहना दिया। सन्दूक में से कौड़ियों की माला निकाली। उसे मस्तक से छुआते हुए वे बोले, ''शिवा, यह कौड़ियों की माला ही भोसले-वंश का सच्चा अलंकार है। देवी भवानी का प्रसाद है यह। भवानी के भक्तगणों का चिह्न है यह। देखना, कहीं इसके नाम पर बट्टा न लगे। सिद्दी जौहर चाहे और किसी चीज से धोखा न खाए, पर इस माला के कारण वह अवश्य चक्कर में आ जाएगा।''

राजे ने वह कपर्दिक-माला शिवा को पहना दी। वे पीछे हटकर शिवा के रूप-आकार को निहारने लगे। इतने ही में उनका निजी सेवक आया। कहने लगा, ''गंगाधरपन्त आए हैं।''

''उन्हें अन्दर भेज दे।''

राजे ने कहा, ''शिवा, जरा मुँह घुमाकर खड़ा हो जा।''

इतना कहकर राजे पासवाले कक्ष में चले गए। गंगाधरपन्त और बाजीप्रभु भीतर आए। गंगाधरपन्त ने सिजदा किया। कहने लगे, ''राजे, पूरी तैयारी हो चुकी है।''

शिवा झटके से मुड़ा। कहने लगा, ''ठीक है, हम भी तैयार हैं।''

बाजीप्रभु के मुँह से निकल पड़ा, ''तुमऽऽ तूऽऽ?''

शिवा हँसने लगा। इसी समय राजे भी कक्ष में आ गए। पूछने लगे, ''बाजी, कैसा लगता है यह दूसरा शिवाजी?''

''महाराज, एक पल के लिए तो मुझे भी विश्वास नहीं हुआ। जिसने आपको निकट से नहीं देखा हो, वह तो अवश्य ही चकरा जाएगा।...मगर शिवा, राजे भी कहीं इस तरह ढीले-ढाले खड़े होते हैं क्या?''

शिवा एकदम तन गया। फिर से हँसी का फव्वारा फूट पड़ा। राजे कहने लगे, ''शिवा, एक कमी रह गई।''

राजे ने अपने कानों से चौकड़ा उतारा। एक चौकड़ा शिवा के एक कान में पहनाने के बाद राजे दूसरा चौकड़ा पहनाने के लिए मुड़े। परन्तु अब तक भावनाओं के जिस आवेग को उन्होंने धीरज से मन में रोक रखा था, वह आवेग आँसू बनकर बह निकला। रोना फूट पड़ा। उन्होंने चौकड़ा झट से शिवा को दे दिया। शिवा कह उठा, ''महाराज!''

राजे ने उसे एकदम छाती से लगा लिया। वे कुछ भी बोल नहीं पा रहे थे। केवल उनकी आँखों के आँसुओं से शिवा का कन्धा भीग रहा था। राजे कहने लगे, ''शिवा, इसी कारण हमें राजा होने से घृणा हो आती है। तुम्हारे जैसे लोगों को हर घड़ी, हर अवसर दाँव पर चढ़ाना पड़ता है। क्यों? किसलिए? अरे, मेरे लिए मौत से गले मिलने जा रहा है तू और मैं तेरे कानों में चौकड़ा पहना रहा हूँ। कितना क्रूर हँसी-ठट्ठा है यह भी!''

शिवा ने अपने को राजे के आलिंगन से मुक्त कर लिया। कहने लगा, ''राजे, आदमी की मौत के बाद रोनेवाले ढेरों होते हैं, मगर जीते जी उसके लिए आँसू बहानेवाले बहुत थोड़े होते हैं। महाराज, मेरे जैसे आदमी के लिए आपकी आँखों में आँसू आ गए–इस देह को और क्या चाहिए? आपके आँसू की एक-एक बूँद पर एक-एक मरण निछावर कर दूँगा मैं। आप मेरे लिए दुख न करें।''

राजे ने अपने को संयमित किया। आँसू पोंछ डाले। उन्होंने पूछा, ''गंगाधरपन्त, खोजी-सिपाहियों को आगे भेज दिया है?''

"हाँ, अँधेरा होते ही खोजी-दल रास्ता दिखलाने के लिए गढ़ से नीचे उतर गए हैं। परन्तु राजे, बाहर आँधी-वर्षा पूरे जोरों पर है।"

"आज तक प्रकृति से बढ़कर हमारा रखवाला और कोई नहीं हुआ। देखो न आज पूनम है, परन्तु प्रकृति ने हमारी रक्षा के लिए चाँदनीवाला चमकता वेश बदलकर यह रूप धारण किया है। हमें प्रकृति को धन्यवाद देना चाहिए।"

सबने भोजन किया। सब तैयार थे ही। रात धीरे-धीरे गहराती जा रही थी। रात का पहला पहर बीत चुका था। धरती और आकाश साँय-साँय करती हुई तूफानी हवाओं से और वर्षा की धाराओं से भर उठे थे। राजे सबके साथ महल के बाहर निकले। छोटे राजद्वार के पास पालकी तैयार थी। राजे ने शिवा का आलिंगन किया और त्र्यम्बकराव से कहने लगे, "हमारे निकलते ही दरवाजे बन्द करा दो। शिवा को दूसरे रास्ते से भेजो। जितने दिन शत्रु से दुर्ग को बचा सको, लड़कर बचाते रहो।"

पन्त ने उत्तर दिया, "राजे, उस बारे में आप चिन्ता न करें। आप सकुशल पहुँच जाएँ, यही इच्छा है।"

राजे ने कहा, "ये बाजीप्रभु जब साथ हैं, तो चिन्ता कैसी? अच्छा, पन्त, हम चलते हैं।"

राजे पालकी में बैठ गए। पालकी छोटे गुप्त राजद्वार से होकर दुर्ग से बाहर निकली। उसके पीछे-पीछे चुनिन्दा छह सौ पैदल सिपाही और पन्द्रह बढ़िया घोड़े भी अँधेरे में रास्ता तय करने लगे।

राजे के बाहर जाते ही शिवा को भी पालकी में बिठाकर एक दूसरे रास्ते से नीचे भेज दिया गया।

14

बरसात की बौछार के बीच राजे की पालकी आगे दौड़ती जा रही थी। पालकी के साथ बाजीप्रभु और अन्य बांदल सैनिक थे। जूतों की आवाज न हो, इसलिए पालकी के साथ चलनेवाले किसी ने भी पैरों में जूते नहीं पहने हुए थे और उन्होंने जूते पहने भी होते, तो भी बड़े रास्तों से बचते हुए पगडंडियों और टेढ़े रास्तों पर चलते हुए, बरसती जलधाराओं के बीच कीचड़ में से आगे बढ़ते हुए वे जूते टिक भी नहीं पाते। प्रत्येक पल की कीमत थी–हर क्षण जानलेवा था–जमीन पर पाँव ही नहीं पड़ते थे।

दुश्मन के घेरे की चौकियाँ निकट आ रही थीं। खोजी-भेदिए हर पचास कदम पर आगे भेजे जाते थे और वे राजे को अगला रास्ता दिखाते जा रहे थे। शत्रु की चौकी दिखाई देते ही पालकी की चाल धीमी हो गई। सबने बहुत धीरे से अपनी तलवारें म्यान से निकाल लीं। हरेक की छाती में आनेवाले पल की बात सोचकर धड़कन बढ़ने लगती थी। कदम इस तरह रखे जा रहे थे कि कम-से-कम आवाज हो। परन्तु कीचड़-पानी में धँसा हुआ पैर उठाते ही जो आवाज होती थी, वह भी वर्षा की ध्वनि से अधिक जोरदार लगती थी। पहरे की चौकी को लगभग पार कर लिया गया था कि आवाज आई, "होशियारऽऽ।"

बाजीप्रभु ने जोर से कहा, "चलो।"

जो गति पल भर के लिए धीमी हो गई थी, वह अब दुगुनी हो गई।

पीछे से फिर किसी ने पुकारा, ‘‘होशियारऽऽ।’’

राजे की पालकी घेरा पार कर चुकी थी। अब सबके मन में निश्चय समा चुका था–दौड़ की परीक्षा का अवसर आ पड़ा था। पालकी दौड़ाई जा रही थी। हर तरफ भगदड़-सी शुरू हो गई। आवाजें आने लगी थीं, ‘‘ठहरो।’’

परन्तु ‘ठहरो’ हुक्म से बाजी का आदेश ‘चलो’ अधिक रौबदार था। अब छावनी के पहरेदारों का शक दूर हुआ। पीछे चीख-पुकारें मचने लगी थीं, ‘‘दुश्मन भाग गया।’’

15

‘‘कैसे भाग गया?’’

आलीशान तख्त पर लेटे हुए शराब के नशे में चूर सिद्‌दी जौहर पर अभी नींद का असर हुआ ही चाहता था कि खबर आई, ‘‘शिवाजी भाग गया।’’ किसी पहाड़ी चट्‌टान के फटाव में, हलकी-हलकी धूप में आराम से सो रहे काले नाग पर जैसे कोई अचानक पत्थर फेंके और वह काला नाग फुफकारता हुआ फन तानकर खड़ा हो जाए, ठीक उसी तरह सिद्‌दी भड़ककर खड़ा हो गया। आँखों से आग बरसने लगी। खबर सुनानेवाले सिपाही को ही वह तड़ातड़ थप्पड़ मारने लगा। इसी समय फजलखान और मसूदखान दौड़ते हुए आए।

फजलखान कहने लगा, ‘‘मैंने तो पहले ही कहा था...।’’

‘‘खामोश!’’ गुस्से के मारे पागल हो रहा जौहर चिल्लाया। उसकी जलती हुई निगाहों को देखते ही फजल की बात मुँह की मुँह में रह गई। मसूद की ओर देखकर सिद्‌दी जौहर ने कहा, ‘‘मसूद, जाओ। शिवाजी का पीछा करो। शिवाजी को पकड़कर लाए बिना हरगिज हमें अपना मुँह मत दिखलाना।’’

मसूद ने जल्दी-जल्दी हजार घुड़सवार और हजार पैदल सिपाही जमा किए। बरसात के बीच पूरे जोर से भागता-दौड़ता हुआ वह शिवाजी को पकड़ने के लिए निकल पड़ा। मसूद काफी दूर पहुँच गया, मगर शिवाजी कहीं दिखाई नहीं दे रहा था। उसका कहीं कुछ अता-पता नहीं था। अचानक एक सवार गला फाड़कर चिल्लाया, ‘‘दुश्मन! दुश्मन! वो रहा।’’

मसूद का जोश उमड़ उठा। घोड़ों की धीमी चाल एकदम तेज हो गई। पालकी को सवारों ने घेर लिया। मसूद ने पालकी में बैठे हुए राजे को देखा। पालकी का मुँह मोड़ दिया गया। मसूद की खुशी बाँसों उछल रही थी–मराठों का राजा शिवाजी ज्यों का त्यों उसके हाथ आ लगा था।

पालकी की पूरे फौजी इन्तजाम से हिफाजत करता हुआ मसूद छावनी में लौट आया। सिद्‌दी जौहर चीते की तरह इधर-उधर चक्कर मार रहा था। सारी छावनी पर उदासी छाई हुई थी। मसूद के आने की खबर पाकर सबके चेहरों पर खुशी छाने लगी। एक नौकर ने दौड़ते हुए जाकर सिद्‌दी को बतलाया, ‘‘हुजूर, शिवाजी पकड़ा गया। मसूदखान शिवाजी को गिरफ्तार करके ला रहे हैं।’’

सिद्‌दी का घूमना थम गया। उसने सिर ऊपर उठाया। नजरें नौकर की ओर लगी थीं। गुस्से और फिक्र के मारे लाल हुई आँखों में हँसी नजर आने लगी। वह खुलकर हँसने लगा। उसके सफेद दाँत मोतियों के समान चमक उठे। सिद्‌दी ने तख्त पर रखे हुए अपने जरीटोप

में से सोने का जड़ाऊ पत्ता खींच लिया और वह नौकर की ओर फेंका। फजलखान बेहद खुश होकर सिद्दी की तरफ देख रहा था। उसकी ओर देखते हुए सिद्दी जौहर ने कहा, ''फजलखान, कुर्नूल के इस शेर ने जहाँ-जहाँ पंजा उठाया है, उसकी पकड़ से आज तक कोई नहीं बच पाया। और ये तोऽऽ।''

इतने में डेरे के दरवाजे पर कुछ आवाज हुई। सिद्दी और फजलखान की नजरें उस ओर मुड़ गईं। मसूदखान अन्दर आ रहा था। उसके पीछे-पीछे राजे शिवाजी इस तरह चले आ रहे थे, मानो कुछ हुआ ही न हो। राजे ने एक बार सब पर नजर फिराई और अन्त में उनकी नजर सिद्दी जौहर पर जाकर टिक गई। सिद्दी इस ढिठाई की ओर देखता ही रह गया। उसके चेहरे पर मुस्कराहट फैल गई। वह कहने लगा, ''राजे, क्यों, भागे जा रहे थे क्या?''

''हाँ, सोचा था, अगर बन सके तोऽऽ।''

''तो फिर क्या हुआ?''

''बात बनी नहीं।''

सिद्दी हँस पड़ा। कहने लगा, ''राजासाहब, आप बहादुर इनसान हैं। बैठिए न!''

शिवाजी को देखते ही फजल का गुस्सा उबल पड़ा था, ''...यही है वो शिवाजी, जो अब्बाजान का हत्यारा है! और उसे सिद्दी इतनी इज्जत बख्श रहा है! जौहर!'' फजलखान चिल्लाकर बोला, ''सल्तनत के दुश्मन की ये कैसी तारीफ की जा रही है? तलवार से सिर...।''

''ठहरो, ठहरो, फजलखान, जुबान रोको। शिवाजी कोई तुम्हारे-हमारे जैसे सरदार नहीं हैं, वे राजा हैं। उनके बारे में सिर्फ बादशाह-सलामत ही फैसला करेंगे। राजे हमारे मेहमान हैं—तशरीफ रखिए, राजासाहब!''

''शुक्रिया!'' कहते हुए राजे बैठक पर बैठ गए।

''राजासाहब, शराब पिएँगे क्या?'' राजे के भीगे हुए कपड़ों को देखकर सिद्दी ने पूछा।

सिद्दी ने प्याला उनके हाथ में दिया। लाल-लाल शराब राजे के प्याले में उँडेली गई पर राजे ने वह प्याला होंठों से नहीं लगाया। घूरती हुई निगाह से उन्होंने पूछा, ''आप नहीं पिएँगे?''

सिद्दी हँस पड़ा। उसका शक दूर हो गया। उसने प्याला उठाया, सुराही की शराब उसमें उँडेली और प्याला होंठों से लगाया। राजे का प्याला भी होंठों से आ लगा।

सिद्दी जौहर राजे की ओर देख रहा था। राजे की ऐसी ढिठाई देखकर उसे अचरज हो रहा था।

''राजासाहब, अगर आप भाग जाते, तो कहाँ जाते?''

''विशालगढ़ पहुँचते। एक बार हम विशालगढ़ पहुँच जाते, तो फिर तुमसे कुछ करते न बनता।''

''सच है। राजासाहब, मगर हमें आपकी किस्मत की कोताही पर सख्त अफसोस है।''

''मगर हमारी किस्मत हमेशा कोताह नहीं होती।''

''लेकिन आज तो यही समझना होगा कि किस्मत ने आपका साथ नहीं दिया। ये हकीकत भी कितनी दर्दनाक है?''

राजे हँसकर कहने लगे, ''मालिक सब जानता है।''

सिद्दी ने पूछा, ''अगर आप जंग में कत्ल कर दिए जाते, तो?''

राजे खिलखिलाकर हँस पड़े। बाईं मुट्ठी बाँधकर कमर पर रखकर और शान से सिद्दी को घूरते हुए राजे पूछने लगे, ‘‘सिद्दीसाहब, महाराज शहाजीराजा को आप भूल गए हैं क्या?’’

सिद्दी हँस पड़ा। राजे भी उसके साथ हँसने लगे। उसी समय एक जासूस खेमे में आया। सिद्दी ने पूछा, ‘‘क्या है?’’

जासूस आगे बढ़ आया। उसने सिद्दी के कान में खुसफुसाकर कुछ कहा। सिद्दी जौहर एकदम भौचक हो गया। एक ही पल में उसकी हँसी गुस्से में बदल गई। उसने तलवार खींच निकाली और राजे की तरफ देखता हुआ वह चिल्लाकर बोला, ‘‘कौन है तू?’’

‘‘शिवाजी हूँ मैं।’’

‘‘झूठ है, शिवाजी भाग गया है, असली शिवाजी भाग निकला है।’’

‘‘यह भी सच है।’’

‘‘क्या मतलब?’’

‘‘मतलब यह कि शिवाजीराजा कोई बावले थोड़े ही हैं, जो तेरे हाथ आएँ? सिद्दी, अरे अब तक तो राजे बहुत दूर निकल गए होंगे।’’

‘‘तू कौन है? बोल!’’

सिद्दी की ओर देखता हुआ शिवा कहने लगा, ‘‘इस देह का नाम शिवा नाई है।’’

‘‘दगाऽऽ,’’ चिल्लाता हुआ फजलखान आगे बढ़ा। गुस्से के मारे आगबबूला हो रहे सिद्दी ने तलवार की नोक शिवा की छाती से लगा दी। चिल्लाकर बोला, ‘‘इसका नतीजा जानता है?’’

आराम के साथ धीरे से तलवार को एक ओर हटाते हुए शिवा ने कहा, ‘‘नतीजा न जानता होता, तो यहाँ आता ही क्यों? अगर जान इतनी ही प्यारी होती, तो पालकी में बैठे हुए भी यह कटार मेरी कमर में बँधी हुई थी।’’

‘‘हरामखोर।’’ फजलखान चिल्लाया।

शिवा हँसने लगा। बोला, ‘‘फजल, अब गुस्सा करने से क्या फायदा? राजे तो कब के दूर चले गए। एक पहर भर के लिए ही सही, मैं राजे के कपड़े पहन सका, स्वाँग में ही क्यों न सही, मैं शिवाजी बन सका। बस! मेरा जीवन तो कंचन बन गया।’’

‘‘खामोश! कम्बख्त कहीं का!’’ सिद्दी चीखा और उसने अपनी तलवार सीधी शिवा की छाती में घुसेड़ दी। तलवार खून से नहा उठी। शिवा के मुख पर एक तीव्र वेदना फैल गई। तलवार के घाव को उसने अपने बाएँ हाथ से दबाया। दाएँ हाथ से खेमे का खम्भा पकड़ लिया उसने। लड़खड़ाती देह को सँभालते हुए शिवा हँसकर कहने लगा, ‘‘मैंने शिवाजी का स्वाँग रचा है। भला शिवाजी कभी पेट के बल औंधे गिर सकते हैं क्या? राजेऽऽ, सेवक का अन्तिम सिजदाऽऽ।’’

कहता हुआ शिवा उस खम्भे के सहारे नीचे लुढ़क पड़ा।

16

शिवाजीराजा के पलायन के बारे में पूरी जानकारी मिलते ही जौहर की छावनी में फिर से हो-हल्ला मच गया। मसूद मन-ही-मन अपनी सराहना कर रहा था, मगर जब उसे पता चला

कि उसका कैदी नकली शिवाजी है, तो वह बहुत निराश हुआ। गुस्से के मारे पागल-सा होकर उसने फिर से फौज जमा की और आधी रात के बाद वह विशालगढ़ की तरफ चल पड़ा। सिद्दी जौहर को भी ठीक-ठीक कुछ सूझ नहीं रहा था। असमंजस में डूबा हुआ वह सोच रहा था, कहीं असली शिवाजी किले में ही न हो। यह सोचकर उसने गुलगपाड़े और असमंजस में पड़े, बिखरे हुए घेरे को फिर से व्यवस्थित बनाया और स्वयं किले के पास ही जमा रहा।

विशालगढ़ के रास्ते में ही भोर हो आई। राजे की पालकी उठाए कहार दौड़ते जा रहे थे। पालकी के आगे-पीछे चल रहे सैनिक आगे-पीछे नजरें दौड़ा रहे थे। अन्धड़ थम चुका था, परन्तु वर्षा अभी हो रही थी। राजे पालकी के झब्बे को हाथ में पकड़े हुए बाहर की ओर देख रहे थे। पालकी ढोनेवाले लोग पूरा दम लगाकर दौड़े जा रहे थे, इतने कि छाती फटी जाती थी। पालकी ढोनेवाले कहार कुछ देर बाद पारी बदलते जा रहे थे। कीचड़ में पैरों के रखने-उठाने से निरन्तर आवाज हो रही थी। हमारे कारण इन लोगों को कितनी तकलीफ हो रही है—यह सोच-सोचकर राजे की आँखें भर-भर आती थीं। विशालगढ़ अभी बहुत दूर था।

दिन का एक पहर बीत चुका था कि एक जासूस खबर लाया—पीछे से मसूद की फौज आ रही है। रात भर की दौड़ के कारण जो शरीर थके-माँदे थे, खबर सुनते उनकी थकान पल भर में गायब हो गई। सबने मानो जान की बाजी लगाकर विशालगढ़ की दूरी कम करने के लिए दौड़ना शुरू किया। विशालगढ़ अब भी काफी दूर था। सर्वस्व दाँव पर लगाकर दौड़ते-भागते हुए पालकी गजापुर की घाटी तक आ पहुँची।

इस घाटी से विशालगढ़ तीन कोस दूर था। पीछे से बढ़ा आ रहा शत्रु अब दिखाई देने लगा था। मसूद बड़े जोश और गुस्से से खौलता हुआ डेढ़ हजार सिपाहियों को साथ लिये हमला करने आ रहा था। राजे जब गजापुर की घाटी के निकट पहुँचे, तो उन्हें सूचना मिली कि मराठा सरदार सुर्वे और जसवन्तसिंह विशालगढ़ पर घेरा डाले बैठे हैं। विशालगढ़ पहुँचना ही हो, तो सुर्वे का घेरा तोड़कर ही जाना होगा। पीछे से मसूद चढ़ा आता है—घेरा तोड़े तो कौन तोड़े? कैसे?

राजे के साथ लगभग छह सौ सैनिक थे। कहारों को भी गिन लिया जाए, तो राजे के साथ आठ सौ से ज्यादा लोग नहीं थे। लोग भी कैसे! कीचड़-मिट्टी भरी जमीन पर रात भर पन्द्रह कोस दौड़े हुए लोग। छाती फटने तक पूरी जान की बाजी लगाकर दौड़े हुए लोग! ऐसे लोगों को अब सुर्वे की फौज—नए दम, नई ताकतवाले सिपाहियों की कतार को चीरकर आगे बढ़ना होगा। मसूद के सिपाहियों का सामना करना होगा...।

राजे की सदा जागरूक रहनेवाली विचारशक्ति भी इस समय काम नहीं दे रही थी। बाजीप्रभु ने कहारों को पालकी नीचे रखने की आज्ञा दी। गजापुर के पहाड़ी दर्रे में पालकी रख दी गई। राजे पालकी से बाहर आए। बाजी ने कहा, ''महाराज, अब देर न करें। आप आधी सेना साथ लेकर आगे जाइए और सुर्वे की सैनिक पंक्ति चीरकर आप विशालगढ़ पहुँचिए।''

''और बाजी, तुम?''

''मैं? मैं यहाँ डटा रहता हूँ। कितना ही समय क्यों न लगे, मैं शत्रु के एक भी सिपाही को यह दर्रा पार करने नहीं दूँगा।''

''नहीं, नहीं, बाजी! अपने प्राणों की बाजी लगाकर तुम हमें यहाँ तक लाए हो। अब जो भी करना है, सब मिलकर ही करेंगे।''

''राजे,'' बाजी ने कहा, ''एक-एक पल का भारी मोल है। कृपा करके आप आगे चलिए। जान की बाजी लगाकर आपको यहाँ तक लाए हैं, सो क्या इसीलिए? हमारे परिश्रम को सार्थक करें, राजे। शत्रु आ रहा है, उसकी बन आई, तो सब किए-कराए पर पानी फिर जाएगा।''

बाजी ने राजे का एक बार आलिंगन किया। फिर सिजदा करके कहने लगे, ''राजे, आप चले जाइए। हम स्वामी के लिए जान निछावर करते हैं। आप जैसे समर्थ स्वामी के होते हमें अपने पीछे बाल-बच्चों का पेट भरने की चिन्ता कैसी? परन्तु राजे...!''

''कहो, बाजी!'' राजे ने आँसू पोंछते हुए कहा।

''राजे, आप गढ़ में पहुँचने के बाद इशारे के लिए तोप अवश्य दगवाएँ...बस, इतनी ही प्रार्थना है। जाइए, राजेऽऽ।''

राजे ने बाजी को गले से लगा लिया। बाजी उनकी बाँहों में समा गए, पर केवल एक क्षण के लिए ही। अगले पल वे बाहु-बन्धन से अलग हो गए। राजे अपनी सेना सहित गढ़ की ओर चल पड़े। राजे जैसे ही आँखों से ओझल हुए, बाजी उत्साह से उमड़कर पीछे लौटे। सारे बांदल लड़ाके बाजी की ओर देख रहे थे।

''ऐसे देख क्या रहे हो? जब तक राजे गढ़ न पहुँच जाएँ, इस खिंड* में से एक भी शत्रु गुजरने न पाए! राजे को गढ़ तक सकुशल पहुँचाने की जिम्मेदारी हमारी है। बोलो, ''हरऽ हरऽ महाऽ देवऽऽ।''

'हरऽ हरऽ महादेवऽऽ' के रणघोष से सारी घाटी गूँज उठी। पैरों में नई शक्ति का संचार हो उठा। तलवारें म्यान से बाहर आ गईं। उस पहाड़ी 'खिंड' में, जो गजापुर की 'घोडखिंड' के नाम से प्रसिद्ध थी, वीर बाजीप्रभु पैर जमाकर खड़े हो गए। सामने से मसूद की फौज 'दीन, दीन' चिल्लाती हुई झपटती आ रही थी।

गजापुर पहाड़ी घाटी के ऊपरी भाग में स्थित यह पहाड़ी दर्रा–'घोडखिंड' अपने नाम के अनुरूप था। इसके दो ओर ऊँचे कगार थे और दोनों के बीच एक सँकरा रास्ता था। यह खिंड लगभग डेढ़-सौ कदम लम्बी थी।

मसूद की सेना जैसे ही खिंड के पास पहुँची, बाजीप्रभु के बांदल मावले सैनिक गरजकर उन पर टूट पड़े। जोरदार मारकाट मच गई। मसूद की सेना को पीछे हटना पड़ा। बाजीप्रभु के आगे के सैनिक मावले भी पीछे हटे, उनकी जगह पीछेवालों ने ले ली। मसूद के सिपाही थोड़ी-थोड़ी देर बाद हमला कर रहे थे और बाजीप्रभु के सैनिक उनका मुकाबला कर रहे थे। सेनाओं के इस सामने में एक पहर बीत गया।

उधर राजे तीन सौ मावलों सहित विशालगढ़ की दिशा में दौड़े चले जा रहे थे। अब विशालगढ़ दिखलाई देने लगा था कि सुर्वे के घेरे में खबर पहुँच गई–स्वयं शिवाजीराजे चढ़ाई करने आ रहे हैं।

सूर्यराव सुर्वे ने राजे पर हमला कर दिया। राजे के साथियों के पराक्रम का तो कहना ही क्या! वे राजे के साथ-साथ हथियार चला रहे थे। धीरे-धीरे सुर्वे की टक्कर कमजोर होने

---

* पहाड़ी दुर्ग। दो ऊँचे सीधे पहाड़ी कगारों के बीच का सँकरा मार्ग।

लगी। उनकी सेना पीछे हटने लगी। इसी अवसर का लाभ उठाते हुए 'हर हर महादेव' की रणवाहिनी विशालगढ़ तक जा पहुँची। सूर्यराव के व्यूह को भेदकर राजे अपने घायल सैनिकों सहित विशालगढ़ की ओर दौड़े जा रहे थे।

विशालगढ़ पर भगवा झंडा फहरा रहा था। हर पल गढ़ निकट आता जा रहा था। प्रत्येक मावले सैनिक का मन कह रहा था—आज जीवन धन्य हुआ।

राजे तो छूट गए थे, परन्तु बाजी पूरी तरह उलझ गए थे। बाजीप्रभु के तीन सौ सैनिकों में से आधे भी नहीं बचे थे। ऐसा कोई मावला नहीं था, जिसके शरीर पर घाव न हो। रंगपंचमी के दिन भी किसी ने शायद ही लाल रंग की ऐसी होली खेली हो।

बाजीप्रभु लहूलुहान हो चुके थे। उनकी पगड़ी कब की भूमि पर गिर चुकी थी। हट्टे-कट्टे, बलिष्ठ शरीर के धनी बाजीप्रभु शत्रु पर फिरंगी तलवार से वार कर रहे थे। सिर के पीछे गोक्षुराकार शिखामूल में से निकलकर उनकी लम्बी चोटी गले पर झूल रही थी। आज मानो बाजीप्रभु को रणचंडिका का वरदान प्राप्त हो गया था। इसी प्रकार तीन पहर बीत गए, फिर भी खिंड शत्रु के कब्जे में नहीं आ पा रही थी। शत्रु के कुछ सैनिकों ने पहाड़ी कगार पर चढ़कर दूसरी ओर पार जाने का प्रयत्न किया, परन्तु असफल रहे। मसूद अब गुस्से से बेकाबू हुआ जा रहा था, पर उसका बस ही क्या था! आज तक उसने इस तरह की लड़ाई कभी देखी ही नहीं थी। पहले उसके जो सिपाही खिंड पर जोश के साथ हमला करते थे, वे ही अब खिंड के पास आते ही अपने बचाव की फिक्र करते हुए, दुबकते हुए आगे बढ़ रहे थे। बाजीप्रभु ने अब भाला थाम लिया। उनका भाला खिंड से कुछ दूर खड़े हुए दुश्मन की भी खबर ले रहा था। प्रतीत होता था—मानो आज अजेय आत्माओं का समूह ही खिंड के द्वार पर पंक्ति बनाकर डटा खड़ा हो।

मसूद ने बन्दूक लाने की आज्ञा दी। बन्दूक लाई गई। निशानेबाज ने निशाना लगाया और धमाका हुआ।

गोली ठीक उनकी छाती में लगी थी। बाजी इस आघात से पीछे की ओर गिर पड़े। सैनिक बाजी को पीछे ले गए। दूसरे मावले आगे बढ़ आए। खिंड फिर अजेय ही बनी रही।

बाजीप्रभु को होश आया। ऊपर का आकाश उन्हें धुँधला दिखलाई दे रहा था। उन्होंने पूछा, "तोप छूटी क्या?"

कइयों ने गरदन हिलाकर बतलाया, 'नहीं।' बाजी उठने का प्रयत्न कर रहे थे। घावों के लिए शरीर में जगह नहीं थी, मर्मस्थानों पर कितनी ही चोटें खा बैठे थे, फिर भी बाजी उठना चाहते थे। किसी ने कहा, "बाजी, तुम मत उठो। हम खिंड की रखवाली कर रहे हैं।"

"तोप नहीं छूटी अभीऽऽ?" कहते हुए बाजीप्रभु शरीर की समस्त शक्ति संचित करके उठ खड़े हुए। लड़खड़ाते हुए, भाले के सहारे अपना सन्तुलन सँभालते हुए, दाएँ-बाएँ को झोंके-से खाते हुए गरजती वाणी से वे कहने लगे, "गोली लगी है, तो क्या हुआ? राजे गढ़ में पहुँचे नहीं, और बाजी मर जाए...ये कैसे होगा?"

बाजीप्रभु सैनिकों के बीच से मार्ग बनाते हुए खिंड के द्वार तक जा पहुँचे। उन्होंने हाथ में भाला तान लिया। उस रक्तरंजित भीषण रूप को देखते ही आगे बढ़ रहे शत्रु के कदम पीछे की ओर जाने लगे। इसी समय पहाड़ी दुर्ग विशालगढ़ से तोप छूटने की आवाज आई।

बाजीप्रभु के मुख पर हास्य खिल उठा। वे धीरे से कह सके, ''लो, राजे गढ़ में पहुँच गए, अपनी जीत हुई।''

इसके साथ ही बाजीप्रभु लड़खड़ाकर गिर पड़े। मसूद की सेना अब झपटकर टूट पड़ी। पिछले सात पहरों में जो बांदल-सेना मृत्यु से लड़ती-भिड़ती रही थी, अब वह कृतकृत्य हो उठी। उसकी शक्ति मानो समाप्त हो गई।

इसके बाद भी 'घोडखिंड' में भयानक मारकाट मची। सारे वीर मावलों को बड़ी क्रूरता से मारा गया। परन्तु इस बात से कोई भी दुखी न था। इसका रंज था ही किसे?

17

सायंकाल होते-होते राजे विशालगढ़ के प्रवेशद्वार तक पहुँच गए। दरवाजा खोला गया। राजे के स्वागत के लिए नगाड़ बज उठे। द्वार फिर बन्द हो गया। राजे को आया देखकर गढ़ में उत्साह का रंग-सा आ गया। राजे की आज्ञा पाकर तुरन्त तोप दागी गई। राजे के सकुशल पहुँचने के कारण विशालगढ़ में सभी अति हर्षित हो उठे थे। राजे के साथ जो मावले आए थे, वे बुरी तरह थक चुके थे। एक भी मावला ऐसा नहीं था, जिसके शरीर पर घाव न हो। पिछले सात पहरों के परिश्रम का सुफल पाकर सबके मुख पर सफलता का आनन्द चित्रित था। राजे ने किलेदार से पूछा, ''किलेदार, गढ़ की कैसी हालत है?''

''महाराज, किला पूरी तरह मजबूत है। सेना भी काफी है।''

''घी के कुंड हैं न?''

''जी, हाँ। भरपूर हैं।''

''देखो, हमारे सभी साथी घायल हैं, उनके घावों पर घी लगाओ। अगर कोई लगवाने से मना करे, तो उससे कहो–हमें खुद आकर घी लगाना पड़ेगा। पिछले सात पहर से किसी ने रोटी का एक टुकड़ा भी नहीं खाया है। सबको भोजन कराके आराम करने दो।''

मावले जी-जान से लड़े थे। उन्हें घावों की चिन्ता नहीं थी, परन्तु इलाज कराने से वे कतराते थे। उन दिनों पुराना सड़ा हुआ घी ही घावों की एकमात्र औषधि था। घी लगाने से जख्म सूखे रहते थे, उनमें पीप नहीं भर पाती थी। कुछ ही दिनों में घाव शीघ्र भर जाता था। परन्तु घी लगने से जो जलन होती थी, वह अत्यन्त दाहक थी। नमक या लाल-मिर्ची की बुकनी की जलन भी शायद कुछ कम जलाती होगी। घी लगवाने से सभी बचना चाहते थे। इसी कारण राजे को विशेषरूप से यह आज्ञा देनी पड़ी।

राजे ने आराम नहीं किया। शाम के धुँधलके में वे दूर देख रहे थे–गजापुर की खिंड बिलकुल शान्त नीरव थी। कोई भी ऐसा चिह्न न था, जिससे उस ओर से आनेवाले किसी की कोई आहट मिल पाए। राजे चिन्तित हो उठे थे। दूसरी ओर उनके मन में सुर्वे की बात सोच-सोचकर क्रोध दुगुना हो उठता था। एक समय था, जब राजे ने अपना आदमी समझकर सुर्वे पर दया की थी, आज वे ही सुर्वे खान के सरदार बनकर राजे पर हथियार उठाने की जुर्रत कर रहे थे।

राजे विशालगढ़ के राजभवन में आए। किलेदार ने वहाँ सारा प्रबन्ध करा दिया था। राजे के वस्त्रादि तथा कोष की व्यवस्था महादेव ने बड़ी उत्तमता से कर रखी थी। राजे महल

के बैठकखाने में बैठे थे। सारा वातावरण चिन्ताग्रस्त था। सब मन-ही-मन जान रहे थे कि गजापुर की खिंड में क्या हुआ होगा, परन्तु कहने का साहस कोई नहीं कर पा रहा था।

इतने में किलेदार वहाँ आए। उनके पीछे-पीछे सेवक एक घायल बांदल सैनिक को सहारा देकर ला रहा था। राजे उठ खड़े हुए। उन्होंने उस घायल और लहूलुहान सैनिक को पकड़कर धीरे से अपने उच्चासन पर बिठाया। आहत सैनिक पर बार-बार बेहोशी छा रही थी। उसके चेहरे पर ठंडे पानी के छींटे मारे गए। मशालें पास लाई गईं। घायल ने आँखें खोलीं। राजे को देखते ही वह उठने का प्रयत्न करने लगा, परन्तु राजे ने उसे रोका। वे कहने लगे, "हाँ, बता, बताऽऽ।"

"राजे, बाजी खूब लड़े। तोप की आवाज सुनने के लिए उनके प्राण छटपटा रहे थे। घाव इतने लग चुके थे कि नए घाव के लिए शरीर में स्थान ही नहीं बचा था। मसूद ने बन्दूकवाले को आगे किया, उसने बाजी पर गोली चलाई...।"

जख्मी आदमी ने रुककर साँस ली। राजे भर्राई हुई आवाज से पूछने लगे, "फिर क्या हुआ?"

"बाजी गिर पड़े। हम उन्हें पीछे की ओर ले गए। खिंड के दरवाजे पर लड़ाई हो रही थी। बाजी को गोली नाजुक जगह पर लगी थी। बाजी होश में आए कि पूछने लगे, 'तोप छूटी क्या?' जब उन्हें बताया कि 'अभी नहीं छूटी', तो बाजी कहने लगे, 'राजे अभी तक गढ़ में कैसे नहीं पहुँचे?' उसी हालत में बाजी उठने लगे, रोकने पर भी रुके नहीं। वे भाला लेकर खिंड के आगे की ओर जाने लगे। जाते समय बाजी कह रहे थे, 'राजे अभी गढ़ में नहीं पहुँचे। गोली लगी है, तो क्या हुआ? जब तक राजे गढ़ में नहीं पहुँचते, ये बाजीप्रभु तब तक भला मर सकता है क्या'?"

राजे की आँखों से आँसू टपक रहे थे। दिल भर-भर आता था। सब उपस्थित जनों की स्थिति भी राजे के समान ही हो चुकी थी। आहत सैनिक कह रहा था, "इतने ही में तोप छूटी। आवाज सुनते ही बाजी कहने लगे, 'लो, राजे गढ़ में पहुँच गए। अपनी जीत हुई–राजे सिजदाऽऽ।' और बाजी लड़खड़ाकर भूमि पर गिर पड़े। अब तक सभी की ताकत चुक गई थी। मसूद और उसके सिपाही चढ़ दौड़े। अपने सब साथी मार डाले गए। मैं खिंड में था, जैसा था, उसी हालत में दौड़ता आया। राजे अपनी जीतऽऽ।"

आहत सैनिक का सिर एक ओर लुढ़क गया। सिसकियाँ भरते हुए राजे ने आहत वीर को बैठक में लिटा दिया। राजे खड़े हो गए। उन्होंने अपना दुशाला उस पर ओढ़ा दिया। राजे के मुख से अनायास निकल पड़ा "बाजी, तुम चले गए। घोडखिंड को पावन कर गए तुम। किलेदार, सुनो, आज से 'घोडखिंड', 'पावनखिंड' नाम से पुकारी जाएगी।"

अगले दिन राजे पहाड़ी किले के परकोटे से नीचे देख रहे थे। नीचे मसूद और सुर्वे मोर्चाबन्दी करने में लगे थे। राजे जान गए कि यह सारी तैयारी किले पर घेरा डालने के उद्देश्य से की जा रही है। वे किलेदार के साथ महल में आए। राजे ने कुछ आदेश दिए। उसी रात मराठा सेना भी खामोशी के साथ गढ़ के दोनों ओर से नीचे उतरी। सुर्वे और मसूद ने बिलकुल नहीं सोचा था कि राजे नीचे आकर भी हमला कर सकते हैं। उस चाँदनी रात में, ठंडी-तेज हवाओं में ठिठुरते हुए सिपाहियों पर मराठा सेना टूट पड़ी। बहुत भयानक मारकाट मची। नीचे की फौजी छावनी असावधान थी, इसलिए बुरी तरह हड़कम्प मच गया। घेरे में

दोनों तरफ हो-हल्ला मचा हुआ था। कुछ पता नहीं लग पा रहा था कि आखिर दुश्मन कहाँ हैं, कितने हैं। मसूद और सुर्वे का घबराहट के मारे बुरा हाल हो रहा था। राजे की सेना के सैनिक जिस तरह चुपचाप आए थे, उसी तरह चुपचाप काम पूरा कर सबके सब वापस गढ़ में जा पहुँचे।

सुबह होते ही मसूद और सुर्वे की छावनी के लोग डरती निगाहों से किले की ओर देख रहे थे। विशालगढ़ का घेरा डाले इतने दिन हो चुके थे, परन्तु आज तक गढ़ खामोश था। राजे ने पूछा, ''किलेदार, कभी गढ़ से तोपें चलाई गई हैं या नहीं?''

''नहीं, महाराज। आप उधर घेरे में फँसे हुए थे। हमने सोचा–फिर इस तरफ हड़बड़ी मचाने से क्या फायदा?''

''बड़ा अच्छा किया तुमने! अब देर मत करो–हर गरगज से तोप चलवाओ।''

किलेदार सारी बात समझ गया। वह तुरन्त बाहर चला गया।

राजे ने गढ़ के गरगजों पर रखी हुई तोपों को देखा। इनमें से कई बुर्ज ऐसे थे कि जहाँ रखी हुई तोपों से शत्रु के मोर्चों पर वार किया जा सकता था। राजे ने इन तोपों के रेजक उड़ाने की आज्ञा दी। चार दिशाओं की तोपें एकसाथ गरज उठीं। घेरा और मोर्चे, तीन-तेरह हो गए। एक तो रातवाला हादसा और फिर दिन को ऐसे धमाके–मसूद और सुर्वे को अपनी-अपनी सेनाओं की भागमभाग अपनी आँखों देखनी पड़ रही थी। ऊपर गढ़ से राजे यह दृश्य देख-देखकर हँस रहे थे।

मसूद जानता था कि विशालगढ़ दुर्ग कितना दुर्गम-दुर्जेय है। वह सुर्वे को छोड़कर सिद्दी जौहर की तरफ जाने की योजना बनाने लगा। सरदार सुर्वे में अकेले घेरा लगाने की हिम्मत नहीं थी। फलस्वरूप दोनों ने घेरा लगाने का खयाल छोड़ा और कुछ दिनों में वे दोनों घेरा हटाकर सिद्दी जौहर की ओर चले गए। अब राजे का रास्ता खुल गया था।

राजे को अब चिन्ता सता रही थी तो केवल शाइस्ताखान की। राजे राजगढ़ जाने के लिए चल पड़े।

18

जीजाबाई ने समाचार सुना कि राजे राजगढ़ की तलभूमि में आ गए हैं। कई मास बाद राजे राजगढ़ लौट रहे थे। कई मुहिमें पूरी करके और अनेक संकटों से जूझने के बाद राजे का आगमन हो रहा था। राजगढ़ में फैले हुए आनन्द का तो ठिकाना ही क्या! अफजलखान के वध की घटना के समय से अब तक जीजाबाई को लगभग एक वर्ष तक राजे के बारे में चिन्तित रहना पड़ा था। माँ-बेटे को पूर्णतः निश्चिन्त और मुक्त क्षण एक लम्बी अवधि के बाद अब प्राप्त हो रहे थे।

गढ़ के पहले दरवाजे की नौबत बज उठी। रानी पुतलाबाई ने सम्भाजीराजा को कपड़े पहनाकर सजाया-सँवारा और उन्हें माँसाहिबा के महल में ला छोड़ा। जीजाबाई ने सम्भाजी से कहा, ''शम्भूराजा, तुम्हारे आबासाहब आ रहे हैं। उनकी अगवानी करने जाओ न।''

सम्भाजीराजा एक सेवक के साथ बाहर आए। मोरोपन्त पिंगले, सोनोपन्त आदि सभी तैयार हुए बैठे थे। शम्भूराजा सबके साथ पिताजी का स्वागत करने के लिए महल से बाहर

आए। राजे ऊपरीकोट के द्वार पर आए थे कि उनकी दृष्टि शम्भूराजा की ओर गई। राजे ने उन्हें सहसा गले लगा लिया। बालक को उठाकर वे ऊपरीकोट में पधारे।

जीजाबाई को देखते ही राजे रुक गए। उन्होंने शम्भूराजा को नीचे उतारा और माता के चरण छुए। जीजाबाई ने राजे को प्यार से गले लगा लिया। जीजाबाई के मुख से केवल इतना ही निकल सका, ''शिवबा!!''

''माँसाहिबा, आपके आशीर्वाद से हम सकुशल लौट आए।''

''परन्तु राजे, यहाँ हमारे लिए हर रात प्रलय की रात हो गई थी।''

''माँसाहिबा, एक बात कहूँ? हमें अब स्वराज्य के विषय में बिलकुल चिन्ता नहीं है।''

''क्यों? क्या कारण है?''

''राजकार्यालय के काम-काज पर तो आपकी निगरानी है ही, परन्तु हमें यह एक नवीन समाचार ज्ञात हुआ कि अवसर पड़ने पर आप लड़ाई की मुहिम के लिए भी कूच कर सकती हैं।''

जीजाबाई लजा गईं। कहने लगीं, ''तुम माता होते न! तो समझ पाते। तुम पन्हाला में फँसे पड़े थे, हमें कुछ सूझा ही नहीं।''

''तो इस कारण आप स्वयं चल पड़ीं? आपने इतना ही नहीं किया–शाइस्ताखान पर आक्रमण करने के लिए सेना भेजी थी, यह समाचार सुनकर तो हम धन्य-धन्य हो उठे।''

''चलो, राजे। बहुत-सी बातें करनी हैं। तुमसे बहुत कुछ पूछना है।''

राजे जीजाबाई सहित राजभवन में पधारे।

शाम के समय जीजाबाई और शिवाजीराजा बैठे हुए बातचीत कर रहे थे। पास ही महादेव खड़ा था। राजे ने कहा, ''माँसाहिबा, आपका यह गुप्तचर यदि ठीक समय पर पन्हालगढ़ न आता, तो संकट और बढ़ गया होता।''

जीजाबाई ने कहा, ''राजे, इतने गुप्तचर भेजे हमने, पर कोई भी भीतर नहीं जा सका। सबके सब वापस लौट आए।''

राजे महादेव से कहने लगे, ''महादेव, हम अच्छी तरह जान गए हैं कि हम चाहे कहीं हों, तू अवश्य ही हमारा अता-पता ढूँढ़ निकालेगा। इसलिए हम आज से तेरा नाम गुप्तचरों की सूची से निकाल देते हैं।''

जीजाबाई राजे की ओर देखने लगीं। बात सुनकर महादेव घबरा उठा था। कहने लगा, ''महाराज!''

''महादेव!'' राजे हँसकर कहने लगे, ''अरे, अब हमारी जिम्मेदारी बहुत बढ़ रही है। अब हमारे पास तेरे जैसे हर कला में निपुण लोगों का होना बहुत जरूरी है। कब कौन-सी, कैसी बाँकी घड़ी आ पड़े, इसका क्या भरोसा? इसलिए हम आज से अपने विशेष रक्षक-दल में तुझे नियुक्त करते हैं।''

इसी समय सूचना आई कि नेताजी पालकर और कान्होजी जेधे आए हैं।

नेताजी को राजे के सामने आने में भय लग रहा था। नेताजी पन्हालगढ़ का घेरा तोड़ने में असफल रहे थे, इसलिए राजे के सामने आने में सकुचा रहे थे। इसीलिए नेताजी कान्होजी को साथ लेकर राजगढ़ आए थे। वे कान्होजी सहित राजभवन में पधारे। दोनों सिजदा करके खड़े हो गए।

''माँसाहिबा,'' राजे ने कहा, ''हमारे सेनापति को हमारे सामने आने में संकोच का अनुभव हो रहा था, इसलिए कान्होजी के साथ का बल पाकर नेताजी काका यहाँ हाजिर हुए हैं।''

कान्होजी उतावलेपन से कह उठे, ''गढ़ में खबर आई थी कि आप आए हैं। मैं इस ओर आने के लिए चल पड़ा था कि रास्ते में नेताजी मिल गए। दोनों मिलकर चले आए।''

''कान्होजी, साथी भी इतनी सरलता से मिला करते हैं क्या? नेताजी, जब हमने आदेश दिया था, अगर तभी तुम पन्हाला पहुँच जाते, तो हमें घेरे में बन्द होकर दो महीने दुखी न होना पड़ता। तुम्हारी सेना की हानि और तुम्हारी पराजय भी हमें अपनी आँखों न देखनी पड़ती। नेताजी काका, युद्ध में एक-एक पल का भी मूल्य होता है। एक क्षण की अवधि भी विजय अथवा पराजय का निर्णय करा देती है। युद्धक्षेत्र में असावधान रहने से काम नहीं चलता। यदि किसी का दोष न हो, तो हम जय या पराजय का विचार कभी नहीं करते। तुमने शहापुर में जो वीरता दिखलाई है, उसका विवरण सुना है हमने। उस पराक्रम के लिए तुम्हारी जितनी भी प्रशंसा की जाए, थोड़ी है।''

ऐसे वचनों को सुनकर नेताजी को कुछ ढाढ़स बँधा। उनके मुख पर फिर से हास्य खिल उठा। राजे ने कहा, ''इससे भी बढ़कर एक काम तुमने ऐसा लाजवाब किया है, उसके लिए तुम्हारे सौ अपराध भी क्षमा किए जा सकते हैं। स्वयं माँसाहिबा हमारे छुटकारे के लिए कूच कर रही थीं। उस समय तुमने उन्हें रोक लिया, हमारे छत्र की ही रक्षा की तुमने। कान्होजी, हम माँसाहिबा के सामने ही तुमसे एक प्रार्थना किया चाहते हैं।''

''आज्ञा कीजिए, महाराज।''

''कान्होजी, तुम्हें याद होगा कि अफजलखान के वध के बाद हमने तुम्हें अपने राजदरबार में सम्मान का प्रथम पद प्रदान किया था।''

''जी हाँ, याद है।''

''हम पन्हालगढ़ के घेरे में घिरे पड़े थे। छूट निकलने का कोई उपाय सूझता नहीं था और ऐसे समय यह महादेव पन्हालगढ़ में आ प्रकट हुआ। पन्हालगढ़ से भाग निकलने का निश्चय कर लिया गया। बाजीप्रभु देशपांडे...!! आज भी उनकी याद आती है, तो चित्त छटपटाने लगता है। उन्होंने हमारी सुरक्षा की जिम्मेदारी सँभाली और घोर आँधी-बरसात में हम गढ़ से निकल पड़े। पन्हालगढ़ से खेलणा विशालगढ़ तक की दूरी चौदह कोस है। रात हो या दिन, भूख सताए या प्यास, कीचड़ हो या नदी-नाले हों, किसी भी बाधा की चिन्ता न करके हमारी पालकी निरन्तर दौड़ाई जा रही थी। घोडखिंड के निकट शत्रु पीछा करते हुए हम तक आ पहुँचा। बहुत कठिन समय आ पड़ा था। खेलणा विशालगढ़ किले के चारों ओर सुर्वे घेरा लगाए बैठे हैं, इसकी कोई जानकारी नहीं थी। आगे और पीछे बलवान शत्रु डटा खड़ा था। लगातार सात पहरों तक दौड़ रही और भूखी-प्यासी बांदल सेना साथ लेकर बाजीप्रभु खिंड में शत्रु को रोकने के लिए तैयार हो गए। हमसे कहने लगे, 'राजे, आप गढ़ पहुँच जाइए। जब तक आप पहुँच नहीं जाएँगे और तोप की आवाज नहीं होगी, तब तक मैं एक भी शत्रु सैनिक को खिंड से गुजरने नहीं दूँगा। मैं स्वामी के लिए प्राण समर्पित करता हूँ।' हम आधी सेना साथ लेकर विशालगढ़ पहुँच गए, परन्तु बाजी अपनी आधी सेना सहित लड़ाई में काम आए। उनकी सेना का एक भी सिपाही जीवित नहीं बचा।''

राजे की आँखों में आँसू भर आए थे। सभी सुननेवालों की आँखें भी गीली हो आई थीं। धीरज समेटकर राजे आगे कहने लगे, ''कान्होजी, बाजी तो वीरगति को प्राप्त हुए, परन्तु उनकी शूरवीरता...को कैसे सम्मानित किया जाए? हमारी इच्छा यह है कि हमारे दरबार का प्रथम-सम्मान पद बाजीप्रभु के कुल को प्रदान किया जाए। परन्तु ऐसे नहीं...यदि तुम चाहो तभी यह... ।''

कान्होजी बोले, ''तो फिर राजे, इसमें सोच-विचार की क्या बात है? बाजी के पराक्रम के कारण ही तो हमें इन चरणों के दर्शन मिल सके हैं। हम आनन्दपूर्वक प्रथम-सम्मान पद का त्याग करते हैं।''

राजे उठ खड़े हुए। अतीव आदरसहित कान्होजी का आलिंगन करते हुए वे कहने लगे, ''मराठे इसलिए बदनाम हैं कि नकली मान-सम्मान के लिए वे चाहे जैसी दीनता और लाचारी को गले लगा लेते हैं। परन्तु कान्होजी, तुम्हारे इस श्रेष्ठ कार्य से मराठों का यह कलंक आज पूरी तरह धुल गया।''

नेताजी कहने लगे, ''महाराज, चाकण के संग्राम दुर्ग पर शाइस्ताखान घेरा लगाए बैठा है। फिरंगोजी डेढ़ महीने से उस किले की रक्षा के लिए लड़-भिड़ रहे हैं। तुरन्त ही उन्हें कुछ न कुछ कुमुक भेजनी चाहिए।''

''हाँ, हमें याद है। हम इस बारे में कल निर्णय करेंगे। कम-से-कम आज का एक दिन तो हमें माँसाहिबा के साथ बिताने दो।''

सोयराबाई अन्दर आईं। कहने लगीं, ''भोजन परोसा जाए न?''

''अवश्य, आज का दिन बहुत आनन्द-भरा दिन है। नेताजी और कान्होजी भी आज हमारे साथ भोजन करेंगे।''

रात को पंगत बैठी। पंगत के आगे एक पीढ़े पर बैठकर जीजाबाई भोजन परोसने की व्यवस्था की देख-रेख कर रही थीं। भोजन के साथ-साथ राजे बीती घटनाएँ सुनाते जा रहे थे। पंगत में बैठे सभी लोग सुध भूलकर राजे की बातें मन में बसाए लेते थे।

19

''आबासाहब, उठिए ना, आबासाहब।''

इस पुकार से राजे जाग उठे। उन्होंने देखा—नन्हे सम्भाजीराजा शैया के निकट खड़े थे। दोपहर को भोजन के पश्चात् राजे पलंग पर लेटे हुए थे कि उन्हें नींद आ गई। राजे ने शम्भूबाल को धीरे से उठाया। उसे अपने पेट पर बिठाकर उन्होंने पूछा, ''बालराजे, तुम्हें किसने कहा था हमें उठाने को?''

''आईसाहिबा* ने।''

''कहाँ हैं वे?''

''बाहर खड़ी हैं—दरवाजे के पास।'' दरवाजे की ओर उँगली दिखाते हुए शम्भूराजा ने कहा।

''कौन खड़ा है बाहर?'' राजे ने पुकारकर कहा।

पुतलाबाई रानीसाहिबा आँचल सँवारती हुई अन्दर प्रविष्ट हुईं। राजे ने कहा, ''रानीसाहिबा!''

* माँ।

"एक प्रार्थना है आपसे," पुतलाबाई ने कहा।

"कैसी प्रार्थना?"

"आप मुझे 'रानीसाहिबा' न कहा करें। वह पद मेरा नहीं है।"

"वाह, कैसे नहीं है? न हो, तो हम 'छोटी रानीसाहिबा' कह दिया करेंगे।"

"भला-बुरा कहने का अधिकार है आपको। मैंने तो बस जैसा जी में आया, वह कह दिया।"

राजे उठ बैठे। सम्भाजी के सिर पर हाथ फिराते हुए वे कहने लगे, "ये बालराजे तुम्हें 'आईसाहिबा' कहते हैं, तुम्हें बहुत चाहते हैं। छोटे बच्चे आदमी को बहुत जल्दी पहचान जाते हैं।"

"उनका क्या है, जो कोई भी उन्हें प्यार से उठा ले, वे तो उसके ही पास चले जाते हैं।"

"अच्छा, अच्छा। तुम्हारी ही बात सही रही। अब हम जाग ही गए हैं, तो यह तो बता दिया जाए कि हमें उठाया क्यों गया है?"

"नीचे महल में फिरंगोजी आए हैं। माँसाहिबा ने कहलवा भेजा था कि आप सो रहे हैं। मैंने सोचा—आपको इस बात का पता होना चाहिए।"

राजे ने सम्भाजी को एक तरफ बैठा दिया। वे उठते हुए कहने लगे, "फिरंगोजी यहाँ आए हैं?"

फिरंगोजी शत्रु से चाकण के किले की रक्षा कर रहे थे। राजे जिस दिन लौटकर राजगढ़ आए थे, उसी दिन उन्होंने नेताजी को सेना इकट्ठी करने की आज्ञा दी थी। राजे निश्चय कर चुके थे कि फिरंगोजी की सहायता करने के लिए कुमुक भेजी जाए। राजे उठ बैठे। बोले, "अच्छा किया जो हमें उठाया तुमने। हम अभी नीचे आते हैं।"

पुतलाबाई जाने के लिए मुड़ी ही थीं कि राजे ने पुकारा, "पुतला!"

पुतलाबाई का तन-बदन सिहर उठा। वे मुड़ीं। पुतलाबाई भी सईबाई के समान ही ऊँचे कद की और इकहरे बदन की थीं। सईबाई साँवली थीं, परन्तु पुतलाबाई अपने नाम के अनुरूप सोने के पुतले-जैसी गोरी थीं। सईबाई की आँखों में सदा हँसी छलछलाया करती थी तो पुतलाबाई की आँखों से करुणा झलकती थी। पुतलाबाई मुस्कराने लगीं। कह उठीं, "जी?"

"शम्भूबाल को ले जाओगी न? हम कपड़े बदलकर अभी नीचे आते हैं।"

सम्भाजी पुतलाबाई की ओर दौड़ पड़ा। उनका हाथ पकड़कर वह महल के बाहर चला गया।

राजे ने कपड़े बदले और वे नीचे आए। उन्हें पता लगा कि फिरंगोजी जीजाबाई के महल में हैं। राजे महल के पास गए थे कि उनके कानों को ये शब्द सुनाई दिए, "माँसाहिबा, राजे को क्या मुँह दिखाऊँ मैं? वैसे मैं चाकणगढ़ पर शाइस्ताखान का कब्जा कभी भी नहीं होने देता, परन्तु उसने धोखे से काम लिया। उसके लोग सुरंग बनाकर गढ़ तक आ पहुँचे और उन्होंने सुरंग में बारूद भरकर सुरंग को आग लगा दी। परकोटे का वह हिस्सा टूट गया। फिर भी हमने शत्रु को अन्दर नहीं आने दिया। हमारे सैनिक भी संख्या में कम थे। पचास दिनों तक लड़-लड़कर शिथिल हो गए। क्या करूँ? मुझे गढ़ खाली करके चला आना पड़ा। मन में आता था कि राजे के सामने जाने की बजाय कहीं जान दे दूँ। मगर फिर सोचा कि जब पाप कर बैठा हूँ, तो उसका फल भोगने से क्यों डरूँ? बस...यही सोचकर चला आया...।"

"बहुत अच्छा किया तुमने।" कहते हुए राजे ने भीतर प्रवेश किया। महल में जीजाबाई बैठी हुई थीं, फिरंगोजी और मोरोपन्त खड़े थे। राजे को आया देखकर फिरंगोजी आगे बढ़ आए। वे पाँव छूना चाहते थे कि राजे ने उन्हें उठा लिया, "फिरंगोजी, तुम्हारी आँखों में आँसू अच्छे नहीं लगते। चलो, पोंछ दो ये आँसू।"

"राजे!"

"शर्मिन्दा तो हमें होना चाहिए, फिरंगोजी। अपराध अगर है, तो हमारा है। तुम अकेले ही किले की रखवाली के लिए जी-जान लगा रहे थे, ऐसे समय हम तुम्हारी सहायता नहीं कर सके। और फिर तुम्हारी शूरता के भी क्या कहने? बिना किसी सहायता के तुमने शाइस्ताखान की विशाल सेना का सामना किया—पूरे पचास दिन लड़ते रहे तुम। तुम्हारी सराहना करने में हमारी वाणी असमर्थ है। माँसाहिबा, फिरंगोजी को सम्मानित किया जाना चाहिए।"

"किसलिए? गढ़ खाली करके चला आया, इसलिए?" फिरंगोजी व्यथित होकर कहने लगे। उनके गलमुच्छे थरथराने लगे।

"फिरंगोजी, हम हार या जीत को महत्त्व नहीं देते। हम आदर करते हैं पराक्रम का, धैर्य और निष्ठा का।"

मोरोपन्त कहने लगे, "महाराज, फिरंगोजी की बहादुरी देखकर खुद शाइस्ताखान इतना खुश हुआ कि उसने फिरंगोजी को बहकाकर अपनी ओर मिलाने के लिए बुलाया था।"

"इसमें अचरज की क्या बात है? शाइस्ताखान तो बुलाएगा ही, पर फिरंगोजी जाएँ, तभी तो न! पिछले कई जन्मों का ऋण चढ़ा हुआ है इन पर हमारा। वह कर्जा चुकाए बिना ये जा कैसे पाएँगे? पन्त, हम फिरंगोजी का सम्मान किया चाहते हैं।"

मोरोपन्त बाहर गए और कुछ देर बाद सम्मान-वस्त्रों से भरा हुआ तबक ले आए। वह तबक माँसाहिबा के सम्मुख रखा गया।

माँसाहिबा ने थाल के ऊपर ढँका हुआ आवरण हटाया। थाल में सलमे-सितारोंवाला कामदारी दुशाला और एक तलवार थी।

जीजाबाई ने कहा, "फिरंगोजी, आगे आओ।"

वह दुशाला और तलवार लेते समय फिरंगोजी के हाथ काँप रहे थे। राजे के शब्द उनके कानों ने सुने, राजे कह रहे थे, "फिरंगोजी, यह केवल सम्मान ही नहीं है, यह भूपालगढ़ का गढ़पति-पद भी है।"

"भूपालगढ़!" फिरंगोजी आश्चर्यचकित होकर कह उठे।

"हाँ, भूपालगढ़, हमारा एक श्रेष्ठ दुर्ग भूपालगढ़। आदिलशाही की सीमा पर स्थित हमारा यह किला। हमने इसे विशेष रूप से दृढ़ बनवाया है। तुम जैसे निश्चय और दृढ़ता के धनी व्यक्ति ही ऐसे दुर्गों के दुर्गपति बनाए जाने चाहिए। भूपालगढ़ जैसे विशेष गढ़ के लिए हम उतने ही जिम्मेदार एक गढ़पति की खोज में थे। शाइस्ताखान ने अच्छा किया, जो हमें भूपालगढ़ के लिए एक सुयोग्य गढ़पति खोज निकालने में सहायता की।"

इसी समय सम्भाजीराजा महल में आए और आते ही जीजाबाई से लिपट गए। जीजाबाई ने कहा, "बालराजे, फिरंगोजी दादाजी हैं। उन्हें सिजदा नहीं किया तुमने?" तीन वर्ष की आयु के बालक सम्भाजी ने फिरंगोजी की तरफ देखा। चेहरा परिचित-सा लग रहा था—आदमी

नया-अनजाना नहीं दिखाई देता था। राजे ने कहा, ''बालराजे, फिरंगोजी को घोड़ा बनाकर उनकी पीठ पर सवार होते थे तुम! भूल गए क्या?''

जीजाबाई ने कहा, ''चलो, उठो, बालराजे।''

सम्भाजीराजा उठे। उन्होंने फिरंगोजी को सिजदा किया। फिरंगोजी ने उन्हें झट उठा लिया। सम्भाजीराजा अब हँसने लगे थे।

20

राजे से मिलने के लिए सभी सरदार राजगढ़ चले आ रहे थे। येसाजी, तानाजी, कान्होजी, फिरंगोजी, नेताजी आदि सरदार राजे के निकट आ पहुँचे थे। शाइस्ताखान ने चाकण का संग्राम दुर्ग जीत लिया था। वर्षा ऋतु समाप्त होने को थी। इस बात में सन्देह नहीं था कि शाइस्ताखान बरसात खत्म होते ही कुछ चालें चलेगा। इसी समय यह खबर भी आई कि स्वयं अली आदिलशाह शिवाजी को हराने के लिए बीजापुर से चल पड़ा है। दो-दो बलवान शत्रु एक साथ राजे पर चढ़ाई करने चले आ रहे थे। राजे इसी विषय में सोच-विचार कर रहे थे। जीजाबाई ने कहा, ''राजे, अगर आदिलशाही राज और मुगलाई राज एक हो गए, तो... ।''

''माँसाहिबा, हमें इस बात की सम्भावना कम ही दिखलाई देती है। अगर औरंगजेब के दिल में आदिलशाही की मदद करने की बात होती, तो शाइस्ताखान केवल हमारे इलाकों में लूटपाट ही न मचाता। हम जब पन्हालगढ़ में अटके पड़े थे, तो वह भी अपनी सेना लेकर पन्हालगढ़ की ओर दौड़ पड़ता।''

''परन्तु क्या अली आदिलशाह और शाइस्ताखान चैन से बैठे रहेंगे?''

''चैन से बैठना होता, तो वे घर से क्यों निकलते?'' राजे हँसकर कहने लगे, ''परन्तु हमारा अनुमान तो यह है कि यदि शान्ति की बात चलाई जाए तो आदिलशाह इतने से ही सन्तुष्ट हो जाएगा।''

''वह कैसे?''

''बीजापुर की दशा कुछ ठीक-ठाक नहीं है। पहले अफजलखान की मृत्यु, फिर फजलखान और रुस्तमजमाँ की हार, हमारी सेनाओं द्वारा आदिलशाही इलाकों में वसूल की गई खंडनी, आदिलशाही राज में आपसी मनमुटाव, इन सब बातों से आदिलशाह तंग आ चुका है। हमारे भाग निकलने के कारण वह सिद्दी जौहर से भी नाराज हो बैठा है। अब रुस्तमजमाँ सेनापति बन गया है। हमारे और उसके बीच अन्दरूनी मित्रता का नाता है—इस स्नेहभाव का लाभ उठाकर समझौते की बातचीत करना बहुत सरल है। हमारे त्र्यम्बक भास्कर पन्हालगढ़ में शत्रु का डटकर सामना कर रहे हैं। हमारा विचार है कि पन्हाला दुर्ग देकर आदिलशाही को खुश कर दिया जाए।''

''पन्हालगढ़ दे डालोगे?'' जीजाबाई ने पूछा।

''माँसाहिबा, पन्हालगढ़ तो दुबारा जीता जा सकता है। परन्तु खुद अली आदिलशाह मिरज तक आ पहुँचे हैं। आदिलशाही का प्रधान दुर्ग, पन्हालगढ़ यदि उन्हें लौटा दिया जाए, तो वे अवश्य प्रसन्न हो जाएँगे। विशालगढ़ हमारे कब्जे में बना रहेगा।''

जीजाबाई के साथ सारी बातों का पूरा विचार-विनिमय करके राजे ने रुस्तमजमाँ के साथ सन्धि-वार्ता के लिए अपना दूत भेज दिया।

अफजलखान के आक्रमण से लेकर आज तक बहुत-सा काम-काज ठप पड़ा था। राजे ने अब उन कामों की ओर ध्यान दिया। इसी बीच वे कल्याण भी हो आए। कल्याण की समुद्री खाड़ी में डोल रहे अपने जहाजों को देखकर वे अतीव हर्षित हो उठे। गद्गद हृदय से वे अपने जलयानों को निहार रहे थे। आबाजी महादेव पास ही खड़े थे। राजे ने कहा, "आबाजी, अब हमें अपनी इस शक्ति को भी बढ़ाना होगा। कई बन्दरगाहों में हमारी कई युद्ध नौकाएँ खड़ी दिखाई देनी चाहिए। इन फिरंगियों के समान हमें भी अपने जलपोत सात समुद्रों के पार भेजने चाहिए। तुमने इतने कम समय में ये जलयान तैयार करवा लिये, इस कार्य के लिए तुम्हारी जितनी प्रशंसा की जाए, थोड़ी है।"

"महाराज, इसमें हमारी प्रशंसा कैसी? आप पहले अफजलखान के आक्रमण का सामना करने में उलझे रहे, फिर पन्हालगढ़ में अटके रहे, परन्तु आपने इन जहाजों के निर्माण-कार्य में कभी ढिलाई नहीं आने दी। कभी यह निर्माण-कार्य बन्द नहीं होने पाया, न ही कभी पैसे का अभाव हुआ। इसी का यह सुफल है, जो यह आज का दिन हम देख पा रहे हैं।"

"भवानी माता ही कृपा है सब। कल्याण का खजाना हाथ लगा और दुर्गाड़ी किले में अपरम्पार सम्पत्ति मिल गई, उसी का सुपरिणाम है यह।"

गत एक वर्ष में हुए कितने ही युद्ध-अभियान, जलसेना के लिए हुआ व्यय, रायगढ़ दुर्ग के बाँधकाम के निमित्त हो रहा अपरम्पार खर्चा, इन कारणों से राजे के सामने आर्थिक कठिनाई आ खड़ी हुई थी। तिस पर दोनों दिशाओं से प्रबल शत्रु चढ़े चले आते थे। इस कारण राजे की गतिविधियाँ सीमित हो गई थीं। ऐसे में एक दिन समाचार मिला कि त्र्यम्बक भास्कर राजगढ़ आ पहुँचे हैं।

राजे ने अपने विशेष सभाभवन में त्र्यम्बक भास्कर का स्वागत किया। त्र्यम्बक मन में बहुत रुष्ट थे कि उन्हें पन्हालगढ़ छोड़कर चले आने के लिए कहा गया। वे बोले, "राजे, आपका आदेश मिला, इसीलिए गढ़ खाली कर दिया हमने। अन्यथा अभी सिद्दी जौहर को हम और कई महीनों तक धूप की गरमी खिलाते।"

"हम जानते हैं यह। परन्तु त्र्यम्बक भास्कर, एक साथ दो-दो बड़े शत्रुओं के साथ लड़ना इतना सीधा काम नहीं है। तुम भी जानते हो कि राजनीति में चढ़ाई की अपेक्षा समय पर दो कदम पीछे हट आना भी बहुत मूल्यवान होता है। पन्हालगढ़ हाथ से निकल जाने का जितना दुख तुम्हें है, उतना ही हमें भी है। पन्हालगढ़ जाएगा कहाँ? उसे हम फिर हथिया लेंगे। परन्तु उसमें अभी थोड़ा समय लगेगा। किला खाली करते समय तुम्हें कुछ कष्ट तो नहीं हुआ न?"

"नहीं, राजे। सिद्दी जौहर उदारहृदयी है। उसने सारी सेना को बिना किसी प्रकार का कष्ट दिए गढ़ खाली करने दिया। इस समझौते से जौहर, रुस्तमजमाँ और स्वयं अली आदिलशाह भी बहुत प्रसन्न हो उठे हैं।"

"हमें दुख है कि उनकी यह प्रसन्नता अधिक दिन टिकनेवाली नहीं है।"

आदिलशाह के साथ हुई सन्धि के कारण राजे के मन का आधा दबाव कम हो गया। वे अब शाइस्ताखान की ओर विशेष ध्यान देने लगे। हर दिन भेदियों-जासूसों का राजगढ़ में आना-जाना शुरू हो गया।

एक दिन राजे ने मोरोपन्त से कहा, ''पन्त, जिस प्रतापगढ़ में माता भवानी ने हमारे हाथों अफजलखान को मरवाया और हमें आशीष दिया, उसी गढ़ में हमारी कुलदेवी, भवानी माँ की स्थापना हो, ऐसी हमारी हार्दिक अभिलाषा है।''

''फिर कठिनाई कैसी?''

''देवी की एक सुन्दर मूर्ति चाहिए न।''

''जैसी आपकी आज्ञा।''

मोरोपन्त ने मम्बाजी नाईक को नेपाल देश भेजा, ताकि वे वहाँ से मूर्ति के लिए एक अच्छी शिला ले आएँ। इस कार्य के लिए नेपाल का गंडकी पाषाण बहुत प्रसिद्ध था। मोरोपन्त ने प्रतापगढ़ में भवानी देवी का मन्दिर बनवाना प्रारम्भ कर दिया।

21

वर्षा ऋतु बीती और जैसा कि राजे ने अनुमान लगाया था, शाइस्ताखान अपनी छावनी हटाकर पुणे ले आया। इस प्रकार शाइस्ताखान स्वयं राजे के प्रदेश में पड़ाव डालकर बैठ गया। वह शिवाजीराजे के विशेष निवास-भवन 'लालमहल' में ही रहने लगा। राजे को जब यह पता लगा, तब उन्हें बेहद गुस्सा तो आया ही, परन्तु मन-ही-मन उन्हें हँसी भी आ रही थी।

राजे को जैसे ही समाचार मिला कि शाइस्ताखान पुणे आ पहुँचा है, उन्होंने विश्वनाथ डबीर को एक विनम्रतापूर्ण पत्र देकर भेजा। राजे ने कान्होजी जेधे को भी बुलवा भेजा। वे एकान्त में कान्होजी से कहने लगे, ''कान्होजी, शाइस्ताखान पुणे आकर एकदम हमारे लालमहल में ही डेरा डालकर बैठ गया है। बरसाती मौसम होते हुए भी उसने हमारे प्रदेश को नष्ट-भ्रष्ट किया है। वह भला अब चुप कैसे बैठेगा? वह यदि इतनी बड़ी फौज लेकर हम पर धावा बोल दे, तो वह भी हमसे झेला नहीं जाएगा।''

''यह बात तो सच है, महाराज।''

''कान्होजी, हमने अपने दूत खान से मिलने भेजे हैं, परन्तु केवल मीठी बातों से ही शाइस्ताखान भुलावे में नहीं आएगा। उसका सही अन्दाजा लगाना कठिन काम है। हम चाहते हैं कि अगर तुम्हारे देशमुख शाइस्ताखान के मन का इरादा खोज निकाल सकें तो ठीक रहेगा। जब खान देखेगा कि हमारे प्रदेश के देशमुख उसके पास आना चाहते हैं, तो वह अवश्य ही उन्हें अपना बना लेगा। इससे यह भी लाभ होगा कि देशमुखों के नीचे काम करनेवाले ईनामदारों पर अब जो डर छाया हुआ है, वह भी कुछ कम हो जाएगा।''

जेधे राजे की अनुमति पाकर वापस लौट गए। उसके बाद भी वे प्रायः राजगढ़ आते रहते थे और राजे के साथ उनकी विशेष मन्त्रणाएँ होती थीं।

इसी तरह एक बार जेधे राजगढ़ आए थे। उनके साथ सारे विषयों पर चर्चा पूरी हुई, फिर भी जेधे बैठे ही रहे। वे कुछ बेचैन-से नजर आ रहे थे। उनकी इस बेचैनी का कारण राजे की समझ में नहीं आ रहा था। अन्ततः राजे ने ही पूछा, ''कान्होजी, आज कुछ है, जो तुम मन में दबाए बैठे हो।'' कान्होजी सहसा हड़बड़ा गए। बोले, ''नहीं महाराज, ऐसी कोई बात नहीं।''

''कान्होजी, हम क्या पराए हैं, जो तुम्हें हमारे सामने साफ-साफ कहने में हिचकिचाहट हो रही है?''

कान्होजी ने एक आह भरी। कहने लगे, ''राजे, तो फिर कह ही देता हूँ। बात यह है कि मैं एक उलझन में फँस गया हूँ। यह उलझन आपको सुलझानी होगी।''

राजे गम्भीर हो गए। कहने लगे, ''कान्होजी, तुम हमारे अपने आदमी हो। हमें अपने प्राण भी अधिक प्रिय नहीं हैं, कहो न—कैसी उलझन है?''

''राजे, और सब भुलाया जा सकता है, परन्तु रिश्ता भुला देना बहुत कठिन है। अपने निष्ठावान सरदार हैबतराव शिलमकर के ससुर खंडोजी खोपड़े हैं। आज एक साल हो गया, अफजलखान के वध के बाद से वे आपके डर से डोंगर-घाटियों में छिपते फिर रहे हैं। प्राणों के भय के कारण वे जंगलों-घाटियों में से बाहर भी नहीं निकल सकते। वे इस काम के लिए अपने दामाद हैबतराव से अनुरोध कर रहे हैं। हैबतराव इस बारे में मुझसे मिलने आए थे...।''

''फिर?'' राजे ने पूछा।

''राजे, मैं सोचता हूँ, जितना हुआ वही काफी है। खंडोजी ने बहुत कष्ट झेले हैं। अब उसे क्षमा करके आप अपने चरणों में शरण दीजिए।''

खंडोजी खोपड़े, राजे ने जिस पर कितने ही उपकार किए थे, वही खंडोजी अफजलखान से जा मिला था। राजे के विरुद्ध हथियार उठाकर खड़ा हो गया था। फजलखान को रास्ता दिखलानेवाला खंडोजी! राजे का रोष एकदम उबल पड़ा, ''कान्होजी, उस विश्वासघाती की बात कर रहे हो तुम! वह हरामखोर खंडोजी...जिसकी जागीर का कोई पता-ठिकाना नहीं था। हमने उसे जागीर दी, उसकी रोजी-रोटी का प्रबन्ध करा दिया हमने। वही खंडोजी पलटकर हम पर चढ़ दौड़ा। हम पर ही हथियार तान लिया उसने! वह नमकहराम इस लायक है कि उसके चार टुकड़े करके चार रास्तों में फेंक दिए जाएँ। उसकी सिफारिश कर रहे हो तुम?''

''राजे, हमने हैबतराव को वचन दिया है। खंडोजी का अपराध हमारी झोली में डाल दीजिए। उसकी जागीर फिर से बहाल कर दीजिए। उसे प्राणों की भिक्षा दीजिए, राजे!''

अब राजे का भी गला रुँध गया, वे बोले, ''कान्होजी, खंडोजी का अपराध क्यों समेटते हो तुम? स्वराज्य के लिए अपनी जागीर की, घर-गृहस्थी की बलि चढ़ा देनेवाले तुम कहाँ और वो खंडोजी कहाँ? तुम कहते हो, इस कारण हम उसे जीवनदान देते हैं। जाओ, तुम जाकर खंडोजी को ले आओ।''

कान्होजी बड़े खुश होकर गढ़ से नीचे उतरे। दो-तीन दिन बाद ही वे खंडोजी खोपड़े को राजे के आगे सिजदा कराने ले आए। राजे ने कहा कुछ नहीं। परन्तु खंडोजी भी पूरा चालबाज निकला। वह बार-बार गढ़ में आने लगा—प्रायः बिना किसी कारण के ही आकर राजे से बातचीत करने लगा। राजे ने कान्होजी को वचन दिया था, इसलिए वे उसकी ऐसी ढिठाई सहन किए जा रहे थे और उधर खंडोजी था कि राजे की खामोशी को गलत समझ रहा था।

राजे महल में अकेले ही थे। अकस्मात् खंडोजी को आया देखकर राजे कुछ बेचैन हो उठे। वे इस पहेली को बूझ नहीं पा रहे थे कि खंडोजी सीधे महल में कैसे चले आए। खंडोजी सिजदा करके खड़ा हो गया। राजे ने कहा, ''खोपड़े, महल में एकदम ऊपर कैसे आ गए तुम?''

खंडोजी लाचार-सी हँसी हँसता हुआ बोला, "राजे, जरा निजी और खास बात थी। मैंने पन्त से कहा, "उन्होंने ऊपर आने दिया।"

राजे कुछ समझ नहीं पाए। उन्होंने पूछा, "तुम कहना क्या चाहते हो?"

खंडोजी खिसियाते हुए कहने लगा, "कुछ नहीं, राजे। हम अफजलखान से जा मिले थे। आप नाराज हो गए। कृपा करके आपने फिर से मुझे आश्रय दिया।"

"अच्छा, फिर?"

"हाँ, परन्तु अब भी आपके मन में हमारे लिए गुस्सा भरा हुआ है, यह बात मैं जानता हूँ। परन्तु गुनाह केवल हमारे अकेले के हाथों ही हुआ हो, ऐसी बात नहीं है। आदमी हैं, तो गलती तो करेंगे ही।"

"किसके बारे में कहना चाहते हो तुम?"

"और किसके बारे में कहना है? खास आपके विश्वासपात्र कान्होजी जेधे के बारे में ही कहना है मुझे।"

राजे बैठक से उठ खड़े हुए। खंडोजी को कठोर दृष्टि से घूरते हुए वे कहने लगे, "खंडोजी, क्या कह रहे हो तुम? ठीक-ठीक बताओ।"

"नहीं, वैसे कोई खास बात नहीं है। बात इतनी ही है कि ये कान्होजी हैं न, वे जितने सीधे-सादे दिखाई देते हैं, वैसे सीधे-सादे हैं नहीं। मेरी तो बस इतनी ही प्रार्थना है महाराज कि उनसे सावधान रहें।"

"खंडोजी, हमें जो कुछ बताना चाहते हो, साफ-साफ बताओ। ऐसी आधी-अधूरी बातें मत कहो।"

"राजे, कान्होजी आजकल कहाँ जाते हैं, उनके लोग कहाँ-कहाँ रहते हैं, इन बातों की आपने कभी पूछताछ करवाई है क्या?"

राजे का संयम टूटने लगा था। वे कहने लगे, "खंडोजी।"

"मैं बताता हूँ—कान्होजी की शाइस्ताखान से साँठ-गाँठ है। मैं अफजलखान से जरूर जा मिला था, मगर कान्होजी की तरह नहीं। सीधे खुलेआम साथ हो लिया था मैं, और आपके ये कान्होजी...दिन में आपके दरबार में, रात को लालमहल की राह पर!"

"खंडोजी!" राजे चिल्लाकर बोले।

"गुस्सा आ गया न? आप खुद पूछ लो, मैं उन्हें सामने ले आता हूँ।"

"खंडोजी, तुम नीचे जाओ। और सभाभवन में जितने हथियारबन्द सिपाही हों, उन्हें तुरन्त ऊपर बुला लाओ।"

खंडोजी दौड़ पड़ा। राजे क्रोध के मारे बुरी तरह काँप रहे थे। उन्हें कुछ सूझ नहीं रहा था। थोड़ी देर में खंडोजी चार सिपाहियों को लेकर आ गया। राजे ने खंडोजी की ओर इशारा करते हुए कहा, "देखते क्या हो? इस हरामखोर को गिरफ्तार कर लो।"

खंडोजी खोपड़े गिरफ्तार कर लिया गया। भय और अचरज का मारा खंडोजी कहने लगा, "राजे!"

"खामोश! हमने तुझे जागीर दी, तो तू हमारी पीठ में छुरा भोंकने चल पड़ा। कान्होजी ने अपने विनय की कीमत देकर तुझे बचा लिया, और तू उन्हीं के बारे में जहर उगल रहा है?"

फिर सिपाहियों की तरफ देखते हुए राजे चिल्लाकर बोले, "देखते क्या खड़े हो? इस पापी का दायाँ हाथ और बायाँ पैर यहीं हमारे सामने काट डालो।"

अगले ही क्षण खंडोजी को जमीन पर गिरा दिया गया। दो ही वारों में खंडोजी का दायाँ हाथ और बायाँ पैर काट दिए गए। खून के फव्वारे छूट पड़े। खंडोजी की चीख सारे महल में गूँज उठी। परन्तु राजे शान्त खड़े-खड़े यह सब देख रहे थे। खंडोजी के प्रति उनके मन में तनिक भी करुणा नहीं आई। राजे ने कहा, "ले जाओ इसे। वैद्य से इलाज करवाओ, देखो, मरने न पाए।"

खंडोजी को महल से बाहर ले जाया गया।

कान्होजी को जब यह घटना सुनाई गई, तो उन्हें भरोसा नहीं हुआ। वे आगबबूला हो उठे और तुरन्त राजगढ़ आ पहुँचे। आते ही सीधे राजे के सम्मुख जा खड़े हुए। राजे उनकी ओर शान्तिपूर्ण दृष्टि से देख रहे थे। कान्होजी गरजकर बोले, "राजे, खंडोजी को अभयदान दिया था तुमने और फिर ये क्या किया? हमारे कहे की क्या कीमत रही? राजे, तुम इस तरह से विश्वासघात करोगे, यह हमने सपने में भी नहीं सोचा था। मन का वैर भुला नहीं सकते थे, तो अभय का वचन क्यों दिया था?"

"कान्होजी, हमने जब तुम्हें वचन दिया था, उसी क्षण वैरभाव जला डाला हमने।"

"फिर खंडोजी के हाथ-पाँव क्यों कटवाए गए?"

"तुममें साहस हो, तो तुम्हीं जाकर पूछ लो। कान्होजी, हमने वचन दिया था केवल इसीलिए उसकी जान बच गई, अन्यथा उसका गला कटवा देते हम।"

राजे की ऐसी क्रोधी मुद्रा देखकर कान्होजी सकपका गए। कहने लगे, "परन्तु राजे...!"

"कान्होजी, हमारे आश्रय में तुम्हारे जैसे प्राणों से भी प्रिय ईमानदार लोग हैं, उसी तरह निजी स्वार्थ के लिए कुछ भी कर बैठनेवाले अवसरवादी भी हैं। कई कारणों से हमें ऐसे दोनों तरह के लोगों को निकट रखना पड़ता है। परन्तु खंडोजी जैसे विश्वासघातियों की जात को हम पास नहीं फटकने देते। तुमने खंडोजीराव का गुनाह अपनी झोली में डाल लिया और हमारे सामने सिजदा कराने ले आए। वही खंडोजी अभी-अभी कह रहा था कि शाइस्ताखान से तुम्हारी भीतरी मिलीभगत है। विष घोल रहा था खंडोजी। मनुष्य भावना के वश हो जाता है। वह तो ठीक हुआ कि हम सब कुछ जानते थे, इसलिए गलतफहमी नहीं हुई। कल अगर और किसी मामले में इसे कुछ और पता लगा, तो कान भरने में कितनी देर लगती? हम विवश थे, कान्होजी। ऐसे आदमियों को पालना-पोसना हमारे लिए असम्भव है।"

अब कान्होजी को होश आया। उनका गुस्सा काफूर हो गया। वे कहने लगे, "राजे, खंडोजी के भाग फूटे, और क्या कहें इसे? भूल तो हमसे ही हुई।"

"भूल मत कहो, कान्होजी। तुमने एक मौका दिया था, पर खंडोजी अपनी भूल सुधारकर इस मौके से लाभ नहीं उठा पाया।"

कुछ देर तक कोई कुछ नहीं बोला। फिर राजे ने रुँधे कंठ से पूछा, "कान्होजी, नाराज तो नहीं हुए न?"

कान्होजी मुस्कराने लगे। बोले, "राजे, हमारी प्रतिष्ठा का इतना ध्यान रखते हो तुम। भला तुमसे नाराज क्योंकर होंगे हम?"

राजे के होंठों पर मुस्कराहट फैल गई। मन का बोझ उतर गया। दोनों हँसते हुए राजसभाभवन की ओर चल दिए।

22

सन्ध्या के समय राजे को सीधे धान्यागार में आया देखकर सब आश्चर्यचकित हो उठे। अनाज की कोठी में जीजाबाई पीढ़े पर बैठी हुई थीं। दासियाँ अनाज निकाल रही थीं। राजे के आते ही पुतलाबाई और सोयराबाई आँचल सँवारकर खड़ी हो गईं। दासी-समूह भी सिमटकर कोनों में जा खड़ा हुआ। राजे भी एक पल को उलझन में पड़ गए। जीजाबाई ने पूछा, ''राजे, आज सीधे महल के धान्य-भंडार में आ घुसे? इरादा क्या है?''

राजे ने कहा, ''माँसाहिबा, आप जरा अन्दर चलें, तो सब बताया जा सकता है।''

''तुम चलो, हम अभी आती हैं।''

राजे मुड़ पड़े। वे जीजाबाई के महल में जाकर चहलकदमी करने लगे। उन्हें एक-एक पल पहर प्रतीत हो रहा था। वे रह-रहकर दरवाजे की तरफ देख रहे थे। जीजाबाई ने प्रवेश किया ही था कि राजे ने उनके दोनों कन्धे पकड़ लिये। राजे के चेहरे से प्रसन्नता फूट पड़ती थी। जीजाबाई देखती रहीं, फिर पूछने लगीं, ''अरे शिवबा, आज हो क्या गया है तुझे?''

''माँसाहिबा, कितना आनन्द, कितना सन्तोष अनुभव हो रहा है। बीजापुर से महाराजसाहब का पत्र आया है आज।''

''सच?''

''हाँ, माँसाहिबा, सच। कोई खुशी की खबर सुनाए, तो उसे इनाम दिया जाता है। आज हम आपको जो समाचार बताने वाले हैं, उसके सामने हर इनाम छोटा है।''

''फिर बता न, वह खबर क्या है?''

''मगर मैं जो माँगूँगा, देना पड़ेगा।''

''अरे राजा बेटा, मेरे तो प्राण भी मेरे नहीं रहे। मैं तुझे क्या दूँगी?''

''माँसाहिबा, हम अगर आपको बताएँ कि महाराजसाहब हमसे मिलने यहाँ आ रहे हैं, तो क्या आप सच मानेंगी?''

''चल हट, क्यों बेकार मसखरी करता है?''

''हँसी नहीं करता माँसाहिबा, बिलकुल सच-सच कहता हूँ। आदिलशाही से हमारा जो समझौता हुआ है और हमारी बढ़ती हुई राजशक्ति को देखकर आदिलशाह ने महाराजसाहब को तीर्थयात्रा करने की और हमसे मिलने की अनुमति दी है। यही नहीं, महाराजसाहब देवी के दर्शन करके तुलजापुर भी पहुँच चुके हैं।''

''देवी के दर्शन? परन्तु अफजलखान ने...।''

राजे फिर एक बार हँस पड़े। उनके मुख पर एक अनोखे गौरव का भाव निखर आया था।

''माँसाहिबा, हमारे तुलजापुर के पुजारी और किसी बात में चतुर हों न हों, तुलजा भवानी देवी की रक्षा करने में उनका सानी नहीं। उन्होंने ऐसा काम कर दिखाया है कि अपने कुल नाम की, 'कदम' उपनाम की शोभा दुगुनी बढ़ा दी है।''

''अच्छा! क्या किया उन्होंने?'' जीजाबाई ने उत्सुक होकर पूछा।

‘‘यह कहिए कि क्या नहीं किया उन्होंने? हमारी प्रतिष्ठा की, हमारे सम्मान की, हमारी कुलदेवी की रक्षा की उन्होंने। हमारे कुल की लाज रख ली उन्होंने। माँसाहिबा, तुलजा भवानी की मूर्ति चलमूर्ति है, आसन-स्थान से हटाई जा सकती है। जब अफजलखान तुलजापुर आ रहा था, तब तुलजापुर के 'कदम' पुजारियों ने उस मूर्ति को छिपा दिया और उसके स्थान पर एक दूसरी मूर्ति ला रखी।''

सुनकर जीजाबाई अति हर्षित हो उठीं।

‘‘राजे, ऐसे लोगों की अवश्य सराहना की जानी चाहिए।''

‘‘अवश्य की जाएगी, माँसाहिबा। हम अवसर पाते ही अवश्य उनकी सराहना करेंगे, उन्हें साधुवाद देंगे।''

जीजाबाई उत्कंठित होकर पूछने लगीं, ‘‘पर राजे, 'श्रीमानजी' कब आ रहे हैं?''

‘‘वे पंढरपुर जाकर फिर वहाँ से खंडोवा देवता के दर्शन करने जेजुरी तीर्थस्थान जाएँगे और वहाँ से शायद इधर आएँगे।''

‘‘परन्तु शाइस्ताखान...वह पुणे में पड़ाव डाले बैठा है न!''

‘‘उसकी आप चिन्ता न करें। महाराजसाहब के हमसे मिलकर जाने के समय तक हम उसे कभी इधर से उधर, कभी उधर से इधर डुलाते-भगाते रहेंगे। उसे बहकाने के बहाने उसकी हर बात मान लेंगे। और समझिए कि यदि शाइस्ताखान को महाराजसाहब के आने की सूचना मिल भी गई, तो भी वह कुछ नहीं करेगा। शाहजहाँ के शासनकाल में महाराजसाहब शहाजीराजा ने जो बहादुरी दिखलाई है और दक्षिण देश में उनका जो सामर्थ्य है, उससे शाइस्ताखान अच्छी तरह परिचित है।''

‘‘तू अवश्य करेगा, बाबा। तेरे लिए क्या मुश्किल है।'' जीजाबाई बोलीं।

जीजाबाई बातचीत में राजे के साथ इस प्रकार 'तू', 'तेरा' आदि एकवचनार्थक सामान्य सम्बोधनों का प्रयोग कभी-कभार ही किया करती थीं। इसके लिए मन का उमड़ता स्नेह उन्हें विवश-सा कर देता था।

शहाजीराजा के आगमन के अवसर पर जल्दी में कई आदेश जारी किए गए। राजगढ़ के राजसभाभवन में चूना-पुताई शुरू हो गई। सारा महल, सारे आँगन-चौक, अश्वशाला, गरगज पर रखी तोपें, सैनिकों के वस्त्र आदि छोटी-छोटी बातें भी राजे की नजर से बची नहीं थीं। पेशवे, डबीर, अमात्य आदि सभी अधिकारियों के नाम राजाज्ञाएँ दी जा रही थीं। जीजाबाई आवश्यक सामान की सूचियाँ राजकार्यालय में भिजवा रही थीं। सबकी नजरें शहाजीराजा के आगमन की ओर लगी थीं।

जीजाबाई का मन प्रसन्नता से नहीं समा पा रहा था। आज लगभग बीस वर्षों बाद पतिदेव के चरणों के दर्शन का अवसर आया था। सौभाग्य से हो रही इस भेंट में किसी प्रकार की कमी न रहने पाए, यह सोचकर उन्होंने राजपुरोहितजी को बुलवा लिया था। शास्त्रों के उपाध्यायों ने विचार-विनिमय के पश्चात् दो नियम बतलाए। एक तो यह कि इतने बरसों बाद हो रही यह भेंट राजभवन में नहीं, किसी तीर्थस्थान या मन्दिर में होनी चाहिए। दूसरा यह कि सब एक-दूसरे का मुख सीधा आमने-सामने न देखें—घृत में पड़ रहे प्रतिबिम्ब में राजा-रानी एक-दूसरे का 'प्रथम दर्शन' करें। राजे को जब इस धर्म-निर्णय की सूचना मिली, तो उन्होंने जेजुरी का मन्दिर, मिलन-स्थल के रूप में चुना।

सखुबाई, महादजी, बजाजी आदि सम्बन्धियों को इस अवसर पर उपस्थित रहने के लिए आग्रहपूर्वक निमन्त्रण भेजा गया। कान्होजी जेधे के हर्ष का कोई पारावार नहीं था, वे शहाजीराजा के खास सरदार जो थे। समाचार पाते ही वे राजगढ़ आ पहुँचे। राजे ने एक विशेष अश्वारोही-दल चुना। कान्होजी, येसाजी, तानाजी आदि विशेष चुने हुए लोग साथ लेकर पेशवा मोरोपन्त उस अश्वारोही-दल के साथ पंढरपुर की ओर चल पड़े। उस समय शहाजीराजा पंढरपुर में थे।

शाइस्ताखान से समझौते की बातचीत करने के लिए डबीर* कई बार पुणे के चक्कर लगा चुके थे। राजे नरमी और विनय-भरे पत्र भेज रहे थे। हर बार शाइस्ताखान के लिए बहुमूल्य वस्त्र, अलंकारादि भिजवा रहे थे। इस आचरण से शाइस्ताखान यही समझ बैठा था कि उसकी विशाल सेना देखकर शिवाजी झुकने को तैयार है। शिवाजी का आज तक आदिलशाही से जिस तरह का बर्ताव था, मुगलों के साथ वैसा बर्ताव नहीं रहा था। आलमगीर औरंगजेब से लेकर नीचे तक सभी मुगल अधिकारियों, सेनापतियों को आशा थी कि शिवाजी का व्यवहार भारत के सम्राट् के प्रति अलग तरह का होना चाहिए। शिवाजीराजा ने इसी विश्वास और अपेक्षा को बनाए रखने की नीति जारी रखी।

राजे जेजुरी पहुँचे। उन्होंने एक बार ऊँची पहाड़ी पर बसे उस मन्दिर से लेकर नीचे की तलभूमि तक देखा। तलहटी के पास जो बंजर पठारी मैदान था, वह स्थान उन्हें उचित प्रतीत हुआ। उन्होंने उसी स्थान पर शामियाना-डेरे आदि गाड़ने की आज्ञा दी।

खबर आई कि शहाजीराजे पंढरपुर से निकल पड़े हैं। राजे के सैकड़ों गुप्तचर पुणे से जेजुरी तक जगह-जगह फैल गए थे। सेनापति नेताजी पालकर को आदेश दिया गया था कि वे मिलन के पहलेवाले दिन आठ हजार घुड़सवार सैनिक लेकर जेजुरी के आस-पासवाले इलाके में उपस्थित रहें।

रात को राजे अपने शयनकक्ष में गए। पलंग पर लेटे-लेटे वे कुछ सोच रहे थे। बीस वर्ष पूर्व बंगलौर के किले के दरवाजे पर खड़ी हुई शहाजीराजा की धुँधली-सी प्रतिमा उनके स्मृति-पटल पर अंकित हो उठी थी। समय के कुहासे से कई धुँधली-सी स्मृतियाँ एक-दूसरे से उलझ गई थीं।

सोयराबाई महल में आईं, फिर भी ध्यानमग्न राजा को उनके आने का पता नहीं चला। सोयराबाई ने कहा, ''इतना तल्लीन होकर क्या सोच रहे हैं?''

राजे ने सोयराबाई की ओर देखा। हँसते हुए वे कहने लगे, ''हम बीस वर्ष पूर्व की बातें याद कर रहे थे।''

''क्यों? उस समय ऐसा क्या हुआ था?''

''स्वयं हमारी स्मृतियाँ भी धुँधला चुकी हैं, फिर तुम्हें वह सब कैसे याद हो सकता है?''

''कैसी यादें?''

''पूछती हो, कैसी यादें? हमें वहाँ पहली बार पिताश्री के दर्शन हुए थे। वहीं पर पिताजी की इच्छा के कारण ही तुम्हारा-हमारा विवाह हुआ था।''

''फिर भी सोचती हूँ—बड़े भाग हैं मेरे।''

''कैसे?''

---

* राजा का निजी दूत।

"मुझे तो बचपन में ही अपना घर छोड़ना पड़ा। मायका मेरे लिए बचपन में ही परदेस बन गया। यादों का झंझट नहीं है हमारे भाग्य में।"

"सभी यादें झंझट-झमेला नहीं हुआ करतीं, कुछ स्मृतियाँ प्यारी भी होती हैं।"

"ऐसी प्यारी यादें हमारे भाग्य में कहाँ?"

"रानीसाहिबा, ऐसा मत कहा करो। आदमी हमेशा 'नहीं, नहीं' का जाप करता रहे, तो कुछ होता ही नहीं। मनुष्य को सदा 'हाँ' कहते रहना चाहिए।"

"मगर कुछ हो, तभी तो आदमी 'हाँ-हाँ' किया करे?"

"सुनो, अगर कुछ 'न' हो, तो भी 'हाँ-हाँ' का भाव आ जाना चाहिए।"

"अच्छा जी अच्छा। चलो, कहे देती हूँ—'हाँ, हाँ'।" सोयराबाई हँसकर बोलीं।

चित्त की ऐसी भावुक कोमलता राजे के स्वभाव में यदा-कदा ही दिखाई देती थी।

एक शुभ मुहूर्त में राजगढ़ से पालकियाँ रवाना हुईं। राजे अपने अश्वपथिक के साथ बाहर निकले। उत्सुकता सबके मन को व्याकुल बनाए दे रही थी, इसी कारण जेजुरी का रास्ता बहुत लम्बा लग रहा था।

जेजुरी का सारा रंग-रूप बदलने लगा था। छोटी-छोटी कटी हुई हरी-हरी घास से जेजुरी पर्वत की शिलामय भूमि शोभायमान हो उठी थी। नीचे तलहटी के ऊपर मन्दिर के चबूतरे तक काले-काले पत्थर की तराशी हुई जो सीढ़ियाँ बनी हुई थीं, वे देखनेवाले की दृष्टि को मोह लेती थीं। पहाड़ की तलहटी में सैकड़ों रावटियाँ, तम्बू, शामियाने खड़े किए गए थे। इस पड़ाव के बीचोबीच एक विशेष डेरा—सोने के शिखर से सुशोभित था। उस शिखर पर भगवा झंडा बड़ी शान से फहरा रहा था।

राजे ने खंडोबा देवता की यथाविधि पूजा की। बहुत दान दिया। शहाजीराजा के आगमन का समाचार पाकर सभी मन्दिर में आ एकत्रित हुए।

शहाजीराजा अपने एक हजार घुड़सवारों के साथ तथा राजे द्वारा भेजे गए अश्वारोही-दल सहित जेजुरी की ओर आ रहे थे। वे जेजुरी की तलहटी तक आकर घोड़े से उतर पड़े। शहाजीराजा के साथ मोरोपन्त, कान्होजी आदि श्रेष्ठ जन थे। शहाजीराजा की अगवानी करने के लिए माणकोजी दहातोंडे, अमात्य, डबीर और अन्य सरदार तलभूमि में उपस्थित थे। सब अत्यन्त विनम्रतापूर्वक आगे बढ़े। माणकोजी ने झुककर शहाजीराजा के पाँव छू लिये। शहाजीराजा ने उन्हें उठाकर गले से लगा लिया। भर्राए गले से वे बोले, "माणकोजी, तुमसे भेंट हुई, बहुत अच्छा हुआ।"

माणकोजी ने कहा, "महाराज, चलिए।"

पल भर के लिए शहाजीराजा व्यथित हो उठे। कह उठे, "तुम सब आए हो, परन्तु राजे अगवानी करने नहीं आए।"

"क्षमा हो, महाराज। यह भेंट द्वादशी के बाद हो रही है। धर्माज्ञा है कि ऐसी भेंट तुरन्त आमने-सामने नहीं होनी चाहिए, इसलिए...।"

"अच्छा!" शहाजीराजा ने कहा, "चलो, राजे से मिलने के लिए मन बड़ा उतावला हो रहा है।"

शहाजीराजा सबके साथ मन्दिर की सीढ़ियाँ चढ़ने लगे। मन्दिर के बाहर उन्होंने पाँव धोए और वे मन्दिर में प्रविष्ट हुए।

देवदर्शन करके शहाजीराजा मन्दिर के बीचवाले चौक के मध्य भाग में आए। चौक में चाँदी की एक बहुत बड़ी परात रखी हुई थी। उस परात के चारों ओर दीपकों की पंक्ति थी। शहाजीराजा झुककर उस परात में देखने लगे। परात में भरा हुआ घी स्थिर था, उसमें शहाजीराजा देख रहे थे।

परात के घी में चार मुख दिखाई दे रहे थे। 'कौन है यह श्रेष्ठ पुरुष? कहीं हम अपने ही दो प्रतिबिम्ब तो नहीं देख रहे?' शहाजीराजा सोच रहे थे। बीचवाली मुखाकृति ने उनका ध्यान खींच लिया था, 'वही धारदार नाक, वैसा ही चौड़ा माथा, उसी तरह की आँखें–कुछ कहती हुई-सी और ये उस पुरुष की गोदी में कौन है? क्या नन्हे युवराज? और...यह कौन है? शायद हमारी बहूरानी है'। सभी मुखों पर हँसी खिल रही थी। मन्दिर के घंटे बज रहे थे। माणकोजी और कान्होजी की आँखें आज सन्तोष से तृप्त होकर भर-भर आई थीं।

शहाजीराजा खड़े हुए। उनकी उम्र साठ को पार कर चुकी थी। बुढ़ापा सफेद बालों में से झाँकने लगा था, परन्तु तेज वही था। सौन्दर्य भी वही था। शहाजीराजा ने सिर ऊपर उठाया, सामने शिवाजीराजा खड़े थे।

सिर पर जरीटोप पहना हुआ था, कानों में मोतियों का चौकड़ा झूल रहा था। ठोड़ी पर घने और गहरे काले बालोंवाली दाढ़ी तेजोमय मुख की शान को बढ़ाए देती थी। शहाजीराजा को आज अपने यौवन का रूप याद हो आया। सामने खड़े युवक को देखते ही उनकी साँस जैसे थम-सी गई।

शिवाजीराजा धीरे-धीरे पग बढ़ाते हुए आगे बढ़े। निकट पहुँचकर वे घुटनों के बल भूमि पर बैठ गए। अपने दो हाथ शहाजीराजा के पैरों के दो ओर रखकर शिवाजीराजा ने अपना सिर महाराजसाहब के चरणों में रख दिया। कम्पायमान हाथों से शहाजीराजा ने अपने शिवबा को उठाया। उसे आलिंगन में समेट लिया। राजे की पीठ को प्यार-भरे दो हाथ सहला रहे थे। परन्तु वाणी मौन थी–आलिंगन का बन्धन शिथिल नहीं हो पा रहा था। फिर अपने को संयत करते हुए, आनन्दाश्रु बहाते हुए शहाजीराजा कहने लगे, ''राजे, बड़े हो गए हो, पुरुषार्थी बन गए हो, परन्तु बचपन की आदत नहीं छूटी।''

फिर सबसे मिलना-जुलना हुआ। सब प्रसन्नचित्त होकर मन्दिर की सीढ़ियाँ उतरने लगे।

शहाजीराजा आकर डेरे में विराजमान हुए। जीजाबाई, सोयराबाई, पुतलाबाई आदि रनिवास की सभी राजमहिलाएँ शिष्ट भाव से एक ओर खड़ी थीं। शिवाजीराजा सामने खड़े थे। शम्भूबाल अपने दादाजी की गोदी में बैठकर बड़ी ढिठाई से सबकी ओर देख रहा था। शहाजीराजा ने पूछा, ''क्यों बहूरानी, हमें पहचानती हो या नहीं?''

सोयराबाई शरमा गईं। शहाजीराजा बोले, ''इतना भी मत शरमाओ, बहूरानी। शादी के समय रोने लगी थीं तुम, तो गोद में बिठाकर तुम्हें मनाते-समझाते सब हार गए थे।''

सब हँस पड़े। राजे ने कहा, ''आप कुछ देर विश्राम करें। जब आज्ञा देंगे, हम सेवा में फिर उपस्थित हो जाएँगे।'' राजे ने सोयराबाई की ओर देखा और स्वयं उन्होंने बालशम्भू को ले लिया। राजे बाहर चले गए और उनके पीछे-पीछे राज्ञी समूह भी बाहर चला गया। डेरे में अब केवल शहाजीराजा और जीजाबाई रह गए। शहाजीराजा कहने लगे, ''रानीसाहिबा!''

''जी।''

शहाजीराजा उठ खड़े हुए। चहलकदमी करने लगे, दोनों हाथ पीठ पीछे बाँधकर वे घूम रहे थे। उनके बाल कन्धों पर झूल रहे थे। कुछ समझ नहीं पा रहे थे वे...क्या कहा जाए, कैसे कहा जाए। किसी भी विकट परिस्थिति में अडिग रहनेवाले सरदार शहाजीराजा आज पूरी तरह डगमगा गए थे। घूमते-घूमते वे रुक गए। सहसा मुड़ते हुए वे कहने लगे, ''रानीसाहिबा।''

''जी।''

''आज हम बहुत शर्मिन्दा हैं। तुम्हारे सामने खड़े रहने की हमारी हिम्मत नहीं है।''

जीजाबाई ने गरदन ऊपर की। शहाजीराजा बहुत व्यथित हो रहे थे। शहाजीराजा कहने लगे, ''याद है, जब तुम बंगलौर में हमसे विदा हो रही थीं, तब तुमने कहा था कि बड़े सम्भाजीराजा को कुछ दिनों के लिए साथ लिये जाती हूँ। उस समय हमने अकड़कर कहा था, 'हम सम्भाजीराजा को बड़ा बनाते हैं—तुम शिवाजीराजा को बड़ा बनाओ। देखें, भला कौन सचमुच बड़ा बनता है...'।''

शहाजीराजा ठीक से बोल नहीं पा रहे थे, जीभ लड़खड़ा रही थी। गला सूख रहा था। प्रयत्नपूर्वक आँसू रोकते हुए वे कहने लगे, ''रानीसाहिबा, अकेली होकर भी, एक अबला के दुर्बल हाथों तुमने शिवाजीराजा को लौह-पुरुष बनाकर दिखा दिया। उनके हाथों प्रशंसनीय पराक्रम कर दिखाया तुमने। परन्तु हम?...हम इन फौलादी हाथों के होते हुए भी सम्भाजी बेटे की रक्षा तक नहीं कर सके। यही विचार मन को जलाए डालता है।''

''मैं क्या कर सकती थी भला? जो कुछ हुआ है, भाग्य की कृपा है। यह तो आपके आशीष का फल था, इसीलिए तो शिवाजीराजा ऐसा पुरुषार्थ कर सके।''

''तुम ऐसा मानती हो, यह तुम्हारा बड़प्पन है। कहो तो, हमने राजे की क्या सहायता की? हाँ, उन्होंने अवश्य ही हमें कठिन स्थिति से मुक्त करा लिया। और हमने क्या किया? हमने जब देखा कि आदिलशाही नाराज हुआ चाहती है, तो हमने राजे की जिम्मेदारी लेने से साफ इनकार कर दिया! यही सोच हमारे दिल को आए दिन खाए डालती थी, इसीलिए हमने यहाँ आने में जल्दबाजी की।'' उस रात तलभूमि से लेकर मन्दिर तक की सारी सीढ़ियों पर तथा सीढ़ियों के दोनों ओर निर्मित प्रस्तर-स्तम्भों पर दीपमालाएँ जलाई गईं। लाखों ज्योतियों की शान्त स्थिर पंक्तियाँ मन्द वायु में धीरे-धीरे हिलती हुई बहुत आकर्षक लग रही थीं।

दो दिन जेजुरी में बिताकर शिवाजीराजा ने वहाँ से प्रस्थान किया। वे शहाजीराजा सहित राजगढ़ आए। राजगढ़ की तलभूमि में एक अलंकृत पालकी रखी हुई थी। पालकी के दोनों सिरों पर हाथी के मुख की आकृतिवाले रत्नजटित सुवर्णमय मुखौटे जड़े हुए थे। उसके भीतर कमखाबी बैठक बिछाई गई थी तथा उसमें जरी के झब्बे लटक रहे थे। राजे ने शहाजीराजा से पालकी में बैठने की प्रार्थना की। शहाजीराजा पालकी में विराजमान हुए। राजे शिवाजी हाथों में अपने पूज्य पिता शहाजीराजा के जूते उठाकर स्वयं नंगे पैरों पालकी के पीछे-पीछे चल रहे थे। जैसे ही पालकी गढ़ के द्वार में प्रविष्ट हुई, नगाड़े बज उठे। अन्य जन भी पालकी के पीछे-पीछे चले जा रहे थे।

राजे शिवाजी शहाजीराजा को पूर्ण आदर-सम्मान सहित सुन्दर, सुशोभित राजसभागृह में ले आए। राजे की बगल में अपने जूते देखकर शहाजीराजा बोले, ''राजे, तुमने ऐसा यश

कमाया है कि हमारे जूते अपने पैरों में पहनने के अधिकारी बन चुके हो तुम। जूते नीचे रख दो राजे।''

शिवाजीराजा ने अपने मन्त्रिमंडल के सदस्यों से शहाजीराजा का परिचय कराया।

रात को भोजन की पंगत बैठी। सोने की थाली के चारों ओर मोहक रंगोली से चौक पूरा गया था। शहाजीराजे अपने पोते को साथ लेकर सोने के फूलों से सजे हुए चाँदी के पीढ़े पर जा बैठे। राजे विनम्र होकर आगे बढ़े। वे शिष्टतापूर्वक शहाजीराजा की कलाई में मोगरे का गजरा बाँधने लगे। गजरा बाँधते समय राजे के नेत्रों से निकले हुए कुछ अश्रुबिन्दु शहाजीराजा की कलाई पर टपक पड़े। शहाजीराजा ने कहा, ''राजे, तुम्हारी आँखों में ये आँसू कैसे?''

राजे ने कहा, ''हमारे विद्रोह के कारण ही तो आपको कारावास भोगना पड़ा। हमारे ही कारण इन बलिष्ठ हाथों में हथकड़ियाँ पहनाई गईं।''

''राजे, ऐसा न कहो। तुमने वह कुछ कर दिखाया है, जो हम भी न कर सके। मुगलाई और आदिलशाही का सामना करके बहुत महान् पराक्रम किया है तुमने। तुम्हारे पराक्रम को देखकर हम धन्य हो उठे। हथकड़ियाँ भी हमें फूलों के समान हलकी प्रतीत हुईं। राजे, ऐसी बातें मन में लाकर दुखी मत होओ।''

नन्हे सम्भाजी को थाली की वस्तुओं की ओर हाथ बढ़ाते हुए देखकर शहाजीराजा कहने लगे, ''देखा! हमारे बालशम्भू भी कितने उतावले हो उठे हैं! चलो, तुम भी भोजन करने बैठो।''

भोजन शुरू हुआ। शहाजीराजा को अति सन्तुष्टचित्त होकर भोजन करते हुए देखकर जीजाबाई का मन तृप्त हो रहा था। सोयराबाई, पुतलाबाई तथा अन्य रानियाँ भोजन परोस रही थीं। पाकशाला से एक के बाद एक नए-नए व्यंजन आ रहे थे। अन्त में शहाजीराजा बोले, ''राजे, इन बहूरानियों के कारण हम बड़े संकट में फँस गए हैं।''

''क्यों? क्या हुआ?''

''क्या हुआ?'' शहाजीराजा मुस्कराते हुए कहने लगे, ''हमारी हरेक बहू भीतर जाकर कोई न कोई नया व्यंजन ले आती है, हम ना करें भी तो कैसे? अब हमारी उम्र सत्तर तक जा पहुँची है। यह सब पचेगा कैसे? इसलिए इस मुसीबत से अब तुम ही हमें छुटकारा दिलवाओ।''

शहाजीराजा की बातें सुनकर सारी पंगत खिलखिलाकर हँसने लगी।

राजे शहाजीराजा को अपना दुर्ग, राजकार्यालय का प्रबन्ध आदि सब दिखा रहे थे। माणकोजी और कान्होजी राजे की शौर्य-गाथाएँ सुना रहे थे। सब देख-सुनकर शहाजीराजा को परम सन्तोष का अनुभव हो रहा था। राजे ने शहाजीराजा के लिए वन में कई शिकारी, कई बरछैत भेजे हुए थे। रोज शिकार में मारे गए नए-नए प्राणी गढ़ में लाए जा रहे थे। एक बार इसी तरह भोजन करते समय शहाजीराजा ने पूछा, ''राजे, कभी शिकार करने जाते हो या नहीं?''

राजे लजा उठे। कहने लगे, ''इच्छा तो बहुत होती है, परन्तु समय नहीं मिलता।''

''सच कहते हो!'' शहाजीराजा बोले, ''परन्तु हमें तो शिकार करने का बड़ा शौक है। वैसे अब सारी हौंस पूरी हो चुकी है, मगर कभी-कभी अब भी जी करता है...।''

''क्या, महाराज?''

''जी चाहता है कि जंगल में एक बनैले सूअर का पता लगे। घोड़े पर बैठकर हम भाले से उसका शिकार करें। ये शिकार भी हमारा अजीब शौक है। इससे कभी जी ही नहीं भरता। शिकार का नाम सुनते ही सारी थकावट भाग जाती है–हमें अपनी उम्र की भी सुध नहीं रहती।''

23

शहाजीराजा अपनी पुत्रवधुओं के लिए, अपने नाती-पोतों के लिए बहुत से अनमोल आभूषण तथा कर्नाटकी वस्त्रादि लाए थे। उन्होंने सबको बुलाकर वे वस्तुएँ बाँट दीं। अन्त में वे राजे की ओर मुड़कर बोले, ''राजे, हम तुम्हारे लिए एक विशेष प्रसिद्ध वस्तु लाए हैं।''

सेवक ने एक तबक सामने ला रखा। तबक में रत्नजटित मूठ की एक बढ़िया तलवार रखी थी। शिवाजीराजा शहाजीराजा के सामने घुटनों के बल बैठ गए। शहाजीराजा ने तलवार म्यान से बाहर निकाली और दोनों हाथों से पकड़कर शिवाजीराजा के हाथों में रख दी। राजे ने सिर-माथे लगाकर उस तलवार को स्वीकार किया। शहाजीराजा कहने लगे, ''हमने तुम्हारी 'भवानी' तलवार की प्रशंसा सुनी है। वह तलवार तुम्हारे लिए शुभदायी सिद्ध हुई है। हमारा दिया यह शस्त्र भी तुम अपने पास रहने दो। इसका नाम 'तुलजा' रखो।''

राजे ने कहा, ''हम इस उपहार को आपका साकार आशीर्वाद मानकर 'भवानी' के साथ-साथ इसकी भी नित्य पूजा-अर्चना किया करेंगे।''

इस प्रकार शिवाजीराजे की सराहना-प्रशंसा करते हुए शहाजीराजा के दिन बीत रहे थे। एक दिन भोर के समय ही राजे कहने लगे, ''विनती है कि आज आप गढ़ से उतरकर नीचे के प्रदेश में चले चलें।''

''राजे, हम तो यही ठानकर आए हैं कि तुम्हारी कही एक भी बात, तुम्हारा कोई भी आग्रह हम टालेंगे नहीं। चलो, चलते हैं।''

पर्वतीय गढ़ की तलहटी में जीन कसे हुए कई शानदार विशेष घोड़े खड़े हुए थे। शहाजीराजा एक घोड़े पर बैठ गए। उनके बाद राजे भी अपने प्यारे घोड़े 'विश्वास' पर सवार हो गए। इन दो घोड़ों के पीछे घुड़सवारों का दल दौड़ने लगा।

शहाजीराजा कुछ समझ नहीं पा रहे थे कि आज की यात्रा का उद्देश्य क्या है? पठारों-पहाड़ों से भरा भू-प्रदेश सामने दिखाई दे रहा था। सुबह की कोमल धूप में सारा वन खिल-खिल उठा था। विविध प्रकार के पक्षियों की बोली से सारा जंगल कोलाहलपूर्ण हो उठा था। पानी पीने के लिए मोरों का झुंड तालाब के किनारे अभी-अभी आकर रुका ही था कि घोड़ों की टापों की आवाज से घबराकर मोर पंख फड़फड़ाकर उड़ गए। ऊँचे पहाड़ के कगार की ओट में बसा हुआ एक छोटा-सा गाँव दिखाई देते ही राजे का घुड़सवार-दल रुक गया। उस गाँव के बाहरवाली खुली जगह में कुछ डेरे-शामियाने गाड़े हुए थे। तानाजी, येसाजी, माणकोजी आदि सरदार राजे के स्वागत के लिए आगे बढ़ आए। उन्हें देखते ही शहाजीराजे ने कहा, ''माणकोजी, आज राजे ने कैसी योजना बना डाली है?''

शहाजीराजा ने डेरे में प्रवेश किया। राजे के स्वागतार्थ सारा का सारा गाँव ही वहाँ इकट्ठा हो आया था। राजे ने पटेल से कहा, ''क्यों पटेल, सब ठीक-ठाक तो है न?''

''राजे, तुम्हारे पाँव की धूल लगी उस गाँव से, हमारा गाँव तो मानो सोना बन गया। आजकल ये जंगली सूअर खेती का नुकसान कर रहे हैं। सभी गाँववाले हमेशा उनको जी भर-भरकर कोसते हैं, पर आज उनकी ही कृपा समझो, जो राजा के पाँव गाँव में पधारे।''

पटेल बोलता ही जा रहा था। राजे सोच रहे थे, इसे क्योंकर रोका जाए। वे शरमा रहे थे कि शहाजीराजा जोर से हँसने लगे। बोले, ''राजे, अब तुम्हारा इरादा समझे हम। तुमने तय कर लिया है शायद कि हमारी छोटी-सी इच्छा अधूरी न रह जाए।''

कुछ देर आराम करने के बाद सब लोग शिकारवाले ऊसर-जंगली मैदान की ओर चल पड़े। जंगल और गाँव के बीच की बहुत-सी भूमि खेती के लायक बनाने की दृष्टि से काट-छाँटकर खाली कर दी गई थी। वहाँ से नदी किनारे तक छुटपुट झाड़ियों का जंगल फैला हुआ था। सब लोग आखेट-स्थली तक पहुँचे। शहाजीराजा के विशेष ढलैत सेवक ने कई भाले आगे रख दिए। शहाजीराजा ने उनमें से एक भारी भाला चुन लिया। फिर वे राजे से कहने लगे, ''राजे, हमारे भालों को देखो तो सही। देखो तो कि इनमें से कोई तुम्हें ठीक लगता है या नहीं?''

राजे ने शहाजीराजा के भालों में से एक भाला चुनकर उठा लिया। शहाजीराजा ने कान्होजी से भी एक भाला चुन लेने के लिए कहा। कान्होजी कहने लगे, ''महाराजसाहब, अब भालों से शिकार करना हमारे लिए तो मुश्किल ही है। हमारे लिए और माणकोजी के लिए तो केवल शिकार देखना ही ठीक है।''

चुने हुए खास घुड़सवारों की टोली आगे चली गई। हरेक के हाथ में चमचमाता हुआ भाला था। इन सवारों की पाँच-छह टोलियाँ बनाई गईं। राजे ने सबको आवश्यक हिदायतें दीं। स्वयं शिवाजी, शहाजीराजा के पास रहे। पेड़ों की आड़ में सब घोड़े खड़े हो गए। राजे ने जैसे ही इशारा किया, संकेत जतानेवाला सिंगा बजने लगा।

जंगल में हो-हल्ला मच गया। कोलाहल से सारा जंगल गूँज उठा। पक्षियों के झुंड आकाश की ओर लपके। जंगल में हाँका शुरू हो गया। हाँका लगते ही चीतल, साँभर और काकड़-हिरनों के झुंड तेजी से कुलाँचें भरते हुए जंगल में से निकल ऊसर पठारी मैदान में आ गए और फिर बिदककर चारों ओर दौड़ पड़े। शहाजीराजा जंगल के इस वैभव को अत्यन्त सन्तुष्ट मन से निहार रहे थे। धूप में गरमी बढ़ती जा रही थी। हँकवैये आधा जंगल पार करके आधी पहाड़ी तक उतर आए थे। इसी समय जंगल में से तुरही की जोरदार आवाज सुनाई दी। यह आवाज संकेत दे रही थी कि जंगली सूअर दौड़ते आ रहे हैं। सबने भाले तान लिये। अब सबकी नजरें जंगल की सीमा की ओर टिकी हुई थीं।

बिजली की तेजी से भागती हुई सूअरों की एक टोली जंगल से बाहर निकली। एक सूअरी गुर्राती हुई अपने बच्चों के साथ बाहर आई थी। वह बच्चों की रक्षा के लिए चारों ओर घूम-घूमकर देख रही थी। गुस्से से उसके बाल सीधे खड़े हो गए। शहाजीराजा हँसने लगे। उन्होंने राजे को इशारा किया। राजे ने शिकारियों को इशारे से जतलाया कि इसे जाने दिया जाए। वह मादा सूअर 'डुर्र-डुर्र' करती हुई अपने बच्चों को लेकर दूसरे सूअरों के साथ नदी की तरफ दौड़ पड़ी और कुछ ही देर में आँखों से ओझल हो गई। हाँका निकट आता

जा रहा था। फिर एक बार तुरही बज उठी और इसके साथ ही एक भीमकाय बनैला इक्कड़ सूअर जंगल से बाहर निकला। खुले मैदान में आते ही बनैला सूअर जोरदार झपट्टा मारकर दौड़ने लगा। उसका यह विकराल रूप देखकर सबकी भौंहें तन गईं। उसके दो बड़े-बड़े खाँग ऊपर को उठे हुए थे। बाल ऐसे सीधे खड़े थे, मानो लोहे की सींकें हो। शूकरराज ने एक बार पीछे से आ रहे हँकवैयों की ओर देखकर हुँकारी भरी और वह आगे दौड़ पड़ा। सूअर शहाजीराजा की स्थिर दृष्टि से आड़े दौड़ रहा था। शहाजीराजा उसकी ओर देख रहे थे–उनकी एक-एक नस और हर पेशी तन गई थी। मुख पर निराला ओज दमक रहा था। उन्होंने बिना बोले ही सूअर की ओर इशारा किया और भाला तानकर घोड़े को एड़ लगाई। उनके साथ ही राजे ने भी एड़ मारी। बनैले इक्कड़ ने जैसे ही पीछे से आ रहे शत्रु की आहट पाई, वह हुँकारता हुआ और तेजी से दौड़ने लगा। उतार-चढ़ाव की, गड्ढों की परवाह किए बिना राजे पूरी तेजी से शहाजीराजा के पीछे-पीछे दौड़े जा रहे थे। हर पल उनके और सूअर के बीच फासला कम होता जा रहा था।

फिर जाने क्या हुआ! सरपट भाग रहे उस जानवर ने अचानक ही अपना मुँह मोड़ा और गुस्से से वह पलट पड़ा। दौड़ते आ रहे अपने शत्रु को देखते ही उस भीषण शूकरराज ने सीधे हमला कर दिया। सूअर का अचानक मुड़ना और झपटकर हमला करना देखकर शहाजीराजा का घोड़ा बिदक गया और हिनहिनाते हुए वह पिछले दो पैरों पर खड़ा हो गया। इक्कड़ सूअर घोड़े के पैरों के पास से होकर आगे निकल गया। पीछे से शिवाजीराजे बिजली की भाँति लपकते आ रहे थे। जैसे ही उन्होंने शहाजीराजा के घोड़े को खड़े देखा, उनका दिल काँप उठा। अगले ही पल उन्होंने सामने से दौड़े आ रहे सूअर की ओर आगा किया। सूअर को अपने दाहिने करके उन्होंने भाला फेंका। भाले का फल सूअर के शरीर में घुसा और 'काड-काड' आवाज के साथ भाले का डंडा टूट गया। सूअर की चीख गूँज उठी। जैसे-तैसे लड़खड़ाकर वह बनैला सूअर फिर पैरों के बल खड़ा हुआ और टूटे भाले के साथ ही वह शूकरराज फिर दौड़ पड़ा।

सूअर के बच निकलने के कारण शहाजीराजे का क्रोध भड़क उठा था। उन्होंने गुस्से से एक जोरदार एड़ मारी। पलक झपकते ही वे सूअर तक जा पहुँचे और बड़ी चतुराई से उन्होंने सूअर की ओर निशाना ताककर भाला फेंका। भाला सूअर की छाती को चीरता हुआ भीतर तक जा घुसा। जोर से चीख मारकर वह बनैला सूअर जमीन पर लुढ़क पड़ा। पीड़ा के मारे चीखता हुआ वह कुछ देर तड़पा और फिर ठंडा हो गया। सारे घोड़े उसके चारों ओर जमा हो गए। पसीने से तरबतर मुख पर एक निराला सन्तोष लिये हुए शहाजीराजा उस शिकार को देख रहे थे। वे कहने लगे, "राजे, तुम बहादुर तो अवश्य हो, परन्तु सधे शिकारी नहीं हो। तुमने हमें मुसीबत में फँसा देखा कि तुम दौड़ पड़े और तुमने सूअर के ठीक सामने की सीधी दिशा से उस पर भाला फेंका। भाले का ऐसा सामनेवाला निशाना बहुत खतरे की बात है–शिकार करते समय इस तरह शिकार के आगे की ओर खड़ा रहकर कभी वार नहीं करना चाहिए। विशेषतः दौड़ते सूअर के तो बाजू की ओर से उस पर वार करना चाहिए।"

इसके बाद जंगल में और एक बार हँकवा हुआ। कई शिकार मारकर राजे रात को गढ़ लौटे। जब वे जीजाबाई से मिले, तो कहने लगे, "माँसाहिबा, हमारे महाराजसाहब के दिल

में शिकार की उमंग के क्या कहने? शिकार देखते ही वे सब कुछ भूल बैठते हैं। बेसुध होकर कुछ भी आगा-पीछा न सोचकर वे सीधे शिकार पर टूट पड़ते हैं। महाराजसाहब का वह रूप उनके नित्य के रूप से एकदम भिन्न दिखाई देता है।''

24

प्रातःकालीन वेला में शहाजीराजा देवी के मन्दिर में गढ़ की नीचेवाली माची पर आए थे। साथ के सभी लोगों ने भी देवी के दर्शन किए तथा सब लोग वापस लौट पड़े। शहाजीराजा ने पूछा, ''मोरोपन्त, राजे के दुर्गों की संख्या कितनी है?''

''साठ दुर्ग तो दृढ़ स्थिति में हैं, महाराज।''

''अच्छा! और घुड़सवार सेना कितनी है?''

''पन्द्रह हजार अश्वारोही सुसज्ज हैं।'' नेताजी ने बताया।

''राजे, हमने सुना है, तुमने जलपोत भी बनवाए हैं।''

''जी हाँ, महाराजसाहब।'' राजे ने उत्तर दिया।

''बहुत अच्छा किया। राजे, घुड़सवार-दल की संख्या और बढ़ाओ। हमने एक बार तुम्हें इस बारे में जो श्लोक बताया था, वह याद है न?''

''वह भला कैसे भूल सकते हैं हम?''

''सुनाओ तो जरा।''

यस्याश्वाः तस्य राज्यं हि यस्याश्वाः तस्य मेदिनी।
यस्याश्वाः तस्य सौख्यं च यस्याश्वाः तस्य सौष्ठवम्॥

मोरोपन्त कह उठे, ''अविनय के लिए क्षमा करें, मैं कहना चाहता हूँ कि राजे जब-जब अश्वशाला में आते हैं, तब इस श्लोक का उच्चारण अवश्य करते हैं। हमने हर बार उनके मुख से यह श्लोक सुना है।''

''मोरोपन्त, जिसने इस श्लोक का महत्त्व जान लिया, उसका साम्राज्य बढ़ने में कुछ भी समय नहीं लगेगा। राजे, हम यहाँ आए, कुछ दिन रहे। तुमने हमें परम सन्तोष दिया, तुम्हारा राज्य देखकर आँखें अघा गईं। जानते हो, हमने जेजुरी मन्दिर के खंडोबा देवता के आगे क्या मनौती मानी है?''

''जी, क्या?''

''हम जब तुम्हारे साथ देवता के चरणों में नमस्कार कर रहे थे, उस समय हम कह गए, 'हमारे शिवाजीराजे का राज्य स्थापित होने दे, हम देवता की मूर्ति सोने की बनवा देंगे'। हमें अब अपनी उस मनौती को पूरा करना होगा। हमने यहाँ के निवासकाल में सब देख लिया है–हमें निश्चय हो चुका है कि तुम्हारा राज्य स्थापित हो चुका है।''

''क्षमा करें,'' राजे ने कहा, ''अभी यह राज्य सुरक्षित नहीं है। शाइस्ताखान हमें कुचल डालने की ठानकर उत्तर से दक्खिन में आ उतरा है। दूसरी ओर, आदिलशाही भी हम पर भौंहें चढ़ाए बैठी है।''

''राजे, जब राज्य की स्थापना हो जाती है न, तभी शत्रुओं के ऐसे हमले हुआ करते हैं। यदि ऐसा न होता, तो आदिलशाही और मुगलाई राज तुम्हारी तरफ ध्यान ही क्यों देते?

जो महान् चतुर राजनीतिज्ञ होते हैं, वे सदा दूर की सोचते हैं। औरंगजेब भी ऐसा ही चतुर कूटनीतिज्ञ है। जब तुम्हारी ओर किसी का भी ध्यान नहीं था, तब भी दक्खिन का सूबेदार, औरंगजेब तुम्हारी ओर कड़ी नजर रखे हुए था। यही नहीं, उसने आदिलशाही को सलाह दी थी कि वह तुमसे होशियार रहे। शाइस्ताखान आया है, फिर भी तुम घबराओ नहीं। हमें विश्वास है कि तुम इस विपत्ति से भी सकुशल छूट जाओगे। हम यहाँ तुमसे मुलाकात करने आए हैं, और इस समय भी तुमने दो बड़े-बड़े शत्रुओं को अपनी-अपनी जगह रोक रखा है, यह देखकर तो हम सचमुच आश्चर्यचकित हो उठे हैं।''

शहाजीराजे राजसभागृह में बैठे थे। जीजाबाई महल की ओर से आनेवाले भीतरी द्वार के निकट आकर खड़ी हो गईं। बालक सम्भाजी दादाजी की गोद में बैठ गया। शेष सब शिष्टतापूर्ण रीति से खड़े थे। शहाजीराजा माणकोजी से कहने लगे, ''माणकोजी, अब तुम्हारी-हमारी उम्र हुई। राजे के अर्जित राज्य को देखकर आँखें ठंडी हो गईं। काश! आज इस उन्नति को देखने के लिए दादोजी होते! राजे जब दादोजी के लगाए हुए बगीचों के फल हमें भेजते हैं, तो हमारा मन व्याकुल हो उठता है। राजे, ऐसे स्वामिभक्त लोग ढूँढ़े से भी नहीं मिलते। आदमी नहीं, एक-एक दृढ़ दुर्ग होते हैं ऐसे लोग। और राजे, अब तो तुम्हारा विस्तार दूर-दूर तक जा पहुँचा है। तुमने पुणे को रूप-रंग प्रदान किया, परन्तु पुणे सुरक्षित नहीं है। रायगढ़ दुर्ग बनवा रहे हो न?''

''जी हाँ।''

''तब उसी दुर्ग को अपनी राजधानी बनाओ। वैसा अन्य कोई उत्तम स्थान मिलना असम्भव है। हमने कर्नाटक में यथाशक्ति प्रयत्न करके जिंजी तक के प्रदेश पर अधिकार कर लिया है। हम रहें, न रहें, तो भी एकोजीराजा उस प्रदेश की सुरक्षा एवं प्रबन्ध करेंगे ही। फिर भी एकोजीराजा में समझ की कमी है।'' शहाजीराजा हँस पड़े। फिर भीतरी दरवाजे की ओर देखकर वे कहने लगे, ''एकोजी हमारी देख-रेख में हम पर ही गया है न! तुम बड़े हो, एकोजीराजा का ध्यान रखना। तुम दोनों अगर एक हो गए, तो दक्षिण में तंजौर से लेकर उत्तर में नर्मदा नदी के तट के सारे प्रदेश पर देखते ही देखते तुम्हारा अधिकार हो सकता है। हमारी अभिलाषाएँ परमेश्वर ने तुम्हारे द्वारा पूरी कर दी हैं। पर राजे, हमें खेद है कि हम अब यहाँ अधिक दिन नहीं ठहर सकेंगे।''

''क्यों? क्या इतनी जल्दी जी ऊब गया है?'' राजे उदास होकर कहने लगे।

''नहीं, नहीं, राजे, ऐसा मत कह बेटे, तुझसे जी कैसे ऊबेगा भला? अरे बेटे, तेरी सफलता, तेरी कीर्ति देख-सुनकर तो मुझे दस बरस और अधिक उम्र मिल गई है। हम यदि यहाँ अधिक दिन रहे, तो आदिलशाही के दिल में शक पैदा हो जाएगा। एक बात बताता हूँ, सुनो! जब तुमने अफजलखान को तहस-नहस कर डाला था और तुम इधर आदिलशाही इलाके में घुस गए थे, उसी समय हम कर्नाटक से बीजापुर की ओर आ रहे थे। उस समय बीजापुर के दरबार में हो-हल्ला मचने लगा था।''

''क्यों?'' माणकोजी ने पूछा।

''ऐसी अफवाह फैल गई थी कि दक्खिन की ओर से हम और उत्तर की ओर से शिवाजी बीजापुर पर धावा बोलने वाले हैं। सोचो, जबकि इसमें सच्चाई कुछ भी नहीं, अफवाहें तब ऐसी बेसिर-पैर की उड़ती हैं और अब तो हम तुमसे यहाँ दिन-दहाड़े मिल रहे हैं।''

"परन्तु आपको आदिलशाही ने आने की अनुमति दी है न?" राजे ने पूछा।

"दी क्यों नहीं है, मगर मुफ्त में थोड़े ही दी है? आदिलशाह ने हमसे कहा है कि हम तुम्हें समझाएँ-बुझाएँ। उसने कहा है कि हम तुम्हें पूरे शाही सम्मान सहित दरबार में ले आएँ–वे तुम्हें दसहजारी सरदार का मनसब देने के लिए तैयार हैं। घबराओ नहीं, हम तुमसे ऐसा कदापि नहीं कहेंगे। हमने तो इसे केवल यहाँ आ सकने का मौका समझा। हम हमेशा कहते आए हैं कि दक्खिन की सभी सत्ताओं को मुगलिया राज के खिलाफ एक हो रहना होगा। हमने जिस नीति का सदा समर्थन किया है, आज आदिलशाही को उसकी सच्चाई अनुभव हो रही है। हम पूरी कोशिश करेंगे कि यही नीति आदिलशाही दरबार में दृढ़ बनाए रखें। यदि ऐसा सम्भव हो पाया, तो तुम्हारी एक मुसीबत तो कम हो जाएगी?"

राजे पूरा ध्यान लगाकर इन वचनों को सुन रहे थे। एक महान् राजनीतिज्ञ, एक कुशल नीतिज्ञ अपने विचार सुना रहा था। राजे का मन कहता था, ऐसे हितवचन सुनते रहें, सुनते ही रहें।

रात्रि के भोजनोपरान्त सब राजभवन में बैठे हुए थे।

शहाजीराजा उच्चासन पर विराजमान थे। बैठक में नीचे भूमि पर एक ओर राजमहिलाएँ तथा दूसरी ओर शिवाजीराजे जीजाबाई सहित बैठे थे। वहाँ बाहरी और पराया कोई नहीं था। शहाजीराजा बोले, "राजे, तुम्हारी माँसाहिबा ने तुम्हें बहुत महान् बनाकर दिखाया है।"

जीजाबाई को संकोच हो आया। वे कहने लगीं, "राजे ने तो आपका ही स्वभाव अपनाया है।"

शहाजीराजा हँसने लगे। बोले, "गलत कहती हो। हममें और राजे में बहुत अन्तर है। हम राजभोगी हैं, तो ये राजयोगी हैं। अब यही देख लो, हम बहादुरी दिखलाते हैं, परन्तु साथ ही हम अपने को भुला नहीं पाते। भोग-विलास की कामना छूटती नहीं है। लड़ाई की मुहिम से छुट्टी पाते ही हम विलासिता की ओर झुक जाते हैं, परन्तु राजे को देखो, ये पराक्रम करते हैं तो साथ ही राज्यकार्य में भी डूबे रहते हैं। इनके व्यक्तित्व में एक आदर्श राजा के सभी गुणों का पूर्ण रूप से समावेश है। यही कारण है कि 'विजयश्री' सदा उनके ही गले में जयमाला पहनाती है। अफजलखान जैसी विपत्ति से तर जाना कोई सामान्य बात नहीं है।" शहाजीराजा ने एक निःश्वास छोड़ा। वे विह्वल हो उठे थे। फिर कहने लगे, "राजे, तुमने अफजलखान को ठिकाने लगाया और इस तरह हमारे दिल का काँटा दूर किया। उसी ने हमारे हाथों में हथकड़ियाँ पहनाई थीं। हमारे शम्भूराजा की मौत उसके ही कारण हुई। तुमने उसे मार डाला, हमें बहुत सन्तोष मिला। परन्तु अभी एक और काँटा है, जो हमारे जी में गहरे अटककर कसकता रहता है।"

"क्या है वह?" राजे ने उतावले होकर पूछा।

"बाजी घोरपडे," एक आह भरकर शहाजीराजा बोले, "वह धोखेबाज, वह हरामी, उसने हमें धोखा देकर कैद किया। ओहऽऽ, बहुत दुख है हमें इसका। हम असावधान रहे ही क्यों? हम ठहरे आदिलशाही के सेवक, वह हो गया आदिलशाही दरबार का प्यारा। इसी कारण हम कुछ करना चाहते हुए भी चुप रह गए।"

राजे की मुखमुद्रा कठोर-गम्भीर हो गई। दृढ़ स्वर से वे कहने लगे, "महाराजसाहब, आपके चरणों की सौगन्ध खाकर कहते हैं हम, हम सवाया-ड्योढ़ा माप देकर इसे चुकाएँगे। उस बाजी घोरपडे को अपनी धोखेबाजी का पूरा पछतावा करना पड़ेगा।"

राजे के इन वचनों को सुनकर शहाजीराजा को अति सन्तोष हुआ। वे कहने लगे, ''हमें भरोसा है कि तुम वचन पूरा करोगे। आज हम निश्चिन्त हुए।''

दो दिन बाद शहाजीराजा सबसे विदा होने लगे। शहाजीराजा के साथ जो सरदार आए थे, उन सबको शिवाजीराजा ने बहुमूल्य उपहार दिए। सैनिकों को सोने की मुहरें बाँटीं। जीजाबाई से विदा होते समय शहाजीराजा कहने लगे, ''रानीसाहिबा, अब हम जाते हैं।''

''एक विनती है!''

''कहो न!''

''फिर इन चरणों के दर्शनों का सौभाग्य प्राप्त हो।''

''अवश्य आएँगे हम, अवसर पाते ही आएँगे। यदि सम्भव हुआ और परिस्थिति अनुकूल हुई तो हमारा विचार है कि राजे को कर्नाटक में बुलाया जाए। तुम राजे का ध्यान रखना। उनका ध्यान रखने के लिए तुम अपने को भूल मत जाना। तुम्हारे लिए अपना ध्यान रखना भी उतना ही आवश्यक है।''

शहाजीराजा बाहर आए। सभी बहुओं ने, राजपरिवार की स्त्रियों ने उन्हें प्रणाम किया। उन्हें आशीष देकर और सम्भाजी को साथ लेकर शहाजीराजा राजसभागृह में पधारे। राजे की आँखों से बहती अश्रुधारा थमती ही नहीं थी। उन्होंने शहाजीराजा के चरणों में सिर रख दिया। राजे ने कहा, ''हमने आज तक जो कुछ पाया-कमाया है, वह सब और यह मस्तक सदा आपके चरणकमलों की सेवा में...।''

शहाजीराजा को रुलाई फूट पड़ी। उन्होंने आतुर होकर राजे को बाँहों में भर लिया। उनका माथा चूम लिया। फिर अपने आँसू पोंछते हुए उन्होंने अपने गले में से अनमोल मोतीकंठा निकाला और अपने हाथों राजे के गले में पहना दिया। एक बार पुनः उन्होंने अपने प्यारे पुत्र को छाती से लगा लिया।

राजे पालकी के साथ गढ़ की तलभूमि तक नंगे पैर चलते हुए गए। शहाजीराजा अश्वारूढ़ हुए। राजे ने उन्हें तीन बार सिजदा किया। थोड़ा-सा नीचे झुककर शहाजीराजा ने शिवाजी की पीठ थपथपाई और घोड़े को एड़ लगाई। घुड़सवार दौड़ पड़े। राजे धूल के उठते हुए बादलों को डबडबाई आँखों से खड़े-खड़े देर तक देखते रहे...।

भाग : चार

शहाजीराजा चले गए। गढ़ रीता-रीता-सा लगने लगा। पिता गढ़ में केवल पन्द्रह दिन ही रहे, परन्तु उनके आने से, उनकी बातों को सुन-सुनकर राजे का हृदय कितने उल्लास, कितने उत्साह से भर उठा, यह कह पाना कठिन है। यद्यपि राजे ने कभी किसी से कहा नहीं, तथापि उनके चित्त को यह विचार सदा सालता रहता था कि वे पिता की आशीर्वादमय छाया से वंचित हैं। अब उनकी वह कसक दूर हो गई थी।

शाइस्ताखान पुणे में छावनी लगाए बैठा था। उसे दक्खिन में आए लगभग दो बरस हो चुके थे। उसकी सेना शिवाजीराजा के पुणे सम्भाग में फैली पड़ी थी। परन्तु इस क्षेत्र के सभी किलों पर राजे का ही अधिकार था। अब तक शाइस्ताखान केवल एक ही किला जीत सका था—चाकणगढ़। वैसे कहने को उसने एक और सफलता भी पाई थी, उसने परिंडा का किला बहला-फुसलाकर अपने काबू में कर लिया था। वह जितनी विशाल सेना लेकर आया था, उस दृष्टि से उसकी सफलता एकदम नगण्य थी। बरसात बीत चुकी थी। अब शाइस्ताखान कुछ कार्रवाई करने की निश्चित योजनाएँ बनाने लगा। उसकी नजर कल्याण-भिवंडी की ओर मुड़ी। उसने तय किया कि राजे के बन्दरगाहों पर कब्जा किया जाए। उसे पहले ही खबर मिल चुकी थी कि वहाँ शिवाजी जहाज बनवा रहा है। शिवाजी का मैदानी प्रदेश तो उसके कब्जे में आ ही चुका था। अब वह चाहता था कि समुद्रतटवर्ती कोंकण प्रदेश भी यदि जीत लिया जाए, तो शिवाजी का आधार ही खिसक जाएगा।

उसने परिंडा किले को जीतनेवाले अपने कामयाब और विश्वासपात्र सरदार कहरतलबखान को बुलवाया और उसे इस नई मुहिम की जिम्मेदारी सौंपी। उसकी मदद करने के लिए कई सरदार भी साथ दिए। इन सरदारों में चव्हाण, गाढे, कोकाटे, जाधव आदि मराठे सरदार भी शामिल थे। इसके अतिरिक्त एक शूरवीर स्त्री भी थी—रायबाघिन, जो अपनी सेना सहित सहायता के लिए साथ थी। कहरतलबखान ने अपनी सेना जुटाना शुरू किया।

दशहरे का त्योहार आया। राजे ने राजगढ़ दुर्ग में ही सीमोल्लंघन* की रस्म पूरी की और वे राजभवन के द्वार पर आए। द्वार पर उनकी सातों रानियाँ उनकी आरती उतारने के लिए आई हुई थीं। आरती उतारी गई। राजे ने राजभवन में प्रवेश किया। उन्होंने जीजामाता को प्रणाम किया। फिर वे कहने लगे, ''माँसाहिबा, यह सीमोल्लंघन तो केवल रीति निभाना हुआ। यह विजयादशमी एकदम फीकी है। लगता है—दीवाली भी इसी तरह ठंडी बीतेगी।''

---

* विजयादशमी के दिन मराठे राजे और सरदार सभी नगरद्वार की सीमा के बाहर जाकर शमी वृक्ष के पत्ते तोड़ लाते। घर लौटकर उनकी स्त्रियाँ उनकी आरती उतारती थीं। इस रस्म को सीमोल्लंघन कहा जाता था।

''राजे, जो कमाया जाता है, उसकी रक्षा करना भी एक प्रकार का पराक्रम ही तो है।''

''हाँ, हम भी उसी बारे में सोच रहे हैं।''

जैसे दशहरा बीता, उसी तरह दीवाली भी आई और चली गई। दीपावली के बाद राजे एक बार रायगढ़ हो आए। इस नए दुर्ग का बाँधकाम देखकर राजे को बहुत सन्तोष हुआ। रायगढ़ से लौटने के बाद राजे एक दिन सायंकाल को जीजाबाई सहित घूमने के लिए निकले थे, साथ में सब रानियाँ भी थीं। सारे गढ़ का चक्कर लगाकर राजे राजभवन में आए। एक भेदिया जासूस खबर लेकर आया हुआ था।

राजे उसके साथ बड़ी देर तक एकान्त में बातें करते रहे। वे जब बाहर आए तो उनका चेहरा चिन्ताग्रस्त दिखाई दे रहा था। राजे ने तुरन्त अपने सरदारों को इकट्ठा किया।

जीजाबाई के पूछने पर राजे ने कहा, ''माँसाहिबा, लगता है, आराम से बैठने के दिन बीत गए। शाइस्ताखान का एक बड़ा सरदार कहरतलबखान बड़ी फौज लेकर हम पर हमला करने आ रहा है।''

''क्या? राजगढ़ पर हमला करने?''

''नहीं, नहीं, चाकण किले से टकराने के बाद शाइस्ताखान को पता चल गया है कि हमारे किले क्या चीज हैं! वह भी राजनीति का पुराना खिलाड़ी है। यह शाइस्ताखान एक जगह बैठे-बिठाए राजनीति के दाँव फेंकना अच्छा जानता है। उसकी नजरें अब हमारे कोंकण प्रदेश की तरफ उठी हैं।''

जीजाबाई ने राहत की साँस ली। राजे मुस्कराकर कहने लगे, ''माँसाहिबा, उसकी यह मुहिम कोई सीधी-सरल बात नहीं है। खान की फौज ने अगर कोंकण के मैदानी प्रदेश पर कब्जा कर लिया और हमारे चौल, कल्याण, भिवंडी, पनवेल, नागोठणे इलाकों को जीत लिया, तो हम पूरी तरह बरबाद हो जाएँगे। देश का ऊपरी मैदानी प्रदेश और नीचे का समुद्री कोंकण यदि हमारे हाथ से जाते रहे, तो केवल ऊँचे पहाड़ी किलों में बैठकर हम कितने दिन गुजार सकेंगे?''

''तो फिर? तुम्हारा क्या विचार है?''

''खान की इस मुहिम को तो रोकना ही होगा। एक बार हमें उसके जाने का मार्ग पता लग जाए, फिर कोई न कोई रास्ता निकल ही आएगा।''

राजे ने जब इस समस्या को अपने मन्त्री तथा सेनानियों के सम्मुख रखा, तो कइयों ने सुझाव दिया कि कल्याण-भिवंडी की रक्षा की जाए और कोंकण प्रदेश में ही खान का सामना किया जाए। राजे इस सुझाव पर केवल हँस दिए, वे बोले, ''अच्छा, देखते हैं, माँ भवानी क्या प्रेरणा देती है?''

राजे ने सेनाएँ एकत्र करने की आज्ञाएँ दीं। हर रोज जगह-जगह से सैनिक-दल राजगढ़ पहुँचने लगे। सरदार सिजदा करने आने लगे। रायगढ़ के आस-पासवाले क्षेत्र में राजे की सेना इकट्ठी होने लगी और इसी दौरान एक दिन प्रमुख गुप्तचर बहिर्जी गढ़ में आया। राजे उसे तुरन्त अपने महल में ले गए।

बहिर्जी बताने लगा, ''कहरतलबखान कल कूच करनेवाला है। खान की फौज में कई मराठे सरदार हैं—खुद रायबाघिन भी साथ है। शाइस्ताखान ने कहरतलबखान को हुक्म दिया है कि वह चुनी हुई खास फौज अपने साथ ले जाए। वह उसी बलशाली सेना को लेकर कूच कर चुका है।''

राजे उठकर खड़े हो गए। वे चहलकदमी करने लगे। फिर उन्होंने पूछा, ''कुछ पता लगा कि खान कौन-से रास्ते जाएगा?''

''जी हाँ, खान लोहगढ़ के रास्ते उम्बरखिंड से होता हुआ कोंकण प्रदेश में उतरेगा।''

''क्या कहा? उम्बरखिंड?''

''जी हाँ, महाराज।''

''बहिर्जी!'' राजे हर्षित होकर कहने लगे, '' 'श्री' ने खान को हमारे अनुकूल प्रेरणा दी है।''

उस रात राजे सन्तुष्टचित्त होकर सो गए।

अगले दिन राजे जीजाबाई से कहने लगे, ''माँसाहिबा, हम कल सीमोल्लंघन के लिए प्रयाण कर रहे हैं। विजयादशमी के दिन यह सीमोल्लंघन किया जाता है, हमें थोड़ा विलम्ब अवश्य हो गया है, पर हमारे वश में भी क्या था?''

जीजाबाई ने कहा, ''जाओ, राजे, पर तनिक सँभलकर रहना।''

राजे ने कहा, ''माँसाहिबा, आज तक हमने जितने भी युद्ध-अभियान किए हैं, उन सबसे यह अभियान बहुत सरल है। इस अभियान की सफलता अभी इसी समय हमारे हाथ समझिए। इस अभियान में हमें सफलता मिल गई, तो खान के मुँह पर अच्छा-खासा तमाचा पड़ेगा। हमारे राज्य में लूटपाट मचाने और आगजनी को बहादुरी कहनेवाला शाइस्ताखान कुछ होश में आएगा। फिर कभी नई मुहिमें तय करने से पहले उसे दस बार सोचना पड़ेगा।''

कूच का डंका बज उठा। टापों की खड़खड़ाहट से गढ़ का हर कोना गूँज उठा। राजे गढ़ से नीचे उतरे। नेताजी अपने दल सहित वहाँ खड़े थे। राजे ने पूछा, ''नेताजी, तोपें रवाना हो चुकीं क्या?''

''जी हाँ, चालीस तोपें आगे भेज दी हैं।''

''काफी हैं, चलो।''

राजे की सेना तेजी से आगे बढ़ती जा रही थी। राजे उम्बरखिंड जा पहुँचे। इस प्रदेश में गगनचुम्बी पर्वत-शिखर थे, उन पर उगे हुए ऊँचे-ऊँचे वृक्ष थे। इनके बीच उम्बरखिंड नामक पहाड़ी दर्रा था, उससे एक रास्ता निकलता था। रास्ते के एक ओर ऊँचे पहाड़ी कगार थे तो दूसरी ओर सीधी कटाववाली पहाड़ी घाटी की टूटी हुई शिलाएँ। दोनों ओर घने जंगल और उनके बीच से निकलता हुआ उम्बरखिंड का सँकरा रास्ता। उम्बरखिंड के प्राकृतिक सौन्दर्य को देखकर राजे बहुत सन्तुष्ट हुए। राजे के सैनिक उम्बरखिंडी क्षेत्र में खास महत्त्वपूर्ण जगहों पर जमकर बैठ गए। ऊँचे पहाड़ी वृक्षों के घने पत्तों के बीच टोहिया सैनिक पहरेदार बैठे हुए थे। तोपों के मोर्चे ऐसी जगह लगाए गए थे, जहाँ से रास्ता दिखाई दे सके। राजे ने भी रणवेश धारण किया हुआ था। वे नेताजी के साथ सारे भू-भाग का निरीक्षण कर रहे थे। अब राजे रणसज्जित होकर कहरतलबखान की सेना के आने की आतुरता से प्रतीक्षा कर रहे थे।

2

राजे को सूचना मिली कि खान पहाड़ी घाट तक आ पहुँचा है। उस रात कहरतलबखान ने पहाड़ी घाट के ऊपरी हिस्से में ही पड़ाव डाला। अगले दिन सूर्योदय के साथ ही खान की

फौज चल पड़ी। फौज घाट उतरने लगी। घुड़सवारों की एक टोली आगे रास्ते की सुरक्षा का पता करने उम्बरखिंडी दर्रे में आई। सारे जंगल में खामोशी थी। रास्ता साफ था। टोली दर्रे के नीचे तक हो आई और रास्ता भयरहित होने का निश्चय कर वापस लौट आई। कहरतलबखान के घुड़सवार, तोपगाड़ियाँ, साज-सामान से भरी गाड़ियाँ और पैदल सिपाहियों की कतार धीरे-धीरे आगे बढ़ने लगी। रास्ता सँकरा था पर आगे वह रास्ता और भी सँकरा होता चला गया था। पहाड़ी घाट के मोड़ बहुत खतरनाक थे। खान का फौजी लवाजिमा धीरे-धीरे कदम बढ़ाता हुआ दर्रे में से गुजरने लगा।

खान एक काले घोड़े पर सवार था। उसके एक ओर था अमरसिंह और दूसरी ओर थी रायबाघिन, दोनों शानदार घोड़ों पर सवार होकर आगे बढ़ रहे थे। उनके पीछे हथियारबन्द फौजी रक्षक-दल नंगी तलवारें ताने चल रहा था। अन्त में खान की फौज का आखिरी ऊँट भी खिंड में उतर पड़ा।

सारा वातावरण एकदम चुप्पी साधे था। हवा का एक भी झोंका भूलकर नहीं बह रहा था। सूरज आसमान के बीचोबीच पहुँच चुका था। सूरज की किरणों से खिंड (दरी) में चारों ओर उजाला फैला था। कहरतलबखान रायबाघिन से कहने लगा, ''कितना खूबसूरत, कितना प्यारा नजारा है यह!''

रायबाघिन ने कहा, ''खूबसूरत जरूर है, मगर खानसाहब ये खामोशी, ये सन्नाटा कुछ अलग-सा लगता है।''

इसी समय दूर कहीं पर नगाड़ा बज उठा। सारे खिंड में नगाड़े की आवाज गूँजने लगी। इसके दो पल बाद सड़क की दूसरी ओर भी नगाड़ा बजने लगा। सारे जंगल में नगाड़ों का शोर फैल गया। कहरतलबखान, रायबाघिन और अमरसिंह भयभीत होकर इस शोर को सुन रहे थे। हर ओर से ऐसी ही आवाजें आ रही थीं। कहरतलबखान जैसे खुद से ही बात करता हुआ कहने लगा, ''यह कैसी आवाज है? कौन बजा रहा है ये नगाड़े?''

रायबाघिन कहने लगी, ''खानसाहब, उस बेहद खामोशी का राज अब जाहिर हो रहा है। शिवाजी ने हमें घेर लिया है।''

रायबाघिन ने तलवार खींच ली। अमरसिंह की ओर देखकर वह बोली, ''तुम खानसाहब के पास रहो। मैं आगे जाकर देख आती हूँ।''

रायबाघिन ने घोड़े को एड़ लगाई। इसी समय तोप की आवाज से सारा दर्रा थर्रा उठा। फौज के अगले हिस्से में कुहराम मच गया। तोप के गोलों की मार से फौज परेशान होने लगी थी। तोपों की आवाजों के साथ-साथ अब रणसिंगों की आवाजें भी आने लगी थीं। तुरहियों के नाद से रोंगटे खड़े हो रहे थे। दीखता कोई न था, बस आवाजें सुनाई पड़ रही थीं। खान की फौज में बेतहाशा भगदड़ मच गई। जो सिपाही जान बचाने की खातिर जंगल में छिपना चाहता था, वह तीरों का शिकार हो रहा था। खान की आँखों के आगे उसके सिपाहियों की लाशें बिछी जा रही थीं। दो तोपों के बीच में खड़ा हुआ और चारों ओर घुड़सवार-रक्षकों की टोली से घिरा हुआ कहरतलबखान फौज पर यह कहर टूटता हुआ देख रहा था। आगे गई हुई रायबाघिन लौट आई। कहने लगी, ''खानसाहब, खिंड के दोनों छोर बन्द हो गए हैं।''

खान ने गुस्से से पुकारकर कहा, ''दुश्मन को मार डालो।''

"दुश्मन है कहाँ?" रायबाघिन ने पूछा, "हमारे सिपाही ही मारे जा रहे हैं, दुश्मन का तो पता ही नहीं।"

"तो जंगल में घुसकर उसका पीछा करो।"

"जंगल में गया सिपाही वापस लौटकर नहीं आता।"

पूरा उम्बरखिंड दर्रा कहीं चीख-चिल्लाहट से, तो कहीं बिदके हुए घोड़ों की टापों की आवाजों से भर उठा था। सामान से भरी गाड़ियाँ तोपों के गोलों से बरबाद हो रही थीं। सामान रास्ते पर बिखर रहा था। खान के खजाने का एक सन्दूक गोले की मार से टूट गया था और भीतर की मुहरें रास्ते में बिखर गई थीं, मगर उनकी ओर देखने की किसे फुरसत थी? हर सिपाही इसी फिक्र में था कि कहीं, किधर से किस दम तीर आए और उसकी जान न ले जाए। अभी कुछ ही देर पहले जो खिंड गतिहीन, शान्त और निर्जन थी, वही अब मुरदों से, घोड़ों-बैलों की लाशों से और खून की धारों से पटी पड़ी थी। कहरतलबखान भय, क्रोध और हड़बड़ाहट में काँप रहा था। रायबाघिन ने कहा, "खानसाहब, आपने शिवाजी के बीहड़ इलाके में घुसने की हिम्मत की, यह उसी का नतीजा है।"

"रायबाघिन, अब इस मुसीबत में कोई रास्ता निकालो।"

"मगर के जबड़े में घुसकर भी कोई बाहर निकल पाया है क्या? अपनी फौज को तुमने शेर के मुँह में ला छोड़ा है। आज तक जो कुछ कीर्ति कमाई थी, सब बेकार गई।"

"रायबाघिन, ऐसा मत कहो। जरा हिम्मत से काम लो।"

"हिम्मत? खानसाहब, कम-से-कम आप तो हमसे हिम्मत के बारे में न कहें। आलमगीर बादशाह औरंगजेब ने औरंगाबाद में जो जगजीवनपुरा बनवाया है, वह मेरे बेटे के नाम पर बनवाया है। औरंगजेब ने सामन्त उदाराम की इस बीवी को जो 'रायबाघिन' खिताब दिया है, वह हमारी हिम्मत, हमारी बहादुरी देखकर ही दिया है। खानसाहब, अगर कोई अच्छा नतीजा हाथ लगे, तभी इनसान की मेहनत का कोई फायदा है, वरना इस तरह का पागलपन लोगों के लिए हँसी-ठट्ठे की बात बन जाता है।"

"तो रायबाघिन, अब तुम्हारी सलाह क्या है?"

"सलाह पूछते हो? अपनी हार अब लगभग तय है। अगर शिवाजी ठान ले, तो अपनी फौज का एक भी आदमी जिन्दा नहीं बचेगा। तुम्हारे खास तीरन्दाज भी यहाँ बेकार साबित हो रहे हैं। वे भी क्या करें? निशाना साधने के लिए उन्हें कोई नजर ही नहीं आता। अब तो एक लापता दुश्मन के हाथों में तुम्हारी फौज की जान अटकी पड़ी है।"

कहरतलबखान ये बातें सुन रहा था। हर पल चीख-पुकारों का शोर-शराबा बढ़ता जा रहा था। खान के पैरों तले की धरती खिसकने लगी। वह चिल्लाया, "कुछ तो करो रायबाघिन, पहले हमें बचाओ। ये शिवाजी नहीं है, शैतान है।"

रायबाघिन ने हँसकर कहा, "खानसाहब, जल्दी से अपना एक दूत सुलह करने के लिए भेजो।"

"मगर शिवाजी मानेगा क्या?" खान ने पूछा।

दुश्मन अगर पूरी तरह काबू में आ जाए, तो उस पर रहम करना मुसलमानी रिवाज नहीं। उलटे, बचा-खुचा गुस्सा निकालने और फौजियों के दिल बहलाने की खातिर जी भरकर कत्लेआम की इजाजत दी जाती रही है। इस समय खान की फौज इसी हालत में आ फँसी

थी। रायबाघिन ने कहा, ''शिवाजी महान् राजा है, दिलदार है। उसकी तारीफ है कि वह कभी शरण में आए दुश्मन पर हमला नहीं करता।''

''तो फिर अपना दूत भेजो। मैं सुलह करने के लिए तैयार हूँ।''

रायबाघिन ने एक दूत चुना। सफेद कपड़े पहने, खाली हाथ सिपाहियों को लेकर दूत चल पड़ा। ये लोग जंगल में घुसते समय 'सुलह, सुलह' चिल्लाते हुए आगे बढ़ रहे थे। वे इसी तरह जंगल के कुछ भीतर गए ही थे कि शिवाजी के लोगों ने उन्हें घेर लिया। घेरे के बीच खान के आदमी शिवाजी की तरफ चल दिए। उधर दर्रे के रास्ते पर लड़ाई शुरू हो ही गई थी।

दुपहर बीत चुकी थी। पहाड़ की एक चोटी पर थोड़ी-सी खुली जगह थी। खान का दूत वहाँ पहुँचा। शिवाजीराजा घोड़े पर बैठे हुए थे। अपने रक्षक-दल से घिरे राजा शिवाजी का सम्पूर्ण रणवेशधारी रूप आँखों को मोह लेता था। राजे तक सूचना पहुँची कि खान का दूत आ रहा है। राजे ने उसे अपने सामने आने दिया। खान के दूत ने तीन बार झुककर सिजदा किया। अपने हाथों को हरे रंग के रूमाल से बाँधकर वह कहने लगा, ''खाने आजम कहरतलबखान के और रायबाघिन साहिबा के हुक्म से मैं उनका दूत आपके कदमों में हाजिर हुआ हूँ।''

''बहादुर कहरतलबखान और रायबाघिन साहिबा का पैगाम हमें सुनाओ।''

''खानसाहब को अपनी गलती पर बहुत पछतावा हो रहा है। उन्हें अफसोस है कि उन्हें सिर्फ शाइस्ताखान का हुक्म पाकर बिलावजह आपके इलाके में आना पड़ा, जबकि आपके और कहरतलबखान साहब के बीच खास मुहब्बती रिश्ता है।''

''हमारे बीच मुहब्बती रिश्ता?''

''महाराज, खानसाहब कहरतलबखान और फरजन्द शहाजीराजा पुराने दोस्त हैं। इल्तिजा है कि आप उसी दोस्ताना नाते का खयाल करें और खानसाहब की जान बख्शें।''

राजे हँसने लगे। बोले, ''तुम लोगों को रिश्ते-नाते कितनी जल्दी याद हो आते हैं! खैर, तुम जाओ और खानसाहब को तथा रायबाघिन साहिबा को हमारा नमस्कार कहो। कहो कि शरण में आए शत्रु पर हम हाथ नहीं उठाते। खानसाहब के कारण हमें और हमारी सेना को व्यर्थ ही तकलीफ झेलनी पड़ी। इसके बदले खानसाहब हमें भरपूर खंडनी दें। हम उन्हें फौज के साथ वापस जाने देंगे। जब तक यह शर्त मंजूर नहीं की जाती, यह लड़ाई जारी रहेगी। हम यहीं खड़े होकर उत्तर मिलने की प्रतीक्षा करेंगे, जाओ।''

दूत ने फिर एक बार सिजदा किया। सिजदा करते-करते वह कुछ कदम पीछे हटा और फिर मुड़कर चल दिया। कहरतलबखान ने शिवाजी की सारी शर्तें तुरन्त मान लीं। मुहिम के खर्चे के लिए खजाने के जो सन्दूक साथ लाए गए थे, उनके सिरों पर अब रखवा दिए गए। दूत फिर शिवाजीराव की ओर चल पड़ा। इसके साथ-साथ एक युवक भी चल रहा था। युवक का रूप बहुत मनमोहक था। उसके सिर पर एक शानदार पीली पगड़ी थी। पगड़ी पर एक रत्न-जड़ा चाँद था। उसने जरतारी अँगरखा पहना हुआ था। पैरों में चुन्नटदार पाजामा और जरी कामदारी जूते थे। कमर में रत्नजटित मूठ की तलवार लटक रही थी। जब वह युवक पहाड़ की चोटी पर आया, तो उसने शिवाजीराजा की ओर देखा। सशस्त्र सैनिकों से घिरे हुए राजा शिवाजी एक सफेद घोड़े पर सवार थे। वे सिर पर शिरस्त्राण पहने थे, जो सूर्य की किरणों में जगमगा रहा था। उनके सुदृढ़ बलिष्ठ शरीर पर जालीदार कवच सुशोभित

था। पीठ पर बाँधे हुए दो तरकश पंखों के समान प्रतीत हो रहे थे। वे दाएँ कन्धे में धनुष धारण किए हुए थे। अत्यन्त तेजोमय, हीरे की-सी चमकदार, चपल दृष्टियों से वे चारों ओर देख रहे थे। उनके माथे पर शिवतिलक था, जिसके कारण उनके मुख के रौद्रभाव में शान्तभाव की किंचित् छटा छाई थी।

खान के दूत ने सिजदा किया। फिर अपने पीछे आ रहे सेवकों को इशारा किया। उन्होंने सन्दूक नीचे रख दिए। दूत ने उन सन्दूकों को खोला। एक सन्दूक चाँदी के सिक्कों से भरा हुआ था। दूसरे में सोने के सिक्के थे और तीसरे छोटे-से सन्दूक में हीरे-जवाहरात भरे हुए थे। राजे ने हाथ ऊँचा उठाया और नेताजी की ओर देखा। नेताजी ने जैसे ही संकेत किया, एक सवार ने रणसिंगा बजाया। इस सिंगे का अनुकरण कई सिंगों ने किया। दर्रे में हो रहा शोरगुल रुकते-रुकते पूरी तरह थम गया। खिंड में पहले जैसी नीरवता छा गई। राजे ने कहा, ''खानसाहब से कहो, हमारे प्रदेश से तुरन्त वापस लौट जाएँ। साफ-साफ जता देना कि वे फिर ऐसी छेड़खानी करने की जुर्रत न करें। हमारे राज्य का यह भाग नागमणि के समान तेजस्वी है। किसी की ऐसी शक्ति नहीं, जो इस अनमोल मणि को हमसे छीन सके। किसी दूसरे के लिए हमारे इस दुर्गम प्रदेश में घुसने-बसने की तो कल्पना करना भी कठिन है, फिर हमारे प्रदेश को हथियाने की बात तो बहुत दूर की है। अब तुम्हें भी समझ आ ही गया होगा कि ऐसा साहस करना दुस्साहस ही कहलाएगा।''

दूत के पीछे खड़ा हुआ वह नवयुवक एकटक राजे की ओर देख रहा था। अब वह तलवार की मूठ पर हाथ रखकर आगे बढ़ा। यह देखकर सेनापति नेताजी ने भी तलवार पर हाथ रखा। राजे ने नेताजी को इशारे से मना किया। राजे निकट बढ़े आ रहे उस नौजवान की ओर देख रहे थे। वह नौजवान पास आ गया। उसने सिजदा किया। राजे अतीव शान्त दृष्टि से उसकी ओर देख रहे थे। उस युवक ने कमर से खोंसी हुई अपनी तलवार म्यान के साथ ही खींच निकाली और उसे राजे के सामने पकड़े रखा। राजे ने कहा, ''यह क्या है?''

''आपके उदार स्वभाव की जितनी प्रशंसा की जाए, थोड़ी है। इस तुच्छ सेवक की भेंट समझकर इस फिरंगी हथियार को आप स्वीकार करें।''

राजे के मुख पर मुस्कराहट छा गई। वे उन हाथों की ओर देख रहे थे, जिनमें तलवार थामी गई थी। फिर उस युवक की आँखों में झाँकते हुए वे कहने लगे, ''तुम्हारे जैसे महान् सेनापति की तलवार ग्रहण करना हमें अनुचित लगता है। हमारे पास इस समय वस्त्रादि नहीं हैं, अन्यथा हम तुम्हारा सम्मान अवश्य करते। हम तुम्हारे साहस की सराहना करते हैं। औरंगजेब ने तुम्हें जो 'रायबाघिन' खिताब दिया है, वह व्यर्थ ही नहीं दिया।''

रायबाघिन के हाथ एक बार काँप उठे, वह कहने लगी, ''आपने मुझे कैसे पहचाना, महाराज?''

''यह कोई कठिन काम नहीं था।'' राजे कहने लगे, ''तुम्हारा गुदना भरा माथा और तुम्हारे इन हाथों को देखकर तुम्हें पहचान पाना कोई मुश्किल नहीं था। यही नहीं, जब तुम आई थीं, हमने तुम्हें उसी समय पहचान लिया था। ऐसा साहस तुम्हारे सिवाय और कौन कर सकता है?''

रायबाघिन अवाक् रह गई थी। राजे ने आगे कहा, ''तुम जाओ और जाकर खानसाहब को धीरज बँधाओ। तुम जैसी वीरांगना के दर्शन कर आज हम धन्य हुए। हम जब तुम्हारी

वीरता की, तुम्हारे धैर्य की कथाएँ सुनते हैं, तब-तब हमें देवी भवानी की याद हो आती है। हमें जब कभी अवसर मिलेगा, हम अवश्य तुम्हारा यथोचित सम्मान करेंगे। हमें खेद है कि आज हम तुम्हें सम्मानित नहीं कर पा रहे हैं।''

रायबाघिन दूत के साथ वापस चली गई। उसने आज जिस रूप के दर्शन किए, जिस स्वभाव का परिचय पाया, उससे वह चकित हो उठी थी, गद्‍गद हो उठी थी।

कहरतलबखान ने अपनी बची-खुची सेना जमा की और वह वापस लौट पड़ा। अगले ही दिन पूरी खिंड खाली हो गई। राजे जब उस दर्रे में से गुजर रहे थे, तो उन्हें मुगल सैनिकों की और जानवरों की लाशें दिखाई दे रही थीं। राजे ने आज्ञा दी कि मराठा मृत सैनिकों के साथ ही कहरतलबखान के मारे गए सिपाहियों का भी यथाविधि अन्तिम संस्कार किया जाए।

राजे भविष्य की बात सोच रहे थे। उम्बरखिंड की घटना सुनकर शाइस्ताखान आगबबूला हो उठेगा, यह वे जानते थे। शाइस्ताखान ने अगर फिर से कोंकण प्रदेश पर हमला करने की योजना बनाई, तो ऐन समय पर भागदौड़ न करनी पड़े, यह सोचकर उन्होंने नेताजी पालकर को सेना के साथ बोरघाट में रुके रहने के लिए कहा। उन्हें सावधान रहने की सूचना देकर राजे राजगढ़ की तरफ चल पड़े।

3

कहरतलबखान को हराकर राजे सीधे राजगढ़ पहुँचे। लौटते ही उन्होंने अपनी बची-खुची सेना को इकट्ठा करना शुरू कर दिया। उन्हें अब एक-एक दिन कीमती लग रहा था। भेदिए, जासूसों को कुछ गुप्त आदेश देकर उन्होंने आगे रवाना कर दिया था। राजे ने अपनी सेना के दो भाग किए। राजे की इस भाग-दौड़ को देखकर जीजाबाई ने पूछा, ''राजे, अब एक मुहिम तो पूरी कर ली तुमने। अब तो थोड़ा आराम...।''

''माँसाहिबा, अब आराम करने के लिए अवसर ही कहाँ है? उम्बरखिंड के हमारे हमले से शाइस्ताखान की नींद अच्छी तरह टूट चुकी होगी। नेताजी कोंकण में बैठे ही हैं, वे शाइस्ताखान को रायगढ़-महाड तक तो आने नहीं देंगे। यही समय है कि जब शाइस्ताखान को दम लेने की फुरसत नहीं मिलनी चाहिए। खान को भी जरा हमारे रोब-दाब का पता तो चले।''

''तो क्या खान पर चढ़ाई करना चाहते हो?''

''न, न, अभी से खान पर चढ़ाई करने की जरूरत ही क्या है? समय आया, तो हमें वह भी करना पड़ेगा। पालवण के राजा जसवन्तसिंह ने हमसे छेड़खानी करके बखेड़ा खड़ा कर दिया है। हम जब पन्हाला में घिरे हुए थे, उस समय सुर्वे ने हमारे विरुद्ध शस्त्र उठाया था, उनसे भी जवाब-तलब करना है हमें। अंग्रेजों ने हमारे ऊपर तोपें चलाई थीं, उनकी यह बुरी नीति भी हमें बदलनी है। एक बार हम अंग्रेजों को ठीक-ठाक कर दें, तब जाकर शाइस्ताखान को हमारी शक्ति का सही अन्दाजा लगेगा।''

शम्भूबाल दौड़ते हुए अन्दर आया। राजे ने पूछा, ''क्यों, छोटे राजे, क्या बात है? इतने भागते हुए आए हो?''

''हम तुम्हारे साथ चलें क्या?''

''लड़ाई की मुहिम के लिए?''

“हाँ, ये देखो, माँसाहिबा ने हमें ये क्या दिया है?” शम्भूबाल ने छोटी-सी तलवार दिखाते हुए कहा।

राजे और जीजाबाई मुस्कराने लगे। राजे ने बालशम्भू को प्यार से उठा लिया। वे कहने लगे, “अभी ‘तलवार’ कहना तो आता नहीं और चल पड़े लड़ाई करने! राजे, अभी तुम्हारे खेलने-खाने के दिन हैं। ये दिन भी थोड़े ही हैं, सो खेलो। आगे चलकर तो तुम्हें भी यही काम करना होगा, जो हम कर रहे हैं।”

हठी बालक सम्भाजी को समझाने-बुझाने में राजे की नाक में दम आ गया। बालक मानता ही नहीं था। जब बालशम्भू रोने लगा, तब तो राजे बेचैन हो उठे। जीजाबाई राजे की इस हड़बड़ी की ओर देख रही थीं। वे हँसकर बोलीं, “राजे, इतनी मुहिमें करते हो तुम, योजनाएँ बनाते हो, पर एक रूठे बच्चे को भी नहीं मना सकते?”

राजे ने हड़बड़ाकर शम्भूराजा को जीजाबाई को सौंप दिया। सम्भाजी हाथ-पैर मारकर मचल रहा था, रो-चीख रहा था। जीजाबाई ने जोर से कहा, “बालराजे, अच्छा, अच्छा। तुम मुहिम के लिए जाओ।”

सम्भाजी का रोना तुरन्त बन्द हो गया। आँखें मलते हुए और नाक के नेटे को भीतर खींचते हुए बालक सम्भाजी गुस्से से राजे को घूर रहा था। फिर गाल फुलाकर बोला, “आबासाहब, बले खलाब हैं!”

जीजाबाई ने कहा, “ऐसा नहीं कहते, बालराजे!”

राजे कहने लगे, “माँसाहिबा, हमारे बालराजा का स्वभाव तो बड़ा क्रोधी दिखता है...अच्छा, तो हम खराब हैं न, तो जाओ, तुम्हें बिलकुल साथ नहीं ले जाएँगे।”

सम्भाजी फिर रोने को हुआ कि जीजाबाई उसे गले से लगाते हुए कहने लगीं, “अरे बाबा, चुप भी रह ना! हाँ, तो बालराजे, तुम जाओगे न!”

सम्भाजी ने गरदन हिलाकर ‘हाँ’ जताई। सम्भाजी को अपने सामने की ओर खड़ा करके जीजाबाई ने कहा, “तुम लड़ने तो जाओगे भैया, पर तुम्हारी ढाल कहाँ है?”

“ढाल?” सम्भाजी सोचने लगा।

“हाँ, ढाल। ढाल नहीं होगी, तो तुम लड़ोगे कैसे?”

सम्भाजी को इस बात का कोई उत्तर नहीं सूझा। उसे अपने से लगाते हुए जीजाबाई कहने लगीं, “बालराजे, कारीगर को तुम्हारी ढाल बनाने के लिए कहा है। जब बन जाएगी न, तब तुम लड़ाई लड़ने जाना। ठीक है न?”

“तब तो जलूल ले जाओगे न?” सम्भाजी ने पूछा।

राजे ने प्यार से उसे चूम लिया। कहने लगे, “हाँ, हाँ, जरूर ले जाएँगे, बेटे!”

सम्भाजी खुशी-खुशी भीतर दौड़ पड़ा। जीजाबाई ने कहा, “ये बच्चा गुस्सा जरूर करता है, मगर यदि समझाकर कहा जाए न, तो मान जाता है। ऐसा भोला-भाला और प्यारा बच्चा ढूँढ़े से भी नहीं मिलेगा। बिलकुल अपनी माँ पर गया है।”

सईबाई की याद आते ही राजे का शरीर जड़वत् हो गया। वे कुछ नहीं कह पाए, चुपचाप राजभवन से बाहर चले गए।

अगले दिन सुबह राजे युद्ध-अभियान के लिए निकल पड़े। मार्ग में छोटे-छोटे सेना-दल आ-आकर उनके साथ मिल रहे थे। हर पड़ाव पर राजे की सैनिक-शक्ति में वृद्धि होती जा

रही थी। राजे के साथ दो सरदार तानाजी मालुसरे तथा पिलाजी नीलकंठराव थे। राजे ने दक्षिणी कोंकण प्रदेश को अपनी फौज का लक्ष्य बनाया।

दक्षिणी कोंकण प्रदेश। उम्बरखिंड में मराठा-विजय के समाचार सर्वत्र फैल चुके थे। राजे के अभियान की बात सुनते ही कोंकण की मंडियाँ, और सघन नगर सहज ही हार मान रहे थे। जीते हुए प्रदेश में अपने नए अधिकारियों की नियुक्ति करके राजे आगे बढ़ते जा रहे थे। राजे का मुकाबला केवल निजामपुर में किया गया। निजामपुर को लूटकर राजे ने दापोली नगर के उत्तर में स्थित पालवण पर सीधे धावा बोल दिया।

शिवाजी के हमले की खबर सुनकर पालवण का राजा जसवन्तराव बहुत भयभीत हो उठा। पन्हालगढ़ के घेरे के समय उसने सिद्दी जौहर की मदद की थी। जसवन्तराव ने जान बचाकर दौड़ लगाई और वह शृंगारपुर के सरदार सुर्वे के आश्रय में जा छिपा। राजे ने उसके पालवण पर कब्जा किया। सरदार दलवी के दाभोल बन्दरगाह को भी उन्होंने जीत लिया। राजे ने चिपलूण पहुँचकर पड़ाव डाला।

चिपलूण नगर में भगवान् परशुराम का प्रसिद्ध मन्दिर है। ऊँचे पर्वत-शिखर पर बसे मन्दिर में जाकर राजे ने भगवान् परशुराम के दर्शन किए। उन्होंने देवता की यथाविधि पूजा की। ब्राह्मणों को पुष्कल द्रव्य दान करके, प्रभु परशुराम का प्रसाद पाकर राजे देवरुख आए।

सुर्वे का शृंगारपुर, सावन्त का कुडाल और सरदार दलवी का पालवण नगर, ये वैसे बड़ी जागीरें ही थीं, पर राज्य कहलाती थीं। इनके राजा राजे के अपने ही लोग थे। राजे नहीं चाहते थे कि उनके साथ वैर ठाना जाए। यही नहीं, राजे तो चाहते थे कि ये लोग साथ आ मिलें, इसमें ही भला है। इसलिए राजे ने विरोध की यह घटना भुला दी कि सरदार सुर्वे ने पन्हालगढ़ के युद्ध में शत्रु का साथ दिया था। उन्होंने वैर भुलाकर सुर्वे के पास अपना दूत भेजकर उसके हाथ सन्देश भेजा।

''हम मुहिम के लिए जा रहे हैं। इस प्रदेश की रक्षा के लिए थोड़ी सेना हमने यहाँ रखी है। जब तक हम मुहिम पूरी करके लौटते हैं, तब तक तुम हमारी सेना का ध्यान रखना। उस पर कोई विपत्ति आ पड़े, तो उसकी सहायता करना।''

सरदार सुर्वे पहले शिवाजी के आने की बात सुनकर डर गया था, पर अब इस सन्देश को सुनकर निश्चिन्त हो गया। उसने राजे के द्वारा दिए गए उत्तरदायित्व को सहर्ष स्वीकृत कर लिया। उसने वापस सन्देश भिजवाया, ''मैं आपका चाकर हूँ। मेरा अहोभाग्य है, जो सेवा का अवसर मिल रहा है। कृपया मेरे अपराधों को क्षमा कर मुझे सहारा दें।''

सुर्वे का सन्देश सुनकर राजे को बड़ी तसल्ली हुई।

राजे ने मन-ही-मन सोचा था कि जब वे मुहिम से वापस लौटेंगे, तब सुर्वे को समझा-बुझाकर, मान-सम्मान देकर अपना सहायक बना लेंगे। संगमेश्वर में जो सेना थी, उसके प्रमुख सेनानी थे नेताजी। राजा का आदेश पाकर पिलाजी नीलकंठ भी उनसे आ मिले। उन दोनों को थोड़ी सेना सहित संगमेश्वर में ही तैनात कर राजे राजापुर की तरफ चल पड़े।

एक हजार घुड़सवार और तीन हजार पैदल सिपाही लेकर शिवाजीराजा राजापुर जा पहुँचे। उन्होंने शहर के बाहर पड़ाव डाला। चारों दिशाओं से राजापुर की नाकेबन्दी करके उन्होंने रिवाज के मुताबिक अपना दूत राजापुर भेजा। राजे के दूत ने जाते समय पूछा, ''अंग्रेजों को बुलाया जाए क्या?''

''नहीं, नहीं, उन्हें मत बुलाना। वे बेचारे व्यापार-धन्धे से अपना पेट पालते हैं। हम बाद में मिलने जाएँगे।''

राजे का निमन्त्रण पाकर राजापुर के धनी व्यापारी, साहूकार आदि राजे से मिलने आए। राजे ने उनसे खंडनी की माँग की। कई धनिकों ने वह माँग मान भी ली, परन्तु कई लोग बहानेबाजी करने लगे। राजे ने सबको वापस जाने दिया। जो अपने वचन के पक्के थे, उन व्यापारियों ने खंडनी की रकम जमा कर दी। वे चले गए और इसी समय सूचना मिली, ''अंग्रेज आ रहे हैं।''

''हमसे मिलने? और वो भी बिना बुलाए?''

राजे शामियाने के दरवाजे की ओर नजरें गड़ाकर देख रहे थे। चार-पाँच अंग्रेज अकड़ते हुए भीतर आए। उन्होंने अपनी चौड़ी टोपियाँ उतारकर बड़ी विनम्रतापूर्वक राजे का अभिवादन किया। राजे देख रहे थे। रेविंग्टन के साथ आए हुए अन्य अंग्रेज रैंडाल्फ टेलर, रिचर्ड टेलर, गिफर्ड, फेरंड, रिचर्ड नेपिअर, सैम्युअल बर्नार्ड भी राजे की ओर देखते खड़े थे।

अंग्रेजों के चेहरों पर मुस्कराहट थी। बालों की लटें माथे पर झूल आई थीं। सबके सब हट्टे-कट्टे, ऊँचे कद के थे और सबने जाँघों तक लम्बे सफेद चोगे पहने थे। उनके कन्धों पर लाल रंग की पट्टियाँ लगी हुई थीं। वे पैरों में तंग मोहरी के पाजामा और जुराबें पहने हुए थे। अंग्रेजों ने अपने दुभाषिए की ओर देखा। दुभाषिया सिजदा करके कहने लगा, ''राजे, आप बन्दरगाह के किनारे पधारे हैं, यह मालूम होते ही ये अंग्रेज व्यापारी आपसे मिलने आए हैं।''

दुभाषिया एक-एक अंग्रेज का परिचय देता जा रहा था। ''ये हैं गिफर्ड, ये हेनरी रेविंग्टन हैं... ।''

राजे ने गरदन झुकाकर उनके अभिवादन को स्वीकार किया। राजे हँसकर कहने लगे, ''ये साहबबहादुर बिना बुलाए खुद-ब-खुद चले आए। हमें खुशी हुई।''

रेविंग्टन कहने लगा, ''हमें और हमारी कम्पनी को आपकी दोस्ती पर गर्व है।''

दुभाषिया हर बात का अनुवाद करता जा रहा था।

राजे ने कहा, ''हाँ, हाँ! वैसे हमारी इनसे पहले भी मुलाकात हो चुकी है!''

इस बात से साहबबहादुर चौंक उठे। राजे हँसकर कहने लगे, ''मिरज में सुलह हो गई थी। हमने तुम्हारा जब्त किया हुआ माल और तुम्हारे गिरफ्तार लोगों को इज्जत के साथ रिहा कर दिया था। जिन्हें कैद किया गया था, वे गिफर्ड यही थे?''

रेविंग्टन हँसने लगा। बोला, ''हाँ, आपके उन उपकारों को हम कैसे भुला सकते हैं?''

राजे क्रोध से उबल पड़े। ''कैसी बेशरम, कैसी निर्लज्ज कौम है यह? अगर दोस्ती का इतना ही खयाल था, तो मिरज के सुलहनामे की स्याही सूखने से पहले ही तुम लोग तोपें लेकर पन्हालगढ़ में क्यों आ डटे थे? अगर तुम्हें अपने वचन का इतना भरोसा था, तो लड़ाई के मैदान में अपना झंडा फहराते हुए तुम्हें शर्म नहीं आई?''

लगता था, जैसे बिजली टूटी हो। रेविंग्टन मुँह पोंछता हुआ कहने लगा, ''राजासाहब, आप गलत समझ रहे हैं।''

''चुप रहो! हम बताते हैं, तुम पन्हालगढ़ क्यों आए थे? तुम जानते थे कि सिद्दी जौहर का घेरा मजबूत है। तुमने यह भी सुन रखा था कि शाइस्ताखान हमारे प्रदेश पर हमला करने

आ रहा है। तुमने सोचा होगा अब शिवाजी के दिन पूरे हुए; बस, तुम तोपें लेकर रही-सही कसर पूरी करने चले आए।''

राजे की क्रोधपूर्ण दृष्टि हेनरी रेविंग्टन की ओर मुड़ी। ''रेविंग्टन, सुना है, तुम्हें बहुत दूर का दीखता है। है न! कहते हैं, तुम्हारे पास कोई ऐसी चीज है, जिससे तुम्हें दूर की चीज पास दिखाई देती है। तुम वही चीज लेकर पन्हालगढ़ आए थे न?''

फिर बीच में ही बात रोककर राजे दुभाषिए की ओर मुड़कर कहने लगे, ''दुभाषिया, देखो, हमारा एक-एक शब्द इन अंग्रेजों को ज्यों का त्यों कह सुनाओ।''

फिर राजे पहले की भाँति रेविंग्टन की तरफ देखकर कहने लगे, ''हाँ, तो साहबबहादुर, हमें नहीं लगता कि तुम दूर की देखते हो। अगर तुम्हें दूर की सूझती, तो तुम ऐसा आचरण न करते। तुम पर ये आफत न आती।''

राजे पल भर के लिए खिन्न हो गए। फिर अगले ही पल अनादरपूर्ण स्वर से कहने लगे, ''तो यही है तुम्हारा व्यापार-कारोबार? क्या इसीलिए अपना देश छोड़कर इतनी दूर आए हो? कैसा व्यापार करते हो तुम? माल बेचते-खरीदते हो या देश? अगर यही तुम्हारा व्यापार है, तो हमें बहुत महँगा पड़ेगा यह सौदा। एक न एक दिन हमें पछताना पड़ेगा।''

रेविंग्टन की ओर देखते हुए राजे उठ खड़े हुए। कहने लगे, ''नहीं, नहीं, तुम्हें माफ नहीं किया जा सकता।''

''राजे, आप जितनी खंडनी की रकम कहें...।'' रेविंग्टन सकपकाते हुए कहने लगा।

''खंडनी? खंडनी देते हो तो कोई एहसान करते हो हम पर?'' राजे गुस्से से उच्चासन से उतर पड़े और चीखकर बोले, ''गिरफ्तार कर लो इन हरामखोरों को। हम पर गोले फेंकने का पछतावा इन्हें और इनकी कम्पनी को होना ही चाहिए।''

राजे डेरे के बाहर चले गए। उन्होंने अपनी सेना सहित राजापुर में प्रवेश किया। जिन व्यापारियों ने खंडनी अदा कर दी थी, उन्हें छोड़कर राजे ने शेष सब साहूकारों और व्यापारियों को पूरी तरह लूटने की आज्ञा दी। फिर राजे का ध्यान अंग्रेजों की कोठियों की तरफ गया। मजबूत चहारदीवारी से सुरक्षित उन कोठियों की ओर इशारा करते हुए राजे ने आज्ञा दी, ''अंग्रेजों की इन कोठियों को पूरी तरह लूट लो। जमीन खोदकर, कुदाल-फावड़े चलाकर, खोज-खोजकर लूटो इन्हें। जितने अंग्रेज मिलें, सबको कैद कर लो। अगर कोई हथियार उठाए, तो उसे बिना झिझक मार डालो।''

तमतमाए हुए राजे की ऊँची आवाज फिर एकदम नरम हो गई। वे अपने पास खड़े हुए हवालदार से कहने लगे, ''बालाजी आवजी नाम का एक आदमी है यहाँ, उसे ढूँढ़ो। ढूँढ़कर उसे हमारे सामने हाजिर करो।''

राजापुर की लूट शुरू हो गई। राजे डेरे में वापस आए। राजापुर शहर को उस दिन शाम तक लूटा जाता रहा। लूट का माल लाकर राजे के सामने रखा जा रहा था। शामियाने के बाहर लूट के और दूसरी तरह के माल के ढेर के ढेर लगे पड़े थे। इस माल में सोना, पीतल, सीसा, ताँबा, लोहा, काँसा आदि धातुएँ, काँच, चन्दन, कस्तूरी, केसर, विविध प्रकार की औषधियाँ, गैंडे के सींग, राल, शिलाजीत, मोम, नाना प्रकार के मसाले आदि वस्तुएँ शामिल थीं।

राजापुर की अंग्रेज कोठियों की गाड़ियों, घोड़े, बैल आदि जब्त कर लूट के माल को तथा दूसरे प्रकार की अकूत सम्पत्ति को राजे ने कठोर सुरक्षा प्रबन्ध सहित राजगढ़ की ओर

रवाना कर दिया। सभी अंग्रेज कैद कर लिये गए थे। राजे ने रेविंग्टन और उसके अन्य साथियों को सोनगढ़ में कैद कर रखने की आज्ञा दी। दूसरे अन्य अंग्रेजों को किसी दूसरे गढ़ में कैद कर रखा गया। अंग्रेजों ने इस तरह शिवाजी के क्रोध के पहली बार दर्शन किए।

राजे प्रतीक्षा कर रहे थे। एक हवालदार भीतर आया और निवेदन करने लगा, ''महाराज, आपके हुक्म के अनुसार बालाजी आवजी को ले आया गया है।''

राजे ने अधीर होकर कहा, ''उसे हमारे सामने लाओ। हम तो उसकी ही प्रतीक्षा कर रहे थे।''

बालाजी आवजी को सामने लाया गया। राजे उस नवयुवक की ओर देख रहे थे। वह बेचारा घबराया हुआ काँप रहा था। इसी बीच राजे को किसी स्त्री के रोने की आवाज सुनाई दी। उन्होंने पूछा, ''कौन रो रहा है?''

''बालाजी की माँ है, महाराज।''

''उन्हें अन्दर भेज दो।''

एक वृद्धा दौड़ती हुई अन्दर आई। उसके साथ तीन लोग और थे। बूढ़ी एकदम राजे के पैरों में गिर पड़ी। कहने लगी, ''राजे, हम गरीब लोग हैं। हमारे पास कुछ भी नहीं है, जी।''

राजे ने वृद्धा को उठाया, वे बोले, ''माँ, चिन्ता मत करो। हमने तुम्हारे बालाजी को एक काम के लिए बुलाया है। उसने कोई अपराध थोड़े ही किया है।''

उस वृद्धा को कुछ ढाढ़स बँधा। बोली, ''राजे, अपने करमों की राम-कहानी क्या बताऊँ। मेरे पति सिद्दी के यहाँ दीवान थे। फिर जाने क्यों, सिद्दी के दिल में फर्क आ गया। उसने मेरे स्वामी को, मेरे देवरों को मरवा डाला और मुझे तथा मेरे तीन बेटों को गुलाम बनाकर बाजार में बेचने भेज दिया। राजे, उन जहाजी व्यापारियों और मल्लाहों को हम पर दया आई। वे हमें मस्कत नहीं ले गए, उन्होंने हमें राजापुर में लाकर छोड़ दिया। यहाँ मेरा भाई व्यापार करता है। उसका नाम है—विसाजीशंकर। उसने हमारा-अपना रिश्ता छिपाकर रखा और हमें खरीद लिया। अब मैं उसी के आसरे रहकर अपने बाल-बच्चों का पेट भरती हूँ।''

''अब तुम पर ऐसी नौबत फिर नहीं आएगी।'' राजे ने आश्वासन देते हुए कहा। फिर उस वृद्धा के पीछे खड़े हुए अधेड़ व्यक्ति की ओर देखकर राजे कहने लगे, ''तुम ही इनके भाई, विसाजीशंकर हो ना?''

''जी, हाँ महाराज।''

''यहाँ व्यापार करते हो क्या?''

''हाँ, महाराज।''

राजे मजाक करते हुए कहने लगे, ''तो फिर तुम्हें भी लूटा गया होगा?''

''नहीं, महाराज।''

''क्यों भला? तुम्हें कैसे छोड़ दिया गया?''

''हमने पहले ही खंडनी जमा करा दी थी, महाराज।''

''अच्छा, तो यह कारण है!'' राजे अपने चिटनीस* से कहने लगे, ''चिटनीस, इनकी खंडनी लौटा दो। ये अपने आदमी हैं। और देखो, इन्हें आगे भी किसी तरह की तकलीफ न होने पाए।''

---

* पत्र-लेखक।

बालाजी को सम्बोधित करके राजे कहने लगे, "बालाजी, तुमने यहाँ के अत्याचारों और दमन से सम्बन्धित पत्र हमें लिखा था। हमने आज वह सारी करुण-कथा तुम्हारी माता से भी सुन ली है। हमें आज भरोसा हुआ कि वह सब सच है। वह पत्र तुमने ही लिखा था न?"

"जी।"

"हमें तुम्हारी लिखावट बहुत पसन्द आई। हम केवल धन-सम्पत्ति पाने के लिए ही मुहिमें चलाते हैं, ऐसी बात नहीं। हमें अपने राज्य के लिए तुम जैसे गुणवान मनुष्यों की भी आवश्यकता है। हम चाहते हैं, तुम हमारे राज्य की सेवा करो।"

"यह तो मेरा परम सौभाग्य है, महाराज।"

बालाजी महाराज के पैरों में झुक पड़ा। राजे ने कहा, "उठो, बालाजी। तुम अपने भाई और माता के साथ राजगढ़ आओ। चिटनीस, इन्हें यात्रा के लिए आवश्यक धन दे दो। राजगढ़ आने के बाद हम तुम्हें काम के बारे में बतलाएँगे।"

बालाजी आवजी जैसे योग्य व्यक्ति के राजकार्यालय में आ जाने के कारण राजे को बहुत सन्तोष हुआ।

4

राजे ने सोचा था कि राजापुर नगर की समुचित व्यवस्था करके सेना का पड़ाव हटा लिया जाए। लगे हाथ राजापुर से आगे का प्रदेश भी जीतने का उनका इरादा था। परन्तु इसी बीच सूचना मिली कि संगमेश्वर से विठोजी आए हैं। विठोजी जो कुछ बता रहा था, राजे को उस पर भरोसा नहीं हो रहा था। विठोजी कह रहा था, "आपकी आज्ञानुसार तानाजी और पिलाजीराव की सेना संगमेश्वर में पड़ाव डाले हुए थी। एक रात सेना असावधान थी, पालवण के राजा जसवन्तराव ने और शृंगारपुर के सुर्वे ने छावनी पर हमला कर दिया। तीन घंटे तक लड़ाई होती रही। तानाजी ने बड़ी जमकर लड़ाई की। सुबह होते ही सुर्वे भाग खड़े हुए।"

राजे ने सुर्वे को अभयदान देकर यह कहा था कि वे छावनी का खयाल रखें। अवश्य ही सुर्वे ने बहुत अच्छी तरह खयाल रखा था। राजे ने जैसे ही यह खबर सुनी, उन्होंने राजापुर की छावनी हटाई और वे संगमेश्वर की ओर लौट पड़े।

वे संगमेश्वर पहुँचे। राजे के आगमन की सूचना पाकर तानाजी अगवानी करने आगे आए। सबके चेहरों पर खुशी छाई हुई थी। राजे सबकी सराहना कर रहे थे। सेना ने जिस बहादुरी से सुर्वे के आक्रमण का सामना किया था, राजे को उस बहादुरी के लिए अपने सब वीरों पर अभिमान था। राजे ने पूछा, "तानाजी, तुम तो मिलने आए हो। मगर हमारे दूसरे सेनापति पिलाजीराव कहाँ हैं।"

तानाजी हँसने लगे। सभी उपस्थित लोग भी इस हँसी में शामिल थे।

तानाजी ने बताया, "राजे, पिलाजीराव आपके सामने आने में शरमा रहे हैं।"

"क्यों?"

"मैंने उन्हें एक बड़े पत्थर से बाँध दिया था, इसलिए शरमा रहे हैं।"

"पत्थर से बाँध दिया?" राजे अचरज से पूछने लगे, "मगर क्यों?"

"राजे, दुश्मन ने अचानक धावा बोल दिया। सारी छावनी असावधान थी। 'क्या हुआ, कौन आया, कहाँ?' पता लगने तक जरा हड़बड़ी मची और जब मैं पिलाजीराव को यह बताने गया, तो देखा—भलामानस गायब।"

"गायब? क्या मतलब?"

"वह बाम्हन भागने लगा। फिर मैं क्या करता? झट उसके पीछे दौड़कर उसे जा पकड़ा। मैंने उससे कहा, 'अरे सयाने वीर! यहाँ अपने सारे लोग खून बहा रहे हैं और तू कहाँ भागा जा रहा है?' मगर वो मेरी बात ही न माने। फिर क्या करता? उसे पकड़कर एक चट्टान के साथ बाँध दिया। मैंने कहा, 'भगता क्या है रे? जरा देख तो सही, लड़ाई कैसी होती है'।"

सब हँसने लगे, परन्तु राजे संजीदा बने रहे। वे बोले, "पिलाजीराव को बुलाओ।"

थोड़ी देर बाद पिलाजीराव आते हुए दिखाई दिए। शर्म के मारे गरदन नीचे झुकी हुई थी। पुरन्धर के एक वीर सेनानी थे—नीलकंठराव। पिलाजी उन्हीं का पुत्र था। राजे ने जब पुरन्धर दुर्ग पर विजय पाई थी, तभी से यह सारा परिवार राजे के आश्रय में रह रहा था। पिलाजीराव ने पास आकर सिजदा किया। राजे ने उन्हें अपने निकट खींचते हुए और उनकी पीठ ठोंकते हुए कहा, "पिलाजीराव, शरमाओ नहीं। पहली लड़ाई में ऐसा ही होता है। हमने अफजलखान को मारा। विजयी होकर हम गढ़ में आ गए थे। फिर भी हमारी कँपकँपी बन्द नहीं हुई थी। तानाजी, अब अगला मौका आने दो। तब देखना, ये हमारे पिलाजीराव कैसी बहादुरी दिखाते हैं। नए जोश के नौजवान हैं ये! इनकी छाती में हिम्मत भरनी होगी हमें, यह भी तो हमारा-तुम्हारा ही काम है!"

राजे को शृंगारपुर के सूर्यराव सुर्वे पर बहुत क्रोध आ रहा था। वे तानाजी से कहने लगे, "तानाजी, सुर्वे है कहाँ? कुछ पता है?"

"राजे, वह शृंगारपुर ही गया है। वह फौज के साथ वहीं है इस समय।"

"तो तुमने क्या सोचा है?"

"सोच-विचार कैसा राजे?" तानाजी बौखलाकर बोले, "राजे, आपकी आज्ञा नहीं थी, इसलिए मैं चुप बैठा रहा। वरना मैं एक ही साँस में शृंगारपुर पहुँचकर देखता कि सुर्वे में कितना दम है।"

"उसका दम तो कभी बाद में देख लेना। परन्तु तानाजी, सुर्वे हों या सावन्त, ये हैं तो अपने ही लोग। अगर भूल-चूक कर बैठे, तो उसे सुधारने की कोशिश तो करनी चाहिए। इन्हें मौका देना चाहिए न!"

"मौका तो दिया ही था न आपने। पन्हालगढ़ में ये दोनों हथियार लेकर आप पर चढ़ आए थे, उसे भी आपने भुला दिया। उलटे, आपने उनसे छावनी का ध्यान रखने की आशा की, बड़ा अच्छा फर्ज निभाया उन्होंने!"

"धीरज से काम लो, तानाजी। जो हालत हमने जसवन्तराव की, वैसी दुर्गति हम सुर्वे की भी कर सकते हैं। परन्तु अभी एक और अवसर देना चाहिए।"

राजे ने अपना दूत सुर्वे से मिलने भेजा। राजे ने लिखा, "सूर्यराव, तुमने निष्कारण ही विश्वासघात करके हमारी छावनी पर हमला किया। हमें बहुत दुख हुआ। वास्तव में देखा

जाए, तो तुम्हारा ऐसा आचरण अक्षम्य है, फिर भी हम इसे भूलने को तैयार हैं। तुमने हमसे धोखेबाजी करनेवाले जसवन्तराव को आसरा दिया है। हम जसवन्तराव का प्रदेश जीतने के लिए तैयार बैठे हैं। हमारा सन्देश मिलते ही तुम पाली गाँव के निकट हमसे आकर मिलो। हमारे मन में तुम्हारे प्रति कोई कटुता नहीं रही है।"

राजे ने उदारतापूर्वक सन्देश भेजा था। सूर्यराव ने दूत से कहा, "तुम आगे चलो, हम तुम्हारे पीछे-पीछे तुरन्त आ रहे हैं।"

राजे ने अपनी सेना को पाली की ओर मोड़ दिया। पाली का राजा जसवन्तराव तो सूर्यराव सुर्वे का आश्रय पाने कभी का भाग चुका था। राजे ने पाली पर कब्जा कर लिया। वहाँ के एक किले चित्रदुर्ग को जीतकर राजे ने उस किले का नाम मंडणगढ़ रखा। नए नियुक्त गढ़पति को उस गढ़ की दृढ़ता बढ़ाने की हिदायतें देकर राजे आगे चल पड़े।

सारे पाली प्रदेश पर राजे का अधिकार हो गया, फिर भी सूर्यराव सुर्वे वहाँ नहीं पहुँचा। अब राजे के संयम का बाँध टूट गया। वे बोले, "सुर्वे की इतनी अकड़! तानाजी ने जो कहा था, वही शायद ठीक था। ऐसे लोगों के साथ आदमी का-सा व्यवहार ठीक नहीं। इनके साथ ढोरों जैसा बर्ताव करना चाहिए। ये इसी लायक हैं।"

"और जसवन्तराव के साथ क्या किया जाए?" तानाजी ने पूछा।

राजे हँस पड़े। कहने लगे, "जसवन्तराव? जब सुर्वे का ही ठिकाना नहीं रहेगा, तो उसके सहारे बैठा जसवन्तराव क्या छूट जाएगा? तानाजी, पुराणों में एक कथा है—'इन्द्राय स्वाहा, तक्षकाय स्वाहा' राजा परीक्षित ने नागयज्ञ किया था। मन्त्र के सामर्थ्य से सारे नाग उस यज्ञ में आकर भस्म होने लगे, परन्तु तक्षक साँप नहीं आया। वह देवराज इन्द्र के आश्रय में सिंहासन के पीछे जा छिपा। जब राजा परीक्षित को यह ज्ञात हुआ, तो उसने मन्त्र पढ़ा, 'तक्षकाय स्वाहा, इन्द्राय स्वाहा।' तक्षक के साथ इन्द्र भी यज्ञ की अग्नि की ओर खिंचे आने लगे। पालवण के राजा जसवन्तराव और उन्हें आश्रय देनेवाले इन्द्र-सुर्वे दोनों की ऐसी ही दुर्दशा होने वाली है।"

गरमियों के दिन थे। कोंकण प्रदेश में भीषण गरमी पड़ रही थी। राजे पालकी में बैठकर जा रहे थे। उनकी सेना प्रभावली प्रदेश की ओर बढ़ रही थी। राजे प्रभावली तक पहुँच गए, परन्तु किसी ने कहीं भी उनका सामना नहीं किया। सुर्वे ने जब सुना कि राजे पाली की तरफ गए हैं, तो वे निश्चिन्त हो गए। उन्होंने अपनी जमा की सेना को वापस चले जाने की अनुमति दे दी। पर इसके बाद जब सुर्वे को पता चला कि शिवाजी आ रहे हैं, तो जसवन्तराव और सुर्वे, दोनों के हाथ-पैर फूल गए। खबर सुनते ही उन दोनों ने अपना साज-सामान समेटा और पूरे परिवार के साथ वे जान बचाकर शृंगारपुर से भाग खड़े हुए।

राजे ने यह समाचार सुना। उनके मुख से निकल पड़ा, "डरपोक कहीं के, नामर्द!"

राजे ने शृंगारपुर में प्रवेश किया। सारा गाँव वीरान पड़ा था। सूनी गलियों से होते हुए राजे सुर्वे के महल तक गए। सेना ने महल पर अधिकार कर लिया। राजे महल के भीतर गए। सामने ही सुर्वे का उच्चासन, मसनद आदि रखे हुए थे, परन्तु उनका मालिक गायब था। राजे ने क्रोध से उस गद्‌दी को ठोकर मारकर उड़ा दिया और बोले, "अब सुर्वे को इस गद्‌दी की कभी जरूरत नहीं पड़ेगी।"

राजे ने सुर्वे के शृंगारपुर और प्रभावली, इन दो सैनिक थानों पर कब्जा कर लिया। त्र्यम्बक भास्कर को प्रभावली सूबे का प्रबन्धक नियुक्त करके राजे राजगढ़ की दिशा में चल पड़े।

5

राजे कोंकण का अभियान पूरा करके राजगढ़ को ओर आ रहे थे। वापस आते समय वे महाड में दो दिन रहे। वहाँ के मन्दिर में भगवान् के दर्शन करके, विश्राम करके वे राजगढ़ आ पहुँचे।

गरमियाँ समाप्त हो गई थीं। वर्षा के आगमन की सूचना देनेवाला मृग नक्षत्र आकाश में उदित हो चुका था। राजगढ़ में खिड़कियों-दरवाजों पर बाँस-तीलियों की छाजनें बनाने का काम शुरू हो चुका था। वर्षा ऋतु के लिए आवश्यक सामान, लकड़ी-जलावन आदि गढ़ में जमा किया जाने लगा। पूर्व दिशा से आनेवाली हवा थम चुकी थी। अब पश्चिम की ओर से आनेवाली बरसाती हवाएँ बहने लगी थीं। काले बादलों का शामियाना पश्चिम से पूरब की ओर खिंचता-बढ़ता चला आ रहा था और एक रात बारिश शुरू हो गई। परनालों से पानी बहने लगा। बरसात ने धीरे-धीरे पाँव जमा लिये। अब बरसात के थमने की कतई उम्मीद नहीं थी, तेज बौछारें धरती पर गिर रही थीं। सारे गढ़ का वातावरण कुन्द-मन्द-सा हो गया था। ऐसे मौसम में राजे को भी कुछ समय मिल गया था और वे पिछली मुहिमों का विवरण, खर्च, शस्त्रागार का आय-व्यय आदि की ओर ध्यान देने लगे। एक दिन मोरोपन्त ने आकर कहा, ''राजे, आपकी आज्ञा के अनुसार श्री भवानी की मूर्ति बनकर आ चुकी है। आपकी आज्ञा हो, तो उसे राजगढ़ लाने का प्रबन्ध किया जाए।''

राजे हर्षित हो उठे। बोले, ''हमें जिस बात की धुन लग जाए, यह बात हमें केवल तुम्हें बता भर देनी होती है। चाहे दुर्ग की प्राचीर बनाने का काम हो या हमारा निवास-भवन हो, कोई राजनीति की उलझन हो अथवा हमारे श्रद्धा-पूजा का कोई विषय हो—बस, हमारे कहने भर की देर है, हमारी वह इच्छा अवश्य पूरी होकर रहती है।''

मोरोपन्त बोले, ''आपको हम पर इतना विश्वास है, यही हमारे लिए परम हर्ष की बात है।'' राजे ने कहा, ''पन्त, उपाध्यायजी से कोई शुभ दिन पुछवा लो। श्री भवानी की मूर्ति को गाजे-बाजों के साथ गढ़ में ले आओ। हमारे साथ सभी को उसके दर्शनों का लाभ प्राप्त होगा।''

''जो आज्ञा।''

''और सुनो, पन्त। वह बालाजी आवजी राजगढ़ आया है न? उसके बारे में तुम्हारा मत क्या है?''

''कुशाग्र बुद्धि का व्यक्ति है। उसकी लिखावट तो बस मोती है। काम-काज देखता-सीखता रहेगा तो कुछ ही दिनों में निपुण बन जाएगा।''

''हमें भी यही आशा है। देखो, उसे और उसके परिवारवालों को किसी प्रकार की असुविधा न हो।''

''जैसी आज्ञा, राजे।''

प्रातःकाल से ही राजभवन में चहल-पहल थी। पाकशाला में बीस-पच्चीस स्त्रियाँ पूरण* की रोटियाँ बेल रही थीं। सूर्योदय से पूर्व ही महल के सभी निवासी स्नानादि से निवृत्त हो चुके थे। महल के राजसभागृह को आज विशेष रूप से स्वच्छ किया जा रहा था। बाहर आकाश साफ था—भीतर महल में लोगों की लगातार भागमभाग मची थी।

राजे सम्भाजीराजा सहित बाहर निकले। मोरोपन्त आदि उच्चाधिकारीगण पहले ही गढ़ की तलभूमि में पहुँच चुके थे। राजे अपने निजी लोगों सहित गढ़ से उतर रहे थे। जब राजे गढ़ की तलहटी में पहुँचे, तो सूर्योदय हो चुका था। मोरोपन्त ने वहाँ बहुत भव्य आयोजन किया हुआ था। सजी हुई पालकी के चारों ओर छत्र और चँवर लिये लोग खड़े थे। एक उजले-सफेद रंग का घोड़ा पूरी सज-धज के साथ खड़ा था। उसके पैरों में चाँदी के कड़े थे, गले में रुपहली अम्बियों की माला पहनाई गई थी। एक साईस उसकी लगाम पकड़े खड़ा हुआ था और वह फुर्तीला घोड़ा खड़े-खड़े ही पैरों नाच रहा था।

भजनियों की कई टोलियाँ, सिंगे, शहनाई आदि वाद्यों के वादक-दल पालकी के पास खड़े हुए थे।

राजे पालकी के निकट गए। पालकी में भवानी देवी की प्रतिमा रखी हुई थी। गहरे काले पत्थर से बनी, आठ भुजाओंवाली उस मूर्ति के नेत्रों से शान्त रस बरस रहा था। राजे ने उस मूर्ति को देखा और एकटक देखते ही रह गए। उनके मुख से अनायास निकल पड़ा, ‘‘अति सुन्दर!’’

पालकी उठाई गई। गुलाल चारों ओर उछाला जाने लगा। ‘जय हो, भवानी अम्बे, जय हो!’ की जयध्वनि से सारा वातावरण भर उठा। करताल और मृदंग बज उठे। भजन के स्वर गूँजने लगे।

इस शोभा-यात्रा में वह अलंकृत अश्व सबसे आगे था। उसके पीछे शहनाई वादक थे। उनके पीछे भजन-गायकों की टोलियाँ थीं। सबसे पहले राजे पालकी को कन्धे पर उठाकर पाँच कदम चले। पालकी के पीछे-पीछे सारे सरदार, मावले सैनिक नंगे पैरों चल रहे थे। पालकी गढ़ की संजीवनी माची तक आई। वहाँ राजे ने देवी को एक नारियल भेंट चढ़ाया। पालकी फिर आगे बढ़ चली थी कि वर्षा की एक तेज बौछार आई। राजे का सेवक छत्र लेकर दौड़ पड़ा। राजे उससे कहने लगे, ‘‘अरे, रहने दे, भाई। हम लड़ाई की मुहिमों में तो भीगा ही करते हैं, आज हमें देवी के आशीर्वाद-जल में नहाने दे। ये प्रकृति भी तो देवी भवानी की उपासिका है ना। ऐसे मंगलमय अवसर पर वह भी चार फूल बरसाए बिना थोड़े ही रह सकेगी?’’

पालकी दुर्ग में पहुँची। ऊपरीकोट में पहुँचते ही उस धार्मिक शोभा-यात्रा का रूप-रंग बदल गया। पालकी के आगेवाले मैदान में वीर सैनिक उतरने लगे—कोई पटा लिये, कोई भाला-बरछी, तो कोई तलवार—सभी डफ की ताल पर नाच-नाचकर पैंतरे दिखाने लगे। पालकी की गति अब एक-एक पग पर रुकती हुई आगे बढ़ रही थी। अबीर फेंका जा रहा था। बारिश से भीगे कपड़ों पर अबीर का लाल रंग खिल उठा था।

पालकी महल के पहले चौक में आई। मूर्ति को राजसभागृह में लाया गया। जीजाबाई ने तथा सभी रानियों ने चोली-वस्त्र एवं नारियल से पालकी की गोद भरी। उस रात्रि को

* तूर की दाल और गुड़ को पीसकर बनाया गया लोंदा। इसे गेहूँ के आटे की दो परतों के बीच भरकर रोटी बनाते हैं। महाराष्ट्र में आज भी यह घर-घर का प्रिय भोज्य पदार्थ है।

देवी के भजन-कीर्तन की ध्वनि से सारा राजमहल गूँज उठा था। इकतारे और दुग्गड़ बाजे की आवाजों के बीच, जलती मशालों के उजाले में नाचते-गाते यह ध्यान नहीं रहा कि भोर हो चुकी है।

राजे ने मोरोपन्त को आज्ञा दी कि देवी-प्रतिमा की स्थापना की जाए। मोरोपन्त कहने लगे, ''महाराज, एक तो वर्षा ऋतु है, फिर आप भी व्यस्त हैं। आप थोड़ा अवकाश पा लें, तभी मूर्ति की स्थापना कर दी जाएगी। तब तक वर्षा ऋतु भी समाप्त हो जाएगी।''

''मोरोपन्त, जब हम विपत्ति की धाराओं में भीग रहे थे, तब देवी ने ही हमारी अविलम्ब रक्षा की और हम देवी की स्थापना का कार्य स्थगित कर दें? जैसे आज तक हर संकट से हमें उसके आशीर्वाद ने उबारा है, उसी प्रकार भविष्य में भी हमारे सब संकट अवश्य दूर होंगे। नहीं, अब इस कार्य में विलम्ब करना उचित नहीं। प्रतिमा-स्थापन का मंगल-समारोह देखने के लिए हमारा मन आतुर है।''

प्रतापगढ़ में जो मन्दिर बन रहा था, वह अब लगभग पूरा हो चुका था। पालकी को प्रतापगढ़ की ओर रवाना कर दिया गया। डोलियाँ और पालकियाँ चल दीं। राजे सपरिवार प्रतापगढ़ पहुँचे। वहाँ भव्य उत्सव मनाया गया और देवी-प्रतिमा की स्थापना सम्पन्न हुई। राजे ने देवी के प्रसाद के रूप में तथा भोसले-वंश के विशेष अलंकार के रूप में कौड़ियों की माला गले में धारण की। इस प्रकार पार्दिक माला धारण करके राजे स्वयं देवी भवानी के विशिष्ट भक्त बन गए।

प्रतिमा-स्थापन समारोह के पश्चात् राजे राजगढ़ वापस लौट आए।

6

प्रातःकाल ही सोयराबाई को महल में आया देखकर राजे को आश्चर्य हुआ।

''रानीसाहिबा, लगता है, आज का दिन बहुत भाग्यशाली है।''

''क्यों भला?'' सोयराबाई ने हँसते हुए पूछा।

''आज सुबह-सुबह हम तुम्हारे दर्शन जो पा गए।''

''क्यों? क्या सुबह आना ठीक नहीं है?''

''हमने कब कहा ऐसा? हर रोज स्नान, पूजादि में तुम्हें बहुत समय लग जाता है, इसी से हमने पूछा।''

सोयराबाई हँस पड़ीं। कहने लगीं, ''आज बड़े सबेरे ही हमारी नींद खुल गई। फिर नींद नहीं आई।''

सोयराबाई की ओर दृष्टि गड़ाकर राजे ने पूछा, ''कोई सपना तो नहीं देखा?''

''हाँ, वही तो मैं कहनेवाली थी। आज मैंने सपने में बड़े मामासाहब* को देखा।''

''किसे? महाराजसाहब को?''

''हाँ।''

''यह तो बहुत अच्छा स्वप्न है। हमें भी आजकल उनकी बहुत याद आती है...हमारे शम्भूबाल कहाँ हैं?''

---

* महाराष्ट्र में श्वसुर को मामाजी कहने की प्रथा है।

सोयराबाई की हँसी एकदम गायब हो गई।

"होंगे माँसाहिबा के पास, या बैठे होंगे छोटी रानीसाहिबा के यहाँ। हमसे जरा कम ही लगते हैं, वे।"

"बच्चा ही तो है। बच्चे को तो जो भी प्यार करे, बच्चा तो उसी के पास चला जाता है।"

सोयराबाई ने हड़बड़ी में बात बदल दी, "अरे हाँ, मैं कहना ही भूल गई। माँसाहिबा ने कहा था, 'जा, देख आ कि आप तैयार हो चुके हैं या नहीं।' शायद वे इधर ही आती होंगी।"

"माँसाहिबा को क्यों आने का कष्ट हो? चलो, हम ही उनके पास चलें।"

राजे जब माँसाहिबा के महल में गए, तब देखा कि वे चिन्ताग्रस्त बैठी थीं। राजे के आते ही वे कहने लगीं, "राजे, माणकोजी की तबीयत खराब हो गई है। सुना है कि वे बहुत बीमार हैं।"

"कब की बात है?"

"अभी कुछ देर पहले मोरोपन्त आकर बता गए हैं। हमने इसी कारण तुम्हारे बारे में पूछताछ करवाई थी।"

"माणकोजी से हम परसों ही मिलकर आए हैं। बहुत थके-माँदे लग रहे थे।"

"हाँ, एक तो उनकी उम्र काफी हो गई और अब, तिस पर ये बरसाती हवा।"

"हम गढ़ से नीचे उतरकर उनसे मिल आते हैं।"

राजे गढ़ के नीचे बसे शिवापुर गाँव गए। उनके साथ मोरोपन्त भी थे। माणकोजी की हालत सचमुच ही बहुत खराब हो चली थी। राजे का हाथ अपने हाथ में लेकर माणकोजी ने बड़ी कठिनाई से कहा, "राजे, शाइस्ताखान के जुल्म अब बहुत बढ़ चले हैं। अब तो इन्हें रोकना ही चाहिए।"

अपने गिरते हुए स्वास्थ्य की बात भूलकर राज्य के क्षेम की चिन्ता कर रहे माणकोजी को देखकर राजे का हृदय भर आया। वे कहने लगे, "माणकोजी, तुम अच्छे हो जाओ। हम सब कर दिखाएँगे।"

"राजे, अब हमारे अच्छे होने का क्या भरोसा! हम अब अपनी उम्र भोग चुके हैं।"

"ऐसी बातें मत कहो, माणकोजी। तुम जैसे बड़े-बूढ़ों के आशीर्वाद हमारे सिर पर न रहेंगे, तो हमारा अंगीकृत कार्य कैसे पूरा हो पाएगा?"

"महाराज, उसकी हमें चिन्ता नहीं है। तुम जरूर सब पूरा कर दिखाओगे। अब हमारा क्या भरोसा? तुम यहाँ आकर हमसे मिले, बहुत अच्छा लगा। माँसाहिबा से हमारा अभिवादन कहना।"

माणकोजी से प्रस्थान की अनुमति लेकर राजे विदा हुए। जाते समय उन्होंने वैद्यजी से कहा कि वे माणकोजी के स्वास्थ्य की अच्छी तरह देखभाल करते रहें।

कान्होजी जा चुके थे। माणकोजी का भी कोई ठिकाना न था कि कब चल दें। दादोजी, कान्होजी और माणकोजी ये तीन दृढ़ सहारे टूट गए, तो आगे कैसे निभेगा?

यह सोचते-सोचते राजे पद्मावती-माची तक आए। वहाँ देवी के दर्शन पाकर वे मन्दिर से बाहर आए। मन्दिर के बाहरवाले प्रांगण में मोरोपन्त खड़े थे। उनके पास ही कानों में

मोती-बाली पहने हुए, सिर पर पगड़ी बाँधे हुए एक तीस वर्षीय गोरा-चिट्टा युवक खड़ा था। उसने झुककर राजे को नमस्कार किया। राजे ने मोरोपन्त से पूछा, "कौन हैं ये?"

मोरोपन्त ने विनम्रतापूर्वक उत्तर दिया, "ये मोसे घाटी के कुलकर्णी (पटवारी) हैं। आपसे मिलना चाहते हैं।"

राजे ने कुलकर्णी से पूछा, "किस कारण मिलना चाहते हो हमसे?"

कुलकर्णी हाथ जोड़कर बोला, "महाराज, हमारा परिवार बहुत निर्धन है। हम तीन भाई हैं—मैं सबसे छोटा हूँ। गरीबी के कारण एक भी भाई का विवाह नहीं हो पाया। हम ब्राह्मण हैं, भीख माँगना हमारे लिए अनुचित है। राजकार्यालय में यदि जगह मिल जाए, तो हमारा निर्वाह हो सकेगा। एक निर्धन को डूबने से बचाने का पुण्य आपको मिलेगा।"

राजे उस युवक की ओर एकटक देख रहे थे। उन्होंने पूछा, "तुम कुलकर्णी (पटवारी) हो ना? फिर तुम्हारी ईनामी जमीन का क्या हुआ?"

इस प्रश्न को सुनते ही उस युवक के चेहरे पर भय छा गया। वह भयभीत होकर कहने लगा, "महाराज, मेरी किसी के विरुद्ध कोई शिकायत नहीं है। जो भाग्य में लिखा था, वह हो गया। प्रार्थना इतनी है कि अब आपके चरणों की सेवा का अवसर मिले।"

राजे ने फिर पूछा, "तुम्हारी ईनामी जमीन का क्या हुआ? डरो नहीं, हमें सब कुछ साफ-साफ बताओ।"

कुलकर्णी का गला सूख गया। थूक निगलकर कहने लगा, "महाराज, यह तो सच है कि हम कुलकर्णी हैं। हमारे कुल में कुलकर्णी का पद, पुरोहिताई का व्यवसाय कई पीढ़ियों से चला आ रहा है। परन्तु पिता पर जो बड़ा ऋण चढ़ गया था, उसे चुकाते-चुकाते हमारा निर्वाह नहीं हो पाता था। विवश होकर हमें कर्ज लेना पड़ा। चार-पाँच वर्षों में उस ऋण का ब्याज इतना बढ़ गया कि ऋण चुकाने के लिए जोशी (पुरोहित) और कुलकर्णी (पटवारी) दोनों पद हमें साहूकार को बेच देने पड़े। हमारा सारा परिवार रास्तों पर निराश्रित होकर भटकने लगा।"

राजे मुस्कराने लगे। उस युवक को एकटक देखते हुए उन्होंने पूछा, "तुम्हारी कहानी में साहूकारों की चालाकी और ईनामदारों के बुद्धूपन का सफाई से मिश्रण हुआ है। मगर तुम्हें ऐसा धूर्त साहूकार मिला कौन?"

कुलकर्णी जिस बात से कतरा रहा था—वही बात टाले भी नहीं टल रही थी। वह कहने लगा, "महाराज, किसी के विरुद्ध मेरी कोई शिकायत नहीं है।"

राजे ने कठोर स्वर से पूछा, "हम साहूकार का नाम पूछ रहे हैं तुमसे।"

हताश होकर कुलकर्णी ने कहा, "साहूकार हैं आपके पेशवा—शामराव नीलकंठ। वही हमारी भूमि के स्वामी बन गए हैं।"

इस उत्तर को सुनकर राजे अचम्भे में पड़ गए। उन्होंने मोरोपन्त की ओर देखा, तो पाया कि मोरोपन्त सिर नीचा किए खड़े हैं। राजे ने उनसे कहा, "पन्त, इन्हें राजकार्यालय में रख लो और तुम हमसे बाद में आकर मिलो।"

सायंकाल को मोरोपन्त राजे के खास महल में आए। राजे ने कहा, "मोरोपन्त, तुम गुप्त रूप से शामराव नीलकंठ के बारे में पूछताछ करवाओ। ये ईनामी जमीनों का क्या मामला है, इसके बारे में हमें बताओ और देखो, इस बात को कोई जान न पाए।"

इसके बाद के चार-पाँच दिन राजे बड़े बेचैन रहे। जीजाबाई से उनकी यह बेचैनी कैसे छिप पाती? उन्होंने राजे से पूछा। उस समय महल में दूसरा कोई नहीं था। राजे ने कहा, ''माँसाहिबा, ऐसी कोई बड़ी बात नहीं है। आप चिन्तित न हों।''

''राजे, हमसे छिपाना चाहते हो?'' जीजाबाई ने कहा।

राजे ने देखा, जीजाबाई मुस्करा रही थीं। इस मुस्कान को देखकर राजे हड़बड़ाकर कहने लगे, ''माँसाहिबा, आप गलत समझ रही हैं। मुझे तो इतना ही कहना था कि हम चिन्तित अवश्य हैं, परन्तु वह चिन्ता पराए आक्रमण की नहीं है।''

''तो और कैसी चिन्ता है?''

''माँसाहिबा, आप तो जानती ही हैं कि जागीरों और ईनामी जमीनों से हमें कितनी चिढ़ है। ये जागीरदारी, जमींदारी नष्ट हो और प्रजा सुखी हो, इसके लिए हम कितनी जी-जान लगाते हैं यह आप भी जानती हैं। ऐसे में अगर हमारे अपने लोग ही साहूकारी करके जमीनें हड़पने लगें, तो क्या किया जाए?''

''राजे, तुमसे किसी ने झूठ कहा होगा।''

''हम भी यही मानते हैं। अगर यह बात झूठ निकली, तो हमें बड़ी खुशी होगी। परन्तु अगर यह बात सच निकली, तो?''

''तो ऐसे लोगों को राजकार्यालय में रखना भूल होगी।'' जीजाबाई ने शान्ति से कहा।

राजे ने एकदम चौंककर जीजाबाई की ओर देखा। उनके मुख पर हँसी फैल गई। ''माँसाहिबा, आपके वचन सुनकर हमें सदा ही धीरज मिलता है।''

इसके दो ही दिन बाद मोरोपन्त ने राजे को सारा वृत्तान्त कह सुनाया। राजे ने दरबार आयोजित करने का आदेश दिया। शाम को राजे राजसभागृह में पधारे। वहाँ पेशवा, अमात्य, सचिव के अतिरिक्त नेताजी, येसाजी कंक आदि श्रेष्ठ व्यक्ति उपस्थित थे। पेशवा (प्रधानमन्त्री) शामराव नीलकंठ मन-ही-मन व्याकुल दिखाई दे रहे थे।

राजे उनकी व्याकुलता ताड़ चुके थे। शामराव नीलकंठ जंजिरा की मुहिम से लौटकर आए थे। उस मुहिम में वे मात खा चुके थे और यह असफलता उनके हृदय में खटक रही थी। वे सिद्दी खैरत की बातों में आकर बाजी हार गए थे। सबके चेहरे आज यही सवाल पूछ रहे थे कि जाने राजे ने आज इतनी जल्दी दरबार क्यों बुलवाया है!

राजे राजसभागृह में पधारे। आज उनकी मुखमुद्रा गम्भीर थी। राजे के बाद जीजाबाई भी राजसभाभवन में पधारीं। राजे ने उठकर उनका स्वागत किया। अपने हाथ का सहारा देकर उन्होंने जीजामाता को बैठक पर बैठाया। राजे उनके निकट आसीन हुए।

जीजाबाई ने पूछा, ''राजे, आज दरबार किस प्रयोजन से आयोजित किया है? माणकोजी का स्वास्थ्य तो...।''

''उनके बारे में अब चिन्ता करने की आवश्यकता नहीं है। वे सन्तुष्ट हैं—उन्हें यदि चिन्ता लगी है तो केवल राज्य की। ऐसे निष्ठावान जन मिलने भी दूभर हैं।''

''तो फिर आज का यह दरबार...।''

''विशेष रूप से हमारे पेशवा शामराव नीलकंठ के लिए बुलवाया गया है।''

सबकी दृष्टियाँ शामराव नीलकंठ की ओर मुड़ गईं। अपने कन्धे पर रखा हुआ उपरना ठीक करते हुए शामराव पूछने लगे, ''महाराज, मेरे लिए...?''

"हाँ, तुम इस राज्य के पुराने अनुभवी आदमी हो। जब हमारे मन में कोई सन्देह उत्पन्न होता है, तो तुम्हारे सिवाय हम और किससे सलाह लें?"

"जी, हाँ।" शामराव नीलकंठ बोले।

"तुम्हें पता है कि हमें जागीरदारी-जमींदारी से कितनी चिढ़ है। इसे मिटाने के लिए हम कई जमींदारों का गुस्सा भी मोल ले बैठे हैं। किसलिए? ताकि प्रजा सुखी रहे। तुम जानते हो कि हमने जमींदारों को जमींदारी के बदले नकद रकम और नकद गाँव दिए हैं। देशमुख, देशकुलकर्णी, पटेल आदि महसूल के अधिकारियों को उनके अधिकार दिए हैं, जागीरें नहीं।"

"जी, हाँ।"

"यह सब क्यों किया हमने?...इसलिए किया कि ये लोग छोटी-बड़ी सेना रखते हैं, महल-अटारियाँ बनाते हैं, और कोई समझाने-बुझाने जाए, तो ये लोग दौड़कर शत्रु से जा मिलते हैं। इससे प्रजा और राजा दोनों को ही मुसीबत झेलनी पड़ती है। यही कारण है कि हमने बड़े-बड़े नामी महल अपने कब्जे में किए और इन जागीरदारों-जमींदारों की कोठियाँ हमने गिरवा दीं। ठीक है या नहीं?"

"जी, हाँ।"

" 'जी हाँ' क्या कहते हो?" राजे की आवाज कठोर हो गई। शामराव नीलकंठ को घूरते हुए वे कहने लगे, "एक ओर हम इस जागीरदारी को मिटाने के लिए कोशिशें कर रहे हैं और दूसरी ओर तुम? हमारे पेशवा होकर भी तुम्हें जागीर का मोह सता रहा है?"

शामराव नीलकंठ की आँखें खुल गईं। राजे कह रहे थे, "बोलो, क्यों किया तुमने ऐसा?"

"महाराज, आपको भ्रम हुआ है। किसी ने हम पर झूठा आरोप लगाया है।" शामराव नीलकंठ हिम्मत बटोरकर कह गए।

"शामराव नीलकंठ, एक भूल कर बैठे तुम, अब दूसरी मत करना। मोसे घाटी के कुलकर्णी की ईनामी जमीन पर तुम ललचा गए। अपने पेशवा पद के बल पर तुमने उनका कुलकर्णी पद छीन लिया है। कहो, यह झूठ है?"

शामराव नीलकंठ का गला सूख गया। बोले, "महाराज, यह अन्याय...।"

"अन्याय? तुम पर अन्याय? शामराव नीलकंठ, आज तुम्हारी करनी से हमारा सिर लज्जा से झुक गया है। अगर तुम चाहते हो कि पेशवा पर लगाए गए आरोपों की छानबीन के लिए कुलकर्णी को राजसभा में गवाही देने के लिए बुलवाया जाए, तो हम वह भी कर सकते हैं।" राजे ने मोरोपन्त की ओर देखकर कहा, "मोरोपन्त, उस कुलकर्णी को जरा बुलवाओ।"

मोरोपन्त को बाहर जाता देखकर शामराव नीलकंठ घबराकर कहने लगे, "मुझे क्षमा करें, महाराज।"

राजे ने मोरोपन्त को संकेत करके जाने से रोका। इस घटना को देखकर जीजाबाई भ्रम में डूब गईं। वे कुछ समझ नहीं पा रही थीं कि मामला क्या है। उन्होंने पूछा, "शिवबा, ये क्या झमेला है?"

राजे उदासी-भरी हँसी हँसे, फिर कहने लगे, "माँसाहिबा, हमें बताने में भी लज्जा आती है। हमारे पेशवा, परन्तु राज्य के प्रधानमन्त्री का पद पाकर भी इनका मन प्यासा ही रहा।

इन्हें जागीरें बटोरने का चस्का लगा। इन्होंने अपनी साहूकारी के बल पर कई कुलकर्णियों की जमीनें हड़प लीं। आज हमारे पेशवा जागीरदार बन गए हैं। जिनके वंश में कभी पुरोहिताई और पटवारीगीरी होती थी, वही परिवार रोटी का मोहताज होकर आसरा पाने आया है। ब्राह्मण होकर भी इन पर भीख माँगने की नौबत आई। और यह सब हुआ—हमारे इन पेशवा के कारण।''

''एक बार अपराध क्षमा किया जाए, महाराज। मैं आपकी आज्ञा पाकर सभी जागीरें वापस लौटा दूँगा।''

''तुम्हारा यह निश्चय अच्छा है। और यूँ भी जागीरें तो तुम्हें वापस लौटानी ही होंगी। शामराव नीलकंठ, तुम जंजिरा के युद्ध में पराजित हुए, परन्तु हमने तुम्हें इस कारण कतई दोषी नहीं माना। सिद्दी खैरत के भुलावे में आ गए और गिरफ्तार हो गए। फिर कभी जंजिरा की ओर देखूँगा भी नहीं, ऐसा वचन देकर तुमने कैद से छुटकारा पा लिया। परन्तु हमने इसे अपराध नहीं माना। राजनीति में ऐसे अवसर आया ही करते हैं परन्तु तुम्हारा यह अपराध अक्षम्य है। हमें लगता है—हम इसे कभी क्षमा नहीं कर पाएँगे।''

''महाराज!'' शामराव नीलकंठ कह उठे।

राजे की दृष्टि हतप्रभ शामराव नीलकंठ पर टिकी हुई थी। वे शान्तभाव से कहने लगे, ''शामराव नीलकंठ, तुम हमारे पेशवा हो। हम कोई देवराज इन्द्र तो हैं नहीं, जो हजार नेत्रों से देखा करें। हम देखा करते हैं तुम जैसे अधिकारियों की आँखों से। प्रजा की रक्षा करते हैं हम-तुम जैसे अधिकारियों के द्वारा। पेशवा पद की ऊँचाई तक पहुँचकर भी तुम इतना नीचे गिर सकते हो, इसका अर्थ यह हुआ कि तुम इस पद के योग्य नहीं हो। हमें नहीं लगता कि तुम्हारे हाथ प्रजा सुरक्षित रह सकेगी। इसलिए हम आज से पेशवा पद तुमसे वापस लेते हैं।''

राजे के इस निर्णय को सुनकर सब स्तब्ध रह गए। शामराव नीलकंठ ने सिर उठाकर ऊपर देखा। उद्वेगवश कहने लगे, ''तो महाराज, हमें राजकार्यालय के उत्तरदायित्व से भी मुक्त किया जाए।''

शामराव नीलकंठ की बात का राजे पर कोई असर नहीं पड़ा।

''शामराव नीलकंठ, तुम्हारे इस दबाव का हम पर कोई असर नहीं होनेवाला। तुमसे अगर राजकार्यालय की जिम्मेदारी न निभती हो, तो रहने दो। अपराध तुमसे हुआ है, गलती पहले तुमने की है और तुम हम पर बौखला रहे हो? नीलकंठ, फिर से सोच लो—हमारे राज्य में खोया हुआ पद और हाथ से निकला हुआ अवसर दुबारा नहीं मिलता।''

अब शामराव नीलकंठ होश में आए। ''भूल हुई, महाराज। मैं अपने शब्द वापस लेता हूँ। क्षमा कीजिए।''

''तब ठीक है। हम आज से शामराव नीलकंठ के स्थान पर नरहरि आनन्दराव को पेशवा के रूप में नियुक्त करते हैं और उनका पद अण्णाजी दत्तो को दे रहे हैं। शामराव नीलकंठ, तुम प्रारम्भ से ही हमारे पेशवा रहे हो। हम चाहते हैं कि इस पद पर धब्बा न लगे। आज से नरहरि आनन्दराव पेशवा बन रहे हैं, परन्तु राज्य की भीतरी अव्यवस्था का डंका बीच बाजार में न बजे, इस दृष्टि से जब तक तुम यहाँ हो, पेशवा पद की मुहर तुम्हारे नाम की ही चलती रहेगी।''

राजे ने जीजाबाई के हाथों नरहरि आनन्दराव को पेशवाई के तथा अण्णाजी दत्तो को वाकनीस (वृत्त-लेखक) पद के वस्त्रादि प्रदान किए। दोनों उस दिन से पालकी में बैठने के अधिकारी बन गए।

7

माणकोजी दहातोंडे के निधन का समाचार सुनकर राजे बहुत दुखी हुए। यही वह परम स्नेही व्यक्ति था, जिसने राजे को बचपन से प्यार दिया था। वह स्वराज्य का सेनापति था। राजे ने पूरे मान-सम्मान सहित माणकोजी के अन्त्य-कर्म पूरे करवाए।

वर्षा ऋतु में शाइस्ताखान आराम से बैठा हुआ था, परन्तु राजे चुप नहीं बैठे थे। कोंकण में नेताजी नियुक्त थे और वे वहाँ मुगलों पर हमले कर रहे थे। इसी समय राजे के दो हजार मावले जुन्नर परगने में खंडनी वसूल कर रहे थे। चारों ओर से बोटियाँ नोचनेवाले शाइस्ताखान शिवाजी के कारण परेशान हो चुका था। कहरतलबखान की हार उसके दिल में कसक रही थी। शाइस्ताखान ने अपने सरदार नामदारखान को कल्याण-भिवंडी की ओर हमला करने के लिए रवाना किया।

राजे ने जैसे ही यह खबर सुनी, उन्होंने कृष्णाजी बाबाजी सूबेदार तथा बाघोजी तुपे को साथ लेकर नामदारखान पर धावा बोल दिया। पुणे के निकटवर्ती मिरे पहाड़ी पर राजे खान की सेना तक जा पहुँचे। इस अचानक हमले से नामदारखान की फौज में भदगड़ मच गई। परन्तु इस लड़ाई में राजे के एक सरदार कृष्णाजी मारे गए। सरदार तुपे घायल हो गए। राजे वापस लौट पड़े। उन्हें इस मुहिम में चाहे विशेष सफलता नहीं मिल पाई, परन्तु इस हमले से नामदारखान खौफ खा गया। राजे के लिए यही सफलता काफी थी।

नामदारखान की मुहिम समाप्त करके राजे राजगढ़ लौट आए। नेताजी और दूसरे सरदार अपनी टुकड़ियों सहित शाइस्ताखान की बाहर निकली हुई टुकड़ियों पर हमले कर रहे थे। मगर शाइस्ताखान की ताकत बहुत ज्यादा थी। शिवाजी के इन छिटपुट हमलों से तंग आकर खान की फौज अब इलाकों को लूटने लगी थी। गाँव जलाए जा रहे थे। मवेशी दिन-दहाड़े खदेड़कर ले जाए जा रहे थे। खड़ी फसलें लूटकर ले जाई जा रही थीं। देखते ही देखते सारा पुणे प्रदेश उजड़ गया। लोग प्राणों के भय के कारण अपने गाँव छोड़कर कोंकण प्रदेश में आसरा पाने जाने लगे।

उधर अंग्रेज कम्पनी की ओर से बार-बार प्रार्थना की जा रही थी कि राजापुर में गिरफ्तार किए गए और किले में बन्द पड़े अंग्रेजों को छोड़ दिया जाए। राजे ने रेविंग्टन को बीमार होने के कारण पहले ही छोड़ दिया था, परन्तु वह अधिक दिन जीवित न रह सका। कैदखाने में ही तीन अंग्रेज मर चुके थे। राजे ने सोचा—अंग्रेज अब तक जितना दंड भुगत चुके हैं, वही काफी है। यह सोचकर उन्होंने बाकी अंग्रेजों को आजाद करने की आज्ञा दी।

राजे ने अपने सब देशमुखों को तुरन्त बुलवाया। सबके सामने यही समस्या थी कि प्रजा की रक्षा कैसे की जाए। राजे ने सर्जेराव देशमुख से कहा, "सर्जेराव, क्या यह सच है कि लोग अपने गाँव छोड़कर जा रहे हैं?"

“राजे, खान के अत्याचारों से पिसकर लोगों ने ये दो बरस कैसे बिताए हैं, यह दुख तो वे ही जानते हैं। अब उनका धीरज टूट चुका है। अगर किसी को जाने से रोका भी जाए, तो भी लोग मानते नहीं।”

राजे अवसन्न होकर बोले, “इसमें उन बेचारों का क्या दोष? राजा तो हम कहलाते हैं। हमारी आँखों के सामने प्रजा को रोका-टोका जाता है, लूटा-खसोटा जाता है, नंगा किया जाता है, फिर भी हम कुछ नहीं करते।”

“कोई ऐसी बात नहीं कहता, उलटे लोग तो यह कहते हैं कि शिवाजीराजा थे, इसीलिए वे टिक पाए।”

“हँ! लोग ऐसा कहते हैं, यह तो उनका हम पर एहसान है, समझो। देशमुख, हम प्रजा के घर-बार की रक्षा नहीं कर सके, कम-से-कम उनके प्राण तो बचा लें। जिन गाँवों में खान का अत्याचार अधिक है, उन गाँवों के लोगों को रात-दिन एक करके घाट के नीचेवाले प्रदेश में सुरक्षित जगह दो। लोगों से कहो कि शत्रु-सैनिकों के दिखाई देते ही वे जंगल में आसरा लें। प्रजा बची रही, तभी हमारा राज्य बचा रहेगा। जिनके लिए यह आयोजन है, वे ही यदि न रहें, तो इस सारी उठापटक का मतलब ही क्या रहा?”

राजे के आदेशानुसार बस्तियों के निवासी पहाड़ी घाट के नीचेवाले इलाके में आकर बसने लगे। परन्तु इन लोगों को देखकर राजे के हृदय में रह-रहकर पीड़ा होती थी।

राजे को कुछ सूझ नहीं रहा था। शाइस्ताखान ने जो शह दी है, उससे कैसे बचा जाए, यही विचार उन्हें निरन्तर सता रहा था। महीने-दर-महीने बीतते जा रहे थे। इसी तरह गरमी का मौसम आ गया।

शाम को राजे मोरोपन्त के साथ गढ़ का दौरा कर रहे थे कि एक गुप्तचर समाचार लेकर आया, “राजे, नेताजी पालकर घायल हो गए हैं।”

“कहाँ?”

“सुपे के पास उनकी नामदारखान से मुठभेड़ हुई। नेताजी ने बहुत बहादुरी दिखाई, मगर कुछ फायदा नहीं हुआ। नेताजी को पीछे हटना पड़ा। सरफराजखान और नामदारखान ने उनका पीछा करके तीन सौ घुड़सवारों को जख्मी कर दिया।”

“और नेताजी कहाँ हैं?”

“वे गढ़ की तलहटी में हैं। उन्हें पालकी में बिठाकर ऊपर लाया जा रहा है।”

राजे ने कहा, “अब क्या कहें नेताजी को भी! अपनी शक्ति और स्थिति को देखते और समय रहते पीछे हटना तो उन्होंने सीखा ही नहीं। वे कभी-कभी पागलों का-सा साहस ठान बैठते हैं।”

राजे महल में आए। नेताजी के आहत होने का समाचार सुनकर जीजाबाई भी व्याकुल हो उठी थीं। नेताजी की जाँघ पर एक बड़ा घाव था। राजे ने पहले वैद्यजी से औषध-उपचार करने के लिए कहा। नेताजी उस समय बेहोश थे। अधिक खून बह जाने के कारण शरीर सफेद पड़ गया था। वैद्यराज ने घाव पर पट्टी बाँधी। वैद्यराज कहने लगे, “चिन्ता की कोई बात नहीं। अधिक रक्तस्राव के कारण निर्बलता आ गई है। नेताजी के हाथ-पैर आदि अंगों को कोई हानि नहीं हुई है।” यह जानकर राजे को परम सन्तोष हुआ।

अगले दिन राजे नेताजी से मिलने गए। नेताजी तब होश में आ चुके थे। राजे को देखते ही वे उठने लगे। राजे ने यह देखा तो वे दौड़कर आगे बढ़े और नेताजी को फिर से लिटाते हुए वे कहने लगे, ''न, न, अब हिलो-डुलो नहीं। जितनी भाग-दौड़ कर चुके हो, वही काफी है।''

नेताजी की आँखों में लेटे-लेटे आँसू आ गए। राजे उन आँसुओं को पोंछते हुए कहने लगे, ''काका, तुम हमारे सेनापति हो, और फिर आँखों में आँसू? ये आँसू बिलकुल नहीं जँचते तुम्हारी आँखों में। हमने नामदारखान से छेड़खानी की और उसने तुम्हें खुले मैदान में पकड़कर गुस्सा उतारा। तुम्हें पीछे हटना पड़ा, घोड़े घायल हो गए, इस कारण मन को दुखी क्यों करते हो? हम तो हमेशा ही कहा करते हैं, हम विजय अथवा पराजय का विचार नहीं करते—हम दृढ़ निष्ठा को सराहते हैं। तुमने वह दृढ़ता दिखा दी। खान से जमकर लोहा लिया तुमने। बस, तुम सब कुछ पा गए।''

राजे ने नेताजी को ढाढ़स अवश्य बँधाया, परन्तु इस हार ने स्वयं उनके मन को भी घायल कर दिया था। प्रजाजन बेघर हो रहे थे। सैनिकों के तन-मन पर तनाव बहुत बढ़ रहा था। राजे शाइस्ताखान के इन कारनामों को किसी भी तरह रोक नहीं पा रहे थे। गुप्तचरों ने सूचना पाई थी कि कोंढाणा किले में विद्रोह होने की सम्भावना है। पिछले दो-तीन वर्षों से राजे मुगलों के विरुद्ध कोई विशेष उल्लेखनीय सफलता नहीं पा सके थे। इसी चिन्ता में राजे का तैंतीसवाँ जन्मदिन बीत गया।

चैत्र शुक्ल प्रतिपदा को मनाया जानेवाला 'पाडवा' त्योहार आ गया। गढ़ के घर-घर पर धार्मिक ध्वज 'गुढी' (ध्वजाएँ) लहराए गए थे। राजे ऊँचे आकाश में लहरा रही रंग-बिरंगे वस्त्रों से अलंकृत गुढी देख रहे थे। जीजाबाई ने राजे को गुढी की पूजा करने के लिए बुलाया। राजे गए। उन्होंने गुढी की पूजा की, उस पर जब वे तंडुलकणों का अक्षत चढ़ाने लगे, तो उनका हाथ अनायास अपनी आँखों की ओर चला गया। जीजाबाई ने पूछा, ''क्या हुआ, राजे?''

''कुछ नहीं, माँसाहिबा, याद आ गई।''

''किसकी?''

''और कौन याद आएगा? हमारी कमजोरी के कारण हमारे जिन प्रजाजनों को जंगलों-घाटियों में छिपकर दिन बिताने पड़ रहे हैं, हमें उनकी याद आ गई। सोचता हूँ—वे यह पाडवा त्योहार कैसे मना रहे होंगे?''

राजे उठे। किसी की ओर बिना देखे ही वे सीधे अपने महल की ओर चल दिए।

8

''सुनिए! जरा इधर तो आइए।''

बैठक पर बैठे हुए राजे ने ऊपर देखा। बारजे में खड़ी सोयराबाई उन्हें बुला रही थीं।

राजे ईश प्रार्थना पूरी कर चुके थे। वे उठे और सोयराबाई के पीछे जा खड़े हुए। उन्होंने उस ओर देखा जिस ओर सोयराबाई उँगली से संकेत कर रही थीं। प्रातःकाल की कोमल धूप में महल के बाहरवाले मैदान में एक छोटा घोड़ा घूम रहा था। उस चितकबरे घोड़े पर

लाल चारजामा कसा हुआ था। उस घोड़े पर सम्भाजीराजा सवार थे। एक नौकर घोड़े की लगाम पकड़कर पीछे-पीछे दौड़ रहा था। राजे ने सराहना के सुर में कहा, ''अरे, वाह! इस नन्ही-सी उम्र में भी हमारे बालराजा घोड़े पर अच्छी-खासी उछाल ले लेते हैं!''

''मगर यह भी पता है, इन्हें घोड़े पर सवार कराने के लिए पिछले चार दिनों से सारा घर-बार जुटा हुआ था।''

''क्यों भला?''

''बालराजा ने आपका जीन देखा और माँसाहिबा से हठ कर बैठे। और फिर ऐसा कभी हुआ है क्या कि बालराजे हठ करें और माँसाहिबा उसे पूरा न करें? माँसाहिबा ने हुक्म जारी किए—सब रानियाँ उस काम में जुट गईं। माँसाहिबा की देख-रेख में सारा काम हो रहा था। वे कहती थीं, 'यह फीता मत लगा, उस रंग का लगा; इस जगह टाँका लगा'। खैर! आखिरकार चारजामा तैयार हो ही गया और इस तरह छोटे राजे आज घोड़े पर बैठ पाए।''

''हमारे बालराजे बड़े सौभाग्यशाली हैं।''

''इतने नन्हे-से हैं, पर समझदार हैं। कल दोपहर मैं बैठी हुई थी। सब स्त्रियाँ चारजामा बना रही थीं कि अचानक बालराजे वहाँ आए और मुझसे पूछने लगे, 'तुम्हारी माँ कहाँ हैं?' मैंने कहा, 'बंगलौर में'।''

''फिर बालराजे ने क्या कहा?''

सोयराबाई अपनी हँसी नहीं रोक पा रही थीं। हँसते हुए कहने लगीं, ''...बालराजे ने पूछा, 'कितनी माँ हैं तुम्हारी'?''

''तो फिर?''

''...मैं उनका सवाल नहीं समझ पाई। मैंने कहा, 'कितनी माँ का क्या मतलब? माँ तो एक ही होती है।' इस पर बालराजे गाल फुलाकर कहने लगे, 'नहीं, तुम झूठ बोल रही हो! हमें देखो ना! हमारी कितनी सारी माँ हैं!' सबकी ओर इशारा करते हुए बालराजे ने कहा। उनकी बात पर हँसते-हँसते सबके पेट में बल पड़ गए। छोटी रानी पुतलाबाई तो रोने ही लगीं।''

राजे ने अपने को सँभाला। कहने लगे, ''चलो, चलो, दिन काफी ऊपर चढ़ आया है। राजसभागृह में लोग हमारी प्रतीक्षा करते होंगे। अभी माँसाहिबा के दर्शन भी तो करने हैं।''

''माँसाहिबा तो बातें कर रही हैं।''

''किससे?''

''कोई ज्ञानू माली आया है। उसी से बातें कर रही हैं।''

''कौन? ज्ञानू माली!'' राजे ने धीरे से कहा, ''अरे, यह बात तो तुम्हें आते ही बतानी चाहिए थी।'' इतना कहकर राजे मुड़ पड़े। इससे पहले कि सोयराबाई मुड़तीं, राजे महल से बाहर चले गए थे।

राजे को आया देखते ही ज्ञानू माली उठकर खड़ा हो गया। उसने आगे बढ़कर राजे के पैर छू लिये। राजे ने कहा, ''ज्ञानू, अरे, आज हमारी याद आई क्या?''

''ये बात नहीं, महाराज! हम तो कैद में बन्द रहते हैं—जब छुटकारा हो, तभी आ सकते हैं।''

''कैद? कैसी कैद?''

"अजी, मैं ठहरा पुणे के महल का माली। मुझे कोई कहीं जाने थोड़े ही देता है। दिन में दस बार पूछताछ होती है, 'कहाँ गया? कब आया'?"

"तो अब कैसे छुटकारा पा गया तू?"

"कह दिया, 'गाँव से खबर आई है—लड़का बीमार है।' बस, चल दिया इस तरफ। मन में सोचा—राजे ने इस गरीब की याद भुला दी, तो क्या हुआ? चलो, हम ही चलकर याद करा दें।"

"बड़ा अच्छा हुआ, जो तू चला आया। अच्छा, बैठ जा।"

राजे माँसाहिबा के पास बैठ गए। ज्ञानू की उम्र साठ तक पहुँच चुकी थी। परन्तु अपनी उम्र के लिहाज से वह अच्छा-खासा तगड़ा था। राजे ने पूछा, "ज्ञानू, तेरे बगीचे का क्या हाल है?"

"ठीक है जी।"

"अब तो मोगरे के पौधों पर बहुत फूल खिलते होंगे, है ना?"

"लो, सुनो राजे की बात! अब फूल खिलते भी हों, तो उनको क्या कहीं ले जाके फूँक दें या गाड़ दें।"

"क्यों? क्या बात हुई?"

"राजे, उस खान ने सोने का-सा प्यारा वह महल भ्रष्ट कर दिया है। जिस जगह देवघर था, देवता की पूजा होती थी, वहाँ बैठकर वह खान अल्लम-गल्लम चीजें खाया करता है। तुम्हारे महल को उसने जनानखाना बना रखा है। जो फूल कभी भगवान् के चरणों में चढ़ाए जाते थे या अपने लोगों के हाथों में सजते थे, वही फूल अब बेगमों के या नाचने-गानेवाली औरतों के बदन पर दिखाई देते हैं। जहाँ कभी धरम की पोथियाँ बाँची जाती थीं, वहाँ अब घुँघरुओं की झुनझुन सुनाई दिया करती है। राजे, बस यूँ समझ लो कि अपने पुणे शहर की और वहाँ के महल की सारी शान जाती रही।"

राजे बहुत बेचैन हो उठे। कहने लगे, "हाँ भैया, क्यों न हो! अब बारी उसकी है, मजा कर रहा है!"

"कैसी बारी? राजे, सारा पुणे शहर उजड़ गया है। जिधर देखो, उधर छावनी फैली पड़ी है। अपने आदमी तो दिखाई ही नहीं पड़ते। गणपति के मन्दिर के सामने से गाय का मांस महल में ले जाया जाता है। तुमसे क्या कहूँ! जब बिलकुल सहन नहीं हुआ, तो इधर चला आया हूँ। साफ-साफ बात कह रहा हूँ, इसलिए गुस्सा मत होना।"

"नहीं, ज्ञानू, नहीं। तू जो कुछ कह रहा है, सब सच है। कोई न कोई रास्ता तो निकल ही आएगा।"

"मालिक, ऐसे काम बाट जोहते-जोहते नहीं बनते। मेरी मानो, झपटकर उठ खड़े होओ। शाइस्ताखान कोई जंगली हाथी थोड़े ही है, वो तो आलसी भैंसा है। उसे जा पकड़ो, मालिक। वो मर भी गया न, तो भी कोई उसकी पूछताछ नहीं करेगा।"

राजे आँखें फाड़-फाड़कर ज्ञानू की ओर देख रहे थे। वे झट उठ खड़े हुए। बोले, "चल, उठ ज्ञानू। ऊपर महल में चल।"

राजे ज्ञानू को लेकर महल में गए। महल के दरवाजे बन्द कर दिए गए थे। सूरज बीच आसमान में सिर पर आ पहुँचा था। राजे ज्ञानू सहित नीचे आए। राजे की आँखों में एक

निराली चमक दिखलाई दे रही थी। उन्होंने उसी दिन ज्ञानू माली को पुणे की ओर रवाना कर दिया।

9

नेताजी पालकर अब घूमने-फिरने योग्य हो गए थे। राजे, नेताजी, मोरोपन्त, सर्जेराव जेधे, तानाजी आदि श्रेष्ठजन अब गुप्त मन्त्रणाओं में व्यस्त हो गए थे। गढ़ में हमेशा फकीर आते थे और राजे से मिलकर लौट जाते थे। राजे अपने विश्वासपात्र आदमियों का स्वयं चुनाव कर रहे थे। वे विश्वासपात्र लोग विविध वेशभूषा धारण करके विविध उद्देश्यों से पुणे नगर में प्रवेश करने लगे थे। राजे ने अपनी चुनी हुई सेना में कुछ पठान सैनिकों को भी शामिल कर लिया था। इस पठान-सेना का नायक इब्राहिम खान अब हर समय राजे के साथ दिखाई देता था।

कुछ ही दिनों में पुणे के पूरे विवरण राजे तक आ पहुँचे। राजे को पता लग गया कि पुणे में कहाँ-कहाँ पहरे की चौकियाँ हैं, पहरे कब बदलते हैं, खान के साठ सरदारों के पड़ाव, उनकी स्थिति, अलग-अलग शामियाने-डेरे आदि की सूचनाएँ इकट्ठा की जा रही थीं। पहरे की चौकियाँ, उनकी स्थिति, पहरे बदलने के समय, निरीक्षण के लिए बाहर घूमनेवाली पहरेदार टोलियाँ, उनके आने-जाने के रास्ते, उनके वापस लौटने का समय आदि सभी बातों को राजे बड़ी गहराई से सोच-समझ रहे थे।

राजे आजकल सदैव विचारमग्न दिखाई देते थे। सब इतना ही समझ पा रहे थे कि अवश्य ही उनके मन में कोई बड़ी योजना पल रही है। जिस तरह बाहर धूप और मौसम अधिक गरम होता जा रहा था, उसी तरह गढ़ में दौड़-धूप बहुत बढ़ चली थी। राजे सदैव बालाजी, चिमणाजी, नरेकर बन्धु, नेताजी पालकर और तानाजी मालुसरे को साथ लिये घूमा करते थे।

यूँ ही राजे सोचते-विचारते अपने महल में बैठे हुए थे कि मनोहारी अन्दर आई। उसने बताया, "फिरंगोजी आए हैं।"

"कहाँ हैं?"

"माँसाहिबा के साथ बातें कर रहे हैं। माँसाहिबा ने आपको बुलाया है।"

सूचना देकर मनोहारी जाने लगी। राजे की आवाज सुनकर वह रुक गई। राजे ने कहा, "फिरंगोजी और माँसाहिबा से कहना कि हमने ही उन्हें बुलाया है।"

"जी।"

जीजाबाई और फिरंगोजी के आने की आहट पाते ही राजे खड़े हो गए। जीजाबाई अन्दर आकर बैठक में बैठ गईं। फिरंगोजी बैठक के नीचे शिष्टतापूर्वक बैठ गए। दोनों राजे की ओर देख रहे थे। राजे ने पूछा, "फिरंगोजी, क्या खबर लाए हो?"

"अष्टमी का मुहूर्त अच्छा है। वो अपना झुणके है न, वही पुणे का हवालदार!"

"हाँ, हाँ, फिर?"

"उसकी लड़की का रिश्ता भोर गाँव के रावत के लड़के के साथ तय कर दिया है।"

"बहुत अच्छा किया।"

"शिवबा, अरे यह सब क्या हो रहा है? किसकी शादी?" माँसाहिबा ने पूछा।

राजे सिर्फ हँस दिए। जीजाबाई फिरंगोजी से कहने लगीं, "फिरंगोजी, आजकल राजे हमसे कटे-कटे-से रहते हैं। कुछ बात करनी हो, तो अपने कुछ लोगों को साथ लेकर गढ़ के बुर्जों-गरगजों पर घूमते-फिरते बातें करते हैं। हर घड़ी कोई न कोई भेदिया यहाँ आता रहता है, परन्तु राजे हमें कुछ नहीं बताते। लगता है, राजे को अब हम पर विश्वास...।"

"रहने दीजिए माँसाहिबा, बस, रहने दीजिए।" राजे हँसकर कहने लगे, "आपकी इस शिकायत पर कोई भी भरोसा नहीं करेगा। हमने सोच रखा था कि जैसे ही हमारी योजना निश्चित हुई कि हम आपको बताएँगे।"

"कैसी योजना?"

"माँसाहिबा, हमने तय किया है कि हम पुणे के लालमहल पर धावा बोल दें।"

"लालमहल पर?" जीजाबाई भौचक हो उठीं।

"हाँ।"

"परन्तु राजे, खान की फौज एक लाख से भी अधिक है। सारे पुणे शहर में वही फौज भरी पड़ी है। ज्ञानू माली ही तो बतला रहा था!"

"हाँ, बात सच है।" राजे ने कहा, "परन्तु हम फौज पर थोड़े ही चढ़ाई कर रहे हैं–हम तो शाइस्ताखान पर धावा बोल रहे हैं।"

"मगर यह कैसे सम्भव है?"

"आपके आशीर्वाद से और भवानी माता की कृपा से सब सम्भव हो जाएगा। माँसाहिबा, हमने आज तक बहुत इन्तजार किया। परन्तु खान पक्का धूर्त है। उसके सरदार तो पुणे से बाहर निकलते हैं, मगर वह पुणे में जमा बैठा है। हमने महाबतखान को हराया, मगर शाइस्ताखान झल्लाकर पुणे से बाहर नहीं निकला। उसने हमारा प्रदेश हड़प लिया है–हमारी प्रजा आज अपने घर-बार छोड़कर वनवास भोग रही है। दिन-प्रतिदिन हमारी शक्ति घटती जा रही है। सम्भाजी कावजी जैसे लोग भी प्रलोभन में फँसकर खान के आसरे जा बैठे हैं।"

"तो क्या इस कारण यह दुस्साहसपूर्ण मार्ग...।"

"इसके अतिरिक्त मार्ग ही क्या है? शाइस्ताखान सुख-लोभी है, उसे ऐशो-आराम पसन्द है। लोग उसे उसके बादशाह का ही प्रतिरूप समझते हैं। आज तक हमसे जो कुछ बन पड़ा, हमने किया। हमने खान की फौज पर हमले किए, कहरतलबखान और नामदारखान को हराया, मुगलाई इलाके में खंडनी वसूल की, मगर इन सबका शाइस्ताखान पर कोई असर नहीं हुआ। उलटे, हर दिन उसकी ताकत बढ़ती जा रही है। स्वयं हमारे सेनापति भी घायल हो गए हैं, तीन सौ घोड़े जख्मी हुए। हर आनेवाला दिन हमारी शक्ति को क्षीण कर रहा है। शाइस्ताखान ने हमारा मैदानी प्रदेश तो निगल ही लिया है, अगर उसे हमने इसी तरह छूट दी, तो कोंकण प्रदेश भी हमारे हाथ से जाते देर नहीं लगेगी।"

"तो इसलिए यह विचार ठाना है तुमने?"

"हाँ, शाइस्ताखान सपने में भी नहीं सोच सकता कि हम लालमहल में घुस जाएँगे। यदि हम वहाँ घुस गए और हमने शाइस्ताखान को मार गिराया, तो उसकी फौज टिकी नहीं रह सकेगी। हमारा प्रदेश अपने आप खाली हो जाएगा।"

जीजाबाई चिन्ता में डूब गईं। वे मौन बैठी रहीं। शिवाजीराजे भर्राए गले से कहने लगे, "माँसाहिबा, आपको यह योजना मान्य नहीं है क्या?"

"राजे, मैं कब ऐसा कहती हूँ, परन्तु खान की इतनी विशाल छावनी में तुम अकेले पैठ रहे हो, यह कुछ उचित नहीं लगता।"

"अकेले क्यों? हमारे साथ तानाजी, येसाजी, फिरंगोजी, सर्जेराव, हमारे सुरक्षा सैनिक सभी तो हैं।"

जीजाबाई मुस्करा दीं। बोलीं, "राजे, क्यों व्यर्थ ही हमें धीरज देते हो? डेढ़ लाख की छावनी छोटी होती है क्या? चारों ओर समुद्र के समान फैली हुई। और तुम उस लालमहल में इतने से लोग लेकर जाओगे?"

फिरंगोजी कहने लगे, "माँसाहिबा, हम भी राजे से यही कह रहे हैं। हम तो कहते हैं कि हम जाकर विजय हासिल कर लाते हैं, पर राजे मानते ही नहीं।"

जीजाबाई ने कहा, "हमारे राजे ने जो एक बार ठान लिया ना, समझो बस...। फिर उनके निश्चय को स्वयं माँसाहिबा भी नहीं बदल सकतीं।"

"माँसाहिबा, आप आज्ञा दें। हम अपनी इस योजना को यहीं समाप्त किए देते हैं।"

"पर हमने ऐसा कब कहा?"

"तो फिर दूसरा अर्थ क्या है, माँसाहिबा? माँसाहिबा, कितनी जिम्मेदारी और खतरे की बात है। तनिक-सी भी भूल-चूक हो गई, तो यह अभियान लोगों के हँसी-ठट्ठे की चीज बनकर रह जाएगा, और हम प्राणों से प्यारे अपने लोग खो बैठेंगे, सो अलग। लालमहल हमारा घर रहा है—उसका चप्पा-चप्पा जानते हैं। हम जितनी होशियारी से यह काम कर सकते हैं, वैसा और कौन करेगा? माँसाहिबा, देवी ने हमें प्रेरणा दी है—वह हमारे स्वप्न में आई थी और उसने हमें अभयदान दिया है। इस मुहिम में हम अवश्य ही सफल होकर रहेंगे—इसमें हमें तनिक भी सन्देह नहीं।"

जीजाबाई ने उसाँस छोड़ी। कहने लगीं, "राजे, हमें पूरा भरोसा है कि तुम जो कुछ मन में ठानोगे, पूरा करके रहोगे। परन्तु माँ का मन है, डरता है। हम तुम्हारे आड़े नहीं आएँगी। हम पीछे हैं तुम्हारे। बस, जो कुछ भी करो, इतना ध्यान रखना तुम्हारे सिवाय हमारा दूसरा सहारा नहीं है।"

राजे का हृदय गद्गद हो उठा। वे बोले, "माँसाहिबा, हम जानते हैं कि आप चिन्तित हैं। हम आपकी व्यथा समझते हैं। संकट आता देखकर बालक को पीछे खींचनेवाली माताएँ तो अनेक हैं, परन्तु कर्तव्यपूर्ति के लिए बालक को संकट-सागर में कूदने की आज्ञा देनेवाली माता केवल आप हैं। हमें गर्व है, जो हमने आप-सरीखी जननी की कोख से जनम पाया।"

राजे कुछ क्षण रुके। फिर उन्होंने अपना निर्णय कह सुनाया, "हम पंचमी को यहाँ से प्रस्थान करेंगे। कोंढाणा में पड़ाव डालकर अष्टमी को हम पुणे में प्रविष्ट होंगे।"

"परन्तु रामनवमी?"

"हम विजय का आनन्द साथ लेकर रामनवमी कोंढाणा दुर्ग में ही मनाएँगे। माँसाहिबा, अब रमजान महीने के रोजे शुरू होने वाले हैं। अष्टमी को रोजे का छठा दिन है। रोजे के कारण थके-माँदे लोग रात को खाना खाकर गाढ़ी नींद सोते हैं। नींद उन पर हावी रहती है। उनका यह रोजों का उपवास हमारे अनुकूल सिद्ध होगा।"

फिरंगोजी आश्चर्यचकित होकर बोले, "राजे, यह बात तो हमें सूझी ही नहीं थी।"

"फिरंगोजी," राजे कहने लगे, "शत्रु पर चढ़ाई करते समय केवल उसकी सेना का विचार करने भर से काम नहीं चलता। उसके तीज-त्योहार, रीति-रिवाज, उपवास आदि का भी सोच-विचार करना पड़ता है। अब देखो, यदि कोई दशहरे के दिन मराठों पर आक्रमण कर बैठे तो उसका दस गुना प्रतिकार तो होगा ही। उस दिन सबके हाथ में हथियार होते हैं, सब हथियार ताने होते हैं।"

राजे सारी योजना निश्चित कर रहे थे। आज उनके मन में केवल एक आशंका थी कि कहीं जीजाबाई मना न कर दें। अब उनकी आज्ञा झोली में आ पड़ी और राजे का उत्साह दूना हो गया। वे पूरे जोश से काम में जुट पड़े।

10

पंचमी का दिन उदित हुआ। उस दिन राजे ने जीजाबाई से आज्ञा पाकर राजगढ़ से प्रस्थान किया। उन्होंने अश्वारोही-दल सहित कोंढाणा की ओर कूच किया। तेज धूप और गरमी के कारण सारा वातावरण जैसे खौल रहा था। हवा एकदम बन्द थी। गरमी और लम्बी घुड़दौड़ के कारण घोड़ों के मुँह से झाग टपकने लगा था। राजे के साथ नेताजी, फिरंगोजी, बालाजी, चिमणाजी और मोरोपन्त थे। राजे कोंढाणा पहुँच गए। उनके आदेशानुसार अन्य सब लोग वहाँ पहले से ही इकट्ठा हो चुके थे। सब इतना जानते थे कि राजे ने कोई महत्त्वपूर्ण और उत्तरदायित्व से भरी मुहिम तय की है। राजे ने बहुत सूक्ष्म सोच-विचार करके अपने सशस्त्र साथी चुने थे। कोंढाणा गढ़ में तानाजी और येसाजी राजे की प्रतीक्षा कर रहे थे। कोंढाणा पहुँचते ही राजे ने सबको एक-एक काम सौंप दिया।

राजे कोंढाणा दुर्ग के मन्त्रणागृह में बैठे हुए थे। वहाँ नेताजी, फिरंगोजी, तानाजी, येसाजी, बालाजी, चिमणाजी, मोरोपन्त और सर्जेराव जेधे आदि राजे के विशेष विश्वासपात्र साथी एकत्रित थे। इनके अतिरिक्त गुप्तचर विभाग के अधिकारी बहिर्जी, विश्वासराव और महादेव भी उपस्थित थे। राजे ने आज पहली बार सबको अपनी वह योजना कह सुनाई। केवल फिरंगोजी ही ऐसे व्यक्ति थे, जिन्हें इस योजना का पहले से पता था। राजे की योजना सुनकर सबकी भुजाएँ फड़क उठीं। तानाजी कहने लगे, "महाराज, क्या कहने! बहुत अच्छा इरादा है। हाथ पर हाथ धरे बैठे हमारी तो तबीयत तंग आ चुकी थी।"

राजे ने कहा, "तानाजी, आज तक हमने जो देरी की है, वह कोई खुशी से नहीं की है। और हमने जो मुहिम करने की ठानी है, उससे भी हमें कोई खास खुशी नहीं है। परन्तु इसके सिवाय और कोई चारा ही नहीं रहा है।"

"खान तो सपने में भी यह नहीं सोच पाएगा," बालाजी बोले।

"यह तो सही है, परन्तु बालाजी, यह योजना कोई सरल काम नहीं है। किसी ने भी अगर भूल कर दी या अपना काम पूरा नहीं किया, तो सबकी लाशें बिछते देर नहीं लगेगी। तानाजी...!"

"जी!"

"तुम कल यहाँ से चल पड़ो। कात्रज पहाड़ी घाट के नीचे विवाह की बात तैयार रखो। तुम्हें शहर में जाने की अनुमति मिल ही जाएगी। दोपहर होते ही तुम गाजे-बाजे सहित पुणे नगर में घुस जाओ। यह महादेव तुम्हारे साथ रहेगा। समझ गए ना?"

''जी!''

''और येसाजी, तुम शाम को दिन छिपने से पहले घास की गाड़ियाँ भरकर पुणे में घुस जाना। अपने साथ बीस-पच्चीस लोग ले लेना, उनके हाथ रस्सियों से बाँधकर रखना। कोई पूछे, तो कहना कि हम फौजी अट्टालों के लिए घासवालों को पकड़कर लाए हैं। विठोजी...।''

''जी!''

''तुम घाट के नीचेवाले प्रदेश में डेढ़-दो सौ बैल तैयार रखो। उनके सींगों में पलीते बाँधकर तैयार रहो। आधी रात के बाद जब भोंपू बजे, तो तुम उन पलीतों में आग लगाकर सीधे गढ़ की ओर भागना। जाते समय रास्ते में जितने भी अपने आदमी जहाँ-तहाँ तैनात मिलें, उन्हें साथ लेकर पूरी सावधानी से सीधे अपने गढ़ में पहुँचना।''

''महाराज, और आप...।'' फिरंगोजी ने पूछा।

''मोरोपन्त, नेताजी! तुम दोनों अपनी टुकड़ियों सहित वहाँ ठहरे रहोगे, जहाँ हम कहेंगे। सर्जेराव जेधे, बालाजी और चिमणाजी हमारे साथ रहेंगे।'' बालाजी और चिमणाजी की बाँछें खिल गईं। राजे ने उनसे कहा, ''बालाजी, चिमणाजी! तुम दोनों हमारे बचपन के सखा रहे हो। हम सब उसी महल में खेले-कूदे हैं। उस महल को तुम दोनों से अधिक और कौन जानता है। और फिरंगोजी, तुम्हें तो गढ़ में ही रहना पड़ेगा।''

फिरंगोजी नाराज हो गए। बोले, ''महाराज, यह क्या?''

''नाराज क्यों होते हो, फिरंगोजी! सुनो, हम जब लौटकर वापस आएँगे, तो हो सकता है कि खान की सेना हमारा पीछा करे। तुम इस कोंढाणा गढ़ को सुसज्जित रखो। तोपों के मोर्चे लगा लो। पूरी तरह देखभाल लो कि गढ़ हर तरह मजबूत बना रहे। यह काम भी कोई कम महत्त्वपूर्ण नहीं है।''

अगले दिन एक-एक आदमी राजे की आज्ञा पाकर गढ़ से उतरने लगा। राजे ने पुणे में कई रास्तों से सैनिक टुकड़ियाँ रवाना की थीं। यह नियम बनाया गया कि पुणे के एक छोर से जो टुकड़ी प्रवेश करेगी, वह पुणे के दूसरे छोर पर पड़ाव डाले हुए मुगल सरदार का नाम बताएगी। राजे स्वयं अत्यन्त सावधानी एवं सफाई से सबको ये बातें समझा रहे थे कि कौन टुकड़ी कहाँ से घुसेगी, कहाँ रुकेगी, किस सरदार का नाम बताएगी, कब क्या काम करेगी, आदि। वे इस अभियान में भाग लेनेवाले प्रत्येक व्यक्ति से बातें कर रहे थे। हरेक को लग रहा था जैसे उसके कारण ही यह अभियान सफल होनेवाला है, और यह बात सच भी थी।

अष्टमी की रात में कात्रज की पहरेवाली चौकी करीब थी। दूल्हे राजा घोड़े पर बैठे थे। सौ-डेढ़ सौ आदमी तीज-त्योहार के कपड़े पहनकर, कमर में तलवार लटकाकर पूरे ठाठ-बाट के साथ दूल्हे के पीछे-पीछे जा रहे थे। चौकी के पहरेदारों ने गिनती करके जाँच कर ली थी कि बरात में परवाने के अनुसार ही बराती हैं या नहीं और यों बरात पुणे में प्रविष्ट हो गई।

इसी समय एक अश्वारोही-दल नदी की ओर से पुणे नगर में प्रवेश कर रहा था। चौकी में पहुँचते ही उसे रोका गया।

''कौन है?''

''सरदार जाधव की सेना चक्कर लगाकर लौट रही है।''

सरदार जाधव का पड़ाव ठीक उलटी दिशा में, पर्वती पहाड़ी की पूर्व दिशा में था। इस प्रकार वह अश्वारोही-दल भी पहरे से बचकर पुणे में जा घुसा।

दोपहर ढल रही थी कि कात्रज घाट की चौकी के सामने पाँच-छह घास की गाड़ियाँ आईं। कुछ घुड़सवार बीस-पच्चीस लोगों की मुश्कें बाँधकर उन्हें कोड़े लगाते हुए ले जा रहे थे। चौकीदारों ने पूछा, तो हवालदार ने बतलाया, "साले, बदमाश कहीं के! घास लेकर भागे जा रहे थे। पकड़े गए। कल जब इनके सिर कटवा दिए जाएँगे, तब पता चलेगा सालों को कि सरकारी घास काटने का क्या नतीजा होता है।"

चौकीदार रोज ही ऐसे नजारे देखा करते थे। उन्हें कोई शक नहीं हुआ। यूँ गाड़ियाँ कात्रज घाट के पार हो गईं।

कात्रज के पहरेदारों ने जो दृश्य देखा था, वैसा ही दृश्य कोटा दरवाजे के चौकीदार भी देख रहे थे। यूँ किसी पर तनिक भी सन्देह नहीं हुआ और शिवाजी के सारे सैनिक पुणे नगर में पैठ गए।

कात्रज पहाड़ी घाट के जंगल में बसी एक छोटी-सी बस्ती में राजे एक छप्पर तले बैठे हुए थे। उनकी नजर चारों ओर फैले हुए जंगल की ओर घूम रही थी। गाँववालों के लिए एक साथ इतने सारे घोड़े देख पाना एक तमाशा ही था। राजे के साथ हट्टे-कट्टे पठानों की टोली को गाँववाले अचरज और भय से देख रहे थे।

सब लोग धूप में चुपचाप खड़े थे। जो वनश्री सदा पक्षियों की चहचहाहट से गूँजती रहती थी, वह इस समय नीरव थी। केवल दूर कहीं बैठे भरदूल पक्षी की आवाज उस नीरवता को भंग कर रही थी। राजे के निकट खड़े हुए बालाजी कहने लगे, "राजे, लगता है, वर्षा आनेवाली है।"

"आ जाए, तो अच्छा ही है। मगर अभी तक सूचना क्यों नहीं आई?"

"कुछ पता नहीं चल रहा कि देरी क्यों हो रही है!"

धीरे-धीरे पूर्व दिशा से बादल उमड़ने लगे। हवा चलने लगी। हवा में तेजी आने लगी। सारे जंगल में तेज हवा की आवाजें गूँज रही थीं। बादलों को देखकर प्यासे मोर खुशी से नाचने-गाने लगे थे।

तेज आँधी में फँसकर बादल उलथे-सीधे हो रहे थे। जीन उतारकर घोड़े छप्पर के नीचे लाए गए। पूर्व दिशा में काले-काले बादलों की पाँत पहाड़ों की चोटी पर दिखाई देने लगे। नगाड़ों की-सी आवाज में बादल गड़गड़ाने लगे फिर हवा एकदम रुक गई।

राजे ने कहा, "लो, ये बेमौसमी आँधी, पूरबी बरसात आ रही है।"

ठंडी हवा का एक झोंका शरीर को छूकर आगे निकल गया और चकाचौंध बिजली चमकी। सारी भूमि और आकाश उस चमक की कड़क से भर उठा। वर्षा यूँ कड़कती हुई आ रही थी, जैसे लाखों घोड़ों की टापें बज रही हों। बिजतियाँ कौंधती हुईं आकाश को चीरकर धरती में गिर रही थीं। वर्षा की जोरदार झड़ी और ओले बरस रहे थे। सारा वन जलधाराओं से पट गया था। छप्पर के हर छोर से पानी गिर रहा था। राजे प्रकृति के इस भीषण नृत्य को देख रहे थे। वे कहने लगे, "ये अन्धड़वाली पूरबी वर्षा हमें युद्धभूमि की याद दिला रही है। जब कोल्हापुर में रुस्तमजमाँ से हमारा युद्ध हुआ था, उस समय भी प्रकृति का ऐसा ही रूप था। तोपों की गरज, तलवारों की खनखनाहट और बन्दूकों की गोलियाँ बरस रही थीं—बाणों

की वर्षा और घोड़ों की टापों की गड़गड़ाहट थी। प्रकृति के इस रौद्र रूप में भी कितना आकर्षण छिपा हुआ है, वाह!''

धीरे-धीरे वर्षा थम गई। बादल अब भी गरज रहे थे। बिजलियाँ चमक रही थीं। पहली वर्षा से उठ रही मिट्टी की सोंधी गन्ध सारे वायुमंडल को महका रही थी। भीगे हुए घोड़े अपने गीले शरीर को कँपाकर पानी झटक रहे थे। सायंकाल की तिरछी किरणें सारे जंगल में फैली हुई थीं। पक्षियों की बोलियों से जंगल भर उठा था। इसी समय टापों की आवाज कानों में पड़ी। राजे छप्पर से बाहर आए। थोड़ी ही देर में महादेव आता हुआ दिखाई दिया। उसने आते ही सिजदा किया।

''क्यों महादेव, क्या समाचार है?''

''सब कुछ तय किए के अनुसार पूरा हो चुका है। किसी को भी चौकी पर रोका नहीं गया। सब जने पुणे में सकुशल पहुँच चुके हैं।''

''बहुत ठीक। विठोजी कहाँ हैं?''

महादेव हँसने लगा, ''वो अपने साथियों के साथ बैल लिये बैठा है। सींगों में पलीते बाँध रहा है। कई-कई जगह झाड़ों पर भी मशालें बाँध दी गई हैं।''

''ठीक है,'' राजे ने कहा।

धीरे-धीरे सूर्य अस्त हो गया। अन्धकार फैलते-फैलते घना होता गया। पूर्व दिशा में अभी भी बिजली चमक रही थी। आकाश में तारे चमकने लगे थे। राजे ने जालीदार बख्तर पहना और ऊपर से अँगरखा पहन लिया। सिर पर शिरस्त्राण पहना और उसके ऊपर कामदार साफा पहन लिया। उनकी कमर के पटके में भवानी तलवार शोभायमान थी। कमर की दाहिनी ओर कटार और बिछुवा खोंसा हुआ था। राजे के पठान-सरदार इब्राहिम का रोबदाब तो निराला ही था। उसके सिर पर गहरे लाल रंग की पगड़ी सुशोभित थी, जिस पर हीरा-जड़ा सुनहरा पत्ता चमचमा रहा था। उसने जरी का बुँदकीदार जामा पहना हुआ था। पैरों में महँगा तंग पाजामा और बेशकीमती जूते पहने हुए थे। हरे कमरबन्द में तलवार, कटार बँधी हुई थी। राजे ने इब्राहिम की ओर देखा। इब्राहिम शरमा गया। राजे ने कहा, ''बालाजी, देखो, अफजलखान की लूट हमारे कितने काम आई। अब इस इब्राहिम को जरतारी बख्तर पहना दो।''

इब्राहिम को कन्धों से जिरहबख्तर पहनाया गया। इब्राहिम के लिए जो घोड़ा बाहर खड़ा था, उस पर कमखाबदार चारजामा, रेशमी बागडोर और लगाम बाँधी जा रही थी। शेष पठानों ने भी इसी तरह की पोशाक पहन रखी थी। जब सब तैयार हो गए, तो राजे ने कहा, ''इब्राहिम, अब तू हमारा सरदार है और हम तेरे नौकर हैं, समझा?''

''जी, हुजूर।''

''अच्छा, चलो।''

राजे ने मन में भवानी माँ की वन्दना की। अँधेरे में घुड़सवार-दल आगे बढ़ने लगा। जैसे ही दल रास्ते पर आया, राजे ने मशालें जलाने की आज्ञा दी। मशालें जलाई गईं। पीतल की बनी नक्काशीदार मशालों की लपटें हवा में फहराने लगीं। सबसे आगे दो मशालची थे। उनके साथ था इब्राहिमखान। उसकी बाईं ओर थे राजे और दाईं तरफ बालाजी, चिमणाजी चल रहे थे। सर्जेराव जेधे तथा महादेव राजे के पीछे थे। इनके पीछे पठानों की तथा दूसरे

घुड़सवारों की टोली थी। राजे का इशारा पाकर टोली ने दौड़ना शुरू कर दिया। टापों की आवाजों के बीच यह घुड़सवार सेना सरपट दौड़ती हुई पहाड़ी चढ़ाई चढ़ रही थी। घाट की चौकियाँ नजदीक आ गईं। टापों की आवाज सुनते हो चौकीदार सिपाही भाले, तलवार साधकर रास्ते पर आ गए। चौकी तक पहुँचते ही इब्राहिम ने हाथ उठाकर रुकने का इशारा किया। बीस-पच्चीस मशालों के उजाले में पूरा अश्वारोही-दल दमक उठा था। इब्राहिम ने बायाँ हाथ कमर पर रखकर सामने आए चौकीदार को देखा। इससे पहले कि वह कुछ पूछे, इब्राहिम ने पूछा, "कितने आदमी हैं यहाँ?"

"करीब पचास हैं, हुजूर।" चौकीदार बोला।

"गाफिल मत रहना, समझे?"

"जी, हुजूर!"

इब्राहिम ने घोड़े को एड़ लगाई। टापें खड़खड़ाते हुए घुड़सवार-दल आगे बढ़ गया। पहरेदारों ने देखा कि मशालें दूर-दूर जाती हुई आखिर अँधेरे में खो गईं। उन्होंने चैन की साँस ली और सब लोग फिर चौकी की ओर बढ़ गए।

पुणे पहुँचने तक काफी रात हो चुकी थी। अष्टमी के चन्द्रमा की कोमल चाँदनी धरती पर बिछी हुई थी। पहरेदारों ने जैसे ही टापों की आवाजें सुनीं, वे बन्दूकें तानकर आगे बढ़े। इब्राहिमखान की टोली रुक गई। पहरेदार ने कड़ककर पूछा, "कौन है?"

एक पठान ने अपना घोड़ा आगे बढ़ाया। मशाल के उजाले में इब्राहिम को देखकर पहरेदार यूँ ही हड़बड़ा गया था कि तभी पठान ने आगे बढ़कर घोड़े से झुककर पहरेदार के मुँह पर एक तमाचा मारा और गरजकर बोला, "बदतमीज! खानसाहब को नहीं पहचानता?"

पहरे पर तैनात बाकी ढलैतों ने झटपट सिजदे किए। रास्ता खुल गया। इब्राहिम अपनी टुकड़ी सहित यों भीतर चल दिया, मानो कुछ हुआ ही नहीं। यह सैनिक टुकड़ी मन्द गति से आगे बढ़ती जा रही थी। सब ओर शान्ति का साम्राज्य था। गश्ती पहरेदारों की आवाजें सुनाई दे रही थीं। बीच-बीच में निरीक्षण करनेवाली फौजी टुकड़ियाँ मिल जाती थीं। सारी मुगल सेना रमजान के रोजों के कारण थकी-माँदी, खाने के बाद गहरी नींद में खोई हुई थी।

इब्राहिम का दल सीधा लालमहल आ पहुँचा। लालमहल की ओर आते हुए दल को जो भी व्यक्ति मिलता था, वह दल को देखते ही 'परवरदिगार' शब्द का उच्चारण कर रहा था। 'परवरदिगार' उस दिन का नियत सांकेतिक शब्द था। इस शब्द को सुनकर राजे को धीरज बढ़ रहा था। लालमहल के पासवाले मुहल्ले में आकर अश्वारोही-दल ठहर गया। लालमहल के चारों ओर पहरेदार खड़े थे। इब्राहिमखान ने अपना एक-एक सवार पहरे पर तैनात करना शुरू कर दिया। उसने असली पहरेदारों को होशियारी के साथ पहरा करने के लिए डाँटकर कहा। इस तरह हर जगह अपने पहरेदार खड़ा करते हुए यह दल महल के पिछवाड़े जा पहुँचा। ज्ञानू के घर के पास आकर राजे ने दरवाजे पर धीरे से दस्तक दी। ज्ञानू ने दरवाजा खोला।

राजे ने एक बार अपने पहरेदारों की ओर देखा। राजे महल के दरीचे के पास आए। ज्ञानू ने इस दरीचे को खोल दिया। इस दरीचे के पास सर्जेराव घोड़ा लिये खड़े हुए थे।

महल के भीतर पूर्णतः शान्ति थी। पिछवाड़े के पहरेदार ने पूछा, "कौन?"

"मैं हूँ, ज्ञानू माली।"

पहरेदार बड़ी बेफिक्री के साथ सामने की ओर चला आ रहा था। महादू राजे के पीछे खड़ा था, उसने खंजर निकाला—एक 'सप्प' जैसी हलकी-सी आवाज आई। माली ने लपककर पहरेदार का मुँह दबा दिया। बिना कोई आवाज किए पहरेदार हमेशा के लिए सो गया।

महल के रसोईघर में बरतनों की आवाज आ रही थी। शाइस्ताखान के रसोइए सुबह का नाश्ता बनाने की तैयारी कर रहे थे। राजे ने इशारा किया और पाँच सैनिक दबे पाँव रसोईघर में घुस गए। रसोइये रसोई के काम में व्यस्त थे, उन्हें यह भी पता नहीं लगा कि हमला किधर से हुआ। केवल एक रसोइया चिल्लाया था, पर अगले ही पल वह आवाज भी बन्द कर दी गई।

ज्ञानू राजे के पास आया। उसके हाथ में एक सीढ़ी थी। उसने ऊपर की खिड़की की ओर इशारा किया। खिड़की बन्द थी। ज्ञानू ने कहा, "इसके चूल-कब्जे ढीले कर दिए हैं। खिड़की को धीरे से अलग निकाल लो।"

राजे ने महादू की ओर देखा। महादू ने सीढ़ी दीवार से लगा दी। उसने खिड़की के चौखटे को पकड़कर जोर लगाया। खिड़की खुल गई। सब लोग कुछ देर पूरी खामोशी से बैठे रहे। महादेव नीचे उतरा। राजे ने बालाजी और चिमणाजी को इशारा किया। बालाजी, चिमणाजी के बाद राजे खिड़की में से भीतर घुस गए। उनके बाद शेष लोग भी एक-एक करके अन्दर आ गए।

राजे ने सोचा था कि वह स्थान महल का होगा। राजे पहले इसी स्थान पर सोया करते थे। परन्तु उस महल को अब कई परदों से, कनातों से बन्द कर दिया गया था। महल में परदे, आड़े-तिरछे लगाकर शाइस्ताखान की कई बेगमों के लिए कमरे बनवा दिए गए थे। राजे ने एक परदे में कटार घोंप दी। कटार ने परदे को ऊपर से नीचे तक फाड़ डाला। राजे अन्दर घुसे, परन्तु भीतर के दृश्य को देखकर उनके पैर वहीं ठिठककर रह गए।

शाइस्ताखान की कई बेगमें और दासियाँ उस दालान में सोई हुई थीं। समई का प्रकाश दालान में फैला हुआ था। जो औरतें आवाज सुनकर जाग उठी थीं, तलवार थामे कुछ लोगों को देखते ही उनकी आँखें फटी की फटी रह गईं। उनकी चोलियाँ उतरी हुई थीं और पाजामे भी ठिकाने पर न थे। नंगी औरतों को देखकर राजे के लोग ठिठककर रह गए। इसी समय एक औरत चीख उठी। रात की खामोशी में उस औरत की चीख जोर से गूँजी। पर अगले ही पल उसकी आवाज बन्द कर दी गई। एक लौंडी ने झपटकर समई बुझा दी। अँधेरा छा गया। बेगमों की चीख-पुकार सब ओर सुनाई देने लगी। राजे के साथी इस कोशिश में लगे थे कि ये चीखें बन्द कर दी जाएँ।

अब तक रसोईघरवाले मराठे-सैनिक महल में घुस आए थे। वे वहाँ के ऊँघ रहे अधजगे पहरेदारों को 'यूँ पहरा दिया करते हैं, हरामजादो' कह-कहकर मारते जा रहे थे। महल का पहरा अब पूरी तरह उनके ही हाथों में आ गया था। राजे अब पल भर की देर किए बिना बीच में आनेवाले हर परदे को फाड़ते हुए शाइस्ताखान को ढूँढ़ रहे थे।

शाइस्ताखान पलंग पर सोया हुआ था। शोरगुल सुनकर उसकी नींद खुल गई और उसने एक तरफ रखी हुई बन्दूक उठा ली। जो मावला सैनिक परदा फाड़कर भीतर आया था, उस पर उसने गोली दागी। मावला नीचे गिर पड़ा। मावले के पीछे-पीछे राजे भी अन्दर घुसे। बुरी तरह डरा हुआ शाइस्ताखान खिड़की में से छज्जे पर कूदना चाह रहा था। इसी समय

एक बेगम ने दीया बुझा दिया। राजे ने झपटकर अँधेरे में अनुमान लगाकर वार किया। इसके साथ ही शाइस्ताखान की चीख सुनाई दी। बेगमों का होहल्ला अब बहुत बढ़ चुका था।

पूरे महल में भदगड़ मच गई थी। ऐसी अफरातफरी में कौन किसे पहचानता! अँधेरे में बिना सोचे बेहिसाब मारकाट हो रही थी। चीख-पुकारों से दीवारें फटी जा रही थीं। शाइस्ताखान का बेटा अब्दुलफतह अपने बाप को बचाने दौड़ा तो एक ही वार में कत्ल कर दिया गया। इस धमाचौकड़ी में कई मावले महल के पानीवाले हौज में गिर पड़े।

राजे ने संकेत किया। महल के पहले दरवाजे में रहनेवाले बजनिए अब जाग चुके थे। मावलों ने उनसे नगाड़े पीटने को कहा। जब राजे के लोग महल के पिछले दुआरी-दरवाजे के पास इकट्ठा हो गए थे, उसी समय नक्कारखाने से नगाड़े बज उठे थे।

जैसे ही महल के अन्दर चीख-पुकार मची, बाहर खड़े हुए इब्राहिम के पठानों ने पहरदारों को काट डाला था। राजे दुआरी-दरवाजे से बाहर आए। वहाँ सर्जेराव स्वयं घोड़े पर सवार होकर एक खाली घोड़े की लगाम थामे खड़े हुए थे। राजे घोड़े पर सवार हुए। दूसरे लोग भी अपने-अपने घोड़ों पर सवार हो गए। इब्राहिम का दल जिस तेजी से आया था, उसी तेजी से वापस दौड़ने लगा।

महल में मच रही चीखें और हो-हल्ला सुनकर और उसके बाद नगाड़ों की घनघनाहट सुनकर पहरेदार घुड़सवार महल के सामने इकट्ठे हो गए। इसी समय इब्राहिम की टुकड़ी वहाँ आ पहुँची। इब्राहिम चिल्लाया, ''खानसाहब मारे गए—दुश्मन भाग गया। उसका पीछा करो, पकड़ो।''

इब्राहिम ने जिस ओर इशारा किया था, पहरेदार दल घुड़सवार उसी ओर दौड़ पड़े। उनके पीछे-पीछे इब्राहिम अपने दल के साथ, 'पकड़ो, दुश्मन भाग गया' चिल्लाता हुआ दौड़ने लगा।

खान की छावनी में चारों ओर कुहराम-सा मच गया था। आगेवाले घुड़सवार दल के पीछे-पीछे राजे का अश्वारोही दल भी सरपट दौड़ा जा रहा था। 'पकड़ो-मारो' चिल्लाते हुए नेताजी, तानाजी, मोरोपन्त भी अपने-अपने दल के साथ राजे से आ मिले। राजे के एक घुड़सवार ने पुणे से बाहर आते ही सिंगा बजाया। उस आवाज के तुरन्त बाद ही कात्रज के जंगल से भी कई सिंगे बजने लगे।

आगेवाली टुकड़ी पहाड़ी घाट तक आ पहुँची। टुकड़ी के सरदार ने पूछा, ''दुश्मन यहाँ से भागा है क्या?''

''नहीं, हुजूर।''

अब मुगल टुकड़ी का सरदार चकराया। इतने ही में उसका एक सवार उँगली दिखाते हुए चिल्ला उठा, ''वो देखिए, हुजूर।''

सरदार ने देखा, नीचे की घाटी में मशालें दौड़ती हुई दिखाई दे रही थीं। सरदार का गुस्सा भड़क उठा। सामने खड़े हुए चौकीदार पर तलवार चलाते हुए वह चिल्लाया, ''दगाबाज! हमसे धोखा?''

एक ही पल में चौकीदार को सजा मिल गई। शाइस्ताखान का सरदार कात्रज घाट का उतार उतरने लगा। उनके पीछे राजे का घुड़सवार दल भी घाट तक आ पहुँचा। जैसे ही राजे के दल ने देखा कि खान की टुकड़ी मशालों की तरफ मुड़ गई है, वे कोंढाणा दुर्ग की

ओर चल पड़े। खान के सरदार को पीछे से आ रहे दल के घोड़ों की टापें सुनाई दे रही थीं, पर वह समझा कि उसकी अपनी कुमुक आ रही है। उसने मशालों का पीछा करने के लिए अपनी दौड़ और तेज कर दी।

मशालों के पास पहुँचते ही सरदार की आँखें चौड़ी होकर रह गईं। जंगल में सब ओर बैल दौड़ रहे थे। उनके सींगों पर बाँधे हुए पलीते जल रहे थे। पेड़ों की डालों पर भी कई मशालें बाँधी गई थीं। इस नजारे को देखते ही खान का सरदार अचरज से बुत बन गया। उसकी आँखों के आगे चिनगारियाँ छूटने लगीं।

नवमी की भोर को राजे कोंढाणागढ़ में पहुँच गए। श्रीभगवान् राम के जन्मदिन पर राजे ऊँचे कोंढाणा गढ़ से सूर्य भगवान् के दर्शन कर रहे थे।

11

लालमहल, जो कल अपने शाही ठाठ-बाट और मुगलिया अमीरी पर इतरा रहा था, आज गम से बदसूरत हो गया था। अब्दुलफतह की लाश के चारों तरफ बेगमें रोती-बिसूरती बैठी थीं। रात के अँधेरे में मारी गईं बेगमें, दासियाँ, खोजे आदि की कफन से ढँकी हुई लाशें दफन के इन्तजार में रखी हुई थीं। स्वयं शाइस्ताखान की तीन उँगलियाँ कट गई थीं। हकीम ने उस हाथ पर मरहम-पट्टी बाँध दी थी। शाइस्ताखान अपने इस जख्मी हाथ को बड़ा गमगीन होकर देख रहा था। उसके बदन की कँपकँपी अभी तक खत्म नहीं हुई थी।

सारी फौजी छावनी में कुहराम मचा हुआ था। किसी को भी यकीन नहीं हो रहा था कि शिवाजी ने रात को लालमहल पर हमला किया। सब सरदार लालमहल के आगे इकट्ठे हो गए थे। सरदारों को देखते ही शाइस्ताखान आगबबूला हो उठा। खान पूरी तरह यही समझ रहा था कि सरदारों की असावधानी के कारण ही यह घटना घटित हुई है। शाइस्ताखान खुद दिल्ली के बादशाह औरंगजेब का रिश्तेदार था। रह-रहकर यही सोच सता रही थी कि यह ठूँठ-सा हाथ लेकर वह बादशाह के सामने कैसे जाएगा।

अपने बेटे और बेगमों को दफन करके शाइस्ताखान लालमहल में आया। ज्यों-ज्यों रात निकट आती जाती थी, शाइस्ताखान का धीरज छूटजा जा रहा था। उसने और लालमहल के सभी बाशिन्दों ने वह रात जागते हुए बिताई।

शाइस्ताखान की सेना को कोंढाणागढ़ की ओर आता देखकर राजे ने इशारा किया। सामने आ रही फौज बहुत बड़ी नहीं थी। राजे ने गढ़ के दरवाजे खुले रहने देने का आदेश दिया। किले के परकोटे पर एक भी आदमी दिखाई नहीं दे रहा था। किले पर भगवा झंडा भी नहीं लहरा रहा था। खुले द्वार और निर्जन प्राचीरें देखकर खान के सिपाही आगे बढ़े। वे समझे, शिवाजी गढ़ छोड़कर भाग खड़ा हुआ है। मुगल सेना एक-एक कदम आगे बढ़ती जा रही थी। हरावल के हाथी पर मुगलिया झंडा फहरा रहा था।

खान की फौज किले के पास आ पहुँची। सारा रास्ता मुगलिया फौज से भरा पड़ा था। अचानक ही 'हर हर महादेव' की गर्जना से सारा कोंढाणा किला गूँज उठा। मुगलिया फौजियों ने ऊपर देखा, तो उन्हें अपनी आँखों पर भरोसा नहीं हो रहा था। किले पर भगवा झंडा फहरा रहा था। तोपें गरजने लगी थीं, धुएँ के बादल उठ रहे थे। हरावल के हाथी को तोप

का गोला आ लगा। तोपें लगातार आग उगल रही थीं। बिदके हुए घोड़ों के पाँवों तले कई मुगल सिपाही रौंदे जा रहे थे। शाइस्ताखान की सेना बेहाल हो रही थी। जब तक सेना पीछे हटती, आधी से अधिक सेना बिन मोल मारी जा चुकी थी। जैसे-तैसे वह फौज पीछे हट रही थी कि किले के दरवाजे से घुड़सवारों की सेना बाहर निकलती दिखाई दी। अब तो खान की फौज का रहा-सहा धीरज भी जाता रहा और जान बचाने की खातिर मुगल सिपाही सिर पर पाँव रखकर भागने लगे। राजे किले पर खड़े हुए सन्तोष-भरे मन से अपनी इस जीत का दृश्य देख रहे थे।

पुणे में जब यह खबर पहुँची कि जो फौज शिवाजी का पीछा करने गई थी, उसकी बुरी गत बन गई तो शाइस्ताखान बुरी तरह खौफ खा गया। अब उसे किसी पर भी यकीन नहीं रह गया। उसने कहा, "दुश्मन शाही महल तक आ धमकता है, और सारे वजीर-सरदार गाफिल पड़े हैं। सारे के सारे बगावत कर बैठे हैं। आज शिवाजी ने हमारी उँगलियाँ तोड़ी हैं, कल वह आएगा और सिर काटकर ले जाएगा। हमारे दगाबाज लोग और ज्यादा दगा देंगे। फौज का भी क्या भरोसा रहा है? ऐसे लोगों के साथ रहना नामुमकिन है।"

शाइस्ताखान ने साज-सामान समेटना शुरू किया और तीसरे दिन वह पुणे शहर छोड़कर चल दिया। उसने जसवन्तसिंह को सारी सेनासहित पुणे में ही रहने दिया, ताकि सेना शिवाजी को हरा सके और खुद शाइस्ताखान औरंगाबाद की तरफ चल दिया। शाइस्ताखान को पुणे में ही रहने के लिए राजी करना अब किसी के बूते की बात नहीं थी।

लालमहलवाले छापे में जो मराठा सैनिक घायल हो गए थे, कोंढाणा में उनके उपचार का प्रबन्ध करवाकर राजे राजगढ़ वापस लौट आए। उनके आगमन के कारण गढ़ में आनन्द की लहरें उठने लगीं।

राजे को राजगढ़ लौट आने के दो दिन बाद दो बातों की जानकारी मिली। पहली यह कि शाइस्ताखान की उँगलियाँ कट गईं और दूसरी यह कि वह पुणे शहर छोड़कर चला गया। पहली खबर सुनकर राजे को बहुत खेद और खीज हुई क्योंकि अब तक वे यही समझे बैठे थे कि अँधेरे में किए गए वार ने खान का काम तमाम कर दिया होगा।

राजे ने कहा, "श्री माँ जगदम्बा की दया से हम विजयी होकर लौटे हैं। बादशाह ने उसे नाम दिया था 'शाइस्ता', परन्तु उसने अपने नाम के अनुरूप कोई बहादुरी नहीं दिखाई। हमने ही उस पर शासन कर लिया। जो काम बादशाह का दिया हुआ नाम नहीं कर सका, हमने उस नाम को सार्थक कर दिखाया।"

शाइस्ताखान की हार का आनन्द मनाने के निमित्त जीजाबाई ने गढ़ में शक्कर बाँटी। इसी खुशी में तोपें भी दागी गईं।

सन्ध्या समय राजे महल में अकेले ही थे। पुतलाबाई को वहाँ आया देखकर उन्हें बहुत आश्चर्य हुआ। पुतलाबाई आकर एक ओर खड़ी हो गईं। राजे उनकी ओर केवल देख रहे थे और पुतलाबाई आँख चुरा रही थीं। उनके मन में उठ रही हलचल क्षण-प्रतिक्षण बढ़ती ही जा रही थी। जब सम्भ्रम असहय हो उठा, तो वे एकदम कह उठीं, "मैं जाती हूँ।"

पुतलाबाई द्वार तक गई थीं कि पीछे से आवाज आई, "पुतला!"

पुतलाबाई ने मुड़कर देखा। राजे ने पूछा, "क्या कहना चाहती थीं?"

"कुछ नहीं, यूँ ही।"

राजे उठे। पुतलाबाई के निकट जाते हुए बोले, ''हम शत्रुओं की गतिविधियों को, इरादों को ताड़ लेते हैं, पर हमसे हमारे अपने लोगों के मन की बातें नहीं जानी जातीं। बता ना, क्यों आई थी?''

पुतलाबाई बोलीं, ''आप मुहिम जीत आए, पर मैं उलझन में पड़ गई।''

''कैसी उलझन?''

''मैं ठहरी बेसमझ! आप जब गढ़ से चले गए थे, तो मेरा मन बेचैन होने लगा, जाने कैसी-कैसी आंशकाएँ मन को खाने लगीं। बस, भागकर नीचे देवी के मन्दिर में गई और एक मनौती मान बैठी।''

राजे हँसने लगे। पुतलाबाई का मुख ऊपर उठाते हुए वे बोले, ''तो इसमें संकोच की क्या बात है? मनौती पूरी कर डालो।''

पुतलाबाई रुआँसी होकर कहने लगीं, ''यही तो मुसीबत है। मुझसे मनौती पूरी करते बनती, तो मैं कब की उतार डालती।''

''क्या मतलब? ऐसी कौन-सी मनौती मान बैठी है तू?''

''क्या कहूँ! अकल की दुश्मन मैं! यूँ ही कुछ का कुछ कह गई। देवी से कह गई 'इस मुहिम में जीत हो जाए, तो हम दोनों मिलकर नई चोली और नारियल से तेरी गोद भरेंगे'।''

राजे गम्भीरता का अभिनय करते हुए कहने लगे, ''ये तो सचमुच बड़ी मुश्किल है। अगर यह बात बड़ी रानीसाहिबा को पता चल गई, तो फिर खैर नहीं!''

''मुझे जो डर है, वह उनके गुस्से का ही है।''

राजे हँसकर कहने लगे, ''पुतला, तू चिन्ता मत कर। हम कोई न कोई रास्ता खोज ही निकालेंगे।''

''सच?''

''हाँ, बिलकुल सच।''

भोली पुतलाबाई अनजाने ही हँस पड़ीं। उनके इस आनन्दमय सन्तोष को देखकर राजे का हृदय प्रफुल्लित हो उठा। पुतलाबाई कहने लगीं, ''अब मैं जाती हूँ, नहीं तो पूछताछ होगी।''

''इतना क्यों डरती है? जरा बैठ ना! तुम्हारे साथ बात करने की हमें अधिक फुरसत ही कहाँ मिलती है?''

''ना, ना, मैं जा रही हूँ।''

पुतलाबाई जाने के इरादे से मुड़ीं। इसी समय एक दृढ़ हाथ ने उनका हाथ पकड़ लिया। पुतलाबाई का तन-मन सिहर उठा। हाथों में कँपकँपी छूट गई। कानों ने शब्द सुने, ''पुतला, तुझे रुकना होगा। ये आज्ञा हमारी है।''

अगले दिन प्रातःकाल राजे स्नान, पूजादि से निवृत्त होकर नीचे आए। जीजाबाई अपने महल में बैठी थीं। शम्भूबाल उनकी गोद में बैठा था। बैठक के निकट सोयराबाई, पुतलाबाई, सगुणाबाई और काशीबाई खड़ी थीं। राजे ने जीजाबाई को प्रणाम किया। शम्भूबाल ने उठकर राजे के चरण छुए। शम्भूबाल को पास खींचते हुए राजे ने पूछा, ''माँसाहिबा, यहाँ सब इकट्ठे हैं। क्या बात है?''

''अरे, बात-वात कैसी! जैसे तू आया है, वैसे ही ये बच्चियाँ भी आई थीं। पायलागुन करने।''

“तो फिर ठीक है,” राजे ने कहा।

“आबासाहब, शाइस्ताखान की उँगलियाँ कट गई हैं न?” बालक शम्भू पूछ बैठा।

“हाँ।”

“तुमने काटी हैं, ना?”

“हाँ।”

“तो उसे मारा ही क्यों नहीं तुमने?”

सब हँस पड़े। राजे ने कहा, “हमसे जो बन पड़ा, हमने किया। अब तुम बड़े हो जाओगे न, तो रहा-सहा तुम पूरा कर देना। माँसाहिबा, हमने मुहिम तो जीत ली, पर एक काम रह गया।”

“कैसा काम?”

“शाइस्ताखानवाली घटना से पहले, गढ़ से विदा होते समय हमने देवी के सामने एक मनौती मानी थी कि काम बनते ही हम जुगलजोड़ी एकसाथ ‘चोली-नारियल’ से उसकी गोद भरेंगे।”

“अरे बाबा, तो फिर इसमें देरी क्यों करता है? आज शुक्रवार भी है, जाओ, आज दोनों मिलकर देवी की गोद भर आओ।”

पुतलाबाई लाज-संकोच से भूमि में गड़ी जा रही थीं। वे राजे से आँख चुरा रही थीं।

दुपहरी में राजे ने सोयराबाई से कहा, “सायंकाल को पद्मावती माची तक चलोगी ना?”

“सच कहूँ?” सोयराबाई कहने लगीं, “आजकल गढ़ चढ़ने-उतरने की इच्छा नहीं होती। जी कतराता है। साँस फूल उठती है।”

“क्यों भला? कोई विशेष कारण तो नहीं है न?”

“हटो जी, आप भी कैसी बातें करते हो!”

राजे ने कहा, “अच्छा ठीक है। तुम्हें आना मुश्किल है, तो हम छोटी रानीजी को साथ ले जाएँगे।”

इससे पहले कि सोयराबाई कुछ कहें, राजे महल से बाहर जा चुके थे।

सायंकाल को राजे पुतलाबाई के साथ गढ़ के निचले भाग में स्थित माची तक उतरकर गए। वहाँ मनोहारी पूजा का थाल लिये उपस्थित थी। राजे ने और पुतलाबाई ने देवी की गोद भरी। पुतलाबाई का हृदय आनन्द से फूले नहीं समा रहा था।

छोटी रानीसाहिबा को आज तक किसी ने इतना प्रसन्न नहीं देखा था। प्रसन्नता का कारण कोई समझ नहीं पा रहा था। कोई समझ भी पाता, तो क्योंकर?

12

शाइस्ताखान पर मारे गए छापे के केवल आठ दिन बाद ही राजे ने कोंकण प्रदेश के अभियान की योजना बनाई। कोंकण के राजापुर, कुडाल, वेंगुली नगरों तथा भूभागों को जीतकर राजे ने नए आज्ञापत्र और नए आश्वासन पत्र जारी किए। उनकी यह मुहिम बढ़ते-बढ़ते दूर बाँदा तक जा पहुँची। इसी समय वर्षा ऋतु प्रारम्भ हो गई। खबर आई कि मुगलिया फौज महाड

तक आ चुकी है। तब राजे वापस लौट पड़े। इस मुहिम में राजे को आर्थिक दृष्टि से कोई उल्लेखनीय प्राप्ति नहीं हुई, फिर भी वे कुडाल के सरदार सावन्त के जीते हुए इलाके का प्रबन्ध कर सके और कोंकण प्रदेश में राजे का दबदबा बढ़ गया। इन दो सफलताओं के साथ वे राजगढ़ लौट आए।

शाइस्ताखान ने पिछले तीन बरसों में शिवाजीराजा का पुणे प्रदेश लगभग वीरान बना डाला था। गाँव खाली करके लोग कोंकण प्रदेश में आसरा पाने जा चुके थे। शाइस्ताखान पुणे छोड़कर गया था, मगर जसवन्तसिंह पड़ाव डाले पड़ा था। इस कारण वह प्रदेश सुरक्षित नहीं था। कोंकण प्रदेश में भी राजे की सत्ता कुछ अस्थिर-सी थी, इसलिए कोंकण से भी महसूल की वसूली कुछ खास नहीं थी। एक तो मुगल फौज ने जनता की वैसे ही दुर्गत बना दी थी, फिर अनेक युद्धों के कारण राज्य पर बोझ बढ़ रहा था और तिस पर घुड़सालों तथा किलेदार-सैनिकों के लिए किया जा रहा खर्च आसमान छूने लगा था। इन कारणों से राजे की परिस्थिति बहुत कठिन हो गई थी। इस खर्चे की भरपाई करने के लिए किसी न किसी ओर मुहिम की योजना बनाना जरूरी था। मन्त्रियों ने सुझाव दिया, ''कर्नाटक की ओर धावा बोला जाए।''

राजे ने सिर हिलाकर निषेध जताया। वे बोले, ''कर्नाटक की आदिलशाही हमारी ओर से निश्चिन्त है। हमें यह मित्रता बनाए रखनी है। कल हो या महीने-साल बाद, शाइस्ताखान का बदला चुकाने के लिए मुगल हम पर चढ़ाई जरूर करेंगे। उस समय यदि आदिलशाही भी हमारे विरुद्ध खड़ी हो गई, तो हम कठिनाई में फँस जाएँगे।''

''तो अब रास्ता क्या है?'' जीजाबाई ने पूछा।

''उसकी चिन्ता अभी से क्यों हो?'' राजे ने कहा, ''माँ जगदम्बा का आशीष है हमारे मस्तक पर, हमें उस पर पूर्ण श्रद्धा है। वह अवश्य ही हमें मार्ग दिखाएगी।''

इसी समय सूचना आई कि बहिर्जी नाईक आया है। राजे ने कहा, ''चलो, सुनें तो सही और क्या समाचार है?''

बहिर्जी ने आकर सिजदा किया। राजे ने पूछा, ''क्यों बहिर्जी, जसवन्तसिंह का क्या हाल है?''

बहिर्जी बोला, ''ऐसा लगता है जसवन्तसिंह छावनी हटाएगा नहीं। उलटे वह तो लाव-लश्कर जमा कर रहा है।''

राजे के मुख से एक उसाँस निकल गई। बोले, ''और क्या?''

''और तो कुछ नहीं है। पर महाराज, जो कोई भी आदमी मिलता है, यही पूछता है कि ये फौज की बला कब टलेगी? लोग तंग आ चुके हैं अब।''

''सच है, बहिर्जी। अच्छा, तू जरा ठहर। तुझे एक काम सौंपना है।'' राजे ने सबकी ओर देखा और कहने लगे, ''मुगल सेना ने हमें सताया है। उस सारे खर्च की भरपाई हम मुगलों से वसूल करेंगे। देखें, कोई न कोई रास्ता सूझ ही जाएगा।''

अगले दिन प्रातःकाल राजे बहिर्जी के साथ देर तक बातें करते रहे। लोगों ने देखा–बहिर्जी उस दिन दोपहर को गढ़ से उतरकर कहीं और चल पड़ा।

वर्षा ऋतु समाप्त हुई। सर्दी पड़ने लगी। गढ़ भोर के कुहरे में नहाने लगा। राजे सम्भाजी के संग तथा अपने पारिवारिक जनों के साथ दिन बिता रहे थे।

एक दिन शाम को राजे बालक सम्भाजी सहित गढ़ में घुस रहे थे। तभी मुहम्मद साईस वहाँ आया। मुहम्मद साईस राजे की घुड़साल का प्रधान अधिकारी था। राजे ने पूछा, ''क्यों मुहम्मद, कैसे आना हुआ?''

''हुजूर, विश्वास की तबीयत खराब हो गई है।''

''क्या हुआ है?''

''बुखार आ रहा है!''

''कब से?''

''कल से बुखार है। वैद्यजी ने दवाई दी, पर फायदा नहीं हुआ। आज तकलीफ ज्यादा बढ़ गई है।''

''चारा खाता है या नहीं?''

''जी नहीं।''

''पानी पीता है?''

''जी हाँ, पानी पीता है।''

''बहुत बेचैन है, साँस फूलती है क्या?''

''वह तो लेटा हुआ है, सरकार।''

''तू चल आगे। हम अभी आते हैं।''

विश्वास राजे का बड़ा चहेता घोड़ा था। विश्वास सदा ही हर मुहिम में उनके साथ रहा था। विश्वास की व्याधि का समाचार सुनकर राजे चिन्तित हो उठे। दिन छिपने को था। सम्भाजीराजा को महल की ओर भेजकर राजे सीधे अस्तबल की ओर चल पड़े।

अस्तबल राजगढ़ के मोहन बुर्ज के पास था। घुड़साल की इमारत चौकोर थी, जिसके बीच में एक विशाल खुला चौक था। उसके चारों ओर तबेले थे। राजे के विशेष घोड़ों के लिए ही यह इमारत बनाई गई थी। इस इमारत के बीचवाले चौक के बीचोबीच एक और छोटी-सी इमारत थी, जिसमें घोड़ों का रातिब, नगाड़े, झंडे आदि रखे जाते थे। हर घोड़े के खड़े रहने की जगह, कमर तक ऊँची एक दीवार थी। घुड़साल के दरवाजे के पास भीतर की ओर एक सुन्दर-सा कुआँ था। दरवाजे के पास पहली ड्योढ़ी में खम्भे से एक बन्दर बँधा हुआ था, जो सारे घुड़साल को अपनी चंचल दृष्टि से देख रहा था। उसके पास बँधा हुआ एक मेढ़ा पास के चबूतरे से शरीर रगड़ रहा था।

राजे जब घुड़साल में आए, उस समय मशालें जलाई जा चुकी थीं। घुड़साल के सब नौकर सिजदा करके अदब के साथ खड़े हो गए। राजे के साथ महादेव और तानाजी थे। राजे की आवाज सुनते ही उनकी प्यारी घोड़ियाँ—तुरंगी, इन्द्रायणी, गंजरा, रणभेरी, और कृष्णी खड़े-खड़े टापें पटकने लगीं। अपने ठिकाने से बाहर मुँह निकालकर 'फुरऽ-फुरऽ' करने लगीं। राजे जब भी अस्तबल में आते थे, अपने इन घोड़ों पर प्यार से हाथ अवश्य फेरते थे। परन्तु आज राजे ने किसी की ओर नहीं देखा। वे सीधे विश्वास के तबेले की ओर गए। तबेले के पास पशुवैद्य मुहम्मद खड़े थे। राजे ने विश्वास की ओर देखा। विश्वास लेटा हुआ था। उसके आस-पास इतने लोगों की भीड़-भाड़ थी, फिर भी वह उम्दा घोड़ा घास पर सोया पड़ा था। राजे ने नहीं सोचा था कि विश्वास इतना बीमार होगा। वे तबेले के चबूतरे पर चढ़ गए और पुकारने लगे, ''विश्वासऽऽ।''

विश्वास के कान हिले। उसने लेटे-लेटे ही मुँह से फुरऽ फुरऽ की आवाज की और राजे की ओर देखने लगा। राजे ने वैद्य से पूछा, ''क्या तकलीफ है विश्वास को?''

''बुखार है, महाराज।''

''ठीक हो जाएगा न?''

''दवाइयाँ दी हैं, महाराज।''

''ठीक हो जाएगा न?''

''महाराज, जानवरों की बीमारी के बारे में कुछ कहना मुश्किल है। विश्वास सुबह तक खड़ा था–चिन्ता की कोई बात नहीं थी। दोपहर को लेट गया। जानवर खड़ा रहे, तो खतरा नहीं होता। मगर लेट जाए, तो चिन्ता होने लगती है। विश्वास खड़ा हो जाए, तब ठीक है।''

राजे सब सुन रहे थे, परन्तु नजरें विश्वास की ओर लगी हुई थीं। वे विश्वास के पास गए। उसके मुँह पर हाथ फेरने लगे। राजे की आँखें भर आई थीं।

''राजे,'' तानाजी ने कहा, ''रात बहुत हो गई है। आप जाइए, हम बैठते हैं।''

राजे ने ऊपर देखा। वे बोले, ''तानाजी, जाकर चैन नहीं मिलेगा। ऐसा शानदार घोड़ा मिलना कठिन है। रात हो या दिन, धीमी चाल हो या सरपट दौड़ना, रास्ता सीधा हो या टेढ़ा-मेढ़ा, एक बार विश्वास पर सवार होने भर की देर है, बस मन निश्चिन्त हो जाता था।''

''महाराज, हजार घोड़ों के बीच भी विश्वास की बात अलग थी।'' महादेव ने कहा।

एक आदमी ने आगे बढ़कर राजे के पास एक लोई बिछा दी। राजे उस लोई पर बैठ गए। विश्वास के साथ बीती घटनाओं की चर्चा शुरू हो गई। राजे उस मूक प्राणी को सहलाते हुए अपनी यादें सुना रहे थे। विश्वास की नाक से निकलनेवाली साँस एकदम गरम थी।

इसी तरह काफी समय बीत गया। रात बढ़ती गई। इतने में घुड़साल में कुछ मशालधारी आए। तानाजी ने बतलाया, ''मासाहिबा आ रही हैं।''

राजे उठ खड़े हुए। माँसाहिबा आईं। उन्होंने एक बार तबेले की ओर देखा, फिर कहने लगीं, ''बहुत बीमार है क्या?''

''हाँ, माँसाहिबा! दोपहर से लेटा है, अब तक खड़ा नहीं हुआ। बुखार है इसे।''

जीजाबाई ने विश्वास पर प्यार से हाथ फिराया। फिर कहने लगीं, ''तुम खाना खाने नहीं आए। सब बहुएँ भी तुम्हारे आने की प्रतीक्षा में भूखी बैठी हैं।''

''माँसाहिबा, हमें तो आज बिलकुल भूख नहीं है। मन भी बेचैन है। आज हम भोजन नहीं करेंगे।''

''तो क्या यहीं बैठे रहोगे?''

''और क्या करें? जो कुछ करना सम्भव है, वैद्यराज ने किया ही है। हम यहाँ रहेंगे, तो कम-से-कम यह नजरों के सामने रहेगा।''

जीजाबाई ने पीछे की ओर देखा। कुछ दासियाँ आगे बढ़ीं। उन्होंने विश्वास की दीठ उतारी। कुछ देर वहाँ रुककर जीजाबाई महल की ओर चल दीं।

राजे घुटनों में सिर दिए बैठे थे। ज्यों-ज्यों रात बीतती जा रही थी, नींद आँखों में समाती जा रही थी। सर्वत्र शान्ति छाई हुई थी। अचानक घोड़े के मुँह से 'फुरऽ-फुरऽ' आवाज निकली। राजे ने सिर उठाकर देखा। विश्वास उठने का प्रयत्न कर रहा था। राजे धड़कते दिल से उसे देख रहे थे। विश्वास आधा उठा, फिर लेट गया। पुनः एक बार सारा बल समेटकर उसने

जैसे ही जोर लगाया कि पैरों के बल खड़ा हो गया। राजे उसकी ओर ही देख रहे थे। विश्वास मुँह बढ़ाकर राजे का गला चाटने लगा। राजे को गुदगुदी हो रही थी। वे हँसे। खड़े होकर उन्होंने आवाज दी, "तानाजी, मुहम्मद, महादेव...।"

ये सब लोग पास के चबूतरे पर ऊँघ रहे थे। हड़बड़ाकर उठ खड़े हुए। तबेले की ओर भागकर आए तो देखा—विश्वास खड़ा हो चुका था। राजे उसे सहला रहे थे। वैद्यजी हर्षित होकर बोले, "महाराज, अब आप निश्चिन्त होकर विश्राम कीजिए। अब विश्वास को कोई खतरा नहीं है।"

सब लोग सन्तुष्टचित्त होकर राजभवन आए। रात का तीसरा पहर था। राजे थके हुए थे। वे सीधे अपने महल की ओर जा रहे थे कि पीछे से आवाज आई, "राजे!"

राजे ने मुड़कर देखा। माँसाहिबा द्वार पर खड़ी थीं। राजे ने पूछा, "माँसाहिबा, आप सोई नहीं?"

"नींद नहीं आ रही, कैसा है विश्वास?"

"खड़ा हो गया है।"

"अच्छा हुआ। भगवान् ने हमारी सुन ली। अब तुम विश्राम करो।"

राजे महल में आए। समई जल रही थी। राजे पलंग पर सो गए। कुछ समय यूँ ही बीता। राजे की आँखें झपकने लगी थीं कि अचानक उनकी नींद खुल गई। उन्होंने देखा—कोई एक-एक कर समई दीपक बुझा रहा था।

"कौन है?"

"मैं हूँ, मनोहारी।"

"और रानीसाहिबा कहाँ हैं?"

"सो रही हैं।"

मनोहारी ने सारी समइयाँ बुझा दीं। केवल एक लौ जल रही थी। राजे ने कहा, "बाहर जाकर किवाड़ बन्द कर दे। तू जा।"

फिर कदमों की आहट आई। किवाड़ बाहर से खींचने की आवाज सुनाई दी और फिर महल में खामोशी छा गई।

प्रातःकाल जब स्नान-ध्यान से निबटकर राजे महल में आए तो देखा—रानीसाहिबा सोयराबाई खड़ी हुई थीं। राजे ने पूछा, "रानीसाहिबा, बालशम्भू कहाँ हैं?"

"वे भी आपके ही कदमों पर चल रहे हैं! सुबह उठे और खबर सुनते ही घुड़साल की ओर चल पड़े। अभी दूध पीने भी नहीं आए।"

"तो हमारे बालराजा भी अब समझदार हो गए हैं!"

"हाँ, मगर कल आपके कारण सबको उपवास रखना पड़ा। हमारी बात जाने दीजिए, आपको माँसाहिबा का तो खयाल करना चाहिए था।"

राजे मुस्कराने लगे। बोले, "हम भी भूखे रहे ना!"

"अगर आप आकर भोजन कर जाते, तो क्या बिगड़ जाता? वहाँ घुड़साल में वैद्यजी थे और भी सारे लोग थे।"

"हाँ, यह भी सच है।"

"मुझे तो, मैया री, नींद सता रही थी। मैं जाकर सो गई।"

“बड़ा अच्छा किया तुमने। जाओ, जाकर देखो, माँसाहिबा की पूजा हो चुकी या नहीं? कहना, हम नीचे आ रहे हैं।”

सोयराबाई चली गईं। राजे ने कमरबन्द कसा ही था कि पुतलाबाई आती हुई दिखाई दीं। उनके पीछे-पीछे मनोहारी आ रही थी। मनोहारी ने थाल बैठक के पास रख दिया। राजे ने पूछा, “ये क्या है?”

“कल रात आप भूखे रहे। ये जलपान के लिए कुछ लाई हूँ।”

“तुम्हें हम पर गुस्सा तो नहीं आया न?” राजे ने पूछा।

“मैया री! गुस्सा? और वह भी आप पर? गुस्सा क्यों आएगा भला?”

“वाह, क्यों नहीं आएगा? कल हमने भोजन नहीं किया, इस कारण पूरे रनिवास को, यही नहीं, माँसाहिबा को भी उपवास करना पड़ा। कितनी बुरी बात है!”

राजे बैठक में बैठ गए। मनोहारी और पुतलाबाई खड़ी थीं। राजे कलेवा करने लगे। पुतलाबाई कहने लगीं, “कल आप जब लौटकर आए, तब मैं महल में आई थी। आपको नींद आ चुकी थी।” कुछ देर रुककर वे बोलीं, “अब चिन्ता की कोई बात नहीं है। अब विश्वास की तबीयत ठीक है।”

“तुम्हें कैसे पता?”

“मैं और ये मनोहारी, दोनों सुबह ही घुड़साल गई थीं। विश्वास अब चारा खाने लगा है। स्वयं बालराजा ही उसे चारा दे रहे हैं। मैंने बुलाया, तो आते ही नहीं। वहीं बैठे हैं।”

“बहुत कम लोग होते हैं ऐसे, जिन्हें ऐसी समझ होती है।”

राजे ने जल्दी-जल्दी दूध पिया और वे उठ खड़े हुए। थाली में कलेवे की चीजें काफी बची देखकर पुतलाबाई कह उठीं, “यह क्या! आपने तो कुछ खाया ही नहीं?”

राजे ने पुतलाबाई की ओर देखा। उनके होंठों पर मुस्कराहट फैल गई थी। वे कहने लगे, “केवल भोजन से ही पेट भरता है, ऐसा नहीं है।...माँसाहिबा हमारी प्रतीक्षा करती होंगी।” कहते हुए राजे उठ खड़े हुए और माँसाहिबा के भवन की ओर चल दिए।

13

मध्याह्न काल में येसाजी, तानाजी, नेताजी रायगढ़ चढ़ रहे थे। पैरों के नए जूते चरमरा रहे थे। देवी के मन्दिर में जाकर तीनों ने देवी की वन्दना की और तीनों मन्दिर के बाहर आए। नेताजी ने कहा, “तानाजी, लगता है, राजे ने कोई बड़ी योजना बनाई है!”

तानाजी कहने लगे, “हाँ, मुझे भी यही लगता है। राजे ने सारी सेना को इकट्ठा कर लिया है। सबके नाम आदेश रवाना हो चुके हैं। हम कल ही राजे के साथ नीचे की छावनी में हो आए हैं। राजे ने स्वयं छावनी का निरीक्षण किया है।”

“यह तो ठीक है। पर इरादा क्या है, यह भी पता लगा?” नेताजी ने पूछा।

येसाजी हँस पड़े। बोले, “अब यह बात तो तुम पूछो राजे से।”

“मैं पूछूँ?” नेताजी चौंककर बोले।

“हाँ, तुम सेनापति हो। राजे के सम्बन्धी हो। तुम्हारी पूछने की हिम्मत नहीं होती, तब हम कैसे पूछ सकते हैं? पर एक बात है, दस दिन पहले बहिर्जी आया था, उसके बाद से बस यूँ समझो कि गढ़ में जासूसों का ताँता-सा लग गया है।” तानाजी ने कहा।

येसाजी बोलें, ''राजे ने कहीं की कोई मुहिन क्यों न बनाई हो, अगर यह मुहिम एक महीने बाद बनाई जाती, तो अच्छा होता!''

''क्यों? क्या अच्छा होता?'' तानाजी ने पूछा।

''इस बरस फसलें बड़ी अच्छी हैं। फसलों की कटाई-कुटाई और खलिहानी हो जाती, तब मजा आता।''

''तो भाई तुम्हारी ही खेती की खलिहानी होनी है क्या? हमारे खेत नहीं हैं क्या? हम भी तो खड़ी फसलें छोड़कर यहाँ आए हैं।''

''मुफ्त में थोड़े ही छोड़ी होगी तुमने?'' नेताजी कहते-कहते रुक गए। दोनों उनकी ओर देखने लगे थे। ''मैं राजे को कभी तो बताऊँगा ही।''

''क्या बताओगे तुम?'' येसाजी ने पूछा।

''यही कि लोग अब पहले जैसे खेतों में मेहनत नहीं करते। सारी सेना जानती है कि घर में अनाज की कमी हुई, तो सरकारी कोठारों से अनाज मिल जाता है। सो लोग बरसात में क्यों कष्ट उठाने लगे?''

''हाँऽऽ, तुम्हारी ये बातें एकदम सच हैं।'' तानाजी ने अपनी ऊँची-सी पगड़ी हिलाते हुए कहा।

गढ़ के द्वार की पहरा-चौकी के प्रहरियों के सिजदे स्वीकार करते हुए वे लोग राजभवन में आए। राजे राजसभागृह में ही बैठे थे। उनके निकट प्रतापराव सरनौबत, आनन्दराव, मोरोपन्त, निलोपन्त और अण्णाजीपन्त भी उपस्थित थे। नेताजी को आया देखकर राजे ने कहा, ''चलो, नेताजी काका की कमी थी, अब वे भी आ गए।'' तानाजी और येसाजी की तरफ देखकर राजे ने पूछा, ''हमारे सेनापति तुम्हें कहाँ मिले?''

येसाजी हँसते हुए सिजदा करके कहने लगे, ''मुहिम का नाम सुना कि घर में जा घुसे, फिर हम भी क्या करते? घर से खींच लाए इन्हें और यहाँ ला खड़ा किया है!''

इस बात पर सब हँस पड़े। नेताजी जैसे राजसभाभवन में आए, राजे ने अपना इरादा कह सुनाया।

''नेताजी, कल कूच करना है।''

''मुहिम पर कूच करना है?'' नेताजी ने पूछा।

''तो क्या घूमने-फिरने जाना है? अभी चैन के दिन आने हैं।'' राजे ने कहा, ''तुम्हारी बात का मतलब समझते हैं हम। वैसे भी यह तुमसे छिपाकर क्यों रखा जाए? बात यह है कि अहमदाबाद से मुगल सरदार महाबतखान ने खलीता भेजा है। उसने पट्टण के विद्रोह को दबाने के लिए हमें तुरन्त बुलाया है। हम इस नौके का लाभ उठा सकें, तो हमारी सहायता के कारण औरंगजेब का क्रोध तनिक ठंडा हो जाएगा। हमें भी आराम मिलेगा।''

जिस योजना को जानने के लिए सब उतावले थे, वह अन्ततः स्पष्ट हो गई। परन्तु यह योजना सुनकर सब निराश हो उठे। सबके मन में यही उलझन बनी हुई थी कि राजे बादशाह की मदद करने के लिए इतनी जल्दी क्यों निकल रहे हैं! राजे उच्चासन से उठे और भीतर चले गए।

सायंकाल जब राजे जीजाबाई से मिलने गए, तो उन्होंने पूछा, ''राजे, कल की मुहिम तुमने महाबतखान की सहायता के लिए बनाई है। क्या यह सही है?''

''आपसे किसने कहा?''

''मोरोपन्त बता रहे थे।''

''वाह, हमारी गुप्त योजनाएँ भी कितनी जल्दी बह निकलती हैं! माँसाहिबा, जरा महल में चलिए। कुछ बातें करनी हैं।''

राजे जीजाबाई सहित महल में आए। उन्होंने महादेव को महल के बाहर खड़ा कर दिया, ताकि कोई भीतर न आने पाए। राजे कहने लगे, ''माँसाहिबा, अब खर्चा इतना बढ़ गया है कि वहन करना कठिन हो रहा है। शाइस्ताखान ने हमारी प्रजा को बेघर-बार बना डाला। उस निराश्रित प्रजा को ढाढ़स बँधाकर लोगों को, प्रजा को अब एकत्रित-संगठित करना होगा। इस कार्य के लिए धन की बहुत आवश्यकता है।''

''परन्तु धन लाओगे कहाँ से?''

''हमने वह कुआँ खोज लिया है, माँसाहिबा। अपरम्पार सम्पत्ति भरी है उस कुएँ में। मुँह तक लबालब भरा है वह कुआँ। हम उसी कुएँ को घड़े भर-भरकर खाली करने जा रहे हैं।''

''क्या कह रहे हो? कुछ ठीक से बताओ न?'' जीजाबाई ने कहा।

''माँसाहिबा, हम सूरत शहर पर चढ़ाई करने जा रहे हैं।''

''सूरत पर?''

''हाँ, माँसाहिबा। सूरत मंडी मुगलों की दुधारू गाय है। उन्हें वहाँ से लाखों रुपए तो केवल कर के रूप में मिलते हैं। हज की यात्रा करने के लिए मक्का मदीना जाने का रास्ता वहीं से है। हमने उसी सूरत को लूटकर अपने नुकसान की भरपाई करने की ठानी है।''

''मगर राजे, चारों ओर मुगलिया प्रदेश है, फिर कितना दूर है सूरत?''

''हमने पिछले चार महीनों में यहाँ से लेकर गुप्तचरों का जाल सूरत तक फैला रखा है। सूरत शहर मुगल इलाके में है, पर पूरे खुलेआम, खुले मैदान में बसा हुआ है। शहर के चारों ओर परकोटा नहीं है, वहाँ सेना भी नहीं है। चारों ओर मुगलिया राज से सुरक्षित है वह नगरी—जैसे कोई राजकुमारी हो, जो निर्भय होकर उद्यान में विचरण कर रही है। उस नगरी ने स्वप्न में भी शत्रु के आक्रमण की बात नहीं सोची होगी।''

''परन्तु कोई बीच में आकर रास्ता रोक ले, तो?''

''कोई नहीं आ पाएगा। औरंगाबाद में बैठा हुआ शहजादा मुअज्जम हमारे हमले का सामना करने की तैयारी में उलझा हुआ है। हमने जान-बूझकर यह अफवाह फैलाई है कि हम औरंगाबाद पर धावा बोल रहे हैं। हमने गोवा पर आक्रमण किया था, उस आक्रमण से पुर्तगाली भयभीत हो गए हैं। आदिलशाही को उसके अपने इलाके को बचाने की चिन्ता है। ऐसे में जब लोग यह सुनेंगे कि हम मुगलों के ईमानदार सरदार बनकर उनकी मदद करने के लिए अहमदाबाद जा रहे हैं, तो हमें रोकने कोई क्यों आएगा?''

''तुम भी कमाल करते हो, खुद अपने घर के लोगों को भी तुम कुछ पता नहीं लगने देते। नेताजी तो तुम्हारे सेनापति हैं बेचारे! उन पर भी अविश्वास करते हो?''

''आप गलत समझ रही हैं, माँसाहिबा। यह अविश्वास नहीं है, यह सुरक्षा है। हमारे गुप्तचर हमारे इरादे जानते हैं। आज सूरत शहर में भी हमारे भेदिए घुसे बैठे हैं। हमारी प्रतीक्षा कर रहे हैं। हमारे संगमेश्वरी जहाज आज सूरत के पासवाले समुद्र की ओर रवाना हो चुके हैं। मुहिम के आयोजन में कहीं जरा भी अन्दाजा चूक गया, तो सफलता कैसे मिलेगी? हम

तो कहते हैं माँसाहिबा, कि जब हम अपनी निजी जिम्मेदारी पर अकेले ही किसी मुहिम की योजना बनाते हैं, तो हमारे मन का तनाव कितना बढ़ जाता है! यह तो हम ही जानते हैं। हमारे प्राणों से प्राण जोड़नेवाले ये हजारों साथी केवल हमारी एक पुकार पर कूच कर देते हैं, इनकी जिम्मेदारी पर सोचकर हमारे प्राण सूखने लगते हैं।''

जीजाबाई खड़ी हो गई, बोलीं, ''अपना ध्यान रखना। मुहिम में जीत पाकर सकुशल घर लौटो।''

''माँसाहिबा, हम इस अभियान में ऐसी सफलता पाएँगे, जिसकी कोई तुलना न होगी। हम अपनी इस एक ही मुहिम से मुगल फौजों की चार मुहिमों की आमदनी पाकर दिखला देंगे। जब हम लौटकर आएँगे, तो जीती हुई सम्पत्ति को देखकर आपकी आँखें चकाचौंध हो उठेंगी। तब हमारी शक्ति सौगुना बढ़ जाएगी। माँसाहिबा, हमारे लौटने पर आपके चेहरे पर जो प्रसन्नता झलकेगी, उसे हम आज भी देख पा रहे हैं।''

जीजाबाई ने शिवबा की पीठ थपथपाई। दोनों महल से बाहर आए। वहाँ महादेव खड़ा था। जीजाबाई ने पूछा, ''महादेव को साथ ले जओगे न?''

''यह भी क्या पूछने की बात है? वह तो हमारी परछाईं बन गया है आजकल।''

अगले दिन कूच का डंका बज उठा। तुरहियों-रणसिंगों की आवाजें गूँजने लगीं। राजे जीजाबाई से विदा हुए। सुबह की सर्दी में राजे सबके साथ गढ़ से उतर पड़े। उनके आठ हजार सैनिक आगे बढ़ने लगे। सेना दौड़ते-दौड़ते त्र्यम्बकेश्वर नासिक जा पहुँची। वहाँ भगवान् के दर्शन कर राजे आगे चल पड़े। बीच-बीच में पथप्रदर्शक मिलते जा रहे थे और आगे को रास्ता दिखला रहे थे। राजे जव्हार देते हुए सूरत की ओर जा रहे थे। सेना दिन को जंगल में विश्राम करती और रात को यात्रा करती थी, इस कारण राजे की यात्रा और मुहिम की ओर किसी का विशेष ध्यान नहीं गया।

14

ताप्ती नदी के दक्षिणी तीर पर सूरत का छोटा-सा परन्तु सुन्दर दुर्ग बसा था। किले का आकार यद्यपि छोटा था, फिर भी उसकी चहारदीवारी मजबूत थी। किले के पास बसा हुआ सूरत शहर एकदम खुले मैदान में था। दो कोस तक आर-पार फैले हुए उस शहर के चारों ओर चहारदीवारी नहीं थी और न खाई थी। चार प्रवेशद्वार अवश्य थे, परन्तु उनका प्रयोजन सिर्फ इतना था कि वे नगर की शोभा बढ़ाते थे, सुरक्षा की दृष्टि से वे प्रवेशद्वार व्यर्थ ही थे। शायद पहले कभी शहर के चारों ओर खन्दक बनाई गई होगी, पर आज वह खन्दक कहीं-कहीं गड्ढों के रूप में बची रह गई थी। इन गड्ढों में पानी नहीं था। उसकी पीठ पर था विशाल सागर और सामने, दाएँ-बाएँ मुगल प्रदेश फैला पड़ा था—फिर ऐसी व्यापारिक मंडी को सुरक्षा की आवश्यकता ही क्या थी?''

उन दिनों सूरत नगर ऐश्वर्य के शिखर पर था। औरंगजेब को उस नगर से केवल वार्षिक कर के रूप में दस लाख रुपए प्रतिवर्ष मिलते थे। सूरत की ख्याति यह थी कि वह सारे देश का व्यापारिक केन्द्र था। अंग्रेज, डच, हब्शी और तुर्क लोग इसी बन्दरगाह से व्यापार करते थे। विविध देशों के भिन्न-भिन्न वेशभूषाधारी लोगों से सूरत शहर सजा-धजा था।

मुगल सरदार इनायतखान निश्चिन्त-निर्भय होकर इस शहर पर राज करता था। अंग्रेज अधिकारी ऑक्सेंडन अपने गोदामों की रखवाली किया करता था। नदी के पारवाले खाली बन्दरगाह में बैठा हुआ वह सूरत शहर पर नजर रखे हुए था। समुद्र सूरत से कुछ दूर था। छोटे जहाज खाली बन्दरगाह तक आ-जा सकते थे। विभिन्न देशों से आनेवाला माल यहाँ उतारा जाकर सूरत शहर में लाया जाता था और हिन्दुस्तानी माल दूर देशों में भेजा जाता था। शहर के निकटवाले नदी-किनारों पर सूरत के धनी व्यापारियों की कोठियाँ थीं। शहर के रास्ते टेढ़े-मेढ़े मोड़ोंवाले और सँकरे थे। धनवानों की अटारियों को छोड़कर नगर के शेष घर सीधे-सादे थे। डच तथा अंग्रेज व्यापारियों की कोठियों की बनावट विशिष्ट होने के कारण वे सबसे अलग दिखाई देती थीं।

सूरत के बुरहानपुर प्रवेशद्वार के पहरेदार सुबह की प्यारी धूप में बैठकर ठंड दूर करने की कोशिश कर रहे थे। रात की ठंड से शरीर में भरी ठिठुरन अभी कम नहीं हुई थी। शहर का चुंगी-नाका अभी सोया हुआ था। वैसे वहाँ हमेशा दौड़-धूप रहती थी, परन्तु इस समय बन्दरगाह में कोई जहाज नहीं आया था, इस कारण आज वहाँ हलचल नहीं दिखाई दे रही थी। चुंगी-नाके का पहरा हमेशा चुस्त होता था। उस नाके में सूरत में लाए जानेवाले या बाहर भेजे जानेवाले माल की मुगल अधिकारियों द्वारा जाँच-पड़ताल की जाती थी। चुंगी-नाके के बाहर खड़ा हुआ मोमिन आज मुँह लटकाए खड़ा था। एक चौकीदार ने पूछा, ''क्यों रे मोमिन, यहाँ क्यों खड़ा है?''

मोमिन बोला, ''लगता है, आज कोई काम-धन्धा नहीं मिलने का।''

''अरे, हर रोज काम कैसे मिलेगा? आज तो बाजार ठंडा है, तू बन्दरगाह में जा।''

''वहाँ तो कल हो आया मैं, मगर बन्दरगाह में एक भी जहाज नहीं है। पेट पालने के लिए अपना देस छोड़कर यहाँ आया तो क्या, तेरी किस्मत में भूखों मरना ही लिखा है! रोजगार मिले भी तो कैसे?''

चौकीदार हँस पड़े। मोमिन चुपचाप मुड़कर चल दिया।

सूरत में अंग्रेजों के गोदाम के पास की झोंपड़ी में बाबुल घोड़ों को नाल ठोंक रहा थ। बाबुल रोजगार ढूँढ़ते हुए पाँच महीने पहले सूरत आया था। अंग्रेज साहब उसका काम देखकर खुश हो गए थे। उन्होंने गोदाम के पास ही उसके लिए झोंपड़ी बनवा दी थी। बाबुल घोड़े की टापों में नाल जड़ रहा था। साईस और दो आदमी पास खड़े थे। इसी समय रास्ते पर पहियों की खड़खड़ाहट सुनाई दी। बाबुल ने मुड़कर देखा। अंग्रेजों की कोठी में से चार पहियोंवाली घोड़ागाड़ी बाहर जा रही थी। उस बग्घी में ऑक्सेंडन साहब सवार थे। घोड़ागाड़ी के पीछे लाल पोशाक पहने हुए दो नौकर खड़े थे। घोड़ागाड़ी पर चाँदी का पत्तर मढ़ा हुआ था। साहब को आता देखकर बाबुल अपना काम छोड़कर उठ खड़ा हुआ। जैसे ही गाड़ी सामने से गुजरी, उसने झुककर सलाम किया। साहब ने हँसकर उसका सलाम स्वीकार किया और बग्घी आगे बढ़ गई। साईस बोला, ''बाबुल, अरे जल्दी कर न! घोड़ा खड़े-खड़े अकड़ गया है।''

''बस, हो गया समझो, भैया। एक ही नाल रही है।'' कहकर बाबुल फिर से काम में जुट गया।

साईस ने पूछा, ''अरे बाबुल, यहाँ एक भिखारी बैठा रहता था न! वो कहाँ गया?''

बाबुल ने चौंककर ऊपर देखा और पूछा, ''कौन-सा? कौन-सा भिखारी?''

"वही जो तेरी झोंपड़ी के आगे बैठा भीख माँगा करता था। अरे वही, जिसके कपड़े मैले-चीथड़े थे और जो हाथ में बाँस की छड़ी और कटोरा लिये रहता था। कहाँ गया वो?"

बाबुल को जैसे कुछ याद आ गया। कहने लगा, "वो भिखारी न! भगा दिया बदमाश को। गरीब समझकर उसे यहाँ बैठने को जगह दी, तो साला मेरे ही नाल चुराने लगा।"

साईस हँसने लगा। पिछले चार महीनों में उस भिखारी को सब लोग जान गए थे। वह सारे शहर में घूमता-फिरता था। मगर कुछ दिनों से गायब हो गया था।

आखिरी नाल ठोंककर बाबुल ने ऊपर की ओर देखा।

उस शानदार उम्दे घोड़े की ओर देखकर वह बोला, "वाह! क्या शानदार जानवर है! सूरत में घोड़ा पालें तो बस सूबेदारसाहब ही!"

साईस बोला, "हमारे मालिक को अगर शौक है तो बस यही। खास अरबी घोड़ा है यह। मालिक के अस्तबल में ऐसे साठ घोड़े खड़े हैं।"

"सच?"

"तो और क्या झूठ?"

"आज जहाज नहीं आया?" बाबुल ने बात बदल दी।

"क्यों? तुझसे मतलब?" साईस ने पूछा।

"तुम्हें क्या है भैया! तुम तो राजा आदमी हो। हमारा तो पेट पलता है इन जहाजों पर। जहाज आता है तो माल चढ़ाया-उतारा जाता है—कुछ दौड़-धूप शुरू हो जाती है। तभी लोग-बाग नाल जड़वाने की बात पूछते हैं न!"

साईस मुस्कराने लगा, "हाँ, तेरी बात भी सही है, बाबुल। पर भैया, आज तो एक भी जहाज नहीं आया है। अगले दो दिन आनेवाला भी नहीं है। मैं आज सुबह ही बन्दरगाह हो आया हूँ। अच्छा, मैं चलता हूँ।"

"और नाल के पैसे?"

सुनते ही साईस का रंग बदल गया। वह झल्लाकर बोला, "साले, भिखारी कहीं के! तू कल तक भीख माँगता फिरता था। आज दो जून रोटी खाने लगा है तो सूबेदारसाहब के घोड़ों के पैसे माँगने की हिम्मत करता है? सूबेदारसाहब से कहूँ क्या?"

बाबुल ने कान पकड़ लिये, "गलती हो गई, मालिक। फिर कभी पैसे नहीं माँगूँगा।"

साईस और नौकर घोड़ों को लेकर चल दिए।

बाबुल अपनी चार दिन की बढ़ी हुई दाढ़ी खुजलाते हुए वहीं चबूतरे पर बैठा रहा। नाना प्रकार की वेशभूषा में लोग सामने के रास्ते से गुजर रहे थे। कोई पालकी में सवार था, कोई घोड़े पर। इन लोगों में यूरोपियन, अंग्रेज, डच, गुजराती, सिद्दी, अरब सभी देशों और जातियों के लोग थे।

अपने पर किसी की परछाईं पड़ती देखकर बाबुल ने ऊपर देखा। सिर पर बैठी पगड़ी बाँधे थका-माँदा रामशरण खड़ा था।

"क्यों भाई रामशरण?"

"तेरा बाबुल तो ठीक-ठाक है भैया, मगर तेली की नौकरी करते-करते हमारी तो जान आफत में आ गई है।"

"क्यों रे भाई?"

"अरे भैया, हर बखत घूमनेवाला बैल देखकर मेरा तो सिर घूमने लगता है। नींद में यही लगता है कि सिर चक्कर खा रहा है।" रामशरण ने इधर-उधर देखा और कहने लगा, "वीरजी, होरा के जहाजों का माल तैयार है। सुना है कि दो-तीन दिनों में जहाज आ जाएँगे। अच्छा, बाबुल, अब मैं जाता हूँ। वरना मालिक गालियाँ देगा।"

रामशरण चला गया। बाबुल अंग्रेजों के गोदामों-कोठियों में एक फेरा लगा आया।

कड़ी दुपहरी में सूरत के सुनसान रास्तों से दो सवार सूबेदार की हवेली की तरफ तेजी से जाते हुए दिखाई दिए।

सूबेदार इनायतखान मीठी नींद में खोया हुआ था। उसे जगाया गया। नींद टूटने पर खीजा हुआ इनायतखान महल में गया। दोनों जासूसों ने सिजदे किए। गिरदे से टेका लगाकर अँगड़ाई लेते हुए इनायतखान ने पूछा, "क्या माजरा है?"

"हुजूर, शिवाजी गणदेवी में आ पहुँचा है। साथ में बहुत बड़ी फौज है।"

इनायतखान की नींद फुर्र हो गई, "शिवाजी! गणदेवी में? सूरत से सिर्फ सोलह कोस दूर? ये कैसे मुमकिन है?" इनायत हँस पड़ा। बोला, "बेवकूफो, शिवाजी मुगलिया इलाके में घुसकर इतनी दूर तक कैसे आएगा? तुमने खुद देखा है?"

"नहीं हुजूर। मगर गणदेवी में सब तरफ भगदड़ मची हुई है। हमने यह भाग-दौड़ देखी और इत्तला देने चले आए हैं।"

"पूरे गँवार हो! अगर शिवाजी इतनी बड़ी फौज लेकर आता, तो मुगलिया राज में कोई उसे यूँ ही छोड़ देता? जाओ, फिर कभी ऐसी हवाई खबरें लाने की हिम्मत मत करना।"

जासूस बाहर चले गए। लोगों में शिवाजी के आने की खुसुर-फुसुर शुरू हो गई। शाम को दूसरी खबर आ टकराई। खबर थी कि शिवाजी सूरत से सिर्फ ढाई कोस दूर उधना में आ पहुँचा है। इनायतखान फिक्र में डूब गया। इसके तुरन्त बाद ही एक और सवार सूरत में दाखिल हुआ। उसने इनायतखान को बताया, "हुजूर, कोई मराठा सरदार है, जो मुगल फौज की कुमुक करने अहमदाबाद जा रहा है।"

इनायतखान यह खबर सुनकर बहुत खुश हुआ। परन्तु शहर में फिक्र की हवा बह रही थी। शहर के हर तिराहे-चौराहे पर लोग इसी बारे में कानाफूसी कर रहे थे। अंग्रेज और डच दूत इनायतखान से मिलने आए। वे यह आज्ञा पाने आए थे कि उन्हें शहर छोड़कर खाली बन्दरगाह जाने दिया जाए।

इनायतखान ने कहा, "यूँ तो तिजारत किया करते हो और मुसीबत आई तो भाग निकलने की सोचते हो? तुम बेवकूफों की तरह शहर छोड़कर चल दोगे तो शहर की क्या हालत होगी? जैसे मैं यहाँ शहर में ही बैठा हूँ, उसी तरह तुम्हें भी यहीं रहना होगा।"

"मगरऽऽ।"

"हम कुछ सुनना नहीं चाहते।" इनायतखान हँसकर कहने लगा, "शिवाजी नहीं आया है। हमें खासतौर से खबर मिली है, मुगल फौज का कोई सरदार है, जो अपनी फौज लेकर अहमदाबाद जा रहा है। फिक्र की कोई बात नहीं।"

इनायतखान ने अपना एक दूत उधना की तरफ तुरन्त रवाना कर दिया। उसने जाकर आए हुए मराठा सरदार को सूबेदारसाहब का सन्देश कह सुनाया, "आपको सूरत शहर में

दाखिल होने की कोई जरूरत नहीं। आपके आने से शहर के बाशिन्दे बेहद घबरा उठे हैं। आप सीधे अहमदाबाद चले जाएँ।''

अंग्रेज प्रेसीडेंट और डच-अधिकारियों ने आपस में विचार-विमर्श किया। उन्होंने अपने दो जासूस उधना भेजे, ताकि वे वहाँ जाकर वस्तुस्थिति का पता लगा आएँ। और इधर उन्होंने कोठियों में रह रहे अपने बाल-बच्चों को सुरक्षा की दृष्टि से स्वाली बन्दरगाह भेज दिया।

रात को डचों के जासूस वापस लौटे। इनायतखान का जासूस गिरफ्तार कर लिया गया था, परन्तु पूछताछ करके उसे छोड़ दिया गया जासूसों को पूरा निश्चय हो चुका था कि यह सरदार और कोई नहीं, खुद शिवाजी ही है। इन जासूसों ने राजापुर के आक्रमण के समय शिवाजी को देखा था। अब शक के लिए कोई गुंजाइश नहीं रह गई थी। अंग्रेज और डच फिर सूबेदार की ओर दौड़े। सूबेदार भड़क उठा, ''कौन लाता है ऐसी बेसिर-पैर की खबरें?''

ऑक्सेंडन कहने लगा, ''सूबेदारसाहब, जरा होश में आइए। आपका जासूस गिरफ्तार कर लिया गया है। हमें पूरा यकीन है कि शिवाजी ही आया हुआ है। हमारी कोठियों की और शहर की रखवाली करना आपका कर्तव्य है। समय बहुत कम है।''

अंग्रेजों की शान्त और विश्वासपूर्ण बातें सुनकर इनायतखान का हाथ दाढ़ी से नीचे फिसल पड़ा।

तो क्या सच है कि शिवाजी आया है?

अभी तीनों सोच-विचार कर ही रहे थे कि घोड़े की टापों की आवाज आई। घोड़ा सूबेदार की हवेली के आगे रुका। एक नौकर दौड़ता हुआ आया, ''हुजूर, शिवाजी का दूत आया है।''

तीनों भय से चकित होकर खड़े हो गए। दूत अन्दर आया। उसने अदब के साथ शिवाजी का पत्र आगे बढ़ाया। खान ने पत्र थाम लिया, उसके हाथ काँप रहे थे। पत्र में लिखा था– ''...कल दोपहर से पहले ही शिवाजीराजा सूरत नें दाखिल हो रहे हैं। इसलिए शहर के रईस व्यापारी बहरजी वोहरा, हाजी कासिम और हाजी सैयद बेग को और खुद तुम्हें चाहिए कि राजासाहब से मिलकर खंडनी तय कर लो। वरना शहर को आग और हमारी तलवार का करिश्मा देखना होगा...।''

अंग्रेजों ने और डचों ने एक बार इनायतखान की ओर अनादरपूर्ण दृष्टि से देखा और वे अपनी कोठियों की ओर चल दिए।

अगले दिन बड़े सबेरे इनायतखान अपने बीवी-बच्चों और सारे हीरे-जवाहरात के साथ किले में आसरा पाने चला गया। जब धनी व्यापारियों ने सुना कि सूबेदार अपने सिपाहियों सहित किले में भाग गया है तो वे जान बचाने के लिए किले की ओर दौड़े। इनायतखान ने उनसे बड़ी-बड़ी रकमें घूस लेकर उन्हें किले में आने दिया। सूबेदार भाग गया, व्यापारी भाग गए। शहर में कुहराम मच गया। जाएँ, तो कहाँ जाएँ?

पीछे नदी और समुद्र है और आगे आठ हजार सैनिक हैं। जैसे ही राजे की सेना ने पड़ाव डाला, राजे ने शहर के चारों ओर पहरे बैठा दिए। सूरत से बाहर जाना असम्भव हो गया।

अंग्रेजों ने अपनी कोठियों का सुरक्षा-प्रबन्ध अधिक दृढ़ बना लिया। वे आनेवाली हर विपत्ति का सामना करने के लिए डट गए। कोठियों की चहारदीवारी पर चारों दिशाओं में तोपें रखी दिखाई देने लगीं।

सूरत की गरीब रिआया गठरी पीठ पर लादे भागी जा रही थी। इसी समय अंग्रेजों की तुरहियों की आवाज ने सबका ध्यान खींचा। स्वयं ऑक्सेंडन अपने दो सौ गोरे सिपाहियों के साथ शहर की सड़कों पर सैन्य-संचालन कर रहा था। उसकी हिम्मत देखकर सबको बड़ा अचम्भा हो रहा था। कुछ लोगों की छूटी हुई हिम्मत लौट आई। सारे शहर में कवायद करके अंग्रेज फिर अपनी कोठियों में लौट गए। कोठियों के दरवाजे बन्द हो गए।

शहर के प्रवेशद्वारों के चौकीदार हक्के-बक्के होकर दरवाजों से बाहर भागे जा रहे लोगों को देख रहे थे। इन भागनेवालों में बाबुल, मोमिन और रामशरण के तिगड़े को देखकर एक चौकीदार ने पूछा, ''अरे बाबुल, तू भी भाग रहा है?''

''तो और क्या करूँ? शिवाजीऽऽ।''

''अरे, शिवाजी आ भी गया तो तेरा क्या बिगाड़ेगा? इतने बड़े-बड़े लोग यहीं बैठे हैं और तू भागा जा रहा है?''

''अरे बाबा, सबसे प्यारी होती है अपनी जान। सिर सलामत रहा, तो...। अच्छा, हमारी बात छोड़ो, अगर शिवाजी आया न, तो सबसे पहले मरोगे तुम...।''

''क्या कहता है रे तू?''

''ठीक ही तो कहता हूँ। सूबेदार इनायतखान घुस बैठे हैं किले में और तुम बैठे हो यहाँ शहर की चौकी में। ये शहरवाले क्या बेकार ही भागे जा रहे हैं?''

''अच्छा, रहने दे, जा-जा।'' पहरेदार घबराकर बोला।

तीनों जने अपने रास्ते चल दिए। कुछ ही देर में शहर-पनाह के चौकीदार भी गायब हो गए...।

15

सूर्य आकाश में चढ़ता जा रहा था। मध्याह्न होने को था कि टापों की आवाजें सुनाई देने लगीं। टापों की आवाजें यों आ रही थीं जैसे तूफानी बारिश आ रही हो। गाँव के बाहर बसी हुई बस्तियों के लोग आँख फाड़-फाड़कर सामने की ओर देख रहे थे। जैसे ही झाड़ियों के पीछे से आती घुड़सवार-सेना दिखाई दी, प्रवेशद्वार पर खड़े हुए लोग चीखते-चिल्लाते हुए गाँवों की ओर भागने लगे।

शिवाजीराजा अपने आठ हजार सैनिकों के साथ सूरत शहर के बुरहानपुर-द्वार तक आए। प्रवेश-द्वार के निकटवर्ती श्मशान-भूमि से लेकर शाहबेगम बाग तक, पूरे कोस भर सैनिक छावनी फैली हुई थी। एक डौलदार आम के वृक्ष के नीचे एक पाल ताना गया था। शेष सारी छावनी बिलकुल खुले में बिछौना बिछाकर बसी हुई थी।

राजे सूरत नगर की ओर देख रहे थे। नगर अनेक उपवनों से अलंकृत था। बगीचों के बीच कहीं-कहीं मस्जिदों के सफेद गुम्बद दिखाई दे रहे थे। बहिर्जी नाईक राजे की ओर चला आ रहा था। उसके पीछे-पीछे आ रहे थे विठोजी माणके, अप्पा रामोशी और अब्दुल कादिल जो बाबुल, रामशरण और मोमिन बनकर पिछले कई महीनों से सूरत में घूम रहे थे। सबने आकर राजे को सिजदे किए। राजे ने पूछा, ''विठोजी, सूरत शहर क्या कहता है?''

''महाराज, आपकी बाट जोह रहा है।''

''कोई मुकाबला करने आड़े आएगा क्या?''

"कौन आएगा? सूबेदार तो सुबह ही किले में घुस बैठा है। अंग्रेज और डच लोग अपनी कोठियों की रखवाली कर रहे हैं।"

"कितने लोग हैं?"

"अधिक से अधिक दो सौ होंगे।"

"और मुगल फौज?"

"बिलकुल नहीं है। सूरत में अब पहरेदार भी नहीं हैं।"

"हमने सन्देश भिजवाया है।" राजे ने कहा, "हम उनकी प्रतीक्षा करेंगे। अगर व्यापारी खंडनी देने के लिए सीधे-मुँह तैयार हो जाते हैं तो हम भी सूरत को लूटना नहीं चाहेंगे।"

"शाम हो गई मगर सूरत से कोई नहीं आया।" बहिर्जी ने कहा।

"अच्छा, जैसा उनके भाग्य में होगा।" नेताजी आगे बढ़ आए। राजे ने कहा, "नेताजी तुम पाँच सौ सवार साथ लेकर शहर में जाओ। शहर का चक्कर लगा आओ। आते-आते थोड़ी-सी लूटमार कर लेना, ताकि लोगों पर आतंक छा जाए। देखें, इतने से ही उन्हें कुछ अक्ल सूझती है या नहीं। मोरोपन्त...।"

"जी!" मोरोपन्त आगे बढ़े।

"तुम गोरे साहबों के नाम पत्र भेजो। उनसे तीन लाख खंडनी माँगो। उन्हें लिखो कि हम केवल मुगलों के शत्रु बनकर यहाँ आए हैं। अंग्रेजों को या वलंदेजों (डच) को हम कोई नुकसान नहीं पहुँचाना चाहते। इस आशय का एक पत्र तैयार करके कुडतोजी गुजर को दो। वे साहबों से मिलने जाएँगे और उनका हाल-हवाल जानकर आएँगे।"

कुछ देर बाद ही कुडतोजी गुजर का सैनिक-दल राजे का पत्र लेकर सूरत में प्रविष्ट हुआ। उसके साथ बहिर्जी नाईक भी था। कुडतोजी के साथ आए बहिर्जी को देखते ही ऑक्सेंडन की आँखें फैल गईं।

झोंपड़ी के आगे बैठनेवाले भिखारी को पहचानने में उसकी आँखों को तनिक देर न लगी। ऑक्सेंडन ने पत्र पढ़ा। उसने वापसी सन्देश भिजवाया, "शिवाजीराजा से कहना कि हम लोग व्यापारी हैं। हमारे पास रोकड़ रकम नहीं है। हमारे पास मसाले और कपड़े जरूर हैं। अगर राजा शिवाजी मसाले और कपड़ों के रूप में खंडनी लेने को राजी हों, तो हम अवश्य दे देंगे। जब तक हमारे गोदामों को और माल को कोई नुकसान न पहुँचता हो, तब तक हमें इससे कोई वास्ता नहीं कि राजा क्या करता है। मगर यदि वह हमसे लड़ना चाहता हो, तो कह देना कि कल के बजाय वह आज ही आ जाए। हम उसका इन्तजार करेंगे।"

कुडतोजी अंग्रेजों का उत्तर लेकर छावनी में लौट आए। जवाब सुनकर राजे को हँसी आ गई। वे बोले, "ये गोरा साहब पूरा मक्कार है। उसे मालूम है कि हम मसालों के बोरे, कपड़ों की गाँठें और बोझीला सामान साथ नहीं ले जा सकते।"

कुडतोजी गुजर क्रोध से भड़ककर कहने लगे, "राजे, आप बस आज्ञा दीजिए। ले-देकर दो सौ टोपियाँ और चार तोपें हैं। उनकी कोठियों को मिट्टी में ऐसा मिलाऊँगा कि उनका नामोनिशान भी बाकी नहीं रहेगा।"

"न, न, कुडतोजी। जरा ठंडेपन से काम लो। हम सूरत में लड़ाई नहीं चाहते हैं। इस समय हम मुगल इलाके के भीतर हैं। इस बात को साहब भी जानता है और इसीलिए उसने ऐसा सन्देश भिजवाया है। अंग्रेजों और वलंदेजों (डच) को थोड़ी भी तकलीफ न होने पाए।

किले में छिपकर बैठे हुए किलेदार को केवल डराने के लिए अपने सवारों को किले तक जाने दो। सावधान रहो, देखो कि वह भागने न पाए। कल सुबह तक प्रतीक्षा करने के बाद लूटमार शुरू करो। मोरोपन्त, जहाजों के बारे में क्या समाचार है?''

''अपने जहाज बन्दरगाह में आ गए हैं।''

''बहुत अच्छा।''

''राजे, उधर देखिए।'' नंगी तलवार तानकर राजे के पीछे खड़े हुए अंगरक्षक महादेव ने सूरत शहर की ओर इशारा करते हुए कहा। सूर्यास्त के समय सूरत शहर से धुएँ के बादल उठ रहे थे। राजे ने कहा, ''लगता है, नेताजी ने अपना काम शुरू कर दिया है।''

सभी लोग सूरत शहर में उठ रहे धुएँ की ओर देख रहे थे। जैसे-जैसे रात बीत रही थी, सामानों से भरी बैलगाड़ियाँ छावनी की ओर आने लगीं। इनमें अनेक प्रकार के बरतन, आटे-दाल की बोरियाँ आदि भरकर लाई जा रही थीं। इतनी बड़ी सेना के खाने-पीने का इन्तजाम जो किया जाना था। इन गाड़ियों के पीछे घास-चारे से भरे बड़े-बड़े गाड़े चले आ रहे थे। बैलगाड़ियों से पीछे आ रहा था बकरों का एक झुंड।

मराठों के पड़ाव पर रात सर्दी लेकर आ उतरी। चारों तरफ अलाव जल उठे। राजे अपने छोटे से तम्बू के सामने आसन पर बैठे हुए थे। सामने अलाव जल रहा था। तम्बू के चारों ओर कड़ा पहरा था। मशालें जल रही थीं। छावनी में कई जगह पत्थर के चूल्हों पर रसोई बनाने की तैयारियाँ शुरू हो चुकी थीं। नेताजी शहर से लौट आए। कई सवार सोने-चाँदी के सिक्कों और हीरे-मोतियों से भरी हुई थैलियाँ पकड़े हुए थे। लूट का माल राजे के सामने रखा गया। माल देखकर राजे ने पूछा, ''नेताजी, सारा सूरत शहर क्या एक ही दिन में लूट लाए?''

''नहीं महाराज, ये तो सूरत की धूल भी नहीं है। केवल चुंगी के नाके और कोई चार घरों की लूट है यह। आपकी आज्ञा के अनुसार हमने केवल दो ही घरों में आग लगाई।''

''हाँ, तुम्हारी बहादुरी हमें यहीं से दिखाई दे रही थी। नेताजी, कल सूरज उगने तक हमें प्रतीक्षा करनी होगी। अच्छा, अंग्रेजों के क्या रंग-ढंग हैं?''

''कुछ नहीं, वे अपनी कोठियों के दरवाजे बन्द किए आराम से बैठे हैं।''

''नेताजी, छावनी के प्रबन्ध की ओर ध्यान दो। कल हर सवार के साथ एक खाली घोड़ा भी रखो। हर घुड़सवार-दल को दो भागों में बाँट दो। एक दल लूटपाट करेगा, दूसरा उस माल को पड़ाव में लाएगा। हमारे गुप्तचर तुम्हें सारे रास्ते दिखलाएँगे।''

रात काफी बीत चुकी थी। सर्दी बढ़ने लगी थी। सैनिकों का खाना-पीना खत्म होने के बाद राजे पूरे पड़ाव का दौरा करके अपने तम्बू में लौट आए। तम्बू के बाहर सशस्त्र प्रहरी पहरा दे रहे थे।

सामने सूरत शहर घने अँधेरे में डूबा हुआ था। केवल अंग्रेजों और डचों के गोदामों में मशालें जल रही थीं, शेष सर्वत्र अन्धकार छाया हुआ था। चारों ओर छाए घने अन्धकार के बीच मशालें और भी अधिक डरावनी प्रतीत हो रही थीं। मराठों के विशाल पड़ाव में जल रहे दीपकों और मशालों की रोशनियाँ आकाश में फैले सैकड़ों नक्षत्रों के समान दिखलाई दे रही थीं। अलाव सुलग रहे थे। सिर के पास घोड़े को खूँटे से बाँधकर घुड़सवार अलाव के आस-पास सोए हुए थे। खुले मैदान में बसी हुई इस छावनी के बीच एक छोटी-सी रावटी थी, जो सबसे अलग दिखाई दे रही थी।

सुबह सारी छावनी जाग उठी। राजे अपने तम्बू के आगे खड़े हुए थे। उन्होंने एक सफेद शाल ओढ़ी हुई थी। महादेव राजे के सामने जल रहे अलाव को सुलगाने का प्रयत्न कर रहा था।

धीरे-धीरे भोर होने को आई। अभी हलका-हलका कुहरा छाया हुआ था। पूर्व दिशा में लाली चमकने लगी थी। नेताजी, कुडतोजी, येसाजी और तानाजी अपने अश्वारोही दलों को निर्देश दे रहे थे। घोड़ों पर जीन कसे गए। सब लोग अगला आदेश पाने के लिए राजे के पास आए। राजे का मुख व्यथित प्रतीत होता था। सूर्योदय का समय हो आया। कोमल किरण सूरत नगर पर फैल गई। सब लोग राजे के आदेश की प्रतीक्षा कर रहे थे। इसी समय काला चोगा पहने पाँच आदमी छावनी की ओर आते हुए दिखाई दिए। सबसे आगे एक गोरा आदमी था। उन लोगों को राजे के सम्मुख उपस्थित किया गया। दुभाषिये की सहायता से बातचीत होने लगी।

अग्रिम व्यक्ति का नाम रेवरेंड एम्ब्रोस था। वह पादरी था। राजे से वह अभयदान माँगने आया था। राजे ने उसे अभयदान दिया। राजे ने कहा, "ये ईसाई सज्जन पुरुष हैं। इन्हें और इनके साथियों को हमारे कारण कष्ट नहीं होगा।"

फादर एम्ब्रोस ने सूरत के एक सज्जन व्यापारी की सिफारिश की। उस व्यापारी की मृत्यु हो चुकी थी, परन्तु उसकी दानशूरता की कीर्ति अभी तक सूरत में फैली हुई थी। उसने बहुत दान-धर्म किया था। इसे सुनकर राजे ने स्वयं कुडतोजीराव को खास जिम्मेदारी सौंपी कि वे उस व्यापारी की दुकान और कोठी की रक्षा का प्रबन्ध करें। फादर एम्ब्रोस आनन्दित होकर वापस लौट गया। राजे ने नेताजी की ओर देखा। नेताजी ने तथा अन्य सभी ने उन्हें सिजदे किए। राजे ने कुछ रुखाई के साथ कहा, "नेताजी, यह ध्यान रखो कि स्त्रियों, बच्चों, निर्धनों, असहायों को, मस्जिदों, मन्दिरों और प्रार्थनाघरों को, चाहे वे किसी धर्म के हों, किसी प्रकार की हानि न हो।"

"जी।"

राजे खड़े हो गए। बाएँ हाथ से सूरत की ओर संकेत करते हुए उन्होंने कहा, "मुगलिया गरूरवाले इस सूरत शहर को बेसूरत बना दो। इसकी सारी धन-सम्पत्ति हमारे स्वराज्य के लिए एकत्रित करो, जाओ!"

और सवार तेजी से सूरत शहर की ओर दौड़ पड़े।

सुबह का समय था, फिर भी सारे रास्ते साफ थे। सारे दरवाजे बन्द थे। घुड़सवार दलों के आगे भेदिए थे, जिन्होंने बड़े धनवानों के घरों की पहले से टोह ले रखी थी। भेदिए घर दिखाते और अगले ही पल घरों के दरवाजे, टूटकर-उखड़कर गिर जाते थे। भीतर छिपी हुई स्त्रियों और बच्चों का कोलाहल सुनाई देता था। घरों में जो रोकड़-सम्पत्ति मिलती थी, वह लम्बी-लम्बी थैलियों में भरी जा रही थी। छिपाए गए धन का पता लगाने के लिए धनी व्यापारियों की पीठ पर कोड़ों की मार पड़ रही थी। धन के लोभी व्यापारी, सेठ-साहूकार अपने प्राणों पर बन आई देखकर गुप्त सुवर्ण मुद्राएँ तुरन्त सैनिकों के हवाले कर रहे थे। गिरफ्तार किए गए व्यापारियों को लूट के माल के साथ-साथ पड़ाव की ओर ले जाया जा रहा था।

दोपहर तक लूटपाट का यह सिलसिला चलता रहा। तेलियों के घर से तेल लाया जा रहा था और घरों में आग लगाई जा रही थी। सूरत का आसमान धुएँ से भर उठा था। दिन होते हुए भी सूर्य छिप-सा गया था।

छावनी की ओर आनेवालों का निरन्तर ताँता लगा हुआ था। लूट के साथ-साथ कैदी भी पड़ाव में लाए जा रहे थे। धूप से बचाव के लिए तम्बू के निकट आम के पेड़ की शाखों

पर एक चादर बाँधी हुई थी। राजे उसके नीचे उच्चासन पर बैठे हुए थे। उनके चारों ओर हथियारबन्द सैनिक खड़े थे। सामने लूटे हुए माल का ढेर था। वहाँ खड़े लिपिक चाँदी, सोना, रत्न आदि माल की सरसरी तौर पर गिनती कर रहे थे।

दोपहर के समय एक गोरा कैदी राजे के सामने लाया गया। उसका नाम था एंथनी स्मिथ। यह आदमी अंग्रेज कम्पनी में नौकर था। वह स्वाली में स्थित डच कोठियों से आ रहा था। मराठा सैनिकों ने रास्ते में उसे पकड़ लिया। अन्य कैदियों की तरह उसे भी राजे के सामने हाजिर किया गया। उसने कई कैदियों के कटे हुए हाथों को देखा था। वह भय से हक्का-बक्का रह गया था। राजे ने उससे बहुत अधिक खंडनी की माँग की, परन्तु स्मिथ अपने को गरीब बता रहा था। राजे को उसके कहने पर भरोसा नहीं हो रहा था। राजे ने उसके हाथ काट डालने की आज्ञा दी। स्मिथ ने राजे की ओर देखा और हिन्दुस्तानी जबान में बोला, ''हुजूर, मेरे हाथ क्यों कटवाते हो? गरदन कटवा दी जाए, यही रहमत होगी।''

उसका हौसला देखकर राजे को अचरज हुआ। उन्होंने पास खड़े सैनिक से कहा, ''ठीक है, इसकी टोपी उतार लो और इसकी गरदन उड़ा दो।''

स्मिथ की टोपी उतारी गई। स्मिथ घुटनों के बल बैठ गया। उसने आँखें बन्द कर लीं। उसके होंठ कुछ बुदबुदा रहे थे। वह शान्तभाव से प्रार्थना कर रहा था। सैनिक ने तलवार उठाई ही थी कि राजे ने हाथ उठाकर उसे रोक दिया। स्मिथ ने आँखें खोलीं। वह चकित हो गया था। राजे के मुख पर मुस्कराहट फैली हुई थी। वे बोले, ''इसे छोड़ दो, मगर देखो, यह छावनी से बाहर न जाने पाए। यह यहीं कैदी बनकर रहेगा।''

स्मिथ राजे का कैदी बनकर रहा। शाम तक लगभग आधा शहर लूटा जा चुका था। शहर से आग की ऊँची-ऊँची लपटें उठ रही थीं। धनी व्यापारियों की हवेलियाँ लूटने के बाद ध्वस्त की जा चुकी थीं। व्यापारी जान बचाने के लिए किले में जा छिपे थे। एक व्यापारी के घर में अन्य प्रकार की सम्पत्ति तो मिली ही, परन्तु जो मोती मिले, उनका वजन अट्ठाईस सेर था। मराठा सेना का उत्साह दूना हो चुका था। सामना करनेवाला कोई नहीं था। मनमानी लूट मची थी। कुछ सैनिक तो सीधे किले से जा भिड़े थे।

सूबेदार इनायतखान ने घबराकर तोपें चलाने की आज्ञा दी। तोपें गरजने लगीं। किले से लेकर दूर तक फैले हुए शहर पर तोप के गोले बरस रहे थे। सूरत का किलेदार खुद अपने ही शहर पर गोले दाग रहा था। आग और बढ़ती-भड़कती जा रही थी।

रात हुई, तो सूरत का भीषण रूप और अधिक डरावना हो उठा। भीषण आग के कारण रात भी दिन जैसी लग रही थी। आग का शिकार बन रही लकड़ियाँ, शहतीर वगैरह धमाके के साथ जल-फट रहे थे। इमारतें ढह रही थीं। सारा सूरत शहर लाल हो उठा था। दिन में धुएँ के कारण रात का आभास होता था। आग के कारण रात, दिन में बदल रही थी। यों सूरत शहर ने दिन में रात और रात में दिन देखा।

16

अगले दिन सुबह से ही लूटपाट शुरू हो गई। अंग्रेजों की कोठियों में खबर पहुँची कि बन्दरगाह में शिवाजी के जहाज आ गए हैं। इस खबर से अंग्रेज भयभीत हो उठे। गोदामों की चिन्ता

सताने लगी। परन्तु कुछ ही देर बाद दूसरी खबर आ पहुँची कि जहाज तो शिवाजी के हैं, परन्तु उन्हें कठोर आदेश दिए गए हैं कि वे बन्दरगाह को कोई हानि न पहुँचाए।

अंग्रेज निश्चिन्त हो गए, मगर किले में छिपे हुए सूबेदार को अपनी मौत नजदीक दिखाई देने लगी। वह सूनी नजरों से आसमान में उठ रही आग की लपटों को देख रहा था। वह सोच रहा था—सूरत को शिवाजी ने पूरी तरह लूट लिया है। अब वह लौट भी जाएगा, मगर कल दिल्ली का बादशाह हमसे क्या कहेगा? इनायतखान बेचैन हो उठा। उसने एक तरकीब सोच निकाली। उसने शिवाजी से समझौता करने के लिए अपना एक दूत भेजा। उसका दूत चार सवारों सहित किले से बाहर निकला।

राजे लूट के माल की गिनती की निगरानी कर रहे थे। गिनती के बाद लूट का माल बोरियों में बन्द किया जा रहा था। बोरियों को सीकर उन पर मुहरें लगाई जा रही थीं। इसी समय तानाजी अपने अश्वारोही दल के साथ वहाँ आए। सिजदा करके कहने लगे, ''महाराज, दो व्यापारी पीपे भरकर नदी के परले पार ले जा रहे थे।''

''तो फिर?''

''हिन्दू थे दोनों। उन्हें पकड़कर लाया गया है।''

''पीपों में क्या था?''

''एक व्यापारी कह रहा था कि तेल के पीपे हैं। मैंने ध्यान से देखा—गाड़ी में जुते हुए बैल खासे तगड़े थे, फिर भी एक गाड़ी में एक पीपा था। मुझे उसके कहने पर भरोसा नहीं हुआ। पीपा फोड़कर देखा, सोना भरा हुआ था। मैं तुरन्त दौड़कर नदी तक गया और सारे पीपे कब्जे में कर लिये। कुल तीस पीपे मिले।''

''शाबाश! कहाँ हैं वे पीपे?''

''नदी में ही हैं। उन पर पहरा लगवाकर मैं इधर आया हूँ। उन पीपों को लाया किस तरह जाए, महाराज!''

''इधर मत लाओ, अपने जहाज आए खड़े हैं, उन पर लाद दो।''

तानाजी ने व्यापारियों को राजे के सामने ला खड़ा किया। राजे ने पहले दिन जिन्हें गरीब व्यापारी समझकर छोड़ दिया था, यह उन्हीं की करामात थी। वे व्यापारी गिड़गिड़ाकर याचना करने लगे, ''हुजूर, एक बार माफ करें। आप जितनी खंडनी देने को कहेंगे, हम देंगे।''

''हम खंडनी जरूर वसूल करेंगे तुमसे, मगर सोने के तौर पर नहीं। तानाजी, इन लुच्चों को ले जाओ और खंडनी के बदले इसी वक्त इनके सिर कटवा डालो।''

रोते-पीटते व्यापारी ले जाए गए। राजे की आज्ञा का तुरन्त पालन किया गया। स्मिथ यह सारी घटना देख रहा था। राजे जाकर उच्चासन पर बैठे ही थे कि खबर मिली, ''सूबेदार का दूत आ रहा है।''

राजे बोले, ''अच्छा, सूबेदार की नींद काफी जल्दी खुली। दूत को आने दो।''

सूबेदार का दूत राजे के सामने आया। वह भौचक होकर राजे के आगे पड़े हुए अनगिनत धन के ढेर को देख रहा था। वह ढेर निरन्तर बढ़ता जा रहा था। दूत ने राजे की ओर देखा, राजे उच्चासन पर सुशोभित गिरदे से टेक लगाए बैठे थे। उनके पीछे एक कनात रहित छोटा तम्बू तना हुआ था। राजे के दाएँ-बाएँ नंगी तलवारें थामे दो सुरक्षा सैनिक खड़े थे। दूत ने सिजदा किया। ''कहो।'' राजे ने कहा।

"राजा शिवाजी! सूरत के सूबेदार, मुगल बादशाह के नुमाइंदे, सूबेदार इनायतखान साहब ने मुझे आपसे मिलने भेजा है। सूबेदारसाहब ने कहलवाया है...।"

"क्या कहलवाया है? बोलो।"

"सूबेदारसाहब ने यह कहलवाया है कि तुमने सूरत शहर में जो लूटमार की है, उसके लिए बादशाहसलामत तुमको कभी माफ नहीं करेंगे। मगर अब भी अगर तुम अपनी फौजों को सूरत से हटा लोगे, तो सूबेदारसाहब इस वाकये को भूल तुम्हारी सिफारिश करेंगे।"

"और क्या कहलवाया है?"

"कहलवाया है कि अगर तुम इन शर्तों को मानने के लिए राजी हो, तो सूबेदारसाहब तुम्हें खंडनी देंगे, मगर तुम्हें लूटी हुई सारी दौलत वापस करनी होगी।"

"बस? इतना ही कहलवाया है?"

"हाँ।"

राजे खड़े हो गए। उनकी मुखमुद्रा एकदम बदल गई। होंठों की मुस्कराहट गायब हो गई। वे कड़ककर कहने लगे, "कितने बेशर्म लोग हो तुम! इनायतखान शहर का सूबेदार है—मगर शहर की रक्षा करने का मौका आया, तो औरतों की तरह किले में जाकर छिप गया। रिआया को बेसहारा छोड़ गया और ऐसा आदमी हमारे सामने शर्तें रख रहा है? कौन-से बलबूते पर? याद रखो—सूरत शहर आज हमारी मुट्ठी में है। हम इनायतखान जैसे जनाना नहीं हैं, जो उसकी शर्तें मान लें।"

इनायतखान के दूत की आँखों में पल भर के लिए कुछ अनोखी ही चमक पैदा हुई।

"हम भी जनाना नहीं हैं, ये देख सबूत।" दूत ने उलटकर कहा और वह नौजवान दूत खंजीर उठाकर शिवाजी की ओर लपका। महादेव राजे के पीछे खड़ा था, उसने दुगुनी फुर्ती से दूत का खंजीरवाला हाथ काट डाला।

गुस्से से बौखलाया हुआ दूत अपना सन्तुलन सँभाल नहीं पाया और वेग के कारण राजे से आ टकराया। इस धक्के से राजे का सन्तुलन बिगड़ा, वे लड़खड़ाकर गिर पड़े। दूत के कटे हुए ठूँठ हाथ के खून से शिवाजीराजे के सारे कपड़े सन गए। एक अंगरक्षक ने दूत को राजे से अलग हटाया और अगले ही पल उसका सिर उड़ा दिया गया। राजे के कपड़ों पर लगे खून को देखकर सारी छावनी में यह अफवाह आग की तरह फैल गई कि राजे मारे गए। इस अफवाह का परिणाम यह हुआ कि बदले की आग से सुलग रहे मराठा सैनिकों ने छावनी में कैद कैदियों के सिर उड़ाने शुरू कर दिए। छावनी में चारों ओर मारकाट मच गई।

राजे डगमगाते हुए उठ खड़े हुए। उन्होंने तुरन्त ही सारे मामले को भाँप लिया। वे छावनी की ओर दौड़े।

राजे छावनी के बीच में दौड़े जा रहे थे और बताना चाह रहे थे कि वे सकुशल हैं। वे कत्लेआम को रोकने की आज्ञाएँ देते जा रहे थे। परन्तु जब तक सारी छावनी को पता चलता कि उन्हें कुछ नहीं हुआ है, अनेक कैदियों को बेरहमी से मार डाला गया था। थके-माँदे राजे अपने तम्बू के पास आए। इनायतखान के दूत का ऐसा घमंडी बेहूदा रवैया देखकर राजे का गुस्सा भड़क उठा था। इसी क्रोध के आवेग में उन्होंने गुस्से से भड़क रही छावनी को कुछ ठंडा करने के लिए बाईस कैदियों के हाथ काट डालने की आज्ञा दी। छह कैदियों का सिर कटवा डाला गया। एंथनी स्मिथ खड़ा-खड़ा इन घटनाओं को देख रहा था।

राजे ने अपने सेनानियों को आदेश दिए, ''इस सूरत शहर को पूरी तरह लूटो। किसी को भी माफ नहीं करना। सोना, मुहरें और चाँदी के सिवाय और किसी चीज को लूटने या जमा करने की जरूरत नहीं है।''

राजे की लूटपाट इसी तरह जारी थी कि इसी घमासान में हबसाण का एक दूत मराठा सेना के हाथ आ लगा। वह अपने प्रान्त का बड़ा नजराना लेकर बादशाह को नजर करने के लिए दिल्ली जा रहा था। लगे हाथ पकड़े गए उस दूत ने वह नजराना शिवाजीराजे को नजर कर दिया। राजे ने उसे छोड़ दिया।

एंथनी स्मिथ इन सारी घटनाओं को बड़े आश्चर्य से देख रहा था। राजे के मन में भी उसके बारे में कुतूहल जाग उठा था। तीन सौ रुपए की खंडनी देना मंजूर करवाकर राजे ने उसे छोड़ दिया। उसे रिहा करते समय उन्होंने दबाव जाहिर करने के लिए अंग्रेजों से भी खंडनी की माँग की।

तीसरे दिन की शाम तक सूरत शहर की लूटपाट लगभग पूरी हो चुकी थी। रईस व्यापारियों का मुहल्ला पूरी तरह तबाह हो चुका था।

चौथे दिन लूट के माल से भरे बोरे समुद्र में खड़े जहाजों पर चढ़ाए जा रहे थे। शाम तक यही काम होता रहा। सोना, चाँदी, हीरे-जवाहरात व करोड़ों होनों से भी अधिक मूल्यवान सम्पत्ति जहाजों में लादी जा रही थी। खजाने की सुरक्षा के लिए जहाजों पर विशेष सुरक्षा-दलों की नियुक्ति की गई और जहाज अपने लक्ष्य की ओर रवाना हो गए।

राजे अपने पड़ाव में वापस आ गए। आते ही उन्हें सूचना मिली कि बादशाह का सरदार महाबतखान बड़ी फौज लेकर सूरत शहर की तरफ बढ़ा आ रहा है। पड़ाव हटाने की तैयारियाँ की जाने लगीं। राजे की लौटती सेना में अब घोड़ों की संख्या बढ़ चुकी थी। इस बढ़ी हुई अश्व-सेना में विशेष थे वे साठ अरबी घोड़े, जो बरबस सबका ध्यान अपनी ओर आकर्षित कर रहे थे। जो व्यापारी जीवित बचे रहे थे, उन्हें रिहा करते हुए राजे ने कहा, ''अपने बादशाह से और सूबेदार से हमारा सन्देश कह देना। कहना, तुम्हारी सूरत हमने बेसूरत कर दी है। यह पुरातन भूमि हिन्दुओं की है। दक्षिण देश में तुम्हारा अपना कुछ भी नहीं है। तुम जहाँ राजगद्दी जमाए बैठे हो, वह दिल्ली भी तुम्हारी नहीं है। वह भी पुराने काल से हिन्दुओं की रही है–एक दिन ऐसा आएगा कि हम इस बात को पुनः सत्य कर दिखाएँगे। हमारा यह सन्देश तुम सूबेदार और बादशाह तक जरूर पहुँचा देना।''

राजे ने सेना को कूच करने का आदेश दिया। तुरहियाँ बजीं और आठ हजार घुड़सवार अपने देश की ओर चल पड़े।

चार दिन पहले जो सूरत नगरी मुगल साम्राज्य की ऐश्वर्यमयी मंडी कहलाती थी, वही अब कोयले का गोदाम बनकर रह गई थी।

17

सूरत की असाधारण सफलता प्राप्त कर राजे राजगढ़ की ओर चले आ रहे थे। बीच राह में ही मकर संक्रान्ति का त्योहार आया। राजे को अब शीघ्र राजगढ़ पहुँचने की धुन थी। मुगलिया सल्तनत में अन्दर तक घुसकर वे घर लौट रहे थे। सेना की हानि कुछ विशेष नहीं हुई थी। और लाभ हुआ था करोड़ों रुपयों का, अपरम्पार सम्पत्ति की यह विजय सचमुच

अलौकिक थी। राजे की पीठ ठोंककर जो इस विजय की सच्ची शाबाशी दे सके, इस योग्य केवल जीजाबाई थीं।

राजे दूर देश से यह स्पष्ट देख रहे थे कि माँसाहिबा उनके पराक्रम से हर्षित होकर राजमहल के प्रवेशद्वार पर हाथ में आरती लिये खड़ी हैं। उनका मन कहता था कि दौड़कर जाऊँ और माँ की गोद में सिर रख दूँ। जैसे ही राजगढ़ दिखाई देने लगा, राजे ने घोड़े को एड़ लगाई। सारी घुड़सवार सेना पूरे वेग से राजगढ़ की ओर दौड़ पड़ी।

रात भर की गई निरन्तर घुड़दौड़ के कारण राजे बहुत थक चुके थे, परन्तु राजगढ़ को देखते ही उनकी थकावट जाने कहाँ खो गई। राजे गढ़ की तलहटी में बसी छोटी-छोटी बस्तियों से घोड़ा दौड़ाते हुए गुजर रहे थे। लोग उन्हें सिजदे कर रहे थे। राजे गढ़ की तलभूमि में आ पहुँचे। परन्तु राजे के आगमन की सूचना देनेवाला नगाड़ा आज नहीं बजा और न रणसिंगे बजे। राजे ने दुर्गद्वार के भगवे ध्वज की ओर देखा–हवा बन्द होने के कारण वह झंडा भी उदास-सा लटक रहा था। पहरे के चौकीदार उन्हें सिजदा तो कर रहे थे, परन्तु नीचा सिर किए। जब राजे गढ़ के दूसरे द्वार तक आए, तो उन्हें फिरंगोजी दिखाई दिए। फिरंगोजी को देखते ही राजे सोच में डूब गए, ''फिरंगोजी गढ़ छोड़कर नीचे दूसरे दरवाजे तक क्यों चले आए?'' राजे घोड़े से उतर पड़े। फिरंगोजी चार पग आगे बढ़े फिर ठिठक गए। जैसे उनके कदम उठते ही नहीं थे। राजे आगे बढ़े।

आज फिरंगोजी के सिर पर पगड़ी भी नहीं थी। सफेद बाल छितराए हुए थे। गलमुच्छे काँप रहे थे, उनका सारा शरीर थरथरा रहा था। आँखों से अश्रुधारा बह रही थी। इसे देखकर राजे के कलेजे पर जैसे साँप लोट गया। राजे तेजी से दौड़े। फिरंगोजी के कन्धे हिलाते हुए वे चिल्ला उठे, ''फिरंगोजी, क्या हुआ? कुछ बताओ तो!''

''बहुत बुरा हुआ, राजे! हमारे बड़े महाराजसाहबऽऽ।''

''हाँ, हाँ, क्या हुआ? बोलो।''

''बड़े महाराजसाहब हमें छोड़कर चल दिएऽऽ।''

बड़े महाराजसाहब चले गए? अपने बेटे को वे कभी पास नहीं रख सके। राजे को वे अल्पकाल तक ही साथ रख पाए थे, परन्तु ये चार दिन ही जीवन के अविस्मरणीय दिन बनकर रह गए थे। इन दिनों की याद करके मन फूल-फूल आता था। महाराजसाहब, बच्चे की एक बात पर छत्तीस गाँवों की माफीदारी दे डालनेवाले महाराजसाहब। चरणों में सिर नवाकर प्रणाम करने पर, 'राजे, बड़े हो गए हो, परन्तु अभी आदत नहीं गई।' कहनेवाले महाराजसाहब!! वे महाराजसाहब, जिन्होंने देवी के आगे मनौती मानी थी, 'मेरे शिवबा का स्वराज्य बन जाए, सोने की एक लाख मूर्तियाँ भेंट चढ़ाऊँगा'! वे ही महाराजसाहब हमसे मिले बिना, बोले बिना चल दिए। कैसे हुआ यह?

राजे की आँखें डबडबा आईं। अपने को सँभाल-सहेजकर उन्होंने ऊपर देखा, ''फिरंगोजी, कैसे हुआ यह?''

''महाराजसाहब रनदुल्लाखान और सर्जाखान के साथ बिदनूर प्रान्त की मुहिम पर गए थे। शिमोना के पास होडीकेरी गाँव में उनका मुकाम था। महाराजसाहब के मन में शिकार करने की उमंग उठी। वे शिकार करने निकल पड़े। भाला तानकर जंगली जानवर का पीछा करते हुए घोड़े पर बैठकर वे सरपट दौड़े जा रहे थे किऽऽऽ।''

“बोलोऽऽ, क्या हुआ?” राजे की वाणी काँप रही थी।

“हुआ क्या, राजे, अपने भाग फूटे। इतने कुशल घुड़सवार थे हमारे महाराजसाहब मगर...। एक गड्ढे में घोड़े का पैर फँस गया। घाड़ा लुढ़क गया और महाराजसाहब हलके फूल की तरह दूर जा गिरे। गिरते ही उनके प्रण-पखेरू उड़ गए।”

फिरंगोजी राजे से लिपट गए। राजे के नेत्रों से अविरल अश्रुधारा बहने लगी। उनका मन वही पुराना दृश्य देख रहा था—जब महाराजसाहब सुध-बुध भूलकर जंगली सूअर का पीछा कर रहे थे। अति कष्टपूर्वक वे फिरंगोजी के हाथों के बन्धन से मुक्त हुए।

“माँसाहिबा कहाँ हैं?”

फिरंगोजी ने आँसू पोंछ डाले। वे कहने लगे, “क्या बताऊँ, राजे! माँसाहिबा सती होने जा रही हैं। गढ़ में उसकी तैयारियाँ पूरी की जा चुकी हैं। सबने माँसाहिबा से कहा, ‘शिवाजीराजे के आने तक तो ठहर जाइए।’ कइयों ने कसमें दिलाईं, परन्तु माँसाहिबा किसी की बात मानने को तैयार नहीं हैं।”

“क्या? हमसे मिले बिना माँसाहिबा सती हो रही थीं?” राजे के मुख से अनायास निकल पड़ा। उन्होंने तेजी से कदम बढ़ाए। पीछे कोई आ रहा है या नहीं, इस बात की परवाह किए बिना वे लपकते हुए जा रहे थे।

महल के प्रवेशद्वार से होकर राजे चौक में आए। शामराव नीलकंठ जैसे वयोवृद्ध व्यक्ति भी सिर पकड़कर बैठे हुए थे। सबकी दृष्टियाँ भूमि की ओर झुकी हुई थीं। सब चुप बैठे थे। सारे महल में डरावनी-सी शान्ति छाई थी। कहने को इतने सारे लोग थे, मगर जैसे महल में भयानक सूनापन भरा हुआ था। राजे ने जैसे-तैसे पैर धोए और वे सीधे माँसाहिबा के महल की ओर चल पड़े।

महल के द्वार पर ही उनके पैर ठिठक गए। जीजाबाई भूमि पर बैठी हुई थीं। उन्होंने हरे रंग के वस्त्र पहने हुए थे। हाथों में हरे रंग की चूड़ियाँ थीं। कक्ष के एक ओर सती द्वारा सुहागिनों को भेंट दी जानेवाली वस्तुएँ सूपों में भरी हुई रखी थीं। जीजाबाई के निकट ही सारी रानियाँ सिर झुकाए बैठी थीं। जीजाबाई ने ऊपर देखा। कुंकुम से भरा हुआ जीजाबाई का माथा देखते ही राजे के मन का आवेग बह निकला।

“शिवबाऽऽ,” केवल यही एक शब्द जीजाबाई के मुख से निकल पाया। अगले ही पल उन्होंने राजे को छाती से लगा लिया। महल में सब ओर रुदन-क्रन्दन मच गया। राजे माँ की गोद में सिर रखकर रो रहे थे, रोते ही जा रहे थे। इसी प्रकार कुछ समय बीता। राजे ने ऊपर की ओर देखा, “माँसाहिबा, हमसे मिले बिना ही जा रही थीं आप?”

राजे को प्यार से सहलाते हुए जीजाबाई बोलीं, “राजे, अब तुम छोटे तो हो नहीं। वे चले गए, मुझे भी उनके पीछे-पीछे जाना चाहिए। मेरा काम पूरा हुआ, अब मेरा रहना व्यर्थ है।”

जीजाबाई का प्रत्येक शब्द दृढ़ निश्चय का सूचक था। राजे का हृदय कम्पित हो उठा। जीजाबाई तो मानो राजे की प्रतिच्छाया ही थीं। राजे ने कहा, “माँसाहिबा, आप तो कहती थीं न कि जन्म और मृत्यु सब भाग्याधीन घटनाएँ हैं। महाराजसाहब चले गए, अब आप भी चली जाएँगी, हम कैसे जीवित रहें? नहीं, नहीं, माँसाहिबा, इससे तो हमें मृत्यु ही अधिक प्रिय होगी।”

“ऐसा मत कहो, राजे। भला मेरा अब उपयोग ही क्या है?”

"हमारा पराक्रम देखने को महाराजसाहब नहीं रहे। अब आप भी चल देंगी, तो माँसाहिबा, हम अपना पराक्रम किसे दिखाएँ? हमने आज तक एक भी काम आपकी सलाह के बिना नहीं किया। प्रत्येक युद्ध-अभियान में आपका दिया आशीर्वाद हमें निर्भय बनाता था। माँसाहिबा, आपके अभाव में हमसे एक पग भी उठाया नहीं जाएगा, हम लड़खड़ा जाएँगे। माँसाहिबा, हमारे लिए चाहे न हो, परन्तु कल के हिन्दवी स्वराज्य के लिए तो आपका अस्तित्व नितान्त आवश्यक है। हमारा वह पुरुषार्थ देखकर हमारी पीठ थपथपानेवाला और है ही कौन?"

राजे के आँसू थमते नहीं थे। कंठ अवरुद्ध हो गया था। जीजाबाई ने अपने आँचल से राजे के आँसू पोंछे। वे कहने लगीं, "राजे, कैसे संकट में फँसा रहे हो?"

राजे के मन में आशा का अंकुर फूटा, "नहीं, माँसाहिबा! यह संकट नहीं है, हम सच कह रहे हैं।"

राजे ने जीजाबाई के पैर छू लिये, "माँसाहिबा, हम आपके चरण छूकर कहते हैं, हम हिन्दवी स्वराज्य के स्वप्न को सच कर दिखाएँगे। आपको वचन दे चुके हैं हम। स्वराज्य की स्थापना होने तक हमें एक पल का विश्राम भी वर्जित होगा। महाराजसाहब ने खंडोवा देवता के आगे जो मनौती मानी है, उसे हम मिलकर पूरा करेंगे। माँ, बस, इतनी भीख मेरी झोली में डाल दो।"

जीजाबाई ने राजे को अंग लगा लिया। राजे पर मँडरा रहा संकट दूर हुआ। सती के भेंट व सामग्रीवाले सूप बाहर ले जाए गए। यों सुख का एक झोंका आकर दुख में शीतलता दे गया।

माँसाहिबा के भाल पर हलदी-कुंकुम का जो टीका रंगपंचमी के दिन कई वर्ष पूर्व लगा था, आज उस कुंकुम को अन्तिम बार पोंछ डाला गया। माथा सूना हो गया।

18

शहाजीराजा का मरणाशौच तथा श्राद्धादि विधियाँ राजगढ़ में ही सम्पन्न की गईं। शिवाजीराजे ने इस निमित्त अपार दान दिया। उन्हें चिन्ता थी तो जीजाबाई की। इसलिए उन्होंने अपने दुख को संयमित किया और वे जीजाबाई के निकट बैठे रहे। जीजाबाई के शोक को वे हलका करने का प्रयत्न करने लगे। सब रानियाँ बालक सम्भाजी को बार-बार जीजाबाई के पास भेजती थीं। सम्भाजी जाकर दादी से लिपट जाता था, वह उन्हें बात करने के लिए विवश कर देता था।

राजे का निवास राजगढ़ में ही था। मुगल सरदार जसवन्तसिंह कोंढाणा किले के चारों ओर घेरा लगाए बैठा था। कोंढाणा दुर्ग दृढ़ एवं सुरक्षित था, इसलिए महाराज उसके बारे में निश्चिन्त थे, यही नहीं, उन्हें जसवन्तसिंह की बात सोचकर हँसी आ जाती थी। जसवन्तसिंह ने जब कोंढाणा दुर्ग पर घेरा डाला था, उसके कुछ ही दिन बाद शिवाजीराजे कोंढाणा के पास से गुजरते हुए सूरत गए थे। वे मुगलों के सूरत शहर को लूटकर, जलाकर उसी रास्ते वापस भी लौट आए, फिर भी जसवन्तसिंह घेरा डाले ही बैठा था।

जाड़े का मौसम खत्म हुआ। गरमियाँ आईं, फिर भी कोंढाणा किला सर नहीं किया जा सका। यह देखकर जसवन्तसिंह बौखला उठा। वह जानता था कि अगर एक बार बरसात

शुरू हो गई, तो किला जीतना असम्भव है। उसने आखिरी हमले की पूरी तैयारी की और कोंढाणा से जा टकराया। ऊपर किले से उतना ही जोरदार मुकाबला किया गया। मुगल सेना के सारे मोर्चे छिन्न-भिन्न हो गए और इसी समय जसवन्तसिंह के बारूदखाने में आग लग गई। जोरदार धमाके हुए, कई आदमी चिन्दी-चिन्दी होकर हवा में उड़ गए। इन दोनों घटनाओं से जसवन्तसिंह बिलकुल हिम्मत हार बैठा। उसने घेरा हटाया और पुणे की ओर चल दिया। पाँच महीनों तक घेरा डालकर जसवन्तसिंह और उसका साला असफलता झोली में भरकर लौट गए। यह सुनकर राजे बहुत सन्तुष्ट हुए। घेरा हटने के दूसरे दिन राजे मुगल फौज का डटकर सामना करनेवाले वीरों का सम्मान करने के लिए कोंढाणा दुर्ग गए। किलेदार की प्रशंसा करते हुए और गढ़ का निरीक्षण करते समय राजे नेताजी से कहने लगे, ''नेताजी, याद है? हमने जब रोहिडेश्वर के सम्मुख शपथ ली थी, तब से हमारे मन में इस कोंढाणा दुर्ग के प्रति आकर्षण था। प्रारम्भ से ही यह गढ़ हमारे मन में घर किए है, परन्तु कुछ ऐसा है कि इसकी और हमारी कुंडली का मेल नहीं बैठता।''

''ऐसा क्यों कहते हैं, महाराज?''

''देखो ना, हमने कोंढाणा जीता, परन्तु महाराजसाहब के छुटकारे के लिए हमें इसे खाली करना पड़ा। हमने इसे फिर जीत लिया, शाइस्ताखान का पराभव करके हम इस किले में आए। परन्तु पता नहीं, क्या बात है! हमारे मन ने कहा, इसे अच्छी तरह दृढ़ बनाओ। अबके मुगल आक्रमण से तो यह बच गया, परन्तु कभी-कभी अकारण मन कहता है कि भविष्य में यह गढ़ हमारी कई स्मृतियों का केन्द्र बननेवाला है। ठीक है, जो होगा, होने दो।''

किलेदारों तथा अन्य अधिकारियों को हिदायतें देते हुए राजे राजगढ़ वापस लौट आए। अब राजे ने नई मुहिमों की योजनाएँ बनाईं। सूरत की लूट तथा कोंढाणा के मुकाबले के कारण अब राजे का दबदबा बढ़ गया था। राजे ने निश्चय किया कि शाइस्ताखान ने उनके राज में जो लूट-खसोट मचाई थी, उसका पूरा बदला चुकाया जाना चाहिए। उन्होंने नेताजी को यह जिम्मेदारी सौंपी कि वे अपनी सेना सहित मुगल इलाकों पर हमले करते रहें। स्वयं वे अहमदनगर प्रान्त में घुस गए। जुन्नर शहर के आक्रमण के समय अहमदनगर का हमला अधूरा रह गया था, इस अधूरेपन को राजे ने इस बार पूरा कर लिया। अहमदनगर को लूटकर वे औरंगाबाद तक जा पहुँचे और उन्होंने मुगलिया सल्तनत को बुरी तरह झकझोर डाला। राजे को ज्ञात हुआ कि कुछ मुगल सेनापति उन पर हमला करने आ रहे हैं। उन्होंने अपने मुंशी नीलप्रभु को बुलवा भेजा। मुंशी नीलप्रभु फारसी भाषा के पंडित थे। राजे के दरबार में कई भाषाएँ जाननेवाले लोग थे। नीलप्रभु फारसी के विशेषज्ञ माने जाते थे। राजे ने उन्हें मुगल सरदारों के नाम पत्र लिखवाने शुरू किए, ''...आज तीन बरस हो गए, बादशाह के बड़े-बड़े सरदार और सूरमा हमारा राज्य हथियाने के लिए हमले करते रहे हैं, इस बात को आप बखूबी जानते हैं। बादशाहसलामत दिल्ली में बैठकर हुक्म फरमाते हैं, 'शिवाजी के किलों और इलाकों पर कब्जा करो', तुम लोग जवाब भेज देते हो, 'जल्द ही कब्जा किया जा रहा है।' हमारे इस बीहड़ इलाके में धाँधली मचाने की बात सोचना भी मुश्किल है, हमारे इलाके पर फतह पाने की बात एकदम फिजूल है। बादशाह को झूठी बेबुनियाद खबरें भेजते तुम्हें शर्म क्योंकर नहीं आती? कल्याणी और बीदर के किले खुले मैदान में थे, उन पर तुमने कब्जा कर लिया। मगर हमारा इलाका पहाड़ी और ऊबड़-खाबड़ है। यहाँ के नदी-नाले पार करना,

रास्ते ढूँढ़ना, मुश्किल काम है। आज हमारे पास मजबूत साठ किले हैं, इनमें से कुछ किले समुन्दर के किनारे बसे हैं। बेचारा अफजलखान फौज लेकर आया और नाहक मारा गया। ये हादसे तुम लोग अपने बादशाह को बताते क्यों नहीं हो? अमीर-उल-उमराव शाइस्ताखान हमारे इन आसमान छूनेवाले पहाड़ों में और पाताल तक गहरी घाटियों में तीन बरस भटका किए, बार-बार बादशाह को लिखा किए कि शिवाजी को हराकर उसके वतन को काबू में किए लेते हैं। मगर उसे अपनी शरारतों का नतीजा भुगतना पड़ा। उसका हश्र क्या हुआ, सब अच्छी तरह जानते हैं। मेरा हक है कि मैं अपने राज्य की हिफाजत करूँ। तुम लोग चाहे जितनी झूठी खबरें बादशाह के नाम भेजा करो, मगर मैं अपना हक पूरा करने से कभी हटूँगा नहीं...।''

राजे ने पत्र भेज दिए। दुश्मन का भेजा ऐसा खत पाकर मुगल सरदार हक्का-बक्का रह गया।

राजे जब मुगल इलाकों में तहलका मचाते हुए घूम रहे थे तभी एक दिन उन्हें राजगढ़ से भेजा गया एक अत्यावश्यक खलीता मिला। खलीता जीजाबाई ने भेजा था। राजे ने पत्र पढ़ा, ''...इस समय खवासखान मन में दुष्टता धारण करके फिर तुम पर आक्रमण करने बीजापुर से निकल पड़ा है। उसके साथ बाजी घोरपडे और खेमसावन्त हैं। ये लोग उधर ही आ रहे हैं। श्रीभगवान् शंकरजी तथा माँ जगदम्बा तुम्हें सदा सफल बनाते रहे हैं। बाजी घोरपडे की बात भूलना नहीं, उसे घेरने-मारने का यही उचित अवसर है। तुम हमारे वह आज्ञाकारी सुपुत्र हो, जो सदा हमारे मनोरथ को सफल बनाते हो, इस कारण आज्ञा दी है...।''

राजे ने पत्र को माथे से लगाया। वे येसाजी से बोले, ''आदिलशाह ने समझौता तोड़कर हम पर हमला करने की ठानी है। खवासखान हम पर चढ़ाई करने आ रहा है।''

''राजे, नेताजी को इधर बुलवा लिया जाए।''

''नहीं।'' राजे ने कहा, ''खवासखान आ रहा है, साथ में सावन्त भी हैं। अपनी सेना काफी है, इससे पहले कि खवासखान कोंकण पार करके इधर आए, हमें ही उसे जा दबोचना चाहिए।''

खवासखान को पकड़ने के लिए राजे दक्षिण कोंकण की दिशा में बढ़ चले। रास्ते में उन्हें एक समाचार मिला, जिसे सुनकर राजे विह्वल हो उठे। आदिलशाही सरदार खवासखान के साथ स्वयं शिवाजी के भाई एकोजीराजे भोसले भी आ रहे थे। इसके साथ जासूस दूसरी खबर लाए थे, यद्यपि बाजी घोरपडे के नाम आदेश भेजा गया था कि वह खवासखान से आ मिले, परन्तु बाजी घोरपडे अभी तक आदिलशाही फौज में शामिल नहीं हुए। वे मुधोल में आराम कर रहे थे।

राजे को जीजाबाई के पत्र की याद आ गई। उन्हें याद आया बाजी घोरपडे का दुष्ट कर्म। उनका क्रोध उबल पड़ा। वे येसाजी से बोले, ''येसाजी, हम मराठों की जितनी सराहना की जाए, थोड़ी है। देखो, स्वयं हमारे भाई एकोजीराजे हमसे लड़ने आ रहे हैं। देखा जाए तो कुडाल के सावन्त, बाजी घोरपडे और हम एक ही वंश के हैं, परन्तु तीनों के तीन न्यारे ढंग। सावन्त को हमने अपना बनाना चाहा तो वे हमसे ही विश्वासघात करने लगे। यही बाजी घोरपडे है, जिसने महाराजसाहब से विश्वासघात करके उन्हें कैद कर लिया था, उनकी मुश्कें कस दी थीं।...हमें इनसे निबटने में खुशी नहीं है, परन्तु हमें यह करना ही होगा। घोरपडे

और सावन्त को अब किसी भी दशा में छोड़ना नहीं है। इस समय घोरपडे मुधोल में बैठे हमारे हमले के इन्तजार में आराम कर रहे हैं। हमारा विचार है कि उन्हें आराम की नींद सुला दें। अब तनिक भी समय न गँवाते हुए हमें मुधोल पहुँचना होगा।''

राजे सेना सहित दौड़ते जा रहे थे। वे कहीं भी बिना विश्राम किए सीधे मुधोल जा पहुँचे। दिन डूबने के समय राजे मुधोल आ पहुँचे। मुधोल नगर समतल भूमि पर स्थित था। राजे को ऊपर पहाड़ी से मुधोल के प्रवेशद्वारों के दीपक, बाजी घोरपडे की पहरे की चौकियाँ आदि दिखाई दे रहे थे। हजारों सवार रात के अँधेरे में खड़े थे। घोड़े फुरऽ-फुरऽ कर रहे थे, खड़े-खड़े ही पैर पटक रहे थे। राजे ने आदेश दिए। उसके अनुसार सवारों ने मुधोल को घेर लिया। मुधोल नगर में पूर्णतः शान्ति थी। लोग यह भी नहीं जान पाए कि चारों ओर से बन्धन कसते जा रहे हैं।

राजे ने अपने दल को इशारा किया। दल नगरद्वार से भीतर घुस पड़ा। पलक झपकते हुए नगरद्वार काबू कर लिया गया और राजे सीधे बाजी घोरपडे के महल तक जा पहुँचे। दरवाजा खटखटाया गया। बड़े दरवाजे की छोटी दुआरी में से एक नौकर ने सिर बाहर निकालकर देखा, परन्तु वह निकला हुआ सिर फिर अन्दर नहीं जा पाया। हवेली का दरवाजा खुल गया–पूरे महल पर काबू पा लिया गया। जो सैनिक हवेली की अटारी में गए थे, उन्होंने बाजी घोरपडे को बिस्तर पर लेटे ही पकड़ लिया था और उसे उसी तरह बस में कर रखा था। राजे ऊपरी बालाखाने में गए। बाजी घोरपडे आँखें फाड़-फाड़कर राजे की ओर देख रहा था, ''कौन हो तुम?''

''मुझे नहीं पहचानता? मुझे शिवाजी कहते हैं।''

''शिवाजी?''

''हाँ, शिवाजी, शहाजीराजा का बेटा।''

बाजी को मौत का साया मँडराता दिखाई देने लगा। उसने जैसे ही उठने का प्रयत्न किया, तलवार उसकी छाती से आ लगी। नकली हिम्मत दिखाते हुए बाजी कहने लगा, ''सोए हुए पर वार करना ठीक नहीं है। मुझे मौका दे, मैं भी हथियार लेकर आता हूँ।''

''हरामखोर! दगाबाज! अब तुझे धर्मयुद्ध सूझ रहा है? जब फर्जन्द शहाजीराजा को तूने कैद किया था, तब यह समझ कहाँ गई थी? विश्वासघाती! महाराजसाहब जब सो रहे थे, तभी तूने उन्हें गिरफ्तार किया था। जब महाराजसाहब किसी कोशिश में घायल होकर बेहोश हो गए थे, तब तूने ही उन्हें हथकड़ियाँ पहनाई थीं, वाह रे शूरवीर! और आज तू हमें धर्मयुद्ध की याद दिला रहा है?''

राजे पीछे हट गए। मृत्यु के भय से आतंकित बाजी की ओर तुच्छता-भरी दृष्टि से देखते हुए वे बोले, ''बाजी, हम नीचे चौक में तेरी प्रतीक्षा कर रहे हैं। चल उठ और तलवार लेकर तुरन्त नीचे आ। याद रख, मुधोल शहर को हमारी सेना ने पूरी तरह घेर रखा है। भागना चाहेगा, तो तू भाग नहीं पाएगा।''

कुछ सैनिकों को बाजी के पास तैनात करके राजे नीचे आए। बाजी की हवेली में रोना-पीटना मचा हुआ था। सारे मुधोल शहर में हो-हल्ला बढ़ने लगा था। टापों की आवाजें सारे मुधोल में सुनाई दे रही थीं। राजे हवेली के आँगन में खड़े थे। जैसे कोई नाग बिल से बाहर निकले, इस तरह बाजी नंगी तलवार हाथ में लेकर सभागृह में आया। बाजी शत्रु

था, पर वीर भी था। तलवार चलाने में अति निपुण था। वह जो भी हो, राजे ने जोखिम उठा लिया था। बाएँ हाथ से ढाल सँभालकर बाजी आँगन में उतरा।

राजे ने अपनी भवानी तलवार की ओर देखा और पैंतरा लिया। वार पर वार किए जाने लगे। वार ढाल पर झेले जा रहे थे। राजे को काम पूरा करने में अधिक देर नहीं लगी। उन्होंने एक वार भवानी तलवार से रोक लिया। तलवारें खनखना उठीं। बाजी ने बड़ी कठिनाई से अपनी तलवार अलग की और वार करने के लिए उठाई। राजे इसी अवसर की प्रतीक्षा कर रहे थे। इससे पहले कि बाजी का उठा हुआ हाथ नीचे आए, राजे की भवानी तलवार बाजी की छाती में घुस गई। बाजी के हाथ से तलवार छूट गई। वह लड़खड़ाकर गिर पड़ा। राजे ने बाजी की ओर देखा, उनके वार ने मर्मस्थल पर चोट की थी। बाजी की आँखें खुली की खुली रह गईं और उसने दम तोड़ दिया।

राजे ने सारी हवेली को लूटने की आज्ञा दी। राजे ने कहा, "शहर को पूरी तरह बरबाद कर दो। इस विश्वासघाती व्यक्ति के वंश में नाम-लेवा और पानी-देवा भी कोई न बचने पाए।"

मुधोल में निर्मम हत्याकांड शुरू हो गया। घोरपडे के परिवार में कोई भी जीवित नहीं बचा।

राजे मुधोल शहर के बाहर खड़े थे। शहर में केवल हो-हल्ला और रुदन-विलाप सुनाई दे रहा था। धीरे-धीरे रात आई, मुधोल शहर से आग की लपटें और धुएँ के बादल उठ रहे थे। भाग्य से बाजी घोरपडे की रानी मालोजी और शंकराजी नामक दो पुत्रों सहित अपने मायके गई हुई थी। मुधोल में तीन हजार लोग मौत के घाट उतारे गए। अपने पिता के अपमान का बदला लेकर राजे वापस लौट पड़े। माँ जीजाबाई की इच्छा को वे पूर्ण कर सके, इस बात से वे बहुत आनन्दित थे।

19

घोरपडे को पराजित करके राजे सेना सहित कुडाल आ पहुँचे। खवासखान घोरपडे के आने का इन्तजार कर रहा था। उसे मुधोल के आक्रमण तथा घोरपडे की मृत्यु के बारे में कुछ भी पता नहीं था। राजे एक रात को कोंकण प्रदेश में आ पहुँचे। खवासखान बीहड़ इलाके में पड़ाव डाले बैठा था। राजे की सेना ने उसे चारों ओर से घेर लिया। आधी रात को हुए इस हमले के कारण खवासखान चकरा गया। उसे कुछ सूझा नहीं कि क्या करे। उसने सुना था कि शिवाजी शैतान है, आज वह इसकी सचाई देख रहा था। उसने फौज को इकट्ठा किया और मुकाबला करना शुरू किया। उसने राजे के हमले का बड़ी कुशलता से सामना किया। परन्तु वह जंगली-पहाड़ी इलाका था। खवासखान को शिवाजी का सामना करने के लिए खुला मैदान नहीं मिल पाया। उसके दो सरदार मारे गए। अब उसके दिमाग में इतना भर खयाल था कि इस अचानक आई मुसीबत से फौज को कैसे बचाया जाए। इसी समय खबर आई कि शिवाजी ने मुधोल जीत लिया और घोरपडे मारे गए। खबर सुनकर खवासखान खौफ खाकर पीछे हटने लगा और पहाड़ी घाट की ओर भाग गया। पीछे हटते समय उसने अपने मोर्चे इतनी होशियारी से बाँधे थे कि राजे उसका पीछा नहीं कर पाए। राजे को भी उसकी युद्ध-निपुणता की प्रशंसा करनी पड़ी।

खवासखान की हार का समाचार सुनकर स्वयं सावन्त के होश उड़ गए। उसे अपनी होनी दिखलाई देने लगी। उसने अपना बोरिया-बिस्तर समेटा और कुडाल खाली करके वह परिवार सहित फिरंगाणे की तरफ चल पड़ा। परन्तु फिरंगाणा (गोवा) के पुर्तगालियों ने उसे आने नहीं दिया। वे सावन्त के कारण शिवाजी की शत्रुता मोल लेने को तैयार नहीं थे। अब सावन्त के पाँव तले की धरती खिसक गई। दुनिया में उसका अपना कोई नहीं रहा। उधर राजे ने कुडाल पर कब्जा कर लिया था और इधर फिरंगी पुर्तगाली उसे पाँव नहीं रखने दे रहे थे। राजे ने जब सुना कि सावन्त फिरंगियों का आश्रय पाने गया है, तो वे गोवा की तरफ चल पड़े। गोवा के फिरंगी घबरा उठे। उन्होंने राजे को नजराने भेजे और उनसे सलाह ली। आखिरकार सावन्त ने राजे का शरणागत बनना स्वीकार कर लिया। उसने अपने दूत पिताम्बर शेणवी को शिवाजी से मिलने भेजा और अभयदान माँगा। सावन्त ने राजे को अपने वंश की याद दिलाते हुए प्रार्थना की थी, "हम सावन्त भोसले वंश के ही हैं, हम दोनों का गोत्र एक है। अब हमारा आप ही निर्वाह कीजिए। हम तो आपके पुत्र-समान हैं।"

ऐसे वचन सुनकर राजे का क्रोध शान्त हो गया। स्वराज्य स्थापना और प्रारम्भिक काल में यही सावन्त थे, जो राजे के आश्रित बने थे। राजे ने भी इन्हें अपना लिया था और इन्हें स्वराज्य का प्रथम मांडलिक बनाया था। परन्तु सावन्त यह सब भूल गए। उनकी कुनीतियों के कारण राजे को बहुत कष्ट झेलने पड़े। पर राजे यह नहीं भूल पाए कि वह कुनीतिपूर्ण आचरण अपने कुछ लोगों की भूल के कारण था। राजे ने इस बार सावन्त को अभयदान दिया। राजे ने उन्हें आधे प्रान्त का अधिकार प्रदान किया। उनसे यह करारनामा करा लिया कि वे बुलाए जाने पर अपनी सेना लेकर सहायता करने आएँगे। सावन्त के साथ की घटना यों ही समाप्त हुई।

राजे ने निश्चय किया था कि इस अभियान में कोंकण प्रदेश यथासम्भव जीत लिया जाए। राजे का यह उद्देय सफल हो गया था। कोंकण प्रदेश के विषय में उन्हें अब चिन्ता नहीं थी। वहाँ की प्रजा भी हर्षित और सन्तुष्ट हो गई थी।

कोंकण-अभियान में राजे को बहुत दौड़-धूप करनी पड़ी। राजे भली-भाँति जानते थे कि यदि कोंकण की रक्षा करनी है, तो समुद्रतटीय प्रदेश की रक्षा करनी आवश्यक है। समुद्रतट को सुरक्षित रखने के लिए जलसेना को सबल बनाना आवश्यक था। इस दृष्टि से राजे ने मालवण बन्दरगाह की ओर जाने का निश्चय किया। उन्होंने सोचा था कि वहाँ जाकर जलसेना का निरीक्षण किया जाए और कुछ दिन विश्राम भी कर लिया जाए। वे मालवण आ पहुँचे।

20

राजे सागरतट पर खड़े थे। सागर गरजता हुआ किनारे की ओर झपट रहा था। राजे के साथ तानाजी, मानाजी भी खड़े थे। राजे अपना-आप भूलकर जलधि के विशाल रूप को निहार रहे थे। समुद्रतट की शिलाओं से टकराकर उठनेवाली लहरें अस्ताचलगामी सूरज की किरणों में चमककर मानो आकाश में मोती बिखेर रही थीं। राजे की यह तल्लीनता कुछ देर बाद भंग हुई। सूर्यदेव को नमस्कार करके वे कहने लगे, "मानाजी, सागर के समान अन्य कोई

गुरु नहीं है। यहाँ आकर हृदय विशाल हो जाता है। अनेक विचारों की लहरियाँ हृदय के शिलातट से टकराने लगती हैं। सच ही मनुष्य को समुद्र के समान होना चाहिए। यही देखो ना, समुद्र अनादिकाल से जानता है कि वह अपनी लहरों से पृथ्वी को पादाक्रान्त नहीं कर सकता, फिर भी उसे पराजय का भय कभी नहीं रहता। उसके हाथ सदैव तट की ओर बढ़ते-लपकते रहते हैं। इस संघर्ष में उसे जय-पराजय का, ज्वार-भाटे का कोई भय नहीं...अस्तु, चलो!"

राजे वापस लौट पड़े। रात राजे को नींद नहीं आ रही थी। उनके नेत्रों के आगे दीख रहा था–समुद्र। गर्जना-भरी तरंगों का नाद कानों में गूँज रहा था। राजे के राज्य की सीमाएँ अब काफी बढ़ चुकी थीं। समुद्रतटवर्ती कोंकण प्रदेश पर उनका अधिकार था। उनके पास समुद्रतटीय प्रदेश पर शासन करने योग्य जलपोत थे। फिर भी समुद्रतट पर वास्तविक आधिपत्य जंजिरा के सिद्‌दी का था। दंडराजपुरी और जंजिरा इन दो दृढ़ ठिकानों के कारण सिद्‌दी के जहाजों का दबदबा सम्पूर्ण समुद्रतट पर छाया था। यदि उसके समुद्री मार्ग की नाकेबन्दी की जाती थी, तो वह समुद्रतटीय भूमि के मार्ग से अपनी रसद पूरी कर लेता था। भूमि-मार्ग से उसकी रसद और कुमुक रोक दी जाती तो वह जलमार्ग का उपयोग करता था। राजे के पास ऐसे दृढ़ समुद्रीय सैनिक केन्द्र का अभाव था। यदि ऐसा कोई दृढ़ जलीय केन्द्र मिल सकता तो समुद्र की स्वच्छन्द सत्ता का उनका स्वप्न शीघ्र साकार हो उठता।

प्रातःकाल राजे सोकर उठे। उनकी पुकार सुनकर सेवक दौड़ पड़े। राजे ने आज्ञा दी, "हमारे घोड़े तैयार रखो। तानाजी, गंगाजी, मानाजी से कहो वे हमारे साथ घूमने चलेंगे।"

राजे ने कपड़े पहने। शीत ऋतु होने के कारण प्रातःकालीन तुषार-कणों से धरती आर्द्र बनी हुई थी। कुहासे के मेघ छाए हुए थे। राजे अपने अश्वारोही दल सहित बाहर निकल पड़े।

वे समुद्र के किनारे-किनारे जा रहे थे। समुद्र का अखंडित नाद कानों में गूँज रहा था। राजे मौन चले जा रहे थे। उनके पीछे-पीछे तानाजी, मानाजी और गंगाजी चल रहे थे। सूर्योदय हुआ। सूर्य की कोमल किरणों से सागर की तरंगों पर चमकीले सितारे फैल गए। चलते-चलते राजे ने अचानक घोड़े की लगाम खींची। समुद्र के भीतर कुछ दूरी पर एक काला धब्बा-सा दिखाई दे रहा था। राजे ने उस ओर संकेत करते हुए पूछा, "वह क्या है?"

सब उस ओर देखने लगे। कोई नहीं जानता था कि वह क्या है। इसी समय समुद्र के किनारे एक मछुआरा दिखलाई दिया। तानाजी ने घोड़े को एड़ मारी। राजा का अश्वारोही दल देखकर वह मछुआरा वैसे ही घबराया हुआ था, सवार को अपनी ओर आते देखकर उसकी घिग्घी बँध गई। तानाजी उसे राजे के पास ले आया। शिवाजीराजे को देखते ही वह मछुआरा प्रसन्न हो उठा। उसने भूमि पर मत्था टेककर नमस्कार किया, "क्या नाम है तेरा?" राजे ने पूछा।

"सावजी कोली है, सरकार," मछुआरा बोला।

राजे ने उस शिलामय खंड की ओर उँगली दिखाते हुए पूछा, "वह क्या है?"

मछुआरे ने देखा। बोला, "वह तो कुरटे टापू है सरकार।"

"बड़ा है क्या?"

"हाँ, महाराज।"

"उस द्वीप तक नाव जा सकती है क्या?"

"जाती है, महाराज।"

"सावजी, मेरा एक काम करेगा?" राजे ने पूछा।

सावजी खुश हो गया। अब उसकी हिचक कम हो गई थी। वह बोला, "कहो, महाराज।"

"गाँव में जाकर देख, टापू तक जाने के लिए दो नावें मिलेंगी क्या। मिल जाएँ, तो हमारे पड़ाव में आकर बता देना।"

राजे पड़ाव में लौट आए और थोड़ी देर बाद ही सावजी कोली भी दौड़ता हुआ आया। नौकाएँ तैयार थीं। राजे ने तानाजी, गंगाजी, मानाजी को बुलवा लिया, "तानाजी!"

"जी।"

"तुम उस कुरटे द्वीप पर जाओ। द्वीप अच्छी तरह देख आओ। समझ गए न?"

तानाजी को हँसी आ गई। बोले, "जी, बहुत अच्छा।"

राजे अपने डेरे में उतावले होकर टहल रहे थे। समुद्र के बीच स्थित वह द्वीप रह-रहकर उनका ध्यान खींच रहा था।

दुपहर को तानाजी के आने की सूचना मिली। तानाजी, मानाजी और गंगाजी के मुखों से आनन्द फूटा पड़ता था। राजे अधीर होकर पूछने लगे, "कहो, तानाजी।"

"महाराज, वह टापू बहुत अच्छा है। उसके चारों तरफ काला कठोर पाषाण का किनारा है। टापू का घेरा कोई कोस-सवा कोस है।"

राजे हर्षित हो उठे। मानाजी ने कहा, "महाराज, और अचम्भे की बात यह कि समुद्र के बीच बसे उस पत्थर के टापू में पानी खारा नहीं, एकदम मीठा है।"

राजे सिर ऊपर उठाकर कह उठे, "सच कहते हो?"

"जी हाँ, ये सावजी बता रहा था कि वहाँ मीठा पानी ले जाने की जरूरत नहीं होती। वहाँ के पत्थरों में बारहों महीने मीठा पानी मिल जाता है। हम भी वहाँ का पानी पी आए हैं, बिलकुल मीठा है।"

"परमेश्वर की दया है।" राजे प्रसन्न होकर बोले। तानाजी, मानाजी, गंगाजी और सावजी राजे के खुशी से भरे चेहरे की ओर देख रहे थे। राजे ने कहा, "तुम नहीं जानते कि तुम आज कितना बड़ा काम कर आए हो। आज हम भी द्वीप देखने जाएँगे। सावजी, मालवण में जितने भी कुशल मल्लाह हैं, उन्हें बुला ले। जितनी भी नौकाएँ मिल सकें, ले आ। आज हम उस टापू को देखने जाएँगे।"

मध्याह्न का सूर्य समुद्र के जल पर झिलमिला रहा था। लहरें गर्जना करती हुई तट की ओर झपट रही थीं। राजे के पीछे पच्चीस-तीस मछुआरे शान से चले जा रहे थे। तानाजी, गंगाजी, मानाजी और रक्षक-सैनिकों का दल उनके पीछे-पीछे चला जा रहा था। सावजी कोली राजे के साथ चल रहा था। राजे उससे कई तरह के प्रश्न पूछ रहे थे, 'यहाँ पानी कितना गहरा है?' समुद्री तूफान आने पर यह चट्टान पानी में डूब जाती है क्या?' 'ज्वार आने पर समुद्र का जल कितना ऊपर तक चढ़ आता है?' 'मालवण के समुद्री किनारों पर समुद्र कहीं गहरा है या नहीं?' आदि-आदि।

सारगतट पर पचास के लगभग नौकाएँ खड़ी हुई थीं। एक-दो पालवाली नौकाएँ भी थीं। राजे नाव पर सवार हुए। शेष नावों पर अन्य लोग सवार हुए और नौकाएँ चल दीं। लहर के साथ ऊँची उठनेवाली नाव लहर के साथ ही नीचे की ओर आ जाती थी। यों हिलोरें लेती हुई, बूँदों के मोती बिखेरती हुई, सिवार को चीरती हुई नाव आगे बढ़ती जा रही थी। चप्पू से चोट खाकर जल की बूँदें उड़ रही थीं और राजे का मुख उन मौक्तिक-बिन्दुओं से दमक उठा था। वह शिलामय द्वीप ज्यों-ज्यों निकट आ रहा था, राजे अतृप्त दृष्टि से उसकी ओर निरन्तर देख रहे थे। जैसे ही नौका शिलातट से आ लगी, राजे ने हर्षित मन से हाथ जोड़कर नमस्कार किया और उन्होंने तट पर पाँव रखे।

उस शिलाद्वीप की विशालता एवं दृढ़ता को देखकर राजे का हृदय गद्गद हो उठा। दूर-दूर तक फैला हुआ समुद्र राजे के मन में कोलाहल मचा रहा था। राजे का एक अधूरा स्वप्न साकार होने जा रहा था। सारे समूह के साथ राजे ने पूरे द्वीप का चक्कर लगाया। शिला-भूमि से निकले जल को पीकर राजे तृप्त हो उठे। राजे ने कहा, "तानाजी, आज हमारे मन की एक व्यथा दूर हो गई। हमने जलसेना बनाने की तैयारी की, परन्तु उस जलसेना के लिए कोई दृढ़ जलदुर्ग नहीं था। उत्तर में महाड से लेकर नीचे दक्षिण में गोकर्ण तक सारा समुद्रतट हमारे अधीन है, तथापि हमें सिद्दी के जहाजों का भय तथा फिरंगियों के समुद्री अधिकार की आशंका सदैव व्याकुल बनाए रखती थी। दृढ़ जलदुर्ग के बिना जलसेना ऐसी ही है, जैसे डोरी के बिना धनुष या मूठ के बिना तलवार। हमारी नौसेना तलवार का फल है, जिसमें यह कुरटे द्वीप मूठ के समान शोभित होगा। तानाजी, हम यहाँ एक जलदुर्ग बाँधना चाहते हैं।"

अब जाकर बात सबके ध्यान में आई। राजे का यह विचार सुनकर सब स्तम्भित हो गए। तानाजी कहने लगे, "महाराज, तब तो ये कुरटे द्वीप कंचन बन जाएगा।"

"नहीं, यह तो एक दैवीय वरदान है।" राजे कह रहे थे, "ये कुरटे केवल द्वीप नहीं है, यह तो साक्षात् शिवधनुष हमारे हाथ लगा है। प्रकृति की इस पवित्र देन से हम कंचन बन जाएँगे।" चारों ओर दृष्टि दौड़ाते हुए राजे ने कहा, "चौरासी बन्दरगाहों में कोई भी स्थान इतना उपयुक्त नहीं है। इस द्वीप के कारण सिद्दी का घमंड चूर हो जाएगा। हमें पुर्तगालियों को कर देना पड़ता है, वह भी नहीं देना पड़ेगा। हमारे जलपोत यहाँ सुरक्षित रह सकेंगे। स्वराज्य को सागर में भी स्वच्छन्द शासन प्राप्त हो सकेगा। तानाजी, हम देख रहे हैं—वह दिन अब दूर नहीं है।"

ऐसा प्रतीत होता था, मानो राजे के शरीर में दैवीय प्रेरणा संचारित हो उठी हो। उनकी मुद्रा ही कुछ ऐसी बन गई थी। वे बेसुध-से होकर द्वीप देख रहे थे। यह दृष्टि किसी वास्तुकला शिल्पी की नहीं थी, यह तो स्वराज्य के संस्थापक की दूरदृष्टि थी। महाराष्ट्र के मनोरथ को मूर्त रूप देनेवाले शिल्पकार की दृष्टि थी यह।

राजे शिलाद्वीप से वापस लौटे, परन्तु जलदुर्ग का विचार उनके मन से हटता ही नहीं था। उन्हें उसके अतिरिक्त अन्य कुछ सूझता ही नहीं था। उन्होंने सब मछुआरों-नाविकों को जमा किया। वे प्रतिदिन कुरटे द्वीप पर जाते थे। नाविक और कारीगर राजे की आज्ञा पाकर नींव, दीवार, सैनिक पड़ाव आदि की दृष्टि से निरीक्षण तथा सोच-विचार कर रहे थे। जब नाविकों और कारीगरों ने द्वीप को योग्य एवं उचित बताया, तो राजे का हर्ष दूना हो उठा। उनके मन में जलदुर्ग बन ही चुका था, अब उसका साकार निर्माण होना शेष था।

राजे ने कुरटे द्वीप की खोज करनेवाले प्रथम व्यक्तियों के रूप में तानाजी, गंगाजी, मानाजी तथा सावजी कोली को सुवर्ण कंकण देकर सम्मानित किया। राजे ने मालवण में ही और कुछ दिन रहने का निश्चय किया।

ग्राम के पुरोहित जानभट्ट अभ्यंकर ने शुभ मुहूर्त खोज निकाला और एक दिन भूमिपूजन समारोह की तैयारी करके राजे ने अपने सरदारों, रक्षकों, विशिष्ट जनों एवं सैकड़ों कारीगरों-मल्लाहों के साथ कुरटे द्वीप की ओर प्रस्थान किया। द्वीप पर पहुँचकर राजे ने गणपति की पूजा की। समुद्र-पूजा के समय उन्होंने विशेष वस्त्र, बहुमूल्य पगड़ी, सुवर्ण होन आदि राजोचित वस्तुएँ अर्पण कीं। राजे ने सुवर्णमय नारिकेल समुद्र-देवता को भेंट चढ़ाया और समुद्र ने तुरन्त अपनी तरंगों के शुभ उत्तरीय में उसे लपेट लिया। सागर-देवता तृप्त हुए। सागर ने तरंगों के हाथ उठाकर राजे को आशीष दिया। सागर-वन्दना के पश्चात् राजे भूमिपूजन के स्थान पर आए। संकल्प पाठ के पश्चात् वेद-मन्त्रों की पवित्र ध्वनि में राजे ने जलदुर्ग की नींव की आधारशिला रखी। शृंग-वाद्य बज उठे। धौंसे गूँज उठे। कुरटे द्वीप में आनन्द की तरंगें उठने लगीं।

मालवण लौटकर राजे ने कुशल कारीगरों को इकट्ठा करना शुरू किया। वे दूर-दूर से चुनकर निपुण शिल्पी लाने लगे। पत्थर गढ़नेवाले पाँच सौ शिल्पी तथा दो सौ लुहारों के अतिरिक्त मजदूर, मल्लाह आदि तीन हजार कुशल व्यक्तियों को कुरटे द्वीप में ले आया गया। द्वीप में कई झोंपड़ियाँ बन गईं। इस काम में बाधा न आए, इस दृष्टि से अनाज का भरपूर भंडार द्वीप में जमा किया गया। तानाजी प्रतिदिन इन सारे आयोजनों को देख रहे थे। एक दिन साहस बटोरकर वे राजे से कह उठे, ''महाराज, यह खर्च तो बेहिसाब हो जाएगा।''

''खर्च की बात कहते हो, तानाजी? तानाजी, हमें सूरत ने जो करोड़ों होन की सम्पत्ति दी है, वह किस काम आएगी? स्वराज्य की सम्पत्ति ये करोड़ों होन नहीं हैं, राज्य का सच्चा वैभव तो ऐसे दृढ़ दुर्ग ही हुआ करते हैं। राज्य यदि चारों दिशाओं से सुरक्षित हो जाए, तो सम्पत्ति की कैसी कमी?''

पुर्तगालियों ने राजे के कोंकण-अभियान के समय उन्हें नजराने भेजे थे और मित्रता की आशा की थी। राजे ने सोचा कि पुर्तगालियों की उस मित्रता को कसौटी पर कसकर देखा जाए। उन्होंने गोवा के पुर्तगालियों को कुशल कारीगर भेजने के लिए कहा और पुर्तगालियों ने तुरन्त सौ कारीगर भेज दिए। राजे ने जलदुर्ग के निर्माण-कार्य के लिए सूबेदार गोविन्द विश्वनाथ प्रभु की नियुक्ति की।

कुरटे द्वीप में जलदुर्ग का निर्माण पूरे जोर-शोर से शुरू हो गया। पत्थर गढ़े जा रहे थे, लोहारखाने में साँचे बनाए जाने लगे। नौकाओं में भर-भरकर सीसा लाया जा रहा था, ढाला जा रहा था। पिघला हुआ सीसा दुर्ग की नींव में डालकर नींव के पत्थर लगाए जा रहे थे। जलदुर्ग की नींव में पाँच खंडी* सीसा डालकर नींव मजबूत बनाई गई।

दुर्ग की रक्षा के लिए पाँच सौ मावले सैनिक रात-दिन पहरा देते थे। राजे की तोपें, गोला-बारूद, और जहाज मालवण के आस-पास सुसज्जित थे। शिवाजी के जलदुर्ग को सबसे अधिक भय सिद्दी का था। कहीं वह निर्माण-कार्य में बाधा न उत्पन्न कर दे, इस आशंका के कारण राजे ने सुरक्षा-व्यवस्था की थी। जलदुर्ग के निर्माण-कार्य के समय स्वयं उपस्थित

* एक खंडी बीस मन।

रहकर तथा उस कार्य को गति देकर राजे ने मालवण का एक मास का निवासकाल समाप्त किया और वे आनन्दपूर्वक राजगढ़ लौट आए।

21

राजे राजगढ़ लौट आए, परन्तु उनका मन जलदुर्ग के निर्माण का विचार भुला नहीं पा रहा था। वे बात भी करते थे तो उसी के विषय में। जलदुर्ग के पूर्ण होने तक नौसेना को संगठित करना भी आवश्यक था। राजे द्वारा जलपोत बनवाने का काम जोरों पर था। जो जहाज तैयार हो जाते थे, वे समुद्र में चक्कर लगाने लगते। पुर्तगाली और अंग्रेज शिवाजीराजा की बढ़ती हुई जलसेना को बड़ी सावधानी से देख रहे थे। शाइस्ताखान के आक्रमण के काल में पुणे और सुपे प्रान्तों का जो भूभाग मुगलों के कब्जे में आ चुका था, उस भूभाग को यदि छोड़ दिया जाए, तो राजे के राज्य का शेष भू-प्रदेश अब शान्त और व्यवस्थित हो चुका था। समुद्रतटीय कोंकण प्रदेश की राज्य-व्यवस्था भी पूर्ण हो चुकी थी। सूरत और अहमदनगर की लूट के कारण राजे का दबदबा बढ़ चुका था। शाइस्ताखान और जसवन्तसिंह की हार के कारण मुगलिया सल्तनत भी डोल उठी थी। बाजी घोरपडे की हत्या और खवासखान की हार से आदिलशाही राज के मुँह पर भी अच्छा-खासा तमाचा लगा था। राजे की शक्ति और सत्ता बढ़ रही थी। जीजाबाई का हृदय राजे की इन पराक्रमपूर्ण घटनाओं के बारे में सुनकर सराहना से भर उठता था।

नित्य क्रम के अनुसार राजे सायंकाल को जीजाबाई से मिलने गए। जीजाबाई बैठकी पर बैठी हुई थीं। ज्योतिषीजी पंचांग खोले हुए पीढ़े पर बैठे हुए थे। राजे ने पूछा, ''माँसाहिबा, कैसा मुहूर्त देख रही हो?''

''आओ, राजे, हम तुम्हारी ही प्रतीक्षा कर रही थीं। निकट काल में ही सूर्यग्रहण है न, इसीलिए हम पूछताछ कर रही थीं।''

''कब है सूर्यग्रहण?'' राजे ने पूछा।

''पौष बदी अमावस को है, अभी एक मास है।'' ज्योतिषीजी ने बताया।

''तो फिर?'' राजे ने पूछा।

''राजे!'' माँसाहिबा कहने लगीं, ''जब ग्रहण होता है न, तब अनिष्ट निवारणार्थ दान-धर्म किया जाता है।''

ज्योतिषी बोले, ''राजे, यह ग्रहण कुछ अशुभ है। क्रोधी नामक संवत्सर है। इस ग्रहण का स्वभाव उग्र है। ऐसे ग्रहण के अवसर पर दान-पुण्य किया जाए, तो दुष्ट ग्रहों की शान्ति होती है। ऐसे समय कई व्यक्ति तो तुलादान भी करते हैं।''

''हाँ, यह ग्रहण अनिष्टकारी अवश्य ही है,'' राजे मुस्कराकर कहने लगे, ''हमारे पराक्रमों से क्रुद्ध होकर स्वयं शहंशाह औरंगजेब हम पर धावा बोलने की योजनाएँ बना रहा है। हमने सुना है कि वह स्वयं ही दक्खिन की ओर आ रहा है।''

जीजाबाई का मुख चिन्ताग्रस्त हो उठा। वे बोलीं, ''तो तुमने क्या सोचा है?''

''हमने क्या सोचना है? माँसाहिबा, आपका आशीर्वाद हमारे साथ है, फिर भला चिन्ता काहे की?''

"राजे, ग्रहण निकट है, विपत्तियाँ मुँह बाये खड़ी हैं। मेरा मन कहता है...।"

"कहिए, माँसाहिबा!"

"राजे, मन कहता है, इस ग्रहण के अवसर पर प्रचुर दान-पुण्य किया जाए।"

"इससे अच्छी और क्या बात हो सकती है? माँसाहिबा, हम आपकी इच्छा का अवश्य पालन करेंगे। जगदम्बा की कृपा से हम इतने समर्थ अवश्य हैं।"

"वह तो ठीक है, परन्तु दान कितना करना होगा? उसकी कुछ सीमा तो निश्चित करनी होगी।"

राजे ने ज्योतिषीजी से पूछा, "पंडितजी, अभी तुमने तुलादान के बारे में कुछ कहा था?"

"हाँ।" ज्योतिषीजी बोले, "ऐसे प्रसंगों पर तुलादान भी किया जाता है।"

राजे हर्षित हो उठे। कहने लगे, "तो ठीक है। इस सूर्यग्रहण के अवसर पर हम माँसाहिबा का तुलादान करेंगे। देखें तो सही, स्वराज्य का पुण्य तोला-मापा जा सकता है अथवा नहीं?"

"राजे!" माँसाहिबा के मुख से निकला।

"माँसाहिबा, पुण्य कमाने का ऐसा सुअवसर भला कौन हाथ से जाने देगा? अब हमने ठान लिया है, हमारा यह निश्चय कदापि बदलेगा नहीं।"

सुवर्ण-तुला के स्थान के लिए राजे ने धर्मक्षेत्र महाबलेश्वर का चुनाव किया। महाबलेश्वर में राजनिवास की व्यवस्था करने सम्बन्धी आदेश प्रसारित किए गए। गाड़ियों में लादकर डेरे, तम्बू और शामियाने महाबलेश्वर भेजे जाने लगे। जीजाबाई द्वारा सुवर्ण तुलादान करने के प्रबन्ध सोत्साह प्रारम्भ हो गए। राजे ने तुलादान के लिए चाँदी की तराजू बनाने की आज्ञा दी। पूरी सुरक्षा-व्यवस्था के बीच राजकोष से पुष्कला सुवर्ण महाबलेश्वर भेजा जाने लगा। विशिष्ट राजकीय व्यक्तियों के लिए पालकियाँ और डोलियाँ सजाई जा रही थीं और एक शुभ दिन पर राजे ने महाबलेश्वर के लिए प्रस्थान किया। जीजाबाई तथा रानियाँ विशेष डोलियों में बैठी थीं। राजकीय डोलियों के पीछे-पीछे एक पालकी भी जा रही थी। इसमें वयोवृद्ध राजसेवक सोनोपन्त डबीर बैठे हुए थे।

सोनोपन्त अब बूढ़े हो चले थे। महाराजसाहब शहाजीराजा के विशेष विश्वासपात्र व्यक्तियों में प्रमुख थे—दादोजी कोंडदेव, सोनोपन्त डबीर, माणकोजी दहतोंडे और कान्होजी जेधे। इनमें से केवल सोनोपन्त ही जीवित थे। कोई अत्यन्त महत्त्वपूर्ण कार्य आ पड़ता था, वह सोनोपन्त को ही सौंपा जाता था। सोनोपन्त ही राजे का दूत बनकर दिल्ली-दरबार में गए थे। शाइस्ताखान के साथ सुलह करने का काम राजे ने उन्हें ही सौंपा था। अब उनकी आयु ढल चुकी थी। स्वराज्य की सेवा करने में उनके अंग-प्रत्यंग थक चुके थे। अब उनका भरोसा न था कि कब चल दें। सोनोपन्त तो महाबलेश्वर जाने के लिए राजी नहीं थे, फिर भी राजे ने उन्हें साथ ले लिया था।

महाबलेश्वर का चेहरा बदलने लगा था। मन्दिर के चारों ओर के मैदान में विशेष डेरे और शामियाने खड़े किए गए थे। मन्दिर में चूने की पुताई की गई थी। शिखर चमकने लगा था। मन्दिर के निचले भाग से लेकर ऊपर पहाड़ी तक सारी भूमि की सफाई की गई थी। लताओं-पल्लवों की मालाएँ यत्र-तत्र लटक रही थीं। पुरोहित और आचार्यगण छोटी-छोटी बातों की ओर भी ध्यान दे रहे थे, ताकि पूजा-कार्य में किसी तरह की त्रुटि अथवा कमी

न रह जाए। राजे महाबलेश्वर पधारे। उन्होंने रानियों सहित महाबलेश्वर भगवान् के दर्शन किए। वे मन्त्रमुग्ध होकर उस स्वयंभू शिवलिंग की ओर एकटक देख रहे थे।

महाबलेश्वर पावन धर्मस्थली है। कृष्णा, कोयना, वेष्णा, गायत्री और सावित्री–पाँचों नदियाँ इस क्षेत्र की जीवनदायिनी हैं। महाबलेश्वर इस भूमिभाग को समृद्धि से पूर्ण करनेवाली इन पाँच नदियों की उद्‌गम-स्थली है। इतना पवित्र स्थान महाराष्ट्र में अन्यत्र नहीं था।

किए गए प्रबन्ध को देखकर राजे सन्तुष्ट हुए। तानाजी, येसाजी, मानाजी और महादेव महाराज के ये विश्वासपात्र व्यक्ति भी यहाँ उनके निकट थे। बालक सम्भाजी के प्यारे-प्यारे बोलों से, डगमगाते पगों से वातावरण में आनन्द भर उठता था। स्नान के पश्चात् भगवान् के दर्शन करके राजे अपने डेरे में आए। माँसाहिबा बालशम्भू को कपड़े पहना रही थीं। राजे ने जीजाबाई को प्रणाम किया। शम्भूबाल कहने लगा, ''आबासाहब, आज सुबह हमने एक तमाशा देखा।''

''कैसा तमाशा?'' राजे ने अचरज से पूछा।

बालशम्भू गाल फुलाकर और हाथ लम्बे फैलाते हुए बोले, ''वहाँ मन्दिर में ना, इत्ती बड़ी तराजू बना रखी है।''

बच्चे के फैले हुए हाथों की ओर देखते हुए राजे ने कहा, ''परन्तु बालराजे, असली तमाशा तो तुम्हें मालूम ही नहीं।''

''कौन-सा?''

''ये तुम्हारी माँसाहिबा हैं ना, उन्हें हम उस तराजू के पलड़े में बैठाने वाले हैं, जबरदस्ती पकड़कर बैठाने वाले हैं उन्हें!''

इस बात से बालराजे घबड़ा उठे। हक्के-बक्के होकर देखते हुए और जीजाबाई से लिपटकर वे कह उठे, ''माँसाहिबा, क्या यह सच है?''

''मेरी बात कौन मानता है, बाबा!'' जीजाबाई बोलीं, ''तुम्हारे ये आबासाहब जो करना चाहते हैं, उसे रोके कौन?''

बालराजे रुआँसे हो गए। वे कभी राजे की ओर तो कभी जीजाबाई की ओर देखने लगे। राजे ने उन्हें अपने निकट खींच लिया, ''बालराजे, अपनी माँसाहिबा को सोने से तोलेंगे हम। बड़ा अजूबा होगा, तुम देखते तो रहो।''

अब बालराजे को कुछ धीरज बँधा। राजे उनके साथ अपने डेरे की तरफ चल दिए।

तुलादान की तैयारी पूरी हो गई। तुला के रुपहलेपन की झलक चारों ओर फैल रही थी। सब विशिष्ट माननीय व्यक्ति विशेष परिधान पहनकर मन्दिर के सम्मुख उपस्थित थे। अलौकिक दृश्य को देखने के लिए उनके नयन उत्सुक थे। तुला के निकट ही सुशोभित उच्चासन एवं मंच बनाए गए थे। समारोह के प्रबन्ध से सन्तुष्ट होकर राजे जीजाबाई को ले आने के लिए चल पड़े।

राजमाता जीजाबाई ने श्वेत वस्त्र धारण किए हुए थे। जीजाबाई का कद ऊँचा और बदन इकहरा था। बेधती हुई तीव्र पैनी दृष्टि थी उनकी। चौड़ा भाल कुंकुम के अभाव में और भी चौड़ा दिखाई दे रहा था। जीजामाता ने राजे को आते हुए देखा, तो उनके मुख पर मुस्कराहट छा गई। वे पूछने लगीं, ''शिवबा, अरे बेटा, यह सब करना आवश्यक है क्या?''

''माँसाहिबा, आप यह चाहती हैं न कि हम सफल हों, हमारे स्वप्न पूर्ण हों, चाहती हैं न!''

''राजे, इसके अतिरिक्त और कोई आकांक्षा शेष नहीं है अब।''

"तो फिर इसकी पूर्ति के लिए पुण्य का भारी संचय आवश्यक है। इसीलिए हमने पुण्य कमाने का यह सीधा-सा उपाय खोज निकाला है।"

"सीधा-सा उपाय?"

"सीधा-सरल उपाय ही तो है। आपको हम सुवर्ण से तोलें, और कह लें कि हमने तुलादान कर दिया, यह बावलापन नहीं तो और क्या है? भला आपको हम किस वस्तु से तोल सकते हैं? यह तुलादान तो मात्र सांकेतिक है, वास्तविक नहीं है। क्या हम इतना भी नहीं समझते?"

"बस, बस, रहने दे। अब चल।" कहते हुए जीजाबाई उठ खड़ी हुईं। परन्तु उनका उठा हुआ कदम थम गया।

"राजे, और तुमने आज यह सब क्या पहना हुआ है?"

माँसाहिबा की दृष्टि राजे पर आकर ठहर गई। उनके जरीटोप में सोने के पत्तोंवाला तुर्रा था। गले में सुवर्ण-हार थे। कलाइयों में पहुँचियाँ और हाथों में सोने की अँगूठियाँ थीं।

राजे सब समझ गए। कहने लगे, "माँसाहिबा, आज सुवर्ण-तुला समारोह है न! हमने सोचा, क्यों न हम भी आज सुवर्ण के आभूषण पहनें। माँसाहिबा, आज आपकी तुला के अतिरिक्त एक अन्य व्यक्ति के प्रति भी तुलादान करना चाहते हैं हम।"

"किसके लिए?"

"वे अपने सोनोपन्त हैं न, उनके लिए। माँसाहिबा, काश! आज दादोजी जीवित होते, वे होते तो उनके प्रति भी तुलादान करते हम। अब सोनोपन्त बहुत थके-माँदे हैं। ऐसे लोगों के बारे में बाद में कुछ सोचने-करने से बात नहीं बनती।"

"बहुत अच्छा विचार है यह।" जीजाबाई बोलीं, "सोनोपन्त के लिए तो यहाँ तक आ पाना भी दूभर था। फिर भी तुम उन्हें यहाँ क्यों साथ ले आए हो, यह बात अब समझ में आई। राजे, तुम जैसा..."

"चलिए, माँसाहिबा, देर हुई जाती है।" राजे ने बात काट दी।

"चलो।"

राजे जीजाबाई सहित मन्दिर में आए। सबने सिजदे किए।

माँसाहिबा को बैठक पर बैठाया गया। बूढ़े सोनोपन्त किसी के कन्धे का सहारा लेकर आ रहे थे। राजे ने आगे बढ़कर उन्हें हाथ से सहारा दिया और बैठक पर ला बैठाया।

वेदमन्त्रों का घोष सुनाई दे रहा था। शिवलिंग पर जल की धारा से अभिषेक किया जा रहा था। राजे ने तुला की पूजा की और सोयराबाई की ओर देखा। सोयराबाई आँचल सँवारकर उठीं और उन्होंने जीजाबाई से उठने की प्रार्थना की। जीजाबाई उठीं। सारा शरीर कम्पायमान हो रहा था। राजे के शरीर में भी यही कँपकँपी फैली हुई थी। जीजाबाई को तराजू के एक पलड़े में बैठाया गया। राजे दूसरे पलड़े के पास जा खड़े हुए। माँसाहिबा के पलड़े के पास सोयराबाई खड़ी थीं। पुतलाबाई, सगुणाबाई, काशीबाई, गुणवन्ताबाई आदि राजमहिलाएँ गद्‌गद हृदय से यह दृश्य देख रही थीं। सुवर्ण-तुला करने का मुहूर्त निकट आता जा रहा था। सबकी दृष्टि राजे की ओर टिकी हुई थी।

राजे पुलकित चित्त से पलड़े में बैठी हुई अपनी जननी को निहार रहे थे। राजे ने कानों से कुंडल उतारे और दूसरे पलड़े में रख दिए। फिर अतीव नम्रतापूर्वक उन्होंने सिरपेंच उतारा और पलड़े में रख दिया।

राजे के इस आचरण को देखकर जीजाबाई के अब तक रोके हुए अश्रु नेत्रों से बह निकले। अश्रु कपोलों पर प्रवाहित होने लगे। सन्तुष्ट दृष्टि तृप्त हो उठी। ऐसा पुत्र मिलना सच ही अहोभाग्य है! ऐसा लाल पाकर जीजाबाई की कोख कृतकृत्य हो उठी आज।

राजे ने सारे आभूषण उतार डाले थे। उनके मस्तक पर अंकित शिवतिलक मुख पर और भी खिल उठा था। एक पल के लिए जीजाबाई का हृदय प्रफुल्लित हो उठा, 'अच्छा ही तो है, जो मेरे पूत ने आभूषण उतार डाले। इसके अलौकिक सौन्दर्य को आभूषणों की आवश्यकता ही कहाँ है?'

कई थाल पंक्ति में रखे हुए थे, जिनमें सोने की मुद्राएँ भरी रखी थीं। राजे ने सुवर्ण-मुद्राएँ अंजलि में भरीं और वे बकोटा भर-भरकर पलड़े में डालने लगे। मुहरों-मुद्राओं से भरे थाल खाली होने लगे। सबकी नजरें पलड़े की ओर लगी हुई थीं। पलड़ा कुछ हिला, फिर थोड़ा-सा उठा। राजे की आँखों में आनन्दाश्रु छलछला आए। दर्शकों की आँखें भी गीली हो आईं। राजे ने अंजलि भरकर पलड़े में छोड़ी। तुला पूरी हुई। नगाड़ों की उच्च ध्वनि और रणसिंगों का तुमुल नाद आकाश से जा टकराया।

राजे जीजाबाई को उच्चासन तक वापस ले आए, उन्होंने उनके चरणों में सिर नवाया। जीजाबाई के होंठ थरथराकर कुछ कह रहे थे, हाथ जरीटोप पर फिर रहा था। राजे ज्यों ही उठे, जीजाबाई ने उन्हें छाती से लगा लिया। दोनों के नेत्रों से अश्रुधारा प्रवाहित हो रही थी। जीजामाता कहने लगीं, ''राजे, आज मेरी कोख धन्य हो उठी।''

राजे अवाक् हो गए थे। दायाँ हाथ हिलाकर निषेध जताते हुए अतीव कष्ट से वे कह सके, ''माँ, हम दरिद्र हैं—आपकी कोख हमसे क्या धन्य होगी? आपका तुलादान तो हमें रत्नों से करना चाहिए था। सुवर्ण द्वारा कर पाए हम, हमें यही खेद है। हमारी सराहना क्यों करती हैं आप?''

जीजाबाई के प्रति तुलादान सम्पन्न हुआ। इस तुलादान समारोह को देख रहे सोनोपन्त के नयन डबडबा आए थे। राजे अब सोनोपन्त की ओर बढ़े। उन्होंने सोनोपन्त से कहा, ''पन्त, उठिए।''

पन्त आश्चर्यचकित हो उठे। पूछने लगे, ''क्यों? कहाँ जाना है?''

''शुभ कार्य के समय 'क्यों, कहाँ?' नहीं पूछा करते, पन्त।''

ऐसा कहकर राजे ने सोनोपन्त का हाथ पकड़ा। सोनोपन्त राजे के हाथ का सहारा लेकर तुला के निकट आए। तुला खाली हो चुकी थी।

''पन्त, बैठिए।''

पन्त बुढ़ापे के कारण पहले ही शिथिल हो चुके थे, अब भावविह्वलता के कारण काँपने लगे। कह उठे, ''राजे, भला इस रंक का कैसा तुलादान?''

''सोनोपन्त, स्वराज्य की सेवा करते-करते अपना सुदृढ़ शरीर आपने छीज-छीजकर निछावर किया है। उसका यदि तुलादान किया जा रहा है, तो उसमें बड़ी बात क्या है? बैठिए, पन्त।''

सोनोपन्त का भी तुलादान सम्पन्न हुआ। यों राजभक्ति और स्वामिनिष्ठा कंचन बन गई। इसके पश्चात् राजे और जीजाबाई तुलित वस्तुओं का दान देने के लिए खड़े हो गए।

भाग : पाँच

शाइस्ताखान की हार, सूरत और अहमदनगर की लूट तथा जसवन्तसिंह के पराभव के कारण औरंगजेब का गुस्सा बुरी तरह भड़क उठा था। वह ऊपर से खामोश दिखाई देता था, मगर भीतर से चिन्ता और चिढ़ उसे परेशान किए थी। शाइस्ताखान सत्तर हजार सिपाहियों की फौज लेकर गया, बिलावजह लाखों होन खर्च हुए और शाइस्ताखान बगैर कुछ हासिल किए उँगलियाँ कटवाकर घर लौटा। दिल्ली के बादशाह की व्यापारिक मंडी सूरत, देखते ही देखते लूट ली गई। औरंगजेब पूरा राजनीतिज्ञ था। सूरत की खबर सुनते ही भरे दरबार में कहने लगा, "इनायतखान जैसे बेवकूफ सूबेदार हैं हमारी सल्तनत में, इसी वजह से शिवाजी जैसा चालाक और बहादुर दुश्मन हमारे देखते सूरत शहर को लूट लेता है। हम जानते हैं कि हमारे दरबार में कई लोग शिवाजी से मन-ही-मन अपनापन जोड़ बैठे हैं। शिवाजी जैसा आदमी अगर हमारे दरबार से आ मिले, तो हमें खुशी ही होगी। हम सारे बीते किस्से भूलने को तैयार हैं।"

शिवाजी की बढ़ती हुई खुराफातें और मुगलिया इलाकों में हो रहे उसके उपद्रवों की घटनाएँ औरंगजेब तक पहुँच रही थीं। कूटनीतिज्ञ औरंगजेब भली-भाँति जानता था कि अगर शिवाजी की धाँधली इसी तरह जमी रही, तो दक्खिन का मुगलिया राज खत्म होकर रहेगा। इसलिए उसने अब अपने दरबार के सर्वश्रेष्ठ सरदार मिर्जाराजा जयसिंह को चुना। एक बड़ी फौज मिर्जाराजा के हवाले करके औरंगजेब ने कहा, "राजासाहब, हालात ही कुछ ऐसे हैं, या तो हम खुद जाएँ या आपको भेजें। इसी वजह से हम यह मुहिम आपके हवाले कर रहे हैं। हमारा हुक्म है कि आप शिवाजी का पूरी तरह खात्मा करके ही लौटें। आपकी मदद करने के लिए सरदार दिलेरखान भी आपके साथ हैं।"

मिर्जाराजा ने इस मुहिम का सेनापति बनना स्वीकार कर लिया। वे भाँप चुके थे कि औरंगजेब ने दिलेरखान को साथ क्यों भेजा है। मिर्जाराजा बड़े सरदार जरूर थे, मगर हिन्दू थे। मिर्जाराजा ने मुहिम की तैयारियाँ शुरू कर दीं। उन्होंने भी अफजलखान और शाइस्ताखान की तरह बड़ी-बड़ी ऐंठ-भरी बातें कहीं। वे साठ साल की उमर तक पहुँच चुके थे। उनकी सारी जिन्दगी राजनीति के दाँव खेलने में बीती थी। उन्होंने शिवाजी की शक्ति को पहचान लिया था। उनकी फौज में कुतुबुद्दीनखान, उग्रसेन कछवाहा, गाजी बेग जैसे शूरवीर सरदार थे। रोम देश का निवासी निकोलाओ मनूची उनके तोपखाने का प्रमुख तोपची था।

मिर्जाराजा ने जोरदार तैयारी की। मिर्जाराजा को सैनिक शक्ति के भरोसे लड़नेवाले शत्रु के भय ने कभी नहीं सताया था, मगर शिवाजी चतुर बुद्धिमान शत्रु था। वह शक्ति की अपेक्षा युक्ति का अधिक सहारा लेता था। इसी कारण मिर्जाराजा कुछ चिन्तातुर थे। अभियान अवश्य सफल हो, इस हेतु मिर्जाराजा ने धार्मिक अनुष्ठान करने के लिए चार सौ ब्राह्मणों को नियुक्त

किया। एक कोटि चंडीहोम, एकादश कोटि लिंगार्चन, बगुलामुखी के जाप आदि अनुष्ठान उन्होंने सम्पन्न करवाए। इस प्रकार धार्मिक कृत्यों पर अत्यधिक व्यय करके, अनुष्ठानों की समाप्ति के बाद मिर्जाराजा ने अपनी सेना सहित दिल्ली से कूच कर दिया। बढ़ते-बढ़ते वे सेनासहित बुरहानपुर नगर में प्रविष्ट हुए।

राजे के राज्य पर आनेवाले सभी सम्भाव्य संकट दूर हों, इस उद्देश्य से जीजाबाई ने महाबलेश्वर में विपुल दान दिया और वे राजे के साथ राजगढ़ लौट आईं। इसी समय प्रदेश में विचरण कर रहे उनके गुप्तचर गुप्त सूचना लाए, 'मिर्जाराजा जयसिंह अस्सी हजार सवार साथ लेकर, सरदार दिलेरखान और उनकी पाँच हजार पठानों की फौज साथ लेकर चढ़ाई करने आ रहे हैं। उनका मुकाम इस समय औरंगाबाद में है।''

इस समाचार को सुनकर राजे के राजनीतिज्ञ साथी हतप्रभ हो गए। पन्त कहने लगे, ''राजे, अफजलखान और शाइस्ताखान असावधान मुसलमान थे, परन्तु अब जो आ रहा है, यह राजपूत है। वह धोखा नहीं खाएगा, उसके साथ सेना भी भरपूर है। उसके साथ समझौता कर लेना चाहिए।''

राजे फीकी हँसी हँसकर कहने लगे, ''बस? हमारे राजनीति के साथियों ने सिर्फ सुना कि मिर्जाराजा आ रहे हैं और वे डगमगा गए। पन्त, कम-से-कम एक बार शत्रु को देख तो लें। रही समझौते की बात, वह तो होती रहेगी।''

''राजे, तो क्या मिर्जाराजा का सामना करोगे?'' जीजाबाई ने पूछा।

''हमें कोई उसका शौक नहीं है। मिर्जाराजा अस्सी हजार सैनिक लेकर आ रहे हैं। पुणे और सुपे प्रान्तों में फैली हुई मुगल फौज जब उनसे जा मिलेगी, तो मिर्जाराजा की सेना एक लाख से भी अधिक हो जाएगी। यह हम जानते हैं। हमें यह भी पता है कि मिर्जाराजा शक्तिशाली सेनापति हैं, राजनीति के चतुर खिलाड़ी हैं, बातों के धनी हैं और उनमें स्वामिभक्ति की दृढ़ता है। परन्तु उनके साथ जो वह दिलेरखान नाम का आदमी आ रहा है, वो काले तेंदुवे के समान है। उसका कोई भरोसा नहीं, वह क्या कर बैठे, कुछ कहा नहीं जा सकता।''

''इसीलिए तो...।'' पन्त कह उठे।

राजे ने तुरन्त उनकी ओर देखा। बोले, ''शत्रु के सामर्थ्य की जानकारी अवश्य होनी चाहिए, पर वह इसलिए नहीं कि हम अपने ही हाथ-पाँव हार बैठें। अभी मिर्जाराजा के पुणे तक आने में काफी देर है। वे कौन-सी चाल चलते हैं, यह देखकर हम कदम उठाएँगे। यह तो 'श्री' का राज्य है, हमारी रक्षा का भार वहन करने की शक्ति 'श्री' में है...''

राजे ने सब दुर्गपतियों के नाम आज्ञापत्र भेजे कि दुर्ग के भंडारों में अनाज, गोला-बारूद आदि भरकर रखा जाए। मिर्जाराजा की गतिविधियों पर नजर रखने के लिए सैकड़ों जासूस नियुक्त किए। उन्होंने अपने जहाजों और नौकाओं को मालवण में एकत्रित होने के आदेश दिए।

जीजाबाई ने पूछा, ''राजे, ये जहाजों को मालवण में क्यों इकट्ठा करवाया है?''

''माँसाहिबा, अब मिर्जाराजा आएँगे, हमारे किलों पर हमले करेंगे। मिर्जाराजा चतुर राजनीतिज्ञ हैं, दूर की सोचते हैं। यह निश्चित है कि हमें उनके साथ लम्बे समय तक जूझना पड़ेगा। इसके लिए बहुत धन व्यय करना होगा। सूरत और अहमदनगर में जो लूट का धन मिला है, उसके बल पर राज्य का कारोबार और शत्रु का सामना—ये दोनों बातें निभा लेना

कठिन होगा। उधर मालवण का जलदुर्ग, रायगढ़ दुर्ग आदि का निर्माण-कार्य भी जारी रखना होगा। हमने इतने उत्साह से अपनी नौसेना बनाई है, उसकी शक्ति को हम आजमाना चाहते हैं। हमने सुना है कि बीजापुर के आदिलशाह और बेदनूर के राजा के बीच मनमुटाव मिट गया है। इसलिए उस इलाके में अब किसी की सेना नहीं है। बेदनूर के राजा का बन्दरगाह बसनूर है—सुना है, यह बहुत धन-सम्पन्न नगरी है।''

राजे ने अपनी चार हजार सेना को गोकर्ण की ओर रवाना किया और वे स्वयं मालवण की दिशा में चल पड़े। वहाँ पहुँचकर उन्होंने देखा कि जलदुर्ग का बाँधकाम नींव से ऊपर तक आ पहुँचा था। चारों ओर परकोटा दिखलाई देने लगा था। मालवण के समुद्र में राजे के जलपोत खड़े थे, कुल तीन बड़े जलपोत और पचासी नौकाओं का यह जंगी बेड़ा लहरों पर डोल रहा था। एक शुभ मुहूर्त में राजे युद्धपोत पर सवार हुए। युद्धपोतों पर तोपें तैयार रखी थीं। सब जहाजों और नौकाओं पर सेना सवार हुई। राजे ने कूच का आदेश दिया—लंगर उठा लिये गए, पाल फैल गए। जलपोतों पर भगवे झंडे शान से फहराने लगे। मराठा जलसेना अपने राजा के साथ अपने पहले अभियान के लिए निकल पड़ी थी। इस दृश्य को देखकर राजे का हृदय भी सन्तोष एवं प्रसन्नता से भर उठा था। वे मोरोपन्त से कहने लगे, ''पन्त, इस समुद्र में हमारे सैकड़ों युद्धपोत चलने चाहिए। शत्रु से अपनी भूमि की रक्षा करने हेतु हमें अपनी इस जलशक्ति को बढ़ाना होगा।''

राजे की नौसेना किनारे-किनारे ही आगे बढ़ रही थी। जब वह सेना गोवा के पास से गुजरी, तो पुर्तगाली भयभीत दृष्टि से उसे देखते रहे। राजे की जलसेना को किसी ने नहीं रोका। बसनूर नगर अभी नींद से उठा ही था। सुबह हुई और लोगों ने देखा कि बसनूर के पासवाले समुद्र में भगवे झंडों से सुशोभित जलपोत घूम रहे हैं। नौकाएँ तट की ओर आ रही थीं।

नगर अभी एकदम असावधान था कि मराठे बसनूर में घुस गए। बड़े आराम और चैन से लूटपाट की जा रही थी। मराठा सेना को वहाँ अकूत सम्पत्ति मिली। सारे धन को जलपोतों पर लादकर राजे गोकर्ण-महाबलेश्वर चले गए। वहाँ भगवान् के दर्शन करके वे अंकोला गए। वहाँ से राजे ने जलसेना को स्वदेश रवाना कर दिया और राजे सेना साथ लेकर समुद्रतटवर्ती भूमि से यात्रा करने लगे। उन्होंने अपने साथ केवल बारह नौकाएँ रखी थीं, ताकि मार्ग में आनेवाले नदी-नालों को पार किया जा सके। अब राजे कारवार की ओर जा रहे थे।

होली का त्योहार निकट आ रहा था। शिवाजीराजा का पैंतीसवाँ जन्मदिन आ गया। यौवन तथा स्वप्न, उत्साह और साहस की सीमाएँ लाँघकर राजे जब प्रौढ़ावस्था की ओर पग बढ़ा रहे थे। उनकी कामना थी कि अब कोई ऐसा कदम उठाया जाए जो उनकी परिपक्व राजनीतिक चतुराई को सिद्ध करे। कारवार बन्दरगाह में अंग्रेजों के जहाज खड़े थे। राजे ने उन्हें लूटने की योजना बनाई।

इसी समय आदिलशाही सरदार शेरखान कारवार आया हुआ था। उसने शिवाजी के आने की खबर सुनी। उसके पास फौज नहीं थी। वह सोचने लगा कि शिवाजी का सामना क्योंकर किया जाए! वह अक्लमन्द था, घबराया नहीं। उसने सब व्यापारियों को बुलवा लिया, उनसे खंडनी वसूल की और शिवाजीराजा को बहुमूल्य भेंट का नजराना भेज दिया। राजे ने भी उसकी होशियारी की दाद दी।

कारवार बन्दरगाह में अंग्रेजों के जहाज खड़े थे। राजे का ध्यान उस ओर गया। उन्होंने सोचा, क्यों न होली के मौके पर एक शिकार कर लिया जाए। राजे ने शेरखान के नाम सन्देश भेजा, "तुमने शहर तो बचा लिया, अब कम-से-कम अंग्रेजों के जहाज तो हमारे हवाले कर दो।"

शेरखान ने वह सन्देश अंग्रेजों को कह सुनाया। अंग्रेज घबराए। शेरखान ने उनसे भी नजराना वसूल किया और राजे की ओर रवाना कर दिया। नजराना आया देखकर राजे भी विवश हो गए और उन्होंने उसके बाद वहाँ कुछ नहीं किया। कारवार के बाहर दो दिन बिताकर राजे ने अपना पड़ाव हटाया। छावनी हटाते समय राजे ने कहा, "इस शेरखान के कारण होली का शिकार हमारे हाथ से निकल गया।"

•

2

महल के बाहरवाले मैदान में शानदार अबलक सफेद-लाल रंग के दो घोड़े खड़े थे। इतने फुर्तीले कि उनके तन पर मक्खी भी न बैठे। साईस उन्हें शान्त करने का प्रयत्न कर रहे थे। घोड़ों पर नजर लग सकती थी, वे इतने उम्दा घोड़े थे। तानाजी, येसाजी, नेताजी, मोरोपन्त आदि जानकार लोग राजे के साथ उन घोड़ों को परख रहे थे। दोनों घोड़े राजे के मन को भा गए थे। जो कच्छी व्यापारी उन घोड़ों को लेकर यहाँ आया था, वह आशा-भरी निगाहों से महाराज की तरफ देख रहा था। राजे ने कहा, "घोड़े तो बहुत अच्छे हैं। हम पूजा करके आते हैं। अगर कीमत ठीक लगी, तो हम ये घोड़े खरीद लेंगे। पंत, तुम सब इनकी परख कर लो। देखो कि कहीं इनमें कोई खोट तो नहीं है! हम अभी आते हैं।"

"जी," नेताजी ने कहा।

"तानाजी, जरा सवारी करके देखोगे क्या?" राजे ने पूछा।

"जी, जरूर। उसमें कौन-सी बड़ी बात है?"

"शायद घोड़े सधाए न गए हों?" पन्त ने कहा।

कच्छी नम्रता से कहने लगा, "सधाए हुए हैं, महाराज। धीमी, सरपट किसी एक चाल से चलने की आदत हैं इन्हें। ये जगह नई है न, इसलिए जरा बिदक रहे हैं।"

"अच्छा, ठीक है। हम अभी आते हैं, फिर देखेंगे।"

राजे महल में गए। तानाजी कहने लगे, "घोड़ा देखा कि राजे सुध-बुध भूल बैठते हैं।"

"बिलकुल सच है।" येसाजी ने कहा, "घोड़ा पालने का शौक कोई सीखे, तो हमारे महाराज से। महाराज घुड़साल में गए, वहाँ उन्होंने घोड़ों की देख-रेख में थोड़ी-सी लापरवाही देखी, तो समझिए कि शामत आ गई। चाहे एक समय आदमी भूखा रह जाए, पर घोड़ों को दाना-सानी भरपेट मिलना चाहिए।"

नेताजी इस बात को सुन रहे थे कि सुनते-सुनते अकस्मात् वे सिजदा करने लगे। सबने मुड़कर देखा। महल से बालशम्भू दौड़ता आ रहा था। निकट आते ही उसकी दृष्टि घोड़ों की ओर गई। उसने नेताजी से पूछा, "काका, ये घोड़े कौन लाया है?"

"यह कच्छी व्यापारी लाया है।"

"आबासाहब ने खरीद लिये हैं?"

"हाँ।" येसाजी ने हँसकर कहा, "मगर ये तुम्हारे लिए नहीं हैं।"

"क्यों?" बालशम्भू ने पूछा।

"महाराज ने अपने लिए लिये हैं ये। उन्होंने कहा है कि और किसी को मत देना।"

"रहने दो, रहने दो।" शम्भूराजे झट कह बैठे, "आबासाहब कभी भी ऐसा नहीं कह सकते।"

सब लोग घोड़ों को परख रहे थे। सम्भाजीराजे अचरज-भरी दृष्टि से देख रहे थे। इतने में कच्छी व्यापारी बोला, "हुजूर, घोड़े पर सवारी करेंगे क्या?"

"हाँ, येसाजी, हमारी जीन तो मँगवाओ।"

"मगर राजे..." पन्त ने टोका।

"हमें घोड़े पर बैठना आता है।"

येसाजी का आदेश सुनकर एक साईस अस्तबल की ओर दौड़ा। सारा सामान ले आया गया। घोड़े पर चारजामा कसा गया, लगाम और बागडोर भी बाँध दी गई।

येसाजी ने घोड़े के पास जाकर नीचे की ओर अपना हाथ फैलाया। बालाराजा ने बायाँ पैर उस हाथ पर रखा और उछाल लगाई। वे बागडोर थामकर सँभलकर बैठ गए। घोड़ा फुरऽ-फुरऽ कर रहा था। साईस ने लगाम पकड़ रखी थी। बालराजा ने साईस की बेंत अपने हाथ में ले ली। नेताजी ने साईस से कहा, "धीरे-धीरे जाना। घोड़े को हाथ से पकड़े रहना, छोड़ना नहीं।"

साईस घोड़े को पकड़कर साथ-साथ दौड़ रहा था। बालराजे बड़ी शान से घोड़े पर उछाल लेकर मैदान में घूम रहे थे। उन्हें देखकर मोरोपन्त कहने लगे, "सात बरस का बालक है, परन्तु घुड़सवारी तो देखो। कुशल घुड़सवार जैसे है!"

सब लोग कौतुक भाव से बालराजे की ओर देख रहे थे। इसी समय राजे पूजा समाप्त करके महल में आए। वहाँ सोयराबाई खड़ी हुई थीं। राजे ने पूछा, "नए घोड़े देखे क्या तुमने?"

"ना! और फिर हम औरतों को घोड़ों के बारे में पता ही क्या है?"

राजे हँसने लगे। फिर बोले, "हाँ, तुम्हारी यह बात भी सच ही तो है। यह बात हमारे ध्यान में नहीं आई।"

इसी समय थोड़ा कोलाहल सुनाई दिया। घोड़े की हिनहिनाहट सारे महल में गूँज रही थी। महाराज तेजी से दौड़े। नीचेवाला दृश्य देखकर वे स्तब्धतावश जड़वत् हो गए। मैदान में वह घोड़ा, जिस पर बालराजा सवार थे, पिछले पैरों के बल कूद रहा था। बालराजा उसे बस में करना चाह रहे थे। अचानक घोड़ा बिफर गया और दौड़ने लगा। रास्ते में आनेवाली हर बाधा को फाँदता हुआ वह घोड़ा तीर की तेजी से दौड़ता जा रहा था। राजे इस घटना को देख रहे थे, कानों में करुणा-भरी पुकार सुनाई दी, "बेटे शम्भूऽऽ।"

राजे ने देखा, महल के परले बारजे में जीजाबाई खड़ी थीं। जीजाबाई की व्यथा-भरी हाँक से राजे जैसे होश में आए। नेताजी और तानाजी दो घोड़ों पर सवार होकर एड़ लगा रहे थे। उन घोड़ों पर चारजामा और लगाम भी नहीं थी। परन्तु ऐसे में चारजामा और लगाम का ध्यान किसे! राजे ने चिल्लाकर कहा, "घोड़ा पकड़ोऽऽ।"

राजे तेजी से मुड़े और दौड़ पड़े। जीना उतरकर महल पार करके राजे बाहर आए। मोरोपन्त से कहने लगे, "पन्त, बालराजा को सवार क्यों होने दिया तुमने?"

पन्त की मानो जुबान बन्द हो गई थी। जैसे-तैसे बोले, ''आपके जाने के बाद बालराजा घोड़े पर बैठने का हठ करने लगे। साईस ने घोड़ा पकड़ रखा था। अचानक बालराजे ने घोड़े को एड़ मारी। साईस घोड़ा छोड़ नहीं रहा था, तो बालराजे उसके हाथों पर बेंत चलाने लगे।''

''हमारा घोड़ा कहाँ है?''

राजे का सारा शरीर काँप रहा था। पन्त कहने लगे, ''बालराजा आ रहे हैं।''

राजे ने उधर देखा। तानाजी और येसाजी बालराजा को बीच में कर चले आ रहे थे। तीनों घोड़े धीरे-धीरे आ रहे थे। महाराज दौड़ पड़े। तीनों सवार उतरे। राजे ने तानाजी और नेताजी की ओर देखा और अपने हाथ के सोने के कड़े उतारकर उन्हें दे दिए। फिर राजे की दृष्टि बालराजा की ओर गई। वे मुस्कराते हुए आगे बढ़ते आ रहे थे। दृष्टि में निश्चिन्तता थी। वे बढ़ते हुए निकट आए, परन्तु इससे पहले कि उनकी कुछ समझ में आए, राजे के दाएँ हाथ का पंजा जोर से बालराजे के गाल पर पड़ा। पाँचों उँगलियाँ गाल पर अंकित हो गईं। बालक सकपकाकर अपना सुन्न हुआ गाल सहलाने लगा। वह हक्का-बक्का होकर आस-पास खड़े लोगों की ओर देखने लगा। नन्ही-नन्ही मुस्कराती आँखें तुरन्त डबडबा आईं और गालों पर से अश्रुधारा बह निकली। जिस हाथ ने थप्पड़ लगाया था, उस हाथ की उँगलियाँ भी मुट्ठी में चंचलता से हिल रही थीं।

व्यथित बालक अपने आबासाहब की ओर देख रहा था। यह भोली आहत दृष्टि राजे के लिए असहय हो उठी। उन्होंने बालराजे को एकदम बाँहों में भर लिया। वे कह उठे, ''बालराजे, ऐसा क्यों कर बैठते हो? तुमने एक थप्पड़ खाया तो आँखें भर आईं तुम्हारी, परन्तु क्या तुम जानते हो कि तुम्हारी ऐसी करनी से हमारे प्राण सूख जाते हैं। हमारे पिता-महाराजसाहब घोड़े से गिरकर स्वर्गवासी हुए, उस दुर्घटना की स्मृति अभी ताजी है। ऐसे में जब हमने तुम्हें नए घोड़े पर बैठा हुआ देखा, तो हमारे मन पर क्या बीती, इसे तो हमारा भगवान् ही जानता है। चलो, हमारी बात जाने दो, मगर तनिक पीछे मुड़कर तो देखो...।''

दोनों ने पीछे की ओर देखा। जीजाबाई महल से निकलकर प्रांगण में आ गई थीं। श्वेत वस्त्रधारी माँ को देखकर राजे की आँखें गीली हो आईं। वे भर्राए गले से कहने लगे, ''देखो राजा बेटे, जरा अपनी माँसाहिबा को देखो। महाराजसाहब के चले जाने के बाद से उन्होंने कभी महल के बाहर पैर नहीं रखा। वे ही तुम्हारी दादी-माँ तुम्हारी 'बहादुरी' देखकर, सुध-बुध भूलकर यहाँ मैदान के बीच दौड़ी आई हैं। राजे, ऐसी बेसमझीवाली हिम्मत मत दिखाया करो। अपने प्राणों को यों संकट में झोंककर प्राणों की रक्षा तुम्हारे बस में नहीं है, जाओ, माँसाहिबा से मिलो।''

राजे ने बालराजे को प्यार से चूम लिया और बालराजा जीजाबाई की ओर दौड़ पड़ा। अगले ही पल बालक दादी की गोदी में समाया हुआ था। इस दृश्य को देखकर राजे के होंठों पर मुस्कराहट छा गई। जब बालराजे जीजाबाई के साथ महल के भीतर चले गए, तब राजे का मुक्त हास्य देखकर अन्य मुखों पर भी हँसी झलकने लगी। राजे ने कहा, ''पन्त, ये घोड़े खरीद लो। मुँहमाँगी कीमत दे डालो। ये घोड़े शुभदर्शनी हैं।''

इसी समय राजे का ध्यान सामने की ओर गया। कुडतोजी गुजर और रघुनाथपन्त सामने चले आ रहे थे।

राजे उन दोनों को साथ लेकर महल में आए। उच्चासन पर बैठते ही उन्होंने पूछा, ''मिर्जाराजा मिले?''

''जी, हाँ।''

''कैसे आदमी हैं?''

''आदमी तो बहुत अच्छे हैं। बाल सफेद हैं, बुद्धि परिपक्व है।''

''हमारा पत्र उन्हें दिया तुमने?''

''जी।''

''तो पत्र पढ़कर बौखला उठे होंगे?''

रघुनाथपन्त ने गरदन हिलाकर 'ना' जताया। बोले, ''नहीं, महाराज। वे पत्र पढ़कर मुस्कराने लगे। बोले, 'अपने राजा से कहो, मुगल सेना में किसी भी बलवान से बलवान सेना को नष्ट करने की शक्ति है। तुम्हारा राजा अगर आगामी संकट से बचना चाहता है, तो उसे चाहिए कि जल्द से जल्द हमारे आगे हथियार डाल दे'।''

राजे सोच में डूब गए। फिर ऊपर देखकर कहने लगे, ''मिर्जाराजा साम उपाय से, समझौते के मार्ग से मान जाएँगे क्या?''

''जी नहीं, महाराज। वे शान्ति या समझौता करना स्वीकार नहीं करेंगे।'' रघुनाथपन्त ने कहा।

राजे हँसने लगे, ''पन्त, मिर्जाराजा चाहे आज समझौते के लिए राजी न हों, पर कुछ दिनों बाद उन्हें राजी होना ही पड़ेगा। शाइस्ताखान भी तो इसी तरह बड़ी फौज लेकर आया था, मगर हमारा एक चाकण किला जीतने में ही उसे नाकों चने चबाने पड़े। मिर्जाराजा को भी जल्दी ही यह पता चल जाएगा। अच्छा...राजा जयसिंह की छावनी की क्या हालत है?''

''छावनी बहुत विशाल है,'' कुडतोजी गुजर बोले, ''दो गाँव लम्बी और एक गाँव चौड़ी तो जरूर है वह छावनी। तोपखाना भी बड़ा है, कई बड़ी-बड़ी तोपें हैं। मैंने अपनी आँखों से देखा है—एक तोप को खींचने के लिए अस्सी बैल जोते हुए थे। तोपखाने का मुख्य तोपची मनूची—एक पुर्तगाली सरदार है।''

''ठीक! और, और आगे कहो।''

''जसवन्तसिंह ने पुणे का शासन मिर्जाराजा को सौंप दिया है और वह दिल्ली लौट गया है। मिर्जाराजा के साथ उनका लड़का कीर्तिसिंह है। सहायक के रूप में कई बड़े-बड़े सरदार भी आए हैं। दिलेरखान, दाऊदखान, राजा जयसिंह, सिसोदिया, एतिमादखान, राजा सुभानसिंह बुन्देला, तिरुमल, जबरदस्तखान, बकरन्दाजखान, कुबतखान, मित्रसेन, इन्द्रायण बुन्देला आदि कई सरदार हैं। इनमें से कई तो नौबत-नगाड़े का सम्मान पाने के अधिकारी हैं।''

''अच्छा! तो मिर्जाराजा पूरी जंगी तैयारियों के साथ आए हैं। ठीक है, अपने सारे किलों को आदेश भिजवाओ कि सब तैनात रहें। हर एक किले की जी-जान से रखवाली की जानी चाहिए। हम कल पुरन्धर दुर्ग जाएँगे। वही दुर्ग पुणे के सबसे अधिक निकट है। सम्भवतः सबसे पहले उस पर ही घेरा डाला जाएगा। कुडतोजी, कोंढाणा की क्या हालत है?''

''महाराज, कोंढाणा के बारे में आप चिन्ता न करें। वहाँ गोला-बारूद काफी है और किला भी बहुत मजबूत है।''

राजे को अब तनिक भी फुरसत न थी। राजगढ़ से सारे दुर्गों के नाम आदेश रवाना किए गए और राजे स्वयं पुरन्धरगढ़ की तरफ चल दिए। राजे को वहाँ आया देखकर सारे दुर्ग में नए उत्साह का संचार हो उठा। मुरारबाजी देशपांडे अपनी सेना एकत्रित करके पुरन्धर में आ उपस्थित हुए थे। मुरारबाजी राजे के विशेष विश्वासपात्र सरदारों में से एक थे।

धूप के कारण जिनका मुख साँवला पड़ गया था, ऐसे लम्बे गलमुच्छोंवाले, सुदृढ़ फौलादी देह के धनी मुरारबाजी अपने राजा की आज्ञा सुनने के लिए अति उतावले थे। राजे ने पुरन्धर के दुर्गपति से तथा मुरारबाजी से कहा, ''मुरारबाजी, मिर्जाराजा हमें पराजित करने के लिए रणभूमि में आ डटे हैं। हमारा अनुमान है कि रणक्षेत्र बनने का सम्मान सबसे पहले पुरन्धर को ही मिलेगा। यूँ ऊपरी तौर पर प्रतीत होता है कि पुरन्धर गढ़ पर आक्रमण करना कोंढाणा दुर्ग से अधिक सरल है। मिर्जाराजा की सेना विशाल है, उनकी सैनिक शक्ति प्रबलतम है। उनका मुकाबला करके पुरन्धरगढ़ की रक्षा करने का भार हम तुम्हें सौंप रहे हैं।''

''महाराज, जब तक यह मुरारबाजी इस गढ़ में है, तब तक कोई भी शत्रु गढ़ के भीतर पैर नहीं रख सकेगा। आप निश्चिन्त रहें।''

''यह तो हम भली प्रकार जानते हैं। परन्तु यह भी ध्यान रहे कि इस दुर्ग की लड़ाई बड़ी सूझ-बूझ के साथ कई महीनों तक चलनी चाहिए। देखो, पुरन्धर दुर्ग की लड़ाई में मिर्जाराजा के होश ठिकाने लग जाने चाहिए। उन्हें यह सबक हमेशा याद रहे कि शिवाजी के राज्य में घुस जाना बच्चों का खेल नहीं है।''

''जैसी आपकी आज्ञा, महाराज।''

''दुर्ग में किसी वस्तु का अभाव तो नहीं?''

''नहीं महाराज।'' दुर्गपति ने कहा, ''केवल यही भय है कि यदि सुरक्षा का यह युद्ध अधिक दिनों तक चलता रहा, तो कहीं गोला-बारूद की कमी...।''

''उसकी चिन्ता मत करो। राजगढ़ लौटते ही हम पर्याप्त गोला-बारूद तथा अधिक सैनिक सहायता भेज देंगे।''

''तो फिर कोई डर नहीं है, महाराज। गढ़ के कोठार अनाज से भरे पड़े हैं। दुर्ग बहुत दृढ़ है। मिर्जाराजा इसकी प्राचीर का एक पत्थर भी नहीं हिला पाएँगे।'' मुरारबाजी उत्साहित होकर कहने लगे।

राजे ने उन्हें छाती से लगा लिया। मुरारबाजी की शक्ति मानो सैकड़ों गुनी हो गई। इसके बाद राजे तुरन्त राजगढ़ लौट आए।

3

पुणे नगर की पूर्व दिशा में स्थित बंजर पथरीले मैदान में मिर्जाराजा जयसिंह का केसरी डेरा अस्ताचलगामी सूर्य की तिरछी किरणों में जगमगा रहा था। डेरे के चारों ओर कड़ा पहरा था। उसके चारों ओर नंगी तेगें ताने हुए हब्शी सैनिक पहरा दे रहे थे। डेरे के बीचवाले प्रभाग की सुसज्जित बैठक में मिर्जाराजा बैठे हुए थे। मेहँदी-रँगे उनके ललाए केश गले पर झूल रहे थे। गालों तक पहुँची हुई लम्बी मूँछें उनके तेजस्वी मुखमंडल को और अधिक प्रभावपूर्ण बना रही थीं। आयु साठ तक पहुँच चुकी थी, परन्तु उनका आकर्षक व्यक्तित्व आयु को

प्रभावहीन बना रहा था। गौरवर्ण मुख पर धारदार नाक, पतले गुलाबी होंठ, सदैव जलपूरित-सी भावपूर्ण दृष्टि, उनके राजपूती सौन्दर्य के ये लक्षण स्पष्ट दिखाई दे रहे थे। दासियाँ पंखा झल रही थीं। निकट ही कीर्तिसिंह हाथ जोड़े खड़ा हुआ था। मिर्जाराजा विचार-चक्र में मग्न बैठे थे। नौबत की आवाज ने उनकी यह समाधि तोड़ दी। उन्होंने कीर्तिसिंह की ओर देखा। कीर्तिसिंह बाहर गया और अगले ही पल वापस लौट आया। अदब के साथ कहने लगा, "सरदार दिलेरखान तशरीफ ला रहे हैं।"

डेरे के कोने में रखी नक्काशीदार तिपाई की ओर मिर्जाराजा की नजर गई। उस तिपाई पर जरीदार पगड़ी रखी हुई थी। कीर्तिसिंह ने वह पगड़ी राजा जयसिंह के सामने ला रखी। मिर्जाराजा ने पगड़ी पहनी और वे उठ खड़े हुए।

मिर्जाराजा जैसे ही बाहर आए, पहरेदार सिपाही तनकर खड़े हो गए। राजा जयसिंह कीर्तिसिंह के साथ कुछ कदम आगे बढ़े थे कि उन्हें दिलेरखान अपने घुड़सवार दल के साथ आता हुआ नजर आया।

राजा जयसिंह को आते देखकर दिलेरखान घोड़े से नीचे उतर पड़ा। उसने सलमे-सितारोंवाला जामा पहन रखा था। पैरों में पठानी सलवार और जूते थे। सिर पर पठानी जरीटोप था। वह हट्टा-कट्टा, गरांडील पठान सरदार बड़ी शान से कदम रखता हुआ चला आ रहा था। गालों पर फैली हुई घुँघराली छँटी हुई दाढ़ी से उसका रुआब और ज्यादा बढ़ रहा था। दिलेरखान का सलाम कबूल करके मिर्जाराजा कहने लगे, "आइए दिलेरखान, हमें आपका ही इन्तजार था।"

दिलेरखान दिल्ली दरबार का सम्मानित सरदार था। औरंगजेब का विशेष विश्वासपात्र व्यक्ति था। इस मुहिम के सारे अधिकार यद्यपि मिर्जाराजा को प्राप्त थे, तथापि वे यह भली-भाँति जानते थे कि उन पर नजर रखने के लिए ही दिलेरखान को साथ भेजा गया है। दिलेरखान ने अपने पाँच हजार पठानों की फौज के साथ मिर्जाराजा जयसिंह के पड़ाव में आकर डेरा डाल दिया था।

तख्त पर बैठते ही मिर्जाराजा ने दिलेरखान को शराब पेश की। दोनों शराब के घूँट पी-पीकर बातचीत कर रहे थे। कीर्तिसिंह और दूसरे सरदार अदब के साथ खड़े थे। कुछ देर बाद दिलेरखान ने असली बात छेड़ दी।

"राजासाहब, आपका इरादा क्या है? कुछ कहें।"

"इसी खातिर हम आपका इन्तजार कर रहे थे।" मिर्जाराजा बोले, "आपका मशविरा क्या है?"

"मैंने शिवाजी के सारे दाँव-पेंच समझ लिये हैं। उसकी ताकत उसके किलों में है। मेरी सलाह है कि पहले शिवाजी के सारे किलों पर कब्जा कर लिया जाए।"

"यह काम कोई आसान है क्या?" मिर्जाराजा ने पूछा।

दिलेरखान ने एकदम ऊपर की ओर देखा। राजा जयसिंह की दृष्टि उस पर ही टिकी हुई थी। उस नजर को देखकर पठानी खून खौल उठा, "माफ करें, राजासाहब, शाही फौजों के लिए ऐसे दुश्मनों को काबू में करना कोई मुश्किल काम नहीं है।"

"यह हम भी जानते हैं, मगर जो गलती पिछले सेनापतियों ने की थी, उसे हम दोहरा नहीं सकते।"

"मिर्जासाहब, मैं साफबयानी पसन्द करता हूँ। अगर आप बुरा न मानें, तो कहूँ।"

"कहिए दिलेरखान, हमारी इजाजत है।"

"दरअसल पिछली मुहिमें आधे दिल से की गई थीं। इसी वजह से नाकामी हाथ लगी।"

"यह सचाई नहीं है।" मिर्जाराजा ने शान्ति से उत्तर दिया, "शाइस्ताखान भी हमारे जितनी फौज लेकर आए थे। मगर चाकण का आसान-सा मैदानी किला जीतने में शाही फौज को कैसा बेहिसाब खर्च करना पड़ा! शाही फौज का मुँह झुलस गया। जसवन्तसिंह भी बड़ी फौज लेकर कोंढाणा किले पर घेरा डालकर बैठ गए, मगर उन्हें भी मराठा हुकूमत के मुकाबले पीछे हटना पड़ा। शाही फौज पूरे तीन बरस तक यहाँ रही—शाही खजाने के करोड़ों होन खर्च हो गए और हाथ क्या आया?"

"राजासाहब! खैर, पुरानी बातें जाने दीजिए। एक किले पर मेरी नजर है, नाम है—पुरन्धर। उस किले की शान मैं पल भर में मिटा डालूँगा। एक किला ढह गया कि बाकी सारे किले अपने आप बस में आ जाएँगे।"

राजा जयसिंह ने सिर हिलाया। बोले, "दिलेरखान, तुम्हारे जोश की कद्र करते हैं हम, मगर सियासत में सिर्फ जोश नाकाफी होता है। हमें यह खेल समझदारी से खेलना होगा। किले हाथ लगे, तो ठीक, वरना बड़ी बदनामी होगी। आप किलों के फेर में मत पड़िए।"

"तो आपका हुक्म क्या है?" तनिक व्यंग्य भाव से दिलेरखान ने पूछा।

मिर्जाराजा ने यों दिखाया, मानो व्यंग्य की चोट वे समझ नहीं पाए। बोले, "शिवाजी की शक्ति उसके किलों में है। अगर तुम किले जीतना चाहोगे, तो बहुत नुकसान उठाना पड़ेगा। भूलिए नहीं, चूहे के कई बिल होते हैं। आप एक बिल खोद डालेंगे, तो दूसरे बिल बचे ही रहते हैं।"

"यह तो सही है। मगर यह भी सोचिए कि अगर सारे बिलों में पानी भर जाए, तो क्या चूहा बाहर नहीं निकलेगा?"

"जरूर निकलेगा। मगर यह चूहा जमीन के बिलों में नहीं, ऊँचे पहाड़ी किलों में रहता है। उसके सैकड़ों बिलों में पानी भरने की ताकत तुममें नहीं है, हममें भी नहीं है। इसकी बजाय यह सोचना ठीक रहेगा कि यह चूहा चूहेदानी में किस तरह फँसे!"

"क्या मतलब?"

"मतलब बिलकुल साफ है। शिवाजी की ताकत उसके किलों में जरूर है, मगर वह एक राजा भी तो है। उसकी रिआया साफ खुले मैदानों में रहती है। शिवाजी के किलों की बात छोड़ो, उसका इलाका जीतो। गाँव लूट लो, आदमियों को गिरफ्तार करो, सारा राज्य जला-ढहाकर बरबाद कर डालो। उसके किलों की रसद काट दो। इस तरह किलों के साथ-साथ राजा भी खुद-ब-खुद बस में आ जाएगा।"

"मगर ऐसा कितने दिन चलता रहेगा?"

राजा जयसिंह के होंठों की मुस्कराहट गायब हो गई। मुखमंडल पर कठोरता छा गई। वे कठोर वाणी से बोले, "दिलेरखान! हमने तुमसे ज्यादा बरसातें देखी हैं। हमें आदत नहीं कि एक मुहिम बरसों चलाते रहें। शिवाजी का राज्य है ही कितना! केवल आठ ही दिनों

में शिवाजी का राज्य तहस-नहस किया जा सकता है। आज अपनी फौज एक जगह है, उसे सारे इलाकों में फैल जाने दो। किसी पर किसी भी तरह से रहम मत करो। इस हुक्म की तामील इसी समय शुरू कर दी जाए। समझे?''

''मगर, मेरी सलाह...?''

''ठीक है, मौका आते ही मशविरे के मुताबिक भी काम जरूर किया जाएगा। जब कभी ऐसा मौका आएगा, भरोसा कीजिए कि हम पुरन्धर किले की तलहटी में ही होंगे।''

दिलेरखान कुछ नाराज दिल लेकर ही राजा जयसिंह से विदा हुआ। मिर्जाराजा ने शिवाजी के सुपे, लोणी, पुणे, शिखल आदि प्रदेशों की ओर पाँच-दस हजार सिपाहियों की फौज के साथ अपने सरदारों को रवाना किया। सिपाहियों को आदेश दिए गए कि वे शिवाजी का भू-प्रदेश बरबाद कर डालें और प्रजाजनों की बुरी गत बनाएँ। सरदारों को यह हिदायत भी दी गई थी कि अगर शिवाजी कहीं भी गढ़ से नीचे उतरें, तो उसका सामना करके उसे फिर से गढ़ की ओर खदेड़ दिया जाए।

और अगले ही दिन से बारहों मावलखंडों में हाहाकार मच गया। घोड़ों की टापों से सारे इलाके थर्रा उठे। गाँव अलाव बन गए। भगाई जा रही स्त्रियों की चीखों से देखनेवालों के मन तड़प उठते थे। ढोर-डंगर छीनकर ले जाए जा रहे थे। बेगार कराने के लिए लोगों के झुंड के झुंड पकड़कर काम में जोते जा रहे थे। देखते ही देखते सारा करे पठार उजाड़ बन गया। सब ओर हाय-हाय मचने लगी।

जैसा कि मिर्जाराजा ने कहा था, केवल आठ ही दिनों के भीतर बादशाही बट्टे के नीचे सारा इलाका पिसने लगा। शिवाजीराजे की सैनिक टुकड़ियाँ कभी-कभी अचानक मुगल फौज पर हमला कर देती थीं, अनाज और दाना-सानी लूट लेती थीं। कभी मुगल फौज को चकमा देकर उसे आड़े कठिन प्रदेश में ले जाती थीं और वहाँ उसकी दुर्गत बनाती थी। और जैसे ही पता चलता था कि शत्रु की अधिक कुमुक आ रहो है, मराठा सेना अधिक रक्तपात टालने की दृष्टि से वहाँ से चल देती थी। राजे की आज्ञा भी यही थी।

हर आए दिन दिलेरखान की बेचैनी बढ़ती जा रहो थी। वह पुरन्धर पहुँचने के लिए उतावला हो रहा था। उसे मिर्जाराजा की चाल कतई पसन्द नहीं थी। राजा जयसिंह ने उसके इस सुलगते हुए क्रोध को जान लिया और उन्होंने दिलेरखान को पुरन्धर जाने की अनुमति दे दी।

दिलेरखान ने अपनी विशाल सेना सहित कूच किया और पन्द्रह दिनों में पुरन्धर जा पहुँचा। उसके तुरन्त बाद राजा जयसिंह भी अपनी सेना के साथ पुरन्धर की दिशा में चल पड़े। जिम्मेदार सरदारों को विभिन्न प्रदेशों की व्यवस्था करने के लिए नियुक्त करते हुए, अपने आगे-पीछे का मार्ग सुरक्षित करते हुए राजा जयसिंह सासवड के निकटवर्ती ग्राम नारायणपेठ आ पहुँचे और वहाँ अपना मुकाम किया। उनकी यह फौजी छावनी पुरन्धर के मुगल-मुहासरे तक फैली हुई थी।

दिलेरखान पुरन्धरगढ़ की तलहटी तक पहुँचा ही था कि उसे ऊपर से दागी जा रही तोपों का सामना करना पड़ा। उसने मराठा तोपों की पहुँच के बाहर अपने मोर्चे लगाने शुरू कर दिए। वह गढ़ के निकट पहुँचने की कोशिश कर रहा था। इसी समय स्वयं मिर्जाराजा की कुमुक उसे मिल गई। नीचे से जोरदार गोलन्दाजी शुरू हो गई। दिलेरखान की फौज खन्दकों

की ओट लेकर आगे बढ़ने लगी। राजा जयसिंह दिलेरखान के युद्ध-कौशल को हर्षित होकर देख रहे थे। उन्होंने अब पुरन्धरगढ़ का घेरा और शिवाजी के राज्य में लूटकार एक साथ शुरू कर दी थी।

एक दिन थका-माँदा दिलेरखान राजा जयसिंह के खेमे में आया। किले पर घेरा डाले आठ दिन बीत चुके थे, परन्तु कुछ खास बढ़त हासिल नहीं हुई। गोलन्दाजी में गोला-बारूद तो खर्च हो रहा था, मगर सिर्फ गोलों से धूल के बवंडर खड़े हो रहे थे और फायदा कुछ नहीं हो रहा था। मिर्जाराजा ने हँसते हुए पूछा, ''क्यों दिलेरखान, मुहासरे की क्या खबर है?''

''मुहासरा तो पूरी मुस्तैदी से जारी है।''

''अच्छा! अगर घेरा इतना पक्का है, तो फिर शिवाजी की एक फौजी टुकड़ी बिना किसी अटकाव के किले में कैसे दाखिल हो सकी?''

दिलेरखान ने भड़ककर जवाब दिया, ''वह दाऊदखान की बेईमानी का नतीजा था।''

''बिलकुल सही,'' मिर्जाराजा बोले, ''हम भी यही कहते हैं। दिलेरखान, किले जीतना इतना आसान नहीं होता और फिर ये तो शिवाजी के किले हैं। तुम सुरंगें लगाते हो, तो दुश्मन उन पर पानी डालकर उन्हें बेकार बना देता है। तुम्हें पता है कि खुद तुम्हारी ही खन्दक पर हमला करके दुश्मन ने खन्दक की तीन मुगल तोपों को निकम्मा कर डाला। दुश्मन ने तोपों के रंजक में कीलें ठोक दीं। ऐसे हिम्मती दुश्मन का सामना सिर्फ ताकत के गरूर से नहीं किया जा सकता।''

दिलेरखान ने कहा, ''राजासाहब, हमने पुरन्धर को अब पूरी तरह दबोच लिया है। पहले जैसी बेईमान हरकत अब कोई नहीं कर सकेगा।''

''सो तो ठीक है, मगर एक जरा-सा किला सर करने में समय कितना बरबाद हो जाएगा, यह भी तो सोचिए।''

दिलेरखान चौंक उठा। कहने लगा, ''राजासाहब, आप देख ही रहे हैं। हमने अपनी कोशिश में कोई कसर नहीं छोड़ी है, मगर मराठे बेहद जिद्दी हैं।''

''हाँ, तो आपको अब यकीन आया। हम यही कहना चाहते थे, मगर तुम बेसब्र हो रहे थे। बरसात अब नजदीक आ रही है। ऊपर किले में बैठे हुए मराठे उसका ही इन्तजार कर रहे हैं। अगर बरसात शुरू हो गई, तो यह कलंक हमारे सिर मढ़ा जाएगा कि हमने इतनी बड़ी मुगल फौज को कीचड़ में फँसा-धँसा दिया और फिर आलीजाह बादशाह हमें ही दोषी ठहराएँगे, सो अलग।''

दिलेरखान की गुस्से के मारे जलती हुई आँखें राजासाहब की ओर मुड़ीं। वह चिल्लाकर कहने लगा, ''ऐसा होना नामुमकिन है–हम पुरन्धर किले को गर्द-गुबार का ढेर बनाकर दिखाएँगे।''

''मगर कब?'' मिर्जाराजा ने खामोशी के साथ पूछा।

''राजासाहब, आप इस सरदार दिलेरखान के बारे में बेएतिमादी दिखा रहे हैं?'' दिलेरखान ने जरा जोर से सवाल किया।

''खामोश!'' मिर्जाराजा की मुट्ठियाँ भिंच गईं, ''जुबान का इस्तेमाल अदब से करना सीखो। भूल रहे हो कि तुम मिर्जाराजा जयसिंह से बात कर रहे हो। अपनी हैसियत याद रखो।''

अगले ही क्षण वे एकदम शान्त हो गए, ''दिलेरखान, दुश्मन से केवल द्वेष करने भर से उसे हराया नहीं जा सकता। उसे हराने के लिए कुछ कर गुजरना जरूरी होता है।''

दिलेरखान एकदम उठ खड़ा हुआ। अपनी जरतारी मुगली पगड़ी को उतारकर हाथ में लेकर वह बोला, ''मिर्जासाहब, तो फिर अब इस पठान की बात भी सुन लीजिए। जब तक पुरन्धर किले पर फतह न पा लूँगा, यह पगड़ी नहीं पहनूँगा। इजाजत चाहता हूँ।''

दिलेरखान शामियाने से बाहर चला गया। मिर्जाराजा के मुख पर सन्तोष झलकने लगा था।

वे अब पुरन्धर के बारे में निश्चिन्त हो चुके थे।

4

राजगढ़ का वातावरण अति तनावपूर्ण था। सभी के मुखों पर चिन्ता छाई हुई थी। राजे की मनोव्यथा का तो कोई ठिकाना ही न था। हर पल नई-नई खबरें राजगढ़ पहुँच रही थीं। मुगल फौज के शिकंजे से बचकर निकले हुए सरदार आकर राजे से मिल रहे थे। प्रत्येक समाचार राजे की चिन्ता को और अधिक बढ़ा देता था। राजे अपने विशिष्ट जनों के साथ मन्त्रणा करने के लिए बैठे हुए थे। मोरोपन्त, रघुनाथपन्त, अण्णाजी दत्ता, तानाजी, नेताजी, येसाजी, कुडतोजी गुजर, आनन्दराव तथा स्वयं जीजाबाई भी राजमहल में उपस्थित थीं। सबके ही मुखों पर उदासी व्याप्त थी। राजे ने एक बार सबकी ओर देखा और कहना शुरू किया, ''अवसर तो अति कठिन आन पड़ा है। मिर्जाराजा वास्तव में चतुर हैं–उन्होंने पुरन्धर का घेरा और हमारे प्रदेशों में लूटमार एक ही साथ शुरू करवा दी है।''

तानाजी आवेश से कह उठा, ''गाँवों को जलानेवाला, औरतों को नंगा करके घुमानेवाला मिर्जाराजा! उसकी आप सराहना कर रहे हैं? ये कोई मर्दों के काम हैं क्या?''

राजे मुस्करा दिए, ''तानाजी, मिर्जाराजा ने अगर ऐसा न किया होता, तभी हमें अचम्भा हुआ होता। मिर्जाराजा समझदार हैं–वे जानते हैं कि हमारे गढ़ जीतना कोई हँसी-खेल नहीं है। आज हमारे राज्य में घर जलाए जा रहे हैं, गाँव उजड़ रहे हैं, हमारी माँ-बहनों को भगाया जा रहा है, बेचारे गरीब लोगों से कोड़े मारकर बेगार कराई जा रही है। और हम हैं उस प्रजा के राजा! हम ऊपर किले में बैठे-बैठे अपनी प्रजा की बरबादी ठंडी नजरों से देख रहे हैं!''

''परन्तु ऐसे काम करके मिर्जाराजा को क्या मिलेगा?'' अण्णाजी ने पूछा।

''पूछते हो, क्या मिलेगा?'' अण्णाजी की ओर देखते हुए राजे ने कहा, ''यह पूछो कि क्या नहीं मिलेगा? अण्णाजी, राजा का राजपद प्रजा की निष्ठा पर आधारित होता है। यदि प्रजा में असन्तोष फैल गया, तो राज्य उलटने में कितनी देर लगेगी? प्रजा जब देखेगी कि राजे ऊपर पहाड़ी दुर्ग में सुरक्षित बैठे हैं और हम दले जा रहे हैं, तो उनकी स्वामिभक्ति टिक नहीं पाएगी। और यदि ऐसा हो ही गया, तो हम इस बात के लिए प्रजा को दोषी नहीं कहेंगे।''

''यदि अपनी सारी सेना इकट्ठी करके आक्रमण किया जाए, तो?'' कुडतोजी गुजर ने सुझाया।

"हमने उस बारे में भी सोच-विचार किया है। परन्तु वैसा करना आत्महत्या होगी। मिर्जाराजा ने अपनी फौज हमारे सारे इलाकों में फैला रखी है। हम यदि बीच में घुसे, तो मुगल फौजों को हमें चारों ओर से घेरने में कुछ भी देर नहीं लगेगी।"

रघुनाथपन्त कहने लगे, "महाराज, स्पष्ट बात कहता हूँ, क्षमा कीजिए। आपने अफजलखान को मारा, शाइस्ताखान को धोखा दिया परन्तु ये दोनों असावधान मुसलमान थे। सब राजपूत इन बातों को अच्छी तरह जानते हैं। ये राजपूत धोखा नहीं खाएँगे। मेरी सलाह है, मिर्जाराजा से समझौता कर लिया जाए।"

"हम कहाँ मना करते हैं? समझौते के लिए ही तो तुम्हें मिर्जाराजा के पास कई चक्कर लगाने पड़े। परन्तु मिर्जाराजा तो केवल हमारा आत्मसमर्पण चाहते हैं। उन्होंने अब चारों ओर से बन्धन कसने शुरू कर दिए हैं। अब हम यदि आशा लगाए बैठे हैं, तो केवल पुरन्धर दुर्ग से ही।"

"पुरन्धरगढ़ एक साल तक तो उनका मुकाबला करेगा ही।" येसाजी ने अपना मत कह सुनाया।

"यदि उतना समय हमें मिल पाया, तब तो कुछ सोचने-समझने का अवसर मिल जाएगा। यह तो 'श्री' का राज्य है, हमें तो उसका ही भरोसा है। जो उसके मन में होगा, वही होगा। परन्तु आज हमें ऐसा अनुभव हो रहा है मानो हमारे पुण्य-कर्मों का न्यारा हो चला है।"

जीजाबाई शान्ति से सारी चर्चा सुन रही थीं। एक आह भरकर कहने लगीं, "क्यों? पुण्य का अभाव क्योंकर होगा? इतना दान-पुण्य किया जा रहा है। दुख-संकट टल जाएँ, इसीलिए तो न तुमने सूर्यग्रहण के समय सुवर्णदान किया था। वह सब क्या व्यर्थ जाएगा?"

राजे के होंठों पर मुस्कान फैल गई, "माँसाहिबा, हमने केवल सुवर्णदान किया है, परन्तु राजा जयसिंह कोटि चंडीयज्ञ करके, करोड़ों होन व्यर्थ करके निकले हैं। उनका पुण्य कोई कम थोड़े ही है?"

"क्या हम मिर्जाराजा का मन नहीं फिरा सकते?" जीजाबाई ने पूछा।

"यह कार्य कठिन ही प्रतीत होता है। मिर्जाराजा राजपूत हैं–खाए नमक की आन निभानेवाले हैं। वे यदि केवल हमारे किलों को जीतते चले जाते, तो भी हमें कोई चिन्ता न होती। हमारे किले जीतने के लिए उन्हें सारा जीवन यहीं बिताना पड़ता। परन्तु वे तो पूरे राजनीतिज्ञ हैं। चाहे कोई शेर के झपट्टे से बच जाए, परन्तु मिर्जाराजा की पकड़ से बचना अति कठिन है।"

"राजे, ऐसी निर्बलता-भरी बातें तुम्हें शोभा नहीं देतीं।"

राजे दृढ़ स्वर में कहने लगे, "माँसाहिबा, हम ये बातें निराशा के कारण नहीं कह रहे हैं। झूठे गर्व की अपेक्षा सत्य की परीक्षा करके उसे स्वीकार कर लेना कहीं अच्छा होता है। मिर्जाराजे अपनी लाख सेना के बल से ऐंठ नहीं गए हैं। औरंगजेब ने अपना चोगा उतारकर उन्हें पहना दिया था और हीरे का तमगा उनके सिरपेंच में लगाया था, इस कारण मिर्जाराजा की आँखें चकाचौंध नहीं हुईं। वे तो कोटि चंडीयज्ञ का अनुष्ठान कराके बाहर निकले हैं। जिसके मन में ऐसी दृढ़ श्रद्धा और असीम बुद्धिचातुर्य होता है, वे जो भी काम हाथ में लेंगे, सफल करके ही दिखाएँगे।"

"तो तुमने क्या सोचा है?" जीजाबाई ने पूछा।

''हमने अभी कुछ भी निश्चित नहीं किया है। हम केवल देख रहे हैं कि शत्रु ने सब ओर हाँका लगवा रखा है। अभी तो उसकी निश्चित चाल हमारी समझ में नहीं आ रही है। हमें तो केवल उसी जगमाता जगदम्बा का भरोसा है। उसी ने हमें आज तक संकटों से तारा है। संकटों में श्रद्धा का खंडित होना अथवा लड़खड़ाना उचित नहीं होता।''

राजभवन की यह सभा समाप्त हुई। सब चुप्पी साधे बाहर चले गए। राजे महल में अकेले रह गए। हृदय में विह्वलता थी, बुद्धि कुछ काम नहीं कर रही थी। इतने में किसी के पैरों की आहट सुनाई दी। राजे ने ऊपर देखा, सामने से कुडतोजी गुजर आ रहे थे। राजे ने पूछा, ''कुडतोजी, वापस क्यों चले आए?''

''महाराज, मिर्जाराजा हमारे लोगों को बहकाने-फुसलाने का प्रयत्न कर रहे हैं। सूचना मिली थी कि जावली की अपनी छावनी में कुछ गड़बड़ मच गई है, सो नेताजी तुरन्त उधर गए हैं।''

''हमसे मिले बिना ही चले गए?''

''जी हाँ। और यह भी खबर मिली है कि मिर्जाराजा ने पुरन्धर के आत्माजी कोली और कहार कोली इन दोनों भाइयों को, उनके तीन हजार घुड़सवारों को फुसलाकर अपनी चाकरी में शामिल कर लिया है।''

राजे इस समाचार को सुनकर स्तब्ध रह गए। एक लम्बी साँस भरकर वे बोले, ''मिर्जाराजा ने तो सचमुच कमाल कर दिया। उन्होंने पुणे आने से पहले ही आदिलशाही सरदार कुत्बशाह को तथा रामनगर पेठ और चोथिया के राजाओं को अपनी ओर मिला लिया है। उन्होंने शिवाप्पा नायक को तथा बसवपट्टण के नायक को हमारे विरुद्ध उकसाया है। डचों और पुर्तगालियों को उन्होंने सलाह दी है कि वे लोग हमारे जहाजों के खिलाफ मुहिम शुरू कर दें। उन्होंने जावली के चन्द्रराव के वंशजों को ढूँढ़ निकाला है और उन्हें राज्य देने का प्रलोभन दिया है। उन्होंने अफजलखान के बेटे को अपने पिता का बदला लेने के लिए भड़काया है। और अब तो उन्होंने खुद हमारे ही लोगों को भड़काना शुरू कर दिया है।''

''किसी तरह मिर्जाराजा को अगर चुप कर दिया जाए, तो?''

''यदि ऐसा हो सके, तो इससे अच्छा और क्या होगा? यदि ऐसा हो जाए, तो...तो शायद राजनीति का सारा रंग-रूप ही बदल जाए।''

कुडतोजी ने झट आगे बढ़कर राजे के पाँव छू लिये। राजे ने देखा, कुडतोजी की आँखों में पानी भर आया था।

''यह क्या करते हो, कुडतोजी? उठो, तुम तो हमारे दूसरे सेनापति हो। सेनापति की आँखों में आँसू शोभा नहीं देते।''

''महाराज, जिन्दा रहा, तो लौटकर आपके चरणों के दर्शन करूँगा। अन्यथा यही मेरा आखिरी सिजदा समझ लीजिए। बस, अब आप मिर्जाराजा की ओर से चिन्ता न करें।''

राजे को जैसे झटका-सा लगा। वे चिल्लाए, ''कुडतोजी, क्या किया चाहते हो?''

''ठहरिए, महाराज। कुछ मत कहिए।'' कुडतोजी निश्चयपूर्वक कहने लगे, ''आज तक आपके सामने कभी ऐसा व्यवहार नहीं किया। परन्तु आज आप क्षमा करें। आपको अपनी कुलदेवी भवानी माँ की सौगन्ध है। अब आप एक शब्द मुख से न निकालें।''

''यह क्या कर बैठे, कुडतोजी?'' और राजे ने आँखें बन्द कर लीं। जब उन्होंने आँखें खोलीं, कुडतोजी जा चुके थे।

राजे का सारा दिन चिन्ताओं में बीता। रात को वे शिथिल-श्रान्त होकर अपने भवन में आए। वे महल में बने हुए चाँदी के देवगृह के निकट गए। देहरे में स्फटिक निर्मित शिवलिंग समई के उजाले में चमक रहा था। उसके पीछे स्थित जगदम्बा की सुवर्णमय मूर्ति नेत्रों को मोह रही थी। राजे ने घुटने टेककर प्रणाम किया। बहुत देर तक वे नतमस्तक रहे। फिर शनैः-शनैः उठे और शैया की ओर चल दिए।

बहुत समय तक उन्हें नींद नहीं आई। मन में अनेक तूफान उठ रहे थे। करवट बदलने से तूफान शान्त नहीं हो रहे थे। इसी तरह जाने कब उनकी आँख लग गई।

अकस्मात् उनकी निद्रा भंग हो गई। उनका सारा शरीर पसीने से भीगा हुआ था। बारजे में से हवा भीतर आ रही थी। खिड़कियों के किवाड़ हवा के कारण झूल रहे थे। बिजलियों की चमक से राजभवन प्रकाशमान हो रहा था। उस क्षण भर के उजाले में देवगृह चमक-चमक उठता था। समई की ज्योतियाँ काँप रही थीं। जगदम्बा की सुवर्ण-प्रतिमा प्रकाश से लुका-छिपी का-सा खेल खेल रही थी। राजे पलंग पर उठ बैठे। बादलों की गर्जना सुनकर वे कुछ सँभले। वे बारजे में गए। बाहर आँधी-तूफान ने कुहराम मचा रखा था। हवा में उमस थी। वातावरण आँधी से भरा था, परन्तु वर्षा की एक बूँद भी नहीं थी। राजे ने मुड़कर जगदम्बा की ओर देखा। देहरे के निकट जाकर उन्होंने देवी के सम्मुख मस्तक झुकाया। मेघों की गर्जना सारे राजभवन में गूँज उठी...

राजे महल से बाहर आए। वे सीधे जीजाबाई के महल की ओर जा रहे थे। महल निकट आ रहा था। राजे जैसे अधसोए-से, बहकते हुए झोंके खाते हुए चले जा रहे थे। महल तक पहुँचते ही राजे ने पुकारा, ''माँसाहिबाऽऽ माँसाहिबाऽऽ!''

मनोहारी बाहर आई। राजे को देखते ही वह एक ओर हो गई। राजे महल के भीतर गए। जीजाबाई पलंग के निकट खड़ी थीं। मनोहारी ने समई दीपक की ज्योतियाँ बढ़ानी शुरू कीं। आधी रात के समय राजे की आवाज सुनकर जीजाबाई सिर से पाँव तक सिहर उठी थीं। इस पर राजे की दशा देखकर तो उनका रहा-सहा बल भी जाता रहा। राजे की दृष्टि पथराई-सी थी। माथा पसीने से तरबतर था, बाल बिखरे हुए थे...।

''क्या हुआ, राजे?''

''पानीऽऽ।''

मनोहारी दौड़कर पानी ले आई। राजे ने प्याला मुँह से लगाया और गटागट पानी पीने लगे। पानी पीते ही उन्होंने एक लम्बी साँस भरी।

''बैठो, राजे,'' जीजाबाई ने कहा।

''माँसाहिबाऽऽ!''

''शिवबा, अरे कोई सपना आया था क्या?''

''स्वप्न नहीं, माँसाहिबा।'' राजे बताने का प्रयत्न कर रहे थे, ''हम रात देर से सोए थे। अचानक नींद खुली, सारे महल में प्रकाश फैला हुआ था। हमें यह समझ नहीं आ रहा था कि जागे हैं या सोए हुए हैं! साक्षात् देवी जगदम्बा सामने खड़ी थी। जैसे किसी गहरी घाटी में से ध्वनि आ रही हो, ऐसी गम्भीर वाणी हम सुन रहे थे। उसका प्रत्येक शब्द हमें ज्यों का त्यों याद है...।''

''क्या सुना था तुमने, राजे?'' जीजाबाई उत्सुक होकर पूछने लगीं।

"माता जगदम्बा कह रही थी...।" राजे की दृष्टि फिर पथरा-सी गई। मुट्ठियाँ बन्द हो गईं। " 'वत्स, अवसर तो अति कठिन है। मैं तेरे हाथों जयसिंह का वध तो नहीं करवाऊँगी। परन्तु कैसी भी कठिन घड़ी क्यों न आ पड़े, तू चिन्तित मत होना। मैं साथ हूँ, तुझे मैं हर संकट से उबारूँगी। तुझे सफल बनाऊँगी। चिन्ता न कर, तेरा सब भार मुझे वहन करना है। तुझे मैंने एक पीढ़ी का राजपद नहीं दिया है। अगली सत्ताईस पीढ़ी तक तेरा यह राज्य बना रहेगा। उसकी चिन्ता मैं करूँगी। पुत्र की भूल-चूक मुझे ही सुधारनी होती है। तू किसी प्रकार की चिन्ता न कर'।"

राजे ने गहरी साँस छोड़ी, "बस! हमने इतना ही सुना। महल में कोई भी नहीं था। था केवल तूफान और कड़कती बिजलियों का कोलाहल...।"

"बिजली, तूफानऽऽ? राजेऽऽ क्या कह रहे हो?"

राजे ने जीजाबाई की ओर देखा। "सब ओर एकदम शान्ति छाई हुई थी। बादलों की ध्वनि नहीं थी। महल के परदे बिलकुल स्थिर थे।" राजे कह रहे थे। "तब हमने जो कुछ देखा, वह क्या आभास मात्र था?"

जीजाबाई के मुख से प्रसन्नता फूटी पड़ रही थी। वे गद्‌गद होकर कहने लगीं, "राजे, तुम बहुत भाग्यवान हो इसीलिए तो तुम्हें देवी ने दिव्य सन्देश दिया है। वह जब तक तुम्हारी रक्षा करती है, तब तक चिन्ता कैसी? माँ जगदम्बा ने तुम्हें आशीष दिया है—अब जाओ, शान्त चित्त से सो जाओ।"

राजे अभिभूत हृदय से अपने भवन की ओर आए। सर्वत्र नीरवता थी। वायु लेशमात्र भी नहीं थी। राजे शैया पर लेट गए। चित्त का भार अब उतर चुका था। आँखों में नींद धीरे-धीरे आ रही थी।

5

सायंकाल के समय राजा जयसिंह मनूची के साथ शतरंज खेल रहे थे। अँधेरा छाने लगा था। हवा का हलका-सा झोंका कभी-कभी खेमे में आ जाता था। मिर्जाराजा चाल चल चुके थे, मनूची अपनी चाल सोचने में खोया हुआ था। कुछ समय यूँ ही बीता। फिर मनूची कन्धे उचकाकर कहने लगा, "राजासाहब, आपकी जीत हुई, हम हारे।"

मिर्जाराजा जोर से हँस पड़े। मनूची उठ खड़ा हुआ। उसने अपनी चौड़ी टोपी पहनी। मिर्जाराजा को झुककर अभिवादन किया और चला गया। मिर्जाराजा भी उठे और खेमे के बाहर आकर खड़े हो गए। सारी छावनी में जहाँ-तहाँ मशालें जल रही थीं। राजा जयसिंह ने पैरों में जूते पहने और वे अपने खास डेरे की ओर चल दिए। दो हब्शी नंगी तेगें ताने उनके पीछे-पीछे चल रहे थे। राजा जयसिंह अपने ही किसी विचार में खोए हुए चले जा रहे थे। खास डेरे के प्रवेशद्वार पर जलती मशालें दिखलाई देने लगी थीं। मिर्जाराजा डेरे के पास पहुँचे ही थे कि एक आदमी अँधेरे में दौड़ता हुआ आया। अंगरक्षक हब्शी सैनिक ने उसे तुरन्त देख लिया और उस विशालकाय हब्शी ने आगे लपककर तेग चलाई। उस आदमी ने सैनिक के वार को अपनी कटार पर झेल लिया। तेग आगे-आगे बढ़ रही थी, कटार पीछे-पीछे हट रही थी। तभी दूसरा हब्शी सैनिक भी दौड़ा। मिर्जाराजा अब तक सँभल चुके थे। उन्होंने चिल्लाकर कहा, "मारो मत, जिन्दा पकड़ो।"

पल भर में ही वह अजनबी गिरफ्तार कर लिया गया। मिर्जाराजा ने कहा, ''इसे डेरे में ले जाओ। डेरे में तुम दोनों के सिवाय और कोई न हो। जाकर देखो, कुछ बताता है या नहीं। और देखो, इस घटना की खबर किसी को मालूम न होने पाए।''

वह आदमी ले जाया गया। अँधेरे के कारण उसका मुँह दिखाई नहीं दे रहा था। मिर्जाराजा बेचैन थे, परन्तु उस बेचैनी को दिल में ही छिपाकर वे अत्यन्त शान्तभाव से डेरे में गए। उनके पुत्र कीर्तिसिंह ने उनका स्वागत किया। परन्तु मिर्जाराजा बैठक पर नहीं बैठे। वे कहने लगे, ''कीर्तिसिंह!''

''जी!''

''मैं आज भोजन कुछ देर से करूँगा। मेरा काम पूरा होते ही मैं अपने आप आ जाऊँगा। मुझे बुलावा मत भेजना। मुझे बहुत जरूरी काम है।''

कीर्तिसिंह को यह बात सुनकर बहुत आश्चर्य हुआ। मिर्जाराजा अपने कार्यक्रम में कभी भी परिवर्तन नहीं करते थे। मिर्जाराजा खेमे से बाहर जाने लगे। कीर्तिसिंह जाते हुए मिर्जाराजा की पीठ देखता रह गया।

मिर्जाराजा डेरे में आए। डेरे में कोई नहीं था। दोनों हब्शी सैनिक उस हमलावर को पकड़कर खड़े हुए थे। उसकी मुश्कें कस दी गई थीं। मिर्जाराजा तख्त पर बैठे। तिपाई पर रखी हुई सुराही में से शराब प्याले में उँडेलते हुए वे उस आक्रमणकारी की ओर देख रहे थे। उन्होंने हमलावर के बन्धन खोल देने का हुक्म दिया। जैसे ही उसका मुख दिखाई दिया, मिर्जाराजा आश्चर्यचकित हो उठे। वे बोले, ''कौन है तू? शिवाजी के दूत के साथ तू ही आया था?''

कुडतोजी चुप रहे। मिर्जाराजा ने अंगरक्षकों को बाहर जाने की आज्ञा दी। इस आचरण से कुडतोजी बेचैन हो उठे। मिर्जाराजा ने कहा, ''डर मत। तुझे कुछ नहीं होगा। बता, मुझे मारकर तुझे क्या मिलता?''

कुडतोजी ने अपने सूखते होंठों पर जीभ फिराई। उनकी हिम्मत कुछ लौट आई थी। वे बोले, ''साहब, मैं तो मालिक की चाकरी समझकर आया था, मगर आप किस्मत के धनी हैं। भगवान् आप पर प्रसन्न हैं, इसीलिए आप बच गए।''

मिर्जाराजा हँस दिए, ''यह तो हम भी जानते हैं। यदि भगवान् का यह आशीर्वाद हमारे सिर पर न होता, तो हम शिवाजी पर विजय प्राप्त न कर सकते।''

''विजय? विजय अभी बहुत दूर है।''

''गलत कहता है तू, विजय हमारी मुट्ठी में है। वरना शिवाजी के आदमी, शिवाजी को जी-जान से चाहनेवाले तेरे जैसे लोग कभी ऐसा काम न करते।''

'मिर्जाराजे सचमुच जादू-टोना जानते हैं क्या?' कुडतोजी के मन में शंका उठ आई। वे आँखें फाड़-फाड़कर मिर्जाराजा की तरफ देख रहे थे।

मिर्जाराजा ठठाकर हँस पड़े, ''तुझे यही अचम्भा लग रहा है न कि हम यह सब कैसे जानते हैं? अरे, शिवाजी के पास रहकर भी तूने अभी तक उसे पहचाना नहीं। शिवाजी का झपट्टा कभी खाली नहीं जाता। शिवाजी अगर हमें मारना चाहता, तो वह कभी ऐसा अधूरा दाँव न लगाता। जरा अफजलखान और शाइस्ताखान की कहानी याद कर। खैर, जाने दे। हम तुझ पर बहुत प्रसन्न हैं। हम चाहते हैं कि तू हमारा साथी बन जाए। तू जो माँगेगा, हम वही पद-सम्मान तुझे देंगे। बोल...!''

कुडतोजी होश में आए। उन्होंने सूखते गले को थूक निगलकर तर किया। बोले, "इससे अच्छा होगा–आप मेरा सिर कटवा दें।"

"हँ! हम जानते थे तू यही कहेगा। खैर, हमने तुझे आजाद करने का फैसला किया है। तेरे पास घोड़ा है क्या?"

"जी, नहीं।"

"अच्छा!" मिर्जाराजा ने ताली बजाई। एक नौकर भीतर आया। मिर्जाराजा ने सम्मान-वस्त्र सिरोपाव मँगवाया और कुडतोजी को भेंट किया। उन्होंने कुडतोजी के लिए एक घोड़ा तैयार रखने की आज्ञा दी। फिर उन्होंने कुडतोजी के कन्धे पर हाथ रखा और उसकी आँखों में देखते हुए वे कहने लगे, "घबरा मत। तेरे साथ किसी तरह की दगाबाजी नहीं होगी। कोतवाली के बाहर तक हमारा रक्षक दल तेरे साथ रहेगा। यह घोड़ा तुझे हम इनाम दे रहे हैं। शिवाजीराजा से जाकर कहना कि शत्रु के प्रदेश में हम एक पल भी असावधान नहीं रहते। अच्छा यही होगा कि तुम्हारे राजासाहब जल्द से जल्द हमसे आ मिलें। तभी बादशाह की ओर से उनके लिए मनसबदारी मंजूर करवानी आसान होगी। कहना कि इससे पहले कि कड़वाहट अधिक बढ़े, राजासाहब हमसे मिल लें। इसी में उनका भला है।"

मिर्जाराजा के व्यक्तित्व से और उनके उदार व्यवहार से कुडतोजी चकित हो उठे थे। उन्होंने झुककर सिजदा किया और मिर्जाराजा से विदा हुए।

राजा जयसिंह शराब की घूँट भर रहे थे। जरतारी बैठक में बैठा हुआ कीर्तिसिंह भीतर आया। अधीर होकर पूछने लगा, "सुना है, आप पर किसी ने हमला किया?"

"कौन कहता है?"

"मेरे खेमे के पास का सेवक कह रहा था।"

"झूठ बात है। भला मुझ पर हमला कौन करेगा?"

"तो कौन आया था?"

"यह सवाल पूछने का तुझे अधिकार तो नहीं है। पर तूने पूछ ही लिया है, तो बता देता हूँ। शिवाजी का दूसरा सेनापति गुजर मिलने आया था। हमारी इच्छा के अनुसार जल्दी ही समझौता हो जाएगा। हम अभी भोजन करने आ रहे हैं।"

"हम भी आपको एक खुशखबरी सुनाना चाहते हैं। सरदार दिलेरखान ने वज्रगढ़ पर कब्जा कर लिया है। अच्छा, इजाजत... ।"

सन्तुष्ट होकर मिर्जाराजा जयसिंह, गिरदे के सहारे टेक लगाकर आराम से बैठ गए। कीर्तिसिंह चला गया और कुछ देर बाद मिर्जाराजा भी डेरे से बाहर निकलकर अपने शामियाने की ओर चल पड़े।

6

कुडतोजी गुजर राजे के सामने खड़े थे। पूरा वृत्तान्त सुनकर भी राजे को भरोसा नहीं हो रहा था। कुडतोजी बता रहे थे, "मिर्जाराजा ने मेरे साथ बड़ा अच्छा व्यवहार किया। यही नहीं, मुझे सिरोपाव और घोड़ा भी भेंट में दिया। बढ़िया आदमी हैं। इसे कहते हैं राजा। वे एकदम सही हैं।"

राजे खुलकर हँस दिए। कहने लगे, ''कुडतोजी, मिर्जाराजा तुम्हें मुक्त करके जो नाम पाना चाहते थे, वह उन्होंने पा लिया है। तुम तो चले आए, परन्तु इधर तुम्हारी चिन्ता में हमारे प्राण सूखे जा रहे थे। जब समाचार सुना कि तुम आ गए हो, तब जो आनन्द मिला, उसका हम वर्णन नहीं कर सकते। तुम सकुशल लौट आए हो, बस, हमने सब कुछ पा लिया। परन्तु कुडतोजी, तुम्हारे ऐसे अविवेकपूर्ण स्वभाव के कारण हमें कभी बहुत पछताना पड़ेगा। अपने इस स्वभाव को जरा सही रास्ते पर लाओ। अच्छा, कहो! मिर्जाराजा की छावनी की क्या हालत है?''

''मिर्जाराजा को अपनी जीत पर पूरा विश्वास है। कल दोपहर तक तोपों की आवाजें आ रही थीं। हमला जारी है।''

''हँ!'' राजे ने आह भरी।

कुडतोजी ने सिजदा किया। वे मुड़े ही थे कि राजे ने पूछा, ''ठहरो, कुडतोजी। जब हमारे शत्रु हमारे लोगों को शाबाशी देते हैं, तो भला हम क्यों पीछे रहें!''

राजे ने सिरोपाव मँगवाया। मोरोपन्त सिरोपाव लेकर अन्दर आए। थाल में सिरोपाव, तलवार और सम्मान-वस्त्र रखे थे। राजे ने मोरोपन्त से कहा, ''मोरोपन्त, कुडतोजी ने बड़ी शूरता दिखलाई है। वे शत्रु के समाचार हम तक लाए हैं।''

राजे ने कुडतोजी को सिरोपाव भेंट किया। उन्हें तलवार और मान वस्त्र देते समय राजे ने कहा, ''कुडतोजी, हमने तुम्हारा नाम बदल दिया है। हम आज तुम्हें प्रतापराव की उपाधि से सम्मानित करते हैं। तुम्हारे पराक्रम के लिए यही नाम उचित होगा।''

प्रतापराव ने झुककर सिजदा किया। कुडतोजी गुजर अब प्रतापराव गुजर बन गए। सम्मान स्वीकार कर प्रतापराव मुड़े ही थे कि उसी समय सबकी दृष्टि महल में प्रविष्ट हो रहे तानाजी की ओर गई। तानाजी ने सिजदा करके कहा, ''महाराज, बुरा समाचार है। वज्रगढ़ पर शत्रु का कब्जा हो गया।''

वज्रगढ़ शत्रु के वश में? राजे यह समाचार सुनकर स्तब्ध रह गए। वज्रगढ़ तो मानो पुरन्धर दुर्ग का जुड़वाँ भाई था। वज्रगढ़ हाथ से गया, तो समझो गगनचुम्बी पुरन्धर दुर्ग तक शत्रु की दृष्टि पहुँच गई। अब उसे भी तोप के गोलों का निशाना बनाया जा सकता है। पुरन्धरगढ़ के बारे में तो यह कहा जा रहा था कि वह दुर्ग एक वर्ष तक शत्रु का सामना कर सकेगा। उसका रक्षक दुर्ग वज्रगढ़ केवल तेरह दिनों में ही ढह गया।

राजे ने कहा, ''जिसका भय था, वही हुआ।''

रात को राजे विचारों में खोए हुए अपने महल में बैठे थे। जीजाबाई को आता देखकर राजे उठ खड़े हुए। कहने लगे, ''माँसाहिबा हमें बुला लेतीं, हम ही नीचे आ जाते... ।''

''दीया-बत्ती का समय हुए काफी देर हो चुकी। सोयरा से पूछा, तो उसने बताया कि तुम महल में अकेले ही हो... ।''

''समय कैसे कब बीता, हमें कुछ भी ध्यान नहीं।''

''वज्रगढ़ में अपनी हार हो गई, यह सच है क्या?''

''हाँ, सच है। अब लगता है, पुरन्धर अधिक दिनों तक नहीं टिक पाएगा। माँसाहिबा, हमने सन्धि करने का निश्चय कर लिया है।''

''परन्तु मिर्जाराजा तो पूर्णतः आत्मसमर्पण चाहते हैं ना?''

"हम तो यही प्रयत्न करेंगे कि ऐसी स्थिति न आए। परन्तु लगता है, यह असम्भव है। पुरन्धर के पतन से पूर्व ही यदि सन्धि हो गई, तभी सम्मानपूर्ण सन्धि हो सकेगी। यदि पुरन्धर हाथ से जाता रहा, तब तो मिर्जाराजा का कहना मानना पड़ेगा।"

"शिवबा! यह कैसा विचित्र संकट आ पड़ा है, रे बेटा!"

"माँसाहिबा, रोइए नहीं। जगदम्बा ने हमें दिव्य सन्देश दिया है। हमारा अनुभव यही है कि जब-जब चिन्ताओं का रेला आता है, तभी उसमें से निकलने का उपाय भी सूझता है। वज्रगढ़ का पतन हुआ हो, फिर भी पुरन्धर जीत लेना इतना सरल नहीं होगा। दुर्ग की रक्षा करने में मुरारबाजी पराक्रम की पराकाष्ठा दिखाएँगे।"

"तो सन्धि करने के लिए किसे भेज रहे हो?"

"अब बड़ी सावधानी से अगले कदम रखने होंगे। कल हम एक और पासा फेंकनेवाले हैं। देखें, दाँव कैसा बैठता है?"

अगले दिन शिवाजीराजा ने करमाजी नामक अपने विश्वासपात्र गुप्तचर के हाथ मिर्जाराजा के नाम खलीता रवाना किया। राजे ने लिखा था, "मुझसे बादशाह को बहुत लाभ होगा। मैं तो सम्राट् का सेवक ही हूँ। इस दुर्गम, पथरीले और पहाड़ी प्रदेश में लड़ाई करके अपना परिश्रम व्यर्थ गँवाने की अपेक्षा तो अच्छा होगा आप बीजापुर के आदिलशाही राज्य पर हमला करें। यदि आपका यह इरादा हो तो मैं इस अभियान में आपकी सहायता करने को तैयार हूँ...।"

राजे का इरादा था कि अपने पर आई बला आदिलशाही राज पर डाल दें। राजे उत्तर की प्रतीक्षा करने लगे। जासूस पत्र का उत्तर ले आया। राजे ने रघुनाथपन्थ को वह पत्र पढ़ने का आदेश दिया। रघुनाथपन्त पत्र पढ़ने लगे—आकाश के नक्षत्रों के समान अगणित यह विशाल बादशाही सेना है। इसे दक्षिण देश में तेरे लिए भेजा गया है। तू अपने दुर्गम, पहाड़ी और पथरीले प्रदेश पर मत इतरा। ईश्वर चाहेगा तो तेरा यह प्रदेश घुड़सवार और पैदल सेना के पैरों तले रौंदा जाकर समतल बन जाएगा। तुझे अगर अपने प्राणों की चिन्ता हो, तो साम्राज्य की नौकरी का जुआ अपने कन्धे पर रख ले। तू यदि ऐसा करेगा, तो तेरे नए स्वामी को बड़प्पन और प्रसन्नता प्राप्त होगी। इसलिए तू अपने इस पहाड़ी किलों के घमंड में मत रह। अन्यथा जो कुछ भी परिणाम होगा, वह अपने कामों का नतीजा सनझकर तुझे स्वयं भोगना होगा...।

इस उत्तर को पाकर राजे हतबुद्धि हो गए। उनके कई पत्र जा रहे थे, उनके उत्तर भी आ रहे थे, परन्तु मिर्जाराजा तनिक झुकने को राजी न थे। तानाजी ने बड़ी चतुराई से पुरन्धर दुर्ग में तीन सौ सैनिक पहुँचा दिए थे, इसलिए राजे पुरन्धर के बारे में निश्चिन्त हो चुके थे। अब राजे को एक ही सहारे की आशा थी, वह सहारा थी प्रकृति। वर्षा ऋतु आ जाने पर कुछ न कुछ युक्ति निकाली जा सकती थी।

राजे समझौता करने के लिए मिर्जाराजा के नाम कई पत्र लिख चुके थे, परन्तु राजा जयसिंह पूर्ण आत्मसमर्पण के अतिरिक्त कोई बात मानने को तैयार न थे। उधर राजे के राज्य में बेहिसाब लूटपाट जारी थी। पुरन्धर किले पर रोजाना हमले हो रहे थे। उन हमलों को रोकने के लिए राजे ने अपने युवराज और सेनापति को समझौता करने के लिए भेजना स्वीकार किया, परन्तु मिर्जाराजा शिवाजी को छोड़कर किसी के साथ बातचीत के लिए तैयार नहीं थे। उन्होंने रघुनाथपन्त को साफ तौर पर कहा, "मुझे समझौता करने का हक नहीं है, मगर शिवाजी निहत्था होकर, अपराध कबूल कर सामने आए और अपने किए की माफी

माँगे तो शायद बादशाह मेहरबान होकर उसे माफ कर दें। मैं उनसे ऐसी सिफारिश जरूर करूँगा...''

फिर राजे ने अपने प्राणों का अभयदान माँगा। राजे के आने की बात सुनकर राजा जयसिंह आनन्दित हो उठे। उन्होंने सुरक्षा का वचन दिया। राजे के दूत रघुनाथपन्त के सम्मुख उन्होंनें बेल और तुलसीपत्र हाथ में लेकर शपथ ली कि राजे के प्राणों को कोई भय न होगा।

भेंट का दिन कौन-सा हो, इस विषय में बातचीत शुरू हुई। मिर्जाराजा ने दिलेरखान को तुरन्त बुलावा भेजा। दिलेरखान आया। मिर्जाराजा ने उसके सामने सारे हालात बयान किए। दिलेरखान को बुरा लगा कि उसको यह बताए बिना बातचीत तय हुई है। जब मिर्जाराजा ने उसे हुक्म दिया कि पुरन्धर के घेरे की तेजी कम कर दी जाए, तब दिलेरखान को बेहद अचम्भा हुआ। हुक्म सुनते ही वह बौखला उठा, ''मिर्जासाहब, हमने इतनी मुसीबतें झेलकर रुद्रमाल किले को जीत लिया, पुरन्धर किले की जो दुर्गत बनाई, सो क्या इसीलिए कि मौका आने पर हम दब जाएँ? अब पुरन्धर तो चार दिनों में ही काबू में आ जाएगा।''

''ये बातें हम कई दिनों से सुनते आ रहे हैं। अब अगर ऐसा मुमकिन हो भी तो हमें यह नामंजूर है।''

''क्यों?''

''शिवाजी चाहते हैं कि पुरन्धर हाथ से निकलने से पहले ही सुलह हो। उनके सारे मंसूबे पुरन्धर पर टिके हुए हैं। अगर पुरन्धर जाता रहा, तो शायद शिवाजी सुलह के लिए राजी न हो। वह मायूस होकर बेकाबू बन जाएगा, कुछ भी कर गुजरेगा। तब अपने हाथ तक आई कामयाबी दूर चली जाएगी।''

''अच्छा, राजासाहब! आप कब से इतने...''

''खामोश! दिलेरखान, एक छोटा-सा किला सर करने में तुम्हें इतने दिन लगे। गोला-बारूद खर्च हुआ। कौन कहे—बरसात कब शुरू हो जाए! आदमी का मुकाबला किया जा सकता है, मगर मौसम का सामना करना मुश्किल है। हम नहीं चाहते कि हम वह खतरा मोल लें। अगर सुलह हो गई, तो ठीक है, वरना तुम्हारे रास्ते तो यूँ भी खुले ही हैं। इसलिए शिवाजी से मुलाकात होने तक पुरन्धर की लड़ाई जरा धीरे होने दो। इतना धीरे कि दुश्मन को पता न लगे...।''

दिलेरखान कुढ़ता-भुनभुनाता हुआ उठा। मगर उसमें इतना हौसला नहीं था कि मिर्जाराजा के खिलाफ कुछ कहता। उनका हुक्म मानकर वह अपनी छावनी की तरफ चल दिया।

मिर्जाराजा जयसिंह अब शिवाजीराजा से मिलने के लिए आतुर थे...।

7

मुलाकात का दिन निश्चित हो गया। आकाश में वर्षा ऋतु के आगमन की सूचना देनेवाले मृग नक्षत्र का उदय हुआ, फिर भी वर्षा का कोई लक्षण नहीं था। पश्चिम दिशा की शीतल वायु का प्रवाह भी अभी प्रारम्भ नहीं हुआ था। हाँ, पश्चिम से बादल अवश्य उठ रहे थे। कुछ काले बादलों से वातावरण गहरा गया था।

राजे राजगढ़ में थे। महीना भर चर्चा होती रही और अन्त में आषाढ़ शुक्ल नवमी का दिन भेंट के लिए निश्चित किया गया। जैसे ही भेंट की बात तय हुई, राजे की व्याकुलता

बढ़ गई। भेंट का परिणाम क्या होगा, इसका कुछ भी अनुमान नहीं लग पा रहा था। राजे ने सुरक्षा की दृष्टि से निश्चय किया कि जीजाबाई तथा सोयराबाई को कोंढाणा दुर्ग में भेज दिया जाए। जीजाबाई ने पूछा, ''हमें कोंढाणा भेजने का कारण क्या है?''

''माँसाहिबा, यदि सन्धि के लिए वार्ता प्रारम्भ हुई, तो शत्रु की ओर से कोंढाणा दुर्ग की माँग अवश्य की जाएगी। आप यदि वहाँ होंगी, तो हम इसे बहाना बना सकेंगे। बालशम्भू यहीं राजगढ़ में ही रहेंगे। आप कोंढाणा में रहिए। कैसा भी अवसर क्यों न आ पड़े, उचित यही होगा कि सारा परिवार एक स्थान पर न रहे।''

''राजे, तुम मिर्जाराजा से मिलने जा तो रहे हो, परन्तु मुझे तो भय लग रहा है।''

''कैसा भय, माँसाहिबा?''

''मिर्जाराजा कहीं धोखा न कर बैठें? कहीं मारकाट...?''

राजे जीजाबाई की ओर देखते हुए कहने लगे, ''नहीं, माँसाहिबा, आप इसकी चिन्ता न करें। राजा जयसिंह राजपूत हैं। वचन निभानेवाले हैं। दिलेरखान ने जब वज्रगढ़ जीत लिया तब उसने हमारे सैनिकों को पकड़कर मिर्जाराजा के पास भेज दिया। ऐसे अवसरों पर प्रथा यही है कि शत्रु के लोगों की हत्या कर दी जाती है, परन्तु मिर्जाराजा ने हमारे सब लोगों को छोड़ दिया। उन्हें पूरे सम्मानपूर्वक मुक्त कर दिया।''

''यह व्यक्ति तो बहुत उदारहृदयी प्रतीत होता है।''

''यह तो उसकी राजनीति की एक चाल थी।''

''चाल?'' जीजाबाई ने पूछा।

''हाँ।'' राजे ने कहा, ''इसके दो हेतु थे। यह प्रयोजन तो था ही कि उनके उदार स्वभाव की जानकारी सबको हो जाए, दूसरा प्रयोजन यह था कि इससे पुरन्धर दुर्ग की रक्षा करनेवाले हमारे सैनिकों को प्रभावित किया जा सके। कुछ भी हो, राजा जयसिंह हर प्रकार हमारी कुशलता का ध्यान रखेंगे। अपने प्राणों के समान हमारी रक्षा करेंगे। परन्तु वह जो दिलेरखान है, वह बड़ा हरामजादा है, पूरा बेईमान है। वह जाने क्या कर बैठे!''

अगले दिन राजे ने जीजाबाई तथा सोयराबाई को कोंढाणा भेज दिया। उन्होंने सब गढ़पतियों को आज्ञापत्र भेजकर सूचित किया कि वे हर परिस्थिति में अन्तिम दम तक गढ़ की रक्षा करें। मोरोपन्त, अण्णाजी दत्तो, प्रतापराव गुजर, येसाजी, मानाजी आदि श्रेष्ठजनों को अपनी योजनाएँ बतलाईं, यदि कठिनतम अवसर आ पड़ा तो उन्हें क्या करना होगा। राजगढ़ की सुरक्षा एवं दृढ़ता का उन्होंने स्वयं निरीक्षण किया। राजे ने अपने साथियों के रूप में आनन्दराव, निराजीपन्त, नागोजी फर्जन्द, बहिर्जी फर्जन्द, कृष्णा जोशी तथा विश्वासराव को चुना। महादेव को अंगरक्षक के रूप में साथ लिया और एक शुभ मुहूर्त पर राजे ने राजगढ़ से प्रस्थान किया।

8

मिर्जाराजा अपने उस खास डेरे में बैठे हुए थे, जो शिवाजीराजा से मुकाबला करने के लिए बनाया गया था। डेरे के भीतर दो जरतारी बैठकें बनाई गई थीं। दोनों बैठकों के निकट नक्काशीदार महँगे हुक्के रखे हुए थे। सोने की धूपदानियों में से सुगन्धि की लहरें निकल रही थीं। डेरे के चारों ओर कमखाबी कनातें तनी हुई थीं, भीतर बहुमूल्य गलीचे बिछे हुए

थे। सिन्दूरी रंग के उस शामियाने में बैठे हुए मिर्जाराजा शिवाजीराजा की प्रतीक्षा कर रहे थे। डेरे की साज-सजावट ऐश्वर्यसम्पन्न थी। मिर्जाराजा ने डेरा खड़ा करने के लिए यह स्थान स्वयं चुना था। उनके आस-पास पुरानी सामन्ती परम्परा के दूत, कुछ चुनिंदा राजपूत सैनिक अंगरक्षक खड़े हुए थे। उन अंगरक्षकों के सिर पर शानदार पगड़ियाँ थीं। उनकी लम्बी-लम्बी दाढ़ियाँ बीच से दो भागों में बँटकर छाती के बख्तर पर झूल रही थीं। प्रत्येक अंगरक्षक नंगी शमशीर थामे हुए था। शिवाजी से भेंट के अवसर पर सुरक्षा की सारी जिम्मेदारी उग्रसेन कछवाहा को सौंपी गई थी। डेरे और शामियाने के चारों ओर नंगी तलवारें लिये हब्शी सिपाही पहरा दे रहे थे। जब से भेंट का दिन तय हुआ था, तभी से छावनी में आनेवाले हर अजनबी आदमी की पूरी छानबीन की जा रही थी।

मिर्जाराजा किन्हीं विचारों में खोए हुए थे। उनके सिर पर केसरी साफा शोभायमान था। पीपल के पत्ते के आकारवाले सुवर्णाभूषण में जड़ा हुआ बड़ा-सा पन्ना उस साफे में पिरोया हुआ था। वे जर की किनारीदार आसमानी नीले रंग का अँगरखा पहने हुए थे। उन्होंने गले में नवरत्नों का कंठा धारण किया हुआ था। उनकी आयु साठ के लगभग थी, यह केवल उनके सफेद बालों से लग रहा था। सीधी, धारदार नाक, पतले होंठ, गहरी पानीदार आँखें, सब मिलकर राजा जयसिंह के व्यक्तित्व को निखार रही थीं। चौड़े माथे पर अंकित केसरी तिलक उनकी छवि को और निखार रहा था।

तोपों की आवाज से उनका ध्यान टूटा। उग्रसेन कछवाहा की ओर देखकर मिर्जाराजा ने कहा, ‘‘लगता है, दिलेरखान ने हमला शुरू कर दिया है।’’

‘‘आपने ही तो आज्ञा दी थी न?’’

‘‘हाँ, शिवाजीराजा के स्वागत के लिए तोपों की सलामी देना जरूरी है!’’

उग्रसेन हँसने लगा। मिर्जाराजा के मुख पर सन्तोष का भाव छाया हुआ था। बाहर तोपें लगातार गरज रही थीं। दिलेरखान की सेना रुद्रमाल से पुरन्धर पर निरन्तर गोले बरसा रही थी। सूर्य आकाश में काफी ऊँचा चढ़ आया था। इसी तरह कुछ समय बीता कि गुप्तचर ने आकर सूचना दी, ‘‘हुजूर, पुरन्धर के परकोटे की दीवार में एक बड़ी दरार आ गई है।’’

‘‘बहुत अच्छा, हमला इसी तरह जारी रहने दो।’’ मिर्जाराजा ने सन्तोषपूर्वक कहा।

जासूस चला गया। मिर्जाराजा हुक्का पीने लगे। मिर्जाराजा फिर सोच में डूब गए। उदयराज मुंशी और उग्रसेन कछवाहा उनसे कुछ दूरी पर सावधान खड़े थे।

इतने में जानीबेग बख्शी डेरे में आए। उन्होंने सूचना दी, ‘‘शिवाजीराजा छावनी के पास आ पहुँचे हैं।’’

‘‘उनके साथ कौन-कौन हैं?’’

‘‘ज्यादा लोग नहीं हैं। शिवाजीराजा पालकी में बैठकर आ रहे हैं। साथ में पाँच-छह सिपाही हैं और पालकी ढोनेवाले कहार हैं।’’

राजा जयसिंह ने उग्रसेन कछवाहा और मुंशी उदयराज को राजे की अगवानी के लिए जाने की आज्ञा दी और कहा, ‘‘शिवाजीराजा से कहना कि उन्हें अगर पूर्णतः निःशस्त्र होकर तथा शरणागत बनकर मुझसे मिलने आना हो, तो ही आएँ। अन्यथा उनसे साफ कह दो कि वे इसी समय उलटे पाँव लौट जाएँ। उन्हें यदि यह स्वीकार हो तो राजा को यहाँ ले आओ, जाओ!’’

वे दोनों सिजदा करके सौंपे गए उत्तरदायित्व का पालन करने के लिए चले गए। मिर्जाराजा व्यग्र होकर चहलकदमी करने लगे। थोड़ी देर बार कछवाहा ने अन्दर प्रवेश किया। उसने आकर सूचना दी, ''शिवाजीराजा आ रहे हैं।''

''कहाँ हैं?''

''अब तक डेरे के निकट आ पहुँचे होंगे।''

मिर्जाराजा जल्दी से बाहर गए। डेरे के दरवाजे पर पहुँचते ही उन्हें शिवाजीराजा दिखाई दिए। परन्तु शिवाजीराजा पर दृष्टि पड़ते ही उनकी दृष्टि व्यथित हो उठी। राजा शिवाजी सामने से चले आ रहे थे, वे हाथ जोड़े हुए थे और उन्होंने हाथों को एक सफेद रूमाल से बाँधा हुआ था। मिर्जाराजा तुरन्त आगे बढ़े। उन्हें अपनी जीत की और रिवाज की भी सुध न रही। शिवाजी को उस दशा में हँसते हुए आगे बढ़ते देखकर मिर्जाराजा आश्चर्यचकित हो उठे। शिवाजी के हाथों से बँधा रूमाल खोलते हुए राजा जयसिंह कहने लगे, ''राजासाहब, यह क्या?''

शिवाजीराजा ने उत्तर दिया, ''आपने पूर्ण आत्मसमर्पण का आदेश भिजवाया था। हमने शरणागत की रीति निभाई। आप हमारे पिता के समान हैं, ऐसे पितृतुल्य राजपूत के सम्मुख हाथ बाँधकर तो क्या, घुटने टेककर आने में भी हमें खेद नहीं होगा।''

मिर्जाराजा ने उन्हें आगे नहीं बोलने दिया। उन्होंने शिवाजीराजा को अपनी बाँहों में भर लिया। जब शिवाजीराजा उनके स्नेहमय आलिंगन से मुक्त हुए तब शिवाजी का हाथ पकड़कर मिर्जाराजा कहने लगे, ''राजासाहब, आज तक आपने दिल्ली सल्तनत के खिलाफ जी-जान से लड़ाई की। उसी ईमानदारी से अब आपको बादशाह की सेवा करनी चाहिए। चलिए, राजासाहब।''

मिर्जाराजा शिवाजी के साथ खेमे में आए। आनन्दराव खेमे के द्वार के पास राजे के जूते लेकर खड़े हो गए। राजे के लिए जो विशेष उच्चासन बनाया गया था, उस पर उन्हें बिठाकर मिर्जाराजा सामने की बैठक पर बैठ गए। वे वीरासन मुद्रा में बैठे हुए शिवाजीराजा को एकटक देख रहे थे।

राजे के सफेद जरीटोप में मोतियों का तुर्रा सुशोभित था। कानों में बड़े-बड़े मोतियों के कर्णाभूषण गरदन हिलने के साथ झूल-झूलकर अपने हलके नीलेपन की ओर सबका ध्यान आकर्षित कर रहे थे। प्रभावशाली दाढ़ी, तेजस्वी नेत्र, सुघड़ भौंहों के ऊपर अंकित पवित्र शिवतिलक राजे के व्यक्तित्व को मोहक बना रहे थे। यद्यपि राजे की आयु पैंतीस वर्ष थी, पर आयु की सुकोमलता उनके तन से अभी गई नहीं थी। उन्होंने जर का बुँदकीदार सफेद अँगरखा पहना हुआ था। कमर में फेंटा कसा था। राजे पूर्णतः निःशस्त्र थे। पैरों में तंग मोहरी का पाजामा पहने थे। शिवाजीराजा को देखकर मिर्जाराजा के मन में अनेक विचार उठ रहे थे।

'...तो ये है शिवाजी! अफजलखान को इसी ने मारा है। शाइस्ताखान की छावनी में घुसकर उस पर आक्रमण करने का साहस इसी ने किया था! जिस मुगल बादशाहत के आगे निजामशाही टिक नहीं पाई, आदिलशाही ने जिसके सामने घुटने टेक दिए, उस महान् शक्तिशाली सत्ता को ललकारनेवाला शिवाजी! दिल्ली के शहंशाह की व्याकुलता बढ़ाने की शक्ति है इसमें।' विजयी होकर मदोन्मत्त होनेवाले वीर मिर्जाराजा ने अब तक कई योद्धा देखे थे, किन्तु पराजित होने पर भी निर्भय गम्भीर दृष्टि से आह्वान करनेवाले इस वीर युवक को वे आज पहली

बार देख रहे थे। उनके मुख पर मुस्कान छा गई। वे बोले, ''राजासाहब, हम आपकी ही प्रतीक्षा कर रहे थे। आप आ गए, बहुत अच्छा हुआ। वे आपके गुजर नहीं दिखाई दे रहे? सचमुच बहुत साहसी व्यक्ति हैं।''

''साहस की सराहना तब होती है, जब उसका कुछ फल निकले।'' राजे ने कहा।

''दुर्भाग्य से साहस सफल नहीं हुआ, आप यही कहना चाहते हैं न?''

राजे के होंठों पर मुस्कान खिली हुई थी, ''राजनीति में सब कुछ क्षम्य समझा जाता है। हमारा जो दाँव बेकार गया, कौन कहे—वही अब हम पर भी तो आजमाया जा सकता है।''

मिर्जाराजा अपनी जाँघ पर थाप मारकर कह उठे, ''राजा जयसिंह के पड़ाव में ऐसा होना असम्भव है। हम अपने हर अतिथि की प्राणप्रिय समझकर रक्षा करते हैं।''

''हम भी राजपूत हैं। इस बात को हम अच्छी तरह जानते हैं। यदि हमें यह भरोसा न होता, तो हम यहाँ आने की हिम्मत न करते।''

शिवाजीराजा की साफगोई से मिर्जाराजा प्रसन्न हो उठे थे। उन्हें राजे का यह उत्साह बहुत पसन्द आया। उन्होंने कुछ और अधिक थाह पाने का निश्चय किया।

''किन्तु राजे, आपकी भवानी तलवार कहाँ है? लगता है, अभी वह म्यान से बाहर नहीं निकली!''

राजे ने मिर्जाराजा की ओर देखा। एक पल के लिए उन्हें ऐसा प्रतीत हुआ, मानो उनके तन-बदन में अंगारे सुलग उठे हों। दृष्टि से मिर्जाराजा को घूरते हुए उन्होंने कहा, ''कभी-कभी अवसर आने पर प्रभावशाली शस्त्रों को भी शमी वृक्ष के कोटर में रख देना पड़ता है।''

''वाह, वाह! क्या जवाब है! आपका जवाब सचमुच लाजवाब है।'' मिर्जाराजा ने कहा, ''किन्तु राजे, आप अभी बहुत छोटे हैं। हमने सारी उम्र इसी खेल में गुजारी है। यह मत भूलिए कि शहजादा औरंगजेब जो बादशाह औरंगजेब बने हैं, वह इस मिर्जाराजा जयसिंह के बलबूते पर ही बने हैं।''

''यह हम कैसे भूल सकते हैं? पर हम तो इसे दुर्भाग्य समझते हैं।'' राजे कह गए।

मिर्जाराजा की भौंहें तन गईं। उन्होंने पूछा, ''क्या मतलब?''

शिवाजीराजा ने कहा, ''मतलब साफ है, दिल्ली का तख्त औरंगजेब को देने की बजाय अगर आप उस पर बैठते तो अधिक अच्छा होता। आप उस राज-पद के योग्य भी थे। औरंगजेब तो चाहते यही हैं कि हिन्दुओं में कोई बलशाली न रहे। उन्हें इस्लाम के सिवाय और कुछ नहीं सूझता। हिन्दुओं की इस भूमि पर मुट्ठी भर मुसलमानों की सत्ता स्थापित करने की अपेक्षा आप ही यदि स्वयं सम्राट् बन जाते तो आपको इस तरह दक्षिण देश में आने का कष्ट न उठाना पड़ता। मैं स्वयं पैरों चलकर दिल्ली आता और अपने हाथों इस नन्हे से राज्य को आप पर निछावर कर देता। मैं आपका जनम-जनम का सेवक बन जाता।''

शिवाजीराजा के आवेशपूर्ण वचनों से स्तब्ध हुए राजा जयसिंह कुछ सँभले। वे घबरा उठे थे। इधर-उधर देखकर मिर्जाराजा जोर से पुकार उठे, ''पाबन्दी रखो जबान पर, पाबन्दी रखो, राजे! ये मिर्जाराजा, बादशाह का बन्दा है। इस पर बादशाह की हुकूमत है। दिल्ली के तख्त की जिसमें निन्दा हो, ऐसी बात यहाँ कभी सुनी नहीं जाती।''

शिवाजीराजा ने एक गहरी साँस ली। वे कहने लगे, ''ठीक है, हम कुछ नहीं कहते। हम कतई भूल गए कि गुलामी में दिल की बात साफ-साफ कही नहीं जाती। हम माफी चाहते हैं।''

मिर्जाराजा ने ताली बजाई। सेवक फलों से भरे तबक लेकर आने लगे। राजे के आगे एक तबक रखा गया। राजे ने एक सेब उठाया। मिर्जाराजा उच्चासन से उठे। उन्होंने तबक में रखा हुआ चाकू हाथ में लिया और राजे के हाथ का सेब लेकर उसके दो टुकड़े कर दिए। फिर उन दो टुकड़ों को राजे के सामने रखकर वे कहने लगे, ''लीजिए, इनमें से कोई भी टुकड़ा उठा लीजिए।''

राजे ने वे दोनों ही टुकड़े उठा लिये। मिर्जाराजा चकित हो उठे। राजे के होंठों पर मुस्कराहट थी। वे बोले, ''मिर्जासाहब, आप तनिक भी सन्देह न करें। हमारे मन में कुछ भी संशय नहीं है। हमारा विश्वास है कि मनुष्य का जीवन अथवा मृत्यु केवल परमेश्वर के अधीन है।''

राजे की रसिकता पर मिर्जाराजा बहुत प्रसन्न हो गए थे। उन्हें याद आया कि राजे मद्यपान नहीं करते, इसलिए उन्होंने शरबत मँगवाया। मिर्जाराजा के साथ शिवाजीराजा फलाहार करने लगे। रह-रहकर तोपों की गड़गड़ाहट सुनाई दे रही थी। राजे अच्छी तरह जानते थे कि पुरन्धरगढ़ तोपों का निशाना बनाया जा रहा है और मुरारबाजी पूरी शक्ति से उस आक्रमण का सामना कर रहे हैं। फिर भी वे अपनी उस मनोव्यथा को मन में छिपाकर फलाहार कर रहे थे। परन्तु कुछ देर बाद उन्हें यह वेदना असहय हो उठी। उन्होंने मिर्जाराजा से पूछा, ''मिर्जासाहब, ये आवाजें कैसी हैं?''

''आपके पुरन्धर पर गोलन्दाजी की जा रही है।''

''परन्तु हमने तो आत्मसमर्पण कर दिया है?'' राजे ने पूछा।

''मगर उसकी तामील होने तक यह सब जारी रहेगा।''

राजे उच्चासन से उठना ही चाहते थे कि मिर्जाराजा आगे कहने लगे, ''ठहरिए, राजे। आपको उठने की जरूरत नहीं है।''

मिर्जाराजा ने सेवकों को डेरे की कनात हटाने की आज्ञा दी और वे स्वयं शिवाजीराजे के पास आ बैठे। सेवकों ने जैसे ही कनात हटाई, राजे की आँखें फैली रह गईं। उन्हें बैठे हुए सामने पुरन्धर दुर्ग दिखलाई दे रहा था। आग और शोलों के तूफान में जल रहे पुरन्धर को देखकर राजे का मन सुलग उठा। मिर्जाराजा उनकी इस व्याकुलता को सन्तुष्ट होकर देख रहे थे। राजे के कानों ने ये शब्द सुने, ''शिवाजीराजा, देखो तुम्हारे दक्खिन की दौलत के दुर्ग किस कदर उड़ते जा रहे हैं। हमने तुम्हें यही दिखाने के लिए यहाँ बैठक बनवाए हैं।''

राजे देख रहे थे। देख रहे थे कि मिर्जाराजा का प्रत्येक शब्द सच है। पुरन्धर किले का सफेद बुर्ज तोपों की मार से ढहने लगा था। सारे दुर्ग में आग और धुआँ ही धुआँ था। राजे बरबस उठकर चल पड़े। जैसे कोई सपना देख रहे हों। लड़खड़ाते कदमों से, झोंके खाते हुए वे आगे बढ़े। डेरे के खम्भे का सहारा लेकर वे सामने भीषण दृश्य देख रहे थे। फिर अचानक मुड़े। मिर्जाराजा उच्चासन पर ही बैठे हुए थे। मुख पर जीत की हँसी फैली हुई थी। राजे ने कहा, ''मिर्जाराजा, मैं पुरन्धर आपके हवाले करता हूँ।'' पुरन्धर की ओर संकेत करते हुए राजे ने कहा, ''परन्तु यह हमला रुकवाइए।''

''आप पुरन्धर हमें सौंपते हैं?'' मिर्जाराजा हँसकर कहने लगे, ''राजे, पुरन्धर तो हमने जीत लिया है। अभी पल-दो पल में हमारा झंडा पुरन्धर किले पर फहराता हुआ दिखाई देगा। आपको जो कुछ कहना हो, अपने दूसरे किलों के बारे में कहिए।''

"अच्छा, यही सही।" राजे आह भरकर, व्यथित होकर कह उठे, "कम-से-कम यह हमला तो रोकिए।"

उनकी आँखों से आँखें मिलाते हुए मिर्जाराजा बोले, "आप विनती करें, तो अवश्य रुकवा देंगे।"

इस वाक्य को सुनते ही राजे की आँखों में खून उतर आया। फिर भी अपने रोष को प्रयत्नपूर्वक संयमित करते हुए वे बोले, "मिर्जाराजा, राजासाहब! हम आपसे प्रार्थना करते हैं। हम भीख माँगते हैं आपसे, कृपा करके मेरे आदमियों को बचा लें।"

मिर्जाराजा ने कीर्तिसिंह को आदेश दिया कि हमला रोक दिया जाए। कीर्तिसिंह उनका आदेश पाकर तुरन्त दिलेरखान से मिलने चला गया।

राजे ने मिर्जाराजा के साथ भोजन तो किया किन्तु हर कौर उन्हें विष का कौर लग रहा था। उनका सारा ध्यान पुरन्धर की ओर था। भोजन समाप्त होते ही राजे मिर्जाराजा के साथ डेरे में वापस लौट आए। तोपों की आवाजें बन्द हो चुकी थीं। मिर्जाराजा ने पूछा, "राजे, क्या सोच रहे हैं? लगता है, आप किसी सोच में डूबे हुए हैं।"

राजे हँस दिए। बोले, "कुछ नहीं। सोच-विचार कैसा?"

कुछ समय यों ही बीता। थोड़ी देर बाद सूचना मिली कि सरदार कोरडे राजे से मिलने आए हैं। राजे ने उन्हें आने की आज्ञा दी।

मल्हारी कोरडे डेरे में आए। उन्होंने राजे को सिजदा किया। राजे ने पूछा, "कोरडे, गढ़ खाली कर दिया या नहीं?"

"नहीं, महाराज।"

"क्यों?"

"आपकी आज्ञा के बिना हवालदार नाईक लड़ाई रोकने को तैयार नहीं हैं।"

राजे ने बड़े गर्व के साथ मिर्जाराजा की ओर देखा। राजे ने कोरडे से कहा, "तुम तुरन्त लौट जाओ। हवालदार से कहो कि लड़ाई रोक दें और किला खाली कर दें। और मुरारबाजी से कहो कि हमसे आकर मिलें।"

"महाराज!" कोरडे कह उठे।

"क्या हुआ?"

"महाराज, मुरारबाजी युद्ध में खेत रहे।"

कोरडे द्वारा सुनाई गई खबर से राजे स्तब्ध रह गए। कोरडे सिजदा करके बाहर चले गए। मिर्जाराजा राजे की ओर देख रहे थे। राजे की आँखें आँसुओं से भर उठी थीं। मुट्ठियाँ भिंच गई थीं। वे जैसे सुध-बुध खो चुके थे। आँसू गालों पर से बहते हुए गलीचे पर टपक पड़े थे। मिर्जाराजा आगे बढ़े। राजे के कन्धे पर प्यार से हाथ रखकर वे कहने लगे, "एक आदमी जाता रहा, इसलिए आपकी आँखों में पानी? राजासाहब, यह तो जंग है। जंग में तो ऐसा हुआ ही करता है।"

राजे ने मिर्जाराजा की ओर देखा और उन्होंने चिल्लाकर पुकारा, "आनन्दराव!"

आनन्दराव अन्दर आए। राजे ने उनसे कहा, "आनन्दराव, जरा कोरडे को बुलाओ।"

राजे ने आँसू पोंछ डाले। मिर्जाराजा उनकी ओर देख रहे थे। कोरडे ने अन्दर प्रवेश किया। उन्हें देखते ही राजे ने कहा, "कोरडे, मिर्जाराजा सुनना चाहते हैं कि हमारे मुरारबाजी रण में कैसे खेत रहे। जरा इन्हें सुनाओ तो!"

"महाराज, मैं उस समय मुरारबाजी के साथ ही था। शत्रु ने अन्तिम जोरदार हमला किया। बाजी ऊपर परकोटे से सब देख रहे थे। लड़ाई चल रही थी। मुरारबाजी ने जैसे ही देखा कि किले का ऊपरीकोट खतरे में है, उन्होंने दृढ़ निश्चय किया और ऊपरीकोट का दरवाजा खोलने का आदेश दिया। अब सभी वीरों को जोश आ गया था। मुरारबाजी डेढ़ हजार सैनिकों के साथ ऊपरीकोट से बाहर निकले। इस अकस्मात् हुए हमले से शत्रु-सेना चौंक उठी। वह पीछे हटने लगी। मुरारबाजी आगे बढ़ते जा रहे थे, सामने आनेवाले शत्रु सैनिक धराशायी होते जा रहे थे। मुरारबाजी का हमला देखकर दिलेरखान पीछे हटने लगा। वह अपनी छावनी में चला गया। मुरारबाजी जमकर लड़ाई लड़ते रहे और बढ़ते-बढ़ते पठानों की छावनी तक जा पहुँचे। महाराज, ऐसा बाँका सूरमा हमने पहले कभी नहीं देखा। खुद दिलेरखान हक्का-बक्का होकर सामने आया। उसने चिल्लाकर कुछ देर के लिए लड़ाई रुकवा दी। उसने कहा, 'अरे, तू सच्चा बहादुर है। क्यों अपनी जान गँवा रहा है? अरे, हमसे वचन ले तू, हम वादा करते हैं, हम तुझे सरदार बना देंगे।' कुछ पल लड़ाई रुकी रही। सरदार दिलेरखान की बातों से मुरारबाजी का क्रोध भड़क उठा। घृणा से थूकते हुए वे चिल्लाकर बोले, 'अरे जा। तेरा वचन है ही क्या? तू है कौन? मैं राजा शिवाजी का सिपाही हूँ, तेरा कौल लूँगा मैं? चल, दूर हट!'

"और फिर मुरारबाजी दिलेरखान पर टूट पड़े। भीषण मारकाट मच गई। मुरारबाजी दिलेरखान तक पहुँचना चाहते हैं, यह देखते ही एक तीरन्दाज ने तीर छोड़ा। तीर ठीक निशाने पर लगा। तीर मुरारबाजी की गरदन के आर-पार निकल गया। मुरारबाजी नीचे गिर पड़े। हमने उन्हें उठाया और फिर से ऊपरीकोट में पहुँच गए।"

कोरडे की बात समाप्त हुई। राजे ने उन्हें जाने का इशारा किया। कोरडे चले गए। राजे ने आँखें उठाकर देखा—उनकी आँखों में कई तरह के भाव छाए हुए थे। आँसू पोंछते हुए राजे ने कहा, "सुन लिया आपने? जिस पल हमने सुना था कि मुरारबाजी काम आए, उसी पल हम जान गए थे कि उन्हें ऐसी ही दिव्य वीरगति प्राप्त हुई होगी। मिर्जाराजासाहब, हमारे ये लोग यों आसान मौत नहीं मरनेवाले, ये लोग एक ध्येय के मतवाले हैं। हमारे पास सिर्फ पेट भरने के लिए चाकरी करनेवाले नहीं हैं। मेरा हर आदमी मेरे जितना ही मूल्यवान है। ऐसा एक अनमोल हीरा हमने आज खो दिया, हमें यही दुख है।"

मिर्जाराजा का साहस न हुआ कि वे राजे की आँखों से आँखें मिला सकें। उनकी दृष्टि स्वयमेव भूमि की ओर झुक गई। इसी तरह कुछ समय बीता, फिर मिर्जाराजा बोले, "राजे, आप थक गए होंगे। कुछ देर विश्राम करें। रात को सन्धि के विषय में बातचीत होगी।"

शिवाजीराजा भारी पैरों से डेरे के बाहर चल दिए। उग्रसेन कछवाहा उन्हें रास्ता दिखा रहा था। शिवाजीराजा अपने लिए विशेष रूप से लगाए गए खेमे में गए। उनका तन-मन पूरी तरह श्रान्त था। रह-रहकर आँखें भर आती थीं। वे खेमे में रखे पलंग पर लेट गए।

9

शिवाजीराजा सायंकाल अपने साथियों सहित थोड़ा घूमने-फिरने के बाद मिर्जाराजा के खेमे में आए। राजे को आया देखते ही मिर्जाराजा उनका हाथ पकड़कर उन्हें खेमे के अन्दर ले आए। उस समय डेरे में उदयराज, उग्रसेन आदि उपस्थित थे ही, परन्तु बैठक में बैठे एक

सुन्दर पुर्तगाली व्यक्ति ने राजे का ध्यान विशेष रूप से आकर्षित किया। मिर्जाराजा ने पुर्तगाली मनूची का परिचय कराया। मनूची के अभिवादन को स्वीकार करके राजे ने कहा, "आपके तोपखाने के प्रमुख अधिकारी यही हैं न?"

मिर्जाराजा आश्चर्य से बोले, "आप यह भी जानते हैं?"

राजे केवल हँस दिए। मिर्जाराजा ने बताया, "हमारे मनूची केवल कुशल तोपची ही नहीं हैं, ये शतरंज के भी अच्छे खिलाड़ी हैं।"

राजे ने हँसकर मनूची की ओर देखा। राजे ने कहा, "तब तो हम दोनों की खूब निभेगी। शतरंज खेलने का हमें भी काफी शौक है।"

"वाह, वाह! हम यह नहीं जानते थे।" मिर्जाराजा ने कहा, "आपको एतराज न हो, तो शतरंज की एक बाजी हो जाए।"

"एतराज तो कुछ नहीं, मगर समझौते की बातचीत...।"

राजे की बात काटकर मिर्जाराजा कहने लगे, "वह भी हो जाएगी।"

शतरंज की बाजी बिछाई गई। राजे और मिर्जाराजा, दोनों दो बहुमूल्य जरीतारी मसनदों से टेका लगाकर बैठे थे। दोनों के बीच एक छोटी चौकी पर शतरंज बिछी हुई थी, जिसकी बिसात और मुहरें हाथी-दाँत के बने थे। मनूची पास बैठा हुआ खेल देख रहा था। काफी देर तक दाँव चलता रहा। मिर्जाराजा हुक्का पी रहे थे। डेरे में पूरी तरह खामोशी छाई हुई थी। समई-दीपक जलाए जा चुके थे। राजे की विजय होती दिखाई देने लगी। मिर्जाराजा की बेचैनी बढ़ने लगी। इसी समय राजे ने मिर्जाराजा को शह दी। मनूची हँस पड़ा। मिर्जाराजा ने उसकी ओर देखा। मनूची ने कन्धे उचकाकर असमर्थता प्रकट की। मिर्जाराजा शह से बचने का तरीका सोच रहे थे, मगर बचाना नामुमकिन लग रहा था। मिर्जाराजा ने हुक्के की नली दूर फेंक दी और कहने लगे, "राजासाहब, आपकी जीत हुई। हम हार गए। सारी उम्र शतरंज खेलते रहे हैं हम, मगर आज आपसे मात खा गए।" इस बात को सुनते ही राजे के होंठों की मुस्कराहट गायब हो गई। वे उदास-भरे स्वर से कहने लगे, "राजाजी, यह खेल की जीत भी कोई जीत है? यही जीत अगर असली खेल में हासिल की जा सके, तब तो..."

मिर्जाराजा ने उनकी ओर देखते हुए शान्त स्वर से कहा, "उस खेल की जीत में अगर हमें शक होता, तो हम उस खेल के मैदान में ही न उतरते।"

अगले ही पल दोनों खिलखिलाकर हँस पड़े। नौकर ने आकर सूचना दी कि भोजन तैयार है। मिर्जाराजा ने कहा, "राजासाहब, चलिए।"

"क्षमा करें, मैं तो दिन में एक समय ही भोजन करता हूँ।"

"तब फलाहार तो करेंगे न!"

राजे मिर्जाराजा के साथ उठ खड़े हुए। उनके पीछे मनूची, उग्रसेन और उदयराज चल रहे थे।

फलाहार करके राजे डेरे में आए। डेरा कई समई-दीपकों के प्रकाश से जगमगा रहा था। राजे बैठक में बैठे थे। उनके निकट हिरोजी और आनन्दराव खड़े हुए थे। राजे सन्धि-वार्ता का बुलावा आने की प्रतीक्षा कर रहे थे। इतने में ही पन्त ने आकर सूचना दी, "मुंशी उदयराज और सूरतसिंह कछवाहा आ रहे हैं।"

दोनों अन्दर आए। दोनों ने सिजदे किए। राजे ने पूछा, "चलें क्या?"

“कहाँ?” उदयराज ने पूछा।

“वार्ता के लिए।”

“हम उसी की खातिर तो आए हैं। मिर्जाराजा ने सुलह का मसविदा तैयार करने के लिए हमें भेजा है।”

“और मिर्जाराजासाहब?”

“वे हाजिर नहीं रहेंगे।”

राजे कुछ सोचने लगे। फिर मन में कुछ निश्चय करके उन्होंने कहा, “अच्छा, ठीक है। बातचीत शुरू की जाए।”

सुलह की बातचीत शुरू हुई। उदयराज ने अपनी माँगें सामने रखीं। उन्हें सुनकर राजे चकित हो उठे। उन्होंने खूब मिन्नतें-प्रार्थनाएँ कीं। राजे की प्रार्थना सुनकर कछवाहा मिर्जाराजा के पास जाता था। यों उसे दो खेमों के बीच कई चक्कर लगाने पड़े। परन्तु मिर्जाराजा अपनी शर्तों में किसी तरह की कमी करने को राजी न थे। वे अपनी माँगों की फेहरिस्त का एक किला या एक सूरती रुपया भी कम करने को तैयार नहीं थे। शिवाजीराजा अब बुरी तरह उलझन में उलझ गए थे। आखिरकार उन्होंने समझौता करना तय कर लिया। समझौते के मुताबिक राजे ने अपने तेईस किले और उनके संलग्न भू-प्रदेश, जिसकी आय चार लाख होन थी, बादशाह को सौंप देना स्वीकार कर लिया। राजे के कब्जे में बचे रहे सिर्फ बारह किले और एक लाख आमदनीवाला इलाका। कोंकण का तलभूमिवाला प्रदेश, जिसकी आय न के बराबर थी, राजे के पास रहा। राजे के पास जितना प्रदेश शेष रहा, उससे राज-काज का खर्चा भी पूरा होना मुश्किल था। राजे ने अपने राज्य के विस्तार के लिए यह सुझाव रखा कि उन्हें आदिलशाही राज का बालाघाट का इलाका जीतने की आज्ञा दी जाए, जिसकी सालाना आमदनी नौ लाख होन थी। राजे की यह शर्त मान ली गई। परन्तु इस शर्त को मंजूर करने के साथ ही मिर्जाराजा ने राजे पर चालीस लाख होन की खंडनी का बोझा लाद दिया। ये चालीस लाख होन सालाना तीन लाख की किस्तों में देना तय हुआ।

फिर मुंशी उदयराज असली बात पर आए। उन्होंने पूछा, “राजासाहब, बादशाह की नौकरी के बारे में क्या खयाल हैं आपके?”

राजे जिस सवाल से घबरा रहे थे, वही सवाल पेश किया गया था। अपना स्वतन्त्र राज्य स्थापित करने की आकांक्षा जिसका उद्देश्य था, उसे बादशाह की नौकरी करनी पड़े? यह तो यों हुआ कि पक्षिराज गरुड़ कौए से मित्रता करे। राजे ने कहा, “मुंशीजी, मैंने और सब कुछ मान लिया है, मगर बस, आप यह शर्त न रखें।”

“तो क्या हम यह समझें कि आपको बादशाह की चाकरी से इनकार है?” कछवाहा ने पूछा।

“आप गलत समझ रहे हैं।” राजे ने तुरन्त उत्तर दिया, “मैंने आज तक बादशाह के साथ मनमाना सलूक किया है। मैं लायक तो नहीं था, फिर भी मैंने उनकी दुश्मनी मोल ली। मैं राजपूत हूँ। कौन-सा मुँह लेकर शहंशाह के आगे हाजिर होऊँ? उन्होंने मेरे गुनाह माफ किए, यह तो उनकी दरियादिली है। मैं बड़ा पापी हूँ। अच्छा यह होगा कि मुझ जैसे गुनहगार की बजाय बादशाहसलामत मेरे बेटे को पंचहजारी सरदार बना दें। मेरा बेटा ही बादशाह की खिदमत में अधिक फबेगा। मैं अब आगे से कभी बेईमानी नहीं करूँगा। बादशाह

जो भी जिम्मेदारी सौपेंगे, मैं जरूर पूरा करूँगा। इसी में मैं अपने को धन्य समझूँगा। मुझ जैसे गुनहगार को मनसब नहीं चाहिए, न ही नौकरी चाहिए।''

मुंशी उदयराज ने यह बात मान ली। राजे ने धीरे से चैन की साँस ली, इतना धीरे कि कोई जान तक नहीं पाया। रात के तीसरे पहर वार्ता समाप्त हुई।

सूर्योदय के समय राजे की नींद खुली। स्नानादि से निवृत्त होकर वे मिर्जाराजा से मिलने गए। राजा जयसिंह ने उनका बड़े हर्ष से स्वागत किया। उन्होंने कहा, ''राजासाहब, आपने समझौता करने में बड़ी समझदारी से काम लिया। हमारी ओर से मुबारकबाद कबूल कीजिए।''

''मगर राजाजी, समझौता बहुत कठोर हुआ।''

''आपके अपराध की तुलना में बहुत कम है।''

''यह मैं भी जानता हूँ।''

''राजे, समझौता केवल कागज पर लिखने भर से नहीं हो जाता, उसके अनुसार आचरण भी तो होना चाहिए।''

''मुझे स्वीकार है।''

सुलह तो हो गई, मगर राजा जयसिंह के मन को एक बात सता रही थी। सुलह-समझौता दिलेरखान से पूछे बिना हुआ था। यह नितान्त सम्भव था कि वह इस बात से नाराज हो जाए। मिर्जाराजा नहीं चाहते थे कि दिलेरखान नाराज हो। उन्होंने राजे को आज्ञा दी कि वे जाकर दिलेरखान से मिल आएँ। शिवाजीराजा ने कहा, ''राजासाहब, समझौता आपके साथ हुआ है। दिलेरखान से मिलने की जरूरत ही क्या है?''

''राजे, आप शरणागत हैं—जरा धीरज से काम लें। दिलेरखान सरदार हैं। बादशाह खास मेहरबान हैं उन पर। आप डरिए नहीं।''

राजे हँसने लगे। बोले, ''डर? और वह भी दिलेरखान से? राजाजी मैं भी शिवाजी हूँ। आपकी आज्ञा है, केवल इसलिए जाकर दिलेरखान से मिल आता हूँ। मगर आप मुझे इज्जत के साथ भेजिए।''

''क्या मतलब?''

''आप मुझे जर-खिलअत देकर सम्मानित करें। आप यदि मुझे खिलअत देंगे, तो दिलेरखान मेरी बेइज्जती नहीं कर सकेंगे।''

''राजे, शरणागत को जर-खिलअत पाने का अधिकार नहीं होता।''

इन शब्दों से राजे का मन छटपटा उठा। उनका क्रोध उबल पड़ा, ''तो फिर ये दूसरी जिम्मेदारी आप मुझे न सौंपे।''

''कैसी जिम्मेदारी?''

''राजाजी, आप बड़े हैं, राजपूत हैं। आपकी कही बात मैं सुन लूँगा, मगर दिलेरखानसाहब अगर कुछ उलटा-सीधा कह बैठे, तो कहीं मुझसे उनकी बेइज्जती न हो जाए। अगर ऐसा हुआ, तो आपकी प्रतिष्ठा पर बट्टा लगेगा। इसी खातिर जर-खिलअत माँगा है मैंने। वरना जिस शिवाजी ने आज तक कई बड़े-बड़े के खिलअत उतार डाले हैं, वो शिवाजी खिलअत क्योंकर माँगेगा?''

मिर्जाराजा झट आगे बढ़ आए। उन्होंने राजे के दोनों कन्धे पकड़े। गद्गद कंठ से कहने लगे, ''राजासाहब, हम लोग कैसी दुर्भाग्यपूर्ण स्थिति में मिल रहे हैं! आपकी हर बात से मन

तड़प उठता है। चाहे हम हृदय को कितना भी कठोर बना लें, फिर भी आपकी बातों से हमारा मन द्रवित हो उठता है।''

मिर्जाराजा ने राजे को खिलअत का पहनावा दिया। दोपहर में राजे राजा जयसिंह के साथ चाँदी की अम्बारी में बैठकर हाथी पर सवार होकर दिलेरखान से मिलने के लिए पुरन्धर गए। दिलेरखान तो इस बात से फूल उठा कि शिवाजी उससे मिलने आ रहा है। उसने राजे का स्वागत किया। उसने सुलह की भी तारीफ की। राजे को उसने एक महँगी तलवार भेंट की। राजे दिलेरखान से मिलकर वापस लौट आए।

रात को मिर्जाराजा का डेरा विशेष रूप से सजाया गया था। डेरे में गद्देदार गलीचे बिछाए गए थे।

मिर्जाराजा ने राजे का स्वागत किया। दोनों उच्चासन पर बैठ गए। राजे के साथी तथा रायसिंह, कछवाहा, मुंशी उदयराज, दाऊदखान आदि मुगल सेना के सरदार-सामन्त भी अपनी-अपनी जगह बैठे हुए थे। मिर्जाराजा ने कहा, ''राजे, सन्धि का उत्सव मनाने के लिए हम आज आपको राजपूती गाना सुनवाने वाले हैं।''

''किन्तु हमें गाना समझ ही कहाँ आता है?''

''मजाक करना छोड़िए, राजासाहब! आप जैसे रसिक तथा गुणज्ञ वीर को गाना अवश्य भाएगा।''

मिर्जाराजा ने ताली बजाई। एक सुन्दर-से राजपूत ने डेरे में प्रवेश किया। उसके हाथ में एक खँजड़ी थी। वह सिजदा करके डेरे के बीच बने हुए रंगमंच पर बैठ गया। उसके पीछे उसका साथी ढोलक लेकर बैठा हुआ था। मिर्जाराजा ने कलाकार का परिचय कराया।

''राजे, यह है हमारा हीरासिंह। इसकी आवाज बड़ी ऊँची और भावपूर्ण है। हीरासिंह, आज ऐसा कोई गीत गाओ कि राजासाहब का दिल खुश हो जाए।''

हीरासिंह ने सिर झुकाया। खँजड़ी बज उठी और हीरासिंह ने गाना शुरू कर दिया...।

केसरिया बालम आवो जी पधारो म्हारो देस॥ ध्रुपद ॥
साजन साजन मैं करूँ, और साजन जीव जड़ी।
साजन फूल गुलाबरा, और सुंघू घड़ी घड़ी॥
साजन जाता कह गया, और कर ग्या कोल अनेक।
गिनता गिनता गिन गई, म्हारी आंगलियोरी रेख॥
साजन आया ये सखी, और कई मनुहार करूँ।
पहले पातल प्रेमरी, फिर दोनों नैन धरो॥

गाना समाप्त हुआ। मिर्जाराजा ने पूछा, ''राजासाहब, गाना पसन्द आया न?''

''हाँ, कानों को प्यारा तो लगा।'' राजे ने कहा।

''राजासाहब, गीत का भाव अति कोमल है। केसरिया पगड़ी पहने हुए प्रियतम ने युद्ध के लिए विदा होते समय प्रियतमा को लौटने का नियत दिन बताया था। वह बेचारी उसके लौट आने की बाट जोह रही थी। अपनी उँगलियों के पोरों पर दिन गिन रही थी। परन्तु गिनने में भूल हुई, पोरों का क्रम टूट गया और विरहिणी व्याकुल चित्त होकर समय बिताने लगी। अकस्मात् एक दिन उसका प्रीतम लौट आया और प्रेमिका ने उसके नयनों से नयन जोड़ दिए।''

"वाह! कितनी कोमलता है इस गीत में।" राजे कह उठे।

"ये गीत ही तो हम राजपूतों की निधि हैं, राजे!"

"सच है," राजे कहने लगे, "राजाजी, आपका यह गीत सुनकर हमें भी घर की याद सताने लगी। हम कल जाना चाहते हैं।"

मिर्जाराजा हर्षित होकर मुस्करा उठे। मिर्जाराजा से विदा की अनुमति लेकर राजे उठ खड़े हुए।

कृत्रिम धैर्य का अभिनय करने के दिन अब समाप्त हो चुके थे। अब आवश्यकता थी नितान्त एकान्तवास की।

10

अगले दिन बड़े सबेरे ही सन्धिपत्र लिखा गया। मिर्जाराजा ने पूछा, "राजे, सन्धि तो हो गई, किन्तु उसकी पूर्ति कब होगी?"

"आप जब कहें, तब। हम अपने वचन के पक्के हैं।"

"हमें इसका भरोसा है। आज ही से उसका पालन प्रारम्भ कर दिया जाए, तो ठीक रहे।"

"जैसी आपकी आज्ञा।" राजे ने कहा।

राजे ने इस कार्य के लिए अपने लोगों का चुनाव किया। किले-दुर्ग खाली कर देने के आदेश लिखवाए। मिर्जाराजा ने रोहिडा, लोहगढ़, इसागढ़, टोक तथा तिकोना किलों पर अपना अधिकार प्राप्त करने के लिए अपने सरदारों को भेजा। मिर्जाराजा ने सन्तुष्ट होकर कहा, "राजे, आप राजगढ़ जाते समय कोंढाणा दुर्ग हमारे कब्जे में कर जाइए। उस काम के लिए कीर्तिसिंह आपके साथ आएँगे। आप उन्हें साथ लेकर राजगढ़ चले जाइए और उनके साथ युवराज सम्भाजी को पुणे भेज दीजिए। युवराज सम्भाजी हमारे पास ओल रहेंगे।"

राजे विह्वल हो उठे। मिर्जाराजा बोले, "राजे, आप चिन्ता न करें। हम आपके समान ही प्यार-दुलार देकर युवराज का लालन-पालन करेंगे। परन्तु यह कार्य होना नितान्त आवश्यक है। मैं नहीं चाहता कि मुझ पर किसी तरह का लांछन लगे।"

राजे ने एक आह भरी। कहने लगे, "मैं जानता हूँ। मैं युवराज को यहाँ भेज दूँगा।"

राजे के राजगढ़ की ओर प्रस्थान करने की तैयारियाँ की जाने लगीं। मिर्जाराजा जयसिंह ने उन्हें सम्मानपूर्वक विदाई दी। उन्हें सोने के आभूषणों से मढ़े हुए दो घोड़े तथा एक हाथी भेंट दिया गया। मिर्जाराजा राजे के पास आए। राजे नजर बचाने का प्रयत्न कर रहे थे। मिर्जाराजा ने कहा, "राजासाहब, मुझ पर भरोसा रखिए। सब ठीक हो जाएगा। बादशाह की सेवा करने में ही मेरा और आपका कल्याण है।"

"अब मुझे आज्ञा दें।" राजे ने अपने को संयमित किया।

मिर्जाराजा ने एकदम उनका आलिंगन कर लिया। दोनों के रुके हुए आँसू बह निकले। बाँहों के बन्धन से छूटते ही मिर्जाराजा भावुकतावश कहने लगे, "राजे, आँखें पोंछ डालिए। जी इतना भारी न करें। मैंने बादशाह के नाम खलीते भेजे हैं। अवश्य ही बादशाहसलामत की मेहर-नजर होगी। आप अपना ध्यान रखें। सरदार दाऊदखान के डेरे में आपको विदाई का बीड़ा दिया जाएगा। उसे स्वीकार करके ही आप जाएँ।"

दाऊदखान के खेमे में विदाई-समारोह सम्पन्न हुआ। राजे पालकी में जा बैठे। कहारों ने पालकी उठाई। राजे के अश्वदल के साथ उग्रसेन कछवाहा तथा कीर्तिसिंह भी अपने दल के साथ जा रहे थे। आकाश में बादल भर आए थे। दुपहरी में भी ठंडक फैल रही थी। वर्षा ऋतु अभी शुरू नहीं हुई थी।

राजे की पालकी शीघ्र गति से जा रही थी। दोपहर के कुछ बाद ही पालकी कोंढाणा के निकट पहुँच गई। राजे को पालकी में से ही कोंढाणा दुर्ग के दर्शन हो रहे थे। वे एकटक दुर्ग को देख रहे थे। कोंढाणा पर फहरा रहे भगवे ध्वज को वे अपनी आँखों में सँजोने का प्रयत्न कर रहे थे।

कोंढाणा कोंकण-प्रदेश का प्रवेश-द्वार था। उसकी स्थिति बहुत महत्त्वपूर्ण थी। यही तो वह दुर्ग है, जिसने महाराजसाहब शहाजीराजा को मुक्त किया था। इसी ने जसवन्तसिंह को मावलों के बाहुबल का पराक्रम दिखाया था। आज राजे इस अतिप्रिय दुर्ग को स्वयं अपने ही हाथों मुगलों को सौंप रहे थे।

इस विचार ने ही उन्हें व्याकुल कर दिया। दुर्ग की ओर देखना भी उन्हें असहय हो उठा। उन्होंने आँखें बन्द कर लीं।

नगाड़ों की आवाज से राजे आपे में आए। राजे के आगमन की सूचना देने के लिए किले के पहले दरवाजे की नौबत बज रही थी। प्रत्येक द्वार की नौबत को स्वीकारते हुए पालकी ऊपर गढ़ में जा पहुँची। राजे पालकी से बाहर आए। नेताजी, मोरोपन्त आदि लोग अगवानी करने आए हुए थे। इनके सिजदों को स्वीकार करते हुए राजे किसी से भी बात किए बिना राजभवन में चले गए। कोंढाणा के दुर्गस्थ सैनिक आदि लोग राजे के साथ गए हुए हिरोजी, निराजी, आनन्दराव और मानोजी फर्जन्द के साथ खुसफुसाकर बातें कर रहे थे।

राजे महल के भीतरी चौक में आए। द्वार में ही सोयराबाई खड़ी थीं। राजे द्वार के निकट गए। उन्होंने सोयराबाई से पूछा, ''माँसाहिबा कहाँ हैं?''

''महल में आप ही की प्रतीक्षा कर रही हैं।'' सोयराबाई ने उत्तर दिया।

राजे महल के भीतर कदम रखना ही चाहते थे कि सोयराबाई के पीछे खड़ी हुई मनोहारी कहने लगी, ''पाँव नहीं धोएँगे क्या?''

राजे वहीं ठिठक गए। मनोहारी की ओर देखते हुए कहने लगे, ''हम बिलकुल भूल गए थे। अब तू कहती है, तो पैर धोए लेते हैं, परन्तु अब ये पाँव धोने से साफ नहीं होंगे।''

राजे पीछे लौटे और पैर धोकर ऊपर आए।

मनोहारी ने झटपट तौलिए से उनके पाँव पोंछे। मनोहारी पाँव पोंछ रही थी, तब राजे ने सोयराबाई से पूछा, ''माँसाहिबा की तबीयत कैसी है?''

''अच्छी है, परन्तु सुबह से आपके आने की राह देख रही हैं।''

''हम उधर जाते हैं। तुम जाने की तैयारियाँ करो। हमें आज ही राजगढ़ जाना होगा।''

''क्या आज ही?''

''हाँ।''

राजे रुके नहीं। वे चल दिए।

राजे ने माँसाहिबा के चरण छुए। माँसाहिबा के होंठों ने काँपते-काँपते हुए आशीर्वाद दिया। जीजाबाई ने पूछा, ''सन्धि हो गई?''

''हाँ।''

''क्या निश्चय हुआ?''

''निश्चय कैसा, माँसाहिबा? शरणागत के वश में होता ही क्या है? मिर्जाराजा ने कुछ शेष नहीं रहने दिया। हमारे राज्य के तेईस किले और हमारा चार लाख होन आमदनी का प्रदेश हमें मुगलों को देना पड़ा। उन तेईस किलों में यह कोंढाणा भी एक है। हमारे पास रायगढ़ और रायरी दुर्ग सहित बारह किले और एक लाख वसूली का इलाका बाकी रहा।'' राजे खिन्न होकर बोले, ''हमने उनसे आदिलशाही इलाका जीतने की अनुमति माँगी तो, उसके बदले हम पर चालीस लाख होन की खंडनी लाद दी गई।''

''तो क्या हमने अपने बाँटे कुछ भी नहीं पाया?''

''पाया क्यों नहीं? यह पाया कि हम बादशाह के नौकर बनने से बच गए। अब हमारे युवराज बादशाहसलामत के नौकर बन गए हैं। उन्हें पाँचहजारी सरदार का मनसब मिलेगा। यही सम्मान क्या कम है?''

''शिवबा!''

''सुनिए माँसाहिबा! सन्धि की शर्तों का पूरा पालन होने तक सम्भाजीराजा मिर्जाराजा के पास ओल रहेंगे।''

''राजे!''

''विवशता थी, माँसाहिबा! मिर्जाराजा के समान चतुर, अनुभवी राजनीतिज्ञ हमने आज तक नहीं देखा। उनकी यही रीति है। हमने देखा कि रामनगर, पेठ और चोथिया के राजाओं के लड़के भी मिर्जाराजा ने इसी तरह ओल रखे हुए हैं।''

''राजे! यह क्या हो गया? हमारे पास रहा ही क्या?'' जीजाबाई व्याकुल होकर कह उठीं।

''माँसाहिबा, अपने पास यदि रहा है तो वह है धैर्य, संयम से काम लेना।''

जीजाबाई के अश्रुपूर्ण नेत्रों को देखते ही राजे त्वरित कह उठे, ''माँसाहिबा, कृपया रोएँ नहीं। हम बुरी तरह टूट चुके हैं, अब आपके आँसू देखने की शक्ति भी हममें शेष नहीं है। हमें यह गढ़ तुरन्त खाली कर देना होगा और राजगढ़ पहुँचना होगा।''

राजे पीठ फेरकर मुड़ पड़े और महल से बाहर चले गए। महल के बाहर पालकियाँ, डोलियाँ तैयार की जा रही थीं। सारे दुर्ग में यों भागमभाग मची हुई थी, परन्तु सब कुछ चुपचाप हो रहा था।

शाम तक तैयारियाँ पूरी हुईं। राजे ने देख लिया कि जीजाबाई पालकी में बैठ गई हैं। तीन पालकियाँ गढ़ उतरने लगीं। राजे अपनी पालकी की ओर जाने लगे, कीर्तिसिंह साथ था। राजे पालकी में बैठने के लिए मुड़ा ही चाहते थे कि कीर्तिसिंह ने सिजदा किया। राजे ने उसके सिजदे का उत्तर सिजदा करके ही दिया। वे कीर्तिसिंह से कहने लगे, ''कीर्तिसिंह, अब तो आगे कई बार हमारी-तुम्हारी मुलाकात हुआ करेगी। तुम हमें सिजदा मत किया करो। मिर्जाराजाजी से कह देना कि हमने गढ़ तुम्हें सौंप दिया है।''

राजे पालकी में बैठ गए। कहार पालकी लेकर चल पड़े। कीर्तिसिंह पालकी के साथ-साथ चल रहा था। पालकी नक्कारखाने तक आई। राजे का ध्यान नक्कारखाने के ऊपर लहरा रहे भगवे झंडे की ओर गया। कीर्तिसिंह ने पूछा, ''राजासाहब, अभी तक आपका झंडा किले पर लहरा रहा है। उसे उतार लिया जाए।''

राजे ने पालकी रोकने की सलाह दी। वे पालकी से बाहर आए। उनके मुख पर असीम वेदना अंकित थी। वे कहने लगे, ''कीर्तिसिंह, तुमने अच्छी याद दिलाई। हम यह झंडा अवश्य उतारेंगे।''

राजे नक्कारखाने की सीढ़ियाँ चढ़कर ऊपर पहुँचे। झंडा हवा में फहरा रहा था। राजे ने डबडबाए नेत्रों से झंडे को सिजदा किया और रस्सी की गाँठ खोली। झंडा सरकता हुआ नीचे आ गया। राजे ने झंडे को खोला और सावधानी से उसकी तहें करके उसे अपने अँगरखे में खोंस लिया।

राजे मुड़ पड़े। कीर्तिसिंह सिर नीचा किए खड़ा हुआ था। राजे ने तुरन्त अपने आँसू पोंछे और वे जल्दी-जल्दी सीढ़ियाँ उतरकर नीचे पहुँचे। वे जैसे ही पालकी में सवार हुए, पालकी चल पड़ी। राजे पालकी के रेशमी फुँदने को पकड़कर बैठे हुए थे। दृष्टि भूमि की ओर थी।

11

राजे राजगढ़ पहुँचे, तब रात हो चुकी थी। डोलियाँ राजे से पहले ही राजगढ़ पहुँच गई थीं। राजे राजमहल के द्वार पर ही उतर पड़े। पाँव धोकर वे भीतर प्रविष्ट हुए। भीतरी चौक के दरवाजे में ही राजे के पाँव ठिठक गए। पुतलाबाई वहाँ आरती उतारने की वस्तुएँ लिये खड़ी हुई थीं। पुतलाबाई के हाथ में आरती की थाली देखकर राजे ने पूछा, ''माँसाहिबा से भेंट नहीं हुई क्या?''

''नहीं,'' पुतलाबाई आश्चर्यचकित होकर कहने लगीं, ''वे तो आपसे कुछ देर पहले ही आई हैं। परन्तु आईं और सीधे अपने महल में चली गईं। कह रही थीं, तबीयत ठीक नहीं है।''

पुतलाबाई आरती की थाली लेकर एक पग आगे बढ़ीं। उन्हें आगे बढ़ता देखते ही राजे ने कहा, ''ठहरिए, रानीसाहिबा।''

पुतलाबाई ने सिर उठाकर देखा। उन्होंने राजे की ऐसी दृष्टि कभी नहीं देखी थी। उनके हाथ में आरती की थाली काँपने लगी। राजे एकदम कह उठे, ''रानीसाहिबा, युद्ध में पराजित होकर लौट रहे पति की आरती उतारने से बढ़कर उसका अपमान और क्या होगा? आप ऐसा साहस न करें।''

इससे पूर्व कि पुतलाबाई कुछ समझ पाएँ, राजे ने आरती अपने हाथ से दूर कर दी और वे पुतलाबाई को एक ओर करके अपने महल में चले गए। महल के दरवाजे बन्द करने की जोरदार आवाज हुई। तुरन्त भीतर से अर्गला सरकाने की आवाज आई और फिर सारे महल में निस्तब्धता छा गई।

महल के पहले सभागृह में मोरोपन्त, उग्रसेन कछवाहा और उसके साथ आए हुए लोग आ-जा रहे थे। महल का यही स्थान था, जहाँ कुछ चहल-पहल थी। अन्यथा सारे महल में पूर्ण शान्ति का साम्राज्य था।

प्रातःकाल हुआ। जीजाबाई कभी भी जाग चुकी थीं, परन्तु उनका मन नहीं करता था कि बिस्तर से उठें। सिर में वेदना थी। वे यूँ ही लेटी हुई थीं। महल में दूसरे काम-काज नित्यवत् हो रहे थे। किसी ने उनके माथे पर हाथ रखा, तो जीजाबाई ने आँखें खोलीं। देखा तो सम्भाजी निकट खड़े थे। सम्भाजी पूछने लगे, ''माँसाहिबा, तबीयत ठीक नहीं है क्या?''

शम्भू बेटे को देखते ही जीजाबाई का मन द्रवित हो उठा। उन्होंने बालक शम्भू को छाती से लगा लिया। फिर वे रोने लगीं। आठ-नौ बरस का बालक सम्भाजी घबरा उठा। पूछने लगा, ''क्या हुआ, माँसाहिबा? क्यों रोती हो?''

जीजाबाई ने आँसू पोंछे। कहने लगीं, ''कुछ नहीं, बालराजे! तुम चार दिनों से मिले नहीं थे ना, इसीलिए रोना आ गया। जाओ, तुम खेलो। मैं भी उठती हूँ।''

जीजाबाई मुँह धोकर महल में आईं। इसी समय मोरोपन्त पिंगले अन्दर आए।

''क्या है, पन्त?''

''महाराज के साथ उग्रसेन कछवाहा और अन्य लोग आए हुए हैं। परन्तु राजे के अभी तक दर्शन नहीं हुए।''

''हम समझ गईं। मोरोपन्त, देखो उन लोगों को किसी प्रकार की असुविधा न हो। तुम ही स्वयं इस काम की देख-रेख करो।''

''जी।''

दिन चढ़ आया था। होते-करते दोपहर भी ढल गई। पुतलाबाई और मनोहारी जीजाबाई के भोजन की थाली लेकर महल में आईं। उन्हें देखते ही जीजाबाई ने कहा, ''बेटी, मुझे भूख नहीं है। तबीयत भी ठीक नहीं है।''

पुतलाबाई एकदम आँचल से आँसू पोंछने लगीं। जीजाबाई ने हड़बड़ाकर पूछा, ''क्या हुआ री पुतला? मुझे सचमुच...''

''माँसाहिबा, हम क्या करें, बताइए।'' पुतलाबाई कहने लगीं, ''अभी तक बड़े महल के दरवाजे बन्द हैं। हम सब-की-सब भूखी बैठी हैं। कोई किसी से बोलता नहीं, कुछ बताता नहीं। हम क्या करें अब?''

''क्या कहती है; कल से बड़े महल के दरवाजे बन्द हैं?''

दोनों ने सिर हिला दिया। इसी समय सोयराबाई महल में आईं। जीजाबाई ने पूछा, ''सोयरा, क्या यह सच है कि बड़े महल के दरवाजे कल से खुले नहीं हैं?''

''हाँ, सच है।''

''तुम फिर सब ऐसे निश्चिन्त कैसे बैठी रहीं?''

सोयराबाई के मुख से एकदम निकल गया, ''हम क्या करतीं? कई बार पुकारा, आवाजें दीं, मगर अन्दर से कोई जवाब ही नहीं मिलता।''

इसी तरह खीजते हुए सोयराबाई चली गईं।

जीजाबाई कष्टपूर्वक उठीं। वे कहने लगीं, ''तुम लड़कियाँ भी सचमुच कमाल करती हो। कम-से-कम मुझे तो बता देतीं!''

जीजाबाई बड़े महल के सामने आकर खड़ी हो गईं किन्तु मुँह से हाँक नहीं निकल पाती थी। फिर सारी शक्ति से उन्होंने पुकारकर कहा, ''शिवबा! दरवाजा खोल बेटे! शिवबा, मैं आई हूँ। दरवाजा खोल।''

कुछ पल इसी तरह शान्ति में बीते। फिर चलने की आवाज आई। अर्गला सरकाने की आवाज गूँजी, किन्तु दरवाजा नहीं खुला। जीजाबाई ने आगे बढ़कर किवाड़ों को धकेला। सामने नजर जाते ही उनके पाँव वहीं रुक गए।

दरवाजे के सामने ही शिवाजीराजे दरवाजे की ओर पीठ किए खड़े थे। बिखरे हुए बाल उनकी गरदन पर फैले हुए थे। वे पीठ की ओर हाथ बाँधे खड़े हुए थे। मुट्ठियाँ भिंची हुई थीं। जीजाबाई ने कहा, ''राजेऽऽ।''

जीजाबाई ने भर्राए कंठ से राजे के शब्द सुने, ''माँसाहिबा, कृपा करके आप यहाँ से चली जाइए। यहाँ आपका कोई शिवबा नहीं है, आपका राजे भी यहाँ नहीं है। ये दोनों कल ही मिर्जाराजा की छावनी में मिट्टी में मिल चुके हैं।''

''शिवबाऽऽ!''

''माँसाहिबा, हम पर कृपा कीजिए। आप जाइए। हमसे कोई आशा न करें, हमारा अब कोई भरोसा नहीं। हम सोच रहे हैं, जीते रहें या मर जाएँ! अब तो मृत्यु भी हमें मोहित कर रही है!''

इन वचनों को सुनकर तो जीजाबाई का कलेजा काँप उठा। उनकी आँखों के आँसू जहाँ के तहाँ थम गए। उनकी वाणी में एकदम कठोरता आ गई। वे कहने लगीं, ''राजे, मृत्यु का तुम्हें इतना ही आकर्षण था तो तुमने हमें अकारण ही आशाओं के मोह में क्यों उलझा दिया?''

इस बात से राजे के पीठ पीछे बँधे हाथ खुल गए। वे धीरे से मुड़े। राजे का वह रूप देखकर जीजाबाई स्तम्भित हो गईं। आँखें लाल-लाल थीं, मुख का तेज जैसे सूख गया था। राजे ने गरदन उठाई और कहने लगे, ''माँसाहिबा, हमने आपको आशाओं में कब उलझाया?''

''तुम भूल गए हो, राजे! किन्तु हम नहीं भूल सकी हैं। हमारे पतिदेव स्वर्गवासी हुए, तब हमने सती होने की ठान ली थी। तुमने हमारा मार्ग रोका था। पाँव छूकर कहा था तुमने, याद है? तुमने कहा था, 'माँसाहिबा, आप न जाएँ। हमारा पराक्रम देखने को कोई नहीं बचा है। जब तक हम स्वराज्य की स्थापना नहीं कर लेते, तब तक हम प्रतिज्ञा से बँधे हुए हैं।' भूल गए क्या, राजे? अपने शब्दों के अनुरूप यदि आचरण न किया जा सके, तो उचित है कि शब्दों का उच्चारण न किया जाए। अपना यही पराक्रम दिखाने के लिए तुमने हमें रोक रखा था?''

''नहीं, नहीं, माँसाहिबा।'' राजे के होंठ काँप रहे थे, ''हृदय में कई-कई स्वप्न थे। इच्छा थी कि इस भूमि में हमारा राज्य हो। वह सपना पूरा हो। उसके लिए आपका आशीर्वाद हमें मिलता रहे, यही चाहा था हमने। यह कोई अपराध हुआ क्या? हिन्दवी स्वराज्य का स्वप्न देखनेवाले हम-आप मुगलों के गुलाम बनकर रह गए। प्राणों की बाजी लगाकर जीते हुए दुर्ग, पसीने की नदियाँ बहाकर बाँधे हुए ये किले, सब मुगलों के हवाले करने पड़े। ऊसर-बंजर प्रदेश को, स्वराज्य की आकांक्षाओं को, परिश्रम से गाँव और बस्ती बनाया था हमने। उसी प्रदेश को हम गँवा बैठे। अपने जिगर के टुकड़े को, स्वराज्य के भावी युवराज को शत्रु के दल का पँचहजारी मनसबदार बना दिया हमने। माँसाहिबा, सारे सपने धूल में मिल गए। जब कुछ अस्तित्व ही नहीं रहा, तो हम जिएँ भी, तो क्यों?''

जीजाबाई के मुखमंडल पर दृढ़ता छा गई। राजे की ऐसी दीन-दुर्बल मुखमुद्रा देखना उन्हें असहय हो उठा। वे राजे की ओर कठोरता-भरी दृष्टि से देखती हुई कहने लगीं, ''राजे! तुम दुखों के, आपत्तियों के गीत मेरे सामने गा रहे हो। जब तुम पेट में थे न, सात महीने

के, तभी तुम्हारे पिता हमें अकेली छोड़ गए थे। पराए देस में, परायों के घर में तुम्हारा जन्म हुआ। पति स्वर्ग सिधार गए थे, बड़ा पुत्र उनसे भी पहले संसार से विदा हो चुका था। तब मैं अकेली नारी–अकेली अबला–बेसहारा। सोचो तो, मैं कैसे जीवित रही हूँगी?''

''तुम छह बरस के थे। पुणे की उजड़ी हुई बस्ती के खँडहरों पर तुम्हारी उँगली पकड़कर मैं खड़ी हो गई थी। मैं जागीदार की पत्नी थी! उजाड़ गाँव जागीर थी मेरी। परन्तु मेरा मन तो डगमगाया नहीं, भय के मारे बैठा नहीं। राजे, पांडवों को भी वनवास भोगना पड़ा था। प्रभु श्री रामचन्द्रजी भी उससे बच नहीं पाए। विधि का लिखा देवता भी नहीं टाल सके, उसे हम-तुम कैसे टाल सकेंगे? परिश्रम और संकटों से जी चुरानेवाले लोग कभी भी ईश्वरीय साम्राज्य का निर्माण नहीं कर पाते, राजे!''

''माँसाहिबाऽऽ।''

''चुप रहोऽ! सुनो! तुम्हें मृत्यु प्रिय लग रही है न? जी करता है न कि जान दे दो! तो सुनो, जितनी भी सेना मिल सके, इकट्ठी करो और सीधे मिर्जाराजा के सैनिक शिविर पर चढ़ दौड़ो। मैं सच कहती हूँ, अगर इस रणभूमि में तुम्हारी धज्जियाँ उड़ गईं, तो भी मैं वह सहन कर लूँगी। परन्तु राजेऽ...''

जीजाबाई के अगले शब्द होंठों ही में अटक गए। उनकी दृष्टि में मानो साक्षात् तिरस्कार अवतरित हो आया।

''...परन्तु राजे, मेरे नाम पर कलंक मत लगने दो। कल लोग कहेंगे, इस माँ की कोख ने एक कायर, मूर्ख और आत्महत्या करनेवाले पुत्र को जन्म दिया था। मैं जाती हूँ, राजे! तुम्हारा मुँह भी मैं अब देखना नहीं चाहती। तुम जो जी चाहे, करो।''

माता जीजाबाई जाने के लिए मुड़ीं। वे थके हुए पाँवों से धीरे-धीरे जा रही थीं। राजे दौड़ पड़े। माँ के सामने जाकर उन्होंने उनके पैर पकड़ लिये। पाँवों से लिपटकर वे कहने लगे, ''न, न, माँसाहिबा! सारा संसार हमसे पीठ फेर ले, किन्तु आप पीठ न फेरें। हमसे भूल हुई। हमें जो नहीं कहना चाहिए था, कह गए। इस अपराध के लिए इतना कठोर दंड न दें। हो सके, तो हमारा कहा, भूल जाएँ। हम वचन देते हैं कि हम अपना प्रण कभी नहीं भूलेंगे। हम...''

राजे आगे कुछ कह नहीं पाए।

जीजाबाई कम्पायमान शरीर से नीचे झुकीं। नेत्रों से अश्रु प्रवाहित हो रहे थे। गद्गद होकर राजे को उठाते हुए वे इतना ही कह सकीं, ''शिवबाऽऽ मेरे बच्चेऽऽ!''

और माता-पुत्र दोनों ने एक-दूसरे को गले लगा लिया। दोनों के आँसू बह रहे थे...।

सायंकाल राजे सभाभवन में पधारे। उन्होंने उग्रसेन कछवाहा से कुशल-क्षेम की बातें कीं। राजे को हँसमुख देखकर सबको बहुत तसल्ली हुई। रात को राजे रात्रि के विश्राम से पूर्व नमस्कार करने के लिए जीजाबाई के महल में गए।

राजे ने कहा, ''माँसाहिबा, हम अब सोने जाते हैं।''

''राजे, क्या यह सच है कि शम्भू बेटा कल जा रहा है?''

''हाँ, परन्तु आप उस बारे में चिन्ता न करें। मिर्जाराजा ने हमें वचन दिया है।''

''साथ कौन जा रहा है?''

''नेताजी को भेज रहा हूँ।''

राजे ने जाने की अनुमति ली और वे सोने के लिए अपने महल में चले गए।

अगले दिन राजे अपने महल में अकेले बैठे थे। उन्होंने बालशम्भू को बुलवा भेजा। बालशम्भू आए। राजे से लिपटकर कहने लगे, "क्या है, आबासाहब?"

"बालराजे, हमने तुम्हें एक काम के लिए बुलवाया है। अब तुम छोटे नहीं हो। अब तुम्हें भी राज्य का उत्तरदायित्व निभाना चाहिए। हम अगर तुम्हें कोई जिम्मेदारी सौंपे, तो पूरी करोगे क्या?"

"हाँ, आबासाहब," बालराजा ने सिर हिलाया।

राजे हँस पड़े। बोले, "सोच लो, कहीं फिर बात बदल दो।"

"कभी नहीं बदलेंगे। जैसा आप कहेंगे, हम वैसा अवश्य करेंगे।"

राजे ने झट उन्हें चूम लिया। फिर कहने लगे, "बालराजे, हमारी और मिर्जाराजा की सन्धि हो गई है। सन्धि का पालन पूरा होने तक तुम्हें हमारे युवराज के रूप में मिर्जाराजा के पास जाना पड़ेगा।"

सम्भाजी हकबकाकर देखने लगे। पूछ बैठे, "अकेले?"

राजे कुछ देर रुके। दूसरी ओर देखते हुए कहने लगे, "राजे, राजा के भाग्य में अकेलापन ही होता है। तुम्हें अभी से उसकी आदत बनानी होगी। तो फिर कहो, जाओगे ना?"

"हाँ।"

"और सुनो, जाने से पहले जब तुम माँसाहिबा से, अपनी माँ से मिलने जाओगे न, तब तुम रोना नहीं। चाहे वे सब कितना ही रोती रहें, तुम मत रोना। युवराज भी कहीं रोते हैं क्या? समझ गए न?"

बालराजे तनकर खड़े हो गए। छाती फुलाकर कहने लगे, "हम बिलकुल नहीं रोएँगे, आबासाहब।"

"शाबाश, बेटे! देखो, मिर्जाराजा के यहाँ सम्मान से रहना। तुम अब पँचहजारी मनसबदार बनने जा रहे हो। किसी बात के लिए हठ मत करना, कुछ माँगना मत। मिर्जाराजा को दादाजी कहा करो। तुम्हारे साथ नेताजी काका जा रहे हैं। वे जैसा कहेंगे, वैसा ही किया करना, समझे? अच्छा, अब जाओ।"

बालराजे चले गए।

राजे की बन्द आँखों के सामने से सम्भाजी की सूरत दूर नहीं हो रही थी।

'सात-आठ वर्ष का किशोर, निश्छल हृदय का कोमलांग बालक; आज हम इसे ओल बनाकर शत्रु के घर भेज रहे हैं। बड़ों के घर जनम पाया है इन्होंने, युवराज हैं ये, यही क्या इनका अपराध है? अन्यथा मिर्जाराजा इन्हें ही क्यों माँग बैठते? राजनीति के खेल में एक अबोध बालक क्यों फँस जाता?

'युवराज!...इस शब्द का क्या बस यही अर्थ है?

'हमने एक आत्मा को वचन दिया था—आँख की पुतली के समान इसकी रक्षा करेंगे। हमने आश्वासन दिया था कि सम्भाजी को अकेलेपन की अनुभूति नहीं होने देंगे। आज उसी बालक को हम अकेलापन सहन करने का पाठ पढ़ा रहे थे। यही रक्षा की है हमने बालक की?

'यह बालक ही तो सई की जीती-जागती स्मृति है। हमारे जीवन में घुल-मिलकर एक हो गई थीं रानी सईबाई। जैसे इत्र की कुप्पी खोलने की सुगन्धि से वातावरण महक उठता

है, उसी प्रकार सईं के आने से हमारा जीवन महक उठा था। किन्तु...किन्तु विधि को वह सुगन्धि स्वीकार न हुई। सईं हमें छोड़ गई। उसी सईं की जीवित स्मृति है यह...! यह तो बनी रहेगी न?'

राजे के मीलित नयनों से अश्रु टपकने लगे।

'मिर्जाराजा ने अनजाने ही यह कैसा भीषण प्रहार किया। पुरन्धर के सन्धिपत्र में यही नियम सबसे अधिक कठोर है। आह! स्वयं अपने पुत्र के प्राणों को दाँव पर चढ़ाकर हम राजनीति का खेल खेल रहे हैं। इससे तो अच्छा होता कि परमेश्वर हमें एक साधारण संसारी बना देता।

'दुर्भाग्यवश यदि सन्धि का पालन न हो पाया, तो यह भोला-भाला बच्चा हमें फिर दीख पड़ेगा क्या?'

यह विचार राजे के लिए असहय हो उठा। उन्होंने आँखें खोल दीं।

बालराजे के प्रस्थान की तैयारियाँ हो गईं। फिर भी राजे अपने महल में ही बैठे हुए थे। राजे से विदा की अनुमति पाने के लिए बालराजे ऊपर के महल में गए। उन्हें द्वार तक आया देखकर राजे का दम घुटने लगा। नौ बरस का सुकुमार बालक यह! दुर्भाग्य से सन्धि टूट गई, तो क्या फिर कभी दिखाई देगा?

बालराजे की मोहिनी मूरत राजे के सम्मुख खड़ी थी—सिर पर जरीटोप, बदन में अँगरखा, चुन्नटदार पाजामा, कमर में तलवार, पीठ पर ढाल बँधी हुई, कमरबन्द में कटार खोंसी हुई! उस प्यारे बालक ने घुटने भूमि पर टेके और राजे के चरणों में मस्तक नवाया। राजे का थरथराता हाथ उसकी पीठ पर फिर रहा था। राजे का जी चाहता था कि उस नन्हे-से बच्चे को छाती से लगा लें, परन्तु फिर सोचा—कहीं संयमपूर्वक रोके हुए आँसू बह न निकलें। राजे ने उसे टालना ही उचित समझा। वे कहने लगे, "हमने जो कुछ कहा था, उसे याद रखना।"

बालराजे ने सिर हिलाया और वे बाहर चले गए। राजे ने गावतकिए पर अपना सिर रख दिया। आँखें मूँद लीं उन्होंने। आँखों के कोनों में जमी हुई कुछ बूँदें गालों पर से बह निकलीं।

बाहर बढ़ते जा रहे कोलाहल से राजे सावधान हुए। वे महल के बारजे की खिड़की के पास गए।

महल के बाहरवाले मैदान में एक पालकी रखी हुई थी। नेताजी आदि प्रमुख लोग उस पालकी के चारों ओर खड़े थे। राजे ने देखा, बालराजे पालकी में बैठ गए। सबने उन्हें सिजदे किए। पालकी चल पड़ी। साथ-साथ अश्वारोही दल जा रहा था। पालकी के दो ओर नेताजी पालकर और उग्रसेन कछवाहा थे। कुछ ही देर में पालकी आँखों से ओझल हो गई।

राजे का हृदय फटा जा रहा था। भीतर रोका हुआ रुदन बाहर बह निकला। खिड़की की चौखट को थामकर, उस पर सिर रखकर राजे फूट-फूटकर रोने लगे।

12

आकाश बादलों से भरा हुआ था। पश्चिम दिशा की ठंडी वायु से शरीर सिहर उठता था। लगता था—किसी भी समय वर्षा शुरू हो जाएगी। मिर्जाराजा छावनी छोड़कर अब किले में

निवास करने लगे थे। किले के नीचेवाली छावनी किसी दूसरी जगह हटाने की भाग-दौड़ हो रही थी। मिर्जाराजा महल में बैठे हुए थे। सरदार दिलेरखान, मुंशी उदयराज आदि उनके पास बैठे हुए थे। दुपहरी बीत चुकी थी। मिर्जाराजा बहुत खुश दिखाई दे रहे थे। वे दिलेरखान से कहने लगे, ''खानसाहब, आपकी बहादुरी की वजह से ही शिवाजी को हार माननी पड़ी।''

''हाँ, लगता तो ऐसा ही है।'' दिलेरखान ने कहा।

मिर्जाराजा जानते थे कि दिलेरखान इस समझौते से खुश नहीं है। दिलेरखान को शिवाजी का कतई भरोसा नहीं था। मिर्जाराजा ने कहा, ''खानसाहब, हमारे कहे पर एतबार कीजिए। शिवाजी अगर हमसे आ मिला, तो उससे दिल्ली तख्त की इज्जत जरूर बढ़ेगी। हमने इस सुलहनामे में शिवाजी के पल्ले कुछ भी बाकी नहीं रखा है। उसके खास किले अपने कब्जे में हैं, सारा इलाका अपना है। यही नहीं, खुद शिवाजी का बेटा सम्भाजी हमारे यहा बन्धक रहेगा।''

''मगर वह यहाँ आए, तभी तो न...।'' दिलेरखान ने कहा।

''क्यों नहीं आएगा? तय हुए मुताबिक उसे आना ही होगा।''

''तय होना और उसके मुताबिक तामील होना इनमें जमीन-आसमान का फर्क है। राजासाहब, मुझे तो शिवाजी का कोई एतबार नहीं है।''

इस बात से मिर्जाराजा बेचैन हो उठे। इसी समय एक खादिम अन्दर आया। उसने इत्तिला दी, ''गढ़ के नीचे तलहटी में कीर्तिसिंह और उग्रसेन कछवाहा पधारे हैं।''

''और सम्भाजी?'' मिर्जाराजा ने पूछा।

''उनके बारे में कोई खबर नहीं।''

दिलेरखान के चेहरे पर मुस्कराहट छा गई। उसने पूछा, ''राजासाहब, राजकुँवर कीर्तिसिंह तो कोंढाणा किले का कब्जा लेने गए थे न?''

मिर्जाराजा ने सिर हिलाकर 'हाँ' कही। दिलेरखान ने पूछा, ''तो क्या एक ही दिन में किले का कब्जा ले लिया उन्होंने? और अगर किले का कब्जा मिल गया हो, तो कीर्तिसिंह क्यों लौट आए?''

मिर्जाराजा सकपका गए। उन्हें इस बात का कोई जवाब नहीं सूझा। उनकी तरेरी नजरों को देखकर दिलेरखान की मुस्कराहट कुम्हला गई। मिर्जाराजा कहने गए, ''खानसाहब, इस वक्त आपके इन सवालों के जवाब हमारे पास नहीं हैं। कीर्तिसिंह को आने दीजिए, तभी सब मालूम होगा। मगर यह भी अच्छी तरह जान लीजिए कि अगर हमें लगा कि शिवाजी ने जरा भी बात बदल दी है, तो हम उसे पूरी तरह बरबाद कर छोड़ेंगे। हममें ऐसी ताकत है।''

मिर्जाराजा कुछ सोचते-सोचते हुक्का पीने लगे।

शाम के समय सूचना मिली कि कीर्तिसिंह आ रहे हैं। सबका ध्यान प्रवेश-द्वार की ओर लगा था। कीर्तिसिंह ने अन्दर प्रवेश किया। उनके पीछे-पीछे उग्रसेन कछवाहा भी आ गए। मिर्जाराजा की नजर उग्रसेन के साथ आए हुए एक कुमार पर जाकर टिक गई। कुमार सम्भाजी महल देखने में खोया हुआ था। उसकी नजर मिर्जाराजा की ओर गई। फिर उग्रसेन की ओर देखने लगा। उग्रसेन ने गरदन झुकाकर संकेत किया और सम्भाजीराजा आगे बढ़

आए। वे मिर्जाराजा के सामने दो कदम की दूरी पर आकर ठहर गए और उन्होंने सिजदा किया। मिर्जाराजा हर्षित हो उठे। बोले, ''आओ, सम्भाजीराजे। हम तुम्हारा ही इन्तजार कर रहे थे। आओ, यहाँ हमारे पास आओ।''

सम्भाजीराजे आगे बढ़े। मिर्जाराजा ने उन्हें प्यार से अपने पास बैठा लिया। फिर उन्होंने कीर्तिसिंह से पूछा, ''अभी तक कोंढाणा किला खाली नहीं हुआ क्या?''

''जी, खाली हो चुका है। गढ़ में पहुँचने के तुरन्त बाद राजे ने किला खाली कर दिया और वे सपरिवार राजगढ़ की ओर रवाना हो गए। मैं गढ़ का पूरा प्रबन्ध करके आ रहा हूँ। आज उस गढ़ पर मुगलिया झंडा लहरा रहा है। किले को शहीदखान के हवाले कर दिया है। जैसे ही उग्रसेन कछवाहा कोंढाणा में आए, हम सब मिलकर इधर चले आए।''

मिर्जाराजा ने दिलेरखान की ओर देखा। दिलेरखान नजरें चुरा रहा था। मिर्जाराजा ने सम्भाजी से पूछा, ''राजे, हमारे पास रहोगे ना?''

''हम जरूर रहेंगे, दादाजी,'' सम्भाजी ने कहा।

मिर्जाराजा ने चौंककर पूछा, ''हमें 'दादाजी' कहना तुम्हें किसने सिखाया?''

''हमारे आबासाहब ने।''

''उग्रसेन,'' मिर्जाराजा ने उग्रसेन की ओर देखकर कहा, ''शिवाजीराजा के युवराज की निवास व्यवस्था इसी खेमे में करो। ये हमारे साथ रहेंगे।''

नेताजी पालकर अन्दर आए। उन्होंने मिर्जाराजा को सिजदा किया। नेताजी के आकर्षक व्यक्तित्व को मिर्जाराजा एकटक देखने लगे।

कीर्तिसिंह ने उनका परिचय कराया, ''ये हैं नेताजी पालकर। युवराज के साथ आए हैं।''

मिर्जाराजा हँसने लगे। कहने लगे, ''कीर्तिसिंह, शिवाजी के लोग हरफनमौला होते हैं। उनके एक काम को देखकर धोखा नहीं खाना चाहिए। ये नेताजी केवल युवराज का रक्षक नहीं है, यह शिवाजी का सेनापति है। इसे 'दूसरा शिवाजी' कहते हैं। युवराज के साथ कोई सामान्य व्यक्ति कैसे भेजा जा सकता है?

''क्यों नेताजी, हमने जो कहा, वह सही है ना?''

इस बात पर नेताजी केवल मुस्करा दिए। बाहर वर्षा शुरू हो गई थी। दिलेरखान ने कहा, ''बारिश शुरू हो गई है।''

''हाँ, हमारी कामयाबी में आधा हिस्सा तो उसका ही है।'' ऐसा कहकर मिर्जाराजा ने हुक्के की नली फिर पकड़ ली।

मिर्जाराजा आराम से हुक्का पी रहे थे। सम्भाजीराजा सबकी ओर देखने में मग्न थे। समई-दीपक जलाए जा रहे थे। समई प्रज्वलित होते ही सम्भाजीराजा ने समई को नमस्कार किया। फिर वे उठे और मिर्जाराजा के पैर छूकर कहने लगे, ''दादाजी, हम प्रणाम करते हैं।''

मिर्जाराजा ने कौतुक भाव से बालराजा की पीठ पर हाथ फेरा और बड़े प्यार से बालराजा को अपने पास ही बैठा लिया।

13

बरसात की झड़ी लगी हुई थी। राजगढ़ का वातावरण कुहरे और वर्षा-जल से भर उठा था। जिधर देखो, उधर पहाड़ी कगारों पर से गिरनेवाले जल-प्रपात दृष्टिगोचर हो रहे थे। तेज गति से बहे जा रहे बरसाती नालों की आवाजें सब ओर गूँज रही थीं।

राजे राजसभागृह में आसीन थे। मोरोपन्त और अण्णाजी के साथ आनन्दराव, येसाजी तथा तानाजी भी वहाँ उपस्थित थे। पुरन्धर की सन्धि-वार्ता के अनुसार मिर्जाराजा ने दो मास की अवधि में सब किलों पर अपना अधिकार जमा लिया था। शिवाजी को जो किले खाली करने पड़े थे, उन किलों के किलेदार अपनी सैनिक टुकड़ियाँ सहित राजगढ़ चले आ रहे थे। राज्य नहीं रहा था—सेना रह गई थी। राजे के मन को यह विचार बहुत विह्वल बना रहा था कि जो सेना उनके आवाहन पर निष्ठापूर्वक एकत्रित हुई थी, अब उस सेना का क्या किया जाए। अण्णाजी दत्तो ने सुझाव रखा, ''महाराज, दिन बड़े बुरे आन पड़े हैं। केवल बारह गढ़ और एक लाख आयवाले प्रदेश पर राज्य का इतना बड़ा महल खड़ा रखना कठिन कार्य है। यह बोझ तो कम करना ही होगा।''

''तुम्हारा सुझाव क्या है?'' राजे ने पूछा।

''कुछ सेना कम कर दी जाए। लोग तो अपने ही हैं—हाँक मारने पर फिर से आ जाएँगे।''

राजे हँसकर कहने लगे, ''कितनी बड़ी बात कितनी आसानी से कह गए तुम, अण्णाजी? शाइस्ताखान के आने से लेकर आज तक बारहों मावलखंडों का पूरा प्रदेश शत्रु की आग में झुलसता रहा है। बस्तियाँ उजड़ गईं, लोग बेघर हो गए, परन्तु जिन्हें हम पर विश्वास था, उनका विश्वास खंडित नहीं हुआ। उन्होंने हमारा साथ नहीं छोड़ा—वे स्वामिभक्ति निभाते हुए साथ बने रहे। आज यदि हमने उन्हें सेवा से मुक्त कर दिया तो हमारी आवश्यकता पड़ने पर वे विश्वासपात्र लोग फिर से दौड़कर हमारे पास आएँगे क्या? ऐसे लोगों को यदि जाने दिया गया, तो हमारी इज्जत क्या रही? नहीं, अण्णाजी, हम यह काम नहीं कर सकते।''

''किन्तु राजे, इतनी सारी सेना को कहाँ और कैसे बनाए रखा जाए?'' आनन्दराव ने पूछा।

''आनन्दराव, इसमें कौन-सी कठिनाई है? बारह किले हैं हमारे पास, उनके नीचे का प्रदेश भी हमारे अधीन है। अब जबकि थोड़ी फुरसत मिली है, तुम सारे किलों को मजबूत बना लो। सारी सेना को उन किलों में जाकर रहने दो। सैनिक हमें बोझ थोड़े ही होंगे। 'श्री' की कृपा से जो कुछ संयोजित किया है, वह सब उनका ही तो है। आनन्दराव, तानाजी, येसाजी और प्रतापराव, तुम चारों अपनी सेना की ठीक से व्यवस्था कर लो। अपनी विशेष सेना को तुम राजगढ़ में रखो। जो सेना मैदानों में इधर-उधर बिखरी पड़ी है, उसे आदेश भेजो कि वह शीघ्र ही दुर्गों में पहुँच जाए, ताकि वर्षा ऋतु में उसे कष्ट न सहना पड़े।''

राजे बैठक से उठे ही थे कि उन्होंने ये शब्द सुने, ''माँसाहिबा, आपको बुला रही हैं।''

राजे ने मुड़कर देखा। पुतलाबाई दरवाजे में खड़ी हुई थीं। राजे ने एक उसाँस छोड़ी और वे मुड़कर चल पड़े। जो वेदना राजे को विह्वल बनाए थी, जीजाबाई के हृदय को भी

वही वेदना साल रही थी। जीजाबाई का चिन्ताग्रस्त मुख देखकर राजे का हृदय छटपटा उठता था। सम्भाजीराजा बन्धक बना लिये गए हैं, यह विचार जीजाबाई के चित्त को निरन्तर कुरेद रहा था।

राजे महल में गए। जीजाबाई उनकी ही प्रतीक्षा कर रही थीं। राजे को देखते ही उन्होंने पूछा, "बालराजे के बारे में क्या समाचार हैं?"

राजे ने दिखावटी धैर्य दिखाते हुए कहा, "कुछ भी नहीं। परन्तु चिन्ता की बात ही क्या है? बालराजे भले-चंगे हैं।"

"तुम कह लो और हम सुन लें।" जीजाबाई ने कहा, "राजे, ओल बनाकर भेजा गया है वह बालक! उसे तुम भला-चंगा, सुरक्षित कह रहे हो?"

"माँसाहिबा, हमने कई बार कहा है, आज फिर कहते हैं। बालराजे यहाँ जितने सुरक्षित थे, उससे भी अधिक वे वहाँ सुरक्षित हैं। यदि हमें विश्वास न होता, तो हम बालराजे को भेजते ही नहीं। हम मन को इतना कठोर क्यों बना लेते?"

"ठीक है। तुम जो करो, वही सही।" जीजाबाई ने कहा।

"अच्छा, माँसाहिबा, आपने हमें क्यों याद किया था?"

"सुना था–सब लोग राजसभागृह में एकत्रित हैं।"

"हाँ माँसाहिबा! जिन दुर्गों को हमने खाली कर दिया है, वहाँ के दुर्गपति और उनकी सेनाएँ आ रही हैं।"

"तो तुमने उनसे क्या कहा?"

"अण्णाजी दत्तो ने हमें सलाह दी थी कि...।" राजे ने कहा।

"कैसी सलाह?"

"उन्होंने कहा कि किले जाते रहे, प्रदेश हाथ में नहीं रहा, इतनी सेना रखना महँगा पड़ेगा। इसलिए सेना कम कर दी जाए।"

"तो तुमने सेना कम कर दी?"

"सेना कम कर देने पर बेचारे सैनिक जाएँगे कहाँ? मिर्जाराजा तो उन सबको आश्रय देने को तैयार थे, परन्तु ये बेचारे सीधे हमारे पास आ गए हैं। भला हम इन्हें कैसे छोड़ दें? हमने सबको रख लिया है। यह ठीक है कि एक लाख आयवाले प्रदेश के बल पर बात बनेगी नहीं। हमने सोचा है कि इस काम के लिए हम एक बार अपने कोंकण-प्रदेश का दौरा कर आएँ। जैसे भी बने, इन लोगों को साथ रखना ही होगा।"

"जब कुछ भी पास नहीं था, तो उनके ही सहारे तो हमने इतना प्रपंच फैला दिया। अब उन्हें हम कहाँ जाने दें? आज अपने पास बारह दुर्ग हैं। इन बारह के बारह सौ दुर्ग बनाने पड़े, तो ये ही लोग काम आएँगे ना!"

इन वचनों को सुनकर राजे को बहुत चैन मिला। वे उठते हुए कहने लगे, "अच्छा, हम जाते हैं।"

"शिवबाऽऽ!"

राजे फिर रुक गए। जीजाबाई ने कहा, "बालराजे को देखने की मन में बड़ी इच्छा है। बीते दो दिनों से हमारी दाईं आँख फड़क रही है। मन को तनिक भी चैन नहीं है।"

"मगर यह कैसे सम्भव है, माँसाहिबा?"

"अगर हम उनसे मिलने चली जाएँ, तो?"

"यह तो ठीक नहीं लगेगा।"

"शिवबा, यह क्या कर बैठे तुम? चाहे और जो कर लेते, परन्तु अबोध बालक के सिर पर लटकती तलवार रखकर तुमने क्या पाया?"

"माँसाहिबा, हमारे कहे का भरोसा मानिए। मिर्जाराजा बात के धनी हैं। वे अपने बालराजे की प्राणों के समान रक्षा करेंगे। बालराजे का बाल भी बाँका नहीं होगा।"

"हँ! शत्रु का विश्वास करने की भी एक सीमा होती है। जिस शत्रु ने तुम्हारी मुश्कें कस दी थीं, उसके ही तुम गीत गा रहे हो?"

"आप गलत समझ रही हैं, माँसाहिबा। शत्रु हो, फिर भी उसके बारे में विचार तो करना ही पड़ता है। मिर्जाराजा औरंगजेब के प्रति पूरे ईमानदार हैं। उनकी निष्ठा औरंगजेब की सेवा में समर्पित है। चाहे कुछ भी हो जाए, उनकी निष्ठा में परिवर्तन नहीं होगा। बस, एक बात छोड़ दी जाए, तो मिर्जाराजा के समान स्नेहमय, उदारहृदय व्यक्ति ढूँढ़े नहीं मिलेगा। अतीव गुणज्ञ व्यक्ति हैं वह। उनकी परख करनी हो तो चाहे जब की जा सकती है।"

"हमसे और कुछ मत कहो। हम बालराजे को देखना चाहती हैं।" जीजाबाई ने कहा।

"ठीक है। हम आज ही मिर्जाराजा के नाम पत्र लिखते हैं। मिर्जाराजा अवश्य ही बालराजे को भेज देंगे। परन्तु ऐसा करने से हमारी दुर्बलता प्रकट होती है।"

"हम कुछ नहीं जानतीं। हम तो बस बालराजे को देखना चाहती हैं।"

"ठीक है, आपकी आज्ञा का पालन अवश्य होगा।"

राजे महल के बाहर गए। राजसभागृह में जाकर उन्होंने मिर्जाराजा के नाम पत्र लिखवाया। एक घुड़सवार बरसते पानी में ही वह पत्र लेकर रवाना हो गया।

यूँ ही दो दिन बीत गए। परन्तु राजा जयसिंह की ओर से कोई जवाब नहीं आया। बरसात थम चुकी थी।

दुपहरी में राजे आराम कर रहे थे। आवाज सुनकर उन्होंने आँखें खोलीं। दरवाजे में मनोहारी खड़ी हुई थी। उसका चेहरा खुशी से छलका पड़ता था। राजे को जागा हुआ देखकर उसने कहा, "बालराजा आ गए।"

"कब?" राजे ने उठते हुए पूछा।

"अभी-अभी आए हैं।"

"कहाँ हैं?"

"माँसाहिबा के महल में हैं।"

"ठीक है। तू चल, हम अभी आते हैं।"

राजे जीजाबाई के महल में गए। वहाँ जीजाबाई बालराजे को गोदी में लिये बैठी हुई थीं। सोयराबाई, पुतलाबाई, सगुणाबाई भी महल में उपस्थित थीं। नेताजी पालकर शिष्टतापूर्वक खड़े थे। राजे को आया देखकर नेताजी ने आगे बढ़कर सिजदा किया। बालराजे उठकर आगे बढ़े और उन्होंने राजे के चरणों में मस्तक नवाया। उन्हें प्यार से गले लगाते हुए राजे ने कहा, "बालराजे, अब जल्दी ही तुम मुगलिया मनसबदार बननेवाले हो। और अब भी गोदी में बैठते हो?"

"हम तो बैठेंगे।"

"फिर मनसब नहीं मिलेगा।"

"फिर तो हमें मनसब भी नहीं चाहिए।"

सबकी हँसी से भवन गूँज उठा। राजे ने नेताजी से पूछा, "नेताजी, पत्र तो हमने तुरन्त भेज दिया था। फिर दो दिन देर क्यों हुई?"

"मिर्जाराजा ने तो निश्चय कर लिया था कि आपका पत्र आते ही बालराजे को भेज दिया जाए, परन्तु बरसात जारी थी। राजाजी को भी बालराजे से बड़ा नेह हो गया है। कहीं बालराजे बरसात में भीग न जाएँ, कहीं बीमार न पड़ जाएँ, यह सोचकर उन्होंने वर्षा बन्द होने तक रुकने की आज्ञा दी। जैसे ही वर्षा बन्द हुई, हम निकल पड़े।"

बालराजे झट से आगे बढ़े और गले में पहना हुआ कंठा दिखाते हुए कहने लगे, "आबासाहब, हम जब निकल रहे थे न, तब दादाजी ने अपने गले में से यह कंठा निकालकर हमें पहना दिया। ये देखिए न!"

"वाह, बहुत सुन्दर है।" राजे ने नेताजी से पूछा, "तुम्हारे साथ और कौन आया है?"

"कोई नहीं।" नेताजी ने बताया, "राजाजी ने कहा है, बालराजा को ले जाओ और चाहे जितने दिन वहाँ रखो। लौटने में जल्दबाजी करने की जरूरत नहीं है।"

राजे ने जीजाबाई की ओर देखा। जीजाबाई उनसे आँखें मिलाने से कतरा रही थीं। राजे ने कहा, "देखा माँसाहिबा, साधारणतः आदमी की परख करने में हमसे कभी भूल नहीं होती।"

राजे सन्तुष्ट हृदय होकर महल से बाहर चल पड़े।

14

बरसात समाप्त होते ही मिर्जाराजा कोंढाणा गए। उनकी बहुत इच्छा थी कि उस दुर्ग को देखें, जिसके आगे सरदार जसवन्तसिंह अपनी सारी शक्ति लगाकर भी मात खा गए थे। गढ़ के तराशे सीधे खड़े पहाड़ी शिलामय कगार, गढ़ का सुरक्षित बाहरी और भीतरी क्षेत्र देखकर वे अतीव सन्तुष्ट हुए। वे एक दिन उस दुर्ग में रहे और पुनः अपने सैनिक-शिविर में लौट आए। लौटते ही उन्हें समाचार मिला कि सम्भाजीराजा के नाम दिल्ली से शाही फरमान आया है। उन्होंने राजगढ़ को एक पत्र रवाना किया, जिसमें कहा गया कि शाही फरमान प्राप्त करने के लिए सम्भाजी को तुरन्त भेजा जाए। अगले ही दिन सम्भाजीराजा शिविर में आ पहुँचे। उन्होंने एक समारोह में परम्परागत रीति से फरमान को प्राप्त किया। सम्भाजीराजा को बादशाह की ओर से छह हजार की मनसबदारी, दो लाख रुपए और विशेष-ध्वज तथा नगाड़े का सम्मान दिया गया था। अब सम्भाजी बादशाह औरंगजेब के छहहजारी मनसबदार बन गए।

मिर्जाराजा की एक अभिलाषा यों पूर्ण हुई। अब वे दूसरी आकांक्षा की पूर्ति के लिए बेचैन हो उठे। शिवाजीराजा की आँखों में घूम रही व्याकुलता उनसे छिपी नहीं थी। उनके मन की दुविधा समाप्त हो, इस उद्देश्य से मिर्जाराजा ने बादशाह के नाम कई पत्र लिखे थे। कुछ ही दिनों में यह समाचार भी आ पहुँचा, जिसकी मिर्जाराजा बड़ी उत्सुकता से प्रतीक्षा कर रहे थे। शिवाजी के नाम दिल्ली से शाही फरमान रवाना हो चुका था।

उन दिनों शिवाजीराजा कोंकण की तलभूमि में थे। मिर्जाराजा के सवार तुरन्त उधर रवाना हो गए।

मिर्जाराजा का सन्देश पाते ही शिवाजीराजा उनकी छावनी में आ उपस्थित हुए। मिर्जाराजा ने अति प्रसन्नतापूर्वक उनका स्वागत किया। मिर्जाराजा ने कहा, ''राजासाहब, आप बहुत भाग्यशाली हैं। हमने जो मध्यस्थता की थी, वह सफल हुई है।''

''हाँ, राजाजी, हम भी समाचार सुनकर कृतकृत्य हुए कि सम्भाजीराजा अब मनसबदार बन गए। हमें बहुत आनन्द मिला।''

मिर्जाराजा राजे के निकट आते हुए कहने लगे, ''राजे, हमने तुम्हारे नाम दिल्ली-दरबार को पत्र भेजा था।''

''हमारे नाम?''

''हाँ, उसके सिवाय और कोई चारा नहीं था।'' मिर्जाराजा ने कहा, ''आपका क्षमा-याचना का पत्र और हमारी सिफारिशी चिट्ठी देखकर बादशाहसलामत बेहद खुश हुए। उन्होंने आपके नाम तुरन्त एक फरमान भेजा है।''

''मगर मैं शाही नौकर थोड़े ही हूँ?'' राजे ने पूछा।

''इसीलिए हमने आपको भाग्यशाली कहा है। जैसे ही हमें मालूम हुआ कि आपके नाम शाही फरमान आ रहा है, हमने आपको बुला भेजा।''

राजे असमंजस में पड़ गए। वे समझ नहीं पा रहे थे कि क्या कहा जाए। सूखे गले से कह उठे, ''बादशाह बड़े कृपालु हैं, इसीलिए तो मुझ पर उनकी कृपा हुई है। मगर राजाजी, मैं इस फरमान के योग्य नहीं हूँ। सम्भाजी बादशाह के नौकर बन गए, इस कारण वे फरमान के अधिकारी बन गए। मगर मैं...मैं इस फरमान को कैसे प्राप्त कर सकता हूँ?''

मिर्जाराजा आश्चर्यचकित हो गए। उनकी आवाज कठोर बन गई। उन्होंने पूछा, ''तो क्या आपका इरादा है कि शाही फरमान का अपमान करें?''

राजे ने झट अपनी बात का रुख बदल दिया. ''आप गलत समझ बैठे हैं।'' राजे कहने लगे, ''मैं इस योग्य नहीं हूँ, फिर भी मुझे यों सम्मान दिया जा रहा है। इसी कारण से मैं आश्चर्यचकित हो उठा। बादशाह का दिया हुआ खिलअत पहनना आसान है, मगर उसकी लाज रखना कठिन काम है।''

मिर्जाराजा हँसने लगे। उन्होंने आगे बढ़कर राजे के कन्धों पर हाथ रखे और कहने लगे, ''राजासाहब, मुझ पर भरोसा कीजिए। बादशाह की सेवा करने में ही आपकी और हमारी भलाई है। मैं तो आज तक इसीलिए भरसक कोशिशें कर रहा था कि बादशाह की नाराजी दूर हो और आप पर वे कृपालु हों। यह शाही फरमान मेरी उन्हीं कोशिशों का परिणाम है। अब जल्द ही फरमान यहाँ आ पहुँचेगा। रिवाज के अनुसार उसका स्वागत होना ही चाहिए।''

''मगर राजाजी...!''

''मैं सब जानता-समझता हूँ। फरमान के स्वागत का मैं पूरा प्रबन्ध करा दूँगा। सरदार दिलेरखान बादशाह के विशेष कृपापात्र हैं, फिर भी उनके नाम इस तरह शाही फरमान आज तक नहीं आया। आपके नाम आया है, यह तो रिवाज से हटकर नई बात है। इसीलिए सबको आपके इस मान-सम्मान के बारे में बहुत हर्ष-भरा आश्चर्य हो रहा है। अगर इस

समारोह में कोई त्रुटि रह गई, तो इसका सारा दोष आपके सिर मढ़ दिया जाएगा। इसलिए आप सब कुछ प्रथा-परम्परा के अनुसार ही करें। इससे आपकी और साथ में हमारी भी प्रतिष्ठा बढ़ेगी।''

अब राजे के आगे और कोई रास्ता न रहा था, सिवाय इसके कि वे सिर हिलाकर हाँ कह दें। जिसका सारा जीवन मुगलिया सल्तनत से लड़ते-भिड़ते बीता, जिसके पराक्रम के आगे आदिलशाही को भी झुकना पड़ा और शाइस्ताखान को ठिकाना छोड़ भागना पड़ा, उसी शिवाजी के नाम फरमान आने लगे हैं। फरमान यानी बादशाह की कृपा का प्रतीक, बादशाह का आशीर्वाद। मानो कि इस धरती पर अलौकिक सम्मान की प्राप्ति। उस शाही फरमान में लिखी होगी बादशाह की कृपा-दृष्टि, उस पर अंकित होगी मेहँदी के रंग में रँगी हुई खुद बादशाह की हथेली की छाप। अब शिवाजीराजा उस फरमान को प्राप्त करने जा रहे थे। इसे प्राप्त करने के लिए उन्हें पैदल चलकर जाना होगा। भूमि पर घुटने टेककर उसे लेना होगा।

राजे का क्रोध उफन रहा था, मुट्ठियाँ भिंच रही थीं। परन्तु वे यत्नपूर्वक उस क्रोधावेग को भीतर ही दबाए हुए थे। मिर्जाराजा के सब सरदारों को राजे की किस्मत से डाह हो रही थी। सब राजे को मुबारकबाद दे रहे थे। राजे क्या करते, बाहरी तौर पर खुशी जाहिर कर रहे थे।

मिर्जाराजा ने शाही फरमान का स्वागत करने के लिए छावनी से तीन कोस आगे एक सुन्दर स्थान का चुनाव किया जहाँ कि एक विशेष बस्ती बसाई गई। एक शानदार खेमा लगाया गया। इसी स्थान पर शिवाजीराजा को फरमान का स्वागत करना था।

हर रोज सूचना आती रहती थी कि दिल्ली से रवाना हुआ शाही फरमान कौन-से मुकाम तक आ पहुँचा है। आखिरकार फरमान को प्राप्त करने का दिन निश्चित हो गया। राजे प्रातःकाल स्नानादि से निवृत्त होकर सरदारों के साथ फरमान-बस्ती की ओर चल पड़े। रिवाज भी यही था कि वहाँ तक पैदल ही जाया जाए। मिर्जाराजा का पुत्र कीर्तिसिंह और बख्शी जानीबेग राजे के साथ थे। सब शामियाने में खड़े होकर फरमान के आने का इन्तजार कर रहे थे। खेमा बेहद खूबसूरत और शानदार था। उसके चारों कोनों में सोने के चार कँगूरे थे। खेमे के ऊपर मुगलिया हरा झंडा फहरा रहा था। खेमे के दो बाजुओं की ओर घुड़सवार तैनात थे। बख्शी जानीबेग समझ रहा था कि शिवाजीराजा बेहद खुशी के कारण बेसब्र हो रहे हैं। ऐसा समझकर वह राजे को रिवाज के बारे में जानकारी दे रहा था। राजे उसकी बातें सुन रहे थे और उमड़ते आँसुओं को बड़े प्रयत्नपूर्वक रोके हुए थे। पैदल चलने के कारण उनके जूतों पर जो धूल जम गई थी, राजे उसकी तरफ देख रहे थे।

इसी समय नौबत बजने लगी। कीर्तिसिंह ने कहा, ''शाही फरमान आ पहुँचा है।''

राजे ने जूते उतारे और वे खेमे के बाहर गए। उनके पीछे थे कीर्तिसिंह और जानीबेग। राजे रास्ते पर आए और उन्होंने देखा, दूर से घुड़सवारों की टोली चली आ रही थी। धीरे-धीरे घुड़सवार-दल निकट आया। इस दल के पीछे एक ऊँट था जिस पर शाही फरमान रखा हुआ था। कीर्तिसिंह ने कहा, ''राजासाहब, फरमान करीब आ पहुँचा है।''

कसक की एक घूँट राजे के गले के नीचे उतर गई। उनकी गरदन झुक गई। घुटने जमीन से जा लगे। आँसू गरम मिट्टी में टपक रहे थे। लाल मिट्टी में गिरे आँसू खोते जा रहे थे। खेमे के बाहर फरमान के स्वागत के लिए बाजे बज रहे थे।

घुड़सवार-टोली आगे निकल गई। फरमानधारी विशेष सुशोभित ऊँट आगे बढ़ा। फिर नीचे बैठ गया। कीर्तिसिंह और बख़्शी जानीबेग ने आगे बढ़कर उसकी अगवानी की। फरमान नीचे उतारा गया। फिर बड़े अदब के साथ उसे राजे के फैलाए हुए हाथों पर रख दिया गया। राजे ने उसे माथे से लगाया। बन्दूकों की सलामी दी गई। नगाड़े बज उठे। राजे फरमान लेकर खड़े हो गए। उनकी आँखों को देखते ही कीर्तिसिंह कह उठा, ''यह क्या, राजासाहब! आपकी आँखों में आँसू?''

राजे ने मुस्कराकर उँगलियों से आँसू पोंछ डाले और कहा, ''कीर्तिसिंह, कौन कहता है आँसू केवल दुख में ही बहते हैं। आनन्द के कारण भी तो आँखों में आँसू भर आते हैं।''

15

वाद्यों के निनाद के बीच और बन्दूकों की गरज के साथ शाही फरमान प्राप्त करके राजे शिविर में वापस आ गए। मिर्जाराजा ने उनका स्वागत यों किया जैसे किसी शूरवीर का किया जाता है। जो खेमा राजे के स्वागतार्थ सुसज्जित किया गया था, उसमें दिलेरखान और दूसरे सभी सरदार उपस्थित थे। अब राजे भी उन्हीं में से एक ही गए थे। राजे के लिए जो पोशाक, शाही खिलअत भेजा गया था, उसे देखकर सभी राजे की उपलब्धि की सराहना कर रहे थे। कइयों के मन यह सोचकर उदास हो रहे थे कि जो कल तक दिल्ली के तख़्त का दुश्मन था, वह खिलअत पा गया और जो रात-दिन बादशाह की खातिर जूझते रहे, वे एक किनारे रह गए। किन्तु मन की इस जलन-घुटन को कह डालने की हिम्मत किसी की नहीं हो रही थी। सब शिवाजी का सत्कार होता देख रहे थे और आनन्द प्रकट कर रहे थे। औरंगजेब ने शिवाजी को 'राजा' उपाधि से अलंकृत किया था। मिर्जाराजा ने राजा शिवाजी को अतीव स्नेहपूर्वक अपने पास बैठा लिया। अकस्मात् जब मिर्जाराजा का ध्यान गया, तो उन्होंने देखा कि शिवाजी की कमर में कोई हथियार नहीं है। वे पूछ बैठे, ''राजासाहब, आपकी तलवार कहाँ है? हथियार के बिना आपका यह वेश अधूरा लगता है।''

राजे ने हँसते हुए उत्तर दिया, ''राजाजी, मैं तो शरणागत हूँ। आपने ही आज्ञा दी थी कि निःशस्त्र आऊँ। इसी कारण हमने शस्त्र धारण नहीं किया। यह ठीक है कि शस्त्र के बिना अधूरापन दिखाई देता है, परन्तु यदि कहीं भूल से शस्त्र उतार देने का आदेश मिल गया, तब वह क्षण मृत्यु से भी भीषण हो जाता है।''

''राजासाहब, हम ईश्वर की शपथ लेकर कहते हैं, यह बात हमारे ध्यान से उतर गई। हम जब दोस्ती का हाथ आगे बढ़ाते हैं, तब उसमें तनिक भी खोट नहीं होता। यह बात हम सचमुच ही बिलकुल भूल गए। हमसे भूल हुई।''

''राजाजी!''

''ठहरिए...।''

मिर्जाराजा ने कीर्तिसिंह को बुलाया और उसके कान में कुछ कहा। कीर्तिसिंह त्वरित बाहर गया। खेमे में मद्यपान के पात्रादि लाए गए। सब मद्य पी रहे थे। राजे शरबत पी रहे थे।

कुछ देर बाद कीर्तिसिंह ने अन्दर प्रवेश किया। उसके पीछे आ रहे सेवक के हाथ में एक थाल था, जिसे एक रेशमी वस्त्र से ढँका हुआ था। मिर्जाराजा ने वह वस्त्र हटाया। थाल में रत्नजटित मूठवाली एक तलवार और कटार रखी थी। मिर्जाराजा ने तलवार और कटार राजा शिवाजी के कमरबन्द में खोंस दी।

राजे टक लगाए मिर्जाराजा के मोहक रूप को निहार रहे थे। रोबदार साफे के नीचे चौड़े माथे पर लगा हुआ केसरिया टीका, पतली सफेद भौंहों के नीचे मन की गहराई की थाह पा लेनेवाले पानीदार नेत्र, भावुकता के कारण किंचित् चौड़े होनेवाले राजपूती नाक के नथुने, होंठों के कम्पन के साथ-साथ कम्पायमान होनेवाले गलमुच्छे...जाने क्यों, इस मुखाकृति को निहारकर राजे को पिता महाराजसाहब की स्मृति हो आई। वे लपककर आगे बढ़े और इससे पहले कि कोई जान पाए, उन्होंने एकदम झुककर मिर्जाराजा के चरण छू लिये। उन्हें तुरन्त उठाते हुए मिर्जाराजा कह उठे, ''राजासाहब, यह क्या करते हैं आप?''

मिर्जाराजा की ओर देखते हुए राजे ने कहा, ''आपका आशीर्वाद चाहता हूँ।''

''कैसा, आशीर्वाद?''

''आपने हमारा गँवाया हुआ शस्त्र फिर से कमर में बाँध दिया है। आशीष दें कि यह शस्त्र अब कभी इस कमर से छिन न जाए। कभी इसे निकालकर भूमि पर न रखना पड़े।''

मिर्जाराजा गद्गद हो उठे। राजे की पीठ थपथपाते हुए वे कहने लगे, ''ऐसा ही होगा, राजासाहब, जरूर ऐसा ही होगा।

शाम को मिर्जाराजा और शिवाजीराजा के बीच बातचीत हो रही थी। मिर्जाराजा के मन में विचारों की आँधी उठी हुई थी। मिर्जाराजा ने कहा, ''राजासाहब, अब बारिश खत्म हुई। हम चाहते हैं कि अब आदिलशाही पर चढ़ाई की जाए। आलमगीर औरंगजेब का यही हुक्म है।''

मिर्जाराजा की योजना सुनकर राजे स्तब्ध रह गए। बीजापुर की आदिलशाही और गोलकुंडा की कुतुबशाही, ये दोनों मुसलमानी राज्य थे। राजे का अनुमान था कि मुगलिया सल्तनत उनके खिलाफ कुछ नहीं करेगी। मिर्जाराजा ने राजे के मन की बात ताड़ ली। वे बोले, ''हमारे इरादे सुनकर आपको अचरज हुआ है न? उत्तर की ओर लौटने से पहले अगर हम आदिलशाही को हरा सकें, तो बादशाह की बादशाहत पूरे हिन्दुस्तान में छा जाएगी। अगर ऐसा हो सका, तो आलमगीर भी खुश होंगे।''

राजे ने सिर हिला दिया। उन्होंने पूछा, ''तो इस आक्रमण का समय कौन-सा निश्चित किया है?''

जल्दी ही निश्चित कर रहे हैं हम। हम चाहते हैं कि इसमें आप भी हमारी मदद करें।''

''मैं भला क्या मदद कर सकता हूँ?'' राजे ने कहा, ''मैं तो नाम भर के लिए राजा हूँ। न मेरा राज है, न मेरे पास सेना है!''

''वह कल की बात है, अब तो आप राजा बन गए हैं। सम्भाजीराजा छहहजारी मनसबदार हैं, उनकी छह हजार फौज आपके साथ है। फिर आप इसी प्रदेश के निवासी भी हैं। जब आप सेना लेकर आएँगे, तो बादशाह को यकीन आ जाएगा कि आप मनसब की बात निभा रहे हैं। मैं भी यह सिफारिश कर सकूँगा कि आदिलशाही का जितना इलाका आप और हम जीत लेंगे, वह आपको मिल जाए।''

"तुरन्त सेना इकट्ठी करना तो सम्भव नहीं है, कुछ समय लगेगा। फिर मुहिम के लिए पैसे की भी जरूरत होती है।"

"आप उसकी चिन्ता न करें। हम कल ही आपको दो लाख रुपए देते हैं। आप गलत न समझें, यह कोई रहम नहीं कर रहे हम। आपकी जागीर से हम यह रकम वसूल कर लेंगे। आप कल ही चले जाइए और जितना जल्द हो सके, फौज इकट्ठी करके छावनी में लौट आइए। आपके आते ही हम मुहिम के लिए चल पड़ेंगे।"

राजे ने सिर हिलाकर हामी भरी। वे अगले ही दिन मिर्जाराजा की अनुमति पाकर वहाँ से विदा हुए और शीघ्र ही राजगढ़ जा पहुँचे।

राजगढ़ आते ही राजे ने सेना को इकट्ठा होने के आज्ञापत्र भेज दिए। आज से पहले यह होता था कि मुहिम के आदेश पाते ही सारे सैनिकों में उत्साह उछाल लेने लगता था, किन्तु इस बार के आदेश ने किसी के चेहरे पर मुस्कराहट नहीं देखी।

राजे अपने महल में कुछ सोच-विचार में खोए हुए थे। बालाजी आवजी को पत्र लिखवाने का काम उन्होंने अभी-अभी समाप्त किया था। राजे ने मिर्जाराजा को पत्र द्वारा सूचित किया था कि सेना जमा हो रही है। बालाजी आवजी ने जाते समय सिजदा किया ही था कि राजे की दृष्टि द्वार की ओर गई। जीजाबाई अन्दर आ रही थीं। उनके साथ सम्भाजी भी थे। जीजाबाई को देखते ही राजे खड़े हो गए। बालाजी आवजी विनयपूर्वक बाहर चले गए। राजे बालराजा को अपने से लगाकर कहने लगे, "माँसाहिबा, हमें बुलवा लेतीं आप, हम नीचे चले आते।"

जीजाबाई ने कहा, "बुलाने से क्या लाभ होता? तुम अब न कुछ कहते हो, न कुछ बताते हो। तुम्हारे टूटे-फूटे उत्तरों से तो कुछ समझ आता नहीं।"

"माँसाहिबा, जब बताने योग्य कुछ था, तब हमने बहुत बताया है आपको। अब तो यही हाथ रहा है कि जो कुछ सुना, आपको सुना दिया। अब हमारे हाथ इसके सिवाय रहा ही क्या है?"

"राजे, दुखों का सामना धैर्य से ही करना चाहिए।"

"माँसाहिबा, कहाँ से लाएँ इतना धैर्य?" बेचैनी के कारण राजे इधर-उधर तेजी से टहल रहे थे। अचानक वे ठहर गए। जीजाबाई की ओर एकटक देखते हुए वे कहने लगे, "माँसाहिबा, हमारे नाम फरमान आया। वाह! एक कागजी पुलिन्दे के ठाट-बाट के क्या कहने? उसका स्वागत करने पैदल जाओ। फरमान-बस्ती तक जाकर बाट देखते खड़े रहो। फरमानवाला ऊँट दिखाई दिया कि जूते उतारकर नंगे पैर रास्ते पर चलो और घुटने टेककर बैठो। ऊँट पास आए तो सिर ऊपर मत उठाओ। वह फरमान खास बादशाह की मूरत जो है!"

"राजेऽऽ!"

"आगे सुनती जाइए माँसाहिबा! जैसे ही ऊँट बैठा कि सिर झुकाकर फरमान को स्वीकार किया जाए! उसे सिर से लगाया जाए। फरमान-बस्ती से लेकर छावनी तक उसे सिर पर ढोकर ले जाया जाए। होली और धुलेंडी के दिन भी शायद ऐसा मजाकिया जुलूस नहीं निकलता होगा। हमें मुहिम के लिए जाना होगा, मगर हमारे पास पैसा कहाँ है! यह सोचकर मिर्जाराजा ने हमें दो लाख रुपयों की बख्शीश दी है।"

"रुपए ले लिये तुमने?"

"दुर्बल के पास बदला लेने का यही एक मार्ग था!" राजे भयानक-सी हँसी हँस दिए।

जीजाबाई के नेत्रों में आँसू आए देखकर राजे तमककर कहने लगे, "माँसाहिबा, आपकी आँखों में आँसू? आपको एक आत्मघाती कायर पुत्र नहीं चाहिए था न? आप चाहती थीं एक निर्लज्ज, बेहया लड़का! है न! अब हम वैसा ही बनने का प्रयत्न कर रहे हैं, फिर आँसू क्यों बहा रही हैं आप?"

राजे के इन वचनों को सुनते ही जीजाबाई के आँसू थम गए। नेत्रों में एक निराली-सी चमक आ गई, "शिवबा, अपने पराभव की सराहना तनिक कम ही करो, तो ठीक है। जरा याद करो, धनुर्धारी अर्जुन ने जब बृहन्नला बनकर पैरों में नूपुर बाँधे होंगे, तब उस वीर को कैसी व्यथा हुई होगी। महाकाय शक्तिशाली भीम ने जब हाथ में सिल-बट्टा पकड़ा होगा, तब मन को कितनी वेदना हुई होगी! धर्मावतार धर्मराज युधिष्ठिर ने कीचक का नीचे गिरा हुआ जूता उठाकर जब अपने हाथों कीचक के आगे रखा होगा, तब उनके धर्म की क्या दशा हुई होगी! राजे, जो विपत्ति को धैर्यपूर्वक सहन करते हैं, उन्हीं का भविष्य उज्ज्वल हुआ करता है। इस संसार में मनुष्य के बड़प्पन की पहचान उसकी सहनशक्ति से होती है, केवल कर्मवीर बनकर नहीं। जिन्होंने सहनशक्ति को अपनाया है, भवानी माता का आशीष उन्हें ही प्राप्त हुआ है। भवानी माता के आशीर्वाद पर श्रद्धा रखो, राजे!"

"उसी के बल पर तो हम जीवित हैं, माँसाहिबा।" राजे की दृष्टि एकदम सम्भाजी की ओर गई। वह बालक हक्का-बक्का हो गया था। राजे ने झट बात को दूसरी ओर मोड़ दिया। सम्भाजीराजा की तरफ देखते हुए वे बोले, "माँसाहिबा, अब हमारे सम्भाजीराजा छहहजारी मनसबदार बन गए हैं। उनकी फौज लेकर हम मिर्जाराजा के साथ आदिलशाही राज्य पर धावा बोलने जा रहे हैं। बालराजे, अपनी फौज हमें दोगे न?"

बालराजे बात का आशय नहीं समझ पाए। कहने लगे, "हम मुहिम करने जाएँ क्या?"

राजे ने बालक सम्भाजी को अपने से लगा लिया। कहने लगे, "बालराजे, ऐसी मुहिम करने की नौबत कभी तुम पर न आए। तुम उस दुख को सहन नहीं कर पाओगे।"

राजे के आँसुओं को अपने नन्हे हाथों से पोंछते हुए सम्भाजी पूछने लगे, "आबासाहब, आप रो क्यों रहे हैं?"

"हाँ राजे, यह हमारा भाग्य ही है, जो हमें रोने के लिए ही सही, माँसाहिबा की गोद में...। बालराजे, तुम खेलो। जाओ।"

फिर जीजाबाई की ओर देखकर राजे ने कहा, "माँसाहिबा, हम थक गए हैं। अब तनिक विश्राम करेंगे हम। अब किसी को भी हमारे पास मत भेजना।"

जीजाबाई सम्भाजी सहित बाहर चली गईं। राजे के थके-माँदे पैर शैया की ओर बढ़ चले।

16

मिर्जाराजा का पड़ाव अब फौजी छावनी बनता जा रहा था। जो फौजें सारे इलाकों में चारों तरफ फैली हुई थीं, वे अब छावनी में आकर इकट्ठा होने लगी थीं। शिवाजीराजा भी सम्भाजीराजा के छह हजार सैनिकों को और अपने सात हजार चुनिन्दा सैनिकों को लेकर मिर्जाराजा की सेना में सम्मिलित हो गए थे।

राजे अपने विशेष खेमे में मनूची के साथ शतरंज खेल रहे थे। मनूची का स्वभाव राजे को बहुत भा गया था। मनूची भी प्रायः राजे के पास आया-जाया करता था। राजे को उससे बहुत-सी आश्चर्यजनक बातों का पता लगता था। अपने देश से चलकर, विशाल समुद्र पार करके दूसरे देश में आकर अपनी सत्ता का विस्तार करनेवाले विदेशियों को राजे सदा मन-ही-मन सराहा करते थे। मनूची गोरा और सुन्दर था। उसकी कंजी आँखें बहुत कुछ कह देती थीं। उसे देखकर भी राजे को एक विचित्र से आनन्द का अनुभव होता था। चाहे मनूची कोई अच्छी चाल चले अथवा उसकी कोई चाल गलत हो जाए, उसकी आँखें पहले ही उस भाव को प्रकट कर देती थीं। राजे चाल चल चुके थे। मनूची अपने लम्बे बालों में उँगलियाँ डाले एकाग्रचित्त बिसात की ओर देख रहा था। खेमे में आए हुए किसी व्यक्ति की छाया देखकर राजे ने सिर ऊपर उठाया। देखा–मिर्जाराजा अन्दर आ रहे थे। राजे खड़े हो गए। मिर्जाराजा कहने लगे, ''बैठिए, राजासाहब, बैठिए। बाजी बन्द न कीजिए।''

राजे जान गए थे कि मिर्जाराजा आए हैं, तो अवश्य ही कोई अत्यावश्यक काम होगा। वे कहने लगे, ''खेलते-खेलते मन ऊब गया है। मैं खेल बन्द ही करना चाहता था।''

''वाह, राजासाहब! बाजी अधूरी छोड़कर भी कहीं उठा जाता है क्या? आप बाजी पूरी होने दें, तभी उठें,'' मिर्जाराजा ने कहा।

राजे यूँ ही अनजाने कह गए, ''राजाजी, बाजी अधूरी छोड़कर उठ जाने में भी एक मजा है।''

''मैं समझा नहीं?''

राजे ने झट बात पलट दी, ''कुछ नहीं, यूँ ही कह गया मैं।''

मनूची ने मोहरे जमा किए। दोनों को अभिवादन करके वह बाहर चला गया। उसके जाते ही मिर्जाराजा बोले, ''कल शुभ मुहूर्त है। हमारा विचार है कि कल ही प्रयाण कर दिया जाए।''

''ठीक है।'' राजे ने कहा।

''राजे, आप इस प्रदेश को भली प्रकार जानते हैं। हमारी योजना है कि आप ही सेना के हरावल में रहें।''

''जैसी आपकी आज्ञा।''

''मुझे यही आशा थी आपसे। अभी बहुत-सी बातों पर ध्यान देना है। हम जाते हैं।''

मिर्जाराजा के जाते ही राजे ने नेताजी को बुलवाया। उन्हें प्रयाण सम्बन्धी हिदायतें दीं।

सुबह नगाड़ों की गड़गड़ाहट से छावनी जाग उठी। हाथियों की चिंघाड़, घोड़ों की हिनहिनाहट और ऊँटों की आवाजों से छावनी गूँज उठी थी। अभी दिन निकला ही था कि राजे मिर्जाराजा के खेमे के पास गए। नेताजी, प्रतापराव, आनन्दराव, येसाजी, तानाजी आदि लोग उनके पीछे चल रहे थे। मिर्जाराजे खेमे के सामने खड़े हुए थे। उनके पास ही कीर्तिसिंह, उग्रसेन, दाऊदखान और दिलेरखान भी हाजिर थे। शिवाजीराजा जैसे ही निकट आए, मिर्जाराजा ने कहा, ''आइए, राजे, हम आपका ही इन्तजार कर रहे थे। हम सोच रहे थे कि मुहिम की शुरुआत कहाँ से की जाए!''

राजे बात को ठीक से समझ नहीं पाए। दिलेरखान ने कहा, ''राजासाहब, मुहिम की शुरुआत तो आपसे ही होनी चाहिए।''

“हमें मंजूर है।”

“फलटण से?” राजे ने पूछा।

“हाँ, वह तो आदिलशाही इलाका है न! ताथवड और फलटण जीत लेने पर बीजापुर पहुँचने का रास्ता साफ हो जाएगा।”

राजे ने मन का भाव भीतर ही छिपाकर इस सुझाव को मान तो लिया, परन्तु आज पहली बार राजे समझ गए कि दिलेरखान के दिल में कैसा वैरभाव है। राजे की प्यारी बेटी सखुबाई फलटण के सरदार महादजी से ब्याही गई थी। इस तरह ससुर पर जिम्मेदारी आन पड़ी थी कि वह दामाद पर हमला करे। राजे ने नेताजी को सेना सहित कूच करने की आज्ञा दी। कूच का डंका बज उठा और मराठा सेना छावनी से रवाना हुई।

मिर्जाराजा का चाँदी-सोने के आभूषणों से अलंकृत हाथी खेमे के आगे आया। हाथी के गले में लटक रहे रौप्यनिर्मित घंटे का नाद गूँज रहा था। चाँदी से बना नक्काशीदार हौदा हाथी को पहनाई मखमली झूल पर और भी चमक रहा था। हाथी को बैठाया गया। सीढ़ी लगाई गई। मिर्जाराजा ने कहा, “चलिए राजासाहब।”

“रहने दें। मैं पालकी में बैठकर आ जाऊँगा।”

“नहीं, नहीं। हम चाहते हैं कि आप हमारे साथ चलें।”

मिर्जाराजा के साथ राजे अम्मारी में जा बैठे। धूप से बचाने के लिए दोनों के सिर पर आफताबी तानी गई थी। हाथी के साथ मिर्जाराजा के भालाबरदार और अंगरक्षक सैनिक चल रहे थे। दिलेरखान को यह बात कतई नागवार गुजर रही थी कि मिर्जाराजा जयसिंह शिवाजीराजा को इतनी इज्जत बख्श रहे हैं।

मिर्जाराजा की सेना आदिलशाही राज्य की सीमा की ओर बढ़ी चली जा रही थी। नीरा नदी के पास पहुँचकर मिर्जाराजा ने सेना का अगला मोर्चा शिवाजीराजा को सौंप दिया। राजे ने अपनी सेना को आक्रमण करने के आदेश दिए। मराठा सेना फलटण पर टूट पड़ी। नदी की बाढ़ के समान प्रबल वेग से सेना फलटण नगर में घुस पड़ी। फलटण शहर जीत लिया गया। उसके तुरन्त बाद ताथवड का किला भी सर कर लिया गया। बीजापुर राज्य के एक और नगर खटाव पर भी मराठों ने कब्जा कर लिया। नेताजी ने मंगलवेढा का किला भी जीत लिया। राजे द्वारा संचालित सेना ने जो सफलता पाई, उससे मिर्जाराजा बहुत प्रभावित हुए। उन्होंने दिल्ली दरबार को एक पत्र भेजा, जिसमें शिवाजी की सफलता की प्रशंसा की गई थी।

आदिलशाही प्रदेश जीतती हुई, एक के बाद एक विजय प्राप्त करती हुई सेनाएँ कोंकण के नीचेवाले समतल प्रदेश तक आ पहुँचीं। राजे की सेना ने इखलासखान को कोंकण प्रदेश से दूर खदेड़ दिया। आदिलशाही सल्तनत ने जब देखा कि मुगल सेना चढ़ी आ रही है, तो उस राज्य ने मुकाबले की तैयारी कर ली। आदिलशाह ने बीजापुर के आस-पास के प्रदेश को बरबाद करवा डाला और पानी के सब तालाबों-कुओं आदि में जहर मिलाकर उन्हें निरुपयोगी करवा दिया। आदिलशाही राज्य ने अब जमकर लड़ने की ठान ली थी और वह पूरी तैयारियों सहित मुगल फौज के आने का इन्तजार कर रही थी। मुगल फौज अपनी जीत के घमंड में चूर थी—गरूर की मारी उस सेना ने बीजापुर से छह कोस दूर आकर डेरा डाल दिया। जैसे आसमान से बिजलियाँ टूटती हों, यों अचानक ही आदिलशाही फौज मुगलिया फौज

पर टूट पड़ी। इस अचानक हुए हमले से मुगल फौज लड़खड़ा गई। उसे पीछे हटना पड़ा। मुगल फौज के चौदह हजार सिपाही और कई सरदार इस हमले में मारे गए।

इस हार के कारण मिर्जाराजा के होश उड़ गए। वे यह भी न समझ पा रहे थे कि यह हार क्यों हुई। मिर्जाराजा जब छावनी में चिन्तित बैठे थे, तभी दिलेरखान ने डेरे में प्रवेश किया। मिर्जाराजा ने जैसे ही ऊपर देखा, दिलेरखान भड़ककर कहने लग, ''राजाजी, हम जो कहते थे, उस पर आपको अब तो यकीन आया या नहीं?''

''किस बात पर?''

''जानते हैं, यह शिकस्त हमने क्यों खाई? यह सब उस शिवाजी की चाल है। मिर्जाराजासाहब, आपने राजपूत समझकर उसे जाने दिया और उसने आपको ऐन मौके पर मुँह के बल औंधा गिरा दिया।''

''दिलेरखान...!''

''मेरी बात झूठ लगती है आपको? आपने शिवाजी को आगे रखा और उसने मुगल फौज को सीधे आदिलशाही की भट्ठी में झोंक दिया। राजाजी, जिसका भाई ही दुश्मन की तरफ से लड़ रहा हो, उसके ईमान का क्या भरोसा?''

''किसका भाई?'' मिर्जाराजा ने पूछा।

''आपके उस शिवाजी का भाई एकोजीराजा! आदिलशाही फौज उसके हुक्म पर ही तो चल रही है। मिर्जासाहब, हमें तो यह सारा मामला दगाबाजी और फरेब लगता है। अगर ऐसा ही होता रहा, तो कल हम फौज को चढ़ाई का हुक्म देंगे, तो भी फौज हमारी बात मानेगी नहीं।''

मिर्जाराजा सन्न रह गए। उन्हें कुछ सूझ ही नहीं रहा था। दिलेरखान कहने लगा, ''राजाजी, एक बात कहता हूँ आपसे। सुनेंगे क्या आप?''

''कहो, दिलेरखान।''

दिलेरखान ने दाएँ-बाएँ झाँककर इतमीनान कर लिया कि वहाँ कोई और नहीं है। नौकर को बाहर जाने का हुक्म दिया और धीरे से कहने लगा, ''यह मौका अच्छा है, यहीं शिवाजी का काम तमाम कर दें। इस भीड़-भड़क्के में यह काम बड़ा आसान है।''

मिर्जाराजा फौरन खड़े हुए। कहने लगे, ''क्या कहते हो, दिलेरखान...?''

''बात पर गौर कीजिए, मिर्जासाहब। यह काम आप मुझे सौंप दें। इतनी सफाई से खात्मा हो जाएगा कि आप पर किसी को शको-शुबहा भी नहीं होगा।''

''लानत है ऐसे खयाल पर! यह कतई नामुमकिन है।'' मिर्जाराजा की मुट्ठियाँ कसती जा रही थीं।

''मिर्जाजी, जरा होश में आइए।'' दिलेरखान ने पहले जैसी खामोशी से उत्तर दिया। उसकी आँखों में एक विचित्र-सा भाव प्रकट हो रहा था। वह कहने लगा, ''ये शिवाजी कोई सीधा-सादा इनसान नहीं है। उसके दिल में शेरे-बब्बर का हौसला है। अरने भैंसे जैसा निडर है वह। यह काँटा मुगलिया सल्तनत को कभी चैन से नहीं बैठने देगा, खटकता ही रहेगा। इसे आप निकाल फेंकें, तो बादशाहसलामत खुश ही होंगे।''

''खामोश!'' मिर्जाराजा चीख उठे। उनका सारा बदन काँप रहा था। वे दो कदम पीछे हटे। दिलेरखान की ओर उँगली उठाते हुए घरघराती हुई आवाज से वे कहने लगे, ''दिलेरखान,

हम राजपूत हैं। हमने शिवाजीराजा को वचन दिया है। हमें पूरा यकीन है कि शिवाजीराजा ने जंग में बेईमानी नहीं की है। अगर कहीं राजासाहब की जान पर कोई आफत आई, तो...याद रखना दिलेरखान...हम तख्त और सल्तनत का कोई लिहाज नहीं रख सकेंगे।''

''मिर्जासाहब...!'' सूखते होंठों पर जीभ फिराते हुए दिलेरखान कह उठा।

''कुछ मत कहो। जानते हो, फौज मेरे हाथों में है। शहंशाह औरंगजेब मुझ पर पूरा भरोसा रखते हैं। दिलेरखान, फिर कभी ऐसा खयाल दिल में मत लाना। यह हमारा हुक्म है। अब जाओ यहाँ से।''

दिलेरखान चला गया। मिर्जाराजा शिथिल होकर बैठक में बैठ गए। एक अनहोनी बात कह दी गई थी, उसे रोकना अब कठिन था। 'तो इसका मतलब यह हुआ कि शिवाजीराजा मुगल फौज के बीच असुरक्षित हैं।' मिर्जाराजा बहुत बेचैन हो उठे। वे उठे और सीधे शिवाजीराजा के डेरे में पहुँचे। मिर्जाराजा को आया देखकर सब लोग उठकर बाहर चले गए। शिवाजीराजा भी पराजय के कारण चिन्ताग्रस्त बैठे हुए थे। उनके पास बैठते हुए मिर्जाराजा ने कहा, ''राजासाहब, आप दिखाई नहीं दिए, इसलिए यहाँ आ गया।''

''राजाजी, आपको मुँह दिखाने के काबिल नहीं रहा, इसीलिए नहीं आया।'' शिवाजीराजा ने कहा।

''राजासाहब, लड़ाई में तो हार-जीत होती ही रहती है। एक लड़ाई में मात खाने के कारण कोई हारता थोड़े ही है। राजे, आपने पूरी निष्ठा सहित युद्ध किया है, हमने स्वयं देखा है यह। हमारे लेखे उस निष्ठा का मूल्य अधिक है।''

''मिर्जाजी, एक प्रार्थना है।''

''कहिए न!''

''सेना का संचालन और अधिकार आप किसी और को सौंप दें। मैं उसके अधीन होकर युद्ध करूँगा। मुझे लगता है–सेना का संचालन मैं करता हूँ, यह बात कइयों को पसन्द नहीं आ रही। जब सेना मन से टूटी-बिखरी हुई हो, तो पूरे आवेश से युद्ध नहीं किया करती।''

मिर्जाराजा शिवाजी की बात को मन-ही-मन सराह रहे थे। चाहे बात साफतौर पर कही न गई हो, फिर भी वे इस बात का आशय बखूबी समझ रहे थे। मिर्जाराजा कहने लगे, ''अब परिवर्तन करना उचित नहीं होगा। यदि अब अधिपति पद में परिवर्तन किया गया, तो अब तक की सारी असफलता आपके मत्थे मढ़ दी जाएगी।''

दोनों सोचने लगे। फिर राजे ने कहा, ''मिर्जासाहब, एक रास्ता सूझता है।''

''कहिए न।''

''आप मुझ अकेले को कोई दूसरी मुहिम सौंप दीजिए। मुझे पन्हाला प्रदेश की अच्छी जानकारी है। आप यदि मुझे उधर भेज दें, तो मैं अपनी सेना द्वारा पन्हाला किला सर कर लूँगा। मैं उस प्रदेश में इतना हंगामा मचा दूँगा कि आदिलशाही राज को मुझे काबू में लाने के लिए बड़ी भारी फौज भेजनी पड़ेगी।''

मिर्जाराजा को यह सुझाव पसन्द आया। उन्होंने इसे तुरन्त स्वीकार कर लिया। इससे एक लाभ यह भी हुआ कि उन्हें शिवाजीराजा के प्राणों के विषय में जो चिन्ता सता रही थी, वह स्वयमेव दूर हो गई।

राजे ने दो-चार दिनों में अपनी सेना जमा कर ली। मिर्जाराजा की आज्ञा पाकर वे वहाँ से विदा हुए।

वे अब सेना सहित पन्हालगढ़ की दिशा में दौड़े जा रहे थे।

17

शिवाजीराजा ने पन्हालगढ़ की ओर जाते समय अपनी सेना के दो दल बनाए। एक दल के नेता वे स्वयं थे और दूसरा दल नेताजी के अधीन था। राजे ने नेताजी से कहा, ''नेताजी, तुम आदिलशाही इलाके को जीतते हुए हमसे पन्हालगढ़ आकर मिलो। आज से ठीक पाँच दिन बाद तुम्हें पन्हालगढ़ की तलभूमि तक पहुँचना है। तुम्हारे पहुँचते ही हम मिलकर पन्हालगढ़ पर चढ़ाई कर देंगे।''

निर्धारित योजना के अनुसार राजे आदिलशाही इलाके को लूटते-जलाते हुए ठीक पाँचवें दिन की रात पन्हालगढ़ पहुँच गए। आगे भेजे हुए गुप्तचरों से राजे की भेंट हुई। उन्होंने बताया कि नेताजी का कोई पता नहीं है। राजे के साथ केवल दो हजार सैनिक थे। सर्दी भी कड़ाके की पड़ रही थी। पहाड़ी दुर्ग पन्हालगढ़ के नीचे की घाटियों में हलकी चाँदनी फैली हुई थी। राजे ने सोचा, अगर सुबह हो गई और शत्रु को हमारा पता लग गया, तब क्या होगा? उन्होंने धावा बोलने का निश्चय किया। तानाजी और येसाजी साथ थे। राजे ने गढ़ पर आक्रमण कर दिया। उनकी सेना रात के अँधेरे में चुपके-चुपके पन्हालगढ़ किले पर चढ़ने लगी।

अचानक गढ़ के पहरेदारों ने आहट पा ली और वे सावधान हो गए। सारे गढ़ में कोलाहल मच गया। सभी पहरेवाले सिपाही तैयार हो गए। गढ़ की सेना राजे की सेना पर टूट पड़ी। चारों ओर मारकाट मच गई। मराठों की सेना इस अचानक हुए हमले से बिखर गई और पीछे हटने लगी। जितने भी सैनिक बच निकले, उन्हें साथ लेकर राजे आश्रय पाने विशालगढ़ की ओर दौड़ने लगे। इस भिड़न्त में राजे के एक हजार सिपाही काम आए। राजे के लिए यह बहुत भीषण आघात था।

पराजय के कारण क्रुद्ध शिवाजीराजा विशालगढ़ में बैठे हुए सोच-विचार कर रहे थे। सोच रहे थे कि आगे क्या किया जाए, परन्तु कुछ सूझता नहीं था। अगले दिन दोपहर येसाजी ने आकर सूचना दी कि नेताजी आ रहे हैं। इस समाचार को सुनकर राजे के नेत्रों से अंगारे बरसने लगे।

राजे नेताजी की प्रतीक्षा कर रहे थे। नेताजी राजे के सेनापति थे। वे उनके विशेष विश्वासपात्र थे। उनके रिश्तेदार भी थे, परन्तु अब उन्हें विश्वासपात्र कहना कठिन था। अफजलखान से युद्ध के अवसर पर भी उन्होंने इसी प्रकार देरी करके अपराध किया था। राजे सोचने लगे, लोगों को अपना समझकर उन्हें सँभालने-अपनाने की एक सीमा होती है...इस बार एक हजार सिपाही व्यर्थ मारे गए। यदि नेताजी समय पर आ जाते, तो...।

नेताजी राजे के सामने आए। राजे ने पूछा, ''नेताजी, यह देर क्यों हुई? बोलो।''

नेताजी राजे के क्रोध से अपरिचित नहीं थे। आज तक राजे जब-जब नेताजी को बुलाते थे, तब-तब 'नेताजी काका' कहकर पुकारते थे। नेताजी जान गए थे कि आज खैर नहीं है। वे कहने लगे, ''राजे, केवल आठ पहर की देरी हो गई।''

''आठ पहर? नेताजी, कम-से-कम तुम्हें सोचना चाहिए था कि युद्धों में एक पल की देरी भी विनाशकारी होती है। हम ठीक समय पर गढ़ की तलहटी में आ गए थे, परन्तु तुम्हारा कोई पता नहीं था। रात बीतती जा रही थी। हमने गढ़ पर चढ़ाई की। गढ़ के पहरेदार होशियार हो गए। तुम्हारी लापरवाही के कारण हमारे हजार सैनिक मारे गए। हमें हार देखनी पड़ी। इसके जिम्मेदार तुम हो।''

''मैं?'' नेताजी ने पूछा।

''तो और कौन है?'' राजे का क्रोध भड़क उठा।

उनकी सुलगती नजरों को देखकर नेताजी थर्रा उठे। वे बोले, ''मैं अकेला होता, तो आ जाता। मगर सेना जो साथ थी। सेना भी साथ चल पाए, तब न!''

''बस, बस रहने दो, नेताजी। हमारे सेनापति के मुख से ऐसी बात अच्छी नहीं लगती।''

''कौन सेनापति?'' नेताजी के मुँह से निकल गया।

राजे का शरीर क्रोध के मारे तन गया। वे चिल्लाकर बोले, ''क्या कहा तुमने?''

''राजे, आप जब तक राजा थे, फौज लड़ती रही। जान की बाजी लगाकर लड़ती रही। आप राजा नहीं रहे, बादशाह के सरदार हो गए आप। सेनापति तो मिर्जाराजा जयसिंह हैं। सरदारों का भी कोई सेनापति होता है क्या?''

राजे क्रोध के मारे बुरी तरह काँप रहे थे, ''नेताजी, अपनी बात तुरन्त वापस लो।''

तानाजी नेताजी को समझाने-रोकने के लिए दौड़े, परन्तु नेताजी ने उन्हें एक ओर हटा दिया। नेताजी कहने लगे, ''मुझे तुम्हारे जैसी बात बदलने की आदत नहीं है। हमारी बात सच्चे मराठे की बात है।''

सुनकर राजे आगबबूला हो उठे। वे दो कदम लपककर नेताजी तक जा पहुँचे। उन्होंने नेताजी की कमर में लटक रही तलवार खींच ली और जमीन पर फेंकते हुए कहने लगे, ''नेताजी, जा। चल, निकल जा यहाँ से। हवा का रुख देखकर पीठ घुमानेवाले तेरे जैसे लोगों की जरूरत नहीं है मुझे। इससे पहले कि मैं तेरा सिर उड़वा दूँ, यहाँ से भाग जा। चल, निकल जा।''

इस गर्जना से सारा दुर्ग काँप उठा। यों राजे ने नेताजी से नाता तोड़कर अपना एक आत्मीयजन खो दिया।

18

पन्हालगढ़ की पराजय से राजे के हृदय को गहरी ठेस लगी थी। वे अपनी सेना को फोंडा की ओर ले गए। उन्होंने ठान लिया था कि वे आदिलशाही किला, फोंडा पर विजय प्राप्त करके ही लौटेंगे। मराठा सेना ने फोंडा को घेर लिया।

मिर्जाराजा बीजापुर की लड़ाई में मार खाकर लौट पड़े थे और परिंडा में डेरा डाले बैठे थे। सरदार दिलेरखान ने मानो कसम खा ली थी कि बीजापुर पहुँचकर ही दम लेना है। वह इसी प्रतिज्ञा को निभाने के लिए बीजापुर के पास ही डटा हुआ था और फौज इकट्ठी कर रहा था। बीच-बीच में झड़पें होती रहती थीं। उधर नेताजी आदिलशाही से जा मिला था और दिलेरखान की फौज पर हमले कर रहा था।

मिर्जाराजा इसी उलझन में खोए हुए थे कि पराजय की इस खाई में से किस प्रकार निकला जाए कि इसी समय एक और दुखद सूचना छावनी आ पहुँची। गोलकुंडा के कुतुबशाह ने आदिलशाह से मेल कर लिया था। कुतुबशाह समझ गया था कि अगर आदिलशाह की हार हो गई, तो मिर्जाराजा का अगला शिकार वह स्वयं होगा। यह सोचकर उसने आदिलशाह को हार से बचाने के लिए अपनी पचास हजार सेना सहायतार्थ भेज दी थी। मिर्जाराजा इस समाचार से चिन्तित हो उठे। उन्होंने दिलेरखान को तुरन्त बुलावा भेजा। मिर्जाराजा मुगल सेना के सरदारों से गुप्त मन्त्रणा कर रहे थे। दिलेरखान ने कहा, "राजाजी, अभी शायद आनेवाली मुसीबत की आहट नहीं पाई है।"

"कैसी मुसीबत?"

"शिवाजी का दाहिना हाथ नेताजी आदिलशाही से जा मिला है।"

"हाँ, सुना है कि उन दोनों में झगड़ा हुआ था।" मिर्जाराजा ने कहा।

"और आपने इस बात पर भरोसा कर लिया..." दिलेरखान ने हँसते हुए कहा।

"तुम क्या कहना चाहते हो? साफ-साफ कहो।"

"हम कौन होते हैं कहनेवाले!" दिलेरखान कपट-भरी हँसी हँसता हुआ बोल उठा, "कहें भी, तो हमारी सुनता कौन है! राजासाहब, ये शिवाजी की चाल है। आपने उसे बीजापुर की लड़ाई में अगुवा बनाया और उसने शाही फौज को मुफ्त में मरवा डाला। आपने उसे पन्हाले पर चढ़ाई करने भेजा, तो वहाँ भी उसने मुँह की खाई। सुनते हैं कि वो अब फोंडा किले को घेरे बैठा है। राजासाहब, दुश्मन पर कितना एतबार किया जाए, इसकी भी एक हद होती है।"

"क्या कहते हो, दिलेरखान?"

"मैं हकीकत बयान कर रहा हूँ, राजासाहब। सोचिए तो सही, मुट्ठी भर लोग भी साथ नहीं थे, फिर भी जिस शिवाजी ने इतने किले सर किए, वही शिवाजी इतनी बड़ी फौज साथ होते हुए भी हार रहा है! राजाजी, मेरी बात पर यकीन कीजिए। आज नेताजी आदिलशाही से जा मिला है और एक दिन आप यह खबर सुनेंगे कि शिवाजी भी आदिलशाही से जा मिला है।"

"अगर ऐसा हुआ, तो शिवाजी को माफ नहीं किया जाएगा।" मिर्जाराजा ने गुस्से से कहा।

दिलेरखान खिलखिलाकर हँसने लगा। सारे सरदार चकित होकर उसकी ओर देखने लगे। मिर्जाराजे जोर से कह उठे, "दिलेरखान, इस तरह हँसते क्यों हो?"

दिलेरखान हँसते-हँसते रुक गया। फिर राजासाहब की ओर देखते हुए कहने लगा, "राजाजी, बात ही हँसी की है। बेअदबी के लिए माफी चाहता हूँ। मगर कहिए तो कि अगर शिवाजी आदिलशाही से जा मिला, तो आपके पास रहा क्या? कुतुबशाही, आदिलशाही और शिवाजी अगर मिलकर एक हो गए, तो इस इलाके से आपका एक भी सिपाही जिन्दा बचकर नहीं जा सकेगा। फिर आप बदला लेंगे तो कैसे और किससे?"

कड़ाके की सर्दी में मिर्जाराजा का तन-मन और भी सिहर उठा। दिलेरखान की बात में सचाई थी। मिर्जाराजा ने सबको विदा किया। उन्होंने दिल्ली को अत्यावश्यक पत्र भेजा—

"...आदिलशाह और कुतुबशाह एक हो गए हैं। अब जरूरी है कि हर कोशिश से शिवाजी को अपनी तरफ मोड़ लिया जाए। यह जरूरी है कि बादशाह की मुलाकात के बहाने उसे दिल्ली बुला लिया जाए..."

मिर्जाराजा दिल्ली से जवाब आने का इन्तजार करने लगे। इसी समय दिल्ली में बादशाह शाहजहाँ चल बसा और औरंगजेब पूरी तरह बादशाहत का मालिक बन बैठा।

शिवाजीराजा को आशा थी कि वे फोंडा के किलेदार रुस्तमजमाँ को बहका-फुसलाकर फोंडा पर कब्जा पा लेंगे, परन्तु अचानक ही आदिलशाही ने फोंडा की अपनी फौज को ज्यादा कुमुक भेज दी। अब राजे को फोंडा में भी हार खाकर पीछे हटना पड़ा। इसी समय उन्हें मिर्जाराजा का बुलावा आया। राजे उनसे जाकर मिले। मिर्जाराजा ने कहा, ''राजे, आप हार के कारण मन दुखी न होने दें। मैं जानता हूँ कि आपने प्रयत्नों की पराकाष्ठा की है।''

''राजाजी, यह तो आपका बड़प्पन है, जो आप ऐसा कहते हैं।''

''ऐसी बात नहीं।'' मिर्जाराजा बोले, ''राजे, हमने भी जिन्दगी के साठ साल देखे हैं, कई लड़ाइयों का अनुभव पाकर ये बाल सफेद हुए हैं। मैं भली-भाँति जानता हूँ कि युद्ध में जय-पराजय तो भाग्य के भरोसे हुआ करती है। मैंने आपको जो बुलावा भेजा है, उसका कारण कुछ और ही है। मैं आपसे एक प्रार्थना करना चाहता हूँ।''

''कैसी प्रार्थना, राजासाहब?''

''मगर आप मानेंगे क्या?'' मिर्जाराजा ने पूछा।

''मिर्जाराजा, मुझे शर्मिन्दा न करें। आप जो कुछ कहेंगे, मैं अवश्य मानूँगा।''

''शपथ लेकर कह सकेंगे आप?'' मिर्जाराजा ने फिर पूछा।

राजे एक पल को विह्वल हो उठे, परन्तु अगले ही क्षण उन्होंने निश्चयपूर्वक कहा, ''राजाजी, मैं भी राजपूत हूँ। हमारा वचन शपथ का ही दूसरा नाम है।''

''राजासाहब, हमने आपकी बहादुरी की तारीफ से भरा पत्र दिल्ली भेजा था। इसी समय बादशाह शाहजहाँ दुनिया से कूच कर गए। अब औरंगजेब बादशाह बन गए हैं। आगरे में उनका जन्मदिन बड़ी शान से मनाया जा रहा है। दिल्ली से ऐसा हुक्म आया है कि आप और युवराज सम्भाजी बादशाह से मिलें।''

''मैं और सम्भाजीराजा?''

''हाँ, मेरा सुझाव है कि जब तक आप पर बादशाह की कृपादृष्टि है, तब तक आप उनसे जरूर मिल लें। मुझे पूरा भरोसा है कि बादशाह अवश्य आपका प्रेमपूर्वक स्वागत करेंगे। आप दोनों शाही फरमान के हकदार भी बन चुके हैं। और फिर यह रिवाज भी तो है कि ऐसे अवसरों पर बादशाह के आगे उपस्थित होकर निष्ठा प्रकट की जाए। आपको भी इस प्रथा का पालन करना चाहिए।''

राजे सोच में डूब गए। औरंगजेब के दरबार में जाया जाए! अगर कहीं धोखेबाजी की गई, तो? राजे ने कहा, ''राजाजी, यह बड़ा सम्मान है, सो तो ठीक। किन्तु यदि हमसे कोई धोखा किया गया, तो...।''

मिर्जाराजा राजे के पास आ गए। कहने लगे, ''राजासाहब, आपकी सुरक्षा की मुझे अधिक चिन्ता है। मैंने इस बारे में खूब सोच-विचार किया है। आप तनिक भी सन्देह मन में न लाएँ। मैं वचन देता हूँ, आपका बाल भी बाँका नहीं होगा। मैंने एक बार तुलसी-पत्र हाथ में लेकर आपके प्राणों की सुरक्षा अपने हाथों में थाम ली है। मैं उस वचन से बँधा हुआ हूँ। आप मुझ पर विश्वास करें।''

राजे ने कहा, "ठीक है। हम दिल्ली जाएँगे। केवल इसी खातिर जाएँगे कि आप जाने के लिए कह रहे हैं। हमें अपने पर भी इतना विश्वास नहीं है, जितना आप पर है। किन्तु मैं यह नहीं समझ पा रहा हूँ कि जाने की ऐसी खास जरूरत क्या है?"

मिर्जाराजा बोले, "राजासाहब, मैं जो कुछ कर सकता था, कर चुका हूँ। इससे अधिक कुछ करना मेरे बस में नहीं। इससे अधिक कुछ करना तो बादशाह के हाथ में है। कौन कह सकता है—शायद वे मेहरबान होकर आपको दक्खिन का सूबेदार भी बना दें। मेरी इच्छा है कि ऐसा ही हो और अगर ऐसा हुआ, तब आपकी अभिलाषाएँ स्वयमेव पूर्ण हो जाएँगी। बस, मैं इससे अधिक कुछ नहीं कह सकता।"

"तब ठीक है। मैं भाग्य के इस खेल में दाँव लगाने को तैयार हूँ।"

मिर्जाराजा खुश हो गए। वे राजे को धीरज बँधाते हुए कहने लगे, "जानीबेग बादशाह के दूत के रूप में आपके साथ रहेंगे। मैं कुँवर रामसिंह को भी एक पत्र भेज रहा हूँ। वह आपके लिए सारी व्यवस्था करेगा। मेरा विश्वासपात्र व्यक्ति तेजसिंह कछवाहा रास्ते में आगरे तक आपके साथ रहेगा। और हाँ, हम कहना भूल गए कि बादशाह ने आपको यात्रा के खर्चे के लिए एक लाख रुपए दिए हैं। अब आप जाने की तैयारियाँ करें।"

राजे उठ खड़े हुए। विदा होते समय उन्होंने मिर्जाराजा से कहा, "राजाजी, एक प्रार्थना है। मैं आपके भरोसे ही इतनी दूर जाने का साहस कर रहा हूँ। आप मुझे आश्वासन दें कि मैं जब तक पराए देश में रहूँगा, मेरे बचे हुए राज्य पर किसी तरह आँच नहीं आने पाएगी?"

मिर्जाराजा ने झट बढ़कर शिवाजीराजा को बाँहों में भर लिया। उनकी पीठ थपककर वे बोले, "राजे, आप निश्चिन्त रहें। आपके राज्य पर मैं कोई संकट नहीं आने दूँगा। जब तक आप दिल्ली से दक्खिन में सकुशल वापस नहीं लौट आते, मैं यहीं आपके आने की प्रतीक्षा करूँगा। आपकी राह में आँखें बिछाए रहूँगा।"

राजे मिर्जाराजा से तुरन्त विदा हुए और राजगढ़ आ पहुँचे।

19

"राजे, तुम आगरा जाओगे?" जीजाबाई ने पूछा।

राजे के जाने का समाचार सुनकर सभी स्तब्ध रह गए थे। उस समय महल में मोरोपन्त पिंगले, सोनोपन्त डबीर, जीजाबाई और राजे उपस्थित थे। राजे ने यह समाचार बिलकुल सहज भाव से बता दिया। वे मुस्कराते हुए कहने लगे, "माँसाहिबा, इस समाचार से इस तरह भौचक होने की क्या जरूरत है? औरंगजेब अब वास्तव में शहंशाह बन गए हैं। सम्भाजीराजा उनके मनसबदार बन गए हैं। हम पर भी फरमान के रूप में कृपा की दृष्टि हुई है। बादशाह अगर खुश होकर हमें बुला रहे हैं, तो क्या हमें भी जाने में खुश नहीं होना चाहिए?"

"राजे, कभी-कभी तुम असमय ही विनोद किया करते हो!" जीजाबाई ने फटकारते हुए कहा।

इस वाक्य ने राजे को गम्भीर बना दिया। राजे ने अपने मन की बात कह डाली, "माँसाहिबा, हम हिन्दवी स्वराज्य का ध्येय भूले नहीं हैं। उसे पूरा करने के लिए ही हमने

यह निर्णय किया है। आज हमारी जो परिस्थिति है, यदि हम आगामी लम्बे काल तक उसी परिस्थिति में रहे, तो हमारा वह लक्ष्य कभी पूरा नहीं होगा। यही नहीं, उलटे हमने तो इस अवसर से लाभ उठाने की सोची है।''

''लाभ? कैसा लाभ?'' मोरोपन्त ने पूछा।

''लाभ क्यों नहीं है! यदि बादशाह वास्तव में प्रसन्न हो गए, तो वे हमें दक्खन का सूबेदार बना देंगे। जब हम दिल्ली-दरबार से मनसब पाकर अपने प्रदेश में लौटेंगे, तो मिर्जाराजा की शह से अपने आप छुटकारा पा जाएँगे। तब बादशाह बैठे रहेंगे दिल्ली में और उनके नाम के बहाने हम यहाँ अपने राज्य का विस्तार पूर्ण कर सकेंगे। यह लाभ क्या कम है?''

सब निरुत्तर होकर मौन हो गए। परन्तु चिन्ता जीजाबाई के हृदय को भीतर ही भीतर कुरेद रही थी। राजे की बात समझ आती थी, जँचती भी थी, परन्तु माता का मन आशंका से त्रस्त हो रहा था। माता ने कहा, ''राजे, किन्तु इसमें कितना खतरा है...।''

''खतरा कुछ भी नहीं, माँसाहिबा। मिर्जाराजा ने हमें वचन दिया है। वे दिया वचन निभानेवाले हैं। वचन निभाने के लिए वे सब कुछ कर सकते हैं। हमें उन पर विश्वास है। औरंगजेब और किसी कारण से हो न हो, मिर्जाराजा के वचन के कारण तो हमें सुरक्षित रखेगा ही। जान से भी अधिक हमारा खयाल रखेगा।...यही नहीं, उसे हमारा खयाल रखना ही पड़ेगा। मिर्जाराजा की उपेक्षा उसे बहुत भारी पड़ेगी। हमें यदि इस बात पर इतना दृढ़ विश्वास न होता तो हम जाने के लिए राजी नहीं होते।''

सब चुप हो गए। राजे के पास समय बहुत कम था। वे अगले ही दिन गढ़ से बाहर निकल पड़े। राजे अपने किलों में अचानक ही पहुँच जाते थे और किले का निरीक्षण करते थे। वे प्रत्येक दुर्गपति से कह रहे थे, ''सावधान रहना। रात-दिन पहरेदार पूरे चौकस रहने चाहिए। अगर अचानक शत्रु का हमला हो, तो निर्भय होकर उसका सामना करना। माँसाहिबा की जो भी आज्ञा पाओ, उसका पूरी तरह पालन करना। आज तक तुमने जैसी तत्परता दिखाई है, उसी तरह आगे भी रहना। सदा यही समझना कि मानो हम तुम्हारे बीच हैं। दुर्ग को सुरक्षित रख पाए, तो तुम्हारी वीरता का, गुणों का अवश्य सम्मान किया जाएगा। अगर कर्तव्य में त्रुटि रह गई, तो क्षमा नहीं किए जाओगे।''

सुचारु रूप से अपने राज्य का प्रबन्ध करके राजे मोरोपन्त सहित राजगढ़ लौट आए। आते ही उन्होंने अपने सभी विश्वासपात्र लोगों को एकत्रित किया। तानाजी, येसाजी, प्रतापराव गुजर, फिरंगोजी नरसाला, हिरोजी, फर्जन्द, निराजी रावजी, त्र्यम्बक सोनदेव आदि सभी को उन्होंने बुलवा लिया और राज्य की व्यवस्था अन्तिम रूप से उन्हें सौंप दी। उन्होंने राज्य व शासन की बागडोर और प्रधान-पद जीजाबाई के हाथों सौंपा। मोरोपन्त पिंगले को पेशवा पद, निलो सोमदेव को मजूमदार पद तथा नेताजी के बाद सेनापति पद पर आरूढ़ प्रतापराव गुजर को राज्य-व्यवस्था के कर्तव्य, आदेश आदि कह समझाए। नौसेना का उत्तरदायित्व महानाविक दौलतखान और मायनाक भंडारी को सौंपा गया। राजे के ये सब आदेश, उत्तरदायित्व की सूचनाएँ ऐसी थीं मानो कि वे शासन-प्रबन्ध के विषय में अब बस अन्तिम बार कह रहे हैं। इसे देखकर कइयों की आँखें छलछला आईं। जीजाबाई तो इस कल्पना से ही व्यथित-आहत हो रही थीं कि राजे और युवराज दोनों मिलकर जा रहे हैं। अब उन पर बुढ़ापा

झलकने लगा था। जीजाबाई ने कहा, "राजा, अरे बेटा! जिसमें तू न हो, सम्भाजी न हो, ऐसा राज है किस काम का?"

"न, न, माँसाहिबा, ऐसा मत कहिए। हम वापस लौटेंगे, सकुशल लौटेंगे। परन्तु हमसे भी अधिक मूल्यवान है यह राज्य। इसे तो बना ही रहना चाहिए। हमें आज उन माँसाहिबा की आवश्यकता है, जो हमारी किशोरावस्था में राजसभागृह में बैठकर राज-काज किया करती थीं, हम अबोध थे, किशोर थे तब। आज भी आपको ही हमारे अभाव की पूर्ति करनी होगी।"

मोरोपन्त ने पूछा, "राजे, आपके साथ...।"

"हाँ, यह बताना तो हम भूल ही गए। रघुनाथ कोरडे, त्र्यम्बक सोनदेव डबीर, मदारी मेहतर, बाजी जेधे और निराजी रावजी सबनीस, ये सब हमारे साथ चलेंगे। हमने कवि परमानन्द को भी बुलवा भेजा है।"

राजे ने जिनका नाम लिया, वे धन्य हो उठे। परन्तु येसाजी, तानाजी, फिरंगोजी जैसे पुराने साथी अप्रसन्न हो गए। राजे ने कहा, "फिरंगोजी, राज्य तो यहीं है। इसे सुरक्षित रखने का काम तुम्हारा है। तानाजी, येसाजी, प्रतापराव! तुम सबको यह जिम्मेदारी उठानी होगी। माँसाहिबा की रक्षा करनी होगी। अपने सारे भू-प्रदेश को पक्षिराज गरुड़ की पैनी विशाल दृष्टि से देखना होगा। सदा सावधान होकर रहना।"

राजे ने साढ़े-तीन सौ लोग चुने। इनमें हर एक आदमी जाँचा-परखा हुआ था। इनमें कई भेदिए भी थे। पालकी ढोनेवाले कहार और भारवाहक मजदूरों का चुनाव करते समय भी बहुत सावधानी से परख की गई थी।

राजे के साथ आनेवाले नियुक्त मुगल सरदार जानीबेग और तेजसिंह कछवाहा राजगढ़ आ पहुँचे। प्रस्थान का दिन निकट आता जा रहा था। जीजाबाई ने ज्योतिषीजी से मुहूर्त दिखवा लिया था। फाल्गुन के शुक्ल-पक्ष की नवमी के दिन राजे को प्रयाण करना था। गढ़ में जितने भी देवताओं के मन्दिर थे, सभी में अभिषेक किया गया। राजमहल में साज-सामान बाँधा जा रहा था। सन्दूक, पिटारे भरे जा रहे थे। सम्भाजीराजा यात्रा के आनन्द की आशाओं में मग्न थे। वे की जा रही तैयारियों को, सारी भागदौड़ को बड़े उत्साहपूर्वक देखते हुए घूम रहे थे।

मनोहारी राजे के महल में बैठी हुई राजे के वस्त्रादि को सन्दूकों में भर रही थी। सोयराबाई खड़ी हुई सब देख रही थीं। एक पिटारी मनोहारी को देते हुए सोयराबाई कहने लगीं, "मनोहारी, इस पिटारी को जरीटोप के खाने में रख दे। इसमें सिरपेंच है। मगर 'श्रीमानजी' को ये सब चीजें समय पर मिलेंगी क्या? अभी-अभी मैंने सब चीजें रखवाई हैं, पर मेरे ही ध्यान में नहीं रहा कि किसमें क्या रखा है।"

"महादेव महाराज के साथ है न।" मनोहारी ने कहा, "मैं उसे सब समझा दूँगी। सच बतलाऊँ, रानीसाहिबा! सच तो यह है कि महाराज को इन कपड़ों की कुछ खबर नहीं होती। कपड़े निकालकर उन्हें दो, तब समझ पाते हैं।"

"तू कपड़ों की कह रही है, इन्हें तो घर-गृहस्थी की भी कुछ खबर नहीं रहती।" सोयराबाई ने लम्बी उसाँस लेकर कहा। ठीक इसी समय कानों में आवाज आई, "वाह! बड़े मजे से बातें हो रही हैं।"

दोनों झट से सावधान हो गईं। हड़बड़ाकर आँचल सँवार लिया दोनों ने। राजे मुस्कराते हुए अन्दर आ रहे थे।

''कहावत है न कि 'आड़ में से सुनो, तो अपनी निन्दा ही सुनाई देती है' आज इस कहावत की सचाई का अनुभव हुआ।''

दोनों स्त्रियाँ लजा गईं। दोनों की ओर देखते हुए राजे फिर कहने लगे, ''हम इतनी दौड़-धूप करते हैं, मगर तुम कहती हो कि कपड़ों के बारे में हम एकदम अनजान हैं?'' सोयराबाई ने ऊपर देखा। वे कहने लगीं, ''अच्छा! जरा बतलाइए तो सही कि जामे और अँगरखों के कितने ज़ोड़े रखे जाएँ? और यह भी कि उनमें कितने जोड़े जर के बुँदकीदार हों, कितने जोड़े रंगीन हों! बन्दोंवाले कितने रखे जाएँ और रेशमी तनीवाले कितने हों...?''

''बस-बस, रहने दोऽऽ,'' राजे झट से कहने लगे, ''हम हार गए। अगर हमारा महादेव इतना सारा झमेला, इतनी उठक-बैठक करता रहेगा तो हम वापस लौटते ही जरूर उसे सीधे मजूमदार बना देंगे और अगर वह इस काम से थक जाएगा, तो उसे कोई आसान काम सौंप देंगे।''

मनोहारी हँसी को साड़ी के पल्ले से दबाकर बाहर भाग गई। महल में केवल सोयराबाई और राजे रह गए। राजे सोयराबाई के पास गए। सोयराबाई राजे की ओर देख रही थीं। सोयराबाई के गौरवर्ण, निडरता भरी दृष्टि और प्रभावशाली व्यक्तित्व को देखते हुए राजे कहने लगे, ''रानीसाहिबा, हम जा रहे हैं। आपको बुरा नहीं लग रहा क्या?''

''बुरा काहे लगेगा? आप जा रहे हैं, क्योंकि जाना जरूरी जो है।''

''इतनी-सी बात सब नहीं समझ पातीं।'' राजे के मुख से निकल गया।

''मैं झूठमूठ का बर्ताव तो जानती नहीं।'' सोयराबाई हँसते हुए बोलीं, ''देखा जाए, तो यूँ भी हम एक जगह रह कहाँ पाते हैं! हम औरतों को इस अकेलेपन की आदत ही होती है।''

''हाँ, यह भी सच है।'' राजे ने हामी भर दी।

''जिसे देखो उसे बालराजा की बड़ी चिन्ता है। मैं पूछती हूँ—आपकी अपेक्षा क्या बालराजा का महत्त्व अधिक है? सब-की-सब बेकार दिखावा किया करती हैं।''

सोयराबाई बड़ी उमंग में बोलती जा रही थीं, परन्तु राजे के हृदय में कहीं गहरे में टीस उठ रही थी। ये टीस क्यों—इसका उत्तर उन्हें भी नहीं सूझ रहा था। सँभलकर वे कहने लगे, ''रानीसाहिबा, आप ही सबमें बड़ी हैं। अब माँसाहिबा निर्बल होती जा रही हैं। आप ही अब राजकार्यालय का काम-काज किया कीजिए। माँसाहिबा के साथ रहकर कारोबार में सहायता दिया कीजिए।''

''माँसाहिबा को अच्छा लगे, तभी करूँगी न!''

''मैं कह दूँगा उनसे।'' राजे ने आश्वासन दिया।

''अच्छा, मैं जाती हूँ।'' कहकर सोयराबाई ठिठक गईं। राजे उनके निकट गए। उन्होंने सोयराबाई के कन्धे पर हाथ रखा और बोले, ''रानीसाहिबा, लगता है—आपको किसी चीज की जरूरत है। है न?''

''कैसे कहूँ, समझ नहीं आता। सुना है, उत्तर देश में इत्र अच्छे मिलते हैं। आपको समय मिले, तो ले आइएगा।''

राजे हँसने लगे। उस हँसी से चौंककर सोयराबाई ने पूछा, ''क्यों, मुझसे कोई गलती हुई क्या?''

"नहीं, बिलकुल नहीं।" राजे ने तुरन्त कहा, "आपकी प्रिय चीज लाने में हमें खुशी होगी।"

"देख लीजिए! कहीं भूल न जाइएगा।"

"हम कभी नहीं भूलेंगे। हमारी सारी यात्रा में यही एक तो सुगन्धित काम है। इसे कैसे भूल जाएँगे हम?"

सोयराबाई लजा गईं और झपटकर महल से बाहर चली गईं। राजे के मुख पर अब तक जो कृत्रिम हँसी छाई हुई थी, वह सोयराबाई के जाते ही मुरझा गई।

राजकार्यालय का काम-काज समाप्त करके राजे जब शयन के लिए जाने लगे, तब काफी समय हो चुका था। दिन भर के कारोबार के कारण थके-माँदे राजे अपने महल में आए। समई-दीपक जल रहे थे—कुछ बत्तियाँ बुझ चुकी थीं। नींद राजे की पलकों पर सवार थी। राजे ने उस आकृति को तुरन्त पहचान लिया, "कौन है?" राजे ने पूछा, "पुतलाबाई है न?"

पुतलाबाई खड़ी हो गईं। राजे निकट गए। पुतलाबाई के चेहरे को अपने हाथों से अपनी ओर करते हुए राजे कहने लगे, "पुतला! क्या हुआ?"

पुतलाबाई का रुका हुआ रुदन आवेग बनकर फूट निकला। सिसकियों के कारण उनका शरीर हचक रहा था। राजे का हाथ प्यार से उनकी पीठ सहला रहा था। राजे ने कहा, "बावली है! चल, आँसू पोंछ। चिन्ता मत कर—हम जरूर वापस लौटेंगे।"

पुतलाबाई का रोना थम गया। राजे हँसते हुए कहने लगे, "पुतला, कल मैं जा रहा हूँ। तुझसे भेंट हो गई, बहुत अच्छा हुआ। मुझे कुछ पूछना था तुझसे।"

"क्या हुआ?"

"तेरे लिए क्या लाऊँ?"

"लाएँगे न?" पुतलाबाई ने पूछा।

"हाँ, अवश्य लाऊँगा। तू बता तो सही कि क्या चाहती है?"

"मेरी सौगन्ध?"

"हाँ, तेरी सौगन्ध! अब तो भरोसा हुआ?" राजे पुतलाबाई की ओर देख रहे थे। पुतलाबाई की झुकी हुई नजर ऊँची उठी। राजे ने कहा, "कहो न।"

"बस यही कि आप सकुशल लौट आएँ।" इतना कहकर पुतलाबाई की हिचकी बँध गई।

राजे स्तब्ध रह गए। कहने लगे, "बहुत कठिन काम सौंपा है तूने, पुतला! ठीक है, हम अवश्य यह काम पूरा करेंगे। परन्तु एक शर्त है...।"

पुतलाबाई ने चौंककर ऊपर देखा। राजे मुस्कुराते हुए कहने लगे, "तू रोया नहीं करेगी। और हमारे लिए उपवास तो बिलकुल नहीं करेगी।"

"आप तो कुछ भी कह बैठते हैं! ये भला कैसी बात?"

"वाह! कैसी बात क्यों? हम अपना वायदा पूरा करके लौटेंगे, तब उपवासों से क्षीण तेरी काया दुबली होकर हमें दिखाई न दे, तो?"

"मुझपे कौन गाज गिरी जाती है!" पुतलाबाई ने कहा, "मैं जाती हूँ। अब रात बहुत हो गई है। बस, आपके दर्शनों के लिए रुकी हुई थी।" पुतलाबाई जाने के लिए मुड़ीं। राजे ने पुकारा, "पुतला!"

"जी।" पुतलाबाई ने मुड़कर कहा।

"हमारा एक काम करेगी?"

"आज्ञा करें आप।"

राजे का कंठ गद्‌गद हो उठा। वे भराई वाणी से कहने लगे, "अब माँसाहिबा बूढ़ी हुईं। थक गई हैं अब। उनका ध्यान रखनेवाला, उन्हें धीरज बँधानेवाला कोई न कोई होना चाहिए। तू उनका ध्यान रखना। मैं तेरे कारण निश्चिन्त रह सकूँगा। करेगी न मेरा इतना काम?"

"मुझ पर इतनी बड़ी जिम्मेदारी सौंपी आपने—बस मेरा जीवन तो कंचन बन गया।" पुतलाबाई आगे कुछ बोल नहीं पाईं। उन्होंने पल-भर राजे के मुख की ओर निहारा और वे लपकती हुई बाहर चली गईं।

समई के उजाले में उन दो नयनों के दर्शन पाकर राजे को बहुत सान्त्वना मिली। उन्होंने दृढ़ धैर्य पा लिया। उसी धैर्य की स्मृतियों में खोए-खोए जाने कब उन्हें नींद आ गई।

20

भोर को ही स्नान, पूजा-अर्चना के पश्चात् राजे महल में आए। वहाँ मनोहारी खड़ी हुई थी। राजे ने कहा, "मनोहारी, मेरा नित्य-पूजा का स्फटिकमय शिवलिंग पूजा की पिटारी में रख दे।"

"जी।"

मनोहारी ने देव-मन्दिर के गर्भगृह में रखे हुए स्फटिक निर्मित शिवलिंग को उठाया और पूजा की पिटारी में रख दिया। राजे जब भी कहीं जाते थे, वह शिवलिंग अवश्य अपने साथ ले जाते थे। मनोहारी ने पिटारी बन्द कर दी। राजे ने पूछा, "मनोहारी, सारा सामान भेजा जा चुका है?"

"जी हाँ, सामान तो बड़े सबेरे ही गढ़ के नीचे भेज दिया गया है। मैं भी जाऊँ क्या?"

"अच्छा, जा।"

मनोहारी राजे के आगे आ गई और उसने राजे के पैर छू लिये। राजे का हाथ अपने आप उसके सिर पर आ गया। मनोहारी खड़ी हो गई। उसके छलछलाए नेत्रों को देखते ही राजे ने कहा, "चिन्ता न कर, मनू! हम अवश्य क्षेम सहित लौटेंगे। तेरे जैसी भोली-भाली आत्मा की आशा कभी झूठी नहीं हुआ करती। माँसाहिबा का खयाल रखा कर तू।"

राजे महल से नीचे उतरे। सम्भाजीराजा जीजाबाई के महल में थे। आभूषणों से अलंकृत बालराजा को देखकर राजे ने कहा, "वाह! यहाँ तो शाही दरबार में जाने का दूसरा ठाठ-बाट है।"

राजे बालराजे का हाथ पकड़कर महल के भीतरी देव-मन्दिर के सामने गए। दोनों ने भूमि पर माथा टेककर प्रणाम किया। राजे माँसाहिबा के पास आए। पुनः उनका हृदय विह्वल हो उठा। जीजाबाई उदास दृष्टि से देख रही थीं। राजे कुछ भी कह नहीं सके—बस माता के चरणों में उन्होंने मस्तक नवा दिया। जीजाबाई का शिवबा प्रणाम करके उठा ही चाहता था कि माता की भुजाओं ने बालक शिवबा को गोदी में समा लिया।

"शिवबाऽऽ," जीजाबाई के मुख से निकला।

राजे बड़ी कठिनाई से माँ की भुजाओं से अलग हो पाए।

''माँसाहिबा, आप निश्चिन्त रहें। हम अवश्य लौट आएँगे। हम जहाँ जा रहे हैं, वह है ही शत्रु का घर। ऐसे में कई अफवाहें फैलेंगी। परन्तु आप घबराना नहीं। धीरज नहीं खोना। अपना ध्यान रखिएगा, माँसाहिबा।''

''बच्चे का खयाल रखना, शिवबा।''

''चिन्ता मत कीजिए, माँसाहिबा।'' राजे ने एक बार सबकी ओर देखा और बोले, ''अच्छा, हम चलते हैं।''

राजे जाने को मुड़े ही थे कि जीजाबाई ने कहा, ''राजे, जरा ठहरो।''

जीजाबाई एक शाल ले आईं और वह शाल राजे को दे दी।

''यह क्या? यह शाल किसलिए?''

''बालराजे रोज मेरे पास सोते हैं न, यह शाल उनकी है।''

''किन्तु वहाँ तो गरमी होगी।''

''मगर इस शाल के बिना बालराजा को नींद नहीं आती।''

राजे ने शाल ले ली और वे बालराजा के साथ राजमहल से बाहर चले गए।

21

राजे की यात्रा अपने साज-सामान और काफिले के साथ जारी थी। गरमियाँ शुरू हो चुकी थीं। बालराजे साथ थे, इस कारण राजे की यात्रा की गति मन्द थी। रास्ते ही में राजे को औरंगजेब का फरमान मिला, ''तुम पर बादशाह बड़े मेहरबान हैं। बेफिक्र चले आओ। आने के बाद मुलाकात के वक्त तुम्हारा बड़ा मान-सम्मान होगा और वापस जाने की परवानगी दी जाएगी।''

इस फरमान के साथ ही राजे के लिए खासा पहनावा भेजा गया था। फरमान और पोशाक पाकर राजे को बड़ी तसल्ली हुई। रास्ते में जहाँ कहीं राजे का मुकाम होता था, वहाँ के मुगल अधिकारी उनकी अगवानी करने आते थे। राजे के काफिले के लिए भोजन-निवासादि की व्यवस्था करते थे। औरंगजेब ने अपने सभी फौजदारों को और माफीदारों को इस विषय के आदेश पहले ही भेज दिए थे। औरंगजेब ने हुक्म जारी किया था कि शिवाजीराजा का अदब-मुलाहजा इस तरह किया जाए, जैसा स्वयं शहजादे का किया जाता है। इसलिए राजे का यात्रा-दल बिना किसी असुविधा के आगे बढ़ता जा रहा था। कई मुकामों के बाद राजे औरंगाबाद के पास पहुँचे।

शिवाजी के आगमन का समाचार सुनकर सारा औरंगाबाद शहर जैसे जाग उठा। जिस दिन राजे आनेवाले थे, उस दिन तो उन्हें देखने की उत्सुकता लिये हजारों नागरिकों की भीड़ जमा हो गई। सबकी आँखें नगरद्वार की ओर लगी हुई थीं। इसी समय चिल्ल-पों मच गई 'आ गया, आ गया, शिवाजी आ गया'।

औरंगाबाद शहर के सूबेदार के घुड़सवार शहर में भीतर की ओर घुस पड़े। 'हटो, हट जाओ' कहते हुए वे आगे दौड़ते जा रहे थे। इसी समय काफिले के अगले हाथी ने नगरद्वार में प्रवेश किया। चाँदी के गहनों से सजे हुए हाथी का हौदा भी चाँदी का था। हौदे के ऊपर

शिवाजी का भगवा ध्वज फहरा रहा था। भगवे झंडे के बीच में सोने-चाँदी के तारों से जो सूर्य और चन्द्रमा की कशीदाकारी की गई थी, वे सूर्य-चन्द्र दृष्टि को मोह लेते थे। अगले हाथी के पीछे घुड़सवारों का रक्षक-दल था। सवारों के शानदार घोड़ों के जीन भी सोने-चाँदी के कलाबत्तू से मढ़े हुए थे। घुड़सवारों के पीछे रुआबदार कपड़े पहने हुए पैदल सिपाहियों का दल था। उनके पीछे थी एक विशेष भव्य पालकी।

राजे पालकी में विराजमान थे। पालकी चाँदी के नक्काशीदार पत्तर से मढ़ी हुई थी। पालकी के पैर और शिखर सोने के थे। इसी तरह की एक और पालकी भी पीछे-पीछे आ रही थी, जिसमें बालराजा सवार थे। पालकी ढोनेवाले कहारों की वेश-भूषा एक जैसी थी। उनकी तुर्की ढंग की पगड़ियाँ सबका ध्यान आकर्षित कर रही थीं। कहार कुछ उछलती हुई मध्यम गति से चले जा रहे थे। दोनों पालकियों के दोनों ओर थे सशस्त्र अश्वारोही और पदाति-सैनिक, जो नंगी चमचमाती तलवारें और लम्बी नलीवाली बन्दूकें थामे चल रहे थे। धूप से बचाने के लिए झालरोंवाले छत्र लिये हुए दो सेवक पालकी के पीछे-पीछे आ रहे थे। इन दो पालकियों के पीछे राजे के विशिष्ट जनों की पालकियाँ थीं—चाँदी की अम्मारीवाली दो हथिनियाँ थीं, इसके अतिरिक्त सामान ढोनेवाले ऊँट और बैल भी थे।

औरंगाबाद के निवासी राजे को देख रहे थे। गेहुँए रंग के मोहक रूप को देखकर वे तृप्त हो रहे थे। पीछेवाली पालकी में सवार बालराजा ने तो अपने असाधारण सुन्दरता से सबके मन जीत लिये थे। उन्हें देखकर कई हिन्दू नारियों ने तो उनकी बलैया ले लीं।

औरंगाबाद का सूबेदार सफशिकनखान बड़ा मगरूर आदमी था। शिवाजीराजा के बारे में जारी किया गया फरमान उसे मिल चुका था। मगर उसने उसकी उपेक्षा की और राजे के स्वागत के लिए स्वयं नहीं गया। उसने अपने भतीजे को राजे की अग़वानी करने भेजा। शायद उसका खयाल था कि एक मराठा सरदार को इससे ज्यादा इज्जत देने की जरूरत नहीं है। खान के भतीजे ने प्रवेश-द्वार पर राजे का स्वागत किया। उसने कहा, ''सूबेदार सफशिकनखान साहब की तरफ से मैं आपका स्वागत करता हूँ। सूबेदारसाहब की इल्तिजा है कि आप सूबेदार-महल में आएँ और उनसे मिलें।''

राजे बात सुन रहे थे। उन्होंने पूछा, ''सूबेदारसाहब बीमार हैं क्या?''

''अल्लाह के फजल से वे अच्छे हैं।''

''तुम आगे-आगे चलो और हमें हमारे मुकाम की जगह दिखाओ।''

''तो क्या आप सूबेदारसाहब के महल में तशरीफ नहीं लाएँगे?''

''नहीं। हम अपने मुकाम की ओर जाएँगे।''

पालकी आगे बढ़ने लगी। भतीजेसाहब अपने सवारों के साथ आगे दौड़ते हुए रास्ता दिखा रहे थे। राजे शाहीबाग के महल में पहुँचे, जहाँ उनके निवास की व्यवस्था की गई थी। राजे के महल के चारों ओर अन्य जनों के डेरे, तम्बू आदि लगा दिए गए।

राजे को मुकाम तक पहुँचाकर भतीजा अपने चचा सूबेदार की तरफ भागा। सूबेदार महल में अपने मातहतों के साथ राजे का इन्तजार कर रहा था। भतीजे द्वारा कहे गए वृत्तान्त को सुनकर सूबेदार हक्का-बक्का रह गया। अब उसे समझ आया कि शहजादों जैसा स्वागत करने के लिए शाही फरमान क्यों जारी किया गया था! उससे गलती हो चुकी थी। वह घबरा रहा था, 'अगर कहीं शिवाजी ने इस गलती की शिकायत ऊपर दरबार में कर दी, तो मुश्किल

खड़ी हो जाएगी।' उसका सारा गरूर हवा हो गया। उसने झटपट अपने सब अधिकारियों सहित शाहीबाग की ओर दौड़ लगाई और बड़े अदब से राजे से मुलाकात की। नजराने पेश किए। उसके इस आचरण से राजे सन्तुष्ट हुए। यही नहीं, उन्होंने अगले दिन सूबेदार के घर में मेहमान बनकर आना भी मंजूर कर लिया।

निश्चित कार्यक्रम के अनुसार राजे अगले दिन सूबेदार के घर गए। राजे के विनयशील स्वभाव से सभी प्रभावित हो उठे। राजे कुछ दिन औरंगाबाद में रहे। वहाँ कुछ काल विश्राम करके उन्होंने अगले पड़ाव की ओर प्रयाण किया। सूबेदार उन्हें विदा करने शहर के बाहर तक साथ आया था।

उस भू-प्रदेश का वातावरण आह्लाददायक था। राजे चारों ओर फैले हुए प्रदेश को तल्लीन होकर देख रहे थे। पालकी एक-सी गति से चली जा रही थी। बालराजा की पालकी के साथ हिरोजी फर्जन्द चल रहा था। बालराजा के नाना प्रकार के प्रश्नों के कारण हिरोजी फर्जन्द की नाक में दम आ गया था।

कुछ दूर चलकर राजे को दौलताबाद का किला दिखाई दिया। राजे किले को देखते हुए धीरे-धीरे उस किले के पास आते जा रहे थे। चारों ओर के समतल भू-प्रदेश के बीच स्थित वह ऊँचा किला अपने ऐश्वर्य को चारों ओर बिखेर रहा था। चारों दिशाओं से सुरक्षित, तराशे हुए सीधे खड़े शिलामय कगारों से सुशोभित उस भव्य दुर्ग को देखकर राजे की आँखें जुड़ा गईं। राजे सोच रहे थे, 'हिन्दुओं का दूसरा राज्य कभी यहीं दमकता था। पुराण-कथाएँ और कीर्तन सुने हैं इन दीवारों ने।' परन्तु आज! आज उस दुर्ग की चोटी पर फहरा रहे हरे झंडे को देखकर राजे का मन टूक-टूक हो उठा। विजय नगर साम्राज्य रहा था कभी—वह धूल में मिल गया। दौलताबाद का साम्राज्य भी मुगलों की चक्की में पिस गया। कितने ऐश्वर्यशाली सम्पन्न साम्राज्य थे ये। नष्ट हो गए। क्यों? किस कारण? राजे के हृदय में एक विचार कौंध गया...'हमारे स्वप्न की भी यही दशा तो न होगी'? इस विचार से राजे का हृदय काँप उठा। एक लम्बी आह निकल गई। दौलताबाद का किलेदार स्वागत के लिए सामने खड़ा था, परन्तु राजे ने वहाँ विश्राम नहीं किया।

एक पीड़ादायी वार्ता ने राजे के दुखी हृदय को दुखी बना दिया। वार्ता यह थी कि नेताजी ने आदिलशाही का साथ छोड़ दिया था और वे मिर्जाराजा से आ मिले थे। औरंगजेब ने उन्हें पँचहजारी मनसबदार बना दिया था। इस समाचार से राजे व्यथित हो उठे। बड़ी देर तक वे मौन बैठे हुए इसी बारे में सोचते रहे।

अगले दिन भोर से पहले ही राजे अगले पड़ाव के लिए रवाना हो गए। राजे ने निराजीपन्त से कहा, "पन्त, मार्ग में ही घृष्णेश्वर का मन्दिर है। यही हमारे भोसले वंश का कुलदेवता है। हमारी इच्छा है कि वहाँ एक दिन निवास करें।"

"बहुत सुन्दर इच्छा है राजे।" निराजीपन्त ने सिर हिलाकर राजे का समर्थन किया।

घुड़सवारों का एक दल—घृष्णेश्वर की ओर दौड़ पड़ा। ज्यों-ज्यों घृष्णेश्वर मन्दिर निकट आता जा रहा था, राजे की व्याकुलता बढ़ती जा रही थी। पालकी ठहर गई। राजे नीचे उतर पड़े। उन्होंने बालराजा से कहा, "बालराजे, हम चाहते हैं कि यहाँ से आगे घोड़े पर बैठकर जाएँ। तुम आओगे हमारे साथ?"

"हाँ, अवश्य आएँगे, आबासाहब।"

घोड़े लाए गए। घने वनों से सुशोभित पर्वतों को देखकर और शीतल वायु के स्पर्श से सभी अतीव आह्लादित थे। तेजसिंह कछवाहा राजे के पास आया। उसने कहा, ''राजासाहब, यह जगह बादशाहसलामत को बेहद पसन्द है। जब शहंशाह औरंगजेब शहजादा थे और औरंगाबाद में दक्खिन के सूबेदार थे, उस समय हमेशा इसी जगह मुकाम होता था। वे अक्सर कहा करते थे कि उन्हें यह जगह बहुत पसन्द है।''

राजे ने एक बार चारों ओर के प्रदेश को निहारा। फिर कहने लगे, ''हाँ, यह जगह सच ही बहुत सुन्दर है। परन्तु तेजसिंहजी, कोई जगह आदमी को क्यों पसन्द आती है, इसकी कोई न कोई वजह जरूर होती है। उस जगह से आदमी का जरूर कोई अनबूझ नाता होता है, तभी तो जगहें आदमी को अपनी ओर आकर्षित करती हैं।''

''मैं कुछ समझा नहीं।'' तेजसिंह ने कहा।

''हम भी कहाँ समझे हैं? बस, यूँ ही लगा, मानो अवश्य ही बादशाह औरंगजेब का इस जगह से कोई नाता जुड़ा हुआ है। अच्छा, जाने दो। चलो।''

राजे अश्वारूढ़ हुए और सारे घोड़े घने जंगलों के बीचवाले मार्ग पर दौड़ने लगे।

पर्वत की तलहटी में स्थित घृष्णेश्वर मन्दिर का कलश दिखलाई देने लगा। यही है भोसलेवंशीय जनों की पुण्यवती भूमि—भोसलों के कुलदेवता का निवास है यहाँ। राजे ने बालराजा सहित देवता के दर्शन पाए। मूर्ति का अभिषेक किया। दान-पुण्य किया। घृष्णेश्वर मन्दिर के प्रांगण में आकर राजे का हृदय तन्मय हो गया। पूजा के पश्चात् सबने भोजन किया, तब तक मध्याह्नकाल हो चुका था। राजे बालराजा सहित मन्दिर के फर्श पर ही बैठे हुए थे।

निराजीपन्त पूजा के लिए पहना हुआ रेशमी मुटका बदलकर आए। राजे ने कहा, ''पन्त, आज मन कितना प्रफुल्लित हो उठा है, है न!''

''यह स्थान ही ऐसा है—स्वयंभू देवता है यह घृष्णेश्वर।'' निराजीपन्त बता रहे थे, ''राजे, लोग कहते हैं कि यहाँ से कुछ ही दूरी पर पर्वत में कई सुन्दर गुफाएँ हैं।''

''यदि निकट ही हैं, तो चलो, देख आएँ।'' राजे ने कहा।

''किन्तु कहते हैं, वहाँ हिंस्र प्राणियों का निवास है।''

''तो क्या हुआ? वे क्या हमें खा जाएँगे?'' हिरोजी फर्जन्द ने कहा, ''साथ में चार मशालें ले चलेंगे। बस, फिर क्या डर है!''

''चलो, बालराजे।'' कहकर राजे उठ खड़े हुए।

सब लोग घने जंगल में से होकर चले जा रहे थे। घृष्णेश्वर का पथप्रदर्शक रास्ता दिखा रहा था। बालराजा भिन्न-भिन्न वर्ण-जाति के पक्षी देखने में मग्न थे। पहाड़ की चढ़ाई शुरू हो गई। मार्ग वृक्षों की घनी छाया के बीच से गुजरता था। छाया इतनी घनी कि दुपहरी के सूरज की किरणें भी भूमि तक नहीं आ पाती थीं। फिर अकस्मात् एक स्थान आया, जहाँ वृक्ष-समूह समाप्त हो गया था। अनजाने में ही सबके पाँव ठिठक गए। सामने का दृश्य सचमुच चकित करनेवाला था। चारों ओर का जंगल काट डाला गया था और पर्वत की शिलाओं को तराशकर, फोड़कर बनाई गई कई गुफाएँ दृष्टिगोचर हो रही थीं। परन्तु इन गुफाओं में बरबस ध्यान आकर्षित कर रही थी एक विशाल गुफा। इस गुफा के द्वार पर पत्थर से तराशकर बनाए गए दो विशालकाय हाथी खड़े थे। पथप्रदर्शक ने कहा, ''इस सामनेवाली विशाल गुफा

को कैलाश मन्दिर कहते हैं। केवल यही गुफा खुली है, शेष गुफाओं का रास्ता बहुत खराब हो चुका है। परन्तु सभी गुफाओं में से यही एक गुफा वास्तव में दर्शनीय है।''

राजे ज्यों-ज्यों उस गुफा के निकट पहुँच रहे थे, त्यों-त्यों कैलाश मन्दिर की विशालता एवं सुन्दरता उनकी दृष्टि को मोह लेती थी। कैलाश मन्दिर के द्वार पर बने हुए थे दो द्वाररक्षक प्रहरी। उन्हें देखकर राजे मन्दिर के भीतर प्रविष्ट हुए। चारों ओर शिल्पकारी और मूर्तिकता बिखरी पड़ी थी। राजे टक लगाकर अपने सामनेवाले दृश्य की ओर देखते रहे। दृश्य ऐसा था कि कैलाश पर्वत पर समासीन महादेवजी की जंघा पर आसीन हैं पार्वतीजी। शिवजी के गण निकट ही खड़े हैं। लंकाधिपति रावण कैलाश पर्वत को हिलाने का प्रयत्न कर रहा है...। अनायास ही राजे के दो हाथ नमन के लिए जुड़ गए। राजे कह उठे, ''तपस्वी रावण सचमुच धन्य है। अपनी माता के लिए स्वयं कैलाश पर्वत को ही उखाड़ फेंकने का साहस सचमुच असाधारण है! न जाने कौन थे ये शिल्पी, जिनके निपुण हाथों ने इतनी सूक्ष्मता से कला को प्रस्तरों पर अंकित किया है।''

''कहा जाता है कि बहुत प्राचीनकाल में श्रमण, यति, मुनि, यक्ष, गन्धर्व तथा हिन्दू साधुओं ने विश्वकर्मा की सहायता से इन शिल्पकृतियों की रचना की है।'' पथप्रदर्शक ने बतलाया।

''हाँ, साधुता के बिना ऐसे पवित्र भाव कैसे अंकित किए जा सकते हैं?'' राजे ने कहा, ''वाह! अति सुन्दर! निराजीपन्त, आज तुम हमें यहाँ ले आए, हमारा जीवन सफल हो गया। आज हम धन्य हुए।'' मन्दिर देखने में राजे आत्मविस्मृत हो चुके थे। समय बीत जाने का भी उन्हें ध्यान न रहा। सहायकों ने उन्हें सचेत किया, बताया कि सन्ध्या हो आई है। राजे कैलाश मन्दिर से बाहर निकले। वे अब घृष्णेश्वर पहुँचे, तब चारों ओर चाँदनी फैली हुई थी। वायु में शीतलता थी। भोजन के पश्चात् सब लोग खुले में ही सो गए। राजे के पास ही बालराजा का बिछौना बिछा हुआ था। मन्दिर के आँगन में अलाव जल रहा था। चारों ओर प्रहरी नियुक्त थे। देवालय की पूर्व दिशा में तेजसिंह और जानीबेग अपने सहायकों सहित विश्राम कर रहे थे। राजे आकाश में दूर स्थित चन्द्रमा को एकटक देख रहे थे। किसी की आहट पाकर उन्होंने पूछा, ''कौन है?''

''जी, मैं हूँ, सेवक मदारी।''

''मदारी, अरे तू सोया नहीं अभी तक? अच्छा, चल इधर आ।''

मदारी, पन्द्रह-सोलह वर्ष की आयु का वह किशोर राजे के पास आया। आकर चुपचाप राजे के पैरों के पास बैठ गया। मदारी राजे के पाँव दबाने लगा। राजे की आँखों के आगे अभी तक कैलाश मन्दिर नाच रहा था।

22

यात्रा जारी थी। साथ-साथ गरमी भी बढ़ती जा रही थी। बदलते हुए पड़ावों के साथ लोगों की भाषा-बोलियाँ, उनकी वेशभूषा भी बदलती जा रही थी। अब सब ओर मुगलिया बोली सुनाई दे रही थी। राजे उस बोली को ध्यानपूर्वक सुनते थे। राजे को वह मुसलमानी बोली आती तो पहले से थी, परन्तु अब वे उस बोली के उच्चारण की सफाई और स्वाभाविकता

की ओर अधिक ध्यान दे रहे थे। दिन में तेज धूप होती थी, इस कारण तड़के ही यात्रा प्रारम्भ कर देनी होती थी। दोपहर को विश्राम करके और धूप तिरछी हो जाने पर यात्री-समूह पुनः चल पड़ता था। सूर्यास्त तक चलता ही रहता था। फिर भी धूप की तीव्रता के कारण बदन जलने-सा लगता था। पानी के घड़ों से लदे हुए ऊँट साथ थे, मगर पानी फिर भी कम पड़ता था। रह-रहकर गला सूखने लगता था।

राजे असीरगढ़ पहुँच गए। वहाँ का किलेदार अगवानी करने आया। उसने राजे का प्रेमपूर्वक स्वागत किया। राजे असीरगढ़ किले की ओर देख रहे थे, तो यह है असीरगढ़—जिसे जीतने के बाद बादशाह अकबर को इतनी प्रसन्नता हुई थी कि उसके मुँह से अनायास निकल पड़ा था, 'असीरगढ़ को जीतकर आज हमने दक्खिन का दरवाजा खोल दिया है'।

राजे को विदा करते समय असीरगढ़ का किलेदार कहने लगा, "राजासाहब, आपसे मिलने के लिए दिल बेकरार था। आपसे मुलाकात करके हमारी एक तमन्ना पूरी हुई। अब आज से आप और हम मिलकर हुजूर बादशाह की चाकरी करते रहेंगे। यही नहीं, पीढ़ी-दर-पीढ़ी करते रहेंगे।"

अपमान मानो हाथ धोकर राजे के पीछे पड़ा था। पहले तो बादशाह ने एक लाख रुपए देकर कृपा की। सोचा होगा, बादशाह की खिदमत में हाजिर होना है शिवाजी को। उसके पास जरूरी सरंजाम के लिए पैसा न होगा। और अब असीरगढ़ का किलेदार सुझा रहा है कि पीढ़ी-दर-पीढ़ी चाकरी करेंगे। राजे बड़े व्यथित हृदय होकर असीरगढ़ से विदा हुए।

ग्वालियर के राजा मानसिंह का दुर्ग देखकर तो राजे उसे भुला ही नहीं पाए। दुर्ग के सुन्दर, विशाल और भव्य गरगजों की पंक्ति जहाँ दुर्ग की सुन्दरता बढ़ा रही थी, वहीं उसकी दृढ़ता का भी परिचय दे रही थी। ऊँची मीनारों को देखकर राजे का मन कहता था, 'ऐसी ऊँची मीनारें हमारे दुर्गों में भी होनी चाहिए'। आगरा शहर पास आता जा रहा था। राजे के मन को चिन्ता सता रही थी, न जाने भाग्य में क्या कुछ लिखा है! ग्रीष्म ऋतु आकाश से अंगारे बरसा रही थी।

नर्मदा और चम्बल नदियाँ पार करके राजे आगरा प्रदेश में प्रविष्ट हुए। जानीबेग के सवार राजे के आगमन की सूचना देने आगे रवाना हो चुके थे। राजे अपने साजो-सामान सहित दोपहर को आगरे से एक मंजिल की दूरी तक आ पहुँचे। राजे ने सोचा था कि शाही दरबार का कोई बड़ा सरदार या कोई वजीर उनकी अगवानी करने आएगा। उनका ध्यान सामने की ओर गया—एक अश्वारोही दल चला आ रहा था। आगे था एक राजपूत घुड़सवार और उसके पीछे चार घुड़सवार और थे। राजे से कुछ दूरी पर वह अश्वारोही उतर गया और उसने विनयपूर्वक सिजदा किया।

"राजासाहब, मुझे कुँवर रामसिंहजी ने आपके स्वागत के लिए भेजा है।"

"आपकी तारीफ?" राजे ने पूछा।

"नाचीज को मुंशी गिरधरलाल कहते हैं।"

राजे सोचने लगे—ऐसे भाग्य को क्या करूँ! रोऊँ या हँसूँ इस पर! हमारे स्वागत के लिए एक मुंशी भेजा गया है। राजे के मन का रोष गिरधरलाल तुरन्त पहचान गया।

"राजासाहब, गलतफहमी न होने दें। खुद कुँवरसाहब ही आनेवाले थे, मगर वे आज शाही पहरे के काम में उलझे हुए हैं। वे मजबूर हैं, खुद न आ सके। मगर आप बुरा न मानें।

मेहरबानी करके मुकाम की जगह चलें। जैसे ही कुँवर रामसिंह शाही काम से फारिग होंगे, वे आपकी अगवानी करने पधारेंगे।''

''बादशाह का दरबार तो कल है न?''

''जी, हाँ।''

राजे ने गिरधरलाल की प्रार्थना स्वीकार की।

उन्होंने आगरा शहर में प्रवेश किया। शाम होने को थी। बेहद गरमी के कारण राजे बहुत थक गए थे। उनके निवास की व्यवस्था मुलकचन्द की सराय में की गई थी। इसी सराय में उन्हें रात बितानी थी, और सुबह उन्हें रामसिंह के साथ अपने विशेष निवासस्थान में जाना था। सराय अच्छी थी—वहाँ का प्रबन्ध राजे को अच्छा लगा। परन्तु उनके दिल में यह बात खटकती रही कि उनका स्वागत करने कोई महत्त्वपूर्ण अधिकारी नहीं आया। राजे को यह लक्षण कुछ शुभ नहीं लगा।

स्नानादि से निवृत्त होकर, पूजा-पाठ करके राजे सूर्योदय से पूर्व ही तैयार हो गए और कुँवर रामसिंह की प्रतीक्षा करने लगे। कई घुड़सवार दल आगरे चले आ रहे थे। बालराजे सराय की अटारी में खड़े होकर इन जुलूसों को देख रहे थे। ज्यों-ज्यों समय बीतता जा रहा था, राजे की बेचैनी बढ़ती जा रही थी।

23

आगरा नगर आज देवपुरी-सा दिखाई दे रहा था। नगर के बाहरी प्रदेश में जिधर दृष्टि जाए, उधर विशेष समारोह के लिए आए हुए सरदारों की छावनियाँ फैली हुई थीं। औरंगजेब चाहे स्वयं सीधे-सादे रहन-सहन का आदी था, परन्तु प्रतीत ऐसा होता था मानो उसने इस समारोह को ऐश्वर्य का प्रतिरूप बनाने का निश्चय कर लिया था। सम्भवतः उसने निश्चय किया था कि यह समारोह ऐसा भव्य हो, जैसा 'न भूतो न भविष्यति'। इस आयोजन के पीछे उसकी राजनीतिक चाल छिपी थी। शाहजहाँ का कुछ दिन पूर्व ही देहान्त हुआ था और अब औरंगजेब वैधानिक रीति से राजगद्दी पर बैठ रहा था। इस गद्दी को पाने के लिए उसे जो दौड़-धूप करनी पड़ी थी, उस कारण उसे काफी बदनाम होना पड़ा था। उसने स्वयं अपने पिता को कैदखाने में ठूँस दिया था, इसलिए पुराने सरदार उससे नाराज थे। अपने भाइयों के विद्रोह को दबाकर, उन्हें मौत की सजा देकर औरंगजेब तख्त पर बैठा था। जिन्होंने उसके विद्रोही भाइयों की सहायता की थी, उन्हें भी औरंगजेब ने दंडित किया था। औरंगजेब ने तख्त तो पा लिया था, मगर वह तख्तनशीनी के लिए बेचैन था, उसका बाप शाहजहाँ कैद में जिन्दा जो था। बाप की मौत की राह देखते रहना उसे असह्य हो उठा और उसने जहर देकर बाप को मौत की नींद सुलवा दिया था। इन सब बातों की चर्चा दरबारियों में होती ही थी। औरंगजेब ने यह शानदार दरबार यह सोचकर लगवाया था कि फैली हुई बदनामी को लोग भूल जाएँ और अपने पचासवें जन्मदिन के तथा तख्तनशीनी के अवसर पर सब सरदारों को खुश कर दिया जाए। उस शुभ अवसर के लिए उसने विश्वविख्यात मयूर-सिंहासन 'तख्ते-ताऊस' को दिल्ली से आगरा मँगवा लिया था। उसने निश्चय किया था कि इसी दीवान-ए-आम में शिवाजी से मुलाकात की जाए। उसने सोचा था कि इस समारोह द्वारा

शिवाजी को बादशाह की ताकत का पता अपने आप लग जाएगा। और इस तरह शिवाजी भी अपनी हैसियत जान जाएगा।

औरंगजेब ने शिवाजी का स्वागत करने की जिम्मेदारी कुँवर रामसिंह और मुखलिस खान को सौंपी थी। राजे जिस दिन आगरा के निकट पहुँचे थे, उस दिन रामसिंह की हफ्ता-चौकी पहरे की बारी थी। उसे हफ्ते में एक दिन बादशाह के महल पर पहरा देना पड़ता था। रामसिंह उस पहरे में उलझा हुआ था। विवश होकर उसने गिरधरलाल को राजे की अगवानी करने भेज दिया था। औरंगजेब भी दरबार के आयोजन में इतना व्यस्त था, कि वह भी इस बारे में ध्यान नहीं दे पाया। गिरधरलाल ने रामसिंह को सूचित कर दिया था कि राजा शिवाजी सराय में उतरे हुए हैं, परन्तु रामसिंह मजबूर था। पहरा छोड़कर कहीं जा नहीं सकता था। अगले दिन ही दरबार था। रामसिंह ने गिरधरलाल को आदेश दिया कि वह शिवाजी को समझा-बुझाकर सुबह दरबार में ले आए। उसने यह भी कहलवा भेजा था कि पहरे के काम से छुटकारा पाते ही वह तुरन्त हाजिर हो जाएगा। मुंशी गिरधरलाल राजे को लाने सराय पहुँचा।

अकेले गिरधरलाल को आया देखकर राजे का क्रोध भड़क उठा। गिरधरलाल ने सब हालात बयान कर दिए। उसने प्रार्थना की, ''राजासाहब, दरबार में सब ओर झमेला और भाग-दौड़ मची हुई थी। कोई किसी का पुछवैया नहीं। कुँवरसाहब काम में उलझे हुए हैं। अब दरबार शुरू होने का वक्त हो आया है। आप दिल में शक-सुबहा न आने दें। शायद कुँवर रामसिंहजी आपको रास्ते में ही मिल जाएँगे।''

राजे ने क्रोध को दबा लिया। वे समझ गए कि दक्खिन देश से इतनी दूर आ पहुँचे थे, अब तनिक-सी बात को लेकर सारा मामला क्यों बिगाड़ा जाए। दिन काफी चढ़ आया था—गरमी लगने लगी थी। राजे ने नजराना साथ लिया और वे सम्भाजी सहित सदल-बल अश्वारूढ़ होकर चल पड़े। गिरधरलाल रास्ता दिखाते हुए आगे-आगे चल रहा था। पूरे ठाठ-बाट सहित चले जा रहे इस मराठा राजा को सारे नगर निवासी कौतुक-भरी दृष्टि से देख रहे थे।

जब विधि विपरीत हो, तो सीधे प्रसंग भी विपरीत बन जाते हैं। नियत मार्ग पर भी मनुष्य भटक जाता है। जब रामसिंह ने गिरधरलाल को राजे को ले आने के लिए भेजा था, तब वह यह बताना भूल गया था कि उन्हें कौन से रास्ते होकर आना है। पहरे की तैनाती समाप्त होते ही रामसिंह और मुखलिसखान फिरोजबाग के रास्ते राजे से मिलने जा रहे थे। ठीक इसी समय मुंशी गिरधरलाल राजे को दहारबाग के रास्ते ले जा रहा था। जब कुँवर रामसिंह को पता लगा कि शिवाजी दहारबाग होकर जा रहे हैं, तो उसने अपने सेवक डूँगरमल चौधरी और रामदास राजपूत को उस ओर दौड़ाया ताकि वे राजे को फिरोजबाग के रास्ते ले आएँ। वे दोनों दौड़ते हुए गए और उन्होंने राजे को मार्ग बदलकर आने की सूचना दी। राजे बाजार के रास्ते कुँवर रामसिंह के डेरे पर आए। नूरगंज बाग के पास उन दोनों की भेंट हुई।

कुँवरसिंह राजे के पास खड़ा हुआ था। उसने शिवाजी से रामसिंह का और रामसिंह से शिवाजी का परिचय कराया। बेहद तेज धूप में और आगरे के बीच बाजार में उन दोनों की मुलाकात हो रही थी। दोनों घोड़े पर सवार थे। रामसिंह अपना घोड़ा शिवाजी के पास ले आया। दोनों घोड़े पर सवार होकर ही एक दूसरे से गले मिले।

राजे ने मुखलिसखान से भी इसी तरह भेंट की। राजे के साथवाले लवाजमे को देखकर रामसिंह ने कहा, "राजासाहब, आगे बहुत भीड़ है। मेरे पड़ाव के पास ही आपका पड़ाव भी है। हाथी को पड़ाव की ओर भेज दीजिए। अब दरबार का समय हो चुका है। हमें जल्दी जाना चाहिए। देर करना उचित नहीं होगा।"

राजे ने उसकी बात मान ली। राजे कुँवर रामसिंह और मुखलिसखान के साथ आगे चल पड़े।

लाल पत्थरों से निर्मित और नक्काशीदार चबूतरों से सुसज्जित लालकिले की इमारत मुगल वैभव का परिचय दे रही थी। शिवाजीराजे रामसिंह के साथ लालकिले में प्रविष्ट हुए। विशेष वेशधारी सशस्त्र प्रहरी आनेवाले हर व्यक्ति को चौकस दृष्टि से देख रहे थे। प्रवेश-द्वार पर नियुक्त अधिकारी ने रामसिंह के दल की जाँच-पड़ताल पूरी की और राजे ने लालकिले में प्रवेश किया। सीढ़ियाँ चढ़कर वे ऊपर पहुँचे। इधर-उधर देखने की उन्हें फुरसत नहीं थी। वे तेजी से लपकते हुए जा रहे थे कि नगाड़ों की आवाज आने लगी। रामसिंह ने राजे से प्रार्थना की कि और तेजी से चलें। इसी समय रामसिंह ने देखा कि दीवान-ए-आम के सामनेवाले बाग में सरदारों के समूह इधर-उधर खड़े हैं। वह समझ गया कि दीवान-ए-आम का खास दरबार समाप्त हो चुका है। राजे को जिस दरबार में हाजिर होने के लिए मिर्जाराजा जयसिंह ने भेजा था और जिसकी खातिर राजे इतनी दूरी तय करके यहाँ तक आए थे, वह दरबार बरखास्त हो चुका था। दीवान-ए-आम का दरबार खत्म होते ही औरंगजेब अपने दीवान-ए-खास नामक विशेष मन्त्रणा भवन में जा चुका था। रामसिंह ने वजीर जफरखान को सूचना भेजी कि शिवाजीराजा आ चुके हैं। औरंगजेब ने जब सुना कि शिवाजी आ गया है, तो उसने असदखान बख्शी को हुक्म दिया कि वह शिवाजी को मुलाकात के लिए वहाँ ले आए।

शिवाजीराजे सम्भाजी के साथ बुलावा आने का इन्तजार कर रहे थे। असदखान द्वारा सन्देश सुनकर रामसिंह राजे के साथ दीवान-ए-खास में गया। बाहर तेज धूप थी और दीवान-ए-खास में मन्द उजाला था, इस कारण दीवान-ए-खास में प्रवेश करते ही राजे को दो पल के लिए द्वार पर ही खड़े रह जाना पड़ा। कुछ देर बाद उन्हें भीतर का दृश्य साफ दिखाई देने लगा।

दीवान-ए-खास एक विशाल भवन था। औरंगजेब उस सभाभवन में जरतारी बैठक पर बैठा हुआ था। बाहर की गरमी भीतर न आने पावे, इसलिए दीवान-ए-खास के चारों ओर की मेहराबों पर खस के परदे लटके हुए थे। उन टट्टियों पर बाहर से पानी छिड़का जा रहा था, जिसके कारण भीतरी भवन में खस की मोहक सुगन्धि फैल रही थी। औरंगजेब के पीछे हथियारबन्द सिपाही खड़े थे। दो लौंडियाँ पंखा झल रही थीं। औरंगजेब बैठा हुआ था, मगर उसकी नजर चारों ओर घूम रही थी। दरबार में कुछ चुनिन्दा और बादशाह के अपने खास लोग ही हाजिर थे। वजीर असदखान तो था ही, औरंगजेब का रिश्तेदार होने के नाते जसवन्तसिंह भी हाथ बाँधे, नजरें जमीन में गड़ाकर खामोश खड़ा हुआ था। औरंगजेब ने हरे सलमे-सितारोंवाला जरतारी बुँदियोंवाला मखमल का बेशक़ीमती अँगरखा पहन रखा था। सफेद कमरबन्द पर रेशम की गुलकारी की हुई थी। सिर की मुगलिया पगड़ी किमॉश सुनहरी जरदोजी के कारण जगमगा रही थी। किमॉश के आगे की ओर लगी हुई सुनहरी पट्टी में चमकदार बड़े-बड़े हीरे चमचमा रहे थे। गले में बड़े-बड़े मोतियों की कई लड़ियाँ झूल रही थीं। राजे

ने औरंगजेब के सादेपने की जो तारीफ सुनी थी, उस सादेपन को निहारते हुए राजे खड़े थे। इसी समय वजीर जफरखान सामने आया। राजे उसके पीछे-पीछे आगे बढ़ने लगे।

औरंगजेब, कुछ ठिगनी-सी, मगर मर्दाना खूबसूरती से भरी दिल लुभा लेनेवाली राजे की मूरत को आगे बढ़ता हुआ देख रहा था। राजे औरंगजेब के सामने जा खड़े हुए। पीछे खड़े हुए सेवक ने नजराने का तबक आगे बढ़ाया। राजे ने बादशाह की खिदमत में एक हजार मुहरें, दो हजार रुपए नजर किए और पाँच हजार रुपए निसार के रूप में भेंट किए। फिर राजे कुछ पीछे हटे। अब सम्भाजी आगे बढ़े। उन्होंने पाँच सौ मुहरें और हजार रुपए नजर किए और दो हजार रुपए निसार के रूप में भेंट किए। दोनों ने शाही रिवाज के मुताबिक सिजदे भी किए।

राजे खड़े हुए थे, परन्तु औरंगजेब ने उनसे कोई बात नहीं की। औरंगजेब दीवान-ए-आम के दरबार के कारण थका हुआ था और मसनद से टेका लगाए बैठा था। वह शिवाजी की ओर ही देख रहा था। राजे इसी असमंजस में खड़े थे कि वजीर ने राजे को इशारा किया और उन्हें जसवन्तसिंह के पीछे खड़ा कर दिया। उनके पास ही सम्भाजी और रामसिंह खड़े हुए थे। राजे का क्रोध अब खौलने लगा था। वे उफनते हुए गुस्से को ठंडा करने का प्रयत्न कर रहे थे। सबको बीड़े दिए गए। राजे को भी बीड़ा दिया गया। परन्तु 'खिलअत' केवल शहजादों को, जफरखान को और जसवन्तसिंह को ही दिया गया।

जब से राजे की मिर्जाराजा से मुलाकात हुई थी, तब से कई अवसर ऐसे आ चुके थे कि राजे अपमानित हुए थे। यह दरबार मानो उन अपमानों की परिसीमा थी। सूबेदारी तो रही दूर, उन्हें 'खिलअत' देकर उनका साधारण सम्मान भी नहीं किया गया! 'हमें दरबार में बुलाया गया, सो क्या ऐसी बेइज्जती करने के लिए ही? जसवन्तसिंह को 'खिलअत' दिया गया, उसको इज्जत दी जा रही है! क्यों? क्यों किया गया ऐसा व्यवहार'? राजे का हृदय निराशा से भर उठा। खड़े-खड़े उनके सारे बदन में कँपकँपी छूटने लगी। आँखें लाल हो उठीं, आँसुओं से भर उठीं। राजे ने पूछा, "रामसिंह, यह मेरे आगे कौन खड़ा है?"

बाप रे! इतनी जोर की आवाज! बादशाह के दरबार का रिवाज तो यह है कि बादशाह बैठे हों, तब आप खड़े रहें, नजर जमीन में गड़ी रहे...कुछ कहना हो, तो पहले बादशाह की इजाजत लो और वह भी नजर नीची करके, बोलो तो मुँह को रूमाल से बन्द करो और ये आवाज! ऊँची और साफ-साफ! कहाँ से आई यह आवाज? रामसिंह ने खुसफुसाकर कहा, "राजा जसवन्तसिंह हैं ये।"

नाम सुनते ही मानो बिजली कड़क उठी, "ये जसवन्तसिंह...जिसने मेरी सेना के आगे मुँह की खाई। आज तक मेरे सैनिकों ने जिसकी सिर्फ पीठ देखी है, वह जसवन्तसिंह! मुझे उसके पीछे खड़ा किया गया है?"

रामसिंह हड़बड़ा उठा। वह राजे को हाथ के इशारे से चुप रहने के लिए कह रहा था। मगर इस कारण राजे का क्रोध और भड़क उठा, "हम इसे बरदाश्त नहीं कर सकते!"

रामसिंह ने राजे का हाथ पकड़ लिया। उसका हाथ झटकते हुए राजे चिल्लाकर बोले, "नहीं, कभी नहीं।"

राजे ने औरंगजेब की ओर पीठ की और वे झपटते हुए दीवान-ए-खास से बाहर हो गए। उनके पीछे-पीछे सम्भाजीराजा भी दौड़ पड़े। सारा दरबार भौचक हो गया था। रामसिंह

ने बादशाह को सिजदा किया और बादशाह को पीठ न दिखाकर पीछे हटता हुआ वह भी बाहर चला गया। राजे की दशा ऐसी हो चुकी थी कि वे बाहर फर्श पर खड़े भी नहीं रह सके। वे सिर को दोनों हाथों से थामकर बैठे हुए थे। आँखों से चिनगारियाँ छूट रही थीं। रामसिंह दौड़कर उनके पास पहुँचा। उसने कहा, ''राजासाहब!''

बायाँ हाथ हिलाते हुए राजे और जोर से चिल्लाए, ''और कुछ मत कहो, कुँवर। क्या मुझे इसीलिए बुलाया था? मैं जानता हूँ, मुझे इसीलिए बुलाया गया था। चाहो, तो मेरा सिर उड़ा दो, मगर मैं अब बादशाह के सामने नहीं जाऊँगा।''

औरंगजेब ये बातें सुन रहा था। उसने मुलतफितखान, आकिलखान और मुखलिसखान को हुक्म दिया, ''शिवाजी को समझाओ। उसे खिलअत देकर हमारे सामने ले आओ।''

वे तीनों जल्दी से बाहर गए। उन्होंने राजे को समझाने की कोशिश की। उनके समझाने-बुझाने से तो राजे और भी भड़क उठे, ''हुँह! खिलअत! किसे जरूरत है तुम्हारे खिलअत की? मुझे जसवन्तसिंह के पीछे खड़ा किया गया? क्यों? मैंने क्या गुनाह किया था, जो मेरी इस तरह बेइज्जती की गई? मेरा बेटा बादशाह का नौकर है, उसे चाहे जहाँ खड़ा कर सकते थे तुम। मैं तुम्हारे बादशाह का नौकर नहीं हूँ और कभी था भी नहीं। समझे?''

''राजासाहबऽऽ।'' मुखलिसखान कुछ कहना चाहता था।

''तुम्हारा बादशाह चाहे मेरी जान ले ले, मगर मैं उसकी चाकरी कभी नहीं करूँगा। बिलकुल नहीं—कभी नहीं।''

विवश होकर सब लोग वापस लौट गए। उन्होंने जाकर बादशाह को सारी बातें बताईं। रामसिंह ने कहा, ''अलीजाह, लगता है, आगरे की हवा राजासाहब के मुआफिक नहीं है। हुजूर उन्हें माफ करें।''

''हम राजा का दर्दे-दिल समझ सकते हैं!'' औरंगजेब ने कहा, ''रामसिंह, तुम शिवाजी को अपने साथ ले जाओ। हमारे खास गुलाब-जल का इस्तेमाल करो और शिवाजी का गुस्सा ठंडा करो। जब गुस्सा पूरी तरह ठंडा हो जाएगा, तब उसे हमारे पास लाना। तभी कुछ बातें हो सकेंगी।''

रामसिंह राजे के साथ मुकाम पर आया। राजे को रामसिंह के खेमे में बैठक पर बैठाया गया। राजे के शरीर का कम्प अभी तक दूर नहीं हुआ था। रामसिंह भी बहुत बेचैन था। मिर्जाराजा ने राजे की सारी जिम्मेदारी उसे सौंपी थी। रामसिंह नहीं जानता था कि राजे के व्यवहार का क्या नतीजा होगा। वह बुरी तरह सकपका गया था। कहने लगा, ''राजासाहब, आपको दरबार में इस तरह पेश नहीं आना चाहिए था।''

राजे की सुलगती हुई नजरें रामसिंह को घूर रही थीं। राजे ने कहा, ''तुम मुझे समझा रहे हो? अपने बादशाह सलामत को क्यों नहीं समझाते? आदमी की सहनशक्ति की भी हद होती है। मेरी हैसियत का बयान तो दरबार में उपस्थित कई सरदार अच्छी तरह कर सकते हैं। मेरे सामने कई खिलअत छोड़कर भागे हैं, कइयों की उँगलियाँ गायब हो गई हैं...।''

''मगर राजासाहब, इसका नतीजा...।''

''राजपूत लोग नतीजे की फिक्र कब से करने लगे?''

''आपको गलतफहमी हुई है राजासाहब।'' रामसिंह ने कहा।

''गलतफहमी?'' राजे कह उठे।

“हाँ, गलतफहमी हुई है आपको।”

“रामसिंह, मामूली रिवाजों की ओर भी ध्यान नहीं दिया जाता दरबार में। हमारे आने की सूचना तुम्हें मिल चुकी थी, मगर हमारी अगवानी करने कौन आया?...तुम्हारा मुंशी! हमें जान-बूझकर पँचहजारी सरदारों के बीच खड़ा किया गया। हमारे सामने 'खिलअत' दिया जाता है और हमारी कोई पूछ नहीं होती। यह साफ-साफ समझ-बूझ सकते हैं हम और तुम कहते हो कि हमें गलतफहमी हुई है!”

रामसिंह विश्वासपूर्ण स्वर से कहने लगा, “हाँ, हाँ राजासाहब! गलतफहमी हुई है आपको। यह बिलकुल सही है। भूल अगर किसी की है तो वह आपकी किस्मत की है। बादशाहसलामत ने आपके स्वागत का काम मुझे सौंपा था, मगर मैं पहरे में उलझ गया था। बादशाह भी दरबार के कामों में मशगूल था। उन्हें भी इस बात का खयाल नहीं आया और न ही मैं उनसे मिल सका। मैं सुबह आपसे मिलने आ रहा था तो आप और हम अलग-अलग रास्ते चल पड़े। इस कारण एक-दूसरे से भेंट न हो सकी। आपसे मिलने में काफी देर हो गई। अगर दरबार-ए-आम में आपकी बादशाहसलामत से मुलाकात हो जाती, तो कौन कहे, आप पर उनकी जाने क्या इनायत हो जाती। बादशाहसलामत दरबार में आपका इन्तजार कर रहे थे। आप हाजिर नहीं रहे। यह बिलकुल मुमकिन था कि इस वजह से बादशाह को आपके बारे में गलतफहमी हो जाए, मगर उन्होंने गलतफहमी होने नहीं दी। जैसे ही उन्हें पता लगा कि आप आए हैं, उन्होंने आपको मुलाकात के लिए बुलवा भेजा। आपके नजराने और निसार को कुबूल फरमाया।'

“और उसके बदले आपने उनकी इस तरह बेइज्जती की?”

“कैसी बेइज्जती?” रामसिंह झल्लाकर कहने लगा, “क्या आप जानते हैं कि खुद मिर्जाराजा साहब भी उसी जगह खड़े होते हैं, जहाँ आप खड़े थे?”

“रामसिंह, एक बात भूलते हो तुम!” राजे ने उत्तर दिया, “तुम्हारे पिताजी औरंगजेब के नौकर हैं। मैं स्वतन्त्र राज्य का राजा हूँ। मैंने औरंगजेब से सुलह की है। औरंगजेब ने मुझे राजा का खिताब दिया है, इसलिए मैं राजा नहीं बना हूँ। राजा मैं पहले से ही था।”

राजे उठ खड़े हुए। रामसिंह के कन्धे पर हाथ रखकर वे कहने लगे, “रामसिंह, यह सब तुम नहीं समझ पाओगे। तुम चिन्ता मत करो। जो कुछ भी होगा, मैं खुशी-खुशी सहने के लिए तैयार हूँ। मैं भी ठंडे दिल से सोच-विचार करूँगा।”

राजे रामसिंह के पड़ाव के निकट स्थित अपने पड़ाव में आए। उनसे अनुमति पाकर रामसिंह चला गया। निराजीपन्त, सोनदेव, फर्जन्द आदि लोगों ने जब सारी घटना सुनी, तो वे चिन्तित हो उठे।

बाहर धीरे-धीरे अन्धकार छाने लगा था।

24

बड़ी धूमधाम और योजनाओं के साथ औरंगजेब का पचासवाँ जन्मदिन और सिंहासनरोहण समारोह आयोजित किया गया था। सारा समारोह सुचारु रूप से सम्पन्न हुआ। औरंगजेब वह सब पा चुका था, जिसके लिए वह बेकरार था। परन्तु दरबार-ए-खास की शिवाजीवाली

घटना के कारण सारे उजले समारोह पर कालिख का धब्बा लग गया था। दरबारियों में जहाँ-तहाँ इसी बात की चर्चा हो रही थी। किसी को यकीन नहीं हो रहा था कि क्या ऐसा सम्भव है कि एक हिन्दू राजा आए और भरे दरबार में बादशाह की बेइज्जती करके, उसकी ओर पीठ फिराकर चल दे! आगरे में जितने भी सरदार जमा हुए थे सब आपस में इसी बात का जिक्र कर रहे थे।

रात के भोजन के बाद औरंगजेब अपने शयनकक्ष में बैठा हुआ था। वह मलमली कुर्ता और पाजामा पहने था। वह उजले-सफेद बिछावन से सजे हुए सादे तख्त पर बैठा था। बाएँ हाथ में तसबीह थी। शयनकक्ष में उसके खास अपने लोग—बेगमसाहिबा जहाँआरा, जफरखान और जसवन्तसिंह खड़े हुए थे। औरंगजेब के चेहरे पर हलकी हँसी छाई हुई थी। होंठों के कोनों पर नीचे की ओर झुकी हुई मूँछों पर उसके बाएँ हाथ की उँगलियाँ फिर रही थीं। तसबीह का एक-एक मनका आगे बढ़ता जा रहा था।

जफरखान कहने लगा, ''आलीजाह, दरबार में मुँह खोलना भी गुनाह है, और ये काफिर इनसान दरबार में आकर साफ-साफ बेइज्जती कर गया है। आपकी ओर पीठ फेरकर चला गया है। ऐसे आदमी को मुआफी क्यों दी जाए? अगर यही हाल रहा तो दरबार का रुआब नहीं रहेगा। और भी जाने कितने जमींदार-कारिन्दे आएँगे और इसी बेमुरव्वती से पेश आएँगे। सारे सरदारों-उमराओं में यही चर्चा है। एक काफिर का ऐसा बेलिहाज बर्ताव अगर बर्दाश्त कर लिया गया, तो इस्लाम की सलामती कैसे रहेगी? फिर तो सभी इसी तरह पेश आएँगे। फिर ये सल्तनत कैसे टिकेगी?''

''हुजूरे-आला, वजीर फरमाते हैं, वह बिलकुल दुरुस्त है।'' जसवन्तसिंह ने समर्थन करते हुए कहा, ''इसका फैसला करना तो आप हुजूर के अख्तियार में है। आप किसे सजा दें, किसे मुआफ करें, यह आपसे कौन कह सकता है? मगर हुजूर, जिसने आपका नमक खाया है, वह ऐसी बेमुरव्वती बर्दाश्त नहीं कर सकता।''

औरंगजेब हँसने लगा। उसने पूछा, ''राजा जसवन्तसिंह, आप क्या सुझाया चाहते हैं?''

''हुजूर, शिवाजी को सजा मिलनी चाहिए।''

''हाँ, ठीक है, ठीक है।'' औरंगजेब ने गरदन हिलाते हुए कहा। फिर उसकी नजर जहाँआरा की तरफ घूमी। होंठों पर पहले की-सी हँसी थी। कटी-छँटी दाढ़ी सहलाते हुए औरंगजेब ने पूछा, ''और बेगमसाहिबा, आप क्या कहना चाहती हैं?''

''वह भी क्या कहना होगा? खुदाबन्द खुद सब कुछ जानते हैं। जिसने सूरत शहर को लूटा, सरदार शाइस्ताखान की उँगलियाँ काट डालीं. यही नहीं, जिसने दरबार में आपकी भी हतक की, उसे कैसे बख्श दिया जाए?''

खामोश रहकर औरंगजेब ने कुछ देर माला फेरी। सारे हिन्दुस्तान की राजनीति को पूरी होशियारी से समझने-बूझनेवाला औरंगजेब अपने व्यक्तिगत मान-सम्मान की ओर बहुत ध्यान नहीं देता था। वह अपने को दैवीय उत्तरदायित्व का उत्तराधिकारी मानता था। सरदारों की बावली बौखलाहट पर वह मन-ही-मन हँस रहा था। उसकी आँखों के आगे नाच रहे थे मिर्जाराजा जयसिंह। उसकी खातिर काबुल से लेकर असम तक और कश्मीर से लेकर दक्खिन की आदिलशाही तक घूमने-दौड़नेवाला उसका ईमानदार सहायक राजा जयसिंह। औरंगजेब उसके बारे में सोच-विचार कर रहा था। सारे लोग शान्त और विचारमग्न आलमगीर की ओर देख

रहे थे। सोच-विचार की दशा से उबरकर औरंगजेब ने कहा, "सब ठीक हो जाएगा। इज्जत और मुरव्वत से बढ़कर एक और मामूली-सी चीज भी अल्लाह ने बन्दे को अता की है। उससे सारी खुदाई चलती है, सब इनसान जिन्दे हैं उससे। जानते हो, वो चीज क्या है?"

जहाँआरा ने सिर हिलाकर जताया, "नहीं जानते।"

"उस नाजुक चीज का नाम है नींद। यही नींद अब बरबस हमारी आँखों पर काबू पा रही है। अगर आप सबको नागवार न गुजरे, तो हम सोना चाहेंगे।"

शहंशाह औरंगजेब ने अँगड़ाई ली। वह कह रहे थे–

"बिस्मिल्लाउर्रहमानो रहीम
ला इलाह इल्लिलाह मुहम्मदुर्रसूलल्लाह
परवरदिगार रहम...रहम...रहम...आमीन...।"

25

दो दिन बाद कुँवर रामसिंह अचानक राजे से मिलने आए। निराजीपन्त और त्र्यम्बकजी से राजे की बातचीत हो रही थी। इन बीते दो दिनों में राजे का क्रोध शान्त हो चुका था। वे समझ गए थे कि वे बादशाह के राज्य में हैं। बादशाह को अधिक नाराज करना ठीक नहीं होगा। राजे इसी उधेड़बुन में थे कि औरंगजेब के अगले कदम क्या होंगे। इसी समय सूचना मिली कि कुँवर रामसिंह आए हैं। राजे ने उनका सस्नेह स्वागत किया। राजे के प्रफुल्लित मुख को देखकर रामसिंह भी बहुत आनन्दित हुआ। राजे ने पूछा, "क्यों कुँवरसाहब, आपके दरबार के क्या समाचार हैं?"

"अभी तो हालात गरम ही हैं। मिर्जाराजाजी के विरोधी दरबारी लोग आपके खिलाफ बादशाह के कान भर रहे हैं। और उनसे आ मिली हैं शाइस्ताखान की बेगमसाहिबा।"

"इसका परिणाम क्या हुआ है?"

"आलमपनाह अमन के समन्दर हैं। समन्दर में तूफान पैदा करने के लिए बड़ी रूहानी ताकत चाहिए। मगर मैंने बादशाहसलामत के आगे ये बातें बयान कर दी हैं। मैंने वजीर जफरखान से कह दिया है। उनसे एक बार मुलाकात करनी चाहिए।"

"क्या कहते हो! हमें मुलाकात करनी चाहिए?" राजे चौंक उठे।

"राजासाहब, आपने खुद-ब-खुद यह फन्दा गरदन में फँसाया है। अब इस फन्दे से छूटने तक तो कुछ झुकना ही होगा। मेरी तो आपसे प्रार्थना है कि अब कुछ दिनों के लिए आप मान-अपमान को ताक पर रख दीजिए। आपके प्राणों की जिम्मेदारी मुझ पर है, मुझे उसे निभाना होगा।"

राजे हँस पड़े। बोले, "कुँवरसाहब, आप घबराएँ नहीं। हम वायदा करते हैं कि जैसा आप कहेंगे, हम वैसा ही करेंगे। बस, हमें दरबार में जाने के लिए मत कहिएगा।"

"शायद उसकी जरूरत भी नहीं होगी। राजासाहब, आज मैं एक विशेष उद्देश्य से जल्दी आया हूँ। आपसे एक प्रार्थना है।"

"कैसी प्रार्थना?"

"आज थोड़ा घूमने चलें।"

"अवश्य चलिए। निराजीऽऽ।"

निराजी पास आए। "निराजी, देखो, हमारे बालराजा यहीं कहीं पास ही होंगे। हिरोजी के साथ घूम रहे होंगे। उन्हें बुला लाओ और तुन भी तैयार हो जाओ।"

राजे कपड़े बदलकर आ गए। तब तक सम्भाजी भी आ चुके थे। सब लोग घोड़ों पर सवार हो गए। राजे रामसिंह के साथ-साथ चल रहे थे। उन दोनों के पीछे-पीछे हिरोजी, सम्भाजी, निराजी आदि लोग थे। पीछे-पीछे रक्षक-दल चला आ रहा था। ताजमहल के आगे सब लोग उतर पड़े। सूर्य की तिरछी किरणों में वास्तुकला का वह अनुपम सौन्दर्य झिलमिला रहा था। राजे ने कला के इस नमूने की प्रशंसा बहुत सुन रखी थी। मन्त्रमुग्ध होकर वे कह उठे, "वाह! अति सुन्दर!"

"मैं जानता था कि आपको यह इमारत पसन्द आएगी। इसीलिए कल वजीर जफरखान से खास परवाना ले लिया था।"

"भला कोई आँखवाला इस इमारत को पसन्द न करे, यह कैसे सम्भव है!" राजे ने पूछा, "किन्तु इसे देखने के लिए परवानगी क्यों लेनी पड़ी?"

"परवाना लिये बगैर कोई इस इमारत में जा नहीं सकता। बड़े शहंशाह शाहजहाँ ने यहाँ हीरे-जवाहरात का अपना सारा खजाना खाली कर डाला है।"

"अच्छा!"

"जी हाँ! ऐसी इमारत दुनिया भर में कहीं नहीं है। बादशाह शाहजहाँ ने बेगम अर्जुमन्द बानू की याद में यह यादगार बनवाई है। इसे बनवाने के लिए उन्होंने सारी दौलत लुटाई है। इसे बनाने में बीस हजार मजदूर पन्द्रह बरसों तक मेहनत करते रहे हैं। रावल और मकराना इलाकों से संगेमरमर लाया गया है। शहंशाह शाहजहाँ की मौत के बाद उन्हें भी इसी इमारत में दफनाया गया है।"

"सचमुच कला का अलौकिक नमूना है यह।" राजे के साथवाले सभी लोग बरबस कह उठे।

"आबासाहब, हम भी ऐसी एक इमारत क्यों नहीं बना लेते!" राजे के पास खड़े हुए सम्भाजीराजा कहने लगे। सब लोग हँस पड़े। राजे ने बालराजा की ओर देखा। वे भी खुलकर हँस दिए। फिर बालराजा की पीठ थपकते हुए कहने लगे, "बालराजे, तुम अभी छोटे हो। अगर हमारा कहा समझ सको, तो याद रखो कि राजगद्दी पर बैठनेवाला प्रत्येक राजा अपनी कब्र या समाधि बनाने में अपनी आधी जिन्दगी व्यतीत कर देता है। चाहता है कि उसके बाद उसका नाम बना रहे। परन्तु बालराजे, मनुष्य को संसार में आकर ऐसा कुछ कार्य कर जाना चाहिए कि उसे अपनी स्मृति बनाए रखने के लिए कब्र बनवाने की नौबत न आए। मनुष्य का जीवन ऐसा हो, कि उसके बाद भी उसके जीवन की सुगन्धि सबको महकाती रहे।"

"बहुत सुन्दर उपदेश दिया है आपने।" रामसिंह ने कहा।

"तो फिर ऐसी इमारतें बनवाने से तो न बनवाना अच्छा है।" हिरोजी कह उठा।

इस बात को सुनते ही राजे उसकी ओर मुड़े। हिरोजी की ओर देखकर वे बोले, "नहीं, हिरोजी! इस तरह की तिरस्कार-भरी बात मत करो। मैं यह नहीं कहना चाहता था, जो तू समझा है। वास्तव में किसी भी वस्तु की सुन्दरता देखनेवाले के दृष्टिकोण पर निर्भर करती

है। हमने जो कुछ अभी कहा, वह केवल इस स्मारक के विचार के बारे में कहा, हमने ताजमहल के सौन्दर्य के बारे में नहीं कहा।''

सारे मौन हो गए। राजे फिर से ताजमहल देखने लगे। आकाश को छूनेवाली ऊँची मीनारें, ताजमहल के बीच का गुम्बद, नक्काशीदार चबूतरे...समूचे सौन्दर्य को राजे मन में सँजोकर रख रहे थे। निराजीपन्त ने कहा, ''इन मुगल इमारतों की शान निराली है, किन्तु इनमें मन्दिरों जैसा माधुर्य नहीं है।''

''हमने कहा न, पन्त! जिस दृष्टि से देखो, दृश्य वैसा ही दिखाई देगा। पन्त, यदि हम कहें कि यह ताजमहल एक ऐसी आत्मा की यादगार है, जो काम-क्रोध, मद और लोभ रूपी चार मीनारों के पाश में फँसी हुई है। यदि ऐसा कहा जाए, तो यह ताजमहल की सुन्दरता के बारे में भिन्न दृष्टिकोण नहीं है?''

निराजी चुप हो गए। राजे रामसिंह से अकस्मात् पूछ बैठे, ''कुँवरसाहब, इस संगमरमर के भवन को बनाने के लिए नींव के पत्थर भी संगमरमर के हैं क्या?''

''नहीं, नींव साधारण पत्थरों से बनाई गई है।''

राजे हलकी हँसी हँस दिए और आगे चल पड़े। रामसिंह अदब के साथ कहने लगा, ''राजासाहब, गुस्ताखी माफ हो। अगर आप इजाजत दें, तो...''

''न, न कुँवरसाहब। ये शाही रस्म-रिवाज यहाँ मत चलाओ। तुम्हारे पिताजी ने, मिर्जाराजा जयसिंहजी ने हमें पुत्र माना है। इस नाते हम और आप भाई-भाई हैं। खैर...कहिए, क्या पूछना चाहते थे?''

''राजासाहब, मैंने कई लोगों के साथ यह ताजमहल देखा है, मगर किसी ने मुझसे ऐसा सवाल नहीं पूछा। जब मैंने आपके सवाल का जवाब दिया, तब आप हँस दिए। आपकी हँसी का कारण मेरी समझ में नहीं आया।''

राजे अकस्मात् गम्भीर हो गए। एक लम्बी उसाँस उनके मुख से निकल गई। ताज की ओर आँखें गड़ाकर वे कहने लगे, ''कुँवरसाहब, जब हजारों काले पत्थर खुद को जमीन में गाड़ने के लिए समर्पित होते हैं, तभी उनके ऊपर ऐसा संगमरमर का स्वप्न-भवन खड़ा हो पाता है। ऐसा भवन अपने सौन्दर्य में जगमगाया करता है! यह इमारत जब तक खड़ी है, तब तक यहाँ हमारे जैसे अनेक यात्री आते रहेंगे। इस भवन के सौन्दर्य से चकित होते रहेंगे। सन्तुष्ट होंगे। परन्तु इस शिल्पसौध को खड़ा रखने के लिए जो हजारों काले पत्थर नींव में गाड़ दिए गए हैं, उनकी ओर किसी का ध्यान नहीं जाएगा। आज हम भी एक स्वप्न-भवन बना रहे हैं। जगदम्बा चाहेगी, तो एक दिन वह साकार हो जाएगा। जब हमारा वह स्वप्न-भवन पूर्ण होगा, तब उसके निर्माण का श्रेय हमारे भाल पर लिख दिया जाएगा। परन्तु जिन लोगों के बलिदान के बल पर स्वराज्य-भवन खड़ा होगा, जिन्होंने स्वराज्य के लिए, हमारे इस एक शब्द के लिए अपने प्राणों की बलि दे डाली, उन सबका परिचय कौन कराएगा? आज इस ताजमहल को देखकर हमारी मुहिमों में खेत रहे अपने उन बलिदानी वीरों की हमें याद हो आई।'' फिर राजे को जैसे सुध आई हो, ''चलिए, कुँवरसाहब, ताजमहल देखा जाए।''

पाँव धोकर सबने ताजमहल के भीतरी भाग में प्रवेश किया। धूप और अगर की मन्द सुगन्धि से सारा वातावरण महक रहा था। कब्रों के चारों ओर संगमरमर की मोहक जालियों का सौन्दर्य बिखरा पड़ा था। एक फकीर बैठा हुआ कब्रों पर पंखा झल रहा था। कब्रों में

जड़े हुए अनमोल रत्नों से कब्रों पर आँख नहीं ठहर पाती थी। राजे ने उन कब्रों को हाथ जोड़कर नमस्कार किया। बालराजा ने भी उनका अनुकरण किया। रामसिंह इस व्यवहार को देखकर आश्चर्यचकित हो रहा था। उसके मन में यह सन्देह उत्पन्न हो रहा था कि क्या यह वही शिवाजी है, जो कल भरे दरबार में गुस्से से लाल हो उठा था! राजे ने उसके मन की बात ताड़ ली। उन्होंने कहा, ''कुँवरसाहब, यह ऐसी आत्मा थी, जिसे सुन्दरता की परख थी। इसने प्रेम का अर्थ समझा था। ऐसी आत्मा के आगे नतमस्तक होने में संकोच कैसा?''

मकबरे से ऊपर जाने के लिए राजे सीढ़ियाँ चढ़ने लगे। उनके पीछे-पीछे हिरोजी और निराजी आ रहे थे। हिरोजी निराजी से पूछने लगा, ''पता नहीं, कितने के हीरे-जवाहरात इसमें खर्च हुए होंगे!'' भीतरी कमरे से यह कानाफूसी भी सुनाई दी। राजे ने पीछे मुड़कर देखा और बोले, ''हिरोजी, प्रेम में और युद्ध में खर्चे का हिसाब नहीं रखा जाता।''

राजे रामसिंह के साथ ताजमहल के चबूतरे पर आए। रामसिंह कहने लगा, ''परन्तु राजे, शहंशाह शाहजहाँ की ये एक ही बेगम नहीं थी। उनकी कई बेगमें थीं।''

इस बात को सुनते ही राजे व्यथित हो उठे। उनका उठता हुआ कदम वहीं रुक गया। आँखों में करुणा झलक आई। अपने पास खड़े हुए सम्भाजी को अपने से लगाते हुए और ताजमहल की ओर देखते हुए राजे कहने लगे, ''कुँवरसाहब, कई बेगमों की बात कहकर तुम विषय को उलझा रहे हो। सच बात यह है कि मनुष्य के जीवन से कोई एक सम्बन्ध, केवल एक रिश्ता ऐसा बँध जाता है कि वह कभी नहीं टूटता। प्रेम का मूल्य रानियों की संख्या से नहीं आँका जाता। रामसिंहजी, फिर कभी ऐसा मत सोचना। सन्देह-शंका ऐसे स्थान पर प्रकट करना उचित नहीं।''

''क्षमा कीजिए। मैं गलती से कह बैठा था।''

''ऐसी गलती फिर कभी मत करना। तुमने कहा था न कि हमें भी कई गलतफहमियाँ हुई हैं।''

''हाँ, आप भी उन्हें दिल से निकाल डालें।''

''हमारे मन में कतई सन्देह नहीं है। हम जानते हैं कि तुम जो कुछ करते हो हमारे भले के लिए करते हो। मगर हमें औरंगजेब पर विश्वास नहीं है। उसके इरादों के बारे में हमारे दिल में अभी भी खटका बना हुआ है।''

''राजासाहब, आप उस शक को दूर कर दें। शहंशाह का दिल साफ है। सब ठीक-ठाक हो जाएगा। मेरे पिताजी ने शहंशाह को साफ तौर से बता दिया है, 'अगर शिवाजी का बाल भी बाँका हुआ, तो दिल्ली के तख्त पर उन्हें यकीन नहीं रहेगा। यकीन की जगह दुश्मनी ले लेगी'।''

''हमें इस बात पर पूर्ण विश्वास है, तभी तो हमने औरंगजेब से मिलने यहाँ तक आने की हिम्मत की। वरना हम आते ही क्यों? नहीं तो यह औरंगजेब जिसने राजगद्दी पाने के लिए अपने भाइयों को कत्ल कर दिया, जिसने अपने जन्मदाता पिता को, इस ताजमहल के निर्माता को कैद में बन्द कर दिया। पिता की मृत्यु की प्रतीक्षा करते-करते तंग आकर मालिश के तेल में उसने जहर मिलवा दिया, जिसके कारण शहंशाह की चमड़ी सैकड़ों जगह से फट गई और वह बुरी मौत मरा। कहते हैं कि मृत्यु के साथ-साथ शत्रुता समाप्त हो जाती है, परन्तु यह आलमगीर तो उसका भी अपवाद निकला। शाहजहाँ की यादें कभी उभरें नहीं,

इसलिए औरंगजेब ने उस बादशाह की लाश को रातोरात किले से हटाया और यहाँ लाकर किसी लावारिश लाश की तरह दफना दिया। उस बादशाह को दरबार की शान-शौकत से दफन भी नसीब नहीं हुआ।''

''आपको यह कैसे मालूम हुआ?''

''सारी राजधानी जानती है इस बात को। खैर, जाने दो। हमें उससे कोई मतलब नहीं। हम तो केवल इतना ही कहना चाहते थे कि जिस मेहरबान बादशाह ने अपने खून के रिश्ते से भी बेईमानी की, वे जाने हम पर कैसी मेहरबानी कर बैठें। भला ऐसी दशा में कौन भरोसा रखे?''

रामसिंह को इस बात का कोई जवाब नहीं सूझा। वह राजे के साथ छावनी में आया। वहाँ वजीर जफरखान का एक नुमाइन्दा, जो रामसिंह को बुलाने आया था, रामसिंह का इन्तजार कर रहा था।

26

रामसिंह जब अमीनखान के यहाँ पहुँचा, तब अमीनखान अकेला बैठा हुआ था। वजीर जफरखान और अमीनखान मिर्जाराजा के मित्र थे। रामसिंह ने उन दोनों से अपनेपन का नाता जोड़ लिया था। अमीनखान चिन्ताग्रस्त दीख रहा था। रामसिंह ने जाते ही पूछा, ''खानसाहब, आज इतनी जल्द बुलाने की वजह क्या है?''

तख्त की ओर इशारा करते हुए अमीनखान ने कहा, ''बैठिए कुँवरसाहब। बात यह है कि दरबार की हालत कुछ ठीक नहीं है। हर रोज उलझनें बढ़ती जा रही हैं।''

''मगर जफरखान तो कहते थे कि चार-पाँच दिनों में सब ठीक-ठाक हो जाएगा और बादशाह शिवाजीराजा को बुलाएँगे।''

''बेमौसमी अन्धड़-पानी का कुछ अन्दाजा भी लगाया जा सकता है, मगर दरबार की हालत का अन्दाजा लगाना मुश्किल है। मुझे आज एक खास खबर मिली है। बादशाह ने ठान लिया है कि शिवाजी का चुपचाप काम तमाम कर दिया जाए। यह काम होने तक राजे को रणन्दाजखान के घर में फौलादखान की निगरानी में रखा जाए, ऐसा शाही हुक्म है।''

''खानसाहब, यह तो सरासर धोखा है।'' रामसिंह ने कहा।

रामसिंह जानता था कि अगर बादशाह शिवाजी को सचमुच ही मरवा देगा तो उसे ही जिम्मेदार समझा जाएगा। मिर्जाराजा ने इस बारे में सारी जिम्मेदारी रामसिंह को सौंपी थी।

''इसमें धोखे की क्या बात है?'' अमीन ने कहा, ''हम लोग जो कुछ कर सकते हैं, हमने किया है। खुद शिवाजी ने ही इस मामले को तूल दिया है, तब भला हम क्या कर सकते हैं?''

''कुछ न कुछ तो करना ही होगा, यह होनी रोकनी चाहिए।'' रामसिंह ने उठते हुए कहा, ''नहीं, नहीं, खानसाहब, ऐसा कभी नहीं होना चाहिए।''

कुछ देर तक दोनों खामोश रहे। अन्त में रामसिंह ने मन-ही-मन एक निश्चय किया। उसने कहा, ''अमीन साहब, आप एक काम कीजिए। मेरा एक सन्देश बादशाह-सलामत तक पहुँचा दीजिए।''

''कैसा सन्देश?''

''बादशाहसलामत से कहिए कि अगर उन्होंने शिवाजी को मार डालने का फैसला कर लिया हो, तो वह बहुत गलत फैसला है। शिवाजी ने मेरे पिताजी से अपनी सलामती का आश्वासन पाया है। पिताजी ने शिवाजी की रक्षा की जिम्मेदारी मुझे सौंपी है। बादशाह खुदमुख्तार हैं। अगर वे यही करना चाहते हैं, तो करें, मगर पहले वे मुझे मरवा डालें। उसके बाद वे चाहें तो मेरे बेटे की भी जान ले लें। फिर शिवाजी के बारे में चाहे जो करें।''

''क्या ठीक यही बात कह दूँ?''

''बिलकुल ठीक-ठीक इसी तरह कहिएगा, वरना शिवाजी नहीं बच पाएगा।''

अमीनखान ने अगले दिन बादशाह के आगे सारी हकीकत बयान कर दी। रामसिंह का सन्देश सुनकर औरंगजेब सोच में डूब गया। सोचने लगा कि ये राजपूत बड़े सनकी होते हैं। क्या पता, कहीं शिवाजी के मारे जाते ही दक्खिन में राजा जयसिंह और इधर आगरे में रामसिंह बगावत कर बैठे तो? औरंगजेब जानता था कि मिर्जाराजा जयसिंह की दुश्मनी उसे महँगी पड़ेगी। उसने अमीनखान से कहा, ''अमीनसाहब, कुँवर रामसिंह से पूछो कि वे शिवाजी का जामिन बनने के लिए तैयार हैं क्या? अगर शिवाजी भाग निकले या कोई धोखाधड़ी कर बैठे, तो कुँवर रामसिंह जिम्मेदार समझे जाएँगे। वे अगर जमानतनामा लिख दें, तो हम इस मामले पर फिर से गौर करेंगे।''

कुँवर को जैसे ही यह बात पता चली, उसने जामिन बनना कबूल कर लिया। वह तुरन्त शिवाजी से मिलने आया। शिवाजी ने सारी बातें सुनीं। उन्होंने दैनिक पूजा के शिवलिंग पर से बेलपत्र उठाकर हाथ में लिया और रामसिंह को वचन दिया। फिर रामसिंह ने एक जामिन-फतवा लिखा और अपनी सहमति दे दी। इस प्रकार रामसिंह ने शिवाजी के लिए अपनी जान दाँव पर लगा दी।

रामसिंह ने शाम को दीवान-ए-खास में वह जमानतनामा अमीनखान को दिया। उसे कबूल फरमाते हुए औरंगजेब ने कहा, ''कुँवरसाहब से कहो कि हमने उनको काबुल में नामजद किया है। वे अपनी फौज लेकर शिवाजी के साथ काबुल चले जाएँ। तुरन्त जाने की तैयारी करें।''

राजे एक झमेले में से छूटे ही थे कि दूसरे झंझट में जा फँसे। राजे ने जफरखान से मुलाकात की। उसे भरपूर नजराना देकर खुश किया। वजीर जफरखान ने राजे के लिए मध्यस्थ बनना स्वीकार कर लिया। राजे ने उसकी मारफत कहलवाया कि अगर शहंशाह उन्हें अपनी सेना आगरा लाने दें, तो वे काबुल जाने को तैयार हैं। औरंगजेब ने सोच-विचार किया। वह कोई पागल नहीं था, जो शिवाजी की फौज को आगरा और दिल्ली आने देता। उसने शिवाजी को काबुल भेजने का इरादा छोड़ दिया। औरंगजेब ने मिर्जाराजा जयसिंह को एक तुरन्त खलीता भेजा। मिर्जाराजा से पूछा गया था कि उन्होंने शिवाजी की कौन-कौन-सी शर्तें मंजूर करके शिवाजी को आगरा भेजा है।

दिन बीतते जा रहे थे। मुगल दरबार के बड़े-बड़े सरदारों से राजे का मेल-जोल बढ़ रहा था। राजे उन्हें नजराने पेश कर रहे थे। राजे के साथी और महादेव जैसे कई भेदिए आगरा शहर में घूम-फिरकर जानकारी पा रहे थे। लोगों से जान-पहचान बढ़ा रहे थे। दरबार का वातावरण कुछ ठंडा हो जाएगा, सोचकर रामसिंह सम्भाजीराजा को साथ लेकर दरबार में जाता था। औरंगजेब ने सम्भाजीराजा को एक कटार और पहनावा देकर सम्मानित किया

था। औरंगजेब मिर्जाराजे के उत्तर की प्रतीक्षा कर रहा था। राजे को पहरे में बन्द रखने का जिम्मा रामसिंह का था। राजे सिर पर हरदम लटकती इस तलवार से तंग आ चुके थे। उन्होंने मामले का अन्तिम निर्णय करने के उद्देश्य से एक प्रार्थनापत्र भेजा।

"...अगर बादशाहसलामत मेरे जब्त किए गए सारे किले मुझे वापस लौटा दें, तो मैं दो करोड़ रुपए खंडनी देने को तैयार हूँ। मुझे वापस जाने की परवानगी मिले। मैं अपने बेटे सम्भाजीराजा को यहाँ बादशाह हुजूर की खिदमत में रखने को तैयार हूँ। बादशाह चाहे जो कसम मुझसे ले लें। मैं हुजर के वायदे पर भरोसा करके यहाँ आया हूँ। मेरा ईमान पक्का है। आप जब भी मुहिम के लिए बुलाएँगे, मैं तुरन्त हाजिर होऊँगा। बादशाहसलामत की फौजें इस समय बीजापुर की मुहिम पर हैं, मुझे भी आप वहीं जाने दें। मैं बादशाह की ओर से लड़ूँगा, मैं लड़ते-लड़ते जान भी दे दूँगा...।"

राजे के कई अर्ज पाकर और उनके बढ़ते मेल-जोल की खबरें पाकर औरंगजेब के मन में सन्देह जाग उठा। उसने कहा, "हम शिवाजी के साथ नरमी से पेश आते हैं, लगता है, इस वजह से उसका दिमाग खराब हो गया है। भला हम उसे घर लौटने की इजाजत कैसे दे सकते हैं? उससे कहो कि आज से वह किसी से न मिले। रामसिंह के घर भी न जाए। ऐसी सख्त ताकीद दी जाए।"

राजे से यह बात छुपी न रही कि अब रामसिंह का पहरा पहले की बजाय बहुत कड़ा हो गया है। औरंगजेब ने रामसिंह की मारफत शिवाजी से कहलवा भेजा कि वह अपने सारे बाकी किले भी मुगल सल्तनत को दे डाले। जब रामसिंह ने बादशाह की यह माँग राजे के आगे पेश की, तो वे एकदम भड़क उठे, "कुँवरसाहब, आप यह क्या कह रहे हैं? मुझे यहाँ बुलाकर आपका पहरा बैठाया गया है। मिर्जाराजा के कहने से मैंने तेईस गढ़ बादशाह को सौंप दिए हैं और उनके बदले उन्हें टोक परगना बख्शीश मिला। अब आप कहते हैं कि मैं बाकी किले भी बादशाह को दे डालूँ! क्या मैं पूछ सकता हूँ कि अब आप उनके बदले कौन-सा परगना पाना चाहते हैं?"

राजे का मुँहतोड़ जवाब सुनकर रामसिंह खामोश हो गया। उसने जाकर बादशाह को शिवाजी का जवाब सुना दिया। अब बादशाह चौकन्ना हो गया। उसने अपने छिपे नाखून बाहर निकालने शुरू किए। फौलादखान को हुक्म दिया कि पाँच हजार सिपाही लेकर शिवाजी पर पहरा बैठा दिया जाए।

राजे मंचक पर बैठे थे। सायंकाल का समय था। राजे अपने सहयोगियों से चर्चा करने में व्यस्त थे कि सम्भाजीराजा दौड़ते हुए आए, "आबासाहब, फौज आ रही है।"

भयभीत बालक को अपने से लगाते हुए राजे ने कहा, "बालराजे, ये औरंगजेब की राजधानी है। कोई बड़ा सरदार शाही दरबार में गया होगा और शाही नजर पाकर वापस लौट रहा होगा। तुम ऐसे घुड़सवारों की टोली को देखकर अगर घबराने लगोगे, तो कैसे काम चलेगा?"

सबके चेहरों पर मुस्कराहट छा गई। इसी समय छावनी के चारों ओर से घोड़ों की टापों की आवाजें आने लगीं। हिरोजी देखने के लिए बाहर दौड़ा और तभी बाहर खड़ा हुआ महादेव दौड़ता हुआ अन्दर आया। वह चिल्लाकर कहने लगा, "राजे, धोखा हुआ है। अपनी छावनी को चारों ओर से घेर लिया गया है।"

सबकी तलवारें एकदम म्यान से बाहर आ गईं।

राजे डेरे के दरवाजे के पास गए। देखा कि पड़ाव के चारों ओर तोपगाड़ियाँ लगाई जा रही थीं। हजारों घोड़े मैदान को खुरों से खूँदते हुए खड़े थे। राजे को अपनी आँखों पर भरोसा नहीं हो रहा था। इतने ही में राजे का ध्यान सानने की ओर गया, एक घुड़सवार डेरे की ओर चला आ रहा था।

कलाबत्तू की कारीगीरी से सजी हरे रंग की फतूही पहने हुए, सिर पर किमॉश मुगलिया पगड़ी पहने हुए, अँगरखा और तंग मोहरी का पाजामा पहने हुए वह घुड़सवार दाएँ हाथ में लगाम थामे और बायाँ हाथ कमर पर रखे हुए बड़ी शान से डेरे की तरफ बढ़ा आ रहा था।

राजे पीछे मुड़े और कुछ देर बाद वह सवार भो डेरे के अन्दर आया। राजे के आदमियों के हाथों में तलवारें देखकर उसके चेहरे पर हँसी छा गई। तलवारों की ओर ध्यान न देते हुए थोड़ा सिर झुकाकर कहने लगा, ''राजा शिवाजी, बादशाह के इस बन्दे को फौलादखान कहते हैं। मुझे बड़े अफसोस से कहना पड़ रहा है कि मुझे और मेरे पाँच हजार सवारों को हुक्म हुआ है कि आज से आप पर पहरा दिया करें। आज से आप हमारे पहरे में रहेंगे। मेहरबानी करके इतना याद रखें।''

राजे सन्न रह गए थे। अवाक् होकर उसकी बातें सुन रहे थे, तो ये है वो फौलादखान! जिसके बारे में कहा जाता है—उसके पास कलेजा और दिल नाम की चीजें हैं ही नहीं। राजे ने उस गरांडील देह की ओर एक नजर देखा और कहने लगे, ''खानसाहब, आप अपना काम कीजिए। हमारी तरफ से आपको कोई तकलीफ नहीं होगी। हम और आप दोनों ही बादशाह के बन्दे हैं। आप पहरा दीजिए, हम कैदी बने रहेंगे... ।''

राजे का शान्त व्यवहार देखकर फौलादखान हक्का-बक्का रह गया। वह सलाम करके बाहर चला गया। राजे बड़ी कठिनाई से मंचक तक जाकर बैठ पाए। बालक सम्भाजी दौड़ता हुआ आया। कहने लगा, ''आबासाहब, ये सवार क्यों आए हैं?''

नन्हे बालक के इस भोले-भाले वचनों से राजे का रहा-सहा धीरज भी छूट गया। बालराजा को छाती से लगाते हुए वे कहने लगे, ''हम धोखा खा गए, बेटे! हम फँस गए।''

वे इतना ही कह सके। शोक अश्रुधारा बनकर नेत्रों से बहने लगा।

27

राजे पर फौलादखान का कड़ा पहरा लग गया। बाहर का पहरा फौलादखान का था और भीतरी पहरा रामसिंह के अधीन था। राजे से मिलनेवाले प्रत्येक व्यक्ति पर कड़ी निगरानी रखी जा रही थी। राजे के पड़ाव के आगे स्वयं फौलादखान का डेरा लगा हुआ था। एक आदमी पर निगरानी करने के लिए औरंगजेब ने ढेर सारी तोपें और हजारों आदमी लगा रखे थे। अपनी विवश स्थिति में भी राजे को औरंगजेब के भय की आशंका पर रह-रहकर हँसी आ रही थी। राजे भली प्रकार जान गए थे कि अब सीधे रास्ते छुटकारा मिलना असम्भव है। राजे के सब सहायक हाथ-पाँव छोड़ बैठे थे। राजे ने अपने मन की शिथिलता को झटका और मन को दृढ़ बना लिया। उनका मन अब उलझन से निकलने का कोई उपाय खोजने में मग्न रहने लगा।

रामसिंह को जैसे ही पहरे की खबर मिली, वह राजे से मिलने आया। लज्जा के मारे उसका सिर झुका हुआ था। रामसिंह को देखते ही राजे एकदम उफन पड़े, ''रामसिंह, अब तो तुम्हें भरोसा आया? औरंगजेब यही समझौता करना चाहता था?''

''राजासाहब, मैं बहुत दुखी हूँ।'' रामसिंह की आँखें डबडबा आई थीं, ''मैंने पिताजी को घटना की सूचना भेज दी है। मेरी शक्ति बहुत सीमित है, मैं क्या कर सकता हूँ।''

राजे जानते थे कि रामसिंह का कोई दोष नहीं है। उन्होंने रामसिंह को अपने पास बैठाते हुए कहा, ''तुम्हारी कोई गलती नहीं है, रामसिंह! गलती तो हमसे हुई है। हमारे इरादे अधूरे रहे, औरंगजेब के इरादे पूरे हुए। खैर, अब तुम मेरी बात मानो। हम पर अब फौलादखान का पहरा लगाया गया है। तुम मेरे लिए जामिन बने हो। तुमने आज तक हमारी काफी हिमायत की है, मगर अब दरबार में तुम्हारी बात का कोई महत्त्व नहीं रहा, तुम्हारी बात कोई मानता नहीं। ऐसी दशा में तुम मेरी जिम्मेदारी क्यों लिये बैठे हो?''

''राजासाहब!''

''सुनिए, कुँवरसाहब! मैं बिलकुल सही बात कह रहा हूँ। आप बादशाह से कहिए कि अब शिवाजी पर फौलादखान का पहरा है, शिवाजी की जिम्मेदारी अब आपकी है। आप चाहें तो उसे मार डालें, परन्तु अब मैं शिवाजी की जिम्मेदारी उठाने को तैयार नहीं हूँ।''

रामसिंह स्तम्भित होकर खड़ा रहा। वह तो था ही असली राजपूत, उसे ऐसे वचन सुनना भी दुस्सह लग रहा था। उसकी आँखें भर आईं। वह कहने लगा, ''राजासाहब, आपने ऐसी बात कही, यह तो आपका बड़प्पन है। मगर आपने ही तो मुझे भाई माना है। संकट आने पर भाई का साथ छोड़ देना राजपूत का धर्म नहीं है। नहीं, नहीं, राजासाहब! मैं आपको अकेला नहीं छोड़ सकता। जो होना हो, हम दोनों का हो।''

रामसिंह दिल का सीधा-सच्चा इनसान था। राजे समझ नहीं पा रहे थे कि उसे गहरी बात कैसे समझाई जाए। रामसिंह ने कहा, ''राजासाहब, पहरे की वजह से आप चिन्तित न हों। मेरे विश्वासपात्र सहायक तेजसिंह, अर्जुनजी और सुखसिंह नाथावत आपके पास पहरा दिया करेंगे। वे हर घड़ी चौकन्ने रहकर आपकी रक्षा करेंगे।''

राजे ने आह भरी। रामसिंह राजे की अनुमति पाकर अपने पड़ाव की ओर लौट गया। राजे ने अपने साथियों को इकट्ठा किया। राजे समझ चुके थे कि अब आनेवाला हर दिन बहुत कीमती है। वे मन-ही-मन कुछ योजनाएँ बना रहे थे और निर्धारित योजनाएँ वे अपने साथियों को बता रहे थे। योजनाओं को सुनकर उनके साथी आनन्द से प्रफुल्लित हुए जा रहे थे।

अगले दिन रामसिंह राजे के डेरे में आया। उसने देखा कि राजे बड़े गुस्से में हैं। राजे बुरी तरह क्रोधित थे। हिरोजी, निराजी आदि लोग अपराधियों के समान हाथ बाँधे, सिर झुकाए खड़े थे। राजे चिल्लाकर कहने लगे, ''चलो, निकलो यहाँ से। मुझे किसी की जरूरत नहीं है। मेरे पास कोई मत रहो, सब चले जाओ यहाँ से।''

सब-के-सब सिर नीचा करके बाहर चले गए। रामसिंह आश्चर्यचकित होकर कहने लगा, ''राजासाहब, यह क्या कर रहे हैं? जिस समय अपने लोगों की बड़ी जरूरत है, उसी समय आप उन्हें हाँके दे रहे हैं?''

''कैसी जरूरत? यहाँ ईश्वर के सिवाय और कोई क्या कर सकता है? परायों के देश में पराधीन बना हुआ हूँ मैं। मेरा जो कुछ होना होगा, हो जाने दो। ये बेचारे यहाँ रहे तो और किसी झंझट में पड़ जाएँगे।''

रामसिंह ने राजे को समझा-बुझाकर शान्त किया। वह जब डेरे से बाहर आया, तो उसने देखा राजे के आदमियों ने अपने डेरे, शामियाने उखाड़ डाले थे। वे रामसिंह से कहने लगे, ''हम जा रहे हैं।''

रामसिंह निराजीपन्त से कहने लगा, ''पन्तजी, राजे तो हमारी बात मानते नहीं हैं। मेरी बात मानिए। आप इन लोगों को जाने मत दीजिए। चाहें तो ये लोग यहाँ से हटकर मेरे पड़ाव के पीछेवाले बाग में रह सकते हैं।''

निराजी मौन हो रहे। राजे के मन में निराली चाल चलने की बात थी और रामसिंह स्नेह के वशीभूत होकर उस चाल के आड़े आ रहा था। निराजीपन्त ने राजे के लोगों को बाग में जाकर ठहरने के लिए कहा। राजे भी सोच रहे थे, 'कैसा विचित्र है यह रामसिंह! इस पर हँसा जाए या इसकी बात पर रो दिया जाए!' वे कहने लगे, ''पन्त, इन राजपूतों में बुद्धि की चतुरता कुछ कम होती है, इन्हें बस भावनाओं में बह जाना आता है। यदि ऐसा न होता, तो ये बेचारे पीढ़ी-दर-पीढ़ी बादशाहों की सेवा न करते रहते।''

राजे ने सुबह फौलादखान को बुलवाया। उसके आते ही उन्होंने उसे बड़े आदरसहित बैठाया। फौलादखान राजे के बर्ताव को देखकर भौचक रह गया था। राजे हँसते हुए कहने लगे, ''खानसाहब, हमारा दिल आपके बारे में बिलकुल साफ है। हम जानते हैं कि आप हुक्म के गुलाम हैं। आप तो सिर्फ अपना फर्ज अदा कर रहे हैं।''

''राजासाहब, आप समझदार हैं, इसीलिए...''

''खैर, रहने दो।'' राजे ने कहा, ''हमने आज तुम्हें एक खास वजह से तकलीफ दी है।''

फौलादखान चौकन्ना हो गया। उसने पूछा, ''कैसी वजह?''

''मैं तो यहाँ कैदी हूँ। अपने मुल्क से इतनी दूर आया हुआ हूँ। अपने इतने सारे आदमियों का खर्चा वहन करना मेरे लिए मुश्किल है। आप मेरी इतनी विनती बादशाहसलामत तक पहुँचा दें। मेरा खयाल है कि मैं जरूरी दस-बारह आदमियों को यहाँ रखूँ और बाकी लोगों को अपने मुल्क भेज दूँ।''

सिद्दी फौलादखान की आँखों में खुशी से चमक आ गई। उसने राजे की प्रार्थना औरंगजेब तक पहुँचा दी। औरंगजेब यह सुनकर बहुत खुश हुआ कि राजे के साथी दूर चले जाएँगे। उसने उन लोगों के लिए आगरा से बाहर जाने के परवाने भिजवा दिए। मगर उसके मन में यह खयाल लगातार चक्कर काटने लगा कि शिवाजी ने अपने आदमियों को रवाना कर दिया है, इसमें उसकी क्या चाल हो सकती है! वह शिवाजी की हर बात पर कड़ी नजर रखे था। शिवाजी ने हाथी खरीदा है, यह पता लगते ही उसने बड़ी छानबीन करवाई थी। औरंगजेब की समझ में यह बात नहीं पैठ रही थी कि शिवाजी अपने लोगों को अपने देश भेजकर खुद मुट्ठी भर साथियों के साथ अकेला क्यों रहना चाहता है। उसने तुरन्त सारे परगनों को आज्ञापत्र भिजवाए...''अगर कहीं शिवाजी कैद से भाग निकले, तो वह जहाँ कहीं भी मिले, उसे तुरन्त कैद कर लिया जाए।''

जब खुद बादशाह ने ही जाने की परवानगी दे दी, तो रामसिंह मजबूर हो गया। राजे के साथी दुखी मन से राजे से विदा हुए। इन विदा होनेवाले साथियों में महादेव भी एक था। इनमें कई गुप्तचर भी थे।

कई दिनों बाद राजे की मनचाही एक बात पूरी हुई थी।

औरंगजेब राजा जयसिंह का उत्तर आने की प्रतीक्षा कर रहा था। पत्र आया तो सही, परन्तु उसमें मिर्जाराजा ने यह सुझाव दिया था कि शिवाजी की जान को कोई खतरा न हो। औरंगजेब अपने अगले कदम के बारे में सोच रहा था कि इसी समय उसे शिवाजी का एक पत्र मिला।

शिवाजी वैरागी साधु बनना चाहता था। उसका चित्त संसार से ऊब चुका था। उसने बादशाह से अनुमति माँगी थी कि उसे काशी जाने दिया जाए। वहाँ जाकर वह संन्यासी बनना चाहता है। इस प्रार्थना को सुनकर औरंगजेब हँस दिया। उसने पत्र का उत्तर यों भेजा, "शिवाजी को अगर वैरागी बनना हो, तो हमें कोई उज्र नहीं। संन्यासी का क्या है—वह तो कहीं भी रह सकता है। शिवाजी अगर चाहे, तो वह इलाहाबाद जाकर हमारे किले में रह सकता है। वहाँ का मुगल सूबेदार बहादुरखान राजे की अच्छी तरह देखभाल कर सकेगा। शिवाजी वहाँ जाकर बड़ी शान्ति से भगवान् का भजन करे।"

राजे ने संन्यास लेने का जो मार्ग खोजा था, उसमें बाधा आ गई। इसी तरह दो महीने बीत गए। इस बीच कोई भी विशेष घटना नहीं घटी। उनकी स्थिति में कोई परिवर्तन नहीं आया।

एक दिन कवीन्द्र परमानन्द इलाहाबाद के एक विद्वान ब्राह्मण को साथ लाए। यह ब्राह्मण कवि था, नाम था कवि कलश। राजे ने उसे अपने यहाँ रख लिया। रात देर गए तक बातचीत होती रही। राजे ने कवि परमानन्द को विदा किया। उन्हें विदाई के समय अपना हाथी इनाम में दे दिया। कवि कलश को सम्मानित करके विदा किया गया। औरंगजेब को इस घटना की जानकारी मिली। उसने सोचा—राजे सचमुच ही अब विरक्त हो रहे हैं।

आगरे में वर्षा की हलकी फुहारें बरस रही थीं। सर्दी दुगुनी बढ़ गई थी। आकाश में छाए बादलों को देखकर राजे को अपनी भूमि की याद आने लगी। वहाँ के घनघोर जंगल, हरी मखमल से ढँके हुए पर्वत...अब वर्षा की तीव्र धाराओं में वे हमारे गढ़ नहा रहे होंगे। ऊँचे पहाड़ी कगारों से छलाँग लगानेवाले दूध-से सफेद झरने दृष्टि को मोह लेते होंगे। कुहरे के झीने पट ने पर्वतीय दुर्ग के मस्तक पर स्नेह का आँचल फैला दिया होगा।

स्नेह का आँचल!

माँ, माँसाहिबा! कैसे दिन काट रही होंगी, वह मैया।

राजे ने आँखों के कोनों में छलक आई बूँदों को पोंछ डाला। उन्होंने देखा, सम्भाजी बिस्तर पर सो रहा था। शरीर पर ओढ़ना नहीं था। राजे ने हिरोजी से कहा, "हिरोजी, बालराजा की शाल कहाँ है?"

"गरमी है न, इसलिए ओढ़ाई नहीं है।"

"परन्तु उस शाल के बिना हमारे बालराजा को अच्छी नींद नहीं आती।" राजे ने उठकर शाल हाथ में ली। पल-दो पल वे उस शाल को हाथों से सहलाते रहे, फिर उन्होंने शाल बालराजा को ओढ़ा दी। बालराजा ने इधर-उधर करवटें लीं और वे फिर से गहरी नींद में खो गए।

पहरेदारों की आवाजें सुनाई दे रही थीं। राजे बालराजा के पास लेट गए। आँखों से नींद गायब थी। डेरे के दरवाजे के पास हिरोजी तलवार सिरहाने रखे हुए सो रहा था। मदारी ने पूछा, "पाँव दबा दूँ, महाराज?"

"न, रहने दे, मदारी! जा, तू सो जा। अब हम भी सोते हैं।"

28

मदारी समई की बत्तियाँ एक-एक कर बढ़ा रहा था। केवल एक-दो बत्तियाँ जलती रह गईं। किन्तु उनका मन्द प्रकाश फैले हुए अन्धकार की भीषणता को और भीषण बना रहा था। राजे लेटे-लेटे जलती दीपशिखा की ओर देख रहे थे। उनका हृदय व्यथित था। मन में विचारों की आँधी उठ खड़ी हुई थी।

मनुष्य अपने को ज्ञानी, चतुर समझता है, कितना अहंकार है यह!

दक्षिण देश का सूबेदार बनने की अभिलाषा हृदय में बसाकर हम आगरा आए। अन्तर में योजना छिपी थी कि आलमगीर का कृपापात्र बनकर दक्खिन की सूबेदारी पा ली जाए और मिर्जाराजा की शह दूर होते ही पुनः अपने स्वराज्य के लिए प्रयत्न किया जाए। यह मनचाही योजना रही दूर, स्वयं हम बादशाह की कपट-नीति के शिकार हो गए।

राजे को अपनी ही कल्पना पर हँसी आने लगी।

कौन कह सकता है कि नीति क्या है और अनीति क्या है? जिसके साम्राज्य के विरुद्ध हमने लड़ाई ठानी है, वह औरंगजेब भला हमसे दयालुता का बर्ताव क्यों करेगा? वह हमें दक्खिन का सूबेदार भला कैसे बना सकता है? जिसने खुद अपने भाइयों को कठोर दंड दिया, अपने पिता को जहर देते हुए जिसके हाथ नहीं काँपे, उस औरंगजेब से भला हम यह आशा क्योंकर कर बैठे कि वह हम पर कृपा करेगा! आश्चर्य तो यह है कि औरंगजेब ने हमें आज तक जिन्दा क्यों रखा?

अवश्य ही कोई न कोई विशेष कारण रहा होगा।

सम्भवतः भाग्य ने ही आलमगीर के मन में कोई दुविधा उत्पन्न कर दी है अन्यथा हमें परलोक भेजते उसे कितनी देर लगती! औरंगजेब पूरा कूटनीतिज्ञ है। वह जानता है कि राजनीति में अवसर का बहुत महत्त्व होता है। औरंगजेब भली प्रकार जानता है कि कई निर्णय यदि समय रहते न किए जाएँ, तो जीवन भर हाथ मलते रहना पड़ता है, फिर वह हमारे बारे में अब तक चुप कैसे बैठा रहा? शायद हमारा भाग्य बलवान है, तभी तो ऐसा हुआ।

यदि भाग्य बलवान है, तो वह माँ भवानी हमें राह क्यों नहीं दिखाती?

राजे धीरे से पलंग पर से उठे। उनकी दृष्टि बालक सम्भाजी की ओर गई, जो शान्त निद्रा में मग्न था।

कितनी शान्ति से सो रहा है यह! इस अबोध आत्मा को पहरे की समझ-बूझ नहीं, कैद की चिन्ता नहीं, हर घड़ी सिर पर मँडरा रही मृत्यु का भय नहीं। अपने पालक के, पिता के भरोसे युवराज कितना निश्चिन्त होकर सोया हुआ है। फिर हमें ही अपने पालक पर विश्वास क्यों न हो?

माँसाहिबा तो पहले ही बुढ़ापे की मारी हैं! उनकी चिन्ता का तो कोई अन्त नहीं होगा। अवश्य ही माई भगवान् के चरणों में अश्रुधारा बहाती हुई, मनौती मानती हुई तिल-तिलकर छीज रही होगी। यही दुर्भाग्यवश हमें यहाँ कुछ हो गया तो...।

यह विचार भी राजे को असह्य हो उठा। जीजाबाई की स्मृति से उनका मन विह्वल हो उठा। वे व्याकुल होकर इधर-उधर घूमने लगे।

हम अपने देश से कितनी दूर शत्रु के चंगुल में आ फँसे हैं। इस समय राजगढ़ में कितनी चिन्ता छाई होगी! अण्णाजी, मोरोपन्त, प्रतापराव, तानाजी ये सब लोग क्या करते होंगे! प्रतिदिन नई-नई अफवाहें फैल रही होंगी। उनके मन की तुला में हमारे जीवन और मृत्यु के पलड़े प्रतिदिन ऊपर-नीचे होते होंगे! हो सकता है हमारे गुप्तचर आगरा तक आ पहुँचे हों। हमें शत्रु का बन्दी जानकर कहीं हमारी अनुपस्थिति में विद्रोह तो नहीं उठ खड़ा हुआ होगा!

यह विचार मन में आते ही राजे के कदम रुक गए। अगले ही पल होंठों पर मुस्कराहट फैल गई। विद्रोह? कौन करेगा विद्रोह? किसके विरुद्ध? अण्णाजी, मोरोपन्त, प्रतापराव, तानाजी...कितने ही तो नाम हैं! ये लोग विद्रोह करेंगे? छिः...असम्भव है यह!

विद्रोह करना तो दूर, पुरन्धर की सन्धि के कारण दुर्बल बने हुए राज्य को सँवारने में, सबल बनाने में भाग दौड़ करते हुए ये लोग श्रान्त हो रहे होंगे। झूठे दिलासे दे-देकर माँसाहिबा और सैनिकों को बहलाकर ये लोग दिन काट रहे होंगे। राजे फिर से चहलकदमी करने लगे।

आगरा आते समय हम बड़ी शान से अपने साथ अपने विशेष विश्वासपात्र सैकड़ों लोग लाए थे। उन्हें हम इस फन्दे से बाहर निकाल सके, यह तो प्रभु की कृपा हुई। बेचारा रामसिंह हमारी चाल समझ नहीं पाया। वह क्या जाने कि ये सैकड़ों लोग हमारे सैकड़ों रास्तों में आँखें बिछाए हमारी प्रतीक्षा करते होंगे।

राजे के मुख पर कठोरता आ गई। हमें इस संकट से छुटकारा पाना होगा। किन्तु कैसे? कैसे? राजे विचारमग्न हो गए। मन में कहीं से शब्द उभरने लगे, 'करने से सब होता है रे, पहले तू करके तो देख।'

समर्थगुरु रामदास रचित काव्य-पंक्ति का स्मरण होते ही राजे का धैर्य जाग उठा। उनके विचारों की दिशा बदल गई।

हम जब शाही फरमान को स्वीकार करके माँसाहिबा के सम्मुख गए थे, अपमान और उपेक्षा के कारण हम नख से शिख तक धधक रहे थे। उस समय माँसाहिबा ने हमसे कहा था, 'राजे, अपनी पराजय की सराहना करना सीखो। पराजय भी एक ईश्वरीय वरदान होता है। उस परमेश्वर की भेजी हुई विपत्तियों को जो धैर्यपूर्वक सहन कर लेते हैं, उनका ही भविष्य उज्ज्वल होता है। पुराणों-पोथियों में यही लिखा है। श्रद्धापूर्ण हृदय से और जागरूक दृष्टि से दुखों की ओर देखो, तो उपाय स्वयमेव सूझने लगते हैं...।'

इन वचनों की स्मृति से ही राजे का ढाढ़स दूना हो गया। उनके विचार-प्रवाह को नई दिशा प्राप्त हुई।

पांडव भी तो लाक्षागृह में से बच निकले थे, तो फिर हमें बच निकलने का मार्ग क्यों न सूझेगा?

कंस के कारागृह में श्रीकृष्ण का जन्म हुआ था। कड़ा पहरा होते हुए भी महाराज वासुदेव श्रीकृष्ण को एक टोकरी में रखकर कारागृह से बाहर ले ही गए थे। यह भगवान् की

कृपा ही थी, जो प्रहरीगण सो गए थे, ताले टूट गए थे, उमड़ती बरसाती नदी ने रास्ता बना दिया था।

आलमगीर किसी सोच-विचार में डूबकर हमें आज तक जो जिन्दा रखे है, यह अवश्य उस परमेश्वर की कृपा है। हमें केवल वह मार्ग खोज निकालना है, जो उसने हमारे लिए पहले से तय कर रखा है।

राजे ने समई की ओर देखा। एक बाती बुझा चाहती थी। राजे ने बढ़कर उसे आगे सरकाया। बत्ती भभककर जलने लगी।

राजे के मुख पर छा रहा सन्तोष दीपक के बढ़ते प्रकाश से और भी उजला हो उठा।

29

अगले दिन प्रातःकाल राजे सबके साथ हर्षित होकर बातें कर रहे थे। निराजीपन्त और हिरोजी फर्जन्द जैसे सयाने लोागें ने जब राजे की इस परिवर्तित मुद्रा को देखा, तो वे बहुत प्रसन्न हुए। उनके निराश मन में आशा अंकुरित हो उठी।

राजे जब सबके साथ खुलकर हँसी-खुशी बातें कर रहे थे, तभी सूचना मिली कि कुँवर रामसिंह पधारे हैं। राजे ने रामसिंह का स्वागत किया, ''कहो रामसिंह, दरबार के रंग-ढंग कैसे हैं?''

''सब ठीक है, राजासाहब।''

''आलमगीर की कृपा से हम यहाँ बिलकुल निश्चिन्त हैं।''

''जी! क्या कहा?'' रामसिंह आश्चर्यचकित हो उठा था।

राजे हँसने लगे।

''क्यों, रामसिंह, इतना चकित होने की क्या बात है? हम आज यहाँ इतने निर्भय-निश्चिन्त हैं, जितना जीवन में कभी नहीं थे। चारों ओर इतना कड़ा पहरा होते हुए हमें कैसा भय? रामसिंह, बन्दी बनने जैसा सुख संसार में अन्य नहीं है!'' फिर राजे ने एकदम पूछा, ''तुमने हमारा जिम्मा सिर ने उतार फेंका या नहीं?''

''जी, अभी नहीं।''

''रामसिंह, तुम हमारे छोटे भाई के समान हो। सुनो, तुम हमारी खातिर खतरे में मत कूदो। ले-देकर वो हैं बादशाह, उन पर कौन सी सनक कब सवार हो जाए, इसका क्या ठिकाना? जाने कौन-सी बात पर नाराज हो जाएँ! क्या पता?''

रामसिंह सोचने लगा, उसे विचारमग्न देखकर राजे को प्रसन्नता हुई। फिर राजे ने बात बदलते हुए गोपीनाथपन्त से पूछा, ''पन्त, युवराज कहाँ हैं?''

गोपीनाथपन्त ने हँसकर उत्तर दिया, ''अभी कुछ देर पहले वे फौलादखान के साथ पहरे का निरीक्षण करते हुए घूम रहे थे।''

उत्तर सुनकर राजे खिलखिलाकर हँस पड़े।

''वाह, बहुत अच्छे! हम यहाँ कैद में हैं और युवराज खुले घूम रहे हैं। यही नहीं, वे हमारे पहरे का निरीक्षण कर रहे हैं। बड़े किस्मतवाले हैं।''

रामसिंह भी उस हँसी में शामिल हो गया।

"यह बात एकदम सच है, राजासाहब! युवराज सचमुच बहुत भाग्यवान हैं। आलमगीर को उनसे बड़ा प्यार हो गया है। हुक्म है कि युवराज को लेकर हम आज भी महल में जाएँ। और राजासाहब, युवराज मेरे घर को बिलकुल अपना घर मानते हैं।"

"बहुत ठीक। आलमगीर बड़े कृपालु हैं, दरियादिल हैं! अन्यथा शत्रु के देश में कौन इतना प्यार-भरा बर्ताव करता है!"

राजे को प्रसन्न देखकर रामसिंह ने कहा, "राजासाहब, आपसे एक प्रार्थना है।"

"देखो रामसिंह, तय हो चुका है कि तुम परायों की तरह बात मत किया करो। हम दोनों अपनेपन का रिश्ता जोड़ चुके हैं। कहो, क्या कहना चाहते हो?"

"मनूची आपसे दक्खिन देश में मिले थे न?"

"मनूची?"

"जी हाँ, वे पिताजी के तोपखाने के प्रधान अधिकारी थे। वे विदेशी हैं। पुरन्धर में आपका और उनका परिचय हो चुका है।"

राजे को एकदम याद आ गया, "वाह, मनूची के क्या कहने! लाखों में एक इनसान हैं। हम उन्हें अच्छी तरह पहचानते हैं। यही नहीं, वे हमारे अच्छे मित्र हैं। हमारे चिन्तापूर्ण दिनों में उनसे हमें बहुत धैर्य मिला था। वे कहाँ हैं? यहाँ आए हैं क्या?"

"जी नहीं, आए तो नहीं हैं, मगर उन्होंने परिचयपत्र देकर एक कलाकार को आपके पास भेजा है।"

"कलाकार को?"

"जी हाँ, वह चित्रकार है। उसने दरबार के कई लोगों के चित्र बनाए हैं। आलमगीर ने उसे आपसे मिलने की इजाजत दी है।"

"बादशाह बड़े दयालु हैं। क्या नाम है उस कलाकार का?"

"मीर हसन कहते हैं उसे।"

"यहाँ आए हैं क्या?"

"जी हाँ।"

"तो अन्दर बुलवा लो।"

कुछ देर बाद मीर हसन राजे के सामने आया। उसने राजे को और रामसिंह को सिजदे किए और मनूची का पत्र राजे को दिया। पत्र में मनूची ने मीर हसन से प्रार्थना की थी कि वह शिवाजीराजा का चित्र बनाए। पत्र पढ़कर राजे ने मीर हसन की ओर देखा।

इकहरे बदन का और स्मित दृष्टिवाला वह कलाकार खड़ा हुआ राजे की अनुमति की प्रतीक्षा कर रहा था। राजे रामसिंह की ओर देखते हुए कहने लगे, "देखो, रामसिंह, योग-संयोग कितने विचित्र होते हैं! जब हमने पुरन्धर में सन्धि के लिए आत्मसमर्पण किया था, उस समय उत्तर देश के पंडित शिवरामजी हमसे मिले थे। उन्होंने बड़े आग्रहपूर्वक हमसे हमारी जन्मकुंडली माँगी थी। कुंडली देखकर उन्होंने भविष्यवाणी की थी कि हमारे मनोरथ डेढ़ वर्ष के बाद पूर्ण होंगे। संकटग्रस्तों, दुखियारों को ऐसी वाणी से बहुत सहारा मिलता है। परन्तु देखो, हमारे मनोरथ सिद्ध होना तो दूर रहा, हम ऐसी अवस्था में फँस गए कि जीवित बच निकलना कठिन हो गया है। और देखो, हम यहाँ बन्दी बने हुए हैं, और ये चित्रकार मनूची का पत्र लेकर आए हैं। कभी-कभी भाग्य भी बड़े क्रूर खेल दिखाया करता है!"

परन्तु राजे की गम्भीर मुद्रा अधिक देर नहीं रही। वे अगले ही क्षण हँसने लगे, ''शायद इस दैवयोग के पीछे भी कोई विशेष कारण छिपा हो। यदि हम न रहे, तो हमारे बाद हमारी छवि तो बनी रहेगी।''

राजे हँस पड़े परन्तु रामसिंह इस बात को सुनकर हँस नहीं सका। राजे के वचनों से वह आहत हो उठा था। राजे सावधान हो गए और पहले के समान सहज भाव से कहने लगे, ''रामसिंह, भला चिन्ता कैसी? एक न एक दिन तो मृत्यु आनी ही है। यदि यहीं हमारा अन्त हो गया, तो यह चित्र तो शेष रहेगा। ठीक है न?''

रामसिंह के मन का बोझ कुछ कम हुआ।

''राजसाहब, आप ऐसी बातें न करें। हो सकता है कि जहाँपनाह...।''

''ठीक है, रामसिंह! जो भाग्य में लिखा होगा वही होकर रहेगा। कलाकार से कहो कि वे चाहें आ जाएँ। हमारा चित्र बनाएँ। चलो, हमारे वे ही कुछ क्षण आनन्द से बीतेंगे।''

अगले दिन से मीर हसन राजे के पास आने लगा। रोज चित्र बनाने लगा। सब लोग बड़े अचरज से देखा करते थे। राजे मीर हसन के साथ खुलकर बातें करते थे। दिन पर दिन बीतते जा रहे थे और हर दिन राजे का आनन्दमय रूप और अधिक आनन्दमय होता जा रहा था। परन्तु रामसिंह को आगे दिखाई दे रहा था मुसीबतों का टूटता हुआ पहाड़।

वह सोच-सोचकर पछताता रहता था कि मिर्जाराजा ने शिवाजी का झंझट काहे मोल ले लिया और यह जिम्मेदारी मेरे सिर पर क्यों लाद दी! कुछ समय पूर्व बादशाह ने दिल में ठान लिया था कि खुद बीजापुर की मुहिम पर जाएँ। उसका इरादा था कि शिवाजी की जिम्मेदारी रामसिंह को सौंप दी जाए। परन्तु तब मिर्जाराजा ने रामसिंह को सलाह दी थी कि वह शिवाजी का जिम्मा न ले और बादशाह के साथ बीजापुर की लड़ाई में हिस्सा ले। शिवाजीराजा रामसिंह से बार-बार यही कह रहे थे कि 'जमानतदारी से छुटकारा पा लो।' औरंगजेब ने पहले-पहल तो रामसिंह की प्रार्थना पर ध्यान नहीं दिया, मगर बाद में वह मान गया। रामसिंह शिवाजी की जिम्मेदारी से मुक्त हो गया। रामसिंह को लगा कि सिर से भारी बोझ उतर गया। रामसिंह ने जब यह समाचार राजे को सुनाया तो राजे के मन का बोझ हलका हो गया।

अब राजे अपनी राह चलने के लिए आजाद थे। वे अब रामसिंह की सौगन्ध से छूट चुके थे।

मीर हसन एक दिन पूरा बना हुआ चित्र राजे को दिखाने ले आया। राजे ने उस चित्र को जी भर सराहा। चित्र में दिखाया गया था कि राजा शिवाजी घोड़े पर सवार हैं। उनके साथ कई बरछैत हैं। इन बरछैतों में कई मुसलमान भी थे।

''मीर हसन, तुम्हारी कला की जितनी तारीफ की जाए, कम है। तुमने हमारा चित्र एकदम सही-सही आँका है। मगर हमारे साथ इतने सारे मुगल सरदार कहाँ से आ गए?''

''हुजूर, मैंने आपको कुँवर रामसिंह के साथ शाही दरबार की ओर जाते देखा था। वही नजारा मेरी नजर में था।''

''वाह! बहुत खूबसूरत तसवीर है। निराजीपन्त...।''

निराजीपन्त जाकर सम्मान-वस्त्र ले आए। राजे ने सम्मान-वस्त्र तथा भरपूर धन देकर मीर हसन को सम्मानित किया। मीर हसन ने वह चित्र राजे को समर्पित कर दिया।

"मीर हसन, यह कलाकृति तुम अपने पास ही रहने दो। या फिर चाहो, तो इसे मनूची को दे दो। वे इसे हमारी यादगार मानकर सँभाले रखेंगे।"

राजे ने अतीव आदर सहित मीर हसन को विदा किया। इस घटना के कुछ ही दिन बाद...।

30

...कुछ ही दिन बाद खबर फैली कि राजे बीमार हैं। रामसिंह प्रायः आकर उनकी पूछताछ करता रहता था। बीमारी की खबर औरंगजेब तक भी पहुँची। उसने कहलवा भेजा, 'हकीमों को भिजवाए देते हैं', मगर शिवाजी तो जीवन से ऊब चुके थे। वे दवाई लेने के लिए राजी नहीं थे। वे शहर के एक वैद्यजी की औषधि अवश्य लेते थे। राजे के पास अब केवल दो ही आदमी थे, एक हिरोजी फर्जन्द, दूसरा मदारी मेहतर। रामसिंह के पहरेदार राजे के मित्र बन चुके थे। राजे की बीमारी बढ़ती जा रही थी। पहले राजे बड़े कष्टपूर्वक घूम-फिर लेते थे, अब तो वे बिस्तर से जा लगे। फौलादखान अक्सर उनसे मिलने आता था। फिर राजे के मन में इच्छा उत्पन्न हुई कि नीरोगी होने के लिए धार्मिक विश्वास के अनुसार साधु-महात्माओं को, बादशाह के वजीरों को मिठाई भिजवाई जाए, मठ-मन्दिरों में मिठाई बाँटी जाए।

प्रतिदिन मिठाई भेजी जाने लगी। डेरे के बाहरवाले पहरे पर तेजसिंह, अर्जुनजी और सुखसिंह नाथावत तैनात थे। रामसिंह के लोग—रामकिशन ब्राह्मण, जिवा जोशी, श्रीकिशन उपाध्याय और बलराम पुरोहित डेरे के निकट रहते थे। रामसिंह के इन लोगों को राजे ने अपने वश में कर लिया था। इनके अतिरिक्त फौलादखान के भी कई अधिकारी राजे से मिलने आते थे। राजे ने इन्हें भी भरपूर धन दिया था। फौलादखान को इन बातों की कोई खबर नहीं थी।

अब औरंगजेब शिवाजी के बारे में बेफिक्र हो चुका था। शाइस्ताखान की बेगम ने और दूसरे कुछ जासूसों ने शिवाजी के बारे में बे-सिर-पैर की अफवाहें फैला रखी थीं...शिवाजी शैतान है—सरदार शाइस्ताखान ने उसे दीवार से निकलते हुए देखा था, शिवाजी चौदह हाथ ऊँचा कूद सकता है, वह देखते-देखते गायब हो सकता है...।"

'अगर शिवाजी ऐसी करामातें दिखाना जानता है, तो वह अब तक पहरे में पड़ा हुआ बुरी गत क्यों भोग रहा है?' औरंगजेब आखिरी दाँव लगाने का इन्तजार कर रहा था। राजा विट्ठलदास की हवेली बनकर पूरी होने को थी। औरंगजेब तय कर चुका था कि शिवाजी को पड़ाव से हटाकर उस हवेली में रखा जाए और वहाँ उसका खात्मा करके उसे वहीं गाड़ दिया जाए। रामसिंह इस बात की उड़ती खबर पा चुका था।

रामसिंह राजे के स्वास्थ्य के बारे में पूछताछ करने आया था। राजे कराह रहे थे। उन्हें बुखार तो नहीं था, परन्तु राजे का कहना था कि सारे बदन में बहुत दर्द है। रामसिंह आज कुछ चिन्तित-सा दिखाई दे रहा था। वह कहने लगा, "राजासाहब, आपकी यह बीमारी बड़े बुरे समय में आई।"

"क्यों?" राजे ने कराहते हुए पूछा।

"आपको यहाँ से विट्ठलदास की हवेली ले जाया जाएगा। मुझे गुप्त समाचार मिला है कि वहाँ आपकी हत्या का षड्यन्त्र रचा जा रहा है।"

"रामसिंह?"

"औरंगजेब कुछ भी कर सकता है। मैं बेबस हूँ, राजे। क्या करूँ? बड़ी कठिनाई है!" रामसिंह रोने लगा।

राजे बड़ी कठिनाई से उठ बैठे। उन्होंने रामसिंह को अपने पास बुला लिया। राजे कहने लगे, "रोओ नहीं, रामसिंह। जो होना होगा, होने दो। मगर रामसिंह, हमारा एक काम कर सको, तो जरूर करो।"

"कहिए राजासाहब, क्या करना होगा?"

"हमें इतनी खबर मिल जानी चाहिए कि हमें यहाँ से विट्ठलदास की हवेली में कब ले जाया जाएगा।"

"यह काम तो हो जाएगा, मगर उससे फायदा क्या?"

"कम-से-कम हम अपने घर के लोगों को कोई सन्देशा तो भिजवा सकेंगे। रामसिंह, सम्भाजी का ध्यान रखना।"

"उनके बारे में आप फिक्र न करें। वे अब हमसे घुल-मिल गए हैं। शाही दरबार के तौर-तरीके भी सीख चुके हैं। राजासाहब, जब आपको यहाँ से हटाना तय होगा, तब शायद मैं आपसे न मिल पाऊँ। तब आपको मैं सूचना कैसे दे पाऊँगा?"

रामसिंह ने थोड़ी देर सोच-विचार किया, फिर कहने लगा, "मैं उस दिन फौलादखान के मारफत आपको सन्देश भिजवाऊँगा कि 'आप मुझसे मिलने न आएँ। बादशाह सलामत ने मनाही कर दी है।' आपको जिस दिन यह सन्देश मिले, आप समझ लें कि उससे अगले दिन आपको यहाँ से हवेली में ले जाया जाएगा। बस, इससे अधिक मैं कुछ नहीं कह सकता।"

रामसिंह राजे की अनुमति पाकर चला गया। राजे आराम से लेट गए। मदारी, हिरोजी, रामकिशन और जिवा जोशी मिठाई के पिटारे भरने के लिए अन्दर आए। राजे ने हिरोजी से कुछ कहा। हिरोजी झटपट बाहर चला गया। मदारी टोकरी में मिठाई भर रहा था। कहने लगा, "महाराज, ऐसी मिठाई अपने देस में नहीं होती।"

"हाँ, सच है। मदारी, यह मिठाई राजगढ़ तक पहुँचानी होगी।"

"उतने दिनों तक यह मिठाई खराब नहीं होगी क्या?"

रामकिशन कहने लगा, "खराब क्यों होगी? इसे महीना भर रखो, तो भी यह मिठाई खराब नहीं होती।"

"सुना, मदारी? मिठाई चाहे जितने दिनों तक रह सकती है, बस, इसे वहाँ तक भेजने का तरीका होना चाहिए।"

पन्द्रह-सोलह साल का लड़का मदारी बेहद चतुर और सयाना था। वह अपनी हँसी रोक नहीं पाया। टोकरियाँ तैयार हो चुकी थीं। एक-एक रंगीन बाँस में एक-एक टोकरी लटका दी गई। दो सेवक बाँस को कन्धों पर उठाकर डेरे के बाहर चले गए।

फौलादखान की पहरा-चौकी में इन टोकरियों की अच्छी तरह तलाशी ली गई। फिर टोकरियों को आगे जाने दिया गया। इन टोकरियों में से एक टोकरी फौलादखान को भेजी गई थी।

अगले दिन सूचना मिली कि कवि कलश राजे से मिलने आए हैं। राजे और कवि कलश की मुलाकात हुई। भगवे रंग की पगड़ी, मस्तक पर अंकित गन्धद्रव्य का तिलक, गौरवर्णीय

विशालकाय व्यक्तित्व कवि कलश की बुद्धिमत्ता का परिचायक था। राजे बड़ी देर तक उनसे बातचीत करते रहे। अचानक राजे का ध्यान दरवाजे की तरफ गया। डेरे के भीतरी दरवाजे पर फौलादखान खड़ा था।

राजे ने पलंग पर बैठे-बैठे ही पुकारते हुए कहा, "आइए, खानसाहब आइए।"

अन्दर आते हुए फौलादखान कहने लगा, "राजासाहब, आपने हमें मिठाई भेजी, हम उसका शुक्रिया अदा करने आए थे।"

"बैठिए तो सही, भला शुक्रिया की क्या जरूरत थी? आपका इनसे परिचय करा दूँ, ये हैं कवि कलश। काशी के निवासी हैं, दशग्रन्थी ब्राह्मण हैं। कुंडली देखना जानते हैं। हम उनसे पूछ रहे थे कि हम कब तन्दुरुस्त होंगे।"

फौलादखान हँसने लगा। बोला, "राजासाहब, इसकी बजाय आप यह क्यों नहीं पूछते कि छुटकारा कब मिलेगा?"

राजे ने कठोर भेदती दृष्टि से फौलादखान को देखा। अगले ही पल वे हँसते हुए कहने लगे, "फौलादखान, भला यह भी कोई सवाल हुआ? हम मेहरबान बादशाह सलामत के हुक्म से तुम्हारे फौलादी शिकंजे में कसे हुए हैं। हम भला कैसे छूट पाएँगे! आलमगीर औरंगजेब ने आज तक पकड़ा हुआ शिकार कभी छोड़ा नहीं और आपकी गिरफ्त में से बचकर आज तक कोई निकला नहीं।"

सिद्दी हब्शी फौलादखान का काला चेहरा दमक उठा। आँखों में खुशी चमकने लगी। उसके बड़े-बड़े सफेद दाँत काले होंठों के बीच चमचमा रहे थे। वह कहने लगा, "राजासाहब, ये तारीफ नहीं, हकीकत है।"

"हमने भी हकीकत बयान की है, तारीफ नहीं।"

इसी समय सम्भाजीराजा अन्दर आए। वे शिवाजीराजा की तरफ जाते हुए कहने लगे, "आबासाहब!"

"बालराजे, सुबह से कहाँ थे तुम?"

"हम रामसिंह चाचा के घर गए थे। उनके साथ हम आलीजाह के महल में गए थे। आलीजाह ने मुझे पास बैठाया, मुझे अपनी कटार दी। ये देखो।"

बालराजा ने कटार निकालकर दिखाई। कटार का फल जगमगा उठा।

राजे ने कहा, "यह तो बड़ी तेज है। बालराजे, जरा बचकर रहना। ये शाही कटारें बहुत जहरीली होती हैं।"

"आबासाहब, हमने आपके लिए भी एक कटार माँगी, तो आलीजाह कहने लगे..." और बालराजे एकदम पूछ बैठे, "...आबासाहब, 'अनजान' का मतलब क्या होता है?"

"क्यों?"

"हमने कटार माँगी, तो आलीजाह ने कहा, 'बच्चा निहायत मासूम और अनजान है'।"

सब हँसने लगे। राजे ने कहा, "बालराजा, बादशाह ने तुम्हें शाबाशी दी।"

"आलीजाह ने हमें शाम को भी बुलाया है।"

"अच्छा! बड़े भाग्यवान हो तुम। हमारी ऐसी तकदीर कहाँ?"

फौलादखान राजे पर इतने दिनों से पहरा दे रहा था, परन्तु राजे का सौजन्यपूर्ण व्यवहार और सबसे प्रेमभरी बातचीत देख-सुनकर उसे इस पहेली का कोई हल नहीं सूझ रहा था कि

'यह राजा कैद में क्योंकर खुश है।' वह मानो बेबस होकर पूछने लगा, ''राजासाहब, बड़ी बदकिस्मती का खेल है यह कि आप कैद में हैं और हम आप पर पहरा दे रहे हैं। काश! कहीं आलीजाह आप पर भी ऐसे ही मेहरबान होते कि जैसे सम्भाजीराजा पर मेहरबान हैं, तो आप और हम दोनों आज ही शाही दरबार के सच्चे दोस्त बन जाते।''

''मगर आज भी तुम्हारा और हमारा नाता यही है। तुम पहरा देते हो, इस वजह से हम तुम्हें गुनहगार थोड़े ही समझते हैं!''

फौलादखान राजे की आज्ञा पाकर चला गया। उसके जाते ही राजे ने बालराजा को पास बुलाया और बोले, ''बालराजे, इन्हें पहचानते हो ना?''

''जी हाँ।'' बालराजा ने सिर हिलाया।

''इन्हें अच्छी तरह याद रखना। ये तुम्हें जब भी कुछ कहें, इनका कहा जरूर मानना। समझ गए ना?''

''जी, आबासाहब।''

कवि कलश ने बालराजा की पीठ पर प्यार से हाथ फिराया। बालराजा को कुछ दूर गया देखकर कलश ने कहा, ''राजे, आपने हमें बहुत बड़ा उत्तरदायित्व सौंपा है।''

''और उसे तुम अवश्य निभाओगे, इस पर हमें पूर्ण विश्वास है। अब तुम फिर हमारे पास मत आना। हिरोजी तुमसे आकर मिल लेंगे।''

कवि कलश चले गए। राजे फिर से बिछौने पर लेट गए।

31

दिन-ब-दिन शिवाजीराजा की तबीयत खराब होती जा रही थी। दवाइयाँ बेकार हो रही थीं। दोपहर को फौलादखान आया। जब उसने सुना कि राजे जागे हुए हैं, तो वह सीधे अन्दर चला आया। राजे के पास जाते ही कहने लगा, ''राजासाहब, आपकी तबीयत...।''

''अब तो लगता है—तबीयत जान के साथ जाएगी।'' राजे ने कहा।

''राजासाहब, इस तरह नाउम्मीद होने से कैसे काम चलेगा? वो अल्लाह बड़ा रहमदिल है। राजासाहब, आप कुँवरसाहब से मिलने जानेवाले थे न?''

राजे को इस बात पर आश्चर्य नहीं हुआ। वे कहने लगे, ''हाँ, इस बीमारी से तंग आ चुका हूँ। सोचा था तुम्हारे साथ उनके यहाँ चला जाऊँ।''

''मगर अफसोस है, राजासाहब। ऐसा नहीं हो सकेगा। कुँवरसाहब ने आपको एक सन्देश भेजा है।''

''क्या कहते हैं वे?''

''उन्होंने सन्देश में कहलवाया है कि आप उनसे मिलने न आएँ। बादशाह ने उन्हें आने की मनाही कर दी है। ऐसी हालत में अगर आप उनसे मिलने जाएँगे, तो यह भी कुछ ठीक नहीं लगेगा।''

''जैसी 'श्री' की इच्छा।'' राजे ने कहा, ''कम-से-कम एक आदमी तो ऐसा था, जिसके साथ हम दो बातें कर लेते थे। अब उस पर भी पाबन्दी लग गई है, खैर! अच्छा, हम सब सोते हैं।''

फौलादखान चला गया। राजे ने मदारी, हिरोजी फर्जन्द और जोशी आदि को तुरन्त आवश्यक हिदायतें दीं। उन्होंने सम्भाजी को जोशी के साथ रामसिंह के घर भेज दिया। राजे ने सम्भाजीराजा से कहा, ''बालराजा, तुम रामसिंह चाचा के घर जाकर खेलो। चाचा अगर दरबार में जाएँ, तो तुम उनके साथ बिलकुल मत जाना। मैं, कलश चाचा या हिरोजी तुम्हें जो कुछ करने को कहें, वही करो। सावधानी से रहना।''

सम्भाजी जोशी के साथ रामसिंह के यहाँ चला गया। राजे ने अर्जुनसिंह से पूछा, ''टोकरियाँ तैयार हैं क्या?''

''जी हाँ, तैयार हैं।''

''सब लोग तो विश्वासपात्र हैं न?''

''जी, हाँ।''

''ठीक है। अर्जुनसिंह, तुम शहर की हद तक हमारे साथ चलोगे। आगे जो कुछ करना होगा, हम खुद कर लेंगे। अच्छा, कारीगर को अन्दर बुलाओ।''

अर्जुनसिंह ने हामी भरी। वह बाहर जाकर एक आदमी को साथ ले आया। यह आदमी टोकरियाँ ले जानेवाले कहारों में से एक था। अर्जुनसिंह ने बताया, ''यह आदमी बहरा और गूँगा है।''

राजे चौकी पर बैठ गए। इधर वह गूँगा राजे की दाढ़ी बना रहा था, उधर हिरोजी राजे के कपड़े पहन रहा था। दाढ़ी पूरी होते ही राजे उठ खड़े हुए। हिरोजी राजे के कपड़े पहनकर सामने खड़ा था। कोई उसे दूर से देखे भी तो किसी प्रकार के शक की गुंजाइश नहीं थी। राजे ने अपने हाथों में पहने हुए सोने के कड़े और कान के चौकड़े निकाले और हिरोजी को पहना दिए। हिरोजी जाकर राजे के बिस्तर पर लेट गए। राजे ने झटपट कहार के कपड़े पहने। कानों में गोल छल्ला पहन लिया। सिर पर पगड़ी बाँध ली। अब राजे का रूप पूरी तरह बदल चुका था। राजे ने हिरोजी को पहले से ही हिदायतें दी हुई थीं। उन्होंने मदारी की पीठ पर हाथ फेरा। मदारी हिरोजी के पाँव दबाने लगा। हिरोजी ने खुसफुसाकर कहा, ''राजे, होशियार रहिए।''

राजे ने हिरोजी का हाथ दबाया। राजे ने तेजसिंह को बाहर भेजा, ताकि वह जाकर सम्भाजी को ले आए और राजे स्वयं टोकरियाँ ढोनेवाले कहारों के बीच जाकर बैठ गए।

सूर्य अस्त हो गया। पहरेदारों की पारी बदलने का समय था। इस समय पहरेदारों में हड़बड़ी मची हुई थी। अर्जुनसिंह ने राजे को इशारा किया। दो पिटारें कहारों ने उठा लिये और चल पड़े। राजे ने तीसरे पिटारे के पीछेवाली बाजू को कन्धे पर रख लिया। उनके पीछे दो पिटारें और चले आ रहे थे। पहरे की चौकी में इन पिटारों को रोका गया। पहरेदार मिठाई की टोकरियों के ढक्कन खोल-खोलकर देख रहे थे। सब टोकरियों की तलाशी पूरी होने के बाद पिटारे चौकी पार कर गए। कहार तेजी से डग भरते हुए चले जा रहे थे। आगे–अर्जुनसिंह था। अँधेरा छाने लगा था। सारे पिटारे बाजार के पासवाले सँकरे रास्ते पर आए। आते ही आवाज आई–

'सूरत से कीरत बड़ी बिना पंख उड़ जाए
सूरत तो जाती रहे कीरत कबहुँ न जाए॥
रहम, बन्दापरवर, रहम करो।'

राजे ने देखा। एक फकीर रास्ते के किनारे बैठा हुआ था। उसके पास एक कहार खड़ा था। राजे ने बाएँ हाथ में पकड़ा हुआ एक रुपए का सिक्का भिखारी के कटोरे में फेंका।

पिटारे आगे चल पड़े। इतने में पीछे से एक कहार आया और राजे के साथ-साथ चलने लगा। उसने बिलकुल धीरे से और बड़ी सावधानी से राजे के कन्धे पर रखे बाँस को सँभाल लिया। राजे बाँस छोड़कर धीरे से एक ओर हट गए। राजे आगे बढ़ते हुए पिटारों को देखते हुए रास्ते पर ही खड़े थे कि पीछे से आवाज आई—"जल्दी चलिए।"

राजे फकीर के पीछे-पीछे एक गली में घुस गए। टेढ़ी-मेढ़ी गलियों से होकर राजे एक घर में घुसे। घर का दरवाजा झटपट बन्द कर लिया गया। यह एक कुम्हार का घर था। कवि कलश को देखते ही राजे ने कहा, "बालराजा कहाँ हैं?"

"वे सकुशल हैं। अब तो वे आगरा से बाहर जा चुके होंगे।" कवि कलश ने बताया। "जब पता लगेगा कि आप निकल भागे, तो हर जगह कड़ी तलाशी ली जाएगी। युवराज कैसे छिप सकेंगे। अवश्य ही आप अपने युवराज के साथ होंगे, ऐसा अनुमान करके हर ऐसे आदमी की छानबीन की जाएगी, जिसके साथ एक बालक हो। बालराजा के साथ महादेव भी है। वे दोनों अब मथुरा के रास्ते पर कहीं न कहीं होंगे।"

"किन्तु यदि उन्हें किसी ने पहचान लिया, तो?"

"मुंडितकेश और शिखा-सूत्रधारी बालराजा को तो अब आप भी नहीं पहचान सकेंगे। निर्धन ब्राह्मण-बालक की ओर ध्यान ही कौन देता है!"

इसके पश्चात् योजना की अगली कड़ी पर सोच-विचार किया जाने लगा।

32

हिरोजी फर्जन्द पर्दे की ओर मुँह करके और सिर पर शाल ओढ़कर सो रहा था। मदारी उसके पैर दबा रहा था। समई-दीपक जल रहे थे। अर्जुनसिंह हर रोज की तरह पहरे पर तैनात था। जोशी भी वहाँ आ चुका था। फौलादखान के पहरेदार आ-आकर डेरे में झाँक लेते थे। देखते थे कि राजे सोए हुए हैं—मदारी उनके पैर दबा रहा है। सिरहाने के पास चौकी पर राजे का जरीटोप और तलवार रखी हुई दिखाई दे रही थी। रात गहराती जा रही थी। राजे अब खाना खाने के लिए भी राजी नहीं थे। कराहने की आवाज आ रही थी। मदारी पैर दबाते हुए कानाफूसी करने लगा, "हिरोजी, कब से पैर दबा रहा हूँ। अब कह भी दे कि बस। दबाते-दबाते मेरे हाथ दुखने लगे।"

"अरे दबाता रह रे, दबाता रह। नहीं तो किसी को शक हो जाएगा।" हिरोजी बोला।

मदारी फिर पाँव दबाने लगा। आधी रात को पहरेदार बदले गए। मदारी पैर दबाते-दबाते वहीं सो गया था। बड़े सवेरे हिरोजी ने उसे जगाया। मदारी उठ बैठा। हिरोजी ने कहा, "चल, उठ।"

हिरोजी झट पलंग के नीचे चला गया। उसने राजे के कपड़े उतार डाले। अपना मुँडासा और चूड़ीदार पाजामा पहनकर वह अब हिरोजी बन गया। उसने पलंग पर झटपट गावतकिए रखे और उन पर शाल ओढ़ा दी। सारे दृश्य से यही लगता था कि राजे सिर पर ओढ़ना ओढ़े सो रहे हैं। मदारी और हिरोजी पलंग के पास हो घुटनों में सिर दिए बैठे हुए थे।

सुबह के पहरेदार ने डेरे के अन्दर झाँका। वह कुछ कहना चाहता था कि हिरोजी ने उसे होंठों पर उँगली रखकर इशारे से जताया, "बोलो मत, राजे सो रहे हैं।"

कुछ देर बार वे दोनों उठे और बाहर आए। बाहर खड़े हुए पहरेदार से हिरोजी ने कहा, ''राजे को रात भर नींद नहीं आई। अभी सुबह-सुबह उनकी आँख लगी है। उनके सिर में बड़ा दर्द है। मैं जाकर राजे के उठने से पहले ही दवाई ले आता हूँ। राजे को कोई तकलीफ मत देना।''

दोनों फौजी पड़ाव से बाहर चले गए।

दिन निकल आया, फिर भी डेरे में एकदम सूनापन था। पिछले कई दिनों से राजे की दशा देखकर सब उनके बारे में चिन्तित रहते थे। जो कोई भी डेरे के पास आता था, उसे बताया जाता था, 'राजे को रात भर नींद नहीं आई, वे अभी-अभी सोए हैं।' सुनकर आनेवाले अधिकारी लौट जाते थे।

दिन काफी चढ़ आया था। राजे अभी उठे नहीं थे, कराहने की आवाज भी नहीं आ रही थी। अब तो पहरेदारों की बेचैनी बढ़ने लगी। वे असमंजस में थे कि ये क्या माजरा है! दवाई लाने के लिए गए हुए नौकरों का भी कोई अता-पता नहीं था। मगर जब सूरज बीच आसमान में आ पहुँचा, तब पहरेदारों का धीरज पूरी तरह टूट गया। उन्होंने फौलादखान को इस बात की सूचना दी। फौलादखान को भरोसा नहीं हो रहा था। वह लपककर डेरे में पहुँचा। देखा, राजे सोए हुए थे। सिरहाने उनका जरीटोप और तलवार रखी थी। उसने चैन की साँस ली। वह आहिस्ता से बिस्तर के पास आया। उसने धीरे से पुकारा, ''राजासाहब!''

कोई जवाब नहीं आया। ''राजासाहबऽ।'' खामोशी छाई रही। फौलादखान नजदीक गया और उसने जोर से शाल खींची।

आसमान से बिजली टूट पड़ी थी। फौलादखान आँखें फाड़-फाड़कर बिस्तर पर रखे हुए तकियों को, मसनदों को और दुलाई को देख रहा था। वह गुस्से से दाँत पीसने लगा। वह जोर से चिल्लाया, ''या अल्लाह! शैतान भाग गयाऽऽ!''

वह आगबबूला होकर पहरेदारों को तकिए, और मसनदें फेंक-फेंककर मार रहा था। लातें मार रहा था। जब वह कुछ होश में आया, तो सीधा रामसिंह के यहाँ पहुँचा। रामसिंह भी हक्का-बक्का रह गया। दोनों की गरदनें फन्दे में फँस चुकी थीं। रामसिंह सीधा दरबार में गया।

बादशाह औरंगजेब दीवान-ए-खास की मजलिस में शरीक था। उसके पास उसके वजीर थे, दरबार के मुल्ला-मौलवी भी हाजिर थे। रामसिंह को देखते ही बादशाह की खुशी का ठिकाना न रहा। उसे अचानक शिवाजी की याद आ गई। आज शिवाजी का आखिरी दिन था। आज शाम ही तो शिवाजी को विट्ठलदास की हवेली में ले जाया जाना था और वहीं उसे दफनाया जाना था। औरंगजेब ने कहा, ''आओ, कुँवर रामसिंह।''

मगर रामसिंह सिर झुकाए खड़ा था। औरंगजेब को यह राज कुछ समझ नहीं आया कि हमेशा हँसमुख दिखाई देनेवाला रामसिंह आज गमगीन क्यों है! उसने पूछा, ''क्यों कुँवर साहब, कौन आफत टूटी है तुम पर?''

रामसिंह ने ऊपर देखा। उसकी आँखों में आँसू आ गए। वह कहने लगा, ''जहाँपनाह, बड़ी बुरी खबर है। शिवाजी गायब हो गया है।''

औरंगजेब को सुनी हुई खबर का पहले तो मतलब ही समझ नहीं आया, मगर जब समझ आया, तो उसका हाथ दाढ़ी पर फिरने लगा। तसबीह के मनके उँगलियों में जल्दी-जल्दी घूमने लगे। गुस्से के मारे वह उठ खड़ा हुआ। चीखते हुए बोला, ''कैसे गायब हो गया?''

"पहरा तो कड़ा था, जहाँपनाह, मगर शिवाजी आज सुबह गायब हो गया है। उसका डेरा खाली है।"

औरंगजेब गुस्से से बेकाबू हुआ जा रहा था। उसने फौलादखान को बुलवाया। फौलादखान ने कुरान शरीफ की कसम खाकर कहा कि शिवाजी सचमुच गायब हो गया है। फौलादखान से बढ़कर ईमानदार और कोई नौकर नहीं था। औरंगजेब चिल्लाकर बोला, "कुँवर रामसिंह, ये करामात तुम्हारी है, तुमने ही उसे भगाया है।"

"आलीजाह, माफी फरमाएँ। भीतरी पहरे का जिम्मा मेरा था मगर बाहर का पहरा खुद फौलादखान के जिम्मे था।"

औरंगजेब ने शिवाजी की खोज कराने के लिए चारों तरफ अपने आदमी दौड़ाए। सारे सरदार, जिनमें रामसिंह भी था, शिवाजी को पकड़ने के लिए निकल पड़े। हुक्म दिया गया कि आगरा शहर के हर घर की पूरी तलाशी ली जाए। औरंगजेब को उम्मीद थी कि सम्भाजी के साथ जानेवाला शिवाजी कहीं न कहीं गिरफ्त में आ ही जाएगा। खोजबीन इसी तरह से जारी थी। आगरेवाले कुम्हार के घर की भी तलाशी ली गई, मगर कोई हाथ नहीं आया। हवेली के तलघर में छिपे हुए राजे तलघर में ही छिपे रहे।

रामसिंह के पहरेदारों को गिरफ्तार किया गया। उनकी खूब मार-पिटाई हुई, मगर सब बेकार गई। आगरा शहर की तलाशी में त्र्यम्बकपन्त और रघुनाथपन्त मुगल सिपाहियों के हाथ लग गए। फौलादखान ने अपना सारा गुस्सा उन दोनों पर उतारा। दोनों को तरह-तरह से तकलीफें दी गईं, मगर कोई जानकारी पल्ले नहीं पड़ी। राजे का दिया हाथी लेकर जा रहे परमानन्दजी भी इस धर-पकड़ की मुहिम में सिपाहियों के हाथ लग गए।

औरंगजेब की हालत बावलों जैसी हो गई थी। उसे इस घटना पर यकीन नहीं हो रहा था। जैसा कि फौलादखान कहता है, 'क्या शिवाजी सचमुच सूने में कहीं समा गया होगा? या हवा में उड़ गया होगा? जैसे वह शाइस्ताखान के सामने दीवार में से निकल आया था, उसी तरह वह कहीं महल में तो नहीं आ धमकेगा?' औरंगजेब को अपनी जान बड़ी प्यारी थी। वह किसी तरह खतरा मोल नहीं लेना चाहता था। उसने अपने चारों ओर कड़ा पहरा तैनात कर दिया। मौलवी हरदम उसके पास रहने लगे।

रामसिंह का मनसब छीन लिया गया। मिर्जाराजा को हुक्म भेजा गया कि वे नेताजी को गिरफ्तार करके आगरे भेज दें।

33

आगरा के वातावरण में तनाव कुछ कम हो गया था। राजे के गुप्तचर आकर समाचार देते रहते थे। एक दिन राजे ने वैरागी का वेश धारण कर लिया। शेष लोगों ने भी उनका अनुकरण किया। राजे को वैरागी की वेशभूषा पहने देखकर सबके हृदय तिलमिला उठे। राजे ने कहा, "निराजीपन्त, बहुत दिनों बाद हमारी इच्छा पूरी हो रही है। मन करता था कि वैरागी बन जाएँ, सो आज बन गए, परन्तु दुख यही है कि हम साधु की योग्यता के बिना ही इन वस्त्रों को धारण कर रहे हैं। जिस दिन हम उस योग्य बनेंगे, उसी दिन हमारा जीवन सफल होगा।"

राजे ने निराजीपन्त से कहा, "पन्त, तुम्हें वैरागियों की बोली आती है न?"

"जी हाँ।"

"हमने इसी कारण तुम्हें चुना है। आज से तुम हमारे महन्त, और हम सब तुम्हारे शिष्य। तुम्हारा नाम है 'कल्याण' और हमारा नाम है 'आनन्द'।"

राजे ने सबके नकली नाम रखे। सब जने अकेले या दो-तीन की टोली बनाकर आगरा शहर से बाहर जाने लगे। राजे ने साधुओं की तीन टोलियाँ बनाई थीं। पहली थी वैरागियों की टोली, दूसरी उदासी साधुओं की और तीसरी टोली गोसाईं साधुओं की थी। तीनों की वेशभूषा भिन्न थी। दो-तीन दिनों में सब लोग आगरा से बाहर निकल गए। यह अनुमान करना कठिन नहीं था कि मुगल सिपाहियों की खोज की सारी कोशिशें दक्खिन की ओर जारी होंगी, इसलिए ये लोग उत्तर की ओर चल दिए।

रात को सब एक धर्मशाला में ठहरे हुए थे। वैरागी धूनी जगाए हुए बैठे थे। धर्मशाला के एक कोने में एक आदमी बैठा था। सिर पर पगड़ी, बदन में रेशमी अँगरखा और पाजामा पहने हुए वह चुप बैठा हुआ था, परन्तु उसका सारा ध्यान वैरागियों की ओर था।

भोर हुई। वैरागी प्रस्थान के लिए तैयार हुए ही थे कि वह आदमी सामने आया और कहने लगा, "महाराज, एक विनती है।"

निराजीपन्त ने उसे ध्यान से देखते हुए पूछा, "क्या है?"

"मैं इत्रफरोश हूँ। मेरे पास महँगे कन्नौजी इत्र हैं।" इत्र की सन्दूकची खोलते हुए वह बोला।

सबको हँसी आ गई। निराजीपन्त ने कहा, "अरे बाबा, हम वैरागी साधु हैं, हमें तो भस्म भी बोझ लगती है। तेरा इत्र लेकर हम क्या करेंगे?"

"ऐसा मत कहो, महाराज। बहुत बेशकीमती इत्र है, एकदम असली है। ऐसा केवड़े का इत्र आपको ढूँढ़ने से भी नहीं मिलेगा।"

राजे उसकी बात सुन रहे थे। वे एकदम चौकन्ने हो गए और आगे बढ़कर कहने लगे, "हाँ, हमें केवड़ा ही चाहिए था। हम कई दिनों से केवड़ा खोज रहे थे।" सब आश्चर्यचकित हो उठे।

गन्धी ने पूछा, "आपको केवड़ा चाहिए?"

"हाँ, केवड़ा चाहिए।" गन्धी की आँखों में आँखें गड़ाते हुए राजे ने कहा, "कलश!"

"जी," गन्धी कह उठा।

"तुम मथुरा के निकट हमारी प्रतीक्षा करो। हम वहाँ आएँगे।"

गन्धी चलने को हुआ कि राजे ने अपनी झोली में से कुछ हीरे निकाले और उसे दे दिए। सब लोग चकित होकर देख रहे थे। राजे ने कहा, "यह कवि कलश का साथी है। 'केवड़ा' सांकेतिक शब्द है।" वैरागियों ने फिर से यात्रा शुरू कर दी।

वे मथुरा नगरी पहुँचे। मोरोपन्त पिंगले* के साले मथुरा में रहते थे। निराजीपन्त ने पहले ही कवि कलश के हाथ उन्हें एक पत्र भेजा था। मोरोपन्त के साले कृष्णाजीपन्त, उनके भाई काशिराऊपन्त और विसाजीपन्त ने सम्भाजी का उत्तरदायित्व लेना स्वीकार किया। राजे कृष्णाजीपन्त से मिले। ब्राह्मण वटुक वेषधारी बालक सम्भाजी वैरागियों को देखकर आश्चर्यचकित हो रहा था। राजे ने सम्भाजी को मथुरा में रखने का निश्चय किया। यह निश्चय किया गया कि अपने राज्य में पहुँचने के बाद शिवाजीराजा अपने दूत भेजेंगे। और तब

* मोरोपन्त शिवाजी के प्रधानमन्त्री (पेशवा)।

कृष्णाजीपन्त सम्भाजी को साथ लेकर राजगढ़ आएँगे। योजना के निश्चित होते ही राजे ने मथुरा से प्रयाण किया और वे काशी की ओर चल पड़े।

काशी पहुँचकर भी राजे का मन अशान्त था। कवि कलश ने राजे की पूरी तरह सहायता की थी, फिर भी काशी में राजे का मन नहीं लगता था। उन्हें अपनी काशी याद आ रही थी—राजगढ़। आँखों में प्राण बसाकर उनकी प्रतीक्षा कर रही उनकी जननी जन्मभूमि—राजगढ़।

34

राजगढ़ की पद्मावती माची पर स्थित राजमहल में नीरवता छाई हुई थी। राजसभागृह में कोई नहीं था। मोरोपन्त, बालाजी आदि कुछ लोग राजकार्यालय में बैठे हुए काम में मग्न थे। जीजाबाई अभी तक महल के देवगृह में थीं। जब से राजे आगरा गए थे, जीजाबाई का समय अधिकतर देवपूजादि में अथवा व्रत-उपवास करने में ही बीतता था। वे दिन-दिन क्षीण होती जा रही थीं। उनकी उदास आकृति को देखकर सबका जी फटा जाता था। उन्हें धीरज बँधानेवालों के शब्द भी अब चुक गए थे। बीच-बीच में कई अफवाहें उठती रहती थीं, परन्तु सब इतनी सावधानी बरतते थे कि ये अफवाहें जीजाबाई तक न पहुँच पाएँ।

मोरोपन्त राजकार्यालय में बैठे थे। दुपहरी बीत चुकी थी। इसी समय एक गुप्तचर सूचना देने आया कि एक अश्वारोही उनसे मिलना चाहते हैं। मोरोपन्त ने उस अश्वारोही को अन्दर आने की अनुमति दी। वे राजसभागृह में गए और वहाँ उस सवार की प्रतीक्षा करने लगे। जब वह अश्वारोही निकट आया, तो मोरोपन्त आश्चर्य के मारे स्तब्ध रह गए। 'अरे! यह तो महादेव है।' वे तेजी से दौड़े और जाकर महादेव से लिपट गए। मोरोपन्त महादेव का हाथ पकड़कर उसे राजकार्यालय के एक कक्ष में ले गए। बड़ी अधीरता से उससे पूछने लगे, ''राजे कैसे हैं?''

''सकुशल हैं।''

''कहाँ हैं?''

''यह तो पता नहीं।'' महादेव ने कहा।

''क्या मतलब...?''

महादेव ने उन्हें आगरा में घटित घटनाओं का विवरण कह सुनाया। बताया कि किस प्रकार वह आगरा शहर से बाहर आया था। फिर उसने कहा, ''राजे की आज्ञानुसार हम लोग नरवरघाटी पार करके उनकी प्रतीक्षा कर रहे थे। एक दिन हमने सुना, राजे कैद से निकल भागे। सब ओर इसी बात की चर्चा थी। जोरों से तलाश की जाने लगी। और तभी राजे के आदेश के अनुसार मैं इधर चला आया।''

''राजे ने क्या आदेश दिया था?''

महादेव बताने लगा, ''राजे ने मुझे विदा करते समय कहा था, 'महादेव, जब तुझे पता लगे कि हम कैद से छूट निकले, तो तू सीधे राजगढ़ पहुँच जाना। हमारे बच निकलते ही सारे देश में हमारी खोज की जाएगी। बहुत सावधान होकर, हर तरह के खतरे मोल लेकर हमें अपना रास्ता तय करना होगा। राजगढ़ पहुँचते ही तू मोरोपन्त से मिलना और उनसे कहना, सब ओर खबर फैला दो कि राजे शत्रु की कैद से बच निकले और वे सकुशल राजगढ़

पहुँच गए हैं। इस खुशी में राजगढ़ में तोपें छोड़ी जाएँ।' राजे ने कहा था, 'तू पन्त से इतना सन्देश कह देना, बस, वे सब कुछ समझ जाएँगे'।''

मोरोपन्त की आँखों से हर्ष के अश्रु बह निकले। अन्य सब लोगों के मुख भी सन्तोष से प्रफुल्लित हो उठे थे। मोरोपन्त ने कहा, ''ऐसे राजा की सेवा का हमें अवसर मिला है, यह हमारा अहोभाग्य है। राजे ने जो कुछ कहा है, उसका अर्थ मैं अच्छी तरह समझ गया हूँ। किन्तु महादेव, तू राजे का गुप्तचर है। तू इतना भी नहीं समझ सका? अरे पगले, जब राजगढ़ में तोपें दागी जाएँगी और खबर फैलेगी कि राजे गढ़ में आ पहुँचे हैं, तो यह खबर अपने आप आगरा भी पहुँचेगी। तब राजे की खोज बन्द हो जाएगी। उनका लौटने का मार्ग निर्विघ्न हो जाएगा। अच्छा, तू यहीं खड़ा रह। मैं जाकर माँसाहिबा से मिलता हूँ। मेरे बाद ही तू उनसे मिलना।''

मोरोपन्त राजसभागृह से बाहर चले गए। इसी समय मनोहारी दौड़ती हुई आई। पूछने लगी, ''पन्त, महादेव आया है क्या?''

''नहीं तो।''

मनोहारी का मुँह उतर गया। कहने लगी, ''अभी-अभी मैंने उसके जैसे किसी को देखा था—मुझे तो बिलकुल वही लगा।''

''तुझे भ्रम हुआ होगा! अच्छा, क्या माँसाहिबा की पूजा समाप्त हो गई?''

''हाँ, अभी-अभी वे महल में आई हैं।''

मोरोपन्त महल में आए। जीजाबाई मंचक पर बैठी थीं। उनके निकट पुतलाबाई खड़ी हुई थीं। मोरोपन्त को आता देखकर जीजाबाई ने कहा, ''आ रे बाबा, आ। बता, क्यों आया है? यही पूछने आया है न तू कि 'माँसाहिबा आपने पूजा-पाठ कर लिया क्या? भोजन कर लिया या नहीं'?''

''नहीं, माँसाहिबा! आज तो मैं एक छोटा-सा समाचार सुनाने आया हूँ।''

''कैसा समाचार? कोई टंटा-झमेला हो, तो मत बता, बाबा। जाकर सोयराबाई को बता। वही निर्णय करेगी।''

मोरोपन्त ने आज नित्य की भाँति शिष्टता की रीत छोड़ी और वे जीजाबाई के पास आ बैठे। सहजता के साथ कहने लगे, ''माँसाहिबा, राजे ने औरंगजेब की आँखों में धूल झोंक दी।''

''किसने कहा?'' जीजाबाई ने पूछा।

''बिलकुल सच है यह समाचार। राजे कड़ा पहरा होते हुए भी बच निकले हैं। वे रास्ता तय करते हुए राजगढ़ की ओर चले आ रहे हैं। चिन्ता की कोई बात नहीं।''

''अरे, परन्तु तुझे बताया किसने है? सपना तो नहीं देखा?''

''नहीं, माँसाहिबा, महादेव आया है।''

''कहाँ है?''

''आप उठिए नहीं, माँसाहिबा। मैं उसे बुलवा लेता हूँ।''

मनोहारी दरवाजे के पास खड़ी-खड़ी सब सुन रही थी। सुनते ही राजकार्यालय की ओर भागी। चारों ओर आनन्द का ज्वार उमड़ आया। सबको यह घटना बताते हुए बेचारे महादेव की नाक में दम आ गई। जीजाबाई देवगृह में गईं और भगवान् के चरणों में माथा झुका दिया। मोरोपन्त ने राजे का सन्देश जीजाबाई को बताया और पूछने लगे, ''तो माँसाहिबा, अब तोपें दागने की आज्ञा मिले।''

"अरे, तू पेशवा है न? फिर इतनी भूल कैसे कर रहा है? अरे, अभी जरा ठहर। रात होने दे, एक पालकी गढ़ के नीचे तलहटी में जाने दे। वह पालकी सैनिक-दल के साथ राजगढ़ में आएगी। गढ़ में सब ओर पहरा लगवाओ, फिर सुबह तोपें दगवाओ। फिर घोषणा करवाओ कि राजे गढ़ में पधार चुके हैं।"

मोरोपन्त रात को पालकी साथ लेकर राजगढ़ की तलभूमि में गए। आधी रात को वह सुसज्जित पालकी गढ़ में आई। पालकी के द्वार परदों से बन्द थे। सुबह होते ही गढ़ में खबर फैली, "...राजे आ गए।"

गढ़ से दनादन तोपें छूट रही थीं। राजे गढ़ में पधार चुके थे, परन्तु बीमार थे...।

दक्षिण देश में मिर्जाराजा तक भी यह खबर पहुँची। उन्होंने औरंगजेब को सूचना भिजवा दी।

राजगढ़ में कड़ा पहरा लगा दिया गया। आनेवाले प्रत्येक व्यक्ति की पूरी तरह जाँच-पड़ताल करके ही उसे अन्दर आने दिया जाता था। मोरोपन्त की आज्ञा के बिना कोई भी गढ़ से नीचे नहीं उतर सकता था।

35

शिवाजीराजा वैरागी के भेष में रास्ता तय करते चले जा रहे थे। चाँदा और इन्दूर परगनों से होते हुए वे भागानगर के कुतुबशाही इलाके में आए। चारों ओर प्रकृति का रूप बदलता जा रहा था—प्रकृति का यह रूप राजे के लिए परिचित रूप था और इसे देखकर राजे का उत्साह द्विगुणित हो रहा था। अब चलना उन्हें सुखदायी लगने लगा था। शाम होने को थी। झाड़ियों के बीच बसा हुआ एक छोटा-सा गाँव दिखाई दिया। गाँव से धुआँ उठ रहा था। निराजीपन्त ने कहा, "राजे, आज की रात इस गाँव में बिताई जाए।"

"ठीक है।"

चारों वैरागी गाँव की ओर चल पड़े। गाँव के लोग अचरज और उत्सुकता भरी दृष्टि से इन वैरागियों को देख रहे थे। निराजी ने पूछताछ की, तो पता चला कि गाँव में धर्मशाला नहीं थी। एक किसान ने उनका स्वागत किया। उसने घर के सामनेवाले चबूतरे पर उन्हें विश्राम करने की जगह दे दी। राजे ने हाथ-पैर धोकर अपनी कमली बिछा दी। निराजी ने आसन बिछाया। निराजी के बैठते ही शेष सब लोग बैठ गए। शेष लोग निराजीपन्त से कहने लगे, "यहाँ के लोग कितने श्रद्धालु हैं, है न?"

निराजीपन्त ने कहा, "आनन्द, द्वार पर आए अतिथि का स्वागत करना तो हिन्दुओं का आचार-धर्म ही है। समाज में ऐसे भोले-श्रद्धालु व्यक्ति हैं, इसी से तो हम जैसे वैरागियों का निर्वाह होता है।"

इसी समय गृहस्वामी किसान की पत्नी बाहर आई। उसने कुछ मूँगफलियाँ वैरागियों के बीच रख दीं और सबको प्रणाम करके वह भीतर चली गई। तभी किसान बाहर आया और मूँगफलियों की ओर इशारा करते हुए बोला, "पाइए, महाराज।"

सबने पूछा, "तुम्हारा नाम क्या है?"

"मुझे रावजी पटेल कहते हैं।"

"तुम पटेल हो क्या?" निराजी ने पूछा।

रावजी हँस दिया। बोला, ''महाराज, हमारे घराने में पटेलगिरी थी कभी, मुगलाई राज में छीन ली गई। ओहदा तो चला गया, बस नाम रह गया। कहने को पटेल हैं, मगर दाने-दाने को मोहताज हैं!''

''अब तुम्हारे ये बुरे दिन अधिक नहीं रहेंगे।'' राजे ने कहा।

''वह कैसे, महाराज?''

निराजी ने कहा, ''पटेल, ये हमारा आनन्द है न, भविष्य बतलाना जानता है। इसका कहा कभी झूठा नहीं होता।''

पटेल उठा। राजे के पाँव पड़ते हुए कहने लगा, ''आनन्दजी महाराज, इस गरीब की नैया तर जाएगी! आपके मुँह में घी-शक्कर।''

रात को भोजन के समय पटेल की पत्नी ने सबको रोटी और साग दिया। गरम-गरम रोटी-साग देखकर राजे ने कहा, ''मैया, तुम्हारा कल्याण हो।''

उस स्त्री ने राजे की ओर देखा। उसका क्रोध एकदम उफन आया। वह कहने लगी, ''अरे बाबाजी, जो कुछ रूखा-सूखा मिला है, चुपचाप खा लो। घर में कुछ बचा होता, तो मिठाई के चार कौर खिलाती तुम्हें। मगर वो शिवाजी है ना? वह भला दो मीठे कौर कैसे खाने देगा?''

इस बात से सारे चौंक पड़े। राजे ने आश्चर्य छिपाते हुए पूछा, ''क्यों? शिवाजी ने क्या किया है, माई?''

''अब तुम्हीं बताओ, महाराज, हम मुगलाई में रहते हैं, ये भी क्या हमारा दोष है? शिवाजीराजा के सरदार हैं न, वो प्रतापराव, आनन्दराव और तेलंगराव! इन्होंने सारे मुगलाई इलाकों में हुड़दंग मचा रखा है। गाँव लूट लिए हैं। सुना था कि शिवाजी को बादशाह ने पकड़ लिया था, वहीं मर जाता, तो अच्छा होता!''

''क्या? शिवाजी छूट गया?''

''क्यों, तुम्हें पता नहीं?'' पटेल ने पूछा।

''हम ठहरे वैरागी! हमें शिवाजी से क्या लेना-देना?'' निराजी ने कहा।

''बाबाजी, शिवाजीराजा केवल छूटा ही नहीं, वह तो गढ़ में भी पहुँच गया है। सारे किलों से तोपें छोड़ी गई हैं।''

''अच्छा!'' राजे ने कहा, ''मगर ये माई जो कहती है, वह क्या सच है?''

पटेल ने कहा, ''अजी महाराज, इस औरत की बात काहे को सुनो हो! ये औरतजात ऐसी है कि पिछवाड़े के ढेर की एक लकड़ी भी गुम हो जाए, तो छह महीने तक चिल्ल-पों मचाती रहती है। सच बात तो ये है कि मुसलमान बड़े जुल्म करते थे। जब से राजे की फौजें आई हैं, मुसलमानी फौजें दुम दबाकर बैठ गई हैं। अब यह बात तो होगी ही कि गेहूँ के साथ घुन भी पिस जाए।''

राजे ने रोटी खा ली। फिर वे कम्बल बिछाकर सो गए। तड़के ही सबने पटेल से विदाई ली और अपनी राह चल पड़े।

कुछ दिनों बाद राजे अपने राज्य के प्रदेश में आ पहुँचे। वही अमराइयाँ, पर्वत, घाटियाँ, लहटियाँ। दूर से दिखाई दे रहे ऊँचे गढ़! निराजीपन्त ने कहा, ''राजे, अब तो हम अपने राज्य में आ पहुँचे हैं। अब असली रूप दिखाने में क्या हर्ज है?''

"नहीं, नहीं निराजीपन्त। राजगढ़ पहुँचने से पहले रूप प्रकट करना ठीक नहीं है।"

निराजीपन्त चुप हो गए।

राजे कड़ी धूप में चले जा रहे थे। निराजीपन्त ने उन्हें इशारे से ठहरने के लिए कहा। दूर से दौड़ने की आवाजें आ रही थीं। आवाजें धीरे-धीरे तेज होती जा रही थीं। फिर दिखाई देने लगा सामने से घुड़सवारों की टोली धूल उड़ाती चली आ रही है। अश्वारोही दल सरपट दौड़ता आ रहा था। चारों वैरागी रास्ते के एक ओर खड़े हो गए। अश्वारोही दल पास आ गया। घोड़ों की लगामें खींची गईं। सबसे आगेवाला अश्वारोही नीचे उतरा। राजे ने उसे तुरन्त पहचान लिया—यह अश्वारोही था मराठा-सेनापति प्रतापराव गुजर। प्रतापराव सीधे वैरागियों के पास आए। निराजीपन्त सबसे आगे खड़े थे। प्रतापराव ने उन्हें भक्तिभावपूर्वक नमस्कार किया। निराजीपन्त ने हाथ उठाकर आशीर्वाद दिया। प्रतापराव ने पूछा, "बाबाजी, आप कौन देस के निवासी हो?"

"हम भैया, काशीजी में रहते हैं।"

"तो दक्खिन देस में क्यों पधारे हो?"

निराजी टेका हिलाते हुए बोले, "बेटा, हम ठहरे संन्यासी। भगवान् की धरती पर घूमने में हम पर रोक कैसी? जिधर हम बढ़ चले, वही हमारा राज!"

प्रतापराव कुछ देर उस वैरागी को ध्यानपूर्वक देखते खड़े रहे। फिर हाथ जोड़कर कहने लगे, "महाराज, एक संकट आन पड़ा है हम पर! क्या आप बता सकते हैं कि कैसे टलेगा?"

निराजीपन्त बोले, "बेटा, यह विद्या हमें नहीं आती, परन्तु यह हमारा शिष्य है—आनन्द। यह ज्योतिष विद्या में पारंगत है। भूत-वर्तमान-भविष्य सब बता देता है। इससे पूछ ले।"

राजे एकदम चौंक उठे, फिर सावधान होकर खड़े हो गए। प्रतावराव उनके निकट आए और बोले, "महाराज, आपकी कृपा हो!"

प्रतापराव वैरागी की ओर देख रहे थे। देह में भगवी कफनी, सिर पर रुद्राक्ष मंडित जटाजूट, कपाल और गाल पर भभूत, कंठ में माला—वैरागी का यह वैरागी वेश उसके तेज को और बढ़ा रहा था। वैरागी ने आँखें बन्द कर लीं। बोला, "कहो, बेटा! कौन संकट आन पड़ा है?"

प्रतापराव ने एक बार इधर-उधर देखा। घुड़सवार सैनिक उनसे काफी दूर खड़े थे। प्रतापराव ने मन की शंका कह डाली, "महाराज, आप सचमुच भूत-भविष्यत् बता सकते हैं न?"

वैरागी बौखला उठा। उग्र रूप धारण करके कहने लगा, "अरे संशयात्मा! तू हमारे ज्ञान की परीक्षा लेना चाहता है? सुन, हम तुझे भली प्रकार जानते हैं। तेरा नाम कुडतोजी गुजर है ना? राजा ने तुझे 'प्रतापराव' उपाधि दी है! तेरे साथ इस समय एक हजार सैनिक हैं। तू सेनापति है, बोल, ठीक है या नहीं? और आगे सुन, तेरा राजा अभी गढ़ में नहीं पहुँचा है। यह असत्य बात है कि वह गढ़ में आ चुका है। तू यही पूछना चाहता है न कि तेरा राजा कब लौटैगा?"

"धन्य हो, महाराज, धन्य हो।" कहते हुए प्रतापराव वैरागी के चरणों में झुक गए। "महाराज, मुझसे भूल हुई, क्षमा करो। हमारे राजा गढ़ में कब पधारेंगे, हम इसी चिन्ता से दुखी हैं।"

वैरागी आनन्द ने फिर आँखें मींच लीं। एक दीर्घ श्वास लेकर और प्रतापराव को नेत्रों से घूरते हुए वह बोला, ''बेटा, चिन्ता न कर। तेरा राजा क्षेमपूर्वक है।''

''परन्तु वे आएँगे कब?''

''बस, कुछ ही दिनों में आए जाते हैं। हमारी दिव्य दृष्टि देख रही है तू सात दिनों बाद अपने राजा के पाँव छू रहा है।''

प्रतापराव की बाछें खिल उठीं। उन्होंने हाथ जोड़कर नमस्कार किया। कहने लगे, ''महाराज, अगर आपकी बात सच हुई, तो मानो मुझे भगवान् मिल गया।'' अपने हाथ में पहने हुए सोने के कड़े को देखते हुए प्रतापराव ने कहा, ''महाराज, अगर आपकी भविष्यवाणी सच निकली, तो मैं यह सोने का कड़ा, जिसे राजे ने स्वयं अपने हाथों से मुझे पहनाया है, आपको पहना दूँगा।''

''बहुत अच्छा, बेटा। हमें भी इससे आनन्द प्राप्त होगा।''

प्रतापराव एकदम पूछ बैठे, ''परन्तु महाराज, आपका बसेरा कहाँ है? हम कहाँ ढूँढ़ें आपको?''

आनन्द हाथ उठाकर कहने लगा, ''बेटा, चिन्ता न कर। जब तेरा राजा लौटकर आएगा, उस समय हम स्वयं तुझसे मिलेंगे। हम उस काल वहीं होंगे।''

प्रतापराव ने वैरागियों का अभिवादन किया और वे अपने अश्वारोही दल के साथ चल पड़े। निराजीपन्त की दबी हुई हँसी अब फूट निकली। परन्तु राजे नहीं हँस सके, वे गम्भीर हो गए थे। कहने लगे, ''निराजीपन्त, हमारी माँसाहिबा तो हमें पहचान पाएँगी न?''

निराजीपन्त गद्‌गद हो उठे। वे बोले, ''राजे, माता की दृष्टि कभी धोखा नहीं खा सकती। यह सम्भव है कि सदा चरणों से लगी हुई दृष्टि पहचानने में चूक जाए, परन्तु सदैव आँखों में बसी हुई दृष्टि भला कैसे धोखा खा सकेगी?''

राजे ने एक आह भरी और वे शीघ्र गति से चल पड़े।

36

जैसे ही राजे ने राजगढ़ के दर्शन पाए, उनके पाँव ठिठक गए। सूर्य आकाश में ठीक ऊपर आ पहुँचा था।

अन्य सब लोगों के कदम भी ठिठके जा रहे थे। निराजीपन्त कहने लगे, ''राजे, हम बड़भागी थे, तभी तो यह सुदिन देख रहे हैं।''

''हाँ, निराजीपन्त! भवानी माता की कृपा ने और राजगढ़ में बैठी एक आत्मा के आशीर्वाद ने हमें यह सुदिन दिखाया है। चलो, पन्त, अब एक पल भी मत गँवाओ। उन चरणों के दर्शन किए बिना हमें शान्ति नहीं मिलेगी।''

राजे राजगढ़ के प्रथम द्वार तक आए। चौकीदारों ने जब चार वैरागियों को आते हुए देखा, तो वे आगे बढ़ आए। हवालदार ने पूछा, ''कहाँ जा रहे हो, महाराज?''

निराजीपन्त ने कहा, ''बेटे, तुम्हारा कल्याण हो। हम भिक्षा पाने ऊपर गढ़ में जा रहे हैं।''

हवालदार बोला, ''महाराज, पेशवाजी के हुक्म के बिना आप गढ़ में नहीं जा सकते।''

''यह कैसी बात? वैरागियों को भी रोक-टोक?''

''मैं क्या करूँ, महाराज। हुक्म जो यही है।'' हवालदार ने कहा।

चारों वैरागी एक-दूसरे की ओर देखने लगे। रजे को कुछ सूझ नहीं रहा था कि क्या कहा जाए। इतने ही में हवालदार कह उठा, ''एक ओर हो जाओ, महाराज! सेनापति आ रहे हैं।''

चारों वैरागी एक तरफ हो गए। प्रतापराव, आनन्दराव और तेलंगराव पैदल ही गढ़ चढ़ते हुए चले आ रहे थे। उनके पीछे रक्षक सैनिक थे। प्रतापराव जब दरवाजे के पास आए, तो वैरागियों की ओर उनका ध्यान गया। वे तेजी से आगे बढ़े और वैरागियों के पैर छूने लगे। प्रतापराव ने पूछा, ''महाराज, आप यहाँ क्यों खड़े हैं?''

''हम यहाँ भिक्षा पाने आए थे, किन्तु हमें रोक लिया गया है। हमने सुना था कि शिवाजीराजा की माता बहुत दान-पुण्य करती हैं। इसी कारण हम यहाँ आए थे।''

''महाराज, मैं आपको पहचानता हूँ। आप गढ़ में चले जाइए। गढ़ में आपसे भेंट होगी ही।''

प्रतापराव ने चौकीदारों को आज्ञा दी और वे अपने साथियों सहित फिर से गढ़ चढ़ने लगे। उनके पीछे-पीछे वैरागी चले जा रहे थे।

जीजाबाई देवगृह में थीं। देवमन्दिर के गर्भगृह में जगदम्बा की मूर्ति खड़ी थी। जीजाबाई एक-एक बेलपत्र उठाकर शिवपिंडी पर चढ़ा रही थीं। मुख से 'शिवाऽऽ शिवाऽऽ का जाप कर रही थीं। उनके दाएँ हाथ की ओर बेलपत्रों से भरी हुई थाली रखी थी। अपनी कम्पायमान ग्रीवा को सँभालती हुई जीजाबाई कँपकँपाते हाथ से एक-एक बेलपत्ती भगवान् को अर्पित कर रही थीं। पूजा-अर्चना जीजाबाई का नित्य कर्म बन चुका था।

मोरोपन्त देवगृह में आए। सामने का दृश्य देखकर वे भी हिचकिचा गए। फिर वे अकारण ही खँखारने लगे। जीजाबाई ने पीछे मुड़कर पूछा, ''कौन है? मोरोपन्त, क्यों आया है रे, बाबा, तू?''

''माँसाहिबा, बाहर चार वैरागी आए खड़े हैं। आपके दर्शन करना चाहते हैं।''

जीजाबाई ने फिर बेलपत्ती उठाई। वे कहने लगीं, ''अरे बाबा, जा, उन्हें समझा-बुझा दे। उन्हें जो भिक्षा चाहिए, दिलवा दे। मैं तो सब कुछ करके हार गई अब। देवताओं का अभिषेक किया, अनुष्ठान किए, दान-पुण्य भी बहुत किया, परन्तु मुझे मेरा शिवबा तो दिखा नहीं। उसे देखे बिना आँखें भी नहीं मुँदतीं। जा, वैरागियों का यथायोग्य आदर-सत्कार करके उन्हें विदा कर।''

मोरोपन्त बाहर चले गए। जीजाबाई पुनः पूजा में लीन हो गईं। थोड़ी देर बाद मोरोपन्त पुनः अन्दर आ गए। जीजाबाई से कहने लगे, ''माँसाहिबा, वैरागी कह रहे हैं कि आपके दर्शन पाए बिना जाएँगे नहीं। उन्हें बहुत कुछ दिया, परन्तु वे दर्शनों के बिना अन्य किसी वस्तु को स्वीकार नहीं किया चाहते।''

जीजाबाई ने बेलपत्ती शिवपिंडी पर चढ़ाई। भगवान् को वन्दन किया। फिर कहने लगीं, ''अब ये वैरागी भी हठ ठानना सीख गए हैं क्या? चल रे बाबा, मोरोपन्त, चल। अब किसी का शाप मोल नहीं लेना चाहती मैं।''

जीजाबाई घुटनों का सहारा लेकर उठने लगीं। मोरोपन्त दौड़कर उनके पास आए। जीजाबाई को उन्होंने सहारा दिया। जीजाबाई ने कहा, ''देख ले मोरोपन्त, अब तो ठीक से अपना भार भी सँभल नहीं पाता।''

“माँसाहिबा, आपकी आयु काफी हो गई है। अब शरीर व्रत-उपवासादि को सहन नहीं कर पाता।”

“तो भगवान् मुझे उठा क्यों नहीं लेता रे बाबा!” जीजाबाई तुरन्त कह उठीं।

वे जैसे अपने आपसे बात कर रही थीं, “कहाँ भटक रहा होगा वह लाड़ला बच्चा! मेरा शिवबा तो बड़ा है, सब सह लेगा, किन्तु मेरा भोला शम्भूराजा! उसकी दशा सोच-सोचकर मेरा दिल बैठा जाता है।”

मोरोपन्त ने अपनी डबडबाई आँखें पोंछीं। जीजाबाई उन्हें आँसू पोंछता देख नहीं पाई थीं। मोरोपन्त कहने लगे, “माँसाहिबा, आप वैरागियों से मिलकर थोड़ी देर के लिए सामनेवाले महल में पधारें।”

“क्यों?”

“वहाँ लोग एकत्रित हैं। कब तक इस दशा में रहेंगे हम? कोई न कोई निश्चय करना ही होगा।”

“अच्छा, ठीक है।”

जीजाबाई बाहर जाने लगीं। उन्हें बाहर जाता देखकर पुतलाबाई दौड़ती हुई आईं। पूछने लगीं, “माँसाहिबा, बाहर जा रही हैं क्या?”

“बावजी हुई है क्या? अरी, बाहर कहाँ जाऊँगी मैं? सुना है—वैरागी आए हैं। उनसे मिलने जा रही हूँ। तेरा जी करता हो, तो तू भी चल।”

जीजाबाई ने पुतलाबाई के हाथ का सहारा लिया। दूसरी ओर मोरोपन्त जीजाबाई को सहारा दिए हुए चल रहे थे। जीजाबाई राजसभागृह में पहुँचीं।

जीजाबाई को देखते ही राजे के पग आगे बढ़ना भूल गए। वे माँ के दर्शन कर रहे थे। शुभ्र श्वेत वस्त्र धारण किए खड़ी हुई माँ। पके हुए सफेद बाल, ग्रीवा हिलती हुई, आँखों में आर्द्रता लिये जीजाबाई राजसभागृह में खड़ी हुई थीं। उस शिथिलगाता वृद्धा माता को देखते ही राजे की आँखें छलछला आईं। वे गद्‌गद होकर पग बढ़ाते हुए जीजाबाई के निकट पहुँचे। चौक की सीढ़ियाँ चढ़कर वे जैसे ही राजसभागृह में प्रविष्ट हुए, उन्होंने जीजाबाई के चरणों में सिर झुका दिया। पुतलाबाई और मोरोपन्त तुरन्त पीछे हटे। जीजाबाई भी हड़बड़ाकर पीछे हटने का प्रयत्न करती हुई बोलीं, “अरे, अरे! यह क्या करते हो? आज तक जितने अपशकुन हुए हैं, वे ही क्या कम हैं? साधु-संन्यासी भी कहीं किसी के पाँव पड़ते हैं क्या?”

इसी समय उनके कानों में आवाज आई, “माँसाहिबा, आपने हमें पहचाना नहीं?”

जीजाबाई सिर से लेकर पैर तक सिहर उठीं। यह आवाज तो जानी-पहचानी है! इसी को सुनने के लिए तो प्राण व्याकुल थे। वैरागी खड़ा होने लगा। मोरोपन्त और पुतलाबाई सुध-बुध भूलकर वैरागी को निहार रहे थे। जीजाबाई ध्यान से देखने लगीं, “वही तेजस्वी नेत्र, वही चौड़ा माथा, होंठों की ओर झुकी हुई नाक की नोक, बिलकुल वही, माँसाहिबा के मुख से निकला, “मेरे शिवबाऽऽ!”

अगले ही पल राजे माँ से लिपट गए। चारों ओर हर्ष और उल्लास की लहरें उठने लगीं। मोरोपन्त बाहर की ओर दौड़ पड़े। पुतलाबाई दौड़कर अन्दर गईं। रास्ते में वे मनोहारी से टकरा गईं।

“क्या हुआ, रानीसाहिबा? दौड़ काहे को रही हैं?”

पुतलाबाई ने उसे बाँहों में भर लिया और जल्दी से उसे चूम लिया। लजाती हुई बोलीं, ''अरी, ये आ गए।''

राजे जीजाबाई को महल में ले आए। उन्हें उच्चासन पर बैठाया और बोले, ''माँसाहिबा, आप तनिक विश्राम कीजिए। शान्त होइए, फिर बातचीत होगी।''

जीजाबाई आँसू पोंछती हुई कहने लगीं, ''शिवबा, मैं शंकर की पूजा किया करती थी न! बस, ठीक उसी रूप में प्रकट हुआ है तू!''

भीड़ से सारा महल भर गया। दास-दासियाँ, रानियाँ सबके सब वहाँ जमा हो गए। शिष्टता और राजमर्यादा के पालन की सुध किसे थी! राजे उठ खड़े हुए और जीजाबाई की अनुमति लेकर वे महल के बाहर आए। राजकार्यालय में कई सारे लोग निराजीपन्त के चारों ओर इकट्ठे हो गए थे। राजे को अन्दर आते देखकर सबके सिर सिजदा करने के लिए झुक गए। जब सबने सिर ऊपर उठाया, देखा राजे की आँखों में आँसू भर आए थे। प्रतापराव को अभी तक विश्वास नहीं हो रहा था। वे कह उठे, ''महाराज, आप...''

''हाँ, मैं ही हूँ वह वैरागी! हमने कहा था कि जब तुम्हारे राजे आएँगे, हम तुम्हारे पास ही होंगे।...परन्तु प्रतापराव, तुम हमारे सेनापति हो फिर भी हमें पहचान नहीं पाए तुम? कम-से-कम तुम्हें इस बारे में चूकना नहीं चाहिए था।''

राजे की छलछलाई हुई दृष्टि प्रतापराव, आनन्दराव, तेलंगराव, अण्णाजी, बालाजी, मोरोपन्त आदि को देख रही थी। कंठ गद्‌गद हो उठा था। आगे बढ़कर आए हुए प्रतापराव के कन्धे पर हाथ रखकर राजे कहने लगे, ''तुम लोगों के हम पर अनन्त उपकार हैं। हम शत्रु के घर गए। वहाँ बन्दी बना लिये गए। कई महीने बीत गए, फिर भी तुम सबने राज्य की व्यवस्था तनिक भी बिगड़ने नहीं दी। यही नहीं, हमारी अनुपस्थिति में भी तुमने हमारा कार्य सुचारु रूप से सम्पन्न किया है। तुम्हारे उपकारों का ऋण हम कभी नहीं चुका पाएँगे। मोरोपन्त, अण्णाजी, जब तुम सबमें इतना सामर्थ्य है, तो मैं आश्वस्त हूँ कि इस राज्य के निर्माण, उत्थान के लिए मेरी आवश्यकता नहीं रहेगी।''

राजे आगे कुछ कह नहीं सके। उन्होंने आँसू पोंछे। एक लम्बी उसाँस भरी। सब लोगों के तन-मन भी रोमांचित हो उठे थे। अण्णाजी दत्तो कहने लगे, ''महाराज, बालराजे कहाँ हैं?''

राजे ने निराजीपन्त की ओर देखा। उनकी मुट्ठियाँ तन गईं। वे कहने लगे, ''अण्णाजी, जिस बात को हम टालना चाहते थे, वही प्रश्न पूछ बैठे तुम।'' राजे ने आँखें बन्द कर लीं। वे बोले, ''बालराजे को काल ने हमसे छीन लिया। हमें छोड़कर चले गए वे।''

राजे ने जब आँखें खोलीं, तो सब भय के कारण स्तब्ध हो चुके थे। सबकी आँखें दरवाजे की ओर देख रही थीं। राजे ने झटके से मुड़कर देखा, द्वार पर जीजामाता खड़ी थीं। वे जो प्रश्न पूछने आई थीं, उसका उत्तर उन्होंने सुन लिया था। राजे ने कहा, ''माँसाहिबा!''

जीजाबाई रोती हुई पीछे मुड़ीं। वे तेजी से लपकती हुई चली जा रही थीं। राजे भी बेसुध-से होकर उनके पीछे-पीछे महल में चले आए। जीजाबाई आते ही मंचक पर लुढ़क पड़ी थीं। गिरकर रोने लगीं। वे दहाड़ मार-मारकर कहने लगीं, ''बालराजे, मुझे कैसे छोड़ गए तुम? किसने जाने दिया तुम्हें?''

अभी दो पल पहले जो महल हर्ष से पागल हो उठा था, उसी पर अब बिजली टूट पड़ी थी। यह आघात बहुत भीषण था। सारे भवन में रोने-पीटने का कुहराम मच गया था। रनिवास

के रुदन-क्रन्दन की कोई सीमा नहीं रही थी। राजे दौड़कर जीजाबाई के पास गए। जीजाबाई को उठाते हुए वे चिल्लाकर कहने लगे, "माँसाहिबा, जरा हमारी बात तो सुनिए।"

जीजाबाई ने उनका हाथ झटक दिया। उँगलियों को दाँतों से चबाती हुई, पीछे हटती हुई वे कहने लगीं, "अब क्या सुनूँ तुम्हारी बात? जो सुनना नहीं था, वह सुन लिया। अब और क्या सुनूँ? तुमने बड़े लोगों की राजनीति में मेरे लाड़ले की बेकार ही बलि दे डाली। राजे, तुमने सईबाई को जो वचन दिया था, कम-से-कम उसे तो याद रखते..."

महल में किसी को पूछनेवाला कोई नहीं था। कौन किसे समझाए! राजे ने जीजाबाई से कहा, "माँसाहिबा, आपको हमारी सौगन्ध। जरा देवगृह तक चलिए।"

"देवगृह में? क्या रखा है वहाँ, जो जाऊँ? अरे, जब मेरा बालक कन्हैया ही चला गया, तो उस सूने देवगृह में जाकर मैं क्या करूँ?"

बहते हुए आँसू रोकना राजे को भी मुश्किल हो रहे थे। उन्होंने जीजाबाई की बाँह पकड़ी। उन्हें बलात् खड़ा किया। हाथों का सहारा देकर वे जीजाबाई को देवघर में ले गए। उन्होंने देवगृह का द्वार बन्द कर लिया और जीजाबाई से कहने लगे, "माँसाहिबा, रोइए मत, हमारी बात सुनिए।"

कठोर वाणी सुनकर जीजाबाई का रोना थम गया। वे राजे की ओर देखने लगीं। देवमन्दिर के गर्भगृह में भवानी देवी की प्रतिमा समई की ज्योति से प्रकाशित हो रही थी। बेलपत्तियों से आच्छादित शिवलिंग भी समई के प्रकाश से उद्भासित हो रहा था। राजे ने कहा, "माँसाहिबा, हम आपको बाद में बताना चाहते थे, परन्तु विवश होकर अभी बताना पड़ रहा है। सुनिए, अपने बालराजा सकुशल हैं, जीवित हैं।"

"शिवबाऽऽऽ!"

"माँ जगदम्बा की शपथ, माँसाहिबा! मार्ग संकटों से भरा था, इसलिए उन्हें मथुरा में रखा है। परन्तु माँसाहिबा, अभी जो खबर बाहर फैलाई गई है, वही हमेशा कही जानी चाहिए। जब तक बालराजा शत्रु के राज्य से निकलकर घर नहीं पहुँच जाते, तब तक आपको भी हमारे इस नाटक में भाग लेना होगा।"

"राजेऽऽ।"

"हाँ, माँसाहिबा! आपके बालराजे जब तक आपसे मिल नहीं जाते, तब तक हम आपको दी हुई शपथ से मुक्त नहीं हो सकते। बालराजा को यहाँ लाए बिना हमारे जी को चैन नहीं मिलेगा। बालराजा के देहान्त की खबर अब अपने आप दिल्ली पहुँचेगी, तब खोजबीन रुक जाएगी...और अपने बालराजा सकुशल यहाँ आ सकेंगे।"

"शिवबा, यह तेरी कैसी राजनीति है रे! इससे हम जैसे सामान्य जनों के तो हृदय टूक-टूक हो जाते हैं।"

"चलिए माँसाहिबा, अब आपको भी इस खेल में साथी बनना होगा। यह रहस्य भूल से भी प्रकट न होने पाए। बालराजा की कुशलता इस रहस्य के साथ जुड़ी हुई है।"

राजे जीजाबाई को साथ लेकर देवगृह से बाहर आए। उन्होंने जीजाबाई को बैठक में बिठाया और जीजाबाई ने शिथिल होकर गावतकिए पर अपना सिर रख दिया। राजे भी आँखें पोंछते हुए उठे और सीधे अपने ऊपरवाले महल में चले गए।

नीचे के महल में हो रहा विलाप ऊपर के महल में भी सुनाई दे रहा था।

भाग : छह

राजे को रायगढ़ आए एक मास बीत चुका था, फिर भी उनका स्वास्थ्य ठीक नहीं हो रहा था। उत्तर देश की भीषण गर्मी, यात्रा की थकान और चिन्ता के घावों के कारण वे बीमार पड़ गए थे। बीच-बीच में थोड़ा बुखार भी आ जाता था। राजवैद्य द्वारा औषधियाँ दी जा रही थीं। धीरे-धीरे राजे का स्वास्थ्य सुधरने लगा। मोरोपन्त, अनाजी, बालाजी, प्रतापराव आदि श्रेष्ठजन महल में आकर राजे को वे घटनाएँ सुनाया करते थे, जो कि राजे की अनुपस्थिति में घटित हुई थीं। राजे के आगमन की वार्ता सुन-सुनकर दुर्गपति और राज्याधिकारी आकर राजे से मिल रहे थे। राजे को अपने प्रति प्रजा का प्रेम देखकर हार्दिक प्रसन्नता होती थी। जो लोग राजे के साथ आगरा गए थे, वे भी धीरे-धीरे अपने देश वापस लौट रहे थे। उनके द्वारा आगरा की घटनाओं की जानकारी मिलती रहती थी।

राजे के भाग निकलने की खबर सुनकर औरंगजेब ने रामसिंह का मनसब रद्द कर दिया था। उसकी जागीर भी छीन ली थी। इतना ही नहीं, उसने रामसिंह को दरबार में आने की भी मनाही कर दी थी। इस समाचार को सुनकर राजे अति दुखी हुए। यह समाचार पाकर मिर्जाराजा जयसिंह कितने दुखी होंगे, राजे उस दुख का भी अनुमान कर सकते थे।

दोपहर में राजे की नींद खुली। उनकी दृष्टि एक बार सारे भवन में घूमी और अन्त में बैठक पर आकर ठहर गई। वहाँ सोयराबाई कसीदा काढ़ रही थीं। नितान्त एकाग्रचित्त होकर कसीदा काढ़ने में तल्लीन उस रूपवती नारी को एकटक देखते हुए राजे कुछ देर यूँ ही लेटे रहे। कुछ देर बाद सोयराबाई ने नजर उठाकर देखा। उनकी नजर राजे की नजर से जा मिली।

''कब आई हो, रानीसाहिबा?''

''अभी थोड़ी देर पहले आई हूँ—आप सो रहे थे, इसलिए बैठी रही।''

''अच्छा!'' राजे शैया पर से उठ बैठे, ''माँसाहिबा कहाँ हैं?''

''मैं जब वहाँ से चली थी, उस समय वे सामग्री-भंडार में थीं। उनके साथ छोटी रानीजी भी हैं।''

''कौन? पुतलाबाई?''

''नहीं, सगुणाबाई हैं। माँसाहिबा को बुलाऊँ क्या?''

''नहीं, कोई जरूरत नहीं। तुम बैठो न, मैंने तो यूँ ही पूछ लिया था।''

सोयराबाई ने राजे की ओर देखा। वे अचानक हँसने लगीं। राजे ने अपनी मुखमुद्रा द्वारा ही मानो हँसी का कारण जानना चाहा। सोयराबाई कहने लगीं, ''आज 'श्रीमानजी' बहुत प्रसन्न दिखाई दे रहे हैं!''

"रानीसाहिबा, प्रसन्नता तो छूत की बीमारी है। एक व्यक्ति प्रसन्न हो, तो आसपास के सभी लोग स्वयमेव प्रसन्न हो उठते हैं। हमने देखा—तुम खुश हो, हमें भी खुशी हो आई।"

"इसी कारण तो यहाँ आई हूँ। नीचे महल में जाती हूँ, तो सबके चेहरे रोते-बिसूरते दिखाई देते हैं। माँसाहिबा ने तो वह दुख भुला दिया है, मगर बाकी औरतों को उससे क्या? जब देखो, तब वही चर्चा—'बालराजा, हमारे बालराजा।' जो नहीं होना चाहिए था, वह हो गया—बीती बात को इस तरह याद करने से वह बात लौट नहीं आती है।"

राजे मुस्कुराने लगे। बोले, "रानीसाहिबा, इस तरह मन की वृत्ति बना लेना सबके लिए आसान नहीं है। जो सोच-विचार करना जानता है, वह भावनाओं को स्वयमेव संयमित कर लेता है।"

"मैं भी यही कहती हूँ, पर मेरा कहा कौन सुनता है?"

"रानीसाहिबा...।"

सोयराबाई ने ऊपर देखा। राजे संजीदा हो गए थे। सोयराबाई ने पूछा, "क्या?"

"कभी हमारी याद आती थी तुम्हें?"

सोयराबाई लजा उठीं। बोलीं, "वाह, यह भी पूछने की बात है?"

राजे एकदम हँस पड़े। कहने लगे, "हमें भी तुम्हारी याद आती थी। आगरे का राजसी ठाठ-बाट देखते समय, जाने क्यों तुम हमारी आँखों के सामने आ जाती थीं।"

"अच्छा जी!" सोयराबाई ने झट से कहा, "इतनी याद आती थी हमारी तो हमने जो चीज मँगवाई थी, वह आप भूल नहीं जाते।"

"कौन-सी चीज?"

"देखा? मैंने इत्र लाने को कहा था। भूल गए न?"

"भूले नहीं, मगर ला नहीं सके।"

"दिल में हो, तो सबकुछ हो सकता है।"

"यह बात नहीं है, रानीसाहिबा! कभी-कभी संयोग ही कुछ ऐसा बन जाता है।"

"संयोग?"

"और नहीं तो क्या? हम सूरत गए थे। वहाँ लूटपाट का झमेला था! मगर जैसे ही हमें अच्छा रेशमी कपड़ा दिखाई दिया, हम तुम्हारे लिए ले आए, हालाँकि तुमने लाने को कहा नहीं था। आगरा जाते समय तुमने इतनी छोटी-सी चीज लाने के लिए कहा था, मगर वह हम ला नहीं सके। और छोटी रानीजी ने इतनी कठिन-दुर्लभ वस्तु लाने के लिए कहा था, वह वस्तु हम तुरन्त ले आए।"

"ऐसी कौन-सी दुर्लभ वस्तु लाने के लिए कहा था उन्होंने?"

"यह मैं कैसे बता सकता हूँ?"

"अच्छा! नहीं बताना, तो रहने दो। मुझे क्या?" सोयराबाई उठ खड़ी हुईं।

ठीक इसी समय पुतलाबाई आ गईं। बड़ी रानीसाहिबा को देखते ही वे दरवाजे पर ही ठिठक गईं।

"आओ! आज तुम्हारे कारण ही लड़ाई छिड़ गई है।" राजे ने कहा।

"लड़ाई कैसी जी? ये तो अपनी-अपनी किस्मत है!" सोयराबाई ने कहा।

पुतलाबाई कुछ समझ नहीं पाईं कि माजरा क्या है! वे चाँदी का प्याला हाथ में पकड़े

हुए वैसे ही खड़ी रहीं। राजे हँसकर कहने लगे, ''इतना घबराती क्यों हो? हमने तो इतना ही कहा था कि बड़ी रानीसाहिबा ने हमसे इत्र लाने को कहा था, वह हम भूल गए। परन्तु तुमने जो वस्तु लाने के लिए कहा था, वह वस्तु हम लाना नहीं भूले।''

पुतलाबाई मुस्कुराने लगीं। बोलीं, ''दिल्लगी से कभी-कभी बड़े बेकार ही बड़े हो जाते हैं। रानीसाहिबा, मैंने सचमुच कुछ लाने के लिए नहीं कहा था। केवल इतना कहा था कि 'श्रीमानजी' सकुशल लौट आएँ।''

राजे खिलखिलाकर हँसने लगे, ''तो हमने और क्या कहा है?''

सोयराबाई की नाक लाल हो उठी। कान की लौ भी गुस्से से तमतमा उठी। उन्होंने कसीदाकारी का सामान उठाया। जाते हुए कहती गईं, ''चलो, ठीक है! कोई एक तो चिन्ता करती है ना! बस इतना काफी है! मैं जाती हूँ!''

सोयराबाई चली गईं। राजे पुतलाबाई की ओर देख रहे थे। पुतलाबाई ने कहा, ''पहले ही मुझसे नाराज रहती हैं—आज व्यर्थ ही नाराजी और बढ़ गई।''

''वह अपराध हमारा है। हम हँसी-ठट्ठा करने चले थे, बात कहीं और पहुँच गई! खैर, जाने दो। हमारे लिए इतना सहन कर लेना। अच्छा, बता तो, क्या लाई है?''

''माँसाहिबा ने काँजी दी है।''

राजे ने प्याला होंठों से लगाया। काँजी पीकर कहने लगे, ''ये वैद्य भी स्वाद के शत्रु होते हैं। जाने क्या-क्या पीने को कह देते हैं!''

पुतलाबाई हँस पड़ीं। राजे ने चिलमची में कुल्ला किया। वे महल के देवगृह के निकट गए। उन्होंने वहाँ जल रही समई की लौ थोड़ी बढ़ा दी और पुतलाबाई से कहने लगे, ''पुतला! हमारी एक वस्तु खो गई। उसका अभाव मन को बहुत कचोटता है।''

''ऐसी क्या वस्तु खो गई ?''

''हमारा नित्य-पूजा का शिवलिंग खो गया। उसे साथ लेने का समय ही नहीं मिला। वह वहीं रह गया।'' इसी समय नीचे से किसी ने पुकारा, ''आबाऽऽ।''

राजे का चेहरा एकदम खिल उठा। वे कहने लगे, ''हमारी सखु बेटी आई है शायद!''

राजे दरवाजे की ओर लपके। उसी समय सखुबाई दरवाजे पर आ गई। उसने राजे को प्रणाम किया। राजे ने बेटी को प्यार से गले लगाया। सखुबाई ने पुतलाबाई के भी चरण छुए। फिर वह अकस्मात् रोने लगी।

''सखु, रो मत, बेटी। माँसाहिबा ने रो-रोकर बहुत दुख भोगा है। अब हम भी रोएँगे, तो उन्हें और कष्ट होगा। तू सयानी है—धीरज रख।''

सखुबाई ने आँसू पोंछ डाले। राजे ने पूछा, ''अकेली आई है तू?''

सखुबाई ने सिर हिलाकर जताया—'नहीं।'

''तो क्या जमाईजी भी आए हैं?''

सखुबाई ने सिर हिलाकर जताया—'हाँ'। फिर कहा, ''मामाजी (श्वसुरजी) भी आए हैं।''

''अरे! तो नीचे खड़े क्या कर रहे हैं? बजाजी कोई पराये आदमी हैं क्या? उन्हें ऊपर भेज दे।''

सखुबाई पुतलाबाई के साथ नीचे चली गईं। सखुबाई को आया देखकर राजे को बहुत

सन्तोष हुआ। परन्तु साथ ही सईबाई की याद भी हृदय को तीव्रता से सालने लगी। सखुबाई रूप-रंग में बिलकुल अपनी माँ सईबाई पर गई थीं।

बजाजी के साथ ही दामाद महादजी भी अन्दर आए। पिता और पुत्र ने राजे को सिजदे किए। बजाजी के कन्धे पर हाथ रखकर राजे कहने लगे, "बजाजी, हम बहुत लज्जित हैं।"

"क्यों, लज्जित किसलिए?"

"हमें मिर्जाराजा की सेना के साथ आपके फलटण नगर पर भी चढ़ाई करनी पड़ी। क्या करते? हम विवश हो गए थे।"

"महाराज, उस बात को भूल जाएँ।" बजाजी ने कहा, "आपके कारण ही तो हम फिर से मनुष्य बन पाए। हम क्या इतना भी नहीं समझ सकते?"

"यह तुम्हारा बड़प्पन है, जो तुम ऐसा कह रहे हो।" राजे ने कहा, "परन्तु बजाजी, अब हमारे मन में कई ऊँची योजनाएँ हैं, महान् उद्देश्य हैं। तुम जैसे वीर लोग अब शत्रु के दल में रहें, यह कुछ उचित नहीं लगता।"

"राजे, हमारी जागीर चाहे आदिलशाही राज की हो, परन्तु इस देह पर तुम्हारा अधिकार है। आधी रात को भी बुलाओगे, तो हम हँसी-खुशी सेवा में उपस्थित हो जाएँगे। राजे, जिस समय सुना कि आप लौट आए, दिल बाँसों उछलने लगा। मगर उसके तुरन्त बाद वह दूसरी मनहूस खबर भी आ पहुँची...एक आँख खुशी से हँस रही थी, दूसरी आँख...।"

"विधि का लिखा कौन टाल सकता है!" राजे ने कहा।

2

नाते-रिश्ते के लोगों से सारा राजमहल भर गया था। राजे अब इस योग्य हो चुके थे कि शैया से उठकर राजसभागृह में आ सकें। बजाजी सखुबाई को मायके में छोड़कर महादजी सहित फलटण चले गए थे।

राजे राजसभागृह से महल में आए ही थे कि मोरोपन्त ने आकर सूचना दी, "पिलाजीराव शिर्के पधारे हैं।" पिलाजीराव शिवाजीराजा के समधी थे–पुत्रवधू येसूबाई के पिता थे। राजे ने मोरोपन्त को आज्ञा दी कि वे पिलाजीराव को राजमहल में ले आएँ।

पिलाजीराव उम्र में राजे के बराबर थे। शृंगारपुर में सम्भाजीराजा के विवाह के अवसर पर ही उनसे भेंट हुई थी। उसके बाद आज ही पिलाजीराव और राजे की मुलाकात हो रही थी। जीने पर पैरों की आवाज सुनते ही राजे उठ खड़े हुए। पिलाजीराव अन्दर आए। राजे उनके निकट गए। पिलाजी सुदृढ़ शरीर के हट्टे-कट्टे आदमी थे–खास मराठी ढंग से मरोड़ी हुई मूँछें उनके मुख की शान को दूना कर देती थीं। मुख पर सदा कठोरता छाई रहती थी–परन्तु आज वे पिलाजी थके-माँदे से होकर राजे के सामने खड़े थे। उनके उदासी-भरे मुख की ओर देखना भी कठिन था। राजे ने जैसे ही उनके कन्धे पर हाथ रखा–पिलाजीराव धीरज खो बैठे। वे राजे से लिपटकर रोने लगे। राजे उन्हें बैठक तक ले आए। पिलाजी को बैठक पर बैठाते हुए राजे ने कहा, "पिलाजीराव, धीरज रखो।"

"कैसे धीरज रखूँ, राजे? तुम्हारे लौटने की खबर सुनी, बहुत खुशी हुई। सोचा था–सम्भाजीराजा भी साथ आए होंगे। और...तुरन्त दूसरी बुरी खबर भी आ पहुँची। विवाह के समय बच्ची छोटी थी, अब वह सयानी हो गई है, सब समझने लगी है। उस बच्ची के माथे

के सिन्दूर को, उसके मंगलसूत्र को मैं कैसे हाथ लगाता?''

''पिलाजीरावऽऽ।''

''राजे, मेरी हिम्मत नहीं हुई, जो बच्ची का मंगलसूत्र उतार डालूँ, सिन्दूर पोंछ डालूँ! मैंने किसी को कुछ नहीं बताया—सीधा आपके पास चला आया हूँ।...चाहिए तो था कि मैं बेटी को गौना करके बिदा करता, मगर आज आया हूँ सम्भाजीराजा के जूते* ले जाने के लिए।''

''जूते ले जाने के लिए?'' राजे लगभग चीख उठे।

''हाँ, राजे, मेरी बेटी येसू शिर्के वंश की बेटी है—वह अब सती हुए बिना नहीं रहेगी।''

राजे का शरीर ऊपर से नीचे तक काँप उठा। गला सूख गया। पिलाजीराव का रोना कुछ कम हुआ, तो कहने लगे, ''राजे, विधना का कैसा खेल है यह! महल के बाहर बच्ची खेल रही थी—मुझसे पूछने लगी, 'बाबा, कहाँ जा रहे हो?' मैंने उसे बहलाने को यूँ ही कुछ कह दिया, तो कहने लगी, 'मेरे लिए कुछ लाओ ना, बाबा!' '' पिलाजीराव सिसकियाँ भरने लगे, ''राजे, अब मैं जूते ले जाऊँगा, तो क्या सोचेगी मेरी बेटी? बेचारी, अबोध—नन्ही बच्ची...।''

''ऐसा मत कहो, पिलाजीराव।'' राजे ने अपने कान बन्द कर लिए। वे उठे और उन्होंने जल्दी से महल के दरवाजे बन्द कर लिए। उनका मुख पसीने से नहा उठा था। पिलाजीराव भौंचक होकर राजे की ओर देख रहे थे। राजे उनके पास आकर बैठ गए और कहने लगे, ''अभी तुमने घर में तो किसी को नहीं बताया न?''

''नहीं, राजे। मेरी हिम्मत ही नहीं हुई। मैं सीधा तुम्हारे पास आ गया।''

''पिलाजीराव, सुनो। उलटे पाँव लौट जाओ और हमारी बहूरानी को माँग भरकर यहाँ लिवा लाओ।''

''ऐंऽऽ!''

राजे ने पिलाजीराव से शपथ लेकर सब सच-सच बता दिया। सुनते समय पिलाजीराव खुशी के मारे बेसुध हुए जा रहे थे। जैसे ही राजे की बात समाप्त हुई, पिलाजीराव लड़खड़ाते-थरथराते हुए खड़े हुए। उन्होंने म्यान से तलवार निकाली। तलवार राजे के आगे थामकर वे कहने लगे, ''राजे, इसे स्वीकार कीजिए।''

''यह क्या?''

''मैं जब गाँव से चला था, तो ग्रामद्वार के बाहर हमारी कुलदेवी भावेश्वरी का मन्दिर रास्ते में पड़ा। मैंने कुलदेवी की वंदना करके मन-ही-मन संकल्प किया था, 'जो कोई बताएगा कि यह समाचार झूठा है, मैं उसी के चरणों में अपनी निष्ठा अर्पित कर दूँगा'।''

राजे ने पिलाजीराव को छाती से लगा लिया और तलवार अपने हाथों से पिलाजीराव के कमरबन्द में खोंस दी।

रात को सोने से पहले राजे ने जीजाबाई के भवन में जाकर नमस्कार किया और वे अपने भवन में चले आए। थोड़ी देर बाद जीजाबाई राजे के महल में आईं। उन्हें आया देखकर राजे आश्चर्यचकित हो उठे। उन्होंने पूछा, ''माँसाहिबा, आप क्यों आईं?''

''राजे, पिलाजीराव आए हैं न! उनकी ओर तो देखा भी नहीं जाता। बेचारी सखु बैठी

---

* विधवा पत्नी यदि पति के शव के साथ चिता में जलकर सती नहीं हो पाती थी, तो प्रचलित प्रथा के अनुसार मृत पति के पादत्राण गोद में रखकर वह सती हो जाती थी।

लगातार रो रही है। मेरे लिए तो अब यह सब असह्य हो उठा है। सारे घर पर शोक के बादल छाए हुए हैं।''

''आप ठीक कहती हैं, माँसाहिबा! परन्तु थोड़ा धीरज रखना ही उचित है। बालराजा को लाने के लिए हमने अपने विश्वासपात्र लोगों को भेजा है।''

''सच कहते हो?''

''आपके आगे मैं कभी झूठ बोल सकता हूँ?''

''तो बालराजा कब तक आएँगे? जी करता है–अभी इसी पल उन्हें देख पाऊँ!''

''ऐसे मामलों में अधीर होना ठीक नहीं है, माँसाहिबा। ऐसे काम बड़ी सावधानी से करने पड़ते हैं।''

''अच्छा, नेताजी के बारे में क्या समाचार हैं?''

''बस इतना पता लगा है कि उन्हें औरंगजेब की आज्ञा के अनुसार सपरिवार कैद करके दिल्ली भेज दिया गया है।''

''मुझे तो सगुणा बहूरानी पर बड़ी दया आ रही है। बेचारी के दिल को गहरी चोट पहुँची है।''

''परन्तु दोष नेताजी का है–रानीसाहिबा का नहीं है।''

''सो तो ठीक है, किन्तु उसे दुख तो होगा ही। नेताजी सगुणा के काका जो थे।'' फिर जीजाबाई बात बदलती हुई कहने लगीं, ''तो जैसे भी हो, बालराजा को लाने की व्यवस्था करो।''

''हम भी तो यही सोच रहे हैं, माँसाहिबा। जैसे बालराजा फँसे हुए हैं, उसी तरह मदारी, हिरोजी, रघुनाथपन्त और त्र्यंबकपन्त भी उसी देश में रुके पड़े हैं। बालराजा के बारे में हम निश्चित अवश्य हैं, वे अवश्य आएँगे। परन्तु ये प्राणों से भी प्यारे हमारे अन्य साथी! इनकी बात मन में आते ही मन काँप-काँप उठता है।''

राजे के चिन्तापूर्ण मुख को देखकर जीजाबाई आगे कुछ कह नहीं पाईं। वे धीरे-धीरे बोझिल कदमों से अपने महल की ओर चल दीं।

3

रात्रि भोजनोपरान्त राजे जीजाबाई के भवन में बैठे हुए थे। जीजाबाई और सखुबाई बैठी हुई थीं। पुतलाबाई, सोयराबाई, सगुणाबाई और काशीबाई खड़ी हुई थीं। राजे उन सबको उत्तर देश की घटनाएँ सुना रहे थे। सुन-सुनकर सब भाव-विभोर हुई जाती थीं। राजे कह रहे थे, ''माँसाहिबा, बैरागी होना भी महान् किन्तु कठिन कर्म है! घर-द्वार घूमकर 'माते, भिक्षा दो' कहना कितनी कठिन तपस्या है, आपसे क्या कहूँ!''

''रहने दे, बाबा! हमें मत सुना। न ही हम सुनना चाहती हैं।''

राजे हँसने लगे। उसी समय राजे का ध्यान दरवाजे की ओर गया। मदारी और हिरोजी राजे को सिजदा करते हुए दरवाजे से अन्दर आ रहे थे।

''मदारीऽ, हिरोजीऽऽ,'' राजे हड़बड़ी से उठ बैठे। उन्होंने आगे बढ़कर दोनों को गले लगा लिया। मदारी ने पीठ पर उठाया हुआ बोझा नीचे रख दिया। उन दोनों को आया देखकर सब रानियाँ और सखुबाई उठकर जाने लगीं। राजे ने कहा, ''ठहरो, किसी को जाने की जरूरत नहीं। ये मदारी और हिरोजी यदि न होते, तो हम आज जीवित न दिखाई देते। इन दोनों

ने अपने प्राणों की बाजी लगाकर रक्षा की है।''

राजे उच्चासन पर बैठ गए। मदारी ने जो संदूकची नीचे रखी थी, उसकी ओर देखते हुए राजे ने कहा, ''मदारी, तू आगरे से क्या लूटकर लाया है?''

''हाँ, महाराज, लूट ही है। ऐसी लूट लाया हूँ कि देखकर आपका मन खिल उठेगा।''

''अरे, तो दिखा न!'' राजे ने उत्सुक होकर कहा।

मदारी ने संदूकची राजे के सामने रखी और खोली। भीतर रखी हुई वस्तु देखते ही राजे रोमांचित हो उठे। उन्होंने थरथराते हुए संदूकची में रखे हुए स्फटिकमय शिवलिंग को उठाया और गलीचे पर रख दिया। सबके हाथ अनजाने ही नमस्कार करने के लिए आ जुड़े। जीजाबाई ने कहा, ''राजे, यह तुम्हारी पूजा का...।''

''हाँ, माँसाहिबा! हम आते समय इसे ला नहीं सके। मगर मदारी, तुझे यह कैसे...?''

''महाराज, मुझे तो लाने के लिए एक यही चीज मिली।''

''तू नहीं जानता मदारी, कि तू जो वस्तु लाया है, उससे हमें कितना आनन्द प्राप्त हुआ है! तू तो हमारा सर्वस्व ले आया है, मदारी।...अच्छा, कहो हिरोजी, और क्या समाचार हैं?''

''खबर कुछ अच्छी नहीं है, महाराज...।''

''बता तो सही तू...।'' राजे ने कहा।

''रघुनाथपन्त और त्र्यंबकपन्त आगरे में पकड़े गए।''

''अरे! कैसे पकड़े गए?''

''शहर की तलाशी में वे शत्रु के हाथ लग गए। आप जिस दिन वहाँ से गए थे, वे उसी दिन पकड़े गए। सुना है पंडित कलश और परमानन्दजी भी कैद कर लिए गए हैं।''

''यह तो बुरा हुआ, मदारी। शिवलिंग तो आ गया, परन्तु त्रिदल वहीं रह गया। न जाने बेचारों को कितना सताया गया होगा...।

''अच्छा, और क्या समाचार हैं?''

''ऐसा सुनते हैं कि मिर्जाराजा ने औरंगाबाद से अपना पड़ाव उठा लिया है और वे दिल्ली की तरफ चल पड़े हैं। लोग कहते हैं कि अब कोई दूसरा सूबेदार आएगा।''

''बेचारे मिर्जाराजा व्यर्थ ही दुर्गति भोग रहे हैं। माँसाहिबा, पंडितजी से एक शुभ दिन पूछ लेना चाहिए और उस दिन इन दोनों वीरों का यथायोग्य सम्मान किया जाना चाहिए। इनकी वीरता सचमुच अनमोल है। कोई भी पारितोषिक इनकी वीरता और इनके साहस की तुलना नहीं कर सकता। मदारी, हिरोजी! तुम दोनों जाकर आराम करो। बातें कल होंगी।''

दोनों सिजदे करके चले गए और राजे ने सबको हिरोजी और मदारी की घटना सुनानी प्रारम्भ कर दी।

4

एक दिन राजे किसी अत्यावश्यक कार्य के लिए राजगढ़ से त्वरित रवाना हुए। उनके साथ तानाजी, सूर्याजी, येसाजी और प्रतापराव के घुड़सवार दल भी थे। कोई नहीं जानता था कि कि राजे यों अकस्मात् क्यों चले गए। दो दिन बाद सायंकाल के समय राजे राजगढ़ की तलभूमि में लौट आए। सब लोग चकित होकर राजे की ओर देख रहे थे। उनके साथवाले घोड़े पर

सम्भाजीराजा बैठे हुए थे। पीछे-पीछे अन्य कई लोग चले आ रहे थे। साथ में दो पालकियाँ थीं। सम्भाजीराजा के आगमन की खबर पहले ही राजगढ़ पहुँच चुकी थी। आश्चर्य एवं हर्ष के कारण सभी दुर्गवासी खुशी से पागल हो उठे थे। जिसे देखो, सम्भाजीराजा को देखने के लिए दौड़ता चला आ रहा था। लोग आँख भर-भरकर उन्हें देख रहे थे, फिर भी उन्हें अपने पर भरोसा नहीं हो रहा था।

जब राजमहल में यह समाचार पहुँचा, मनोहारी आनन्द से पागल हो उठी—वह सारे महल में लट्टू की तरह चक्कर लगा आई। पुतलाबाई की आँखों में आए खुशी के आँसू थमने का नाम नहीं ले रहे थे। सोयराबाई सन्न रह गई थीं। केवल जीजाबाई ही ऐसी थीं, जो सुध सँभाले हुए थीं। वे ही बालराजा की आरती उतारने की तैयारियाँ करने के लिए आज्ञाएँ दे रही थीं। मोरोपन्त से उन्होंने कहा, "मोरोपन्त, बालराजा पर सुवर्ण मुद्राएँ निछावर करो। हमारे बालराजा सोने पर पाँव रखकर घर में आएँगे।"

नगाड़ों की आवाज गूँज रही थी। रणसिंगे बज रहे थे। राजे बालराजा सहित राजप्रासाद के द्वार पर आए। वहाँ पालकी से उतर पड़े। पहले मुट्ठी भर दही-भात बालराजा पर निछावर किया गया। सुवासिनी नारियों ने उनके चरण धोए। बालाएँ आरती की थाली सजाए खड़ी थीं। वे बालराजा को निहार रही थीं। मोरोपन्त आगे बढ़े। सेवक सोने की मुहरों से भरा थाल लिए खड़ा था। मोरोपन्त ने उस थाल में रखी हुई मुहरें बालराजा पर निछावर कीं। आरती समाप्त होने के बाद बालराजा ने राजप्रासाद में प्रवेश किया। सबने उन्हें सिजदे किए।

अन्दरवाले द्वार में जीजाबाई खड़ी हुई थीं। जैसे ही बालराजा ने उनके चरण छुए, जीजाबाई ने उन्हें छाती से लगा लिया। बालराजा के जरीटोप पर आँसू टप-टप टपक रहे थे। जीजाबाई अपने शम्भूराजा को लेकर उच्चासन पर जा बैठीं। इसी समय राजे अन्दर आए। जीजाबाई की गोद में बैठे हुए बालराजा को देखकर उन्होंने कहा, "बालराजा अब भी नन्हे-मुन्ने हैं क्या, जो गोद में बैठे हैं?"

सब लोग हँसने लगे। बालराजा गोदी से उतरने लगे। उन्हें हाथों से कसती हुई जीजाबाई कहने लगीं, "तू चुप रह रे, शिवबा! मेरा सम्भूराजा नन्हा-मुन्ना नहीं तो और क्या है?"

राजे थोड़ा आगे बढ़े। उन्होंने बालराजा का जरीटोप उतारने का जैसे ही प्रयत्न किया, बालराजा ने टोप को दृढ़ता से पकड़ लिया। राजे जोर से हँस पड़े। जीजाबाई ने पूछा, "क्यों? हँस क्यों रहे हो, राजे?"

"बालराजा से ही पूछ लीजिए न!"

जीजाबाई ने जरीटोप उतारा। सम्भाजी का मुंडित सिर और उसके पीछे बटु के समान गोक्षुरी शिखा देखकर सब लोग हँसने लगे। सम्भाजी ने लजाकर अपनी दादी की कोख में मुँह छिपा लिया।

राजे ने कहा, "माँसाहिबा, आपने बालराजा का वह वेश नहीं देखा। वाह! क्या ही सुन्दर रूप था, घुटनों तक कछनी, कन्धे पर अंगोछा और सिर पर ये बड़ी मोटी चोटी...।"

"अब चुप भी रहो, राजे। तुम भी बैरागी का वेश धारण करके यहाँ आए थे न! मुझे तो दोनों रूपों में भगवान के दो रूपों के दर्शन हुए हैं। एक महादेवजी का रूप, दूसरा वामन-अवतार।"

जीजाबाई ने प्यार से सम्भाजी का माथा चूम लिया। राजे बाहर चले गए। कुछ ही देर बाद राजे मोरोपन्त, कृष्णाजीपन्त, और केसो त्रिमल के साथ महल में आए। इनके साथ कृष्णाजीपन्त की पत्नी पार्वतीबाई और काशीनाथपन्त (केसोपन्त) की पत्नी लक्ष्मीबाई भी थीं।

राजे ने सबका परिचय करवाया और कहा, ''माँसाहिबा, इनके उपकारों का बदला हम इस जन्म में तो चुका नहीं सकते। यह काशीपन्त हैं—मोरोपन्त के साले हैं। ये मथुरा में रहते हैं। ये काशीपन्त के पुत्र कृष्णाजीपन्त हैं। इन सबने अपने घर में सम्भाजी का लालन-पालन किया। आँख की पुतली के समान हमारे बालराजा की रक्षा की। कृष्णाजीपन्त काशी तक हमारे साथ आए थे। और केसो त्रिमल बालराजा को यहाँ तक लाए हैं। दुख यही है कि कवि कलश, जिन्होंने हमारा साथ न होते हुए भी बालराजा को अकेले ही मथुरा ला छोड़ा था, वे आज औरंगजेब की कैद में बन्दी हैं।''

''वे कैसे पकड़े गए?'' मोरोपन्त ने पूछा।

''हमारे कहे अनुसार उन्होंने बालराजा को मथुरा ला छोड़ा था। फिर किसी को उन पर सन्देह न हो, ऐसा सोचकर वे पुनः आगरा आ गए और वहीं औरंगजेब की पकड़ में आ गए।''

''राजे, उन्हें छुड़वाने का कोई उपाय अवश्य करो। तुमने कुछ का कुछ कह दिया था, इसलिए परिवार के लोगों को यह डेढ़ महीना रोते-बिलखते हुए बिताना पड़ा। किसी की ओर देखा भी तो नहीं जाता था।''

''हमें कोई शौक तो नहीं था, माँसाहिबा।'' राजे ने कहा, ''उलटे इस समाचार से बालराजा की उम्र और बढ़ गई। हम यदि यह अफवाह न फैलाते, तो औरंगजेब द्वारा की जा रही खोजबीन बेकार न हो पाती! बालराजा केवल दो ही महीनों में राजगढ़ न आ पाते।''

''चलो, ठीक ही हुआ। तुमने इतना कुछ किया, इसी कारण तो बच्चा घर लौट सका है।''

राजे ने तुरन्त बात काटते हुए कहा, ''नहीं, माँसाहिबा। हम आपकी यह बात कभी नहीं मान सकते। हमने आपसे लाख कहा था कि बालराजा सकुशल हैं, परन्तु आपने विश्वास नहीं किया।''

''क्या कहते हो? मैंने विश्वास नहीं किया? और वह भी तुम पर?'' जीजाबाई ने चकित होकर कहा।

''हाँ, यह बात एकदम सत्य है। यदि आपको विश्वास होता, तो आप इतने व्रत-उपवास न करतीं। बालराजा के लौट आने की अपेक्षा आपके उपवासों की चिन्ता से हमारा कलेजा मुँह को आ गया था।''

जीजाबाई इस उत्तर से निरुत्तर हो गईं।

राजे ने मोरोपन्त के सब आगत सम्बन्धियों को राजगढ़ में ही रखा। उन्हें भरपूर सम्पत्ति प्रदान की। राजे ने मोरोपन्त से कहा, ''मोरोपन्त, रघुनाथपन्त और त्र्यंबकपन्त अभी बादशाह के कब्जे में हैं। उनके घर सूचना भिजवाओ कि वे सुरक्षित हैं। परिवारीय जनों को भरोसा दिलाकर कहो कि हम उन दोनों को वापस लौटा लाने की जी-तोड़ कोशिश करेंगे। बेचारे चिन्ता में घुल रहे होंगे।''

बालराजे की वापसी के कारण राजभवन में उत्साह उछालें लेने लगा था। जीजाबाई की दुर्बलता जाने कहाँ भाग गई थी। सात माताओं के और एक दादी के लाड़-प्यार से बालराजा का दम घुटा जा रहा था।

किन्तु राजे कार्यमग्न हो गए थे। सबको बुलाकर वे नई सेना का निर्माण कर रहे थे। येसाजी, तानाजी, प्रतापराव, मोरोपन्त, अनाजी, सूर्याजी, फिरंगोजी आदि सहायक नए जोश से काम में जुट पड़े थे। नए अस्त्र-शस्त्र तथा घोड़े खरीदे जा रहे थे। गढ़ में सब ओर चहल-पहल मच गई थी। एक दिन मोरोपन्त राजसभागृह में आए। उन्होंने समाचार सुनाया, ''महाराज, कृष्णराव नाईक आए हैं। आपके दर्शन करना चाहते हैं।''

''कौन कृष्णराव?''

''वही, जो नेताजी के सैनिक-दल के नायक थे। वे नेताजी के साथ ही आदिलशाही और मुगलशाही से जा मिले थे। मिर्जाराजा की छावनी जैसे ही हटी, नेताजी को गिरफ्तार कर लिया गया।''

राजे क्रोधित हो उठे। कहने लगे, ''मोरोपन्त, उनसे कहो कि हमें तुम जैसे लोगों को शामिल करके अपनी सेना की संख्या नहीं बढ़ानी है। जो राज्य के प्रति ईमानदार हैं, हम उन्हें ही साथी बनाना चाहते हैं।''

नेताजी की स्मृति के कारण व्याकुल चित्त होकर राजे राजसभागृह से अपने महल की ओर चल दिए।

5

सोयराबाई को सुबह-सुबह महल में आया देखकर राजे को बहुत आश्चर्य हुआ। उनके पीछे-पीछे चले आ रहे करीम को देखकर तो वे भौंचक रह गए। करीम पुणे का दर्जी था। वही बचपन से राजे के कपड़े सीता आया था। करीम अब काफी बूढ़ा हो गया था। करीम ने जैसे ही सिजदा किया, राजे ने पूछा, ''रानीसाहिबा, यह कहाँ मिला आपको?''

''मिलेगा कहाँ? अनाजी से कहकर इसे पुणे से बुलवाया है। इसे लाने के लिए घोड़ा भेजा था।''

''अच्छा किया। ऐसे पुरानी जान-पहचान के लोग मिलते हैं, तो दिल को बड़ी तसल्ली होती है। क्यों करीम चाचा, अच्छे तो हो?''

''अल्लाह के फजल से सब बरकत है, हुजूर।''

''मगर रानीसाहिबा, यह तो कहिए—इसे बुलाया क्यों है?''

''वाह! यह भी भली बात है! आप आगरा जाते समय सारे अच्छे कपड़े साथ ले गए थे। लौटते समय कफनी पहनकर आए हैं। महादेव और मनोहारी ने भी यही कहा। इसलिए करीम को बुलवा भेजा।''

राजे के मुख पर मुस्कुराहट झलक उठी, ''रानीसाहिबा, सच कहूँ? वह साधुओं वाली कफनी थी न, बहुत अच्छी लगती थी। बिना माँगे संयोगवश प्राप्त हुए महात्मापन के विचार से ही शरीर पुलकित हो उठता था।''

''यह व्यर्थ की उलटी-सीधी बातें रहने दो।'' सोयराबाई घबराकर कहने लगीं।

राजे खिलखिलाकर हँस दिए। वे खड़े हो गए और पूछने लगे, ‘‘दर्जी को तो बुला लिया तुमने, मगर कपड़ा कहाँ से आएगा?’’

‘‘उसके बारे में आप चिन्ता न करें। भंडार में ढेरों कपड़ा भरा पड़ा है।’’

‘‘अच्छा! तो तुमने भंडारों की भी छानबीन कर ली है शायद!’’

‘‘माँसाहिबा ने मुझे वही काम सौंपा है। रेशमी, जरतारी कपड़े के थानों को धूप दिखाने का काम मुझे ही करना पड़ता है।’’

‘‘अच्छा! तो अब कार्यालय में भी पहुँच हो गई है क्या!’’

सोयराबाई शरमा गईं। बोलीं, ‘‘करीम, अरे नाप ले ले, बाबा!’’

‘‘किन्तु रानीसाहिबा, कपड़े सिलवाने की इतनी जल्दी क्या है?’’

‘‘सादे कपड़े तो काफी हैं, मगर जरतारी...।’’

‘‘हम समझ गए।’’ राजे पल भर के लिए खड़े हुए और एकदम गम्भीर हो गए। ‘‘रानीसाहिबा, हमें नहीं लगता कि अब हमें किसी के दरबार में हाजिर होना पड़ेगा। और जो लोग हमारे दरबार में आएँगे, वे हमारे कपड़ों को ओर क्यों ध्यान देंगे।’’

‘‘करीम...’’ सोयराबाई ने कहा, ‘‘तू नाप ले रे, भैया! यहाँ हमारी एक नहीं चलती।’’

करीम नाप लेने लगा। राजे खामोश खड़े थे। नाप लिए जाने के बाद राजे ने कहा, ‘‘बालराजा के...।’’

‘‘उनकी फिक्र न करें आप। मैं उनका नाप लेकर ही ऊपर आया हूँ।’’

‘‘ठीक है।’’

करीम सिजदा करके चला गया। सोयराबाई भी जाने को थीं कि राजे ने कहा, ‘‘आज का दिन बहुत शुभ दिन है। मोरोपन्त और बालाजी को हमारे पास भेज दो।’’

‘‘जी।’’

सोयराबाई ने बालाजी आवजी तथा मोरोपन्त को राजे के पास भेज दिया। अनाजी भी उनके साथ आ गए थे। राजे ने अनाजी से कहा, ‘‘अनाजी, अच्छा हुआ, जो तुम भी आ गए। आज हम एक जरूरी पत्र लिखाना चाहते हैं।’’

‘‘कैसा पत्र, महाराज?’’

‘‘मोरोपन्त, अनाजी! कहो तो हमारे छुटकारे के बाद अब औरंगजेब हमारे बारे में क्या अंदाजा लगाता होगा?’’

‘‘हर कोई यही सोचेगा कि आप फिर विद्रोह करेंगे।’’

‘‘बिलकुल सही कहा तुमने।’’ राजे ने अपनी जाँघ पर थाप मारते हुए कहा, ‘‘पुरन्धर की सन्धि के कारण हमारा राज्य बहुत छोटा रह गया है। मुगलिया राज्य के कुछ सरदार थोड़ी-सी सेना सहित अभी भी हमारे प्रदेश में डेरा डाले हुए हैं। मिर्जाराजा जयसिंह वापसी के रास्ते चल पड़े हैं। यदि ऐसे समय में हमने विद्रोह किया, तो औरंगजेब बौखलाकर फिर से दक्खिन में चला आएगा। हमारे लिए यह बात बड़ी महँगी पड़ेगी कि हम एक साथ मुगलशाही, आदिलशाही और कुतुबशाही सल्तनतों से दुश्मनी ठान लें। पहले ही हमारा राज्य नया है—फिर कुछ थपेड़े खाकर ही इसकी बुरी गत बन गई है। ऐसे समय हमें एक ही मार्ग सूझता है कि शत्रु को मित्र बना लिया जाए। तब हमें साँस लेने की कुछ फुरसत मिल जाएगी और हम धीरे-धीरे अपनी शक्ति बढ़ा सकेंगे।’’

"परन्तु यह कैसे सम्भव है?"

"हम आज औरंगजेब के नाम पत्र भेजेंगे। उसे अपने ईमान का भरोसा दिलाएँगे।"

"किन्तु क्या औरंगजेब मान जाएगा?"

"अवश्य मानेगा। मिर्जाराजा की मुहिम के लिए उसे बहुत खर्च करना पड़ा है, परन्तु परिणाम के नाम पर कुछ विशेष सफलता हाथ नहीं आई है। अब फिर से दक्खिन देश में आने में उसे कतई खुशी नहीं होगी। हमारा पत्र पाकर उसे अचरज तो अवश्य होगा, परन्तु वह हमारा लिखा अवश्य मान लेगा।"

"तो क्या हमें मुगलों का ईमान निभाते रहना होगा?" मोरोपन्त ने पूछा।

"हमने यह कब कहा? हम इस बीच चुपचाप बैठे रहेंगे, इसका मतलब यह नहीं है कि हम निकम्मे बने रहेंगे। हमें समय चाहिए, शान्ति और फुरसत चाहिए। हमें सेना इकट्ठा करनी होगी, शक्ति बढ़ानी होगी। पिछले कई दिन हमने शेष और संचय का अनुमान लगाने में बिताए हैं। शान्ति की उपलब्ध अवधि में हम बहुत कुछ कर सकेंगे।...बालाजी, तुम लेखन-सामग्री लाए हो न?"

"जी हाँ, महाराज।"

"बैठो।"

बालाजी बैठ गए। राजे पत्र का मसौदा लिखाने लगे, बालाजी लिखते जा रहे थे। मसौदा समाप्त होते ही राजे ने कहा, "बालाजी, आज शाम को पत्र तैयार करके ले आओ। मुहर लगाकर पत्र रवाना कर देंगे।"

"जो आज्ञा।"

बालाजी के जाने के तुरन्त बाद बालराजा महल में आए। उन्होंने राजे के निकट आकर उनके चरणों में प्रणाम किया। राजे ने उनके सिर पर प्यार से हाथ फेरा और उन्हें अंग लगाकर कहने लगे, "बालराजा, आज तुम सिजदा करने जल्दी कैसे आ गए?"

राजे का हाथ बालराजा के बालों को सहला रहा था। बालों को भीगा और ठंडा देखकर कहा, "बालराजे, लगता है—आज तुम माँसाहिबा से मिलकर नहीं आए हो!"

"माँसाहिबा पूजा कर रही थीं।" बालराजा ने घूमकर पूछा, "पर आबासाहब, आपको कैसे मालूम?"

राजे मुस्कुराने लगे। बोले, "यह कौन-सा कठिन काम है। तुम अगर माँसाहिबा से मिलकर आते, तो उन्होंने तुम्हारे गीले बालों को सुखाए बिना तुम्हें आने न दिया होता!"

"तो आखिरकार दोषी हम ही हुए न!"

इन शब्दों को सुनते ही सबकी नजरें दरवाजे की ओर गईं। जीजाबाई अन्दर आ रही थीं। राजे जल्दी से खड़े हो गए। उन्होंने आगे बढ़कर बालराजा सहित माँसाहिबा के चरण छुए।

"आयुष्मान्।" जीजाबाई ने कहा।

बालराजा दौड़कर माँसाहिबा से लिपट गए। उन्हें प्यार करते हुए जीजाबाई ने कहा, "शिवबा, आज बालराजा बड़े सबेरे स्नानादि से निवृत्त होकर तुम्हारे दर्शन करने आए थे। तुम जानते हो कि वे क्यों आए थे?"

बालराजा ने कहा, "माँसाहिबाऽ!"

राजे ने कहा, "नहीं तो। हमें उन्होंने कुछ नहीं बताया। कहिए तो क्यों आए थे हमारे बालराजा?"

"बालराजा को मोती चाहिए।" जीजाबाई ने हँसते हुए कहा।

राजे जोर से हँस पड़े। उनकी जोरदार हँसी से सारा महल गूँज उठा। राजे ने मोरोपन्त से कहा, "मोरोपन्त, यह बहुत बुरी बात है। पुरन्धर में हमें समझौता करना पड़ा, इसलिए क्या हालत इतनी बुरी बन गई है? हम इतनी ढेर सारी दौलत घर लाए हैं, और हमारे बालराजा एक मोती को तरसें? बालराजा को रत्नशाला में ले जाओ और जितने मोती ये लेना चाहें, लेने दो।"

बालराजा ने गाल फुला लिए। बोले, "आबासाहब, हमें रत्नशाला वाले मोती नहीं चाहिए।"

"तो फिर?"

"हमें तो वह मोती चाहिए, जैसा आप लाए हैं।"

राजे कुछ समझ नहीं पाए। "हम जैसा मोती? हम कुछ समझे नहीं।"

जीजाबाई हँसने लगीं। कहने लगीं, "बालराजा तुमसे घोड़ा माँग रहे हैं। 'मोती' नाम का एक सफेद घोड़ा तुमने परसों खरीदा है न! बालराजा वही मोती माँग रहे हैं।"

अब सारा मामला राजे की समझ में आया। वे बालराजा की ओर देख रहे थे और बालराजा उनसे आँख चुरा रहे थे। राजे के मुख पर हलकी शरारत भरी हँसी झलक उठी। वे कहने लगे, "माँसाहिबा, लौटने के बाद बालराजा आपके बड़े लाड़ले बन गए हैं। मोती हमारा बड़ा चहेता घोड़ा है—हम उसे कभी किसी को नहीं देंगे।"

"माँसाहिबा!" बालराजा जीजाबाई की तरफ देखने लगे।

"राजे, इस बच्चे के सामने मेरी एक नहीं चलती। उसे बेबात मत चिढ़ाओ।"

राजे ने आगे बढ़कर बालराजा को अपने से लगा लिया और बोले, "हमने हँसी-ठठोली की, बेटे। तुम तो कठिन माँग ले आए हो—और उसमें तुम्हारी सिफारिश कर रही हैं माँसाहिबा। इसी हड़बड़ी में तुम्हारे बाल भी गीले रह गए हों, तो आश्चर्य कैसा!"

"तो हमें घोड़ा देंगे न?"

"देंगे क्यों नहीं, देना पड़ेगा हमें। इतना बड़ा सिफारिशी साथ में हो तो भला हम क्यों ना कहेंगे? चलो, घुड़साल चलें। माँसाहिबा, हम बालराजा को मोती देने जा रहे हैं।"

बालराजा की प्रसन्नता का ठिकाना न रहा। उन्होंने जीजाबाई की ओर देखा। फिर वे राजे का हाथ पकड़कर जाने लगे। अनाजी, मोरोपन्त और बालाजी की ओर देखकर राजे ने कहा, "चलो, हमारे बालराजा की हठ पूरी करें।"

सब लोग महल से बाहर आए। सर्दी का मौसम था। सूर्य ठीक सिर के ऊपर आ चुका था, पर अभी कुहरे के पट्टे गढ़ को घेरे हुए थे। धूप बड़ी प्यारी लग रही थी। चौकी पर नियुक्त प्रहरियों के सिजदों को स्वीकारते हुए राजे अश्वशाला की ओर जा रहे थे। बालराजा उत्साह भरा मन लिए उनके साथ-साथ चले जा रहे थे।

राजे अश्वशाला के सामने आकर खड़े हो गए। उन्होंने रिसालदार को आज्ञा दी कि वह मोती को खोल लाए। बालराजा ने कहा, "घुड़साल में चलिए न!"

"अन्दर जाने की क्या आवश्यकता है? हम सब यहीं खड़े रहें।" राजे ने कहा।

थोड़ी देर बाद मोती की हिनहिनाहट कानों में पड़ी। सबकी नजरें अश्वशाला के द्वार की ओर गईं। द्वार में ही उजला-सफेद, सुलक्षण घोड़ा मोती खड़ा हुआ था। अगले ही पल वह हहराकर राजे की ओर आने लगा। उसके अयाल गर्दन पर बिखर-उछल रहे थे। वह दौड़ता हुआ राजे के पास आया और उनके हाथ चाटने लगा। राजे उसे थपकी दे रहे थे। उसे सराहना-भरी दृष्टि से देख रहे थे। राजे ने उसका सिर खुजलाया। मोती मस्ती से गर्दन हिला रहा था। अयाल माथे पर फैल आए थे। राजे उस शानदार घोड़े को बड़े कौतूहल से देख रहे थे। उन्होंने मोती की गर्दन पर हाथ फिराया। उसकी गर्दन पर राजे ने हथेली से थाप दी। फिर कहने लगे, "बालराजा, देखो, यह है अपनी सच्ची सम्पत्ति!...बालाजी, वह कौन-सा श्लोक है?...हाँ, याद आया—

यस्याश्वाः तस्य राज्यं हि यस्याश्वाः तस्म मेदिनी।
यस्याश्वाः तस्य सौख्यं च, यस्याश्वाः तस्य साम्राज्यम्॥"

राजे ने बालराजा से पूछा, "इस श्लोक का अर्थ समझते हो?"

"जी हाँ।"

"अरे!"

बालराजे आगे बढ़े। मोती को सहलाते हुए कहने लगे, "इसका अर्थ है, जिसके पास घोड़ा हो, सारा संसार उसका होता है।"

राजे आश्चर्यचकित हो उठे। उन्होंने पूछा, "क्या तुम संस्कृत भाषा जानते हो?"

बालराजा ने सिर झुका लिया। बोले, "नहीं, अर्थ हमें माँसाहिबा ने बताया है।"

"तो यह बात है! मगर इसमें इतना लजाने की क्या आवश्यकता है? मोरोपन्त, लगभग एक साल व्यर्थ चला गया। अब हमारे बालराजा की पढ़ाई-लिखाई की व्यवस्था की जानी चाहिए।"

"जी, अवश्य। मैं पंडितजी से कहे देता हूँ।"

"बालराजे, हमारे एक बड़े भाई थे—उनका नाम भी सम्भाजी ही था। जब वे तुम्हारी आयु के थे, तभी वे संस्कृत में कविता लिखा करते थे। अच्छा, जाने दो। बालराजा, आज से यह मोती तुम्हारा हुआ। बहुत सयाना पशु है यह! देखो न, हमसे कितनी जल्दी हिल-मिल गया है! इस प्राणी को केवल घुड़साल में बाँध देने भर से काम नहीं बनता, उसे प्यार देना पड़ता है। तुमने देखा न? हमें देखते ही मोती कैसा दौड़ा चला आया! हम जब घोड़े पर सवार होकर अकेले जा रहे होते हैं तब भी हम घोड़े से बातचीत किया करते हैं।"

सब लोग हँस पड़े। बालराजे आश्चर्य से पूछने लगे, "घोड़े से बात करते हैं आप?"

"हाँ, इसमें भला हँसने की क्या बात है? हमने सच कहा है। प्राणी चाहे मूक हो, परन्तु वह समझता सब है। उसे चाहे तुम्हारे शब्द न समझ आते हों, किन्तु वह भाव तुरन्त समझ जाता है। हमने मोती को जिस प्रकार प्यार से पाला है, तुम भी उसका उसी प्रकार पालन करो। सुबह-शाम घुड़साल में आया करो—उसे खिलाओ-पिलाओ—उससे बातें करो। उससे प्यार का नाता जोड़ो। पशु का प्यार पाने में भी एक दिव्य आनन्द है, तुम उसका अनुभव करके देखो।"

निकट उपस्थित रिसालदार को राजे ने कहा, "हनुमन्त, घोड़े को लगाम लगाओ। ले जाओ इसे।"

रिसालदार ने मोती को लगाम लगाई। वापस ले जाने के लिए उसने घोड़े का मुँह मोड़ा। राजे ने कहा, ''बालराजा, अब मोती तुम्हारा हुआ। उसे भी अब अनुभव होना चाहिए कि वह तुम्हारा है। जाओ, उसे अब ठिकाने में बाँध आओ।''

रिसालदार ने बालराजा के हाथ में लगाम दे दी। बालराजा मोती को अस्तबल की ओर लिए जा रहे थे। राजे इस दृश्य को देखकर अतीव सन्तुष्ट हुए।

6

देवपूजा के पश्चात् राजे नित्यवत् जीजाबाई के भवन में गए। सम्भाजीराजा पहले से ही वहाँ उपस्थित थे। वे राजे को आता देखकर तुरन्त उठ खड़े हुए। राजे हँसते हुए पास आए। उन्होंने माँसाहिबा के पाँव छुए। जीजाबाई ने कहा, ''राजे, आज कैसी चहल-पहल है?''

''हमने ही सब मंत्रियों-सरदारों को बुलवा भेजा है।''

''इरादा क्या है?''

''इरादा बहुत ऊँचा है, माँसाहिबा। राज्य की दशा अस्त-व्यस्त है—उसे ठीक करना होगा। आप भी चलिए न।''

''मैं चलूँ?'' जीजाबाई ने कहा, ''राजनीति के पचड़े में अब मेरा आना क्या जरूरी है? मैं अब थक चुकी हूँ, शिवबा। अब मुझसे कुछ हो नहीं पाता।''

''माँसाहिबा, आप ऐसा बार-बार क्यों कहा करती हैं?'' राजे ने व्यथित होकर कहा।

''अच्छा, बाबा। अब कभी नहीं कहूँगी। अब तो ठीक है न? चलो।''

जीजाबाई उठ खड़ी हुईं। उन्होंने सम्भाजीराजा का हाथ पकड़कर कहा, ''चलो, बालशम्भू, हम भी चलें।''

जीजाबाई सम्भाजी को लेकर राजे के पीछे-पीछे चली जा रही थीं।

राजसभागृह में प्रतापराव, अनाजी, मोरोपन्त आदि के अतिरिक्त नौसेना-नायक, इब्राहिम खान, दौलतखान मायनाक आदि जल-सेना के अधिकारी भी उपस्थित थे। सभी के मन में जिज्ञासा थी कि राजे ने सबको इतनी त्वरित क्यों बुलवाया है! सब आपस में कानाफूसी कर रहे थे। राजे को आता देखते ही खुसर-फुसर बन्द हो गई। सब खड़े होकर सिजदा करने लगे। राजे माँसाहिबा के साथ उच्चासन पर जा विराजे। सम्भाजीराजा माँसाहिबा के पास बैठे हुए थे। जब सब स्थान ग्रहण कर चुके, तो मोरोपन्त ने कहा, ''राजे, अब इस प्रकार हाथ पर हाथ धरे कब तक बैठा जाएगा? हमें भी कोई चाल चलनी चाहिए। मिर्जाराजा ने अपने प्यादे बढ़ाना शुरू कर दिया है। उन्होंने अपने अधीन अधिकारियों को आदेश दिया है कि जो मुगलों के विरुद्ध विद्रोह करेंगे, उन्हें किसी प्रकार की सहायता मत दो। राजे के जो विशेष प्रदेश हैं—पुणे, सुपे और इन्दापुर—इनमें शत्रु गड़बड़ी न करने पाए, इस दृष्टि से मिर्जाराजा ने सुरक्षा का विशेष प्रबन्ध किया है। यह राजा जयसिंह की चाहे एक चाल हो, परन्तु हमें इसकी उपेक्षा नहीं करनी चाहिए।''

राजे ने कहा, ''मोरोपन्त, यद्यपि मिर्जाराजा अब अपने मोहरे इधर से उधर कर रहे हैं, फिर भी हमारा विचार है कि अब वे अधिक काल तक दक्षिण में नहीं रह सकेंगे। हमारा अनुमान है कि वे अब हमारी राह में किसी प्रकार की बाधा नहीं बनेंगे।''

''महाराज!'' प्रतापराव कह उठे, ''चढ़ाई करने का यही उचित अवसर है। हम केवल आपके आदेश की प्रतीक्षा कर रहे हैं। अब शत्रु का लाड़-प्यार बहुत हो चुका।''

''प्रतापराव, ठाले बैठने का हमें शौक नहीं है! मगर पीछे ताकत के बिना एक प्यादा भी आगे बढ़ाने की हिम्मत नहीं होती। पहले हमें दृढ़ आधार बनाना होगा–भरपूर शक्ति बढ़ा लेनी होगी।''

''महाराज, आप केवल आवाज तो दें, पलक झपकते लोग इकट्‌ठे हो जाएँगे। वे आपकी आज्ञा की प्रतीक्षा कर रहे हैं।'' मोरोपन्त ने कहा।

''हाँ, हमें पूरा विश्वास है।'' राजे ने आगे कहा, ''मोरोपन्त, हमें यह भरोसा है कि आवाज देने की भी जरूरत नहीं पड़ेगी।'' राजे कुछ देर रुके, फिर कहने लगे, ''प्रवास में घटित एक घटना हमें आज भी भालीभाँति याद है। हम बैरागी के भेष में अपने राज्य में आए थे। सायंकाल का समय था। एक छोटे-से गाँव में एक किसान के घर हमें रात गुजारनी पड़ी। किसान की बूढ़ी माँ बहुत उदारहृदया थी। उसने हमें गरम-गरम चावल परोसे। पत्तल में परोसे हुए चावल पर उसने दाल परोसी। दाल ज्यादा थी–देखते ही देखते बहकर पत्तल से बाहर बह निकली। पत्तल में दाल नहीं रही। हमें कुछ सूझे नहीं, हम देखते भर रहे। वह बूढ़ी माँ हमारी ओर एकटक देख रही थी। हँसकर कहने लगी, 'अरे, तुम तो बस शिवाजीराजा जैसे हो!'

''हमने आश्चर्य छिपाते हुए कहा, 'क्यों? कुछ हुआ दादीमाँ? शिवाजी ने क्या किया?'

'' 'अरे बाबा, उसने अपने राज की चारों तरफ से रखवाली नहीं की। उसके राज के चारों रास्ते खुले थे। चारों बाजुएँ खुली रहेंगी, तो राज कैसे टिकेगा?' फिर वह वृद्धा हँसकर कहने लगी, 'अरे बाबा, चावलों के बीच गड्ढा बना लो। दाल के चारों ओर चावल लगा लो। उसके बिना परोसी हुई दाल बहेगी नहीं तो और क्या होगा?'

''हमने चारों ओर चावलों की मुँडेर बना ली,'' राजे हँसते हुए बोले, ''उस घटना की स्मृति आज भी ताजी है। 'श्री' ही हैं, जो ऐसी छोटी-मोटी घटनाओं से हमें प्रेरणा देते हैं, मार्ग सुझाते हैं। हमें यदि स्वराज्य की रक्षा करनी है, तो चारों दिशाएँ सुरक्षित बनानी होंगी। कोई भी दिशा कमजोर न रहने पाए।'' राजे ने मोरोपन्त की ओर मुड़कर कहा, ''...हाँ, एक बात और याद आई। मोरोपन्त, हमने सुना है कि हमारे सरदारों ने मुगलिया इलाकों में बहुत उपद्रव मचाया था, इलाकों में लूटपाट की थी। लौटते समय हम एक गाँव के पटेल के घर ठहरे हुए थे, तब हमें यह जानकारी मिली थी। उस पटेल का घर भी लूट लिया गया था। निराजीपन्त को उसका पता-ठिकाना मालूम है। उनसे पूछ लो। हमने उस पटेल को वचन दिया है। उसकी जो हानि हुई है, उसकी भरपाई तुम त्वरित करवाओ।''

''जैसी आज्ञा।'' मोरोपन्त ने कहा।

''हम कैद में फँसे हुए थे, इसलिए कई काम आधे-अधूरे पड़े हैं। मालवण का जलदुर्ग और रायगढ़ दुर्ग का निर्माण-कार्य रुके पड़े हैं। वे काम... ।''

''नहीं, महाराज! वे काम बन्द नहीं हैं, काम निरन्तर चालू है। उसमें कोई रुकावट नहीं आने पाई।''

''मगर उसके लिए धन का प्रबन्ध कैसे हुआ?''

''महाराज, इन दोनों कामों के लिए आवश्यक रकम अलग रख दी गई थी। माँसाहिबा ने उस रकम को हाथ नहीं लगाने दिया।''

"शाबाश, मोरोपन्त! तुमने हमारे बुरे समय में भी हमारे कामों को रुकने नहीं दिया। सचमुच तुम धन्य हो! मोरोपन्त, हम प्रायः कहा करते हैं कि, 'यह तो 'श्री' का राज्य है। 'श्री' ही इसके कर्ता-धर्ता हैं।' हमारे इस कथन का कारण ऐसी घटनाएँ ही हैं।"

राजे रुक गए। उन्होंने एक बार सबकी ओर नजर दौड़ाई। फिर उन्होंने आगे कहना शुरू कर दिया। वे बता रहे थे कि सेना की रचना कैसी होगी, वे पदाति-सेना, अश्वारोही-सेना तथा नौ-सेना के प्रबन्ध के बारे में सूचनाएँ दे रहे थे। बता रहे थे कि युद्ध की दृष्टि से सेनाएँ कितनी महत्त्वपूर्ण होती हैं।

तभी माँसाहिबा कहने लगीं, "राजे, यह रचना और व्यवस्था तो पहले ही की जानी चाहिए थी। राज्य की स्थापना के साथ ही राज्य की रक्षा का भी सोच-विचार होना आवश्यक है। केवल आवश्यक ही नहीं, राज्य-रक्षा के विषय में तो पहले सोचना-विचारना चाहिए।"

"हमने भी वही निश्चय किया है। दुर्ग के चारों ओर दृढ़ प्राचीर हो, तो भीषण आघात भी उसका कुछ नहीं बिगाड़ सकते। राज्य के विषय में भी यही बात लागू होती है। मिर्जाराजा ने मनूची जैसे व्यक्ति को तोपखाने का प्रधान अधिकारी क्यों बनाया था, यह पाठ हम उनके शिविर में ही सीख गए थे।"

राजे की नई योजना का विवरण सुनकर सबके मन उमंग से भर उठे। राजसभागृह की बैठक समाप्त हुई और मोरोपन्त तथा बालाजी आवजी ने तुरन्त राजकार्यालय जाकर सहायकों सहित कार्य आरम्भ कर दिया। मसौदे लिखे जाने लगे। राजे उन मसौदों पर विचार करते थे। सेना को पदाति, अश्वारोही तथा नौ सेना—तीन विभागों में विभाजित किया गया।

पैदल सेना के दस सैनिकों पर एक नाईक, पाँच नाईकों पर एक हवालदार, तीन हवालदारों पर एक जुमलेदार और दस जुमलेदारों पर एकहजारी अधिकारी नियुक्त किया गया। पैदल सेना के सर्वोच्च अधिकारी को सरनौबत नाम दिया गया।

घुड़सवार सेना के दो विभाग किए गए—एक बारगीर[1], दूसरा शिलेदार[2]। पच्चीस सवारों पर एक हवालदार, पाँच हवालदारों पर एक जुमला, दस जुमलों पर एक सुमा और दस सुमों पर पंचहजारी अधिकारी नियुक्त किए गए। घुड़सवार सेना के मुख्य सेनापति के पद का नाम सरनौबत रखा गया।

पदाति सेना और अश्वारोही सेना के अनुसार राजे ने अपनी जलसेना की तथा दुर्गों की भी रचना की। सेना के प्रबन्ध के साथ-साथ उन्होंने सैनिकों के लिए अनुशासन के कुछ नियम निश्चित किए।

"...दशहरा बीतने पर सैनिकों को कूच करना होगा। आठ मास तक शत्रु के प्रदेश पर आक्रमणादि द्वारा अपना निर्वाह करना होगा। वहाँ खंडनी वसूल करनी होगी। वर्षा ऋतु से पूर्व ही सैनिकों को अपने प्रदेश में लौट आना होगा। सेना में रहते समय कोई भी सैनिक अपनी पत्नी, रखैल अथवा रंडी साथ नहीं रख सकेगा। जो इस नियम का उल्लंघन करेगा, उसका सिर कटवा दिया जाएगा। जो सैनिक लूट का माल छिपा रखेगा, उसे कठोर दंड दिया जाएगा।"

---

1. ऐसा घुड़सवार सैनिक जिसे राज्य की ओर से घोड़ा दिया जाता था।
2. ऐसा घुड़सवार सैनिक, जिसका अपना घोड़ा होता था। बुलाए जाने पर यह घोड़ा लेकर उपस्थित हो जाता था।

राजे इस विषय में बड़ी सावधानी बरत रहे थे कि सेना के तथा जल सेना के प्रबन्ध में किसी प्रकार की त्रुटि न रहे। उनकी कल्पना शनैः-शनैः आकार ग्रहण कर रही थी। वे स्वयं सभी दुर्गों में जाते थे। सेनाओं की विभिन्न टुकड़ियों का निरीक्षण करते थे। दिनोंदिन शक्ति बढ़ती जा रही थी। नया बल आ रहा था।

राजे मालवण का जलदुर्ग देखने भी गए। समुद्र के जल के ऊपर उभरता हुआ जलदुर्ग का तट देखकर उनकी आँखें जुड़ा आईं। अनेक बाधाओं के होते हुए भी जो लोग उस कष्ट को तुच्छ समझकर काम में जुटे हुए थे, राजे ने उन लोगों की बहुत सराहना की। सागर के जल में विभिन्न प्रकार की छोटी-बड़ी नौकाएँ, जलयान तथा युद्धपोत तैर रहे थे। लहरों के साथ झूम रहीं इन नौकाओं को देख-देखकर राजे का हृदय भर आया।

अतीव सन्तुष्टचित्त होकर राजे राजगढ़ लौट आए। मन में कई योजनाएँ बन रही थीं। समय-समय पर उन्हें औरंगजेब के बारे में समाचार मिलते रहते थे। औरंगजेब पहले से ही मिर्जाराजा की असफलता के कारण बेचैन था, इस पर उत्तर दिशा में अफगानों के विद्रोह ने उसकी बेचैनी और बढ़ा दी। यह स्थिति राजे को अपने अनुकूल प्रतीत हो रही थी। उनका यह आत्मविश्वास दृढ़ होता जा रहा था कि औरंगजेब अवश्य ही उनका सन्धि का प्रस्ताव मान लेगा।

राजे उस दिन शाम को मोरोपन्त के साथ गढ़ का चक्कर लगाकर लौटे थे। वे अपने भवन की ओर जाने के लिए मुड़े ही थे कि एक सेवक दौड़ता हुआ आया। उसने समाचार सुनाया, "महाराज, रघुनाथपन्त और त्र्यंबकपन्त लौट आए हैं।"

राजे का प्रफुल्लित मुख सायंकालीन सूर्य की सुनहरी किरणों में चमक उठा। उन्होंने सामने देखा–रघुनाथपन्त और त्र्यंबकपन्त चले आ रहे थे। राजे की आँखें उन्हें जी-भर एकटक देख रही थीं। दोनों की शकल में बहुत परिवर्तन हो चुका था–इतना कि वह स्पष्ट दिखाई दे रहा था। यद्यपि उन्होंने अभी कुछ कहा नहीं था, तथापि उनका चेहरा औरंगजेब के अत्याचारों की कहानी आप बता रहा था। राजे की आँखें भर आईं। अपनी ओर आ रहे उन दो व्यक्तियों के रूप को राजे अपने हृदय में बसाने का प्रयत्न कर रहे थे। दोनों ने निकट आकर राजे को सिजदा किया। राजे मानो मूक बन गए थे। उन्हें अपने नेत्रों में बह रही अश्रुधारा की भी सुध नहीं थी। फिर उन्होंने स्वयं को संयमित किया और मोरोपन्त से कहने लगे, "मोरोपन्त, हमारे दो मोहरे यमराज के पाश से छूटकर लौट आए हैं। अहोभाग्य है हमारा! हमने जो वचन दिया था, आज 'श्री' ने हमें उस वचन के बन्धन से मुक्त करा दिया है। रघुनाथपन्त, आप दोनों बहुत थक गए होंगे, अब विश्राम कीजिए। हमें आपसे बहुत कुछ बूझना-जानना है–बाद में शान्ति के साथ बातचीत करेंगे।"

"महाराज!" रघुनाथपन्त ने कहा, "एक आनन्ददायी समाचार है। औरंगजेब ने आपका सन्धि का प्रस्ताव स्वीकार कर लिया है।"

"पन्त, यह तो हम तभी समझ गए थे, जिस पल हमने तुम्हें देखा था। हमारी मनचाही बात पूरी हुई। हमें परम आनन्द मिला। आप जाकर विश्राम कीजिए, पन्त।" आँखों के कोनों की बूँदें पोंछते हुए राजे ने कहा, "हम कुछ समय बाद नीचे आएँगे।"

रात्रि को सब श्रेष्ठजन जीजाबाई के प्रासाद में बैठे थे। रघुनाथपन्त तथा त्र्यंबकपन्त अपनी आपबीती सुना रहे थे। सब बड़े ध्यानपूर्वक सुन रहे थे। रघुनाथपन्त सुना रहे थे कि

वे कैसे पकड़े गए—औरंगजेब ने उन पर कैसे-कैसे अत्याचार किए आदि। अत्याचारों की कहानी सुनकर सबके दिल थर्रा उठते थे। औरंगजेब ने उन दोनों का धर्मपरिवर्तन कराने के लिए कैसे-कैसे जाल बिछाए थे, यह वर्णन सुन-सुनकर तो सबका खून खौल उठा था। साथ ही सबको गर्व था उन दो व्यक्तियों पर, जिन्होंने अपने धर्म के लिए मृत्यु का आलिंगन करना भी स्वीकार किया था। रघुनाथपन्त ने कहा, ''महाराज, आपने मूलचन्द को जो हीरे-जवाहरात सौंपे थे, वे औरंगजेब के हाथ लग गए।''

''हीरे?'' माँसाहिबा ने पूछा।

''माँसाहिबा, हम जब अपने छुटकारे के बारे में सोच रहे थे, उस समय हमने अपने सब बहुमूल्य रत्नादि मूलचन्द को सौंप डाले थे, ताकि वे उन्हें सुरक्षित रूप से राजगढ़ पहुँचा दे।''

''फिर क्या हुआ?'' माँसाहिबा ने पूछा।

''माँसाहिबा, हमने सुना कि मूलचन्द ने वे रत्न अपने मुनीम के हाथों दक्षिण की ओर भेज भी दिए थे, परन्तु मुनीम ने जब हमारे पलायन का समाचार सुना, तो उसने घबराकर वे रत्न औरंगजेब को दे डाले। काफिर के पैसे को हराम समझकर औरंगजेब ने वे हीरे-जवाहरात बेच डाले और बिक्री से प्राप्त पैसा उसने फकीरों को बँटवा दिया।''

''पन्त!'' राजे भर्राए हुए कंठ से कहने लगे, ''औरंगजेब ने स्वयमेव दो रत्न हमारी ओर भेज दिए, बस उन दो रत्नों को पाकर ही हम सर्वस्व पा गए। हीरे जाते रहे, इसका हमें कतई दुख नहीं। यूँ भी वे हीरे-जवाहरात जाएँगे कहाँ?'' राजे मुट्ठियाँ भींचकर आवेशपूर्वक कहने लगे, ''औरंगजेब ने हमारे रत्न-माणिक आदि का दान करके जो पुण्य कमाया है, उस पुण्य को वह पचा नहीं पाएगा। हम पचने भी नहीं देंगे, एक न एक दिन हम उन्हें सूदसमेत वसूल करके दिखाएँगे।''

काफी देर तक स्तब्धता छाई रही। सब लोग मौन रहकर राजे की ओर देख रहे थे। अकस्मात् मोरोपन्त ने पूछा, ''रघुनाथपन्त, सुना था कि नेताजी को बन्दी बना लिया गया है!''

सब मोरोपन्त की ओर देखने लगे। राजे की आवेगयुक्त दृष्टि अगले ही पल घृणा से भर उठी। रघुनाथपन्त ने एक बार राजे की ओर देखा और सिर नीचा करके उन्होंने कहा, ''नेताजी मुसलमान बन गए।''

'नेताजी मुसलमान?' सबके लिए यह समाचार एक भीषण आघात सिद्ध हुआ। रघुनाथपन्त ने कहा, ''नेताजी ने अत्याचारों के आगे घुटने टेक दिए। औरंगजेब का इरादा था कि उन्हें यातनाएँ देकर मार डाला जाए। नेताजी को जान प्यारी थी, उन्होंने प्राण बचा लिए, धर्म छोड़ दिया।''

माँसाहिबा के पास बैठा हुआ बालक सम्भाजी एकदम बोल उठा, ''इससे अच्छा होता, मर जाते!''

सबकी दृष्टि सम्भाजीराजा की ओर मुड़ी। सम्भाजी की दृष्टि में स्थिरता थी। सब मानो मूक बन गए थे। चुप्पी छा गई थी। एक गहरी आह भरकर राजे कहने लगे, ''निष्ठा यदि अधूरी हो, तो मनुष्य को इसी प्रकार बहा ले जाती है। नेताजी ने जब देखा कि हमारी पराजय के दिन हैं, तो केवल ढाई हजार का मनसब पाने के प्रलोभन से हमारे सेनापति आदिलशाही से जा मिले। जैसे ही मिर्जाराजा ने उन्हें पंचहजारी सरदार बनाने का लोभ दिखाया वे आदिलशाही

को छोड़ चले। मुगलाई से नाता जोड़ बैठे और अब...अब जान बचाने के लिए मुसलमान बन गए। उनका भाग्य ही ऐसा था—और क्या कहें?''

नेताजी के धर्मभ्रष्ट होने के कारण राजे अतीव खिन्न हुए।

अगले दिन जब वे जीजाबाई के महल में गए, तो द्वार में ही उनके पाँव ठिठक गए। जीजाबाई के पास ही बहू सगुणाबाई बैठी हुई थीं। जीजाबाई उनकी पीठ पर हाथ फिरा रही थीं। सगुणाबाई घुटनों में सिर दिए बैठी हुई थीं। राजे को देखते ही जीजाबाई ने कहा, ''आओ, राजे! पूजा कर ली क्या?''

''जी हाँ।''

सगुणाबाई आँसू पोंछते हुए उठ खड़ी हुईं। राजे ने जीजाबाई को प्रणाम किया। सगुणाबाई को रोता देखकर राजे ने पूछा, ''क्या हुआ?''

''बेचारी बिटिया!'' जीजाबाई ने कहा, ''कल इसने समाचार सुना कि नेताजी मुसलमान हो गए। बस, तभी से हरदम आँसू बहा रही है, बेचारी।''

''नेताजी यदि मुसलमान बन गए हैं, तो इसमें रानीसाहिबा का क्या दोष है?'' राजे ने कहा।

मैं भी इसे यही समझा रही हूँ। परन्तु कुछ भी क्यों न हो, आखिर खून का रिश्ता है। इसके काका नेताजी मुसलमान बन गए, तो भतीजी को दुख तो होगा ही।''

''इसमें किसी का क्या वश है! जो नहीं होना चाहिए था, हो गया। अब उसे ही सोच-सोचकर जी भारी करना ठीक नहीं।''

सगुणाबाई चली गईं। राजे राजसभागृह की ओर जाने के लिए मुड़े ही थे कि जीजाबाई ने उन्हें पुकारा, ''राजे!''

''जी, माँसाहिबा।''

''केवल राज्य के कामकाज की ओर ही ध्यान मत दिया करो। तनिक घर की ओर भी देखा करो।''

''हम कुछ समझे नहीं।''

जीजाबाई मुस्कुराने लगीं। ''राजे, जो बातें तुमने सगुणा से आज कहीं, वे ही कल कहते, तो उसे बहुत अच्छा लगता। पति के दो बोल सुनने के लिए पत्नी का मन ललचाया करता है। राजे, तुमने सोयरा को कहा है कि राजकार्यालय के कामकाज पर निगरानी रखा करे। अब उसने सब कामकाज सँभाल लिया है। राजकार्यालय के लिपिकों पर उसकी अच्छी-खासी धाक है।''

''वह तो होगी ही। आपकी शाला में पाठ जो सीख रही हैं वे, फिर आश्चर्य कैसा?''

''विषय बदलने से काम नहीं चलेगा। तुमने उसे प्रोत्साहित किया, शाबाशी दी, तो सोयरा दिल से भंडारगृह का और राजकार्यालय का कामकाज कर रही है। सगुणाबाई, पुतलाबाई, काशीबाई ये बहुएँ भी तो सारे राजमहल का प्रबन्ध कर रही हैं। वे आते-जाते अतिथि का ध्यान रखती हैं—महल में क्या कम है, क्या चाहिए, इसका खयाल रखती हैं। इनको शाबाशी कौन देगा?''

राजे शर्मिन्दा हो गए। बोले, ''हमसे भूल हुई। अब से हम इस ओर भी ध्यान देंगे।''

जीजाबाई के मुख की मुस्कुराहट देखने के लिए राजे महल में ठहर नहीं पाए।

7

औरंगजेब से सुलह हो जाने के कारण राजे को बहुत प्रसन्नता हुई। उनके दिल का बोझ उतर गया। इस सुलह के कारण उन्हें कुछ समय मिलनेवाला था। राजे ने निश्चय किया कि इस उपलब्ध अवधि में पुरन्धर की सन्धि के पश्चात् जितना राज्य शेष रहा है, उसका ठीक से प्रबन्ध किया जाए तथा उपद्रवग्रस्त कोंकण प्रदेश का शासन ठीक ढंग से चलाया जाए। राजे ने अपनी सेना को नए अनुशासन एवं नवीन रचना-पद्धति से संगठित कर डाला था। अब आवश्यक था कि प्रदेश को सुनिश्चित संभागों में बाँट करके, महसूल के वसूल की सुचारु व्यवस्था की जाए। सम्भाजीराजा को औरंगजेब की तरफ से जो पंचहजारी मनसब मिला था, उससे प्राप्त होनेवाली रकम से सेना का खर्चा निभ जाता था। राजे ने औरंगजेब के सामने अपनी माँगें भी पेश कर दी थीं। औरंगजेब ने राजे को अधिक आय प्राप्त करने के लिए आदिलशाही राज के कुछ इलाकों पर लूटपाट करने की इजाजत दे रखी थी, परन्तु आदिलशाही इलाकों में बराबर युद्ध हुआ करते थे। इस कारण वह इलाका आमदनी की दृष्टि से आसान नहीं था। राजे ने औरंगजेब को पत्र लिखकर इजाजत चाही थी कि उन्हें बादशाही इलाकों से भी एक लाख होन की आमदनी वसूल करने दी जाए। औरंगजेब ने उनकी यह प्रार्थना स्वीकार कर ली और राजे को परवानगी दी कि वे मुगलाई परगनों से भी एक लाख होन की देशमुखी (कर या लगान) वसूल कर सकते हैं।

औरंगजेब के साथ हुई सन्धि के कारण राजे निश्चिन्त होकर कोंकण की ओर ध्यान देने लगे। राजे ने निश्चय किया था कि सेना का समस्त प्रबन्ध पूर्ण करके कोंकण प्रदेश में जाएँ। तभी खबर मिली–'कोंकण के रांगणा किले पर आदिलशाही फौज ने घेरा डाल दिया है।'

रांगणा किला एक वर्ष पूर्व ही राजे के कब्जे में आया था। उन्होंने सूबेदार रावजी पंडित को उस दुर्ग का किलेदार नियुक्त किया था। आदिलशाही राज ने जब देखा कि शिवाजीराजा मुगलाई सल्तनत के चंगुल में फँसे हैं, तो उसे अपना खोया हुआ किला वापस पाने का उचित अवसर मिल गया। उसने अपनी सेना भेजकर रांगणा किले को घेर लिया।

रांगणा के घेरे की खबर सुनकर राजे संतप्त हो उठे। उन्होंने मोरोपन्त को आज्ञा दी, "पन्त, अपनी सेना के अधिकारियों को सेनासहित यहाँ एकत्रित होने के आदेश भेजो।"

राजगढ़ से आदेश भेजे जाने लगे। गुप्तचर आकर रांगणा के बारे में जानकारी दे रहे थे। सैनिक-दल इकट्ठे हो रहे थे। प्रतिदिन राजे के अधिकारी भी आ रहे थे। प्रतापराव, सूर्याजी, फिरंगोजी तथा तेलंगराव गढ़ में आ उपस्थित हुए। रांगणा के घेरे की खबर से सभी चिन्तित हो उठे थे।

राजसभागृह में सब प्रतिष्ठित सरदार राजे की प्रतीक्षा कर रहे थे। राजे जीजाबाई सहित राजसभागृह में पधारे। जीजाबाई तानाजी से कहने लगीं, "अरे तानाजी, तुम लोग अब इस बुढ़िया को चैन से बैठने दोगे या नहीं?"

सब लोग हँस पड़े। तानाजी ने कहा, "माँसाहिबा, आज ऐसी बात कहेंगी, तो हम बच्चे कैसे धीरज जुटा पाएँगे?"

"अरे बेटा, मैं क्या धीरज दूँगी तुम्हें?"

इस बात पर मोरोपन्त को हँसी आ गई। राजे ने पूछा, ''पन्त, हँसी क्यों आई तुम्हें?''

''राजे, आप उधर आगरा में थे, इधर सारी चिन्ताओं का भार रात-दिन माँसाहिबा पर था। जब देखो, वे भगवान के आगे धरना दिए बैठी रहती थीं। परन्तु वे ही माँसाहिबा जब राजसभागृह में पधारती थीं और उच्चासन पर बैठती थीं, तो सबके दिल काँप उठते थे।''

''क्या उलटी-सीधी सुना रहा है रे तू?'' जीजाबाई ने कहा।

''झूठ नहीं कहता हूँ। किसी कुलकर्णी* ने थोड़ा-सा भी नियम तोड़ा कि माँसाहिबा ने फटकारा, 'बेकार के बखेड़े खड़ा करोगे, तो मेरे चिरंजीव क्षमा नहीं करेंगे।' माँसाहिबा का दबदबा जैसा राजकार्यालय में था, वैसा ही सेना पर भी था।

''प्रतापराव और तेलंगराव से पूछ लीजिए—माँसाहिबा ने इन्हें एक भी दिन जो चैन से बैठने दिया हो! बजाजी, झुंजारराव और कानोजी पतंगराव के बीच कोई नातेदारी का झमेला था, माँसाहिबा ने इसी राजगृह में उस मामले की सुनवाई की और पंचायत की सलाह लेकर उसे सुलझा दिया।''

''अरे, बीती बातों की चर्चा काहे करता है रे?'' जीजाबाई ने कहा, ''अब सामने कैसा टेढ़ा मामला आ पड़ा है, उसकी बात सोच जरा। राजे कह रहे थे कि रांगणा किले को शत्रु ने घेर लिया है।''

''माँसाहिबा ठीक कहती हैं,'' प्रतावराव ने उनकी बात का समर्थन करते हुए कहा, ''रांगणा की बात को यूँ ही जाने दिया तो बीजापुर का बादशाह और जोर पकड़ लेगा।''

''तो कौन कहता है कि रांगणा की बात भूल जाओ?''

''हम तो आज्ञा की प्रतीक्षा कर रहे हैं।'' तेलंगराव ने कहा, ''परन्तु यदि ऐसे शत्रु का पाँव जम गया, तो...?''

''तो कुचल डालो उसे, रगड़ दो।'' राजे एकदम कह उठे।

राजे के इस वाक्य को सुनकर सभी आश्चर्यचकित हो उठे। राजे कभी भी इस तरह के शब्दों का प्रयोग नहीं करते थे। राजे भी इस बात को समझ गए। बोले, ''हमारी बात पर अचरज हुआ न? पुरन्धर की सन्धि के बाद हम काफी सयाने हो गए हैं। हमारी आज तक की सारी दौड़-धूप बस यहीं तक सीमित थी कि राज्य बना रहे। इस हेतु मौका पड़ते ही पीछे हट आओ। कभी शत्रु आगे आ खड़ा हुआ, तो गायब हो जाओ। और अवसर पाते ही उस पर टूट पड़ो। किन्तु अब ऐसे खेल काफी हो चुके। हम भालीभाँति यह पाठ सीख चुके हैं कि राज्यकर्ता को केवल सुरक्षात्मक नीति ही नहीं अपनानी चाहिए—उसे अपने सामर्थ्य का अनुभव भी करना चाहिए। कभी-कभी उसे अन्याय का सामना करने हठ ठानकर जाना पड़ता है। जब राज्यकर्ता को अपने बल का बोध हो जाता है, तभी राज्य सुरक्षित रह पाता है। जब शत्रु को पता लग जाता है कि हम कितने शक्तिशाली हैं, तभी वह स्वयं भी चुप बैठ जाता है। हमें भी चैन से साँस लेने देता है। औरंगजेब ने हमें यही पाठ पढ़ाया है कि अपनी शक्ति का प्रदर्शन कभी न कभी, कहीं न कहीं अवश्य करना चाहिए। कहा जाता है कि मनुष्य अनुभवों से ही समझदार बनता है—यह बात बिलकुल सही है।''

''तो क्या रांगणा पर हमला करोगे?''

---

* गाँव का पटवारी।

"उसके सिवाय और कोई रास्ता नहीं है। बस, यह चढ़ाई करते समय केवल एक ही पीड़ा हमारे दिल को कचोट रही है।"

"कैसी पीड़ा?" जीजाबाई ने पूछा।

"हमारे किले पर घेरा डालने आदिलशाही के जो दो सरदार आए हैं—उनमें से एक बहलोल खान है और दूसरे हैं हमारे सौतेले भाई एकोजीराजा।"

"राजे, स्वराज्य के मामले में रिश्ते-नाते की बातें तुम कब से सोचने लगे?" जीजाबाई ने पूछा।

राजे के मुख पर सन्तोष भरी हँसी छा गई। "माँसाहिबा, हमें आपसे यही आशा थी। आपकी अनुकूलता हमें प्राप्त हुई, अब हम मुहिम के लिए जाते हैं।"

राजे ने अभियान की घोषणा कर दी। सुनकर सब उत्साहित हो उठे। राजे के निर्देश, सूचनाएँ आदि सुनकर सब लोग उठा ही चाहते थे कि घोड़े की टापों की आवाज सुनाई दी। सबकी नजरें दरवाजे की ओर गईं। थोड़ी देर बाद बालराजा भीतर आते दिखलाई दिए। उनके पीछे-पीछे इब्राहिम और एक हवालदार चले आ रहे थे। बालराजा राजसभागृह में आए।

उन्होंने राजे के तथा जीजाबाई के चरण छुए। राजे ने पूछा, "कहो बालराजे, शिकार करने गए थे न?"

"जी हाँ।"

"किसका शिकार किया तुमने?"

"आबासाहब, आज हमने एक शिकार मारा है।"

"जरा इधर आओ।" राजे ने कहा।

बालराजा राजे के पास आए। राजे ने उनके दाहिने कन्धे पर हाथ रखा ही था कि बालराजा कराहने लगे। इब्राहिम खान ने कहा, "हुजूर, शिकार बहुत ताकतवर था, इसलिए बन्दूक दी थी।"

"यह हम पहले ही जान गए हैं। अच्छा! निशाना कहाँ लगा?"

"छोटे राजासाहब ने सही जगह चोट की। निशाना ठीक छाती पर लगा।" इब्राहिम खान ने बड़े गर्व से बताया।

"बालराजे, कन्धे पर मालिश करा लेना। बन्दूक अगर ढीले तरीके से पकड़ी जाए, तो जोरदार धक्का लगता है। रात को हमें अपने शिकार की कहानी सुनाना।" फिर सबकी तरफ देखकर राजे ने कहा, "बहुत अच्छा किया तुमने, जो आज शिकार मारकर लाए हो।"

बालराजा का जोश उमड़ पड़ा। बोले, "आबासाहब, सुना है कि शिवाई के जंगल में बड़े-बड़े सूअर मिलते हैं।"

"लगता है, बालराजा को आजकल शिकार के सिवाय और कुछ सूझता ही नहीं। मोरोपन्त, बालराजा की पढ़ाई-लिखाई के क्या हाल हैं?"

"प्रातःकाल शास्त्रीजी के पास जाते हैं।"

बालराजा जीजाबाई सहित महल में चले गए। राजे ने इब्राहिम से कहा, "बालराजा को पढ़ाते समय बहुत होशियारी से काम लिया करो। उन्हें ऐसी शिक्षा दो कि उन्हें देखकर लोग उनके उस्ताद का नाम पूछा करें।"

"हुजूर, उन्हें तो कुछ सिखाना ही नहीं पड़ता। तलवार, भाला, बन्दूक वगैरह हथियार चलाना वे चुटकी बजाते सीख गए हैं।"

राजे ने मोरोपन्त को आज्ञा दी कि इब्राहिम को शिकार का इनाम दिया जाए और फिर वे प्रतापराव को साथ लेकर महल में चले गए।

एक दिन शुभ मुहूर्त को राजे रांगणा की रक्षा के लिए सेना सहित गढ़ से बाहर निकल पड़े। आदेशानुसार मार्ग से सैनिक-दल आ-आकर राजे की सेना के साथ होने लगे थे।

उधर रांगणा में एकोजीराजा और बहलोलखान घेरा और मजबूत बना रहे थे। रांगणा के दुर्गपति रावजी पंडित अपनी पूरी शक्ति लगाकर दुर्गरक्षा में तत्पर थे तथा राजे के द्वारा भेजी गई सैनिक-सहायता की प्रतीक्षा कर रहे थे।

गर्मियों के दिन थे। दुपहरी में आकाश बादलों से घिरा हुआ था। भीषण गर्मी थी–बिजलियाँ कड़क रही थीं। धीरे-धीरे वर्षा की बूँदें टपकने लगीं और फिर मूसलाधार वर्षा शुरू हो गई। आदिलशाही फौज बरसात में भीगने लगी। सिपाही आसरा खोजने लगे। शाम को लगभग वर्षा बन्द हुई। तेज बरसात के कारण घेरा तितर-बितर हो गया था और सैनिक इधर-उधर देख ही रहे थे कि मराठा सेना की रण-गर्जना सुनाई दी–हर हर महादेव। पहाड़ी जंगलों में छिपे हुए राजे के सैनिक चारों ओर से आदिलशाही सेना पर टूट पड़े। बहलोलखान और एकोजीराजा अपनी बिखरी हुई सेना को इकट्ठा करके हमले का सामना करने की कोशिश कर रहे थे। रात होने पर लड़ाई रुक गई। हकबकाई आदिलशाही फौज रात भर शत्रु के आने के भय के कारण अटकी-फँसी खड़ी रही।

अगले दिन सुबह राजे की सेना फिर से आदिलशाही सेना पर टूट पड़ी। राजे की सेना के आक्रमण से बहलोलखान और एकोजीराजा डगमगा गए। वे बची-खुची फौज को बचा ले जाने का प्रयत्न करने लगे और पीछे हटने लगे। आखिरकार हारकर आदिलशाही सरदार युद्धक्षेत्र से भाग खड़े हुए। राजे अपने दुर्ग की रक्षा करने में सफल हुए। उस गढ़ को अधिक दृढ़ बनाकर राजे राजगढ़ की ओर लौट पड़े।

राजे की विजय का समाचार पहले ही राजगढ़ पहुँच चुका था। सब दुर्गवासी बड़ी उत्सुकता से उनके आगमन की प्रतीक्षा कर रहे थे। बजती हुई नौबत ने सबको राजे के आगमन की सूचना दे दी। सिजदों को स्वीकार करते हुए राजे सायंकाल के समय भवन के द्वार पर आए। उन्होंने पैर धोए। द्वार पर आते ही उनका ध्यान द्वार के कुछ भीतर की ओर गया। पुतलाबाई वहाँ खड़ी थीं। उनके हाथ में आरती देखकर राजे ने पूछा, "बड़ी रानीसाहिबा कहाँ हैं? हम इतनी सफलता पाकर लौटे हैं और वे अनुपस्थित हैं। उन्हें भी बुलाओ न!"

राजसभागृह में खड़ी हुई सोयराबाई आगे बढ़ आईं। राजे के चेहरे पर मुस्कुराहट देखकर वे भी मुस्कुराने लगीं। उन्होंने राजे के मस्तक पर कुंकुम का तिलक लगाया। राजे के सिर पर अक्षत बिखराए और राजे की आरती उतारी। सोयराबाई के बाद अन्य चार रानियों ने भी राजे की आरती उतारी। उसके पश्चात् राजे ने राजमहल में प्रवेश किया।

रात को जब सोयराबाई राजे के महल में आईं, राजे उनकी प्रतीक्षा कर रहे थे। राजे शैया पर बैठे हुए थे। सोयराबाई ने पूछा, "सोए नहीं अभी तक?"

"हम तुम्हारा ही इन्तजार कर रहे थे। और करते भी क्या? यह काम मुहिम जीतने से आसान थोड़े ही है?"

"कौन-सा काम?"

"यही कि जब जी चाहे, तुम्हें महल में बुलवा लें।"

"हटिए भी! जाने क्या कह बैठते हैं आप भी!" सोयराबाई लजाते हुए बोलीं, "आरती उतारते समय भी आपने ऐसी ही बात कही थी। मैं तो सबके सामने लाज के मारे गड़ गई थी।"

"न कहते, तो और क्या करते? हम घर लौटे और आप गायब थीं।"

"हाँ जी, हाँ, रहने दो। कोई सुनेगा, तो सच समझ बैठेगा। आप शायद भूल गए होंगे, मगर हम नहीं भूली हैं।"

"क्या?"

"आप पुरन्धर से सन्धि करके लौटे थे। छोटी रानीजी प्रथा के अनुसार महल के द्वार पर आपकी आरती उतारने आगे आई थीं। आपने आरती की थाली एक ओर हटाई और महल में चले गए थे। कितना गुस्सा आया था आपको!"

"अपमान तो उनका हुआ था, गुस्सा तुम्हें आया। चलो, यह भी ठीक है। आज हमें इसी बात का सन्तोष है। परन्तु...।"

"हमें गुस्सा क्यों न आता?"

राजे हँसते हुए उठे। सोयराबाई के पास आते हुए वे कहने लगे, "रानीसाहिबा, वह अपराध हमारा नहीं था, परिस्थिति ही वैसी थी। बाद में हमें भी अपने आचरण पर पछतावा हुआ। इसीलिए तो हमने तुम्हें बुलवाया था।"

"सच?"

"बिलकुल सच! अब तो क्रोध ठंडा हुआ न?"

सोयराबाई दिल खोलकर हँसने लगीं।

राजे शैया पर बैठे हुए थे। सोयराबाई समई की एक-एक लौ बढ़ाती जा रही थीं। प्रत्येक बुझती हुई लौ सोयराबाई के मुख पर एक निराली छटा फैलाती जा रही थी। राजे मुख की बदलती मुद्राओं को देखने में तल्लीन थे।

8

राजे रांगणा दुर्ग के घेरे को छिन्न-भिन्न करके राजगढ़ लौट आए। इस विजय से राजे की सेना का खोया हुआ आत्मविश्वास जाग उठा। राजे नई उमंगों से राज्य का कारोबार करने लगे। उन्होंने निश्चय किया कि राज्य के सभी विभागों को सुव्यवस्थित और सुरक्षित किया जाए। वे रायगढ़ गए और उस नवीन गढ़ के निर्माण-कार्य का निरीक्षण कर आए। राजगढ़ के लुहारखानों में नए अस्त्र-शस्त्र बनने लगे। सेना में नई भरती की जाने लगी। अश्वशाला में घोड़ों की संख्या दिन-दिन बढ़ने लगी।

वर्षा ऋतु की भारी वर्षा की परवाह न करते हुए राजे अपने राज्य की आन्तरिक व्यवस्था करने में व्यस्त हो गए। मन में नित नूतन योजनाएँ रूप धारण कर रही थीं। वर्षा ऋतु का जोर कुछ कम हुआ। श्रावण मास के आगमन के साथ ही राजप्रासाद में धार्मिक विधियाँ सम्पन्न करने की चहल-पहल प्रारम्भ हो गई। पूजा-पाठ तथा अभिषेक होने लगे। राजे सन्तुष्टचित्त होकर इस वातावरण को देख रहे थे।

सन्ध्या समय राजे सारे दुर्ग का चक्कर काटकर महल में लौटे। निराजी, मोरोपन्त, अनाजी राजसभागृह में उपस्थित थे। राजे ने मोरोपन्त से कहा, "मोरोपन्त, अब वर्षा ऋतु तो लगभग समाप्त होने को है। हम सोच रहे हैं कि शीघ्र ही कोंकण प्रदेश में हो आएँ।"

राजे के साथ आए हुए प्रतापराव, तेलंगराव, तानाजी और सूर्याजी वीरों की यह चौकड़ी चौकन्नी होकर सुनने लगी। राजे कह रहे थे, "अपने कोंकण प्रदेश में अब भी अशान्ति मची है। कुछ दिन पूर्व पिलाजीराव का पत्र आया था। उन्होंने लिखा है कि जब तक हम कोंकण के देसाई जमींदारों की कमर नहीं तोड़ देते, तब तक वे हमें कभी आराम से नहीं बैठने देंगे। क्यों प्रतावराव? तुम्हारा क्या मत है?"

"कोंकण के कुडाल सावन्त को कुचलने के लिए आपको जाने की जरूरत नहीं है। कहिए, तो मैं कल ही कूच कर दूँ।"

"प्रतापराव, इतने उतावले न बनो। अब से जो भी मुहिमें तय की जाएँगी उनका केवल एक ही उद्देश्य रखने से काम नहीं बनेगा। हमें सभी दृष्टियों से सोचना-विचारना होगा। औरंगजेब का बेटा मुअज्जम अब दक्षिण का सूबेदार बनकर औरंगाबाद आया है। मिर्जाराजा चाहे लौट गए हों, परन्तु उनके स्थान पर जसवन्तसिंह अपने सरदारों के साथ दक्खिन में डटकर बैठा है। अभी तक मुगलों के साथ हमारी सन्धि पूरी नहीं हुई है। जब तक पूर्णतया सन्धि नहीं हो जाती, हमें आगे कदम बढ़ाने का साहस नहीं करना चाहिए।"

अचानक जीजाबाई राजसभागृह में आईं। राजे उठकर खड़े हो गए। जीजाबाई उच्चासन पर बैठ गईं।

"मेरा कोई खास काम नहीं था।" जीजाबाई ने कहा, "मैं तो केवल मोरोपन्त से कुछ कहने आई थी।"

"जी, कहिए माँसाहिबा!" मोरोपन्त ने कहा।

"अरे, केवल 'जी कहिए' कहने भर से काम बनते हैं क्या? राजे, तुम्हारी घुड़सालों में घोड़ों की संख्या बढ़ रही है, सो तो ठीक है, किन्तु घोड़ों के लिए जगह चाहिए या नहीं? बरसात के दिन हैं। सोयरा कह रही थी कि घुड़साल में घोड़ों की भीड़ बढ़ गई है।"

"रानीसाहिबा की आज्ञा के अनुसार सारा प्रबन्ध कर दिया गया है। बरसात समाप्त होते ही अस्तबल की इमारत की नींव खोदना शुरू करा दिया जाएगा।" अनाजी दत्तो ने कहा।

राजे सुन रहे थे। सन्तुष्ट होकर कहने लगे, "अनाजी, अब छोटी अश्वशाला मत बनाना। लम्बे-चौड़े आकार की विशाल अश्वशाला बनवाना। हमने उत्तर देश में कई घुड़सालें देखी हैं। हमने निराजीपन्त से उसी समय कहा था। उन्होंने घुड़साल की नाप ले ली थी। तुम घुड़साल बनाते समय ध्यान रखो कि बीच में विशाल चौक हो और उसके चारों ओर घोड़ों के तबेले हों। बीचवाले चौक में चूने की चिनाईवाले पक्के हौज हों।"

"जी, महाराज।" अनाजी ने कहा।

"राजे, तुम्हारी जितनी सराहना की जाए, कम है।" जीजाबाई ने कहा, "तुम राजनीति के दाव-पेंच लगाने आगरा गए थे या घुड़साल देखने गए थे? तुम जब से आगरे से लौटे हो, हमेशा उत्तर देश की बातें करते हो।"

सब लोग हँस पड़े। सबके साथ राजे भी हँसने लगे थे।

"माँसाहिबा!" राजे ने कहा, "आप कहती हैं, सो बिलकुल सही है। कोई आँखें खुली रखे, तो सबकुछ दीख जाता है। मिर्जाराजा ने हमें बहुत कुछ सिखाया है। भविष्य में यदि हमारे स्वप्न साकार हो पाए, तो उनकी पूर्ति का बहुत बड़ा श्रेय मिर्जाराजा को ही मिलेगा।'

मोरोपन्त ने बात काटते हुए कहा, "महाराज, क्षमा कीजिए।"

"क्यों? क्या हुआ?" राजे ने पूछा।

"एक दुखदाई समाचार मिला है महाराज। मैं अब तक इस कारण रुका रहा कि आपको थोड़ी देर में बताऊँ।"

"क्या समाचार है? कहो।"

"मिर्जाराजा जयसिंह का स्वर्गवास होने का समाचार है। खबर मिली है कि बुरहानपुर में उनका देहावसान हो गया।"

राजे सन्न से रह गए! मिर्जाराजा चल बसे! एक ही पल में राजे के नेत्रों के सामने से मिर्जाराजा की कई स्मृतियाँ उभर आईं। उनकी आँखें भर गईं।

मोरोपन्त ने कहा, "महाराज, मिर्जाराजा की मृत्यु स्वाभाविक मृत्यु नहीं थी।"

"तो फिर?" राजे ने चौंककर पूछा।

"जीवन के अन्तिम दिनों में मिर्जाराजा दुखी हो गए थे। रामसिंह पर औरंगजेब की नाराजगी तथा सूबेदार के रूप में मुअज्जम की नियुक्ति की बात सोचकर वे हताश हो चुके थे। बुरहानपुर में उनका स्वास्थ्य खराब हो गया। लोग कहते हैं कि इन्हीं दिनों औरंगजेब ने अपने पिट्ठुओं के हाथों मिर्जाराजा को जहर दे दिया। अमावस्या की रात को बुरहानपुर में मिर्जाराजा स्वर्ग सिधार गए।"

राजे सुन रहे थे। राजे की दशा देखकर शेष सब लोग मौन बने बैठे थे। जीजाबाई ने कहा, "औरंगजेब ने यह काम बहुत बुरा किया।"

राजे ने अश्रुपूरित नेत्रों से जीजाबाई को देखा। वे रुँधे कंठ से कहने लगे, "नहीं माँसाहिबा, यह औरंगजेब की भूल नहीं है। उसे बुरा मत कहिए। यदि यह बात सत्य है, तब तो यही कहना पड़ेगा कि उसने जो किया, उचित ही किया है।"

राजे की बात से सबको अचम्भा हुआ। आँसू पोंछते हुए राजे ने कहा, "आलमगीर औरंगजेब राजनीति का चतुर खिलाड़ी है। भावुकता की अपेक्षा वह ध्येय की ओर देखनेवाला है। मिर्जाराजा का स्वभाव उसके ठीक विपरीत था। वे अति भावुक थे, कर्तव्यनिष्ठ थे। पूरे स्वामिभक्त सेवक थे; इसके अलावा कोई दूसरा भाव उनके मन में था ही नहीं। उन्होंने शुजा के विरुद्ध हुए युद्ध में कई बार औरंगजेब की रक्षा की थी। उन्होंने दिल्ली को बचाया था। दारा के लड़के सुलेमान शिकोह को मिर्जाराजा ने ही पकड़ा था। सच तो यह है कि यदि मिर्जाराजा जयसिंह न होते, तो औरंगजेब राजगद्दी पर न बैठ पाता।"

"और इन उपकारों का बदला औरंगजेब ने यों चुकाया?" जीजाबाई ने कहा।

"औरंगजेब पूरा धूर्त है। परन्तु मिर्जाराजा को याद रखना चाहिए था कि औरंगजेब अपने पिता को और भाइयों को मारकर गद्दी पर बैठा है। दक्खिन में मिली असफलता से तथा हमारी मुक्ति से औरंगजेब के मन का संयम टूट गया। उसने समय रहते ही मिर्जाराजा को अपने रास्ते से हटा दिया।"

"किस कारण?"

"कारण यह कि मिर्जाराजा सत्ताधीश थे। पराक्रमी थे—स्वामिभानी थे। भावुक थे—उनकी स्वामिभक्ति भंग होते देर न लगती। औरंगजेब जानता था कि मिर्जाराजा का बैर उसे महँगा पड़ेगा। उसने ठीक समय पर अपना रास्ता साफ कर लिया। राजनीति की शतरंज में सीधा चलनेवाला यह हाथी—ऊँट की तिरछी चाल में जा फँसा। बेचारे राजा जयसिंह राजनिष्ठा के शिकार हो गए। ऐसा मनुष्य हमने आज तक नहीं देखा—सम्भवतः फिर कभी देख भी न सकेंगे।"

राजे ने लम्बी आह भरी। किसी से कुछ कहे बिना वे सीधे अपने भवन में चले गए।

9

मिर्जाराजा की मौत की खबर सुनकर औरंगजेब को बड़ी तसल्ली हुई। परन्तु दक्खिन का सूबेदार मुअज्जम और उसका सेनापति जसवन्तसिंह चिन्तित हो उठे। वे जानते थे कि अगर शिवाजी ने फिर से दक्खिन में सिर उठाया, तो दोनों में इतनी ताकत नहीं है कि शिवाजी को दबा सकें। सूबेदार मुअज्जम ने तुरन्त औरंगजेब के नाम पत्र भेजकर शिवाजी की सिफारिश की। औरंगजेब ने सारे मामले पर पूरी तरह गौर किया और सिफारिश मंजूर कर ली। उसने इस बारे में एक शाही फरमान औरंगाबाद रवाना कर दिया। सूबेदार मुअज्जम ने यह खुशखबरी बताने के लिए एक खलीता तुरन्त राजगढ़ भेज दिया।

राजे ने खलीते का स्वागत किया। यह निश्चय किया गया कि सम्भाजीराजा औरंगजेब द्वारा भेजे गए मनसब को स्वीकार करने जाएँ। राजगढ़ में सम्भाजीराजा के प्रस्थान की तैयारियाँ शुरू हो गईं। उनके साथ कौन-कौन सरदार जाएँ, इस बारे में भी सोच-विचार किया जाने लगा।

रात को राजे जीजाबाई के भवन में बैठे थे। जीजाबाई के निकट सम्भाजीराजा बैठे हुए थे। सोयराबाई और काशीबाई वहाँ खड़ी थीं। राजे ने कहा, "माँसाहिबा, अब हमारे बालराजा असली मनसबदार बननेवाले हैं।"

"आबासाहब, आप हमारे साथ नहीं आएँगे क्या?" बालराजा ने पूछा।

"मनसब तो तुम्हारे नाम भेजा गया है। वहाँ हमारा क्या काम?"

बालराजा कुछ सोचने लगे। वे जीजाबाई की ओर सरकते हुए कहने लगे, "और अगर हमें अकेले को वहीं रोक लिया गया, तो?"

इस बात से राजे ठठाकर हँस पड़े। जीजाबाई की आँखें छलछला आईं। वे कहने लगीं, "राजे, तुम्हें हँसी आ रही है! परन्तु सोचो, बच्चा मथुरा में अकेला रह गया था। वही डर इसके मन में समाया हुआ है।"

राजे ने कहा, "माँसाहिबा, वह भी इनके लिए नया अनुभव था। वह कुछ बुरा नहीं था। किन्तु बालराजे, तुम अब चिन्ता मत करो। अब तुम अकेले नहीं जाओगे। तुम्हारे साथ स्वयं हमारे सेनापति प्रतापराव गुजर जा रहे हैं। तुम्हारे साथ बड़ी फौज है। अगर समय ही आ पड़े, तो औरंगाबाद में धूम मचाकर लौटना।"

बालराजा हँसने लगे। राजे के वचनों को सुनकर उन्हें धैर्य प्राप्त हुआ। जीजाबाई ने पूछा, "क्या प्रतापराव सचमुच साथ जाएँगे?"

"माँसाहिबा, जब युवराज जा रहे हैं, तो क्या अकेले जाएँगे? शहजादे मुअज्जम के पत्र से तो यही आशय निकलता है कि वह हमसे मित्रता का नाता जोड़ना चाहता है। इस बात की सचाई भी जानी जा सकेगी। बालराजा के साथ सरनौबत प्रतापराव पाँच हजार सैनिकों सहित जाएँगे, तो औरंगाबाद की खबरें भी पता लग सकेंगी। उनके अतिरिक्त लिपिक निराजीपन्त, पेशवा मोरोपन्त, मजूमदार और सुरनीस भी साथ जा रहे हैं। हमारे इस सरंजाम को देखकर शहजादे को यह भी पता लग जाएगा कि हमारा राजसी ऐश्वर्य केवल बादशाह के दिए हुए पंचहजारी मनसब पर आश्रित नहीं है।"

राजे की बात सुनकर जीजाबाई की आशंका दूर हो गई। दशहरे का नवरात्र-उत्सव बड़ी धूमधाम से मनाया गया। दशहरे की प्रथा के अनुसार राजे ने बालराजे सहित शमीपत्र लूटे और लोगों को बाँटे। यों दिन बीतते गए। दीपावली का पर्व आ गया। भैयादूज के दिन बालराजा का प्रयाण होना निश्चित किया गया। भैयादूज के दिन जीजाबाई और राजे का आशीर्वाद लेकर बालराजा सम्भाजी मनसब प्राप्त करने के निमित्त औरंगाबाद की ओर चल पड़े।

सम्भाजीराजा के प्रस्थान के पश्चात् राजे ने अपने गुप्तचर कोंकण प्रदेश और गोवा में भेज दिए। राजे वहाँ से आनेवाली खबरें सुन रहे थे। आदिलशाही ने रांगणा के युद्ध में जो शिकस्त पाई थी, उस कारण अब वह शिवाजीराजा के साथ सुलह की बातचीत करने लगी थी। राजे ने भी आदिलशाही के साथ अन्दरूनी रूप से सुलह कर ली। आदिलशाही सल्तनत ने राजे की कई शर्तें मान ली थीं, जिनमें एक थी—वार्षिक तीन लाख रुपए खंडनी देना।

सम्भाजीराजा औरंगाबाद में मनसब पाकर बड़े मान-सम्मान सहित राजगढ़ लौट आए। अब सम्भाजी मुगल दरबार के पंचहजारी मनसबदार बन गए थे। शहजादा मुअज्जम ने उनकी बहुत शानदार आवभगत की थी। प्रतापराव सुना रहे थे, "शहजादे छोटे राजा से बहुत आदरपूर्वक मिले। बढ़िया स्थान चुनकर वहाँ एक पुरा बसाया गया था। सबको हाथी, घोड़े, हीरे-जवाहरात, मानवस्त्र आदि दिए गए।"

"अच्छा!" राजे ने सन्तोष व्यक्त किया।

निराजीपन्त ने कहा, "हम बालराजा की जागीर का पूरा विवरण साथ लाए हैं। विदर्भ प्रान्त की पन्द्रह लाख होन आयवाली जागीर बादशाह ने बालराजा को प्रदान की है।"

राजे सारी बातें सुन रहे थे। सारा वृत्तान्त सुनकर राजे ने अपना मत प्रकट किया, "निराजीपन्त, तुमने बहुत बड़ा काम कर दिखाया है। अब हम निश्चिन्त हो गए हैं। मुगलशाही और आदिलशाही से सन्धि हो जाने के कारण हमें फुरसत मिलेगी। सेना का खर्चा पूरा होगा। हम भी अपने इरादे पूरा कर सकेंगे।"

कुछ दिनों बाद राजे ने अपने इरादे सबको बताए। कोंकण प्रान्त के देसाई जागीरदार राज्य में सदा उपद्रव मचाते थे। इन देसाई लोगों में लखन सावन्त, केशव नाईक, केशव प्रभू अधिक कष्टदायी थे। ये देसाई राजे के लौट जाने पर कोंकण प्रान्त में फिर से उत्पात मचाना शुरू कर देते थे। जब देखते थे कि राजे की सेना आ रही है, तो अपने प्रदेश को छोड़ गोवा में शरण पाने भाग जाते थे। उनकी अब तक यही परम्परा रही थी। राजे ने सोचा कि सुलह के बाद मुगल और आदिलशाही राज खामोश बैठे हैं—यही अवसर है, जब कोंकण के देसाई लोगों का उपद्रव पूरी तरह दबाया जा सकता है। प्रतापराव ने पूछा, "और यदि सावन्त पुर्तगालियों के गोवा प्रदेश में भाग छिपे, तो...?"

राजे हँसने लगे, "पूछते हो, गोवा में भाग छिपे, तो? यही तो हम चाहते हैं। पुर्तगाली बड़े घमंडी हो गए हैं। हमारे राज्य में आकर हमारे लोगों पर अत्याचार करते हैं। अभी कुछ दिनों पूर्व गोवा के पुर्तगाली वायसराय ने आदेश दिया है, 'हिन्दू दो महीनों में बारदेश से बाहर चले जाएँ।' उन्होंने सात हजार हिन्दुओं का बलात् धर्म भ्रष्ट किया है। यदि इसी तरह इन पुर्तगाली फिरंगियों से प्यार-दुलार किया जाता रहा, तो हिन्दू धर्म का नामोनिशान नहीं रहेगा। यदि सौभाग्य से देसाई हमारे डर से पुर्तगाली बारदेश (गोवा) में जा घुसे, तो इसी बहाने हम बारदेश में घुसकर उस प्रान्त को तहस-नहस कर डालेंगे।"

राजे सेनासहित कोंकण पर आक्रमण करने चल पड़े। जैसा कि राजे ने सोचा था, कोंकण के देसाइयों ने जैसे ही राजे को आते देखा, वे भागकर बारदेश में चले गए। राजे भी यही चाहते थे। वे तेजी के साथ बारदेश में घुस पड़े। यदि कोई ईसाई पादरी भी आड़े आया, तो राजे ने उस पर भी दया नहीं दिखाई। चार पादरियों को मौत के घाट उतारकर मराठा सेना आगजनी और लूटपाट करती हुई आगे बढ़ने लगी। तीन दिनों में राजे ने कितने ही गाँवों को राख कर दिया। पुर्तगाली सेना और जलसेना की चिन्ता किए बिना राजे ने लगभग तेरह सौ लोगों को कैद कर लिया। तब कहीं पुर्तगालियों की आँख खुली।

राजे डिचोली में ठहरे हुए थे। पुर्तगाली पादरी गोन्साल्वीस मार्तीस और दुभाषिया रामोशी शेणवी सुलह की बातचीत करने आए। राजे भी बारदेश में अधिक दिनों तक नहीं ठहर सकते थे। उन्होंने सन्धि करना स्वीकार कर लिया। पुर्तगालियों से यह कहकर कि सन्धि का अन्तिम रूप निश्चित करने के लिए वे राजगढ़ आएँ, राजे राजगढ़ लौट आए। इस सन्धि के कारण विद्रोही देसाइयों का आधार जाता था। राजे का उद्देश्य सफल हुआ। उन्होंने गिरफ्तार कैदियों को सम्मान सहित छोड़ दिया। पुर्तगाली अब तक निडर होकर धड़ल्ले से धर्मपरिवर्तन करते जा रहे थे। अब उसमें काफी रुकावट आ गई थी।

राजे राजगढ़ लौट आए। गोवा की चढ़ाई का वृत्तान्त सुनकर पुर्तगाली तो दहल ही उठे थे, अंग्रेज भी घबरा उठे। वे सोचने लगे कि मुगलशाही और आदिलशाही के दोस्त शिवाजी को नाराज करना हानिकारक होगा। इसलिए अंग्रेजों और पुर्तगालियों के नुमाइंदे राजे के साथ स्नेह-वृद्धि करने के लिए बार-बार राजगढ़ आने लगे। राजे उनके साथ इस प्रकार बातचीत कर रहे थे कि वे दोनों नाराज भी न हों और उन पर धाक भी बनी रहे।

राजे दोपहर को आराम कर रहे थे। अभी उनकी आँख लगी ही थी कि किसी की पुकार कानों में पड़ी, "महाराज!"

राजे ने आँखें खोलीं। मनोहारी उनकी ओर देखती हुई खड़ी थी। राजे के मुख पर मुस्कुराहट छा गई। उन्होंने पूछा, "क्या बात है, मनू?"

"पन्त ने...।"

" 'हमें जगाने को कहा है।' यही कहना चाहती है ना?" राजे ने कहा, "तू जा। हम अभी राजसभागृह में आते हैं।"

मनोहारी चली गई। राजे कुछ देर बाद राजसभागृह में आए। बाहर बड़े कक्ष में कुछ मुगल सैनिक खड़े दिखाई दे रहे थे। उन्होंने राजे को सिजदा किया। मोरोपन्त ने कहा, "महाराज, ये लोग औरंगाबाद से यह सूचना देने आए हैं कि शाही फरमान दो दिनों में राजगढ़ पहुँच जाएगा।"

"क्या बालराजा के नाम एक और फरमान आया है?" राजे ने पूछा।

"फरमान आपके नाम आया है।" मोरोपन्त ने कहा।

राजे पल-भर के लिए सोच में डूब गए, "ठीक है। सूचना लेकर आए इन प्रतिनिधियों का यथायोग्य सत्कार करो। हम शहजादे मुअज्जम के नाम एक पत्र लिखकर देते हैं। ये अपने साथ ले जाएँ।" सूचक घुड़सवार राजे का पत्र लेकर वापस औरंगाबाद चले गए।

राजे ने शाही फरमान के स्वागत की तैयारियाँ करने के आदेश दिए। गढ़ की तलभूमि से कुछ दूरी पर एक 'फरमान बस्ती' बसाई गई। राजे ने बालराजा से कहा, "बालराजे, हमारे फरमान का स्वागत पूरा करो।"

"जी, अच्छा।" बालराजे ने कहा।

हँसी छिपाते हुए राजे कहने लगे, "तुम मुगलिया मनसबदार हो। तुम अवश्य स्वागत कर सकोगे। परन्तु देखना बालराजे, शाही रिवाज निभाने में किसी तरह की चूक न होने पाए।"

"हम कोई चूक नहीं करेंगे।" बालराजा भोलेपन से कह गए।

"हाँ, यही तो हम कहते हैं! जानते हो रिवाज क्या है? जैसे ही फरमानवाला ऊँट आता दिखाई दे, नंगे पैर आगे बढ़कर, घुटने टेककर जमीन पर बैठना होगा। ऊँट पास आते ही सिर झुकाकर फरमान को स्वीकार करना होगा। फरमान को सिर-माथे लगाना होगा। इसके बाद फरमान को सिर पर रखकर गाजे-बाजों के साथ गढ़ में आना होगा।"

बालराजा का चेहरा फक् पड़ गया। उन्होंने कहा, "हमसे नहीं होगा यह।"

सब लोग हँस पड़े, परन्तु राजे संजीदा बने रहे। बालराजा को अपने पास लाते हुए उन्होंने कहा, "बालराजे, तुम हमारे हो न?"

"हाँ।"

"हमने भी एक बार ठीक इसी तरह रस्म पूरी की है। राजनीति में सबकुछ करना पड़ता है। कभी-कभी मान-अपमान की भावना को भुला देना पड़ता है। तुम्हें हमारी खातिर यह सब करना होगा, वरना हमें यह रीति निभानी पड़ेगी।"

बालराजा ने राजे के व्यथाभरे मुख की ओर देखा और राजे के पैरों से लिपटकर कहने लगे, "हम अवश्य करेंगे, आबासाहब। हम आपके लिए कुछ भी कर सकते हैं।"

राजे ने बालराजा को उठा लिया और सहसा छाती से लगा लिया।

जिस दिन फरमान आनेवाला था, उस दिन गढ़ में खासी धूमधाम थी। द्वारों पर तोरण बाँधे गए थे और भवनों के ऊपर धार्मिक ध्वजा (गुढ़ी) लहराई गई थी। राजमहल के द्वार पर आम्र-पत्र के वंदनवार लगाए गए थे। महल के बीचवाले आँगन को सुन्दर रंगोली से सजाया गया था। राजसभागृह के ऐश्वर्य के तो कहने ही क्या? राजे हर छोटी-छोटी बात का स्वयं निरीक्षण कर रहे थे। राजे का ऐसा आचरण जीजाबाई को असह्य हो उठा। उन्होंने राजे से कहा, "राजे, मुगल फरमान की इतनी आवभगत क्यों की जा रही है?"

राजे के मुख से एक उसाँस छूट गई। उन्होंने कहा, "माँसाहिबा, यह आवभगत और ठाठ-बाट फरमान के लिए नहीं है। यह राजनीति की एक चाल है। हमारे द्वारा किए गए इस उत्साहपूर्ण स्वागत का वृत्तान्त बादशाह तक अवश्य पहुँचेगा। वह यह सुनकर अवश्य सन्तुष्ट होगा। उसे भरोसा हो जाएगा कि हमारा दिल साफ है। हमें बहुत से ध्येय पूरे करने हैं—उन्हें पूर्ण करने के लिए हमें आज अवकाश चाहिए।"

सम्भाजीराजा को फरमान का स्वागत करने के लिए रवाना कर दिया गया। उनके साथ ज्येष्ठ सरदार और सेनापति भी भेजे गए थे। राजे राजगढ़ में फरमान की प्रतीक्षा कर रहे थे।

सूचना मिली कि फरमान गढ़ की तलभूमि में आ पहुँचा है। निराजीपन्त, मोरोपन्त, अनाजी, तानाजी और येसाजी सहित नंगे पैर चलकर राजे फरमान की अगवानी करने पहुँचे। वे राजगढ़ के द्वार पर खड़े हुए शाही फरमान के आने की प्रतीक्षा करने लगे। वाद्यों की ध्वनि और रणसिंगों का नाद राजगढ़ के वायुमंडल में गूँज रहा था। फिर फरमान का जुलूस आता हुआ दिखाई दिया। सोने-चाँदी के गहनों से सजे हुए घोड़े इस जुलूस के आगे-आगे चल रहे थे। उनके पीछे वादकवृंद चल रहा था। बालराजा फरमान लेकर आ रहे थे। राजे ने गर्दन झुकाकर फरमान का स्वागत किया। नगाड़े बज उठे। तोपों की आवाज से सारा राजगढ़ भर उठा।

राजसभागृह के बीच जरतारी वस्त्र से ढँके एक पीढ़े पर वह फरमान रख दिया गया। राजे ने मोरोपन्त को फरमान पढ़ने की इजाजत दी। मोरोपन्त फरमान पढ़ने लगे। फरमान में शाही दरबार के सर्वोच्च सम्मानसूचक शब्दों की झड़ी लगाई गई थी। फरमान फारसी में लिखा हुआ था। राजे उसका अर्थ समझ रहे थे। लिखा था, "...आज हम तुम पर बड़े मेहरबान हैं। इसलिए हम तुम पर 'राजा' खिताब अता फरमाते हैं। तुमने अब तक जैसे कारनामे कर दिखाए हैं, उससे भी बेहतर कर दिखाओ। तब हम तुम्हारी हर मंशा पूरी करेंगे...इत्मीनान रखो।—जुलूस 11 शव्वाल 5 हिजरी 1078।"

फरमान के साथ आए हुए मुगल सरदारों ने राजे से गले मिलकर उन्हें बधाई दी। फिर राजे ने शहजादे मुअज्जम का खत पढ़ने की आज्ञा दी। मुअज्जम ने लिखा था, "...शिवाजीराजा, हमारे दिल में आपके बारे में हमदर्दी है। इसी वजह से हमने हुजूर बादशाह सलामत को यह भरोसा दिलाया है कि आप पूरी तरह ईमानदार हैं। बादशाह की इनायत है जो उन्होंने आप पर मेहरबान होकर आपको 'राजा' खिताब दिया है। आपका सिर ऊँचा हुआ, हमें बेहद खुशी हुई...।"

राजे ने दोनों पत्रों के प्रति हर्ष प्रकट किया। उन्होंने मुगल सरदारों को कई बढ़िया नजराने देकर उनका सत्कार किया।

रात को राजे जीजाबाई के महल में आए। प्रतापराव, निराजीपन्त, तानाजी आदि श्रेष्ठजन उस समय वहाँ उपस्थित थे। जीजाबाई के सामने शाही फरमान, रत्नजटित तलवार और पोशाक आदि वे वस्तुएँ रखी थीं, जो औरंगजेब ने भेजी थीं। सबके मुखों पर उपहास भरी हँसी छाई हुई थी। राजे को महल में आया देखकर सब एक ओर हटकर खड़े हो गए।

"माँसाहिबा, आज बादशाह ने हमें 'राजा' बना दिया है।"

निराजीपन्त हँसने लगे। बोले, "महाराज, निवेदन के लिए क्षमा चाहता हूँ। फिर भी जानना चाहता हूँ कि जिसने आपको मारने का षड्यन्त्र रचा था, उसकी ओर से मिले फरमान और पोशाक को इतना सम्मान क्यों दिया जा रहा है?"

"निराजीपन्त, तुम्हारे जैसा समझदार व्यक्ति ऐसी बात पूछता है, यही आश्चर्य का विषय है। सम्मान की छोड़ो, हम पिछले कई दिनों से औरंगजेब की बुद्धिमत्ता को मन-ही-मन सराह रहे हैं। उसने ज्यों ही देखा कि हम उसके हाथ से निकल भागे, उसने अपना रुख बदल लिया। कितना बड़ा सम्राट् है वह, फिर भी अपने अपमान को भूलकर उसने हमें वश में करने का

मौका हाथ से नहीं जाने दिया। औरंगजेब की समझदारी की जितनी सराहना की जाए, कम है। उसके इस व्यवहार से हम बहुत कुछ सीख सकते हैं।''

''यह तो ठीक है, महाराज। आप बचकर आ गए, इसीलिए हम आज का दिन देख रहे हैं। अगर आप...।'' मोरोपन्त ने कहा।

''मोरोपन्त, राजनीति में अगर-मगर का कोई मूल्य नहीं होता। प्रत्येक क्षण किया जानेवाला निर्णय उस क्षण की परिस्थिति पर आधारित होता है। जो इस तथ्य को समझ पाता है, वही सफल राजनीतिज्ञ होता है। सोचो सही कि जब हम भागकर अपने दल में सकुशल आ मिले हैं, तब औरंगजेब के हाथ में इसके सिवाय और है ही क्या कि वह हमसे मित्रता करे। मोरोपन्त, राजनीति में सोच-विचार के लिए अवकाश नहीं होता। कई अवसर ऐसे भी आते हैं कि जब गँवाए हुए एक पल के लिए जीवन भर पश्चात्ताप करना पड़ता है। हम जब औरंगजेब के चंगुल में फँस गए थे, यदि उसने हमें तभी खत्म कर दिया होता, तो आज उसे इस तरह बेइज्जती सहन न करनी पड़ती। उसकी यह भूल उसे बहुत महँगी पड़ेगी। इस भूल के लिए उसे जिन्दगी भर पछताते रहना होगा।''

आए हुए शाही फरमान के बारे में सब श्रेष्ठजनों का अब तक जो मत था, राजे की इन स्पष्ट बातों से वह अब बदल गया था। अब सब लोग राजे की ओर प्रशंसा-भरे नेत्रों से देख रहे थे।

10

सम्भाजीराजा को जो मनसब प्राप्त हुआ था, उसके प्रबन्ध के लिए राजे ने प्रतापराव तथा निराजीपन्त को मुतालिक (प्रबन्धक) नियुक्त किया। प्रतापवराव पाँच हजार सैनिकों तथा निराजीपन्त के साथ औरंगाबाद रवाना हो गए। कुछ दिनों बाद राजे को औरंगाबाद से समाचार मिले। शहजादा मुअज्जम ने राजे की माँगें मंजूर कर ली थीं। राजे औरंगजेब को खंडनी की छमाही किस्तें दें, यह निश्चित हुआ था। इस छमाही किस्त में से अब प्रतिवर्ष चौथाई हिस्से की छूट दी गई थी, जिस रकम से लगभग पाँच हजार सैनिकों का खर्चा चल सकता था। साथ ही मनसब के क्षेत्र से कर वसूल के रूप में मिलनेवाला था। इस तरह इस समझौते के कारण राजे को कुछ आर्थिक सहायता प्राप्त हो सकी।

राजे सेना के प्रबन्ध का स्वरूप निश्चित कर चुके थे तथा कई नियम निर्धारित कर चुके थे। अब उनका ध्यान प्रजा की ओर गया। जब उन्होंने प्रजा सम्बन्धी अपनी निर्धारित योजनाएँ राजकार्यालय में व्यक्त कीं, तो सभी स्तब्ध रह गए। अनाजी ने कहा, ''राजे, ये जागीरें और ईनामी जमीनें तो पीढ़ियों से चली आ रही हैं। इन्हें यदि समाप्त कर दिया गया, तो लोग बौखला उठेंगे।''

''लोग नहीं, अनाजी! जागीरदार बौखला उठेंगे।'' राजे ने अनाजी की बात दुरुस्त कर दी।

''परन्तु इस परिवर्तन के कारण राजकीय कोष पर दबाव बढ़ जाएगा।''

''हाँ, हम जानते हैं यह।'' राजे हर बात अति निश्चयपूर्ण तरीके से कह रहे थे। ''जो आलसी, निकम्मे शासक होते हैं, वे प्रजा के हित की ओर आँख मूँदकर जागीरदारी और जमींदारी

को बढ़ावा देते हैं। उन्हें जागीरदारों से जो नकद वसूल मिलता है, बस वे उसी पर खुश रहते हैं। परन्तु जागीरों के कारण प्रजा को कितना सताया जाता है, इस बात की ओर वे ध्यान नहीं देते। जमींदारी और जागीरदारी राज्य के लिए घुन हैं, इन्हें समाप्त करना ही होगा।''

''राजे, यह सब धीरे-धीरे होता रहेगा, परन्तु आज की परिस्थिति में...।''

''अनाजी, धीरे-धीरे का क्या मतलब? कोई भी सुधार इस प्रकार नहीं हुआ करता। ये जो गाँव-गाँव के पटेल-पटवारी हैं, कुलकर्णी-देसाई हैं, देशमुख, देशपांडे हैं, मुकासदार हैं–मीरासदार या जागीरदार हैं–ये सब अपनी जागीरों और जमीनों के मालिक बने बैठे हैं–इनके पंजों में गरीब जनता फँसी हुई है। उस बेचारी जनता का पूछनेवाला कौन है? कहो तो–हम 'राजा' किसके हैं? जागीरदारों के या प्रजा के? नहीं, नहीं, अनाजी, हमारा यह राज्य 'श्री' का राज्य है। इस राज्य में यह सब नहीं चलेगा।''

''परन्तु महाराज, जागीरदारों ने ऐसा कौन-सा अपराध किया है, जिसके कारण...।'' अनाजी अपनी बात का समर्थन किया चाहते थे। परन्तु राजे ने उन्हें टोकते हुए कहा, ''यह पूछो कि कौन-सा अपराध नहीं किया है उन्होंने? हम बचपन से ही उनके अत्याचारों को देखते आए हैं। राँझा गाँव के पटेल ने गरीब किसान पर जो अत्याचार किया था, वह हम अभी भूले नहीं हैं। अभी तक वह काँटा हमारे दिल में खटक रहा है। अब से प्रजा जागीरदारों के आधीन नहीं रहेगी। यदि वे सोचते हों कि वे लोग राजा की प्रजा को सदा की भाँति लूटते-खसोटते रहेंगे, तो अब वे इसे भूल जाएँ। आज तक जनता पर अन्याय और अत्याचार करके ये घमंडी बन गए हैं। महल और अटारियाँ बनाकर, गढ़ी-कोठी बनाकर, बन्दूकें और सिपाही रखकर ये लोग मजे से दिन बिता रहे हैं। अगर इन्हें कुछ समझाना चाहो, तो लड़ने पर उतारू हो जाते हैं या फिर भागकर शत्रु से जा मिलते हैं। इस परिस्थिति को अब बदलना चाहिए। अनाजी, आज तक जो लोग ईनामी जमीनों के या मीरास (पैतृक अधिकार) के हकदार रहे हैं, उनके हक छीन लो। जमीनों और जागीरों को सरकारी अमानत बना डालो और जमींदारों के, पटेलों-पटवारियों के अधिकार नकद धन के रूप में तय कर डालो। जागीरदारों के सारे बाड़े और कोठियाँ गिरवा दो। राजाज्ञा प्रसारित करा दो कि आज से कोई भी जागीरदार-जमींदार बुर्जोंवाली कोठी या गढ़ी नहीं बनाएगा। यह जागीरदार केवल घर बनाकर रहा करेंगे।''

''परन्तु मन्दिरों के नाम जो ईनामी जमीनें हैं, उनका क्या होगा?''

''कानून सबके लिए एक-सा होता है–मठ और मन्दिर भी इस नियम का अपवाद नहीं हो सकते। मन्दिरों के दीप धूप, नैवेद्य और अभिषेकादि के लिए राजकीय कोष से धन दिया जाए। मुसलमानों की जो मसजिदें, दरगाहें आदि हैं, उनके खर्चे की रकम सरकारी कोष से दी जाए। ब्राह्मण, विद्वान्, वेदपाठी, ज्योतिषी, व्रती-संन्यासी, गाँवों-बस्तियों में बसे हुए साधु-सन्त आदि धार्मिक सत्पुरुषों को उनके परिवार की आवश्यकताओं को ध्यान में रखते हुए अन्न, वस्त्र, धान्यादि वस्तुएँ दी जाएँ। गाँव के सरकारी लिपिक को ये सब वस्तुएँ उन धार्मिक सत्पुरुषों के पास प्रतिवर्ष पहुँचानी चाहिए। ब्राह्मण और सन्त-पुरुष इन वस्तुओं का उपभोग करें, सन्ध्या, जप पूजादि करते हुए राजा के कल्याण की कामना करते हुए सकुशल रहें।''

अनाजी आँखों में ढेर सारा आश्चर्य भरे हुए राजे की ओर एकटक देख रहे थे। उन्हें विश्वास नहीं हो रहा था कि राजे ने इतने गहरे तक जाकर सोच-विचार किया होगा। फिर भी वे केवल जिज्ञासावश पूछ बैठे, ''और प्रजा क्या करेगी?''

"हमारी परीक्षा लेना चाहते हो क्या, अनाजी?" अनाजी एकदम हड़बड़ा गए। राजे हँसकर कहने लगे, "अनाजी, दादोजी की शाला में तैयार हुए हैं हम। उन्होंने ही हमें यह सूझ-बूझ दी है। इस दृष्टि से देखना सिखाने के लिए उन्होंने हमें अपने साथ सारे प्रदेशों में घुमाया है। जिस व्यक्ति ने प्रजा के दुख को स्वयं अपनी आँखों देखा हो, प्रजा के लिए नियम बनाना उसके लिए कोई कठिन बात नहीं। अनाजी, प्रजा को चाहिए ही कितना? दो जून की रोटी, रहने को मकान, खेती के लिए औजार तथा बैल और तन ढँकने के लिए कपड़ा। बस, इतना पाकर प्रजा सन्तुष्ट हो जाती है। परन्तु हमें इतना दे देने भर से सन्तुष्ट नहीं हो जाना चाहिए। इससे भी अधिक कुछ देना चाहिए। अनाज उगाती है जनता, और वही दाने-दाने को तरसती है। घर-आसरा बनाने के लिए, घर-गृहस्थी बसाने के लिए, मेहनत-मजदूरी करने के लिए, गाय-बैल खरीदने के लिए बेचारी जनता कर्जा लेकर अपना सबकुछ खो बैठती है और उसका जीवन वीरान बन जाता है। हम बचपन से ही देखते आए हैं कि लोग राजन्यायालय के सम्मुख अपने टंटे-बखेड़े लेकर आते हैं—वे सारे सुने और देखे हुए मामले हमारे मन में आज तक संचित हैं। तुम प्रजा के विश्वासपात्र बनो। प्रजाजन फसलें उगाएँगे—उस अनाज के पाँच भाग करो। इनमें दो भाग सरकार के और तीन भाग प्रजाजनों के होंगे। जमीन की नाप-जोख करवाओ। नाप के बाद गाँव की जमीन गाँववालों को बाँट दो। जो नए लोग बाहर से गाँव में बसने आएँगे, उन्हें सरकार की ओर से खेती के जरूरी औजार और ढोर-डंगर दिलवाओ। बोने के लिए अच्छे बीज दिलवाओ। अगर प्रजा को कभी अनाज की कमी आ पड़े, तो तुम उसे अनाज मुहैया करो। जरूरी समझो, तो दो-चार बरसों में उनकी ताकत परखकर वह अनाज वापस वसूल कर लो। प्रजा है, तभी तो हम राजा हैं। प्रजा नहीं रहेगी, तो हम राजा किसके होंगे? प्रत्येक वर्ष फसल की हालत देखकर अनाज वसूल किया करो। अगर तुम इतना कर सकोगे, तो बेचारी रिआया तुम्हारे लिए दुआ करेगी और स्वयं सुखी रहेगी।"

इसके बाद राजे बहुत व्यस्त रहने लगे। वे प्रायः राजकार्यालय में बैठे दिखाई देते थे। वे जमीन और महसूल के बनाए छोटे-बड़े नियमों का सूक्ष्म अध्ययन करते दिखाई देते थे। नियम-निर्माण पूरा होते ही उन नियमों को लागू करने का काम शुरू हो गया। सारे राज्य में खलबली मच गई। आज तक किसी भी शाही सल्तनत में जो बात नहीं हुई थी, वह शिवशाही राज्य में हो रही थी। सारे जागीरदार और ईनामदार बौखला उठे, परन्तु प्रजाजन बहुत सन्तुष्ट हुए। प्रजाजनों की खुशी के सामने राजे को जागीरदारों की नाराजगी तुच्छ प्रतीत हुई। राजे स्वयं गाँवों-बस्तियों का दौरा कर रहे थे। नियमों के पालन का निरीक्षण कर रहे थे। यों राजे का एक सपना पूरा हो रहा था।

चिंचवड में एक बड़ा देवस्थान था। उस देवस्थान की जमीन जागीर भी बड़ी थी। राजे के आदेश से चिंचवड देवस्थान के स्वामी भड़क उठे। उन्होंने राजे को पत्र लिखा। लिखा था कि जागीरें छीन लेना तो देवस्थान के अधिकारों में सीधा हस्तक्षेप है। राजे ने मन्दिराधिपति को आश्वासन दिया कि मन्दिर की व्यवस्था के लिए जितना भी धन आवश्यक होगा, प्रतिवर्ष दिया जाता रहेगा, परन्तु मन्दिराधिपति ने इस प्रस्ताव को स्वीकार नहीं किया। वे जागीर बनाए रखने का हठ कर रहे थे। मन्दिर की जागीर पर अपने स्वामित्व का अधिकार त्यागने के लिए वे तैयार नहीं थे। तब राजे ने उनको सीधे कह सुनाया, "आप गोसाईं हैं। गोसाईं को भला भूमि से मोह क्यों हो? आप यदि अपनी पदवी का मूल्य नहीं समझ पाते हों, तो

अपनी पदवी हमें सौंप दें। हमारी पदवी और पद आप ग्रहण कर लें। हम आपकी पदवी और नाम को आदर सहित बनाए रखेंगे।''

इस उत्तर से गोसाईं निरुत्तर हो गए। राजे ने उनको एक तरह से चुनौती दे डाली थी। परिणामस्वरूप देवस्थान चुपचाप स्वराज्य में सम्मिलित हो गया।

एक दिन ऐसी घटना घटी जिससे राजे का आनन्द दुगुना हो उठा। सूचना मिली कि पिलाजीराव शिर्के पधारे हैं। राजे उनसे मिलने के लिए जीजाबाई के महल में गए। पिलाजीराव अकेले नहीं आए थे। जीजाबाई के निकट चंचल मुख-मंडलवाली, माथे पर कुंकुम की चन्द्रलेखा अंकित किए हुए एक बालिका बैठी थी—उसकी उम्र कोई आठ-नौ वर्ष थी। अपनी बड़ी-बड़ी आँखों से वह राजे को ध्यान से देख रही थी। जैसे ही राजे कक्ष में पधारे, पिलाजीराव ने उन्हें सिजदा किया। वह बालिका भी आगे बढ़ी और उसने राजे को तीन बार प्रणाम किया। राजे ने उसे अपने पास लेते हुए कहा, ''बहूरानी, हम तेरे आने की प्रतीक्षा कर रहे थे। तूने घर में पाँव रखा और हमारा यह घर आज सज उठा। अरे! किन्तु हमारे बालराजा कहाँ हैं?''

''क्यों पिलाजीराव, क्या यह सच है?'' जीजाबाई ने पूछा।

जीजाबाई मुस्कुराने लगीं। बोलीं, ''बालराजा बस सारी शेखी राजसभागृह के बाहर ही बघारा करते हैं। अपनी लुगाई को देखा और भाग खड़े हुए।''

राजे हँस पड़े। कहने लगे, ''किन्तु माँसाहिबा, पिलाजीराव येसूबाई को स्वयं लेकर नहीं आए हैं। हम जब गोवा की मुहिम के लिए गए थे, उस समय हम थोड़ा इनके घर गए थे। इनसे मिन्नतें की थीं, तब लाए हैं येसू को यहाँ।''

''माँसाहिबा, राजे हँसी करते हैं। विवाह के बाद बाप लड़की को अपने घर रखे, यह तो बहुत जोखिम की बात है। हमें तो यही चिन्ता सता रही थी कि बिना बुलावा आए बेटी को बड़े घर कैसे भेजें!''

''क्यों पिलाजीराव? ये घर पराया है क्या?''

''देवमन्दिर में जाना हो, तो पाँव धोकर जाना पड़ता है, माँसाहिबा। राजे हमारे मालिक हैं, हम हैं उनके चाकर। सम्भव है, हमसे कभी चाकरी में चूक हो जाए, मगर अपनी हैसियत भूलकर हम कभी ढीठपना भला कैसे करेंगे?''

''पिलाजीराव, तुम चाहो तो अपने को चाकर समझते रहो। मगर तुम्हारी बातें जरूर चाकरों जैसी हैं।''

पिलाजीराव दो दिन राजगढ़ में रहे। जब उन्होंने देखा कि बेटी येसू का नए घर में जी रम गया है, वे वापस जाने को तैयार हुए। राजे ने उनसे कहा, ''पिलाजीराव, कुछ दिनों बाद हम फिर कोंकण प्रदेश में आएँगे। वहाँ के देसाई जागीरदारों, पुर्तगालियों और अंग्रेजों की गतिविधियाँ हम जानना चाहते हैं। तुम उनकी हर चाल को बारीकी से देखते रहो। जब कभी उनकी कोई विशेष हलचल दिखाई दे, हमें तुरन्त सूचित करना।''

पिलाजीराव सिजदा करके जाने लगे।

पिलाजीराव को विदा करने के लिए राजे गढ़ के द्वार तक साथ गए। द्वार पर आकर राजे ने पिलाजीराव के कन्धे पर हाथ रखा। कहने लगे, ''पिलाजी, येसू की चिन्ता मत करो। उसे मैं अपनी बहू नहीं, बेटी समझूँगा।''

पिलाजी गद्गद हो उठे। बोले, ''राजे, मुझे इस बात की चिन्ता नहीं है। परन्तु बच्ची लाड़-प्यार में पली है, अभी नादान है, इसलिए... ।''

''ऐसा मत कहो, पिलाजीराव। येसू अब तुम्हारी नहीं, हमारी है।''

पिलाजीराव अति सन्तुष्ट होकर गढ़ से विदा हुए।

11

येसूबाई को राजगढ़ आए महीना भी न हुआ था कि इतने थोड़े समय में ही वे सबकी लाड़ली बहू बन गईं। जीजाबाई के लाड़-प्यार का तो ठिकाना ही क्या? अपनी पौत्रवधू के लिए उनका सारा प्यार उमड़ा आता था। उन्होंने येसूबाई के लिए नए आभूषण बनवाए थे। येसूबाई सम्भाजीराजा के साथ पंडितजी के पास पढ़ने जाने लगी थीं। राजे सायंकाल के समय घूमने निकलते थे, तो येसूबाई को सदा साथ ले जाते थे। सभी रानियों का स्नेह पाकर यह घर येसू का अपना घर बन गया था।

प्रातःकाल सम्भाजीराजा जीजाबाई को नित्यवत् प्रणाम करने आए। जीजाबाई के निकट येसूबाई खड़ी हुई थीं। जीजाबाई को नमस्कार करके सम्भाजीराजा ने कहा, ''माँसाहिबा, हम जा रहे हैं।''

''कहाँ जाएँगे?'' येसूबाई पूछ बैठीं।

''लो, पूछ लिया न—'कहाँ जाएँगे'!''

जीजाबाई हँस पड़ीं। उन्हें हँसता देखकर येसूबाई खिसिया गईं।

जीजाबाई ने कहा, ''येसू, बाहर जाते आदमी को 'कहाँ?' कहकर टोका नहीं करते। अरी! हमारे बालराजा घुड़सवारी करने जा रहे हैं।''

''मैं भी आऊँ क्या?'' येसूबाई तपाक से पूछ बैठीं।

सम्भाजी चकरा गए। उन्होंने कहा, ''आबासाहब गुस्सा होंगे।''

''नहीं होंगे गुस्सा।''

''तुझे घोड़े पर बैठना आता है?'' जीजाबाई ने पूछा।

''हाँ, हाँ! मेरे पास चार घोड़ियाँ हैं।''

''कहती है, घोड़ियाँ हैं! चार गधैयाँ होंगी!''

''वाह जी वाह! तुम अपनी ही देख लो! जरूर गधैयाँ होंगी।''

''येसू! पगली! पति से इस तरह कहा जाता है! चल, क्षमा माँग इनसे।''

येसूबाई झट से हँसने लगीं। बोलीं, ''हमसे भूल हुई। अब कभी नहीं कहूँगी ऐसा!'' और जीजाबाई से लिपटते हुए उन्होंने पूछा, ''मैं जाऊँ क्या घुड़सवारी करने?''

जीजाबाई उन्हें अंग लगाते हुए मानो अपने-आपसे ही कहने लगीं, ''कैसी अनजान बच्ची है! ऐसी ही बनी रहे हमेशा!''

''तो मैं जाऊँ?''

''मैं भला कौन होती हूँ तुझे आज्ञा देनेवाली? तेरे ससुरजी कहते हों, तो जा, चली जा।''

''ये पूछने जाएँगी, तो जरूर आबासाहब नाराज होंगे।'' सम्भाजी ने कहा।

येसूबाई कुछ देर सोचती रहीं। फिर कहने लगीं, ''पूछके अभी आती हूँ।''

इससे पहले कि कोई कुछ कह-समझ पाता, येसूबाई महल से बाहर दौड़ गई थीं। जीजाबाई की आवाज भी उन्हें नहीं सुनाई दी। ''क्या कहूँ इस बच्ची को...?'' कहती हुई जीजाबाई उठ बैठीं। सम्भाजी ने पूछा, ''माँसाहिबा, हम चलते हैं।''

''तनिक ठहर रे बाबा! तेरी घरवाली की हड़बड़ी का तो कोई फैसला कर दूँ पहले। फिर तू चले जाना।''

येसूबाई जब राजे के महल में गईं, तब राजे सोयराबाई से बातें कर रहे थे। देखकर येसूबाई दरवाजे पर ही ठिठक गईं। राजे ने पूछा, ''कौन है? बहूरानी है क्या? आ बेटी, भीतर आ।''

येसूबाई ने आँचल सँवारा। वे अन्दर प्रविष्ट हुईं। राजे कौतुक-भरी दृष्टि से येसूबाई की ओर देख रहे थे। राजे ने गम्भीरतापूर्वक पूछा, ''क्यों आई थी?''

''हम घुड़सवारी करने जाएँ?''

राजे की हँसी फूटने को आई। हँसी दबाते हुए उन्होंने पूछा, ''साथ कौन जा रहा है?''

'' 'ये'!'' येसूबाई कह गईं।

राजे की दबाई हुई हँसी फूट निकली। सोयराबाई भी हँस रही थीं। इस हँसी के कारण येसूबाई और भी लजा गईं।

राजे ने कहा, ''जाओ। अवश्य जाओ। परन्तु एक शर्त है।''

येसूबाई ने ऊपर देखा। राजे ने अपनी दोनों भुजाएँ फैलाकर कहा, ''शर्त है कि एक बार हमारे पास आओ।''

येसूबाई आगे दौड़ पड़ीं। राजे ने उन्हें अपने से लगा लिया। ठीक इसी समय जीजाबाई वहाँ आ पहुँचीं। राजे अभी उठने की कोशिश कर ही रहे थे कि उन्होंने सुना–जीजाबाई कह रही थीं, ''कहने भर की देर है! बस, दौड़ पड़ी। संकोच, न किसी से भय! तुम्हारे ऐसे लाड़-प्यार से और भी घमंडी बन जाए, तो कोई अचरज नहीं। तुमसे तो यह लड़की जरा भी नहीं डरती-सहमती।''

''भगवान ने सुन ली, माँसाहिबा।'' राजे ने कहा।

''क्या?'' जीजाबाई ने पूछा।

''माँसाहिबा, नए घर में रम जाना आसान बात नहीं। हमने पिलाजीराव को वचन दिया था कि येसू को बेटी का प्यार देंगे। उस वचन से बँधे हैं हम। बच्ची का प्यार में जी बहलने लगा है, यह ईश्वर की कृपा ही तो है। हम इसे देखते हैं, तो हमें सखु की याद हो आती है। वह भी तो हम पर इसी तरह हुकूमत चलाती थी।''

जीजाबाई येसूबाई को डपटते हुए कहने लगीं, ''जा री, बालराजा तेरे लिए रुके हुए हैं। और सुन, बेकार घोड़ी को जोर से दौड़ाना मत। कहीं गिर न जाओ।''

येसूबाई मुस्कुराती हुई महल के बाहर दौड़ गईं। उनके पीछे-पीछे जीजाबाई भी महल से बाहर चली गईं। राजे ने सन्तोष-भरी साँस लेते हुए कहा, ''सच! रानीसाहिबा, बचपन कितना अबोध होता है, है न?''

''हाँ, सो तो है। मगर बच्चों को तौर-तरीके भी इसी उम्र में सिखाने होते हैं।''

''क्यों? क्या हो गया?''

''पूछते हैं, 'क्या हुआ?' ये लाड़-प्यार का मामला अब बहुत बढ़ने लगा है।''

राजे केवल हँस दिए। सोयराबाई और भड़क उठीं। कहने लगीं, ''सुन लीजिए, आज तो आप 'बहू-बहूरानी' कहकर बड़ा लाड़ जता रहे हैं। पर कल यही फुँफकारने लगेगी, तब 'श्रीमानजी' को हमारा कहा याद आएगा।''

''रानीसाहिबा, येसूबाई की बात करते समय आप अपनी बात क्यों भूली जा रही हैं? आप भी तो माँसाहिबा की बहू हो न? आपने अभी फुँफकारना कहाँ शुरू किया है?''

सोयराबाई एकदम शरमा गईं। वे हँसने लगीं। उन्हें हँसता देखकर राजे आनन्दित हो उठे। वे कहने लगे, ''कितनी प्यारी हँसी है तुम्हारी! तुम्हारा हँसना हमें बहुत पसन्द है।''

अचानक राजे ने सोयराबाई का हाथ पकड़ लिया। हाथ छुड़ाने का प्रयत्न करते हुए सोयराबाई बोलीं, ''यह क्या? कोई आ जाएगा न!''

''कोई नहीं आएगा।'' राजे ने कहा, ''सब जानते हैं कि इस समय तुम हमारे महल में हो।''

''मेरी कसम है तुम्हें! हाथ छोड़ो न!''

राजे ने एक गहरी आह भरी और हाथ छोड़ते हुए कहा, ''रानीजी, यह तुमने बड़ी भूल की। कहो कि कसम उतार दी।''

''अच्छा! कसम छूटी सही। पर भूल क्या हुई?'' सोयराबाई ने दरवाजे की ओर जाते हुए पूछा।

''कैसे बेमौके कसम दिला बैठीं तुम?''

सोयराबाई लाज के मारे गठरी हो गईं। माथे पर आया पसीना पोंछते हुए वे द्वार से बाहर जा रही थीं कि द्वार पर ही उनके पैर ठिठक गए। उन्होंने मुड़कर देखा। राजे उनकी ओर एकटक देख रहे थे। राजे हँसकर कहने लगे, ''देखा! हमारी बात सच थी न?''

सुनते ही सोयराबाई सिर से पाँव तक सिहर उठीं। जीने की सीढ़ियाँ उतरते समय भी उनके पैर लड़खड़ा रहे थे।

12

शाम को राजे गढ़ की माची* पर खड़े थे। वे नीचे तलहटी में फैले हुए प्रदेश को देख रहे थे। वृक्षों के समूह के बीच में से कहीं-कहीं धुएँ के बादल ऊपर उठ रहे थे, जो उधर गाँव होने का आभास करा रहे थे। राजे के पीछे तानाजी और येसाजी खड़े थे। राजे ने कहा, ''येसाजी, अब इन गाँवों का रूप बदलेगा। भूमि की उपज बढ़ेगी। बेचारी प्रजा को परिश्रम का सुफल मिलेगा।''

''हाँ, महाराज। सब लोग भगवान् से आपका मंगल चाहते हैं। गाँवों में सब ओर खुशी फैल गई है।''

शाम होने के साथ-साथ बढ़ती जा रही सर्दी अब अपने आगमन की सूचना देने लगी थी। राजे ने शाल ओढ़ ली। वे अभी मुड़ना ही चाहते थे कि तानाजी ने कहा, ''बहिर्जी आ रहा है शायद!''

---

* पहाड़ी किले की चहारदीवारी में सुरक्षा एवं निरीक्षण के लिए बनाया हुआ बुर्ज।

राजे ने देखा। बहिर्जी उनकी तरफ चला आ रहा था। राजे ने बहिर्जी को गोवा में अपने गुप्तचर-दल का प्रधान बनाकर भेजा था। कई भेदिए भी गोवा में भेजे गए थे। बहिर्जी ने सिजदा किया। राजे ने कहा, "बर्हिजी, कहो। सब ठीक तो है न?"

"जी हाँ।"

"अच्छा बताओ! क्या खबर लाए हो? अरे कहो, यहीं कह डालो। यहाँ कोई पराया आदमी नहीं है।"

बहिर्जी ने कहा, "महाराज, वहाँ बैठे-बैठे तबीयत तंग आ चुकी थी। गोवा में पूरी तरह शान्ति है। सब लोगों को इतनी आशंका अवश्य है कि आप फिर से गोवा पर हमला करेंगे।"

"बस? यही खबर है?"

"गोवा में कुछ खास बात नहीं है, महाराज। हाँ, इतनी बात जरूर हुई कि वहाँ का वायसराय मर गया। बड़ा आदमी मरा था, इसलिए उसकी अर्थी में बहुत लोग इकट्ठे हुए थे। पादरी लोग ही ऐसे थे, जो उसके मरने पर दुख मना रहे थे। बाकी लोग बड़े खुश थे। बहुत लोगों का धरम बिगाड़ा था वायसराय ने।"

राजे ने उत्तर नहीं दिया। वे सीधे राजमहल में आए और बर्हिजी को साथ लेकर अपने महल में चले गए।

गोवा के वायसराय कोंदि द सांव्हिसेंती की मृत्यु का समाचार सुनकर राजे का मन दूर की बात सोचने लगा। उन्होंने सोचा कि क्यों न इसी समय सारा गोवा प्रदेश काबू में कर लिया जाए। अगले दिन राजे ने यह योजना अपने विशिष्ट सहयोगियों को बताई। इस योजना की पूर्ति के लिए उपयुक्त लोगों का चुनाव किया जाने लगा। आठ ही दिनों के भीतर कोई चार-पाँच सौ विश्वासपात्र जासूस गोवा में घुस गए। राजे के कई जासूस इससे पहले ही गोवा में प्रविष्ट हो चुके थे। राजे की योजना यह थी कि गोवा में घुसे हुए गुप्तचर नियत तिथि पर विद्रोह करेंगे और उसी समय गोवा की सीमा पर स्थित शिवाजीराजा सेनासहित गोवा में घुस पड़ेंगे।

पंचगंगा नदी के तट पर तथा गोवा की सीमा पर स्थित नार्वे गाँव के भतग्राम महल में राजे का मुकाम था। वे गोवा से आनेवाले समाचार की राह देख रहे थे।

राजे प्रातःकाल स्नानादि से निवृत्त होकर छावनी से बाहर आए। उन्होंने मोरोपन्त से पूछा, "मोरोपन्त, नित्य पूजावाला शिवलिंग जल्दबाजी के कारण हम भूल आए। यहाँ आसपास कहीं कोई शिवमन्दिर है क्या?"

मोरोपन्त ने पूछताछ की। जब ज्ञात हुआ कि निकट ही एक शिवमन्दिर है, तो राजे उस ओर चल पड़े। उस मन्दिर के शिवलिंग को देखकर राजे का चित्त प्रफुल्लित हो उठा। परन्तु मन्दिर के ऊपर छत नहीं थी। राजे ने पूजा समाप्त की और आँखें खोलीं। एक बेलपत्ती हवा से उड़ती हुई उनके सामने आ गई। राजे ने मन्दिर के इतिहास के विषय में जानकारी पानी चाही। पुजारी ने बताया, "महाराज, यह सप्तकोटेश्वर का मन्दिर है। 'शिवक्षेत्र' नाम से प्रसिद्ध है। यह देवता कदम्बवंशीय जनों का कुलदेवता है। मुसलमानों के आक्रमण में यह ध्वस्त कर दिया गया था। शिवलिंग खेत में फेंक दिया गया था। कुछ समय बाद राजा बुक्काराय ने शिवलिंग की मन्दिर में पुनः स्थापना की। मुगल चले गए और दूसरा हमला पुर्तगालियों का हुआ। उन्होंने इस मन्दिर पर पुनः आक्रमण किया। तब यहाँ के शिवलिंग को उखाड़कर कुएँ के किनारे स्थापित कर दिया गया। भतग्राम के देसाई ने उसे चुरा लिया

और यहाँ लाकर उसकी प्रतिष्ठापना की। मन्दिर की ओर न तो राज्यकर्ता का ध्यान है, न ही भक्तजनों का। मन्दिर धीरे-धीरे गिरता गया।''

राजे ने मोरोपन्त को आदेश दिया, ''मोरोपन्त, हमारा निश्चय है कि हम सप्तकोटेश्वर मन्दिर का जीर्णोद्धार करेंगे। यहाँ से प्रयाण करने से पूर्व मन्दिर का पुनर्निर्माण प्रारम्भ हो जाना चाहिए।''

आदेश पाते ही मोरोपन्त काम में जुट गए। पुनर्निर्माण की व्यवस्था का कार्य अभी प्रारम्भ हुआ ही था कि इसी समय बर्हिजी गोवा से लौटकर आया। राजे ने बड़ी अधीरता के साथ उससे पूछा, ''बर्हिजी, सारी तैयारियाँ हो चुकी हैं न?''

बर्हिजी ने सिर झुका लिया। राजे उतावले होकर पूछने लगे, ''कहो, बर्हिजी। कहो, क्या हुआ?''

''राजे, बुरा हुआ। अपनी गुप्त योजना जाने कैसे प्रकट हो गई। भेद खुलते ही अपने सारे लोग पकड़ लिए गए। गोवा के नए वायसराय ने हमारे दूत को पकड़ लिया और तमाचे मारे। फिर उसके साथ अपने सारे लोगों को भी गोवा की सीमा से बाहर भगा दिया।''

राजे का तना हुआ शरीर शिथिल हो गया। मन में उठी निराशा को दबाते हुए राजे बोले, ''जैसी 'श्री' की इच्छा! यही आनन्द की बात है कि अपने सब लोग सकुशल वापस लौट आए। हमारा एक वार खाली गया।''

यद्यपि गोवा की गुप्त योजना का भेद खुल गया था, फिर भी राजे ने अपनी छावनी नार्वे में ही बनाए रखी। नार्वे के दूसरी ओर बसा हुआ गोवा प्रदेश राजे को दिखाई देता था। ''सात समुद्र पार कर ये विदेशी यहाँ आते हैं। ये मुट्ठी भर विदेशी हमारे लोगों का ईमान खरीद लेते हैं। इस भूमि में अपना राज्य फैला लेते हैं। हजारों लोगों का धर्म भ्रष्ट करते हैं—हमारे मन्दिरों को ध्वस्त करते हैं, और हम? हम खुली आँखों से यह सब देखा करते हैं! वाह! धन्य है हमारी धर्मनिष्ठा!''

राजे ने सप्तकोटेश्वर मन्दिर का जीर्णोद्धार कराने का निश्चय किया। एक दिन शुभमुहूर्त में राजे ने इस जीर्णोद्धार का कार्य स्वयं अपने हाथों प्रारम्भ किया। फिर उन्होंने आज्ञा दी कि मन्दिर के पुनर्निर्माण का कार्य निरन्तर चलता रहे और वे वापसी के रास्ते चल पड़े।

राजे अश्वारूढ़ हो चुके थे। उनके पीछे अश्वारोही दल खड़ा था। राजे की दृष्टि पुनः सामने फैले हुए गोवा भू-प्रदेश की ओर गई। राजे ने तानाजी से कहा, ''तानाजी, आज हमारे साथ सेना कम है। इसलिए हम गोवा की ओर देखते रहने के सिवाय और कुछ कर नहीं पा रहे। हमारा मन इस कारण बहुत दुखी है। परन्तु अवश्य ही हम बड़ी सेना साथ लेकर फिर आएँगे और इन फिरंगियों को अपनी ताकत का नमूना जरूर दिखाएँगे।''

राजे ने घोड़े को एड़ लगाई। वे शाम को कुडाल पहुँचे। वहीं राजे ने डेरा डाला।

सुबह राजे अपने डेरे से बाहर निकल ही रहे थे कि मोरोपन्त डेरे में आए। उनका मुख प्रफुल्लित दिखाई दे रहा था। वे कहने लगे, ''महाराज, आज बड़े सबेरे सिन्धुदुर्ग से एक सन्देशवाहक आया है। वह पत्र लेकर राजगढ़ जा रहा था। जब उसे मालूम हुआ कि आपका मुकाम यहाँ है, तो वह यहाँ चला आया।''

''क्या समाचार है?''

''महाराज, सिन्धुदुर्ग बनकर पूरा हो चुका है।''

राजे का चेहरा एकदम खिल उठा। वे गोवा के चुभे हुए काँटे की कसक तुरन्त भूल गए। कह उठे, ''वाह! कितना आनन्दमय दिन है आज!''

''आज का दिन वास्तव में बहुत शुभ दिन है। इसी शुभमुहूर्त पर सिन्धुदुर्ग में प्रवेश करना उचित होगा।''

''मोरोपन्त, तुम नहीं जान सकते कि आज का दिन देखने के लिए हम कितना तरस रहे थे। चलो, मोरोपन्त, सिन्धुदुर्ग को जी भर देख लें।''

कुछ ही देर में छावनी उठा ली गई। घोड़े मालवण नगर की ओर सरपट दौड़े जा रहे थे। अभी सूर्य आकाश में कुछ ऊँचाई तक पहुँचा ही था कि राजे मालवण के समुद्रतट पर जा पहुँचे। सागर की रुपहली तरंगें सूर्य की किरणों में झिलमिलाती हुई किनारे की ओर लपकती आ रही थीं। मानो शिवाजीराजा के आगे पाँवड़े बिछा रही थीं। समुद्र के बीचोबीच खड़े हुए सिन्धुदुर्ग के भव्य विशाल भवन को देखकर राजे सुध-बुध खो बैठे थे। यह कुरटे नामक द्वीप सागर के मध्य में यों स्थित था मानो कोई विशालकाय कछुआ धूप सेकने के लिए समुद्र के बीच से ऊपर उठ आया हो। इस कच्छप-पृष्ठ के समान द्वीप पर कितना विशाल भवन बनाया गया था। मानो यह दुर्ग विष्णु के कच्छप अवतार का समुचित प्रतीक था।

राजे ने नौका में पाँव रखे। कई नौकाएँ समुद्र के जल में हिलोरें लेने लगीं। नावें हिलोरें लेती हुई सिन्धुदुर्ग की ओर बढ़ने लगीं। राजे के आगमन का समाचार सुनकर जलदुर्ग के ईशान्य महाद्वार पर दुर्गवासियों की भीड़ इकट्ठी हो गई थी। राजे ने सिन्धुदुर्ग पर चरण रखे। सिन्धुदुर्ग के निर्माण-कार्य के प्रधान अधिकारी गोविन्दप्रभु राजे की अगवानी करने आगे आए। उन्होंने झुककर राजे को सिजदा किया। राजे ने हर्षित होकर अपने गले में पहने हुए मोती-कंठे को हाथ लगाया और बिना कुछ कहे ही उन्होंने वह कंठा अपने गले से निकालकर प्रभु को पहना दिया। प्रभु ने एकदम राजे के पाँव छू लिए। राजे ने कहा, ''प्रभु, स्वराज्य के मोती-कंठे में तुमने यह अनमोल मोती गूँथ दिया है। आज हम धन्य हुए। चलो, हमें दुर्ग दिखाओ।''

राजे आगे चल पड़े। गढ़ के सँकरे मार्ग से होकर राजे जलदुर्ग के प्रवेशद्वार तक जा पहुँचे। पहला नगाड़ा बजने लगा। रणसिंगों की उच्च ध्वनि आकाश में गूँज उठी। राजे ने प्रवेशद्वार की देहली को छुआ और झुककर आदरसहित सिजदा किया। फिर वे जलदुर्ग में प्रविष्ट हुए। गोविन्दप्रभु, मोरोपन्त, अनाजी, बालाजी, आवजी, कोंडाजी फर्जंद, रामचन्द्रपन्त नाईक, जिवा महाला आदि लोग राजे के साथ-साथ चल रहे थे। उनके पीछे-पीछे थे तानाजी, येसाजी, गढ़ के निवासी और राजे का छोटा सैनिक दल। किले के भीतर बाँधे हुए भवनों और बारूदखानों को देखते हुए राजे किले के कुएँ के पास आए। स्वच्छ जल से परिपूर्ण उस बावड़ी को देखकर राजे ने भक्तिपूर्वक हाथ जोड़ दिए।

''मोरोपन्त, देखो! परमेश्वर की रचना कितनी अगाध है! बीच समुद्र में बसे इस स्थान में मीठे पानी का स्रोत! यह पानी पर्याप्त है क्या?''

''जी हाँ, महाराज। पिछले तीन वर्षों में एक बार भी कभी पानी कम नहीं हुआ। मालवण नगर के जल से भी यहाँ का जल स्वादु है, मीठा है।''

''सच है! इस जगत में देनेवाला है, तो केवल वह भगवान् ही!'' राजे के मुख से अनायास निकल गया।

राजे जलदुर्ग की प्राचीर पर चल रहे थे। सूर्य सिर के ऊपर तक आ चुका था। राजे की दृष्टि देख रही थी क्षितिज तक फैले हुए विशाल सागर को। दर्या बुर्ज पर खड़े होकर राजे सामने की ओर देख रहे थे। सामने था मालवण का किनारा। राजे ने अनाजीपन्त से कहा, ''अनाजीपन्त, सिन्धुदुर्ग बन जाने के कारण अपनी मस्ती में अकड़नेवाला समुद्री डाकू हब्शी अब जरा ढीला पड़ जाएगा। हमें वह हमेशा सताता रहता है, अब उसका त्रास कुछ कम हो जाएगा। अंग्रेजों और डचों को भी अब हमारी समुद्री शक्ति का दबदबा मानना पड़ेगा। बाडी के सावन्त कभी-कभार आकर जलमार्ग से लूटपाट मचा जाते हैं, अब हिम्मत नहीं होगी उनकी, जो हमें सताया करें। हम इतनी विशाल नौसेना बनाएँगे कि सारे सागरतटीय कोंकण प्रदेश पर हमारे सिन्धुदुर्ग का ही शासन चले।''

राजे ने बड़ी धूमधाम से सिन्धुदुर्ग की वास्तुशान्ति की। एक करोड़ होन व्यय करके जिस सिन्धुदुर्ग का निर्माण किया था, उस दुर्ग के देवताओं को उन्होंने सन्तुष्ट और शान्त किया। कारीगरों को सोने के कड़े और सम्मानसूचक कामदार साफे पहनाए। कई प्रकार के उपहार दिए। सबका परिश्रम मानो सार्थक हुआ। राजे ने जलदुर्ग के बुर्जों पर रखी हुई तोपों का भी निरीक्षण किया। उन्होंने रायाजी भोसले को स्वराज्य के प्रथम जलदुर्ग का दुर्गपति नियुक्त किया।

राजे अब प्रस्थान करनेवाले थे। वे शाम के समय दर्या बुर्ज पर खड़े थे। सागर की लहरें सूर्य की तिरछी किरणों में उछल-उछलकर चमक रही थीं। घनगम्भीर ध्वनि करती हुई किनारे से टकरा रही थीं। आकाश में सैकड़ों रंगों के चित्र बन रहे थे। अर्धगोलाकार बुर्ज पर रखी हुई तोप पर हाथ रखकर राजे चारों ओर देख रहे थे। उनका अँगरखा हवा में झकोरे ले रहा था। राजे मानो अपने-आपमें खोए हुए थे। उनके पीछे मोरोपन्त, अनाजी और तानाजी खड़े थे। राजे के मुख से एक लम्बा उच्छ्वास निकला। फिर उनकी दृष्टि एकदम मोरोपन्त पर आकर स्थिर हो गई। पुनः चारों ओर फैले हुए जलनिधि को निहारते हुए राजे कहने लगे, ''मोरोपन्त, हमें यह सिन्धुदुर्ग अपने ज़ीवन का प्रतिरूप लगता है। तट से दूर—बीच समुद्र में खड़ा हुआ—चारों ओर खारे पानी से घिरा हुआ। ज्वार आता है, तो मतवाली उमड़ती लहरें इसकी दीवारों से आ-आकर निरन्तर टक्करें मारती हैं, टक्करें मारकर इसे मिट्टी में मिला देना चाहती हैं। भाटा आता है तो सागर की घटती हुई लहरें मानो पैर खींचकर इसे पानी में बहा ले जाना चाहती हैं। समुद्र से उठनेवाला पहला बादल इसी पर बरसता है। समुद्री तूफानी हवाएँ यहीं सायँ-सायँ करती हुई बहा करती हैं। इन सारी मुसीबतों को झेलते हुए इसे अकेले ही खड़े रहना है। और वह भी केवल अपने अन्तर के भीतर बह रहे एक मीठे पानी के स्रोत के सहारे।''

राजे ने लम्बी साँस भरी। पलभर के लिए वे विह्वल हो उठे, किन्तु अगले ही पल वे प्राचीर की सीढ़ियाँ उतरने लगे। प्राचीर के उस ओर से उठता हुआ सागर की लहरों का गम्भीर नाद उनके कानों को सुनाई दे रहा था।

13

राजे अतीव सन्तुष्टचित्त होकर सिन्धुदुर्ग से राजगढ़ आए। गर्मियों के दिन थे। उधर भूमि तप रही थी। इधर राजे का हृदय उमंग की अग्नि से धधक रहा था। राज्य की भूमि की

नाप और बँटवारे का काम समाप्त हो चुका था। अब राजे का ध्यान गया समुद्री दुर्ग जंजिरा के स्वामी सिद्दी हब्शी की ओर। राजे ने सोचा मुगलशाही, बीजापुर की आदिलशाही, अंग्रेज, पुर्तगाली जैसे बलशाली शत्रु अभी चुप हैं, इसी समय सिद्दी के खिलाफ मुहिम शुरू की जाए। सेना को आदेश दिए गए और मराठा सेना जंजिरा जलदुर्ग की ओर बढ़ने लगी। राजे की योजना थी कि भूमि मार्ग और जलमार्ग दोनों ओर से जंजिरा किले को घेर लिया जाए। राजे अपनी सेना के साथ महाड नगर की उत्तर दिशा से सिद्दी के समुद्रतटीय राज्य की सीमाओं में घुस पड़े।

दंडा राजपुरी प्रदेश को लूटते हुए तथा सिद्दी के किलों पर कब्जा करते हुए राजे आगे बढ़ने लगे। सिद्दी राजे के हमले से घबराकर अपने जंजिरा जलदुर्ग में जा छिपा। राजे ने दंडा राजपुरी नगर को जीत लिया। उनकी छावनी पेण में थी। सेना की विजय के समाचार उन तक पहुँच रहे थे। जंजिरा जलदुर्ग पर चारों ओर से तोपें गोले बरसा रही थीं। सिद्दी हब्शी राजा फतहखान अब बुरी तरह मुसीबत में फँस गया था। राजे ने उसके नाम सन्देश कहलवाया कि वह जंजिरा किला खाली कर दे। फतहखान इस बात के लिए राजी हो गया था, किन्तु ऐन मौके पर उसके तीन सहयोगियों ने आत्म-समर्पण के लिए तैयार अपने नेता को कैद कर लिया और वे हठी वीर नई उमंग के साथ जंजिरा की रक्षा करने के लिए पैर जमाकर खड़े हो गए। उनकी बहादुरी के कारण यह साफ दिखाई देने लगा कि अब जंजिरा की हार होना कठिन है। वर्षा ऋतु निकट आ रही थी। राजे ने पीछे हट आने का निश्चय किया। उन्होंने विजित प्रदेश का प्रबन्ध किया। सिद्दी पर दबदबा बनाए रखने के लिए उन्होंने दंडा राजपुरी में अपने कुछ युद्धपोत तैनात किए और वे स्वयं राजगढ़ वापस आ गए।

केवल छह मास में राजे के दो अभियान असफल हो गए थे। गोवा में विद्रोह कराने की योजना व्यर्थ हुई थी और इसी समय जंजिरा के सिद्दी ने अपनी ताकत बढ़ा ली। परन्तु राजे इससे दुखी नहीं हुए। दो असफल हेतुओं के बीच कुछ सन्तोषदायी घटनाएँ भी हुई थीं, जैसे सप्तकोटेश्वर मन्दिर का जीर्णोद्धार हो सका था तथा दंडा राजपुरी पर विजय प्राप्त की जा सकी थी। ये दो सफलताएँ भी कुछ कम नहीं थीं। राजे इन्हें पाकर प्रसन्न थे।

राजे जब राजगढ़ आए, तब बरसात शुरू हो चुकी थी। पर्वतीय दुर्ग का वातावरण नम हो चुका था। जीजाबाई जो आयु के सत्तर बरस पूरे कर चुकी थीं, अब कभी-कभार ही महल से बाहर निकलती थीं।

राजे भोजन कर रहे थे। उनके एक ओर सम्भाजीराजा बैठे थे। दोनों के सामने जीजाबाई पीढ़े पर बैठी हुई थीं और भोजन-व्यवस्था देख रही थीं। तानाजी और फिरंगोजी भी राजे के साथ भोजन में सम्मिलित थे।

भोजन करते हुए वे बातचीत भी कर रहे थे। ''राजे, अब बरसात का जोर कम हो गया है।''

''हाँ, हम जानते हैं। बरसात भर गढ़ में बैठे रहना बड़ा उबाऊ लगता है। है न?''

''जी हाँ, बिलकुल ठीक बात है।''

''फिरंगोजी, हम दो मुहिमों में मात खा गए। लगता है, यह समय अपने लिए कुछ अच्छा नहीं है।''

"यह भी कोई बात है, राजे? लड़ाई में पाई हार-जीत भी भला कोई हार-जीत होती है?" फिरंगोजी ने कहा, "मैं बूढ़ा हो गया हूँ, मगर ढाल-तलवार हाथ में आते ही पूरा नौजवान बन जाता हूँ।"

"खाना खाओ, फिरंगोजी, खाना।" माँसाहिबा ने कहा, "जब देखो, तब चढ़ाई और लड़ाई...?"

सब एकदम चुप हो गए, परन्तु बालराजा की हँसी नहीं रुक पाई। वे धीरे से हँस ही पड़े और फिर सबकी हँसी फूट पड़ी।

काली चन्द्रकला साड़ी पहनी हुई गौरवर्णा सोयराबाई भोजन परोस रही थीं। राजे की आँखें बरबस उनकी ओर खिंचती चली जा रही थीं। राजे का भोजन समाप्त हुआ। वे आँगन में आए। वे हाथ धोने के लिए आँगन के चबूतरे पर चाँदी की पतीली के पास रखा हुआ लोटा उठाना ही चाहते थे कि दो कोमल हाथों ने वह लोटा उठा लिया। सामने खड़ी थीं स्मितवदना सोयराबाई। राजे ने हाथ आगे किए। पानी की धारा उनके हाथों पर गिर रही थी। राजे हाथ धो रहे थे। हाथ धोते-धोते राजे ने धीरे से कहा, "हमारे महल में आओ।"

सोयराबाई लाज के मारे सिकुड़-सी गईं। राजे ने मुस्कुराते हुए हाथ धोए।

राजे जब अपने महल में आए, तो उन्होंने सोयराबाई को पहले ही वहाँ खड़ी देखा। राजे को देखते ही वे कहने लगीं, "कहीं कोई सुन लेता, तो...?"

"तो क्या होता?"

सोयराबाई को कोई जवाब नहीं सूझा। राजे उनके पास आते हुए कहने लगे, "तुम भोजन परोसने आई थीं। तुम चन्द्रकला से अंकित काली साड़ी पहनी हुई थीं न—वह रूप हमारे मन में बस गया है। जो लोग कहते हैं कि उन्हें काला रंग अच्छा नहीं लगता, ऐसे लोग बस तुम्हें देख भर लें एक बार।"

"जरा यह बात माँसाहिबा से भी कह दीजिए। उन्हें काला रंग बिलकुल अच्छा नहीं लगता।"

"इस बारे में तो हम माँसाहिबा से कुछ कह नहीं सकते, पर इतना अवश्य है कि आज तुम हमारी आँखों को बहुत सुन्दर लग रही हो। सच यह साड़ी का काला रंग तुम्हारे गोरे रंग पर बहुत फबता है। तुम्हें देखकर हम आज मुग्ध हो गए हैं।"

"तो फिर कोई इनाम?" सोयराबाई ढिठाई से पूछ बैठीं।

"इसीलिए तो तुम्हें बुलाया है।" राजे ने पास आते हुए कहा।

सोयराबाई सकपका गईं। हड़बड़ाकर कहने लगीं, "मैं जाती हूँ।"

"घबराओ नहीं। तनिक ठहरो तो।" कहते हुए राजे अपने सन्दूक के पास गए। सन्दूक खोलकर उन्होंने उसमें से एक सोने की कमरपट्टी निकाली। मुगल कारीगरी से बने हुए उस सुवर्ण आभूषण पर आँख नहीं जम पाती थी। वह कमरपट्टी सोयराबाई को देते हुए राजे ने कहा, "यह गहना हमें दंडा राजपुरी में मिला। यद्यपि लूटपाट हो रही थी, फिर भी हमने इसे सुवर्णकार को पूरा मूल्य देकर खरीदा है।"

"फिर अब तक सन्दूक में बन्द क्यों रखा था?"

"भेंट तो उचित अवसर देखकर ही दी जाती है।"

"यही तो कह रही हूँ मैं, यह उचित अवसर नहीं है।"

"क्यों? क्या हुआ?"

"आप असमय ही यह भेंट दे रहे हैं!"

"हम कुछ समझे नहीं।"

सोयराबाई शरमा गईं। कहने लगीं, "मैं अब यह कमरपट्टी कमर में बाँध नहीं सकती।"

तुरन्त ही राजे सब समझ गए। उन्होंने सोयराबाई को अपने निकट लेते हुए कहा, "सोयरा, हमें खुशी है कि हमें यह उपहार कुछ दिनों तक अपने पास ही रखना होगा। पहली दो पराजयों ने हमें दुखी किया, परन्तु इस तीसरी पराजय से हम प्रसन्न हो उठे हैं।"

"मैं जाऊँ? माँसाहिबा राह देखती होंगी।"

"जरा-सी गलती हो गई तुमसे। 'मैं' मत कहा करो। हमेशा कहा करो 'हम जाएँ?' "

सोयराबाई लज्जा से गड़ गईं और मुस्कुराती हुई महल के बाहर चली गईं।

14

वर्षा ऋतु समाप्तप्राय थी। राजे रायगढ़ का निर्माण-कार्य देखने के लिए रायगढ़ गए। वे वहाँ कुछ दिन रहे। जब वे लौटकर राजगढ़ आए, तो पाया कि गढ़ का वातावरण बहुत गम्भीर है। राजे राजसभागृह में आए, तो देखा कि अनाजी दत्तो जैसे राजनीति-कुशल लोग भी सिर झुकाए खड़े हैं। राजे ने पूछा, "अनाजी, क्या बात है?"

अनाजी ने वह कटु समाचार कह सुनाया, "राजे, बहुत अशुभ समाचार मिला है। औरंगजेब ने काशीजी स्थित विश्वनाथ का मन्दिर तोड़कर उस जगह मस्जिद बनवा दी है।"

समाचार क्या था राजे को अनुभव हुआ, मानो बिजली गिरी हो। वे अवाक् हो गए। अनाजी बता रहे थे, "माँसाहिबा ने जब से यह समाचार सुना है, वे हत्बुद्धि हो गई हैं। दो दिनों से उन्होंने खाना तो क्या, पानी भी नहीं पिया है।"

राजे दौड़ पड़े। जीजाबाई अपने महल में गावतकिए से टेका लगाए हुए बैठी थीं। परिवार के सभी लोग उनके पास बैठे थे। राजे ने पुकारा, "माँसाहिबा!"

जीजाबाई की आहत दृष्टि धीरे से ऊपर उठी। वे काँपते हुए उठने लगीं। राजे तुरन्त दौड़े। जब राजे जीजाबाई को सहारा देने लगे, तो जीजाबाई व्यथित वाणी से कहने लगीं, "राजे, औरंगजेब ने बड़ी बुरी मार की। सुना है कि उसने हमारे काशी विश्वनाथजी का मन्दिर भग्न कर डाला और उस स्थान पर मस्जिद बनवा दी है। राजे, हमारा धर्म डूब गया! हम अनाथ हो गए!"

सत्तर वर्ष की वृद्धा जीजाबाई समस्त जीवन में कभी इतनी विह्वल नहीं हुई थीं। उनकी वाणी सुनकर राजे का हृदय टूक-टूक हो गया। वे आए थे जीजाबाई को ढाढ़स बँधाने और स्वयं ही वे उनसे लिपटकर रोने लगे। आँखों से आँसू टपकने लगे। अनाजी, मोरोपन्त, बालाजी आदि लोग, जो द्वार तक आ पहुँचे थे, भीतर का दृश्य देखकर वहीं ठिठककर रह गए। सारे महल में रोने-सिसकने की आवाजें आ रही थीं। राजे ने अतीव यत्नपूर्वक अपने को संयमित किया। जीजाबाई को उच्चासन पर बैठाते हुए वे कहने लगे, "माँसाहिबा, रोइए नहीं। शोक मत कीजिए।"

''अपने को हिन्दू कहलवाते हो तुम, और हमसे कहते हो 'रोइए नहीं?' तुम पुरुष लोग जब सारी लाज छोड़कर ठूँठ बन जाओगे, तो स्त्रियों के पास रोते रहने के सिवाय और चारा ही क्या है?'' जीजाबाई भड़ककर कहने लगीं।

राजे कहने लगे, ''शान्त होइए, माँसाहिबा! हमने अभी अपना स्वाभिमान बेचा नहीं है। उत्तर देश के हिन्दुओं को शायद धर्म का अभिमान न रहा होगा। राजपूत कहलानेवाले लोग भी धर्म को भूल बैठे होंगे, किन्तु हम अभी इतने अबोध मूर्ख नहीं बने हैं।''

''तो तुम क्या करोगे?'' जीजाबाई कह उठीं।

''यह पूछिए कि हम क्या नहीं करेंगे? अवश्य ही औरंगजेब को अपने किए पर एक दिन पछताना होगा। हम काशी विश्वनाथजी की सौगन्ध खाकर आज प्रतिज्ञा करते हैं, हम औरंगजेब को कभी क्षमा नहीं करेंगे। आज और इसी पल हम उसकी शत्रुता को गाँठ बाँध लेते हैं। जब तक हम कुलदेवता के मन्दिर को पुनः खड़ा न करा देंगे, तब तक हमारे चित्त को एक पल के लिए भी शान्ति न मिलेगी।''

''राजे, भावावेग में बहकर...।''

''नहीं, माँसाहिबा! हमने जो कहा है, वे भावनाओं के आवेग में बहकर की गई बातें नहीं हैं। हमें अपनी शक्ति पर पूरा भरोसा है। काश! आज मिर्जाराजा जयसिंह जीवित होते, तो उन्हें हमारे कथन की सचाई अनुभव हो पाती। औरंगजेब खुला साँड बनकर दौड़ने लगा है, धर्म का नशा उसकी आँखों में चढ़ आया है। उसे अगर रोका न गया, तो सारे हिन्दुस्तान को मुसलमान बनते देर नहीं लगेगी।''

''परन्तु हम कर ही क्या सकते हैं?''

''बहुत कुछ कर सकते हैं हम, माँसाहिबा। एक चिनगारी भी सारा जंगल जला सकती है। माँसाहिबा, अब से हम ऐसी धूम मचाएँगे कि दक्खिन की मुगलाई दहल उठेगी। औरंगजेब को स्वयं दक्खिन में आना पड़ेगा। औरंगजेब को हम ऐसा सबक सिखाएँगे, जैसा कभी किसी ने न सिखाया होगा।''

राजे की बातों से सभी हर्षित हो उठे। अनाजी क्रोध में आकर कहने लगे, ''राजे, बस आपकी आज्ञा की देर है। अपने राज्य में एक भी मस्जिद भूमि से ऊपर नहीं दिखाई देगी।''

राजे ने घूरती दृष्टि से अनाजी को देखा। वे फीकी हँसी हँसते हुए कहने लगे, ''वाह, अनाजी! क्रोध के आवेग में विवेक भुला बैठे तुम। अविवेक का उत्तर भला अविवेक से दिया जाता है? जो तुम कह रहे हो वह समस्या का हल नहीं है। बालाजी...।''

''जी, महाराज!''

''हम दिल्ली के नाम एक त्वरित सन्देश भेजना चाहते हैं। तुम जाकर लेखन-सामग्री ले आओ।''

बालाजी गए और राजकार्यालय से लेखन-सामग्री ले आए। राजे कक्ष में इधर-उधर चहलकदमी कर रहे थे। फिर सहसा बालाजी से कहने लगे, ''खलीते के ऊपर औरंगजेब का सम्बोधन वाक्य लिखो।''

''जी।''

राजे पत्र लिखवाने लगे, ''...हम हिन्दुओं के परम पवित्र धर्मक्षेत्र काशी के श्री शिवशंकर के पवित्र मन्दिर को तुमने धर्मांधता के नशे में ध्वस्त किया। उस पर तुमने

मस्जिद बना डाली। सोचते होगे कि तुमने यह बड़ी बहादुरी दिखाई। परन्तु तुम्हें कुछ ही दिनों में यह पता लग जाएगा कि तुम्हारा यह घमंड झूठा है, व्यर्थ है। तुम भूल रहे हो कि चाहे उत्तर देश में तुम सत्ताधीश होगे, किन्तु दक्षिण देश में हमारा राज्य है। हम ठान लें तो हमें दक्खिन की हर मस्जिद को मन्दिर बनाने में कितनी देर लगेगी? इस्लाम धर्म क्या है, यह हम तुमसे भी अधिक जानते हैं। जिसे मनुष्यता की भी पहचान न हो, वह धर्म कैसा? हिन्दुओं का बलात् धर्म परिवर्तन कराना और हिन्दुओं से जजिया का वसूल करना इस्लाम के बन्दे के लिए अशोभनीय कार्य है। तुम यह लज्जास्पद कार्य कर रहे हो और अब तक करते आए हो, अब हम यह सब कदापि सहन नहीं करेंगे। यहाँ तो तुम्हारा राज्य नहीं है, परन्तु तुम जहाँ बैठे हो, वह पवित्र भूमि भी तुम्हारी नहीं है। हमें तभी चैन मिलेगा, जब हम एक न एक दिन तुम्हारे दिल्ली के तख्त को उखाड़ फेंकेंगे और तुम्हारे द्वारा गिराए गए मन्दिर को पुनः बनवाएँगे। भगवान् करे कि हमारे बैर को झेलने के लिए तुम्हें शक्ति प्राप्त हो...।''

राजे कहते-कहते रुक गए। फिर पुतलाबाई की ओर देखकर वे कहने लगे, ''जाकर माँसाहिबा के लिए भोजन की थाली परोसकर ले आओ।''

''शिवबाऽऽ।''

''माँसाहिबा, इस प्रकार दुर्बलता से काम नहीं चलेगा। सज्जनों को इतनी शक्ति पानी चाहिए कि वे दुर्जनों के विरुद्ध संघर्ष कर सकें। मिर्जाराजा जयसिंह जैसे व्यक्ति हाथ-पैर छोड़ बैठे। उन्होंने औरंगजेब को आगे बढ़ने दिया, तभी तो औरंगजेब की हिम्मत हुई कि वह आगे बढ़ा। दुष्टों और गुंडों के टकराव से सज्जन लोग डरते हैं, उनसे बचकर पीछे हट जाते हैं, तभी तो गुंडों की टोली हरावल में दिखाई देती है। ऐसे समय निराशा से हमारा काम नहीं चलेगा।''

राजे ने जीजाबाई के पास बैठकर उन्हें भोजन कराया।

अगले दिन से राजे ने अपनी सेनाओं के नाम एकत्रित होने के आज्ञापत्र जारी किए। उन्होंने राजकार्यालय को भी आदेश दिए कि जहाँ से भी गोला-बारूद और हथियार मिल सकें, खरीदे जाएँ। राजे बहुत अधीर हो गए थे।

सायंकाल के समय राजे माची की तरफ गए थे, तभी सूचना मिली कि सेनापति प्रतापराव गुजर और रावजी सोमनाथ आए हैं। प्रतापराव गुजर तथा रावजी सोमनाथ सम्भाजीराजा की जागीर की व्यवस्था का निरीक्षण करने विदर्भ प्रान्त की ओर गए थे। राजे को आश्चर्य हो रहा था कि ये दोनों बिना कोई अग्रिम सूचना दिए अचानक क्यों लौट आए हैं! राजे तुरन्त महल की ओर चले गए।

प्रतापराव गुजर और रावजी सोमनाथ राजे की प्रतीक्षा कर रहे थे। राजसभागृह में आते ही राजे ने पूछा, ''प्रतापराव, क्या हुआ?''

प्रतापराव के मुख से प्रसन्नता झलक रही थी। उन्होंने कहा, ''महाराज, चिन्ता की कोई बात नहीं। औरंगजेब ने हिन्दुओं पर जुल्म ढाना शुरू किया है। मुगलाई राज में सारी प्रजा 'हाय हाय' कर रही है। जब हम औरंगाबाद में थे, तब औरंगजेब ने शहजादा मुअज्जम के नाम हुक्मनामा भेजा था कि हमें गिरफ्तार कर लिया जाए। शहजादे को इस हुक्म की सूचना पहले ही मिल गई थी। शहजादा भीतर से औरंगजेब का आदमी कभी नहीं रहा। उन्होंने यह सूचना हम तक पहुँचा दी। मैंने उसी रात सेनासहित औरंगाबाद से कूच कर दिया। यह

सूचना मैंने रावजी को भी भिजवा दी थी, वे विदर्भ प्रान्त में थे। इस प्रकार हम सब सकुशल लौट आए हैं।''

राजे ने चैन की साँस ली। प्रतापराव ने बताया, ''महाराज, रावजी विदर्भ से लौटे हैं, खाली हाथ नहीं लौटे। मेरा सन्देश पाते ही ये मुगलिया इलाके में लूटपाट मचाते हुए लाखों रुपयों का माल लूटकर साथ लाए हैं।''

''रावजी, क्या यह सच है?'' राजे ने पूछा।

रावजी ने उत्तर दिया, ''महाराज, और क्या करता? विवशता थी। आगरा जाते समय औरंगजेब ने आपको राहखर्च के लिए एक लाख रुपए दिए थे, वे उसने बाद में काट लिए। यह बात हम भूले नहीं हैं। उसके इस कारनामे के बदले हमने यह कारनामा कर दिखाया। हमने सोचा कि वैसे भी समझौता टूट चुका है, आपके आगे खाली हाथ आना अच्छा नहीं। इसलिए हम वापस लौटते समय औसाँ तक सारे विदर्भ प्रान्त को लूटते हुए आए हैं। कुल बीस लाख की लूट मिली है।''

''वाह, वाह! रावजी, तुम्हारे क्या कहने!'' राजे ने आगे बढ़कर रावजी की पीठ ठोंकी और बोले, ''हमें तुम जैसे समयसूचक लोगों की ही आवश्यकता है। औरंगजेब से बैर बढ़ाने का पहला श्रेय तुमने पाया है, हमें इस बात से बड़ा सन्तोष है। रावजी, तुम्हारे लाए धन से सेना का दो वर्षों का खर्चा निभ जाएगा। यह भी बहुत अच्छा हुआ, जो तुमने शहजादे को मित्र बनाया। और फिर तुम्हें मुगलिया इलाकों की तथा विदर्भ प्रान्त की जानकारी भी हो गई। तुमने बहुत वीरता दिखाई। अब हमारे लिए भी मैदान साफ हो गया। अब हमारे लिए भी मुगलिया प्रदेश जीतने और उसमें लूटनार की गुंजाइश बढ़ गई है।''

प्रतापराव के लौट आने से राजे की शक्ति दूनी हो गई थी।

15

मावलखंड में, मावलों के देश में सब ओर नए उत्साह की तरंगें बहने लगीं। उमंग की लौ, जो चार बरसों में लगभग बुझ चली थी, अब धधकने लगी थीं। गाँव-बस्तियों के हट्टे-कट्टे तगड़े नौजवान राजे की सेना में भरती होने लगे। तलवारें, जो कई दिनों से खूँटी पर लटक रही थीं, अब सान पर चढ़ाई जा रही थीं। जोत भूमि के बँटवारे के बाद प्रजाजनों के हृदय में राजे के प्रति असीम स्नेह उमड़ने लगा था।

प्रतिदिन नए समाचार गढ़ में आ रहे थे। हिन्दुओं पर अत्याचार बेहद बढ़ गए थे। मुगलिया राज्य में हो रहे जुल्मों से तंग आकर लोग उस राज्य को छोड़कर दूसरे राज्यों की ओर जाने लगे थे। राजगढ़ के राजसभागृह में राज्य के सभी सूबेदार और किलेदार उपस्थित थे। वे राजे को अपनी सेना का विवरण सुना रहे थे।

राजे ने राजसभा के सम्मुख सुझाव रखा, ''सबसे पहले हमें अपने खोए हुए किलों को वापस लेना होगा। मिर्जाराजा ने जो युद्धनीति अपनाई थी, हमें भी उसी का सहारा लेना होगा। एक ओर हम किलों पर कब्जा करेंगे, साथ-साथ हमारी सेनाएँ मुगलिया इलाकों में भी घुसेंगी। विदर्भ, औसाँ तथा गोदावरी नदी के किनारे तक हनारी सेनाएँ अब कूच करेंगी।''

''गढ़ जीतना और शत्रु के प्रदेश को जीतना क्या एक साथ होगा?'' अनाजी कह उठे।

"अनाजी, यह कोई कठिन काम नहीं है। हमने मिर्जाराजा को किले सौंपे थे, परन्तु सत्ताईस किलों को सुरक्षित तथा दृढ़ बनाए रखना सरल काम नहीं है। मिर्जाराजा ने किलों को दृढ़ तथा अधिक सुरक्षित बनाने के लिए किलों की चहारदीवारी को तुड़वा डाला है। इन किलों में शत्रु की सेना भी कुछ अधिक नहीं है। हम इन किलों को शत्रु से बहुत शीघ्र छीन सकते हैं। इससे पूर्व कि शत्रु उन दुर्गों को दृढ़ बनाए, ये दुर्ग हमारे हाथ आ जाने चाहिए। पेशवा मोरोपन्त, मजूमदार (राजस्व प्रबन्धक) बिलोपन्त और अनाजी, तुम सबको चाहिए कि तुम राजनीति तथा अन्य कूट प्रयत्नों द्वारा दुर्गों को हथिया लो। दूसरी ओर हमारे मावले सैनिक लड़कर किलों को जीतेंगे।"

सरनौबत प्रतापराव ने बहुत बेजोड़ काम किया। कई मराठा सरदार, जो मुगलाई राज में जहाँ-तहाँ बिखरे पड़े थे, प्रतापराव ने उन्हें समझा-बुझाकर राजे के दल से ला मिलाया। शुभमुहूर्त जानकर राजे ने पहली फौज मुगलिया राज्य पर आक्रमण करने के लिए भेज दी।

राजे ने स्वयं विशेष रूप से दो हजार सैनिकों का चुनाव किया। इस विशेष सेना में अचूक निशानेबाज तीरंदाज, पटेबाज, बरछैत और अनेकों शूरवीर थे। सिरों पर ऊँचा कामदार साफा और ऊनी अँगरखा इन विशेष सैनिकों की वेशभूषा थी। इनमें कई ऐसे वीर थे, जिन्हें राजा ने सोने के कड़े और चाँदी के कड़े पुरस्कारस्वरूप देकर पहले सम्मानित किया था।

जीजाबाई ने पूछा, "राजे, ये दो हजार सैनिकोंवाली सेना कैसी?"

राजे ने कहा, "माँसाहिबा, ये हमारे अंगरक्षक सैनिक हैं। ये सदा हमारे साथ रहा करेंगे।"

"अच्छा! आखिर अपनी सुरक्षा के विषय में चौकस बन ही गए हो? चलो, ठीक हुआ।"

"ऐसी बात नहीं, माँसाहिबा। अब असावधान रहने से हमारा काम नहीं चलेगा। अब अपने प्राणों को हम बेबात ही संकट में नहीं झोंक सकते। जब तक इस भूमि पर 'श्री' का राज्य स्थापित न हो जाएगा, तब तक हमें हरदम सावधान रहना होगा। असावधानी हमें बड़ी महँगी पड़ेगी।"

सूर्यास्त से कुछ पूर्व राजे तानाजी, येसाजी और सूर्याजी सहित सारे गढ़ का चक्कर लगा आए। महल के पहले द्वार में जीजाबाई खड़ी हुई थीं। बालाजी भी वहाँ खड़े थे। जीजाबाई अब बूढ़ी हो चली थीं। उनकी गर्दन हिलने लगी थी, फिर भी कमर सीधी थी। जीजाबाई को राजमहल के प्रथम द्वार तक आया देखकर राजे को बहुत आश्चर्य हुआ। जीजाबाई उनके इस अचरज को भाँप गईं।

"राजे, बालाजी से कह रही थी मैं कि राजमहल के सामने एक ड्योढ़ी बनवा दे। आनेवाले आदमी को सीधे राजसभागृह में आना पड़ता है। ये लोग तुम्हें वहाँ उपस्थित देखकर सकुचाते हैं।"

"सच है, माँसाहिबा। यह बात हमारे ध्यान में नहीं आई।"

येसाजी और तानाजी की ओर देखते हुए जीजाबाई ने पूछा, "गुप्त मंत्रणा हो चुकी क्या?"

राजे हड़बड़ी से कहने लगे, "अब गुप्त चर्चा कैसी, अब तो सारी बात साफ-साफ है। हम तो यही सोच रहे थे कि आरम्भ किस किले से किया जाए!"

जीजाबाई राजे के पास आईं। बोलीं, "जरा मेरे साथ आओ।" सब लोग जीजाबाई के पीछे-पीछे चले जा रहे थे। जीजाबाई महल की दक्षिण दिशा की ओर गईं। सामने की तरफ इशारा करती हुई वे कहने लगीं, "वह देखो।"

सबकी दृष्टि उस ओर मुड़ी—सामने दिखाई दे रहा था—कोंढाणा गढ़। जीजाबाई कह रही थीं, "प्रतिदिन सुबह उठते ही यह कोंढाणा हमारी आँखों में चुभता है। हमारे निकट स्थित यह महत्त्वपूर्ण दुर्ग शत्रु के आधीन है, यह सोचकर हृदय में बड़ी वेदना होती है।"

"महाराज, माँसाहिबा के मुख से जगदम्बा भवानी ही बोल उठी है। हमें अनुकूल उत्तर मिल गया।" तानाजी कह उठे।

राजे सोच में डूब गए। केवल दो ही किले ऐसे थे, जिनकी मुगलिया सल्तनत बड़ी सतर्कता के साथ रखवाली किया करती थी—एक था पुरन्धर दुर्ग और दूसरा कोंढाणा। कोंढाणा गढ़ का अधिपति था उदयभानु—जो वीर राजपूत और लड़ाका किलेदार था। साथ ही दो हजार राजपूत इस किले की रक्षा के लिए रात-दिन तैनात रहते थे। इस गढ़ की रचना भी कुछ ऐसी थी कि इसे जीत लेना कोई आसान काम नहीं था।

"क्यों राजे, क्या सोचने लगे?" जीजाबाई ने पूछा।

"माँसाहिबा, कोंढाणा बहुत दृढ़ दुर्ग है। उसे जीतना सरल काम नहीं है। कहीं ऐसा...।"

"तो जाने दो।" जीजाबाई ने कहा, "इसे बाद में जीता जा सकेगा।"

"नहीं, माँसाहिबा। ऐसे किलों से डरते रहेंगे, तो हम बादशाह के मुँह पर तमाचा कैसे मारेंगे?" तानाजी कहने लगे, "कोंढाणा गढ़ हमारे जनम से पहले पैदा हुआ है, इसलिए वह हमारे रास्ते में अड़ेगा नहीं। बस, बात मुख से निकली, सो निकली। अब तय हो चुका।"

"किन्तु जिम्मेदारी बहुत बड़ी है। अगर इसमें हार गए, तो यह सौदा हमें बड़ा महँगा पड़ेगा।" राजे कह गए।

तानाजी और येसाजी, दोनों राजे की ओर देख रहे थे। तानाजी आगे बढ़े और उन्होंने झुककर राजे के पाँव छू लिए। राजे ने चौंकते हुए कहा, "यह क्या, तानाजी?"

"महाराज, बचपन से ही इन चरणों की सेवा करता आया हूँ। आज तक कभी कुछ नहीं माँगा आपसे। बस, आज एक विनती है!" तानाजी ने कहा।

राजे ने तानाजी को अंग लगा लिया। गद्‌गद वाणी से कहने लगे, "तानाजी, अरे, माँग भैया, जरूर माँग। शिवाजी के पास तुझसे बढ़कर अनमोल है ही क्या?"

"तो, राजे। यह कोंढाणावाला काम मुझे सौंप दें।"

"तानाजी!" राजे चीख उठे।

"वचन को झूठा न होने दें, राजे। कोंढाणा जीतना मेरा काम रहा। काम पूरा न कर पाया, तो मुँह नहीं दिखाऊँगा आपको।"

"तानाजी...।" राजे का कंठ गद्‌गद हो उठा।

तानाजी के साथ राजे महल में आए। अगले दिन राजे ने तानाजी को विदाई का बीड़ा दिया। सम्मान-वस्त्र भेंट किए। तानाजी सूर्याजी को साथ लेकर अभियान के लिए चल पड़े। उन्होंने जीजामाता को नमस्कार किया। जीजाबाई ने कहा, "अपना ध्यान रखना, तानाजी।"

"आप चिन्ता न करें, माँसाहिबा। राजे, नवमी की रात आप सोइए नहीं। कोंढाणा गढ़ की ओर ध्यान रखें। अवश्य ही नवमी की रात आपको वहाँ जलता हुआ घास-फूस का ढेर दिखाई देगा—यही हमारी जीत की निशानी समझिए।"

आत्मविश्वास से पूर्ण इन वचनों को सुनकर राजे की छाती फूल उठी। तानाजी की पीठ पर हाथ रखकर वे कहने लगे, ''तानाजी, नवमी की रात हम अवश्य जागते रहेंगे। जैसे ही हमें जलता हुआ घास-फूस का ढेर दिखाई देगा, हम स्वयं तुमसे मिलने कोंढाणा आएँगे।''

''अवश्य आइएगा, राजे। मैं कोंढाणा गढ़ के द्वार पर खड़ा होकर आपकी प्रतीक्षा करूँगा।''

तानाजी ने सिजदा किया। चौड़ी छाती और बलिष्ठ देह का धनी तानाजी राजे के सम्मुख खड़ा था। राजे उसकी शानदार मराठा ढर्रेवाली पगड़ी को, उसके गलमुच्छों को और मुख पर छा रही, देहाती कठोर हँसी को एकटक देख रहे थे। एक पल के लिए दोनों की नजरें मिलीं और तानाजी मुड़ पड़ा। जब तक वह द्वार से बाहर नहीं चला गया, राजे उसे देखते रहे।

चार दिन बीत गए। राजे को समाचार मिला था कि तानाजी ने रोहिडा घाटी के मावले बहादुरों को इकट्ठा करके विशेष सेना बना ली है। यद्यपि तानाजी कोंढाणा गढ़ के चप्पे-चप्पे से परिचित थे, परन्तु राजे कोंढाणा गढ़ की अजेय रचना को भी भलीभाँति जानते थे। काले पत्थरों की सीधी तराशी हुई-सी खड़ी बाहरी दीवारें तथा राजे द्वारा निर्मित दृढ़ प्राचीर तो थी ही, उदयभानु के समान हठी शूरमा उसका जागरूक प्रहरी था। राजे को कुछ नहीं सूझ रहा था–मन विह्वल था। महल के बारजे में खड़े-खड़े बार-बार कोंढाणा की ओर देख रहे थे। कभी देवगृह में जाकर देर तक पूजा में मग्न रहते थे।

नवमी का दिन उदित हुआ। राजे ने राजकार्यालय में जाकर आज्ञापत्र जारी किए। दिन बीतते नहीं बीत रहा था। समय मानो चींटी की चाल चलता हुआ शाम की ओर बढ़ रहा था। सूर्यास्त के समय राजे ने सूर्यदेव की वंदना की। धीरे-धीरे अँधेरा गहराने लगा। राजे अपने भवन में बैठे हुए थे। बीच-बीच में उठकर बारजे या छत पर हो आते थे। आकाश में तारे टिमटिमा रहे थे। परन्तु राजे जिस तारे को देखना चाहते थे, वह तारा तो अभी चमका नहीं था। उस ओर अँधेरा था।

माँसाहिबा को देर रात गए अपने महल में आया देखकर राजे को आश्चर्य हुआ। उनके साथ मनोहारी और रानी पुतलाबाई भी थीं। मनोहारी ने बिना कुछ कहे–समई दीपकों की लौ बढ़ा दी। राजे ने पूछा, ''माँसाहिबा, आप सोई नहीं?''

''क्या करूँ? नींद नहीं आती।''

पुतलाबाई की ओर देखते हुए राजे ने पूछा, ''और बड़ी रानीसाहिबा कहाँ हैं?''

''उसके पैर भारी हैं न! कमजोरी मालूम होती है। मैंने ही उससे जाकर सोने के लिए कहा है।'' जीजाबाई ने उत्तर दिया।

जीजाबाई बैठक पर बैठ गईं। उनके पास ही पुतलाबाई और मनोहारी बैठक की फर्श पर बैठ गईं। राजे को बैठना कठिन हो रहा था, वे यों ही इधर से उधर टहल रहे थे। सब चुप थे–बीच-बीच में गढ़ के पहरेदारों की आवाजें इस चुप्पी को तोड़ रही थीं। घंटे बज रहे थ। आधी रात बीत जाने पर राजे ने कहा, ''माँसाहिबा, आप जाकर सो जाएँ। खबर मिलते ही मैं आपको जगा दूँगा। हमारा तानाजी कोंढाणा के हर काम को अच्छी तरह जानता है। वह कदापि हार नहीं खाएगा।''

''अरे शिवबा! सोने-चाँदी से भी बढ़कर मोल है इन लोगों का। ऐसे अनमोल लोग अपने प्राणों को दाँव पर लगा रहे हैं, फिर भला नींद कैसे आएगी?''

राजे फिर एक बार बारजे में जाकर खड़े हो गए। बहुत देर तक वे वहीं खड़े रहे। जब कुछ ऊब-सी होने लगी, तो वे महल की ओर मुड़ने लगे। वे मुड़ना ही चाहते थे कि उनकी दृष्टि अँधेरे में एक स्थान पर ठहर गई। एक तारा था, जो धीरे-धीरे बड़ा होता जा रहा था। राजे को विश्वास हो आया। वे जोर से पुकार उठे, ''माँसाहिबा, गढ़ जीत लिया गया। हमारी जीत हुई।''

जीजाबाई ने राजे की पीठ पर हाथ रखा। उनके पीछे मनोहारी और पुतलाबाई खड़ी थीं। राजे जिस ओर उँगली से संकेत कर रहे थे, सब उसी ओर देख रहे थे। उसी समय किसी के पैरों की आहट हुई। मोरोपन्त भीतर आए। आनन्दित होकर कहने लगे, ''महाराज, कोंढाणा पर अपना कब्जा हो गया।''

''हाँ, हम भी माँसाहिबा को यही दिखा रहे थे। अभी-अभी एक नक्षत्र आकाश में उदित हुआ है–ऐसा नक्षत्र आज तक कभी न तो चमका है, न कभी चमकेगा। मोरोपन्त, तानाजी ने वचन निभाकर दिखाया है। अब हमें भी अपना वचन निभाना होगा। चलो, घोड़ों पर जीन रखवाओ।''

''वह तो मैं पहले ही कह आया हूँ।''

''तो चलो, हम अभी आते हैं।'' राजे जाने के लिए मुड़ पड़े।

''अभी जाओगे क्या?'' जीजाबाई ने पूछा।

''हाँ, माँसाहिबा। हमारा हृदय तानाजी से मिलने के लिए अधीर हो रहा है। वह वीर कोंढाणा गढ़ के द्वार पर खड़ा अवश्य ही हमारी प्रतीक्षा कर रहा होगा।''

राजे जब महल से बाहर आए, तो देखा कि मशालों के उजाले में घोड़े तैयार खड़े हैं। गढ़ की तलहटी में अश्वारोही-दल तैयार खड़ा था। राजे पहाड़ी गढ़ से नीचे उतरे। अश्वारोही-दल उनके पीछे-पीछे चला जा रहा था। आगे मशालें थीं, जिनकी लपटें फरफरा रही थीं। घोड़ों की टापों की आवाजें सब ओर गूँज रही थीं।

सूर्योदय के समय राजे कोंढाणा गढ़ पहुँचे। गढ़ के पहरे की चौकियों पर मावले पहरेदार नियुक्त थे। राजे को देखते ही प्रहरी और सैनिक सिजदे तो कर रहे थे, किन्तु उनके सिर झुके हुए थे।

राजे पुणे-द्वार से होकर ऊपर गढ़ में पहुँचे। किसी के मुख पर विजय का हर्ष नहीं दिखाई दे रहा था–हर्ष तो दूर, सबके चेहरों पर मातम-सा छाया हुआ था। चारों ओर विचित्र-सी भयानक शान्ति थी।

राजे गढ़ के अन्दर आए। सब चुप्पी साधे खड़े थे। किसी को किसी से कुछ पूछने का साहस नहीं हो रहा था। गढ़ में एक जगह बड़ी भीड़ इकट्ठी दिखाई दे रही थी। राजे के पाँव उसी ओर बढ़ चले। राजे को देखते ही प्रत्येक व्यक्ति की आँखों से अश्रु बहने लगे। अब तो राजे का धीरज भी जवाब दे गया था। सबने राजे के जाने के लिए रास्ता दिया।

सामने का दृश्य देखते ही राजे के पैर ठिठककर रह गए। बीचवाली खुली जगह में सूर्याजी बैठा आँसू बहा रहा था। उसके आगे एक नीली पगड़ी फैलाई हुई थी। राजे ने इस पगड़ी को तुरन्त पहचान लिया। यही थी वह नीली पगड़ी, जो राजे ने तानाजी को विदाई का बीड़ा देते समय भेंट की थी। राजे का हाथ अपनी छाती से जा लगा। खड़े-खड़े ही उनका गला भर आया। मुख से निकला, ''माँ भवानीऽऽ।''

धीरे-धीरे चलते हुए भारी कदमों से राजे आगे बढ़ रहे थे। उन्होंने थरथराते हाथों से वह ओढ़ाई हुई पगड़ी हटाई। पगड़ी के नीचे तानाजी शान्ति से सोया हुआ था। आँखें बन्द थीं। गाल पर लगे घाव से बहती खून की धारा कानों तक जा पहुँची थी। मुख पर व्यथा का तनिक लेश नहीं था। तानाजी को अब दूसरों के दुख से लेना-देना ही कहाँ था! राजे देख रहे थे...देखते ही जा रहे थे...।

'हमारा तानाजी! स्वराज्य की स्थापना के पहले दिन से हमारा संगी-साथी! अफजलखान की घटना में परम पराक्रम दिखानेवाला शूर...कितनी स्मृतियाँ हैं।' पलभर के लिए राजे ने आँखों को हाथों से ढँक लिया। गहरी आह निकल पड़ी मुख से—फिर बरबस रुदन फूट पड़ा...।

"तानाजी, यह क्या किया तूने। आज तक कभी झूठ नहीं बोला तू। फिर आज ही ये हिम्मत कैसे हुई तेरी? तानाजी! अरे, तूने वायदा किया था? कहा था कि हमारा स्वागत करने द्वार पर खड़ा रहेगा तू। कहा था ना तूने?"

राजे बड़ी कठिनाई से अपने आँसू रोक पाए। उन्होंने सूर्याजी की ओर देखा और पूछा, "ऐसा कैसे हो गया?"

रुँधे गले से जौत्याजी कहने लगा। उसकी वाणी लड़खड़ा रही थी, "...महाराज, रात होते ही सूबेदार तानाजी ने किले की चहारदीवारी पर रस्सी की सीढ़ियाँ लगवा दीं। कोई तीन सौ साथी चढ़कर गढ़ में पहुँच भी गए थे। तभी किस्मत ने धोखा दिया। किले के पहरेदारों को आहट मिल गई। सारा किला जाग उठा। हजार-बारह सौ सिपाही मशालें जलाकर हमला करने बढ़ने लगे। सूबेदार तानाजी ने 'हर हर महादेव' गर्जना की और वे अपने मावले सैनिकों सहित शत्रु पर टूट पड़े। चारों ओर भीषण मारकाट मच गई। तानाजीराव ने दौड़कर उदयभानु को जा पकड़ा। दोनों बहादुर पूरे बलवान थे—वार पर वार होते रहे। सूबेदार का दुर्भाग्य रहा होगा! उदयभानु के एक वार से उनकी ढाल हाथ से छूटकर गिर गई। तानाजी बाएँ हाथ पर वार झेलते हुए उदयभानु से जा टकराए। और फिर दोनों ही लड़ते-लड़ते जमीन पर गिर पड़े।"

"फिर?" राजे ने गद्गद स्वर से पूछा।

"सूबेदार का गिरना था कि सैनिकों का हौसला टूट गया। सारे सैनिक परकोटे की तरफ भागने लगे।" सूर्याजी की ओर संकेत करते हुए जौत्याजी कहने लगे, "मावलों को भागता देखकर सूर्याजीराव ने बड़ी हिम्मत से काम लिया। सूर्याजी तलवार हाथ में लेकर दौड़ते हुए परकोटे तक जा पहुँचे। उन्होंने रस्सी की सीढ़ियाँ काट डालीं और चिल्लाकर बोले, 'अरे मूर्खो, उधर देखो। तुम्हारा बाप तो जमीन पर गिरा पड़ा है और तुम भाग रहे हो? भागकर जाओगे कहाँ?'

"भागनेवाले मावले सैनिक अब लौट पड़े। अब तो लड़ाई का रंग ही बदल गया। राजपूत भाग खड़े हुए। कई राजपूतों ने चहारदीवारी से छलाँग लगा दी। गढ़ हमारे हाथ आ गया।"

राजे ने सूर्याजी की ओर देखा। सूर्याजी के आँसू थमते नहीं थे। राजे ने उसके कन्धे पर हाथ रखा। इस स्पर्श से सूर्याजी का रुदन आवेग बनकर फूट निकला, "महाराजऽऽ। यह क्या हो गया, महाराज?"

अपने आँसुओं को अति यत्नपूर्वक रोकते हुए राजे ने कहा, "रोओ मत, सूर्याजी। यह बेला रोने की नहीं है। आज तानाजी ने इस सिंहगढ़ का नाम सार्थक कर दिखाया है। आज से इस कोंढाणा गढ़ को सदा सिंहगढ़ ही कहा जाता रहेगा। उठो, सूर्याजीऽऽ।"

राजे ने उसकी बाँह पकड़कर उसे उठाया और कहने लगे, ‘‘सूर्याजी, तानाजी ने ऐसी मृत्यु पाई है, जिसे हर कोई पाना चाहेगा। किन्तु अभी एक कार्य शेष है, उसके बिना तानाजी की आत्मा को शान्ति प्राप्त नहीं होगी।’’

रोते-सिसकते सूर्याजी की भुजा पकड़कर राजे जल्दी-जल्दी चले जा रहे थे। वे किले के नक्कारखाने के पास आए और सूर्याजी को साथ लेकर तेजी से सीढ़ियाँ चढ़ने लगे। नक्कारखाने के ऊपर अभी तक मुगलिया हरा झंडा लहरा रहा था।

‘‘देखते क्या हो, सूर्याजी? अपने भाई को स्मरण करके उतार डालो इस झंडे को।’’

सूर्याजी ने आँसू पोंछे। और वह हरा झंडा उतार डाला। राजे ने अपने अँगरखे में खोंसा हुआ भगवा झंडा निकाला।

‘‘सूर्याजी, जब हमने इस गढ़ को खाली करके मिर्जाराजा को सौंपा था, उस समय हमने अपने इस पवित्र ध्वज को स्वयं अपने हाथों उतारा था। इसे हमने प्राणों से भी अधिक प्रिय जानकर सँभाला था। जब हमने राजगढ़ से देखा कि कोंढाणा गढ़ में आग जल उठी है, उसी क्षण हमने यह निश्चय किया था कि ध्वजारोहण तानाजी के हाथों ही होगा। अब यह काम तुम्हें करना है, तुम इस सम्मान के अधिकारी हो।’’

भगवा ध्वज उगते हुए सूर्य की किरणों में फरफराने लगा। राजे की छाती एक पल के लिए फूल उठी। अपने पीछे चले आ रहे येसाजी से वे कहने लगे, ‘‘येसाजी, राजगढ़ सन्देश भिजवाओ। माँसाहिबा को सूचित करो, ‘एक दुर्ग जीत लिया हमने, किन्तु एक दृढ़ दुर्ग गँवा बैठे हम’।’’

16

सिंहगढ़ का प्रबन्ध-कार्य पूर्ण करके राजे राजगढ़ वापस चले आए। सिंहगढ़ पर कब्जा करने का मतलब था—मुगलिया राज से सीधी छेड़खानी। राजे ने अब मानो साँप की पूँछ पर पैर रख दिया था। अब उनके लिए रुकना सम्भव नहीं था। तानाजी को खो बैठने के दुख को राजे ने मन में ही दबा लिया और वे भविष्य की योजनाएँ बनाने में व्यस्त हो गए। जो मराठा सेनाएँ विदर्भ में घुसी हुई थीं, उनके पराक्रम के समाचार राजे तक पहुँच ही रहे थे।

तानाजी के निधन के कारण जीजाबाई दुखी हो उठीं। जीजाबाई ने उसे भी तो शिवाजी के साथ खेलते, बड़ा होते देखा था। परन्तु अब क्या वश था? जीजाबाई को भी दुख मनाने का अवकाश कहाँ था? गर्भवती सोयराबाई के नौ मास पूर्ण होने को थे। उनका स्वास्थ्य भी कुछ ठीक नहीं था। चिन्ता की छाया सारे महल पर छाई हुई थी।

राजे अपने महल में अकेले ही बैठे हुए थे। रात काफी बीत चुकी थी, फिर भी रनिवास से उन्हें कोई खबर अभी तक नहीं मिली। राजे की बेचैनी बढ़ती जा रही थी। इसी समय सीढ़ियों में किसी के कदमों की आहट सुनाई दी। राजे ने उधर देखा। आनेवाले के कदम बहुत धीरे-धीरे सीढ़ियाँ चढ़ रहे थे—राजे अधीर हो उठे। उन्होंने पूछा, ‘‘कौन है?’’

इसी समय द्वार पर पुतलाबाई खड़ी दिखाई दीं। पुतलाबाई बहुत थकी-माँदी थीं। वह मुख पर छलक आए पसीने की बूँदों को पोंछ रही थीं, परन्तु उनके मुख से प्रसन्नता बरस रही थी। वे कहने लगीं, ‘‘लड़का हुआ है।’’

राजे को बहुत प्रसन्नता हुई। मन से विह्वलता का बोझ एकदम उतर गया। पुतलाबाई कह रही थीं, "कष्ट बहुत हुआ, परन्तु रानीसाहिबा सकुशल प्रसूत हुई हैं।"

"सो तो ठीक हुआ, किन्तु तुमने हमारी एक मनचाही बात बिगाड़ दी।" राजे ने कहा।

पुतलाबाई कुछ समझ नहीं पाईं। राजे बैठक पर रखी हुई थैली की ओर इशारा करते हुए मुस्कुराकर कहने लगे, "तुम समझीं नहीं! सुनो, हमने सोचा था कि जो कोई यह हर्ष का समाचार सबसे पहले बताने आएगा, हम उसे मुहरों-भरी थैली इनाम देंगे...।"

"तो मुझे दीजिए न!" पुतलाबाई ने थैली की ओर बढ़ते हुए कहा।

राजे ने थैली उठा ली। बोले, "रानीजी, आप कोई साधारण नारी हैं क्या, जो मात्र थैली आपको दी जाए। आपका इनाम तो बहुत बड़ा है।"

"कैसा इनाम?" पुतलाबाई ने पूछा।

"हम स्वयं हैं तुम्हारा इनाम।" राजे हँसकर कहने लगे।

पुतलाबाई एकदम संजीदा हो गईं। राजे ने पूछा, "क्यों, हमारी बात पर भरोसा नहीं है क्या?"

"जानती हूँ कि आपकी बात कभी झूठ नहीं होती। किन्तु इतना बड़ा उपहार मुझसे लिया न जाएगा।"

राजे गद्गद हो उठे। फर्श की ओर देखते हुए वे कहने लगे, "ऐसा मत कहो, पुतला! तेरे सिवाय और है ही कौन, जो इस बड़े उपहार को स्वीकार कर सके!"

पुतलाबाई की सारी देह रोमांचित हो उठी। इसी समय मनोहारी कक्ष के भीतर आई। पुतलाबाई को उपस्थित देखकर वह दरवाजे पर ही रुक गई। राजे ने उसे पुकारते हुए कहा, "कौन? मनू है न? हमें खुशखबरी सुनाने आई थी न? परन्तु हमने वह खबर पहले ही सुन ली है।"

मनोहारी अपने मन के भावों को छिपा नहीं पाई। पुतलाबाई मनोहारी की ओर देखती हुई हँसकर कहने लगी, "मनू! अरी, बड़भाग है तू! जिसके भाग में जो चीज लिखी होती है, वह चीज उसे ही मिलती है।"

राजे ने मनोहारी को पास बुलाया और मुहरों की थैली उसे दे दी। मनोहारी ने राजे को नमस्कार किया। जब वह पुतलाबाई को नमस्कार करने लगी, तो पुतलाबाई बोलीं, "देख री मनू, जिसने खुशखबरी सुनाई है, उसे तो कुछ नहीं मिला।"

"यह सरासर झूठ है, मनू!" राजे के मुख से निकल गया।

पुतलाबाई एकदम लजा गईं। मनोहारी दोनों की बात कुछ समझ नहीं पाई और महल से बाहर चली गई। पुतलाबाई आँखें तरेरकर कहने लगीं, "कैसे हैं जी आप भी! भला वह क्या सोचेगी?"

राजे खिलखिलाकर हँसने लगे।

सायंकाल राजे सोयराबाई के महल में गए। जीजाबाई नवजात शिशु को गोद में लिए बैठी थीं। राजे ने शिशु को देखा। उसकी बलैयाँ लीं और उस पर मोहरें निछावर कीं। राजे सोयराबाई से मिले, फिर राजे जीजाबाई से पूछने लगे, "महल के बाहर ज्योतिषीजी क्यों बैठे हैं?"

शिशु की ओर संकेत करते हुए जीजाबाई ने कहा, "राजे, यह बच्चा उलटा पैदा हुआ है।"

"तो चिन्ता कैसी?" राजे मुस्कुराकर कहने लगे, "यह बालक अवश्य ही दिल्ली की बादशाहत का तख्ता उलट देगा। अपने औंधे राज्य को सीधा करेगा यह। औंधे हुए बिना कुछ उठाया भी नहीं जा सकता न!" राजे के वचनों को सुनकर सभी आनन्दित हो उठे। राजे बाहर आए। ज्योतिषीजी से कहने लगे, "पंडितजो, यह बेला तो शुभ है न?"

"चिन्ता न करें, महाराज! यह राजपुत्र आपसे भी अधिक कीर्ति का अधिकारी बनेगा।"

राजे प्रसन्न होकर राजसभागृह में पधारे। इसके तीन-चार दिनों बाद राजे ने निलोपन्त को पुरन्धर दुर्ग पर आक्रमण करने के लिए भेजा।

राजगढ़ में शिशु की बरही बड़ी धूमधाम से मनाई गई। पुष्कल दान-पुण्य किया गया। शिशु का नाम राजाराम रखा गया।

बरही के अगले दिन ही समाचार मिला—मराठा सेना ने पुरन्धर दुर्ग पर अधिकार कर लिया है। विजय के उपलक्ष में गढ़ की नौबत बज उठी। निलोपन्त ने पुरन्धर पर कब्जा किया और वहाँ के किलेदार रजीउद्दीन को कैद करके राजगढ़ भेज दिया। बरही उत्सव के अवसर पर विजय के हर्षपूर्ण समाचार को सुनकर राजे ने कैदी किलेदार रजीउद्दीन को सम्मान सहित मुक्त कर दिया।

किलेदार रजीउद्दीन मौत की घड़ियाँ गिन रहा था, परन्तु राजे की उदारता की प्रशंसा करते हुए वह राजगढ़ से विदा हुआ।

17

प्रातःकाल सारा राजपरिवार सोयराबाई के महल में एकत्रित था। बालक राजाराम को स्नान कराया जा चुका था। बच्चे के गीले बालों को सेंकने के लिए जलाए गए ऊद की सुगन्धि से सारा महल महक उठा था। प्रसूता के कमरे में दिन का उजाला कम आ पाता था, इसलिए चारों कोनों में समई-दीपक दिन-रात जलते रहते थे। जीजाबाई के निकट बैठी हुई येसूबाई शिशु राजाराम को गोदी में लिए हुए थीं। शिशु को अभी-अभी स्नान कराया गया था, इस कारण उसकी आँखों पर ऊँघ छाने लगी थी। उसने मुट्ठियाँ जोर से कस ली थीं।

सम्भाजीराजा ने कक्ष में आते ही एक बार सबकी ओर देखा। जीजाबाई ने पूछा, "बालराजा, शास्त्रीजी ने तुम्हें जल्दी छोड़ दिया क्या?"

"जल्दी काहे को छोड़ेंगे वे? बहुत देर तक पढ़ाया है।" फिर येसूबाई की ओर संकेत करते हुए उन्होंने कहा, "और आज ये तो पढ़ाई से गायब रहीं।"

सब लोग हँस पड़े। जीजाबाई ने कहा, "...अरे, इसका क्या है? यह तो लड़की है। कुछ कम पढ़-लिख पाई, तो भी कुछ बिगड़ेगा नहीं।"

सम्भाजीराजा जीजाबाई के पास बैठ गए। काशीबाई ने शिशु राजाराम के गाल पर काजल का दिठौना लगाया और बचा हुआ काजल अपनी माँग में लगा लिया। बालराजा यह देख रहे थे। पूछने लगे, "माँसाहिबा, छोटे राजा इतने सुन्दर हैं फिर यह दिठौना क्यों लगाया है?"

"तुम्हें भी तो लगाते हैं दिठौना! किसी की नजर न लगे, बच्चा बुरी दीठ से बचा रहे, इसलिए दिठौना लगाते हैं, बेटे!"

बालराजा जीजाबाई के कान में खुसफुसाकर कुछ कहने लगे। जीजाबाई ने हँसते हुए कहा, "तो ले लो न! तुम तो बड़े भैया हो उसके! पुतला, अरी, जरा बच्चे को बालराजा की गोद में दे।"

पुतलाबाई मुस्कुराती हुई आगे बढ़ीं। बालराजा पालथी मारकर बैठे थे। उन्होंने अपने पैरों पर अँगरखा ठीक किया। पुतलाबाई ने राजाराम को धीरे से उठाया और बालराजा की गोद में लिटा दिया। पुतलाबाई कहने लगीं, "बालराजा, अपने पैर थोड़ा ऊँचा उठाओ। कहीं नन्हें राजा की गर्दन न अकड़ जाए!"

बालराजा राजाराम की ओर देख रहे थे। शिशु राजाराम भी अधमुँदी पलकों से देख रहा था। उधर येसूबाई व्याकुल हो रही थीं कि बच्चे को उनकी गोद से क्यों लिया गया, परन्तु बेचैनी छिपाते हुए वे भी शिशु की ओर देख रही थीं। जीजाबाई ने बालराजा से पूछा, "राजे राजसभागृह में आ गए क्या?"

"हाँ, बहुत देर पहले आ चुके हैं। वे आए, तभी तो पंडितजी से हमें छुटकारा मिला।"

पुतलाबाई मुस्कुराने लगीं। बोलीं, "शिकार की बात हो या घुड़दौड़ की, हमारे बालराजा हरदम हरघड़ी तैयार रहते हैं। और पढ़ाई-लिखाई की बात पर बस रोना-झींकना शुरू कर देते हैं।"

"देखिए, माँसाहिबा! कितनी झूठी बात है! हमने कभी किया है क्या ऐसा?" बालराजा ने शिकायत-भरे लहजे में कहा।

"चुप रहो जी तुम सब।" सम्भाजी की पीठ पर हाथ फेरते हुए जीजाबाई कहने लगीं, "तुम्हारे लाड़-प्यार का ही नतीजा है यह। परसों तुमने झूठमूठ कहलवाया था कि बालराजा के सिर में दर्द है...।"

"माँसाहिबा, उठाइए, उठाइए इसे...।" बालराजा एकदम चिल्लाने लगे। उनके दोनों हाथ ऊपर उठे हुए थे—चेहरा रुँआसा हो आया था। वे पुतलाबाई की ओर देख रहे थे। उनकी दशा देखकर सब लोग हँसने लगे। महल में हँसी का फव्वारा फूट पड़ा। शैया पर सोई हुई सोयराबाई से भी हँसी रोके नहीं रुकती थी। बालराजा फिर चिल्लाए, "उठाइए न इसे...।"

पुतलाबाई आगे आईं। उन्होंने राजाराम को धीरे से उठाया। बच्चे को चूमकर कहने लगीं, "अपने दादा महाराज के कपड़े गीले कर दिए न। पगला कहीं का!"

बालराजा खड़े हो गए थे और अपना गीला अँगरखा देख रहे थे। जीजाबाई ने कहा, "इतना मुँह क्यों बिगाड़ते हो? बचपन में तुम भी तो यही किया करते थे।"

बालराजा ने उनकी बात की ओर ध्यान न देते हुए मनोहारी से कहा, "हमें दूसरा अँगरखा ला दो।"

"अँगरखा काहे बदलते हो?" पुतलाबाई ने कहा, "अपने आप सूख जाएगा थोड़ी देर में। ऐसे कपड़े में बदबू नहीं आया करती।"

फिर एक बार हँसी का कहकहा गूँज उठा। बालराजा फिर चिल्लाने लगे।

"मनू, दे दो इन्हें दूसरा अँगरखा।" जीजाबाई ने कहा।

बालराजा अपना अँगरखा झटकते हुए बाहर जाने को हुए कि तभी नौबत की आवाज सुनाई देने लगी।

"ये नौबत क्यों बज रही है?" बालराजा ने पूछा।

"कहीं से विजय का समाचार आया होगा।" जोजाबाई ने कहा।

बालराजा मनोहारी के साथ बाहर चले गए। मनोहारी बालराजा को अँगरखा देकर वापस लौटी, तो कक्ष के द्वार पर ही उसकी राजे से मुलाकात हो गई। वह कक्ष में आई और माँसाहिबा से कहने लगी, "महाराजा बाहर खड़े हैं...। पूछ रहे हैं—अन्दर आएँ क्या।"

"कह दे कि आ जाएँ।"

राजे कक्ष में आए। जीजाबाई से बोले, "माँसाहिबा, हमारी सेनाओं ने विदर्भ में बहुत वीरता दिखाई है।"

"वह तो नगाड़ों की आवाज सुनकर ही हमने जान लिया था। कौन-सी विजय पाई है, इतना भर जानना शेष था।"

सोते हुए राजाराम की ओर देखते हुए राजे मुस्कुराने लगे। मुस्कुराकर कहने लगे, "माँसाहिबा, यह बालक उलटा पैदा हुआ है, इस कारण आप चिन्तित हो रही थीं न? अब देख लीजिए उसके आने का सगुन। यह बच्चा पैदा हुआ कि हमारे लिए विजयों के उपहार आने लगे हैं। अब तो गढ़ की नौबत हर रोज बजा करेगी—हमेशा बजती ही रहेगी।"

18

राजे के कई सैनिक दलों ने मुगलिया इलाकों में हड़कम्प मचा दिया था। मुगलिया किलों को जीतने का काम कई सरदारों को सौंपा गया था। राजे भी अपनी सेनासहित राजगढ़ से चल पड़े थे। उन्होंने अपना लक्ष्य माहुली गढ़ को बनाया। यह किला उन्होंने पुरन्धर की सन्धि के समय मुगलों के हवाले कर दिया था। माहुली गढ़ का किलेदार एक राजपूत मनोहरदास गौर था। यह किलेदार अत्यन्त सावधान तो था ही, पक्का लड़ाका भी था। राजे ने ऐन अँधेरी रात में किले पर हमला किया, किन्तु पहले से होशियार किलेदार ने उतनी ही मुस्तैदी के साथ मराठा सेना पर जवाबी हमला किया। इस आकस्मिक आक्रमण से राजे की सेना लड़खड़ा गई—उसे पीछे हटना पड़ा। राजे इस पराजय से दुखी हुए, उन्हें यह सोचकर बहुत पीड़ा हो रही थी कि एक हजार सैनिक व्यर्थ ही मारे गए।

माहुली में पाई पराजय से राजे हताश नहीं हुए। उन्होंने कल्याण-भिवंडी पर चढ़ाई कर दी। कल्याण-भिवंडी शहर शाइस्ताखान के समय से ही मुगलों के आधीन था। राजे के आक्रमण से यह शहर और प्रदेश अब हड़बड़ाकर जाग उठे। मुगल अधिकारी अपनी फौज के साथ मुकाबला करने के लिए डट गए, किन्तु राजे की सेना के आगे उनकी एक न चली। मराठों ने बड़ी बहादुरी दिखाई। सरदार उजबकखान मारा गया। लोदीखान भाग खड़ा हुआ। कल्याण-भिवंडी पर राजे का कब्जा हो गया।

अब राजे की सेना चाँदवड की ओर बढ़ने लगी। चाँदवड पूरी तरह लूट लिया गया। नान्देड़ के फौजदार फतहजंगखान ने जब कल्याण और चाँदवड की खबरें सुनीं, तो वह भाग खड़ा हुआ। मुगलिया प्रदेशों में मानो रणचंडी ने अवतार धारण कर लिया था—राजे की सेनाएँ अहमदनगर और जुन्नर से लेकर परिंडा तक बेरोकटोक बढ़ रही थीं। कर्नाला भी जीत लिया गया था।

मुगलों की हार के समाचार मुगल सरदार दाऊदखान कुरैशी तक भी पहुँचे। दाऊदखान पूरा स्वामिभक्त था। स्वयं शहजादा मुअज्जम और दिलेरखान भी मुगलिया सल्तनत की बरबादी

अपनी बेबस आँखों देख रहे थे। मगर दाऊदखान यह बर्दाश्त नहीं कर सका। वह फौज साथ लेकर खानदेश से जुन्नर की तरफ चल पड़ा। मराठा फौजों को जब दाऊदखान के आने की सूचना मिली, वे फौजें पारनेर, जुन्नर और माहुली प्रदेशों से हट आईं और दाऊदखान जिस प्रदेश से होकर आया था, अहमदनगर के उस प्रदेश में जा घुसीं। गर्मियों के प्रारम्भिक काल में राजे की सेनाओं ने अहमदनगर, जुन्नर और परिंडा प्रदेशों के इक्वायन गाँव लूट लिए।

माहुली का किलेदार समझ चुका था कि शिवाजी की एक बार हार चाहे हुई हो, मगर देर-सवेर मराठे फिर से किले पर हमला जरूर करेंगे। उसने बादशाह से अधिक फौज की माँग की। परन्तु किसी ने उसकी प्रार्थना पर ध्यान नहीं दिया। तब राजे के भय के कारण वह किला छोड़कर चल दिया। उसके स्थान पर अल्लावर्दी बेग किलेदार बन गया। राजे के पहले हमले से किला वैसे ही कमजोर हो चुका था, फिर किलेदार भी नया था। राजे को जब यह जानकारी मिली, तो उन्होंने माहुली पर चढ़ाई कर दी। मराठा सेना पहली हार के कारण क्रोध में जली-भुनी बैठी थी। इस बार वह तूफान बनकर किले पर टूट पड़ी। आखिरकार राजे ने जी-जान लड़ाकर माहुली गढ़ जीत लिया। किलेदार अल्लावर्दी बेग और उसके दो सौ साथी इस लड़ाई में मौत के घाट उतार दिए गए। माहुली गढ़ पर भगवा झंडा फहराने लगा।

राजे सन्तुष्टचित्त होकर राजगढ़ वापस लौटे। भरे बरसाती मौसम में राजे ने शत्रु के देखते-देखते माहुली और कर्नाला जैसे गढ़ों को जीत लिया था। एक मास की अवधि में ही कोंढाणा, कल्याण, लोहगढ़, हिंदोला, माहुली, अर्नाला, रोहिडा जैसे किलों पर राजे का कब्जा हो चुका था। विदर्भ और अन्य इलाकों से लाई गई लाखों-करोड़ों होन मूल्य की धन-दौलत से खजाना भरने लगा था।

राजे गढ़ में आए। अपरिमित धन-सम्पत्ति से घर भरता जा रहा था। राज्य की भूमि में नए-नए प्रदेशों की वृद्धि हो रही थी। राज्य शीघ्रता से फैलता जा रहा था। राजे जानते थे कि नया प्रदेश जीतना महत्त्वपूर्ण है, पर उसकी रक्षा करना भी उतना ही महत्त्वपूर्ण है। राजे ने जीते हुए किलों के किलेदार पद के लिए अपने विशेष वीरों को चुना। गोला-बारूद की भरपूर रसद जमा करके हर किले को मजबूत बनाया गया। अफजलखान की मृत्यु के पश्चात् राजे ने सुदूर पन्हालगढ़ तक का विस्तृत प्रदेश पल झपकते जीत लिया था, किन्तु आदिलशाही और मुगलिया सल्तनतों की आँच लगते ही राजे को वह सारा विस्तृत प्रदेश तुरन्त छोड़ देना पड़ा था। राजे इस अनुभव को भूले नहीं थे। इस बार उन्होंने सारे विजित प्रदेश को पूर्णतया सुरक्षित एवं सावधान रखा।

वर्षा की अखंडित धाराएँ राजगढ़ पर अविरत बरस रही थीं। गढ़ कोहरे से घिरा रहता था। किन्तु राजे ने इन प्राकृतिक असुविधाओं की तनिक भी चिन्ता नहीं की। कोंकण और मावल प्रदेश राजे के आधीन हो चुके थे। राजे ने मोरोपन्त को जुन्नर और शिवनेरी किलों पर आक्रमण करने भेजा। अनाजीपन्त, प्रतापराव तथा आनन्दराव को उन्होंने मुगल-इलाकों पर चढ़ाई करने के लिए रवाना किया।

राज्य का राज्यव्यापार अब काफी बढ़ गया था। राजकार्यालय का कामकाज अब अधिक पेचीदा हो चला था। आवश्यक था कि यह उत्तरदायित्व किसी को सौंपा जाए। इस कार्य के लिए राजे का ध्यान निलोपन्त की ओर गया। यद्यपि निलोपन्त अब बूढ़े हो चले थे, तथापि

उनकी बूढ़ी देह सूखे खजूर के समान थी। वे परिश्रमी एवं कष्टसहिष्णु थे। उन्होंने ही पुरन्धर जैसा श्रेष्ठ दुर्ग स्वराज्य के मोती-कंठे में पिरोया था। निलोपन्त युद्धनीति के साथ-साथ राजनीति के खेल खेलने में भी चतुर थे। राजकार्यालय के मजूमदार (प्रबन्धक) पद के लिए ऐसे ही व्यक्ति की आवश्यकता थी। राजे ने निलोपन्त से कहा, ''निलोपन्त, हम तुम्हें माहुली से लेकर भीमगढ़ तक तथा उन्दापुर और चाकण जागीरों का मजूमदार बनाना चाहते हैं।''

निलोपन्त यद्यपि वृद्ध हो चुके थे, फिर भी उनकी तलवार की ताकत कम नहीं हो पाई थी। राजे की बात सुनकर वे खिन्न हो उठे। उन्होंने राजे से कहा, ''राजे, यह उत्तरदायित्व आप किसी और को दें। मेरी तो इच्छा है कि आपके साथ रहकर तथा दूसरे दस-बीस साथियों के साथ अन्य कामों में लगा रहूँ। यदि आप आज्ञा दें, तो अब भी मैं शत्रु के दुर्गों को जीतकर दिखा सकता हूँ।''

पन्त का हाथ पकड़कर राजे कहने लगे, ''पन्त, हम जानते हैं कि तुम क्या कहना चाहते हो। हम तुम्हें यह काम सौंपना चाहते हैं, इसलिए तुम बुरा मत मानो। पन्त, यदि स्वराज्य के सभी लोग योद्धा बन जाएँगे, तो राज्य का प्रबन्ध कौन करेगा? तुम जागीर में रहो और मजूमदार बनकर प्रबन्ध-कार्य करते रहो। यह कान बहुत बड़ा काम है।''

राजे की इच्छा मानकर पन्त ने इस प्रस्ताव को स्वीकार कर लिया। उन्होंने कहा, ''यदि आप इसे बड़ा काम मानते हैं, तो मैं अवश्य यह काम करूँगा। आप साध्य की सिद्धि और सिद्धि की सुरक्षा दोनों कामों को समान मानते हैं।''

''अवश्य! ऐसा ही मानते हैं हम।''

''तो एक प्रार्थना है। मजूमदारी करते समय मुझे प्राप्त राजस्व में से प्रतिशत के हिसाब से कुछ नहीं चाहिए। मोरोपन्त पेशवा हैं, उन्हें यदि पच्चीस होन मिलते हों, तो मुझे बीस दिए जाएँ। बस, यही प्रार्थना है।''

राजे निलोपन्त के मन की बात समझ गए। उन्होंने निलोपन्त की प्रार्थना सहर्ष स्वीकृत कर ली।

रात में राजे जीजाबाई से कहने लगे, ''माँसाहिबा, हम कुछ दिनों के लिए रायगढ़ हो आते हैं।''

''राजे, अभी बरसात समाप्त नहीं हुई है। तुम इतनी भाग-दौड़ करते हो, अपने स्वास्थ्य का भी ध्यान रखा करो। अच्छा, यह कहो कि रायगढ़ तुरन्त जाने की क्या आवश्यकता है?''

''माँसाहिबा, हमने एक बार आपसे कहा था। राज्य का विस्तार अब बढ़ रहा है। अब यह कम नहीं होगा। हम चाहते हैं कि राजधानी के लिए कोई सम्यक् सुरक्षित स्थान हो।''

''तो राजगढ़ क्या बुरा है?''

''माँसाहिबा, आज हो या कल, हमें मुगल शक्ति से टकराना पड़ेगा। पुणे के निकट होने के कारण राजगढ़ पर्याप्त सुरक्षित नहीं है। सह्याद्रि पर्वत श्रृंखलाएँ जिस पर्वत की चारों ओर से दुर्ग समान रक्षा करती हैं, ऐसा पहाड़ी शिलाओं-कगारोंवाला एक पर्वत हमने ढूँढ़ लिया है। महाड पर हमारा शासन हो चुका है। इस प्रकार हमारे राज्य की सीमा पश्चिमी समुद्र से जा लगी है। महाड व्यापारिक मंडी तो है ही, अच्छा बन्दरगाह भी है। किन्तु इसमें एक हानि है। समुद्री शासक सिद्दी महाड के इतना निकट है कि वह हमेशा हमें सताता रहेगा। इसी कारण हमने रायगढ़ को चुना है। रायगढ़ आकाश को छूता ऊँचा शिखर है।

सारी सुविधाओं का प्रबन्ध हो जाएगा, तब रायगढ़ कैलाश पर्वत के समान सुशोभित होगा। आप उस स्थान को देखेंगी, तो आश्चर्य से स्तब्ध हो जाएँगी।''

जीजाबाई मुस्कुराने लगीं। बोलीं, ''अरे बाबा! मैं ठहरी बूढ़ी—आजकल तो मैं राजगढ़ की हवा भी सहन नहीं कर पाती। वह जो तेरा कैलाश पर्वत है, वहाँ मेरी कैसे निभेगी?''

राजे ने कहा, ''आप चिन्ता न करें। हमने रायगढ़ की तलभूमि में स्थित पाचाड नगर के पास आपके लिए एक विशेष राजगृह बनवाया है। जहाँ आपकी इच्छा हो, आप वहीं रहा करें।''

जीजाबाई का हृदय गद्‌गद हो उठा, ''अब तो बेटे, तुम्हें छोड़कर कहीं दूर रहने की इच्छा नहीं होती।''

जीजाबाई से आदेश पाकर राजे ने रायगढ़ की ओर प्रस्थान किया।

19

राजे अपने रक्षक-दल सहित पाचाड जा पहुँचे। सर्जेराव, बहिर्जी, महादेव आदि व्यक्ति भी उनके साथ थे। राजे ने सबसे पहले पाचाड में बनवाई गई हवेली देखी। दो विशाल आँगनवाली तथा दृढ़ रक्षा-भित्ति से सुदृढ़ बनाई गई हवेली को देखकर राजे बहुत प्रसन्न हुए। ऊपर रायगढ़ में जब आबाजी सोनदेव, रामराव प्रभू तथा भवन-निर्माण विभाग के प्रमुख अधिकारी वास्तु-शिल्पी हिरोजी इटलकर ने राजे के आगमन का समाचार सुना, तो वे राजे की आगवानी करने गढ़ की तलहटी में उतर आए। सबने राजे से प्रार्थना की पालकी में बैठकर रायगढ़ जाएँ, किन्तु राजे ने कहा, ''अगली बार से हम पालकी में बैठकर ही गढ़ चढ़ा करेंगे। परन्तु आज तो हमारी इच्छा है कि पैदल ही गढ़ तक पहुँचा जाए। हिरोजी, पैदल चलने से हम तुम्हारी निर्माण-कला को अधिक ध्यानपूर्वक देख सकेंगे। क्यों? ठीक है ना?''

''महाराज, आप चाहे कितनी भी सूक्ष्म दृष्टि से देखें, आपको कोई त्रुटि दिखलाई नहीं देगी। मैं आज हूँ, कल रहूँ न रहूँ, किन्तु यह गढ़ तो कई पीढ़ियों की निधि बना रहेगा।''

''शाबाश, हिरोजी। मनुष्य में साहस हो, तो ऐसा हो। जो लोग ऐसे आत्मविश्वास के धनी होते हैं, उनके लिए संसार में कुछ भी असम्भव नहीं होता।''

प्रातःकाल के शीतल वातावरण में राजे गढ़ चढ़ रहे थे। गढ़ की ओर जानेवाला मार्ग पश्चिमी बाजू की ओर था, इसलिए इस समय उस मार्ग पर छाया थी। नीचे पाचाड से स्पष्ट दिखाई दे रहा था कि रायगढ़ वास्तव में गगनचुम्बी गढ़ है। थोड़ा-सा चक्कर लगाकर राजे पहाड़ी घाटी से होकर वाडी में आए। फिर वे छोटे द्वार से गढ़ की ओर चढ़ने लगे। जब वे नाना दरवाजे से गुजरकर ऊपर आए, तो मोहक सुगन्धि ने उनका ध्यान आकर्षित किया। राजे ने उस ओर देखा तो पाया कि छोटे दरवाजे के नीचे की ओर चम्पा की बगिया खिली हुई थी। राजे आगे बढ़े। यह पर्वतीय रास्ता पत्थरों, पहाड़ को सीधा खोदकर बनाया गया था और कहीं पत्थरों को काटकर सीढ़ियाँ बनाई गई थीं। पहाड़ के भीतर बनाए गए छिपे हुए धान्य-भांडारों को देखकर राजे फिर आगे बढ़ चले।

इसके आगे था अतीव कठिन पर्वतीय मार्ग, जिसे देखकर ही सिर चकरा उठे—इसके एक ओर थी आकाश में छूनेवाली सीधी-खड़ी चट्टानोंवाली पहाड़ी दीवार, तो दूसरी ओर था सीधा पहाड़ी गहरा कगार और गहरी घाटी। इनके बीच होकर यह लम्बी पगडंडी जैसा सँकरा मार्ग था। राजे ने इससे पहले केवल तोरण दुर्ग में ऐसा लम्बा सँकरा मार्ग देखा था।

गढ़ के महादरवाजे के नीचे राजे ने विश्राम किया। सुबह थी, फिर भी उनका चेहरा पसीने से भर उठा था। अँगरखे की बाँह में खोंसे हुए रूमाल से उन्होंने पसीना पोंछा और महादरवाजे के दोनों ओर बने हुए अर्धगोलाकार परकोटे की ओर देखा। फिर फूली साँस से रुक-रुककर वे सीढ़ियाँ चढ़ने लगे। गढ़ के पहले दरवाजे तक पहुँचते-पहुँचते उनका दम फूल उठा। दरवाजे के खुले स्थान में आराम करते हुए वे कहने लगे, ''हिरोजी, तुमने स्थान तो ऐसा चुना है कि जो पूर्णतः सुरक्षित है। हमें अपने मठ के दरवाजे शाम को बन्द कराने की कोई आवश्यकता नहीं होगी। गढ़ के दरवाजे रात भर खुले रहें, तो भी कुछ हानि नहीं।''

आबाजी सोनदेव ने पूछा, ''महाराज, आपके कथन का अर्थ नहीं समझ सके हम।''

राजे ने हँसते हुए कहा, ''अर्थ कठिन कुछ नहीं, आबाजी। इस गढ़ के द्वार तक आने के मार्ग की चढ़ाई इतनी खड़ी है कि गढ़ के प्रथम द्वार तक पहुँचने में ही बलवान् शत्रु का भी दम फूल उठेगा। उसके हाथ-पाँवों में इतनी शक्ति शेष नहीं रहेगी कि वह तलवार चला सके। ऐसा दुर्गम स्थान है यह।''

हिरोजी ने कहा, ''महाराज! गढ़ तक पहुँचने के लिए केवल यही एक रास्ता है।''

''यह और भी उचित है। हमें ऐसे ही दुर्ग की आवश्यकता थी।''

राजे गढ़ में पहुँचे। यद्यपि सूर्य आकाश में काफी ऊपर चढ़ आया था, तथापि वायु शीतलता से भरी थी। वर्षा ऋतु के अन्तिम बादल ऊँचे पर्वतीय दुर्ग के शिखर को छूते हुए उड़ रहे थे। इस कारण गढ़ का दृश्य मनोरम स्वप्ननगरी के समान प्रतिभासित हो रहा था। हाथी-ताल के किनारे से जाते हुए राजे इधर-उधर देख रहे थे। सैकड़ों मजदूर काम में लगे हुए थे। राजे ने पूछा, ''हिरोजी। यह तालाब भला यहाँ क्यों बनवाया है?''

हिरोजी ने उत्तर दिया, ''महाराज, पेशवाजी यहाँ जब आए थे, उस समय उन्होंने कहा था कि इस दुर्ग में हाथी रहा करेंगे। हाथियों को स्नान करने के लिए तालाब आवश्यक है।''

''वाह! हमारे पेशवाजी मोरोपन्त को बड़ी दूर की सूझती है।''

राजे गंगासागर के तट पर खड़े थे। स्वच्छ जल से परिपूर्ण सरोवर के जल में रायगढ़ के ऊपरी कोट का प्रतिबिम्ब पड़ रहा था। राजे की दृष्टि ऊपरीकोट के परकोटे से लगी हुई तथा गंगासागर के किनारे खड़े निर्मित दो मीनारों की ओर गई। शिल्प-कला से अलंकृत, पत्थरों की बनी चित्रित खिड़कियों से सुशोभित, ये बारह कोनोंवाली और पाँच मंजिलोंवाली दो ऊँची मीनारें दर्शकों का मन बाँधे लेती थीं। राजे उन्हें एकटक देख रहे थे। कहने लगे, ''हिरोजी, तुम कहीं मन की बात जाननेवाले अन्तर्यामी तो नहीं हो? हम जब उत्तर देश गए थे, तो मार्ग में राजा मानसिंह के किले ने हमारा मन मोह लिया था। उस किले की सुन्दर मनोहर मीनारों को देखकर हमारे मन ने कहा था, हम भी ऐसी मीनारें बनवाएँगे, यद्यपि हमने तुमसे कभी कहा नहीं, फिर भी तुमने हमारी इच्छा पूरी कर दी।''

फिर राजे ने सारे ऊपरीकोट* का निरीक्षण किया। सात रानियों के लिए बनाए गए सात महलों को देखकर राजे के मुख पर एक पल उदासी छा गई। वे हिरोजी से कहने लगे, ''हिरोजी, काश! ये महल आठ होते!''

* ऊपरीकोट (बाला-ए-किला)—पहाड़ी किले का सबसे ऊपरी भाग, जिसमें राजमहल, राजसभागृह आदि मुख्य भवन होते हैं।

राजे ऊपरीकोट देखते हुए घूम रहे थे। ऊपरीकोट में कालकोठरी भी बनाई गई थी। सभी प्रकार के भवन तो थे ही–टकसाल भी बनाई गई थी। सब भवनों को देखकर राजे ने पूछा, ''ये तो बड़ी सूझ-बूझ और दूरदर्शिता की बातें हैं। तुम्हें किसने बताईं यह सब सूक्ष्म बातें?''

''पेशवा मोरोपन्तजी ने, महाराज।''

''वास्तव में मोरोपन्त बुद्धिमान और दूरदर्शी व्यक्ति हैं। ऐसा अष्टावधानी मनुष्य आज तक नहीं देखा हमने। राजनीति और रणनीति दोनों का चतुर ज्ञाता है। प्रतापगढ़ की रचना इन्हीं की बुद्धिमत्ता का परिणाम है। परन्तु यह निर्माण तो बहुत विशाल भव्य है। इस स्थापत्य-कला का सारा श्रेय हिरोजी, आबाजी और मोरोपन्त को ही है।''

सुवर्णशाला, राजकार्यालय आदि देखते हुए राजे आगे चलते जा रहे थे। मंत्रियों के लिए निर्मित भवनों को देखकर राजे पुनः 'मेण दरवाजे' के पास आए। उत्तरी मेण दरवाजे को पार करके वे जब बाहर आए, तब दोपहर हो चुकी थी। उत्तरी मेण दरवाजे के बाहर विशाल खुला पठारी मैदान था। पठार के किनारों पर टूटे हुए पहाड़ी कगार थे। इस स्थान के चारों ओर दीवार बनाई गई थी। यहाँ से सह्याद्रि पर्वत के कई ऊँचे शिखर और नीचे फैला हुआ भूप्रदेश दृष्टिगोचर हो रहा था। आबाजी ने कहा, ''रनिवास के लोगों के भ्रमण के लिए यह स्थान बनाया गया है।''

''बहुत सुन्दर स्थान है यह! ध्यान-उपासनादि के लिए भी यह स्थान बहुत उपयुक्त है।''

राजे ऊपरीकोट देखते हुए मीनारों के निकट गए। एक मीनार की कमानों पर बेल-बूटों की लुभावनी नक्काशी की गई थी। नक्काशीदार मीनार की ओर संकेत करते हुए हिरोजी ने कहा, ''यह मीनार रानियों के लिए बनाई गई है।''

राजे ऊपरीकोट के मध्यभाग में स्थित राजसभागृह में पधारे। राजसभागृह के विशाल भवन के सामने गगनचुम्बी नक्कारखाना दिखलाई दे रहा था। राजसभागृह और नक्कारखाने के बीच एक विशाल चौक था। राजे के मुख से अनायास निकल पड़ा, ''वाह, कितना मनोहर राजसभागृह बनाया है तुमने! ऐसा भव्य राजसभागृह तो किसी राजाधिराज के लिए गौरवदायी होगा।''

राजे आगामी चार दिनों तक रायगढ़ में ही रहे।

उन्होंने अपना राजमहल देखा। मंत्रियों के निवासगृह देखे। बड़ी-बड़ी दुकानोंवाला बाजार, घुड़साल, फीलखाना, बारूद के कोठार, जगदीश्वर का मन्दिर आदि भवनों को देखकर राजे बहुत प्रसन्न हुए।

शाम को राजे रायगढ़ के टकमक नामक पहाड़ी छोर के किनारे खड़े थे। इस पहाड़ी कटे छोर के आगे नीचे विशाल घाटी थी। इस ऊँचे स्थान से बीजापुर नगर चिड़िया के घोंसले-सा छोटा लग रहा था। दूर-दूर तक पर्वत शृंखलाएँ फैली हुई थीं। सामने की ओर कोंकणदिवा नामक ऊँचा पर्वतीय दुर्ग दिखाई दे रहा था। उस पर्वत शिखर की ओर संकेत करते हुए राजे कहने लगे, ''कोंकणदिवा के समान अन्य कितने ही पर्वतीय गढ़ हैं, जो चारों ओर से रायगढ़ के रक्षक बने खड़े हैं। ईशान्य दिशा में है लिंगाणा दुर्ग, पूर्व दिशा में तोरण स्थित है, दक्षिण में चांभार गढ़ और सोनगढ़ पहरा दे रहे हैं। वायन्य दिशा में तलेगढ़ पैर जमाए

है, तथा उत्तर दिशा में घोसालगढ़ स्थित है। दुर्गों की इस रक्षा-पंक्ति के बीच रायगढ़ पूर्णतः सुरक्षित है। हिरोजी, यह टकमक टोक (पहाड़ी कटा छोर) तुमने खुला ही रखा है। इस ओर परकोटा क्यों नहीं बाँधा तुमने?''

''महाराज, यह पहाड़ी छोर अपराधियों को दंड देने के लिए खुला रखा गया है। यहाँ से अपराधी को गहरी पहाड़ी घाटी में फेंका जा सकता है।''

सुनते ही राजे की मुखमुद्रा बदल गई। वे मानो अपने आपसे ही कहने लगे, ''ऐसे स्थान बनाना क्या नितान्त आवश्यक है। क्या ही अच्छा होता, यदि ऐसे स्थान किले में न बनाने पड़ते! न जाने कौन होंगे वे बेचारे अभागे जिन्हें इस स्थान पर लाया जाएगा? दंड तो वे भोगेंगे, किन्तु हमारे मन को चुभनेवाली कसक दे जाएँगे! चलो, हिरोजी। अब लौट चलें।''

राजे बाजार की दुकानों तक आए। हिरोजी से कहने लगे, ''हिरोजी, केवल ऊपरीकोट गंगासागर और राजकर्मचारियों के निवास-स्थान बनाने से ही राजधानी नहीं बन पाती। उपयुक्त स्थान खोजो और वहाँ सरदारों तथा सेवकों के लिए, ब्राह्मणों, पुरोहितों के लिए घर बनवाओ। ऐसी जगहें जहाँ पानी मिल सके और जमा किया जा सके। जब तक दुर्ग में काफी बड़ी बस्ती नहीं बनेगी, दुर्ग की शोभा पूरी नहीं होगी।''

''महाराज, इस दुर्ग के बनाने में पहले ही बहुत अधिक धन व्यय किया जा चुका है। मोरोपन्तजी ने आदेश दिया है कि अब समझकर ही खर्चा किया जाए। मैंने उतना ही निर्माण किया है, जितना आवश्यक था। अभी और भी बहुत कुछ करना... ।''

राजे मुस्कुराने लगे। हिरोजी के कन्धे पर हाथ रखकर कहने लगे, ''पूरा काम करो, हिरोजी। व्यय की चिन्ता मत करो। अब भला हमें धन का कैसा अभाव? मुगल बादशाह की व्यापारिक मंडी सूरत जब हमारे इतनी पास है, तब दौलत की क्या कमी? अब यदि तुम कहो कि दुर्ग के हर पत्थर पर रत्न जड़वाने हैं, तो हमारे लिए यह भी असम्भव कार्य नहीं है। किन्तु अब तुम इस काम में देरी मत करो। हमारी इच्छा है कि हम यथाशीघ्र अपनी राजधानी इस गढ़ में ले आएँ।''

हिरोजी उत्साहित होकर कहने लगे, ''महाराज, तीन हजार आदमी इस काम में जुटे हुए हैं। दो हजार और बढ़ाकर पाँच हजार किए देता हूँ। आपके आने से पहले ही सारे काम पूरे हो जाएँगे। आप जब चाहें, पधारें।''

अगले दिन राजे रायगढ़ से उतर रहे थे, तब उनका चित्त परम सन्तोष से पूरित था।

20

कल्याण में राजे की सेना का पड़ाव था। राजे के आदेशानुसार सैनिक-दल भिन्न-भिन्न ठिकानों से आकर सैनिक शिविर में सम्मिलित हो रहे थे। घोड़ों की टापों से वायुमंडल गूँजने लगा था। आनन्दराव भी अपनी सेनासहित आ उपस्थित हुए थे। उनके पीछे-पीछे सेनापति प्रतापराव तथा व्यंकोजीपन्त भी आ गए। राजे के बीस हजार सैनिक कूच के आदेश की प्रतीक्षा कर रहे थे। दीवाली केवल कुछ दिन दूर थी। राजे ने निश्चय किया कि दीवाली का त्यौहार सूरत शहर में मनाया जाए। एक दिन शुभमुहूर्त में कूच का डंका बज उठा। सेना सूरत की तरफ चल पड़ी।

शिवाजीराजा सूरत से केवल दस कोस की दूरी पर थे फिर भी सूरत शहर सोया पड़ा था। कल्याण के अंग्रेजी जासूसों ने जैसे ही शिवाजी की फौजों को कल्याण में इकट्ठा होते देखा, उन्होंने तुरन्त खतरे की सूचना सूरत पहुँचा दी थी। सूचना पाकर अंग्रेज होशियार हो गए थे। उन्होंने अपना सारा माल खाली बन्दरगाह में रख दिया, जहाँ उनके माल को लूटे जाने का खतरा नहीं था। कल्याण के सूबेदार को भी शिवाजी के आने की जानकारी मिली थी, परन्तु उसने उस ओर ध्यान नहीं दिया, क्योंकि ऐसी अफवाहें रोज ही सुनने में आ रही थीं। सूरत के सूबेदार के पास शहर की रखवाली के लिए केवल तीन सौ सैनिक थे। शिवाजी ने जब सूरत को पहली बार लूटा था, तब से अब तक सूरत शहर की हालत में केवल एक परिवर्तन हुआ था। शहर के चारों ओर मजबूत चहारदीवारी बना दी गई थी। सूरत जैसी वैभवशाली वाणिज्य-नगरी के सौन्दर्य के अनुरूप कई सुन्दर प्रवेशद्वार भी बनाए गए थे।

जब राजे की सेना ने सूरत से केवल दस कोस दूरी पर आकर पड़ाव डाला, तो सूबेदार के होश हवा हो गए। शहर में चारों तरफ होहल्ला मच गया–'शिवाजी आया–शिवाजी आ गयाऽऽ।' शहर के नगर-निवासी अपना साज-सामान छोड़-छोड़कर जिधर राह सूझी, उधर भाग रहे थे। सूबेदार गयासुद्दीन तीन सौ सिपाहियों को साथ लिए शहर की रखवाली करने की योजना बनाने लगा। औरंगजेब ने सूरत शहर के चारों ओर चहारदीवारी तो बनवा दी थी, मगर वह नगरद्वारों के दरवाजे लगवाना भूल गया था।

मस्जिद से आ रही दबी-दबी-सी अजान ने शहर को जगा दिया। जगा क्या दिया सूरत शहर रात भर सोया ही नहीं था। हाँ, अजान से शहर को इतना जरूर पता चल गया कि रात खत्म हो चुकी है। सर्दियों में कुहरे का परदा शहर को ढाँपे हुए था, अब सूर्योदय के कारण धीरे-धीरे उठता जा रहा था। शहर में भीषण निस्तब्धता छाई हुई थी। वास्तव में वह दिन दीवाली का था, जिस दिन लक्ष्मीजी की पूजा की जाती है। वह ऐसा दिन था जिस दिन इस व्यापारिक मंडी में बड़ी चहल-पहल रहती है; भोर में हिन्दू व्यापारियों के घरों के आगे मंगल वाद्य बजते हैं–बाजारों में चढ़ते दिन के साथ धीरे-धीरे विभिन्न भाषाओं और बोलियों का कोलाहल सुनाई देने लगता है; सूरत शहर में आज भरी दुपहरी में भी भयपूर्ण नीरवता छाई हुई थी। कभी-कभी कोई भटका हुआ भयभीत कुत्ता सड़क पर घूमता दिखाई दे जाता था।

सूर्य आकाश के मध्य भाग की ओर धीरे-धीरे बढ़ता जा रहा था। शहरपनाह के पास सरदार गयासुद्दीन ठंडे मौसम में भी पसीना पोंछता हुआ खड़ा था। उसके सिपाही घबराई नजरों से बार-बार सूरत शहर के बाहरवाले खुले पठारी मैदान की ओर देख रहे थे। चारों तरफ फैली हुई अजीब-सी खामोशी कुछ ऐसी थी कि आदमी को पागल बना दे। ज़र के सलमे-सितारोंवाली अपनी फतूही के बन्द ढीले करता हुआ गयासुद्दीन हँसते हुए कहने लगा, "शिवाजी यहाँ कभी नहीं आ सकता। सरासर झूठी खबर है।"

परन्तु किसी ने उसके कहे का अनुमोदन नहीं किया। सब लोग चहारदीवारी के बाहर की ओर देख रहे थे। एक फौजी धीमी आवाज में बोला, "सूबेदार साहबऽऽ!"

"क्या है?" सूबेदार ने हड़बड़ाकर पूछा।

"वो देखिएऽऽ।"

सिपाही जिस ओर उँगली से इशारा कर रहा था, सब लोग उस ओर देखने लगे। कुछ दिखाई नहीं दे रहा था, मगर दूर पहाड़ी के ऊपर कुछ लाल-लाल-सा दिखाई दे रहा था। गयासुद्दीन गुस्से से बोला, "क्या बकते हो?"

"वो सुनिए हुजूरऽऽ," वह सिपाही चिल्लाया।

सबकी साँस थम गई। कान खड़े हो गए। ऐसी आवाज आ रही थी, जैसे किसी ने मधुमक्खियों के छत्ते पर पत्थर मारा हो। गयासुद्दीन मुँह बाये देख रहा था। माथे से पसीना टपक रहा था। आखिरकार उसे वह दृश्य दिखाई दे गया, जिसे देखने के लिए वह उतावला था। सामने की ओर काफी दूर एक कोने से दूसरे कोने तक, लाल रेखा-सी दिखाई देने लगी। घोड़ों की टापों की आवाजें आने लगीं, मानो ओलों की जोरदार बारिश हो रही हो। कोई चिल्ला उठा, "शिवाजी आयाऽऽ।"

सब आँखें फाड़-फाड़कर सामनेवाला दृश्य देख रहे थे। घोड़ों की टापों की तेज आवाजें लगातार सुनाई दे रही थीं। अचानक आवाजें रुक गईं। शिवाजी की घुड़सवार सेना रुक गई थी। सूरत शहर के सामने खड़ी हुई सागर के समान विशाल सेना को देखकर गयासुद्दीन ने दिल ही दिल में कुछ तय किया। उसने अपने सिपहसालार को आज्ञा दी कि प्रवेशद्वार की पूरी शक्ति लगाकर रक्षा की जाए तथा वह स्वयं सूरत शहर के किले में जा बैठा।

राजे एक शानदार सफेद घोड़े पर सवार थे उनकी दाईं ओर सेनापति प्रतापराव थे और बाईं ओर आनन्दराव व्यंकोजीपन्त अश्वारूढ़ थे। राजे सूरत शहर की ओर देख रहे थे। उजली धूप में सूरत नगर यों जगमगा रहा था, मानो नौ रत्नों की जड़ी अँगूठी हो। राजे ने कहा, "प्रतापराव, तुम शहर पर कब्जा करो। आनन्दराव और व्यंकोजीपन्त, तुम दोनों शहर की चारों ओर से नाकेबन्दी करो। हम अपनी सेना सहित यहाँ छावनी में ठहरे रहेंगे। तुम सब लूटते रहो। अंग्रेज, डच और दूसरे विदेशी लोगों की कोठियों से दुश्मनी मोल मत लेना। लड़ाई से बचो, सारा ध्यान लूटने पर रहे। जय भवानीऽऽ।"

राजे ने तलवार म्यान से खींच ली और तलवार की नोक से सूरत शहर की ओर इशारा किया। इसके साथ ही 'हर हर महादेव' का रणघोष आकाश तक जा पहुँचा। घुड़सवार-सेना सरपट दौड़ती हुई चली जा रही थी। राजे की सेना ने पल झपकते ही सूरत शहर को घेर लिया। शहर के प्रवेशद्वार पर कुछ देर के लिए थोड़ी भीड़ इकट्ठी हुई और फिर राजे ने देखा कि कुछ घुड़सवार प्रवेशद्वार के भीतर की ओर दौड़े जा रहे हैं। राजे के मुख पर सन्तोष झलक उठा।

मराठा सेना पूरे शहर में फैल गई। सारा शहर मराठों की मुट्ठी में था। हवेलियाँ, कोठियाँ और दुकानें लूटी जा रही थीं। राजे के आगे कोठियों से लाई गई दौलत के ढेर लग रहे थे। अंग्रेजों की कोठियों पर कड़ा पहरा था। राजे के सैनिकों ने जैसे ही अंग्रेजों को धमकाया, कोठी की छत पर से गोलियाँ चलने लगीं। इस मुठभेड़ में राजे के कई सैनिक मारे गए। अंग्रेजी कोठी में कुल पचास गोरे सिपाही थे, जो मास्टर स्ट्रिनशॅम के नेतृत्व में अपनी कोठी की पूरी ईमानदारी से रक्षा कर रहे थे। दूसरी ओर अंग्रेज गवर्नर जिराल्ड ऑगनर सुआली बन्दरगाह में अंग्रेजी माल की पूरी मुस्तैदी से रखवाली कर रहा था। मास्टर स्ट्रिनशॅम के जोरदार मुकाबले को देखकर राजे ने मराठी सेनाओं को आदेश दिया कि वे अंग्रेजी कोठियों पर हमला न करें।

राजे ने डचों को सलाह दी थी कि वे तटस्थ रहें। तदनुसार डच उदासीन बने रहे। फ्रांसीसियों ने पहले ही सन्धि कर ली थी, इसलिए वे भी सकुशल बचे रहे। काशगर का राजा कुछ दिन पहले ही सूरत आया था और फ्रांसीसियों की कोठियों के आगेवाली पुरानी सराय में ठहरा हुआ था। वह मराठों के हाथ लग गया। दिन में उसके रक्षक-सिपाहियों ने उसे मराठों के हमले से बचा लिया, किन्तु रात होते ही सिपाहियों ने राजा को सकुशल सूरत के किले में पहुँचा दिया। राजा की सारी सम्पत्ति मराठों को मिल गई। इस मूल्यवान् सम्पत्ति में सोना, चाँदी, बहुमूल्य तमगे, सोने का पलंग और ढेरों हीरे-मोती थे।

रात हो गई फिर भी सूरत शहर के ऊपर और चारों ओर लाल रंग की किनारी दिखाई दे रही थी। आसमान में अँधेरा नहीं, उजाला फैला हुआ था। मुगलों का शहरे-सूरत, मुगलों की मंडी सूरत अपने ही उजाले में जगमगा रही थी।

राजे ने तीन दिनों तक सूरत को लूटा। अन्त में अंग्रेजों ने भी तलवारें, छुरे तथा अन्य महँगी वस्तुओं के उपहार भेजे। करोड़ों होनों की सम्पत्ति जमा की जा चुकी थी। राजे लूट के माल से सन्तुष्ट थे। सूरत में शत्रु के जो घोड़े पकड़े गए थे, उन्हीं पर लूट का माल लादकर राजे वापस लौट पड़े।

यों राजे ने सूरत को बेसूरत कर दिया। किसी को भी इस बात पर भरोसा नहीं हो रहा था कि शिवाजी सचमुच वापस लौट गया है। शहर सुलग रहा था और खुलेआम लूट-मार की जा रही थी। ऐसे में कौन किसे पूछता, किसकी बात सुनता! अंधेर नगरीवाले मौके से भला मास्टर स्ट्रिनशॅम भी क्यों न फायदा उठाता! उसने अपने नाविक-सैनिकों के साथ खुलकर लूट-खसोट की।

राजे सूरत से चल पड़े, किन्तु चलने से पहले उन्होंने सूरत के सूबेदार को चेतावनी दी, "अगर सूरत शहर ने हमें सालाना बारह लाख रुपए खंडनी देना कबूल नहीं किया, तो हम अगले साल फिर आएँगे और सूरत शहर को धूल में मिला देंगे।"

इस समय सूरत शहर में धुएँ और आग की लपटें उठ रही थीं।

21

आगे के घुड़सवार-दल धीरे-धीरे आगे बढ़ते जा रहे थे। उनके पीछे थे सैकड़ों घोड़े और खच्चर जिन पर लूट का माल लदा हुआ था। इस लूटे हुए सामान के आगे-पीछे हथियारबन्द सैनिक माल की रक्षा करते हुए चले जा रहे थे। उनके पीछे शिवाजीराजा अपने सेनापति के साथ अश्वारूढ़ होकर चले जा रहे थे। उनके पीछे थी विशाल सेना। राजे सूरत शहर से चलकर अब बागलाण प्रदेश में आ पहुँचे। तभी एक गुप्तचर ने आकर सूचना दी कि मुगल सरदार दाऊदखान हमला करने आ रहा है। राजे ने शीघ्रतापूर्वक कांचना-मंचना पहाड़ी दर्रे को पार किया तथा चाँदवड पर्वत-शृंखलाओं को लाँघकर वे पहाड़ की तलहटी में आकर रुक गए। रात हो गई थी। प्रतापराव ने कहा, "महाराज, दाऊदखान आ रहा है। यदि हम आराम न करते हुए निरन्तर चलते रहें, तो किसी गढ़ में पहुँच सकेंगे।"

"नहीं, प्रतापराव। अब यह आवश्यक नहीं है। तुम लूटे हुए माल को पैदल-सेना और दो हजार घुड़सवारों सहित आगे रवाना कर दो। उन्हें आदेश दो कि वे लोग लूट का माल लेकर राजगढ़ पहुँच जाएँ।"

प्रतापराव ने सोचा था कि राजे लूट के माल को आगे भेजकर स्वयं नासिक की ओर जाएँगे। यही सोचकर उन्होंने मन में उठी आशंका प्रकट कर दी, ''परन्तु महाराज, अगर दाऊदखान बीच ही में माल को पकड़ ले, तब क्या होगा?''

''यह उसके बस की बात नहीं है। इस तरह देखते क्या हो, प्रतापराव? सुनो, शत्रु का अनुमान यही है कि उसके आने की खबर सुनते ही हम हमेशा की तरह भाग खड़े होंगे। किन्तु अब से भागना-दौड़ना बन्द समझो। देखें तो सही, दाऊदखान की तलवार में कितना पानी है?''

राजे की बात सुनकर प्रतापराव का उत्साह दूना हो उठा। उन्होंने लूटे हुए माल को पूरी सुरक्षा-व्यवस्था सहित आगे रवाना करा दिया।

दाऊदखान बुरहानपुर से बागलाण की ओर चला आ रहा था। आधी रात को उसे खबर मिली कि शिवाजी कांचना-मंचना दर्रे से गुजर चुका है तथा उसने अपनी आधी फौज नासिक की तरफ भेज दी और आधी फौज दर्रे के पास ठहरी है। सूचना पाते ही दाऊदखान ने तुरन्त कूच कर दिया।

भेदियों ने राजे को बताया कि दाऊदखान आ रहा है। राजे ने पूछा, ''फौज कितनी है?''

''सिपाही तो चार हजार से अधिक नहीं होंगे, परन्तु खान के पास गोला-बारूद है। हाथी भी साथ हैं।''

''बहुत अच्छी बात है। अपनी सेना को तैयार रहने का आदेश दो।''

दूसरे पल ही जलते हुए अलाव बुझ गए। राजे की सेना अँधेरे में चुपचाप तैयार होने लगी थी। भोर में ठंडक धीरे-धीरे बढ़ रही थी। सैनिकों की भुजाएँ फड़क रही थीं। सुबह होने तक राजे के पन्द्रह हजार सैनिकों की सेना पूरी तरह लैस होकर समतल मैदान में खड़ी थी। राजे भी सफेद घोड़े पर सवार थे। उन्होंने बख्तर पहना हुआ था, सिर पर शिरस्त्राण था, सुवर्णमय पहुँचियाँ उनकी कलाई में सुशोभित थीं। पहुँची के सुनहरे कमलपत्र की नोक कुहनी तक चली गई थी। राजे दोनों हाथों में पटा चढ़ाए हुए थे। अपनी विशेष रक्षक-सेना के बीच वे सेना के पिछले भाग में स्थित एक ऊँचे स्थान पर खड़े हुए थे। उनके साथ थे प्रतापराव। व्यंकोजीपन्त और आनन्दराव सेना के बीच में घूमकर निगरानी कर रहे थे।

दाऊदखान की सेना के हरावल में इखलासखान मियाना था, जो बड़ा वीर लड़ाका सरदार था। तेजी से दर्रा पार करके वह पहाड़ के दूसरी ओर आया। वह यह सोचकर लपकता हुआ आया था कि जैसे ही शिवाजी दुश्मन को आता देखेगा, वह हमेशा की तरह आज भी भाग खड़ा होगा। परन्तु उसने जैसे ही नीचे के पठारी मैदान में लड़ने के लिए तैयार शिवाजी की सेना को देखा, वह हक्का-बक्का रह गया। हर तरफ शिवाजी की ही सैनिक टुकड़ियाँ फैली हुई दिखाई दे रही थीं।

मुगल फौज को देखते ही राजे ने आक्रमण की आज्ञा दी। मराठा सेना पूरे जोश के साथ थोड़ा आगे बढ़ी। मराठे सैनिक तलवार की मूठ से ढाल पीटते हुए आगे बढ़ रहे थे। इस खटाखट आवाज से दिशाएँ गूँजने लगी थीं। दाऊदखान समझ गया कि उसे गलत खबर दी गई है—यहाँ तो शिवाजी सेना-सहित लड़ने के लिए पैर जमाए खड़ा था।

सामनेवाले दृश्य को देखते ही इखलासखान एकदम बौखला उठा। ढालों की आवाज उसे और भी बौखला रही थी। मुगल सेना ने जब आशा के विपरीत शत्रु को भिड़ने के लिए

तैयार खड़े देखा, तो उसके सिपाहियों में भगदड़ मच गई। कोई ऊँटों पर लदा हुआ अपना बख्तर ढूँढ़ने लगा, तो कोई बख्तर पहनने लगा। इखलासखान अब गुस्से से बेकाबू हुआ जा रहा था–अपनी छोटी फौज लेकर वह दुश्मन पर टूट पड़ा।

राजे ने जैसे ही पहाड़ी चोटी पर से उतरती हुई मुगल सेना को देखा, उन्होंने प्रतापराव को इशारा किया। प्रतापराव ने घोड़े को एड़ लगाई। उनके हाथ में नंगी तलवार दमक रही थी। बड़े जोश के साथ उन्होंने गर्जना की, "हर हर महादेवऽऽ।"

दस हजार मुखों ने इसी ललकार को दोहराया। हुंकार का घोष आकाश से जा टकराया। आनन्दराव की सेना सबसे आगे थी। दोनों सेनाएँ आपस में टकरा गईं। इखलासखान की सेना छोटी थी–देखते ही देखते शत्रु सेना ने उसे घेर लिया। हर तरफ होहल्ला मच गया। इखलासखान के तुरन्त बाद मुगल तोपखाने का सरदार मीर अब्दुल मबूद अपने दो बेटों के साथ दूसरी ओर से मैदान में उतर आया। व्यंकोजीपन्त मीर अब्दुल मबूद की सेना से भिड़ रहे थे। थोड़ी देर यों ही भिड़न्त हुई और मीर मबूद की हार हो गई। इस लड़ाई में स्वयं मीर अब्दुल मबूद और उसका एक लड़का घायल हो गए, मबूद का दूसरा लड़का तथा कई सिपाही इस लड़ाई में मारे गए। पन्त की सेना ने मुगल तोपखाने का झंडा और मबूद का घोड़ा पकड़ लिया तथा राजे के सामने ले आए।

सूरज आकाश में काफी ऊपर जा पहुँचा था। जिधर देखो, उधर मारकाट मची हुई थी। तोपें आग उगल रही थीं। उनके धमाकों से रणक्षेत्र दनदना रहा था। नगाड़ों और तुरहियों की ध्वनि सैनिकों की भुजाओं में उत्साह भर रही थीं। पीछे खड़े हुए शिवाजीराजा को देख-देखकर मराठा वीरों को मानो भगवान् का आशीष प्राप्त हो रहा था।

इखलासखान ने खूब जमकर लड़ाई की। वह लड़ते-लड़ते आगे बढ़ रहा था। प्रतापराव ने जैसे ही उसे आगे बढ़ते देखा, वे क्रोध से आगे बढ़े। अब तो चारों ओर युद्ध तेज हो गया। प्रतापराव बढ़ते-बढ़ते इखलासखान तक जा पहुँचे। इखलासखान प्रतापराव के घेरे में घिर गया और अकस्मात् वह जख्मी होकर जमीन पर गिर पड़ा। घोड़े ने जैसे ही देखा कि सवार गिर गया है और सब ओर भीड़भाड़ है, तो वह एक पल के लिए पिछले दो पैरों पर खड़ा हो गया। सिपाहियों ने खाली घोड़े को देखा और उसे बेतहाशा हिनहिनाते सुना, तो समझ लिया कि सरदार इखलासखान गिर गए हैं। दाऊदखान भी मैदान में हाजिर था। उसने देखा कि मुगल फौज पीछे हट रही है। उसने अपने दो सरदारों, संग्राम गौरी और राय मकरंद को मराठों पर हमला करने भेजा। उसने अपनी बाकी फौज को हुक्म दिया कि फौज हाथी, झंडे और नगाड़े लेकर पहाड़ी की चोटी पर स्थित वीरान गाँव में चली जाए और वहीं रुकी रहे।

प्रतापराव ने इखलासखान को पराजित किया और उसके हाथी को उन्होंने हौदे के साथ काबू कर लिया। फिर आनन्दराव को लड़ते रहने की आज्ञा देकर वे राजे के पास वापस आ गए। उनके हाथ में इखलासखान का झंडा था, जो हवा में लहरा रहा था।

दोपहर को लड़ाई की तेजी में कुछ कमी आई। दाऊदखान के बुंदेले बरकंदाज आगे बढ़ने लगे। बुंदेले राजपूतों का हमला बहुत जोरदार था–बन्दूकों, छोटी तोपों और तीर-कमानों से वे मराठा सेना पर आग उगल रहे थे। स्वयं दाऊदखान भी अपनी सेनासहित मैदान में उतर आया था। उसने कमाल की बहादुरी दिखलाई और वह घायल इखलासखान को उठाकर अपने साथ वापस ले गया।

दोपहर में भी मुगलों के हमले होते रहे, परन्तु राजे के तीरंदाजों ने उन हमलों को पीछे धकेल दिया। शाम होते-होते लड़ाई लगभग खत्म हो चुकी थी। दिंडोरी युद्धक्षेत्र में राजे की सेना ने बहुत वीरता दिखाई थी। तीन हजार मुगतिया सिपाही मारे गए थे। मराठों ने शत्रु के कई झंडे जीत लिए थे। शाम के अँधेरे में भी दिखाई दे रहा था कि दाऊदखान के सिपाही अपने मरे हुए या घायल साथियों को मैदान से उठाकर ले जा रहे हैं।

पहाड़ी पर अलाव सुलगने लगे थे। राजे अपने पड़ाव में विश्राम कर रहे थे। प्रतापराव तथा व्यंकोजीपन्त उनके पास खड़े हुए थे। राजे ने पूछा, ''अपने कितने सैनिक काम आए?''

''अधिक हानि नहीं हुई, महाराज। अपने लगभग तीन सौ सैनिकों ने वीरगति पाई है। किन्तु घायलों की संख्या बहुत है।''

प्रतापराव की भुजा पर घाव देखकर राजे ने घाव को धीरे से सहलाया और कहने लगे, ''सेनापति, अपने घाव पर पट्टी बँधवा लो।''

''घाव बड़ा नहीं है, छोटा-सा है।'' प्रतापवराव ने कहा।

''तुम्हारा घाव तो हमेशा छोटा ही होता है! प्रतावराव, तुम सेनापति हो। बावलों की तरह एकदम झपटकर हरावल में पहुँच जाते हो, यह ठीक नहीं है। अपने सेनापति को खो बैठना हमें बहुत महँगा पड़ेगा।''

इसी समय एक गुप्तचर आया। राजे को सिजदा करके कहने लगा, ''महाराज, दाऊदखान ऊपरवाली पहाड़ी पर है। पहाड़ी के सब लोग असावधान हैं। मरे हुओं को दफनाने में और घायलों की दवा-दारू करने में जुटे हुए हैं।''

''राजे, मैं अपनी सेना ले जाकर काम तमाम कर आऊँ?'' आनन्दारव ने पूछा।

''ना, ना, आनन्दराव। ऐसा कभी न करना। मुगलों में और हममें यही तो अन्तर है। युद्धभूमि की जय-पराजय समाप्त हो चुकी। यह समय बैर बढ़ाने का नहीं है। फौज थोड़ी होते हुए भी दाऊदखान बड़ी बहादुरी से लड़ा है। तुमने उसके दो वजीर पकड़े हैं ना?''

''जी हाँ, महाराज।''

''उन्हें सम्मानसहित विदा करो। अपने घायल सैनिकों को कुंजरगढ़ पहुँचा दो। हम भी वहीं आ रहे हैं। प्रतापराव, अब निर्भय होकर छावनी उठा लो।''

दिंडोरी ग्राम के निकट हुए इस युद्ध में राजे ने बहुत कीर्ति पाई। शत्रु से छीने गए हाथी-घोड़ों को लेकर राजे सेना सहित कुंजरगढ़ की ओर चल पड़े।

22

दिंडोरी रणभूमि में अपने पराक्रम की धाक बिठाकर राजे कुंजरगढ़ आ पहुँचे। उन्होंने सेना को विश्राम करने का अवसर दिया। आहत सैनिकों की सेवा-सुश्रूषा की गई। राजे प्रतापराव, आनन्दराव और व्यंकोजीपन्त के साथ आगामी योजनाएँ बनाने में व्यस्त थे कि इसी समय एक आनन्ददायी समाचार मिला। समाचार था कि यद्यपि मोरोपन्त शिवनेरी दुर्ग जीतने में असफल रहे, तथापि उन्होंने त्र्यंबकगढ़ को जीतकर उस गढ़ पर भगवा ध्वज फहरा दिया था। दाऊदखान के लड़के अहमदखान और जसवन्तसिंह के बीच मनमुटाव बेहद बढ़ चुका था। दूसरी ओर शहजादा मुअज्जम और दिलेरखान में भी काफी अनबन थी। इस कारण

वे दोनों भी असावधान थे। राजे ने सोचा कि शत्रु के इन आपसी मनमुटावों से उन्हें लाभ उठाना चाहिए। पन्द्रह-बीस दिन कुंजरगढ़ में आराम करके वे नया जोश और नई शक्ति लेकर मुहिम के लिए बाहर निकले। इस बार उनका लक्ष्य था—कारंजा।

कारंजा नगर विदर्भ प्रदेश की राजधानी था। वह व्यापारिक शहर अतुल सम्पत्ति की खान था। राजे बीस हजार सैनिकों सहित बुरहानपुर की तरफ चल पड़े। बुरहानपुर में स्वयं जसवन्तसिंह पड़ाव डाले बैठा था। राजे बुरहानपुर से तो दूर रहे किन्तु उन्होंने उसके निकटवर्ती शहर बहादुरपुर को लूट लिया। इसी समय मोरोपन्त ने भी खानदेश में ऊधम मचा रखा था। राजे की सेना कारंजा की ओर बढ़ती जा रही थी। बढ़ते-बढ़ते राजे कारंजा तक जा पहुँचे, तब भी शहर पूरी तरह बेपरवाह था। राजे ने कारंजा को घेर लिया। मराठे शहर के चारों दरवाजों से शहर के अन्दर घुस पड़े। शहर के सभी धनी व्यापारियों को गिरफ्तार कर लिया था। हर हवेली और कोठी का फर्श खोद-खोदकर दौलत ढूँढ़ी जा रही थी। रास्तों पर व्यापारी मंडी की सारी दौलत के ढेर लगने लगे। राजे को अपरम्पार धन-सम्पत्ति प्राप्त हुई। कारंजा में जो सबसे धनी नगरसेठ था, वह स्त्री का वेश धारण करके कारंजा से बच निकला। राजे कारंजा में तीन दिनों तक रहे। उन्होंने कारंजा के व्यापारियों से वार्षिक खंडनी देने की शर्त तय करा ली। कारंजा में इतनी धन-दौलत राजे के हाथ लगी कि जिसे चार हजार बैलों और गधों पर लाना पड़ा।

फिर राजे ने खानदेश की ओर कूच किया। रास्ते में लूटपाट मचाते हुए वे आगे बढ़ रहे थे कि उन्होंने नेदुरबार के निकटवर्ती प्रदेश से चौथाई खंडनी देने का करार कबूल करा लिया। यहीं मोरोपन्त भी उनसे आ मिले। इस बढ़ी हुई सैनिक-शक्ति की सहायता से अहिवन्तगढ़, खला जावडा तथा मार्कंडा किलों पर राजे ने बड़ी आसानी से कब्जा कर लिया।

दाऊदखान ने जब देखा कि राजे साल्हेर की ओर बढ़ रहे हैं, तो वह उस शहर को बचाने के लिए दौड़ा। किन्तु उसे रास्ते में खबर मिली कि शिवाजी ने साल्हेर को जीत लिया है। साल्हेर का किलेदार किले के घेरे की लड़ाई में मारा गया। उसके साले ने किला राजे के हवाले कर दिया।

कारंजा में मिली करोड़ों होनों की सम्पत्ति लेकर राजे राजगढ़ की ओर चल पड़े।

23

राजे राजगढ़ आ पहुँचे। जीजाबाई उनकी वीरता की गाथा सुनकर बहुत प्रसन्न हुईं। शहर को लूटने की घटना, दिंडोरी का पराक्रम और कारंजा की लूटपाट के समाचार राजे के आगमन से पूर्व ही जीजाबाई ने सुन लिए थे। उन्होंने पूछा, ''राजे, इस मुहिम में तुम बहुत थक गए होगे, है न?''

''नहीं, माँसाहिबा। हम तो उत्साह और बल पाकर लौटे हैं। सोचता हूँ, यदि आज मेरे पंख होते, तो कितना अच्छा होता!''

''क्यों? पंखों की भला क्या जरूरत आ पड़ी?''

जीजाबाई को एकटक देखते हुए राजे कहने लगे, ''माँसाहिबा, जी करता है कि यदि पंख होते, तो हम आपको पीठ पर बिठाकर राज्य के सारे आकाश में भ्रमण करा लाते! हर दुर्ग और नगर पर फहरा रहे भगवे ध्वज हम आपको दिखा पाते!''

जीजाबाई से रहा नहीं गया। उन्होंने राजे को खींचकर अपने से लगा लिया। राजे के सिर पर हाथ फिराते हुए जीजाबाई कहने लगीं, ''वह दृश्य तो मैं यहाँ बैठकर भी देख रही हूँ बेटा! पंखों की क्या आवश्यकता है भला?''

''माँसाहिबा!''

''सच कह रही हूँ मैं। अरे आँख धुँधली होने लगे न, तो भीतर की आँख से सबकुछ दिखाई देने लगता है। मनुष्य त्रिकालदर्शी हो जाता है।''

सम्भाजीराजा द्वार तक आ पहुँचे थे, किन्तु भीतर के दृश्य को देखकर वहीं ठिठक गए। उनके होंठों पर हँसी फैल गई। राजे ने उनकी ओर देखा। माता की गोद से अलग होते हुए वे कहने लगे, ''माँसाहिबा, ये बालराजा सम्भाजी अब तुम्हारे बड़े लाड़-लड़ैते हो गए हैं। मानो हमारी सौत बन गए हैं ये अब!''

''क्यों, क्या हुआ?''

''देखिए न, हमने आपकी गोद में सिर रखा, तो इन्हें हँसी आ रही है।''

सम्भाजीराजा जीजाबाई के पास आए। उन्हें अपनी छाती से लगाती हुई जीजाबाई कहने लगीं, ''अरे! तुम दोनों चाहे जितने भी बड़े हो जाओ, मेरे लिए तो हमेशा छोटे ही रहोगे!''

सम्भाजीराजा पूछ बैठे, ''आबासाहब, आपने दाऊदखान का हाथी पकड़ लिया है न?''

''तुमसे किसने कहा?''

''महादेव ने बताया है।''

''एकदम झूठ बात है। हम भला क्या खाकर हाथी पकड़ सकेंगे। बात यों हुई कि हम सूरत को लूटकर आ रहे थे। रास्ते में बड़ा जंगल था। उस जंगल में दाऊदखान का हाथी चर रहा था; बड़ा सीधा-सादा था बेचारा!'' आँखें मिचकाते हुए राजे ने कहा, ''बस, हमने पकड़ लिया और ले आए उसे चुपचाप।''

''झूठ! झूठ है!'' सम्भाजीराजा कह उठे।

''राजे! हँसी-ठट्ठे में भी कभी बच्चों से झूठ नहीं बोलना चाहिए।'' जीजाबाई ने राजे को फटकारते हुए कहा।

''बालराजा, तुमने जो कुछ सुना है, सब सच है। किन्तु केवल युद्ध की वार्ताएँ सुनकर युद्ध को कभी समझा नहीं जा सकता। देखने से ही पता लगता है कि युद्ध क्या चीज होती है।''

''आप हमें साथ ले जाते, तो हम भी लड़ाई देख पाते।''

''हाँ, अब वह समय भी अधिक दूर नहीं।'' राजे ने कहा, ''माँसाहिबा, हमारे बालराजा अब तेरह बरस के हुए। उन्हें अब घोड़े पर जीन कसवाकर और लगाम लगवाकर बैठाना होगा।''

''क्या कह रहे हो तुम?'' जीजाबाई ने पूछा।

''हम चाहते हैं कि बालराजा को अब राज्य के कामकाज और व्यवस्था आदि की जानकारी से अवगत करा दें।''

''अवश्य कराओ। मैंने कब मना किया है! ये बातें तो जितनी छोटी आयु में सिखाई-समझाई जाएँ, उतना ही अच्छा!'' जीजाबाई ने अनुमति दे दी।

''रायगढ़ जाते ही हम उन्हें राज्य का प्रबन्ध-कार्य सौपेंगे।''

"कब जा रहे हो रायगढ़?" जीजाबाई ने पूछा।

"ज्योतिषीजी से कहा है—मुहूर्त ढूँढ़ निकालने को। शुभमुहूर्त में हम इस गढ़ से प्रस्थान करेंगे।"

सबसे पहले राजकार्यालय राजगढ़ से हटाकर रायगढ़ ले जाने का कार्य शुरू हुआ। कुछ दिन बाद सैकड़ों बैल और बैलगाड़ियाँ रायगढ़ की ओर चली जा रही थीं। इसके बाद जीजाबाई अपनी बहुओं और बाल-बच्चों सहित राजगढ़ से चल पड़ीं। राजाराम छोटा था, इसलिए यह निश्चय किया गया कि यात्रा धीरे-धीरे की जाए। राजपरिवार के सभी सदस्य पालकियों-डोलियों में बैठकर रायगढ़ की ओर चल पड़े। राजे ने सम्भाजीराजा से कहा, "आज हम तुम्हें पहली जिम्मेदारी सौंप रहे हैं। हम भी तुम्हारे बाद यहाँ से कूच करेंगे। तुम माँसाहिबा को सुविधापूर्वक एवं सकुशल पाचाड की हवेली में पहुँचा दो। तुम्हारे साथ सेना भी रहेगी। तुम्हारा व्यवहार ऐसा हो कि सैनिकों पर तुम्हारी धाक बनी रहे।"

केवल राजे राजगढ़ में पीछे रह गए। धीरे-धीरे सारा गढ़ खाली हो गया। राजे ने राजगढ़ में रहनेवाली सेना और वहाँ के निवासियों की समुचित व्यवस्था करा दी। सुभानराव इस दुर्ग के दुर्गपति थे। राजे ने मन्दिर जाकर देवता के दर्शन पाए। दुर्गपति सुभानराव राजे को विदा करने के लिए दुर्ग के प्रथम द्वार तक साथ आए थे। राजे बिलकुल मौन थे—मन-प्राण विह्वल हो उठे थे। राजे के सरदार भी मौन थे। चुपचाप उनके साथ-साथ चले जा रहे थे। प्रथम द्वार पर पहुँचकर राजे रुक गए। उनका गला भर आया था—गद्गद कंठ से वे कहने लगे, "सुभानराव, तुमने आज तक हमारे यहाँ रहते इस गढ़ की रखवाली जिस मुस्तैदी के साथ की है, उसी प्रकार भविष्य में भी इसकी रक्षा करना। सदा यही समझकर सावधान रहना कि मानो हम इसी गढ़ में हैं। इस गढ़ में हमारा मन बसा हुआ है—हम अफ़जलखान से मिलने गए थे, हमने तब यहीं से प्रस्थान किया था। इसी दुर्ग में रहकर हमने शाइस्ताखान को सबक सिखाया था। हमारे अनेक युद्ध-अभियान यहीं से प्रारम्भ हुए हैं। प्रतापगढ़ की भवानी देवी की मूर्ति के दर्शन हमने सबसे पहले यहीं किए हैं। मिर्जाराजा जयसिंह से मुलाकात करने हम यहीं से गए थे। और हमें अपनी माँसाहिबा के दुबारा दर्शन इसी गढ़ में हुए थे।"

राजे के नेत्रों में अश्रु छलक आए। सुभानराव की आँखें भी छलछला आई थीं। उनके कन्धे पर हाथ रखकर राजे दुख-भरे स्वर से कह गए, "किन्तु और...और कुछ ऐसा भी है, जिसे हम यहाँ खो बैठे हैं—हमेशा के लिए—केवल स्मृतियाँ ही शेष हैं उसकी... ।"

सुभानराव के कन्धे पर रखा हुआ उनका हाथ शिथिल होकर नीचे आ रहा। आँसू पोंछते हुए वे घोड़े पर सवार हो गए। उन्होंने घोड़े को एड़ लगाई। वे पीछे मुड़कर नहीं देख सके।

24

दोपहर को राजे रायगढ़ के अपने राजमहल में बैठे हुए थे। रानी सोयराबाई बालक राजाराम को लेकर उनके पास बैठी हुई थीं। येसूबाई आईं और दरवाजे तक आकर ठहर गईं। राजे ने पुकारते हुए कहा, "आ जा, येसू। अन्दर आ न।...रानीसाहिबा, हमारी बहूरानी आ गई हैं।"

येसूबाई ने अन्दर प्रवेश किया। राजे ने पूछा, "क्या काम लेकर आई हो? बोलो?"

“आबासाहब, हम जगदीश्वर मन्दिर जाएँ क्या?”

“आज ही क्यों, प्रतिदिन नियमपूर्वक जाया करो। सम्भाजीराजा आ गए हैं क्या?”

येसूबाई ने सिर हिलाकर जताया कि ‘नहीं’। राजे ने पूछा, “कहाँ गए हैं?”

येसूबाई ने आँखे चुराते हुए उत्तर दिया, “पाचाड की हवेली में गए हैं।”

“पाचाड की हवेली में तो सवेरे गए थे वे! क्या अभी तक नहीं लौटे?” राजे मुस्कुराते हुए कहने लगे, “तो तू भी चालाकी सीख गई न? हमसे झूठ बोलती है?”

येसूबाई हड़बड़ाकर कह गईं, “माँसाहिबा ने कहा है कि किसी की चुगली नहीं करनी चाहिए।”

राजे ठठाकर हँस पड़े। सोयराबाई से कहने लगे, “चलो, ठीक हुआ। भेदिया माँसाहिबा की आज्ञा से ही सही–आज हमारे पक्ष से आ मिला। येसू, माँसाहिबा से जाकर कह दे कि हम भी जगदीश्वर मन्दिर आ रहे हैं।”

येसूबाई प्रसन्नता से दौड़ पड़ीं। राजे ने कहा, “कैसी भोली है यह बच्ची!”

“सो तो ठीक है। मगर आपको यह भी पता है कि युवराज कहाँ गए हैं?” सोयराबाई ने पूछा।

“पता क्यों नहीं है? वे भोर से ही शिकार करने के लिए गढ़ की तलहटी में गए हैं। हमें बताकर गए हैं।”

“आपसे कब कहा उन्होंने?”

“रानीसाहिबा, हम कभी झूठ नहीं बोलते। सम्भाजीराजा ने हमें बड़े सबेरे जगाया था। उन्होंने माँसाहिबा से भी पूछ लिया था।”

“और आपने उन्हें जाने की आज्ञा दे दी?”

“आज्ञा देने में हर्ज क्या था? युवराज को शिकार करना बहुत पसन्द है। इसी तरह अपने प्रदेश की जानकारी भी हो जाती है। घुड़सवारी अच्छी तरह सीखी जाती है–निशाना लगाना सीख लिया जाता है।”

“मगर कुछ दिनों से उनका यह शौक बहुत बढ़ गया है!”

“यह बात भी हमसे छिपी नहीं है। यही तो उम्र है सीखने की। युवराज को आगे बहुत बड़ी जिम्मेदारियाँ निभानी हैं।”

गोद में लेटे हुए राजाराम की ओर देखते हुए सोयराबाई कहने लगीं, “देखो तो, कैसा हँस रहा है बदमाश! अरे, तुझसे थोड़े ही कही यह बात! युवराज के बारे में कह रहे हैं तेरे पिताजी!”

राजे ने खड़े होते हुए कहा, “तुम चलोगी क्या जगदीश्वर के मन्दिर?”

“नहीं, जी। इस बच्चे को खुली हवा से तकलीफ होती है।”

राजे ने इस बात का कोई उत्तर नहीं दिया।

राजे जीजाबाई सहित नक्कारखाने तक आ पहुँचे। उनके पीछे पुतलाबाई, काशीबाई और सगुणाबाई रानियाँ चली जा रही थीं। मनोहारी तथा दूसरी दासियाँ सबसे पीछे थीं। नक्कारखाने के पास से गुजरते हुए जीजाबाई कहने लगीं, “कितना विशाल निर्माण कराया है तुमने! महल के एक छोर से दूसरे छोर तक जाने में ही पाँव दुखने लगते हैं!”

“माँसाहिबा, पालकी मँगवाऊँ क्या? जगदीश्वर मन्दिर तो अभी काफी दूर है।”

"ना रे ना, रहने दे। चलने से नहीं थकती मैं, सीढ़ियाँ चढ़ने से जरूर थक जाती हूँ।"

राजे नक्कारखाने के बाएँ आँगन में आए ही थे कि सामने से आ रहे सम्भाजीराजा की ओर उनका ध्यान गया। सम्भाजी घोड़े पर सवार थे। राजे को देखते ही वे नीचे उतर पड़े। अपने पीछे चले आ रहे साईस को घोड़ा देकर वे राजे के सामने आ गए।

"शिकार कर आए क्या?"

"जी।" सम्भाजीराजा ने मुस्कुराते हुए कहा।

"किन्तु सम्भाजीराजा, तुम घोड़े पर बैठकर इस पहाड़ी गढ़ पर चढ़ते हुए आए हो। है न?"

सम्भाजीराजा नीचे की ओर देखने लगे। राजे की वाणी में कठोरता आ गई थी, "हमने तुम्हें चेतावनी दी थी कि घोड़े पर बैठकर गढ़ मत चढ़ो। अभी इस पहाड़ी किले का रास्ता भी पक्का नहीं हुआ है—पहाड़ खोदकर और पत्थर काटकर अभी सीढ़ियाँ बनाई जा रही हैं और तुम उस कच्चे रास्ते आए हो? सोचा है क्या—अगर घोड़ा बिदक जाए या उसका पैर फिसल जाए, तो क्या होगा? चलो, हम जगदीश्वर का दर्शन करने जा रहे हैं।"

सम्भाजीराजा हँसने लगे। वे माँसाहिबा के साथ-साथ चलने लगे। रास्ते के दोनों तरफ किले के बाजार के लिए बनाई गई पत्थरों की ऊँची-ऊँची दुकानें थीं। जीजाबाई उस ओर देख रही थीं।

"राजे, दुकानें और चबूतरे इतने ऊँचे क्यों बनवाए हैं?"

"यह हमारे हिरोजी की सूझ-समझ है। हिरोजी का कहना है कि घोड़े पर बैठे-बैठे ही सवार खरीद-फरोख्त कर सकें, इसलिए दुकानें ऊँची होनी चाहिए। जब इस बाजार में दुकानें लग जाएँगी, तब यह पेठ बड़ी सुन्दर दिखाई देगी।"

सब फिर से हँसने लगे। चारों ओर गढ़ की इमारतों का काम शुरू हो गया था। मजदूर राजे को देखते ही सिजदा कर रहे थे। राजे बाजार-हाट के अन्तिम छोर तक जा पहुँचे। अभी वे जगदीश्वर मन्दिर की ओर मुड़ना ही चाहते थे कि उनका ध्यान बहिर्जी की तरफ गया। बहिर्जी के पीछे एक व्यक्ति खड़ा था। उसने राजे को सिजदा किया। बहिर्जी ने आगे बढ़कर राजे का तथा जीजाबाई के चरण छुए।

"क्या बात है, बहिर्जी? ये कौन हैं?"

"इनका नाम है—नागप्पा शेट्टी। ये व्यापारी हैं, महाराज। गढ़ देखने आए हैं।"

"अच्छा!"

"इनकी इच्छा है कि इन्हें गढ़ के बाजार में जगह मिल जाए।"

"बहिर्जी, अभी गढ़ के बाजार के दुकानदारों का चुनाव नहीं हुआ। मोरोपन्त आएँगे, तो उनसे कह देना। गढ़ में जिन्हें दुकानें देनी होंगी, उनका चुनाव बहुत सोच-समझकर और सावधानी से करना होगा।"

"महाराज, उस बारे में आप चिन्ता न करें। नागप्पा जुन्नर के निवासी हैं। इन्होंने आज तक हमारी बहुत सहायता की है।"

"कैसी सहायता?"

"ये हमेशा सूरत जाते हैं। हमारी पहली मुहिम के समय इन्होंने सूरत के बारे में सही-सही जानकारी दी थी। सूरत के ऐसे रास्ते बताए थे, जिनमें कोई खतरा नहीं था। इन्होंने हमें

अहमदनगर के इलाके की भी जानकारी दी थी। सूरत और अहमदनगर इलाकों में अपने जो भेदिए गए थे, वे भी इनकी सहायता से ही गए थे।''

''बस, बहिर्जी। ये तेरे विश्वासपात्र हैं न? और तू ठहरा हमारा गुप्तचर। तूने इन्हें परख लिया, तो बस हमारा काम हो गया। नागप्पाऽ।''

''जी, महाराज!''

''बरसात खत्म होने पर तुम हमसे मिलो। यह बाजार लगाने की जिम्मेदारी हम तुम्हें सौंप देंगे।''

नागप्पा प्रसन्न हो उठा।

राजे सबके साथ जगदीश्वर मन्दिर गए। उन्होंने भगवान के दर्शन किए। मन्दिर की चारों दिशाओं में विशाल प्रांगण थे। मन्दिर से बाहर आकर राजे ने जीजाबाई से कहा, ''माँसाहिबा, हम अब युवराज को राज्य के कामकाज में लगाना चाहते हैं।''

''हाँ, वही ठीक है। उसके बिना ये सीधे रास्ते पर नहीं आएँगे।''

राजे ने सम्भाजीराजा को अंग लगा लिया। कहने लगे, ''बालराजे, यही आत्मविश्वास है, जो राज्य के प्रबन्ध के लिए उपयोगी सिद्ध होता है।''

एक दिन शुभमुहूर्त में जगदीश्वर का अभिषेक किया गया और सम्भाजीराजा राज्य के प्रशासन, व्यवस्था आदि से संलग्न हो गए।

25

रायगढ़ का जितना निर्माण-कार्य शेष था, वह राजे की देख-रेख में पूर्ण हो रहा था। ऊपरीकोट के सब राजमहल लगभग पूरे बनाए जा चुके थे। रायगढ़ के प्रांगण में कई घर बनते जा रहे थे। आवश्यक था कि भवन-निर्माण का कार्य वर्षा ऋतु के आगमन से पूर्व पूर्ण हो जाए। टकमक कगार तथा भवानी कगार के पासवाले बारूदखाने बनकर तैयार हो चुके थे। कई तालाब भी बनाए जा चुके थे, कुछ घर भी बन चुके थे।

रायगढ़ में ठंडी बरसाती हवाएँ चलने लगीं। आकाश में उमड़ती आ रही घटाओं को देखकर किले की खिड़कियों-रोशनदानों पर बाँस-तीलियों के झाँप लगाने का काम शुरू हो गया।

राजे को आशंका थी कि जीजाबाई ऊँचे पर्वतीय दुर्ग की वर्षा ऋतु का कष्ट सहन नहीं कर पाएँगी। इसलिए उन्होंने जीजाबाई को रायगढ़ की तलभूमि में निर्मित पाचाडवाली हवेली में भेज दिया। रानी गुणवन्ताबाई और काशीबाई भी जीजाबाई के साथ गईं। मराठा सेनाएँ खानदेश में मुगलों से जूझ रही थीं। कोंकण प्रदेश की मराठा सेना दुर्गों के आसरे तलहटी में डेरा डाले हुए पड़ी थी। वर्षा ऋतु पूरे जोरों पर थी, फिर भी सम्भाजीराजा रायगढ़ से पाचाड और पाचाड से रायगढ़ के कई चक्कर लगा चुके थे। राजे बालाजी-आवजी जैसे कुशल लिपिकों के साथ राजकार्यालय, राजकोष आदि के विषय में जाँच-पड़ताल करने में व्यस्त थे। सम्भाजीराजा भी राज्य का प्रबन्धकार्य सीखने में व्यस्त थे।

सावन बीत जाने के बाद राजे कुछ किलों का दौरा कर आए। उन्होंने किलों की इमारतों के काम का निरीक्षण किया। वर्षा ऋतु समाप्त हुई। राजे ने रायगढ़ के शेष रहे काम पुनः प्रारम्भ कर दिए। राजे महाड में थे, तभी उन्हें एक स्तब्धकारी समाचार मिला।

दिलेरखान, बहादुरखान और महावत खान ने पुणे पर हमला कर दिया था। पुणे शहर में आग लगाकर ही दिलेरखान को तसल्ली नहीं हुई थी, उसने नौ बरस से अधिक आयु के सभी स्त्री-पुरुषों को बड़ी निर्दयता से मरवा डाला था। समाचार सुनकर राजे क्रोध से आगबबूला हो उठे। वे तुरन्त पाचाड आ गए।

जीजाबाई को भी यह समाचार सुनकर बहुत आघात लगा। उन्होंने कहा, ''राजे, यह सेना हमारे प्रदेश में अचानक कैसे घुस आई?''

''अचानक नहीं, माँसाहिबा! हम पहले से ही जानते थे कि ऐसा होगा। परन्तु हमने यह नहीं सोचा था कि दिलेरखान इतने क्रूर अत्याचार करेगा।''

''वह तो शत्रु ठहरा! क्या कहें वह क्या करेगा, क्या न करेगा?''

''माँसाहिबा, हमने सूरत शहर को लूटा, कारंजा को लूटा, मुगलों के किले जीते। हमने मुगलिया राज्य में इतना उत्पात मचाया है कि जैसा पहले कभी न मचा होगा। हम इसका परिणाम भी जानते थे। हम जानते थे कि कभी न कभी मुगल फौज अपनी पूरी ताकत के साथ दक्खिन देश की ओर आएगी। हमने इसी कारण रायगढ़ जैसे सुरक्षित स्थान को चुना है। औरंगजेब ने अपने कई बड़े-बड़े सरदारों को हम पर चढ़ाई करने भेजा है। उन्होंने कुछ छोटे-छोटे किले जीत भी लिए हैं। यही नहीं, उन्होंने आज साल्हेर किले पर घेरा डाला हुआ है। हमने आपको यह समाचार इसलिए नहीं बताया कि आप चिन्तित हो जाएँगी।''

''किन्तु राजे! इन घटनाओं का परिणाम क्या होगा?''

''अब चिन्ता की कोई बात नहीं है, माँसाहिबा। हमारे दुर्ग बहुत दृढ़ हैं। यही नहीं, आज हमारी सेना की शक्ति भी इतनी प्रबल है कि दिलेरखान का डटकर सामना करेगी। कुछ दिन ठहरिए, हमने अभी जो कुछ कहा है, उसकी सचाई आप शीघ्र ही जान जाएँगी।''

राजे शीघ्र ही जीजाबाई के साथ पाचाड से रायगढ़ आ गए। उन्होंने दोपहर में बालाजी-आवजी को बुलवा भेजा। राजे ने कहा, ''बालाजी, सरनौबत प्रतापराव को अत्यावश्यक खलीता भेजना है। उन्हें लिखो—'तुम सेना लेकर बड़ी होशियारी के साथ पहाड़ के ऊपरी रास्ते से साल्हेर पहुँचो और उस किले के घेरे को तहस-नहस कर डालो। बहलोलखान की सेना पर भी हमला करो और उसका काम तमाम करो।' हम मोरोपन्त के नाम आज्ञापत्र भिजवा रहे हैं कि वे कोंकण प्रदेश से अपनी सेना लेकर तुम्हारी सहायता करने पहुँचें। वे इस रास्ते आएँगे और तुम ऊपरवाले पहाड़ी रास्ते से साल्हेर पहुँचो। इस तरह शत्रु पर दो ओर से हमला करके उसे मिट्टी में मिला दो। बालाजी, तुम हमारी बात समझ गए न?''

''जी!''

बालाजी-आवजी राजकार्यालय चले गए।

पुणे के आक्रमण की खबर से राजे अति व्याकुल हो रहे थे। कक्ष में इस तरह इधर-उधर तेजी से घूम रहे थे, जैसे कोई गुस्सैल बाघ घूम रहा हो। वे जगदीश्वर के दर्शन कर आए। धीरे-धीरे शाम और फिर रात होने लगी। महल में समई-दीपक जल उठे। राजे ने सूर्याजीराव काकडे को बुलवाया। काकडे के आते ही राजे ने पूछा, ''येसाजी आ गए क्या?''

''जी, अभी आते ही होंगे।''

"अभी तक नहीं आए? तुमने उन्हें बुलाने के लिए सन्देशवाहक कब भेजा था?"

"आपकी आज्ञा पाते ही मैंने महाड से एक आदमी को तुरन्त रवाना कर दिया था।"

"काकडे, तुम जाओ और जाकर बालाजी-आवजी से कहो कि वे लिखित पत्र लेकर यहाँ ले आएँ। और सुनो, जैसे ही येसाजी आएँ, हमें खबर करना।"

राजे की क्रोधित दशा देखकर काकडे ने वहाँ से तुरन्त चले जाने में ही कुशल समझी।

थोड़ी देर में बालाजी आए। राजे महल में चहलकदमी कर रहे थे। महादेव दीवार के साथ लगा खड़ा था। बालाजी को देखते ही राजे ने पूछा, "पत्र लिख लिया तुमने?"

"जी हाँ।"

"पढ़ो।"

बालाजी राजे की ओर देखने लगे। राजे की आवाज में कठोरता आ गई। उन्होंने आज्ञा दी, "पढ़ो! पढ़ो, क्या लिखा है?"

बालाजी ने पगड़ी उतार ली। पत्र हाथ में पकड लिया। उन्होंने जैसे ही महादेव की ओर देखा, महादेव दीपक लेकर उनके पास आ गया।

दीपक के उजाले में बालाजी पढ़ने लगे, "...तुम सेना लेकर बड़ी होशियारी के साथ पहाड़ के ऊपरी रास्ते से साल्हेर पहुँचो और उस किले के घेरे को तहस-नहस कर डालो...इस तरह शत्रु पर दो ओर से हमला करके उसे मिट्टी में मिला दो।"

बालाजी ने पत्र पूरा पढ़ा और सहमते हुए, बड़े धीरज से राजे की ओर देखा।

"अति सुन्दर!" राजे के मुख से अनायास निकल पड़ा। "हमारे प्रत्येक शब्द को तुमने ज्यों का त्यों लिख दिया है। बालाजी, पत्र फिर एक बार पढ़ो।"

बालाजी बुरी तरह हड़बड़ा गए थे। उनका मुँह सूख गया था। उनके पास खड़ा हुआ महादेव अपनी हँसी रोक नहीं पा रहा था। राजे का ध्यान महादेव की ओर गया। उन्होंने पूछा, "क्यों महादेव? क्या बात है?"

महादेव की हँसी गायब हो गई। बालाजी के पैर काँपने लगे। हाथ में पकड़ा हुआ कागज थरथराने लगा। राजे ने पूछा, "क्या बात है, बालाजी?"

बालाजी ने झट से राजे के पैर पकड़ लिए। राजे पीछे हटते हुए कहने लगे, "अरे, उठो, बालाजी! क्या करते हो?"

बालाजी रही-सही हिम्मत बटोरकर बोले, "क्षमा करें, महाराज। मुझे क्षमा करें।"

"किस बात की क्षमा, बालाजी?"

"आपने आज दोपहर को पत्र का आशय बतलाया था। मैंने सोचा कि पत्र सुबह भेजा जाना है। रात में बैठकर मैं उस बताए हुए विषय को लेखबद्ध कर लूँगा।"

"हँ, आगे कहो।"

बालाजी ने लम्बी साँस भरी। कहने लगे, "किन्तु आपने आज रात ही मुझे बुलवा लिया।"

"हैं! तो फिर जो कुछ तुमने पढ़ा, वह क्या था? लाओ, कागज हमें दिखाओ।"

बालाजी ने कागज राजे को दे दिया। राजे ने देखा, कागज बिलकुल कोरा था। वे आश्चर्यभरी दृष्टि से बालाजी की ओर देखने लगे। बालाजी घबराकर कहने लगे, "मैंने सोचा–आप नाराज होंगे। इसलिए मुझे जो कुछ याद आया, मैं वही शब्दशः कह डालने की धृष्टता कर बैठा।"

"बालाजी, हम तुमसे नाराज नहीं हैं। हम तुम पर अति प्रसन्न हैं। हमारे राजकार्यालय में ऐसे लोगों की कमी नहीं है, जो पहले क्षण में कहा गया शब्द दूसरे क्षण ही भूल जाते हैं। किन्तु तुम जैसे लोग सचमुच बिरले हैं, जो हमारे प्रत्येक शब्द को मन की तख्ती पर लिख रखते हैं। आज से तुम हमारे राजकार्यालय के चिटनीस* (चिटनवीस) हुए। जाओ, सुबह पत्र लिखकर ले आना।"

राजे के उदार आचरण के कारण बालाजी-आवजी का हृदय भर आया था। वे बाहर जाने के लिए मुड़े ही थे कि राजे ने उन्हें पुकारा, "बालाजी!"

"जी महाराज?" बालाजी ने कहा।

"फिर कभी ऐसे कोरे कागज मत पढ़ना।"

---

* प्रधान लिपिक।

भाग : सात

विपत्ति जितनी भीषण होती थी, राजे का उत्साह उतना ही अधिक जाग उठता था। राजे ने जब देखा कि मुगलिया सल्तनत उन पर वार करने के लिए तैयार है, तो वे भी मुकाबला करने के लिए पाँव जमाकर खड़े हो गए। अगले दिन से ही गुप्तचर गुप्त सन्देश लेकर रायगढ़ से रवाना होने लगे। पेशवा मोरोपन्त कुडाल प्रान्त में थे। राजे ने उनके नाम आदेश भिजवाया कि वे पैदल सेना लेकर महाड चले आएँ। राजे का इरादा यह था कि कुडाल तथा अन्य दूरवर्ती स्थानों में स्थित सेना को महाड में एकत्रित किया जाए। उनका आज्ञापत्र पाकर राज्य में सर्वत्र फैली हुई सेना आकर महाड में इकट्ठी होने लगी।

सूर्यराव काकडे सेनासहित राजे के पास रायगढ़ में ही थे। वे भी राजे के साथ महाड चले आए। महाड नगर में हर ओर राजे की सेना की ही धूमधाम दिखाई दे रही थी। पेशवा मोरोपन्त पिंगले भी महाड आ पहुँचे। रूपाजी भोसले, खंडोजी जगताप, मोरो नागनाथ आदि कितने मन्त्री और सामन्त महाड पहुँचकर राजे की प्रतीक्षा कर रहे थे। सबने पुणे में हुए अत्याचारों के किस्से सुन लिए थे। दिलेरखान से बदला चुकाने के लिए सबका मन बहुत अधीर हो रहा था। मोरोपन्त ने कहा, ''महाराज, आप आज्ञा दें, तो हम दिलेरखान को मजा चखा दें।''

एक पल राजे का दाढ़ी पर फिरता हुआ हाथ रुक गया। उन्होंने कहा, ''मोरोपन्त, हम जानते हैं कि मुगल सेना को पराजित करना कठिन काम नहीं है। किन्तु हमने शत्रु को पुणे से हटाने का एक दूसरा रास्ता सोचा है। हमने प्रतापराव और आनन्दराव को सूचित किया है कि वे ऊपरी पहाड़ी मार्ग से जाएँ और साल्हेर गढ़ का घेरा तोड़ डालें। तुम अपनी सेना लेकर कोंकण प्रान्त में जाओ। जब मुगल फौज पर दो ओर से हमला होगा, तो उनकी हार होने में और साल्हेर का घेरा टूटने में तनिक भी देर नहीं लगेगी। तुम यदि यह काम पूरा कर सके, तो हमारा अनुमान है कि जो शत्रु पुणे में बैठकर हमें मात देना चाहता है, उसे वहाँ से हटना होगा। जाओ, भवानी देवी तुम्हें विजयी करे।''

राजे ने सब वीर सेनानियों को विदाई के बीड़े दिए। मराठा सेना उमंग-उत्साह से भरकर साल्हेर की ओर कूच करने लगी।

उधर प्रतापराव और आनन्दराव को भी राजे का आदेश प्राप्त हो चुका था। वे दोनों अश्वारोही-सेना सहित साल्हेर की ओर चल पड़े थे। प्रतापराव की कुमुक के लिए कोंकण से आ रही मराठा सेना भी धीरे-धीरे साल्हेर की तरफ बढ़ती जा रही थी। दोनों सेनाओं के जासूस एक-दूसरे को अपनी-अपनी सेना के पड़ावों की सूचना देते जा रहे थे। इस प्रकार आगे बढ़ते-बढ़ते दोनों मराठा सेनाएँ निकट आ गईं और धावा बोलने का दिन निश्चित कर लिया गया।

पचास हजार सिपाहियों की मुगलिया फौज साल्हेर गढ़ पर घेरा डाले पड़ी थी। गढ़ चारों ओर से घिरा हुआ था। जगह-जगह मुगल सरदारों के खेमे, शामियाने और सैनिकों की रावटियाँ दिखाई दे रही थीं। इखलासखान घेरे पर निगरानी जरूर रख रहा था, मगर पूरे ऐशो-आराम के साथ। उसके साथ मुहकमसिंह चन्दावत और अमरसिंह चन्दावत जैसे बड़े-बड़े सरदार भी थे। सभी सरदार बड़े ऐशो-आराम और तफरीह के साथ घेरा डाले हुए थे। औरंगजेब ने उन्हें अकूत धन और अनगिनत फौज जो दे दी थी, इसलिए समय और परिस्थिति का किसी को ध्यान नहीं था।

राजे के गुप्तचर घेरे के पास जाकर अंदाजा लगाकर लौट आए। मराठा सेनाएँ घात लगाए हुए छिपी बैठी थीं। प्रतापराव ने इन सेनाओं के नाम आज्ञाएँ भिजवाईं।

रात बीत गई। सूर्योदय हो गया। साल्हेर गढ़ का मराठा किलेदार ऊँचे गढ़ से नीचे तलहटी की ओर देख रहा था। दृश्य वही था, जिसे देखने का वह आदी हो गया था। वह जानता था कि अब थोड़ी देर बाद घेरेवाली छावनी से तोपें दागी जाएँगी। कोई मुगलिया फौजी टुकड़ी गढ़ तक चढ़ने का प्रयत्न करेगी और ऊपरी गढ़ से तोपें चलते ही वापस अपनी छावनी में लौट जाएगी। दिन में दो-तीन बार ऐसे हमले होंगे। फिर सूरज छिप जाएगा, फिर चिन्ता-आशंका भरी एक और रात आ जाएगी। किलेदार के लिए ये घटनाएँ प्रतिदिन की सामान्य बातें हो गई थीं। वह नित्यवत् गढ़ के परकोटे पर चक्कर लगा रहा था। वह नए पहरे लगवाना, पुराने पहरेदारों को बदलना आदि काम कर रहा था। वह नहीं जानता था कि एक ही ढर्रे की दिनचर्या उसे कब तक निभानी होगी। जब उसने अपने प्राणों का मोह त्याग दिया था, तब भला वह समय और युद्ध की अवधि की चिन्ता क्यों करता?

मुगल छावनी अभी सुबह उठकर अँगड़ाई ले रही थी। घोड़ों की हिनहिनाहट और हाथियों की चिंघाड़ से सारी छावनी जाग रही थी। इखलासखान उस दिन के घेरे की योजना बनाने में व्यस्त था कि अचानक तुरहियों की आवाजें आने लगीं। वह इस आवाज को चौकन्ना होकर सुन ही रहा था कि सारी फौजी छावनी में भगदड़-सी मच गई। एक जासूस इखलासखान के खेमे में दौड़ता हुआ घुसा। कोरनिश करके कहने लगा, "हुजूर, मरहट्टे आ गए।"

इखलासखान को इस बात पर यकीन नहीं हो रहा था।

"...क्या? मरहट्टेऽऽ आ गएऽ!"

खान ने जल्दी-जल्दी हुक्म दिए। सारी छावनी में भागमभाग मची हुई थी। सिपाही एक पड़ाव में से दूसरे पड़ाव में यहाँ से वहाँ भागते दिखाई दे रहे थे। हाथियों पर हौदे चढ़ाए गए, घोड़ों पर जीनें कसी गईं। सरदार इखलासखान बख्तर पहनकर हाथी पर जा बैठा। अभी फौज तैयारियाँ कर रही थी कि मराठे दिखाई दे गए।

इखलासखान ने बड़े जोश और गुस्से से हुक्म दिया और मुगलिया फौज मराठा फौज से जा भिड़ी। इसी समय घेरे के दूसरे छोर पर दूसरी मराठा फौज ने हमला बोल दिया। घनघोर युद्ध छिड़ गया। 'हर हर महादेव' के रणघोष से साल्हेर का वातावरण भर उठा। टापों की खड़खड़ाहट, हथियारों की खनखनाहट, घोड़ों की हिनहिनाहट, हाथियों की चिंघाड़ और वार खाकर गिर रहे सिपाहियों की चीख-पुकार से सारा रणक्षेत्र दहल उठा था। दोनों दलों के हजारों सैनिक लड़ाई में खेत रहे। खून की नदियाँ बह निकलीं। मुगल सेना को अपनी जान

बचाना मुश्किल हो गया। मोरोपन्त, आनन्दराव, प्रतापराव आदि उमरावों ने वीरता की पराकाष्ठा दिखा दी थी।

इस लड़ाई में छह हजार घोड़े, सौ हाथी और हजारों ऊँट मराठों के हाथ लगे। लाखों रुपयों के हीरे-जवाहरात, माल-असबाब और खजाना मराठों को मिला। स्वयं इखलासखान भी इस लड़ाई में मारा गया। मराठों ने मुगलों के बाईस वजीर भी कैद कर लिए।

इस युद्ध में कई मराठा वीरों ने भी वीरगति पाई। इन दिवंगत वीरों में एक ऐसा विशेष मराठा सरदार भी था, जिसके पराक्रम से रणभूमि की शोभा बढ़ी थी और जिसकी मृत्यु के कारण विजय भी दुखदायी बन गई थी—वह शूरमा था—सूर्यराव काकडे।

2

शाम के समय राजे नक्कारखाने के बाईं ओरवाली चहारदीवारी की शिला पर खड़े हुए थे। बालाजी-आवजी उनके निकट खड़े थे। चहारदीवारी के भीतरी ओर के विशाल मैदान में सम्भाजीराजा घोड़े पर बैठे सवारी कर रहे थे। उन्होंने अपने आगे छोटे भैया राजाराम को बैठाया हुआ था। सम्भाजी ने बाएँ हाथ से नन्हे राजाराम को सँभाला हुआ था। घोड़े की चाल और कूद के साथ ही बालक राजाराम हर बार खिलखिला उठता था। इसी तरह पाँच-छह चक्कर लगाकर सम्भाजीराजा चट्टान के पास आए। राजे आगे बढ़ आए और उन्होंने बालक को अपने पास लेने के लिए हाथ फैलाए। दो बरस के नन्हे बालक राजाराम ने राजे के हाथों में हाथ दिए और सम्भाजीराजा से कहने लगे, "दादा...चलो न। घोड़े टिक्-टिक्...घोड़े टिक्-टिक्... ।"

सबको हँसी आ गई। सम्भाजीराजा ने कहा, "बालराजे, अब भलमनसाहत से उतर पड़ो, नहीं तो तुम्हारे साथ-साथ हमें भी आबासाहब की मार पड़ेगी।"

राजाराम रुँआसा हो गया। राजे कहने लगे, "सम्भाजीराजे, तुमने लाड़-प्यार से बावला बना रखा है इसे। अब और दो-चार चक्कर लगवाओ, नहीं तो यह रो पड़ेगा।"

सम्भाजीराजा ने फिर एड़ मारी। राजे दोनों की घुड़सवारी देख रहे थे। इसी समय उन्हें गढ़ में आया एक गुप्तचर दिखाई दिया। बालाजी चट्टान से नीचे उतरे और उन्होंने गुप्तचर की दी हुई एक थैली ले ली। गुप्तचर के साथ-साथ शिला के निकट आते हुए बालाजी कहने लगे, "पेशवाजी का पत्र आया है।"

पल भर के लिए राजे के मुख पर उदासी फैल गई। फिर वे उत्सुकता से कह उठे, "पढ़ो।"

बालाजी ने पत्र को थैली से बाहर निकाला। पत्र पढ़ते हुए वे प्रफुल्लित होकर कहने लगे, "महाराज, आनन्ददायी समाचार है। मोरोपन्त पेशवा ने तथा सेनापति ने साल्हेर का घेरा तोड़कर शत्रु को पराजित कर दिया है। यही नहीं, उन्होंने मुल्हेर पर भी अधिकार कर लिया है।"

राजे कह उठे, "बालाजी, यह समाचार सुनने के लिए हम कितने आतुर थे, तुमसे क्या कहें!"

बालाजी आगे कह रहे थे, "महाराज, इस युद्ध में शत्रु के छह हजार घोड़े, सौ के लगभग हाथी और हजारों ऊँट हमारे हाथ लगे। इखलासखान की बुरी हार हुई है। माराठा सेना ने

मुगलों के बाईस सरदारों को बन्दी बना लिया है। लाखों होनों के हीरे-मोती और खजाना हाथ लगा है।''

''वाह! आगे कहो, बालाजी!''

''महाराज, शत्रु के सहस्रों सैनिक मारे गए और हमारे भी सहस्रों सैनिक रण में खेत रहे।''

राजे के मुख पर दुख की छाया फैल गई।

''और...?''

''साल्हेर के रणक्षेत्र में सरदार सूर्याजी काकडे युद्ध में काम आए।''

''अरे, अरे! ओह!'' राजे विह्वलतावश कह उठे। अकस्मात् उनकी आँखों के आगे सूर्याजी काकडे का चेहरा घूमने लगा। राजे का हृदय व्याकुल हो उठा। अतीव दुखी होकर वे कहने लगे, ''रणभूमि को प्रसन्न करने के लिए ऐसी चन्दन की समिधा की आहुति देना आवश्यक होता है क्या?'' राजे ने तुरन्त अपने को संयमित किया। गुप्तचर की ओर देखते हुए उन्होंने कहा, ''बालाजी, हम अभी आते हैं। तुम जाओ और राजसभागृह में सोने का कड़ा लेकर उपस्थित रहो।''

राजे ने सम्भाजीराजा को संकेत से अपने पास बुलाया। सम्भाजीराजा पास आए। राजे ने राजाराम को उठा लिया और कहा, ''शम्भूराजे, घोड़ा साईस को दे दो और राजसभागृह में आओ।''

राजे जब जीजाबाई सहित राजसभागृह में आए, उस समय सम्भाजीराजा, बालाजी तथा पत्रवाहक गुप्तचर वहाँ उपस्थित थे। जीजाबाई ने पूछा, ''राजे, क्या मामला है?''

''माँसाहिबा, हमारे सेनापति तथा पेशवा ने बड़ी वीरता दिखाई है। उन्होंने शत्रु की कमर तोड़ दी है। दिलेरखान को अब हमारी शक्ति का पता चलेगा। अब हमारे युवराज राज्य की व्यवस्था का कार्य करने लगे हैं। जो गुप्तचर यह हर्षदायी समाचार लेकर आया है, उसे सोने का कड़ा पहनाने का सम्मानपूर्ण अवसर आज युवराज को प्राप्त होगा।''

बालाजी-आवजी ने थाल आगे बढ़ाया। सम्भाजीराजा ने थाल में रखा हुआ सोने का कड़ा उठाया और गुप्तचर के हाथ में पहना दिया। गुप्तचर ने भावविभोर होकर राजे के तथा जीजाबाई के चरण छू लिए। राजे हर्षित होकर कहने लगे, ''युवराज, देखते क्या हो? इस आनन्द के अवसर पर सारे दुर्ग में शक्कर बँटवाओ। तोपें दगवाओ। बालाजी, तुम भी युवराज के साथ जाओ।''

बालाजी और सम्भाजीराजा चले गए। अकस्मात् एक दुख-भरी उसाँस राजे के मुँह से निकल गई। राजे जीजाबाई को हाथों से सहारा देते हुए चल रहे थे। जीजाबाई ने पूछा, ''शिवबा बेटे, अब बता कि सच बात क्या है?''

''कुछ भी तो नहीं, माँसाहिबा।'' राजे ने कहा।

जीजाबाई मुस्कुराने लगीं। बोलीं, ''अरे शिवबा, मैं बूढ़ी हुई, मगर मेरी बुद्धि अभी काम करती है। मुझसे बन मत—सच कह। क्या हुआ है?''

राजे की आँखें एकदम डबडबा आईं। बोले, ''माँसाहिबा, साल्हेर के युद्ध में सूर्याजीराव काकडे ने वीरगति पाई। हजारों सैनिक भी मारे गए।''

जीजाबाई रुक गईं। राजे की ओर देखकर कहने लगीं, ''तो हमारा एक मोहरा और मारा गया। किन्तु राजे, यह तो युद्ध है। इसमें ऐसी बातें सुनने-देखने के लिए तैयार रहना पड़ता है।''

"यह तो हम भी जानते हैं माँसाहिबा, किन्तु लगातार बढ़ते जा रहे उत्तरदायित्व की बात सोच-सोचकर हमारा चित्त व्याकुल हो उठता है।"

"कैसा उत्तरदायित्व?"

"माँसाहिबा, हमारे एक वचन के लिए, हमारे एक स्वप्न की पूर्ति के लिए ये हजारों लोग हँसते-हँसते अपने प्राण अर्पण कर देते हैं। मन कहता है–इस स्वराज्य के लिए जिन वीरों ने प्राणों की आहुति दी है, वह आहुति व्यर्थ न हो जो रण में खेत रहे, वे तो अपना काम पूरा कर गए, किन्तु उनके पीछे बचे रहे हैं हम...ऐसे में हमारा उत्तरदायित्व बढ़ जाता है।"

"चिन्ता न करो, राजे। वह आदिमाया जगत् जननी समस्त मनोरथ अवश्य पूर्ण करेगी।"

जैसा कि राजे का अनुमान था–साल्हेर-मुल्हेर की हार के कारण दिलेरखान को हिलना पड़ा। वह भयभीत होकर पुणे से पीछे हटने लगा। जब औरंगजेब ने यह खबर सुनी, तो वह जल-भुन उठा। उसने अपने सूबेदार को पत्र लिखा, "तुमने लिखा है कि दुश्मन ने हमारी जमीन छीन ली और तुम जैसे बहादुर सरदारों को भी नाकों चने चबवा दिए। मगर ऐसी बुरी खबर सुनाने की बजाय तुम मर क्यों नहीं गए? तुम जिन्दा क्यों हो? आदिलशाह, फिरंगी, हब्शी आदि की सल्तनतें शिवाजी को नजराने पेश करके खुश करती हैं–इसकी बजाय अगर तुम सब लोग मिलकर शिवाजी पर चढ़ाई करो, तो उसे हराने में कितना वक्त लगेगा?"

दिलेरखान ने बादशाह के पत्र का उत्तर यों भेजा, "आपका खत मिला। आप चाहते हैं कि शिवाजी को काबू में किया जाए। आपने हार के लिए मुझ पर इलजाम लगाया है। मगर हुजूरे-आला यह क्यों भूल जाते हैं कि शिवाजी जब आगरा के कैदखाने में बन्द था, तो आपके ही जबरदस्त पहरे में से वह पंछी की तरह उड़ गया था। हुजूर-खाविन्द अगर इस वाकये का खयाल करें, तो समझ सकेंगे कि हमें हार क्यों खानी पड़ी! तब आप जरूर मान जाएँगे कि हमारी हार में हमारा कोई कसूर नहीं था। शिवाजी ने दूर की बात सोचकर अपने मुसलमान नुमांइदे काजी हैदर को हमारे पास भेजा है। अगर आपकी इजाजत हो, तो हम शिवाजी से मामूली-सी सुलह कर लें। इस तरह उसके साथ हमारे अच्छे तालुकात रह सकेंगे।"

यह खत पाकर औरंगजेब का गुस्सा और भड़क उठा। उसने बहादुरखान को हुक्म दिया कि शिवाजी के दूत को गिरफ्तार कर लिया जाए। इधर यह हुक्मनामा लिखाया जा रहा था, उसी समय शिवाजीराजे रायगढ़ में बैठे हुए अपने विजयी वीरों के लौटने की उत्सुकता से प्रतीक्षा कर रहे थे। रायगढ़ में प्रतिदिन उन वीरों के पड़ावों की सूचनाएँ प्राप्त हो रही थीं। यों एक दिन सूचना मिली कि सभी वीर गढ़ की तलभूमि में आ चुके हैं। राजे ने रायगढ़ के घर-घर पर आनन्दसूचक गुढ़ी (पताकाएँ) लहरवाईं तथा द्वार-द्वार को बन्दनवारों से सजवा दिया।

राजे राजसभागृह में खड़े हुए थे। उनके पीछे जीजाबाई तथा सम्भाजीराजा बैठे हुए थे। राजे की आँखें सामनेवाले प्रवेशद्वार की ओर लगी हुई थीं। थोड़ी ही देर में उन्हें नक्कारखाने के विशाल प्रवेशद्वार पर प्रवेश करते हुए प्रतापराव तथा मोरोपन्त दिखाई दिए। उनके पीछे-पीछे आनन्दराव, व्यंकोजीपन्त तथा अन्य कई सरदार चले आ रहे थे।

राजे उत्कंठावश अनजाने ही उच्चासन की सीढ़ियाँ उतर पड़े और सभागृह में चार पग आगे बढ़ आए। सबने उन्हें सिजदे किए। राजे ने स्नेहाभिभूत होकर चारों वीरों को छाती से लगा लिया। उनकी वाणी मानो मूक हो गई थी।

राजे चारों वीरों सहित राजसभागृह के चबूतरे पर चढ़े। उन्होंने चारों शूरमाओं पर अगणित धन निछावर किया तथा उन पराक्रमी योद्धाओं को खुले हाथों पुरस्कार दिए। राजे ने मोरोपन्त से कहा, ''आज हमारे आनन्द की कोई सीमा नहीं है। हमारे पेशवा और सेनापति ने सचमुच अलौकिक वीरता दिखाई है। हम बहुत अभागे हैं, जो हम आज सूर्यराव काकडे जैसे योद्धा का सम्मान नहीं कर पा रहे हैं। मोरोपन्त, हम स्वयं सूर्यराव के घर जाएँगे।''

''महाराज, एक घर और ऐसा है, जहाँ आपको अवश्य जाना चाहिए।'' प्रतापराव ने कहा।

''किसका घर?''

''रामजी पांगेरा का घर, महाराज।''

''क्या कहा? रामजी पांगेरा का घर? वही जो हमारे कणेरगढ़ के क़िलेदार हैं?''

''जी हाँ।''

''हमें बताओ, प्रतापराव। कणेरगढ़ में क्या हुआ है?''

''महाराज, हम जब साल्हेर के आक्रमण की योजना बना रहे थे, उसी समय दिलेरखान ने चाँदवड के पासवाले कणेरगढ़ की ओर प्रस्थान किया। रामजी ने जब देखा कि दिलेरखान छह हजार सिपाही लेकर हमला करने आ रहा है, तो उन्होंने अपने लोगों को इकट्ठा किया। रामजी ने सब साथियों को ललकारते हुए कहा, 'हमें पूरा फैसला करना है। जो हमारे साथी बनना चाहते हों, आगे बढ़ आएँ।' रामजी का आह्वान सुनकर सात सौ मावले मरने-मारने के लिए तैयार हो गए। रामजी सात सौ साथियों सहित गढ़ से नीचे उतर आया और दिलेरखान से भिड़ने के लिए आगे बढ़ने लगा। दिलेरखान की फौज ने जब देखा कि केवल सात सौ सिपाही लड़ने के लिए आ रहे हैं, तो सब घोड़ों से उतर पड़े। यों मावले-सैनिकों का वह दल चारों ओर से घिर गया। अपनी सेना की संख्या का सोच-विचार किए बिना रामजी पूरी बहादुरी से लड़ रहा था। घमासान लड़ाई होने लगी। मावले-वीर पूरे एक पहर तक जमकर मुकाबला करते रहे। रामजी पांगेरा और उसके सात सौ साथियों को न पगड़ी की सुध थी न अपने घावों की। हर एक के शरीर पर बीस-तीस घाव लग चुके थे। आखिरकार सबके-सब लड़ते-लड़ते धराशायी हो गए। स्वयं दिलेरखान को भी दाँतों तले उँगली दबानी पड़ी। दिलेरखान उस अतुलनीय शूरता को देखकर इतना भौंचक हो गया था कि कणेरगढ़ की ओर न जाकर वापस लौट पड़ा। इस लड़ाई में दिलेरखान के भी बारह सौ पठान मारे गए।''

राजे शिथिल होकर उच्चासन पर बैठ गए। कँपकँपाती आवाज से वे कहने लगे, ''प्रतापराव, अच्छा हुआ, जो रामजी पांगेरा रण में खेत रहा। यदि हमने उस पर अपना सारा राज्य भी निछावर किया होता, तो भी हम उसकी वीरता का पुरस्कार न दे पाते। हम-सा दरिद्र और कौन होगा। पांगेरा ने अफजलखानवाली घटना के समय भी बहुत वीरता दिखाई थी, वही रणवीर कणेरगढ़ की रक्षा करते हुए बलिवेदी पर चढ़ गया। मोरोपन्त, रामजी के साथ अन्य जितने भी वीर थे, उनका पता-ठिकाना मालूम करो। रामजी के घर जाकर उसकी देहली पर माथा टेकना हमारा कर्तव्य है। हम अवश्य अपना कर्तव्य पूर्ण करेंगे।''

''किन्तु महाराज।'' मोरोपन्त ने कहा, ''हमने सुना है कि आपकी बढ़ती हुई कीर्ति से बौखलाकर औरंगजेब ने बहादुरखान को सूबेदार बना दिया है।''

"उस भय से चिन्तित क्यों होते हो, मोरोपन्त?" राजे की मुखमुद्रा प्रसन्न हो गई थी। कहने लगे, "बहादुरखान टुकड़ों का लोभी है। दो-चार टुकड़े सामने फेंकते ही खुश हो जाएगा। भला उससे कैसा डर? और अगर वह यह भी सोचे कि हमारे इलाके में घुसे तो घुसने के लिए भी उसे कम-से-कम दो बरस जूझना पड़ेगा।"

प्रतापराव ने पूछा, "महाराज, साल्हेर के युद्ध में जो मुगल सरदार बन्दी बनाए गए हैं, उनके बारे में आपकी क्या आज्ञा है?"

"जो शत्रु शरणागत बनकर आता है, उसे हमने कभी अकारण ही सूली पर चढ़ाया है क्या? प्रतापराव, उन सरदारों को सम्मानपूर्वक छोड़ दो। उन्हें सम्मानवस्त्र और आभूषणादि देकर विदा करो।"

राजसभा समाप्त हुई। राजे अपने महल की ओर चले जा रहे थे, किन्तु उनका मन पांगेरा की स्मृति में ही खोया हुआ था। उनकी आँखें उसी का रूप निहार रही थीं।

3

शाम का समय था। गर्मियों के दिन थे, फिर भी पर्वतीय गढ़ के ऊपर वातावरण में ठंडक थी। बालाजी, मोरोपन्त और अनाजी राजे के भवन में उपस्थित थे। सम्भाजीराजा ने महल में प्रवेश किया और राजे से कहने लगे, "आबासाहब, घुड़साल की इमारत तैयार हो चुकी है। हिरोजी की इच्छा है कि आप उसे एक बार देख लें।"

"और तुम्हारी इच्छा क्या है?" राजे ने कहा।

"हमने उन्हें वचन दिया है कि हम आपको अवश्य ले आएँगे।"

"किन्तु युवराज, हम इस समय एक मुहिम के बारे में बातचीत कर रहे हैं। घुड़साल की इमारत अगर कल देख ली जाए, तो क्या हर्ज है?" अनाजी ने पूछा।

अनाजी का यह प्रश्न एकदम अप्रत्याशित था। सब उनकी ओर देखने लगे। सम्भाजीराजा के मुख पर क्षण भर के लिए क्रोध छा गया, किन्तु अपने को संयत करते हुए उन्होंने कहा, "इसका निर्णय तो आबासाहब करेंगे।"

राजे हँसने लगे। बोले, "अनाजी, युवराज ने वचन दिया है, उसका पालन करना ही चाहिए। और मुहिम के बारे में हम चलते-चलते भी बात कर सकते हैं।" फिर सम्भाजीराजा की ओर मुड़कर राजे ने कहा, "देखो तो, बालराजे राजाराम साथ चलेंगे क्या? उन्हें घूमना-फिरना अच्छा लगता है।"

युवराज चले गए। राजे अनाजी से कहने लगे, "अनाजी, हम युवराज को राज्य का प्रबन्ध-कार्य सौंप रहे हैं। हमने उनके अधिकार में कई शिलेदार* भी रखे हैं, जिनमें रूपाजी भोसले जैसे अधिकारसम्पन्न अनुभवी व्यक्ति भी हैं। युवराज में यौवन का उत्साह छलछला रहा है। इस उत्साह को हमें बनाए रखना है। यही तो आयु है उनकी कि जब उनके वचन का भी सम्मान होना चाहिए।"

"किन्तु युवराज शिकार और राज्य-प्रबन्ध को एक-समान मानते हैं।" अनाजी अनायास कह गए।

---

* सेना का एक पद। अपना घोड़ा लेकर राजा की सेवा में रहनेवाला सैनिक।

''ऐसी भूल हमसे भी हुई थी, किन्तु दादोजी ने हमारी रुचि और ध्यान इस ओर लगा दिया। युवराज के शिकार का शौक हम भी जानते-समझते हैं, इसीलिए हमने उन्हें राज्य-व्यवस्था का उत्तरदायित्व सौंपा है। यदि उन्हें इस काम में ढालना चाहो, तो वे भी अवश्य इस कार्य के अभ्यस्त हो जाएँगे।''

इस बात से अनाजी चुप हो गए। इसी समय सम्भाजीराजा महल में आए। उन्हें अकेला आया देखकर राजे ने पूछा, ''बालराजा नहीं आए?''

''माँजी ने कहा–इन्हें घुमाने मत ले जाओ।''

''अपनी माँजी से कहो, हम बालराजा को घुमाने ले जा रहे हैं। जाओ, उन्हें ले आओ।''

युवराज चले गए। राजे ने खड़े होते हुए कहा, ''अनाजी, चलो देखें, अश्वशाला कैसी बनी है! साथ ही जगदीश्वर के दर्शन भी कर लेंगे।''

राजे महल से बाहर आए ही थे कि सम्भाजीराजा से उनकी भेंट हो गई। युवराज अकेले ही थे। राजे ने पूछा, ''बालराजे कहाँ हैं?''

युवराज ने सिर झुका लिया। बोले, ''माँजी ने कहा, बाहर ठंडी हवा है, इसलिए बालराजा को...।''

''तुम यहीं ठहरो। हम जाकर बालराजा को ले आते हैं...।''

राजे तेजी से कदम बढ़ाते हुए जा रहे थे। वे सोयराबाई के महल में गए। राजे को देखते ही बालराजा राजाराम खुशी से मुस्कुराने लगा। डगमगाते पगों से वह राजे की ओर लपका। राजे के पाँवों से लिपटकर और नन्ही-सी गर्दन उठाकर कहने लगा, ''आबाऽऽ भूरर...।''

''हाँ, हाँ, चलेंगे दूर!'' राजे की दृष्टि सोयराबाई की ओर गई। वे राजे की ओर ही देख रही थीं। राजे ने कहा, ''हम बालराजा को घुमा-फिराने ले जा रहे हैं।''

''न ले जाएँ।''

''क्यों?''

''अभी कुछ दिन पहले इन्हें सर्दी हो गई थी। इन्हें ठंडी हवा से कष्ट होता है।'' सोयराबाई ने कहा।

हँसने का प्रयत्न करते हुए राजे कहने लगे, ''मराठे का बच्चा है यह! ऐसे सर्दी-गर्मी खाकर ही तगड़ा बनेगा। सर्दी से क्या बचना-डरना?''

''ना! बालराजा को न ले जाएँ।'' सोयराबाई ने फिर कहा।

अब राजे के होंठों की हँसी खो गई। वे बोले, ''रानीसाहिबा, हमें भी बच्चों की चिन्ता है। बच्चों को इतना बचा-सँभालकर रखना ठीक नहीं।''

राजे को लगा, जैसे सोयराबाई धीरे से हँसी हों। वे कहने लगीं, ''सो तो ठीक है। मगर आपके दो बेटे हैं, मेरा तो एक ही है।''

राजे के मुख पर ऐसी तीव्र व्यथा चमक उठी, मानो किसी ने कोड़े की फटकार मारी हो। बाएँ हाथ से बालराजा की पकड़ को छुड़ाते हुए वे कह उठे, ''रानीसाहिबा, क्या ही अच्छा होता, यदि यह बात आप न कहतीं।''

राजे जाने के लिए मुड़े। जाते समय उन्हें बालराजा के रोने की और पीछे चले आ रहे नन्हे कदमों की आवाज आ रही थी। राजे ने तेज कदम बढ़ाए और महल से बाहर चले गए।

4

दुपहरी का सूरज गढ़ पर आग बरसा रहा था। राजे हिरोजी इटलकर के साथ फीलखाने के निर्माण-कार्य का निरीक्षण कर रहे थे। पत्थरों की दीवारें बनाई जा रही थीं। कई मजदूर काम में व्यस्त थे। राजे हिरोजी से कहने लगे, "हिरोजी, निस्सन्देह ही यह निर्माण-कार्य अति सुन्दर है। परन्तु सच कहें, तो इस गढ़ में फीलखाने की कोई आवश्यकता नहीं थी। हमें ऐरावत हाथी पालकर अपना ऐवर्श्य दिखाने का कोई शौक नहीं है। मुगलों के साथ हुई लड़ाइयों में हाथी हमारे हाथ लग जाते हैं और हम उलझन में पड़ जाते हैं कि उनका क्या करें! हमारा आधार तो हैं अश्वदल और खुले मैदान में सैनिक-छावनी।"

"किन्तु महाराज, हाथी के बिना किले की शान नहीं होती–फिर सेना की भी शक्ति उसके बिना कुछ बढ़ नहीं पाती है।"

राजे हँस पड़े, "हिरोजी, तुम्हारी पहली बात ठीक है, किन्तु दूसरी गलत है। लड़ाई में मुगलों की हार के कई कारण हैं–इनमें से एक कारण है–हाथी की अंबारी। हाथी की अचूक अंबारी पर निशाना लगाने जैसा सरल काम शायद ही और कोई हो। जैसे ही हाथी पर सवार सेनापति भूमि पर गिरा कि अगले ही पल सेना तितर-बितर हो जाती है।"

इसी समय राजे ने सुना, कोई कह रहा था, "जय जय रघुवीर समर्थ।"

राजे ने देखा–भगवा चोला धारण किए हुए एक गोसाईं साधु राजे की ओर चला आ रहा था। राजे के निकट आकर उसने उन्हें नमस्कार किया। राजे ने भी उसे अति नम्र भाव से प्रणाम किया। राजे ने पूछा, "गोसाईंजी, आपका शुभ नाम?"

"इस देह को दिवाकर गोसाईं कहते हैं।"

"आप चाफल में रहते हैं?"

"हाँ।"

"समर्थगुरु रामदास तो कुशलपूर्वक हैं न?"

"सब रामजी की कृपा है।"

"दिवाकर गोसाईंजी, चलिए, महल में पधारिए।" राजे ने कहा।

"राजे, समर्थगुरु रामदासजी ने आपके नाम पत्र दिया है। पहले आप उसे स्वीकार करें।"

"पत्र? हमारे नाम?"

दिवाकर गोसाईं ने झोली में से एक पत्र निकाला और राजे को दिया। राजे ने उसे माथे से लगाया। वे पत्र पढ़ने के लिए अधीर हो उठे थे। राजे गोसाईं महाराज के साथ राजसभागृह में गए। दिवाकर गोसाईं को आसन पर बैठाकर राजे ने वह पत्र मोरोपन्त को दे दिया। राजे ने कहा, "पढ़ो।" किन्तु तुरन्त वे कह उठे, "ठहरो। यह पत्र माँसाहिबा को भी सुनाना चाहिए। गोसाईंजी, यदि आपकी आज्ञा हो, तो हम महल में हो आते हैं।"

दिवाकर गोसाईं ने सिर हिलाकर अनुमति जताई। राजे मोरोपन्त के साथ जीजाबाई के महल में गए। जाते ही कहने लगे, "माँसाहिबा, हमारा भाग्य जाग उठा। हमें आज एक पत्र प्राप्त हुआ है।"

"किसका पत्र?" जीजाबाई ने बैठे-बैठे पूछा।

"समर्थगुरुजी का।" कहते हुए राजे जीजाबाई के पास बैठ गए।

जीजाबाई ने पूछा, "क्या लिखा है पत्र में?"

"हमने भी अभी पढ़ा नहीं है। हम वह पत्र लेकर सीधा आपके पास आए हैं।" फिर वहाँ निकट खड़ी हुई येसूबाई से राजे ने कहा, "येसु, मोरोपन्त भवन के द्वार पर खड़े हैं। उन्हें अन्दर बुला ला।"

मोरोपन्त अन्दर आए। राजे ने आदेश दिया, "मोरोपन्त, पत्र पढ़ो।"

मोरोपन्त ने पत्र पढ़ना प्रारम्भ किया–

"निश्चय का जो है सुमेरु, है बहुतों का सहयोगी।
है विपत्ति में अखंड स्थिरता, है वह श्रीमान योगी॥
पर-उपकार कथाएँ जिसकी, अधिक अनन्त उजागर।
जिसके गुण-समूह की गाथा, अतुलनीय है भू पर॥
वह नरपति, वह हयपति राजा, गजपति है वह गढ़पति।
इन्द्र समान पराक्रम जिसका, दुर्गा जैसी शक्ति॥
है यशवान् कीर्तिमय राजा, वीरोत्तम वरदाई।
है वह पुण्यशील जयशाली, चतुर-सूज्ञ-फलदाई॥
शील ज्ञान की प्रतिमा है वह, दान धर्म की मूर्ति।
है सर्वज्ञ, सुशील, करे सब अभिलाषाओं की पूर्ति॥
धीर, उदार, धर्मधन, सुन्दर, शूरवीर, रणधीर।
कौशल, सावधानी में अनुपम, नृपवर, चतुर, प्रवीर॥
ध्वस्त हुए हैं तीरथ मन्दिर, ब्राह्मण-गुरु हैं त्रस्त।
डगमग डोले भूमि सकल यह, धर्म ध्वस्त-उध्वस्त॥
कौन यहाँ रक्षक बलशाली, धर्म-गौ-ब्राह्मण का।
रक्षक बन आया यह राजा, भाव धरें नारायण का॥
ज्ञानी, पंडित, पुराणवाचक, कवि-याज्ञिक के आश्रय तुम।
सभ्य-चतुर-धर्माचार्यों के, बहुतों के रखवाले तुम॥
भूमण्डल में धर्म बचाए, कौन अन्य वह वीर?
महाराष्ट्र का धर्म बचाया, तुमने ऐ रणधीर॥
सकुशल अन्य धर्म राज्य में, कितने जन श्रीमान्।
धन्य धन्य यशकथा तुम्हारी, छाई कीर्ति महान्॥
कितने दुष्ट–बली संहारे, कितने हैं भयभीत।
कितनों के आश्रय हो तुम नृप, मंगलमय है रीत॥
हम बसते हैं देश तुम्हारे, मिले न तुम, क्यों मौन?
स्नेह-बंध क्या भूल गए हो, अथवा कारण कौन?"

"ठहरो, मोरोपन्त। यह पद फिर से पढ़ो।" राजे बीच में ही कह उठे। मोरोपन्त पद दुबारा पढ़ने लगे–

"हम बसते हैं देश तुम्हारे, मिले न तुम, क्यों मौन?
स्नेह-बंध क्या भूल गए हो, अथवा कारण कौन?
तुम ज्ञानी, तुम धर्ममूर्ति हो, तुमसे है क्या कहना?
धर्मस्थापना की है तुमने, रक्षा तुम ही करना॥

राजनीति में व्यस्त हुए? या दुविधा में है मन?
अनाहूत लिक्खा है हमने, क्षमा करो राजन् ॥''

पत्र पूरा हुआ। सारे कक्ष में शान्ति छाई हुई थी। राजे ने जीजाबाई की ओर देखा। उन्होंने हाथ जोड़े हुए थे—नेत्रों से अश्रुधारा बह रही थी। स्वयं राजे की भी दशा कुछ ऐसी ही हो गई थी। जीजाबाई ने कहा, ''राजे, समर्थगुरुजी ने तुम्हारी स्तुति की है और हमें वह स्तुति सुनने का सुअवसर प्राप्त हुआ है। अति अहोभाग्य है हमारा!''

''नहीं माँसाहिबा, यह स्तुति नहीं है, यह तो एक उत्तरदायित्व है। समर्थगुरुजी ने हमें अपने कर्त्तव्य की पुनः स्मृति करा दी है। हमारे अपराधों को क्षमा करके उन्होंने हम पर स्नेह की वर्षा की है।''

''अपराध? अपराध कैसे?''

''अपराध क्यों नहीं है? समर्थगुरु रामदास के समान कोई श्रेष्ठ पुरुष हमारे राज्य में रहता है? सारे राज्य में फैले हुए उनके शिष्य सदा हमारी सहायता करते हैं। वे गाँव-गाँव में घूमकर लोगों को हमारे अंगीकृत ध्येय का सहयोगी बनने का आदेश देते हैं। ऐसे महान् सन्त की और हमारी आज तक भेंट न हो? कैसी अनहोनी बात है यह? यही नहीं, समर्थगुरु इस कारण हमसे क्षमा माँगते हैं! हम क्षमा करें? किसे? समर्थगुरुजी को?...कई वर्षों से हमारा मन समर्थगुरुजी से मिलने के लिए उत्कंठित है। नहीं, माँसाहिबा, अब इस कार्य में हमसे विलम्ब नहीं होगा। हम उनके दर्शनों के लिए उनके पास जाएँगे। उन चरणों के दर्शन पाकर ही हमारे मन को सन्तोष प्राप्त होगा।''

''राजे।'' जीजाबाई ने कहा, ''अब मैं यात्रा का कष्ट सहन नहीं कर सकती अन्यथा मैं भी तुम्हारे साथ आती। समर्थगुरु से भेंट होने पर उनके चरणों में हमारा प्रणाम कह देना। बहुत इच्छा थी कि आँख बन्द होने से पहले समर्थगुरुजी के दर्शन हो जाते!''

राजे ने गोसाईं का यथायोग्य आदर-सत्कार किया। उन्होंने समर्थगुरु के पत्र का उत्तर दिया तथा दिवाकर गोसईं के हाथों सन्देश भिजवाया कि वे समर्थगुरुजी के दर्शनार्थ चाफल ग्राम आ रहे हैं। दिवाकर गोसाईं ने राजे का सन्देश लेकर रायगढ़ से प्रस्थान किया।

अगले दिन से राजे के कई गुप्तचर चाफल प्रदेश की ओर जाने लगे।

5

राजे चाफल के प्रदेश में आ गए। उन्होंने रायगढ़ का प्रबन्ध युवराज के हवाले किया और तीन दिन तक पड़ाव करते हुए वे चाफल ग्राम के परिसर में आ पहुँचे। मार्ग में जहाँ-तहाँ फैले हुए उनके गुप्तचर रास्ता दिखा रहे थे। अब राजे ने राजमार्ग छोड़ दिया और छोटे मार्गों से चाफल की ओर जाने लगे। जब वे चाफल पहुँचे, तब सूचना मिली कि स्वामी रामदासजी चाफल के निकटवर्ती ग्राम शिंगणवाडी में बसते हैं। राजे शिंगणवाडी की ओर चल पड़े।

मार्ग में उन्हें स्थान-स्थान पर अनेक गोसाईं साधु मिल रहे थे। जैसे ही राजे आगे बढ़ जाते थे, पीछे से शंखनाद गूँज उठता था। इस शंखनाद के तुरन्त बाद कई शंखों का नाद गूँजने लगता था। शंखनाद की इस शृंखला को कौतुक-भरे मन से सुनते हुए राजे शिंगणवाडी क्षेत्र में आ पहुँचे।

शिंगणवाडी छोटा-सा गाँव था—आम के घने डौलदार वृक्षों के बीच बसा हुआ। गाँव के चारों ओर घना जंगल था। सह्यादि पर्वत की गोदी में और तारले कोयना घाटी में स्थित इस गाँव का प्रकृति-सौन्दर्य मन को मोह लेता था। गाँव के निकट पहुँचकर राजे पालकी से उतर पड़े। दिवाकर गोसाईं राजे का स्वागत करने के लिए पहले से ही उपस्थित थे।

गाँव के बाहरवाली विशाल अमराई में समर्थगुरुजी का मठ स्थित था। मठ के वातावरण में स्वच्छता व्याप रही थी। कई गोसाईं साधु इधर-उधर आ-जा रहे थे। कई झोंपड़ियाँ थीं, उनके आगे गो-मल से लिपे हुए आँगन बरबस ध्यान खींच लेते थे। इस दृश्य को देखकर राजे को रामायण में वर्णित ऋषियों के आश्रय की स्मृति हो आई। एक स्थान पर आते ही राजे ठिठककर रह गए। सामने कुछ दूरी पर एक पीपल का वृक्ष था। उसके निकट बनी हुई छोटी-सी किन्तु मनमोहक पर्णकुटी दर्शक का मन हर लेती थी। पर्णकुटी के सम्मुख छोटा-सा पुष्प-उद्यान था। अकस्मात् राजे का ध्यान एक दिव्य पुरुष की ओर गया, जो पीपल के गोल चबूतरे पर खड़ा हुआ था। उस अलौकिक सौन्दर्य को मन में बसाते हुए राजे एक-एक पग आगे बढ़ते जा रहे थे।

उस तेजस्वी व्यक्ति के सिर पर जटाएँ सुशोभित थीं। छाती एक लम्बी दाढ़ी, साँवली किन्तु तेजोमय शरीर, भेदती हुई तथापि शान्त दृष्टि, होंठों पर फैली हुई मन्द मुस्कान, चौड़ा विशाल भाल और उस पर अर्बुद की एक बड़ी-सी गाँठ। एक हाथ में जपमाला तथा दूसरे में टेका-दंड धारण किए खड़े हुए उस महापुरुष को देखते ही राजे का हृदय शान्ति से आपूरित हो उठा। शरीर रोमांचित हो उठा। वे उस महामानव के पास आए—इसी समय गहरे कूप की गूँज के समान एक गम्भीर ध्वनि उन्हें सुनाई दी, "आइए, राजन्, हम आपकी ही प्रतीक्षा कर रहे थे।"

राजे चबूतरे पर चढ़े। घुटनों को भूमि पर टिकाकर उन्होंने अत्यन्त विनम्रतापूर्वक समर्थगुरु रामदास के चरणों में सिर झुका दिया। तभी उनके दोनों हाथों को किसी ने स्पर्श किया। राजे ने अनुभव किया—स्पर्श करनेवाले हाथों की पकड़ दृढ़ है। वे दो भुजाएँ राजे को उठाना चाहती थीं। राजे ने उन बलिष्ठ भुजाओं की ओर देखा। उन्हें भय हुआ—भुजाओं में बँधी हुई रुद्राक्षमालाएँ कहीं बलशाली स्नायुओं के तनाव के कारण टूट न जाएँ! राजे उठकर खड़े हुए ही थे कि समर्थगुरु रामदास की बाहुओं ने उन्हें आलिंगन में बाँध लिया। समर्थगुरु कह रहे थे, "राजे, आज हमने तुम्हारे दर्शन पाकर प्रभु रामचन्द्रजी के दर्शनों के समान प्रसन्नता पाई है। हम धन्य हुए!"

यह वचन राजे को असह्य हो उठे। समर्थगुरु उनके मुँह की बात कह गए थे। यह बात तो राजे समर्थगुरु के बारे में कहना चाहते थे। राजे के नेत्रों में केवल कुछ आँसू शेष रहे थे। वाणी की सारी शक्ति समेटकर राजे इतना ही कह सके, "हमारे अपराधों के लिए समर्थगुरुजी हमें क्षमा करें।"

"शिवबा, हमारी ओर देखो।"

राजे ने दृष्टि ऊपर उठाई। ओह! कितना प्रसादपूर्ण मुखमण्डल उनके सम्मुख विराजमान था! राजे की पीठ पर हाथ रखते हुए समर्थगुरु ने कहा, "शिवबा, सम्भवतः तुम्हें अपने स्वरूप का ज्ञान न हो, किन्तु हम तुम्हें भलीभाँति पहचानते हैं। तुम राजयोगी हो! श्रीमान योगी हो तुम! तुम्हारी योग्यता का हम क्या बखान करें! किन्तु राजन्, तुम जो योगसाधना करते

हो, उस कारण हम जैसों की व्याकुलता कभी-कभी बढ़ जाती है। ऐसा क्लेशदायी आचरण क्यों करते हो, राजन्?''

राजे आश्चर्यचकित होकर समर्थगुरु की ओर देख रहे थे। समर्थगुरु हँसने लगे। बोले, ''राजन्, इस प्रदेश पर आदिलशाह का राज्य है। इस प्रदेश में हमसे मिलने के लिए आकर तुमने अपने प्राणों को यों संकट में क्यों डाला है? तुम्हारी वीरता की कथाएँ सुनकर हमें बहुत प्रसन्नता हुई और प्रसन्नता के उसी आवेग में हम तुम्हें पत्र लिख गए। किन्तु हमने स्वप्न में भी नहीं सोचा था कि तुम ऐसा उतावलापन कर बैठोगे!''

''हमारे प्राण क्या इतने मूल्यवान् हैं?''

समर्थगुरु ने झट राजे की कलाई पकड़ ली। वे बोले, ''शान्त हो राजन्। ऐसे वचन कभी भूल से भी न कहा करो। तुम्हारा कार्य अति मूल्यवान् है—महान् है। हम तो प्रभु रामचन्द्रजी के दास हैं। हमारा धर्म केवल यही है कि हम सुविचारों के बीज बोते जाएँ। वे विचार यदि उपजाऊ भूमि में जा गिरते हैं, तो पुष्कल फल प्राप्त होता है। किन्तु यदि वे ही विचार किसी शिला पर जा गिरें, तो उन्हें वायु उड़ा ले जाती है। केवल मुख के वचनों का मूल्य क्या है? कुछ भी तो नहीं। राजे, तुम्हारा परिश्रम सफल हुआ। इस भूमि पर यदि स्वर्ग का नन्दनवन अवतरित हो सका, तभी हमारे विचारों का कुछ उपयोग होगा—हमारे जीवन का कोई ध्येय हो सकेगा। तुम्हारे बिना हमारा जीवन अधूरा है। तुम अपने निश्चित लक्ष्य तक पहुँचने तक सकुशल सुरक्षित बने रहो, इसी में हमारे जीवन की सफलता है। राजन्, हमें जब तुम्हारे आगमन का समाचार ज्ञात हुआ हम तभी तुम्हें सन्देश भेजना चाहते थे, किन्तु तभी समाचार प्राप्त हुआ कि रायगढ़ से तुम्हारा प्रस्थान हो चुका है।''

समर्थगुरु रामदास ने राजे को अपने निकट बैठा लिया। राजे ने अपने साथ आए हुए पेशवा मोरोपन्त तथा सेनापति प्रतापराव गुजर का परिचय कराया। समर्थगुरुजी ने उन दोनों से कहा, ''साल्हेर के रणक्षेत्र में तुमने जो पराक्रम दिखाया है, उसे सुनकर हमारा हृदय तृप्त हुआ। सदा ऐसी ही शूरता दिखाया करो। भविष्य में तुम्हें मुगल साम्राज्य के विरुद्ध अनेक महान् उत्तरदायित्व निभाने होंगे।''

''समर्थगुरुजी का ज्ञान बहुत विस्तृत है।'' राजे गद्गद कंठ से कह उठे।

''नहीं राजे, यह हम अन्तर्ज्ञान अथवा दूरदृष्टि के द्वारा नहीं कह रहे हैं। बहिर्जी और महादेव जैसे तुम्हारे गुप्तचरों ने हमारे सैकड़ों गोसाईं साधुओं को इस काम में उलझाया हुआ है। हमारे वे साधु परमार्थ साधना की अपेक्षा राजनीति से ही अधिक जुड़े हुए हैं। इसी कारण हमें सारी जानकारी प्राप्त होती रहती है।''

इसे सुनकर समर्थगुरु के सम्मुख राजे पहली बार मुस्कुराए। समर्थगुरुजी ने राजे से कहा, ''राजन्, हमें प्रतीत होता है कि अब आदिलशाही के साथ तुम्हारी मित्रता अधिक काल नहीं टिक पाएगी।''

''समर्थगुरुजी को इस विषय में सन्देह क्यों है? हमारे दूत बाबाजी नाईक पुंडे आदिलशाही राज्य की राजधानी बीजापुर में ही रहते हैं।''

''वह तो ठीक है। हमें सन्देह नहीं, पूर्ण विश्वास है। तुमने कुडाल के युद्ध में खवासखान को शत्रु बना लिया है—आजकल बीजापुर दरबार में उनका सम्मान बढ़ता जा रहा है। एक न एक दिन तुम भी इसे जान जाओगे और उस समय तुम उचित निर्णय करोगे ही।''

राजे ने मोरोपन्त की ओर देखा। मोरोपन्त ने अपने पीछे खड़े हुए मावले के हाथों से एक-एक थाल लिया और उन्हें समर्थगुरुजी के सम्मुख रखते गए। थाल पर रखे गए आच्छादन हटाए गए। थाल सोने और चाँदी की मुद्राओं से भरे हुए थे। थालों की ओर देखकर समर्थगुरु कहने लगे, ''राजन्, भला यह क्यों लाए हो? इसकी क्या आवश्यकता थी? हम ठहरे संन्यासी–पहना हुआ कौपीन भी हमारे लिए भारवत् है। हाँ, हमें आवश्यकता अवश्य है–किन्तु इस द्रव्य की नहीं। हमें आवश्यकता है तुम्हारे स्नेह की, तुम्हारे वचन की।''

''क्या? वचन की?''

''हाँ, तुम्हारे वचन की। कुछ मनुष्य दैवीय कार्य करने के लिए ही इस धरती पर अवतरित होते हैं–वे परमेश्वर का अंश होते हैं। ऐसे दिव्य पुरुषों का वचन पाने में ही क्या हमारा कल्याण निहित नहीं है?''

''समर्थगुरुजी के शब्दों से हम लज्जा-संकोच से दबे जा रहे हैं।''

''राजन्, झूठी विनम्रता न दिखलाओ। तुम्हारी शूरवीरता देखकर तो आज हम जैसे संन्यासी भी मोहित हो उठे हैं। तुम्हारी योग्यता बहुत महान् है, उसे समझो। उसे व्यर्थ मत होने दो।''

''कहिए गुरुदेव, मैं क्या करूँ?''

समर्थगुरु मुस्कुराने लगे। बोले, 'राजन्, राजा का प्रजा के साथ वही सम्बन्ध है, जो मेघ का धरती से होता है। मेघराज अपने हृदय की आर्द्रता से धरती को तृप्त करता है। उसकी दृष्टि नीचे धरती को ही देखा करती है। तुम्हारा कर्तव्य भी ऐसा ही है।''

समर्थगुरु ने पुकारा, ''कल्याण!''

कल्याणस्वामी वहाँ आए। उन्होंने राजे को नमस्कार किया। समर्थगुरु ने कहा, ''कल्याण, देख वत्स, राजा आज हमारे घर अतिथि बनकर पधारे हैं। वे आकर सीधा हमारे निकट पीढ़े पर ही बैठ गए हैं। जब इनके साथी देखेंगे कि स्वयं राजा ही खुले आकाश के नीचे बैठे हैं, तो वे बेचारे दुविधा में पड़ गए होंगे। उन्हें तो खुली भूमि पर बैठने में भी संकोच होता होगा। वत्स, तू जा और पशुओं के दाना-सानी और सैनिकों के भोजनादि की व्यवस्था कर।''

''क्षमा करें, गुरुदेव!'' राजे ने कहा, ''आप उस विषय की चिन्ता न करें। हमारी सेना अपनी भोजन-सामग्री सदा साथ लेकर चलती है।''

''राजन्, हम जानते हैं। हमें यह भी ज्ञात है कि तुम्हारी सेना चाहे प्रदेश में कहीं भी हो, वह कभी भी ग्रामवासियों को किसी प्रकार से कष्ट नहीं देती। हमें अभिमान है तुम्हारी ऐसी सेना पर।''

फिर राजे ने मन्दिर जाकर उस मरुत पुत्र मारुति की मूर्ति के दर्शन किए, जिसकी स्थापना स्वयं समर्थगुरु रामदास ने की थी। दर्शन को राजे समर्थगुरुजी सहित मठ में गए।

इसके पश्चात् दो दिन बीत गए। इस काल में राजे ने समर्थगुरु रामदास के उपदेशों का श्रवण किया। समर्थगुरु ने उन्हें आत्मज्ञान, सिद्धपुरुषलक्षण, सारासारविवेचन, राजनीति, कूटनीति, विषयनिवृत्ति आदि अनेक विषयों का ज्ञान दिया। उस अनोखे वातावरण से तथा आध्यात्मिक विचारों से राजे का मन प्रभावित हो उठा था। प्रभावित ही नहीं, पूर्णतः तृप्त हो चुका था। अगले दिन राजे ने गुरु से दीक्षा प्राप्त करने की अभिलाषा प्रकट की। समर्थगुरु ने राजे की प्रार्थना को सहर्ष स्वीकार कर लिया।

शुभ दिन तथा शुभ समय देखकर समर्थगुरु रामदास ने शिवाजीराजा को दीक्षित करके अनुगृहीत किया। समर्थगुरु का वरदहस्त पाकर शिवाजीराजे सनाथ हो गए।

दुपहरी में राजे तथा समर्थगुरु कुटी में विराजमान थे। वार्तालाप के बीच राजे पूछने लगे, ''गुरुदेव, क्या आपने परमात्मा के दर्शन किए हैं?''

समर्थगुरुजी ने एकदम ऊपर देखा। उनके मुखमंडल पर हँसी फैल गई। राजे को एकटक देखते हुए वे कहने लगे, ''वत्स शिवबा, यह प्रश्न तुम्हें कल पूछना चाहिए था। गुरु-मन्त्र पाने के पूर्व हमारी परीक्षा करते समय तुम्हें यह प्रश्न पूछना चाहिए था। अब गुरु से दीक्षित होने के बाद तुम्हें यह पूछने का अधिकार नहीं रहा।''

राजे को अपने प्रश्न के बारे में संकोच का अनुभव होने लगा। उन्होंने यह शब्द सुने, ''राजन्, परमात्मा का दर्शन जीवन का लक्ष्य नहीं है। अध्यात्मशास्त्र भी यही कहते हैं। परमेश्वर तो चराचर जगत् में सर्वत्र व्याप्त है—वह हमारे भीतर भी है। स्वयं अपने को जानना ही जीवन का लक्ष्य होना चाहिए। हमें यदि परमेश्वर मिल गया होता, तो हम तुम्हें इस प्रकार गुरुपदेश देते हुए क्यों बैठे रहते?''

''तो क्या जीवन में सद्गुरु का कोई महत्त्व नहीं?'' राजे ने पूछा।

''राजन्, तुम कई बार अज्ञात प्रदेशों में गए होगे—वहाँ मार्ग भूल पड़े होगे। मार्ग में ही तुम्हें कोई पथिक मिला होगा। तुम उससे मार्ग पूछते हो, वह मार्ग बता देता है। तुम उसी मार्ग पर चल पड़ते हो। उस मार्ग पर चलते समय क्या तुम्हारे मन में कभी सन्देह उत्पन्न होता है—'इस पथिक ने हमें उचित मार्ग बताया है अथवा नहीं?' मानव-जीवन में गुरु का भी वही स्थान है, जो उस पथप्रदर्शक पथिक का है। मार्ग पर तुम्हें चलना है—ध्येय तक भी तुम्हें ही पहुँचना है। वास्तव में तुम और हम दोनों एक ही मार्ग के पथिक हैं। जिसे पहले मार्ग मिल जाए, वह दूसरे को मार्ग बता दे। तुम और हम बस इसी नाते परस्पर बँधे हुए हैं।''

''किन्तु गुरुदेव, आपने हमें जप-तप आदि करने की आज्ञा नहीं दी।'' राजे ने मन में उठ रही शंका प्रकट कर दी।

''जप-तपादि की आवश्यकता ही क्या है? परमेश्वर ने तुम्हें तुम्हारा कर्तव्य सौंप रखा है—तुम उसकी पूर्ति में मग्न हो। तुम्हारा लक्ष्य है, इस धरती पर श्री का राज्य स्थापित हो। श्रद्धा तथा प्रेमभाव द्वारा इसी ध्येय की पूर्ति करना ही क्या ईश्वर-सेवा नहीं है? राजन्, सबके प्रति स्नेहभाव बनाए रखो। प्रजा पर प्रेम की वर्षा करते रहो। धर्म की रक्षा करो—महाराष्ट्र धर्म की वृद्धि करो। यही तुम्हारे लिए तप है। इसी पर चलकर तुम परमेश्वर तक पहुँच पाओगे।''

मठ में भोजन परोसा जा रहा था। राजे के सब सैनिक ऊँच-नीच का भेद भुलाकर समर्थगुरु के मठ की प्रसादी पा रहे थे। इस स्नेहमय वातावरण में राजे सारी चिन्ताएँ भूल चुके थे। हृदयकोष में आनन्द की निधि भरते जा रहे थे। इसी प्रकार चार दिन बीत गए, फिर भी राजे पुनः प्रस्थान के बारे में कोई बात नहीं करते थे। समर्थगुरु ने इस भाव को ताड़ लिया। उन्होंने राजे से कहा, ''शिवबा, कल शुभ दिन है। कल ही प्रयाण करना उचित होगा। तुम यदि यहीं रम गए, तो सारा महाराष्ट्र हमें दोषी कहेगा। माँसाहिबा रायगढ़ में तुम्हारी प्रतीक्षा करती होंगी।''

राजे का हृदय भर आया। वे बोले, ''माँसाहिबा की तीव्र इच्छा थी कि वे आपके दर्शन पा सकें। किन्तु वे अब वृद्धा हो चुकी हैं—मार्ग का कष्ट सहन नहीं कर पाती हैं। उन्होंने हमें विदा करते समय कहा था, '...समर्थगुरुजी से हमारा दंडवत् प्रणाम कह देना। कहना कि मेरी हार्दिक कामना है कि संसार से कूच करने से पूर्व समर्थगुरुजी के दर्शन पा जाऊँ...'।''

समर्थगुरु ने नेत्र बन्द कर लिए। जब उन्होंने नेत्र खोले, तो नेत्र सजल हो आए थे। समर्थगुरु कहने लगे, ''राजन्, आपकी माता महान् आत्मा हैं। उनके दर्शन तो हमें पाने चाहिए। उनसे कहो—आपका सन्देश हमने पाया। आकांक्षाओं की पूर्ति तो प्रभु रामचन्द्रजी के वश की बात है।''

प्रस्थान का दिन आ पहुँचा। राजे का हृदय विह्वल हो रहा था। समर्थगुरु भी व्यथित हो रहे थे। राजे ने समर्थगुरु के चरणों का स्पर्श किया। राजे के अश्रुपूर्ण नेत्रों को देखकर समर्थगुरु भी गद्गद हो उठे। उन्होंने कहा, ''शिवबा, तुम्हारे नेत्रों में अश्रु शोभा नहीं देते।''

''महाराज, आपके साथ में हम कुछ समय बिता सके। हमारा जीवन सफल हुआ। मन कहता है—इन चरणों को छोड़कर कहीं न जाएँ। गुरुदेव, आपके दर्शन फिर कब पाएँगे हम?'' राजे ने व्याकुल होकर कहा।

राजे के कन्धे पर हाथ रखकर तथा राजे की आँखों में देखते हुए समर्थगुरु ने कहा, ''राजन्, तुमने हमसे गुरु-दीक्षा पाई है। तुम चाहे कहीं भी रहो जब भी तुम हमारा स्मरण करोगे, हम तुम्हारे निकट ही होंगे। अब तुम्हारे और हमारे बीच कोई भेद नहीं रहा। वैसे पहले भी हम और तुम एक-दूसरे से भिन्न नहीं थे। यदि अब भी भिन्नता की अनुभूति होती हो, तो फिर गुरु और शिष्य के सम्बन्ध का लाभ ही क्या? इसलिए तुम अपने मन को यहाँ उलझाओ नहीं। तुम्हारा कार्य बहुत विशाल है। तुम्हें बहुत कुछ सहना है। उस ओर अपना ध्यान केन्द्रित करो।''

''गुरुदेव!''

''ना, ना, शिवबा! संयत बने रहो, भाव-विवश मत होओ। तुम्हारा सब कुशल होगा। यदि कभी मन करे, तो अवश्य यहाँ चले आना। तुम्हारे दर्शन पाकर हमें भी प्रसन्नता होगी।'' ऐसा कहते हुए समर्थगुरु के नेत्र भी छलछला आए।

उन्होंने राजे को हृदय से लगा लिया। वे बोले, ''राजन्, हम तो संन्यासी हैं, संसार से निवृत्ति पा चुके हैं किन्तु तुमने हमें मोह में बाँध लिया है। अच्छा, तनिक ठहरो, राजन्।''

समर्थगुरु अपने मठ में गए। खड़ाउँओं की खट्-खट् आवाज सुनकर राजे की दृष्टि मठ के द्वार की ओर गई। समर्थगुरु भगवे वस्त्र से लिपटी एक गठरी-सी हाथ में लेकर बाहर आ रहे थे। राजे के पास आकर वे कहने लगे, ''राजन्, हम तो संन्यासी हैं—तुम्हें क्या दे सकते हैं हम? पर्वत की शिवघर घाटी में बैठकर नौ वर्षों तक हमने एक ग्रन्थ पूर्ण किया है।—नाम है 'दासबोध'। हमारा शिष्य कल्याणस्वामी उसे लेखबद्ध करता रहा था। प्रभु रामचन्द्रजी की कृपा से हमारा वह कार्य सम्पन्न हुआ। उसके बाद हमने स्वयं अपने हाथ से उस ग्रन्थ की एक प्रति बनाई है। हमने वह प्रति तुम्हें देने के लिए रखी हुई है। अपने जीवन का समस्त दर्शन तथा तत्त्वज्ञान हमने इस पोथी में लिख दिया है। इस निधि को सँभालकर रखना। जब कभी मन पर उदासी छाए, हृदय उलझन-संशय में डूबने लगे, उस समय इस पोथी को खोल लेना। प्रभु रामचन्द्रजी की कृपा से तुम्हें अवश्य ही मार्ग दिखाई देगा। आज

हम तुम्हें यह 'दासबोध' ग्रन्थ दे रहे हैं। नहीं, ग्रन्थ ही नहीं, हम अपना सर्वस्व तुम्हें सौंप रहे हैं।''

राजे ने 'दासबोध' ग्रन्थ को हाथों में लेकर माथे से लगा लिया। समर्थगुरु के चरणों पर पुनः कुछ अश्रुबिन्दु टपक पड़े। समर्थगुरु की अनुमति पाकर राजे आश्रम से विदा हुए।

6

गर्मियों के दिन थे, इसलिए राजे ने बड़े सवेरे ही छावनी हटाकर कूच करने की आज्ञा दी। समर्थगुरु से विदा हुए दो दिन हो चुके थे, फिर भी समर्थगुरु की आकृति राजे के नेत्रों के आगे से दूर नहीं हो पाई थी। कानों में अब भी उनकी वाणी गूँज रही थी।

धूप होने के साथ-साथ गर्मी बढ़ती जा रही थी। राजे धूप और उमस की परवाह किए बिना प्रतापराव के साथ चले जा रहे थे। उनके आगे-पीछे अश्वारोही दल दौड़ रहे थे। दोपहर होने पर राजे एक आम्र-वृक्ष के तले ठहर गए। अश्वारोही दल को भी ठहरने की आज्ञा दी गई। सामने एक नदी थी—जिसके पाट के बीच क्षीण-सी जलधारा बह रही थी। सारी घुड़सवार सेना नदी के तट पर ठहर गई। सबने नहारी की पोटली खोल ली। प्रतापराव राजे की ओर देख रहे थे। बीच-बीच में वे इधर-उधर भी देख रहे थे। राजे ने पूछा, ''प्रतापराव, क्या देख रहे हो?''

''कटहल के पेड़ दिखाई दे रहे हैं। अभी जाकर कुछ पत्ते ले आता हूँ—उसी की पत्तलें बना लेंगे।''

राजे एकदम हँस पड़े। बोले, ''प्रतापराव, हम ठहरे मराठे आदमी। हम सीधे-सादे आदमी हैं। जाने कितनी बार तो हमने छावनी में भाकरी* हाथ पर लेकर खाई है। हमें आदत हो गई है। अब लाओ, भाकरी हमारे हाथ पर रखो।''

प्रतापराव के शिलेदार ने नहारी की पोटली खोली। पोटली में बँधी हरी मिर्च की चटनी, सफेद प्याज और भाकरी देखकर राजे का जी झूम उठा। उन्होंने एक प्याज छीलकर पत्थर पर रखा और मुक्का मारकर फोड़ा। फिर भाकरी पर मिर्च की चटनी रखकर हाथ में ले ली। राजे के कहे अनुसार प्रतापराव ने भी भाकरी हाथ में ले ली। नहारी करने के बाद सब नदी के पाट में उतरे। सबने पानी पिया। थोड़ा विश्राम करने के बाद राजे अभी घोड़े पर सवार हो ही रहे थे कि प्रतापराव ने कहा, ''महाराज, यहाँ से कुछ दूर पहाड़ के तिकोने में कोरजाई नाम का गाँव है।''

राजे उनका मतलब नहीं समझ सके। प्रतापराव ने कहा, ''कोरजाई रामजी पांगेरा का गाँव है, महाराज।''

''यहाँ का निवासी था रामजी पांगेरा—और तुमने उसे दूर कणेरगढ़ का किलेदार बनाया?''

''उतनी दूर जाने के लिए कोई विश्वासपात्र आदमी नहीं दिखाई दिया। फिर राजकीय आदेश है कि जो भी किलेदार बनाया जाए, वह उस प्रदेश का निवासी न हो। इसलिए पांगेरा को उस दूर के किले पर नियुक्त किया था।''

''प्रतापराव, चलो, चलते-चलते हम कुछ देर उस बस्ती में भी हो आएँ।''

---

* ज्वार की मोटी रोटी।

कोरजाई गाँव पहाड़ की गोदी में बसा होने के कारण राजे को तभी दिखाई दिया, जब वे ठीक गाँव की सीमा पर पहुँचे। गाँव क्या था, बीस-पच्चीस झोंपड़ियों की और नौ-दस छोटे-छोटे घरों की बनी छोटी-सी बस्ती थी। वह बस्ती पहाड़ के उतार पर तलहटी के निकट बसी हुई थी। घोड़ों की टापों की आवाज सुनकर सारा गाँव भयभीत हो उठा। राजे के कुछ घुड़सवार पहले ही गाँव में पहुँच चुके थे। राजे प्रतापराव के साथ धीमी गति से चले जा रहे थे। हर घर के दरवाजे पर स्त्रियों और बच्चों की भीड़ दिखाई दे रही थी। गाँववाले राजे को एकटक देख रहे थे। सब आश्चर्य-भरी दृष्टि से राजे को ही देख रहे थे। प्रतापराव आगे चल रहे थे। वे एक स्थान पर घोड़े से उतर पड़े।

रामजी पांगेरा के जन्मदाता मारुति पांगेरा अधेड़ आयु का व्यक्ति था। जब सवारों ने उसे बताया कि शिवाजीराजा पधार रहे हैं, तो वह सुध-बुध भूल गया। उसने घर के सामनेवाला चबूतरा झटपट साफ किया–उस पर मोटा ऊनी कम्बल बिछा दिया। बेचारा बूढ़ा बुरी तरह सकपका गया था। उसने अपने दूसरे लड़के–रूपाजी को बुलवा भेजा। इसी समय खबर मिली कि राजे आ पहुँचे हैं। बूढ़े ने झट झाड़ू दूर फेंका और पगड़ी सँभालता हुआ बूढ़ा मारुति आगे दौड़ा। मन में आनन्द समाए नहीं समा रहा था।

महाराज मारुति के घर के सामने आकर घोड़े से उतर पड़े। तभी मारुति की ओर उनकी दृष्टि गई और वे उसे देखते ही रह गए। बूढ़ा था, मगर सीधा तनकर खड़ा हुआ था। उसकी आँखें एकटक राजे की ओर देख रही थीं। राजे ने एक कदम आगे बढ़ाया ही था कि बूढ़ा आगे दौड़ा। उसने एकदम राजे के पैर छू लिए। उसे उठाते हुए राजे ने कहा, “बाबा, यह क्या करते हो? हमें आशीर्वाद दो तुम, हमारे पैर पड़ना ठीक नहीं।”

हर्ष की अधिकता से बूढ़े बाबा की वाणी मूक हो गई थी। वह राजे को घर के चबूतरे की ओर ले गया–राजे चबूतरे पर बैठ गए। बूढ़ा एकदम अवाक् हो गया था–क्या कहे, क्या न कहे! वह झट से घर में भीतर गया। बाहर आया, तो उसके साथ एक वृद्धा थी। साथ रामजी पांगेरा की विधवा पत्नी भी थी और था रामजी का चार बरस का लड़का। सबने राजे को प्रणाम किया। मारुति बहुत संकोचपूर्वक पहली बार जैसे-तैसे कह पाया, “छोटा बेटा खेत गया है।”

राजे उस घर के आनन्द को देखकर स्वयं ही सकपका-से गए थे। जिस घर का कमाऊ पूत खो गया हो, वह दुख भुलाकर आनन्द में डूब रहा है। यह देखकर राजे भी सोच में खोए हुए थे कि क्या कहें। किसी प्रकार वे यह कह सके, “रहने दो बाबा, तुम आराम से बैठ जाओ।”

राजे ने उसे बलात् अपने पास बैठा लिया। रामजी के अधनंगे-उघड़े बेटे को उन्होंने प्यार से अपने पास लिया, तो वह बच्चा घबराकर दूर भागा। निश्छल स्नेह को देखकर राजे का मन भर आया था। देहाती किसान मारुति दरबारों की भाषा क्या जाने। वह अपनी गाँव की ठेठ बोली में बोला, “अरे राजा, हमारे भाग बड़े, जो तू गरीबों के घर आया।”

“नहीं बाबा, नहीं। यह गरीब का घर नहीं है। छाती का परकोटा बनाकर दिलेरखान को वापस धकेल देनेवाले वीर रामजी का घर है यह...।”

रामजी का नाम सुनते ही बूढ़ा मारुति यादों में खो गया। उसकी आँखें छलछला आईं। राजे ने उसके कन्धे पर हाथ रखा। अपनी आँखों में छलक आए आँसुओं को रोकते हुए राजे ने कहा, “बाबा, रोओ मत।”

"रोता नहीं हूँ राजे।" मारुति आँसू पोंछते हुए कहने लगा, "बेटे ने घराने की बड़ी शान बढ़ाई है। नहीं तो तू काहे आता यहाँ गरीब के घर? तू आया, कमली पर बैठा! बस राजा, मेरा तो जीवन तर गया।"

राजे उदासी-भरी फीकी हँसी हँसकर कहने लगे, "बाबा, हमें क्यों बड़ा बनाते हो? हमारी सराहना कैसी? रामजी जैसे बहादुरों के दम से हम राज करनेवाले लोग हैं!"

इन शब्दों से मारुति छटपटा उठा, "ना रे राजा, ना! ऐसी बात मत कह। अरे, तू पीठ पीछे खड़ा रहता है, तभी तो लड़के लड़ते हैं। जाने कितने बरसों बाद इस बरस तेवहार मनाया है हमने। गरीब मिट्टी खाते थे–मिट्टी, सो इस बरस मुँह में दो कौर डाल सके हैं। तू आगे रहेगा, तो गरीब लोग पीछे रहकर क्या करेंगे?"

राजे मारुति की बात का आशय नहीं समझ सके।

"अरे, ये पूछ कि क्या नहीं किया तूने? ये गाँव-गाँव के पटेल-पटवारी हैं न, देसाई और जागीरदार हैं–प्रजा का खून चूसनेवाली जोंकें हैं ये! जो कुछ खेतों में उगे, सब बटोर ले जाएँ। और हम?...हम गरीब खेत की मेंढ़ों पर अनाज के दाने खोजते फिरें। मेरी जवानी के दिनों की बात है–बेगार करने के लिए सारे गाँव को बुलाया था। मैं गया नहीं तो तीन दिनों तक देसाई की ड्योढ़ी में बन्द करके दो कारिन्दे कोड़े मार-मारकर मेरी पीठ छीलते रहे। अब भी कभी बदली घिरती है, तो बदन टूटने लगता है।"

"और अब क्या हाल है तुम्हारा?"

"अब की बात भी क्या बतानी होगी?" खूँटे से बँधे सामने खड़े दो बैलों की ओर इशारा करते हुए मारुति बोला, "जानते हो, ये बैल कहाँ से आए हैं?"

"कहाँ से आए हैं, बाबा?"

"ये तेरी सरकार की ओर से मिले हैं। राजा, किसान को दो बैल मिल जाएँ और कर्जा सिर पर न हो, तो फिर फसल का क्या पूछना! तेरी सरकार दो हिस्से ले लेती है–मगर तू तीन हिस्से फसल भी माँग ले, तो लोग राजी-खुशी दे देंगे।"

"बाबा, बहुत पा लिया है मैंने, हमारे लिए जान की बाजी लगानेवाले लोग मुझे मिल गए। अब और क्या चाहिए?"

इसी समय मारुति का दूसरा लड़का रूपाजी वहाँ आ गया। वह हट्टा-कट्टा था–एकदम अपने बाप जैसा नौजवान। आते ही उसने राजे के पाँव छूए। बूढ़े बाबा ने कहा, "ये रूपाजी है–रामजी की पीठ का भाई।"

राजे उठते हुए कहने लगे, "अच्छा बाबा, हम चलते हैं।"

राजे ने प्रतापराव की ओर देखा। उन्होंने एक थैली राजे के सामने ला रखी। राजे ने थैली हाथ में ली और मारुति के पास ले जाकर कहने लगे, "बाबा, यह थैली रहने दो अपने पास। जरूरत के समय काम आएगी।"

मारुति ने अपना हाथ पीछे हटा लिया। बोला, "राजा, मेरा बेटा जाता रहा, इसलिए ये थैली दे रहे हो तुम? मगर इसकी क्या जरूरत है? सिवान में खेत है–गाँव में घर भी है। और फिर तू है हमारी पीठ पर–फिर मैं पैसा लेकर क्या करूँगा?"

राजे को इस बात का उत्तर नहीं सूझा। वे अटक-अटककर कह गए, "तो फिर बताओ, मैं तुम्हारे लिए क्या करूँ?"

"पूछते हो कि क्या करूँ?" मारुति राजे की ओर देखने लगा। फिर एकदम बोल उठा, "एक काम करेगा मेरा?"

"कहो बाबा, जरूर करेंगे हम।"

मारुति रूपाजी को अपने सामने की ओर ले आया। उसे राजे के पास ले जाते हुए मारुति कहने लगा, "राजा, तूने मेरे रामजी को अपना बनाया था—रूपाजी को भी अपना बना ले। अभी पांगेरा बंस की कोख उजड़ी नहीं है—ये रूपाजी अब रामजी की जगह लेगा।"

राजे की आँखें डबडबा आईं। स्नेहवश मारुति की बाँह दबाते हुए राजे कहने लगे, "बस, तुम्हारा आशीर्वाद बना रहे, सब कुशल-मंगल होगा। बाबा, रूपाजी को घर में ही रहने दो—खेती का काम करेगा! खेती-किसानी भी तो राज्य का ही काम है!"

मारुति ने कहा, "ना रे राजा ना! अरे, उमर बढ़ गई है, तो क्या बूढ़ा हो गया हूँ मैं? अभी तो इसी बूढ़ी देह में रूपाजी जैसे दस जवानों का काम करने की ताकत है। रूपाजी को अपने पास रख ले, राजा!"

भावना के वश होने से राजे मौन थे। उन्होंने रूपाजी को अपने से लगा लिया और बोले, "बाबा, रूपाजी की चिन्ता मत करो—रूपाजी मेरा है।"

घर के आसपास लोगों की भीड़ जमा हो गई थी। राजे ने मुहरों की थैली रूपाजी को दे दी। वे बोले, "शिलेदार रूपाजी, इस रकम से अपने घर के लिए खर्चे की व्यवस्था करो—इधर का कामकाज ठीक-ठाक कर लो और फिर, रायगढ़ आकर हमसे मिलो। हम तुम्हें वहाँ अगली जिम्मेदारी सौपेंगे।"

रूपाजी ने राजे के चरण छुए। पूरा गाँव राजे को विदा करने पहाड़ी के उतार तक साथ चला आया था। सूर्य की किरणें अब कुछ तिरछी हो चली थीं। राजे ने मारुति से जाने की अनुमति माँगी और वे घोड़े पर सवार हो गए। फिर प्रतापराव से कहने लगे, "प्रतापराव, आज तुमने हमें सोने के मोल का दिन दिखाया है!"

7

राजे पाचाड आ पहुँचे। पाचाड की हवेली में अनाजी दत्तो को आया देखकर राजे को बहुत आश्चर्य हुआ। वर्षा ऋतु निकट आ रही थी। ऊँचे पर्वतीय दुर्ग का बरसाती वातावरण जीजाबाई को कष्टदायक था, इसलिए वे गढ़ की तलभूमि में स्थित पाचाड में आकर रह रही थीं। अनाजी को देखकर राजे ने सोचा कि वे जीजाबाई के लिए उचित प्रबन्ध करने पाचाड आए होंगे। इसलिए उन्होंने पूछा, "क्यों अनाजी? माँसाहिबा के लिए सुविधाओं का प्रबन्ध करने गढ़ से उतरे हो क्या?"

"जी हाँ, वह भी आने का एक प्रयोजन था ही। महाड के दिवाकर वैद्य को मैंने रायगढ़ भेजा ही था कि इतने में आपके आने की सूचना मिली।"

"वैद्य को? क्यों?" राजे ने घबराकर पूछा।

"युवराज शिकार करते समय घायल हो गए हैं।"

राजे के पाँव तले की धरती खिसक गई। पूछने लगे, "कब?"

"कल ही युवराज शिकार करने गए थे। बाघोतरावाले जंगल में हाँका लगवाया था।

हाँके में चीता आ निकला। युवराज ने किसी का कहा नहीं सुना, चीते को तलवार से मारने की ठान ली। चीता तगड़ा था—युवराज उससे जा भिड़े। चीता तो मर गया, किन्तु युवराज घायल हो गए।''

''घाव बहुत अधिक हैं क्या?''

''यह तो मालूम नहीं। अपने वैद्यराज ने दिवाकर वैद्य को बुलाने को कहा, मैं तुरन्त निकल पड़ा।''

''और युवराज को वहाँ ऊपर क्या गढ़ की रखवाली करने छोड़ आए? अच्छा, यह तो कहो—तुमने उन्हें शिकार करने जाने क्यों दिया? साथ कौन गया था उनके?''

''इब्राहिम था। येसाजी भी थे, रूपाजी भोसते भी थे और...।''

''बस करो, नाम मत सुनाओ मुझे!''

राजे झपटकर हवेली से निकले और घोड़े पर सवार हो गए। उन्हें इस बात का भी ध्यान नहीं रहा कि उनकी रक्षक-सेना पीछे आ रही है या नहीं। सेनापति प्रतापराव भी राजे के पीछे-पीछे तेजी से चले जा रहे थे।

गढ़ के महादरवाजे पर बज रही नौबत ने राजे के आगमन की खबर सब तक पहुँचा दी। राजे गढ़ के ऊपरी भाग में आ पहुँचे। राजे हमेशा हाथी-ताल के किनारे होकर जानेवाले मार्ग से जाते थे, परन्तु आज उन्होंने घोड़े को गंगासागर की ओर मोड़ दिया। पालकी-दरवाजे पर पहुँचकर राजे पसीने से सराबोर घोड़े से उतर पड़े।

प्रहरियों के सिजदों को स्वीकारते हुए राजे पालकी-दरवाजे की सीढ़ियाँ चढ़कर ऊपर आए। राजे को इस प्रकार अकस्मात् ही पिछले द्वार से आता हुआ देखकर आज सभी लोगों को बड़ा अचम्भा हो रहा था। जामदारखाने के आँगन से होकर राजे सीधे सम्भाजीराजा के महल में गए। सम्भाजीराजा पलंग पर लेटे हुए थे। उनके निकट ही वैद्यजी खड़े हुए थे। येसाजी और रूपाजी भोसले भी वहाँ उपस्थित थे। जीजाबाई युवराज के सिरहाने खड़ी हुई थीं। राजे के आते ही वैद्यजी पीछे हट गए। राजे ने उससे पूछा, ''वैद्यराज, युवराज कैसे हैं?''

''चिन्ता की कोई बात नहीं है। कन्धे का घाव तनिक गहरा है—आठ दिनों में ही युवराज चलने-फिरने योग्य हो जाएँगे।''

राजे ने पसीना पोंछा। उनकी दृष्टि सम्भाजी की ओर गई। सम्भाजीराजा मुस्कुरा रहे थे। उनकी मुस्कुराहट देखकर राजे का क्रोध भड़क उठा। वे कड़ककर बोले, ''किससे पूछकर गए थे तुम शिकार करने? सोचा भी है—क्या उम्र है तुम्हारी? चल दिए बाघ का सामना करने?'' राजे की दृष्टि येसाजी की ओर गई, ''और येसाजी, तुम थे, इब्राहिमखान थे, फिर तुमने युवराज को आगे कैसे जाने दिया? बोलो सम्भाजीराजा, जवाब दो हमारे प्रश्नों का।''

सम्भाजीराजा के चेहरे पर घबराहट छा गई। वे माँसाहिबा की ओर देखने लगे। जीजाबाई राजे से कहने लगीं, ''राजे, तुम जरा अपने महल में जाओ।''

राजे को इस प्रकार के वचनों की आशा न थी। उन्होंने चौंककर जीजाबाई की ओर देखा। वे कहने लगे, ''किन्तु माँसाहिबा...।''

''कुछ मत कहो, राजे तुम अपने महल में जाओ, तुरन्त।''

इन वचनों को सुनकर राजे सन्न रह गए। उन्होंने एक बार सबकी ओर देखा और उसी

क्रोधित मुद्रा में वे महल से बाहर चले गए।

राजे अपने महल में गए। जरीटोप पलंग पर रखकर राजे खिड़की के पास जा खड़े हुए। खिड़की में से गंगासागर के तट पर बनी हुई मीनारें उन्हें दिखाई दे रही थीं। सोयराबाई नन्हें राजाराम को लिए मीनार में खड़ी हुई थीं। इस दृश्य को देखकर राजे का चित्त कुछ भी प्रसन्न नहीं हुआ। अपने पीछे किसी के आने की आहट पाकर उन्होंने पीछे मुड़कर देखा। जीजाबाई आ रही थीं। निकट आकर जीजाबाई कहने लगीं, ''राजे, नाराज हो गए हो क्या?''

''नहीं, माँसाहिबा।''

''राजे, देखो। शम्भूराजा आहत हैं, ऐसी दशा में उन्हें कुछ कहना उचित नहीं।''

''तो हमें क्या गुस्सा करने का शौक है? माँसाहिबा, कभी-कभी आप भी हमारा मन नहीं जान पाती हैं।''

''क्यों? मैंने क्या किया?''

''माँसाहिबा, आपको याद है? एक बार हमने बड़े महाराजसाहब द्वारा दी गई बन्दूक से बाघ का शिकार किया था। हमारा अपराध इतना भर था कि हमने जमीन पर बैठकर गोली चलाई थी, किन्तु आपने हमारी इस भूल पर कितनी खरी-खोटी सुनाई थी। उस दिन हम भूखे रहे, तो भी आपने हमारी ओर ध्यान नहीं दिया था। आपने जिस कठोर अनुशासन से हमें बड़ा किया है, शम्भूराजा को उससे छूट क्यों है? कठोरता तो दूर, उनका भरपूर लाड़-प्यार हो रहा है! ऐसे लाड़-प्यार के लड़ैते बन जाएँगे शम्भूराजा, तो उन्हें भावी जीवन बिताना कठिन हो जाएगा। माँसाहिबा, हमें बस इसी बात का डर है। आप हमसे ऐसा बर्ताव क्यों करती हैं, यही समझ नहीं आता।''

जीजाबाई की आँखों में व्यथा कौंध गई। वे कहने लगीं, ''शिवबा, तुम भूल रहे हो। यही प्रश्न हम सईबाई से पूछतीं, तो ठीक होता। राजे, भूलते हो—तुम्हारी माँ है, सम्भाजी माँ से बिछुड़ा हुआ बेटा है।''

8

सम्भाजीराजा आठ दिनों में घूमने-फिरने लायक हो गए। राजे कभी-कभी उनके महल में हो आते थे, किन्तु उनके बर्ताव में कुछ दूरी-सी रहती थी। सम्भाजीराजा इस दूरी को अनुभव कर रहे थे। सम्भाजीराजा की बीमारी के कारण जीजाबाई भी रायगढ़ में रह रही थीं। राजे रायगढ़ के भवन-निर्माण की देख-रेख करते रहते थे। अन्य दुर्गों के दुर्गपतियों को भी आदेशपत्र भेजे जा रहे थे कि अपने-अपने दुर्ग की मरम्मत करवा लें। इन सब कामों में व्यस्त रहते हुए राजे के मन में कई प्रकार की योजनाएँ रूप धारण कर रही थीं।

सायंकाल के समय राजे अपने महल में बैठे हुए थे। पुतलाबाई उनके पास बैठी थीं। सोयराबाई बालक राजाराम को लेकर महल में आईं। उन्हें देखकर राजे ने कहा, ''लगता है—आज का दिन बहुत अच्छा है।''

राजे ने राजाराम को उठाकर गोदी में ले लिया और सोयराबाई से पूछा, ''माँसाहिबा कहाँ हैं?''

''पूजा कर रही हैं।''

राजे ने एक गहरी साँस ली। कहने लगे, ''हम तो आगरा से छूटे, किन्तु माँसाहिबा जो

उलझी हैं, सो आज तक उलझी हुई हैं। उनका छुटकारा कठिन दिखाई देता है।''

दोनों रानियाँ राजे की बात से हक्की-बक्की होकर उनकी ओर देख रही थीं। राजे हँस पड़े, ''हम औरंगजेब से मिलने गए थे, तब इधर माँसाहिबा व्रत, उपवास आदि करने लगीं। हम तो छूटकर लौट आए, किन्तु माँसाहिबा ने पूजा, उपवास आदि का जो व्रत धारण कर लिया था, वह नहीं छूटा। सप्ताह में तीन दिन तो वे निर्जल उपवास करती हैं। पूजा-उपासना में भी वे काफी समय बिताया करती हैं। वे इसमें पूरी तरह उलझ गई हैं।''

इसी समय राजे की नजर दरवाजे की ओर गई। द्वार पर सम्भाजीराजा खड़े थे। पन्द्रह बरस का युवक सम्भाजी–पीछे की ओर मुड़े लम्बे घुँघराले काले बाल, विस्तृत और तेजपूर्ण नेत्र, कपूर-सा गोरा रंग, भरी-तनी हुई छाती; राजे सम्भाजीराजा के इस लुभावने लावण्य को निहारते रह गए। वे कह उठे, ''यह हैं माँसाहिबा के नवीन आराध्य-देवता। किसी की क्या मजाल, जो इन्हें कुछ कहे!''

इस वाक्य से सम्भाजीराजा भौंचक रह गए। वे राजे के निकट आए। घुटने भूमि पर टेककर उन्होंने राजे के चरणों में माथा नवाया। राजे ने राजाराम को एक ओर रखकर उन्हें उठाया। उनका हाथ सम्भाजी के बालों से छू गया। बाल गीले थे। राजे को हँसी आ गई, ''तो वैद्यजी ने तुम्हें स्नान करने की अनुमति दे दी है।''

''जी हाँ।''

पुतलाबाई की ओर देखते हुए राजे कहने लगे, ''बहुत दिनों पहले की बात है। हमारे बालराजा तब छोटे थे–इसी तरह राजगढ़ में एक दिन ये गीले बाल किए हमारे पास आए थे, हमसे मोती माँगने।'' फिर सम्भाजीराजा की ओर देखते हुए राजे ने पूछा, ''तुम्हारा मोती कहाँ है?''

''पाचाड की घुड़साल में है।''

राजाराम एकदम कह बैठा, ''आबासाहबऽऽ, हमें भी चाहिए एक मोतीऽऽ।''

राजे ने मुड़कर राजाराम की ओर देखा। वे गाल फुलाए बैठे थे। उनकी इस रूठी मुखमुद्रा को देखकर सबको हँसी आ गई। बालराजा की नाक को उँगली से दबाते हुए राजे कहने लगे, ''हमारे पास कहाँ है मोती? और देखो, तुम्हें अगर मोती माँगना ही हो ना, तो अपने दादा महाराज से माँग लेना।''

बालराजा सम्भाजीराजा की ओर देखने लगे। सम्भाजीराजा ने बालराजा को उठा लिया। राजाराम उनके गले से लिपट गया। राजे ने सम्भाजीराजा से पूछा, ''राजे, अब घाव तो ठीक हो गया। कहो, अब शिकार करने कब जा रहे हो?''

सम्भाजीराजा ने बालराजा को नीचे छोड़ दिया और राजे के पाँव पड़ते हुए कहने लगे, ''आबासाहब, हम फिर कभी ऐसा नहीं करेंगे।''

राजे ने उन्हें अपने अंग लगाते हुए कहा, ''राजे, तुम्हें हमारा कहा बुरा लगा, मगर गुस्सा करने का हमें क्या चाव है? दिन-ब-दिन राज्य का विस्तार बढ़ता जा रहा है। हमारे मन में कई आकांक्षाएँ और योजनाएँ हैं। उन्हें पूरा करना तुम्हारा ही काम है। तुम्हीं हमारे सपने सच कर सकते हो। यदि तुम ही इस प्रकार विवेकहीन साहस करने लगोगे, मामूली से खेल में जान लड़ा बैठोगे, तो कैसे काम बनेगा।''

राजे एकदम गम्भीर हो गए। सम्भाजी की ओर लगातार देखते हुए कहने लगे, ''राजे,

हम यह नहीं कहते कि तुम शिकार मत किया करो। किन्तु हमारी एक बात मानो, तो हम कुछ कहें।''

सम्भाजीराजा के नेत्र राजे की दृष्टि से जा मिले। सम्भाजीराजा को प्रतीत हुआ, मानो उन तेजस्वी नेत्रों का तेज भी क्षण-भर के लिए कुछ मन्द हो गया हो। राजे कहने लगे, ''अब कभी शिकार करने को जी चाहे, तो हमें साथ लिए बिना मत जाना। हम सारे काम टाल देंगे और तुम्हारे साथ...।''

''आबासाहबऽ...।''

राजे ने सम्भाजीराजा को गले से लगा लिया। उन्हें यह भी सुध न रही कि महल में उस समय दो रानियाँ भी बैठी हैं। वे आँखें मूँदे सम्भाजीराजा की पीठ पर हाथ फिरा रहे थे। साथ ही मन्द-मन्द स्वर से उनके होंठ कह रहे थे, ''हम किसी के वचन से बँधे हैं, राजे! यदि उस वचन को निभा नहीं सके, तो जीवित नहीं रह सकेंगे हम।''

तभी राजे को सुध हो आई। उनकी दृष्टि दोनों रानियों की ओर गई। जल्दी से अपने आँसू पोंछकर उन्होंने कहा, ''राजे, राजकार्यालय में जाओ—वहाँ अनाजी होंगे। उनसे कहना—हम आ रहे हैं। और सुनो, माँसाहिबा आज रायगढ़ से उतरकर नीचे पाचाड जानेवाली हैं। तुम्हें उनके साथ जाना होगा।''

''जी।'' कहते हुए सम्भाजीराजा ने झट से राजाराम को उठाया और वे महल से बाहर चले गए। राजे ने कहा, ''बहुत प्रेमी बालक है यह। अवश्य ही यह राम-लक्ष्मण की जोड़ी हमारे सारे मनोरथ पूर्ण करेगी।''

9

नए-नए अभियानों से राजे के राज्य का विस्तार बढ़ता जा रहा था। राजे विजित दुर्गों को और अधिक दृढ़ बनवा रहे थे। राज्य की बढ़ती-फैलती सीमाओं के साथ-साथ राजे शासन की स्थिरता की ओर भी ध्यान दे रहे थे। वे जानते थे कि दुर्ग राज्य का मूल आधार हैं, इसीलिए दुर्गों की दृढ़ता के विषय में वे विशेष रूप से ध्यान दे रहे थे। किलों की मजबूती, दृढ़ता और मरम्मत के लिए राजे के लाखों होन खर्च हो रहे थे। इस व्यय से राजकीय कोषागार पर बहुत अधिक बोझ पड़ रहा था। राजकीय कोष में घाटा न आने पाए, इसलिए राजे ने निश्चय किया कि राज्य के उपसंभागों और तहसीलों से पैसा लाया जाए। प्रतिवर्ष सवा लाख होन राजकोष में स्थायी निधि के रूप में रखे जाएँ।

मोरोपन्त कोंकण में राज्य-विस्तार के अभियान में उलझे हुए थे, तो सेनापति प्रतापराव गुजर विदर्भ और खानदेश में हुड़दंग मचा रहे थे। उधर अंग्रेजों को भी शिवाजीराजा की बढ़ती हुई शक्ति का आभास होने लगा था। प्रतापराव गुजर ने सूरत शहर से चौथ की माँग की थी और धमकी दी थी कि यदि चौथ की रकम न दी गई, तो शहर को लूट लिया जाएगा। प्रतापराव के पत्र से सूरत शहर फिर एक बार दहशत से दहल उठा था। शिवाजीराजा ने पत्र में लिखा था, ''सरकारी लगान की चौथाई रकम चार लाख रुपए मुझे दो, वरना मैं खुद आकर रकम वसूल करूँगा। तुम्हारे बादशाह ने मेरे मुल्क और मेरी रिआया पर हमला किया है। उससे लड़ने के लिए मुझे फौज रखनी पड़ी है। मैं इस फौज का पगार तुमसे ही वसूल

करूँगा, इसके सिवाय मेरे पास और कोई रास्ता नहीं है...।''

यद्यपि राजे की सेना ने सूरत पर आक्रमण नहीं किया तथापि परिणाम वही निकला, जो आक्रमण से निकलता। सारा शहर चिन्ता और भय में गोते खाने लगा। दक्षिण की मुगल सूबेदारी के जिम्मेदार थे महावतखान और शहजादा मुअज्जम। औरंगजेब ने इन दोनों को दिल्ली बुला लिया था, इसलिए अब दक्खिन में केवल दिलेरखान और बहादुरखान बच रहे थे। इन दोनों सरदारों ने साल्हेर-मुल्हेर की लड़ाई में शिवाजीराजा से मुँह की खाई थी–इसलिए दोनों सूरतवाले पत्र से खौफ खा बैठे। दोनों मुगल सरदारों को यह फिक्र सता रही थी कि साल्हेर-मुल्हेर की जंग में हुई हार के कारण बादशाह औरंगजेब पहले ही उनसे नाराज हैं, उस पर अगर शिवाजी ने सचमुच सूरत को लूट लिया, तब तो खैर नहीं। उन्होंने एक ब्राह्मण दूत को शिवाजी से मिलने के लिए भेजा। राजे ने मुगलों के दूत का स्वागत किया और उनसे समझौता करने की इच्छा प्रकट की। उन्होंने भी अपने राजकार्यालय के एक विश्वासपात्र चिटनवीस काजी हैदर को अपना दूत बनाकर बहादुरखान के पास भेजा। राजे भी मन-ही-मन यही चाहते थे कि समझौता हो जाए, तो ठीक है।

लगभग इसी समय औरंगजेब ने अपने सरदारों के नाम एक सख्ती से भरा खत भेजा। उसने लिखा था, ''आदिलशाह, कुतुबशाह, फिरंगी, हब्शी और तुम, शिवाजी के सारे दुश्मन मिलकर शिवाजी के इलाके पर अगर कब्जा कर लो, तो वह किले में कितने दिन छिपा रह पाएगा? खुद-ब-खुद हैरान और परेशान हो जाएगा...।''

बहादुरखान और दिलेरखान ने तुरन्त इस खत का जवाब भेजा, ''इस तरह कोई फायदा नहीं होगा क्योंकि शिवाजी के पास एक से एक बढ़कर मजबूत किले हैं। यही नहीं, उसके जंगली-पहाड़ी इलाकों में सैकड़ों खंडी अनाज पैदा होता है। इसलिए चाहे हम सौ बरस तक किलों पर घेरा डाले बैठे रहें, तो भी उसे परेशान नहीं कर सकते। हमें तो उससे सुलह करने के सिवाय और कोई चारा नजर नहीं आया, इसी वजह से हमने पहले ही एक ब्राह्मण दूत को शिवाजी के पास भेजा है। शिवाजी ने भी हमारे दूत को इज्जत बख्शी है और उसने अपना एक मुसलमान दूत काजी हैदर को सुलह की बातचीत करने के लिए हमारी तरफ भेजा है। इसलिए सुलह की इजाजत मिले।''

सुलह की बात सुनते ही औरंगजेब का लहू खौलने लगा। उसने वापसी खत भेजा, जिसमें दोनों सरदारों के कान उमेठे थे। यह पत्र पाकर दिलेरखान और बहादुरखान बुरी तरह परेशान हो गए। उन्होंने सुलह की बातचीत बन्द कर दी और औरंगजेब को यकीन दिलाने के इरादे से शिवाजीराजा के दूत काजी हैदर को दिखावे के तौर पर परिंडा किले में कैद कर लिया।

राजे को काजी हैदर के कैद होने की सूचना मिली, तो वे हँस पड़े। कहने लगे, ''बदकिस्मत है आलमगीर, जो उसे ऐसे सरदार मिले हैं। ऐसे सरदार हमें भला क्या हरा पाएँगे? यही कारण है कि हम इन सरदारों को 'मिट्टी के माधो' कहा करते हैं।''

राजे के मन में भी यही था कि अगर समझौता हो जाए तो ठीक होगा। उन्हें भी फुरसत और शान्ति की जरूरत थी। उन्हें भरोसा था कि बहादुरखान और दिलेरखान उन्हें अधिक तकलीफ नहीं देंगे। मुगलिया सल्तनत का दक्खिन में दबदबा ढहता जा रहा था। शायद यही सोचकर राजे के ममेरे भाई जाधवराव तथा सिद्दी हिलाल जैसे बहादुर मुगल सरदार राजे

से आ मिले थे। राजे की सेनाएँ नई उमंग से भरकर मुगलिया इलाकों में लूटपाट मचाए थीं।

राजे का ध्यान मुगलाई राज की ओर लगा हुआ था। इसी समय दक्खिन में गोलकुंडे के सुलतान अब्दुल कुतुबशाह की मृत्यु हो गई। उसका दामाद अब्दुल हसन तानाशाह कुतुबशाही तख्त पर जा बैठा। राजे ने जैसे ही यह खबर सुनी, उन्होंने निराजीपन्त को अपना दूत बनाकर गोलकुंडा भेजा। उनकी इच्छा थी कि मराठा राज्य और कुतुबशाही राज के बीच जो मित्रतापूर्ण सम्बन्ध पहले से चले आ रहे हैं, वे सम्बन्ध यथावत् बने रहें। राजे की आशा के अनुरूप निराजीपन्त अपने उद्देश्य में सफल होकर लौटे। तानाशाह पहले से चले आ रहे मित्रता के नाते को बनाए रखना चाहता था। यही नहीं, कुतुबशाह ने चौथ की सालाना तयशुदा रकम एक लाख होन में से सड़सठ हजार होन निराजीपन्त को दे दिए। निराजीपन्त चौथ की रकम लेकर रायगढ़ आ गए।

राजे की सेनाएँ विदर्भ और तेलंगाना में लूटपाट मचाकर लौट रही थीं। रायगढ़ का खजाना भरता जा रहा था। मराठी सेनाओं का पीछा करते-करते बहादुरखान और दिलेरखान की नाक में दम आ गया था।

इसी समय बीजापुर का आदिलशाह भी अल्लाह को प्यारा हो गया। उसके पाँच बरस के नन्हे बेटे सिकन्दरजहाँ को आदिलशाही तख्त पर बैठा दिया गया और हुकूमत की सारी बागडोर हब्शी सरदार खवासखान के हाथों में आ गई। इस खबर ने राजे की बेचैनी बढ़ा दी, क्योंकि खवासखान राजे का पक्का दुश्मन था। उन्हें पूरा यकीन था कि आज हो या कल, खवासखान उनसे दुश्मनी ठानेगा। इस बात का भी पूरा अन्देशा था कि आदिलशाही मुगलिया राज से जा मिलेगी। राजे ने झट फैसला कर डाला। उन्होंने आदिलशाही दरबार में नियुक्त अपने दूत बालाजी नाईक पुंडे को वापस बुला लिया। राजे का इरादा था कि इससे पहले कि आदिलशाही उन पर हमला करे, उन्हें स्वयं आदिलशाही पर धावा बोल देना चाहिए। राजे के सेनापति प्रतापराव और आनन्दराव विदर्भ तथा तेलंगाना में थे। राजे ने अपनी चारों ओर फैली हुई सेनाओं को इकट्ठा होने की आज्ञाएँ भेजीं। राजे प्रतापराव के आने की प्रतीक्षा कर रहे थे।

आदिलशाही पर चढ़ाई करने का लक्ष्य भी निश्चित कर लिया गया था। पहला लक्ष्य था—आदिलशाही का पन्हाला किला।

10

राजे के सैकड़ों भेदिए आदिलशाही इलाकों में जहाँ-तहाँ घूम रहे थे। सेनापति प्रतापराव गुजर रायगढ़ आ पहुँचे थे। राजे को प्रतिदिन पन्हाला किले के बारे में जानकारी मिलती जा रही थी। किला मजबूत तो था ही, पूरा सावधान भी था। इसी किले पर हमला करके एक बार स्वयं राजे को भी हार का मुँह देखना पड़ा था। उस समय उनके हजार सैनिक मारे गए थे। राजे अबकी बार हारना नहीं चाहते थे। पन्हाला को जीतने के लिए केवल हिम्मत ही काफी नहीं थी। राजे की इच्छा थी कि इस अभियान के लिए कोई ऐसा आदमी चाहिए, जो कुशाग्रबुद्धि हो। राजे इस बारे में सोचते रहते थे।

सायंकाल राजे जगदीश्वर-मन्दिर की ओर जा रहे थे। उनके पीछे-पीछे अनाजी दत्तो,

गणाजी, प्रतापराव आदि लोग चले जा रहे थे। राजे देवता के दर्शन पाकर मन्दिर से बाहर आए। उनके ठीक सामने की ओर किले का भवानी-टोक (पहाड़ी कगार) दिखाई दे रहा था। हवा में सर्दी काफी बढ़ने लगी थी। अनाजी ने कहा, ''महाराज, सर्दी बढ़ रही है। अब वापस चला जाए।''

''हाँ, सर्दी तो है। किन्तु अनाजी, हमें इस सर्दी से डर नहीं लगता। हमें भय लगता है मन की सर्दी से।''

''मन की सर्दी कैसी, महाराज?''

सामने की दिशा में उँगली से संकेत करते हुए राजे कहने लगे, ''वह देखो, तोरणा दुर्ग। वह दिखाई दे रहा है, किन्तु उसके पीछे जो राजगढ़ दुर्ग है, वह इस मौसम में दिखाई नहीं देता। आकाश साफ हो, तो बहुत दूर तक दिखाई देता है। आजकल इस कोहरे के कारण सबकुछ धुँधला गया है।''

''क्षमा हो, महाराज। किन्तु हमारे होते आपको चिन्ता कैसी?'' अनाजी दत्तो ने कहा।

राजे ने लम्बी उसाँस ली। अनाजी के कन्धे पर हाथ रखकर वे कहने लगे, ''यहाँ कोई पराया नहीं है। साफ कहने में कोई हर्ज नहीं। आदिलशाही की सत्ता खवासखान के हाथों में है। सब जानते हैं कि हम दोनों में कैसी दोस्ती है। हमें पूरा विश्वास है कि वह अवश्य ही मुगलों से हाथ मिलाकर हम पर चढ़ाई करेगा। हमने इसीलिए पुंडे को वापस बुला लिया है। इससे पहले कि आदिलशाही छेड़खानी का कोई बहाना ढूँढ़े, हमें तेजी से कदम बढ़ाने होंगे।''

''आप केवल आज्ञा करें, महाराज। हम सारे आदिलशाही प्रदेश को तहस-नहस कर डालेंगे।'' प्रतापराव ने तलवार की मूठ पर हाथ रखकर कहा।

''ठहरो, ठहरो, तनिक धीरज से काम लो।'' राजे हँसकर बोले, ''प्रतापराव, केवल प्रदेश को तहस-नहस करने से काम नहीं चलेगा। कुछ ऐसा करना होगा कि आदिलशाही बुरी तरह सहम जाए।''

''यानी पन्हाला...।'' अनाजी दत्तो ने कहा।

''बिलकुल ठीक, तुमने हमारे मन की बात कह दी।''

''आज्ञा हो, महाराज!'' प्रतापराव और गणाजी एक साथ आगे बढ़े।

''प्रतापराव, हम यह जानते हैं, लेकिन केवल नासमझी-भरे साहस से ही वह किला जीतना सम्भव नहीं है। उस किले को जीतने में अपने हजार सिपाही खोकर अभी तक हम पछता रहे हैं। इस बारे में कुछ अधिक सोच-विचार करना होगा। चलो, अब वापस लौट चलें।''

सब लौट आए। अनाजी राजे के महल तक साथ आए। उन्हें महल तक आया देखकर राजे को आश्चर्य हुआ। उन्होंने पूछा, ''क्या बात है, अनाजी?''

''महाराज, आप आदेश दें, तो मैं पन्हाला पर विजय प्राप्त करने जाऊँ।''

''तुम?''

''जी हाँ। गुप्तचरों द्वारा दुर्ग की पूरी जानकारी पता लगाई जा सकती है। शायद भेदनीति से भी काम बन जाए। योजना यदि निश्चित हो जाए, तो किसी न किसी प्रकार से उस दुर्ग को वश में किया जा सकता है। इस कार्य में मैं असफल कभी नहीं होऊँगा, ऐसा पूर्ण विश्वास है।''

राजे सोचने लगे। फिर आँखें उठाकर उन्होंने कहा, ''अच्छा! हम इस बारे में सोचेंगे।''

अनाजी सिजदा करके चले गए।

प्रातःकालीन सूर्य की किरणों से सारा गढ़ जगमगाने लगा था। राजे की आज्ञा पाकर सारे सरदार राजसभागृह में उपस्थित हो चुके थे। अनाजी, प्रतापराव, खलेकर आदि भी वहाँ थे ही। राजे ने सबके सामने अनाजी को विदाई का बीड़ा दिया।

"अनाजी, हम तुम्हें पन्हाला की मुहिम सौंप रहे हैं। तुम्हें जितनी सेना और सैनिक-सामग्री की आवश्यकता हो, प्रतापराव से माँग लो। इस काम में कुछ अधिक समय लग जाए, तो भी कोई हानि नहीं, किन्तु मुहिम में सफलता पाकर ही लौटो।"

अनाजी खुशी से फूले न समाए। किन्तु अन्य कई जन ऐसे थे, जिन्हें बहुत निराशा हुई थी। एक दिन शुभमुहूर्त में अनाजी ने अपनी सेनासहित रायगढ़ से प्रस्थान किया।

11

अनाजीदत्तो अपनी सेना के साथ राजापुर पहुँचे। राजापुर में उन्होंने सैनिक छावनी बनाई। यहाँ से उनके कई भेदिए पन्हाला प्रदेश में जाने-आने लगे। अनाजी को अपने गुप्तचरों द्वारा पन्हालगढ़ के कोने-कोने की पूरी खबरें मिल रही थीं। मिल रही खबरें जोश बढ़ानेवाली नहीं थीं—पता लगा कि गढ़ में दो-ढाई हजार सैनिक हैं। गढ़ बहुत ऊँचा और दृढ़ है। गढ़पति सावधान है, परकोटा अभेद्य है। गढ़ के द्वार दृढ़ता में गढ़ की प्राचीर से कम न थे। अनाजी चिन्तित हो उठे—राजे को वचन जो दे आए थे। स्थिति और दशा भी ऐसी न थी, जो वे सीधे दुर्ग पर आक्रमण कर दें। सफलता का अन्य कोई मार्ग सूझता नहीं था।

अनाजी को रायगढ़ से गए महीना बीत गया था, फिर भी उनकी कोई गतिविधि नहीं दिखाई दे रही थी। राजे पन्हालगढ़ की बात सोच-सोचकर चिन्ताग्रस्त हो रहे थे।

प्रातःकाल राजे ऊपरीकोट की शिला पर खड़े हुए थे। उनके सामनेवाला होली-चौक खाली था। सामने बाजार-कोट दिखाई दे रहा था। गढ़ के सामनेवाली पर्वत-शृंखला में कोंकणदिवा नामक पर्वतीय दुर्ग स्पष्ट दिखाई दे रहा था। बालाजी-आवजी राजे के पीछे खड़े थे। राजे ने देखा—सम्भाजीराजा गढ़ की ओर चले आ रहे थे। थोड़ी देर बाद कोंडाजी फर्जंद भी दिखाई दिए, जो सम्भाजीराजा के पीछे-पीछे आ रहे थे। राजे शीघ्रता से शिला से नीचे उतर पड़े। सम्भाजीराजा ने उन्हें सिजदा किया।

"सम्भाजीराजे, आज अचानक कैसे आ गए? माँसाहिबा तो कुशलपूर्वक हैं ना?"

"जी हाँ, वे क्षेम से हैं। आबासाहब, हम शिकार करने आए थे।"

"अच्छा! कोई शिकार मिला?"

"हाँ, पूरा हट्टा-कट्टा बनैला सूअर मिला।" सम्भाजीराजा राजे के साथ-साथ चल रहे थे। बता रहे थे, "सूचना मिली थी कि देवकाई के तालाब पर जंगली जानवर आया करते हैं। हम तड़के ही जंगल जा पहुँचे। साम्बर तो मिला नहीं, बनैला सूअर जंगल से निकल आया।"

"कितने बोझ का है बनैला?" राजे ने पूछा।

"सोलह बोझ का है।" कोंडाजी ने बताया।

"बन्दूक से मारा है?"

"नहीं, आबासाहब। भाले से मारा है।"

राजे के माथे पर कुछ बल पड़ गए। वे चलते-चलते रुक गए।

''सोलह बोझ का जानवर तुमने भाले से मारा?'' राजे की आवाज कठोर हो गई थी, ''तुमने चलाया था भाला?''

सम्भाजीराजा ने कुछ नाराजी-भरे स्वर से कहा, ''हमने नहीं मारा भाला। कोंडाजी ने मारा था। आबासाहब, हम घोड़े पर सवार होकर पहाड़ की ढलान से उतर रहे थे। ढलान उतरकर तालाब तक पहुँचे ही थे कि कीचड़ में बैठा हुआ सूअर उठकर दौड़ा। हम बिल्कुल डरे नहीं। हमने भाला तानकर घोड़े को एड़ मारी कि तभी कोंडाजी पीछे से दौड़कर आए और हमारी बगल से होते हुए आगे निकल गए। आप पूछ लीजिए, हम झूठ कह रहे हैं या सच?''

राजे के मुख पर हँसी फैल गई। उन्होंने कोंडाजी से पूछा, ''कोंडाजी, हमारे बालराजा को तुमसे शिकायत है।''

कोंडाजी हँसी छिपाते हुए नम्रतापूर्वक कहने लगे, ''क्या करता? मजबूरी थी। जानवर तगड़ा था। मुझे लगा कि यह युवराज के बस की बात नहीं। मैंने अपना घोड़ा इनसे आगे निकाल लिया।''

''बहुत अच्छा किया तुमने। हम बालराजा के उतावलेपन से भली प्रकार परिचित है। इसीलिए तो उनके मावले सैनिकों का तुम्हें अधिकारी बनाया है। वह तो ठीक हुआ, जो तुम साथ थे वरना ये हमारे सयाने राजा सीधे सूअर पर हमला कर बैठते। बालराजे, हमने तुम्हें चेतावनी दी थी और तुमने हमें वचन दिया था। बोलो, है या नहीं?''

''मगर आबासाहब, हमने बाघ पर हमला थोड़े ही किया था! हमने तो सूअर मारा है।'' सम्भाजीराजा कह गए।

राजे विस्मित होकर उस भोले-भाले मुखड़े की ओर देखते रह गए। राजे यह भी नहीं समझ पा रहे थे कि ऐसी भोली मुखमुद्रावाले किशोर को डाँटें-फटकारें भी तो कैसे? सम्भाजी को गले लगाते हुए वे कहने लगे, ''बालराजे, अब हम तुम्हें कैसे समझाएँ? हमने जो तुम्हें समझाया था वह तुम्हारे विवेकहीन साहस के बारे में था, बाघ के शिकार के बारे में नहीं था। चलो, चलें।'' फिर राजे ने सहसा पूछा, ''और शिकार साथ लाए हो या नहीं?''

''हाँ, लाए हैं। माँसाहिबा ने ही कहा था कि शिकार साथ ले जाओ। माँसाहिबा ने कहलवाया है कि सूअर की चर्बी निकालकर रखना।''

''क्यों?''

''माँसाहिबा के घुटनों में दर्द होता है न। सूअर की चर्बी की मालिश करने से दर्द कम हो जाता है।''

राजे मुश्किल से हँसी रोक सके। वे कहने लगे, ''बालराजे, अब हमें पूरा भरोसा हो गया कि तुम माँसाहिबा की भली प्रकार देखभाल करते हो। देखो ना, तुम्हारा शिकार का शौक पूरा हुआ और माँसाहिबा को दवाई मिल गई। शायद इसी कारण तुम माँसाहिबा के साथ रहने के बहाने पाचाड में रहा करते हो?''

सम्भाजीराजा आँख चुराने लगे। महल में पहुँचते ही वे सीधे बड़ी रानीसाहिबा के महल की ओर दौड़े। वे अधीर होकर राजाराम से मिलने जा रहे थे कि राजे ने उन्हें पुकारा। सम्भाजीराजा मुड़े। राजे ने पूछा, ''इतनी हड़बड़ी काहे की?''

सम्भाजी हँसकर बोले, ''राजाराम को मारा हुआ शिकार दिखाना है और चर्बी...।''

अपनी हँसी दबाते हुए राजे ने कहा, ''हाँ, हम समझे। जाओ, जाओ...।''

जाते हुए सम्भाजी को राजे दूर तक देखते रहे। सम्भाजीराजा के आँखों से ओझल हो जाने पर राजे अपने महल की ओर चल पड़े।

12

रात राजे को अच्छी नींद नहीं आई। भोर होते ही स्नान-पूजादि से निवृत्त होकर वे अपने महल में आए और उन्होंने कोंडाजी फर्जंद को बुलावा भेजा। कोंडाजी महल में आ उपस्थित हुए। कल का शिकारवाला मामला और उसके बाद राजे का यह बुलावा, सोच-सोचकर कोंडाजी मन-ही-मन चौंक रहे थे। कोंडाजी का सिजदा स्वीकार करके राजे ने कहा, ''कोंडाजी, एक चिन्ता हमें बहुत सता रही है।''

''आज्ञा हो, महाराज।''

''हमारी इच्छा है कि पन्हाला हमारा हो। हमने इस ध्येय की पूर्ति के लिए अनाजी को भेजा हुआ है। महीना बीत गया, किन्तु अनाजी राजापुर में ही डेरा डाले बैठे हैं। पन्हाला पर विजय पाए बिना हमारे चित्त को शान्ति नहीं मिलेगी।''

''स्वामी के चित्त को शान्ति न हो, तो हम जैसों के जीने का लाभ ही क्या?'' कोंडाजी ने पूछा।

''कोंडाजी, कह नहीं सकते कि क्यों? किन्तु कल रात तुम ही हमारी आँखों के आगे बने रहे हो। हम सोचते हैं—तुम्हें पन्हाला की मुहिम के लिए भेजें।''

''अहोभाग्य हैं मेरे, महाराज! बैठे-बैठे मैं भी ऊब गया था।''

''तो ठीक है, तुम प्रयाण की तैयारी करो।''

कोंडाजी प्रसन्न होकर वहाँ से चले गए। राजे ने बालाजी आवजी को बुलवा भेजा। सबके नाम आदेश भेजे गए कि सब राजसभागृह में उपस्थित हो जाएँ। दोपहर होते-होते राजसभागृह में राजदरबार लगा हुआ था। कोंडाजी फर्जंद, गणाजी और मोत्याजी खलेकर भी उपस्थित सभासदों में थे।

राजे उच्चासन पर विराजमान हुए। एक बार चारों ओर दृष्टि घुमाकर राजे कहने लगे, ''आज का दिन बहुत सौभाग्यशाली है। कई दिनों से हमें व्यथित करनेवाली चिन्ता आज दूर हो रही है। प्रतीत होता है कि पन्हालगढ़ जीतने की हमारी आकांक्षा पूरी होने को है। हमारे अनाजीपन्त पहले ही प्रयाण कर चुके हैं—राजापुर में उनकी छावनी है। कोंडाजी, तुम सेना लेकर उनकी सहायता करने जाओ। गणाजी और मोत्याजीमामा खलेकर भी तुम्हारे साथ आएँगे।''

कोंडाजी की छाती फूल उठी। वे धीमे पग रखते हुए राजे के निकट आए और राजे को उन्होंने सिजदा किया। राजे ने बालाजी की ओर देखा। बालाजी आगे बढ़े और उन्होंने उच्चासन के सम्मुख रखे हुए रुपहले थाल का आच्छादन हटाया। थाल में सम्मानवस्त्र तथा सोने का कड़ा था।

राजे खड़े हो गए और उन्होंने अपने हाथ से कोंडाजी को सुवर्णकंकण पहनाया। उन्हें सम्मानवस्त्र भेंट दिए। कोंडाजी भावविभोर हो गए थे। उन्होंने झट से झुककर राजे के चरण छू लिए। राजे ने उन्हें उठाया। कोंडाजी की आँखें छलछला आई थीं। गला रुँध आया था।

''महाराजऽऽ।'' कोंडाजी आगे कुछ नहीं कह सके।

"बस, कुछ न कहो, कोंडाजी। हम तुम्हारे मन की बात समझ गए हैं। तुम आज से सुवर्णवलय के अधिकारी हो–अब से तुम्हें पालको में बैठने का सम्मान दिया जाएगा।"

सारे सभाजन इस दृश्य को देखकर आश्चर्यचकित हो रहे थे। येसाजी को मुस्कुराता देखकर राजे ने पूछा, "येसाजी, जो कुछ हमने किया है, उसमें हँसने जैसी बात क्या है?"

येसाजी की हँसी पल-भर में गायब हो गई। वे विनम्रतापूर्वक कहने लगे, "महाराज, सौंपा हुआ काम पूरा करके लौटने पर सेवक का सत्कार तो हमने कई बार देखा है, मगर ध्येय पूरा होने से पहले ही सोने का कड़ा देकर किसी का सत्कार होते हुए आज पहली बार ही देख रहा हूँ।"

इस बात पर सब हँस पड़े। येसाजी ने सबके मन में उठ रही शंका कह डाली थी। किन्तु राजे हँसे नहीं। येसाजी की ओर देखते हुए और कोंडाजी के कन्धे पर हाथ रखकर राजे ने कहा, "येसाजी, हमने जिस समय कोंडाजी को काम सौंपा है, उसी पल हम जान गए हैं कि यह काम पूरा होकर रहेगा। अब हमें पन्हालगढ़ की चिन्ता नहीं रही। किन्तु ये जान की बाजी लगाकर लड़नेवाले वीर फिर लौटकर आएँगे या नहीं, यह कौन कहे? कहो तो, यदि हम अब तानाजी का सम्मान करना चाहें, तो वे कहाँ पाएँगे अब उसे?"

राजे ने एक लम्बी उसाँस भरी। पल-भर वे स्तब्ध बैठे रहे, फिर कहने लगे, "कोंडाजी, पन्हालगढ़ को अवश्य जीत लेना, किन्तु विजय का समाचार देने तुम स्वयं आना। हमारी भविष्य की योजनाएँ बहुत बड़ी हैं, उन्हें पूर्ण करने के लिए हमें तुम सरीखे साथियों का साथ चाहिए।"

कोंडाजी अपने साथियोंसहित राजापुर की ओर रवाना हुए और राजे की चिन्ता दूनी हो गई। मोरोपन्त ने नासिक और त्र्यंबकेश्वर के जिस प्रदेश को जीता था, वहाँ से लूटी सम्पत्ति लेकर वे रायगढ़ लौट आए थे। किन्तु राजे को किसी भी समाचार से सन्तोष नहीं हो रहा था–उनका सारा ध्यान पन्हालगढ़ की ओर लगा हुआ था। पन्द्रह दिन बीत गए, फिर भी पन्हाला के बारे में कोई समाचार नहीं मिला।

राजे प्रातःकालीन स्नान के पश्चात् अपने भवन में आए। राजे के देवगृह के निकट पुतलाबाई और मनोहारी खड़ी हुई थीं। पुतलाबाई पूजा की थाली में रखे हुए कमलपुष्पों को ठीक से रख रही थीं। राजे ने पूछा, "यह कमलपुष्प कहाँ से आए?"

"गढ़ के कुशावर्त सरोवर में खिले हैं।"

"तुमने देखे हैं?"

"नहीं, मुझे मनू ने बताया था, इसलिए आपकी पूजा के लिए मैंने मँगवा लिए।"

"वाह! बहुत अच्छे! हम यहीं गढ़ में रहते हैं और हमें पता भी नहीं। हम हमेशा जगदीश्वर मन्दिर की ओर जाते हैं, या फिर अश्वशाला की ओर जाते हैं। कुशावर्त सरोवर कुछ हटकर एक ओर को है ना!"

राजे ने पूजा की। 'दासबोध' ग्रन्थ का पाठ किया। फिर वे देवगृह से निकलकर अपने भवन में आए। दूध पीते-पीते राजे पुतलाबाई से कहने लगे, "रानीसाहिबा, चलो, आज सायं हम कुशावर्त देखने चलें। बड़ी रानीसाहिबा से भी कह देना। शम्भूबाल का कोई समाचार आया है क्या?"

"बालराजा पाचाड में ही हैं।"

"उनके ठाठ के क्या कहने? पाचाड में माँसाहिबा हैं–उनके सारे हठ पूरे कर देती हैं।

फिर भला वे हमारी कड़ी नजर के पहरे में रहने को यहाँ क्यों आएँगे? बालराजा के कारण तो आजकल माँसाहिबा को हमारी याद भी नहीं आती।''

''यह सच नहीं है।'' पुतलाबाई ने कहा, ''आपके स्वास्थ्य के समाचार प्रतिदिन पाचाड पहुँचाए जाते हैं और पाचाड से हर दिन कम-से-कम एक आदमी तो अवश्य मुझसे आकर मिलता है।''

''बड़े भाग हैं तुम्हारे, तुम पर माँसाहिबा को बड़ा भरोसा है। किन्तु हमें जब कभी चिन्ता सताती है, तो हमें रह-रहकर माँसाहिबा की याद आती है। ऐसा लगता है जैसे कहीं कुछ खो गया है।''

''तो माँसाहिबा को बुलवा लीजिए।''

''नहीं, यह ठीक नहीं होगा। अब वे बूढ़ी हुईं, चलने-फिरने से थक जाती हैं। हम ही दो-चार दिन बाद उनसे मिलने जाएँगे।''

शाम के समय राजे महल के आँगन में खड़े थे। बालाजी, उधोजी तथा महादेव भी वहाँ उपस्थित थे। इसी समय रानी पुतलाबाई, काशीबाई और सगुणाबाई दासियोंसहित आती हुई दिखाई दीं। सोयराबाई उनके साथ नहीं थीं।

राजे ने पुतलाबाई से पूछा, ''और बड़ी रानीसाहिबा कहाँ हैं?''

''उनकी तबीयत ठीक नहीं है। उन्होंने कहा है कि बालराजा को ले जाओ। मैं बालराजा को ले आऊँ क्या?''

''ना, रहने दो। उन्हें तेज हवा से तकलीफ होगी। कहीं जरा-सी सर्दी भी लग गई, तो हम दोषी कहलाएँगे। चलो, चलें।''

राजे कुशावर्त की ओर चल पड़े। कुशावर्त सरोवर दूर से या ऊपर की ओर से दिखाई नहीं देता था। ऊपरीकोट के सामनेवाले पहाड़ी कगार की ओट में नीचे की ओर वह सरोवर बनाया गया था। यह स्थान चारों दिशाओं में झाड़ियों से छिपा-सा था। राजे धीरे-धीरे पहाड़ से उतर रहे थे। जैसे ही कुशावर्त दृष्टिगोचर हुआ, राजे के पाँव अपने आप ठिठक गए। कुशावर्त सरोवर के नीले जल में अगणित कमल फूल—कुछ लाल, कुछ श्वेत, खिले हुए थे। सरोवर का जल हरे-हरे कमलपत्रों के कारण सुशोभित हो उठा था। सरोवर के चारों ओर के झाड़ी-झुरमुट, कमलपुष्पों से सुसज्जित सरोवर, सरोवर के तट पर निर्मित छोटा-सा शिवालय, सबने मिलकर इस स्थान के सौन्दर्य को वास्तव में अनुपम बना दिया था। राजे के मुख से अनायास निकल पड़ा, ''वाह! अति सुन्दर! हिरोजी ने कुशावर्त तालाब तो बनाया ही, किन्तु हम यह नहीं जानते थे कि वे इतने रसिक हैं।''

''महाराज...।'' महादेव ने कहा।

''क्या है, महादेव?''

''ये कमल के गट्टे बालराजा ने मँगवाए थे।''

''शम्भूबाल ने?''

''जी हाँ! पिछले साल बालमहाराज ने महाड के तालाब से ये गट्टे मँगवाए थे। उन्होंने ही गट्टे तालाब में छोड़े थे। वे जब शिकार करने देवी-सरोवर जाते हैं, तो वहाँ से भी कमलगट्टे लाते हैं।''

राजे प्रसन्न हो उठे। सन्तुष्ट होकर कहने लगे, ''हमने नहीं सोचा था कि शिकार के

शौक का यह भी लाभ होगा। उन्हें सौन्दर्य के प्रति इतनी रुचि है, यह देखकर हमें बहुत प्रसन्नता हुई।''

राजे कुशावर्त के शिवालय में गए। शिवजी के दर्शन करके वे मन्दिर से बाहर आए और सरोवर के तट पर बनाए हुए चबूतरे पर बैठ गए। राजे के परिवारीय जन मन्दिर में जाकर दर्शन कर रहे थे। राजे ने बालाजी से कहा, ''बालाजी, यह स्थान कितना रमणीय है! है ना? यह तो हमारे गंगासागर से भी अधिक मोहक है।''

''जी हाँ, महाराज।''

''बालाजी, कुशावर्त की देखभाल इसी प्रकार करते रहो। इसकी निगरानी को तुम हमेशा अपना काम समझना। और देखो, कुशावर्त के चारों ओर जो झाड़-झंखाड़ उगे हैं, उन्हें कतई मत तोड़ना। समझ लो कि हमारे बनाए हुए नियमों का यह स्थान अपवाद रहेगा। यह स्थान बहुत सुरक्षित है।''

तीनों रानियाँ देवदर्शन करके बाहर आईं। राजे उठ खड़े हुए। बालाजी, महादेव आदि लोग विनयवश पीछे हट आए। सामने आ रही पुतलाबाई को सम्बोधित करके राजे कहने लगे, ''रानीसाहिबा, आपके कारण हमें यह सुयोग प्राप्त हुआ। हमें यह स्थान बहुत भाया है।''

पुतलाबाई आँचल सँवारकर कहने लगीं, ''हम यहाँ आए। आकर हमारे मन में यूँ ही एक विचार कौंधा।''

''कैसा विचार?''

''कि इन फूलों से जगदीश्वर का अर्चन किया जाए।''

''तो करो ना! कल सोमवार है। हम तुम्हारे लिए ये फूल मँगवा देंगे। ठीक है ना?''

''नहीं। रहने दीजिए।''

''क्यों?''

''यह असम्भव है।''

''क्यों? असम्भव क्यों है?''

''देवता के चरणों पर जो फूल चढ़ाए जाते हैं, उन्हें अपने हाथ से तोड़ना होता है, कहते हैं, अन्यथा सुफल की प्राप्ति नहीं होती।''

''हाँ, हम जानते हैं। 'गया हस्तेन पूजार्थं पुष्पाणि प्रतिगृह्यताम्'—दूसरे के हाथों तोड़े गए फूलों की अपेक्षा अपने हाथों तोड़े हुए फूल और मन के संकल्प के साथ चढ़ाए गए फूल भगवान को अधिक प्रिय होते हैं। तुम यही कहना चाहती हो न? किन्तु यह कैसे सम्भव है?''

''इसीलिए मैंने कहा कि रहने दीजिए।'' पुतलाबाई ने कहा, ''पुण्य तो मिलेगा नहीं, बेचारे फूल व्यर्थ ही नष्ट हो जाएँगे। फिर यहाँ की सुन्दरता की हानि होगी, वह अलग।''

राजे कुछ देर सोचते रहे। फिर उन्होंने दूर खड़े हुए महादेव को आवाज दी। कुछ आगे बढ़कर उन्होंने महादेव से कुछ कहा और वे वापस पुतलाबाई के पास आ गए। उनका चेहरा खिल उठा था।

''रानीसाहिबा, तुम्हारी अभिलाषा पूर्ण होकर रहेगी।''

''भला कैसे?'' पुतलाबाई आश्चर्यवश पूछ बैठीं।

''हम राज्य की इतनी कठिन समस्याओं का हल खोज लेते हैं, तो क्या अपने घर की पहेली नहीं बूझ सकते? कल प्रातःकाल सरोवर में नाव छोड़ी जाएगी। तुम तीनों रानियाँ नाव में बैठो और चाहे जितने फूल तोड़ो। अपना संकल्प पूरा करो।''

पुतलाबाई कुछ कहने को थीं कि राजे ने रोककर कहा, ''ठहरो, वह सुनो।'' सब चुप हो गए। नगाड़े की आवाज आ रही थी। राजे ने कहा, ''नगाड़ा क्यों बजाया जा रहा है? कौन आया होगा, जिसके सम्मान के लिए नगाड़े बजाए जा रहे हैं?''

नगाड़े की ध्वनि से सब आश्चर्यचकित हो उठे थे। इसी समय दिखाई दिया कि सामनेवाली झाड़ियों में से होता हुआ हिरोजी इटलकर दौड़ता हुआ आ रहा था। राजे भी तेजी से आगे को लपके। हिरोजी पास आ गया।

''हिरोजी, कौन आया है? नौबत बजाने के लिए किसने कहा?''

''मैंने ही कहा है, महाराज! राजे, पन्हालगढ़ पर हमारा अधिकार हो गया है। अभी-अभी एक सवार समाचार लाया है।''

''जगदम्बे, हे जगदम्बे!'' राजे के हृदय की प्रसन्नता फूट पड़ी, ''हिरोजी, हम तुम पर बहुत प्रसन्न हैं। इस समाचार का आगमन तो हमारे आगमन से भी कहीं बढ़कर है। तुमने इस समाचार के स्वागत के लिए नगाड़े बजवाए—बहुत अच्छा किया। तुमने हमारी मनोकामना पूर्ण की।''

राजे पुतलाबाई की ओर मुड़कर कहने लगे, ''रानीसाहिबा, पन्हालगढ़ हमारा हुआ। कई दिनों की अपूर्ण इच्छा आज पूर्ण हुई। देखा तुमने—शुभ संकल्पों की सिद्धि कितना शीघ्र हुआ करती है। कल ही अपना निश्चय पूर्ण करो। हम आगे चलते हैं। चलो, हिरोजी।''

राजे शीघ्रता से जा रहे थे। उनके पीछे हिरोजी और बालाजी चले जा रहे थे।

13

राजे नक्कारखाने के रास्ते ऊपरीकोट के भीतरी चौक में आए। वे अपने महल की एक बाजू से होकर जा रहे थे। कोषागार के आगे से होकर वे सातमहल की बैठक में आए। सेवकगण उन्हें सिजदा कर रहे थे, किन्तु राजे को उनके सिजदे स्वीकारने की सुध कहाँ थी! वे सीधे सोयराबाई के महल में गए।

सोयराबाई अपने महल की पौरी में ही बैठी हुई थीं। पास ही राजाराम खेल रहा था। राजे को अकस्मात् आया देखकर दासियाँ आँचल सँवारकर एक ओर खड़ी हो गईं। सोयराबाई भी उठ खड़ी हुईं। राजाराम 'आबासाहब' कहता हुआ राजे की ओर दौड़ा।

राजाराम को गोदी लेते हुए राजे ने पूछा, ''तुम्हारी तबीयत ठीक नहीं थी क्या?''

''सिर में दर्द था।''

''हँ! अच्छा, हम यह बताने आए थे कि हमने पन्हालगढ़ जीत लिया है।''

सोयराबाई ने सिर ऊपर उठाया। उनकी मुखमुद्रा आज कुछ और ही थी। वे एकदम कह बैठीं, ''अच्छा! तो शायद वही किला जीतना रह गया था।''

''क्या मतलब?''

''कुछ नहीं। मुझे पता नहीं था।''

"कल जगदीश्वर मन्दिर जाना है।"

"क्या सबको आना होगा?"

"रानीसाहिबा, आज सचमुच ही आपकी तबीयत खराब लगती है। आप आराम कीजिए।" फिर गोद में उठाए हुए राजाराम से वे कहने लगे, "चलो बालराजे, हम तोपें चलवाते हैं, खुशी मनाएँगे।"

"कल, ये बालराजे कल कपड़े पहनकर तैयार बैठे थे। सोचा था—आप घुमाने ले जाएँगे इन्हें। आप तो छोड़कर चले गए, पता भी है—बालराजे कितना मचलते-रोते रहे!"

"हम भी इन्हें घुमाने ले जाना चाहते थे, किन्तु फिर सोचा—कहीं ठंडी हवा न लग जाए—इन्हें तकलीफ होगी। अच्छा, हम चलते हैं।"

राजे महल में आ गए। चलते हुए जैसे किसी सोच में खोए हुए थे। फिर तुरन्त ही उनके मुख का भाव बदला। बैठक में खड़े हुए बालाजी से राजे ने पूछा, "बालाजी, समाचार लानेवाला गुप्तचर कहाँ है?"

"जी, बुलाता हूँ।"

राजे उच्चासन पर बैठ गए। शेष सारे लोग खड़े थे। प्रत्येक के चेहरे पर प्रसन्नता छलछला रही थी। राजे ने बालाजी को कोई आज्ञा दी। सुनकर बालाजी शीघ्रतापूर्वक सभागृह से बाहर चले गए।

पन्हालगढ़ से आया हुआ सन्देशवाहक गुप्तचर राजसभागृह में आ उपस्थित हुआ। उसने राजे को सिजदा करके वह थैली दी, जिसमें पत्र था। राजे ने पत्र पढ़ा, पढ़कर आँखों में सन्तोष की शीतलता छा गई। उन्होंने खड़े होकर पुकारा, "बालाजी!"

बालाजी लपकते हुए चले आ रहे थे। उनके पीछे-पीछे दो लिपिक हाथों में तबक थामे चले आ रहे थे। राजे ने तबक पर बिछाया हुआ कपड़ा हटाया। एक तबक में सोने की मुहरें थीं, दूसरा थाल शक्कर से भरा हुआ था। राजे ने मुट्ठी में शक्कर भरी। वे गुप्तचर के पास गए। गुप्तचर सहमकर सकुचाने लगा। राजे ने कहा, "चल, मुँह खोल।"

"महाराज...!"

"अरे, मुँह खोल।"

गुप्तचर ने मुँह खोला। राजे ने उसे अपने हाथ से शक्कर खिलाई। सब हँस रहे थे, राजे भी सबके साथ हँसते हुए कहने लगे, "आनन्ददायी समाचार लेकर आया है यह सन्देशवाहक। इसे पुरस्कार के रूप में सौ सुवर्ण दिए जाएँ। दुर्ग की तोपें दागी जाएँ—विजय के समाचार की सूचना दूर-दूर तक पहुँचनी चाहिए। आज हमारे आनन्द की कोई सीमा नहीं।"

बालाजी ने राजे के आदेश का पालन करने के लिए सेवकों को रवाना किया। राजे सन्देशवाहक गुप्तचर की ओर एकटक देखते हुए कहने लगे, "तेरा नाम क्या है?"

"मेरा नाम माणकू है, महाराज।"

"माणकोजी, जब कोंडाजी ने पन्हाला पर कब्जा किया, तब तू वहाँ था क्या?"

"जी हाँ, महाराज। मैं तो कोंडाजी के साथ ही था।"

"तो जरा हमें हमारे कोंडाजी की बहादुरी की कहानी तो सुना।"

माणकू बताने लगा, "राजापुर में सारी बात तय हुई थी। हमने अनाजीपन्त को बाद

में आने के लिए कहा और हम कोंडाजी के साथ आगे चल पड़े। कोंडाजी के भेदिए पहले ही गढ़ में जाकर वहाँ का भेद ले आए थे। किले के कई लोगों को भी उन्होंने लालच देकर अपनी ओर मिला लिया था। नियत दिन पर अनाजीपन्त भी हमसे आ मिले। बाद में कोंडाजी ने गढ़ को अच्छी तरह देखभाल लिया। कोंडाजी नाईक ने बड़ी अनोखी तरकीब ढूँढ़ निकाली थी। उन्होंने पन्त को किले के बाहर रखा। यह तय हुआ कि साठ लोग पच्छिम की ओर से गढ़ के पास पहुँच जाएँ।''

''केवल साठ लोग?''

''जी हाँ, महाराज। पच्छिम की ओर एक अच्छी-सी जगह पहले से ही देख ली गई थी।''

''अच्छा, आगे कहो।'' राजे अधीर होकर पूछने लगे।

''फिर ऐसा हुआ महाराज, कि जब रात हो गई, तो हम गढ़ की तलहटी में जा पहुँचे। हमारी टोली में सीढ़ीवाले, कील ठोंकनेवाले, बघनखेवाले और रणसिंगा फूँकनेवाले भी थे। गणाजी मामा और मोत्याजी मामा भी हमारे साथ थे। हम सबने अपने नाम बदल लिए और देवी भवानी का नाम लेकर कोंडाजी के साथ पहाड़ की सीधी खड़ी कगार से जा भिड़े। एक-दूसरे को हाथ का सहारा देते हुए हम सीधी खड़ी कगार के ऊपर पहुँच गए। हम इस तरह गढ़ में घुस गए। बाकी लोगों को हमने रस्सी नीचे लटकाकर ऊपर चढ़ा लिया। आधी रात हो चुकी थी–अँधेरा इतना घुप्प था कि हाथ को हाथ न सूझे। एक पहरेदार मशाल लेकर आ रहा था, हमने तीर चलाकर उसे ढेर कर दिया, बस, रास्ता खुल गया। जैसा तय हुआ था, हमारे सारे साथी तलवारें खींचकर किले में चारों ओर फैल गए। तभी कोंडाजी ने इशारा किया और रणसिंगेवाले रणसिंगा फूँकने लगे। सारे किले में चारों ओर रणसिंगों का नाद गूँज उठा। सारा किला जाग गया। भागमभाग होने लगी–शोर होने लगा–ये आवाज कैसी? कौन सिंगे फूँक रहा है। कइयों ने तो सोचा–भूत होंगे, अँधेरे में सिंगे फूँक रहे हैं। कोई भी आगे न आए। इसी समय इशारे की सीटी बजने लगी–'हर हर महादेव' का नारा गूँज उठा। और चारों तरफ मारकाट मच गई। अनाजीपन्त बाहर के जंगल में छिपे बैठे थे–वे किले की ओर बढ़ने लगे। तब तक हमारे साथी किले के दरवाजे तक पहुँच गए थे। अब तक किलेदार भी जाग गया था। वह घर के बाहर आया ही था कि कोंडाजी ने उसे जा पकड़ा। दो-चार हाथ चलाए होंगे–किलेदार का सिर कटकर धरती पर जा गिरा। तभी किले के सामनेवाले दरवाजे से अनाजीपन्त भीतर घुस आए। किलेदार मारा गया था–बस, लड़ाई भी खत्म हो गई। एक नाईक था–नागोजी पंडित, वह भाग खड़ा हुआ।''

''शाबाश, कोंडाजी!'' राजे कह उठे, ''ये हमारे ऐसे अनोखे लोग हैं कि इन पर प्राण भी निछावर कर दिए जाएँ, तो यह भी कम है। जिस गढ़ को जीतने में हमें हार खानी पड़ी थी, आदिलशाही के उसी मजबूत गढ़ को केवल साठ ने जीत लिया। वाह!''

इसी समय तोप गरज उठी। राजे उच्चासन से उठ खड़े हुए।

''बालाजी, कल अभिषेक करने के बाद हम गढ़ से नीचे उतरेंगे। वहाँ माँसाहिबा से मिलेंगे। कोंडाजी और अनाजी से मिले बिना हमारे मन को चैन नहीं मिलेगा। प्रतापराव...।''

''जी, महाराज!''

''तुम कल हमारे साथ आओगे। तुम अपनी फौज पन्हाला में इकट्ठी कर लो। अब

आदिलशाही की नींद टूटेगी–हमें उसके मुकाबले के लिए तैयार रहना चाहिए।''

''जी!'' प्रतापराव ने सिजदा किया।

राजे सन्तुष्टचित्त होकर अपने भवन की ओर चले आ रहे थे।

14

रात को राजे अपने शयनगृह की ओर जा रहे थे। तभी मनोहारी महल में आई। राजे ने पूछा, ''क्या है, मनोहारी?''

''बालमहाराज पाचाड से आए हैं।''

''इस समय क्यों आए होंगे?''

राजे चिन्तित हो उठे। वे महल के द्वार तक गए ही थे कि सामने से आ रहे सम्भाजीराजा उन्हें दिखाई दिए। सम्भाजीराजा ने पास आकर राजे को प्रणाम किया।

''बालराजे, रात को आए हो? क्या बात है? माँसाहिबा तो...।''

''आबासाहब, माँसाहिबा कुशलपूर्वक हैं। ऊपर गढ़ से तोपें चलने की आवाजें सुनाई दीं। माँसाहिबा ने कहा, 'अवश्य कोई नया समाचार गढ़ में प्राप्त हुआ है।' माँसाहिबा अधीर हो उठीं। उन्होंने मुझे भेजा, इसलिए मैं आया हूँ।''

सब उनकी बात सुन रहे थे। राजे का हृदय व्यथित हो उठा। वे कहने लगे, ''बालराजे, हम इतने बड़े हो गए, फिर भी हमने अभी तक माता का हृदय नहीं जाना। हम कल गढ़ से उतरकर माँसाहिबा से मिलनेवाले थे। उनसे मिलने के बाद हमने आगे जाने का निश्चय किया था। किन्तु माँ का हृदय इतनी देर भी कैसे सहन कर पाएगा? बालराजे, हमारी आज्ञा से अभी किसी सन्देशवाहक को गढ़ से नीचे भेजो। पन्हालगढ़ की विजय का समाचार माँसाहिबा तक पहुँचाओ। उनसे कहो कि हमसे जो विलम्ब हुआ है, उसके लिए हम क्षमाप्रार्थी हैं।''

सम्भाजीराजा जाने के लिए मुड़े। राजे ने उन्हें पुकारा, ''बालराजे।''

सम्भाजीराजा मुड़कर आने लगे। राजे प्रेमवश आगे बढ़े, ''बालराजे, आज हमने कुशावर्त सरोवर देखा। तुम्हारे लगाए कमलों को देखा। हमें बड़ी प्रसन्नता हुई। कल प्रातःकाल जगदीश्वर की पूजा की जानी है। तुम ठीक अवसर पर गढ़ में आए हो। जो कुछ हम बताएँ, उसके अनुसार तब उचित रीति से कार्य करना। अब जाओ, विश्राम करो।''

सम्भाजीराजा चले गए। राजे अपने महल में जाकर सो गए। कई दिनों बाद राजे को निद्रा देवी का शीतल आशीर्वाद प्राप्त हुआ।

राजे बड़े सबेरे प्रतापराव के साथ गढ़ का फेरा लगा रहे थे। सुबह का कोहरा किले के वातावरण में छाया हुआ था। भवानी कगार से होते हुए राजे जगदीश्वर मन्दिर आए। देवदर्शन करके वे टकमक-कगार के पास आकर घोड़े से उतर पड़े। वहाँ से राजे प्रतापराव के साथ टकमक-कगार की ओर पैदल चले जा रहे थे। सूर्योदय होने को था–कोहरा फटता जा रहा था। राजे टकमक-कगार के किनारे खड़े होकर नीचे फैली हुई विशाल घाटी की प्रकृति का सौन्दर्य निहार रहे थे।

''प्रतापराव, पन्हाला पर हमारा अधिकार हुआ–अतीव सन्तोष हुआ हमें। पूरे बारह वर्ष बाद पन्हाला फिर से स्वराज्य में आया है। मनुष्य का मन भी कितना अभिमानी होता है। देखो ना, हमने वहाँ जो पराजय पाई थी, वह अभी तक मन को चुभती थी। अब वह काँटा

निकल गया—मन हलका हो गया।''

''मगर अब आदिलशाही बौखला उठेगी।''

''हम भी यही चाहते हैं। कुतुबशाही हमसे मित्रता बनाए रखना चाहती है, हमें भय है तो केवल आदिलशाही से। एक बार हम उसे अपनी सत्ता की शक्ति दिखा दें, तो दक्षिण में हमारा कोई शत्रु नहीं रहेगा। हमारे लिए उत्तर दिशा का मार्ग खुल जाएगा।''

सूर्य निकल आया। राजे ने उदीयमान रवि को नमस्कार किया। भगवान् भास्कर की कोमल किरणों से रायगढ़ के पर्वतों के शिखर जगमगा उठे। कोंकणदिवा दुर्ग की तलहटी में बहनेवाली नदी का पाट रुपहले पट्टे के समान दिखाई देने लगा। कोहरा गोलाकार पत्थरों-सा पहाड़ों की तलहटी से जा लगा। राजे निद्रा त्यागकर उठ रही प्रकृति के इस लुभावने रूप को देखने में मग्न थे कि तभी घोड़े की टापों की आवाज उनके कानों तक पहुँची। राजे ने मुड़कर देखा। सम्भाजीराजा, एकदम बेडर-बेखौफ होकर घोड़े पर बैठे हुए टकमक-कगार की ओर से चले आ रहे थे। निकट आकर वे उतर पड़े।

''शम्भूबाल, यह टकमक-कगार गढ़ का खतरेवाला स्थान है। रास्ते के दोनों तरफ पहाड़ सीधा कटा हुआ है। तुमने देखा कि हमने भी अपने घोड़े पीछे छोड़ दिए हैं—फिर भी तुम यहाँ तक घोड़े पर सवार होकर आए हो? कहीं घोड़े का पैर फिसल जाता, तो? अच्छा, कहो इतनी जल्दी क्यों आए हो?''

सम्भाजी मुस्कुराते हुए कहने लगे, ''आबासाहब, माँजी आपकी प्रतीक्षा कर रही हैं।''

''अरे, हम कहना ही भूल गए थे। चलो, हम चलें।''

सब रानियाँ राजे के महल के आगे राजे की प्रतीक्षा करती हुई खड़ी थीं। पुतलाबाई आगे बढ़ आईं। राजे ने कहा, ''तुम कुशावर्त सरोवर की ओर गई नहीं? महादेव तो सुबह ही कुशावर्त चला गया है। उसने हमें सूचित किया है कि सारी व्यवस्था पूरी हो चुकी है।''

''हमने सोचा—आप भी आएँगे।''

''हम तुमसे कहना भूल गए—हम वहाँ नहीं आएँगे, क्योंकि यदि हम वहाँ आए, तो तुम्हारे नौका-विहार में बाधा होगी और फिर बालराजा तो तुम्हारे साथ हैं ही।''

राजे ने एक बार सबकी ओर देखा और पूछा, ''बड़ी रानीसाहिबा कहाँ हैं?''

''वे कहती हैं—'मैं नहीं आऊँगी'।''

''ठीक है—तुम सब जाओ। देवता के अभिषेक में विलम्ब करना उचित नहीं।''

पूजा-अभिषेक के पश्चात् दुपहर की धूप कुछ कम होने के बाद राजे सम्भाजीराजा सहित रायगढ़ से उतरने लगे।

जीजाबाई पाचाड की हवेली में उनकी प्रतीक्षा कर रही थीं। राजे उनके निकट गए और पाँव छूकर कहने लगे, ''माँसाहिबा, हम अपने आचरण के लिए लज्जित हैं। वास्तव में हम कल ही गढ़ उतरकर यहाँ आनेवाले थे, किन्तु विलम्ब हो गया।''

''जाने दो शिवबा। ऐसी छोटी-छोटी बातों से क्यों मन को कष्ट देते हो? अब हमारा बुढ़ापा आ पहुँचा है—लकड़ियाँ तक तो श्मशान पहुँच चुकी हैं हमारे लिए। अब इस दशा में हमें चाहिए कि भगवान् के भजन-पूजन में, धरम-करम में मन लगाएँ, किन्तु नहीं, उसमें भी मन नहीं रमता। ऊपर गढ़ में तनिक भी खट्‌ट-खुट्‌ट हुआ कि मन गढ़ की ओर दौड़ पड़ता है।''

राजे जीजाबाई की ओर देख रहे थे। सिर के आँचल में से झाँकते हुए सफेद बाल, मुख

पर पड़ रही झुर्रियाँ, हिल रही गर्दन, सदा सजल रहनेवाली आँखें...राजे ने जीजाबाई की बाँह पकड़ी। उन्हें बैठक पर बिठाते हुए वे कहने लगे, ''माँसाहिबा, आप ऊपर गढ़ में आकर क्यों नहीं रहतीं?''

''शिवबा, अब सत्तर पार कर चुकी हूँ—तू चाहता है कि अब भी घर में उलझी रहूँ? घर में बहुएँ आ गई हैं—अब उन्हें सारा कामकाज करने दे, देख-रेख करने दे। मैं जनम-भर तेरा साथ निभा पाऊँगी? झाड़ की पीली पत्ती हूँ मैं, आज न हो कल, टूटकर गिर जाऊँगी।''

''माँसाहिबा!''

''अच्छा, नहीं कहती। किन्तु कह तो, सत्य की ओर आँख मींचने से सत्य क्या टल जाएगा?''

सम्भाजी महल में आए और माँसाहिबा से सटकर बैठ गए। उनकी पीठ पर हाथ फेरते हुए जीजाबाई ने कहा, ''बालराजे, कहाँ थे?''

''घुड़साल गया था।''

''राजे, हमारे बालराजा को बस घुड़साल, शिकार और...।''

''दवाई,'' राजे कह उठे।

''दवाई? दवाई कैसी?'' जीजाबाई ने पूछा।

''आपको शायद मालूम नहीं।'' सम्भाजीराजा की ओर देखते हुए राजे कहने लगे, ''हमारे शम्भूराजा शौक पूरा करने के लिए शिकार नहीं करते, आपके लिए औषधि पाने के लिए वे शिकार करते हैं। परसों इन्होंने जो सूअर मारा है ना, वह आपके घुटनों की मालिश के लिए चर्बी पाने के लिए मारा था।''

''राजे!'' जीजाबाई सम्भाजी को पास लेते हुए कहने लगीं, ''तुम्हारे भाग्य में तो बचपन लिखा ही नहीं था। इनकी उम्र के थे तुम जब रोहिडेश्वर के आगे प्रतिज्ञा करके तोरणादुर्ग जीतने निकल पड़े थे। इन्हें तो अपना बचपन का आनन्द लूटने दो।''

''तो हम कहाँ कहते हैं न लूटें।''

''बहुत प्रेमी बालक है यह! जरा भी बीमार हुई मैं कि मेरे पास से एक पल भी दूर नहीं जाता। प्रातःकाल की पूजा से लेकर रात सोने तक निरन्तर ध्यान रखता है मेरा। कल गढ़ से तोपों की आवाज आई, मुझसे रहा न गया। और यह? यह गढ़ में जाने के लिए तैयार हो गया। इसे भेज तो दिया मैंने, किन्तु फिर मुझे ही चिन्ता सताने लगी।''

''हाँ, माँसाहिबा, ऐसे कामों के लिए हरदम कमर कसे रहते हैं ये! आज की ही बात सुनिए, हम टकमक पहाड़ी कगार के किनारे खड़े थे। घोड़े बारूदखाने के पास छोड़कर हम पैदल गए थे। और ये हमारे युवराज? ये उस सँकरे पहाड़ी रास्ते पर घोड़ा दौड़ाते हुए चले आए।''

सम्भाजीराजा के मुख पर मुस्कुराहट फैली हुई थी। उनके गाल पर नकली गुस्से से चपत लगाते हुए जीजाबाई ने कहा, ''क्यों रे? यह सच है क्या?''

राजे हँसकर कहने लगे, ''बस, बस माँसाहिबा, यह बहुत कड़ी सजा हो गई।''

जीजाबाई हँसते-हँसते रुक गईं।

''राजे, अब तुम्हें कुछ-कुछ अनुभव होने लगा है कि बच्चे की चिन्ता क्या होती है! किन्तु राजे, उस चिन्ता में भी एक प्रकार का आनन्द छिपा रहता है। अपने लगाए सिंचाई, निराई किए पौधे को बड़ा वृक्ष हुआ देखने से भी परम सन्तोष प्राप्त होता है। इस काल उसी सन्तोष से मेरा जी भर रहा है। तुम्हें भी जब ऐसा सुअवसर मिलेगा ना, तुम तभी मेरे

आज के कथन का अर्थ समझ पाओगे।''

फिर जीजाबाई ने एकदम बात बदल दी। उन्होंने पूछा, ''सुनती हूँ कि तुम अब पन्हालगढ़ जा रहे हो?''

''जी, माँसाहिबा! अब हम आदिलशाही से छेड़खानी कर बैठे हैं। सो उस राज्य के होशियार होने से पहले हमें गढ़ को मजबूत बना लेना होगा।''

''तो क्या सीधे पन्हालगढ़ जाओगे?''

''नहीं, माँसाहिबा। रास्ते में पोलादपुर पड़ता है, कवीन्द्र परमानन्द वहीं रहते हैं। उनके दर्शन करके हम प्रतापगढ़ में एक दिन रहेंगे। अच्छा है कि देवी की पूजा करके आगे प्रयाण करें।''

''ठीक है, ऐसा ही करो। केवल संकट आ पड़ने पर ही भगवान् को टेरने की अपेक्षा उचित है कि ऐसे शुभ अवसरों पर उसका स्मरण किया जाए। कहते हैं–भगवान् ऐसी पूजा से ही प्रसन्न होते हैं।''

''हम शीघ्र ही लौट आएँगे। प्रतापराव हमारे साथ हैं। आप चिन्ता न करें। अपने स्वास्थ्य का ध्यान रखें।''

''हमारे स्वास्थ्य की कैसी चिन्ता? ये बालराजा जो रात-दिन हम पर पहरा दे रहे हैं!''

''ये इतना काम भी निभा लें, तो भी हम इन पर बहुत प्रसन्न होंगे। चलो, बालराजा, हम तुम्हारा 'मोती' देखना चाहते हैं।''

जीजाबाई से अनुमति लेकर राजे शम्भूराजासहित अश्वशाला की ओर चले गए।

अगले दिन उन्होंने भोर में ही सेनासहित पन्हालगढ़ की ओर कूच कर दिया।

15

पाचाड, महाड, पोलादपुर और प्रतापगढ़ में मुकाम करते हुए, देवता के दर्शन करते हुए राजे पन्हाला के निकट आ पहुँचे। राजे के आगमन की खबर सुनकर पन्हालगढ़ में नई चेतना जाग उठी। घर-घर पर राजे के स्वागतार्थ गुढ़ी (ध्वजाएँ) फहराने लगीं। द्वारों को बदनवारों से अलंकृत किया गया। अनाजी ने समाचार सुना कि राजे गढ़ की तलभूमि में आ पहुँचे हैं। उन्होंने कोंडाजी को अश्वारोही-दल सहित राजे की अगवानी करने के लिए भेजा। वे स्वयं पन्हालगढ़ के मुख्यद्वार पर राजे के स्वागतार्थ आ खड़े हुए।

राजे का घुड़सवार-दल पर्वतीय दुर्ग पन्हालगढ़ पर चढ़ रहा था। सबसे आगे थे–शिवाजीराजा, अपनी सुलक्षणा काली घोड़ी पर सवार। उनके एक ओर सेनापति प्रतापराव हलके भूरे रंग के घोड़े पर सवार होकर साथ चल रहे थे। अचानक राजे ने लगाम खींची। और प्रतापराव को संकेत दिया। अश्वारोही-दल की गति धीमी हो गई। राजे ने सुना, सामने से टापों की आवाज आ रही थी। राजे की दृष्टि सामने के मोड़ की ओर गई और अगले ही पल कोंडाजी दिखाई दिए। राजे ने आनन्दित होकर प्रतापराव से कहा, ''प्रतापराव, वह देखो, गढ़ जीतकर सिंह चला आ रहा है।''

राजे घोड़े से उतरे। कोंडाजी फर्जंद भी कुछ दूरी तक आकर उतर पड़े। कोंडाजी बहुत विनीत होकर आ रहे थे–सिर पर भगवा पगड़ी, चौड़ी छाती पर तना हुआ अँगरखा, मानो

तनकर कसने से अब टूटा-तब टूटा। घुटनों के नीचे हृष्ट-पुष्ट पिंडलियों तक कसा हुआ चुन्नटदार तंग पाजामा; पैरों में चमचमाती जूतियाँ, बाएँ हाथ से तलवार सँभालते हुए, विनय और संकोच की मूर्ति कोंडाजी राजे की ओर बढ़ते चले आ रहे थे। मुख पर स्वाभिमान और संकोच का कुछ ऐसा सुन्दर मेल था कि उनकी छवि देखते ही बनती थी। राजे से कुछ कदम दूरी पर कोंडाजी ने जूते उतार दिए और नंगे पाँव आगे आ ही रहे थे कि राजे लपकते हुए आगे दौड़े। अगले पल कोंडाजी राजे की बाँहों में थे। राजे मूक थे, वे केवल कोंडाजी की पीठ थपथपाते जा रहे थे। कोंडाजी को प्रतीत हो रहा था—मानो उन्होंने स्वर्ग पा लिया हो। दोनों आलिंगन से छूटे। राजे ने पूछा, ''और हमारे अनाजी कहाँ हैं?''

''गढ़ के द्वार पर आपकी बाट जोह रहे हैं।''

''ओह! तब तो हमें जल्दी जाना चाहिए। पन्त हमारी प्रतीक्षा करते खड़े रहें, यह तो उचित नहीं होगा। चलो।''

सब लोग फिर सवार हो गए। राजे कोंडाजी के अश्वारोही दल को पार करके आगे निकले। उनके दोनों ओर कोंडाजी और प्रतापराव घोड़े दौड़ाते हुए चले जा रहे थे। दुर्ग का द्वार निकट आ गया। द्वार के शिखर पर भगवा ध्वज फहरा रहा था। राजे का हृदय प्रफुल्लित हो उठा।

राजे दुर्गद्वार के पास आए। वहाँ अनाजी खड़े हुए थे। अपने राजा के स्वागत के लिए द्वार के दोनों किनारों पर मावले-सैनिकों की भारी भीड़ इकट्ठी हो गई थी। इसी समय नक्कारखाने का नगाड़ा बज उठा—तुरहियों की ललकार आकाश तक जा पहुँची। अनाजी ने आगे बढ़कर राजे पर सुवर्ण पुष्पों की वर्षा की। उनके स्नेहपूर्ण आचरण से राजे के नयन सजल हो आए। उन्होंने अनाजी के कन्धे पर हाथ रखा, अनाजी ने कहा, ''महाराज, आगे चलें।''

राजे ने महाद्वार की ओर देखा और अनाजी, कोंडाजी को सम्बोधित करते हुए कहा, ''तुम आगे चलो। गढ़ तुमने जीता है—इसमें पहले प्रवेश करने का अधिकार तुम्हारा है। सूबेदार कोंडाजी, चलो, तुम आगे चलो।''

अनाजी और कोंडाजी के पैर ठिठककर रह गए। राजे मुस्कुराते हुए कहने लगे, ''अनाजी, कोंडाजी, जब हम सफलता पाते हैं, तब हमें संकोच नहीं करना चाहिए। उस सफलता का बखान करने में लजाना भी नहीं चाहिए। तुम आगे चलो, हम तुम्हारे पीछे-पीछे चले आते हैं।''

राजे अनाजी-कोंडाजी के साथ दुर्ग में प्रविष्ट हुए। नगाड़े फिर से बज उठे, तुरहियों का नाद गूँजने लगा। दुर्ग की तोप ने राजे के आगमन की सूचना दूर-दूर तक पहुँचा दी।

राजे सबके साथ सज्जा-कोठी में गए। कोंडाजी ने सैनिकों को इशारा किया और राजे के चरणों में धन के ढेर लगने लगे। अनाजी ने कहा, ''महाराज, समूचा गढ़ ज्यों-का-त्यों हमारे हाथ लगा। गंगा और जमना धान्य-भांडार पूरे भरे हुए हैं। शत्रु का गोला-बारूद और तोपखाना भी समूचा-का-समूचा हाथ आ गया है।''

''इसमें अचरज की बात ही क्या है? घनी अँधेरी रात में जब साठ भूत इकट्ठे हो जाएँ, तो क्या नहीं हो सकता? ऐसा तो हमने कई बार हुआ सुना है कि किसी ने छिपकर चुपचाप किले पर कब्जा कर लिया हो, लेकिन ऐसी अनोखी घटना तो यहाँ हुई है कि केवल साठ लोग किले पर चढ़ गए हों तथा सिंगे फूँककर और सारे किले को जगाकर जिन्होंने गढ़ जीता हो। सचमुच तुम्हारी हिम्मत का जवाब नहीं। तुम्हारे उपाय की कोई बराबरी नहीं।'' सामने पड़ी हुई धनराशि की ओर संकेत करते हुए राजे ने कहा, ''इस धन की अपेक्षा तुम हमें

वे साठ करामाती वीर दिखाओ। हम वह धन देखने के लिए आतुर हैं।''

राजे ने सबको पुष्कल द्रव्य देकर पुरस्कृत किया। उन्होंने शत्रु के बन्दी बनाए गए सैनिकों को अभयदान दिया। राजे ने गढ़ के पहरे के प्रबन्ध का स्वयं निरीक्षण किया। अब राजे कभी भी पन्हालगढ़ को फिर से खोना नहीं चाहते थे।

16

पन्हालगढ़ पर विजय पा लेने के बाद से राजे का मन नई उमंग से भर उठा था। वे प्रतापराव को अपनी सेनाएँ इकट्ठी करने की आज्ञाएँ दे रहे थे। राजे के गुप्तचर सारे प्रदेशों में फैले हुए थे। प्रतापराव से रहा नहीं गया। वे पूछ बैठे, ''महाराज, इतनी शीघ्रता क्यों की जा रही है?''

''प्रतापराव, तुम हमारे सेनापति हो। कम-से-कम तुम्हें तो हमसे यह प्रश्न नहीं पूछना चाहिए। सोचो कि जब पन्हाला की खबर बीजापुर पहुँचेगी, तो अवश्य ही खवासखान जल-भुन उठेगा। अवश्य ही वह हमें हराने के लिए सारी शक्ति लगा देगा। इससे पहले कि आदिलशाही हमारे विरुद्ध मोरचे लगाए, हमें ऐसा कुछ करना होगा कि वह दहल उठे। इस हेतु हमने पन्हालगढ़ में ही रहने का निश्चय किया है।''

प्रतापराव ने देखा कि राजे सच ही कहते थे। क्योंकि राजे ने इकट्ठा हुई सेनाओं को आदिलशाही राज्य पर आक्रमण करने भेज दिया। दो मास के भीतर राजे की सेनाओं ने परली और सतारा के किलों पर अधिकार कर लिया। ये दोनों किले प्रदेश के मध्यवर्ती स्थान थे। इन किलों से राजे को अपरम्पार सम्पत्ति मिली। इस धन को सैकड़ों बैलों पर लादकर रायगढ़ रवाना किया गया। राजे ने परली और सतारा किलों में अपनी सेना नियुक्त की। अपने विश्वासपात्र व्यक्तियों को वहाँ का किलेदार बनाया।

खवासखान, जो कमउम्र नाबालिग शहजादा सिकन्दरजहाँ के शासनकाल में पूरी तरह शासक बन बैठा था, इसी उधेड़बुन में था कि शिवाजी को जड़-मूल से कैसे उखाड़ा जाए। तभी खबर पहुँची कि शिवाजी ने पन्हालगढ़ पर कब्जा कर लिया है। अब तो बीजापुर में हंगामा मच गया। खवासखान ने अपनी जहाँ-तहाँ फैली हुई सेनाओं को इकट्ठा करना शुरू किया। इसी समय दूसरी खबर आ धमकी कि शिवाजी ने परली-सतारा भी हथिया लिए हैं। गुस्से से पागल हुए खवासखान ने शिवाजी को हराने के लिए बीजापुर के बड़े सरदार अब्दुल करीम बहलोलखान को चुना। बड़ी फौज साथ लेकर उसे शिवाजी पर हमला करने भेजा। बहलोलखान ने बारह हजार सिपाहियों की फौज जमा कर ली और वह बीजापुर से बारह कोस की दूरी पर स्थित उंबराणी तक आ पहुँचा। खवासखान ने उसे ज्यादा कुमक देने के लिए रांगणा, अदवानी और कर्नोल के सूबेदारों के नाम हुक्मनामे भेजे कि वे सब बहलोलखान से आ मिलें।

राजे को यह जानते देर न लगी कि खान उंबराणी आ पहुँचा है। राजे ने अपने विश्वासपात्र सरदार प्रतापराव, आनन्दराव, अनाजी, विठोजी शिन्दे, विट्ठल पिलदेव आदि को बुला भेजा।

''प्रतापराव, खबर मिली है कि आदिलशाही सरदार बहलोलखान पठान उंबराणी आ पहुँचा है।''

''फौज कितनी है उसके साथ?''

“अधिक से अधिक दस-बारह हजार होगी।”

प्रतापराव हँसने लगे। कहने लगे, “तो फिर, महाराज, सोचना क्या है? इस बहलोल को सीधा करने का जिम्मा मेरा रहा। वह आगे आए तो सही, मैं अकेला ही उससे निबट लूँगा।”

राजे फीकी हँसी हँसकर कहने लगे, “प्रतापराव, हम मराठों को शायद यह शाप मिला है कि हम विवेक से काम लेने की अपेक्षा आवेग में अधिक बह जाते हैं। हमें अपनी शक्ति का पता नहीं है? बहलोलखान उंबराणी में बैठा है, सो आराम करने के लिए नहीं। वह सेना की प्रतीक्षा कर रहा है। उसने मुगल सरदार दिलेरखान से सहायता माँगी है। आज उंबराणी में जो सेना तालाब जैसी भरी है, उसको समुद्र बनते बहुत देर नहीं लगेगी। और हमारी सेनाएँ तो जंगलों या पठारों-मैदानों में बिखरी हुई हैं।”

“यदि हम अभी उन पर हमला कर दें, तो?” प्रतापराव कह गए।

“देर से ही क्यों न सही, तुम्हारे ध्यान में यह बात आई। हमारी योजना है कि इससे पहले कि बहलोलखान अपनी शक्ति बढ़ा ले, हमें उसे जा दबोचना चाहिए।”

“तो इस काम के लिए महाराज क्यों कष्ट करते हैं? अभी प्रतापराव की भुजाओं में ताकत बाकी है।”

“यह हम जानते हैं। प्रतापराव, तुम सेना लेकर जाओ। हमारे श्रेष्ठ और नीतिचतुर सरदार विठोबा शिन्दे, विट्ठल पिलदेव, कृष्णाजी भास्कर, विसो बल्लाल और सिद्दी हिलाल तुम्हारे साथी होंगे। और सुनो प्रतापराव, हम इस मुहिम में असफल होने की बात नहीं सुनना चाहते। यदि तुम्हें और अधिक सेना चाहिए, तो सूचित करो हम स्वयं तुम्हारी सहायता करने आएँगे।”

“जो आज्ञा, महाराज।”

राजे उठ खड़े हुए। राजे ने अपनी कमर में बँधी रत्नजटित कटार निकाली और प्रतापराव को देते हुए कहा, “अब आज्ञा बस एक ही है। यह बहलोलखान बहुत उछलकूद मचा रहा है। उसका काम तमाम करके उस पर विजय प्राप्त करो।”

प्रतापराव ने सिजदा किया। भरी दुपहर में सारा गढ़ घोड़ों की टापों की आवाजों से थर्रा उठा। तुरहियों की ऊँची आवाज ने सबको बता दिया कि कूच का समय हो गया है। प्रतापराव राजे को सिजदा करके अपने साथियोंसहित गढ़ से चल पड़े।

राजे किले के महल की छत पर खड़े हुए प्रतापराव की सेना को देख रहे थे। सेना धूल उड़ाती हुई अपने लक्ष्य की ओर कूच करती जा रही थी।

17

प्रतापराव सेनासहित उंबराणी की ओर बढ़ते जा रहे थे। मार्ग में उन्होंने कुछ स्थानों पर पड़ाव डाला और वे उंबराणी जा पहुँचे। उन्हें बहलोलखान की छावनी के बारे में सारी खबरें मिल रही थीं। बहलोलखान का फौजी पड़ाव उंबराणी से कुछ दूर था। पड़ाव के पास एक तालाब था। छावनी के लिए उसी तालाब से पानी लिया जाता था। खान ज्यादा कुमक पाने की आशा लगाए वहीं जमा बैठा था।

प्रतापराव ने बड़ी खामोशी से खान की छावनी की नाकेबन्दी कर ली। उन्होंने रात के अँधेरे में चुपचाप छावनी को घेर लिया। तालाब पर कब्जा कर लिया। जब खान के सिपाही

सुबह पानी के लिए तालाब की ओर आए, तो देखा कि शत्रु पैर जमाए खड़ा है। तब तो सारी छावनी में हंगामा मच गया—भगदड़ मच गई। जिधर रास्ता खोजा जा रहा था, उसी रास्ते पर शत्रु खड़ा था। धूप तेज होने लगी। जैसे किसी मृत पशु की लाश बीच में हो और गिद्ध वृक्षों की चोटियों पर बैठे हुए उसे देख रहे हों। खान की सेना की हालत कुछ ऐसी ही हो गई थी। शत्रु-सेना उसकी सेना को चारों ओर से घेरकर चुपचाप देख रही थी। बहलोलखान गुस्से के मारे भौंचक रह गया था। वह समझ नहीं पा रहा था कि क्या करे। गर्मियों के तेज मौसम की गर्मी उसे बेचैन किए हुए थी। उसकी छावनी पानी के बगैर छटपटा रही थी। आखिरकार खान ने तय किया कि घेराबन्दी तोड़नी चाहिए। वह हाथी पर सवार होकर अपने खेमे से चल पड़ा। पठान सिपाही 'दीन दीनऽऽ' चिल्लाते हुए बड़े जोश से आगे बढ़ रहे थे। गुस्सावर बहलोलखान जंगी पोशाक पहने, हाथी के हौदे से तलवार हिलाते हुए अपने सिपाहियों का जोश बढ़ा रहा था। अचानक सारी फौज को जैसे साँप सूँघ गया—ललकारें खामोश हो गईं। सामने की पहाड़ी पर काली-काली रेखाएँ दिखाई देने लगी थीं—मानो सामने किसी ने शतरंज के मोहरे बिछा दिए हों। जहाँ तक नजर पड़ती थी, वही काली रेखाएँ दिखाई दे रही थीं। खान का गला सूखने लगा। इसी समय 'हर हर महादेव' की ऐसी रण-गर्जना हुई कि आकाश फटने लगा।

जैसे ओलों की तड़ातड़ बारिश हो रही हो, यों हर ओर से टापों की आवाजें आने लगीं। मराठों की पहली टुकड़ी की तूफानी लहर खान की सेना से जा टकराई। खान की सेना ने डटकर लड़ाई की, मगर मराठों की शक्ति के आगे उसकी एक न चली। चारों ओर से रास्ते रोककर और मारकाट मचाते हुए आगे बढ़ते मराठों को देखकर खान हक्का-बक्का रह गया। फिर बहलोलखान के बर्की नामक सरदार को रियाजी राऊत ने मार डाला। बहलोलखान का एक हाथी पकड़कर दुश्मन अपने साथ ले गया और खान बेबस देखता रह गया। खान के सिपाही चारों ओर से चढ़े चले आ रहे थे, वे शत्रु का मुकाबला कर रहे थे। भाग निकलने का कोई रास्ता नहीं था। पीने का पानी भी मयस्सर नहीं था। बला की गर्मी से सिपाहियों के गले सूखे जा रहे थे—मगर वे मराठा सैनिकों का सामना कर रहे थे।

सूरज छिप गया। खान की फौज को थोड़ा आराम मिला। खान के कई बड़े-बड़े सरदार इस लड़ाई में काम आए थे। खान की आधी छावनी शत्रु के हमले में बरबाद हो चुकी थी। खान को इस संकट से उबरने का कोई रास्ता नहीं दिखाई दे रहा था—उसे अपनी मौत सिर पर मँडराती हुई नजर आ रही थी।

खान ने अपना एक दूत प्रतापराव के पास भेजा। खान ने हथियार डालने का फैसला कर लिया था। उसने प्रार्थना की, "हमें आप पर हमला नहीं करना था और न ही अब करेंगे। बादशाह के हुक्म से हम यहाँ आए हैं। आज से हम सिर्फ आपके हैं। आज से फिर हम कभी आपके राजा से बैर नहीं करेंगे।"

इस प्रार्थना से प्रतापराव का दिल पिघल गया। उन्होंने उदारता दिखाते हुए खान को माफ कर दिया। अपने शिकंजे में फँसे हुए बहलोलखान को प्रतापराव ने छोड़ दिया।

राजे इस समय पन्हालगढ़ में थे। उन्होंने यह समाचार सुना। अपनी सेना की वीरता पर वे अति प्रसन्न हुए, किन्तु यह जानकर कि प्रतापराव ने अविश्वसनीय बहलोलखान को जाने दिया, राजे बहुत दुखी हुए। उन्होंने पत्र भेजकर प्रतापराव से इस निर्णय के बारे में

जवाब-तलबी की। राजे ने लिखा, "...जब हमारी आज्ञा थी कि बहलोलखान को मारकर पूर्ण विजय हासिल करो, तब तुमने उसे छोड़ क्यों दिया? उसके साथ समझौता क्यों किया...?"

18

वर्षा ऋतु अभी-अभी शुरू हुई थी। आकाश में काले बादल छाए हुए थे। रायगढ़ में रात-दिन लगातार ठंडी हवाएँ बह रही थीं। वर्षा की झड़ियाँ कब तक रहेंगी, इसका कोई भरोसा नहीं था। किले में बरसात से बचाव की सारी तैयारियाँ हो चुकी थीं–घरों की खिड़कियों-दरवाजों पर बाँस घास की छाजनें लगा दी गई थीं। जो घर अधूरे बने थे, उन्हें वर्षा ऋतु के भय के कारण शीघ्र पूरा बना लिया गया था। रायगढ़ में सूचना प्राप्त हुई थी कि शिवाजीराजा पन्हालगढ़ से हरिहरेश्वर तीर्थस्थान की ओर गए हैं। बाद में यह समाचार मिला कि राजे शीघ्र ही रायगढ़ आ रहे हैं। उनके आगमन के समाचार से सारा दुर्ग सावधान हो उठा था–राजकार्यालय की हड़बड़ी का तो पूछना ही क्या!

सम्भाजीराजा दोपहर को अपने महल में पलंग पर बैठे हुए थे। उनकी नजर रह-रहकर दरवाजे की तरफ जा रही थी। वे येसूबाई को देखने के लिए अधीर हो उठे थे। इसी समय जैसे ही येसूबाई आईं, सम्भाजीराजा ने अपनी आँखें दूसरी ओर फेर लीं। द्वार पर खड़ी हुई येसूबाई के होंठों पर मुस्कुराहट छा गई। उन्होंने पीछे मुड़कर आवाज दी, "बालराजे, जल्दी आओ।"

आवाज सुनते ही सम्भाजीराजा ने दरवाजे की ओर देखा। बालक राजाराम येसूबाई के पीछे-पीछे दौड़ता हुआ आ रहा था। देहली लाँघते समय राजाराम लड़खड़ा गया। येसूबाई ने उसे सँभाला। सम्भाजी की ओर इशारा करते हुए येसूबाई ने कहा, "देखो, बालराजे, तुम्हारे दादामहाराज हमसे नाराज हैं।"

बात सुनकर राजाराम डर से सहम-सा गया। येसूबाई का हाथ कसकर पकड़ते हुए वह एकटक सम्भाजीराजा की ओर देखने लगा। राजाराम के ऐसे भोले मुखड़े को देखकर सम्भाजीराजा को हँसी आ गई। राजाराम उनकी ओर दौड़ा। सम्भाजीराजा ने उसे उठाकर पलंग पर बैठा लिया। राजाराम पूछने लगा, "दादामहाराज, सच ही नालाज हो तुम?"

राजाराम को छाती से लगाते हुए सम्भाजीराजा ने कहा, "नहीं बालराजे, हम तुमसे नाराज नहीं हैं। तुम्हारी भाभी है न, यह बड़ी दुष्ट है।"

राजाराम ने हँसकर येसूबाई की ओर देखा और आँखें मिचकाते हुए कहने लगा, "ऊँऽऽ, भाभी दुट्टऽऽ।"

"वाह, वाह! क्या कहने? भाई जो ठहरे तुम!" येसूबाई हँसी छिपाते हुए बोलीं, "कितनी चालाकी से बड़ी माँजी के महल से भगाकर लाई हूँ तुम्हें, और फिर भी मैं ही बुरी? अच्छा, तो अब मैं नहीं बोलती तुमसे।"

राजाराम रुआँसा हो आया। उसे रुआँसा देखकर येसूबाई पलंग पर झुकती हुई उससे कहने लगीं, "तो फिर सच-सच कहो। तुम्हें कौन पसन्द है? मैं या 'ये'?"

राजाराम ने एक बार दोनों की ओर देखा और भाभी की ओर उँगली दिखाकर बोला, "तुम!"

येसूबाई खिलखिलाकर हँस पड़ीं। राजाराम उनकी ओर लपक रहा था, उन्होंने उसे अपनी ओर खींचा। किन्तु सम्भाजीराजा ने उसे छोड़ा नहीं था। येसूबाई का मुख सम्भाजीराजा के

पास आ गया था। येसूबाई ने आँख उठाकर देखा—सम्भाजी के सजल नेत्र उन्हें ही एकटक देख रहे थे। सम्भाजी की गरम साँस उनके गालों को छू रही थी। इस दृष्टि से आहत बनी येसूबाई ने धीरे से कहा, ''छोड़ो नाऽऽ।''

सम्भाजीराजा ने राजाराम को छोड़ दिया। उनके मुँह से आह निकल आई। राजाराम को बाँहों में लेकर येसूबाई ने राजाराम से कहा, ''ये तुम्हारे दादामहाराज हैं नाऽ, बड़े खराब हैं। है ना?''

''दादामहाराज खराबऽ,'' राजाराम ने निर्णय दिया। राजाराम को छाती से लगाकर येसूबाई ने उसे प्यार से चूम लिया।

उन दोनों की तरफ देखते हुए सम्भाजी कहने लगे, ''लगता है—अब बालराजा की तबीयत अच्छी है। हमने पाचाड में सुना था कि बालराजा बीमार हैं।''

''हाँ, ठीक ही सुना था आपने। इनका बुखार उतरता ही नहीं था। खाँसी-जुकाम तो अब भी है। किन्तु गोसाईं बाबा ने सब ठीक कर दिया।''

''किसने?''

''वे अपने साधु निश्चलपुरी हैं ना, उन्होंने मन्त्रबल से एक सिद्ध ताबीज इन्हें बाँध दिया था—बस, उसी दिन से बुखार जाता रहा।''

''ये सच है, वे बहुत पहुँचे हुए साधुपुरुष हैं। अपने कवि कलश हैं न, वे भी ऐसे ही सिद्धपुरुष हैं। बहुत चमत्कारी हैं। अगर शिकार पर जाने से पहले उनसे पूछ लिया जाए, तो शिकार अवश्य मिलता है।''

''सुना है कि वे हरिहरेश्वर तीर्थ गए हुए हैं। गोसाईंजी बता रहे थे।'' येसूबाई ने कहा।

''हाँ, आबासाहब ने उन्हें वहाँ जानबूझकर बुलाया है। वे कवि तो हैं ही, मन्त्र विद्या के भी प्रकांड पंडित हैं।''

येसूबाई कुछ कहने ही वाली थीं कि उनकी नजर द्वार की ओर गई। द्वार में सोयराबाई खड़ी थीं। येसूबाई का आँचल सिर से सरक गया था। उन्होंने राजाराम को नीचे छोड़ा और आँचल ठीक करके खड़ी हो गईं। सम्भाजीराजा भी खड़े हो गए। राजाराम सोयराबाई की ओर दौड़ा। सोयराबाई येसूबाई की ओर देखती हुई कहने लगीं, ''अरे रामऽऽ! कितने दिनों बाद तो बालराजा की तबीयत ठीक हो पाई है। इन्हें खुली हवा में क्यों ले आई तू इधर?''

येसूबाई ने सिर झुका लिया। राजाराम अपनी माता की ओर देखकर कहने लगा, ''दादामहालाज बले बुले हैं।''

सोयराबाई हँस पड़ीं। बोलीं, ''इतना समझ आता है, तो क्यों आते हो यहाँ बार-बार? अरी, इसे कुछ खिलाया तो नहीं ना?''

''जी नहीं।'' येसूबाई ने कहा।

''जरा-सा ज्यादा खा ले, तो पचता ही नहीं इसे।'' फिर सम्भाजीराजा की ओर देखकर सोयराबाई पूछने लगीं, ''और सम्भूराजे, तुम अभी तक यहाँ महल में कैसे हो?''

सम्भाजीराजा बात का मतलब नहीं समझे। सोयराबाई मुस्कुराकर कहने लगीं, '' 'इन्होंने', हमें तो राज-काज में उलझा दिया है, वही करती हैं हम। लेकिन तुम? तुम्हें तो अपने महल से निकलना भी दूभर हो गया है। अनाजी बता रहे थे कि कोई अंग्रेज दूत मिलने आया है—लेकिन तुम अपने महल में बैठे हो। यूँ हमेशा महल में घुसे रहने की बजाय अगर तनिक

राजसभागृह के कामकाज की ओर ध्यान दिया करो, तो ठीक होगा।''

सोयराबाई ने राजाराम का हाथ पकड़ा और चली गईं। येसूबाई हकबका गई थीं। सम्भाजीराजा के चेहरे पर अगले ही पल हँसी खिल उठी। वे येसूबाई के पास आए। येसूबाई ने सिर ऊँचा करते हुए कहा, ''ये माँजी ऐसी कटी-कटी बातें क्यों करती हैं?''

''वे अपनी हैं ना, इसलिए।'' सम्भाजीराजा ने कहा, ''पराये लोग भी गुस्सा करते हैं क्या? ठीक है। अब जब आज्ञा दी गई है, तो चलो, हम राजसभागृह में हो आते हैं।''

सम्भाजीराजा महल से बाहर निकलकर राजसभागृह की ओर चले जा रहे थे—पीछे की ओर मुड़े हुए सिर के बाल, गढ़ा हुआ दृढ़ शरीर, गौरवर्णीय राजपुत्र सम्भाजी धीरे-धीरे कदम बढ़ाते हुए राजसभागृह जा पहुँचे। अनाजी कुछ पढ़ रहे थे—बालाजी उनके पास खड़े हुए थे। सम्भाजीराजा को देखते ही बालाजी पीछे हट गए। उन्होंने सिजदा किया। अनाजी भी झट उठ खड़े हुए। उन्होंने भी बालाजी का अनुकरण किया। सम्भाजीराजा की आयु थी—मात्र सोलह बरस। चेहरे पर कोमल दाढ़ी की हलकी-सी छाँव कपोलों के बीच झाँकने लगी थी, किन्तु आँखों की बेधती-सी तीव्र दृष्टि असाधारण रूप से प्रभावशाली थी। उन आँखों से आँखें मिलाना बहुत कठिन काम था। उस नजर को देखते ही राजे की नजर याद हो आती थी। सम्भाजीराजा के मुख पर हास्य भाव छाया हुआ था। सम्भाजीराजा ने दोनों के सिजदे स्वीकार किए। राजे के विशेष आसन पर बैठते हुए वे पूछने लगे, ''अनाजी, क्या पढ़ रहे थे?''

पत्र बालाजी को देते हुए अनाजी ने उत्तर दिया, ''पन्हालगढ़ से पत्र की थैली आई है।''

''क्यों? कोई विशेष बात है क्या?''

''नहीं, क्षेम कुशल के समाचार लिखे हैं।'' अनाजी ने शान्ति से उत्तर दिया।

''आबासाहब के विषय में क्या समाचार हैं?''

''दो-तीन दिनों में राजे गढ़ में आ जाएँगे।''

''उनका पत्र आया है क्या?''

''नहीं। हम उनके साथ मिलकर ही पन्हालगढ़ से आए थे। राजे तीर्थस्थान के लिए चले गए। हम जब गढ़ लौटे थे, तभी आपको बता दिया था।''

''तुम्हारे भाग्य के क्या कहने? तुम आबासाहब के विश्वासपात्र व्यक्तियों में से एक जो हो!''

''युवराज चाहें, तो वे भी राजे का विश्वास पा सकते हैं!''

''ठीक है, हम प्रयत्न करेंगे। देखें, हमसे हो पाता है क्या?...हमने सुना है कि अंग्रेजों का दूत गढ़ में आया है।''

''गढ़ में नहीं, गढ़ की तलहटी में आया है।''

''तो उन्हें ऊपर बुलवा लो। हम उनसे मुलाकात करेंगे।''

''कृपया युवराज गलत न समझें। अच्छा यही होगा कि आप उनसे न मिलें।''

''क्यों? कारण तो बताइए।'' अनाजी की ओर देखते हुए सम्भाजीराजा ने पूछा।

''कारण यह कि अंग्रेजों का दूत राजनीतिचतुर है। वह केवल सीधा-सादा उद्देश्य मन में लेकर नहीं आया होगा। ऐसे व्यक्ति से मिलना...।''

''हम जानते हैं। इससे पहले भी हम कई व्यापारियों से मिल चुके हैं...।''

''जिनसे आप मिल चुके हैं, वे व्यापारी थे। यह दूत है। इस मामले में जल्दबाजी...।''

"अनाजी!" सम्भाजीराजा ने कड़ककर कहा, "हम युवराज हैं। आबासाहब ने हमें आदेश दिया है कि राज-काज की ओर ध्यान दिया जाए। रही बात हमारी आयु की, सो आबासाहब ने रोहिडेश्वर में जब दुर्ग विजय की प्रतिज्ञा की थी, उस समय उनकी आयु हमारी आयु से भी कम थी।"

"राजे की बात...।" मोरोपन्त हिचकने लगे।

"क्यों? राजे क्या आसमान से टपके हैं?"

"राजे!" अनाजी ने जोर से कहा।

सम्भाजीराजा तुरन्त सँभलकर बोले, "हम शायद कुछ बड़ी बात कह गए। खैर...। अनाजी, अंग्रेज दूत को कल गढ़ में बुलवा लो। हम उनसे मिलेंगे। यदि हमसे कोई भूल-चूक हो ही गई, तो हमारी भूल सुधार लेने की योग्यता आबासाहब के पास अवश्य है। तुम इस बारे में चिन्ता मत करो।"

"जब युवराज ने निश्चय कर लिया है, तो हम क्या कह सकते हैं? फिर भी कहे बिना नहीं रहा जाता...।"

"कहो। कह डालो, अनाजीऽऽ।"

"अंग्रेज दूत केवल राजापुर की लूट का हरजाना माँगने नहीं आया है। प्रतापराव ने उनकी हुबलीवाली कोठियाँ लूट ली हैं, इसलिए अंग्रेज मन में बहुत अप्रसन्न हैं। यह दूत इस मामले को अवश्य सामने रखेगा।"

"ठीक है, हम इस विषय में सोच-विचार करेंगे।" फिर सम्भाजीराजा एकदम पूछ बैठे, "हमारे कोंडाजी फर्जंद नहीं आए?"

"जी नहीं। उन्हें पन्हालगढ़ में ही रहने का आदेश मिला है।"

"हमारे कोंडाजी सच्चे शूरमा हैं। केवल साठ साथियों को लेकर उन्होंने किला जीत लिया। अनाजी, तुमने किले में तभी प्रवेश किया था न कि जब उसके दरवाजे खोले जा चुके थे?"

अनाजी के माथे पर थोड़े-से बल आए। वे शान्तिपूर्वक कहने लगे, "राजे, किले की ओर जानेवाला रास्ता खोजना किले में घुसने से कुछ कम नहीं होता।"

सम्भाजीराजा मुस्कुराते हुए और अनाजी को तीखी निगाह से देखते हुए बोले, "अनाजी! किन्तु मृत्यु का सामना तो उन्हें ही करना पड़ता है, जो किले में घुसते हैं। अच्छा, जाने दो। कवि कलश के पास बहुत-सा ज्ञान है। हम उनसे बहुत कुछ सीख सकते हैं। हम उनके पास जा रहे हैं।"

सम्भाजीराजा राजासन से नीचे उतरे। राजसभागृह के वातावरण में आया तनाव कुछ देर के लिए शिथिल हुआ ही था कि सम्भाजी ने मुड़कर कहा, "अनाजी, कल अंग्रेजों के दूत को अवश्य बुलवा लेना।"

जब तक सम्भाजीराजा आँखों से ओझल नहीं हो गए, दरबार में उपस्थित सभी लोग उनको जाता हुआ देखते रहे। जब सम्भाजीराजा दृष्टि से ओझल हो गए, तो लम्बी उसाँस छोड़कर मोरोपन्त ने कहा, "राजे से भय नहीं लगता, किन्तु युवराज से बहुत भय लगता है हमें। अचूक पहचान है इनकी—कभी भी अचानक ऐसी बात कह बैठते हैं कि बात हृदय को भेद देती है, एकदम चुपचाप...।"

"शिकारी जो हैं!" अनाजी ने कहा, "किन्तु अंग्रेज दूत से होनेवाली कल की भेंट उतनी सीधी-सरल नहीं है, जितना वे समझ रहे हैं। बालाजी, तुम आज ही गढ़ से उतरकर नीचे जाओ और उस दूत को यहाँ ले आओ।"

अंग्रेज दूत टॉमस निकल्स अगले दिन प्रातःकाल अपने दुभाषिये शामजी के साथ गढ़ में आया। राजे के चिटनवीस ने उसका स्वागत किया और उसे राजसभागृह में बैठा दिया। सम्भाजीराजा को दूत के आने की सूचना भेजी गई। निकल्स के पैरों में जुराबें थीं। वह तंग मोहरी का पाजामा, कमर तक का चुन्नटदार-घेरेदार पूरी बाँहोंवाला ऊनी गरम अँगरखा पहने हुए था। गले की पट्टी पर झुर्रीदार रेशमी कपड़े के गोल-गोल छल्ले शोभायमान थे। ताँबई रंग और ऊँचे इकहरे कद का अंग्रेजों का दूत निकल्स राजदरबार में उपस्थित था। खड़े-खड़े अपनी कंजी आँखों से और हँसती-सी दृष्टि से वह राजसभागृह को देख रहा था। अपनी लम्बी टोपी उतारकर उसे वह घुटनों के आगे पकड़े हुए था। उँगलियों से टोपी को यूँ ही टटोलते हुए वह चारों ओर देख रहा था।

चिटनवीस ने पूछा, "साहब कितने दिन रहेंगे यहाँ?"

"निकल्स साहब राजे से भेंट होने के बाद वापस चले जाएँगे।" शामजी ने उत्तर दिया।

"कौन देश से आए हैं ये?" चिटनवीस ने पूछा।

"इंग्लैंड से।"

"वह देश क्या बहुत बड़ा है?"

निकल्स को जब प्रश्न का अर्थ समझ आया, तो वह हँसने लगा।

"आपके देश से बड़ा नहीं है।"

"अच्छा! आपके पास सेना कितनी है?"

सामने खड़े वृक्ष की ओर उँगली दिखाते हुए निकल्स ने कहा, "उस वृक्ष पर कितने पत्ते हैं? बता सकते हो?"

इस उत्तर से चिटनवीस झेंप गए। वे बात बदलना चाहते थे कि निकल्स ने कहा, "इस प्रश्न का उत्तर मैं स्वयं नहीं जानता।"

अकस्मात् चिटनवीस एकदम शिष्टाचारपूर्वक खड़े हो गए। खुसफुसाकर बोले, "युवराजऽ-ऽ।"

निकल्स उठकर खड़ा हो गया। सम्भाजीराजा राजसभागृह में आए। निकल्स के अभिवादन को स्वीकार कर उन्होंने उसे बैठक में बैठने के लिए कहा। दोनों ने अपना-अपना स्थान ग्रहण किया। चिटनवीस और दुभाषिया युवराज के पास खड़े थे। निकल्स के पास उसका दुभाषिया शामजी खड़ा था। सम्भाजीराजा ने कहा, "साहब, आप महाराज से मिलने के लिए यहाँ आए हैं, मगर महाराज के यहाँ न होने के कारण आपको रुकना पड़ा। हमें खेद है कि आपको इस कारण कष्ट हुआ। यदि हम आपके कार्य में कुछ सहायता कर सके, तो हमें प्रसन्नता होगी।"

निकल्स उत्साह से आगे बढ़ा। उसने राजापुर की अंग्रेज कोठियों की लूट का हर्जाना देने की माँग की। साथ ही उसने यह भी बताया कि हुबली की कोठियों की लूट के कारण अंग्रेज कम्पनी कितनी नाराज है। उसने इस बात को भी अनुमति माँगी कि अंग्रेज व्यापारियों को जंगल से जो लकड़ी और ईंधन लाना पड़ता है, उस पर चुंगी महसूल न लगाया जाए। सम्भाजीराजा उसका निवेदन शान्तिपूर्वक सुन रहे थे। उनके मुख से किसी प्रकार का भाव

प्रकट नहीं हो रहा था। दूत का निवेदन पूरा होने के बाद सम्भाजीराजा ने कहा, "हमें आपकी माँगों पर विचार करना होगा। इस समय मैं कोई उत्तर नहीं दे सकता। सम्भवतः महाराज एक या दो दिनों में गढ़ में आ जाएँगे। उनके आते ही मैं उन्हें प्रस्तुत विषय की जानकारी दूँगा और उनसे आपकी भेंट करवा दूँगा। यदि महाराज के लौटने में विलम्ब हुआ, तो मैं ही आपके मामले का यथायोग्य निर्णय करूँगा। इस ऊँचे पहाड़ी किले की जलवायु आपके स्वास्थ्य को कष्टदायक होगी, इसलिए आप अगले बुलावे तक गढ़ की तलहटी में ही निवास करें। नीचे तलभूमि में आपके रहने की उचित व्यवस्था तो की गई है न?"

"जी हाँ, आतिथ्य के प्रति हम आपके ऋणी हैं।"

"यदि कुछ अभाव अथवा त्रुटि हो, तो हमें सूचित कीजिए। हम अवश्य उसे दूर करेंगे।"

सम्भाजीराजा ने बालाजी की ओर देखा। बालाजी ने निकल्स को और दुभाषिये को सम्मानवस्त्र तथा बीड़े दिए। निकल्स से अनुमति लेकर सम्भाजीराजा राजसभागृह से विदा हुए।

इसके तीसरे दिन सम्भाजीराजा को समाचार मिला कि महाराज पाचाड आ पहुँचे हैं तथा अनाजी उनकी अगवानी करने तलभूमि में गए हैं। राजे के आगमन के समाचार से गढ़ में उत्साह उमगने लगा। पुतलाबाई और मनोहारी राजे का महल ठीक-ठाक करने में जुट गईं। दोपहर को महादरवाजे की नौबत बज उठी। सेवक ने आकर सम्भाजीराजा को महाराज के आने की सूचना दी।

सम्भाजीराजा राजे के महल में प्रविष्ट हुए। येसूबाई राजाराम को गोदी में उठाकर राजे के पास खड़ी थीं। सम्भाजीराजा को देखते हुए राजे का चेहरा खुशी से दमकने लगा।

"आओ, हम तुम्हारी ही प्रतीक्षा कर रहे थे।"

सम्भाजीराजा ने उन्हें प्रणाम किया। और बोले, "हम भी आपकी अगवानी करने तलभूमि में आ जाते, तो ठीक रहता।"

येसूबाई कक्ष से बाहर चली गईं और कक्ष में अनाजी, बालाजी तथा मोरोपन्त ने प्रवेश किया। उनकी ओर देखते हुए और अँगरखे के बन्द खोलते हुए राजे ने कहा, "तुम नहीं आए, तो क्या हुआ?"

"माँसाहिबा का स्वास्थ्य...?"

"वे अच्छी हैं। तुम्हें बहुत याद कर रही थीं। तुम उनसे जाकर मिल आओ।"

"जी।"

राजे पलंग पर बैठ गए। उन्हें जोर की खाँसी आई। सम्भाजीराजा ने सुराही में रखा पानी प्याले में भरकर उन्हें दिया। राजे ने पानी पिया। प्याला वापस लेते हुए सम्भाजी ने पूछा, "आबासाहब, तबीयत ठीक नहीं है क्या?"

"ऐसा तो होता ही रहता है। किन्तु शम्भू बेटे, हमें हरिहरेश्वर तीर्थ में तुम्हारी बहुत याद आई। हम समुद्र में नहाने गए थे। वही एक इच्छा थी, जो अधूरी थी। मन कहता था—काश! तुम भी होते, तो कितना अच्छा होता! और कहो, कोई विशेष समाचार है क्या?"

"आबासाहब, अंग्रेज दूत टॉमस निकल्स आपसे मिलने आया है।"

"हमें पता है।" राजे ने कहा, "हमने यह भी सुना है कि तुम उससे मिल चुके हो। यही नहीं, तुमने अपने मन की बात मन में छिपाकर उसका प्रयोजन जान लिया है। हम तुम्हारी इस भेंट से बहुत प्रसन्न हैं।"

सम्भाजीराजा ने अनाजी की ओर देखा। राजे मुस्कुराए। बोले, ''शम्भू बेटे, इन्होंने ही हमें सब बताया है। बताए बिना हम भला कैसे जान पाते? हम कोई आसमान से थोड़े टपके हैं?''

सम्भाजी सिटपिटा गए। वे घबरा गए। तुरन्त हड़बड़ाकर कहने लगे, ''हम क्षमा चाहते हैं।''

''क्षमा की क्या आवश्यकता है? तुमने जो कहा, ठीक कहा था। हमने जो कुछ सीखा है—देखकर और अनुभव से सीखा है। केवल आँखों से देखने-भर से काम नहीं चलता। हम यह भी जान चुके हैं कि कभी-कभी दूसरी की आँखों से भी काम लेना पड़ता है। शम्भूराजे, मनुष्य दूसरों के अनुभव से कुछ सीखा करे, तो लाभ ही होता है। अच्छा! अनाजी, आज दूत को रायगढ़ बुलवा लो। हम उससे मुलाकात करेंगे। शम्भूबाल का हेतु क्या है?''

''वे राजापुर का हर्जाना माँगते हैं। प्रतावराव ने हुबली शहर को लूटा है, इसलिए वे क्रोधित हैं।''

''ठीक है। प्रतापराव ने कर्नाटक में जोरदार टक्कर लगाई है, और...खैर, जाने दो। बाद में सोचा जाएगा। शम्भूराजे, चलो रानी-महल में हो आएँ। हमने सुना है कि बड़ी रानीसाहिबा की तबीयत ठीक नहीं है। तुम मिलने गए थे उनसे?''

''जी नहीं।'' सम्भाजीराजा ने आँखें चुराते हुए उत्तर दिया।

''यह भी एक भूल हो गई तुमसे। खैर, चलो।''

सम्भाजीराजा राजे के पीछे-पीछे चल पड़े।

अगले दिन सुबह टॉमस निकल्स अपने दुभाषिये के साथ राजदरबार में उपस्थित हुआ। राजदरबार पूरी तरह सजाया गया था। सभागृह के मध्य में जरतारी बैठक बनाई गई थी। उस बैठक की बाईं तरफ एक और बैठक बनाई गई थी। सशस्त्र सैनिक राजसभागृह के बाहर चारों ओर सावधान खड़े थे। अनाजी ने टॉमस निकल्स का स्वागत किया। थोड़ी देर बाद राजे के आगमन की सूचना मिली। निकल्स खड़ा हो गया। जैसे ही उसने देखा कि राजे सभागृह की सीढ़ियाँ चढ़कर आ रहे हैं, वह आगे बढ़ा। द्वार में दोनों की भेंट हुई। राजे ने स्मित मुद्रा से निकल्स के अभिवादन को स्वीकार किया और अति स्नेहपूर्वक उसका हाथ पकड़कर उन्होंने उसे अपने बाईं ओर मसनद के पास ही बिठा लिया। अनाजी ने दोनों का परिचय कराया। मसनद पर टेका लगाकर थोड़ा झुकते हुए राजे ने पूछा, ''क्या काम है? कहो।''

निकल्स ने पल-भर सोच-विचार किया। फिर अपने अँगरखे की बाँह में खोंसे हुए रूमाल से अपना चेहरा पोंछते हुए वह बोला, ''इधर हमारे और आपके बीच सुलह की बातचीत चल रही थी, उसी समय आपके सैनिकों ने हुबली की हमारी कोठियों पर अचानक हमला कर दिया। हमने कभी सोचा भी नहीं था कि ऐसा होगा। सिर्फ हमला ही नहीं, सैनिकों ने फर्श और जमीन खोद-खोदकर लूटपाट की। इसलिए हमारी कम्पनी के प्रेसिडेंट यह सोचने को विवश हैं कि आपके प्रदेश में व्यापारी कोठियाँ बनाई जाएँ या नहीं।''

राजे मौन रहे। उनके मुख पर सदा की भाँति मुस्कुराहट फैली हुई थी। निकल्स अधीरतापूर्वक और भी पूछने लगा, ''हुबली की लूटपाट क्या आपकी सहमति से हुई है?''

''तुम तो जानते हो—हमने हमेशा यही चाहा है कि अंग्रेजों से हमारी मित्रता बनी रहे।''

''फिर यह हमला क्यों हुआ?''

''यह कैसे कहा जा सकता है कि हमला हमारे सैनिकों ने किया है?''

इस प्रश्न को सुनकर निकल्स स्तब्ध रह गया। फिर दृढ़ता-भरे स्वर से कहने लगा, "यदि हम यह सिद्ध कर दें कि कोठी आपके ही सैनिकों ने लूटी है, तो?"

"साहब, हम अपने शत्रु के प्रदेश में युद्ध कर रहे हैं—ऐसे समय सम्भव है कि जाने-अनजाने लूटपाट हो भी गई हो। लड़ाई में तो ऐसी घटनाएँ क्षम्य मानी जाती हैं।"

"राजापुर की भरपाई करने का आपने वचन दिया है।"

"हम मुकरते थोड़े ही हैं? हम अवश्य आपकी क्षतिपूर्ति करेंगे।"

"तो ऐसी ही पूर्ति हुबली के बारे में भी की जाए।"

"यह असम्भव है।"

"कारण तो कहिए।"

"साहब, राजापुर की क्षतिपूर्ति करना हमने स्वीकार किया था, इसलिए हम कर रहे हैं। किन्तु जरा याद करो...हमने राजापुर को क्यों लूटा? तुमने हमारे शत्रु से मिलकर हम पर तोपें दागी थीं। तुम व्यापार करने आए हो, राजनीति के फन्दे में क्यों पड़ते हो?"

निकल्स का गला सूखने लगा। निकल्स को तीखी नजरों से देखते हुए राजे ने पूछा, "साहब, जब हम सूरत को लूटने पहुँचे थे, तो हमें तुम्हारी कोठियों में गुस्ताखी-भरी बातें सुनने को मिलीं। हम पाँच दिन तक सूरत शहर को लूटते रहे थे—तुम्हारी कोठी के ले-देकर तीस आदमियों को ठिकाने लगाना हमारे लिए कठिन काम नहीं था। हम आपसी मित्रता निभाना जानते हैं, लेकिन तुम मौका आने पर भूल जाते हो।"

"मित्रता दोनों ओर से होनी चाहिए। खबर है कि आपके जहाज मक्का से आ रहे हैं। अगर हम उन जहाजों को पकड़ लें, तो?"

राजे ने शान्ति से उत्तर दिया, "अवश्य पकड़िए। मैं आपको विश्वास दिलाता हूँ—हम आगे से ऐसे अवसर की प्रतीक्षा करेंगे। अगर आप ऐसा काम कर ही बैठे, तो याद रखिए—हिन्दुस्तान के समुद्री किनारे के पास आपका एक भी जहाज तैरता दिखाई नहीं देगा। हमें अच्छी तरह मालूम है कि सिद्दी सम्बूल को तुमने मुम्बई बन्दरगाह में प्रश्रय दिया है। तुम्हारे व्यापार पर भी हमारी कड़ी नजर है।"

राजे के इस शान्त किन्तु निश्चयपूर्ण उत्तर से निकल्स बेचैन हो उठा। वह हड़बड़ी से कहने लगा, "महाराज, आप गलत समझ रहे हैं। सम्बूल हमारे पास आश्रय माँगने अवश्य आया था, लेकिन हमने उसे आश्रय नहीं दिया।"

राजे ने इस बात का कोई जवाब नहीं दिया। उन्होंने निकल्स को आश्वासन दिया कि वे उसकी माँगों पर विचार करेंगे।

बीड़ा तथा सम्मानवस्त्र देकर राजे ने उसे विदा किया।

बरसात आ पहुँची, फिर भी राजे ने अपनी सेना को विश्राम नहीं करने दिया। सेना ने सतारा पर अधिकार कर लिया। सतारा की विजय से राजे को बहुत सन्तोष हुआ।

राजे वर्षा ऋतु समाप्त होने की प्रतीक्षा कर रहे थे।

19

बरसात बीत गई। रायगढ़ से सब सैनिक-शिविरों के नाम आदेश भेजे जाने लगे। सेनाएँ एकत्रित होने लगीं। दशहरे का नवरात्र उत्सव आ पहुँचा। इस उत्सव के अवसर पर गढ़ की देवी

के आगे प्रतिदिन बकरों की बलि दी जा रही थी। गोसाईं निश्चलपुरी और कवि कलश राजे की विजय-प्राप्ति के निमित्त नवग्रह-शान्ति समारोह का आयोजन करने में मग्न थे। शस्त्र-पूजा का दिन आया। राजसभागृह में विधिपूर्वक शस्त्रों की पूजा की गई। राजसभागृह में भिन्न-भिन्न तरह के अस्त्र-शस्त्र रखे हुए थे। सम्भाजीराजा राजाराम का हाथ थामकर उसे सारे अस्त्र-शस्त्रादि दिखा रहे थे। वे उन्हें हर हथियार का उपयोग समझा रहे थे। राजसभागृह में पूजा के लिए विविध प्रसिद्ध शस्त्र रखे हुए थे—टेढ़ी फिरंगी तल्वार, सीधी जमदाढ़ तलवार, गुप्ती, पटा, कटारें, भाले, बरछे, बघनखे आदि। कई तलवारों के हत्थे इतने सुन्दर थे कि देखते ही बनते थे। राजाराम को हथियार दिखाते हुए सम्भाजीराजा विशेष उच्चासन के पास आए। मसनदों और तकियों से सजी हुई इस बैठक पर राजे के विशेष शस्त्र रखे हुए थे। इन शस्त्रों में राजाराम की तथा सम्भाजीराजा की ढाल और तलवार भी थी। छोटी तलवार की ओर संकेत करते हुए सम्भाजीराजा ने कहा, ''बालराजे, वह देखो तुम्हारी तलवार।''

किन्तु राजाराम एक रत्नजटित मूठवाली तलवार की ओर ध्यान से देख रहा था। उस तलवार का फल चमचमा रहा था। उसके पास ही लाल मखमल की रत्नजटित म्यान थी। सम्भाजीराजा हँसने लगे। बोले, ''बालराजे, यह तलवार मिर्जाराजा जयसिंह ने आबासाहब को भेंट दी है। और वह देखो, बघनखा। यह वही बघनखा है, जिससे आबासाहब ने अफजलखान को मारा था।''

राजाराम का ध्यान सम्भाजीराजा की तलवार की ओर गया। सम्भाजीराजा की तलवार के पास ही राजाराम की मामूली-सी दिखाई देनेवाली छोटी तलवार रखी हुई थी। राजाराम ने गाल फुला लिए। सम्भाजीराजा से लिपटते हुए वह कहने लगा, ''दादामहाराज, हमें ये वाली नहीं, वो बड़ी वाली चाहिए। तुम अपनी तलवार दे दो ना हमें!''

इससे पूर्व कि सम्भाजीराजा उत्तर देते, पीछे से आवाज आई, ''तलवारें माँगने से नहीं मिलतीं, तलवारें जीतकर लेनी होती हैं।''

दोनों ने एकदम मुड़कर पीछे देखा। सोयराबाई सब रानियों के साथ राजसभागृह में आ रही थीं। उनके मुख पर निराली-सी हँसी फैली थी। सम्भाजीराजा आगे बढ़े, उन्होंने सिजदा किया और बोले, ''हाँ, तलवारें जीतनी तो अवश्य होती हैं, किन्तु शत्रु की जीतनी होती हैं, भाइयों की नहीं।''

सोयराबाई इस उत्तर से विस्मित रह गईं। पुतलाबाई स्नेहमयी दृष्टि से सम्भाजीराजा की ओर देख रही थीं। अपने को सँभालती हुई सचेत होकर सोयराबाई कहने लगीं, ''और यदि भाई तलवार न दे, तो?''

सम्भाजीराजा के सुन्दर मुख पर हँसी छा गई। उन्होंने राजाराम को गोद में उठाया और कहने लगे, ''यदि ऐसा हुआ, तो वह भाई कहलाने योग्य नहीं रहेगा।''

सम्भाजीराजा को राजाराम के साथ बाहर जाता हुआ देखकर सोयराबाई ने पूछा, ''राजाराम को कहाँ ले जा रहे हो?''

सम्भाजी ने पीछे मुड़कर कहा, ''आज निश्चलपुरी के होम की पूर्णाहुति है। उन्होंने प्रसादी के लिए बुलाया है।''

दोनों के आँखों से ओझल होते ही पुतलाबाई के मुख से अनायास निकल पड़ा, ''दोनों की जोड़ी कैसी प्यारी है! कहीं किसी की नजर न लग जाए! एक-दूसरे से कितना प्यार करते हैं यह दोनों!''

सोयराबाई दहकती आँखों से पुतलाबाई की ओर देखने लगीं और पुतलाबाई के अगले शब्द मुँह में ही रह गए। सोयराबाई ने कहा, ''समझदार की समझ और नासमझ की नासमझी, इन दोनों की बेढंगी मिलावट हो जाए, तो यही होता है।''

पुतलाबाई आगे बढ़ीं। उन्होंने दासियों को इशारा किया। बैठक पर पूजा की थालियाँ रखी गईं। शस्त्रों पर हल्दी और कुंकुम बरसने लगा।

दुर्ग में सब ओर धूमधाम थी। हाथी-ताल के मैदान से होली-मैदान तक। राजे नए वस्त्र धारण करके देवमन्दिर गए। मन्दिर के गर्भगृह में कमर तक ऊँचे सुवर्ण निर्मित समई-दीपक प्रदीप्त थे। रत्नजटित गर्भगृह में भवानीदेवी की मूर्ति थी। नवरात्र-उत्सव के अवसर पर जो घट स्थापित किया गया था, उस पर पुष्पमालाएँ लपेटी गई थीं। घट गीली मिट्टी के जिस ढेर पर रखा गया था, उसमें नवरात्र के आश्विन शुक्ल प्रतिपदा के पहले दिन बोए गए गेहूँ के पीले कोमल अंकुर अब फूट निकले थे। राजे ने पुरोहित द्वारा दिए गए चरणामृत का पान किया। पुरोहित द्वारा दिए गए गेहूँ के अँखुए को उन्होंने अपने जरीटोप में खोंस लिया। राजे के पीछे खड़े हुए सम्भाजी और राजाराम ने भी राजे के अनुसार परम्परा का अनुकरण किया। राजे देवगृह से बाहर आए। महल के कक्ष में रानी सोयराबाई, सगुणाबाई, काशीबाई और पुतलाबाई खड़ी थीं। उन्होंने राजे की आरती उतारी। राजे ने सोयराबाई से कहा, ''रानीसाहिबा, हम अपने दोनों छावों को गढ़ की तलभूमि में ले जा रहे हैं। कल माँसाहिबा गढ़ में आएँगी। उनके साथ दोनों छावे वापस आ जाएँगे।''

सोयराबाई चुप रहीं। उन्होंने चुप ही रहकर तलवार राजे के आगे थाम रखी थी। राजे ने तलवार को माथे से लगाया और उसे कमरबन्द में खोंस लिया। थाल में रखी अपनी कटार उन्होंने उठाई और उसे कमर में बाईं ओर खोंस लिया। राजे का ध्यान पुतलाबाई की तरफ गया। वे राजाराम और सम्भाजीराजा की तलवारें लिए हुए खड़ी थीं। उन्होंने सम्भाजीराजा की तलवार म्यान में से निकाली। सम्भाजीराजा उसे लेने के लिए आगे बढ़े ही थे कि राजे ने कहा, ''ठहरिए रानीसाहिबा, शम्भूराजा की तलवार बालराजा के फेंटे में तो खोंसिए, जरा देखें तो सही कि कैसी लगती है!''

सम्भाजीराजा ने अपनी तलवार उठाई और राजाराम के फेंटे में खोंस दी। तलवार की नोक भूमि पर घिसट रही थी। राजाराम हड़बड़ाकर सबकी तरफ देख रहा था। वह पुतलाबाई की ओर जाने लगा–लम्बी तलवार जमीन से घिसटती जा रही थी। तलवार भारी होने के कारण राजाराम उसे बाएँ हाथ से सँभालने का प्रयत्न कर रहा था। महल में सब ओर हँसी के फव्वारे छूटने लगे। पुतलाबाई ने राजाराम को प्यार से अपने पास ले लिया। राजाराम को क्रोध आ गया। खीझते हुए बोला, ''आईसाहिबा, हमें नहीं चाहिए ये तलवार।''

सब लोग फिर हँस पड़े। राजाराम के फेंटे में से तलवार निकालकर पुतलाबाई ने कहा, ''कह दो कि हम बड़े होने पर यह तलवार कमर में लटकाएँगे।''

राजे हँस पड़े। ''सो तो ठीक है, किन्तु तब शम्भूराजा भी तो बड़े हो चुके होंगे।''

क्रोधित सोयराबाई घूरती नजरों से सारा दृश्य देख रही थीं। सम्भाजीराजा और राजाराम शस्त्र धारण करके तैयार हो गए। राजे ने सोयराबाई से कहा, ''रानीसाहिबा, हम मुहिम के लिए जा रहे हैं। माँसाहिबा गढ़ में आएँगी। उनका खयाल रखना।''

राजे राजसभागृह में पधारे। सबके सिजदों को स्वीकार करके राजे होली-चौक में रखी हुई पालकी में जा बैठे। कहारों ने पालकी उठा ली। किले का नगाड़ा बज उठा। राजे रायगढ़ से नीचे उतरने लगे।

पाचाड में जीजाबाई से मिलकर राजे ने सेनासहित दक्षिण दिशा की ओर कूच किया। वे सतारा पहुँचे। सतारा के पड़ाव में उन्हें हर्षदायक समाचार मिला कि उनकी सेनाओं ने पांडवगढ़ पर अधिकार कर लिया है। मराठा सेनाएँ दूर-दूर से आकर सतारा में राजे की सेना से मिल रही थीं। सतारा में निवास करते समय राजे ने बालाजी चिटनवीस को पालकी-सवार होने का अधिकार प्रदान करके उन्हें सम्मानित किया। फिर उन्होंने कारवार प्रान्त पर चढ़ाई कर दी। बहलोलखान बीमार था। इस कारण वह मिरज में पड़ाव डाले पड़ा था, इसलिए राजे को उससे कोई भय नहीं था। राजे का एक सैनिक-दल महाड में था। उसने मुगलों पर और सिद्दी पर काफी धाक जमा रखी थी। दूसरा सैनिक-दल सतारा में था। तीसरी सैनिक-टुकड़ी बंकापुर प्रदेश में ऊधम मचाए थी। स्वयं शिवाजीराजे कारवार प्रान्त में कारवार से डेढ़ पड़ाव की दूरी पर स्थित कुदरा ग्राम में डेरा डाले हुए थे। राजे की काफी फौज हुबली में भी उलझी हुई थी। राजे को अपनी इन सारी सेनाओं की गतिविधियों की जानकारी कुदरा गाँव के शिविर में प्राप्त हो रही थी। कुदरा में ही उन्हें यह खबर मिली कि उनका एक सरदार बिठोजी शिन्दे सर्जाखान के साथ चंदगढ़ के पास हुई लड़ाई में मारा गया था। फिर यहीं उन्हें दूसरी खबर भी सुनने को मिली कि माहियाजी शिन्दे ने सर्जाखान को जा पकड़ा और उसका वध करके बिठोजी शिन्दे की मौत का बदला ले लिया। इस बार राजे लगभग तीन मास तक बीजापुर सल्तनत के इलाके में रहे और भरपूर लूट का माल लेकर वे बहुत सन्तुष्ट मन से रायगढ़ लौट आए।

20

राजे आधी रात के लगभग गढ़ में आए। उनके आगमन की सूचना डेढ़ पहर पहले ही पहुँच चुकी थी। गढ़ में काफी सर्दी थी—ठंडी हवाएँ बह रही थीं। पुतलाबाई गंगासागर की निकटवर्ती मीनार पर शाल ओढ़े खड़ी हुई थीं। रह-रहकर उनका ध्यान हाथी-हौज की ओर जा रहा था। मनोहारी उनके पास खड़ी हुई थी। पालकी-दरवाजे पर जल रही मशालें हवा में फरफराती हुई जल रही थीं। पहरेदार पूरी सावधानी से पहरा दे रहे थे। गढ़ में सर्वत्र शान्ति फैली थी। बाजार-पेठ में, होली-चौक में और ऊपरीकोट की चहारदीवारी के निकट पहरा दे रहे प्रहरियों की मशालों को देखकर ऐसा लगता था कि गढ़ जाग रहा है, अन्यथा सर्वत्र नीरवता छाई हुई थी। उस गूढ़ सौन्दर्य से परिपूर्ण वातावरण को देखते हुए मनोहारी कहने लगी, ''रानीसाहिबा!''

पुतलाबाई ने उसकी ओर देखा। तलहटी की ओर से गढ़ की ओर आनेवाले रास्ते पर मशालों का उजाला दिखाई दे रहा था। कोई पचास मशालें होली-चौक की ओर जा रही थीं। पुतलाबाई ने घूमते हुए कहा, ''मनू, तू आगे चल। बड़ी रानीसाहिबा को सूचना देकर खासमहल में चली आ। तब तक मैं भी वहाँ पहुँच जाती हूँ।''

मनोहारी के साथ पुतलाबाई सातमहल तक आईं। वे अपने महल की ओर जाने लगीं और मनोहारी बड़ी रानीसाहिबा को सूचना देने दौड़ी।

राजे अपने महल के पास आए। अनाजी, मोरोपन्त और बालाजी उनके साथ थे। बाहर काफी ठंड थी; फिर भी राजे का चेहरा पसीने से नहा उठा था। साँस भारी लग रहा थी। अपने महल के पास पहुँचकर राजे ने कहा, "अच्छा! अब हम विश्राम करने जाते हैं। कल सुबह फिर मिलेंगे।"

सबने सिजदे किए। राजे महल में आए। राजे ने सोचा था महल में वे अकेले हैं। उनके मुख से निकला, "जगदम्बे! हे जगदम्बे!"

इतने में मनोहारी आगे बढ़ आई। राजे ने जरीटोप उतारकर उसे दे दिया।

"मनू, बड़ी रानीसाहिबा कहाँ हैं?"

"उनकी तबीयत खराब है।"

"क्या कष्ट है उन्हें?"

"सिर में दर्द है।"

"और माँसाहिबा...?"

पुतलाबाई ने कक्ष में प्रवेश करते हुए उत्तर दिया, "वे सो रही हैं। इसलिए उन्हें जगाया नहीं।"

"अच्छा किया।" कहते हुए राजे शैया पर बैठ गए।

पुतलाबाई आगे बढ़ीं। व्याकुलतावश पूछ उठीं, "तबीयत ठीक नहीं है क्या?"

"हाँ, लगता है–थोड़ा बुखार है। ठीक हो जाएगा।"

"इतनी रात गए पैदल चलकर क्यों आए हैं भला? पालकी में बैठकर...।"

"रानीसाहिबा, पाचाड में रहने को मन नहीं माना। हम सीधे ही यहाँ चले आए। आगरा से आने के बाद से ऐसा होता है–जरा दौड़-धूप अधिक करनी पड़े, तो थकावट आ जाती है।"

"कपड़े तो उतार दीजिए ना!"

राजे उठ खड़े हुए। उन्होंने तलवार और कमरबन्द उतार दिए। फिर कपड़े बदलकर राजे पलंग पर लेट गए।

"वैद्यजी को बुलाऊँ क्या?" पुतलाबाई ने पूछा।

"रहने दो। आधी रात बीत चुकी है। सुबह देखा जाएगा।"

मनोहारी महल के समई-दीपक बुझा रही थी। पुतलाबाई राजे के पाँव पलोसते हुए बैठी थीं।

"रानीजी, अब तुम जाओ। जाओ, आराम करो।"

"आपकी आँख लग जाए, तो चली जाऊँगी।"

राजे फीकी-सी हँसी हँस दिए। कहने लगे, "केवल देह के थकने से क्या होता है, मन भी थके, तब ना! पुतला, देख यह मन है ना ऐसा ढीठ है कि कभी थकता ही नहीं। यूँ ही बिना बात हमें विचारों के जंगल में खींचकर ले जाता है...।"

राजे कहते जा रहे थे। कहते-कहते उन्हें धीरे से नींद आ गई। पुतलाबाई आहिस्ता-से उठीं। महल के बाहर मनोहारी घुटनों पर सिर टिकाए सो रही थी। पुतलाबाई ने उसे उठाया। राजे के द्वार-रक्षकों की ओर एक बार देखकर वे दोनों सातमहल की ओर चल दीं।

चार दिनों में राजे का स्वास्थ्य ठीक होने लगा। वे इस योग्य हो गए कि घूम-फिर सकें। विश्राम-काल में भी वे कारवार प्रान्त से लूटकर लाए हुए माल का विवरण जाँचते रहे।

सायंकाल जब राजे जगदीश्वर के दर्शनार्थ जा रहे थे, मोरोपन्त ने आकर सूचना दी, "महाराज, नासिक से पत्र-थैली आई है।"

"किसने भेजी है?"

"अपने उपाध्याय श्रीअनन्तभट्ट कावले ने।"

राजे ने दोनों हाथ जोड़े। पूछा, "वे कुशल से हैं ना?"

"जी हाँ, उन्होंने ज्ञात कराया है कि काशी के विद्वान् पंडित गागाभट्टजी आपसे मिलने रायगढ़ आ रहे हैं। गागाभट्टजी की ख्याति है कि वे साक्षात्-वेदमूर्ति हैं। मूर्तिमान वेदनारायण हैं।"

"अहोभाग्य हमारे, जो ऐसे विद्वानों के दर्शन हमें प्राप्त हो रहे हैं। मोरोपन्त, आचार्य गागाभट्टजी के लिए हमारे राजपुरोहित को नासिक भेजो। उन्हें आदेश दो कि आचार्य महोदय को यथोचित सम्मानसहित यहाँ ले आवें।"

गागाभट्ट को ले आने के लिए पालकी तथा अन्य सम्मान-सामग्री नासिक रवाना कर दी गई। राजे व्यक्तिगत रूप से इस बारे में देख-रेख कर रहे थे कि आचार्यजी के स्वागत में किसी प्रकार की त्रुटि न रहे। जगदीश्वर मन्दिर की ओर जानेवाले मार्ग पर बन रहे नए भवनों में से एक सुन्दर-सा भवन उनके निवास के लिए निश्चित कर दिया गया।

गागाभट्ट के आगमन का समाचार तान्त्रिक साधु निश्चलपुरी को पहले तो कुछ विशेष बात नहीं लगी। सभी जानते थे कि राजे पंडितों का, साधु-महात्माओं का सदा ही आदर-सत्कार किया करते हैं। किन्तु जब उन्होंने देखा कि गागाभट्ट के स्वागत की व्यवस्था बड़े जोर-शोर से हो रही है, तो तान्त्रिक निश्चलपुरी कुछ अनमने-से हो उठे।

एक दिन समाचार आया कि गागाभट्ट महाड के निकट आ पहुँचे हैं। अगले दिन राजे सम्भाजीराजासहित रायगढ़ से नीचे उतरे। गढ़ की तलहटी में रायगढ़वाड़ी के पास बसी नई बस्ती के निकट ही एक शाही शामियाना लगवाया गया था। गागाभट्ट के निकट आ पहुँचने की जानकारी पाते ही राजे अपने मंत्रियोंसहित उनका स्वागत करने आगे बढ़े। गागाभट्ट ने जब राजे को आता हुआ देखा, वे पालकी से उतर पड़े।

गागाभट्ट का शरीर किंचित् स्थूल था–रंग गोरा-चिट्टा था। सिर पर जरतारी कसीदेवाली पगड़ी वे पहने थे। उन्होंने लाल किनारीवाली सफेद रेशमी धोती पहनी हुई थी। पैरों में खड़ाऊँ थीं और वे सुनहरी कामदानीवाली शाल ओढ़े हुए थे। उनके चौड़े माथे पर शिवतिलक अंकित था–उनके काले विशाल नेत्रों से विद्वत्ता झलक रही थी। उनके गले और भुजाओं पर भस्म की रेखाएँ, कलाइयों पर भभूत, कंठ में रुद्राक्षमाला थीं। ओढ़ी हुई शाल कन्धे पर से सरकने से बचाने के लिए एक हाथ उन्होंने कन्धे पर रखा हुआ था। उस हाथ में पहनी हुई मुद्रिका में गुरु नक्षत्र का रत्न-पुष्कराज जड़ा हुआ था तथा दूसरी अंगुलि में स्वर्णपवित्रक आभूषण था। दोनों रत्न सबका ध्यान बरबस अपनी ओर आकर्षित किए लेते थे। खड़ाऊँ खटखटाते हुए वे चार पग आगे बढ़े और फिर उनका हाथ अनायास ही राजे के नतमस्तक के ऊपर। उनके होंठों से आशीर्वादमय वचनों का उच्चारण हो रहा था।

राजे परम आदरसहित, अतीव सम्मानपूर्वक वेदमूर्ति गागाभट्ट को ऊपर गढ़ में ले आए। ऐश्वर्यसम्पन्न दुर्ग शिरोमणि रायगढ़ को देखकर आचार्य गागाभट्ट अति प्रमुदित हो रहे थे। वे राजे के सौन्दर्य को, कभी उनके ऐश्वर्य और प्रभुता को देखने में मग्न थे। वे अपलक नेत्रों से देख रहे थे उस युगपुरुष को, जिसने रोहिडेश्वर के सम्मुख प्रण करके स्वराज्य के मन्त्र का उद्घोष किया था, जिसने अफजलखान को मारकर राज्यसत्ता को दृढ़ बनाया था, जिसने प्रतापगढ़ में भवानीदेवी की स्थापना की तथा सप्तकोटेश्वर का जीर्णोद्धार किया।

औरंगजेब के चंगुल से छूट निकलनेवाले, लगभग नष्टप्राय राज्य को उसी उत्साह-उमंग से पुनः स्थापित करनेवाले राजा शिवाजी को गागाभट्ट आँख भर-भर देख रहे थे। उनके हर्ष का पारावार न था।

राजे तथा सभी रानियों ने आचार्य गागाभट्ट की पादपूजा करके उनसे आशीष पाया। राजे के विनयपूर्ण आचरण को देखकर तथा राजकुल के आतिथ्य को देखकर गागाभट्ट का हृदय बहुत प्रफुल्लित हुआ। उन्होंने परम आनन्दपूर्वक गढ़ में ही निवास करना स्वीकार किया।

एक दिन गागाभट्ट ने राजे से कहा, "राजन्, हम कुछ विशेष प्रयोजन मन में सँजोकर तुम्हारे पास आए हैं। कल सूर्योदय के पश्चात् एक पहर का काल शुभमुहूर्त है, सुलक्षणयुक्त घटिका है। हमारी कामना है कि हम कल उसी समय तुम्हें अपना मनोगत बतावें।"

राजे ने स्वीकृति दे दी।

अगले दिन प्रातःकाल राजे स्नान-पूजादि से शीघ्र निवृत्त हुए तथा जीजाबाई के महल में उपस्थित हुए। उन्होंने जीजामाता को प्रणाम किया। महल में उस समय सब राजमहिषियाँ, सम्भाजी, राजाराम और येसूबाई ये राजपरिवारीयजन उपस्थित थे। नन्हा राजाराम इधर से उधर दौड़ता फिर रहा था। कभी माताओं के पीछे जा छिपता था और सम्भाजी उसे पकड़ने के लिए दौड़ रहे थे। सब लोग बड़े कौतुकभाव से यह खेल देख रहे थे। अकस्मात् राजाराम येसूबाई के पीछे जा छिपा। सम्भाजी का बढ़ता हुआ कदम वहीं ठिठककर रह गया। राजाराम ताली बजा-बजाकर नाच रहा था। सारे महल में हँसी का फव्वारा छूट पड़ा। राजे भी इस हँसी में शामिल थे। बेचारे सम्भाजीराजा अपनी जगह पर खिसियाए-से खड़े थे। राजे भी उनका संकोच ताड़ गए। उन्होंने पूछा, "माँसाहिबा, सारी तैयारियाँ हो गईं ना?"

"हाँ, हो गई हैं रे बाबा! इतना महान् विद्वान् पुरुष स्वयमेव यहाँ गढ़ में पधारा है। उसके मन में क्या है—कौन जाने। किन्तु बेटा, उसकी बात सुनने के लिए प्राण आकुल हो उठे हैं!"

पुतलाबाई ने जीजाबाई को उठने के लिए सहारा दिया। राजे सम्भाजी तथा राजारामसहित आगे हो लिए। सब लोग राजसभागृह तक आए। अनाजी ने आज राजसभागृह को अवसर के अनुरूप ही सजाया-सँवारा था। मोरोपन्त, बालाजी आदि मंत्रीगण शिष्टाचारपूर्वक खड़े थे। गागाभट्ट के लिए विशेष उच्चासन बनाया गया था। उसके एक ओर निर्मित दूसरे राजकीय उच्चासन पर राजे जीजाबाईसहित समासीन हुए। उसके साथ बने हुए एक अन्य आसन पर सम्भाजीराजा राजारामसहित बैठ गए। उसके पीछे सारी रानियाँ राजवधूसहित बैठीं। उच्चासन के बाईं ओर थोड़ी दूरी पर सब मन्त्री तथा प्रतिष्ठित सरदार-सामन्तादि खड़े हुए थे। सबकी आँखें आचार्य गागाभट्ट के मार्ग की ओर लगी हुई थीं। राजे जीजाबाई से कुछ कह ही रहे थे कि बालाजी तेजी से आगे बढ़ आए, वे बोले, "आचार्य महोदय पधार रहे हैं।"

राजे शीघ्रता से उठे। वे राजसभागृह की सीढ़ियाँ उतरकर नीचे गए ही थे कि शिष्यगणसहित आ रहे आयार्चपाद उन्हें दिखाई दे गए। राजे परम सम्मानपूर्वक गागाभट्ट को राजसभागृह में ले आए। उनके आते ही सब लोग खड़े हो गए। सबने आचार्य महोदय को हाथ जोड़कर नमस्कार किया। आशीर्वचन बोलते हुए गागाभट्ट अपने उच्चासन पर जा विराजमान हुए। राजदरबार में यथोचित शान्ति हुई। गागाभट्टजी ने अपनी पगड़ी उतारी—पगड़ी उतारते ही उनकी श्वेत केश लम्बी शिखा झूलकर गले पर लटक आई। अपनी गोक्षुरमात्र शिखा पर हाथ फेरते हुए उन्होंने एक बार सबकी ओर निहारा। कुछ पल उन्होंने नेत्र बन्द

किए—एक दीर्घ श्वास लिया। उनके होंठ कुछ हिले और फिर वे कहने लगे, ''राजन्, हम तुम्हारे राज्य में पधारे, तुमसे भेंट हुई। यह तो परम्परा ही है कि पंडितगण राजा के प्रासाद में जाएँ और उनका आतिथ्य स्वीकारें, उनसे दक्षिणादि प्राप्त करें। किन्तु आज जो हम यहाँ आए हैं, मात्र इतना प्रयोजन लेकर नहीं आए हैं। कुछ अतिविशेष हेतु मन में धारण कर हम दौड़-धूप करते हुए इतनी दूर आए हैं।''

राजे उठ खड़े हो गए। हाथ जोड़कर कहने लगे, ''आपके दर्शन पाकर हमें परम सन्तोष मिला। आपकी आज्ञा हम शिरोधार्य मानते हैं।''

हर्षितमुख गागाभट्ट ने राजे को बैठने का संकेत किया। राजे बैठ गए। सबके कान अब यह सुनने के लिए उत्सुक थे कि आचार्य गागाभट्ट क्या कहेंगे।

''राजन्, हम काशीजी के निवासी हैं। तुम्हारी कीर्ति की सुगन्धि वहाँ तक जा पहुँची। हमें उस सुगन्धि ने मोहित कर लिया। एक समय इस भारतवर्ष में चन्द्रगुप्त मौर्य सम्राट् हुआ था—उसके पश्चात् कितने ही हिन्दू राज्य स्थापित हुए। विजयनगर का साम्राज्य, देवगिरि का साम्राज्य था। ये दोनों साम्राज्य अपनी कीर्ति के सर्वोच्च शिखर पर थे, किन्तु विदेशी आक्रमण के हल्के से धक्के से ढह गए। नामशेष हो गए। कोई भी ऐसा राज्य नहीं रहा, जो हिन्दुओं का रखवाला हो। निराशा के इसी अन्धकार में टटोलते-टटोलते हमें दक्षिण दिशा में एक दीपक प्रज्वलित होता हुआ दिखाई दिया। तुम्हारे पराक्रमों से हमारी आशाओं के अंकुर फूटने लगे। आगरा में यमराज के जबड़े में से तुम छूट निकले, इस समाचार से हमें परम हर्ष का अनुभव हुआ। हमने कई ऐसे राज्य देखे हैं, जो यश और उन्नति के सर्वोच्च शिखर पर विराजमान थे। किन्तु लड़खड़ाकर गिर गए—फिर खड़े नहीं हो पाए। किन्तु तुमने पुरन्धर की सन्धि के बाद ध्वस्तप्राय अपने राज्य का पुनः निर्माण कर दिखाया—केवल निर्माण ही नहीं, तुमने इसे पहले की अपेक्षा अधिक शक्तिशाली बनाकर दिखाया। तुम्हारे इस यश पर हमारा हृदय मुग्ध हो उठा और अपने ज्ञान को, अपने अभिमान को, अपने अधिकार को भुलाकर हम यहाँ तक दौड़े चले आए हैं। राजन्, आज हम तुम्हारे सम्मुख याचक बनकर उपस्थित हैं। आज हमने तुम्हारी दानशक्ति की परीक्षा लेने की ठानी है।''

राजे संकोच के कारण विचलित-से हो उठे। उनके नेत्र नीचे झुक गए। गागाभट्ट कहते जा रहे थे, ''राजे लोग हमें 'वेदनारायण' कहते हैं। हम कदापि झूठी प्रशंसा नहीं करते। असत्य कभी नहीं बोलते। हमारे पूर्वजों ने काशी में विश्वनाथजी की स्थापना की थी। हमारे भट्ट वंश में एक नारायणभट्ट नामक पूर्वज हुए हैं, जो परम प्रसिद्ध पुरुष थे। उन्होंने अपनी गहन विद्वत्ता से, पवित्र आचरण द्वारा एवं देववाणी संस्कृत के अनेक ग्रन्थों की रचना करके हमारे कुल की शोभा बढ़ाई थी। उसी काल में मुसलमानों ने सनातन धर्म के द्वेष के आवेग में एवं धार्मिक कट्टरपन के आवेश में काशी के विश्वेश्वर मन्दिर का विध्वंस कर डाला। कहा जाता है कि फलस्वरूप उस प्रदेश में घोर अकाल पड़ा। तब यवन बादशाह द्वारा प्रार्थना किए जाने पर नारायणभट्ट ने भगवान् विश्वनाथजी की आराधना करके वर्षा करवाई। नारायणभट्ट ने विश्वनाथजी के मन्दिर का पुनर्निर्माण कराया।''

गागाभट्ट का स्वर कुछ मन्द हो गया।

''हम उसी नारायणभट्ट के वंशज हैं। हमारी कीर्ति है कि हम महान् मीमांसक हैं, प्रकांड पंडित हैं, वेदान्त सूर्य हैं।''

गागाभट्ट खेदयुक्त हँसी हँसे।

''किन्तु हमने अपने नेत्रों से बाबा विश्वनाथजी के मन्दिर को ध्वस्त होते देखा। उस प्राचीन मन्दिर की भग्न शिलाओं से औरंगजेब ने मस्जिद बनवाई। हमारी तपस्या का बल और हमारा ज्ञान उस विध्वंस को रोक नहीं पाया। हमारे वेदों की भी यह शक्ति न रही कि कुएँ के गहरे तल में डूबे हुए विश्वनाथजी को ऊपर निकाल पाएँ। हमारे ज्ञान की पराजय हुई, तो हमारा मन श्रद्धा की ओर आकर्षित हुआ। राजन्! हमारी आकांक्षाएँ पूर्ण करने का सामर्थ्य हमें केवल तुममें ही दिखाई देता है। यही प्रार्थना करने, मन में यही आशा सँजोए हम तुम्हारे द्वार पर आए हैं।''

जीजाबाई की अपलक दृष्टि गागाभट्ट को देख रही थी। आचार्य माता के हृदय में उत्पन्न भय को ताड़ गए।

''राजमाते, यह तो क्षत्रिय कुलाचार ही है। मुनि विश्वामित्र अपने यज्ञ में राक्षसों द्वारा उत्पन्न विघ्नों का निवारण करने के लिए राजा दशरथ के द्वार पर गए थे। स्मरण कीजिए कि उन्होंने राजा दशरथ से राम और लक्ष्मण को माँगा था। मेरा भी शिवाजीराजा पर अधिकार है। शास्त्री कावले तो भोसले वंश के राजोपाध्याय हैं–हम भी उसी वंश के हैं। इसी कारण तो हमने राजे के सम्मुख आने का साहस किया है। शिवराज, अब तुम ही राजा हो–सत्ताधीश हो–तुम्हारे राज्य की सीमा और तुम्हारी कीर्ति विशाल है। तुंगभद्रा से नर्मदा नदी तक तुम्हारे राज्य का प्रसार है। इस सत्ता को राजमुद्रांकित होना चाहिए–तुम्हें मूर्धाभिषिक्त सम्राट् बनना चाहिए। तुम्हारे मस्तक पर छत्रचामर डोलने चाहिए। धारणा है कि यादव राजाओं के पराभव के साथ हिन्दू धर्म भी अस्त हो गया, यह धारणा नष्ट होनी चाहिए। ऐसा होना चाहिए कि अब यवन हिन्दुओं पर अत्याचार न ढा सकें। भयग्रस्त हिन्दुओं को यह आश्वासन मिल सके कि उनका रक्षक एक छत्रपति राजा विद्यमान है। राजन्, यह उद्देश्य तुम्हारे राज्याभिषेक द्वारा पूर्ण हो सकेगा। मैं याचक बनकर केवल यही प्रार्थना करने तुम्हारे पास आया हूँ।''

जीजाबाई के नेत्रों में हर्ष के आँसू छलछला आए। शेष सभी जन रोमांचित हो उठे। वीरासन लगाकर बैठे हुए राजे संकोच से दबे जा रहे थे। जीजाबाई ने अपने कंपायमान हाथ से उनकी पीठ थपथपाई। राजे ने जीजाबाई की ओर देखा। अपने छलकते आँसुओं को पोंछते हुए जीजाबाई सिर हिलाकर हाँ कह रही थीं। राजे ने मंत्रियों की ओर देखा। अनाजी ने कहा, ''वेदनारायण आचार्य ने तो हमारे मन की बात कह दी है।'' प्रसन्न होकर गागाभट्ट ने राजे से कहा, ''कहिए राजन्! आपकी स्वीकृति सुनने के लिए हमारे प्राण आतुर हैं।''

राजे खड़े हो गए।

''हमने आज तक कभी धर्माज्ञा का उल्लंघन नहीं किया। हम आपकी इच्छा को धर्माज्ञा ही मानते हैं।''

''राजन्, तुम्हारे वचनों से हमें असीम परितोष हुआ।''

''एक प्रार्थना है आपसे।''

''बोलो राजन्, क्या कहते हो।''

''यह कार्य आपके शुभ हाथों, आपके आशीष से...।''

आशीर्वाद की भावना से अपना हाथ उठाते हुए हर्षित गागाभट्ट कह उठे, "राजन्, यह तो हमारा परम पवित्र कर्त्तव्य है। अवश्य ही इस कार्य को सम्पन्न करके हम अपने को धन्य मानेंगे।"

"मोरोपन्त," राजे मोरोपन्त को सम्बोधित करके कहने लगे, "समर्थगुरु रामदासजी को यह समाचार भिजवा दो। उनके आशीर्वाद की याचना करो। उसी प्रकार एक पालकी भेजकर हमारे कुलपुरोहित अनन्तभट्ट कावले को नासिक से बुलवा भेजो। वेदनारायण गागाभट्टजी तथा कुलपुरोहित अनन्तदेव मिलकर इस विषय में सम्पूर्ण विचार-विमर्श करेंगे।"

आचार्य गागाभट्ट आशीर्वाद देकर अपने निवास-स्थान की ओर चले गए।

सारे गढ़ में एक अवर्णनीय उत्साह फैल गया था।

21

राज्याभिषेक की वार्ता ने सारे दुर्ग का रंग-रूप बदल डाला था। दुर्ग के घर-घर में इसी की चर्चा हो रही थी। कई जनों को आनन्द का अनुभव हो रहा था, तो निश्चलपुरी जैसे मंत्रियों को इस घटना में शुभ की अपेक्षा अशुभ की अधिक आशंका हो रही थी। राजपुरोहित बालभट्ट कावले अनन्तभट्ट को लाने के लिए नासिक की ओर प्रस्थान कर चुके थे। सब उनके आगमन की प्रतीक्षा में आँख गड़ाए बैठे थे। गागाभट्ट शान्तचित्त से राज्याभिषेक के बारे में सोच-विचार कर रहे थे।

अनन्तभट्ट रायगढ़ आ पहुँचे। उनके साथ कई विद्वान् ब्राह्मण भी आए थे। सबने गागाभट्ट से भेंट की। राजसभागृह अब मानो धर्मसभागृह बन गई थी। गागाभट्ट ने सबके सामने राज्याभिषेक का प्रस्ताव प्रस्तुत किया। अनन्तदेव भट्ट गागाभट्ट के गुरुबन्धु थे, सहपाठी थे, सम्बन्धी भी थे। उन्हें भी राज्याभिषेक का विचार उचित प्रतीत हुआ। उन्होंने कहा, "जैसा कि आपने कहा–हमें भी राज्याभिषेक की बात ईष्ट प्रतीत होती है।"

गागाभट्ट ने मुस्कुराते हुए कहा, "कहिए, कहिए, संकोच मत कीजिए। हमारे पद, अधिकार अथवा विद्या से अभिभूत न होते हुए आप सबकुछ स्पष्ट कहिए।"

इस आश्वासन को पाकर अनन्तभट्ट निर्भय हुए। कहने लगे, "हम प्रसन्न हैं कि राजे का राज्याभिषेक हो रहा है किन्तु हमारी यह भी इच्छा है कि यह कार्य दोषरहित हो।"

"कैसा दोष?"

सबका ध्यान अनन्तभट्ट की ओर चला गया था। राजसभा में उपस्थित शिवाजीराजा स्वयं सारी चर्चा सुन रहे थे।

"आपको विदित ही है कि कलियुग में केवल ब्राह्मण एवं शूद्र ये दो ही वर्ण हैं और क्षत्रिय के अतिरिक्त राज्याभिषेक कराने का अधिकार किसी को भी प्राप्त नहीं।"

गागाभट्ट के मुख पर प्रसन्नता छा गई।

"अनन्तदेव, आपका तथा हमारा भट्टवंश सदा ही धर्मशास्त्रानुमोदित तथा युगानुरूप निर्णयों की स्थापना करता आया है। विवाहित पुरुष को भी दत्तक पुत्र बनाकर गोद लिया जा सकता है, ऐसा धर्मन्याय भट्टवंश ने ही स्थापित किया है। तथैव हमारे भट्टवंश का ही प्रदत्त न्याय है कि बहन का वंशोत्पन्न भी उत्तराधिकारी हो सकता है। तुम्हारी शंका उचित है,

तथापि सब राजपूत क्षत्रियवंशीय हैं। राष्ट्रकूट तथा यादवों के राज्य इसी कलियुग में हुए हैं और वे क्षत्रिय थे। इस कारण हमारा मत है कि कलियुग में भी क्षत्रिय हैं। और फिर शिवाजीराजा तो सीसोदिया कुलोत्पन्न हैं। विश्वामित्र जो मूलतः क्षत्रिय थे, किन्तु बाद में ब्राह्मण बन गए, ऐसे महान् सूक्तद्रष्टा विश्वामित्र के कौशिक गोत्र में राजा शिवाजी का जन्म हुआ है।''

''किन्तु फिर संस्कारलोप का क्या होगा?''

''संस्कारलोप तो देशकाल के विप्लव के कारण हुआ है। प्रायश्चित द्वारा दोष का निवारण करके संस्कार का प्रारम्भ किया जा सकता है।''

इस उत्तर से अनन्तभट्ट की शंका का समाधान हो गया। वे सहमत हुए कि यद्यपि शिवाजीराजा का मौंजीबन्धन अथवा उपनयन-संस्कार नहीं हुआ था, तथापि उनका वंश क्षत्रिय था। केवल उपनयन-संस्कार न होने के कारण वे शूद्र हो गए थे। अनन्तदेवभट्ट इस निर्णय से सहमत हुए कि यदि राज्याभिषेक से पूर्व मौंजीबन्धन हो जाए, तो देशकाल विप्लव के कारण लगा हुआ दोष दूर हो जाए। अनन्तदेवभट्ट के मन में अब केवल एक ही शंका शेष रह गई थी। वह उन्होंने कहकर प्रकट कर दी, ''राजे ने आज तक कई युद्ध किए हैं। सम्भव है कि इन युद्धों में उनके हाथों भूल से ब्रह्महत्या भी हो गई होगी। फिर ऐसे पाप की तो धर्म में कोई शुद्धि भी नहीं कही गई है।''

''कौन कहता है?'' गागाभट्ट ने दृढ़ स्वर से कहा, ''हम मात्स्या में वर्णित प्रमाण के आधार पर कह सकते हैं कि तुलादान के अतिरिक्त तुलापुरुष दान द्वारा ब्रह्महत्या का पाप नष्ट हो सकता है। स्वयं हमारे पितामह प्रख्यात पंडित श्रीमान नारायणभट्ट ने शास्त्रों के प्रमाण देकर यह सिद्ध किया है।''

गागाभट्ट ने सबकी शंकाओं का समाधान कर दिया। अनन्तभट्ट को विश्वास हो आया कि राज्याभिषेक सब दृष्टियों से दोषरहित है। राज्याभिषेक होना निश्चित हो गया। समय बहुत कम था—इस अवधि में बहुत-से कार्य सम्पन्न होने थे। सैकड़ों वर्षों के पश्चात् इस भूमि में किसी राजा का राज्याभिषेक होने जा रहा था जिसके लिए यज्ञ-होमादि धार्मिक विधियों का अनुष्ठान किया जाना था। गागाभट्ट तथा अनन्तदेवभट्ट ने अथर्ववेद, गोपथब्राह्मण, विष्णुधर्मोत्तर, वशिष्ठसंहिता आदि धर्मशास्त्रों के आधार पर राज्याभिषेक के लिए एक अलग धर्मग्रन्थ लिखना प्रारम्भ किया, जिसमें कि राज्याभिषेक के लिए आवश्यक विधियों का विधान हो।

राज्याभिषेक-समारोह की तैयारियाँ होने लगीं। नदियों से तथा सागरों से पवित्र जल लाने के लिए राजे ने अपने दूतों को चारों दिशाओं में भेज दिया। सिंहासन बनाने में अधिक समय की आवश्यकता होगी, ऐसा सोचकर सिंहासन बनवाने का कार्य तुरन्त शुरू कर दिया गया। गागाभट्ट एवं अनन्तभट्ट के आदेशानुसार वेदादि शास्त्रों के पठन-पाठन में प्रवीण वेदपाठी ब्राह्मणों को निमन्त्रित करने के लिए देश-देशान्तरों में दूत भेजे जाने लगे।

रायगढ़ में तो राज्याभिषेक की धूमधाम मची थी, किन्तु राजे का चित्त पन्हालगढ़ के आस-पास मँडरा रहा था। बहलोलखान फिर से सिर उठाने लगा था। उसने उंबराणी में हुआ सुलहनामा ताक पर रख दिया था और वह राजे के प्रदेश में घुस आया था। राजे ने मन में ठान लिया था कि तनिक फुरसत मिलते ही वे पन्हालगढ़ की ओर कूच करेंगे।

भाग : आठ

दुर्ग में प्रातःकालीन रवि की कोमल किरणें फैली हुई थीं। राजे शिरकाई देवी के मन्दिर के सम्मुख स्थित होली-चौक में खड़े हुए थे। राजाराम उनकी अंगुलि पकड़े खड़ा था। निराजीपन्त, अनाजी तथा मोरोपन्त राजे के निकट खड़े हुए थे। राजे उनसे राज्यारोहण की तैयारियों का विवरण सुन रहे थे।

"मोरोपन्त, राज्याभिषेक समारोह के लिए इस दुर्ग का चुनाव तो हो गया, किन्तु इस अवसर पर कितनी तो भीड़भाड़ होगी। क्या यह स्थान पर्याप्त हो सकेगा?"

"उसकी चिन्ता न करें, महाराज।" मोरोपन्त ने कहा, "आचार्य गागाभट्ट कहते हैं कि इस दुर्ग के समान सुलक्षणयुक्त दुर्ग अन्य नहीं है। राज्यारोहण के लिए यही स्थान उपयुक्त है। यह भूमि कभी रक्त से लांछित नहीं हुई है। कैलाश पर्वत के समान यह स्थान सदैव पवित्र रहा है।"

"हमारा भी यही मत है, किन्तु फिर भी यह तो सोचना ही होगा कि इस दुर्ग में कितने लोग समा पाएँगे!"

"इस बारे में भी पूरी तरह सोच-विचार किया गया है, महाराज। गढ़ में कितने ही महल हैं, घर हैं और इस दुर्ग का फैलाव भी कुछ कम नहीं है। प्रदेशों से डेरे, तम्बू, शामियाने आदि लाकर यहाँ लगा दिए जाएँगे। इसके अतिरिक्त गढ़ की तलहटी में स्थित रायगढ़वाड़ी, पाचाड की हवेली, पाचाड की छावनी आदि स्थानों में कुल मिलाकर एक लाख मनुष्यों के निवास का प्रबन्ध किया जा सकता है। आप इसकी तनिक चिन्ता न करें।"

"तुम्हारे रहते भला चिन्ता कैसी?"

इसी समय सबका ध्यान उस गुप्तचर की ओर गया, जो अभी-अभी दुर्ग में आया था। उसने राजे को सिजदा करके पत्र-थैली उनके हाथ में दे दी। थैली प्रतापराव ने पन्हालगढ़ से भेजी थी। राजे शीघ्र ही सबके साथ महल में आए। उन्होंने थैली खोली। थैली में बन्द पत्र पढ़ते हुए राजे के चेहरे पर विविध भाव आ-जा रहे थे। पढ़कर राजे ने वह पत्र अनाजी को दे दिया।

अनाजी ने पत्र पढ़ा। सेनापति प्रतापराव गुजर ने समाचार भेजा था कि बहलोलखान बेलगाँव के रास्ते हमला करने के लिए बढ़ा आ रहा था। अनाजी ने ऊपर नजर उठाई ही थी कि राजे की आवाज उन्हें सुनाई दी। राजे कह रहे थे, "देख लिया न। हमारे सेनापति प्रतापराव गुजर ने क्या लिख भेजा है हमारे नाम? उंबराणी के मैदान में बहलोलखान उनके चंगुल में आ फँसा था और प्रतापराव ने अपनी शानदार समझदारी दिखाकर उससे समझौता कर लिया और उसे जाने दिया। हमारे सेनापति लिखते हैं कि वही बहलोलखान

अब समझौता तोड़कर हमला करने आ रहा है। हमसे सलाह पूछते हैं कि अब क्या किया जाए! उनसे कहो कि पाँवड़े बिछाकर पूरी इज्जत से उसे यहाँ लिवा लाएँ। खुशी की बात है कि राज्याभिषेक हो रहा है–इसी मुबारक मौके पर उसे अपना राज्य दान दे डालेंगे!''

राजे को क्रोधित देखकर किसी को कुछ कहने का साहस नहीं हुआ। राजे ने तुरन्त क्रोध को रोका और अनाजी से कहने लगे, ''अनाजी, प्रतापराव के नाम कठोर पत्र भेजो। उन्हें लिखो कि राज्याभिषेक के दिनों में शत्रु सिर उठाया करे, यह बात हमें कतई पसन्द नहीं है। उन्हें हमारी इस आज्ञा से सूचित करो, कहो कि बहलोलखान को वहीं पर काबू में करें और तुरन्त गढ़ में उपस्थित हों।''

प्रतापराव के नाम पत्र रवाना कर दिया गया। राजे ने ऊपरी तौर से गुस्सा दिखाया जरूर था, मगर उन्हें बहलोलखान से कोई खतरा नहीं दिखाई देता था।

आनन्दराव और हंसाजी मोहिते अपने सैनिक-दलसहित उसी प्रदेश में थे। इसलिए राजे को उस बारे में कोई चिन्ता नहीं थी। राजे ने अपना सारा ध्यान राज्य की व्यवस्था की ओर लगाया।

कुछ दिन इसी तरह बीते थे कि एक रात राजे को सोते से जगाया गया। राजे राजसभागृह में गए। वहाँ अनाजी और बालाजी उपस्थित थे। अनाजी ने कहा, ''बालाजी प्रतापराव का सन्देश लेकर आए हैं।''

कठोर दृष्टि से देखते हुए राजे ने कहा, ''बोलो।''

''महाराज, आपका पत्र पाते ही प्रतापराव ने आपके आदेशानुसार पन्हालगढ़ से कूच कर दिया। बहलोलखान की छावनी गडहिंगलज इलाके की नेसरी घाटी में थी। प्रतापराव ने खान की छावनी को चारों ओर से घेर लिया है।''

''तो अब किस बात की प्रतीक्षा कर रहे हैं प्रतापराव?''

''खान की फौज काफी बड़ी है। जो खान पहले उंबराणीवाले घेरे में फँसा था, अबकी बार नेसरी की घाटी में घिर गया है और इस कारण बहुत डरा हुआ है। शत्रु नहीं जानता कि हमारी सेना वास्तव में कितनी है। प्रतापराव ने प्रार्थना की है कि तुरन्त ज्यादा कुमक भेजी जाए। थोड़ी और कुमक मिल जाएगी तो बहलोलखान की हार...।''

''बस करो!'' राजे बालाजी की ओर मुड़े, ''बालाजी, हम जो कहेंगे, एक-एक शब्द ठीक उसी तरह लिखो और प्रतापराव के नाम पत्र भेजो।''

राजे पत्र लिखवाने लगे, ''तुमने अपने गैरजिम्मेदारी-भरे कामों से हमें नाराज किया है। तुमने जिस खान को समझौता करके छोड़ दिया, वही खान अब फौज लेकर हमारे राज्य में घुस आया है। तुमने ऐसे आदमी पर भरोसा क्योंकर किया? अगर तुम उसी समय उसका काम तमाम कर डालते, तो आज वह हमें और तुम्हें तकलीफ न दे पाता। तुम जानते हो कि हम इधर कम सेना होते हुए भी कितने शक्तिशाली शत्रु का सामना कर रहे हैं। फिर भी तुम अधिक कुमक की माँग करते हो, यह तुम्हें शोभा नहीं देता। वीर को उचित नहीं कि वह अपने प्राणों को बचाता हुआ युद्ध किया करे! इसलिए हम तुम्हें दोषी समझते हैं। बीजापुर के बहलोलखान की फौज को तहस-नहस किए बिना अब तुम हमारे सामने कभी मत आना...।''

एक सवार राजे का पत्र लेकर उसी रात गढ़ से नीचे उतरा। राजे को नींद नहीं आ रही थी। मन में विचारों की आँधी उठी हुई थी। प्रातःकाल पूजा समाप्त होते ही वे राजसभागृह में आए। मोरोपन्त और अनाजी को बुला लिया गया।

"अनाजी, अपनी चिपलूण छावनी को पत्र भेजो। लिखो कि जितनी भी सेना हो, प्रतापराव की सहायता के लिए भेजी जाए।"

"जैसी आज्ञा, महाराज।"

"कल जब से प्रतापराव का पत्र आया है, हमारा चित्त व्याकुल है। यदि अब हमें लगा कि बहलोलखान और आगे बढ़ता आ रहा है, तो महाशिवरात्रि के बाद हम स्वयं पन्हालगढ़ के प्रदेश में जाएँगे।"

महाशिवरात्रि आ गई। सर्दियों के दिन थे, तथापि आकाश बादलों से घिरा हुआ था। राजे जीजाबाई के साथ जगदीश्वर के मन्दिर की ओर गए। वहाँ उन्होंने पूर्ति का अभिषेक किया। जीजाबाई के साथ मन्दिर से लौटते समय जीजाबाई कहने लगीं, "शिवबा, आज न जाने क्यों, मूर्ति पर चढ़ाई गई पुष्पमाला टिक ही नहीं रही थी, बार-बार टूट रही थी। जरा निश्चलपुरी से पूछो तो क्या कारण है?"

"जैसी आपकी आज्ञा," राजे ने कहा।

राजे बहुत व्यथित हो रहे थे। उन्होंने निश्चलपुरी को सन्देश भिजवाया। निश्चलपुरी तन्त्र-मन्त्र की जुगत लगाने लगे।

महाशिवरात्रि के बाद कुछ दिन बीते। राजे प्रतापराव के बारे में समाचार पाने के लिए बहुत उत्सुक थे। वे बारम्बार पूछताछ कर रहे थे।

यूँ एक दिन समाचार मिला कि प्रतापराव की सेना के द्वितीय सेनापति आनन्दराव गढ़ में आ रहे हैं। राजे राजसभागृह में उनके आने की प्रतीक्षा कर रहे थे। राजे के सब मन्त्री उत्सुकतावश वहाँ एकत्रित थे। आनन्दराव दरबार में आए। राजे खड़े हो गए—अधीर होकर पूछने लगे, "क्यों? बहलोलखान की हार हुई या नहीं?"

"जी, नहीं।"

"नहीं हुई? कहो, आनन्दराव! बोलो!"

राजे हाथ पीठ पीछे बाँधे राजसभागृह में ही बेचैनी के कारण इधर से उधर घूमने लगे। आनन्दराव सिर नीचा किए खड़े थे। घूमते-घूमते राजे अचानक रुक गए। फिर बोले, "कहो, आनन्दराव।"

"महाराज, हमने बहलोलखान पर चढ़ाई की, मगर सफल नहीं हो सके। प्रतापराव ने बड़ी वीरता दिखाई।"

"और यह बताने के लिए उन्होंने तुम्हें यहाँ भेज दिया, यही ना? हँ! हैं कहाँ हमारे सेनापति? वे स्वयं ये बातें सुनाने क्यों नहीं आए?"

अब तो आनन्दराव का सारा धीरज जाता रहा। आँखों में जमा हुए उनके आँसू नीचे ढरक पड़े। जैसे-तैसे वे इतना ही कह पाए, "सेनापति प्रतापराव और उसके छह साथी सरदार, बहलोलखान के साथ हुई लड़ाई में काम आए।"

ज्यों सूखी-प्यासी भूमि पर वर्षा के स्थान पर बिजली गिर पड़े, यों वह समाचार गरज बनकर सबके कानों पर टूटा। राजे का शरीर पसीना-पसीना हो उठा। कँपकँपाती आवाज से उन्होंने कहा, "क्या हो गया? कैसे हुआ यह?"

"हमने खान की फौज को घेर लिया था। सेनापति कुमक पहुँचते ही प्रतीक्षा में थे कि तभी आपका पत्र मिला। पत्र पढ़कर सेनापति ने मुझसे और हंसाजी से सेना लेकर

लौट जाने को कहा। उन्होंने कहा था–'इतनी छोटी सेना खान के सामने टिक नहीं पाएगी...।''

''रोओ नहीं, आनन्दराव! कहोऽऽ।''

''शिवरात्रि थी उस दिन। प्रतापराव अपने छह साथी सरदारों के साथ घोड़े पर सवार हो गए। हमसे कहा, 'महाराज से कह देना कि उनकी आज्ञानुसार हम लड़े हैं।' ''

राजे के होंठ काँप रहे थे। मुट्ठियाँ भिंच रही थीं। आनन्दराव बड़ी मुश्किल से कह पा रहे थे, ''हमने उन्हें समझाने का प्रयत्न किया, मगर वे माने नहीं। प्रतापराव ने और छह सरदारों ने घोड़ों को एड़ लगाई। दस हजार सिपाहियों की फौज पर केवल सात वीरों की टोली ने धावा बोल दिया। 'हर हर महादेव' की बोली गूँज उठी। थोड़ी-सी भिड़ंत हुई और सात घोड़े खान की छावनी से निकलकर जंगल में जाते हुए दिखाई दिए। फिर कौन किसे रोकता? अपने सैनिक चारों तरफ से खान की सेना पर टूट पड़े। हर तरफ मारकाट मच गई। मगर खान के आगे हमारी कुछ न चली–हमें पीछे हटना पड़ा। प्रतापराव चले गए और यह बात सुनाने के लिए मैं जिन्दा बचा रहा...।''

आनन्दराव अपने दुशाले में मुँह छिपाकर रोने लगे। माथे से हाथ लगाकर राजे भी निढाल होकर नीचे बैठ गए। उन्हें दिखाई दे रहे थे प्रतापराव–प्रतापराव, जिन्होंने कभी मिर्जाराजा जयसिंह पर धावा बोला था। राजे को अपनी आँखों से बहती हुई आँसुओं की धारा का भी खयाल न था। वे सुध-बुध भूले-से महल की ओर चले जा रहे थे। बुद्धि कुन्द-सी हो गई थी उनकी।

राजे पलंग पर बैठे हुए थे। रह-रहकर उनकी आँखें छलछला आ रही थीं। मन पश्चात्ताप की आग से जला जा रहा था।

''शिवबाऽऽ।''

राजे ने ऊपर देखा, जीजाबाई महल में आई खड़ी थीं। उन्हें देखते ही राजे का दिल भर आया।

''माँसाहिबा, हमारे प्रतापराव चले गए! हम ही उनकी मृत्यु का कारण हुए हैं!''

''मैंने सुन लिया है सब। किन्तु कौन जानता था, प्रतापराव ऐसा कर बैठेंगे...!''

''नहीं माँसाहिबा, कोई जाने न जाने। प्रतापराव की उतावली हमसे छिपी नहीं थी। इतने निडर और प्राणों के लिए प्राण न्यौछावर करनेवाले शूरमा को अकारण ही सिर्फ कुछ शब्दों की मार से गँवा दिया हमने। इस बात का हमें बेहद खेद है।''

राजे के आँसू थमते ही न थे–जीजाबाई उन्हें ढाढ़स बँधा रही थीं।

सुबह राजे जब नहा-धोकर राजसभागृह में आए, तो उनकी आँखें लाल थीं। मुख पर दृढ़ता छाई हुई थी। वे आनन्दराव से कहने लगे, ''आनन्दराव, हमने निश्चय किया है कि बहलोलखान को पराजित करने हम स्वयं जाएँगे।''

''महाराज, क्षमा हो।'' निराजीपन्त ने कहा, ''किन्तु राज्याभिषेक समारोह निकट आ रहा है और...।''

''ना, ना, निराजीपन्त! हमारी एक बात पर प्रतापराव प्राण न्यौछावर कर चल दिए। उनका हत्यारा हमारे प्रदेश में सिर ऊँचा करके घूमता फिरे और हम राज्याभिषेक कराते रहें! ऐसे राज्याभिषेक का क्या महत्त्व होगा भला?''

राजे स्वयं रण-अभियान का नेतृत्व करेंगे, यह सोचकर सब चिन्तित हो उठे। जनार्दनपन्त ने एक बार आनन्दराव की ओर देखा। आनन्दराव आगे बढ़े और उन्होंने राजे के पैर छू लिए। उन्हें उठाते हुए राजे ने कहा, ''यह क्या कर रहे हो, आनन्दराव?''

''महाराज, यह जिम्मेदारी आप मुझे दें—मुझे और हंसाजी मोहिते को। प्रतापराव ने हम दोनों को बहुत सँभाला है। बहलोलखान का खात्मा करने का काम आप हमें सौंप दें। वचन देता हूँ महाराज, कि अगर यह काम पूरा न कर सका, तो लौटकर आपको मुँह नहीं दिखाऊँगा।''

राजे ने भावावेग के कारण आनन्दराव को अपने गले से लगा लिया। गद्गद होकर वे कहने लगे, ''आनन्दराव, अब ऐसी बात भी मुँह से मत निकालना। चाहे जितनी सेना साथ ले जाओ। जाकर खान को धर दबोचो, सत्यानाश कर दो उसका। मगर सकुशल वापस लौट आओ। हम तुम्हारे आगमन की प्रतीक्षा करेंगे।''

राजे ने आनन्दराव को विदाई के बीड़े दिए। आनन्दराव उत्साह और हर्ष से पूरित होकर नए उत्तरदायित्व को निभाने चल पड़े।

राजे ने अनाजी से कहा, ''अनाजी, ऐसा वीर परलोक सिधार गया, जिसे नौबत-डंके का सम्मान प्राप्त था। हमारा सेनापति खो गया है। आज गढ़ का नौबतखाना बन्द करा दो। प्रतापराव का मरणाशौच हमें भी लगा है।''

शिथिल मन्द पग रखते हुए राजे महल की ओर जाने लगे।

2

दुर्ग के अट्ठारहों कार्य अनुभागों में राज्याभिषेक की तैयारियाँ पूरे जोर-शोर से चल रही थीं। हरेक की यही कोशिश थी कि उसके काम में कोई कमी न रह जाए। सिंहासन का निर्माण लगभग पूरा हो चुका था। जीजाबाई को अपने बुढ़ापे की बातों से फुर्सत नहीं थी फिर भी वे सब रानियों के लिए आभूषणों और वस्त्रों का चुनाव करने में व्यस्त थीं। कुशल सुवर्णकार सुवर्णशाला में नाना प्रकार के सुवर्णालंकार बना रहे थे।

राजे के पास अनाजी, मोरोपन्त और बालाजी खड़े थे। राजे उनसे राज्याभिषेक के लिए आवश्यक धन तथा उसके विनियोग का विवरण सुन रहे थे। लाखों होन मुद्राओं के अनुमानित व्यय को सुनकर राजे ने कहा, ''मोरोपन्त, इतने व्यय से तो एक राज्य की स्थापना करना सहज सम्भव है।''

''जी! माँसाहिबा ने सारे आयोजन के लिए स्वीकृति दे दी है।'' मोरोपन्त ने कहा।

''तब तो हमें देखने-जानने की आवश्यकता ही क्या है?''

''माँसाहिबा ने कहा, 'राजे के राज्याभिषेक में किसी प्रकार की कमी न रहे'।''

''किन्तु इतना सब हो सकेगा क्या?''

मोरोपन्त की छाती तन गई। मुख पर स्वाभिमान झलकने लगा। वे बोले, ''राजे के भंडारों में इतनी शक्ति है कि ऐसे दस राज्याभिषेक भी किए जा सकते हैं।''

राजे ने स्नेहवश मोरोपन्त के कन्धे पर हाथ रखा।

''माता जगदम्बा की कृपा है। मोरोपन्त, हम सदा ही तुम्हें अचरज से सराहा करते हैं। तुम्हारे जैसा बहुमुखी प्रतिभा का धनी व्यक्ति जब हमारे पास हो, तब हमें चिन्ता कैसी? किन्तु आज सम्भाजीराजा सुबह से दिखाई नहीं दिए?''

अनाजी ने कहा, "युवराज गढ़ में नहीं हैं।"

"तब कहाँ हैं?"

अनाजी ने सूखते होंठों पर जीभ फिराई। धीरे से बोले, "विश्वसनीय रूप से ज्ञात हुआ है कि युवराज आधी रात को गढ़ से उतरकर नीचे गए हैं।"

राजे विचारमग्न हो गए। मुख पर चिन्ता फैल गई। उन्होंने पूछा, "क्या कारण है, युवराज गढ़ के नीचे गए हैं?"

अनाजी ने नम्रतापूर्वक उत्तर दिया, "यह हम कैसे जान सकते हैं? किन्तु युवराज आजकल इसी प्रकार कई बार गढ़ से नीचे जाया करते हैं।"

अनाजी कहते-कहते रुक गए। कुछ सकपकाए और सिजदा करते हुए पीछे की ओर हटने लगे। मोरोपन्त ने और बालाजी ने भी उनका अनुकरण किया। राजे ने मुड़कर पीछे देखा। स्वयं युवराज ही भंडार-कक्ष में चले आ रहे थे। सम्भाजीराजा ने उन्हें सिजदा किया। राजे ने पूछा, "शम्भूराजे, तुम गढ़ की तलहटी में गए थे?"

"जी हाँ," राजे का प्रश्न सुनकर युवराज के मुख पर छाई प्रसन्नता और अधिक खिल उठी।

"आबासाहब, गुप्तचर समाचार लाया है कि आनन्दराव बहलोलखान को पराजित करके गढ़ की ओर आ रहे हैं।"

इस समाचार को सुनकर अनाजी तिलमिला-से उठे। कहे बिना रह न सके, "गुप्तचर अपना समाचार लाया होता, तो हमें पहले पता लगता।"

सम्भाजी की मुस्कुराहट एकदम गायब हो गई। अनाजी को तीखी नजर से देखते हुए वे कहने लगे, "अनाजी, वह गुप्तचर हमारा है। समाचार पहले हमें पता लगेगा।"

राजे खिलखिलाकर हँस पड़े। अनाजी से बोले, "अनाजी, युवराज अब राजनीति के मैदान में उतर आए हैं। अब तो ऐसा होगा ही, यही उचित भी है।" फिर एकदम बात बदलकर उन्होंने सम्भाजीराजा से कहा, "हाँ, तो कहो शम्भूराजे! हम आगे का वृत्तान्त सुनने के लिए उत्सुक हैं।"

"आनन्दराव बहलोलखान को मार भगाने के लिए यहाँ से रवाना हुए। बहलोलखान ने आनेवाले खतरे को पहचाना और उसने मुगलों के सरदार दिलेरखान से दोस्ती कर ली। आदिलशाही और मुगल बादशाहत एक हो गईं। इतनी बड़ी फौज का सामना करना आनन्दराव के बस की बात नहीं थी।"

"अच्छा! फिर?"

"आनन्दराव और हंसाजी मोहिते मामा ने शत्रु के दाँव की एक बढ़िया तोड़ खोज निकाली। वे अपने प्रदेश में घुस आए शत्रु से सीधा सामना न करके शत्रु-सेना के बगल से निकलकर कर्नाटक प्रदेश में जा घुसे। उन्होंने वहाँ बहलोलखान की जागीर को लूटकर, संपगाँव के बाजार को लूटा। आदिलशाही इलाके को जलाते-लूटते हुए हजारों बैलों पर अपार सम्पत्ति लादकर आनन्दराव वापस लौट आए हैं।"

"मगर बहलोलखान चुप कैसे बैठा रहा?"

"ना, ना! वह भला चुप कैसे बैठा रहता? जैसे ही उसने खबर सुनी, वह जल-भुन उठा। उसने बंकापुर के पास आनन्दराव को जा पकड़ा। मराठा सेना प्रतापराव का बदला लेने की उमंग में भरी बैठी थी ही, वह बहलोलखान पर जा टूटी। बहलोलखान की फौज भाग खड़ी

हुई। बहलोलखान के साथ खिजर का भाई आया था, वह लड़ाई में मारा गया। बहलोलखान देखता रह गया, हमारी सेना ने उसकी आँखों के आगे अपरम्पार धन जीत लिया। जीत में मिले पाँच सौ घोड़े और दो हाथी लेकर आनन्दराव आपके दर्शनार्थ पधार रहे हैं।''

''आगे कहो।'' आनन्दमग्न राजे ने आज्ञा दी।

''आबासाहब, हमें रात को यह समाचार मिला। आप उस समय सोए हुए थे। हम जानते हैं कि आजकल आपका स्वास्थ्य ठीक नहीं है। इसी कारण हमने आपको रात को जगाया नहीं। इस अपराध के लिए क्षमा कीजिए।''

''कहो, शम्भू राजे। आगे तुमने क्या किया?''

''हमने वही किया, जो आप करते।''

''हम समझे नहीं।''

''हम आनन्दराव का स्वागत करने रात को ही गढ़ से उतरे और उन्हें साथ लेकर गढ़ में आ गए।''

''शाबाश! तुमने युवराज के अनुरूप ही कार्य किया। चलो अनाजी, विजयी वीर का स्वागत करने हम भी चलें।''

राजे राजसभागृह में आए। राजे की मुखमुद्रा बहुत आनन्दित थी। नेत्रों से सराहना बरस रही थी। वे लपककर आगे बढ़े और सिजदा करने के लिए झुक रहे आनन्दराव को उन्होंने प्रसन्नतावश अपनी बाँहों में भर लिया।

''आनन्दराव, तुम्हारी विजय से हम अतीव सन्तुष्ट हुए। मन में प्रतापराव के वियोग की जो व्यथा थी, वह आज कुछ हलकी हुई।''

फिर राजे ने अपने हाथों आनन्दराव की पगड़ी में सिर-पेंच लगाया। बहलोलखान को पराजित करके लौटे हुए वीर रायगढ़ में होने जा रहे राज्याभिषेक की तैयारियों में जुट गए।

इस आनन्द को दूना करनेवाली एक और खबर भी रायगढ़ आ पहुँची। राजे की जलसेना ने नई विजय पा ली थी। राजे के जलसेनाध्यक्ष दौलतखान ने जंजिरा के सिद्दी को सातवली की खाड़ी में जा घेरा था। स्वयं सिद्दी सम्बूल घायल होकर भाग खड़ा हुआ था। इस नौसैनिक युद्ध में सिद्दी के लगभग सौ सैनिक मौत के घाट उतर गए थे।

इन दोनों विजयपूर्ण समाचारों से राजे बहुत खुश हुए।

3

दुर्ग में रंगों से लिपाई-पुताई होने लगी। राजसभागृह को सुसज्जित करने के लिए कोंकण प्रदेश के कुशल चित्रकार इकट्ठा हो गए थे। राजसभागृह की दीवारों पर महाभारत और रामायण की घटनाओं के दृश्य चित्रित किए जाने लगे। गिलहरी के कोमल बालों से बनी कूँचियाँ भाँति-भाँति के रंगों से रँगी हुई दिखाई दे रही थीं। दुर्ग की अधूरी इमारतें, अटारियाँ, घर आदि बड़ी तेजी से पूरे किए जा रहे थे। मोरोपन्त, इटलकर आदि लोग सदा इसी काम में डूबे दिखाई देते थे।

राज्य में जहाँ और जितने शानदार खेमे, शामियाने आदि थे, सब गढ़ में लाए जा रहे थे। और गढ़ के पहाड़ी उतारों पर सुखाकर, साफ करके एक जगह जमा किए जा रहे

थे। जानकार अधिकारियों का अनुमान था कि राज्याभिषेक के समय दुर्ग में कोई पचास हजार लोगों का आना-जाना होगा। इसी अनुमान के आधार पर दुर्ग के और पाचाड के धान्य-भांडार भरे जा रहे थे। बनिया नागप्पावाली ऊपरीकोट से आनेवाली सूची के अनुसार हर रसद की पूर्ति कर रहा था। सोयराबाई, सगुणाबाई और पुतलाबाई जीजाबाई के आदेशानुसार सारे कामों की देख-रेख कर रही थीं, किन्तु इस धूमधाम में केवल दिखाई नहीं दे रही थीं—तो रानी काशीबाई। वे बीमार थीं। वैद्यों की सलाह के अनुसार उन्हें पाचाड की हवेली में भेज दिया गया। पुतलाबाई और सगुणाबाई को उनकी सेवा-सुश्रूषा के लिए पाचाड भेज दिया गया। वैद्यों की औषधि से तथा मान्त्रिकों के प्रयोगों द्वारा भी उनका रोग कम नहीं हो रहा था। दिन-ब-दिन उनका स्वास्थ्य गिरता जा रहा था। यह चिन्ता जीजाबाई के मन को कुरेद रही थी। राजे को जब कभी समय मिलता, वे पाचाड जाकर काशीबाई का हाल पूछ आते थे।

इसके अतिरिक्त एक और बात थी, जो राजे को चिन्तित किए थी। प्रतापराव की मृत्यु के बाद सेनापति का पद खाली था। अधिक दिनों तक यह पद खाली रहे, यह उचित नहीं था। यह भी सम्भव था कि राज्याभिषेक के अवसर पर ही मुगलिया और आदिलशाही सल्तनतें भी शकुन बिगाड़ने के इरादे से सिर उठाने लगें।

रात्रि के समय राजे अपने खास महल में बैठे हुए थे। समई-दीपकों से सारे महल में उजाला फैला हुआ था। राजे के विशेष विश्वासपात्र लोग वहाँ उपस्थित थे। अनाजी, मोरोपन्त, येसाजी और युवराज सम्भाजीराजे का मत जानने के लिए उत्सुक थे। राजे ने अपने मन में खटकती बात उनसे कह डाली, ''प्रतापराव चले गए। जो उनकी जगह ले सके, ऐसा कोई व्यक्ति हमें दिखाई नहीं देता।''

अनाजी ने विनम्र होकर कहा, ''महाराज, आनन्दराव विजय प्राप्त करके गढ़ में लौट आए हैं। उन्होंने अपनी योग्यता सिद्ध कर दिखाई है।''

राजे के होंठों पर मुस्कुराहट छा गई।

''अनाजी, यदि विजय को ही सेनापति पद का आधार माना जाए, तब तो ऐसे अनेक वीर हैं, जिन्होंने विजय पाई है। पन्हालगढ़ जीतनेवाले तुम हो, कोंडाजी हैं। मुल्हेर के युद्धक्षेत्र में देदीप्यमान विजय पानेवाले मोरोपन्त हैं, हंसाजी हैं, येसाजी भी हैं। पन्त, अब हमारा उत्तरदायित्व बहुत बढ़ गया है—केवल साहस और सफलता की बात सोचने-भर से काम नहीं चलेगा। सरनौबत (सेनापति) को कई गुणों से सम्पन्न होना चाहिए। वह सारे प्रदेशों का जानकार हो, अवसर का विचार करके तुरन्त निर्णय करनेवाला हो, सेना के विश्वास का केन्द्र हो, दूरदर्शी हो और साथ ही राज्य के प्रति उसकी दृढ़ निष्ठा हो। हमारे दो सेनापति थे—उनकी ही कहानी सुन देखो। नेताजी सेनापति थे—साहसी थे, सेना के विश्वासपात्र थे, हमारे रिश्तेदार होने का बड़प्पन भी उन्हें प्राप्त था। उनमें सारे गुण थे, किन्तु राज्य के प्रति निष्ठा नहीं थी। इसलिए वे व्यर्थ सिद्ध हुए। रहे प्रतापराव, वे असाधारण साहस के धनी थे, राजनिष्ठा में खरे उतरे, किन्तु अवसर पर अचूक निर्णय करने में चूक गए और यों व्यर्थ ही प्राण गँवा बैठे। हमारे प्राणों को एक टीस देकर वे चले गए।''

''आबासाहब, हम कुछ कहें क्या?'' सम्भाजीराजा ने पूछा।

''हाँ, हाँ, कहो।''

"हमें हंसाजी योग्य प्रतीत होते हैं। उनका स्वभाव शान्त है, वे साहसी भी हैं, अनुभव के धनी हैं और फिर राज्य के प्रति पूरी तरह निष्ठावान हैं।"

सम्भाजीराजा की ओर एकटक देखते हुए राजे ने पूछा, "इस अन्तिम गुण को तुमने कैसे परखा है?"

आत्मविश्वास-भरी वाणी से युवराज ने उत्तर दिया, "यह कोई कठिन बात है? उन्होंने कितने ही युद्ध किए, वीरता दिखाई, यद्यपि उनका हमारा खून का रिश्ता है, फिर भी कभी सरनौबत बनने का लोभ उनके मन में नहीं आया। बहलोलखान को हराने में उन्होंने भी आनन्दराव का साथ दिया था, किन्तु वे गढ़ में लौटकर नहीं आए। उन्होंने आनन्दराव को रायगढ़ की ओर भेज दिया और स्वयं वे चिपलूण की सैनिक-छावनी की तरफ गए।"

राजे की मुखमुद्रा गम्भीर हो गई। किन्तु अगले ही पल वे उठ खड़े हुए और बोले, "ठीक है, बाद में देखा जाएगा। आज तुम पाचाड जाओ और वहाँ के धान्य-भांडारों की निगरानी कर आओ। एक और काम भी है—नागप्पावाली कह रहा था कि गढ़ की तलहटी में बाजार लगा है। तुम जाकर पता करो कि माल के ऊपर गढ़ पहुँचने में देरी क्यों हो रही है? बालाजी और हंसाजी मोहिते को सूचना भिजवाओ कि हम शीघ्र ही चिपलूण आ रहे हैं।"

"किन्तु राज्याभिषेक...।" मोरोपन्त कहने लगे।

राजे ने मुस्कुराकर कहा, "चिन्ता मत करो, पन्त। उस अवसर पर तो हमें उपस्थित रहना ही होगा। किन्तु उसकी अपेक्षा हमें चिपलूण की छावनी अधिक उलझन में डाल रही है। रात काफी हो गई है। हम अब विश्राम करना चाहते हैं।"

सब लोग सिजदा करके चल दिए। सम्भाजीराजा राजे के पाँव छूने के लिए जैसे ही पास आए, राजे ने कहा, "शम्भूराजे, आनन्दराव से कहो कि सुबह हमसे मिलें। देखो, इस बात की किसी को खबर न हो। जैसे ही वे आएँ, तुम हमें बता देना।"

सम्भाजीराजा महल से बाहर चले गए। राजे की नजरें पलंग की ओर गईं, किन्तु आँखों से नींद गायब थी। वे बहुत देर तक बैठक में ही बैठे रहे।

4

प्रातःकाल देवदर्शन करके राजे जीजाबाई के महल में आए, किन्तु जीजाबाई वहाँ नहीं थीं। राजे को पता लगा कि वे सातमहल की ओर गई हैं। वे सातमहल की ओर चलने को हुए कि मोरोपन्त ने आकर सूचना दी, "फिरंगोजी आपके दर्शन करना चाहते हैं।"

राजे राजसभागृह की ओर चल दिए। वहाँ फिरंगोजी खड़े हुए थे। उन्होंने राजे को सिजदा किया। उनके सिजदे को स्वीकारते हुए राजे ने कहा, "फिरंगोजी, यह परायों की तरह राजसभागृह में ही क्यों खड़े रहे? महल में क्यों नहीं आए?"

"ऐसी कोई बात नहीं, महाराज। आप जगदीश्वर मन्दिर गए थे, तब तक मैं जाकर माँसाहिबा के दर्शन कर आया। मुझे जल्दी अपने गढ़ लौट जाना है, इसलिए...।"

"सो तो ठीक, मगर यह तो कहो कि अचानक कैसे चले आए?"

"आपके राज्याभिषेक की खबर सुनी। मन बेचैन हो उठा। इच्छा हुई कि एक बार आपके दर्शन कर आऊँ। अपने किले का सारा प्रबन्ध पूरा करके जल्दी ही यहाँ...।"

राजे आगे बढ़े। फिरंगोजी को अपने हाथों बैठक पर बैठाते हुए राजे ने कहा, ''फिरंगोजी, हम जानते हैं। यह जो कुछ हो रहा है, आप जैसे बड़े-बूढ़ों के आशीर्वाद का ही फल है।''

राजे फिरंगोजी से उनके किले के बारे में पूछताछ कर रहे थे, किले के बारे में जानकारी पा रहे थे। सारी बातें खत्म हो गईं, फिर भी फिरंगोजी उठकर जाना नहीं चाहते थे–उनके बैठे रहने की बात राजे भाँप गए, ''क्यों फिरंगोजी, कुछ कहना है क्या?''

फिरंगोजी के बूढ़े मुख की झुर्रियों में कुछ कँपकँपी-सी फैल गई। पगड़ी ठीक करते हुए वे बोले, ''राजे, आपके चरणों की सेवा करते-करते ये बाल पक गए–काले से सफेद हो आए। इस गढ़ में इतना ठाट-बाट होगा, आप छत्रपति बनेंगे और यह दृश्य देखने के लिए मैं यहाँ नहीं रह पाऊँगा...।''

''क्यों?''

''यह लो! मुझसे ही पूछते हो क्यों? आपने ही तो सारे किलों को हुक्म भेजे हैं, 'पूरी सावधानी से गढ़ों की रखवाली की जाए। कोई भी अपनी जगह से न हिले। आज्ञा का पालन करने में कोई असावधान रहा, तो माफ नहीं किया जाएगा...'।''

राजे हँस रहे थे।

''हँसते क्या हो, राजे? आप बड़ों का तो हँसी-ठट्ठा हुआ, और हम गरीबों की जान जाती है। आज तक मैंने आपसे कुछ नहीं माँगा–बस, एक विनती है।''

''फिरंगोजी, सारे किलों को आज्ञापत्र भेजे गए, सो तुम्हारे भूपालगढ़ के नाम भी आज्ञापत्र भेजा गया। परन्तु हम तुम्हें भूले नहीं थे। भला तुम्हारे बिना भी राज्याभिषेक हो सकता है? भूपालगढ़ की कोई अस्थायी व्यवस्था कराकर हम तुम्हें राज्याभिषेक से पहले ही बुलवा लेंगे। तुम्हारे बिना हमारा राज्याभिषेक नहीं होगा।''

फिरंगोजी शीघ्र उठ खड़े हुए। राजे ने ऊपर देखा–सम्भाजी राजसभागृह में आए खड़े थे। फिरंगोजी ने उन्हें सिजदा किया। सम्भाजीराजा फिरंगोजी की ओर दौड़े आए और उनके पैर छूकर प्रणाम करने लगे। गद्गद होकर उन्हें उठाते हुए फिरंगोजी कहने लगे, ''शम्भू बेटे, यह क्या करते हो?''

राजे दोनों की ओर हर्षित होकर देख रहे थे।

''फिरंगोजी, युवराज ने जो कुछ किया है, वही ठीक है। अन्यथा तुम्हारे मुख से 'शम्भू बेटे' बोल न निकलते। तुमने इन्हें गोद में खिलाया है, कन्धे पर कूदा किए हैं तुम्हारे, सो यही उचित है कि ये तुम्हें पालागुन करें।''

''आबासाहब, आप जरा बाहर आएँगे क्या?'' सम्भाजीराजा ने पूछा।

राजे द्वार तक गए। दोनों के बीच कुछ कानाफूसी हुई। राजे लौट आए। अपने पीछे आ रहे सम्भाजीराजा से राजे ने कहा, ''फिरंगोजी को सारा किला दिखाओ। नए भवन दिखाओ। राज्याभिषेक के लिए की जा रही तैयारियाँ दिखाओ और बीड़ा तथा सम्मानवस्त्र देकर इन्हें विदा करो। उनसे कहो कि अपने गढ़ का ठीक से प्रबन्ध करें और जल्दी रायगढ़ चले आएँ। फिरंगोजी, हम चलते हैं, जरा आवश्यक काम है।''

फिरंगोजी ने सिजदा किया और राजे राजसभागृह के बाहर चले गए।

राजे सम्भाजीराजा के महल के पास पहुँचे। महल के बाहर सशस्त्र प्रहरी तैनात थे। राजे ने उन्हें किसी को भीतर न आने देने की आज्ञा दी और महल में प्रविष्ट हुए। वहाँ आनन्दराव खड़े थे।

राजे बैठक पर बैठ गए। राजे के संजीदा चेहरे को देखकर आनन्दराव कुछ समझ नहीं पा रहे थे। वे यह भी अनुमान नहीं कर पा रहे थे कि राजे ने खास महल में और वह भी एकान्त में क्यों बात करनी चाही।

"आनन्दराव, हमने तुम्हें विशेष कारणवश बुलाया है।"

"जी!"

"बहलोलखान को हराने के बाद तुम रायगढ़ लौट आए। हंसाजी मोहिते क्यों नहीं आए?"

"उन्होंने सुना था कि चिपलूण की छावनी में कुछ गड़बड़ मची है। इसलिए वे तुरन्त चिपलूण चले गए।"

"कैसी गड़बड़? हम पूरी बात जानना चाहते हैं। स्पष्ट कहो।"

आनन्दराव का मुँह सूखने लगा।

"महाराज, प्रतापराव और छह सरदार नेसरी की लड़ाई में काम आए। सेनापति की मृत्यु के समाचार से छावनी में थोड़ी बेचैनी फैल गई। हंसाजी ने सुना कि चिपलूण छावनी के सरदारों में थोड़ी खलबली मच गई है। तब उन्होंने मुझसे कहा, 'तुम सीधे रायगढ़ चले जाओ। मैं चिपलूण जाता हूँ। रायगढ़ पहुँचते ही राजे को छावनी की ओर भेज देना'।"

"तो तुमने हमें यह सूचना क्यों नहीं दी?" राजे ने अधीर होकर पूछा।

"आप यहाँ राज-काज में इतने उलझे हुए हैं। मैंने सोचा—हंसाजीराव छावनी में पहुँच ही गए हैं, तब चिन्ता का कोई कारण नहीं रहा।"

"तुमने सोचा? वाह, बहुत अच्छे! आनन्दराव, इस बात को तुमने इतनी साधारण बात समझा?"

इसी समय एक सेवक भीतर आया। राजे ने उसकी ओर देखा।

"महल में रानीसाहिबा ने आपको याद किया है।" कुछ नाराज-सा होकर राजे ने कहा, "जा, उनसे कह दे—यहाँ का काम पूरा होते ही हम आ रहे हैं।"

सेवक चला गया। राजे की दृष्टि पुनः आनन्दराव की ओर मुड़ी।

"आनन्दराव, सेना में तो बीसियों जात-पाँत के लोग होते हैं। भिन्न-भिन्न स्वभाव के हजारों लोगों की बाँधी हुई गठरी है सेना। इसमें एक भी गाँठ ढीली पड़ गई, तो इसके फूस की तरह हवा में बिखरने में कितनी देर लगेगी! नदी का बाँध यदि टूट गया, तो पानी हजार धाराओं में बह निकलेगा, कैसे रोकोगे उसे?"

सेवक को फिर दुबारा भीतर आया देखकर राजे क्रोधित हो उठे। बेचारा सेवक सकपका गया।

"क्या है?"

"जल्दी बुलाया है, महाराज!"

"तूने हमारा कहा नहीं बताया?"

"जी, बताया था।" सेवक सिर नीचा किए खड़ा रहा।

खीझकर राजे उठ खड़े हुए। वे सेवक के पीछे-पीछे जाने लगे। राजप्रासाद में प्रवेश करते ही उनकी दृष्टि वहाँ खड़ी हुई पुतलाबाई की ओर गई। राजे यह सोचकर चले थे कि सोयराबाई ने बुलाया होगा, किन्तु वहाँ पुतलाबाई को आया देखकर वे चकित हो उठे। फिर भी उनके मन में दबी खीझ प्रकट हो ही गई।

"रानीसाहिबा, हमें गहने, रेशमी साड़ियों और जरतारी कपड़ों से अधिक महत्त्वपूर्ण और भी कई काम हैं।"

"हाँ, हैं क्यों नहीं? मगर आपके ध्यान में वे काम आएँ तब न!" पुतलाबाई का क्रोध भी उफनकर बाहर निकल पड़ा।

राजे ने आज तक कभी पुतलाबाई के मुँह से ऐसी बात नहीं सुनी थी। पुतलाबाई के चेहरे पर लाली छाई हुई थी। उनकी आँखें आँसुओं से भरी थीं। राजे ने पूछा, "क्या बात है?"

"जीवन-भर बेचारी ने कुछ नहीं माँगा। यदि इतना-भर माँग लिया कि 'विदा होते समय उनके दर्शन हो जाते' तो क्या यह कोई अपराध है?"

"किसके बारे में कह रही हो, काशी...?"

"चलो, बड़ी बड़भागन है। आपको याद तो आ गई उसकी।"

"हमें किसी ने कुछ नहीं बताया।"

"आपसे कौन कब कहे? आपको फुरसत हो, तब न! थोड़ी देर मैं यहाँ रुकी रही, किन्तु आप काम में उलझे हुए थे। विवश होकर सन्देश भेजना पड़ा।"

राजे को कुछ सूझा नहीं। वे तुरन्त बोले, "तुम अपनी डोली में माँसाहिबा को ले आओ। हम आगे जाते हैं।"

राजे महल से बाहर आए ही थे कि मोरोपन्त सामने दिखाई दिए। राजे ने मोरोपन्त को समाचार दिया। मोरोपन्त शीघ्र दौड़ पड़े। राजे जब नक्कारखाने के पास आए, तब नक्कारखाने के बाहर नौकर खड़े थे। मोरोपन्त ने पूछा, "पालकी?"

"पालकी?"

"पालकी से देर हो जाएगी। हम आगे चलें, बाकी सब लोग पीछे आ जाएँगे।"

राजे गढ़ से उतरने लगे। महादरवाजे के चौकीदारों ने सिजदे किए, किन्तु राजे का ध्यान उस ओर नहीं था। वे जैसे अपनी ही धुन में चले जा रहे थे। नाणे दरवाजे के पास पहुँचकर उन्होंने थोड़ी देर विश्राम किया। वे बड़ी अधीरता से घोड़े के आने की प्रतीक्षा कर रहे थे। डोलियाँ उनसे आगे निकल गईं। बीतनेवाला हर पल राजे को मूल्यवान प्रतीत हो रहा था। अपनी थकावट भूलकर राजे ने कहा, "चलो, चलें।"

राजे पैदल चल पड़े। वे घाटी की चढ़ाई चढ़ रहे थे कि घुड़सवारों की टोली उन तक आ पहुँची।

राजे घोड़े पर सवार हो गए। घुड़सवार-दल तेजी से दौड़ने लगा।

मुँह से झाग टपकाते घोड़े जब पाचाड के दरवाजे पर आकर रुके, उस समय डोलियाँ हवेली में प्रविष्ट हो रही थीं।

राजे घोड़े से उतरकर लपकते हुए हवेली में घुसे। जीजाबाई और पुतलाबाई को पीछे छोड़ते हुए राजे रनिवास की ओर चले जा रहे थे।

वे रनिवास की पौरी तक पहुँचे। महल के बाहर एकत्रित दासियाँ उन्हें देखते ही शिष्टाचारवश एक ओर को हट गईं। राजे ने काशीबाई के महल की देहली पर पैर रखा ही था कि उनके पैर वहीं ठिठककर रह गए।

महल में से आ रही रुदन-विलाप की तेज ध्वनि ने उनके तन-मन को सुन्न कर दिया।

राजे के पीछे से आ रही पुतलाबाई राजे को एक ओर हटाती हुई आगे निकलीं और तेजी से महल में घुसीं। इस धक्के से राजे होश में आए। वे उलटे पैरों लौट पड़े। थके-से

शिथिल पैरों से वे चलते जा रहे थे। सदा ऊँचा रहनेवाला उनका सिर झुका हुआ था। रोने-धोने की आवाजें सुनाई दे रही थीं। कई लोग, जो रुदन-विलाप की आवाज सुनकर उस ओर दौड़ते जा रहे थे, राजे को देखते ही ठिठक गए थे। किन्तु राजे को किसी बात की सुध-बुध नहीं थी। उन्हें इतना ही याद था कि जल्द-से-जल्द अपने महल में जा पहुँचें।

वे महल में आए। सारा महल सुनसान था। राजे ने पसीना पोंछा। वे स्तब्ध होकर खाली महल में खड़े थे। आँखों के आगे फिर रही थी—काशीबाई...।

'...काशी...! महावर और हल्दी रँगे पैरों से इस घर में आई—महल की चहारदीवारी के बीच खो गई। इस मुगलिया रिवाज के कारण माँसाहिबा ने व्यर्थ ही हमसे अनेक प्राणों का नाता जोड़ दिया। सईबाई जब संसार से विदा हुई थी, काशीबाई आँसू-भरी आँखों से देखती हुई चुपचाप सामने खड़ी थी। प्रतापगढ़ में जब हम बाहर जा रहे थे, काशी सूनी-सी निगाहों से देखती हुई दरवाजे से लगी हुई थी। भोर में नींद खुली, तो देखा—काशी पैर दबाती हुई वहीं सो गई थी...।'

काशी ने कभी कुछ कहा था क्या?

'मन जिसे ना भुला सके, ऐसा उसका कहा एक भी शब्द क्यों याद नहीं आ रहा? काशी जाने जीवन में कब आई और जाने कब विदा हो गई। कभी इसकी अनुभूति हमें क्यों नहीं हो पाई? सारा जीवन द्वार की देहली से बाट जोहते-झाँकते ही बीता और जब हमने देहली पर पाँव रखा, ठीक उसी पल वह चुपचाप चल दी। कुछ भी तो कहा नहीं, कभी कुछ भी तो माँगा नहीं!'

राजे अपने आँसू नहीं रोक सके। अश्रुधारा बहती रही—बहती रही।

उत्साह-उमंग से उमड़ते दुर्ग पर दुख की बदली छा गई। पाचाड के पठारी मैदान में चन्दन की चिता रची गई थी। पहाड़ी उतारों पर लोग-ही-लोग दिखाई दे रहे थे।

शाम की ठंडी हवाएँ बह रही थीं। चिता जलने लगी—कपूर और खोपरे सुलग उठे। चन्दन की सुगन्धि सब ओर फैल गई। धू-धू कर लपटें उठने लगीं।

सूने स्तब्ध नेत्रों से राजे जलती चिता को देख रहे थे। एक जीवन-साथी की धुँधली-सी याद मिटती जा रही थी। चिता धू-धू करके जलने लगी। आसमान में लपटें-ही-लपटें दिखाई दे रही थीं।

फिरंगोजी राजे के पास आए। बोले, ''लपटों की आँच लग रही है, जरा पीछे हट जाइए...।''

एक पल राजे की डबडबाई आँखें फिरंगोजी की ओर मुड़ीं। कंठ गद्‌गद हो उठा। भर्राए गले से वे कह गए, ''यह आँच हमें जीवन-भर जलाती रहेगी—यह पीछे हटने से कम नहीं होगी!''

5

राजे रायगढ़ के अपने महल में बैठे हुए थे। काशीबाई के मृतक-कर्म के दिन पूरे हो चुके थे। सारे कामकाज यथापूर्व प्रारम्भ हो गए थे। किन्तु राजे के मन पर जो आघात लगा था, उसकी वेदना वे भुला नहीं पा रहे थे।

किसी के पैरों की आहट सुनकर राजे ने ऊपर देखा। पुतलाबाई महल में आ रही थीं। पुतलाबाई राजे के पास तक आ पहुँचीं, फिर भी राजे मौन थे। पुतलाबाई का चेहरा फक्

पड़ गया। अनजाने में ही उनके मुख से रोने की सिसकारी निकल पड़ी। राजे एकदम चौंक पड़े। जल्दी से उठकर वे पुतलाबाई के पास गए और उनके कन्धे पर हाथ रखकर पूछने लगे, ''क्या हुआ, पुतला?''

पुतलाबाई ने सिसकते हुए कहा, ''मुझसे भूल हो गई! मगर क्या आप मुझे क्षमा नहीं करेंगे?''

''कैसी भूल? किस बात के लिए क्षमा?''

''काशी बीमार थी। मैं आपको बुलाने आई, आप काम में थे। मेरा हृदय उसके लिए छटपटा रहा था। आपने गुस्से में कुछ कहा, मैं भी अपने को रोक न सकी। क्रोध के मारे आपसे उलटा कह बैठी।''

अब सारा मामला राजे की समझ में आया। पुतलाबाई को पास लेते हुए उन्होंने कहा, ''पुतला, हमारे मन में कोई बात नहीं थी।''

''तो फिर ऐसा रूखा बर्ताव क्यों करते हैं?''

राजे उदासी से हँस दिए। पुतलाबाई का मुख ऊँचा करके आँखों में आँखें डालकर राजे ने कहा, ''पुतला! काशी चली गई, किन्तु हमें बहुत कुछ सीख दे गई। हम राजा तो कितने ही श्रेष्ठ बन गए, किन्तु श्रेष्ठ पति बनने में कसर रह गई। बड़ा दुख है हमें इस बात का! तूने हमें सँभालने के लिए दौड़-धूप की, किन्तु भाग्य में कुछ और ही लिखा था। न जाने बेचारी संसार से कूच करते समय क्या सोचती होगी!''

''ना, ना, ऐसी बात नहीं।'' पुतलाबाई आँसू पोंछते हुए कहने लगीं, ''मैं थी ना उसके पास। उसे अपनी अन्तिम घड़ी साफ दिखाई दे रही थी। सब समझ रही थी वह। सबकुछ कहकर गई है।''

''क्या कहा उसने?''

''कहती थी, 'मेरे भाग बड़े, जो मैं यह सब देखने के लिए जिन्दा रही। क्या ही अच्छा होता जो राज्याभिषेक भी देख पाती! पति और बेटा, दोनों को बड़ा होते देख लिया, तो समझो, सबकुछ पा लिया। मैंने दोनों को देख लिया है!'

''मैं उसकी बात पर हँस पड़ी, तो मेरा हाथ दबाती हुई काशी कहने लगी, 'झूठ समझती है तू? 'श्रीमानजी' का बड़प्पन मैं तुझसे क्या कहूँ! और...'श्रीमानजी' द्वारा स्थापित यह राज्य मेरा पुत्र नहीं तो और क्या? देख न! दोनों कितने बड़े हो गए! इच्छा है, तो बस एक...।'

'' 'क्या?' मैंने पूछा।''

पुतलाबाई की आँखें भर आईं। गला रुँध गया। राजे ने कहा, ''कह दे पुतला! क्या कहा था उसने?''

पुतलाबाई लम्बी आह भरकर कहने लगीं, ''उसने कहा था, 'जाते समय एक बार 'उनके दर्शन हो जाते।' मैंने कहा, 'अभी जाकर उन्हें ले आती हूँ' तो बोली 'ना, ना, रहने दे। उन्हें क्या थोड़े काम हैं!...फिर भी समय मिले तो कोशिश कर देख'।''

राजे की आँखों से दो बूँदें टपक पड़ीं। आँखें पोंछते हुए वे बोले, ''पुतला, जी दुखता है तो केवल इसी बात से। हमने स्वराज्य की स्थापना की, प्रजाजन हमें देवता मानते हैं, हमें आशीर्वाद देते हैं। किन्तु हमारे प्राणों से नाता जोड़नेवाला एक प्राणी–इतना ही तो चाहा था उसने कि हमें देखते-देखते उसके प्राण छूटें। किन्तु हम उसकी इतनी-सी इच्छा पूरी नहीं

कर सके। बेचारा निष्पाप अबोध जीव यूँ ही चल दिया। कितनी मनोवेदना सही होगी उसने! अनेकों के मनोरथ पूर्ण करनेवाले हम अपने ही घर में मात खा गए!''

''इसमें आपका क्या दोष?''

''दोष किसी का भी नहीं। यदि है तो हम दोनों के भाग्य का है। पुतला, सारे जीवन में बस एक ही बात सीख सके हम कि यह जीवन पराधीन है। कोई कहा करे, 'यह करूँगा, वह करूँगा, किन्तु कोई कुछ नहीं कर पाता। सहन करना, अकेले सहते जाना, यही इस जीवन का सार है। मनुष्य की कार्यशीलता की कसौटी यही है कि वह जीवन-यात्रा में मिले सुखों और दुखों को कितनी कुशलता से सहन करता है!''

पुतलाबाई ने एकदम दूसरा विषय छेड़ दिया। उन्होंने पूछा, ''मैं इधर आ रही थी, तो देखा कि होली-चौक में बड़ी भीड़ थी।''

''शायद सब लोग आ गए हैं।'' राजे ने कहा, ''पुतला! आज हम चिपलूण जा रहे हैं।''

''लौटकर कब आएँगे?''

''शायद जल्दी ही। तुम तब तक माँसाहिबा का खयाल रखना। थक जाती हैं फिर भी बड़ी दौड़-धूप करती रहती हैं–उनका ध्यान रखना।''

दोपहर को जीजाबाई का आशीर्वाद पाकर राजे ने रायगढ़ से प्रस्थान किया। गढ़ नगाड़ों की जोरदार आवाजों से गूँज उठा। पाचाड में एकत्रित सेना राजे का इशारा पाते ही कूच करने लगी।

राजे चिपलूण की दिशा में घोड़ा दौड़ाते हुए चले जा रहे थे।

6

गर्मियों की दोपहर। तेज धूप पड़ रही थी, फिर भी चिपलूण की सैनिक-छावनी में चारों ओर दौड़धूप मची थी। राजे के आगमन के समाचार से छावनी में आनन्द और उत्साह फैल गया था। हरेक घुड़सवार अपना घोड़ा सजाने में व्यस्त था पड़ाव की ओर आनेवाले हर रास्ते को झाड़-बुहारकर साफ कर दिया गया था। हंसाजी मोहिते ने ऊँचे सपाट मैदान पर एक शानदार शामियाना लगवाया था। पैदल तथा घुड़स्वार-सैनिकों ने पड़ाव की सफाई कर दी थी। हर एक ने अपने हथियारों को रगड़-पोंछकर चमकाया था। अब राजे किसी भी समय पड़ाव में आ सकते थे।

दोपहर बीती ही थी कि एक घुड़सवार दौड़ता हुआ छावनी में आया। वह आकर हंसाजी के खेमे के पास उतरा। इधर-उधर खड़े हुए घुड़सवार उसकी ओर लपके। आगत अश्वारोही के मुख पर मुस्कुराहट छाई हुई थी। हर सैनिक उससे पूछ रहा था, ''महाराज आ गए?''

वह सवार सिर हिलाकर हाँ कहता हुआ खेमे की ओर जा रहा था। पलक झपकते सारी छावनी में यह खबर फैल गई। हंसाजी मोहिते अपने अश्वारोही-दल के साथ राजे की अगवानी करने के लिए छावनी से निकल पड़े।

शाम होते ही अग्रिम घुड़सवारों ने आकर सूचना दी कि राजे आ रहे हैं। चारों ओर भागमभाग मच गई। अगले कुछ क्षणों बाद ही सारी छावनी में खामोशी छा गई। नगाड़े बजने लगे, तुरहियों की ऊँची आवाज आकाश से जा टकराई। लोगों ने देखा–सेना का अश्वारोही दल आगे बढ़ता आ रहा है। घोड़े धीमी चाल से चले आ रहे थे। हंसाजी मोहिते राजे की दाईं ओर थे। राजे की नजर चारों ओर घूम रही थी। सबके सिर सिजदा करने के लिए झुके हुए थे।

राजे डेरे के पास आकर उतर पड़े। हंसाजी ने उनके घोड़े की लगाम पकड़ी हुई थी। राजे हंसाजीसहित डेरे में प्रविष्ट हुए। सैनिक-शिविर के सभी छोटे-बड़े अधिकारी खड़े थे– नाईक, हवालदार, जुमलेदार और हजारी सरदार सभी उपस्थित थे।

राजे बैठक में बैठे। हंसाजी से कहने लगे, "हंसाजी, हमने तुम्हारी वीरता की कथा सुनी है। हम बहुत प्रसन्न हैं।"

"बस, मेरे लिए उतना ही बहुत है।" हंसाजी कह गए।

राजे ने उस रात विश्राम किया। अगले दो दिनों वे शिविर के विभागों का निरीक्षण करते रहे। हंसाजी मोहिते और छावनी के अधिकारी उनके साथ थे। छावनी देखकर राजे बहुत सन्तुष्ट हुए।

तीसरे दिन राजे ने घुड़सवार सेना का निरीक्षण किया। एक सैनिक-पड़ाव में लगभग तीन हजार घोड़े खड़े थे। रहवाल, इराकी, अरबी, कच्छी, टाकण, तुर्की आदि ऊँची नस्लों के शानदार घोड़े एकत्रित देखकर राजे को बहुत तसल्ली हुई। हर सवार घोड़े की बाग पकड़े खड़ा था। हर सवार पैरों में तंग मोहरी का पाजामा, बदन पर सईदार अँगरखा, कमर में पटका और सिर पर पगड़ी पहने था। हरेक के कमरबन्द में तलवार सुशोभित थी। अश्वारूढ़ राजा शिवाजी प्रत्येक का सिजदा स्वीकारते हुए आगे बढ़ते जा रहे थे। वे हर घोड़े की विशेषता को देखते हुए आगे बढ़ रहे थे। धूप काफी तेज थी, मगर उस ओर उनका ध्यान नहीं था। अचानक उन्होंने एक घोड़े की लगाम खींच ली। जो सैनिक सिजदा कर रहा था, उसने सिर ऊपर उठाया। राजे उसकी ओर देख रहे थे। उस सवार की ओर उँगली करते हुए राजे ने धीरे से कहा, "हाँ! इस सैनिक का नाम...?"

हंसाजी आगे बढ़ गए। किन्तु इससे पहले कि वे कुछ कह पाएँ, राजे ने उन्हें चुप रहने का इशारा किया। एकदम हंसाजी की ओर मुड़कर राजे ने कहा, "यह रामजी पांगेरा का भाई है न?"

हंसाजी ने मुस्कुराते हुए उत्तर दिया, "जी हाँ। महाराज की पहचान और याद बहुत अचूक है।"

"नहीं हंसाजी, स्मरणशक्ति बहुत सामान्य है।" राजे ने बड़े गर्व से पांगेरा की ओर देखते हुए कहा।

"हंसाजी, रामजी का पराक्रम भला कैसे भुलाया जा सकता है? रामजी पांगेरा ने दिलेरखान के साथ युद्ध करते हुए रणक्षेत्र में जो वीरगति पाई है, उसकी कोई बराबरी नहीं। भला उसे हम कैसे भूल सकते हैं...?"

"यह भाई भी उसी के समान शूरवीर है, महाराज। बहलोलखान के साथ हुई लड़ाई में यह हरावल में था।"

"फिर इसे अभी तक बारगीर[1] क्यों बना रखा है? पांगेरे, आज से हम तुम्हें शिलेदार[2] बना रहे हैं।"

पांगेरा ने हर्षित होकर राजे को सिजदा किया। राजे आगे बढ़ गए।

अश्वारोही-दल का निरीक्षण करके राजे अपने डेरे में आराम कर रहे थे। पास ही हंसाजी खड़े थे। राजे ने उनसे कहा, "हंसाजी, इधर आते समय हमारा मन बहुत चिन्तित था, किन्तु छावनी देखकर हमें बहुत प्रसन्नता हुई। कैसी गड़बड़ी थी यहाँ?"

---

1. राज्य द्वारा दिए गए घोड़े को लेकर युद्ध करनेवाला घुड़सवार सैनिक, जिसके पास अपना घोड़ा नहीं होता।
2. अपना घोड़ा लेकर सेना में नौकरी करनेवाला घुड़सवार सैनिक।

"गड़बड़ तो कुछ विशेष नहीं थी—हमारे भेदियों का अनुमान गलत निकला। सेनापति के मारे जाने से थोड़ी-सी खलबली मचना स्वाभाविक ही था।"

"अरे हाँ, तुमने अच्छी याद दिलाई। हंसाजी, अब हमारा राज्याभिषेक होनेवाला है। राज्य की जिम्मेदारी बढ़ती जा रही है। सेना भी विशाल होती जा रही है—ऐसी दशा में सरनौबत (सेनापति) का स्थान तुरन्त भरा जाना आवश्यक है। यह स्थान खाली रखने से काम नहीं चलेगा।"

"जी हाँ, मैं भी यही कहना चाहता था।"

"तुम्हारी निगाह में कोई व्यक्ति इस योग्य है क्या?"

"देखा जाए, तो वैसा व्यक्ति मिल पाना कठिन है, परन्तु आनन्दराव जैसा साहसी और विश्वासपात्र व्यक्ति मिलना कठिन है।"

"क्यों? आनन्दराव क्यों? तुम योग्य नहीं हो क्या?"

"नहीं, महाराज! सरनौबत पद की जिम्मेदारी बहुत बड़ी है। केवल सेना का स्नेह जीतने-भर से काम नहीं बनता। सेनापति तो सर्वगुणसम्पन्न होना चाहिए, प्रदेश के चप्पे-चप्पे का जानकार होना चाहिए, लड़ाई के विविध रूपों को पहचाननेवाला और अवसर पड़ने पर पीछे हट सकनेवाला होना चाहिए।"

"परन्तु यदि हम तुम्हें ही नियुक्त करना चाहें, तो?"

"आपकी आज्ञा का उल्लंघन तो मुझसे न हो सकेगा, फिर भी मैं सोचता हूँ कि मैं जिस पद पर हूँ, ठीक हूँ।"

"अच्छा! फिर देखेंगे।" राजे ने कहा।

राजे ने दो दिन पैदल-सेना का निरीक्षण किया। राजे के आगमन के कारण शिविर में प्रतिदिन नए-नए शिकार मारकर लाए जा रहे थे। प्रत्येक व्यक्ति पूरी लगन से जुटा हुआ था कि राजे को पड़ाव में किसी प्रकार की कमी महसूस न होने पाए। राजे भी प्रसन्नता का अनुभव कर रहे थे, मानो वे सैनिक-शिविर में विश्राम के दिन बिता रहे हों!

एक दिन शिविर के सभी अधिकारी राजे से मिलने आए। काफी समय बीत गया, फिर भी उन सबके आने का उद्‌देश्य राजे की समझ में नहीं आ रहा था। अन्ततः राजे ने हंसाजी से कहा, "हंसाजी, इन लोगों के मन की बात आप कहिए।"

"महाराज, ये लोग मेरे पीछे पड़े हैं। आपका राज्याभिषेक हो रहा है, ये चाहते हैं कि इन सबको समारोह देखने के लिए रायगढ़ आने दिया जाए।"

इस आकस्मिक बात से राजे चौंक उठे। कथन के पीछे छिपे स्नेह का अनुभव कर राजे गद्‌गद हो उठे।

"तुम्हारी इच्छा बहुत स्वाभाविक है, किन्तु यदि सभी राज्याभिषेक समारोह के लिए आना चाहेंगे, तो हम किसे मना कर सकेंगे? सारे किलेदार, मावले, सारे सवार यदि रायगढ़ में इकट्ठे हो जाएँगे, तो राज्य असुरक्षित हो जाएगा। हमें तो भय है कि कहीं मुगल और आदिलशाह हमारे राज्याभिषेक के अवसर पर कोई बाधा खड़ी न कर दें। हम इसीलिए छावनी देखने आए थे। तुम लोग सावधान रहोगे, तभी हमारा राज्याभिषेक निर्विघ्न रूप से सम्पन्न होगा। यही नहीं, हम चाहते हैं कि तुम लोग इस जिम्मेदारी को स्वयं सँभालो।"

कुछ देर शान्ति रही। राजे सबकी ओर देख रहे थे। जियकर आगे बढ़े और सिजदा करके बोले, "महाराज निश्चिन्त रहें।"

राजे ने उन्हें छाती से लगा लिया। उनके कन्धे पर हाथ रखकर उन्होंने कहा, "हमें तुमसे यही उम्मीद थी। हम तुम्हारे भरोसे ही निश्चिन्त रहेंगे। जितने लोगों को रायगढ़ बुलवा लेना सम्भव होगा, हम बुलवा लेंगे। हमारी इच्छा है कि अब हम शीघ्र ही वापस लौट जाएँ।"

"यदि आप कुछ दिन रुक सकें, तो एक प्रार्थना करना चाहता हूँ।" हंसाजी ने कहा।

"कहो।"

"आप राज्याभिषेक कराने जा रहे हैं। अच्छा हो, यदि एक विजय पाकर यहाँ से विदा हों।"

"हम समझे नहीं!"

"एक किला हमारी नजर में है। सबकी इच्छा है कि उस किले को राज्य में शामिल करके ही आप यहाँ से प्रस्थान करें। आज्ञा हो, महाराज।"

"कौन-सा किला?"

"केलंजा किला। भेदियों ने उसका सारा भेद दे रखा है। उस किले को जीतने में हम असफल नहीं होंगे।"

"हंसाजी, तुम्हारे रहते असफलता की चर्चा व्यर्थ है। इस भेंट से बढ़कर मूल्यवान भेंट हमने आज तक नहीं देखी। किन्तु यह बहादुरी देखने हम स्वयं वहाँ जाएँगे।"

मुहिम की योजना बनाई गई और राजे ने अपनी सेनासहित केलंजा की ओर कूच कर दिया।

राजे को अपनी पीठ पर पाकर सेना में अत्यधिक आत्मविश्वास जाग उठा। राजे की सेना ने केलंजा किले को घेर लिया। हंसाजी ने बड़े उत्साह से सेनासहित किले पर चढ़ाई कर दी। खूब जमकर लड़ाई हुई। इस लड़ाई में किलेदार गंगाजी मारा गया और केलंजा पर भगवा झंडा लहराने लगा। उस किले का प्रबन्ध कराकर राजे चिपलूण के सैनिक-शिविर में लौट आए।

राजे मुहिम में भाग लेनेवाले सैनिकों का निरीक्षण कर रहे थे। कइयों को हलके घाव लगे थे, फिर भी हरेक के मुख पर विजय का हर्ष छलछला रहा था। अकस्मात् राजे के बढ़ते पग रुक गए। उनके सामने एक सुन्दर शानदार युवक खड़ा था, उसका हट्टा-कट्टा शरीर आँखों को मोह लेता था, किन्तु उसके रूप की अपेक्षा राजे का ध्यान उसके घाव की ओर था। तलवार के वार ने माथे से लेकर ठोड़ी तक उसका चेहरा चीर डाला था। घाव पर खून जम गया था किन्तु उस वीर के मुख पर हास्य की उजलत थी। राजे के सामने नंगे सिर जाना ठीक नहीं, यह सोचकर उसने मराठी ढंग की पगड़ी सिर पर ज्यों-त्यों लपेट रखी थी। राजे ने पूछा, "क्या नाम है इसका?"

"मल्हारी तांडेल, यह चिपलूण का ही रहनेवाला है।"

"कौन-सा पद है इसका?"

"पैदल सेना में दाहिजा* है यह। केलंजा की चढ़ाई में यह भी था। बड़ी बहादुरी से लड़ा है।

"यह भी क्या कहने की बात है? मगर ऐसे घायल को यहाँ आने का कष्ट क्यों दिया?"

"इसे छावनी में ही रखा गया था, मगर आपके दर्शनों की इच्छावश यह यहाँ आ गया।"

"सच?" कहते हुए राजे उस वीर के निकट गए। सिर की पगड़ी के कारण उसे कष्ट होता होगा, ऐसा सोचकर राजे ने अपने हाथों से उसकी पगड़ी धीरे से उठाई। उसके सिर

---

* दस सैनिकों की टुकड़ी का एक सैनिक।

पर लगे घाव को देखकर वे कहने लगे, "ऐसा वार करनेवाला बहादुर धन्य है। किन्तु उससे भी बढ़कर धन्य है यह शूरवीर जो वार सहता हुआ अपने पैरों पर खड़ा है।"

सिजदा करके मल्हारी ने कहा, "महाराज, वार करनेवाला खड़ा नहीं रह पाया।"

"शाबास, मल्हारी!" उसकी पीठ थपथपाते हुए राजे ने कहा, "हंसाजी, यह वीर दाहिजा नहीं, यह तो हजारों में एक है। आज से इसे हजारी-अधिकारी बनाइए। पालकी मँगवाकर इस शूरमा को पालकी में बिठाकर छावनी भेजिए। आज से इसे पालकी में बैठकर जाने का सम्मान प्राप्त होगा।"

इस बात को सुनकर मल्हारी का दिल भर आया। उसने राजे के पैर छू लिए। पालकी में बैठकर मल्हारी छावनी की ओर चला गया।

रात को हंसाजीराव से बातचीत करते समय राजे ने पूछा, "हंसाजी, छावनी के लिए सारा प्रबन्ध आदि तो पर्याप्त है ना?"

"लगता है, महाराज, बरसात में छावनी यहाँ से हटानी पड़ेगी।"

"क्यों?"

"चारे और दाना-पानी की कमी है।"

"लेकिन कमी क्यों है?"

"बात स्पष्ट है, क्षमा कीजिए; छावनी इतनी बड़ी है, मगर जुमलेदार और कारिन्दे काम पर ठीक से ध्यान नहीं देते।

"हंसाजी, तुम चिन्ता मत करो। हम गढ़ में लौटते ही इस बारे में पूछताछ करेंगे। अब हम रायगढ़ लौटना चाहते हैं।"

"एक प्रार्थना और है।"

"कहो।"

"सारी छावनी चाहती है कि आपके सदके किए जाएँ। आप राज्याभिषेक के लिए जा रहे हैं, ऐसे समय ऐसा होना उचित भी है।"

"जैसी जगदम्बा की इच्छा।"

अगले दिन राजे ने सब जुमलेदारों, हवालदारों और कारकूनों को बुलवाया और उनसे छावनी के प्रबन्ध, व्यय आदि में की जा रही काट-छाँट के बारे में स्पष्टीकरण देने को कहा। जुमलेदार आगे बढ़कर कहने लगे, "छावनी में अचानक लोगों की संख्या बढ़ गई, अंदाजा गलत निकला। इस कारण कटौती करने का निर्णय करना पड़ा।"

"तुमने इस परिस्थिति के बारे में रायगढ़ को सूचना भेजी है?"

"जी हाँ, वहाँ से मिली आज्ञा के अनुसार ही ऐसा निर्णय करना पड़ा।"

"अच्छा, ठीक है। हम इस बारे में ध्यान देंगे।"

राजे हंसाजीसहित डेरे से बाहर आए।

छावनी के पूर्व विभाग में एक शानदार शामियाना लगाया गया था। राजे उच्चासन पर विराजमान हुए। राजे के आदेशानुसार उनके दाएँ हाथ की ओर सोने की मुहरों से भरे हुए कई थाल रखे हुए थे। सदके का कार्यक्रम शुरू हुआ। अपने-अपने पद के क्रम से प्रत्येक अधिकारी राजे के सामने आ रहा था—और राजे के सिर के ऊपर से कुछ न कुछ निछावर कर रहा था। राजे प्रत्येक को एक सुवर्ण होन देते जा रहे थे। सदके का कार्यक्रम समाप्त

हुआ। राजे ने हंसाजी को अपने सामने बुलाया और कहा, ''हंसाजी, हमने तुम्हारी छावनी देखी। यह भी देखा कि सेना तुमसे कितना स्नेह करती है। हम तुम्हारी वीरता से पहले से परिचित थे, मगर केलंजा की मुहिम में हमने तुम्हारी वीरता अपनी आँखों देखी। हम बहुत प्रसन्न हैं। प्रतापराव का खाली पड़ा पद हम तुम्हें सौंपते हैं। आज से तुम हमारे 'सरनौबत' हो। हम तुम्हें 'हम्बीरराव' खिताब दे रहे हैं।''

राजे ने हंसाजी को सेनापति के वस्त्र, तलवार और सिरपेंच प्रदान किया। हंसाजी मोहिते अब से 'हम्बीरराव मोहिते' हो गए।

अति निश्चिन्त मन से राजे ने शिविर से प्रस्थान किया।

रायगढ़ आते ही राजे ने अनाजी, मोरोपन्त और निराजीपन्त को बुलवा भेजा। उन्होंने अनाजी से कहा, ''अनाजी, हम चिपलूण छावनी देख आए हैं। पूरी स्वामिभक्ति और लगन से राज्य की रक्षा करनेवाले वीर लोग हैं वहाँ–किन्तु उन्हें भी छावनी में चारे और अन्न-जल आदि की कमी अनुभव हो रही है। सबको चिन्ता है कि बरसात में छावनी का कामकाज कैसे चलाया जाए।''

''छावनी का खर्चा तो पिछले सालों की तरह मंजूर किया गया है।'' अनाजी कहने लगे, ''मगर छावनी अचानक बढ़ गई। इस कारण वहाँ कुछ कमी हो गई, यह बात सच है।''

''तो फिर?''

''जरा काट-छाँट और बचत करके काम चलाया जाए, तो सब ठीक हो जाएगा।''

''खाक ठीक हो जाएगा? अनाजी!'' राजे को क्रोध आ गया था, कभी-कभी वे इसी तरह कह बैठते थे। उनकी कुछ खरखराती-सी आवाज सुनते ही अनाजी सकपका गए।

''अनाजी, तुम समझदार हो–फिर भी यह कहते हो? 'काम चला लिया जाए' यह कहकर क्या कहना चाहते हो कि छावनी आधा पेट खाकर रहे? घोड़े और दूसरे जानवर दुबले होते रहें? क्यों? किसलिए?''

''यह बात नहीं, मगर आसपास के इलाकों से...।''

''क्या कह रहे हो, अनाजी? इसका मतलब जानते हो? मतलब यह होगा कि हमारी प्रजा को हम ही लूटते-खसोटते होंगे? तब लोग कहेंगे कि हमसे तो मुगलिया राज भला था। तुम जानते हो कि हमने कठोर आदेश दिए हुए हैं कि छावनी के लोग छावनी से बाहर जाकर किसी भी गाँव को कष्ट न दें, इस आदेश का उद्देश्य यही है। तुम खर्चे की चिन्ता किए बिना चिपलूण छावनी को तुरन्त रसद भेजो ताकि बरसात आने से पहले छावनी के लोग निश्चिन्त हों।''

''जी, आज ही पत्र लिखता हूँ।''

''पत्र हम लिखते हैं–तुम भरपूर रकम भेजने का प्रबन्ध करो।''

राजे ने बालाजी को बुलावा भेजा। बालाजी लेखन-सामग्री ले आए। अनाजी, निराजीपन्त, मोरोपन्त भी उस समय महल में थे। राजे बेचैन होकर इधर-उधर टहलते हुए बालाजी को पत्र लिखवा रहे थे। वहाँ उपस्थित मन्त्री सुन रहे थे–राजे का एक-एक शब्द उनके मन में समाता जा रहा था। राजे कह रहे थे...''मशरूल अनाम जुमलेदारान, हवालदारान व कारकून दिमत पाएगा मुकाम मौजे दलवटणे छावनी तालुका चिपलूण, मामले दाभोल के प्रति लिखाते हैं राजश्री शिवाजी राजे–अर्बा सबैन अलफ कस्बे चिपलूण में साहब ने लश्कर का दौरा किया और तय पाया कि अब घाट के ऊपर मैदानी इलाके में फौज नहीं भेजी जाएगी। इसलिए

जहाँ फौज का मुकाम था चिपलूण में वहाँ छावनी बनाई गई। सूबे दाभोल के अस्तबल में बरसात के लिए जो दाना-सानी और चारा था वह लगभग खत्म हो गया। चिपलूण के अस्तबल में घास-चारे की किल्लत बढ़ गई। फौज की रसद खत्म होने पर कारिन्दों ने गढ़-गढ़ैयों में जो कुछ गल्ला था उससे फौज का काम चलाया। अगर तुम लोग मनचाहे ढंग से अनाज, रातिब, घास-चारे की माँग करते रहोगे और उसे बेहिसाब खर्च करते रहोगे तो बरसात में तुम्हें ज्यादा कठिनाई का सामना करना पड़ेगा। घास-चारे के बिना घोड़े मरने लगेंगे, फौज की मुश्किलें बढ़ जाएँगी। और इसके लिए तुम, सिर्फ तुम जिम्मेदार ठहराए जाओगे। ऐसे हालात में सिपाही छावनी से बाहर जाएँगे, अनाज-घास-चारा, ईंधन-लकड़ी लूटकर लाएँगे। इस तरह जो कुतबी घर-गाँवों में टिके हैं वे अपनी जगहें छोड़कर कहीं चले जाएँगे, लोग भूखों मरने लगेंगे। तब तुम्हें मुगलों से भी अधिक जुल्मी कहा जाएगा। यह सारी बदनामी तुम्हारे सिर होगी। सिपाही हो या मामूली ओहदेदार सबको समझ-बूझकर बर्ताव करना है। मुल्क का कोई भी वाशिन्दा छावनी में हो या आसपास के गाँवों में, तुम्हें उसका खयाल रखना है। जिस जगह जिसे तैनात किया गया है उसे वहाँ से कहीं जाने की जरूरत नहीं। साहबी खजाने से मुनासिब रकम और अन्य जरूरी चीजें भेज दी गई हैं। अनाज, घास-चारा बाजार से थोक के भाव खरीदा जाए। किसी के साथ जुल्म या ज्यादती न हो। झगड़े-तकरार न हों। खयाल रहे कि कारकूनों द्वारा इस बारे में कहीं कोई जिद, हुज्जत या लूटपाट न हो।

"ये गर्मियों के दिन हैं। इन दिनों में खलक और घुड़साल का विशेष ध्यान रखा जाए। मकानों में रहनेवाले लोग खुले में चूल्हे जलाएँगे, जहाँ घास-फूस हो वहाँ लोग खाना बनाएँगे, तम्बाकू पीने के लिए आग जलाएँगे। घास के अट्टालों के आसपास कोई घर जला तो सारे घर जल जाएँगे। ऐसे में मुसीबतें बढ़ जाएँगी। इसलिए सभी ओहदेदारों को हिदायतें दी जाएँ कि घूम-फिरकर देखें कि बाहर कहीं कोई अलाव तो नहीं जल रहा। इसी में फौज की और घोड़ों की सुरक्षा है। खास-खास जुमलेदार, हवालदार व कारकूनों को ये बातें अच्छी तरह समझाई जाएँ। खुद होशियार रहें, रोज-ब-रोज खबरें देते रहें और खत में लिखी तमाम बातों की ताकीद करते रहें। जो इसके मुताबिक काम नहीं करेगा उसे गुनहगार समझा जाएगा। उस पर इल्जाम लगेगा इससे मराठों की बदनामी होगी। गलत काम करोगे तो सजा से बच नहीं पाओगे। सोच-समझकर बर्ताव करना...।"

राजे ने पत्र समाप्त किया। बालाजी ने उन्हें पत्र पढ़कर सुनाया। राजे ने पत्र को अपनी स्वीकृति दे दी। तभी राजे की दृष्टि मोरोपन्त की ओर गई। उनके होंठों पर मुस्कुराहट थी। वे बड़ी कठिनाई से हँसी छिपाने की कोशिश कर रहे थे। "मोरोपन्त, हँसी किस बात की?"

"महाराज, क्षमा करें। आप राजा हैं, आपने वैभव और ऐश्वर्य के दिन बिताए हैं। हमें आश्चर्य इस बात का है कि जो छोटी-छोटी बातें हमारे ध्यान में नहीं, वे बातें आप कैसे जानते हैं?"

"कैसी छोटी-छोटी बातें?" राजे ने पूछा।

"यही कि फौज घास-चारा मोल खरीदे वह भी थोक के भाव से। चूल्हा-बाती, घास के अट्टाल, जानवरों का दाना-सानी आदि...।"

राजे हँस पड़े।

"मोरोपन्त, इसमें कठिन बात क्या है? बचपन में जब हम पुणे में आए थे, तब हम नाम के जागीरदार थे। हमने दादोजी कोंडदेव के साथ गाँवों को बसते देखा है। माँसाहिबा

के साथ कोठी के चबूतरे पर बैठकर मुकदमों की सुनवाई और निर्णय देखते-सुनते हुए हम बड़े हुए हैं। हममें और एक साधारण मावले में विशेष अन्तर नहीं था। वरना तानाजी, बाजी, जिवा, शिवा जैसे सखा हमें क्योंकर मिल पाते? दादोजी के साथ रहकर हमने बहुत कुछ सीखा है। हमने दरिद्रता भोगी है।''

''दरिद्रता?'' अनाजी कह उठे।

''इसमें अचरज कैसा? निराजीपन्त हैं यहाँ, इनसे पूछो। हम आगरा से बैरागी का वेश धारण कर निकले। सन्देह से बचने के लिए गूँथने-पकाने की मनाही थी। तब भिक्षा माँगते घर-घर घूमना पड़ता था। कोई भिक्षा दे देता था–कोई आगे निकल जाने को कह देता था। उस समय हमने मानव-जीवन का जो विराट रूप देखा, वह हमें सबकुछ सिखा गया। उस अनुभव से हम सयाने बन सके। बालाजी, यह पत्र भेजने की तुरन्त व्यवस्था करो। अनाजी, हमारी आज्ञा के पालन में त्रुटि न रहे।''

अनाजी और निराजीपन्त बालाजीसहित महल से बाहर चले गए।

आज उन्हें राजे के एक नए रूप का परिचय प्राप्त हुआ था।

7

गागाभट्ट ने जब सुना कि राजे चिपलूण छावनी का निरीक्षण करके लौट आए हैं, वे उनसे मिलने गए। गागाभट्ट ने कहा, ''राजन्, राज्याभिषेक का विधि-ग्रन्थ तैयार हो चुका है।''

''आपको बहुत कष्ट करना पड़ा।''

''कुछ भी तो नहीं। राजन्, राज्याभिषेक की तैयारियाँ लगभग पूर्ण हो चुकी हैं। हम आपके लोगों की जितनी प्रशंसा करें, थोड़ी है। कहने-भर की देर है, वे तुरन्त प्रयत्न करते हैं।''

''किसी प्रकार की कठिनाई...?''

''कुछ नहीं। आमन्त्रित ब्राह्मणों के निवास का प्रबन्ध मोरोपन्त ने कर दिया है। धार्मिक विधियों के लिए आवश्यक सामग्री के संग्रह के लिए अलग कोठी है। अनन्तभट्ट इन कार्यों में हमारे सहायक हैं। तथैव आपके कुलगुरु बालभट्ट भी हैं।''

मोरोपन्त ने महल में प्रवेश किया।

''मोरोपन्त, क्या काम ले आए हो?''

''महाराज, सिंहासन तैयार हो चुका है, लक्ष्मीगृह में रखा है। सबकी इच्छा है कि आप एक बार उसे देख लें।''

''हम अवश्य चलेंगे–ब्रह्मन्, आप भी चलें,'' राजे कहते-कहते रुक गए। गागाभट्ट से कहने लगे, ''कुछ देर ठहरें। हम जाकर माँसाहिबा को ले आते हैं। मोरोपन्त, तुम आचार्यजी के साथ आगे चलो।''

राजे जीजाबाई के महल में गए। उन्हें पता लगा कि जीजाबाई वस्त्रालय में हैं, ये उस ओर चल पड़े। वे वस्त्रालय पहुँचे। वहाँ जीजाबाई सब बहुओं के साथ काम में व्यस्त थीं। येसूबाई भी वहाँ थीं। राजे को आया देखकर येसूबाई ने उन्हें प्रणाम किया। उसे छाती से लगाते हुए राजे ने कहा, ''येसू बेटी, लगता है तू आजकल अपने आबासाहब से रूठी हुई है!''

“जी नहीं।”

“और हमारे युवराज कहाँ हैं?”

येसूबाई ने कहा, “वह शिकार करने गए हैं। इस धूमधाम से जरा ऊब-से गए थे। मैंने ही उन्हें भेजा है, आप चिपलूण गए थे।”

राजे चुप रहे। उनकी नजरें वस्त्रालय में चारों ओर घूम रही थीं। रंगबिरंगे, जरतारी, नाना किस्म के कपड़े सलीके से रखे हुए थे। उन्हें देखकर राजे ने कहा, “माँसाहिबा, यहाँ तो कपड़े की पेठ लगी दिखाई देती है।”

जीजाबाई हँस दीं। बोलीं, “राजे, सबके कपड़े तैयार हो गए—गहने भी बन चुके हैं। किन्तु तुमने कभी अपने कपड़ों के बारे में भी सोचा है? राज्याभिषेक तुम्हारा हो रहा है, हमारा नहीं।”

“सच माँसाहिबा, इसका तो हमें ध्यान ही नहीं रहा!”

“कैसे रहेगा ध्यान तुझे? अरे बाबा, तू सबका ध्यान तो रख लेता है, बस घर की बात याद नहीं रहती तुझे!”

“आपके होते हुए हमें ध्यान देने की आवश्यकता क्या है?”

जीजाबाई की काँपती हुई गर्दन कुछ ऊपर उठी। आवाज भर्रा-सी उठी। वे कहने लगीं, “मैं क्या जनम-भर तेरे साथ रहूँगी? अब तुम्हें भी देखना-समझना चाहिए। अब आ ही गए हो, तो अपने कपड़े देख जाओ।”

जीजाबाई ध्यान से एक ओर देख रही थीं—राजे ने उधर देखा। वे उसी ओर चल पड़े। एक ऊँचे पलंग पर बढ़िया गलीचा बिछा हुआ था, उस पर कई कपड़े रखे थे। पाँच-छह जरीटोप थे—कुछ सफेद, कुछ केसरी रंग के थे। प्रत्येक पर जर की कामदानी की हुई थी। हरेक जरीटोप में मोतियों की लड़ी झूल रही थी। चौकी पर कई अँगरखे, चुन्नटदार घुटने, धोतियाँ और जरतारी वस्त्र रखे हुए थे।

“माँसाहिबा, क्या ये सब हमारे कपड़े हैं?”

“अरे शिवबा, अनेक होम होंगे, कई धार्मिक विधियाँ होंगी, कई प्रकार के स्नान करने होंगे। कम-से-कम इतने कपड़े तो आवश्यक हैं ही...।”

मोरोपन्त ने भीतर प्रवेश करते हुए कहा, “आचार्य गागाभट्ट आपकी प्रतीक्षा कर रहे हैं...।”

“अरे! हम तो भूल ही गए!” राजे जीजाबाई की ओर मुड़े, “माँसाहिबा, लक्ष्मीगृह में सिंहासन तैयार है। हम चाहते हैं—आप भी हमारे साथ चलें।”

“चलो न।”

येसूबाई आगे बढ़ीं, “आबासाहब, मैं भी चलूँ?”

“तुम बाद में जाना। वहाँ इस समय गागाभट्ट हैं।”

राजे का सहारा लेते हुए जीजाबाई लक्ष्मीगृह के सामने आईं। गागाभट्ट वहाँ खड़े हुए थे। राजे का ध्यान एक कुरूप बेढंगी लकड़ी की गुड़िया की ओर गया, जो लक्ष्मीगृह के प्रवेशद्वार पर रखी हुई थी। उन्होंने पूछा, “यह गुड़िया कैसी?”

“नजर न लगे, इसलिए निश्चलपुरी गोसाईं ने रखी है।” मोरोपन्त ने प्रवेशद्वार पर पड़ा हुआ परदा एक ओर हटाते हुए कहा।

गागाभट्ट ने धीरे से कहा, "अज्ञानियों की श्रद्धा है।"

राजे ने जीजाबाईसहित लक्ष्मीगृह में पाँव रखा। जैसा नाम—वैसा ही था लक्ष्मीगृह। महल की काष्ठमय छत में लटका हुआ सुन्दर कला-कौशल से सुसज्जित एक विशाल तराजू सबसे पहले दिखाई दिया। सब मौन थे—आँखें जी भर तृप्त हो रही थीं। तराजू की बाईं ओर कई सुवर्ण तथा रौप्य कुम्भ एक पंक्ति में रखे हुए थे। वहाँ सोने के गंगाल, चाँदी की चौकियाँ, सोने की आचमनी, पंचपात्र और तरह-तरह के सुवर्ण पात्र रखे थे। राजे उन्हें देखते हुए आगे बढ़ रहे थे। रत्नजटित अंबारी पर राजे की दृष्टि जा टिकी।

"यह भी यहीं तैयार करवाई है क्या?"

"जी नहीं, यह सूरत में मिली थी।" मोरोपन्त ने बतलाया, "यहाँ इसे केवल चमकाया गया है और इस पर कुछ रत्न जड़े गए हैं।"

राजे जीजाबाई सहित राजसिंहासन के पास आए। सिंहासन के ऊपर बिछाया हुआ आच्छादन हटाया गया। बहुमूल्य रत्नों से अलंकृत सिंहासन अष्टकोण था। आठों कोनों पर एक-एक सिंह बनाया हुआ था। सिंह की आँखों में लाल माणिक रत्न जड़े हुए थे। प्रत्येक सिंह के ऊपर एक स्तम्भ खड़ा किया गया था। इन आठ सुवर्ण-स्तम्भों पर सिंहासन का मेघडंबरी छत्र आधारित था। सिंहासन के चरणों पर चारों ओर वृषभ, माजरि, लकड़बग्घा, सिंह और व्याघ्र के चित्र अंकित थे। सुवर्ण-स्तम्भों पर वृक्ष, फल, लताएँ, पक्षी तथा मत्स्य, कूर्म आदि जलचर चित्रित किए गए थे।

मोरोपन्त बता रहे थे, "महाराज, यह सिंहासन शास्त्रोक्त रीति से निर्मित है। पहले बट, उदुंबर आदि पवित्र वृक्षों के काष्ठ से इसकी बैठक वेदी बनाई गई है। उस वेदी को सोने के पत्रों से मढ़ा गया और रत्न जड़े गए हैं। इस सिंहासन को बनाने में बत्तीस मन सोना लगा है। कोषागार में जितने भी रत्न थे, उनमें से बड़े तथा अनमोल रत्नों को खोज-खोजकर इस सिंहासन में जड़ा गया है।"

"क्या बहुत रत्न व्यय हुए हैं?" गागाभट्ट ने पूछा।

राजे की मुखमुद्रा तुरन्त बदल गई। एक हलकी-सी वेदना उनके मुख पर कौंध गई, "आचार्यजी, देखा जाए तो सिंहासन में बहुत कम रत्न जड़े हुए हैं। हम इस सिंहासन को अपने ऐश्वर्य का प्रतीक नहीं मानते। इस सिंहासन में जटित एक-एक रत्न मन में एक-एक स्मृति को जगा रहा है। स्वराज्य के निर्माण के लिए हमें कितने ही अनमोल प्राणों को निछावर करना पड़ा है! हमें याद आते हैं हमारे तानाजी, सूर्याजी, बाजी, मुरारजी, पांगेरे—कितने नाम गिनाएँ! जिन हीरों को हमने गँवाया है उसकी तुलना में सिंहासन पर जड़े हुए हीरे-जवाहरात कुछ नहीं हैं।"

जीजाबाई का ध्यान एक रत्नजटित मूठवाली तलवार की ओर गया। तलवार सिंहासन की पहली सीढ़ी के कोंढे में लटकी हुई थी।

"शिवबा, यह तलवार कैसी?"

राजे का गला भर आया।

"यह तलवार आशीर्वाद की प्रतीक है माँसाहिबा, मिर्जाराजा जयसिंह ने यह तलवार अपने हाथों से हमारे कमरबन्द में खोंसी थी। उन्होंने उस समय आशीर्वाद देते हुए कहा था, 'अब कभी तुम्हें कमर की तलवार उतारकर जमीन पर रखने की नौबत नहीं आएगी'।

''उनका आशीर्वाद सच हुआ। बहुत महान् व्यक्ति था वह! यह तलवार उनकी ही स्मृति है।''

मोरोपन्त राजे को उस ओर ले गए, जहाँ तीन मन सोने से बना सुवर्ण-छत्र रखा हुआ था। बैठक के पास रखे हुए इस छत्र के पास अनेक आभूषण और मुकुट रखे हुए थे। राजे ने पूछा, ''यह क्या है?''

''यह छत्र प्रतापगढ़ की भवानी माता के लिए बनवाया गया है।''

''और ये गहने?''

मोरोपन्त ने जीजाबाई की ओर देखा और बोले, ''ये आभूषण हैं, जो माँसाहिबा की आज्ञा से तुलजा भवानी और कसबा गणपति के लिए बनाए गए हैं।''

''कसबा गणपति? वही जो पुणे में हैं?'' राजे ने पूछा।

''जी हाँ।'' मोरोपन्त ने सिर हिलाया। जीजाबाई आगे बढ़ आईं और कहने लगीं, ''हाँ राजे, मैंने ही यह सब बनवाने के लिए कहा था। अरे शिवबा, मैं जब तुझे लेकर पुणे आई थी, तो सबसे पहले यही मूर्ति मिली थी। मैंने उसकी स्थापना कर दी थी। उसके पास ही लालमहल बनवाया। उस मंगलमूर्ति मोरया गणपति के आशीर्वाद का हाथ कभी भी हमारे सिर से दूर नहीं हुआ—उसका साथ कभी नहीं छूटा।''

''सच है, माँसाहिबा। हम भला कर ही क्या सकते हैं? वह चिन्तामणि ही विघ्नकर्ता है, सुखकर्ता है। उसी ने हमें तारा है, पार उतारा है, हर विपत्ति में धीरज दिया है।''

जीजाबाई ने सहसा पुकारा, ''राजे!''

''कहिए माँसाहिबा!''

जीजाबाई कुछ कहना चाहती थीं, किन्तु जैसे उन्हें शब्द नहीं मिल पा रहे थे। राजे ने फिर पूछा।

''आप क्या कह रही थीं, माँसाहिबा?''

''कुछ नहीं। अरे, मैं एक मनौती मान बैठी थी। वही याद आ गई।''

''कैसी मनौती?''

''क्या कहूँ? जब तू आगरे में बन्दी बना लिया गया था, मुझे और कुछ नहीं सूझा। मैंने तुलजा भवानी से मनौती माँग ली।''

''क्या?''

''कह बैठी कि यदि तू सकुशल लौट आएगा, तो तेरे मन्दिर का आँगन चाँदी से मढ़वा दूँगी।''

जीजाबाई यह कहने में सकुचा रही थीं। राजे ने उनके मन की बात भाँप ली थी। वे खिलखिलाकर हँस पड़े।

''माँसाहिबा, यह कौन-सी कठिन बात है? हम राज्याभिषेक के अवसर पर सोने-चाँदी के सिक्के बनवा रहे हैं। उनमें से कुछ सिक्के यदि इस पवित्र कार्य के लिए खर्च हों तो हमें प्रसन्नता ही होगी।''

राजे ने मोरोपन्त की ओर देखा, ''मोरोपन्त, हमारे नाम से चाँदी के एक लाख सिक्के देवी मन्दिर के आँगन में जड़वाने का प्रबन्ध करो। यदि माँसाहिबा की मनौती पूरी न कर सके, तो हम सपूत नहीं कहलाएँगे। इस छोटी माँ की बात हमने न मानी, तो बड़ी माँ हमें कभी निकट नहीं आने देगी।''

जीजाबाई की स्नेहमयी दृष्टि राजे को देख रही थी। उस दृष्टि की आर्द्रता का ध्यान आते ही राजे ने बात बदलते हुए मोरोपन्त से कहा, "सुन्दर! सुन्दर! मोरोपन्त, अति सुन्दर गहने गढ़वाए हैं तुमने। हम उस कलाकार को देखना चाहते हैं, जिसकी देख-रेख में यह आभूषण बने हैं।"

मोरोपन्त बाहर चले गए। गागाभट्ट ने कहा, "मैं भी यही कहना चाहता था। जयपुर, उदयपुर की कला प्रख्यात है किन्तु यह कला तो उससे भी अधिक स्तब्ध कर देनेवाली कला है!"

राजे ने कहा, "खोजे जाएँ, तो लोग मिल जाते हैं। इस भूमि में कलाकारों की कमी नहीं है। कमी यदि है तो उस दृष्टि की जो उन्हें खोज नहीं पाती। दुख है कि इस भूमि में हमें अपने ही लोग दिखाई नहीं देते!"

इतने में मोरोपन्त आ गए। उनके पीछे-पीछे एक व्यक्ति भी अन्दर आया। गौरवर्ण सुडौल देह, मस्तक पर वैष्णव तिलक, नाक सुन्दर-सी, होंठ पतले, उसका मुख किंचित् अन्दर की ओर दबा हुआ-सा था। वह व्यक्ति धोती, सादा-सा अँगरखा और सिर पर पगड़ी पहने हुए था। मोरोपन्त ने कहा, "महाराज, यह रामजी दत्तो है। सिंहासन और छत्र-चामर आदि का काम इसी ने शिल्पकारों से करवाया है।"

राजे ने अपने हाथ से सोने का कड़ा उतारा और जीजाबाई को दे दिया। रामजी ने सामने आकर दोनों को सिजदा किया। सुवर्णकंगन रामजी को देते हुए जीजाबाई ने कहा, "वाह, तेरी कला महान् है! इस शिल्प से तो दृष्टि हटाए नहीं हटती।"

8

राज्याभिषेक-समारोह के दिन निकट आते जा रहे थे। राज्य के प्रतिष्ठित विद्वान् ब्राह्मणों, मांडलिकों, अन्य राजाओं तथा स्वराज्य के प्रभावशाली व्यक्तियों को निमन्त्रण भेजे जा चुके थे। दुर्ग में निमन्त्रित जनों का ताँता लगा हुआ था। अभ्यागतों के निवास तथा भोजन के लिए दुर्ग में स्थान-स्थान पर बड़े-बड़े मंडप लगाए गए थे। शानदार शामियाने और डेरे, चारों ओर रावटी, तम्बू आदि ही दिखाई दे रहे थे। निवास के प्रत्येक स्थान पर सेवकों और अधिकारियों की नियुक्ति की जा चुकी थी। गढ़ की तलहटी में स्थित पाचाड ग्राम में और रायगढ़वाड़ी में भी इसी प्रकार की व्यवस्था की गई थी। किले के नीचेवाली चहारदीवारी पर स्थित माचियों पर बड़े-बड़े खेमे गाड़े गए थे। हर काम के लिए अलग-अलग अधिकारी नियुक्त थे। धूल न उड़ने पाए, इसलिए गढ़ के मुख्य मार्ग पर भिश्ती मशकों-पखालों से पानी छिड़क रहे थे। यह सारा प्रबन्ध होने पर भी अधिकारियों को चिन्ता थी कि सारे काम समय पर पूर्ण हो पाएँगे या नहीं।

सम्भाजीराजा अपने महल में कपड़े बदल रहे थे। येसूबाई ने उन्हें तलवार दी। तलवार कमरबन्द में खोंसकर सम्भाजीराजा तैयार हो गए। येसूबाई को एकटक निहारते हुए उन्होंने कहा, "ठीक है कि हमारे सिर पर तुम हो, मगर दस जनों के बीच जाना है–सिर ढँकने के लिए कुछ चाहिए? या नंगे सिर जाएँ?"

येसूबाई ने होंठ काट लिए। उन्होंने मंचक पर रखा हुआ जरीटोप उठाया और सम्भाजीराजा को देने लगीं। टोप लेने के लिए सम्भाजी के बढ़े हुए हाथ येसूबाई के हाथों पर जा ठहरे। येसूबाई शरमा गईं। दरवाजे की ओर देखते हुए बोलीं, "जल्दी से कपड़े पहनकर तैयार होइए, फिर कोई बुलावा आ जाएगा।"

सम्भाजीराजा खुलकर हँस पड़े। उन्होंने सिर पर जरीटोप पहन लिया। येसूबाई की ठोड़ी बँधी मुट्ठी से धीरे-धीरे उठाते हुए उन्होंने कहा, ''देखूँ तो!''

''यह क्या करते हो?'' अपनी बड़ी-बड़ी आँखें तरेरते हुए येसूबाई ने पूछा।

''हम तुम्हारी आँखों की सुन्दरता देख रहे हैं। पर दर्पण देखे बिना कैसे पता लगेगा कि टोप ठीक से पहना है या नहीं?''

''कवि कलश के साथ रहकर ऐसी ही बातें सीखी हैं शायद!''

''क्यों? तुम्हें पसन्द नहीं हैं क्या?''

''अब महल से जाइए भी—या मैं बाहर चली जाऊँ?''

''तुम चली जाओगी, तो हमारा यहाँ क्या काम? हम जाते हैं।''

सम्भाजीराजा के कुछ देर बाद येसूबाई भी जीजाबाई के महल में गईं। महल में जीजाबाई राजाराम को गोदी में लेकर बैठी हुई थीं। उनके पास ही राजे खड़े थे। सम्भाजीराजा को देखते हुए राजाराम उनकी ओर दौड़ा। सब सम्भाजीराजा की तरफ देख रहे थे। उनके पीछे से आती हुई येसूबाई को देखकर राजे ने कहा, ''मॉसाहिबा, अब हमारा भी जी चाहने लगा है कि हम दादा बनें।''

सब लोग हँस पड़े। येसूबाई लजा उठीं।

''राजे।'' जीजाबाई ने कहा, ''धूप तेज हो रही है। बाहर जाना है तुम्हें—जल्दी निकल पड़ो। अब मुझसे अधिक चलना-फिरना नहीं हो पाता, अन्यथा मैं भी तुम्हारे प्रतापगढ़ की देवी के दर्शन करने आती। समर्थगुरुजी से मेरा प्रणाम कह देना।''

राजे उठ खड़े हुए। जीजाबाई को सिजदा करके राजे ने सम्भाजीराजा से कहा, ''क्यों, चलें?''

सम्भाजीराजा ने जीजाबाई को सिजदा किया। राजे के साथ सम्भाजीराजा बाहर चल पड़े।

राजे पालकी में सवार होकर यात्रा कर रहे थे। कहार जल्दी-जल्दी कदम बढ़ाते हुए चले जा रहे थे। राजे का रक्षक-दल आगे-आगे चल रहा था। राजे के आगमन की सूचना देनेवाली तुरहियों-नगाड़ों की आवाजें सारे जंगल में गूँज रही थीं। चैत्र-मास की बहार से सारा वन सज-धज उठा था। कटहल के लाल फूलों से जंगल का सौन्दर्य खिल उठा था। मार्ग के किनारे उगे महुआ, इमली के पेड़ हरा दुशाला ओढ़े खड़े थे। राजे पहाड़ी घाट चढ़ते हुए प्रतापगढ़ की तलहटी में आए। वे पालकी से उतरकर गढ़ की चढ़ाई चढ़ते जा रहे थे। पर्वतीय दुर्ग के ऊपरी भाग तक आकर राजे ने कुछ देर विश्राम किया। उनकी दृष्टि गढ़ की चहारदीवारी में बनी हुई माची* की ओर गई। सम्भाजी ने पूछा, ''आबासाहब, पालकी मँगवाऊँ क्या?''

''नहीं राजे। हम थके नहीं हैं। यह माची दिखाई दी और हमें अफजलखानवाली घटना याद हो आई।''

राजे माची की ओर देख रहे थे। खाली माची तीन ओर से घनी झाड़ियों से घिरी हुई थी। राजे एकटक उसे देख रहे थे। सम्भाजीराजा ने कहा, ''पता नहीं उस समय क्या-क्या हुआ होगा?''

''शम्भू, उस समय हमारे लिए एक-एक पल मूल्यवान् था। हमने इतनी सावधानी बरती थी, फिर भी गढ़ से उतरते समय हमारे मन में हजारों विचारों का अन्धड़ घहरा रहा था।''

---

* पर्वतीय दुर्ग की प्राचीर पर बना सुरक्षा बुर्ज।

"अफजलखान का वध–कितनी बड़ी जिम्मेदारी थी, है ना?"

"शम्भूबाल, खान का वध बहुत सरल काम था। हमें उसकी चिन्ता नहीं थी। हमारा ध्यान था खान की छावनी की ओर।"

"छावनी की ओर?"

"हाँ, हमारा राज्य तब नन्हा-सा था। शक्ति कम थी और अफजलखान चढ़ आया था, अपरम्पार सम्पत्ति और शक्तिशाली सेना लेकर। उसके सुपे, इन्दापुर, वाई में स्थित फौजी पड़ाव और कोयना-घाटी में फैली हुई उसकी छावनी को हमें बड़ी सफाई से हथिया लेना था। हमारा सारा ध्यान उसी ओर था। निश्चित योजना के अनुसार सारा अभियान सफल हुआ, यह उस जगदम्बा की ही कृपा है। उस रात हमारी भुजाएँ शक्तिशाली बन गईं–सैकड़ों तोपें, हजारों घोड़े, ऊँट, हाथी, शामियाने, डेरे और करोड़ों होन की कीमती सम्पत्ति हमारे हाथ लगी थी, हम बलशाली बन गए। यह उस जगमाता की अनुकम्पा है! चलो, चलें।"

राजे गढ़ में पहुँचे। उन्होंने भवानी माता के दर्शन किए। गढ़ का निरीक्षण किया। अगले दिन राजे ने देवी को यथाविधि सुवर्णछत्र चढ़ाया। देवी के छत्रधारिणी रूप को देखकर उनका हृदय भाव-विह्वल हो उठा। नेत्रों से अश्रुधारा बह निकली। इसी तरह वे काफी देर तक देवी के रूप को नयनों में सँजोकर रखे रहे। देवी के सम्मुख हाथ जोड़कर बैठे हुए सम्भाजीराजा से वे कहने लगे, "शम्भूराजे, इस जगमाता के आशीर्वाद से सब मनोरथ पूर्ण होते हैं। हमारी सफलता उसके कर्तृव्य का ही फल है। तुलजापुर जाना हमारे लिए कठिन कार्य है, यह जानकर उसने हमारे मन में प्रेरणा दी। हमने इस यशदायिनी देवी की स्थापना उसी माची पर की, जिस ऊँची माची पर खड़े होकर हमने नीचे उमड़ रहे संकट को देखा था। हम चाहे कहीं भी हों, उसके इस रूप को हमारा हृदय कभी भुला नहीं पाता।"

राजे ने रात को ब्राह्मणों को भोजन करवाया। सारे गढ़-निवासियों को सन्तुष्ट किया। रात्रि को देवी का दीपमाला-स्तम्भ, सहस्रों दीपकों की ज्योति से जगमगा उठा। मन्दिर के प्रांगण में देवी की पूजा के विशेष नृत्य-गान गोंधल* का आयोजन किया गया। गोंधली भक्त 'गोंधल' की तैयारियाँ कर रहे थे। राजे सम्भाजीसहित मन्दिर की ड्यौढ़ी में निर्मित विशेष उच्चासन पर विराजमान थे। मन्दिर का आँगन लोगों की भारी भीड़ से खचाखच भरा हुआ था। राजे का ध्यान गोंधली-भक्तों की ओर गया। किसी ने नीचे पैरों तक लटकनेवाली धोती पहनी हुई थी, तो किसी की धोती घुटनों तक ही थी। किसी ने कुर्ता पहना था, तो कोई कुर्ते पर फतुही पहने था। राजे ने गोंधलियों के नायक को बुलाया, "गोंधली! बैरागी हों, संन्यासी या फकीर हों, सब भक्तों की कोई-न-कोई वेशभूषा होती है। फिर तुम तो हमारी देवी के गोंधली भक्त हो। तुम्हारी कोई वेशभूषा नहीं है क्या?"

नायक को कोई जवाब नहीं सूझा। हड़बड़ाकर वह इतना ही कह सका, "हमारा कोई विशेष पहनावा नहीं है, महाराज।"

"कैसे नहीं है? हम पहनावा देते हैं तुम्हें। तुम देवी के जितने भी भक्त हो, गोंधली जाति के भक्त हो या भुत्या-भक्त हो, तुम लोग हमारा भेस पहना करो।"

"आपके कपड़े हम पहनें?"

---

* तुलजा भवानी देवी के सम्मुख नाच-गाकर कीर्तन करना।

"तो क्या हुआ?" सोने के तार में गूँथी गई गले में पहनी हुई अपनी कौड़ियों की माला पर उँगलियाँ फेरते हुए राजे ने कहा, "हम भी तो देवी के भोपे (पुजारी) हैं। हम भी तो उसके भक्त ही हैं न?"

राजे ने आज्ञा दी। सेवक आकर राजे के कपड़ों में से चुन्नटदार पाजामे और अँगरखे ले आए। देवी के भक्त राजवेश पहनकर सज उठे। उनके सिर पर तुर्रेदार पगड़ियाँ सुशोभित हो उठीं। गले में बड़ी-बड़ी कौड़ियों की माला धारण किए हुए, नर्तक गोंधली इकतारा और दुक्कड़ बजाते हुए चौक में उतर आए।

गोंधली भक्तों ने सुन्दर-सा चौक पूरकर उसमें पुजापे की वस्तुएँ रखी हुई थीं। उस पूजा-चौक के चारों ओर ज्वार के पौधों की झाँकी बनाई गई थी। राजे ने झाँकी के बीच रखे हुए घट की पूजा की, छोटी मशाल-दिवटी जलाई। इसके बाद दिवटी नचाने की विधि प्रारम्भ हुई। विधि के अनुसार यजमान को जलती हुई मोटी बत्ती–दिवटी–हाथ में लेकर उसे नचाना होता था। गोंधली ने कहा, "आप केवल पाँच बार इस दिवटी को ऊँचा उठाइए और फिर हमें दे दीजिए। उसके बाद दिवटी नचाने का काम हम करेंगे।"

"क्यों? अपनी देवी के दिवटी नचाने में हमें संकोच कैसा? तुम दिवटी जलाओ।"

प्रत्येक के हाथ में एक दिवटी दिखाई देने लगी। कई उछलते हुए हाथ एक ताल, एक लय में नाचने लगे। जलती हुई वस्त्र-ज्योतियाँ हवा में फरफरा रही थीं। राजे ने नाचते हुए एक चक्कर लगाया और दिवटी सम्भाजी के हाथ में दे दी। सम्भाजीराजा अपने साथियोंसहित इस खेल में उतरे। 'उदेऽऽ अम्बे उदेऽऽ' नाम-कीर्तन की उच्च ध्वनि सर्वत्र सुनाई दे रही थी। दुक्कड़ की लय मध्यम से द्रुत, द्रुत से द्रुततर होती जा रही थी। राजे के पीछे बैठे हुए दुर्गवासी कहने लगे, "युवराज दिवटी का खेल बहुत अच्छा खेलते हैं।"

राजे कुछ नहीं बोले। वे एकटक युवराज की ओर देख रहे थे।

दिवटी नचाने का खेल समाप्त हुआ। सम्भाजीराजा आँगन से आसन पर वापस आ गए। चेहरा पसीने से नहा उठा था। उनके मुख पर मुस्कुराहट फैली हुई थी। उनके गुलाल से भरे हुए माथे की शोभा निराली थी। राजे ने कहा, "शम्भूराजे, बहुत अच्छा खेले तुम। तुम तो शायद भूमि पर खेले जानेवाले सभी खेल जानते हो, सभी खेल खेल लेते हो तुम, हमें कोई खेल-वेल नहीं आ सका। एक राज्य का खेल ऐसा है जिसके मैदान में हमें माँसाहिबा ने उतार दिया, मगर उसे खेलते-खेलते भी नाक में दम आ गया हमारे...।"

सम्भाजीराजे राजे के पास बैठ गए। दुक्कड़-इकतारे बज रहे थे। सबका ध्यान आँगन के उसी नृत्य कीर्तन 'गोंधल' पर केन्द्रित था। गोंधली ने कीर्तन का प्रारम्भिक पद 'गण' का गायन शुरू किया–

हे मोरया, हे गणपति, हे शिवतनय गणराज।
हम करते रहे, तेरी विनय महाराज।

गण गीत द्वारा गणपति की स्तुति करने के बाद गोंधली-भक्तों ने जगदम्बा का स्तवन-गीत तथा अन्य देवी-देवताओं के आह्वान-गीत गाए। फिर देवी का विशेष 'गोंधल' गीत गाना शुरू किया–

सुदिन सुवेला में तेरा यह गोंधल हमने रचाए री॥
ऊपर इसके ज्ञान और वैराग्य सुपुष्प सजाए री॥

सूर्य चन्द्र दो दीप हमारे, पूजा-ज्योति जलाई री॥
सिंहासन की रचना करके उस पर घट बैठाया री॥
बोलो उदय, उदय बोलो जय, सद्गुरु माई अम्बा की ध्रुपद॥
प्रवृत्ति-निवृत्ति का पावन हमने आसन शुद्ध बिछाया री॥
ध्याता, ध्येय और ध्यान के चरण पखारे हमने री॥
मनसा, वाचा और कर्मणा, किया एकविध अर्चन री॥
द्वैत और अद्वैत भाव के किए आचमन स्नान री॥
भक्तिभाव, वैराग्य ज्ञान से पूजी तू जगदम्बा री॥
सत्य रूप तू, चित् स्वरूप तू, हुई प्रसन्न अम्बा री॥
एक जनार्दन शरण हमारा मूल कदम्बा वह है री॥
त्राहि त्राहि अम्बे, जगदम्बे, तेरा दास खड़ा है री॥

रात गहरी होती जा रही थी। गोंधली की कीर्तन-कथा अपने चरम तक आ पहुँची थी। सब लोग राजे की उपस्थिति को जैसे भुला चुके थे और तन्मय होकर कथा सुन रहे थे। कथा के बीच कही गई हँसी-विनोद की बातों पर जी खोलकर हँस रहे थे। नायक की दिवटी पर बार-बार तेल डाला जा रहा था। दिवटी की भड़कती-फहराती लौ के साथ-साथ कीर्तन का रंग भी चढ़ता जा रहा था।

भोर हो गई। पूर्व दिशा में ऊषा की लालिमा फैलने लगी और 'गोंधल' की समाप्ति का समय निकट आ पहुँचा। राजे 'गोंधल' पुजापे के सम्मुख हाथ जोड़कर बैठ गए। कौड़ियों की माला, जो स्थापित कलश पर रखी हुई थी, राजे के कंठ में पहनाई गई। उनके माथे पर गुलाल लगाया गया। पूजा का पंचोपचार पात्र लेकर राजे उठ खड़े हुए। आरती समाप्त होने के बाद पूजा-कलश को राजे के सिर के ऊपर पाँच बार घुमाया गया। जगदम्बा का नामघोष गूँज उठा। 'गोंधल' समाप्त हुआ।

सारी रात 'गोंधल' देखते-सुनते रहकर भी राजे तनिक थके नहीं थे। अतीव सन्तुष्टचित्त होकर वे ऊपरीकोट की दिशा में चले जा रहे थे।

पूर्व दिशा अब उजली हो चली थी।

9

राजे शिवधर घाटी के क्षेत्र में आ पहुँचे। घाटी में दो पर्वतों के बीच होकर एक नदी बहती थी। इस घाटी में नदी के एक ओर भीतर को घुसी हुई बड़ी पर्वत कन्दरा-सी थी। जैसे ही राजे का दल शिवधर के परिसर में आया, उन्हें संन्यासियों की आती-जाती टोलियाँ दिखाई देने लगीं। जंगल इतना घना था कि भूमि पर धूप नहीं पड़ पाती थी। ऐन ग्रीष्म ऋतु थी, फिर भी सारा परिसर परम शान्त और रमणीय था। राजे की सेना के आगमन से घबराकर वन्य-प्राणी इधर-उधर भाग रहे थे। शंखों की ऊँची ध्वनि सबको सूचना दे रही थी कि राजे आ रहे हैं। इस वातावरण से राजे का हृदय प्रमुदित हो उठा। इस प्रदेश पर पहले चन्द्रराव मोरे का राज्य था–उसकी हवेली भी इसी शिवधर घाटी में थी। जब शिवधर घाटी के नीचे की कन्दरा में समर्थ रामदास 'दासबोध' लिख रहे थे, ठीक उसी समय पहाड़ की चोटी पर मोरे आदि राजे की शत्रुता का षड्यन्त्र रच रहे थे।

राजे शिवधर नदी पार करके आगे बढ़े ही थे कि शिष्यगणोंसहित अगवानी करने आ रहे समर्थगुरु दृष्टिगोचर हुए। राजे त्वरित उतर पड़े। सम्भाजीराजा ने राजे का अनुकरण किया। राजे ने अति विनम्र होकर समर्थगुरु के आशीर्वाद पाए। राजे समर्थगुरु के साथ शिवधर घाटी की ओर जा रहे थे। ग्रीष्म ऋतु के कारण नदी की धारा कुछ क्षीण हो गई थी–तथापि पर्वतीय भूमि पर उसका मन्द किन्तु अविरत नाद वातावरण को उदात्त और गम्भीर बना रहा था। कन्दरा में पहुँचकर समर्थगुरु व्याघ्रासन पर विराजमान हुए। उनके आसन के पीछे दीवार पर धनुष तथा बाणों का तरकस लटकाया हुआ था। सम्भाजीराजा उस ओर ध्यानपूर्वक देख रहे थे। उन्हें देखते हुए समर्थगुरु मुस्कुराने लगे।

"शम्भूराजा, इसे देखकर आश्चर्यचकित क्यों होते हो? हम वनवासियों को वन के हिंस्र प्राणियों से तो भय लगता ही है, यवनों से भी हमें सावधान रहना पड़ता है। यह हमारी साधुओंवाली कुबड़ी देखी है तुमने?" कहते हुए समर्थगुरु ने अपनी दाईं बगल में दबाई हुई कुबड़ी हाथ में ले ली। पलक झपकते कुबड़ी का सिरा अलग हो गया और समर्थजी के हाथ में दिखाई देने लगी–डेढ़ हाथ लम्बी चमचमाते फलवाली कटार।

"स्मरण रखो, दुर्बलों की दया और दीनों की अहिंसा का कोई मूल्य नहीं होता। यह दोनों तभी गुण कहलाते हैं, जब शक्ति पास हो। हमें लगता है कि अब हमें इन शस्त्रों की आवश्यकता नहीं होगी। अब शिवाजी छत्रपति राजा बनेंगे, यह अनाथ भूमि सनाथ होगी। शिवबा, तुम्हारे राज्याभिषेक के समाचार से हमें परम सन्तोष हुआ। हम तृप्त हुए।"

राजे ने समर्थजी को सारा वृत्तान्त कह सुनाया। राज्याभिषेक की योजनाओं का विवरण उन्हें बताया। फिर राजे उठ खड़े हुए और करबद्ध होकर कहने लगे, "आपके आशीर्वाद से यह सब सम्भव हुआ है। हमारी अभिलाषा है कि इसी निमित्त आपकी चरणधूलि से हमारा गढ़ पावन हो।"

"और इसीलिए तुम स्वयं निमन्त्रण देने आए हो, यही ना? राजन्, हम कहीं भी हों, हमारा आशीर्वाद सदैव तुम्हारे सिर पर रहेगा।"

"तो क्या, गुरुदेव, आप नहीं पधारेंगे?" राजे के नेत्र भर उठे।

"आने का प्रयोजन ही क्या? राजे, गागाभट्ट अति विद्वान् पंडित हैं। वे शास्त्रज्ञ हैं–अधिकारसम्पन्न हैं। उनके मार्गदर्शन में आपका राज्याभिषेक होने जा रहा है, ऐसे समय यदि हम वहाँ आए, तो हम जैसे अनधिकारी व्यक्ति का बढ़ता हुआ महत्त्व उन्हें रुचेगा नहीं। उनके स्वाभिमान को चोट लगेगी। इसी कारण हमारा उस समारोह में उपस्थित रहना उचित नहीं होगा।"

"यदि ऐसा हो, तो हमें भी राज्याभिषेक कराने की कोई आवश्यकता नहीं है।" राजे के मुख से ये शब्द निकल पड़े।

समर्थगुरु भावविह्वल हो उठे। राजे के पास आकर उन्होंने उनके कन्धे पर हाथ रखा। फिर राजे की ओर देखते हुए वे बोले, "राजे, यह कैसा अज्ञान है तुम्हारा! राज्याभिषेक कराने की अभिलाषा न तुम्हारी है, न हमारी। किन्तु यह राज्याभिषेक होना आवश्यक है। यह होना ही चाहिए। चाहो, तो इसे हमारी आज्ञा समझो। हम दुर्ग में नहीं होंगे, इस कारण दुखी मत होओ। जब तुम्हें हमारी आवश्यकता हो, उस समय हम बिना बुलाए स्वयमेव आ जाएँगे। तनिक भी सन्देह मत करो। श्रद्धामय चित्त से, प्रभु रामचन्द्र की शरण पाकर राज्याभिषेक कराओ–हमारे स्वप्न साकार करो।"

राजे ने समर्थगुरु के चरणों में प्रणाम किया। समर्थगुरु ने उन्हें आलिंगनबद्ध कर लिया। दोनों के नेत्र छलछला आए थे। दोनों मौन थे, तथापि दोनों एक-दूसरे की भावना को महसूस कर रहे थे।

10

समर्थगुरु से भेंट करके राजे रायगढ़ की ओर बढ़ रहे थे। निज़ामपुर के बाद डेरे, शामियाने, रावटियों से सुसज्जित सैनिक-शिविर दिखाई देने लगा। रायगढ़ की बसी नई पेठ तो जैसे गाँव बन गई थी। चारों ओर सामान से लदे घोड़ों और बैलगाड़ियों की भीड़भाड़ थी। विविध प्रकार की वेशभूषा पहने हुए कोंकणी, कर्नाटकी, मारवाड़ी और गुजराती व्यापारी अपने सहयोगियोंसहित इधर से उधर आ-जा रहे थे। सबके अभिवादन स्वीकारते हुए राजे रायगढ़ के नाणे दरवाजे पर पहुँचे।

पहाड़ी दुर्ग पर चढ़ना सरल हो, इस दृष्टि से पर्वतीय मार्ग की शिलामय सीढ़ियों को कई स्थानों पर चौड़ी करके वहाँ पौसले लगाए गए थे। राजे जब महादरवाजे के पास पहुँचे, किले की नौबत बजने लगी।

राजे ऊपर गढ़ में पहुँचे। पाँच-छह दिनों में ही किले का रूप-रंग बदल गया था। गढ़ में चारों ओर चहल-पहल भी। गंगासागर की पाँचमंजिली मीनारों पर पताकाएँ लहराने लगी थीं। हाथी-हौज का चक्कर लगाकर राजे होली-चौक में आए। उन्होंने शिरकाई देवी के दर्शन किए। प्रत्येक व्यक्ति राजे को देखकर हर्षित हो रहा था। मोरोपन्त, राजे की अगवानी के लिए चौक में आगे आए। अनाजी उनके पीछे थे। अकस्मात् राजे के पाँव ठिठक गए।

एक विशालकाय हाथी तीव्र गति से बाजार-पेठ से होता हुआ चौक में आया। उसकी पीठ पर सोने की अम्बारी जगमगा रही थी। भारी-भरकम देहवाले उस हाथी के गले में घंटा घनघना रहा था। उसके पीछे एक और हाथी आ रहा था, जिस पर चाँदी की अम्बारी थी। राजे ने पूछा, ''मोरोपन्त, इस हाथी पर अम्बारी क्यों रखी है?''

''राज्याभिषेक के बाद देवदर्शनार्थ अम्बारी में बैठकर जाना होता है। इसलिए हाथी को प्रशिक्षण दिया जा रहा है।''

''कितने हाथी लाए गए हैं गढ़ में?''

''चार हाथी हैं। सुवर्ण-अम्बारीवाले हाथी का नाम है ऐरावत और रौप्य-अम्बारीवाले हाथी का नाम पुरन्धर है। दोनों हाथी बड़े सुलक्षण हैं और उत्तम नस्ल के हैं।''

''तुमने गजशाला बनाई—हाथी भी आ गए। अब शायद ये यहीं रहेंगे?''

''जी हाँ! हाथियों के लिए एक तालाब है। उनके लिए चारा-रातिव भी भरपूर है। लक्ष्मी का जहाँ निवास हो, उस स्थान में उसका वाहन ऐरावत तो होना ही चाहिए।''

''तुम जो कुछ चाहते हो, कर ही डालते हो। हम क्या कहें?''

राजे नक्कारखाने के पास आए। मोरोपन्त ने कहा, ''कृपया शिला की ओर चलें।''

राजे उस शिला पर चढ़े। बाजार-पेठ सामने दिखाई दे रही थी। सीधी आमने-सामने मार्ग के दोनों ओर बनी हुई एक पेठ। उसकी दुकानों के चबूतरे इतने ऊँचे बने थे कि सवार घोड़े पर बैठे-बैठे खरीदारी कर सकें। काले पत्थरों की बनी नक्काशीदार कमानों से उसकी सुन्दरता दुगनी बढ़ गई थी।

बाजार-पेठ से लेकर भवानीटोक तक कहीं भी खुली जगह नहीं दिखाई देती थी। घर, अटारियाँ, मीनारें आदि के अतिरिक्त जितनी भी खाली जगह थी, उसका उपयोग किया गया था। उन स्थानों में लगाए गए खेमों और डेरों के शिखर धूप में चमचमा रहे थे।

''मोरोपन्त, तुमने तो यहाँ अलकापुरी ला उतारी है। तुम्हें मुक्त रहने की अनुमति देने-भर की देर है, तुम्हारी कल्पना गरुड़ के पंख लगाकर उड़ने लगती है। लोग हमें कहते हैं कि हम पर सपने देखने का पागलपन सवार रहता है। किन्तु सपने किसने नहीं देखे? बाजीप्रभु और तानाजी से लेकर शिवा नाई तक सभी तो सपनों के दीवाने थे। वे अपने सपनों पर बलिदान हो गए। उनमें से सबसे बड़े स्वप्नदृष्टा तुम दो लोग हो, तुम और अनाजी।''

राजे नक्कारखाना पार करके ऊपरीकोट में आए। सिंहासन-दरबार से लेकर नक्कारखाने तक के विशाल आँगन में शानदार शामियाने लगे हुए थे। सामने की ओर राजसभागृह और सिंहासन का चबूतरा दिखाई दे रहा था। राजसभादृष्टा का भवन महँगे परदों से अलंकृत था।

राजे महल में आए। वे कपड़े बदलकर जीजाबाई से मिलने के लिए जा ही रहे थे कि येसूबाई ने अन्दर प्रवेश किया। राजे उनकी ओर देखते ही रह गए। येसूबाई ने चमकीली बुन्दकियोंवाली नीली रेशमी साड़ी पहनी हुई थी। कमर में सोने का कमरपट्टा जगमगा रहा था। गले में हीरे-मोतियों के आभूषण थे, किन्तु राजे का ध्यान विशेष रूप से आकर्षित किया येसूबाई के माथे ने। येसू के माथे पर कुंकुम का बड़ा-सा टीका लगा हुआ था। येसूबाई लजा गईं। उन्होंने राजे को प्रणाम किया। येसू को आशीर्वाद देते हुए और येसूबाई के सिर पर हाथ फिराते हुए राजे ने कहा, ''हँ! तो राज्याभिषेक शायद शुरू हो गया है?''

येसूबाई ने लजाकर सिर झुका लिया।

''मैं तो मना कर रही थी, मगर सासजी बहुत हठ कर बैठीं। उनकी इच्छा थी कि मुझे इस तरह सजा-सँवारकर देखें।''

''तो गलत क्या है? किन्तु येसू, सच कहूँ? तेरी ये सारी सासें हैं न, बड़ी चालाक हैं। उन्होंने एक मोहिनी, रूपवती पर भोली-भाली बहू चुन ली है, और मनचाहे कपड़े, गहने पहनाकर शिखा से नख तक तेरा भेद जान लिया है। और तू बेचारी उनके चक्कर में जा फँसी है।''

''हाँ, हाँ, बड़ी भोली है बेचारी!'' पुतलाबाई ने अन्दर आते हुए कहा, ''दस साड़ियाँ सामने ला पटकीं, फिर भी इसे एक पसन्द न आई। यह जो पहनी है रेशमी शालू साड़ी–सुबह से तीसरी साड़ी है यह।''

येसूबाई को अपने पास बुलाते हुए राजे ने कहा, ''रानीसाहिबा, यह येसू नहीं है, घर की लक्ष्मी है यह। शिर्के वंश की कुलदेवी भावेश्वरी है यह। भोसले कुल में आई और इसके पीछे-पीछे लक्ष्मी भी चली आई। अच्छा, पिलाजीराव नहीं आए अभी तक?''

येसू ने सिर हिलाकर जताया, ''नहीं आए।''

इसी समय महल में बालक राजाराम आ गया। उसे देखकर सबको हँसी आ गई। पैरों में चुन्नटदार घुटना, बदन में अँगरखा, कमर में पटका, उसमें खोंसी हुई तलवार और माथे पर शानदार पगड़ी। यह वेश धारण किए हुए था राजाराम। तलवार की मूठ पर हाथ रखकर राजाराम ने झुककर सिजदा किया। राजे की हँसी रोके नहीं रुक पाती थी।

''वाह! तो यों कहो कि सबने स्वाँग रच लिए हैं।''

बालराजाराम मुँह फुला बैठा। मुड़कर जाते हुए बोला, ''मैं अभी जाकर माँजी को बताता हूँ।''

राजे दौड़कर उसके पास पहुँचे और उसे उठाते हुए बोले, "ना भैया ना, कहीं ऐसा मत कर बैठना। चाहो तो तुम्हारा राज्याभिषेक किए देते हैं, मगर हमारी शिकायत अपनी माँजी से मत करना।"

राजाराम हँसने लगा। उसे प्यार से गले लगाते हुए राजे ने कहा, "अब हमारी बेटी सखु भी आएगी।"

"वे तो सुबह ही आ चुकी हैं।" पुतलाबाई ने बताया।

"अरे! सखु बिटिया आ गई?" राजे हर्षित हो उठे।

"हाँ, माँसाहिबा के पास बैठी हैं।"

"तो चलो।"

राजे माँसाहिबा के महल में गए। सखु ने आगे बढ़कर उनके चरण छू लिए। जाने क्यों, राजे का दिल भर आया। सखु को पास लेते हुए राजे ने जीजाबाई से कहा, "अच्छी-ख,सी बड़ी दिखाई देने लगी है! है ना?"

"हाँ, अपनी माँ पर गई है।"

राजे ने एकदम बात बदल दी।

"अकेली आई है तू?"

"हाँ।"

"महादजी ने तुझे अनुमति दे दी ना?"

"जी हाँ।"

"उनकी कृपा ही समझो। वे आदिलशाही राज्य के सेवक हैं, फिर भी उन्होंने तुझे यहाँ आने दिया, यह कृपा ही तो है। खैर, जगदम्बा की जैसी इच्छा।"

दोपहर को राजे कवि कलश के यहाँ गए। वहाँ जाकर उन्हें ज्ञात हुआ कि कवि कलश कुशावर्त मन्दिर में होम कर रहे हैं। राजे ने कहा, "होम-समाप्ति के बाद उनसे कहना कि हम आए थे। कहना कि हम जगदीश्वर के मन्दिर की ओर गए हैं।"

राजे सबके साथ पेठ के पास आए। दोनों ओर की दुकानों में भाँति-भाँति की वस्तुएँ सजाकर रखी हुई थीं। भारत की सभी व्यापारी मंडियों के प्रसिद्ध वस्त्र और आभूषण रखे थे। राजे को देखकर सब व्यापारी दुकान की सीढ़ियाँ उतरकर नीचे आते जा रहे थे। नागप्पा शेट्टी भी अपना मोटा शरीर सँभालता हुआ राजे के सम्मुख आ उपस्थित हुआ।

"नागप्पा, तुमने हमारी पेठ तो खूब सजाई है!"

राजे के एक ही वाक्य को सुनकर नागप्पा को ऐसा लगा, मानो उसका सारा परिश्रम सार्थक हो गया हो।

ब्राह्मणबाड़ी पार करके राजे जगदीश्वर मन्दिर की चढ़ाई चढ़ने लगे। उन्होंने मन्दिर के पिछले द्वार से अन्दर प्रवेश किया। मन्दिर के सारे कमानीदार ओसारे भरे हुए थे। देश-देश के लोग वहाँ दिखाई दे रहे थे। उनमें कई स्त्रियाँ भी थीं।

"मोरोपन्त, कौन हैं ये लोग?"

"ये कलाकार लोग हैं, महाराज। गवैये हैं, गायिकाएँ हैं, वादक और नर्तक हैं। इन्हें निवास के लिए यह स्थान दिया है। इनके अतिरिक्त कई तमोली, माली, जुआरी, बाजीगर आदि भी गढ़ में आए हैं।"

राजे ने जूते उतार दिए। मन्दिर के भीतर से मृदंग की ताल पर हो रहे नृत्य की ध्वनि सुनाई दे रही थी। राजे मन्दिर में प्रविष्ट हुए। एक नर्तिका भगवान् के आगे नृत्य कर रही थी। राजे के आते ही नृत्य रुक गया। राजे ने कहा, ''हमारे कारण तुम देवता की नृत्य-गान पूजा बन्द न करो।''

राजे ने देवता के दर्शन किए और बाहर आ गए। मोरोपन्त से कहने लगे, ''इनमें से जो सधे गुणी कलाकार हों, उनकी जाँच-परख करके उन्हें अपने आश्रय में रख लो। देवता की सेवा के लिए उनकी नियुक्ति करो। हम जब उत्तर देश में गए थे, तो हमने देखा कि मथुरा के द्वारकाधीश के मन्दिर में ऐसे कई गायक-वादक कलाकार थे। राज्य का आश्रय पाने से ऐसे कलाकारों को आश्रय तो मिलता ही है, सामान्य जनों को भी अच्छी कला देखने-सुनने का अवसर प्राप्त होता है।''

राजे अकेले ही मन्दिर से बाहर निकले। मोरोपन्त मन्दिर में पीछे रह गए थे, तब तक राजे मन्दिर के प्रवेश-द्वार तक आ पहुँचे। एक व्यक्ति मन्दिर के ओसारे में बैठा हुआ था—राजे का ध्यान उस ओर गया और वे कुछ देर उसे देखते रहे। उस व्यक्ति का रूप मोहक था, उसके लम्बे बाल कन्धों तक झूल रहे थे। ओसारे के खम्भे के सहारे बैठा चबूतरे पर पैर ढीले लटकाकर वह व्यक्ति किसी सोच में डूबा हुआ था। उसने राजे की ओर देखा। राजे को देखकर उसने समझा कि समारोह के लिए आया हुआ कोई सरदार होगा। उसने राजे को इशारे से बुलाया। राजे उसके पास गए। उन्होंने पूछा, ''आपका नाम?''

''हमें कवि भूषण कहते हैं। हम कानपुर के निवासी हैं और त्रिपाठी वंश के ब्राह्मण हैं।''

''यहाँ पधारने का उद्देश्य क्या है?''

''हमने राजा शिवाजी की कीर्ति सुनी—हृदय में उनके दर्शनों की प्रबल इच्छा उत्पन्न हुई। आप अपना परिचय तो दीजिए?''

राजे पहले तो हड़बड़ा गए। फिर झट से कह बैठे, ''हमें भोसले कहते हैं।''

''क्या काम करते हैं?''

''राज्य की सेवा!''

''राजा शिवाजी से हमारी भेंट हो सकेगी क्या?''

''राजा शिवाजी तो अतिथि का स्वागत-सत्कार करना अपना कर्तव्य मानते हैं।''

''कैसे दिखाई देते हैं वे?''

''राजा शिवाजी मनुष्य के रूप की अपेक्षा उसके गुणों की परख करना पसन्द करते हैं। यह उनका स्वभाव है।''

''हमारी प्रबल अभिलाषा है कि उन्हें हम अपनी कविता सुनाएँ। वे सुनना चाहेंगे?''

''क्यों नहीं सुनना चाहेंगे? वे भी मनुष्य हैं।''

कवि भूषण तुरन्त उठकर खड़े हो गए। मोरोपन्त पास आए, ''महाराज, कवि कलश आ रहे हैं।''

''अरे, अरे! उन्हें व्यर्थ ही कष्ट हुआ।''

तभी कवि कलश आ पहुँचे। उन्होंने झुककर नमस्कार किया। राजे ने पूछा, ''कवि कलश, हमारे कारण आपके होम में बाधा तो नहीं आई ना?''

''जी नहीं। होम समाप्त होते ही मैं इधर आ गया हूँ।''

कवि भूषण भौंचक होकर राजे की ओर देख रहे थे। झट चबूतरे से नीचे कूदे और उन्होंने राजे को झुककर नमस्कार किया।

"क्षमा करें, महाराज। हमने आपको पहचाना नहीं।"

"कोई बात नहीं। कवि कलशजी, ये कवि भूषण हैं, कानपुर से पधारे हैं। भूषणजी, हम आपकी कविता सुनने के लिए उत्सुक हैं।"

"यदि आज्ञा हो, तो हम यहीं एक दोहा सुना दें।"

"अवश्य।" राजे ने आज्ञा दी।

कविराज भूषण ने एक बार राजे की ओर देखा और उनके मुख से यह दोहा फूट पड़ा–

"औरन को जाँचे कहा, नहि जाँच्यौ सिवराज।
औरन के जाँचे कहा, जो जाँच्यो सिवराज।"

"वाह, वाह!" कवि कलश कह उठे, "सच कहा आपने! यदि राजा शिवाजी से याचना नहीं की, तो दूसरों से याचना करने का लाभ ही क्या है? और यदि किसी ने राजा शिवाजी से याचना की, तो फिर उसे दूसरों से याचना करने की आवश्यकता ही कब रहेगी?"

राजे प्रसन्न हो उठे। भूषण से कहने लगे, "कवि कलश के समान श्रेष्ठ कवि से सराहना पा ली है आपने। अब हम क्या कहें? मोरोपन्त, ऐसे गुणवान् कवि को हमसे दूर मत रहने दो। हमारे राजमहल में इनके निवास की व्यवस्था करो। इनके साथ रहकर हमारे कुछ पल आनन्द से बीतेंगे।"

कवि भूषण ने राजे के रूप की जैसी कल्पना की थी, राजे के वचन सुनकर उन्हें उसके अनुरूप पाया। उन्हें अनुभव हुआ, जैसे उनका जीवन सफल हो गया।

11

प्रातःकाल सम्भाजीराजा महल में आए।

"आबासाहब, फिरंगोजी आए हैं।"

फिरंगोजी अन्दर आए। उन्होंने राजे को सिजदा किया। राजे ने कहा, "शम्भूराजा, निराजीपन्त को बुलाओ।"

सम्भाजीराजा निराजीपन्त को बुलाने गए। फिरंगोजी ने कहा, "राजे, गढ़ ऐसा सज-धज उठा है कि देखकर आँखें ठंडी हो गईं। हर तरफ उसी की चर्चा है।"

"हमें इसी बात की तो चिन्ता है। कहीं आदिलशाही और मुगलिया राज इसी समय मौका देखकर कोई बखेड़ा खड़ा न कर दें।"

"क्या मजाल है उनकी? अब पुराने दिन लद गए हैं।"

निराजीपन्त महल में आए।

"पन्त, हमारे फिरंगोजी आए हैं। इन्हें कोई बड़ा काम सौंपो।"

"उनके लिए हमने काम चुन रखा है–खास काम है।"

"कैसा काम है? सुनें तो।"

"राज्याभिषेक के अवसर पर विशेष राजसभागृह मंच पर फिरंगोजी उपस्थित रहेंगे।"

राजे के सब प्रमुख सरदार गढ़ में आ पहुँचे थे। हम्बीरराव मोहिते, आनन्दराव और येसाजी भी आकर गढ़ की धूमधाम में शामिल हो गए थे। राजे के हृदय को एक ही दुख साल रहा

था–हम्बीरराव के सम्मुख अपनी वेदना प्रकट करते हुए राजे ने कहा, ''हम्बीरराव, सब लोग आ गए। मगर एकोजीराजे[1] नहीं आए। महादजी[2] भी नहीं आए। हमारे सगे-सम्बन्धियों से हम ही बहिष्कृत-से हो गए हैं।''

दिन जल्दी-जल्दी बीतते जा रहे थे। गागाभट्ट ने राजे के मौंजीबन्धन का मुहूर्त निश्चित कर लिया था। कई प्रकार की विधियाँ होनी थीं, कितने ही तुलादान किए जाने थे। उन धार्मिक विधियों के लिए सभी आवश्यक वस्तुएँ लाई जा चुकी थीं। अभिषेक के लिए कई नदियों से और सागरों से जल भी मँगवा लिया गया था।

ज्येष्ठ मास के शुक्लपक्ष की चतुर्थी आ पहुँची। महल के भीतरी प्रांगण में मंडप बनाया गया था। होम की तैयारी की जा चुकी थी। सोने के गंगाल में मुहूर्त जतानेवाला घटिका-पात्र तैर रहा था। समारोह देखने के लिए सभी रानियाँ, युवराज तथा राजस्नुषा येसुबाई जीजाबाईसहित वहाँ उपस्थित थीं। बीच के खुले प्रांगण में राजे का मौंजीबन्धन हो रहा था। गागाभट्ट तथा राजपुरोहित बालभट्ट इस संस्कार का पौरोहित्य कर रहे थे। राजे का उपनयन-संस्कार सम्पन्न हुआ। उन्होंने यज्ञोपवीत धारण किया। घोषणा की गई थी कि राजे का मौंजीबन्धन पूर्ण हुआ है और वाद्य जोरों से बज उठे।

अगले दिन सोयराबाई के साथ राजे का विवाह-संस्कार कराया गया। अब सोयराबाई शास्त्रोक्त विधि से पटरानी बन गई। इसके पश्चात् अन्य रानियों के साथ भी राजे का विवाह कराया गया।

इसके पश्चात् वे विधियाँ प्रारम्भ हो गईं, जो राज्याभिषेक से पूर्व होनी आवश्यक थीं। प्रतिदिन अनेक प्रकार के होम-हवन किए जा रहे थे। दुर्ग के वातावरण में अनूठा उत्साह था। शहनाई-चौघड़े बज रहे थे। आए हुए कलाकार आगत अतिथियों का मनोरंजन कर रहे थे। जादूगर अपने खेल दिखाकर सबको अचरज में डाल रहे थे। दुर्ग में प्रातः सायं मिठाइयों का भोजन चल रहा था। चन्द्रमा की बढ़ती हुई एक-एक कला उल्लास और आनन्द की अनेक लहरें उठाती हुई आ रही थीं।

धार्मिक विधियों से तथा व्रत-उपवासादि से थके हुए राजे रात को गंगासागर की मीनार पर खड़े हुए थे। गंगासागर की लहरें चाँदनी में झिलमिला रही थीं। गढ़ में सब ओर जलती हुई मशालें सितारों का आभास करा रही थीं। जगदीश्वर के मन्दिर से आ रही संगीत की तान वातावरण में लहरा रही थी। दूर कहीं पर कड़खैत की डफली बज रही थी–उसकी आवाज यहाँ तक पहुँच रही थी। सारा गढ़ जैसे सोना भूल गया था। सबकी आँखों से नींद गायब थी।

श्रम से श्रान्त हुए राजे अपने शैयागृह की ओर चले जा रहे थे।

12

राज्याभिषेक की अनेक विधियों में तुलादान-विधि महत्त्वपूर्ण थी। इस विधि का प्रारम्भ हुआ। चाँदी की तुला लटकी हुई थी। सारे सरदार इस विधि को देखने के लिए एकत्रित हो गए थे। तुलादान के लिए आवश्यक सभी वस्तुएँ यथास्थान लाकर रख दी गई थीं।

---

1. शिवाजी के सौतेले भाई।
2. शिवाजी के समधी, लड़की सखुबाई के श्वसुर।

राजे तुलादान के लिए तत्पर होकर जीजाबाई के महल में गए। राजे ने जैसे ही उनके चरणों में प्रणाम किया, जीजाबाई ने उनका मुख अपने हाथों में ले लिया। वे अपलक दृष्टि से राजे का मुख देख रही थीं। माता के अश्रुपूरित नयनों को देखकर राजे विह्वल हो उठे। राजे का मुख देखते हुए जीजाबाई ने अपने पीछे खड़ी हुई पुतलाबाई से कहा, "पुतला, जरा काजल की डिबिया तो लाना।"

"काजल का क्या करना है, माँसाहिबा?" राजे ने पूछा।

"अरे, दीठ न लग जाए, इसलिए तुझे दिठौना लगा देती हूँ।"

सब मुस्कुराने लगे। राजे भी हँसने लगे। बोले, "माँसाहिबा, हमें कभी दीठ लग ही नहीं सकती"

"क्यों?"

"किसी की नजर न लगे, इसीलिए तो हमने काली दाढ़ी बढ़ा रखी है।"

सब लोग हँस पड़े। जीजाबाई दिखावटी क्रोध से कहने लगीं, "तुझे तो हमेशा हँसी-ठट्ठा सूझता है।" कहते हुए जीजाबाई ने कजरौटे में उँगली डाली। राजे के गाल पर हौले से काजल का दिठौना लगाया और काजलवाली उँगली अपनी माँग में फिराई।

राजे उठे और तुला-स्थल में आए। सब रानियाँ जीजाबाईसहित मंच पर बैठ गईं।

गागाभट्ट का संकेत पाकर राजे भूमि पर टिके हुए पलड़े में जा बैठे। कई ब्राह्मण दूसरे पलड़े में सुवर्णहोन डालते जा रहे थे। होन के थाल खाली होते जा रहे थे। पलड़े में सोलह हजार होन डाले गए और राजे का पलड़ा बराबर हो गया। इस आनन्द की घोषणा करने के लिए चौड़ोल बजने लगे—तुरहियाँ गरज उठीं। राजे ने तुलादान में तुलित सुवर्णहोन ब्राह्मणों को दान कर दिए। इसके पश्चात् प्रतिदिन तुलादान होता रहा।

सब क्लेशों के निवारणार्थ राज्याभिषेक के दिन तक पीतल, ताँबा, चाँदी के अतिरिक्त विविध प्रकार की जीवनोपयोगी वस्तुएँ एवं खाद्यपदार्थों से भी राजे की तुला की गई। राजे ने वे वस्तुएँ अपने हाथों दान दे दीं। बालभट्ट यह सब विधियाँ करा रहे थे—गागाभट्ट उनका मार्गदर्शन कर रहे थे। भोजन तथा दानादि के लिए एक सहस्र ब्राह्मण दुर्ग में बुलाए गए थे। शेष ब्राह्मणों को दुर्ग की तलहटी में—पाचाड में ही रखा गया था।

इन सात दिनों में राजे ने पुष्कल दान देकर ब्राह्मणों को सन्तुष्ट किया। राज्याभिषेक से पूर्व जितने भी आवश्यक प्रायश्चित थे, पूर्ण किए जा चुके थे। प्रायश्चित विधि तथा राज्याभिषेक समारोह एक ही दिन अथवा साथ-साथ न होने पावें, इसलिए गागाभट्ट ने इन दो समारोहों के बीच एक रात्रि का व्यवधान रखकर सभी दोषों का निवारण कर डाला था।

प्रायश्चित की विधियाँ पूरी हुईं। सात दिन तक निरन्तर हो रहे यज्ञादि, ब्राह्मणों की मन्त्रध्वनि, सदा रहनेवाली चहल-पहल कुछ काल के लिए मन्द पड़ गई।

अब सबके हृदय राज्याभिषेक समारोह देखने के लिए आतुर थे।

13

ज्येष्ठ शुक्ल द्वादशी का दिन हाथों में मंगलकलश धारण किए हुए पूर्व दिशा के क्षितिज पर आ प्रकट हुआ। उस दिशा में दृष्टिगोचर हो रहे थे राजगढ़ तथा तोरणा दुर्ग। राजे सूर्यदेव

का दर्शन कर रहे थे। उनकी दृष्टि सामनेवाले दोनों दुर्गों की ओर गई और वहीं रुक गई। आज राज्याभिषेक तो रायगढ़ में हो रहा था, किन्तु स्वराज्य की स्थापना और राज्य का विस्तार राजगढ़ से हुए थे। राजे ने सूर्यदेव के साथ-साथ राजगढ़ को भी नमस्कार किया।

प्रातःकाल 'ऐन्द्रिय शान्ति' सम्पन्न होने के बाद राजे को विश्राम करने के लिए कुछ समय समय मिला। यह उचित ही हुआ क्योंकि सायंकाल आरम्भ होनेवाले राज्याभिषेक, सिंहासनारोहण तथा राजदर्शन समारोह भोर की वेला तक होने थे।

सायंकाल राज्याभिषेक विधि प्रारम्भ हुई। पहले गणेशपूजन, फिर स्वस्तिवाचन, मातृकापूजन तथा वसोद्धारपूजन होने के पश्चात् राजे ने नान्दीश्राद्ध, नारायणपूजन तथा आज्यहोम किया।

सोयराबाई के साथ राजे ने मंडप की पूजा की। महावेदी के सम्मुख चारों दिशाओं में चार कुम्भ स्थापित किए। पूर्व दिशा में सुवर्णकुम्भ, दक्षिण में रजतकुम्भ, पश्चिम में ताम्रकुम्भ तथा उत्तर दिशा में मृतिकाकुम्भ की स्थापना करके उन कुम्भों में दूध, घी, दही तथा जल भरा। पूर्व दिशा में जो कुम्भ था, उसमें केवल मधु भरा था, शेष सब कुम्भ पवित्र जल से परिपूरित थे। कुम्भो को पत्र-पुष्पादि एवं वस्त्रावरणादि से अलंकृत किया गया था। अभिषेक विधि के लिए उदुम्बर काष्ठ की एक बड़ी चौकी बनाई गई थी, जिसे चाँदी से मढ़ा गया था। इस चौकी के निकट कई कुम्भ एक पंक्ति में रखे हुए थे, जिनमें सागरों एवं नदियों से लाया गया जल भरा हुआ था। कई कुम्भों में रत्न, सुगन्धित वस्तु, पुष्प, फल तथा कई वनौषधियाँ भरी हुई थीं। महादेवी पर अग्नि का आह्वान तथा ग्रहों की स्थापना की गई। कई प्रकार की मृत्तिकाओं की कुम्भों की विधिपूर्वक स्थापना करके सर्वप्रधान होम किया गया। होम करते समय चतुर्वेदीय ब्राह्मण तथा सब शाखाओं के वेदपाठी ब्राह्मण उच्च स्वर से वेदमंत्रों का पाठ कर रहे थे। मन्त्रघोष के कारण सारे वातावरण में मादकता-सी छा गई थी।

समंत्रक स्नान करके राजे पुनः वेदी पर आ उपस्थित हुए। उन्होंने शुभवस्त्र धारण किए हुए थे। मन्त्रध्वनि के बीच राजे के शरीर पर मृत्तिका लगाई गई। फिर उन्हें पंचामृत से स्नान कराया गया। वेदमंत्रों के घोष के बीच राजे मंडप में पधारे। वहाँ जो चौकी रखी गई थी, उसका घुटनों से स्पर्श करके वे चौकी पर विराजमान हुए। उनके बाद सोयराबाई तथा युवराज सम्भाजी भी राजे के पार्श्व में आ बैठे। गागाभट्ट के आदेशानुसार अष्टप्रधानों ने भी अपने-अपने स्थान ग्रहण किए। मोरोपन्त पूर्व दिशा में घृत से परिपूर्ण प्रमुख कलश लेकर खड़े थे। दक्षिण दिशा में खड़े हम्बीरराव के पास दूध से भरा कलश था। इस प्रकार आठ दिशाओं में त्र्यंबकपन्त, रामचन्द्रपन्त, दत्ताजीपन्त तथा न्यायाधीश निराजीपन्त दधि, मधु के कलश लिए हुए तथा पंखा और मोरछाल झलते हुए खड़े थे।

गागाभट्ट ने बालभट्ट द्वारा अभिषेक-विधि आरम्भ कराई। भारत-भर की नदियों से लाए गए पवित्र जल से राजे का शरीर पावन होने लगा। अभिषेक-विधि पर उच्च स्वर से हो रही मन्त्रध्वनि सुनकर तन-मन रोमांचित हो उठा था। माता जीजाबाई पहले से बुढ़ापे के कारण दुर्बल हो चुकी थी, फिर नेत्रों में छलक आए अश्रुओं के कारण उन्हें सामने का दृश्य और भी धुँधला दिखाई दे रहा था। वे हर पल आँसू पोंछकर दृश्य को आँखों में समा रखने का प्रयत्न कर रही थीं।

मध्य रात्रि बीत जाने के बाद अभिषेक पूर्ण हुआ। सुहागिनों ने राजा, रानी तथा युवराज की आरती उतारी। राजे ने काँसे के पात्र में भरे हुए घी में अपना मुख देखा। इसके पश्चात् उन्होंने शुभवस्त्र एवं अलंकार धारण किए। अस्त्र-शस्त्रों की पूजा करके उन्होंने ढाल-तलवार तथा धनुष-बाण धारण किए।

सिंहासनारोहण का समय निकट आ रहा था। राजे ने रानी सोयराबाई तथा युवराज सम्भाजीसहित अपनी कुलदेवी के दर्शन किए। फिर उन सबने राजपुरोहित बालंभट्ट, आचार्य गागाभट्ट तथा अनन्तभट्ट को प्रणाम किया और वे जीजाबाई के सम्मुख आए। तीनों ने राजमाता के चरणों में प्रणाम किया। जीजाबाई अवाक् हो गई थीं—उन्होंने अपनी हथेलियाँ राजे के सिर पर से फिराईं और उनकी बलैयाँ ले लीं।

अब राजे ने सिंहासनारोहण के लिए राजसभा की ओर प्रस्थान किया।

अनेक सरदार, प्रतिष्ठित विशिष्ट अधिकारी एवं विद्वान् ब्राह्मण राजसभा की शोभा बढ़ा रहे थे। राजासन के आगेवाले विशाल प्रांगण में गलीचे बिछाए हुए थे। बाहर नक्कारखाने के द्वार के पास दो हाथी और दो उजले-सफेद घोड़े खड़े हुए थे। प्रांगण के मंडप पर तानी गई महँगे कपड़े की छत विविध रंगों के कारण खिल उठी थी। राजसभागृह के बीचोबीच एक ऊँची वेदी बनी हुई थी। उस पर जरतारी गलीचे बिछाए गए थे। और उस पर स्थापित था प्रसिद्ध सुवर्ण-सिंहासन। राजसभा की रचना एवं व्यवस्था कुछ ऐसी थी कि राजसभागृह के किसी भी कोने से वह सिंहासन दिखाई देता था। नक्कारखाने और सिंहासन के बीच इतनी दूरी थी, फिर भी किसी कोने में धीरे से कहा गया शब्द भी दूसरे कोने में स्पष्ट सुनाई देता था। सिंहासन के बाईं ओर राजमहिलाओं के बैठने का प्रबन्ध किया गया था। दाईं ओर मंत्रियों तथा आप्त व्यक्तियों के बैठने के लिए आरक्षित थी। दोनों बैठकें ऐश्वर्य और वैभव का दृश्य प्रस्तुत कर रही थीं। बाईं ओर लटके हुए जालीदार परदों को देखकर बिना बताए ही जाना जा सकता था कि यह स्थान स्त्रियों के लिए निर्धारित है।

भोर की वेला निकट आ रही थी। राजे अपने अष्टप्रधानों के साथ राजसभा में पधारे। दो गज ऊँची बड़ी-बड़ी सोने की गदाएँ धारण किए हुए गुर्जबदार राजे के आगे-आगे चल रहे थे। मखमल के पाँवड़े बिछी हुई सीढ़ियों पर चढ़कर राजे राजसभागृह के पहले स्तर पर आए। उसके बाद दाईं ओर बनी सीढ़ियाँ चढ़कर वे पहले चबूतरे पर चढ़े। यहाँ से राजे सब लोगों को दिखाई दे रहे थे। सिंहासन के पीछे कई भालावरदार खड़े थे—उन्होंने हाथों में सोने के भाले थाम रखे थे। सोने के भालों के फल पर अधिकार एवं राजसत्तासूचक कई चिह्न अंकित थे। दाईं ओर के भालों के सिरे पर दो बड़े-बड़े दाँतोंवाले सुवर्ण-मूल्यों के सिर बने हुए थे, जबकि बाईं ओर के भालों के सिरों पर अश्वपुच्छ लटके हुए थे। एक बहुमूल्य भाले के सिरे पर सोने की एक तराजू लटकी हुई थी, जिसके दोनों पलड़े एकदम समान थे। यह तुला न्याय का प्रतीक थी।

फिर राजे का ध्यान गया जीजाबाई की ओर, जो बाईं ओर बनी हुई जरतारी बैठक पर श्वेत वस्त्र पहनकर बैठी हुई थीं। इसी क्षण गागाभट्ट ने वेदमंत्रों का पाठ प्रारम्भ किया। शेष पंडितों ने वेदमंत्रों के उस उद्घोष को अपनी वाणी से उच्चारित किया।

मन्द गति से पग बढ़ाते हुए राजे सिंहासन के चबूतरे पर चढ़े। कुछ पल वे वहीं खड़े रहे। राजसभागृह में अथर्ववेद के मन्त्रों का उद्घोष गूँज रहा था। आचार्य गागाभट्ट ने

सिंह के मुख की आकृति से सुशोभित सुवर्ण राजदंड राजे को प्रदान किया। राजे ने राजदंड को माथे से लगाया और सिंहासन की ओर देखा। फिर अतीव विनम्रतापूर्वक वे सिंहासन पर आसीन हुए, किन्तु इस सावधानी से बैठे कि कहीं सिंहासन से पैरों का स्पर्श न होने पावे।

राजे वीरासन लगाकर बैठे हुए थे। उनके दाहिने तलवार रखी हुई थी। राजे ने केसरी रंग का जरीटोप पहना हुआ था। चमकदार, मोती के चौकड़े कानों की शोभा बढ़ा रहे थे। ग्रीवा के थोड़ा-सा भी हिलने से उन तेजस्वी मोतियों में सैकड़ों तारे झिलमिलाने लगते थे। भाल पर अंकित शिवगन्ध तिलक, राजसभा में सब ओर घूमनेवाली तीक्ष्ण दृष्टि, सीधी पतली किन्तु सिरे पर थोड़ी-सी मुड़ी हुई नाक, नीचे की ओर गावदुम होती गई दाढ़ी—यह सब अंग और चिह्न राजे के प्रभावशाली व्यक्तित्व का परिचय दे रहे थे। सबकी आँखें इस समय राजे की ओर लगी हुई थीं। पूर्व दिशा में सूर्योदय का समय निकट आ पहुँचने के लक्षण प्रकट होने लगे थे।

गागाभट्ट ने मंत्रोच्चारण करते हुए बहुमूल्य रत्नों से जटित, मोती के झालरोंवाला छत्र उठाया और राजे के सिर के ऊपर तान दिया। अब मंत्रघोष थम गया। राजसभा में एक पल निःस्तब्ध शान्ति रही। फिर अगले ही पल उत्सुक हृदयों ने आचार्य गागाभट्ट की घोषणा सुनी, ''क्षत्रिय कुलावतंस सिंहासनाधीश्वर गोब्राह्मण प्रतिपालक हिन्दू पद पादशाह श्रीमन्त श्री छत्रपति शिवाजी महाराज की...जयऽऽ।''

आनन्दोत्सव देखने आए हुए सहस्रों कंठों ने उस जयध्वनि को दुहराया, ध्वनि-प्रतिध्वनियों की लहरें निनादित हो उठीं।

वादक ने मृदंग पर थाप लगाई। नर्तकी के चरण थिरकने लगे। गायकों का गायन शुरू हो गया। गायक चौताल में बँधे ध्रुपद चरण गा रहे थे—

अस प्रताप तेरो जग में हो रावराजे बहादुर,
नाम सुनत मुनि आवत धाय धाय पावत,
मन इच्छा फल तिन को आधार।

वाद्यों के सम्मिलित सप्त स्वरों ने सारे वातावरण को मंगलमय बना दिया। दुर्ग की चारों दिशाओं की तोपें गरजने लगीं। दूर-दूर के प्रदेशों ने भी जान लिया—राष्ट्रभूमि ने अब छत्रपति राजा पा लिया है।

नेत्रों से बह रहे हर्षाश्रुओं को न पोंछते हुए जीजाबाई काँपती हुई उठ खड़ी हुईं। पुतलाबाई ने अपने आँसू पोंछे और वे उनकी ओर दौड़ीं। जीजाबाई को सहारा देते हुए उन्होंने पूछा, ''क्या चाहिए, माँसाहिबा?''

जीजाबाई ने एक बार पुतलाबाई की ओर देखा, फिर एकदम उनकी गोदी में सिर छिपाते हुए जीजाबाई कहने लगीं, ''अरी, मुझे और कहीं ले चलो री! कहीं मेरी ही दीठ न लग जाए मेरे बच्चे को!''

जीजाबाई सिसकियाँ भरकर रो रही थीं। पुतलाबाई उनकी पीठ पर हाथ फिरा रही थीं।

इधर जब सिंहासनासीन महाराज शिवाजी को सुवर्ण स्नान कराया जा रहा था, उसी समय पूर्व दिशा में सूर्य उदित हो रहा था।

और इस प्रकार बालसूर्य की सहस्त्रों किरणों ने भूतल पर फैले हुए अन्धकार को नष्ट कर दिया।

14

प्रधानमन्त्री मोरोपन्त ने महाराज को आठ हजार होनों से स्नान कराया। उसके पश्चात् राजसिंहासन के नीचेवाली वेदी पर गागाभट्ट, सम्भाजीराजा तथा प्रधानमन्त्री मोरोपन्त ने स्थान ग्रहण किया। सब दरबारी खड़े थे। सब सरदार अपनी-अपनी प्रतिष्ठा के अनुसार महाराज को भेंट अर्पित कर रहे थे। राजे भेंट स्वीकार रहे थे। अकस्मात् उनका ध्यान एक ऊँचे उठे हुए हाथ की ओर गया। अंग्रेज दूत ऑक्सिडेन हाथ उठाकर महाराज का ध्यान अपनी ओर आकर्षित करना चाहा रहा था। उसके साथ दुभाषिया नारायण शेणवी भी आया था। महाराज ने उन दोनों को आगे ले आने का आदेश दिया।

ऑक्सिडेन आगे बढ़ गया। उसने कई वस्तुएँ महाराज को भेंट कीं। इन वस्तुओं में एक विलायती कुर्सी भी थी। इसके अतिरिक्त हीरकजटित सिरपेंच, दो हीरे-जड़े कड़े, तीन पानीदार मोती और एक हीरे की अँगूठी थी। महाराज ने भी ऑक्सिडेन को सम्मानवस्त्र भेंट दिए और उसके उपहारों को स्वीकार किया।

अब विधि के अनुसार राजे को देवदर्शन करने जाना था। होली-चौक में इस निमित्त पूरा प्रबन्ध किया गया था। महाराज का ऐरावत हाथी पीठ पर सोने की अम्बारी धारण करके मस्ती से डोल रहा था। सोने-चाँदी के गहने और सलमे-सितारोंवाली झूल पहनाकर उसे सजाया गया था। राजे हौदे में जा बैठे। सेनापति हम्बीरराव मोहिते सुवर्ण-अंकुश लेकर महावत बने बैठे थे। हौदे के पीछे की बैठकी में बैठे हुए प्रधान मोरोपन्त सोने की मूठवाला मोरछल झल रहे थे। महाराज की सवारी निकली—अनेकों तुरहियों की ऊँची आवाजें आकाश से जा टकराईं।

जय-जयकार के बीच राज-यात्रा आगे बढ़ती जा रही थी। महाराज के पीछे-पीछे सारे सरदार थे और आगे-आगे चल रहा था अश्वारोही-दल। सेवकगण महाराज के सिर पर मोरछल और आफताबी पकड़े हुए थे। यह राज-यात्रा जैसे ही बाजार-पेठ में आई, नागप्पा शेट्टी आनन्द से पागल-सा होकर महाराज पर मुहरें न्यौछावर करने लगा। गुलाल उड़ाते हुए वह भी राज-यात्रा में सम्मिलित हो गया।

मार्ग के दोनों ओर के घर और अटारियाँ महिलाओं से खचाखच भरी हुई थीं। लोग महाराज को देखकर हाथ जोड़ रहे थे। बाजे-गाजे की धुन के बीच महाराज जगदीश्वर मन्दिर तक गए और वापस आ गए। महल के द्वार पर उन पर से राई-नोन उतारे गए। महाराज ने राजप्रासाद में प्रवेश किया।

अब अंगरक्षकों की सावधान पुकारें सुनाई देने लगीं।

जीजाबाई अपने महल में बैठी हुई थीं। मनोहारी दौड़ती हुई आई। कहने लगी, "महाराज महल में आ गए हैं।"

दो पल बाद दूसरी दासी दौड़ती हुई आई।

"महाराज राजसभागृह पार करके इधर ही आ रहे हैं।"

एक और दासी समाचार लेकर आई, "महाराज अष्टकोणी महल के पास आ पहुँचे हैं।"

अंगरक्षकों की सतर्क करनेवाली पुकार महाराज के पास आने की सूचना दे रही थी–

''बाअदब, बामुलाहिजा...ऽऽऽ
आस्ते कदम महाराजऽऽ आस्ते कदम।''

जीजाबाई हड़बड़ा गईं। जल्दी से उठते हुए पूछने लगीं, ''पुतला, अरी, हम सब बैठी रहें या खड़ी हो जाएँ? अब छत्रपति बन गया है न वह!''

इतने ही में राजे कक्ष के द्वार पर आ गए। धीरे-धीरे चलते हुए वे जीजाबाई के पास आए और उन्होंने अति विनम्रतापूर्वक माता के चरणों में माथा झुका दिया।

''शिवबा! राजेऽऽऽ!''

राजे उठ खड़े हुए। उन्होंने जीजाबाई को बलपूर्वक उच्चासन पर बैठा दिया। राजे ने मोरोपन्त की ओर देखा ही था कि मोरोपन्त आगे बढ़ आए। उनके हाथ में एक थाल था जो वस्त्र से ढँका हुआ था। वस्त्रावरण हटाते ही दृष्टिगत होने लगे थाल में रखे हुए महीन कोमल मलमली वस्त्र। राजे भावुक हो उठे। हाथ जोड़कर कहने लगे, ''माँसाहिबा, हम आपके आँचल की छाँव में छोटे से बड़े हुए। आपके आशीर्वाद से ही आज का यह दिन हम देख पाए हैं। आपके उपकारों का बदला हम भला क्यों दें? यदि हम पृथ्वी के स्वामी होते और समस्त पृथ्वी भी आपको दान दे डालते, तो भी वह दान अधूरा ही रहता। केवल धार्मिक विधि के अनुसार हम यह वस्त्र आपके चरणों में समर्पित कर रहे हैं। कृपया इन्हें हाथ लगा दें।''

मोरोपन्त ने थाल आगे बढ़ाया। जीजाबाई ने थाल का स्पर्श किया। होंठ थरथरा रहे थे–आँखें बेचैन-सी हो रही थीं। थाल को दूर हटाकर उन्होंने राजे को अपनी ओर खींच लिया और उन्हें गले से लगा लिया। उनके आँसू बह रहे थे, फिर भी राजे कह रहे थे, ''माँसाहिबा, शान्त हों! शान्त हों!!''

पल-दो-पल बाद जीजाबाई ने अपने को वश में किया। आँसू पोंछते हुए कहने लगीं, ''शिवबा, तुझे कैसे बताऊँ कि मेरा हृदय कैसा अनुभव कर रहा है? कभी सोचा भी नहीं था कि यह सुदिन देख पाऊँगी। तुझे एक बात मालूम नहीं है–तू शिवनेरी में पैदा हुआ था, तब ज्योतिषीजी तेरा भविष्य बताने आए थे। जानता है कि मैंने उनसे क्या कहा था?''

राजे ने सिर हिलाकर जताया–नहीं।

जीजाबाई हँस दीं। कहने लगीं, ''मैंने कहा था, 'ज्योतिषीजी, यह बालक पेट में था, तो कैसे-कैसे मुसीबत के पहाड़ टूटे हैं मुझ पर। अब इतना-भर बता दीजिए कि इसके पैदा होने के बाद अब कैसी दुर्गत होनेवाली है?' मेरी बात का उत्तर देते हुए शास्त्रीजी ने कहा था, 'माँसाहिबा, साक्षात् सूर्यभगवान ने आपकी कोख में प्रवेश किया है। यह बालक आपके जनम-जनम की कामनाएँ पूर्ण करेगा।' देख ले बेटे, उस ज्योतिर्षा की बात एकदम सच निकली। मेरा जीवन सफल हुआ–अब मरने की छूट मिल गई मुझे।''

''ऐसी बात मत कहिए, माँसाहिबा।''

''डर मत बेटे, डर मत। मैं यों नहीं मरनेवाली। तेरी छाँव बनकर सैकड़ों बार मरी हूँ, सैकड़ों मृत्युओं की यातनाएँ सह-सहकर दृढ़ बन गई हूँ मैं।''

''माँसाहिबा!''

''झूठ नहीं कहती हूँ। आज तक मैंने तुझे कभी बताया नहीं। तूने स्वराज्य की बाजी बिछा दी–हर दिन तू अपने को संकटों की आग में झोंक देता था–मैं आशीर्वाद दे देती थी।

अफजलखान, शाइस्ताखान जैसे शत्रु, आगरा की कैद, ऐसी कितनी ही तो मुहिमों में कूदना पड़ा। तू चला जाता था और मैं अकेली गढ़ में बैठी रहती थी। भगवान् के आगे धरना दे बैठती थी। जब तक पता न चले कि तू सकुशल है, साँस सीने में अड़ी रहती थी। हर दिन मृत्यु की भीषणता सहते-सहते प्राण सूखते जाते थे। मन कहता था—इतना सहन करके जीना क्या आवश्यक है? इस दशा से तो मृत्यु भली...।''

''माँसाहिबा!'' राजे माँ से लिपट गए। आँखें भर आईं। ''माँसाहिबा, ऐसा न कहिए। अब आपको कुछ भी सहना-भोगना नहीं पड़ेगा। यदि ऐसा हुआ, तो हमारे छत्रपति-पद का मूल्य ही क्या रहा?''

राजे सिंहासनारोहण के अवसर पर इतने भावुक नहीं हुए थे, किन्तु माता की भुजाओं के आलिंगन ने उन्हें पूर्णतः भावविह्वल कर डाला।

राजसभागृह के मंडप से संगीत के स्वर उठते सुनाई दे रहे थे।

15

दुर्ग में सर्वत्र राज्याभिषेक के उपलक्ष में उत्सव मनाया जा रहा था। कहीं नृत्य तो कहीं गायन। पँवाड़ों के कारण गढ़ में मादकता का वातावरण था। कहीं पर जुआरियों ने जुए की चौपड़ बिछा रखी थी। मावले सैनिकों की टोलियाँ अपना भाग्य आजमाने के लिए उनके चारों ओर जमा हो रही थीं। बंगाली जादूगरों द्वारा दिखाए जा रहे जादू के खेल देखकर स्त्रियाँ और बच्चे भय से थर्रा उठते थे। पुरुष आश्चर्यचकित हो रहे थे। गढ़ में जगह-जगह अनेक तरह की मिठाइयों के भंडार खुले हुए थे। सम्भाजीराजा राजाराम को लेकर सारे गढ़ में घूमते फिर रहे थे। देख-देखकर उन्हें शहजादे आलमगीर की मुगल-छावनी की याद आती थी।

राजे अपने महल में अकेले ही बैठे थे। राज्याभिषेक के कारण बढ़ते जा रहे उत्तरदायित्व को वे महसूस कर रहे थे। उन्हें राज्य का प्रबन्ध करना था—उसे सुचारु और नया रूप देना था। मन में कितनी ही योजनाएँ आकार धारण कर रही थीं। इतने में उन्हें किसी के खँखारने की आवाज आई और राजे की एकाग्रता भंग हुई। उन्होंने मुड़कर देखा, पीछे सोयरबाई खड़ी हुई थीं। राजे उनके सौन्दर्य की ओर देखते ही रह गए।

''क्या देख रहे हैं ऐसे?''

''सच कहूँ? लगता है, जैसे कल ही तुम्हारी शादी हुई हो। बिलकुल नई दुल्हन लगती हो।''

सोयराबाई शरमा गईं। ''बस, बस, रहने दीजिए। झूठ बात है। मैं महल में आई—आपके पीछे आकर खड़ी हो गई, तो भी 'श्रीमानजी' को खबर नहीं; कितनी उमंग लेकर आई थी मैं।''

''वह क्या है भला?'' राजे ने कुतूहल से पूछा।

सोयराबाई ने पैर आगे किया। साड़ी थोड़ी ऊपर उठाई। राजे ने देखा—सोयराबाई ने पैरों में सोने के नूपुर तथा सोने के बिछुवे पहने हुए थे।

''गागाभट्टजी ने बताया है कि अभिषिक्त पटरानी को सोने के नूपुर और सोने के बिछुए पहनने का अधिकार होता है।''

राजे की दृष्टि कुछ देर नूपुरों पर ठहरी रही। फिर वे अनजाने में ही कह गए, ''रानीसाहिबा, सच कहूँ? सच तो यह है कि चाँदी खनकती है, सोना नहीं खनकता।''

''क्या मतलब?''

राजे सावधान हो गए। बात सँभालते हुए कहने लगे, "अब यही देखो ना! तुम्हारे नूपुर अगर चाँदी के होते, तो उनकी खनक से हमें तुम्हारे आने की सूचना मिल जाती।"

"खनक नहीं है, तो क्या? हैं तो सोने के ना! अभिषेक के बाद से औरतें और बच्चे हमारे पाँव छू रहे हैं। जी ऊब गया है। फिर पाँव भी पड़ती हैं तो कैसे? एकदम पैरों पर सिर रख देती हैं!"

"पटरानी हो न! ऊबने से कैसे काम चलेगा?"

"मैं क्या जानती नहीं हूँ? इसीलिए तो सहन करती हूँ। अनाजी ने भी यही कहा था। अच्छा, मैं जाती हूँ। औरतें महल में मेरी प्रतीक्षा कर रही होंगी।"

"जरा ठहरो।" कहते हुए राजे उठ खड़े हुए। उन्होंने सन्दूक खोला। सन्दूक में से हाथी-दाँत की बनी एक सुन्दर छोटी-सी नक्काशीदार सन्दूकची निकालकर उन्होंने सोयराबाई को दी।

"यह क्या है?"

"कर्नाटक से एक इत्रफरोश आया था। उससे यह इत्र-दान खरीदा है। खास तुम्हारे लिए। खोलकर देखो।"

सोयराबाई ने सन्दूकची खोली। उसमें इत्र की कई शीशियाँ थीं। राजे ने कहा, "याद है? जब हम आगरा जा रहे थे, तो तुमने हमसे इत्र लाने के लिए कहा था, किन्तु हम ला नहीं पाए।"

"कितना याद रखते हैं आप भी?"

"किया हुआ वायदा भूल जाएँगे, तो हमें छत्रपति कौन कहेगा?"

सोयराबाई का ध्यान राजे की अँगूठी की ओर गया। हीरे की अँगूठी बहुत चमक रही थी। उन्होंने पूछा, "नई बनवाई है क्या?"

"नहीं। कल अंग्रेज दूत ने भेंट दी है।"

"ये हीरे कितने चमकते हैं! हमारे हीरे क्यों नहीं चमकते?"

"इन हीरों को काटकर तराशा गया है, रानीसाहिबा। अन्यथा तो हीरे का नग भी मामूली चकमक पत्थर जैसा दिखाई देता है। हीरे की ही बात नहीं है—मन के बारे में भी यही बात है। मन भी हीरे के समान निर्मल स्वच्छ रहता है। उसे ज्ञान और व्यवहार से तराशा जाए, तो वह भी चमकने लगता है।"

"अच्छा जी! रहने दो—हमारा मन न होगा निर्मल!" सोयराबाई एकदम झल्लाकर कह उठीं।

राजे चकित हो उठे। बोले, "रानीसाहिबा, अब तुम्हें क्रोध को वश में करना चाहिए। बात का उलटा अर्थ समझने की आदत भी बदलनी चाहिए। तुम पर अब बहुत जिम्मेदारी है—महारानी हो तुम अब।"

सोयराबाई एकदम हँसने लगीं। राजे ने पूछा, "राजाराम कहाँ हैं?"

"वे घर में हैं ही कहाँ? अपने सम्भाजी दादामहाराज के साथ गाजे-बजाने में मग्न रहते हैं।"

"सिंहासनारोहण के समय दिखाई नहीं दिए, इसलिए पूछा। शायद सो रहे थे।"

सोयराबाई ने तुनककर कहा, "हाँ! और जागते भी कितनी देर?"

"लो, सौ बरस की उम्र पाई है उन्होंने!"

सोयराबाई ने देखा, सम्भाजी और राजाराम महल में आ रहे थे। दोनों ने राजे को तथा सोयराबाई को सिजदा किया।

राजे ने राजाराम को बाँहों में उठा लिया। उसे छाती से लगाते हुए कहने लगे, ''बालराजे, हम तुम्हें ही याद कर रहे थे। हम सिंहासन पर बैठ रहे थे और ठीक उसी समय तुम सो गए थे। अरे वाह!''

''बिलकुल झूठ, हम सोए कहाँ थे?''

''बालराजे!' सोयराबाई घबराकर चिल्लाई।

''तो फिर कहाँ थे, बालराजे?'' राजे ने पूछा।

''आईसाहिबा ने हमें मना कर दिया था। हमें उन्होंने सातमहल में ही रखा।'' राजाराम ने कह डाला।

राजे आश्चर्यचकित होकर सोयराबाई की ओर देख रहे थे। सोयराबाई सकपका गई थीं। वे तुरन्त क्रोध से भड़क उठीं और उसी आवेग में कह गईं, ''सम्भाजी युवराज बनकर अभिषेक कराते। युवराज के नाते उन्हें सिंहासन की सीढ़ी पर बिठाया जाता और राजाराम बारगीर* की तरह दरबार में खड़े-खड़े देखते? इस अपमान से तो अच्छा था कि...।''

''रानीसाहिबा, बस, बन्द कीजिए अपनी जुबान...!'' राजे ने जोर से कहा।

सोयराबाई ने हाथ में पकड़ी हुई इत्रदानी नीचे फेंक दी। इत्र की बूँदें चारों ओर बिखर गईं और रानीसाहिबा महल के बाहर चली गईं।

16

शिवाजीराजा ने रात का दरबार आयोजित किया था। राजसभागृह में मसनदों-गावतकियों की कई शानदार बैठकें लगाई गई थीं। हजारों दीपज्योतियों से जगमगा रहे वृक्षदीपों से सारा राजसभागृह प्रकाशित हो उठा था। मशालची सावधान खड़े थे। समई-दीपकों के उजाले में रानजटित सिंहासन चमक रहा था। चिक के परदों के पीछे रानी परिवार उपस्थित था। सारे सरदार और प्रतिष्ठित जन अपने पद के अनुरूप अपने-अपने स्थान पर आसीन थे। सिंहासन के बाईं ओर की विशेष बैठक पर बैठा हुआ अंग्रेज दूत ऑक्सिंडेन दुनिया से निराली अपनी वेशभूषा के कारण सबका ध्यान आकृष्ट कर रहा था। मूल्यवान् बिछाइत से सुशोभित विशेष बैठक पर सम्भाजीराजा तथा राजाराम बैठे हुए थे।

महाराज दरबार जाने के लिए महल से बाहर निकलने ही वाले थे कि उन्होंने अपने निकट खड़े हम्बीरराव से पूछा, ''माँसाहिबा दरबार गईं क्या?''

''जी नहीं।''

''क्यों?'' राजे ने ऊपर देखते हुए कहा।

''राज्याभिषेक के कारण रात-भर भाग-दौड़ करनी पड़ी। बहुत थकावट आ गई थी उन्हें, इसलिए सबने उन्हें विश्राम करने की सलाह दी है।''

''ऐसी बात है? तो चलो, हम माँसाहिबा से मिलकर ही दरबार जाएँ।''

राजे महल से बाहर निकले। जीजाबाई अपने महल में बैठक पर बैठी हुई थीं। पास ही मनोहारी खड़ी थी। राजे ने उनके पाँव छुए।

''आयुष्मान् बनो। अरे बेटा, कितनी बार पाँव छूता है तू?''

---

* सामान्य घुड़सवार सैनिक।

''यही तो हमारी तपस्या है।...सुना कि आपकी तबीयत ठीक नहीं है।''

जीजाबाई हँस दीं। बोलीं, ''नहीं रे। ठीक हूँ मैं। जब से तेरा राज्याभिषेक देखा है, नींद तो जाने कहाँ चली गई है। नींद आती नहीं, एक जगह बैठा नहीं जाता...बस कुछ ऐसा हो गया है रे।''

''हमने बड़े शौक से आज का दरबार लगवाया है...आपके लिए। और जब सुना कि आप नहीं आ रहीं, तो जी उदास हो गया।''

''मेरे लिए?''

''आप दरबार में आएँगी, तभी पता लगेगा।''

''हाँ, आती हूँ। आँख मूँदने से पहले मुझे सबकुछ देख लेने दे, अब तो... ।''

राजे के चेहरे की हँसी गायब होते देखकर जीजाबाई हड़बड़ी से कहने लगीं, ''अच्छा, रहने देती हूँ। अब कभी नहीं कहूँगी। तू आगे चल, मैं अभी आती हूँ।''

''नहीं, आप हमारे साथ ही चलें।''

जीजाबाई को हँसी आ गई।

''अच्छा बाबा, अच्छा। तेरे साथ आती हूँ। आज तक बालहठ पूरा किया है, अब राजहठ भी पूरा करती हूँ।''

सब हँस पड़े। जीजाबाई घुटनों का टेका लेकर उठ खड़ी हुईं। राजे ने उन्हें सहारा दिया। जर की किनारीवाले श्वेत वस्त्र धारण की हुई जीजाबाई राजे के बाएँ हाथ का सहारा लेकर महल से बाहर निकलीं। गुर्जबरदार राजघोषणा कर रहे थे—'क्षत्रियकुलावतंस गोब्राह्मण प्रतिपालक... ।'

राजसभागृह के पास आकर जीजाबाई मनोहारी का सहारा लेकर रनिवासवाली बैठक की ओर मुड़ गईं। राजे राजसभागृह की दिशा में चल पड़े।

राजघोषणा का उच्च घोष सुनकर सारी सभा खड़ी हो गई थी। जैसे ही राजे ने प्रवेश किया, सिजदों की झड़ी लग गई। राजे सिंहासन की सीढ़ियाँ चढ़ने लगे। राजघोषणा हो रही थी—'निगाह रखो! खड़ी ताजीम...आहिस्ते कदम महाराज, आहिस्ते कदमऽऽ।'

राजे सिंहासन पर विराजमान हुए। गुर्जबरदार ने दो बार सुवर्णदंड को पटका। नीचे झुकी हुई दृष्टियाँ ऊपर उठीं। राजे ने सबको बैठने का संकेत किया। सारे दरबारी जनों ने अपने स्थान ग्रहण किए। राजे सारे दरबार को दृष्टि घुमाकर देख रहे थे। राजाराम और सम्भाजीराजा को देखते ही उनके होंठों पर मुस्कुराहट आ गई। राजे ने सामने देखा। राजसभागृह के बीचोबीच बिठाई गई सुशोभित बैठक पर कविराज भूषण खड़े हुए थे। तेजोमय मुखमंडल, सफेद अँगरखे पर झूल रहा केसरी कमरबन्द, कानों में डोल रहे चमचमाते सुवर्णकुंडल। कवि भूषण भी राजे का रूप नेत्रों में भर रखने का प्रयत्न कर रहे थे। राजे की दृष्टि भूषण पर जाकर टिक गई। भूषण ने हाथ जोड़े।

''कविराज!'' महाराज कहने लगे, ''अतीव शुभमुहूर्त में आपके चरणों ने हमारे गढ़ को पावन किया है। श्री जगदम्बा ने हमारे हाथों जो कुछ कराया है, उसकी इच्छा से जो सपने सफल हो पाए, हमारी अभिलाषा है कि उसका वर्णन आपकी वाणी से सुनें।''

भूषण ने अपना कमरबन्द ठीक किया। हाथ ऊँचा उठाकर कहने लगे, ''सुनो राजन्, आपके दिव्य पराक्रम की अमर गाथा गाने का भाग्य प्राप्त होना ही जीवन की सार्थकता

है। मुझ जैसे कवि को तो यही प्रतीत होता है। राजन्, सुनिए, शान्तचित्त होकर प्रेमरस में डूबकर अपने दिग्विजय का काव्य सुनिए।''

राजसभा में स्तब्धता छा गई। रस के मर्मज्ञ कवि कलश की दृष्टि भी कविराज भूषण पर जा ठहरी। और ज्यों नीरव राजप्रासाद में अति लावण्यमयी नर्तकी की पायलों के बोल गूँज उठें, यों कवि भूषण का एक-एक शब्द राजसभा के कोने-कोने में गूँजने लगा :

साजि चतुरंग वीररंग में तुरंग चढ़ि
सरजा शिवाजी जंग जीतन चलत है।
भूषन भनत नाद विहद नगारन के
नदी नद मद गैबरन के रलत है॥

''वीर शिवाजी चतुरंग सेना लेकर वीरता के रंग में रँगकर घोड़े पर चढ़कर युद्ध जीतने निकल पड़ा है। नगाड़ों का भीषण नाद हो रहा है। मदमत्त हाथियों के गंडस्थल से बह रहा मद जल नदी-नालों के प्रवाह में मिला जा रहा है।''

सारे दरबार के समय महाराज भी मन्त्रमुग्ध-से होकर वह वीरगाथा सुन रहे थे। एक-एक कवित्त के चरण के साथ-साथ भूषण की वाणी से ओज बरस पड़ता था। आँखें देख रही थीं– घोड़ों की टापों से उठनेवाला धूल का बवंडर। एक-एक विजय-यात्रा राजे की आँखों के आगे से निकल रही थी। अफजलखान का वध हुआ–शाइस्ताखान आ गया–भूषण कह रहे थे–

तनियाँ न तिलक सुथनियाँ पगनियाँ न
घामैं घुमराती छोड़ि सोजियाँ सुखन की।

राजे शिवाजी ने जब रात्रि को शाइस्ताखान के महल में प्रवेश किया था, उस काल मुगल स्त्रियों की दशा कुछ ऐसी ही हो गई थी। उस दृश्य की स्मृति आते ही राजे के मुख पर मुस्कुराहट फैल गई। कवि भूषण का कवित्त एक-एक घटना को आँखों के सामने उपस्थित कर रहा था। राजे तन्मय होकर, समय तथा अवसर की सुध भूलकर कविता सुन रहे थे। भूषण ने आगरा की घटना का वर्णन करना आरम्भ किया। उस प्रसंग की स्मृति आते ही राजे की मुट्ठियाँ अपने-आप भिंचने लगीं।

कहीं शिवाजी सिंह की भाँति झपट्टा न मारे, इस भय से औरंगजेब ने शिवाजी से गुसलखाने में मुलाकात की। सम्मान और योग्यता के आधार पर उन्हें सबके आगे स्थान दिया जाता किन्तु, उन्हें छःहजारी सरदारोंवाले निचले स्थान पर खड़ा किया गया। शिवाजीराजा का क्रोध उबलने लगा–

भूषन भनत महावीर बलकन लाग्यो
सारी पातसाही के उड़ाय गए जियरे।
तमक ते ताल मुख सिवा को निरखि भयो
स्याह मुख नौरंग सियाह मुख पियरे॥

भूषण कह रहे थे, ''जब महावीर शिवाजी क्रुद्ध होकर तमतमा उठा, तो सारे दरबारियों की जान सूख गई। शिवाजी के क्रोध से सन्तप्त ताँबे के समान लाल मुखमंडल को देखकर औरंगजेब का चेहरा काला पड़ गया और सिपाहियों के मुख पीले पड़ गए।''

भूषण मुगलिया अत्याचारों का वर्णन कर रहे थे। सारी सभा में क्रोध का संचार होने लगा था।

भूषन भनत भाग्यो कासीपति विश्वनाथ
और कौन गिनती में भूली गति भव की।
चारी वर्ण धर्म छोड़ि कलमा निमाज पढ़ि
शिवाजी न होते तो सुनति होती सबकी ॥

''औरंगजेब ने मथुरा में कत्लेआम किया और 'रब' के नाम की डोंडी पिटवा दी। देवी-देवताओं की मूर्तियाँ और मन्दिर तुड़वा डाले। लाखों हिन्दुओं को मुसलमान बना डाला। यही नहीं, स्वयं काशीपति विश्वनाथ भी भयभीत होकर भाग खड़े हुए। स्वयं महादेवजी की ऐसी दशा हुई। अवश्य ही चारों वर्णों को अपना धर्म छोड़कर कलमा और नमाज पढ़नी पड़ती। अगर शिवाजी न हुए होते, तो अवश्य ही सबकी सुन्नत हो जाती... ।''

कविता सुनने में तल्लीन हुए गागाभट्ट राजसभा का शिष्टाचार भूलकर अपने उच्चासन पर खड़े हो गए। हाथ ऊँचा उठाकर वे भूषण के पास आए, ''धन्य, धन्य कविवर भूषण। तुम धन्य हो।'' कहते हुए उन्होंने भूषण को भुजाओं में भर लिया। वे किंकर्त्तव्यविमूढ़-से हो गए थे–फिर अकस्मात् अपने कंठ में पहनी हुई मूँगे की माला उन्होंने उतारी और भूषण को पहना दी। सारे राजसभाजन मुग्ध होकर दो गुणवान् व्यक्तियों की भेंट होती देख रहे थे।

कविराज भूषण ने महाराज को नमस्कार करके पुनः कविता-पाठ आरम्भ किया। एक कवित्त पूरा होते ही राजे 'एक और' कह उठते थे और यों काव्यधारा प्रवाहित होती जा रही थी। रात बीतती जा रही थी। आधी रात बीत जाने पर भूषण रुक गए। राजे ने पूछा, ''कविवर, रुक क्यों गए हो? हमारे कान अभी अतृप्त हैं।''

''महाराज, आधी रात हो चुकी। अब आज्ञा दें। पुनः जब कभी आज्ञा होगी, यह सेवक आपके सम्मुख आ उपस्थित होगा।''

''कविराज भूषण, आज राज्याभिषेक का उत्सव-दिन है। हमने मन-ही-मन निश्चय किया था कि तुम्हारे एक कवित्त के लिए एक लाख रुपए इनाम दें। तुम जितने कवित्त-सवैये सुना सको, हम सुनने के लिए तैयार हैं।''

सारा दरबार इन वचनों को सुनकर स्तब्ध हो गया। कवि भूषण के मुखमंडल पर हँसी छा गई। अतीव शान्त भाव से उन्होंने उत्तर दिया, ''राजन्, क्या ही अच्छा होता यदि यह सम्भव हो पाता। आपकी करोड़ों रुपयों की सम्पत्ति भो शायद चुक जाती। भला आपकी स्तुति करते हुए हमारी वाणी कभी उकता सकती है? प्रजा आपको देवता मानती है–आपके ध्येय के लिए असंख्य जन अपने प्राणों की आहुति देने के लिए तत्पर रहते हैं। आपकी इस गुण-सम्पदा का बखान करते जी उकताने की चर्चा कैसी! राजन्, यह तो अहोभाग्य है मेरा। एक कवित्त के लिए आप एक लाख रुपए न दें और केवल एक विल्वपत्र मेरी झोली में डाल दें, तो भी मैं आजीवन आपका दास हो जाऊँगा–आपकी योग्यता ही ऐसी है। राजन्, विजयश्री सदा आपके गले में जयमाला पहनाए।''

भूषण ने हाथ जोड़कर नमस्कार किया। राजे सिंहासन से उठे। वे भूषण के निकट आए। उन्होंने अपना मोती-कंठा भूषण को पहना दिया।

''कविराज, हमारी राजसभा में अष्टप्रधान हैं–राजपंडित भी हैं, किन्तु राजकवि का पद रिक्त था–तुम्हारे आने से वह स्थान भी पूर्ण हुआ।''

राजकवि भूषण ने विनम्रता एवं आनन्दपूर्वक इस सम्मान को स्वीकार किया।

फिर राजे सीढ़ियाँ चढ़ते हुए वहाँ पहुँचे, जहाँ जीजाबाई बैठी थीं। जीजाबाई गावतकिए के सहारे बैठी हुई थीं। कपोलों पर बहे आँसू सूख चुके थे। राजे उनके पास बैठ गए।

''माँसाहिबा, आपको याद है कि एक बार आप चारण का पँवाड़ा सुन रही थीं, उस समय हमने कहा था...।''

जीजाबाई ने उन्हें आगे बोलने नहीं दिया। राजे के गालों पर हाथ फिराते हुए वे काँपती आवाज से कहने लगीं, ''शिवबा, सब याद है मुझे। तेरा राज्यारोहण देखकर आँखें सिरा गई थीं–कान अतृप्त थे। आज कान भी तृप्त कर दिए तूने–तू आज माता के ऋण से उऋण हुआ...।''

17

राजे का राज्याभिषेक सम्पन्न हुआ और सारे दुर्ग में उत्सव मनाया जाने लगा। जो मुख्य गढ़पति तथा राजा के अधिकारीगण आए हुए थे, वे राजे से अनुमति पाकर अपने-अपने स्थानों को लौटने लगे। राजे ने सबको सम्मान-वस्त्रादि से सम्मानित करके विदा किया। फिरंगोजी भी भूपालगढ़ लौट गए।

गढ़ में उत्सव की धूमधाम थी, किन्तु राजे का ध्यान उस ओर नहीं था। वे राज्य के कामकाज में व्यस्त हो गए थे। नए अष्टप्रधानों[1] के अधिकार तथा उत्तरदायित्व निश्चित करने में व्यस्त थे। गढ़ की दो टकसालों में राज्याभिषेक के शुभ अवसर पर ताँबे के 'शिवराई' सिक्के तथा सोने के 'शिवराई' सिक्के ढालने का काम शुरू हो चुका था। राजे की इच्छा थी कि बालाजी अष्टप्रधानों में एक हों, किन्तु बालाजी ने अपनी वंशपरम्परा का विचार करते हुए चिटनीस[2] पद लेने की माँग की। राजे ने भी अति आनन्दपूर्वक एक विशेष राजदरबार आयोजित करके उन्हें चाँदी का कलमदान, घोड़ा, चँवर, चौकड़ा तथा आभूषण भेंट किए।

इस दरबार में मोरोपन्त, अनाजी, हम्बीरराव, त्र्यंबकराव, रामचन्द्रपन्त, दत्ताजीपन्त, रघुनाथपन्त तथा निराजीपन्त ये अष्टप्रधान उपस्थित थे। राजे द्वारा बालाजी को सम्मानित किया देखकर सभी अति सन्तुष्ट थे। अष्टप्रधानों के अतिरिक्त दरबार में गागाभट्ट, भूषण तथा अनन्तभट्ट भी उपस्थित थे। राजे की दृष्टि मोरोपन्त की ओर गई।

''मोरोपन्त, हमने बालाजी के सामने प्रधान पद का प्रस्ताव रखा था, किन्तु उन्होंने चिटनीस होना पसन्द किया।''

''शायद यह उनकी विनम्रता भी हो।'' मोरोपन्त ने कहा।

''नहीं। हमारा अनुमान है कि उन्होंने चिटनीस पद माँगकर चतुरन्ता का परिचय दिया है। वे जानते हैं कि तलवार की अपेक्षा कलम का महत्त्व कुछ कम नहीं है। हमें इसी बात की प्रसन्नता है।''

राजे कुछ देर रुके। फिर एकदम उन्होंने आदेश दिया, ''हमारे मदारी मेहतर को बुलाओ।''

राजे की इस आज्ञा को सुनकर सब चकित हो उठे। कोई यह न समझ सका कि राजे ने ऐसी आज्ञा क्यों दी होगी। राजे मुस्कुराने लगे, ''मोरोपन्त, तुम्हें आश्चर्य हुआ कि हमने मदारी मेहतर को क्यों बुलवाया? यदि इस अवसर पर उसकी याद न आएगी, तो किसकी

---

1. आठ मन्त्री, 2. सचिव।

आएगी? हम आगरा के बन्दीगृह से पलायन के बारे में सोच रहे थे। एक-एक करके सब साथी बाहर भेजे जा चुके थे–अन्त में रहे हिरोज़ी फर्जंद और मदारी मेहतर। एक सयाना, तो दूसरा भोला नाबालिग–किन्तु दोनों पूरे निष्ठावान्। हिरोजी ने हमारी जगह ले ली और मदारी हमारी उपस्थिति का आभास बनाए रखने के लिए हिरोजी के पैर दबाता रहा। दोनों के चंगुल से छूट निकलने की सम्भावना बहुत कम थी–जानबूझकर भी मृत्यु का स्वागत करनेवाले वीर हैं यह दोनों। हिरोजी का तो हमने सम्मान किया, किन्तु मदारी यूँ ही रह गया।''

मदारी दरबार में आया। राजे ने उसे बड़े प्यार से पास बुलाया। बीस बरस का बेचारा मदारी आश्चर्य से खड़ा था, 'जाने दरबार में क्यों बुलवाया गया हूँ?'

''मदारी, तुमने हमारी रक्षा की, इसीलिए हम आज छत्रपति बन पाए हैं। तेरी स्वामिभक्ति ने ही हमारे बत्तीस मन के सिंहासन को अलंकृत कर दिया है। हम आज से राजसिंहासन का प्रबन्ध-कार्य तुझे सौंपते हैं।''

राजे ने मदारी को सम्मानवस्त्र दिए तथा राजसिंहासन के प्रबन्ध-कार्य के लिए उसे नियुक्त किया।

गागाभट्ट अपने आसन से उठकर खड़े हो गए। कहने लगे, ''राजन्, राज्याभिषेक के पश्चात् जितने भी कार्य होने आवश्यक थे, पूर्ण किए जा चुके हैं। केवल एक कार्य शेष रहा है।''

''कौन-सा कार्य?'' राजे ने पूछा।

''हमारी इच्छा है कि राज्याभिषेक के काल से एक नए राज्याभिषेक संवत् का शुभ आरम्भ किया जाए।''

कृष्णाजी ज्योतिबा राजसभा में उपस्थित थे। उन्होंने प्रस्ताव का समर्थन किया। राजे ने भी इसे स्वीकृति दे दी। उन्होंने कृष्णाजी से कहा, ''कृष्णाजी, आप हमारे दरबार के राजज्योतिषी हैं। आप भलीभाँति सोच-विचार करें कि नया पंचांग सर्वथा कैसे शुद्ध हो। आप अध्ययनपूर्वक करणग्रन्थ तैयार करें।''

कृष्णाजीपन्त ने इस उत्तरदायित्व को आनन्दपूर्वक स्वीकार कर लिया। साथ ही राजे ने रघुनाथपन्त को भी आज्ञा दी कि वे 'राजव्यवहारकोश'* तैयार करें।

''क्षमा करें, महाराज। हम आपका प्रयोजन समझ नहीं पाए।''

राजे के मुख पर हँसी छा गई। उन्होंने कहा, ''आप तो ज्ञानी पंडित हैं। आपको हमारा हेतु समझ आना चाहिए था। राज्य-शासन से सम्बन्धित हमारे दो-चार पत्रों को यदि आप देखें, तो आप हमारे कहे का प्रयोजन अवश्य समझ पाएँगे। हमारी भाषा में राज्य-शासन से सम्बन्धित राज्यव्यवहार के जितने भी पुराने शब्द पहले थे, वे अब भाषा से दूर चले गए हैं और उनका स्थान फारसी शब्दों ने ले लिया है। हमारी भाषा में सुधार आवश्यक है। केवल राज्यव्यवहारकोश बना लेने-भर से काम नहीं चलेगा. हमारे अष्टप्रधानों तथा राजपंडितों को जागरूक रहकर देखना होगा कि ये नए शब्द शासन-कार्य में प्रयुक्त हों।''

राजे के वचनों को सुनकर गागाभट्ट बहुत हर्षित हुए। उनसे कहे बिना रहा नहीं गया।

''राजन्, आप छत्रपति नृपति बने, यह हमारा सौभाग्य है। किन्तु यह देखकर तो हम सचमुच धन्य हुए कि आपको बढ़ते हुए उत्तरदायित्व और कर्तव्य का भी ज्ञान है।''

---

* राजव्यवहारकोश–शासन एवं राज्यकार्य के लिए आवश्यक मराठी पारिभाषिक शब्दकोश।

''ऐसा नहीं है, आचार्य महोदय।'' राजे हँसते हुए कहने लगे, ''हम तो समझते हैं कि उत्तरदायित्व के ज्ञान की कमी के कारण हमें पंचांग और राज्यव्यवहारकोश जैसी बातें सूझने लगी हैं।''

सब इस कथन पर हँसने लगे, किन्तु राजे के मुख पर और भी गम्भीरता छा गई। वे मन्द स्वर से कहने लगे, ''हमने यह बात हँसी में नहीं कही है। आज तक हमने राजपद में अकेले ही निर्णय किए हैं—योजनाएँ अकेले बनाई हैं। समय-समय पर सलाह अवश्य ली। उस समय हमारी जिम्मेदारी बहुत अधिक थी, किन्तु आज हमने कठिन परीक्षा-निरीक्षण करके अष्टप्रधान मंडल बनाया है। राज्य की सीमाएँ बढ़ चुकी हैं, और भी बढ़ती जाएँगी। यह जिम्मेदारी अकेले के बस की बात नहीं है। यह हमारा राज्य नहीं है—यह राज्य है 'श्री' का। उतने ही साहस और धैर्य से इसकी रक्षा करनी होगी, इसे सँभालना होगा। अब से जो भी निर्णय किए जाएँगे, उसमें हमारे साथ-साथ अष्टप्रधानमंडल भी सहभागी होगा। अवश्य ही हम छत्रपति हुए हैं। छत्र का सुवर्ण-शिखर कितना भी दीप्तिमान् क्यों न हो, किन्तु छत्र के भार और फैलाव को तो छत्र की तनी हुई डोरियाँ ही सहेजती-तौलती हैं।''

राजे उठ खड़े हुए। दरबार समाप्त हुआ। वास्तव में राजे का ध्यान दरबार के कामकाज में था भी नहीं। राज्याभिषेक के बाद से उनका ध्यान लगा था जीजाबाई की ओर। वे निर्बल थकी-माँदी हो गई थीं—बिस्तर से जा लगी थीं। वैद्य औषधियाँ दे रहे थे। कवि कलश एक फूँका हुआ ताबीज भी ले आए थे।

राजे दोपहर को जीजाबाई के महल से बाहर निकले, वहीं उन्हें कवि कलश दिखाई दे गए। कलश राजे के पास आकर खड़े हो गए। वे चिन्तित दिखाई दे रहे थे।

''राजे, निश्चलपुरी गोसाईं जाने की अनुमति चाहते हैं।''

''कहाँ जाना चाहते हैं?''

''वे दुर्ग में नहीं रहना चाहते—वे गढ़ से जाना चाहते हैं। आपकी आज्ञा चाहते हैं।''

राजे समझ चुके थे कि निश्चलपुरी आचार्य गागाभट्ट से द्वेष करते हैं। एक था प्रकांड ज्ञानी तो दूसरा था तपस्वी मान्त्रिक गोसाईं। राजे ने दोनों को आश्रय दिया था। राजे राजसभागृह में आए। वहाँ निश्चलपुरी खड़े हुए थे—उपवास तथा कठिन अनुष्ठानों से काया कृश हो चुकी थी, कमर में व्याघ्र-चर्म बाँधे थे, सिर पर जटाजूट तथा तन पर भभूत की रेखाएँ चित्रित थीं।

''गोसाईंजी, कवि कलश ने बताया कि आप जाना चाहते हैं।''

''हाँ, कुछ काल के लिए जाना ही होगा।''

''कारण कह सकेंगे?''

निश्चलपुरी ने संतप्त प्रश्वास छोड़ी। भीतर की अग्नि भड़ककर प्रकट हो गई, ''राजन्, आप जानते हैं कि गागाभट्टजी ने राज्याभिषेक के लिए जो मुहूर्त निश्चित किया, वह मुझे स्वीकार्य नहीं था। जिस काल के प्रभाव से पहले सेनापति की मृत्यु हो, फिर पत्नी का देहान्त हो, उसे मुहूर्त कैसे कहा जा सकता है? राज्याभिषेक से पहलेवाले दिन उल्कापात हुआ था। ऐसे दैवीय उत्पातों का विचार गागाभट्टजी को करना चाहिए था। शेष तो बहुत भयानक हैं—राज्याभिषेक के बाद के तेरहवें, बाईसवें, पचपनवें और पैंसठवें दिन इसी प्रकार के अनिष्ट होते रहेंगे...।'

राजे ने विनम्रतापूर्वक कहा, ''आप ज्ञानी हैं—अनिष्ट के निवारणार्थ आप जो भी करेंगे, हमें मान्य होगा।''

निश्चलपुरी हँसने लगे। बोले, ''राजन्, मेरे कथन के अनुसार जब आपको घटनाएँ घटती दिखाई देने लगें, तो मुझे बुलावा भेजना। मैं आऊँगा और तान्त्रिक अभिषेक अनुष्ठान करके भावी अनर्थ दूर करूँगा।''

राजे ने निश्चलपुरी को ससम्मान विदाई दी।

निश्चलपुरी की भविष्यवाणी से राजे का मन चिन्ताग्रस्त हो उठा।

18

राजे जीजाबाई के पास बैठे हुए थे। महल में समई-दीपक जल रहे थे। माँसाहिबा बहुत दुर्बल दिखाई दे रही थीं। सम्भाजीराजा, सोयराबाई, पुतलाबाई और राजाराम वहाँ उपस्थित थे। राजाराम जीजाबाई के पास पलंग पर बैठा हुआ था। जीजाबाई उसके सिर पर हाथ फेर रही थीं। बैठे-बैठे राजाराम ऊब-सा गया और जीजाबाई के पास ही लेट गया। सोयराबाई आगे बढ़ आईं। राजाराम का हाथ पकड़ते हुए कहने लगीं, ''उठो बालराजे, जाओ, सोए मत रहो। देखते नहीं, माँसाहिबा बीमार हैं।''

जीजाबाई कहने लगीं, ''अरी, रहने दे उसे यहीं। शिवबा, देख रे, यह बच्चा कितना प्यारा है! जो कहो, मान लेता है। स्वभाव बहुत शान्त है इसका। मेरी तबीयत ठीक नहीं है न, सो यह दोनों बार-बार आते-जाते रहते हैं।''

''हाँ! क्यों न हो? इनका बड़ा लाड़-प्यार जो होता है!'' राजे ने कहा।

''नहीं रे, नहीं। प्रेम करना तो इनका स्वभाव है। यह दो बालक क्या हैं, तेरी गोद में दो नक्षत्र आ बसे हैं। एक सूर्य है—दूसरा चन्द्र है। एक है बड़ा स्वाभिमानी, नाक पर मक्खी भी न बैठने दे और दूसरा—बिलकुल शान्त-प्रशान्त।''

राजे चुप रहे। जीजाबाई उनकी चुप्पी को ताड़ गई। बोलीं, ''चिन्ता क्यों करते हो, राजे? जरा भागदौड़ करनी पड़ी है न, इसलिए थकावट आ गई है। धीरे-धीरे कम हो जाएगी और समझो कम नहीं हुई, तो भी क्या बिगड़ गया? राजे, मेरी बात मानोगे?''

''कहिए माँसाहिबा!'' राजे ने कहा।

''अब मुझे पाचाड भेज दो। वहाँ रहूँगी।''

''आप थोड़ा ठीक हो जाएँ...।''

''नहीं रे, मैं पालकी में चली जाऊँगी। अगर बरसात आ गई और झड़ी लग गई, तो फिर जाना कठिन होगा। फिर इस ऊँचे गढ़ की जलवायु मेरे अनुकूल नहीं बैठेगी।''

राजे जानते थे कि वर्षा ऋतु आने को है। वे यह भी जानते थे कि माँसाहिबा को ऊँचे पहाड़ी गढ़ का वातावरण कष्टदायी है। वैद्यों ने भी यही राय दी थी।

''अच्छा, माँसाहिबा। हम कल पाचाड चलेंगे।''

''तुम क्यों आते हो? यहाँ का सारा काम फैला पड़ा है। मैं सम्भाजी को ले जाती हूँ। पुतलाबाई भी साथ चलेगी। आएगी न तू?''

''जी हाँ, आऊँगी।''

"और राजे, तुम यहाँ का सारा काम निबट जाए, तो तब जाना।"

अगले दिन डोलियाँ तैयार हो गईं। माँसाहिबा पुतलाबाई और सम्भाजीसहित गढ़ से नीचे की ओर जाने लगीं। राजे उन्हें पहुँचाने के लिए गढ़ के महादरवाजे तक साथ गए।

राजे पुनः राज-काज में व्यस्त हो गए। उन्होंने अपने अष्टप्रधानों और राजपंडितों को बुलवाया। वे अपना मनोगत उनके सम्मुख व्यक्त कर रहे थे। राजे ने कहा, "राज्याभिषेक के कारण उत्तरदायित्व बढ़ गया है। एक व्यक्ति की बुद्धि से यह राज्य निर्विघ्न रीति से चलाया नहीं जा सकेगा। अब से राज्य-शासन सम्बन्धी सभी निर्णय आप सब मिलकर किया करें।"

"हमने सलाह देने में कभी भी...।" अनाजी ने कहा।

"हम सलाह नहीं, निर्णय चाहते हैं आपसे और अष्टप्रधानों को चाहिए कि वे निर्णय अपनी जिम्मेदारी से कार्यान्वित किए जाएँ। अब से प्रधानमंडल जो निर्णय करेगा, हम उसे पूरा करेंगे। हम आपको विश्वास दिलाते हैं।"

राजे का यह निर्णय सुनकर मंत्रिमंडल आश्चर्यान्वित हो उठा। बढ़ते हुए उत्तरदायित्व के कारण उनकी व्याकुलता बढ़ने लगी। राजे ने निराजीपन्त से पूछा, "पन्त, हमारे राज्याभिषेक पर कितना धन व्यय हुआ है?"

"अनुमान है करोड़ों होन तो अवश्य व्यय हुए होंगे।"

"उस व्यय को पूरा करने के लिए मीरासपट्टी वसूल करनी पड़ेगी।"

"यह मीरासपट्टी प्रजा बहुत खुशी-खुशी दे देगी।" मोरोपन्त ने कहा।

"प्रजा को आँच क्यों लगे? किन्तु हाँ, देखमुख, देशकुलकर्णी, पाटील और गाँवकुलकर्णी जैसे जमींदारों-वतनदारों को हमारे राज्याभिषेक होने में भी सन्देह था, उन पर यह कर-पट्टी लगाओ। केवल पुणे प्रान्त पर यह कर मत लगवाना। मुगलों ने वैसे ही इस प्रान्त पर बड़े अत्याचार किए हैं—उस प्रदेश को इस कर से मुक्त रखना।"

दुपहरी में भोजन करके राजे शैयागृह में चले गए। उन्हें नींद आ गई।

अचानक उनकी नींद टूटी। सामने सम्भाजीराजा खड़े थे। मुख लाल हो आया था। उन्हें देखते ही राजे उठ बैठे।

"क्यों? कैसे आए हो शम्भूराजे?" राजे ने धीरज धरकर पूछा।

प्रश्न सुनते ही सम्भाजी की पलकों में छिपे आँसू ढुलक पड़े। राजे ने पूछा, "क्या हुआ, शम्भूराजे?"

"माँसाहिबा की तबीयत अधिक...।"

राजे ने झटपट कपड़े बदले। सोयराबाई महल में आईं। "रानीसाहिबा, अभी सुना है कि माँसाहिबा की तबीयत अधिक बिगड़ चली है। हम आगे चलते हैं, आप बाद में आइए।"

राजे महल से बाहर निकले। मोरोपन्त दौड़ते हुए आए। कहने लगे, "महाराज, पालकी मँगवाई है।"

"नहीं। रहने दो, हम पैदल चले जाएँगे। तुम दुर्ग की ओर ध्यान दिए रहना।"

राजे पैदल चल पड़े। सेवक आगे-आगे दौड़ रहे थे। सम्भाजीराजा राजे के साथ चल रहे थे, परन्तु एकदम चुप थे। पहाड़ी-मार्ग से उतर रहे थे, किन्तु किसी सोच में खोए-खोए से।

राजे पाचाड की हवेली में पहुँचे। चारों ओर उदासी का वातावरण था। राजे सीधे जीजाबाई के कक्ष में गए। जीजाबाई पलंग पर लेटी हुई थीं। पुतलाबाई और येसूबाई खड़ी थीं। राजे

को देखते ही जीजाबाई के मुख पर प्रसन्नता झलक उठी। राजे माता के पास गए। ''आ गए राजा बेटे! अच्छा हुआ। राजाराम कहाँ है?''

''कुछ देर बाद आ रहे हैं। आपकी तबीयत कैसी है?''

''ठीक है रे, मगर पीला पत्ता कभी-न-कभी तो टूटकर गिरेगा ही।''

राजे ने पुतलाबाई की ओर देखा। पूछने लगे, ''माँसाहिबा को दवाई दी है?''

''औषधि मात्रा दी है।''

''और वैद्यराज कहाँ हैं?''

''गंगावैद्यजी को लाने महाड गए हैं।''

गंगावैद्य साक्षात् धन्वन्तरी माने जाते थे। राजे ने जब सुना कि वे आ रहे हैं, तो उन्हें बहुत सन्तोष हुआ।

रात से पहले ही पाचाड की हवेली लोगों से भर गई। सोयराबाई, राजाराम, सगुणाबाई आदि भी गढ़ से उतरकर नीचे आ गए। अनाजी और मोरोपन्त से भी रहा नहीं गया। वे भी नीचे पाचाड आ पहुँचे।

गंगावैद्य अगले दिन प्रातःकाल पाचाड आए। उन्होंने जीजाबाई के स्वास्थ्य का निरीक्षण किया। जब वे कक्ष से बाहर आए, तो मुख पर गम्भीरता छाई हुई थी। राजे ने आशा-भरे स्वर से पूछा, ''वैद्यराज!''

वैद्यराज ने अकारण ही खँखारकर गला साफ किया। पगड़ी ठीकठाक की। फिर राजे की ओर देखते हुए वे कहने लगे, ''महाराज, हम वैद्य हैं। शारीरिक व्यथा जानकर, निदान करके औषधि देना हमारा कार्य है। किन्तु जब कोई व्यथा न हो, रोग भी न हो, तो औषधि क्या दें?''

''हम समझे नहीं।'' राजे के पीछे खड़े हुए निराजीपन्त कह उठे।

''पन्त, जो सत्य है, हमने कह दिया है। मन की समझ के लिए औषधि दे दूँगा—रस, भस्म युक्त मात्रा दूँगा। किन्तु कह नहीं सकता कि उससे लाभ होगा ही। जीवित रहना है या नहीं, इसका निर्णय रोगी को ही करना है। यह उसी के हाथ है।''

इससे पूर्व कि नेत्रों में छलक आए आँसू ढरक जाएँ, राजे चुपचाप धीरे-धीरे चल पड़े। वे जीजाबाई के कक्ष में गए। राजाराम और सम्भाजी जीजाबाई के पास बैठे हुए थे। राजे को देखते ही जीजाबाई ने सम्भाजीराजा से कहा, ''जाओ, राजाराम को लेकर बाहर घूम आओ।''

दोनों बाहर चले गए। राजे जीजाबाई के पास बैठ गए। जीजाबाई ने राजे की पीठ पर हाथ रखा ही था कि राजे का धीरज ढह गया। हथेलियों में मुँह छिपाकर वे रोने लगे। कुछ देर बाद जीजाबाई ने पुकारा, ''राजे!''

राजे ने आँसू पोंछे और जीजाबाई की ओर देखा। जीजाबाई कहने लगीं, ''शिवबा, अब तुम बच्चे नहीं हो। दुखी होना, तुम्हें यह शोभा नहीं देता है। मेरी बात मानो, अब वैद्यराज को व्यर्थ कष्ट मत दो। जब मेरे पतिदेव चल बसे थे, मैं सती हो रही थी। तुमने कहा था, 'हमारा पराक्रम देखने के लिए कोई नहीं बचा, माँसाहिबा, आप मत जाइए।' मैंने तुम्हारी बात मान ली। जीवित रही। मुझे बहुत आनन्द हुआ—सचमुच तुम्हारा पराक्रम देखा मैंने। तुम छत्रपति बन गए। मैं अपनी आँखों से देख पाई—जीवन सार्थक हो गया मेरा।''

''माँसाहिबा!''

"शिवबा! मैं क्या जनम-भर साथ रहूँगी? पुत्र का पुरुषार्थ और उन्नति देखते-देखते संसार से कूच कर जाने में ही क्या बड़ों के जीवन की सफलता नहीं है? और फिर मैं जाऊँगी भी, तो कहाँ जाऊँगी? शरीर से न सही, मन से तो यहीं रहूँगी मैं। हमारी याद करके कभी आँखें मत भर लाना। हमारे हृदय को कष्ट होगा। राजे, तुममें प्राण उलझे हुए हैं। तनिक बीता समय याद करके देखो–तुम पाओगे कि मैं तुम्हारी छाया के समान तुम्हारे पीठ पीछे रही हूँ।"

जीजाबाई कुछ देर रुकी रहीं। राजे की पीठ पर हाथ फेरते हुए वे कहने लगीं, "राजाराम और सम्भाजी दोनों अभी छोटे हैं। सम्भाजी को अभी समझ नहीं आई है–उसे बहुत सँभालना होगा। मैं थी, तो यह सब किया करती थी। अब राजे, तुम्हें ही घर की ओर ध्यान देना पड़ेगा।"

इतना बोलने-भर से जीजाबाई को क्लान्ति आ गई। वे आँखें बन्द करके लेट गईं। राजे दबे पैरों बाहर चले गए।

मृत्यु की आहट के कारण सारी हवेली में चुप्पी छाई हुई थी। जीजाबाई के स्वास्थ्य लाभ के लिए कवि कलश होम करने में व्यस्त थे। निराजीपन्त ने जीजाबाई के महल के बाहर ब्राह्मणों को अनुष्ठान कराने के लिए बैठाया हुआ था। अनुष्ठान मन्त्रों की मन्द ध्वनि से महल की गम्भीरता और बढ़ रही थी। राजे और सम्भाजीराजा तो निरन्तर जीजाबाई के सिरहाने बैठे थे। अपना आधार खो जाने की भावी आशंका को राजे मन-ही-मन अनुभव कर रहे थे। रह-रहकर उनकी आँखें भर आती थीं।

राजे जीजाबाई के पास बैठे हुए थे। दूसरी ओर सम्भाजी जीजाबाई के हाथ सहला रहे थे। पुतलाबाई पैरों के पास बैठी हुई थीं। सोयराबाई, सगुणाबाई महल में इधर-उधर आ-जा रही थीं। दुपहरी ढल रही थी। जीजाबाई आँखें बन्द किए हुए लेटी हुई थीं–राजे एकटक उन बन्द आँखों की ओर देख रहे थे।

जीजाबाई ने आँखें खोलीं। राजे के हाथ पर हाथ रखते हुए वे कहने लगीं, "शिवबा, जाओ विश्राम करो।"

"माँसाहिबा, अब कैसी है तबीयत?"

"अब तबीयत का क्या सोचना? शिवबा, आँसू न आने दो। हर घड़ी इस प्रकार आँख भर लाना ठीक नहीं। सब अभिलाषाएँ पूरी हुई हैं, सब जी भर देख लिया। बहुत जी ली, अब इस पिंजरे का मोह छोड़ देना ही ठीक है।"

"माँसाहिबा!"

"शिवबा!"

जीजाबाई ने अनुभव किया कि सम्भाजी की हाथों पर फिरती हुई उँगलियाँ रुक गई हैं। उनकी दृष्टि सम्भाजी की ओर गई। जीजाबाई ने हाथ थोड़ा ऊँचा करके सम्भाजी को छुआ ही था कि उन्होंने अपना सिर जीजाबाई की छाती पर रख दिया। वे सिसकियाँ भरकर रोने लगे। जीजाबाई उनके बालों को प्यार से सहलाने लगीं।

"चुप रह शम्भू, रो मत।" जीजाबाई ने सम्भाजी की ओर देखते हुए कहा, "शिवबा, बस, चिन्ता सताती है तो इस बच्चे की। इसका ध्यान रखना। अभी अबोध है, इसमें समझ नहीं है अभी। कुछ भूल-चूक हो जाए, तो सहार लेना। अब तुम्हारे सिवाय इसे प्यार से कौन देखेगा? सईबाई जीवित होती, तो कोई चिन्ता न रहती।"

इसी समय अनाजी अन्दर आए। राजे ने उनकी ओर देखा। "महाराज, समर्थगुरु पधारे हैं।"

“कौन?”

“श्रीसमर्थगुरु रामदास स्वामीजी।”

राजे हड़बड़ाकर उठ खड़े हुए। जीजाबाई ने पूछा, “समर्थ महाराज आए हैं?”

“हाँ, अनाजी ने कहा है।”

“मेरा अहोभाग्य! अन्त समय में दर्शन हो गए उनके।”

राजे शीघ्रता से महल के बाहर चले गए। वे राजसभागृह में आए। वहाँ निराजीपन्त खड़े हुए थे। राजे ने पूछा, “समर्थगुरु कहाँ हैं?”

निराजीपन्त ने अंगुलि से एक ओर संकेत किया। राजे ने देखा, प्रवेशद्वार में से समर्थगुरु महल के भीतर आ रहे थे। राजे ने जूते उतार दिए और उनके स्वागत के लिए आगे बढ़े। राजे को देखकर समर्थगुरु प्रसन्न हो उठे। राजे पास पहुँचे और उन्होंने समर्थगुरु के धूल-धूसरित खड़ाउओं तथा चरणों का स्पर्श किया। समर्थजी ने उन्हें ऊपर उठाया। होंठों ने कुछ बुदबुदाते हुए आशीर्वाद दिया। फिर समर्थगुरु की गम्भीर वाणी सुनाई दी, “माताजी का स्वास्थ्य कैसा है?”

राजे की आँखें डबडबा आईं। कंठ से बोल नहीं निकल पा रहे थे। समर्थगुरु की दशा भी कुछ ऐसी ही हो आई थी। राजे के दाएँ कन्धे पर समर्थगुरु ने हाथ रखा और कहने लगे, “जैसी प्रभु रामचन्द्र की इच्छा! कहो राजे, क्या दशा है?”

“वैद्यों ने हार मान ली—सारे उपाय व्यर्थ हो गए। हमें तो कुछ सूझता नहीं, हम...।” राजे की कम्पायमान देह और ढरकते अश्रु देखकर समर्थगुरु ने उन्हें अपने अंग लगा लिया।

“ना, ना राजे! धीरज से काम लो। भावनाओं को संयमित करो।”

पैर धोकर समर्थगुरु राजसभागृह में आए। राजे ने पूछा, “गुरुदेव, आप अकेले ही आए हैं क्या?”

“नहीं, राजे। संन्यासी अकेला कैसे आएगा? हमारा पंचमंडल हमारे साथ है ना। हमारा चित्त उद्वेलित हो उठा, हम आगे चले आए। वे सब पीछे आ रहे हैं।”

अनाजी द्वारा बिछाए गए व्याघ्रासन की ओर संकेत करते हुए राजे ने कहा, “विराजिए।”

“माताजी से भेंट कर लें।”

“आपके आगमन का समाचार सुनकर माँसाहिबा को बहुत हर्ष हुआ है।”

राजे समर्थगुरुसहित जीजाबाई के महल में आए। सम्भाजीराजा ने समर्थगुरु के चरणों में सिर नवाया—उनके बाद सब रानियों ने भी चरणवंदना की। यह देखते ही कि जीजाबाई बड़े कष्टपूर्वक उठने का यत्न कर रही हैं, समर्थगुरु तुरन्त आगे बढ़े।

“माताजी, उठिए नहीं। कष्ट होगा।”

“महाराज, आप पधारे...दर्शन पा लिए।”

“हम वचन से बँधे हुए थे—माते! हम तपस्वोजन हैं—तपश्चर्या ही हमारा कार्य है। पुण्यप्राप्ति का यह सुअवसर तो प्रभुरामचन्द्र की कृपा से प्राप्त हुआ है। हम कृतार्थ हुए आज।”

वचन को सुनकर जीजाबाई संकोच का अनुभव करने लगीं। उन्होंने दोनों हाथ जोड़े हुए थे—समर्थगुरु का तेजोमय रूप वे अपने नेत्रों नें समाए रखना चाहती थीं।

“महाराज, अब मेरा कोई भरोसा नहीं।”

“इस संसार में नित्य कुछ भी नहीं, माता।”

“आपके दर्शन हो गए—अब कोई अभिलाषा शेष नहीं रही।”

"प्रभु समर्थ हैं।"

"महाराज, माँ जगदम्बा ने सब कार्यों में सफलता दी। मन चाहता है...।"

"आज्ञा कीजिए, माताजी।"

"आज्ञा? ऐसा कहकर आप हमें...।"

"माताजी, हम असत्य नहीं कहते। आपकी योग्यता महान् है, इसी कारण हमारे मुख से ऐसे वचन निकले।"

जीजाबाई का मुखमंडल सन्तोष से दमक रहा था। सूख रहे होंठों से वे कहने लगीं, "महाराज, चिन्ता है तो इस शिवबा की। मैं जा रही हूँ—अब इसे दुलारनेवाला कोई नहीं बचा। यह कार्य आपका होगा अब—मैं इसे आपको सौंपकर जा रही हूँ। इसे सँभालिए।"

समर्थगुरु केवल मुस्कुराते रहे।

"इतना उत्तरदायित्व आप स्वीकारें, महाराज।"

समर्थगुरु का मुख गम्भीर हो गया। नेत्रों में एक निराली-सी वेदना कौंध गई। भर्राए कंठ से वे कहने लगे, "माताजी, यह उत्तरदायित्व वहन करने का सामर्थ्य हममें नहीं है। साक्षात् सूर्य यदि आप हाथों में रख देंगी, तो उसे कोई कैसे धारण कर सकेगा? यह सामर्थ्य तो आपमें है, आपने उसे पूर्ण कर दिखाया। हम शिवाजीराजा को केवल राजा के रूप में ही नहीं देखते हैं। हम जैसे अगणित तपस्वियों, संन्यासियों तथा योगियों की प्रार्थनाओं का सुफल है यह—भूमिलोक पर परमेश्वर का साकार रूप मानते हैं हम उन्हें। हमारा विश्वास है कि हमारे आनन्दवनभुवन को मूर्त रूप देने के लिए प्रभु रामचन्द्र रूप धारण कर अवतरित हुए हैं। तब कहिए तो, उसका भार हम कैसे उठा पाएँगे? उनकी चिन्ता न करें आप। विधि का विधान बनकर आनेवाला यह भावी मातृवियोग सहन करने की शक्ति शिवाजीराजा में अवश्य है। उनकी भुजाओं तले देवता, धर्म तथा देश सुरक्षित है। प्रभु रामचन्द्र की यही इच्छा है।"

जीजाबाई की आँखों में आनन्दाश्रु छलक आए।

"माते, आप शान्तचित्त से प्रभु रामचन्द्रजी का स्मरण कीजिए। अब उस ओर ध्यान लगाइए। अच्छा, हम चलते हैं।"

जीजाबाई ने हाथ जोड़कर नमस्कार किया। राजे समर्थगुरु के साथ राजसभागृह में आए।

भगवान भास्कर अस्ताचल में चले गए। पाचाड नगरी रात्रि के अन्धकार में डूब गई। मशालों की ज्वालाएँ वायु में फरफरा रही थीं। जीजाबाई को श्वास लेने में कष्ट हो रहा था। महल में भागदौड़ मची हुई थी—रात गहरी होती जा रही थी।

समर्थगुरु व्याघ्रासन पर ध्यानमग्न बैठे हुए थे। उनके सामने जल रही धूनी के अंगारे वायु के झोंके से सुलग उठते थे। आधी रात बीती होगी—अकस्मात् महल से रुदन-विलाप की ध्वनि उठने लगी।

ध्यानस्थ बैठे समर्थगुरु के बन्द नेत्रों से अश्रु की बूँदें टप-टप टपकने लगीं।

19

प्रातःकाल जीजाबाई का दाहकर्म करके सब लोग महल में वापस लौटे। महल के सेवकों और सैनिकों से लेकर मंत्रिमंडल के मंत्रियों तक सभी जीजाबाई की मृत्यु की भीषण वेदना का

अनुभव कर रहे थे। राज्य-व्यवस्था के कार्य में उस महिला की निरीक्षण-दृष्टि सदैव जागरूक थी। सबका एक आधार-स्तम्भ ढह गया था। वह रिक्त स्थान अब कभी पूर्ण होनेवाला नहीं, यह सोचकर सबका दिल डूबा जाता था।

राजे के शोक की तो सीमा ही नहीं थी। उनके मन का सारा संयम ढह गया था। सम्भाजीराजा की दशा भी ऐसी हो गई थी। उनकी माता सईबाई स्वर्ग सिधारीं, उस समय वे बहुत छोटे थे। सारा समय जीजाबाई के प्यार-दुलार भरे आँचल में बीता था। माता के अभाव का अनुभव उन्हें कभी नहीं होने पाया था। अनाथ होने की यह दूसरी चोट उन्हें व्याकुल बनाए देती थी। जीजाबाई के चले जाने से वे निराश्रित हो गए थे। सारा राज्य ही शोक-सागर में गोते लगा रहा था—तब कौन किसे उबारता? कौन किसके आँसू पोंछता?

समर्थगुरु सबको सांत्वना दे रहे थे। किन्तु राजे के महल में जाने का साहस वे भी नहीं कर पा रहे थे। दो दिन बीत गए, फिर भी राजे का दुख कम नहीं हो रहा था। मोरोपन्त समर्थगुरु के पास गए, ''क्या है मोरोपन्त?''

''समर्थगुरु सब जानते हैं। माँसाहिबा के देहावसान के बाद से राजे शोकसागर में डूबे हुए हैं। उन्हें समझाने-बुझाने, धीरज बँधाने की शक्ति आपके अतिरिक्त और किसी में नहीं है।''

समर्थगुरु के मुख से एक लम्बी साँस निकली। दृष्टि में विह्वलता आ गई। वे कहने लगे, ''पन्त, हम संन्यासी हैं, किन्तु मनुष्य भी हैं। हम क्या इतना समझ नहीं सकते? हमने सबको ढाढ़स बँधाया, परन्तु हमें भी राजे के आगे जाने का साहस नहीं होता। हम भलीभाँति जानते हैं कि राजे के लिए माँसाहिबा का आधार कितना और कैसा था! माँसाहिबा के चले जाने से राजे का सर्वस्व जाता रहा है। माता का वियोग तो सबको सहना पड़ता है किन्तु ऐसा स्नेहमय नाता अन्य मिल पाना कठिन है। वे राजे की माता थीं, श्रेष्ठ मंत्रणादात्री थीं—धैर्य थीं। उन्होंने राजे को बनाया-सँवारा, गुणवान् किया। भला ऐसी माता के वियोग के दुख को कौन दूर कर सकेगा? वाणी में वह शक्ति कहाँ से आएगी? कुछ दुख ही ऐसे होते हैं, जो दुख तप्त को स्वयं ही सहने पड़ते हैं। कोई चाहा करे कि दुख बाँट लूँ, किन्तु कोई भी सहभागी नहीं हो सकता।''

मोरोपन्त को रुलाई आ गई। उपरने से आँसू पोंछते हुए वे कहने लगे, ''माँसाहिबा चली गईं और हम अनाथ हो गए। चार वर्ष पहले तक माँसाहिबा न्यायदान और निर्णय किया करती थीं। राजे चाहे जहाँ भी हों, कभी राज्य-व्यवस्था के कार्य में उनकी अनुपस्थिति का अनुभव नहीं होने पाता था। हमें लगता था—राजे दुर्ग में ही हैं। माँसाहिबा ने हमें बहुत कुछ सिखाया है। राजे को शोक होना स्वाभाविक है, किन्तु यह भी नहीं भूलना चाहिए कि इस शोक के आवेग को समय रहते रोकना होगा। इसलिए...''

''हम समझ गए। ठीक है, चलो, हम चलते हैं।''

समर्थगुरु मोरोपन्तसहित राजे के महल में गए। राजे पलंग पर लेटे हुए थे। समर्थगुरु को आया देखते ही वे उठ बैठे। बड़ी कठिनाई से उन्होंने चरण छुए। समर्थगुरु ने उन्हें कन्धे से पकड़कर उठाया। राजे को एकदम रुलाई फूट पड़ी। शरीर थरथराने लगा। समर्थगुरु भी व्यथित हो उठे—उन्होंने राजे को छाती से लगा लिया। वे राजे की पीठ पर हाथ फेर रहे थे। राजे के आँसुओं से उनकी छाती भीग रही थी।

''शान्त होओ, राजे। सोच-विचार से काम लोऽऽ।''

सिर हिलाते हुए राजे कहने लगे, "हमें कुछ सूझता नहीं। माँसाहिबा चली गईं, हमारा सहारा खो गया।"

"राजे, हमें ज्ञात है, किन्तु मन को समझाना ही होगा। कोई अज्ञानी मनुष्य शोक करता हो, तो हम उचित मानेंगे, किन्तु ज्ञानी व्यक्ति का शोकमग्न होना हमें उद्विग्न कर देता है। जन्मनेवाले प्रत्येक वाणी को एक-न-दिन निश्चय ही जाना होता है। माँसाहिबा की मृत्यु कितनी भाग्यशाली है, यह तो सोचो। वह आत्मा तुम्हारा राज्याभिषेक देखकर सन्तुष्टचित्त होकर संसार से विदा हुई है—जीवन सफल हुआ है उसका। इस धरणी पर कितनों को ऐसा सौभाग्य प्राप्त हुआ है? पुत्र का पुरुषार्थ देखकर सन्तुष्ट हृदय लिए हुए जीवन के अन्तिम लक्ष्य तक पहुँचनेवाली कितनी माताएँ होती हैं? ऐसा सन्तुष्ट मुख देखने का सौभाग्य भी कितनी सन्तानों को प्राप्त होता है? यह तो ऐसी घड़ी है कि जिसमें स्वयं को मानव 'धन्य, धन्य' माने। ज्ञानी व्यक्ति को तो ऐसे सुदिन में आनन्दोत्सव मनाना चाहिए। तुम्हें दुखी देखकर माँसाहिबा की आत्मा को कितना क्लेश होता होगा, सोचो तो सही!"

"सब समझ आता है, किन्तु वश नहीं चलता।"

"मन को वश में करना होगा, राजे।"

"लगता है, हमसे यह बनेगा नहीं। लगता है—माँसाहिबा के बिना हम जी नहीं सकेंगे। हमें ऐसा अभ्यास ही नहीं है।"

समर्थगुरु के मुख पर कठोरता आ गई।

"राजे, माँसाहिबा के बिना यदि जीवन इतना ही अधूरा रहना था, तो तुम ही उनकी मृत्यु का कारण क्यों बने?"

राजे की अश्रुपूरित दृष्टि ऊपर उठी। समर्थगुरु की ओर देखते हुए वे कह उठे, "हम माँसाहिबा की मृत्यु का कारण बने?"

"हाँ, राजे। तुमने यह राज्याभिषेक क्यों कराया? इस समारोह को तुम्हें और बीस-पच्चीस वर्ष बाद करना चाहिए था। माँसाहिबा उस अवधि तक अवश्य जीवित रहतीं। बुढ़ापे से जूझते हुए, रोगों से संघर्ष करते हुए—लड़खड़ाते हुए ही क्यों न जीवित रहतीं, उन्हें जीवित रहना ही पड़ता। तुम्हारा राज्याभिषेक उन्होंने देख लिया, उनका जीवन सफल हो गया। मोक्ष उनके हाथ आ गया—आशा-आकांक्षाएँ समाप्त हो गईं—तब भला वह जीव यहाँ क्यों रहता?"

राजे ने आँसू पोंछ डाले।

"राजे, अब हम जाते हैं। यह अविवेक त्याग दो। बहुत महान् उत्तरदायित्व है तुम्हारे कन्धों पर। लाखों का आसरा हो तुम—अपनी चिन्ता करने के लिए समय नहीं है तुम्हारे पास।"

राजे से विदा पाकर भारी हृदय लिए हुए समर्थगुरु रामदास रायगढ़ से चले गए।

और राजे एकाकी, बिलकुल एकाकी रह गए।

20

जीजाबाई की मृतक-क्रियाएँ पूर्ण हुईं। हजारों निर्धनों को अन्नदान किया गया। राजे ने पुष्कल दानधर्मादि किए, फिर भी उनके हृदय की उदासी कम नहीं हो पाई। वे सदा महल में बैठे रहते थे। जीजाबाई की मृत्यु का समाचार सुनकर राज्य के गढ़पति, बड़े-बड़े सामन्त-सरदार

उनसे मिलने आते थे। माँसाहिबा की स्मृति आ जाने के कारण राजे का शोक और अधिक बढ़ जाता था।

रात अचानक राजे की नींद खुल गई। सारी देह पसीने से भीगी हुई थी। पुतलाबाई शैया के पास खड़ी थीं। राजे चौंककर उठ बैठे थे और आँखें फाड़-फाड़कर देख रहे थे।

"क्या हुआ?"

"आप नींद में चिल्ला रहे थे, इसलिए आपको जगा दिया।"

"चिल्ला रहे थे हम? क्या कह रहे थे?"

"आप पुकार रहे थे, 'माँसाहिबा! माँसाहिबा!!"

राजे अपना सपना याद करने लगे। कुछ धुँधला-सा उन्हें याद आ रहा था...'माँसाहिबा सफेद साड़ी पहने खड़ी हैं–उन्होंने इशारे से बुलाया. राजे पास जा रहे थे–माँसाहिबा मुड़ गईं, पीठ फेरकर चल दीं, राजे उन्हें पुकारने लगे...पुकारते-पुकारते उन तक जा पहुँचे...और...।' और राजे की आँख खुल गई।

राजे की आँखें डबडबा आईं। होंठ काँपने लगे। आवाज कँपकँपाने लगी, "रानीसाहिबा, सारा दिन माँसाहिबा को खोजने में बीत जाता है। कहीं भी उनके दर्शन नहीं हो पाते–कहीं भी नहीं वे। उन्होंने वचन दिया था–'तुम्हारे पीछे-पीछे रहूँगी मैं'। अब कहीं नहीं दिखाई देतीं वे। मन खोज-खोजकर हार जाता है। माँसाहिबा रात को अभी सपने में हमारे सामने अवतरित हुई थीं कि तुमने जगा दिया हमें...बोलो, क्यों? क्यों जगाया हमें?"

पुतलाबाई को राजे की यह आहत मुद्रा, यह करुणापूर्ण वचन सुनने भी कठिन हो गए थे। आँचल के कोने से मुँह दबाकर वे दौड़ती हुई महल से बाहर चली गईं।

भोर हुई। सारे आकाश में घुटन और आर्द्रता छाई हुई थी। सूर्योदय के समय ही रिमझिम वर्षा शुरू हो गई। पश्चिम दिशा से बहती आ रही ठंडी हवा अपना अस्तित्व जताने लगी थी। राजे बाहर के आर्द्र वातावरण को देखते हुए खड़े थे कि अनाजी महल में आए। राजे ने कहा, "अनाजी, लगता है अब वर्षा ऋतु शुरू हो जाएगी।"

"जी हाँ।"

"क्या कोई आवश्यक काम था?"

"जी। रायगढ़ जाने की सारी तैयारियाँ हो चुकी हैं।"

"हैं?" राजे अचरज से कह उठे।

"डोलियाँ, पालकियाँ आदि तैयार हैं।"

"किसने कहा कि हम दुर्ग में जाएँगे?" राजे ने पूछा।

"छोटी रानीसाहिबा ने सबेरे ही आज्ञाएँ दी हैं।"

राजे क्रोधित हो उठे। उन्होंने अनाजी को आज्ञा दी और पुतलाबाई को बुलवा भेजा। पुतलाबाई ने महल में प्रवेश किया। राजे उनकी ओर देख रहे थे। पुतलाबाई की दृष्टि भूमि की ओर लगी थी।

"क्या तुमने कहा है कि हम दुर्ग में जानेवाले हैं?"

"जी।"

"क्यों कहा ऐसा?"

पुतलाबाई चुप रहीं। राजे का क्रोध भड़क उठा।

''बोलिए रानीजी! किससे पूछकर ऐसा निर्णय किया आपने?''

पुतलाबाई ने ऊपर देखा। आँखों में भय था, तथापि वाणी में दृढ़ता थी, ''इस घर में आने के बाद से आज तक कभी कोई निर्णय नहीं किया मैंने। किन्तु विवश होकर आज करना पड़ा।''

''कारण तो कहो!''

''आपका राज्याभिषेक हुआ–ऊपर दुर्ग में सारा सामान बिखरा पड़ा है। आपसे कहने की किसी में हिम्मत नहीं है।''

राजे खिन्नभाव से हँस दिए। उपहासपूर्वक कहने लगे, ''तो इस कारण आप माँसाहिबा के पद पर बैठने निकली हैं शायद!''

पुतलाबाई के मुख पर एक असह्य वेदना उभर आई। अगले ही क्षण वह वेदना खीझ में बदल गई।

''उनका पद कोई नहीं ले सकता। माँसाहिबा चली गई हैं, उनकी देह भस्म हो चुकी है। वे अब इस धरती पर कभी नहीं दिखाई देंगी।''

''रानीसाहिबा!''

''सच ही कह रही हूँ, मगर आपके ध्यान में बात नहीं आ रही। यहाँ चाहे जितने दिन बैठे रहें आप, क्या माँसाहिबा दिखाई दे सकेंगी? एक घर के स्वामी होते आप, तो कुछ न कहती है, लाखों जिम्मेदारियाँ सिर पर उठाए हैं आप! आपकी माँ चल बसीं, इसलिए...।''

''बस कीजिए, रानीसाहिबा!'' राजे ने कहा। वे पूरी तरह शिथिल हो गए। आँखें आँसुओं से भर उठीं।

''हमारी माँसाहिबा चली गईं, वे अब हमें दिखाई नहीं देंगी। हम असहाय हो गए। एकाकी रह गए, यह बातें हमें अब समझनी चाहिए। अनाजी से कहो, हम चलते हैं।''

पुतलाबाई महल के बाहर चली गईं।

जब राजे बाहर आए, तो डोलियाँ आगे जा चुकी थीं। वर्षा कुछ जोर से होने लगी थीं। अनाजी ने कहा, ''वर्षा कुछ कम हो जाए, तो...।''

राजे हँसने लगे। अनाजी के कन्धे पर हाथ रखकर बोले, ''अनाजी, अब बरसात का भय कैसा? बहुत भीगना है हमें–चलो, हमें शीघ्र ही गढ़ पहुँचना है।''

राजे पालकी में बैठ गए। कहारों ने तेजी से कदम बढ़ाए। सामने स्थित रायगढ़ वर्षा की झाड़ियों के बीच धुँधला-धुँधला-सा दिखाई दे रहा था।

राज्याभिषेक का उत्सव रायगढ़ में कई दिनों तक मनाया जाता रहता, किन्तु जीजाबाई के निधन से उत्सव का रंग उतर गया। उमंग से उमड़ता हुआ दुर्ग शोक में डूब गया। राजे गढ़ में लौट आए। कई लोग उनसे मिलते थे, भारी मन से उनसे विदा होते थे। दुर्ग में गड़े तम्बू, डेरे और शामियाने वर्षा के भय के कारण उखाड़ लिए गए थे। इसलिए गढ़ का वातावरण और भी उजाड़ दिखाई देने लगा था।

राजे अपने दुख को वश में करके राज्य के कारोबार में ध्यान देने लगे थे, फिर भी कामकाज में उनका मन नहीं रमता था। चेहरे पर फैली हुई दुख की छाया कम नहीं हो पाती थी। वे बहुत अबोल बन गए थे। थकित दिखाई देते थे। सदा अपने महल में बैठे रहते। यदि कभी चाहा, तो जगदीश्वर के मन्दिर की ओर घूमने चले जाते थे।

दोपहर राजे को नींद नहीं आ रही थी। आकाश में बादल छाए हुए थे, किन्तु वर्षा नहीं हो रही थी। राजे ने मुख पर ठंडे पानी के छींटे दिए और कहा, ''कौन है वहाँ?''

मनोहारी अन्दर आई।

''मनू, बड़ी रानीसाहिबा कहाँ हैं?''

''सातमहल में हैं।''

''सो गई हैं क्या?''

''जी नहीं। बालराजा की तबीयत ठीक नहीं है, इसलिए...।''

''क्या हुआ है बालराजा को?''

''थोड़ा बुखार है।''

''जा, कह दे। हम आ रहे हैं।''

''जी।''

राजे महल से बाहर आए। सामने का चौक दिखाई दिया। राजे का तुलादान वहीं हुआ था। तुलादान कराने जाते समय जीजाबाई ने गाल पर दिठौना लगाया था।

राजे ने इस विचार को दूर किया। चौक की तरफ न देखते हुए वे सातमहल की ओर चल पड़े।

गंगासागर की मीनारों के पास पहुँचते ही उनके पैर ठिठक गए। वे अनजाने ही गंगासागर की मीनार पर चढ़ गए। ठंडी हवा बह रही थी। गंगासागर के नीले जल में छोटी-छोटी तरंगें उठ रही थीं। सामने टकमक कगार था। दुपहरी की कुछ-कुछ विचित्र-सी नीरवता सारे दुर्ग में छाई हुई थी। बरसाती हवा के कारण धुँधले बने हुए प्रकृति के रूप को निहारने में राजे मग्न थे। इधर से उधर देखते हुए उनकी दृष्टि साम्नेवाली दूसरी मीनार की ओर गई। उस मीनार की तीसरी मंजिल में पुतलाबाई बैठी हुई थीं। वे दत्तचित्त होकर गंगासागर को देख रही थीं। ढरक गए आँचल का भी उन्हें ध्यान नहीं था। उन्हें इस बात की भी सुध न थी कि राजे पासवाली मीनार में खड़े हैं और उन्हें देख रहे हैं। राजे के मन में आया कि उन्हें पुकारें, परन्तु तुरन्त ही उन्होंने यह विचार त्याग दिया। पुतलाबाई को देखकर राजे वैसे ही वापस लौट पड़े।

सोयराबाई अपने महल में बैठी हुई थीं। पास बालक राजाराम बैठा हुआ था। मनोहारी खड़ी थी। राजे को देखकर राजाराम हँसने लगा। राजाराम के पास बैठते हुए राजे ने कहा, ''क्यों बालराजे? कैसी तबीयत है तुम्हारी?''

''अच्छी है, आबासाहब।'' बहती नाक सुनकते हुए राजाराम कहने लगा, ''मगर आईसाहिबा हमें बिस्तर से उतरने ही नहीं देतीं।''

''वाह रे वाह! एक तो बुखार है, जुकाम-सर्दी भी है और निकले हैं घूमने!''

''बरसात शुरू हो गई है! हवा बदल गई है, इसलिए थोड़ा कष्ट तो...।''

''वैद्यराज ने कहा है कि बरसात में भीगने से बालराजा बीमार हो गए हैं।''

''बरसात में कब भीगे?''

''पाचाड से गढ़ में आए थे, तब।''

लम्बी आह भरकर राजे ने कहा, ''हाँ, ठीक है, उस समय मेह तो बरस रहा था।''

राजाराम ने राजे से पूछा, ''दादामहाराज क्यों नहीं आए?''

"हाँ, सचमुच। वे तो हमें भी सिजदा करने नहीं आए।"

"गढ़ में होते, तब तो आते!" सोयराबाई ने कहा।

"क्यों? कहाँ गए हैं सम्भाजीराजे?"

"सुना है, कल रात पाचाड गए हैं।"

"क्यों भला?"

"शायद उन्हें भी आपकी तरह माँसाहिबा की याद...।"

"रानीसाहिबा, जो कहना हो, साफ-साफ कहिए। इस समय व्यर्थ इधर-उधर की बातें क्यों कर रही हैं? शायद सम्भाजीराजा शिकार करने गढ़ की तलहटी में गए होंगे। उन्हें शिकार करने का शौक है।"

"हाँ! और अब वह शौक बहुत बढ़ गया है। जानवरों के शिकार की बजाय अब आदमियों के शिकार का शौक चर्राया है उन्हें!"

"क्या कह रही हो?"

"आप खुद ही पता कर लीजिए। जो गानेवालियाँ राज्याभिषेक के समय गढ़ में आई थीं, उनमें से कुछ को युवराज ने पाचाड में रख लिया है। गाना-बजाना सुनने के लिए वे रात को गढ़ से नीचे जाया करते हैं।"

"यह मालूम था तुम्हें, तो चुप क्यों बैठी रहीं?"

"मैं कौन होती हूँ रोकनेवाली? वे कोई नन्हे थोड़े ही हैं अब?"

राजे को उदासी-भरी हँसी आ गई।

"युवराज को गाने का शौक है। युवावस्था है, गए होंगे गाना सुनने। उन्हें भी अपनी जिम्मेदारी का ज्ञान है। जैसे आप महारानी हैं, उसी तरह वे भी राज्य के युवराज हैं।"

इस बात से सोयराबाई आश्चर्यचकित थीं। उन्हें आशा नहीं थी कि राजे ऐसी बात कह सकते हैं। उनका गुस्सा खौलने लगा, "इसीलिए, सोचती हूँ कि कुछ कहा ही न जाए।"

"रानीसाहिबा, कहने की बजाय, अच्छा है कि आदमी करे। आपको अधिकार है करने का।"

"हाँ, अधिकार तो जरूर है, मगर मुझे नहीं है।"

"तो फिर किसको है?"

"उन छोटी रानीसाहिबा को है–जिनके कहे पर आप चला करते हैं।"

"पुतलाबाई के बारे में कहती हो क्या? क्यों व्यर्थ ही उनका नाम बीच में लाती हो?"

"मैं झूठा बैर नहीं पालती कभी। यदि उनका इतना हुक्म न चलता होता, तो बरसते मेह में गढ़ चढ़ने-चढ़ाने की हिम्मत न होती उनकी–फिर हमारे बालराजा बरसात में कैसे भीगते।" सोयराबाई ने मन की बात कह दी थी।

अब सारी बातें राजे की समझ में आईं। पलंग पर लेटा हुआ राजाराम डर से सहमा हुआ था। राजे ने प्यार से उसका सिर सहलाया। फिर उठते हुए कहने लगे, "लगता है, हमारा दिल जानने-समझनेवाला हमें शायद कोई मिलेगा ही नहीं।"

राजे धीरे-धीरे महल से बाहर चले गए। पालकी-दरवाजे से लेकर मेण-दरवाजे तक की पौरी खाली थी। राजे के कदम अनजाने ही मेण-दरवाजे की ओर मुड़ गए। मेण-दरवाजे की सीढ़ियाँ उतरकर राजे बाईं ओर के खुले पठारी मैदान में आ गए। ठंडी हवा बदन को चीरती

जा रही थी। राजे उस पठार पर चलते जा रहे थे। उन्हें यह स्थान बहुत पसन्द था। यह खुला पठारी मैदान सातमहल से लगा हुआ था, इसीलिए कि रनिवास की स्त्रियाँ खुले में सुरक्षित रहकर घूम-फिर सकें। पठार के किनारे चट्टानों का कटा हुआ, सीधा कगार था। राजे उसके नीचे गहरे में फैले हुए भूभाग को देख रहे थे। उनकी दृष्टि नीचे तलहटी में दिखाई दे रहे पाचाडवाले महल पर जाकर ठहर गई। सारी स्मृतियाँ अकस्मात् जाग उठीं। वे उस महल को अपलक दृष्टि से देखने लगे।

राजे ने एकदम मुड़कर देखा। पुतलाबाई राजे की ओर आ रही थीं। उन्हें देखते ही राजे मुस्कुराने लगे। पुतलाबाई पास आईं, ''कितनी ठंडी हवा चल रही है! शायद वर्षा भी आ जाए!''

''किसने कहा कि हम यहाँ हैं?''

''हमें पता लग जाता है।''

''बिलकुल झूठ!'' राजे हँसकर कहने लगे, ''तुम गंगासागरवाली मीनार में बैठी हुई थीं। किसी सोच में डूबी हुई थीं।''

''आपसे किसने कहा?'' पुतलाबाई ने पूछा।

''हम पासवाली मीनार पर ही थे, किन्तु तुम्हारा ध्यान नहीं गया हमारी ओर।''

''फिर आवाज क्यों नहीं दी?''

''व्यर्थ ही तुम्हारी समाधि टूट जाती!''

ठंडी और तेज हवा के कारण कपड़े सँभालना भी मुश्किल हो रहा था। बालों की लटें हवा में झूल रही थीं। पुतलाबाई आँचल और साड़ी ठीक करने में ही उलझी हुई थीं। राजे उनकी ओर देखकर हँस रहे थे। राजे की हँसी और हवा से बिखरी लटों को देखकर पुतलाबाई को भी हँसी आ गई। राजे ने कहा, ''पुतला, ऐसा कौन-सा सोच-विचार कर रही थी तू?''

''कुछ भी नहीं।''

राजे पास गए। पुतलाबाई ने ऊपर देखा।

''पुतला, हमारा राज्याभिषेक हुआ। वैभव के मध्याह्न-काल में बीच आकाश तक जा पहुँचे हम। ऐसे समय तुम्हें कैसी चिन्ता सता रही थी?''

''कुछ भी तो नहीं। ऐसे ही बैठी थी।''

''पुतला, हमें बहकाना चाहती है? दुर्भाग्यवश इतने अनाड़ी नहीं रहे हैं हम। अगर कुछ ऐसा है, जो बताने योग्य नहीं है, तो मत बता। हम आग्रह नहीं करते।''

इन वचनों से पुतलाबाई विह्वल हो उठीं। अगले पल कह गईं, ''कहूँगी, तो आप हँसेंगे। हम स्त्रियाँ होती ही ऐसी हैं कि शुभ की अपेक्षा अशुभ के भय से अधिक डरती हैं।''

''कैसा भय?''

''आपका राज्याभिषेक देख लिया—आँखें ठंडी हो गईं, किन्तु...।''

''किन्तु क्या?''

''ऐसे ही मन में विचार उठा—सूर्य सिर पर आ गया, अब आगे क्या होगा? व्यर्थ ही मन में आशंका उठने लगी।''

''आशंका को निकाल फेंको। ममता का बन्धन हो, तो ऐसे भाव मन में आया ही करते हैं। ठीक यही विचार हमारे मन में भी उठा था। जो नियम सृष्टि पर लागू है, वही मनुष्य

के लिए भी है। मनुष्य सृष्टि से भिन्न थोड़े ही है? मध्याह्नकाल के बाद मुझे अस्ताचल को जाना होगा, यह क्या सूर्य को पता नहीं है? ज्वार के बाद भाटा आएगा, इसे क्या सागर नहीं जानता है? पूर्णिमा के चन्द्रमा को क्या आगामी क्षय की जानकारी नहीं होती है? तब कहो कि क्या सूर्य उदित नहीं होता है? क्या इस कारण सागर के ज्वार का वेद मन्द होता है? क्या चन्द्रमा अपने पूर्ण आकार से भयभीत होता है? इन सब बातों से यही सिद्ध होता है कि जगत् में जीवन का प्रवाह कभी खंडित नहीं होता। जीवनचक्र अनवरत घूमता रहता है। जिस नियम का पालन सारी सृष्टि कर रही है, उसकी यह प्राण चिन्ता क्यों करें?"

"उसकी न सही, वर्षा की तो चिन्ता करनी चाहिए न!"

राजे ने मुड़कर पीछे देखा। वर्षा आगे बढ़ती आ रही थी। राजे ने तेजी से कदम बढ़ाए, फिर भी बरसात उन तक आ ही पहुँची। दोनों भीगते हुए ऊपरीकोट की ओर जा रहे थे। वर्षा की बूँदों से शरीर सिहर-सिहर उठता था। इसी समय राजे का ध्यान मेण-दरवाजे की ओर गया। एक सेवक छत्र लेकर उनकी ओर दौड़ता आ रहा था। राजे कहने लगे, "देखा? छत्रपति हो गए हैं न हम? वर्षा में भीगने की स्वतंत्रता भी नहीं रही!"

21

वर्षा में भीगने के कारण राजे को खाँसी लगने लगी थी। रात को राजे शैयागृह में आए, परन्तु उन्हें लग रहा था कि नींद नहीं आएगी। पुतलाबाई महल में उपस्थित थीं। राजे ने पूछा, "बालराजा का स्वास्थ्य कैसा है?"

"आज ठीक है।"

"महारानीजी का मन तो ठीक है?"

"ठीक क्यों नहीं होंगी?" पुतलाबाई ने कहा, "वे तनिक खुले स्वभाव की हैं। दिल में कुछ छिपा नहीं रखतीं–कह डालती हैं।"

"किसी के दोषों की ओर इतनी अच्छी दृष्टि से भी देखा जा सकता है, है ना? अब तुम जाओ। हमें नींद आ जाएगी।"

"आपकी आँख लग जाए, तब चली जाऊँगी।"

राजे को नींद आ गई। कुछ समय बीता होगा कि अचानक उन्हें खाँसी का ठसका आया। वे उठ बैठे। चौपाई पर रखा हुआ बर्तन उन्होंने उठाया ही था कि पुतलाबाई आगे बढ़ आईं।

"तुम अभी गई नहीं?"

"जा ही रही थी कि आप उठ बैठे।"

राजे कुल्ला करने के लिए चिलमची की ओर गए। कुल्ला करके वे खड़े रहे। सामने खिड़की में से अँधेरे में चमक रहा एक दीपक दिखाई दे रहा था। उस ओर देखते हुए राजे ने पूछा, "वह सामने सम्भाजी का महल है ना?"

"हाँ।"

"इतनी रात गए दीपक क्यों जल रहा है?"

"बहूरानी रात को पोथी पढ़ती है।"

"कौन-सी पोथी?"

"सन्त एकनाथ की लिखी 'भागवत' पोथी।"

राजे ने पुतलाबाई को जाने के लिए कहा। वे चली गईं, किन्तु राजे बड़ी देर तक उस दीपक की ओर देखते रहे। उसी की बात सोचते-सोचते उन्हें फिर नींद आ गई।

प्रातःकाल राजे देवदर्शन के लिए जाने को तैयार थे। उन्होंने देखा कि राजसभागृह के पास एक ही सजा हुआ घोड़ा तैयार रखा गया है। उन्होंने दूसरा घोड़ा लाने की आज्ञा दी। और येसूबाई को बुलवा भेजा। जब येसूबाई आई, तब तक दूसरा घोड़ा लाया जा चुका था। येसूबाई ने राजे को नमस्कार किया। राजे ने कहा, "येसू, तुम हमारी बहूरानी हो। युवराज तो हमारे साथ कभी होते नहीं। कम-से-कम तुम हमारा साथ दोगी या नहीं? तुम दोनों यदि ऐसा बर्ताव करने लगोगे, तो ढलती आयु में हमारा ध्यान कौन रखेगा? चलो, देवदर्शन कर आएँ। और दुर्ग का निरीक्षण भी कर आएँ।"

येसूबाई घोड़े पर सवार हो गईं। राजे भी सवार हुए। दोनों घोड़े नक्कारखाने से बाहर निकले। पीछे-पीछे अश्वारोही-दल चला आ रहा था। देवता के दर्शन करके और वहाँ भवानी कगार तक जाकर राजे वापस लौट पड़े। फिर घोड़े से उतरकर येसूबाई के साथ बातें करते हुए वे पैदल ही महल तक आए। येसूबाई अपने महल की ओर जाने के लिए मुड़ी ही थीं कि राजे ने उन्हें पुकारा। येसू ने उनकी ओर देखा। राजे कहने लगे, "येसू, अब तू बच्ची नहीं है। माँसाहिबा तो चली गईं। उनका स्थान अब कोई अकेला भर सके, यह असम्भव है। अब तो सबको ध्यान देना होगा। फिर तेरी जिम्मेदारी बहुत बड़ी है। राज्य का उत्तराधिकार तुझे निभाना है। तू इस कर्तव्य को भूल न सके, इसलिए हमने निश्चय किया है कि अब से जब कभी हम गढ़ से बाहर होंगे, हमारी मुहर और कटार तुम्हारे अधिकार में रहा करेगी।"

येसूबाई आश्चर्यचकित हो उठीं। "आबासाहब, यह जिम्मेदारी...।"

राजे मुस्कुराने लगे, "हम समझते हैं तेरी बात। तू उसकी चिन्ता मत कर। जैसे ही शम्भूराजा आएँगे, हम उन्हें भी यह बता देंगे। यह तो सम्भव है कि शम्भूराजा हमारे हाथ से जाते रहें, मगर तेरे हाथ से कभी छूट नहीं सकते। हम अच्छी तरह जानते हैं इस बात को।"

येसूबाई लजा गईं। वे भूमि की ओर देखने लगीं। राजे बड़े दुलार से आगे बढ़े और येसूबाई के सिर पर हाथ फेरते हुए कहने लगे, "इस घर में तू बहू बनकर आई, मगर तू यहाँ पली-बड़ी हुई बेटी की तरह। तूने भी हमेशा ऐसा ही समझा है। बेटी सखुबाई से भी अधिक मोह है तेरा इस घर पर। हमें तो इसी बात की प्रसन्नता है कि हमारे शम्भूराजा को बाँध रखने की शक्ति पा सकी है। तेरा यह आनन्द सदा बना रहे।"

येसूबाई ने झुककर राजे के पाँव छू लिए और वे महल के बाहर चली गईं।

दोपहर राजे ने सुना कि सम्भाजी गढ़ में आ गए हैं। किन्तु वे राजे से मिलने नहीं आए।

सायंकाल राजे अनाजी के साथ जगदीश्वर मन्दिर की ओर गए। एकान्त पाकर राजे ने पूछा, "अनाजी, युवराज गढ़ से उतरकर तलहटी में गए थे, यह तुम्हें पता है?"

"जी हाँ।"

"वे बार-बार गढ़ से नीचे क्यों जाते हैं, जानते हो?"

"जी हाँ।"

"क्या युवराज नचनी का गाना सुनने जाते हैं?"

"जी।"

"अनाजी, तुम्हें सबकुछ पता था, फिर तुमने हमें बताया क्यों नहीं?"

"क्षमा हो, महाराज।" अनाजी दृढ़तापूर्वक कहने लगे, "युवराज क्रोधी स्वभाव के हैं। उन्हें पहले से ही हमारे बारे में गलतफहमी है–हम कहते, तो उनकी गलतफहमी और बढ़ जाती। आपको भी सुनकर कष्ट होता। अन्त में मुझसे रहा नहीं गया, इसलिए मैंने रानीसाहिबा से...।"

"उससे अच्छा होता कि तुम हमसे कहते। युवराज कल इस राज्य के स्वामी बननेवाले हैं–उन पर ध्यान रखना चाहिए। चाल कुछ टेढ़ी-मेढ़ी होने लगे, तो समय रहते उसे सीधा करना चाहिए।"

"जी।"

राजे देवदर्शन करके वापस लौटे। महल में महादेव खड़ा था। राजे उसे साथ लेकर भीतरी महल तक गए। उसके साथ वे बड़ी देर तक बातचीत करते रहे।

अगले दिन प्रातःकाल राजे स्नान-पूजादि से निवृत्त होकर अपने महल में अकेले बैठे हुए थे। मनोहारी ने प्रवेश किया, "युवराज आपसे मिलने आ रहे हैं।"

"आने दे ना उन्हें।" राजे ने कहा।

मनोहारी बाहर गई और सम्भाजीराजा अन्दर आए। राजे के आनन्दपूर्ण मुखमंडल को देखकर उनकी हिम्मत बँधी। राजे युवराज की ओर देख रहे थे।

बलिष्ठ छाती के कारण रेशमी जामा छाती में खिंचकर तना हुआ था। पैरों में तंग मोहरी का पाजामा था। सिर पर सफेद जरीटोप पहने थे वे। चेहरे से यौवन का उन्माद टपका पड़ता था। सम्भाजीराजा धीरे-धीरे चलते हुए राजे के पास आए, उन्होंने राजे को प्रणाम किया। उनकी पीठ पर हाथ फेरते हुए राजे ने कहा, "युवराज को हमसे मिलने के लिए आज्ञा लेने की जरूरत कब से आ पड़ी?"

सम्भाजीराजा हाथ बाँधे खड़े हुए थे। नज़र नीची थी।

"पाचाड गए थे तुम?"

युवराज मौन रहे।

"कल तुम गढ़ में आए, किन्तु हमसे मिलने नहीं आए। भला हमसे कौन-सा अपराध हो गया है, कहो तो!"

"अपराध हमने किया है!" सम्भाजीराजा ने राजे के पाँव छूते हुए कहा, "हम क्षमा माँगने आए हैं।"

राजे के मुख से एक गहरा उच्छ्वास निकल गया।

"शम्भू बेटे, तुम्हारे आचरण की बातें सुनकर हमें बहुत कष्ट हुआ। तुम गाना सुनने गढ़ की तलहटी में गए थे, तुम्हें इसका बड़ा शौक है–हम यह जानते हैं। हमने इस बारे में कभी कुछ नहीं कहा। किन्तु माँसाहिबा को गए महीना भी नहीं बीता और तुम उसी पाचाड के परिसर में गाना-बजाना सुनने में मगन हो गए? माँसाहिबा को तुमने इतनी जल्दी भुला दिया?"

सम्भाजीराजा फफककर रो पड़े। राजे उनके पास गए और बोले, "एक बार बता दो–बताओ ना? क्यों करते हो ऐसा? बोलो।"

सिर हिलाते हुए सम्भाजीराजा कहने लगे, ‘‘आबासाहब, माँसाहिबा चली गईं। हमें कुछ सूझता नहीं—हरदम जी बेचैन रहता है...।’’

राजे ने सम्भाजी को अंग से लगा लिया। वे गद्‌गद हो उठे।

‘‘शम्भूबाल, इस कारण तुम गाना सुनने गए? उससे क्या वह दुख भुलाया जा सकता है? क्या उनको भुलाना इतना सहज है? माँसाहिबा चली गईं, किन्तु अवश्य उनकी आत्मा यहीं कहीं तुम्हारे-हमारे आसपास मँडराती होगी, है ना? तुम्हें तो वे बहुत प्यार करती थीं। तुम रात को गढ़ से उतरे, तुम्हारी चिन्ता में वह आत्मा भी शायद तुम्हारे पीछे-पीछे गढ़ से उतरकर गई होगी। कम-से-कम यह बात तो तुम्हें सोचनी चाहिए थी—जरा सिर उठाओ, हमारी ओर देखो।’’

सम्भाजीराजा ने ऊपर देखा। राजे की आँखें भर आई थीं। सम्भाजीराजा के कन्धे पर राजे ने अपना काँपता हुआ हाथ रखा, ‘‘शम्भू बेटे, माँसाहिबा चली गईं, इससे तुम दुखी हुए और हम? हमें क्या प्रसन्नता हुई है? हम अनाथ हो गए—हमारी आत्मा काँप उठी। किन्तु अपना कर्तव्य, अपनी सुध-बुध नहीं भुलाई हमने। राजे, यह मत समझो कि माँसाहिबा चली गई हैं। माँसाहिबा जब पाचाड में रहती थीं, तो भी उनकी धाक दुर्ग में बनी रहती थी। अब तो उतनी दूरी भी नहीं रही। माँसाहिबा अब दूर नहीं हैं—उन्होंने अब तुम्हारे-हमारे मन में स्थान बना लिया है। अब तो बहुत सँभलकर-डरकर रहना होगा, शम्भूराजे।’’

‘‘हमसे भूल हो गई। अब फिर कभी ऐसा आचरण नहीं करेंगे।’’

‘‘हम तुमसे और अधिक कुछ चाहते भी नहीं। भूल किससे नहीं होती? मनुष्य की उन्नति का रहस्य इसी में निहित है कि वह भूल दुबारा न करे। इतनी सावधानी भी यदि मनुष्य बरते, तो सहजतापूर्वक महान् बन सकता है। फिर तुम तो हो भावी राज्य के स्वामी। तुम्हें बहुत जागरूक रहना होगा। राजा प्रजापालक होता है—वह लोकनेता होता है। चरित्र उसका आधार होता है। हम मनचाहा जीवन नहीं जी सकते। जो जी में आए, कर गुजरने के लिए हम स्वतन्त्र नहीं हैं। शम्भूराजे, हमारे जीवन की डोर तो कभी की बँध चुकी है।’’

राजे के इस रूप को आज सम्भाजीराजा पहली बार ही देख रहे थे। इन वचनों को सुनकर उनका हृदय भर आया था। राजे ने उन्हें प्यार से पास लाते हुए कहा, ‘‘आँसू पोंछो बेटे!’’

सम्भाजी ने मुस्कुराते हुए आँसू पोंछ दिए।

‘‘राजाराम को बुखार आ रहा था। तुम्हें याद कर रहे थे वे।’’

‘‘हम उनसे मिलने जाते हैं।’’

इसी समय राजे की दृष्टि महल के द्वार की ओर गई। महल में प्रविष्ट हो रही येसूबाई को देखते ही राजे ने कहा, ‘‘येसू, चिन्ता मत कर। तेरे पति सकुशल हैं।’’

येसूबाई ने मुस्कुराकर सम्भाजीराजा की ओर देखा। फिर राजे को तुरन्त प्रणाम करते हुए उन्होंने कहा, ‘‘मैं तो प्रतिदिन की तरह प्रणाम करने आई थी।’’

राजे खिलखिलाकर हँस पड़े। सम्भाजीराजा से कहने लगे, ‘‘युवराज, कल हम हमारी लाड़ली बहूरानी को लेकर घूमने गए थे। तुम तो समय-असमय शिकार करने में व्यस्त रहते हो और हम उलझे रहते हैं लड़ाई की मुहिमों में। तब दुर्ग का कारोबार चले, तो कैसे? इसलिए हमने तय किया है जब हम दोनों गढ़ में न हों, तो हमारा सिक्का और कटार येसूबाई के पास रहा करे। तुम्हें कोई आक्षेप तो नहीं है ना?’’

सम्भाजीराजा शरमा गए। वे सिजदा करके झट बाहर चले गए। येसूबाई संकोच की मारी एक जगह ही खड़ी हुई थीं। राजे की ठहाके-भरी हँसी से सारा महल गूँज उठा।

जीजाबाई के जाने के बाद से राजे आज पहली बार खुलकर हँसे थे।

22

जब से महाराज का विशेष गुप्तचर महादेव गढ़ में आकर लौट गया था, तभी से गढ़ में गुप्तचरों का ताँता-सा लगा हुआ था। राजे ने सेनापति हम्बीरराव, मोरोपन्त और आनन्दराव को सेना इकट्ठी करने के आदेश दिए थे। सब उलझन में पड़े यही सोच रहे थे कि राजे ने ऐन बरसात में किस मुहिम की तैयारी की है? रायगढ़ में तो वर्षा से अखंडित धाराएँ बह रही थीं।

मोरोपन्त, हम्बीरराव, आनन्दराव, अनाजी, शेष सारे मन्त्री एवं स्वयं युवराज राजे के सामने खड़े थे। राजे ने मोरोपन्त से पूछा, ''मोरोपन्त, मुगल छावनी की क्या खबर है?''

''औरंगजेब ने दिलेरखान को वापस बुला लिया है और बहादुरखान को सारी फौज सौंप दी है।''

''...और बहादुरखान ने पेडगाँव में मजबूत किला बना लिया है। उसने उसे 'बहादुरगढ़' नाम दिया है। यही कहना चाहते हो न तुम?'' राजे ने पूछा।

''जी हाँ।'' मोरोपन्त ने कहा।

''हमारा शत्रु समझता है कि हम राज्याभिषेक के कारण असावधान और निश्चिन्त होकर बैठ गए हैं। हम चाहते हैं कि उसके इस खयाल थे थोड़ा झटका दें।''

''किन्तु महाराज, बरसात जोरों पर है–फिर आपकी मानसिक स्थिति...।''

''मोरोपन्त, अपने सुख-दुख की बात सोचना हमारे भाग्य में नहीं रहा अब। उस बारे में सोच-विचार मत करो।...अच्छा, हमारे राज्याभिषेक पर खर्च कितना हुआ है?''

''एक करोड़ होन खर्च हुए हैं, महाराज।''

''हमने निश्चय किया है कि उस खर्चे की भरपाई कर डालें।''

सब लोग राजे की ओर देखने लगे।

''बहादुरखान ने सरकारी खजाने में जमा कराने के लिए एक करोड़ रुपए इकट्ठा किए हैं। इस धन के सिवाय बादशाह को नजर करने के लिए उसके पास दो सौ शानदार घोड़े भी हैं। हम चाहते हैं कि इससे पहले कि यह साज-सामान दिल्ली रवाना हो, हम इस पर कब्जा कर लें। यह तो एक मुहिम हुई। इसके अतिरिक्त मोरोपन्त कल्याण-भिवंडी जाएँगे और बसईकरों से चौथाई वसूल करेंगे। इसी समय अनाजी फोंडा किले पर कब्जा करेंगे। और हम स्वयं बहादुरखानवाली मुहिम का नेतृत्व करेंगे।''

सुनकर सम्भाजी उठकर खड़े हो गए।

''और आबासाहब, हमारे लिए क्या आज्ञा है?''

राजे आनन्दित हो उठे।

''युवराज, हमें तुमसे यही आशा थी। व्यथित मन चाहे जहाँ शान्त नहीं हो सकता है। बेचैन चंचल मन को बहलाने का सबसे अच्छा उपाय है मुहिम। यह तुम भी अनुभव करोगे। आनन्दराव युवराज के साथ रहेंगे। युवराज भागानगर* प्रदेश की ओर जाएँगे। किन्तु युवराज,

---

* वर्तमान हैदराबाद नगर का पुराना नाम।

ध्यान रखना—हम भागानगर जीतना नहीं चाहते। केवल धाक जमाना चाहते हैं। शत्रु को इतना-भर दिखा देना है कि हम असावधान नहीं हैं।''

राजे कुछ देर मौन रहे। वे सबकी ओर देख रहे थे।

''हमने अपना मनोभाव बता दिया है। अब आप लोग विचार करें।''

''आपकी आज्ञा हमें शिरोधार्य है।'' हम्बीरराव ने कहा।

''अब से राज्य के सारे निर्णय अष्टप्रधानों द्वारा किए जाएँ, ऐसी हमारी इच्छा है। हमारी योजना में कोई भूल-चूक होगी, तो हम प्रसन्नतापूर्वक स्वीकार करेंगे।''

मुहिम निश्चित हो गई। सब विशिष्टजन उस आनन्द की बात सोचते हुए विदा हुए। केवल मोरोपन्त वहाँ रुके रहे। राजे ने पूछा, ''मोरोपन्त, क्या बात है?''

मोरोपन्त दो पल सोचते रहे। फिर कहने लगे, ''युवराज ने कलावन्त नटनियों को रुखसताना देकर रवाना कर दिया है।''

राजे मुस्कुराने लगे, ''हम जानते हैं।''

अब आश्चर्यचकित होने की बारी मोरोपन्त की थी।

''इसमें आश्चर्य की क्या बात है? स्वयं युवराज ने तुम्हें यह काम सौंपा था—तुम जल्दी गढ़ से नीचे उतरे और कलावन्त नटनियों को इनाम देकर विदा कर आए। यही नहीं, तुमने वह रकम राज्याभिषेक के खर्चे के मद में शामिल करने की बात सोची है। क्यों? ठीक है ना?''

''महाराज सब जानते हैं।''

''नहीं, मोरोपन्त। हम अन्तर्ज्ञानी नहीं हैं। तुम सम्भाजीराजा को युवराज के रूप में देखते हो और हम उन्हें पिता की आँखों से देखते हैं। यही अन्तर है इन दो दृष्टियों में।''

एक दिन राजे ने मोरोपन्त को विदाई के बीड़े दिए। उसके बाद उनके बाद अनाजी गढ़ से विदा हुए। सम्भाजीराजा मुहिम के लिए रवाना होने से पहले राजे के दर्शनार्थ आए। युवराज को विदा करते समय राजे ने कहा, ''युवराज, अपना ध्यान रखना। तुम पर बड़ी जिम्मेदारी है। प्राणों को तुच्छ समझकर कोई दुस्साहस मत करना। हम तुम्हारे लौटने की प्रतीक्षा में रहेंगे।''

सम्भाजीराजा गढ़ से नीचे उतर गए। राजे ने हम्बीरराव से कहा, ''हम्बीरराव, अब हम कुछ-कुछ समझ रहे हैं कि जब हम मुहिम के लिए रवाना होते थे, तब माँसाहिबा के मन पर क्या बीतती थी। अच्छा, अब अपनी मुहिम की बात करें—देखें तो सही बहादुरखान कोकलताश क्या कहते हैं।''

''क्या सीधे उनकी छावनी पर टूट पड़ें?''

''नहीं, बिलकुल नहीं—यह मुहिम तो बहुत आसान है। तुम दो हजार सैनिकों का दल लेकर खान की सेना की ओर लपको। तुम्हें आता देखकर खान गढ़ी से बाहर निकलेगा, तुम झाँसा देकर उसे छकाते हुए दूर ले जाओ। हम तुम्हारे पीछे आठ हजार सैनिकों के साथ तैयार रहेंगे। तुम उसे भगाते हुए दूर ले जाओगे, इधर हम उसकी छावनी के धुर्रे उड़ाकर वापस लौट आएँगे।''

''और अगर लड़ने-भिड़ने का मौका आ पड़ा, तो?'' हम्बीरराव ने पूछा।

हम्बीरराव की आशंका से भी राजे की मुस्कुराहट कम नहीं हुई। वे कहने लगे, ''नहीं, हम्बीरराव—भिड़न्त का मौका नहीं आना चाहिए। इस मुहिम में हमारा एक भी आदमी काम

नहीं आना चाहिए। हमारे राज्याभिषेक के अवसर पर अंग्रेजों ने हमें नजराने दिए, किन्तु दिल्ली-दरबार की ओर से कोई नजराना नहीं आया। अब अगर दिल्ली के बादशाह की ओर से हमें एक करोड़ होन और दो सौ अच्छी नस्ल के शानदार घोड़े मिलें, तो यह नजराना दिल्ली की शान के अनुरूप ही होगा। है ना! राज्याभिषेक जैसे मंगलमय अवसर पर शाही तख्त की तिजारत स्वीकारते हुए रक्तपात कुछ ठीक नहीं लगेगा।''

हम्बीरराव हँस पड़े। कहने लगे, ''औरंगजेब को यह तमाचा बड़े जोर का लगेगा।''

''हम्बीरराव, सेनापति के मुख से ऐसी बातें अच्छी नहीं लगतीं। दिल्ली तख्त के बादशाह ऐसी लूटपाट की परवाह करनेवाले नहीं हैं। वे बहुत चालाक और दूरंदेश हैं। वह नजर क्या-क्या और कहाँ तक देखती है, कौन कहे?''

हम्बीरराव राजे से विदा होकर चले गए, फिर भी राजे बहुत देर अपने में खोए हुए सोचते खड़े रहे। उनकी आँखों में आलमगीर औरंगजेब की सूरत घूम रही थी।

23

दिल्ली में बला की गर्मी पड़ रही थी। आकाश में बरसाती बादल आने लगे थे, किन्तु अभी बरसात शुरू नहीं हुई थी। दुपहरी ढल जाने पर भी गरमी से जान सूख जाती थी। दिल्ली के दीवानेखास के बगीचों में अनगिनत फव्वारे फूट रहे थे। दीवानेखास की इमारत की कमानों पर खस के परदे लटकाए गए थे। उन परदों पर हरदम पानी छिड़का जा रहा था। गुलाबजल और खस की खुशबू से वातावरण महक रहा था। दीवानेखास के बीच बने हुए संगमरमर के चबूतरे पर बिछी हुई जरतारी बिछाइत पर बैठकर बादशाह औरंगजेब दरबारी कामकाज में मशगूल था।

उसका वेश था–सफेद महीन कुर्ता और पाजामा। सिर पर सफेद कीमॉश में राजचिह्न के रूप में एक चमचमाता हुआ पीपल पत्तेवाला पत्ता शोभायमान था। औरंगजेब के पीछे खड़े हुए दो खोजे मोरपंखोंवाले पंखे से हवा कर रहे थे। बादशाह से कुछ दूरी पर जफरखान और दूसरे चार-पाँच दरबारी रिवाज के अनुसार हाथ बाँधे नजर नीची किए खड़े हुए थे। बादशाह सबकी ओर देख रहे थे। हाथ में तसबीह थी, जिसके मनके वे फेरे जा रहे थे। औरंगजेब के चेहरे पर खुशी दिखाई दे रही थी। जफरखान की ओर देखते हुए उसने कहा, ''जफरखान, ईरान से आई खबरें सुनकर हमें खुशी हुई।''

''आलीजाह, आप बिलकुल बेफिक्र रहें। हमारी फतह हमेशा इसी तरह होती रहेगी और एक दिन ईरान का गदर जरूर दबा दिया जाएगा। आप इत्मीनान रखें।''

''परवरदिगार बड़ा रहमदिल है। हम हैं कौन, जो सल्तनत की फिक्र किया करें?''

लेकिन ऐसा कहते समय औरंगजेब के मन में एक छोटा-सा शक पैदा हो गया। अपनी भेदती निगाहों से जफरखान की ओर देखते हुए उसने पूछा, ''जफरखान, दक्खिन के क्या हालात हैं?''

जफरखान ने हमेशा की तरह बड़े गर्व के साथ कहा, ''जहाँपनाह, आदिलशाली का गरूर टूट चुका है। अगर हुक्म हो, तो आदिलशाही का पूरा काम तमाम किया जा सकता है।''

औरंगजेब के चेहरे पर एक अजीब-सा भाव कौंध गया। सिर हिलाते हुए उसने कहा, ''नहीं जफरखान, हमारी कभी ख्वाहिश नहीं थी कि हम आदिलशाही को खत्म कर डालें।

हम सिर्फ इतना चाहते हैं कि उसकी ताकत हद से न बढ़ने पाए। हमने जो दक्खिन का हाल पूछा है, वह आदिलशाही के बारे में नहीं।''

''कुसूर माफ हो, आलमपनाह! हुजूर की दिली मंशा इस नाचीज के खयाल में कैसे आ पाएगी?''

औरंगजेब ने कहा, ''जफरखान, अरे एक मक्कार है दक्खिन में? उस शिवाजी के बारे में तुम लोग हमेशा गाफिल बने रहते हो।''

''जहाँपनाह!'' जफरखान ने भरोसा दिलाते हुए कहा, ''उसके बारे में आप कतई फिक्र न करें। हुजूर सरदार बहादुरखान कोकलताश अपनी फौज के साथ शिवाजी को काबू में रखने के लिए शिवाजी के प्रदेश में डेरा डालकर बैठे हैं।''

''और वह शिवाजी? वह क्या कर रहा है?''

जफरखान के चेहरे पर हँसी आ गई।

''आलीजाह, शिवाजी क्या करेगा? उसकी बेवकूफी के किस्से सुनकर समझ नहीं आता कि रोएँ या हँसें!''

''क्यों? क्या किया है उसने?''

''जहाँपनाह,'' जफरखान हँसी दबाने की कोशिश करते हुए कह रहा था, ''अभी खबर मिली है कि शिवाजी ने काशी के पंडितों से रायगढ़ में अपनी गद्दीनशीनी करा ली है। मगर इस तरह गद्दीनशीनी करवाकर अगर कोई राजा बन सके, तो फिर कहना ही क्या?''

जफरखान का खयाल औरंगजेब की तरफ नहीं था। वह अपनी धुन में जोश-खरोश से कहता जा रहा था। उसकी बातों से दरबार में हाजिर हुए सरदारों के चेहरे पर व्यंग्यपूर्ण हँसी छाई हुई थी।

अचानक जफरखान का ध्यान बादशाह की तरफ गया और उसकी बात मुँह-की-मुँह में रह गई। औरंगजेब की पलकें थम गई थीं। औरंगजेब का मुख फीका पड़ गया था। उन सूनी आँखों में देखते-ही-देखते अंगारे सुलग उठे। हाथ से छिटककर गिरी हुई तसबीह को उसने बड़ी कठिनाई से उठाया। गुस्से से काँपते हुए वह उठ खड़ा हुआ। इससे पहले कि आँखों में उमड़ आए आँसू बाहर बह निकलें, वह दरबार से जाने लगा। सिजदा करने के लिए झुके हुए सरदार जब झुकने के बाद सीधे खड़े हुए, तब तक औरंगजेब दीवानेखास से जा चुका था। जफरखान दो सरदारों के साथ बादशाह के पीछे-पीछे दौड़ा। जैसे ही वह दीवानेखास के पास वाले महल में पहुँचा, उसके कदम ठिठक गए। भीतर का नजारा देखते ही वह चकित रह गया।

औरंगजेब महल के गलीचे पर पेट के बल औंधा लेटा हुआ था। दोनों हाथ गलीचे पर घूम रहे थे। उसकी दर्दभरी आवाज सुनाई दे रही थी, ''ऐ मेरे परवरदिगार, ऐसा कौन-सा गुनाह हुआ है मुझसे, जो तूने मुझे आज का दिन दिखाया? नबीन बदर की लड़ाई की थी, तब से लेकर आज तक मोमिनों की किस्मत में ऐसा बुरा दिन कभी नहीं आया था। मेरी बन्दगी और नमाज में कोई कमी तो नहीं रह गई? ऐ परवरदिगार, आज मुगल सल्तनत में यह जो दरार पड़ी है, उसे पाटने की ताकत मुझे अता होगी क्या? कहाँ से लाऊँ मैं वह ताकत? कहाँ से...!''

जफरखान आगे बढ़ा। उसने थोड़ा झुककर औरंगजेब को पुकारा, ''जहाँपनाह!''

आवाज सुनकर औरंगजेब को होश आया। उसने गर्दन घुमाकर पूछा, ''कौन है?''

औरंगजेब की सुलगती हुई निगाहों को जफरखान और उसके पीछे खड़े हुए दो सरदार दिखाई दिए। जफरखान ने सहारे के लिए जो हाथ आगे बढ़ाया था, उसे झटकते हुए औरंगजेब उठ खड़ा हुआ। खामोशी के साथ उसने आँसू पोंछ डाले। जफरखान ने आज तक कभी औरंगजेब का ऐसा बेचैन, ऐसा जख्मी रूप नहीं देखा था। बड़ी हिम्मत करके उसने कहा, ''जहाँपनाह, शिवाजी ने अगर तख्तपोशी करा ली, तो क्या बिगड़ गया? खुद शहजादे शुजा ने तख्तपोशी करा ली थी। खुद को खुद बड़ा समझकर आज तक कइयों ने गद्दीनशीनी कराई है, मगर मुगल सल्तनत ने दिखा दिया है, ऐसे नाम के राजा राज के साथ नेस्तनाबूद हो गए हैं।''

औरंगजेब इन बातों को सुनकर सहन नहीं कर सका।

''बस करो, जफरखान। इस तरह नासमझी की बातें करके हमारे गुस्से को और मत भड़काओ। याद है, सिर्फ शुजा ने ही नहीं, शहजादे सलीम ने भी बाप के गद्दीनशीन होते हुए खुद गद्दीनशीनी करा ली थी। वे अगर अपनी किस्मत के जोर से बादशाह बन भी जाते, तो भी वे मुगल सल्तनत के वारिस थे। उनकी और शिवाजी की गद्दीशीनी में बड़ा फर्क है। काशी के काफिर पंडितों ने काफिर राजा को मंजूरी दी है, इस बात को मामूली बात मत समझो। ये इस्लाम को ललकारा गया है, क्या तुम इतना भी नहीं समझ सकते?''

''आलीजाह, बेअदबी की मुआफी मिले। मगर मुगल तख्त के सामने शिवाजी की हैसियत ही क्या है? अगर सुलह-सलामत से शिवाजी सही रास्ते पर आ गया, तो ठीक, वरना उसको हराना... ।''

औरंगजेब को इतना बेतहाशा हँसते हुए कभी किसी ने नहीं देखा था, उसकी ठहाकों-भरी हँसी से सारा महल गूँज उठा। फिर गुस्से से भड़ककर औरंगजेब ने कहा, ''गद्दार, अहलियाने मशरीकऽऽ!''

जफरखान ने इस बात का अनुमोदन किया, ''सच है, जहाँपनाह। शिवाजी गद्दार है, बुतपरस्तों का साथी है।''

औरंगजेब ने जफरखान को घूरकर देखा। उसकी आँखें कुछ छोटी हो गईं। जफरखान की तरफ उँगली से इशारा करते हुए औरंगजेब ने कहा, ''जफरखान, हमने जो 'गद्दार अहलियाने मशरीक' कहा, वह शिवाजी के लिए नहीं, तुम्हारे लिए कहा है हमने। उस काफिर ने तख्तनशीनी करा ली और तुम सुलहनामे की बातें करते हो? उसकी हार के सपने देखते हो? बेवकूफो! शिवाजी तो अपनी मौत मरेगा, मगर उसने जो काफिरी-तख्त बना दिया है...वह...वह कैसे खत्म होगा?''

औरंगजेब की आवाज फिर दर्द से भर उठी। दोनों हथेलियाँ ऊपर की ओर करके वह इबादत करने लगा, ''ऐ परवरदिगार, तुझ पर और तेरे नवी पर यकीन लानेवाले बन्दों को यह सजा क्यों?''

औरंगजेब की नजर फिर से जफरखान और दूसरे सरदारों की ओर गई। फिर से उसका गुस्सा भड़क उठा, ''चले जाओ यहाँ से! कम-से-कम मेरा गुस्सा कम होने तक मेरे सामने मत आना। शिवाजी आगरा से भाग गया, यह तुम्हारी बेईमानी का ही नतीजा है। हमें इतनी ही सजा काफी मिल चुकी है कि हम तुम जैसे नादान, कमजोर और बेईमान आदमियों के

मालिक कहलाते हैं। जाओ, पेशतर इसके कि हमारी जुबान से तुम्हारी गर्दन उड़ा देने के हुक्म निकलें, हमारी नजरों से दूर हो जाओ।''

डरकर सरदार और जफरखान सिजदा करके तुरन्त चल दिए। महल में औरंगजेब अकेला खड़ा रह गया। वह गुमसुम था—कुछ समझ नहीं पा रहा था। उसकी सूनी नजर सूने महल में इधर-उधर फिर रही थी।

24

एक दिन भरी बरसात में राजे ने रायगढ़ से कूच कर दिया। वे सेनासहित पेडगाँव की दिशा में जा रहे थे। वर्षा की झड़ियाँ तो थम गई थीं, किन्तु चार दिनों तक सूर्य के दर्शन नहीं हुए थे। ठंडी हवाएँ बह रही थीं। जिस ओर दृष्टि जाए, जमीन कीचड़ से भरी थी। रोज सुबह थोड़ी-सी बौछारें पड़ जाती थीं।

वर्षा बन्द हो चुकी थी। पुणे से पूर्व की ओर कुछ कोस की दूरी पर बहनेवाली भीमा नदी उमड़कर बह रही थी। उसमें मटमैला झागदार पानी जोरों से बह रहा था। भीमा नदी के किनारे स्थित पेडगाँव के किले में बहादुरखान की छावनी आराम तलब कर रही थी।

बहादुरगढ़ के प्रवेशद्वार पर पहरेदार पहरा दे रहे थे। किले के दरवाजे खुले थे। दरवाजे की ड्योढ़ी में कुछ पहरेदार आग तापते बैठे हुए थे। वर्षा बन्द थी, इसलिए तैनातीवाले पहरेदार चहारदीवारी पर घूम-घूमकर पहरा दे रहे थे। अचानक प्रवेशद्वार के सिपाहियों ने घोड़ों के टापों की आवाज सुनी। दो सवार घोड़ा दौड़ाते हुए किले की तरफ दौड़े आ रहे थे। वे पठान घुड़सवार दरवाजे तक आए। वहाँ घोड़े से झटपट उतरते ही कहने लगे, ''देख क्या रहे हो? दरवाजा बन्द करो। मरहट्टे आ गएऽऽऽ।''

तुरन्त उन दोनों के चारों ओर सिपाहियों की भीड़ इकट्ठा हो गई। किलेदार दौड़ता हुआ आया। दोनों पठानों ने अपना परिचय दिया। जब वे औरंगजेब के सूबेदार के परिचयपत्र लेकर नौकरी के लिए बहादुरखान से मिलने आ रहे थे, तो राह में उन्हें मराठों की छावनी दिखाई दी। दोनों जान बचाने की दृष्टि से किले में आश्रय पाने आए थे।

किलेदार ने दोनों को बहादुरखान के सामने पेश किया। बहादुरखान अभी सोच-विचार कर ही रहा था कि टोहिया टुकड़ियों के साँडनी-सवारों ने आकर खबर दी—'मराठे आ रहे हैं।' एक के बाद एक खबरें लगातर आ रही थीं। बहादुरखान को यह बात सोचकर अचरज हो रहा था कि मराठे केवल दो हजार सैनिक लेकर हमला करने आ रहे हैं।

''क्या? सिर्फ दो हजार सिपाही?''

''मरहट्टों की यही रीत है, हुजूर।'' एक सरदार ने जवाब दिया।

बहादुरखान हँसने लगा। दाढ़ी पर हाथ फिराते हुए उसने हुक्म दिया, ''इशारे का डंका बजवाओ।''

सारी पेडगाँव छावनी हड़बड़ाकर उठ बैठी। चारों ओर घोड़ों की टापों की आवाजें सुनाई देने लगीं। बहादुरखान तैयार हो गया। उसने आज्ञा दी, ''दरवाजा खोल दो।''

दरवाजा खुल गया। नौबत बजने लगी। बहादुरखान मराठों का सामना करने के लिए सेनासहित बाहर निकला। मुट्ठी-भर सिपाहियों पर किले की जिम्मेदारी सौंपकर वह शत्रु से

जा भिड़ने के लिए दौड़ने लगा। पेडगाँव से कुछ दूर जाते ही उसे मराठे दिखाई दिए। बहादुरखान की आठ-दस हजार सिपाहियों की फौज देखते ही मराठे पीठ दिखाकर भाग खड़े हुए।

बहादुरखान ने आज तक मराठों की कहानियाँ सुनी थीं। कई बार डर के मारे उसके छक्के छूट चुके थे। मगर आज पीठ दिखाकर भागनेवाला मराठा दुश्मन वह पहली बार देख रहा था। उसने जोश से घोड़े को एड़ लगाई। मराठा फौज का पीछा किया जाने लगा। घोड़ों की टापों से कीचड़ दूर-दूर तक उछल रहा था। खान पूरे जोश से मराठों का पीछा कर रहा था। मराठा सेना उसे झाँसा देती हुई दौड़ती जा रही थी। खान पेडगाँव से दस-बारह कोस आ पहुँचा, फिर भी दुश्मन हाथ नहीं लगा। वह बीस कोस तक जा पहुँचा, फिर भी मराठा फौज को पकड़ नहीं पाया। कीचड़-कीच में से दौड़ते-दौड़ते खान की सेना के नाक में दम आ गया। अब खान ने पेडगाँव वापस लौटने का विचार किया, "भाग गए! डरपोक कहीं के...।"

'मराठे अगर हाथ आ जाते, तो उन्हें गाजर-मूली की तरह काट देते', सोचते-सोचते खान बहादुरगढ़ की तरफ चला जा रहा था। आसमान बादलों से भरा हुआ था। किन्तु बहादुरगढ़ के आसमान में धुएँ के बादल उठ रहे थे—ठीक वैसे ही जैसे गर्मियों में हवा के बवंडर उठते हैं। कोई समझ नहीं पा रहा था कि यह माजरा क्या है!

खान बहादुरगढ़ की ओर दौड़ता जा रहा था। किले के पास पहुँचकर घोड़ों की रफ्तार कम हो गई। खान को अपनी आँखों पर यकीन नहीं हो रहा था। पूरे बहादुरगढ़ से धुआँ उठ रहा था। किले का दरवाजा खुला था। किले की चहारदीवारी तो साबुत थी, मगर उस पर एक भी पहरेदार नहीं दिखाई दे रहा था। हर तरफ खामोशी—मानो सब सो गए हों।

बहादुरखान का मुँह खुला-का-खुला रह गया। वह आज अनहोनी बात देख रहा था।

वह किले के पास पहुँचा। उसने देखा कि आगे के सवार दरवाजे के अन्दर गए और अगले ही पल बाहर आ गए। उनके पीछे-पीछे बहादुरगढ़ के निवासी छाती पीटते हुए सामने आए—सब ओर कुहराम मचा हुआ था, "हम लुट गए, मालिक! शिवाजी ने हमें लूट लिया, हुजूर!"

"शिवाजी? या अल्लाह! कहाँ गया वह शैतान का बच्चा? यह क्या हुआ?"

बहादुरखान घोड़े से उतर पड़ा। वह पगलाए जैसा चलता जा रहा था। दरवाजे के अन्दर के माहौल में हो-हल्ला और रोना-धोना मचा हुआ था। सारे तम्बू-डेरे जलकर खाक हो चुके थे। अब उसे मराठों के पीठ दिखाकर भागने का मतलब समझ आया। माराठों की लूटपाट कैसी होती है, इसका नमूना वह बरसती बौछारों के बीच खड़ा-खड़ा देख रहा था।

ठीक इसी समय राजे रायगढ़ के रास्ते पर थे। सेना के हरावल में थे हम्बीरराव। सेना के साथ चल रहे दो सौ सुन्दर घोड़े सबकी दृष्टि को मोह रहे थे। एक करोड़ रुपयों की लूट साथ लेकर राजे की सेना रायगढ़ की ओर बढ़ती जा रही थी।

25

बहादुरखान की लूट का सामान लेकर राजे रायगढ़ पहुँच गए। गढ़ में और सैनिक छावनी में सब ओर यही चर्चा थी कि बहादुरखान की छावनी कैसे किस तरह लूटी गई। मोरोपन्त ने कल्याण और भिवंड़ी में सेना इकट्ठी करके दबदबा बढ़ा दिया था। उनकी सैनिक गतिविधियों से अंग्रेज और पुर्तगाली घबरा उठे थे। बहादुरगढ़ को लूटकर राजे की एक सेना जुन्नर प्रदेश

की ओर चली गई थी। अनाजी–फोंडा प्रदेश में थे। चारों तरफ राजे के नाम का बोलबाला था, किन्तु राजे सम्भाजीराजा की प्रतीक्षा कर रहे थे। वे अभी तक रायगढ़ नहीं लौटे थे।

एक दिन शाम को गढ़ की नौबत बजने लगी राजे ने समाचार दिया कि सम्भाजीराजा आ रहे हैं। राजे बहुत उत्कंठित होकर राजसभागृह में गए। उन्हें प्रवेशद्वार से भीतर आते हुए आनन्दराव दिखाई दिए, परन्तु सम्भाजीराजा साथ नहीं थे। आनन्दराव ने आकर सिजदा किया।

''आनन्दराव, हमारे युवराज कहाँ हैं?''

''वे पालकी-दरवाजे से अन्दर चले गए हैं।''

''क्यों?''

आनन्दराव मुस्कुराने लगे, ''हम भागानगर प्रदेश में घुस गए। सेना आगे बढ़ती जा रही थी। तभी सूचना मिली कि कुतुबशाही फौज आ रही है। मैंने युवराज को पीछे हट आने के लिए कहा। उन्हें मेरी बात पसन्द नहीं आई। जिम्मेदारी मेरी थी–मैंने उन्हें आगे नहीं जाने दिया। युवराज बड़े क्रोध से भरकर पीछे लौट पड़े–इसलिए...।''

''उन्हें हमारे सामने आने में शरम आ रही है, यही कहना चाहते हो ना?'' राजे ने पूछा, ''ठीक है, तुमने जो किया, वही ठीक है। हम युवराज को समझा देंगे।''

राजे युवराज के महल की ओर चल दिए। युवराज पलंग पर बैठे हुए थे। येसूबाई खड़ी हुई थीं। राजे के आते ही सम्भाजीराजा ने सिजदा किया और पीठ फेरकर खड़े हो गए। राजे की दृष्टि तिपाई की ओर गई, उस पर नीरांजन और आरती की थाली रखी हुई थी। अपनी हँसी दबाते हुए राजे ने येसूबाई से पूछा, ''येसू, युवराज की आरती उतारी या नहीं?''

सुनते ही सम्भाजीराजा मुड़ गए। कहने लगे, ''आबासाहब, विजयी वीर की आरती उतारी जाती है, भागकर लौट आए हुए की नहीं...।''

राजे क्रोधित युवराज के पास गए।

''यह तुमसे किसने कहा? सफलता से पीछे हट आना, सेना को सकुशल वापस ले आना, यह भी एक बड़ा पराक्रम है। यह तो जीत से भी कठिन है।''

''हमारी सेना थी, हम सरलता से जीत जाते। किन्तु आपके आनन्दराव ने हमें रोक दिया, हमसे जबरदस्ती की...।''

''राजे, तुम्हारा जोश हमें मालूम है–तुम्हारे गुस्से को भी खूब समझते हैं हम। किन्तु इस कारण आनन्दराव पर लांछन लगाना अन्यायकारी होगा। तुम अभी छोटे हो–खौलता हुआ खून हमेशा सही सोचता हो, सो बात नहीं। तुम हमारी आज्ञा भूल गए थे, मगर आनन्दराव अपनी जिम्मेदारी कैसे भुला सकते थे?''

''कौन-सी आज्ञा?''

राजे हँस पड़े। ''युवराज, तुम्हें हमने भागानगर जीतने के लिए नहीं भेजा था। केवल धाक जमाने के लिए भेजा था।''

''हाँ-हाँ। मराठा सेना को भागता देखकर अच्छी खासी धाक जम गई होगी!''

''युवराज, यह कोई भाग आने की समस्या नहीं है। तुम जो लूट साथ लाए हो, वह क्या कम है? उससे क्या दहशत पैदा नहीं हुई होगी? भागनेवाली सही, मगर मराठा सेना उनके इलाके में घुसती है, वहाँ हुड़दंग मचाती है, यह भी क्या कुछ कम है?''

राजे ने युवराज के कन्धे पर हाथ रखा। सम्भाजीराजा की आँखें राजे की आँखों से मिलीं।

''और फिर युवराज, हार का दुख कैसा? हमारी आधी उमर भागमभाग करने में ही बीती है। हमने तो उससे भी कहीं बढ़कर हारें देखी हैं। पन्हालगढ़ में तो भागते-भागते हमारी साँस फूल गई थी, परन्तु उस पराजय ने भी हमें बहुत कुछ सिखाया।''

सम्भाजीराजा मुस्कुरा उठे। राजे ने येसूबाई से कहा, ''येसू, युवराज की आरती उतार। वे वीरता दिखाकर घर लौटे हैं।''

येसूबाई ने थाली में नीरांजन प्रज्वलित किए। युवराज की आरती उतारी। माथे पर टीका लगे हुए युवराज सम्भाजी ने राजे के चरण छुए। उनके सिर पर हाथ फेरते हुए राजे ने कहा, ''युवराज, ध्यान रहे–जो पराजय से भयभीत नहीं होते, वे ही विजयश्री प्राप्त कर सकते हैं। अच्छा, हम चलते हैं।''

राजे ने लौटने के लिए कदम बढ़ाए। अचानक येसूबाई का ध्यान इस ओर गया कि राजे जब से महल में आए हैं, तब से खड़े ही हैं। उन्होंने कहा, ''आबासाहब, बैठिए ना!''

राजे ने येसूबाई की ओर देखा।

''येसू, हमें विवश होकर यहाँ आना पड़ा है। मुहिम पर गया हुआ पति कई दिनों बाद घर लौटा हो, तो अन्य किसी को वहाँ नहीं आना चाहिए। क्या इतनी-सी बात भी हम समझ नहीं सकते?'' संकोच की मारी येसूबाई के लजाते मुख की ओर बिना देखे ही राजे महल के बाहर चले गए।

राजे के जाते ही सम्भाजीराजा येसूबाई की ओर बढ़े। येसूबाई ने झटपट आरती उठाई। सम्भाजीराजा ने येसूबाई की कलाई पकड़ ली। येसूबाई ने हड़बड़ाकर कहा, ''आरती रख आती हूँ।''

''उसकी इतनी जल्दी है? बाद में रख देना।''

येसूबाई ने थाली नीचे रख दी। सम्भाजीराजा ने येसूबाई की बाँह पकड़ी।

''यह क्या? कोई आ जाएगा!'' येसूबाई ने दरवाजे की ओर देखते हुए कहा।

''कोई नहीं आएगा। स्वयं आबासाहब ने ही कहा है अभी।''

''हटो जी, कैसी बातें करते हो? लोग क्या कहेंगे भला?''

''हम इतनी बहादुरी दिखाकर लौटे हैं...।''

''हाँ, हाँ, मालूम है तुम्हारी बहादुरी...।'' येसूबाई ने खिलखिलाकर कहा।

''अच्छा!'' सम्भाजीराजा ने एक बार येसूबाई की ओर देखा। अगले ही पल वे कक्ष के दरवाजे की ओर जाते हुए कहने लगे, ''युद्धक्षेत्र में हम हारे हैं, तो क्या हम अपने महल में भी हार जाएँगे।''

येसूबाई ने मुस्कुराकर ऊपर देखा। सचमुच ही महल के दरवाजे बन्द किए जा चुके थे।

26

वर्षा ऋतु समाप्त हो चुकी थी। वनदेवी गहरे हरित वर्ण के वस्त्र ओढ़े थी। जंगल में जंगली मुर्गे बाँग देने लगे थे। गाँव के सिवान और खेतों में धान, साँवाँ और मँडुआ की खेती लहलहाने लगी थी। बौछारों से बचने के लिए गढ़ की खिड़कियों, दरवाजों पर छाजन और झाँप लगाए

गए थे। रास्ते के किनारों पर उग आई घास काटकर सफाई की जाने लगी। हाथीटाँकी, कुशावर्त, बामनटाँकी, गंगासागर आदि जलाशय पानी से लबालब भर गए थे। उठती हुई तरंगों से उनका तन सिहर-सिहर उठता था। राजे ने पाचाड में नई घुड़साल बनवाने का काम शुरू कराया था। घुड़साल बनने लगी। शीघ्र ही चुनिन्दा पाँच सौ घोड़ोंवाली विशेष राजकीय घुड़साल का काम पूर्ण हुआ।

सायंकाल के समय राजे विवेक-सभा में बैठे हुए थे। कवि कलश और निराजीपन्त उपस्थित थे। राजे के पास ही युवराज सम्भाजी वीरासन लगाकर बैठे हुए थे। कवि कलश द्वारा यह समाचार सुनकर राजे को बहुत प्रसन्नता हुई कि सम्भाजीराजा संस्कृत भाषा में अच्छी कविता लिखने लगे हैं।

अँधेरा होने को था कि राजे विवेक-सभा से उठ खड़े हुए। जैसे उन्हें कुछ याद आ गया हो। एकदम पूछ बैठे, ''इधर कई दिनों से निश्चलपुरी का कोई समाचार नहीं है। वे कुशल-क्षेमपूर्वक हैं न?''

''जी हाँ।'' कवि कलश ने कहा। कवि कलश इसी अवसर की ताक में थे। वे बोले, ''महाराज, निश्चलपुरी गोसाईं का वचन झूठा नहीं हुआ।''

राजे रुक गए।

''कवि कलश, तुम तो हमारे अन्तरंग हो। कहो।''

''स्पष्ट बात कहता हूँ, महाराज, क्षमा करें। निश्चलपुरी ने जिन अपशकुनों की आशंका बताई थी, वे सभी अपशकुन होकर रहे। राज्याभिषेक से पूर्व आपकी पत्नी और सेनापति का निधन हुआ। राज्याभिषेक के तेरहवें दिन माँसाहिबा स्वर्ग सिधारीं। इन अपशकुनों के कारण सबके हृदय आशंकित हो उठे हैं।''

''तुम्हारा हृदय भी आशंकित हो उठा है?''

''क्षमा हो, महाराज।'' कवि कलश ने कहा, ''हम भी श्रद्धालु मनुष्य हैं। जो घटना आँखों से होती देख रहे हैं, उसे नकारा कैसे जाए?''

''मनुष्य जैसा देखना चाहता हो, वैसा ही उसे दिखाई भी देने लगता है। सच है कि प्रतापराव चले गए, किन्तु राज्य के धैर्य और साहस का उदाहरण दिखा गए। स्वामी की एक आज्ञा की खातिर हमारे सात सरदार दस हजार की छावनी पर चढ़ दौड़े, उनकी शूरता का सानी है कहीं? और रानीसाहिबा की मृत्यु की बात कहते हो, सो उस मृत्यु का अर्थ हमसे बढ़कर और कौन समझ पाएगा? रही माँसाहिबा की बात—सच है कि वे हमें शोक-सागर में डूबता छोड़ गईं, किन्तु अन्त समय में उनका मानसिक सन्तोष हमने देखा है। जिस घड़ी सन्त ज्ञानदेव ने समाधिस्थ होकर प्राण त्यागे थे, वह घड़ी क्या अशुभ थी? तुम कहोगे, यह सब तो कल्पना के खेल हैं। किन्तु राज्याभिषेक से पहले आनन्दराव ने बहलोलखान को पराजित किया था, राज्याभिषेक के बाद बहादुरखान की लूट हमारे हाथ लगी है—इन्हें क्या साधारण विजय समझते हो?''

कवि कलश निरुत्तर हो गए।

''महाराज, यदि आपका यही मत हो, तो मुझे कुछ नहीं कहना। किन्तु आचार्य गागाभट्ट ने राज्याभिषेक के समय पर्वतराज को बलि नहीं दिलवाई। इस गढ़ की स्वामिनी देवी है शिर्काई, उसकी भी पूजा नहीं की गई। देशस्वामी भार्गव का अर्चन भी सम्पन्न नहीं किया

गया। यह बातें हम जैसों को खटकती हैं। इसी का परिणाम हुआ कि राज्याभिषेक के समय गागाभट्टजी की नाक पर बाँस गिरने से चोट लगी, पौरोहित्य कर रहे बालभट्ट के सिर पर छत का काष्ठनिर्मित कमलपुष्प गिर पड़ा। हमें तो लगता है कि यह घटनाएँ भावी अमंगल की ही सूचना थी।''

राजे खिन्नतापूर्वक हँस दिए।

''कवि कलश, हम तुम्हारा मनोभाव समझते हैं। राज्याभिषेक कराने का हमें शौक नहीं था, वह एक आवश्यकता थी। वह राज्याभिषेक सर्वथा दोषरहित हो, ऐसी हमारी भी इच्छा है। तुम निश्चलपुरी को बुलवा लो। हम उनके कथनानुसार तान्त्रिक अभिषेक विधियाँ करा लेंगे।''

कवि कलश ने निश्चलपुरी गोसाईं को तुरन्त सन्देश भेजा।

एक दिन दुर्ग में निश्चलपुरी का आगमन हुआ। वे बड़े उत्साह से अभिषेक की तैयारियाँ करने लगे। उन्होंने इस कार्य के लिए ललितापंचमी का दिन निश्चित किया।

आरम्भ में उन्होंने कुलदेवता, ग्रामदेवता, स्थानदेवता आदि की यथाविधि पूजा की फिर कलशस्थापना करके तन्त्रविद्या के अनुसार पूजाविधियाँ सम्पन्न कीं। अनेक विधियों से मेरुयंत्र चित्रित किया। मंडप में तथा सिंहासन के निकट भूमि-शोधन किया। सुवर्ण सिंहासन के लिए उन्होंने उदुंबरकाष्ठ से एक चौकी बनवाई थी। उस आसंदी में सिंहगात्र की प्राणप्रतिष्ठा की। राजे खड्ग हाथ में लेकर राजसभा में आए। पश्चात् उनके द्वारा द्वारपाल देवताओं के नाम बलि दिलवाई गई। सिंहासन में बने हुए आठों सिंहों के नाम बलि दी गई। फिर अन्य देवताओं को भी बलि देकर सन्तुष्ट किया गया। बलिदान विधि समाप्त होने पर शिवशक्ति रूपी कुम्भ में भरे जल से राजे का राजमंडप में अभिसिंचन किया गया। रायरी पर्वत, जिस पर रायगढ़ स्थित था, उसके नाम से अन्नदान करके उसे सन्तुष्ट किया गया। पश्चात् राजे जयघोष तथा मन्त्रघोष के बीच सिंहासनारूढ़ हुए। उन्होंने प्रजाजनों को दर्शन दिए। राजे ने निश्चलपुरी को जो पुष्कल दक्षिणा दी, उससे गोसाईं भी सन्तुष्ट हुए। उन्होंने आशीर्वाद देते हुए कहा, ''राजा, तुम्हारे कारण जगत् में सदगुणों की उन्नति होगी। छत्रपति के वंश में तीन सौ वर्षों तक राजसत्ता बनी रहेगी। इस अवधि में यवनों का सदैव विनाश होता रहेगा।''

राजे राजसिंहासन से उतरे। उनके पाँव अनजाने ही दाहिनी ओर मुड़े, किन्तु दो ही डग भरकर वे ठिठक गए। उनके नेत्र अचानक आँसुओं से भर उठे।

आज उस दाहिनी ओर था ही कौन, जिसके चरणों में वे सिर नवाते! कौन था जिससे आशीष पाते!

माँसाहिबा दूर, बहुत दूर चली गई थीं।

भाग : नौ

जाड़े के दिन निकट आ रहे थे। भोर के समय लगता था जैसे कुहरे के गोल छल्लों ने पर्वतों के चारों ओर घेरा डाल दिया। राजे की सैनिक टुकड़ियाँ दूर-दूर से आकर पाचाड की सैनिक-छावनी में इकट्ठा हो रही थीं। गढ़ में भेदियों का तथा टोही दलों का आना-जाना बहुत बढ़ गया था। सम्भाजीराजा हम्बीरराव तथा आनन्दरावसहित गढ़ में आ गए। सब इसी उधेड़बुन में थे कि न जाने अब अगली मुहिम कौन-सी होगी।

राजे ने मन में खानदेश*की मुहिम निश्चित कर ली थी। गुप्तचर उस प्रदेश की अचूक जानकारी ले आए थे। राजे ने आनन्दराव को नेता बनाकर एक फौज सूरत शहर में आतंक फैलाने के लिए भेजी और दूसरी फौज, जिसके नेता वे स्वयं थे, साथ लेकर खानदेश की ओर चल पड़े।

लगभग तीन मास तक खानदेश में राजे की घुड़दौड़ चलती रही। आनन्दराव की सेना जब सूरत की ओर जा रही थी, जो रामनगर के चार हजार भीलों ने सेना का रास्ता रोक लिया। आनन्दराव ने एक लाख रुपए देने का प्रस्ताव रखा, फिर भी भीलों ने रास्ता नहीं छोड़ा। आनन्दराव ने देखा, व्यर्थ ही अनावश्यक युद्ध की स्थिति आ पड़ी है। उन्होंने अपना रास्ता बदल दिया और वे महाराज से मिलने के लिए औरंगाबाद की ओर चल दिए। रामनगर के भीलों के कारण सूरत शहर बच गया।

राजे का मुकाम एरंडोल के पास था। उन्होंने अंग्रेजों की कोठियों पर हमला करने के लिए सेना भेजी। राजे की सेना का उत्पात देखकर मुगल फौजदार खेशगी पूरी शक्ति से मराठों का सामना करने आया। परन्तु मराठों के आगे उसकी एक न चली। उसके सैकड़ों सैनिक मराठों ने मार डाले। आखिर खेशगी औरंगाबाद भाग गया। मराठों ने धरणगाँव की मालकोठी लूट ली। खेशगी के भाग जाने के कारण अब मराठों का सामना करनेवाला कोई नहीं रहा था। राजे सीधे बुरहानपुर तक जा पहुँचे और लूट का माल साथ लेकर तथा मुगलिया प्रदेश में आतंक फैलाकर वे रायगढ़ वापस लौट आए।

राजे की सेना दूर-दूर के इलाकों में फैली हुई थी। धरणगाँव लुटने के कारण अंग्रेज घबरा गए। उन्होंने तय किया कि धरणगाँव की कोठी के नुकसान की भरपाई करने के लिए अपना दूत राजे के दरबार में भेजा जाए। अनाजी कोल्हापुर प्रदेश में थे। मोरोपन्त कल्याण-भिवंडी में डेरा डाले हुए थे। खानदेश की मुहिम समाप्त करके राजे गढ़ में वापस आ गए। अब उनके लिए आराम करना या चैन से बैठना सम्भव ही नहीं था।

---

* महाराष्ट्र के वर्तमान धुलिया और जलगाँव जिलों का प्रदेश।

हर दिन राज्य का विस्तार होता जा रहा था। राजे के मन में कई मुहिमों की योजनाएँ बन रही थीं। मुगल और आदिलशाह इन दो प्रबल शत्रुओं के अतिरिक्त एक और खतरनाक शत्रु जंजिरा का सिद्दी था। कोई भरोसा नहीं था कि वह कब राजे के विरुद्ध उठ खड़ा हो। जंजिरा द्वीप के कारण समुद्र पर सिद्दी की सत्ता एकदम बेरोकटोक थी। राजे की युद्ध-नौकाओं को हमेशा सिद्दी से ही भय रहता था। राजे ने निश्चय किया कि जंजिरा पर धाक जमाने के लिए राजापुरी के सामने स्थित 'कासा' नामक टापू पर जलदुर्ग बनवाया जाए। राजे की इच्छा थी कि यह निर्माण शीघ्र ही पूरा कर लिया जाए। इस बात की पूरी सम्भावना थी कि सिद्दी इस काम में अड़ंगा डालेगा, इसलिए राजे ने अपने नौसेना-अधिकारी दौलतखान को जलसेनासहित कासा द्वीप पर बनाए जा रहे पद्मदुर्ग की रक्षा के लिए भेज दिया। निकट स्थित प्रभावली के सूबेदार को कठोर आज्ञाएँ दी गई थीं कि पद्मदुर्ग के निर्माण के लिए आवश्यक धन तथा अन्न की कमी न होने पाए।

खानदेश के अभियान से लौटकर राजे रायगढ़ में ही रहे। सारे प्रदेशों से आ रहे समाचार वे सुनते रहते थे। प्रतिदिन पत्र-थैलियाँ आ रही थीं। इनमें एक अति महत्त्वपूर्ण पत्र-थैली थी। पद्मदुर्ग की सुरक्षा के नियुक्त नौसेनाधिकारी ने राजे के नाम पत्र भेजा था। पद्मदुर्ग के निर्माण-कार्य में उपेक्षा बरती जा रही थी। नौसेनाधिकारी ने शिकायत की थी। लिखा था कि सिद्दी का सामना करते हुए पद्मदुर्ग का काम पूरा करने का वह पूरा प्रयत्न कर रहा है, किन्तु सूबेदार जिवाजीपन्त आवश्यकतानुसार सहायता नहीं दे रहे हैं। धान्य तथा पैसे की कमी के कारण अधिक नौसेना को वहाँ लाने में कठिनाई हो रही थी।

यह पत्र पाकर राजे क्रोधित हो उठे। जबकि राजे ने आज्ञा दी थी कि हर कठिनाई को दूर करते हुए पद्मदुर्ग का बाँधकाम पूरा किया जाए और जिवाजीपन्त इस काम में देरी और सुस्ती दिखा रहे थे। इसलिए राजे ने प्रभावली सूबे के सूबेदार जिवाजीपन्त को ऐसा कठोर आज्ञापत्र भेजा कि उसकी आँखें खुल गईं।

राजे का पत्र पाते ही रुका-अटका हुआ सारा कामकाज तेजी से शुरू हो गया। पद्मदुर्ग का निर्माण-कार्य तुरन्त पूरा करने की होड़-सी लग गई। राजे के आदेश की प्रतीक्षा किए बिना ही अब जिवाजीपन्त पद्मदुर्ग की हरेक माँग पूरी करने लगा। पद्मदुर्ग बनकर तैयार हुआ। राजे ने सुभानजी मोहिते को वहाँ का किलेदार नियुक्त किया।

राजे का इरादा था कि आदिलशाही पर हमला किया जाए। उन्होंने इस मुहिम के लिए दत्ताजीपन्त को सेनासहित कोल्हापुर की ओर रवाना किया। अनाजी पन्हालगढ़ प्रदेश में थे—उन्हें आज्ञा दी गई कि वे फोंडा किले पर चढ़ाई करें। दंडा-राजपुरी नगरी राजे के हाथ से निकल गई थी। राजे ने उसे पुनः हथियाने के लिए अपनी सैनिक टुकड़ी रवाना की। राजे ने सोचा था कि वर्षा ऋतु आने से पहले ही दंडा-राजपुरी पर कब्जा हो जाए, तो ठीक रहे।

एक ओर इस प्रकार मुहिमों की योजनाएँ बन रही थीं, दूसरी ओर राजे ने रायगढ़ में सम्भाजराजा का मौंजीबन्धन संस्कार भी बड़ी धूमधाम से किया। वास्तव में युवराज का मौंजीबन्धन राज्याभिषेक-समारोह के बाद तुरन्त ही होना था, किन्तु जीजाबाई के निधन के कारण यह उपनयन-संस्कार स्थगित कर दिया गया था।

सम्भाजीराजा के उपनयन के पश्चात् राजे का विचार मुहिम पर जाने का था, किन्तु इसी समय खबर मिली कि मुगलों ने कल्याण-भिवंडी पर हमला बोल दिया है। मुगलों ने

बड़े दिनों बाद यह छेड़छाड़ की थी। मुगल सैनिकों ने कल्याण-भिवंडी के घरों में आग लगा दी थी। इस समाचार से राजे चिन्तित हो उठे। इसके तुरन्त बाद दूसरी खबर भी आ पहुँची। खबर थी कि मोरोपन्त को जब कल्याण-भिवंडी के समाचार ज्ञात हुए, उन्होंने तुरन्त मराठा सेना उस ओर भेजी। मराठा सेना ने मुगलों को वहाँ से भगा दिया और फिर से कल्याण-भिवंडी को कब्जे में कर लिया।

राजे प्रसन्न तो हुए कि कल्याण-भिवंडी नगर स्वराज्य में बना रहे, किन्तु मुगलिया राज अब फिर सिर उठाने लगा है, इस घटना ने उन्हें चिन्ताग्रस्त बना दिया।

2

दोपहर को राजे सम्भाजी के साथ शतरंज खेल रहे थे। महल में बैठी हुई सोयराबाई और पुतलाबाई खेल देखने में तल्लीन थीं। बालक राजाराम को खेल देखने में रुचि नहीं थी, वह ऊबकर अकेला इधर-उधर टहल रहा था। राजे की हार हो रही थी–सम्भाजीराजा के मुख पर विजय का आनन्द मुस्कुराने लगा था। राजे एकाग्रचित्त बिसात की ओर देख रहे थे। राजे ने अपना एक प्यादा आगे बढ़ाया। सम्भाजीराजा के चेहरे पर अनोखा आनन्द झलकने लगा। उन्होंने कहा, ''आबासाहब, हम आपके एक प्यादे के लालच में क्यों आएँगे भला? अब हम चाल चलेंगे ऊँट की।''

सम्भाजीराजा ने ऊँट की चाल चली और राजे का वजीर अरदब में आ गया।

राजे हँसने लगे। वजीर बचाना चाहें, तो बादशाह को शह लगती थी। बाजी खत्म होने को थी। वजीर बचाने के लिए ऊँट को मारें तो भी बाजी जीती नहीं जा सकती थी। राजे अभी सोच ही रहे थे कि उनका ध्यान दरवाजे की ओर गया। येसूबाई अन्दर आ रही थीं। उन्हें देखते ही राजे जोर से हँस पड़े।

''शम्भू बेटे, बाजी तुम्हारी रही। हम हार मानते हैं। स्वयं भावेश्वरी देवी* महल में आ गई हैं, तो उसकी पुण्यशीलता के कारण तुम विजयी होओगे ही।''

''वाह! यह भी अच्छी रही!'' सम्भाजीराजा ने कहा, ''हमने अपनी चतुरन्ता से विजय पाई और श्रेय और किसी को दिया जा रहा है?''

सम्भाजीराजा की बात से सारा महल हँसी से गूँज उठा। राजे भी खिलखिलाकर हँस रहे थे। बालराजाराम दौड़कर राजे के पास आया। खेल खत्म होने पर उसे बहुत खुशी हुई थी। वह राजे से पूछने लगा, ''आबासाहब, खेल खत्म हो गया?''

''हाँ, बेटे।''

''कौन हारा?''

''हम हार गए।''

''आप?''

''इसमें आश्चर्य की क्या बात है? हम अगर कभी हारेंगे भी, तो तुम्हारे स्नेह के कारण हारेंगे। हमें पराजित करने की शक्ति और किसी में नहीं है।''

---

* येसूबाई के पितृकुल की कुलदेवी।

"आबासाहब, शतरंज का खेल आदमी का सुध-बुध भुला देता है। है ना?" सम्भाजीराजा ने कहा।

"हाँ, शम्भूबाल, हमने भी आज तक तीन ऐसे दाँव खेले हैं, जिन्हें खेलते समय हम सुध-बुध खो बैठे थे। एक दाँव मिर्जाराजा जयसिंह के साथ, उसमें हमारी जीत हुई। दूसरा दाँव आज का—उसमें तुम जीते।"

"और तीसरा कौन-सा?" सम्भाजीराजा अचानक पूछ बैठे।

राजे ने एकदम सम्भाजीराजा की ओर देखा। उनके मुख पर कुछ निराली भावना छा गई।

"वह दाँव अधूरा ही रह गया।"

"मगर खेले किसके साथ थे, यह तो बताइए।" सोयराबाई ने पूछा।

तीसरे दाँव की बात आते ही राजे का हृदय व्यथित हो उठा था—क्षण-भर उन्हें लगा कि स्वर्गवासिनी रानी सईबाई की खिलखिलाती हँसी कहीं से कानों में सुनाई दे गई हो। परन्तु सोयराबाई के प्रश्न से उन्हें एकदम सुध हो आई। अपने को सँभालकर वे तुरन्त कहने लगे, "और कौन-सा दाँव होगा? यह स्वराज्य की बाजी खेल रहे हैं ना हम! खेल के साथी का नाम है—भाग्य!"

सोयराबाई का मुख सन्तोष से भर उठा।

"किन्तु वह बाजी अधूरी रह गई, ऐसा कैसे कहा जा सकता है?"

"बाजी बहुत बड़ी है ना! हम उसे अकेले खेलते-खेलते थक गए हैं। किन्तु बाजी का अन्त दिखाई नहीं देता। अब यह दाँव पूर्ण करना हो, तो इन दोनों को करना होगा।"

राजे सम्भाजीराजा को एकटक देख रहे थे। सम्भाजीराजा की पीठ का सहारा लेकर राजाराम खड़ा हुआ था। राजे ने झट विषय बदल दिया।

"शम्भू बेटे, हमें थोड़ी फुरसत मिल जाए, तो हम-तुम एक बार शिकार करने जाएँगे। हमने सुना है, तुम दौड़ते हुए शिकार पर भाले का निशाना बहुत अच्छा लगाते हो।"

मनोहारी महल में आई। उसने सूचना दी, "बहिर्जी आए हैं।"

राजे ने कहा, "अब हम एकान्त चाहते हैं।"

सब उठकर भीतरी दरवाजे से अन्दर की ओर चले गए। बहिर्जी जब आया, तो राजे अकेले थे। राजे बहिर्जी के साथ काफी देर तक बातें करते रहे। शाम को राजे बहिर्जी के साथ राजसभागृह में आए।

राजसभागृह में सम्भाजीराजा बैठे हुए थे। बहिर्जी ने उन्हें सिजदा किया। बालाजी-आवजी भी वहाँ थे। राजे ने पूछा, "क्यों बालाजी? क्या कहते हैं हमारे युवराज?"

"पुरन्धर में एक मामला उठ खड़ा हुआ है। लगता है, युवराज को निर्णय करने के लिए वहाँ जाना पड़ेगा।"

"अवश्य भेजो उन्हें। अब उन्हें ऐसी बातें समझनी चाहिए।"

सम्भाजीराजा बहिर्जी की तरफ देख रहे थे। बहिर्जी न दुबला था न मोटा—मध्यम आकार की देह थी उसकी। घुटनों तक की धोती, छाती पर रंगीन बंदों से कसी हुई फतूही और सिर पर लाल रंग की बैठी दबी हुई-सी पगड़ी थी। सम्भाजीराजा ने कहा, "बहिर्जी, तुझे यह भेस बहुत अच्छा लगता है।"

राजे ने कहा, "शम्भू बेटे, बहिर्जी हमारा गुप्तचर है। उसे साधारण मावले भेस में ही घूमना-फिरना पड़ता है। बहिर्जी जासूस तो है ही, वह कुशल शिकारी भी है। कभी उसे अपने साथ शिकार करने ले जाओ।"

"ऐसा नहीं हो सकता," सम्भाजीराजा एकदम कह गए।

"क्यों?"

"आपका वह सेवक महादेव और यह बहिर्जी दोनों जासूस हैं। हम जानबूझकर इन लोगों को अपने साथ कैसे रखेंगे?"

राजे हँसने लगे।

"शम्भू बेटे, तुम चाहे इन लोगों को साथ रखो या मत रखो, हमें आवश्यक बातों का पता लग ही जाता है। अब यही देख लो—हमें पता है कि तुम पाचाड जाना चाहते हो। एक नया घोड़ा सधाया जा रहा है, तुम उसे देखना चाहते हो। परसों तुम उसे सधाते हुए गिर पड़े थे। तुम्हें कई बार कहा है कि नए घोड़े पर सवारी मत करो, मगर तुम मानते नहीं।"

सब लोग हँसी दबाने का प्रयत्न कर रहे थे, लेकिन सम्भाजीराजा के मुख पर घबराहट छा रही थी।

"घबराओ नहीं, किन्तु आज तुम पाचाड मत जाना। हमें रात को तुमसे कई बात करनी है। बालाजी, निराजीपन्त और तुम रात को हमारे महल में आओ। शम्भू, हम गढ़ की घुड़साल देखना चाहते हैं, तुम हमारे साथ चलो।"

राजे जगदीश्वर के दर्शन करके और अश्वशाला का निरीक्षण करके वापस आ गए। राजे चुप-चुप से थे। किसी से भी अधिक बात नहीं कर रहे थे। शायद किसी सोच-विचार में डूबे हुए थे।

रात को रघुनाथपन्त न्यायाधीश, त्र्यंबकपन्त, निराजीपन्त, बालाजी-आवजी महल में आ उपस्थित हुए। सम्भाजीराजा भी आ गए।

"आज हम कुछ बेचैन हैं, इसीलिए तुम सबको बुलाना पड़ा है। यह बिलकुल स्वाभाविक है कि बहादुरगढ़ के लुटने से बहादुरखान को बड़ा गुस्सा आया होगा। किन्तु बहादुरखान दिलेरखान के समान जोशीला सरदार नहीं है। उसका स्वभाव आलसी है, हमने सोचा था कि वह चुप बैठा रहेगा। लगता है हमारा खानदेशवाला हमला हमें महँगा पड़ेगा। हमें समाचार मिला है कि बहादुरखान हम पर चढ़ाई करने की जोरदार तैयारियाँ कर रहा है। यही क्यों, भिवंडी पर उसने जो हमला किया है, उससे उसका इरादा जाहिर हो गया है।"

"महाराज, क्षमा करें।" रघुनाथपन्त ने कहा, "बहादुरखान से इतना भयभीत होने की आवश्यकता नहीं है। हमारी सेना उसे सहज ही पराजित कर देगी।"

"तुम हमारे दरबार के पंडितराव, प्रधान न्यायाधीश हो, न्यायमन्त्री हो। मिर्जाराजा जयसिंह के साथ सन्धि करने तुम ही गए थे ना?"

"उस समय की परिस्थिति भिन्न थी, महाराज।"

"किन्तु मुगल साम्राज्य तो वैसा ही है। उसकी शक्ति घटी नहीं है। हम बहादुरखान से शत्रुता मोल नहीं ले सकते।"

"किन्तु आबासाहब, अपनी इतनी सारी सेना...।"

"कहाँ है सेना? दत्ताजीपन्त और अनाजी सेना लेकर फोंडा और कोल्हापुर प्रदेश में हैं। मोरोपन्त सेनासहित कोंकण में हैं। हम्बीरराव भागानगर की तरफ गए हुए हैं। हमने फोंडा और कारवार प्रदेशों के आक्रमण की योजना बनाई और इसी समय बहादुरखान उठ बैठा है।"

"तो सेनाओं को यहाँ बुला लिया जाए।" सम्भाजी ने कहा।

"और पहले से बनाई गई योजनाओं का क्या करें?" राजे ने पूछा।

"तो फिर यह दोनों कैसे पूरी हो सकेंगी?"

"शम्भू बेटे, इसे राजनीति कहते हैं। हमने निश्चय किया है कि मुगलों से हम समझौता कर लेंगे।"

"आबासाहब!"

"हाँ पंडितराव, बहादुरखान से सन्धि की बातचीत शुरू करो। उससे कहो कि हम बादशाह की शरण में आते हैं। मैं बादशाह के चरणों में सत्रह किले अर्पित करने को तैयार हूँ। यही नहीं, यदि मेरे बेटे को मुगल मनसब मिलता हो, तो मैं उसे बादशाह की चाकरी करने भेज दूँगा। उसे छह हजारी मनसबदार बनाया जाए और भीमा नदी के दक्षिण में स्थित प्रदेश मेरा रहे।"

"बादशाह की सेवा में हम कदापि नहीं जाएँगे।" सम्भाजीराजा क्रोध से भड़ककर कह उठे।

"तुम्हें जाना होगा। आठ बरस के थे तब जहाँ तुम ओल बनकर गए थे अब वहीं मनसबदार बनकर जाने में क्या बुरा है?"

"मगर क्यों?"

"राज्य की रक्षा के लिए।"

"इस प्रकार राज्य की रक्षा करने से तो लड़ाई करना क्या बुरा है?"

"पंडितराव, देखा? हमारे युवराज का खून अवश्य जवानी का है, किन्तु अनुभव के नाम पर वे अभी कच्चे हैं।"

सब लोगों को हँसी दबाए रखना कठिन हो रहा था। सम्भाजीराजा स्थिति को देखकर चकित थे। राजे उठ खड़े हुए। सम्भाजी के पास जाकर वे कहने लगे, "शम्भूराजा, राजनीति में उछलते-फाँदते बड़े-बड़े शब्दों का कोई मूल्य नहीं होता। हमने कारवार की मुहिम की जो योजना बनाई है, उसके पूरा होने में दो-तीन महीने सहज ही लग जाएँगे। तब तक बहादुरखान सुलह की बातचीत करते बैठा रहेगा। उसे यह बातचीत अच्छी लगेगी। बहादुरखान तुम्हारे नाम दिल्ली से जो फरमान मँगवाएगा, उस काम में काफी समय लग जाएगा। इतनी अवधि तक वह कुछ कर नहीं पाएगा।"

सम्भाजीराजा के दिल का बोझ उतर गया। राजे का हाथ उनके कन्धे पर रखा हुआ था। आज उस हाथ की शक्ति का अनुभव उन्हें पहली बार हो रहा था।

3

राजे का अनुमान ठीक निकला। बहादुरखान वैसे भी राजे के उत्पात से तंग आ चुका था। फिर शिवाजी के उत्पातों की खबरें सुनकर औरंगजेब भी उससे नाराज हो रहा था। मराठों ने मुगलों को कल्याण-भिवंडी से भगा दिया था। राजे के बुरहानपुर तक के झपट्टों से वह

सारा मुगल इलाका परेशान था। बहादुरखान में इतनी ताकत नहीं थी, जो राजे के बढ़ते हुए कारनामों को काबू कर सके। राजे की ओर से सन्धि का प्रस्ताव आते ही वह पल-भर में सब भला-बुरा भूल गया। सन्धि के विचार ने उसे आनन्दित कर दिया। उसने झटपट यह समाचार पंजाब में मुकाम कर रहे औरंगजेब के पास रवाना कर दिया। उसने बादशाह से यह भी प्रार्थना की थी कि सम्भाजीराजा के नाम शाही फरमान भेजा जाए।

बहादुरखान को सन्धि की बातचीत में उलझा हुआ देखकर राजे ने अपनी नई मुहिम की शुरुआत की। सम्भाजीराजा को गढ़ का प्रबन्ध सौंपकर वे फोंडा की ओर चल पड़े।

राजे राजापुर की ओर जा रहे थे। इधर-उधर फैली हुई उनकी सेनाएँ आकर उनसे मिल रही थीं। राजापुर आते ही राजे ने चालीस नौकाएँ बेंगुर्ला को रवाना कर दीं। इन नौकाओं में वे सैकड़ों मजदूर जिन्हें फोंडा की चढ़ाई में भाग लेना था, बेंगुर्ला जा रहे थे।

मिर्जाराजा जयसिंह के समय राजे ने फोंडा को जीतने का स्वयं प्रयत्न किया था, किन्तु असफल रहे थे। अनाजी का हमला भी बेकार गया था। इस बार राजे हर हालत में फोंडा को पाना चाहते थे। इस बार वे असफलता की बात भी नहीं सोच सकते थे। इस हेतु राजे ने पन्द्रह हजार घुड़सवार और चौदह हजार पैदल सैनिक साथ लिए थे। राजापुर से कुडाल होकर राजे फोंडा आ पहुँचे। उनके दो हजार घुड़सवारों ने तथा पाँच हजार सैनिकों ने फोंडा किले को घेर लिया।

गर्मियों के दिन थे। हालाँकि सारा प्रदेश घनघोर जंगलोंवाला था, फिर भी दिन हो या रात, शरीर से पसीने की धाराएँ बहती रहती थीं। इसी स्थिति में फोंडा का घेरा डाला गया। मराठा सेनाएँ प्रतिदिन किले से जा टकराती थीं। मुहम्मद इखलासखान फोंडा का आदिलशाही किलेदार था। उसने किले में करीब चार महीने के लिए रसद जमा कर ली थी। राजे मुहम्मदखान से बहुत खफा थे। वह शिवाजीराजा के राज्य में स्थित मसुरा गाँव के एक धनी व्यापारी को पकड़कर ले गया था। राजे ने दृढ़ संकल्प किया था कि फोंडा जीते बिना वे वापस नहीं जाएँगे।

गोवा के पुर्तगालियों ने जब देखा कि शिवाजीराजा ने फोंडा के चारों तरफ घेरा डाल दिया है, तो वे घबरा उठे। उन्होंने शिवाजी को वचन दिया था कि वे तटस्थ रहेंगे। फिर भी वे यह बात अच्छी तरह समझते थे कि यदि फोंडा पर शिवाजी का कब्जा हो गया, तो गोवा की खैर नहीं है। उन्होंने राजे को छेड़ना-सताना शुरू कर दिया। उन्होंने सीमा पर स्थित देसाई जमींदार को राजे के विरुद्ध भड़का दिया। राजे पहले से ही समझे बैठे थे कि ऐसा होगा। जैसे ही देसाई ने छावनी पर हमला किया, मराठा सेनाओं ने उसे खदेड़ दिया और उसका पीछा किया। देसाई भागकर पुर्तगालियों के इलाके में घुस गया, मगर मराठा सैनिक उसका पीछा करते रहे। वे सीधे पुर्तगालियों के चाँदर गाँव में घुस गए, उन्होंने वहाँ के घरों को लूट लिया। गिरजे का एक नौकर इस लूट में मारा गया। इसी समय साष्टी के कुंकली गाँव पर भी दो सौ मराठा घुड़सवारों ने हमला किया। ये घुड़सवार रणमस्तखान नामक बीजापुरी सरदार का पीछा कर रहे थे।

इन दो हमलों से पुर्तगाली वायसराय घबरा उठा। उसने शिवाजी के राजदूत को कैद कर लिया। राजे का क्रोध और भड़क उठा। पुर्तगालियों की प्रत्येक गतिविधि का वे सूक्ष्म निरीक्षण करते रहे। एक दिन पुर्तगालियों की दस नौकाएँ और उस पर सवार कुछ लोग राजे

के हाथ लग गए। इन नौकाओं में फोंडा की मदद के लिए धान्य भेजा गया था। राजे ने इस बारे में वायसराय से स्पष्टीकरण माँगा। पुर्तगालियों ने देखा कि बात बिगड़ी जा रही है, तो उन्होंने इस बारे में कानों पर हाथ रख लिए। राजे ने वे दस नौकाएँ जब्त कर लीं।

इस प्रकार पुर्तगालियों का अब इन्तजाम किया जा चुका था। फोंडा के घेरे का संयोजन और निरीक्षण राजे स्वयं कर रहे थे। मराठे हर रोज हमले करते थे और बड़ी दृढ़ता से वे हमले पीछे धकेल दिए जाते थे। घायलों की संख्या बढ़ती जा रही थी। मराठा सेना ने किले से दस-बारह हाथ दूरी पर एक पहाड़ी-कगार बना ली थी। इसी के सहारे वे किले पर हमला करते थे। किले की चहारदीवारी पर जैसे ही कोई आदमी दिखाई दिया, वह मराठों के अचूक निशाने का शिकार हो जाता था। किले की चहारदीवारी में चार बार बारूद की सुरंग लगाने का प्रयत्न किया गया था, किन्तु दीवार में दरार नहीं पड़ रही थी।

राजे रात को पड़ाव में घूम रहे थे। घायलों की खोज-खबर लेकर राजे अपने डेरे की ओर लौट रहे थे। तभी मशालों के उजाले के बीच चले आ रहे अनाजी की ओर उनका ध्यान गया। अनाजी के पीछे इब्राहिमखान खड़ा था। दोनों ने राजे को सिजदे किए।

''क्यों अनाजी, क्या समाचार हैं?''

''समाचार कुछ ठीक नहीं हैं, महाराज।'' अनाजी ने कहा, ''खबर मिली है कि फोंडा की सहायता करने बहलोलखान आ रहा है।''

राजे कुछ सोचने लगे। अगले ही पल उन्होंने कहा, ''उससे डरो नहीं। इस समय खवासखान आदिलशाही सल्तनत का वजीर बना हुआ है। वजीर के ओहदे के लिए खवासखान और बहलोलखान में होड़ लगी हुई है। बहलोलखान सीधे इधर नहीं आएगा। तुम अपने कुछ लोग बहलोलखान के पास भेजो। अवश्य ही रिश्वत पाकर उसे तसल्ली हो जाएगी। इसके सिवाय इतना और करो कि पेड़ काट-काटकर फोंडा आनेवाले सारे रास्ते बंद करा दो। पहरे की चौकियाँ और पहरेदार हरदम चौकस रहें।''

राजे ने इब्राहिमखान से पूछा, ''क्यों इब्राहिम, बारूदी सुरंग का क्या हुआ?''

''कोशिश कर रहा हूँ, हुजूर।''

''हम कोशिश नहीं चाहते, हम चाहते हैं भगवा झंडा फोंडा पर लहराता हुआ देखना।''

दोनों सिजदे करके चले गए।

घेरे को पन्द्रह-बीस दिन हो गए, फिर भी किला हाथ नहीं आ रहा था। राजे ने एक नई युक्ति खोज निकाली। उन्होंने किले पर सीधा और निर्णायक आक्रमण करने की सोची। राजे के आदेशानुसार पाँच सौ सीढ़ियाँ और आधा सेर भार की पाँच सौ कड़ियाँ तैयार करवाई गईं।

इब्राहिमखान नई सुरंगें बिछाने की कोशिश कर रहा था।

राजे ने निर्णायक आक्रमण का दिन निश्चित कर लिया। उन्होंने घोषणा की कि प्राचीर से सीढ़ी लगाकर किले के अन्दर घुसनेवाले प्रत्येक वीर को सोने का कड़ा ईनाम दिया जाएगा। सैनिकों में नए सिरे से उत्साह का संचार हो उठा।

दिन निकला। नीचे मराठा छावनी में पूरी खामोशी थी। किले पर किसी भी ओर से हमला नहीं हो रहा था। किले के रक्षक से देख रहे थे, अचानक यह लड़ाई रुक क्यों गइ? इस खामोशी का मतलब वे समझ नहीं पा रहे थे। आज दुश्मन चहारदीवारी के चारों ओर

घूम-फिर तो रहा था, मगर हर रोज जैसी भागदौड़ नहीं थी। ज्यों-ज्यों समय बीतता गया, चहारदीवारी पर सैनिकों की संख्या बढ़ती गई। सूर्य आकाश में काफी ऊपर चढ़ गया था।

राजे का सारा ध्यान किले की ओर था। सूर्य बीच आसमान में आ पहुँचा और कार्रवाई का इशारा किया गया। रणभेरी की आवाज ने खामोशी तोड़ डाली। इशारे के साथ ही सुरंगों के पलीते सुलग उठे। चहारदीवारी के पहरेदार अभो भौंचक होकर देख ही रहे थे कि भयानक आवाज से कानों के परदे फट गए। चहारदीवारी पर खड़े पहरेदारों सहित पूरी दीवार ऊपर उछली। एक के बाद एक तीर सुरंगें फटीं। पत्थरों के टुकड़े उड़कर सारे किले में बिखर गए। सब ओर भगदड़ मच गई। प्राचीर की दरार देखते ही मराठा सैनिकों ने 'हर हर महादेव' की गर्जना की। सीढ़ियाँ लेकर कुछ मराठे सैनिक आगे बढ़े और उन्होंने दीवार से सीढ़ियाँ लगा दीं।

मराठा सेना बड़े जोश से किले में घुसने लगी। चारों ओर मारकाट मच गई। इसी घमासान के बीच राजे का सरदार इब्राहिमखान हाथ में झंडा थामे आगे बढ़ता जा रहा था। अन्ततः फोंडा पर विजय पा ली गई। किलेदार मुहम्मदखान को कैद कर लिया गया। राजे का भगवा ध्वज किले पर फहराने लगा। तुरहियाँ बज उठीं। अपनी विजय को देखकर राजे हर्ष से रोमांचित हो उठे।

राजे ने जख्मी-दरबार आयोजित किया। सब वीरों का यथायोग्य सम्मान किया गया। उन्हें एक-एक सोने का कड़ा भेंट दिया गया। इन सम्मानप्राप्त वीरों में एक था इब्राहिममखान। वह राजे के सामने आया। हाथ पर लगे घाव के कारण वह सिजदा नहीं कर पा रहा था। उसने सिर झुकाकर राजे का अभिवादन किया। राजे हर्षित होकर उसके निकट आए, ''इब्राहिम, हम तुम्हारी बहादुरी पर प्रसन्न हैं।'' राजे ने अपने हाथ से सोने का कड़ा उसे पहनाया। ''तुमने जितनी लगन से सुरगोंवाला काम किया, जितने उत्साह से तुमने हमारी यशोपताका किले पर लहराई, उसका कोई सानी नहीं। इब्राहिमखान, जिस झंडे को तुमने अपने हाथों लहराया है, उस झंडे के सम्मान की रक्षा की जिम्मेदारी हम तुम्हें सौंपते हैं। हम तुम्हें इस किले का किलेदार बना रहे हैं। हम तुम्हें सौंप रहे हैं यह किला।''

कई वर्षों से मन में सँजोया हुआ राजे का वह सपना यों पूरा हुआ। फोंडा किले को जीत लेने के कारण अंत्रुज, अष्टागर, हेमाडबार्से, बाली, चन्द्रवाडी और काकोडे गाँवों पर अर्थात् फोंडे, सांगे, केंपे और काणकोण के चार पगरनों पर मराठों का राज हो गया था। राजे वर्ष ऋतु आने से पहले ही कारवार प्रदेश को भी जीत लेना चाहते थे।

राजे ने फोंडा का सारा प्रबन्ध किया। किले की मरम्मत करवाई। किले के मुख्य द्वार पर काले पत्थर में खुदी हुई तराशी गई एक सुन्दर गणेश-मूर्ति की स्थापना करवाई। त्र्यंबक पंडित को फोंडा का सूबेदार बनाकर राजे ने सेनासहित कारवार की ओर प्रस्थान किया।

4

सम्भाजी मराई के जंगल में दो दिनों तक शिकार करते रहे थे। काफी शिकार मिले थे उन्हें, इसलिए वे बहुत प्रसन्न थे। दो दिन बाद पड़ाव हटाकर वे वहाँ से चल पड़े।

ऐन गर्मियों के दिन थे। सावित्री नदी का पाट सूखा पड़ा था। धूप की गरमी बढ़ती जा रही थी। इस गरमी से प्रकृति का मुख मुरझा रहा था। आकाश को छूनेवाले ऊँचे-ऊँचे पहाड़ भी चारों ओर से सूखे हुए, उजाड़ और डरावने दिखाई दे रहे थे। ऐसी तपती दुपहरी में सम्भाजी रायगढ़ की ओर चले आ रहे थे। धूप में लम्बी दौड़ लगाने के कारण पसीने से तर हो रहा घोड़ा रह-रहकर फुरफुरा रहा था। सम्भाजी अपने घुड़सवारदलसहित पाचाड के पास आ पहुँचे। पाचाड की हवेली दिखाई देने लगी। हवेली के कोनों में चार बुर्ज इमारत की शोभा बढ़ा रहे थे। उन बुर्जों के कुछ ऊपर हवेली के भीतरी भाग से ऊँचे उठे हुए भवन दिखाई दे रहे थे। पाचाड की हवेली दृष्टिगोचर होते ही सम्भाजीराजा व्याकुल हो उठे। घोड़े की गति मन्द हो गई। सम्भाजी ने शिलेदार को पुकारा, "शिदोजी!"

शिदोजी पीछे-पीछे आ रहा था। वह पास आ गया। सम्भाजी ने कहा, "तुम आगे जाओ और रायगढ़ के नाणे दरवाजे पर रुके रहो। हम माँसाहिबा के दर्शन करके वहीं आते हैं।"

सम्भाजी अकेले ही चल पड़े। सफेद घोड़े पर सवार सम्भाजी अपने बाईं ओर स्थित हवेली की ओर देख रहे थे। कितना विशाल भवन था वह, किन्तु एकदम सूना उजाड़ नजर आ रहा था। पाचाड हवेली के पहरेदारों ने राजे को सिजदे किए। सम्भाजी ने केवल सिर हिलाकर सिजदों को स्वीकार किया। और वे हवेली की बगल से होकर जाने लगे। ब्राह्मणवाड़ी के निवासी सम्भाजीराजा की ओर देख रहे थे। देख रहे थे कि चिलचिलाती धूप से सम्भाजी अकेले चले जा रहे हैं। गर्मियों के धूल-भरे रास्ते पर सम्भाजीराजा धीरे-धीरे चले जा रहे थे।

सम्भाजीराजा रायगढ़ की दक्षिण दिशा की ओर मुड़े। पहाड़ का चक्कर लगाकर वे पाचाड से कुछ दूर स्थित जीजाबाई के समाधि-स्थान पर आए। घोड़े से उतरकर वे शिवाजीराजे द्वारा बनाए गए स्मारक के निकट गए। कुछ देर तक अचेतन समाधि को अपनी उँगलियों से सहलाते रहे, मन में माँसाहिबा की स्मृतियाँ जाग उठी थीं। जीजाबाई उनका आधार थीं, वे जाती रहीं और सम्भाजी अकेले रह गए। वे युवराज थे, किन्तु कोई भी उन्हें अपना नहीं लगता था। चमचमाती धूप में समाधि पर उगा हुआ तुलसी का पौधा हवा में डोल रहा था। सम्भाजी ने उस तुलसी-चौरे के चारों ओर कई बार प्रदक्षिणा की। शून्य दृष्टि से वे वापस लौट पड़े। मोती घोड़े पर सवार होकर उन्होंने एड़ लगाई। घोड़ा सरपट दौड़ने लगा। टापों की जोरदार आवाज आ रही थी। सम्भाजीराजा के मुख पर पसीना झलक आया था।

पाचाड की हवेली पीछे रह गई, सम्भाजी चले जा रहे थे। वे चारों ओर देखते जा रहे थे। अनजाने ही उन्होंने लगाम खींची। अचानक खींची गई लगाम के कारण घोड़े की गर्दन एकदम ऊपर की ओर खिंच आई। गति मन्द हो गई। युवराज की दृष्टि सड़क के पास ही कुछ दूरी पर स्थित एक कुएँ पर जा टिकी थी। कुएँ के किनारे खड़ी थी एक युवती। टापों की आवाज सुनकर कुतूहल के कारण वह घुड़सवार की ओर देख रही थी। सम्भाजी के होंठों पर मुस्कुराहट आ गई। घोड़े का मुँह मुड़ गया, सवार को अपनी ओर आता देखकर वह तरुणी हड़बड़ा उठी। उसने जल्दी से अपने घड़े की रस्सी को कुएँ में छोड़ दिया।

सम्भाजीराजा धीरे-धीरे कुएँ की ओर जा रहे थे। दृष्टि उस युवती को अपलक देख रही थी। कुएँ से पानी भर रही उस युवती की सुन्दरता को वे दृष्टि में भर रखना चाह रहे थे। युवती ने भरा हुआ घड़ा ऊपर खींचा और पीछे देखा। सम्भाजीराजा बिलकुल पास जा चुके थे। युवती की आँखें भयभीत हो उठीं। सम्भाजी ने यूँ ही खँखारा। युवती ने फिर ऊपर

देखा। सम्भाजी का मुख पसीने से नहा उठा था। सम्भाजी ने कहा, ''घोड़े को पानी मिलेगा क्या?''

युवती कुछ नहीं बोली। बस उसने पत्थर की नाँद में घड़ा औंधा दिया। सम्भाजीराजा ने घोड़े को हलकी एड़ मारी। घोड़ा आगे बढ़ा और पानी पीने लगा। सम्भाजी उसकी गर्दन थपथपाते हुए युवती के सौन्दर्य को एकटक निहार रहे थे। वह युवती गौरवर्ण थी, उसकी देह सुघड़ और काले कजरारे नयन थे। सम्भाजी की आँखों से उस युवती की आँखें मिलीं और फिर वह नजर हटा नहीं सकी। वह युवती जिस तरह से उनकी ओर देख रही थी, उसके निस्संकोच भाव से सम्भाजी मोहित हो उठे थे। वह युवती भी सुन्दर-सजीले युवराज को निहार रही थी। घोड़े ने पानी पी लिया। युवराज नीचे उतरे। धीरे-धीरे पाँव बढ़ाते हुए वे उस तरुणी के पास गए। ''घोड़े की प्यास तो बुझा दी तुमने, मगर हम प्यासे रह गए।''

युवती ने एक बार सम्भाजी को गुस्से से घूरकर देखा। उनके चेहरे की ओर देखते ही वह मुस्करा उठी। अगल-बगल झाँकते हुए हड़बड़ाकर कहने लगी, ''हटिए भी! कोई देख लेगा।''

सम्भाजी ने एक बार उसकी ओर देखा। वे लौट पड़े। ''घोड़े को तो पानी मिल गया, लेकिन हमें...।'' घोड़े की पीठ पर हाथ रखकर उन्होंने कहा, ''मोती, बड़ा भाग्वान है रे तू। चल बेटे, चल।''

युवती सम्भाजी को जाते हुए देख रही थी। उसके मुख पर हँसी आ गई। यह सोचकर कि शायद सम्भाजी घोड़े पर सवार हो ही रहे हैं, वह हड़बड़ी से कहने लगी, ''पानी पी लीजिए ना!''

युवराज लौट पड़े। युवती ने घड़ा कुएँ में छोड़ा। घड़ा पानी तक पहुँचा और गूँज की आवाज हुई। रस्सी को दो-चार झटके देकर युवती ने जान लिया कि घड़ा भर चुका है। फिर वह रस्सी खींचने लगी। घड़े के ऊपर आते ही उसने घड़े की रस्सी पकड़ ली। अब वह इस दुविधा में पड़ गई कि पानी पिलाया जाए तो कैसे? सम्भाजीराजा उसकी कठिनाई जान गए। उन्होंने हाथों की अंजलि बनाई और मुँह से अंजलि लगाकर वे नीचे झुक गए। युवती ने इधर-उधर देखा, कोई नहीं था। उसने घड़ा उठाया और बड़ी सावधानी से अंजलि में पानी डालने लगी। सम्भाजी पानी पी रहे थे। उनकी आँखें युवती की उभरी हुई छाती की ओर लगी थीं। पानी पीकर सम्भाजीराजा खड़े हो गए।

''कितना मीठा पानी है! हम इतनी बार आते हैं यहाँ, मगर इस कुएँ का पानी नहीं पिया कभी।''

बाँह में खोंसे हुए रुमाल से मुँह पोंछते हुए सम्भाजीराजा ने कहा, ''पानी पिलाया तुमने, बड़ा उपकार किया।''

''मालिक ऐसा न कहें।''

''अच्छा! तो तुमने हमें पहचान लिया?''

''युवराज को कौन नहीं जानता?''

''सब लोग बस युवराज को जानते हैं, हमें कोई नहीं जानता...। तेरा नाम क्या है?''

''गोदावरी।''

''यहीं ब्राह्मणबाड़ी में रहती है?''

उसने सिर हिलाकर जताया कि 'हाँ।'

"रोज इस समय पानी भरने आती है क्या?"

गोदावरी चुप रही। उसकी आँख से आँख मिलाते हुए सम्भाजी कहने लगे, "कल अगर इसी समय आएगी, तो हम भी आएँगे पानी पीने।"

"नहींऽऽ नहीं!" युवती कह उठी।

"तो हम तेरे घर आएँगे।"

"ना, नाऽऽ।"

"अच्छा, तो ठीक है। हम कल यहीं आएँगे।"

सम्भाजीराजा लौट पड़े। घोड़े पर सवार होकर उन्होंने एड़ लगाई। घोड़ा तेजी से दौड़ने लगा। गोदावरी युवराज को जाता देख रही थी। घटना ने उसके मन को झकझोर डाला था। लगता था, मानो सारा प्रसंग उसने सपने में देखा हो।

अगले दिन गोदावरी कुएँ पर गई। वह प्रतिदिन इसी समय कुएँ पर जाती थी, क्योंकि इस समय कुएँ पर भीड़भाड़ नहीं होती थी। कपड़ों की धुलाई आराम से की जा सकती थी।

गोदावरी ने दाएँ-बाएँ देखा। कोई दिखाई नहीं दे रहा था। वह रात-भर बेचैन रही थी। 'सचमुच सम्भाजीराजा आएँगे क्या?' इस विचार से वह भयभीत हो रही थी। उसने निश्चिन्ततापूर्वक कपड़े धोए। घड़ा माँजकर उसने अभी पानी भरा ही था कि किसी की आहट सुनाई दी। चौंककर उसने पीछे देखा—सम्भाजीराजा बिलकुल उसके पास खड़े थे। अनजाने ही वह पूछ बैठी, "और घोड़ा कहाँ है?"

"उसकी प्यास की इज्जत होती है यहाँ। उसे पहले पानी मिलता है और हमें पानी माँगने के लिए गिड़गिड़ाना पड़ता है। इसलिए हम उसे चितदरवाजे के पास छोड़ आए हैं।"

"जाइए भी! किसी ने देख लिया, तो?"

"तुम स्त्रियों को इसके सिवाय और कुछ कहना आता ही नहीं है क्या? हम गढ़ से उतरकर आए हैं कि पानी पिएँ, और...।"

गुस्सा दिखा सकना गोदावरी के लिए मुश्किल हो गया था। उसने ताँबे का पंचपात्र भरा और युवराज को देने लगी। दाएँ-बाएँ सिर हिलाते हुए सम्भाजी ने कहा, "पंचपात्र से प्यास नहीं मिटनेवाली।"

सम्भाजी झुक गए। अंजलि मुँह से लगा ली। गोदावरी खिलखिलाकर हँस दी। उसने घड़ा उठा लिया। पानी पीकर सम्भाजीराजा ने हाथ झाड़े। रुमाल ढूँढ़ने के लिए उनका हाथ बाँह की तरफ गया, पर रुमाल आज नहीं था। वे अपने गीले हाथों की ओर देख रहे थे।गोदावरी ने एक बार दाएँ-बाएँ देखा। उसे भरोसा हो गया कि कोई नहीं देख रहा। शरीर रोमांचित हो उठा था। उसने कमर में खोंसा हुआ आँचल खींचा और उसका छोर आगे कर दिया।

सम्भाजीराजा ने आनन्दित होकर आँचल से हाथ पोंछ लिए। आँचल थामकर वे बोले, "गोदावरी, हमें तो रात-भर नींद नहीं आई।"

गोदावरी ने आँचल छुड़वा लिया। अब सम्भाजीराजा सँभले।

"याचक को चाहिए कि दाता को ना सताया करे।" कहते हुए सम्भाजीराजा ने अपने गले से मोतीकंठा उतारा। उसे आगे बढ़ाते हुए उन्होंने कहा, "हमारी प्यास बुझा दी तूने। ले, हमारी याद की निशानी समझकर यह कंठा रख ले।"

गोदावरी घबराकर पीछे हटी।

"यहाँ मायके आई हुई हूँ मैं, मुझसे यह लेते नहीं बनेगा।"

सम्भाजी ने कंठा फिर पहन लिया।

"गोदावरी, जी चाहता है कि तेरे लिए ऐसा कुछ करूँ कि जीवन-भर तू भुला न सके। बोल, मैं क्या दूँ तुझे? बोल ना!"

"कुछ नहीं। किन्तु इतनी इच्छा...।"

"कैसी इच्छा?"

"कि एक बार महाराज के दर्शन पा सकूँ। उन्हें पास से देख पाऊँ।"

सम्भाजीराजा कुछ देर सोचते रहे। फिर कहा, "गोदावरी, हम तेरी यह इच्छा अवश्य पूरी करेंगे। फिर मिलेंगे हम।"

सम्भाजीराजा जाने के लिए मुड़े। उनके कदम चितदरवाजे की ओर बढ़ रहे थे। राजे के विश्वासपात्र सेवक उस दरवाजे के पास खड़े हुए थे। पहरेदारों के सिजदों को स्वीकारते हुए सम्भाजी गढ़ चढ़ते जा रहे थे। गर्मी का कष्ट भी आज उन्हें अनुभव नहीं हो रहा था। वे गढ़ में पहुँचे। वे अपने राजसभागृह के पास से होते हुए अपने महल की ओर जा रहे थे कि रामचन्द्रपन्त सामने आ गए।

"यह पत्र-थैली आई है अभी। अन्दर महल में सूचना भिजवा दी है।"

सम्भाजीराजा ने थैली खोली। थैली फोंडा से आई थी। पत्र पढ़ते-पढ़ते सम्भाजी की प्रसन्नता बढ़ती जा रही थी। पूरा पत्र पढ़कर पत्र रामचन्द्रपन्त के हाथों में देते हुए सम्भाजीराजा ने कहा, "पन्त, तोपें गरजने दो। आबासाहब ने सुरंगें लगाकर फोंडा किला जीत लिया है। फोंडा पर विजय पाने के बाद आबासाहब कारवार प्रान्त की मुहिम पर गए हैं।"

विजय की यह वार्ता लेकर सम्भाजीराजा अपने महल में आए। येसूबाई को अपना जरीटोप थमाते हुए उन्होंने कहा, "आबासाहब ने फोंडा पर कब्जा कर लिया।"

सम्भाजी ने तलवार उतारी। फिर कमरबन्द उतारकर वे पलंग पर थोड़ा-सा झुककर लेटे रहे।

"गढ़ से नीचे गए थे ना?"

"हाँ।"

"इतनी धूप में?"

"हाँ, इस तरह कभी-कभी चक्कर काट आना अच्छा रहता है। गढ़ के तीनों दरवाजों को भी देख आया हूँ।"

"और क्या देखा?"

"चितदरवाजा भी देखा।"

"और?"

"ठीक है।" सम्भाजीराजा खड़े होते हुए कहने लगे, "एक नए शिकार की योजना बनाई है।"

कैसा शिकार?"

"सुना है कि नीचेवाले जंगल में बाघ आया है। हर रोज सुबह के समय गढ़ की तलहटी में दिखाई देता है।"

"इतनी रात शिकार करने जाओगे?"

येसूबाई को घूरते हुए सम्भाजी कहने लगे, "अगर तुम भेद छिपा सकोगी, तभी जा सकेंगे।"

येसूबाई खुलकर हँस दीं। सम्भाजी की दृष्टि तबक में रखे हुए चम्पा के फूलों के गजरे की ओर गई। "अरे वाह! चम्पा का गजरा?"

"सुना है, नई पेठ के पासवाली बाड़ी में चम्पा के फूल खिलने लगे हैं।"

युवराज ने गजरा हाथ में लिया। सुनहरे चम्पक को देखते ही उन्हें किसी चम्पाकली की याद आ गई। लम्बी साँस भर गजरे को सूँघते हुए युवराज कहने लगे, "चम्पा की सुगन्ध कितनी मादक होती है! है ना?"

और इसी समय विजय का समाचार तोप की गरज बनकर सारे दुर्ग में गूँज उठा।

5

राजे की विजय की नई सूचनाएँ गढ़ में पहुँच रही थीं। राजे ने अकोला, शिवेश्वर और काद्रा को ही नहीं, पूरे कारवार प्रान्त को जीत लिया था। कारवार प्रान्त मराठा राज्य में शामिल हो गया। कारवार पर कब्जा होने से कोंकण के अधिकांश समुद्री किनारे पर राजे का अधिकार हो गया था। इस अधिकार के कारण पुर्तगालियों, अंग्रेजों और सिद्‌दी की गतिविधियों पर नियन्त्रण पा लिया गया था। वर्षा ऋतु पास आते-आते रायगढ़ में यह समाचार आ पहुँचा कि राजे ने रायगढ़ की ओर कूच कर दिया है।

इधर कई दिनों से सम्भाजी अकसर गढ़ की तलहटी में जाने लगे थे। उनका शिकार का शौक बहुत बढ़ गया था। सम्भाजीराजा कई बार रात-बेरातगढ़ से उतरकर नीचे जाया करते हैं, यह घटना गढ़ के राजनीतिज्ञों के लिए चिन्ता का विषय हो चली थी।

दोपहर को सम्भाजी अपने महल में कपड़े पहनकर तैयार थे। येसूबाई ने पूछा, "लौटकर कब आएँगे?"

"शायद हम कल लौट आएँ, वरना परसों तो अवश्य ही लौट आएँगे।"

"सासूबाई से कह दिया है क्या?"

"हमारे जाने के बाद तुम उन्हें बता देना।"

"पर क्या कहूँ?"

सम्भाजीराजा ने मुड़कर येसूबाई की ओर देखा। अगले ही पल भड़ककर बोले, "कह देना, हम मजे लूटने गए हैं।"

"अब इसमें मेरा क्या दोष है?"

इस बात से सम्भाजी का क्रोध शान्त हो गया। पास आकर वे कहने लगे, "नहीं, तुम्हारा कोई अपराध नहीं। सचमुच दोष हमारा है, अच्छा हम चलते हैं।"

युवराज महल के द्वार तक आए ही थे कि ठिठक गए। द्वार में सोयराबाई खड़ी हुई थीं। सम्भाजीराजा ने सिजदा किया। "कहाँ चले?" सोयराबाई ने पूछा।

सम्भाजीराजा ने ऊपर देखा। सोयराबाई के मुख पर व्यंग्यभरी हँसी छाई हुई थी। इसी हड़बड़ी में वे कह गईं, "हमसे ही चूक हो गई है न? तुम जा रहे होगे किसी जरूरी काम से और हमने पूछ लिया कि कहाँ? अब मन चाहा काम बनेगा नहीं।"

सम्भाजीराजा ने मुस्कुराकर कहा, ''आईसाहिबा, किस्मत बड़ी हो, तो मनचाहे काम में कोई बाधा नहीं पड़ती।''

''ऐसा कौन-सा काम करने चले हो, यह तो कहो।''

''आबासाहब विजयी होकर लौट रहे हैं। वे कल या परसों गढ़ में लौटनेवाले हैं। हम उनकी अगवानी करने जा रहे हैं।''

ऐसा उत्तर एकदम आशातीत था। सोयराबाई ने पूछा, ''तब हमें क्यों नहीं बताया?''

''प्रथा यह है कि जब तक मुहिमवाली सेना लौटकर गढ़ में वापस न आ जाए, कोई गुप्त बात प्रकट न की जाए।''

''अच्छा!''

सोयराबाई भुनभुनाती हुई चली गईं। उनके जाते ही येसूबाई ने कहा, ''उनसे हमेशा इस तरह क्यों बातें करते हो? व्यर्थ ही लोग बुरा मान बैठते हैं।''

''ऐसी बात नहीं है, येसू। ये हमारी आईसाहिबा कोंचने ही आती हैं और अपनी बातों से आप ही दुखी होती हैं। हमारा अपराध अगर है तो इतना कि हम पहले पैदा हुए हैं। इस अपराध के लिए हमें क्षमा भी नहीं किया जा सकता। अच्छा, हम चलते हैं।''

सम्भाजीराजा की ऐसी बातों से येसूबाई भावविह्वल हो उठी थीं। इससे पूर्व कि वे कुछ कहें, सम्भाजी महल से बाहर जा चुके थे।

6

सूचना मिली कि राजे पाचाड पहुँच रहे हैं। सम्भाजीराजा अपने अश्वारोही-दल सहित उनकी अगवानी करने गए। यद्यपि मृग नक्षत्र का उदय हो चुका था, किन्तु अभी वर्षा ऋतु आरम्भ नहीं हुई थी। पश्चिम दिशा की ओर से मेघमालाएँ उड़ती आ रही थीं। किन्तु हवा में अभी ठंडक नहीं आई थी।

राजे को आता देखकर सम्भाजीराजा घोड़े से उतर पड़े। सम्भाजीराजा को देखते ही राजे गद्गद हो उठे। वे घोड़े से उतरे और सम्भाजी को उन्होंने प्यार से भुजाओं में भर लिया। फिर दोनों कन्धे पकड़कर युवराज को देखने लगे।

''कहो युवराज, सब कुशल से है ना?''

''जी हाँ।''

निकट खड़े हुए हम्बीरराव से राजे ने कहा, ''हम्बीरराव, यह भी जीवन का एक अनोखा आनन्द है। इससे यही प्रमाणित होता है कि हम भी आशा-आकांक्षाओं से परे नहीं हैं। यदि युवराज हमसे गढ़ में मिलते, तो भी कुछ बिगड़ नहीं जाता। परन्तु अन्तर की गहराई में कोई कह रहा था कि कोई अगवानी करने आए, कोई हमें आया देखकर हर्षित हो। अन्ततोगत्वा यह समस्त जीवन है क्या? स्नेह का ही व्यापार है। जिसके भाग्य में ऐसा सनेह पाना न लिखा हो, उसका जीवन नीरस है। फिर तो जीवन जीवन ही नहीं है।''

''सबको ऐसा स्नेह कहाँ प्राप्त होता है?''

''इसके बिना मनुष्य जीवित नहीं रह सकता। देखो, छावनी के सैनिक साल-भर युद्ध करते हैं, किन्तु बरसात आते ही सब घर लौटने के लिए कितने उत्सुक रहते हैं। पिता, पुत्र,

माता, पत्नी, भाई-बहन सब स्नेह के ही नाते हैं। साधु-सन्त भी इस नेह से कहाँ मुक्त हैं! वे जानते हैं कि परमेश्वर निर्गुण, निराकार है, फिर उन्होंने उसे सगुण रूप में ढाल ही लिया ना! उन्हें मोक्ष प्राप्ति की लालसा नहीं होती, उन्हें लगन होती है भक्ति की। जीवन का यही सामान्य स्नेहभाव किंचित् ऊँचा उठ पाए, तो भक्ति बन जाता है।...चलो, युवराज, गढ़ चलें।"

राजे के घोड़े पर सवार होते ही सम्भाजी भी अश्वारूढ़ हुए। राजे अश्वारोही-दल सहित पाचाड आए। राजे का आदेश पाकर अश्वारोही-दल अश्वशाला की ओर चल पड़ा। सम्भाजी ने पूछा, "आबासाहब, पाचाड में विश्राम करेंगे ना? अभी धूप बहुत है।"

"नहीं। अब पाचाड में ठहरने को जी नहीं करता। एक ही पहर में हम चढ़कर ऊपर गढ़ में पहुँच जाएँगे। चलो।"

राजे के साथ-साथ हम्बीरराव और युवराज चल रहे थे। अश्वारोही दल पीछे-पीछे आ रहा था। पाचाड पीछे रह गया। घोड़े रायगढ़ की ओर मुड़े ही थे कि सम्भाजीराजा की नजर कुएँ की ओर गई। उन्होंने वहाँ खड़ी हुई गोदावरी को तुरन्त पहचान लिया।

"आबासाहब!"

"क्या है?"

"वह कुआँ है ना! उसका पानी बहुत मीठा है।"

"शायद प्यास लगी है तुम्हें। हम भी पानी पिएँगे–हम्बीरराव, चलो, चलें।"

तीनों घोड़े कुएँ की ओर चल पड़े। स्वयं राजे को आता देखकर गोदावरी सिटपिटा गई। उस कुएँ की जगत नहीं थी। पानी भरने के लिए एक घिरनी लगी हुई थी। दो पत्थर रखे हुए थे, एक पानी रखने का, दूसरा कपड़े धोने का। कुएँ के आसपास इतना-भर सामान था। तीनों घोड़े से उतर पड़े। हम्बीरराव और सम्भाजी राजे के पीछे-पीछे चल रहे थे। राजे कुएँ के पास पहुँचे।

"बेटी, पानी मिलेगा पीने को?"

गोदावरी ने झुककर नमस्कार किया। वह भरे हुए घड़े की ओर देख रही थी। कुछ असमंजस में थी। युवराज ने कहा, "पानी पीने का बरतन नहीं है शायद।"

"उसकी क्या आवश्यकता है? बेटी, घड़ा उठा।"

राजे ने मुँह से अंजलि लगाई। गोदावरी ने घड़ा उठा लिया। राजे पानी पी रहे थे। पानी पीकर उन्होंने कहा, "सचमुच, पानी बहुत स्वादिष्ट है।"

सम्भाजीराजा और हम्बीरराव ने भी पानी पिया। गोदावरी राजे को देख रही थी, इतने निकट से राजे के दर्शन हो पाए, यह सोचकर वह धन्य हो उठी थी। कभी आँख चुराकर युवराज को देख लेती थी। उस दृष्टि में शरारत-भरी हँसी मिली हुई थी। राजे कुछ दूर उदुंबरवृक्ष के नीचे खड़े हुए थे।

"हम्बीरराव, हम कई बार ऐसा और इस प्रकार पानी पी चुके हैं। बारह मावल प्रान्तों में घूमते समय तो हमें अनेक बार ऐसे अवसर आए हैं। नदी किनारे का घाट हो या गाँव की बावली हो, तभी वास्तविक कठिनाइयाँ दिखाई दे जाती हैं। शायद नदी में अब पानी नहीं रहा है?"

"हाँ, नदी सूख गई है, पाट में खोदकर सोता निकाला गया है। मगर ब्राह्मण लोग यहीं से पानी भरते हैं।"

"युवराज, आदेश देकर कुएँ की जगत बनवा लो।"

"उसकी जरूरत नहीं है, आबासाहब। कुआँ अधिक गहरा नहीं है।"

"तुम्हारे लिए गहरा नहीं होगा, किन्तु स्त्रियों के प्राण बहुत कोमल होते हैं। जरा-सा पाँव फिसल गया, तो उतना-सा पानी भी अनर्थ ढा देता है।"

"जी, आबासाहब, गढ़ में जाते ही जगत बनवाने का काम शुरू करा देता हूँ।"

"आप आए और इस कुएँ के भाग जाग उठे।" हम्बीरराव ने कहा।

"इसका श्रेय युवराज को है। वे यदि हमें न बताते, तो हम यहाँ कैसे आते?"

गोदावरी ने युवराज की ओर देखा। युवराज मुस्कुरा रहे थे। राजे ने गोदावरी से पूछा, "बेटी, तेरा नाम क्या है?"

"गोदावरी।" गोदावरी ने हिम्मत बटोरकर कहा।

"गोदावरी! तूने पानी देकर अपना नाम सार्थक कर दिखाया। कौन है तू? किसकी बेटी है?"

हम्बीरराव आगे बढ़े। "महाराज, यह दिनकरपन्त की लड़की है। अपने अनाजीपन्त की सम्बन्धी है। यहाँ नैहर में आई है।"

"अच्छा! हम्बीरराव, जब यह ससुराल जाएगी, तो हमारे निजी कोष के धन से इसकी गोदभराई कराके, चोली, नारियल देकर इसे विदा करना। हमने इसे देखा और हमें आज अपनी सखु बेटी की याद आ गई।...चलो।"

गोदावरी गढ़ की ओर जाते हुए घोड़ों को काफी देर तक देखती रही। रह-रहकर उसकी देह रोमांचित हो रही थी।

7

रायगढ़ पर मूसलाधार मेह बरस रहा था। सुबह हो या शाम, कुहरा गढ़ को चारों ओर से घेरे रहता था। सावित्री, काल और गांधारी नदियाँ उमड़कर बह रही थीं। ये पहाड़ी नदियाँ झाग उगलती हुई और गरजती हुई तेजी से भागती जा रही थीं। सेनाएँ, जो लगभग एक वर्ष तक बिना आराम किए निरन्तर मुहिम में उलझी हुई थीं, अब अपने घरों को लौट गई थी। राजे के सभी सरदार गढ़ में आ रहे थे। मोरोपन्त अभी तक नहीं लौटे थे। राजे ने उन्हें तुरन्त वापस बुलवा लिया। राजे की योजना थी कि बरसात खत्म होते ही जंजिरा की मुहिम शुरू की जाए। राजे के गुप्तचर उस प्रदेश में लगातार घूम रहे थे।

ऐसे में एक दिन खबर आई कि बहादुरखान का दल अपने सरंजाम के साथ रायगढ़ आ रहा है। बाहर बरसती बरखा की धाराओं से, इस समाचार से सुस्ती में जैसे ताजगी आ गई। सब लोग उत्सुकतापूर्वक बहादुरखान के दूत के आने की प्रतीक्षा करने लगे। राजे ने आदेश दिया कि दूत को सम्मानसहित गढ़ में ले आया जाए।

मुगल दूत गढ़ में आया। उसके रहने का प्रबन्ध किया गया। राजे प्रतीक्षा करते रहे कि बरसात बन्द हो और आसमान खुले। बहादुरगढ़ के दूत से मिलने का दिन निश्चित किया गया। राजसभागृह के सामने शामियाना लगाया गया। गढ़ में उपस्थित सब मंत्रियों तथा सरदारों को दरबार में आने की आज्ञा दी गई। सब लोग दरबारी वेशभूषा धारण करके उपस्थित हुए। स्वयं निराजीपन्त दूत को बुलाने गए।

मुगल दूत दरबार में आया। उसके सिर पर मुगलिया पगड़ी थी। बदन पर पर रेशमी अँगरखा और पैरों में पाजामा था। अपनी कटी-छँटी बौनी-सी दाढ़ी पर हाथ फेरता हुआ वह दरबार को देख रहा था। हाथों में तबक थामकर कुछ सेवक उसके पीछे अदब के साथ खड़े हुए। शिवाजीराजा के समृद्धिशाली दरबार को देखकर बहादुरखान का दूत चकित रह गया था। उसकी नजर कभी सिंहासन पर, कभी जरतारी बैठक की ओर तो कभी नर्म गद्दोंवाली बिछावन की ओर थी। वह निराजीपन्त से कई तरह के सवाल पूछ रहा था। सिंहासन की ओर उँगली से इशारा करते हुए उसने निराजीपन्त से पूछा, ''इतना शानदार सिंहासन कहाँ मिला?''

''मिला नहीं, यहीं बनवाया गया है। इसके बनवाने में बत्तीस मन सोना और लाखों रुपए के हीरे-जवाहरात खर्च हुए हैं।''

''क्या शिवाजी के पास इतनी दौलत है?''

''हमारे राजा को झूठा दिखावा करने की आदत नहीं है।''

दूत सोचने लगा। सोच रहा था कि जब शिवाजी के पास इतनी दौलत है, तो क्या वह मुगलों का ताबेदार बनना मंजूर करेगा? क्या सचमुच वह अपने किले मुगलों को सौंपेगा? वह इसी उधेड़बुन में था ही कि गुर्जबरदार की तेज आवाज सुनाई दी।

''क्षत्रियकुलावतंस, सिंहासनाधीश्वर, गोब्राह्मणप्रतिपालक, हिन्दू पदपादशाह राजा छत्रपति शिवाजी महाराजऽऽ।''

सभी दरबारी अदब के साथ खड़े हो गए।

''निगाह रक्खो! खड़ी ताजीम! बा़ अदब, बा मुलाहिजाऽऽ।''

सोने का गुर्ज लिए गुर्जबदार अदब पुकारते हुए सिंहासन बेदी पर आए। उनके पीछे-पीछे आ रहे शिवाजी महाराज के सबको दर्शन हुए। सिजदा करने के लिए सबके सिर झुक गए। सिंहासन को नमस्कार करके राजे सिंहासनारूढ़ हुए। उनकी दाईं ओर सम्भाजीराजा विराजमान हुए। राजे ने एक बार सारे दरबार को देखा। रामचन्द्रपन्त ने मुगल दूत की उपस्थिति की घोषणा की।

''दक्खिन के मुगल सूबेदार खान जहाँबहादुर कोकलताश जाफरजंग की ओर से आए एक दरबारी नुमाइन्दे हमारे दरबार में उपस्थित हुए हैं।''

राजे ने स्मितपूर्वक बहादुरखान के दूत की ओर देखा। उसने तीन बार झुककर कोरनिश किया।

''हमें बहुत खुशी हुई कि बहादुरखान के दूत हमारे दरबार में पधारे हैं। हम दूत का स्वागत करते हैं।''

बहादुरखान का दूत आगे बढ़ा। उसने ताली बजाई और पीछे खड़े सेवक आगे आए। तबकों पर ढँके हुए कपड़े हटाए गए। उनमें रखे हुए सुवर्ण होन तथा अन्य बहुमूल्य वस्तुएँ जगमगाने लगीं। तबक राजे के सामने लाए गए। राजे ने तबकों को हाथ से छूकर उस नजराने को स्वीकार किया। दूत ने कहा, ''हुजूर की मेहरनजर का बन्दा-गुलाम हो गया है।''

''हम यह जानने के लिए उत्सुक हैं कि बहादुरखान ने इतनी जल्दी अपना दूत क्यों भेजा है? उन्होंने क्या प्रार्थना की है? हम अवश्य उनकी प्रार्थना पर विचार करेंगे।''

राजसभा में उपस्थित सबके मुख पर हँसी छा रही थी। राजे के ऐसे शब्दों को सुनकर दूत भी चकित हो गया था। वह समझ नहीं पा रहा था कि अपनी बात कैसे कहे। आखिरकार

उसके मुँह से जैसे-तैसे निकला, "हुजूर, हमारे मालिक सूबेदार बहादुरखान ने हुजूर के लिए जहाँपनाह औरंगजेब बादशाह की खिदमत में अर्ज पेश किया था। बादशाहसलामत ने मेहरबान होकर आपका अर्ज मंजूर कर लिया है। आपके सब गुनाह बादशाहसलामत ने माफ फरमाए हैं। आपके अर्ज की मंजूरी का शाही फरमान आया है। तय हुए मुताबिक आप अपने किले हमारे हवाले कर दें और शहजादे सम्भाजीराजा को शाहीफरमान और बादशाह की नौकरी कुबूल करने के लिए भेजें, हुजूर बहादुरखान ने यह संदेशा भेजा है।"

राजे हँसने लगे। बोले, "दूत महाशय, सन्देशा नहीं भेजा होगा, हुक्मनामा दिया होगा।"

दूत का गला सूख गया। वह डरते हुए कहने लगा, "जी हुजूर।"

दूसरे ही पल राजे की हँसी गायब हो गई। वे बौखलाकर खड़े हो गए। धधकती हुई नजरों से वे दूत की ओर देख रहे थे। नग में जड़े हुए हीरों के समान चमकते हुए उन नेत्रों की भेदती हुई दृष्टि को देखने का साहस दूत में शेष नहीं रहा था। उसके कानों में राजे के शब्द घनघना रहे थे..."आज्ञा? किसे? हमारे नाम? तुम्हारे हुजूर बहादुरखान खुद को क्या समझते हैं? बहादुरगढ़ की लूटपाट को क्या वे इतनी जल्दी भूल गए? तुम्हारे बादशाह ने या बहादुरखान ने ऐसी कौन-सी बहादुरी दिखाई है, जो हम अपने किले उन्हें सौंप दें? क्यों हम अपने युवराज को तुम्हारी नौकरी करने भेजें?"

"मगर हुजूर...ऽऽ।"

"खामोश! हमारे दरबार में इस तरह की गुस्ताखी कभी सहन नहीं की जाती और सहन नहीं की जाएगी। इससे पहले कि हमारा गुस्सा हद से बाहर हो, तुम दरबार से चले जाओ। वरना इस बेमुरव्वत बर्ताव के लिए तुम्हें माफ नहीं किया जाएगा।"

राजे क्रोध के आवेश में इसी तरह खड़े हो गए। दरबारियों ने सिजदे किए। जब सबने सिर उठाए, तब तक राजे दरबार से जा चुके थे।

बहादुरखान के दूत पर मानो बिजली गिर पड़ी थी। उसे दिखाई दे रहा था गुस्से से तमतमाया हुआ बहादुरखान! बादशाह द्वारा भेजा गया शाही फरमान, सुलह की बात से खुश होकर औरंगजेब द्वारा बहादुरखान को दी गई पदोन्नति और मनसब, खुश होकर भेजा गया हाथी। इन सबका अब क्या होगा? यह तमाचा तो बहादुरगढ़ की लूट से भी बढ़कर था। 'इसे बरदाश्त करने का हौसला बहादुरखान को मिले,' दूत मन-ही-मन अल्लाह से दुआ कर रहा था और बरसात में भीगता हुआ गढ़ से उतर रहा था।

8

मोरोपन्त गढ़ में लौट आए।

राजे मंत्रिमंडल के साथ जंजिरा की मुहिम के बारे में चर्चा कर रहे थे। बरसात के बाद इस मुहिम को शुरू किया जाना तय था। राजे अपनी सेना की शक्ति और अपने प्रवेश की स्थिति का अनुमान लगा रहे थे। भेदियों द्वारा जंजिरा के बारे में सारी जानकारी प्राप्त हो रही थी। राजे ने निश्चित किया कि इतना महत्त्वपूर्ण अभियान राज्य के कुशल सेनानी, वीर तथा राजनीतिचतुर मंत्री मोरोपन्त को ही सौंपा जाए।

इसी समय अंग्रेज दूत ऑस्टिन गढ़ में आया। वह धरणगाँव की लूट के बारे में नुकसान की भरपाई माँगने आया था। राजे ने दरबार में उससे भेंट की। दरबार में सम्भाजीराजा भी उपस्थित थे। राजे ने उसकी माँग ठुकरा दी। ऑस्टिन निराश होकर गढ़ से चल दिया।

गढ़ में प्रतिदिन विवेकसभा तथा गुप्त मंत्रणासभा का आयोजन हो रहा था। राजे ने मन में कई योजनाएँ निश्चित कर ली थीं। राजे को इस बात की जानकारी मिल चुकी थी कि अनाजीपन्त पाचाड आ चुके हैं। क्योंकि अनाजी बड़े लम्बे समय के बाद मुहिम से घर लौटे थे, इसलिए राजे ने उन्हें गढ़ में नहीं बुलवाया था। कुछ दिन तक अनाजी के आने की प्रतीक्षा करने के बाद राजे ने उन्हें मिलने आने का संदेश भेजा। किन्तु अनाजी अगले दिन भी गढ़ में नहीं आए।

राजे अपने महल में बैठे हुए थे। दोपहर थी, फिर भी सर्दी कम नहीं हुई थी। सोयराबाई राजे के पास बैठी हुई थीं।

राजे किसी सोच-विचार में मग्न थे। सोयराबाई उठकर खड़ी हो गईं। राजे का ध्यान उनकी ओर गया, ''क्यों? उठ क्यों गई हो?''

''पास बैठा आदमी भी दिखाई न दे, तो बैठकर भी कोई क्या करे?''

''रानीसाहिबा, हम अगली मुहिम के लिए विचार कर रहे थे।''

''मुहिम के सिवाय और कुछ नहीं सूझता है क्या?''

''बहुत कुछ सूझता है, मगर...अच्छा, सुनो, जरा मोरोपन्त को बुलवा भेजो।''

''हाँ।''

सोयराबाई महल से बाहर जा ही रही थीं कि राजे ने फिर से पुकारा, ''और सुनो, संदेसा कहकर तुम भी वापस आना। नहीं तो वैसे ही गुस्से में चली जाओगी।''

सोयराबाई मुस्कुराने लगीं। वे सूचना भिजवाकर फिर लौट आईं। राजे सोयराबाई के पास गए।

''रानीसाहिबा, तुम अभी नाराज हो बैठी थीं न! मगर इस तरह गलत मत समझा करो। यह राज्य 'श्री' का है, किन्तु तुम, शम्भूराजा और राजाराम ये सब हमारे हैं। तुम अपने घर के लोग तो हमें ठीक-ठीक समझा करो।''

सोयराबाई आँचल के छोर को मुट्ठी से रगड़ती हुई कहने लगीं, ''एक बात सच-सच कहूँ?''

''कहो ना!''

''गुस्सा तो नहीं आएगा?''

''नहीं, बिलकुल नहीं।''

''सबको ऐसा लगता है कि आप किसी के भी नहीं हैं।''

इस बात से राजे का मन दुखी हो गया। सोयराबाई का हाथ हाथ में लेकर वे कहने लगे, ''रानीसाहिबा, हम भी मनुष्य हैं। यह तो विधि का विधान है कि राज्य का दायित्व हमारे हिस्से आ पड़ा। इसे निभाते-निभाते हम थक जाते हैं। मुहिमों में व्यस्त रहते समय रात-बेरात नींद खुल जाती है। दरवाजे पर पहरा लगा होता है—चौकीदार जागते और 'होशियार', 'होशियार' करते घूमते हैं। दीपक का उजाला होता है और हम अकेले होते हैं। जैसे कोई बंदी आत्मा हो। हमें तुम सबकी बहुत याद आती है। अब शम्भूराजा बड़े हो गए हैं। कार्यकर्ता और सयाने हो चले हैं। हमने सोचा है कि अब हम चैन से विश्राम करेंगे।''

सम्भाजी का नाम आते ही सोयराबाई ने हाथ छुड़वा लिया।

"क्यों?" राजे ने पूछा।

तभी मनोहारी अन्दर आ गई। उसने सूचना दी कि मोरोपन्त आ रहे हैं।

मोरोपन्त अन्दर आए। आकर उन्होंने दोनों को सिजदा किया। राजे ने पूछा, "पन्त, कोंकण प्रदेश में नौकाएँ और गुराबे तैयार होने नें अभी कितना समय लगेगा?"

"अनुमान है कि दो-तीन महीने लग जाएँगे।"

"जितना शीघ्र हो सके, यह काम पूरा कर डालो।"

"जी महाराज!"

"अनाजी अभी नहीं आए क्या?"

"जी नहीं।"

"क्यों? क्या उनकी तबीयत ठीक नहीं है?"

"जी नहीं, तबीयत ठीक है।"

"फिर वे आए क्यों नहीं?"

"जी, नहीं आए।"

"मगर क्यों नहीं आए?" राजे ने जोर देकर पूछा।

"क्योंकि अभी उनमें लाज-शरम बाकी है। इज्जत प्यारी है उन्हें।" सोयराबाई बोल उठीं।

राजे ने मुड़कर देखा। वे फिर मोरोपन्त की ओर देखने लगे। मोरोपन्त सिर झुकाए खड़े थे।

"अनाजी से ऐसा कौन-सा अपराध हो गया है, जो वे हमारे सामने आने से शरमा रहे हैं?"

"अनाजी ने कुछ नहीं किया।"

"रानीसाहिबा!" मोरोपन्त ने कहा, किन्तु सोयराबाई ने उस ओर ध्यान नहीं दिया।

"किया-कराया तो युवराज ने है, अनाजी तो बेचारे फल भुगत रहे हैं।"

राजे कुछ समझ नहीं पाए। उत्सुक होकर पूछने लगे, "क्या किया है युवराज ने?"

"आपके युवराज महोदय ने अनाजी के नाते की एक ब्राह्मण लड़की को भगाया है और उसे जबरदस्ती लिंगाणा किले में रखा हुआ है।"

"रानीसाहिबा!" राजे चिल्लाए।

"जो सच है, वही कहा मैंने; चारों ओर यही कानाफूसी हो रही है।"

"मोरोपन्त, क्या यह सच है?" राजे ने पूछा।

"सुना तो यही है। कहते हैं कि अनाजी राज-सेवा त्यागकर जाना चाहते हैं।"

राजे सन्न रह गए। वे समझ नहीं पा रहे थे कि क्या कहें!

"युवराज कहाँ हैं?"

"इस समय गढ़ में ही हैं।" सोयराबाई ने कहा, "चाहें तो उन्हें बुलाकर पूछ लें।"

"नहीं।" राजे ने कहा, "मोरोपन्त, तुम अभी गढ़ से नीचे जाओ। यदि यह घटना सत्य है, तो हमें बहुत आघात पहुँचेगा। इसकी चर्चा कहीं न होने पाए।"

अगले दिन सुबह अनाजी मोरोपन्त के साथ राजे के सामने उपस्थित हुए। सोयराबाई ने अनाजी के आगमन की बात सुनी, तो वे भी आ पहुँचीं। एक ही रात में राजे थके-माँदे दिखाई देने लगे थे। राजे ने अनाजी से कहा, "अनाजी, हम क्या इतने पराये हैं, जो तुम रूठकर नीचे गढ़ की तलहटी में रहो?"

अनाजी ने उपरने से आँखें पोंछ लीं। राजे आगे बढ़े। उनका गला रुँध आया था।

''बोलो अनाजी! हमने जो सुना, क्या वह सच है?''

अनाजी ने सिर हिलाकर 'हाँ' कहा।

''क्या वह लड़की लिंगाणा में है? और यह जानते हुए भी तुम चुप बैठे रहे? तुम राज्य के सुरनीस* हो। समाचार सुनते ही तुमने हमें क्यों नहीं बताया?''

अनाजी ने सिर उठाकर देखा।

''महाराज, कुछ भी हो, हैं तो हम चाकर ही। वे ठहरे युवराज—कल राज्य के स्वामी बननेवाले हैं। आज हमने उनके विरुद्ध शिकायत की, तो आप उन पर नाराज होंगे। एक-न-एक दिन आप दोनों एक हो जाएँगे।...यह जो हुआ, उसकी अब भरपाई करना कठिन है। हमने मान लिया कि बच्ची मर गई, और हम चुपचाप बैठ गए।''

''बहुत बड़ी भूल की तुमने, अनाजी। सम्भाजीराजा हमारे पुत्र होंगे, मगर वे इस राज्य के युवराज भी हैं। तुम राज्य का उत्तरदायित्व निभानेवाले अधिकारी हो। यह तुम्हारी जिम्मेदारी भी तो थी।''

राजे के मुखमंडल पर कठोरता छा गई। मुट्ठियाँ भिंचने लगीं। भर्राई आवाज से उन्होंने कहा, ''अनाजी, कल भरे दरबार में सम्भाजी का निर्णय किया जाएगा।''

''ऐसा न करें।'' सोयराबाई ने कहा।

''क्यों?''

''होगा कुछ भी नहीं। बेकार हर तरफ चर्चा और अधिक होने लगेगी।''

''रानीसाहिबा! अगर अपराध सिद्ध हो गया तो...तो युवराज होने के कारण कोई लिहाज नहीं किया जाएगा।''

''हँ!'' सोयराबाई फुंकार उठीं, ''यही होगा न कि चेतावनी देकर छोड़ दिया जाएगा?''

राजे ने पल-भर आँखें मूँद लीं।

''ऐसे अपराधों के लिए हम आज तक जो दंड देते आए हैं, वही दंड युवराज को भी दिया जाएगा। युवराज हुए, तो भी तोप से बाँधकर उड़ा दिया जाएगा।''

''महाराज!'' अनाजी पुकार उठे।

''अब तुम जाओ। कुछ सुनना भी हमसे अब सहन नहीं होगा।''

राजे पीठ फेरकर खड़े हो गए। द्वार तक आई हुई पुतलाबाई ने राजे का अन्तिम वाक्य सुन लिया था। वे आती रुलाई को आँचल के कोर से दबाकर दौड़ पड़ीं।

वर्षा की झड़ियों को साथ लेकर चल रही सर्द हवाओं ने रायगढ़ को झकझोर दिया था।

9

सोयराबाई सातमहल के अन्दर अपने महल में बैठी हुई कुछ बुनाई कर रही थीं। दासियाँ पंखा झल रही थीं। बालराजाराम दौड़ता हुआ आया, ''आईसाहिबा, मैं दादामहाराज के पास जाऊँ?''

''कोई जरूरत नहीं जाने की—बाहर जाकर खेलो।''

राजाराम रुआँसा होकर बाहर चला गया।

---

* आमात्य।

"ऐसी सन्तान को जन्म देने से तो अच्छा है, बाँझ रहा जाए।"

"सारे महलों में चर्चा हो रही है।" दासी ने कहा, "हमें जब से पता लगा है, कौर भी गले से नहीं उतरा।"

"वैसे भी मुझे शक था। दिन में, रात-बेरात युवराज गढ़ से नीचे जाने लगे, तभी मुझे सन्देह हो गया था। मगर कहा किससे जाए? और हमारी सुनता भी कौन?"

अचानक सोयराबाई का बोलना रुक गया। पुतलाबाई महल में आ रही थीं। उन्हें देखकर सोयराबाई के चेहरे पर विजय की खुशी झलकने लगी।

"कौन? छोटी रानीसाहिबा? बड़े दिनों बाद रास्ता भूल पड़ीं?"

पुतलाबाई पास जाकर कहने लगीं, "बड़ी बाईसाहिबा, मेरी बात मानिए। धधकने से पहले ही यह आग बुझा दी जाए, तो ठीक रहेगा।"

"अब और क्या कसर रही है आग के धधकने में?"

"तुम अगर कह दो, तो...।"

"कौन? मैं? मैं क्या कहूँ? 'ये' जितने तुम्हारे बस में हैं, उतने मेरे बस में थोड़े ही हैं!"

पुतलाबाई ने दासियों की ओर देखा। वे झट बाहर चली गईं। आँखों में आँसू भरकर पुतलाबाई कहने लगीं, "युवराज से गलती अवश्य हुई है, मगर क्या उसे सुधारना नहीं चाहिए?"

"तो सुधार लो ना!"

"बड़ी बाईसाहिबा, मैं पाँव पड़ती हूँ तुम्हारे। तुम्हें तुम्हारी कोख के बेटे की सौगन्ध...।"

"सौगन्ध वापस लो। शर्म नहीं आती तुम्हें? उस आवारा लड़के के लिए मुझे कसम दिलाती हो? और वह भी मेरे लाल की?"

पुतलाबाई का क्रोध भड़क उठा।

"आवारा लड़के के लिए नहीं—तुम्हारे और मेरे माथे के सुहाग की सौगन्ध दे रही हूँ तुम्हें। बाईसाहिबा, 'उन्हें' यह सहन नहीं हो पाएगा।"

"बड़ी दया उमड़ रही है! वह तो अच्छा समझो कि अपनी खुद की कोख का कोई बच्चा नहीं है!"

"बाई!"

"चुप रहो। बेकार ही बीच में हाथ-पाँव मारती मत फिरो।"

"ठीक है, मैं जाती हूँ।"

"मैंने नहीं बुलाया था।"

पुतलाबाई गुस्से में महल से बाहर चली गईं। दरवाजे के पीछे दुबकी हुई दासियाँ अन्दर आ गईं। सोयराबाई ने कहा, "बड़ा प्यार का समुन्दर उमड़ा आ रहा थाऽऽऽ।"

और तीनों जनी मुँह को साड़ी की छोर से दबाकर हँसने लगीं।

पुतलाबाई को सुध नहीं रही थी। मन व्याकुलता के कारण छटपटा रहा था।

गढ़ में रात्रि का अन्धकार छा गया। महल में समई-दीपक जल उठे। समई के उजाले से पुतलाबाई को सुध आई। मनोहारी समई जला रही थी। पुतलाबाई ने अपने आँसू पोंछ लिए।

"मनू, युवराज महल में हैं क्या?"

"जी हाँ, हैं।"

"और येसू?"

"वे भी महल में हैं।"

मन दृढ़ करके पुतलाबाई उठ खड़ी हुईं।

सम्भाजीराजा महल में पलंग पर एक कोने में बैठे हुए थे। नीचेवाली बैठक पर येसूबाई घुटनों पर सिर रखे हुए बैठी थीं।

पुतलाबाई महल में गईं। सम्भाजीराजा उन्हें आया देखकर खड़े हो गए। उनकी आँखों में लाली थी—मुख पर व्याकुलता व्याप रही थी। येसूबाई एकदम सिसकियाँ भरकर रो पड़ीं।

"युवराज, मेरा कहा मानोगे?"

"जी हाँ।"

"बिना कुछ बोले चुपचाप मानोगे न?"

"जी।"

"जैसे हो, वैसे ही उठ खड़े हो। और जाकर पाँव पकड़ लो।"

"लेकिन आबासाहब...।"

"कहा था न कि बिना कुछ बोले बात मानोगे...।"

"आईसाहिबा, हमारा कोई नहीं है। न माँ है, न पिता हैं, हमारे तो केवल शत्रु-ही-शत्रु हैं। उन लुच्चे अनाजी ने कहा और...।"

"ना, ना, शम्भू बेटे। गलती तुम करते हो, फिर दूसरों को बुरा क्यों कहते हो?"

पुतलाबाई पास गईं। उन्होंने सम्भाजी को अपने पास खींच लिया। वैसा वात्सल्यपूर्ण स्पर्श पाकर सम्भाजीराजा फूट-फूटकर रोने लगे। कुछ देर बाद पुतलाबाई ने कहा, "महल में जाओगे न?"

"आप भी चलिएऽऽ।" सम्भाजी ने कहा।

"चलो, मैं आती हूँ।"

सम्भाजी ने आँसू पोंछ डाले। वे पुतलाबाई के पीछे-पीछे जा रहे थे। बारिश हो रही थी।

हवा से दीये की लौ थरथरा रही थी। राजे के महल के सामने महादेव गर्दन झुकाए खड़ा था। महल का दरवाजा बन्द था। पुतलाबाई कुछ देर उस बन्द दरवाजे की ओर देखती हुई खड़ी रहीं। महादेव विनम्रतापूर्वक कहने लगा, "आज्ञा है कि महल में किसी को आने न दिया जाए।"

पुतलाबाई ने पीछे खड़े हुए सम्भाजीराजा की ओर एक बार देखा। साँस भरकर उन्होंने दरवाजे को थपथपाया। फिर दोबारा थपथपाया, किन्तु दरवाजा नहीं खुला। अन्दर से किसी प्रकार की भी आवाज नहीं सुनाई दी।

पुतलाबाई ने मुड़कर देखा, सम्भाजी नहीं थे। उनकी आँखें आश्चर्य से फैल गईं। आँगन के बीच से सम्भाजी की धुँधली-सी आकृति उन्हें वर्षा में भीगती हुई जाती दिखाई दी। कुछ देर बाद वह आकृति भी पूरी तरह ओझल हो गई।

10

भोर हो गई, किन्तु सूर्य के दर्शन नहीं हुए। वर्षा की झड़ी लगी हुई थी। महल में कई लोग थे, किन्तु सभी जैसे साँस रोके हुए थे। राजे प्रतिदिन के अनुसार उठ चुके थे। स्नान-पूजादि

से निवृत्त होकर वे अपने महल में ही बैठे हुए थे। किसी की हिम्मत न थी कि महल के आसपास फटक सके।

दिन दोपहर की ओर बढ़ता जा रहा था। अनाजी, निराजी, मोरोपन्त और मंत्रिमंडल के अन्य सदस्य राजकार्यालय में आ चुके थे। बीती रात को सब लोग अष्टप्रधान-भवन स्थित अनाजी के महल में बड़ी देर तक बैठे चर्चा करते रहे थे, किन्तु उपस्थित उलझन से निकलने का कोई मार्ग नहीं सूझता था। मोरोपन्त ने कहा, ''अनाजी, जो नहीं होना चाहिए था, वह हो चुका। अब कोई चारा नहीं। हम सबको महाराज की ओर देखकर कुछ-न-कुछ करना ही होगा।

अनाजी ने लम्बी आह भरी।

''मैंने कब मना किया है? मेरी कोई शिकायत नहीं थी। मैं तो अपने भाग्य को कोसकर चुप हो बैठा था।''

''चुप बैठने से काम नहीं बनेगा।''

''तो तुम क्या कहते हो? मैं क्या करूँ?''

''अब थोड़ी ही देर में दरबार लगेगा—उसे रोकना हमारे या तुम्हारे बस की बात नहीं है। किन्तु यदि स्वयं तुम दरबार में राजे से कहो, तो वे तुम्हारी बात अवश्य मानेंगे।''

''क्या कहूँ मैं? कहूँ कि 'जो हुआ, सो ठीक हुआ, मैंने बच्ची को युवराज के चरणों में समर्पित किया है'?''

अनाजी के अश्रुपूरित नेत्र देखकर मोरोपन्त का हृदय भर आया। बहुत कष्टपूर्वक उन्होंने कहा, ''अनाजी, तुम्हारी व्यथा क्या हम समझ नहीं सकते? किन्तु तनिक राजे की व्यथा पर भी विचार करो। युवराज को वे कितना चाहते हैं। यह वही राजे हैं, जिन्होंने आज तक कभी परस्त्री की ओर आँख उठाकर भी नहीं देखा। अधिक क्या कहना? राज्य में जिसने भी आज तक ऐसा अपराध किया है, उसे राजे ने पहाड़ी कगार से गहरी खाई में फिंकवा दिया। ऐसे राजे के पुत्र को ही आज उनके सामने अपराधी के रूप में खड़ा किया जा रहा है। चारों ओर यही चर्चा हो रही है, 'अवश्य ही युवराज को तोप से उड़ा दिया जाएगा,' तुमने भी यह बात सुनी है। राजे के लिए ही क्यों न हो, हमें युवराज को बचाना ही होगा।''

''यह क्या मैं समझ नहीं सकता? मैं अवश्य कहूँगा, किन्तु लगता है राजे मेरी बात मानेंगे नहीं।''

राजे अपने महल में कपड़े बदल रहे थे। राजे ने जरीटोप सिर पर रखा। कमरबन्द कसा, तलवार और कटार कमरबन्द में बाँध लीं। वे देवगृह के सम्मुख गए। वहाँ उन्होंने माथा टेका। आँखें पोंछकर वे उठ खड़े हुए। तभी महादेव महल के अन्दर आया।

''सब लोग रंगमहल में आ चुके हैं क्या?''

''जी हाँ।''

''तू जा। सबसे कह दे कि हम आ रहे हैं।''

महादेव चला गया। राजे ने जाने के लिए कदम बढ़ाए ही थे कि दरवाजे से येसूबाई अचानक अन्दर आ गईं। उन्होंने कसकर राजे के पाँव पकड़ लिए और रोने लगीं। राजे पलकें बन्द करके खड़े हुए थे। मुख पर वेदना अंकित थी। राजे की धीमी आवाज सुनाई देने लगी, ''येसू, उठ। हमारा दुर्भाग्य तुझसे भी बढ़कर है, बेटी। युवराज ने बहुत बड़ा अपराध किया

है। उन्हें बचाना अब हमारे हाथ में नहीं है। उनकी रक्षा के लिए तू भी अब हमारे समान उस माता जगदम्बा से दया की भीख माँग। वह माँ तेरी पुकार अवश्य सुनेगी। येसू, पैर छोड़ बेटी!''

''मुझे आशीर्वाद दीजिएऽऽ।''

राजे की उलझी हुई उँगलियाँ और अधिक कसने लगीं। प्रयत्नपूर्वक आँसुओं को रोकते हुए वे कहने लगे, ''वह माँ जगदम्बा, तुझे आनेवाली विपत्ति को सहन करने की शक्ति दे। चल, पैर छोड़ दे।''

राजे झुके और येसूबाई के हाथों की पकड़ से उन्होंने अपने पैर स्वयं छुड़वा लिए। मुड़कर देखे बिना वे रंगमहल की ओर चल पड़े।

रंगमहल एकदम सुनसान था। नक्कारखाने और द्वार पर पहरे बैठा दिए गए थे। राजे महल में आए। उनका चेहरा कठोर और गम्भीर था। राजे उच्चासन पर बैठ गए। उन्होंने एक बार सारे मंत्रियों की ओर दृष्टि फेरी। रंगमहल के पिछले भाग में चिक के परदों के पीछे से पुतलाबाई और सोयराबाई आकर खड़ी हो गई थीं।

राजे ने आदेश दिया।

''युवराज को लाया जाए।''

हम्बीरराव मोहिते के साथ युवराज ने महल में प्रवेश किया। युवराज ने सफेद टोप पहना हुआ था। तन पर सफेद अँगरखा और पाजामा था। कमरबन्द गुलाबी रंग का था। उसमें तलवार लटकी हुई थी। गले में कौड़ियों की माला के अतिरिक्त और कोई आभूषण नहीं था। कलाइयों में पहुँची नहीं थी। मुख म्लान था और गर्दन झुकी हुई थी।

''अनाजी, हमारी ओर से युवराज के आरोप की घोषणा करो।

अनाजी आगे बढ़े।

''क्षमा करें, महाराज। किन्तु इतनी शीघ्र...!''

''अनाजी, हम पुनः अपनी आज्ञा दुहराते हैं। हमारी ओर से युवराज के आरोप की घोषणा करो। हमारी आज्ञा के उल्लंघन की धृष्टता मत करो।''

अनाजी सकपका गए। उनकी दृष्टि भयभीत थी। वे युवराज की ओर देख रहे थे।

''बोलो, अनाजी। किसी पद अथवा नाते के कारण संकोच न करते हुए सबकुछ साफ-साफ कहो।''

''महाराज, युवराज पर आरोप है कि वे एक ब्राह्मण विवाहिता स्त्री को बलात् भगा ले गए हैं। यह विश्वसनीय समाचार है कि उस अभागी स्त्री को उन्होंने लिंगाणा में बन्दी बनाकर रखा हुआ है।''

सम्भाजी की दहकती हुई दृष्टि अनाजी को घूरने लगी, किन्तु अगले ही पल वह दृष्टि भूमि की ओर जा लगी।

''सम्भाजीराजा, तुम्हें यह आरोप स्वीकार है?''

सम्भाजी ने सिर ऊपर करके देखा।

''बोलो! क्या तुम स्त्री को भगा ले गए हो?''

''हाँ।''

''उसे लिंगाण में रखा है तुमने?''

"हाँ।"

सारा दरबार स्तब्ध रह गया। राजे ने कठोरता से कहा, "ऐसे स्वच्छन्द आचरण के लिए हमारे राज्य में कौन-सा दंड दिया जाता है, यह जानते हो तुम?"

"हाँ।"

"कौन-सा दंड?"

"खाई में धकेलना या तोप से उड़ा देना।"

"और यह सब जानते हुए भी तुम ऐसा कर्म करने का दुस्साहस कर बैठे हो?"

सम्भाजी की दृष्टि ऊपर उठी। उनकी आँखें गीली नहीं थीं, किन्तु उनमें विह्वलता झाँक रही थी।

"महाराज, आपके इस दरबार में यद्यपि हम केवल एक अपराधी के रूप में ही खड़े हैं, पर हम भी कुछ कहना चाहते हैं।"

"खामोश!" राजे चिल्ला उठे, "पाप का समर्थन सुनने की हमारे कानों को आदत नहीं है।"

हम्बीरराव मोहिते सिजदा करके आगे बढ़े।

"क्षमा हो, महाराज। युवराज इस समय केवल एक साधारण अपराधी के रूप में आपके सामने खड़े हैं। मेरी प्रार्थना है कि उन्हें भी स्पष्टीकरण देने की अनुमति मिले।"

हम्बीरराव के साहस को देखकर सारे दरबारी चकित रह गए। राजे खिन्नता-भरी हँसी हँसे और बोले, "हम्बीरराव, हम तुम्हारी प्रार्थना स्वीकार करते हैं। युवराज जो कहना चाहते हों, कहें।"

सम्भाजी ने फिर नजर उठाकर देखा। वे कहने लगे, "यह सच है कि हमने विवाहिता ब्राह्मणी को लिंगाणा में रखा है, मगर हमने उसे भगाया नहीं है। हमने आज तक जबरदस्ती किसी को नहीं भगाया, ना ही किसी से बलात्कार किया। हमें आरोप मान्य नहीं है।"

"तुमने जो कहा, उसका सबूत क्या है?" हम्बीरराव ने पूछा।

"आप उस अभागी स्त्री से पूछ देखें।"

"हम्बीरराव, समझ नहीं आता कि युवराज के साहस पर हँसें या रोएँ? पाप इतना ढीठ कैसे हो सकता है, यह बात भी हमारी समझ से बाहर है।"

"महाराज, किसी के साथ भी अन्याय नहीं होना चाहिए। यदि जाँच-पड़ताल हो, तो पूरी तरह होनी चाहिए। युवराज आपके चिरंजीव हैं, इस कारण उन पर अन्याय नहीं होना चाहिए।"

सबने हम्बीरराव की बात का अनुमोदन किया।

"ठीक है। अनाजी, तुम कल लिंगाणा जाओ। उस लड़की को समझा-बुझाकर हमारे सम्मुख उपस्थित करो। उसके बाद हम युवराज के बारे में अन्तिम निर्णय करेंगे।"

सारे दरबार ने तनाव से छुटकारा पाकर चैन की साँस ली। किन्तु राजे की दृष्टि सम्भाजीराजा को देख रही थी।

"कुछ भी हो, यह आरोप युवराज ने भी स्वीकार किया है कि उन्होंने एक विवाहिता को ले जाकर लिंगाणा में रखा है। प्रजा सन्तान के समान होती है, ऐसा राजनियम होते हुए भी युवराज ने इस प्रकार का कर्म किया है। यह अपराध ही है। इस अपराध के दंडस्वरूप

युवराज अपने गले में पहनी हुई वह कपर्दिक माला उतार दें, जो माता जगदम्बा को कुलदेवी माननेवाले हमारे भोसले कुल की निशानी है। इसी प्रकार तलवार जो दीन-दुर्बलों की और अबलाओं की रक्षा के लिए, क्षात्रधर्म की निष्ठा निभाने के लिए कमर में बाँधी जाती है, उसे भी युवराज उतारकर रख दें। हम युवराज को यह दंड दे रहे हैं। अनाजी, युवराज की तलवार और कौड़ियों की माला उतार दो।''

अनाजी सहजतावश आगे बढ़े कि क्रुद्ध युवराज ने तलवार की मूठ पर हाथ रखा। बाएँ हाथ से उन्होंने कौड़ीमाला पकड़ ली थी। सम्भाजीराजा के तलवार पर रखे हुए हाथ को देखते ही राजे उच्चासन से उठ खड़े हुए। राजे को उठा देखते ही सम्भाजीराजा की हिम्मत छूट गई। उनकी आँखें गीली हो आईं। तलवार की पकड़ ढीली पड़ गई। उनके हाथों की सारी शक्ति जाती रही।

शान्तिपूर्वक पाँव बढ़ाते हुए राजे युवराज के पास पहुँचे। अगले ही पल दरबार के फर्श पर कौड़ियाँ बिखरी हुई दिखाई दे रही थीं। तलवार पटकने की आवाज आई। फिर उच्चासन की ओर चले जा रहे राजे की आज्ञा सबको सुनाई दी, ''जब तक इस मामले का निर्णय नहीं हो जाता, युवराज को गढ़ से बाहर न जाने दिया जाए।''

इसी मनस्ताप में डूबे हुए राजे अपने महल चले गए। उनके पीछे-पीछे पुतलाबाई भी महल में आईं। राजे ने जान लिया था कि पुतलाबाई आ गई हैं, किन्तु उन्होंने मुड़कर नहीं देखा। पुतलाबाई क्रोधित होकर कहने लगीं, ''बस! हो गया जी ठंडा? उस बच्चे का कोई पूछनेवाला नहीं है। उसकी माँ नहीं है? माँसाहिबा नहीं हैं, उसे किसी का सहारा नहीं।''

''रानीसाहिबा!'' राजे तिलमिलाकर कह उठे। ''तुम युवराज का अपराध भूल रही हो।''

''गलती किससे नहीं होती?''

''मगर यह गलती अक्षम्य है।''

''गलती उनकी ही नहीं, आपकी भी है।''

''हमारी?''

पुतलाबाई ने दृढ़तापूर्वक कहा, ''जब तक माँसाहिबा थीं तब तक सम्भाजीराजा ने कुछ बुरा किया क्या? माँसाहिबा चल बसीं और सम्भाजीराजा की ओर किसी का ध्यान नहीं रहा। किसने देखा कि युवराज कहाँ जाते हैं? किसे चिन्ता थी कि सोचे—वे किसके साथ, कहाँ घूमा करते हैं? जंगलों-वीरानों में भटकनेवाले इस लड़के की जो दुर्गत होनी थी, होकर रही।''

''रानीसाहिबा!''

''जब स्वयं पिता ने ही छोड़ दिया, तो वह लड़का क्या करे? मैं यह नहीं कहती कि युवराज ने अपराध नहीं किया—अवश्य भूल की है उन्होंने। मगर यदि जाँच-पड़ताल करनी थी, तो अपने निजी लोग क्या कम थे? युवराज को आपने दरबार में खड़ा कर दिया—कल वे राज्य के स्वामी बनने वाले हैं! उनकी क्या इज्जत रही?''

राजे विह्वल होकर कहने लगे, ''बोलो, बोलो। कहती जाओ, रुक क्यों गईं?''

''मैं क्यों बोलूँ?'' पुतलाबाई की आँखें डबडबा आईं। ''मैं कोई उनकी सगी माँ थोड़े ही हूँ? बड़ी रानीसाहिबा होतीं, माँसाहिबा होतीं, तो वे ऐसा न होने देतीं। आप बस राजा हैं—आपके लेखे बेटे का कोई महत्त्व नहीं, खून की कोई कीमत नहीं।''

''बस करो, रानीसाहिबा!''

पुतलाबाई ने देखा, राजे की लाल आँखें उन्हीं को देख रही थीं, किन्तु उनमें ताप नहीं था।

"हमें क्यों दोष देती हो? यदि कोई और यह अपराध करता, तो जाँच-पड़ताल किए बिना ही हमने उसे तोप से उड़वा दिया होता। और चिक के पीछे से तुमने भी सिर हिलाकर स्वीकृति दे दी होती। मगर अब सामने आ पड़े बालशम्भू। हमें आज इसी बात का दुख है कि हम न्याय के प्रति विश्वसनीय न रह सके, खून से ईमान जोड़ बैठे। केवल खून के रिश्ते की बात नहीं है, रानीसाहिबा। हम किसी स्वर्गवासी आत्मा के प्रति भी वचनबद्ध हैं। अब इस आँख की पुतली को प्यार से सहलाते रहने के सिवाय हमारे पास कुछ नहीं रहा है। व्यर्थ ही खोटी बातें हमारे माथे मत मढ़ो।"

राजे थकावट से बैठक पर बैठ गए। राजे की वैसी आहत मुखमुद्रा देखकर पुतलाबाई समझ न पाईं कि क्या कहें। उनका क्रोध जाने कहाँ खो गया। राजे ने सिर उठाकर देखा।

"कल तुम युवराज को लेकर महल में आई थीं, किन्तु महल के द्वार बन्द थे। अब तक जीवन में हमने केवल दो बार द्वार बन्द किए हैं—तब जबकि मन किया था कि जीना व्यर्थ है। और कल, कल भी हमारा मन यही कह रहा था।"

पुतलाबाई राजे के पास जा बैठीं और फफक-फफककर रोने लगीं। राजे ने हाथ पुतलाबाई की पीठ पर रखा।

"रोने से विपत्ति टल नहीं जाती, पुतला! चुप हो जा। मुझसे जो कुछ बन पड़ेगा, मैं करूँगा। लेकिन पुतला, केवल यह कहने-भर से कि 'प्रेम करो', कोई प्रेम नहीं किया करता। प्रेम दिए बिना प्रेम पाया नहीं जा सकता। हमारे युवराज से यही बात बनती नहीं है। येसूबाई को देखो, बेचारी बच्ची! इस मामले की आग में झुलस-झुलस गई होगी।"

11

मध्याह्न-काल था। वर्षा ने फिर से जोर पकड़ लिया था। राजे अपने भवन में आँखें बन्द किए लेटे हुए थे। राजाराम दौड़ते हुए आया और जाकर पलंग के पास खड़ा हो गया। राजे को सोया समझकर वह चुपचाप खड़ा था। राजे ने आँखें खोलीं। राजाराम हँस पड़ा और पलंग के और निकट जाकर वह राजे से लिपट गया।

"आबासाहब, सो चुके क्या?"

"हाँ। तुम दादामहाराज के यहाँ गए थे क्या?"

"वे भी सोए हुए हैं।"

"सोए कहाँ हैं? सुबह ही तो जगदीश्वर मन्दिर की ओर गए थे।" सोयराबाई ने महल में प्रवेश करते हुए कहा।

राजे पलंग पर उठ बैठे। सोयराबाई की ओर देखते हुए कहने लगे, "युवराज को जाने के लिए एक यही तो जगह बची है।"

राजाराम राजे की ओर दौड़ा। उसकी दृष्टि में भय समाया हुआ था। राजे से पूछने लगा, "दादामहाराज को तोप के मुँह से बाँधकर उड़वाएँगे क्या?"

राजे चौंक उठे। उन्होंने पूछा, "तुमसे किसने कहा?"

राजाराम सोयराबाई की ओर देखने लगा। सोयराबाई ने आँखें दूसरी ओर फेर लीं! राजे ने कहा, "हाँ।"

राजाराम का चेहरा रुआँसा हो आया। राजे ने उन्हें लेने के लिए हाथ आगे बढ़ाए। राजे के हाथों को झटकते हुए राजाराम दूर चल दिया।

"बालराजे!"

रोते-रोते राजाराम ने मुड़कर देखा। वह चिल्लाकर कहने लगा, "हम नहीं बोलते। आपसे हमारी कुट्टी फू! आप सब बड़े खराब हैं।"

राजाराम जोर से रोता-रोता बाहर चला गया। राजे ने कहा, "बालराजा ने सच-सच कहा था।"

सोयराबाई आँचल ठीक करके खड़ी हो गईं। अनाजी और हम्बीरराव महल में आए। अनाजी की नजर नीची थी। राजे ने उत्सुकतावश पूछा, "वह लड़की आई?"

"जी नहीं।" हम्बीरराव ने कहा।

"क्यों? क्या हुआ?"

"अनर्थ हो गया, महाराज।" हम्बीरराव ने कहा, "हम लिंगाणा गए। हमें आता देखकर वह लड़की हमें गलत समझ बैठी। इससे पहले कि हम पहाड़ के ऊपर तक पहुँचें, उसने चट्टान से नीचे की गहरी खाई में छलाँग लगा दी।"

"हर हर!" राजे के मुख से निकल पड़ा।

राजे का शरीर मानो पूरी तरह शक्तिहीन हो गया। वे शिथिलता के कारण नीचे बैठ गए। आँखें डबडबा आईं। कहने लगे, "हम्बीरराव, बहुत बुरा हुआ। हमारे युवराज की निर्दोषता सिद्ध कर सकनेवाला यही तो एकमात्र प्रमाण था। हम्बीरराव, युवराज को हमारी दो आज्ञाओं की सूचना दो। कहो कि वे रायगढ़ से नीचे न जाएँ और हमसे मिलने का प्रयत्न न करें। इस घटना से हमारा सिर झुक गया है, हम बहुत लज्जित हैं।"

गढ़ पर मूसलाधार मेह बरस रहा था। बरसाती जल की तेज धाराएँ पहाड़ी गढ़ के चारों ओर से निरन्तर नीचे की ओर बह रही थीं।

12

वर्षा ऋतु बीत गई, किन्तु गढ़ का आर्द्र वातावरण वैसे ही बना रहा। युवराज और महाराज के महलों के बीच की खाई पटी नहीं थी। सम्भाजीराजा गढ़ में अकेले घूमते हुए दिखाई देते थे, परन्तु राजे महल में बैठे-बैठे थक जाते थे। बरसात खत्म होते ही राजे की सेनाएँ सतारा की ओर चल पड़ीं।

राजे महल में एकाकी बैठे हुए थे कि मोरोपन्त के आगमन की सूचना मिली। राजे ने उनसे महल में ही भेंट की। मोरोपन्त के साथ हम्बीरराव भी थे। दोनों ने सिजदे किए। राजे ने पूछा, "मोरोपन्त, क्या समाचार हैं?"

"सोंधे के दरबार से पत्र आया है। दिए वचन के अनुसार सोंधे की रानी ने हमारे दूत को अपने दरबार में रख लिया है।"

"सोंधे के राजा राज्य से आ मिले, परन्तु बेदनूर के राजा दूर ही रह गए।"

"अपनी नौसेना जंजिरा के पास इकट्ठी हो रही है।"

"ठीक है।"

"इस बीच एक बार कल्याण की ओर हो लिया जाए, ऐसा विचार है।"

"तो हो आओ ना। जब स्वयं तुमने निश्चय किया है, तो उसमें हमारे आदेश की आवश्यकता ही क्या है?"

"साथ में सहायक के रूप में...ऽऽ"

"जिसे चाहो, साथ ले जाओ। हम्बीरराव को ले जाओगे क्या?"

"जी नहीं।"

"तो किसे ले जाना चाहते हो?"

मोरोपन्त ने नजर बचाते हुए कह दिया, "युवराज को।"

राजे के मुखमंडल के सारे भाव एकदम बदल गए। नेत्रों में कुछ भिन्न भाव छा गए। वही दृष्टि मोरोपन्त से हटी और हम्बीरराव की ओर गई। दोनों सिर झुकाए नीचे की ओर देख रहे थे। राजे के मुख से एक लम्बी उसाँस अनायास निकल पड़ी। गावतकिए के सहारे बैठते हुए उन्होंने कहा, "मोरोपन्त, तुम हमें क्या समझते हो?"

दोनों राजे की तरफ देखने लगे, राजे कह रहे थे, "हमारे हृदय में भी भावनाएँ हैं। हम भी मनुष्य हैं। यह दंड युवराज को नहीं, हमें मिला है। हृदय युवराज को देख पाने के लिए छटपटा रहा है। परसों हम जगदीश्वर की ओर गए थे। हम मन्दिर के पास पहुँचे और हमने देखा कि युवराज भवानी कगार की ओर चले जा रहे हैं। हमारे आने की बात सुनकर वे भवानी कगार की ओर मुड़ गए थे। पीठ दिखाकर जा रहे युवराज को देखकर हमें कितनी वेदना हुई, तुमसे कैसे कहें? मन्दिर के पास जाकर भी हम देवता के दर्शन किए बिना ही लौट आए। सब हमारे लिए पराये हो गए हैं। पहले येसू 'आबासाहब' कहती हुई दौड़ती आती थी, हठ करती थी—स्वयं सम्भाजीराजा के अधिकार का प्रयोग किया करती थी। किन्तु यह घटना हुई और वह बालिका जैसे एकदम गूँगी बन गई। बस, आती है, नमस्कार करती है और चली जाती है। हम कुछ बोलना चाहें, तो टूटे-फूटे गिने-चुने शब्दों में उत्तर मिलता है। अपराध किया युवराज ने और दंड भोग रहे हैं हम... ।"

"इसीलिए विनती है कि एक बार युवराज को क्षमा किया जाए।"

राजे का हृदय तड़प उठा।

"क्षमा? किस कारण? हम पर यदि राज्य का उत्तरदायित्व न होता, तो शायद हम इस प्रकरण को सह भी लेते। सम्भाजीराजा हमारे चिरंजीव हैं, मगर साथ-ही-साथ वे राज्य के स्वामी भी हैं। यही सोच-सोचकर हमारे प्राण छटपटाया करते हैं।"

मोरोपन्त सुन रहे थे।

राजे उठ खड़े हुए। मोरोपन्त के पास आकर उनके कन्धे पर हाथ रखकर वे कहने लगे, "मोरोपन्त, अब राज्य के निर्णय तुम लोगों के हाथों में है। हम उसमें आड़े नहीं आएँगे। हम तुम्हारी भावना को समझ सकते हैं। तुम्हारा हेतु भी भलीभाँति समझते हैं। इस कारण सम्भाजीराजा को मुहिम पर ले जाने की कोई आवश्यकता नहीं है। आज से उनके लिए गढ़ के दरवाजे खुले रहेंगे। उन पर हमारा कोई बन्धन नहीं रहेगा। हम अब यथाशीघ्र सतारा जाने की सोच रहे हैं।"

अनाजी ने महल में प्रवेश किया। उनका चिन्ता से म्लान बना मुख देखकर राजे ने पूछा, "अनाजी, क्या खबर है?"

"खबर अच्छी नहीं है," अनाजी ने कहा, "प्रतापगढ़ के मन्दिर पर बिजली गिरी है महाराज।"

समाचार सुनकर राजे अवाक् हो गए। फिर पूछने लगे, "मूर्ति को तो कुछ...?"

"जी नहीं, मूर्ति सुरक्षित है। किन्तु पासवाली घुड़साल में आग लग गई। उस आग में कई घोड़ियाँ और देवी की झाँकी-यात्रावाला हाथी...।"

"अरे! अरे!"

राजे स्तम्भित होकर बैठक पर बैठ गए। अनाजी बता रहे थे, "कवि कलश से पूछा है। उन्होंने कहा है–चिन्ता का कोई कारण नहीं है।"

राजे उदासी-भरी हँसी हँस पड़े।

"अनाजी, भाग्य में क्या लिखा है, कौन कहे? यही सन्तोष का विषय है कि मूर्ति को कुछ नहीं हुआ। मन्दिर की कुछ हानि हुई हो, तो तुरन्त मरम्मत का काम करा लो। और उसी पुरानी जगह पर घुड़साल भी बनवा लो।"

फिर राजे जैसे बदन झटकारकर खड़े हो गए। मोरोपन्त और अनाजी आश्चर्यचकित होकर देखते रहे। राजे की पहलेवाली थकावट और शिथिलता जैसे एकदम लुप्त हो चुकी थी।

"अनाजी, लगता है, हम अब बूढ़े हो चले। हमने ठीक अमावस की रात में पहला युद्ध किया था, तब हमने शकुन-अपशकुन की बात नहीं सोची। सोची भी तो हमने उसकी परवाह नहीं की। किन्तु आज केवल देवालय की वार्ता सुनकर ही, पल-भर के लिए ही क्यों न सही, हम हतबुद्धि हो गए। अपनी सतारा विजय की बात भी हम भूल गए। यह सब क्या है? बढ़ती आयु के ही तो लक्षण हैं ये सब।"

सबके मुख पर हँसी छा गई।

"चलो अनाजी, राजसभागृह में चलें। आज कई बातों का निर्णय करना है। सतारा के लिए प्रस्थान करने से पूर्व ही हमें कई बातों के निर्णय कर लेने चाहिए।"

"आपको सतारा जाने की क्या आवश्यकता है?" अनाजी ने पूछा।

"अनाजी, अब तुम तीनों मुहिम के लिए जाओगे। कोल्हापुर, पन्हाला, सतारा, परली आदि जिन स्थानों पर हमने अधिकार कर लिया है, उन्हें सुरक्षित बनाना होगा। आदिलशाही राज्य में आपसी मनमुटाव है–उनकी चाल देखकर हमें कदम बढ़ाने पड़ेंगे। इसके अतिरिक्त जंजिरा मुहिम भी पूरी करनी है। इन सब स्थानों पर नजर रखने के लिए उपयुक्त स्थान समझकर ही हमने सतारा को चुना है।"

राजे महल से बाहर निकले। हम्बीरराव और अनाजी उनके पीछे-पीछे राजसभागृह की ओर जा रहे थे। नए युद्ध-अभियान की कई योजनाएँ उनके मन में उमड़ रही थीं।

13

राजे मुहिम पर जाने की तैयारियों में लगे हुए थे। पिछले चार दिनों से उनका सामान गढ़ से नीचे रवाना किया जा रहा था। महल में सोयराबाई, पुतलाबाई और राजाराम बैठे हुए थे। सोयराबाई ने पूछा, "वापस कब लौटेंगे?"

"आधी गर्मियाँ बीत जाने के बाद लौट आएँगे।"

राजाराम आगे बढ़ा। राजे का अँगरखा पकड़ते हुए पूछने लगा, "आबासाहब, हम भी आएँ आपके साथ?"

राजे ने उसे उठा लिया। उसे चूमकर राजे ने कहा, "तुम साथ आओगे, तो तुम्हारे दादा महाराज यहाँ अकेले रह जाएँगे ना!" राजे ने सोयराबाई की ओर देखा, "रानीसाहिबा, हम जा रहे हैं–हाथ पर दही-बूरा नहीं रखोगी क्या?"*

"मैं लाऊँ क्या दही-बूरा?" पुतलाबाई ने पूछा।

"रहने दो, मैं ही ले आती हूँ।" कहती हुई सोयराबाई महल से बाहर चली गईं।

महल में केवल राजाराम और पुतलाबाई रह गए। पुतलाबाई ने कहा, "अपने स्वास्थ्य का ध्यान रखिए। आजकल अधिक परिश्रम करने से आपको कष्ट होता है।"

"हाँ। तुम भी अपने स्वास्थ्य का ध्यान रखना। युवराज को देखते रहना। हमें उनकी बहुत चिंता रहती है।"

"आबासाहब, दादामहाराज ने आपको भी कहने को कहा है।" राजाराम ने कहा।

राजे और पुतलाबाई राजाराम की ओर देखने लगे। राजे ने पूछा, "क्या कहा?"

राजाराम ने एक बार दरवाजे की ओर देखा। फिर जल्दी से कहने लगा, "दंडवत् कहा है।"

"झूठ कहते हो।"

"नहीं आबासाहब, बिलकुल सच।" राजाराम कहने लगा, "जब हम इधर आ रहे थे न, तब हमने दादामहाराज को कहा कि 'चलो।' तो उन्होंने कहा, 'तुम जा ही रहे हो, तो हमारा भी दंडवत् कह देना।' आबासाहब, दंडवत् का क्या मतलब होता है?"

राजे ने राजाराम को एकदम छाती से लगा लिया। कुछ देर वे इसी तरह मौन रहे।

"बालराजे, दंडवत् का मतलब होता है–पाँव पड़ना। जो लोग आयु से बड़े होते हैं, किन्तु मन से बड़े नहीं होते, जिन्हें बड़प्पन पाने की इच्छा तो होती है, परन्तु क्षमा करने की शक्ति नहीं होती, उनके पाँव पड़ने को कहते हैं 'दंडवत्'।"

बेचारे राजाराम के कुछ पल्ले नहीं पड़ा। वह कुछ पूछने को था कि सोयराबाई अन्दर आईं।

"चलो, हमारे प्रस्थान का समय हो गया।"

राजे ने हथेली पर दही का थक्का लिया और वे राजाराम के साथ चल पड़े।

राजे राजसभागृह में आए। उन्होंने सबसे विदाई ली।

अनाजी पहले ही रवाना हो चुके थे। मोरोपन्त, बालाजी आदि लोग महादरवाजे तक राजे के साथ गए। राजे ने सबको लौट जाने को कहा। महादरवाजे के नगाड़े बज उठे।

सबने जान लिया कि राजे गढ़ से नीचे चले गए हैं।

14

सम्भाजीराजा ने राजे के महल में प्रवेश किया। युवराज की दृष्टि सारे महल में यहाँ-वहाँ फिर रही थी। मनोहारी पलंग पर चादर बिछा रही थी। किसी के पैरों की आहट सुनकर उसने

* यात्रादि अवसरों पर प्रस्थान करते समय जानेवाले के हाथ पर दही-बूरा की प्रथा है। यह शुभकामना का प्रतीक है।

मुड़कर देखा। युवराज को आया देखकर वह मुस्कुराने लगी। युवराज पलंग के पास गए। पलंग के नीचे रखे हुए उगालदानों को देखकर उन्हें आश्चर्य हुआ। उन्होंने पूछा, ''ये उगालदान यहाँ क्यों रखे हैं?''

''महाराज को आजकल रात में खाँसी आती है।''

''आजकल आबासाहब विश्राम नहीं कर पाते हैं ना?''

''हाँ, सतारा गए, उस रात भी वे सो नहीं पाए।''

युवराज दूसरी ओर मुड़े। उनके पाँव राजे के देवगृह की ओर चल पड़े।

''आबासाहब सबको नियम-पालन कराते हैं, मगर अपने आप... ।''

मनोहारी ने चौंककर युवराज की तरफ देखा। युवराज उसकी ओर देख रहे थे।

''नाराज मत हो, मनोहारी। हमने आबासाहब की मानहानि करने की दृष्टि से नहीं कहा है। ऐसी बात हमारे मन में भी नहीं थी।''

मनोहारी हँसने लगी।

''मैं कहाँ नाराज हुई हूँ?''

''तुझसे कहने में कोई हर्ज नहीं। मगर इधर कुछ दिनों से हमारा हृदय हमेशा घबराता-सा रहता है। हम कुछ करें, कुछ बोलें, तो उसका मतलब कुछ-का-कुछ लगाया जाता है।''

मनोहारी गलीचा लपेट रही थी। वह चुप रही, कुछ बोली नहीं। युवराज राजे के देवगृह के सामने खड़े हुए थे। उसमें सदैव दिखलाई देनेवाली वस्तुएँ–जगदम्बा की मूर्ति, स्फटिक का शिवलिंग, 'दासबोध' की पोथी आदि कुछ भी नहीं था। राजे पूजा की मूर्तियाँ ले गए थे, इसलिए देवमन्दिर का गर्भगृह खाली पड़ा था।

''खाली देवगृह देखना अच्छा नहीं लगता।''

''हाँ।''

''आबासाहब गढ़ में नहीं होते, तब रायगढ़ भी इसी तरह खाली-खाली दिखाई देता है।''

पुतलाबाई महल में आईं। सम्भाजीराजा ने उन्हें सिजदा किया। पुतलाबाई ने मनोहारी से कहा, ''मनू, तेरा काम खत्म हुआ या नहीं?''

''जी, बस हुआ समझिए।''

''जल्दी कर और रसोईघर में जा। आज वातावरण जरा गरम दिखाई देता है।''

''क्यों? क्या हुआ?'' युवराज ने पूछा।

''कुछ होना जरूरी थोड़े ही है?'' पुतलाबाई हँसते हुए कहने लगीं, ''और फिर आज तो तुम्हारी भी पूछताछ की जा रही थी।''

''अरे बाप रे!'' सम्भाजीराजा के मुख से अनायास निकल पड़ा।

''तब तो बुलावा आने से पहले ही राजसभागृह पहुँच जाना चाहिए।''

''मैं भी यही कहनेवाली थी।''

सम्भाजीराजा ने पुतलाबाई की ओर देखा। लम्बी आह भरकर वे जाने के लिए मुड़े।

''किसी से दो बातें करें, ऐसा कोई नहीं रहा हमारा। सबको हम पराये लगते हैं।''

''शम्भूराजा, इधर देखो। सौगन्ध है मेरी, जो एक कदम भी आगे बढ़ाया।''

सम्भाजीराजा ने मुड़कर देखा। पुतलाबाई एकटक उनकी ओर ही देख रही थीं। उनके मुख पर तो मुस्कुराहट थी, किन्तु आँखों में पानी भर आया था।

"इस बार कह दिया, सो कह दिया। अब जब तक मैं हूँ, फिर कभी ऐसा मत कहना, समझे?"

सम्भाजी का दिल भर आया। वे कुछ कहना ही चाहते थे कि उन्हें पुतलाबाई के कहे शब्द सुनाई पड़े, "अच्छा, अब जाओ।"

सम्भाजीराजा जब राजसभागृह में पहुँचे, तो सभा आरम्भ हो चुकी थी। मोरोपन्त, आनन्दराव, बालाजी तथा रघुनाथपन्त उपस्थित थे। स्वयं सोयराबाई वहाँ हाजिर थीं। उन्हें राजसभा में आया देखकर सम्भाजी आश्चर्यचकित हो उठे। उन्होंने सिजदा किया। शेष सबने सम्भाजीराजा को सिजदे किए। सोयराबाई के मुख पर अजीब-सी हँसी छा गई।

"आओ, युवराज। हम तुम्हारा ही इन्तजार कर रहे थे। हमें राजसभा में उपस्थित देखकर तुम्हें अचरज हो रहा है ना?"

"नहीं, ऐसी कोई बात नहीं, आईसाहिबा।"

"हमें कोई शौक नहीं है राजसभा में आने का। मगर क्या किया जाए? युवराज अपने महल से बाहर निकलना नहीं चाहते—मुहिमें यूँ ही अटकी रुकी पड़ी हैं।"

"आज्ञा हो, तो हम मुहिम के लिए जाएँ।"

"हम कौन होती हैं कहनेवाली? हमारी हालत तो आटे के दीपक जैसी हो गई है कि 'घर में रखो, तो चूहा खाए, बाहर रखे तो चोर ले जाए।"

अपना गुस्सा दबाते हुए सम्भाजीराजा ने पूछा, "हम कुछ समझे नहीं।"

"इसमें न समझने की बात क्या है? तुम्हें अगर मुहिम के लिए भेज दें और तुम वहाँ कोई कारनामा कर बैठो, तो कौन जिम्मेदार कहलाएगा?"

"इसीलिए हम गढ़ में ही रहते हैं।"

"रहने-भर से क्या होगा? उसमें कोई स्वभाव थोड़े ही बदलेगा?"

"आईसाहिबा?"

"आँखें क्यों दिखाते हो? हमें क्या तुम्हारी करतूतों का पता नहीं है? जगदीश्वर की सेवा के लिए जो कलावती गायिकाएँ रखी गई थीं, वे नौकरी छोड़कर क्यों चली गईं? एक बार कुलपरम्परावाली कौड़ियों की माला गले से उतार दी तुमने और बस छुट्टी पा गए!"

सम्भाजीराजा को सुनना असह्य हो उठा था। सारे सभाजन सिर नीचे झुकाए खड़े थे। सभी को यह बात अखर रही थी कि भरी सभा में सोयराबाई ऐसी बातें कह रही हैं। सम्भाजीराजा क्रोधपूर्ण दृष्टि से सोयराबाई की ओर देखने लगे। सम्भाजी को गुस्से में भरा देखकर सोयराबाई के मन में आनन्द उमड़ने लगा, किन्तु यह आनन्द एक पल ही टिक पाया।

"आईसाहिबा, आपको गलतफहमी हुई है। कलावती गायिकाएँ गई हैं, तो हमारे कारण नहीं। आपको सलाह देनेवाले अनाजी के कारण गई हैं।"

"युवराजऽऽ।" सोयराबाई ने कहा।

"सुनिए, आपकी बहुत सुन ली। अब थोड़ी हमारी भी सुन लीजिए। कलावती गायिकाओं को मानधन नहीं दिया गया—उन्हें गढ़ में रहने के लिए घर नहीं दिया गया। इस साँसत के मारे वे नौकरी छोड़कर चली गईं। चाहें तो आप मोरोपन्त या स्वयं अनाजी से पूछ देखिए।"

"मालूम होता है, इस बारे में आपको पूरी-पूरी जानकारी है।"

सम्भाजीराजा ने शान्ति से कहा, "आईसाहबा, शायद आपको ध्यान न रहा हो, इसलिए मैं बता रहा हूँ। यह राजसभागृह है और हम युवराज हैं। आबासाहब ने हमें राजनीति में नियुक्त किया है। यहाँ हम अपना अपमान होता सहन नहीं कर पाएँगे।"

"युवराज।" मोरोपन्त कह उठे।

"चुप रहिए! और जहाँ तक गायिकाओं का सवाल है, उन्हें वापस लाने के लिए स्वयं मोरोपन्त ने पत्र भेजे हैं। थोड़े ही दिनों में वे फिर से गढ़ में देवपूजा के लिए आ जाएँगी। कलावती गायिकाएँ जो नियुक्त की हैं, वे हमने नहीं, आबासाहब ने नियुक्त की हैं। उन्हें इस विषय का कितना ज्ञान है, हम नहीं जानते।"

"युवराजऽऽ।" सोयराबाई क्रोध से भड़क उठीं।

"बस कीजिए, आईसाहिबा। अब बिना कुछ कहे आप यहाँ से चली जाएँ, यह नम्र प्रार्थना है आपसे। राजसभागृह में आज जो कुछ हुआ है, उसका वृत्तान्त यदि आबासाहब के कानों तक पहुँचा, तो हमें लगता है, वे खुश नहीं होंगे।"

अन्तिम वाक्य सुनकर सोयराबाई को होश आया। उन्होंने एक बार सब पर नजर फेरी और महल से बाहर हो गईं।

15

मोरोपन्त अकोला-सोंधे की मुहिम पर रवाना हो गए। सम्भाजीराजा गढ़ में रहे थे। वे कभी उतरकर पाचाड नहीं गए। वे या तो कवि कलश के साथ या हमेशा अपने महल में ही रहते थे। हाँ, सोयराबाई के महल में मंत्रियों का आना-जाना बहुत बढ़ गया था। जाने या अनजाने, राजनीति के सूत्र वहाँ से संचालित होने लगे थे।

प्रातःकाल स्नान के पश्चात् सम्भाजीराजा महल में आए। येसूबाई ने दूध का प्याला सामने ला रखा। प्याला उठाते हुए सम्भाजीराजा ने कहा, "हम देवता के दर्शनार्थ जा रहे हैं।"

"जल्दी आइएगा।"

"क्यों?"

"आज सासूबाई जानेवाली हैं।"

"कहाँ?"

"सतारा।"

"क्यों भला?"

"आपको पता नहीं है क्या?"

"क्या?"

"कल ही समाचार आया है कि आबासाहब का स्वास्थ्य ठीक नहीं है। स्वास्थ्य काफी खराब है, ऐसा सुना है।"

सम्भाजीराजा पलभर कुछ सोचते रहे। अगले ही पल उन्होंने दूध पी डाला और महल से बाहर चले गए।

राजसभागृह में बालाजी बैठे हुए कुछ लिख रहे थे। सम्भाजीराजा को आया देखकर वे खड़े हो गए।

''बालाजी, कल खलीता आया था?''

''जी हाँ।''

''वह हमें क्यों नहीं दिखाया गया?''

''वह रानीसाहिबा ने ले लिया।''

''खलीता किसके नाम था?''

''रामचन्द्रपन्त के नाम था।''

''हँ। आबासाहब की तबीयत खराब है क्या?''

''जी हाँ।''

''क्या कष्ट है उन्हें।''

''यहाँ से जाने के बाद स्वास्थ्य बिगड़ गया है। सिर में दर्द रहता है। दिन-ब-दिन स्वास्थ्य खराब होता जा रहा है।''

''बालाजी, युवराज के नाते न सही, आबासाहब के चिरंजीव होने के नाते तो हमें यह समाचार देते। घर गिरने लगे, तो घर की छत के शहतीर भी गिरेंगे ही। किन्तु ऐसा आचरण सभी के लिए एक दिन कष्टदायक होगा।''

सम्भाजीराजा एकदम मुड़कर चल दिए और सीधे सोयराबाई के महल में जा पहुँचे। बाहर की पौरी में सामान सन्दूकों में भरा जा रहा था। अन्दर से राजाराम चिल्लाते हुए कहने लगा, ''दादामहाराज आ गए। दादामहाराज आ गए।''

सम्भाजीराजा से लिपटते हुए कहने लगा, ''हम सतारा जा रहे हैं।''

''अच्छा।''

सम्भाजीराजा राजाराम के साथ बैठक के कमरे में आए। सोयराबाई के आते ही उन्होंने सिजदा किया। सोयराबाई ने पूछा, ''राजसभागृह के निवासी युवराज यहाँ महल में क्योंकर आ गए?''

इन प्रश्न की उपेक्षा करके सम्भाजीराजा ने पूछा, ''आबासाहब की तबीयत ठीक नहीं है क्या?''

''हाँ।''

''आप सतारा जा रही हैं?''

''हाँ, क्यों?''

''हम भी आएँ?''

''केवल हमें ही बुलाया है।''

''अच्छा।''

''और कुछ पूछना है?''

सम्भाजीराजा ने सोयराबाई की ओर देखा, उन्हें सिजदा किया और वे वहाँ से चल दिए।

दुपहर को सोयराबाई और राजाराम दासियोंसहित गढ़ से उतरकर सतारा की ओर चल पड़े।

सम्भाजीराजा का हृदय टूक-टूक हुआ जा रहा था। वे कवि कलश के पास गए और उनकी बैठक पर जा बैठे।

कलश अपनी गोक्षुरी मोटी शिखा पर हाथ फेरते हुए युवराज की ओर देख रहे थे।

''युवराज, यह रोग है तो प्राणों के लिए भयदायक, किन्तु फिर भी महाराज इस रोग से मुक्त हो जाएँगे। मैंने उनकी जन्मकुंडली देख ली है, चिन्ता न करो।''

सम्भाजीराजा की आँखें भर आईं।

''आबासाहब बीमार हैं और हम उनसे मिल भी नहीं सकते। हम केवल नाम के युवराज रह गए हैं।''

''शान्त होइए युवराज। यही दशा नहीं रहेगी, वायु का प्रवाह बदलेगा। महाराज का मन भी अनुकूल होगा, किन्तु।''

''किन्तु क्या?''

''भविष्यकाल संकटमय है। प्रतीत होता है—आपके विरुद्ध हुई शत्रु उठ खड़े होंगे। आपको अब आगे मार्ग पर सजग रहकर पग बढ़ाने होंगे। महाराज को भी...।''

''क्या कह रहे हैं आप?''

''युवराज, राजनीति में मोह-ममता का कोई स्थान नहीं होता। हमें लगता है कि महाराज के क्षेम के लिए एक होम करना होगा।''

''इस कार्य में विलम्ब न करें। मैं पन्त को आपके पास भेज देता हूँ। सारी आवश्यक साधन-सामग्री मँगवा लीजिए।'' युवराज उठ खड़े हुए। कवि कलश ने कहा, ''तनिक ठहरिए।''

कलश घर के अन्दर गए। लौटते समय तबक में एक प्याला रखकर ले आए। उन्होंने प्याला सम्भाजी को दिया।

''आज सोमवार है न! देवता की प्रसादी लीजिए।''

सम्भाजीराजा ने मुस्कुराते हुए भाँग का प्याला उठा लिया। भाँग का स्वाद लेते-लेते वे कहने लगे, ''यहाँ के जैसी भाँग कहीं नहीं होती।''

''उसकी भी विशेष विधि होती है, युवराज।''

युवराज ने भाँग पी ली। भाँग पीने से उन्हें कुछ अच्छा लगने लगा। कलश के द्वारा दिया गया बीड़ा लेकर वे महल की ओर चल पड़े।

जाड़े की ठंडी वायु शरीर को सुखदायी लग रही थी। कुशावर्त तालाब कमलपत्रों से आच्छादित था। नए पल्लवों से सज-धजकर खड़े वनों से भाँति-भाँति के पक्षियों का कलरव सुनाई दे रहा था। युवराज एक पगडंडी से होते हुए चढ़ाई चढ़ रहे थे।

बाजारपेठ सायंकाल की तिरछी किरणों में चमक रही थी। व्यापारी युवराज को सिजदे कर रहे थे। सिजदे को स्वीकार करते हुए युवराज होली-चौक में आए। बड़ी शिला का चक्कर लगाकर वे नक्कारखाने तक गए। नक्कारखाने पर लहराता हुआ भगवा ध्वज देखते ही सम्भाजीराजा को महाराज की याद आ गई। अगले ही पल उनका क्रोध फिर भड़क उठा।

पुतलाबाई महल में कसीदा काढ़ते हुए बैठी थीं। द्वार पर युवराज को आया हुआ देखकर उन्होंने कसीदा एक ओर रख दिया।

''कहीं घूमने गए थे क्या?''

''नहीं। कवि कलश के पास गया था।''

"उन्होंने क्या कहा?" पुतलाबाई ने चिन्तित होकर पूछा।

"कहा कि कुंडली देखने से प्रतीत होता है कि चिन्ता की कोई बात नहीं।" सम्भाजीराजा गुस्से से उफन उठे, "आबासाहब के पुत्र बनकर हमने जन्म पाया, लेकिन उनके कुशलक्षेम की पूछताछ कर रहे हैं कुंडली देखकर। किसी को हमारे जीवन का कोई सोच-विचार नहीं। कोई सोचता नहीं कि हमारा मन क्या कहता होगा। घर के नौकरोंवाली कीमत भी नहीं रही है हमारी।"

"अरे! कवि कलश के यहाँ पेय कुछ अधिक पी गए हो क्या?"

सम्भाजीराजा ने घबराकर पुतलाबाई की ओर देखा। मुँह पर आया पसीना पोंछा। फिर सकपकाते हुए कहने लगे, "हम कुछ गलत कह गए हैं क्या?"

"गलत नहीं कहा तुमने, लेकिन तुम यह भूल रहे हो कि तुम्हारे साथ हम भी तो इसी गढ़ में बैठी हैं। क्या हमारा मन कुछ न कहता होगा?"

कहते-कहते पुतलाबाई का गला भर आया। वे आँचल से आँसू पोंछने लगीं। सम्भाजीराजा जल्दी से आगे बढ़े। पुतलाबाई के पास बैठते हुए कहने लगे, "हमने केवल अपने बारे में ही सोचा। हमसे भूल हो गई। आईसाहिबा, रोइए मत। हमारे अपने पुण्यों का लेखा कुछ बड़ा नहीं होगा, न सही, किन्तु आबासाहब तो लाखों के पालक-पोषक हैं—उनका कमाया पुण्य व्यर्थ नहीं जाएगा। हमें पूरा विश्वास है कि आबासाहब अवश्य अच्छे हो जाएँगे।"

पुतलाबाई की मनोव्यथा अश्रु बनकर बहती जा रही थी। कई दिनों बाद किसी के ममता-भरे शब्द सुनकर उनके जी का बोझ हलका हो रहा था।

16

सतारा का दुर्ग प्रभात के गहरे कुहरे से ढँका था। उस पर्वतीय दुर्ग की तलहटी में छोटा-सा सतारा गाँव मानो सिमटा बैठा था। सूर्योदय होते ही धरती का रूप बदलने लगा। तलहटी में और खेतों पर छाया हुआ कोहरा धीरे-धीरे उठता हुआ पहाड़ के ऊपरी किनारे पर इकट्ठा होने लगा। प्रातःकाल की मन्द वायु में ज्वार की फसलें मस्ती से डोल उठीं। बबूल के झाड़ में रात-भर बदन सिकोड़े बैठा हुआ परेवा अब खेत में, सिवान में चुगने के लिए आ उतरा। सतारा दुर्ग के नक्कारखाने के प्रहरियों ने उगते सूर्य को नमस्कार करके नए प्रहरियों को भाला-काठी सौंपी और मुक्त हुए। भूल से जलते रह गए दीपक बुझा दिए गए। सारा गढ़ जाग उठा था। किन्तु जागकर भी उसमें गति नहीं आई थी। हर आवाज धीमी थी। सबका ध्यान राजे के महल की ओर था।

महल के सदर में पानसम्बल, अनाजी और येसाजी उपस्थित थे। हम्बीरराव को सदर की सीढ़ियाँ चढ़कर आते हुए देखकर येसाजी आगे बढ़े। हम्बीरराव सदर में आए। उन्होंने अनाजी से पूछा, "तबीयत कैसी है?"

"रात-भर नींद नहीं आई। रात शिवराम वैद्य आए हैं। अभी-अभी अन्दर गए हैं।"

"आज आठ दिन हो गए। खाया हुआ पेट में टिकता नहीं—उलटी हो जाती है। मस्तकशूल कम नहीं होता। ज्वर तो जाता रहा, किन्तु अब यह नया कष्ट शुरू हो गया।" पानसम्बल ने कहा।

"तुम कुछ भी कहो, हमें लगता है कि यह कोई मामूली बीमारी नहीं है। महाराज ने सतारा में पाँव रखे और बिस्तर से जा लगे। एक भी दिन बीमारी में कमी नहीं आई।"

"येसाजीराव, तुम कहना क्या चाहते हो?" हम्बीरराव ने पूछा।

पगड़ी ठीक करते हुए येसाजी ने कहा, "यह तो जादू-टोने का झंझट दिखाई देता है। किसी ओझा को बुलवाकर मन्तर उतारना चाहिए।"

"सब तरह के इलाज किए जा रहे हैं। येसाजीराव, तुम किसी मान्त्रिक को जानते हो, तो उससे पूछ देखो।"

इसी समय सबकी दृष्टि दरवाजे की ओर गई। वयोवृद्ध शिवराम वैद्य सदर की ओर आ रहे थे। सब उनके चारों ओर इकट्ठा हो गए। सफेद भौंहों पर हाथ फिराते हुए वैद्यजी ने एक बार सबकी तरफ देखा। फिर उसाँस लेकर कहने लगे, "रात जो औषधि दी थी, उससे थोड़ा लाभ होता दिखाई देता है। परन्तु दो दिनों तक निश्चित रूप से कुछ नहीं कहा जा सकता।"

"स्वास्थ्य धीरे-धीरे ठीक तो होता जाएगा न?" अनाजी ने पूछा।

"अनाजी, मैं तो कल ही आया हूँ। तुम कहते हो कि महाराज महीने-भर से रोगी हैं। अभी शरीर बहुत निर्बल है। अभी रोग का निदान भी करना है। अभी मैं क्या कहूँ?"

शिवराम वैद्य की बातों से सबके हृदय काँप उठे।

दोपहर अनाजी राजे के महल में गए। राजे पलंग पर लेटे हुए थे। पास सोयराबाई बैठी हुई थीं। सारे महल में नीरवता छाई थी। राजे ने आँखें खोलीं। धीमी कमजोर आवाज में उन्होंने पूछा, "कौन है?"

"अनाजी आए हैं।" सोयराबाई ने कहा।

राजे ने हाथ से संकेत किया। अनाजी उनके पास आए। राजे ने लम्बी साँस ली और बड़े कष्टपूर्वक कहा, "अनाजी!"

"जी, महाराज!"

"युवराज को बुलवा लो। तुरन्त बुलवाओ।"

"जी, अच्छा।" अनाजी ने सोयराबाई की ओर देखा।

"जरा ठीक हो जाने के बाद बुलवा लीजिए। ऐसी क्या जल्दी है?"

राजे उदासी से हँस पड़े। हाथ उठाकर कहने लगे, "बुलवा लो।" साँस भरकर राजे ने कहा, "उन्हें देखने की इच्छा हो रही है। सबने उन्हें दूर कर दिया हैऽऽ, हम नहीं कर सकते ऐसा, समझे?"

"जी!" अनाजी ने कहा।

तुरन्त एक पत्र-थैली रायगढ़ भेज दी गई।

गढ़ पर रात छा गई। दुर्ग के द्वार बन्द कर दिए गए। बढ़ती हुई सर्दी अपना असर दिखाने लगी। दुर्ग में जगह-जगह मशालें जल उठीं। जलती मशालों की लपटें हवा से फरफरा रही थीं। पहरेदार सावधानी की पुकारें लगाते हुए घूम रहे थे।

राजे को थोड़ी नींद आ गई थी। अकस्मात् उनकी नींद खुल गई। उन्होंने पुकारा, "कौन है?"

पानसम्बल आगे बढ़ आए।

''जी, महाराज?''

''द्वार पर समर्थगुरु खड़े हैं—वे हमें बुला रहे हैं।''

पानसम्बल को राजे की बात समझ नहीं आई। वे हकबका उठे। हिम्मत करके कहने लगे, ''वैद्यजी को बुलाता हूँ।''

''ना, ना।'' हाथ हिलाकर मना करते हुए राजे कहने लगे, ''मेरी तबीयत ठीक है। दुर्ग के द्वार पर जाओ। समर्थगुरु वहाँ आए खड़े हैं। उन्हें ले आओ।''

''जी।'' कहकर पानसम्बल बाहर गए। सदर में अनाजी, येसाजी और हम्बीरराव बैठे हुए थे। पानसम्बल ने राजे का कहा कह सुनाया अनाजी चिन्तित हो उठे। येसाजी उठकर चले गए। अनाजी ने कहा, ''यह तो बड़ी विचित्र बात है! गढ़ के दरवाजे पर कोई आया होता, तो क्या पता न चलता?''

''किसी को पूछताछ करने के लिए तो भेजो।'' हम्बीरराव ने कहा।

पड़ताल के लिए सेवक को भेजा गया। शिवराम शास्त्री को भी बुलवा भेजा गया। सब चिन्तामग्न होकर बैठे रहे। समय पल-पल करके बीतता जा रहा था।

येसाजी जब सदर में लौटकर आए, तो उनका चेहरा खुश दिखाई दे रहा था। उन्होंने कहा, ''पन्त, स्वामीजी आ गए हैं।''

अनाजी ने आश्चर्य से सिर उठाकर देखा। समर्थगुरु के शिष्य कल्याणस्वामी येसाजी के पीछे-पीछे आ रहे थे। सब लोग तुरन्त खड़े हो गए और सभी ने कल्याणस्वामी को नमस्कार किया। येसाजी बताने लगे, ''मुझे कुछ सन्देह हुआ था, इसलिए मैं दरवाजे की ओर गया। देखा तो सचमुच स्वामीजी दरवाजे के बाहर खड़े थे। द्वार-रक्षक दुआरी खोलने को तैयार नहीं थे। स्वामीजी बाहर से पुकारें लगा रहे थे।''

''यह तो बड़े आश्चर्य की बात है!'' अनाजी ने कहा।

''इसमें आश्चर्य कैसा?'' कल्याणस्वामी कहने लगे, ''राजे के बीमार होने की बात का यदि समर्थगुरु को शिवधर घाटी में बैठे ज्ञान हो सकता है, तो उनके शिष्यों को क्या हमारे द्वार पर आने की बात का भी ज्ञान नहीं होगा? अब विलम्ब मत करो—हमें तुरन्त राजे के पास ले चलो।''

कल्याणस्वामी अनाजी के साथ-साथ राजे के महल में गए। समई-दीपक जलाए गए। राजे ने लेटे-लेटे ही नमस्कार किया। आशीर्वाद देते हुए स्वामीजी कहने लगे, ''श्रीमान् समर्थगुरु जी ने हमें प्रसादी देकर भेजा है।''

सद्‌गुरु सा जो होय समर्थक।
अन्य सभी को जान निरर्थक॥

आँसू राजे के तकिए पर टपक रहे थे। कल्याणस्वामी ने राजे के माथे पर भभूत लगाई। बालों पर हाथ फिराया।

''स्वामीजी, हमारे कारण समर्थगुरुजी को कष्ट हुआ। प्रथा तो यह है कि शिष्य गुरु की सेवा करे। अस्तु, जैसी जगदम्बा की इच्छा! अनाजी, अब हमारी चिन्ता मत करो। हमारा संकट दूर हो गया।''

राजे के वचनों से सबको बहुत सान्त्वना मिली।

कल्याणस्वामी ने राजे को प्रसादी दी। उन्होंने अनाजी से कहा, "थोड़ी खीर मँगवाओ।"

"कुछ भी खाएँ, तो उलटी हो जाती है।" अनाजी ने कहा।

"अब वमन नहीं होगा।" शान्तभाव से कल्याणस्वामी ने कहा।

खीर लाई गई। कल्याणस्वामी ने स्वयं अपने हाथों राजे को खीर खिलाई। सब लोग महल में बैठे हुए थे। कुछ समय बाद राजे को नींद आ गई। सब लोग सन्तुष्ट होकर बाहर चले गए।

17

और सचमुच अगले दिन से राजे का स्वास्थ्य ठीक होने लगा। उन्हें भोजन पचने लगा। गढ़ में सर्वत्र फैला हुआ चिन्ता का वातावरण दूर होने लगा। दिन के बाद दिन बीतते रहे और एक दिन सम्भाजीराजा दुर्ग में आ गए। निरन्तर यात्रा करने के कारण वे थके हुए दिखाई दे रहे थे। राजे के महल के आगे आकर उनके पाँव ठिठक गए। महल में सोयराबाई और अनाजी उपस्थित थे। राजे पलंग पर गावतकियों के सहारे बैठे हुए थे। उन्होंने छाती तक शाल ओढ़ी हुई थी।

राजे को देखकर सम्भाजीराजा का दिल बैठ गया। राजे की आँखें धँसी हुई थीं, नाक और अधिक नुकीली दिखाई देने लगी थी। गर्दन पर बिखरे हुए बालों से सफेद रंग झाँकने लगा था। सम्भाजीराजा ने सिजदा किया। राजे सम्भाजीराजा को देख रहे थे। बलहीन-सी हँसी हँसते हुए राजे ने कहा, "आ गए? अच्छा हुआ। रायगढ़ से कब चले थे?"

"आपका पत्र मिलते ही चल पड़ा था।"

"लगातार घोड़ा दौड़ते हुए आए होगे, है ना? हमने यही सोचा था। अब स्नान करो और विश्राम करो। सायंकाल बातें करेंगे।"

सम्भाजीराजा ने फिर सिजदा किया और बाहर चले गए। राजे का मुखमंडल सन्तोष से पूरित था। वे कहने लगे, "अनाजी, युवराज बेचैन हैं, लेकिन मन के प्रेमी हैं। भूल कर बैठते हैं, पर समझाने-बुझाने पर तुरन्त सँभल जाते हैं।"

"तीर छूट जाने के बाद सँभलने से क्या फायदा?" सोयराबाई ने कहा।

"रानीसाहिबा, भूलें सभी से होती हैं। भूल सुधार ली जाए, तो सुधर जाती है। समझिए कि कोई आदमी चंचल स्वभाव का है और उसके हाथ में तीर-कमान है, ऐसे में उसके सामने जाना भी तो एक भूल ही होगी। है ना?"

"मगर मैं कहती हूँ...।"

"बाद में कहना। अब हमसे बैठा नहीं जाता। हम सोना चाहते हैं।"

पलंग के पीछे खड़े हुए पानसम्बल आगे बढ़े। उन्होंने राजे को गले से सहारा दिया और गावतकिया हटा लिया। राजे पलंग पर लेट गए। कुछ देर बाद उनकी पलकें लग गईं।

दिन-प्रतिदिन राजे का स्वास्थ्य ठीक होता जा रहा था। निर्बलता कम होती जा रही थी। राजे सम्भाजीराजा और राजाराम के साथ आराम के साथ बातचीत करने लगे थे। सारे महल में आनन्द की छटा छा गई थी।

दोपहर राजे की आँख खुली। महल में कोई नहीं था। लम्बी जम्हाई लेकर राजे करवट बदलना चाहते थे कि उनकी दृष्टि पायँते की ओर गई। कोई वहाँ खड़ा हुआ था। धूप के कष्ट से बचने के लिए खिड़कियों के परदे बन्द कर दिए गए थे, इस कारण खड़ा हुआ व्यक्ति साफ दिखाई नहीं दे रहा था।

"कौन है?" राजे ने पूछा। आँखों पर जोर देकर उन्होंने देखा और लेटे-लेटे ही कहा, "कौन? शम्भू है क्या?"

सम्भाजीराजा मौन खड़े थे। वे तेजी से आगे बढ़े और शाल के बाहर निकले हुए राजे के पाँव उन्होंने लपककर पकड़ लिए। भूमि पर घुटनों के बल बैठकर और राजे के दोनों पैर दृढ़ता से थामे हुए तथा पाँवों से अपना मस्तक लगाए हुए बैठ गए। उनका सारा शरीर काँप रहा था। सम्भाजीराजा के आँसुओं से राजे के पाँव भीग रहे थे।

"अरे शम्भू? यह क्या? क्या हुआ?" कहते हुए राजे कठिनाईपूर्वक उठ बैठे। सम्भाजीराजा के घने काले बालों पर हाथ फेरते हुए वे कहने लगे, "उठ रे राजा, इस तरह घबरा नहीं बेटे। हमारी बीमारी की इतनी चिन्ता क्यों करता है? पगला कहीं का! हम इतनी आसानी से मरने के लिए पैदा नहीं हुए हैं। समर्थगुरुजी की प्रसादी पा ली है। अब हम बिलकुल ठीक हैं, चिन्ता मत कर। उठ—सुन बेटे, उठ।"

सम्भाजीराजा पाँवों से लिपटे ही रहे। कहने लगे, "मैं क्या इतना पापी हूँ?"

"कैसा पाप? क्या कह रहा है तू?"

"लोग जाने क्या-क्या कह रहे हैं! हमसे सुना नहीं जाता।"

"क्या कहते हैं लोग? कहो तो।"

सम्भाजीराजा ने अश्रुपूर्ण नेत्रों से राजे की ओर देखा। एकदम कह गए, "कहते हैं...कहते हैं कि हमने आपको विष दिया है।"

बात को सुनते ही राजे सावधान हो गए। उन्होंने सम्भाजीराजा को पास बुलाया। सम्भाजीराजा पास आ बैठे। राजे की आवाज अनजाने ही कठोर हो गई।

"कौन कहता है ऐसी बात?"

"सारे महल में कानाफूसी हो रही है। हमें आँख उठाकर देखने की भी हिम्मत नहीं होती। हमें कहा गया है कि हम अकेले आपके महल में न जाएँ।"

"किसने कहा है?"

सम्भाजीराजा चुप रहे। राजे ने उसकी पीठ पर हाथ रखा।

"राजे, क्या कह रहे हो तुम? घर में विचारों को समझने में भूल होती हो, सो ठीक है। कलह बढ़ जाए, तो भी कोई चिन्ता नहीं, किन्तु भरे-पूरे घर में यदि शतरंज की चालें चलनी शुरू हो जाएँ, तब बहुत सावधान रहना पड़ता है। तुम युवराज हो। भविष्य में बड़ी जिम्मेदारी निभानी है तुम्हें।"

"आबासाहब, आपको हमारी सौगन्ध। सच-सच कहिए। आपके मन में तो कोई सन्देह नहीं है ना? यदि ऐसा हो, तो आज्ञा दीजिए। मैं स्वयं किसी कगार से गहरी घाटी में कूद पड़ूँगा।"

राजे ने सम्भाजीराजा को एकदम अपने से लगा लिया। वे गद्गद हो उठे। सम्भाजीराजा के सिर पर हाथ फेरते हुए कहने लगे, "शम्भू, अरे, तू कब समझेगा! भाववश खाई में छलाँग लगाने के सिवाय क्या तुझे कुछ सूझता ही नहीं है? सोच तो, तेरे बाद मैं क्योंकर रह सकूँगा?

सम्भाजी, अरे, तेरे हाथ से विष पीने में भी मुझे प्रसन्नता होगी। चल, अपनी सौगन्ध उतार दे। ऐसी बातों पर विश्वास मत किया कर। आँसू पोंछ डाल–राजा की आँखों में आँसू अच्छे नहीं लगते। जो होता हो, अब चुपचाप सहन करना भी आदमी को सीखना चाहिए। अब तुम जाओ, मैं पूरी जाँच करूँगा।''

सम्भाजीराजा खड़े हो गए।

''शम्भूबाल!''

''जी।''

''मन कहता है इस बीमारी का हमें कृतज्ञ होना चाहिए।''

''कृतज्ञ?''

''और नहीं तो क्या? इसके कारण तुम हमारे पास तो आए। अपने आप आकर हमसे लिपट गए। बहुत दिनों से ऐसा आनन्द नहीं पाया था हमने!''

''आबासाहब!''

''शम्भूबाल, हमारा सन्दूक खोलो। ऊपरवाले दाएँ खाने में चाँदी की एक डिबिया है। वह ले आओ।''

राजे की आज्ञानुसार सम्भाजी डिबिया ले आए। उसके अन्दर सोने की लड़ी में गूँथी हुई कौड़ियों की माला थी। राजे का हाथ एक पल के लिए काँपा। उन्होंने कपर्दिकमाला उठाई, उसे माथे से लगाया और जैसे-तैसे इतना-भर कह पाए, ''नीचे झुको।''

राजे ने कौड़ियों की माला सम्भाजीराजा के गले में पहना दी। ''युवराज, जो कुछ हुआ, उसके कारण हमें बहुत वेदना सहनी पड़ी। अब देवी भवानी के इस अलंकार को सँभालकर रखो, इसकी प्रतिष्ठा की रक्षा करो। शम्भूबाल, यदि चाहते हो कि हम बहुत दिन जिएँ, तो यह बात तुम्हारे ही हाथ है। आज से तुम तलवार भी धारण किया करो।''

और सम्भाजीराजा ने राजे के चरणों में सिर नवा दिया।

18

अगले दिन दुपहरी में राजे महल में अकेले थे–सम्भाजीराजा उस समय काफी देर तक उनके पास बैठे रहे थे। राजे की आज्ञा पाकर वे उठ खड़े हुए। वे दरवाजे पर आए कि उनके कदम रुक गए। ठीक उसी समय सोयराबाई अन्दर आ रही थीं। सम्भाजी ने सिजदा किया और उन्हें जाने के लिए रास्ता दे दिया। सोयराबाई महल में आईं और सम्भाजीराजा बाहर चले गए। राजे के पास जाते हुए सोयराबाई कहने लगीं, ''युवराज? और इस समय?''

''क्यों? हमसे मिलने के लिए क्या समय खोजना पड़ता है?''

''यह बात नहीं, मगर कल भी आए थे ना?''

''तुम्हें किसने बताया?''

इस प्रश्न से सोयराबाई हकबका गईं! बात सँभालती हुई कहने लगीं, ''किसी ने कहा था, याद नहीं। मुझे क्या लेना-देना है? यह आपके सोने का समय है। आज तक वे कभी ऐसे बेवक्त नहीं आए थे।''

''अवसर पर सब बनता-बिगड़ता है, वही सब कराता है।''

"कैसा अवसर?"

"यही हमारी बीमारी का।"

सोयराबाई ने चैन की साँस ली। बात बदलते हुए वे कहने लगीं, "अब कैसी तबीयत है आपकी?"

"अब बिलकुल ठीक है। शरीर की ऊष्णता और दाह कम हो गया है। सिरदर्द भी जाता रहा है। भूख लगने लगी है।"

"मैंने मानता मानी थी। लगता है—मानता पूरी हुई।"

"इधर हमें बीमारी ने आ घेरा और उधर राज्य में कितनी ही अफवाहें फैल गईं। सुबह पन्त आए थे। बता रहे थे कि लोग कहते हैं, हमें विष दिया गया है, इसलिए...।"

सोयराबाई आश्चर्य में पड़ गईं। उन्हें तीखी नजर से देखते हुए राजे कहने लगे, "यही नहीं हमने तो यह भी सुना है कि स्वयं...।"

"स्वयं क्या?"

"कुछ नहीं।"

"कहिए न। आपको मेरी सौगन्ध।"

"अच्छा, बताते हैं। मगर किसी से कहना नहीं।"

"बिलकुल नहीं बताऊँगी।"

राजे ने एक बार दरवाजे की तरफ देखा। सोयराबाई उनके पास आ गईं। राजे ने धीरे से कहा, "कहो कि सौगन्ध छूट गई। लोग कहते हैं कि स्वयं सम्भाजीराजा का यह काम है।"

सोयराबाई की आशा टूट गई। सिर मटकाकर बोलीं, "यह बात हमारे लिए नई नहीं है। यही बात हम बतातीं, तो आप भरोसा न करते।"

"अब भी तो हमें भरोसा कहाँ है?" राजे की वाणी कठोर हो गई। वे सोयराबाई को आँखें गड़ाकर देख रहे थे।

"रानीसाहिबा, हमें विष दिया ही गया हो, तो युवराज का नाम क्यों लिया जाए? तुम भी तो हमारे पास हो।"

"कैसी बातें करते हैं?"

"सुनो, अधिक बड़बड़ाओ नहीं। सम्भाजीराजा तुम्हारे सौतेले लड़के होंगे, फिर भी वे ज्येष्ठ हैं। बेचारी सईबाई संसार में नहीं रहीं, इस कारण उनकी उपेक्षा करना बिलकुल निरर्थक है। वह नहीं रहीं, इसीलिए तुम पटरानी बन सकी हो। कम-से-कम सईबाई के इस उपकार को तो याद किया करो और सम्भाजीराजा से द्वेष करना छोड़ो।"

सोयराबाई को राजे की आँख से आँख मिलाना कठिन हो रहा था। उन्हें कँपकँपी छूट रही थी।

"कोई ऐरा-गैरा अफवाह फैलाता है, और...।"

"बस-बस, चुप रहो। हमें पता है, ये अफवाहें कहाँ पैदा होती हैं। अफवाहें हवा में नहीं बनतीं। उनका जन्म निजी—अपनों के भीतर से होता है। रानीसाहिबा, जी चाहता है कि जो लोग हमारी बीमारी से फायदा उठाकर ऐसी विषमय बातें फैलाते हैं, उनकी जीभ कटवा डाली जाए...।"

"मगर इसमें मेरी क्या गलती है?"

"गलती तुम्हारी नहीं—यह हमारे भाग्य का खोट है। जब शत्रु की छावनी की हर छोटी-छिपी बातों का भेद हम पा लेते हैं, तो ऐसी बातों का पता लगाना हमारे लिए कठिन काम नहीं है। अब अधिक कष्ट सहन करने की शक्ति हममें नहीं है। तुम न चाहो, तो सम्भाजी को पास मत आने दो, लेकिन यह मत भूलो कि वे युवराज हैं और उनका स्थान सम्मानपूर्ण है। अब से यदि महल में इस तरह के खिलवाड़ होते रहे, तो हम तुम्हारे पटरानी पद का भी कोई लिहाज नहीं कर पाएँगे।"

"हमारे बारे में इतना सन्देह होता हो, तो हम यहाँ रहें भी क्यों?" आँखों को आँचल के कोर से पोंछते हुए सोयराबाई कहने लगीं।

"यह रोना-धोना बन्द करो। हम यही कहना चाहते थे। कल ही रायगढ़ जाने की तैयारी करो। यहाँ तुम्हारे रहने की कोई आवश्यकता नहीं।"

महल के बाहर जाकर भी बड़ी देर तक सोयराबाई की कँपकँपी बन्द नहीं हो सकी।

19

राजे का स्वास्थ्य अब लगभग पूरी तरह ठीक हो चला था। वे किले में घूमने-फिरने लगे थे। राजे की बीमारी के कारण अनाजी, मोरोपन्त, निराजीपन्त, दत्ताजीपन्त, हरजीराजे महाडीक, हम्बीरराव, येसाजी आदि सभी आत्मीय जन सतारा आ गए थे। सारे युद्ध-अभियान रुके पड़े थे। राज्य में राजे की बीमारी को लेकर कई तरह की खबरें फैली हुई थीं। राजे ने सारे किलों के नाम अपनी कुशलता के खलीते भिजवाए। नई मुहिमों पर विचार-विमर्श होने लगा। राजे ने यह भी आज्ञा दी कि जंजिरा की रुकी पड़ी मुहिम फिर से शुरू की जाए। सेनाएँ कई मुहिमों के लिए रवाना कर दी गईं। गढ़ में गुप्तचरों का आना-जाना बढ़ गया। राजे को राज्य के समाचार मिलने लगे। एक दिन एक सवार गढ़ में आया। वह जो पत्र-थैली लाया था, उसे पढ़कर राजे बहुत हर्षित हो उठे।

सुबह की सर्दी अभी गई नहीं थी। दिन धीरे-धीरे चढ़ता जा रहा था। राजे सदर में बैठे हुए थे। उन्होंने शाल ओढ़ी हुई थी। निराजीपन्त, मोरोपन्त, हम्बीरराव, येसाजी आदि लोग शिष्टाचारपूर्वक खड़े हुए थे। राजे सम्भाजीराजा के आने की प्रतीक्षा कर रहे थे। सम्भाजी आए। उन्होंने राजे के चरण छुए। सम्भाजी इसी सोच-विचार में डूबे हुए थे कि इतना शीघ्र राजसभा क्यों बुलाई गई होगी और उन्हें इस सभा में क्यों बुलाया गया होगा! राजे का मुख प्रसन्न देखकर सम्भाजी को कुछ धीरज बँधा। वे बरबस पूछ ही बैठे, "आबासाहब, हमें आने की आज्ञा क्यों दी गई?"

"आज्ञा नहीं, शम्भू राजा। इच्छा—प्रबल इच्छा हुई। तुम्हें देखने की इच्छा हो आई।"

सम्भाजीराजा का चित्त हर्षित हो उठा। राजे युवराज की ओर देख रहे थे। उनके मुख पर भी मुस्कुराहट दिखाई दे रही थी।

"युवराज, हम तुम्हें एक विशेष कार्य सौंपनेवाले हैं।"

"जी, आज्ञा दें।"

"रघुनाथपन्त हणमन्ते हमसे मिलने आ रहे हैं। वे आज सतारा आ पहुँचेंगे। तुम उनकी अगवानी करने जाओ और उन्हें आदरसहित लिवा लाओ।"

हणमन्ते नाम सुनकर सम्भाजी उलझन में पड़ गए। यह कौन व्यक्ति है कि जिसका स्वागत करने के लिए युवराज को भेजा जा रहा है? राजे युवराज के मन की बात ताड़ गए। उन्होंने कहा, "युवराज, रघुनाथपन्त हणमन्ते हैं ही ऐसे असाधारण व्यक्ति। हमारे पिताजी के आश्रय में नारो त्रिमल हणमन्ते रहते थे, जो मुख्य प्रबन्धक थे। उनके बाद उनके पुत्र रघुनाथपन्त ने प्रबन्धक का पद सँभाला। पिताश्री की मृत्यु के बाद रघुनाथपन्त हमारे भाई एकोजीराजा* की सेवा करने लगे। वही रघुनाथपन्त हमसे मिलने आ रहे हैं।"

"क्या काकामहाराज (एकोजी) ने कोई सन्देश कहला भेजा है?"

"तुम्हारे काकामहाराज हमसे इतनी प्रीत कहाँ करते हैं, युवराज?"

"तो फिर?"

"युवराज, नए खूनवाले नौजवानों को पुराने सलाहकार अच्छे नहीं लगते। वे उन्हें रास्ते का रोड़ा लगने लगते हैं। रघुनाथपन्त को एकोजीराजा की नौकरी छोड़नी पड़ी। वे नौकरी पाने के लिए भागानगर गए। हमें प्रह्लादपन्त द्वारा यह सूचना मिली। अपने ऐसे योग्य व्यक्ति परायों के द्वार जाएँ, यह बात हमारे मन को खटकने लगी। इसलिए हमने ही उन्हें अपने पास बुला लिया है। ऐसे अनुभवी व्यक्तियों को निराश्रय होकर भटकने देने से कैसे काम चलेगा?"

सम्भाजीराजा अपने सवारोंसहित गढ़ से नीचे उतरे। वे रघुनाथपन्त को देखने के लिए उत्सुक हो उठे थे। राजे को आज तक रघुनाथपन्त के कई पत्र मिले थे। उन पत्रों के माध्यम से राजे को रघुनाथपन्त के व्यक्तित्व का जो परिचय प्राप्त हुआ था, उससे राजे भी प्रभावित हो उठे थे। रघुनाथपन्त को देखने की उत्सुकता शेष सब लोगों के मन में भी जाग उठी थी।

सायंकाल समाचार मिला कि युवराज के साथ रघुनाथपन्त गढ़ में आ रहे हैं। राजे ने दरबारी वेश धारण किया था। सदर महल में भेंट होना निश्चित किया गया था। इस अवसर के कारण सदर महल को खूब सजाया गया था। जैसे ही समाचार मिला कि रघुनाथपन्त सदर महल में पहुँच गए हैं, राजे अपने महल से निकले। चोबदारों की ललकारें सुनाई देने लगीं। हाथों में सोने की गदा धारण किए हुए असाबरद्वार 'बा-अदब' पुकारते हुए आगे-आगे चल रहे थे। राजे धीरे-धीरे कदम रखते हुए बढ़े जा रहे थे।

राजे सदर महल में पधारे। सबके सिर सिजदा करने के लिए झुक गए। मुस्कान भरे मुख से उन सिजदों को स्वीकार करके राजे अपने विशेष उच्चासन पर जा विराजमान हुए।

राजे सदर महल में खड़े हुए रघुनाथपन्त को देख रहे थे।

रघुनाथपन्त अब प्रौढ़ हो चले थे, फिर भी उनका शरीर तेजोमय था। सिर पर गुल-अब्बासी रंग की पगड़ी, पगड़ी से लटकती हुई मोतियों की लड़ियाँ, तन में अँगरखा, पाँवों में चौड़ी किनारीवाली दक्षिणी ढंग की धोती और दाएँ कन्धे पर जर के पत्तों की कामदारीवाला उपरना— ऐसी थी रघुनाथपन्त की वेशभूषा। रघुनाथपन्त रंग से गोरे थे। उनकी कंजी आँखों में मुस्कान भरी हुई थी। चौड़ा माथा और पतली सीधी नाक उनकी बुद्धिमत्ता का प्रमाण दे रहे थे। राजे यह सोचकर सन्तुष्ट हो रहे थे कि उन्होंने रघुनाथपन्त का जैसा चित्र कल्पना द्वारा बनाया था, वे ठीक वैसे ही निकले।

---

* शिवाजी के सौतेले भाई।

रघुनाथपन्त भी सजग तीक्ष्ण दृष्टि से राजे को देख रहे थे। राजे की दृष्टि रघुनाथपन्त पर जा टिकी। रघुनाथपन्त उनकी आँखों से आँखें नहीं मिला सके। दृष्टि स्वयमेव नीचे की ओर झुक गई। राजे का मुखमंडल सस्मित हो उठा।

"रघुनाथपन्त, तुमसे मिलने के लिए हम बहुत आतुर थे।"

"यह हमारा अहोभाग्य है, महाराज। सेवक पर कृपादृष्टि बनी रहे, यही प्रार्थना है।"

रघुनाथपन्त ने राजे का यशोगान सुना था। राजे के राज्याभिषेक के समाचार के कारण सर्वत्र जो धाक थी, वह भी रघुनाथपन्त ने आँखों देखी थी। राजे को प्रत्यक्षतः देखकर वे गद्गद हो उठे। राजे ने उनसे क्षेम-कुशल की बातें पूछीं। रघुनाथपन्त ने दक्षिणदेश की अनेक वस्तुएँ, बहुमूल्य हीरक रत्नादि राजे को उपहार दिए। ऐसी राजनिष्ठा देखकर राजे परम सन्तुष्ट हुए। उन्होंने कहा, "रघुनाथपन्त, यह सारी वस्तुएँ अवश्य ही मूल्यवती हैं, किन्तु हमें एक अन्य वस्तु की आवश्यकता है।"

"आज्ञा कीजिए, महाराज।"

"हमारी इच्छा है कि तुम हमारे दरबार में ही रहो।"

"उससे बढ़कर और सन्तोष क्या होगा? मजूमदारी हमारा परम्परागत व्यवसाय है। यदि वही काम मिल सके तो... ।"

"तुमने हमारे मन की बात कही। हमारे मजूमदार निलोसोनदेव के देहावसान के कारण वह पद रिक्त है। हम आज से तुम्हें मजूमदार नियुक्त करते हैं।"

राजे ने रघुनाथपन्त को सम्मानवस्त्र भेंट करके उन्हें पद सौंप दिया। रघुनाथपन्त राजे की सेवा में सहभागी हुए।

रघुनाथपन्त के आने से राजे को दक्षिण देश के कई समाचार मिल सके। एकोजीराजा सामान्य व्यक्तियों को अपना बनाने लगे थे और उन्हीं के मतानुसार चलने लगे थे। उन्हें पुराने अनुभवी लोगों की मंत्रणा अनावश्यक प्रतीत होने लगी थी। शहाजीराजा द्वारा विजित जागीर में प्रबन्ध के नाम पर गड़बड़ मचने लगी थी। रघुनाथपन्त ने एकोजीराजा को इस अव्यवस्था की जानकारी देने का प्रयत्न किया। बताया कि शिवाजीराजा ने किस प्रकार पराक्रम दिखाकर राज्य की स्थापना की, किन्तु एकोजीराजा ने उनकी बात नहीं मानी। उनका मत यह था कि 'जब हम बीजापुर के बादशाह की दी हुई रोटी खाते हैं, तो बादशाही के विरुद्ध कमर कसकर उसी को डुबाने लगें, यह अनुचित है।' एकोजीराजा को रघुनाथपन्त की बात रुचि नहीं। दरार बढ़ती गई। भरे दरबार में रघुनाथपन्त का अपमान होने लगा। तंग आकर रघुनाथपन्त ने एकोजी की नौकरी छोड़ देने का निर्णय कर लिया।

राजे को यह वृत्तान्त सुनकर बहुत खेद हुआ। उन्होंने कहा, "एकोजीराजा को ऐसा नहीं करना चाहिए था।"

"महाराज, मैंने उन्हें बहुत समझाया। किन्तु उसका परिणाम उलटा ही निकला। बात यहाँ तक बढ़ी कि वे हमसे रुष्ट हो गए। हमें लगा कि अब एकोजीराजा के आश्रय में हमारी प्रतिष्ठा भंग होकर रहेगी। तभी हमने सेवा त्यागने का निश्चय किया।"

"और उन्होंने तुम्हें राजी-खुशी जाने दिया?" राजे ने खेदपूर्वक कहा।

"क्या कहूँ, महाराज?" रघुनाथपन्त की आवाज कठोर हो गई। "हम उनसे विदाई के समय आज्ञा पाने गए, तो एकोजीराजे ने कहा, "जैसा कामकाज यहाँ किया है, वैसा और कहीं जाकर मत करना। उसे सहन कर लेनेवाले लोग तुम्हें नहीं मिलेंगे।"

"पन्त!"

"महाराज, हमें जीवन-भर की सेवा का यह फल मिला। तब मुझे भी अपने पर संयम नहीं रहा। मैंने भी उन्हें बता दिया, 'हम ऐसे-वैसे सेवक नहीं हैं। दूसरे स्थान में जाएँगे, तो आपको भी उस आधे आसन पर बैठाएँगे। और यदि मन में ठान ही लिया, तो आपके सिंहासन पर आपके साथ आधे पर बैठकर दिखा देंगे'।"

राजे ने किंचित् हँसकर कहा, "रघुनाथपन्त, स्वाभिमान अवश्य दिखाना चाहिए, किन्तु यह भी देखना चाहिए कि स्वाभिमान स्वजनों के विनाश का कारण न बने। स्वजनों के बारे में तो सदैव क्षमा का ही विचार करना चाहिए।"

"महाराज, क्रोध के आवेश में कह गए थे हम। जिसका अन्न खाकर पले हैं हम, उसे भला कैसे भुला सकेंगे!"

"हमें तुमसे यही आशा थी। हमने एकोजीराजा को पत्र लिखे, परन्तु वे हमें पराया समझते हैं। इच्छा है कि एक बार उनसे मिलें, उनके साथ बात करें। वे मानें या न मानें। हम उनसे बड़े हैं—हम अपने कर्तव्य को क्योंकर भुला दें?"

"फिर कठिनाई क्या है?"

"कठिनाई कुछ नहीं, उचित अवसर आना चाहिए।"

"वह अवसर अपने आप आ गया। प्रह्लाद निराजी के समान अपने चतुर दूत भागानगर के कुतुबशाही राज में हैं। वास्तव में मादण्णा और आक्कण्णा ही कुतुबशाही के सच्चे मंत्री हैं। उनके मन में आपके प्रति आदरभाव है। स्वयं कुतुबशाह आपसे भयभीत हैं। मादण्णा और आक्कण्णा ने कुतुबशाह के मन में आपके प्रति स्नेहभाव उत्पन्न कर दिया है। आप यदि चाहें, तो हम स्नेह को दृढ़ बना सकते हैं।"

"लगता है, तुम्हारे मन में भी यही बात है।"

रघुनाथपन्त के नेत्र सजल हो आए। वाणी आहत हो उठी। आँसू पोंछकर वे कहने लगे, "महाराज, यहाँ आने के बाद से एक बात सोच-सोचकर मेरा हृदय व्यथित हो रहा है। जो राज्य आपने बनाया है, उसकी कोई तुलना नहीं। आज यदि बड़े महाराज होते, तो वे सचमुच धन्य हो उठते। आपने बड़े महाराज का यह सपना पूरा कर दिखाया, किन्तु एक सपना अधूरा रह गया।"

"कौन-सा?"

"जब तक उत्तर प्रदेश में मुगल शक्तिशाली हैं, तब तक यह राज्य सुरक्षित नहीं है। इसकी सुरक्षा के लिए आवश्यक है कि दक्षिण के राज्य एक हों। बड़े महाराज के मन में सदा यही बात समायी रहती थी। अब तो आदिलशाही को भी यह बात समझ आने लगी है। कुतुबशाही भी इस प्रस्ताव को आनन्दपूर्वक स्वीकार करेगी। एकोजीराजा तो आपके छोटे भाई ही हैं। इस प्रकार यदि सबमें एकता सम्भव हो सकी, तो आपका सपना पूरा होने में देर नहीं लगेगी।"

"कैसा स्वप्न?"

"यही कि दिल्ली के तख्त का कभी भी डर न बना रहे। एक-न-एक दिन काशी के विश्वनाथजी की पुनः स्थापना की जा सके।"

"तुमसे किसने कहा?"

"महाराज, हम दक्षिणदेश में थे, फिर भी हमारा ध्यान इस ओर था।"

राजे क्षण-भर में भावुक हो उठे। फिर कहने लगे, "जैसी जगदम्बा की इच्छा! उसके आशीष से सारे मनोरथ अवश्य पूर्ण होंगे।"

राजे ने रघुनाथपन्त और उनके साथ आए हुए उनके भाई जनार्दन नारायण तथा उनके परिवारीयजनों की पूछताछ की। उन सबके निवासादि का प्रबन्ध करा दिया।

रघुनाथपन्त के वचन सुनते हुए राजसभा मग्न हो उठी थी। राजे की आँखों के आगे स्वप्न हिलोरें ले रहा था...।

20

सुबह जब राजे सदर बैठक में आए, तब रघुनाथपन्त, अनाजी, येसाजी और हम्बीरराव वहाँ उपस्थित थे। राजे उच्चासन पर विराजमान हुए। उन्होंने रघुनाथपन्त से पूछा, "पन्त, तुम्हारे लिए सब सुविधाओं का प्रबन्ध हो गया है ना?"

"जी हाँ, महाराज।"

"कोई कठिनाई तो नहीं?"

पन्त कुछ देर चुप रहे। सोच रहे थे कि बात किस प्रकार कहें! अन्त में साहस करके कहने लगे, "महाराज, कुछ कहना चाहता हूँ। कहने के लिए मुझे क्षमा करें। मैं यह जानना चाहता हूँ कि क्या आपने आज्ञा दी है कि मेरे निजी पच्चीस घोड़ोंवाली घुड़साल को सरकारी घुड़साल में शामिल कर दिया जाए?"

"क्या वे घोड़े जमा करा दिए गए हैं?"

"जी हाँ," कुछ रुष्ट होकर पन्त ने कहा, "यही नहीं, हमारे घोड़ों पर सरकारी घुड़साल का ठप्पा दाग दिया गया है।"

"पन्त, तुम्हें मालूम नहीं होगा। हम एक नियम का राज्य में बड़ी कठोरता से पालन करते हैं। हमारे राज्य में किसी की भी अपनी निजी और अलग घुड़साल नहीं है। घुड़साल की बात दूर, किसी के स्वामित्व में एक भी घोड़ा नहीं है। जितने घोड़े हैं, सब सरकारी हैं। स्वयं हमारे सेनापति के पास भी अपना घोड़ा नहीं है।"

"कारण पूछ सकता हूँ?" रघुनाथपन्त ने पूछा।

"क्यों नहीं? तुम अपने सरंजाम के साथ अपनी घुड़साल लाए और साथ दो हाथी भी लाए हो। तुम्हारे घोड़े तो सरकारी अस्तबल में जमा हो गए, मगर तुम्हारे हाथी नहीं हुए। इसका कारण यह है कि हम घोड़े को राज्य की शक्ति मानते हैं। पन्त, बचपन से ही हम एक श्लोक कहते आए हैं :

"यस्याश्वाः तस्य राज्यं च यस्याश्वाः तस्य मेदिनी।
यस्याश्वाः तस्य सोख्यं हि यस्याश्वाः तस्य साम्राज्यम् ॥"

"इसलिए हम अश्वशाला के नियम का कठोरता से पालन करते हैं। पन्त, तुम चिन्तित मत होओ अथवा मन में आशंका भी न उठने दो। तुम्हारे जो घोड़े सरकारी घुड़साल में जमा

किए गए हैं, उनका जो भी मूल्य तुम उचित समझो, कहो। हम वह मूल्य तुम्हें देंगे। तुम्हारी घुड़साल के सेवकादि भी हमारी घुड़सवार सेना में शामिल कर लिए जाएँगे।''

राजे की बात से रघुनाथपन्त की शंकाएँ दूर हो गईं। मुख पर हर्ष झलकने लगा। प्रसन्न होकर वे कहने लगे, ''ऐसी दूरदर्शिता तो मुझे कहीं भी दिखाई नहीं दी।''

''पन्त, अतीत में झाँको, तो भविष्य दिखाई दे जाता है। राजाओं के आश्रित सरदार व्यक्तिगत अश्वशाला रखते हैं–धीरे-धीरे प्रबल बनने लगते हैं। समझाने जाओ, तो कभी लड़ने-भिड़ने पर उतर आते हैं। कभी-कभी तो जाकर शत्रु से मिल जाते हैं। आज तक हुए अनुभवों के अनुसार ही हमने यह कदम उठाया है, हम...।''

बोलते-बोलते वे रुक गए। उनका ध्यान द्वार की ओर गया। दत्ताजीपन्त सदर की ओर आ रहे थे। उनके सिजदे को स्वीकार करके राजे ने पूछा, ''दत्ताजीपन्त, कहाँ थे?''

''महाराज, एक विवाद आ खड़ा हुआ है।''

''कैसा विवाद?''

''पाली गाँव की पटेलगिरी और जमींदारी कालभोर[1] के जिम्मे हैं। अब उस जमींदारी, पटेलगिरी पर खराडे[2] अपना परम्परागत अधिकार जता रहे हैं। दोनों अपने आदमी हैं।''

''फिर विवाद मिटा या नहीं?''

''जी नहीं। दोनों चाहते हैं कि यह विवाद आपके सामने ही हल किया जाए। इस उद्देश्य से पाली गाँव के कालभोर और खराडे आपको सिजदा करने आए हैं।''

राजे ने दोनों को सदर-बैठक में बुलवा लिया। दोनों के जमींदारी अधिकार में काफी बल था। दोनों आग्रह कर रहे थे कि राजे ही इस विवाद को हल करें। राजे ने दोनों का निवेदन शान्तिपूर्वक सुना। बाद में कहने लगे, ''कालभोर, खराडे, तुम दोनों हमारे अपने हो। हम अवश्य पाली गाँव आएँगे। बिरादरी की पंचायत बुलवाकर पंचों के कहे अनुसार निर्णय करेंगे। क्या यह तुम्हें स्वीकार है?''

दोनों ने राजे के सुझाव का अनुमोदन किया।

''ठीक है। दत्ताजीपन्त, कोई सुविधाजनक दिन निश्चित करो और पाली में बिरादरी की पंचायत बुलवाओ। हम स्वयं उस पंचायत में उपस्थित रहेंगे और इस समस्या का हल करेंगे।''

कालभोर तथा खराडे दोनों सिजदा करके चले गए। रघुनाथपन्त ने पूछा, ''महाराज, यदि आप स्वयं न्याय के लिए उपस्थित होवें, तो बिरादरी की पंचायत क्यों बुलवा रहे हैं?''

''पन्त, जमींदारी का प्रबन्ध लोगों के सहयोग से होता है। केवल हमारे निर्णय के आधार पर प्रबन्ध नहीं हो सकता। पंचायत बैठेगी, तो उसमें गाँव के पटेल, पटवारी आदि वतनदार आएँगे। इसके अतिरिक्त गाँव के बारह पौनी-लहनेदार आएँगे। महाजन, व्यापारी और जमींदार जैसे प्रतिष्ठित लोग भी आएँगे। इन लोगों द्वारा घोषित किया गया निर्णय सबके लिए अनिवार्य है। बिरादरी और गाँव को भी ध्यान देना पड़ता है कि उस निर्णय का पालन किया जा रहा है या नहीं। सब काम राजा के आदेश से नहीं हो सकते, पन्त।''

राजे कालभोर और खराडे के विवाद को सुलझाने के लिए पाली गए। पंचायत ने खराडे को झूठ बताया। खराडे जिद पर अड़ गए और उन्होंने धर्मपरीक्षा करने की अनुमति माँगी।

1-2. कालभोर और खराडे वंशीय उपनाम हैं।

राजे ने उन्हें स्वीकृति दे दी। खराडे ने मन्दिर में जाकर देवता के आगे धर्म-परीक्षा की, किन्तु वह भी उनके प्रतिकूल सिद्ध हुई। कालभोर खरे उतरे।

21

पालीवाला विवाद समाप्त करके राजे सतारा दुर्ग लौट आए। राजे की बीमारी के कारण बहुत सारी सेना अभी शिविरों में ही थी। राजे ने नई मुहिमें आरम्भ कर दीं। उन्होंने सम्भाजीराजा को दत्ताजीपन्त के साथ बीजापुर प्रदेश की ओर भेजा। मोरोपन्त ने रामनगर क्षेत्र में पारनेर और पिंडवोल पर्वतों पर नए दुर्गों का निर्माण-कार्य आरम्भ किया था। इन किलों से सूरत शहर पर नजर रखी जा सकती थी। जैसे ही किलों के पूरे होने की खबर मिली, राजे ने मोरोपन्त को रामनगर क्षेत्र की ओर रवाना कर दिया।

बीच-बीच में राजे को बीजापुर की खबरें मिल रही थीं। खबर थी कि बीजापुर के नए वजीर बहलोलखान के पठान-गुट में और पुराने वजीर खवासखान के दक्खिनी गुटों के बीच जोरों से ठनी हुई है। राजे बीजापुर की इन गतिविधियों का निरीक्षण कर रहे थे। राजे ने अपना मुकाम सतारा से हटाया और उन्होंने पन्हालगढ़ जाकर मुकाम किया। स्थान बदलने का उद्देश्य यह था कि यदि अवसर आ पड़े, तो बीजापुर के नियन्त्रण के लिए पन्हालगढ़ अधिक सुविधाजनक स्थान था।

प्रातःकाल स्नान करके राजे सोमेश्वर के दर्शन पाकर अपने महल की ओर जा रहे थे। उनके साथ येसाजी, चिटनीस और हम्बीरराव भी थे। महल के बाहर दो संन्यासी भिक्षा पाने के लिए खड़े हुए थे। राजे ने उन्हें नमस्कार किया। उनका कुशल-क्षेम पूछकर राजे ने महल में प्रवेश किया। राजे को समर्थगुरु की स्मृति हो आई। उन्होंने चिटनीस से पूछा, "समर्थगुरु का कोई कुशल-समाचार मिला है?"

"इस काल समर्थगुरु शिवधर घाटी में ही हैं। परसों दिवाकर गोसाईं का पत्र आया है।"

"समर्थगुरु का जो मठ चाफल में है, उसके नाम धर्मद्रव्य भेज दिया गया है या नहीं?"

"जी, भेजा गया है। किन्तु...।"

"किन्तु क्या...?"

"समर्थगुरुजी ने सन्देश भेजा है।"

"और किसी वस्तु की आवश्यकता हो, तो हमारे आदेश की प्रतीक्षा न करके त्वरित वस्तुएँ भेज दिया करो। समर्थगुरु की आज्ञा को हमारी आज्ञा मानो।"

"समर्थगुरुजी ने कुछ माँगा नहीं है। बल्कि यह लिखा है कि भविष्य में द्रव्य-धान्यादि आप न भेजा करें।"

राजे सोचने लगे। समर्थगुरु ने ऐसा सन्देश क्यों भिजवाया होगा? हमसे कोई त्रुटि हो गई क्या? राजे ने चिटनीस को आज्ञा दी, "चाफल से दिवाकर गोसाईं को बुलवा लो। हम उनसे मिलना चाहते हैं।"

अगले दिन एक सवार सन्देश लेकर चाफल रवाना हो गया।

इसके आठ दिन बाद समाचार मिला कि दिवाकर गोसाईं आ गए हैं। राजे ने महल के द्वार तक जाकर उनका स्वागत किया। फिर वे उन्हें आदरसहित अपने महल में ले गए।

दिवाकर गोसाईं मृगचर्म पर बैठे थे। राजे ने समर्थगुरु का कुशल-समाचार जाना और फिर पूछा कि समर्थगुरु ने चाफल के मठ को धर्मद्रव्य न भेजने का सन्देश क्यों भिजवाया है। दिवाकर गोसाईं ने कहा, "राजे, समर्थगुरु के सन्देश के कारण आप शंकित न हों। आपके प्रति उनके हृदय में अपार स्नेह है। वास्तव में श्रीगुरुदेव निस्पृह निष्काम व्यक्ति हैं। केवल आपके भक्तिभाव को देखकर ही वे द्रव्यादि ले लेते हैं।"

गोसाईंजी के वचन सुनकर राजे पुलकित हो उठे। उन्होंने दिवाकरपन्त से कहा, "समर्थगुरु हमारा ध्यान रखते हैं, हमारी रक्षा करते हैं। हम बीमार हों, तो हमारे लिए आधी रात प्रसादी भिजवाते हैं, किन्तु हम उनके लिए कुछ भी नहीं कर सकते। कुछ करने की हमारी योग्यता भी नहीं है। हमारी प्रभुता का, हमारे राज्य का कोई अर्थ ही नहीं।"

"राजे, ऐसा न कहें। हम सदैव समर्थगुरुजी के संग रहते हैं। ऐसा एक भी दिन नहीं जाता होगा, जबकि आपका नाम न लिया जाता हो।"

"यह भी हमारा भाग्य ही है। दिवाकरजी, हमारी एक प्रार्थना उनके चरणों में निवेदित करें। हम यदि व्यस्त न होते, तो स्वयं आकर निवेदन करते। हमारा मन कहता है कि अब समर्थगुरुजी को शिवथर घाटी में निवास नहीं करना चाहिए। अब इस आयु में उन्हें वहाँ की जलवायु अनुकूल नहीं होती। हमारा मत है कि वे अब महीपतगढ़ अथवा परली में निवास करें।"

दिवाकर गोसाईं हँसने लगे।

"राजन्, हमारे मन में भी यही विचार आया करता है। कई बार हमने कहा भी है, परन्तु उन्होंने माना नहीं। लगता है कि अपने स्वास्थ्य के कारण समर्थगुरु इस सुझाव को मानेंगे भी नहीं।"

राजे ने प्रसन्न होते हुए कहा, "गोसाईंजी, समर्थगुरुजी तक यह हमारी प्रार्थना पहुँचा देना। उनसे कहना कि हमने इस प्रदेश को जीता है, किन्तु यहाँ की प्रजा के हृदय अभी तक हमसे दूर हैं। राज्य स्थापना का उद्देश्य प्रजाजनों तक पहुँचना चाहिए। समर्थगुरु यदि यहाँ निवास करें, तो यह हेतु सहज ही सफल हो सकेगा। उनके दर्शन पाना भी हमें अधिक सुविधाजनक होगा।"

दिवाकरजी ने कहा, "राजन्, समर्थगुरु को आपकी प्रार्थना अवश्य स्वीकार करनी पड़ेगी।"

"हम आज ही महीपतगढ़ और परली के किलेदारों को आदेश भिजवाते हैं। समर्थगुरुजी को जो स्थान रुचता हो, वे वहाँ रह सकेंगे।"

दिवाकर गोसाईं चले गए। उनके मिलने के बाद राजे का अशान्त चित्त शान्त हो गया। वे नई उमंग से पन्हालगढ़ की दृढ़ता की ओर ध्यान देने लगे। गढ़ की प्राचीर और प्रहरियों का निरीक्षण राजे स्वयं करते थे। पन्हालगढ़ के गंगा, यमुना और सरस्वती नामक अनाज के कोठार धान, तिन्नी और मँडुआ आदि धान्यों से भरे हुए थे। अभी राजे को गढ़ में आए एक महीना ही हुआ था कि उन्होंने एक विजयवार्ता सुनी। राजे की सेना ने अथणी शहर लूट लिया था। अथणी बड़ी व्यापारी मंडी थी। इस लूट में लाखों होन मूल्य की सम्पत्ति राजे के हाथ लगी। लूट से अंग्रेज भी नहीं बचे। अंग्रेजों का हजारों होन मूल्य का कपड़ा मराठों ने लूट लिया। अंग्रेज इस समाचार पर भरोसा किए बैठे थे कि शिवाजी सतारा में बीमार होकर मर गया। मराठा सेना के जोरदार तमाचे ने उन्हें अच्छी तरह जता दिया कि शिवाजी जिन्दा है।

गर्मियाँ समाप्त होने तक राजे पन्हालगढ़ में ही रहे। वहाँ की जलवायु से उनका स्वास्थ्य भी पूर्ववत् स्वस्थ होने लगा। राजे को यह समाचार भी प्राप्त हुआ कि रामनगर प्रदेश की ओर गए हुए मोरोपन्त ने पिंडवोल, पावना संभाग जीत लिया है तथा उस प्रदेश की व्यवस्था करके वे लूट के साथ रायगढ़ चले गए थे। दत्ताजीपन्त भी युवराजसहित बीजापुर प्रदेश से रायगढ़ की ओर चल पड़े थे। राजे ने भी अब अपना पड़ाव उठाने का निश्चय किया।

बीजापुर के दरबार में हो रहे गृहकलह की ओर जैसे राजे ध्यान दिए हुए थे, उसी प्रकार मुगल भी उस तरफ आँखें गड़ाए हुए थे। मुगल सरदार बहादुरखान ने इस मौके से फायदा उठाने की सोची। उसका इरादा था कि युद्धों के कारण भीतर से खोखली हो रही आदिलशाही को दबोच लिया जाए और औरंगजेब को खुश किया जाए। उसने फौज के साथ बीजापुर की तरफ कूच कर दिया।

बहलोलखान खवासखान के हाथों हारकर पहले से ही परेशान था, अब उसने देखा कि बहादुरखान चढ़ाई करने आ रहा है, उसने राजे से मदद माँगी। राजे भी बखूबी जानते थे कि इस फूट के कारण एक दक्खिनी सल्तनत हार जाएगी और फिर उत्तर की मुगलिया सल्तनत दक्खिन में पाँव जमा लेगी। उन्होंने तुरन्त अपनी सेना बहलोलखान की सहायता करने के लिए भेजी। राजे की सहायता से बहलोलखान ने हलगी के निकट बहादुरखान को हरा दिया। यों बीजापुर पर आई एक महान् विपत्ति टल गई। युद्ध का रंग इस अनपेक्षित ढंग से बदला हुआ देखकर राजे बहुत सन्तुष्ट हुए और उन्होंने निश्चिन्त होकर रायगढ़ लौट जाने का निश्चय किया।

पन्हाला से मुकाम हटाने का काम शुरू हो गया। गुप्तचरों तथा अश्वारोहियों के दल आगे रवाना हो गए।

गढ़ से प्रस्थान करने के दिन राजे ने सोमेश्वर की अभिषेक-पूजा की। पूजा समाप्त करके राजे सज्जाकोठी में आए। वहाँ रघुनाथपन्त, बालाजी-आवजी, येसाजी और हम्बीरराव खड़े थे। सब चिन्तित दिखाई दे रहे थे। राजे ने पूछा, ''हम्बीरराव, क्या समाचार है?''

''समाचार अच्छा नहीं है, महाराज।''

''क्यों? क्या हुआ?''

''हमारी सेना ने अथणी से लौटते समय बेलगाँव के किले को घेर लिया। अनुखान नाम का एक बीजापुरी सरदार किलेदार था। उसने समझौते की बातचीत शुरू की। उसने वायदा किया कि चालीस हजार होन लेकर किला मराठों को सौंप देगा। निश्चित की गई आधी रकम उसे भिजवा दी गई। उसने मराठा सरदार से कहा कि लड़ाई का नकली तमाशा तो करना ही पड़ेगा, ताकि बीजापुर दरबार उस पर तोहमत न लगाए। उसके कहे अनुसार निश्चित समय पर किले के दरवाजे खोल दिए गए। उस पर विश्वास करके अपनी सेना किले में घुसी, और...।''

''और क्या हुआ?''

''अनुखान अपने वायदे से मुकर गया। हमारी असावधान सेना पर उसने चारों ओर से हमला कर दिया। हमारे पाँच सौ सिपाही मारे गए। हमें बेलगाँव का घेरा हटाना पड़ा।''

राजे कुछ देर तक स्तब्ध रहे। अगले पल वे ठठाकर हँसने लगे। राजे इस प्रकार जोर से कभी-कभार ही हँसते थे। सब लोग राजे की तरफ देख रहे थे। राजे कहने लगे, ''सेनापति,

देख क्या रहे हो? कभी-न-कभी सेर को सवा सेर मिल ही जाता है। वह सवा सेर अनुखान के रूप में ही हमें मिला है। यह पाठ भी सीख सके हम कि युद्ध के समझोते में असावधान रहने से काम नहीं चलता।''

राजे पुनः एकदम गम्भीर हो गए। मुख पर वेदना छा गई। उच्चासन की ओर जाते हुए उन्होंने कहा, ''पाँच सौ मारे गए! यह पाठ हमें बहुत महँगा पड़ा! हे जगदम्बे!''

22

महादरवाजे की नौबत बजने लगी और सारे दुर्ग को यह पता लग गया कि राजे रायगढ़ आ गए हैं। राजे की पालकी होली-चौक में पहुँची। राजे उतर पड़े। मोरोपन्त और अनाजी राजे के स्वागतार्थ उपस्थित थे। राजे ने एक बार सबकी ओर देखा, किन्तु उपस्थित जनों में उन्हें सम्भाजीराजा और राजाराम नहीं दिखाई दिए।

''अनाजी, युवराज कहाँ हैं? गढ़ में हैं ना?''

''जी, अपने महल में होंगे।''

राजे ने शिरकाई देवी के दर्शन किए और बातें करते-करते वे नक्कारखाने के पास पहुँचे। नक्कारखाने पर भगवा झंडा लहरा रहा था। राजे ने उसकी वंदना की। जैसे ही उन्होंने नक्कारखाने की ऊँची और विशाल कमान में पाँव रखे, वहाँ की नौबत बज उठी। राजे के साथ-साथ रघुनाथपन्त चल रहे थे। वे रायगढ़ का ऐश्वर्य देखकर चकित हो रहे थे। सब लोग सदर तक राजे के साथ गए और वहाँ से राजे अकेले अपने महल की ओर चल दिए। महल में धूप की सुगन्धि फैली हुई थी।

राजे जब महल में आए, तब पुतलाबाई वहाँ उनकी प्रतीक्षा में खड़ी थी। राजे ने अपना जरीटोप उतारकर पुतलाबाई को दिया। फिर कमरबन्द और तलवार उतारी। ये दो वस्तुएँ भी पुतलाबाई को देकर राजे बैठक पर जा बैठे।

''तबीयत कैसी है?'' पुतलाबाई ने पूछा।

''अब बहुत अच्छी है। बड़े भाग समझो कि हम बच गए।''

''शम्भूबाल ने बताया, तभी हमें पता लगा।''

''क्यों? हमने तो उससे पूर्व अपना कुशल-समाचार गढ़ में भिजवाया था। तुम्हें बताया नहीं गया?''

पुतलाबाई ने सिर हिला दिया। राजे ने पूछा, ''और बड़ी रानीसाहिबा कहाँ हैं?''

''अपने महल में होंगी।''

''और राजाराम?''

''वे भी वहीं होंगे।''

''युवराज?''

''वे शायद अपने महल में होंगे।''

''शायद होंगे?'' पुतलाबाई राजे की ओर देख नहीं पाई। राजे ने फिर पूछा, ''बड़ी रानीसाहिबा की तबीयत तो ठीक है ना?''

''ठीक ही होगी, मगर मुझे कुछ पता नहीं।''

"पुतला 'होगी', 'होंगे' यह कैसी बातें हैं? एक जगह रहते हुए भी तुम्हें युवराज का पता नहीं, रानीसाहबा की खबर नहीं।"

"वे मुझसे बोलती नहीं हैं।"

"वाह! बहुत अच्छे! हम छह-सात महीने बाद गढ़ लौटे हैं। और हमारी अगवानी करने युवराज नहीं आए! सबने हमें बहिष्कृत कर दिया है क्या?"

पुतलाबाई मौन रहीं। राजे की दृष्टि द्वार की ओर गई। येसूबाई द्वार पर खड़ी थीं। राजे का मुख प्रफुल्लित हो उठा। आनन्दित होकर कहने लगे, "येसू, अन्दर आना, बेटी! या तू भी हमसे नाराज है?"

येसूबाई अन्दर आईं। उन्होंने राजे को नमस्कार किया। वे उठकर खड़ी हुईं। येसूबाई को आँचल से आँखें पोंछते देखकर राजे घबरा गए। येसू की पीठ थपथपाते हुए उन्होंने पूछा, "येसू, क्या हुआ बेटी?"

येसूबाई ने सिर ऊपर उठाया। कहने लगीं, "आबासाहब, आपको देखा और रुलाई फूट पड़ी।"

राजे ने मुस्कुराते हुए कहा, "बहुत अच्छे! हमें देखकर लोग डरते हैं, खुश होते हैं, किन्तु हमें देखते ही रोनेवाली तू अकेली है। रानीसाहिबा, हम जब बीमार थे न, तब यह बच्ची कई बार हमारे सपने में आई थी।"

"हाँ, हाँ!" येसूबाई ने कहा, "आप इतने बीमार थे, मगर हमें आपने नहीं बुलाया।"

"हम तो बीमार थे, हम कैसे बुलवाते? तुम्हें आना चाहिए था।" राजे कह गए।

पुतलाबाई ने चौंककर राजे की ओर देखा। पुतलाबाई के मुखमंडल को व्यथापूर्ण देखते ही राजे ने जल्दी से कहा, "हमने हँसी की है। अब हमें लगता है कि बीमारी में तुम सबको बुलवा लेते, तो बहुत अच्छा होता। चलो, आज का दिन बहुत कठिन दिखाई देता है। हम सातमहल की ओर जा रहे हैं। तुम साथ आओगी?"

दोनों ने गर्दन झुका ली। राजे ने उसाँस ली और वे महल के बाहर चले गए।

राजे सातमहल में आए। उन्होंने सोयराबाई के महल में प्रवेश किया। महल के पहले द्वार पर ही राजाराम खड़ा हुआ था। राजराम आगे बढ़ा। उसे गले लगाते हुए राजे ने पूछा, "बालराजा, हम गढ़ में आए और तुम हमारा स्वागत करने नहीं आए?"

राजाराम एक पल चौंका। उसने मुड़कर महल के अन्दर की ओर देखा। सिर झुकाकर कहने लगा, "आबासाहब, हमें पता ही नहीं लगा कि आप कब आए।"

राजे ने उसे उठा लिया। हँसकर कहने लगे, "यह सरासर झूठ है। हम कोई तुम्हारे दादामहाराज थोड़े ही हैं, जो गढ़ में चुपचाप आया करें? हम आते हैं, तो दस बार नगाड़े बजते हैं। सारे गढ़ को पता लग जाता है। बालराजा, जरा हमारी ओर देखो।"

बालराजा ने आँख से आँख मिलाई।

"बालराजा, चाहे कोई भी बोलने को कहे, कभी झूठ मत बोलो। ध्यान रखो कि झूठ जीवन में कभी काम नहीं आता है।"

राजाराम के साथ राजे महल में गए। महल में सोयराबाई खड़ी हुई थीं। राजाराम को नीचे उतारकर राजे ने कहा, "हम आए, पर आपके दर्शन नहीं हुए। इसलिए हमें इधर आना पड़ा।"

"बड़े भाग हमारे।"

"कम-से-कम बालराजा को तो भेज देतीं?"

"उनके दर्शनों से और जाने क्या-क्या अपशकुन हो जाते? कौन कहे।"

"यह क्या कह रही हो?"

"बालराजा के लिए जो दरवाजे बन्द करा दिए हैं, वह क्या यूँ ही?"

"किसने दरवाजे बन्द किए हैं उनके लिए?"

"शम्भूराजा ने बालराजा को महल में आने की मनाही कर दी है।"

"क्यों बालराजे? क्या यह सच है?"

राजाराम ने कहा, "हाँ, आबासाहब। हमें दादामहाराज ने कहा है, 'हमारे महल में मत आया करो'।"

राजे बेचैन हो उठे। फिर अपने को सँभालकर राजाराम से कहने लगे, "बालराजा, बीमारी के बाद से हमेशा गला सूखता रहता है। जरा पानी लाओगे?"

राजाराम अन्दर की ओर दौड़ा। राजे महल में खड़े थे, किन्तु सोयराबाई ने उन्हें न तो बैठने के लिए कहा और न वे कुछ बोलीं। राजे भी असमंजस में पड़े थे कि क्या कहें। राजाराम लौटकर आया। उसके पीछे-पीछे चाँदी का लोटा और प्याला लिए हुए दासी चली आ रही थी। उसने प्याले में पानी भरा। राजाराम ने वह प्याला लिया और राजे की ओर बढ़ा। राजे ने अभी प्याला हाथ में थामा ही था कि सोयराबाई एकदम कहने लगीं, "पानी मत पीजिएगा।"

"क्यों?" राजे का हाथ वहीं-का-वहीं रुक गया।

"कौन जाने, पानी कैसा हो?"

राजे की मुखमुद्रा एकदम बदल गई। फिर भी क्रोध दबाकर वे कह उठे, "रानीसाहिबा, सोच-समझकर अदब से कहा करो। जगदम्बा साक्षी रहेगी कि आज से हम तुम्हारे महल में पैर नहीं रखेंगे। अच्छा हम जाते हैं।"

राजे के हाथ से प्याला छूट गया। सोयराबाई ने नहीं सोचा था कि उनकी बात का इतना बुरा परिणाम निकलेगा—वे विस्मित रह गईं। राजे चले गए। राजाराम डर के मारे माँ से जा लिपटा। उसने पुकारा, "आईसाहिबा!"

पुकार सुनकर सोयराबाई को होश आया। राजाराम को छाती से लगाकर वे रोने लगीं।

23

राजे जब अपने महल में आए, उस समय सम्भाजीराजा वहाँ खड़े हुए थे। उन्होंने आगे बढ़कर राजे को प्रणाम किया। राजे ने पूछा, "युवराज, कहाँ थे तुम?"

"महल में था।"

"हमारे आने की खबर नहीं सुनी तुमने?"

"जी, सुनी थी।"

"तो फिर?"

"सोचा था कि सबके मिलने के बाद...।"

"हँ! अच्छा, कहो मुहिम कैसी रही?"

"अच्छी रही। जो लूट मिली थी, उसे जमा करा दिया है।"

"हमने यह नहीं पूछा। राजसदर में जाते हो या नहीं?"

"जी, कई दिनों से नहीं गए।"

"कारण क्या है?"

"वहाँ हमारी कोई पूछ नहीं है। हमारा मन नहीं लगता वहाँ।"

"युवराज, मन रिझाने के लिए राज्यकार्य नहीं किया जाता। इतना परिश्रम करके जो राज्य स्थापित किया है, सो क्या मनबहलाव के लिए?...तुमने राजाराम को अपने महल में आने की मनाही की है?"

सम्भाजीराजा ने राजे की ओर देखा फिर शान्ति से उत्तर दिया, "जी।"

"बालराजा से कौन-सा अपराध हुआ है?"

"आबासाहब, सच कहा जाए, तो...।"

"हम सच ही सुनना चाहते हैं।"

"बालराजा हमारे महल में आते हैं, तो उन्हें दंड भुगतना पड़ता है। जब हमें इस बात का पता लगा, तब से हमने ही उन्हें आने से मना कर दिया है।"

राजे ने सम्भाजीराजा की ओर देखा। सम्भाजी की आँखें गीली हो आई थीं। उनकी पीठ पर हाथ रखते हुए राजे ने कहा, "शम्भूबाल, राजनीति भावुकता के बल पर नहीं चलती। उसके लिए बुद्धि का बल चाहिए। चलो—राजसभागृह में सब लोग हमारी प्रतीक्षा करते होंगे।"

सम्भाजीराजा को साथ लेकर राजे राजसभागृह में आए। वातावरण में बहुत उमस थी। राजसभागृह में अनाजी, मोरोपन्त, निराजी, हम्बीरराव, आनन्दराव और रघुनाथपन्त उपस्थित थे। राजे ने अनाजी से कुशल-क्षेम पूछी। रामनगर की विजय के लिए मोरोपन्त को शाबाशी दी। थोड़ी ही देर में राजे सामान्य रूप से खुलकर बातें करने लगे।

"मोरोपन्त, वर्षा ऋतु समाप्त होने के बाद पूरी करने की हमारे मन में कई योजनाएँ हैं। उन योजनाओं को पूरा करने के लिए आवश्यक है कि यहाँ का प्रबन्ध सुचारु रूप से पूरा किया जाए। हम भागानगर राज्य के माध्यम से बीजापुर राज्य से समझौता करने का प्रयत्न कर रहे हैं। मुगलिया राज्य से भी हम सन्धि करना चाहते हैं।"

"सन्धि करने का क्या कारण है?"

"हमने कहा था कि हम कुछ काल तक राज्य में शान्ति चाहते हैं। निराजीपन्त, तुम मुगलों के सरदार बहादुरखान के पास जाओ। हमने बीजापुर को सहायता दी थी, इस कारण वह जरूर थोड़ा रुष्ट होगा। किन्तु वह रिश्वत का लालची है। उसे पैसा देकर बस में कर लो। खंडनी देना और मुगलिया चाकरी करना भी स्वीकार कर लो। औरंगजेब इस समय काबुल-कंधार में हो रहे विद्रोह को दबाने में व्यस्त है। जब तक वह वहाँ से लौटकर आए और हमारी सन्धि स्वीकृत करे, तब तक काफी समय मिल जाएगा। मोरोपन्त, शेष काम तुम पूरा करो। सिद्दी हमारा तीसरा शत्रु है—वह चुप नहीं बैठता। जिन दिनों हम बीमार थे, उन दिनों भी उसने हमारे राज्य में काफी उपद्रव मचाया है। हमारे वेंगुर्ला जैसे बन्दरगाहों को जलाया है। उसकी उपेक्षा नहीं की जा सकती। तुम चाहे जितनी कुमक ले जाओ और सिद्दी को पराजित करो।"

"जी महाराज।" मोरोपन्त ने कहा।

राजे ने मोरोपन्त को विदाई का बीड़ा दिया। समझौते की सारी शर्तें निश्चित की गईं। अष्टप्रधानों द्वारा सब स्वीकृत की गईं। उच्चासन पर बैठे हुए राजे कहने लगे, ''रघुनाथपन्त, घर में हो या बाहर, हमें सदा रणभूमि का ही विचार करना पड़ता है। हम जगदीश्वर का दर्शन करने जाएँगे। तुम आओगे क्या?''

''जी, अवश्य।''

''वर्षा आने की सम्भावना है, इसलिए...'' अनाजी ने कहा।

''अनाजी, आँधी-बरसात तो जनम से हमारे संगी हैं। यही देखो ना, हम गढ़ में लौटे हैं, किन्तु पल-भर के लिए भी चैन नहीं है। चलो, शम्भूराजा, तुम भी आओगे?''

''जी, मैं...।''

''समझे हम। रघुनाथपन्त, अनाजी, चलो।''

राजे नक्कारखाने की कमान से होकर बाहर आए। पूर्व दिशा में भवानी-कगार की ओर काले-काले बादलों की पाँत ऊपर को उठती आ रही थी। हवा बड़ी तेज थी। राजे बाजारपेठ से होकर गुजर रहे थे। व्यापारी सिजदे कर रहे थे। राजे ब्राह्मणबाड़ा पार करके जगदीश्वर की टेकड़ी पर आए। सामने ही काले पत्थरों से निर्मित काला मन्दिर दिखाई दे रहा था। मन्दिर के स्वर्ण कलश की शोभा कुछ निराली ही थी। राजे ने मन्दिर में जाकर देवता के दर्शन किए। उसके बाद राजे मन्दिर के पूर्व-द्वार की ओर गए। सामने काफी दूरी पर घुड़साल की इमारत दिखाई दे रही थी। भवानी-कगार दिखाई दे रहा था। रघुनाथपन्त ने कहा, ''गढ़ तो बहुत विशाल है।''

''ईश्वर का दान विशाल ही होता है, पन्त।''

सामने इकट्ठे हो रहे बादलों की ओर राजे देख रहे थे। एक नीलवर्ण मेघ आकाश में बढ़ता हुआ आगे की ओर आ रहा था। हवा में गर्मी बहुत थी। हवा थम चुकी थी। पल-भर लगा कि चारों ओर स्थिर शान्ति है। फिर अचानक बिजली कौंधी और तुरन्त बादलों की गड़गड़ाहट सुनाई दी।

''वर्षा आ गई।'' अनाजी ने कहा।

''ठीक ही हुआ। मन्दिर में आने के बाद वर्षा आई।''

मेघ बरस रहे थे। बिजलियाँ चमक रही थीं। सेवकों ने मन्दिर के कमानदार ओसारे में बैठक बिछा दी। राजे सबके साथ उस पर बैठ गए। देवालय के चारों ओर बने हुए ओसारों का पानी भीतरी प्रांगण की प्रस्तरमय भूमि पर गिर रहा था। निरन्तर गर्जना हो रही थी। आकाश में वायु ने बादलों को उलट-पलट दिया था। वर्षा का वेग बहुत बढ़ गया था। शनैः-शनैः वर्षा कम होने लगी। सायंकालीन सूर्य-रश्मियाँ दुर्ग में सर्वत्र फैल गईं। राजे भवन की ओर जाने के लिए उठ खड़े हुए।

राजे देवालय से बाहर निकले। आकाश खुला हुआ था। मिट्टी की सोंधी महक वायुमंडल में फैल रही थी। एक विशालकाय सफेद बादल सिर के ऊपर आ गया था। राजे की दृष्टि उस पर जा ठहरी। उसकी ओर संकेत करते हुए राजे ने कहा, ''रघुनाथपन्त, उस बादल को देख रहे हो? कुछ ही देर पूर्व जल से सम्पन्न यह बादल अब कितना शोभाहीन दिखाई देने लगा है, है ना?''

''अपनी सम्पत्ति लुटाकर मुक्त हो चुका है वह।'' रघुनाथपन्त ने कहा।

राजे के मुख पर प्रसन्नता छा गई। उन्होंने कहा, "सच है। वायु में लहराता हुआ, गगन में मुक्त होकर विहार करनेवाला बैरागी है यह मेघ। तपस्या से उसका जीवन समृद्ध बन चुका है, किन्तु उस बैरागी मेघ को भी पृथ्वी का व्याकुल तृषार्त रूप आकर्षित करता है और देखते-ही-देखते धरित्री को अपना सर्वस्व समर्पित करके वह मुक्त हो जाता है। कहते हैं, दान से जीवन सम्पन्न बनता है, किन्तु यह दान तो कितना बिरला दान है। दान देकर प्रभाहीन बने मेघ के हाथ इसके अतिरिक्त कुछ भी शेष नहीं रह जाता। घटते-घटते वह वायुमंडल में लीन हो जाता है।"

रात राजे नित्यवत् फलाहार करके सोने के लिए अपने महल में आए। समई-दीपक जल रहे थे। महल के द्वार पर आते ही वे ठिठक गए। सोयराबाई महल में खड़ी थीं। राजे को देखते ही वे आँखें पोंछने लगीं। राजे धीरे से उनके पास गए।

"रानीसाहिबा, क्या हुआ?"

सोयराबाई ने सिर उठाकर देखा। वे बोलीं, "भूल से कह गई मैं, तो...।"

"मुँह से ऐसा भूल से निकल जाता है। संयम न रहे, तो ऐसा ही होता है। किन्तु उससे क्या? चोट लगे बिना थोड़े ही रहती है?"

"कहती हूँ, गलती हो गई।"

"क्षमा माँगने की कोई आवश्यता नहीं है। हमारे मन में कुछ नहीं रहा अब।"

"सच?"

"हम झूठ नहीं बोलते कभी।"

"तो फिर हमारे महल में...।"

"यह असम्भव है। किन्तु उससे कुछ बनता-बिगड़ता नहीं। तुम हमारे महल में आती ही हो ना?"

"मेरे मन को...।"

"रानीसाहिबा, हम आज बहुत थक गए हैं। हमारा स्वास्थ्य अभी कुछ ठीक नहीं है। हम सोना चाहते हैं।"

राजे शैया के निकट गए। पलंग पर ध्यानमग्न बैठी आकृति को सोयराबाई कुछ देर निहारती रहीं, फिर धीरे-धीरे हलके पाँवों वे बाहर चली गईं।

जब महादेव समई बुझाने के लिए महल में आया, तब राजे की आँख लग चुकी थी।

24

दुर्ग में बरसात से पहलेवाले कामकाज जोरों पर थे। घरों की खिड़कियों-दरवाजों पर छपर-छाजन लगा दिए गए थे। गढ़ में घुड़साल के लिए आवश्यक अटालें बाँध दी गईं। धान्य पाचाड से लाया जा रहा था और गढ़ के भंडारों में भरा जा रहा था। पछवा बहने लगी थी। पश्चिमी समुद्र से उठनेवाले बादलों ने आकाश में छप्पर तान दिया था। ठंडी हवा ने वर्षा की सूचना दे दी। मृगनक्षत्र की फुहारें पड़नी शुरू हो गईं।

बरसात के मौसम में सेना को फुरसत मिल जाती थी, किन्तु राजे ने सारी सेनाओं को फुरसत नहीं दी। कुछ फौज मोरोपन्त के साथ जंजिरा युद्ध में उलझी हुई थी। राजे के गुप्तचर

भागानगर तक पहुँच चुके थे। निराजीपन्त बहादुरखान से मिलने औरंगाबाद जा चुके थे। राजे तक सारी खबरें पहुँच रही थीं। गढ़ की विवेकसभा में रंग भरता जा रहा था।

प्रातःकाल स्नानादि के पश्चात् राजे महल में आए। मनोहारी राजे के देवगृह के आगे बेलपत्र रख रही थी। दो दिन से वह राजे को दिखाई नहीं दी थी।

"मनू, तू कहाँ थी?"

"पाचाड गई थी।"

"पाचाड? क्यों भला?"

किन्तु उत्तर देने का मनोहारी को अवसर नहीं मिला। महल में प्रविष्ट हो रही सोयराबाई ने उत्तर दिया, "चार दिन बाद माँसाहिबा का श्राद्ध है। वहाँ की व्यवस्था करने के लिए भेजा था।"

माँसाहिबा की याद आते ही राजे का जी भर आया। लम्बी आह लेकर वे कहने लगे, "देखते-देखते दो बरस बीत गए। किन्तु चित्त एक भी दिन माँसाहिबा की स्मृति को भुला नहीं सका। एक व्यक्ति चला तो जाता है, किन्तु अपने पीछे कितना शून्य छोड़ जाता है!"

राजे ने अगले ही पल उस विचार को झटक दिया। सोयराबाई से पूछा, "तो सारा प्रबन्ध पूरा किया जा चुका है?"

"जी हाँ। अनाजी को भी गढ़ की तलभूमि में भेज दिया है। मैंने अच्छी तरह जता दिया है उन्हें कि किसी प्रकार की कमी न रहे।"

राजे उदासी से मुस्करा उठे।

"रानीसाहिबा, मनुष्य के जीवित रहते तक जो कुछ करें हम, वही केवल खरा है। उसके जाने के बाद हम यह सब करें या न करें, एक ही बात है।"

"तो क्या श्राद्ध करने का कोई लाभ नहीं?"

"मैंने यह नहीं कहा। श्राद्ध उस दिवंगत व्यक्ति के प्रति हमारी श्रद्धा का प्रतीक है। उस महान् आत्मा की महानता का वर्ष में एक दिन तो मन में सोच-विचार करें, यही उद्देश्य है इस दिन का। एक खोई हुई स्मृति को फिर से ताजा करें। जो एकाकीपन आ जाता है, उसे भूलने का प्रयत्न किया जाए। रानीसाहिबा, सारे काम अच्छी तरह, अच्छे मन से करो। माँसाहिबा की स्मृति को सँजोए रखने में ही हम सबका हित है।"

तभी महादेव महल में आया। उसने सूचना दी, "बालाजीपन्त आए हैं।"

"इतनी सुबह? ठीक है, उन्हें बुला ला।"

सोयराबाई और मनोहारी भीतरी दरवाजे से अन्दर चली गईं। बालाजी अन्दर आए।

"आओ बालाजी, क्या समाचार लाए हो?"

"मुगलाई के कोई सरादार मुहम्मद कुलीखान आपसे मिलने आए हैं।"

"मुहम्मद कुलीखान?" राजे कुछ सोचने लगे। केवल पल-दो पल वे उस नाम को याद करते रहे। अगले ही पल वे मुस्कुराने लगे। उन्होंने कहा, "हमें लगता है, हम मुहम्मद कुलीखान को पहचानते हैं। सबको आदेश दो कि सब लोग सायंकाल राजसभागृह में उपस्थित रहें। हम कुलीखान से वहीं मिलेंगे।"

"जी।" कहकर बालाजी जाने लगे।

"बालाजी।"

"जी महाराज।"

"कुलीखान जब हमसे मिलने आएँ, तो उनकी पूरी तरह तलाशी लो कि उनके पास कोई हथियार तो नहीं।"

"जैसी आज्ञा।"

"तब तक गढ़ में उनके लिए सारी व्यवस्था करा दो। उनके साथ और कौन है?"

"उनका घुड़सवार-दल नीचे पाचाड़ में है। केवल दो-चार सिपाही हैं।"

"ठीक है। तुम जाओ।"

बालाजी चले गए। राजे ने मनोहारी को बुलवाया। जब मनोहारी आई, उस समय राजे बैठक में आराम कर रहे थे।

"मनोहारी, छोटी रानीसाहिबा से कह दे कि हमने बुलाया है।"

कुछ देर बाद पुतलाबाई महल में आईं। राजे ने आज्ञा दी, "रानीसाहिबा, जीं चाहता है, आज शतरंज खेलें। हमारी बिसात बिछाओ।"

"इस समय?"

"हाँ, हमारे व्याकुल मन को कम-से-कम इतनी तो शान्ति मिलेगी।"

पुताबाई हँस दीं। उन्होंने शतरंज की बाजी बिछा दी।

राजे ने कहा, "तुम शुरुआत करो।"

पुतलाबाई ने बादशाह के आगेवाला प्यादा उठाया और एक घर आगे रख दिया। राजे ने कहा, "पुतला, राजा के आगे का प्यादा पहले नहीं बढ़ाना चाहिए। प्रायः वह मारा जाता है।"

"राजा तो बच जाता है ना?"

"किन्तु उसे वह प्यादा कैसे जान सकता है?"

"क्या कहा आपने?"

"कुछ नहीं!...अच्छी याद आई। आज एक मुगल सरदार हमसे मिलने आए हैं। तुम यदि शाम को राजसदर में आओगी, तो तुम्हें एक मजेदार दृश्य देखने को मिलेगा।"

"आऊँगी।"

राजे ने ऊँट के आगेवाला प्यादा आगे बढ़ा दिया।

सायंकाल राजे को सूचना प्राप्त हुई कि सब लोग राजसदर में एकत्रित हो चुके हैं। राजे सदर की ओर चल पड़े। सम्भाजीराजा पहले ही वहाँ जा चुके थे। सबके सिजदों को स्वीकार करके राजे उच्चासन पर विराजमान हुए। रघुनाथपन्त, येसाजी, हम्बीरराव, आनन्दराव, बालाजी आदि वहाँ उपस्थित थे। राजे ने आज्ञा दी कि मुहम्मद कुलीखान को दरबार में लाया जाए। सबकी नजर दरवाजे की ओर लगी थी। राजे ने दाहिनी बाजू की खिड़की की ओर देखा। जालीदार परदे के पीछे कुछ हलचल दिखाई दी। राजे के मुख पर नित्यवत् हास्यभाव छाया हुआ था। राजसभागृह के सभी प्रतिष्ठित जन यह जानने के लिए आतुर हो उठे थे कि देखें, मुगलिया राज्य में राजनीति का कैसा खेल खेला जा रहा है।

मुहम्मद कुलीखान ने राजसभागृह में प्रवेश किया। उसने राजे को कोरनिश किया। उसके कोरनिश को कबूल न करते हुए राजे ने कहा, "मुहम्मद कुलीखान!"

"जी महाराज!" मुहम्मद कुलीखान ने हिम्मत करके कहा।

"सिजदा करना भी भूल गए क्या?'

इसे सुनते ही मुहम्मद कुलीखान की गर्दन नीची हो गई। सिर पर पहने हुए मुगलिया कीमॉश, अँगरखे और पैरों के पाजामे को भूलकर मुहम्मद कुलीखान ने खड़े-खड़े रोना शुरू कर दिया।

सारी राजसभा आश्चर्यचकित हो उठी। राजे ने धीरे से कहा, "मुहम्मद कुलीखान... बादशाह औरंगजेब के पंचहजारी ईमानदार सरदार..."

"महाराज! क्षमा कीजिए, महाराज।"

"क्षमा? और तुम्हें? तुम्हें देखकर हमारे हृदय को कितनी पीडा हुई है, यह तुम नहीं समझ सकते। नेताजी, तुम हमारे रिश्तेदार हो—कभी हमारे सेनापति थे तुम। तनिक अपनी वीरता को याद करो। कभी तुम्हारी कीर्ति थी कि लोग तुम्हें हमारा प्रतिरूप कहते थे। तुम्हें दूसरा शिवाजी कहा करते थे लोग। वही नेताजी आज हमारे सामने मुहम्मद कुलीखान बने खड़े हैं।"

"महाराज, मुझसे बड़ी भूल हुई।" नेताजी ने व्याकुल होकर कहा।

सारी राजसभा विस्मय से देख रही थी। लोग अभी तक नेताजी पालकर को ठीक तरह पहचान नहीं पा रहे थे।

"नेताजी, यह क्या कर बैठे तुम? हमें बाजी हारते देखा तुमने और केवल तीन-हजारी पद के लिए तुम आदिलशाही से जा लिपटे। मिर्जाराजा ने तुम्हें पँचहजारी सरदार बनाने का लोभ दिखाया और तुम मुगलाई से जा मिले। तुम्हें अपने पास आया देखकर औरंगजेब को कितनी खुशी हुई होगी। उसने तुम्हें और कौन-सा मनसब दे दिया, जो तुम अपने धर्म को भी छोड़ बैठे?"

राजे का एक-एक शब्द कोड़े की फटकार बनकर चोट कर रहा था। नेताजी ने जैसे-तैसे ऊपर देखा।

"महाराज, मैं अपनी मर्जी से मुसलमान नहीं बना। मुझसे जबरदस्ती की गई। मुझे झुकना ही पड़ा। तीन बार मैंने भाग निकलने की कोशिश की, मगर बेकार। मौका मिलते ही मैं चला आया।"

"यह किसे बता रहे हो नेताजी, मुझे? हम बचपन से इसी देश में हैं। खरा-खोटा खूब जानते हैं। मनुष्य के भीतर का मनुष्य पहचानते हैं हम। नौ बरसों में आज तुम्हें भाग निकलने की फुरसत मिल पाई? तुम मुसलमान हुए और तुमने अपने बीवी-बच्चों को भी मुसलमानी धर्म स्वीकार करने की सलाह दी—क्या यह झूठ है?"

नेताजी की गर्दन झुक गई। राजे का क्रोध बहुत बढ़ गया था। आवाज धीमी हो गई थी।

"सचमुच औरंगजेब ने तुम पर बड़ी कृपा की! हिन्दू धर्म के कलंक तुम! उसने तुम्हें अपने धर्म में जगह दी, अच्छा किया!"

नेताजी आगे बढ़ा। राजे के उच्चासन के आगे जाकर उसने माथा टेक दिया। "राजे, मुझे बचा लो। रिश्तेदार के नाते न सही, मगर छत्रपति के नाते मुझे अपने पैरों में पड़ा रहने दो। मुझे फिर से मनुष्य बना लो, राजे!"

राज़े ने कहा, ''नेताजी, उठो। अब आँसू बहाने से क्या लाभ? परमेश्वर न हमें छत्र दिया है; सो इसलिए कि हम प्राणों को दाँव पर लगाकर 'श्री' के राज्य की स्थापना करनेवालों की रक्षा करें। जिस मनुष्य के पास राज्य के प्रति ईमानदारी नहीं, जिसे अपने दिए हुए वचन की लाज न हो, न ही स्वधर्म के प्रति निष्ठा हो, ऐसे व्यक्ति के बारे में हम क्या कर सकते हैं? इस तरह हमारे सामने आने की अपेक्षा यदि रणक्षेत्र में तुमसे भेंट होती, तो अच्छा होता। नहीं, नहीं, नेताजी, देशद्रोही के लिए हमारे राज्य में स्थान नहीं है।''

नेताजी की तरफ एक बार भी बिना देखे राजे राजसभागृह से चले गए। सम्भाजीराजा दौड़कर नेताजी के पास पहुँचे। सभी लोग नेताजी के चारों ओर इकट्ठे हो गए थे। नेताजी के दुख का पारावार नहीं था। लोगों की सांत्वना के बोल भी शायद उसके कान सुन नहीं पा रहे थे।

महादेव राजसदर में आया। उसने सम्भाजीराजा से कुछ कहा। सम्भाजी उसके साथ अन्दर गए। अन्दर पुतलाबाई और सगुणाबाई खड़ी हुई थीं। पुतलाबाई की आँखें डबडबाई हुई थीं। उन्होंने कहा, ''तुम नेताजी को अपने महल में ले चलो।''

''जी अच्छा।'' सम्भाजीराजा ने कहा।

नेताजी काफी देर तक सम्भाजीराजा के महल में रहे। दीया-बत्ती के समय के बाद वे बाहर चले गए।

रात को पुतलाबाई राजे के महल में आईं। वे राजे के पास जा खड़ी हुईं। उनके उदास मुख को देखकर राजे गम्भीर हो गए। उन्होंने पूछा, ''पुतला, क्या हुआ?''

''एक याचना है। पूरी करेंगे क्या?''

''बिलकुल नहीं।'' राजे ने कहा, ''तुम नेताजी के बारे में फेरबदल कराने आई हो न?''

''सच है। कुछ भी हो, वे सगुणाबाई रानीसाहिबा के काका हैं। उनकी ओर देखा भी नहीं जाता। उन्हें वापस...।''

''नहीं, रानीसाहिबा। नेताजी का अपराध बहुत भयानक है। तुम व्यर्थ ही हमसे आग्रह मत करो।''

पुतलाबाई कुछ नहीं बोलीं। वे कुछ देर वैसे ही खड़ी रहीं। फिर बाहर जाने लगीं।

''जा रही हो?''

''जी हाँ, जाती हूँ।''

''गुस्सा हो गई हो क्या?''

''ना, ना, बिलकुल नहीं।'' पुतलाबाई हँसने का प्रयत्न करती हुई कहने लगीं, ''मुझे पता था कि हमारी उतनी योग्यता नहीं है।''

''किसके बारे में कह रही हो?'' राजे ने अचरज से पूछा।

''बड़ी रानीसाहिबा के बारे में! और किसके बारे में कहूँगी? बजाजी भी इसी तरह मुसलमान हो गए थे, किन्तु उनको चरणों में शरण मिल गई। उन्होंने भी यही अपराध किया था। मुझे कोई शिकायत नहीं है। मैं क्रोधित भी नहीं हूँ। कुछ कहने से पहले मुझे ही सोच लेना चाहिए था।''

''पुतला!'' राजे जोर से कह उठे, ''ठहर, जा मत। कम-से-कम तू तो हमें अच्छी तरह समझ ले। बजाजी आदिलशाही सरदार थे, वे आदिलशाही के निष्ठावान् बने रहे। किन्तु नेताजी

अपने थे—हमारे सेनापति थे। उनकी स्वामिभक्ति हमारे प्रति बँध चुकी थी। उनके लिए हमारे हृदय में आत्मीयता थी। उन्होंने ये सारे नाते स्वयं तोड़ डाले। नेताजी हमें छोड़ गए। हृदय को बड़ी ठेस लगी थी। किन्तु जब सुना कि उन्होंने धर्म भी बदल लिया है, तो कई दिनों तक हमारा मन बेचैन रहा। रानीसाहिबा, उनके लिए हमने बड़ी यातनाएँ सही हैं।''

''मुझे कुछ नहीं कहना, मैं जाती हूँ।''

राजे उठ खड़े हुए। ''ठहरो जरा।'' कहते हुए वे उनके पास गए। उन्होंने पुतलाबाई के कन्धे पर हाथ रखा, ''जरा इधर देख।''

पुतलाबाई ने ऊपर देखा। राजे मुस्कुरा रहे थे।

''पुतला, दुखी मत हो। हम नेताजी को फिर से अपने साथ मिला लेंगे।''

''सच?''

''बिलकुल सच। कुछ समय के लिए हम भी भूल बैठे थे। कुछ क्यों न हो, आखिर नेताजी अपने हैं। अपनों को दंड देने की अपेक्षा क्षमा करना ही अधिक उचित होता है।''

''मेरी खातिर कह रहे हैं न आप?''

''यदि कहें कि हाँ, तो भी क्या बुरा है? तुम्हारा अधिकार है यह। किन्तु पुतला, फिर कभी इस बारे में शंका-सन्देह न करना। हमारे मन को परखने में कम-से-कम तू कभी भूल मत करना।''

''सगुणाबाई...छोटी रानीसाहिबा को बता दूँ?''

''अवश्य बता दो। कहना, नेताजी अवश्य हमारे बीच आ जाएँगे।''

पुतलाबाई हर्षित होकर चल दीं। उन्हें प्रतीत हो रहा था, यही तो जीवन के परम आनन्द का सर्वोच्च क्षण है। इसी धुन में वे सुध-बुध खोई चली जा रही थीं।

25

जीजाबाई का श्राद्ध करके राजे गढ़ में लौट आए। आषाढ़ कृष्ण चतुर्थी के दिन राजे ने प्रायश्चित आदि विधियाँ सम्पन्न कराके नेताजी को हिन्दू बना लिया। इस घटना से सभी को प्रसन्नता हुई। नेताजी को हिन्दू बना लेने के बाद दोपहर को विशेष भोजन आयोजन किया गया। भोज में राजे ने नेताजी को अपने पास बैठाया। नेताजी ऐसे हर्षित हो रहे थे, मानो पुनर्जन्म पा गए हों। भोजन आरम्भ होने से पहले नेताजी अपने स्थान से उठे और उन्होंने राजे के पैरों में सिर झुका दिया। नेताजी के आँसुओं से राजे के पाँव भीगने लगे।

''यह क्या, नेताजी? उठो। जो हुआ, सो हुआ। अब उस बारे में कुछ मत सोचो। बीती बातों को याद मत करो।''

''राजे, यही तो मेरी विनती है। आप मुझे धर्म में वापस ले आए, मुझे मनुष्य बना दिया। अब जैसा मैं पहले था, उसी तरह अपनी सेवा में लगा लीजिए...।''

राजे की दृष्टि नेताजी की दृष्टि से जा मिली। नेताजी की दृष्टि नीची हो गई। पंक्ति में बैठे हुए सब लोग राजे का उत्तर सुनने के लिए उत्सुक हो उठे।

''नेताजी, यह असम्भव है। ऐसा हठ न करो। तुम अपने आप नीचे उतरे हो, अब उसी सीढ़ी पर तुम्हारा फिर से चढ़ना कठिन है। जो मिला है, उसी में सन्तुष्ट रहो। राज्य की

सेवा करो। यदि ऐसा महान् पराक्रम दिखाओगे कि हम भूतकाल भुला सकें, तो उस पराक्रम के लिए योग्य पद अपने आप तुम्हारे पास चला आएगा। हम खून और रिश्ते की अपेक्षा कार्य-शक्ति को अधिक मानते हैं। हमारे यहाँ कर्तृव्यशाली व्यक्ति को सदा सम्मान दिया जाता है।''

नेताजी को कुछ कहने का साहस नहीं हुआ।

जैसे-जैसे बरसाती मौसम ने जोर पकड़ा वैसे-वैसे रायगढ़ की राजनीति में भी रंग भरने लगा। गोलकुंडा के मंत्री मादण्णा की मध्यस्थता से राजे और आदिलशाही के बीच सन्धि हो गई। कृष्णा नदी को दो राज्यों के बीच की सीमा मान लिया गया। इस सन्धि के कारण आदिलशाही का बालाघाटी प्रदेश राजे के अधिकार में आ गया। सन्धि की एक शर्त थी कि राजे आदिलशाही को तीन लाख नजराना और एक लाख खंडनी दें। इस समझौते से राजे को बहुत खुशी हुई–किन्तु अनाजी आशंकित थे। उन्होंने पूछा, ''यह सन्धि बनी रह सकेगी क्या?''

राजे सहज ही कह गए, ''अनाजी, यह सन्धि टिकेगी नहीं, यह बताने के लिए ज्योतिषी की जरूरत नहीं है। हाँ, कुछ समय तक अवश्य बनी रहेगी और हमें उतनी ही अवधि चाहिए। कर्नाटक की मुहिम पूरी करके हमारे लौट आने तक भी यदि यह समझौता बना रहा, तो भी बहुत है।''

राजे ने इसी तरह की सुलह करने के लिए निराजीपन्त को औरंगाबाद भेजा था। निराजीपन्त मुगल सरदार बहादुरखान के साथ भीमा नदी के तट पर स्थित पेडगाँव की मुगल छावनी में सुलह की बातचीत करने में व्यस्त थे। राजे ने उन्हें पूरे अधिकार देकर भेजा था, चाहे जितनी खंडनी देनी पड़े, बादशाह की चाकरी करनी पड़े, सम्भाजीराजा को मनसबदार बनाना पड़े, चाहे जो कुछ स्वीकार करना पड़े, स्वीकार कर लिया जाए। इसलिए राजे को पूरा भरोसा था कि यह सुलह होकर रहेगी।

भागानगर के दरबार में प्रह्लाद निराजी राजे के दूत नियुक्त थे।

रघुनाथपन्त ने प्रह्लाद निराजी के नाम यह सन्देश भेजा था कि राजे भागानगर आना चाहते हैं। राजे भागानगर से उत्तर आने की प्रतीक्षा कर रहे थे।

एक दिन राजे सदर में पधारे, तो बहुत क्रुद्ध थे। जेजुरी के धडशियों[1] और मुखों[2] के बीच अधिकार को लेकर एक विवाद उठ खड़ा हुआ। चिंचवड मठ के देव[3] जेजुरी गए थे, तो उन्होंने इस विवाद की बात सुनी। उन्होंने दोनों को न्याय करने का अभय-वचन दिया और उन्हें चिंचवड बुला लिया। देव न्यायदान करने बैठे। उनके मतानुसार धडशी दोषी पाए गए। देव ने धडशी के अधिकार मुखों को दे दिए। इसे अन्याय समझकर धडशी बौखला उठे। देव ने उन पर दबाव डालना शुरू किया कि वे निर्णय मानें। धडशी घबरा गए। देव ने उन्हें भागते देखा, तो पकड़ मँगवाया। और उनकी बुरी तरह पिटाई करवाई। देव ने सिंहगढ़ के किलेदार को आज्ञा दी कि धडशियों को पकड़कर शिकंजे में कस दिया जाए। सिंहगढ़ के किलेदार ने देव की आज्ञा मान ली और धडशियों को शिंकजे से कस दिया। धडशियों के औरतें-बच्चे राजे के पास शिकायत करने जा पहुँचे। सारी घटना सुनकर राजे क्रोधित हो उठे। सदर में आते ही उन्होंने अनाजी को बुलवा भेजा।

1. धडशी = एक जाति, 2. मुख = मन्दिर के अब्राह्मण पुजारी, 3. देव = ब्राह्मण-अधिकारी।

"अनाजी, यह देवों का मामला क्या है?"

"मुझे भी अभी पता लगा है।"

"हम देव को गुरुसमान मानते हैं, देव इसका अर्थ शायद कुछ-का-कुछ लगा बैठे हैं। वे राज्यशासन में भी बहुत हस्तक्षेप करने लगे हैं। अनाजी, उन्हें कहला भेजो कि आप धर्मशासन करते हैं वह आपका अधिकार है। परन्तु राज्यशासन में आपका इस प्रकार से हस्तेक्षप करना हमें मान्य नहीं है।"

अनाजी घबराए, "किन्तु देवों का अधिकार...।"

"अधिकार अवश्य है किन्तु धर्मशासन में। राजनीति से उसका कोई सम्बन्ध नहीं है। यदि देवों की इच्छा हो कि वे अपना कार्य छोड़कर यही उद्योग करें, तो हम उसके लिए भी तैयार हैं। उन्हें कहलवा भेजो, 'अपनी उपाधियाँ हमें दे डालिए और हमारी उपाधियाँ आप ले लें। यदि आप में शक्ति हो, तो राज्य कर दिखाएँ। धर्म-क्षेत्र सँभाल लेंगे।' ऐसी चेतावनी-भरा पत्र देवों के नाम लिखकर तैयार रखो। हम स्वयं वह पत्र पढ़कर देखेंगे।"

"जो आज्ञा।"

"और हमारे सिंहगढ़ के सयाने किलेदार को आदेश दो कि बन्दी किए गए धडशियों को छोड़ दे। वाह! देवों ने कहा और हमारे किलेदार ने मान लिया। किलेदार चाकर हमारे हैं या देवों के हैं? उन्हें लिखो कि आगे यदि ऐसी घटना हुई, तो क्षमा नहीं करेंगे।"

राजे का पत्र गढ़ से तुरन्त रवाना किया गया। धडशी कैद से छूट गए। देवों को भलीभाँति ज्ञान हो गया कि उनका अधिकार कितना और कहाँ तक है।

देवों की घटना से राजे व्यथित हो उठे थे, किन्तु एक अन्य समाचार ने उन्हें आनन्दित कर दिया। अनाजी ने एक दिन आकर समाचार दिया, "महाराज, समर्थ रामदास स्वामी परली में जाकर रहने लगे हैं।"

"किसने समाचार भेजा है?"

"परली के किलेदार जिजोजी काटकर ने सूचना भेजी है। आपके आदेशानुसार परली गढ़ में उचित प्रबन्ध करा दिया गया है। परली का भाग्य चमक उठा, महाराज। अब परली का दुर्ग सन्त-महात्माओं की भूमि बन जाएगा।" अनाजी ने कहा।

"सचमुच बहुत सुन्दर नाम है। अब से उस गढ़ को 'परली' मत कहा करो। समर्थगुरु के निवास के कारण पवित्र हुआ वह गढ़ अब 'सज्जनगढ़' कहलाएगा।"

उस दिन से परली का नाम 'सज्जनगढ़' हो गया।

26

राजे को गोलकुंडा के कुतुबशाह का भेजा हुआ फरमान मिला, जिसमें राजे को मिलने आने का निमंत्रण था। राजे ने उतने ही सम्मानसहित शाही फरमान को स्वीकार किया। उस दिन से राजकार्यालय में कितने ही लोगों का आना-जाना शुरू हो गया। गोलकुंडा के मंत्री मादण्णा के नाम पत्र लिखे जाने लगे। राजे के सैकड़ों गुप्तचर भागानगर (गोलकुंडा) के रास्ते में इधर-उधर फैल गए। सेनापति हम्बीरराव और येसाजी आदि ने अपने सहायकों को आज्ञा दी कि हट्टे-कट्टे, मशहूर, जवान तथा साहसी घुड़सवारों को चुन लिया जाए। घुड़साल के

शानदार घोड़ों की तथा सेना के पराक्रमी युवकों की सूची बनाई जाने लगी। भागानगर का मार्ग निश्चित करने के लिए मार्गदर्शक भेदिए पहले ही आगे रवाना कर दिए गए थे। यदि घनघोर रास्तों से जाना पड़ा, तो जंगल काटकर साफ करना, शिलाएँ तोड़ना और सुरंगें लगाना आवश्यक होगा। इस दृष्टि से कुशल बेलदार और मजदूर इकट्ठा करने का काम शुरू हो गया।

इस मुहिम की शान कुछ और ही थी। दूसरी मुहिमों के समान यह मुहिम भाग-दौड़ और सावधानी वाली मुहिम नहीं थी। राजे की सारी साज-सज्जा ऐसी थी, जो छत्रपति पद को सुशोभित करे। तय हुआ कि राजे की छावनी डेरे, शामियाने और रावटियों से सजी-धजी रहे। सेना पोशाक, गहनों और झंडों से सजी रहे। घुड़सवार सेना में रुआब की कमी न रहे। इसके सिवाय जरी पताका तथा नौबत-नगाड़ों के लिए विशालकाय सुलक्षणयुक्त हाथियों को चुना गया था। राजगढ़ के अठारहों कर्मशालाओं को अन्य किसी बात की फुरसत नहीं थी। शस्त्रागार के प्रसिद्ध अस्त्र-शस्त्रों को चमकाया जा रहा था। सेना की वेशभूषा, अलंकार और ध्वज भी निश्चित कर लिए गए।

इधर राजगढ़ में सारी तैयारियाँ हो रही थीं और उधर मोरोपन्त जंजिरा के सिद्दी से भिड़ रहे थे। मोरोपन्त ने निश्चय कर लिया था कि दंडा-राजपुरी जीते बिना वे वापस नहीं जाएँगे। किन्तु स्थिति की प्रतिकूलता से वे अपने ध्येय में सफल नहीं हो पा रहे थे। राजे का सारा ध्यान इस समय भागानगर की ओर था। उन्होंने मोरोपन्त को तुरन्त वापस बुलवा लिया। मोरोपन्त को विवश होकर रायगढ़ लौट आना पड़ा।

मोरोपन्त रायगढ़ में राजे के सामने खड़े थे। मोरोपन्त के साथ जंजिरा की मुहिम में वीरता दिखानेवाले वीर सुभानजी मोहिते, सुभानजी खराडे और पाटील भी राजे के सम्मुख सिजदा करने आए थे। राजे उनसे सारा वृत्तान्त सुन रहे थे।

मोरोपन्त ने समुद्रतट पर पहुँचते ही पेड़ काटकर मोर्चे लगाए। जहाजों पर तोपें चढ़ाईं। जंजिरा जलदुर्ग के चारों ओर मराठा जहाजों ने घेरा डाल लिया। जहाजों से तोपों और बन्दूकों से गोले दागे जाने लगे। किन्तु जंजिरा जलदुर्ग के हाथ आने की सम्भावना नहीं दिखाई दे रही थी। अब मोरोपन्त हठ ठान बैठे। उन्होंने योजना बनाई कि जंजिरा की दीवार से सीढ़ियाँ लगाई जाएँ। इस काम के लिए उन्हें एक ऐसा आदमी चाहिए था, जो चौड़ी छातीवाला हो, समुद्र से न डरता हो और उस प्रदेश का पूरा जानकार भी हो। मछुवावाड़े के लायपाटील ने इस काम के लिए हिम्मत दिखाई। उसने जंजिरा की चहारदीवारी से सीढ़ियाँ लगाने की जिम्मेदारी अपने ऊपर ली। दिन तय हो गया। योजना निश्चित हो गई। पाटील ने वायदा किया कि वह सीढ़ियाँ लगा देगा। तय हुआ कि पाटील सीढ़ियाँ लगाए और मोरोपन्त जंजिरा में घुसने के लिए सशस्त्र सैनिक भेजें।

"तो क्या सीढ़ियाँ नहीं लग सकीं?" राजे ने पूछा।

"जी, सीढ़ियाँ तो लगा दी गईं।" मोरोपन्त ने कहा।

"तुमने उमड़ते समुद्र के बीच जाकर दीवार से सीढ़ियाँ लगाईं?" राजे ने पाटील से पूछा।

"जी।" पाटील ने गर्व से कहा, "हम सीढ़ियाँ लगाकर इन्तजार करते रहे। भोर हो गई—जब सब कुछ दिखने लगा, तो हम लौट आए।" बात सुनकर राजे स्तब्ध रह गए। उन्होंने पन्त से पूछा, "पन्त, क्या यह बात सच है?"

"जी हाँ, महाराज।"

"सैनिक क्यों नहीं पहुँचे वहाँ?"

"महाराज, क्षमा करें। भूल मुझसे हुई। रात समुद्र में ज्वार आया था। नाववालों ने अनुमान लगाया कि ऐसे उमड़ते ज्वार में चहारदीवारी से सीढ़ियाँ बिलकुल नहीं लगाई जा सकतीं।"

"नाविकों ने अनुमान लगाया और...और तुमने उनकी बात का भरोसा कर लिया।...इस कारण तुमने एक अनमोल अवसर गँवा दिया।"

मोरोपन्त नीचे देखने लगे। राजे ने कहा, "कोई बात नहीं, पन्त। जो हुआ, सो हुआ। अनुमान गलत निकलना कोई भूल नहीं। हम फिर से प्रयत्न करेंगे। किन्तु पन्त, ऐसा अवसर कभी-कभार आता है। अवसर चूका कि फिर दोबारा हाथ नहीं आता। प्रकृति को यह स्वीकार्य नहीं है।"

राजे ने मोहिते और खराडे का सम्मानवस्त्र तथा पालकी भेंट देकर सत्कार किया। फिर राजे की दृष्टि लायपाटील की ओर मुड़ी। राजे उच्चासन से उठे और लायपाटील के पास गए। उसकी पीठ थपककर उन्होंने कहा, "तुम्हारी बहादुरी अनमोल है। हम तुम्हें भी पालकी में बैठकर चलने का सम्मान प्रदान करते हैं।"

लायपाटील गद्‌गद हो उठे। कहने लगे, "आपने कहा, बस मेरी सेवा सोना बन गई। मगर, महाराज, मैं जाति का केवट, मैं पालकी लेकर कहाँ फिरूँगा?"

राजे हँसने लगे, "पाटील, ऐसा क्यों कहते हो? अब तुम हमारी नजरों से दूर नहीं जा सकोगे। जब हमसे मिलने आओगे, तो पालकी में आना।"

पाटील के नयनों में हर्षाश्रु छलक आए। अपने उदारमना राजा से वे कहने लगे, "महाराज, हमारी औकात ही क्या है? आपके दर्शन करने हम नंगे पैरों चलकर आते हैं। आपसे मिलने हम पालकी में बैठकर आएँ?"

"तुम्हें पाटील किसने बनाया है?" राजे ने पूछा।

"बादशाह ने।"

"पाटील, आज से हम तम्हें 'सरपाटील' खिताब दे रहे हैं। पालकी का सम्मान तुम्हारा रहेगा ही, चाहे तुम उसे प्रयोग करो या न करो।"

राजे ने पन्त की ओर देखा। उन्होंने आज्ञा देते हुए कहा, "पन्त, लायपाटील के लिए शानदार नौका बनवा दो। उस नौका का नाम रखो 'पालकी'—क्यों पाटील, अब तो तुम 'पालकी' के सम्मानित अधिकारी बन गए न?"

रात का अँधेरा, सागर में ज्वार आया हुआ, जलदुर्ग पर कड़ा पहरा, बीच समुद्र में खड़ा हुआ किला, इन सबको मात देकर जंजिरा की चहारदीवारी से सीढ़ी लगानेवाले साहसी वीर लायपाटील का दिल भर आया। चौड़ा सीना उमड़-उमड़ आता था। आँखों से बह रहे खुशी के आँसुओं का भी उन्हें कुछ ध्यान न रहा।

27

बरसात बीतते ही गढ़ में गतिविधियाँ तेज हो गईं। घुड़सवारों के दल तलहटी में आते थे और मुहिम सम्बन्धी आदेश लेकर रवाना हो जाते थे। भेदियों द्वारा निश्चित किए गए रास्ते

के बारे में सोच-विचार किया जा रहा था। राजे अष्टप्रधानों के साथ मुहिम की योजनाओं का विचार-विमर्श करने में व्यस्त थे। कवि कलश राजज्योतिषियों के साथ चर्चा करके प्रस्थान का मुहूर्त खोज रहे थे। पूरे सोच-विचार के बाद निश्चय किया गया कि विजयादशमी के शुभ दिन प्रयाण किया जाए।

एक ओर कर्नाटक मुहिम की व्यवस्था आदि कार्य किए जा रहे थे, दूसरी ओर अन्दरूनी राजनीति ने भी जोर पकड़ लिया था। राजे कई मास तक राजधानी से बाहर रहनेवाले थे, प्रत्येक व्यक्ति के मन में यही विचार उठ रहा था कि इस दीर्घ अवधि में राज्य की शासन-सत्ता किसके हाथ रहेगी। कई बार राजे के अनुपस्थित होने पर सोयराबाई राजसदर बैठक में आने लगी थीं।

दिन काफी चढ़ आया था। राजे राजसदर में पधारे। सभी मंत्रीगण राजे के आदेशानुसार राजसभा में उपस्थित थे। सम्भाजीराजा भी इस सभा में बैठे हुए थे। सब लोग मुहिम के बारे में ही सोच-विचारे कर रहे थे। मोरोपन्त ने आशंका प्रकट की, ''स्थिति देखने से प्रतीत होता है कि आदिलशाही सन्धि का पालन नहीं करेगी। यही क्यों, वास्तव में तो सन्धि टूट ही चुकी है।''

राजे मुस्कुराने लगे, ''हम भी यही चाहते थे। निराजीपन्त बहादुरखान से सन्धि करने में व्यस्त हैं। इसलिए मुगलों से भय नहीं है। आदिलशाही भी आपसी फूट के कारण खोखली हो चली है, इसलिए अनुमान है कि वह भी आक्रमण नहीं करेगी। इसलिए चाहे सन्धि टूटे, या रहे, हमें प्रसन्नता ही है।''

''प्ररन्तु समझौता बना रहता, तो हम और अधिक निश्चिंत बने रहते।'' अमात्य नेकहा।

''अमात्य, शंका मत करो। यहाँ मोरोपन्त तो हैं ही। फिर हम सारी सेना तो साथ ले नहीं जा रहे। कोई संकट आ ही गया, तो मोरोपन्त निपट लेंगे। कर्नाटक की मुहिम में हमें अपना खर्च करने की इच्छा भी नहीं है। मुगलों के प्रदेश में हम लूटपाट नहीं कर सकते। उसकी अपेक्षा आदिलशाही इलाका हमारे अधिक निकट है और आसान भी है। मुगलों से हुई सन्धि के कारण यह प्रदेश भयरहित हुआ समझो। कोंकण तट के बारे में भी हमने सोच लिया है। हमने उस प्रदेश में पहले से ही अफवाह फैला दी है कि हम समुद्र-तटीय प्रदेश जीतने के लिए होनावर की तरफ जानेवाले हैं। इसलिए अंग्रेज और सिद्दी अपने-अपने समुद्र-तट की रक्षा करने में उलझ जाएँगे। हम्बीरराव आदिलशाही में लूट-पाट मचाते हुए सेनासहित हमसे भागानगर प्रदेश में आ मिलेंगे।''

''आपके साथ कौन-कौन जाएँगे?''

''हमारे साथ हम्बीरराव, आनन्दराव, जेधे और सूर्याजी मालुसरे होंगे।''

''और यहाँ कौन-कौन रहेंगे?''

''यहाँ तुम हो, मारोपन्त है और स्वयं युवराज भी गढ़ में रहेंगे। अब छोटे नहीं रहे, क्यों युवराज?''

सम्भाजीराजा ने कहा, ''हम आपकी आज्ञा का पालन करेंगे। आपके लौट आने तक हम राज्य का शासन-कार्य करेंगे।''

अनाजी, मोरोपन्त, आमात्य और पंडितराव एक-दूसरे की ओर देखने लगे। उनकी दृष्टि की चंचलता देखकर सम्भाजीराजा के चेहरे पर मुस्कुराहट आ गई। प्रधानमंडल की दृष्टि

की अस्थिरता राजे ने भी भाँप ली थी। कुछ बेचैन से होकर उन्होंने पूछा, "अनाजी, हमारा विचार तुम्हें स्वीकार है न?"

"यदि स्पष्ट कहा जाए, तो...।"

"मंत्रिमंडल का निर्णय सदा स्पष्ट ही होना चाहिए।"

"आपके जाने के बाद यदि शासन-व्यवस्था युवराज के हाथ ही रहनी हो, तो हमें आज्ञा मिले कि आपके लौट आने तक हम सब घर में बैठे रहें।"

राजे व्याकुल हो उठे। सम्भाजीराजा का क्रोध बढ़ने लगा। अष्टप्रधान मंडल के सभी मंत्री सिर नीचा किए खड़े थे, केवल हम्बीरराव आँख उठाकर देख रहे थे। वे आवेश में आकर कह उठे, "अनाजी, यह युवराज का अपमान है।"

कवि कलश ने शान्तिपूर्वक कहा, "अनाजी, धर्म के अनुसार राज्यव्यवहार युवराज के हाथ रहना ही उचित है। तुम्हारे वचन राजनिष्ठा के अनुकूल नहीं हैं।"

"हम तो चरणों के दास हैं। यह हम कभी नहीं भूले। सेवा में अनीति न हो जाए, इसी कारण हमने ऐसा निर्णय किया है।"

इस अचानक उठी आँधी से राजे बेचैन हो उठे। उन्होंने अनाजी से कहा, "अनाजी, युवराज अब बड़े हो गए हैं—सयाने-समझदार हैं। भविष्य में तो उत्तरदायित्व और भी बड़ा है। उन्हें इसे निभाने के लिए अनुभव की आवश्यकता है।"

"किन्तु यही निश्चय पूरी तरह करना होगा। यदि युवराज मंत्रिमंडल के निर्णय में हस्तक्षेप न करें, तो हमें कोई आपत्ति नहीं।"

सम्भाजी क्रोध के मारे उठकर खड़े हो गए। वे तीखी निगाहों से अनाजी को घूर रहे थे। वे भूल गए कि राजे भी सदर में बैठे हैं। कड़कती आवाज से कहने लगे, "हँऽ! बड़ी कृपा हुई यह तो! अनाजी, हम सब समझते हैं। अगर तुम्हारे कार्यालय में कुछ और लिपिकों या टहलुओं की जरूरत हो, तो रख सकते हो। हमें कोई एतराज नहीं है। लेकिन उन कामों में हमें शामिल न करो।"

"युवराज!" राजे ने जोर से कहा।

"आबासाहब!" सम्भाजीराजा दृढ़तापूर्वक कहने लगे, "इन्हें यदि इतना घमंड हो, तो सबको चलता कर दीजिए। हम अकेले राज्य-व्यवस्था कर लेंगे। परन्तु ये सब यहाँ रहें, तो हमारी गढ़ में रहने की इच्छा नहीं है। हम कहीं भी चले जाएँगे, कोई भी हमें आश्रय दे देगा।"

"सम्भाजीराजे, क्या कह रहे हो तुम?" राजे छटपटा उठे, "राज्य के युवराज हो तुम और बातें करते हो पराश्रय की? धीरज से काम लो। राज्य का हित इसी में है कि मंत्रिमंडल और युवराज एकमत कार्य करें। राज्य तुम्हारा है, अनाजी का नहीं है।"

"यह बात अनाजी को बतला दीजिए, आबासाहब।"

"युवराज!" अनाजी ने विनम्रता से कहा, "तनिक परिपक्वता और गम्भीरता से सोच-विचार करो। क्रोध दबाओ। हम जो कहते हैं, उनके कारण होते हैं। यदि थोड़ा समझने का प्रयत्न किया जाए, तो...।"

"बस, बस, रहने दो, अनाजी। हम कुछ सुनना नहीं चाहते। तुम बुद्धिमान् हो? अभी-अभी जिस पैदल मोहरे को सीधा-सादा, अनजाना जानकर आगे बढ़ाते हैं, वही दस घर आगे बढ़ता

हुआ राजा से जा टकराता है–राजा को शह दे बैठता है। हमें शतंरज अच्छी नहीं आती–हमारे पास उतनी दूरदृष्टि भी नहीं है। हमने अपना निर्णय सुना दिया है। हम जा रहे हैं।''

सम्भाजीराजा ने जल्दी से राजे को सिजदा किया और वे राजसदर से बाहर हो गए। सारी सभा सन्न रह गई थी। राजे भी घटित प्रसंग के कारण स्तंभित हो गए थे। किन्तु अगले ही क्षण वे शान्त हो गए। उनकी दृष्टि अनाजी को देख रही थी।

''अनाजी, तुम जानते हो कि राज्याभिषेक के बाद से हम राज्य-व्यवस्था के सारे निर्णय मंत्रिमंडल की सलाह से किया करते हैं। हम जानना चाहेंगे कि यह निर्णय, जो अभी तुमने किया, तुम्हारा अकेले का है या मंत्रिमंडल का है।''

अनाजी ने उसी दृढ़ता से उत्तर दिया, ''महाराज, यह निर्णय हम सभी का है। आप चाहें, तो सबसे पूछ देखें।''

राजे ने सबकी तरफ देखा। सब गर्दन झुकाए खड़े थे। हम्बीरराव ने कहा, ''मैं भी सेनापति होने के नाते मंत्रिमंडल में हूँ। मुझे यह बात नहीं जँचती।''

अनाजी ने हम्बीरराव की ओर देखा। कहने लगे, ''हम्बीरराव, तुम्हारी स्वामिभक्ति हम जानते हैं। किन्तु राज्य का आंतरिक शासन देश जीतने से बहुत भिन्न है। यह उलझनों से भरा कार्य है। यदि तुम्हारी यही इच्छा हो, तो मोरोपन्त महाराज के साथ जाएँगे। तुम सारे अधिकार अपने हाथ में ले लो। हम दोनों युवराज के तहत काम किया करेंगे।''

राजे ने पूछा ''किन्तु अनाजी, ऐसा एकांतिक निश्चय करने की आवश्यकता क्या है? युवराज से इतनी अनबन क्यों?''

''समझने में भ्रम हो रहा है, महाराज। यह अनबन नहीं है, यह उत्तरदायित्व का प्रश्न है। राज्य दूर-दूर तक फैला हुआ है, हमारी आधी से अधिक सेना राज्य के बाहर होगी। एक ओर सिद्दी है, दूसरी ओर आदिलशाही और मुगलाई जैसे शत्रु हैं। यदि कोई विपत्ति आ पड़े, तो तुरन्त निर्णय करना पड़ता है। ऐसे निर्णय किसके बल पर किए जाएँगे?''

''क्यों? क्या युवराज छोटे हैं अब?'' हम्बीरराव ने कहा।

''वे छोटे नहीं हैं, मगर बड़े भी नहीं हैं। यदि उन्हें छोटा माना जाए, तो इस बात का भरोसा नहीं कि वे बड़े अनुभवी लोगों की सलाह मान लेंगे। यदि बड़ा माना जाए, तो भावना में बहकर और हठ करके वे जो गलत निर्णय कर बैठते हैं उसे पूरा करने का बल भी उनमें है। राज्यशासन में ऐसा जुआ महँगा पड़ता है। यदि अब हम चुप रहे और महाराज के पीछे यदि कोई काम बिगड़ गया, तो उसकी जिम्मेदारी किसकी होगी?''

''ठीक है, अनाजी। हम तुम्हारे निर्णय पर अवश्य सोच-विचार करेंगे।''

राजे राजसभागृह से उठकर चले गए। वे सारा दिन व्याकुल रहे। मन-ही-मन सोचते-विचारते रहे।

सायंकाल सम्भाजीराजा कवि कलश के यहाँ गए। सम्भाजीराजा गुस्से से भरे हुए थे, किन्तु कवि कलश शान्त थे। सम्भाजी ने पूछा, ''हमारे सदर से चले जाने के बाद क्या हुआ?''

''क्या होना था? युवराज, मेरा अनुमान सही था। मंत्रिमंडल को आपके आधिपत्य में काम करना मान्य नहीं होगा। राजे पर उनका जितना विश्वास है, आपके प्रति उतना ही अविश्वास है।''

''लेकिन हमने मंत्रिमंडल का क्या बिगाड़ा है?''

"चिनगारी जा पड़े, तो घास-फूस भर्र से जल जाता है, किन्तु उसी चिनगारी से कोयला सुलगकर अंगारा बन जाता है। पहले वाली घटना से सबके मन में जो घाव है, तुमने उसे भरा नहीं, उलटे तुम उनके सामने उनकी हँसी उड़ाने लगे हो।"

"कैसी हँसी?"

"हँसी नहीं होगी? अनाजी जैसे सचिव को तुम भरी सभा के बीच राजे के लुच्चे सचिव कहोगे, तो कोई कैसे सहन कर सकेगा? युवराज, वाणी का प्रहार सयाने के हृदय में गहरा घाव बना देता है।"

"हम उसकी चिन्ता नहीं करते। अब आगे क्या करें, यह कहो।"

"आगे हमारे हाथ में है ही क्या? महाराज ने मंत्रिमंडल का निर्णय लगभग मान लिया है। वे आपको आदेश देंगे, आपको सिर झुका देना होगा।"

"हम उतने दुर्बल नहीं रहे। हमने आबासाहब को बता दिया है। एक बार और कह दें?"

"युवराज।" कलश अपनी मोटी चोटी को सहलाते हुए कहने लगे, "तुम अनजाने में जो कह गए हो, वही सत्य है। यह शतरंज खेलनेवाले लोग हैं, चाल चलने में पूरे चालाक। एकाध चाल ऐसी चलेंगे कि तुम्हें जीवन-भर पश्चात्ताप करना पड़ेगा। यह भी मत भूलो कि स्वयं पटरानीजी तुम्हारे विरुद्ध हैं।"

"तो आपकी राय क्या है?"

"तुम्हारा यहाँ रहना उचित नहीं है।"

"तो हम कहाँ जाएँ?"

"यह तो आपको निश्चित करना होगा, युवराज। प्रतीत होता है कि आगामी दो वर्ष आपके लिए बहुत क्लेशदायी होंगे।"

"क्लेश तो हम जन्म से ही भोग रहे हैं। अच्छा, हम चलते हैं।"

"थोड़ा पेय पीना चाहेंगे?"

"रहने दीजिए।" युवराज ने कहा, "सम्भव है आबासाहब का बुलावा आ जाए।"

सम्भाजीराजा को जाता देखकर कलश ने सावधान रहने की राय देते हुए कहा, "युवराज, तनिक संयम से काम लीजिए। भावनाओं के प्रवाह में मुख से निकला हुआ एक भी शब्द अनर्थ का कारण बन जाता है। महाराज ने मुहिम की सारी तैयारियाँ कर ली हैं। मुहूर्त भी निश्चित हो चुका है। अब रंग में भंग मत कीजिए।"

वही हुआ, जो सम्भाजी ने सोचा था। वे अपने महल में पहुँचे ही थे कि राजे का बुलावा आ गया। युवराज राजे के महल में गए।

"आओ शम्भू बेटे, हम तुम्हारी ही प्रतीक्षा कर रहे थे।"

सम्भाजीराजा मौन खड़े रहे। राजे उनकी ओर एकटक देख रहे थे।

"शम्भूबाल, हम एक बात कहें, तो मानोगे?"

"हमने आपकी आज्ञा का कभी उल्लंघन नहीं किया।"

"तनिक शान्तिपूर्वक सोचो। हम चाहते हैं कि हम मुहिम के लिए जा रहे हैं, तो निश्चिन्त होकर यहाँ से प्रस्थान करें।"

"तो क्या इस कारण आपकी यह आज्ञा है कि हम मंत्रिमंडल के ताबेदार बने रहें।"

"युवराज!" पल-भर राजे की आवाज ऊँची हो गई, किन्तु अगले ही पल वे सदैव की भाँति कहने लगे, "इस तरह एकदम भड़का मत करो।"

"हम गुस्से में नहीं हैं।"

राजे मुस्करा दिए। बोले, "यह भी एक प्रकार का गुस्सा ही है। ऐसा गुस्सा तुम्हें शोभा नहीं देता। शम्भू बेटे, तुममें और हममें बहुत अन्तर है। तुम्हारे समान हम जनम से युवराज नहीं थे। माँसाहिबा की उँगली पकड़कर जब हमने पुणे में प्रवेश किया था, तब हमारी वह जागीर वीरान थी। राँझा गाँव का पटेल भी हमें 'नाम भर का राजा' कहता था। दादोजी तथा माँसाहिबा से शिक्षा-दीक्षा पाकर हम बड़े हुए। महार, माँग, कोली, माली जो भी आदमी मिला, हमारा आत्मीय बनता गया। दादोजी भी कार्यकारी प्रबन्धक ही थे, राज्य के नहीं, जागीर के। किन्तु उनकी धाक बड़े महाराज के समान थी। जगदम्बा के आशीर्वाद से और अपने पुरुषार्थ से हम राजा बन गए। लोग इकट्ठे किए—उन पर विश्वास किया—उनका विश्वास पाया। एक-दूसरे की भूलों को हमने मिलकर सुधार-सँवार लिया। मोरोपन्त जैसे व्यक्तियों ने कितने कष्ट उठाए हैं! राज्य-स्थापना के कार्य में इन लोगों का श्रेय अधिक है। युवराज, जन्म से अपने युवराज होने का अधिकार तुम पाना चाहते हो, तो जिन लोगों ने राज्य के निर्माण के लिए अपने प्राण दाँव पर लगा दिए हैं, क्या उन्हें अपने अधिकारों की अनुभूति नहीं होगी? वह भी तो उनका अधिकार है, है न?"

"तो क्या राज्य में हमारा कोई स्थान नहीं?"

"ऐसा कौन कहता है? परन्तु राजा अकेला स्वामी नहीं होता। प्रजाजन, अधिकारी, सेना, सेनापति आदि के कर्तृत्व पर राजत्व टिकता है। प्रभुता की धाक अधिकार के बल पर नहीं, प्रभुता की कार्यशीलता से सिद्ध करनी पड़ती है।"

"हमें अवसर मिले, तो हम भी वह कर दिखाएँगे।"

"हमने वही निश्चय किया है।"

"जी, क्या?"

"हम प्रभावली सूबा तुम्हें सौंप रहे हैं। हमारे लौट आने तक तुम उस सूबे की शासन-व्यवस्था कर दिखाओ।"

"अवश्य कर दिखाएँगे, किन्तु उसमें मंत्रिमंडल का हस्तक्षेप नहीं होना चाहिए।"

"उसकी चिन्ता मत करो। तुम चाहे जिन लोगों को चुन लो। अपनी अलग सेना साथ ले जाओ। खर्चे की व्यवस्था करो। हमारे वापस लौटने तक तुम प्रभावली सूबे पर शासन करके दिखाओ। ऐसा राज्य करो कि मंत्रिमंडल भी तुम्हारे कर्तृत्व को देखकर आश्चर्य करे। हमें अपना जीवन सार्थक लगने लगे।"

युवराज सन्तुष्ट मन से अपने महल की ओर चले गए। राजे की व्याकुलता कुछ कम हो गई।

28

विजयादशमी पर्व निकट आता जा रहा था। सम्भाजीराजा के अधिकारीगण एवं सैनिक-दल आवश्यक प्रबन्ध करने के लिए श्रृंगारपुर* रवाना हो चुके थे। निश्चय हुआ था कि हम्बीरराव

* प्रभावली सूबे का केन्द्र स्थान, सम्भाजी राजा की ससुराल।

राजे के साथ जाएँ। आनन्दराव सेना के साथ रहनेवाले थे। कई सरदारों को सेना की छावनियों में भेजा जा चुका था। मुहिम की सफलता की कामना से गढ़ के सब देवी-देवताओं का यथाविधि अभिषेक किया गया। सम्भाजीराजा के आदेशानुसार कवि कलश शृंगारपुर जा चुके थे। विजयादशमी से पूर्व का एक दिन खांडेनवमी मनाया गया। दशहरा आ गया। मनोहारी तथा महादेव राजे के कपड़े, देवमूर्ति आदि से भरे सन्दूक महल से बाहर भिजवा रहे थे। येसूबाई राजे के महल में आईं।

"तैयारियाँ पूरी हो गईं क्या?" राजे ने पूछा।

"जी हाँ।"

"तुम चलो। हम तुम्हारे तुरन्त बाद आ रहे हैं।"

राजे की आज्ञा पाकर येसूबाई गढ़ से उतरकर तलहटी में आ गईं। राजे की तैयारियाँ पूरी हुईं। सम्भाजीराजे भी राजे से मिलने महल में आए। राजे उनके साथ राजमन्दिर के देवगृह में गए। चाँदी के गर्भगृह में भवानी देवी की सुवर्ण निर्मित मूर्ति खड़ी थी। गर्भगृह के सामने उगे हुए कोमल अंकुरोंवाले मिट्टी के ढेर पर रखा हुआ घट पुष्पमालाओं से अलंकृत था। सहस्र समई-दीपकों से दो गज की ऊँचाईवाला एक दीप-वृक्ष जगमगा रहा था। देवगृह में सोयराबाई, पुतलाबाई, शकवारबाई, लक्ष्मीबाई, तथा गुणवंताबाई रानियाँ खड़ी थीं। राजे देवमन्दिर के सम्मुख घुटने टेककर बैठे और देवी को उन्होंने हाथ जोड़कर नमस्कार किया। सम्भाजीराजा ने भी उनका अनुकरण किया। प्रार्थना पूरी करके राजे उठ खड़े हुए। सोयराबाई आरती की थाली लेकर आगे आईं। उन्होंने राजे की आरती उतारी। सोयराबाई जब सम्भाजीराजा की आरती उतार रही थीं, तब राजे ने कहा, "युवराज भी हमारे समान पराक्रम दिखाने के लिए प्रस्थान कर रहे हैं। यह आरती भी बहुत महत्त्वपूर्ण है।"

पीछे से आ रहे राजाराम ने पूछा, "दादामहाराज ने क्या किया है?"

"किया नहीं है, लेकिन करनेवाले हैं। हमने उन्हें प्रभावली सूबा सौंपा है। अपने कन्धों पर जिम्मेदारी लेकर सूबेदारी करना कोई हँसी-खेल नहीं है।"

"हमें भी सूबा दीजिए न!"

राजे मुस्कराने लगे। तभी सोयराबाई कहने लगीं, "बालराजे, तुम्हारे आबासाहब जो मुल्कगीरी करने जा रहे हैं, सो तुम्हारे लिए ही तो है। तुम्हारे लिए नया देश जीतने जा रहे हैं वे।"

राजे ने सोयराबाई की तरफ देखा। पुतलाबाई झट से आगे बढ़ीं। उन्होंने राजे की तथा युवराज की हथेली पर दही का थक्का रखा। पुतलाबाई की ओर देखकर राजे का मुख हर्ष से प्रफुल्लित हो उठा। पल-भर दोनों के नेत्र मिले और राजे देवगृह से बाहर चले गए।

राजे नक्कारखाने की कमान से बाहर निकले कि नौबत बज उठी। राजे और युवराज पैदल चल रहे थे। उनके साथ दोनों को विदाई देने के लिए आ रहे अनाजी, मोरोपन्त, दत्ताजी, राहुजी सोमनाथ आदि श्रेष्ठजन चल रहे थे। राजे ने इन लोगों को बड़ी जिम्मेदारी सौंपी थी। राजगढ़ के उत्तर में स्थित प्रदेश की रक्षा मोरोपन्त के जिम्मे थी। दक्षिणी प्रदेश का उत्तरदायित्व अनाजी को सौंपा था। पन्हाला से नीचे का प्रदेश और कर्नाटक का प्रदेश दत्ताजी त्र्यंबक के आधीन था तथा राजधानी रायगढ़ की सुरक्षा का उत्तरदायित्व राहुजी सोमनाथ को सौंपा था।

राजे की पालकी महादरवाजे के पास खड़ी थी। राजे ने सबसे विदाई ली और पालकी में सवार हो गए। पालकी दरवाजे से बाहर निकली ही थी कि नौबत की आवाज फिर से गूँज उठी।

राजे युवराज के साथ पाचाड आए। वहाँ वे जीजाबाई की समाधि पर गए। तुलसी-चौरे पर उगा हुआ तुलसी का पौधा वायु से डोल रहा था। समाधि के दर्शन करके दोनों ने दिवंगत जीजाबाई से आशीर्वाद पाया। समाधि से लौटते हुए राजे ने युवराज से कहा, ''शम्भू, माँसाहिबा की स्मृति कभी मत भुलाना। वह स्मृति तुम्हें सदा आगे-ही-आगे ले जाती रहेगी।''

विशेष अश्वारोही-दल दोनों की प्रतीक्षा में खड़े थे। राजे का सफेद रंग का विजय नामक प्रिय घोड़ा खड़ा-खड़ा खुर पटक रहा था। हम्बीरराव उसकी लगाम थामे थे। राजे ने विजय की जीन पर हाथ रखा। क्षण-भर को उन्होंने नेत्र मूँदे और वे सवार हो गए। उनके बाद युवराज तथा दल के शेष लोग भी अश्वारूढ़ हुए।

रणभेरी की ध्वनि गूँज उठी। राजे ने रणघोष किया...''जय भवानी।''

सारे दल ने जयघोष को दुहराया—''जयऽ भवानीऽ!''

राजे ने घोड़े को एड़ लगाई। विजय दौड़ने लगा। राजे के साथ-साथ युवराज भी घोड़ा दौड़ाते हुए जा रहे थे। उनके आगे और पीछे अश्वारोही-दल भी दौड़ते जा रहे थे।

ऊपर रायगढ़ के पालकी दरवाजे के पासवाली सपाट भूमि पर खड़ी हुई पुतलाबाई और मनोहारी पाचाड से सरपट दौड़ लगाते हुए दूर जा रहे घोड़ों को देख रही थीं। देखते-ही-देखते घोड़े आँखों से ओझल हो गए। केवल दिखाई दे रही थी धूल की एक रेखा—राजे के मार्ग की निशानी।

भाग : दस

राजे युवराजसहित चिपलूण गए। वहाँ भवानी के प्रसिद्ध मन्दिर में श्री भार्गव के दर्शन करके वे शृंगारपुर आए। वह प्रदेश मनमोहक वनों से सजा-धजा था। कवि कलश राजे के स्वागतार्थ उपस्थित थे। राजे ने तथा युवराज ने उनका अभिवादन किया। उनसे आशीर्वाद पाकर दोनों हवेली में प्रविष्ट हुए। शृंगारपुर की हवेली को साफ-सफाई और रंग-रँगाई के द्वारा स्वागत के लिए भालीभाँति तैयार किया गया था।

"युवराज, तुम्हें यह स्थान अवश्य पसन्द आएगा।"

"हम समझे नहीं, आबासाहब।"

"मनोहर वनों से तथा पर्वतीय उपत्यकाओं से अलंकृत है यह प्रदेश। यहाँ कवि कलश और उमाजी पंडित जैसे विद्वानों का साथ प्राप्त होगा। और फिर प्रभावली सूबा समृद्धि से भरपूर है। हमें तुमसे ईर्ष्या हो रही है, युवराज!" सब लोग हँस पड़े।

"और युवराज, यहाँ शिकार का शौक भी तुम जी भर पूरा कर सकोगे।"

राजे कुछ पल रुके। फिर बोले, "परन्तु युवराज, इतना ध्यान अवश्य रहे कि शिकार का पीछा करते-करते कभी अपनी सीमा न लाँघ जाओ।"

युवराज ने चौंककर राजे की ओर देखा। राजे के मुख की मुस्कुराहट उसी तरह बनी रही। सम्भाजीराजा, कलश और उमाजी की ओर एक बार देखकर राजे कहने लगे, "जीवन में भी मर्यादाओं का बहुत महत्त्व होता है। है ना? तनिक भी उल्लंघन हुआ कि भीषण अनर्थ हो जाता है। सीताजी इस सत्य को भुला बैठीं—भिक्षादान रूपी पुण्य कार्य करने के लिए उन्होंने मर्यादा को लाँघा और रावण उन्हें हर ले गया।"

सबको हवेली की बैठक में छोड़कर राजे युवराजसहित हवेली के अन्दर गए। इसके पश्चात् कुछ दिन वहीं रहकर राजे ने सम्भाजीराजा को शासन-प्रबन्धादि कार्य बतलाए। हवेली के कार्यालय में लिपिक और कारकुन दिखाई देने लगे। बैठक में अधिकारीगण आने-जाने लगे।

एक दिन शाम को राजे ने मुहिम के लिए रवाना होने की बात येसूबाई से कही। उन्होंने कहा, "येसू, हम मुहिम के लिए जा रहे हैं। युवराज प्रभावली सूबे का कामकाज करेंगे। किन्तु तेरी जिम्मेदारी भी कुछ कम नहीं है। हम प्रभावली का सूबेदार ही तुझको सौंप रहे हैं। युवराज पर नजर रखना। तू यहाँ है इसी कारण हम निश्चिंत हैं।"

"मैं तो स्त्री हूँ, मैं भला क्या कर सकूँगी?"

"येसू, पति को रिझाना ही स्त्री का कर्तव्य होता है। गृहस्थी उसी पर निर्भर होती है। हमारे युवराज चाहे हमारी आज्ञा भंग करें, किन्तु वे तेरा कहा नहीं टाल सकते। हम अच्छी

तरह जानते हैं यह। इसीलिए हम निश्चिंत हैं। अच्छा, अब हमें जाना होगा। हम्बीरराव आगे गए हैं। वे हमारी प्रतीक्षा करते होंगे।''

''कल जाएँगे क्या?''

''हाँ! हम इतने दिन भी न रुकते। किन्तु हम प्रतीक्षा करते रहे।''

''किसकी?''

''और किसकी बाट जोहते हम? हमने युवराज को प्रभावली सूबा सौंपने की बात सोची, उस समय केवल युवराज ही नहीं, तू भी हमारे ध्यान में थी। शृंगारपुर तेरा मायका है–जाने से पहले पिलाजीराव से भेंट हो जाती, तो अच्छा होता!''

इसी समय सेवक ने आकर सूचना दी, ''पिलाजी शिर्के सरकार बैठक में आ गए हैं।'' राजे प्रसन्न हो उठे। कहने लगे, ''वाह! सौ बरस की उम्र पाई है उन्होंने। पिलाजीराव को यहीं ले आओ।''

पिलाजीराव सम्भाजीराजासहित कक्ष में आए। येसूबाई ने पिता को प्रणाम किया। पिलाजीराव राजे को सिजदा करने के लिए झुकना चाहते थे कि राजे ने आगे बढ़कर उनके हाथ पकड़ लिए। उन्होंने कहा, ''पिलाजीराव, आप हमारे समधी हैं। सिजदा करके हमें शर्मिंदा क्यों करते हैं?''

''समधी का ही नाता होता, तो सिजदा न करते।'' अपने गलमुच्छों पर उलटी मुट्ठी फेरते हुए पिलाजीराव कहने लगे, ''लेकिन आप छत्रपति हैं! एक कुनबी मराठे का सिर आपके सामने न झुके, यह कैसे होगा?''

''हम छत्रपति हैं, सो राजसदर में हैं, यहाँ नहीं। यह येसूबाई का महल है।''

''वैसा मान लें, तो भी सिजदा करने से हमारा छुटकारा नहीं होता, महाराज।''

''वह क्योंकर?''

''याद है? आगरा से आप अकेले आए थे...हम मिलने आए थे...।''

''ना, ना, पिलाजीराव, उस घटना की याद भी मत दिलाइए। हम दोनों ने ही बहुत वेदना सही है।'' राजे ने एकदम विषय बदल दिया। कहने लगे, ''अब ये तुम्हारे दामाद प्रभावली के सूबेदार बन गए हैं। हम मुहिम के लिए जा रहे हैं। अब इन दोनों की जिम्मेदारी तुम्हारी है।''

''महाराज निश्चिंत रहें।'' पिलाजीराव ने कहा, ''हमारे जमाईबाबू तो सूबेदार बन गए, मगर हमारा क्या हुआ?''

राजे के मन में कुछ खटका हुआ। उन्होंने पूछा, ''हम तुम्हारी बात नहीं समझे।''

''राजसबाई के विवाह के समय हमने आपसे जागीर माँगी थी।''

राजे हँसने लगे। बोले, ''पिलाजीराव, हम अपने वचन से बँधे हैं। यह सच है कि हम किसी को जागीर नहीं देते, किन्तु तुम्हें इस नियम का हम अपवाद समझेंगे। किन्तु तुम्हें जागीर मिलना या न मिलना तुम्हारी येसू के हाथ में है।''

पिलाजीराव येसूबाई की ओर देखने लगे।

''पिलाजीराव, हमने तुम्हें वचन दिया था कि हमें पोता हुआ कि हम तुम्हें जागीर देंगे। अब मन कहता है कि हम तुम्हें जल्दी-से-जल्दी जागीर दे सकें, तो क्या ही अच्छा हो! अब हम थक चले हैं, जी चाहता है कि पोते का मुँह देखें।''

येसूबाई शरमाकर भागती हुई कक्ष के बाहर चली गईं। सम्भाजीराजा संकोच के मारे वहीं खड़े रहे। पिलाजीराव और राजे के ठहाकों से सारी हवेली गूँज उठी।

2

सम्भाजी और येसूबाई शृंगारपुर में रह गए। राजे ने आगे की यात्रा के लिए प्रस्थान किया। सम्भाजीराजा ने जैसे अपने विश्वसनीय व्यक्ति अपने पास नियुक्त किए थे, किन्तु वे नहीं जानते थे कि महाराज के विश्वासपात्र कुछ व्यक्ति भी उन लोगों के बीच छिपे हैं। युवराज की सेवा करने वालों में कुछ राजे के भेदिये भी थे।

अपनी सेनासहित राजे आंबाघाट से उतरते हुए मैदानी प्रदेश में आए। उन्होंने पन्हालगढ़ में मुकाम किया। पन्हाला में उनकी एक और बड़ी सेना उनकी प्रतीक्षा कर रही थी। उस सेना को भी अपने साथ लेकर राजे पाटगाँव गए। वहाँ उन्होंने एक सन्त मौनी बाबा के दर्शन किए।

पाटगाँव में राजे ने अपनी सेना को दो भागों में बाँट दिया। उन्होंने एक सेना को बीजापुर की ओर भेजा, जिसके नेता थे हम्बीरराव। धनाजी जाधव, सर्जेराव जेधे और नागोजी जेधे यह वीर सरदार भी हम्बीरराव के साथ थे। हम्बीरराव सेनासहित बीजापुर प्रदेश में घुस पड़े। राजे अपनी सेना के साथ सतारा के निकटवर्ती निममोड मायणी गाँव से होते हुए भागानगर की ओर चल पड़े। हम्बीरराव आदिलशाही इलाके में आतंक जमाते हुए और लूट-पाट मचाते हुए आगे बढ़ रहे थे। इसलिए आदिलशाही का सारा ध्यान लगा हुआ था हम्बीरराव की ओर और इस कारण राजे आदिलशाही इलाके से गुजरते हुए भी निर्भयता के साथ भागानगर की ओर बढ़ते जा रहे थे। बीजापुर प्रदेश में ही राजे ने अपनी सेना के घोड़ों की नालबन्दी करा ली।

राजे इससे पूर्व जितनी भी मुहिमों के लिए गए थे, वे सब मुहिमें सदा पैरों खड़ी और सदा सजग होती थीं। उन मुहिमों का आधार होती थी केवल अश्वारोही सेना। राजे ने जीवन में पहली बार इतनी ऐश्वर्ययुक्त मुहिम निकाली थी। सैकड़ों भारवाही बैल साज-सामान ढोकर आगे ले जाते थे। डेरों और शामियानों की छावनी बनाई जाती थी। राजे की सेना में इस बार घोड़ों के साथ-साथ हाथी और ऊँट भी थे। छत्र की छाया तथा चँवर की मन्द वायु के बीच राजे कर्नाटक प्रदेश में से होकर गुजर रहे थे।

राजे की छावनी का पड़ाव बीजापुर प्रदेश में था। छावनी की चारों दिशाओं में गश्ती और खोजी घुड़सवारों की टोलियाँ घूम रही थीं। दुपहरी थी, फिर भी हवा में काफी ठंडक थी। राजे के खेमे के चारों ओर कड़ा पहरा था। राजे छावनी का निरीक्षण करके अपने खेमे में लौटे थे। बालाजी-आवजी, येसाजी कंक और रघुनाथपन्त राजे के पास बैठे हुए थे। राजे का मन इस समय व्याकुलता से भरा था। कोप्पल का किला तुंगभद्रा नदी के उत्तरी तट पर स्थित था जो बहुत पुराना तो था ही, उसे दक्षिण का द्वार भी माना जाता था। इस किले के किलेदार दो पठान भाई हुसैनखान और अब्दुल रहीम मियाना थे। राजे ने उनके अत्याचारों की कहानियाँ सुनी थीं। राजे ने हम्बीरराव को आज्ञा दी कि उन पठानों को ठीक तरह ठिकाने लगाया जाए। राजे ने यह तो समाचार सुना था कि हम्बीरराव कोप्पल की ओर धावा बोलने गए हैं, किन्तु उस हमले के आगे क्या हुआ, इसकी जानकारी राजे को नहीं मिली थी। इसीलिए बेचैन थे।

शाम को एक सवार ने मराठा छावनी में प्रवेश किया। राजे घुड़सवार-सेना का निरीक्षण कर रहे थे। बालाजी वहाँ आए, "महाराज, हम्बीराव का भेजा हुआ सवार आया है।"

"क्या खबर लाया है?" राजे ने अधीर होकर पूछा।

"हम्बीरराव की जीत हुई, महाराज। हम्बीरराव के हमले की खबर सुनते ही हुसैनखान मियाना लड़ने के लिए किले से बाहर निकला। गदग प्रान्त के येलबुर्गा गाँव के पास दोनों की मुठभेड़ हुई। जमकर लड़ाई हुई। हुसैनखान की हार हुई। इस लड़ाई में दो हजार घोड़े, बारह हाथी, कई ऊँट, बिछाइत, खजाना और बहुत-सा महीन कीमती कपड़ा हमारे हाथ लगा। खुद हुसैनखान भी कैद कर लिया गया। सारी सम्पत्ति लेकर हम्बीरराव सेनासहित इधर आ रहे हैं।"

समाचार सुनकर राजे बहुत हर्षित हुए। उनके पास खड़े हुए सूर्याजी और येसाजी के चेहरे भी खुशी से खिल उठे। राजे ने बालाजी की ओर देखा, किन्तु बालाजी के मुख पर विजय का हर्ष नहीं दिखाई दे रहा था। राजे का मन आशंकित हो उठा। उन्होंने कहा, "बालाजी, इतनी विजय पाई है, फिर भी तुम इस प्रकार स्तब्ध क्यों?"

"महाराज, हुसैनखान से हुई मुठभेड़ में परम वीरता दिखाकर नागोजी जेधे रण में खेत रहे।"

राजे एकदम सन्न रह गए। सर्जेराव जेधे के साथ नागोजी जेधे और धनाजी जाधव नामक दो वीर युवक भी गए थे। राजे को विश्वास नहीं हो रहा था कि नागोजी जेधे जाते रहे। बालाजी बता रहे थे, "जब हुसैनखान मियाना की हार होने लगी, तो मियाना का हाथी एक ओर भागने लगा। नागोजी ने उसे भागते देखा और हाथ में भाला तानकर अपना घोड़ा दौड़ाते हुए उन्होंने हाथी को जा पकड़ा। नागोजी का फेंका हुआ भाला हाथी के गंडस्थल पर लगा। भागता हाथी पीछे लौट पड़ा। हौदे में बैठे हुए हुसैनखान ने बड़े गुस्से से नागोजी पर एक तीर चलाया। दुर्भाग्यवश तीर मर्मस्थल पर लगा। बाण सिर को भेदकर ठोड़ी के पास बाहर निकला। सर्जेराव जेधे पास ही थे। उन्होंने बाण खींचकर निकाला ही था कि नागोजी राव के प्राण-पखेरू उड़ गए।"

"अरे! अरे!" राजे वेदना से छटपटा उठे।

"नागोजी को गिरा हुआ देखते ही धनाजीराव जाधव ने मियाना के हाथी को घेर लिया। उन्होंने मियाना को हौदे से नीचे खींच लिया। हुसैनखान मियाना मारा गया। इसके बाद धनाजी ने पठानों को गाजर-मूली की तरह काटा।"

यह वृत्तान्त सुनाकर बालाजी कंक रुक गए। पराक्रम की गाथा सुनकर राजे रोमांचित हो उठे। उनके मुख से निकल पड़ा, "क्या? विजय सर्वथा हानि पाकर ही मिलती है? क्या विजय पर दुख का रंग ही चढ़ाना पड़ता है?"

ऐसी दशा में राजे का ध्यान भला किसी काम में कैसे लग पाता! वे सेना का निरीक्षण अधूरा छोड़कर अपने डेरे में वापस लौट आए। अगले दिन सुबह से हम्बीरराव की सेना पड़ाव में आने लगी। लूटी हुई सम्पत्ति पड़ाव में लाई जा रही थी। दो हजार घोड़े और लूट का सामान देखने के लिए सारी छावनी उमड़ पड़ी थी।

राजे अपने डेरे में बैठे हुए थे। येसाजी कंक ने आकर सूचना दी कि हम्बीरराव आ रहे हैं। हम्बीरराव आए। आकर उन्होंने राजे को सिजदा किया।

"हम्बीरराव, हमने तुम्हारी वीरता की कथा सुनी। बहुत सन्तोष हुआ। किन्तु नागोजी की खबर सुनकर हम बड़े दुखी हुए।"

हम्बीरराव विनम्रतापूर्वक कहने लगे, ''लड़ाई बड़ी घमासान हुई, महाराज। सर्जेराव और धनाजी आपके दर्शन करने आ रहे हैं।''

राजे चौंक उठे। खड़े होते हुए उन्होंने कहा, ''सर्जेराव अपने गाँव वापस नहीं लौटे?''

''जी नहीं। नागोजी ने वीरगति पाई। उनका दाहकर्म किया गया। नागोजी की पत्नी गोदूबाई कारी गाँव में थीं। उन्होंने जैसे ही पति की मृत्यु की खबर सुनी, वे सती हो गईं। यह समाचार सुनते ही मैंने सर्जेराव से कारी गाँव लौट जाने के लिए कहा, लेकिन वे माने नहीं। उन्होंने कहा, 'जेधे घराने का कोई भी लड़ाका आज तक युद्धभूमि से वापस नहीं लौटा है'।''

''ओह! जेधे को बुलाओ।''

हम्बीरराव डेरे से बाहर गए। कुछ पल बाद राजे के कदम भी स्वयमेव डेरे के द्वार की तरफ बढ़ने लगे। वे द्वार पर जा खड़े हुए। आँखों ने देखा—सर्जेराव जेधे सामने से चले आ रहे थे। सीना ताने, सिर उठाए सर्जेराव आ रहे थे। सिर पर मावली ढंग की कंगनी गोल पगड़ी, बदन में अँगरखा और पैरों में तंग घुटन्ना पहने हुए, पीठ पर ढाल और कमरबन्द में कसी हुई तलवार धारण किए हुए, बड़े-बड़े गलमुच्छों पर उलटी मुट्ठी फिराते हुए सर्जेराव बड़ी शान से चले आ रहे थे। जैसे ही उन्होंने राजे को देखा, उनका कृत्रिम आवेश जाता रहा। मूँछों पर ताव दे रहा हाथ नीचे आ रहा। सिर नीचे झुक गया।

राजे शीघ्र गति से पग बढ़ाते हुए उन तक पहुँचे। सर्जेराव सिजदा करने को नीचे झुका ही चाहते थे कि राजे ने बिना कुछ कहे उन्हें अपनी बाँहों में भर लिया। सर्जेराव के पीछे चले आ रहे धनाजी और हम्बीरराव यह दृश्य देख रहे थे। राजे की आजानु लम्बी भुजाएँ सर्जेराव की पीठ पर थीं। थरथराती-सी उँगलियाँ सर्जेराव की पीठ सहला रही थीं। आलिंगन में बँधे वे दो जन जब अलग हुए, तो दोनों की आँखें डबडबा आई थीं। राजे ने सर्जेराव का हाथ पकड़ा और उन्हें डेरे की ओर ले चले। डेरे में ले जाकर राजे ने उन्हें अपने पास बैठा लिया। सर्जेराव सकुचाने लगे।

''सर्जेराव, संकोच मत करो। लड़ाई में तुम्हारा वीर पुत्र काम आया, बहू सती हो गई, किन्तु तुम मुहिम से गाँव की ओर न लौटकर इधर चले आए हो। सचमुच तुम्हारी स्वामिभक्ति के आगे हमारा सिर सदा झुका रहेगा।''

''राजे, ऐसा क्यों कहते हैं? राज्य की सेवा करते-करते मेरा लाल जाता रहा—उसका जीवन सार्थक हुआ। बाप से पहले मौका हथियाकर बेटा चल दिया और मैं मैदान छोड़कर वापस चला जाऊँ?''

''सर्जेराव, तुम्हारे धीरज का मोल हम क्या दे सकेंगे? बालाजी, यह लोग सोने से भी अनमोल हैं—सोने का कड़ा पहनाकर इनका सम्मान करना असम्भव है। रायगढ़ लौटते ही इस घटना की याद में जेधे वंश के नाम प्रतिवर्ष एक सेर सुवर्ण देने की राजाज्ञा लिखवा देना। हम जब वापस लौटेंगे, तब स्वयं कारी गाँव जाकर मातुश्री को सान्त्वना देंगे।''

राजे ने धनाजी जाधव की शूरता की प्रशंसा करके उनका भी यथोचित सम्मान किया।

3

हम्बीरराव की सेना के आ मिलने से अब छावनी बहुत बड़ी हो गई थी। अब सेना में लगभग तीस हजार घुड़सवार और बीस हजार पैदल सिपाही थे। पड़ाव के बाद पड़ाव किया जाता

रहा और एक दिन राजे भागानगर के विलायती प्रदेश में आ पहुँचे। भागानगर प्रदेश में आते ही राजे ने सैनिकों को कठोर चेतावनी दी थी कि यहाँ हर चीज पैसा देकर खरीदी जाए। रास्ते के गाँवों-बस्तियों के लोगों को रत्ती-भर भी कष्ट नहीं होना चाहिए। जिन सैनिकों ने इन आदेशों का आरम्भ में ही उल्लंघन किया, राजे ने उन्हें क्षमा नहीं किया। अपराधियों के सिर कटवा डाले गए और इस तरह सेना में आतंक छा गया। इस प्रकार हर पड़ाव में वस्तुएँ मूल्य देकर खरीदी जाती थीं और राजे भागानगर की तरफ बढ़ने लगे।

शिवाजी के आगमन की वार्ता सुनकर भागानगर के नागरिकों की उत्सुकता बहुत बढ़ गई थी। लेकिन तानाशाह के मन में राजे के बारे में डर समाया हुआ था। यद्यपि उसके दरबार के मराठा दूत प्रह्लाद निराजी ने तथा स्वयं कुतुबशाही वजीर मादण्णा ने शपथ लेकर आश्वासन दिया था, फिर भी तानाशाह को तसल्ली नहीं हुई थी। किन्तु जब उसने सुना कि शिवाजीराजा उसके प्रदेश में आकर भी लूट-पाट नहीं मचा रहा है, तो उसका कुछ धीरज बँधा। उसने स्वीकार किया कि वह प्रथा के अनुसार राजे का स्वागत करने चार गाँव आगे चलकर आएगा।

राजे के सवार खलीते लेकर भागानगर जा रहे थे और भागानगर से भेजे गए खलीते रोज छावनी में आ रहे थे। राजे ने जब सुना कि स्वयं तानाशाह अगवानी करने आ रहे हैं, तो उन्होंने कसम देकर कहलवा भेजा ''आप न आएँ। आप हमारे बड़े भाई हैं, मैं छोटा भाई हूँ। आप अगवानी करने न आएँ।''

राजे के सन्देश से बादशाह प्रसन्न हो गया। उसने तय किया कि वजीर मादण्णापन्त और आक्कण्णापन्त राजे के स्वागतार्थ जाएँ।

भागानगर की ओर राजे की यात्रा जारी थी। जब भागानगर दो गाँव दूर रह गया, तो सूचना आई कि मादण्णापन्त आ रहे हैं। समय धूप का था, फिर भी हवा में ठंडक बनी हुई थी। राजे के आगे-पीछे अश्वारोही-दल चल रहे थे। जरी-पताकावाला आगे का हाथी काफी दूरी पर नजर आ रहा था। हम्बीरराव, येसाजी कंक, मानाजी मोरे तथा रघुनाथपन्त राजे के साथ जा रहे थे। सेना के एक ओर से होकर एक घुड़सवार दौड़ता हुआ राजे के पास आया। उसने आकर सूचना दी कि कुतुबशाही दल दिखाई दे रहे हैं। राजे का चेहरा खुशी से भर उठा। उन्होंने हम्बीरराव मोहिते तथा सोमाजी नाईक से कहा, ''तुम दोनों आगे जाकर बादशाह के वजीर को सम्मानसहित हमारे समाने ले आओ।''

हम्बीरराव और सोमाजी नाईक अपनी सैनिक टुकड़ी लेकर आगे बढ़े। राजे की सेना की चाल अब धीमी हो गई थी। राजे शान्तिपूर्वक मार्ग पर आगे बढ़ रहे थे। इसी प्रकार काफी समय बीता था कि राजे के पास खड़े हुए आनन्दराव ने कहा, ''महाराज, वह देखिए।''

राजे ने सामने देखा। समतल प्रदेश से होते हुए कुछ घुड़सवार-टोलियाँ दौड़ती आ रही थीं। उनके शस्त्र तेज धूप में चमचमा रहे थे। टोली के आगे कुतुबशाही का हरा झंडा लहरा रहा था। उस घुड़सवार-सेना में कोई पाँच सौ या एक हजार सवार होंगे। राजे के सैनिक-अधिकारी उस सेना के आगे-आगे चले आ रहे थे। उनके पीछे कुतुबशाही सवार थे। उनके पीछे हम्बीरराव तथा अन्य प्रभावशाली व्यक्ति थे। राजे की सेना कब रुक गई, यह भी कोई नहीं जान सका। राजे के कुछ आगे आकर वे दल रुक गए। हम्बीरराव और सोमाजी नाईक उतर पड़े। उनके पीछे चले आ रहे प्रह्लाद निराजी को भी राजे ने पहचान लिया। अब राजे भी उतर पड़े। नीचे बिछाए हुए पाँवड़े पर वे चार कदम भी न चले होंगे, तभी

आगे खड़े व्यक्ति निकट आ गए। प्रह्लाद निराजी ने राजे को सिजदा किया। राजे ने देखा, उनके पीछे दो व्यक्ति चले आ रहे थे। उन्हें देखते ही राजे पहचान गए कि वह दोनों मादण्णापन्त और आक्कण्णापन्त हैं। प्रह्लाद निराजी ने उनका परिचय कराते हुए कहा, ''महाराज, कुतुबशाही के वजीर मादण्णापन्त और उनके भाई आक्कण्णापन्त आपके स्वागतार्थ पधारे हैं।''

राजे की दृष्टि मादण्णापन्त की ओर गई। दक्षिणी ढर्रे की पगड़ी, रेशमी अँगरखा और धोती पहने मादण्णा और आक्कण्णा राजे की ओर ही देख रहे थे। मादण्णा के चौड़े मस्तक पर गंधतिलक अंकित था। मुखमंडल तेजस्वी और नेत्र कांतिमान थे। दायाँ हाथ छाती पर रखकर मादण्णापन्त नतमस्तक हो गए। बोले, ''छत्रपति महाराज की जय हो। आलमपनाह को बहुत हर्ष है कि छत्रपति के चरण भागानगर भूमि को पावन कर रहे हैं। स्वयं जिल्ले-सुबहानी आपके स्वागत के लिए पधारनेवाले थे किन्तु आपकी इच्छा के अनुसार उन्हें अपना विचार बदलना पड़ा। मैं बादशाह की तरफ से इस भूमि में आपका स्वागत करता हूँ। जिस प्रकार यह भूमि इस बात के लिए प्रख्यात है कि शत्रु के दाँत खट्टे कर देती है, उसी प्रकार यह भूमि अपने मेहमानों की राह में प्राणों को पाँवड़े बनाकर बिछा देती है। अनजाने में यदि कोई त्रुटि हो जाए, तो महाराज क्षमा करें।''

मादण्णा ने सिर उठाकर, देखा। राजे आगे बढ़े। उन्होंने स्नेहपूर्वक मादण्णा का हाथ अपने हाथों में थाम लिया और कहा, ''मादण्णापन्त, पत्रों द्वारा हमारा परिचय हो ही चुका है। तुमसे मिलने के लिए हम बहुत उत्सुक थे।''

कहते-कहते राजे ने अपनी कलाई में बँधी पहुँची खोली। उसे मादण्णा की कलाई में बाँधते हुए राजे ने कहा, ''हमारी याद समझकर इसे सँभालना। परमेश्वर बहुत दयालु है। ऊपर विशाल आकाश और नीचे विस्तृत धरित्री—इस विशाल धरती पर हमारे छत्रचामर तथा पालशाह की कुतुबशाही कितनी छोटी-सी है। आकाश के छत्र के नीचे हो रहा यह मिलन इसी तरह विशाल बने—अक्षय रहे, यही कामना है।''

मादण्णा ने राजे के गुणों की चर्चा सुनी थी किन्तु उनके रूप तथा वचनों को देख-सुनकर वे गद्‌गद हो उठे। उन्हें प्रतीत हो रहा था कि राजे के आगमन के लिए किए गए कष्ट सफल हुए। मादण्णा ने अपने भाई का तथा स्वागतार्थ आए हुए कुतुबशाही दरबार के बड़े-बड़े सरदारों से राजे का परिचय कराया। शाही दरबार के लोग राजे के साथ-साथ भागानगर की ओर चल पड़े।

भागानगर निकट आता जा रहा था। पहाड़ों तथा विविध आकृतियों की ऊँची-ऊँची शिलाओं के बीच होते हुए सेना आगे बढ़ती जा रही थी।

शाम तक राजे भागानगर के पास पहुँच गए। अस्त हो रहे सूर्य की तिरछी किरणों में वह समृद्ध नगरी दूर से दिखाई दे रही थी। भागनगर के निकटवर्ती विस्तृत मैदान में राजे के लिए छावनी बनाई गई थी। छावनी के बीचोबीच खड़े किए हुए डेरे का सुनहरा कलश जगमगा रहा था। राजे के निवासस्थान की सूचना दे रहे उस डेरे के शिखर पर भगवा ध्वज फहरा रहा था। छावनी की रचना गोलाकार पद्धति से की गई थी। मार्ग सीधे, साफ-सुथरे, सुन्दर और सीधी रेखा में बनाए गए थे। आगे गए हुए लोगों ने छावनी का प्रबन्ध हाथों में ले लिया था। पहरेदार नियुक्त किए जा चुके थे। राजे ने शिविर में प्रवेश किया। मध्य में स्थित डेरे के चारों ओर गोल आकार में कई छोटे डेरे खड़े किए गए थे। इनके पीछे तक

बड़े तम्बू का गोल सीमाक्षेत्र था। उनके बाद कई गोलमोल घेरों में रावटियाँ बसी हुई थीं। छावनी के चारों ओर सायबानी डेरे खड़े किए गए थे। इनके अतिरिक्त फीलखाना और कामगारों के लिए अलग-अलग जगहें बनाई गई थीं। आज तक भागानगर के पास इतना शानदार सैनिक शिविर कभी नहीं बसाया गया था।

राजे का डेरा ऐश्वर्यपूर्ण था। महँगी बिछाइतें और बेशकीमती गलीचे उसकी शोभा बढ़ा रहे थे। सब ओर कनौजी धूप की सुगंधि फैली हुई थी। जैसे ही राजे मादण्णा के साथ अपने डेरे में प्रविष्ट हुए, तोपें गरज उठीं। पूरे भागानगर शहर को पता चल गया कि राजे सकुशल छावनी में आ पहुँचे हैं। राजे ने मादण्णापन्त, आक्काण्णापन्त तथा शाही दरबार के अन्य मनसबदारों का यथोचित सम्मान किया तथा उन्हें बीड़े भेंट कर विदा किया।

सूर्यास्त से पहले ही राजे की छावनी भालीभाँति बस चुकी थी। धीरे-धीरे रात का अँधेरा छावनी पर छाने लगा।

कुतुबशाही का तानाशाह गोलकुंडा किले में स्थित अपने महल के छज्जे में खड़ा हुआ नीचे फैली हुई राजे की पचास हजार सैनिकों की छावनी देख रहा था। छावनी में हजारों मशालें जल रही थीं। देखने से लगता था—मानो दूर पर असंख्य जुगनू चमक रहे हों। छावनी भागनगर के ही समान विशाल दिखाई दे रही थी। यद्यपि मादण्णा ने तानाशाह को बहुत विश्वास दिलाया था, तथापि उसके मन का भय दूर नहीं हुआ था। व्याकुल और आतंकित हृदय से वह दूर स्थित टिमटिमाती छावनी की ओर देख रहा था।

4

अभी भोर की ठंडक थी। छावनी की नींद खुली। पहरे बदले गए। सुबह की ठंडी हवा से कनातें फड़क रही थीं। छावनी में जगह-जगह अलाव जल उठे थे। सूर्योदय होने पर राजे ने डेरे से बाहर आकर सूर्यदेव को नमस्कार किया। राजे स्नान-पूजा से निवृत्त हो चुके थे। दिन ज्यों-ज्यों चढ़ता जा रहा था, मराठा सरदार राजे को सिजदा करने आते जा रहे थे। राजे प्रह्लादपन्त, हम्बीरराव, मानाजी और येसाजी के साथ बातचीत करने में व्यस्त थे। उनसे छावनी की जानकारी पा रहे थे। कुतुबशाही द्वारा किए जा रहे आतिथ्य से सभी बहुत प्रसन्न थे। तानाशाह ने इन्तजाम करने में किसी प्रकार की कसर नहीं रहने दी थी।

जैसे-जैसे दिन चढ़ने लगा, तानाशाह के उच्चाधिकारी राजे की छावनी में आने लगे। मादण्णापन्त आए। प्रह्लाद निराजी भी आ गए। बादशाह से मिलने को स्थान, समय आदि का निश्चय करने के लिए बातचीत शुरू हो गई। राजे ने कहा, ‘‘मादण्णा, हम बादशाह से भेंट करने इतनी दूर आए हैं। बादशाह हमारी अगवानी करने के लिए न पधारें। हम ही किले में जाकर उनसे मिलेंगे।’’

मादण्णापन्त के दिल का बोझ उतर गया। वे जानते थे कि बादशाह किले से बाहर आने में घबराते हैं। मादण्णा ने कहा, ‘‘महाराज, जैसी आपकी आज्ञा। मुलाकात के बारे में यदि आपकी कोई विशेष इच्छा हो, तो मैं बादशाह के सामने निवेदन करूँगा।’’

‘‘मादण्णा, बादशाह को हमारी ओर से धन्यवाद कहना। उन्होंने हमारी आवभगत ऐसी की है कि जो उनके अनुरूप ही है। भेंट का समय निश्चित होते ही हम वहाँ उपस्थित होंगे। किन्तु

हमारी एक प्रार्थना बादशाह के सम्मुख अवश्य कहना। कहना कि जैसे वे बादशाह हैं, उसी प्रकार हम भी छत्रचामर से सुशाभित एक राजा हैं। दरबारी रिवाज के अनुसार बादशाह के सामने सिर झुकाकर तसलीम करना हमें पसन्द नहीं है। मुलाकात हो, तो बराबरी के नाते ही हो।''

मादण्णा ने राजे का सन्देश बादशाह तक पहुँचा दिया। बादशाह ने इस प्रकार की भेंट की स्वीकृति दे दी। फिर दोनों के लिए एक सुविधाजनक शुभ दिन देखकर भेंट होना तय हुआ। यह मुलाकात तानाशाह के महल में दोपहर के समय होनी निश्चित की गई। सारे भागानगर की नजरें अब इसी भेंट की ओर लगी थीं।

5

दिन निकल आया। इसी दिन भेंट होनी थी। राजे के आदेशानुसार हम्बीरराव अश्वशाला की तैयारियों में व्यस्त थे। उनकी देख-रेख में चुनिन्दा अश्वसेना तैयार की जा रही थी। मानाजी मोरे जुलूस में साथ आनेवाली सेना की निगरानी कर रहे थे। महँगे वेश तथा चमकते अस्त्र-शस्त्रों से लैस होकर पदाति और अश्वारोही सेना तैयार हो गई। ध्वजवाही हाथी को सिर से लेकर पैर तक सोने-चाँदी के गहनों से सजाया गया था। उसकी पीछे पर जरतारी झूल थी और उस पर सोने की अंबारी रखी थी। जो सरदार राजे के साथ बादशाह से मिलने जानेवाले थरे, उन्होंने बहुमूल्य वस्त्र धारण किए थे। उनकी देह भी सोने-चाँदी के आभूषणों से सुशोभित थी। उनके सिर पर मराठा ढंग की पगड़ी और पगड़ी में खोंसा हुआ तुर्रा था। मादण्णापन्त प्रह्लाद निराजी के साथ शिविर में आए। राजे ने उनसे मुलाकात की। फिर उन्होंने बादशाह से भेंट करने के लिए प्रस्थान किया।

भागानगर के निवासी नर-नारी राजा के स्वागतार्थ सज्जित हो उठे थे। वही राजा जिसे वे कुतुबशाही का रक्षक मानते थे। जिन मार्गों से होकर राजे की राजयात्रा निकलनी थी, उन पर कुंकम केसर का छिड़काव किया गया था। मार्गों को रंग-बिरंगी मालाओं से सजाया गया था। मार्गों के दोनों और पताकाएँ और बन्दनवार बाँधे गए थे। मार्ग के किनारे स्थित हवेलियों के बारजों, छज्जों में स्त्रियों की भीड़ थी। राजे के दर्शनार्थ हजारों नागरिक उत्सुक थे। मध्याह्नकाल हुआ चाहता था। सूर्य लगभग आकाश के बीच आ पहुँचा था। ठीक इसी समय राजे की शानदार सवारी ने नगर में प्रवेश किया।

सवारी के आगे-आगे था जरीपताकाधारी हाथी। दनदनाते हुए नगाड़े राजे के आगमन की सूचना दे रहे थे। रणभेरियों की आवाज आकाश से टकरा रही थी। नागरिक सामने से गुजरती हुई राजे की सेना को बड़े कुतूहल से देख रहे थे। वे देख रहे थे उस सेना को, जिसने मुगलिया राज को चुनौती दी थी, जिसने आदिलशाही का दिल दहला दिया था। मुगलाई, आदिलशाही, यही नहीं स्वयं कुतुबशाही तक भी जिस अश्वारोही सेना की धाक फैली थी, वही मराठा अश्व-सेना टापों की दनदनाती आवाज के साथ नागरिकों के सामने से जा रही थी। पैदल मावले लड़ाके चरमराते जूतों की आवाज के साथ-साथ आगे बढ़ते जा रहे थे। इन बढ़ते कदमों की ख्याति दूर-दूर तक फैली थी। घमंड में चूर कई किलों का नशा इन कदमों ने उतार दिया था। अश्वारोहियों तथा पैदल-सैनिकों के शस्त्र धूप में जगमगा थे। हरेक दल के साथ उस दल का नायक भी था।

जिनका दर्शन करने के लिए सारी नगरी उत्सुक हो उठी थी, वे शिवाजीराजे नगर में प्रविष्ट हुए। राजे के नाम का जय-जयकार होने लगा। असंख्य मुगल-आरतियाँ जल उठीं। राजे एकदम उजले-सफेद रंग के घोड़े पर सवार थे। उनके सिर पर छत्र था, चँवर डुलाया जा रहा था। राजे ने केसरिया जरीटोप पहना हुआ था। मोलियों का लम्बा तुर्रा गले तक झूल रहा था। वे नाजुक कामदारीवाला मुलायम अँगरखा पहने थे। झीने अँगरखे के अन्दर पहनी हुई जरतारी फतूही दिखाई दे रही थी। राजे ने कमर में भगवा फेंटा कसा हुआ था। उसमें भवानी तलवार और कटार खोंसी हुई थी। पैरों में तंग पाजामा और कामदार जूते थे। मस्तक पर शिवतिलक अंकित था। कानों में पहने हुए मोती के चौकड़े घोड़े की चाल के साथ हिलोरें ले रहे थे। बाएँ हाथ की मुट्ठी कमर पर रखे हुए और दाएँ हाथ से घोड़े की रेशमी बागडोर थामकर राजे नागरिकों को दर्शन देते हुए बढ़ते जा रहे थे। उस गुणसम्पन्न राजा को देखकर नगर के नर-नारी हृदय-तृप्त हो उठे थे। जैसे-जैसे राजे आगे बढ़ रहे थे, दोनों ओर के भवनों पर से उन पर निरन्तर सुवर्ण-पुष्पों की वर्षा हो रही थी।

राजे के साथ जो विशेष राजकीय सैनिक-दल था, उसमें सबकी वेशभूषा एक समान थी। कपड़े बहुमूल्य थे। प्रत्येक ने मोतीकंठे, तोड़े, चौकड़े और तुर्रे पहने हुए थे। राजे के साथ जा रहे विशिष्ट राजकीय जनों में मादण्णापन्त, प्रह्लादपन्त, रघुनाथपन्त आदि लोग थे। सेनापति हम्बीरराव, दूसरे सेनापति आनन्दराव तथा मानाजी मोरे भी साथ थे। इनके अतिरिक्त सूर्याजी मालुसरे, येसाजी कंक, सोमाजी नाईक और बाबाजी ढमेरे भी विशिष्टजनों के दल में सम्मिलित थे। राजे के सिर पर हो रही सुवर्ण-पुष्पों की वर्षा-धारा से मार्ग पर छिड़काव-सा हो रहा था। नारियाँ पंचारती से उनकी पूजा कर रही थीं। राजे की आज्ञा के अनुसार राजे के सहायक रास्ते के दोनों ओर सोने-चाँदी के फूल बिखेरते-उछालते जा रहे थे। पच्चीस हजार सैनिकों की अपनी सेना को अपने आगे-पीछे निहारते हुए राजे गोलकुंडा दुर्ग के पास आ पहुँचे।

गोलकुंडा दुर्ग भागानगर की पश्चिम दिशा में डेढ़ कोस पर स्थित था। राजे ने उस किले को दूर से देखा। किले में कई चहारदीवारियाँ थीं, जो उसे मजबूत बनाए थीं। पूरी चहारदीवारी में आठ दरवाजे थे और सत्तासी बुर्ज थे। किले के भीतर जो बड़ा शिलामय पर्वत था, उस पर बसे हुए ऊपरीकोट की इमारतें दूर से दिखाई दे रही थीं। यह किला भूमि-दुर्ग भी था और पर्वत-दुर्ग भी।

मादण्णा राजे के स्वागतार्थ प्रवेशद्वार में खड़े हुए थे। राजे ने किले में प्रवेश किया।

किला अन्दर से कई कोस लम्बा-चौड़ा था। भागानगर की असली राजधानी गोलकुंडा ही थी। ऐसा प्रतीत होता था, मानो किले के भीतर दूसरा शहर बसा हुआ हो। किले के भीतरी क्षेत्र में तालाब, बागीचे और खेत भी दिखाई दे रहे थे। यदि किले को शत्रु घेर ले, तो किले के निवासियों के लिए आवश्यक धान्य एवं पानी की समुचित व्यवस्था भी की जा सकती थी।

राजे की दृष्टि ऊपरीकोट पर जाकर ठहर गई। शिलाओं से निर्मित उसकी रक्षक-दीवारें प्राकृतिक रूप से ही बनी हुई थीं और मानो ऊपरीकोट को सब ओर से लपेटे हुए थीं। जगह-जगह पहरेदार नियुक्त दिखाई दे रहे थे। पत्थर के विशाल पहाड़ में एक बड़ी शिला के ठीक ऊपर बनी हुई एक मस्जिद थी और उसके साथ थी मीनारों से सज उठी एक इमारत, जो बरबस दर्शक का ध्यान खींच लेती थी।

दादमहल वह भवन था, जहाँ राजे की भेंट तय हुई थी। जुलूस दादमहल के सामने आ पहुँचा। राजे घोड़े से उतर पड़े। खाई के परले पार स्थित ऊपरीकोट की चहारदीवारी में एक बड़ा दरवाजा दिखाई दे रहा था, जिस पर बड़े-बड़े कीले ठोंके हुए थे। राजे ने हम्बीरराव को अपने पास बुलाया, ''हम्बीरराव, हम बादशाह से मिलने जाते हैं। तुम सेना के साथ यहीं रुके रहो। हमारे बारे में कुछ चिन्ता मत करना।''

हम्बीरराव आश्चर्यचकित हो उठे। मादण्णा ने जैसे ही इशारा किया, खाई पर बिछाया जानेवाला एक बड़ा तख्ता 'कर्रकर्र' आवाज करता हुआ नीचे आने लगा। उस तख्ते पर पाँवड़े बिछाए गए। राजे ने प्रह्लादपन्त, जनार्दन नारायण केवल इन दो सचिवों तथा अंगरक्षक के रूप में केवल सोमाजी नाईक और बालाजी ढमढेरे को अपने साथ ले जाने के लिए चुना। राजे का निर्णय सुनकर मादण्णा भी चकित हो उठे। उन्होंने कहा, ''महाराज, आप अपने साथ और भी कुछ लोग...।''

''मादण्णापन्त, जब हम मित्रता करते हैं, तो शत्रुता हमारे मन को छूती भी नहीं। अधिक लोगों की आवश्यकता ही क्या है? यह समझो कि प्रथा के अनुसार हम इन लोगों को साथ लिए जा रहे हैं, अन्यथा हम बादशाह से अकेले ही मिलते, चलो।''

''स्वयं बादशाहसलामत आपके स्वागत के लिए आ रहे हैं, इसलिए...।''

''नहीं, मादण्णा! हुजूर बादशाह से कहलवा दो कि वे महल में रहें। वे नीचे न आएँ। हम स्वयं उनके महल में जाएँगे।''

मादण्णा ने बादशाह तक सन्देश पहुँचा दिया। फिर राजे ने बड़े आत्मविश्वासहित खाई के ऊपर लगाए गए तख्ते पर पाँव रखे। मादण्णा तथा गोलकुंडा के मनसबदारों के साथ राजे तख्ते से होकर चहारदीवारी के दरवाजे तक गए। राजे के चार साथी उनके पीछे-पीछे थे। खाई पार करते ही राजे ने आज्ञा दी कि खाई का तख्ता उठा लिया जाए।

तानाशाह अंगूरमहल की खिड़की से राजे की सेना को देख रहा था। उसने जब राजे का सन्देश सुना, तो वह विस्मित हो उठा। शिवाजी सिर्फ चार साथियों के साथ बाला-ए-किला में आ रहा है, यह देखकर उसकी आँखें फटी रह गईं। उसने साफ देखा था कि खाई का तख्ता हटा लिया गया है, मगर फिर भी उसे अपनी आँखों पर भी भरोसा नहीं हो रहा था। उसके प्रति शिवाजीराजा ने कितना विश्वास प्रकट किया है, यह सोचकर उसका दिल भर आया। इसी समय ताली बजाने की आवाज महल में गूँजी। इसके द्वारा यह समाचार ज्ञात हो गया कि शिवाजीराजा महल में आ गए हैं। अबुलहसन तानाशाह शिवाजीराजा की अगवानी करने के लिए जल्दी-जल्दी कदम बढ़ाता हुआ अंगूरमहल से बाहर आया।

राजे जब दादमहल में आए, तो उन्होंने देखा कि महल के बीच कुतुबशाह खड़े हैं। तानाशाह आगे बढ़े। प्रह्लाद निराजी ने राजे से कहा, ''अर्ली आला हजरत आलमपनाह अबुलहसन तानाशाह।''

मादण्णापन्त ने तानाशाह को परिचय देते हुए कहा, ''गोब्राह्मणप्रतिपालक हिन्दू पदपादशाह छत्रपति शिवाजी महाराज।''

कुतुबशाह बड़ी खुशी से आगे बढ़े और उन्होंने राजे को प्रेमपूर्वक गले लगा लिया। राजे का हाथ हाथ में लेकर वे बैठकी की ओर चल पड़े। दोनों एक ही बिछाइत पर मसनद से टेका लगाकर पास-पास बैठ गए। राजे तानाशाह को देख रहे थे—उनका रूप बहुत सलोना

था। राजे को उसकी आँखें बड़ी प्यारी लगीं। आकाश की नीलिमा के समान कुछ-कुछ नीले नेत्र भाव-भरे और लुभावने थे। राजे के प्रभावपूर्ण व्यक्तित्व को देखकर तानाशाह भी प्रसन्न हो उठा था। उसके मन में छिपी भय की आशंका पूरी तरह दूर हो चुकी थी। जड़ाऊ गहने में जड़े हुए हीरे के समान चमकदार आँखों को वह बार-बार देख रहा था। उन आँखों के भावों को जानने का प्रयत्न करते हुए, राजे के सुडौल शरीर तथा सदा विजय के हास्य से सुशोभित मुद्रा के भीतर छिपे रहस्य को खोजने में भी वह प्रयत्नशील था।

दादमहल काफी विशाल था। उसकी छत नक्काशीदार थी। अत्यन्त मोहक कमानों और परदों, आड़परदों से उस महल की शोभा दुगनी हो उठी थी। राजे जान गए थे कि महल की जालीदार खिड़कियों के पीछे से कई आँखें उन्हें देख रही हैं। राजे की आन-बान देखकर कुतुबशाह की बेंगमें चकित रह गई थीं। वे उत्सुकता-भरी आँखों से झरोखों के बीच से मुलाकात देखने में मग्न थीं। राजे के चार साथी और शाही दरबार के खास लोग अदब से खड़े थे। शाह द्वारा दिए गए विशेष सम्मान के कारण वजीर मादण्णा सामने बैठे हुए थे। कई खिदमतगार सुगंधित पदार्थों से भरे हुए तबक लिए खड़े थे जिनमें सोने की मुरादाबादी पीकदानियाँ भी रखी हुई थीं। माँडी लगाए हुए कलफी और मखमली अँगरखों पर सोने के कमरपट्टे कसे हुए खिदमतगार दोनों पर पंखा झल रहे थे।

राजे तानाशाह के साथ खुलकर बातचीत कर रहे थे। शाह ने राजे से कुशल-समाचार पूछे तथा उनकी व्यवस्थादि के बारे में पूछताछ की। दोनों ही नहीं जान पाए कि एक पहर कब बीत गया। आखिर राजे ने कहा, ''बहुत समय हो गया है। अब हमें जाने की इजाजत दें।''

तानाशाह ने प्यार से राजे का हाथ पकड़ लिया।

''हमारे साथ रहते हुए क्या इतनी-सी देर में उकता गए हैं आप? हमारी तो दिली ख्वाहिश थी कि आप एक-दो दिन हमारे साथ बिताएँ। खुलकर बातें हों, कुछ तफरीह हो।''

राजे हँसने लगे। फिर तुरन्त कहने लगे, ''यह तो हमारी खुशकिस्मती होगी। हम झूठ कभी नहीं बोलते। हम आपको बड़ा भाई मानते हैं। भला आपकी ख्वाहिश की हम बेइज्जती कैसे कर सकेंगे? हम रहेंगे—आपके साथ कुछ दिन रहने में हमें भी खुशी होगी।''

तानाशाह को बड़ा अचरज हुआ। 'अपने केवल चार आदमियों के साथ यह राजा बाला-ए-किला में आया है! किले में रहना कुबूल कर रहा है!' राजे के इस व्यवहार के कारण तानाशाह राजे का दोस्त बन गया।

6

रात राजे को बारादरी में शाही दावत दी गई। अब वातावरण में खुलापन आ चुका था। यद्यपि राजे की इच्छा न थी कि कहें फिर भी उन्हें अफजलखान का वध, आगरा में कैद से छुटकारा, सूरत शहर की लूट आदि घटनाएँ सुनानी पड़ रही थीं। बाहर चाँदनी फैली हुई थी। जब शान्ति होती थी, तब ठुमरी के मीठे स्वर सुनाई देते थे। रह-रहकर राजे का ध्यान उन स्वरों की ओर जा रहा था। राजे की इस दशा को देखकर तानाशाह के चेहरे पर मुस्कुराहट आ गई। दावत खत्म हुई। तानाशाह ने राजे से कहा, ''आपको यही अचरज है न कि यह कौन गा रहा है? कहाँ गा रहा है?''

राजे ने निस्संकोच कहा, ''हाँ। अगर कहीं आस-पास गाना गाया जा रहा होता, तो हम समझ लेते। मगर यह तो ऐसा लगता है, जैसे सपने में सुर आसमान से धीरे-धीरे उतर रहे हों!''

''चलिए।''

राजे तानाशाह के साथ छज्जे पर गए। आकाश में दशमी के चन्द्रमा की चाँदनी बिखरी हुई थी। अपनी शाल राजे को जबरन ओढ़ाते हुए तानाशाह कहने लगे, ''आप हमारे मेहमान हैं, छोटे हैं। हमें आपका खयाल रखना ही होगा।''

राजे ने सिर झुकाकर इस प्रेम-भरे व्यवहार को स्वीकार किया। फिर दोनों छज्जे के किनारे आए। तानाशाह ने कहा, ''सुनिए।''

राजे चुप हो गए। शान्त, नीरव वातारण में संगीत के स्वर सुनाई दे रहे थे। कुछ पल बीतने पर राजे कह उठे, ''बाह! बहुत सुन्दर!''

तानाशाह ने पश्चिम दिशा की ओर उँगली का इशारा करते हुए कहा, ''राजासाहब, किले के साथ जो तालाब है न, उस तालाब के पीछे देखिए। जरा ध्यान से देखिएगा, तो आपको वहाँ दूर दो पहाड़ियों पर दो इमारतें बनी हुई दिखाई देंगी। शाही दरबार के गवैये आपके दिलबहलाव के लिए वहाँ बैठकर गाना गा रहे हैं।''

राजे को भरोसा नहीं हो पा रहा था। तानाशाह ने जो इमारतें दिखाई थीं, वे कोस-सवा कोस दूर जरूर होंगी। पच्छिम से आ रही हवा वहाँ गाए जा रहे सुरों को बारादरी तक ला रही थी। तानाशाह बतला रहे थे–

''यह सुर जिन दो इमारतों से आ रहे हैं, उन महलों का नाम 'प्रेमावती' तथा 'तारामती' है। यह दोनों कुतुबशाही घराने की शाही गायिकाएँ थीं। दोनों हमारे वालिद हुजूर की हुजूरी में थीं। इस जगह, जहाँ हम खड़े हैं, आलाहजरत चाँदनी रात में आराम फरमाया करते थे और संगीत सुना करते थे। वे दोनों गायिकाएँ चल बसी हैं, मगर महल हैं। यह तो अल्लाह का फजल है, जो आप जैसे बड़े मेहमान हमारे दरबारी फनकारों का गाना सुनने आज यहाँ हाजिर हैं।''

राजे ने मादण्णा की ओर देखा। कहा, ''मादण्णा, कल हमें उन कलाकारों से मिलवाओ। हम उनके गाने से बहुत खुश हैं।''

''राजासाहब, आपको उन कलाकारों से मिलने की जरूरत नहीं है। आपकी कृपादृष्टि समझकर उन कलाकारों को भरपूर धन दे दिया जाएगा।'' मादण्णा ने कहा।

''नहीं, नहीं। कुछ भी क्यों न हो, आखिर वे कलाकार हैं। भगवान् के दिव्य दान से सम्पन्न हैं। उनसे मिलना ही उचित होगा।''

रात को राजे महल में लेटे हुए थे, तब भी वे मधुर कोमल स्वर सुनाई दे रहे थे। महल के दरवाजे पर सोमाजी नाईक हाथ में नंगी तलवार थामे हुए पूरी सावधानी से पहरा दे रहा था। राजे सन्तुष्टचित्त होकर निश्चिंततापूर्वक सो गए।

7

तानाशाह ने राजे को सारा बाला-ए-किला (ऊपरीकोट) घूमकर दिखाया। किले के दक्षिणी भाग में खिलवत-महल, रानीमहल, तारामतीमहल, दीवान-ए-आम आदि कई शानदार इमारतें थीं। इमारतों की तीसरी मंजिल में भी नल से पानी भेजे जाने का प्रबन्ध था। राजमहल में

सब ओर फव्वारों की बौछारें सुन्दरता बिखेरती थीं। तानाशाह ने राजे को अपने साथ ले जाकर राजधानी की मसजिदें, महल और अपने पूर्वजों की कब्रें दिखाईं। हर कब्र पर महँगे गलीचे, रेशमी चादरें और जमीन तक लटक रही फूलों की जालियाँ बिछाई हुई थीं। दीयों के उजाले से और खुशबू से वहाँ का वातावरण महक रहा था।

किले के उत्तरी हिस्से में था मशहूर नया बाग, जिसमें रंग-बिरंगे फूलों की क्यारियाँ थीं। फूलों के बाग के पास ही फलों के तथा सुपारी के बागीचे थे। ताड़ और सुपारी की घनी छाया के कारण बाग में बड़ी ठंडक थी।

राजमहल में राजनीति की चर्चा करते, किले की दावतों में और सैर-सपाटे में तीन दिन कब बीते, इस बात का किसी को पता भी न चला। राजे के सैनिक किले के बाहर बसाई हुई छावनी में बड़े आराम से थे, मगर हर आनेवाला दिन उनकी बेचैनी बढ़ा रहा था। किले के भीतर से राजे के सन्देश आ रहे थे। राजे के लिए वस्तुएँ बाहर से भीतर भेजी जा रही थीं, किन्तु राजे के दर्शन नहीं हो रहे थे। सेना के मन में अनेक आशंकाएँ-शंकाएँ उठने लगी थीं।

अगले दिन जब राजे तानाशाह से मिलने गए, तो वे ताड़ गए कि तानाशाह कुछ परेशान हैं। राजे ने उद्विग्न होकर पूछा, ''आपकी तबीयत...!''

''अल्लाह के फजल से एकदम दुरुस्त है राजासाहब, अगर देह की बीमारी हो, तो हकीम की दवाई से दुरुस्त की जा सकती है। मगर यह दिल की बीमारी बेहद खराब होती है। बहुत बेचैन करती है।''

''हम आपकी बात समझे नहीं।''

बात कहने में मादण्णा का गला सूखने लगा। जैसे-तैसे उन्होंने कहा, ''राजासाहब, समझ नहीं आता कि आपको किस तरह बतलाएँ। बात यह है कि बादशाहसलामत को खबर मिली है। खबर यह है कि आपकी फौज में किसी कदर खलबली फैली हुई है। नगर में यह अफवाह फैली है कि आपकी फौज भागानगर लूटनेवाली है।''

राजे एक पल सोच-विचार में डूबे रहे। अगले ही पल वे मुस्कुराने लगे। अचानक वे जोर से हँसने लगे। तानाशाह और मादण्णा राजे की तरफ देख रहे थे। राजे ने तानाशाह से कहा, ''क्या आपने खबर को सच समझा?''

''हमें सही-सही जानकारी मिली है।'' तानाशाह ने कहा, ''क्या आप इसे झूठ समझते हैं?''

''बिलकुल नहीं, मगर इसकी वजह आप ही हैं।''

तानाशाह और मादण्णा चकित हो उठे। मादण्णा ने कहा, ''हम?''

''हाँ, आप। यह आपके आग्रह का नतीजा है। आपने हमें प्यार-मुहब्बत के मारे यहाँ रख लिया। हमें कहीं जाने नहीं दिया। हमारी फौज हमको देख नहीं सकी। हमारी फौज केवल शाही मेहमानदारी से खुश होनेवाली नहीं है। उसके दिल में कई तरह के सन्देह पैदा हुए होंगे। इसी कारण थोड़ी हलचल मची होगी। मादण्णा, हमारे सेनापति हम्बीरराव को बुलवा लो।''

हम्बीरराव को बुलावा भेजा गया। तानाशाह की परेशानी कुछ कम हुई। राजे ने उनसे कहा, ''आप हमारी दोस्ती के बारे में शक न करें। हम जब लूट-पाट मचाने जाते हैं, तो दोस्ती का बहाना नहीं बनाते।''

तानाशाह ने प्यार से उनका हाथ अपने हाथ में ले लिया। थोड़ी ही देर में वातावरण का तनाव शिथिल हो गया। काफी समय बीता। राजे बातचीत करने में तल्लीन थे कि तभी ताली की आवाज से महल गूँज उठा। राजे ने चौंककर छत की ओर देखा।

''आपके सेनापति किले में आ गए हैं।''

''यह ताली बजाने की आवाज कहाँ से आई?''

''बाला-ए-किला के पहले दरवाजे में इशारे की एक खास जगह है। अगर वहाँ ताली बजाई जाए, तो आवाज यहाँ सुनाई देती है। यहाँ इत्तिला हो जाती है।''

''कमाल है!'' राजे के मुख से निकल पड़ा।

''इसमें कमाल कैसा? यह तो करामात है।'' तानाशाह ने कहा, ''कमाल तो इस बात का है कि हमारे शाही इन्तजाम में भी आपकी फौज का दिल नहीं लगता। वह आपके दीदार पाने के लिए परेशान होती है।''

थोड़ी देर बाद हम्बीरराव आ गए। उनके साथ मानाजी मोरे, येसाजी कंक और आनन्दराव भी थे। चारों ने सिजदे किए। राजे ने उन सबका परिचय कराया, फिर राजे ने हम्बीरराव से पूछा, ''हम्बीरराव, सेना का क्या समाचार है?''

''सब ठीक है, महाराज।''

''किसी बात की कमी तो नहीं?''

''जी नहीं। सब तरह से पूरा ध्यान रखा जाता है। किसी तरह की कोई कमी नहीं है।''

''हमने सुना है कि फौज में कुछ खलबली-सी है।''

हम्बीरराव ने मादण्णा की ओर देखा।

''साफ-साफ कहने में संकोच मत करो। यह सब अपने ही लोग हैं।''

''महाराज, आपके दर्शन न होने के कारण सेना में तरह-तरह की अफवाहें फैल रही हैं। हम उनके बारे में पूरी सावधानी बरत रहे हैं लेकिन...।''

''कहो, कहो, हम क्या करें?''

''यदि एक बार आप सेना को दर्शन दें, तो सब ठीक हो जाएगा।''

''हम्बीरराव, हम और बादशाह दोनों मिलकर सेना का निरीक्षण करेंगे। अब से एक पहर बाद सारे सैनिकों को हमारे महल के निचले रास्ते से गुजरने दो।''

''जो आज्ञा महाराज।''

तानाशाह ने चारों मराठा सेनानियों को मूल्यवान् वस्त्राभूषणादि देकर सम्मानित किया।

दोपहर को राजे तथा तानाशाह अंगूरमहल के बारजे में खड़े हो गए।

राजे की सेना अंगूरमहल के नीचे से गुजर रही थी। राजे और बादशाह सैनिकों के सिजदे स्वीकार कर रहे थे। राजे के दर्शन होते ही आनन्द के मारे बेसुध हो रहे सैनिक राजे तथा तानाशाह के नाम के जयकारे लगा रहे थे। सेना को दर्शन देकर दोनों महल में लौट आए। तानाशाह की चिन्ता दूर हुई।

''पैदल और घुड़सवार मिलाकर हमारी सेना कोई चालीस हजार होगी। उसके अलावा दस हजार और लोग भी साथ हैं।''

''शायद सारी फौज साथ ले आए हैं आप।''

"यह कैसे मुमकिन था? राज्य के इन्तजाम के लिए इतनी ही सेना देश में छोड़कर आना पड़ा है हमें।"

"हमने आज तक आपकी फौज की बहुत तारीफ सुनी थी। आज खुद आँखों से देख लिया है।"

"दूर से देखकर सेना के गुण जाने नहीं जा सकते। आपकी इच्छा हो, तो कल हमारे आदमियों के करतब भी आप देख सकेंगे।"

"हाँ, हमें बड़ी खुशी होगी।" तानाशाह ने कहा।

राजे ने ढमढेरे के हाथों यह सन्देश हम्बीरराव तक भिजवा दिया।

राजे राजनीति के मामलों पर चर्चा करने में व्यस्त हो गए।

8

दोपहर का सूरज बीच आकाश से कुछ-कुछ पश्चिम की ओर झुक चला था। गोलकुंडा के उत्तर की ओर वाले मैदान में एक खास शामियाना लगाया गया था। लगभग पाँच सौ गज चौड़ा गोलाकार मैदान जिसके बीचोबीच जगह खाली रखी गई थी। उस गोल मैदान के चारों ओर डेढ़-दो गज ऊँची मजबूत दीवार थी। दीवार के किनारे पर थोड़ा-सा हटकर शाही शामियाना लगाया गया था। दीवार के किनारों पर हर तरफ नागरिकों की तथा मराठी सेना की भारी भीड़ थी। कुतुबशाही के ऊँचे ओहदेदार, सरदार आदि शाही शामियाने में उपस्थित थे। शाही परिवार के सदस्य भी आकर अपने-अपने स्थानों पर बैठ चुके थे।

नौबत बजने लगी। राजा के आगमन की सूचना देनेवाली पुकार गूँज उठी। सब लोग उठकर खड़े हो गए। तानाशाह राजे के साथ शामियाने में पधारे। सबके सिजदे स्वीकार कर दोनों ऊँचे तख्त पर बैठ गए। राजे के पीछे हम्बीरराव, येसाजी, मानाजी, रघुनाथपन्त, प्रह्लादपन्त, आनन्दराव तथा धनाजी खड़े हुए थे। तानाशाह के पास मादण्णा, आक्कण्णा और कुतुबशाही के सेनापति मुहम्मद अमीन खड़े थे। राजे ने तानाशाह से कार्यक्रम शुरू करने की अनुमति माँगी। तानाशाह ने सिर झुकाकर अनुमति दी। राजे ने हम्बीरराव को वीरता-भरे करतब शुरू करने की आज्ञा दी। रणसिंगे बज उठे।

राजे का ध्यान मैदान की ओर गया। पन्द्रह-बीस मावले बहादुरों ने मैदान में प्रवेश किया। हरेक के हाथ में ढाल-तलवार थी। सिर पर मराठाशाही गोल लाल पगड़ी, बदन में कसा हुआ अँगरखा और तंग घुटन्ना, पैरों में मराठा ढंग के जूते पहने हुए वे मावले गोलाकार अखाड़े में उतरे। उन्होंने सिजदा किया। डफ की ताल पर उन्होंने तलवार के पैंतरे दिखाने शुरू किए। तलवार के खेलों के बाद बारी आई पटेबाजों की। बादशाह बड़े चाव से पटेबाजों के करतब देख रहे थे। पटेबाज मैदान से जैसे ही बाहर गए, एक अकेला पटैत मैदान में आया। वह बड़ी तेजी से पटा भाँज रहा था। उसने पटा के कई पैंतरे दिखाए। उछाला हुआ नींबू पटा के वार से काटकर दिखाया और फिर उसने तेजी से पटा घुमाना शुरू किया। हम्बीरराव ने राजे को कई नींबू दिए। राजे ने दो नींबू तानाशाह को दिए। तानाशाह उठकर खड़े हुए और उन्होंने एक के बाद एक दोनों नींबू पटेबाज की तरफ उछाले। पटैत ने अधर से ही दोनों नींबुओं के दो टुकड़े कर डाले। चारों ओर लोग खुशी के मारे चिल्ला उठे। इसके बाद दाँड-पटा, गतका-फरी, विटा के खेल दिखाए गए। फिर तीरंदाजों ने आकर अपने हुनर दिखाए।

घुड़सवारों ने मैदान में प्रवेश किया। टापों की आवाजों से मैदान थर्रा उठा। घोड़े पूरी तेजी से घेरे में दौड़ रहे थे। बरछैत सवार मैदान में उतरे। तेजी से दौड़ते हुए आकर उन्होंने जमीन पर रखा हुआ नींबू बरछे की नोक से छेद दिया। राजे ने जो नींबू उछालकर फेंका था, जमीन पर गिरते ही उस नींबू को भालाइतों ने बेध डाला। मैदान के उत्तरी किनारे पर बैठे हुए लोगों के बीच में से एक खुला रास्ता था। जैसे ही हम्बीरराव ने उस ओर संकेत किया, राजे की और तानाशाह की नजर उस ओर गई। एक घुड़सवार घोड़ा उड़ाता हुआ आ रहा था। वह मैदान की तरफ ही घोड़ा सरपट दौड़ाता हुआ आ रहा था। ऐसा लगता था कि वह मैदान में कूद पड़ेगा। सबकी साँस रुक-सी गई। मैदान में ऊँचे किनारे तक आकर घोड़ा एकदम रोक लिया गया। घोड़ा जब रुका, तो उसके अगले पैर मैदान के ठीक कगार पर रखे हुए थे। तानाशाह कुछ खिन्न-से हो गए। उन्होंने कहा, ''राजासाहब, आखिर घोड़ा रुक ही गया।''

''यह भी करतब है हुजूर। सवार को यह हुन्‍र आना चाहिए कि चाहे जिस पल, जिस कदम घोड़े को कहीं भी रोका जा सके।''

वह सवार लौट गया। राजे ने फिर उस ओर इशारा करके तानाशाह का ध्यान खींचा। तानाशाह ने देखा वह सवार फिर दौड़ता हुआ आ रहा था। तानाशाह कुछ सकते में आ गए थे—सोचते थे, फिर वही सब देखना पड़ेगा। अबकी बार सवार घोड़ा दौड़ाता हुआ आया और मैदान की दीवार पर से उसने सीधे मैदान में कूद लगा दी। सबने साँस रोक ली थी, तभी घोड़ा कूद लगाकर मैदान में उतरा। शामियाने से 'वाह वाह' की आवाजें आने लगी थीं। सब लोग यह बात भी भूल चुके थे कि बादशाह सलामत शामियाने में हाजिर हैं और ऐसे में चीखना-चिल्लाना शाही रिवाज के खिलाफ है। मैदान में सब ओर खुशी के मारे वाहवाही का शोर उठ रहा था।

मर्दाना करतब खत्म हो चुके थे। खेलों में भाग लेनेवाले सभी वीर अपनी-अपनी टुकड़ियों सहित सिजदा करने फिर से मैदान में आए। सामने आनेवाली हर टुकड़ी की ओर तानाशाह मुहरों की थैली फेंक रहे थे। वीरों का सम्मान करते हुए तानाशाह ने राजे से कहा, ''राजासाहब, हमने खेल देखे। हमें पसन्द आए।''

''आपकी खुशी बढ़े, इसलिए ही हमने यह खेल पेश किए। मगर लगता है, आपको तसल्ली नहीं हुई।''

राजे ने तानाशाह के दिल की बात जान ली थी। इन मर्दाना खेलों को देखकर उन्हें सचमुच अधिक आनन्द नहीं आया था। तानाशाह ने कहा, ''हमने आपकी फौज के, पैदल सिपाहियों के और घुड़सवारों के करतब देखें, लेकिन आपके हाथी मैदान में नहीं उतरे।''

''हम अधिक हाथी रखने के हक में नहीं हैं।''

तानाशाह बड़े अभिमानपूर्वक कहने लगे, ''हमारे फीलखाने में हजार हाथी हैं। जब तक हाथी मैदान में न उतरे, ये मर्दाने खेल बस तभी तक ठीक समझिए। अगर आपकी फौज के सामने लड़ाई के मैदान में हाथी का मुकाबला करने का वक्त आ पड़े, तो सोचिए कि आपकी फौज का कैसा बुरा हाल होगा?''

राजे के चेहरे पर हलकी-सी मुस्कुराहट छा गई।

''अगर ऐसा हुआ, तो भी हमें किसी तरह की फिक्र नहीं होगी। हमारा हर आदमी हाथी की बराबरी का है।''

"सुभानअल्लाह! राजासाहब, हम आपकी दाद देते हैं।" बादशाह खुश होकर बोले, "लेकिन यह बात तो महज शायरी के अन्दाज में हुई।"

"हमने शायरी नहीं की है, हमने असली हालत बयान की है।"

"क्या कहते हैं आप? आपका सिपाही हाथी से लड़ेगा?" तानाशाह ने अचरज से पूछा।

"जी हाँ, बेशक।"

"कौन है ऐसा बहादुर? कहिए तो।"

राजे ने अपने पीछे देखा। राजे के पीछे सिजदा करके नौ लोग खड़े हो गए थे। तानाशाह की नजर उन पर पड़ी। उन्होंने पूछा, "हम अपना हाथी खुला छोड़ दें, तो क्या इनमें से कोई उसका मुकाबला कर सकेगा?"

"जी हाँ।"

"हम देखना चाहते हैं ऐसा सामना।"

राजे व्यथित हो उठे। बड़ी कठिनाई से कह उठे, "आपकी इच्छा पूरी करने में हमें खुशी होगी।"

तानाशाह ने हुक्म दिया। सारे मैदान में खुसर-फसर होने लगी। सब लोग समझ गए कि जरूर कोई अनहोनी होके रहेगी।

तानाशाह ने राजे से पूछा, "कौन-सा है आपका बहादुर?"

राजे ने पीछे देखे बिना ही कहा, "सभी बहादुर हैं। आप खुद चुन लीजिए।"

तानाशाह ने पीछे खड़े हुए नौ लोगों को देखा। इन नौ लोगों में हम्बीरराव मोहिते, मानाजी मोरे, येसाजी कंक, धनाजी जाधव, बाबाजी ढमढेरे, अनाजी मलकरे, सूर्याजी मालूसरे और सोमाजी नाईक भी थे। तानाशाह की नजर येसाजी कंक पर आकर रुक गई। कुछ ठिगना-सा और छरहरा बदन देखकर तानाशाह ने येसाजी कंक को चुना और उससे पूछा, "क्यों? तुम हाथी से लोहा लोगे?"

"इसमें क्या मुश्किल है?" येसाजी ने जवाब दिया।

मोटी-मोटी जंजीरों की आवाज सुनते ही सब लोगों की डरी हुई नजरें मैदान की तरफ गईं। मैदान की चहारदीवारी में बना हुआ दरवाजा खुला। जोरदार चिंग्घाड़ से दिल दहला देनेवाला एक हाथी मैदान में आया। जो लोग चहारदीवारी के किनारे भीड़-भड़क्का लगाए बैठे थे, वे जानते थे कि उनकी जगह सुरक्षित है, फिर भी वे सारे अनजाने ही दो कदम पीछे हट गए। हाथी मस्त था—उसके गंडस्थल से मद की धारा बह रही थी। माथे पर पोते हुए सिन्दूर के कारण तो उसका रूप और भी भयावना लग रहा था। ऊँचे-चौड़े डीलडौल का, कत्थई मदमस्त हाथी चारों तरफ देखता हुआ और कान फड़फड़ता हुआ मैदान में घूम रहा था। उसके हर कदम के साथ-साथ पैरों में बँधी हुई मोटी साँकलों की आवाज आ रही थी। लगता था, जंजीरों के होते हुए भी जैसे उसे चलने-दौड़ने में कठिनाई नहीं हो रही है। साँकलों को घसीटता हुआ वह बेखौफ होकर मैदान में घूम रहा था।

"इस हाथी से आपका आदमी लड़ेगा?" तानाशाह ने पूछा।

"आपके हाथी से हमारा आदमी कहीं बढ़-चढ़कर रहेगा। आप देख लीजिएगा।"

राजे खड़े हो गए। येसाजी उनके पास आया और उसने राजे को झुककर नमस्कार किया। येसाजी की पीठ थपकते हुए राजे ने खुसफुसाकर कहा, "सँभलकर रहना।"

येसाजी ने बादशाह को सिजदा किया। राजे फिर से अपनी बैठक पर जा बैठे। येसाजी ने एक बार सारे मैदान को देखा। हाथी मैदान के दूसरे सिर पर था। येसाजी ने जोर से जयकारा लगाया, ''जय भवानी!'' और तलवार दाँतों से पकड़कर वह मैदान में कूद पड़ा। सारे मैदान में अजीब-सी खामोशी छा गई। हाथी के तेज कानों को आवाज सुनाई दी—कोई उसके पीठ पीछे मैदान में कूदा है। वह गुस्से से पलटा। सारे मैदान को देखने लगा। वह खड़े-खड़े दाएँ-बाएँ डोल रहा था—सूँड झोंके खा रही थी। उसने जैसे ही येसाजी को देखा, सूँड लपेटकर उसने सिर नीचा कर लिया। सफेद लम्बे दो दाँतों के बीच सूँड को लपेटकर उसने हमला किया। हाथी की चिंग्घाड़ से सारा मैदान काँप उठा। पैर दमादम पटकता हुआ हाथी दौड़ता आ रहा था। हर पल दोनों के बीच का फासला कम होता जा रहा था। येसाजी हाथ में तलवार थामकर अपनी ओर दौड़ते आ रहे उस भारी-भरकम हाथी को स्थिर दृष्टि से देख रहा था। जैसे ही हाथी येसाजी के पास आया, राजे ने नजरें नीचे झुका लीं। मैदान में एकदम शोर उठा। राजे ने आँख उठाकर देखा, येसाजी हाथी के सामने से हटकर एक बगल हो गया था। हाथी ने देखा कि उसका सीधा हमला बेकार गया है। वह और अधिक गुस्से से पलटा। राजे को अब यह दृश्य देखना भी दूभर लग रहा था। शरीर में कँपकँपी फैल गई थी। तानाशाह आँखें फाड़-फाड़कर देख रहे थे।

हाथी को फिर से हमला करता देख येसाजी एक-एक कदम पीछे हटने लगा। हाथी जैसे ही पास आया, येसाजी फिर फुर्ती से सामने से एक ओर को हट गया। हाथी अपनी रफ्तार से सीधा आगे निकल गया था। दर्शक खुशी से शोर मचाने लगे। हाथी का गुस्सा बढ़ता जा रहा था। वह बुरी तरह चिंग्घाड़ने लगा था। क्रोध से भड़क उठने के कारण अपने को ठीक से सँभाल भी नहीं पा रहा था। येसाजी ने इसी तरह चार-पाँच बार अगल-बगल होकर हाथी को चकमा दिया। आखिरकार वह हाथी के ठीक पीछे जा खड़ा हुआ। जैसे ही हाथी मुड़ता, येसाजी भी उसके साथ मुड़ता-घूमता जा रहा था। हाथी गोल-गोल घूम रहा था, येसाजी भी उसकी पिछाड़ी गोल घूमता जा रहा था।

तानाशाह बार-बार 'सुभानअल्लाह!' 'वल्लाह!' कह-कहकर हक्का-बक्का होकर मुकाबला देख रहे थे।

हाथी ने अब लपेटी हुई सूँड खोल दी थी। वह सूँड से खोजने की कोशिश कर रहा था। येसाजी इसी मौके की ताक में था। मौका पाकर वह हाथी की बगल से होता हुआ सीधा उसके सामने आ खड़ा हुआ। अपने शत्रु को एकदम सामने खड़ा पाकर हाथी एक पल को भौंचक हो गया। इसी पल येसाजी ने तलवार उठाई। तलवार का फल पल-भर धूप में चमका। अगले ही पल येसाजी ने सूँड पर कसकर वार किया और एक ओर हट गया। एक ही वार में हाथी की सूँड कटकर नीचे आ रही। खून की नदी बह निकली। दर्द के मारे बेसुध हो रहा हाथी बुरी तरह चीखता-चिंग्घाड़ता हुआ बेतहाशा इधर-उधर भागने लगा। मैदान में खुशी की लहरें दौड़ गईं। लोग पगड़ियाँ हवा में उछाल-उछालकर आनन्द प्रकट कर रहे थे। हाथी की घायल सूँड से खून की मोटी धार बह रही थी। घायल हाथी मैदान के दूसरे सिरे तक भागता चला गया। वहाँ पहले तो वह घुटनों के बल झुका और फिर एक ओर को लुढ़क पड़ा।

येसाजी शान्तिपूर्वक मैदान से ऊपर आया। शामियाने में आकर उसने सिजदा किया। पसीने से उसका शरीर तर-बतर हो गया था, राजे ने पसीने से नहा रहे येसाजी को छाती से लगा लिया। उन्होंने अपने हाथ में पहना हुआ रत्नजटित सुवर्णवलय येसाजी को पहना

दिया। फिर वे मौन ही रहकर अपने स्थान पर वापस आ बैठे। तानाशाह ने येसाजी पर इनामों की बरसात कर दी। उसने यह प्रस्ताव भी रखा कि यदि येसाजी कुतुबशाही दरबार में रहे, तो उसे पंचहजारी मनसब दिया जाएगा। येसाजी सिजदा करके बोला, ''मैं महाराज का दिया खाता हूँ, वह भी तो आपका ही है। जागीर उससे क्या अधिक है?''

जवाब सुनकर तानाशाह और अधिक खुश हो उठे। राजे से कहने लगे, ''राजासाहब, इस आदमी को आप हमें दे दें।''

राजे का हाथ अपने गले में पहने हुए नौरतनी कंठे की ओर गया। उन्होंने मुस्कराते हुए पूछा, ''इस कंठे में से अगर एक रत्न निकल जाए, तो क्या होगा?''

''इस कंठे की खूबसूरती खत्म हो जाएगी।''

''हजरत, हम जो यह कंठा पहनते हैं, वह शौक के लिए नहीं, न ही दौलत का दिखावा करने के लिए। यह कंठा इन लोगों की याद है। इनमें से हर आदमी हमारी बराबरी का है। हमारा राज्य हाथी के बल पर नहीं टिका है, ऐसे लोगों के सहारे टिका हुआ है। हमने एक-एक आदमी कोशिश करके पाया है और यह रतनहार बनाया है। भला ऐसे रत्नों को कैसे निकाला जा सकता है?''

तानाशाह ऐसा उत्तर सुनकर निरुत्तर हो गए। फिर अचानक उन्हें कुछ याद आया। राजे की ओर मुड़कर वे कहने लगे, ''एक बात पूछें?''

''जरूर पूछिए। हिचकिचाहट कैसी?''

''जब आपका बहादुर सिपाही हाथी से लड़ रहा था, तो आपकी नजर नीचे क्यों झुक गई थी? आपके माथे पर पसीना क्यों आ गया था? क्या आपको इस तरह के मुकाबले से डर लगता है?''

''आपका कहना बिलकुल सही है।'' राजे ने कहा, ''जान के लिए अपनी जान लुटानेवाले लोग हैं। वक्त का क्या भरोसा? कहकर तो आता नहीं। हादसे हो ही जाते हैं। कभी-कभी गलती से दाँव उलटा पड़ जाता है। केवल दिलबहलाव के लिए ऐसे मोहरे गँवा बैठना हमारी आदत नहीं है। आपकी इच्छा के लिए हमने येसाजी को भेज जरूर दिया, लेकिन जब तक वह वापस नहीं लौटा, हमारी साँस सीने में रुकी रही थी।''

इन बातों से तानाशाह राजे के व्यक्तित्व के एक अनोखे पहलू को जान सके।

राजे तानाशाह के साथ महल में लौट आए। राजे ने उनसे अपनी छावनी में लौटने की आज्ञा चाही। तानाशाह ने पूछा, ''फिर कब मुलाकात होगी?''

''हम जब तक यहाँ हैं, तब तक जब कभी आप याद करेंगे, हम हाजिर हो जाएँगे।''

बादशाह ने विदा करते समय तरह-तरह के कपड़े, बेशकीमती हीरे-जवाहरात, हाथी और घोड़े राजे को भेंट दिए। हालाँकि यह बात शाही रिवाज के खिलाफ थी फिर भी तानाशाह ने खुद अपने हाथों राजे के कपड़ों पर इत्र लगाया और विदाई के बीड़े खुद पेश किए।

9

राजे के संकोचरहित मुक्त स्वभाव के कारण तथा खुले दिल की मुलाकात के कारण तानाशाह के मन में छिपा भय अब नष्ट हो चुका था। मुलाकात से आपसी सन्देह और आशंकाओं

का वातावरण समाप्त हो ही गया था, इस बात की सम्भावना भी बढ़ गई थी कि राजे के अगले अभियानों की योजनाओं को गोलकुंडा दरबार तुरन्त स्वीकृत कर लेगा।

इधर राजनीति की मुख्य वार्ताएँ चल रही थीं, उधर शिवाजीराजा की कीर्ति और तानाशाह के साथ उनकी बातचीत की चर्चा सारे भागानगर में फैल गई थी। कुतुबशाही के वजीर मादण्णापन्त ने राजे को अपने घर में भोजन के लिए बुलाया। भोजन की सारी वस्तुएँ उसने नौकरों द्वारा नहीं, अपनी मातुश्री द्वारा बनवाईं और दोनों भाइयों ने राजे के पास बैठकर भोजन परोसा। साथ कई निमंत्रित व्यक्ति भी थे। भोजन के पश्चात् उन्होंने अलंकार, वस्त्र, घोड़े आदि भेंट देकर राजे को विदा किया। शिवाजीराजा का बढ़ता हुआ प्रभाव शहर के सरदारों, सेठ-साहूकारों से भी छिपा नहीं रहा। उनके बीच शिवाजीराजा का सम्मान करने की जैसे होड़-सी लग गई। उनके महलों-हवेलियों में भी राजे को दावतें दी गईं। राजे के मनभाये व्यवहार के कारण सारा नगर राजे के प्रति आकृष्ट हो उठा था। बादशाह तो राजे के खुले और सच्चे बर्ताव पर इतना फिदा हो गया था कि उसने मादण्णापन्त को आज्ञा दे डाली थी—'राजासाहब जो माँगें, वही देकर उन्हें खुश किया जाए।'

भागानगर से आए हुए सम्मानित-सम्भ्रान्त जनों से राजे आत्मीयतापूर्वक मिलते थे। किन्तु उनकी एक इच्छा अधूरी रह गई थी। भागानगर में केशवस्वामी नामक सन्त पुरुष निवास करते थे। राजे उनका दर्शन पाने के लिए बहुत उत्सुक थे। उन्होंने एक दिन मादण्णा के सम्मुख अपनी इच्छा प्रदर्शित की।

''हमारा मन स्वामीजी के दर्शनों के लिए लालायित है। उनके सम्मुख हमारी इच्छा निवेदित करो। यदि वे आज्ञा दें, तो हम उनके दर्शन करने जाएँगे।''

केशवस्वामी मादण्णापन्त के गुरु थे। राजे की इच्छा जानकर उन्हें बहुत प्रसन्नता हुई। उन्होंने राजे की इच्छा केशव स्वामीजी के सम्मुख कही। केशवस्वामीजी ने स्वीकृति दे दी।

कुछ चुने हुए लोग साथ लेकर राजे स्वामीजी के दर्शनार्थ गए। स्वामीजी का आश्रम नगर से बाहर मूसा नदी के तट पर स्थित था। वहाँ का वातावरण अतीव आह्लादकारी था। विविध भाँति के वृक्षों से आश्रम का परिसर सुशोभित था। उन वृक्षों की छाया में आश्रमवासियों के पर्णकुटीर बने हुए थे। मार्ग स्वच्छ थे। सर्वत्र शान्ति छाई हुई थी। संध्या समय राजे आश्रम के निकट पहुँचे। आश्रम से बाहर ही वे घोड़े से उतर पड़े। मादण्णा, आक्कण्णा, हम्बीरराव, येसाजी, प्रह्लाद निराजी, रघुनाथपन्त और बालाजी उनके साथ थे। भगवे वस्त्रधारी शिष्य आश्रम के द्वार पर राजे के स्वागतार्थ खड़े हुए थे। सबके साथ वार्तालाप करते हुए राजे आश्रम की ओर चल पड़े। आश्रम के प्रांगण में यत्र-तत्र मयूर तथा मृग भी दृष्टिगोचर हो रहे थे। चलते-चलते राजे मुख्य आश्रम के पास आ पहुँचे।

केशवस्वामी राजे की प्रतीक्षा कर रहे थे। राजे की दृष्टि केशवस्वामी की ओर गई। केशवस्वामीजी की कषायवस्त्रधारी, श्यामल सतेज कान्तिमयी देह तथा वैष्णव तिलक से सुशोभित मुखमंडल को देखकर राजे का हृदय गद्गद हो उठा। शान्तिमयी दृष्टि, ओठों पर छाया हुआ स्मित हास्य, तथा गले तक लटक रहे लम्बे केश स्वामीजी के धर्माधिकार को प्रकट कर रहे थे। राजे अतीव विनम्र भाव से आगे बढ़े और उन्होंने स्वामीजी के चरणों में मस्तक नवा दिया। केशवस्वामी नयन बन्द करके आशीर्वाद दे रहे थे। राजे के कन्धों से उनके हाथों का स्पर्श हुआ। राजे खड़े हो गए और अगले ही क्षण केशवस्वामीजी ने राजे

को आलिंगन में भर लिया। दोनों के नेत्र में आनन्दाश्रु छलछला आए थे। मादण्णा ने आज पहली बार देखा कि स्वामीजी ने किसी पर इस प्रकार अनुग्रह किया हो। उनसे रहा नहीं गया। वे कह ही गए, ''महाराज, आप बड़े सौभाग्यशाली हैं। हमने कभी नहीं देखा कि स्वामीजी ने किसी के प्रति इतनी ममता दिखाई हो। आपको यह सौभाग्य प्राप्त हुआ है।''

राजे को बलात् अपने निकट बैठाते हुए केशवस्वामीजी ने कहा, ''मादण्णा, हम इस मिलन को दैवीय कृपा मानते हैं। पूर्वजन्म के पुण्यों का संग्रह हो, तभी राजकुल में जन्म मिलता है। जिन सौभाग्यशाली जनों को ऐसा जन्म प्राप्त होता है, वे अधिकतर उस पुण्य संचय को व्यय करने में ही जीवन व्यतीत कर देते हैं, किन्तु यह राजा इस सिद्धान्त के अपवाद हैं। यह तो राजयोगी पुरुष हैं। इनके पराक्रम के कारण इनका पुण्य वर्धिष्णु होता जा रहा है। जब-जब धर्म की हानि होती है, अनाचार बढ़ जाता है, तब-तब धर्म की रक्षा के लिए परमेश्वर अवतार धारण किया करते हैं। मादण्णा, यह व्यक्ति अवतारी पुरुष हैं। इनकी पहचान बहुत कम लोगों को है। इनके दर्शन करके भला कौन आनन्दित न होगा?''

इन वचनों को सुनकर राजे सकुचा गए। केशवस्वामी राजे के विनम्र व्यक्तित्व को देखकर मन में बहुत प्रभावित हो रहे थे। उन्होंने राजे को उपदेश दिया। धर्म के अधिकारी व्यक्ति की वाणी सुनकर राजे को भी परम सन्तोष प्राप्त हुआ। अँधेरा होने लगा। राजे ने जाने की आज्ञा चाही। केशवस्वामीजी ने कहा, ''यदि आपके पास अवकाश हो, तो आज आप यहीं विश्राम करें। आपको ईश्वर-भक्ति की लगन है। उस परमानन्द में कुछ घड़ियाँ बिताई जा सकेंगी।''

राजे ने इस सुझाव को त्वरित स्वीकृत कर लिया। उन्होंने मादण्णा से कहा, ''पन्त, भला ऐसे सुअवसर को कौन हाथ से जाने देगा? आप छावनी में समाचार भिजवा दो। हम आज रात यहीं विश्राम करेंगे।''

हम्बीरराव जल्दी से उठ खड़े हुए। राजे उनका इरादा जान गए। उन्होंने कहा, ''ना, ना हम्बीरराव! व्यर्थ ही कष्ट मत करो। हमारे गावतकिए और गद्दे यहाँ मँगवाकर यहाँ के ऐश्वर्य के सामने हमारी दरिद्रता का प्रदर्शन मत करो। सन्त-महात्माओं का सहवास और स्वच्छ भूमि की शैया हमें राजवैभव से भी अधिक प्रिय है। हमें इस सुयोग से लाभ उठाने दो।''

राजे ने सबके साथ फलाहार एवं दुग्धपान किया। रात्रि को समई-दीपक प्रज्वलित किए गए। स्वामीजी के शिष्यों ने मंजीरे और मृदंग ले लिए। केशवस्वामीजी हाथों में करताल लेकर खड़े हो गए। रामनाम का जयघोष आरम्भ हुआ। करताल की लय के साथ केशवस्वामीजी का भावपूर्ण स्वर प्रवाहित होने लगा–

लागी हो गोविंदा से पिरती।
हृदय कमल में जब जब देखूँ।
परम सुन्दर परी श्याम की मूरती।
धन सुत सम्पत कछु नहीं आवत।
निशिदिन सुखरूप हरिगुण गावत।
आदि पुरुष हरिनन्द का सुत।
निरखत नियरो डरे जमदूत।

आनन्दघन मनमोहन श्याम।
*रहत केशव माकुँ मिलाया राम॥**

स्वामीजी की रसपूर्ण वाणी सुनकर राजे तृप्त हो उठे। समस्त चिन्ताओं को भुलाकर वे भक्तिरस में लीन हो गए थे। केशवस्वामीजी की भी ऐसी ही दशा हो गई थी। भगवत्प्रेम में निमग्न होकर वे कीर्तन कर रहे थे। एक-एक पहर बीतता जा रहा था। केशवस्वामी गा रहे थे–

श्रवणों की अकरी ले हाथ
गुरुमुख से फेंके कुछ बीज॥ ध्रुपद॥
बनाया हल धीरज को हमने
भेदभाव के खुत्थ उखाड़े
भक्ति ज्ञान लगाकर पाट
बनाई भूमि शुद्ध सपाट॥
स्वानन्द का मेघ है बरसा
चेतन भाव उगा औसरसा
सद्गुण धान्य की करने रक्षा
कर्म विहंग भगाते हम॥
निज ज्ञान का पका खेत है
आत्मानन्द तरंगें हैं
मोक्ष फसल काटी 'केशव' ने
*गुरु की कृपा-अनुग्रह से॥***

भोर के समय कीर्तन समाप्त हुआ। किन्तु कीर्तन का रंग राजे के चित्त से उतरा नहीं। केशवस्वामीजी के चरणों में श्रद्धामय अन्तःकरण से प्रभूत धन, वस्त्रादि अर्पण करके राजे सन्तुष्टचित्त होकर अपने शिविर में वापस लौट आए।

10

राजे को भागानगर आए लगभग एक मास हो चुका था। तानाशाह ने आश्वासन दिया था कि कर्नाटक की मुहिम में वे राजे की पूरी सहायता करेंगे। दोनों के बीच यह समझौता हुआ था कि जिंजी तक का इलाका जीतने के लिए तानाशाह अपनी फौज, खासकर विदेशी गोलंदाजोंवाला तोपखाना गोला-बारूद के साथ राजे को दें और मुहिम के बतौर खर्चा हर रोज तीन हजार होन भी दें।

तानाशाह स्वभाव से सुखलोभी था। वह बादशाह गाने-बजाने का रसिक था। नाच-तमाशे या इसी तरह के अन्य शौक पूरा करने में लगा रहता था। लड़ाई और मुहिम जैसी बातों की झंझटों से वह कतराता था। वह भालीभाँति जानता था कि कुतुबशाही को हमेशा आदिलशाही के जोर-जुल्म सहने पड़ते हैं। वह यह भी बखूबी जान गया कि शिवाजी जैसा बहादुर राजा

* यह केशवस्वामीजी का मूल हिन्दी पद है।
** केशवस्वामीजी का यह मूल पद मराठी में है। प्रस्तुत पद उसका हिन्दी पद्यानुवाद है।

ही कुतुबशाही की रक्षा कर सकता है। इसलिए उसने राजे की यह नीति मान ली थी कि दक्खिन की तीन बादशाहतें मिलकर मुगलिया सल्तनत का सामना करें। मादण्णा मन-ही-मन चाहते थे कि वेलूर तथा पुरानी हिन्दू राजगद्दियों के चारों ओर हिन्दुओं का ही अधिकार रहे। राजे यदि गोलकुंडा राज्य के बहाने उस प्रदेश पर अधिकार कर लें, तो वह प्रदेश स्वयमेव हिन्दुओं के कब्जे में रहेगा। यही सोचकर तानाशाह ने राजे को हर तरफ से मदद देने का निश्चय कर लिया था।

तानाशाह और उसके वजीरों का आतिथ्य स्वीकार करके राजे ने वहाँ से आगे मुहिम के लिए प्रयाण करने का निश्चय किया। उन्हें विदाई देने के लिए तानाशाह ने खास दरबार लगवाया। तानाशाह ने राजे के साथ आए हुए प्रतिष्ठित सरदारों के नाम और परिचय की घोषणा के बीच हरेक के सिजदे स्वीकार किए। हरेक को उसके पद के अनुसार अलंकार, वस्त्र और हाथी, घोड़े दिए। विदा होते समय दोनों के दिल भर आए थे। तानाशाह ने राजे का हाथ हाथ में लेते हुए कहा, ''जिस ईमानदारी के साथ आपके वालिद जनाब ने पहले निजामशाही की रखवाली की थी, उसी आपसी प्यार से हमें हमेशा आपकी मदद मिला करे।''

राजे ने उन्हें आश्वासन देते हुए कहा, ''हमारी दोस्ती अटूट बनी रहेगी। हम जिस तरह अपने को छत्रपति राजा समझते हैं, उसी तरह अपने को निजामशाही का प्रतिनिधि भी मानते हैं। हम भी यही चाहते हैं कि आपकी बादशाहत बढ़े और पठानों की नेस्तनाबूद हो। हमारा भी ध्येय यही है कि दक्खिन की बादशाहत दक्खिनी सल्तनतों के ही हाथ रहे।''

बादशाह ने राजे के कपड़ों पर इत्र लगाया। अपने हाथ से बीड़ा बनाकर राजे को दिया। राजे ने प्यार से बादशाह के हाथ दबाते हुए कहा, ''हजरत, आप बिलकुल बेफिक्र रहें। आपने बड़े प्यार से हमें बीड़ा दिया है, इसलिए हम मना नहीं करते। लेकिन आज इस बीड़े की कीमत कुछ भी नहीं। जिस दिन आदिलशाही, कुतुबशाही सल्तनतें और हम मिलकर मुगलों को नीचा दिखाएँगे, उस दिन बीड़ा कबूल करने में खुशी होगी। भगवान् चाहे तो वह दिन बहुत दूर नहीं है।''

बादशाह ने सुलह की शर्तों के अलावा पाँच लाख होन भी राजे को भेंट किए। उन्होंने प्रह्लादपन्त को ही दोनों दरबारों का प्रतिनिधि बनाकर राजे के प्रति अपना विश्वास भी प्रकट किया।

तानाशाह से विदाई पाकर लौट रहे राजे को देखने के लिए रास्ते के दोनों ओर लोगों की भीड़ इकट्ठी थी। सोने के सिक्के उछालते-बिखेरते हुए राजे अपनी छावनी में लौट आए।

छावनी उठाई जाने लगी। अँधेरे के साथ-साथ सर्दी को लिए हुए रात आती जा रही थी। राजे अपने डेरे में बैठे हुए अगली मुहिमों की योजनाएँ सुना रहे थे। अकस्मात् उन्हें कुछ याद आ गया। उन्होंने रघुनाथपन्त से कहा, ''बालाजी को बुलवाओ। हम एक आपाती और महत्त्वपूर्ण पत्र लिखवाना चाहते हैं।''

थोड़ी देर बाद बालाजी डेरे में आए। राजे रघुनाथपन्त से कहने लगे, ''पन्त, कुतुबशाही और हमारे बीच तो नाता जुड़ गया। आदिलशाही में जब तक पठानों की चलती रहेगी, तब तक समझदारी वहाँ के दिमाग में नहीं घुस पाएगी। किन्तु उस दरबार में कई मराठे सरदार हैं। यदि वे हमसे आ मिलें, तो काम बन जाएगा।''

''जी हाँ।''

"हमारे पीढ़ी-दर-पीढ़ी के दुश्मन बाजी घोरपडे के चिरंजीव मालोजी घोरपडे आदिलशाही दरबार की सेवा कर रहे हैं। अपने पुराने बैर को भुलाकर हमने उन्हें पत्र लिखने का निश्चय किया है। इसी आशय के पत्र हम दूसरे सरदारों को भी भेजनेवाले हैं।"

बालाजी लेखन-सामग्री लेकर बैठ गए। डेरे में इधर-उधर चहलकदमी करते हुए और सोचते हुए राजे पत्र लिखवाने लगे–

"...पहले हमारे स्वर्गवासी पिता महाराज* निजामशाही छोड़कर इब्राहिम आदिलशाह के शासनकाल में आदिलशाही में आए थे। इब्राहिम आदिलशाह ने बादशाही कारोबार की जिम्मेदारी महाराज के कन्धों पर डाली। तब महाराज ने यह विचार किया कि बादशाही जिम्मेदारी अपने कन्धों पर आ गई है, सो अपनी जाति के मराठे जो केवल सरदार बनकर पेट पाल रहे हैं, उन्हें बादशाही वजीर बनाया जाए। उनसे बादशाह के बड़े-बड़े काम पूरा कराके उन्हें बड़ी इज्जत दिलाई जाए। ऐसा सोचकर तुम्हारे पिता बाजी घोरपडे, जो सरदार थे, उन्हें बुलाकर बादशाह से भेंट कराकर उन्हें बादशाही वजीर बना दिया था। बादशाह ने भी उनका खूब खयाल रखा। इसी तरह बादशाहों की तीन पीढ़ियाँ और तुम्हारी दो पीढ़ियाँ गुजर गईं।...महाराज ने तुम्हारे पिता का इतना भला किया लेकिन तुम्हारे पिता ने उसे भुला दिया। मुस्तफाखान ने जब महाराज को कैद करवाने की ठानी, तब तुम्हारे बाप बाजी घोरपडे ने विश्वास दिखाकर महाराज को कैद किया और मुस्तफाखान के हवाले कर दिया। उस दिन से तुम्हारे घराने से बैर बढ़ता गया। बाद की कितनी ही मुठभेड़ों में तुमने हमारे लोगों को मरवाया। इसी तरह दुश्मनी चलती रही।...अब थोड़ा-सा राजनीति के बारे में। दक्खिन में बादशाह तीन–निजामशाह, आदिलशाह और तानाशाह। इनमें से निजामी बादशाहत खत्म हुई। उस समय निजामशाही में कुछ चतुर वजीर थे। उन्होंने निजामी सल्तनत को आदिलशाह को सौंपकर अपने लिए रोजगार बना लिया। आजकल आदिलशाही सल्तनत को बहलोलखान पठान ने हथिया लिया है। आदिलशाही बादशाह अभी बच्चा है, वह तो नाम भर का बादशाह है, उसे कैद करके पठान बहलोलखान ने बीजापुर की राजगद्दी और किले पर कब्जा कर रखा है। दक्खिन में एक पठान बादशाह हो, यह बात अच्छी नहीं है। यह पठान अगर बढ़ता गया, तो दक्खिन की रियासतों को एक-एक करके खत्म कर डालेगा। किसी को बाकी नहीं रहने देगा। हमने यही सोचकर पहले से ही हजरत कुतुबशाह बादशाह के साथ मेल-मिलाप बढ़ा लिया था।

"जितने भी अपनी मराठा जाति के लोग हैं, तुम उन्हें साजिश करके तानाशाह से ला मिलाओ। उन्हें बादशाही काम देकर बादशाह की बादशाहत बढ़ाओ और तुम लोगों की दौलत और घर भी बढ़ते रहें, ऐसे काम करो। अपनी जाति के मराठे लोगों का भला करना ही हमारे लिए उचित है, ऐसा सोचकर हमने अपने पिताजी के समय से चली आ रही शत्रुता को मन से निकालकर, निष्कपट होकर, तुम मराठे लोग बड़े काम के हो, तुम्हारी भलाई करें, ऐसा विचार करके हजरत तानाशाह की आज्ञा और फरमान लेकर तुम्हारे नाम भेजा है। तुम कुलीन हो, हमारी बात का भरोसा करके पत्र देखते ही हरसम्भव उपाय करके पठान को छोड़कर मंजिल-दर-मंजिल होते हुए भागानगर में हमसे आ मिलो...शायद तुम सोचो, हम दो पीढ़ियों से आदिलशाही के वजीर हैं और अब केवल राजे की बात मानकर बीजापुर छोड़कर कुतुबशाही में कैसे जाएँ?...बीजापुर तो पठान ने हथिया लिया है! अब आदिलशाही रही ही कहाँ? अगर

* शहाजी महाराज, शिवाजी के पिता।

तुम सोचते हो कि पठान की चाकरी करो, तो समझ लो कि पठान तुम्हें कोई बड़ी भारी दौलत तो देगा नहीं। तुम मराठे लोग अपने हो—तुम्हारा भला हो, इसीलिए तुम्हें साफ-साफ लिखा है। अच्छा, पिछले बैर का भेदभाव हमने छोड़ दिया है, हम श्री देवीजी की शपथ लेकर कहते हैं। तुम हमसे दूर रहो, तो तुम्हें भी देवीजी की सौगन्ध। तुम निःसंशय होकर चले आओ...हम सब प्रकार से तुम्हारा भला करने में कोई कसर न रहने देंगे। अधिक क्या लिखें...।''

अगले दिन मालोजीराव के नाम भेजा गया यह पत्र सिक्कों से भरकर थैली में रवाना कर दिया गया। फिर सब द्रव्य, वस्तु आदि लेकर राजे मुहिम के लिए चल पड़े। गोलकुंडा का सेनापति मिर्जा मोहम्मद अमीन चार हजार पैदल सिपाही, एक हजार घुड़सवार और तोपखाना साथ लेकर राजे की सेना में शामिल हो गया।

राजे ने उदित हो रहे सूर्य की किरणों के उजाले में भागानगर से प्रस्थान किया।

11

राजे की सेना कर्नाटक की ओर जा रही थी। कूच करते-करते सेना कर्नूल आ पहुँची। कर्नूल से दस-बारह कोस दूर तुंगभद्रा तथा कृष्णा नदियों का संगम है। यह तीर्थस्थान 'निवृत्तिसंगम' नाम से प्रसिद्ध है। राजे ने संगम जाकर स्नान किया तथा दान-पुण्य किया। राजे का ध्यान इसी प्रकार के एक अन्य प्रसिद्ध पवित्र स्थान की ओर लगा हुआ था। उनके मन में श्रीशैल के दर्शनों की इच्छा प्रबल हो उठी। श्रीशैल बारह ज्योतिर्लिंगों में से एक है। निवृत्तिसंगम में स्नान करके राजे कर्नूल लौट आए। कर्नूल के निकट कृष्णा नदी पार करके राजे सेनासहित आत्मकूर आ पहुँचे। आत्मकूर आकर उन्होंने पड़ाव डाला।

श्रीशैल को रास्ता यहीं से जाता था। यह देवस्थान नीलपर्वत शृंखला के बीच स्थित था। मार्ग पर्वतों की उपत्यकाओं तथा घने अरण्यों के बीच होकर गुजरता था। आगे भेजे गए भेदियों ने राजे की छावनी में लौटकर सारा विवरण बताया था। कठिन मार्ग से सारी सेना को साथ ले जाना अतिकठिन कार्य था। मार्ग के आवश्यक प्रबन्धादि के लिए राजे ने गुप्तचरों तथा कामगार लोगों को पहले ही रवाना कर दिया। राजे ने निश्चय किया कि थोड़ी सेना आगे कर्नाटक की ओर भेजकर शेष सेना को आत्मकूर में ही रखा जाए।

चुने हुए विशेष लोगों को तथा घुड़सवार-दलों को अपने साथ लेकर राजे ने श्रीशैल के दर्शन करने के लिए प्रयाण किया। शीत ऋतु बीत चली थी। अश्वारूढ़ राजे अपने अश्वारोही-दल सहित दौड़ते जा रहे थे। चारों ओर उपजाऊ समतल भूमि और काली मिट्टी की मेंड़ से सजे हुए खेत-ही-खेत दिखाई देते थे। विशाल सपाट प्रदेश में कहीं-कहीं बबूल के जंगल अथवा आम और इमली के वृक्ष नेत्रों को मोह लेते थे। कहीं खुले पथरीले मैदान में बसा कोई गाँव झाड़ियों की गोद में बैठा हुआ दिखाई देता था। कभी हिरणों के झुंड दिखाई देते थे, जो दौड़ते जा रहे घुड़सवार-दलों को पहले तो कान खड़े करके एकटक देखते थे फिर ऊँची कुलाँचें भरते हुए आँखों से ओझल हो जाते थे।

दुपहरी में कुछ देर विश्राम करके घुड़दौड़ फिर शुरू हो गई। काफी दूर जाने के बाद बालाजी ने अचानक राजे का ध्यान आकर्षित किया। क्षितिज के पास नीली-नीली रेखा-सी दिखाई दे रही थी। रघुनाथपन्त ने कहा, ''महाराज, वह देखिए नीलमलई पर्वत-श्रेणी।''

राजे ने हाथ जोड़कर नमस्कार किया। उन्होंने फिर घोड़े को एड़ लगाई। धीरे-धीरे प्रकृति का स्वरूप बदलने लगा। खुली-खुली-सी वनश्री अब घनी-घनी होती जा रही थी। पर्वत अधिक साफ दिखाई देने लगे। वृक्षों-साड़ियों से व्याप्त आड़े फैले हुए पर्वत को देखकर राजे का चित्त प्रफुल्लित हो उठा। उन्हें अपनी भूमि की याद आ गई। कर्नाटक में आने के बाद से राजे देख रहे थे, जहाँ-तहाँ सपाट-समतल भूमि। ऐसी सपाट भूमि को देखकर उनका जी ऊबने लगा था। अब नीलमलई पर्वत-शृंखला के दर्शन करके राजे को अपने बारह मावलखंडोंवाला प्रदेश याद आ गया। उन्हें याद आ गया चारों ओर से आकाश को छू रहा, सह्याद्रि की गोदी में निश्चिंत बसा हुआ रायगढ़।

नीलमलई पर्वतों का प्रदेश आरम्भ हो गया। राजे ने सबको आदेश दिया कि उस पवित्र भूमि में कोई शिकार न करे। जैसे-जैसे वे आगे बढ़ते जा रहे थे, झाड़ियाँ घनी होती जा रही थीं। सागौन, सेमल तथा शीशम के वृक्ष के ऊँचे-ऊँचे शिखर, बीच-बीच में दिखाई देनेवाले चन्दन के वृक्ष तथा विविध रंगों के फूलों से लदे हुए कुंज वसन्त ऋतु के आगमन की सूचना दे रहे थे। नूतन पल्लवों से अलंकृत वह वन भाँति-भाँति के पक्षियों की चहचहाहट से गूँज रहा था। बीच-बीच में राजे के दल को उनके निरीक्षण-दल मिल जाते थे। वे रास्ता दिखाते थे। सायंकाल को राजे पर्वत की चोटी पर आ पहुँचे। सामने का दृश्य अलौकिक था। अस्ताचलगामी सूर्य की किरणों में नीलमलई पर्वत की श्रेणियाँ दृष्टिगोचर हो रही थीं। एक पठार पर खुले स्थान में दो-तीन तम्बू लगाए हुए थे। यही राजे के ठहरने का स्थान था।

रात हो आई। अलाव सुलग उठे। तम्बू के चारों ओर अश्वारोही-दल विश्राम कर रहे थे। प्रहरियों ने पहरा देना आरम्भ किया। वन में सर्वत्र चाँदनी फैली हुई थी। राजे तम्बू में विश्राम कर रहे थे। दिन-भर की घुड़दौड़ के कारण वे बहुत थक गए थे। वन्य प्राणियों तथा निशाचरी पक्षियों की ध्वनियों को सुनते-सुनते राजे को नींद आ गई।

भोर में पक्षियों के कलरव से सारा वन जाग उठा। सूर्योदय होते ही राजे आगे चल पड़े। झुरमुटों के बीच से जा रहे टेढ़े-मेढ़े मार्ग से होते हुए राजे आगे बढ़ते जा रहे थे।

घाटियों और पहाड़ी घाटों को पार करते हुए राजे कृष्णा नदी के पास आ पहुँचे। दो ऊँचे पर्वतों के बीच की घाटी में कृष्णा नदी बह रही थी। घाटी में बह रही नीली जलधारा, दोनों किनारों पर आकाश की ऊँचाई को छूनेवाले घनघोर वनों से व्याप्त खड़े कगार—सारा दृश्य अतिशय मनमोहक था। राजे सुध-बुध भूलकर इस दृश्य को देख रहे थे। कृष्णा नदी की ओर जाते हुए स्थान-स्थान पर ढहे हुए बुर्जों और दीवारों के अवशेष दिखाई दे रहे थे। राजे के लोग कृष्णा नदी के उतार पर खड़े हुए उनकी प्रतीक्षा कर रहे थे। वहाँ से राजे ने कृष्णा नदी पार की। सामने के पर्वत-शिखर पर श्रीशैल स्थित था। रघुनाथपन्त ने राजे से कहा, ''महाराज, इस स्थान को 'नीलगंगा' कहते हैं। इस स्थान से लेकर पातालगंगा तक कृष्णा उत्तरवाहिनी हो गई है। यह तीर्थ-क्षेत्र है।''

विशाल शिलाओं के बीच से कलकल बह रही नीली जलधारा को राजे अपलक नेत्रों से देख रहे थे।

''पन्त, जिन्होंने इस स्थान को 'नीलगंगा' नाम दिया होगा, वे लोग कितने रसिक रहे होंगे! हमारे संस्कृत कवि सचमुच महान् थे। उन्होंने मनुष्य की कलाकृति की अपेक्षा ईश्वर की रचना को बहुत निकट से देखा। उन्होंने नक्षत्रों का वर्णन किया, मृग नक्षत्र में बरसती

वर्षा धाराओं का रूप वर्णित किया। एक-एक नदी का बहनेवाला पाट, यही नहीं, उसके बदलते हुए रूपों का भी चित्रण किया। पन्त, हम इस स्थान पर स्नान करेंगे। बाद में देवता का दर्शन करने जाएँगे।''

राजे स्नान करने के लिए नीलगंगा के जल में घुसे। वे जल के प्रवाह में कूद पड़े। राजे नदी में तैर रहे थे। रघुनाथपन्त आज पहली बार देख रहे थे कि राजे कितना अच्छा तैरना जानते हैं। सबके स्नान करने के बाद पन्त ने कहा, ''महाराज, आप बहुत अच्छा तैर लेते हैं।''

''पन्त, हमारा तो जन्म ही इस हेतु से है–प्रवाह के विपरीत बहना।''

फिर कुछ सँभलकर वे कहने लगे, ''हमने हँसी की, पन्त। सचमुच हमें तैरना बहुत पसन्द है। हमें जब कभी अवसर मिलता था, हम बाणकोट में तैरने जाते थे। समुद्र में स्नान करने से बढ़कर दूसरा आनन्द नहीं है। परन्तु अपनी रुचि पूरी करने की हमें फुरसत नहीं मिली।''

राजे कपड़े पहनकर तैयार हो गए। सूर्य मध्याह्न काल की ओर जा रहा था। राजे की दृष्टि चारों ओर फैले हुए भव्य दृश्य को निहार रही थी। उन्होंने पूछा, ''पन्त, वह क्या है?''

''महाराज, वह एक पुराने दुर्ग के अवशेष हैं। इसी प्रकार का एक दूसरा दुर्ग भी यहाँ है।''

''किसने बाँधे हैं ये दुर्ग?''

''महाराज, यहाँ से निकट है पातालगंगा। उसके ऊपर की दिशा में कृष्णा के दोनों किनारों पर सम्राट् चन्द्रगुप्त का राज्य था। उस साम्राज्य के ध्वंसावशेष आज भी दिखाई देते हैं।''

''हँऽ,'' राजे खिन्न हो गए, ''पन्त, कितना विशाल साम्राज्य था वह! उसका क्या अन्त हुआ? यह गिरे हुए पत्थर, ढहे गरगज, यही रूप शेष रहा उसका?''

''कालाय तस्मै नमः।''

राजे की मुखमुद्रा क्षण-भर में बदल गई। एक अनजानी सूक्ष्म कसक उनके मुखमंडल पर छा गई। राजे का रूप आज कुछ और हो गया था–स्नान के बाद गीले हुए बाल, पीछे की ओर फेरे हुए और गले तक लटक रहे लम्बे केश, मस्तक पर शिवतिलक, शरीर में उजला-सफेद अँगरखा और पैरों में तंग मोहरी का पाजामा। राजे मानो अपने आपसे ही कहते जा रहे थे, इस धरती पर जो कुछ जड़ है, वह सारा नाशवान् है। सृष्टि का नियम यही है। इस नियम का कोई अपवाद नहीं है। कई-कई पीढ़ियों से यही अनुभव पाया है हमने, किन्तु उसका क्या प्रभाव हुआ है हम पर? हमारी ही बात लो! कितना कठोर परिश्रम किया है हमने! गगनचुंबी पर्वतों के खुले-उजाड़ सिरों को हमने दुर्गों के जरीटोप पहनाए, प्राचीरों के कमरबन्द बाँधे। स्वराज्य की सीमाओं को सुरक्षित रखने के लिए हमने चारों दिशाओं में यह विशालकाय सूबेदार खड़े कर दिए। अनेक वर्षों की कठिन तपस्या का सुफल मिला। किन्तु यह सब किसलिए? इसीलिए कि इस भूमि पर हमारा राज्य हो, यहाँ हमारे देवी-देवता और धर्म का सम्मान बना रहे, यहाँ का प्रत्येक व्यक्ति सन्तुष्ट रहे, हमारी माँ-बहनों की इज्जत बनी रहे, प्रत्येक मनुष्य अभिमान से कह सके 'यह भूमि मेरी है, इस पर मेरा अधिकार है'।''

राजे दो पल रुके। उन्होंने लम्बी साँ ली।

''किन्तु इन उद्देश्यों की प्राप्ति के लिए कितनों के प्राण गए! कितना उलट-पुलट हो गया! कितने संकटों का सामना करना पड़ा! कितने ही आक्रमण सहन किए, दूसरों को सहन करवाए हमने! पन्त, इस अभिलाषा की पूर्ति के लिए पूरी एक पीढ़ी खप गई। किसलिए

की वह उखाड़-पछाड़? अपार कष्ट सहकर जो सपना पूरा किया है हमने, उसे अगली पीढ़ी सँभालकर रख पाएगी क्या?''

इस विचार के आते ही राजे विह्वल हो उठे।

''पन्त, इस बात का आश्वासन कौन दे सकता है? आत्मा को जन्म पाना होता है, तो उसके नौ मास के गर्भवास की वास्तविकता तो जानी जा सकती है, किन्तु मृत्यु? सारी एक क्षण की घटना—सारी भाग-दौड़ की अकस्मात् इतिश्री। और इतना महत्त्वपूर्ण जो क्षण है, उसका आगमन कब होगा, इसका किसी को पता नहीं। फिर यह झंझट-झमेला है किसलिए? पूर्वजों द्वारा बनाए गए भवनों के खँडहरों की ही आज क्या कमी थी, जो हमने उन भवनों की संख्या और बढ़ा दी? यह सब क्यों किया हमने? सचमुच यदि मनुष्य के मन में आकांक्षा और स्वप्न न होते, तो कितना अच्छा होता!''

राजे की ऐसी दशा, ऐसे वचन सुनकर रघुनाथपन्त आश्चर्यचकित हो उठे। बाएँ हाथ से सिर थामकर बैठे हुए राजे को पन्त ने पुकारा, ''महाराज!''

राजे ने सिर उठाकर देखा। पन्त, येसाजी आदि लोगों की आँखों में छाई हुई भीति वे जान गए। उठते हुए उन्होंने कहा, ''ठीक है, पन्त। चलो, हमें अब भगवान के दर्शनों की लगन लगी है।''

''महाराज, यहाँ से केवल कोस-सवा कोस की दूरी है। सीधी चढ़ाई है। घोड़े दूसरे रास्ते से आएँगे। पालकी मँगवाई है।''

''पालकी किसलिए? क्या रास्ता बहुत खराब है?''

''पातालगंगा से घाट शुरू हो जाता है, किन्तु सीधी खड़ी चढ़ाई है।''

''हम चलकर जाएँगे। चलो।''

राजे पैदल चल पड़े। नीलगंगा से लेकर पातालगंगा तक मार्ग नदी के किनारे-किनारे था। पातालगंगा पहुँचकर देवस्थान की ओर जानेवाला पहाड़ी घाट दिखाई दिया। सैकड़ों सीढ़ियोंवाले घाट को देखकर लगता था—मानो आकाश से जा मिला हो। राजे सीढ़ियाँ चढ़ने लगे। वे धीरे-धीरे सीढ़ियाँ चढ़ रहे थे। उनके आगे-पीछे अन्य लोग थे। राजे आधे से अधिक घाट चढ़ चुके थे। फिर उनकी साँस फूलने लगी। कुछ देर विश्राम करके वे फिर घाट चढ़ने लगे। कुछ ऊपर पहुँचकर वे हाँफने लगे। सीढ़ियाँ चढ़ना कठिन होने लगा। पन्त ने चिन्तित होकर पूछा, ''पालकी मँगवाऊँ, महाराज?''

हाथ हिलाकर मना करते हुए राजे विश्राम करने के लिए ठहर गए। मुख पसीने से भर उठा था। कुछ दूर जाने के बाद राजे पन्त से कहने लगे, ''पन्त, सारा जीवन गढ़ चढ़ने-उतरने में बीता, परन्तु अब वैसी शक्ति नहीं रही। शरीर थक गया अब।''

''क्षमा करें, महाराज।'' रघुनाथपन्त ने कहा, ''अभी पचास वर्ष भी पूरे नहीं हुए, फिर आप ऐसी बात क्यों कहते हैं?''

''आयु के वर्षों की संख्या पर शरीर की शक्ति थोड़े ही निर्भर होती है? हम केवल आठ बरस के थे। दादोजी हमसे कहते थे, 'राजे, अब तुम छोटे नहीं हो।' तब से घोड़े की सवारी और सिर पर जिम्मेदारी आ पड़ी। पता नहीं लगा कि बचपन कब बीत गया, कब यौवन आ पहुँचा! और कब प्रौढ़त्व आ धमका! एक स्वप्न पूरा करने के लिए हम सब कुछ भूल बैठे। पन्त, जीवन में उपभोग लेने के लिए भी अवकाश मिलना चाहिए न!''

राजे ने ऊपर देखा। घाट अब थोड़ा-सा ही शेष रहा था। पन्त राजे के मन का भाव समझ गए। कहने लगे, ''बस, अब थोड़ी दूरी रह गई है।''

राजे ने पन्त की ओर देखा। वे हँसने लगे, ''सच है, पन्त। अब थोड़ी ही दूरी रह गई है। हमारा हृदय अब ईश्वर के दर्शनों के लिए व्याकुल हो उठा है, चलो।''

अनजाने ही राजे ने हाथ पन्त के कन्धे पर रख दिया। उनके कन्धे का सहारा लेते हुए राजे एक-एक सीढ़ी चढ़ते जा रहे थे। पहाड़ी घाट का ऊपरी सिरा दिखाई देने लगा था...।

12

उत्सुकता-भरे मन से राजे घाट के ऊपर तक आ पहुँचे। पर्वत-शिखर के एक ऊँचे से टीले पर एक विशाल अति सुन्दर मन्दिर बना हुआ था। सायंकाल की तिरछी किरणों में जगमगा रही प्रकृति मन्दिर को चारों ओर से घेरे थी। मन्दिर का गोपुरद्वार बहुत ऊँचा और विशाल था।

राजे से पहले आगे गए हुए बालाजी, जनार्दनपन्त और सोमाजी नाईक राजे की अगवानी करने आए। राजे के लिए मन्दिर से कुछ दूर एक विशेष डेरा लगाया गया था। उसके इधर-उधर चार-पाँच तम्बू और लगे हुए थे। खुली जगह पर घोड़ों के ठहरने का प्रबन्ध किया गया था। महादेव राजे के सामने आ उपस्थित हुआ। उसने सिजदा किया।

''महादेव, तू कब आया?''

''दो दिन हो गए, महाराज।''

''सारा प्रबन्ध हो गया है न?''

''जी हाँ।''

''बालाजी, देवदर्शन करके ही हम डेरे की ओर जाएँगे।''

राजे सबके साथ मन्दिर की ओर जाने लगे। मन्दिर के गोपुर पर कला-शिल्प दिखाई दे रहा था। मन्दिर की दीवार डेढ़-दो गज ऊँची और तराशे हुए पत्थरों से बनी थी। उस पर रामायण तथा महाभारत की घटनाओं के चित्र अंकित थे। मंदिन के पुजारी राजे का स्वागत करने आगे आए। राजे ने उन्हें विनम्रतापूर्वक नमस्कार किया। राजे ने जैसे ही मन्दिर के प्रांगण में पाँव रखा, वे ठिठककर रह गए। सामने का दृश्य मन को स्तब्ध कर देनेवाला था। मन्दिर का घेरा क्या था विशालता की परिसीमा थी–घेरा लगभग तीन सौ गज चौड़ा और पाँच सौ गज लम्बा था। उसके चारों ओर बड़े-बड़े कमानदार ओसारे बने हुए थे। यह ओसारे उत्तम शिल्पकला से सजे हुए थे। सुन्दर कमानों और कलाकृतिपूर्ण खम्भों से उनकी शोभा दुगनी हो उठी थी। जिधर दृष्टि जाती थी, शिल्पकला का सौन्दर्य बिखरा पड़ा था। इस विस्तृत प्रांगण के मध्य श्रीशैल मल्लिकार्जुन का भव्य मन्दिर स्थित था। मन्दिर के सामने वाले आँगन में डेढ़ गज ऊँचाई की ओर एक ही शिला को तराशकर बनाई गई नन्दी की मूर्ति थी। राजे को अनुभव हो रहा था–मानो वे भूलोक के कैलाश में ही आ उतरे हैं। राजे ने मन्दिर में प्रवेश किया। उनकी दृष्टि मन्दिर के गर्भगृह की ओर लगी हुई थी। गर्भगृह में नन्दा-दीप के शीतल-शान्त प्रकाश में वह दिव्य शिवलिंग जगमगा रहा था। सुवर्णनाग के पाँच फनों ने उस पिंडी पर छत्र-सा तान रखा था। ऊपर लटक रहे अभिषेक-कलश से बूँद-बूँद जल शिवलिंग पर टपक रहा था। सुन्दर पिंडी पर चित्रित शिवगन्ध ने उसकी सुन्दरता में गम्भीरता भर दी

थी। उसके दर्शन पाकर राजे भावविह्वल हो उठे। उन्होंने भगवान् को साष्टांग दंडवत् किया। वे उठकर खड़े हुए, तब उनके नेत्रों से अश्रुधारा बह रही थी। उन्हें इसकी भी सुध न रही थी कि इधर-उधर खड़े हुए लोग उनकी ओर देख रहे हैं। देवदर्शन करके राजे मन्दिर से बाहर आए। पुजारी बतला रहे थे...''यह स्थान अति पुरातनकाल से प्रसिद्ध है। शैलदा ने तपश्चर्या करके श्री शंकर भगवान् को प्रसन्न कर लिया। उनके द्वारा दिए गए वर से शैलदा के तीन पुत्र हुए। तीनों शिवभक्त थे। ज्येष्ठ पुत्र नन्दी ने तपस्या द्वारा शंकरजी को प्रसन्न कर लिया और वह शिवजी का वाहन—नन्दिकेश्वर—बन गया। दूसरा था—पर्वत। उसने देवताओं को प्रसन्न करके इच्छा प्रकट की कि देवता उसके मस्तक पर निवास किया करें। वह पर्वत, पर्वत बन गया। और अपने दिए वचन के अनुसार भगवान् शंकर ने वहाँ निवास किया।''

राजे मन्दिर के पीछे स्थित दूसरे देवालय के निकट आए। अपने कुलदेवता के दर्शन करके उनकी आत्मा तृप्त हो चुकी थी। अब वे जा रहे थे भवानीमाता के दर्शन करने। उस देवी का नाम था—भ्रमराम्बा। पुजारी कह रहा था, ''महाराज, विजयनगर के सम्राट् कृष्णदेवराय ने इस मन्दिर का जीर्णोद्धार करवाया है। इस देवी को 'भ्रमराम्बा' कहते हैं। इस नाम का एक कारण भी है। महिषासुर का वध करते समय देवी के गले में कमलों का हार था। उन फूलों की सुगन्धि से आकर्षित होकर भ्रमर उस हार के पास गुंजार करते रहे। इसी कारण देवी के इस रूप को 'भ्रामरी' कहा जाता है।''

राजे ने श्रद्धा से देवी के दर्शन किए। फिर वे देवालय से बाहर आए। सूर्य अस्त हो चुका था। सारा मन्दिर चाँदनी में नहा रहा था। मन्दिर में घूमते-घूमते राजे ओसारों के पास आए। रघुनाथपन्त ने साहस बटोरकर कहा, ''अब डेरे की ओर चला जाए। रात हो गई है।''

''नहीं पन्त। हमारा यहीं रहने को मन करता है। हम जीवन-भर जिस स्थान की खोज कर रहे थे, लगता है, वहाँ हम पहुँच गए हैं। हम यहीं ओसारे में रहेंगे।''

''किन्तु महाराज, दो दिनों बाद चैत्र पूर्णिमा है। उस दिन यहाँ मेला लगता है। बहुत भीड़भाड़ हो जाएगी।''

''तो क्या हुआ? देवी के द्वार पर आनेवाला हर व्यक्ति भक्त है। यह कोई कुतुबशाह की सवारी थोड़े ही है, जो मान-सम्मान का सोच-विचार किया जाए? हमारे लिए यहीं प्रबन्ध करा दो। अब यहाँ से दृष्टि हटाने को मन नहीं करता।''

सब विवश हो गए। भाग-दौड़ शुरू हो गई। ओसारा साफ करके राजे का बिछावन बिछा दिया गया। राजे एक खम्भे का सहारा लिए आँखें बन्द किए बैठे रहे। येसाजी, बालाजी और मानाजी राजे के लिए फलादि ले आए। रघुनाथपन्त ने कहा, ''महाराज, दूध और फल लाए गए हैं।''

''ऐंऽ,'' कहते हुए राजे ने आँखें खोलीं। रघुनाथपन्त को शून्य दृष्टि से देखते हुए उन्होंने कहा, ''पन्त, हमें भूख नहीं है। तुम लोग भोजन कर लो।''

सब असमंजस में पड़ गए थे। राजे का रूप, व्यवहार सबकुछ बदल गया था। राजे को इसका भी ध्यान नहीं था कि कोई भी भोजन करने नहीं गया है। वे यूँ ही बैठे हुए थे। बीच में उन्होंने आँखें खोलीं। सबकी ओर देखते हुए कहने लगे, ''बालाजी, पन्त, येसाजी, तुमने आज तक हमारी हर आज्ञा का पालन किया है। अब यदि हम एक आज्ञा दें, तो मानोगे? हमारी इच्छा पूरी करोगे?''

“महाराज, आपको सन्देह क्यों है?” येसाजी ने कहा, “आप कहें तो, हमें मानने में कैसी देर?”

“कहना सरल है, बात निभाना कठिन है। तानाजी इसी प्रकार कह गया था। बात तो निभा ली उसने, लेकिन फिर वापस दिखाई नहीं दिया।”

“प्राण जाते रहे, तो क्या हुआ? आपको दिया हुआ वचन तो पूरा कर गया न?” येसाजी ने कहा।

राजे हँसने लगे, “पन्त, यहाँ आकर हृदय को परम सन्तोष प्राप्त हुआ है। हमने खूब सोचा-विचारा है। जीवन-भर निष्ठापूर्वक व्यवहार किया। अपार परिश्रम किया–परिश्रम सार्थक भी हुआ। श्री जगदम्बा ने सारे मनोरथ पूर्ण कर दिए। तुम सब अधिकारी व्यक्ति हो। तुम्हारे हाथों में राज्य सुरिक्षत है। तुम सब वापस जाओ। सम्भाजी या राजाराम में से चाहे जिसे गद्‌दी पर बिठाओ और राज्य की बागडोर सँभालो।”

इन बातों को सुनते ही सबके हृदय काँप उठे। येसाजी के मुख से निकला, “महाराज!”

देवालय की ओर संकेत करते हुए राजे ने कहा, “महाराज तो वह हैं। हम कहाँ के महाराज? अब हमारा राजापन समाप्त हुआ। अब शेष जीवन हम यहीं बिताएँगे। जी चाहता है कि रहा-सहा जीवन ईश्वर के चरणों में रहकर व्यतीत करें। तुम लोग हमारी इस इच्छा को पूरा करो।”

सबकी आँखें डबडबा आईं। येसाजी ने राजे के पाँव पकड़ लिए। रघुनाथपन्त गीली आँखें पोंछते हुए कहने लगे, “महाराज, आपको छोड़कर हम कहाँ जाएँ? महाराज ने यदि यही निश्चय किया हो तो हम भी यहीं रहेंगे। आपके साथ हमारा जीवन भी सफल हो जाएगा।”

येसाजी को उठाते हुए राजे ने कहा, “देख लिया, येसाजी, बात कहना कितना आसान है! मोह का यही परिणाम होता है, अन्यथा लकड़ी को कुरेदनेवाला भौंरा कमलपुष्प में क्यों बन्द हो जाता? अच्छा, तुम सब जाकर सो रहो। हम भी सोते हैं।”

राजे को सोता हुआ देखकर सबकी चिन्ता दूर हुई। येसाजी, मानाजी, रघुनाथपन्त और बालाजी राजे से कुछ दूरी पर सो गए। ओसारे के नीचे महादेव हाथ में नंगी तलवार लेकर खड़ा था। मन्दिर के प्रांगण में चाँदनी का उजाला फैला हुआ था। रात होती जा रही थी।

राजे ने पुकारा, “महादेव!”

“जी!”

“पहरा दे रहा है क्या?”

“जी, महाराज।”

“महादेव, जा सो जा। अरे, श्रीशैल मल्लिकार्जुन जैसा रक्षक हमारी पीठ पर है, फिर कैसा पहरा देता है रे तू? यहाँ आकर तो उसका अपमान मत कर। जा, सो जा।”

महादेव एक ओर हट गया। मन्दिर के प्रांगण में पूर्णतः नीरवता छाई हुई थी। आधी रात होने को थी। सोए हुए राजे उठ बैठे। उन्होंने दाएँ-बाएँ देखा, सर्वत्र शान्ति थी। सब कोई सो रहा था। राजे धीरे से उठे। उन्होंने तकिए के पास रखी हुई तलवार उठाई। सो रहे रघुनाथपन्त, बालाजी, येसाजी और मोरे की ओर एक बार देखकर राजे ओसारे के चबूतरे से चुपचाप नीचे उतरे। दूध-सी चाँदनी से मन्दिर का प्रांगण नहा रहा था। राजे मन्दिर की ओर चल पड़े। ओसारे के खम्भे के पीछे खड़ा हुआ महादेव आँखें फाड़-फाड़कर राजे की

ओर देख रहा था। उसने लपककर रघुनाथपन्त को झकझोरा। रघुनाथपन्त ने देखा, मुँह पर उँगली रखकर महादेव चुप रहने का इशारा कर रहा था। रघुनाथपन्त चुपचाप उठे। महादेव ने उँगली से मन्दिर की ओर संकेत किया। रघुनाथपन्त ने देखा—राजे मन्दिर की ओर जा रहे थे। राजे की पीठ इस ओर थी। रघुनाथपन्त ने येसाजी, मानाजी और बालाजी को तुरन्त जगाया। सब ओसारे के चबूतरे से नीचे के आँगन में कूद पड़े। राजे मन्दिर में जा चुके थे।

धीरे-धीरे चलकर राजे मन्दिर के सामनेवाले चौक में आए। मन्दिर का चाँदी से मढ़ा हुआ द्वार बन्द था। राजे ने उस द्वार के आगे घुटने टेके। स्थिर दृष्टि से वे द्वार की ओर देख रहे थे। उनके ध्यान में गर्भगृह के भीतर का शिवलिंग था। एक विचित्र-से निश्चय की दृढ़ता उनके मुखमंडल पर छाई हुई थी। उन्होंने धीरे से तलवार म्यान में से खींची। सिर झुका लिया—उनका दायाँ हाथ ऊपर उठा। तलवार का चमचमाता फल तेजी से राजे के गले तक आया ही चाहता था कि किसी ने उनका हाथ पकड़ लिया। दबी हुई-सी आवाज आई, "महाराज, यह क्या?"

राजे ने चौंककर पीछे देखा। रघुनाथपन्त ने राजे की कलाई पकड़ ली थी। सारे लोग उनके चारों ओर इकट्ठे हो गए थे। राजे चिल्लाए, "छोड़ दो मेरा हाथ। यहाँ रहने नहीं देते, कम-से-कम यह मस्तक कमल तो देवता के चरणों में चढ़ाने दो।"

रघुनाथपन्त बुरी तरह काँप रहे थे। जैसे-तैसे कह पाए, "महाराज, आत्महत्या पाप है।"

राजे ने क्रोधपूर्ण दृष्टि से रघुनाथपन्त को घूरा। बाहर फैली हुई चाँदनी के मन्द उजाले में राजे की आँखें चमक रही थीं।

"पन्त, आत्महत्या पाप है, आत्मोत्सर्ग पुण्य है।"

"ठीक है, किन्तु उसका ही निर्णय अच्छी प्रकार कर लीजिए।" रघुनाथपन्त ने दृढ़ता-भरे स्वर से कहा।

"क्या कहा?" राजे धीरे से खुसफुसाए।

उनकी दृष्टि बन्द द्वार की ओर गई। रघुनाथपन्त ने जो हाथ पकड़ रखा था, उसमें पकड़ी हुई तलवार खनखनाती हुई फर्श पर जा गिरी थी। येसाजी ने तलवार पर कब्जा कर लिया। रघनाथपन्त ने हाथ छोड़ दिया।

राजे उसी तरह बैठे रहे। आस-पास खड़े हुए लोग यह देखकर सन्न रह गए थे। उनके शरीर की कँपकँपी अभी तक बन्द नहीं हुई थी।

राजे अपलक नेत्रों से बन्द द्वार की ओर देख रहे थे।

13

यह द्वार कब खुलेंगे? कब खुलेंगे ये?

एक द्वार खुले, तो भीतर दूसरा बन्द द्वार दिखाई देता है। यह द्वारों का खुलना—खुलते जाना कब समाप्त होगा? जब अन्तिम द्वार खुलेगा, तब दृढ़ चित्त से गर्भगृह में प्रवेश किया जा सकेगा क्या?

तो फिर हाथ से खड्ग छूटकर गिरा क्यों?

सच क्या है और झूठ क्या है? चित्त इतना उद्विग्न क्यों हो उठा है? कुतुबशाह के वैभवसम्पन्न सुख-सुविधाओं के बीच भी चित्त में उदासी क्यों छाई हुई थी? इस आत्मा को यह कैसी चिन्ता सता रही है? जिस निष्ठा को लेकर यह आत्मा जी रही थी, उस निष्ठा में कोई खोट तो नहीं आ गई?

'श्री की इच्छा' इस निष्ठा को लेकर राज्य स्थापित किया। निष्ठापूर्वक जतन किया हुआ एक स्वप्न! उस राज्य के भविष्य की चिन्ता तो हृदय को विह्वल न बनाती होगी? इस राज्य के रथ को कौन खींचेगा? यह राज्य वृद्धिशाली होगा क्या? अक्षय बना रहेगा क्या?

अपने आपको छलने में भी कितना सुख है! अपने लोभ को कितना सुन्दर आवरण पहनाता है मनुष्य!

अति लोभ का ही दूसरा नाम श्रद्धा तो नहीं है?

ज्ञानदेव ने 'ज्ञानेश्वरी' लिखी, केवल पन्द्रह वर्ष की आयु थी उनकी। मनुष्य अपने धर्म को समझ सके, सहज रूप से जान सके, इसलिए 'ज्ञानेश्वरी' के रूप में भगवद्गीता को उन्होंने मराठी में ला रखा। मनुष्यों तक गीता का उपदेश पहुँचाया–किन्तु उन्होंने कब चिन्ता की कि भविष्य में क्या होगा 'ज्ञानेश्वरी' का? जिस क्षण उन्होंने अनुभव किया कि अपना लक्ष्य प्राप्त कर लिया है, उसी पल जीवन का मोह त्यागकर समाधि ले ली उन्होंने।

यह उदाहरण तो देवादि दिव्य जनों का है। सामान्य जनों से इस उदाहरण की तुलना कैसी?

क्यों नहीं? माँसाहिबा ने हमें पाला-पोसा, बड़ा किया। सारा जीवन कठिनाइयों में बिताया। पुत्र की मृत्यु और पति का स्वर्गवास जैसे आघातों को सहन किया उन्होंने। वह माई रात-दिन हमारे कुशल-क्षेम के लिए जलती रही–नन्दादीप के समान जलती रही। बस एक ही कामना थी उस आत्मा की–अपनी भूमि में अपना राज हो। यही इच्छा उसे जीने की शक्ति दे रही थी। हमारा राज्य स्थापित हुआ–उसकी तपस्या फलीभूत हुई। हम छत्रपति बन गए–अपनी आँखों से यह देख पाई वह। किन्तु प्राप्त की हुई सफलता का सुख भोगने में माँसाहिबा लिप्त नहीं रहीं। काया का मोह त्यागकर वे तुरन्त चल दीं–हमारी ओर देखा भी नहीं। परन्तु हम? हम हैं कि मोह से बाहर निकल नहीं पाते हैं।

मोह? हमारे हाथ रहा ही क्या है, जिसके मोह में उलझे रहें हम? पर्वत-सा महान् पिता पाया–किन्तु उसकी शीतल छाया कभी नहीं पाई। ममता की मूरत माता मिली, किन्तु उससे मचलकर कभी कुछ माँग भी तो नहीं सके हम। राजा होते हुए भी उपभोग शब्द से भी सदा दूर रहे हम। गृहस्थी की बिसात पर दो-चार पासे फेंककर सईबाई अधूरी बाजी छोड़कर चली गई। वह चली गई, किन्तु लगाव छूटा नहीं। उसका स्थान कभी भरा नहीं।

राज्याभिषेक हो गया। सोचा–अब कुछ अवकाश मिलेगा। माँसाहिबा के कष्ट समाप्त होंगे, उन्हें विश्रांति मिलेगी। हम पर प्यार लुटानेवाली एक ही तो ममतामयी आत्मा शेष रही थी–सोचा था, उस थकी-माँदी अन्तरात्मा की सेवा करते हुए–सुख लेते-देते हुए दिन बिता सकेंगे, परन्तु उतना-सा हमारा स्वार्थ भी विधाता को स्वीकार नहीं था। माँसाहिबा चली गईं–हम सदा के लिए अनाथ हो गए।

मोह! हाँ, मोह के लिए भी कोई आश्रय तो चाहिए। हमारी एक बात पर जान निछावर करनेवाले हजारों लोग हमने तैयार किए। किन्तु हमारे हृदय के लिए व्याकुल रहनेवाला व्यक्ति तैयार नहीं कर पाए हम। शायद किसी को इतना विश्वास नहीं दे पाए हम।

क्या अर्थ है विश्वास दिलाने का? और क्या करें हम?

आयु बढ़ने के साथ-साथ शम्भूबाल हमसे दूर-दूर होते गए। पास आते भी हैं, तो जैसे और दूर जाने के लिए...और घर में...घर में हमें विष दिया जाता है...जिन्हें अमृत सींचने की आशा लेकर अपने पास किया था, वे ही यदि विष के बीज बोने लगें, तो क्या किया जाए? किससे कहा जाए? राजा हुआ, तो क्या? आखिर है तो वह भी मनुष्य ही।

यह भी तो जीने की चेष्टा ही है न!

जीना! यह भी कोई जीना है? घोड़ों की हिनहिनाहट, तोपों के धमाके, टापों की खड़खड़ाहट, तलवारों की खनक, वेदना से निकली घायल की आर्त अन्तिम चीख...जितनी भूमि दिखाई दे जाए, उसे जीतने की लालसा! जो आड़े आए, उसे काट फेंकना! वीरगति को प्राप्त हुए अपने वीरों की लाश पर आँसू बहाना! फिर आगे की भूमि जीतने निकल पड़ना! घर के लिए क्या इतना सब करना पड़ता है? राजा हो या रंक, घर तो चाहिए ही। घर न होगा, तो दोनों के भाग्य में इसी तरह मारे-मारे फिरना ही होता है। दिन-रात यही युद्ध होता रहता है!

दिन और रात! पूनम और अमावस, हमेशा आती हैं–जाती हैं। महीने बीतते हैं–वर्ष काल के गाल में समा जाते हैं। काल अनन्त है, किन्तु जीवन...।

जीवन! कितनी छोटी-सी यात्रा, बहुत हुआ तो साठ-सौ तक पहुँच! बीता पल, सो बीता, फिर नहीं लौटेगा। तब रात और दिन के लौटने की तो बात ही व्यर्थ है। इतना अमूल्य जीवन देखते-ही-देखते बीत गया। बचपन का रूठना-मचलना जाना नहीं, यौवन के शौक पहचाने नहीं। ऐश्वर्यपूर्ण जीवन को भोगने में मन मस्त नहीं हुआ कभी। जीवन आया और यूँ ही चला गया–फिर कभी नहीं मिलेगा, खो गया, सो गया? वह अनुभूति भी कितना भयभीत करती है! बुढ़ापे की देहली पर पहुँचकर जब यह अनुभूति होती है, तब प्राण कितने छटपटा उठते हैं।

यदि जीवन फिर मिले, तो क्या हम इसी प्रकार से आचरण करेंगे?

जिसे आसक्ति कहते हैं, वह यही है क्या? खो जाने का दुख इतना अधिक होता है क्या? किसने कहा था कि उपभोग मत कर? बारह मावलखंडों की जागीरदारी और आदिलशाही की चाकरी करते रहते, तो क्या हम फर्जंद शिवाजीराजा न बन जाते? उपभोग का अर्थ है–लेना, त्याग का अर्थ है देना। ईश्वर दान में बसता है, ग्रहण में नहीं। साधु-सन्त संयस्त जीवन बिताते हैं, सो क्या इसलिए कि उपभोग नहीं कर पाते? सन्त ज्ञानेश्वर केवल इक्कीस वर्ष की आयु में, भरी जवानी में समाधि लगाकर स्वेच्छा से प्राण त्यागते हैं? समर्थगुरु अपने को शिवधर घाटी में बन्दी बनाकर क्यों बैठ जाते हैं? यदि उनका मन उद्विग्न था, तो 'दासबोध' जैसा ग्रन्थ क्योंकर लिख पाते? ज्ञानेश्वर 'ज्ञानेश्वरी' कैसे रच पाते?

सफलता के परमोच्च शिखर पर आने के बाद जीवन समाप्त कर दिया जाए, ऐसा हठ भी काहे को? यह भी तो स्वार्थ ही है न? जिसने मुझे जन्म दिया है, उसी के हाथ मेरा अन्त भी है। जन्म तथा मृत्यु दोनों बातें उसके आधीन हैं। उसे अपने हाथ लेने का मुझे क्या अधिकार है? ऐसी चेष्टा भी क्या दैवीय इच्छा का अपमान नहीं है? सोचकर देखा जाए तो अपने बस में है ही क्या? वह सुख-दुख देता है, हम उन्हें भोगते हैं। कुछ भी तो नहीं था हमारे पास, उसने छत्रपति राजा बना दिया। मेरे हाथों बहुत-बहुत करवाया–बनवाया। उसका अन्त भी वे ही निश्चित करें। वह जो कुछ दे, उसमें ही प्रसन्न होना होगा। सबकुछ सहन करना होगा। सहन करना होगा...सहन करना होगा। वह परमेश्वर ऐसा मनोबल अवश्य देगा...।

राजे का ध्यान टूटा। भोर हो चुकी थी। सामने का द्वार खुल चुका था। सुन्दर शिवलिंग के दर्शन से राजे का हृदय सन्तुष्ट हुआ। प्रभातकालीन आरती गाई जा रही थी। नगाड़ों की ध्वनि इसमें मिल रही थी।

राजे ने आँसू पोंछे। वे गुम-सुम से खड़े हुए। उनका ध्यान ऊपर बँधे हुए घंटे की ओर गया। हाथ अपने आप ऊपर उठा।

भगवान् की आरती हो रही थी। राजे घंटा बजा रहे थे।

14

श्रीशैल में श्रद्धालु यात्रियों की भीड़ होने लगी। पूर्णिमा के दिन का धार्मिक मेला केवल एक दिन बाद था। राजे ने उस पवित्र देवस्थान में कई धार्मिक अनुष्ठान किए। उन्होंने निश्चय किया कि कृष्णा नदी पर एक घाट बनवाया जाए और मन्दिर के उत्तरी गोपुर का जीर्णोद्धार किया जाए। वे उस वातावरण में रम गए थे। महादेवजी की पूजा और ध्यान में उनका दिन बीतता था। सबने जब देखा कि राजे सामान्य दशा में लौट आए हैं और धार्मिक विधियों में मग्न हो गए हैं, तो उनकी जान में जान आई।

पूर्णिमा का दिन आ गया। यात्रियों की भारी भीड़ हो गई। राजे उसी वातावरण में मन्दिर के प्रांगण में घूम-फिर रहे थे। आगत यात्रियों से उनके प्रदेश की जानकारी ले रहे थे। शंखों तथा नगाड़ों के तुमुलनाद से, चौघड़े तथा अन्य मंगलवाद्यों से सारा मन्दिर ध्वनित हो उठा था। राजे ने इस अवसर पर विशेष अभिषेक किया। यात्रियों को भोजन दिया। रघुनाथपन्त ने कहा, ''महाराज, आज दीपोत्सव करने का निश्चय किया है। आज का दीपोत्सव आपकी ओर से किया जाना है।''

''ऐसा क्यों भला?''

''हमने मानता मानी थी।''

''मानता मानी थी? कब? पूरी कब हुई? भगवान को कैसी उलझन में डाल दिया था तुमने कि उन्हें मानना ही पड़ा?''

रघुनाथपन्त हँसने लगे, ''महाराज, उलझन में हमने नहीं डाला था, आपने डाला था। भगवान् ने उलझन सुलझा दी।''

राजे गम्भीर हो गए। ''पन्त, हम यदि यहीं रह जाते, तो क्या बिगड़ जाता?''

''आपका कुछ न बिगड़ता, महाराज। आप सुखपूर्वक रह भी लेते, किन्तु हमारा तो सर्वनाश हो जाता।'' पन्त का दिल भर आया, ''महाराज, सबकी साँस गले में अटक गई थी। राज्य से इतनी दूर हम लोग–कहीं कुछ हो जाता, तो आपकी झोली में तो आत्मार्पण का पुण्य आ पड़ता और हम लोग आत्महत्या करके नरक के भागी बनते। आत्महत्या के सिवाय हमारे सामने और कोई मार्ग भी नहीं था। पारसमणि का क्या है, कहीं भी गिरे, तो ठीक ही है। चिन्ता तो लोहे को करनी पड़ती है। अपनी!''

''हमारे स्पर्श से यदि तुम सोना बन गए होते, पन्त, तो फिर चिन्ता क्यों सताती तुम्हें?''

''सोना बनना और किसे कहते हैं? आज पचास हजार सेना आपके पीछे-पीछे आती है। लाखों लोग आपके आदेश की प्रतीक्षा करते हैं। देवी-देवता और धर्म का सम्मान होने लगा है, और चाहिए ही क्या?''

"सब जगदम्बा की अनुकम्पा है। हमें भी बहुत भला लगता है। तुमने दीपोत्सव का उत्तरदायित्व लिया, अच्छा किया। आकाश में चन्द्रमा के चारों ओर जैसे लाखों तारे चमकते हैं, उसी प्रकार हम भूलोक के इस परमेश्वर के मन्दिर को लाखों दीपों से जगमगा दें। हम दीपोत्सव मनाएँ। परन्तु क्या यहाँ इतना तेल और इतने दीपक मिल सकेंगे?"

"सारी व्यवस्था कर ली गई है। देवस्थान में दीपक और तेल लाए गए हैं। हमें बस उसका खर्चा देना होगा।"

सायंकाल राजे के अनुचरों ने दीपोत्सव आरम्भ किया। सैकड़ों लोग देवालय के प्रांगण में दीपक जला रहे थे। देखते-ही-देखते मन्दिर की चारों दीवारों पर, मन्दिर के शिखर तक, दीपमाला के स्तम्भों पर सहस्रों दीप जल उठे। आकाश में शुभ्र चाँदनी फैली थी। भगवान् का मन्दिर लाखों ज्योतियों से जगमगाने लगा। सारे यात्री भगवान् के दर्शनों के साथ-साथ राजे को बड़े चाव से देख रहे थे।

इसके बाद राजे ने श्रीशैल में पाँच-छह दिन और बिताए। इस निवास-काल में उन्होंने नदी का घाट, गोपुर, धर्मशाला आदि का निर्माण कराया। इन कामों की देख-रेख के लिए अधिकारियों की नियुक्ति की। निर्माण-कार्य के लिए आवश्यक धन की अपेक्षा कहीं अधिक धन उन अधिकारियों को सौंपकर राजे श्रीशैल से विदा हुए। वे जिस मार्ग से श्रीशैल आए थे, उसी घाट से उतरते हुए नीलगंगा के नीचे कृष्णा नदी के उतार तक आ पहुँचे। वहाँ उनके अश्वारोही-दल उपस्थित थे। राजे कृष्णा नदी के प्रवाह को निहार रहे थे। विशाल घाटी को देखने में वे मग्न हो गए थे। सूर्य आकाश में काफी ऊँचे तक पहुँच गया था। उस तेज धूप में कृष्णा के जल की तरंगें झिलमिला रही थीं। नीलगंगा के गहरे नीले दह में और गहरापन आ गया था। हरे-भरे वृक्षों से व्याप्त दो तटों के बीच से बहती हुई नीलगंगा नेत्रों को बहुत प्यारी लग रही थी। राजे उस दृश्य के सौन्दर्य को मन में समाए ले रहे थे। राजे मुग्ध से होकर एक ही स्थान पर खड़े थे—पन्त ने उन्हें याद दिलाया, "महाराज, चलना चाहिए।"

इन शब्दों को सुनकर राजे का ध्यान टूटा। वे पन्त से कहने लगे, "हाँ, चलना ही होगा। सुख का समय भी निरन्तर कहाँ मिलता है? पन्त, यह कृष्णामाई है। महाबलेश्वर में इसका जन्म हुआ है। उस स्थान को हमने कई बार देखा है। वहाँ पहाड़ से जो जल बूँद-बूँद टपकता है, यह उसी का विशाल रूप है। महाबलेश्वर से यहाँ तक की यात्रा करते हुए यह जलप्रवाह पर्वतों-उपत्यकाओं में मस्ती से उछला-कूदा होगा। सागर से मिलने की प्रबल अभिलाषा से इसने ऊँचे कगारों से छलाँग लगाई होगी। कभी शान्त-स्थिर दह में इसके मन ने विश्राम भी किया होगा। सैकड़ों नदी-नालों का जल इसमें आ मिला होगा। इसके जल में न जाने कितने ही प्राणियों ने मैले शरीर धोकर स्वच्छ किए होंगे। मनुष्यों ने अपने चीथड़ों का मैल इसमें मिलाया होगा। इसके किनारों के गाँवों ने अपनी गन्दगी इसमें मिलाई होगी, फिर भी यह जलधारा कितनी निर्मल है! पन्त, इस शुद्धता का कारण जानते हो?"

पन्त ने न कहते हुए सिर हिलाया। राजे के मुख पर सन्तोष का भाव चमक रहा था। वे विश्वासपूर्वक कहने लगे, "इस शुद्धता का कारण बहुत सीधा-सादा है। यह जलधारा एक प्रवाह है। समुद्र से मिलने के लिए लगातार दौड़ती रहती है। इसीलिए इसका जीवन शुद्ध है। पन्त, मनुष्य पर भी यही बात लागू होती है। वह गतिमान् हो, उसकी गति से अन्यों का जीवन समृद्ध बनता हो, तो वह जीवन शुद्ध ही बना रहेगा। जिसके मन में श्रद्धा के

बिन्दु निरन्तर टपकते हों, उसका जीवन मलिन क्योंकर होगा? कभी-कभार उस जीवन-प्रवाह में भावनाओं का भँवर उठता होगा, बलवती वासनाओं की ऊँची लहरों की टकराहट होती होगी, किन्तु अन्ततः वह जलप्रवाह निर्मल ही बना रहेगा। निश्चय ही उसका अन्त सागर के विशाल रूप में परिवर्तित होकर रहेगा। उसके भाग्य में लिखा जीवन का सन्तोष और तुष्टि का श्रेय कोई उससे नहीं छीन सकेगा। सम्पन्न और सफल जीवन की प्रतीक है यह कृष्णामाई। इसे हमारे शतशः प्रणाम!''

राजे ने हाथ जोड़कर कृष्णामाई को नमस्कार किया और घोड़े पर सवार हो गए। राजे कृष्णा नदी पार कर रहे थे। घोड़े की टापों से पानी छलछला रहा था।

पल-भर के लिए प्रतीत होता था—कृष्णा का जलप्रवाह टूट-सा रहा है।

15

आत्मकूर आकर राजे ने अपनी सेना को साथ लिया और वे दक्षिण दिशा की ओर चल पड़े। राजे के भेदियों तथा आगे सेना की टुकड़ियों द्वारा राजे को सभी समाचार मिल रहे थे। नन्दियाल और कडाप्पा मार्ग से होते हुए राजे तिरुपति पहुँचे। वहाँ श्री व्यंकटेश बालाजी के दर्शन करके वे कांचीवरम् आए। कांचीवरम् में उन्होंने शिवविष्णु भगवान् के दर्शन किए और समुद्र के तट पर बसे मद्रास नगर से तीन कोस की दूरी पर स्थित पेड्डापोलम में उन्होंने सैनिक छावनी बना दी।

यहाँ से राजे का कर्नाटक अभियान आरम्भ होनेवाला था। कभी जो प्रदेश विजयनगर साम्राज्य का भाग था, वही प्रदेश आज बीजापुर की आदिलशाही के कब्जे में था। राजे चाहते थे कि उस प्रदेश को मुक्त करके अपने स्वराज्य में सम्मिलित कर लें। राजे का ध्यान उस प्रदेश के दो बड़े-बड़े किलों की तरफ गया। जिंजी बीजापुर की आदिलशाही का अव्वल दर्जे का किला था। जिंजी किला एक मजबूत पहाड़ी किला था। लड़ाई से उसे जीतना असम्भव था। फिर भी राजे को लगता था कि जिंजी उन्हें सहज ही मिल जाएगा।

जिंजी का किलेदार नासिर मुहम्मद था, जो बीजापुरी सरदार था। वह बीजापुर के वजीर खवासखान का भाई था। बीजापुर में राजनीति ने पलटा खाया। खवासखान का खून हो गया और बीजापुर पठान गुट के कब्जे में आ गया। बीजापुर सल्तनत का दक्खिनी सूबेदार शेरखान था। वह भी पठान था। पठान होने के कारण उसका रुआब बढ़ गया। उसकी निगाह जिंजी पर थी ही। उसने जिंजी का किला जीतने का प्रयत्न किया, मगर जैसे ही उसे पता लगा कि शिवाजीराजा दक्खिन में सेनासहित आ धमका है, वह पीछे लौट गया। राजे ने इस स्थिति से लाभ उठाने की सोची। उन्होंने अपने एक हजार सवार जिंजी भेजे। मराठे सेनाधिकारी नासिर मुहम्मद से मिले। उन्होंने बताया कि शिवाजीराजा आ रहे हैं। नासिर घबरा गया। उसने सोचा, एक-न-एक दिन किला शेरखान हथिया लेगा, तब किले को शिवाजी के हवाले करके अपना स्वार्थ क्यों न पूरा किया जाए? यह सोचकर नासिर मुहम्मद सुलह के लिए तैयार हो गया। तय हुआ कि इस काम के लिए नासिर मुहम्मद को पचास हजार की जागीर बख्शी जाएगी। राजे ने जब यह सुना, तो उन्होंने आधी सेना और आधे तोपखाने को बेलोर के किले की ओर रवाना कर दिया और बाकी आधी फौज लेकर वे जिंजी आ पहुँचे। जिंजी का किला राजे के हाथ आ गया। उस किले पर मराठों का झंडा फहराने लगा।

जिंजी किला बहुत विशाल था। नीचे से देखने पर लगता था जैसे चहारदीवारी पर चहारदीवारी की कई तहें हैं। किले की पहली चहारदीवारी तीन हाथ चौड़ी थी। उसकी खाई बीस हाथ चौड़ी और उतनी ही गहरी थी। इस बड़ी और चौड़ी चहारदीवारी के बीच पहाड़ की जो चोटी ऊँची चली गई थी, उस पर राजगिरि बाला-ए-किला बना हुआ था। उस चोटी के नीचे पहाड़ी शिखर की समतल भूमि पर कृष्णागिरि और चन्द्रायणदुर्ग बने हुए थे। राजगिरि में रंगनाथजी का मन्दिर था। पानी के कई तालाब थे। शुद्ध जल के दो सोते भी थे, जिनके कारण किले का जीवन सम्पन्न था। किले में कल्याणमहल के समान बड़े-बड़े महल भी थे। राजे ने सारा किला घूम-फिरकर देखा। विजयनगर किले की मरम्मत करके किले को मजबूत बनाने का आदेश दिया। राजे ने रायाजी नलगे को जिंजी का किलेदार नियुक्त किया।

राजे जिंजी में आठ दिन रहे। वे जब जिंजी किले का प्रबन्ध कर रहे थे, तभी उन्हें बेंगलोर से भेजा हुआ समाचार मिला। समाचार था कुतुबशाह का सेनापति मिर्जा मुहम्मद अमीन अपना तोपखाना साथ लेकर गोलकुंडा वापस लौट गया है। कुतुबशाही सेनापति का खयाल था कि जिंजी जीतने के बाद राजे उस किले पर कुतुबशाही झंडा फहराएँगे और वह इलाका कुतुबशाही में मिला दिया जाएगा। जिंजी प्रदेश एकोजीराजा के प्रदेश से लगा हुआ था। इसलिए राजे के लिए यह कार्य असम्भव था कि जिंजी किला कुतुबशाही से जोड़ दें। मुहम्मद अमीन वेलोर का घेरा अधूरा छोड़कर लौट गया था। इसलिए राजे यह समझ गए कि कुतुबशाह ने उनकी छावनी के लिए जो तीन हजार रुपए प्रतिदिन के हिसाब से मंजूर किए थे, वह रकम भी अब नहीं मिलेगी।

राजे तुरन्त वेलोर गए। वहाँ उन्होंने वेलोर के तितर-बितर घेरे को मजबूत किया। वेलोर का किला मैदानी किला था। वह दुर्ग बहुत दृढ़ तथा दुर्जेय था। विजयनगर साम्राज्य की अन्तिम राजधानी यही दुर्ग था। इस दुर्ग में एक के बाद एक कई दृढ़ प्राचीरें थीं। दो प्राचीरों के बीच खाई थी। हर खाई पानी से भरी हुई थी तथा उसमें बड़े-बड़े मगरमच्छ थे। राजे ने उस किले को देखा। वे समझ गए कि इस दुर्ग को अवश्य ही स्वराज्य में सम्मिलित किया जाना चाहिए। किन्तु उनकी अनुभवी आँखों ने यह भी बता दिया कि इस किले को जीत लेना हँसी-खेल नहीं है।

इस किले का किलेदार अब्दुलखान था। नासिर ने मध्यस्थ बनकर बातचीत शुरू की कि वह किला राजे को सौंप दे। किन्तु उसने साफ कह दिया कि वह इस तरह नामर्दी नहीं दिखाएगा। उसने तय किया कि किले की रक्षा की जाए। राजे ने भी निश्चय कर लिया कि घेरा बनाए रखा जाए। उन्होंने घेरे के अधिकारी नियुक्त किए। वहाँ की सेना की संख्या, स्थिति आदि के बारे में निर्णय किया और वे जिंजी की ओर वापस चल दिए।

आदिलशाही सरदार, पुर्तगाली, डच और अंग्रेज व्यापरी तो राजे की हार के सपने देख रहे थे। लेकिन जब उन्होंने सुना कि मराठों ने जिंजी पर कब्जा कर लिया है, तो उनकी सिट्टी-पिट्टी गुम गई। उन्होंने राजे के साथ शान्ति की बातचीत शुरू कर दी।

राजे ने अंग्रेजों से रत्न तथा विष उतारने की औषधियाँ माँगी थीं। उन वस्तुओं का मूल्य देना भी उन्होंने स्वीकार किया था। किन्तु अंग्रेजों ने बिना कीमत के ही राजे को वे चीजें भिजवा दीं, जो उन्होंने माँगी थीं।

राजे का मुकाम जिंजी प्रदेश में था। ऐन गर्मियों के दिन थे। पसीने की धाराएँ बह रही थीं। राजे की छावनी सीधी-सादी थी। छावनी में दो मोटे तम्बू थे, एक राजे के लिए, दूसरा

सरदारों के लिए। बाकी सारी छावनी खुले आकाश के नीचे रह रही थी। जीते हुए प्रदेश पर पूरी तरह अधिकार करके और उसके लिए अधिकारियों की नियुक्ति करते हुए राजे आगे के प्रदेश की ओर बढ़ जाते थे।

अब राजे का लक्ष्य था शेरखान, वह दक्खिन में आदिलशाही का सूबेदार था।

16

त्रिचनापल्ली के निकट कावेरी नदी के उत्तरी किनारे पर बसे वालिगंडापुरम् में शेरखान लोदी का मुख्य ठिकाना था। वह वहाँ रहकर तंजाबर और मदुराई केन्द्रों के नायकों पर निगरानी रखता था। उसे जैसे ही पता लगा कि शिवाजी हमला करने आ रहा है, पाँच हजार पठान सिपाहियों को साथ लेकर कडलूर बन्दरगाह के पश्चिम में तेरहवें मील पर स्थित तिरुवाडी में उसने मुकाम कर लिया।

बरसात शुरू होने को थी। आकाश में बादल छाने लगे थे। पछवा हवा चलने लगी थी। राजे ने निश्चय किया कि बरसात की झड़ी लगने से पहले ही शेरखान को हरा दिया जाए। यह सुनकर कि शेरखान तिरुवाडी में है, राजे उस ओर चल पड़े।

तिरुवाडी के पास ही उन्होंने सेना की छावनी लगा दी। तिरुवाडी का फौजी पड़ाव राजे के पड़ाव से दिखाई देता था। शेरखान राजे के हमले का इन्तजार कर रहा था। लेकिन राजे चुपचाप थे। मराठा सेना हमला करने के लिए उतावली हो उठी थी। शेरखान के भेदिये फकीर और नालबन्द के भेस में छिपकर मराठों की छावनी के चक्कर काट रहे थे। राजे के गुप्तचरों ने यह खबर राजे तक पहुँचाई, लेकिन राजे ने अपने भेदियों से कहा कि वे शत्रु के भेदियों की ओर ध्यान न दें। इसी तरह दिन बीतते गए, फिर भी राजे ने कोई कार्यवाही नहीं की। शेरखान उलझन में पड़ गया कि राजे हमला क्यों नहीं कर रहे। सामने खामोशी से खड़े हुए दुश्मन को देख-देखकर शेरखान की फौज की भी हिम्मत पस्त होने लगी थी। खौफ खाकर शेरखान ने अपनी फौज को पीछे हटने का हुक्म दिया। उसकी फौज पीछे हटने लगी।

राजे तम्बू में बैठे हुए थे। राजे की रणनीति से ऊबे हुए सेना के अधिकारी उनके निकट खड़े थे। उन्हें समझ नहीं आ रहा था कि राजे के मन में क्या है। इसी समय एक गुप्तचर ने तम्बू में प्रवेश किया। सबकी नजरें उसकी ओर गईं।

"महाराज, शेरखान की फौज पीछे हट रही है।"

"सच?" राजे उठ खड़े हुए। उनका मुख सन्तोष से भर उठा था। उन्होंने सबकी ओर देखते हुए कहा, "हम इसी घड़ी की प्रतीक्षा कर रहे थे। घुड़सवार सेना को तैयार होने की आज्ञा दो। हम अभी आते हैं।"

सबके दिलों में उत्साह का संचार हो उठा। छावनी में हड़बड़ी-सी मच गई। राजे ने जिरह-बख्तर पहन लिया। वे तम्बू से बाहर आए। हर ओर घोड़ों की टापों की आवाजें थीं और उत्साह से उमड़ रहे घुड़सवार दिखाई दे रहे थे। राजे घोड़े पर सवार हुए। उनके साथ हम्बीरराव और येसाजी थे। सेनापति का इशारा पाते ही अवश्वारोही सेना चल पड़ी। राजे धीरे-धीरे तिरुवाडी की ओर जा रहे थे। धुँधले वातावरण में भी दीख रहा था कि शेरखान की फौज पीछे हट रही है।

मराठा सेना को अपनी ओर आता देखकर पठानों की रही-सही हिम्मत भी जाती रही। वे भागने लगे। राजे ने अपनी सेना को आदेश दिया। रणसिंगों की गगनभेदी ध्वनि होने लगी और साथ ही राजे के घुड़सवारों ने घोड़ों को एड़ लगाई। घुड़सवार राजे के दोनों ओर हाथों में नंगी तलवारें और भाले लेकर हवा से बातें करते हुए दौड़ते जा रहे थे। टापों की आवाजें ऐसी कि मानो ओले गिर रहे हों। रणभूमि 'हर हर महादेव' की रणगर्जना से दहल उठी थी। राजे देख रहे थे। मराठा फौज पठानी फौज से जा टकराई। चारों तरफ मारकाट मच गई। भागनेवाली फौज तो कभी की पस्त हो चुकी थी, लेकिन पाँच सौ बहादुर पठान मराठा फौज का मुकाबला कर रहे थे। एक पहर के बाद उनकी ताकत भी जवाब दे गई। हार होते देखकर शेरखान और उसका बेटा इब्राहिमखान अपने कुछ घुड़सवारों के साथ मैदान छोड़कर भाग निकले। लड़ाई के मैदान से आए सवार ने राजे को यह खबर सुनाई। राजे ने तय किया कि शेरखान का पीछा किया जाए। वे पीछा करने लगे। शेरखान के पाँच सौ घोड़े, दो हाथी, कई ऊँट, बैल और लड़ाई का सामान राजे के हाथ लग गया।

शेरखान ने दौड़ते-दौड़ते भुवनगिरि के किले में आश्रय पाया। राजे ने निश्चय कर लिया था कि शेरखान का पूरा फैसला करना है। वे भलीभाँति जानते थे कि इसी घटना पर दक्षिण की विजय निर्भर है।

राजे की सेना वालदोर तथा देवनापट्टण नगरों में घुस गई। स्वयं राजे भी भुवनगिरिपट्टण आ गए थे। शेरखान की हार की खबर आँधी की तरह चारों ओर फैल गई थी। साथ ही दूसरी खबर भी आ धमकी थी कि मराठे आ रहे हैं। इस खबर को सुनकर मुसलमान इधर-उधर दौड़ने लगे थे। वालदोल और देवनापट्टण में मुसलमान सेना की जो छोटी-छोटी टुकड़ियाँ थीं, वे भी भागने लगीं। इस तरह कई गढ़ियाँ राजे ने सहज ही हथिया ली थीं।

भुवनगिरि में घिरा हुआ शेरखान हताश हो गया। उसने सुलह की बातचीत शुरू कर दी। राजे ने उससे बीस हजार होन खंडनी की माँग की। उसका सारा इलाका अपने कब्जे में कर लिया। शेरखान बीस हजार खंडनी नहीं दे पाया। उसके बदले उसने अपने बेटे इब्राहिमखान को राजे के यहाँ जामिन बना दिया और वहाँ से चला गया।

शेरखान की हार के कारण दक्षिणी देश में आदिलशाही का जोर लगभग समाप्त हो गया। राजे जिस ओर चल पड़ते थे, भूमि उनके चरणों की दासी बनती जाती थी। राजे जिंजी प्रदेश में लौट आए। अब उन्हें किसी प्रकार का भय नहीं था। उन्होंने अपनी इधर-उधर फैली हुई सेना इकट्ठी की। राजे की इच्छा थी कि अपने सौतेले भाई एकोजीराजे से मिलें। जिंजी प्रदेश का उचित प्रबन्ध करके उन्होंने दक्षिण की ओर प्रस्थान किया।

17

राजे की छावनी तिरुवन्नमलई में थी। उन्होंने निश्चय किया कि वर्षा ऋतु में छावनी वहाँ से हटाकर तिरुवाडी में ले आई जाए। इस काम के लिए उन्होंने थोड़ी सेना आगे भेज दी थी। इसी समय जाते हुए प्रदेशों के सेठ-साहूकारों से खंडनी वसूल करने का काम भी शुरू कर दिया गया था।

सुबह हो चुकी थी। राजे हम्बीरराव और जनार्दनपन्त के साथ छावनी का निरीक्षण कर रहे थे। शेरखान से हुए युद्ध में घायल सैनिकों से मिलकर, उनका कुशल-क्षेम पूछकर राजे

छावनी के दूसरे सिरे पर पहुँचे। वहाँ से तिरुवन्नमलई गाँव दिखाई दे रहा था। राजे ने कहा, "कितना सुन्दर गाँव है!"

"जी हाँ। किसी समय यह गाँव हिन्दुओं का तीर्थस्थान था।" जनार्दनपन्त ने बतलाया।

"किसी समय? क्या मतलब?"

"यहाँ पहले श्री शिव तथा समोत्तिपेरुमल देवताओं के सुन्दर मन्दिर थे।"

"फिर उनका क्या हुआ?"

"विजयनगर साम्राज्य के विध्वंस के बाद वे मन्दिर भी मुसलमानों के आक्रमण के शिकार हो गए।"

"अरे, अरे! क्या उन स्थानों पर अब कुछ नहीं है?" राजे ने पूछा।

"उन प्राचीन मन्दिरों के स्थान पर मुसलमानों ने मस्जिदें बना ली हैं।"

"पन्त, हम उन स्थानों को देखना चाहते हैं।"

राजे अश्वारोही-दल के साथ गाँव की ओर चल पड़े।

राजे घोड़े से उतरे। चूने से पुती हुई दो सफेद मस्जिदों के गुम्बद सामने दिखाई दे रहे थे। उसके सामने ही जहाँ कभी समोत्तिपेरुमल का विशाल मन्दिर था, वहाँ मन्दिर के ध्वंसावशेष बिखरे पड़े थे। चलते समय राजे के पैर ठिठक जाते थे। गाँव के दाएँ-बाएँ टूटी-फूटी मूर्तियाँ बिखरी पड़ी थीं। निपुण शिल्पियों के कुशल हाथों से निर्मित उन अत्यन्त सुन्दर मूर्तियों की भग्न दशा देखकर उनका मन तिलमिला उठता था। एक स्थान पर राजे के पाँव अकस्मात् रुक गए, काले पत्थर से बनी नन्दी की मूर्ति उखाड़कर पास के गढ़े में फेंकी हुई पड़ी थी। उसके पास ही थोड़ी दूरी पर सुन्दर पाषाण से गढ़ा हुआ टूटा-फूटा शिवलिंग आस-पास की हरी घास में से झाँकता-सा दिखाई दे रहा था। इन अवशेषों को देखकर राजे का हृदय उद्विग्न हो उठा। उनके मुख से अनायास निकल पड़ा, "ये कैसे लोग हैं? ये जीते किसलिए हैं?"

"सत्ताधीशों के आक्रमण के सामने हमेशा सिर झुका देना पड़ता है, महाराज।"

"पन्त, जरा-सी जागीर का अधिकार पाने के लिए पीढ़ी-दर-पीढ़ी लड़ने-झगड़नेवाले ये लोग। हमारी ये जागीरें तोड़ डाली गईं, तो भी हम खुली आँखों देखते रहते हैं। हमारे देवी-देवताओं की मूर्तियाँ तोड़ी जाती हैं और हम देखते रह जाते हैं।"

राजे देख रहे थे—समोत्तिपेरुमल के मन्दिर को मस्जिद के रूप में बदला गया था। देखकर राजे स्तम्भित रह गए।

"धर्म के नाम पर कैसा अधर्मी कार्य है यह! इन मन्दिरों का निर्माण करने के लिए सैकड़ों कलाकारों ने, शिल्पियों ने रात-दिन परिश्रम किया होगा। दृष्टि को लुभानेवाले, चकित करनेवाले, परमेश्वर का साक्षात्कार करानेवाले ये हमारे मन्दिर दूसरे धर्म के प्रसार के लिए नष्ट कर दिए जाते हैं। यही नहीं, उन पवित्र भवनों की जगह मस्जिदें बनाई जाती हैं। पन्त, उन लोगों में इतना साहस कहाँ से आया होगा?"

"महाराज!" रघुनाथपन्त की वाणी विषण्ण हो गई थी।

"इसका एक कारण है। मुसलमानों को अपने धर्म पर अभिमान है। धर्म की निष्ठा के लिए वे अपना सब कुछ लुटाने को तैयार रहते हैं। पुर्तगाली विदेशी अपना धर्म फैलाने के लिए सात समुद्र पार करते हैं। पराये देश में अपने धर्म का प्रचार-प्रसार करते हैं। उनकी श्रद्धा के बारे में क्या कहा जाए? यही श्रद्धा, यही धर्मनिष्ठा उन्हें विजयी करती है। और

हम? हम हिन्दी कहलाते हैं, किन्तु अपनी आँखों अपने धर्म की हानि होते देखते हैं। जिन्हें अपने धर्म के प्रति श्रद्धा न हो, उनका भाग्य कैसे चमकेगा?''

''किन्तु महाराज, जो बात हो चुकी, उसके लिए क्या किया जा सकता है? हम कर ही क्या सकते हैं?'' हम्बीरराव ने कहा।

राजे की तीखी नजर हम्बीरराव की ओर मुड़ी।

''हम्बीरराव, तुम ऐसी बात कह रहे हो? हमारे सेनापति कह रहे हैं यह? तो हम छत्रपति क्यों हुए? हमारा राज्य लूट-पाट करने, घर जलाने और राज्य फैलाने के लिए ही है क्या?''

राजे की मुखमुद्रा कठोर हो गई। मुख पर निराला तेज चमक उठा। उन्होंने आज्ञा दी, ''पन्त, ये मस्जिदें गिरा दो। यहाँ पुनः हमारे देवताओं की स्थापना करो। समोत्तिपेरुमल के मन्दिर की गिरी हुई ईंटों से नायकराज द्वारा बनवाए गए सहस्रस्तंभी मंडप का सुन्दर गोपुर द्वार बनवाओ। इन देवताओं की पुनःस्थापना किए बिना हमारे मन को शान्ति नहीं मिलेगी।''

आज्ञा सुनकर जनार्दनपन्त और हम्बीरराव विस्मित रह गए। जनार्दनपन्त ने कहा, ''किन्तु महाराज, ये मस्जिदें यदि गिरा दी गईं, तो मुसलमानों का दिल दुखेगा।''

''जब मन्दिर ढहाए गए थे और मस्जिदें खड़ी की गई थीं, उस समय भी किसी ने सोचा था कि इससे हिन्दुओं की भावनाओं को ठेस पहुँचेगी? यही क्यों, हमारा धर्म नष्ट करने के लिए ही ऐसे काम किए गए हैं न?''

''एक धर्मांध पीढ़ी ने ऐसा काम किया, तो आज की पीढ़ी पर अन्याय... ।''

''पन्त, परधर्मसहिष्णुता का अर्थ यह नहीं होता कि स्वधर्म के प्रति श्रद्धा न हो। इसी विचारधारा के कारण परायों के आक्रमण सहन करने का हमारा स्वभाव-सा बन गया है। मन की सारी लाज मारी गई है। मन्दिर तोड़े गए, फिर भी हम बैठे हैं आराम से! विजयनगर का साम्राज्य नष्ट हो गया, तो भी हमें खेद नहीं! हमारी माँ-बहनों की लाज लूटी गई, फिर भी हम मजे में हैं! फिर कहो मनुष्य होकर भी जीना किसलिए? हमारी यही सहिष्णुता हमें ले डूबी है। अन्यथा करोड़ों हिन्दुओं के अत्यन्त पवित्र परम पूजनीय काशी विश्वेश्वर के मन्दिर को औरंगजेब ध्वस्त न कर पाता। पन्त, धर्म एक पीढ़ी का खेल नहीं है, वह कई पीढ़ियों से मिला उत्तराधिकार है। उसे सँभाल रखना हमारा कर्तव्य है। हमें अन्य धर्मों से द्वेष नहीं है। हमारी सेना में मुसलमान भी हैं। उन्हें मस्जिदें बनानी हों, तो सारी धरती खुली पड़ी है। लेकिन यदि कोई कहे कि मस्जिदें हमारे पवित्र स्थानों पर ही बनाई जाएँगी, तो ऐसी बात हमारे राज्य में नहीं हो पाएगी। हमारी आज्ञा का पालन तुरन्त किया जाए।''

राजे के आदेश से मस्जिदें गिरा दी गईं। मन्दिर का निर्माण आरम्भ किया गया। राजे बरसात को देखकर अपनी छावनी कावेरी नदी के तट पर स्थित तिरुवाडी ले आए। राजे के सौतेले भाई एकोजीराजा वहाँ से निकटवर्ती नगर तंजौर नें रहते थे। राजे ने उन्हें सम्मानपूर्वक भेंट का आमंत्रण दिया।

18

राजे ने एकोजीराजा को आमंत्रण तो भेज दिया, किन्तु राजे के बढ़ते बल को देखकर एकोजीराजा मन-ही-मन भयभीत थे। राजे ने जब देखा कि एकोजी नहीं आए, तो उन्होंने सुझाव दिया

कि एकोजीराजा अपने विशिष्ट महत्त्वपूर्ण अधिकारियों को भेजें। एकोजीराजा ने अपने दरबार के गोविंदभट्ट गोसाईं, काकाजीपन्त, निलोबा नाईक आदि लोगों को राजे के पास भेजा। राजे ने समझा-बुझाकर सद्भाव से उन्हें विश्वास दिलाया। उन लोगों को यह भलीभाँति समझा दिया कि द्वेष और कटुता बढ़ने से पहले परस्पर मिल लेना हितकर है। राजे ने ससम्मान उन्हें विदा किया। साथ ही अपने अधिकारी बालभट्ट, कृष्ण ज्योतिषी तथा कृष्णाजी सखोजी को एकोजीराजा के नाम पत्र देकर उनके साथ भेज दिया।

समाचार मिला कि एकोजीराजा मिलने आ रहे हैं। राजे की छावनी से तीन कोस दूर स्थित तिरुपतोटा गाँव के शिवमन्दिर में दोनों की पहली भेंट तय की गई। नियत दिन राजे अपने लवाजिमे के साथ एकोजीराजे की अगवानी करने गए। वे शिवमन्दिर में बैठकर एकोजीराजा के आने की प्रतीक्षा करने लगे।

एकोजीराजा का घुड़सवार-दल दिखाई देने लगा। वे मन्दिर के पास आकर घोड़े से उतर पड़े। राजे मन्दिर की सीढ़ी पर खड़े हुए थे। काकाजीपन्त, जगन्नाथपन्त, कान्हेरपन्त एकोजीराजा के साथ थे। इनके अतिरिक्त भिवजीराजा तथा प्रतापजीराजा भी उनके साथ थे। यह दोनों शहाजीराजा के अनौरस पुत्र थे।

एकोजीराजा मध्यम ऊँचाईवाले, कुछ स्थूल शरीर के व्यक्ति थे। उनका चेहरा शहाजीराजा के चेहरे से काफी मिलता-जुलता था। माथे पर शिवतिलक था तथा वे सिर पर मुगलिया ढंग की पगड़ी 'कीमॉश' पहने हुए थे। कीमॉश में पीपल के पत्तों के आकार का रत्नजटिल आभूषण 'पिंपलपान' लगा हुआ था। गले का कंठा, हाथ में पहनी हुई अँगूठियाँ, और मुख पर छा रहा भाव एकोजीराजा के ऐश्वर्य के अनुरूप दिखाई दे रहे थे। एकोजीराजे चार कदम आगे बढ़े। उन्होंने राजे को सिजदा किया। राजे प्रेमाभिभूत होकर आगे बढ़े और उन्होंने एकोजीराजा को छाती से लगा लिया। राजे भिवजीराजे और प्रतापजीराजे से भी मिले। सबके साथ शिवजी के दर्शन करके राजे तिरुवाडी छावनी में आ गए।

राजे ने एकोजीराजा तथा उनके साथ आए हुए अन्य जनों के आतिथ्य का उत्तम प्रबन्ध किया था। पहली भेंट में राजे ने कुशल-क्षेम पूछा। इसके बाद राजे तथा एकोजीराजा के बीच कई मुलाकातें हुईं। दोनों पक्षों के राजनीतिज्ञ राजनीतिक वार्ताओं में व्यस्त थे। एक दिन राजे ने एकोजीराजा से अपने मन की बात कह दी। उन्होंने कहा, ''राजे, तुम छोटे हो। हम दोनों एक ही पिता के पुत्र हैं। ऐसा होते हुए भी हमने प्रथा त्यागकर तुम्हें निमंत्रण दिया। चार कदम आगे बढ़कर तुम्हारा स्वागत किया, सो केवल बड़ा होने के नाते।''

''हमने नाता कब भुलाया है?'' एकोजीराजा ने कहा।

''यह भी सच है।'' राजे ने कहा, ''हम तुम्हारे प्रदेश में आए। शेरखान जैसा शत्रु हम पर हमला करने आया, लेकिन तुम छोटे भाई होकर भी हमारी सहायता करने नहीं आए। हमने यहाँ आकर तुमसे मिलने की इच्छा प्रकट की, किन्तु तुम्हारे मन में खटका बना रहा।''

एकोजीराजा चुप रहे। कुछ बोले नहीं।

''हम तुमसे बड़े हैं। बड़े महाराज ने जो जागीर प्राप्त की, तुम्हें चाहिए था कि उसका आधा हिस्सा हमें देते। किन्तु आज तक तुम्हें यह कभी नहीं सूझा। हमारे भाग्य ने हमें बड़प्पन दिया, इसलिए हमने भी कभी तुमसे नहीं पूछा।''

"दाजी*, आप यह भूल रहे हैं कि जागीर हमारी नहीं, आदिलशाही की है। बड़े महाराज के बाद हमने उसकी रखवाली की, इसलिए वह जागीर बची रही।"

राजे ने एकोजीराजा की तरफ देखा। उनके चेहरे पर विजय की मुस्कुराहट थी। राजे ने शान्तिपूर्वक कहा, "राजे, तनिक सोचो। हमने तुम्हें इसी हेतु बुलवाया है। हम उस पुणे की सूबेदारी पर बड़े हुए हैं, जिसे कभी मुरार जगदेव ने जलाकर राख कर दिया था। अपने पराक्रम के बलबूते पर हम छत्रपति बने। आज कुतुबशाही, और आदिलशाही सल्तनतें भी हमसे डरती हैं। यही नहीं, हमने मुगलों का भी डटकर सामना किया है। हम चाहते हैं कि तुम भी इसी प्रकार का पराक्रम कर दिखाओ।"

एकोजीराजा राजे की शान्तिपूर्ण बातों से कुछ और ही समझ बैठे। ढीठपने से बोले, "अपने लोगों के बल पर राज्य पाया है आपने। इस पर अभिमान कैसा? प्रशंसा तो हमारी होनी चाहिए कि हमने पराये प्रदेश में भी अपनी जागीर को सँभाले रखा है।"

"हम तुम्हारी बहादुरी खूब जानते हैं," राजे हँसे, "मदुरा के नायक को तुम नहीं हरा सके। वालिगंडापुरम् में बैठे हुए शेरखान के इशारों पर तुम्हारी जागीर डोलती थी। बड़ा पराक्रम दिखाया है तुमने!"

"आपको हमारी बात से अधिक रघुनाथपन्त की बात पर भरोसा है।"

"बिलकुल नहीं। हमें गलत मत समझो। शायद तुम नहीं जानते—हमारे कई भेदिये तुम्हारे राज्य में घूम रहे हैं। एकोजीराजे, हम तुम्हें जो सलाह दे रहे हैं, उसे मान लो। इसी में तुम्हारा भला है।"

"कैसी सलाह?"

"तुम आदिलशाही की नौकरी छोड़ो और हमारे राज्य के साथी बनो।"

एकोजीराजा बेचैन हो उठे। राजे उनकी बेचैनी ताड़ गए। उन्होंने कहा, "हम यह नहीं कहते कि तुम हमारे राज्य के मांडलिक बनकर रहो। तुम हमारे भाई बनकर रहो। हम तुम्हें विशाल प्रदेश और बहुत से अधिकार देंगे। किन्तु इससे पहले तुम हमें बड़े महाराज द्वारा प्राप्त जागीर का विवरण दो। उसे देखकर हम और तुम मिल-जुलकर रहेंगे। यदि तुम्हें कुछ कमी होगी तो हम तुम्हारी सहायता करेंगे। कुतुबशाह जैसे बादशाह भी हमारी बात टालते नहीं हैं। फिर तुम तो हमारे भाई हो। यदि तुम हमारा कहा मान लोगे, तो हमें बहुत प्रसन्नता होगी।"

"और यदि हम न मानें, तो?"

राजे की आवाज कठोर हो गई। वे कहने लगे, "राजे, हम तुमसे बड़े हैं। जरा सोच-समझकर कहो। तुम हमारे भाई हो, इसलिए हमने तुमसे शान्तिपूर्ण बातचीत की है। यदि तुम हमसे नहीं आ मिले, तो आदिलशाही नौकर होने के नाते हम तुम्हारा मुलाहिजा नहीं कर सकेंगे। घर में लड़ाई छिड़ने का क्या परिणाम होता है, यह महाभारत हमें सिखाती है। तुम उस आत्मनाश के मार्ग पर मत चलो। शान्तचित्त से सोच-विचारकर हमें अपना निर्णय बताओ। हम वहीं करेंगे।"

एकोजीराजा मन-ही-मन भयभीत थे। राजे उन्हें तरह-तरह से समझाने का प्रयत्न कर रहे थे, किन्तु एकोजीराजा के मन में बात पैठती नहीं थी। एक दिन राजे ने एकोजीराजा के सम्मुख एक इच्छा व्यक्त की।

---

* दाजी बड़े भाई के लिए मराठी सम्बोधन।

"हमने पुणे जागीर से आरम्भ कर इतना बड़ा साम्राज्य स्थापित कर लिया। छत्रपति बन गए। आज तुंगभद्रा से लेकर नर्मदा नदी तक हमारा राज्य फैला है। किन्तु इस विशाल राज्य में एक बात की कमी है। वह तुम पूरी कर सकते हो।"

"हम?" एकोजी ने पूछा।

"हाँ, राजे। केवल तुम पूरी कर सकते हो। हमारे सिर पर राजछत्र है, चँवर डुलाए जाते हैं। ऐश्वर्य और सत्ता की कोई कमी नहीं है। किन्तु हमारे पास अपने पिता बड़े महाराज की यादगार के रूप में कुछ नहीं है। उनके पुत्र होकर भी हम अपने पास कोई ऐसी वस्तु नहीं सँजो पाए हैं, जो उनकी सच्ची यादगार कहलाए। हमने सुना है कि बड़े महाराज ने अपनी वीरता के प्रतीक के रूप में बारह विरुद* सँभालकर रखे थे। वे विरुद तुम्हारे पास हैं। तुम वह विरुद हमें सौंप दो। हम उन्हें पूरे सम्मानसहित तथा प्राणों से अधिक मूल्यवान् जानकर सुरिक्षत रखेंगे। हमने बहुत से ध्वज फहराए हैं, जरीपताकाएँ लहराई हैं, किन्तु हम विरुद इसलिए माँग रहे हैं कि वे पिता की सम्पत्ति हैं।"

एकोजीराजा ने सोचा कि केवल विरुद दे देने से पिंड छूट जाएगा, तो उन्हें अच्छा लगा। वे अपने डेरे में आए। उन्होंने राजे का यह नया प्रस्ताव काकाजीपन्त को बताया। काकाजीपन्त सोचने लगे। उन्हें सोच में डूबा देखकर एकोजीराजा फिर घबरा गए। उन्होंन पूछा, "काकाजीपन्त, किस खयाल में खो गए हैं आप?"

"राजे, हमें तो लगता है कि यह शिवाजी की चाल है। शिवाजी पुरन्धर में दीवाली के त्योहार का मेहमान बनकर आया था और पुरन्धर पर कब्जा कर बैठा था। अफजलखान की मुलाकात में उन्होंने क्या किया था, इसे तो दुनिया जानती है। यही क्यों? नासिरखान ने पूरा भरोसा करके राजे को जिंजी किला सौंप दिया था, उसे भी शिवाजी ने पचास हजार की जागीर कहाँ दी है?"

"हम जागीर नहीं दे रहे हैं? हम केवल विरुद दे रहे हैं।"

"परन्तु यह समझ नहीं आता कि उनमें शहाजीराजा के लिए प्रेम अचानक कैसे उमड़ आया?" काकाजीपन्त ने कहा, "आज उनके विरुद माँग रहे हैं, कौन कहे, कल विरुदों द्वारा प्राप्त जागीरें भी माँगने लगें।"

"तो तुम्हारी क्या सलाह है?"

"हम क्या कह सकते हैं? कुछ भी क्यों न हो, आप हैं तो सौतेले भाई। शिवाजीराजा आज विजयी दिखाई देते हैं। उन्होंने शायद आदिलशाही और कुतुबशाही को शह दी होगी। लेकिन मुगल राज्य के बारे में क्या विचार है? कितनी विशाल सत्ता है वह? शिवाजीराजा का राज्य एक-न-एक दिन पानी का बुलबुला होकर रह जाएगा। तब सोचिए कि उनका साथ देनेवालों की क्या हालत होगी? आपकी जागीर सुरिक्षत है। आदिलशाही तो मुगलाई से बहुत दूर है। राजनीति में अधिक चर्चा नहीं करनी चाहिए। मनुष्य धोखा खा जाता है।"

सलाह सुनकर एकोजीराजा पूरी तरह सिटपिटा गए। वे निराश होकर कहने लगे, "हमें कुछ सूझता नहीं। इससे अच्छा यह होगा, हम तंजौर चले जाएँ। वहाँ जाकर सोच-विचार करेंगे।"

"किन्तु लगता है, आपको ऐसा मौका मिलेगा नहीं।" काकाजीपन्त ने धीरे से कहा।

---

* प्रशंसासूचक पदवी।

"क्यों?"

"शिवाजीराजा दूध-पीते बच्चे नहीं हैं, जो आपको सरलता से तंजौर जाने दें।"

"तो क्या हम कैदी हैं?" एकोजीराजा गुस्से से कह उठे।

"बस ऐसा ही समझ लीजिए।"

अब तो एकोजीराजा बुरी तरह सकपका गए। उन्होंने केवल एक घुड़सवार साथ लिया और उसी रात तंजौर भाग गए।

सुबह राजे एकोजीराजा की प्रतीक्षा कर रहे थे। जब उन्हें पता चला कि एकोजीराजा भाग गए, तो उन्हें विश्वास नहीं हुआ। उन्होंने एकोजीराजा के साथ आए हुए काकाजीपन्त, जगन्नाथपन्त, प्रतापजीराजा और भिवजीराजा को बुलवा भेजा। राजे क्रोधपूर्ण दृष्टि से सबको देख रहे थे। उन्होंने काकाजीपन्त से पूछा, "क्यों पन्त? क्या यह सच है कि एकोजीराजा भाग गए?"

"जी हाँ।" पन्त ने निश्चयपूर्ण उत्तर दिया।

"क्यों? क्यों भाग गए?" राजे कड़ककर कहने लगे, "किस कारण भाग खड़े हुए? हम क्या उन्हें कैद कर लेते? हमें विरुदों की आवश्यकता ही क्या है? हमारे विरुद आठों दिशाओं में फैले हुए हैं। समुद्र तट से लेकर विशाल भूखंड तक हमारा यश फैला हुआ है, विरुदों की हमें आवश्यकता ही क्या थी? पिता की वस्तु समझकर माँगी थी। उन्हें नहीं देना था, तो न देते। भागना नहीं चाहिए था उन्हें। वे व्यर्थ ही भाग खड़े हुए।"

इस घटना से राजे बहुत उद्विग्न हो उठे थे। हताश होकर लम्बी साँस भरकर वे कहने लगे, "छोटे तो थे ही, बुद्धि भी छोटी दिखाई!"

राजे की नजर काकाजीपन्त की ओर मुड़ी, "पन्त, तुम राजनीति के खिलाड़ी हो। यह कैसी सलाह दी तुमने?"

"लेकिन महाराज...।"

"चुप रहो–रातों-रात भाग जाने की बात एकोजीराजा को नहीं सूझ सकती। पन्त, यदि हम ठान ही लें, तो यहाँ बैठे-बैठे तंजौर का राज्य जीत सकते हैं। सलाह देते समय इतना तो सोचा होता तुमने? अच्छा, अब तुम जाओ।"

राजे ने एकोजीराजा के सब लोगों का वस्त्र, अलंकारादि से सत्कार किया और उन्हें तंजौर भेज दिया।

19

एकोजीराजा भाग निकले। राजे को उनके व्यवहार के कारण बहुत क्रोध आया। उन्होंने जो आशा की थी कि एकोजीराजा के आधिपत्यवाला प्रदेश अपना साथ देगा, वह आशा जाती रही। राजे ने तय किया कि शहाजीराजा की जागीर को अपने कब्जे में कर लिया जाए। उन्होंने अपने अधिकारियों के नाम इस बारे में आज्ञाएँ जारी कर दीं।

राजे तिरुवाडी से तुंदुमगुर्ती आए। श्रावण मास शुरू हो चुका था। राजे की सेना प्रदेशों पर विजय प्राप्त करने में व्यस्त थी। रघुनाथपन्त मदुरानायक के साथ वार्ता कर रहे थे। नरहरि रुद्र वेलोर का किला जीतने के प्रयत्न में लगा हुआ था। शेरखान की हार के कारण राजे

की कीर्ति दूर-दूर तक फैल गई थी। उनका नाम सुनते ही शत्रु भाग खड़े होते थे। राजे की सेना जिस ओर कदम बढ़ाती थी, जीत उसके पैर चूमती थी। राजे श्रावण मास में वृद्धाचलम् गए। वृद्धाचलम् शहाजीराजा की जागीर का ही एक हिस्सा था। शामजी नाईक पुंडो, विट्ठल पलिदेव अत्रे आदि श्रेष्ठ जनों को साथ लेकर राजे ने वहाँ जाकर शिवाजी के दर्शन किए। उसके बाद वे छावनी में वापस लौट आए।

राजे जब छावनी में लौटे, तो उन्हें रायगढ़ से आया एक खलीता मिला। रघुनाथपन्त मदुरा के नायक से खंडनी कबूल करवाकर लौट आए थे। राजे के चेहरे पर चिन्ता छाई हुई थी। यह देखकर रघुनाथपन्त ने पूछा, "महाराज, क्या समाचार है?"

राजे मुस्कुराकर कहने लगे, "पन्त, समाचार कुछ ठीक नहीं है। आदिलशाही में अन्दरूनी कलह बढ़ गया है। पठान-पक्ष प्रबल होता जा रहा है। अनुमान है कि उसके स्थान पर दिलेरखान की नियुक्ति की जाएगी।"

"अभी दिलेरखान आया तो नहीं है न?"

"आया तो नहीं है, लेकिन आएगा अवश्य। लगता है—अब हम दक्षिण में अधिक समय रह नहीं सकेंगे। अब जितनी शीघ्र हो सके, हमें यह मुहिम समेटनी पड़ेगी। ऐसे समय हमें स्वराज्य में रहना ही उचित होगा।"

राजे, रघुनाथपन्त, हम्बीरराव, हरजीराजे महाडीक आदि श्रेष्ठजन विचार-विनिमय करने में व्यस्त थे। एक दिन खबर आई कि सन्ताजीराजा भोसले राजे से मिलने आ रहे हैं। सन्ताजी भोसले शहाजीराजा के अनौरस पुत्र थे। रघुनाथपन्त अगवानी करने गए और सन्ताजी को साथ लिवा लाए। राजे उनके साथ सगे भाई के-से स्नेह से मिले। उन्होंने सन्ताजी को छावनी में ही रख लिया।

सन्ताजीराजा राजे के साथ बातें कर रहे थे। सन्ताजी ने स्वयमेव बात छेड़ दी, "एकोजीराजा ने आपकी बात नहीं सुनी।"

"हाँ, उन्हें हमारा कहा उचित प्रतीत नहीं हुआ।"

"कान भरनेवाले लोग अपना काम कर देते हैं, पर एक बार हाथ आया मौका दोबारा हाथ नहीं आता।"

"गलती कान भरनेवालों की नहीं, सन्ताजीराजे! सुननेवाले की होती है।"

"महाराज, इसी कारण हम एकोजीराजा को छोड़कर आपके पास आए हैं।"

राजे ने अचरज से पूछा, "क्या कहते हो?"

"जी हाँ, महाराज। आप जब से कर्नाटक में आए हैं, आपसे मिलने के लिए मन व्याकुल था।"

"क्यों? हमने ऐसा कौन-सा काम किया है?"

"यह कहिए कि क्या नहीं किया आपने? इतना बड़ा साम्राज्य स्थापित कर दिखाया है। आज यदि बड़े महाराज होते, तो उन्होंने अपनी जागीर स्वयमेव आपको सौंप दी होती।"

शहाजीराजा की याद आते ही राजे स्तंभित हो गए। सन्ताजी कह रहे थे, "जब आप कर्नाटक में आए थे, उसी समय मैंने एकोजीराजा से कहा था कि आपका स्वागत करने जाएँ। किन्तु उन्होंने मेरी बात नहीं मानी। मैं प्रतापजीराव, भिवजीराव और एकोजीराजा के साथ आपसे मिलने नहीं आया, क्योंकि मैं जानता था कि परिणाम क्या निकलेगा!"

"उन्होंने तुम्हारी बात नहीं मानी, यह उनकी भूल थी। तुम क्यों दुखी होते हो?"

"अपने लोग ही अपनों को न पहचानें, तो दुख होता है। महाराज, अब आगे आपकी सेवा करने का इरादा है। मुझे अपने आश्रय में ले लीजिए।"

राजे सन्ताजी की ओर देखने लगे। उनके हट्टे-कट्टे बदन को देखते हुए राजे ने कहा, "सन्ताजी, हमारे साथ का अर्थ है हर पल मुसीबतों का सामना। चैन-आराम से कभी नहीं रह पाओगे।"

"इसी से मन ऊब गया है। मर्द कहलाता हूँ, फिर क्या मक्खियाँ मारते बैठूँ?"

"लेकिन हमारे यहाँ जागीर देने का रिवाज नहीं है।" राजे ने हँसकर कहा।

सन्ताजी तीखी नजरों से राजे को घूरने लगे। अपनी मूँछों पर उलटी मुट्ठी फिराते हुए सन्ताजी गरजकर कहने लगे, "जागीर माँगता कौन है? शिलेदार तो बनाएँगे न? राजे, मैं भी शहाजीराजा का पूत होने का दम भरता हूँ।"

राजे झट से उठे। उन्होंने सन्ताजीराजा को बाँहों में ले लिया। उनका मन गद्‌गद हो उठा। उन्होंने कहा, "सन्ताजीराजे, हम सोचते थे कोई हमारा साथ नहीं देगा। तुमने ढाढ़स बँधाया हमें। सन्ताजी, हमारे होते तुम शिलेदारी क्यों करोगे? वीरता की उपेक्षा करने का साहस तो हममें भी नहीं है। सन्ताजीराजे, हम आज से तुम्हें एकहजारी मनसब दे रहे हैं।"

राजे ने सन्ताजीराजा को सबके सामने मनसब के सम्मानवस्त्र तथा तलवार भेंट दी।

सन्ताजीराजा राजे के मनसबदार बन गए।

20

मराठा सेना ने एलवनसूर पर अधिकार कर लिया। राजे ने कोलार, होसकोटे, बालापुर, शिरे आदि प्रदेश जो शहाजीराजा की जागीर के हिस्से थे, अपने कब0जे में कर लिए। इन्हीं दिनों राजे तिरुवन्नमलई भी हो आए। वहाँ जाकर उन्होंने शिवलिंग की प्रतिष्ठापना की। वहाँ के मन्दिर में चैत्र पूर्णता को दीपोत्सव करने की आज्ञा देकर राजे वापस आ गए।

राजे की सेना ने आदिलशाही का पाईनघाट प्रदेश तो जीत लिया। इसके अतिरिक्त शहाजीराजा की जागीर का कावेरी नदी के उत्तर में स्थित वह भूभाग भी जीत लिया, जिस पर एकोजीराजा का अधिकार था। वह प्रदेश जिनका महसूल बीस लाख होन से अधिक था, राजे के कब्जे में आ गया। जीते हुए प्रदेश में शासन-प्रबन्ध के लिए उन्होंने योग्य अधिकारियों की तुरन्त नियुक्ति की। वालगोंडापुरम् में उन्होंने नागोजी भोसले, केदारजी जाधव तथा यशवंतराऊ कदम की नियुक्ति की। सहायक किलों के किलेदार तथा बारगीर सैनिक उनके हवाले किए। उटकूर कोट के हवालदार का सालाना सवा सौ होन वेतन मंजूर किया। जीते हुए नए इलाकों में तालाब, देवालय आदि का निर्माण-कार्य शुरू रखने की आज्ञा देकर राजे वापस चल पड़े।

राजे ने निश्चय किया कि रघुनाथपन्त, सेनापति हम्बीरराव मोहिते, सन्ताजीराजा भोसले, विट्ठल पिलदेव अत्रे, हरजीराजे महाडीक आदि कुशल राजनीतिज्ञों को उसी प्रदेश में रहने दिया जाए। राजे ने उनके साथ सेना भी रखी। विदा होते समय राजे ने कहा, "तुम सब सावधान रहना। इस प्रदेश का पूरा प्रबन्ध करके ही लौटना। लगता है, एकोजीराजा समझदारी

से काम नहीं लेंगे। अगर वे कोई उपद्रव करें, तो हमारे भाई होने का खयाल मत करना। उनका पूरा बन्दोबस्त करना। सब लोगों को अच्छी तरह पता लग जाए कि इस इलाके में किसी तरह का कोई घपला नहीं चलेगा।''

राजे आनन्दराव के साथ अपनी सेना लेकर वापस चल पड़े। वे पूर्वघाट पार करके बालाघाट प्रदेश में आए। वहाँ का जलदेवगढ़ किला जैसे अपने आप उनके कब्जे में आ गया। 'शिवाजी आ रहा है', यह सुनते ही शत्रु भाग खड़े होते थे।

शहाजीराजा की जागीर के होसकोटे, बालापुर और शिरे प्रदेश पर राजे का अधिकार हो ही चुका था। दत्ताजी त्र्यंबक कोप्पल किले पर घेरा डाले बैठे थे। विजय पाते हुए और साहूकारों से खंडनी वसूल करते हुए राजे तोरंगल प्रान्त में आ पहुँचे। जब वे तोरंगल प्रान्त में थे, तब उन्हें एकोजीराजा के बारे में एक घटना का विवरण प्राप्त हुआ।

राजे ने शहाजीराजा की जागीर जीत ली थी, इस कारण एकोजीराजे बुरी तरह चिढ़ गए। उन्होंने और उनके मुसलमान सलाहकारों ने तय किया कि इसका बदला लिया जाए। एकोजीराजा ने सेनासहित हमला कर दिया। सन्ताजीराजा भोसले छः हजार घुड़सवार और छः हजार पैदल सिपाहियों की सेना का नेतृत्व कर रहे थे। एकोजीराजा के आक्रमण का समाचार सुनते ही सन्ताजीराजा सेनासहित आगे बढ़े। आंबोरिया के पास दोनों सेनाओं की मुठभेड़ हुई। दिन-भर घमासान लड़ाई होती रही। अन्त में सन्ताजीराजा को पीछे हटना पड़ा। तंजौर की फौज भी जीत की खुशी मनाती हुई अपनी छावनी में लौट गई।

सन्ताजी अपने पीछे हट आने के कारण मन से बहुत दुखी थे। उनका मन कह रहा था, 'राजे ने अभी हाल ही में मनसब दिया, मुझ पर भरोसा किया और मैं पहली मुठभेड़ में ही हार बैठा।' वे गुस्से के मारे उठ खड़े हुए। अपने घायल सैनिकों को छावनी में छोड़कर वे रात को ही तंजौर छावनी पर जा टूटे। शत्रु असावधान था, भागा तो फिर भागता ही चला गया। इस लड़ाई में एक हजार घोड़े, प्रतापजीराजा, भिवजीराजा और शिवाजी दबीर ये तीन सरदार, तम्बू और बहुत-सा फौजी सामान सन्ताजी के हाथ लगा। इस हार ने एकोजीराजा की आँखें खोल दीं।

एकोजीराजा का यह वृत्तान्त सुनकर राजे बहुत व्यथित हुए। उन्होंने हम्बीरराव को कहलवा भेजा, ''चाहे कुछ भी किया हो, एकोजीराजा हमारे छोटे भाई हैं। छोटी अकल से काम लिया उसने। फिर भी वह भाई है–उसका राज्य नष्ट मत करो।''

राजे की आज्ञा पाकर रघुनाथपन्त ने एकोजीराजा के साथ बातचीत की। एकोजी ने राजे को कोलार का किला सौंपकर थोड़े समय के लिए मित्रता का नाता जोड़ लिया। राजे ने एकोजीराजा के नाम एक कड़ा पत्र भेजा। राजे ने एकोजीराजा के अच्छी तरह कान उमेठे थे, ''...इस समय हमें रायगढ़ प्रान्त में बहुत से काम करने थे इसलिए रायगढ़ जाते हुए हमें तोरंगल प्रान्त में खबर मिली कि तुमने तुर्कों की सलाह से हमारे लोगों से युद्ध का इरादा बना लिया। अपनी जमात के लोगों को इकट्ठा करके तुमने हमारे लोगों पर हमला कर दिया। हमारे-तुम्हारे लोगों के बीच लड़ाई छिड़ गई। तुम्हारे लोग हारे। कुछ भाग गए और कुछ युद्ध में मार डाले गए। यह सुनकर हमें बहुत दुख हुआ। शहाजी महाराज के पुत्र तुम एकोजी बहुत बड़े जागीरदार होते हुए भी सोच-समझ से काम नहीं लिया करते। अपनी इन करतूतों से तुम स्वयं कष्ट पाओगे। इसमें तुम्हें आश्चर्य नहीं होना चाहिए।

"तुमने यह नहीं सोचा कि 'शिव' और 'श्री' की हम पर पूर्ण कृपा है। हम दुष्ट तुर्कों का वध करते हैं। तुम्हारी फौज में तुर्क अधिक हैं। तब तुम्हारी विजय कैसे हो सकती थी और तुर्क कैसे बच सकते थे। तुमने यह नहीं सोचा। यह लड़ाई टल सकती थी किन्तु तुमने दुर्योधन जैसी दुर्बुद्धि से काम लिया और अपने लोग मरवा डाले। जो हो गया सो हुआ। भविष्य में कभी इस तरह की जिद न करना। तुमने तेरह वर्षों तक अकेले जिस राज्य का उपभोग किया उसमें जो हिस्सा हमारा था वह हमने ले लिया है। अब तुम्हारे पास जितना भी राज्य है उसे हमारे लोगों को सौंप दो। हीरे-जवाहरात, नगद और हाथी-घोड़ों का आधा भाग भी तुम्हें हमें देना पड़ेगा। इन शर्तों पर तुम्हें हमसे समझौता करना ही पड़ेगा। अगर तुम यह समझौता साफदिली और नेक-नीयत से करोगे तो हम तुम्हें तुंगभद्रा नदी के इस ओर का, तीन लाख होन आमदनी का इलाका देंगे अगर तुम्हें हमारे पास यह दौलत अच्छी न लगती हो तो हम तुम्हें कुतुबशाह से अर्ज कर तीन लाख होन दिलवाएँगे। इस तरह हमने तुम्हारे सामने समझौते के दो मसौदे रखे हैं। सोच-समझकर इन दोनों शर्तों में से किसी एक पर हमें तुम्हारी मंजूरी चाहिए। इस बारे में किसी तरह की हठ न हो। हम नहीं चाहते कि हमारे बीच किसी तरह के गृह-कलह की नौबत आए। तुम्हारे और हमारे बीच यह समझौता होगा। इस पर सोच-विचारकर जल्दी ही बँटवारे की कार्यवाही पर अमल करो और सुखी रहो। हमने बड़े भाई के नाते यह सब लिखा है। इस पर ध्यान दोगे तो सुख पाओगे। ध्यान नहीं दोगे तो कष्ट में रहोगे।"

21

राजे की छावनी गदग प्रान्त में संपगाँव के पास थी। सर्दियों के दिनों का वातावरण आह्लाददायक था। राजे आनन्दराव के साथ अपने तम्बू के बाहर खड़े हुए थे। तभी सरदार सखूजी गायकवाड सिजदा करने आए। राजे ने पूछा, "क्यों सखूजीराव, छावनी का क्या हाल है?"

"सब ठीक है, महाराज। केवल एक शिकायत सुनाई दी है।"

"कैसी शिकायत?"

"कल अपने सामान ढोनेवाले बैल अगले मुकाम की ओर जा रहे थे। रास्ते में बेलवडी की गढ़ीवाले पटेल ने उन्हें रोक लिया और वह सामान के साथ बैलों को भागा ले गया है।"

राजे कुछ सोचकर कहने लगे, "सखूजीराव, जरूर कोई गलतफहमी हो गई होगी। बेलवडी तो एक छोटी-सी गढ़ी है। उसकी ऐसी हिम्मत नहीं हो सकती। पटेल को चेतावनी देकर बैल छोड़ देने की आज्ञा दो।"

सखूजीराव राजे की आज्ञा लेकर बेलवडी गए बेलवडी समतल भूमि पर बसी हुई एक छोटी-सी गढ़ी थी। चारों ओर मिट्टी की चौड़ी दीवारें थीं। सपाट भूमि के बीच बनी हुई वह गढ़ी ऐसी दिखाई देती थी, मानो बरसात में अकेला उगा हुआ कुकुरमुत्ता हो। लेकिन उस गढ़ी का पटेल बेहद साहसी था। जब उसने सखूजीराव गायकवाड का सन्देश सुना, तो दो-टूक उत्तर भिजवाया, "हिम्मत हो, तो बैल छुड़वाकर ले जाओ।"

पटेल का जवाब राजे तक पहुँचा। राजे ने सखूजीराव को आदेश दिया, "पटेल अपनी ऐंठ में दिखाई दे रहे हैं। शान्ति और नरमी शायद उन्हें रास नहीं आती। ठीक है, सखूजीराव,

तुम सेना ले जाओ और बेलवडी पर कब्जा करके बैल छीन लो। तब तक हमारी छावनी यहीं रहेगी।''

सखूजीराव ने सवार साथ लेकर गढ़ी की नाकेबन्दी कर ली। उसके चारों ओर चौकियाँ लगवा दीं। कभी-कभी झड़पें होने लगीं, किन्तु मराठा सेना बेलवडी तक नहीं पहुँच पा रही थी। गढ़ी तक पहुँचने का प्रयत्न किए जाने पर जोरदार मुकाबला किया जा रहा था। सखूजीराव को अब समझ आने लगा था कि कर्नाटकी पैदल सैनिक पैदल लड़ाई में पक्के होते हैं। इसी तरह कई दिन बीत गए, लेकिन गढ़ी पर कब्जा होने की सम्भावना नहीं दिखाई दे रही थी। गढ़ी राजे की छावनी से दीख रही थी। सारी सेना गढ़ी की ओर नजरें गड़ाए बैठी थी। राजे का रोष धीरे-धीरे बढ़ता जा रहा था। राजे इसी तरह विचारमग्न बैठे थे कि सखूजीराव के आगमन की सूचना मिली। सखूजीराव के आते ही राजे ने पूछा, ''कहो सखूजीराव, गढ़ी जीत आए?''

सखूजीराव की गर्दन झुक गई। निराशा-भरे स्वर से बोले, ''महाराज, गढ़ी को पूरी तरह घेरकर कस लिया गया है। अब गढ़ी अधिक दिन तक पैर जमाए खड़ी नहीं रह सकेगी।''

राजे मुस्कुराने लगे, ''वाह! बहुत अच्छे, सखूजीराव! कोई ज्योतिषी मिला था क्या?''

''जी, उसने भी यही कहा!'' सखूजीराव ने कहा।

राजे की दृष्टि पास खड़े हुए आनन्दराव की ओर गई। आनन्दराव सेना के दूसरे सेनापति थे।

''आनन्दराव, हमारे सखूजीराव की जितनी प्रशंसा की जाए, कम है। इनके पराक्रम की पहुँच तो देखो—ज्योतिषी से पूछने लगे हैं, हम दक्षिण दिशा में इतनी महान् दिग्विजय पाकर लौटे हैं और इस छोटी-सी गढ़ी पर कब्जा करना हमारे लिए कठिन हो रहा है। बेलवडी के पटेल ने छेड़खानी न की होती, तो शायद उस गढ़ी की ओर हमारा ध्यान भी न जाता। सखूजीराव, हम इस तरह के खेल-खिलवाड़ में दिन खराब नहीं कर सकते।''

''महाराज, ऊँटों के तोपखाने का प्रयोग करने की आज्ञा दें। एक दिन में गढ़ी की ईंट-से-ईंट बजा दी जाएगी।''

''सोचो, कितना नाम होगा तुम्हारा? एक मामूली-सी गढ़ी और उसके लिए तोपखाना! तब हमारी फौज क्या कम है? केवल चलती चली जाए, तो भी गढ़ी का नामोनिशान नहीं रहेगा। तुमसे यह काम पूरा न होता हो, तो कहो। हम किसी और को यह काम सौंपेंगे।''

राजे की बातें सुनकर सखूजीराव बाहर आए। वे अपने साथियों के साथ गढ़ी पर धावा बोलने लगे। मुठभेड़ें होने लगीं। एक दिन गढ़ी के पटेल ने देखा कि गढ़ी के दरवाजे पर हो रही मुठभेड़ में उसकी हार होने को है। वह पूरे जोश से बाहर निकल आया। जमकर लड़ाई हुई। इस लड़ाई में पटेल मारा गया। उसके साथियों ने उसकी लाश को उठाया और गढ़ी में ले गए।

पटेल के मारे जाने का समाचार सुनकर सखूजीराव प्रसन्न हो उठे। अगले दिन यह सोचकर कि गढ़ी के सर होने में अब देर ही क्या है, उन्होंने गढ़ी पर चढ़ाई कर दी। किन्तु गढ़ी का नजारा देखकर सखूजीराव हक्के-बक्के रह गए। पटेल के मरने के बाद अपने पति का जिम्मा उसकी पत्नी सावित्रीबाई ने अपने कन्धों पर उठा लिया था। वह गढ़ी की दीवार पर खड़ी थी और बड़ी बहादुरी से गढ़ी की रक्षा के लिए युद्ध कर रही थी। परिस्थिति कुछ ऐसी थी

कि केवल पैदल सिपाहियों से गढ़ी को जीत पाना असम्भव लग रहा था। दिन पर दिन बीतते जा रहे थे। गढ़ी के चारों ओर घेरा डाले इक्कीस दिन बीत गए थे। राजे को जब पता लगा कि सावित्रीबाई गढ़ी की रक्षा के लिए जी-जान लगा रही है, तो वे कह उठे, ''धन्य है वह वीर स्त्री! पति की मृत्यु का दुख भुलाकर वह गढ़ी की रखवाली कर रही है। वास्तव में उसका धैर्य अतुलनीय है। हम और एक दिन इन्तजार करेंगे—उसके बाद हमें स्वयं इस मुहिम पर जाना पड़ेगा। अब इसके सिवाय कोई चारा नहीं है।''

सखूजीराव ने राजे का निर्णय सुना, तो क्रोध से होंठ काटने लगे।

अगले दिन सुबह छावनी पर घना कोहरा छाया हुआ था। रात-भर जल रही मशालें बुझाई जा रही थीं। सूर्योदय के समय पूजा समाप्त करके राजे तम्बू से बाहर आए। उनकी नजर बेलवडी की गढ़ी की तरफ गई। उन्होंने आनन्दराव से पूछा, ''आनन्दराव, सखूजी नहीं आए?''

''महाराज, सखूजीराव आज बड़े सबेरे अपनी टुकड़ी लेकर गढ़ी पर धावा बोलने गए हैं।''

''शायद हमारी कल वाली बात उन्हें लग गई!''

''सखूजीराव कभी काम में ढिलाई नहीं करते।'' आनन्दराव ने समर्थन किया।

''हमने ऐसा कब कहा? लेकिन यह उलझन कुछ अजीब है। इतनी बड़ी सेना साथ है, मगर गढ़ी पर हमला नहीं किया जा सकता। तोपखाने की तोपें नहीं चला सकते। एक छोटी-सी गढ़ी पर हम फौज और तोपखाने से हमला करें, तो केवल बदनामी हमारे हिस्से आएगी। विचित्र स्थिति है—हमारी साँप-छछूँदर की-सी गति हो गई है। इसमें सखूजीराव की कोई गलती नहीं है। सखूजीराव के पास धीरज है, बहादुरी है, लेकिन...।''

''लेकिन क्या, महाराज?'' आनन्दराव ने पूछा।

''लेकिन युक्ति नहीं है। उसके बदले क्रोध अधिक है। क्रोध के कारण बुद्धि पर वश नहीं रहता। शत्रु की चाल समझ नहीं आती। अन्यथा इतनी-सी गढ़ी जीतने में इतना विलम्ब न होता।''

अकस्मात् तुरहियाँ जोर से बजने लगीं। सब उसी ओर देख रहे थे। आवाज गढ़ी की ओर से आ रही थी। राजे का चेहरा खिल उठा। दोनों हाथ जोड़कर वे कह उठे, ''माँ जगदम्बा की कृपा! आनन्दराव, सखूजी विजयी हुए। चलो, विजयी वीरों का स्वागत करने हम दस कदम आगे जाएँ।''

भाग-दौड़ शुरू हुई। साईस घोड़े ले आए। जाधवराव, निंबालकर, आनन्दराव आदि सरदार शीघ्र ही डेरे के आगे अपने-अपने घोड़े लेकर तैयार हो गए। महाराज डेरे से बाहर निकले। उन्होंने एक बार सबको देखा। विशेष अश्वारोही-दल सुसज्जित खड़ा था। राजे अश्वारूढ़ हुए। उन्होंने घोड़े को एड़ लगाई। वह काला शानदार घोड़ा शान से कदम बढ़ाते हुए चल पड़ा। राजे के पीछे सरदारों का दल था। उनके पीछे अश्वारोही सैनिकों की टोली थी।

राजे गढ़ी के निकट पहुँचे। मुख्य द्वार का नगाड़ा बजने लगा। महाराज घोड़े से उतर पड़े। वहाँ कई घायल सैनिक दिखलाई दे रहे थे। जो लड़ाके लड़ाई में काम आए थे, उन पर पगड़ियाँ ओढ़ाई हुई थीं। उन्हें देखकर महाराज उदास हो गए। श्रीपतराव नाईक को स्वागत करने के लिए आगे आया देखते ही राजे के पाँव ठिठक गए। श्रीपतराव के सिजदे को स्वीकार करके राजे ने पूछा, ''श्रीपतजराव, सखूजीराव कहाँ हैं?''

महाराज की आशंका को भाँपकर श्रीपतराव ने उत्तर दिया, ''महाराज, गढ़ी को जीतने में पूरी शक्ति लगानी पड़ी। लेकिन सावित्रीबाई इस सारे अनर्थ का कारण थी, वह कुहरे में छिपती हुई हाथ से निकल गई। सखूजीराव स्वयं उसे गिरफ्तार करने गए हैं।''

राजे की चिन्ता दूर हुई। उन्होंने आनन्दराव से कहा, ''क्यों आनन्दराव, हमने जो कहा था, वह सच निकला या नहीं? गढ़ी जीतकर भी सखूजीराव रुक नहीं सके। उनका क्रोध यहीं तक शान्त हो जाता, तो ही अचरज की बात होती! हम उनका स्वागत करने यहाँ तक आए हैं, लेकिन उनका पता नहीं है—श्रीपतराव, क्या अपने बहुत लोग काम आए?''

''पाँच-छह मारे गए हैं, लेकिन घायल बहुत हुए हैं।'' श्रीपतराव ने विनयपूर्वक कहा।

आह भरकर राजे ने कहा, ''श्रीपतराव, जिन्होंने वीरगति पाई है, उनका मरणोपरान्त वीरोचित सम्मान किया जाए। घायलों की ओर ध्यान देते रहो। हम फिर आएँगे।''

''महाराज, आप गढ़ी में पधारें...।''

''अवश्य आएँगे, किन्तु श्रीपतराव, जिन्होंने इतना घमासान करके गढ़ी जीती है, वे सखूजीराव ही जब गढ़ी में न हों, तो हम गढ़ी में कैसे प्रवेश कर सकते हैं? यह उचित नहीं लगता। सखूजीराव आएँ, तो उनसे कहना कि हम उनसे मिलने यहाँ तक आए थे। उनसे मिलने के लिए हमारा मन बहुत बेचैन है।''

इस घटना के बाद दो दिन बीत गए, फिर भी सखूजी का पता नहीं था। राजे उनकी प्रतीक्षा कर रहे थे। उनकी खोज-खबर पाने के लिए दो दल भी भेजे गए थे।

महाराज शामियाने की बैठक पर बैठे हुए थे। सारे सरदार, चिटनवीस आदि पास खड़े हुए थे। राजे उन्हें अगली योजनाओं की जानकारी दे रहे थे। तभी एक जासूस अन्दर आया। सिजदा करके कहने लगा, ''महाराज, सखूजीराव आ गए।''

''सखूजीराव आ गए?'' कहते हुए राजे बैठक से उठे। इसी समय शामियाने के प्रवेशद्वार से सखूजीराव ने प्रवेश किया। राजे आगे बढ़े। सखूजी सिजदा करने के लिए झुके ही थे कि राजे ने उन्हें गले लगा लिया।

''सखूजीराव, तुम भी कमाल करते हो! हम तुम्हारा स्वागत करने के लिए वहाँ आए और तुम ही गायब थे।'' राजे ने हँसकर सखूजीराव के बाएँ कन्धे पर बायाँ हाथ रखते हुए पूछा, ''आखिर शत्रु हाथ लगा या नहीं?''

''शत्रु हाथ न लगता, तो आपके सामने न आता।'' सखूजीराव ने कहा।

''शाबाश!''

''महाराज, शत्रु को आपके सामने उपस्थित करने की आज्ञा हो।''

राजे ने सिर हिलाकर स्वीकृति दी। सखूजीराव शामियाने से बाहर गए। राजे अपने उच्चासन पर जा बैठे। सबकी आँखें शामियाने के प्रवेशद्वार की ओर लगी हुई थीं। कुछ देर में सखूजीराव अन्दर आए। उनके तुरन्त पीछे-पीछे आ रही सावित्रीबाई को देखकर राजे के मुख पर छाई हँसी एकदम गायब हो गई। सावित्रीबाई को रस्सियों से जकड़ा हुआ था। राजे ने सखूजीराव की ओर देखा। सखूजीराव ने कहा, ''महाराज, यही हैं सावित्रीबाई।''

''लेकिन स्त्रियों को रस्सियों से जकड़ने की आवश्यकता कब से जान पड़ने लगी?'' राजे की आवाज में कठोरता आ गई थी।

''क्षमा हो, महाराज। जिसने डटकर गढ़ी की रक्षा की और जिसने हमें तीन दिनों तक जंगलों में भूखा-प्यासा दौड़ाया है, उस स्त्री का रूप उतना निर्मल नहीं है। इनका आखिरी आदमी भी जब तक जिन्दा रहा, यह हमारे हाथ नहीं आ सकीं। गढ़ी जीतने के लिए जितने सैनिक काम आए, उससे कहीं अधिक इन्हें गिरफ्तार करने में मारे गए।''

''बाई तुम धन्य हो! तुम्हारी वीरता भी धन्य है!'' राजे कहने लगे, ''सखूजीराव, बाई के बन्धन खोल दो।''

''परन्तु महाराज...!''

''सखूजी, अबला को रस्सियों से जकड़ना वीरों को शोभा नहीं देता। यह महिला हमारे लिए माता समान हैं। पहले इनके बन्धन खोलो।''

रस्सियाँ खोल दी गईं। सावित्रीबाई सिर झुकाकर खड़ी थी। राजे गम्भीर स्वर से कहने लगे, ''सावित्रीबाई, तुम्हें कष्ट देने का हमारा इरादा नहीं था। आज भी ऐसा कोई इरादा नहीं है। तुम्हारे लोगों ने व्यर्थ ही बखेड़ा कर दिया—हमारे भारवाही बैल भगा ले गए। उन्हें चेतावनी दी गई, तो वे लड़ाई पर उतारू हो गए। परन्तु अविवेकपूर्ण साहस व्यर्थ होता है। हमें सोचकर खेद होता है कि जब एक ओर हम स्वराज्य की तथा धर्म की संस्थापना के लिए प्रयत्न कर रहे हैं, तब आपके जैसी शूरवीर नारी हमारा विरोध करे। स्वधर्म तथा स्वराज्य के लिए हमें तुम जैसों के आशीर्वाद की आवश्यकता है—फिर यह बैर किस कारण?''

सावित्रीबाई ने पहली बार आँख उठाकर देखा। तरेरती हुई दृष्टि से उसने सारे दरबार को क्या देखा, मानो एक बिजली-सी कौंध गई हो। नजरें अंगारे उगल रही थीं। राजे ने मुस्कुराते हुए पूछा, ''कहो, बाई! यह पराजय होने के कारण अपमान तो...?''

''हँ!'' सावित्रीबाई ने हुंकारकर कहा, ''राजे, हार या जीत तो भाग्य की बातें हैं। उनका दुख कैसा?''

''सच कहती हो!'' राजे ने कहा, ''धर्म, न्याय और नीति का विचार करनेवाला सफलता या असफलता की ओर ध्यान नहीं देता। हमारे स्वराज्य को...।''

''अरे बाबा! अपने राक्षसी राज को स्वराज्य का टीका क्यों लगा रहा है। यह तो दुर्भाग्य रहा, जो मेरी हार हो गई। एक मंगलकार्य करने चली थी, भगवान् ने साथ नहीं दिया।''

''खामोशऽऽ!'' आनन्दराव चिल्लाए। राजे की नजरें अपनी ओर मुड़ी देखते ही वे चुप हो गए।

''कहो, बाई, हम सब सुनना चाहते हैं। तुम क्या यह कहना चाहती हो कि तुम पर अन्याय हुआ है?''

''अन्याय? राजा, तुझे न्याय की कुछ लाज-शरम है क्या?'' प्रश्न क्या था, लगा, जैसे पत्थर के फर्श पर सिक्का खनखनाता हुआ गिरा हो। अचंचल दृष्टि से देखते हुए और स्थिरचित्त राजे ने कहा, ''माँ, इस शिवाजी के बारे में कई प्रवाद होंगे, किन्तु उसके स्वराज्य के लक्ष्य के बारे में आज तक किसी ने सन्देह नहीं किया। लगता है, तुम्हें कोई शिकायत है। हम तुम्हें अभयदान देते हैं। तुम साफ-साफ कहो। यदि तुम पर अन्याय हुआ होगा, तो तुम्हें अवश्य न्याय दिया जाएगा। परन्तु यह मत समझना कि स्त्री होने के कारण हम शत्रु की हर माँग पूरी करेंगे।''

सावित्रीबाई चुपचाप खड़ी हुई थी। यह चुप्पी सबको असह्य हो उठी। "कहो, बाई, क्या कहना चाहती हो?" राजे ने कहा।

सिर नीचा करके सावित्री कहने लगी, "भरे दरबार में कैसे कहूँ?"

राजे ने आज्ञा दी। सब आश्चर्य से बाहर चले गए।

"हाँ, तो कहो।" राजे ने कहा।

क्रुद्ध साँपिन-सी सावित्रीबाई राजे के वचन सुनकर शिथिल हो गई। वह खड़े-खड़े काँपने लगी। उसने अपना चेहरा एकदम हाथों से छिपा लिया और सिसकने लगी। राजे खड़े हो गए।

"माँ! क्या हुआ, कहो। अपने पुत्र के सामने हिचको नहीं।"

सावित्रीबाई ने गीली आँखें पोछीं। राजे की ओर देखकर वह कहने लगी, "तुम्हारे सरदार सखूजीराव गढ़ी जीतकर ही रुके नहीं...।" नजरें नीची करते हुए उसने आगे कहा, "उन्होंने मेरी इज्जत लूटने की कोशिशि की।"

"असम्भव!" राजे व्याकुल होकर कह उठे, "बाई, यह जान लो यदि आरोप झूठा निकला, तो इस अपराध के लिए सिर कटवा देने का दंड है।"

राजे की आँखों से आँखें मिलाती हुई सावित्रीबाई कहने लगी, "राजे, मैं एक पटेल की घरवाली हूँ। गाँव की ईनामदार हूँ। कौन खानदानी स्त्री होगी, जो ऐसी झूठी बात कहेगी? आप सखूजीराव से ही पूछ लें...।"

राजे के माथे पर पसीना आ गया। मुट्ठियाँ भिंच गईं। उनकी आज्ञा पाकर सभी लोग फिर अन्दर आ गए। सबने अचरज से देखा—सावित्रीबाई आँसू बहाती हुई चुपचाप खड़ी थी। भेदती दृष्टि से सखूजी को देखते हुए राजे ने कहा, "सखूजी, यह क्या कह रही हैं?"

"एकदम झूठ है, महाराज! सब झूठ है!" सखूजी ने चिल्लाकर कहा।

"क्या झूठ है?" राजे उच्चासन से उठे। "सखूजीराव, तुम बिना पूछे ही उत्तर दे रहे हो?"

सखूजीराव सकपका गए।

"सखूजी, तुमने इनके साथ असभ्य बर्ताव किया है?"

"महाराज!" सखूजी के पसीना छूट आया, "क्षमा करें, महाराज! क्षमा...।" कहते हुए सखूजी महाराज के पाँवों में लोट गया।

महाराज की मुट्ठियाँ तन गईं। उनकी आँखें भर आईं। सखूजीराव के हाथों से अपने पाँव छुड़ाते हुए राजे पीछे हटे। वे क्रोध से काँप रहे थे। उनका चेहरा तमतमा रहा था। जैसे किसी गहरे कुएँ के भीतर से गूँजती आवाज, ऐसे गम्भीर वाणी से राजे ने कहा, "सखूजी, यह क्या कर बैठे तुम? हमने स्वराज्य का झंडा गाड़ा—किसलिए? इसलिए कि प्रजा मुगलिया अत्याचारों से मुक्त हो, इसलिए कि धर्म और सम्मान की रक्षा हो, और तुम...? तुमने माँ पर हाथ उठाने का प्रयत्न किया?"

"क्षमा हो, महाराज...!" कहते हुए सखूजी आगे बढ़े।

"आगे मत आना, सखूजी। अपने अपवित्र हाथों से मुझे मत छूना। इस अपराध के लिए तुम्हें क्षमा करना असम्भव है। यदि तुम हार जाते तो हम हार की मार भी सहन कर लेते...नहीं, सखूजी। इस अपराध को क्षमा नहीं किया जा सकता।"

राजे उच्चासन पर जा बैठे, "सखूजी, तुमने जो कार्य किया है, उससे स्वराज्य को कलंकित किया है तुमने। इस अपराध के लिए...।"

जाधवराव हिम्मत करके आगे बढ़े, "राजे...।"

"चुप रहो!" राजे खड़े हो गए। सारे दरबार की छाती धड़कने लगी थी। साँस थम गई थी। सखूजी की ओर उँगली उठाते हुए राजे ने कहा, "इस सखूजी की पापी आँखों को गरम सँडसी से बाहर खींच लो। जिन पापी हाथों ने परस्त्री का स्पर्श किया है, वे हाथ काट डालो। इस आज्ञा का पालन हमारे सामने और यहीं होना चाहिए।" सखूजी पूरी तरह टूट गया।

सावित्रीबाई भौंचक देख रही थी। थोड़ी देर में सँडसी लिए हुए मशालची अन्दर आए। सखूजी को पकड़ लिया गया। जलती मशालों पर सँडसी गरम की गई। और एक दर्द-भरी चीख के साथ सखूजी की आँखें बाहर आ गईं। यह देख पाना सावित्रीबाई को भी असह्य हो उठा। उसने हाथों से आँखें बन्द कर लीं।

क्रोध-भरी दृष्टि से सखूजी की ओर देखते हुए राजे ने आज्ञा दी, "ले जाओ इस पापी को और पन्हालगढ़ की अँधेरी कोठरी में फेंक दो।"

सखूजी को ले जाया गया। राजे की दृष्टि सावित्रीबाई की ओर मुड़ी। राजे का क्रोध एक ही पल में शान्त हो गया। उनकी दृष्टि में निरुपायता का भाव था। राजे कहने लगे, "बाई, हम जानते हैं कि अपराध की दृष्टि से यह दंड कम ही है। इस घटना से हमें कितना दुख हुआ है, हम बता नहीं सकते। हम तुम्हें सम्मानसहित मुक्त करते हैं। बेलवडी तुम्हारी है। उसके सिवाय हम तुम्हें दो और गाँव भेंट दे रहे हैं।"

सावित्रीबाई ने आँसू पोंछे। वे राजे के चरण छूने के लिए आगे बढ़ने लगीं। राजे हाथ जोड़कर खड़े हो गए। भर्राए कंठ से कहने लगे, "आई*, अब हमें अधिक शर्मिंदा मत करो। दे सको, तो एक ही आशीर्वाद दो।"

सावित्रीबाई ने ऊपर देखा। राजे की आँखें डबडबा आई थीं। दृष्टि आहत-सी हो गई थी। वाणी मूक हो गई थी। जैसे-तैसे उन्होंने कहा, "आई, एक ही आशीर्वाद दो। हमारे स्वराज्य को तुम्हारा शाप न लगे। सम्भव हो, तो हमारे सुराज्य को तुम्हारा आशीर्वाद ही मिले। ऐसा आशीर्वाद मिले कि हमारे राज्य में फिर कभी ऐसी घटना न हो। इतना आशीर्वाद दोगी, तो भी हम तुम्हारे कृतज्ञ रहेंगे।"

सावित्रीबाई ने देखा, राजे की आँखों से अश्रुधारा बह रही थी। उन्हें प्रतीत हो रहा था—मानो उन बहते आँसुओं से वे पावन होती जा रही हैं...।

22

बेलवडी सावित्रीबाई के हवाले करके राजे ने संपगाँव का पड़ाव उठाया। संपगाँव की छावनी में ही राजे को बीजापुर के बारे में खबरें मिलीं। खबर थी कि बहलोलखान की मृत्यु के बाद सिद्दी मसूद आदिलशाही वजीर बन गया था। अफवाहें थीं कि दिलेरखान बीजापुर पर हमला करनेवाला है। राजे ने झटपट पन्हालगढ़ पहुँच जाने का निश्चय किया और वे अपनी सेनासहित मंजिलें तय करते हुए पन्हाला आ पहुँचे। वे पाटगाँव गए, वहाँ उन्होंने सन्त मौनीबाबा का

---

* आई—माँ।

आशीर्वाद पाया। कारी गाँव जाकर वे नागोजी जेधे के घरवालों से भी मिले और फिर पन्हालगढ़ लौट आए।

राजे का सारा ध्यान बीजापुर और मुगलों की राजनीति की तरफ लगा हुआ था। मोरापन्त ने जैसे ही राजे के आगमन का समाचार सुना, वे पन्हालगढ़ आ गए। उन्होंने राजे को सारा वृत्तान्त कह सुनाया। हम्बीरराव भी दक्षिण से चलकर पन्हालगढ़ आ पहुँचे। राजे ने मोरोपन्त से कहा, ''पन्त, गत डेढ़ बरस में जगदम्बा माता ने हमें भरपूर सफलता दी। केवल वेलोर के किले की बात छोड़ दी जाए, तो हमारे पैर बढ़ाते ही विजय अपने आप हमारे गले लगती रही है। हमारे राज्य की सीमाएँ तुंगभद्रा नदी तक फैल गई हैं। मोरोपन्त, अब आगे का उत्तरदायित्व अहुत बड़ा है।''

''अब कैसी चिन्ता, महाराज? स्वराज्य के प्रबन्ध के लिए विशाल सेना है, कुशल बहुगुणी लोग हैं। राजकोष में प्रभूत धन है। महाराज, अब किसी प्रकार की चिन्ता-आशंका मन में न आने दें।''

राजे मुस्कुराने लगे। हम्बीरराव की ओर देखकर बोले, ''हम्बीरराव, तुम हमारे सेनापति हो। तुम चुप क्यों हो? कुछ कहो।''

''महाराज, पन्त ने सच ही कहा है। अब आपको परिश्रम और भाग-दौड़ करने की आवश्यकता नहीं है।''

''हमारे सेनापति और हमारे राज्य के पेशवा जब इतना आश्वासन दे रहे हों, तब भला हमें चिन्ता क्यों हो?'' राजे कुछ देर रुके, ''पन्त, इतना असावधान रहने से भी काम नहीं चलेगा। अभी चैन के दिन दूर हैं। अभी सिद्दी बलवान् है और दिलेरखान जैसा कूटनीतिज्ञ शत्रु दक्षिण में आ उतरा है। हमें पुरन्धर की सन्धि भुला नहीं देनी चाहिए। हमें जीवन में केवल दो ही जबरदस्त शत्रु मिले, एक मिर्जाराजा जयसिंह और दूसरा दिलेरखान। मिर्जाराजा तो नहीं रहे, लेकिन यह दिलेरखान, इसका कोई भरोसा नहीं कि कब क्या कर डाले। इसीलिए हम दक्षिण का अभियान अधूरा छोड़कर वापस लौट आए हैं। अन्यथा हम अपने राज्य की सीमा कन्याकुमारी तक अवश्य ले जाते।''

''दिलेरखान अगर लड़ाई के मैदान में उतर आए, तो उसको हराना अब हमारे लिए कठिन काम नहीं है। हम उसी मौके की ताक में हैं।'' हम्बीरराव ने कहा।

''दिलेरखान को तुम अवश्य हरा दोगे, हमें पता है। लेकिन लड़ाई वहीं खत्म नहीं होती। एक लड़ाई और लड़नी पड़ेगी।''

मोरोपन्त और हम्बीरराव राजे की तरफ देखने लगे।

''कौन-सी लड़ाई?'' मोरोपन्त ने पूछा।

''औरंगजेब से! एक दिन खुद औरंगजेब दक्षिण में उतर आएगा। उसके साथ हमें टक्कर लेनी पड़ेगी। वह युद्ध निर्णायक युद्ध होगा। उसके बाद जितना बचेगा—वही हमारा राज्य होगा। एक-न-एक दिन हम औरंगजेब को पराजित करके दिल्ली जा पहुँचेंगे—काशी के बाबा विश्वनाथजी की पुनःस्थापना कर सकेंगे। वह दिन जब आएगा, तभी वास्तविक सन्तोष मिलेगा। मोरोपन्त मंजिल बहुत दूर है। दम लेने के लिए अब समय ही कहाँ है! अच्छा, और क्या समाचार हैं?''

''एक अच्छा समाचार है।'' मोरोपन्त ने कहा, ''अभी हाल ही में नासिक प्रदेश से घुड़दौड़ की लूट रायगढ़ लाई गई है।''

"तुम लाए हो?"

"जी हाँ।"

"और?"

"दूसरी खबर अच्छी नहीं है।"

"कहो, मोरोपन्त।"

"त्र्यंबक डबीर स्वर्ग सिधार गए।"

राजे विह्वल हो उठे। त्र्यंबकपन्त अष्टप्रधानों में से एक थे। राज्य के सुमंत* थे। राजे ने पूछा, "कब चले गए वे?"

"पिछले साल इन्हीं दिनों। शिवापुर में त्र्यंबकपन्त का देहान्त हुआ।"

"अरे, अरे! जब उनकी आवश्यकता थी, तभी पन्त चले गए। जैसी जगदम्बा की इच्छा! हँ, शृंगारपुर का क्या समाचार है?"

"सब ठीक है।" मोरोपन्त ने कहा।

"सब ठीक है?" राजे आगे कुछ पूछने का साहस नहीं जुटा पाए।

राजे राजसदर से उठकर जाने लगे थे कि हम्बीरराव ने कहा, "महाराज, अपनी सेना में एक सैनिक है—गुणवंता यादव। वह कलाकार है। उसका गला बहुत मीठा है। उसने आपके दक्षिण के पराक्रम पर चार पद रचे हैं। उसकी इच्छा है कि आप उसकी कविता सुनें।"

"तुमने उसका पँवाड़ा सुना है?"

"जी हाँ, बहुत अच्छा है।"

"अच्छा न होता, तो तुम प्रशंसा न करते। कल रात को उसके पँवाडे के कार्यक्रम का आयोजन करो। हम शान्तचित्त होकर सुनेंगे।"

सायंकाल राजे मोरोपन्त के साथ सोमेश्वर के दर्शनों के लिए गए। देवदर्शन करके वे मोरोपन्त के साथ परकोटे के एक ओर गए। राजे ने अपने साथ केवल मोरोपन्त को ही लिया था। परकोटे के पहरों का निरीक्षण करते हुए, प्रहरियों के सिजदों को स्वीकारते हुए राजे दौलती-बुर्ज तक जा पहुँचे। राजे ने पूछा, "मोरोपन्त, हमने इस बुर्ज का नाम 'दौलती-बुर्ज' क्यों रखा होगा? बता सकते हो?"

मोरोपन्त हँसी दबाते हुए कहने लगे, "इतने दिन आपके साथ रहकर अगर इतना भी न जान सके, तब तो हमारा जीना बेकार है। लाल पत्थरों से बनी इस 'दौलत' से देखने पर आपके प्रश्न का उत्तर मिल जाता है। इसके सामने घाटी है और आंबाघाट का पहाड़ी प्रदेश है। इस 'दौलत' पर से 'दौलत' की रखवाली की जा सकती है। महाराज की दूरदृष्टि की सराहना करनी पड़ती है।"

राजे ने गर्व से कहा, "पन्त, हम इस बात को सोचकर अधिक सन्तुष्ट होते हैं कि हम इस 'दौलती-बुर्ज' की अपेक्षा तुम्हारे समान राज्य रूपी दौलत के रक्षक बना पाए।"

"दौलत के स्वामी और रक्षक तो आप हैं, महाराज। भला वह स्थान और कौन ले सकता है?"

राजे संजीदा हो गए।

"पन्त, हम नाममात्र के स्वामी हैं। स्वराज्य की सीमाओं की रक्षा करनेवाली सेना, हम पर विश्वास करनेवाली प्रजा, हमारी आज्ञा को पूरी निष्ठा से पालन करनेवाले तुम जैसे लोग

---

* न्यायाधिकारी।

ही 'दौलत' के सच्चे स्वामी हो। यही देखो, बहलोलखान को अभी दफनाया ही गया था कि आदिलशाही को सिद्दी मसूद ने हथिया लिया। और हम लगभग डेढ़ वर्ष तक राज्य से बाहर रहे, फिर भी राज्य के शासन में तनिक-सी भी अव्यवस्था नहीं आ पाई। हमारे बिना कोई काम नहीं रुका।"

"महाराज!"

"इसमें बुरा क्या है? हमें यही चाहिए था। बहुत सन्तोष मिला हमें। अस्तु—आज हम तुम्हारे साथ घूमते-फिरते यहाँ तक आए हैं, इसका हेतु कुछ और है। हम तुमसे शृंगारपुर का वृत्तान्त सुनना चाहते हैं।"

"कुछ विशेष तो नहीं है।"

"जो भी हो, हम सुनना चाहते हैं।" राजे ने दृढ़तापूर्वक कहा।

मोरोपन्त सोच-विचार करने लगे। अकारण ही अपने कन्धे का उपरना ठीक करते हुए वे कहने लगे, "शृंगारपुर में युवराज की कीर्ति फैल रही है। प्रजा युवराज को आदर्श सूबेदार के रूप में जानती-देखती है।"

"और...! बोलो, पन्त। हमें पता है—किसी को बहकाना तुम्हें नहीं आता।"

"महाराज, युवराज ने प्रजा को महसूल में छूट दी। इसलिए प्रजा उन्हें दुआ देती है। परन्तु सूबे का वसूल कम हो गया। आपकी आज्ञा थी कि वे जितना धन माँगें, रायगढ़ के राजकोष से भिजवा दिया जाए। उसके अनुसार हमने रकम भेज दी। अनाजी जो निर्णय करते हैं, युवराज द्वारा वे निर्णय जान-बूझकर बदल दिए जाते हैं। युवराज सबको अभय दे देते हैं।"

"और?"

"और...।"

"कहो, पन्त।"

"समाचार है कि युवराज ने कवि कलश के द्वारा कलशाभिषेक करा लिया है।"

"सच?"

"जी हाँ, समाचार विश्वसनीय है।"

"बहुत अच्छे! पन्त मनुष्य निठल्ला हो, तो यही कुछ होता है। अच्छा, आगे कहो।"

"एक आनन्ददायी समाचार भी मिला है।"

"कौन-सा?"

"ज्ञात हुआ है कि आप दादाजी बननेवाले हैं।"

इस अन्तिम बात को सुनकर राजे का चेहरा खिल उठा। उन्होंने मोरोपन्त से कहा, "पन्त, हम कल राजापुर जाएँगे। वहाँ बन रहे पद्मदुर्ग का बाँधकाम और व्यवस्था का निरीक्षण करके हम शृंगारपुर चले चलेंगे और वहाँ से रायगढ़ चले जाएँगे।"

अगले दिन सबको पता चल गया कि राजे पन्हाला से कूच कर रहे हैं। हम्बीरराव ने राजे से कहा, "महाराज, आप पँवाड़ा सुनना चाहते थे न!"

"हाँ, इच्छा तो अवश्य थी।" राजे ने कहा, "लेकिन अब यहाँ मन लगेगा। मन व्याकुल-सा है। जी करता है—घर लौटा जाए।"

"क्यों? क्या हुआ, महाराज?" हम्बीरराव ने चिन्तित होकर पूछा।

"कौन जाने? बेचारी आत्मा कुछ कहा करती है, कुछ सुझाती है, किन्तु मन अपनी ही धुन में रमा रहता है। कोई आत्मा की आवाज कैसे सुने?"

"हम कुछ समझे नहीं।" पन्त ने कहा।

"हम भी कहाँ समझे हैं, जो तुम्हें बताएँ?" अपने खुले बालों पर हाथ फिराते हुए राजे ने कहा। "हम्बीरराव, तुम चिन्ता न करो। आनन्दराव से कहो, पन्हाला में सेना इकट्ठी करें। हम रायगढ़ जाकर जब पन्हाला लौटेंगे, तब अवश्य पँवाड़ा सुनेंगे।"

राजे घोड़े पर सवार हो गए। उनके पास ही हम्बीरराव और मोरोपन्त भी घोड़े पर सवार हुए। पीछे अश्वारोही-दल तैयार खड़े थे। राजे ने हम्बीरराव से कहा, "हम्बीरराव, वह तुम्हारा गुणवंता कहाँ है?"

कुछ देर में गुणवंता वहाँ आ गया। उसने राजे को सिजदा किया। राजे ने अपने पास की सौ मोहरों से भरी थैली उसको देते हुए कहा, "गुणवंता, हम तेरा पँवाड़ा अवश्य सुनेंगे। यदि हमने पाया कि तू अच्छा काव्य लिख लेता है, तो शिलेदार[1] से हटाकर शाहीर[2] पद पर तुझे नियुक्त कर देंगे।"

गुणवंता चकित रह गया। उसका चेहरा फक् पड़ गया। बोला, "महाराज, माफी चाहता हूँ, फिर कभी कविता नहीं लिखूँगा—मगर मुझे शिलेदारी से हटाइए नहीं...!"

राजे खिलखिलाकर हँस पड़े। उन्होंने कहा, "गुणवंता, तू कविता लिखा कर। हम तुझे शिलेदारी से निकालेंगे नहीं। तुझ जैसे कवि, जो तलवार के धनी भी हों, हमें कहाँ मिलेंगे?"

राजे ने हम्बीरराव की ओर देखा। हम्बीरराव ने इशारे के लिए हाथ ऊँचा किया। अश्वारोही-दल राजे के साथ-साथ दौड़ने लगे।

गढ़ में चहारदरवाजेवाले नक्कारखाने की आवाजें गूँजने लगीं।

23

राजे हम्बीरराव तथा मोरोपन्तसहित राजापुर आए। उन्होंने पद्मदुर्ग का निरीक्षण किया। राजे के आगमन का समाचार सुनकर अंग्रेज प्रतिनिधि उनसे मिलने आया। राजे ने उससे भेंट की।

दोपहर को दौलतखान राजे के सम्मुख आ उपस्थित हुए। राजे ने उन्हें तुरन्त बुलावा भेजा था। दौलतखान का सिजदा स्वीकार करके राजे ने कहा, "दौलतखान, तुम हमारे जलसेनाध्यक्ष हो। हमारे राज्य-रूपी सागर के तुम खेवनहार हो। लेकिन आज सिद्दी हमारे लिए सिरदर्द बन गया है। हमने कई बार उसे हराने का प्रयत्न किया, लेकिन दुर्भाग्यवश ऐसा नहीं हो सका। लेकिन अब हम अधिक दिनों तक इन्तजार नहीं कर सकते। वह दुष्ट हमारे राज्य में घुस जाता है—ब्राह्मणों को पकड़ ले जाता है, उन्हें गुलाम बनाकर उनसे काम करवाता है और हम आँखें खोले यह सब देखते रह जाते हैं...।"

"महाराज..." दौलतखान ने कुछ कहना चाहा।

"नहीं, दौलतखान। अब अवसर की प्रतीक्षा करते बैठना हमें महँगा पड़ेगा। हमें नहीं लगता कि ऐसा अवसर आएगा। तुम चाहे जितनी फौजी कुमक लो—डटकर लड़ो। सिद्दी कहता है कि 'वह समुन्दर का राजा है' सो वह कोई आसमान से नहीं उतरा है। उसे हराने

---

1. घुड़सवार सैनिक, 2. कडखैत। वीरों की गाथा गानेवाला।

के लिए हम कोई भी कीमत अदा कर सकते हैं। यदि दुर्भाग्यवश कुछ हानि सहन करनी पड़ी, तो हम वह भी सहन करेंगे। किन्तु हम चाहते हैं कि सिद्दी को मुँह की खानी पड़े। यह काँटा हमारे मन में बड़ी कसक पैदा कर रहा है।''

''महाराज, आप फिक्र न करें।''

राजे मुस्कुराने लगे। वे उठ खड़े हुए। दौलतखान के कन्धे पर हाथ रखकर कहने लगे, 'दौलतखान, तुमने कहा। बस, अब हम सिद्दी के बारे में निश्चिंत हो गए। तुम्हें जिस किसी वस्तु की आवश्यकता हो, हमें सूचित करो। तुरन्त तुम तक पहुँचा दी जाएगी।''

दौलतखान सिजदा करके उत्साह से वहाँ से चला गया।

आठ दिन बाद राजे ने राजापुर से प्रस्थान किया। वे शृंगारपुर जा रहे थे।

एक तो गर्मियों के दिन, फिर इलाका कोंकण का, गर्मी के मारे जी घबराने लगता था। इसी तेज गर्मी के बीच राजे शृंगारपुर के रास्ते जा रहे थे। राजे के आगमन की सूचना पहले ही शृंगारपुर भिजवा दी गई थी। शृंगारपुर से दो कोस आगे की तरफ स्वयं सम्भाजीराजा राजे के स्वागतार्थ उपस्थित थे। राजे उनसे मिले। दोनों साथ-साथ शृंगारपुर आए।

शृंगारपुर की हवेली के द्वार पर उमाजी पंडित तथा अन्य जन स्वागत करने के लिए उपस्थित थे। सबके सिजदे स्वीकार करते हुए हवेली में जाते-जाते राजे ने अपने पास चल रहे युवराज से धीरे से पूछा, ''क्या यह सच है कि हम दादा बन रहे हैं?''

सम्भाजी के बढ़ते कदम रुक गए। उन्होंने चौंककर राजे की ओर देखा। राजे उनकी ओर ही देख रहे थे। सम्भाजीराजा एकदम शरमा गए। राजे जोर से हँस पड़े। उन्होंने प्यार से सम्भाजी के कन्धे पर हाथ रख दिया।

राजे हवेली के भीतरी चौक में आए। वहाँ पिलाजीराव शिर्के खड़े हुए थे। उन्होंने राजे को सिजदा किया। उनके सिजदे को स्वीकार करके राजे कहने लगे, ''पिलाजीराव, आज हमें बहुत प्रसन्नता हुई है। है न, युवराज?''

राजे फिर जोर से हँसने लगे। कोई भी उनकी हँसी का कारण नहीं समझ पा रहा था। मगर राजे बहुत प्रसन्न दिखाई दे रहे थे। राजे की ऐसी हर्षित मुखमुद्रा सम्भाजीराजा की आशा के विपरीत थी। राजे के प्रसन्न मुख को देखकर सम्भाजीराजा को कुछ धीरज बँधा। पैर धोकर राजे सदर बैठक में पधारे। सब लिपिकों ने उन्हें सिजदे किए। राजे ने हवेली में प्रवेश किया। भीतरी महल में येसूबाई खड़ी हुई थीं। उन्होंने बड़ी कठिनाई से झुककर राजे को प्रणाम किया। राजे कौतुकभाव से उनकी ओर देख रहे थे। वैसे भी येसूबाई अत्यन्त रूपवती थीं, फिर स्वस्थ देह की स्वामिनी येसूबाई के मुखमंडल पर गर्भवती का तेज प्रतिबिंबित हो रहा था। येसूबाई सहमी हुई खड़ी थीं। राजे उनके पास गए। प्रेम से उनकी पीठ पर हाथ फेरते हुए राजे ने कहा, ''बेटी, अच्छी है न?''

''जी।''

''पन्हाला से निकलने के बाद से ही तुझे देखने की बड़ी चाह थी। हमें कई बार तेरी याद आती थी। हमने दक्षिण में बहुत पराक्रम किया है, किन्तु हमारी एक शेष इच्छा अब पूरी होगी। पोते का मुँह देखने की खुशी कुछ और ही होती है।''

''पोते का नहीं, पोती का...।'' पीछे से पिलाजीराव की आवाज आई।

राजे ने मुड़कर देखा। पिलाजीराव को लगा, 'हम व्यर्थ ही बीच में बोल पड़े।' वे जल्दी से कहने लगे, "...ऐसा मैं नहीं कहता, कवि कलश ने भविष्य बतलाया है।"

राजे भी सावधान हो गए। तुरन्त कहने लगे, "उनकी ऐसी भविष्यवाणियाँ कभी झूठी नहीं होतीं। लड़की हुई, तो भी हमें प्रसन्नता होगी। समझेंगे—भवानी ने घर में अवतार लिया है।"

रात को भोजन के समय खूब रंग जमा। हँसी और ठहाके के बीच भोजन करते-करते राजे ने सम्भाजीराजा से कहा, "युवराज, हम कर्नाटक में थे, परन्तु हमारी नजरें इधर लगी थीं। हमें सब कुछ पता चलता रहता था।"

सम्भाजीराजा, कवि कलश और उमाजी पंडित के हाथ का कौर वहीं रुक गया। राजे ने हँसते हुए कहा, "बचपन में केशव पंडित ने तुम्हारे मन में संस्कृत भाषा के प्रति रुचि उत्पन्न की। यहाँ तुम्हें कवि कलश और उमाजी पंडित जैसे रसिक विद्वानों का साथ प्राप्त हुआ। ऐसी दशा में यदि तुमने संस्कृत काव्य की रचना की हो, तो आश्चर्य कैसा? हमें सुनकर परम सन्तोष हुआ।"

सबकी रुकी हुई साँस फिर चलने लगी। फिर से हँसी-ठहाकों के बीच भोजन शुरू हो गया।

अगले दिन सुबह राजे सामनेवाले महल में आए। उस समय वहाँ कवि कलश, हम्बीरराव, मोरोपन्त और उमाजी पंडित राजे को सिजदा करने के लिए उपस्थित थे। राजे ने सिजदे स्वीकार किए। राजे ने कलश से पूछा, "कविराज, हमारे ग्रहों की स्थिति कैसी है?"

"अब आपके ग्रहयोग शुभ हैं, महाराज। हमने पहले ही कह दिया था कि आप कर्नाटक में विजयी होंगे।"

उमाजीपन्त ने सिर हिलाया।

"तुम पंडितजनों को ग्रहों की दशा का ज्ञान होता है। हमें तो इस विषय का कुछ ज्ञान नहीं है। कभी-कभी मन में आता है कि इस राज्य को देख-रेख करने की अपेक्षा यदि हम कुंडली और ग्रहों के योग का अध्ययन करते, तो ही अच्छा होता।"

हम्बीरराव को धीरे से हँसी आ गई। कवि कलश ने कुछ रोषपूर्वक पूछा, "महाराज, कुंडली पर आपको विश्वास नहीं है क्या?"

"है क्यों नहीं? जन्मकुंडली, ग्रहदशा, भाग्योदय आदि पर हमें विश्वास है। हमें भक्ति और धर्म से बढ़कर आनन्द किसी अन्य विषय से प्राप्त नहीं होता। अन्यथा हम विजय-यात्रा के समय इतने तीर्थों-मन्दिरों में न जाते।"

राजे की बात सुनकर कवि कलश को सन्तोष हुआ। इसी समय सम्भाजीराजा महल में आए। राजे बैठक से उठ खड़े हुए। सम्भाजीराजा उनके पाँव छूने के लिए झुक ही रहे थे, राजे ने उन्हें बलात् रोक लिया। उन्हें अपने पास बैठा लिया। सम्भाजीराजा राजे के ऐसे व्यवहार के कारण चकित थे। राजे ने कहा, "सम्भाजीराजे, अब हमें तुम्हारे साथ आदरसहित बर्ताव करना होगा, क्योंकि अब तुम न तो हमारे चिरंजीव हो, न युवराज हो!"

"आबासाहब!"

राजे के मुख के भाव परिवर्तित हो रहे थे। वे कलश की ओर देखते हुए कह रहे थे।

"हमारे जीवित होते हुए तुमने कलशाभिषेक करा लिया। राजा हो गए तुम। एक अभिषिक्त राजा के सम्मान का दूसरे राजा को तो ध्यान रखना ही चाहिए।"

सब जिस संकट से भयभीत थे, वही संकट अब सामने आ खड़ा हुआ था। राजे इस समय कवि कलश और उमाजी पंडित की ओर ही निरन्तर देख रहे थे। सम्भाजीराजा तीखी निगाहों से मोरोपन्त की ओर देखने लगे। राजे से यह बात छिप न सकी।

"न, न, सम्भाजराजे, इसमें मोरोपन्त का कोई दोष नहीं है। उनकी ओर मत देखो। अभिषेक चोरी-छिपे थोड़े ही किया जाता है। अभिषेक दिन-दहाड़े छत्र-चामर से सुशोभित होकर किया जाता है। और कवि...।" राजे कवि कलश को घूरते हुए कहने लगे, "हमारे जीवित रहते तुमने युवराज को कलशाभिषेक कराने की सलाह दी? तुम्हारे ज्ञान की मर्यादा क्या इतनी ही है?"

सूख रहे होंठों पर जीभ फिराते हुए कवि कलश कहने लगे, "क्षमा हो, महाराज। युवराज के हठ के आगे हमारी एक न चली।"

युवराज ने कलश की ओर देखा। राजे ने पूछा, "अच्छा, यह तो कहो कि इस अभिषेक से क्या हो गया? हमारा राज्य युवराज के हाथ आ गया या युवराज को एक अलग राज्य मिल गया?"

"महाराज, आपको भ्रम हुआ है। आपकी चाकरी करते समय आपके दिए अन्न के प्रति हम बेईमान क्यों होंगे? युवराज आपके रोष से घबरा रहे थे। कोई अपराध हो जाए, तो भी प्राणदंड न दिया जा सके, इसलिए...।"

"इसलिए, यह अभिषेक का उपाय सुझाया तुमने?" राजे ने आश्चर्य से पूछा।

"अभिषेक के कारण युवराज राजा बन गए और राजा को तोप से उड़ा देने का या खाई में ढकेल देने का अधिकार किसी को नहीं होता।"

बात सुनकर राजे हक्के-बक्के रह गए। समझ नहीं पा रहे थे कि हँसा जाए या रोया जाए। वे रोषपूर्वक कहने लगे, "कवि महोदय, हम नहीं जानते थे कि भाँग का नशा इतना चढ़ जाता है। युवराज को हमारे रोष से बचाने की कैसी तरकीब खोज निकाली तुमने। वाह, बहुत अच्छे!"

राजे ने अपने पास बैठे चुलबुला रहे युवराज की पीठ पर हाथ रखा। वे भावुक हो उठे। प्रतीत हुआ, मानो पल-भर में उनके नेत्रों में आँसू छलक आए।

"कविराज, तुमने शम्भूराजा को युवराज के रूप में देखा—राज्य के भावी स्वामी के रूप में देखा। किन्तु तुम एक नाता भूल गए, भूल गए कि युवराज हमारे चिरंजीव हैं। बड़े पुत्र हैं। खून से जुड़ा यह रिश्ता तुम भूल गए...! कवि सच, यदि प्रत्येक अपराध का निर्णय न्यायदान से ही होना होता, तो...तो शायद युवराज कलशाभिषेक के लिए भी उपस्थित न रह पाते।"

राजे का हाथ सम्भाजी की पीठ पर था। चिन्तित वाणी से उन्होंने पूछा, "शम्भूबाल, कहो तो, तुम्हारे मन में ऐसा कौन-सा छुपा खेल चल रहा है, जो तुम्हें हमारे द्वारा मृत्युदंड देने का भय लगे?"

युवराज ने राजे के पैर पकड़ लिए। राजे ने उन्हें ऊपर उठाया। युवराज को अपने से लगाते हुए राजे कहने लगे, "शम्भू, तुम बड़े आधार हो हमारे! तुम हमारे चिरंजीव हो। माँ भवानी से हम यही माँगते हैं कि तुम्हें चिरंजीव देखते हुए ही हमारी आँखें बन्द हो जाएँ। कवि कलश पंडित हैं, ज्ञानी हैं, किन्तु उनकी बुद्धि होम-हवन और बलि से आगे नहीं जा सकती। यहीं तक उनकी बुद्धि की सीमा है। राजे, समझ लो कि केवल शक्तिपूजा-भर कर लेने से राजा को विजय प्राप्त नहीं हुआ करती।"

"आबासाहब, हमसे भूल हो गई है।"

राजे ने उन्हें अंग लगा लिया। ''शम्भू बेटे, भूल हो गई, तो क्या बुरा हुआ? हम हैं ना तुम्हारी भूलों को सँवारने के लिए। कम-से-कम हमें एक वचन तो दो।''

''जी आबासाहब!''

''कम-से-कम ऐसी भूलें किया करो, जिन्हें हम ठीक कर सकें। तुम रिआया के चहेते सूबेदार हो। रिआया के प्यार के कारण तुमने लगान माफ कर दिया। रय्यत ने तुम्हारी बड़ी सराहना की। रायगढ़ के खजाने से तुमने रकम मँगवाई, कोई बात नहीं। लेकिन जिस राज्य में लगान और कर की आमदनी न हो, वह राज्य कैसा? ऐसे नियमों से न तो राज्य का हित होता है, न प्रजा का। सूबा तुम्हारा है, तुम ही इसके मुखतार हो। हम इसमें हस्तेक्षप नहीं करना चाहते। परन्तु जो बात मन में आई, तुमसे कह दी। अब अधिक दिनों तक कहना नहीं पड़ेगा हमें। जल्दी ही तुम बाप बनोगे, तब तुम स्वयं समझ जाओगे कि हम क्या कहना चाहते हैं।''

राजे के अन्तिम वाक्य से सबको बहुत दिलासा मिली। राजे ने देखते-ही-देखते बात बदल दी। वे कर्नाटक अभियान की घटनाएँ सुनाने लगे।

राजे ने दो दिन बाद प्रयाण करने का निश्चय किया। पिलाजीराव ने इच्छा प्रकट की कि येसूबाई का पहला प्रसूति-कार्य मायके में ही हो। राजे ने स्वीकार किया। निश्चय हुआ कि रायगढ़ से कुशल दाइयाँ भेजी जाएँ। येसूबाई के स्वास्थ्य का ध्यान रखने की बात कहकर राजे शृंगारपुर से विदा हुए।

24

शृंगारपुर से रायगढ़ लौटते हुए राजे ने श्रीभार्गव के दर्शन किए। मार्ग में सत्पुरुष याकूत बाबा से आशीर्वाद पाकर राजे रायगढ़ आ गए। मोरोपन्त और हम्बीरराव उनके साथ थे। राजे के आने की सूचना पहले ही रायगढ़ पहुँच चुकी थी। राजे पालकी में बैठकर महादरवाजे तक आए। यहाँ पालकी रुक गई। राजाराम पालकी के पास आए। उन्होंने राजे को सिजदा किया। बीते डेढ़ वर्ष में राजाराम कितना बड़ा हो गया था! आठ बरस का बालक—लेकिन खूब ऊँचा और हृष्ट-पुष्ट। सिर पर जरीटोप, बदन में अँगरखा, पैरों में तंग मोहरी का पाजामा, कमर में लटक रही छोटी-सी तलवार—राजाराम का यह रूप देखकर राजे का हृदय आनन्द से पुलकित हो उठा। पालकी नीचे रख दी गई। राजे उतर पड़े। उन्होंने स्नेहवश राजाराम को छाती से लगा लिया।

''बालराजे, अरे कितने ऊँचे हो गए हो?'' हम्बीरराव की ओर देखते हुए राजे ने कहा, ''हम्बीरराव, हमारे बालराजे कैसा बदल गए हैं, देखो न?''

''जी हाँ, महाराज।''

''आबासाहब, आप पालकी में क्यों आए हैं? तबीयत अच्छी नहीं है क्या?''

''तबीयत ठीक है, बालराजे। लेकिन अब हमारी उम्र हुई। अब पहाड़ पर चढ़ना-उतरना बनता नहीं है। कभी घोड़े पर, कभी पालकी में, कभी किसी के सहारे, बस, इस तरह काम चल रहा है। चलो, हम पैदल चलें अब।''

राजे राजाराम के साथ महादरवाजे में प्रविष्ट हुए। दरवाजे की नौबत बजकर सबको सूचना दे रही थी कि राजे गढ़ में पधार चुके हैं। राजे महादरवाजा चढ़कर ऊपर आए ही

थे कि अनाजीपन्त सामने आ गए। राजे राजाराम तथा अनाजी के साथ आए हुए सब लोगों की ओर ध्यानपूर्वक देख रहे थे। राजे को देखकर सबके मुख से खुशी छलक पड़ी थी। साथ आए हुए लोगों में मदारी मेहतर, जिवा महाला और बहिर्जी भी था। राजे के साथ आए येसाजी, मानाजी आदि लोगों के साथ सब दुर्गनिवासी आँखों-ही-आँखों में मिल रहे थे। राजे ने अनाजी से पूछा, "अनाजी, सब कुशल तो है न?"

"जी हाँ, महाराज। पालकी क्यों छोड़ दी आपने?"

"हमारे बालराजा मिले। उन्हें हमारी तबीयत के बारे में चिन्ता सताने लगी। हमने सोचा– उन्हें चलकर दिखा दें, हम ठीकठाक हैं।"

सब हँस पड़े। राजे राजाराम के साथ जा रहे थे। इसी समय दिखाई दिया कि सामने से राहुजी सोमनाथ जल्दी-जल्दी सीढ़ियाँ उतरते हुए चले आ रहे थे! राजे के मुख पर मुस्कुराहट छा गई। राहुजी के सिजदे को स्वीकार करके राजे ने कहा, "राहुजी, हमारी नजरें तुम्हें ही ढूँढ़ रही थीं।"

"क्षमा करें, महाराज। आप आए इसलिए हमने जगदीश्वर के मन्दिर में अभिषेक-पूजा की थी। समय का अनुमान गलत निकला। आने में थोड़ी देर हो गई।"

"कोई बात नहीं, राहुजी। हमने यूँही हँसी की थी।"

सबके साथ बातें करते हुए राजे गढ़ में आए। अनजाने ही उनकी दृष्टि गंगासागर के किनारेवाली मीनारों की ओर गई। वहाँ कोई नहीं था। वहाँ किसी को न पाकर राजे के माथे पर जरा-सा बल पड़ गया, किन्तु अगले ही पल उन्हें मीनार की चौथी मंजिल पर श्वेत वस्त्रधारिणी एक आकृति खड़ी दिखाई दी। राजे का मुखमंडल तुरन्त हर्ष से भर उठा।

राजे ने शिरकाई देवी के दर्शन किए। महल के नक्कारखाने के पास सुहागिनों ने उनकी आरती उतारी। उन पर दही-भात और नींबू निछावर किए गए। नक्कारखाने से आगे बढ़कर महल के भीतर आते ही नगाड़े बज उठे। राजे जैसे अपने आपसे कहने लगे, "डेढ़ वर्ष का समय कितनी भागदौड़ में बीता! कितने और कैसे-कैसे प्रदेश देखे! धरती का विस्तृत रूप देखा–कितनी ही भाषाएँ, कैसी प्रथाएँ! एक प्रदेश से आगे बढ़े, तो अगला प्रदेश बिलकुल अलग! भूमि के रंग अलग, फसलें अलग, जलवायु अलग। इतनी विशाल विविध धरती को कोई 'मेरी धरती' कहे, कितना साहस चाहिए यह कहने के लिए। गर्व से छाती फूल उठती है। अनाजी, हम आगरा से लेकर तुंगभद्रा तक घूमे, इस धरती के दर्शन करके सचमुच चकित हो गए हम। मनुष्य केवल घूमा करे, बस खुली आँखों से सब देखता रहे तब भी उसे कुछ और सीखने की आवश्यकता नहीं। उसे सम्पूर्ण ज्ञान स्वयमेव प्राप्त हो जाएगा।"

सबको विदा करके राजे राजाराम के साथ महल में आए। महल में ऊद की सुगंधि फैली हुई थी। श्वेत वस्त्रधारिणी मनोहारी महल में खड़ी हुई थी। अपना जरीटोप उसके हाथ देते हुए राजे ने पूछा, "मनू, रानीसाहिबा कहाँ हैं?"

मनोहरी का ध्यान दरवाजे की ओर गया। सोयराबाई महल में आ गई थीं। राजे ने उनकी ओर रेखा–उन्होंने गहरे रंग की रेशमी शालू साड़ी पहनी हुई थी। कमर में सुवर्णपट्टा चमचमा रहा था। नाक में मोती की नथ, पैरों में सोने की साँकड़ और अनवट थीं। सौन्दर्यवती सोयराबाई के ऐसे मोहक रूप को देखकर राजे अपलक नयनों से उन्हें देखते रह गए। सोयराबाई लजा गईं।

“ऐसा भी क्या देखना?”

“आज कौन-सा त्यौहार है?”

“त्यौहार कैसा?”

“फिर यह साज-सिंगार भला क्यों?”

“श्रीमानजी डेढ़ बरस बाद घर लौटे हैं, यह भूल गए हैं शायद। जिस दिन आपके चरण गढ़ में पधारे, वही दिन त्यौहार नहीं है क्या?”

“हाँ, यह भी सच है।”

राजे शैया पर बैठ गए। बोले, “कर्नाटक से आते समय हम बहुत-सी वस्तुएँ साथ लाए हैं।”

“सच?”

“हाँ। अभी महादेव आएगा, तो पता चल जाएगा। रात को तुम्हें दिखाएँगे। तुम उन वस्तुओं को देखोगी, तो चौंक उठोगी।”

शाम को राजे राजसदर में जाने के लिए तैयार हो रहे थे। सोयराबाई तथा राजाराम महल में थे। बालाजी-आवजी ने आकर सूचना दी कि सदर में सब लोग आ चुके हैं। राजे ने विशेष राजवेश धारण किया हुआ था। गले के मोती-कंठे से हाथ का स्पर्श होते ही राजे ने महादेव से कहा, “महादेव, दो कंठे और दे।”

महादेव द्वारा दिए गए माणिक के तथा पन्ने के दो कंठे राजे ने गले में पहन लिए। सोयराबाई से रहा नहीं गया। पूछ ही बैठीं, “आज इतने सारे कंठे क्यों पहन लिए हैं?”

“जैसे तुम्हारे लिए त्योहार का दिन है, उसी तरह हमारे लिए भी त्यौहार है आज। तुम राजसभागृह में आओ न। आज तुम्हें सच्चे ऐश्वर्यशाली राजसभागृह के दर्शन होंगे। वहाँ कोई पराया आदमी नहीं है। तुम आओ।”

राजे ने जो कहा था, बिल्कुल सच था। आज राजसदर विशिष्ट सरदारों तथा सम्मानित जनों की उपस्थिति के कारण सज-धज उठी थी। अनाजी, मोरोपन्त, हम्बीरराव, बालाजी, येसाजी, राहुजी सोमनाथ, आनन्दराव आदि श्रेष्ठजन राजे की प्रतीक्षा कर रहे थे। कोई यह अनुमान नहीं लगा पा रहा था कि राजदरबार क्यों बुलाया गया होगा। विरुद-घोष के बीच राजे राजसदर में पधारे। सबने उन्हें सिजदे किए। जैसे ही राजे ने उच्चासन ग्रहण किया, सबकी नजरें ऊपर उठीं। राजे ने हम्बीरराव से पूछा, “हम्बीरराव, तुम हमारे सेनापति हो। बता सकते हो कि आज का दरबार क्यों लगाया गया होगा?”

प्रश्न सुनकर हम्बीरराव चकित हो गए। बोले, “क्षमा करें, महाराज।”

“इसमें कठिनाई क्या है? मोरोपन्त...।”

राजे उठ खड़े हुए। मोरोपन्त उनके सामने आए। राजे ने अपने गले से मोती-कंठा उतारा और मोरोपन्त को पहना दिया। उसके पश्चात् राजे की आज्ञा पाकर अनाजी आगे आए। राजे ने उन्हें माणिक-कंठा पहनाया। राहुजी सोमनाथ को राजे ने पन्ने का कंठा भेंट किया। सबके मुख पर आश्चर्य छा गया था। राजे के गले में केवल कौड़ियों की माला शेष रही थी। मोरोपन्त ने साहस करके पूछा, “महाराज, आज पहने हुए कंठे उतारकर...।”

“आज हमारे हर्ष और सन्तोष की कोई सीमा नहीं है। तुम लोगों को केवल सुवर्णवलय पहनाकर तुम्हारा सम्मान किया जाए, यह तुम्हारा अपमान होगा। ऐसा कार्य भला हम कैसे

कर सकते हैं? तुम तीनों को राज्य का रथ हाँकने का उत्तरदायित्व सौंपकर हम कर्नाटक गए थे। एक या दो दिन नहीं, पूरे डेढ़ वर्ष हम स्वराज्य से दूर रहे। किन्तु इस अवधि में तुमने राज्य का भार वहन किया। हम यदि यहाँ रहते, तब जितनी मुहिमें चलाते, तुम लोगों ने उन सब मुहिमों को जारी रखा। मोरोपन्त, तुम नासिक से लूट ले आए हो, कौन-सी प्रेरणा थी वह? हम न रहें, तो भी यह राज्य सुरक्षित है, हमारे पन्त प्रधान उसका उत्तरदायित्व भलीभाँति निभा सकते हैं, इससे अधिक हर्षदायक अनुभव और क्या हो सकता है? तुम्हारा सम्मान कंठा पहनाकर ही किया जाना चाहिए, वही उचित है। दुख की बात केवल यही है कि सम्मान पाने के लिए त्र्यंबक सोनदेव आज हमारे बीच नहीं हैं।''

मंत्रियों के साथ-साथ राजे ने हम्बीरराव, येसाजी तथा आनन्दराव आदि सेनापितयों तथा सरदारों का जो उनके साथ दक्षिण-अभियान में थे, का यथोचित आदर किया। समारोह समाप्त हुआ। राजे ने राजाराम से पूछा, ''क्यों बालराजे, समारोह कैसा लगा?''

''आबासाहब, आपने सबको दिया, लेकिन हमें कुछ...।''

सब सभाजनों को हँसी आ गई। राजे एकटक राजाराम की ओर देख रहे थे। अनाजी एक कदम आगे बढ़कर बोले, ''महाराज, बालराजा ने जो कहा, वह बिलकुल सच है। आपके जाने के बाद से बालराजा स्वयं गढ़ के प्रबन्ध की ओर ध्यान दिया करते हैं। सुबह-शाम वे पूरे गढ़ में एक चक्कर तो लगाते ही थे।''

राजे ने कौतुकभाववश राजाराम को अपने पास ले लिया।

''बालराजे, तुम्हें देने के लिए हमारे पास है ही क्या?'' अपनी गोद की ओर संकेत करते हुए राजे ने कहा, ''तुम्हें देने के लिए हमारे पास यही एक जगह है।''

राजे ने बालराजा को बगलों में हाथ लगाकर उठाना चाहा ही था कि सोयराबाई के कहे शब्द उनके कानों ने सुने, ''देख लो, बालराजे! गोद में बैठ तो रहे हो, लेकिन कहीं बालक ध्रुव न बन जाओ!''

इन बोलों से सारी सभा हतप्रभ रह गई। राजे ने सोयराबाई की ओर देखा। सोयराबाई को शायद लगा—'मैं क्या कह गई।' राजे ने तपाक से उत्तर दिया, ''बालक ध्रुव बनना भी भाग्य से ही मिलता है। बालक ध्रुव को गृहकलह के कारण अपने पिता राजा उत्तानपाद की गोद में बैठना नसीब नहीं हुआ—इसीलिए तो ध्रुव को अटल पद मोक्ष प्राप्त हुआ था। हमारे युवराज को दूर किया गया, तो वे भी इसी प्रकार अटल पद प्राप्त करके रहेंगे।''

इत्र और गुलाबजल द्वारा सम्मान के पश्चात् राजसभा समाप्त हुई। राजे अपने महल की ओर जा रहे थे। महल की बाहरी पौरी में महादेव बस्ते-बेठन खोल रहा था। वहाँ कई तरह के बस्ते और सन्दूक रखे हुए थे। राजे ने सब बस्ते खोलने को कहा। उनमें भाँति-भाँति के वस्त्र थे। जर की किनारीवाले कमख्वाबी कपड़े के थान थे। जरतारी बहुमूल्य रेशमी साड़ियाँ थीं। महीन जरकिनारी धोतियाँ, चौड़ी कामदानी बेलबूटोंवाली कर्नाटकी धोतियाँ और उपरने थे। रेशमी जरतारी 'शालू' साड़ियाँ राजे ने सोयराबाई को दिखाईं।

''तुम्हें जो पसन्द हो, ले लो।''

राजे ने साथ लाए नए-नए आभूषण दिखाए। एक सन्दूक की ओर उँगली करके राजे ने महादेव से कहा, ''इस सन्दूक की चीजें सँभालकर महल में रख दे।''

महादेव ने वह सन्दूक खोला। वह उसमें रखी हुई एक-एक वस्तु निकालने लगा। महादेव ने उसमें से पत्थर का बना, ऊँचे किनारेवाला हरे रंग का एक कटोरा बाहर निकाला। उसकी ओर देखते हुए सोयराबाई ने पूछा, ''यह क्या है?''

''यह विषदीप है।''

''विषदीप?''

''हाँ, इसके द्वारा अन्न की परीक्षा की जा सकती है।''

सोयराबाई कहने लगीं, ''इतना सारा लाए हैं सो ठीक। इस अभद्र वस्तु की भला क्या आवश्यकता थी?''

''रानीसाहिबा, हम राजा हैं न! ऐसी वस्तुएँ पास रखनी पड़ती हैं।''

सातमहल में बाँटने के लिए जरतारी वस्त्र, आभूषणादि वस्तुएँ राजे सोयराबाई के हवाले करने लगे। तभी जैसे उनसे रहा नहीं गया। पूछ बैठे, ''छोटी रानीसाहिबा नहीं दिखाई दीं अब तक?''

''कौन? पुतलाबाई?''

''हाँ।''

''क्या मतलब? आपको मालूम नहीं है क्या?'' सोयराबाई आश्चर्य से कहने लगीं, ''आप कर्नाटक गए और तभी रानीसाहिबा गढ़ के नीचे की बस्ती रायगढ़वाड़ी में रहने चली गईं।''

''क्यों भला?''

''यहाँ की जलवायु उनके अनुकूल नहीं है।''

''तो वहाँ उनके निवासादि का प्रबन्ध?''

''सब करा दिया गया है। अनाजी स्वयं गए थे। मैंने ही भेजा था उन्हें। वहाँ हवेली है, छोटी सेना है, दास-दासियाँ हैं। उनके लिए खर्चे का भी प्रबन्ध हो गया है।''

''वाह!'' राजे खिन्नतापूर्वक हँसकर कहने लगे, ''ठीक ही तो है! एक आदमी को और चाहिए भी क्या? लेकिन यह बड़े अचरज की बात है!''

''क्या?''

''इस गढ़ की हवा इतनी खराब है क्या? माँसाहिबा को वह रास नहीं आई—रानीसाहिबा को भी वह ठीक नहीं लगती। फिर हमें ही यहाँ की हवा अनुकूल क्यों है? शायद हमारा सुन्दर स्वास्थ ही इसका कारण रहा हो।''

राजे की बातों से भौंचक हुई सोयराबाई राजे की ओर देख रही थीं। किन्तु राजे सोयराबाई की ओर बिना देखे ही महल से बाहर चले गए।

25

महाराज के रायगढ़ लौट आने की खबर चारों ओर फैल चुकी थी। अनेक लोग राजे से मिलने आ रहे थे। वर्षा ऋतु निकट आ रही थी। जीजाबाई के श्राद्ध का दिन भी पास आ रहा था। निश्चय हुआ कि श्राद्धकर्म गढ़ में ही सम्पन्न किए जाएँ। राजे ने श्राद्धविधियाँ पूर्ण कीं। मध्याह्नकाल में राजे हम्बीरराव और मोरोपन्त के साथ गढ़ की तलहटी की ओर चल पड़े। उनकी पालकी नाणेदरवाजा तक आई। दरवाजे के आगे घोड़े खड़े थे। राजे सवार हुए।

राजे के अश्वारोही-दल नई पेठ से होते हुए पाचाड की ओर दौड़ने लगे। रायगढ़वाड़ी को दाईं बाजू की ओर छोड़कर दल पाचाड की तरफ दौड़ने लगे। खूबलढ़ा बुर्ज के पासवाले सीधे पहाड़ी कगार को धीरे-धीरे चढ़ते हुए राजे खूबलढ़ा दर्रे में आ गए। अब सामने पाचाड तक फैली हुई, झाड़ियों से व्याप्त उतारवाली भूमि थी। पाचाड की हवेली सामने दिखाई दे रही थी। राजे का दल पाचाड आ पहुँचा। राजे चौकियों के प्रहरियों के सिजदे स्वीकारते हुए आगे चले जा रहे थे। पाचाड की हवेली को बाईं ओर छोड़कर राजे जीजाबाई की समाधि की दिशा में चल पड़े। वहाँ पहुँचकर उन्होंने समाधि के दर्शन किए। उन्होंने मोरोपन्त से कहा, ''मोरोपन्त, केवल समाधि के कारण यह स्थान कितना पवित्र प्रतीत होने लगा है! इस स्थान में एक सुन्दर उपवन बनवाओ। जिस मैया ने जीवन-भर हमें ममता की छाया दी, उसके अनन्त विश्रांतिस्थान पर सदा छाया बनी रहनी चाहिए।''

समाधि के दर्शन करके राजे भारी मन से वापस लौटे। उन्होंने निश्चय किया कि पाचाड न जाएँ। वे रायगढ़ की ओर चल पड़े। खूबलढ़ा दर्रे के पास आकर राजे पल-भर ठहर गए। आँखें सामने फैले हुए दृश्य को देखने में मग्न हो गई थीं। सामने काल नदी की घाटी फैली पड़ी थी। दाहिनी ओर दिखाई दे रहा था आकाश में ऊँचा घुसा हुआ-सा रायगढ़, उसका टकमक कगार भी दिखाई दे रहा था। प्रतीत होता था—मानो काल नदी की घाटी को ऊँचे पर्वतों ने चारों ओर से घेर लिया हो। आकाश में बादलों की छतरी छाई हुई थी, किन्तु छितरे बादलों के बीच से छनकर सायंकालीन सूर्य की तिरछी किरणें उस घाटी को रौशन कर रही थीं। दूर खड़े पर्वतों के कगार उन किरणों से उजले हो उठे थे। काल नदी तक के सारे भूप्रदेश में घनी साड़ियाँ थीं, जैसे किसी ने हरा गलीचा बिछा दिया हो। उसके आगे थे कई गगनचुंबी पर्वत-शिखर। राजे ने एक बार इस मनोहारी दृश्य को देखा और वे घाटी के उतार की ओर चल पड़े। घाटी के नीचे पहुँचने के बाद रास्ता अच्छा था। आगे के अश्वारोही दल ने दौड़ना शुरू किया। राजे मोरोपन्त और हम्बीरराव के साथ दौड़ते जा रहे थे। रायगढ़वाड़ी की ओर जानेवाला रास्ता दाईं ओर जाता था—उसे पीछे छोड़कर अगला दल रायगढ़ की ओर चल पड़ा। किन्तु राजे ने अचानक रास्ता बदल लिया। वे रायगढ़वाड़ी की ओर चल दिए। हम्बीरराव पहले तो पल-भर के लिए सोच में डूबे, लेकिन अगले ही पल उनके होंठों पर मुस्कुराहट आ गई। उन्होंने मोरोपन्त की ओर देखा। दोनों लपककर राजे तक जा पहुँचे। पीछे के घुड़सवारों ने पहले ही देख लिया था कि राजे ने रास्ता बदल दिया है। उन्होंने झट लगामें खींचकर घोड़े रोक लिए थे। रायगढ़ के रास्ते पर आगे गए हुए सवार पीछे लौट आए।

रायगढ़वाड़ी पहुँचकर राजे हवेली के सामने उतर पड़े। हवेली में एकदम खलबली मच गई।

महाराज दरवाजे तक आ पहुँचे। पहरेदार हड़बड़ा गए थे। राजे को दिखाई दे रहा था कि हवेली में एकदम हलचल मच गई है। दासियों ने आगे बढ़कर राजे पर मुठ्ठी-भर भात उतारकर वार दिया। भीतरी चौक में पाँव धोकर राजे हवेली की बैठक में आए। राजे ने महल में प्रवेश किया। एक दासी आँचल सँवारकर सहमी-सी खड़ी थी। राजे ने पूछा, ''रानीसाहिबा कहाँ हैं?''

दासी को उत्तर नहीं देना पड़ा। राजे ने देखा—अन्दरवाले द्वार से पुतलाबाई आ रही थीं। उन्होंने आसमानी नीले रंग की साड़ी पहन रखी थी। पुतलाबाई द्वार पर ही ठिठक गईं। एक पल दोनों की आँखें मिलीं। आँचल ठीक करके पुतलाबाई ने कहा, ''बैठिए न!''

राजे बैठकी की ओर गए, किन्तु बैठे नहीं। पुतलाबाई ने कहा, ''पहले कहलवा भेजा होता, तो कुछ तैयारियाँ तो की जा सकती थीं।''

''हम तुमसे मिलने आए हैं। आज माँसाहिबा का श्राद्ध-दिन है न? पाचाड गए थे दर्शन करने, वापस लौटते समय रहा नहीं गया। अचानक हिम्मत करके रास्ता बदलकर हम इधर आ गए।''

पुतलाबाई को हँसी आ. गई। उन्होंने कहा, ''कोई सचमुच सच समझ बैठेगा। इधर आने के लिए हिम्मत की जरूरत होती है क्या?''

राजे ने एकदम बात बदल दी। पुतलाबाई की नजर टालते हुए वे कहने लगे, ''तुम जो गढ़ से यहाँ चली आई हो, लगता है–यूँ ही राजी-खुशी नहीं आई हो। हम आने का कारण भी पूछना नहीं चाहते। हम इस बात के लिए बहुत लज्जित...।''

''ऐसा न कहें। मुझे यहाँ कोई कमी नहीं है? आपके चरणों का सहारा बना रहे, फिर भला क्या कमी है?''

''हम बड़भागी हैं, जो ऐसी बात सुन रहे हैं। हमने कभी नहीं सोचा था कि बड़ी रानीसाहिबा* के चले जाने के बाद कोई हमारी भावनाओं को समझनेवाला भी है।''

''बैठिए। कपड़े तो बदल लीजिए न!''

''अरे हाँ! हम कहना भूल गए। हम रायगढ़ जाएँगे।''

''शाम होने को है। गढ़ पहुँचते-पहुँचते रात हो जाएगी। अच्छा होगा कि आज रात यहीं रहकर सुबह...।''

''तुम कहती हो...!'' राजे ने पुतलाबाई की ओर देखा। अपना जरीटोप उन्हें देते हुए राजे ने कहा, ''ठीक है। हम यहीं रहेंगे। हम सदर बैठक हो आते हैं।''

राजे सदर की ओर चले गए। अपने मुकाम की सूचना गढ़ में पहुँचाने का आदेश देकर राजे कुछ देर बाद महल में वापस लौटे। दीपक जलाए जा चुके थे। राजे बैठकी पर बैठ गए। पुतलाबाई ने अन्दर से आकर राजे के हाथ में एक प्याला दिया। राजे ने पूछा, ''यह क्या है?''

''कोंकण से कोकम के ताजे फल आए थे। उसी का शरबत है।''

''वाह! कितने दिनों के बाद यह शरबत मिला है। जब तक माँसाहिबा थीं, हर गर्मियों में हमें यह शरबत मिलता था। वे चली गईं और हमारी पसन्द का भी किसी को ध्यान नहीं रहा।''

राजे जोर से हँस पड़े। ''पुतला, हम भी भूल गए।''

राजे का हँसना बन्द हुआ। उन्होंने पुतलाबाई के स्वास्थ के विषय में पूछताछ की। राजे बहुत सन्तुष्ट होकर बातें कर रहे थे। पुतलाबाई बीच ही में पूछ बैठीं, ''शृंगारपुर गए थे?''

''हाँ, गया था। तुम्हें बताना तो रह ही गया–अब तुम जल्दी ही दादी बननेवाली हो।''

''येसू की तबीयत कैसी है?''

''अच्छी है। मन में आया था कि उसे रायगढ़ ले आएँ। लेकिन तभी पिलाजीराव ने वह जिम्मेदारी ले ली। हम राजा हो गए, तो क्या, सब प्रकार की जिम्मेदारी थोड़े ही ले सकते हैं!''

''और शम्भूबाल कैसे हैं?''

---

* स्वर्गीया सईबाई।

"अच्छे हैं। शिकार खेलते हैं—संस्कृत में कविता करते हैं। चैन-आराम करते हैं। प्रजा उन्हें आशीर्वाद देती है—यहीं क्यों? उन्होंने तो कवि कलश द्वारा अपना कलशाभिषेक भी करवा लिया है।"

"यह कैसा अभिषेक?"

"वे राजा बन गए।"

"सच?"

"बिलकुल सच। कहते हैं—उन्हें हमसे डर लगता था, इसलिए ऐसा अभिषेक किया उन्होंने। अब आगे के दिन हमें कुछ ठीक नहीं दिखाई देते।" राजे ने उठते हुए कहा, "तुम चिन्ता मत करो। हम बाहर सदरबैठक में जाते हैं।"

राजे सदर में पधारे। रायगढ़वाड़ी के व्यापारी राजे के दर्शनार्थ आए थे। राजे ने सबसे कुशल-क्षेम आदि के बारे में पूछताछ की।

रात बड़ी दावत हुई। रायगढ़वाड़ी के शान्त वातावरण में राजे का मन बहुत प्रसन्न हो उठा था।

सुबह राजे रायगढ़ जाने के लिए तैयार हो चुके थे। राजे ने पुतलाबाई से कहा, "किसी प्रकार की आवश्यकता हो, मोरोपन्त से कहलवा देना। हम चाहे गढ़ में हों या न हों।"

पुतलाबाई ने सिर हिला दिया। भूमि की ओर देखते हुए ही पूछने लगीं, "फिर कब दर्शन होंगे?"

"रानीसाहिबा, हमारे मन की बात तुम जानती हो। जब कभी फुरसत मिलेगी, हम आए बिना नहीं रहेंगे। हमें जब अकेलापन काटने दौड़ेगा, तब-तब हमारे लिए इस स्थान के सिवाय अन्य कोई स्थान है ही नहीं।"

पुतलाबाई आँसू रोक नहीं पाईं। राजे उनके पास गए। उनकी पीठ पर हाथ रखकर कहने लगे, "पुतला, नेत्रों के आँसुओं से मनुष्य के दुख धुल नहीं सकते। इन आँसुओं से हमें लज्जित न करो। हम तुम्हें गढ़ में ले भी जाते, किन्तु हम नहीं चाहते कि हमारी इच्छा के कारण तुझे दुख भोगना पड़े। अच्छा, हम चलते हैं।"

पुतलाबाई ने जल्दी से आँसू पोंछे। वे कहने लगीं, "एक पल ठहर जाइए।"

पुतलाबाई झपटती हुई अन्दर गईं। वे जब लौटीं, तो उनके हाथ में कामदानी जूतियाँ थीं। उन पर कुंकम और रोली के छींटे पड़े हुए थे। वे चट्टियाँ पुतलाबाई ने महाराज के चरणों के पास रख दीं। उनकी ओर देखते हुए राजे ने कहा, "यह कैसी चट्टियाँ हैं?"

"आपकी ही हैं। जब आपका राज्याभिषेक हुआ था, उस समय मैंने माँसाहिबा से माँग ली थीं।"

"और माँसाहिबा ने तुम्हें दे डालीं?" राजे ने आश्चर्यवश पूछा।

"हाँ, उन्होंने कहा था, 'बेटी, इन पादुकाओं का साथ तुझे जीवन-भर पूरा पड़ेगा'।"

राजे अपनी विह्वलता छिपा नहीं सके। हृदय भर आया।

"माँसाहिबा! उन्होंने जितना हमारा हृदय जाना, कोई नहीं जान सका। वे चली गईं और हम अनाथ हो गए! दूसरों को भी बेसहारा कर बैठे हम!"

"आपको मेरी सौगन्ध।"

"अच्छा, ठीक है। बोलो, क्या आज्ञा है?"

''आज्ञा कैसी?...एक प्रार्थना है। एक बार यह चट्टियाँ पहनकर द्वार तक जाएँ। बड़े भाग्य से आपके पाँव दिखाई दिए–फिर कब रास्ता भूलकर इधर आ पाएँगे, कौन कहे!''

राजे खिन्न होकर हँस पड़े। ''पुतला, हमें तो हमेशा टेढ़े रास्ते ही जाना पड़ता है। दुख इसी बात का है हमें कि सीधा रास्ता दिखाई देता है, फिर भी हम उस पर चल नहीं पाते।'' राजे आगे कुछ बोल नहीं सके। मौन रहकर ही उन्होंने अपने जूते उतारे और सामने रखी हुई चट्टियाँ पहन लीं।

राजे के उतारे हुए जूते पुतलाबाई ने उठा लिए। वे महाराज के पीछे-पीछे द्वार तक आईं। द्वार तक आकर राजे ठहर गए। पुतलाबाई ने उतारे हुए जूतों को अपने आँचल से पोंछा और राजे के सामने रख दिए। राजे ने भारी मन से चट्टियाँ उतारीं। अपने पहले पहने हुए जूतों को फिर से पहनते हुए उन्होंने पुतलाबाई की ओर एक बार देखा और वे लपककर बाहर चले गए। राजे के बाहर जाते ही पुतलाबाई का धीरज छूट गया–वे जैसे टूटकर घुटनों के बल भूमि पर बैठ गईं।

राजे द्वारा उतारी गई जूतियों पर आँसू टपक रहे थे। जूतियों पर लगी हुई कुंकममिश्रित रोली उन बूँदों से गीली हो रही थी।

बाहर दूर जा रहे घोड़ों की टापों की आवाज़ सुनाई दे रही थी...।

26

बरसात के दिन थे, फिर भी राजे की सेना चुप नहीं बैठी थी। दौलतखान सिद्दी को पराजित करने के लिए जी-जान से लगे हुए थे। गढ़ में खबर मिली थी कि सर्जाखान ने राजे के अथणी और रायबाग थानों पर हमला किया था। रायगढ़ की राजनीति में रंग भरने लगा। अनाजी, मोरोपन्त हम्बीरराव, आनन्दराव, मानाजी मोरे आदि श्रेष्ठजन सदरबैठक में राजे की प्रतीक्षा कर रहे थे।

राजे अपने महल में राजसदर जाने की तैयारी कर रहे थे। वे द्वार तक आए ही थे कि सोयराबाई आ गईं। राजे ने मुस्कुराते हुए कहा, ''हम तुम्हारी राह देखकर अब राजसदर जा रहे हैं।''

''किस्मत हमारी। आपको याद तो आई।''

''याद तो आई थी, लेकिन आप दिखाई नहीं दीं। हम रायगढ़वाड़ी से सुबह-सुबह लौटे हैं। दोपहर का भोजन हमें मिला–लेकिन मनोहारी ने कराया है।''

''फिर हमें बुलवा क्यों नहीं भेजा?''

''रानीसाहिबा, ऐसे काम बुलाने-बुलवाने से नहीं होते। तुम भूलती हो कि यह तो तुम्हारे कर्तव्यों का एक भाग है।''

राजे के कठोर वचनों से सोयराबाई सिटपिटा गईं। लेकिन अगले ही पल उनका क्रोध उबल पड़ा।

''शायद छोटी रानीजी की वजह से यह रीत याद आई आपको?''

''वहाँ रीत नहीं है, रानीसाहिबा। वहाँ केवल अपने उत्तरदायित्व का अहसास है।''

''लगता है–छोटी रानीजी ने हमारे विरुद्ध शिकायत की है।''

राजे सोयराबाई को टक लगाकर देखने लगे। उन्होंने कहा, "बिलकुल नहीं। कहो तो, तुमने कौन-सा ऐसा काम किया है, जो वे तुम्हारी शिकायत करें?"

सोयराबाई अपनी बात सँभालकर हड़बड़ी में बोलीं, "कुछ नहीं। मैंने ऐसे ही कह दिया था।"

"हम राजसदर जा रहे हैं।" राजे दरवाजे की ओर जाते-जाते एकदम रुक गए। पीछे मुड़कर देखते हुए उन्होंने पूछा, "रानीसाहिबा, तुमने कभी कोकम का शरबत पिया है?"

"ना जी ना! मुझे तो वह बिलकुल पसन्द नहीं है।"

"हमने ठीक ही सोचा था।"

राजे हँस दिए और महल के बाहर चले गए। सोयराबाई इस हँसी का रहस्य नहीं समझ पाईं।

राजे सदर में आए। वे बहुत खुश दिखाई दे रहे थे। उन्होंने अनाजी और मोरोपन्त से कुछ नई बातें सुनीं। मोरोपन्त ने बताया कि सर्जाखान ने रायबाग और अथणी थानों पर आक्रमण करके विध्वंस किया है।

"ठीक है, उसे उत्तर दिया जाएगा। शत्रु की जो चाल हो, उसी चाल से उसे उत्तर दिया जाए, तो उसकी अक्ल जल्दी ठिकाने आ जाती है। हम्बीरराव, हमारी सेनाओं को बीजापुर के प्रदेश में भेजो। शत्रु की लक्ष्मेश्वर और गदग पेठें लूटकर साफ कर डालो। मोरोपन्त, अनाजी, अब चैन से बैठने के दिन नहीं रहे। दिलेरखान आया है, वह बीजापुर को खतम करने अया है। मगर इतनी-सी बात आदिलशाही की अक्ल में नहीं आती। खैर, जब तक उन्हें अक्ल आए, तब तक हम चुपचाप नहीं बैठ सकते। हमने पन्हाला में सेना इकट्ठी की है, उसका कारण यह है कि यदि दिलेरखान हमारी ओर मुँह करे, तो हम सावधान रहें। आनन्दराव, तुम पन्हालगढ़ पहुँचो। मोरोपन्त, तुम अपनी सेनाएँ मुगलाई में ले जाओ। हमारे राज्य की चारों सीमाओं पर हमारी शक्ति का दबदबा बढ़ा दो। दिलेरखान को हमारी शक्ति का पता लगना चाहिए।"

रायगढ़ से जल्दी-जल्दी आज्ञापत्र जारी होने लगे। जेधे, आनन्दराव, मानाजी मोरे आदि सरदार अपने-अपने आदेश पाकर गढ़ से रवाना हुए। राजे ने तय किया कि बरसात खत्म होते ही वे पन्हालगढ़ जाकर वहाँ से लड़ाई शुरू करेंगे।

रायगढ़ में वर्षा ऋतु की झड़ियाँ शुरू हो गईं। मराठा सेनाओं ने बीजापुर प्रदेश में खलबली मचाना शुरू कर दिया। उन्होंने मलगुंड, लक्ष्मेश्वर, और गदग पेठों को लूट लिया। आदिलशाही इलाकों से लाया गया लूट का माल रायगढ़ आने लगा। बरसात बीतने लगी। श्रावण मास के अन्तिम दिनों में रायगढ़ में एक समाचार पहुँचा। समाचार था कि आदिलशाही सरदार शमशेरखान, सर्जाखान और स्वयं सिद्दी मसूद का लड़का मिलकर राजे के खिलाफ मुहिम शुरू करनेवाले हैं। राजे ने जब यह समाचार सुना, तो वे हँस पड़े।

"यह तो वही बात हुई कि साँप ने मुँह में मेंढक पकड़ रखा हो और मेंढक मक्खी को पकड़ने का प्रयत्न कर रहा हो। दिलेरखान आदिलशाही को नेस्तनाबूद करने निकला है और आदिलशाही फौज हमसे भिड़ने की सोच रही है। कहा गया है—'विनाशकाले विपरीत बुद्धिः' सो ठीक यही है।"

मोरोपन्त ने कहा, "किन्तु महाराज, यह समाचार विश्वसनीय है।"

"हम कहाँ अविश्वसनीय कहते हैं? अब हम शीघ्र ही पन्हालगढ़ जाएँगे। हम वहीं से आदिलशाही और मुगलाई दोनों की चाल देखेंगे।"

ऐसा लग रहा था कि राजे का पड़ाव रायगढ़ से पन्हालगढ़ ले जाया जाएगा, किन्तु ऐसा सम्भव नहीं हो सका। राजे को अचानक बुखार आने लगा। वे बिस्तर से जा लगे। उनका पन्हालगढ़ प्रस्थान करने का कार्य कुछ दिनों के लिए स्थगित कर दिया गया।

वर्षा ऋतु के अन्त में राजे ठीक होने लगे। वे महल में घूमने-फिरने लगे।

राजे के स्वस्थ होने के कारण रायगढ़ में उत्साह पुनः हिलारें लेने लगा।

27

गढ़ में दुपहरी की चुप्पी छाई हुई थी। गढ़ शरद को धूप की गरमाहट में शरीर सिकोड़े बैठा हुआ था। नीले गगन में श्वेतवर्णीय मेघ इधर-उधर हिलोरें ले रहे थे। मंत्रीगण अष्टप्रधान महल में विश्राम कर रहे थे।

राजकार्यालय में और कोषागार में लिपिकगण अपने कार्य में व्यस्त थे, इसलिए केवल वहीं कुछ हलचल दिखाई दे रही थी। इसी समय एक गुप्तचर पत्र-शैली लेकर गढ़ में प्रविष्ट हुआ। राजमहल के दक्षिणी भाग में नीचे के भू-स्तर पर मोरोपन्त का महल था। गुप्तचर को वहाँ ले जाया गया। कुछ देर बाद मोरोपन्त महल से बाहर आते हुए दिखाई दिए।

मोरोपन्त का बुलावा आते ही अनाजी और हम्बीरराव तुरन्त राजसदर में आ गए। मोरोपन्त को चिन्ताग्रस्त देखकर अनाजी भ्रमित थे। सदर में केवल वे तीनों ही थे। अनाजी ने पूछा, ''क्या हुआ, मोरोपन्त?''

''अभी हुआ नहीं, परन्तु लगता है—कुछ होकर रहेगा। अभी-अभी यह थैली आई है। लो, पढ़ लो।''

अनाजी ने थैली ले ली। वे पत्र पढ़ने लगे। पढ़ते-पढ़ते उनकी आँखें फैलती जा रही थीं। कुछ पंक्तियों को वे दुबारा पढ़ रहे थे। पत्र पूरा पढ़कर अनाजी ने एक लम्बी आह भरी।

''क्या है, अनाजी?''

''अपनी करम गति है, और क्या! हम्बीरराव, अपने युवराज दिलेरखान के साथ बातचीत करने में लगे हैं।''

''कैसी बातचीत?''

अनाजी खेदभरी हँसी हँसते हुए बोले, ''यह कैसे पता लगे, सेनापति? शायद कवि कलश जानते हों। वे जन्मकुंडली बाँचते हैं, होम करते हैं। जन्म-मरण की जानकारी में पारंगत हैं।''

''लेकिन यह कैसे कहा जा सकता है कि यह खबर सच्ची है?'' हम्बीरराव ने कहा।

''पूछते हो, कैसे कहा जा सकता है? हम्बीरराव, ऐसी खबरें झूठ नहीं होतीं। अपने विशेष गुप्तचर बाजी नाईक ने यह थैली भेजी है। उसने स्वयं जनार्दनपन्त को दिलेरखान की छावनी में देखा है।''

''बाप रे!'' हम्बीरराव के मुख से निकला।

''अवश्य ही कोई बड़ी कूटनीति चल रही है। महाराज अभी-अभी रोग से छूटे हैं। अभी पूरी तरह स्वस्थ भी नहीं हुए हैं और यह खबर आ टपकी। महाराज को बहुत कष्ट होगा।'' मोरोपन्त ने कहा।

"लेकिन बताना तो पड़ेगा ही। और किया भी क्या जा सकता है? जरा पता लगवाएँ कि महाराज क्या कर रहे हैं।"

महादेव को बुलाया गया। अनाजी ने पूछा, "महाराज क्या कर रहे हैं?"

"सो रहे हैं।" महादेव ने बतलाया।

"क्या बात है? आज दोपहर को क्यों सो रहे हैं?" हम्बीरराव ने चिन्तित स्वर से पूछा।

"सुबह से हलका बुखार है। वैद्यजी आए थे। महाराज अभी-अभी सोए हैं।"

"और रानीसाहिबा?" अनाजी ने पूछा।

"अपने महल में हैं। बुलाऊँ?"

"हाँ।" अनाजी ने अनुमति दे डाली।

जब सोयराबाई सदरमहल में आईं, तब तीनों में खुसफुसाकर बातें हो रही थीं।

"अनाजी, क्यों बुलवाया है?"

"मालूम हुआ कि महाराज सो रहे हैं, इसलिए...।"

"हाँ। आज फिर उनकी तबीयत बिगड़ गई। क्यों, कोई काम था क्या?"

"हाँ, काम जरूरी ही है।" अनाजी ने कहा, "पता लगा है कि युवराज दिलेरखान के साथ बातचीत करने में व्यस्त है।"

सोयराबाई कुछ देर सोचती हुई खड़ी रहीं। अनजाने ही उनके चेहरे पर अजीब-सा सन्तोष चमक उठा। उन्होंने कहा, "मैं जगाती हूँ उन्हें। तुम थोड़ी देर बाद आओ।"

राजे गहरी नींद में थे। सोयराबाई ने उन्हें जगाया। राजे एकदम चौंककर उठ बैठे। पूछने लगे, "क्या हुआ? क्यों जगाया हमें?"

"मोरोपन्त और अनाजी ने उठाने को कहा है। कहा है कि अत्यावश्यक काम है।"

राजे ने पसीना पोंछा। वे उठ बैठे। ठंडे पानी से मुँह धोने के कारण उन्हें कुछ अच्छा लगने लगा। वे शयनगृह से महल में आए। अनाजी, मोरोपन्त और हम्बीरराव वहाँ आ चुके थे। उनके सिजदे स्वीकार करके राजे ने पूछा, "क्या है, अनाजी?"

अनाजी ने मोरोपन्त की ओर देखा। मोरोपन्त ने कहा, "खबर अच्छी नहीं है, महाराज। दिलेरखान के गुट से खबर आई है कि युवराज और दिलेरखान के बीच भीतर कुछ गुप्त बातचीत चल रही है।"

"क्या कहते हो?" राजे आश्चर्यान्वित हो उठे।

"जी हाँ। इतना ही नहीं, यह भी लिखा है कि स्वयं जनार्दनपन्त को दिलेरखान की छावनी में देखा गया है।"

राजे की नींद जाने कहाँ उड़ गई। सोयराबाई कहने लगीं, "अब और कुछ नहीं, युवराज को कैद ही कर लेना चाहिए।"

सब सोयराबाई की ओर देखने लगे। राजे ने शान्ति से कहा, "रानीसाहिबा, आप अन्दर जाइए। राजनीति कठिन विषय है, सौतिया डाह जितना सरल नहीं है।"

सौयराबाई भन्नाती हुई चली गईं। राजे के माथे पर पसीना आ गया था। उन्होंने पूछा, "खबर बिलकुल सच है न?"

"सचाई में सन्देह नहीं है महाराज। समझ नहीं आता कि युवराज और दिलेरखान के बीच राजनीति का कौन-सा खेल खेला जा रहा है।"

अचानक राजे का मुख आशा से दमक उठा।

"अनाजी, हम युवराज को जानते हैं। वे व्यसनी होंगे। कुछ उम्र का बेहूदापन भी होगा, परन्तु फिर भी वे युवराज हैं। अपने जीवन से खेल खेलेंगे, लेकिन राज्य से बेईमानी नहीं करेंगे। उन्होंने एक बार कहा था, 'आबासाहब, एक-न-एक दिन हम ऐसी करामात कर दिखाएँगे कि आप भी आश्चर्य करेंगे।' शाहजादा मुअज्जम और युवराज की दोस्ती कोई छिपी बात नहीं है और शाहजादा तथा दिलेरखान की दुश्मनी भी दुनिया को मालूम है। यदि एक ओर दिलेरखान से बातचीत चलाते-चलाते एक दिन युवराज स्वयं शाहजादे मुअज्जम को हमारे पास ले आवें, तो भी हमें आश्चर्य नहीं होगा।"

कोई कुछ नहीं बोला। राजे को स्वयं ही अपने आशावाद के प्रति सन्देह होने लगा। मन में आशंका उत्पन्न होने लगी।

"लेकिन कुछ भी हो, हम खतरा मोल नहीं ले सकते। अनाजी, तुम्हारी क्या सलाह है?"

"महाराज, खबर के सच-झूठ होने की जाँच-पड़ताल होने तक युवराज को स्थानबद्ध किया जाए।"

"अनाजी!"

"मुझे तो इसके सिवाय दूसरा मार्ग दिखाई नहीं देता। महाराज, कृपया मेरे उद्‌देश्य के बारे में सन्देह न करें।"

"नहीं, अनाजी। तुम्हारा आशय हम समझ रहे हैं। यदि हमारा स्वास्थ्य ठीक होता, तो हम तुरन्त शृंगापुर चले जाते।"

राजे सोच-विचार करने लगे। कई तरह के विचार मन में उठ रहे थे। राजे एकदम खड़े हो गए

"मोरोपन्त, शृंगारपुर के चारों तरफ अपने भेदियों का जाल बिछा दो। येसाजी को विशेष सेना के साथ शृंगारपुर में रहने के लिए कहो। हम आज ही युवराज के नाम आदेशपत्र भेजते हैं कि वे परली चले जाएँ। युवराज यदि परली आ गए, तो हम पन्हालगढ़ जाते समय उनसे मिलेंगे। परली में युवराज समर्थगुरु के साथ रहेंगे। उनकी संगति से युवराज का हृदय स्वच्छ हो जाएगा। फिर हम युवराज के साथ पन्हालगढ़ चले जाएँगे। यह गुत्थी कोमल हाथों से ही सुलझानी होगी।"

एक घुड़सवार राजे का पत्र लेकर शृंगारपुर चल दिया। सूर्यास्त का समय था। राजे के मन में चिन्ता और आशंकाओं की आँधी उठ रही थी। सारे शरीर में जैसे सर्दी समा गई थी। सर्दी के कारण उनका सारा बदन थरथरा रहा था।

28

रायगढ़ में प्रत्येक दिन चिन्ता में बीत रहा था। शृंगारपुर के आसपास असंख्य गुप्तचर फैले हुए थे। येसाजी का दल कभी का रवाना हो चुका था। राजे अपने स्वास्थ्य की परवाह न करते हुए घूमते-फिरते कार्यों में व्यस्त थे। गढ़ में प्राप्त प्रत्येक समाचार के बारे में वे स्वयं पूछताछ और जाँच-पड़ताल करते थे। गढ़ के सब देवताओं की अभिषेक-पूजा की जा रही थी।

शुक्रवार था। राजे सायंकाल शिरकाई देवी के दर्शन करने गए थे। उनके साथ मोरोपन्त और हम्बीरराव थे। राजे ने देवदर्शन किए। वे होली-चौक में खड़े हुए थे। बीच-बीच में हस्तिशाला से हाथी की चिंग्घाड़ सुनाई दे रही थी। राजे ने पूछा, ''हम्बीरराव, गजेन्द्र क्यों चिंग्घाड़ रहा है?''

''वह मदमाता है, मस्ती में आ गया। है। इसलिए दो दिनों से बेचैन है। आज सुबह ही मैंने उसे फीलखाने में तैरते हुए देखा है।''

''मस्ती उतरने तक उसे काबू में रखने के लिए कहो। गढ़ का क्षेत्र चारों ओर से बन्द है। यदि कहीं हाथी खुला रह गया, तो उसे काबू में रखना कठिन हो जाएगा।''

''जो आज्ञा।''

इसी समय राजाराम आते दिखाई दिए। वे राजे के पास आ गए। मुँह देखने से लगता था कि रूठे हुए हैं। उन्होंने शिकायत की—''आबासाहब, आप बाहर घूमने आए, तो हमें क्यों नहीं पुकारा?''

''भूल गए, भाई।'' राजे ने उन्हें प्यार से पास लेते हुए कहा, ''हम सदर से सीधे इधर चले आए।'' राजे हम्बीरराव से कहने लगे, ''हम्बीरराव, कहीं मन नहीं लगता। कुछ सूझता नहीं।''

राजे ने राजाराम की ओर देखा। अपनी दो उँगलियों को राजाराम के सामने फैलाकर राजे ने कहा, ''बालराजे, इनमें से एक उँगली तो पकड़ो।''

राजाराम ने एक उँगली पकड़ ली। राजे ने उन्हें एकदम अपने से लगा लिया। राजाराम से कहने लगे, ''बालराजे, बड़ा अनुकूल गुनी उत्तर दिया है तुमने। यदि ऐसा हुआ, तो हम तुम्हें इनाम देंगे।''

''क्या इनाम देंगे, आबासाहब?''

''जो तुम माँगोगे।'' राजे की नजर अचानक हम्बीरराव की ओर गई। पल-दो पल वे भूल ही गए थे कि हम्बीरराव भी वहाँ खड़े हैं। कुछ झेंपते हुए-से उन्होंने हम्बीरराव से कहा, ''हम्बीरराव, देखो, मन भय-चिन्ता से कातर हो, तो मनुष्य सगुन और भविष्य कथन जैसे सामान्य उपायों से भी शान्ति पाने का प्रयास किया करता है। है न?''

''आबासाहब, वह देखिए।'' राजाराम ने कहा।

राजे ने देखा। अनाजी दौड़ते हुए आ रहे थे। दौड़ते समय उनकी धोती हवा में उड़ रही थी, पैरों में उलझ रही थी। उसे ठीक करते हुए अनाजी दौड़ते आ रहे थे। राजे तनाव-भरी दृष्टि से अनाजी की ओर देख रहे थे। अनाजी की दशा देखकर राजाराम को हँसी आ रही थी। अनाजी पास आ पहुँचे। उनके चेहरे से खुशी टपकी पड़ती थी।

''महाराज, बहुत अच्छा समाचार हैऽऽ।''

''कहो अनाजी।'' राजे उत्कंठित हो उठे थे।

अनाजी की साँस फूल रही थी। उन्होंने कहा, ''शृंगारपुर से खबर आई है कि युवराज परसों...आदेश के अनुसार चले गए।''

''कहाँऽ?''

''परली।''

''क्या कह रहे हो? क्या युवराज हमारी आज्ञा के अनुसार परली चले गए?'' राजे कह उठे। वे आगे सोच नहीं पा रहे थे। कि क्या कहें? उन्होंने झट राजाराम को उठा लिया और प्यार से उसे चूम लिया। बालराजा शरमाने लगे। समाचार सुनकर सभी आनन्दित हो उठे

थे। राजे एकदम मुड़े और शिरकाई देवी के सम्मुख जा खड़े हुए। अष्टभुजा देवी के चरणों में उन्होंने सिर नवा दिया।

फिर वे उठे। उस क्षण सन्तोष से उनका मन परिप्लावित हो उठा था। उन्होंने कहा, ''अनाजी, हमने ऐसा आनन्ददायी समाचार जीवन में कभी नहीं सुना। बीते चार दिन और चार रातों में हम चिन्ता के मारे घुले जा रहे थे। चित्त को पल-भर चैन न था। कुछ सूझता नहीं था। यह मन भी कैसा पापी है! ऐसी-ऐसी आशंकाएँ उठती थीं इस पापी मन में कि कोई बैरी भी नहीं सोच सकता। हृदय दहल-दहल उठता था।''

''सचमुच युवराज ने लाज रख ली!'' मोरोपन्त ने कहा।

''हम युवराज को अच्छी तरह जानते हैं। हमारा शम्भू बेटा और चाहे जो करे, लेकिन हमारा कहा कभी नहीं टालेगा। वह जानता है कि हमें उस पर कितना भरोसा है। हमें पूरा विश्वास है कि हमारे बालशम्भू चाहे कितना आगे चले जाएँ, हमारी आवाज सुनते ही लौटे बिना नहीं रहेंगे। जगदम्बा ने कामना पूरी की—सबकुछ मिल गया अब। अनाजी, आगामी पूर्णिमा की रात्रि को रायगढ़ के सभी मन्दिरों में दीपोत्सव करवाओ। सारे देवताओं का अभिषेक करवाओ।''

राजे की हर्षित मुद्रा को देखकर सब बहुत आनन्दित हो रहे थे। राजे का सिर ऊँचा हो उठा था। अनाजी के कन्धे पर हाथ रखते हुए राजे कहने लगे, ''अनाजी, चलो। हमें परली को पत्र भेजना होगा। युवराज को शाबाशी देनी होगी।''

सब चल दिए। राजाराम ने कहा, ''आबासाहब, तुमने कहा था—'जो माँगोगे, दूँगा,''

राजे ने मुड़कर देखा। वे मुस्कुराकर कहने लगे, ''अच्छा, माँगो। वत्स, वरं ब्रूहि।''

''माँगूँ?''

''हाँ, हाँ,। माँगो न।''

राजाराम एक पल के लिए लजा उठे। फिर कहने लगे, ''सातमहल में रहते हैं। हमें सब लोग चिढ़ाते हैं। हम अब छोटे थोड़े ही हैं? हमें भी अलग महल चाहिए।''

''बस्स! अरे, तो चाहे जो महल ले लो न!''

''हम दादामहाराज के महल में रहें?''

''और जो दादामहाराज आ गए, तो?''

''हम उनके साथ रहेंगे।''

''तब तो तुम जरूर दादामहाराज के महल में रहो। चलो, चलें।''

राजाराम सोयराबाई को यह समाचार सुनाने के लिए आगे-आगे दौड़ते जा रहे थे। देख-देखकर राजे को हँसी आ रही थी। सब लोग भी हँसते हुए राजे के पीछे-पीछे जा रहे थे।

29

प्रातःकाल नित्य कर्मों से निवृत्त होकर राजे अपने महल में बैठे हुए थे। बालराजा राजे को नमस्कार करने आए। चरणों को छूकर उन्होंने राजे को प्रणाम किया। राजे ने पूछा, ''बालराजे, आज तुम बड़े सबेरे नहा-धोकर तैयार हो गए हो?''

“आबासाहब, हम आज जल्दी उठकर घोड़े पर बैठकर चहारदीवारी पर चक्कर लगा आए हैं।”

“अरे वाह! अच्छा बताओ, महादरवाजे के पास पहरे के मुख्य अधिकारी कौन हैं?”

“सोमनाथ काका हैं।”

“बिलकुल गलत। बालराजे, तुम महादरवाजे के पास उतरे नहीं थे। है न?”

राजे ने राजाराम की ओर देखा। राजाराम ने उत्तर दिया, “हम महादरवाजे तक नहीं गए थे।”

“हाँ, फिर चढ़ाई करनी पड़ती है न?” राजाराम को पास लेते हुए राजे ने कहा, “बालराजे, हमारे गढ़ का वही एक दरवाजा है। वहाँ का पहरा बहुत महत्त्वपूर्ण है। आज वहाँ की चौकी के अधिकारी हैं भवानजी।”

“आप गए थे वहाँ?” राजाराम ने आश्चर्यवश पूछा।

“जाने की क्या जरूरत है? हमें सारी सूचनाएँ यहीं मिलती रहती हैं।”

कुछ समय बीता। राजे ने राजाराम से कहा, “बालराजे, जरा सदरबैठक में हो आओ। देख आओ कि वहाँ अनाजी और मोरोपन्त आए हैं या नहीं।”

“अगर हों, तो उन्हें बुला लाऊँ क्या?”

“नहीं, केवल देखकर...ऽऽ,” राजे को खाँसी आ गई।

“आबासाहब, आपको खाँसी आ रही है?”

“यह सब तो होता ही रहता है। तुम जाकर आओ।”

राजाराम सदर की ओर गए। कुछ देर बाद लौट आए और आकर बताया कि अनाजी और मोरोपन्त सदर में आ चुके हैं।

“चलो, बालराजे, हम सदरबैठक हो आते हैं।”

सदरबैठक में मोरोपन्त और अनाजी उपस्थित थे। राजे की मुखमुद्रा उल्लसित दिखाई दे रही थी। बीच-बीच में उन्हें खाँसी की ढाँस उठती पर राजे का स्वास्थ्य ठीक था। राजे ने अनाजी से कहा, “अनाजी, हम आज एक पहर बाद प्रस्थान करेंगे।”

“जी।”

“हमें रात-भर नींद नहीं आई। शम्भूबाल को देखने के लिए जी बेतरह बेचैन हो रहा है। हम परली जाएँगे। वहाँ समर्थ की संगति का लाभ प्राप्त होगा। युवराज भी मिलेंगे। वहाँ चार-आठ दिन रहकर हम युवराज को साथ लेकर पन्हालगढ़ जाएँगे। तुम तुरन्त एक सवार को परली भेजो। सूचित करो कि हम बाद में आ रहे हैं।”

हम्बीरराव सदर में आए। राजे ने कहा, “हम्बीरराव, हम तुम्हें ही बुलाना चाहते थे। हम आज एक पहर बाद परली जा रहे हैं। तुम भी साथ चलो। परली जाकर हम पन्हालगढ़ जाएँगे।”

“महाराज, अभी आपकी तबीयत...।” हम्बीरराव कुछ कहना चाह रहे थे, किन्तु उन्हें टोकते हुए राजे कहने लगे, “हमारी तबीयत ठीक है। कल के समाचार ने तो हमें एकदम स्वस्थ कर दिया है। हमारी चिन्ता मत करो।”

राजे के इस आकस्मिक निर्णय के कारण गढ़ में भागदौड़ शुरू हो गई। पालकी तैयार करने की आज्ञा दी गई। घोड़े घुड़साल से बाहर निकाले जाने लगे। जीन, चारजामे आदि

सामान बाहर निकाला जाने लगा। रसोईघर में सैनिकों के लिए रोटियाँ बनाई जाने लगीं। एक घंटे से पहले ही पहला अश्वारोही-दल गढ़ की तलभूमि की ओर उतरने लगा था। रास्ते में पड़नेवाली पहरा-चौकियों को राजे के आगमन की सूचना देते हुए यह दल तेजी से परली की ओर दौड़ रहा था।

राजे जब महल में आए, तो उनके खास सन्दूक बाहर निकाले जा रहे थे। महादेव और मनोहारी राजे के वस्त्रादि सन्दूकों में भर रहे थे। सोयराबाई निगरानी कर रही थीं।

सोयराबाई आँचल सँवारकर खड़ी हो गईं। राजे ने पूछा, ''तैयारी हो गई क्या?''

''हाँ, कपड़े भरने के बाद सन्दूक उठा लिए जाएँगे। मन को भय खाए जा रहा था। भगवान् की दया से सारा संकट दूर हुआ।''

''परमेश्वर बड़ा दयालु है, रानीसाहिबा। अबकी बार प्राणों को जितनी वेदना-व्यथा हुई है, उतनी तो आगरा में रहते समय भी नहीं हुई थी।''

''महादेव, अरे वह रेशमी अँगरखे निकालकर अलग रख दे।'' सोयराबाई ने महादेव से कहा।

कपड़ों के फैले हुए ढेर को देखकर राजे ने कहा, ''रानीसाहिबा, अब उतना ही सामान भरिए, जितना आवश्यक है। बाकी सामान बाद में आता रहेगा।'' राजे महादेव से कहने लगे, ''महादेव, अरे हमारी पूजावाली मूर्तियाँ रखना मत भूलना तू। अरे बाबा, पहले उन्हें ठीक से रख दे।''

सोयराबाई हँसने लगीं।

''रानीसाहिबा, जीवन में हमारा सच्चा साथ तो इन देवमूर्तियों ने ही निभाया है। हम हमेशा घर से बाहर मुहिमों में उलझे रहते थे, परन्तु हमारा देवगृह सदा हमारे साथ रहा है। देवता की ओर देखकर हमें अनुभव होता था, मानो हर घर में ही हों।''

''आपके पास देवता तो होते हैं। आप जब गढ़ में होते हैं, तो दिन छोटा लगता है और आप गढ़ से बाहर हों, तो दिन बीते नहीं बीतता।''

''समझिए कि अब परेशानी के दिन जाते रहे हैं। अब येसू और शम्भूबाल गढ़ में आएँगे–महल में पोता खेलेगा। रानीसाहिबा, आप कुछ भी कहिए, हमें तो वृद्धावस्था मोहित करती है। उसका रूप बहुत लुभावना है। हम उसी के सपने देखा करते हैं।''

''हटिए, कैसी बातें करते है, आप।''

''कैसी-कैसी बातें नहीं हैं ये। यही देखो न, बच्चे कामधाम समझ-बूझने लगे, वासना का लोप हो गया। घर में नाती-पोतों के साथ खेलते ईश्वरभक्ति में मन लगाते हुए समय बिताने के दिन हैं ये। बीमारी आए, तो उसे भी हितकरी ही समझो। जीवन-भर बाँधी हुई माया-ममता की डोरी की दृढ़ता की अनुभूति तभी होती है। निरन्तर साथ प्राप्त होने के दिन होते हैं यह। न जाने, लोग बुढ़ापे को इतना बुरा क्यों कहते हैं?''

बाहर किसी के पैरों की आवाज आई। राजे ने मुड़कर देखा और वे उसी ओर देखते रह गए। अनाजी, मोरोपन्त और हम्बीरराव महल में आए थे। किसी को इस बात का भी ध्यान नहीं रहा था कि रानीसाहिबा महल में हैं। अनाजी का सारा शरीर काँप रहा था, ''अनाजीऽऽ।''

''हम मारे गए, महाराज। बुरा हुआऽऽ, बहुत बुरा हुआ।''

और अनाजी सिसक-सिसककर रोने लगे।

''कहो अनाजीऽऽ।'' राजे ने कहा, ''मोरोपन्त...।''

मोरोपन्त की डबडबाई दृष्टि राजे के विह्वल मुख को देख रही थी।

''महाराज, अभी परली से सवार आया है। युवराज परली से भाग निकले। माहुली में दिलेरखान से जा मिले।''

राजे को अपने कानों पर भरोसा नहीं हो रहा था। सुने हुए शब्दों का अर्थ भी वे नहीं समझ पा रहे थे। 'शम्भूबाल मुगलों से जा मिला। राज्य का युवराज शत्रु का आश्रय पाने चला गया! छत्रपति राजा का छत्र उसके पुत्र के लिए पर्याप्त नहीं...'

राजे एक-एक कदम पीछे हट रहे थे। हम्बीरराव आगे दौड़े। उन्होंने राजे का हाथ पकड़ लिया। राजे की उँगलियाँ हम्बीरराव को कसे जा रही थीं। हम्बीरराव को अनुभव हो रहा था, मानो उनका हाथ भीग जाएगा। राजे एक ओर को झुक पड़े। धीरे-धीरे झुकते हुए वे हाथ भूमि पर टेककर बैठ गए। गर्दन झुक गई।

''महाराज!'' हम्बीरराव ने पुकारकर कहा।

राजे ने ऊपर देखा। उस परम पराक्रमी पुरुष की आँखों में आँसू देखकर सेनापति की छाती फट गई। राजे चिल्लाए, ''शम्भू बेटे, यह क्या कर बैठे तुमऽऽऽ।''

राजे के नेत्रों से अश्रुधारा बह रही थी। शेष सारे लोग भी सिसकियाँ भरने लगे थे। अनाजी बता रहे थे, ''युवराज के पीछे सौ सवार भेजे गए हैं। शायद युवराज उनके हाथ लग जाएँ।''

राजे ने अचानक ऊपर देखकर पूछा, ''समर्थगुरु नहीं मिले?''

''युवराज जब परली गए, समर्थगुरु वहाँ नहीं थे।''

राजे का सिर झुक गया। राजाराम दौड़ते-दौड़ते महल में आए। उनका चेहरा भी फक् पड़ गया था। सबको रोता हुआ देखकर वे भी घबरा गए। राजे के पास जाते हुए पूछने लगे, ''आबासाहब, दादामहाराज मुगलों के पास चले गए?''

राजे ने राजाराम को एकदम छाती से लगा लिया। उन्हें छाती से लगाकर वे फूट-फूटकर रोने लगे। राजे के आँसू बहते ही जा रहे थे।

30

गढ़ में ऐसी तनाव-भरी उदासी छा गई थी तैसे किसी की मृत्यु पर छा जाती है।

हर ओर कानाफूसी हो रही थी। कोई भी ऊँचे स्वर से बातें करते हुए नहीं दिखाई देता था। राजे अपने महल से बाहर नहीं निकले थे। वे गढ़ में आनेवाला प्रत्येक समाचार सुनते अवश्य थे, किन्तु मौन बने रहते थे। तीन दिनों तक इसी दशा में बैठे-बैठे राजे का रूप बदल गया था। आँसुओं का जल सूख चुका था। वहीं आँखें थीं, किन्तु उनका तेज खो गया था। उन सूखे नेत्रों से दृष्टि मिलाना भी कठिन था।

येसाजी और शृंगारपुर में सम्भाजी के सहायक के रूप में नियुक्त सरदार विश्वनाथ रायगढ़ लौट आए थे।

शाम के समय राजे अपने महल में बैठे हुए थे। अनाजी और बालाजी उनके पास खड़े थे। इसी समय मोरोपन्त ने महल में प्रवेश किया। राजे ने रुखाई से पूछा, ''क्या है मोरोपन्त?''

''येसाजी और विश्वनाथ आए हैं।''

एक ठंडी साँस भरकर राजे ने कहा, ''उन्हें अन्दर भेज दो। अब चाहे कैसी भी खबर हो, हम सुनने के लिए तैयार हैं।''

येसाजी और विश्वनाथ महल में आए। दोनों आकर चुपचाप खड़े हो गए। उनके तुरन्त बाद हम्बीरराव भी आ गए। राजे ने विश्वनाथ से पूछा, ''विश्नाथ, कहो, क्या हुआ?''

विश्वनाथ की वाणी गले में ही अटक रही थी। राजे ने सम्भाजीराजा को बड़े विश्वासपूर्वक उस विश्वासपात्र सत्पुरुष के हवाले किया था। विश्वनाथ का गला भर आया।

''महाराज, मेरे पास सुनाने के लिए है ही क्या? हम परली गए, किन्तु वहाँ समर्थगुरु नहीं थे। वे धार्मिक अनुष्ठान के लिए कहीं बाहर गए हुए थे। सम्भाजीराजा अस्थिर-व्याकुल दिखाई दे रहे थे। जब परली जाने की आपकी आज्ञा उन्हें मिली, तभी युवराज ने मुझसे कहा था–'परमेश्वर ही करनहार है। हमारी इच्छाएँ भी उसी के आदेशानुसार पूरी हो जाया करती हैं। चलो, परली चलें।' उस समय मैं कुछ समझ नहीं पाया। युवराज ने जब देखा कि समर्थगुरु नहीं हैं, तो उन्होंने माहुली संगम जाकर पर्व-स्नान करने की योजना बनाई। हम माहुली गए। साथ में इने-गिने सैनिक थे। माहुली जाते ही युवराज का उद्देश्य स्पष्ट हो गया। हम सबकी आँखें खुल गईं, किन्तु हम कुछ कर ही नहीं सकते थे। हमने मिन्नत-विनती की, लेकिन युवराज ने हमारी सुनी नहीं। इखलासखान युवराज को ले जाने के लिए आया हुआ था। हमारी आँखों के सामने सम्भाजीराजा मुगलों से जा मिले और हमारी आँखों से ओझल हो गए। हमने सपने में भी नहीं सोचा था कि माहुली में शुभमुहूर्त पर पर्व-स्नान करने की बात कहनेवाले युवराज के मन में कोई ऐसा इरादा छिपा होगा।''

राजे खिन्नता से हँस दिए, ''इसमें तुम्हारा क्या दोष है, विश्वनाथ। सम्भाजीराजा ने यह दिखा दिया है कि मनुष्य भावना की लहर के एक थपेड़े से किस प्रकार अधोगति के भँवर में जा फँसता है।''

विश्वनाथ ने बतलाया, ''महाराज, घटना के तुरन्त बाद मैं परली आया। वहाँ से मैंने घुड़सवार भेज दिए। येसाजी टोह में लगे हुए थे ही, वे तुरन्त आ गए।''

राजे ने येसाजी की ओर देखा।

''महाराज, मैंने अपने घुड़सवारों के साथ युवराज का पीछा किया, लेकिन युवराज को ले जाने के लिए चार-पाँच हजार सिपाहियों की फौज आई थी। केवल सौ सवारों को लेकर सामना करना कठिन काम था। इसलिए मैं जल्दी वापस आ गया।''

''अच्छा किया, येसाजी। एक ने अविचार किया ही था, तुम फौज पर टूट पड़ते, तो दूसरा अविचार होता। भूल हमारी है। हम सम्भाजी के प्रति असावधान रहे। हमने शृंगारपुर के चारों ओर भेदियों का जाल बिछवा दिया और हमारी ही एक आज्ञा से सम्भाजी को अवसर मिल गया। वे परली से माहुली जा पहुँचे। योजना के अनुसार वहाँ मुगल आए हुए थे। सम्भाजी ने हमें बात-की-बात में चकमा दे दिया। अवश्य ही यह योजना बहुत पहले से तय की जा रही होगी।''

राजे हँसने लगे, ''लेकिन हम्बीरराव, सम्भाजी ने अपनी बात सच कर दिखाई। शृंगारपुर से विदाई के समय उन्होंने हमसे कहा था, 'आबासाहब, एक न एक दिन हम ऐसी करामात कर दिखाएँगे कि आप भी आश्चर्य करेंगे।' आश्चर्य क्या, हम तो अवसन्न रह गए!''

''महाराज, मैं पन्हाला में सेना इकट्ठी करता हूँ।'' हम्बीरराव जोश से आगे बढ़े, ''दिलेरखान की छावनी घोलखेड में है। उसे हम चुटकियों में जीत सकते हैं।''

"नहीं हम्बीरराव। छावनी जीतना सरल है, लेकिन खोया हुआ आदमी पाना कठिन है। दिलेरखान ने अच्छा-खासा पासा फेंका है। वह सम्भाजीराजा को बड़े जतन से रखेगा। सम्भाजीराजा के स्वागत के लिए पाँच हजार सवार आते हैं, यह कोई साधारण बात है क्या?"

"आप यदि युवराज को पत्र लिखें, तो...?" अनाजी ने सुझाव दिया।

"वे यदि हमारी इतनी मानते, तो क्या ऐसा आचरण करते?"

"लेकिन युवराज को...।"

"बस करो!" राजे चिल्लाकर कह उठे। अगले ही क्षण उनकी आवाज में नरमी आ गई। क्रोध उफन पड़ते ही राजे की आवाज भर्रा उठती थी।

"अनाजी, कौन युवराज? कैसे युवराज? सम्भाजी मुगल मनसबदार बनेंगे। भविष्य में वे हमारे राज्य पर हमला भी करेंगे। मुगल मनसबदार हमारे राज्य के युवराज कैसे हो सकते हैं? अब से सम्भाजीराजा के नाम के साथ 'युवराज' मत कहा करो। कम-से-कम हमारे सामने तो कभी मत कहो।"

राजे उठ खड़े हुए। वे पीठ फिराकर खड़े हो गए। पीठ पीछे जुड़े हुए दोनों हाथों की मुट्ठियाँ कसती जा रही थीं।

"तुम अब जाओ।"

सब लोग सिजदे करके पीछे हटते हुए बाहर चले गए।

महल में राजे अकेले खड़े थे।

31

अशुभ वार्ताएँ एक बार आनी आरम्भ हो जाएँ, तो एक के बाद एक आती ही रहती हैं। पहला समाचार था कि सम्भाजीराजा भाग निकले और मुगलों के साथ हो लिए। दूसरा समाचार यह आ बरसा कि सम्भाजीराजा मुगल मनसबदार बना दिए गए।

सम्भाजीराजा के आने से दिलेरखान की बाछें खिल उठीं। सम्भाजीराजा बड़े आदर-सम्मानपूर्वक इखलासखान के साथ करकंब तक आए। वहाँ स्वयं दिलेरखान युवराज का स्वागत करने आया था। उसने बड़े प्यार के साथ सम्भाजीराजा का स्वागत किया। बादशाह की ओर से आया हुआ 'सातहजारी' मनसब सम्भाजीराजा को दिया गया। दिलेरखान ने पिछले कई महीनों से जो कुचक्र चलाया था, उसका नतीजा सामने आ गया था। आखिरकार एक मराठा युवराज मुगलिया सातहजारी मनसबदार बन ही गया। दिलेरखान ने एक हाथी, वस्त्र-अलंकार आदि देकर नगाड़ों के दमदमे के बीच सम्भाजीराजा का सम्मान किया।

सम्भाजी जब माहुली में मुगलों से मिलने जा रहे थे, तो उन्होंने मराठा नायक द्वारा राजे के नाम सन्देश भिजवाया था। कहा था, "तुम लोग अब लौट जाओ। किलेदार से और महाराज से हमारा सन्देश कह देना कि मैं मुगल सेना में चला गया हूँ। मैं जा रहा हूँ दिल्ली के बादशाह की सेना में शामिल होने। लौटूँगा, तो मराठों के सह्याद्रि को जीतने के लिए लौटूँगा।"

इस सन्देश ने राजे का हृदय विदीर्ण कर दिया था। गढ़ में आनेवाले प्रत्येक समाचार से राजे का मन खोखला होता जा रहा था। मन में सन्ताप बढ़ता जा रहा था।

दुपहरी में सारा गढ़ विश्राम कर रहा था, जगदीश्वर मन्दिर और भवानीटोक के पठार पर लोग तथा घुड़साल में साईस आराम से सो रहे थे। ऐरावत हाथी हस्तिशाला में खड़ा-खड़ा

झूम रहा था। झूलने के साथ-साथ पैरों में बँधी साँकलों की खनखनाहट हो रही थी। इन्द्र हाथी घास पर लेटा हुआ लम्बी साँसें भर रहा था। जमुना हथिनी कान फड़फड़ाती हुई ऐरावत की ओर देख रही थी।

घुड़साल में घोड़े चुपचाप खड़े थे। बीच-बीच में घास खाने लगते थे। कभी हिनहिनाने लगते थे। कभी पूँछ हिलाकर मक्खियाँ दूर भगाते थे। घोड़ों के दाँतों की 'कर्रकर्र' आवाज सुनाई दे रही थी। गढ़ में सब ओर धूप छाई हुई थी। भोर की ठंडक से ठंडी पाए हुए गढ़ को अब कुछ गरमाहट लगने लगी थी।

अचानक घोड़ों ने कान खड़े कर लिए। उनकी बड़ी-बड़ी आँखों में बेचैनी फैल गई। भय की एक लहर से उनके चिकने कोमल शरीर में सिहरन पैदा हो गई। हिनहिनाहट बढ़ने लगी। एक घोड़ा बड़े जोर से हिनहिनाया। सोए हुए साईस (मोतदार) जाग उठे। खट्टी गन्ध से व्याप्त घुड़साल में सारे घोड़े खड़े-खड़े पैर पटकने लगे। मोतदारों की कुछ समझ में न आए कि क्या माजरा है। तभी उन्होंने जोर की आवाज सुनी। मोतदार बाहर भागे। गजेन्द्र जगदीश्वर की टेकरी पर खड़ा हुआ जोर-जोर से चिंग्घाड़ रहा था। उसकी पूँछ सीधी तन गई थी। कान भोंपू की तरह हो गए थे। उस दृश्य को देखते-देखते मोतदारों ने मुड़कर देखा तो घोड़े घुड़साल से निकल आए थे—हींसते-हिनहिनाते हुए, लातें मारते हुए वे जिधर को सूझे, उसी ओर दौड़ते जा रहे थे। घुड़साल के कुत्तों की पूँछ दो पाँवों के बीच दुबक गई थी। कान लटक गए थे। वे खड़े-खड़े कराह रहे थे। फिर उन्होंने एकदम सिर ऊँचा किया। कुछ दूर वे दौड़ते गए और फिर खड़े होकर आकाश की ओर मुँह करके दुखी सुर में रोने लगे।

गढ़ में हर तरफ भगदड़ मच गई। किसी की समझ में नहीं आ रहा था कि क्या हो रहा है। राजे ने जैसे ही सुना कि ऐरावत कीले से छूट निकला है, वे महल के पिछली विशाल शिला पर आ खड़े हुए। गढ़ में बिदके हुए घोड़े, भाग रहे हाथी और डर के मारे इधर-उधर दौड़ रहे लोग! गढ़ में शोर-ही-शोर था। इसी समय राजे को अनुभव हुआ—उनके पाँव तले की जमीन हिल रही है।

राजे के साथ हम्बीरराव, बालाजी आदि लोग भी थे। सबकी यही दशा थी। राजे भौंचक हो गए थे। इसी समय सामने के बाजार-पेठ में आदमी दाएँ-बाएँ, उलटे-सीधे रास्ते दौड़ते दिखाई दिए। आवाज तो नहीं आ रही थी, फिर भी ऐसा लगता था, जैसे कहीं बादल गड़गड़ा रहे हों। राजे एकदम चट्टान पर बैठ गए। कुछ पल ऐसा लगा, मानो जमीन हिल रही है।

कुछ क्षण इसी तरह बीते और फिर सब ओर शान्ति छा गई। भूकम्प के अपरिचित अनुभव से भयभीत सबके मन अब स्थिर हो गए थे। भाग रहे पशु अब शान्ति से खड़े थे। घरों में एक के ऊपर एक रखे बर्तनों की भँडोली गिर गई थीं। देवगृह में रखी हुई मूर्तियाँ एक-दूसरे पर जा गिरी थीं। गढ़ को फिर से सामान्य अवस्था में आने के लिए कुछ समय लगा।

बालाजी राजे से कहने लगे, "महाराज, भूकम्प आया था।"

राजे ने कहा, "भूकम्प! हाँ, बालाजी। यही होना शेष रहा था।"

32

सम्भाजीराजा के व्यवहार से राजे का मन आहत हुआ था किन्तु राजे ने उस आघात से अपने को पन्द्रह-बीस दिनों में उबार लिया। उन्होंने सम्भाजीराजा का विचार मन से निकाल फेंका।

गढ़-निवासियों ने देखा कि राजे सदरबैठक में जाने लगे हैं, कामकाज की निगरानी करने लगे हैं, तो सबको बहुत तसल्ली हुई। आदिलशाही और मुगलिया इलाकों से हमेशा खबरें आ रही थीं। राजे उन्हीं के सोच-विचार में मग्न हो गए थे।

एक दिन राजे सदर में आए और अपनी योजना कह सुनाई। उन्होंने मोरोपन्त से कहा, ''मोरोपन्त, तुम बीजापुर प्रदेश में घुस जाओ। इससे पहले कि दिलेरखान वहाँ पहुँचे, तुम और आनन्दराव उस प्रदेश में जाकर उत्पात मचा दो। हमने अब पन्हाला जाने का निश्चय किया है। हम्बीरराव और हम वहाँ सेनासहित तैयार रहेंगे। वहाँ से आदिलशाही और मुगलाई राज्यों की गतिविधियों पर नजर रखना सरल है। सम्भाजीराजा मुगलों से जा मिले हैं, इसलिए दिलेरखान की शक्ति बहुत बढ़ गई है। अब उसकी हर चाल को सावधानी से देखना होगा।''

राजे के अभियान की तैयारियाँ शुरू हो गईं। उनके अश्वारोही दल पन्हाला की ओर रवाना हो गए। मोरोपन्त ने अपनी सेना इकट्‌ठी की और उन्होंने आनन्दराव के साथ बीजापुरी प्रदेश की ओर कूच कर दिया। रायगढ़ दुर्ग तथा रायगढ़ की सेना अनाजी के आधिपत्य में रखी गई। राजकार्यालय से सारे किलों के नाम आज्ञापत्र रवाना होने लगे।

और इसी तरह एक दिन जब गढ़ प्रातःकालीन कोमल धूप से उजला उठा था, एक सवार ने गढ़ में प्रवेश किया। अनाजी ने उस सवार से पत्र-थैली ली। राजे को सूचित किया गया। अनाजी जब महल में आए, तो राजे बैठकी पर बैठे हुए थे। महल में सोयराबाई और राजाराम उपस्थित थे। न जाने कौन-सी नई खबर आई है, यह सोचकर राजे के माथे पर चिन्ता की सिकुड़न आ गई। किन्तु अनाजी के प्रफुल्लित मुख को देखकर राजे को सान्त्वना मिली। अनाजी ने कहा, ''महाराज, शृंगारपुर से थैली आई है। राजस्नुषा येसूबाई सकुशल प्रसूत हुईं। कन्यारत्न हुआ है।''

''क्या?'' कहते हुए राजे उठ खड़े हुए। उन्होंने पत्र पढ़ा। राजे का चेहरा खिल उठा। उन्होंने अपनी हीरे की अँगूठी उतारकर अनाजी को दे दी। देवगृह के सामने जाकर उन्होंने देवताओं को नमस्कार किया। जब राजे वापस लौटे, तो सोयराबाई अपने महल की ओर जाने लगी थीं।

''रानीसाहिबा, जा रही हो?''

''कितनी प्रसन्नता का समाचार है–देवताओं के नाम से शकर बँटवानी होगी। जलेबी बनवानी पड़ेगी।''

''हाँ, यह भी सही है।'' राजे ने खुश होते हुए अनाजी से कहा, ''अनाजी, जो सवार यह पत्र-थैली लेकर आया है, उसे वस्त्र और मुहरें देकर सम्मानित करो। नौबत बजने दो। तोपों के गोले दगवाओ। कहा जाता है न कि चिन्ता के बाद प्रसन्नता आया करती है, सो बिलकुल ठीक है। आज हम बहुत सन्तुष्ट हैं। काश! आज माँसाहिबा होतीं!''

अगले ही क्षण राजे उदास हो गए। भूमि में दृष्टि गड़ाकर अपने से ही बात करते हुए धीरे से कहने लगे, ''माँसाहिबा!! माँसाहिबा आज नहीं हैं, यही ठीक है। वह आत्मा यह सहन नहीं कर पाती।''

गढ़ का नगाड़ा बजने लगा। टकमक बुर्ज, भवानीटोक, और महादरवाजे की तोपें गरज उठीं। मन्दिरों में शकर बाँटी गई। देवता को जलेबी का नैवेद्य अर्पित करने के बाद गढ़ में सबको जलेबी बाँटी गई।

राजे ने पन्हालगढ़ जाने की योजना निश्चित कर ली थी, किन्तु इस नए समाचार के कारण राजे ने अपना निश्चय बदल दिया। उन्होंने तय किया कि सीधे पन्हालगढ़ न जाकर शृंगारपुर जाने के बाद पन्हाला जाया जाए। सोयराबाई ने जब यह ख़बर सुनी, तो उन्होंने राजे से पूछा, ''आप शृंगारपुर जा रहे हैं क्या?''

''हाँ, जाना ही होगा। क्या नातिन का मुँह न देखें?''

''इतना सब हो चुका, तो भी नाती का लाड़-प्यार कम नहीं?'' सोयराबाई कह गईं।

''किया है, तो सम्भाजीराजा ने किया है। इसमें उस नवजात शिशु का, येसू का क्या अपराध?''

''उसके उकसाए बिना हो गया होगा क्या यह सब? मुझे कुछ मत समझाइए। मैं जानती हूँ सम्भाजीराजा और किसी के कहने में हों न हों, येसू की मुट्ठी में जरूर हैं।''

''हँ! इतने दिन गृहस्थी कर चुकी हो, परन्तु तुमसे पुरुष का मन पहचाने नहीं बना। रानीसाहिबा, छोटी रानीसाहिबा जो गढ़ छोड़कर रायगढ़वाड़ी जा बसी हैं, सो हमारे कहने से?''

सोयराबाई को इसका उत्तर नहीं सूझा। वे गुस्से से उफनती हुई चल दीं। राजे के हँसने की आवाज उन्हें काफी दूर तक सुनाई देती रही...।

33

भोर के कोहरे ने अभी शृंगारपुर को घेरा हुआ था। घनी झाड़ियों से घिरे गाँव के चारों ओर कोहरे का गोल घेरा ऐसा लगता था, जैसे चक्की के चारों ओर गिरा हुआ आटा। शृंगारपुर की हवेली में यद्यपि जागने की हलचल थी, फिर भी सर्वत्र शान्ति थी। एक सवार ने गाँव में प्रवेश किया। उसने हवेली में जाकर राजे के आगमन की सूचना दी ही थी कि सारी हवेली में हड़बड़ी मच गई।

राजे के अगाड़ी वाले दल हवेली के सामने आ पहुँचे। कुछ देर बाद राजे भी आ पहुँचे। हम्बीरराव ने राजे के घोड़े की लगाम थाम ली। राजे घोड़े से उतरे। पिलाजीराव शिर्के, कवि कलश और उमाजी पंडित राजे की अगवानी करने हवेली के द्वार पर उपस्थित थे। राज ने उनके सिजदे स्वीकार किए। पिलाजीराव का चेहरा चिन्ताग्रस्त दिखलाई दे रहा था।

''पिलाजीराव, येसू यहीं है?''

''जी हाँ।'' राजे के साथ चलते-चलते पिलाजीराव ने कहा, ''वह घटना हुई और येसू ने यहीं रहने का हठ ठान लिया।''

''पिलाजीराव, चिन्ता मत करो। मनुष्य का जन्म केवल पराक्रम दिखाने के लिए ही नहीं होता। दुख को भी उतने ही साहस से झेलना पड़ता है।''

राजे सदरबैठक में पधारे। हवेली के अन्दर सूचना भेजी गई। राजे अकेले ही अन्दर गए। येसूबाई का कक्ष समई-दीपकों से प्रकाशित था। राजे आ रहे हैं, ऐसा सुनते ही सारी स्त्रियाँ अन्दर के कक्ष में चली गईं। राजे कक्ष में आए। येसूबाई ने राजे को प्रणाम किया, ''आबाऽऽ'', इतना ही कह पाईं येसूबाई और फफककर रो पड़ीं। राजे तेजी से आगे बढ़े। येसू को प्यार से पास लेते हुए राजे ने कहा, ''ना, ना बेटी! रो मत। बिल्कुल मत रो। अब तो तेरी जिम्मेदारी बहुत बड़ी है। अब रोने से तेरा काम नहीं चलेगा। मैं हूँ न! सब ठीकठाक हो जाएगा।''

येसूबाई ने आँसू पोंछे। राजे ने नवजात बालिका को देखा। उस पर सोने की मुहरें निछावर कीं। राजे बैठकी पर बैठ गए। पास में येसूबाई बैठी थीं। राजे ने पूछा, "येसू, तुझे मालूम थी यह बात?"

राजे ने सोचा था कि येसूबाई सिर हिलाकर नकार जतलाएगी, लेकिन जब येसूबाई ने 'हाँ' जतलाई, तो राजे के आश्चर्य का ठिकाना नहीं रहा।

"तू पहले ही जानती थी?"

"जी।"

"जब हम पन्हालगढ़ से यहाँ आए थे, तब भी मालूम था तुझे?"

"जी।"

"और तूने हमें कुछ नहीं बताया। येसू, हमने तेरे और बेटी सखु के बीच कभी कोई फर्क किया क्या?"

राजे की बातें येसूबाई का हृदय चीर रही थीं। रुलाई रोकते हुए उन्होंने कहा, "सौगन्ध दिलवा दी थी..." आगे येसूबाई कुछ कह नहीं सकीं।

राजे ने गहरी साँस लेकर कहा, "बेटी, सौगन्ध का कैसा बन्धन बाँध बैठी तू? ऐसी कसमें भी कहीं निभाई जाती हैं क्या? कम-से-कम उन्हें रोक तो लेती।"

"मेरी माने नहीं।"

"हठ कर बैठती तू।"

"ऐसी मुझमें शक्ति नहीं थी।"

राजे रूखी-सी हँसी हँस दिए।

"हँ! तुझमें वह शक्ति नहीं, मुझमें नहीं, माँसाहिबा की भी नहीं थी। केवल एक में थी वह शक्ति, किन्तु वह तो चली गई–शायद वह भी उससे डरकर ही चल दी होगी। येसू, ऐसी गाँठें कोमल हाथों से धीरे-धीरे खुलती हैं।"

येसूबाई राजे की ओर देख रही थीं। देख-देखकर वे आश्चर्य में डूब-उतरा रही थीं–'क्या पाँच-छह महीनों में मनुष्य का रूप इतना बदल जाता है?' वे राजे के थके-माँदे रूप को देख रही थीं। वे ही तेजोमय नेत्र–किन्तु आज उनमें कितनी रूक्षता आ गई है! गाल कुछ धँस-से गए थे, इस कारण बाँकदार नाक का बाँकपन कुछ अधिक ही जान पड़ रहा था। एक भी झुर्री चेहरा कितना बदल देती है। पहले मस्तक कितना चौड़ा, भरा-भरा था–उस पर सिर्फ शिवतिलक की रेखा थी। किन्तु अब उसी मस्तक पर सूक्ष्म, आड़ी रेखाएँ झलकने लगी थीं। येसूबाई को महाराज की स्तब्धता की अनुभूति होने लगी थी। वे आगे बढ़ीं। उन्होंने राजे के चरण छू लिए।

"आबासाहब, आपके चरणों की सौगन्ध। इसमें मेरा कोई दोष नहीं है।"

राजे को सुध आई। उन्होंने झट येसू की पीठ पर हाथ रख दिया।

"सच कहती है, बेटी! इसमें तेरा दोष नहीं है। हमसे ही भूल हुई। हम ही सोच-समझ नहीं पाए। व्यर्थ ही तुझे बोल मार बैठे। दोष यदि है, तो केवल हम सबके भाग्य का है।"

राजे जब सदरबैठक में पधारे तो उनकी मुद्रा गम्भीर और कठोर थी। प्रतीत होता था, जैसे वे किसी सोच में डूबे हुए हों। सदर में पिलाजीराव, हम्बीरराव, कवि कलश और उमाजी पंडित शिष्टतापूर्वक खड़े थे। बैठक पर बैठते समय राजे की दृष्टि सबको देखने में मग्न थी।

"पिलाजीराव, हमने नहीं सोचा था कि तुम्हारे रहते ऐसी घटना घट जाएगी।"

"शर्म से गर्दन नीची हो गई है, महाराज।" पिलाजीराव एकदम कह उठे, "हम तो सीधे-सादे लोग हैं—शत्रु से भिड़नेवाले, छाती पर वार झेलनेवाले। ये सयाने लोगोंवाली करतूतें हम क्या जानें? जामात राजा आपकी आज्ञा से परली गए—हमें भी सच लगा।"

"हाँ, हमारी आज्ञा से ही वे परली गए। हम अनजाने ही इस काम में सहायक बन गए। लेकिन यह योजना परली में नहीं बनी है, षड्यंत्र की योजना यहीं बनी है। यहीं उसे सेंका-पकाया गया है। कवि राजकलश, इस बारे में तुम्हें कुछ मालूम है या नहीं?"

कलश ने कन्धे का उपरना ठीकठाक किया।

"महाराज, हमने कभी नहीं सोचा था कि सम्भाजीराजा इस प्रकार अतिरेकपूर्ण आचरण करेंगे।"

"हम भी यही सोच रहे थे कि तुम यही कहोगे। शायद तुम्हें तो यह भी ज्ञात नहीं होगा कि सम्भाजीराजा दिलेरखान के साथ बातचीत कर रहे थे।"

कलश ने होंठ दबाए।

"महराज, असत्य क्यों कहें? दिलेरखान और युवराज के बीच पत्रव्यवहार हो रहा था। दिलेरखान युवराज को अपनी ओर बुलाना चाहते थे, किन्तु हम अपनी ओर से युवराज को समझा रहे थे कि वे ऐसा न करें।"

"अच्छा! कविराज, किसे सुना रहे हैं यह बातें? हमारा सारा जीवन राजनीति में बीता है। हाँ, तुम्हारा किया कलशाभिषेक अवश्य फलदायी सिद्ध हुआ। राज्य के युवराज चाहे राजा न बने हों, मुगलों के सातहजारी सरदार अवश्य बन गए।"

"महाराज, इसमें कवि कलश का...।" उमाजी पंडित पगड़ी सँभालते हुए बोलने लगे। राजे की दृष्टि जैसे ही उनकी ओर गई, उनके शब्द मुँह में ही रह गए। राजे क्रोध के मारे खड़े हो गए। उनकी तीखी दृष्टि उमाजी पंडित को बेध रही थी।

"हम्बीरराव," उमाजी की ओर संकेत करते हुए राजे ने कड़ककर कहा, "इससे पहले कि ये पंडितजी अपनी विद्वत्ता बघारें, इसके हाथ बाँध डालो। इन दोनों को रायगढ़ भेज दो। आज्ञा दो कि इन दोनों पर कड़ी नजर रखी जाए।"

"महाराज...।" कहते हुए उमाजी पंडित आगे लपके। पीछे हटते हुए राजे ने कहा, "ले जाओ इनको! ब्राह्मण हो, इसलिए दया की है...अन्यथा घोड़े की टापों तले कुचलवा देते।"

हम्बीरराव के इशारा करते ही सैनिक दौड़े। कलश और उमाजी पंडित की मुश्कें कसकर सदरबैठक से ले जाया गया।

34

शृंगारपुर में बालिका का नामकरण संस्कार सम्पन्न हुआ। त्योहार-उत्सव के सारे समारोह किए गए किन्तु उनमें उत्साह नहीं था। बच्ची का नाम 'भवानी' रखा गया। राजे ने नामकरण-विधि के पश्चात पन्हाला जाने का निश्चय किया।

प्रातःकालीन स्नान-पूजादि से निवृत्त होकर राजे महल में अकेले बैठे थे। वे किसी सोच-विचार में इतने खो गए थे कि येसूबाई दरवाजे पर आई खड़ी हैं, यह भी उनके ध्यान में नहीं आया। येसूबाई ने कक्ष में प्रवेश किया। हाथ में दूध का प्याला था। येसूबाई को देखते ही राजे ने कहा, "यह क्या, येसू? तू अपने कक्ष से बाहर क्यों आ गई?"

येसूबाई ने दूध का प्याला राजे के सामने रख दिया। बैठकी पर बैठते हुए खिन्नता से कहने लगीं, ''मुझे कुछ नहीं होना।''

''यह ठीक नहीं है, येसू। संसार में कोई भी व्यक्ति नहीं है, जिसे संकटों ने न सताया हो। विपत्तियाँ आती हैं, चली भी जाती हैं। किन्तु तेरा ऐसा साहस ठीक नहीं है। तुझे अपने स्वास्थ्य का ध्यान रखना चाहिए। हमारी सारी आशाएँ अब तुझ पर ही टिकी हैं।''

येसूबाई की आँखें एकदम छलछला आईं।

''ना, ना, बेटी। रो मत। मेरी ओर देख। मेरी आँखों में आँसू हैं क्या? तुझे अपनी एक गृहस्थी की चिन्ता व्याकुल करती है, हमें कितनी चिन्ताएँ करनी हैं? हम लाखों के आश्रयदाता बने, लेकिन हमारे युवराज ही शत्रु से जा मिले। हम कौन-सा मुँह लेकर उन लाखों के आगे जाएँ? कैसे कहें कि हम अपने पुत्र को ही सँभाल नहीं सके। सम्भाजीराजा ने अपने आचरण से हमारी ही नहीं, राज्य की प्रतिष्ठा को मिट्टी में मिला दिया है। इस कलंक को धो डालने की शक्ति केवल तुझमें है। तेरी आँखों में पानी भर आने का समय नहीं है यह।''

येसूबाई ने आँसू पोंछ डाले। राजे की ओर देखते हुए उन्होंने कहा, ''मैं भला क्या कर सकती हूँ?''

''येसू, समर्थ व्यक्ति अपने सामर्थ्य को भुला बैठे, इससे बढ़कर पीड़ादायक बात और क्या होगी? तेरा अधिकार बहुत महान् है—तुझे उसकी पहचान होनी चाहिए।''

''मैं भला क्या कर सकती हूँ?''

''ऐसी निराशा-भरी बातें मत कह। सम्भाजीराजा की मनोवृत्ति पारे जैसी है—कब किधर बह निकले, भरोसा नहीं। इसी कारण ये हमारे साथ नहीं रह पाए। उन्हें अविवेकपूर्ण कार्य से पीछे लौटा लाने की शक्ति हममें नहीं है। औरंगजेब पूरा कूटनीतिज्ञ है। कब कैसी चाल चले, कह पाना कठिन है। थूहर की कँटीली झाड़ी पर जा पड़ा फूल उजड्ड हाथों से निकाला जाएगा तो कटे बिना नहीं रहेगा। उसे नाजुक हाथों से ही उठाना चाहिए। ऐसे नाजुक हाथ तेरे ही हैं।''

येसूबाई विस्मित होकर राजे की ओर देख रही थीं।

''इस तरह देखती क्यों है? तेरा सामर्थ्य सचमुच बहुत अधिक है। तू शायद उसे न जानती होगी, हम जानते हैं। तुझे सीखना होगा कि उस सामर्थ्य का उपयोग कैसे किया जाए। तू सम्भाजीराजा की केवल पत्नी ही नहीं है—तू उनकी सखी है, सचिव है। अपने स्वरूप को तू पहचानती नहीं है। किन्तु अब अवसर आ गया है कि तू उस स्वरूप को समझ ले।''

येसूबाई लज्जित हो उठीं।

''लजाती क्यों है, बेटी। तेरा उससे ऐसा नाता है, जो किसी भी नारी के अभिमान का विषय हो सकता है। हमें पूरा विश्वास है कि सम्भाजीराजा तेरी मंत्रणा की उपेक्षा नहीं कर पाएँगे। इससे पहले कि यह अनर्थ घोर अनर्थ बने, तू शम्भूबाल को लौटा ले आ। तेरा कर्तव्य है यह।''

''कर्तव्य?''

''हाँ,'' राजे ने बल देते हुए कहा, ''इस कर्तव्य का स्मरण दिलाने के लिए ही हम तेरे लिए एक अनमोल उपहार लाए हैं।''

येसूबाई आश्चर्य से राजे की ओर देख रही थीं। राजे ने अपनी जेब में से सोने की एक चपटी डिबिया निकाली। राजे के मुखमंडल में हँसी छिपी-छिपी-सी दिखाई दे रही थी। वे

डिब्बी खोलकर उसमें रखी हुई वस्तु को एकटक देख रहे थे। वे एक कदम आगे बढ़े और उन्होंने डिबिया येसूबाई को दिखाई। येसूबाई डिब्बी नें रखी हुई चमकदार नथ को देखती ही रह गईं। नथ दिखाते हुए राजे बता रहे थे, ''येसु, इस नथ पर तेरा अधिकार है। तू हमारी बड़ी बहू है न। माँसाहिबा ने यह नथ बड़ी रानीसाहिबा* को दी थी। भोसलेवंश की आन-बान की निशानी यह नथ, जब तक वे जीवित रहीं, उनके पास रही। उन्होंने कभी कोई ऐसा काम नहीं किया, जिससे इसका अपमान हो। उनकी मृत्यु के बाद हमने इसे बड़े जतन से सँभालकर रखा था। सोच रखा था कि किसी उचित अवसर पर इस नथ को तेरे हाथ सौंप दें। इसे ले। इसके सम्मान की रक्षा करना अब तेरे हाथ है।''

येसूबाई ने डिबिया ले ली।

''येसू, इस नथ के नीचे एक छोटी पुड़िया है। उसमें बड़ी रानीसाहिबा का मंगलसूत्र रखा हुआ है। देह भस्म हो जाने के बाद भी यह मंगलसूत्र ज्यों-का-त्यों बचा हुआ मिला था। तू जो प्रतिदिन पूजा करती है न, उस पूजा में इसे भी रख लिया कर। हमने रानीसाहिबा की स्मृति में इसे सँभाले रखा था। आज युवराज का स्मृतिचिह्न समझकर इसे तुझे दिए दे रहे हैं।''

येसूबाई ने झट राजे के पाँव छू लिए। येसूबाई की पीठ पर हाथ फेरते हुए राजे ने कहा, ''तू चिन्तित मत हो। मन में संशय मत आने दे। शम्भूबाल हमारे हैं। यदि वे कुछ-का-कुछ कर बैठें, तो भी भला हम उन्हें अकेला छोड़ सकते हैं?''

आगे राजे कुछ बोल नहीं पाए। काँपते हाथों से उन्होंने प्याला गलीचे पर रख दिया। भर्राए कंठ से वे कहने लगे, ''येसू, तुझसे क्या कहूँ, बेटी? सम्भाजीराजा केवल डेढ़-दो वर्ष के बालक थे और उनकी माता बड़ी रानीसाहिबा उन्हें अचानक छोड़कर संसार से कूच कर गईं। हमने उस दुख का आघात सहन किया और रानीसाहिबा की तेरहीं होते ही हम अफजलखान से मिलने चल पड़े। सारा जीवन माँसाहिबा के साथ बीता। राज्याभिषेक उत्सव पूरा हुआ ही था कि वे भी हमें छोड़ गईं। हम निराधार-अनाथ हो गए। किन्तु हमने उस दुख पर भी विजय पाई। एक मास के बाद हम पेड़गाँव मुहिम के लिए रवाना हो गए। यह दोनों आघात प्रबल थे, फिर भी हम इन्हें सह सके। किन्तु यह दुख येसू! इसकी मार से हम धराशायी हो गए हैं। शरीर में उठने का बल भी नहीं रहा।''

येसूबाई रो रही थीं। राजे आँखें बन्द किए बैठे थे। जैसे ही उन्होंने आँखें खोलीं, उनकी दृष्टि अपनी हथेली की ओर गई। हथेली देखते ही राजे की व्याकुलता और बढ़ गई। दो बूँद अश्रु मोती बनकर उनकी हथेली पर टपक पड़े। उन आँसुओं की ओर देखते हुए राजे कह रहे थे, ''हम कर्नाटक की मुहिम के लिए गए थे। अपने एकाकी जीवन से, इस दौड़-धूप से जी ऊब रहा था हमारा, तब हमें श्रीशैल भगवान् के दर्शन हुए। हम उसके आगे अपने सिरकमल को अर्पित करने के लिए तत्पर हो गए थे। कितना अच्छा होता, यदि हम सिर अर्पण कर देते...।''

''आबासाहब!'' येसूबाई सिहर उठी थीं।

''यदि तू चाहती है कि हम जीवित रहें, तो तुझे यह काम करना ही होगा। हम पन्हालगढ़ जाते हैं। यहाँ हम अपने विश्वासपात्र गुप्तचर और छोटी सेना रखकर जाते हैं। तेरा सन्देश दिलेरखान की छावनी में रह रहे सम्भाजीराजा तक सुरक्षित रूप से पहुँच जाएगा। यह हमारे

---

* बड़ी रानी स्वर्गीया सईबाई। सम्भाजी की माता।

लोग ऐसे हैं कि वे प्राणों की बलि दे डालेंगे, परन्तु काम में भूल नहीं होने देंगे। बोल, तू करेगी न इतना काम?''

''जी, करूँगी।'' येसूबाई ने निश्चयपूर्वक कहा।

राजे ने प्यार से उसकी पीठ सहलाई। येसूबाई ने विनती की, ''दूध पी डालिए न?''

राजे ने मुस्कुराते हुए प्याला उठाया और होंठों से लगा लिया।

अगले दिन राजे पन्हाला जाने के लिए तैयार हुए। येसूबाई से विदाई पाने के लिए राजे उनके महल में गए।

''कहाँ है हमारी 'भवानी' बिटिया? सो रही है क्या?''

पालने की ओर जाते हुए येसूबाई ने कहा, ''जी नहीं, जागी हुई है।''

राजे ने जब देखा कि येसूबाई भवानी को पालने में से उठा रही हैं, तो वे बैठकी पर जा बैठे। येसूबाई अपनी हँसी नहीं रोक पा रही थीं। जैसे ही वे राजे के पास आईं, राजे ने कहा, ''जरा ठहरो। हम कटार और तलवार उतार देते हैं।''

राजे ने कमरबन्द में खोंसी हुई कटार उतारकर रख दी। और येसूबाई ने भवानी को गुदड़ीसहित राजे की गोदी में रख दिया। वह नन्हा-सा शिशु छोटी-छोटी मुट्ठियों को भींचता हुआ हाथ ऊपर को उठा रहा था। पलकें मिचका रहा था। राजे बड़े कौतुक से पोती की ओर देख रहे थे। इतने में भवानी ने एक जोरदार जम्हाई ली। राजे जोर से हँस पड़े। येसूबाई ने पूछा, ''आबासाहब, सुना है—रायगढ़ में भूकम्प आया था।''

भवानी को एकटक निहारते हुए राजे ने कहा, ''हाँ, यह जो जनमी थी न! पुराणों में लिखा है कि जब-जब देवी-देवता अवतार धारण करते हैं, तब आकाशवाणी हुआ करती है या धरती काँप उठती है।''

35

राजे पन्हालगढ़ आ पहुँचे। पन्हालगढ़ में उनकी सेनाएँ एकत्रित हो रही थीं। स्थान-स्थान के अधिकारी राजे से मिलने आ रहे थे। किलेदार ने किले में अनाज की कोठियाँ पूरी तरह भर ली थीं। पन्हालगढ़ को और मजबूत बना लिया गया था। राजे का कोंकण प्रदेश सुरक्षित था। इसलिए उन्होंने कोंकण के किलों की प्रसिद्ध तोपें पन्हालगढ़ मँगवा ली थीं। इतना ही नहीं, राजे ने पुर्तगालियों से नई तोपें भी खरीद ली थीं और उन तोपों के द्वारा पन्हालगढ़ की सुरक्षा और अधिक दृढ़ बना ली थी।

राजे की कई सेनाएँ मुगलिया और आदिलशाही इलाकों में हुडदंग मचाए थीं। राजे ने पन्हालगढ़ में चार महीने बिताए। इस काल में उन्हें कई विजय-वार्ताएँ सुनने को मिलीं। मोरोपन्त अपनी सेनासहित गदग प्रान्त में स्थित कोप्पल से जा टकराए थे। उन्होंने हुसैनखान मियाना के बेटे को अपनी सेना में मिला लिया था और उसे मध्यस्थ बनाकर उन्होंने कोप्पल के किलेदार से बातचीत शुरू कर दी थी। फिर अन्दरूनी कूटनीति से उन्होंने कोप्पल के दृढ़ दुर्ग को स्वराज्य में सम्मिलित कर लिया था। मोरोपन्त ने किले में कैद हुसैनखान मियाना को आजाद करा दिया था। इस उपकार के कारण हुसैनखान ने बड़ी खुशी से राजे की नौकरी करना पसन्द किया। दूसरी ओर आनन्दराव ने बालापुर पर कब्जा कर लिया था और 'बीजापुर

का सिंहद्वार' समझे जानेवाले नगर शहापुर को लूटकर बरबाद कर डाला था। आनन्दराव ने ऐसी वीरता दिखाई कि वे मुगल सेना से भी पहले बीजापुर की चहारदीवारी तक जा पहुँचे। राजे की तीसरी सेना गुजरात राज्य के बलसाड प्रदेश में स्थित दमण को लूटने में लगी थी। चारों तरफ हो रही मुहिमों के द्वारा प्राप्त लूट का माल प्रतिदिन रायगढ़ ले जाया जा रहा था। औरंगजेब का लड़का मुअज्जम दक्खिन का सूबेदार बनकर औरंगाबाद आया था। इस समाचार को सुनकर राजे चिन्तित नहीं हुए। उसकी नियुक्ति की बात सुनकर राजे ने कहा, ''शाहजादे और दिलेरखान के बीच मनमुटाव है। अब शाहजादे ने मैदान में कदम रखा है। शायद अब राजनीति असली रंग दिखाएगी।''

पन्हालगढ़ की दृढ़ता को देखकर राजे निश्चिन्त हो चुके थे। उन्होंने अब रायगढ़ जाने का निश्चय किया। राजे ने सोचा था कि शृंगारपुर और रायगढ़ का दौरा करने के बाद फिर पन्हालगढ़ लौट आया जाए। सेना और पन्हालगढ़ को हम्बीरराव के जिम्मे सौंपकर राजे ने पन्हालगढ़ से प्रयाण किया। ऐन गर्मियों में वे रायगढ़ आ पहुँचे।

एक दिन अनाजी ने उन्हें समाचार सुनाया, ''महाराज, भूपालगढ़ से खबर आई है कि दिलेरखान ने भूपालगढ़ की ओर नजर उठाई है।''

''किले की क्या स्थिति है?''

''चिन्ता की कोई बात नहीं। फिरंगोजी वहाँ गढ़पति हैं।''

राजे का मुख सन्तोष के कारण दमक उठा।

''अनाजी, यही कारण है कि महत्त्वपूर्ण दुर्गों में फिरंगोजी जैसे अनुभवी सयाने लोगों को गढ़पति बनाया जाता है। भूपालगढ़ हमारा दृढ़ दुर्ग है और उससे भी बढ़कर दृढ़ हैं हमारे फिरंगोजी। दिलेरखान को भूपालगढ़ मिलने से रहा।''

राजे सदरबैठक की बैठकी पर जा बैठे। उनके मुख पर अनोखी मुस्कुराहट थी, ''सम्भाजीराजा को जल्दी ही पता लग जाएगा कि सह्याद्रि जीतना तो दूर, सह्याद्रि पर्वत की एक चट्टान हिलाना भी कितना दुष्कर है।''

36

सोमवार का दिन था। राजे प्रातःकाल जगदीश्वर के दर्शनार्थ गए थे। दर्शन करके वे मन्दिर के पूर्वाभिमुख प्रवेशद्वार में खड़े हो गए। सामने श्री भवानी-कगार दिखाई दे रहा था। राजे ने हाथ जोड़कर नमस्कार किया। जेधे और अनाजी राजे के साथ थे। राजे अनाजी से कह रहे थे, ''अनाजी, प्रतीत होता है कि वर्षा ऋतु समाप्त होने तक हमारी गतिविधियाँ मन्द रहेंगी। दिलेरखान ने भूपालगढ़ को घेर अवश्य रखा है, लेकिन वह अधिक दिनों तक वहाँ नहीं रहेगा। उसकी नजर बीजापुर पर है। वह बीजापुर पर हमला करेगा। बरसात खत्म होने तक उस लड़ाई का फैसला नहीं हो पाएगा।''

''बीजापुरवाले दिलेरखान के सामने टिक सकेंगे?''

''हमें सन्देह है। जिस राज्य को घर के भेदियों ने भीतर से खोखला बना दिया हो, वह साधारण शत्रु के आगे भी ठहर नहीं सकता। फिर दिलेरखान जैसा कट्टर पठान शत्रु हो, तो पूछना ही क्या?''

"बीजापुर की आदिलशाही की मस्ती एक बार झड़ जाए, तो ही अच्छा है।" जेधे कह गए।

राजे ने जेधे की ओर देखा।

"जेधे, आदिलशाही मरेगी नहीं।"

"जी, क्या?"

"हमने कहा कि आदिलशाही मरेगी नहीं। अगर वैसा समय आ पड़ा, तो आदिलशाही राज हमारी ओर मदद माँगने दौड़ेगा।"

"तो क्या हम उसकी मदद करेंगे?"

"अवश्य करेंगे। हम उसी मौके की ताक में हैं। हमने पन्हालगढ़ में जो सेना इकट्ठी की है, उसका उद्देश्य और क्या है? सच देखा जाए तो बीजापुरवालों को यह बात पहले ही सूझनी चाहिए थी। आवश्यक है कि दक्खिन के राज्य मिल-जुलकर रहें। औरंगजेब, आज हो या कल, दक्खिन देश में आ उतरेगा यह निश्चित है। उसकी बाढ़ रोकनेवाले राज्य तीन हैं। कुतुबशाह समझ चुके हैं कि इन तीन राज्यों की आपस में टकराहट ठीक नहीं है। किन्तु अभी आदिलशाही के दिमाग में यह बात रौशन नहीं हुई है। जिस दिन उसकी अक्ल में यह बात आएगी, समझो वह दिन बहुत शुभ है।"

भाग : ग्यारह

सुबह की धूप देह को जला रही थी। तेज गरमी महसूस करते हुए राजे ने कहा, ''चलो, महल में जाएँ। दिन काफी चढ़ आया है।''

बातें करते-करते राजे ऊपरीकोट में आए। नक्कारखाने पर भगवा ध्वज फहरा रहा था। राजे ने धीरे से गर्दन झुकाई। महादरवाजे से प्रवेश करके वे महल के अन्दर आए। राजे को देखते ही बालाजी आगे आ गए।

''महाराज, फिरंगोजी नरसाला आए हैं।''

''फिरंगोजी नरसाला?'' महाराज चौंक उठे। ''कहाँ हैं? कब आए?''

''अभी थोड़ी देर पहले आए हैं। सदरबैठक में हैं।''

राजे ने अनाजी की ओर देखा। ''अनाजी, भूपालगढ़ पर शत्रु का घेरा है, फिर फिरंगोजी यहाँ क्यों आए हैं? चलो चलकर देखें।''

राजे तेज कदमों से चले जा रहे थे। अनाजी और जेधे उनके पीछे-पीछे लपकते हुए जा रहे थे। राजे सदर में आए। फिरंगोजी खड़े हो गए। उनके सिजदे को स्वीकार कर राजे ने पूछा, ''फिरंगोजी, किसके बलबूते गढ़ छोड़कर आए हो?''

फिरंगोजी के पके हुए गलमुच्छे थरथराने लगे। प्रौढ़ आयु के कारण जो आँखें पहले ही पनियायी रहती थीं, उनमें भय समा गया। फिरंगोजी आगे दौड़े। उन्होंने राजे के पाँव पकड़ लिए। उनकी ओर ध्यान न देते हुए राजे ने पूछा, ''बोलो, फिरंगोजी! गढ़ क्यों छोड़ आए हो?''

''गढ़ खाली कर देना पड़ा, महाराज।''

''मुगलों को सौंप आए हो किला?''

फिरंगोजी ने सिर झुका लिया। राजे सन्न होकर फिरंगोजी की ओर देख रहे थे। कड़ककर पूछा, ''किसकी आज्ञा से गढ़ खाली किया तुमने?''

''युवराज की आज्ञा से,'' फिरंगोजी ने उत्तर दिया।

''फिरंगोजी, पूरी बात कहो।''

फिरंगोजी ने आँसू पोंछे। ''क्या बताऊँ, महाराज। दिलेरखान ने गढ़ पर हमला कर दिया। उसके डर के मारे गाँवों-कस्बों के लोग अपने बीवी-बच्चोंसहित गढ़ में आश्रय पाने आ गए। गढ़ मजबूत था। मुकाबला करने की पूरी तैयारी थी। दिलेरखान ने मोर्चेबन्दी कर ली। गढ़ की तोपें उसकी तोपों का जवाब देने लगीं। जमकर लड़ाई हो रही थी, इतने में...''

''इतने में क्या हुआ?''

"सम्भाजीराजा मुगल फौज के हरावल में आ गए। युवराज को देखते ही सारी हिम्मत छूट गई। युवराज ने आज्ञा भेजकर कहा, 'दरवाजा खोलो, नहीं तो सिर कटवा डालूँगा। सारे लोगों को मरवा डालूँगा...।' "

राजे अपना क्रोध रोक नहीं पा रहे थे।

"और तुमने किला दिलेरखान के हवाले कर दिया?"

"जी।"

"कहो, फिरंगोजी, पूरी बात एकसाथ कहो।"

"युवराज की आज्ञा के अनुसार गढ़ उनके हवाले कर दिया गया। लेकिन दिलेरखान ने अपनी बात नहीं निभाई। उसने किले में आते ही हमारे सात सौ आदमियों के हाथ कटवा दिए। जो औरतें-बच्चे किले में आसरा पाने आए थे, उनका सामान जब्त कर लिया। तोपें चलवाकर सारा किला मटियामेट करवा दिया।"

"बड़ा अच्छा किया तुमने, फिरंगोजी! कितना भरोसा था तुम पर? बड़े महाराज के समय के पुराने आदमी हो तुम, अनुभवी हो। और तुम ही किला शत्रु के हवाले करके छुट्टी पा गए? क्या कर बैठे तुम, फिरंगोजी!"

फिरंगोजी ने सिर उठाकर देखा। वे कहने लगे, "मेरा बस नहीं चला, महाराज। चाकण किला तो मैदानी किला है। शाइस्ताखान के साथ लड़ाई करके उस किले को दो महीने तक बचाया था मैंने, तब पहाड़ी किले भूपालगढ़ की रक्षा करना क्या कठिन था? लेकिन सामनें आ गए शम्भू—बालशम्भू। उन पर तोप चलाने की हिम्मत कहाँ से आती? राजे, मैंने गढ़ सौंप दिया और विट्ठलपन्त को साथ लेकर सीधे इधर चला आया।"

"न आते, तो ठीक था।"

फिरंगोजी ने चौंककर राजे की ओर देखा।

"महाराज...।"

"कौन है यहाँ?" राजे ने पुकारकर कहा।

सशस्त्र सैनिक भागते हुए महल में आए। फिरंगोजी की ओर इशारा करके राजे ने आदेश दिया, "गिरफ्तार कर लो इन्हें। कल सूर्योदय होते ही तोप के मुँह से बाँधकर उड़ा दो।"

फिरंगोजी आगे की ओर दौड़े। राजे पीछे हटते जा रहे थे। फिरंगोजी ने विनती करते हुए कहा, "महाराज, क्षमा...मेरी कोई गलती नहीं है।"

फिरंगोजी की दीन मुद्रा देखकर राजे की आँखों में आँसू आ गए। वे हृदय कठोर कर कह गए, "फिरंगोजी, तुम्हारी गलती नहीं है। कौन कहता है कि भूल होने पर ही दंड मिलता है? फिरंगोजी, गलती है केवल तुम्हारे-हमारे भाग्य की। मन का माया-मोह टूटे नहीं बनता तुमसे। युद्ध का भावना से कोई लेना-देना नहीं है। अगर दूसरे लोग भी तुम जैसा ही आचरण कर बैठें, तो स्वराज्य के धुर्रे उड़ते देर नहीं लगेगी। सबको पता लगना चाहिए कि निष्ठा व्यक्ति के प्रति नहीं, राज्य के प्रति होती है। देखते क्या हो? ले जाओ इन्हें।"

राजे पीठ फेरकर खड़े हो गए।

सिसक रहे फिरंगोजी को राजसदर से ले जाया गया। राजे मुड़े। अनाजी और बालाजी भय से दहल उठे थे। बालाजी ने साहस करके कहा, "महाराज!"

किन्तु उनके कुछ कहने से पहले ही राजे ने आज्ञा दी, ''बालाजी, सब गढ़ों के नाम तुरन्त आज्ञापत्र भेजो। कहो कि सम्भूजी भोसला अगर मुगल मनसबदार बनकर गढ़ के पास आए, तो तोपें चलाने में टालमटोल न की जाए। किसी ने ढिलाई दिखाई, तो माफ नहीं किया जाएगा।''

2

फिरंगोजी नरसाला को दिए गए दंड को सुनकर सारा रायगढ़ सन्न रह गया था। घुड़साल में, शिलेदारों के गुटों में, सैनिकों के बीच यही कानाफूसी हो रही थी। सब जानते थे, सबने स्वयं देखा था कि राजे फिरंगोजी का कितना आदर करते हैं। वे ही फिरंगोजी कल तोप से उड़ा दिए जाएँगे, इस विचारमात्र से सबके हृदय भयभीत हो उठे थे। राजकार्यालय में भी बेचैनी व्याप्त थी।

किसी का साहस नहीं था कि राजे के महल में जाए। राजे महल में अकेले बैठे हुए थे। सोयराबाई महल में हो आई थीं, किन्तु उससे कोई लाभ नहीं हुआ था। राजे ने भोजन नहीं किया था। किसी में इतनी हिम्मत न थी, जो उन्हें भोजन के लिए कहे। राजे महल में बैठे थे। उनकी आँखों के आगे हर समय फिरंगोजी की सूरत आ जाती थी। समय घड़ी-घड़ी, पल-पल बीतता जा रहा था।

दोपहर ढल चुकी थी। राजे ने सुना—कोई महल के बाहर बातें कर रहा है। राजे ने पूछा, ''कौन है?''

महादेव अन्दर आया। उसने कहा, ''अनाजीपन्त आए हैं।''

''भेज दो।''

अनाजी महल में आए। उन्होंने आकर सूचना दी, ''छोटी रानीसाहिबा आई हैं।''

''यहाँ?''

''जी।''

''कब?''

''अभी-अभी गढ़ में डोली आई है।''

पुतलाबाई आई हैं? बिना कोई सूचना दिए? वे अचानक गढ़ में क्योंकर आई होंगी?

अनाजी चले गए। उनके चेहरे पर सन्तोष दिखाई दे रहा था।

थोड़ी देर बाद पुतलाबाई महल में प्रविष्ट हुईं। राजे ने चिन्तित होकर पूछा, ''रानीसाहिबा, इस समय कैसे आई हो?''

''मन बहुत बेचैन था, आना पड़ा।''

''कैसी बेचैनी?''

''सुना है—फिरंगोजी काका को तोप से उड़ाया जाएगा।''

एकदम सारा मामला राजे की समझ में आ गया।

''हाँ।''

''दंड की आज्ञा दी गई है, क्या उसका पालन भी किया जाएगा?''

“हमने आज तक ऐसी कोई दंड की आज्ञा नहीं दी है, जिसका पालन न किया गया हो।”

“उनसे ऐसा कौन-सा भीषण अपराध हुआ है?”

राजे उद्विग्नता के मारे हँस पड़े। वे पुतलाबाई की ओर देख रहे थे। वेशभूषा से ही प्रतीत हो रहा था कि पुतलाबाई बहुत हड़बड़ी में आई हैं। जो साड़ी वे पहने थीं, वह प्रतिदिन वाली सादी साड़ी थी। बदन में गहने भी नहीं थे। राजे का मन चाह रहा था कि इस सीधी-सादी वेशभूषा में भी उनका सौन्दर्य निहारते रहें। सोयराबाई अतीव लावण्यवती थीं। सुन्दरता के सारे लक्षण उनमें समाए हुए थे। उनकी तुलना में पुतलाबाई साँवली थीं, किन्तु उस श्यामलवर्ण में भी सौन्दर्य का तेज था। नेत्र बहुत मोहक और भावबोधक थे। उस दृष्टि में एक निराला आदेशात्मक भाव भरा था। ऊँची गर्दन ऊँचे कद पर सुन्दर लगती थी। प्रौढ़ अवस्था को छू रहा था वह रूप, फिर भी राजे के हृदय को आह्लादित कर रहा था। राजे की दृष्टि को अपनी ओर केन्द्रित देखकर पुतलाबाई ने पूछा, “ऐसा कौन-सा अपराध हुआ है?”

प्रश्न सुनकर राजे को खयाल आया। पल-भर के लिए जो चित्त आनन्द में गोता लगा रहा था, वह फिर से उद्वेलित हो उठा।

“यह पूछो कि क्या अपराध नहीं हुआ?”

“किन्तु इसमें फिरंगोजी का क्या अपराध है? शम्भूबाल सामने आ गए...।”

“कितनी बार लोगी वही नाम?... शम्भूबाल सामने आ गए तो क्या गढ़ शत्रु के हवाले कर दिया जाए? फिरंगोजी कितने अनुभवी हैं—अपने आदमी हैं—फिर भी किला शत्रु को देकर छुट्टी पा बैठे! उन्हें दंड देने के अतिरिक्त हमारे हाथ और है ही क्या?”

“क्या इस दंड के अतिरिक्त और कोई दंड नहीं है?”

“पुतला! देशद्रोह से बढ़कर दूसरा अपराध नहीं है। यदि कोई और दंड देना सम्भव होता, तो क्या हम फिरंगोजी को वही दंड न देते?”

“सबको यही दंड दिया जाता है क्या?” पुतलाबाई ने शान्ति से पूछा।

“बिलकुल।” राजे ने कठोरतापूर्वक कहा।

“शम्भूबाल वापस लौट आए, तो क्या उन्हें भी यही दंड दिया जाएगा?”

राजे पुतलाबाई की ओर अपलक दृष्टि से देखते ही रह गए। इस विचारमात्र से उनके प्राण तिलमिला उठे।

“पुतला!”

“यही कहना चाहती हूँ मैं। यदि शम्भूबाल को यही दंड नहीं दिया जाना हो, तो फिर से सोच-विचार कर लीजिए। यदि इस बार इस दंड का पालन किया गया और बाद में इसी अपराध के लिए यही दंड न दिया जा सका, तो व्यर्थ ही जीवन-भर पश्चात्ताप करना पड़ेगा। यही कहने मैं गढ़ में आई थी।”

पुतलाबाई जैसे आई थीं, वैसे ही चली गईं। राजे बहुत देर उसी प्रकार खड़े रहे। फिर उन्हें अनुभव होने लगा कि वे महल में एकाकी हैं। मन और उद्विग्न हो उठा। उन्होंने आवाज दी। महादेव अन्दर आया।

“जी, महाराज?”

“रानीसाहिबा आई थीं?”

“जी।”

“चली गईं?”

“जी।”

“बाहर कौन है?”

“अनाजी हैं।”

“उन्हें अन्दर भेज दे।”

अनाजी महल में आए। राजे ने पूछा, “अनाजी, रानीसाहिबा गईं?”

“जी हाँ, महाराज। कह रही थीं कि गढ़ से नीचे जाना ही होगा।”

राजे हँस पड़े। “ठीक है, अनाजी। सबके पास मन है—सबको चिन्ता भी सताती है। शायद कोई नहीं मानना चाहता कि हमारा भी एक दिल है। अच्छा, तुम जाओ।”

अनाजी ने साहस बटोरकर पूछा, “फिरंगोजी के दंड की आज्ञा...”

अनाजी की ओर देखे बिना ही राजे ने कहा, “पालन किया जाए।”

दुखी मन गर्दन झुकाकर अनाजी महल से बाहर चले गए।

3

गढ़ को रात्रि के अन्धकार ने ढँक लिया। राजे शैया पर लेटे हुए थे। महल में समई-दीपकों का मन्द उजाला फैला हुआ था। राजे को नींद नहीं आ रही थी। मन में बड़ी व्याकुलता थी। लेटे-लेटे राजे छटपटा रहे थे। आधी रात के बाद कब उन्हें नींद आ गई, यह वे जान नहीं पाए।

बड़े सबेरे अकस्मात् उनकी नींद खुली। उन्हें पसीना आ रहा था। दम घुट-सा रहा था। वे उठ बैठे। राजे के जागने की आहट पाकर महादेव अन्दर आया।

“महादेव, जरा पानी देगा क्या?”

“जी।”

महादेव ने सुराही से पानी लिया। प्याला राजे के हाथ में दे दिया। महादेव ने सामने जो चिलमची पकड़ रखी थी, उसमें राजे ने कुल्ला किया। ठंडे पानी से उन्हें बहुत आराम मिला। पानी पीकर उन्होंने पूछा, “सुबह हो गई क्या?”

“जी नहीं।”

“अच्छा। तू जा।”

राजे फिर लेट गए। पर वे विचारों के अनियंत्रित प्रवाह में बहे जा रहे थे। इसलिए महल की नीरवता उन्हें असह्य प्रतीत हो रही थी। फिरंगोजी की आकृति उनकी आँखों के आगे से हटती ही नहीं थी।

फिरंगोजी! स्वराज्य का एक गढ़पति। जिसने केवल माँसाहिबा की बात रखने के लिए चाकण का किला स्वराज्य में सम्मिलित कर दिया था। चाकण दुर्ग पर भगवा झंडा फहराते समय राजे ने फिरंगोजी से कहा था, “फिरंगोजी, हमें केवल गढ़ नहीं चाहिए। गढ़ के समान दृढ़ लोगों की भी आवश्यकता है हमें। हम तुम्हें चाहते हैं।’

और यों फिरंगोजी स्वराज्य के सहभागी बन गए।

राजे ने करवट बदली।

शाइस्ताखान ने चाकण किले को घेर लिया था। मुगल सेना कितनी विशाल थी, परन्तु फिरंगोजी ने दो महीने तक गढ़ को आँच नहीं आने दी। डटकर लड़ते रहे। शाइस्ताखान को किले की चहारदीवारी में सुरंगें खोदकर चहारदीवारी गिरानी पड़ी, तब कहीं वह जीत का मुँह देख पाया। खान भी फिरंगोजी की बहादुरी की तारीफ किए बिना नहीं रह सका। उसने फिरंगोजी को जागीर और बड़ी नौकरी देकर ललचाना चाहा, लेकिन फिरंगोजी डगमगाए नहीं। जो स्वराज्य से बेईमानी कर बैठते हैं, उस जाति के नहीं हैं फिरंगोजी।

राजे की बेचैनी बढ़ने लगी। वे उठ बैठे। महल में ही चहलकदमी करने लगे। वे उत्तर दिशा की खिड़की के पास गए। हवा पूरी तरह बन्द थी। बाहर सब कुछ अँधेरे में डूबा हुआ था। गढ़ में कहीं-कहीं जल रहे दीये उस अँधेरे में डरावने-से लग रहे थे। उनकी ओर देखना भी राजे को असह्य हो उठा। वे मुड़ पड़े, किन्तु विचारों की गति नहीं मुड़ सकी।

फिरंगोजी! कितना सहारा था उनका! कठिनाई आ पड़ी, संकट का पहाड़ टूटा, तो बरबस फिरंगोजी की याद आ जाती थी। गढ़ की रक्षा का भार उन्हें सौंपकर संकटों का सामना करने जाते समय कितना आत्मविश्वास भर आता था मन में। हम जीत पाकर आए कि बुढ़ऊ दादा के होंठ खिल उठते थे। काँटा हमारे पाँव में चुभता था और बूढ़े दादा की आँखें नम हो जाती थीं।

राजे का गला सूखने लगा।

क्या कर बैठे फिरंगोजी, तुम? विवेक कैसे छोड़ बैठे?

हाथ पीठ पीछे बाँधकर राजे तेजी से इधर-उधर घूमने लगे। पूर्व दिशा में क्षितिज के पास सफेद रेखा झलकने लगी थी। शीतल वायु का एक मन्द झोंका महल में आया। झोंके से महल के परदे हिल उठे।

ममता! बावली ममता! उसके आवेग में कितना भीषण अपराध हो रहा है, इसकी समझ भी न रहे? कहते हैं, 'युवराज सामने आ गए'...। सम्भाजीराजा हों या फिरंगोजी हों, अपराध तो अपराध ही है। राजनीति को भावना से क्या लेना-देना? फिरंगोजी...!

पौ फटने लगी थी। धरती जाग रही थी। पक्षियों की चहचहाहट बढ़ने लगी थी। हवा निरन्तर बह रही थी...।

क्या मनुष्य मन की न सुने? कैसे हो सकता है यह? शम्भूबाल गढ़ के सामने दिखाई दिए होंगे, तब फिरंगोजी के मन पर क्या बीती होगी? जिसने सम्भाजीराजा को बचपन में अपनी पीठ पर चढ़ाकर 'घोड़ा-घोड़ा' का खेल खेलाया था—वही हृदय उस बालक पर तोप का गोला क्योंकर चला सकता? यदि वहाँ हम होते, तो क्या ऐसा कर पाते?...।

राजे झपटते हुए खिड़की के पास गए। बाहर प्रकाश फैलने लगा था। पूर्व दिशा का क्षितिज उजला हो उठा था। राजे की दृष्टि टकमक कगार की ओर गई और उनकी छाती धड़कने लगी।

लोग टकमक कगार की ओर जा रहे थे। कोंकणदिवा दुर्ग की दिशा में रखी हुई पीतल की तोप साफ दिखाई दे रही थी। राजे के होंठ थरथराने लगे। दृष्टि पूर्व दिशा के क्षितिज पर जा टिकी।

आज सूर्य न निकले, तो कितना अच्छा हो! यह कैसा भय समा गया है मन में?

राजनीति का भावना से क्या लेना-देना? राजनीति तो केवल कर्तव्य पहचानती है, कर्तव्य...।

'शम्भूबाल लौट आए, तो क्या यही दंड दिया जाएगा?'

राजे ने पसीना पोंछा। साँस जोर से चलने लगी, 'यदि यही दंड न दिया जाना हो, तो फिर से सोच-विचार कर लीजिए। यदि फिरंगोजी को दंड दिया गया और बाद में इसी अपराध के लिए दूसरे को यह दंड न दिया जा सका, तो...?'

'...तो...व्यर्थ ही जीवन-भर पश्चात्ताप करना पड़ेगा।'

'पुतला!' धीरे से राजे के मुख से शब्द निकला। दृष्टि बाहर की ओर गई। बाहर बहुत उजाला फैला हुआ था। पूर्व दिशा के क्षितिज में उषा की लालिमा झाँकने लगी थी। राजे का धीरज छूट गया। वे दौड़ पड़े।

राजे को नंगे पैरों दौड़ता आते देखकर पहरेदार विस्मित रह गए। बड़ी शिला पार करके राजे होली-चौक में आए। सूर्योदय की बेला आ पहुँची थी। राजे बेसुध होकर टकमक कगार की ओर दौड़ते जा रहे थे। बारूदखाने के पास आते ही हाथ ऊँचा उठाकर राजे बड़े जोर से चिल्लाए, ''ठहरोऽऽ-ठहरोऽऽ।''

सब राजे की ओर देखने लगे। सबका ध्यान पूर्व दिशा में सूर्योदय की ओर था। अचानक राजे को आया देखकर सब आश्चर्यचकित हो उठे। पीतल की चमचमाती तोप के मुँह से बँधे हुए थे फिरंगोजी। वे बिलकुल शान्त थे। मशालची हाथ में जलती मशाल लिए तोप के पीछे खड़ा हुआ था। सबकी नजरें राजे की ओर थीं। सँकरे रास्ते से भागते हुए राजे वहाँ आए। उनकी साँस फूल उठी थी—हाँफते-हाँफते वे तोप के मुँह के सामने आए। पास खड़े हुए सैनिक की कमर से उन्होंने कटार खींच ली। दाँत पीसते हुए, होंठ काटते हुए उन्होंने फिरंगोजी की रस्सियाँ काट डालीं। फिरंगोजी देख रहे थे। उपस्थित जनों ने आज तक कई महान् दृश्य देखे थे किन्तु सामने के दृश्य को देखकर सबके हृदय रो उठे। राजे की वह हाँफती मूरत, विशाल छाती में उठती-भरती साँस—सिर के पीछे गले पर बिखरे फैले हुए बाल—श्रमबिन्दुओं से भरा माथा...।

भगवान् का रूप इससे कुछ भिन्न होता है क्या?

फिरंगोजी के बन्धन कट गए। राजे हाँफते-हाँफते वहीं खड़े थे। उनकी आँखें देख रही थीं उस वयोवृद्ध, तपोवृद्ध, पितृतुल्य फिरंगोजी को—सिर पर मराठी गोल पगड़ी, मुख पर झुर्रियों का फैलाव, छलछलाए नेत्र, भावावेग के कारण काँप रहे गलमुच्छे...! फिरंगोजी आगे बढ़कर कहने लगे, ''महाराज, क्यों दौड़ आए आप? पीला पत्ता हूँ, कभी-न-कभी टूटकर गिरता ही। टकमक-कगार से भी उड़ जाता, तो गिरते-गिरते आशीर्वाद ही देता, है न?''

ये वचन सुनकर राजे का धीरज जाता रहा। गालों पर आँसुओं की धार बहने लगी। फिरंगोजी से लिपटकर राजे कहने लगे, ''फिरंगोजी! हम क्या करें?...क्या करें हम?''

4

राजे का मन सदैव चिन्तामग्न रहता था। समय-समय पर कई समाचार गढ़ में आते थे। राजे के विशेष पत्र शृंगारपुर भेजे जा रहे थे। राजे की सेनाएँ दूर-दूर के प्रदेशों में फैली थीं।

आनन्दराव ने बालापुर पर अधिकार कर लिया है, इस वार्ता से राजे आनन्दित अवश्य हुए, किन्तु यह समाचार सुनकर कि दिलेरखान बीजापुर की ओर बढ़ रहा है, राजे चिन्तित हो उठे।

गर्मियाँ बीत गईं और बरसात आ पहुँची। आकाश में बादल मँडराने लगे। काली सावित्री नदी में पानी बढ़ने लगा। सारी घाटियाँ बरसाती कुहरे से भरी हुई; निरन्तर बरस रही जलधाराओं से प्लावित थीं। राजे का चित्त इस वातावरण के समान कुन्द-मन्द हो गया था। स्वास्थ्य बिगड़ता जा रहा था। कभी ज्वर, तो कभी खाँसी सताने लगी थी। इसी प्रकार चिन्तापूर्ण दशा में वर्षा ऋतु समाप्त होने को थी। गढ़ में श्रावण मास के सूर्य की किरणें फैलने लगीं। पहाड़ के कगारों-दरारों में उगी घास पर रंग-बिरंगे फूल खिल उठे। राजे सदरबैठक में आकर बैठने लगे थे।

सायंकाल राजे सदर में आ बैठे थे। मोरोपन्त ने बताया, ''शृंगारपुर से पत्र-थैली आई है।''

''क्या लिखा है?''

''लिखा है कि शृंगारपुर की जलवायु अनुकूल न होने के कारण राजस्नुषा येसूबाईसाहिबा पन्हालगढ़ जाएँगी। डोली और सैनिक-दल भेजे जाने की आज्ञा हुई है।''

''अरे! येसू पन्हालगढ़ जा रही है?'' राजे के मुखमंडल पर प्रसन्नता छा गई। ओढ़ी हुई शाल दूर फेंककर राजे ने कहा, ''अनाजी, डोली और सैनिक-दल तुरन्त रवाना करो। पन्हालगढ़ को सूचना भेजो। लिखो कि हमें यह समाचार सुनकर बहुत प्रसन्नता हुई।''

अनाजी चकरा गए थे। समझ नहीं पा रहे थे कि आखिर राजे को प्रसन्नता किस बात से हुई है। इस समाचार में ऐसी कौन-सी बात है, जो राजे इतने हर्षित हो उठे हैं?

राजे अनाजी के मन की बात समझ गए थे। अपने को संयमित करके वे कहने लगे, ''अनाजी, शृंगारपुर की हवा नम है न—बच्ची भवानी को उससे कष्ट होता है। येसू ने हमारी बात मान ली, हमें इसी बात की प्रसन्नता है।''

राजे के स्पष्टीकरण से अनाजी के मन में उठी शंका का समाधान नहीं हुआ। किन्तु उन्होंने इससे अधिक पूछना भी अनुचित जानकर सिर झुकाया और बाहर चले गए। गढ़ में जब से यह समाचार आया था, राजे पूरी तरह बदल-से गए। वे कामकाज की ओर ध्यान देने लगे। जब आकाश खुला हो और वर्षा न हो, वे गढ़ में घूमने-फिरने भी लगे।

जंजिरा जलदुर्ग के बारे में खबरें राजे तक पहुँच रही थीं। मुंबई में अंग्रेजों का दबदबा बढ़ता जा रहा था। यह चिन्ता का विषय था। राजे ने जलसेनाध्यक्ष दौलतखान को तथा मायनाक भंडारी को बुलवा लिया।

राजे ने आज तक सिद्दी को परास्त करने के कई प्रयत्न किए, परन्तु सिद्दी की हार नहीं हो पा रही थी। मुम्बई के अंग्रेज हमेशा उसकी सहायता करते थे। इस सहायता के कारण राजे की योजना पूरी नहीं हो पाती थी। राजे ने तय किया कि मुम्बई द्वीप और जंजिरा द्वीप के बीच सम्पर्क तोड़ना चाहिए। मायनाक भंडारी राजे के खान्देरी द्वीप का सेनाधिकारी था। राजे ने उसे आदेश दिया कि वह खान्देरी द्वीप में चहारदीवारी बाँध ले। राजे ने यह भी निश्चय किया कि खान्देरी और उन्देरी समुद्र तटों पर तोपें और सेना तैयार

रखी जाए। जलसेनाध्यक्ष दौलतखान को आज्ञा दी कि वह इस काम में मायनाक भंडारी की सहायता करे।

राजे ने खान्देरी जलदुर्ग की चहारदीवारी बनवाना शुरू किया ही था कि समाचार मिला, "दिलेरखान बीजापुर से जा टकराया है।" अब जाकर बीजापुर के वजीर मसूद की आँखें खुलीं। मुगलिया शिकंजे से उसे बचाने की शक्ति और किसमें थी? मसूद ने राजे से प्रार्थना की कि वे डूबती आदिलशाही को बचा लें। मसूद का भेजा खलीता रायगढ़ आ पहुँचा।

राजे ने उसकी प्रार्थना स्वीकार कर ली। उन्होंने बीजापुर की रक्षा के लिए तुरन्त दस हजार सैनिक भेज दिए। लड़ाई के खर्च के लिए उन्होंने मसूद को पैसा भेजा। और सूचना भिजवाई कि सेना के रवाना होने के तुरन्त बाद वे स्वयं भी बीजापुर आ रहे हैं।

राजे रायगढ़ में रुके नहीं। वे पन्हालगढ़ चले गए। येसूबाई वहाँ आ चुकी थीं। येसूबाई से भेंट होते ही राजे ने पूछा, "येसू, क्या समाचार है?"

"कहा है कि अगर अभयदान दिया जाए, तो...।"

"अभय? भला सम्भाजी को कैसा भय? भय तो हमें है। उनसे कहो, निर्भय होकर चले आएँ। हम अब उस बारे में नहीं सोचते। तू है, सो हमें क्या चिन्ता? तू जब पन्हाला आई थी, हम तभी निश्चिन्त हो गए थे।"

येसूबाई राजे की तरफ देख रही थीं। सोच रही थीं—"आबासाहब कितने थके-माँदे लग रहे हैं।"

"आबासाहब, आप मुहिम के लिए जाएँगे?"

"हाँ, जाना ही पड़ेगा।"

"आपकी तबीयत...अगर न जाएँ, तो क्या काम नहीं चलेगा?"

राजे मन में ही हँस दिए। कहने लगे, "बुढ़ापे में चैन पाने की आस लगाए थे हम, तभी सम्भाजीराजा मुगलों से जा मिले। वे यदि यहाँ होते, तो हम उन्हें मुहिम के लिए भेज देते। बेटी, देख न, भाग्य के खेल भी कैसे विचित्र हैं। पिता जा रहा है आदिलशाही को बचाने और उसे नेस्तनाबूद करने निकला है बेटा। ऐसी अवस्था से मृत्यु क्या बुरी है!"

"आबा!"

"घबरा मत, येसू। हम बिलकुल ठीक हैं। घर में बैठे चिन्ता करने की अपेक्षा युद्धक्षेत्र की जलवायु से ही हमारा स्वास्थ्य ठीक होगा।"

राजे ने पन्हालगढ़ में पूरी व्यवस्था की। किलेदारों को आदेश दिए कि यदि सम्भाजीराजा आश्रय पाने आएँ, तो उनके लिए यथोचित प्रबन्ध किए जाएँ। इसके बाद राजे पचीस हजार सैनिकों की सेना साथ लेकर बीजापुर को बचाने निकल पड़े।

5

राजे सेनासहित बीजापुर की ओर बढ़े जा रहे थे। रास्ते में मोरोपन्त सेनासहित उनसे आ मिले। राजे बीजापुर के पास पहुँच गए। आगे भेजी हुई उनकी सेना दिलेरखान से लड़ रही थी। राजे के आने की खबर सुनकर मसूद को बड़ा दिलासा मिला। राजे ने निश्चय किया कि वे बीजापुर जाकर सिकन्दर आदिलशाह से मुलाकात करें। उन्होंने अपनी इस इच्छा की

सूचना मसूद तक पहुँचाई। मसूद राजे की मदद तो चाहता था, मगर राजे को सेना के साथ बीजापुर में आने में उसे भय था। उसने राजे को उत्तर भेजा, ''आपके आने से हमें तसल्ली हुई। बादशाहसलामत को आपसे मिलकर खुशी होगी। आप जरूर आवें। लेकिन अर्ज है कि पाँच सौ से ज्यादा सवार साथ न लाएँ।''

मसूद का सन्देश राजे की छावनी में आया। राजे ने बीजापुर जाने का निर्णय कर लिया। किन्तु मोरोपन्त ने कहा, ''महाराज, निर्णय के बारे में फिर से सोच-विचार कर लें।''

''मोरोपन्त, बात साफ-साफ कहो।''

''महाराज, यह सत्य है कि दिलेरखान के आक्रमण से घबराकर मसूद गिड़गिड़ाने लगा है, परन्तु क्या भरोसा कि वह आज तक चली आ रही हमारी-उसकी शत्रुता को भुला चुका होगा। वह आपसे दगाबाजी करने में भी आगा-पीछा नहीं देखेगा। मेरी तो विनम्र सलाह है कि इस सम्भावित संकट को टालकर ही हम यह मुहिम चलाते रहें।''

राजे को यह मंत्रणा हितकारी लगी। उन्होंने मुलाकात का निश्चय रद्‌द कर दिया। बादशाह को अपनी सहायता का आश्वासन देकर राजे मुहिम के लिए निकल पड़े। दिलेरखान बीजापुर को हथिया लेना चाहता था। इसी उद्‌देश्य से पूरी तैयारी करके ही वह चहारदीवारी तक पहुँचने की कोशिश कर रहा था। राजे जानते थे कि दिलेरखान की सेना पर सीधा हमला करने का मतलब होगा–सैकड़ों-हजारों सैनिकों को खो बैठना। इसके अतिरिक्त इस सीधे हमले में एक और खतरा भी था। दिलेरखान के पास एक अचूक शस्त्र था–युवराज सम्भाजी उसके हाथ में थे। यदि दिलेरखान उन्हें ही सेना के आगे ले आया, तब मराठा सेना लड़ेगी तो अवश्य, लेकिन कितने बल से? राजे इस प्रकार का खतरा मोल नहीं लेना चाहते थे। उन्होंने एक नया दाँव लगाने का निश्चय कर लिया।

राजे ने अपनी थोड़ी सेना दिलेरखान की रसद काटने के लिए भेजी। उनकी योजना थी कि दिलेरखान के पीछेवाले इलाके में सब तरफ अपनी सेनाएँ फैला दें और उसे परेशान करें। इस योजना को कार्यान्वित करने के लिए राजे पाँच दिन बाद ही बीजापुर से चल पड़े।

राजे की सेना भीमा नदी पार करके मुगलाई प्रदेशों में घुस गई। मुगलिया इलाकों को बरबाद करती हुई सेना आगे बढ़ने लगी। आनन्दराव म्राण और सांगोला प्रान्तों में जा घुसे। स्वयं राजे जालना का ओर बढ़ रहे थे। औरंगाबाद में दक्खिन का मुगलाई सूबेदार था शाहजादा मुअज्जम। मराठा सेना औरंगाबाद के निकटवर्ती नगर जालना पर टूट पड़ी। जालना बुरी तरह लूट लिया गया। मुगलाई में चारों तरफ हो रहे राजे के हमलों के कारण शाहजादे की नाक में दम आ गया। उसने दिलेरखान से बार-बार तगादा करना शुरू कर दिया कि वह तुरन्त पीछे लौट आए। दिलेरखान भी चारों ओर की खींचतान से बौखला उठा था। आखिरकार उसने तंग आकर बीजापुर का घेरा हटा लिया।

राजे जालना में मिली लूट लेकर वापस लौट रहे थे। तभी राजे के जासूसों ने आकर खबर दी कि रणमस्तखान, आसिफखान, जाबीदखान आदि मुगल सेनापति आठ-दस हजार फौज लेकर वापसी का रास्ता रोके खड़े हैं। राजे के साथ लूट में मिली अपार सम्पत्ति थी। फिर लगातार लड़ाइयाँ करते-करते सेना भी थक चुकी थी। इसी समय राजे के गुप्तचर-दल का प्रधान बहिर्जी आगे बढ़ा। उसने राजे से आत्मविश्वास के साथ कहा, ''महाराज, मुगलों से सामना टालते हुए निकलना भी सम्भव है।''

"कैसे?"

"वह आप मुझ पर छोड़ दें।"

प्रमुख गुप्तचर बहिर्जी अपने सहायकों सहित मार्ग दिखाता जा रहा था। राजे सेना को साथ लेकर वापस लौट रहे थे। तीन दिनों तक शत्रु को झाँसा देते हुए राजे लूट के साथ पट्टागढ़ जा पहुँचे। राजे ने बहिर्जी की बहुत सराहना की।

पहले से ही राजे का स्वास्थ्य ठीक नहीं था, मुहिम के श्रम के कारण वे और भी श्रान्त हो गए।

राजे ने मोरोपन्त को मुहिम के लिए भेजा। बागलाण और खानदेश के मुगल इलाकों के किले जीतने का लक्ष्य लेकर मोरोपन्त निकल पड़े। करणगाँव, चोपड़ा नगरों को लूटते हुए मोरोपन्त सूरत तक के प्रदेश में विध्वंस मचा आए। राजे ने पन्द्रह दिनों तक पट्टागढ़ में मुकाम किया—वहाँ विश्राम किया। जिस गढ़ ने राजे को भाग-दौड़ के समय और संकट के अवसर पर विश्राम दिया था, राजे ने उस पट्टागढ़ का नाम विश्रामगढ़ रखा।

राजे लूट के साथ रायगढ़ की ओर जा रहे थे। इस समय मोरोपन्त ने बागलाण प्रदेश के अहिवंत और नाहवा किलों पर कब्जा कर लिया। चौथाई वसूल करने का करार किया। हणमंतगढ़ पर अधिकार कर लिया। राजे लूट के मालसहित रायगढ़ वापस लौट आए। वहाँ एक आनन्ददायी समाचार राजे की बाट जोह रहा था—सम्भाजीराजा मुगलों का साथ छोड़कर पन्हालगढ़ पहुँच गए थे।

6

सम्भाजीराजा के पन्हालगढ़ आ जाने के समाचार से राजे को बहुत प्रसन्नता हुई। सारा दुर्ग आनन्दित हो उठा था। सम्भाजीराजा के लौट आने से राजे को जितना सन्तोष हुआ था, उससे सौ गुनी चिन्ता भी बढ़ गई थी। दो दिनों तक राजे इसी बारे में सोच-विचार करते रहे। तीसरे दिन उन्होंने सदरबैठक बुलवाई। इस बैठक में केवल अनाजी, मोरोपन्त, हम्बीरराव, बालाजी-आवाजी, येसाजी, फिरंगोजी, पानसम्बल और हरजी महाडी आदि कुछ राजकीय जन ही उपस्थित थे। राजाज्ञा थी कि अन्य किसी को अन्दर न आने दिया जाए।

राजे ने एक बार सबकी ओर देखा। कुछ क्षणों तक खामोशी छाई रही। राजे ने अनाजी से पूछा, "अनाजी, आज बैठक क्यों बुलवाई होगी, यह तो तुम समझ ही गए होगे।"

"जी नहीं, महाराज।"

"कम-से-कम कुछ अनुमान तो किया होगा?"

"मैं समझता हूँ, युवराज के बारे में...।" अनाजी ने हिचकिचाते हुए कहा।

"ठीक समझे हो तुम। युवराज के आने से हमें बहुत प्रसन्नता हुई है, किन्तु उसके साथ-साथ हमारी चिन्ता भी बढ़ गई है। उसके कारण हम दो दिनों तक बहुत व्याकुल रहे। युवराज आ गए, यह तो अच्छा हुआ, किन्तु अब सोचना यह होगा कि उनका मामला किस तरह सुलझाया जाए। इस बारे में निर्णय करने के लिए ही हमने तुम सबको बुलाया है।"

सब एक-दूसरे की ओर देखने लगे। सबके मन में वही प्रश्न बार-बार उठ रहा था। सबके विचारों को सुनकर राजे ने कहा, ''प्रतीत होता है कि युवराज राज्य नहीं सँभाल पाएँगे। वे कब-कैसा अविवेकपूर्ण निर्णय कर बैठें, इसका कोई भरोसा नहीं।''

हम्बीरराव आगे बढ़े। कहने लगे, ''महाराज, क्षमा करें।''

''कहो, हम्बीरराव, बात खुलकर कहो।''

''महाराज, सम्भाजीराजा युवराज हैं। ज्येष्ठ पुत्र हैं। उनके अधिकार के बारे में कौन सन्देह कर सकता है?''

राजे उदासी से हँस पड़े। मुख पर तीव्र दुख की वेदना झलक उठी। उन्होंने कहा, ''हम्बीरराव, तुम हमारे सेनापति हो। तुम्हारी स्वामिनिष्ठा को हम अच्छी तरह जानते हैं। किन्तु यदि ऐसी भोली श्रद्धा बनी रही, तो एक-न-एक दिन अनर्थ होकर रहेगा। उससे राज्य का अहित ही होगा।''

''कहने में कोई भूल हो गई क्या, महाराज?''

''बड़ी भूल हुई है। हमें देखकर युवराज दिखाई दिए तुम्हें। और इस भ्रमजाल में तुम राज्य को भुला बैठे। फिरंगोजी ने भी यही भूल की थी। परिणाम क्या हुआ? सैकड़ों निष्ठावान लोगों का जीवन नष्ट हो गया।''

''युवराज को मौका दिया गया, तो वे सुधर जाएँगे। अब उन्हें अवश्य ही पश्चात्ताप हुआ होगा।'' हम्बीरराव ने अपनी बात का समर्थन किया।

''हुआ होगा—'होगा' इसका क्या अर्थ है? हम्बीरराव, भूल से भी अंगारों पर हाथ जा पड़े, तो हाथ जलेगा ही। तब अबोधता किसी काम नहीं आती। यदि बात केवल अकेले हमारे जीवन की होती, तो हमने इस समस्या पर विचार-विमर्श भी न किया होता। किन्तु इतना विशाल राज्य...उसे जुए के दाँव पर कैसे लगा दिया जाए?''

''युवराज तो जन्म से ही राज्य के उत्तराधिकारी हैं। उस अधिकार को उनसे कौन छीन सकता है?'' हम्बीरराव ने पूछा।

''हम्बीरराव, तुम बार-बार वही भूल क्यों कर रहे हो?'' राजे उद्वेगवश कहने लगे, ''तुम राज्य के सेनापति हो, राजा के नहीं। राज्य किसका है? हम्बीरराव, यह राज्य तो 'श्री' का है! जागीरों का उत्तराधिकार बनाए रखने के लिए हम राजा हैं क्या? गागाभट्टजी ने हमसे प्रार्थना की कि भारत में हिन्दुओं का राज्य समाप्त हो गया है। उनकी प्रार्थना से हमने राज्याभिषेक करा लिया। यह राज्य उसी निष्ठा से हमारे बाद भी रहना चाहिए।''

''किन्तु आज इस बात पर विचार करने की क्या आवश्यकता है?'' अनाजी ने कहा।

''अनाजी, इस बारे में इसी समय सोच-विचार करना उचित है। युवराज के आचरण ने हमें सावधान कर दिया है। जो विचार आज तक कभी हमारे मन में नहीं आया था, वही हमें रात-दिन व्याकुल किए है। अनाजी, इस राज्य के लिए हजारों ने हँसते-हँसते अपने प्राणों की बलि दी है। इस ध्येय की पूर्ति के लिए अनेक सन्त-साधुओं ने परमेश्वर से प्रार्थना की है। इस देह का क्या भरोसा? हम आज हैं, कल न होंगे। इतना महान् उत्तरदायित्व है सामने—इसे यूँ ही छोड़ने से कैसे काम चलेगा? पन्हालगढ़ प्रयाण करने से पूर्व ही हम इस विषय में निर्णय जानना चाहते हैं।''

"निर्णय तो आपको करना है। हम क्या कह सकते हैं?" मोरोपन्त ने कहा।

"वाह, मोरोपन्त! तुम हमारे प्रधानमंत्री हो और तुम ही ऐसी बात कहते हो? राज्याभिषेक के बाद से हमने सारे प्रकरणों के निर्णय मंत्रिमंडल की सलाह से ही किए हैं, है न?"

मोरोपन्त कन्धे पर रखा उपवस्त्र ठीक करते हुए कहने लगे, "युवराज जब पन्हाला आए, तभी हमारे मन में यह विचार आया था। यह विचार आया था कि युवराज इस राज्य के पूरे उत्तरदायित्व को नहीं सँभाल पाएँगे। हमें ऐसा लगता है, तथापि हम आपकी आज्ञा के विपरीत कुछ नहीं कहेंगे। हमारा मत है कि इस बारे में आप ही निर्णय करें। यही अधिक उचित होगा।"

राजे ने सन्तुष्ट होकर कहा, "हमें तुमसे यही आशा थी। हमें प्रसन्नता है कि तुमने अपना मत स्पष्ट रूप से कहा। हमारा विचार है कि जिंजी में प्राप्त राज्य सम्भाजीराजा को दिया जाए और यहाँ का राज्य तुम सबकी निगरानी में राजाराम के हाथों सौंप दिया जाए।"

राजे का निर्णय सुनकर सबको खुशी हुई। सबने इस निर्णय को स्वीकृति दे दी। राजे खेदपूर्वक कहने लगे, "अभावों में रहकर हमने करोड़ों होनों का यह राज्य बनाया—क्या इसलिए कि इस तरह राज्य के टुकड़े कर दिए जाएँ? रह-रहकर बड़ी वेदना होती है हमें। अस्तु...। हम पन्हालगढ़ जा रहे हैं। हमें लगता है—सम्भाजीराजा हमारी बात मानेंगे। उनको समझाने-बुझाने के बाद यहाँ लौटकर सब बातें निश्चित की जाएँगी।"

श्रांत, थकित राजे उच्चासन से उठे। सबने सिजदे किए। धीरे-धीरे कदम बढ़ाते हुए राजे सदर से बाहर जा रहे थे।

7

जाड़े के मौसम में राजे अपने अश्वारोही-दलों के साथ पन्हालगढ़ की ओर जा रहे थे। राजे पालकी में बैठे थे। अश्वारोही-दल पालकी के आगे-पीछे चल रहे थे। राजे के आने की सूचना पहले ही पन्हालगढ़ भेज दी गई थी।

दोपहर में राजे पन्हालगढ़ जा पहुँचे। दोपहर थी, फिर भी सर्दी थी। राजे पन्हाला की तलहटी में पालकी से उतर पड़े और अपने घोड़े पर सवार हो गए। चहारदरवाजे के पास आकर उनका घोड़ा रोक लिया गया। राजे ने अगवानी करने आए हुए लोगों को एक बार देखा। फिर किलेदार से पूछा, "सम्भाजीराजा कहाँ हैं?"

"महल में हैं, महाराज।"

उत्तर पाकर राजे का शंकाकुल चित्त शान्त हो गया। वे सज्जाकोठी की तरफ चल दिए। हम्बीरराव पहले ही आगे रवाना हो चुके थे। वे सज्जाकोठी के पास खड़े थे। सज्जाकोठी में प्रवेश करते हुए राजे ने हम्बीरराव से पूछा, "हम्बीरराव, क्या हाल हैं तुम्हारे युवराज के?"

"महाराज, छोटी उम्र है। उन्हें बहुत पश्चात्ताप हो रहा है। सोच रहे हैं—भावना की आँधी में बहकर बड़ी भूल कर बैठे।"

"और हमारी येसू, हमारी नन्हीं भवानी के क्या समाचार हैं?"

“सब अच्छे हैं। चिन्ता की कोई बात नहीं।”

“सचमुच ही चिन्ता की कोई बात नहीं है। तुम महल में जाओ। सम्भाजीराजा से कहो–हम आ रहे हैं।”

हम्बीरराव चले गए। राजे जब कपड़े बदलकर आए, तब सायंकालीन किरणें गढ़ में फैली हुई थीं। घनी झाड़ियों के बीच लाल मिट्टी पर पड़ रही सूरज की तिरछी किरणें अब धुँधली होने लगी थीं। राजे युवराज से मिलने पैदल ही चल दिए।

राजे महल के द्वार के पास आए थे कि उन्होंने देखा, सम्भाजीराजा अपने परिवार के साथ खड़े थे। सम्भाजी ने सफेद अँगरखा पहना हुआ था। सिर पर जटीटोप था। सम्भाजीराजा आगे बढ़े। किन्तु उन्होंने सदा की भाँति राजे के चरणों में झुककर प्रणाम नहीं किया–एक शिलेदार के समान तीन बार सिजदा करके वे खड़े रहे। इस सिजदे के कारण राजे छटपटा उठे। सिर झुकाकर खड़े सम्भाजीराजा को देखकर राजे ने अपने मन को रोक लिया। केवल इतना ही कहा, ‘चलो’ और राजे महल के अन्दर प्रविष्ट हुए।

सम्भाजीराजा भी राजे के पीछे-पीछे चलते हुए प्रथम चौक पार करके सदरबैठक में आए। राजे ने महल में जाकर येसूबाई से कुशलक्षेम की बातें पूछीं और फिर वे सम्भाजीराजा के साथ महल के कोठे पर स्थित खासमहल की ओर चल पड़े। कोठे के बारजे में से गढ़ ही हरी-भरी झाड़ियाँ दिखाई दे रही थीं। सूर्य अस्त हो रहा था। बढ़ते हुए सायंकालीन अन्धकार के कारण झाड़ियों का रंग और गहरा होता जा रहा था। सर्दी धीरे-धीरे पग बढ़ाती हुई गढ़ में पहुँच रही थी। किन्तु राजे का ध्यान उस ओर नहीं था। वे एकदम मुड़े। देखा–सामने सम्भाजीराजा हाथ बाँधे खड़े थे।

“सम्भाजीराजे, हम युद्ध-अभियान से वापस लौटे, तभी तुम्हारे आने का समाचार सुना। बहुत प्रसन्नता हुई हमें। हृदय का बोझ उतर गया। कल मकर-संक्रान्ति का पर्व है न, तुम भी संक्रान्ति के समय पर्व-स्नान करके माहुली गए थे। हमसे मीठी बातें नहीं की तुमने–पीठ फिराकर तुम हमें भुलाकर चले गए। परन्तु एक वर्ष बाद ही क्यों न सही, तुम लौट आए हो, हमें इससे बहुत प्रसन्नता है। हम पर मँडरा रही विपत्ति टल गई। हमारा मुँह मीठा करा दिया तुमने।”

“आबासाहब!”

“यह क्या कर बैठे तुम, सम्भाजीराजे? अपनों से रूठकर परायों के पैरों से जा लिपटे?”

“हम बहुत लज्जित हैं।”

“कुछ मत कहो। हममें कुछ भी सुन पाने की शक्ति नहीं रही है। यवनों की बढ़ती सत्ता को रोका जा सके, इस ध्येय को सामने रखकर हमने स्वराज्य की स्थापना की और स्वयं हमारे युवराज ही यवनों से जा मिले! हम पर ही चढ़ दौड़े। सह्याद्रि जीत लेना क्या इतना सरल समझा था तुमने? युवराज, जो चाहते थे तुम, हमसे कहा होता। हम तुम्हें अवश्य दे डालते।”

“हमें नजरबन्द... ।” सम्भाजी ने हिम्मत करके कहा।

“नजरबन्द, क्यों करना पड़ा तुम्हें नजरबन्द? राजे, तुम्हें बाँधे रखने का हमें शौक था क्या?”

“हमें भी मुगलों से मिलने का शौक नहीं था।” सम्भाजीराजा ने कहा।

ऐसा उत्तर राजे की आशा के विपरीत था। वे सम्भाजी की ओर देखते ही रह गए। सम्भाजीराजा के झुँझलाते रूप को देखकर राजे के हृदय में उथल-पुथल मच गई। वे कहने लगे, ''बालशम्भू, कभी तो सीधे सरल ढंग से विचार किया करो। हमें कुछ तो जानने-समझने की कोशिश करो। इस राज्य को चालीस वर्षों से खींचते-धकेलते आ रहे हैं हम। अनेक विपत्तियाँ आईं, किन्तु हम उनसे भयभीत नहीं हुए। विपत्तियों का सामना करने में कभी डगमगाए नहीं। अफजलखान और शाइस्ताखान आए—आगरा में यम के जबड़े से हम तुम्हें साथ लेकर बाहर निकल आए। मृत्यु के आघात को भी झेलनेवाली छाती थी हमारी, परन्तु शम्भूराजे, मुगलों से मिलकर हमारी कठोर छाती को भी खोखला कर दिया तुमने। सारा धैर्य मिट्टी में मिल गया। किन्तु...माता भवानी की कृपा हुई, तुम लौट आए। हमारे हृदय ने कहा—तुम नहीं आए, तुम्हारे रूप में भगवान् ही दौड़े चले आए हैं।''

''इसी अनुभूति के कारण हम लौट आए। राज्य के लिए नहीं, हमें आपके लिए आना पड़ा।''

''शम्भूराजा!''

''कौन राजा? हम कहाँ के राजा? हमारा तो युवराज पद गया—सूबेदारी भी जाती रही। शृंगारपुर से परली जाने की आज्ञा मिली थीं हमें—वहाँ जाकर क्या करते? संन्यास लेना ही केवल बाकी रह गया था। जहाँ हम किसी के शम्भूबाल बनकर भी जी न सके, वहाँ 'राजा' कौन कहाँ का?''

राजे की आँखें छलछला आईं। गला रुँध गया। उन्होंने सम्भाजी को छाती से लगा लिया।

''पागल बच्चे! ऐसा मत कह। तेरे लिए क्या थोड़े दुख सहे हैं! अब ऐसे बोलों से क्यों मन दुखाता है? शम्भू बेटे, कब तुझे समझ आएगी रे?''

अचानक घोड़े की हिनहिनाहट सुनाई दी। राजे आलिंगन से छूटे। अनजाने ही उनके पैर छज्जे की ओर बढ़ गए। बाहर फैली चाँदनी के मन्द उजाले में एक सफेद घोड़ा खड़ा दिखाई दे रहा था। वह खड़े-खड़े ही टापें पटककर हिनहिना रहा था। अपने आँसू पोंछकर उस घोड़े की ओर उँगली से इशारा करते हुए राजे ने कहा, ''देखा, शम्भूबाल? नीचे मोती आया खड़ा है। यह मूक पशु है। 'कभी मालिक ने प्यार से मेरी पीठ सहलाई थी, थपथपाई थी।' इतना ही इसे याद है। इसे जैसे ही अनुभव हुआ कि हम गढ़ में आ गए हैं, इसने घुड़साल के बन्धन तोड़े और यहाँ दौड़ता चला आया है। और जिसने तुम्हें बच्चे से जवान बनाया है, क्या उसके लिए... ।''

सम्भाजीराजा ने धीरे से सिर उठाकर देखा। वे शान्त भाव से बोले, ''आबासाहब, मनुष्य पशु के समान अल्पसन्तोषी नहीं होते।''

राजे ने हड़बड़ाकर सम्भाजी को ओर देखा। सम्भाजी के वचन से एक गहरी टीस राजे के हृदय को चीरती हुई निकल गई। विह्वल होकर वे कहने लगे, ''सच है! कितना अच्छा होता, यदि मनुष्य पशुओं के समान अल्पसन्तोषी हुए होते!''

किन्तु अगले ही क्षण सम्भाजीराजा को घूर रही उनकी दृष्टि संकुचित हो उठी। अब तक संयम द्वारा रोका हुआ क्रोध भड़क उठा, ''कहाँ से पाई इतना कहने की हिम्मत तुमने? लगता है, अभी मुगलिया मनसब का नशा दिमाग से उतरा नहीं है? अल्पसन्तुष्ट मन क्या

होता है, हम जानते हैं। इसी अल्पसन्तुष्ट जीवन के लिए ही इस राज्य की स्थापना करने का उद्योग किया हमने। किन्तु तुम कब से अल्पसन्तोषी हो गए हो, कहो तो?...तुम पैदा हुए और दो वर्ष के भीतर ही माता को खो देना तुम्हारे भाग्य में लिखा था। किन्तु तुम अनाथ नहीं हुए—सहस्र हाथों से ममता लुटानेवाली एक माता—माँसाहिबा तुम्हें मिल गईं। उनका प्यार-दुलार पाकर तुम बच्चे से बढ़कर जवान हुए। इतना प्यार-दुलार हुआ तुम्हारा, उसके सामने तो माँ का प्यार भी फीका पड़ जाए। गृहस्थ बने तो सुलक्षणा, शान्त, सभ्य और सौन्दर्यवती पत्नी मिली तुम्हें। हमें अनुभव हुआ कि तुम कर्तृत्ववान् बन सकोगे, सो हमने तुम्हें राजनीति में उलझा दिया। तुम युवराज बनकर राजनीति में भाग लेने लगे। दरबार में फिरंगी दूत से बातचीत करने लगे। कैसे कहें हमें कितनी प्रसन्नता हुई थी? दूसरे, दरबार में आए हुए दूतों से चर्चा-वार्तालाप करते समय क्या कभी तुम्हारे मन में विचार आया कि हम तुम्हारे निर्णयों को बदल देंगे? तुम मुहिम के लिए जाते थे, सो युवराज के रूप में ही? या तुम शिलेदार बनकर जाते थे?''

राजे की बातों से सम्भाजीराजा को होश आया। राजे के कठोर वचन क्या थे, मानो पिघला हुआ सीसा उनके कानों में गिर रहा था, ''क्यों बढ़-बढ़कर अल्पसन्तोष की बातें करते हो? ज्ञान-प्राप्ति के लिए केशवपंडित जैसे विद्वान् तुम्हें प्राप्त हुए थे। माँसाहिबा के आशीष का छत्र तुम्हारे सिर पर था। युवराजपद की सत्ता तुम्हारे हाथ थी। माँसाहिबा स्वर्ग सिधारीं और विवेक की सीख न सीखकर तुम चढ़ते यौवन के आनन्द में खो गए—कई शौक बढ़ने लगे। राजे, हम भी कभी युवक थे। कल्याण के सूबेदार की सौन्दर्यवती पुत्रवधू अपने भाग्य के निर्णय की बाट जोहती हमारे सामने खड़ी थी। कौन थी वह? ले-देकर शत्रु गृह की नारी थी न? उसे यदि हम अपनी नाटकशाला में नचनी बना देते, तो भी कोई हमें बुरा न कहता। यदि हम उसे किसी सैनिक की रखैल बनवा देते, तो भी कोई बदनामी न करता। किन्तु उस सौन्दर्य को देखते समय हमारे मनोविकार पर विवेक ने विजय पाई। कोई कुछ समझ पाए, इससे पूर्व ही हमारे मुख से निकल पड़ा, 'हमारी माँसाहिबा इतनी सुन्दर होतीं, तो हम भी इतने सुन्दर हुए होते।'

''यह वाक्य हम कह गए। माँसाहिबा ने जैसे ही यह बात सुनी, वे हमारा स्वागत करने दुर्गद्वार तक चली आईं। ऐसा भाग्यशाली पल था वह कि जीवन धन्य हो उठे। और तुम... तुम हमारे ही जाए हो न? क्या कर बैठे! मायके आई हुई एक विवाहिता ब्राह्मण कन्या को बुरी दृष्टि से देखने लगे!''

''आबासाहब, हम...।''

''चुप रहो। सम्भाजीराजे, सिर्फ अपने आप पर तरसने को भी मनुष्य का मन करता है। तरस खाने और अपने पर दया दिखाने की बुरी आदत पड़ जाए, तो व्यसन की परिणति भयंकर होती है। तनिक आँखें खोलकर अपनी ओर देखो। हमने ऐसे अपराध को कभी क्षमा नहीं किया, दरबार में दंड सुनाया तुम्हें हमने, तुम अपराध कर बैठे थे। फिर भी तुम्हारी ममता के कारण उसे हमने क्षमा किया। सोचा, तुम उस घटना से सीखोगे, सँभल जाओगे, किन्तु ऐसा भाग्य नहीं था हमारा। तुम्हारे मुँहजोर बर्ताव ने संयम सीखा ही नहीं।''

राजे कुछ देर चुप रहे।

"अनाजी, मोरोपन्त आदि लोगों पर तुम्हें क्रोध आता है। जानते हो, वे कौन हैं? जिन्होंने रोहिडेश्वर में प्रतिज्ञा के समय से आज तक हमारा साथ निभाया है। वे ऐसे लोग हैं। अपनी शूरता और पुरुषार्थ के बल पर उन्होंने राज्य की नींव मजबूत की है। साल्हेर-मुल्हेर युद्ध के विजेता, प्रतापगढ़ जैसे सुदृढ़ गढ़ के निर्माता और संकट के समय रणक्षेत्र में सहायता के लिए दौड़ आनेवाले मोरोपन्त को याद करो। इतने विशाल राज्य का राजस्व और लगान निश्चित करनेवाले अनाजी की ओर देखो। तब उनका महत्त्व जान सकोगे तुम। अपने युवराजपद के गर्व में तुमने भरी राजसभा में ऐसे लोगों को 'लुच्चे-लफंगे' कहने में भी आगा-पीछा नहीं सोचा। हमारी बराबरी के लोग हैं ये। तुम्हारे ध्यान में इतनी बात भी नहीं आई कि इन लोगों का अपमान हमारा अपमान है। ये लोग समझदार हैं, इसलिए तुम्हारी नासमझी को उन्होंने ढक दिया।...स्वराज्य के प्रति निष्ठावान् लोगों से तुम नाता नहीं जोड़ सके—नए निष्ठावान् सहायक बना नहीं पाए। एक नजर उन लोगों की ओर देखो, जो तुम्हारे संगाती बने हैं। कवि कलश—जो हमारे जीवित रहते ही तुम्हारा कलशाभिषेक कर बैठे। तुम वीरता दिखाने की अपेक्षा जारण-मारण विद्या में फँस गए। वीरता के मद में मस्त रहनेवाले हम—और तुम नाटकशाला और भाँग के नशे में चूर हो गए। हमें लगता है—तुम्हें सन्तुष्ट करना तो परमेश्वर के बस की भी बात नहीं है।" राजे ने आगे कहा, "युवा कर्तृत्वशाली पुत्र घर में था, फिर भी सारे राज्य को हम मंत्रिमंडल के आधीन कर चले गए थे। क्या यह हमारी सनक थी? ऐसी व्यवस्था करते समय हमारे हृदय को कितनी वेदना हुई थी! तुमने कभी इस बारे में सोचा भी नहीं होगा। हमने भी सोचा था कि इस बारे में पूरी जाँच-पड़ताल कर लें।"

सम्भाजीराजा ने राजे की ओर देखा। राजे की बातों से वे स्तब्ध रह गए थे।

"इस तरह देखते क्या हो?...इसी कारण हमने तुम्हें शृंगारपुर सूबे का मुखतार बनाया था। पूरा सूबा तुम्हारे आधीन कर दिया था। और राज्य की बागडोर मंत्रिमंडल के हाथ सौंपकर हम राज्य से सैकड़ों कोस दूर चले गए। डेढ़ बरस बाद लौटे। लौटकर जो कुछ देखा, उससे हमारा हृदय फट गया। हमें एक साथ सुख और दुख देखना पड़ा—एक ओर था अभिमान से सिर ऊँचा करके खड़ा हमारा मंत्रिमंडल, जिसने हमारी अनुपस्थिति में भी पूरी जिम्मेदारी से राज्य का प्रबन्ध किया था और दूसरी ओर हमारे युवराज—शाक्तपंथी लोगों के संगी, सूबे की व्यवस्था की उपेक्षा करनेवाले...कलशाभिषेक के सपने मन में सँजोनेवाले युवराज...।"

"हमसे भूल हो गई।" युवराज हिम्मत करके कह सके।

हाथ और उँगलियाँ नचाते हुए राजे ने कहा, "भूल हो गई? कितनी बड़ी भूल हुई है? अभी हम कुछ ही कोस गए थे कि तुमने दिलेरखान से बातचीत शुरू कर ली और जैसा हमने सपने में भी नहीं सोचा था, तुम मुगलों से जा मिले। सातहजारी मनसबदार बन गए। क्या यही है तुम्हारे सन्तोष की कहानी? हमारे भाग्य में बस यही रह गया है कि उस गाथा को गाते रहें!"

सम्भाजीराजा की आँखें भर आईं। आँसू देखकर राजे का क्रोध और भड़क उठा, "रोते क्या हो? जरा याद करो कि मुगल मनसबदार बनकर क्या पराक्रम दिखाए तुमने। तुम दिलेरखान के साथ देश जीतने निकले—हमारे भूपालगढ़ पर घेरा डाल दिया तुमने। फिरंगोजी

नरसाला, बेचारा! जिसने तुम्हें सदा हमारी तरह प्यार-प्रेम से सँभाला था, उसने तुम्हें सामने देखा और तुम्हारी एक बात पर उसने भूपालगढ़ दिलेरखान को सौंप दिया। फिरंगोजी लौटकर हमारे पास आए और जानते हो, हमने उस देशद्रोह के बदले उन्हें क्या दंड दिया? उन्हें तोप से उड़वा...।''

''आबासाहब, फिरंगोजी काका को...''

''घबराओ नहीं। तोप से उड़ाने की आज्ञा दी, लेकिन आज्ञा का पालन नहीं किया जा सका। तब हमारे हाथ कमजोर पड़ गए। फिरंगोजी तो फँसे ही थे, उनकी अपेक्षा हम माया-मोह में अधिक फँस गए। लेकिन शम्भूबाल, वह पाप फिरंगोजी का नहीं, तुम्हारा था। तुम्हारी बात रखने के लिए भूपालगढ़ के दरवाजे खोले गए थे। और दिलेरखान ने किले में आते ही स्वराज्य के प्रति निष्ठावान् सात सौ आदमियों के हाथ कटवा डाले और तुम आँखें खोलकर यह सब देखा किए। उसने गढ़ में आश्रय पाने आए हुए प्रजाजनों का सामान छीन लिया। जिसे हमने बड़े परिश्रम से बनवाया था, उस गढ़ को उसने इखलासखान के हाथों तोप के गोले बरसाकर मिट्टी में मिलवा दिया। यह पाप दिलेरखान का नहीं है, तुम्हारा है।''

राजे विह्वल हो उठे थे। वे जैसे अपने-आप से ही कहते जा रहे थे, ''शम्भूबाल, हमारे स्वराज्य के निर्माण के लिए हजारों नारियों ने माथे का सिन्दूर पोंछ दिया। किन्तु किसी ने हमें शाप नहीं दिया। जहाँ भी हम गए, हमें आशीर्वाद ही मिला है। और तुम...आयु के बीस बरस भी पूरे नहीं किए तुमने और मुसीबतों के कितने पहाड़ खड़े कर लिए! तिकोटा गाँव में दिलेरखान के बर्बर अत्याचारों की सीमा न रही, अपने सम्मान की रक्षा के लिए हमारी माँ-बहनों ने बाल-बच्चों सहित कुएँ में कूदकर अपने प्राण दे दिए। सारे अथणी गाँव को तुम गुलाम बनाने चल पड़े थे।''

सम्भाजीराजा की आँखों से अश्रुधारा बरस रही थी। आँखें पोंछकर वे कहने लगे, ''इन्हीं बातों से तंग आकर हम लौट आए हैं।''

''हँऽऽ! कितना अच्छा होता, यदि हम भी ऐसा समझ पाते। किसे धोखा देना चाहते हो? हम जानते हैं कि न तो तुम अत्याचारों से तंग आए हो, न तुम्हें हमारी मोह-ममता ने आकृष्ट किया है। औरंगजेब ने तुम्हें कैद करने की आज्ञा दी थी। तुम्हें इसका पता चला और तुम वापस चले आए। राजे, बड़े भाग्य समझो कि छूट निकले! हम जो कह रहे हैं, उस पर भरोसा करो। तुम चाहे जिसके पास जाओ, चाहे जिसका आश्रय पाओ, मगर कभी औरंगजेब के हाथ मत लगना। वह तुम्हें जीते-जी मौत से भी बढ़कर यातनाएँ देगा।''

राजे सम्भाजीराजा के पास गए। उनके कन्धे पर थरथराता हाथ रखकर कहने लगे, ''शम्भू बेटे, सावधान रहो। पितामह भीष्म की कथा जानते हो न? यों ही रास्ता चलते-चलते उन्होंने खेल समझकर एक गिरगिट को बाण के सिरे से उछाल दिया था और वह गिरगिट थूहर की कँटीली झाड़ी पर जा पड़ा था। उसके दंडस्वरूप भीष्म पितामह को शर-शैया पर लेटकर मृत्यु की यातना भोगनी पड़ी थी। शम्भूराजे, जन्म और मृत्यु से कौन बचा है? हमारी ममता की तराजू में प्यार का पासंग होगा, किन्तु हमने सुना है कि परमेश्वर के दरबार में जो तराजू है, उसमें पासंग नहीं है। तुम्हारे किए का फल क्या होगा, केवल इस विचारमात्र से ही हमारा हृदय काँप उठता है। राजे, कम-से-कम उस ऊपरवाले की न्यायतुला का तो भय करो।''

राजे पूरी तरह श्रान्त हो गए। उनका हाथ सम्भाजीराजा के कन्धे पर से शिथिल होकर नीचे आ रहा, तभी सम्भाजीराजा ने राजे के पाँव पकड़ लिए। उन पाँवों पर आँसू टपकने लगे। तन-मन की सारी शक्ति समेटकर सम्भाजीराजा कहने लगे, ''हमें क्षमा नहीं चाहिए। हमें चाहे जो दंड दें। हम खुशी-खुशी भोगेंगे। पहाड़ी कगार से खाई में धकेल दीजिए, तोप से उड़वा दीजिए—हाथी के पाँव तले...हम हर मृत्यु को सहन करेंगे। यही निश्चय करके हम यहाँ आए हैं।''

''खाई में धकेलना! तोप से उड़वाना! हाथी के पाँवों तले रौंदवाना! शम्भूबाल, इतने साधारण दंड देकर तुम्हारा छुटकारा नहीं होगा। तुम्हारे अपराधों का केवल एक ही दंड है—और हमें लगता है—उस दंड को भोगे बिना तुम्हें छुटकारा नहीं मिलेगा।...अच्छा, हम जाते हैं, बहुत थक गए हैं हम...।''

राजे सीढ़ियों की ओर जा रहे थे। पीछे से आवाज आई, ''इस तरह आधी-अधूरी बात कहकर मत जाइए, आबासाहब। हमारा दंड सुना जाइए। चाहे कितना भी भीषण दंड हो, हम खुशी से सह लेंगे।''

राजे मुड़ पड़े। सम्भाजीराजा की ओर देखते हुए उन्होंने कहा, ''सहन करोगे? तो सुनो, शम्भूबाल, तुम्हारे लिए केवल एक ही दंड है, वह है...हमारी मृत्यु!''

8

राजे सज्जाकोठी के ऊपरवाले महल में खड़े थे। दृष्टि छज्जे में से दीख रहे पूर्व दिशा के क्षितिज की ओर लगी थी। सूर्य काफी ऊपर आ चुका था। शीतल ठंडी वायु शरीर को ठिठुरा रही थी। राजे छज्जे से दिखाई दे रहे विशाल प्रदेश को देख रहे थे। किन्तु उनका मन कहीं और था। वे किसी सोच में खोए हुए थे। इसी समय हम्बीरराव महल में आए।

''महाराज, युवराज आपके दर्शनों के लिए आए हैं।'

''ठीक है। उन्हें ऊपर भेज दो।''

सम्भाजीराजा महल में आए। राजे छज्जे के पास खड़े थे। पैर की आहट पाकर राजे ने मुड़कर देखा। सम्भाजीराजा आ रहे थे। उन्होंने निकट आकर राजे को प्रणाम किया। राजे बैठकी पर जा बैठे। युवराज नतमस्तक खड़े हुए थे। राजे ने पूछा, ''भवानी कैसी है?''

''जी, अच्छी है।''

''युवराज, अब तुम प्रौढ़ हो गए हो। पिता बन गए हो। जीवन में पाए हुए अनुभवों से समझदारी भी आई होगी तुममें। घबराओ नहीं, हम आज तुम्हें कुछ नहीं कहेंगे। हमारा मनस्ताप रहे हमारे साथ। दूसरे का मनस्ताप बढ़ाना ठीक नहीं।''

सम्भाजीराजा एकदम आगे बढ़े। उन्होंने राजे के चरण छू लिए। राजे ने झुककर उन्हें उठाया। उन्हें छाती से लगाकर अपने सामने बैटाते हुए राजे कहने लगे, ''शम्भूबाल, आँसू पोंछ डालो। तुम्हारी आँखों में आँसू अच्छे नहीं लगते। और जब हम हैं, तब तो और भी बुरे लगते हैं। तुम अब चिन्ता मत करो। हमने बहुत सोच-विचार किया है।''

राजे कुछ देर स्तब्ध रहे। सोच रहे थे कि बात किस तरह कही जाए। मुख पर व्याकुलता छाई हुई थी। अपने बालों पर हाथ फिराते हुए राजे कहने लगे, ''बेटा शम्भू, बड़े परिश्रम

से हमने इस राज्य की स्थापना की। इस राज्य के लिए अनेकों ने बलिदान दिए हैं। कष्ट भोगे हैं। आज हमारा राज्य तुंगभद्रा से नर्मदा तक फैला हुआ है। इतने विशाल राज्य को चलाना साधारण काम नहीं है। उसके लिए बहुत बड़े सामर्थ्य की आवश्यकता है। भावी समय भी बहुत संकटमय है। औरंगजेब ने जजिया कर लगाया है, हिन्दू इस बोझ से दबे जा रहे हैं। अब औरंगजेब दक्षिण देश में अवश्य आएगा। हम इन सारे ध्येयों को पूर्ण करना चाहते थे—मन में कई योजनाएँ थीं। लगन थी कि दिल्ली पर अधिकार करके काशी विश्वनाथजी की पुनः स्थापना की जाए। अब हमारे संकल्प को तुम पूरा करना।''

''हम?''

''हाँ, सम्भाजीराजे। अब हम थक गए हैं। अब हमसे कुछ करने का भरोसा करना व्यर्थ है।''

''आबासाहब!''

''सुनो, शम्भूबाल। घोड़ा सरपट दौड़ता है—उसके पाँवों में शक्ति होती है, छाती में हिम्मत होती है। लेकिन कब तक दौड़ेगा, जब उसकी छाती न फट जाए, तभी तक न! एक मौका ऐसा आता है कि उसकी छाती फट जाती है और उसके बाद वह घोड़ा बेकार हो जाता है। हमारी भी यही दशा हो गई है। हम हिन्दवी स्वराज्य के संस्थापक, दक्षिण की बादशाहतों की एकता की आशा करनेवाले। आज अपने ही हाथों अपने राज्य का बँटवारा करने का साहस न कर पाते।''

''कैसा बँटवारा?'' सम्भाजीराजा ने कहा।

''अपने राज्य का।'' राजे ने शान्त भाव से कहा, ''हजारों को एक बनानेवाले हम, किन्तु अपने ही घर को एक नहीं बनाए रह सके। तुम्हारे और मंत्रिमंडल के बीच मनमुटाव है—तुम सबके मन एक-दूसरे के प्रति साफ नहीं हैं। बड़ी रानीसाहिबा...उनकी तो बात ही निराली है। इसी कारण इन सब बातों पर सोच-विचार करके हमने यह निर्णय किया है। तुंगभद्रा से लेकर कावेरी तक जिंजी प्रदेश है, जिसमें जिंजी और वेलोर जैसे कई मजबूत किले हैं। यह बहुत समृद्ध प्रदेश है और मुगलों के आक्रमण से बहुत दूर है। यदि आक्रमण हुआ भी, तो बीच में आदिलशाही राज्य की ढाल है। राज्य-विस्तार के लिए भी वहाँ बहुत सम्भावनाएँ हैं। हमने निश्चय किया है कि यह राज्य तुम्हें दे दें।''

सम्भाजीराजा आश्चर्यचकित हो उठे। वे कुछ कहना ही चाहते थे कि राजे आगे कहने लगे, ''सुनो। हमारे राज्य का दूसरा प्रदेश तुंगभद्रा के इस तट से लेकर ठीक गोदावरी तक फैला हुआ है। जब तक राजाराम बड़े न हो जाएँ, तब तक मंत्रिमंडल की मंत्रणा के अनुसार राजाराम इस राज्य पर शासन करेंगे। यह बँटवारा तुम दोनों के लिए हितकारी है।''

सम्भाजीराजा राजे की इन बातों से व्यथित हो उठे।

''आबासाहब, आपके चरणों की सौगन्ध खाकर कहता हूँ—हमें राज्य का बँटवारा नहीं चाहिए। राज्य अखंडित बना रहे। इसे आप चाहे जिसके हवाले कर दें। हम आज से आपको कभी किसी प्रकार का कष्ट नहीं देंगे। आपके चरणों में बैठकर, दूध-भात खाकर, आपके चरणों का ध्यान धरकर बैठे रहेंगे हम। किसी ने हमारी बात पर भरोसा नहीं किया है—कम-से-कम आप तो...।''

राजे उदासी से हँस दिए।

"सम्भाजी, हम जानते हैं कि तुम बात सच्चे मन से कहते हो। यदि बहुत पहले ही यह विचार तुम्हारे मन में आता, तो कितना अच्छा होता! अब हमारा मन थक चुका है। इच्छा है कि तुम दोनों के हाथ राज्य का उत्तरदायित्व सौंपकर रहा-सहा समय हम ईश्वर-चिन्तन में बिताएँ। इसी में तुम्हारी-हमारी भलाई है।"

"आबासाहब, क्या आप हमें कभी भी क्षमा नहीं करेंगे?" सम्भाजीराजा ने पूछा।

"क्षमा?" राजे ने सम्भाजीराजा के कन्धे पर हाथ रखा। "क्षमा करने का भी अधिकार होना चाहिए। हम उतने महान् नहीं हैं। हमने जो कुछ कहा है, उस पर सोचो-विचारो। हम रायगढ़ जा रहे हैं। राजाराम का मौंजीबन्धन और विवाह सम्पन्न कराकर वापस आएँगे। उसके बाद तुम और हम मिलकर पूर्णतः विचार-विमर्श करेंगे। तुम बड़े हो। तुम्हारे विश्वास के आधार पर ही हम इस बारे में निश्चय करेंगे। चलो—येसू से मिलने चलें। भवानी को देख आएँ।"

राजे उठ खड़े हुए। वे सम्भाजीराजा के साथ सज्जाकोठी से निकल महल की ओर जा रहे थे।

राजे ने दो दिन बाद गढ़ से प्रस्थान करने का निश्चय किया। उन्होंने जनार्दन नारायण, सोनाजी नाईकबंकी, और बाबाजी ढमढेरे को सम्भाजीराजा के पास नियुक्त किया। पन्हालगढ़ में ही सम्भाजीराजा के लिए पूरा प्रबन्ध करा दिया। प्रस्थान करने से पूर्व राजे येसूबाई से मिलने गए, "येसू, चिन्ता मत करना। सब ठीक हो जाएगा। मैंने जो कुछ कहा है, उसे भुलाना मत। अब से तुझे भी अपने अधिकार का प्रयोग करना सीखना चाहिए। सम्भाजीराजा के बहकते सन्तुलन को ठीक बनाए रखना केवल तेरे ही बस में है।"

येसूबाई ने राजे के पैर छुए। उनकी पीठ पर हाथ रखकर राजे ने कहा, "भवानी का ध्यान रखना।"

"फिर कब दर्शन होंगे?"

"कौन कहे, कब होंगे? उसके मन में होगा, तो शीघ्र भेंट होगी। अच्छा, हम चलते हैं।"

चहारदरवाजे के पास राजे सम्भाजीराजा से विदा हुए। राजे आगे चलते जा रहे थे। अचानक उन्होंने घोड़े पर बैठे-बैठे ही मुड़कर देखा। चहारदरवाजे के बुर्ज पर भगवा झंडा लहरा रहा था। दरवाजे पर सम्भाजीराजा खड़े थे।

9

ऐन दुपहरी में राजे का अश्वारोही दल सतारा की ओर जा रहा था। राजे पालकी में सवार थे। उनके पीछे दो हजार सशस्त्र सैनिक चले जा रहे थे। दुपहरी और धूप का समय था, इसलिए राजे ने ओढ़ी हुई शाल अपने पैरों के पास रख दी थी। शीत ऋतु की धूप शरीर को प्यारी लग रही थी। पालकी ढोनेवाले कहारों के पैरों की एक ताल और लय में बँधी आवाज सुनाई दे रही थी। पालकी हलके-हलके झकोले खा रही थी। राजे ने पालकी के डंडे में लगे हुए झब्बे को दाएँ हाथ से पकड़ा हुआ था। परली दुर्गवाला पर्वत दृष्टिगोचर होने

लगा। राजे ने हाथ जोड़कर नमस्कार किया। पल-भर को उनके नेत्र बन्द हुए। राजे पुनः अपने सोच-विचार में खो गए।

अचानक पालकी रुक गई। हम्बीरराव शीघ्र गति से पालकी की ओर आ रहे थे। राजे ने पूछा, "पालकी क्यों रुकी है?"

"कुछ दूर आगे कल्याणस्वामी दिखाई दे रहे हैं, इसलिए...।"

"पालकी नीचे रख दो।" राजे ने आदेश दिया।

पालकी भूमि पर रख दी गई। राजे उतर पड़े। राजे ने देखा अश्वारोही दल के एक ओर होकर कल्याणस्वामी अन्य भक्तजनों सहित चले आ रहे थे। राजे उनका स्वागत करने के लिए नंगे पैरों आगे बढ़े। उन्होंने कल्याणस्वामी को नमस्कार किया। आशीर्वाद देकर कल्याणस्वामी कहने लगे, "राजन्, हम आपकी ही प्रतीक्षा कर रहे थे।"

"हमारी प्रतीक्षा?" राजे आश्चर्यवश कह उठे।

"हाँ। समर्थगुरुजी को आशा थी कि आप पन्हालगढ़ जाते समय उनसे मिलेंगे, किन्तु आपको शीघ्र जाना पड़ा। समर्थगुरुजी को ज्ञात हुआ कि आप इस मार्ग से जा रहे हैं। उन्होंने प्रार्थना की है कि यदि आपके पास समय हो, तो आप किंचित लम्बे मार्ग से सही, उनसे अवश्य मिलकर जाएँ। समर्थगुरु आपसे मिलने के लिए अति उत्सुक हैं।"

'प्रार्थना? समर्थगुरु प्रार्थना कर रहे हैं? समर्थगुरु से मिलने के लिए लम्बे या छोटे मार्ग का विचार करना पड़ता है?'

समर्थगुरु का सन्देश सुनकर तो राजे की उदासी और बढ़ गई। वे कल्याणस्वामी से कहने लगे, "समर्थगुरु की आज्ञा हमें शिरसावंद्य है। चलिए।"

राजे कल्याणस्वामी के साथ चल पड़े। उन्हें पालकी या घोड़े पर सवार होना भी उचित नहीं लगा। परलीगढ़ की तलभूमि में सैनिक-दल रुक गए। राजे विशिष्टजनोंसहित गढ़ चढ़ने लगे। राजे ने गढ़ के पहले द्वार के प्रहरी का सिजदा स्वीकार किया और उसके कुछ ही पल बाद गढ़ के परिसर में शंखनाद गूँज उठा। सब तक सूचना पहुँच गई कि राजे गढ़ में पधार चुके हैं।

राजे धीरे-धीरे गढ़ चढ़ रहे थे। वे ऊपर पहुँचे और उनकी दृष्टि सामने जा ठहरी। उनसे पन्द्रह-बीस पग की दूरी पर समर्थगुरु खड़े थे। समर्थगुरु को देखते ही राजे भावुक हो उठे। भावविवशता के कारण नेत्रों से अश्रु बहने लगे। राजे दोनों हथेलियों से मुख छिपाकर खड़े थे। सारी देह कंपायमान थी। राजे की दशा देखकर समर्थगुरु आगे दौड़ आए। राजे की पीठ को दाहिने हाथ से लपेटते हुए समर्थगुरु कहने लगे, "नहीं, शिवबा, नहीं। धीरज रखो। प्रभु रामचन्द्रजी की कृपा से सब कुशल होगा। चलो।"

समर्थगुरु राजे के साथ आश्रम में पधारे। राजे के साथ जितने साथी आए थे, सबने समर्थगुरु के दर्शन किए। राजे मृगछाला पर सिर झुकाए बैठे हुए थे। धीरे-धीरे आश्रम में भीड़ कम हो गई। केवल समर्थगुरु तथा राजे वहाँ रह गए। समर्थगुरु व्याघ्रचर्म पर समासीन होकर राजे को देख रहे थे। गम्भीर वाणी से वे कहने लगे, "राजन, कहो तो, क्यों अश्रु बहाए तुमने?"

राजे ने सिर उठाकर देखा। समर्थगुरु का दाहिना हाथ छड़ी पर रखा हुआ था। हाथ में जपमाला थी। गुरु की शान्त सात्विक दृष्टि से राजे की दृष्टि एक हुई। उन्हें अनुभव होने

लगा कि दृष्टि इसी भाँति उस दृष्टि को देखती ही रहे। राजे ने कहा, ''अब अश्रु बहाने के अतिरिक्त हमारे पास बचा ही क्या है? पन्हालगढ़ जाते समय हमें आपकी याद आई थी? मन ने बहुत कहा था। किन्तु कौन-सा मुँह लेकर आपके सम्मुख आते? स्वराज्य का भवन निर्माण करनेवाले हम—हमारे ही युवराज मुगलों के संगी-साथी बन गए—कैसे बताते हम यह आपको?''

समर्थगुरु हँसने लगे।

''और इस कारण हमसे मिलने से बचते रहे तुम? राजन्, ऐसी कौन-सी बात है, जिसे गुरु से भी छिपाकर रखा जाए?''

''क्षमा करें, गुरुदेव। हमें कुछ सूझ नहीं रहा, कुछ समझ नहीं आता। कैसी किंकर्त्तव्यविमूढ़ता है यह?''

''शिवबा, हम समझते हैं तुम्हारे मन की दशा। इसीलिए हमने कल्याणस्वामी को मार्ग में खड़ा किया था। तुम्हारे दुख का कारण हम भी तो हैं न!''

''आप?'' राजे कह उठे।

''हाँ। जब सम्भाजीराजा परली आए थे, उस समय हम वहाँ उपस्थित होते, तो सम्भवतः युवराज यवनों के घर न जाते। तब यह भूल हमारी भी हुई अथवा नहीं?''

''आपकी भूल क्यों? यह युवराज के भाग्य में ही नहीं लिखा था।'' राजे ने खिन्नता से कहा।

''भाग्य में नहीं लिखा था न? फिर यह शोक कैसा?''

''शोक हमें अपने लिए नहीं है। इतना विस्तृत राज्य बनाया है, नर्मदा नदी से तुंगभद्रा तक उसका विस्तार किया है। लाखों मनुष्यों का उत्तरदायित्व सिर पर है। यह विशाल राज्य किसके हाथ सौंपें?''

''किन्तु युवराज लौट आए हैं न! भूलें तो सबसे हो जाती हैं। राजन्, उन्हें सुधार लेना चाहिए।''

''स्वामीजी, हम कुछ सोच नहीं पा रहे। सच है कि युवराज आ गए हैं, किन्तु उन पर मंत्रियों का विश्वास नहीं है। युवराज कल क्या कर बैठें, इसका आश्वासन कौन दे? दूसरे, पुत्र राजाराम अभी छोटे हैं। युवराज के व्यवहार से हम भीतर से बिलकुल खोखले हो गए हैं। बात यदि केवल हमारी गृहस्थी की होती, तो हम सहन भी कर लेते, किन्तु हमने बहुत बड़ी गृहस्थी बसा ली है। रोहिडेश्वर में हमने प्रतिज्ञा की थी, तब हमारे हाथ कुछ भी नहीं था। आज उसे इतना विशाल आकार प्राप्त हो चुका है। हमने स्वराज्य का पौधा लगाया, प्राणों से प्रिय जानकर उसकी रक्षा की। आज वह पौधा विशाल वृक्ष बन गया है। इस वृक्ष पर कुल्हाड़ी चलाने का काम हमें करना पड़ रहा है, यही सोच-सोचकर हृदय व्याकुल हो उठता है।''

''कैसी कुल्हाड़ी की बात कह रहे हो, राजन्?''

राजे की आँखें डबडबा आईं।

''कैसी कुल्हाड़ी? युवराज के ऐसे कार्यों के कारण आज हम अपने राज्य के टुकड़े करने चले हैं। जिंजी का राज्य सम्भाजी को और ऊपर का भूप्रदेश राजाराम को देना निश्चित किया है हमने। किन्तु इस विभाजन से हम अत्यधिक दुखी हैं।''

समर्थगुरु के मुख पर हास्य झलकने लगा। उन्हें हँसता देखकर राजे ने अपने को संयमित किया। समर्थगुरु ने कहा, ''तो अन्ततोगत्वा अहंकार ने तुम पर भी अधिकार कर ही लिया!''

''जी क्या? अहंकार?'' राजे कह उठे।

''हाँ, 'हमने राज्य स्थापित किया। हमने राज्य का विस्तार किया। हमारे कृपा छत्र के नीचे लाखों मनुष्य जीते हैं' यह अहंकार ही तो है। राजे, श्री के राज्य की बात भूल गए हो क्या? तुम जो व्यथाएँ भोग रहे हो, उसका कारण यह अहंकार ही है। तुम ही तो कहा करते थे कि यह तो 'श्री' का राज्य है? 'श्री' ने जिसकी स्थापना की, 'श्री' के आशीर्वाद से जिसका विस्तार हुआ, उस राज्य को किसके हाथ सौंपा जाए, इसका निर्णय 'श्री' ही करेंगे। उसकी रक्षा कैसे हो, इसकी चिन्ता 'श्री' करेंगे। हम-तुम उसकी चिन्ता क्यों करें? हमें तो केवल विवेकपूर्वक कर्तव्य करना है, उसी में आनन्द है, उसी में सन्तोष है।''

''सन्तोष?'' राजे ने गहरा उच्छ्वास भरकर कहा, ''वह तो कब से हमें छोड़ गया है। इतने सारे लोग एकत्रित करके भी हम एकाकी ही रहे। संसार बसाकर भी हमारे सुख-दुख बाँट लेनेवाला कोई नहीं रहा। किसी ध्येय के पीछे पागल होकर दौड़नेवाले हम जैसे लोग तालवृक्ष के समान होते हैं। आकाश को छूने के लिए भागते जाते हैं और ऊँचे चढ़ते-चढ़ते एक समय ऐसा आता है कि अवयव शिथिल हो जाते हैं। तब समझ आता है कि अरे! आकाश पहले जितना ऊँचा था, उतना ही ऊँचा अब भी है। उस समय याद आती है जन्मदात्री धरती माता—किन्तु वह भी नीचे की ओर उतनी ही दूर रह गई होती है। वहाँ तक भी हाथ नहीं पहुँच पाते। सारा जीवन अधर में लटक जाता है।''

''शिवबा!''

''गुरुदेव, इतनी श्रद्धा और निष्ठा से जीवन बिताया हमने। सारे कार्य भली वृत्ति से किए। ऐसा होते हुए भी भाग्य में यह दुख क्यों आया? कौन-सा पाप किया था, जो हम यह दुख भोग रहे हैं?''

रामदास स्वामी के मुख पर व्यथा प्रकट हो गई।

''राजन्, कैसे मोह में उलझ गए हो? मनुष्य अकेला ही इस जगत् में आता है और अकेला ही जाता है। इस नियम से कोई नहीं छूटा है। मनुष्य का वास्तविक रूप यही है। इसमें व्याकुल होने की बात ही क्या है? और जो तुमने भाग्य में दुख की बात कही, उसका उत्तर बहुत सरल है। भगवान् श्रीकृष्ण ने कौन-सा पाप किया था, जो उन्हें इतनी हृदयविदारक मृत्यु भोगनी पड़ी? यादववंश की रक्षा के लिए किए गए सारे प्रयत्न व्यर्थ हुए और उन्हें अपनी आँखों अपने कुल का सर्वनाश देखना पड़ा—क्यों? असीम वेदना को सहन करते हुए एकाकी अवस्था में उन्हें क्यों मृत्यु का आलिंगन करना पड़ा? प्रभु रामचन्द्र के अन्तिम काल को भी याद करो। क्यों उन्हें सरयू के जल में समाधि लेनी पड़ी? भीष्म पितामह की मृत्यु बाण-शैया पर क्यों हुई? इन सबने कौन से पाप किए थे?''

राजे ने ऊपर देखा। समर्थगुरु के वचनों से उनके मस्तिष्क में एक नया भाव, नया रूप उठ रहा था। आत्मविश्वास जागने लगा था। समर्थगुरु कह रहे थे, ''राजे, इस भूतल पर जो महान् आत्माएँ जन्म लेती हैं, उन्हें यातनाएँ भोगनी ही पड़ती हैं। सामान्य जनों के हेतु अपनी पुण्याई का व्यय करके वह महान् आत्माएँ सामान्य जनों के पाप वहन कर लेती हैं।

अपना स्वीकृत कार्य समाप्त होते ही वे महापुरुष यहीं अपने भोग भोगकर चले जाते हैं। वे जो यातनाएँ भोगते हैं, उन्हीं से साधारण जनों का जीवन सफल हो जाता है।''

''तो क्या यातनाएँ भोगने का नाम ही जीवन है?''

''नहीं, राजन्! इस आत्मा द्वारा धारण किया हुआ शरीर का चोला जितना मिथ्या है, शरीर के साथ आई हुई यातनाएँ भी उतनी ही मिथ्या हैं। आत्मस्वरूप की प्रतीति हो जाए, तो इन यातनाओं के बन्धन छूट जाते हैं। सुख-दुख दूर हो जाते हैं और मनुष्य चिरंतन आनन्द में निमग्न हो जाता है।''

''यदि इतना होता, तो हम इस प्रकार हताश क्यों हो जाते?''

''करने से ही होगा पगले
पहले तू करके तो देख॥

''यह हमारा ही तो वचन है। यह क्या कोरी विद्वत्ता का बखान था? राजन्, हमने तुम्हें 'दासबोध' काव्य दिया था, सो इसीलिए कि ऐसे अवसरों पर उपयोगी हो। इस योग की सिद्धि के लिए कोई बहुत कठोर तपस्या करनी पड़ती है अथवा शक्ति की आवश्यकता हो, यह बात नहीं। तपस्या तो ज्ञानसाधना के लिए आवश्यक होती है, किन्तु तुम तो स्वभावतः ज्ञानी और योगी हो। वह परमेश्वर आनन्दस्वरूप है। सबका यही मत है। सब जानते हैं कि वह प्रकाशमय है—वहाँ अन्धकार का अस्तित्व नहीं। सामान्य जनों के जीवन में भी असामान्य आनन्द के क्षण आते ही हैं। किन्तु सामान्य मनुष्य आनन्द के उस क्षण को न सँजोकर दूसरे क्षणों के पीछे-पीछे भागता रहता है। किन्तु ज्ञानी मनुष्य ईशस्वरूप ऐसे क्षणों को सँजोकर रखता है। उसे समाधि का आनन्द प्राप्त करने में क्या विलम्ब लगेगा? अपने गड़े हुए धन पर ही कोई आसन बिछाकर बैठ जाए, तो वह धन उसे कैसे दीख सकेगा? इसी प्रवृत्ति को अज्ञान कहते हैं। राजन्, तनिक परमेश्वर की निरन्तर हो रही कृपा-वृष्टि का तो ध्यान करो। तुम्हारे जीवन को सुखी, समृद्ध करने के लिए वह परमात्मा कितना जागरूक रहता है! कड़ी धूप में यात्रा करते समय शीतल वायु का एक हलका-सा झोंका आ जाता है, यह क्या उसकी ही कृपा नहीं है? अमावस्या की घनघोर अँधेरी रात्रि में टिमटिमानेवाले लाखों तारे उसी ने बनाए हैं न। जलती धूप में भी एक पलाशवृक्ष मोहक फूलों से लदा रहता है, और हमारे नेत्रों को सुख दे जाता है। प्राणी के एक क्षण को सुखमय करने के लिए परमात्मा कितना यत्नशील रहता है! प्रत्येक क्षण के पीछे दैवीय हाथ है, इसे बहुत कम लोग देख पाते हैं। सामने आए ऐसे क्षणों को न पहचानकर पथिक आगे चल देता है—जीवन-भर यात्रा करते रहने पर भी मनुष्य पग-पग पर प्रस्तुत दैवीय हाथ को देख ही नहीं पाता। आत्मा को पहचान नहीं पाता।''

समर्थगुरु के प्रत्येक शब्द से राजे का शरीर रोमांचित हो रहा था। हृदय तृप्ति से भर उठा था। अतृप्त कान समर्थजी के वचनों को मन में संगृहीत कर रहे थे।

''राजन्, तुम मिथ्या मोह के बन्धन में न फँसो। तुम्हारा योग बहुत महान् है। तनिक स्व-रूप को पहचान लो। एक बार स्व-रूप का परिचय हो जाए, तो तुम जान जाओगे कि योगियों के लिए भी दुर्लभ आनन्द एवं सन्तोष तुम्हारे अति निकट है। तुमने अपना राज्याभिषेक करवाया, तुम्हें उसकी कोई चाह नहीं थी। सम्भवतः राज्याभिषेक उत्सव के समय तुम्हें उसका कोई महत्त्व भी नहीं प्रतीत हुआ होगा, किन्तु जिस आत्मा को तुमने परम स्नेह दिया था,

'वह प्रेममयी आत्मा अत्यन्त तृप्त मन से, ममता-भरी दृष्टि से राज्याभिषेक समारोह देखने में मग्न है—यह अनुभूति तुम्हें आनन्दित कर रही थी न? बस, वही दैवीय साक्षात्कार की घड़ी थी। अफजलखान से भेंट करने जाते समय तुमने भगवान् के आगे माथा झुकाया। अपनी समस्त चिन्ताओं का भार उसे सौंपकर, प्रार्थना समाप्त कर जब तुम उठे होगे, तब तुम्हारा मन कितना निर्भय हो गया था। यही तो ईश्वरीय सान्निध्य का लक्षण है। शत्रु के दुर्ग जीतने के बाद जब भगवा ध्वज उस दुर्ग पर लहराया गया होगा, तब ध्वज के प्रथम बार दर्शन करने के अवसर को याद तो करो। वह क्या परिपूर्ण आनन्द का अवसर नहीं था? ऐसे कितने क्षण बीते होंगे, कभी उसकी गणना की है तुमने?''

तल्लीन दशा में समर्थगुरु बोलते जा रहे थे। अकस्मात् उन्होंने राजे की ओर देखा। उनके शब्द मुख में ही रुके रह गए। राजे की दशा को वे स्तंभित होकर देख रहे थे। राजे का मुखमंडल सन्तोष भाव से परिपूरित था। नेत्र बन्द थे। श्वास-प्रश्वास मन्द गति से चल रहा था। शरीर जड़वत् हो गया था। मस्तक पर अंकित शिवतिलक-मय राजे के मुख को देखने में समर्थगुरु तन्मय हो गए। हृदय भावों से आन्दोलित हो उठा। उन्होंने पुकारा, ''शिवबाऽ! राजे!''

किन्तु राजे उसी दशा में थे।

जब उन्हें सुध आई, उन्होंने आँखें खोलीं। राजे शान्तभाव से समर्थगुरु की ओर देख रहे थे। समर्थगुरु के नेत्रों से अश्रुधारा बह रही थी। राजे उठे। समर्थगुरु के निकट जाकर उन्होंने उनके चरणों में सिर नवाया। समर्थगुरु ने स्नेहवश राजे को हृदय से लगा लिया। अश्रु न पोंछते हुए समर्थगुरु कहने लगे, ''राजन्, हम तो योगी हैं। साधुता का पालन करके भी ऐसा योग सिद्ध नहीं होता। उसके लिए बहुत प्रयत्न करने पड़ते हैं और तुम...जीवन के साधारण आनन्दमय क्षणों की स्मृति से उस योग की सिद्धि प्राप्त कर लेते हो—तुम्हें समाधि योग प्राप्त हो जाता है। तुम्हारे भीतर इतना सामर्थ्य है, फिर इस मिथ्या मोहजाल में क्यों फँसते हो? राजे, अब समय बहुत कम है—हम स्पष्ट देख पा रहे हैं कि अब अधिक समय शेष नहीं है। अपने स्वरूप की प्रतीति जितनी शीघ्र कर सको, कर लो। भविष्य की चिन्ता मन में मत लाओ। राजयोग की सिद्धि प्राप्त कर चुके हो, अब सिद्धयोगी हो जाओ। वही तुम्हारा वास्तविक रूप है।''

अपने नए रूप की अनुभूति से राजे तृप्त हो चुके थे। उनके मुख पर परिपूण सन्तोष का भाव दमकने लगा था।

10

शीतऋतु के अन्तिम दिन थे। सायंकाल की ठंडक गढ़ में फैलने लगी थी। रायगढ़ के गंगासागर सरोवर का रंग गहरा होता जा रहा था। इसी समय महादरवाजे का नगाड़ा बजने लगा। राजे के आगमन की सूचना सारे गढ़ में पहुँच गई। गढ़ के बरछैत प्रहरी कमरबन्द कसकर तनकर खड़े हो गए।

महल के अष्टकोण भवन में राजाराम कपड़े बदल रहे थे। सर्दी-जुकाम के कारण उनका चेहरा लाल हो उठा था। आँखों से पानी बह रहा था। नगाड़े की आवाज सुनते ही उन्होंने

मंचक पर रखा हुआ जरीटोप उठा लिया। टोप को झटपट सिर पर रखते हुए उन्होंने धीरे से कहा, ''अरे! आबासाहब तो आ भी पहुँचे।''

''युवराज महाराज, तुम बाहर जा रहे हो क्या?'' मनोहारी ने पूछा।

उसकी ओर गुस्से से देखते हुए राजाराम ने कहा, ''आईसाहिबा ने हमें गढ़ से नीचे उतरने को मना किया है। यह थोड़े ही कहा है कि दरवाजे तक भी मत जाओ।''

''जाओ न, लेकिन यह फतूही पहनकर जाओ। कितना जुकाम हो गया है। बुखार भी है—केवल अँगरखा पहनकर...।''

राजाराम ने मनोहारी की ओर देखा। मनोहारी हाथ में नीले रंग की रुईदार फतूही लिए खड़ी थी। राजाराम हठ करके कहने लगे, ''फतूही की जरूरत नहीं है। हम अभी आते हैं।''

''देख लो भैया! फिर रानीसाहिबा महाराज गुस्सा करेंगी। मेरी कोई गलती नहीं है।''

अनजाने ही राजाराम रुक गए। उन्होंने पीछे मुड़कर देखा। मनोहारी उसी तरह हाथ में फतूही लिए खड़ी थी। चुपचाप युवराज की तरफ देख रही थी। राजाराम वापस लौटे और मनोहारी के पास आकर पीठ घुमाकर खड़े हो गए। उन्होंने हाथ पीछे को उठाए। मनोहारी ने उन्हें फतूही पहना दी। फिर राजाराम ने पीछे मुड़कर नहीं देखा। वे सीधे दरवाजे की ओर भागे।

राजाराम जल्दी-जल्दी जा रहे थे। नक्कारखाने के पहरेदारों के सिजदे स्वीकार कर वे सीधे होली-चौक में आए। आते ही उन्हें गढ़ की ओर आ रही पालकी दिखाई दी। राजे की पालकी के साथ हम्बीरराव, मोरोपन्त और अनाजी भी थे। पालकी होली-चौक में आई। राजे उतर पड़े। राजाराम ने आगे बढ़कर राजे के चरणों में प्रणाम किया। राजाराम को पास लेते हुए राजे ने कहा, ''बालराजे, तुम्हें बुखार है, सर्दी हो गई है। फिर बाहर क्यों चले आए?''

राजाराम ने अनाजी की ओर देखा। राजे मुस्कराने लगे, ''बालराजे, हमने पाचाड में अनाजी को देखा। तभी तुरन्त तुम्हारे स्वास्थ्य के बारे में पूछताछ की। उन्होंने अपने आप कुछ नहीं बताया।''

''हम आपके दर्शनों के लिए...।''

''वह तो ठीक, मगर तुम्हारी तबीयत...।''

''जी, तबीयत तो हमेशा ऐसी ही रहती है।'' राजाराम ने रुखाई से कहा।

''तो क्या इसलिए स्वास्थ्य की उपेक्षा करनी चाहिए? कम-से-कम हमारे लिए तो तुम्हें अपने स्वास्थ्य का ध्यान रखना ही चाहिए। ठीक है न?''

राजाराम ने सिर हिलाया। उनके कन्धे पर हाथ रखते हुए राजे ने कहा, ''अब आए ही हो, तो चलो, शिरकाई देवी के दर्शन कर आएँ।''

देवदर्शन के बाद राजे महल में आए। सदरबैठक के पास से शेष सब लोग पीछे लौट गए। राजे राजाराम के साथ महल में आए। महल में महादेव खड़ा था।

''महादेव, सारा सामान आ गया?''

''जी।''

राजे ने महादेव को तलवार निकालकर दी। फिर पटुका और जरीटोप भी उतारकर दे दिए। राजे बैठकी पर जा बैठे। राजाराम को पास लेते हुए राजे ने कहा, ''बोलो बालराजे! इस तरह चुप मत बैठो।''

राजाराम कुछ देर चुप रहे। फिर पूछने लगे, ''आबासाहब, यह खान्देरी कहाँ है?''

''क्यों?'' राजे ने अचरज से पूछा।

''मोरोपन्त बता रहे थे कि खान्देरी की चहारदीवारी पूरी बन चुकी है। खान्देरी किला है क्या?''

''नहीं, बालराजे। खान्देरी एक द्वीप है। लेकिन बहुत महत्त्वपूर्ण स्थान पर स्थित है। जैसे कंठे में मध्यामणि होता है न, उसी तरह। बहुत अच्छी खबर सुनाई है तुमने।''

''मोरोपन्त ने आपको नहीं सुनाई?''

''नहीं। हमारे पेशवा हमें सबकुछ एक साथ नहीं बताते। आजकल वे हमारे मन की दशा का बड़ा ध्यान रखते हैं।''

''दादामहाराज मिले थे क्या?''

''हाँ, मिले थे न।''

''तो आप उनको साथ क्यों नहीं लाए?''

''तुम्हारे दादामहाराज बड़े जिद्दी हैं। हम पर भी उन्हें भरोसा नहीं है।'' बात बदलते हुए राजे ने कहा, ''बालराजे, एक काम करो। मोरोपन्त और अनाजी से कहो कि हम सदरबैठक में आ रहे हैं।''

राजाराम बाहर चले गए। राजे फिर सोच-विचार करने लगे। अकस्मात् उन्होंने दृष्टि ऊपर उठाई। सोयराबाई आ रही थीं। एक दासी सोयराबाई के पीछे वस्त्र से ढँकी हुई थाली लेकर आ रही थी। दासी ने थाली राजे के सामने रख दी। राजे ने पूछा, ''यह क्या है?''

''दूध और फल...।''

''हमें कुछ नहीं चाहिए।'' दासी से राजे ने कहा, ''यह सब ले जा।''

''दूध के लिए कभी 'ना' नहीं कहनी चाहिए।'' सोयराबाई ने कहा।

''तू ले जा।'' राजे ने दासी से कहा।

दासी थाली ले गई। सोयराबाई ने चिन्तित होकर पूछा, ''आपकी तबीयत...।''

''ठीक है, रानीसाहिबा। हमारी तबीयत ठीक है।''

सोयराबाई वही प्रश्न पूछ बैठीं, जिससे राजे बचना चाहते थे।

''सम्भाजी मिला था क्या? अब तो होश आ गए न?''

''किसे?''

''सम्भाजी को।''

राजे ने सोयराबाई की तरफ देखा। गौरवर्णीया लावण्यमयी सोयराबाई की आँखों में विजय की जो भावना थी, राजे से आँखें मिलते ही वह फीकी पड़ गई।

''रानीसाहिबा, वे भी मनुष्य हैं। पश्चात्ताप होना स्वाभाविक है। मन से बहुत निर्बल हो गए हैं वे।''

''इतना सब कर बैठे हैं फिर भी निर्बल हैं?'' सोयराबाई ने बड़े घृणित भाव से पूछा।

राजे ने ऊपर देखा। व्यथित होकर कहने लगे, ''आप क्या समझती हैं—सारे काम ढिठाई से ही किए जाते हैं? रानीसाहिबा, ऐसे काम प्रायः निर्बलता के कारण हो जाते हैं।''

राजे का रंग-रूप देखकर सोयराबाई अपने को सँभालती हुई बोलीं, ''आप थे, इसलिए यह सब सहन कर सके। कोई और होता, तो...।''

राजे बैठकी से उठ खड़े हुए। कहने लगे, ''ठहरिए, रानीसाहिबा। व्यर्थ ही हमारी ममता की सराहना मत कीजिए। सत्य केवल इतना ही है कि हम किसी के ऋणी हैं और उस ऋण को ब्याजसहित चुका रहे हैं।''

''मैं कुछ समझी नहीं।'' सोयराबाई ने कहा।

''हम भी कहाँ समझे हैं?'' राजे मुस्कराने लगे, ''रानीसाहिबा, आप जरा ठहरिए। हम सदरबैठक में हो आते हैं।''

राजे जब सदर में पहुँचे, तो अनाजी, मोरोपन्त और बालाजी आ चुके थे। सदर में समई-दीपक जल रहे थे। राजे उच्चासन पर बैठ गए।

''अनाजी, मोरोपन्त, तुम बैठ जाओ। आज बहुत-सी बातें करनी हैं।''

राजे का आदेश पाकर मोरोपन्त और अनाजी बैठ गए। राजे दोनों की ओर स्थिर दृष्टि से देख रहे थे। दोनों के पीछे बालाजी शिष्टतापूर्वक खड़े हुए थे। राजे ने पूछा, ''मोरोपन्त, खान्देरी की चहारदीवारी पूरी हो गई क्या?''

''जी हाँ, महाराज।''

''बहुत अच्छा। परन्तु तुमने हमें बतलाया क्यों नहीं?''

''आप यात्रा से थके-माँदे आए थे। सोचा कि कल...।''

''मोरोपन्त, गलत सोचा तुमने। ऐसी खबरों से भाग-दौड़ के सारे कष्ट दूर हो जाते हैं। सारी थकान मिट जाती है।''

मोरोपन्त हड़बड़ा गए। कहने लगे, ''अंग्रेजों से लड़ते समय थोड़ी हानि हुई है।''

मोरोपन्त की बात से राजे उद्विग्न हो उठे। उन्होंने पूछा, ''मायनाक भंडारी...?''

''कुशल से हैं।''

''हमारे जल सेनाध्यक्ष दौलतखान...?''

''वे भी सकुशल हैं।''

''तो फिर...?''

''लड़ाई में अपने कुछ आदमी और नौकाएँ नष्ट हो गईं।''

राजे ने गहरी साँस लेकर कहा, ''शायद मोल दिए बिना जीत मिलती ही नहीं है। मोरोपन्त, तुम जानते हो कि हम खान्देरी परकोटे के बारे में कितने उतावले थे। हम पूरा विवरण सुनना चाहते हैं। कहो...''

''महाराज, आप जानते ही हैं कि खान्देरी टापू के परकोटे के लिए नागाँव में सारा सामान जमा किया था। मायनाक भंडारी ने भावी संकट का विचार करके टापू पर डेढ़ सौ सैनिक और चार तोपें ला रखी थीं। निर्माण-कार्य आरम्भ हुआ। डेढ़ हाथ दीवार बन चुकी थी कि अंग्रेजों की नौकाएँ काम बन्द कराने खान्देरी आ पहुँचीं। हमारी जो नौकाएँ नागाँव से परकोटे का सामान लेकर आई थीं, उन्हें अंग्रेज अधिकारी ह्यूजेस ने रोक लिया। परन्तु उसकी धमकियों की परवाह न करके बाँधकाम चालू रखा गया। अंग्रेजों के बढ़ते विरोध को देखकर दौलतखान ने जलसेना वहाँ भेजी। किन्तु दौलतखान से पहले ही मिचीन अपनी युद्धनौकाएँ लेकर ह्यूजेस की सहायता करने आ पहुँचा था। मिचीन की युद्धनौकाओं को टापू पर तोपें चलाते देख हमारी जलसेना आगे बढ़ी। घमासान लड़ाई हुई। लड़ाई में अंग्रेजों की एक युद्धनौका नष्ट हो गई। उसका अंग्रेज अधिकारी थार्प मारा गया। चार अंग्रेज भी

मारे गए। इसके अतिरिक्त प्रधान अधिकारी कोल साहब और कई अंग्रेजों को बन्दी बना लिया गया।''

''वाह! दौलतखान ने बड़ी वीरता दिखलाई।''

''सच है, महाराज।'' मोरोपन्त ने कहा, ''अंग्रेजों की रिवेंज, रिवजू जैसी बड़ी-बड़ी सशस्त्र युद्धनौकाएँ थीं, फिर भी हमारी छोटी युद्धनौकाओं ने उनकी नाक में दम कर दिया। किन्तु इस हार से अंग्रेज भड़क उठे। वे पूरी ताकत से लड़ रहे थे। दौलतखान भी युद्ध के उतने ही दाँव-पेंच लगा रहा था। दौलतखान ने मौका देखा और चालीस-पचास बड़ी नौकाएँ लेकर उसने रिवजू पर आक्रमण कर दिया, परन्तु हमला बेकार गया। हमें पीछे हटना पड़ा। इस मुठभेड़ में अंग्रेजों की बन्दूकें फट गईं। हमारी तीन नौकाएँ डुबा दी गईं। कई नौकाएँ टूट-फूट गईं। तीन सौ सैनिक मारे गए। सौ के लगभग घायल हो गए।''

समाचार सुनकर राजे व्याकुल हो उठे। मोरोपन्त बता रहे थे, ''किन्तु दौलतखान ने इस हार के कारण हिम्मत नहीं हारी। न ही उसने टापू का निर्माण-कार्य बन्द कराया। इधर समुद्र में लड़ाई हो रही थी और उधर टापू पर परकोटा बन रहा था। रसद मिल रही थी। पीने का पानी नहीं पहुँचाया जा सका, फिर भी आदमी भूखे-प्यासे रहकर काम पूरा करने में लगे रहे। इसी समय सिद्दी अंग्रेजों की सहायता करने आ पहुँचा। हमने जैसे ही देखा कि वह लड़ाई में सहायता करेगा, हमने पैंतरा बदल दिया।''

''क्या किया तुमने?''

''अंग्रेज शक्ति से नहीं दब रहे थे, यह देखकर हमने युक्ति से काम लिया। राजापुर की अंग्रेज कोठी को हमारी सेना ने जा घेरा। सब लोगों को नजरबन्द करके कोठी पर अपना पहरा बैठा दिया।''

प्रशंसा-भरी मुस्कुराहट राजे के मुख पर छा गई। वे बहुत हर्षित हो उठे। उत्सुकतावश उन्होंने कहा, ''आगे कहो, मोरोपन्त।''

''हमारा यह दाँव पूरा बैठा। अंग्रेजों की आँखें खुल गईं। वे समझौता करने आ गए। उन्होंने खान्देरी-उन्देरी टापुओं पर हमारा अधिकार मान लिया। हमने अंग्रेजों से सन्धि की। अंग्रेजों ने स्वीकार किया कि वे भविष्य में कभी सिद्दी की सहायता नहीं करेंगे। खान्देरी की चहारदीवारी पूरी हो चुकी है। अंग्रेजों के जलपोत वापस लौट गए हैं। दौलतखान अभी सिद्दी कासिम के जहाजों पर निगरानी रखे हैं। इन सारी घटनाओं के समय आप गढ़ में नहीं थे। जिन दिनों आप यहाँ थे, आपका स्वास्थ्य ठीक नहीं था। इसलिए आपसे बिना पूछे हम दोनों को यह निर्णय करने पड़े।''

''विजय की अपेक्षा हम तुम्हारे निर्णयों से ही बहुत प्रसन्न हैं, मोरोपन्त।''

अनाजी और मोरोपन्त ने ऊपर देखा। राजे के चेहरे से प्रसन्नता टपकी पड़ती थी। वे सुध-बुध भूलकर कहे जा रहे थे।

''अनाजी, मोरोपन्त, पिछले तीस वर्षों से हम यह खेल खेल रहे हैं। आज हमने देखा कि तुममें वह योग्यता है कि हमारे अनुपस्थित होते हुए भी तुम हमारे मनोरथ पूर्ण कर सकते हो। भला हम परम आनन्दित क्यों न हों? खान्देरी का परकोटा बनाकर तुमने हमारा एक मनोरथ पूरा किया है। हमें परम सन्तोष है। गत बीस वर्षों से हम जंजिरा जलदुर्ग पर अधिकार करने का प्रयत्न कर रहे हैं, किन्तु सम्भव नहीं हो सका है। हम इस असफलता

का कारण जान गए हैं। मुम्बई सिद्दी का मायका बन गया है। वहाँ अंग्रेज उसे हर प्रकार से सहायता करते हैं। अंग्रेज टाँग न अड़ाते, तो हम जंजिरा को कभी जीत लेते। यही कारण है कि हम मुम्बई और जंजिरा के बीच में एक रुकावट रखना चाहते थे। यह तभी सम्भव था कि जब खान्देरी पर जलदुर्ग बनाया जा सके। राज्याभिषेक से भी पहले से हमारा जो लक्ष्य था, उसे तुमने पूर्ण कर दिखाया है। जब खान्देरी-उन्देरी द्वीपों में हमारे पैर पक्के जम जाएँगे, तब अंग्रेजों और सिद्दी को पराजित करना कठिन कार्य नहीं रहेगा। अब हमें उस लक्ष्य की ओर पग बढ़ाने होंगे।''

राजे ने अति सन्तुष्ट होकर मोरोपन्त और अनाजी को जाने की आज्ञा दी। उसी सन्तुष्ट मनःस्थिति में वे अपने महल में आए। सोयराबाई वहाँ थीं, लेकिन सिटपिटाई हुई थीं। महादेव सामनेवाले नक्काशीदार आले के नीचे बैठकर बिखरी हुई कोई चीज इकट्ठी कर रहा था। राजे ने पूछा, ''महादेव, क्या कर रहा है?''

''जी, दीया फूट गया है। वही इकट्ठा कर रहा हूँ।''

''कैसा दीया?'' कहते समय राजे का ध्यान आले की ओर गया। वहाँ विषदीप नहीं था। सोयराबाई ने कहा, ''मैं विषदीप देख रही थी—अचानक हाथ से छूट गया...।''

राजे की दृष्टि सोयराबाई की ओर गई। वे भयभीत और हड़बड़ाई हुई थीं। अगले ही क्षण राजे के होंठों पर मुस्कुराहट आ गई। फिर वे जोर से हँसते हुए कहने लगे, ''तो रानीसाहिबा, इसमें इतना घबराने की क्या बात है? फूट गया, तो फूट जाने दो। शायद हमें उसकी आवश्यकता ही न पड़े।''

सोयराबाई के लिए यह उत्तर आशा के विपरीत थी। वे भौंचक रह गईं। फिर धीरे-धीरे उनके चेहरे पर भी हँसी आने लगी।

इस समय तक महादेव विषदीप के फूटे हुए ठीकरे लेकर महल से बाहर चला गया था।

11

राजे को गढ़ आए दो दिन हो गए थे। गढ़ में आते ही वे राज्य के प्रबन्ध-कार्य में व्यस्त हो गए। अनाजी, मोरोपन्त, हम्बीरराव, येसाजी, बालाजी चिटनवीस, पानसम्बल आदि लोग सदा राजे के आसपास दिखाई देते थे। राजे शासन-सम्बन्धी सारे विवरण की स्वयं जाँच-पड़ताल कर रहे थे, इसलिए वस्तुभांडार, राज-कार्यालय आदि में हमेशा लिपिकों की चहल-पहल दिखाई देती थी। राजमहल और राजसदर में राजे रातों को देर-देर तक बैठकों में चर्चा करते दिखाई देते थे। उन बैठकों में खान्देरी-उन्देरी, कोकणपट्टी आदि प्रदेशों की भी जानकारी मिल रही थी।

संध्या समय राजे देवदर्शन करके महल में आए। आते ही सुना कि फिरंगोजी आए हैं। समाचार सुनकर राजे बहुत प्रसन्न हुए। वे शीघ्रता से सदरबैठक में गए। वहाँ फिरंगोजी बालाजी के साथ बातचीत करने में मग्न थे। राजे के आते ही दोनों ने खड़े होकर राजे को सिजदा किया। सिजदा करने के लिए झुके हुए फिरंगोजी अभी सीधे खड़े हो ही रहे थे कि राजे तेजी से आगे दौड़े और उन्होंने फिरंगोजी को भुजाओं में भर लिया। आलिंगन पाते ही

वृद्ध फिरंगोजी का हृदय उमड़ पड़ा। उनका गला रुँध आया। कान तक बढ़े हुए गलमुच्छे काँपने लगे।

"फिरंगोजी, हमें हमेशा तुम्हारी याद आती थी। चलो, चलें।"

राजे ने फिरंगोजी का हाथ पकड़ा और वे अपने महल की ओर चल पड़े। महल में पहुँचकर उन्होंने फिरंगोजी को अपनी बैठक पर बैठा लिया। इसी समय राजाराम अन्दर आ गए। फिरंगोजी ने उठकर उन्हें सिजदा किया, "बालराजे, फिरंगोजी काका के पाँव छुओ?" राजे के कहने पर राजाराम आगे बढ़े और फिरंगोजी के पैरों में सिर झुकाने लगे। तभी फिरंगोजी ने उन्हें प्यार से गले लगा लिया।

इसी समय महल में आ रही सोयराबाई के शब्द कानों में आए, "फिरंगोजी काका, एक का लाड़-प्यार किया तुमने तो देख लिया कि क्या हुआ उसका! अब इनसे अधिक लाड़ मत करो।"

फिरंगोजी ने चौंककर ऊपर देखा। राजाराम को दूर करके सिजदा करते हुए उन्होंने कहा, "रानीसाहिबा, मुजरा करता हूँ...।"

राजे ने एक बार सबकी ओर देखा। इससे पहले कि सोयराबाई कुछ कहें, राजे ने कहा, "फिरंगोजी आए हैं। उनके लिए दूध और नाश्ते का प्रबन्ध करो।"

"यह भी क्या कहने की बात है?" कहकर सोयराबाई मुड़कर चल दीं। इसे इशारा समझकर राजाराम भी उनके पीछे-पीछे बाहर चले गए। फिरंगोजी ने पूछा, "युवराज मिले थे?"

"हाँ, मिले थे।"

"अच्छा हुआ, भगवान् की कृपा हुई।"

"अच्छा तो अवश्य हुआ।" राजे ने कहा, "किन्तु भगवान् की कृपा हुई, ऐसा कहना कठिन है। युवराज हमसे मिले। उन्हें बहुत पश्चात्ताप हुआ है। किन्तु यह पछतावा बना रहे, तब तो..."

"अभी छोटी उम्र है, आ जाएगी समझ भी।"

"फिरंगोजी, राजनीति में आयु के लिए अवकाश कहाँ? उसमें महत्त्व होता है समय का।"

"ऐसा न कहो, राजे। मैं युवराज को अच्छी तरह जानता हूँ। कुछ भी क्यों न हो, वे बड़े हैं। गद्दी के मालिक हैं।"

राजे ने चकित होकर फिरंगोजी की ओर देखा। चिन्ता की एक लहर उनके मन को हिला गई। कुछ भर्राए हुए गले से वे कहने लगे, "फिरंगोजी, यह तुम कह रहे हो? कौन गद्दी का मालिक? कैसी गद्दी? यह गद्दी हमारी नहीं है। यह गद्दी है तुम जैसे ईमानदार लोगों की। इसे मनचाहे तरीके से बाँट-बिखेरने का हमें अधिकार है? फिरंगोजी, तानाजी, बाजी, मुरारबाजी, रामजी सरीखे वीरों ने आत्म-बलिदान देकर इस गद्दी का निर्माण किया है। इसके बारे में हम बहुत चिन्तित हैं। हमारे बाद इस राज्य को किसी जिम्मेदार हाथों द्वारा सँभालना होगा।"

फिरंगोजी हँसने लगे। "राजे, काहे बेकार की बातें ले बैठे हो? इस बात पर अभी सोचने की क्या जरूरत है?"

"मृत्यु का क्या भरोसा, फिरंगोजी। उस घड़ी का पता किसी को नहीं होता। हम अकेले होते, तो शायद इस बात को सोचते भी नहीं, किन्तु युवराज के व्यवहार ने हमें सावधान कर दिया। हमारे मन की शान्ति जाती रही...।"

इसी समय दासी थाल लेकर आई। उसके पीछे-पीछे राजाराम भी आ गए। नाश्ते के थाल बैठकी पर रख दिए गए।

राजे ने आग्रह कर-करके फिरंगोजी को अपने सामने जलपान कराया।

रात राजे के महल में फिर से बैठक हुई। अनाजी, फिरंगोजी, मोरोपन्त, हम्बीरराव, येसाजी और बालाजी बैठक में उपस्थित थे। राजे कुछ गम्भीर दिखाई दे रहे थे। वे उच्चासन पर बैठे। उन्होंने सबको बैठने की आज्ञा दी। राजे ने सबकी ओर देखा। फिर कहने लगे, "मोरोपन्त, अनाजी, हमें जैसे ही सूचना मिली कि सम्भाजीराजा पन्हालगढ़ आ गए हैं, हम उनसे मिलने गए। किन्तु हमने यहाँ आने के बाद तुम्हें नहीं बताया कि पन्हाला में क्या हुआ। तुम्हें उस बारे में जानने की अवश्य उत्सुकता होगी।"

"यह नियम थोड़े ही है कि राजा अपने मंत्रियों को सब बातें बताया करे।" हम्बीरराव बीच ही में बोल पड़े।

राजे ने उन्हें रुकने का इशारा किया। वे हँसकर कहने लगे, "हम्बीरराव, तुम हमारे सेनापति हो। इस तरह जल्दबाजी से कैसे काम चलेगा? राज्याभिषेक के बाद से हमने सारे निर्णय तुम्हारी सलाह से ही किए हैं। क्यों किया ऐसा? इसलिए कि राजा की पूर्णता अकेले नहीं होती–राजा, मंत्री और सेनापति तीनों से मिलकर त्रिदल रूप बनता है। मंत्रीगण तथा राजा एकमत होकर चलें, तभी राज्य का कल्याण होता है।" राजे कुछ देर रुके। "अच्छा–जाने दो। हम क्या कह रहे थे?...हाँ, हम सम्भाजीराजा से मिले। उन्हें बहुत पश्चात्ताप हुआ है। हमें प्रतीत हुआ कि वे बहुत बदल गए हैं। हमें विश्वास है कि वे गत अनुभव से समझ गए हैं। हमारा मत है कि उन्हें अवसर दिया जाना चाहिए।"

राजे मौन हो गए। सब एक-दूसरे की ओर देख रहे थे, किन्तु कोई कुछ नहीं बोल रहा था। हम्बीरराव ने साहस करके कहा, "महाराज...।"

"कहो।"

"यदि साफ-साफ कहा जाए, तो...।"

"साफ ही कहो। इसे हमारी आज्ञा समझो।"

हम्बीरराव ने सबकी ओर देखा। फिर विश्वासपूर्वक कहा, "युवराज पर कोई विश्वास करे या न करे, हमें पूरा विश्वास है।"

हम्बीरराव की बात सुनकर सबकी दृष्टि राजे की ओर मुड़ी। राजे के मुख पर सदैव की भाँति मुस्कुराहट छाई हुई थी। उन्होंने कहा, "हम्बीरराव, जब यह निश्चित हो गया कि सीधी साफ बात कहनी है, तब घुमा-फिराकर क्यों कहते हो? तुम यही कहना चाहते हो कि 'अनाजी और मोरोपन्त को युवराज पर विश्वास नहीं है।' विश्वास पाना इतना आसान काम नहीं है। विश्वास अपने व्यवहार के द्वारा कमाना पड़ता है। उसे प्राप्त करने के लिए बहुत सावधानी रखनी पड़ती है। रोहिडेश्वर में जब हमने शपथ ली थी, तब हमारे पास विश्वास के अतिरिक्त और देने के लिए था ही क्या–न सत्ता थी, न सम्पत्ति थी...।"

राजे ने एक आह भरी।

"युवराज का पश्चात्ताप हम कई बार देख चुके हैं। हम पिता हैं उनके, फिर भी हमें उन पर पूरा भरोसा नहीं है। इस बात का हमें बहुत खेद है। युवराज के शौक, उनका छिछोरापन, उनकी धर्मान्धता, उनका उतावला स्वभाव हम बार-बार देख चुके हैं। जब स्वयं हम ही उनके बारे में कोई आश्वासन नहीं दे सकते, तब मंत्रिमंडल को दोषी क्यों मानें? हम उन्हें दोषी नहीं समझते।"

"महाराज," अनाजी ने सिर उठाकर कहा, "महाराज, यह बात नहीं कि हमें उन पर भरोसा नहीं है। सच तो यह है कि युवराज को हम पर विश्वास नहीं है। 'हमारे प्रति' कहने की अपेक्षा 'मेरे प्रति' कहना अधिक उचित है। मैं यदि दूर हो जाऊँ, तो झंझट ही मिट जाएगा।"

"अनाजी!" राजे की मुखमुद्रा कुछ अस्वाभाविक हो उठी, "युवराज तुमसे अधिक रुष्ट हैं–वह बात हम भी समझ सकते हैं। तुम्हारे दूर होने का प्रश्न ही नहीं है। हमें तो कुछ और ही दिखाई दे रहा है। अच्छा, पल-भर के लिए मान लो...हम एक ओर हट जाएँ, तो...?"

"महाराज...!" मोरोपन्त भयभीत होकर कह उठे।

"मरणधर्मा जीव का भरोसा मत करो, मोरोपन्त। जिसने अनेक प्राणों का बोझ सिर पर उठाया हो, उसे सदैव अपनी मृत्यु का ध्यान रखना चाहिए। उसे आत्मविश्वास होना चाहिए कि उसके बाद उसका स्थापित कार्य रुकेगा नहीं। हम पन्हालगढ़ गए। युवराज हमारे लाड़ले हैं–उन्हें देखते ही हम सुध खो बैठते हैं। उनके आँसू देखकर हमारे प्राण विह्वल हो उठे। उन्हें पश्चात्ताप से दग्ध देखकर हम बहुत आश्वस्त हुए। किन्तु उस समय हम यह नहीं भूले कि इसी पन्हालगढ़ में हमारी रक्षा करने के लिए कभी हमारा भेस धरकर जिवा नाई स्वयं शत्रु के हाथ जा लगा था। रात-भर आँधी-तूफान में, कीचड़-पानी में होते हुए हमारी पालकी को जी-जान लगाकर दौड़ाते ले जा रहे छः सौ वीरों को भला हम किस तरह भुला सकते हैं? घोरखिंड दर्रे में हमारे लिए प्राणों की बाजी लगानेवाले बाजीप्रभु हमारी आँखों के आगे खड़े थे। जब तक हम विशालगढ़ में सकुशल नहीं पहुँचे, और तोप की आवाज सुनाई नहीं दी, तब तक वे लड़ते ही रहे। तोप की आवाज सुनकर ही उन्होंने शस्त्र नीचे रखा था। अब मन की चाह है कि ऐसी विश्वास-भरी वाणी हमें फिर सुनाई दे। जी कहता है, 'हमारे बाद भी हमारा राज्य सुरक्षित सुशासित रहे'।"

"अब राज्य की चिन्ता कैसी?" अनाजी ने गर्व से कहा, "आपका राज्य दृढ़ नींव पर खड़ा है। तुंगभद्रा से नर्मदा तक उसकी सत्ता छाई हुई है। राज्य की रक्षा के लिए लाखों सैनिकों की सेना हरदम तैयार खड़ी है। छत्रपति के नाम का डंका आज आदिलशाही और कुतुबशाही में भी बज रहा है। महाराज, मैं, राज्य का सचिव आपसे कहता हूँ–आप निश्चिंत रहें।"

अनाजी के समान सभी के चेहरे आत्मविश्वास से दीप्त थे। अचानक राजे जोर से हँसने लगे। फिर अगले ही पल गम्भीर हो गए।

"वाह, अनाजी, वाह! तुम राज्य के सचिव हो। तुम ही ऐसी बात कहते हो? हमारे राज्याभिषेक के बाद से ही ऐसा अज्ञान सबके मन में समा गया है। सब निश्चिंत हो गए हैं। हमें इसी का भय है। अनाजी, आदिलशाही और कुतुबशाही की ओर हमारा ध्यान कभी नहीं था–हमारा ध्यान सदा केन्द्रित था दिल्लीश्वर की ओर। उसकी सेनाएँ औरंगाबाद में

इकट्ठा हो रही हैं। क्रुद्ध दिलेरखान बदला लेने को बेचैन बैठा है। जब तक दिल्ली तख्त का राज्य इस भूमि में है, तब तक हमारे राज्य को सुरक्षित मत समझो। कभी-न-कभी हमारी अन्तिम लड़ाई आलमगीर के साथ होनेवाली है। इस निर्णायक युद्ध के बाद जो शेष रहेगा, वही 'श्री' का सच्चा राज्य होगा। अनाजी, इतने असावधान मत रहो।''

राजे पल-दो पल रुके। राजे के वचनों को सुनकर सब विचारमग्न हो गए थे। राजे गावतकिए पर टेका लगाए बैठे हुए थे। उँगलियाँ आपस में गुँथ रही थीं। उँगली में पहनी हुई अँगूठी का हीरा पल-भर के लिए जगमगा गया।

''लगता है—आगे का समय शान्ति का समय नहीं है। इसे जानकर हमने शम्भूबाल के सामने राज्य के बँटवारे का सुझाव रखा। हमने उनसे कहा कि तुंगभद्रा तक का राज्य उनका रहेगा और उसके ऊपर के प्रदेश पर तुम सब लोगों की मंत्रणा के अनुसार बालराजाराम शासन करेंगे।''

''महाराज...!'' फिरंगोजी ने कहा।

''फिरंगोजी, राज्य का विभाजन करने का हमें शौक है? किन्तु मनुष्य पशु के समान अल्पसन्तोषी नहीं होते। हमने राज्य के विभाजन की बात रखी, लेकिन लगता है, युवराज को वह भी स्वीकार नहीं होगी। उन्होंने आज तक जैसा आचरण किया है, वह मन में उलझन पैदा करता है। इसलिए हमारा मत है कि यथासम्भव शीघ्र बालराजा का मौंजीबन्धन और विवाह करवा दें। मोरोपन्त, तुम्हारा क्या विचार है?''

''हमें प्रतीत होता है कि इतनी शीघ्रता करने की आवश्यकता नहीं है।''

''बालराजा अभी छोटे हैं।'' राजे ने धीरे-धीरे कहा, ''और हम बहुत बड़े हो गए हैं। हमें बताया गया है कि अब अवधि बहुत कम है। यह ठीक है कि बालराजा छोटे हैं, स्वास्थ्य भी ठीक नहीं रहता उनका। इसीलिए वे तुम दोनों की सलाह के अनुसार कार्य करेंगे। हमने इस बड़े खेल में अपने साथी गँवा दिए हैं, सलाहकार खो दिए हैं। देखा जाए, तो अब हम पाँच-छह साथी ही शेष रहे हैं। काम बहुत सारा और हाथ थोड़े से हैं।''

राजे का गला भर आया। आवाज काँपने लगी। दो बूँदें आँखों में छलक आईं।

''मोरोपन्त, अनाजी...।'' राजे का कंठ सूखने लगा था। वे बड़ी कठिनाई से बोल पा रहे थे, ''जिस दिन युवराज...मुगलों से जा मिले, उस दिन से हमें इस उत्तरदायित्व से भय लगने लगा है। लगता है—सबकुछ असुरक्षित है...।''

राजे की शोकाहत दशा देखकर सबके हृदय व्यथित हो उठे। मोरोपन्त बरबस ही कह उठे, ''महाराज, चिन्ता न करें। हम किसी भी अवसर पर एक मन होकर ही खड़े रहेंगे। आपकी आज्ञा पूर्ण करने में हम स्वयं को धन्य समझेंगे। इसमें सन्देह...।''

''मोरापन्त, तुम लोग हमारी आज्ञा को पूर्ण करोगे, इस बात में हमें तनिक भी सन्देह नहीं है। किन्तु अब हमें आज्ञाकारी लोग नहीं चाहिए। हमें चाहिए ऐसे लोग, जो हम रहें या न रहें, हमारे ध्येय को पूर्ण कर दिखाएँ। ऐसी शक्ति तुममें, अनाजी और हम्बीरराव में अवश्य है। यथाशीघ्र उस शक्ति को जानो। अब बहुत अधिक समय नहीं है।''

राजे उठ खड़े हुए।

''हम अब सोना चाहते हैं।''

सबने राजे को सिजदा किया। महादेव अन्दर आया। राजे ने कुल्ला किया। देवता को

नमस्कार किया और वे जाकर पलंग पर लेट गए। महादेव समई बुझाने लगा। एक सेवक धीरे से अन्दर आया। वह राजे के पाँव दबाने लगा। पलंग चरमरा रहा था।

धीरे-धीरे नींद राजे की पलकों में समाती जा रही थी...।

12

प्रातःकाल स्नान-पूजादि से निवृत्त होकर, जगदीश्वर के दर्शन करके जब राजे महल में वापस आए, उस समय गढ़ में सूर्य की कोमल किरणें फैल चुकी थीं। राजे महल में आकर बैठकी पर बैठे ही थे कि राजाराम कक्ष में आ गए। उन्होंने राजे को प्रणाम किया। उन्हें प्यार से उठाते हुए राजे ने पूछा, ''लगता है, आज स्नान किया है तुमने।''

''जी हाँ।''

''सर्दी-जुकाम और बुखार ठीक हो गया क्या?''

''जी। इसीलिए तो आईसाहिबा ने हमें आने दिया है।''

''बहुत अच्छा। बालराजे, तुम्हारी आईसाहिबा तुम्हारे स्वास्थ्य के बारे में बहुत चिन्तित रहती हैं। है न?''

राजाराम ने सिर हिलाया।

''इतनी चिन्ता क्यों करती हैं? कुछ कम चिन्ता करें, तो ठीक होगा।''

''जी, क्या?''

''तुम अब शम्भूराजा के महल में रहते हो न?'' राजे ने पूछा।

''जी।''

''तुम अब छोटे नहीं हो—दस बरस के हो गए हो। हमारे गुरु ने हमें स्वास्थ्य ठीक रखने का एक सरल उपाय बतलाया है। जानते हो, कौन-सा?''

राजाराम ने दाएँ-बाएँ सिर हिलाकर जताया, 'नहीं।'

''बिलकुल सरल उपाय है। उन्होंने कहा है, स्वास्थ्य ठीक न हो, तो नित्य का कामकाज करो और आहार कम करो। स्वास्थ्य ठीक हो जाएगा।''

''किन्तु हमें तो आईसाहिबा...।''

''उन्हें तुमसे बहुत प्यार है, किन्तु वह प्यार अन्धा है। हमारी माँसाहिबा को भी हमसे ममता थी, किन्तु वह ममता समझदारी की थी। युवराज हो तुम। यदि बदलनेवाली जलवायु सहन न कर पाओगे, तो राजनीति के आँधी-अन्धड़ कैसे सहन करोगे?''

राजे ने राजाराम को प्यार से पास ले लिया। आलिंगन करके राजे कहने लगे, ''हम जानते हैं कि तुम्हें बहुत बड़ी जिम्मेदारी उठानी पड़ेगी। अब तुम आईसाहिबा के लाड़-प्यार में अधिक मत उलझना।''

''बड़ी अच्छी सीख दी जा रही है!''

शब्द सुनते ही दोनों ने पीछे मुड़कर देखा। दरवाजे पर सोयराबाई खड़ी थीं। उन्हें देखते ही राजाराम के चेहरे पर भय छा गया। राजे भी पल-भर के लिए विचलित हो गए थे। सँभलकर कहने लगे, ''हम ठीक की कह रहे थे। बालराजा अब छोटे नहीं हैं। उन्हें बहुत बड़ी जिम्मेदारियाँ निभानी हैं। स्वास्थ्य कमजोर रहा, तो जिम्मेदारी कैसे निभेगी?''

''कैसी जिम्मेदारी?'' सोयराबाई ने अचरज से पूछा।

''राज्य की।'' राजे ने शान्ति से कहा, ''शम्भूराजा तो पन्हाला में हैं। फिर यहाँ का कामकाज कौन करेगा?''

इन शब्दों को सुनते ही सोयराबाई का अंग-अंग पुलकित हो उठा। क्रोध जाता रहा। चेहरा खुशी से खिल उठा। राजे कहते जा रहे थे, ''यही नहीं, हम अब बहुत शीघ्र इनका मौंजीबन्धन और विवाह भी सम्पन्न करा रहे हैं। राज्याभिषेक के समय हमारे मार्ग में जो बाधाएँ आई थीं, हम नहीं चाहते कि वे इनके मार्ग में आएँ। इनका मार्ग हमेशा निष्कंटक रहना चाहिए।''

''हमारे मन में यही बात थी। तो फिर लोगों से कहना पड़ेगा कि योग्य वधू खोजें।''

''कहने की आवश्यकता नहीं है। हमने देख ली है एक लड़की। बिलकुल बालराजा के अनुरूप है वह।'' राजे ने शान्ति से कहा।

''कौन-सी?''

''हमारे प्रतापराव की लड़की।''

''कुडतोजी गुजर की?'' सोयराबाई को चोट लगी।

''क्यों? सेनापति प्रतापराव ने नेसरी की लड़ाई में वीरगति पाई थी, तब हम सांत्वना देने के लिए उनके घर गए थे। सारा परिवार शोक में डूबा हुआ था और वह भोली-भाली बालिका आँगन में खेल रही थी। होगी कोई दो-ढोई बरस की। लड़की रूपवान् है। हमने उसे प्यार से गोदी में बिठा लिया था। उसी समय हमारे मन में यह विचार आया था। क्या नाम था भला उस लड़की का?...'' राजे दो पल सोचते रहे, ''हाँ, याद आया जानकी। हाँ, जानकी नाम है उसका।''

''कितना याद है आपको भी...।'' सोयराबाई ने कहा।

''याद रहने का कारण ही महत्त्वपूर्ण है। प्रतापराव की लड़की को हमारी गोदी में बैठा देखकर किसी ने कहा था, 'महाराज, अबोध बच्ची अनाथ हो गई।' उसी समय हम तुरन्त कह गए थे, 'हमने जिसे गोद में बिठाया हो, वह बच्ची कभी अनाथ नहीं हो सकती'।''

''लेकिन उनका घराना...।''

सोयराबाई की बात पूरी नहीं हो पाई। राजे उन्हें कठोर दृष्टि से देख रहे थे।

''रानीसाहिबा, किसका घराना? प्रतापराव का? उसकी उच्चता कौन निश्चित कर सकता है? हमारा राज्य बलिदानों से बना है। रानीसाहिबा, ऐसी बातें मन में मत लाया करो। मालुसरे, गुजर, कंक—इन घरानों के लोग हमारी बराबरी के हैं। हम छत्रपति हैं, अभिषिक्त राजा हैं। हम जिनके साथ नाता जोड़ें, वे परिवार स्वयमेव क्षत्रियों के साथ उच्चकुलों की श्रेणी में आ बैठते हैं। धर्म भी इस नियम की आज्ञा देता है।''

''मैं अनाजी से कहती हूँ कि लोग रवाना कर दें।''

''मैं अनाजी को बुलाऊँ?'' राजाराम बिना कुछ समझे पूछ बैठे।

सारा महल ठहाकों से गूँज उठा। राजाराम दोनों के मुँह की ओर देख रहे थे। समझ नहीं पा रहे थे कि यह लोग हँस क्यों रहे हैं। हँसी रोकते हुए राजे ने कहा, ''देख लो, बालराजा भी शादी के लिए कितने उतावले हैं!''

अब राजाराम की समझ में आया। वे खिसिया गए। जाने की आज्ञा की प्रतीक्षा न करके वे बाहर दौड़े। सोयराबाई ने हँसते हुए कहा, ''युवराज शरमा गए। मैं कहती हूँ अनाजी से।''

''हाँ, कहना ही पड़ेगा। अब अधिक समय नहीं है। हमें मौंजीबन्धन और विवाह संस्कार

जितना शीघ्र हो सके, पूरा करने हैं।"

सोयराबाई जाने लगीं, किन्तु राजे ने उन्हें पुकारा।

"रानीसाहिबा, फिरंगोजी हैं। उन्हें भेज दो। वे जाकर रिश्ता तय कर आएँगे।"

सोयराबाई महल से बाहर आईं, वे खुशी से फूली नहीं समा रही थीं।

13

गढ़ में विवाह की धूमधाम शुरू हो गई। अनाजी, फिरंगोजी, हम्बीरराव आदि विशेष व्यक्तियों को प्रतापराव के गाँव भेजा गया। विवाह-सम्बन्ध निश्चित करके और वधूपक्ष के लोगों को आमंत्रण देकर सब लोग रायगढ़ वापस लौट आए। राजाराम का उपनयन-संस्कार करानेवाले पुरोहित अनन्तभट्ट कावले को लाने के लिए एक पालकी पैण नगर की ओर भेज दी गई।

एक दिन सोयराबाई अनाजी के साथ महल में आईं। सोयराबाई ने कहा, "अनाजी ने ज्योतिषीजी से मुहूर्त पुछवा लिया है।"

राजे ने अनाजी की ओर देखा।

"अनाजी, निकट का शुभमुहूर्त कौन-सा है?"

"जी, पंडितजी का कहना है कि फाल्गुन कृष्ण दशमी का दिवस शुभ है।"

"तो वही दिन निश्चित कर डालो।"

"यह कैसे हो सकता है?" सोयराबाई ने कहा, "कुल पन्द्रह-बीस दिन तो बचे हैं। इतनी जल्दी सारी तैयारियाँ हो जाएँगी?"

"हाँ।" राजे कह गए।

"हाँ कहने से थोड़े ही हो जाएगा?" सोयराबाई ने चिन्तित होकर कहा, "बेकार हड़बड़ी मचेगी। कोई काम ठीक से होगा नहीं।"

राजे मुस्कुराने लगे।

"अनाजी, देख लो। रानीसाहिबा को अब भी हम पर भरोसा नहीं है।"

"आप भी कैसी बातें करते हैं?" सोयराबाई हँसी छिपाते हुए बोलीं।

"कैसी बातें का क्या मतलब? हम छत्रपति हैं। राजा के मन में आए और वह काम पूरा न हो, तो फिर वह राजा कैसा? रानीसाहिबा, तुम चिन्ता मत करो। हमारे कुशल स्वर्णकार आभूषण बनाएँगे। नागप्पा शेट्टी हर माल का बाजार एक दिन में लगा सकता है। सबको निमंत्रण भेजने का काम अनाजी और बालाजी पूरा कर डालेंगे। विवाह जल्दी तय हुआ है, तब भी ठाठ-बाट में कोई कमी नहीं रहेगी। यह विवाह छत्रपति राजा के आन-बान के अनुरूप ही होगा।"

गढ़ में मौंजीबन्धन और विवाह की तैयारियाँ जोर-शोर से शुरू हो गईं। स्वर्णशाला के सुनार गहने बनाने में व्यस्त हो गए। रत्नभंडार से मोती, हीरे, पन्ना, माणिक आदि रत्न बाहर निकाले जाने लगे। अनेक पेठों से जरतारी वस्त्र महल में आने लगे।

गढ़ में शामियाने, डेरे और रावटियाँ नीचे से लाई जा रही थीं। गढ़ की अठारह कर्मशालाएँ विवाह की तैयारियों में जुट गई थीं। विशेष सज-धजवाले वस्त्र पहने हुए घुड़सवार सरदारों के साथ विवाह का निमंत्रण लेकर चारों दिशाओं में रवाना हो रहे थे। प्रतिदिन गढ़ का रूप

बदल रहा था। खाली स्थानों पर शामियाने, डेरे और रावटियाँ खड़ी की जा चुकी थीं। इतने में समाचार आया कि बरात पाचाड में आ पहुँची है। बरातियों का स्वागत करने के लिए राजे स्वयं गढ़ से नीचे उतर आए। वहाँ बरातियों की व्यवस्था कराके राजे गढ़ की ओर वापस लौटने लगे।

राजे की पालकी गढ़ के नाणेदरवाजा तक आई थी कि राजे ने मोरोपन्त को वहाँ आया देखा। मोरोपन्त अपने दल के साथ वहाँ खड़े थे। राजे ने पूछा, ''मोरोपन्त, इतनी जल्दी गढ़ से क्यों उतर आए हो?''

''महाराज, अनन्तभट्टा कावले पधार रहे हैं।''

''कहाँ हैं?''

''रायगढ़वाड़ी में विश्राम कर रहे हैं। उनके स्वागत के लिए...।''

''रायगढ़वाड़ी में विश्राम कर रहे हैं?'' राजे ने ऊपर देखा। सूर्य आकाश में मध्य-स्थान तक आ पहुँचा था। राजे के मुखमंडल पर हर्ष छा गया। वे कहने लगे, ''बहुत शुभ संयोग है। चलो, अपने कुलपुरोहित का स्वागत करने हम भी चलते हैं।''

राजे की पालकी ने मार्ग बदल दिया। वे रायगढ़वाड़ी आ पहुँचे। वहाँ अनन्तभट्ट का स्वागत करके और उनसे आशीर्वाद पाकर राजे ने उन्हें मोरोपन्त के साथ ससम्मान रायगढ़ की ओर रवाना करा दिया और स्वयं राजे रायगढ़वाड़ी आकर महल के सामने पालकी से उतरे।

राजे के अकस्मात् आगमन से महल में जो हड़बड़ी-सी मच गई थी, उसे राजे देख नहीं पा रहे थे। किन्तु जैसे ही उन्होंने महल के प्रवेशद्वार की ओर देखा, संयोगवश उसी समय पुतलाबाई वहाँ आ गईं। राजे अपलक दृष्टि से उनकी ओर देखने लगे।

पुतलाबाई आसमानी रंग की साड़ी पहने थीं। इस आयु में भी लज्जा का सात्विक एवं स्वाभाविक भाव उनके मुखमंडल पर बिखरा हुआ था। आँखों में भावना को व्यक्त करने की दुर्लभ शक्ति थी। आँख चुराते हुए पुतलाबाई बोलीं, ''बैठिए न!''

''हाँ, हाँ!'' राजे को सुध आई, ''रानीसाहिबा, हम आज यहीं भोजन करेंगे।''

''यह भी कोई कहने की बात है?'' पुतलाबाई के चेहरे पर शरारत-भरी मुस्कराहट आ गई।

''हमेशा ऐसा नहीं होता, रानीसाहिबा। 'हम खाना खाएँगे' ऐसा कहने के बाद अपने घर में खाना नहीं मिलता।'' राजे ने अपनी बात सँभालते हुए कहा, ''हम आए थे पाचाड में बरातियों का स्वागत करने।''

''लगता है—बालराजा के विवाह की तैयारियाँ जोरों से शुरू हो गई हैं?''

''अब अधिक दिन हैं भी कहाँ!''

''कोई बताएगा, तभी न हमें पता लगेगा।''

''हाँ, यह भी सच है।'' बैठकी पर बैठते हुए राजे ने कहा। पुतलाबाई ने आगे बढ़कर राजे का जरीटोप हाथों में ले लिया।

''युवराज आएँगे न?'' पुतलाबाई ने पूछा।

''तुम ही बताओ। आएँगे क्या?'' राजे ही पूछने लगे।

''यह भला कैसी बात?'' पुतलाबाई ने कहा, ''छोटे भाई का विवाह है और वे न आएँ?''

''बड़ा भरोसा है।''

''बड़ा हो या न हो, इतना विश्वास तो अवश्य है।''

राजे चकित होकर पुतलाबाई की ओर देख रहे थे।

''पुतला, तुझे आदमी की पहचान है, लेकिन तू आदमी को वश में बाँधकर नहीं रख सकी।''

पुतलाबाई खिलखिलाकर हँसने लगीं।

''क्या हुआ?'' राजे ने पूछा।

''कुछ नहीं। पुरुषों की समझ में नहीं आएगा।''

''क्या?''

''हम स्त्रियों को और चाहे कुछ समझ न आता हो, लेकिन वे अपने आदमी को हाथ से निकलने नहीं देतीं।''

''सब स्त्रियाँ एक-जैसी नहीं होतीं।''

''सबकी मैं क्या जानूँ? परन्तु मेरा अनुभव तो यही है।'' पुतलाबाई ने आत्मविश्वास से कहा।

''यह भी झूठ है।'' राजे ने हँसते हुए कहा।

''क्यों?''

''याद है? दक्षिण विजय के बाद हम यहाँ आए थे। तब की बात याद करो। यदि ऐसा ही भरोसा होता, तो हमें पैरों में चट्टियाँ पहनने को विवश न किया होता तुमने?''

पुतलाबाई ठहाका मारकर हँसीं। अब आश्चर्य करने की बारी राजे की थी।

''क्यों, हँसी क्यों?''

''आप नहीं समझ पाएँगे। जो पादुकाओं के साथ नाता जोड़ बैठी हो, उसे भुला देना बहुत कठिन है।''

राजे गद्गद हो उठे। भावुकतावश कहने लगे, ''पुतला, यह तूने सच कहा। हमें हर पल, हर घड़ी ऐसा ही महसूस होता है।''

राजे की आँखों से आँखें मिला पाना कठिन था। पुतलाबाई की आँखें झुक गईं। दृष्टि राजे के चरणों को निहार रही थी। चरण धीरे-धीरे पास आते जा रहे थे।

उस दिन राजे ने रायगढ़वाड़ी में भोजन किया। भोजन करके वे महल में आए। कुछ देर विश्राम करके वे रायगढ़ जाने के लिए तैयार हुए। पुतलाबाई ने कहा, ''मैं रायगढ़ आऊँगी।''

''ऐं? कब?''

''कल। आऊँ क्या?'' पुतलाबाई ने पूछा।

''तुम्हें कौन रोक सकता है? लेकिन तुम्हें निमंत्रित किया है क्या?'' राजे ने चिढ़ाने के लिए व्यंग्य से पूछा।

''आपको किया गया है?''

''क्या?'' राजे ने एकदम ऊपर देखा। उनकी मुस्कुराहट खो गई। पुतलाबाई ने जैसे ही यह देखा, वे हड़बड़ाकर कहने लगीं, ''पुत्र के विवाह में माता को निमंत्रण दिया जाता है क्या?''

''हाँ, यह भी सच है। अच्छा, हम चलते हैं।''

राजे जाने के लिए मुड़े ही थे कि पीछे से सुनाई दिया।

"थोड़ा ठहरिए।"

राजे मुड़े। पुतलाबाई व्याकुल दिखाई दे रही थीं। राजे ने पूछा, "क्या कहती हो?"

"कहें तो मैं गढ़ में न आऊँ।"

"पुतला!" राजे कह उठे।

कठिनाई से आँसू रोककर पुतलाबाई ने कहा, "यहाँ मन को चैन नहीं मिलता। सदा आपके चरणकमलों की सुध रहती है। विवाह में शान दिखाते फिरने का शौक मुझे नहीं है। बस, आपके चरणों के दर्शन होंगे, यही सोचकर...।"

राजे आगे बढ़े। उन्होंने पुतलाबाई के कन्धे पर हाथ रखा। कहने लगे, "पुतला, जरा ऊपर तो देख।"

पुतलाबाई ने डबडबाई आँखों से ऊपर देखा। उनकी आँखों में झाँकते हुए राजे ने कहा, "क्या यह विचार भी हमारे मन में आ सकता है, कि तुम न आओ? किन्तु हम नहीं चाहते कि हमारे लिए तुम्हें अपमान सहना पड़े।"

"इन चरणों के लिए तो मैं दुख-दर्द सह लूँगी।" मुस्कुराते हुए आँसू पोंछकर पुतलाबाई ने कहा।

"ठीक है ; हम कल डोली भिजवा देंगे।" कहकर राजे झट से मुड़े और कक्ष से बाहर चले गए।

शीघ्रता से चले जा रहे राजे के पाँव ठिठक रहे थे, यह बात पुतलाबाई से छिपी नहीं रही।

14

अगले दिन एक राजकीय डोली गढ़ से नीचे चली गई।

राजे अपने महल में बालाजी-आवजी को पत्र लिखवा रहे थे। उसी समय अनाजी ने प्रवेश किया। राजे ने उनकी ओर देखा।

"कहो, अनाजी। क्या काम लेकर आए हो?"

"काम तो नहीं, किन्तु निश्चलपुरी का एक सन्देश है।"

"कैसा सन्देश?"

"वे आज होम कर रहे हैं। उनकी इच्छा है कि आप एक बार पधारें।"

"कैसा होम कर रहे हैं?"

"युवराज का मौंजीबन्धन और विवाह होनेवाला है। सारे संस्कारादि निर्विघ्न रूप से सम्पन्न हों, इसलिए...।"

"ठीक है, उन्हें सूचित करो कि हम आएँगे।"

अनाजी वहीं खड़े रहे। वे जाने में हिचकिचा रहे थे।

"अनाजी।"

"महाराज, एक प्रार्थना है।"

"कहो।"

"यदि कवि कलश को बन्दीगृह से मुक्त कर दिया जाए, तो वे निश्चलपुरी की बहुत

सहायता कर सकेंगे।''

राजे कुछ देर सोचते रहे।

''अनाजी, यदि तुम्हारी यही इच्छा है, तो अवश्य उन्हें मुक्त कर दो। वे विद्वान् हैं, अनुभवी हैं, किन्तु अविवेकी हैं। अब उन दोनों को बन्दी बना रखने की आवश्यकता नहीं है, किन्तु उन्हें गढ़ से नीचे मत उतरने देना। वे निश्चलपुरी के कार्य में सहयोग देते हों, तो हमें प्रसन्नता होगी।''

अनाजी को हड़बड़ाकर सिजदा करते देखकर राजे ने मुड़कर पीछे देखा। बालाजी भी जल्दी से उठकर सिजदा करने लगे। सोयराबाई महल में आ रही थीं। राजे ने बालाजी से कहा, ''बालाजी, शायद अब पत्र लिखने का काम पूरा नहीं हो सकेगा। शेष पत्र दोपहर बाद लिखवाएँगे।''

बालाजी ने लेखन-सामग्री इकट्ठा की और वे अनाजीसहित बाहर चले गए। सोयराबाई सामने आ गईं। उनके पीछे आ रही दासियों ने वस्त्र से ढँके हुए चार तबक राजे के आगे रख दिए। राजे ने आश्चर्य से कहा, ''रानीसाहिबा, विवाह के लिए जलपान के कितने ही पकवान बन रहे होंगे। जरूरी तो नहीं कि हम हर पकवान को चखकर देखें। फिर तुम जानती हो कि हम सुबह कुछ नहीं खाते।''

सोयराबाई ने हँसते हुए थालों पर के आच्छादन हटा दिए। राजे ने देखा–चारों थालों में तरह-तरह के आभूषण थे। रत्नजटित गोट*, पाटली, अनवट, तनमणी, लफ्फा, नथ आदि अनेक गहनों से तबक भरे हुए थे।

''रानीसाहिबा, हमने सच कहा था या नहीं? हमारे स्वर्णकार अपनी कला में सानी नहीं रखते।''

''अभी और भी गहने बनवाने हैं।''

''अवश्य बन जाएँगे। हमारे भंडार में रत्नों, सोने-चाँदी की क्या कमी है। गहने बनानेवाले कुशल कारीगर भी हैं। तुम्हारे जैसी शौकीन रानीसाहिबा हैं। फिर कैसी कमी? लेकिन रानीसाहिबा, गहने जरा कम ही बनवाओ, तो ठीक रहे। हमारी बहू केवल नौ-दस बरस की है। इनका भार भी उठा सकेगी वह?''

सोयराबाई इन बोलों से खुश हो गईं। उनकी सुन्दरता में एक नई छटा छा गई। इशारा करते हुए दासियाँ तबक लेकर चली गईं। सोयराबाई बता रही थीं–''आपने भी कितने निकट का मुहूर्त खोजा। सारे काम देखते-दिखाते थकान हो जाती है।''

''तुम देखकर थक जाती हो। जो बेचारे रात-दिन एक कर रहे हैं, उनका क्या हाल होता होगा?''

''सच है री माई! अनाजी को तो जरा भी फुरसत नहीं है। कहने-भर की देर है, वे हर चीज तुरन्त उपस्थित करते हैं।''

''राज्य के निर्माण में खून-पसीना एक करनेवाले लोग हैं ये। भला विवाह में कोई कमी क्योंकर रहने देंगे?''

''अच्छा! सुबह-सुबह इतने सारे पत्र किसको लिखाए जा रहे थे?''

''वाह! तो तुम समझती हो कि तुम ही काम में डूबी हो, बस हम खाली बैठे हैं! जिन

---

* गोट–ठोस कंगन। पाटली-चपटी चूड़ियाँ। तनमणी–हीरे-मोतियों का हार। लफ्फा–गले का बहुमूल्य गहना।

साधु-सन्तों के हमें आशीर्वाद प्राप्त हुए हैं, उन्हें क्या पत्र नहीं भेजने होंगे?''

सोयराबाई के दिल का सन्देह दूर नहीं हुआ। उन्होंने पूछा, ''सुना है—आज एक डोली गढ़ से नीचे भेजी गई है।''

''हाँ। हम कल छोटी रानीसाहिबा से मिले थे। उनके लिए ही डोली भेजी है। तुम्हें भी कामों में उनकी बहुत सहायता मिलेगी।''

''आने दो न! ऐसे समय सब नहीं आएँगे, तो कब आएँगे?''

''यही हम कहना चाहते हैं। ये अवसर ऐसे होते हैं कि अगर आदमी समझदारी से काम ले तो सारी कटुता मिट जाती है। ऐसे समारोहों का यही लाभ है। इसीलिए हम आज पन्हालगढ़ को पत्र-थैली भेजनेवाले हैं।''

''पन्हालगढ़ को?'' सोयराबाई की आँखें फैल गईं।

''हाँ। बालराजा का ब्याह हो, और ब्याह में येसू, भवानी और स्वयं युवराज न हो, यह कैसे सम्भव है?''

देखते-ही-देखते सोयराबाई का रंग बदल गया। दृष्टि में कुटिलता आ गई। जो नेत्र सदा निरीह-से दिखाई देते थे, उनमें तीक्ष्णता आ गई। नाक की नोक और कान की लौ गरम हो उठी। उन्होंने पूछा, ''कौन युवराज?''

''रानीसाहिबा!''

''बहुत सुन लिया है। अब हमसे यह लाड़-प्यार सहन नहीं होगा।'' क्रोध के मारे सोयराबाई खड़ी हो गईं। उनके बदले हुए रूप को देखकर राजे सन्न रह गए।

''रानीसाहिबा, थोड़ा शान्त...।''

लेकिन गुस्से से उबल रही सोयराबाई ने राजे को कुछ कहने ही नहीं दिया। वे भड़क उठीं।

''कुछ मत कहिए। कहते हैं—युवराज! बीच दरबार हमारा अपमान किया जाए, और हम चुपचाप सुन लें। क्यों? इसलिए कि वे युवराज हैं! वे व्यसनी हों, तो भी उन्हें माफ किया जाए! वे युवराज जो हैं न?''

''रानीसाहिबा!''

''हँ! ब्राह्मण की बेटी से उन्होंने अशिष्टता को, फिर भी वह अपराध क्षम्य! उस लड़की ने आत्महत्या कर ली, फिर भी उसका समर्थन! जारण-मारण तन्त्र में लगे रहे, फिर भी आँखों पर पट्टी बाँध लेना!''

''सोयरा...!'' राजे ने कड़ककर कहा। उनका सारा शरीर काँपने लगा था।

''बहुत सुन लिया मैंने।'' राजे की ओर तुच्छता-भरी दृष्टि से देखते हुए बदहवास सोयराबाई कहने लगीं, ''कुछ मत सुनाओ मुझे। स्वयं विद्रोह करके मुगल मनसबदार बननेवाले अगर राज्य के युवराज होंगे, तो वह राज्य अपना कैसे कहलाएगा? वह तो मुगल राज्य...।''

''चुप रहो, रानीसाहिबा।'' राजे भर्राए गले से कहने लगे, ''हमने राजनीति का पाठ रनिवास में नहीं सीखा है। तुम भी हमें सिखाने का प्रयत्न मत करो। युवराज के अनुचित व्यवहार के कारण चाहे उनके युवराज पद के बारे में सन्देह उत्पन्न हो गया हो, फिर भी दैवयोग से वे बलवान् हैं।''

''कैसा दैवयोग?''

राजे हँस पड़े, "रानीसाहिबा, भूलो मत कि दैववशात् ही क्यों न सही, ज्येष्ठ पुत्र बनकर जन्म पाया है उन्होंने।"

राजे ने सोचा था कि सोयराबाई इस तर्क से निरुत्तर हो जाएँगी। किन्तु सोयराबाई की आवाज तनिक भी कम नहीं हुई। कपटपूर्ण हँसी मुख पर फैल गई। राजे की नजरों से नजर मिलाकर वे कहने लगीं, "मैं क्यों भूलूँगी? अन्धे प्रेम के कारण आपके ध्यान में बात नहीं आ रही।"

"क्या कहा?"

"मैंने कहा, अन्धे प्रेम के कारण आपके ध्यान में बात नहीं आ रही।"

"हँ—कहती रहो, कहो...।"

राजे की ओर देखते हुए सोयराबाई ने धीरे से कहा, "सम्भाजी बड़े पुत्र होंगे, परन्तु अभिषिक्त महारानी मैं हूँ।"

"इससे क्या? वह भी तो एक दैवयोग ही है।"

"वही कह रही हूँ। बालराजा हमारे चिरंजीव हैं। धर्मन्याय से वे ही युवराज हैं।"

राजे को अपने कानों पर भरोसा नहीं हो रहा था। उनका चेहरा फक्क पड़ गया था। सोयराबाई के मुख पर अहंकार में सनी मुस्कान बिखरी हुई थी। राजे कहने लगे, किन्तु उनका गला और होंठ सूख रहे थे। "रानीसाहिबा, केवल महारानीपद याद रहा तुम्हें। जीवन में यही एक बात याद रही है शायद। हमारी मानो, 'इस विवाह में शम्भूबाल का आना बहुत आवश्यक है'।"

"ठीक है। मैं जाती हूँ।" सोयराबाई गुस्से से मुड़कर जाने लगीं।

"कहाँ जा रही हो?"

सोयराबाई ठहर गईं। शान्ति से कहने लगीं, "अनाजी से कहती हूँ—तैयारियाँ रुकवा दें।"

"रानीसाहिबा!"

"बालराजा के विवाह पर अगर सम्भाजी आएगा, तो यह ब्याह नहीं होगा। बालराजा को युवराजपद न मिलता हो, न मिले।"

इन बोलों से राजे का जी तिलमिला गया। क्रोध का स्थान उद्वेग ने ले लिया।

"रानीसाहिबा, विवाह की सारी तैयारियाँ हो चुकी हैं। अब इन्हें रुकवाओ मत। युवराजपद के भावी विवाद में छत्रपति राजा की प्रतिष्ठा को मत उलझाओ। हम एक बात सोचते हैं, तुम दूसरी बात ले बैठती हो। हमने घर की अपेक्षा राज्य का उत्तरदायित्व अधिक बड़ा समझा। सोचा था, इस विवाह पर सम्भाजी आएगा, उसे समझाया-मना लिया जाएगा। हम क्या उसके बर्ताव से परिचित नहीं हैं? इसीलिए यह सारा आयोजन किया गया था।"

"कैसा आयोजन?" सोयराबाई कहने लगीं, "बालराजा के विवाह में सम्भाजी को युवराज बनाकर शान से घुमाना। अपने आप तो उनकी सारी करतूतें भुला देना और दूसरों को भूलने के लिए विवश करना। यही न?"

राजे हताश हो गए।

"तुम नहीं समझ सकोगी। सम्भाजी अविवेकी होगा, परन्तु वह मन का सीधा है।

भावुक है। भावना में बह जाता है। रानीसाहिबा, आप यदि उसे प्यार से चुमकार लें, तो शायद वह स्वयं राज्य राजाराम के हवाले करके आनन्दपूर्वक वनवासी हो जाएगा। उसके पास इतना विशाल हृदय है।'' बोलते-बोलते राजे की आवाज में रूखापन आ गया, ''परन्तु रानीसाहिबा, हमारे कहे पर विश्वास करो। सम्भाजी भोला होगा। हमारा चिरंजीव है। कच्ची रस्सी से उसे बाँध रखना चाहोगी, तो एक-न-एक दिन वह तुम्हें भी भारी पड़ेगा।''

एक विचित्र भय सोयराबाई के दिल को कँपा गया। किन्तु अगले ही पल उन्होंने अपने को सँभालते हुए पूछा, ''तो फिर सम्भाजी नहीं आएँगे न?''

''चिन्ता न करो। बालराजा के विवाह पर सम्भाजीराजा नहीं आएँगे। अब तुम जाओ। हम बहुत थक गए हैं।''

जीत की मुस्कुराहट होंठों पर लिए हुए सोयराबाई महल से बाहर आईं। सातमहल की ओर जाते हुए उन्हें मनोहारी दिखाई दी। उन्होंने मनोहारी को पुकारकर कहा, ''मनू, जल्दी जा और अनाजी, मोरोपन्त से कहना—मैंने बुलाया है।''

सोयराबाई सातमहल की ओर जा रही थीं। जागते हुए भी कई-कई सपने उनके मन में हिलोरें ले रहे थे...।

15

सोयराबाई महल से चली गईं, लेकिन राजे महल से बाहर नहीं आए। वे महल में बैठे रहे। मन का सारा उत्साह खो-सा गया था। चिन्ता की गहरी घटा मुख पर छा गई थी। समय बीत रहा था, किन्तु राजे को उसकी सुध न थी।

राजे ने सहज ही ऊपर देखा और द्वार में खड़ी हुई पुतलाबाई पर उनकी दृष्टि जा ठहरी। राजे ने पूछा, ''कब आई?''

''अभी आई हूँ। आते ही सीधा इधर आ गई। आपकी तबीयत ठीक नहीं है क्या?''

''क्यों?''

''मैंने नहीं सोचा था कि इस समय आप महल में मिलेंगे।''

राजे मुस्कुराने लगे, ''शायद तुम जानती नहीं हो कि राजा की तबीयत कभी खराब नहीं होती। क्योंकि उसकी तबीयत बिगड़ जाए, तो दूसरे लोगों को उस कारण बहुत कष्ट होता है।''

''डोली भेजने के कारण बड़ी बाईसाहिबा को गुस्सा आया क्या?''

''नहीं। तुम आ तो गई हो, लेकिन यहाँ का सारा रंग-ढंग ही बदल गया है। तुम्हें बहुत कुछ सहन करना पड़ेगा।''

''उतनी शक्ति है मुझमें।'' पुतलाबाई ने कहा।

पुतलाबाई ने वही उत्तर दिया, जिसकी राजे को आशा थी। राजे मुस्कुराने लगे। बोले, ''दरवाजे पर ही क्यों खड़ी हो? अन्दर आओ न।''

''अभी अन्दर नहीं गई हूँ। एक बार हाजिरी दे आती हूँ।''

''देख लो भाई! हाजिरी देने जाओगी और डाँट-फटकार खा आओगी।''

इस बात पर पुतलाबाई हँस पड़ी और जाने लगीं। वे सातमहल की ओर जा रही थीं कि देखा—मनोहारी हाथ में तबक लिए जल्दी-जल्दी जा रही है। पुतलाबाई ने पूछा, ''मनू, मेरा सामान आ गया?''

''जी हाँ।'' मनोहारी ने कहा, ''विठी से कह दिया है कि ठीक से लगा दे। अब आप यहीं रहेंगी न?''

''इच्छा तो है। बड़ी बाईसाहिबा कहाँ हैं?''

''रसोईघर में हैं। मैं उसी ओर जा रही हूँ।''

''तू चल। मैं अभी आती हूँ।''

सातमहलवाले अपने महल में जाकर कुछ सूचनाएँ देकर पुतलाबाई पाकशाला की तरफ चल दीं।

पाकशाला में स्त्रियों की भीड़भाड़ थी। भूमि पर बिछाए हुए कपड़ों पर नाश्ते के कई तैयार पकवान रखे हुए थे। सामनेवाली ड्योढ़ी में बड़े-बड़े चूल्हों की पंक्ति थी। स्वयं सोयराबाई चाँदी के पीढ़े पर बैठी हुई थीं। पुतलाबाई को देखते ही सोयराबाई ने बैठे-बैठे पूछा, ''कब आई हो, छोटी बाई?''

''अभी आई हूँ।''

''पहले कहलवा भेजा होता, तो पाँवड़े बिछवा दिए होते!''

''भला मुझे पाँवड़ों से क्या?''

''वाह! ऐसे कैसे होगा? आठ दिन बाद शादी है और तुम्हारा पता नहीं। न्यौता पाने के लिए रुकी हुई थीं शायद?''

''यूँ ही समझ लो।'' पुतलाबाई ने कहा।

''बुरा मत मानो, बाई! मैं अकेली कहाँ-कहाँ देखती फिरूँ? अब मेरी चिन्ता दूर हुई। अब सारा इन्तजाम तुम्हें सौंपकर मैं छुट्टी पा लेती हूँ।''

''जिम्मेदारी से डरती होती, तो आती ही नहीं।''

''तो ठीक है—यह लो, मैं चली। अब तुम्हीं सँभालो सारा काम।'' कहती हुई सोयराबाई उठ खड़ी हुईं। वे बाहर चली गईं और पुतलाबाई हँसते हुए पीढ़े पर बैठ गईं।

और सचमुच उस दिन से पुतलाबाई ने सारा प्रबन्ध अपने हाथ में ले लिया। कोई कठिनाई आ पड़ी, तो पुतलाबाई से पूछा जाता था। पुतलाबाई स्वर्णकारशाला, वस्त्रागार, पाकशाला आदि की देख-रेख में व्यस्त हो गईं। उन्हें दम लेने की फुरसत नहीं थी।

राजाराम का मौंजीबन्धन संस्कार बड़े ठाठ-बाट से सम्पन्न हुआ। राजे ने इस अवसर पर बहुत दान-पुण्य किया। शुभ मुहूर्त में राजाराम के विवाह की विधियों का शुम्भारम्भ किया गया। महल के पहले चौक में शानदार मंडप लगाया गया। यह विवाह मंडप वधू-पक्ष के लिए बनाया गया था। राजे ने विशेष आदेश दिया था कि इस मंडप सजावट में किसी प्रकार की कमी न रहे। सिंहासन सदर के पीछे वर-पक्ष का मंडप था।

गढ़ के देवताओं के नाम निमंत्रण भेजे गए। विवाह का दिन निकट आता जा रहा था। लड़की वालों की बरात गाजे-बाजे के साथ पाचाड से रायगढ़ आ पहुँची। होली-चौक में लगाए गए शामियाने में शिरकाई देवी के सम्मुख राजे ने बरातियों का स्वागत

किया। बरात के विशिष्ट सम्मानित जनों को राजे राजभवन के रंगमहल में ले गए। रंगमहल जनवासा बन गया। गढ़ के देवी-देवताओं का अभिषेक किया गया। निश्चलपुरी ने होम किया।

गढ़ में खड़े किए गए शामियाने और डेरों में विशेष अतिथियों के निवास का प्रबन्ध किया गया था। विशेष वेशभूषा धारण किए हुए, पगड़ी, ढाल-तलवार आदिसहित घोड़े पर सवार होकर महल तक आने-जानेवाले वे विशेष जन सबका ध्यान आकर्षित कर रहे थे।

बड़े सबेरे चौघड़ा बजने से पहले ही महल में सब लोग उठ चुके थे। मशालों, दीपकों और समई के उजाले में दोनों मंडपों के लोग इधर से उधर आने-जाने लगे थे। प्रभातकाल में चौघड़ा बज उठा। उदित हो रहे सूर्य के साथ-साध शहनाई के मंगलमय स्वर राजभवन में गूँजने लगे।

प्रत्येक दिन कोई-न-कोई विधि सम्पन्न हो रही थी। पाँच-छः दिनों में सीमान्त पूजन, वरपक्षीय जनों के लिए उपहार-सामग्री-भेंट, शेष–हल्दो लेपन, वाग्दान-विधि आदि कार्यक्रम हुए। दावतों में तथा नृत्य-गान आदि कार्यक्रमों में बराती मग्न हो गए।

विवाह का दिन आ गया। सायंकाल गौरीहर की पूजा करके वधू मंडप में आई। विवाह-मंडप में पाहुने, सरदार, प्रतिष्ठित जन आदि बड़ी संख्या में उपस्थित थे। मंगलवाद्य बज रहे थे। चाँदी के गंगाल में तैर रहा घटिक-पात्र दिखला रहा था कि मुहूर्त निकट आ रहा है। वर ने मंडप में प्रवेश किया। सबको चावलों के अक्षत बाँटे गए। विवाह-मंडप में मंगलाष्टक श्लोकों की ध्वनि सुनाई देने लगी। सहस्र-सहस्र जनों ने हाथ उठाकर अक्षत चावल फेंककर वर-वधू को आशीर्वाद दिया। तुरही और रणसिंघों की आवाज आकाश से जा टकराई। राजाराम का विवाह सम्पन्न हुआ।

होम में चावलों के खीलों का अर्पण दिया गया। सप्तपदी होने के बाद राजे ने और सोयराबाई ने 'सूनमुख' प्रथा के अनुसार अपने पुत्र और पुत्रवधू के साथ दर्पण में मुख देखा। दूल्हा-दुल्हन के चाँदी के पीढ़े के पास राजे का भी पीढ़ा रखा गया। निहाई पात्रदान विधि के लिए दुल्हन के मामा उसके पीछे जा खड़े हुए। बाँस की बड़ी चँगेरी में रखे हुए आटे के तैंतीस दीपक प्रज्वलित किए गए। मामा ने वह चँगेरी उठा ली और दुल्हा-दुल्हन तथा राजे के सिर पर थामकर फिर चँगेरी राजे के हाथ में दे दी। ब्राह्मण मंत्रोच्चारण कर रहे थे...।

राजे के चँगेरी को थामनेवाले हाथ थरथरा रहे थे। ब्राह्मण घोषणा कर रहे थे, "इस कन्या के आगमन से बारह पीढ़ियाँ तर गईं। इस विवाह के कारण अगली बारह पीढ़ियों का उद्धार होगा। यह कन्या अब आपकी हुई।" सुनकर राजे की आँखें गीली हो गईं। हृदय उद्विग्न हो उठा। हाथ में थामी हुई चँगेरी जल्दी से ब्राह्मणों को दान देकर राजे ने वधू के मामा का आलिंगन कर लिया। दोनों के ही नेत्रों से आँसू बह रहे थे। राजे का कंठ गद्गद हो आया था। आलिंगन से छूटकर बहुत कठिनाई से राजे कह सके, "काश! आज प्रतापराव होते! समधियों का मनचाहा मिलन हो पाता!"

वे आगे कुछ कह नहीं पाए। हम्बीरराव राजाराम के पीछे हाथ में कटार लिए हुए खड़े थे। कटार की नोक में नींबू लगाया हुआ था। राजे और वधू के मामा की भेंट की घटना से हम्बीरराव भी भावुक हो उठे थे। आगे बढ़कर उन्होंने कहा, "महाराज, बरात की तैयारी

हो चुकी है।''

''अच्छा।''

महल के बाहर बरात की तैयारियाँ पूरी हो चुकी थीं। महल से लेकर जगदीश्वर के मन्दिर तक मार्ग दोनों ओर लगाई हुई मशालों के प्रकाश से जगमगा उठा था। बरात में शामिल होनेवाले घोड़ों को गहनों से सजा-धजाकर होली-चौक में खड़ा किया गया था। बाजारपेठ की कमान के पास बरात के आगेवाला हाथी मस्ती में झूम रहा था। राजप्रासाद के प्रवेशद्वार के सामने एक सुलक्षणयुक्त सुसज्जित घोड़ा खड़ा था। दूल्हा-दुल्हन घोड़े पर बैठ गए। नरसिंघे बजने लगे। बरात का घोड़ा गाजे-बाजे के साथ होली-चौक तक आया। इशारा पाते ही राजे बरात के घोड़े के आगे आ खड़े हुए। आगेवाला हाथी चल पड़ा। पीछे-पीछे शानदार घोड़े चल रहे थे। डफ की ताल पर गतका-फरी का खेल खेला जा रहा था। तलवार के पैंतरे दिखाए जा रहे थे। कई वाद्यसमूह मधुर स्वरों से वातावरण को मोहक बना रहे थे। बरात धीरे-धीरे आगे बढ़ती जा रही थी। बरात के साथ राजे, रिश्तेदार और सरदार चल रहे थे। पेठ में से बरात गुजरने लगी, तो व्यापारियों ने दूल्हा-दुल्हन के सदके किए। मुहरें निछावर कीं। देवदर्शन के पश्चात् बरात लौटकर राजाप्रासाद आ गई। वधू-मंडप को अपने बाएँ करके राजाराम वर-मंडप की ओर जाने लगे। उनकी जरतारी शाल के साथ पीछे चली आ रही वधू की जरतारी रेशमी साड़ी की गाँठ बँधी हुई थी। कई दासियाँ वधू के वस्त्रों को सँभालती हुई चल रही थीं। वर-वधू वर-मंडप के सामने आ गए।

मंडप में धूमधाम थी। वर-वधू को देखने के लिए स्त्रियों की बड़ी भीड़ इकट्ठी थी। सुहागिनें आगे बढ़ीं। उन्होंने वर-वधू के पाँव धोए, आँखों पर पानी लगाया और दोनों पर मुट्ठी-भर दही-भात उतारकर फेंक दिया। सुहागिनें पीछे हट गईं। हम्बीरराव वर-वधू के पीछे कटार लिए खड़े थे। राजे उनके पास खड़े थे। उन्होंने देखा—पुतलाबाई दुल्हा-दुल्हन की आरती उतारने के लिए आ रही हैं। गुलाबी साड़ी पहनकर और हाथ में सोने की थाली लिए हुए वे आ रही थीं। आरती के नीरांजन की ज्योति से उनका प्रफुल्लित मुखमंडल और भी उजला हो उठा था। राजे को प्रतीत हो रहा था—मानो हृदय का सारा सन्तोष ही उनके मुख पर प्रतिबिंबित हो उठा हो। वर-वधू को तिलक लगाने के लिए पुतलाबाई ने कुंकुम की डिबिया में उँगली डाली। इसी समय सोयराबाई की आवाज आई—''ठहरो बाई। आरती मत उतारो।''

मन्द-मधुर हँसी से और खुसफुसाहट की आवाज से भरे मंडप में एकदम चुप्पी फैल गई। पुतलाबाई ने चौंककर पीछे देखा। सोयराबाई आ रही थीं। उनका मुँह फूला हुआ था। बात न समझने के कारण पुतलाबाई ने पूछा, ''क्यों?''

कुछ विचित्र-सी मुस्कुराहट सोयराबाई के चेहरे पर छा गई। जैसे किसी क्रुद्ध योद्धा का बाण सनसनाता हुआ आए, इसी प्रकार सोयराबाई के बोल सबने सुने, ''अभी कोख खुली नहीं है, बाई तुम्हारी। वर-वधू घर आ रहे हैं। तुम कैसे आरती उतार सकती हो?''

'निस्सन्तान!' पुतलाबाई की झुकी हुई दृष्टि फिर ऊपर उठी। चारों ओर स्तब्धता थी। पुतलाबाई की आहत दृष्टि वर-वधू के पीछे खड़े हुए राजे की ओर गई। दृष्टि में शून्यता-शुष्कता भरी थी। उस दृष्टि के सूनेपन का राजे को भी अनुभव हो रहा था। राजे की आँखें झुक

गईं। पुतलाबाई की आँखें भर आईं। सोयराबाई के शब्द सुनकर उन्हें होश आया, ''इस तरह देखती क्या हो? दूल्हा-दुल्हन खड़े हैं। लाओ, वह थाली इधर दो।''

कँपकँपाते हाथों से आरती सोयराबाई को देते हुए पुतलाबाई ने धीरे से कहा, ''पहले कह दिया होता, तो...।''

''कहती कब? तुम्हें ही बड़ी चाह है आगे-आगे भागने की। लक्ष्मीपूजन की तैयारी करके इधर आ रही थी कि तब तक तुम आरती लेके खड़ी हो गई!''

''बाई...!'' पुतलाबाई ने छटपटाकर कहा।

''मान की इतनी परवाह थी, तो बिना बुलाए यहाँ आई ही क्यों?''

पुतलाबाई ने आरती की थाली झट सोयराबाई के हाथ में दे दी। एकत्रित स्त्रियों की भीड़ में से रास्ता बनाती हुई वे बाहर जाने लगीं।

वर-वधू मंडप में आए। 'साडे' विधि पूर्ण हुई, फिर लक्ष्मीपूजन किया गया और दूल्हा-दुल्हन की गाँठ खोल दी गई।

पुतलाबाई को फिर वहाँ किसी ने नहीं देखा।

16

गढ़ में रात गहरी होती जा रही थी। विवाह की थकावट सबके चेहरों पर अब दिखाई देने लगी थी। महल के पहले चौक का मंडप सूना-सूना दिखाई दे रहा था। राजे अपने महल में चले गए हैं, यह जानकर विशेष सम्मानित जन और सरदार पान खाते हुए गप्पों में डूब गए थे। सातमहल के सभी महलों में नीरवता थी, केवल सोयराबाई के महल में चहल-पहल दिखाई दे रही थी।

अपने सारे कामों से निबटकर मनोहरी पुतलाबाई के महल के सामने से जा रही थी। अकस्मात् उसके कदम रुक गए। महल में से दासी बाहर आ रही थी। मनोहारी ने उससे कुछ पूछा और फिर वह महल में चली गई। चारों ओर ऊँची दीवारों से घिरे हुए स्थान पर पुतलाबाई का महल था। महल की बाईं बैठक में अभी तक दीपक जल रहे थे। महल की पहली ड्योढ़ी में कोई नहीं था। ड्योढ़ी खाली थी। सीढ़ियाँ चढ़कर मनोहारी ऊपर गई। भीतरी कक्ष में मन्द-सा उजाला था। लगता था—अन्दर कोई नहीं है। समई की केवल एक-दो बत्तियाँ जल रही थीं। मनोहारी समझ गई कि मन्द प्रकाश इसी कारण से है। यह सोचकर कि पुतलाबाई पीछे की रसोई में होंगी, उसने कक्ष में प्रवेश किया। गलीचे पर पैर रखती हुई मनोहारी पुरुष-भर ऊँचे समई-दीपक के पास पहुँची। दीपक के ऊपरवाले मयूरपात्र में रखी हुई दीपशलाका लेकर वह एक-एक लौ जलाने लगी। कक्ष में धीरे-धीरे प्रकाश बढ़ने लगा। समई की सब बत्तियाँ जलाकर दूसरी समई को जलाने के लिए वह मुड़ी ही थी कि ठिठककर रह गई। वह चकित होकर देखने लगी। उत्तरी बैठक में पुतलाबाई बैठी हुई थीं। वे मनोहारी को ही टक लगाए देख रही थीं।

पुतलाबाई के साँवले रूप से सदा व्यक्त होनेवाली प्रसन्नता कहीं खो चुकी थी। नेत्र, जो बहुत भावप्रवण थे, अब घायल दिखाई देते थे। विवाह-मंडप में जो रेशमी साड़ी वे पहने थीं, अब तक वही साड़ी वह पहने थीं। उन्हें एक बार देखकर फिर उनसे दृष्टि हटा पाना

सम्भव नहीं था।

"क्या देख रही है री, मनू?"

इन शब्दों का सुनना था कि मनोहारी की रुलाई फूट पड़ी। वह दौड़कर उनके पास गई और सामने बैठकर रोने लगी। उसके कन्धे पर हाथ रखकर पुतलाबाई ने कहा, "मनू, रोती है री? बड़ी बाईसाहिबा ने मुझे बुरा-भला कहा, इसीलिए? मनू, रो मत। मुझे ऐसे बोल सुनने की आदत हो गई है। गढ़ में आते समय ही मैं जान गई थी, लेकिन आना ही पड़ा।"

कहते-कहते उनका गला रुँध गया। आँखों में आ रहे आँसुओं को बड़ी कठिनाई से रोककर वे कह रही थीं, "मनू, मुझे अपने बारे में बुरा नहीं लगता। बहुत सहा है मैंने। परन्तु ऐसी घटना उनके सामने नहीं होनी चाहिए थी। बाई को इतना सोचना चाहिए था कि वे किसके सामने यह कह रही हैं। यह सोचकर मेरा जी बहुत दुखी है।—मनू, लक्ष्मीपूजन हो गया?"

मनोहारी ने सिर हिलाकर जताया, 'हाँ।'

"सब सो गए क्या?"

"हाँ।"

पुतलाबाई ने आँसू पोंछे। उन्होंने फिर पुकारा।

"मनू!"

"जी?" कहकर मनोहारी ने ऊपर देखा। पुतलाबाई मुस्कुरा रही थीं। मनोहारी ने झट आँखें पोंछ डालीं। साहस बटोरकर उसने पूछा, "बाई, खाना खा लिया?"

पुतलाबाई ने सिर हिलाया। उन्होंने भोजन नहीं किया, यह जानकर मनोहारी जल्दी से उठ खड़ी हुई। उसे रोकते हुए पुतलाबाई ने कहा, "मनू, ठहर। मैंने कहलवा भेजा है कि मैं खाना नहीं खाऊँगी।"

"क्यों?"

"भूख नहीं है।"

"झूठ है। भूख क्यों नहीं है?"

पुतलाबाई हँस दीं। कहने लगीं, "तू चिन्ता मत कर। मैं कल गढ़ की तलहटी में जाऊँगी, तो खा लूँगी।"

"कल जाएँगी?"

"हाँ, जाना ही पड़ेगा। लगभग जाने की ही आज्ञा दी गई है। और फिर अब गढ़ में रहने को जी नहीं करता।"

मनोहारी की आँखों में फिर से छलछला आए आँसुओं को देखते ही पुतलाबाई ने कहा, "बहुत थक गई होगी तू। जा, सो जा।"

मनोहारी बड़ी कठिनाई से उठी। समई की ओर देखते हुए पुतलाबाई ने कहा, "इतनी सारी बत्तियाँ क्यों जला दीं तूने? अब फिर बुझानी पड़ेंगी।"

"बुझा दूँ?"

"रहने दे। दासी बुझा देगी। तू जा?"

मनोहारी बाहर चली गई। पुतलाबाई कपड़े बदलने के लिए अन्दर जाने लगीं। तभी

किसी के पैरों की आहट सुनाई दी। पुतलाबाई ने मुड़कर देखा ही था कि मनोहरी कहने लगी, "महाराज आ रहे हैं।"

"इस ओर? इस समय?" पुतलाबाई ने अचरज से पूछा।

पुतलाबाई आँचल ठीक करके मुड़ना चाहती थीं कि मनोहारी के पीछे खड़े हुए राजे पर उनकी नजर पड़ी। मनोहारी शिष्टतापूर्वक एक ओर हट गई। राजे ने अन्दर प्रवेश किया। पुतलाबाई की ओर देखते हुए उन्होंने कहा, "हमने सोचा था—आप सो गई होंगी।"

मनोहारी लौटकर जा रही थी कि उसने राजे के ये शब्द सुने, "मनू, आज हम यहीं रहेंगे।

"जी।" कहकर मनोहारी चली गई।

राजे बैठकी की ओर जाने लगे। पुतलाबाई भौंचक होकर राजे की ओर देख रही थीं। राजे के आगमन के साथ ही हिना इत्र की सुगन्धि से सारा कक्ष महक उठा। राजे बैठकी पर बैठ गए। उनकी कुछ खोजती हुई-सी दृष्टि पुतलाबाई को एकटक निहार रही थी। प्रज्वलित समई के पास खड़ी हुई पुतलाबाई ने राजे से पूछा, "क्या देख रहे हैं?"

"समई-दीपकों को देख रहा हूँ। एक नहीं, दो हैं।" अपलक नयनों से देखते हुए राजे ने कहा।

इस वाक्य से पुतलाबाई सकुचा गईं। विषय बदलते हुए उन्होंने कहा, "क्या सचमुच आप यहीं रहेंगे?"

"क्यों?"

"आज्ञा की होती, तो मैं महल में न आ जाती?"

एक ही पल में राजे की मुखमुद्रा गम्भीर हो गई। वे कह गए, "पुतला, अब उतनी शक्ति नहीं रही है। मंडप में जो घटना हुई, तभी यदि हमने तुम्हारा समर्थन किया होता, तो शायद...।"

"मेरे मन में कुछ नहीं रहा...।"

"मैं समझता हूँ यह। इसीलिए हमारा हृदय तिलमिला उठता है। और व्याकुल होकर हम यहाँ आ जाते हैं। इधर आ, बैठ। भोजन नहीं किया न तूने?"

प्रश्न सुनकर पुतलाबाई हँस दीं। राजे के पास बैंठती हुई वे कहने लगीं, "भूख नहीं थी।"

राजे भी हँसने लगे।

"कैसे लगेगी भूख? हमने भी दूध नहीं पिया। ऐसा थोड़े ही है कि अन्न से ही पेट भरता हो? कई बार आनन्द से नहीं, अपमान से भी पेट भर जाता है।"

बोलते-बोलते उन्होंने दो गल-तकिए उठा लिए। बाईं बगल में उन गल-तकियों को दबाकर राजे उनके सहारे एक ओर झुक गए। उन्होंने बैठकी पर पाँव फैला दिए। राजे को लेटा हुआ देखकर पुतलाबाई ने पूछा, "सचमुच यहीं सोएँगे क्या?"

"और क्या?" राजे ने मुस्कुराकर कहा, "मनोहारी से सन्देसा भिजवा दिया है। अब अगर तुम कहो 'जाइए' तो चले जाएँगे।"

"मैं कब कहा ऐसा? लेकिन आप यहाँ रहेंगे, तो अच्छा नहीं लगेगा। रिवाज टूटेगा। व्यर्थ ही चर्चा होती रहेगी।"

"हुआ करे। उसकी चिन्ता मत करो। अब मन कहता है कि ऐसी बातों की ओर

अधिक ध्यान नहीं देना चाहिए। काशीबाई की मृत्यु हमें बहुत कुछ सिखा गई है। अब फिर वही पाठ दुहराने की इच्छा नहीं है। चित्त बड़ा व्याकुल है। हम बहुत थक गए हैं, पुतला!''

जैसे राजे का सारा स्वभाव ही बदल गया था। पुतलाबाई आज पहली बार राजे के मुँह से निराशा के वचन सुन रही थीं। राजे ने उनका हाथ अपने हाथ में लिया। पुतलाबाई को उन बलिष्ठ हाथों की निर्बलता का पहली बार अहसास हो रहा था। उन फौलादी उँगलियों का कम्पन वे पहली बार अनुभव कर रही थीं। पुतलाबाई से आँखें बचाते हुए राजे ने पूछा, ''कल जा रही हो?''

''जी।''

''हाँ!'' राजे ने उच्छ्वास भरा।

''आज्ञा हो, तो रह जाऊँ।''

''हम नहीं कहेंगे तुमसे। हमारे लिए बड़ा सहा है तुमने। अब और सहने की आवश्यकता नहीं है। तुम जाओ। अब हमें अकेले रहने की आदत हो गई है।''

''महाराज!''

राजे खिन्नता से हँस दिए। पुतलाबाई के हाथ को सहलाते हुए वे कहने लगे, ''हम प्रजा के महाराज हैं, तुम्हारे बिलकुल नहीं। हमारे यहाँ आने से तुम्हें आश्चर्य हुआ है न? जब इस रायगढ़ का ऊपरीकोट पूरा बना था तब हमने पहली बार सातमहल को देखा था। बहुत दुखी हुए थे हम। सातमहल बनाने में मोरोपन्त या हिरोजी की गलती नहीं थी। वह भूल हमारे भाग्य की थी। एक आठवाँ महल, जो हमारे हृदय से कभी मिटा नहीं, उसे कोई नहीं समझ सकता। इस सातमहल की याद से भी मन विह्वल हो उठता है। यही कारण था कि हम इस सातमहल के साथवाले मेणदरवाजे के मैदान में जा बैठते थे। अस्त हो रहे सूर्य को देखकर अपने खोए हुए को खोजते रहते थे।''

राजे ने पुतलाबाई की ओर देखा। मुखमंडल पर एक उदासी-भरी हँसी छा गई।

''पुतला, उस स्थान से खोया हुआ सबकुछ दिखाई देता है। वहाँ से पाचाड स्थित माँसाहिबा का महल दिखाई देता है। और दृष्टिगोचर होता है अस्ताचल सूर्य-क्षितिज को छूने से पहले ऊँचे पर्वतों की घाटियों में अन्तर्धान होनेवाला सूर्य। इस रायगढ़ से पश्चिमी क्षितिज को छूनेवाला सूर्य कभी दिखाई नहीं देता। वह जैसे उदित होता है, उसी प्रकार आकाश में रहते-रहते ही अकस्मात् लुप्त हो जाता है—सईबाई के समान...।''

''मैं जानती हूँ!'' अश्रुओं को कष्टपूर्वक रोकते हुए पुतलाबाई ने कहा।

दाएँ-बाएँ सिर हिलाते हुए और पलकें बन्द करके राजे जैसे अपने-आपसे कहते जा रहे थे, ''बहुत कम जानती हो। सब इतना ही जानते हैं कि हम छत्रपति हैं—हमने सबकुछ पा लिया है। किन्तु यह पूर्ण सत्य नहीं, अर्धसत्य है। इस जगमगानेवाले जीवन का एक अँधियारा कोना भी है—पुतला! जीवन के पचास वर्ष पूर्ण होने से पहले ही इस शिवाजी ने स्वराज्य का स्वप्न सत्य कर दिखाया—किन्तु वही शिवाजी यहीं असफल रहा है। कोई नहीं जानता कि उसकी सफलता सीमित है। हम पन्द्रह बरस के थे, जब हमने स्वराज्य का बन्दनवार बाँधा था। उस दिन से आज तक हम उस आकांक्षा के पीछे दौड़ते रहे। सदैव उसी बारे में सोचते रहे। और कुछ सोचने का अवकाश ही नहीं मिला। कभी हमारे

ध्यान में यह बात आई ही नहीं कि जब हम स्वराज्य के दाँव-पेंचों में उलझे हुए थे, माँसाहिबा के बलशाली हाथों ने हमारे अष्टगुणी गृहस्थी का खेल सँभाला हुआ था। वे जब तक थीं, बिसात के कई अनमोल मोहरे खोकर भी हमारी बाजी जोरदार बनी रही।''

राजे ने आह भरी।

''और...जब हृदय ने अनुभव किया कि सपना पूरा हुआ, ठीक उसी समय वह बलशाली हाथ दूर चला गया और उसी के साथ हमारी गृहस्थी की बिसात भी उलट गई।''

राजे के बन्द नेत्रों के कोनों से दो आँसू ढुलक पड़े। जो हाथ पुतलाबाई के हाथ को थामे हुए थे, वे पुतलाबाई के हाथों को और अधिक बलपूर्वक दबाने लगे थे। कुछ पल ठहरकर राजे कहने लगे, ''हँ! स्वराज्य का निर्माण करनेवाले हम! हमारे देखते-देखते बिगड़ता जा रहा वह खेल, हम सँवार नहीं सके...जीवन-भर आदत नहीं थी, सँवारते भी तो कैसे?''

राजे की बात सुनना पुतलाबाई को असह्य हो उठा। उनके मुख से जोर की सिसकी निकल पड़ी। अनजाने में ही उन्होंने राजे की छाती पर सिर रख दिया। कहने लगीं, ''ऐसा क्यों कहते हैं...?''

राजे का हाथ पुतलाबाई के बालों पर फिर रहा था। राजे ने आँखें नहीं खोलीं। आँखें बन्द करके ही वे कहते रहे, ''झूठ नहीं कहता हूँ, पुतला। सईं बाजी अधूरी छोड़कर उठ जाने का अपना अधिकार पाकर चली गई और वह बाजी सदा के लिए अधूरी रह गई। बड़ी रानीसाहिबा को पटरानी पद के सिवाय और कुछ दिखाई नहीं देता और तू...तू हमें भगवान् समझकर पूजा करती है। हमें जीवन-साथी मिला ही नहीं। पुतला, भगवान् जीवित रहते नहीं मिला करता...शम्भू...उस बच्चे को बहुत प्यार किया हमने। उसकी आँखों में मुझे सदा उसकी माँ सईं दिखाई दी। किन्तु उस बड़े बेटे ने कभी इसे समझा नहीं। हम पर विश्वास नहीं किया। इससे बड़ी हार और क्या होगी?

''हमने स्वराज्य का झंडा गाड़ा, किन्तु दादोजी को हमारे ध्येय की सफलता में सन्देह होने लगा। अपने प्रति जन्मदाता पिता के असीम प्रेम को जानते हुए भी कभी हम उनकी सेवा न कर सके। गृहस्थी की गाँठ बीच ही में छूट गई और जिन कन्धों को राज्य का भार उठाना था—वे हमारे युवराज शत्रु से जा मिले। उनका भरोसा अब कौन करे? और अपने पटरानी-पद के गर्व में चूर हमारी महारानीसाहिबा तो हमारे जीते-जी राजमाता होने के सपने देखती हैं। इससे बढ़कर दुर्भाग्य और क्या होगा? हमारे दुर्भाग्य की कोई सीमा ही नहीं...पुतला! अपना आदमी देखकर भी हम उसे अपना बनाकर नहीं रख पाते। पति होकर भी अबोध भोली-भाली पत्नी का बीच सभा में हो रहा अपमान हम देखते रहते हैं—बहुत वेदना होती है इससे। हमारे प्राण छटपटा उठते हैं, पुतला...।''

पुतलाबाई ने सिर उठाकर देखा। पुतलाबाई आँसू पोंछती हुई कहने लगीं, ''आपका हृदय ऐसा अनुभव करता है, बस, इसी में मैं सबकुछ पा गई। मेरी चिन्ता मत कीजिए। सब ठीक हो जाएगा। मैं चली जाऊँगी, सारे भ्रम दूर हो जाएँगे।''

राजे उदासी से हँस दिए।

''पुतला, बड़ी सीधी है तू। तू ऐसा सोचती है, स्वाभाविक है। किन्तु प्रकृति वैसी नहीं

है। भूकम्प पल-दो पल ही आता है, किन्तु उन दो पलों में मनुष्य के बनाए ऊँचे-ऊँचे भवन सदा के लिए कमजोर पड़ जाते हैं। उन दीवारों पर भरोसा नहीं किया जा सकता। उस भवन में रहते समय भी चित्त भयभीत होता रहता है। ऐसी दशा में चित्त किसी दूसरे चित्त का साथ चाहता है–ढह रहे घर का नहीं।''

राजे ने आँखें बन्द कर लीं। दबे हुए निर्बल स्वर से वे कहने लगे, ''हमसे अब बोला नहीं जाता।''

पुतलाबाई जल्दी से उठते हुए कहने लगीं, ''वधू के गृह-प्रवेश का दिन है आज। ऐसे दिन भूखा नहीं रहना चाहिए। मैं दूध लाती हूँ। आप सोएँ नहीं।''

राजे ने कठिनाई से आँखें खोलीं तो पुतलाबाई को खड़ा हुआ देखा। कहने लगे, ''भाग्य के लिखे को कौन टाल सकता है, पुतला?''

पुतलाबाई जल्दी से चली गईं। जब वे चाँदी के प्याले में दूध लेकर लौटीं, राजे को नींद आ चुकी थी। दूध का प्याला एक ओर रखकर पुतलाबाई एक शाल ले आईं और राजे को उढ़ा दी। राजे ने नींद में ही करवट बदली और वे फिर सो गए।

पुतलाबाई मुड़ीं। समई की एक-एक बत्ती बढ़ाने लगीं। कक्ष में प्रकाश कम होता जा रहा था। राजे को इसका कुछ पता न था।

बाहर काली रात और गहरी होती जा रही थी...।

17

भोर की वेला थी। सूर्य क्षितिज से बहुत ऊपर उठ आया था। महल के पहले चौक में बने हुए मंडप में बच्चे खेल रहे थे। राजे कपड़े बदलकर अपने महल से बाहर जाने का विचार कर ही रहे थे कि पुतलाबाई महल में आईं। पुतलाबाई को देखते ही राजे के चेहरे की हँसी कहीं खो गई। राजे ने पूछा, ''जाने की तैयारी हो गई?''

''हाँ।''

राजे का ध्यान अपने पलंग की ओर गया। पलंग पर रखी हुई शाल की ओर इशारा करते हुए राजे ने कहा, ''सुबह आते समय हम तुम्हारी शाल भी साथ ले आए।''

पुतलाबाई को शाल उठाने के लिए जाता हुआ देखकर राजे ने कहा, ''यह शाल हमारे पास ही रहने दो।''

धीरे-धीरे चलते हुए राजे अपने पलंग के पास गए। जर के बेलबूटोंवाली तह की गई एक शाल अपने सन्दूक में से निकालकर पुतलाबाई को देते हुए राजे ने कहा, ''इसे अपने पास रहने दो।''

पुतलाबाई ने शाल लेने के लिए हाथ आगे बढ़ाया। उन्हें लगा जैसे एक पल को राजे का हाथ रुका-रुका-सा था।

''जब कभी समय मिलेगा, हम रायगढ़वाड़ी आया करेंगे।''

पुतलाबाई कुछ कह नहीं पा रही थीं। देखते-ही-देखते उनकी आँखें भर आईं। राजे द्वारा दी गई शाल को छाती से लगाकर वे तेजी से बाहर चली गईं। पुतलाबाई चली गईं, फिर भी राजे बड़ी देर तक कक्ष में ही खड़े थे। द्वार से अन्दर आ रहे अनाजी को देखकर

उन्हें सुध आई। अनाजी ने सिजदा किया।

"क्या है, अनाजी?"

"निश्चलपुरी आपसे मिलने आए हैं।"

"क्यों भला?" राजे ने पूछा।

अनाजी चुप रहे।

"अच्छा, चलो। निश्चलपुरी के दर्शन करें।"

निश्चलपुरी गोसाईं राजसभागृह में उनके लिए बिछाए गए मृगचर्म पर बैठे हुए थे। राजे के आते ही वे उठ खड़े हुए। राजे ने उन्हें नमस्कार किया। कुशलक्षेम की चर्चा के बाद निश्चलपुरी ने कहा, "राजे, फाल्गुन कृष्ण अमावस्या निकट आ रही है।"

"हम समझे नहीं।"

"यह अमावस्या अशुभ है। उस दिन सूर्यग्रहण है। आपके लिए यह योग अति अनिष्टकारी है।"

"तो फिर?"

"अनिष्ट निवारण के लिए ग्रहशान्ति तथा होम-हवन करना पड़ेगा।"

"जो आज्ञा। अनाजी, गोसाईंजी से आवश्यक वस्तुओं का विवरण जान लो। उन्हें जिन वस्तुओं की आवश्यकता हो, दिलवा दो।"

निश्चलपुरी सन्तुष्ट होकर लौट गए। अनाजी को कुछ सोचते देखकर राजे ने पूछा, "क्या सोच रहे हो, अनाजी?"

"जी, कुछ नहीं। सोचता हूँ कि देवताओं का अभिषेक भी कराना होगा"

"तो सोच-विचार कैसा? अनाजी, विधि का लिखा टलता नहीं। आगामी संकटों की तीव्रता कम करने के लिए यह साधना करनी पड़ती है। अनाजी, हम महल में हो आते हैं। फिर हम मिलकर जगदीश्वर के मन्दिर जाएँगे।"

"जी।"

राजे महल की ओर जा रहे थे कि रास्ते में राजाराम मिले। उन्होंने राजे को प्रणाम किया। राजे ने उनकी पीठ पर हाथ फेरा और वे बिना बोले ही अपने महल में चले गए। महल में जाकर राजे ने कपड़े बदले। वे जरीटोप उठा रहे थे कि मनोहारी अन्दर आई। राजे ने जैसे ही उसकी तरफ देखा, वह कहने लगी, "रानीसाहिबा ने देखने के लिए भेजा था कि आप महल में हैं क्या?"

राजे की भौंह कुछ चढ़ गई। उन्होंने कहा, "कह दे कि हम जगदीश्वर मन्दिर जा रहे हैं।"

मनोहारी जाने लगी। राजे ने कमरबन्द कसा, जरीटोप पहना। देवगृह के सम्मुख जाकर उन्होंने देवी को नमस्कार किया। महल में आई हुई सोयराबाई को देखकर राजे के पाँव वहीं ठिठक गए।

"बाहर जा रहे हैं?"

"हाँ! कोई काम था?"

"बरातियों को विदा करना है, इसलिए...।"

"इस बारे में तुम ही तय कर लो।"

''पुरोहितजी कहते थे कि अमावस्या के बाद जाना ठीक रहेगा...।''

''वही करो।''

राजे की टूटी-टूटी बातों से सोयराबाई का क्रोध बढ़ने लगा था। उन्होंने ऐसे कहा–जैसे कोई सामान्य-सी बात कह रही हो।

''छोटी बाईसाहिबा चली गईं।''

''मालूम है।''

''मैंने कहा था, 'रह जाओ'।''

राजे केवल मुस्कुरा दिए।

''सुना है, रात महल में रहे?''

राजे चुप रहे।

''बहुत बातें हुई होंगी?''

''हाँ।''

सोयराबाई ने राजे की ओर देखा। उनके मुख की ओर देखना भी कठिन प्रतीत होता था। चेहरा कठोर हो गया था। आँखों में तीक्ष्णता आ गई। थी। उससे घबराकर सोयराबाई ने पूछा।

''मुझसे कोई भूल हो गई क्या?''

राजे ने सोयराबाई की ओर देखा। मुख पर विचित्र-सी हँसी आ गई।

''रानीसाहिबा, बड़ी देर हो गई।''

''क्या?''

''कुछ नहीं। अनाजी प्रतीक्षा करते होंगे। हम जाते हैं।''

राजे तेजी से कदम बढ़ाते हुए बाहर चले गए।

राजे जब सदरबैठक में आए, तब अनाजी, मोरोपन्त, फिरंगोजी, और पानसम्बल वहाँ उपस्थित थे। उनके सिजदों को स्वीकारते हुए राजे ने कहा।

''फिरंगोजी, चलो। देवदर्शन कर आएँ।''

''महाराज, सबेरे दर्शन कर आए हैं न?''

''हाँ। किन्तु ऐसा कहाँ है कि दर्शन एक ही बार करने चाहिए। जब-जब मन व्याकुल होता है, हम सदा भगवान् की शरण जाते हैं।''

''लेकिन महाराज, धूप तेज हो रही है। गर्मी से कष्ट होगा।''

''फिरंगोजी, बढ़ती गर्मी का कष्ट हो रहा है, इसीलिए तो हम भगवान् के दर्शन करने जा रहे हैं। चलो, देर होगी, तो धूप और तेज हो जाएगी।''

सब लोग राजे के पीछे-पीछे महल से बाहर आ गए। राजे जगदीश्वर की शिला पर आ पहुँचे। वहाँ से उन्होंने पीछे मुड़कर देखा। वहाँ से ब्राह्मणबाड़ी की ओर जानेवाला रास्ता दिखाई दे रहा था। बाजारपेठ की इमारतें दिखाई दे रही थीं। ऊपरीकोट का नक्कारखाना दृष्टि बाँधे लेता था। राजे ने मन्दिर में प्रवेश किया। विल्वपत्र तथा पुष्पों से अलंकृत पिंडी के सम्मुख उन्होंने सिर नवा दिया। राजे शान्तचित्त होकर प्रार्थना में लीन थे। प्रार्थना समाप्त करके वे सबके साथ मन्दिर के पूर्वद्वार तक आए। भवानी-कगार को देखते ही उन्होंने हाथ जोड़े। वहाँ से जो घुड़साल दिखाई दे रही थी, उसके घोड़े बाहर धूप में ही बाँधे हुए थे। राजे ने

मोरोपन्त को बुलाया और कहा, ''मोरोपन्त, इतनी धूप हो गई है, फिर भी घोड़ों को बाहर क्यों रखा है? धूप के तेज होने से पहले ही घोड़ों को घुड़साल में ले जाना चाहिए। सबको ऐसी आज्ञा दो।''

''जी, महाराज।''

राजे फिर मन्दिर में लौट आए। देवता को नमस्कार करके राजे महल की ओर जाने लगे। अनाजी राजे की ओर देख रहे थे। राजे ने पूछा, ''अनाजी, अपनी सेनाएँ कहाँ हैं?''

मोरोपन्त आगे बढ़ आए। कहने लगे, ''महाराज, मेरी सेना नासिक-त्र्यंबकेश्वर के प्रदेश में है। हम्बीरराव कराड और पन्हालगढ़ पर निगरानी रखे हैं।'

''आज हम्बीरराव नहीं आए?''

''हम्बीरराव सुबह ही किसी काम से नीचे पाचाड गए हैं। कह गए हैं कि दोपहर तक लौट आएँगे।''

''अनाजी, सूर्यग्रहण कब है?''

''तीन दिन बाद है, महाराज।'' अनाजी ने बतलाया।

''अनाजी, सूर्यदेव तो साक्षात् तेजरूप हैं, किन्तु वे भी ग्रहण की विपत्ति में फँसते हैं। फिर सामान्यजनों की तो बात ही क्या? चलो, लौट चलें।

महल की ओर लौटते समय राजे बिलकुल मौन थे। अपने ही सोच-विचार में लीन वे एक-एक पग बढ़ते जा रहे थे।

18

दोपहर राजे को नींद नहीं आई। तीसरे पहर वे शैया से उठ बैठे। मुख धोकर महल में आते ही उन्होंने आवाज दी, ''कौन है?''

''जी?'' कहते हुए पहरे पर नियुक्त महादजी पानसम्बल अन्दर आया।

''महादजी, तुरन्त सदर में जा। फिरंगोजी अगर सो न रहे हों, तो उन्हें बुला ला।''

राजे बैठकी पर बैठ गए। हर पल उनकी दृष्टि दरवाजे की ओर जा रही थी। फिरंगोजी महल में आए। उन्होंने राजे को सिजदा किया।

''महादजी ने तुम्हारी नींद तो खराब नहीं की न?''

''जी, नहीं। अब इस उम्र में नींद कैसी?''

''नींद का उम्र से भी सम्बन्ध है, फिरंगोजी! हमें ही देख लो। नींद नहीं आती। कुछ सूझता नहीं।''

''शादी की धूमधाम रही है न! तकलीफ हुई होगी।''

''अच्छा, रहने दो। बैठो फिरंगोजी। जी कुछ बेचैन था, सो तुम्हें बुलवा लिया।'' राजे ने महादजी को आवाज लगाई। महादजी के आते ही राजे ने कहा, ''महादजी, हमारी शतरंज निकाल ला। फिरंगोजी, चलो, आज शतरंज खेलें।''

राजे की हाथी-दाँत से बनी बिसात बिछा दी गई। बिसात पर मोहरे रखे गए। फिरंगोजी हँसते हुए कहने लगे, ''अब उम्र हुई, महाराज। चाल ध्यान में नहीं रहती।''

''मराठे को कभी उम्र नहीं थकाती, फिरंगोजी। हम फिर से भूपालगढ़ तुम्हारे

हवाले करनेवाले हैं।'' शतरंज की ओर इशारा करके राजे ने कहा, ''हाँ, तो करो शुरुआत।''

बाजी शुरू हुई। खेल में राजे का मन नहीं रम रहा था, लेकिन फिरंगोजी पूरी तरह खो गए थे। खेलते-खेलते मग्न हो गए थे। पगड़ी ढुलककर सिर से घुटने पर आ रही थी। उँगलियाँ सफेद बालों से उलझ रही थीं। कभी हाथ मूँछों की ओर जा रहा था। राजे को फिरंगोजी का यह रूप बहुत मोहक प्रतीत हो रहा था। बाजी धीरे-धीरे राजे के कब्जे में आती जा रही थी। फिरंगोजी भी इसे समझ चुके थे, इसलिए और बेचैन होकर लगन से खेल रहे थे। खेलते-खेलते राजे ने शह दी। फिरंगोजी का मुँह खुला रह गया। कह उठे, ''अरे बाप रे! यह तो दाँव बड़ा उलटा बैठा!''

वाक्य सुनकर राजे अपनी हँसी नहीं रोक सके। हारकर फिरंगोजी ने कहा, ''मालिक, हार हो गई मेरी।''

''फिरंगोजी, तुम्हारी हार, सो ही हमारी हार। खेल में ऐसा होता ही है।''

राजे फिर से शतरंज बिछाने लगे और तब कहीं फिरंगोजी को होश आया। दाँतों से जीभ काटकर उन्होंने झटपट अपनी पगड़ी सिर पर रख ली। शरमाकर कहने लगे, ''महाराज, मेरे खयाल में नहीं आया। पता नहीं, कब सिर की पगड़ी घुटने पर सरक आई। आप तो बता देते!''

''तुम इतने तल्लीन होकर खेलते हो, तभी तो हम स्वराज्य का खेल जीत सके। अन्यथा हम जैसे शतरंज के राजाओं को कौन पूछता?''

राजे ने फिर बिसात बिछाई ही थी कि महादजी अन्दर आया। राजे ने जैसे ही उसकी ओर देखा, उसने कहा, ''प्रधानजी आए हैं।''

''भेज दे।''

प्रधानमंत्री मोरोपन्त अन्दर आए। उनके हाथ में एक पत्र-थैली थी। चेहरा चिन्तायुक्त था। राजे ने पूछा, ''क्या है, मोरोपन्त?''

''औरंगाबाद से समाचार आया है। मुगल सेनाएँ औरंगाबाद में इकट्ठी हो रही हैं।''

''तो इसमें नई बात क्या है? यह तो पुरानी खबर है।''

''यही नहीं। समाचार यह भी है कि स्वयं आलमगीर दक्षिण की ओर आ रहा है। यह समाचार औरंगाबाद आ पहुँचा है। समाचार विश्वसनीय है।''

राजे ने शतरंज के बादशाह को उठा लिया। उसे देखते समय उनका मुख प्रफुल्लित हो रहा था। मोरोपन्त की ओर देखते हुए उन्होंने कहा, ''मोरोपन्त, बहुत महत्त्वपूर्ण समाचार लाए हो। अनाजी, हम्बीरराव, प्रह्लादपन्त और तुम विशेष सदर में आ जाओ। हम भी अभी आते हैं। और हमारी सेना का तथा राजकोष का विवरण भी तैयार रखो।''

मोरोपन्त चले गए। राजे ने पकड़े हुए बादशाह को चन्दन की पेटी में डाल दिया। फिरंगोजी राजे की तरफ देख रहे थे।

''फिरंगोजी, अब यह शतरंज बन्द करो। अब दूसरी बिसात बिछानी होगी।''

''आलमगीर कौन? औरंगजेब?''

''क्यों? डर गए क्या?''

''आपके होते हम क्यों डरने लगे?'' मूँछों पर उलटी मुट्ठी से ताव देते हुए फिरंगोजी

जोश से कहने लगे, ''बैठक में बैठे-बैठे ही इस बूढ़े का जी ऊबता है, लड़ाई के मैदान में नहीं।''

''चलो फिरंगोजी। हमें सदरबैठक में जाना है तुम आगे चलो, हम कपड़े बदलकर आते हैं।''

राजे जब विशेष-बैठक में आए, शाम हो चुकी थी। सदर में सभी उपस्थित थे। फर्श पर गलीचे बिछाए हुए थे। गावतकियों, मसनदों और गद्दियों पर नर्म बिछावन बिछाई गई थी। सदर के चारों कोनों में समई-दीपक जल रहे थे। राजे उच्चासन पर बैठ गए। राजे ने आज विशेष वस्त्र धारण किए थे। वे चिकनदोजी अँगरखा पहने थे। सफेद कपड़े पर बनाए गए नीले रंग के फूल बड़े खिल रहे थे। अँगरखे के नीचे पहनी हुई जरदोजीवाली फतूही महीन कपड़े में से साफ दिखाई दे रही थी। उन्होंने कमर में पीले रंग का पटुका कसा हुआ था। वे पैरों में चुन्नटदार पाजामा और सिर पर केसरिया जरीटोप पहने हुए थे। राजे के इधर-उधर देखने से मोती-लड़ीवाला तुर्रा और कानों में पहने हुए पानीदार मोती डोल उठते थे। राजे ने सब पर नजर फेरी। फिर कहा, ''मोरोपन्त, सदर के दरवाजे के बाहर महादजी और हिरोजी को खड़ा करो।''

राजे की आज्ञा का पालन करके मोरोपन्त सदर में वापस लौट आए। राजे ने कहा, ''मोरोपन्त, वह थैली कहाँ है?''

मोरोपन्त ने वह थैली राजे को दी। राजे ने उसमें से पत्र निकाला। पत्र को एक बार पढ़ा। अपनी दाढ़ी सहलाते हुए राजे पीछेवाली मसनद पर झुक गए।

''अनाजी, हम्बीरराव, आज के पत्र के बारे में सुन लिया है न?''

''जी।''

''अनाजी, स्वयं आलमगीर अब दक्खिन देश में आ रहे हैं। तुम्हें यह बात सच नहीं लगती न?''

''यह सच है कि मुगल फौजें औरंगाबाद में इकट्ठा हो रही हैं, परन्तु फिर भी ऐसा नहीं लगता कि औरंगजेब दक्षिण में आएगा।''

''यह हमारे सचिव का अनुमान है या प्रार्थना है?'' राजे ने पूछा।

''अनुमान है महाराज। जब उत्तर देश में राजपूतों का विद्रोह हुआ है, तब आलमगीर दक्षिण देश में आएगा, यह बात असम्भव लगती है।'' अनाजी ने निश्चयपूर्वक कहा।

''नहीं अनाजी। हमें कतई सन्देह नहीं है—आलमगीर अवश्य आएगा। शत्रु के राज्य में विद्रोह के समाचार इसी प्रकार आनन्दित करते हैं और असावधानी का कारण बनते हैं।''

''क्या आलमगीर आएगा?'' हम्बीरराव ने पूछा।

''अवश्य आएगा। उसे आना ही पड़ेगा। हम बचपन से ही जानते थे कि एक-न-एक दिन हमारा सामना आलमगीर से होगा। इसी कारण तो हमने इतने कष्ट उठाए हैं। हम्बीरराव, हमारी सेना कितनी है?''

हम्बीरराव ने बड़े अभिमान से बताया।

''एक लाख पाँच हजार घुड़सवार, पैंतालीस हजार शिलेदार[1] और पैदल सिपाही एक लाख। यह आरक्षित सेना की संख्या है।''

''ठीक। और अनाजी, हमारे खजाने की स्थिति कैसी है?''

---

1. शिलेदार = अपना घोड़ा लेकर सेना में नौकरी करनेवाला सैनिक।

"मुहरें तथा पुतली स्वर्णमुद्राएँ और बादशाही सिक्के होन इक्कीस लाख हैं। इसके अतिरिक्त साढ़े बारह खंडी[2] सोना और भरपूर रत्न कोषागार में शेष हैं। एक करोड़ चन्द्रमा[3], राजकीय छाप के पच्चीस लाख होन और पच्चीस लाख येलूरी होनों पर भी राजकीय निशान लगा दिए गए हैं।"

"बहुत ठीक। मोरोपन्त, हमारे दुर्गों का विवरण दो।"

"पुराने दुर्ग पचास, एक सौ ग्यारह दुर्ग स्वयं निर्मित और कर्नाटक प्रान्त के उन्यासी दुर्ग, कुल दो सौ चालीस दुर्ग हैं।"

राजे अपने मन के हर्ष को छिपा नहीं सके। हर्षभाव उनके मुख पर झलक उठा था।

"मोरोपन्त, यह सब इसी घड़ी के लिए इकट्ठा किया। हमने कई बार तुमसे कहा है अब तक जो युद्ध हुए हैं, वे निर्णायक नहीं हैं। अब जो युद्ध होगा, उसी में अन्तिम निर्णय होना है। उस युद्ध में से जो बचेगा, वही 'श्री' का राज्य होगा।"

"अगर यह सम्भव हो सका, तब तो स्वर्ग हाथ आ जाएगा।" हम्बीरराव कह गए।

"हम्बीरराव, यह तुम कह रहे हो? हमारे सेनापति अगर-मगर की बातें कर रहे हैं? हम्बीरराव, हम इस सुद्ध में अवश्य सफल होंगे। तनिक भी सन्देह मत करो।

हम्बीरराव ने नकारात्मक रूप से सिर हिलाया। राजे मुस्कुराने लगे, "हम्बीरराव, मुगल सेना से जा भिड़नेवाले हमारे सेनापति को मुगलों की भाषा समझ आनी चाहिए।

राजे का रूप, उनकी वाणी कुछ और ही थी। उनकी आँखों में अनोखा आत्मविश्वास जगमगाने लगा था। बाएँ हाथ की मुट्ठी कमर पर रखकर राजे कहते जा रहे थे..."यह 'श्री' का राज्य है। इसकी स्थापना को कर्तव्य जानकर हमने स्वीकार किया। इस कर्तव्य को यदि निभाना हो, और 'श्री' की इच्छा को पूर्ण करना हो, तो हमें भी उतना महान् बनना होगा। बाल्यकाल से ही हमें इस बात का ध्यान था। हममें भी वासना थी, मनोविकार थे। हमने उन पर विजय पाई। किसलिए? इसलिए कि हम जानते थे—राज्य की स्थापना करनेवाले 'श्री' हैं और उनके राज्य का भार वहन करने की शक्ति संगृहीत करना हमारा एक दुष्कर कार्य है। जब-जब हमारे मन में मोह उत्पन्न हुआ, हमने सदैव यही समझा कि 'श्री' हमारी परीक्षा ले रहे हैं। इसी विश्वास के बल पर हम प्रत्येक संकट से पार उतरे हैं। कार्य की सिद्धि प्राप्त होना अथवा न होना मनुष्य के हाथ में नहीं, किन्तु मनुष्य के हृदय में स्वीकृत कार्य के लिए अपनी आवश्यक योग्यता पर विश्वास अवश्य होना चाहिए।

"यह कार्य करते समय हमने अपनी वासनाओं, अपने व्यक्तिगत लोभ-मोह को, अपने हर्ष और विषाद को कभी अपने कार्य में एकम-एक नहीं होने दिया। हम यह नहीं कहते कि जीवन में हमने कभी भूल नहीं की। हमने भूलें की हैं और उन भूलों की याद भी हमारे हृदय को सदैव सालती रहती है। राह चलता व्यक्ति एक-दो बार गिरता है, ठोकर खाता है—बस, जीवन में भूलों की इतनी ही अहमियत है। इसी कारण हम अपने सिद्धान्त-प्रेम की

---

1. खंडी = बारह मन की एक तौला।
2. चन्द्रमा = राजकीय चिह्न अंकित स्वर्ण।

ओट में भूलों को ही सहलाते नहीं रहे।

"समर्थगुरु हमें 'राजयोगी' कहते हैं, सम्भवतः इसका कारण यही हो।"

राजे की दृष्टि अनाजी की ओर मुड़ी।

"अनाजी, तुम्हें राजपूतों के विद्रोह से दिलासा मिल रहा है न? किन्तु तुमने कभी सोचा कि विद्रोह क्यों होता है? शायद तुमने न सोचा हो, लेकिन औरंगजेब ने अवश्य सोचा है। इसीलिए वह दक्षिण की ओर आ रहा है।"

राजे कुछ देर ठहरे। सबके मुखों पर आश्चर्य दिखाई देने लगा था।

"हमें जड़ से उखाड़े बिना राजपूतों को वश में करना औरंगजेब के लिए कठिन कार्य है। जिस समय आशा की किरन भी दिखाई नहीं दे रही थी, उस समय भी राजपूत लोग केसरिया बाना पहनकर और जौहर करते हुए पीढ़ियों लड़ते रहे। आज यह राजपूत ईमानदारी से मुगलों की सेवा कर रहे हैं। किन्तु धर्म के प्रति स्वाभिमान रखनेवाले इन राजपूतों को जब विजय के मार्ग दिखाई देने लगेंगे, तब इन लोगों में मुगलों के प्रति स्वामिभक्ति नहीं रहेगी। शायद उनमें नए राणाप्रताप जन्म पाने लगे हों। शायद इसी कारण राजपूतों में असन्तोष फैल रहा हो।"

थोड़ी देर ठहरकर राजे कहने लगे, "जरा गहराई से विचार करके देखो कि उत्तर में आज क्या हो रहा है। जाटों में हलचल मची है। पंजाब में सिक्खों के आठवें गुरु तेगबहादुर की हत्या कर दी गई है। पंजाब की शक्ति बढ़ती जा रही है। हम यहाँ रायगढ़ में जो आग सुलगाए हैं, उसकी चिनगारियाँ भारत-भर में फैल रही हैं। यह बात बताने के लिए किसी ज्योतिषी की आवश्यकता नहीं है।"

राजे उच्चासन से उठ खड़े हुए। स्थिर वाणी से कहने लगे, "आलमगीर को दक्षिण में आना ही पड़ेगा। हम आलमगीर को और वह हमें जितना जानता-पहचानता है, हमारा मंत्रिमंडल उसे उतना नहीं समझ पाता होगा। इसीलिए हमने अपने मन में आलमगीर के बारे में कभी चिढ़ या क्रोध का भाव नहीं आने दिया। हमारी तीव्र इच्छा है कि अशीरगढ़ का किला फिर एक बार जीत लें। बादशाह अकबर ने उसे जीतकर दक्षिण के उस द्वार को एक बार खोला था, हम चाहते हैं कि उसमें हमेशा के लिए ताला लगा दें और वहाँ से उत्तर की ओर जाने का दरवाजा खोल दें।"

अशीरगढ़ का नाम सुनते ही सभा में नया उत्साह फैल गया। एक नवीन आत्मविश्वास से सबके चेहरे दमक उठे।

"मोरोपन्त, यही कारण है कि अब से हमें सारे समाचार मिलने चाहिए। औरंगाबाद के नहीं, उत्तर भारत के समाचार मिलने चाहिए। अब हमारे गुप्तचरों को सुदूर उत्तर भारत में भेजो। मोरोपन्त, हम्बीरराव, तुम युद्धनीति के ज्ञाता हो। कहो तो, यदि औरंगजेब दक्षिण में आया, तो किस रास्ते आएगा?"

मोरोपन्त ने पल-भर विचार किया। "मैं सोचता हूँ कि...।"

"हाँ, कहोऽऽ," राजे ने आज्ञा दी।

"औरंगजेब पहले औरंगाबाद आएगा।"

"हँ।"

"वहाँ सेना इकट्ठी करके वह पुणे पहुँचेगा।"

राजे हँसने लगे। उन्हें हँसता देखकर मोरोपन्त शरमा गए।

"ठीक कहते हो, मोरोपन्त।" राजे ने कहा, "आज तक की मुगलिया परम्परा यही रही है। शाइस्ताखान और मिर्जाराजा इसी रास्ते आए और गए। किन्तु हमें नहीं लगता कि औरंगजेब इस मार्ग को अपनाएगा।"

"तो दूसरा रास्ता कौन-सा है?" हम्बीरराव ने पूछा।

"देखो औरंगजेब इस समय क्या कर रहा है, वही देख लो। राजपूतों से बचनेवाले औरंगजेब ने काशी के बाबा विश्वनाथजी के मन्दिर को ध्वस्त किया। अपनी कचहरियों से हिन्दुओं को निकालकर उनकी जगह मुसलमानों को भरती करना शुरू किया है। हिन्दुओं पर तथा मुसलमानों के अतिरिक्त सभी धर्मों के धर्मावलंबियों पर उसने जजिया कर लगवा दिया। कहाँ से आई यह हिम्मत?"

"औरंगजेब को ऐसे काम के लिए पछताना पड़ेगा।" अनाजी ने कहा।

"भूलते हो, अनाजी। यह देश मुसलमानों का नहीं है। वे इस देश को जीतने के लिए यहाँ आए। बादशाह अकबर को छोड़कर बाकी सब शाहंशाहों ने इसी मार्ग को अपनाया। वे जानते थे कि इस देश में हिन्दू बहुसंख्यक हैं। इसी कारण वे मेल-मिलाप के-से शासन करते रहे। इसी समन्वय के कारण राजपूत और हिन्दू राजवंश पनपे। औरंगजेब इस गलती को समझ गया। उसने काबुल और कन्धार पर ईरानियों का अधिकार मान लिया और वह झगड़ा मिटा डाला। असम की सीमा पर हो रहे युद्ध से उसने पीछे हट आना ठीक समझा। और तब उसने दक्षिण दिशा में हमारी ओर नजर घुमाई है। इसका कारण केवल एक ही है। वह समझ गया कि मेल-मिलाप की राजनीति से ही हमारा उदय हुआ है। उसका इरादा हमें अब समझ आने लगा है। इसी कारण उसके आने का रास्ता भी दिखाई दिया है।"

"तुलजापुर होकर?" हम्बीरराव ने कहा।

"बहुत अच्छे, हम्बीरराव। अब तुमने सेनापति जैसी बात की। औरंगजेब इसी रास्ते आएगा। तुलजापुर, पंढरपुर और कोल्हापुर होते हुए वह राजापुर जाएगा।"

"किन्तु लाभ क्या?" मोरोपन्त ने पूछा।

"बड़ा लाभ है। यह मार्ग हमारे राज्य को ऊपरी प्रदेश और कर्नाटक इन दो हिस्सों में बाँट देगा। कर्नाटक का सारा प्रदेश असुरक्षित हो जाएगा। उसका रास्ता वही होगा, जो राजनीति की दृष्टि से बहुत उपयोगी हो। बड़ी लड़ाई होने से पहले तुलजापुर, पंढरपुर, शिखर-शिंगणापुर और कोल्हापुर स्थित हमारे परम आराध्य देवी-देवताओं को भ्रष्ट किया जाएगा। एक बार वह राजापुर जा पहुँचे, तो वहाँ अंग्रेज और पुर्तगाली उसकी सहायता करने के लिए तैयार बैठे ही हैं। हमारे धर्मराज्य को नष्ट-भ्रष्ट करने का यही एकमेव मार्ग है। राज्याभिषेक होने के बाद भी यदि हम पंढरपुर, कोल्हापुर और तुलजापुर जैसे अपने तीर्थक्षेत्रों की रक्षा न कर सके, तो हमारे धर्मराज्य के प्रति कौन विश्वास करेगा?"

राजे ने जो भयानक दृश्य वर्णित किया, उसके विचार मात्र से अनाजी और मोरोपन्त सिहर उठे। गला सूखने-सा लगा। राजे मन्द वाणी से कह रहे थे।

"जब-जब हम राज्य स्थलों की रक्षा की बात सोचते हैं, हम सिर्फ गढ़ और दुर्गों के बारे में ही सोचते हैं। यह विचार महत्त्वपूर्ण तो अवश्य है, किन्तु वही मात्र पर्याप्त नहीं है। राजनीति में आज के क्षण के समान ही बीता क्षण भी महत्त्वपूर्ण होता है। दोनों क्षणों को

मिलाकर सोच-विचार न किया जाए, तो भावी क्षण की बात समझ नहीं आती। जो बादशाह लाखों की फौज लेकर सोमनाथजी का मन्दिर तोड़ने आता है, उसका उद्देश्य केवल लूट-पाट करना या मन्दिर को ध्वस्त करना नहीं होता। वह ध्वंस होता है इसलिए कि जिस श्रद्धा के बल पर लाखों लोग प्राण अर्पण करने के लिए तत्पर होते हैं, उस श्रद्धा को ही ध्वस्त किया जाए। हमारी श्रद्धा को भग्न करना हो, तो आतमगीर युद्ध करने से पहले हमारे देवी-देवताओं को भग्न करेगा।''

''वह सब देखने के लिए जीकर क्या करें?'' फिरंगोजी ने कहा।

''देखने के लिए मत कहो, वह ध्वंस न होने देने के लिए जीना है हमें। कई वर्षों से हम इस पर सोच-विचार कर रहे हैं। हमारी योजना है कि इससे पहले कि आलमगीर हमसे आ टकराए, हम ही आगे बढ़कर उसे जा पकड़ेंगे। हमारी इच्छा है कि आलमगीर के पीछे की सहायता नष्ट करने के लिए हम दाभोल बन्दरगाह से होकर अपनी सेनाएँ गुजरात में घुसा दें। हम सूरत गए थे, तब उस नगर को लूटने के साथ ही हमारा उद्देश्य यह भी था कि गुजरात प्रदेश को देख लें। युद्ध की दृष्टि से उस प्रदेश का बहुत महत्त्व है। क्योंकि हमारे सोमनाथजी का मन्दिर वहाँ है। जब हम दक्षिण में समोत्तिपेरुमल के मन्दिर का पुनर्निर्माण करा रहे थे, उस समय हमारी आँखों के आगे भगवान् सोमनाथ भी थे। इससे पहले कि औरंगजेब की छाँह दक्षिण पर पड़े हमें उसे जा पकड़ना चाहिए। वह औरंगाबाद का सूबेदार था। इस प्रदेश को जानता है। वह मिर्जाराजा जयसिंह से अधिक कुशाग्रबुद्धि है, राजनीतिकुशल है, बड़ा कूटनीतिज्ञ है और महान् सेनापति है। इस तरह आलमगीर के आने की हम प्रतीक्षा करते रहें कि वह हम तक आ पहुँचे, यह कैसे उचित है? इससे पहले कि उसकी साँप जैसी जहरीली नजर हमारे दक्खिन देश की ओर मुड़े, हमें अशीरगढ़ जाकर और गुजरात की भूमि पर ही उसके धूर्रे उड़ा देने होंगे। यह काम हम बड़ी सरलता से कर सकते हैं। क्यों हम्बीरराव, मोरोपन्त?''

''महाराज, आप केवल आदेश दें।''

''मोरोपन्त, कितने दिन आदेश की प्रतीक्षा करते रहोगे?'' किन्तु अगले ही पल राजे ने अपने को सँभाल लिया, ''मोरोपन्त, इतने उतावले मत बनो। सामना तगड़ा है। जब आगे हमारी सेना लड़ाई में उलझी होगी, हमें यहाँ निरन्तर सेना बढ़ाते रहना पड़ेगा। हमारी आवाज पर कुतुबशाह और आदिलशाह हमारी सहायता करने आने चाहिए। नहीं, वे अवश्य आएँगे। अपना इतना स्वार्थ तो वे भी समझ सकते हैं। अब यह तो निश्चित हो चुका है कि आलमगीर आएगा। इसलिए अब आराम से बैठने या दम लेने की फुरसत नहीं है।''

राजे ने अनाजी, मोरोपन्त और हम्बीरराव की ओर देखा। उन्होंने आज्ञा दी, ''अनाजी, मोरोपन्त, हम्बीरराव, तुम तीनों कल ही कूच करो। मोरोपन्त, तुम नासिक-बागलाण में फैली हुई अपनी सेनाओं को इकट्ठा करो। अनाजी, तुम कोंकण पहुँचो। हम्बीरराव, तुम कराड जाकर छावनी लगाओ और पन्हालगढ़ तक की सारी सेनाओं को वहाँ इकट्ठा करो।''

तीनों ने सिजदे किए। राजे की आँखों में विजय का भाव समाया हुआ था।

''मोरोपन्त, हमारे सारे किलों की प्रसिद्ध तोपें नीचे ले आओ। हर किले के शस्त्रागार में रखी हुई बन्दूकें, तलवारें, भाले, पटा आदि शस्त्रों की सूची तैयार करने के आदेश दो। मठों-मन्दिरों की सेवा में नियुक्त या फीलखानों में खड़े हाथियों को तोपगाड़ियाँ खींचने का

काम सिखाने के आदेश जारी करो। उन्हें अंबारी, हौदा, और दमदमा ढोने का अभ्यास कराओ। ऊँटखानों के ऊँटों को तोपों का बोझ उठाने की आदत डलवाओ। साहब-नौबत, रणसिंघों और तुरहियों की आवाजें उन्हें सुनवाओ।''

कहते-कहते राजे की आँखें छोटी हो गईं, ''हम आज भी देख रहे हैं कि साँकलों से तोपगाड़ियाँ खींच रहे हाथी अशीरगढ़ के मैदान में उपस्थित हैं। हम अनुभव कर रहे हैं—तोपों की मार से वहाँ की धरती दहल उठी है। हम देख रहे हैं हाथियों की चिंग्घाड़ से, ऊँटों के शोर से काँपती धरती और घोड़ों की टापों से उड़ती हुई अशीरगढ़ की मिट्टी। तोपों के धुएँ से तितर-बितर भागी जा रही मुगल फौज हमें साफ दिखाई दे रही है। भयभीत शत्रु का पीछा करनेवाले हमारे वीरों के मुख से जब 'हर हर महादेव' की गर्जना उठेगी, तब सोमनाथ में तो क्या, काशी विश्वनाथजी के मन्दिर में भी ओंकार ध्वनि उठेगी, अवश्य उठेगी।''

राजे एकदम भावुक हो उठे।

''असावधान रहने का समय नहीं है, मोरोपन्त। यह युद्ध बहुत महत्त्वपूर्ण है। इसका उद्देश्य केवल औरंगजेब की पराजय मात्र नहीं है। दिल्ली के सिंहासन पर अधिकार करके काशी विश्वेश्वर की पुनः स्थापना करना हमारा ध्येय है। उसे पूर्ण करने के लिए तुम्हारी भुजाएँ और 'श्री' की इच्छा समर्थ है।''

फिरंगोजी थरथराते हुए आगे बढ़ आए। वृद्ध सेनानी के पहले से ही सजल नेत्रों में अब आँसू छलछला आए थे। राजे ने कहा, ''फिरंगोजी!''

''राजे, कितना अच्छा होता, आज माँसाहिबा जीवित होतीं! आप पर राई-जोन उतार देतीं...।''

राजे गद्गद हो उठे।

''फिरंगोजी, दीठ जलाने के लिए चाहे न सही, किन्तु सचमुच मन कहता है—आज माँसाहिबा हमारे बीच होतीं, तो कितना अच्छा होता।''

सदरबैठक समाप्त हो गई—फिर भी समई-दीपकों की सैकड़ों ज्योतियाँ उसी प्रकार जलती रहीं।

19

प्रातःकाल अनाजी, मोरोपन्त और हम्बीरराव राजे से विदाई पाने के लिए उनके महल में आए। तीनों को देखकर राजे हर्षित हो उठे।

''अनाजी, सब गढ़पतियों के नाम आज्ञापत्र लिख दिए गए?''

''जी, महाराज। आदेश दिया गया है प्रत्येक दुर्ग के गोला-बारूद और अच्छी तोपों की सूची बनाकर रायगढ़ भेजी जाए। प्रह्लाद निराजी उस सूची की जाँच-पड़ताल करेंगे।''

''ठीक है। मोरोपन्त, तुम नासिक-बागलाण के सैनिक-थानों को दृढ़ करके वापस लौट आओ। अनाजी, तुम कोंकण के समुद्रतटीय प्रदेश की निगरानी करते हुए नौसेनाध्यक्ष दौलतखान और मायनाक भंडारी से कहो कि वे सदा जागरूक रहें। यह सारी गतिविधियाँ

इस प्रकार गुप्त रीति से हों कि किसी को पता न चले। किसी को भी हमारी योजना की जानकारी नहीं मिलनी चाहिए।'' राजे की नजर हम्बीरराव की ओर गई। ''हम्बीरराव, तुम कराड-पन्हाला विभागों में छावनी बनाओगे। साथ ही जितने लोग सेना में भरती किए जा सकें, करते रहो। अपनी सेना जितनी बढ़ाई जा सके, बढ़ाओ। सारे मराठों को एकत्रित करो।''

''महाराज।'' हम्बीरराव कहने में हिचकिचाने लगे।

''कहोऽऽ।''

''और युवराज?''

राजे एकदम उठ खड़े हुए, किन्तु उनके मुख का भाव वैसा ही बना रहा।

''हम्बीरराव, ऐसे काम में युवराज पीछे कैसे रहेंगे? यह अवसर ही ऐसा है कि जब सबको एक होना पड़ेगा। हमने अनुभव कर लिया है कि युवराज को अलग रखकर हमारी योजनाएँ पूर्ण नहीं हो पातीं। युवराज अवश्य आएँगे। कहना चाहिए कि वे ही हमारी सेना का नेतृत्व करेंगे। उनकी योग्यता के बारे में हमें तनिक भी सन्देह नहीं है।''

तीनों सिजदा करने के लिए झुके। उन्हें विदा करते हुए राजे ने कहा, ''अनाजी, मोरोपन्त, हम्बीरराव, जो कार्य करना हो, सावधानी से करना। सारे प्रबन्ध कर तुम वापस लौट आओ। हम तुम्हारी प्रतीक्षा करेंगे। हम्बीरराव, जाते-जाते फिरंगोजी को इधर भेज दो।''

तीनों चले गए। तीनों आपस में बातचीत करते हुए महल के बीचवाले चौक में पहुँचे ही थे कि एक दासी ने अनाजी को पुकारा। अनाजी उसके पास गए। दासी बोली, ''रानीसाहिबा ने बुलाया है।''

''मुझे?''

''जी।''

''कहाँ हैं रानीसाहिबा?''

''दरुणी-महल में हैं।''

''अच्छा। तू कह दे–हम सदर में हो आते हैं।''

अनाजी कुछ लपकते हुए आगे बढ़े और दोनों के साथ जा मिले। हम्बीरराव ने कहा, ''राजे कितने बदल जाते हैं! है न?''

'' 'बदल जाते हैं' का क्या मतलब?'' अनाजी ने पूछा।

''देखो न, कल-परसों तक राजे कितने चिन्तित थे। अब इस समाचार के आते ही कितने बदल गए हैं! चिन्ता की एक रेखा भी नहीं रही उनके चेहरे पर। अगर कोई अन्य होता, तो आलमगीर के आने की खबर पाकर कितना चिन्तित हो उठता!''

''उनमें और हममें यही तो अन्तर है।'' मोरोपन्त ने कहा, ''ऐसा स्वामी मिला, यह हमारा-तुम्हारा सौभाग्य है। राजे के साथ रहकर हमने क्या थोड़े प्रदेशों में लड़ाइयाँ लड़ी हैं! जो कुछ उन्होंने देखा, वही हमने देखा। किन्तु दोनों में कितना अन्तर है?''

''मुझे इसी बात से सदा अचरज होता है। कैसा भी अवसर क्यों न आए, उसी पल राजे की योजना तैयार हो जाती है।''

''उसी पल नहीं, पहले से ही योजना का सारा प्रारूप तैयार होता है।'' मोरोपन्त ने कहा, ''जिस क्षण राजे ने मिर्जाराजा की चाल देखी, वे समझ गए कि पराजय निश्चित है।

वज्रगढ़ पर शत्रु का अधिकार होने का समाचार आया ही था कि राजे ने सन्धि-वार्ता आरम्भ कर दी। आज स्वयं आलमगीर के आने की खबर है और राजे को अपनी विजय साफ दिखाई दे रही है। इस बात का अर्थ बहुत गहरा है, अनाजी। राजे की योजनाएँ सुनते समय आगामी घटनाएँ स्पष्ट दिखाई देने लगती हैं।''

तीनों बातें करते-करते सदरबैठक में आए। राजे की आज्ञा सुनकर फिरंगोजी महल की ओर जाने लगे। मोरोपन्त ने कहा, ''फिरंगोजी, हम तीनों जा रहे हैं। राजे का ध्यान रखना।''

''बुढ़ापा आ गया है भैया, अब देखभाल करने के सिवाय और काम भी क्या है?'' फिरंगोजी बोले।

''ऐसा मत कहो। राज्य के श्रेष्ठ धन की रक्षा करना इतना सरल काम नहीं।'' मोरोपन्त ने कहा।

इन वचनों से आनन्दित हुए फिरंगोजी राजे के महल की ओर चल पड़े। राजे फिरंगोजी की प्रतीक्षा कर रहे थे।

''आ गए, फिरंगोजी? मैं तुम्हारी ही प्रतीक्षा कर रहा था।''

फिरंगोजी आगे बढ़े। राजे ने उनका हाथ पकड़ा और उन्हें बैठक पर बैठा लिया।

''फिरंगोजी, हमारी योजनाएँ तो तुमने सुन ली हैं। अब जिम्मेदारी बहुत बढ़ गई है।''

''इतना भी क्या समझ नहीं आता? आपकी एक भी बात व्यर्थ नहीं जाने दूँगा। यह काम मेरा रहा।''

''जानते हैं हम। तुम हो, मोरोपन्त, अनाजी और हम्बीरराव हैं, फिर भला हमें कैसी चिन्ता? चिन्ता है केवल युवराज के बारे में। राहचलते को अपना बनानेवाले हम, परन्तु अपने शम्भू को ही हम अपना नहीं बना सके।''

''युवराज वैसे नहीं हैं, मालिक। साफ दिल का बच्चा है वह।''

''यह तो सच है, लेकिन वह सफाई व्यवहार से प्रकट होनी चाहिए न! फिरंगोजी, तुम उम्र में बड़े हो–तुम्हारा अधिकार भी बड़ा है। तुम्हें बताने में शर्म कैसी? लेकिन यह सच है कि युवराज ने अपने व्यवहार से सबका विश्वास खो दिया है। मुगलों के साथी बनकर तो उन्होंने हद कर दी। वे कल क्या कर बैठेंगे, इसका भरोसा तो हम भी नहीं दिला सकते। कई बार मन में आता है कि सम्भाजी को अलग करके राजाराम को युवराज बना दें।''

''महाराज!''

''देखो? तुम्हें भी यह बात ठीक नहीं लगी। इस कल्पना को छोड़े नहीं बनता कि बड़ा बेटा गद्दी का मालिक होता है। यही कल्पना युवराज की सच्ची शक्ति है। युवराज यदि ठीक रहें, तो क्या हमें यह पसन्द नहीं है? यदि युवराज इस युद्ध में हमारे साथ रहे, उन्होंने वीरता दिखाई, तो बीती भुला दी जाएगी–सबके मन स्वच्छ हो जाएँगे। सम्भाजी अपने ही आचरण के कारण निराश है, वह टूट चुका है। आवश्यक है कि कोई उसे धीरज देकर यह सारी बातें समझाए।''

फिरंगोजी आश्चर्य से राजे की ओर देख रहे थे।

''देखते क्या हो, फिरंगोजी? यह काम तुम कर सकते हो। युवराज तुम्हारे सामने बच्चे से जवान हुए हैं। तुमने उन्हें बड़ा किया है–खेल खिलाए हैं। उनके मन में तुम्हारे लिए बड़ा

आदर है। तुम पन्हालगढ़ जाओ। उन्हें सब कुछ समझाकर कहो। कहो कि वे मन में क्रोध न रखें। भाग्य ने उन्हें जो अवसर दिया है, उसे खो न दें।''

फिरंगोजी की मूँछें काँप उठीं। उन्होंने कहा, ''राजे, मैं आज ही जाता हूँ। मैं उस पूत को अच्छी तरह जानता हूँ। आपका सन्देश सुनकर बच्चे का बैठा हुआ दिल आनन्द से खिल उठेगा। आप फिक्र न करें, मालिक।''

फिरंगोजी ने राजे को सिजदा किया। फिरंगोजी जब सदरबैठक में आए, तब मोरोपन्त, अनाजी और हम्बीरराव वहीं बैठे हुए थे। वे बातों में खोए हुए थे। फिरंगोजी को आया देखते ही बातचीत बन्द हो गई। बैठक खत्म हो गई। सब खड़े हो गए। हम्बीरराव ने कहा, ''फिरंगोजी, हम जा रहे हैं। गढ़ की निगरानी करते रहना।''

फिरंगोजी हँसने लगे। मूँछों पर उलटी मुट्ठी फिराते हुए और तीनों की ओर देखकर वे कहने लगे, ''नहीं रे बालको! राजा ने मुझे भी एक खास काम सौंपा है।''

तीनों अचम्भे में आ गए। मोरोपन्त ने पूछा, ''कौन-सा काम?''

''तुम छोकरों को बताने से क्या फायदा?'' कहते हुए बूढ़े दादा मुस्कुराते हुए सदरबैठक की सीढ़ियाँ उतरने लगे। तीनों एक-दूसरे की ओर देख रहे थे और मुस्कुरा रहे थे। सदर की ओर आ रही दासी को देखते ही अनाजी की हँसी मुरझा गई। वे जल्दी से हम्बीरराव और मोरोपन्त से विदा हुए।

दरुणी-महल में गुस्से से उफन रही सोयराबाई अनाजी की प्रतीक्षा कर रही थीं। अनाजी के आते ही वे गुस्सा दबाकर कहने लगीं, ''अनाजी, हम यहाँ इन्तजार कर रही थीं।''

''क्षमा कीजिए। लेकिन राजे के महल में...।''

''जानती हूँ। सुना है कि तुम आज ही जा रहे हो।''

''जी। आज्ञा यही है।''

सोयराबाई कुछ देर सोचती रहीं। उनके चेहरे पर हँसी छा गई। उनका सारा रंग-रूप एकदम बदल गया।

''अनाजी, तुम सौंपे गए कार्य को पूरा करके जल्दी लौट आओ।''

''जी।''

''अब युवराज का मौंजीबन्धन हुआ। विवाह भी हो गया। अब आगे उन पर बड़ी जिम्मेदारी है। इसलिए तुम्हारा जल्दी लौट आना ही ठीक रहेगा।''

अनाजी के मुख पर आई हँसी सोयराबाई से छिपी नहीं रही। उन्होंने पूछा, ''क्यों अनाजी? तुम हँसे क्यों?''

''क्षमा करें।'' अनाजी ने कहा, ''स्पष्ट कहूँ तो क्या उचित होगा?''

''कहो, अनाजी। हमारा तुम पर पूरा भरोसा है।'' कुछ चिन्तित-सी होकर सोयराबाई ने कहा।

''इस समय युवराज की बात मन में न लाएँ।'' अनाजी ने कहा।

''कहोऽ-कहोऽ।'' सोयराबाई चकित होकर कह उठीं।

''रानीसाहिबा, सच कहा जाए, तो...।''

''कहो नाऽ।''

अनाजी आँख बचाते हुए कहने लगे, "यह सच है कि सम्भाजी के व्यवहार से राजे उनसे अप्रसन्न हैं। यह भी सच है कि उनका विचार था कि छोटे युवराज को युवराजपद के अधिकार दे दिए जाएँ...।"

"विचार था?" सोयराबाई कह उठीं।

"हाँ। और कहा जाए, तो आज भी उनका यही विचार है। किन्तु यह विचार टिका रह सकेगा, ऐसा नहीं लगता।"

"क्या कारण?"

"कारण केवल एक है–राजे का युवराज के प्रति स्नेह। रोष कब तक टिका रहेगा? जब तक युवराज उनसे नहीं मिलेंगे, तब तक। एक बार सम्भाजीराजा की राजे से भेंट हुई कि मिलाप होने में कितनी देर लगेगी? पानी में लाठी मारकर पानी को काटा नहीं जा सकता, रानीसाहिबा।"

"और अगर यह भेंट हो ही नहीं, तो...!"

"वह बात अब असम्भव है।" अनाजी ने निश्चयपूर्वक कहा, "राज्य पर शत्रु का आक्रमण होनेवाला है। ऐसे समय युवराज अवश्य इस अवसर का लाभ उठाएँगे। और युवराज के व्यवहार से राजे सारी बातें भूल जाएँगे।"

"तुम्हारी क्या सलाह है?"

"हम तो चरणों के चाकर हैं–इस मामले में क्या सलाह दे सकते हैं? यह घर की बातें हैं–घरवालों को ही हल करनी चाहिए। अपने मन के इस विचार को आप कुछ दिन दूर ही रखें। संकटकाल में युवराजपद के मामले को न उठाएँ। पटरानीपद से ही सन्तुष्ट रहें, यही मेरी सलाह है।"

"तो विजय पाते ही तुम भी पलट गए?"

"आप गलत समझ रही हैं, रानीसाहिबा। हम हमेशा आपके पीछे रहेंगे। आपके अधिकार की उपेक्षा करना हमारे बस की बात नहीं, किन्तु साथ ही राजे से बेईमानी करना भी हमारे लिए असम्भव है। जब तक राजे हैं, तब तक सबकी निष्ठा उनके चरणों से जुड़ी है। उससे कोई मुक्त नहीं हो सकता।"

अनाजी ने सिजदा किया। तीन कदम पीछे हटकर वे मुड़े और बाहर चले गए।

सोयराबाई अनाजी की कही बातों को याद कर रही थीं।

20

अमावस्या पास आ रही थी। निश्चलपुरी और कवि कलश ग्रहशान्ति का पाठ कर रहे थे। होम-हवन के लिए तथा शान्ति के लिए बलि दी जा रही थी। गढ़ के सभी मन्दिरों में देवताओं का अभिषेक कराया जा रहा था।

ग्रहण का दिन आ गया। गढ़ का वातावरण भोर से ही बादलों के कारण उदास-सा था। राजे सूर्योदय के समय जगदीश्वर मन्दिर के पास खड़े थे। सूर्य के दर्शन के लिए उन्हें कुछ देर प्रतीक्षा करनी पड़ी। सूर्य बादलों से बाहर आया और राजे ने हाथ जोड़कर नमस्कार किया।

प्रह्लाद निराजी और कुडाल के सूबेदार राहुजी सोमनाथ राजे के साथ थे। प्रह्लाद निराजी ने कहा, ''आज हवा बड़ी खराब है।''

''प्रह्लादपन्त, प्रकृति का रूप बहुत रहस्यमय होता है। उसमें भावी घटनाओं की अनुभूति छिपी रहती है। उस दिन का भूकम्प याद है? वातावरण कितना विचित्र हो गया था! अच्छा, चलो।''

सूर्यदर्शन के पश्चात् राजे लौट पड़े। चलते-चलते उन्होंने पूछा, ''प्रह्लादपन्त, सब दुर्गों के नाम पत्र भेज दिए गए?''

''जी, आज भेजे जाएँगे।''

''हाँ, ठीक।''

''महाराज, कल पुरोहितजी का सन्देश आया था। उन्होंने सूचित किया है कि सूर्यास्त से पहले पाँच घड़ी पचास पल स्पर्शकाल है और सूर्यास्त से दो घड़ी चालीस पल पर ग्रहण छूटेगा। कुशावर्त सरोवर में स्नान की व्यवस्था की गई है। दान-पुण्यादि भी वहीं किया जाएगा।''

राजे ने प्रह्लादपन्त की ओर देखा। वे एक पल रुके रहे। ''पन्त, मनुष्य आकाश के सूर्यग्रहण की घड़ी जान सकता है, पलों का गणित भी कर सकता है, किन्तु वह स्वयं अपनी घड़ी नहीं जान सकता। है न?—ठीक है, प्रह्लादपन्त, तुम हमें कुछ देर पहले सूचना भिजवा देना। हम ठीक समय पर स्नान करने निकल पड़ेंगे। यही सूचना अन्दर महल में भी भिजवा देना।''

''जी।''

ग्रहणकाल से कुछ पूर्व राजे सपरिवार कुशावर्त के किनारे आ पहुँचे। ग्रहण का आरम्भ होते ही सबने सरोवर में स्नान किया। रानियों के स्नान के लिए सरोवर के किनारे विशेष ओट का स्थान बनाया गया था। स्नान करके राजे जप करने लगे। ब्राह्मणवृंद कुशावर्त सरोवर के जल में खड़े होकर जप कर रहे थे। ऊपर गढ़ से ध्वनि सुनाई दे रही थी 'दे दान, छूटे गिरान।' भिक्षुक दान की याचना कर रहे थे।

अकस्मात् वातावरण धूसर और अन्धकारमय-सा हो गया। दूर कहीं कुत्ता रोने लगा। राजे आँखें बन्द करके जप-जाप में मग्न थे। ग्रहण समाप्त हुआ। राजे ने पुनः स्नान किया। अनिष्ट निवारणार्थ याचकों को धान्य-वस्त्रादि दान करने हेतु राजे पीताम्बर धारण करके कुशावर्त के घाट पर खड़े हो गए। शकुन के लिए राजे ने पहले कुछ धान्यों का दान किया और राजे की आज्ञा पाकर राजाराम दान देने के लिए खड़े हो गए। दान-धर्म करके जब राजे सबके साथ लौटकर आए, गढ़ में अँधेरा छा गया था।

21

ग्रहण के बाद दो दिन बीत गए। राजे दोपहर को अपने महल में विश्राम कर रहे थे। सोयराबाई ने महल में प्रवेश किया। वे राजे की शैया के पास आकर खड़ी हो गईं। राजे उनकी ओर देख रहे थे। सोयराबाई ने कहा, ''लड़कीवाले, रिश्तेदार जाना चाहते हैं।''

''अच्छा! फिर?''

“कल विवाह के बाद आठवें दिन के स्नान की विधि होनी है। इच्छा है कि इस निमित्त भोज दिया जाए।”

“अवश्य दो।”

“लेकिन आप तो रात को भोजन नहीं करते, तब...।”

“हम करेंगे। चिन्ता मत करो। बालराजा के विवाह का भोज हो, पाहुने-रिश्तेदार साथ हों और हम भोजन न करें। हम अवश्य भोज के समय उपस्थित रहेंगे।”

सोयराबाई को तसल्ली हुई। उनके पाँव कक्ष से बाहर निकलने को तैयार नहीं थे। उन्होंने पूछा, “मैं जाऊँ?”

“आपको कौन रोक सकता है?” राजे ने कहा।

सोयराबाई की भौंहें चढ़ गईं, किन्तु उस ओर राजे का ध्यान नहीं था। वे अपने ही ध्यान में आँखें बन्द किए खोए हुए थे।

राजाराम के विवाह के ‘अष्टमस्नान’ के दिन का भोज सचमुच शानदार था। ठाट में किसी प्रकार की कमी न थी। विशेष पचास थालियाँ लगाई गई थीं। थाली के चारों ओर सुंदर रंगोली चित्रित की गई थी। दो थालियों के बीच चाँदी की समई जल रही थी। पंक्ति के बीचोबीच सोने की दो थालियाँ लगाई हुई थीं। बताए बिना भी जाना जा सकता था कि ये चाँदी के दो पाट और सोने के दो पाट विशेष राजकीय व्यक्तियों के लिए हैं। हजारों ऊदबत्तियों की सुगन्धि से सारा भोजन-कक्ष महक रहा था।

राजे समधीजी के साथ भोजनकक्ष की ओर आ रहे थे। उनके साथ बालराजा राजाराम और वधू के मामा थे। शेष लोग उनके पीछे-पीछे आ रहे थे। अवसर देखकर वधू के मामा ने कहा, “महाराज, कल जाने की आज्ञा हो।”

“क्यों? ऐसी क्या जल्दी है?”

“जल्दी नहीं, लेकिन अपने घर के देव-कार्य, मातृकागण, पूजन आदि करने हैं। पूजन करके हम वापस रायगढ़ आ जाएँगे।”

राजे कुछ सोचने लगे।

“आप ठहरे हमारे समधी। आपसे ‘ना’ कैसे कहें? लेकिन कल बुधवार है। कल मत जाइए। गुरुवार की सुबह चले जाना।”

“जो आज्ञा।”

“आज्ञा नहीं, इसे प्रार्थना समझिए।”

राजे सबके साथ भोजन-कक्ष में आए। राजाराम के पाट की ओर संकेत करते हुए राजे ने राजाराम से कहा, “बैठो, बालराजा। आज तुम्हारी पूछ का दिन है—तुम दूल्हे राजा जो हो।”

राजे की बात सुनकर सब हँस पड़े। राजे भी आनन्दित होकर अपने पाट पर बैठे। बालराजा अपने स्थान पर बैठ गए। राजे के दाईं ओर नातेदार लोग थे और बाईं ओर येसाजी, राहुजी, घाटगे, कदम और सूर्याजी आदि विशिष्ट सरदार बैठे हुए थे। हास्य-विनोद के कारण पंगत में रंग जमने लगा था। अकस्मात् हँसी रुक गई। सब एक ओर देखने लगे।

रेशमी जरतारी साड़ी पहने हुए प्रतापराव की कन्या जानकीबाई मनोहारी के साथ भोजन-पंक्ति की ओर आईं। हाथ में छोटी-सी थाली थी, जिसमें चावलों का मीठा पुलाव था।

आठ बरस की छोटी-सी आयु थी, फिर भी मुख पर लज्जा छाई हुई थी। मनोहारी की सहायता पाते हुए, हाथों से कभी साड़ी का छोर तो कभी थाली सँभालती हुई वह वधू राजे के सामने आई। मनोहारी ने इशारा किया। राजे ने अपना हाथ थाली से पीछे हटा लिया। थाली में मीठे चावल परोस दिए गए। अपनी बहू की ओर देखकर राजे का मन हर्षित हो उठा।

''यह हमारी गृहलक्ष्मी है—जानकी। क्या ही अच्छा होता, जो इस समारोह को देखने के लिए आज हमारे सरसेनापति प्रतापराव यहाँ होते!''

कुछ पल चुप्पी छाई रही। राजे ने इस स्तब्धता को ताड़ लिया। अपनी भावना को रोककर उन्होंने कहा, ''बेटी, हमें तो मीठे चावल परोस दिए तूने, लेकिन अपने 'श्रीमानजी' को भी तो परोस। जानती नहीं क्या कि पति को गुस्सा आ जाए, तो मार बैठता है।''

पंगत में हँसी का फव्वारा फूट पड़ा। इस जोर की हँसी के कारण भात परोसने के लिए झुकी हुई जानकी के हाथ से थाली छूट गई और सारा 'साखरभात' राजाराम की थाली में जा गिरा। मनोहारी ने झट थाली उठा ली। सारी पंगत में फिर से ठहाके लगने लगे। अपने पास बैठे हुए वधू के मामासाहब से राजे ने कहा, ''देख लिया मामासाहब? आपकी लड़की तो अभी से पंक्ति में बैठे हुओं के साथ अपना-दूजा करने लगी। ससुरजी को इत्ता-सा भात और अपने दूल्हे को पूरा थाल।''

हँसते-बोलते हुए सबका भोजन हुआ। सब उठने के लिए राजे की आज्ञा की प्रतीक्षा कर रहे थे। सेवक ने राजे के आगे तश्तरी रखी। राजे ने हाथ धोए। युवराज ने भी हाथ धोए और सब उठ खड़े हुए। सोयराबाई ने आकर राजे को पान का बीड़ा दिया। सबको बीड़े दिए गए। पान चबाते हुए, सबसे बातचीत करते हुए राजे राजसदर की ओर जाने लगे।

रात काफी बीत चुकी थी, फिर भी राजे अपने सम्बन्धियों के साथ बड़ी देर तक सदरबैठक में बैठे बातें करते रहे।

22

बड़े सबेरे राजे की नींद खुली। सारा शरीर पसीने से भीग गया था। गला सूखा जा रहा था। शरीर में कँपकँपी छूट रही थी। राजे उठ बैठे। उन्होंने हाँक लगाई। सेवक दौड़ा आया। कुल्ला करके राजे फिर बिस्तर पर लेट गए, लेकिन नींद नहीं आ रही थी। महादेव अन्दर आया।

''महादेव!''

''जी?''

''दिन निकल आया क्या रे?''

''जी, अभी नहीं।''

''आज तबीयत ठीक नहीं है। वैद्यराज आए हैं क्या?''

''जी, देखता हूँ।''

''जा, देख तो सही।''

महादेव चला गया। राजे का नित्य उपचार करनेवाले वैद्यराज सदर में आ चुके थे। जब वे महल में आए, तब पौ फटने लगी थी। वैद्यजी ने नाड़ी देखी।

"वैद्यराज!"

"थोड़ा ज्वर प्रतीत होता है।"

"ठीक है।" राजे ने बिस्तर से उठते हुए कहा, "अधिक दौड़-धूप करनी पड़े, तो ऐसा हो जाता है।"

"आप विश्राम करें।" वैद्यराज ने कहा।

"विश्राम करना हमारे भाग्य में नहीं लिखा है। शायद इसी कारण नियम बनाया गया था कि राजाओं को सबसे पहले वैद्यजी के सामने खड़ा होना चाहिए।"

"मैं औषध की मात्रा देता हूँ।"

"देखें तो सही, ज्वर कहाँ तक जोर मारता है?"

वैद्यराज के जाते ही राजे ने मुँह धोया, किन्तु स्नान नहीं किया। देवता को नमस्कार करके वे बैठकी पर जा बैठे। मनोहारी उनके लिए दूध लेकर आई। राजे शाल ओढ़कर बैठे हुए थे। राजे ने दूध पिया। तबक उठाते समय मनोहारी के पाँव ठिठक गए।

"सर्दी लग रही है?"

"अधिक तो नहीं, लेकिन तनिक बदन में कँपकँपी छूटती है। तुझे सर्दी नहीं लग रही?"

मनोहारी ने सिर हिला दिया। वह महल से बाहर चली गई। उसके बाद राजाराम आए और प्रणाम करके चले गए। काफी देर बाद सोयराबाई महल में आईं। राजे की दृष्टि सोयराबाई पर जा ठहरी। सोयराबाई हड़बड़ाई हुई थीं। राजे से नजर नहीं मिला पा रही थीं। प्रतीत होता था, किसी चिन्ता ने उनके हृदय में आँधी-तूफान मचाया हुआ है। उन्होंने उत्सुकता से पूछा, "तबीयत ठीक नहीं है क्या?"

"तुमसे किसने कहा?"

इस प्रश्न से सोयराबाई चौंक उठीं। फिर सँभलकर कहने लगीं, "किसी ने भी नहीं, लकिन आपका चेहरा बता रहा है। तबीयत ठीक हो, तो क्या कोई सोया रहता है?"

"रानीसाहिबा, चेहरे की मत सोचिए। चेहरे बहुत धोखा देते हैं। हमारा स्वास्थ्य ठीक है—आप जाइए।"

यह बात सुनकर सोयराबाई को गुस्सा आ गया। गुस्सा दबाकर वे कहने लगीं, "जब भी देखो, कटी-कटी-सी बातें करते हैं। सोचती हूँ कि पास न आऊँ, लेकिन मन नहीं रह पाता।"

"हाँ, हाँ, हम समझते हैं। हमारा स्वास्थ्य ठीक नहीं है। वैद्यजी ने विश्राम करने को कहा है। अगर तुम नाराज न हो, तो हम थोड़ा आराम कर लें।"

सोयराबाई चली गईं। राजे ने सेवक से बालाजी को बुला लाने के लिए कहा। बालाजी लेखन-सामग्री लेकर महल में आए। राजे अपनी जगह पर बैठे-बैठे ही कुछ खास किलेदारों के नाम पत्र लिखाने लगे। उन्होंने दो पत्र लिखवा दिए। फिर राजे खड़े हो गए। पलंग पर लेटते हुए उन्होंने कहा, "बालाजी, आज बैठा नहीं जाता। हम लेटकर लिखवाते हैं।"

राजे ने जैसे-तैसे एक पत्र पूरा किया। फिर वे स्वयं ही कहने लगे, "बस, बालाजी। बाकी रहे पत्र तुम इसी तरह लिख डालो। अब हमसे लिखाया नहीं जाता।"

"महाराज, वैद्यराज को बुलाऊँ?"

''नहीं, रहने दो। उन्होंने सुबह ही स्वास्थ्य की जाँच की है।''

बालाजी चले गए। राजे का ज्वर बढ़ने लगा। दोपहर तक यह समाचार सारे महल में फैल गया। वैद्यजी ने औषध की मात्राएँ दीं। महल में सबका आना-जाना बढ़ गया। जानकीबाई के मामा राजे से स्वास्थ्य की पूछताछ करने आए। राजे ने पूछा, ''कल जा रहे हैं न? मैंने कहलवा दिया है।''

''आप ठीक हो जाएँ, तो...।''

''हमारी चिन्ता न करें। आजकल भाग-दौड़ नहीं हो पाती। ऐसे ज्वर की हमें आदत है। अपने आप कम हो जाएगा।''

राजे को बुखार आया देखकर सोयराबाई ने गंगाशास्त्री वैद्यराज को लाने के लिए तुरन्त पालकी भिजवा दी।

शाम को बुखार कम हो गया। सबकी चिन्ता दूर हुई। राजे भी उत्साह-उमंग से बातें करने लगे। कुछ कमजोरी अवश्य थी, अन्यथा उनके स्वास्थ्य की कोई शिकायत नहीं रही थी। रात उन्हें फिर बुखार आता-सा मालूम हुआ, लेकिन राजे ने किसी को नहीं बताया।

गुरुवार की सुबह राजे की नई पुत्रवधू जानकीबाई राजे से जाने की आज्ञा पाने आईं। उन्होंने चरणों में झुककर राजे को नमस्कार किया। राजे ने अपनी आठवर्षीय बहूरानी को प्रेम से पास ले लिया।

''बहूरानी, जल्दी लौट आना। समझी?''

जानकीबाई ने सहज ही सिर हिला दिया। सब हँस पड़े। समधी और रिश्तेदार राजे से विदाई माँगने आए। राजे तुरन्त खड़े हो गए।

''हमारी बहूरानी मायके जा रही हैं और हम महल में बैठकर उन्हें विदा करें? हम भी चार कदम साथ चलेंगे।''

लोगों के मना करने पर भी राजे नहीं माने। शाल लपेटकर वे सबके साथ शिरकाई देवी के मन्दिर में आए। मन्दिर में सबको विदाई के बीड़े दिए गए। जानकीबाई डोली में बैठ गईं। बाकी पालकियाँ चौक में आ गईं। राजे मन्दिर के द्वार पर खड़े थे। बराती विदा हुए और पालकियाँ गढ़ के पहाड़ी मार्ग से नीचे उतरने लगीं।

राजे सबके साथ महल की ओर चले आ रहे थे। धूप तेज हो चुकी थी। अचानक राजे खड़े हो गए। उन्होंने हिरोजी को आने का इशारा किया। हिरोजी उनकी ओर दौड़ा। राजे ने उसके कन्धे का सहारा लिया। उनका चेहरा पसीने से तर हो आया था। आँखों के कोने लाल हो उठे थे। बड़ी कठिनाई से वे कह पाए, ''हमें चक्कर आ रहे हैं।''

''पालकी मँगवाऊँ?''

राजे ने सिर हिलाकर 'हाँ' कहा। प्रह्लाद निराजी भी आगे बढ़े। दोनों के कन्धे का सहारा लेते हुए राजे मन्दिर के चबूतरे तक पहुँचे और वहीं बैठ गए।

येसाजी और घाटगे आगे दौड़ गए थे। जल्दी ही पालकी लाई गई। राजे पालकी में बैठकर महल में आए। वैद्यराज पालकी के साथ-साथ चल रहे थे। हिरोजी का सहारा लेकर राजे पालकी से उतरे। उसी के सहारे वे पलंग तक आ पहुँचे। वैद्यराज नाड़ी देखने लगे। राजे का ज्वर बढ़ता जा रहा था।

सोयराबाई तुरन्त महल में आईं। सब लोग शिष्टतापूर्वक पीछे हट गए। पलंग के पास जाते हुए सोयराबाई ने पूछा, "बुखार आ गया है क्या?"

"वैद्यजी कह रहे हैं ऐसा।"

"बाहर जाने की भला क्या जरूरत थी?"

उस दशा में भी राजे को हँसी आ गई। सबकी ओर देखकर राजे कहने लगे, "व्यर्थ चिन्ता करती हो? ग्रहण के समय दो बार स्नान करना पड़ा। विवाह के समय अति श्रम करना पड़ा। इस कारण बुखार आया होगा। एक-दो दिन में उतर जाएगा। अब भला बीमार होने से हमारा कैसे काम बनेगा? मृत्यु भी आएगी, तो हम उससे कहेंगे, 'अभी हमें फुरसत नहीं है।' तुम लोग चिन्ता मत करो।"

राजे की बात सुनकर सबकी चिन्ता दूर हुई। सबके मुख सन्तोष से दमक उठे। किन्तु...।

किन्तु राजे का अनुमान सही नहीं निकला। दिन-ब-दिन उनका ज्वर बढ़ने लगा। खाया-पिया पेट में नहीं ठहरता था। कंठ सूखने लगा था। हर दिन थकान बढ़ती जा रही थी। इस अवस्था में दो-तीन दिन बीत गए।

राजे की बढ़ती बीमारी को देखकर सारा गढ़ चिन्ता के प्रवाह में डूब गया।

23

दोपहर को राजे का बुखार कम हो जाता था। चार दिन की बीमारी में ही राजे को बहुत कमजोरी आ गई। हिरोजी फर्जंद राजे के पाँव दबा रहा था। महल में महादजी, पानसम्बल और येसाजी सिर झुकाए बैठे हुए थे। वैद्यराज राजे के सिरहाने खड़े थे। सोयराबाई भीतरी दरवाजे से कक्ष में आईं। राजे ने ही उन्हें बुलबाया था। पलंग के पास आकर उन्होंने पूछा, "कुछ पिएँगे क्या?"

सिर हिलाकर अस्वीकृति जताते हुए राजे ने कहा, "जो चीज पेट में ठहरती नहीं, उसे पीने-खाने से क्या लाभ? रानीसाहिबा, हमारी तबीयत अच्छी नहीं है। तुम यहाँ बैठती क्यों नहीं हो?"

"यहीं तो रहती हूँ हमेशा। अगर यहीं बैठी रहूँ, तो काम की देख-रेख कौन करेगा?"

"हाँ, सच है। तुम पर बड़ी जिम्मेदारी है। अब भला तुम्हारे बैठे रहने से कैसे काम चलेगा? बालराजा कहाँ हैं?"

"अपने महल में होंगे। उनकी भी तबीयत अच्छी नहीं है।"

"क्या कष्ट है?"

"सर्दी-जुकाम है।"

"ठीक है, शाम को मिलेंगे ही।" राजे ने सबको इशारा किया। सब लोग बाहर चले गए सोयराबाई राजे की ओर देख रही थीं। राजे को खाँसी का ठसका आया। सोयराबाई ने जल्दी से पीकदान उठाया। राजे ने इशारे से उन्हें मना किया। लम्बी साँस लेकर राजे कहने लगे, "हमारे दो आवश्यक काम हैं। करोगी क्या?"

"जी।"

‘‘आज ही तुरन्त एक सवार को पन्हालगढ़ भेजो। सम्भाजी को कहलवा भेजो कि हमारी तबीयत खराब है। उन्हें तुरन्त रायगढ़ बुलवा लो।’’

‘‘अच्छा!’’

‘‘और दूसरा काम कि नीचे तलहटी में छोटी रानीसाहिबा को भी सन्देश भेजो। उनके लिए पालकी रवाना करके उन्हें तुरन्त यहाँ बुलवा लो।’’

‘‘अच्छा।’’

‘‘रानीसाहिबा, हमें बहुत कुछ कहना है।’’

‘‘वैद्यजी ने कहा है—बोलिए नहीं, आराम कीजिए। आप ठीक हो जाएँ, तब बातचीत कीजिएगा।’’

राजे ने सोयराबाई को एकटक देखा। सोयराबाई की नजर जमीन की ओर झुक गई। धीरे से मुस्कुराते हुए राजे ने कहा, ‘‘ऐसा कहती हो? अच्छा, यही सही। जैसी ‘श्री’ की इच्छा।’’

महादेव अन्दर आया। उसने सूचना दी। ‘‘महाड के वैद्य गंगाशास्त्री आए हैं।’’

‘‘बहुत ठीक समय पर आए। उन्हें अन्दर भेज दे।’’

सोयराबाई ने पूछा, ‘‘मैं जाऊँ?’’

‘‘हाँ, जाओ।’’ राजे ने जाने की अनुमति दी।

सोयराबाई चली गईं। प्रह्लादपन्त के साथ वैद्यराज गंगाशास्त्री कक्ष में आए। उन्होंने राजे को सिजदा किया। राजे ने कहा, ‘‘वैद्यराज, आप हमें आशीर्वाद दें। सिजदा न करें। आपको कष्ट हुआ।’’

‘‘नहीं, महाराज। सेवा से बढ़कर आनन्ददायी और कौन-सा कार्य है?’’

वैद्यराज ऊँचे कद के व्यक्ति थे। सत्तर पार कर चुके थे। लेकिन सीधे तनकर खड़े थे। सिर पर केसरी रंग की पगड़ी थी। अँगरखा और महीन धोती पहने थे। विशाल माथे पर गन्ध-तिलक अंकित था। सफेद भौंहें, मूँछें तथा मुख पर छा गई कुछ झुर्रियाँ उनकी बड़ी आयु का आभास करा देती थीं। शरीर कान्तिमय, पके हुए नींबू के समान था। वे शान्त और स्थिर दृष्टि से राजे को देख रहे थे। राजे ने कहा, ‘‘वैद्यराज, आइए। देखिए तो कि हमारे स्वास्थ्य में कहाँ क्या दोष आ गया है?’’

बिना आगे बढ़े वहीं खड़े-खड़े गंगा वैद्य बोले, ‘‘वही देख रहा हूँ।’’

गंगा वैद्य कुछ देर खड़े देखते रहे। फिर लम्बी पतली उँगलियोंवाले हाथों की हथेलियों को उन्होंने रगड़ा और आगे बढ़कर राजे का हाथ हाथों में ले लिया। आँखें बन्द करके वे राजे की नाड़ी देखने लगे। नाड़ी देखने के बाद बोले, ‘‘औषधि दे रहा हूँ।’’

गंगगाशास्त्री ने राजे के वैद्य को साथ आने का संकेत दिया। वैद्यजी गंगाशास्त्री के साथ बाहर चले गए। गंगाशास्त्री महल के चौक में आए। आस-पास कोई नहीं था। गंगाशास्त्री ने पूछा, ‘‘हाँ, तो कहो।’’

‘‘राजे ने अमावस्या के दिन कुशावर्त सरोवर में दो बार स्नान किया। उसके बाद उनका स्वास्थ्य ठीक था। वात-वित्त-कफ तीनों साम्य अवस्था में थे। चैत्र शुक्ल चतुर्थी को युवराज के ‘अष्टमस्नान’ के निमित्त भोज था। राजे रात को सोए, किन्तु प्रातःकाल उन्हें कष्ट होने लगा। मैंने जब देखा, तो उन्हें ज्वर था। मैंने औषध की मात्रा दी। सायंकाल तक ज्वर उतर गया।’’

"रोगी के लक्षण कहिए।"

"नाड़ी विषम चल रही थी। आँखों के कोने लाल थे। कंठ शुष्क था।"

"अच्छा! आगे?"

"सायंकाल ज्वर उतर गया। अगले दिन, चैत्र पंचमी को राजे सम्बन्धियों को विदा करने राजप्रासाद से बाहर गए। उन्हें सायंकाल थोड़ी व्याकुलता थी। नाड़ी ठीक चल रही थी। किन्तु मैंने उन्हें विश्राम करने की सलाह दी थी। भवन के बाहर ही उन्हें चक्कर आने लगे। मैं जब देखने गया, उन्हें तीव्र ज्वर था। राजे पालकी में बैठकर महल में आए। उस दिन से ज्वर कभी कम कभी अधिक होता रहता है।"

"ज्वर की मात्रा कितनी है?"

"ज्वर बढ़ता जा रहा है।"

गंगाशास्त्री को जाते देखकर वैद्यजी ने पूछा, "आपका निदान?"

"आज कुछ भी कहना कठिन है। किन्तु सम्भवतः यह विषम ज्वर होगा। यदि यह निश्चित हो गया, तब भय की कोई बात नहीं।"

राजे के महल के सामने ही ड्योढ़ी में वैद्यराज के लिए बैठक बिछा दी गई। गंगाशास्त्री ने औषधियाँ खोजनी शुरू कीं। उन्होंने जो औषाधियाँ दी थीं, वैद्यजी उन्हें छोटी सिल पर घिसने लगे। येसाजी यह सब देख रहे थे। उनसे रहा नहीं गया। वे वही प्रश्न पूछ बैठे, जो सबके मनों में घुमड़ रहा था।

"शास्त्रीजी, महाराज अच्छे हो जाएँगे न?"

शास्त्रीजी ने सिर उठाकर देखा, "मेरे अनुमान से यह विषम ज्वर है। यदि यही निदान ठीक निकला, तो कल रात तक राजे का स्वास्थ्य सुधर जाएगा। मुझे नहीं लगता कि चिन्ता की कोई बात है।"

वैद्यजी के वचनों को सुनकर सबको बहुत सांत्वना मिली। गंगाशास्त्री ने ईश्वर का स्मरण किया और राजे को औषधि की मात्रा दे दी।

24

यद्यपि गंगाशास्त्री ने निश्चयपूर्वक कहा था, तथापि सोमवार को भी राजे का ज्वर उसी प्रकार बना रहा। हर बीतते दिन के साथ राजे की दशा बदलती जा रही थी। निर्बलता बढ़ रही थी। ज्वर कभी चढ़ता कभी उतरता रहता था। दोनों वैद्य राजे के सिरहाने-पायताने बैठे हुए उनकी देख-भाल करते रहते थे। राजे के निकटवर्ती स्नेहीजन हिरोजी, येसाजी, महादजी, प्रह्लाद निराजी, बालाजी-आवजी, राहुजी सोमनाथ आदि व्याकुल चित्त से महल में आते-जाते रहते थे।

रात होते ही राजे के शयनकक्ष में दीपक जला दिए गए। राजे ने शैया पर लेटे-लेटे ही दीप-ज्योति को नमस्कार किया। राजाराम उनसे मिलने आए और चले गए। उनके बाद सोयराबाई महल में आईं। उनके पास आते ही राजे ने पूछा, "रानीसाहिबा, छोटी रानीसाहिबा के लिए डोली भेजी थी?"

"हाँ, भेजी थी।" सोयराबाई आँख चुराते हुए बोलीं।

"तो वे आई क्यों नहीं?"

सोयराबाई ने जैसे-तैसे कहा, "उनकी तबीयत ठीक नहीं है। सुना है, उन्हें भी बुखार हो रहा है।"

राजे पलंग की चौकट पर हाथ फिरा रहे थे। सोयराबाई को आँख गड़ाकर देखते हुए राजे ने कहा, "सम्भव है। हम समानधर्मा हैं न!"

राजे ने पलकें बन्द कर लीं। सोयराबाई चली गई। मनोहारी राजे के पाँव दबा रही थी।

राजवैद्यसहित गंगाशास्त्री महल की सदरबैठक में आए। समई-दीपक जलाए जा चुके थे। गंगाशास्त्री को आया देखकर बैठक पर बैठे हुए बालाजी एक ओर हट गए। गंगाशास्त्री मौन थे। वे धीरे से गावतकिए से टेका लगाकर बैठ गए। गंगाशास्त्री को विचारमग्न देखकर राजवैद्य को कुछ कहने का साहस नहीं हो रहा था। बालाजी दूर बैठे हुए दोनों की मुखमुद्रा देख रहे थे। गंगाशास्त्री ने एक दीर्घ श्वास लिया। सामने रखे पान के डिब्बे को पास खींचकर वे सुपारी कतरने लगे। उनकी दृष्टि राजवैद्य की ओर गई। गंगाशास्त्री बोले, "कहिए, वैद्यराज। कुछ तो कहिए।"

"कुछ समझ नहीं आता। अब तक राजे का ज्वर दूर हो जाना चाहिए था।"

"होना चाहिए था, किन्तु हुआ नहीं, यही कहना चाहते हैं आप?" गंगाशास्त्री ने कहा, "मैं वही उलझन सुलझा रहा हूँ। चाहे जैसा भी विषम ज्वर हो, महाज्वरांकुश से उतरना ही चाहिए, किन्तु यहाँ तो उसका भी कुछ प्रभाव नहीं दिखाई देता।"

"मैं सोचता हूँ...।"

"कहिएऽऽ," गंगाशास्त्री ने कहा।

"मुझे लगता है—नवज्वर तो न होगा?"

गंगाशास्त्री मुस्कुराने लगे।

"आपका सन्देह ठीक है, किन्तु लक्षण क्या हैं? ज्वर का काल बढ़ गया, इस कारण इसे नवज्वर नहीं कह सकते। यदि नवज्वर होता, तो विषम न होता। यदि नवज्वर ही है, तो भी दी गई औषाधियों से अब तक दशा में किंचित् सुधार होना चाहिए था।"

सबके मुखों पर फिर चिन्ता छा गई।

रात राजे को ठीक से नींद नहीं आई। बार-बार चौंककर नींद टूट जाती थी। रात एक-एक पल आगे सरकती जा रही थी। सब व्यग्रता से प्रतीक्षा कर रहे थे कि कब भोर हो।

एकादशी का दिन आ गया और साथ राजे का ज्वर भी बढ़ने लगा। ऐन दोपहर को ज्वर कुछ कम हुआ किन्तु कुछ देर बाद फिर चढ़ने लगा। दाह के कारण राजे का शरीर अंगारे-सा जल रहा था। पेट में कुछ पचता नहीं था। औषधि की मात्रा भी बहुत धीरे-धीरे जीभ पर ही चटानी पड़ती थी।

दोपहर बीतने पर गंगाशास्त्री ने वैद्यराज को सिल पर औषधि घिसने के लिए कहा और वे महल में गए। महल में कोई नहीं था। राजे शान्ति से लेटे हुए थे। गंगाशास्त्री धीरे-धीरे चलकर पलंग के पास गए। राजे की आँखें खुली थीं।

"वैद्यराज, अब कौन-सी औषधि देंगे?"

"मात्रा देनी होगी।"

"ठीक है।"

शास्त्रीजी ने राजे की नाड़ी देखी।

''शास्त्रीजी, हमें भूख की कोई चिन्ता नहीं, किन्तु इस चढ़ने-उतरनेवाले ज्वर से बहुत कष्ट होता है। देह अंगारों-जैसी जलती है। उस दाह को सहना भी अति कठिन है। बोलने की इच्छा होते हुए भी मन करता है—चुप रहें।'' इतना बोलने से भी राजे को थकान आ गई। कुछ ठहरकर उन्होंने पूछा, ''शास्त्रीजी, हमारा ज्वर क्यों नहीं टूटता?''

शास्त्रीजी ने राजे का हाथ छोड़ दिया। वे एकटक राजे की ओर देख रहे थे। राजे की साँस भारी और उष्ण लग रही थी। आँखें लाल हो उठी थीं। शास्त्रीजी ने पलंग के पायताने बैठी हुई मनोहारी की ओर देखा। मनोहारी उठकर बाहर चली गई। शास्त्रीजी ने एक बार भली प्रकार जाँच कर ली कि महल में कोई नहीं है। फिर कहने लगे, ''महाराज, केवल ज्ञान के बल पर नहीं, आयु और अनुभव के आधार पर कहता हूँ। आज तक इस गंगाशास्त्री की औषधियाँ व्यर्थ नहीं गईं। इन औषधियों के आगे कोई भी विषम ज्वर बारह घड़ी से अधिक नहीं टिकता। किन्तु इस बार इन औषधियों को, इन यशस्वी हाथों से असफल क्यों होना पड़ रहा है, कुछ समझ नहीं आता। बुद्धि काम नहीं देती।''

वैद्यराज को भ्रमितमति देखकर राजे ने पूछा, ''शास्त्रीजी, आप कहना क्या चाहते हैं?''

वैद्यराज ने सूखते होंठों पर जीभ फिराई।

''महाराज...।''

''कहिए, वैद्यराज...।''

''कहीं आपने कोई अभक्ष्य वस्तु तो...।'' गंगाशास्त्री ने कहा।

राजे की आँखें फैल गईं। पल-भर उनके होंठ काँप उठे। मुख पर व्याकुलता छा गई। उन्होंने पूछा, ''महल में कोई और है?''

''जी नहीं।''

राजे ने सन्तोष से भरी एक लम्बी साँस ली। मुख पर मन्द हास्य प्रकट हुआ।

''ऐसी सम्भावना का कोई कारण नहीं है। और...यदि वैसा हो भी, तो यह कोई नई बात नहीं है। हम पहले भी ऐसा अनुभव कर चुके हैं।''

राजे के शान्त वचनों से वैद्यराज आश्चर्यचकित होकर कहने लगे, ''महाराज!''

''चिन्ता मत कीजिए, शास्त्रीजी। शास्त्रीजी, यदि हम एक आज्ञा दें, तो क्या आप मानेंगे?''

''जी, अवश्य। प्राणों का मोल देकर भी मानेंगे।''

''शपथ लीजिए।''

''इस गंगाशास्त्री का शब्द ही शपथ समझिए।'' शास्त्री ने कहा।

''ठीक है। हमें आप पर विश्वास है।'' राजे शास्त्री की ओर आँखें गड़ाकर देखते हुए बोले, ''तो सुनिए। आप अपनी इस आशंका को मन ही में दबा रखिए। कहीं भी इसे प्रकट न कीजिए। जन्म और मृत्यु परमेश्वर के अधीन घटनाएँ हैं—मृत्यु यदि आनी ही होगी, तो उसकी इच्छा से ही आएगी। तब जो व्यक्ति मृत्यु का कारण बनता हो, वह क्या परमेश्वर का दूत नहीं है? फिर उसके प्रति राग या क्रोध भाव कैसा? आपको जैसा उचित लगे, उपचार कीजिए। उस जगदीश्वर की इच्छा होगी, तो हम इस दुख से भी पार उतर जाएँगे। आप बुरा न मानिए।''

राजे की बातें सुनकर गंगाशास्त्री सन्न रह गए। वे सीधे महल के सदर में आए। वहाँ वैद्यराज राजे के लिए सिल पर औषधि घिस रहे थे। उस समय वे वहाँ एकाकी थे। गंगाशास्त्री सीधे जाकर बैठकी पर बैठ गए। उन्होंने पगड़ी उतारी और अपनी सफेद मोटी शिखा पर हाथ फिराना शुरू किया। उनकी नुकीली पतली नाक की नोक पर पसीने की बूँदें उभर आई थीं। मुखमंडल पर व्याकुलता फैली थी। उन्होंने वैद्यराज को औषधि घिसते हुए देखा। पूछने लगे, "क्या कर रहे हैं आप?"

"यह औषधि की मात्रा...।" सिल की ओर उँगली दिखाते हुए वैद्यजी ने कहा।

"राजे की व्याधि को आज कितने दिन हुए?"

वैद्यराज ने उँगली पर गिनकर बताया, "छह दिन।"

"अरे, अरे!" शास्त्रीजी छटपटाकर कह उठे।

"क्या हुआ?" वैद्यजी ने चौंकते हुए पूछा।

"कुछ नहीं। आज एकादशी है न?"

"हाँ।"

"महाराज को कभी वमन की औषधि दी है?"

"वमन की?"

वैद्यराज को कुछ समझ नहीं आ रहा था। प्रश्न उन्हें उलझन में डाल रहे थे। शास्त्रीजी कुछ देर शान्त बैठे रहे। उँगलियाँ परस्पर गुँथ रही थीं। फिर वे एकदम कहने लगे, "इस औषधि को दूर रख दो।"

"ऐं?" वैद्यराज मुँह बाए देखने लगे।

"अब औषधि की मात्रा व्यर्थ है। मेरी औषधियों की थैली शीघ्र लाओ।"

वैद्यराज जल्दी-जल्दी उठे। जाकर शास्त्रीजी की मखमली थैली ले आए।

गंगाशास्त्री ने थैली को हाथों में लिया। डोरी खींचकर थैली खोली। थैली में से उन्होंने चाँदी की दो कुप्पियाँ निकालीं और वे उठ खड़े हुए। विस्मित वैद्यराज ने घिसी हुई मात्रा की ओर देखा और पूछने लगे, "यह मात्रा नहीं चाहिए क्या?"

शास्त्रीजी ने उन्हें घूरकर देखा। "एक बार कहा न। यह मात्रा दूर रखो। अब उसका कोई उपयोग नहीं। सुवर्ण और मौक्तिक भस्म के अतिरिक्त अब दूसरा उपचार नहीं है।"

"सुवर्ण...मौक्तिक...अर्थात्...।"

"बस, चुप रहिए। व्यर्थ बातें मत सोचिए। जो कहता हूँ, वही करते रहिए। चलिए...।"

शास्त्रीजी के पीछे-पीछे वैद्यराज भी लपकते हुए जाने लगे। शास्त्रीजी को यह भी याद नहीं रहा था कि उनके सिर पर पगड़ी नहीं है।

भगवान् का नाम लेकर शास्त्रीजी ने राजे को नई औषधियाँ देनी आरम्भ कर दीं।

25

महल में शान्ति थी। समई का मन्द उजाला कक्ष में फैला हुआ था। रात बीतती जा रही थी, किन्तु राजे को निद्रा नहीं आ रही थी। चढ़ते जा रहे ज्वर को वे अनुभव कर रहे थे।

आँखों में भारीपन था। देह में सिहरन उठती थी। उनके मन की व्याकुलता बढ़ती जा रही थी। राजे का जी चाहता था—'नींद आ जाए, तो अच्छा हो...।'

स्वप्न देखना हो, तो मनुष्य को सोना पड़ता है। फिर स्वप्न देखने का जिसे चाव हो, वह प्राणी निद्रा से क्यों डरे? देखा जाए, तो प्रत्येक मनुष्य और उसका जीवन अनेक आकांक्षाओं-स्वप्नों के पीछे की गई दौड़-धूप नहीं है क्या?

'श्री' का राज्य स्थापित करना स्वप्न था हमारा! उस स्वप्न को मूर्त करने के लिए पचास वर्ष की दौड़-धूप। अहोरात्र सोच-विचार।

स्वप्न! कहते हैं, स्वप्न तो केवल एक व्यक्ति अकेला देखा करता है, किन्तु हमने जाग्रत दशा में जो स्वप्न देखा, उसके साथ कितने प्राणों का नाता जोड़ दिया हमने! यह एक ही स्वप्न अनेकों ने देखा। इसी बाजी को पूरा करने के लिए हमने प्राणों से भी प्यारे कितने ही मुहरे राग-लोभ की सीमाएँ तोड़कर एक साधारण से विषय के लिए खो दिए!

कोंढाणा दुर्ग क्या हमें तानाजी से भी अधिक प्रिय था?

जो खो गया, वह फिर कभी हाथ नहीं आया। और जो चाहा था, वह दूर, बहुत दूर चला गया।

क्या इसे ही स्वप्न कहते हैं?

केवल पन्द्रह बरस की आयु में स्वराज्य का तोरण द्वार बाँधा हमने। एक ही श्रद्धा मन में रही कि यह भूमि दासता के बन्धन से छूटे, इस भूमि पर सच्चे रूप से 'श्री' का राज्य रहे। स्वप्न बहुत महान् था, और उसे साकार करने के लिए हमारे पास क्या था? एक श्रद्धा थी—विश्वास था, जिसके आधार पर हम मार्ग पर पग बढ़ाते चलते रहे, निर्भय होकर बढ़ते गए।

विजयनगर और दौलताबाद जैसे शक्तिशाली, ऐश्वर्य-वैभवमय साम्राज्य मुगल आक्रमण के धक्के से किस प्रकार ढह गए, उनकी कैसी छीछालेदर हुई, यह क्या जानते नहीं थे हम? हमने यह भी तो देखा था कि आदिलशाही सल्तनत की एक तीखी नजर से बड़े महाराज की पुणे की जागीर तहस-नहस हो गई थी। दादोजी ने हमें पग-पग पर सचेत किया था, किन्तु हमारी मर्यादित शक्ति...हमारी असीम निष्ठा हमें आगे-ही-आगे बढ़ाती रही।

विपत्तियों के आक्रमण एक के बाद एक हुए और इस स्वप्न के दीवाने हम ही नहीं, हम जैसे हजारों लोग हर विपत्ति का सहर्ष आलिंगन करते रहे।

स्वप्न देखनेवाला जिस प्रकार स्वप्न को रोक नहीं पाता, कुछ इसी प्रकार हमारी जीवन-कथा रही।

राजे ने एक गहरी आह भरी। विचारों से विह्वल होने के कारण उन्होंने करवट बदली, किन्तु विचारों का चक्र रुका नहीं, घूमता ही रहा।

मनुष्य जानते-बूझते हुए विपत्तियों के सामने क्यों जाता होगा? बाजीप्रभु, प्रतापराव, तानाजी और मुरारबाजी को क्या आती मृत्यु दिखाई नहीं दी होगी? क्या इसे ही निष्ठा कहते हैं? क्या मृत्यु को यों आह्वान देना ही स्वामिभक्ति का सर्वोच्च है? इन व्यक्तियों की जीने की इच्छा क्या समाप्त हो गई थी? मृत्यु की अगवानी करने में वे सुध-बुध भूल बैठे।

यदि यह सत्य है, तो जग में कितने ही हताश-दुर्बल जीव हैं, जो जीने की इच्छा खो बैठे हैं, जिन्हें जीवन से कुछ भी लगाव नहीं रहा है, ऐसे लोग भी तो जी रहे हैं। क्यों जीते हैं ऐसे लोग?

राजे ने फिर करवट बदली, किन्तु उनका विचार-प्रवाह नहीं बदला।

मृत्यु का भय ही इसका एकमात्र कारण है। जो लोग इस प्रश्न का उत्तर नहीं जानते कि वे क्यों जी रहे हैं, वे मृत्यु के भय के कारण ही जीवित रहेंगे, और क्या? ऐसे हताश और निराश मनुष्य, जो मन से हारे हैं, क्यों अपना बलिदान दे सकेंगे? दबी, हारी आत्मा बलिदान नहीं कर सकती, बलिदान तो प्रेम की विह्वलता से ही उत्पन्न होता है।

मृत्यु का सामना करने की शक्ति जीवन के प्रति प्रेमभाव से उत्पन्न हो, कितनी आश्चर्यजनक बात है! कितनी असीम स्वामिभक्ति है!

अनेकों की व्यक्तिगत श्रद्धा हमारे प्रति स्थिर हो गई थी। हमारे हाथों 'श्री' का राज्य स्थापित हुआ है, यही श्रद्धा भावना थी वह। इसे ही जागृत रखने के लिए बाजीप्रभु ने 'घोडखिंड' घाटी में शत्रु का मार्ग रोक लिया था। शिवा नाई ने हमारा भेस धारण कर लिया था। श्रद्धा मान-अपमान का विचार नहीं करती, उसे जात-पाँत का भेद कभी छूता नहीं, अन्यथा मुरारबाजी, तानाजी और पांगेरे ने चुनौती क्यों स्वीकार की होती?

किन्तु हम अपने ध्येय में अवश्य सफल होंगे, इसका निश्चय उन्हें किसने कराया होगा?

इस विचार के आते ही राजे स्वयं हँस पड़े। इस प्रश्न का उत्तर सरल था। राजे ने आत्म-प्रतीति के द्वारा ही उसे पा लिया था। राजे अनजाने ही उस विचार में डूब गए।

श्रद्धा को किसी प्रमाण की आवश्यकता नहीं होती, श्रद्धावान् केवल खो जाना जानता है। इसी कारण श्रद्धा की शक्ति असीम होती है—जलनिधि के समान।

एक आनन्ददायी लहर आकर राजे के चित्त को सहला गई, किन्तु उसके बाद जो लहरें आने लगीं, वे उतनी आनन्ददायी न थीं—न ही उन्हें रोक पाना राजे के वश की बात थी।

श्रद्धा! इन दो अक्षरों में कितनी शक्ति समाई है। अपनी छोटी आयु का हमें ध्यान नहीं रहा—अधूरी सत्ता की बात नहीं सोची। केवल हमारे मन में ही नहीं, किसी के भी मन में इस बारे में कोई आशंका क्यों नहीं उठी?

क्या कुछ होना सम्भव नहीं था? रोग थे, छल-कपट था, युद्धक्षेत्र तो नित्य का स्थान था। एक संकट दूर हुआ कि दूसरा सामने आ खड़ा होता था। प्रत्येक विजय का मूल्य चुकाना पड़ा, श्रद्धावान् प्राणों का बलिदान देकर। सदैव अनुभव होता था—जीवन की बाजी आधी-अधूरी है। विजय को क्या, पराजय को भी हरा देनेवाली यह श्रद्धा। बिना कोई सोच-विचार किए यह पागल मन सदा बढ़ता ही गया।

हमारे बढ़ते जा रहे प्रभुत्व को रोकने के लिए बीजापुर दरबार के बीच हमारे बड़े महाराजसाहब के हाथ-पैरों में हथकड़ी-बेड़ी पहना दी गई। उनके प्राणों पर आ बनी। एक समय ऐसा आया कि लगा—अब सारी बाजी उलट जाएगी। इसलिए हमें कई किले छोड़ देने पड़े। किन्तु किले खाली करते समय भी श्रद्धा अटूट बनी रही। यही क्यों? पूरी तरह पराजित होकर हम आगरा क्या गए, मानो साक्षात् यमराज के मुख में चले गए थे। किन्तु अनाजी, मोरोपन्त, तानाजी, प्रतापराव...कितने ही तो नाम हैं! इनमें से कोई भी क्यों हताश न हुआ?

पुरन्धर की सन्धि के बाद बचे-खुचे राज्य को सँभालते हुए यह लोग धैर्यपूर्वक डटे रहे। किसी को भी नहीं लगा कि यह राज्य गया। क्यों नहीं लगा ऐसा? कई बार जीत पाई, तो हार भी देखनी पड़ी, किन्तु कभी भी श्रद्धा शिथिल नहीं हुई।

जय और पराजय—दोनों का सम्बन्ध निकट का है। दोनों का अर्थ कितना सीमित है! जब आगरा में हमें बन्दी बना लिया गया, तो लगा—सारा खेल खत्म हुआ। पल-भर के लिए क्यों न सही, आभास हुआ कि सारी आशाएँ डूब गईं। हमारे दुख का कोई अन्त न रहा।

उन बहते आँसुओं में से ही हमें विजय का मार्ग दिखाई देने लगा। हम विपत्ति से सकुशल बच निकले, चतुर-सयाने होकर। मन का अहंकार जाता रहा और बैरागी बनकर हम अपने घर लौट आए।

राज्याभिषेक का अवसर याद आ रहा है हमें। मन ने अनुभव किया था कि सफलता का सर्वोच्च बिन्दु है यह क्षण। सैकड़ों वर्षों से लापता हिन्दुओं का आत्मबल हमारे रूप में फिर से हिन्दुओं के हाथ आ लगा। ऐसा था वह पल, जो सहस्रों वर्षों में नहीं आया था। वैदिक पद्धति से सम्पन्न हमारा राज्याभिषेक। एक अलौकिक घटना घटित हुई। सनदों और तमगों से सजी हुई बादशाहत को हमने अपने राज्याभिषेक द्वारा खुली चुनौती दी थी।....

फिर औरंगजेब को समाप्त किए बिना ही सब लोगों को पूर्णता का अनुभव क्यों होने लगा?

पूर्णता? हमारा राज्याभिषेक हुआ और हमारा अनुभवी मंत्रिमंडल भी अगले ही पल निःशंक बन गया। सफलता में अपनी-अपनी आशाएँ प्रत्येक के मन में नाचने लगीं। हाँ, अन्यथा अनाजी एक पंखुड़ी की माँग क्यों कर बैठते? ये वे लोग हैं, जिन्होंने स्वराज्य की स्थापना करते समय घर-गृहस्थी को तिलांजलि देकर सदैव मृत्यु को चुनौती दी है—सदा कार्यमग्न रहे हैं, यही लोग हमारा राज्याभिषेक होते ही स्वार्थ की ओर कैसे चल निकले? हमारे युवराज को प्रभुत्व पाने की लालसा सताने लगी। हमारी रानीसाहिबा पटरानीपद में मतवाली बन गईं और हमारा मंत्रिमंडल आपस में अपनी ताकत आजमाने लगा। कैसी विचित्र दशा है कि पराजय के समय न ढहनेवाले इन मनों में सफलता के समय दरार पड़ गई। स्वतंत्रता पाने के बाद यदि लोग भ्रष्ट-भ्रमित होने हों, तो यह राज्य है किसके लिए?

किसी दिव्य वस्तु की प्राप्ति का मन में संकल्प किया जाए और उसकी पूर्ति का समय निकट आते ही यह लगने लगे कि यह तो चल है—अस्थिर है, मनुष्य की इससे बढ़कर पराजय और क्या होगी? शत्रु शत्रु ही रहे। विश्वासपात्र लोग हमें ठीक से समझने में बौने रह गए और हमारा ही खून हमसे बैर ठान बैठा। जब साफ दिखाई दे रहा हो फिर भी अयोग्य व्यक्तियों के हाथ सबकुछ सौंप दिया जाए—और यों सारा त्याग मिट्टी में मिल जाए? जब कि स्वयं आलमगीर अन्त में लड़ने के लिए दक्षिण देश में आ रहा हो, ऐन उसी समय हमारे भाग्य में ऐसा दृश्य देखना लिखा था।

राजे को लगा कि पसीना आ रहा है। उसी विह्वलता में उन्होंने सिरहाने रखे हुए महीन वस्त्र को खोजा। उस कपड़े से वे पसीना पोंछ रहे थे कि मनोहारी की आवाज सुनाई दी, ''महाराज!''

राजे ने कष्ट से कहा, "जा, तू सो जा।"

पलंग के ऊपर लपेटे हुए परदे नीचे गिराए जा रहे थे, लेकिन राजे के मन का एक-एक परदा धीरे-धीरे उठता जा रहा था...आलमगीर! हिन्दुस्तान का बादशाह! विशाल शक्ति का स्वामी! तीक्ष्ण बुद्धि का धनी। उसके सिवाय कोई अन्य व्यक्ति इतना सब करके नहीं दिखा पाता। जिस देश में हिन्दू बहुसंख्यक हैं, उसी में उनके प्राणों से भी प्रिय देवता काशी विश्वनाथजी की मूर्ति पर प्रहार करने का साहस! कितना बड़ा बल चाहिए इसके लिए! अब तो आलमगीर ने अपना पैंतरा साफ दिखा दिया है—उसने मुसलमानों के अतिरिक्त सब प्रजाजनों पर जजिया कर लगा दिया है। और हिन्दुस्तान में हिन्दुओं का जो अकेला इकलौता राज्य खड़ा हो पाया है, उसे गिराने के लिए आलमगोर अब दक्षिण में आ रहा है। क्या यह धर्मनिष्ठा है?

धर्म और अधर्म का निर्णय कौन करे? परमेश्वर से समरस होने के लिए किया गया आचरण ही धर्म है। धर्म है—सत्य और न्याय के आधार पर किया गया उच्च चिन्तन, गहन मनन। हमारी धार्मिकता का यही रूप है?

हमने प्रतापगढ़ में देवी भवानी का प्रतिष्ठापन किया। सप्तकोटेश्वर का जीर्णोद्धार किया। समोत्तिपेरुमल के स्थान पर बाँधी गई मस्जिद को गिराकर मन्दिर बनवाए। मुसलमान बने अपने लोगों को फिर से हिन्दू बना लिया। यह भी धर्मनिष्ठा ही है न? तो औरंगजेब ने और क्या किया है? औरंगजेब मुसलमान माता-पिता की कोख से जनमा, इसलिए उसे मुसलमान धर्म के प्रति निष्ठा है।

हमने हिन्दू कुल में जन्म पाया है, इसलिए हमें हिन्दू धर्म के प्रति आस्था है। क्या धर्मनिष्ठा का यही अर्थ है?

इस विचार से राजे व्याकुल हो उठे। विचार असह्य होने लगा, तो उन्होंने गर्दन घुमाई। महल में जल रही समई के मन्द उजाले में देवगृह की चाँदी से निर्मित कमान दिखाई दी।

नहीं, यह सच नहीं है। हम दोनों में बड़ा अन्तर है। मुगल इस भूमि को जीतने आए थे। वे यहाँ विजेता बनकर विचरे हैं—विचर रहे हैं। उन्हें यह भूमि कभी अपनी नहीं लगी—उनके मक्का-मदीना दूर रह गए। हम यदि मुसलमान पैदा होते, तो निश्चय ही वह सब न करते, जो औरंगजेब आज कर रहा है। औरंगजेब अपने को इस भूमि का पुत्र नहीं समझता, वह अपने को इस भूमि का विजेता मानता है। किन्तु हम इस धरती की सन्तान हैं, यह भावना कभी भी हमारे मन से दूर न हुई। हमारा ईमान इस मिट्टी से बँधा है। अन्यथा दौलतखान हमारे जलसेनाध्यक्ष न बनते। यह सफलता हम ही पा सकते हैं। किन्तु प्रतीत होता है कि उसका उपभोग हमारे भाग्य में नहीं लिखा है।

सफलता! कौन निश्चय करे वह है? उसकी पहचान क्या है? सीता को रावण से छुड़ाने के लिए जटायु ने जी-जान से युद्ध किया और मारा गया। वह सीता की रक्षा नहीं कर सका और रावण उस युद्ध में जीत गया, क्या इसी कारण यह कहा जाए कि जटायु का जन्म व्यर्थ हुआ। अभिमन्यु भरी जवानी में मारा गया, क्या इससे यह मान लिया जाए कि सुभद्रा का वात्सल्य अकारथ गया? स्वीकृत कार्य को विवेक से पूरा करते रहना, यही तो मनुष्य के वश में है।

सीधा-सरल-सा कर्तव्य भी उचित रीति से कहाँ पूर्ण हुआ करता है? सईंबाई शम्भू बेटे को हमारे हाथ सौंपकर चली गई। हमने शम्भूबाल का बड़ा लाड़-प्यार किया। माँसाहिबा का ममतामय हाथ उसकी पीठ पर था। हम अपने पिता के संग-साथ से वंचित रहे, किन्तु माँसाहिबा ने हमें कर्तृत्वशाली बनाया। सम्भाजी को अपनी माता सईंबाई का प्रेम नहीं मिला होगा। शायद हमारे हाथ भी शम्भूबाल का निर्माण करने में निर्बल रहे—किन्तु यह तो सच है कि जिस स्नेह-छत्र के नीचे हम पले-बढ़े उसी छत्र के तले शम्भू भी बड़ा हुआ है। शिवाजी दूसरा शिवाजी नहीं बना सका, यह कहने की अपेक्षा यह कहना क्या अधिक सच नहीं है कि माँसाहिबा ही दूसरा शिवाजी नहीं बना पाईं?

माँसाहिबा और सम्भाजीराजा की स्मृतियों से राजे का हृदय छटपटा उठा। उँगलियाँ आपस में गुँथने लगीं।

कर्तव्य-पालन कठोर कर्म है किन्तु मन दुर्बल होता है। दुर्बल मन सारे कर्तव्यों को निभा पाता हो, यह बात नहीं। सईंबाई को हमने वचन दिया था इस कारण हम सम्भाजी को कठोरता से नहीं देख पाए। हम इसी कर्तव्य को पूर्ण करने में मग्न रहे और रानी काशीबाई—बेचारी अन्त समय में हमारे दर्शनों की आकांक्षा हृदय में लिए ही चल बसी। हम उससे मिल भी न सके। राँझा गाँव के पटेल ने शासन के नियम भंग किए, तो हमने उसके हाथ-पाँव कटवा डाले। किन्तु सम्भाजी ने वही अपराध किया, तो हमने उसे छोड़ दिया। खंडोजी खोपड़े ने शत्रु की सहायता की, इस कारण हमने उसे दंड दिया और हमारे युवराज मुगलों से जा मिले, तो उन्हें हमने क्षमा कर दिया।

भावना के बहाव में आकर हमने मोरे के पुत्र का वध करवाया, यह अक्षम्य अपराध था हमारा, किन्तु उस अपराध की अपेक्षा सौ गुना अक्षम्य अपराध हम जो कर बैठे, सो पुत्र-प्रेम के कारण तो नहीं कर बैठे न?

राजे ने आँखें खोलीं। समई दीपक की जल रही लौ पर उनकी दृष्टि जा ठहरी। पल-भर के लिए उनकी दृष्टि के आगे पुतलाबाई की झलक कौंध गई—किन्तु केवल, केवल एक पल के लिए।

जैसा दीखता है, वैसा होता नहीं है। हम राजा बने शान दिखाते फिर रहे हैं, उसका सच्चा रूप-रंग कौन देख पाया है? सब देख पाते हैं हमारा राजापन, परन्तु उसकी वेदना कितनी भयानक है! अपने मन के घावों को हम किसे दिखाएँ? और कैसे दिखाएँ?

घाव!...सईं चली गई, किन्तु वह घाव भरा नहीं। काशीबाई की आँखें अन्त तक अतृप्त ही रहीं। हम जीवित हैं और हमारे जीते-जी पुतलाबाई हमारे पादत्राणों को साथी बनाकर जीवन बिता रही है। और शम्भू...वह तो हमारा कुलदेवता है! वह भी हमारे मन को नहीं जान सका।

हिन्दवी स्वराज्य को पाने के लिए दौड़-भाग करते हुए हमारे ध्यान में कभी यह बात क्यों नहीं आई, हाथ से कितना कुछ निकल रहा है? सीधे-सादे लोगों को हमने मृत्युंजय बना दिया। हमारी एक बात रखने के लिए उन भोले-भाले लोगों ने अपने प्राण निछावर कर डाले। कितना महान् है उनका त्याग! वचन के अतिरिक्त और क्या मोल दिया था हमने उन्हें? परन्तु सम्भाजी? हमारे युवराज हमारे साथ रहकर भी अछूत ही बने रहे। कह रहे थे—'मनुष्य पशुओं के समान अल्पसन्तोषी नहीं होते!' हँऽऽ! तो क्या भोले-भाले लोग ही श्रद्धा का अर्थ समझ पाते हैं?

हमें इतने ऊँचे सिंहासन पर बैठाया गया है, शायद इसलिए कि हमारे आहत मन के घाव किसी को दिखाई न दें!

सहज ही राजे का हाथ गले की ओर गया। गले में पहनी हुई कौड़ियों की माला से उनकी उँगलियों का स्पर्श हुआ। उँगलियाँ कौड़ियों को सहलाने लगीं...सब समझते हैं हमने युवराज के प्रति बहुत दया दिखाई। रानीसाहिबा तो हमेशा इसी बात के बोल मारती हैं। अनाजी और मोरोपन्त के मन में छिपे हुए भय-आशंका को हम साफ देख सकते हैं। किन्तु वे यह नहीं समझ पाते कि वे बहुत पास का देखते हैं और शायद हमें शाप है कि हमें बहुत दूर का दिखाई दे।

सबके मन में युवराज के प्रति अविश्वास है। युवराज के मन में मंत्रिमंडल के प्रति शंका है। यह सिलसिला कैसे टूटे? किस तरह? मंत्रीगण युवराज के दोषों को देखते हैं, किन्तु युवराज की शक्ति वे नहीं पहचान पाते। स्वयं हमारे सेनापति हम्बीरराव! उनका झुकाव युवराज की ओर है। फिरंगोजी जैसे अनुभवो गढ़पति भी युवराज को देखते ही गढ़ खाली कर देते हैं। तब यदि अवसर आ पड़े, तो युवराज का विरोध कौन करेगा?

उन्हें ही क्यों दोषी समझें? स्वयं हमने ही क्या किया? हम बीजापुर की सहायता करने गए—सामने खड़े देखा मुगल सेनापति दिलेरखान को। हमारी सेना अवश्यमेव उसकी सेना पर भारी पड़ती। उस समय पुरन्धर में दिलेरखान से पाए अपमान का बदला लेने का सुनहरी मौका हाथ आ गया था किन्तु हमने दिलेरखान पर हमला नहीं किया। क्यों? कारण यही था कि दिलेरखान के साथ थे युवराज और वह हमें युवराज की शह दे सकता था। ऐन समय पर दिलेरखान अगर युवराज का प्यादा आगे बढ़ा देता, तो क्या हमारी सेना उन पर टूट पड़ती? हमारा 'राजा का बल' क्या बचा रहता? इसी आशंका से घिर गए हम।

इस निष्ठा को कोई नहीं समझ सका कि यह राज्य 'श्री' का है। सबकी श्रद्धा बनी रही मरणधर्मा शिवाजी के प्रति। शिवाजी का पुत्र होने के कारण सम्भाजी उन्हें प्रिय लगेगा ही। शम्भूबाल, तुम महान् बनकर जनमे हो। उसी महत्ता के बल पर सबकुछ पा गए हो तुम, और हमारे साथ राज्य का निर्माण करने में जिन लोगों ने सारा जीवन लगा दिया, वे हमारे अनुभवी मंत्रीगण सब गँवा बैठे।

मन पर पड़े संस्कारों के आगे बुद्धि की हार इसी प्रकार होती है व्यथित कर देनेवाली। राजे इस विचार को सहन नहीं कर सके। उन्हें खाँसी का ठसका आया। मनोहारी ने हड़बड़ाकर पंचपात्र उनके सामने किया। राजे ने थोड़ा झुककर दो घूँट पानी पिया। एक लम्बा निःश्वास लेकर राजे नींद की प्रतीक्षा करने लगे—किन्तु नींद तो सपना हो गई थी।

रानीसाहिबा मंत्रिमंडल के भरोसे पर छोटे युवराज को राजा बनाने का स्वप्न देखती हैं—किन्तु दस वर्ष का वह सुकुमार निर्बल बालक उनके सहारे नेतृत्व कर सकेगा? सामने खड़ा संकट इन सबको दिखाई क्यों नहीं दे रहा? हमने बहुत दिन पहले ही देख लिया था कि औरंगजेब हमारी सीमाओं पर खड़ा है। आज जबकि वह हमारे दरवाजे पर आ गया है, हम देख रहे हैं कि अपने ही घर का कोई भरोसा नहीं। जब एकता की नितान्त आवश्यकता थी, उसी समय सबके मन में यह कलि कैसे आ घुसा? केवल मंत्रियों के बल पर राजाराम सत्ताधारी कैसे बन सकेगा? किसी की भी बुद्धि में यह बात क्यों नहीं समाती कि सेना के बिना कोई राजा क्योंकर बन पाएगा?

मुगलिया सरदार बनकर लड़ने आ रहे सम्भाजी पर जो लोग तोप चलाने में हिचकिचाते हैं, वे हमारे बाद उसके विरुद्ध युद्ध कैसे करेंगे? उलटे, हमारे जाते ही ये लोग सम्भाजी को बड़े प्रेम से सिजदा करेंगे। उन्हें समारोहपूर्वक गढ़ में ले जाएँगे।

राजे की आँखों के आगे सम्भाजी खड़े दिखाई दे रहे थे। उनके कई रूप—मोती घोड़ा माँगनेवाला बालक सम्भाजी, शेर के शिकार में घायल होकर भी निर्भयित सम्भाजी, हम्बीरराव मोहिते को सेनापति बनाने की सलाह देनेवाला सम्भाजी—इन रूपों की स्मृति मात्र से राजे के मन में सन्तोष की एक लहर उठी—उछलती हुई, झाग उगलती हुई तट से जा टकरानेवाली सागर की लहर के समान...।

किन्तु क्या सम्भाजी इस आगामी युद्ध का सामना कर सकेगा? शासन-व्यवस्था करने के लिए प्रभावली सूबा उसे दिया था, क्या हुआ उसका? केवल देवी-देवतओं पर विश्वास करने-भर से क्या शक्ति मिल पाती है? मंत्रिमंडल के पुराने और अनुभवी लोग रुष्ट हैं, प्रबन्धक, अधिकारी असन्तुष्ट हैं, ऐसी दशा में यह साहसी लड़का क्या शान्ति से सारी व्यवस्था सँभालकर लड़ाई लड़ सकेगा? या फिर राजपूतों की तरह केसरिया बाना पहनकर जूझता रहेगा? आलमगीर से मुकाबला करना ऐसा कठिन काम है जैसा सागर पर सेतु बाँधना। इस युद्ध के लिए सैकड़ों बाजीप्रभु और सैकड़ों तानाजी चाहिए। मोरोपन्त, अनाजी और रघुनाथपन्त जैसे चतुर राजनीतिज्ञ सदैव साथ रखने होंगे। किन्तु ऐसा करने के लिए निराशा पी डालनेवाले उत्तम सहनशील मन की आवश्यकता है। यह शान्तवृत्ति क्या सम्भाजी धारण कर सकेगा?

अनजाने ही राजे का हाथ अपने माथे पर गया। उँगलियों ने स्पर्श से जाना कि ज्वर के ताप से माथे का शिवगन्ध सूखकर पपड़ियाँ बन चुका है।

भाग्य में क्या लिखा है, कौन कह सकता है? अन्यथा आठ दिन पूर्व मुगल आक्रमण के विरुद्ध युद्ध की योजना बनानेवाले हम आज मन की गुत्थियों को सुलझाने में न लगे रहते।

फल क्या हाथ आया, इसी पर कर्म की सफलता आधारित है? तब फल की आशा कैसे छूटेगी?

और हिन्दवी क्या मेरे अकेले के कर्म का फल था? हजारों के प्रयत्नों का परिणाम था वह। इस कर्म की सफलता में पूर्ण निश्चय नहीं था, तो यह आह्वान किया ही क्यों? क्या अधिकार था हमें यह कहने का—'हरसिंगार के फूलों की तरह कटे मस्तक भूमि पर बिछ जाने दो।' निरन्तर हो रहे यज्ञ में आहुतियाँ पड़ती जा रही थीं और उसका स्वामी होगे का श्रेय हम लिए ले रहे थे!

क्या वह जीवन के प्रति मोहभाव था?

हमारे श्रद्धा के दीपक में कभी घृत का अभाव नहीं हुआ। और उस दीपक को प्रज्वलित रखने के लिए हम बत्ती के समान जलते रहे। इस प्रकार जलते न रहते, फल की आशा त्यागकर केवल कर्म का ही ध्यान रखते, इस निष्काम भावना से हम अफजलखान से लड़ते तो कभी के पुण्य लोकवासी हो चुके होते।

इस विचार के आते ही राजे की आँखें खुल गईं। पलंग की महीन रेशमी छत उन्हें दिखाई दे रही थी। उस छत का न कोई रंग था, न रूप था। मन्द प्रकाश में केवल उसके अस्तित्व का अनुभव हो रहा था...।

अन्ततः जन्म-मृत्यु के चक्र से छूटना और मोक्ष प्राप्त करना ही सब भक्ति, ज्ञान और कर्मों का सार है। हिन्दवी स्वराज्य के पूर्णता तक पहुँचने से पहले ही यदि हम चल दिए, तो यह आशा की डोर टूट जाएगी क्या? अपूर्ण कार्य की पूर्ति के लिए क्या दूसरा जन्म मिलेगा? मिलेगा, तो कौन-सा? घोड़े की पीठ पर बैठ भूमि को रौंदते जा रहे विजयी वीर का? या बिखरी हुई बाजी को फिर से बिछाने के लिए जीवन-भर दौड़-धूप करनेवाले पुरुष का?

प्रत्येक जन्म में हम बनाते रहे और पूर्ण होने से पहले ही जीवन के अन्त तक आ पहुँचे! यह बनाना-रचना क्या कभी स्थिर नहीं हो सकेगा? यदि यह जन्म व्यर्थ रहा, तो आज तक रण में खेत रहे शूरवीरों के बलिदान का क्या लाभ? कौन उत्तरदायी है उसके लिए?

लेकिन यह सब गठन-निर्माण हमारे ही लेखे क्यों? ईश्वर ने यह काम हमें ही क्यों सौंपा? इसके पीछे कोई पुण्य संयम रहा है क्या? हमारे माध्यम से यह किसकी आकांक्षा परिपूर्ण हो रही है?

बीते पल की याद नहीं रहती, फिर पुनर्जन्म की स्मृति कैसे रह पाएगी? राजे हँसने लगे। क्यों? नहीं रह पाएगी?

सीसोदिया वंश कहाँ का है? यह राजपूत घराना दक्षिण देश में क्यों आया? मुगलिया अत्याचारों से त्रस्त होकर स्वाभिमान बनाए रखने के लिए यह घराना स्वयं देश छोड़कर चल दिया था। देवगिरि-साम्राज्य की ढहती आशाएँ माँसाहिबा के द्वारा दाय के रूप में तो हम तक नहीं आई होंगी? स्वयं हमारे पिताश्री बड़े महाराजसाहब ने भी इस प्रकार का प्रयत्न किया था। उनकी आकांक्षा थी अपना अलग राज्य बनाने की। पीढ़ियों से चली आ रही इस इच्छा को पूर्ण करने के लिए ही कदाचित् हमारा जन्म हुआ हो।

अनजाने ही राजे की हँसी लुप्त हो गई। उँगलियाँ काँपते होंठों से जा लगीं।

कितनी बड़ी जिम्मेदारी थी? पूरी हुई क्या? या उसे निभाने में हम निर्बल सिद्ध हुए?

प्राण जो अधिक विह्वल हो उठते हैं, उसका कारण यही है।

हम इतने विह्वल हो उठते हैं, तो भला समर्थगुरु के मन की स्थिति विचलित क्यों नहीं होती? हमारे राज्याभिषेक के आनन्द के कारण बेसुध हो उठे थे समर्थगुरु, उन्हें हमारी पराजय दिखाई नहीं देती क्या? अथवा मन में उठनेवाले कोलाहल को प्रकट कर देना ही 'योग' कहलाता है? समर्थगुरु हमें 'श्रीमान योगी' कहते हैं, फिर उस योग की सिद्धि हमें क्यों प्राप्त नहीं होती? अवतारी पुरुषों को भी तो ऐसा 'योग' कब प्राप्त हुआ है?

पभु रामचन्द्रजी का राज्य भी कहाँ स्थिर रहा? भगवान् श्रीकृष्ण ने सोने की द्वारिका नगरी शान्ति के लिए स्थापित की थी, किन्तु अन्ततः कुलक्षय का कारण वही बनी? यादवों को मदोन्मत्त देख रहे थे श्रीकृष्ण, फिर भी उन्हें सँभाल नहीं सके। मर्यादा पुरुषोत्तम श्री रामचन्द्रजी अयोध्यावासियों को सीता के पतिव्रता होने का विश्वास नहीं दिला पाए, कैसी विचित्रता है यह? अर्जुन और कर्ण का आपस में क्या नाता है, यह जानते थे श्रीकृष्ण, फिर भी उन दोनों के बीच खड़े हुए वे साक्षात् परमेश्वर–भगवान् श्रीकृष्ण–भी उस विनाश को नहीं रोक सके? क्यों हुआ ऐसा? क्या इसलिए कि दुष्टों का दमन करने हेतु और धर्म की

स्थापना के लिए पुनः-पुनः अवतार लेना पड़े? इसी से क्या यह सिद्ध नहीं होता कि अवतार का कार्य भी अपूर्ण रहता है?

क्या स्थिरता का नाम ही जीवन है? सम्भवतः चित्त जन्मतः चंचल है, इसी कारण स्थिरता को इतना महत्त्वपूर्ण माना जाता है। तब एक पुरुष का जीवन कितना है? उसकी तुलना में शिला बहुत स्थायी-स्थिर होती है। क्या इसीलिए उसके जीवन को सत्य मान लिया जाए?

राजे के होंठों पर मुस्कुराहट झलकने लगी। पल-भर के लिए वे अपने ज्वर को, क्लेशों को भूल गए।

जीवन का अर्थ समझ पाना कितना कठिन है! प्रत्येक व्यक्ति अपने को ऊँचा उठाने का, आगे ले जाने का प्रयत्न किया करता है। इसी हेतु उसकी सारी उखाड़-पछाड़ होती है। सामान्य मनुष्य के जीवन से ऊँचे जीवन को ही दिव्य जीवन कहते हैं–उसे प्राप्त करने के लिए जो योजना की जाती है, उसे ही हम लक्ष्य कह बैठते हैं। लक्ष्य को प्राप्त करने के लिए सावधानी से पग बढ़ाते जाना, यही अपने बस में है। ऐसी सावधानी-भरी गति से ही जीवन के महाकाव्य की रचना होती है। जीवन के 'रामायण' और 'महाभारत' लिखे जाते हैं। ऐसी आत्मा को मृत्यु का भय क्योंकर सताएगा? जीते-जी हमने जब मृत्यु की ओर हँसकर देखा है, तब भला अन्त समय उससे भय क्यों? हमें मृत्यु से तनिक भी भय नहीं, चिन्ता है तो केवल राज्य की। यह सोच मन से नहीं हटती। कुछ भी करो, हटाए नहीं हटती।

राजे का हाथ अपने गले पर रखा हुआ था। गले की कपर्दिक माला की कौड़ियों के शीतल स्पर्श से राजे को समर्थगुरु की स्मृति हो आई। उनके वचन राजे के कानों में गूँजने लगे। राजे के मुखमंडल से लुप्त हुई हँसी फिर से खिल उठी।

यह मन अज्ञान में भी कितना रम जाता है! राज्य की चिन्ता? कौन करे राज्य की चिन्ता? वह क्या हमारा है? वह तो 'श्री' का है, श्री की इच्छा से निर्मित हुआ है–फला-फूला है। सहस्रों बलिदानों की नींव पर खड़ा हुआ है यह राज्य। एक मर्त्य के जीने या मरने से क्या वह अधूरा रह जाएगा? वह क्या इतना क्षणिक है? वह तो 'श्री' के नाम के समान महान् है। अवश्य ही वह मुगल आक्रमण के सामने डटकर खड़ा रहेगा।

और यदि दुर्भाग्यवश ऐसा न हुआ, तो? तो उसे पराजय क्यों माना जाए? एक सामान्य मनुष्य भी यदि निष्ठापूर्वक डटकर खड़ा हो जाए, तो अन्याय के विरुद्ध कितनी विशाल शक्ति उत्पन्न कर सकता है, क्या हम इस तथ्य के प्रतीक नहीं हैं? राज्य फिर से बन खड़ा होगा अथवा ढह भी पड़ेगा, किन्तु हमने जो आत्मविश्वास जगाया है–वह कभी नष्ट नहीं होगा। आवश्यकता आ पड़ी, तो इस विश्वास से सैकड़ों शिवाजी उत्पन्न होंगे। यह शिवाजी मर्त्यधर्मा होगा, किन्तु आत्मविश्वास अमर है। वह बढ़ता ही रहेगा। यदि इतना भी हो सका, तो क्या हमारा जीवन कृतार्थ नहीं कहलाएगा? जीवन की सफलता और क्या होती है?

मृत्यु की घड़ी में भी अपनी समाप्ति का भय न होना–मन का निर्भय हो जाना–यह वृत्ति अनासक्त होने के योग का भाग तो नहीं है?

यह शंका समर्थगुरु से पूछनी चाहिए थी।

समर्थगुरु! 'श्री' की इच्छा और समर्थगुरु का आशीर्वाद जब प्राप्त हो, तो हम क्यों चिन्ता करें? समर्थगुरु की कृपा से हम सकुशल रहे, उन्हीं के आशीष से हम सकुशल रहेंगे।

कोई पलंग का आच्छादन उठा रहा था। राजे ने मुड़कर देखा। वैद्यराज और शास्त्रीजी खड़े हुए थे। राजे को जागता देखकर शास्त्रीजी को आश्चर्य हुआ। चिन्तित स्वर से वे पूछने लगे, "महाराज, नींद नहीं आई?"

राजे हँस पड़े। वैद्यजी नाड़ी देख सकें, इसलिए हाथ उठाते हुए वे कहने लगे, "वैद्यराज, शान्ति से नींद आए, इसीलिए हम जाग रहे थे।"

"जी क्या?" वैद्यजी बात का अर्थ समझ नहीं पाए, इसलिए पूछ बैठे।

"कुछ नहीं। अभी रात कितनी बाकी है?"

"जी, भोर हो गई है।"

"अच्छा! तो अब उजाला आने में अधिक देर नहीं लगेगी।"

अपनी ही तृप्त दशा में राजे लेटे रहे।

राजे की नाड़ी देखकर वैद्यराज बाहर जा रहे थे। उनके मुख पर प्रकट हो रही चिन्ता छिपाए नहीं छिप रही थी।

26

सबको यह पता लगने में देर नहीं लगी कि गंगा शास्त्रीजी ने राजे की औषधि बदल दी है। राजे की बढ़ती जा रही बीमारी और गंगाशास्त्री की गम्भीर मुखमुद्रा के कारण सबके हृदय व्याकुल हो उठे थे। किसी ने भी नहीं सोचा था कि थोड़े से ज्वर की बात इतनी बढ़ जाएगी। राजे की बढ़ती जा रही क्षीणता अब किसी से छिपी नहीं रही थी।

सोयराबाई महल में राजे की शैया के पास बैठकी पर सदा बैठी रहती थीं। दरवाजे के पासवाली दूसरी बैठक में बैठे हिरोजी, महादजी, घाटगे और बालाजी हमेशा राजे का ध्यान रखते थे। मनोहारी, महादेव और कभी-कभी महादजी बारी-बारी राजे के पाँव दबाते रहते थे। पाँव दबाने से राजे को अच्छा लगता था। दिन ज्यों-त्यों बीत जाता था, किन्तु रात बड़ी लम्बी लगती थी।

रात बीत गई। महल में प्रातःकाल का उजाला फैल गया था। समई-दीपक बुझा दिए गए थे। रात के जागरण से थके हुए लोग महल से बाहर चले गए थे। सोयराबाई स्नान करने गई थीं। केवल हिरोजी और घाटगे ही राजे के पास थे। मनोहारी स्नान करके राजे के पास आई। हिरोजी और घाटगे धीमे पाँव कक्ष से बाहर चले गए। राजे ने मनोहारी को पास बुलाया, "मनू!"

"जी?"

"हमारे बीमार होने के बाद कोई डोली गढ़ के नीचे गई थी?"

"जी, डोली?..." मनोहारी ने आश्चर्य से पूछा।

"ठीक है।" राजे समझ गए।

इसी समय गंगाशास्त्री भीतर आए। उन्होंने राजे की नाड़ी देखी। राजे से पूछने लगे, "अब कैसा लगता है?"

"अब क्या लगता है?" राजे ने कहा, "ठीक है। ज्वर तो है ही, कभी-कभी सिरदर्द होता है, और...।"

"और क्या, महाराज?"

"अब लगने लगा है कि बात भी न करें। मन चाहता हो, फिर भी। जी चाहता है–सोते रहें।"

शास्त्रीजी ने लम्बा उच्छ्‌वास लिया।

दरवाजे तक गई मनोहारी वापस लौट आई। उसने बताया कि निश्चलपुरी आ रहे हैं। सब दरवाजे की ओर देखने लगे। निश्चलपुरी महल में आ रहे थे। सब लोग उठकर खड़े हो गए। निश्चलपुरी राजे के पास गए। उन्होंने राजे को देवता का चरणामृत दिया। चरणामृत पीकर राजे ने हाथ जोड़े। निश्चलपुरी ने कहा, "राजे, आज उतारा करना पड़ेगा।"

"कीजिए।"

निश्चलपुरी चले गए। वैद्यराज और शास्त्रीजी राजसदर की ओर गए और स्नान करके सोयराबाई महल में आईं। उनके साथ आए हुए राजाराम ने राजे के चरण छूए। राजे ने उन्हें इशारे से बुलाकर अपने पास बैठा लिया।

"बालराजे, स्नान, पूजा कर ली क्या?"

"जी।"

"बालराजे, तुम छोटे हो। हमारी तबीयत ठीक नहीं है, लेकिन हम जो कहते हैं, उसे ध्यान रखना। जो बात तुम्हें पसन्द न हो, जो काम तुम्हें ठीक न लगे, वह कभी मत किया करो। चाहे हम ही तुमसे कहें, तो भी...।"

बालराजा ने सिर हिला दिया। थकावट से राजे ने आँखें बन्द कर लीं। उन्हें यह भी पता नहीं लगा कि राजाराम कब चले गए।

निश्चलपुरी तीसरे पहर महल में आए। उनके साथ उनके शिष्य भी थे। उन्होंने राजे पर से मुरगी और नींबू उतार दिए। राजे को भस्म लगाई और वे बिना कुछ बोले कक्ष से बाहर चले गए।

राजे का बुखार बढ़ता ही जा रहा था। शरीर दाह के कारण जल-सा रहा था। राजे ने येसाजी को पास बुलाया, "येसाजी।"

"जी?"

"हमें नींद नहीं आती। तू हमसे बातें करते यहाँ बैठा रहेगा?" राजे को कुछ याद आ रहा था, "येसाजी, अफजलखान के वध से पहले हम चाँदी की एक छोटी-सी डिबिया सदा अपने पास रखते थे। याद है?"

"जी।"

"अफजलखान के मारे जाने के बाद उसका कुछ पता नहीं। कहीं खो गई।"

येसाजी सुन रहे थे।

"वह डिबिया हमें बड़ी रानीसाहिबा* ने दी थी। तुझे बताएँ तो हँसेगा तो नहीं तू?"

"महाराज!"

"हमने हँसी की तुझसे...बात यह है कि हम युद्ध के लिए जा रहे थे। दोपहर का समय था। भोजन किए अधिक देर नहीं हुई थी। माँसाहिबा से प्रस्थान की अनुमति माँगने जाना

---

* स्वर्गीया रानी सईबाई–सम्भाजी की माता।

था—तब पान खाकर कैसे जाते? तब रानीसाहिबा ने वह बीड़ा डिबिया में रखकर दे दिया।'' राजे कुछ देर रुके।

येसाजी राजे की ओर एकटक देख रहे थे।

''येसाजी, वह डिबिया गुम हो गई, लेकिन बीड़ा वैसा-का-वैसा मुँह में रह गया।''

बोलते-बोलते राजे को फिर ग्लानि हो आई। मूर्च्छा की स्थिति में वे उसी तरह लेटे रहे।

आधी रात बीत चुकी थी। महल के प्रहरी जाग रहे थे। आकाश में चाँदनी छिटकी हुई थी। गंगाशास्त्री और राजवैद्य आदि लोग महल के बाहरी कक्ष में सोए हुए थे। महादेव कक्ष के द्वार पर खड़ा पहरा दे रहा था। समई का मन्द प्रकाश शयन-कक्ष में फैला हुआ था। मनोहारी राजे के पलंग के पास बैठी हुई पलंग पर हाथ रखे-रखे सो गई थी। द्वार के पासवाली बैठक में हिरोजी, घाटगे आदि लोग घुटनों पर सिर रखे झपकियाँ ले रहे थे। चारों ओर शान्ति थी।

''मोरोपन्त! मोरोपन्त!!''

इन पुकारों से खामोशी टूट गई। सब हड़बड़ाकर उठ बैठे। पल-भर किसी को यही समझ नहीं आया कि आवाज कहाँ से आई है।

वह आवाज आ रही थी राजे के पलंग की ओर से। पलंग में छटपटाहट-सी हो रही थी। सब पलंग की ओर दौड़े। राजे उठने की चेष्टा कर रहे थे। आँखें चौड़ी फैल गई थीं। मुखमंडल उग्र बन गया था। किसी ने समई की ज्योत बढ़ा दी। सब राजे को रोकने का, पकड़ने का प्रयत्न कर रहे थे। गंगाशास्त्री बाहर से दौड़े आए। राजे होश खो चुके थे। कह रहे थे, ''मोरोपन्त, बहुत अच्छा काम किया तुमने! मगर एक कसर रह गई। मोरोपन्त, हमारा आठवाँ महल कहाँ है? उसके बिना यह रायगढ़ अधूरा लग रहा है—बहुत अधूरा...।''

राजे के बोल होंठों में ही खोते जा रहे थे। हिरोजी राजे को पुकार रहा था, किन्तु राजे को उसकी पुकार सुनाई नहीं दे रही थी। धीरे-धीरे राजे की देह ढीली होती गई। उन्होंने आँखें बन्द कर लीं। वैद्यजी ने नाड़ी देखी। शरीर ज्वर से तप्त हो रहा था।

सब गंगाशास्त्री के पीछे-पीछे महल के बाहर आए। सबके शरीर की कँपकँपी अभी तक दूर नहीं हुई थी। गंगाशास्त्री इतने वयोवृद्ध व्यक्ति थे—किन्तु वे भी धोती के छोर से आँसू पोंछ रहे थे।

''शास्त्रीजी, सच-सच कहो...राजे की तबीयत...।''

''येसाजी, मुझसे कुछ मत पूछो।'' गंगाशास्त्रीजी सिसकते हुए कहने लगे, ''मैं हार गयाऽऽऽ, मेरी औषधियाँ व्यर्थ हुईं। मेरे ये हाथ अपयश के भागी हुए। येसाजी, राजे प्रलाप की दशा में पहुँच गए हैं...।''

गंगाशास्त्री के शब्द सबने सुने।

महल में दबी-दबी सिसकियाँ सुनाई दे रही थीं...।

27

दिन निकल आया था। गढ़ में प्रतिदिन के समान ही भीड़भाड़ थी। लोगों का आना-जाना जारी था, फिर भी सारे कामकाज गहरी चुप्पी के बीच हो रहे थे। महल में कोई कहीं भी हो, सबका ध्यान राजे के महल की ओर लगा रहता था।

सोयराबाई विशेष राजसदर में खड़ी थीं। प्रह्लाद निराजी, जनार्दनपन्त, हिरोजी फर्जंद, किलेदार सोमाजी बंकी आदि लोग चिन्ता में डूबे हुए रानीसाहिबा के सामने खड़े हुए थे। सोयराबाई ने अपनी लाल हुई आँखें पोंछीं और कहने लगीं, ''किसी भी दवाई से लाभ नहीं होता। हमारी तो बुद्धि काम नहीं करती। 'श्रीमानजी' का...।''

सोयराबाई आगे कुछ कह नहीं सकीं। जर्नादनपन्त ने कहा, ''रानीसाहिबा, धीरज छोड़ने से कैसे काम चलेगा? धन्वंतरी समान वैद्य गंगाशास्त्री राजे का उपचार कर रहे हैं। बालाजी जगदीश्वर के मन्दिर में ब्राह्मणों द्वारा मृत्युंजय मंत्र का जाप करा रहे हैं। निश्चलपुरी और कवि कलश अनिष्ट दूर करने के लिए शतचंडी होम कर रहे हैं। इसके अतिरिक्त मनौतियाँ और अन्नदान आदि भी किए जा रहे हैं।''

''फिर लाभ क्यों नहीं हो रहा?'' सोयराबाई ने त्रस्त होकर कहा।

''वह क्या अपने वश की बात है?'' जनार्दनपन्त ने कहा, ''किन्तु यदि ऐसे समय आप ही धीरज खो बैठेंगी, तो हम किसकी ओर देखें?''

सोयराबाई ने बहती नाक खींचते हुए एक बार सबकी ओर देखा।

''आप सब जानते ही हो कि श्रीमानजी ने बालराजा को सारा कारोबार सौंप दिया है। वे छोटे हैं। आप सबको चाहिए कि उन्हें सँभालें। कैसा समय आ पड़ा है! ठीक इसी समय अनाजी, मोरोपन्त, हम्बीरराव सबके-सब बाहर...।''

''रानीसाहिबा को मन कठोर करके सारी जिम्मेदारी सँभालनी होगी।'' बालाजी ने सलाह दी।

''यह समझती हैं हम—इसीलिए हमने तुम लोगों को इकट्ठा किया है। लेकिन हमारी आज्ञाओं का पालन किया जाएगा क्या?''

''रानीसाहिबा चिन्ता न करें।'' बालाजी कह उठे, ''आपकी आज्ञा हम राजे की आज्ञा मानेंगे।''

''हमें तुमसे यही आशा थी। बालाजी, आज से गढ़ के दरवाजे बन्द करवा दो।''

''जी, क्या?'' बालाजी लगभग चीख उठे।

सोयराबाई ने नजर ऊँची करके दृढ़ता से कहा, ''निश्चलपुरी ने कहा है कि 'श्रीमानजी' का स्वास्थ्य ठीक होने तक गढ़ के सारे द्वार बन्द कर दिए जाएँ। फिर सावधानी की दृष्टि से भी यह करना आवश्यक है। बीमारी की खबर बाहर पहुँच गई, तो जाने क्या-क्या उलटी-सीधी अफवाहें फैलेंगी। दरवाजे बन्द करवा दो।''

''जी!'' बालाजी ने कहा।

''स्वास्थ्य ठीक होने तक सारी कचहरियों पर और भंडारों पर मुहरें लगवा दो।''

''जी।'' प्रह्लाद निराजी बोल उठे।

''गढ़ के पहरे कड़े रखो। हमारी आज्ञा के बिना किसी को भी गढ़ से बाहर मत जाने दो। तुम सब एकत्रित होकर हमारे आदेशों का पालन करो। अच्छा, अब हमें महल में जाना चाहिए।''

सबने सोयराबाई को सिजदे किए। सोयराबाई सदर से चली गईं। सब लोग बिना कुछ बोले तितर-बितर हो गए। थोड़ी ही देर में किलेदार ने गढ़ के दरवाजे बन्द करने की आज्ञाएँ दीं। सब कार्यालयों के लिपिक बाहर निकल रहे थे। दफ्तर, जवाहरखाना, वस्तु-भांडार आदि पर मुहरें लगाई जा रही थीं।

गढ़ के द्वार बन्द हो गए। गढ़ के भीतर का कोई भी आदमी बाहर नहीं जा सकता था। सारे कर्मचारी, दफ्तरदार आदि लोग इधर-उधर बेकार भटकने लगे। तब गढ़ के निवासियों का हौसला टूट गया। वे उदासी-भरे चेहरों से महल के चारों ओर चक्कर लगाने लगे। महल से बाहर आनेवाले हर व्यक्ति को लोग घेर लेते थे। मध्याह्न का सूर्य गढ़ के ठीक ऊपर आ पहुँचा था।

सब लोग राजे के महल में एकत्रित हो गए थे। राजे का ज्वर कम हो रहा था, किन्तु कभी-कभी प्रलाप की दशा में आ जाते। तब राजे को पकड़कर रखना पड़ता था।

राजे ने आँखें खोलीं और उनकी दृष्टि पलंग के पास खड़ी सोयराबाई पर जा ठहरी। क्षीण स्वर से उन्होंने कहा, ''पानीऽऽ।''

गंगाशास्त्री ने सुवर्णनिर्मित पंचपात्र उठाया। राजे ने थोड़ा जल पिया। फिर वे शान्ति से लेट गए। कुछ देर बाद राजे ने सोयराबाई को संकेत से बुलाया, ''रानीसाहिबा, शम्भूबाल अभी तक क्यों नहीं आए?''

''यही समझ नहीं आता। अब तक तो उन्हें आ जाना चाहिए था।''

राजे सोयराबाई को एकटक देखने लगे। सोयराबाई उस नजर से नजर नहीं मिला सकीं।

राजे मुस्कुराने लगे।

''अच्छा ! क्या ऐसी बात है? रानीसाहिबा, हमें इतना अज्ञानी समझती हो क्या? गढ़ की तलहटी में डोली भेजी जाए और छोटी रानीसाहिबा न आएँ! हम बीमार हों, फिर भी शम्भूबाल हमसे मिलने न आएँ?''

''मैं क्या झूठ कहती हूँ? आप चाहें, तो बालाजी से...।''

राजे का मुख उग्र हो उठा। ''बस करो। पहले से भ्रमित मनुष्य को और संकट में मत धकेलो। माँ होकर भी तुम उस बच्चे को कभी पहचान नहीं सकीं। हम उन्हें अच्छी तरह जानते हैं। वे चाहे जो कर बैठें, किन्तु हमसे उन्हें बहुत प्यार है। उन्हें केवल पता-भर लग जाता कि हम बीमार हैं, वे पंख लगाकर यहाँ उड़ आते। अस्तु...जैसी 'श्री' की इच्छा!''

सोयराबाई ने क्रोध के मारे पीठ फेर ली।

''रानीसाहिबा!''

''जी?'' सोयराबाई ने मुड़कर राजे की ओर देखा।

''रानीसाहिबा, इस घड़ी तो गुस्सा न करो। तुम्हें अब बहुत शान्ति से काम लेना होगा। तुम अगर क्रोध-लोभ से ऊपर उठ सकतीं, तो कितना अच्छा होता!''

''मैं गुस्से में नहीं हूँ।'' सोयराबाई कह उठीं।

हाथ हिलाते हुए राजे बड़े कष्टपूर्वक कहने लगे, ''अब इस अवस्था में हमें उसकी चिन्ता नहीं है। तुम क्रोध करो या न करो। हम तुम्हारे भले के लिए कह रहे थे। आज लाखों की सेना हमने सँभाल रखी है—वह क्या शौक है हमारा?'' हमने अपने भांडारों में करोड़ों होन और कई खंडी सोना जमा किया है—वह क्या ऐश्वर्य की कामना के कारण? हम सामने खड़ी विपत्ति को साफ देख रहे हैं। आज के निर्णायक युद्ध के लिए सारी दौड़-धूप थी। वह शक्ति न सम्भाजी में है, न राजाराम में। एक अविवेकी है, दूसरा नाबालिग। और एकआध बरस मिल जाता, तो सारे मनोरथ पूर्ण हो जाते।''

लेटे-लेटे ही उनकी आँखें भर आईं। आवाज काँपने लगी।

"हम काशी विश्वनाथजी की स्थापना कर पाते...। उसके बाद राज्य किसी के भी हाथ जाता, सुरक्षित रहता। लेकिन इतना अवकाश भाग्य में नहीं था। रानीसाहिबा, केवल सपनों में खोए रहने के दिन नहीं रहे। रानीसाहिबा! बहुत जल्दी, बहुत जल्दी हुई...।"

राजे ने आँखें बन्द कर लीं। आँखों के आँसू आँखों के कोनों से बह निकले। येसाजी ने जल्दी से उनके आँसू पोंछ डाले। लेकिन उसे रुलाई फूट पड़ी। रुलाई की आवाज सुनकर राजे ने आँखें खोलीं। येसाजी के हाथ को थपथपाते हुए राजे कहने लगे, "येसाजी, तू रो रहा है? अरे, मस्त हाथी के सामने अखाड़े में कूद पड़नेवाला तू! तू रोता है?"

येसाजी झट से उठा। पगड़ी के पल्ले से मुँह ढाँपता हुआ बाहर चला गया। राजे शान्ति से लेटे रहे।

अकस्मात् राजे का शरीर हिलने लगा। हिरोजी और घाटगे दौड़े। दोनों राजे को रोकने का, पकड़ रखने का प्रयत्न कर रहे थे। राजे चिल्लाने लगे..."अरे, जल्दी तोप चलवाओ। देखो, हमारे बाजीप्रभु वहाँ जान की बाजी लगाकर जूझ रहे हैं—अरे तोप की आवाज सुनने के लिए उनका हृदय अधीर हो रहा है!...तानाजी चला गया? हमसे बिना कहे...हमसे बिना मिले...पीठ दिखाकर चला गया...उसकी इतनी मजाल? बाँधकर ले आओ उसे...ऐसी सीनाजोरी नहीं चलेगी यहाँ...कह देना उससे...।"

राजे थक गए। कई लोगों के द्वारा पकड़ा गया उनका शरीर धीरे-धीरे शिथिल होता गया। होंठ धीरे-धीरे हिलकर जाने क्या कह रहे थे! धीरे-धीरे उसी बेहोशी में राजे फिर सो गए।

जिन्होंने भी राजे की बातें सुनीं, उन सभी के भयभीत हृदय रो-रो पड़े।

अब गढ़ में किसी को खाने-पीने का भी खयाल नहीं था। बार-बार प्रलाप और उन्माद दशा राजे को घेर लेती थी। ज्वर बढ़ता जा रहा था। ब्राह्मणवृंद जगदीश्वर के मन्दिर में निरन्तर मृत्युजय मंत्र का जाप कर रहे थे। निश्चलपुरी का शतचंडी यज्ञ सतत धधक रहा था।

सायंकाल राजे को होश आया। उन्होंने सबको पास बुलाया। सबकी ओर एक बार देखकर राजे कहने लगे, "अब शोक मत करो। हमें नहीं लगता कि अब अधिक समय बचा है। तुम लोग जिम्मेदारी के साथ सारे कार्य पूरे करो। सब एक मन होकर काम करो, इसी में सबकी भलाई है।"

जनार्दनपन्त भर्राए गले से कहने लगे, "महाराज, आप धैर्य मत खोइए।"

"जनार्दन, हमें मृत्यु का भय नहीं है। किन्तु इस अन्तिम घड़ी में अधिक समझदार लोग यहाँ होते, तो अच्छा होता! सम्भाजी, मोरोपन्त, अनाजी, फिरंगोजी...ये लोग इस समय दूर कैसे बैठे हैं? जनार्दन!"

"जी?"

"अवसर और समय का ध्यान रखनेवाला मृत्यु से बढ़कर और कोई नहीं। बाजीप्रभु तोप की आवाज सुनने तक लड़ते रहे, सो इसकी ही कृपा थी। हम आगरा के कुचक्र से छूट निकले, वह भी इसकी ही कृपा से। और आज जबकि न इसकी आशा थी न सोच-विचार, जब विश्वासपात्र व्यक्ति कोई पास नहीं, ठीक यही अवसर उसने पा लिया है। इसके जैसा चतुर खिलाड़ी ढूँढ़े न मिलेगा...।"

राजे ने थोड़ा पानी पिया। राजे की आवाज धीमी थी, फिर भी स्पष्ट थी। राजे ने पुकारा, ''प्रह्लाद!''

प्रह्लादपन्त आगे बढ़ आए।

''प्रह्लाद, हम आगरा से छूट निकले थे, तब की बात है। हम बैरागी बनकर घूम रहे थे। निराजीपन्त हमारी टोली के नेता थे। पीछा करनेवालों को चकमा देने के लिए हम काशीजी की ओर गए। हमारे परम आराध्यदेव के दर्शन पाकर हम धन्य हो गए। उसके सम्मुख माथा झुकाकर हमने जाना कि हम बैरागी ही हैं। अपने पास जो रत्न थे, वे हमने देवता को अर्पण कर दिए। बहुत मनोबल मिला हमें।''

राजे हँस पड़े। ''श्रद्धावश हमने रत्न अर्पण तो कर दिए, किन्तु बाद में पश्चात्ताप करना पड़ा। एक बैरागी द्वारा अर्पित किए जा रहे रत्नों को देखकर पुजारियों को सन्देह होने लगा। निराजीपन्त हमें उसी दिन काशी से बाहर ले गए।'' शान्त होकर राजे ने थोड़ा विश्राम किया। फिर थकित नेत्रों को खोलकर वे कहने लगे, ''पन्त, हमने इस राज्य के लिए क्या कुछ नहीं किया? इसके लिए कितने ही प्राण-प्यारे लोग गँवा दिए। जीत के साथ-साथ हार भी खाई। कई बार अपमान सहन किया। हाथ बाँधकर नंगे पैरों चलकर आत्मसर्पण भी किया। इस राज्य के लिए पुत्र को शत्रु के घर ओल रखा। बन्दीगृह में बन्द रहे। राज्याभिषेक भी करा लिया। जब भी जैसा संकट आया, उसे चुपचाप सिर झुकाकर स्वीकार किया। इस राज्य के लिए हमें जो भी करना पड़ा, हमने किया। पन्त, हमने भीख माँगी। आगरा से निकलने के बाद हम बैरागी बनकर घूम रहे थे। तब स्वयं रसोई कैसे बनाते? कोई सन्देह कर लेता! हम प्रतिदिन भिक्षा माँगते चलते थे। पन्त, राज्याभिषेक कराना अवश्य ही कठिन कर्म है। किन्तु उससे भी महाकठिन कर्म है, घर-घर जाकर कहें, 'भिक्षां देहि'। हमने यह कर्म भी किया।''

राजे ने माथे पर हाथ फेरा। वे हँसने लगे।

''किन्तु पन्त, यह भिक्षा हमारे लिए हानिकर नहीं हुई। बल्कि हमें इससे बहुत लाभ हुआ। भिक्षा ने हमें बहुत सिखाया-समझाया। जीवन के विराट और विविध रूपों के दर्शन कराए। हमें दरिद्रता के दुःख की कहानी सुनाई। हम अपनी विशाल भूमि का परिचय प्राप्त कर सके। उस अनुभव को पाते समय बहुत कुछ देखा, बहुत-सा सुना-गुना।''

राजे कुछ पल आँखें बन्द किए रुके रहे। फिर कहने लगे, ''हाँ, तो हम क्या कह रहे थे?...हाँ, याद आया–

''कबिरा भरम न भाजिया, बहु बिधि धरिया भेख।
साईं के परिचय बिना अन्तर रहियो रेख॥

''इस यात्रा में बहुत सुना। सदा धर्मशाला या मन्दिर में निवास करना पड़ता था। गोसाईं, बैरागी, फकीर आदि अनेक साधु-सन्त मिलते थे। कई भजन सुनने को मिलते थे। कबीरदास कहते हैं, 'बहुत प्रकार के वेश धारण करके भी मन का भ्रम दूर नहीं हुआ–उस स्वामी का परिचय न मिलने के कारण मन का भेद वैसा ही बना रहा।' कितना सत्य वचन है यह, है न?''

राजे ने प्रह्लाद की ओर देखा। ''प्रह्लाद, अब बहुत हुआ। अब कीर्तन, भजन आरम्भ करो। अब हमारे कानों को केवल वही स्वर सुनाई दे।''

“महाराज!” प्रह्लाद ने साहस करके कहा।

“बोल प्रह्लाद, क्या है?”

“समर्थगुरु को पता लगा जाए, तो... ।”

राजे ने लेटे-लेटे ही हाथ जोड़े। वे हँसने लगे।

“प्रह्लाद, अरे, तू मूर्ख है क्या? समर्थगुरु को क्या सूचना देनी होती है? उन्होंने हमें बहुत कुछ उपदेश दिया है। उन्होंने कहा था...‘अन्तर्मुख बनो। आत्मरत रहो’।”

बोलते-बोलते राजे सो गए। सभी लोग वहाँ रहे। प्रह्लाद निराजी बाहर गए और उन्होंने राजे की आज्ञा का पालन करने का आदेश दिया। महल में समई-दीपक प्रज्वलित किए गए। कन्नौजी धूप की सुगन्धि महल में सर्वत्र फैलने लगी। बाहर चन्द्रमा की चाँदनी छिटकी हुई थी।

राजे की मुट्ठियों को कसते जाते देखते ही हिरोजी झट से उठा। सब लोग अब तक प्रलाप-दशा के लक्षण जान चुके थे। सबके मुख पर चिन्ता व्याप गई। सबने राजे को पकड़ लिया। जैसे ही खटाक से किवाड़ खुले, राजे की आँखें एकदम खुल गईं।

“हम काशी जाकर गंगाजल लाए। उसे रामेश्वर नहीं ले जा सके, तो लाभ क्या हुआ? सईऽऽ! राज्याभिषेक की तैयारी हो चुकी, पर सईं कहाँ है? हमारी बड़ी रानीसाहिबा कहाँ हैं? समय पर यह लोग जाने कहाँ चले जाते हैं?...उन्हें बुलाओ...उन्हें... ।”

राजे शनै-शनैः शिथिलगात्र होते गए। महल की बाहरी बैठक में भजन गाए जा रहे थे। भजन के मन्द स्वर सुनाई दे रहे थे ‘जय जय रामकृष्ण हाऽरी ऽजय जय ऽऽ।’

भजन के स्वरों से राजे को सुध आई। पलकें बन्द किए वे भजन सुन रहे थे। मंजीरे और मृदंग की ध्वनि से भजन की लय बढ़ती जा रही थी। राजे के कानों में समर्थगुरु के शब्द गूँज रहे थे...“राजन्, अन्तर्मुख बनो। आत्मरत रहो।”

गुरु के कई वचन मन में जाग उठे थे—तुकाराम, मौनीकुवा, याकूत बाबा आदि अनेक सन्तों के मुखमंडल दृष्टि के आगे आ-जा रहे थे। समर्थगुरु ने आलिंगन करके अति स्नेहपूर्वक राजे की पीठ पर हाथ फेरा था, उन उँगलियों के प्रेममय स्पर्श को राजे अब भी अनुभव कर रहे थे। करताल बजाकर सुध-बुध खोकर नाच रहे केशवस्वामी राजे को दिखाई दे रहे थे। केशवस्वामी की कविता की पंक्तियाँ राजे को याद आ रही थीं—

निज ज्ञान का पका खेत है
आत्मानन्द तरंगें हैं।
मोक्ष फसल काटी ‘केशव’ ने
गुरु की कृपा-अनुग्रह से ॥

उसी मस्ती में राजे की थकान दूर होती जा रही थी। मन शान्ति का अनुभव कर रहा था। कुछ ही देर में राजे शान्तिपूर्वक सो गए।

28

अलस्सुबह राजे की नींद खुली। भजन की ध्वनि सुनाई दे रही थी। महल में नीरवता छाई हुई थी। अपने पैरों पर किसी के हाथ के स्पर्श का अनुभव करते ही राजे ने पुकारा, “मनू!”

''जी?''

''क्या कर रही है?''

''पाँव दबा रही हूँ, महाराज।''

''जरा पानी चाहिए।''

सिरहाने खड़े गंगाशास्त्री ने पानी दिया। राजे ने पूछा, ''आज कौन-सा वार है?''

''शनिवार।''

''पूर्णिमा है न?''

''जी हाँ।''

''हमें बीमार हुए आज ग्यारह दिन हो गए। रुद्रों की संख्या भी ग्यारह है?''

''जी हाँ।''

''शास्त्रीजी, लगता है आज का दिन अच्छा है। आज हम काफी ठीक हैं। शास्त्रीजी, अब आप जाकर विश्राम करें। आपकी उम्र जागरण सहन करने की नहीं है। कर्म करते रहना चाहिए, फल की आशा नहीं करनी चाहिए। जितना आप कर सकते थे, आपने किया। अब आप विश्राम करें।''

''सो ही रहा था, महाराज। अब इस बुढ़ापे में नींद कैसी? आपको देखने आया था कि आप जाग उठे।''

दिन निकल आया। शास्त्रीजी ने राजे को औषधि दो। राजे की नाड़ी देखी। राजे हँसकर पूछने लगे, ''चिन्ता क्यों करते हैं, शास्त्रीजी? ढह रहा गड़गज बल्ली की टेक से नहीं टिक सकता। बहुत अच्छा है आज का दिन। आज चिन्ता का कोई कारण नहीं।''

शास्त्रीजी को बोल पाना भी कठिन लग रहा था। वे राजे का रूप निहार रहे थे। अकस्मात् वे एक ओर हट गए। राजे ने देखा, सोयराबाई पास आ गई थीं। सोयराबाई ने चिन्तित होकर पूछा, ''कुछ चाहिए क्या?''

''नहीं, कुछ नहीं। जो चाहिए, वह मिलता नहीं। जो चेहरे देखने को मन करता है, वे दिखाई नहीं देते और अनचीते चेहरे...।''

राजे आगे चुप हो गए। सोयराबाई कुढ़ती हुई बाहर चली गईं। शास्त्रीजी महल से बाहर आए। राजवैद्य ने पूछा, ''राजे का स्वास्थ्य कैसा है?''

''क्या?'' शास्त्रीजी सोच में खोए हुए थे। यों ही कह गए।

''आज महाराज की तबीयत ठीक है?'' हिरोजी ने आशाभरे-से स्वर से कहा।

शास्त्रीजी ने दोनों की ओर देखा। फिर उदासी-भरी फीकी-सी हँसी हँसकर बोले, ''जैसा दिखाई देता है, यदि वैसा ही होता, तो कितना अच्छा होता।''

शास्त्रीजी की बात सुनकर दोनों मौन हो गए। हिरोजी के मुख पर खिल उठी आशा मुरझा गई। इतने में मनोहारी ने आकर कहा, ''महाराज बुला रहे हैं।''

''मुझे?'' शास्त्रीजी ने पूछा।

''नहीं, सबको।''

सब जने राजे के चारों ओर इकट्ठा हो गए। राजे होंठों में ही कुछ कह रहे थे। हिरोजी ने कहा, ''महाराज!''

''ऐं?''

राजे ने आँखें खोलीं। सबकी ओर एक बार देखा। उन्होंने सबको पहचान लिया। राजाराम हकबकाया-सा राजे के पास खड़ा था। राजे ने उसे पास बुलाया। बड़ी कठिनाई से उसकी पीठ पर हाथ फिराते हुए उन्होंने कहा, "बालराजे, बहुत छोटी-सी आयु में बहुत बड़ी जिम्मेदारी तुम्हारे कन्धों पर आ पड़ी है। माता जगदम्बा उसे निभाने की शक्ति दे तुम्हें। बालराजे, कभी मत भूलना कि मनुष्य सहनशक्ति से ही महान् बना करते हैं। कष्ट सहन करने से बचना नहीं, कभी ऊबना नहीं।"

राजे ने पुनः एक बार सबकी ओर देखा।

"तुम सब शोक मत करो। कर्तव्य में चूक मत होने देना। यह तो मृत्युलोक है–इसमें जो पैदा हुए, सब चले जाते हैं। अब तुम निर्मल, सुखमय बुद्धि से काम लेना। तुम सब अब बाहर जा बैठ रहो, हम 'श्री' का ध्यान धरते हैं। जाओ...।"

सब बाहर चले गए। मनोहारी राजे के पाँव दबाती हुई बैठी रही। पास ही हिरोजी खड़ा था। गंगाशास्त्री राजे के पैरों के पास खड़े हुए थे। वे एकटक राजे की ओर देख रहे थे। राजे की पलकें बन्द थीं। साँस धीमी चल रही थी। राजे ने हाथ अपनी छाती पर रखे हुए थे। होंठ धीरे-धीरे कुछ बुदबुदा रहे थे। राजे ने पुकारा, "मनू!"

"जी?"

"लगता है, पसीना आ रहा है। जरा पोंछ देगी क्या?"

मनोहारी ने उपरना लिया। राजे ने गले की ओर इशारा किया। मनोहारी राजे के गले को उपरने से पोंछ ही रही थी कि अकस्मात् उसके मुख से दुख-भरी हाय निकल पड़ी। उसका हाथ थम गया। हाथ से उपरना छूटकर नीचे गिर गया।

"क्या हुआ?" राजे ने पूछा।

"आपकी कौड़ियों की माला...।"

"क्या हुआ?"

"टूट गई!"

राजे को फीकी हँसी आई। "जगदम्बा ने पहनाई थी...उसी ने निकाल ली।"

बिखरी हुई कौड़ियाँ इकट्ठा करते समय मनोहारी के आँसू भूमि पर टप-टप टपक रहे थे। राजे ने उससे पूछा, "कितनी कौड़ियाँ टूटकर गिरी हैं री?"

"चार!" सिसकी दबाते हुए मनोहारी ने कहा।

"चारऽऽ चार हैं न?" राजे हाथ हिलाते हुए कहने लगे, "बहुत हुआ, तो हम चार घड़ी के मेहमान हैं...।"

मनोहारी ने राजे की ओर देखा। उनके मुख पर मन का सारा भय छा गया था। राजे का दुख असह्य हो उठा, तो मनोहारी ने पलंग की काठी पर सिर रख दिया। वह रोने लगी। राजे को उसकी सिसकियाँ सुनाई दे रही थीं। बहुत कठिनाई से उन्होंने हाथ उठाया। मनोहारी के बालों पर हाथ फेरते हुए राजे कहने लगे, "मनू! अरी रोती है? हमारे लिए?"

राजे ने मनोहारी का दायाँ हाथ अपने हाथ में लिया। उसने जाना–राजे का हाथ उसके हाथ को खींच रहा है। मनोहारी का हाथ ढीला पड़ गया। राजे ने मनोहारी का उलटा हाथ अपने सामने कर लिया। एकाग्रचित्त वे उस हाथ को देख रहे थे। मनोहारी उँगली

में सईबाई की मूँगे की अँगूठी पहने हुए थी। राजे का ध्यान उस मुद्रिका पर केन्द्रित हो गया।

राजे ने थरथराते बाएँ हाथ से अँगूठी को सहलाया।

''रो नहीं, मनू! चाहते हुए भी हमने जीवन में कभी किसी से अपना मन नहीं उलझने दिया। यह काम हमसे करते नहीं बना। लेकिन हम अनजाने ही तुझसे व्यर्थ की ममता जोड़ बैठे। उस ममता को हम यों ही छोड़े जाते हैं...बहुत बुरा लगता है...शास्त्रीजी... ।''

गंगाशास्त्री पास गए।

''शास्त्रीजी, अब हमें गंगाजल और तुलसीपत्र दीजिए। हमारे मस्तक पर भस्म लगाइए।''

शास्त्रीजी, हिरोजी, मनू सभी को जोर की रुलाई फूट पड़ी। शास्त्रीजी आँखें पोंछते हुए बाहर चले गए। बाहर जाकर वे गंगाजल और तुलसीपत्र लेकर लौटे। राजे ने गंगाजल पान किया। शास्त्रीजी ने उनके माथ पर भस्म लगाई। जिह्वा पर तुलसीपत्र रखे जाने के बाद राजे ने हाथ जोड़े। सब लोग पलंग के चारों ओर एकत्रित हो गए थे। राजे को महादेव दिखाई दे गया।

''महादेव, अरे, तेरा पहरा अब काम नहीं देगा, भैया!''

महादेव रोता हुआ बाहर भागा... ।

राजे को भजन के सुर सुनाई दे रहे थे। राजे पुनः अपना वश खोते जा रहे थे। उनके नेत्रों से अनोखा तेज झलक रहा था... ।

''...आलमगीर कितनी खामोश नजरों से हमें देख रहा था! वह चुप था—तख्त पर बैठा वह बस हमें केवल देख रहा था। वह हरे मखमल का जवाहरात से मढ़ा चोगा पहने था। वह सिर पर कीमॉश पहने था, जिसमें पीपल के पत्ते जैसा आभूषण था। उसमें चमकदार हीरे जगमगा रहे थे। लेकिन उनसे भी बढ़कर थीं उसकी आँखें! कितनी चुप...लेकिन सामनेवाले के दिल की बात ताड़ लेनेवाली आँखें! कितना गहन आत्मविश्वास भरा हुआ था उन आँखों में! विषैले साँप की नजरों का डर और आक्रमण समाया हुआ था उनमें...वह नजर अब भी वैसी ही है...जीवन में केवल दो ही ऐसे मिले, जो हमसे आँख मिला सके—एक आलमगीर औरंगजेब और दूसरी मृत्यु!''

राजे ने आह भरी। सबने राजे को सँभाला हुआ था। राजे शान्त थे, फिर एकदम भड़क उठे।

''झूठ! शम्भू बेटा मुगलों से जा मिला...एकदम झूठ है यह...! स्वराज्य का युवराज... छत्रपति का उत्तराधिकारी...सईं का पुत्र सम्भाजी...ऐसा नहीं कर सकता...झूठऽऽ साफ झूठऽऽ।''

राजे का आवेग कम हो गया। वे चुप होकर लेट गए। वैद्यजी नाड़ी देख रहे थे, परन्तु राजे को यह आभास नहीं था।

काफी देर बाद राजे को होश आया। बड़ी कठिनाई से उन्होंने आँखें खोलीं। उन्हें सबकुछ धुँधला-धुँधला-सा दिखाई दे रहा था। पैरों के पास बैठी हुई मनोहारी दूर बैठी-सी लग रही थी। राजे ने धीरे से पुकारा, ''मनू!''

''जी!''

“क्या कर रही है?”

“पैर दबा रही हूँ, महाराज!”

“पैर दबा रही है?” राजे के कंठ में जैसे कुछ अटका। “तू पैर दबा रही है, तो हमें उसका ज्ञान क्यों नहीं हो रहा?”

भय के मारे मनोहारी की आँखें फैल गईं। काँपते होंठों से कुछ रुदन की ध्वनि न फूट पड़े, इस कारण उसने थरथराती उँगलियों से अपने होंठ दबा लिए। उसने गंगाशास्त्री की ओर देखा। राजे के पैरों के पास खड़े हुए गंगाशास्त्री ने राजे के तलवों को छुआ–और अगले ही पल गंगाशास्त्री के अश्रु राजे के तलवों को छू रहे उनके हाथों पर टपक पड़े। किन्तु राजे को इसका आभास तक न था।

राजे के हाथों में कुछ गति-सी हुई। अपनी देह की सारी शक्ति समेटकर उन्होंने अन्तिम शब्द कहे, “हम अकेले रह गए...बहुत अकेले रह गए...बिलकुल एकाकी रह गए...सईऽऽ!”